DICCIONARIO ITALIANO

DICCIONARIOS HERDER
PUBLICADOS BAJO LA DIRECCIÓN DE

GÜNTHER HAENSCH

Catedrático emérito de Lingüística aplicada y ex director del Centro de Lenguas Modernas de la Universidad de Augsburgo

Miembro correspondiente de la Real Academia Española

DICCIONARIO ITALIANO

ANNA GIORDANO – CESÁREO CALVO RIGUAL

INTRODUCCIÓN GRAMATICAL DE SALVADOR PONS BORDERÍA

Herder

Diseño de la cubierta: Claudio Bado

ISBN: 84-254-2403-8

Imprenta: Cayfosa-Quebecor, S.A.
Depósito Legal: B - 42.462 - 2006
Printed in Spain

Herder
www.herdereditorial.com

ÍNDICE*

* El índice de la segunda parte (español - italiano) figura en la pág. 495.

PREFACIO

La tendencia actual en la lexicografía nos revela que los usuarios de los diccionarios prefieren cada vez más obras algo más completas que los diccionarios de bolsillo; por ello, la Editorial Herder presenta su *Diccionario compacto italiano*, para cuya elaboración se han tenido en cuenta las exigencias metodológicas de la lexicografía moderna:

1. **Actualidad y representatividad del léxico:** El vocabulario registrado en el ***Diccionario compacto*** fue reunido mediante el aprovechamiento de muchas fuentes. Por eso, el usurario encontrará en la obra palabras que hasta hoy no han sido registradas en ningún diccionario español/italiano, como, por ejemplo, del lenguaje científico, deportivo, informático, musical, etc.
   Así, este diccionario abarca el léxico en todos sus niveles, desde el elevado hasta el coloquial y vulgar; además, ofrece voces jergales y gran cantidad de términos de especialidad.
2. **Indicaciones gramaticales:** se indica la forma femenina de todos los adjetivos y sustantivos y también los plurales irregulares, hecho que no se suele registrar en muchos diccionarios. Asimismo, la conjugación de los verbos se señala mediante cifras que remiten a los paradígmas de conjugación que les corresponden, los cuales aparecen en la parte introductoria.
3. **Uso contextual de las palabras:** Se proporcionan numerosas indicaciones sobre el uso de las palabras en su contexto, como compuestos, colocaciones frecuentes, modismos, frases estereotipadas y especialmente el régimen preposicional de sustantivos, adjetivos y verbos.
4. **Abreviaturas:** Se aportan las abreviaturas y siglas usuales en ambas lenguas con una traducción y, según el caso, con una explicación.
5. **Americanismos:** El ***Diccionario compacto*** ofrece un abundante selección de americanismos, más que otros diccionarios de la misma extensión.

Se recomienda al usuario de la obra que estudie a fondo las instrucciones de las páginas que siguen, ya que sólo así podrá aprovechar todas las posibilidades que le ofrece el diccionario.

Cualquier propuesta para mejorar y completar el diccionario será acogida gratamente.

Günther Haensch *Editorial Herder*

A nuestras familias
A nuestros lectores

PRÓLOGO DE LOS AUTORES

El éxito alcanzado por el primer Diccionario Herder nos ha impulsado a acometer una edición completamente renovada con la que seguir ofreciendo a nuestros estudiantes y a nuestros usuarios en general un léxico en continua evolución, especialmente por lo que respecta al mundo científico y tecnológico. Nos hemos dedicado con el mismo esmero a esta tarea, que ha dado como fruto la edición que el lector tiene en sus manos, muy ampliada en el número de entradas y notablemente enriquecida en lo que respecta a la fraseología, todo ello puesto al día según las actuales tendencias lexicográficas y habiendo corregido los inevitables despistes.

Nuevamente deseamos expresar nuestro agradecimiento a las personas que confiaron en nosotros para la primera edición: al infatigable doctor Günther Haensch, a la doctora María Teresa Echenique y a la Editorial Herder. Otro agradecimiento va dirigido a nuestros jóvenes becarios, Teresa Grau y Riccardo Cinotti, a la Lectora Viviana Trevi, por su colaboración en la revisión de las pruebas y, por último, al Sr. Freddy Pansini, traductor jubilado del Parlamento Europeo en Luxemburgo, el cual ha sido, sin duda alguna, nuestro más meticuloso lector, al tiempo que nos ha manifestado su admiración y nos ha ofrecido su colaboración desinteresada señalándonos un ingente número de americanismos que, por la extensión de este diccionario, no hemos podido incorporar sino en una mínima parte.

Por último, no queremos olvidarnos de nuestras familias, hijos y nietos, por su paciencia, comprensión y afecto.

Cesáreo Calvo Rigual - Anna Giordano Gramegna

Universitat de València

INTRODUCCIÓN

I. INSTRUCCIONES PARA EL USO DEL DICCIONARIO

I.1. Orden alfabético

Las palabras de ambas partes del diccionario han sido ordenadas alfabéticamente.

Los *lemas compuestos* o formados por varios elementos siguen el orden alfabético como si se tratase de un lema simple: por ejemplo, **mass media** será tratado como si fuese la palabra **massmedia**.

En la parte *español-italiano* se ha tenido en cuenta la supresión en español, como letras autónomas, de la **ch** y de la **ll**, por lo que las palabras que empiecen así se habrán de buscar dentro de **c** y **l**, respectivamente.

El usuario italiano ha de tener en cuenta la existencia de la letra **ñ**, propia del español, que sigue alfabéticamente a la letra **n**.

I.2. Entradas y subentradas

Para ganar espacio se han reunido vocablos formalmente parecidos, siempre impresos en negrita, en un bloque, en el cual aparecen, después del lema que los encabeza, en una serie de subentradas. La **tilde** (~) sustituye todo un lema o voz guía, o bien la parte del mismo que aparece antes de la línea de separación (|). Ejemplos:

> **alquil|able** *adj* affittabile; **~ador, -a** *adj* noleggiatore, -trice; **~ar** *vt* affittare, appigionare (casa); *auto* noleggiare ◊ ***se alquila*** affittasi, appigionasi
> **falli|bile** *adj* falible; **~bilità** *f inv* falibilidad *f*; **~co, -a** (*m pl* **-ci**) *adj* fálico, -a; **~mentare** *adj* 1. de quiebra, por quiebra; 2. desastroso, -a, catastrófico, -a, de quiebra

Se ha usado también la tilde en el interior de los artículos, sustituyendo en este caso al lema que encabeza dicho artículo:

> **alta** *f* [...] ◊ ***~s y bajas*** *com* carico e scarico; ***darse de ~ como trabajador autónomo*** iscriversi come lavoratore autonomo; iscriversi a (*adm*); ***dar de ~ del hospital*** dimettere (dall'ospedale) (*med*), dalla cassa malattia (*med*)
> **accendere** ‹*accesi; acceso*› V. 58 **1.** *vt* 1. (*fuego, cigarrillo...*) encender; **~ *la luce*** *encender la luz*; *electr* encender, enchufar; 2. encender, enardecer, inflamar; **~ *una zuffa*** *provocar una pelea*; 3. *com* abrir, inscribir; **~ *un conto corrente*** *abrir una cuenta corriente*; **~ *un'ipoteca*** *inscribir una hipoteca* [...]

El signo ***~** indica que la voz guía repetida, o bien la parte de la misma que aparece antes de la línea de separación (|), ha de escribirse con mayúscula o viceversa, difiriendo de la voz guía inicial. Ejemplos:

> **Donostia** *f geogr* San Sebastián; ***~rra** *adj/s (persona)* di San Sebastian
> **asunto** *m* faccenda *f*; tema, argomento; *com* affare; *(cartas)* oggetto ◊ ***Ministerio de *~s Exteriores*** Ministero degli Affari Esteri

Abissinlia *f geogr* Abisinia; ***~o, -a** *adj/s* abisinio, -a
babblo *m tosc* papá ◊ ***~ *Natale*** Papá Noel

El uso de una coma o de una coma y un guión en el lema indica la forma masculina y femenina del mismo sustantivo (en este caso la distinción, si la hay, se repite también en los equivalentes):

musicólogo, -a *m/f* musicologo, -a
cugino, -a *m/f* primo, -a

Si un lema tiene variantes formales, éstas aparecerán tras el lema, en negrita y entre paréntesis, precedidas por la abreviatura *var.*:

pelma (*var.* **pelmazo**) *adj/s coloq* pesante, scocciante, palloso, -a, pizza *f*
cripto (*var.* **cripton**) *m quím* criptón

Si una parte de la palabra (dentro del artículo) está entre paréntesis quiere decir que tiene una doble forma:

derecha 1. *f a. pol* destra; 2. *adj* destra ◊ ***a la ~*** a destra; ***ser de ~(s)*** essere di destra
bua *f infant* pupa; ***far(si) la ~*** *hacer(se) pupa*; ***avere la ~ al pancino*** *tener pupa en la barriguita*

La estructuración de las subentradas es igual a la de la entrada que las encabeza.

I.3. Estructura de las entradas del diccionario

Cada *entrada* o *artículo* del diccionario comprende todos o parte de los siguientes elementos:

- el *lema* (o voz guía o palabra clave), que aparece en negrita;
- en la parte *italiano-español*, en algunos casos, información sobre la vocal en la que recae el *acento* (no gráfico) subrayándola (véase I.4.);
- en ocasiones, la transcripción fonética del lema según el Alfabeto Fonético Internacional;
- en los verbos irregulares y en algunos regulares con alguna particularidad, remisión, mediante números en cursiva, a los modelos de *conjugación* que se encontrarán en esta introducción, además de una sucinta descripción, entre corchetes (‹ ›), de ésta;
- indicación, en cursiva, de la *categoría gramatical* de la palabra (sustantivo, verbo transitivo, adjetivo, etc.);
- en la parte *italiano-español*, indicación del auxiliar de los verbos intransitivos cuando éste es *avere* o cuando hay doble posibilidad de auxiliar;
- indicaciones, en cursiva, sobre la *extensión geográfica* de las palabras;
- indicaciones, en cursiva, sobre la pertenencia de una palabra a una determinada *especialidad* o *campo*, como por ejemplo medicina o astronomía;
- indicaciones, en cursiva, sobre el *nivel estilístico* de las palabras, cuando no corresponden al nivel estándar;
- el *equivalente o los equivalentes* de la palabra en la lengua de destino, siempre en letra redonda;

- en muchos casos, en cursiva y entre paréntesis, especificaciones sobre el sentido de los equivalentes en un contexto determinado;
- en muchos casos, *régimen y construcción* de la palabra, *colocaciones usuales* y *ejemplos*;
- en muchos casos, *locuciones, expresiones idiomáticas* y *refranes*, ordenados alfabéticamente.

Cuando una palabra pertenece a más de una categoría gramatical (o un uso transitivo, intransitivo o reflexivo del verbo) éstas aparecerán separadas con números en negrita. Cuando dentro de un mismo uso gramatical la palabra posee significados muy diferenciados, éstos aparecerán separados por números en redonda; aquellas acepciones que no presenten grandes diferencias semánticas aparecerán separadas simplemente por un punto y coma (**;**). Ejemplos:

abono *m* 1. (*revista*) abbonamento; 2. *econ* accreditamento; 3. *agric* fertilizzante, concime; 4. *com* abbono
farmac|éutico, -a 1. *m/f* farmacista; **2.** *adj* farmaceutico, -a
frond|a *f* 1. *bot* follaje *m*, fronda, frondosidad; 2. oposición; revuelta
affine 1. *adj* afín, similar; **2.** *m* (*familia*) afín, allegado

I.4. Pronunciación

En la parte *italiano-español* se han incluido indicaciones fonéticas sobre la colocación del acento tónico, ya que en italiano sólo se acentúan gráficamente los polisílabos agudos y algunas pocas palabras más. Por ello, se ha señalado -con el subrayado- la vocal tónica en los siguientes casos:

- en aquellas palabras que, aun siendo idénticas gráficamente a sus equivalentes españoles, se acentúan en una vocal diferente; por ejemplo:

diatriba *f* diatriba, invectiva
democrazia *f* democracia

- en todas aquellas palabras esdrújulas cuya vocal tónica no se pueda deducir clara e inmediatamente (esto es bastante frecuente en muchos infinitivos de la segunda conjugación); por ejemplo:

bonifica *f agric tamb. fig* saneamiento *m*
devolvere ‹*devolvei/devolvetti; devoluto*› V. 5 *vt jur* transferir, traspasar

- en todas aquellas palabras llanas que acaban con dos vocales en hiato y que no se incluyen en ninguno de los casos anteriores; por ejemplo:

brusio (*pl* **-sii**) *m* rumor, murmullo

En ambas partes se ofrece la transcripción fonética (con los signos del Alfabeto Fonético Internacional) de todas aquellas palabras cuya pronunciación no se pueda deducir fácilmente a partir de su forma gráfica. Se trata casi siempre de palabras extranjeras. La pronunciación no es la de la lengua original, sino la de la lengua de acogida (español o italiano):

hall [χol] *m* vestibolo, hall *f inv*
hall [ɔl] *f inv* hall *m* (!), recibidor *m*, entrada *f*

En la parte español-italiano, cuando un equivalente posee una pronunciación diferente de la del lema español o en cualquier caso, no sea claramente deducible su grafía, aparecerá seguido de un asterisco. La pronunciación exacta de ese equivalente se encontrará generalmente en la parte italiano-español.

club *m* club* *m inv*

En la introducción de cada parte del diccionario se ofrecen descripciones detalladas sobre la pronunciación en ambas lenguas.

I.5. Tratamiento de algunas categorías gramaticales

I.5.1. Sustantivos y adjetivos

El género gramatical de todos los sustantivos se indica mediante las abreviaturas *m* y *f* (para el singular), *mpl* y *fpl* (para el plural). Se indica el género de los equivalentes sólo en el caso que sea diferente del género del lema. Cuando una palabra que encabeza una entrada es a la vez adjetivo y sustantivo ello se señala mediante las abreviaturas *adj/m* (adjetivo y sustantivo masculino), *adj/f* (adjetivo y sustantivo femenino) y *adj/s* (adjetivo y sustantivo masculino o femenino).

En ambas partes se indican los pocos plurales irregulares o con cambio de acento de los sustantivos después de la forma del singular. Ejemplo:

origen (*pl* **orígenes**) *m* origine *f*; origine *f*, fonte *f*, genesi *f inv*; origine *f*, nascita *f*, cuna *f*, provenienza *f*
orden (*pl* **órdenes**) **1.** *m* ordine; *cient/arq* ordine; **2.** *f* ordine *m*
bue (*pl* **buoi**) *m* 1. *zool* buey; 2. (*persona*) burro, zopenco [...]
braccio (*pl (1-2)* **le braccia**) *m* 1. brazo; 2. (*medida*) braza; 3. ala; *geogr* brazo; (*grúa, lámpara, balanza*) brazo [...]

Algunos sustantivos plurales tienen un significado diferente al del singular; éstos aparecerán dentro del artículo de la forma singular, precedidos del correspondiente número en negrita y con la indicación *mpl* o *fpl* según se trate de un sustantivo masculino o femenino:

memorila 1. *f* 1. memoria; 2. ricordo *m*; 3. relazione; **2.** *fpl* memorie, autobiografia *f*
denaro 1. *m* 1. *econ* dinero; 2. *hist* denario; **2.** *mpl* (*naipes*) oros ◊ ~ ***contante*** dinero contante (y sonante); ~ ***scottante, sporco*** dinero caliente, sucio; ~ ***spicciolo*** dinero suelto

Para la formación de los plurales regulares remitimos a la introducción gramatical.

I.5.2. Verbos

En ambas partes del diccionario se ha indicado de forma sucinta, en cursiva y entre corchetes agudos, la irregularidad de los verbos, para evitar al lector que posea una cierta familiaridad con el español o el italiano el acudir continuamente a las listas de verbos irregulares. Viene después un número que indica el modelo de conjugación. Por ejemplo:

poder ‹*puedo; podré; pude; pudiendo*› V. 31 [...]
alludere ‹*allusi; alluso*› V. 10 *vi* ‹*avere*› aludir (**a** a), referirse (**a** a)

En la parte *italiano-español*, además de los verbos irregulares, se indican dos características formales de ciertos verbos que pueden ser de utilidad para el usuario español: los verbos esdrújulos de la primera conjugación y los verbos de la tercera conjugación que en determinadas formas añaden el infijo *-isc-* (para más información véase la introducción gramatical), que serán indicados respectivamente con las abreviaturas *esd* e *isc*, entre corchetes agudos (‹...›):

aborri|re ‹*isc*› *vt/i* ‹*avere*› aborrecer, detestar
adopera|re ‹*esd*› **1.** *vt* usar, utilizar; (*gafas, sombrero*) llevar, usar, gastar [...]

Otro elemento de utilidad señalado en la parte *italiano-español* es el auxiliar de los verbos intransitivos, cuando éste no es *essere*:

brave|ggiare *vi* ‹*avere*› fanfarronear
abort|ire ‹*isc*› *vi* ‹*avere, fig essere*› abortar

En todos los verbos italianos y españoles se indica si son transitivos, intransitivos o impersonales, mediante las abreviaturas *vt, vi, v/impers*. No se utiliza ninguna abreviatura para los verbos pronominales, fácilmente deducibles: éstos aparecerán dentro del correspondiente verbo transitivo o intransitivo, con un número en negrita aparte e indicando en negrita la terminación **~se** (español) y **~rsi** (italiano).

arraigar ‹*arraigué*› **1.** *vi* radicare, attecchire; **2.** *vt jur* garantire, ipotecare; **3. ~se** consolidarsi; domiciliarsi
barda|re 1. *vt* poner la barda; *agric* arrear; **2. ~rsi** *irón* engalanarse, acicalarse

Se han recogido sólo aquellos verbos pronominales que presentan alguna diferencia de significado respecto al correspondiente verbo transitivo. Ejemplo:

batir 1. *vt* battere; sbattere; frullare; (*nata*) montare; sconfiggere, abbattere; **2. ~se** combattere *vi*; battersi
crogiolare ‹*esd*› **1.** *vt gastr* cocer a fuego lento; *tecn* (*vidrio*) templar; **2. ~rsi** deleitarse; **~ *nei ricordi*** *deleitarse en/con los recuerdos*

Como se ha indicado en el punto I.3., los usos transitivo, intransitivo o impersonal de un mismo verbo aparecen separados por cifras en negrita; pero esto no sucederá cuando a dos o más usos de la lengua de partida corresponda en la lengua término uno o más equivalentes que posean la misma particularidad. Ejemplos:

blanque|ar *vt/i* imbiancare; imbianchire; biancheggiare
conteggi|are *vt/i* ‹*avere*› contar, computar

Cuando existan diferencias entre el lema y los equivalentes, se indicará la diferencia tras estos últimos. Ejemplos:

picotelar 1. *vt/i* 1. *zool* beccare; 2. mangiucchiare; **2. ~se** bisticciare *vi*
contendere ‹*tesi; teso*› V. 58 *vt/i* ‹*avere*› contender, luchar *vi*, altercar *vi*

Se ha intentado recoger el máximo número posible de construcciones típicas (o reccio- nes) de los verbos. Éstas se indican tras los equivalentes, entre paréntesis, con la forma de la lengua de partida en negrita y la de la lengua término en redonda. Ejemplo:

pensalr ‹*pienso*› V. 5a *vt/i* pensare (**en** a); immaginare, credere
dissualdere ‹*dissuasi; dissuaso*› V. 35 *vt* disuadir (**q da qc** a alg de u-c)

A pesar de ello, en la mayoría de los casos de coincidencia entre español e italiano se ha preferido omitir su indicación, con el único fin de ganar espacio.

I.6. Tratamiento de modismos, locuciones, etc.

Algunas expresiones están formadas por palabras que sólo se usan, precisamente, en dichas expresiones. Estos modismos se han introducido alfabéticamente teniendo en cuenta dicha palabra, que aparece seguida por dos puntos y por la expresión completa en letra negrita:

machalmartillo: a ~ *adv* 1. in modo saldo, fortemente; 2. in modo sbrigativo
disparte: in ~ *adv* aparte, de lado, al margen; ***lasciare/mettere in ~*** *dejar de lado, relegar* ◊ ***tenere q in ~*** mantener a alg al margen

El resto de las expresiones aparecerán bajo una de las palabras que la forman, gene- ralmente el primer sustantivo, y si no lo hubiere, el primer verbo, adjetivo, etc. En ciertos casos, sin embargo, se ha seguido el criterio de introducir la expresión bajo la palabra más significativa de la misma, aunque no fuera el primer sustantivo, verbo, etc., y en otros casos una misma expresión se podrá encontrar en más de una entrada.

I.7. Nombres propios

En el cuerpo del diccionario se han incluido una serie de nombres propios, teniendo en cuenta un doble criterio. Por una parte, se han introducido aquellos nombres propios que tienen algún interés a causa de la relación cultural, lingüística, histórica o sociológica entre las dos lenguas, especialmente si presentan diferencias formales; por otra parte, se han incorporado también aquellos nombres propios que forman parte de expresiones o modis- mos habituales en una de las dos lenguas y que, precisamente, aparecen en la ordenación alfabética bajo este nombre propio.

I.8. Siglas y abreviaturas

En el cuerpo del diccionario se han incluido asimismo las siglas y abreviaturas más habituales en ambas lenguas, que, por tanto, se encontrarán en su lugar correspondiente según el orden alfabético.

I.9. Caracterización léxico-semántica de las palabras

Después de las indicaciones gramaticales sobre cada voz guía aparecen, en forma de abreviaturas (cuya lista se puede consultar al final de la introducción), *indicaciones de tipo léxico-semántico* (*marcas*) que sirven para delimitar el uso de las palabras. Estas marcas no pretenden tener un valor absoluto ni tienen una limitación exacta, pero sí que señalan determinadas restricciones de uso (geográficas, estilísticas, etc.).

manejabilidad *f* 1. *auto* manovrabilità *inv*; 2. *tecn tamb. fig* maneggevolezza; 3. *tamb. fig* docilità *inv*
fondo 1. *m* 1. fondo; *teat* foro; *sport* fondo; (*líquidos, café*) poso; 2. finca *f*, propiedad *f*, terreno; fundo; 3. *econ* fondo; **2.** *mpl* restos, fondos; **3.** *adj* hondo, -a, profundo, -a

En este diccionario se usan las siguientes marcas:

I.9.1. Marcas geográficas

Estas marcas señalan dónde se usa una palabra o expresión, por ejemplo, sólo en España o en un país hispanoamericano. A este respecto hay que señalar que, en cuanto lo ha permitido el espacio disponible, se ha dado acogida, junto a las palabras usuales en todos los países de habla hispana, a una selección de palabras y expresiones hispanoamericanas, especialmente en la parte *español-italiano*. La marca *Am* significa que una palabra es de uso general en todos, en la mayoría o en un grupo más o menos numeroso de países hispanoamericanos.

En la parte *italiano-español* se han recogido algunos regionalismos italianos (indicados con las marcas *centr, centromerid, merid, sept, tosc*) suficientemente difundidos o conocidos, mientras que se han omitido aquellos regionalismos circunscritos a una zona muy restringida del territorio italiano. Entre los equivalentes españoles se ha intentado tener en cuenta los americanismos más extendidos, que son indicados con la mencionada abreviatura *Am*.

I.9.2. Marcas de especialidad

Estas marcas señalan que la palabra tratada o una acepción de ella pertenece a una determinada especialidad o campo como, por ejemplo, agricultura, deporte, informática o mitología.

I.9.3. Marcas estilísticas

La mayoría de las palabras recogidas por el diccionario pertenecen al *nivel estándar* de la lengua, es decir, no tienen una marca estilística especial. Otras palabras, en cambio, sí que aparecen marcadas con esta clase de abreviaturas.

Las marcas de este tipo usadas en el diccionario son las siguientes: *elev* (indica que una palabra es propia de un estilo elevado: lenguaje literario o poético o muy formal), *cient* (palabra propia del lenguaje científico), *ant* (palabra arcaica o uso arcaico de una palabra), *coloq* (palabra o expresión de marcado carácter coloquial y que puede usarse sólo en situaciones de gran confianza), *vulg* (palabra o expresión considerada vulgar, grosera o tabú), *euf* (palabra usada en lugar de otra marcada con la abreviatura anterior). Otras marcas reflejan una actitud del hablante: *desp* (actitud de desprecio), *irón* (actitud de ironía), *enf* (lenguaje enfático).

Las hay que indican la pertenencia de la palabra a la lengua de grupos determinados: *jerga* (palabra o expresión propia de una jerga o argot, como el de la delincuencia o el de la droga o el de los jóvenes; en cada caso se indicará esa circunstancia: *jerga delinq, jerga estud*...), *infan* (voz o expresión propia del lenguaje infantil).

I.9.4. Otras delimitaciones léxico-semánticas

Muchas de las palabras de la lengua de partida tienen varias traducciones (equivalentes) en la lengua de destino según el contexto en que se usan. Para precisar la relación entre los diferentes equivalentes y los contextos correspondientes, se dan, entre paréntesis (y antes de los equivalentes), explicaciones al respecto en letra cursiva:

> **picar** ‹*piqué*› **1.** *vt* 1. (*insectos, taur*...) pungere; 2. (*pájaro*) beccare; (*comida*) spizzicare; 3. *gastr* tritare; triturare, sminuzzare; 4. *tecn* punzonare, traforare, punteggiare; (*pared*) picchiettare; 5. provocare, irritare; **2.** *vi* 1. *med* prudere; 2. (*pez*) abboccare; *fig* cadere nel tranello, cascare; 3. (*sol, garganta, picante*...) bruciare, pizzicare; 4. *aero* scendere in picchiata; 5. *mús* granire [...]
> **imboccare 1.** *vt* 1. (*alimentar*) embocar; 2. (*personas*) instruir, aleccionar; 3. *mús* embocar; 4. *auto* (*calle, carretera*) embocar, enfilar, coger; **2.** *vi* dar, desembocar; ***la strada imbocca nella piazza*** *la carretera desemboca en la plaza/da a la plaza*

Se ha usado la marca (*estánd*) para señalar un uso de nivel estándar en un equivalente en la lengua de destino de una palabra de la lengua de origen. Cuando un lema y su equivalente no llevan ninguna marca es porque pertenecen al mismo nivel estilístico o al mismo campo.

I.10. Falsos amigos y diferencias de género

Se han indicado con el signo (!) dos tipos de equivalentes: por una parte, los *falsos amigos* (lemas con forma muy similar a palabras de la lengua de llegada con significado muy diferente) y, por otra, equivalentes de forma idéntica o casi idéntica al lema pero con género gramatical diferente:

> **crin** (*pl* ***crines***) *f* crine *m* (!)
> **merluzo** *m fig* baccalà *inv* (!)
> **baccanale** *f* bacanal *m* (!)
> **beato, -a 1.** *adj* feliz (!), dichoso, -a (!) [...]

I.11. El problema de los equivalentes

En muchos casos no existe un equivalente exacto entre las dos lenguas. El caso extremo es el constituido por aquellas palabras características de una cultura e inexistentes en la otra; en estos casos se ofrece una definición en la lengua de destino, entre comillas y precedida por el signo (=). Ejemplo:

mudéjar *adj/s* 1. ="moro sotto il dominio cristiano spagnolo"; 2. *arch* ="arte di ispirazione islamica sviluppatasi nella Spagna cristiana dall'XI al XVI secolo"
lambrusco *m gastr* ="vino tinto espumoso de Emilia"

I.12. Recomendaciones para el uso eficaz del diccionario

Este diccionario comprende dos partes: *español-italiano* e *italiano-español*; se aconseja en muchos casos que se trabaje con ambas partes. La parte *español-italiano*, por ejemplo, nos da los equivalentes italianos de las palabras españolas; si queremos obtener más información sobre los equivalentes italianos (fonética, morfología, etc.) habremos de acudir al artículo correspondiente de la parte *italiano-español*. Lo mismo cabe recomendar cuando la lengua de partida es el italiano.

Se ruega al lector que no consulte únicamente la parte inicial del artículo (el lema y el primer equivalente), sino todo el artículo correspondiente a dicho lema, y que acuda, en caso de duda, a las nociones fonéticas y gramaticales que se incluyen en esta introducción. Una atenta lectura evitará la interferencia de los "falsos amigos" existentes entre las dos lenguas y un uso proficuo de esta obra.

II. COMPENDIO DE GRAMÁTICA ITALIANA[1]

De Salvador Pons Bordería, de la Universitat de València.

Las siguientes páginas constituyen una somera descripción de la estructura de la lengua italiana, por lo que las explicaciones que se ofrecen son de carácter general. El usuario que desee analizar con más detalle los fenómenos aquí expuestos puede consultar una gramática descriptiva o contrastiva.

Para la redacción del compendio se han consultado diversas gramáticas y estudios, cuyo reflejo en estas hojas será fácilmente identificable para el estudioso de la lengua italiana. Por su carácter contrastivo, se ha hecho un uso especial del *Curso de lengua italiana*, de Carrera Díaz (Barcelona, Ariel, 1984).

II.1. Fonología y ortografía

A. OBSERVACIONES SOBRE LA CORRESPONDENCIA ENTRE GRAFÍA Y FONEMA

El siguiente esquema refleja la relación entre fonemas, grafías y pronunciación del italiano:

FONEMA	GRAFÍAS	PRONUNCIACIÓN
[a]	<a>	Similar a la española
[ɛ]	<e>	Ligeramente más abierta que la española
[e]	<e>	Ligeramente más cerrada que la española
[i]	<i>	Similar a la española
[ɔ]	<o>	Ligeramente más abierta que la española
[o]	<o>	Ligeramente más cerrada que la española
[u]	<u>	Similar a la española
[p]	<p>	Se pronuncia algo más fuerte que la española (oclusiva en todas las posiciones)
[b]	<b>	Oclusiva en todas las posiciones
[t]	<t>	Oclusiva en todas las posiciones
[d]	<d>	Oclusiva en todas las posiciones

1. Agradezco a Cesáreo Calvo y a Anna Giordano las abundantes observaciones hechas durante la redacción de este compendio, sin las cuales la calidad de estas páginas sería sensiblemente inferior. Naturalmente, sólo yo soy responsable de los errores que en ellas se puedan encontrar.

[k]	<c $^{a,o,u,\ consonante}$> <ch ^{e,i}> <q> (ante [w])	Oclusiva en todas las posiciones La secuencia <qu> se pronuncia siempre [kw]
[g]	<g $^{a,o,u,\ consonante}$> <gh ^{e,i}>	Oclusiva en todas las posiciones La secuencia <gu> se pronuncia siempre [gw]
[f]	<f>	Similar a la española
[v]	<v>	Como la <v> catalana o como la <v> española en pronunciación afectada
[s]	<-s> (entre vocales) <s> (otras posiciones)	Similar a la española, aunque ligeramente más dental y menos apical (más parecida a la andaluza)
[z]	<-s-> (entre vocales) <s> (ante consonante sonora)	Como en francés rose o en catalán rosa
[ʃ]	<sci ^{a,o,u,e}> <sc ^{e,i}>	Como en inglés shoe, en francés chou o en catalán caixa.
[ts]	<zz> (entre vocales[2]) <z> (otras posiciones)	Como si se pronunciara una t e, inmediatamente después, una s.
[dz]	<zz> (entre vocales[3]) <z> (otras posiciones)	Como el sonido anterior, pero con vibración de las cuerdas vocales.
[tʃ]	<ci ^{a,o,u,e}> <c ^{e,i}>	Similar a la ch castellana
[dʒ]	<gi ^{a,o,u}> <g ^{e,i}>	Similar a la ll argentina. Ingl. pleasure, cat. platja.
[m]	<m>	Similar a la castellana
[n]	<n>	Similar a la castellana
[ɲ]	<gn>	Similar a la castellana
[l]	<l>	Similar a la castellana
[ʎ]	<gli ^{a,e,o}> <gl ^{e,i}>	Similar a la castellana
[r]	<r>	En posición inicial, equivale a la vibrante simple española

A partir del presente esquema se pueden realizar las siguientes consideraciones sobre la pronunciación de los fonemas italianos:

2. Excepto ante <i> (pronunciada como [j]/[i]) + vocal. Ejs: azienda [ad:zjenda], polizia [polit:sía], azione [at:sjɔne].

3. Vid. nota anterior.

1. Las vocales

A pesar de la existencia en italiano de siete fonemas vocálicos ([a, e, ɛ, i, o, ɔ, u]) portadores de significados diversos, como en pèsca (melocotón) y pésca (pesca), o como en bòtte (golpes) y bótte (barril), se aconseja al hispanófono principiante que siga aproximadamente el sistema vocálico español, ya que no le creará graves problemas de tipo semántico.

Sin embargo, el estudiante avanzado de italiano deberá tener en cuenta que, a pesar de la semejanza entre ambos sistemas vocálicos, las vocales italianas presentan diferencias de matiz con las españolas. Un aprendizaje completo deberá tener en cuenta estas diferencias fonéticas e intentará reproducir los sonidos vocálicos del italiano con la mayor perfección posible, sin dejarse llevar por transposiciones fáciles del sistema pentavocálico del español al italiano (lo que identificará el origen del hablante).

En italiano existen diferencias de cantidad entre las vocales tónicas no finales en sílaba abierta, que se pronuncian ligeramente más largas, y las otras, que resultarán más breves (n**o**te -larga- / n**o**tte -breve-). Este factor también deberá ser tenido en cuenta si se quiere llegar a dominar la pronunciación de la lengua italiana con precisión.

2. Los diptongos y triptongos

La unión de una semivocal o de una semiconsonante (representadas gráficamente como <i>, <u>) con una vocal plena forma un diptongo (*p**ia**no, v**ie**ni, m**ai**, p**au**sa*). La unión de una semiconsonante y una semivocal con una vocal plena dentro de una misma sílaba se denomina triptongo (*m**iei**, a**iuo**le, s**uoi***).

3. Las consonantes

– Las consonantes oclusivas (p, b, t, d, k, g) se pronuncian con una intensidad mayor que en español. Recuerde el hispanoablante que fenómenos como la pérdida de la -d- en los participios de la primera conjugación (*acabao*, *terminao*) se deben a esta tendencia, que también se manifiesta en otras palabras y con otras consonantes (andaluz **caéza*, o**juar*, por *cabeza* y *jugar*). Dicha tendencia no existe en italiano, por lo que la articulación de estas consonantes se realiza con mayor fuerza que en castellano.

– La grafía <c> tiene un sonido velar [k] ante a, o, u (*casa*, *cosa*, *cupo*) y palatal [tʃ] ante e, i (*cento*, *ciglia*). La articulación de este último sonido no es idéntica a la del castellano, ya que en italiano este sonido es alveopalatal, y no palatal. Por tanto, el fonema [tʃ] se realiza en italiano colocando la lengua en una posición ligeramente más adelantada.

Nótese que, en algunos casos, la <i> de los grupos <cie>, <gie> no se pronuncia: *cielo, cieco, valigie, ciliegie*... En estos casos, la <i> se ha mantenido con una función diacrítica o simplemente por razones etimológicas.

– La grafía <g>, al igual que la <c>, posee un sonido velar ante a, o, u (*gatto, goccia, gusto*) y palatal ante e, i (*gente, girare*), que coincide aproximadamente con la pronunciación rehilada del español porteño (arg. *allí*). El sonido italiano es muy parecido al de la palatal central española [y], por lo que el estudiante de italiano deberá tener cuidado de no confundir ambos sonidos (el italiano es africado sonoro, el español es fricativo sonoro).

– Tanto la <c> como la <g> pueden pronunciarse con articulación velar ante e e i; para ello, se intercalará una <h> entre la consonante y la vocal (*chinare* [kináre], *cherubino* [kerubíno], *ghiro* [gíro], *ghetto* [getto]). La <h> funciona, en este caso, como signo gráfico de velarización.

- El grupo consonántico <gl> se pronuncia de modo similar a la <ll> española; no obstante, en algunas palabras de origen culto, como *glicine* [glítʃine] o *negligente* [neglidʒénte], dicho grupo representa la pronunciación del fonema [g] más el fonema [l].
- La pronunciación del grupo consonántico <gn> equivale a la de la grafía española <ñ>, a la de la catalana <ny> o a la de la portuguesa <nh>.
- La <h> es una grafía muda, como en español, y su uso en italiano es muy restringido, empleándose tan sólo en algunas formas del presente de indicativo del verbo *avere* (ho, hai, ha, hanno), en interjecciones (ah!, oh!, ahimè!), ante <c> y <g>, para indicar el sonido velar de estas grafías y en determinadas palabras de origen extranjero (handicap, hors d'oeuvre, hidalgo, habitat, humus).
- La <q> (pronunciada [k]) va siempre unida a los diptongos ua, ue, ui, uo. Es de señalar que, en estos casos, y a diferencia de lo que ocurre en castellano, la u del diptongo se pronuncia siempre (*quando* [kwándo], *questo* [kwésto], *qui* [kwi], *quotare* [kwotáre]).
- Este último caso también se aplica a las grafías <gue>, <gui>, a las que corresponde en castellano la pronunciación [ge], [gi], mientras que en italiano se pronuncian como [gwe], [gwi]. Por tanto, una palabra italiana como *guerra* no se pronunciará [gérra], sino [gwérra].
- La <r> es parecida a la española, aunque el italiano no distingue gráficamente entre la vibrante simple (en español <r> entre vocales) y la vibrante múltiple (en español <rr> entre vocales). Recuérdese que, en posición inicial, el italiano sólo articula la vibrante simple r (y el castellano sólo articula la vibrante múltiple) por lo que palabras como *Roma* o *rana* se pronuncian "más suaves" que en español.
- La <s> puede ser sorda o sonora. Se pronuncia como sonora si precede a una consonante sonora (*sdentato* [zdentáto], *sbavare* [zbaváre]) o en posición intervocálica, si bien en este último caso existe una diferencia regional: en la mitad septentrional de Italia predomina la pronunciación sonora (*rosa* [ròza]), mientras que en la mitad meridional predomina la articulación sorda [rósa].
- La pronunciación correspondiente a la del grupo <sc(i)> equivale a la de la <ch> francesa o a la de la <sh> inglesa. En algunas palabras, la <i> del grupo <scie> no se pronuncia y su mantenimiento obedece a razones puramente etimológicas: *scienza, cosciente, usciere*...
- La <z> puede representar tanto a un sonido sordo como a uno sonoro. Al igual que en el caso anterior, su distribución depende del uso regional. Se aconseja a los hispanoablantes el uso de la pronunciación sonora [dz] al principio de palabra (*zio, zucchero*), y de la sorda [ts] en el resto de las posiciones, así como en los casos de grafía doble <zz> (*pizza, azione, generalizzare*).
- Los sonidos [ʃ], [ts], [dz], [ɲ] y [λ] se pronuncian dobles (es decir, con una duración mayor) en posición intervocálica, aunque no posean grafías especiales que lo indiquen: *coscia* [kóʃ:a], *pizza* [píts:a], *mezzo* [méd:zo], *cagna* [káɲ:a], *moglie* [móλ:e]

4. Entonación

La entonación del italiano es marcadamente distinta de la del castellano. Dicha diferencia radica, fundamentalmente, en las alturas musicales respectivas (más alta para el italiano, más baja para el castellano), así como en la pronunciación breve o larga de las vocales italianas, en la existencia de consonantes dobles y en la reduplicación, en determinadas circunstancias, de la consonante inicial de las palabras. También se ha de tener en cuenta que, en italiano, existe un mayor número de palabras esdrújulas.

5. Pronunciación de palabras extranjeras

Frente a la tendencia del castellano de adaptar a sus esquemas fonéticos los extranjerismos que incorpora (ingl. *meeting*, esp. peninsular *mitin*), el italiano muestra una tendencia a mantener la pronunciación de la palabra en su lengua original (*meeting*). Este mantenimiento dependerá, en cualquier caso, de la época en que dicha palabra se haya introducido en la lengua italiana y del nivel cultural del hablante.

6. Signos de puntuación

En italiano los signos de interrogación y de exclamación son, respectivamente, *?* y *!*. No existen, por tanto, los signos que en castellano marcan el inicio de una interrogación y de una exclamación (*¿* y *¡*).

B. REGLAS PARA LA SEPARACIÓN GRÁFICA DE SÍLABAS

La división gráfica de las sílabas en la lengua italiana da pie a las siguientes observaciones contrastivas:

1. Las grafías que representan a los fonemas consonánticos dobles se sitúan en dos sílabas contiguas. En ningún caso pertenecen a la misma sílaba gráfica:
   pal/la, lab/bro, car/ro, pas/sa/re, no
   **pa/lla, *la/bbro, *ca/rro, *pa/ssa/re*
   Lo dicho anteriormente es válido para la grafía *-cqu-* [kk]:
   ac/qua, no **a/cqua*

2. Especial atención merecen los grupos consonánticos encabezados por s̲ (*nastro, costo, restringere*). Aunque la pronunciación agrupa la s̲ con la sílaba precedente (['nas-tro], ['kos-to]), la división gráfica une la s̲ a la sílaba siguiente, por lo que la división gráfica será:
   na/stro, co/sto, re/strin/ge/re y no
   **nas/tro, *cos/to, *res/trin/ge/re*

3. A diferencia de lo que ocurre en español, en italiano es posible dejar una vocal aislada a final de línea, por lo que no se considera incorrecta una división silábica como la reflejada en las palabras:
   a/more, e/lefante, i/larità, o/mino, u/dire

4. Cuando dos vocales forman diptongo pertenecen a la misma sílaba:
   cau/sa, pie/de, pio/vra

   Dos vocales en hiato pertenecen a dos sílabas distintas:
   pa/u/ra, far/ma/ci/a

5. Los apóstrofos pueden separarse de la palabra a la que se unen:
   dall'/ Africa
   o unirse a ella (en este caso, la división gráfica se establece entre la consonante doble precedente). Esta última es la solución más habitual y la más aconsejable:
   dal/ l'Africa

C. REGLAS DE ACENTUACIÓN

El acento gráfico italiano es grave (`), cuando recae sobre las vocales a, i, u, e (abierta) y o, (abierta); agudo (´) cuando se coloca sobre las vocales e y o[4] cerradas. A pesar de ser esta la regla general, existen variaciones tanto en lo que se refiere al tipo de acentos empleados -en algunas editoriales se acentúa la <u> con acento agudo (´) y en otras con acento grave (`)- como en lo referido a las palabras acentuadas -así, algunos autores acentúan determinados homógrafos polisílabos, cuando de su acentuación dependen diferencias de significado (*áncora* ~ *ancora*)-. Aunque la regla general es la de no indicar gráficamente el acento, éste se escribe:

1. En las palabras agudas acabadas en vocal que no sean monosílabas (*bontà, virtù, temerò, rifiorì*).
2. En algunos monosílabos, para evitar su posible pronunciación bisilábica: *ciò, può, più, già*. Se exceptúan de esta regla *qui* y *qua*.
3. En monosílabos, para diferenciar homónimos:

ché	(causal)	*che*	(completiva y relativo)
dà	(v. dare)	*da*	(prep)
è	(v. essere)	*e*	(conj)
là	(adv. lugar)	*la*	(art. y pron)
lì	(adv. lugar)	*li*	(pronombre)
né	(y no)	*ne*	(part. adverbial)
sé	(pron)	*se*	(conjunción)
sì	(adv. afirmac.)	*si*	(pron. reflexivo)

Por último, téngase en cuenta que, al no estar regulada en italiano la posición del acento por reglas precisas, ésta es irregular e imprevisible, por lo que éste coincide generalmente con su equivalente castellano (camisa ~ camicia), aunque no siempre (Pericles ~ Pericle; democracia ~ democrazia).

II.2. Morfología

II.2.1. El artículo

1. El artículo determinado

La forma del artículo en italiano varía dependiendo del sonido inicial de la palabra que siga al artículo. Este fenómeno, que también se da, aunque de forma muy escasa, en español (*el águila* y no **la águila*, pero *las águilas*), es de gran importancia en italiano. Responde a la tendencia de no acumular demasiadas consonantes o demasiadas vocales juntas.

Se distinguen tres contextos:

a) palabras que comiencen por vocal;
b) palabras masculinas que comiencen por las consonantes:
z (*zio*), x (*xenofobo*), i semiconsonante (*iogurt*),

4. La o en posición final recibe el acento grave: falò, canterò...

o por los grupos consonánticos:

s+consonante (*stomaco*), sc(i)- (*sciocco*), gn- (*gnomo*), ps- (*psichiatra*) pn- (*pneumatico*);

c) palabras que comiencen por el resto de las consonantes.

El paradigma de las formas del artículo quedará del siguiente modo:

		SINGULAR	**PLURAL**
MASCULINO	Caso a) Caso b) Caso c)	l'amico lo pneumatico il libro	gli amici gli pneumatici i libri
FEMENINO	Caso a) Casos b) y c)	l'amica la casa	le amiche le case

Es importante recordar esta alternancia, dado que se repite en el paradigma de los adjetivos bello y quello.

2. El artículo contracto

Las distintas formas del artículo determinado se unen obligatoriamente a las preposiciones a, da, di, in y su, formando una palabra, al igual que ocurre en castellano con las formas al (a + el) y del (de + el). Las formas resultantes mantienen las alternancias fonéticas del artículo.

	IL	**LO**	**L'**	**LA**	**I**	**GLI**	**LE**
A	al	allo	all'	alla	ai	agli	alle
DA	dal	dallo	dall'	dalla	dai	dagli	dalle
DI	del	dello	dell'	della	dei	degli	delle
IN	nel	nello	nell'	nella	nei	negli	nelle
SU	sul	sullo	sull'	sulla	sui	sugli	sulle

Opcionalmente, se puede contraer la preposición con con las formas il e i del artículo determinado, dando así lugar a los artículos contractos col y coi.

3. El artículo indeterminado

El artículo indeterminado presenta alternancias casi idénticas a las del artículo determinado.[5] Hay que señalar que el italiano no posee formas propias para el artículo indeterminado plural, por lo que se sirve de la preposición articulada di + artículo determinado.

5. Las terminaciones del singular del artículo indeterminado se repiten en los adjetivos nessuno, alcuno, ciascuno.

		SINGULAR	PLURAL
MASCULINO	Caso a) Caso b) Caso c)	un uno un	degli degli dei
FEMENINO	Caso a) Casos b) y c)	un' una	delle delle

Además de éstas, el italiano emplea las formas del, dello, dell', della, para indicar la partición. Mediante este uso, que no existe en español, aunque sí en francés, se da a entender que se toma una parte de un todo, el cual no es ni contable ni divisible en partes (piénsese en líquidos como agua, vino, etc.). Así, la traducción equivalente a la frase española *¿Quieres vino?* será en italiano *Vuoi del vino?* y no **Vuoi vino?*.

II.2.2. El sustantivo

A. Formación del plural

El italiano forma el plural de los sustantivos mediante cambios en las vocales finales. Se pueden distinguir los siguientes casos:

1. Los sustantivos acabados en -o (masculino) y en -e (masculino y femenino) forman el plural en -i; los sustantivos femeninos acabados en -a forman el plural en -e:

	Sing	**Plural**
Masc	il treno	i treni
Masc, fem	il mare	i mari
	la torre	le torri
Fem	la strada	le strade

a) Los sustantivos llanos acabados en -co, -ca, -go, -ga añaden una h gráfica a la terminación del plural para mantener la pronunciación velar de dichas consonantes:

Sing		**Pl**	
	buco		buchi
	vacca		vacche
	lago		laghi
	collega		colleghi
	bottega		botteghe

b) Los sustantivos masculinos esdrújulos en -co, -ca, -go y -ga palatalizan la [k] en [tʃ] en el plural; los sustantivos femeninos y los masculinos en [g] mantienen la velaridad:

Sing		**Pl**	
	medico		medici [mɛditʃi]
	musica		musiche [múzike]
	obbligo		obblighi [ò:ligi]

c) Con todo, las reglas a) y b) presentan numerosas excepciones.

Excepciones a la regla a):

Sing	greco amico	Pl	greci amici

Excepciones a la regla b):

Sing	filologo asparago	Pl	filologi asparagi

2. Los sustantivos masculinos terminados en -a forman el plural en -i.

Sing	poeta problema	Pl	poeti problemi

a) Se incluyen aquí las palabras comunes en cuanto al género (aquellas que, en singular, no distinguen morfológicamente el género):

Sing	il/la dentista	Pl	i dentisti le dentiste

Como se puede observar, el masculino plural se forma según la regla 2 y el femenino plural según la regla 1.

b) Al igual que en casos anteriores, los sustantivos masculinos acabados en -ca, -ga, que hacen plural en -i, añaden una h gráfica para indicar que no se produce palatalización alguna:

Sing	il monarca duca	Pl	monarchi [mo'narki] duchi ['duki]

3. El plural de los sustantivos acabados en -io varía según la i sea tónica (en cuyo caso forman el plural en -ii) o átona (en cuyo caso el plural es -i):

Sing	zio pendio bacio studio	Pl	zii pendii baci studi

4. El plural de los sustantivos femeninos acabados en -gia y -cia dependerá del carácter tónico o átono de la i final. En el primer caso, el plural será -cie ['tʃe], -gie ['dʒe]; en el segundo, la i se perderá si la terminación va precedida por una consonante (*pio**gg**ia*) y se conservará si le precede una vocal (*a**c**acia*):

Sing	bugia farmacia pioggia acacia	**Pl**	bugie farmacie piogge piogge

En algún caso la i se puede mantener para diferenciar homógrafos. Así, el plural de *audacia* es *audacie*, para diferenciarlo de *audace*.

5. Algunos sustantivos masculinos acabados en -o en el singular forman el plural en -a y cambian de género:

Sing	l'uovo il paio il riso	**Pl**	le uova le paia le risa

6. Otro grupo está formado por los sustantivos que, acabados en -o en singular, tienen una doble desinencia de plural: en -i, con género masculino, y en -a, con género femenino. Las desinencias del plural sirven generalmente para distinguir dos acepciones de la misma palabra, de las cuales la terminación en -a representa el uso recto, y la terminación en -i el uso desviado o figurado:

Sing	il braccio	**Pl**	i bracci (de una silla...) le braccia (del cuerpo humano)
	il labbro		i labbri (de una herida...) le labbra (de la boca)
	il muro		i muri (de una casa...) le mura (de una ciudad)
	il dito		i diti (considerados por separado) le dita (de la mano) etc...

7. Existen palabras invariables en plural: a) algunos sustantivos acabados en -a; b) la forma abreviada de algunas palabras; c) sustantivos femeninos acabados en -ie; d) algunos sustantivos acabados en -i; e) palabras acabadas en consonante (generalmente extranjerismos); f) palabras agudas acabadas en sílaba tónica; g) palabras usadas sólo en singular o en plural.

a) il/ i	*boia, sosia, vaglia*
b) la/ le	*dinamo, foto, moto, auto*
c) la/le	*specie, serie, barbarie* (excepción: *la moglie ~ le mogli, la superficie ~ le superfici/superficie*)
d) il/i	*brindisi*
d') la/le	*metropoli, analisi, oasi, diagnosi*
e) il/ i	*quiz, film, bar, gas*
f) il/ i	*re, caffè*
f') la/le	*virtù, città, gioventù, gru*
g)	*la fame, i calzoni, gli occhiali...*

8. El plural de los sustantivos compuestos se hace por lo general añadiendo la terminación de plural al final de la palabra:

Sing	l'arcobaleno il francobollo il grattacielo	**Pl**	gli arcobaleni i francobolli i grattacieli

Sin embargo, en algunas ocasiones la desinencia de plural se añade al final del primer sustantivo:

Sing	il capostazione	**Pl**	i capistazione

Y en otras se modifican los dos elementos del compuesto:

Sing	la cassaforte	**Pl**	le casseforti

Las palabras compuestas formadas con la forma capo- merecen un tratamiento especial, para cuya comprensión se remite al lector a la consulta de una gramática.

9. Plurales irregulares:

Sing	il dio il bue l'uomo	**Pl**	gli dei i buoi gli uomini

B. El género

A continuación se señalan algunas de las palabras cuya forma varía totalmente en masculino y en femenino:

Masculino	**Femenino**
uomo	donna
padre	madre
fratello	sorella
genero	nuora
cane	cagna
bue	vacca

II.2.3. El adjetivo

A. Género y número del adjetivo

1. Las variaciones de género y de número en italiano se forman mediante inflexiones vocálicas. Se distinguen tres grupos de adjetivos, según presenten cuatro termina-

ciones distintas (para masculino y femenino, tanto en singular como en plural), dos terminaciones (una para el singular y una para el plural) o una sola terminación:

	Singular		**Plural**	
	masc	fem	masc	fem
4 terminaciones	caldo	calda	caldi	calde
2 terminaciones	soave		soavi	
1 terminación	pari			

Para los adjetivos acabados en -co, -go, -ca, -ga, valen, con ligeras excepciones, las reglas enumeradas en el apartado correspondiente a los sustantivos.

2. Una divergencia notable entre ambos idiomas es la que concierne a los adjetivos gentilicios en **-ese**/ **-és**, variables en género y número para el castellano y variables sólo en cuanto al número en italiano:

Un uomo francese	*Un hombre francés*
Una ragazza francese	*Una chica francesa*
Dei film francesi	*Películas francesas*

B. Los grados del adjetivo

1. El **grado positivo** representa la atribución de una cualidad sin ningún tipo de gradación:
   Il caffè è buono

2. El **grado comparativo** pone en relación dos términos, entre los que se pueden establecer relaciones de:

a) Inferioridad: se expresa mediante el morfema discontinuo **meno...di/che**. La primera de estas estructuras se utiliza para establecer una comparación entre adverbios, pronombres sin adyacentes o sintagmas nominales:

__Ora__ mi annoio meno di __allora__
__Io__ studio meno di __te__
__Il caffè__ è meno caldo __del brodo__

Mediante la segunda se comparan entre sí pronombres con adyacentes u otras categorías (verbos, prep, adj...).

__Lui con la sua bici__ è meno veloce che __con la tua Cinquecento__
Mi piace di meno __leggere__ che __scrivere__
Questo lo faccio meno __per te__ che __per me__
Il caffè è meno __caldo__ che __cattivo__

b) Superioridad: se emplea el morfema discontinuo **più...di/che**, con idéntica distribución a la indicada para el comparativo de inferioridad:

Roma è più bella di Milano
Roma è più bella che tranquilla

c) Igualdad: se utilizan los morfemas discontinuos **tanto...quanto** y **così...come**:

Roma è tanto bella quanto affollata

Questi spaghetti sono così buoni come quelli della nonna

3. El **grado superlativo** atribuye a un elemento el grado máximo de una cualidad. Esta atribución se puede hacer en abstracto (superlativo absoluto) o con respecto a un término de comparación (superlativo relativo). En italiano el superlativo absoluto se forma mediante la adición del sufijo **-issimo**:

Laura è simpaticissima

a) Es de destacar la existencia de superlativos lexicalizados mediante determinaciones adjetivales:

buio pesto, innamorato cotto, bagnato fradicio, pieno zeppo, stanco morto, ricco sfondato...

así como el superlativo formado por la repetición del adjetivo en grado positivo (recuérdese el español *Quiero un café café*):

buono buono, grosso grosso...

b) El superlativo relativo se forma mediante la adición, al adjetivo en grado positivo, del morfema discontinuo **il più...di**. Conviene señalar que la preposición **di** estará sujeta a las mismas variaciones formales que cuando funciona en un sintagma nominal (podrá aparecer, por tanto, bajo las formas del, dell', dello, della, dei, degli, delle):

Mauro è il più bravo ragazzo del suo paese

4. Algunos adjetivos presentan superlativos sintéticos (provenientes del latín).

celebre	*celeberrimo*
integro	*integerrimo*
misero	*miserrimo*

aunque también presentan formas analíticas, formadas por analogía con el resto de los adjetivos:

celebre	*molto celebre*
integro	*molto integro*

Los comparativos y superlativos sintéticos de los adjetivos buono, cattivo, grande, piccolo, alto y basso presentan un uso mayor que el de los otros adjetivos, aunque en el habla coloquial alternen con los superlativos analíticos più, il più, -issimo). Sus formas son muy similares a las de sus equivalentes castellanos:

buono	*migliore, ottimo*
cattivo	*peggiore, pessimo*
grande	*maggiore, massimo*
piccolo	*minore, minimo*
alto	*superiore, supremo*
basso	*inferiore, infimo*

II.2.4. Los demostrativos

1. Adjetivos demostrativos

El italiano, como otras lenguas románicas, posee tan sólo dos grados de deixis. Lo cercano al interlocutor se señala mediante la forma questo (=este), y lo alejado del interlocutor se indica mediante el adjetivo demostrativo quello (= ese y aquel).

Questo sufre las mismas variaciones que un adjetivo de cuatro terminaciones. En singular y ante vocal pierde la vocal final y se apostrofa a la palabra siguiente:

		SINGULAR	PLURAL
MASCULINO	Ante consonante Ante vocal	questo quest'	questi questi
FEMENINO	Ante consonante Ante vocal	questa quest'	queste queste

Sin embargo, hay que señalar que:

a) En el lenguaje escrito actual, existe una fuerte tendencia a no elidir la vocal final cuando la palabra siguiente comienza por vocal, por lo que no es infrecuente encontrar ejemplos como *questo uomo*, en lugar de *quest'uomo*.
b) El lenguaje coloquial hablado utiliza la forma reducida 'sto ('sta, 'sti, 'ste), que conviene evitar en usos formales. No se escribe, a pesar de que existen algunas lexicalizaciones que contienen dicha forma (*stamane, stasera, stavolta*), perfectamente admisibles en el lenguaje escrito.

El adjetivo demostrativo **quello** presenta las mismas terminaciones que el artículo determinado: **quel/il**, **quello/lo**, **quegli/gli**, etc.

2. Los pronombres demostrativos

Los pronombres demostrativos son los siguientes:

	SINGULAR			PLURAL	
	Masculino	Femenino	Neutro	Masculino	Femenino
Este, esto **Ese, aquel**	questo quello	questa quella	ciò ciò	questi quelli	queste quelle

Observaciones:

a) Existen las formas questi y quegli, que se utilizan sólo cuando se refieren a pronombres masculinos singulares en función de sujeto. Se trata de formas literarias que se emplean en la lengua escrita, o en la oral en situaciones formales.

Dante e Boccaccio sono due grandi scrittori. Quegli (=Dante) più mistico, questi (=Boccaccio) più allegro e umano.

II.2.5. Los posesivos

1. Adjetivos posesivos

POSEEDORES		COSAS POSEÍDAS			
		UNA		VARIAS	
		Masculino	Femenino	Masculino	Femenino
Uno	1.ª pers 2.ª pers 3.ª pers	il mio il tuo il suo	la mia la tua la sua	i miei i tuoi i suoi	le mie le tue le sue
Varios	1.ª pers 2.ª pers 3.ª pers	il nostro il vostro il loro	la nostra la vostra la loro	i nostri i vostri i loro	le nostre le vostre le loro

Obsérvese la distinción que establece el italiano entre los casos en que existe un poseedor y varias cosas poseídas, en los que se utilizan las formas suoi/sue (*I suoi libri, le sue cravatte*), y aquellos en los que existen varios poseedores y una o varias cosas poseídas, para los que se reserva la forma loro (il loro disco = el disco de varias personas; *i loro dischi* = los discos de varias personas).

El posesivo italiano va siempre acompañado del artículo. La única excepción a esta regla la constituyen los nombres de parentesco (*madre, zio, nipote*, etc.), ante los cuales el posesivo no irá precedido del artículo:

Mia madre, mio zio, suo nonno.

Sin embargo, cuando estas palabras se utilicen en plural, prefijadas, sufijadas, seguidas de un adjetivo calificativo o acompañadas de loro, el posesivo volverá a ir acompañado del artículo:

La mia mamma, il mio bisnonno, il mio bravo figlio, la loro zia...

Por último, conviene señalar que el italiano usa formas de cortesía también con los posesivos. En singular, las formas de cortesía serán il Suo e il Loro, escritas con mayúscula:

Signor Rossi, la Sua macchina è pronta

En plural, se empleará la forma il Vostro:

È arrivata la Vostra lettera

2. Pronombres posesivos

Son idénticos a los adjetivos posesivos. La diferente categoría viene determinada por la presencia o ausencia de un sustantivo con la función de núcleo del sintagma en que se inserte el posesivo.

II.2.6. Pronombres relativos

FUNCIÓN SINTÁCTICA	Singular		Plural	
	Masculino	Femenino	Masculino	Femenino
Sujeto	che/ chi			
Objeto Directo	che/ chi			
Compl. del nombre	il cui	la cui	i cui	le cui
Obj Ind/ C.circunst	Prep + cui/ Prep + chi			
Cualquier función	il quale	la quale	i quali	le quali

Observaciones:

a) Las formas che y cui alternan en sus funciones: la primera no puede estar precedida de preposición, y por esta razón sólo se puede emplear como sujeto u objeto directo. La segunda, en cambio, sólo puede aparecer precedida de preposición, por lo que se emplea para las restantes funciones.

b) La forma de genitivo il cui... equivale al español cuyo; en italiano, las variaciones de género y de número se expresan mediante la variación del artículo; el pronombre es invariable:

Quella è la donna la cui camicia tanto ti piaceva
Quelli sono i fratelli i cui genitori sono ricchi sfondati

c) El pronombre chi equivale al relativo castellano quien, quienes. Se usa sólo para personas, y puede aparecer tanto en funciones de sujeto y objeto directo como de complemento indirecto o circunstancial.

d) La forma il quale puede sustituir, como figura en el esquema, a las formas che y cui. Equivale a la castellana el cual.

La donna con cui/ con la quale ho parlato è la signora Rossi

II.2.7. Pronombres interrogativos

A continuación se indica la lista de los principales pronombres interrogativos italianos con su traducción aproximada en castellano. Debe tenerse en cuenta, como en los restantes apartados, que existen diferencias de uso cuya explicación se debe buscar en una gramática.

Che?	*¿Qué?*
Che cosa?	*¿Qué?*
Chi?	*¿Quién?*
Quale?	*¿Cuál?, ¿Qué?*
Come?	*¿Cómo?*
Quanto?	*¿Cuánto?*
Dove?	*¿Dónde?*
Quando?	*¿Cuándo?*

Observaciones:

a) Las formas <u>che</u> y <u>chi</u> pueden ir precedidas de preposición, al contrario de lo que sucede a sus homónimas relativas.

b) <u>Quale</u> puede funcionar como adjetivo interrogativo o como pronombre interrogativo. En el primer caso equivale a la forma castellana <u>qué</u>; en el segundo, a la forma <u>cuál</u>. (*Quale pasta ti piace di più? ~ Quale ti piace di più?*)

II.2.8. El pronombre personal

1. Paradigmas tónico y átono

a) Paradigma tónico

			SUJETO	**O. DIR.**	**OTROS COMPL.**
Singular	**1ª pers.** **2ª pers.**		io tu	me te	Prep + me Prep + te
	masculino		lui,(egli, esso) *lei (Ella)*	lui *Lei*	Prep + lui *Prep + Lei*
	3ª pers.	**femenino**	lei,(ella, essa) *lei (Ella)*	lei *Lei*	Prep + lei *Prep + Lei*
		reflexivo		sé	Prep + sé
Plural	**1ª pers.** **2ª pers.**		noi voi	noi voi	Prep + noi Prep + voi
	masculino		loro (essi) *Voi, loro*	loro *Voi, Loro*	Prep + loro *Prep + Voi, Loro*
	3ª pers.	**femenino**	loro (esse) *Voi, loro*	loro *Voi, Loro*	Prep + loro *Prep + Voi, Loro*
		reflexivo		sé	Prep + sé

Observaciones:

1) Las formas de tercera persona en cursiva representan a las formas de tratamiento. Obsérvese el uso de las mayúsculas. Para el plural, se prefiere el uso de la forma <u>Voi</u> al de <u>Loro</u>.

2) El sujeto en tercera persona se expresa mediante el uso de los pronombre <u>lui/lei/loro</u>. Estas formas, pertenecientes en principio al paradigma de las formas de objeto directo, han suplantado a las formas <u>egli</u> y <u>ella</u>, hoy limitadas a usos escritos de carácter formal. También de uso restringido son las formas <u>esso</u>, <u>essa</u> y variantes. Debido a esta razón, se las ha colocado entre paréntesis.

3) La forma de cortesía <u>Ella</u> (escrita con mayúscula) se utiliza sólo en el lenguaje burocrático o en registros extremadamente formales de la lengua hablada.

4) El pronombre de objeto directo no se introduce mediante ninguna preposición. El hablante español ha de prestar especial atención a no introducir la preposición <u>a</u> ante el objeto directo, por calco del castellano:

Cercano te, y no **Cercano a te*

5) La reduplicación del objeto indirecto mediante el correspondiente pronombre, del tipo A mí me gusta, muy frecuente en la lengua hablada, se considera incorrecta en italiano, donde se prefiere la construcción:

A me piace.

6) Sin embargo, la reduplicación del objeto directo es muy frecuente en la lengua italiana, acercándose su uso al del español de América:

La mela, la vuoi?

b) Paradigma átono

	SINGULAR					PLURAL				
	1. p.	**2. p.**	**3. p.**			**1. p.**	**2. p.**	**3. p.**		
			masc.	**fem.**	**refl.**			**masc.**	**fem.**	**refl.**
O. DIR.	mi	ti	lo	la	si	ci	vi	li *Vi, Li*	le *Vi, Le*	si
O. IND.	mi	ti	gli *Le*	le *Le*	si	ci	vi	gli/ loro *Vi,* *Loro*		si

Observaciones:

a) Como en los casos anteriores, las formas en cursiva corresponden a los pronombres de tratamiento que, al igual que los pronombres tónicos, se escriben con mayúscula. En la serie del plural, tanto para los pronombres de objeto directo como para los de objeto indirecto, existen dos formas de tratamiento, de las que la primera (Vi) es menos formal que la segunda.

b) Las formas lo y la sufren el apócope de la vocal final cuando se unen a una palabra que comienza por vocal o por h:

L'avete vista?   **La avete vista?*
L'hai vista?   **La hai vista?*

Sin embargo, ante una forma simple que empieza por vocal no es obligatorio, si se desea mantener claramente la indicación del género:

L'ami?   La ami?

2. Los pronombres *ci* y *ne*

Estas partículas (paralelas a las francesas y y en, o a las catalanas hi y en) no tienen equivalente en castellano. Aunque su uso sólo puede ser descrito en una gramática, se pueden enumerar aquí algunos de sus empleos:

CI: a) sustituye a un complemento de lugar (excepto complementos de lugar "de dónde"); b) sustituye a un complemento preposicional; c) cambia el significado de un verbo.

a) *Vieni al cinema con noi? Sì, ci vengo subito*
b) *Pensi ancora a lei? Sì, ci penso spesso*
c) *La macchina non ci sta là* (=el coche no cabe ahí) ~ *La macchina non sta là* (=el coche no està ahí).

NE: a) sustituye a un complemento de lugar "de dónde"; b) sustituye a un complemento partitivo; c) sustituye a un complemento introducido por la preposición di.

a) *Quando sei tornato da Madrid? Ne sono tornato adesso* (ne = da Madrid)
b) *Vuoi una mela? No, ne ho già mangiate due*
c) *Sai qualcosa di Paolo? Non ne so proprio nulla* (ne = di Paolo)

Estos ejemplos no agotan la nómina de usos diversos de estas partículas, y deben tomarse únicamente como una guía de los usos más frecuentes.

3. La combinación de los pronombres átonos

Los pronombres átonos pueden combinarse entre sí, lo que da lugar a diversos cambios en la forma de dichos pronombres. El siguiente esquema refleja dichos cambios:

	lo	**la**	**li**	**le**	**ne**	**si$_2$**
mi	me lo	me la	me li	me le	me ne	mi si
ti	te lo	te la	te li	te le	te ne	ti si
gli/le	glielo	gliela	glieli	gliele	gliene	gli si / le si
ci	ce lo	ce la	ce li	ce le	ce ne	ci si
vi	ve lo	ve la	ve li	ve le	ve ne	vi si
si$_1$	se lo	se la	se li	se le	se ne	ci si
si$_2$'	lo si	la si	li si	le si	se ne	

Observaciones:

a) La combinación formada por los pronombres gli o le con los pronombres de la columna superior da lugar a las mismas formas. Por esta razón aparecen juntos en la columna de la izquierda (gli + lo = glielo; le + lo *le lo, sino a glielo).

b) Las combinaciones formadas con el si$_1$ pertenecen a aquellas construcciones en las que dicha partícula funciona como pronombre reflexivo de tercera persona:

Il bambino si pettina i capelli *Il bambino se li pettina*

c) Las combinaciones formadas con el si$_2$ corresponden a dos construcciones distintas: las formadas por el si reflexivo formal con los pronombres de objeto indirecto:

Se te cierran los ojos *Ti si chiudono gli occhi*

y las formadas por el pronombre si impersonal más los pronombres de complemento indirecto:

Se me ve de lejos *Mi si vede da lontano*

Obsérvese que el orden de los pronombres cambia en ambas construcciones con respecto al castellano.

d) Las combinaciones en que interviene el si$_2$ están formadas por el si reflexivo formal más los pronombres de objeto directo o el pronombre adverbial ne. Nótese que este caso es idéntico al caso c), a pesar de que el orden de colocación sea distinto:

Se lo oye *Lo si sente*

e) La combinación del si reflexivo con el si impersonal produce la alteración formal ci si para evitar la construcción *si si. (recuérdese que en castellano la combinación de los pronombres le y lo también da lugar a la variación se lo y no a *le lo):

Ci si sente bene qua (= uno se encuentra bien aquí)

II.2.9. El verbo

Para la conjugación de los verbos, tanto regulares e irregulares como auxiliares, se deben tener en cuenta estas observaciones:

1. El nombre de los tiempos verbales aparecerá escrito en italiano, con el fin de hacer familiares los términos gramaticales italianos.
2. Las formas de cortesía concuerdan en tercera persona del singular (Lei) y en la segunda (Voi) o tercera del plural (Loro: más formal).

A) Conjugación de los verbos auxiliares

Los verbos auxiliares italianos son essere y avere:

– El verbo avere se usa como auxiliar de todos los verbos transitivos y de una parte de los verbos intransitivos (en general de todos aquellos que implican un sujeto activo).
– El verbo essere es utilizado como auxiliar de la voz pasiva, de todos los verbos reflexivos y pronominales, y de una parte de los verbos intransitivos (en general de todos aquellos que implican un sujeto paciente).

Para conocer con certeza el auxiliar de los verbos intransitivos se deben consultar las entradas correspondientes del diccionario, donde está especificada esa información.

AVERE

Indicativo:	**Presente**	**Imperfetto**	**Pass. remoto**	**Futuro**
	ho hai ha abbiamo avete hanno	avevo avevi aveva avevamo avevate avevano	ebbi avesti ebbe avemmo aveste ebbero	avrò avrai avrà avremo avrete avranno

Passato prossimo: {ho, hai, ha, abbiamo, avete, hanno} avuto
Trapassato prossimo: {avevo, avevi, aveva, avevamo, avevate, avevano} avuto
Trapassato remoto: {ebbi, avesti, ebbe, avemmo, aveste, ebbero} avuto
Futuro composto: {avrò, avrai, avrà, avremo, avrete, avranno} avuto

	Congiuntivo Presente	Congiuntivo Imperfetto	Condizionale	Imperativo
	abbia	avessi	avrei	Ø
	abbia	avessi	avresti	abbi
	abbia	avesse	avrebbe	abbia
	abbiamo	avessimo	avremmo	abbiamo
	abbiate	aveste	avreste	abbiate
	abbiano	avessero	avrebbero	abbiano

Congiuntivo passato: {abbia, abbia, abbia, abbiamo, abbiate, abbiano} avuto
Congiuntivo trapassato: {avessi, avessi, avesse, avessimo, aveste, avessero} avuto
Infinito: avere/ avere avuto
Gerundio: avendo/ avendo avuto
Participio: avuto

ESSERE

Indicativo:				
	Presente	**Imperfetto**	**Pass. remoto**	**Futuro**
	sono	ero	fui	sarò
	sei	eri	fosti	sarai
	è	era	fu	sarà
	siamo	eravamo	fummo	saremo
	siete	eravate	foste	sarete
	sono	erano	furono	saranno

Pass. prossimo: {sono, sei, è, siamo, siete, sono} stato/a, stati/e
Trapass. pross.: {ero, eri, era, eravamo, eravate, erano} stato/a, stati/e
Trapass. remoto: {fui, fosti, fu, fummo, foste, furono} stato/a, stati/e
Futuro composto: {sarò, sarai, sarà, saremo, sarete, saranno} stato/a, stati/e

	Congiuntivo Presente	Congiuntivo Imperfetto	Condizionale	Imperativo
	sia	fossi	sarei	Ø
	sia	fossi	saresti	sii
	sia	fosse	sarebbe	sia
	siamo	fossimo	saremmo	siamo
	siate	foste	sareste	siate
	siano	fossero	sarebbero	siano

Cong.passato: {sia, sia, sia, siamo, siate, siano} stato/a, stati/e
Id. trapassato: {fossi, fossi, fosse, fossimo, foste, fossero} stato/a, stati/e
Infinito: essere/ essere stato/a, stati/e
Gerundio: essendo/ essendo stato/a, stati/e
Participio: stato/a, stati/e

B) Conjugación de los verbos regulares

A continuación se presenta la conjugación de los verbos regulares. El italiano, como el castellano, presenta tres conjugaciones, acabadas, respectivamente, en -are, -ere e -ire. La tercera conjugación presenta, en cuatro personas de los tiempos verbales de presente de indicativo, presente de subjuntivo e imperativo, variantes formales incoativas (que presentan el infijo -isc- entre la raíz verbal y el morfema de persona).

Por su interés contrastivo, conviene señalar que muchos verbos de la primera conjugación presentan formas esdrújulas o sobresdrújulas en cuatro personas del presente de indicativo, presente de subjuntivo e imperativo; tal es el caso del verbo abitare (estos verbos se indican en las entradas del diccionario italiano-español con la abreviatura <*esd*>):

PRES. INDICATIVO abito, abiti, abita, abitiamo, abitate, abitano
PRES. SUBJUNTIVO abiti, abiti, abiti, abitiamo, abitiate, abitino
IMPERATIVO abita, abiti, abitiamo, abitate, abitino

La conjugación de un verbo normal como lavorare presenta otro esquema acentual:

PRES. INDICATIVO: lavoro, lavori, lavora, lavoriamo, lavorate, lavorano, etc.

Asimismo, es importante tener en cuenta que los verbos de la 3.ª conjugación italiana se dividen en dos grupos. Unos siguen un modelo digamos "normal", mientras que otros intercalan entre la desinencia y el lexema un infijo (-ISC-) en tres personas del presente de indicativo, de subjuntivo y en el imperativo. Tal es el caso del verbo capire y de una gran parte de los verbos de la 3.ª conjugación (estos verbos se indican en las entradas del diccionario italiano-español con la abreviatura <*isc*>):

PRES. INDICATIVO capisco, capisci, capisce, capiamo, capite, capiscono
PRES. SUBJUNTIVO capisca, capisca, capisca, capiamo, capiate, capiscano
IMPERATIVO capisci, capisca, capiamo, capite, capiscano

Otros verbos, como por ejemplo dormire no presentan este fenómeno:

PRES. INDICATIVO: dormo, dormi, dorme, dormiamo, dormite, dormono, etc.

En lo que sigue, los casos de acentos disimétricos en las personas verbales se señalarán subrayando la sílaba tónica.

1. PRESENTE

-ARE	-ERE	-IRE	
amo ami ama amiamo amate amano	vendo vendi vende vendiamo vendete vendono	parto parti parte partiamo partite partono	capisco capisci capisce capiamo capite capiscono

1'. PASSATO PROSSIMO

ho amato hai amato ha amato abbiamo amato avete amato hanno amato	ho venduto hai venduto ha venduto abbiamo venduto avete venduto hanno venduto	ho capito hai capito ha capito abbiamo capito avete capito hanno capito	sono partito/a sei partito/a è partito/a siamo partiti/e siete partiti/e sono partiti/e

2. IMPERFETTO

amavo amavi amava ama<u>va</u>mo ama<u>va</u>te amavano	vendevo vendevi vendeva vende<u>va</u>mo vende<u>va</u>te vendevano	partivo partivi partiva parti<u>va</u>mo parti<u>va</u>te partivano

2'. TRAPASSATO PROSSIMO

avevo amato/ venduto/ capito	ero partito/ partita	etc.

3. PASSATO REMOTO

amai amasti amò amammo amaste amarono	vendei/vendetti vendesti vendé/vendette vendemmo vendeste venderono/vendettero	partii partisti partì partimmo partiste partirono

3'. TRAPASSATO REMOTO

ebbi amato/ venduto/ capito	fui partito/ partita	etc.

4. FUTURO SEMPLICE

amerò amerai amerà ameremo amerete ameranno	venderò venderai venderà venderemo venderete venderanno	partirò partirai partirà partiremo partirete partiranno

4'. FUTURO COMPOSTO

avrò amato/ venduto/ capito	sarò partito/ partita	etc.

5. CONGIUNTIVO PRESENTE

ami ami ami amiamo amiate amino	venda venda venda vendiamo vendiate vendano	parta parta parta partiamo partiate partano	capisca capisca capisca capiamo capiate capiscano

5'. CONGIUNTIVO PASSATO

abbia amato/ venduto/ capito	sia partito/ partita	etc.

6. IMPERFETTO CONGIUNTIVO

amassi amassi amasse amassimo amaste amassero	vendessi vendessi vendesse vendessimo vendeste vendessero	partissi partissi partisse partissimo partiste partissero

6'. TRAPASSATO CONGIUNTIVO

avessi amato/ venduto/ capito	fossi partito/ partita	etc.

7. CONDIZIONALE PRESENTE

amerei ameresti amerebbe ameremmo amereste amerebbero	venderei venderesti venderebbe venderemmo vendereste venderebbero	partirei partiresti partirebbe partiremmo partireste partirebbero

7'. CONDIZIONALE PASSATO

avrei amato/ venduto/ capito	sarei partito/ partita	etc.

8. IMPERATIVO

ama (tu) ami (lui, lei) amiamo (noi) amate (voi) amino (loro)	vendi venda vendiamo vendete vendano	parti parta partiamo partite partano	capisci capisca capiamo capite capiscano

9. MODI INFINITI

Presente:			
Infinito Gerundio Participio	amare amando amante	vendere vendendo vendente	partire partendo partente
Passato:			
Infinito Gerundio Participio	avere amato avere amato amato/a	avere venduto avendo venduto venduto/a	essere partito/a essendo partito/a partito, -a

C. La voz pasiva

La voz pasiva en italiano se forma con la ayuda del verbo auxiliar essere y el participio del verbo correspondiente. El complemento agente se introduce mediante la preposición da:

Francesca era amata da Paolo

Aunque esta sea la construcción más importante, existen otras formas de expresar la voz pasiva mediante: a) Las combinaciones venire más participio y andare más participio; b) la partícula si más el verbo en forma activa (pasiva-refleja)

a) *Nel Comune vengono sprecati troppi soldi*

b) *Si dissero tante sciocchezze in quella seduta!*

II.2.10. Lista de los verbos irregulares

A continuación se encontrará la lista de los verbos irregulares a los que se remite desde las entradas del diccionario italiano-español. Las formas no indicadas se entiende que son regulares, y pueden ser formadas, por tanto, siguiendo los modelos regulares expuestos precedentemente. Las formas alternativas se indican entre paréntesis (p. ej., *appaio, (apparisco)*).

Las abreviaciones empleadas para indicar los tiempos son las siguientes: P= presente de indicativo; F= futuro[6]; PIm= pretérito imperfecto de indicativo; PI= pretérito indefinido; PS= presente de subjuntivo; IS= imperfecto de subjuntivo; I= imperativo; PP= participio de perfecto; G= gerundio:

<esd> **abitare** Verbos de la 1.ª conjugación en cuya conjugación aparecen formas esdrújulas y sobreesdrújulas:

P abito, abiti, abita, abitiamo, abitate, abitano
PS abiti, abiti, abiti, abitiamo, abitiate, abitino
I abita, abiti, abitiamo, abitate, abitino

<isc> **capire** Verbos que añaden el infijo -isc en las personas 1.ª, 2.ª y 3.ª del singular y 3.ª del plural de los presentes de indicativo y de subjuntivo y del imperativo:

P capisco, capisci, capisce, capiamo, capite, capiscono
PS capisca, capisca, capisca, capiamo, capiate, capiscano
I capisci, capisca, capiamo, capite, capiscano

6. No se indica la irregularidad de las formas del condicional, al ser éstas idénticas a las del Futuro.

1	**affiggere**	PI affissi, affiggesti, affisse, affiggemmo, affiggeste, affissero; PP affisso
2	**andare**	P vado, vai, va, andiamo, andate, vanno; F andrò, andrai, andrà, andremo, andrete, andranno; PS vada, vada, vada, andiamo, andiate, vadano; I vai (va'), vada, andiamo, andate, vadano
3	**apparire**	P appaio (apparisco), appari (apparisci), appare (apparisce), appariamo, apparite, appaiono (appariscono); PI apparii (apparvi), apparisti, apparì (apparve), apparimmo, appariste, apparirono (apparvero); PS appaia (apparisca), appaia (apparisca), appaia (apparisca), appariamo, appariate, appaiano (appariscano); PP apparso
4	**ardere**	PI arsi, ardesti, arse, ardemmo, ardeste, arsero; PP arso
5	**assolvere**	PI assolsi (assolvei, assolvetti), assolvesti, assolse (assolvé, assolvette), assolvemmo, assolveste, assolsero (assolverono, assolvettero); PP assolto[7]
6	**assumere**	PI assunsi, assumesti, assunse, assumemmo, assumeste, assunsero; PP assunto
7	**bere**	P bevo, bevi, beve, beviamo, bevete, bevono; PIm bevevo, bevevi, beveva, bevevamo, bevevate, bevevano; PI bevvi (bevetti), bevesti, bevve (bevette), bevemmo, beveste, bevvero (bevettero); F berrò, berrai, berrà, berremo, berrete, berranno; PS beva, beva, beva, beviamo, beviate, bevano; IS bevessi, bevessi, bevesse, bevessimo, beveste, bevessero; PP bevuto
8	**cadere**	PI caddi, cadesti, cadde, cademmo, cadeste, caddero; F cadrò, cadrai, cadrà, cadremo, cadrete, cadranno
9	**chiedere**	PI chiesi, chiedesti, chiese, chiedemmo, chiedeste, chiesero; PP chiesto
10	**chiudere**	PI chiusi, chiudesti, chiuse, chiudemmo, chiudeste, chiusero; PP chiuso
11	**cingere**	PI cinsi, cingesti, cinse, cingemmo, cingeste, cinsero; PP cinto
12	**cogliere**	P colgo, cogli, coglie, cogliamo, cogliete, colgono; PI colsi, cogliesti, colse, cogliemmo, coglieste, colsero; PS colga, colga, colga, cogliamo, cogliate, colgano; PP colto
13	**compiere**[8]	P compio, compi, compie, compiamo, compite, compiono; PIm compivo, compivi, compiva, compivamo, compivate, compivano; PI compii, compisti, compì, compimmo, compiste, compirono; F compirò, compirai, compirà, compiremo, compirete, compiranno; PP compiuto (compito)
14	**concedere**	PI concessi (concedei, concedetti), concedesti, concesse (concedé, concedette), concedemmo, concedeste, concessero (concederono, concedettero); PP concesso
15	**condurre**	P conduco, conduci, conduce, conduciamo, conducete, conducono; PI condussi, conducesti, condusse, conducemmo, conduceste, condussero; PS conduca, conduca, conduca, conduciamo, conduciate, conducano; PP condotto
16	**conoscere**	PI conobbi, conoscesti, conobbe, conoscemmo, conosceste, conobbero
17	**coprire**	PI coprii (copersi), copristi, coprì (coperse), coprimmo, copriste, coprirono (copersero); PP coperto
18	**correre**	PI corsi, corresti, corse, corremmo, correste, corsero; PP corso
19	**cuocere**	P cuocio, cuoci, cuoce, cociamo, cocete, cuociono; PI cossi, cocesti, cosse, cocemmo, coceste, cossero; PS cuocia, cuocia, cuocia, cociamo, cociate, cuociano; PP cotto

7. El participio del verbo **evolversi** es evoluto.

8. Los verbos **adempiere** y **riempire**, sin embargo, tienen como única forma de participio **adempito** y **riempito**, respectivamente.

20 **dare** P do, dai, dà, diamo, date, danno; F darò, darai, darà, daremo, darete, daranno; PI diedi/detti, desti, diede/dette, demmo, deste, diedero/dettero; PS dia, dia, dia, diamo, diate, diano; IS dessi, dessi, desse, dessimo, deste, dessero; I dai (da'), dia, diamo, date, diano

21 **dire** P dico, dici, dice, diciamo, dite, dicono; PIm dicevo, dicevi, diceva, dicevamo, dicevate, dicevano; PI dissi, dicesti, disse, dicemmo, diceste, dissero; F dirò, dirai, dirà, diremo, direte, diranno; PS dica, dica, dica, diciamo, diciate, dicano; IS dicessi, dicessi, dicesse, dicessimo, diceste, dicessero; I di', dica, diciamo, dite, dicano; PP detto

22 **dirigere** PI diressi, dirigesti, diresse, dirigemmo, dirigeste, diressero; PP diretto

23 **discutere** PI discussi, discutesti, discusse, discutemmo, discuteste, discussero; PP discusso

24 **distinguere** PI distinsi, distinguesti, distinse, distinguemmo, distingueste, distinsero; PP distinto

25 **distruggere** PI distrussi, distruggesti, distrusse, distruggemmo, distruggeste, distrussero; PP distrutto

26 **divellere** PI divelsi, divellesti, divelse, divellemmo, divelleste, divelsero; PP divelto

27 **dolere** P dolgo, duoli, duole, doliamo (dogliamo), dolete, dolgono; PI dolsi, dolesti, dolse, dolemmo, doleste, dolsero; F dorrò, dorrai, dorrà, dorremo, dorrete, dorranno; PS dolga (doglia), dolga (doglia), dolga (doglia), doliamo (dogliamo), doliate (dogliate), dolgano; I duoli, dolga (doglia), doliamo (dogliamo), dolete, dolgano

28 **dovere** P devo (debbo), devi, deve, dobbiamo, dovete, devono (debbono); F dovrò, dovrai, dovrà, dovremo, dovrete, dovranno; PS deva (debba), deva (debba), deva (debba), dobbiamo, dobbiate, devano (debbano)

29 **eccellere** PI eccelsi, eccellesti, eccelse, eccellemmo, eccelleste, eccelsero; PP eccelso

30 **emergere** PI emersi, emergesti, emerse, emergemmo, emergeste, emersero; PP emerso

31 **ergere** PI ersi, ergesti, erse, ergemmo, ergeste, ersero; PP erto

32 **esigere** PP esatto

32a **espandere** PI espansi (espandei, espandetti), espandesti, espanse (espandé, espandette), espandemmo, espandeste, espansero (espanderono, espandettero); PP espanso

33 **espellere** PI espulsi, espellesti, espulse, espellemmo, espelleste, espulsero; PP espulso

34 **esprimere** PI espressi, esprimesti, espresse, esprimemmo, esprimeste, espressero; PP espresso

35 **evadere** PI evasi, evadesti, evase, evademmo, evadeste, evasero; PP evaso

36 **fare** P faccio, fai, fa, facciamo, fate, fanno; PIm facevo, facevi, faceva, facevamo, facevate, facevano; PI feci, facesti, fece, facemmo, faceste, fecero; F farò, farai, farà, faremo, farete, faranno; PS faccia, faccia, faccia, facciamo, facciate, facciano; IS facessi, facessi, facesse, facessimo, faceste, facessero; I fa', faccia, facciamo, fate, facciano; PP fatto

36a **-fare**[9] P -faccio/-fò, -fai/-fi, -fa/-fà, -facciamo, -fate, -fanno/-fanno; PS -faccia, -faccia, -faccia, -facciamo, facciate, -facciano

37 **fondere** PI fusi, fondesti, fuse, fondemmo, fondeste, fusero; PP fuso

9. Muchos de los compuestos con el verbo **fare** toman estas terminaciones; para los tiempos no indicados, véase la conjugación de **fare**. El verbo **soddisfare**, además presenta las formas siguientes: P -faccio/-fò/-fo, -fanno/-fanno/-fa; PS -faccia, -faccia/-fi; -facciano/fino.

38	**friggere**	PI frissi, friggesti, frisse, friggemmo, friggeste, frissero; PP fritto
39	**giungere**	PI giunsi, giungesti, giunse, giungemmo, giungeste, giunsero; PP giunto
40	**godere**	F godrò, godrai, godrà, godremo, godrete, godranno
41	**insistere**	PP insistito
42	**ledere**	PI lesi, ledesti, lese, ledemmo, ledeste, lesero; PP leso
43	**leggere**	PI lessi, leggesti, lesse, leggemmo, leggeste, lessero; PP letto
44	**mettere**	PI misi, mettesti, mise, mettemmo, metteste, misero; PP messo
45	**mordere**	PI morsi, mordesti, morse, mordemmo, mordeste, morsero; PP morso
46	**morire**	P muoio, muori, muore, moriamo, morite, muoiono; PS muoia, muoia, muoia, moriamo, moriate, muoiano; PP morto
47	**muovere**	PI mossi, movesti, mosse, movemmo, moveste, mossero; PP mosso
48	**nascere**	PI nacqui, nascesti, nacque, nascemmo, nasceste, nacquero; PP nato
49	**nascondere**	PI nascosi, nascondesti, nascose, nascondemmo, nascondeste, nascosero; PP nascosto
50	**nuocere**	P noccio (nuoccio), nuoci, nuoce, nociamo (nuociamo), nocete (nuocete), nocciono (nuocciono); PIm nocevo (nuocevo), nocevi (nuocevi), noceva (nuoceva), nocevamo (nuocevamo), nocevate (nuocevate), nocevano (nuocevano); PI nocqui, nocesti, nocque, nocemmo, noceste, nocquero; F nocerò (nuocerò), nocerai (nuocerai), nocerà (nuocerà), noceremo (nuoceremo), nocerete (nuocerete), noceranno (nuoceranno); PS noccia (nuoccia), noccia (nuoccia), noccia (nuoccia), nociamo, nociate (nuociate), nocciano (nuocciano); IS nocessi (nuocessi), nocessi (nuocessi), nocesse (nuocesse), nocessimo (nuocessimo), noceste (nuoceste), nocessero (nuocessero)
51	**parere**	P paio, pari, pare, paiamo, parete, paiono; PI parvi, paresti, parve, paremmo, pareste, parvero; F parrò, parrai, parrà, parremo, parrete, parranno; PS paia, paia, paia, paiamo, paiate, paiano; PP parso
52	**perdere**	PI persi (perdei, perdetti), perdesti, perse (perdé, perdette), perdemmo, perdeste, persero (perderono, perdettero); PP perduto (perso)
53	**piacere**	P piaccio, piaci, piace, piacciamo, piacete, piacciono; PI piacqui, piacesti, piacque, piacemmo, piaceste, piacquero; PS piaccia, piaccia, piaccia, piacciamo, piacciate, piacciano
54	**piangere**	PI piansi, piangesti, pianse, piangemmo, piangeste, piansero; PP pianto
55	**porgere**	PI porsi, porgesti, porse, porgemmo, porgeste, porsero; PP porto
56	**porre**	P pongo, poni, pone, poniamo, ponete, pongono; PI posi, ponesti, pose, ponemmo, poneste, posero; PS ponga, ponga, ponga, poniamo, poniate, pongano; PP posto
57	**potere**	P posso, puoi, può, possiamo, potete, possono; F potrò, potrai, potrà, potremo, potrete, potranno; PS possa, possa, possa, possiamo, possiate, possano
58	**prendere**	PI presi, prendesti, prese, prendemmo, prendeste, presero; PP preso
59	**redigere**	PI redassi, redigesti, redasse, redigemmo, redigeste, redassero; PP redatto
60	**redimere**	PI redensi, redimesti, redense, redimemmo, redimeste, redensero; PP redento
61	**ridere**	PI risi, ridesti, rise, ridemmo, rideste, risero; PP riso
62	**riflettere**[10]	PP riflesso (riflettuto)
63	**rifulgere**	PI rifulsi, rifulgesti, rifulse, rifulgemmo, rifulgeste, rifulsero; PP rifulso

10. Otros verbos desde los que se remite a éste sólo tienen la forma irregolare en -sso para el PP; son los verbos **annettere**, **circonflettere**, **connettere**, **disconnettere**, **flettere**, **sconnettere**.

63a **indulgere** PI indulsi, indulgesti, indulse, indulgemmo, indulgeste, indulsero; PP indulto

64 **rimanere** P rimango, rimani, rimane, rimaniamo, rimanete, rimangono; PI rimasi, rimanesti, rimase, rimanemmo, rimaneste, rimasero; F rimarrò, rimarrai, rimarrà, rimarremo, rimarrete, rimarranno; PS rimanga, rimanga, rimanga, rimaniamo, rimaniate, rimangano; PP rimasto

65 **rodere** PI rosi, rodesti, rose, rodemmo, rodeste, rosero; PP roso

66 **rompere** PI ruppi, rompesti, ruppe, rompemmo, rompeste, ruppero; PP rotto

67 **salire** P salgo, sali, sale, saliamo, salite, salgono; PS salga, salga, salga, saliamo, saliate, salgano

68 **sapere** P so, sai, sa, sappiamo, sapete, sanno; PI seppi, sapesti, seppe, sapemmo, sapeste, seppero; F saprò, saprai, saprà, sapremo, saprete, sapranno; PS sappia, sappia, sappia, sappiamo, sappiate, sappiano; I sappi, sappia, sappiamo, sappiate, sappiano

69 **scegliere** P scelgo, scegli, sceglie, scegliamo, scegliete, scelgono; PI scelsi, scegliesti, scelse, scegliemmo, sceglieste, scelsero; PS scelga, scelga, scelga, scegliamo, scegliate, scelgano; PP scelto

70 **scindere** PI scissi, scindesti, scisse, scindemmo, scindeste, scissero; PP scisso

71 **scrivere** PI scrissi, scrivesti, scrisse, scrivemmo, scriveste, scrissero; PP scritto

72 **scuotere** PI scossi, scotesti, scosse, scotemmo, scoteste, scossero; PP scosso

73 **sedere** P siedo, siedi, siede, sediamo, sedete, siedono; PS sieda, sieda, sieda, sediamo, sediate, siedano

74 **seppellire** PP seppellito (sepolto)

74a **solere** P soglio, suoli, suole, sogliamo, solete, sogliono; PS soglia, soglia, soglia, sogliamo, sogliate, sogliano; PP solito

75 **spargere** PI sparsi, spargesti, sparse, spargemmo, spargeste, sparsero; PP sparso

76 **spegnere** P spengo, spegni, spegne, spegniamo, spegnete, spengono; PI spensi, spegnesti, spense, spegnemmo, spegneste, spensero; PS spenga, spenga, spenga, spegniamo, spegniate, spengano; PP spento

77 **stare** P sto, stai, sta, stiamo, state, stanno; F starò, starai, starà, staremo, starete, staranno; PI stetti, stesti, stette, stemmo, steste, stettero; PS stia, stia, stia, stiamo, stiate, stiano; IS stessi, stessi, stesse, stessimo, steste, stessero; I stai (sta'), stia, stiamo, state, stiano

78 **stringere** PI strinsi, stringesti, strinse, stringemmo, stringeste, strinsero; PP stretto

78a **restringere** PI restrinsi, restringesti, restrinse, restringemmo, restringeste, restinsero; PP ristretto

79 **tenere** P tengo, tieni, tiene, teniamo, tenete, tengono; PI tenni, tenesti, tenne, tenemmo, teneste, tennero; F terrò, terrai, terrà, terremo, terrete, terranno; PS tenga, tenga, tenga, teniamo, teniate, tengano

80 **torcere** PI torsi, torcesti, torse, torcemmo, torceste, torsero; PP torto

81 **trarre** P traggo, trai, trae, traiamo, traete, traggono; PI trassi, traesti, trasse, traemmo, traeste, trassero; F trarrò, trarrai, trarrà, trarremo, trarrete, trarranno; PS tragga, tragga, tragga, traiamo, traiate, traggano; PP tratto

82 **udire** P odo, odi, ode, udiamo, udite, odono; F udirò (udrò), udirai (udrai), udirà (udrà), udiremo (udremo), udirete (udrete), udiranno (udranno); PS oda, oda, oda, udiamo, udiate, odano

83 **uscire** P esco, esci, esce, usciamo, uscite, escono; PS esca, esca, esca, usciamo, usciate, escano; I esci, uscite

84 **valere** P valgo, vali, vale, valiamo, valete, valgono; PI valsi, valesti, valse, valemmo, valeste, valsero; F varrò, varrai, varrà, varremo, varrete, varranno; PS valga, valga, valga, valiamo, valiate, valgano; PP valso

85	**vedere**	F vedrò, vedrai, vedrà, vedremo, vedrete, vedranno; PI vidi, vedesti, vide, vedemmo, vedeste, videro; PP visto (veduto)
86	**venire**	P vengo, vieni, viene, veniamo, venite, vengono; PI venni, venisti, venne, venimmo, veniste, vennero; F verrò, verrai, verrà, verremo, verrete, verranno; PS venga, venga, venga, veniamo, veniate, vengano; PP venuto
87	**vincere**	PI vinsi, vincesti, vinse, vincemmo, vinceste, vinsero; PP vinto
88	**vivere**	F vivrò, vivrai, vivrà, vivremo, vivrete, vivranno; PI vissi, vivesti, visse, vivemmo, viveste, vissero; PP vissuto
89	**volere**	P voglio, vuoi, vuole, vogliamo, volete, vogliono; PI volli, volesti, volle, volemmo, voleste, vollero; F vorrò, vorrai, vorrà, vorremo, vorrete, vorranno; PS voglia, voglia, voglia, vogliamo, vogliate, vogliano
90	**volgere**	PI volsi, volgesti, volse, volgemmo, volgeste, volsero; PP volto

II.2.11. Los numerales

Cardinali		Ordinali	
0	zero	Ø	
1	uno	1°	primo
2	due	2°	secondo
3	tre	3°	terzo
4	quattro	4°	quarto
5	cinque	5°	quinto
6	sei	6°	sesto
7	sette	7°	settimo
8	otto	8°	ottavo
9	nove	9°	nono
10	dieci	10°	decimo
11	undici	11°	undicesimo
12	dodici	12°	dodicesimo
13	tredici	13°	tredicesimo
14	quattordici	14°	quattordicesimo
15	quindici	15°	quindicesimo
16	sedici	16°	sedicesimo
17	diciassette	17°	diciassettesimo
18	diciotto	18°	diciottesimo
19	diciannove	19°	diciannovesimo
20	venti	20°	ventesimo
21	ventuno	21°	ventunesimo
22	ventidue	22°	ventiduesimo
23	ventitré	23°	ventitreesimo
30	trenta	30°	trentesimo
40	quaranta	40°	quarantesimo
50	cinquanta	50°	cinquantesimo
60	sessanta	60°	sessantesimo
70	settanta	70°	settantesimo
80	ottanta	80°	ottantesimo
90	novanta	90°	nonagésimo/novantesimo
100	cento	100°	centesimo
101	cent(o)uno	101°	centunesimo
102	centodue	......	
110	centodieci	......	
120	centoventi	120°	centoventesimo
200	duecento	......	
300	trecento	......	
1000	mille	1000°	millesimo
1001	milleuno	1001°	millesimo primo
1002	milledue		
2000	duemila		
3000	tremila		
4000	quattromila		
10 000	diecimila		
20 000	ventimila		
21 000	ventunmila		
100 000	centomila		
1 000 000	un milione		
1 000 000 000	un miliardo		

III. ABREVIATURAS

abreviatura	*abr*	abbreviazione
adjetivo	*adj*	aggettivo
adjetivo y sustantivo	*adj/s*	aggettivo e sostantivo
administración, lenguaje administrativo	*adm*	amministrazione, linguaggio amministrativo
adverbio	*adv*	avverbio
aeronáutica, aviación	*aero*	aeronautica, aviazione
agricultura	*agric*	agricoltura
alguien	*alg*	qualcuno
americanismo	*Am*	americanismo
Centroamérica	*Am Cent*	America centrale
Sudamérica	*Am Mer*	America del Sud
Andalucía	*And*	Andalusia
anticuado	*ant*	antiquato
artículo	*ar*	articolo
Argentina	*Arg*	Argentina
arquitectura	*arq*	architettura
bellas artes	*arte*	belle arti
astrología	*astrol*	astrologia
astronomía	*astron*	astronomia
automovilismo	*auto*	automobilismo
banca	*banc*	banca
biología	*biol*	biologia
Bolivia	*Bol*	Bolivia
botánica	*bot*	botanica
Italia central	*centr*	Italia centrale
Italia centromeridional	*centromerid*	Italia centromeridionale
Chile	*Chile*	Cile
lenguaje científico	*cient*	linguaggio scientifico
cinematografia	*cine*	cinematografia
Colombia	*Col*	Colombia
coloquial	*coloq*	colloquiale
comercio	*com*	commercio
conjunción	*conj*	congiunzione
construcción	*constr*	edilizia
correos	*correo*	poste
Costa Rica	*CR*	Costa Rica
Cuba	*Cuba*	Cuba
despectivo	*desp*	dispregiativo
diplomacia	*dipl*	diplomazia
economía	*econ*	economia
Ecuador	*Ecu*	Ecuador
electricidad	*electr*	elettricità
electrónica, técnica del sonido	*electrón*	elettronica, tecnica del suono
elevado	*elev*	elevato
enfático	*enf*	enfatico
verbo esdrújulo de la 1.ª conj.	*‹esd›*	verbo sdrucciolo della 1ª coniug.
España	*Esp*	Spagna

estándar	*estánd*	standard
estudios	*estud*	studi
eufemístico	*euf*	eufemistico
exclamación, interjección	*excl*	esclamazione, interiezione
femenino	*f*	femminile
farmacia	*farma*	farmacia
ferrocarril	*ferroc*	ferrovie
figurado	*fig*	figurato
filosofía	*filos*	filosofia
física	*fís*	fisica
fotografía	*foto*	fotografia
femenino plural	*fpl*	femminile plurale
gastronomía, comidas, bebidas	*gastr*	gastronomia, cibi, bevande
geografía	*geogr*	geografia
geología	*geol*	geologia
geometría	*geom*	geometria
Guatemala	*Guat*	Guatemala
heráldica	*heráld*	araldica
historia, voz histórica	*hist*	storia, voce storica
Honduras	*Hond*	Honduras
humorístico	*hum*	umoristico
imprenta, tipografía	*impr*	stampa, tipografia
industria	*indus*	industria
lenguaje infantil	*infant*	linguaggio infantile
informática	*informát*	informatica
invariable	*inv*	invariabile
irónico	*irón*	ironico
verbo incoativo de la 3.ª conj.	*‹isc›*	verbo incoativo della 3ª coniug.
palabra usada en varias jergas	*jerga*	parola usata in diversi gerghi
jerga de delincuentes	*jerga delinc*	gergo dei delinquenti
jerga de drogadictos y narcotraficantes	*jerga drog*	gergo dei drogati e dei trafficanti di droga
jerga estudiantil	*jerga estud*	gergo studentesco
jerga militar	*jerga mil*	gergo militaresco
derecho, lenguaje jurídico	*jur*	diritto, linguaggio giuridico
lingüística, gramática	*ling*	linguistica, grammatica
literatura, métrica, retórica	*lit*	letteratura, metrica, retorica
masculino	*m*	maschile
matemáticas	*mat*	matematica
mecánica	*mec*	meccanica
medicina, anatomía	*med*	medicina, anatomia
Italia meridional	*merid*	Italia meridionale
metalurgia, metales	*metal*	metallurgia, metalli
meteorología	*meteo*	meteorologia
México	*Méx*	Messico
militar	*mil*	militare
mineralogía, minerales	*min*	mineralogia, minerali
mitología	*mitol*	mitologia
masculino plural	*mpl*	maschile plurale
música	*mús*	musica
navegación, marítimo	*nav*	navigazione, marittimo

Nicaragua	*Nic*	Nicaragua
obsoleto	*obsol*	obsoleto
onomatopeya	*onom*	onomatopea
periodismo	*period*	giornalismo
Perú	*Perú*	Perù
plural	*pl*	plurale
política	*pol*	politica
participio pasado	*pp*	participio passato
Puerto Rico	*PR*	Portorico
preposición	*prep*	preposizione
pronombre	*pron*	pronome
psicología	*psicol*	psicologia
alguien	*q*	qualcuno
alguna cosa	*qc*	qualcosa
química	*quím*	chimica
radiodifusión	*radio*	radiodiffusione
raro	*raro*	raro
República Dominicana	*RD*	Repubblica Dominicana
regional	*reg*	regionale
religión, iglesia	*relig*	religione, chiesa
Italia septentrional	*sept*	Italia settentrionale
singular	*sing*	singolare
deporte	*sport*	sport
también	*tamb.*	anche
tauromaquia	*taur*	tauromachia
teatro	*teat*	teatro
tecnología	*tecn*	tecnologia
telecomunicaciones	*telec*	telecomunicazioni
Toscana	*tosc*	Toscana
transporte	*transp*	trasporti
televisión	*TV*	televisione
textil, ropa	*txtl*	tessile, abbigliamento
una cosa	*u-c*	qualcosa
Uruguay	*Ur*	Uruguay
véase	*V.*	vedi
verbo auxiliar	*v/aux*	verbo ausiliare
verbo defectivo	*v/def*	verbo difettivo
verbo impersonal	*v/impers*	verbo impersonale
Venezuela	*Ven*	Venezuela
veterinaria	*vet*	veterinaria
verbo intransitivo	*vi*	verbo intransitivo
verbo transitivo	*vt*	verbo transitivo
verbo transitivo e intransitivo	*vt/i*	verbo transitivo e intransitivo
vulgar, grosero	*vulg*	volgare
zoología	*zool*	zoologia

I

ITALIANO - ESPAÑOL
ITALIANO - SPAGNOLO

A

a (*ante vocal* **ad**) *prep* 1. (*dirección*) a; ***andare ~ Parigi, ad Ancona, ad Orvieto*** *ir a París, a Ancona, a Orvieto*; ***andare al mare, ~ scuola, ~ teatro*** *ir al mar/a la playa, a clase/a la escuela, al teatro*; ***~ sinistra, ~ destra*** *a la izquierda, a la derecha*; ***andare ~ pranzo, ~ cena*** *ir a comer, a cenar*; 2. (*situación*) en; ***abitare ~ Trieste*** *vivir en Trieste*; ***lavorare alla Fiat*** *trabajar en la Fiat*; ***studiare all'università*** *estudiar en la universidad*; ***~ pagina tre*** *en la página tres*; 3. (*tiempo*) a, hasta; ***alle due, ~ mezzogiorno*** *a las dos, al mediodía*; ***~ domani, dall'oggi al domani*** *hasta mañana, de hoy para mañana*; ***~ marzo, ~ Natale*** *en marzo, en Navidad*; ***~ vent'anni*** *a los veinte años*; 4. (*objeto indirecto*) a; ***l'ho regalato ~ Luigi*** *se lo he regalado a Luis*; 5. (*modo*) a, de, por...; ***~ cavallo, ~ piedi, dipingere ~ olio*** *a caballo, a pie, pintar al óleo*; ***~ memoria, tenere ~ braccetto, macchina ~ due posti, ~ uno ~ uno, ~ due ~ due*** *de memoria, coger del brazo, coche de dos plazas, de uno en uno, de dos en dos*; ***parlare ~ gesti*** *hablar por señas*; 6. (*precio*) a; ***~ cinquemila lire l'uno*** *a cinco mil liras cada uno*; 7. (*tras algunos verbos y adjetivos*) a, para; ***disposto ~, cominciare ~, mettersi ~*** *dispuesto a, empezar a, ponerse a*; ***adatto ~ qc/q, dannoso/nocivo alla salute*** *adecuado para algo/alg, perjudicial para la salud*; ***prova ~ dirglielo*** *intenta decírselo*

a *m/f inv* a *f* ◊ ***dalla ~ alla zeta*** *adv* de pe a pa, de cabo a rabo

AA.VV. (*Autori Vari*) *abr* (*Autores Varios*) AA.VV.

abaco (*pl* **-chi**) *m arq/mat* ábaco

abate *m* abad

abat-jour [aba'ʒur] *m inv* lamparita de noche *f*

abbacchi|are 1. *vt agric* varear; **2. ~rsi** deprimirse, estar abatido; **~o** (*pl* **-chi**) *m centr gastr* cordero lechal

abbacina|mento *m* deslumbramiento; **~re** *vt tamb. fig* deslumbrar, cegar

abbaco V. **abaco**

abbadessa V. **badessa**

abbagli|amento *m* deslumbramiento; **~ante 1.** *adj* deslumbrante; **2.** *m auto* luz de carretera *f*, luz larga *f*; **~are** *vt tamb. fig* deslumbrar, cegar; **~o** (*pl* **-gli**) *m* 1. deslumbramiento; 2. error; 3. alucinación *f* ◊ ***prendere un ~*** equivocarse, cometer un error

abbai|are *vi* ‹*avere*› 1. ladrar; 2. chillar, vocear ◊ ***~ alla luna*** ladrar a la luna, gritar en vano; **~atore, -trice** *adj* ladrador, -a; **~no** *m* 1. *arq* claraboya *f*, claro, tragaluz; 2. desván, buhardilla *f*, guardilla *f*; **~o** (*pl* **-ai**) *m* ladrido

abbandon|are 1. *vt* abandonar; **2. ~rsi** 1. dejarse caer; ***~ su una poltrona*** *dejarse caer en un sillón*; 2. abandonarse; aplatanarse; **~ato, -a** *adj* 1. abandonado, -a; descuidado, -a; 2. desamparado, -a, desvalido, -a; *med* desahuciado, -a; **~o** *m* 1. abandono; *fig* abandono, dejadez *f*, desidia *f*; 2. abandono, deserción *f*; *jur* dejación *f*; *sport* abandono ◊ ***~ scolastico*** fracaso escolar

abbarbagli|amento *m* 1. *elev* deslumbramiento; 2. *elev* error; **~re 1.** *vt* 1. *elev* deslumbrar; 2. *elev* confundir; **2. ~rsi** *elev* equivocarse

abbarbica|mento *m* arraigo, enraizamiento; **~re** ‹*esd*› **1.** *vi* ‹*avere*› 1. *bot tamb. fig* arraigar, echar raíces; 2. asirse con fuerza; **2. ~rsi** 1. *bot tamb. fig* arraigar *vi*; 2. asirse

abbass|alingua *m inv med* depresor lingual *m*; **~amento** *m* bajada *f*, disminución *f*, descenso; *com* rebaja *f*; **~are 1.** *vt* 1. bajar; ***~ un quadro*** *bajar un cuadro*; ***~ la radio*** *bajar la radio*; ***~ il capo*** *agachar la cabeza*; ***~ la bandiera*** *arriar la bandera*; 2. disminuir; 3. humillar; **2. ~rsi** 1. bajar *vi*, disminuir *vi*; 2. humillarse, rebajarse; ***~rsi a chiedere perdono*** *rebajarse a pedir perdón* ◊ ***~ la cresta (a q)*** bajarle los humos (a alg); **~o** *adv/excl* abajo

abbastanza *adv* bastante; ***averne ~ di q/qc*** *estar harto de alg/u-c*

abbattere 1. *vt* 1. (*árbol*) abatir, talar; (*pared*) derribar, echar abajo; (*avión*) abatir, derribar; (*animal*) abatir; 2. *nav* abatir, derivar; 3. abatir, afligir; **2. ~rsi** 1. (*desgracia, plaga*) abatirse, caer *vi*; 2. abatirse, deprimirse

abbatti|mento *m* 1. (*árboles, paredes, aviones*) derribo; 2. (*animales*) matanza *f*; 3. (*tristeza*) abatimiento; **~tore, -trice 1.** *m/f* talador, -a; **2.** *m tecn* congelador rápido, abatidor de temperatura

abbattuto, -a *adj* (*triste*) abatido, -a, de capa caída

abbazia *f* abadía; **~le** *adj* abacial

abbecedario (*pl* **-ri**) *m* abecedario, abecé

abbelli|mento *m* embellecimiento, adorno; *mús* floritura *f*; **~re** ‹*isc*› **1.** *vt* embellecer, adornar; (*persona*) embellecer, acicalar, asear; **2. ~rsi** (*casa, caballo*) embellecerse, acicalarse

abbevera|ggio (*pl* **-gi**) *m* abrevamiento; **~re** ‹*esd*› **1.** *vt* abrevar; **2. ~rsi** quitarse/matar la sed; **~toio** (*pl* **-oi**) *m* abrevadero

abbi, abbia, abbiamo... V. **avere**

abbiccì *m inv tamb. fig* abecedario *m*, abecé *m*; ***l'~ della matematica*** *el abecé de las matemáticas* ◊ ***essere all'~*** estar al comienzo, estar en pañales

abbiente *adj* acomodado, -a, pudiente ◊ ***le classi ~i*** *fpl* las clases acomodadas

abbietto V. **abietto**

abbiglia|mento *m* ropa *f*, indumentaria *f*, vestuario; ***negozio di ~*** *tienda de confección/de ropa*; ***l'industria dell'~*** *la industria de la moda*; **~re** *vt* vestir, ataviar, engalanar

abbina|mento *m* acoplamiento, emparejamiento; *sport* emparejamiento; **~re** *vt* acoplar, emparejar

abbindola|mento *m* 1. (*tela*) aspado; 2. engaño, embaucamiento, engatusamiento; **~re** ‹*esd*› **1.** *vt* 1. aspar; 2. engañar, embaucar, engatusar; **2. ~rsi** enmarañarse; **~tore, -trice** *adj/s* embaucador, -a, engatusador, -a
abbocca|mento *m* encuentro, abocamiento; **~re 1.** *vt* 1. coger con la boca; 2. colmar; 3. *tecn* (*tubo*) embocar; **2.** *vi* 1. abocar *vt*; 2. picar, morder el anzuelo *vt*; **3. ~rsi** entrevistarse, encontrarse ◊ **~ *all'amo*** picar/morder el anzuelo; **~to, -a** *adj* 1. (*vino*) abocado, -a, embocado, -a; 2. (*persona*) comedor, -a; **~tura** *f* embocadura
abbona|cciare *vt* abonanzar; **~mento** *m* abono; (*periódico*) suscripción *f*; (*teléfono, TV*) canon; *transp* abono; **~re** ‹*abbuono, abboniamo*› **1.** *vt* 1. *com* abonar; 2. (*falta, error*) perdonar, tolerar; **2. ~rsi** *transp/teat* abonarse; (*periódico*) suscribirse; **~to, -a 1.** *adj* abonado, -a, suscrito, -a; **2.** *m/f* abonado, -a, suscriptor, -a
abbonda|nte *adj* abundante; **~nza** *f* abundancia ◊ ***in ~*** *adv* en abundancia; ***vivere nell'~*** vivir/nadar en la abundancia; **~re** *vi* ‹*avere/essere*› abundar (**di** en), exceder (**in/di** en)
abbonire ‹*isc*› **1.** *vt* 1. calmar; 2. *agric* abonar; **2. ~rsi** calmarse, aplacarse
abbono V. **abbuono**
abbord|abile *adj* abordable; **~aggio** (*pl* **-gi**) *m* abordaje ◊ ***all'~*** *adv* al abordaje; **~are** *vt* 1. *nav* abordar; abordar, salir al encuentro (**q** de alg); 2. ligar (**q** con alg); **~o** *m* abordaje ◊ ***di difficile ~*** *adj* (*persona*) inaccesible; ***di facile ~*** *adj* accesible
abborraccia|mento *m* chapuza *f*, parche; **~are** *vt* chapucear, parchear; **~atore, -trice** *adj/s* chapucero, -a; **~atura** *f* chapuza, chapucería, parche *m*; **~one, -a** *adj/s* chapucero, -a
abborrire V. **aborrire**
abbottona|re *vt* abotonar, abrochar; **~tura** *f* botonadura
abbozz|are *vt* esbozar, bosquejar; **~ *un sorriso*** *esbozar una sonrisa*; **~o** *m* esbozo, bosquejo; (*pintura*) boceto, esbozo ◊ **~ *di legge*** anteproyecto de ley
abbracci|are *vt* abrazar; abarcar, comprender ◊ ***chi troppo abbraccia nulla stringe*** quien mucho abarca poco aprieta; **~o** (*pl* **-ci**) *m* abrazo
abbrancare *vt* agarrar, asir, aferrar
abbrevia|mento *m* abreviamiento; **~re** *vt* abreviar; **~tivo, -a 1.** *adj* rápido, -a; **~to,-a** *adj* abreviado, -a ◊ ***corso ~*** *curso rápido*; **2.** *m relig* abreviador; **~tura** *f* abreviatura; **~zione** *f* (*acción*) abreviación; (*forma abreviada*) abreviatura
abbriv|are *vt/i* ‹*avere*› *nav* arrancar; **~o** *m* arrancada *f* ◊ ***dare l'~*** (*ayudar*) dar un empujón; ***prendere l'~*** emprender la marcha
abbronza|nte *adj/m* bronceador, -a ◊ ***crema ~*** *f* crema bronceadora; **~re 1.** *vt* broncear; **2. ~rsi** broncearse; **~tura** *f* bronceado *m*
abbruciacchiare *vt* chamuscar, socarrar; *gastr* soflamar, sollamar
abbrunare *vt* enlutar; oscurecer
abbrustoli|mento *m* tostadura *f*, tostado; (*café*) tueste; **~re** ‹*isc*› **1.** *vt* tostar; **2. ~rsi** (*tomar el sol*) tostarse
abbruti|mento *m* embrutecimiento; **~re** ‹*isc*› **1.** *vt* embrutecer; **2.** *vi/~rsi* embrutecerse
abbruttire ‹*isc*› *vt* ensuciar, afear
abbuffa|rsi atiborrarse, atracarse, ponerse morado (*coloq*); **~ta** *f* comilona
abbuiare 1. *vt* 1. oscurecer; 2. *fig* entristecer; 3. tapar, echar tierra; **~ *un brutto fatto*** *echar tierra a/tapar un feo asunto*; **2. ~rsi** 1. quedarse ciego; 2. oscurecerse; 3. entristecerse
abbuon|are V. **abbonare**; **~o** *m com* bonificación *f*, descuento; *sport* (*ciclismo*) bonificación *f*; (*hípica*) handicap
abburattare *vt* 1. (*harina*) cerner; 2. *raro* examinar, escudriñar; 3. *raro* sacudir, agitar
abdica|re ‹*isc*› *vi* ‹*avere*› abdicar; renunciar; **~zione** *f* abdicación; renuncia
abdu|ttore, -trice *adj/m med* abductor, -a; ***muscolo ~*** *músculo abductor*; **~zione** *f filos* abducción
abelmosco (*pl* **-schi**) *m bot* ambarina *f*
aberra|nte *adj* aberrante; **~zione** *f* aberración
abet|aia *f* abetal *m*; **~e** *m* abeto, pinabete ◊ **~ *bianco, rosso*** abeto blanco, rojo; **~ina** *f* abetal *m*
ABI (*Associazione della Banca Italiana*) *abr*
abie|ttezza *f* abyección; **~tto, -a** *adj* abyecto, -a; **~zione** *f* abyección
abigeato *m jur* abigeato
abile *adj* hábil
abilit|à *f inv* habilidad *f*; **~ante** *adj* habilitador, -a ◊ ***corsi ~i*** *mpl* cursos de habilitación; **~are** ‹*esd*› *vt jur/com* habilitar, capacitar (**a** para); **~ato, -a** *adj jur/com* habilitado, -a, capacitado, -a; **~azione** *f jur/com* habilitación, capacitación ◊ **~ *all'insegnamento*** ="habilitación para la docencia"
abiotico, -a (*m pl* **-ci**) *adj biol* abiótico, -a
abissale *adj* abismal; *bot/nav/geol* abisal ◊ ***fauna ~*** *f* fauna abisal
Abissin|ia *f geogr* Abisinia; ***~o, -a** *adj/s* abisinio, -a
abisso *m tamb fig* abismo; ***tra di loro c'è un ~*** *entre ellos media un abismo*;
abita|bile *adj* habitable; **~bilità** *f inv arq/auto* habitabilidad *f* ◊ ***autorizzazione di ~*** *f arq* certificado/cédula de habitabilidad; **~colo** *m auto* habitáculo; *aero* carlinga *f*; **~nte** *adj/s* habitante; **~re** ‹*esd*› **1.** *vt* habitar, ocupar; **2.** *vi* ‹*avere*› vivir, habitar, residir; **~ *in campagna/a Firenze*** *vivir en el campo/en Florencia*; **~to** *m* población *f*, lugar habitado; **~tore, -trice** *m/f elev* habitante (*estánd*); **~zione** *f* casa, vivienda; habitación
abito *m* 1. traje, vestido; *relig* hábito; 2. hábito, costumbre *f* ◊ **~ *da uomo/da donna*** traje de caballero/de señora; **~ *da cerimonia*** traje de etiqueta; **~ *di agala/da gran sera*** vestido de gala; **~ *da passeggio*** traje de calle/de paseo;

~ ***da sera*** traje de noche; ~ ***talare*** vestido talar; ***taglio d'~*** *m* corte de vestido; ***prendere/vestire l'~*** tomar el hábito; ***deporre/abbandonare/lasciare l'~*** colgar/ahorcar/dejar los hábitos; ***l'~ non fa il monaco*** el hábito no hace al monje

abitua|le *adj* habitual; **~re** ‹*esd*› **1.** *vt* acostumbrar, habituar; ~ ***i figli allo studio*** *acostumbrar a los hijos a estudiar*; **2. ~rsi** acostumbrarse, habituarse; ***~rsi a fare qc*** *acostumbrarse a hacer u-c*; **~to, -a** *adj* acostumbrado, -a, habituado, -a, avezado, -a

abitudinario, -a (*m pl* **-ri**) **1.** *adj* habitual, consuetudinario, -a; rutinario, -a; **2.** *m/f* (*bar...*) habitual, parroquiano, -a

abitudine *f* costumbre, hábito *m*

abituro *m* choza *f*, casucha *f*

abiura *f* abjuración; **~re** *vt* abjurar

abla|tivo *m ling* ablativo; **~zione** *f med/geol* ablación

abluzione *f* ablución

abnega|to, -a *adj* abnegado, -a; **~zione** *f* abnegación

abnorme *adj* anormal

abolire ‹*isc*› *vt* abolir; *jur* abolir, derogar

abolizion|e *f* abolición; **~ismo** *m* abolicionismo; **~ista** *adj/s* abolicionista

abomaso *m zool* cuajo

abomin|are ‹*esd*› *vt* abominar; **~azione** V. **abominio**; **~evole** *adj* abominable ◊ ***l'~ uomo delle nevi*** *m* el abominable hombre de las nieves; **~io** (*pl* **-ni**) *m* abominación *f*

aborigeno, -a *adj/s* aborigen

aborri|mento *m* aborrecimiento; **~re** ‹*isc*› *vt/i* ‹*avere*› aborrecer, detestar

abort|ire *vi* ‹*avere, fig essere*› abortar; **~ista** *adj/s* abortista; **~ivo, -a** *adj/m* abortivo, -a; **~o** *m* 1. *med* aborto; 2. abortamiento, desbaratamiento; 3. *desp* aborto, engendro, feto

abracadabra *m inv* abracadabra

abrasi|one *f* abrasión; **~vo, -a** *adj/m* abrasivo, -a

abroga|re *vt jur* abrogar, derogar; **~torio, -a** (*m pl* **-ri**) *adj jur* abrogatorio, -a, derogatorio, -a; **~zione** *f jur* abrogación, derogación

abrotano *m bot* abrótano, boja *f* ◊ ~ ***femmina*** abrótano hembra, cipresillo

abruzz|ese *adj/s* (*de los Abruzos*) abrucés, -esa; ***~o** (*var.* **Abruzzi** *mpl*) *m geogr* Abruzos *mpl*

ABS (*sistema frenante antibloccaggio*) *abr/m* (*sistema de frenado antibloqueo*) ABS

absid|ale *adj* absidal; **~e** *f arq/astron* ábside *m/f* (!)

abstract *m inv cient* (*resumen*) abstract

abuli|a *f* abulia; **~ico, -a** (*m pl* **-ci**) *adj/s* abúlico, -a

abus|are *vi* ‹*avere*› abusar (**di** de); **~ivismo** *m* práctica ilegal/ilícita *f* ◊ ~ ***edilizio*** especulación inmobiliaria (*f*), construcción ilegal (*f*); **~ivo, -a 1.** *adj* 1. (*excesivo*) abusivo, -a; 2. ilegal, ilícito, -a; **2.** *m/f* 1. ="persona que ejerce ilegalmente una actividad" *f*; 2. okupa *m/f* (*coloq*) ◊ ***porto ~ di armi*** *m* posesión ilícita de armas (*f*); **~o** *m* abuso; ~ ***di autorità, di fiducia*** abuso de autoridad, de confianza; ***fare ~ di un cibo*** abusar de un alimento

a. C. (*avanti Cristo*) *abr* (*antes de Cristo*) a. d. C., a.C.

acacia (*pl* **-cie**) *f* acacia

acajou *m inv (var.* ***acagiù****) bot* caoba *f* ◊ ***rosso ~*** *m* rojo caoba

acanto *m bot/heráld* acanto ◊ ***foglie di ~*** *fpl arq* hojas de acanto

acari|cida *adj/m* acaricida; **~o** *m* ácaro

acattolico, -a (*m pl* **-ci**) *adj/s* acatólico, -a, no católico, -a

acaule *adj bot* acaulo, -a

acca *m/f inv* hache *f* ◊ ***non sapere un'~*** no saber ni jota; ***non valere un'~*** no valer un pimiento, no valer un comino

accadde... V. **accadere**

accademi|a *f* academia; **~camente** *adv* académicamente; **~co, -a** (*m pl* **-ci**) *adj/s* académico, -a

accademis|mo *m* academicismo; **~ta** *adj* academicista

accadere ‹*accadde; accadrà; accaduto*› V. 8 *vi* acaecer, acontecer, ocurrir, pasar

accaduto, -a 1. *adj* ocurrido, -a, acaecido, -a, sucedido, -a; **2.** *m* suceso; ***raccontare l'~*** *contar lo ocurrido/lo sucedido*

accaglia|re *vt* cuajar, coagular; **~tura** *f* coagulación, cuajadura

accalappia|cani *m inv* perrero *m*, lacero *m*; **~mento** *m* 1. apresamiento, enlazamiento; 2. engaño; **~re** *vt* apresar, enlazar; (*persona*) pescar, cazar; **~tore, -trice** *m/f* 1. apresador, -a; (*perros*) lacero, -a; 2. embaucador, -a, liante, -a (*coloq*)

accalcare *vt* agolpar, apiñar, abarrotar

accaldarsi acalorarse

accalora|mento *m* acaloramiento; **~re 1.** *vt* acalorar; *fig* caldear, excitar; **2. ~rsi** acalorarse, excitarse

accam|pamento *m* campamento; acampada *f*; *mil* campamento; **~pare 1.** *vt* 1. acampar; 2. (*razones, derechos...*) alegar; **2. ~rsi** acamparse

accani|mento *m* encarnizamiento, ensañamiento, saña *f*; tenacidad *f*, empeño, obstinación *f* ◊ ~ ***terapeutico*** encarnizamiento terapéutico; **~rsi** 1. encarnizarse (**contro q** con alg), ensañarse (**contro q** con alg), cebarse (**contro q** en alg); 2. empeñarse, obstinarse; ~ ***nello studio*** *empeñarse en el estudio*; **~to, -a** *adj* 1. (*lucha, enemigo*) encarnizado, -a; (*competición, lucha*) reñido, -a; 2. (*persona*) terco, -a, obstinado, -a, empedernido, -a; ***fumatore ~*** *fumador empedernido*; (*persona*) incansable, infatigable; ***lavoratore ~*** *trabajador incansable*; 3. (*persona*) furioso, -a

accanto *adv* al lado, cerca; ***abito qui ~*** *vivo aquí al lado/aquí cerca* ◊ ~ ***a*** *prep* cerca de, junto a, al lado de; **~namento** *m* 1. arrinconamiento; 2. *mil* acantonamiento, cantón; 3. *com* reserva *f*; **~nare** *vt* 1. arrinconar; dejar de lado; 2. *mil* acantonar; 3. *com* reservar

accaparra|mento *m* acaparamiento; **~re 1.** *vt* acaparar, acopiar, hacer acopio (**qc** de u-c); **2. ~rsi** acaparar *vt*; ***~rsi la simpatia di tutti*** ganarse la simpatía de todo el mundo; **~tore, -trice** *m/f* acaparador, -a

accapigliarsi enzarzarse, andar a la greña *vi*, reñir *vi*

accapo *adv/m ling* aparte ◊ ***punto e ~/andare ~*** punto y aparte

accappa|toio (*pl* **-oi**) *m* albornoz; **~onare** *vt* (*gallo*) capar, castrar ◊ ~ ***la pelle*** poner la piel de gallina

accarezza|mento *m* 1. caricia *f*; 2. halago, lisonja *f*; **~re** *vt* 1. acariciar; 2. halagar, lisonjear; 3. (*idea, éxito*) acariciar; **~tore, -trice** *m/f* acariciador, -a

accartocciare 1. *vt* (*enrollar dando forma de cartucho*) encartuchar (*Am*); **2. ~rsi** (*papel*) arrugarse

accasa|re 1. *vt* casar, colocar; **2. ~rsi** montar una casa *vt*, poner casa *vt*; casarse; **~to, -a** *adj sport* (*por una firma comercial*) patrocinado, -a

accascia|mento *m* abatimiento, postración *f*, desánimo; **~re 1.** *vt* abatir, postrar; **2. ~rsi** 1. derrumbarse, dejarse caer; 2. desanimarse, abatirse

accasermare *vt mil* acuartelar

accastellare *vt* apilar

accatarrarsi acatarrarse

accatasta|mento *m* 1. apilamiento, amontonamiento, hacinamiento; pila *f*, montón; 2. inscripción de un inmueble en el catastro *f*; **~re** *vt* 1. apilar, amontonar, hacinar; 2. inscribir en el catastro

accatta|brighe V. **attaccabrighe**; **~re** *vt* (*limosna*) mendigar, pedir ◊ ***attaccar(e) briga/brighe*** buscar pelea

accattiva|nte *adj* (*mirada, sonrisa*) cautivador, -a, encantador, -a; **~re** *vt* cautivar, encantar

accatto *m* limosna *f*; colecta *f*, cuestación *f* ◊ ***vivere d'~*** vivir de limosna, mendigar; ***andare all'~*** mendigar; **~naggio** (*pl* **-gi**) *m* mendicidad *f*; **~ne, -a** *m/f* mendigo, -a, pordiosero, -a

accavalla|mento *m* superposición *f*; **~re 1.** *vt* superponer; (*puntos*) montar; **2. ~rsi** amontonarse ◊ ~ ***le gambe*** cruzar las piernas

acceca|mento *m* 1. (*resultado*) ceguera *f*, ceguedad *f*; *fig* ofuscación *f*; 2. *tecn* (*conductos*) cegamiento, obturación *f*; (*ventana*) cegamiento, tapiado; **~re** *vt* 1. cegar, dejar ciego; *fig* cegar, ofuscar; 2. *tecn* (*conductos*) cegar, obstruir; (*ventana*) cegar, tapiar, tabicar

accedere *vi* 1. ‹*essere*› entrar (**a** en); (*cargo*) acceder; 2. ‹*avere*› acceder (**a** a), consentir (**a** en); ~ ***a una richiesta*** acceder a una petición

accelera|mento *m* aceleración *f*; **~re** ‹*esd*› *vt* acelerar; **~ta** *f auto* acelerón *m*; **~to** *m transp* tren de cercanías; **~tore, -trice** *adj/m* acelerador, -a ◊ ~ ***di particelle*** *m fís* acelerador de partículas; **~zione** *f* aceleración

accendere ‹*accesi; acceso*› V. 58 **1.** *vt* 1. (*fuego, cigarrillo...*) encender; ~ ***la luce*** encender la luz; *electr* encender, enchufar; 2. encender, enardecer, inflamar; ~ ***una zuffa*** provocar una pelea; 3. *com* abrir, inscribir; ~ ***un conto corrente*** abrir una cuenta corriente; ~ ***un'ipoteca*** inscribir una hipoteca; **2. ~rsi** 1. encenderse; (*leña, fuego*) encenderse, prenderse; 2. encenderse, enardecerse, inflamarse

accendi|gas *m inv* (*de cocina*) encendedor *m*; **~no** *m* encendedor, mechero; **~sigaro** (*var.* **accendisigari**) *m inv* encendedor *m*, mechero *m*; ~ ***a benzina, a gas*** encendedor/mechero de gasolina, de gas; **~toio** (*pl* **-oi**) *m relig* encendedor; **~tore** *m tecn* encendedor

accenn|are 1. *vt* 1. señalar, indicar (**qc a q** u-c a alg); 2. esbozar; ~ ***un sorriso*** *esbozar una sonrisa*; **2.** *vi* 1. hacer señas; (*con el dedo*) señalar; amenazar; ***accenna a piovere*** *el tiempo amenaza lluvia/con llover*; 2. aludir, referirse; ~ ***a un problema*** *aludir a un problema*; **~o** *m* 1. seña *f*; 2. esbozo; 3. alusión *f*

accensione *f* encendido *m*; *tecn* arranque *m*; *med* inflamación; *com* (*cuenta*) apertura; (*hipoteca, deuda*) inscripción ◊ ~ ***automatica, elettronica*** *tecn* arranque automático, electrónico *m*

accent|are *vt ling* acentuar; **~azione** *f ling* acentuación; **~o** *m* 1. *ling* acento; 2. *ling* acento, deje, dejo; ~ ***piemontese*** *acento/deje piamontés*; 3. acento, énfasis *inv*; acento, tono ◊ ~ ***acuto, grave, circonflesso*** *ling* acento grave, agudo, circunflejo; ***porre l'~ su qc*** hacer hincapié en u-c

accentra|mento *m* concentración *f*; *pol/adm* centralización *f*; **~re** *vt* 1. *pol/adm* centralizar; 2. (*mirada, atención*) centrar, atraerse; **~tore, -trice** *adj/s* concentrador, -a; *pol/adm* centralizador, -a

accentua|re ‹*esd*› **1.** *vt* acentuar (**qc** sobre u-c), enfatizar (**qc** sobre u-c), poner el acento (**qc** sobre u-c); **2. ~rsi** acentuarse, agravarse; **~zione** *f* acentuación, énfasis *m inv*, realce *m*

accerchia|mento *m* acorralamiento, cerco; *mil* cerco, sitio; **~re** *vt* acorralar, cercar, rodear; *mil* cercar, sitiar, rodear

accerta|bilità *f inv* comprobabilidad *f*; **~mento** *m* comprobación *f*, verificación *f*, averiguación *f*, evaluación *f* ◊ ***~i di cassa*** arqueo de caja; ***~i sanitari*** chequeo médico obligatorio; ~ ***dell'imposta*** determinación de un impuesto *f*; ~ ***fiscale, tributario*** evaluación impositiva *f*; **~re 1.** *vt* 1. asegurar; 2. verificar, comprobar; constatar; 3. averiguar; **2. ~rsi** asegurarse, cerciorarse ◊ ~ ***l'imponibile*** determinar la base imponible

accesi... V. **accendere**

acceso, -a *adj* 1. (*luz, fuego...*) encendido, -a; 2. (*color*) vivo, -a; ***rosso ~*** *rojo vivo*; 3. (*sentimiento*) encendido, -a, encolerizado, -a

accessi|bile *adj* accesible; (*persona*) asequible, accesible; **~bilità** *f inv* accesibilidad *f*; **~one** *f* (*biblioteca*) adquisición; *jur* accesión; *pol* (*tratado o convenio internacional*) adhesión (**a** a)

accesso 1. *m* 1. acceso, entrada *f*; *informát* acceso; 2. *med tamb. fig* acceso, ataque; **2.** *pp* V. **accedere** ◊ **~ *diretto, a distanza, casuale, sequenziale/seriale*** *informát* acceso directo, remoto, aleatorio, secuencial; **~ *giudiziale*** *jur* diligencia ocular *f*
accessori|are *vt auto* equipar, dotar de accesorios; **~ato, -a** *adj* equipado, -a, dotado, -a de accesorios; ***un appartamento ben ~*** *un piso bien amueblado/equipado*; **~o, -a** (*m pl* **-ri**) **1.** *adj* accesorio, -a; **2.** *m* accesorio; **3.** *mpl auto* accesorios; (*ropa*) complementos; **~sta** *m/f* 1. vendedor, -a de accesorios; 2. fabricante de accesorios; **~stica** *f* conjunto de accesorios *m*
access provider ['akses pro'vaider] *m inv informát* proveedor de acceso (a Internet) *m*
accestire ‹*isc*› *vi* ‹*essere/avere*› *agric* acogollarse
accetta *f* hacha ◊ ***fatto/tagliato con l'~*** *adj* tosco, basto, grosero; **~bile** *adj* aceptable; **~bilità** *f inv* aceptabilidad *f*; *ling* aceptabilidad *f*; **~nte** *m/f com/jur* aceptante; **~re** *vt* aceptar; ***~ una proposta*** *aceptar una propuesta*; ***~ di uscire*** *aceptar salir*; *com* (*letra*) aceptar; **~zione** *f* aceptación, admisión; *com* aceptación; *med* (*hospital*) recepción, admisión, ingresos *mpl*
accetto, -a *adj* aceptado, -a, recibido, -a ◊ ***ben ~*** *adj* bien recibido, -a, aceptado, -a de buen grado
accezione *f ling* acepción
acchiappa|cani *m inv* perrero *m*, lacero *m*; **~farfalle** *m inv* cazamariposas; **~mosche** *m inv* 1. matamoscas; 2. *bot* atrapamoscas; 3. gandul, -a *m/f*, holgazán, -ana *m/f*; **~re** *vt* (*ladrón*) atrapar, coger, prender; *coloq* agarrar, pillar ◊ ***acchiappalo se puoi*** *irón* échale un galgo
acchiocciol|are ‹*esd*› **1.** *vt* enroscar; **2. ~rsi** acurrucarse, enroscarse
acchito: d'~ *adv* de buenas a primeras, a las primeras de cambio
acciacc|are *vt* 1. (*objetos blandos*) aplastar, chafar; (*objetos metálicos*) abollar; 2. (*debilitar*) aplatanar; **~atura** *f* abolladura, aplastamiento *m*; *mús* apoyatura; **~o** (*pl* **-chi**) *m* achaque, goteras *fpl* (*coloq*)
acciai|are *vt metal* acerar, cementar; **~ato, -a** *adj* acerado, -a; **~atura** *f metal* aceración; **~eria** *f* acería, acerería; **~o** (*pl* **-ai**) *m* acero ◊ **~ *inossidabile*** acero inoxidable; ***(sguardo, nervi, muscoli) d'~*** *adj* (mirada, nervios, músculos) de acero; **~olo** *m* afilón, afilador
acciarino *m* 1. (*para encender*) eslabón; 2. *mil* (*torpedo*) espoleta *f*; *hist* serpentín; 3. (*rueda del carro*) clavija *f*, chaveta *f*
acciarpare *vt* chapucear *vt/i*
accidempoli *excl euf* ¡caramba!, ¡córcholis!
accident|ale *adj* accidental; **~alità** *f inv* accidentalidad *f*; **~ato, -a** *adj geogr tamb. fig* accidentado, -a; **~e** *m* 1. accidente; 2. desgracia *f*; 3. *coloq* (*persona*) condenado, -a *m/f*; ***quell'~ non mi lascia in pace*** *aquel condenado no me deja en paz*; 4. *coloq* (*nada*) jota, pimiento, bledo; ***non sapere un ~*** *no saber ni jota*; ***non valere/vedere un ~*** *no valer/ver un pimiento*; ***non importare un ~*** *no importar un bledo/un pimiento* ◊ ***per ~*** *adv* por casualidad; ***ti venga un ~!*** ¡que te parta un rayo!; ***mi venga un ~ se ci capisco qualcosa*** que me aspen si entiendo algo; **~i!** *excl coloq* ¡porras!, ¡mecachis!
acciderba! *excl euf* ¡caramba!, ¡córcholis!
accidi|a *f filos/relig* indolencia, pereza, acidia (*ant*); **~oso, -a** *adj filos/relig* indolente, perezoso, -a, acidioso, -a (*ant*)
accigli|arsi fruncir el entrecejo/el cejo *vt*; **~to, -a** *adj* (*ceño*) fruncido, -a; (*cara*) ceñudo, -a, cejijunto, -a, torvo, -a
accingersi ‹*accingo; accinsi; accinto*› V. 9 aprestarse (**a** a), prepararse (**a** para), disponerse (**a** a)
acciocché *conj* (+ *subjuntivo*) para que, a fin de que
acciottol|are ‹*esd*› *vt* empedrar; **~ato** *m* empedrado; **~io** (*pl* **-lii**) *m* (*platos, vasos*) tintineo
accipicchia! *excl euf* ¡caramba!, ¡córcholis!
acciuffare 1. *vt* 1. *coloq* agarrar del pelo; 2. *coloq* pillar, atrapar (*estánd*); **2. ~rsi** cogerse de los pelos, pelearse
acciuga (*pl* **-ghe**) *f gastr* anchoa ◊ ***stare pigiati come ~e*** estar como sardinas en lata
acclama|re *vt* aclamar, vitorear; **~zione** *f* aclamación; ***accettare/eleggere per ~*** *aceptar/elegir por aclamación*
acclimata|re ‹*esd*› *vt* aclimatar; **~zione** (*var.* **acclimazione**) *f* aclimatación
accludere ‹*acclusi; accluso*› V. 10 *vt* adjuntar, acompañar, incluir
accluso, -a 1. *adj* adjunto, -a, incluso, -a; **2.** *pp* V. **accludere**
accoccol|arsi acurrucarse
accodare 1. *vt* (*bestias de carga*) reatar; **2. ~rsi** ponerse en fila india, alinearse; *sport* ir a la zaga *vi*
accoglien|te *adj* (*casa*) acogedor, -a; (*persona*) hospitalario, -a; **~za** *f* acogida, recibimiento *m*, hospitalidad; ***fare buona/cattiva ~*** *dispensar una buena/mala acogida*
accogliere ‹*accolgo; accolsi; accolto*› V. 12 **1.** *vt* acoger, recibir; (*propuesta*) aprobar, aceptar; (*recipiente, edificio*) albergar; **2. ~rsi** reunirse, juntarse
accoglimento *m* aceptación *f*
accolito *m* acólito
accoll|acciato, -a *adj* (*vestido*) de cuello ajustado; **~are 1.** *vt* 1. (*bueyes*) uncir, enyugar; (*otros animales*) acollarar; 2. cargar, endosar; ***~ a q una responsabilità, una colpa*** *cargarle/endosarle a alg un responsabilidad, una culpa*; 3. (*vestido*) ajustarse al cuello; **2. ~rsi** (*carga, gasto...*) cargarse, adjudicarse; **~ata** *f hist* espaldarazo *m*; **~ato, -a** *adj* (*al cuello*) ajustado, -a; **~atura** *f* (*vestido*) cuello *m*; **~o** *m* 1. *arq* vuelo; 2. *jur* adjudicación *f*
accolsi... V. **accogliere**
accolta *f* reunión, asamblea
accoltella|re *vt* acuchillar, apuñalar, apuñalear *Am*; **~tore, -trice** *m/f* acuchillador, -a
accolto V. **accogliere**

accomanda|nte *adj/s jur* comanditario, -a ◊ ***socio ~*** *m* socio comanditario; **~tario, -a** (*m pl* **-ri**) *adj/s* (*socio gerente*) comanditario, -a

accomandita *f jur* comandita ◊ ***società in ~ semplice (SAS)*** *f* sociedad en comandita, sociedad limitada

accomiatare *vt* despedir (**q** a alg), decir adiós (**q** a alg)

accomoda|bile *adj* acomodable; **~mento** *m* arreglo, ordenación *f*; *tecn* arreglo, reparación *f*; (*pelea, deuda*) conciliación *f*, acuerdo, arreglo; **~nte** *adj* acomodaticio, -a, complaciente; **~re** ‹*esd*› **1.** *vt* 1. ordenar, arreglar, poner en su sitio; 2. *tecn* arreglar, reparar; (*ropa, zapatos*) remendar; (*pelea, deuda*) arreglar, solucionar; *irón* arreglar; ***se ti trovo, ti accomodo io*** *si te encuentro, te arreglo yo/vas arreglado*; **2.** *vi raro* venir bien, ir bien; ***fa' come ti accomoda*** *haz como te venga bien/mejor*; **3. ~rsi** 1. ponerse comodo; sentarse, tomar asiento *vt*; ***si accomodi!*** *¡tome asiento!, ¡siéntese, por favor!*; (*lugar, situación...*) acomodarse, adaptarse; 2. ponerse de acuerdo (**su qc** sobre u-c); **~ticcio** (*pl* **-ci**) *m* chapuza *f*; **~tivo, -a** *adj* acomodadizo, -a; **~tore, -trice** *m/f* reparador, -a, arreglador, -a; **~tura** *f* (*joyas*) arreglo *m*, compostura; (*ropa, zapatos*) remiendo *m*; **~zione** *f* (*ojo*) acomodación

accompagna|mento *m* acompañamiento, compañia *f*, escolta *f*, cortejo; *mús* acompañamiento; *mil* cobertura *f*; *jur* búsqueda y captura *f* ◊ ***~ funebre*** cortejo fúnebre; ***mandato/ordine d'~*** orden de búsqueda y captura *f*; **~re 1.** *vt* acompañar; *mús* acompañar; **2. ~rsi** 1. juntarse (**a/con q** con alg); 2. *mús* acompañarse (**a/con** con/de); 3. combinar *vi*; ***questa cravatta si accompagna bene con la camicia*** *esta corbata combina bien con la camisa* ◊ ***~ nel dolore*** acompañar en el sentimiento; **~to, -a** *adj* acompañado, -a ◊ ***meglio soli che mal ~i*** mejor solo que mal acompañado; **~tore, -trice** *m/f* acompañante

accomunare 1. *vt* compartir, poner en común; igualar, hacer iguales; ***il dolore accomuna tutti*** *el dolor iguala a todos/nos hace iguales a todos*; unir, reunir; **2. ~rsi** igualarse, hacerse iguales

acconcia|mento *m obsol* arreglo; atavío; **~are** *vt* **1.** *vt* preparar, disponer; (*problema...*) arreglar, ajustar; (*persona*) vestir, ataviar, acicalar; (*pelo*) peinar; **2. ~rsi** 1. (*persona*) vestirse, ataviarse, acicalarse; (*pelo*) peinarse; 2. *raro* prepararse (**a** para), disponerse (**a** a); ***~ a partire*** *prepararse para salir*; **~ato, -a** *adj* preparado, -a; vestido, -a; **~atore, -trice** *m/f* peinador, -a; arreglador, -a, acomodador, -a; **~atura** *f* atavío *m*, adorno *m*, aderezo *m*; peinado *m*, tocado *m*; **~o, -a** (*m pl* **-ci**, *f pl* **-ce**) *adj* 1. adecuado, -a, idóneo, -a ; 2. acicalado, -a, bien peinado, -a

accondiscendere ‹*scesi; sceso*› V. 58 *vi* ‹*avere*› condescender (**a** en), consentir (**a** en)

acconsen|timento *m* consentimiento, aprobación *f*; **~tire** *vi* ‹*avere*› (*propuesta, petición*) consentir (**a** en), estar de acuerdo (**a** con); **~ziente** *adj* consenciente (*raro*), que consiente

acconenta|mento *m* contento, conformidad *f*; **~re 1.** *vt* contentar; **2. ~rsi** contentarse (**di** con)

acconto *m com* anticipo, adelanto; pago a cuenta, señal *f*

accoppare *vt* desnucar, acogotar; *zool* apuntillar; *jerga* (*matar*) apiolar (**q** a alg), cargarse (**q** a alg)

accoppia|mento *m* unión *f*, acoplamiento; emparejamiento; *tecn* acoplamiento; *zool* apareamiento, cópula *f*; **~re 1.** *vt* emparejar, acoplar; casar; (*bueyes*) uncir, enyugar; **2. ~rsi** acoplarse, emparejarse; casarse; *zool* aparearse; **~to, -a** *adj* acoplado, -a; *zool* apareado, -a; *lit* pareado, -a

accora|mento *m* descorazonamiento, desánimo, abatimiento; **~re** *vt* desanimar, abatir, apesadumbrar

accorcia|mento *m* acortamiento, reducción *f*; *ling* apócope *f*; **~re** *vt* acortar, abreviar; (*ropa*) acortar; (*pelo, barba*) recortar, igualar; (*camino*) acortar, atajar; *ling* apocopar; **~tivo** *m* forma abreviada *f*; **~tura** *f* acortamiento *m*, abreviación

accord|are 1. *vt* 1. acordar, avenir, poner de acuerdo; 2. (*gracia, perdón*) acordar, conceder; 3. *mús* afinar (!), templar; *mús* acordar, armonizar; 4. *ling* concordar; **2. ~rsi** acordarse, ponerse de acuerdo; concordar *vi*, corresponderse; ***i tuoi atti non si accordano alle tue parole*** *tus actos no concuerdan/se corresponden con tus palabras*; **~atore, -trice** *adj/s mús* afinador, -a; **~atura** *f mús* afinación; **~o** *m* 1. acuerdo, concordia *f*, armonía *f*; 2. *dipl* convención *f*, tratado; *econ* acuerdo, concierto; acuerdo, compromiso, entendimiento; 3. *mús* afinación *f*, temple; *mús* acorde; 4. *ling* concordancia *f* ◊ ***~ quadro*** *m* acuerdo marco, convenio marco; ***d'~ con*** *prep* de acuerdo con/de conformidad con; ***di buon ~*** *adv* en buena armonía; ***di comune ~*** *adv* de común acuerdo; ***andare/essere/trovarsi d'~ (con q)*** estar de acuerdo/conforme (con alg), congeniar (con alg), llevarse bien (con alg); ***mettersi d'~ (con q)*** ponerse de acuerdo (con alg), avenirse (con alg); ***restare d'~*** quedar de acuerdo, quedar conformes; ***d'~!*** ¡de acuerdo!, ¡vale!; ***è meglio un magro ~ di una grassa sentenza*** más vale un mal acuerdo que una buena sentencia

accorgersi ‹*accorgo; accorsi; accorto*› V. 55 darse cuenta (**di** de), percatarse (**di** de), advertir *vt* (**di** u-c), reparar *vi* (**di** en)

accorgimento *m* (*cualidad*) sagacidad *f*, astucia *f*; (*acción*) astucia *f*, ardid, treta *f*

accorpa|mento *m adm* unificación *f*; **~re** *vt adm* unificar

accorrere ‹*accorsi; accorso*› V. 18 *vi* ‹*essere*› acudir

accorsi... V. **accorgersi, accorrere**

accorso V. **accorrere**

accort|ezza *f* sagacidad, astucia, habilidad, perspicacia; **~o, -a** *adj* sagaz, astuto, -a, hábil, perspicaz; sabio, -a; ***parole ~e*** *palabras sabias* ◊ ***male ~*** *adj* incauto, -a, torpe, imprudente

accosciarsi ponerse en cuclillas

accost|abile *adj* (*lugar*) alcanzable, accesible; (*persona*) accesible, tratable; **~amento** *m* acercamiento; **~are 1.** *vt* 1. acercar, arrimar; (*puerta, ventana*) entornar; 2. (*persona*) abordar; **2.** *vi nav/aero* apartarse, virar; *auto* colocarse en el arcén; **3. ~rsi** acercarse, arrimarse; (*una persona*) abordar *vt*, acercarse ◊ ***~rsi ai Sacramenti*** confesarse y comulgar; **~ata** *f* acercamiento *m*; *nav* viraje *m*; **~o 1.** *adv* al lado; **2.** *m nav* atraque ◊ **~ *a*** *prep* junto a, al lado de; **~umare** *vt elev* acostumbrar

accotonare *vt* (*tela*) frisar; enguatar, acolchar

accov|acciarsi acurrucarse, agazaparse; **~onare** *vt agric* agavillar, engavillar

accozza|glia *f* (*cosas*) revoltijo *m*, revoltillo *m*, batiburrillo *m*, mezcolanza; (*personas*) tumulto *m*, barahúnda, aglomeración; **~mento** *m* hacinamiento, aglomeración *f*; **~re** *vt* hacinar, amontonar

accrebbi... V. **accrescere**

accredita|mento *m* 1. *com* abono; 2. *dipl tamb. fig* acreditación *f* ◊ **~ *in conto*** abono en cuenta; **~re** ‹*esd*› *vt* 1. *com* abonar; 2. *dipl* acreditar; *fig* acreditar, avalar; **~ *un'ipotesi*** *avalar una hipótesis* ◊ **~ *in conto*** abonar en cuenta; **~tario** (*pl* **-ri**) *m com* beneficiario; **~to, -a 1.** *adj* (*firma, empresa*) acreditado, -a, reputado, -a; (*periodista*) acreditado, -a; **2.** *m com* (*de un crédito*) beneficiario

accredito *m com* abono

accrescere ‹*accresco; accrebbi; accresciuto*› V. 16 **1.** *vt* acrecentar, agrandar, aumentar; **2. ~rsi** acrecentarse, aumentar *vi*, crecer *vi*

accresci|mento *m* crecimiento, aumento; **~tivo** *m ling* aumentativo

accucciarsi *zool tamb. fig* acurrucarse

accudire ‹*isc*› **1.** *vi* ‹*avere*› atender (**a** a) (!), dedicarse (**a** a) (!), ocuparse (**a** de) (!); **~ *ai lavori domestici*** *ocuparse de las faenas de la casa*; **2.** *vt* (*enfermos, niños*) cuidar (!)

acculturа|re *vt* aculturar; **~zione** *f* aculturación

accumula|bile *adj* acumulable; **~re** ‹*esd*› *vt* acumular; **~tore, -trice 1.** *adj/s* acumulador, -a; **2.** *m electr/tecn* acumulador; **~zione** *f* acumulación

accumulo *m* acumulación *f*

accurat|ezza *f* cuidado *m*, diligencia, esmero *m*, mimo *m*; **~o, -a** *adj* cuidadoso, -a, diligente, esmerado, -a

accusa *f* 1. acusación; *jur* acusación, imputación; 2. (*naipes*) cante *m* ◊ **~ *privata*** *jur* acusación particular; ***atto d'~*** *m jur* acto acusatorio, acusación *f*; ***capo d'~*** *m jur* cargos *mpl*, imputaciones; ***pubblica ~*** *jur* acusación pública, fiscalía; **~re** *vt* 1. acusar, inculpar (**q di qc** a alg de u-c); (*defecto*) tachar (**q di qc** a alg de u-c); 2. (*naipes*) acusar; *correo* acusar; **~ *ricevuta di una lettera*** *acusar el recibo de una carta*; 3. (*manifestar*) acusar; **~ *la stanchezza*** *acusar el cansancio*; **~tivo** *m ling* acusativo; **~to, -a** *adj/s* acusado, -a, inculpado, -a; **~tore, -trice** *adj/s* acusador, -a; *jur* acusador, -a ◊ **~ *privato*** *m* acusador particular; ***pubblico ~*** *m* acusador público, fiscal; **~torio, -a** (*m pl* **-ri**) *adj* acusatorio, -a

acefalia *f med/zool* acefalia

acefalo, -a *adj med/zool* acéfalo, -a

acellulare *adj biol* acelular

acerb|ità *f inv* acritud *f*, aspereza *f*, acrimonia *f*; **~o, -a** *adj* agrio, -a, áspero, -a, acerbo, -a

acereto *m bot* arcedo

acero *m bot* arce, moscón

acerrimo, -a *adj* acérrimo, -a

acervo *m* acervo

acescenza *f quím* (*oxidación del vino*) acescencia

acetabolo *m* (*arqueología romana*) acetábulo, vinagrera *f*

acetato *m quím* acetato

acet|ico, -a (*m pl* **-ci**) *adj* acético, -a; **~ificatore** *m* vinagrero; **~ilcellulosa** *f quím* acetocelulosa; **~ile** *m quím* acetilo; **~ilene** *m quím* acetileno; **~ire** ‹*isc*› *vi* avinagrarse

aceto *m* 1. vinagre; 2. mordacidad *f*, causticidad *f* ◊ ***sott'~*** *adj* en vinagre; **~ne** *m med/quím* acetona *f*; (*cosmética*) acetona *f*, quitaesmaltes *inv*; **~nuria** *f med* cetonuria, acetonuria

acetos|a *f bot* acetosa, acedera, vinagrera; **~ella** *f bot* aleluya; **~o, -a** *adj* agrio, -a, ácido, -a; (*vino*) avinagrado, picado

achenio (*pl* **-ni**) *m bot* aquenio

Achille *m* Aquiles ◊ ***tallone d'~*** *m* talón de Aquiles

achillea *f bot* milenrama

ACI (*Automobile Club d'Italia*) *abr/m*

aciclico, -a (*m pl* **-ci**) *adj* acíclico, -a

acidifica|re ‹*esd*› *vt* acidificar; **~zione** *f* acidificación

acidità *f inv tamb. fig* acidez *f*; ◊ **~ *di stomaco*** acidez de estómago

acido, -a 1. *adj tamb. fig* ácido, -a; **2.** *m* 1. *quím* ácido; 2. *jerga drog* (*LSD*) ácido

acidula|nte *adj/m quím* acidulante; **~re** ‹*esd*› *vt* acidular

acidulo, -a *adj* acídulo, -a

acino *m* (*uva*) grano

acme *f med tamb. fig* acmé *m/f*, clímax *m*, punto álgido *m*

acne *f med* acné *m* ◊ **~ *giovanile*** acné juvenil (*m*)

aconfessional|e *adj* aconfesional; **~ità** *f inv* aconfesionalidad *f*

aconito *m bot* acónito

acqua *f* agua ◊ ***~ ~, fuoco, fuoco*** *infant* frío, frío, caliente, caliente; **~ *di Colonia*** (agua de) Colonia, agua de baño; **~ *di fior d'arancio*** agua de azahar; **~ *di rifiuto/di scarico*** aguas residuales *fpl*; **~ *di rose*** agua de rosas; **~ *di seltz*** soda; **~ *in bocca!*** ¡punto en boca!, ¡chitón!; **~ *madre*** *quím* agua madre; **~ *passata non macina più*** agua pasada no mueve molino; **~ *piovana*** agua de lluvia/pluvial; **~ *potabile*** agua potable; **~ *ragia/acquaragia*** aguarrás *m*; **~ *sorgiva/viva*** agua viva/de manantial; **~ *tonica*** tónica; **~ *vi-***

va *sport* aguas bravas *fpl*; ***~e territoriali*** aguas territoriales/jurisdiccionales; ***a fior d'~*** a flor de agua; ***all'~ di rose*** *adv* de chicha y nabo; ***avere l'~ alla gola*** *tamb. fig* estar con el agua al cuello, tener el agua al cuello; ***come pesce nell'~*** *adv* como pez en el agua; ***cura delle ~e*** *f* cura de aguas; ***essere ~ passata*** ser agua pasada; ***essere in ~e basse*** estar en aguas poco profundas; ***fare ~*** *nav tamb. fig* hacer agua(s); ***fare un buco nell'~/pestar l'~*** sembrar en arena; ***lavorare sott'~*** hacerle la cama a alg; ***navigare in cattive ~e*** *raro* estar en apuros; ***passare le ~e*** tomar las aguas; ***pestare l'~ nel mortaio*** escribir en la arena; ***rompersi le ~e*** *med* romper aguas; ***stare tra due ~e*** *raro* estar/nadar entre dos aguas; ***tirare l'~ al proprio mulino*** llevar el agua a su molino, arrimar el ascua a su sardina; ***tirare l'~*** tirar de la cadena; **~coltura** *f tecn* acuicultura, piscicultura; **~forte** *f tecn* aguafuerte; **~fortista** *m/f* grabador, -a de aguafuertes; **~io** (*pl* **-ai**) *m tosc* fregadero, pila *f*; **~iolo, -a** *m/f* aguador, -a; **~manile** *m* aguamanil; **~marina** *f min* aguamarina; **~ragia** (*pl* **-ge**) *f* aguarrás *m*; **~rellare...** V. **acquerellare...**; **~rello** V. **acquerello**

acquario (*pl* **-ri**) *m* acuario

Acquario *m inv astrol* Acuario

acquartieralmento *m mil* acuartelamiento, acantonamiento; **~re** *vt mil* acuartelar, acantonar

acquasantla *f relig* agua bendita; **~iera** *f relig* caldereta, calderilla; (*en una casa*) pileta

acquatla *f* aguacero *m*; *nav* aguada; **~ico, -a** (*m pl* **-ci**) *adj* acuático, -a

acquattarsi agazaparse

acquavite *f* aguardiente *m*; (*de caña de azúcar*) cachaza, ron *m*; (*de pita*) mezcal *m Méx*; (*de uva*) orujo *m*

acquazzone *m* aguacero, chubasco, chaparrón

acquedotto *m* acueducto

acqueo, -a *adj* acuoso, -a, ácueo, -a ◊ ***umore ~*** *m med* humor acuoso

acquerelllare *vt* pintar a la acuarela; **~ista** *m/f* acuarelista; **~o** (*var.* **acquarello**) *m* acuarela *f* (!)

acquerugiola *f* llovizna, calabobos *inv* (*coloq*), sirimiri *m* (*reg*)

acquicoltura V. **acquacoltura**

acquielscente *adj* aquiescente; **~scenza** *f* aquiescencia; **~tare** *vt* calmar, tranquilizar, sosegar

acquifero, -a *adj* acuífero, -a

acquirente *adj/s* adquirente, adquiridor, -a, comprador, -a

acquisilre ‹*isc*› *vt com* adquirir, comprar; *fig* adquirir; ***~ la cittadinanza spagnola*** *adquirir la ciudadanía española*; **~tivo, -a** *adj* adquisitivo, -a; **~to, -a** *adj* adquirido, -a, comprado, -a; *psicol* adquirido, -a ◊ ***diritti ~i*** *mpl* derechos adquiridos; **~tore, -trice** *m/f* adquiriente, adquiridor, -a; **~zione** *f* adquisición, compra

acquistlabile *adj* adquirible, asequible, comprable; **~are 1.** *vt* 1. *com* adquirir, comprar; 2. adquirir; ***~ forza, vigore*** *adquirir fuerza, vigor*; ganar; ***~ terreno*** *ganar terreno*; ***~ tempo*** *ganar tiempo*; 3. *elev* conquistar, someter; **2.** *vi* ganar; ***con quel colore il quadro acquista molto*** *con aquel color el cuadro gana mucho*; **3. ~rsi** ganarse, granjearse; ***~ la simpatia di tutti*** *granjearse/ganarse la simpatía de todos*; **~o** *m* adquisición *f*, compra *f*; ***~ in contanti, a rate*** *compra al contado, a plazos*; *sport* fichaje; *elev* conquista *f* ◊ ***potere d'~*** *m* poder adquisitivo; ***bell'~ hai fatto!*** *irón* ¡te has lucido!, ¡te ha lucido el pelo!

acquitrino *m* charca *f*; **~so, -a** *adj* paludoso, -a

acquolina: far venire l'~ in bocca *vi* hacérsele la boca agua (**a qc** a alg)

acquoslità *f inv* acuosidad *f*; **~o, -a** *adj* acuoso, -a

acre *adj* 1. (*gusto*) agrio, -a, ácido, -a; 2. (*sonido*) chirriante, rechinante, agudo, -a; 3. (*palabras, dicho...*) acido, -a, mordaz

acredine *f* 1. (*gusto*) acidez; 2. (*sonido*) estridencia; 3. (*palabras, dicho...*) acidez, mordacidad, acrimonia

ACRI (*Associazione fra le Casse di Risparmio Italiane*) *abr* (*Confederación Española de Cajas de Ahorro*) ="CECA" *Esp*

acrilico, -a (*m pl* **-ci**) *adj/m* acrílico, -a

acrimonila *f* acrimonia, aspereza; **~oso, -a** *adj* acrimonioso, -a

acrisia *f* (*falta de discernimiento*) acrítica

acritico, -a (*m pl* **-ci**) *adj* acrítico, -a

acro *m* (*medida*) acre

acrobatla *m/f* acróbata; **~ica** *f* acrobacia; **~ico, -a** (*m pl* **-ci**) *adj* acrobático, -a; **~ismo** *m* acrobatismo, acrobacia *f*

acrobazia *f* acrobacia

acromatismo *m fís* acromatismo; *med* acromatismo, daltonismo

acromatopsia *f med* acromatopsia, daltonismo *m*

acronia *f* acronía

acronimo *m ling* acrónimo, sigla *f*

acropoli *f inv hist* acrópolis

acrostico, -a (*m pl* **-ci**) *adj/m* acróstico, -a

acuire ‹*isc*› *vt* (*vista, oído, mente*) aguzar

acuità *f inv* agudeza *f* ◊ ***~ visiva*** agudeza visual

aculeato, -a *adj zool* dotado, -a de aguijón

aculeo *m* 1. *zool* aguijón; 2. *bot* espina *f*, pincho; 3. aguijón, acicate, estímulo

acume *m elev* perspicacia *f*

acuminlare ‹*esd*› *vt* afilar; **~oso, -a** *adj* afilado, -a, acuminoso, -a, acuminado, -a

acusticla *f fís* acústica; **~o, -a** (*m pl* **-ci**) *adj fís* acústico, -a

acutangolo, -a *adj* acutángulo, -a

acutezza *f tamb. fig* agudeza ◊ ***~ visiva*** agudeza visual

acutizzalre V. **acuire**; **~rsi** (*enfermedad, crisis*) agudizarse; **~zione** *f* agudización

acuto, -a *adj* 1. (*objeto*) agudo, -a, punzante; 2. (*sonido*) agudo, -a, estridente; (*olor*) penetrante; (*dolor, frío*) agudo, -a, intenso, -a; 3. agudo, -a, sutil, perspicaz; 4. *ling* agudo, -a, oxítono, -a; 5. *med* agudo, -a

ad V. **a**

adagi|are *vt* acostar, recostar, acomodar; **~no** *adv* despacito; **~o 1.** *adv* despacio, con calma; con cuidado; **2.** *m* 1. *mús* adagio; 2. *lit* adagio, sentencia *f* ◊ **~ ~** despacito, poco a poco; ***~, Biagio!*** *coloq* ¡para el carro, Baldomero!

adamantino, -a *adj* 1. adamantino, -a; 2. diamantino, -a; ***carattere ~*** *carácter diamantino*

adami|smo *m hist/relig* adamismo; **~ta** *m/f hist/relig* adamita; **~tico, -a** (*m pl* **-ci**) *adj hist/relig* adamítico, -a

Adamo *m* Adán ◊ ***pomo d'~*** *m med* nuez (de Adán) (*f*)

adatt|abile *adj tamb. fig* adaptable; **~abilità** *f inv tamb. fig* adaptabilidad *f*; **~amento** *m psicol/lit* adaptación; *cine/TV* adaptación *f*; *biol* aclimatación *f* ◊ ***spirito di ~*** *m* capacidad de adaptación (*f*); **~are** *vt* adaptar, aclimatar; **~o, -a** *adj* adecuado, -a (**a** para), conveniente (**a** para), apropiado, -a (**a** para)

addebita|mento *m com* adeudo, cargo; **~re** ‹*esd*› *vt* 1. *com* adeudar, cargar; 2. imputar

addebito *m* 1. *com* adeudo, cargo; 2. imputación *f*

addend|a *mpl* adenda *f*; **~o** *m mat* sumando

addensa|mento *m* espesamiento, condensamiento; **~nte** *adj/m* espesante; **~re 1.** *vt* espesar, condensar, adensar; **2. ~rsi** 1. espesarse, condensarse; 2. (*multitud*) agolparse

addent|are *vt* morder, hincar el diente; *tecn* aferrar, atenazar; **~atura** *f* atenazamiento *m*; **~ellare** *vt arq* adentellar

addentr|arsi adentrarse (**in** en), internarse (**in** en), penetrar *vi* (**in** en); **~o** *adv* adentro ◊ ***~ a/in*** *prep* dentro de, ***essere ~ a un ambiente...*** estar bien informado sobre un ambiente; ***essere ~ a una questione*** estar al tanto de una cuestión

addestra|mento *m* adiestramiento, formación *f* ◊ ***~ professionale*** formación profesional (*f*); **~re** *vt* adiestrar; **~tore, -trice** *m/f* adiestrador, -a; (*animales*) domador, -a

addetto, -a 1. *adj* encargado, -a (**a** de), ocupado, -a (**a** en); ***personale ~ alla cucina*** *personal encargado de la cocina*; dedicado, -a (**a** a), destinado, -a (**a** a); ***camera ~a a uso privato*** *habitación dedicada/destinada a uso particular*; **2.** *m/f* encargado, -a; *dipl* agregado, -a ◊ ***~ commerciale, militare, stampa*** agregado comercial, militar, de prensa; ***gli ~i ai lavori*** *mpl* (*ciencia...*) los entendidos, los expertos; (*asunto...*) los enterados, los que están al tanto; ***vietato l'ingresso ai non ~i ai lavori*** (*en carteles*) prohibida la entrada a toda persona ajena a la obra

addì *adv adm* (*fechas*) a ... de; ***Siena, addì 28 aprile 1993*** *Siena, a 28 de abril de 1993*

addiaccio (*pl* **-ci**) *m* redil, corral; *mil* vivac, vivaque ◊ ***dormire all'~*** dormir al raso

addietro *adv* atrás; ***restare ~*** *quedarse atrás*; ***tempo/anni ~*** *tiempo/años atrás* ◊ ***farsi/tirarsi ~*** quedarse en un segundo plano

addio (*pl* **-ii**) *excl/m* adiós ◊ ***~ al celibato*** despedida de soltero *f*; ***~ al nubilato*** despedida de soltera *f*; ***dare l'ultimo ~*** dar el último adiós; ***lettera d'~*** *f* carta de despedida; ***serata d'~*** *f* función de despedida

addirittura *adv* 1. incluso; ***leggere ~ la pubblicità*** *leer incluso la publicidad*; 2. verdaderamente; ***ciò è ~ incredibile*** *eso es verdaderamente increíble*

addirizzare (*var.* **addrizzare**) *vt* poner en el buen camino

addirsi adecuarse, corresponderse, pegar *vi*, ir *vi*; ***quell'atto non si addice alla sua età*** *esa acción no se adecúa a su edad*; ***non ti si addicono quelle sciocchezze*** *no te van esas tonterías*

addit|are *vt* señalar con el dedo; **~ivo, -a 1.** *adj mat/quím* aditivo, -a; **2.** *m quím* aditivo

addivenire ‹*addivengo; addivenni; addivenuto*› V. 86 *vi* llegar; ***~ a un accordo/a una conclusione*** *llegar a un acuerdo, a una conclusión*

addizion|ale 1. *adj* adicional; **2.** *f econ* recargo *m*; **~are** *vt* añadir, adicionar; *mat* sumar; **~atrice** *f* calculadora de mesa; **~e** *f mat* suma, adición; *jur* adición

addobb|amento *m* ornamento, decoración *f*, aderezo; **~are 1.** *vt* adornar, ornar, adobar; *gastr* aderezar; **2. ~rsi** adornarse; **~o** *m* ornamento, adobo, aderezo

addocilire ‹*isc*› *vt* 1. (*piel*) suavizar; 2. amansar

addolci|mento *m* endulzamiento; **~re** ‹*isc*› *vt tamb. fig* endulzar; **~to, -a** *adj* endulzado, -a, azucarado, -a

addolora|re 1. *vt* afligir; **2. ~rsi** lamentar *vt*, sentir *vt*; ***~ta: l'~*** *f relig* la Dolorosa

addome *m med* abdomen

addomestica|bile *adj* domable; **~mento** *m* 1. (*animal*) domesticación *f*, doma *f*; 2. (*cuentas*) falseamiento, trucaje; **~re** ‹*esd*› *vt* domesticar, amaestrar, domar; **~to, -a** *adj* domesticado, -a, amaestrado, -a; **~tore, -trice** *m/f* domador, -a

addominale *adj med* abdominal

addormenta|re 1. *vt* adormecer, dormir; **2. ~rsi** adormecerse, dormirse; **~to, -a** *adj* adormecido, -a, dormido, -a ◊ ***La Bella ~a*** *f* La Bella Durmiente; **~tore, -trice** *adj* adormecedor, -a

addoss|amento *m* 1. acercamiento; 2. (*culpa, responsabilidad*) endosamiento, endilgamiento; **~are 1.** *vt* 1. arrimar, apoyar; 2. (*culpa, responsabilidad*) endosar, endilgar; **2. ~rsi** 1. apoyarse, arrimarse; 2. agolparse; 3. cargar *vi*; ***~ una responsabilidad*** *cargar con una responsabilidad*; **~o 1.** *adv* encima; a cargo; ***avere una famiglia ~*** *tener una familia a su cargo*; **2.** *excl* ¡a él!, ¡a ellos! ◊ ***~ a*** *prep* encima de; ***avere ~*** (*ropa*) llevar, vestir; ***cadere ~*** venirse encima; ***farsela ~*** *coloq* cagarse (*vulg*); ***levarsi/togliersi q d'~*** quitarse a alg de encima; ***mettere ~*** (*ropa*) ponerse; ***piantare gli occhi ~ a q*** echarle el ojo a alg, no perder a alg de vista; ***stare ~ a q*** *tamb. fig* estar encima de alg

addotto V. **addurre**; **~rare** *vt* doctorar

addottrina|mento *m* adoctrinamiento; **~re** *vt* adoctrinar

addrizzare V. **addirizzare**

addu|co... V. **addurre**; **~rre** ‹*adduco; addussi; addotto*› V. 15 *vt* aducir; *jur* alegar, aducir; **~ttore, -trice** *adj/m* abductor, -a, aductor, -a; **~zione** *f med* abducción, aducción

adegua|mento *m* adecuación *f* ◊ **~ *dei prezzi*** ajuste de precios; **~re** *vt* adecuar, adaptar, ajustar; **~to, -a** *adj* adecuado, -a, apropiado, -a; **~zione** *f* adecuación

adempiere ‹*adempio; adempii; adempito*› V. 13 *vt/i* ‹*avere*› cumplir (**a** con)

adempimento *m* cumplimiento

adempire ‹*isc*› V. **adempiere**

adenite *f med* adenitis *inv*

adeno|fora *f bot* adenófora; **~ide 1.** *adj med* adenoideo, -a; **2.** *fpl med* vegetaciones adenoideas; **~ideo, -a** *adj med* adenoideo, -a; **~ma** *m med* adenoma; **~si** *f inv med* adenosis; **~tomia** *f med* adenotomía

adepto, -a *m/f* adepto, -a

aderen|te 1. *adj* adherente; (*vestido*) ajustado, -a, ceñido, -a; **2.** *m/f* partidario, -a, seguidor, -a; **~za 1.** *f* 1. adherencia, agarre *m*; 2. (*causa, idea*) adhesión; **2.** *fpl* 1. *med* adherencias; 2. relaciones, contactos *mpl*

adergere ‹*adergo; adersi; aderto*› V. 31 *vt elev* elevar (*estánd*)

aderire ‹*isc*› *vi* ‹*avere*› *tamb. fig* adherirse (**a** a)

adersi..., aderto V. **adergere**

adesca|mento *m* anzuelo, señuelo, trampa *f*; *jur* seducción *f*; **~re** *vt* (*peces*) echar el anzuelo; (*animales*) poner cepos, tender un lazo/una trampa; (*personas*) tender una trampa; seducir

adesi|one *f* adhesión; **~vità** *f inv* adhesividad *f*; **~vo, -a 1.** *adj* adhesivo, -a; **2.** *m* 1. adhesivo, pegamento; 2. adhesivo, pegatina *f* ◊ ***nastro* ~** *m* celo, cinta adhesiva (*f*)

adespoto, -a *adj elev* anónimo, -a

adesso *adv* ahora; hace un momento ◊ ***per* ~** *adv* por ahora, hoy por hoy; **~ *capisco*** ahora caigo, ya lo entiendo

ad hoc [a'dɔk] *adv* ad hoc

ad honorem *adj inv* (*doctorado, licenciatura*) honoris causa

adiacen|te *adj* adyacente, contiguo, -a, aledaño, -a; **~za** *f* contigüidad

adibire ‹*isc*› *vt* destinar, dedicar; **~ *una caserma a scuola*** *destinar un cuartel a (ser) escuela*

Adige *m geogr* Adigio, Adige

adipe *m med* grasa *f*

adiposi|tà *f inv* adiposidad *f*; **~o, -a** *adj* adiposo, -a ◊ ***tessuto* ~** *m* tejido adiposo

adir|arsi enojarse, enfadarse, montar en cólera *vi*; **~ato, -a** *adj* enfadado, -a, enojado, a; **~e** ‹*isc*› *vt* 1. *jur* (*tribunal, juez...*) acudir *vi* (**q** a alg), recurrir *vi* (**q** a alg); 2. *jur* (*herencia*) adir, aceptar (*estánd*) ◊ **~ *le vie legali*** emprender acciones legales, acudir a los tribunales

adito *m tamb. fig* entrada *f*, acceso ◊ ***dare* ~ *a un posto*** dar entrada a un sitio, permitir el acceso a un sitio; ***non dare* ~ *a dubbi*** no dejar lugar a dudas

ADN V. **DNA**

adocchiare *vt* 1. ver, mirar; 2. ojear, echar el ojo (*coloq*) (**qc** a u-c)

adolescen|te *adj/s* adolescente; **~za** *f* adolescencia

adombra|bile *adj* (*caballo*) asustadizo, -a; **~mento** *m* 1. (*caballo*) espantada *f*; 2. (*pintura*) sombreado; 3. ocultación *f*, encubrimiento; **~re 1** *vt* 1. oscurecer; (*pintura*) sombrear; ocultar, ensombrecer; 2. (*caballo*) espantar; **2. ~rsi** (*caballo*) espantarse; asustarse, alarmarse

Adone *m* 1. *mitol* Adonis; 2. adonis, efebo, galán ◊ ***essere un* ~ /*~** estar hecho un Adonis

adontarsi ofenderse

adopera|bile *adj* utilizable; **~re** ‹*esd*› **1.** *vt* usar, utilizar; (*gafas, sombrero*) llevar, usar, gastar; **2. ~rsi** trabajar, luchar (**per** por); **~ *per i poveri*** *trabajar por los pobres*

adora|bile *adj* adorable; **~re** *vt* adorar; **~tore, -trice** *adj/s* adorador, -a, idólatra, -a; *fig* adorador, -a, admirador, -a; **~zione** *f* adoración, idolatría

adorn|are *vt* adornar, engalanar; **~o, -a** *adj* adornado, -a, ornado, -a

adott|are *vt* adoptar; **~ivo, -a** *adj* adoptivo, -a

adozione *f* adopción

adrenalina *f med* adrenalina

adriatico, -a (*m pl* **-ci**) *adj geogr* adriático, -a; ***il mare Adriatico*** *el mar Adriático*

ADSL *m* (*var.* **Adsl**) ADSL

adsorb|ente *adj/m* adsorbente; **~imento** *m* adsorción *f*

adstrato *m ling* adstrato

aduggiare *vt elev/fig* irritar, molestar; dañar

adula|re *vt* adular, halagar, lisonjear; **~tore, -trice** *adj/s* adulador, -a, zalamero, -a; **~torio, -a** (*m pl* **-ri**) *adj* adulatorio, -a, lisonjero, -a, halagüeño, -a; **~zione** *f* (*acción*) adulación; (*palabras...*) halago *m*, zalamería, lisonja

adulter|are ‹*esd*› *vt* adulterar, falsificar; **~azione** *f* adulteración, lisonja; **~ino, -a** *adj* adulterino, -a ◊ ***relazione* ~*a*** relación adulterina; ***figlio* ~** *m* hijo adulterino; **~io** (*pl* **-ri**) *m* adulterio

adulto, -a *adj/s* adulto, -a

aduna|nza *f* reunión, asamblea; **~re 1.** *vt* reunir, juntar; (*fuerzas, voluntades*) aunar; **2. ~rsi** reunirse, juntarse; **~ta** *f* reunión, asamblea

adunco, -a (*m pl* **-chi**) *adj* adunco, -a, encorvado, -a ◊ ***naso* ~** *m* nariz aguileña (*f*)

adunghiare *vt* agarrar, aferrar

adunque *conj elev* entonces, pues, conque

adusare *vt elev* habituar

adusto, -a *adj* 1. (*reseco*) adusto, -a; 2. (*bronceado*) adusto, -a, cetrino, -a

aera|re ‹*esd*› *vt* airear, orear, ventilar; **~zione** *f* aireación, oreo *m*, ventilación; *agric* aeración

aere *m elev* aire

aereo, -a 1. *adj* aéreo, -a; **2.** *m* avión ◊ **~ *a reazione*** avión de reacción
aericolo, -a *adj biol* aerícola
aeriflero, -a *adj* aerífero, -a; **~icare** ‹esd› *vt* aerificar; **~icazione** *f* aerificación; **~orme** *adj* aeriforme
aerobica *f sport* aerobic *m* (!)
aerobico, -a (*m pl* **-ci**) *adj* aeróbico, -a
aerobio, -a (*m pl* **-bi**) *adj/s biol* aerobio, -a
aerobiosi *f inv biol* aerobiosis
aerobrigata *f* brigada aérea
aerobus (*var.* **aerobus**) *m inv* 1. *ant* aerobús *m*; 2. autobús al aeropuerto *m*
aerocentro *m* aeropuerto
aerocisterna *f* avión nodriza *m*
aeroclub [aero'klεb] *m inv* aeroclub *m*
aerodinamicla *f* aerodinámica; **~ità** *f inv* aerodinamicidad *f*; **~o, -a** (*m pl* **-ci**) *adj* aerodinámico, -a
aerodromo *m* aeródromo
aerofagia (*pl* **-gie**) *f med* aerofagia
aerofaro *m aero* aerofaro
aerofisica *f* aerofísica
aerofobia *f med* aerofobia
aerofotogralfia *f* fotografía aérea; **~mma** *m* fotografía aérea *f*, aerofotograma *f*
aerogetto *m aero* reactor
aerogralfia *f tecn* aerografía; **~fo** *m tecn* aerógrafo; **~mma** *m correo* aerograma
aerolilnea *f* aerolínea; **~to** *m* aerolito
aeromanzia *f* aeromancia
aeromarittimo, -a *adj* aeromarítimo, -a
aerometrlla *f* aerometría; **~o** *m* aerómetro
aeromolbile *m* aeromóvil; **~dellismo** *m* aeromodelismo; **~to** *m* aeromoto
aeronautla *m/f* aeronauta; **~ica** *f* 1. *cient* aeronáutica; 2. *aero* aviación ◊ **~ *militare*** aviación militar; **~ico, -a** (*m pl* **-ci**) *adj* aeronáutico, -a
aeronavlale *adj* aeronaval; **~e** *f* aeronave; **~igazione** *f* navegación aérea, aeronavegación
aeroplano *m* aeroplano, avión
aeropolrto *m* aeropuerto; **~stale** *adj* aeropostal
aerorifornimento *m* abastecimiento en vuelo
aerosfera *f* aerosfera
aerosiluro *m* avión torpedo
aerosol *m inv* aerosol *m*; *med* nebulizador *m*
aerospaziale *adj* aeroespacial
aerostaltica *f* aerostática; **~tico, -a** (*m pl* **-ci**) *adj* aerostático, -a; **~to** *m* aerostato, globo; **~zione** *f* aerostación
aerotaxi (*var.* **aerotassì**) *m* aerotaxi
aerotecnicla *f* aerotécnica; **~o, -a** (*m pl* **-ci**) *adj* aerotécnico, -a
aeroterapia *f* aeroterapia
aerotermo *m* acondicionador de aire; **~dinamica** *f* aerotermodinámica
aerotrasportlato, -a *adj* aerotransportado, -a; **~o** *m* transporte aéreo
aerovia *f* aerovía
afa *f* bochorno *m*
afasia *f med* afasia
afasico, -a (*m pl* **-ci**) *adj med* afásico, -a
aferesi *f inv ling* aféresis
affabille *adj* afable, amable, tratable; **~ità** *f inv* afabilidad *f*, amabilidad *f*
affaccendalmento *m* ajetreo, trajín, tráfago; **~rsi** afanarse, atarearse, trajinar *vi*; **~to, -a** *adj* ocupado, -a; atareado, a
affacciare 1. *vt* asomar; **2. ~rsi** asomarse; ***~rsi alla finestra*** *asomarse a la ventana*; ***~ rsi alla mente un dubbio*** *saltar a la mente una duda*
affaire [a'fεr] *m inv* affaire, asunto *m*
affamalre *vt* matar de hambre (!), hacer pasar hambre (!), hambrear (*raro*) (!); **~to, -a** *adj* hambriento, -a (!)
affannlare 1. *vt* molestar, importunar; afligir; **2.** *vi* jadear; **3. ~rsi** afanarse, bregar *vi*, ajetrearse; **~ato, -a** *adj* 1. jadeante; 2. afanoso, -a, afligido, -a; **~o** *m* 1. ahogo, jadeo, resuello; 2. angustia *f*, congoja *f*; **~oso, -a** *adj* 1. jadeante; 2. afanoso, -a, angustioso, -a
affardellare *vt* empaquetar, enfardar; *mil* hacer/liar el petate
affare *m* 1. asunto, cuestión *f*, cosa *f*; ***è un brutto ~*** *es un feo asunto*; ***è un ~ serio*** *es un asunto serio*; ***non è affar tuo*** *no es asunto tuyo*; 2. *com/dipl* negocio; ***un grosso ~*** *un gran negocio*; ***fare un buon ~*** *hacer un buen negocio, ser una pinchincha/piltrafa (Am)*; 3. *jur* caso; ***l'~ Dreyfus*** *el caso Dreyfus*; 4. *coloq* chollo, ganga *f* ◊ **~ *di Stato*** cuestión de Estado (*f*); ***~i sporchi*** negocios sucios; ***Affari Esteri*** *mpl* Asuntos Exteriores (*Esp*), Relaciones Exteriores (*Am*); ***~i ecclesiastici*** *mpl* asuntos religiosos; ***bell'~!*** *irón* ¡bonito negocio!; ***giro di ~i*** *com* volumen de negocios; ***uomo, viaggio d'~i*** hombre, viaje de negocios; ***di mal ~*** *adj* de mala reputación
affarislmo *m* especulación *f*; **~ta** *m/f desp* especulador, -a, negociante, -a; **~tico, -a** (*m pl* **-ci**) *adj* mercantil; *desp* especulativo, -a
affarone *m* negocio redondo, chollo (*coloq*)
affascinalnte *adj* fascinante, encantador, -a, arrebatador, -a; **~re** ‹esd› *vt* 1. fascinar, cautivar, hechizar, embelesar; 2. *agric* engavillar; **~tore, -trice 1.** *adj/s* fascinante; **2.** *m/f* persona fascinante *f*
affastellalmento *m* 1. *agric* gavilla *f*; 2. revoltijo, montón, hacinamiento; **~re** *vt* 1. *agric* engavillar; 2. amontonar, hacinar
affaticalmento *m* cansancio; **~re 1.** *vt* cansar, fatigar; agobiar; **2. ~rsi** atarearse, ajetrearse, preocuparse; cansarse
affatto *adv* 1. completamente, del todo; ***hanno punti di vista ~ diversi*** *tienen puntos de vista completamente/en absoluto diferentes*; 2. (*en negaciones*) en absoluto, nada; ***non mi piace ~*** *no me gusta nada* ◊ ***niente ~*** *adv* en absoluto
affatturare *vt* adulterar; embrujar, hechizar
afferente *adj med* aferente; *jur* referente, correspondiente
affermalre 1. *vt* (*opinión, derecho...*) afirmar, sostener, defender; ***afferma di avere ragione*** *afir-*

ma que tiene razón; ***affermo che ha ragione*** *afirmo que tiene razón*; **2.** *vi* ‹*avere*› (*decir que sí*) afirmar; **3. ~rsi** afirmarse; ***~rsi nel suo settore*** *afirmarse en su sector*; **~tivo, -a** *adj* afirmativo, -a; **~to, -a** *adj* renombrado, -a, destacado, -a; **~zione** *f* afirmación

afferrare 1. *vt* (*espada*) aferrar, agarrar, asir; (*ocasión*) coger *(Esp)*, aprovechar; **2. ~rsi** aferrarse, agarrarse, asirse

Aff. Est. (*Ministero degli Affari Esteri*) *abr* (*Ministerio de Asuntos Exteriores*) ="AA.EE." (*Esp*)

affett|are *vt* 1. fingir, aparentar, simular; 2. (*embutidos, merluza, frutas*) rebanar, cortar en rodajas; (*queso, embutidos*) cortar en lonchas; (*pan*) rebanar, cortar; **~ato, -a 1.** *adj* 1. fingido, -a; 2. afectado, -a, amanerado, -a, relamido, -a, redicho, -a; 3. *gastr* ="rebanado/cortado en rebanadas/rodajas/lonchas"; **2.** *m gastr* ="embutido cortado en rodajas/lonchas"; **~atrice** *f* cortafiambres *m inv*; **~azione** *f* afectación, amaneramiento *m*, melindre *m*; **~ività** *f inv* afectividad *f*; **~ivo, -a** *adj* afectivo, -a; **~o, -a 1.** *adj med* afecto, -a (**da** di), enfermo, -a (**da** di); ***~ da tubercolosi*** *afecto/enfermo de tuberculosis*; impresionado (**da** por), afectado (**da** por); ***~ da stupore*** *impresionado por el estupor*; **2.** *m* afecto, cariño; apego; **~uosità** *f inv* afectuosidad *f*; **~uoso, -a** *adj* afectuoso, -a, cariñoso, -a

affezion|are 1. *vt* aficionar; **2. ~rsi** afeccionarse (**a q** a alg), encariñarse (**a q** con alg), aficionarse (**a q** a alg); **~atissimo, -a** *adj obsol* (*en las cartas*) afectísimo, -a; ***Suo ~*** *Suyo afectísimo*; **~ato, -a** *adj* encariñado, -a (**a q** con alg), apegado, -a (**a q** a alg), afeccionado, -a (**a qc** a u-c); aficionado, -a; **~e** *f* cariño *m* (!), afecto *m* (!); *med* afección (!)

affiancare *vt* 1. poner al lado, poner junto, juntar; ***~ delle sedie*** *poner juntas unas sillas*; 2. apoyar, sostener; **2. ~rsi** 1. ponerse al lado; 2. apoyarse, ayudarse

affiata|mento *m* compenetración *f*, armonía *f*, acuerdo; **~re** *vt* compenetrar, armonizar

affibbiare *vt* 1. abrochar, anudar, abotonar; 2. colgar, endilgar, endosar

affid|abile *adj* fiable; **~abilità** *f inv* fiabilidad *f*; **~amento** *m* confianza *f*; *jur* custodia *f* ◊ ***~ congiunto*** *jur* custodia compartida (*f*); **~are** *vt* confiar, encomendar; **~o** *m jur* custodia *f*, acogimiento

affievoli|mento *m* debilitamiento, debilitación *f*; **~re** ‹*isc*› *vt* debilitar

affiggere ‹*affiggo; affissi; affisso*› V. 1 *vt* (*carteles, avisos...*) pegar, colocar; ***~ gli occhi*** *fijar la mirada, mirar fijamente*

affila|coltelli *m inv* (*instrumento*) afilacuchillos; **~mento** *m* afilamiento, afiladura *f*; **~re 1.** *vt* afilar; (*lápiz*) sacar punta; (*cara*) afinar, adelgazar; **2. ~rsi** 1. afinarse, adelgazar *vi*; 2. alinearse, ponerse en fila ◊ ***~ le armi*** *tamb. fig* velar armas; **~toio** (*pl* **-oi**) *m* muela *f*, afilador; **~trice** *f* muela, afilador *m*; **~tura** *f* afiladura, afilamiento *m*

affili|are 1. *vt jur* ahijar, adoptar; (*secta, asociación*) afiliar, apuntar; **2. ~rsi** afiliarse; *sport* federarse; **~ato, -a** *m/f* adepto, -a, afiliado, -a; *sport* federado, -a; **~azione** *f jur* adopción; (*secta, asociación*) afiliación, ingreso *m*; *sport* (*acción*) federación

affina|ggio (*pl* **-gi**) *m metal* afinación *f*, acrisolado; *indus* (*azúcar*) refinado; **~mento** *m metal* afinamiento; *tecn* (*azúcar*) refinamiento, refinado; **~re 1.** *vt* 1. afilar; aguzar; ***~ l'ingegno*** *aguzar el ingenio*; 2. *metal* afinar, acrisolar; *tecn* (*azúcar*) refinar; **2. ~rsi** refinarse, perfeccionarse; **~zione** *f metal* afinación, afinado *m*, acrisolado *m*; *tecn* (*azúcar*) refinado *m*

affinché *conj* (+ *subj*) para que, a fin de que

affine 1. *adj* afín, similar; **2.** *m* (*familia*) afín, allegado

affinità *f inv* afinidad *f*; (*familia*) afinidad *f*, parentesco *m*

affio|chimento *m* debilitamiento, amortiguación *f*; (*voz*) ronquera *f*; **~chire** ‹*isc*› *vt* debilitar, amortiguar; (*voz*) enronquecer; **~ramento** *m* afloramiento; **~rare** *vi* ‹*essere*› aflorar

affiss|i... V. **affiggere**; **~ione** *f* (*acción*) pegadura, pegada ◊ ***divieto di ~*** *m* prohibido pegar/fijar carteles; **~o, -a 1.** *adj* pegado, -a, fijado, -a; **2.** *m* 1. cartel, anuncio; 2. *arq* marco; 3. *ling* afijo; **3.** *pp* V. **affiggere**

affitt|abile *adj* alquilable, en alquiler; **~acamere** *m/f inv* hospedero, -a *m/f*; **~are** *vt* 1. (*casas*) alquilar, arrendar; ***affittasi camera*** *se alquila habitación*; (*tierras*) arrendar; (*vehículos*) alquilar; 2. (*tomar en alquiler*) alquilar; **~o** *m* 1. alquiler, arrendamiento; 2. (*dinero*) alquiler, renta *f* ◊ ***~ dell'utero*** útero de alquiler; ***prendere in ~*** alquilar, tomar en alquiler; **~uario** (*pl* **-ri**) *m* 1. arrendatario; 2. (*viviendas*) inquilino

afflato *m elev* soplo; inspiración *f*

affliggente *adj* aflictivo, -a

affliggere ‹*affliggo; afflissi; afflitto*› V. 38 *vt* afligir, apenar, apesadumbrar

afflitt|ivo, -a *adj* aflictivo, -a; **~o, -a 1.** *adj* afligido, -a, apenado, -a, compungido, -a; **2.** *pp* V. **affliggere** ◊ ***chi nasce ~ muore sconsolato*** a perro flaco todo son pulgas

afflizione *f* aflicción, angustia, congoja

afflosciare *vt* 1. aflojar, debilitar; *fig* aplatanar (*coloq*); 2. *bot* ajar, marchitar, mustiar

afflu|ente 1. *m* afluente; **2.** *adj* rico, -a, opulento, -a; **~enza** *f* afluencia, concurrencia; **~ire** ‹*isc*› *vi geogr* fluir, discurrir; (*personas, mercancías*) afluir, concurrir; **~sso** *m med* aflujo; *geogr* flujo, corriente *f*; (*cuenca fluvial*) pluviosidad *f*; (*personas*) afluencia *f*, concurrencia *f*

affocare 1. *vt* abrasar, poner al rojo vivo; **2. ~rsi** abrasarse, inflamarse

affoga|mento *m* ahogamiento, sofoco; **~re 1.** *vt* ahogar, anegar; (*huevos*) escalfar; **2.** *vi* ahogarse; **3. ~rsi** ahogarse ◊ ***~/~rsi in un bicchier d'acqua*** ahogarse en un vaso de agua; ***~ nei debiti*** estar con el agua al cuello; ~ ***nell'oro*** nadar en la abundancia; ***bere o*** ~ del mal el menos

affolla|mento *m* aglomeración *f*, agolpamiento, gentío; **~re 1.** *vt* 1. (*gente*) llenar, abarrotar; 2. abrumar, oprimir; **2. ~rsi** agolparse

affonda|mento *m* hundimiento; **~re 1.** *vt* (*en la tierra*) ahondar, hundir; *mil* hundir, mandar a pique; **2.** *vi* hundirse; **3. ~rsi** hundirse; **~toio** (*pl* **-oi**) *m nav* disparador

affossa|mento *m* 1. hondonada *f*, depresión *f*; *agric* ahoyadura *f*; 2. (*proyecto*) arrinconamiento; **~re 1.** *vt* 1. cavar, excavar; *agric* cavar, ahoyar; 2. (*cuestión*) arrinconar, zanjar; **2. ~rsi** hundirse; **~tura** *f* excavación; *agric* ahoyadura

affranca|mento *m* 1. liberación *f*; 2. *correo* franqueo; **~re 1.** *vt* 1. liberar, libertar; (*esclavos*) manumitir, libertar; 2. *correo* franquear; **2. ~rsi** liberarse (**da** de), librarse (**da** de); **~trice** *f correo* máquina franqueadora; **~tura** *f correo* franqueo *m*, sellado *m*; **~zione** *f jur* franqueo *m*

affranto, -a *adj* abatido, -a, desanimado, -a

affratella|mento *m* hermanamiento; **~re** *vt* hermanar

affres|care *vt arte* pintar al fresco; **~chista** *m/f arte* fresquista; **~co** (*pl* **-schi**) *m arte* fresco

affrettare 1. *vt* acelerar, apresurar; **2. ~rsi** apresurarse, darse prisa

africat|a *f ling* (*consonante*) africada; **~o, -a** *adj ling* africado, -a

affront|are 1. *vt* afrontar, arrostrar, encarar, hacer frente (**q/qc** a alg/u-c); ~ ***un pericolo*** *arrostrar un peligro*; ~ ***il nemico*** *hacer frente al enemigo*; ~ ***le spese*** *hacer frente a los gastos*; **2. ~rsi** enfrentarse, encararse; **~o** *m* afrenta *f* (!)

affumica|re ‹*esd*› *vt* ahumar; **~to, -a** *adj* ahumado, -a; ***carne ~a*** *carne ahumada*; ***lenti ~e*** *cristales ahumados*; ennegrecido, -a; **~tura** *f* (*acción*) ahumado *m*

affusolato, -a *adj* ahusado, -a; (*vestido*) ceñido, -a

affusto *m mil* afuste

afgano, -a *adj/s geogr* afgano, -a

Afganistan: l'~ *m* Afganistán

afide *m zool* pulgón

afillo, -a *adj bot* áfilo, -a

a.f.m. (*a fine mese*) *abr* a final de mes

afnio *m quím* hafnio

afoni|a *f med* afonía; **~co, -a** (*m pl* **-ci**) *adj med* afónico, -a

afono, -a *adj med* afónico, -a; *ling* áfono, -a

aforis|ma (*var.* **aforismo**) *m* aforismo; **~tico, -a** (*m pl* **-ci**) *adj* aforístico, -a

afos|ità *f inv* bochorno *m*, asfixia, sofoco *m*; **~o, -a** *adj* bochornoso, -a, asfixiante, sofocante

Africa: l'~ *f* África; ***~no, -a** *adj/s* africano, -a

africo, -a 1. *adj elev* africano, -a; **2.** *m* (*viento*) ábrego, áfrico

afrika|ans ['afrikans] *m inv ling* afrikaans; **~ner** *m/f inv* afrikáner *m/f*, afrikánder *m/f*

afro|americano, -a *adj* afroamericano, -a; **~asiatico, -a** (*m pl* **-ci**) *adj* afroasiático, -a; **~cubano, -a** *adj mús* afrocubano, -a

afrodi|siaco, -a (*m pl* **-ci**) *adj/m* afrodisiaco, -a; ***~te** *f mitol* Afrodita

aft|a *f med* afta ◊ ~ ***epizootica*** glosopeda; **~oso, -a** *adj* aftoso, -a

agamia *f bot* agamia

agamico, -a (*m pl* **-ci**) *adj bot* ágamo, -a

agape *m* ágape

agarico (*pl* **-ci**) *m bot* agárico ◊ ~ ***delizioso*** níscalo, mízcalo, robellón; ~ ***laccato*** lacaria (*f*); ~ ***moscario*** amanita muscaria (*f*), falsa oronja (*f*)

agata *f min* ágata

agave *f bot* pita, ágave *m/f*, maguey *m* (*Am*) ◊ ~ ***tessile*** henequén *m (Am)*

agenda *f* (*libro*) agenda, dietario *m*; (*reunión*) agenda

agente *m/f* agente; *com* agente, corredor, -a, representante ◊ ***complemento d'~*** *m ling* complemento agente; ~ ***di assicurazioni*** corredor de seguros; ~ ***di borsa*** corredor de bolsa; ~ ***di cambio*** corredor de cambio; ~ ***di commercio*** corredor de comercio; ~ ***di custodia*** funcionario de prisiones; ~ ***di polizia/di sicurezza*** agente de policía; ~ ***diplomatico*** encargado de negocios; ~ ***fiduciario*** habilitado; ~ ***immobiliare*** agente inmobiliario; ~ ***marittimo*** agente marítimo; ~ ***provocatore*** infiltrado, provocador; ~ ***segreto*** agente secreto

agenzia *f* agencia; *econ* (*bancos, empresas*) sucursal; *com* agencia, correduría ◊ ~ ***di assicurazioni*** correduría de seguros; ~ ***di cambio*** correduría de cambio; ~ ***di informazioni*** agencia de prensa; ~ ***di viaggi*** agencia de viajes; ~ ***d'investigazione*** agencia de investigación; ~ ***immobiliare*** agencia inmobiliaria; ~ ***pubblicitaria*** agencia de publicidad

agerato *m bot* agérato

agevola|re ‹*esd*› *vt* agilizar, favorecer; simplificar; **~zione** *f* agilización, facilidades *fpl*; simplificación ◊ ~ ***fiscale*** privilegio fiscal (*m*); ~ ***di pagamento*** facilidades de pago (*fpl*)

agevole *adj* fácil, cómodo, -a

agevolezza *f* facilidad, comodidad

aggancia|mento *m* enganche; **~are** *vt* 1. enganchar; (*ropa*) abrochar; 2. *sport* (*pelota*) coger al vuelo; 3. *sport* (*fútbol*) zancadillear; 4. *coloq/fig* enganchar (**q** a alg), coger por banda (**q** a alg); 5. *coloq* ligar; **~o** (*pl* **-ci**) *m* enganche, sujeción *f*, fijación *f*

aggeggio (*pl* **-gi**) *m* 1. cacharro, trasto, chisme; 2. engaño, trampa *f*

aggettiv|ale *adj ling* adjetival, adjetivo, -a; **~are** *vt ling* adjetivar; **~azione** *f ling* adjetivación; **~o** *m ling* adjetivo

aggetto *m arq* voladizo, saliente

agghiaccia|nte *adj* espeluznante, terrorífico, -a; **~re** *vt* helar, congelar

agghinda|re *vt* engalanar, endomingar, emperifollar, engomar (*Am*); **~to, -a** *adj* emperifollado, -a, peripuesto, -a, acicalado, -a

aggio (*pl* **-gi**) *m com/econ* agio; **~gare** *vt* 1. (*bueyes*) uncir, enyugar; 2. (*someter*) subyugar

aggiorna|mento *m* puesta al día *f*, actualización *f*, reciclaje ◊ ***corso di ~*** *m* curso de reciclaje; **~re 1.** *vt* 1. aplazar, diferir; 2. poner al día, actualizar, reciclar; **2. ~rsi** ponerse al día, reciclarse, actualizarse

aggiota|ggio (*pl* **-gi**) *m econ* agiotaje; **~tore, -trice** *m/f econ* agiotista

aggira|mento *m* 1. *mil* envolvimiento; 2. engaño, insidia *f*; **~re 1.** *vt* 1. *mil* envolver, rodear, cercar; 2. (*dificultad...*) esquivar, evitar; 3. engañar; **2. ~rsi** 1. merodear, vagar, dar vueltas; 2. (*cuenta*) girar, ascender; ***la spesa si aggira sul milione*** *el gasto gira en torno al millón*

aggiudica|re ‹*esd*› *vt* adjudicar; **~tario** (*pl* **-ri**) *m* adjudicatario; **~zione** *f* adjudicación

aggiungere ‹*aggiungo; aggiunsi; aggiunto*› V. 39 **1.** *vt* añadir, agregar; **2. ~rsi** juntarse, unirse

aggiunt|a *f* añadido *m*, añadidura; **~are** *vt* juntar, unir; **~atura** *f* (*acción*) unión, juntamiento *m*; (*punto de unión*) juntura; **~ivo, -a** *adj* aditivo, -a ◊ ***proposta, norma ~a*** *f pol* propuesta, norma adicional; **~o, -a 1.** *adj* añadido, -a; suplementario, supletorio; **2.** *m* adjunto; **3.** *pp* V. **aggiungere** ◊ ***~ del sindaco*** alcalde pedáneo; ***segretario ~*** *m* secretario adjunto

aggiusta|mento *m* reparación *f*, arreglo, compostura *f*; (*ropa, zapatos*) remiendo; *desp* ajuste, apaño; **~re 1.** *vt* 1. arreglar (!), reparar, acomodar, componer; *desp* ajustar, apañar; (*pelea, discusión...*) arreglar, poner fin; conciliar; 2. (*cuenta*) cuadrar, arreglar; 3. afinar; ***~ il tiro*** *afinar la puntería*; **2. ~rsi** 1. apañárselas, arreglárselas; 2. ponerse de acuerdo ◊ ***t'aggiusto io!*** *irón* ¡ya te arreglaré yo a ti!; **~tore** *m indus* ajustador; **~tura** *f* reparación, arreglo *m*, compostura; *tecn* junta, juntura

agglomera|mento *m* aglomeración *f*, apelotonamiento, agolpamiento; **~nte** *adj/m* aglomerante; **~re** ‹*esd*› *vt* aglomerar, apelotonar, agolpar; **~to, -a 1.** *adj* aglomerado, -a; **2.** *m geol* aglomerado; conglomerado; ***~ urbano*** *conglomerado urbano*; **~zione** *f* aglomeración

agglutina|nte *adj* aglutinante; **~re** ‹*esd*› *vt* aglutinar; **~zione** *f* aglutinación

aggomitolare ‹*esd*› **1.** *vt* ovillar; **2. ~rsi** ovillarse, acurrucarse

aggottare *vt nav* achicar

aggradare *vi elev* agradar, gustar (*estánd*)

aggraffare *vt tecn* engatillar

aggranchirsi ‹*isc*› (*pierna...*) dormirse, entumecerse

aggrapparsi aferrarse, agarrarse

aggrav|amento *m* agravamiento; **~ante** *adj/f jur* agravante ◊ ***circostanza ~*** *f* circunstancia agravante; **~are 1.** *vt* 1. agravar, aumentar; ***~ la pena*** *agravar la pena*; 2. *raro* oprimir; **2. ~rsi** agravarse; **~io** (*pl* **-vi**) *m* agravio; *jur* agravamiento; *econ* recargo, gravamen

aggrazia|re *vt* agraciar; **~to, -a** *adj* agraciado, -a

aggredi|re ‹*isc*› *vt* agredir; arremeter *vi* (**q** contra alg), acometer, atacar; **~trice** V. **aggressore**

aggrega|re *vt* agregar, anexionar; **~to, -a 1.** *adj* agregado, -a; *adm* en comisión de servicios; **2.** *m* (*edificios*) conglomerado; *min* agregado; *mat tamb. fig* conjunto; **~zione** *f* agregación

aggress|ione *f* agresión ◊ ***~ a mano armata*** atraco a mano armada (*m*); **~ività** *f inv* agresividad *f*; **~ivo, -a** *adj* agresivo, -a; **~ore** (*f* **aggreditrice**) *adj/s* agresor, -a

aggrinzire ‹*isc*› *vt* arrugar

aggrottare *vt* (*frente, ceño...*) fruncir, arrugar

aggroviglia|mento *m* enmarañamiento, enredo, maraña *f*; **~re** *vt* enredar, enmarañar, liar

aggrumarsi coagularse

aggruppare *vt* agrupar

agguantare 1. *vt* aferrar (!), agarrar (!); *coloq* (*ladrón*) echar el guante; **2. ~rsi** aferrarse, agarrarse

agguato *m* emboscada *f*, trampa *f*, insidia *f* ◊ ***tendere un ~*** tender una emboscada

agguerri|re ‹*isc*› *vt* aguerrir; (*ánimo*) templar; **~to, -a** *adj* 1. valiente, aguerrido, -a; 2. preparado, -a, ducho, -a, competente

aghifo|glia *f bot* hoja acicular; **~rme** *adj bot* acicular

agiat|ezza *f* bienestar *m*, comodidad, desahogo *m*; **~o, -a** *adj* (*vida*) desahogado, -a, regalado, -a, cómodo, -a; (*persona*) pudiente, acaudalado, -a

agibil|e *adj* 1. *elev* factible; 2. (*teatro, instalaciones*) practicable; **~ità** *f inv* factibilidad *f*, practicabilidad *f*

agil|e *adj* 1. ágil, ligero, -a; 2. ágil, despierto, -a, despabilado, -a; **~ità** *f inv* agilidad *f*, ligereza *f*

agio (*pl* **agi**) **1.** *m* comodidad *f*, confort; bienestar, desahogo; **2.** *mpl* comodidades *fpl*, lujos ◊ ***a suo ~*** *adv* a sus anchas, a gusto, en su cancha (*Am*); ***sentirsi a proprio ~*** estar como pez en el agua; ***mettiti a tuo ~*** ponte cómodo; ***vivere in mezzo agli ~i*** vivir entre algodones

agiografi|a *f* hagiografía; **~co, -a** (*m pl* **-ci**) *adj* hagiográfico, -a

AGIP (*Azienda Generale Italiana Petroli*) *abr*

agire ‹*isc*› *vi* ‹*avere*› actuar, comportarse, obrar; *jur* actuar

agita|bile *adj* 1. agitable; 2. impresionable; **~re** ‹*esd*› **1.** *vt tamb. fig* agitar; **2. ~rsi** *tamb. fig* agitarse ◊ ***~ prima dell'uso*** agítese antes de usar; **~to, -a 1.** *adj tamb. fig* agitado, -a; **2.** *m mús* agitato; **~tore, -trice** *m/f* agitador, -a, alborotador, -a, bolista (*Méx*); **~zione** *f* agitación, inquietud, turbación; alboroto *m*, revuelta ◊ ***~ sindacale*** *euf* huelga (*estánd*)

agit-prop *m/f inv* agitador, -a *m/f*, propagandista *m/f*

aglio (*pl* **-gli**) *m* ajo ◊ ***spicchio d'~*** *m* diente de ajo; ***testa d'~*** *f* cabeza de ajos

agnello *m* cordero ◊ ****~ di Dio*** Cordero de Dios; **~ne** *m* borrego
agnizione *f* agnición, anagnórisis *inv*, reconocimiento *m*
agnolotti *mpl* ravioles
agnosticlismo *m filos* agnosticismo; **~o, -a** (*m pl* **-ci**) *adj/s filos* agnóstico, -a
ago (*pl* **-ghi**) *m* aguja *f* (!) ◊ ***cercare un ~ in un pagliaio*** buscar una aguja en un pajar
agognare 1. *vt* ansiar, anhelar; **2.** *vi* ‹*avere*› aspirar (**a** a), anhelar *vt*
à gogo [a go'go] *adj inv/adv* a gogó
agonale *adj* agonal
agonila *f med* agonía; *fig* agonía, ansia; **~co, -a** (*m pl* **-ci**) *adj* agónico, -a; **~stico, -a** (*m pl* **-ci**) *adj* agonístico, -a; **~zzante** *adj tamb. fig* agonizante; **~zzare** *vi* ‹*avere*› *tamb. fig* agonizar
agopuntlore, -trice *m/f* acupuntor, -a; **~ura** *f med* acupuntura
agorà (*var.* **agora** *f inv*) *f hist/arq* ágora
agorafobia *f med* agorafobia
agoraio (*pl* **-ai**) *m* alfiletero, cañutero
agostliniano, -a *adj* agustiniano, -a; **~o** *m* agosto
agrammaticale *adj ling* agramatical
agrarila *f estud* ingeniería agrícola ◊ ***dottore in ~*** *m* ingeniero agrónomo; **~o, -a** (*m pl* **-ri**) **1.** *adj* agrario, -a; **2.** *m/f* agricultor, -a
agreement [a'griment] *m inv* acuerdo *m*, pacto *m*
agrestla *f* agraz *m*; **~e** *adj elev* agreste; **~o, -a 1.** *adj raro* agrio, -a; agreste; **2.** *m raro* agraz
agretto, -a 1. *adj* acídulo, -a; **2.** *m bot* mastuerzo
agricollo, -a *adj* agrario, -a, agrícola; **~tore** *m* agricultor; **~tura** *f* agricultura
agrifoglio (*pl* **-gli**) *m bot* acebo
agrimenslore *m* agrimensor; **~ura** *f* agrimensura
agriturislmo *m* 1. turismo rural, agroturismo; 2. casa (de turismo) rural *f*; **~ta** *m/f* agroturista; **~tico, -a** (*m pl* **-ci**) *adj* agroturístico, -a
agro, -a 1. *adj* agrio, -a, ácido, -a; **2.** *m elev* agro; ***l'*~ Romano*** = *"la campiña romana"*; **~alimentare** *adj* agroalimentario, -a; **~dolce** *adj* agridulce; **~nomia** *f* agronomía; **~nomo, -a** *m/f* agrónomo, -a
agrumi *mpl agric* cítricos, agrios; **~coltura** *f* citricultura
aguglia *f* 1. *zool* espetón *m*, pez aguja *m*; 2. aguja de la brújula
aguzzlare *vt* afilar (**qc** a u-c), sacar punta; *fig* aguzar; **~ *l'ingegno, le orecchie*** *aguzar el ingenio, el oído*; **~ino** *m* 1. esbirro, carcelero, verdugo; *hist* cómitre; 2. perseguidor; **~o, -a** *adj* 1. puntiagudo, -a, afilado, -a, apuntado, -a; 2. penetrante; ***uno sguardo ~*** *una mirada penetrante*
ah! *excl* ¡ah!
ahi! (*var.* **ai!**) *excl* ¡ay! ◊ ***non dire né ~ né bai/ohi*** no decir ni mu
ahimè! *excl* ¡ay de mí!
ai! V. **ahi!**
ai: non dico né ~ né bai *vi* ni quito ni pongo rey
aia *f agric* era

Aids [ajdi'ɛsse, ajts] (*Sindrome da InmmunoDeficienza Acquisita*) *m/f inv* (*Síndrome de Inmunodeficiencia Adquirida*) sida *m*
AIE (*Agenzia Internazionale per l'Energia*) *abr* (*Agencia Internacional de la Energía*) AIE
AIEA (*Agenzia Internazionale per l'Energia Atomica*) *abr* (*Agencia/Organismo Internacional de Energía Atómica*) AIEA, OIEA
aio, -a (*m pl* **ai**) *m/f* ayo, -a; **~la** V. **aiuola**
airbag ['ɛjrbɛg, 'ajrbeg] *m inv auto* airbag *m*
airbus ['ɛjrbas, ajrbas] *m inv* airbus *m*
aire *m* impulso ◊ ***dare l'~*** poner en marcha
airone *m zool* garza *f*, garzón (*Ven/Cuba*) ◊ ***~ cinerino*** garza real (*f*)
aitante *adj* robusto, -a, gallardo, -a
aiuola *f* parterre *m*, macizo *m*, arriate *m*
aiutlante *m/f* ayudante, auxiliar, asistente, -a ◊ ***~ di campo*** ayudante de campo, edecán; **~are** *vt* auxiliar, socorrer; **~o 1.** *m* 1. ayuda *f* (!), auxilio, socorro; 2. *cine/teat* ayudante; **2.** *excl* ¡socorro!, ¡auxilio! ◊ ***~ umanitario*** ayuda humanitaria (*f*); ***~ regista*** *cine* ayudante de dirección/de realización; ***dare/prestare ~*** prestar auxilio, prestar ayuda
aizzare *vt* (*perros*) azuzar, achuchar
ala (*pl* **le ali**) *f* ala ◊ ***mezz'~ destra, sinistra*** *sport* interior derecho, izquierdo (*m*); ***fare ~*** hacer pasillo, abrir camino; ***mettere le ~i ai piedi*** poner alas en los pies; ***tarpare le ~i (a q)*** cortar las alas (a alg)
alabardla *f mil* alabarda; **~iere** *m mil* alabardero
alabastro *m* alabastro
alacre (*var.* **alacre**) *adj* despierto, -a, vivaz, activo, -a
alacrità *f inv* alacridad *f*, vivacidad *f*
ALALC (*var.* **LAFTA**) (*Associazione Latinoamericana di Libero Scambio*) *abr* (*Asociación Latinoamericana de Libre Comercio*)
alamaro *m* alamar, presilla *f*
alambicco (*pl* **-chi**) *m* alambique
alano 1. *m* alano, dogo; **2.** *adj/s hist* alano, -a
à la page [a la 'paʒ] *adj inv* a la moda
alare 1. *m* morillo; **2.** *vt nav* halar, espiar
alato, -a *adj* alado, -a
alba *f* alba, amanecer *m* ◊ ***spuntare l'~*** amanecer, salir el sol
albagia (*pl* **-gie**) *f elev* altanería, soberbia
albanlese *adj/s* albanés, -esa; ***~ia: l'~** *f* Albania
albatro *m* 1. *zool* albatros *inv*; 2. *bot* madroño
albeggiare *v/impers* ‹*avere/essere*› amanecer, clarear
alberlare ‹*esd*› *vt bot/mar* arbolar; **~ata** *f* alameda, arboleda; **~ato** *m* arbolado; **~atura** *f bot* arbolado *m*; *nav* arboladura; **~ello** *m bot* pimpollo; **~eta** *f* alameda, arboleda
alberglare *vt* albergar, alojar, hospedar; **~atore, -a** *m/f* 1. hotelero, -a; 2. anfitrión, -a, huésped, -a; **~hiero, -a** *adj* hotelero, -a, hostelero, -a ◊ ***industria ~a*** *f* industria hotelera; **~o** (*pl* **-ghi**) *m* 1. hotel (!); 2. albergue; *ant* hospedería *f* ◊ ***~ diurno*** albergue/hotel de día
albero *m* árbol; *nav* mástil, palo; *tecn/med/ling* árbol ◊ ***~ a gomiti*** *tecn* cigüeñal; ***~ di distribu-***

zione/a camme *tecn* árbol de levas; ~ ***di Natale*** árbol de Navidad
albicocc|a *f* albaricoque *m*; **~o** (*pl* **-chi**) *m* albaricoquero
albinismo *m* albinismo
albino, -a *adj/s* albino, -a
albo, -a 1. *m* tablón (de anuncios), cartelera *f*; *foto* álbum; *adm* registro; (*profesionales*) colegio; ***iscriversi all'~*** *colegiarse*; ***l'~ dei medici, dei giornalisti*** *el colegio de médicos, de periodistas*; **2.** *adj elev* albo, -a ◊ ~ ***d'oro*** libro de oro; ~ ***pretorio*** tablón de anuncios municipal; ~ ***professionale*** colegio profesional; **~re** *m elev* albor; **~rella** *f zool* albur *m*
album V. **albo**
albume *m* albumen; (*huevo*) clara *f*
albumina *f* albúmina
alburno *m* alburno
alcali *m inv quím* álcali
alcalin|ità *f inv quím* alcalinidad *f*; **~o, -a** *adj quím* alcalino, -a
alcaloide *m quím* alcaloide
alcanna *f bot* orcaneta
alce *m zool* alce
alchimi|a (*var.* **alchimia**) *f* alquimia; **~ista** *m* alquimista; **~istico, -a** (*m pl* **-ci**) *adj* alquímico, -a
alcol V. **alcool**
alcolemia *f med* alcoholemia
alcoli|co, -a 1. *adj* alcohólico, -a; **2.** *m* bebida alcohólica *f*; **~metro** (*var.* **alcolometro**, **alcoolimetro**) *m* alcoholímetro; **~smo** *m* alcoholismo; **~zzare** *vt* alcoholizar; **~zzato, -a 1.** *adj* alcoholizado, -a; **2.** *m/f* alcohólico, -a
alcolometro V. **alcolimetro**
alcoltest *m inv* control/test de alcoholemia *m*
alcool *m inv* alcohol *m*
alcoolico... V. **alcolico...**
alcova *f* alcoba
alcunché *pron* 1. *elev* (*en frases afirmativas*) algo; 2. *elev* (*en frases negativas*) nada
alcuno, -a (*adj* formas como las del artículo **un, -a**) *adj/pron* 1. *pl* algunos, -as; ***sono venuti ~i ragazzi*** *han venido algunos chicos*; 2. *sing* ningún, -una; ***non c'è alcun libro sul tavolo*** *no hay ningún libro sobre la mesa*
aldeide *m quím* aldehído
aldilà *m inv* más allá; ***l'~*** *el más allá*
alé! *excl* ¡va!, ¡venga!
aleatorio, -a (*m pl* **-ri**) *adj* aleatorio, -a
aleggiare *vi* ‹*avere*› 1. aletear; 2. estar en el ambiente, respirarse
alemanno, -a *adj/s hist/ling* alemánico, -a
alesa|re *vt tecn* avellanar
alesatore *m tecn* avellanador
Alessandria *geogr* Alejandría
alessandrino, -a *adj/m* alejandrino, -a
alessia *f med* alexia
alett|a *f* aleta; **~one** *m aero/nav* alerón
alfa 1. *f bot* esparto *m*, atocha; **2.** *m/f inv* alfa *f* ◊ ~ ***e omega*** (*principio y fin*) alfa y omega; ***dall'~ all'omega*** *adv* de principio a fin
alfabet|ico, -a (*m pl* **-ci**) *adj* alfabético, -a; **~izzare** *vt* alfabetizar; **~izzazione** *f* alfabetización; **~o** *m* alfabeto
alfanumerico, -a (*m pl* **-ci**) *adj informát* alfanumérico, -a
alfiere *m* 1. *mil* alférez; 2. (*ajedrez*) alfil
alfine *adv* al fin, finalmente
alga (*pl* **-ghe**) *f bot* alga
algebr|a *f mat* álgebra; **~ico, -a** (*m pl* **-ci**) *adj* algebraico, -a, algébrico, -a
Algeri *geogr* Argel
Algeria: l'~ *f* Argelia
algerino, -a *adj/s* argelino, -a
algido, -a *adj med* álgido, -a; *elev/fig* álgido, -a
algoritmo *m* algoritmo
aliante *m aero* planeador
alias *adv* alias *adv/m*
alibi *m inv jur* coartada *f*
alice *f zool* anchoa; boquerón *m*
Alice *f* Alicia
alien|abile *adj* alienable; *jur* enajenable ◊ ***beni ~i*** *mpl* bienes enajenables; **~amento** *m jur* enajenación *f*; **~are 1.** *vt* 1. allenar; 2. *jur* enajenar, alienar; **2. ~rsi** alienarse; **~ato, -a** *adj psicol/jur* enajenado, -a, alienado, -a; **~azione** *f psicol/jur* enajenación, alienación; *filos* alienación ◊ ~ ***mentale*** enajenación mental; **~ista** *m/f med* alienista; **~o, -a** *adj* 1. ajeno, -a (**da** a); 2. extraterrestre, alienígena
aliment|are 1. *adj* alimenticio, -a, comestible; alimentario, -a; ***prodotto ~*** *producto alimenticio*; **2.** *mpl* comestibles; **3.** *vt* alimentar, nutrir; *tecn* cebar ◊ ***intossicazione ~*** *f* intoxicación alimentaria; ***negozio di ~i*** *m* tienda de comestibles (*f*), ultramarinos (*inv*); **~ario, -a** (*m pl* **-ri**) *adj* alimenticio, -a ◊ ***pensione ~a*** *f* pensión alimenticia; **~atore** *m electr/tecn* alimentador; **~azione** *f* alimentación, nutrición, sustento *m*; *electr/tecn* cebadura; *tecn* (*horno*) ceba ◊ ~ ***forzata*** alimentación forzosa; **~o 1.** *m* 1. alimento, nutrición *f*, comestible; 2. alimento, comida *f*, comestible; **2.** *mpl jur* pensión alimenticia *f*, alimentos
aliquota *f mat* parte alícuota; *econ* tipo impositivo *m*, cuota
aliscafo *m* hidroplano, hidrofoil
aliseo, -a *adj/m* (*viento*) alisio, -a
alisma *f bot* lirón *m*
alitare ‹*esd*› *vi* ‹*avere*› respirar, alentar
alito *m* aliento, hálito
alitosi *f inv med* halitosis
all. (*allegato*) *abr* adjunto
allacci|amento *m* enlace; *electr/tecn* conexión *f*, *transp* empalme; **~are** *vt* (*cordones, lazos*) abrochar, acordonar, anudar; (*vestido*) abrochar; *electr/tecn* conectar; *ferroc* (*vías*) empalmar; entablar; ~ ***amicizia, rapporti di affari*** *entablar amistad, relaciones comerciales*; **~o** (*pl* **-ci**) *m* (*teléfono*) conexión *f*
allaga|mento *m* inundación *f*, riada *f*; **~re** *vt* inundar, anegar

Allah *m* Alá
allampanato, -a *adj* larguirucho, -a, esmirriado, -a
allappare *vt* dar dentera
allarga|mento *m* ensanchamiento (!), ensanche (!); **~re 1.** *vt* ensanchar (!), agrandar; (*ropa*) sacar la costura; **2. ~rsi** ensancharse (!), extenderse ◊ **~ *sulle ali, sulla destra*** *sport* jugar por las bandas, por el ala derecha/por la derecha; ***~rsi con q*** desahogarse con alg, confiarse a alg; ***~rsi nelle spese*** pasarse/excederse en las compras
allarm|ante *adj* alarmante; **~are** *vt* alarmar; **~e** *excl/m tamb. fig* alarma *excl/f* (!); **~ *valanghe*** *alarma de aludes* ◊ ***falso ~*** *m* falsa alarma (*f*); **~ismo** *m* alarmismo; **~ista** *m/f* alarmista; **~istico, -a** (*m pl* **-ci**) *adj* alarmista, -a
allatta|mento *m* lactancia *f*; **~re** *vt* amamantar (**q** a alg), dar el pecho (**q** a alg), dar de mamar (**q** a alg)
allea|nza *f* alianza; **~rsi** aliarse, coaligarse; **~to, -a** *adj/s* aliado, -a, coaligado, -a
allega|mento *m raro* dentera *f*; **~re** *vt* 1. (*documentos*) adjuntar; 2. *jur* alegar; 3. *quím/min* ligar, alear; 4. (*sabores, ruidos*) dar dentera; **~to, -a 1.** *adj adm* adjunto, -a (!); ***il documento ~*** *el documento adjunto*; **2.** *m adm* anexo (!); *jur/informát* adjunto (!); **~zione** *f jur* alegación
alleggeri|mento *m* aligeramiento, alivio; **~re** ‹*isc*› *vt* aligerar, aliviar
alleggio (*pl* **-gi**) *m* 1. (*descarga*) alijo; 2. (*embarcación*) gabarra *f*
allegori|a *f* alegoría, **~co, -a** (*m pl* **-ci**) *adj* alegórico, -a
allegr|etto *m mús* alegreto; **~ezza** *f* alegría; **~ia** *f* alegría, contento *m*, regocijo *m*; **~o, -a 1.** *adj* 1. alegre, contento, -a; 2. *coloq* achispado, -a, bebido, -a; 3. (*vida*) despreocupado, -a; **2.** *m mús* alegro ◊ ***c'è poco da stare ~i*** no es para echar las campanas al vuelo
alleluia 1. *excl/m inv* aleluya *excl/m*; **2.** *f bot* aleluya, acetosilla ◊ ***cantare ~*** dar saltos de alegría
allena|mento *m* entrenamiento; adiestramiento ◊ ***tenersi in ~*** mantenerse en forma, no perder la costumbre; **~re** *vt* ejercitar; *sport* entrenar; **~tore, -trice** *m/f sport* entrenador, -a, preparador, -a; (*boxeo*) sparring *m*; (*animales*) adiestrador, -a
allenta|mento *m* aflojamiento; *tecn* relajación *f*, relajamiento; **~re** *vt* 1. aflojar; 2. (*disciplina...*) atenuar, relajar ◊ **~ *il passo*** aflojar la marcha
allergene *m med* alérgeno, alergeno
allergia (*pl* **-gie**) *f med* alergia
allergico, -a (*m pl* **-ci**) *adj med tamb. fig* alérgico, -a (**a qc** a u-c)
allergizzante *adj med* que produce alergia
allergologi|a (*pl* **-gie**) *f med* alergología; **~ico, -a** (*m pl* **-ci**) *adj med* alergológico, -a; **~o, -a** (*m pl* **-gi**) *m/f med* alergólogo, -a, alergista
all'erta (*var.* **allerta**) *adv/excl/f* alerta ◊ ***stare ~*** estar alerta, estar ojo avizor

allesti|mento *m* preparación *f*, montaje, puesta a punto *f*; *nav* armamento; **~re** ‹*isc*› *vt* preparar, montar, poner a punto; *nav* armar
allett|amento *m* lisonja *f*, engatusamiento; **~are** *vt* embaucar, lisonjear, engatusar; **~atore, -trice** *m/f* embaucador, -a, lisonjeador, -a; **~evole** *adj* lisonjero, -a; arrullador, -a
allev|amento *m* 1. (*animales*) cría *f*, ganadería *f*; (*plantas*) cultivo; (*niños*) crianza *f*; 2. granja *f*; **~are** *vt* (*animales, niños*) criar; (*plantas*) cultivar; **~ata** *f* nidada; **~atore, -trice** *adj/s* ganadero, -a; (*perros...*) criador, -a; **~iare** *vt* aliviar, calmar
allib|are *vt nav* alijar; **~ire** ‹*isc*› *vi* palidecer, turbarse; pasmarse, quedarse estupefacto
allibra|mento *m com* registro, asiento; **~re** *vt com* anotar; **~tore** *m* corredor de apuestas hípicas
allicciare *vt tecn* triscar
allietare *vt* alegrar, alborozar
allievo, -a 1. *m/f* alumno, -a; discípulo, -a; **2.** *m sport* alevín; *mil* cadete; *bot* retoño
alligatore *m zool* caimán, aligátor
allignare *vi* ‹*avere/essere*› *tamb. fig* arraigar, echar raíces
allinea|mento *m* alineamiento, alineación *f*; *pol* alineamiento; *econ* (*moneda*) reajuste, realineamiento; **~re** ‹*esd*› **1.** *vt* alinear, poner en fila; *mil* formar; *econ* ajustar, reajustar; **2. ~rsi** *pol* alinearse; *mil* formar *vi*; **~to, -a** *adj* alineado, -a ◊ ***i paesi non ~i*** *mpl* los países no alineados
allitterazione *f lit* aliteración
allocco (*pl* **-chi**) *m* 1. *zool* autillo; 2. tonto, zoquete
allocutivo, -a (*var.* **allocutorio**) *adj ling* alocutivo, -a, alocutorio, -a; **~zione** *f* alocución
allodola *f zool* alondra
allofono, -a *adj/m ling* alófono, -a
allog|are *vt* colocar, acomodar; (*dar trabajo*) emplear; **~eno, -a 1.** *adj* alógeno, -a, extranjero, -a; **2.** *m/f* ="persona perteneciente a una minoría dentro de un país" *f*
alloggi|amento *m* alojamiento, aposento; *mil* campamento, campo; **~are 1.** *vt* alojar, aposentar, hospedar; **2.** *vi* ‹*avere*› vivir, habitar; *mil* acampar ◊ ***chi tardi arriva, male alloggia*** quien se fue a Sevilla perdió su silla; **~o** (*pl* **-gi**) *m* alojamiento, aposento, hospedaje, vivienda *f*; ***dare ~*** *dar alojamiento, hospedar*; ***trovare ~*** *encontrar alojamiento, hospedarse*; ***la crisi degli ~i*** *la crisis de la vivienda*; *nav* camarote
alloglotto, -a *adj ling* de lengua distinta
allontana|mento *m* alejamiento, apartamiento, distanciamiento; **~re** *vt* alejar (**da** de), apartar (**da** de)
allopatia *f med* alopatía
allor|a *adv/conj* entonces, pues *conj* ◊ ***da ~ in poi*** *adv* desde entonces; **~ché** *conj* (+ *subjuntivo*) cuando, en cuanto; **~o** *m bot* laurel ◊ ***dormire sugli ~i*** dormirse en los laureles
allotropia *f quím/ling* alotropía
allotropo *m quím/ling* alotropo
alluce *m* (*pie*) pulgar, dedo gordo

allucin|ante *adj tamb. fig* alucinante; **~azione** *f* alucinación; **~ogeno, -a** *adj/m* alucinógeno, -a
alludere ‹*allusi; alluso*› V. 10 *vi* ‹*avere*› aludir (**a** a), referirse (**a** a)
allum|e *m* alumbre; **~iera** *f* alumbrera
allumina *f min* alúmina
alluminio (*pl* **-ni**) *m* aluminio
alluna|ggio (*pl* **-gi**) *m* alunizaje; **~re** *vi* alunizar
allung|amento *m* alargamiento, prolongamiento; **~are 1.** *vt* 1. alargar, prolongar; **~ *il passo*** *avivar el paso*; 2. *coloq* pasar, acercar; ***mi allunghi il sale?*** *¿me acercas/me pasas la sal?*; 3. *coloq* (*patada, bofetada*) soltar; 4. (*esmalte*) diluir; (*vino, café*) aguar; **2. ~rsi** tumbarse, tenderse ◊ **~ *il muso*** poner mala cara; **~ *le mani (su qc)*** echar el ojo (a u-c), robar (u-c); **~o** (*pl* **-ghi**) *m sport* (*ciclismo, marcha*) escapada *f*; (*fútbol*) pase largo; (*atletismo*) tirón
allus|i... V. **alludere**; **~ione** *f* alusión; alusión, indirecta; **~ivo, -a** *adj* 1. alusivo, -a; 2. cómplice; ***un'occhiata*** **~** *una mirada cómplice*; **~o, -a** *adj* aludido, -a
alluvion|ale *adj* aluvial, de aluvión; **~ato, -a** *adj/m* afectado, -a por un aluvión; **~e** *f* 1. aluvión *m* (!), avenida; 2. *fig* aluvión *m* (!), oleada, alud *m*
alma *f elev* alma *(estánd)*; **~nacco** (*pl* **-chi**) *m* almanaque
almeno *adv* al menos, por lo menos, siquiera
alno *m bot* aliso
aloe (*var.* **aloè**) *m/f inv* aloe *m*, aloé *m*, acíbar *m*
aloetico, -a (*m pl* **-ci**) *adj* aloético, -a
alofita *adj/f bot* halófita
alogen|a *f* lámpara halógena; **~o, -a** *adj quím* halógeno, -a
alone *m tamb. fig* halo, aureola *f*
alopecia (*pl* **-cie**) (*var.* **alopecia**) *f med* alopecia
alosa *f zool* sábalo *m*, alosa
alpaca (*var.* **alpaca**) *m inv zool* alpaca *f*
alpacca *f min* alpaca, metal blanco *m*
alpestre *adj* alpestre, alpino, -a
Alpi: le ~ *fpl* los Alpes *mpl*; ***~giano, -a** *adj/s* 1. montañés, -a; 2. alpino, -a
alpin|ismo *m sport* alpinismo, montañismo, escalada *f*; **~ista** *m/f* alpinista, montañero, -a; **~istico, -a** (*m pl* **-ci**) *adj* alpino, -a; **~o, -a 1.** *adj* alpino, -a; **2.** *m mil* alpino
alquanto, -a 1. *adj/pron* 1. *pl* algunos, -as, unos, -as cuantos, -as; ***c'erano ~e persone*** *había algunas/unas cuantas personas*; 2. *sing elev* cierto, -a, algo de, un poco de; ***ha mostrato ~a allegrezza*** *ha demostrado un poco de alegría/cierta alegría*; **2.** *adv* algo, un poco, un tanto; ***il malato è ~ migliorato*** *el enfermo ha mejorado un poco*
Alsazia: l'~ *f geogr* Alsacia; ***~no, -a** *adj/s* alsaciano, -a
alt! *excl mil* ¡alto!
altalena *f* columpio *m*
altar|e *m* altar ◊ **~ *portatile*** altar portátil,capilla (*f*); ***porre sugli ~i*** elevar a los altares, beatificar, santificar; *fig* poner por las nubes; ***scoprire un ~ per ricoprirne un altro*** desnudar a un santo para vestir a otro; **~ino** *m* templete, pequeño altar ◊ ***scoprire gli ~i*** descubrir el pastel
altea *f bot* altea, malvavisco *m*
altera|bile *adj* alterable; **~bilità** *f inv* alterabilidad *f*; **~re** ‹*esd*› **1.** *vt tamb. fig* alterar; **2. ~rsi** *tamb. fig* alterarse; **~to, -a** *adj/m ling* apreciativo, -a; **~zione** *f* 1. alteración; 2. adulteración, falsificación; 3. alteración, nerviosismo *m*
alterc|are *vi* ‹*avere*› disputar, pelearse, alegar *vt* (*Am*); **~atore, -trice** *m/f* alborotador, -a, bullanguero, -a; **~o** (*pl* **-chi**) *m* altercado, disputa *f*, riña *f*
alterezza *f* altivez
alterigia (*pl* **-ge/-gie**) *f* altivez, altanería, orgullo *m*
altern|abilità *f inv pol* alternancia *f*; **~anza** *f* alternancia; **~are 1.** *vt* alternar; **2. ~rsi** alternarse, sucederse; **~ativa** *f* alternativa; **~ativo, -a** *adj* alternativo, -a; ***medicina, energia ~a*** *medicina, energía alternativa*; **~ato, -a** *adj* 1. *electr* alterno, -a; 2. *lit* (*rima*) cruzado, -a ◊ ***corrente ~a*** *f* corriente alterna; **~atore** *m electr* alternador; **~o, -a** *adj* alterno, -a
altero, -a *adj* altivo, -a, altanero, -a
altezz|a *f* altura (!), elevación, estatura ◊ ***~** (*tratamiento*) Alteza; **~ *d'animo*** gran presencia de ánimo; ***(non) essere all'~ di qc/q*** (no) estar a la altura de u-c/alg; ***all'~ dei tempi*** *adv* a la altura de las circunstancias; **~osità** *f inv* altanería *f*, altivez *f*, engreimiento *m*; **~oso, -a** *adj* altanero, -a, altivo, -a, engreído, -a, cogotudo, -a (*Am*)
alticcio, -a (*m pl* **-ci**, *f pl* **-ce**) *adj* achispado, -a, bebido, -a
altimetr|ia *f* altimetría; **~ico, -a** (*m pl* **-ci**) *adj* altimétrico, -a; **~o** *m* altímetro
altipiano V. **altopiano**
altisonante *adj* altisonante
altissimo, -a *adj/s* altísimo, -a ◊ **l'*~** *m* (*Dios*) el Altísimo
altitudine *f* altitud
alto, -a 1. *adj* alto, -a; (*en medidas*) de alto; ***è ~ un metro*** *mide un metro de alto*; **2.** *adv* alto; ***parlare ~*** *hablar alto* ◊ ***~a fedeltà*** *f* alta fidelidad; ***~a moda*** alta moda; **~ *mare*** alta mar; ***~a stagione*** *f* temporada alta; ***ad ~a voce*** *adv* en voz alta; ***dall'~*** *adv* desde arriba; ***guardare dall'~ in basso*** mirar de arriba abajo; ***mani in ~!*** ¡manos arriba!
Alto Adige *m geogr* Alto Adigio
altoatesino, -a *adj geogr* del Alto Adigio
altoforno *m* horno alto, alto horno
altolocato, -a *adj* de alto rango, de alta condición
altoparlante *m* altavoz
altopiano *m* altiplano, altiplanicie *f*, meseta *f*, altipampa *f* (*Am*)
altorilievo *m arte* altorrelieve, alto relieve
altresì *adv elev* además (*estánd*); *jur* otrosí
altrettanto, -a 1. *adj* otros, -as tantos, -as; ***il piano di sopra ha ~e camere*** *el piso de arriba tiene otras tantas habitaciones*; igual, el mismo, la

misma; ***agirò come lui, con ~ coraggio*** *actuaré como él, con igual valor*; **2.** *pron* 1. otro tanto, lo mismo; ***io farei ~ se potessi*** *yo haría lo mismo/otro tanto si pudiera*; 2. (*en la mesa*) igualmente *adv*; ***Buon appetito! Grazie ~!*** *¡Buen provecho! ¡Gracias, igualmente!*; **3.** *adv* igualmente, igual de; ***tu sei ~ buono*** *tú eres igual de/igualmente bueno*

altri *pron inv* (*persona*) otro, -a; ***~ non l'avrebbe fatto meglio*** *otro/otra no lo hubiera hecho mejor* ◊ ***d'~*** ajeno; ***non desiderare i beni d'~*** no desearás los bienes ajenos; **~menti** *adv* de otra forma, de forma diferente, si no; ***non ho potuto fare ~*** *no he podido actuar de otra forma*; ***prendilo, ~ mi offendo*** *cógelo, si no me ofendo*

altro, -a 1. *adj* otro, -a; ***un'~a volta, un'~a cosa*** *otra vez, otra cosa*; **2.** *pron* otro, -a; ***un ~ l'avrebbe fatto meglio*** *otro lo hubiera hecho mejor*; ***gli ~i possono rimanere*** *los demás pueden quedarse*; **3.** *m* otra cosa *f*, más *adv*; (*en frases negativas*) nada más *adv*; ***non faccio ~ che studiare*** *no hago otra cosa/nada más que estudiar*; ***non ho ~ da fare*** *no tengo otra cosa/nada más que hacer* ◊ ***aiutatevi l'un l'~*** ayudaos los unos a los otros; ***~ è dire, ~ è fare*** no es lo mismo predicar que dar trigo; ***ci mancherebbe ~!*** ¡faltaría más!; ***ci vuol ben ~!*** ¡hace falta algo más/otra cosa!; ***d'~a parte*** *adv* por otra parte; ***dell'~*** *adv* más; ***domani l'~*** *adv* pasado mañana; ***l'~ ieri/l'altrieri/ieri l'~*** *adv* anteayer; ***l'~a sera*** anteanoche; ***l'~a settimana*** la semana pasada; ***l'uno o l'~*** uno u otro; ***nient'~*** *adv* nada más; ***non c'è ~ da fare*** ya no hay nada que hacer, ya no se puede hacer nada; ***non c'è ~ da fare che*** no queda sino, no queda más remedio que; ***non dire ~*** no digas nada más, no sigas; ***non mi resta ~ da fare!*** ¡qué remedio me queda!; ***per ~*** *adv* por otra parte; ***più che ~*** *adv* más que nada; ***quest'~ anno*** *adv* el año que viene; ***sarà per un'~a volta*** otra vez será; ***se non ~*** *adv* por lo menos; ***senz'~*** *adv* por supuesto, por descontado; ***tra l'~*** *adv* entre otras cosas; ***tutt'~ che*** *adj* cualquier cosa menos

altroché! *excl* ¡por supuesto!, ¡desde luego!, ¡claro!

altronde *adv elev* de otro lugar ◊ ***d'~*** *elev* por otra parte

altrove *adv* en otro lugar; ***essere ~*** *encontrarse en otro lugar* ◊ ***avere la testa ~*** tener la cabeza en otro sitio/otra cosa; ***va' a raccontarla ~!*** *irón* ¡cuéntaselo a tu tía!

altrui 1. *adj inv* ajeno, -a *adj*; ***la roba ~*** *las cosas ajenas*; ***il lavoro ~*** *el trabajo ajeno*; **2.** *pron inv elev* (*objeto directo*) al prójimo *m* ◊ ***l'~*** lo ajeno

altruis|mo *m* altruismo; **~ta** *adj/s* altruista; **~tico, -a** (*m pl* **-ci**) *adj* altruista

altura *f* altura, elevación, monte *m*; *nav* altura

alunno, -a *m/f* alumno, -a ◊ ***~ interno, esterno*** alumno interno, externo

alveare *m* colmena *f*

alveo *m geogr* (*río*) lecho, cauce; (*torrente*) torrentera *f*

alveolare *adj med/ling* alveolar

alveolo *m* alveolo, alvéolo

alza|bandiera *m inv mil* izada de la bandera *f*, izado de la bandera *m*; **~cristalli** *m inv auto* elevalunas; **~re 1.** *vt* levantar, alzar; (*bandera, vela*) enarbolar, izar; (*naipes*) cortar; **2. ~rsi** 1. levantarse, salir de la cama; ***~ presto*** *levantarse pronto, madrugar*; 2. (*viento*) levantarse, alzarse; (*la luna*) salir *vi*; 3. crecer, subir; ***il mare si è alzato di due metri*** *el mar ha subido dos metros*; **~ta** *f* alzamiento *m*, subida ◊ ***~ d'ingegno*** salida ingeniosa, ocurrencia; ***votare per ~ di mano*** votar a mano alzada; **~vola** *f zool* cerceta

alzheimer [alt'sajmer] *m inv med* alzheimer

alzo *m tecn/mil* alza *f*

AM (*Modulazione di Ampiezza*) *abr* (*Modulación de Amplitud*) AM

amabil|e *adj* (*persona, sonrisa*) agradable, afable, afectuoso, -a, gracioso, -a; (*vino*) dulce; **~ità** *f inv* afabilidad *f*, afectuosidad *f*, atención *f*

amaca *f* hamaca, chinchorro *m* (*Am*)

Amadigi *m* Amadís

amalgama *m quím tamb. fig* amalgama *f*

amalgamare ‹esd› *vt quím tamb. fig* amalgamar

amanita *f bot* amanita

amant|e *adj/s* amante; **~iglio** (*pl* **-gli**) *m nav* amantillo

amanuense *m* amanuense, copista, escribiente

amaranto *m bot* amaranto, borla *f*

amare *vt* amar, querer; **~ggiare** *vt* amargar, afligir; **~na** *f bot* guinda; **~no** *m bot* guindo; **~tto** *m* 1. ="licor italiano de sabor amargo"; 2. ="especie de pastelillo de almendras amargas"; **~zza** *f* 1. (*sabor*) amargor *m*; 2. (*aflicción*) amargura

amarilli *f inv bot* amarilis

amaro, -a 1. *adj* amargo, -a; **2.** *m* 1. amargo, amargor, sabor amargo; 2. amargura *f*, rencor; 3. *gastr* licor amargo ◊ ***inghiottire ~*** tragar quina

amarra *f nav* amarra

amator|e, -trice *adj/s arte/mús* aficionado, -a, amante; **~iale** *adj* amateur, aficionado, -a; **~io, -a** (*m pl* **-ri**) *adj* amatorio, -a

amazzon|e *f* amazona; ***~i** *fpl geogr* Amazonas *m* ◊ ***le ~*** el Amazonas; ***il Rio delle ~i*** *m* el (Río) Amazonas

Amazzonia *f geogr* Amazonia

amazzonico, -a (*m pl* **-ci**) *adj geogr* amazónico, -a

amazzonio, -a (*m pl* **-ni**) *adj* amazonio, -a, amazónico, -a

ambagi (*var.* **ambages** *mpl*) *fpl* ambages *mpl* ◊ ***parlare senza ~*** hablar sin ambages, hablar sin tapujos

ambasc|eria *f* embajada, misión diplomática; **~ia** (*pl* **-sce**) *f med* fatiga, sofoco *m*; *fig* angustia, congoja; **~iata** *f* 1. embajada, mensaje *m*; 2. *dipl* embajada, legación; **~iatore, -trice** *m/f* embajador, -a

ambedue *adj/pron inv* ambos, -as, los dos/las dos; *~ **le mani** las dos manos/ambas manos*; ***verranno ~ a casa** vendrán ambos/los dos a casa*
ambidestro, -a *adj* ambidiestro, -a, ambidextro, -a
ambient|ale *adj* ambiental; **~alismo** *m* ecologismo; **~alista** *adj/s* ecologista; **~amento** *m* ambientación *f*; **~are** *vt* ambientar; **~azione** *f* ambientación; **~e** *m* ambiente, entorno, medio; ***l'~ urbano** el medio urbano*; ámbito, mundo; ***l'~ politico** el mundo político, el ambiente político*; *biol* medio ambiente ◊ ***temperatura ~*** *f* temperatura ambiente
ambigu|ità *f inv* ambigüedad *f*; **~o, -a** *adj* ambiguo, -a
ambio (*pl* **-bi**) *m* ambladura *f*, portante
ambire ‹*isc*› **1.** *vt* ambicionar, anhelar; *~ **un incarico** ambicionar un cargo*; **2.** *vi* ‹*avere*› aspirar; *~ **a vincere il premio** aspirar a vencer el premio*
ambito *m* ámbito
ambivalen|te *adj* ambivalente; **~za** *f* ambivalencia
ambizio|ne *f* ambición; **~so, -a** *adj* ambicioso, -a
ambo (*pl* **ambi, ambe**) *adj/pron inv elev* ambos, -as (*estánd*); ***con~/~e le mani** con ambas manos*; **~ne** *m relig* ambón; **~sessi** *adj inv* de/para ambos sexos; (*peluquería, ropa*) unisex
ambra *f* ámbar *m* (!); **~to, -a** *adj* ambarino, -a
ambretta *f bot* ambarina
Ambrogio *m* Ambrosio
ambrosia *f* ambrosía; **~no, -a 1.** *adj* (*de S. Ambrosio*) ambrosiano, -a; **2.** *adj/s geogr* milanés, -esa
ambula|cro *m zool* ambulacro; **~nte 1.** *adj* ambulante; **2.** *m/f* vendedor, -a ambulante, pacotillero *m* (*Am*); **~nza** *f* ambulancia; **~torio, -a** (*m pl* **-ri**) **1.** *adj med* ambulatorio, -a; **2.** *m med* ambulatorio, consultorio, consulta *f*
Amburgo *geogr* Hamburgo
AME (*Accordo Monetario Europeo*) *abr* (*Acuerdo Monetario Europeo*) AME
ameb|a *f zool* ameba; **~eo, -a** *adj/s mús/lit* amebeo, -a
amello *m bot* amelo, estrellada *f*
amen *excl/m* amén ◊ ***in meno di un ~*** *adv* en un santiamén, en menos que canta un gallo
amenità *f inv* amenidad *f*
ameno, -a *adj* ameno, -a; **~rrea** *f med* amenorrea
amento *m bot* amento
America: l'~ *f* América ◊ *~ **Latina*** América Latina, Latinoamérica, Iberoamérica
american|ata *f desp* americanada; **~ismo** *m* 1. americanismo; 2. *ling* (*español*) americanismo; *ling* (*inglés*) angloamericanismo; **~ista** *m/f* americanista; **~izzare** *vt* americanizar; **~izzazione** *f* americanización; **~o, -a** *adj/s* 1. (*América*) americano, -a; 2. (*EE.UU.*) americano, -a, norteamericano, -a
Amerigo *m* Américo
ametista *f min* amatista
amfetamina V. **anfetamina**
amianto *m* amianto
amicarsi hacerse amigo (**con** de), entablar amistad (**con** con)
amichetto *m infant* amiguito; *desp* amiguito, querido
amichevole *adj* amigable, amistoso, -a ◊ ***partita ~*** *f* partido amistoso (*m*)
amici|ssimo, -a *adj* amicísimo, -a; **~zia** *f* amistad
amico, -a (*pl* **-ci**) *adj/s* amigo, -a ◊ ***falso ~*** *m ling* falso amigo; ***essere ~i per la pelle*** ser amigos del alma; **~ne** *m coloq* amigote
amide V. **ammide**
amido *m* almidón, fécula *f*
amigdala *f med* amígdala
amilammina *f quím* amilamina
amina V. **ammina**
amistà *f inv elev* amistad *f* (*estánd*)
ammacca|re *vt* (*metal*) abollar; (*piel*) magullar; (*huesos, cuerpo*) machacar; **~tura** *f* (*metal*) abolladura; (*piel*) moradura; (*cuerpo*) contusión, moratón *m*
ammaestra|mento *m zool* amaestramiento, adiestramiento; (*personas*) instrucción *f*, adiestramiento; **~re** *vt zool* amaestrar, adiestrar; (*personas*) instruir, adiestrar
ammaina|bandiera *m inv mil* arriado de la bandera *m*, arriada de la bandera *f*; **~re** *vt* 1. arriar; *~ **la bandiera** arriar bandera*; 2. *nav* amainar
ammala|re *vi/~rsi* enfermar *vi*, ponerse enfermo; **~to, -a** *adj/s* enfermo, -a
ammalia|mento *m* encanto, hechizo; **~re** *vt* encantar, hechizar; **~tore, -trice** *m/f* hechicero, -a, encantador, -a
ammanco (*pl* **-chi**) *m* desfalco ◊ *~ **di cassa*** desfalco
ammanettare *vt* esposar, poner las esposas (**q** a alg)
ammanica|mento *m coloq* enchufe; **~rsi** *coloq* buscar(se) un enchufe; **~to, -a** *adj coloq* enchufado, -a
ammaniera|mento *m* amaneramiento; **~re** *vt* amanerar; **~to, -a** *adj* amanerado, -a
ammanigliarsi *coloq* buscar un enchufe
ammans|are V. **ammansire**; **~atore, -trice** *m/f* amansador, -a; **~ire** ‹*isc*› *vt* amansar, aplacar
ammantare 1. *vt* amantar (*coloq*); **2. ~rsi** dárselas; *~ **di virtù** dárselas de virtuoso*
ammara|ggio (*pl* **-gi**) *m aero* amerizaje, amaraje; **~re** *vi aero* amerizar, amarar
ammarra|ggio (*pl* **-gi**) *m nav* amarre, amarraje; **~re** *vt nav* amarrar
ammass|amento *m* hacinamiento, apelotonamiento; (*dinero, víveres*) acopio; **~are** *vt* hacinar, agolpar, apiñar; (*víveres*) hacer acopio (**qc** de u-c); (*riquezas*) amasar; **~o** *m* 1. montón, amasijo; 2. (*víveres, riquezas*) acopio, acumulación *f*; 3. *adm* (*productos agrícolas*) depósito
ammatt|ire *vi* enloquecer (**per** por), perder la cabeza (**per** por); **~onare** *vt* enladrillar, embaldosar; **~onato** *m* enladrillado, embaldosado; **~onatura** *f* enladrillado *m*, embaldosado *m*

ammazza|mento *m* muerte *f*, asesinato; **~re 1.** *vt* matar; **2. ~rsi** matarse, suicidarse ◊ **~ *il tempo*** matar el tiempo; ***~rsi di lavoro*** matarse a trabajar, pegarse una paliza; **~sette** *m inv* perdonavidas, bravucón *m*; **~ta** *f coloq* (*trabajo duro*) paliza
ammenda *f* 1. *jur* multa; 2. *fig* enmienda; ***fare ~ dei propri peccati*** *hacer enmienda de sus pecados*; **~re** *vt* enmendar
ammenicolo 1. *m* pretexto, subterfugio; **2.** *mpl* bagatelas *fpl*, ajilimojes, ajilimójilis *inv*
ammesso V. **ammettere**
ammettere ‹*ammisi; ammesso*› V. 44 *vt* admitir, aceptar
ammezzato *m* entresuelo ◊ ***piano ~*** *m* entresuelo
ammicc|are *vi* ‹*avere*› guiñar el ojo; **~o** (*pl* **-chi**) *m* guiño
ammide (*var.* **amide**) *f quím* amida
ammina (*var.* **amina**) *f quím* amina
amministra|re *vt* administrar; **~tivo, -a** *adj/s* administrativo, -a; **~tore, -trice** *m/f* administrador, -a; **~zione** *f* administración
amminoacido *m quím* aminoácido
ammira|bile *adj* admirable; **~glia** *f mil* capitana; **~gliato** *m* almirantazgo; **~glio** (*pl* **-gli**) *m* almirante; **~re** *vt* admirar; **~tore, -trice** *m/f* admirador, -a, pretendiente; **~zione** *f* admiración
ammirevole *adj* admirable
ammisi... V. **ammettere**
ammissi|bile *adj* admisible; **~one** *f* admisión; *estud* ingreso *m*; (*motores*) admisión ◊ ***esame d'~*** *m* (*colegio*) prueba de acceso
ammobilia|mento *m* equipamiento; **~re** *vt* amueblar; **~to, -a** *adj* amueblado, -a
ammoderna|mento *m* modernización *f*; **~re** *vt* modernizar
ammodo 1. *adv* adecuadamente, convenientemente; **2.** *adj inv* formal *adj*, cabal *adj*, como Dios manda (*coloq*)
ammogliare *vt* (*con una mujer*) casar
ammoll|are *vt* 1. mojar, empapar; poner a remojo; 2. aflojar; *coloq* (*patada*) arrear; *coloq* (*encargo*) endosar; **~ire** ‹*isc*› *vt* ablandar
ammonia|ca *f quím* amoníaco *m* (!), amoniaco *m* (!); **~cale** *adj quím* amoniacal; **~co, -a** (*m pl* **-ci**) *adj* 1. *quím* amoníaco, -a, amoniacal; 2. *quím* amónico, -a; **~mento** *m* 1. advertencia *f*, exhortación *f*; *jur* apercibimiento; 2. reconvención *f*, reprimenda *f*; **~o** (*pl* **-ni**) *m quím* amonio; **~re** ‹*isc*› *vt* 1. advertir, exhortar; *jur* apercibir; 2. amonestar, reprender; *sport* amonestar; 3. aleccionar; **~zione** *f* 1. admonición, advertencia; *jur* apercibimiento *m*; 2. reprimenda, amonestación; *sport* amonestación; 3. aleccionamiento *m*
ammont|are 1. *vi* ‹*essere*› *com* ascender (**a** a), importar (**a** -), subir (**a** -); ***il debito ammonta a due milioni*** *la deuda asciende a dos millones*; **2.** *m com* suma *f*, montante, monto; **~icchiare** *vt* apilar, amontonar, apelotonar
ammorbare *vt* 1. apestar; 2. corromper, viciar
ammorbid|ente *adj/s* suavizante; **~imento** *m* ablandamiento; esponjamiento; (*tejido, piel*) suavización *f*; **~ire** ‹*isc*› *vt* ablandar, reblandecer; esponjar; (*tejido, piel*) suavizar
ammorta|mento *m econ* amortización *f*; **~re** *vt econ* amortizar
ammorti|re ‹*isc*› *vt* 1. entumecer, paralizar; 2. amortiguar, atenuar; **~zzabile** *adj* amortizable; **~zzare** *vt* 1. amortiguar; 2. *econ* amortizar; **~zzatore** *m tecn* amortiguador; **~zzazione** *f raro* amortización (*estánd*)
ammostatura *f* (*uva*) pisado *m*, pisa
ammucchia|mento *m* amontonamiento, hacinamiento; **~re** *vt* amontonar, hacinar, apilar; **~ta** *f* 1. revoltillo *m*, revoltijo *m*; 2. *coloq* (*amorosa*) cama redonda, orgía
ammuffi|mento *m* enmohecimiento; **~re** ‹*isc*› *vi* enmohecerse; **~to, -a** *adj* enmohecido, -a, mohoso, -a
ammutina|mento *m* amotinamiento, motín; **~rsi** amotinarse; **~to, -a** *adj/s* amotinado, -a, sublevado, -a, insurrecto, -a
ammutolire ‹*isc*› *vi* callarse, enmudecer
amnesia *f* amnesia
amniotico, -a (*m pl* **-ci**) *adj med* amniótico, -a ◊ ***liquido ~*** *m* líquido amniótico
amnistia *f* amnistía; **~re** *vt* amnistiar
amo *m* anzuelo (!) ◊ ***gettare l'~*** *tamb. fig* echar el anzuelo; ***abboccare all'~*** *tamb. fig* morder/tragarse el anzuelo, picar
amora|le *adj* amoral; **~ismo** *m* amoralismo; **~ità** *f inv* amoralidad *f*
amorazzo *m* aventura *f*
amore 1. *m* 1. amor; 2. encanto *f*, monada *f*, ricura; ***questo bambino è un ~*** *este niño es una monada*; **2.** *excl* ¡cariño! ◊ ***~ con ~ si paga*** amor con amor se paga; ***amor proprio*** amor propio, pundonor; ***d'~ e d'accordo*** *adv* en amor y compañía; ***fare l'~/all'~ con q*** hacer el amor con alg; ***gratis et ~ Dei/per amore* all'arte** por amor al arte; ***per ~ di q*** *adv* por afecto a alg; ***per ~ o per forza/per forza o per ~*** *adv* por las buenas o por las malas; ***per l'amor di Dio!*** ¡por el amor de Dios!, ¡por lo que más quiera!; ***sfortunato al gioco, fortunato in ~*** desgraciado en el juego, afortunado en amores
amoreggia|mento *m* galanteo, coqueteo, flirteo; **~re** *vi* ‹*avere*› galantear, coquetear, flirtear
amoretto *m* amorío, flirteo, flirt
amorevole *adj* amoroso, -a
amorevolezza *f* amor *m*, cariño *m*
amorfo, -a *adj* amorfo, -a
amorino *m arte* amorcillo
amoroso, -a 1. *adj* amoroso, -a; **2.** *m teat* galán
amovibile *adj* amovible
amper|aggio (*pl* **-gi**) *m fís* amperaje; **~e** [am'pɛr] *m inv fís* amperio *m*; **~ometro** *m fís* amperímetro
ampi|ezza *f* amplitud, anchura, ancho *m* ◊ ***~di vedute*** amplitud de miras; **~o, -a** (*m pl* **-pi**) *adj* ancho, -a, amplio, -a, espacioso, -a

amplesso *m elev* amplexo, abrazo; *euf* coito
amplia|mento *m* ampliación *f*; ensanchamiento, ensanche ◊ ***lavori di ~*** *mpl* obras de ensanche (*fpl*); ***zona di ~*** *f* zona de ensanche; **~re** ‹*esd*› *vt* ampliar, ensanchar; agrandar
amplifica|re ‹*esd*› *vt* amplificar; **~tore, -trice** *adj/m* amplificador, -a; **~zione** *f* amplificación
amplitudine *f astron* amplitud
ampol|la *f* ampolla, frasco *m*; *electr* ampolla; ***~ dell'olio*** *aceitera*; ***~ dell'aceto*** *vinagrera*; **~ina** *f relig* vinajera; **~osità** *f inv* ampulosidad *f*; **~oso, -a** *adj* ampuloso, -a
amputa|re ‹*esd*› *vt* amputar; **~zione** *f* amputación
amuleto *m* amuleto, talismán
An (*Alleanza Nazionale*) *abr* ="partido político de derechas"
anabattista *m/f relig* anabaptista
anabbagliante *m* luz de cruce *f*, luz corta *f*
anabolizzante *adj/m* anabolizante
anacoluto *m ling* anacoluto
anaconda *m inv* anaconda *f*
anacoreta *m* anacoreta
anacronis|mo *m* anacronismo; **~tico, -a** (*m pl* **-ci**) *adj* anacrónico, -a
anadiplosi *f inv lit* anadiplosis
anaerobio, -a (*m pl* **-bi**) *adj biol* anaerobio, -a
anafor|a *f ling* anáfora; **~esi** *f inv* anaforesis
anagrafe *f* 1. *adm* censo *m*, padrón *m*, registro civil *m*; 2. *adm* oficina del censo/del padrón, registro civil *m* ◊ ***~ tributaria*** agencia tributaria
anagrafico, -a (*m pl* **-ci**) *adj* censal, civil ◊ ***età ~a*** *f* edad real; ***dati ~i*** *mpl* datos personales
anagramma *m* anagrama
analcolico, -a 1. *adj* sin alcohol; **2.** *f* bebida sin alcohol *f* ◊ ***bibita ~a*** *f* bebida sin alcohol
anale *adj med* anal
analessi *f inv* analepsis
analettic|a *f med* analepsia; **~o, -a** (*m pl* **-ci**) *adj med* analéptico, -a
analfabet|a *adj/s* analfabeto, -a; **~ismo** *m* analfabetismo
analgesico, -a (*m pl* **-ci**) *adj/m med* analgésico, -a
anali|si *f inv* análisis *m inv* (!) ◊ ***~ del sangue*** análisis de sangre (*m*); ***~ di sistemi*** *informát* análisis de sistemas (*m*); ***in ultima ~*** *adv* en resumidas cuentas; **~sta** *m/f* analista ◊ ***~ finanziario*** analista financiero; **~tico, -a** (*m pl* **-ci**) *adj* analítico, -a; **~zzare** *vt* analizar; **~zzatore** *m fís/quím* analizador
analog|ia (*pl* **-gie**) *f* analogía; **~ico, -a** (*m pl* **-ci**) *adj* analógico, -a; **~o, -a** (*m pl* **-ghi**) *adj* análogo, -a
anamnesi *f inv* 1. *filos* anamnesia *f*, anamnesis; 2. *med* anamnesis, historial clínico *m*
ananas *m inv bot* (*fruto, árbol*) piña *f*, ananás *m*
anarchi|a *f pol tamb. fig* anarquía; **~co, -a** (*m pl* **-ci**) **1.** *adj* anárquico, -a, desordenado, -a, revuelto, -a; **2.** *adj/s pol* anarquista; **~smo** *m pol* anarquismo
ANAS (*Azienda Nazionale Autonoma delle Strade*) *abr* (*Dirección General de Carreteras*) ="DGT" (*Esp*)
Anass|agora *m* Anaxágoras; **~imene** *m* Anaxímenes
anatema *m* anatema; **~tizzare** *vt* anatemizar, anatematizar
anatomi|a *f* anatomía; **~co, -a** (*m pl* **-ci**) *adj* anatómico, -a; **~sta** *m/f* anatomista; **~zzare** *vt med* anatomizar
anatra *f zool* pato *m*, ánade ◊ ***~ selvatica*** pato salvaje (*m*)
anatroccolo *m* patito; (*cuento*) patito feo
anca *f zool* (*équidos*) anca, grupa; (*otros*) anca; (*personas*) cadera, anca
ancestrale *adj* ancestral
anche 1. *adv* también; ***avresti potuto ~ tacere*** *también te podías haber callado*; ***anch'io, ~ tu, ~ lui*** *yo también, tu también, él también*; **2.** *conj* incluso, aun; ***se anche fosse, non sarebbe pensabile*** *admitiendo que fuese así, no sería posible*; ***potrebbe ~ succedere che non venga*** *podría incluso suceder que no venga*; ***è ~ troppo*** *es incluso demasiado* ◊ ***~ se*** *conj* aunque; ***quand'~*** *conj* aun cuando, aunque; **~ggiare** *vi* ‹*avere*› amblar; (*personas*) contonearse
anchilos|arsi anquilosarse; **~i** *f inv med* anquilosis
Anchise *m hist* Anquises
ancia (*pl* **-ce**) *f mús* estrangul *m*, lengüeta
ancona *f arte* retablo *m*
anconetano, -a *adj/s* (*de Ancona*) anconetano, -a
ancora *adv* todavía, aún; más ◊ ***~ un po'*** un poco más; ***non ~*** *adv* todavía no
ancora *f nav* ancla; (*reloj*) áncora ◊ ***~ di salvezza*** tabla/áncora de salvación; ***gettare l'~*** *tamb. fig* echar el ancla; ***levare/salpare l'~*** levar anclas
ancoraggio (*pl* **-gi**) *m nav* (*acción*) anclaje; (*lugar*) fondeadero; *tecn* anclaje ◊ ***diritto d'~*** *m* anclaje, ancoraje
ancorare ‹*esd*› **1.** *vt* anclar; **2. ~rsi** echar el ancla *vt*, fondear *vi*; *coloq/fig* apalancarse
ancorché (+ *subjuntivo*) *conj elev* aunque (*esténd*)
Andalus|ia: l'~ *f* Andalucía; ***~o, -a** *adj/s* andaluz, -a
andamento *m* marcha *f*, desarrollo, evolución *f*
andan|a *f nav* andana; **~te 1.** *adj* 1. (*normal*) corriente, ordinario, -a; 2. (*mes, año*) corriente, actual; 3. ágil; **2.** *m mús* andante
andare ‹*vado; andai; andato*› V. 2 **1.** *vi* 1. ir (!); 2. *mec* (*funcionar*) ir; *fig* ir, marchar; ***~ bene, male un affare*** *marchar bien, mal un negocio*; 3. venderse; ***questo libro andrà molto*** *este libro se venderà mucho*; 4. (*gustar*) entrar; ***non mi va la matematica*** *no me entran las matemáticas*; 5. (*buscar*) ir (**a** por); ***~ a fragole*** *ir por fresas*; 6. estar de moda, llevarse; ***quest'anno va molto il rosso*** *este año se lleva mucho el rojo*; 7. sentar; ***~ bene un vestito/un'abbronzatura a q*** *sentarle bien un vestido/un bronceado a alg*; 8. (*obligación*) deber, haber de; ***questo lavoro va finito oggi*** *este trabajo ha de acabarse hoy*; **2. ~rsene** irse, marcharse; **3.** *m* ir, ida *f* ◊ ***~ a finire*** resolverse, acabar; ***~ avanti*** avanzar, adelantar, proceder; ***~ avanti*** salir adelan-

te; **~ *dietro q*** seguir (a alg); **~ *dietro qc*** ir detrás de u-c; **~ *e venire*** *m* ir y venir; **~ *indietro*** retroceder; (*reloj*) retrasarse, atrasar; **~ *matto/pazzo per qc/q*** estar loco por u-c/alg, chiflarse por u-c/alg; **~ *via*** irse; ***a lungo ~*** *adv* a largo plazo, a la larga; ***chi va là?*** ¿quién vive?; ***come va?, come ti va?*** ¿cómo va eso?, ¿cómo te va?; ***con l'~ degli anni*** *adv* con el pasar de los años; ***lasciare ~*** (*uno schiaffo*) soltar (un sopapo); ***non ~ affatto qc a q*** no pegarle ni con cola u-c a alg (*coloq*), sentarle mal u-c a alg; ***stare sul chi va là*** estar alerta; ***va' là!/ma va'!/ma va' là!*** ¡anda!, ¡venga!, ¡quia!

andat|a *f* ida ◊ ***biglietto di (sola) ~*** *m* billete de ida; ***biglietto di ~ e ritorno*** *m* billete de ida y vuelta; **~o, -a** *adj* 1. (*fruta, mercancías*) pasado, -a, estropeado, -a; 2. (*persona*) ido, -a, colocado, -a, guillado, -a; **~ura** *f* andar *m*, forma de caminar; *sport* marcha

andazzo *m coloq/desp* marcha *f*, vicio ◊ ***prendere un brutto ~*** ir por mal camino, llevar mala marcha

Ande: le ~ *fpl* los Andes *mpl*

andino, -a *adj* andino, -a

andirivieni *m inv* ir y venir *m*, trasiego *m*, trajín *m*

andito *m* 1. zaguán, vestíbulo; 2. pasillo, pasadizo

andrai V. **andare**

Andre|a *m* Andrés (!)

andrebbe, andrei V. **andare**

Andreina *f* Andrea (!)

andresti, andrete, andrò V. **andare**

andro|gino, -a *adj* andrógino, -a; **~ide** *m* androide; **~logia** (*pl* **-gie**) *f med* andrología; **~ne** *m arq* zaguán, atrio

aneddot|ico, -a (*m pl* **-ci**) *adj* anecdótico, -a; **~o** *m* anécdota *f* (!)

anela|nte *adj* anhelante; **~re 1.** *vt* anhelar *vt*; **2.** *vi* ‹*avere*› aspirar (**a qc** a u-c), anhelar *vt* (**a qc** u-c), ambicionar *vt* (**a qc** u-c)

anelito *m* anhelo

anel|lare *vt* ensortijar; (*aves*) anillar; **~atura** *f* ensortijamiento *m*; (*aves*) anillamiento *m*; **~o 1.** *m* (*dedo*) anillo, sortija *f*; aro, arandela *f*, anilla *f*; ***quaderno ad ~i*** *cuaderno de anillas vt*; (*cadena*) eslabón; **2.** *mpl sport* anillas *fpl* ◊ **~ *stradale*** *auto* enlace

anemia *f med* anemia

anemico, -a (*m pl* **-ci**) *adj med* anémico, -a

anemometro *m fís* anemómetro

anemone *m* anémona *f*, anemona *f*, anemone *f* ◊ **~ *di mare*** *zool* actinia (*f*)

aneste|sia *f* anestesia ◊ **~ *locale, totale*** anestesia local, general; **~sista** *m/f* anestesista; **~tico, -a** (*m pl* **-ci**) *adj/m* anestésico, -a; **~tizzare** *vt* anestesiar

aneto *m bot* eneldo

anfa (*var.* **anfe**) *f jerga* anfeta

anfetamin|a *f quím* anfetamina; **~ico, -a** (*m pl* **-ci**) *adj* anfetamínico, -a

anfibi|o, -a (*m pl* **-bi**) **1.** *adj/m zool* anfibio, -a; **2.** *m transp* vehículo anfibio; **~ologia** (*pl* **-gie**) *f* anfibología

anfiteatro *m arq* anfiteatro

anfitrione *m* anfitrión

anfora *f* ánfora, cántaro *m*

anfratt|o *m* anfractuosidad *f*, quebrada *f*; **~uosità** *f inv* anfractuosidad *f*, quebrada *f*; **~uoso, -a** *adj* anfractuoso, -a, quebrado, -a

angariare ‹*-gario*› *vt* vejar

angel|ica *f bot* angélica; **~icale** *adj* angelical; **~ico, -a** (*m pl* **-ci**) *adj* angélico, -a; **~o** *m* ángel ◊ **~ *custode*** ángel custodio, ángel de la guarda; **~us** *m inv relig* ángelus

angheria *f* abuso *m*, atropello *m*, injusticia

angina *f med* angina ◊ **~ *pectoris*** angina de pecho

Angiò *geogr/hist* Anjú

angioino, -a *adj/s hist* angevino, -a

angioletto *m coloq* angelito

angli|canismo *m relig* anglicanismo; **~cano, -a** *adj/s relig* anglicano, -a; **~smo** (*var.* **anglicismo**) *m ling* anglicismo; **~sta** *m/f ling* anglista; **~stica** *f ling* filología inglesa, anglística

anglo|americano, -a *adj* angloamericano, -a; **~filo, -a** *adj/s* anglófilo, -a; **~fobo, -a** *adj/s* anglófobo, -a; **~fono, -a** *adj/s* anglófono, -a; **~sassone** *adj/s* anglosajón, -ona

angolare *adj* angular ◊ ***pietra ~*** *f arq tamb. fig* piedra angular

angolare *vt sport* angular; *foto* enfocar, encuadrar

angolazione *f sport* angulación

angoliera *f* rinconera

angolo *m* 1. *mat* ángulo; 2. *tamb. fig* (*habitación*) rincón; ***un ~ tranquillo*** *un rincón tranquilo*; (*habitación, calle*) esquina *f*; ***Via Dante ~ Via Matteotti*** *calle Dante esquina (calle) Mateotti*; (*edificio*) chaflán; 3. *sport* esquina *f*, córner ◊ **~ *cottura*** cocina americana (*f*); **~ *d'incidenza*** ángulo de incidencia; **~ *retto, ottuso, piatto/piano*** *mat* ángulo recto, obtuso, plano; ***calcio d'~*** *m* saque de esquina, córner; ***fare ~ con*** hacer esquina con; ***girare all'~*** doblar la esquina; **~so, -a** *adj* anguloso, -a, esquinado, -a

Angora *f* Angora ◊ ***lana d'~*** lana de Angora

angosci|a (*pl* **-sce**) *f* angustia, ansia, congoja; **~ante** *adj* angustioso, -a; **~are** *vt* angustiar, acongojar; **~oso, -a** *adj* angustioso, -a

anguil|la *f zool* anguila; **~esco, -a** (*m pl* **-schi**) *adj* *(persona)* ambiguo, -a, esquivo, -a

anguria *f bot* sandía

angusti|a *f* 1. (*espacio*) estrechez; (*tiempo*) apuro *m*; 2. escasez, estrechez; **~ *di mezzi*** *escasez de medios*; 3. (*ansia*) angustia, congoja; **~iare** ‹*-gustio*› *vt* angustiar, acongojar; **~ioso, -a** *adj elev* angustioso, -a (*estánd*); **~o, -a** *adj* 1. (*espacio*) angosto, -a, estrecho, -a; 2. (*personas*) mezquino, -a

anice *m bot/gastr* anís

anidride *f quím* anhídrido *m*

anidrite *f min* anhidrita

anil|e *m bot* añil; **~idi** *mpl quím* anilidas *fpl*; **~ina** *f quím* anilina

anima *f* 1. *tamb. fig* alma; ***l'immortalità dell'~*** *la inmortalidad del alma*; ***Marta è l'~ del gruppo*** *Marta es el alma del grupo*; (*difunto*) ánima; ***~ del purgatorio*** *ánima del purgatorio*; 2. *tecn/mil* ánima ◊ ***~ benedetta!*** ¡alma de Dios!; ***~ dannata*** condenado al infierno (*m*); *fig* malvado (*m*); ***~ in pena*** alma en pena; ***all'~!*** ¡caray!; ***darsi ~ e corpo a qc*** dedicarse en cuerpo y alma a u-c; ***la buon'~ di mia madre/mia madre, buon'~*** mi madre que en paz descanse, mi madre que Dios tenga en su gloria; ***non avere ~*** no tener alma, ser un desalmado; ***non c'era ~ viva*** no había ni un alma; ***rendere/raccomandare l'~ a Dio*** entregar el alma a Dios; ***rompere l'~ a q*** dar la lata a alg; ***toccare l'~*** tocar la fibra sensible; ***volere un bene dell'~ (a q)*** querer (a alg) más que a sus entretelas/que a las niñas de sus ojos

animadversione *f* animadversión

animal|accio (*pl* **-ci**) *m desp* bicharraco; **~e 1.** *adj* animal; **2.** *m* animal, bestia *f*, fiera *f*; ***~ nocivo*** *animal dañino, alimaña*; ***che ~!*** *¡qué animal!, ¡qué bestia!*; ***~ da lavoro*** *animal de trabajo* ◊ ***~ a sangue caldo, freddo*** animal de sangre caliente, de sangre fría; ***regno ~*** *m* reino animal; **~esco, -a** (*m pl* **-schi**) *adj* animal; **~ità** *f inv* animalidad *f*

animare ‹*esd*› *vt* animar; ***~ q a fare qc*** *animar/incitar a alg a hacer u-c*; ***la banda animava la festa*** *la banda animaba la fiesta*

animato, -a *adj* animado, -a ◊ ***cartoni ~i*** *mpl* dibujos animados; **~re, -trice** *adj/s* animador, -a

animazione *f tamb. fig* animación

animella *f gastr* lechecillas *fpl*

animi|co, -a (*m pl* **-ci**) *adj* anímico, -a; **~smo** *m* animismo

animo *m* ánimo ◊ ***farsi ~*** animarse; ***perdersi d'~*** desanimarse; **~sità** *f inv* animosidad *f*; **~so, -a** *adj* animoso, -a

anisetta *f* anisete *m*

anitra V. **anatra**

annacqua|re *vt* 1. aguar; 2. atenuar, moderar; **~ta** *f* 1. (*lluvia*) llovizna; 2. (*mojarse*) mojadura

annaffia|re *vt* regar; **~toio** (*pl* **-oi**) *m* regadera *f*; **~tura** *f* riego *m*

annali *mpl* anales; **~sta** *m/f* (*escritor de anales*) analista

annaspare 1. *vt* aspar; **2.** *vi* ‹*avere*› gesticular

annata *f* año *m*; *agric* año *m*, añada; (*vino*) añada

annebbia|mento *m* nublado; **~re 1.** *vt* 1. nublar, cubrir de niebla; 2. entorpecer, ofuscar; **2. ~rsi** nublarse, aneblarse (*raro*)

annega|mento *m* ahogamiento; **~re 1.** *vt* ahogar, anegar; **2.** *vi* ‹*essere*› ahogarse; **3. ~rsi** ahogarse, anegarse ◊ ***~ in un bicchiere d'acqua*** ahogarse en un vaso de agua

anneri|mento *m* ennegrecimiento; **~re** ‹*isc*› *vt* ennegrecer

anness|i... V. **annettere**; **~ione** *f* anexión; **~ionismo** *m* anexionismo; **~ionista** *m/f* anexionista; **~o, -a 1.** *adj* anejo, -a, anexo, -a; *adm* adjunto; ***i documenti ~i*** *los documentos adjuntos*; **2.** *mpl* 1. *arq* accesorias *fpl*, construcciones anexas *fpl*; 2. *med* anexos; **3.** *pp* V. **annettere**

annettere ‹*annettei/annessi; annesso*› V. 62 *vt* añadir; *pol/mil* anexionar, incorporar; *adm* adjuntar

Annibale *m hist* Haníbal

annichil|amento *m* aniquilamiento, aniquilación *f*; **~are** ‹*esd*› *vt* 1. aniquilar, exterminar; 2. apabullar, anonadar; **~azione** *f* 1. aniquilación, aniquilamiento *m*; 2. apabullamiento *m*, anonadamiento *m*; **~imento...** V. **annichilamento...**

annida|mento *m* anidación *f*; **~re** *vt* anidar

annient|amento *m* 1. aniquilación *f*, exterminio; 2. anonadamiento, apabullamiento; **~are** *vt* 1. aniquilar, exterminar; 2. anonadar, apabullar, abrumar

anniversario, -a (*m pl* **-ri**) **1.** *adj/s* aniversario, -a; **2.** *m* aniversario, cumpleaños *inv*

anno *m* año; *estud* curso ◊ ***~ accademico/scolastico*** curso académico; ***~ bisestile*** año bisiesto; ***~ fiscale*** ejercicio fiscal; ***~-luce*** año luz; ***~ sabbatico/di congedo*** año sabático; ***~i fa*** *adv* hace años, años ha (*elev*), antaño (*elev*); ***buon ~!*** ¡feliz año nuevo!; ***capo d'~*** *m* Año nuevo; ***compiere gli ~i*** cumplir años

annoda|re *vt* anudar, atar, ligar; (*zapatos*) atar; **~tura** *f* (*acción*) anudado *m*; (*resultado*) nudo *m*

annoiare 1. *vt* 1. aburrir; 2. molestar, fastidiar; **2. ~rsi** aburrirse, cansarse ◊ ***~ a morte/da morire*** aburrirse como una ostra

annonario, -a (*m pl* **-ri**) *adj* de aprovisonamiento ◊ ***tessera/carta ~a*** *f* cartilla de aprovisionamiento, cartilla de racionamiento

annoso, -a *adj tamb. fig* añejo, -a, añoso, -a ◊ ***questione ~a*** *f* cuestión añosa; ***vino ~*** *m* vino añejo

annota|re *vt* anotar; (*texto*) anotar, apostillar; **~tore, -trice** *m/f* anotador, -a; **~zione** *f* anotación; (*texto*) apostilla, nota

annottare *v/impers* ‹*essere*› anochecer, oscurecer

annoverare ‹*esd*› *vt* contar, incluir; ***ti annovero tra i miei amici*** *te cuento entre mis amigos*

annua|le 1. *adj* anual; **2.** *m* aniversario; **~lità** *f inv* anualidad *f*; **~rio** (*pl* **-ri**) *m* anuario

annuenza *f* anuencia

annuire ‹*isc*› *vi* ‹*avere*› 1. asentir; 2. consentir (**a** en), acceder (**a** a)

annull|amento *m* anulación *f*; (*reserva, envío*) cancelación *f*; (*contrato*) rescisión *f*; *jur* anulación *f*, revocación *f*; *telec* matasellado; **~are** *vt* anular; (*reserva, envío*) cancelar; (*contrato*) rescindir; *jur* (*matrimonio, sentencia*) anular, revocar; *telec* matasellar, poner el matasellos; **~o** *m telec* matasellos

annunci|are *vt* anunciar; **~atore, -trice** *m/f* anunciador, -a; *TV* presentador, -a; *TV/radio* locutor, -a; ***~azione: l'~** *f* la Anunciación; **~o** (*pl* **-ci**) *m* anuncio, aviso; *period* anuncio; *TV* avance de

(la) programación ◊ **~i economici** anuncios por palabras; **~i mortuari** esquelas (*fpl*); **~i pubblicitari** *TV/radio* anuncio (publicitario), cuña (*f*)
annunzi|are V. **annunciare**; ***~ata: l'~** *f* la Anunciación
annuo, -a *adj* anual
annusare *vt* oler, olfatear, olisquear; (*peligro*) olerse, olfatear
annuvola|mento *m* (*nubes*) encapotamiento; **~re** ‹*esd*› **1.** *vt* 1. encapotar, nublar; 2. (*mente*) ofuscar; **2. ~rsi** encapotarse, nublarse, entoldarse
ano *m med* ano
anodino, -a *adj med tamb. fig* anodino, -a
anodo *m electr* ánodo
anomali|a *f* anomalía; **~o, -a** *adj* anómalo, -a
anona *f bot* chirimoyo *m*
anonim|ato *m* anonimato; **~ia** *f* 1. *lit* anonimia; 2. anonimato *m*; **~o, -a** *adj/m* anónimo, -a ◊ **società ~a** *f ant* sociedad anónima (*estánd*)
anoress|ia *f med* anorexia; **~ico, -a** (*m pl* **-ci**) *adj/s med* anoréxico, -a
anormal|e *adj* anormal; *desp/fig* (*homosexual*) anormal; **~ità** *f inv* anormalidad *f*
anovula|torio, -a (*m pl* **-ri**) *adj/m med* anovulatorio, -a; **~zione** *f med* anovulación
ansa *f* 1. asa; 2. *geogr* meandro *m*; 3. *med* asa ◊ **dare ~ ai rumori** dar pábulo a rumores
ANSA (*Agenzia Nazionale Stampa Associata*) *abr/f* ="agencia de noticias italiana"
ansante *adj* jadeante
ansare *vi* ‹*avere*› jadear, resollar
anseatico, -a (*m pl* **-ci**) *adj* (h)anseático, -a
ansi|a *f* ansia, ansiedad, inquietud, afán *m* ◊ **stare in ~ per q/qc** estar preocupado/en ascuas por alg/u-c; **~età** *f inv* ansiedad *f*, ansia *f*; **~mante** *adj* jadeante; **~mare** ‹*esd*› *vi* ‹*avere*› jadear, resollar; **~olitico, -a** (*m pl* **-ci**) *adj/m med* ansiolítico, -a; **~oso, -a** *adj* ansioso, -a, deseoso, -a (**di** de)
anta *f* (*ventana, puerta*) hoja; *arq* anta
antagonis|mo *m* antagonismo, rivalidad *f*; **~ta** *adj/s* antagonista; **~tico, -a** (*m pl* **-ci**) *adj* antagónico, -a
antarti|co, -a (*m pl* **-ci**) *adj* antártico, -a; ***~de** *f geogr* Antártida
antece|dente 1. *adj* precedente, anterior; **2.** *m* antecedente; **~denza** *f raro* anterioridad (*estánd*); **~ssore, -a** *adj/s* antecesor, -a
antefatto *m* antecedente
anteguerra *m inv* preguerra *f*
antenato *m* antepasado
antenn|a *f* 1. *electr* antena; 2. *nav* antena, verga ◊ **~ radio** antena de radio; **~ parabolica** antena parabólica; **drizzare le ~e** *fig* poner las antenas; **~ista** *m/f* antenista
anteporre ‹*pongo; posi; posto*› V. 56 *vt* anteponer
anteprima *f cine/teat* preestreno *m*, pase previo *m*
anter|a *f bot* antera
anteri|dio (*pl* **-di**) *m bot* anteridio; **~ore** *adj* 1. anterior; 2. *ling* anterior, palatal; **vocale ~** *vocal anterior* ◊ **futuro ~** *m ling* futuro perfecto; **~orità** *f inv* anterioridad *f*
antesignano, -a *adj/s* precursor, -a, adelantado, -a
antiabbagliante 1. *adj* antirreflejo *inv*; **2.** *m auto* luz de cruce *f*
antiabortista *adj/s* antiabortista
antiaereo, -a *adj* antiaéreo, -a
antiappannante 1. *adj* antivaho *inv*, antiempañamiento *inv*; **2.** *m auto* luneta térmica *f*
antiatomico, -a (*m pl* **-ci**) *adj* antiatómico, -a
antibatterico, -a (*m pl* **-ci**) *adj* antibacteriano, -a
antibiotico, -a (*m pl* **-ci**) *adj/m* antibiótico, -a
antibloccante *adj* antibloqueo *inv*
anticaglia *f desp* antigualla
anticamera *f tamb. fig* antesala; espera; **fare un'ora di ~** *estar esperando una hora* ◊ **fare ~** guardar turno; **non passare per l'~ del cervello** no pasar ni remotamente por la cabeza
anticancerogeno, -a *adj/m med* anticancerígeno, -a, anticanceroso, -a
anticarie *adj inv* anticaries
anticarro *adj inv mil* anticarro
anticellulite *adj inv* anticelulítico, -a *adj*
antichità *f inv* antigüedad *f*
anticiclone *m meteo* anticiclón
anticipa|re ‹*esd*› *vt* anticipar, adelantar; **~tamente** *adv* anticipadamente, por adelantado; **~zione** *f* anticipación, adelanto *m*, antelación; *econ* adelanto *m*, pago a cuenta *m*
anticipo *m* (*tiempo*) anticipación *f*, adelantamiento; *econ* anticipo; *sport* partido adelantado ◊ **avere il senso dell'~** tener el sentido de la anticipación; **in ~** *adv* por adelantado
anticlerical|e *adj* anticlerical; **~ismo** *m* anticlericalismo
antico, -a (*m pl* **-chi**) *adj/m* antiguo, -a ◊ **~ d'epoca** de época; **all'~a** *adj* a la antigua; (*persona*) (chapado) a la antigua; **persona di ~ stampo/persona tagliata all'~a** *f* persona chapada a la antigua
anticomunis|mo *m pol* anticomunismo; **~ta** *adj/s* anticomunista
anticoncettivo, -a (*var.* **anticoncezionale**) *adj/m* anticonceptivo, -a, contraceptivo, -a
anticonformis|mo *m* anticonformismo; **~ta** *adj/s* anticonformista; **~tico, -a** (*m pl* **-ci**) *adj* anticonformista
anticongelante *adj/m auto* anticongelante
anticorpo *m med* anticuerpo
anticorruzione *adj inv* anticorrupción
anticostituzionale *adj* anticonstitucional
anticristo *m relig* anticristo
anticrittogamico, -a (*m pl* **-ci**) *adj/m bot* anticriptogámico, -a
antidatare *vt* antedatar
antidemocratico, -a (*m pl* **-ci**) **1.** *adj* antidemocrático, -a; **2.** *m/f* antidemócrata
antidepressivo, -a *adj/m* antidepresivo, -a
antiderapante *adj auto* antideslizante
antidetonante *adj/m quím* antidetonante
antidiluviano, -a *adj* antediluviano, -a

antidisordini *adj/m inv* antidisturbios
antidoping [anti'dɔpin] *adj/m inv* antidopaje, antidóping ◊ ***controllo ~*** *m* control antidopaje, control antidóping
antidoto *m* antídoto
antidroga *adj inv* antidroga
antieroe *m* antihéroe
antieuropeismo *m* antieuropeísmo
antifascista *adj/s* antifascista
antifecondativo, -a *adj/m* anticonceptivo, -a, contraceptivo, -a
antifona *f* antífona ◊ ***capire l'~*** coger la indirecta
antiforfora *adj inv* anticaspa; ***shampoo ~*** *champú anticaspa*
antifurto *adj/m inv* antirrobo
antigas *adj/m inv* antigás
antigelo *m auto* anticongelante
antigene *m biol* antígeno
antigienico, -a (*m pl* **-ci**) *adj* antihigiénico, -a
antigliano, -a (*var.* **antillano, -a**) *adj/s* antillano, -a
antiglobalizzazione *f* antiglobalización
antigovernativo, -a *adj* antigubernamental, -a
antiinflattivo, -a (*var.* **antinflattivo**) *adj* antinflacionista
anti-infortuni *adj inv* contra accidentes
antilllano V. **antigliano**; ***~e: le ~*** *fpl* las Antillas
antilope *f zool* antílope *m*
antimafia *adj inv* antimafia
antimeridiano, -a 1. *adj* antemeridiano, -a; **2.** *m geogr* antimeridiano
antimilitarismo *m* antimilitarismo
antimissile *adj inv* antimisil
antimonarchico, -a (*pl* **-ci**) *adj/s* antimonárquico, -a
antimonio *m quím* antimonio
antincendio *adj/s inv* antiincendios
antinebbia *adj/m inv* antiniebla
antinevralgico, -a *adj* antineurálgico, -a
antinfiammatorio, -a (*m pl* **-ri**) *adj/m med* antinflamatorio, -a
antinflattivo V. **antiinflattivo**
antinfluenzale *adj med* antigripal
antinfortunistico, -a (*m pl* **-ci**) *adj* ="contra los accidentes de trabajo"
antinomlia *f* antinomia; **~ico, -a** (*m pl* **-ci**) *adj* antinómico, -a
antinquinalmento *adj inv* antipolución; **~nte** *adj* anticontaminante
antinucleare *adj* antinuclear
antiorario, -a (*m pl* **-ri**) *adj* en sentido inverso a las agujas del reloj
antiossidante *adj/m* antioxidante
antipapa *m relig* antipapa
antiparassitla *m* antiparásito; **~ario, -a** (*m pl* **-ri**) **1.** *adj* antiparasitario, -a; **2.** *m* plaguicida, antiparasitario
antipasto *m gastr* entremeses *mpl*
antipatila *f* antipatía, aversión; **~co, -a** (*m pl* **-ci**) *adj* antipático, -a; ***mi è ~*** *me cae mal*
antipiega *adj inv* antiarrugas
antipirlateria *adj inv* antipiratería; **~etico, -a** (*m pl* **-ci**) *adj/m* antipirético, -a
antipodi 1. *mpl* (*habitantes*) antípodas; **2.** *mpl/fpl geogr* antípodas ◊ ***essere agli ~*** *tamb. fig* estar en las antípodas
antiporta *f* 1. contrapuerta; 2. *mil* barbacana; 3. *impr* anteportada
antiproibizionismo *m* antiprohibicionismo
antiproiettile *adj inv* antibala(s); ***giubbotto, vetro ~*** *chaleco, cristal antibalas*
antipsichiatria *f* antipsiquiatría
antiquariato (*var.* **antiquaria**) *m* (*negocio*) anticuariado ◊ ***negozio d'~*** *m* tienda de antigüedades; ***pezzo d'~*** *m* antigüedad (*f*); **~rio, -a** (*m pl* **-ri**) **1.** *m/f* anticuario, -a, coleccionista de antigüedades; **2.** *adj* de (las) antigüedades; **~to, -a** *adj* anticuado, -a
antirabbico, -a (*m pl* **-ci**) *adj* antirrábico, -a
antiregolamentare *adj* antirreglamentario, -a
antireumatico, -a (*m pl* **-ci**) *adj/m* antirreumático, -a
antiriflesso *adj inv* antirreflectante *adj*
antiruggine *adj/m inv* antioxidante *adj/m*
antirughe *adj inv* antiarrugas
antisala *f* antesala, vestíbulo *m*
antiscivolo *adj inv* antideslizante *adj*
antisdrucciolevole *adj* antideslizante
antisemita *adj/s* antisemita
antisettico, -a (*m pl* **-ci**) *adj/m* antiséptico, -a
antisismico, -a (*m pl* **-ci**) *adj* antisísmico, -a
antislittante *adj/m* antideslizante
antismog *adj inv* antipolución
antisociale *adj* antisocial
antisolare *adj* contra el sol ◊ ***crema ~*** *f* crema solar
antispam *adj inv informát* antispam
antispaslmodico, -a (*m pl* **-ci**) *adj/m med* antiespasmódico, -a; **~tico, -a** (*m pl* **-ci**) *adj/m med* antiespasmódico, -a
antisportivo, -a *adj* antideportivo, -a
antistaminico, -a (*m pl* **-ci**) *adj/m med* antihistamínico, -a
antistatico, -a (*m pl* **-ci**) *adj* antiestático, -a
antisudorifero *m* antisudoral
antitarlo *adj/m inv* anticarcoma; **~mico, -a** (*m pl* **-ci**) *adj* antipolilla *inv*
antitartaro *adj inv* antisarro
antitermico, -a (*m pl* **-ci**) *adj/m* antitérmico, -a
antiterrorislmo *m* lucha antiterrorista *f*; **~tico, -a** (*m pl* **-ci**) *adj* antiterrorista
antitesi *f inv* antítesis
antitetlanico, -a (*m pl* **-ci**) *adj med* antitetánico, -a; **~ico, -a** (*m pl* **-ci**) *adj* antitético, -a
antitossico, -a (*m pl* **-ci**) *adj/m* antitóxico, -a
antiurto *adj inv* antichoque
antivigilia *f* antevíspera
antologia (*pl* **-gie**) *f* antología
antonimlia *f* antonimia; **~o** *m ling* antónimo
antonomasia *f ling* antonomasia
antrace *m med* ántrax, carbunclo, carbunco
antracite *f min* antracita
antro *m* 1. antro, caverna *f*, gruta *f*; 2. (*casa miserable*) antro, tugurio; 3. *med* cavidad *f* ◊ ***~ gastrico*** cavidad gástrica (*f*)

antropo|centrismo *m* antropocentrismo; **~fagia** (*pl* **-gie**) *f* antropofagia; **~fago, -a** (*m pl* **-gi/-ghi**) *adj/s* antropófago, -a; **~genesi** *f inv* antropogénesis; **~ide** *adj/m* antropoide; **~logia** (*pl* **-gie**) *f* antropología; **~logo, -a** (*m pl* **-gi**) *m/f* antropólogo, -a; **~metria** *f* antropometría; **~morfismo** *m* antropomorfismo; **~morfo, -a** *adj/m* antropomorfo, -a

anulare 1. *adj* anular; **2.** *m* (*dedo*) anular

anur|ia *f med* anuria; **~o, -a** *adj/m zool* anuro, -a

Anversa *geogr* Amberes

anzi *conj* antes bien, más bien, es más

anzian|ità *f inv* antigüedad *f*; *fig* veteranía *f* ◊ **~ *di servizio*** años de servicio (*mpl*), antigüedad; **~o, -a** *adj/s* 1. anciano, -a, viejo, -a; 2. mayor, de más edad; ***il fratello più ~ ha vent'anni*** *el hermano mayor tiene veinte años*; ***il segretario è la persona più ~a*** *el secretario es la persona de más edad*; 3. *jerga estud* veterano

anziché *conj* en lugar de, en vez de

anzidetto, -a *adj* antedicho, -a, susodicho, -a, mencionado, -a

anzitempo *adv* antes de hora

anzitutto *adv* ante todo, antes que nada, en primer lugar

aoristo *m ling* aoristo

aorta *f med* aorta

aostano, -a *adj/s* (*de Aosta*) aostano, -a

apache [a'patʃe] *adj/s inv* apache *adj/s*

apartheid [a'partheit] *f inv* apartheid *m inv*

apat|ia *f* apatía; **~co, -a** (*m pl* **-ci**) *adj* apático, -a

a.p.c. (*a pronta cassa*) *abr* al contado

ape *f zool* abeja ◊ **~ *regina, operaia*** abeja reina, obrera

aperitivo *m* (*licor*) aperitivo, amargo

apersi... V. **aprire**

aperto, -a *adj tamb. fig* abierto, -a ◊ ***accogliere a braccia ~e*** recibir con los brazos abiertos; ***all'~*** *adj* (*cine...*) al aire libre; ***all'~*** *adv* (*dormir*) al raso; ***cinema all'~*** *m* cine al aire libre, cine de verano; ***restare a bocca ~a*** quedarse boquiabierto; ***sognare a occhi ~i*** soñar despierto, soñar con los ojos abiertos

apertur|a *f* 1. abertura, hendidura, orificio *m*; 2. apertura; inauguración ◊ **~ *del corso*** apertura del curso, inauguración del curso; **~ *di un conto*** apertura de una cuenta; **~ismo** *m pol* aperturismo; **~ista** *adj/s pol* aperturista; **~istico, -a** (*m pl* **-ci**) *adj pol* aperturista, -a

API (*Anonima Petroli Italiana*) *abr*

apiario (*pl* **-ri**) *m* colmenar

apic|ale *adj ling* apical; **~e** *m* ápice ◊ ***essere all'~ della gloria/del successo*** estar en la cresta de la ola, estar en su apogeo

apicolt|ore, -trice (*var.* **apicultore**) *m/f* apicultor, -a; **~ura** *f* apicultura

apnea *f med* apnea

apocal|isse *f* apocalipsis *m inv*; **~ittico, -a** (*m pl* **-ci**) *adj* apocalíptico, -a

apocop|are ‹*esd*› *vt ling* apocopar; **~e** *f ling* apócope

apocrifo, -a *adj/m* apócrifo, -a

apocromatismo *m fís* acromatismo

apodittico, -a (*m pl* **-ci**) *adj filos* apodíctico, -a

apodosi *f inv ling* apódosis

apofonia *f ling* apofonía

apogeo *m astron tamb. fig* apogeo

apolide *adj/s* apátrida

apoliti|cità *f inv* apoliticismo *m*; **~o, -a** (*m pl* **-ci**) *adj/s* apolítico, -a

apol|lineo, -a *adj* apolíneo, -a; **~o** *m zool* pavón diurno; ***~o** *m* 1. *mitol* Apolo; 2. efebo, adonis

apolog|eta *m* apologeta; **~etica** *f* apologética; **~etico, -a** (*m pl* **-ci**) *adj* apologético, -a; **~ia** (*pl* **-gie**) *f* apología; **~ista** *m/f* apologista; **~o** *m* apólogo

apople|ssia *f med* apoplejía; **~ttico, -a** (*m pl* **-ci**) *adj med* apopléjico, -a, apoplético, -a

aposta|sia *f relig* apostasía; **~ta** *m/f* apóstata; **~tare** ‹*esd*› *vi* ‹*avere*› apostatar

apostol|ato *m* apostolado; **~ico, -a** (*m pl* **-ci**) *adj* apostólico, -a; **~o** *m* apóstol

apostrof|are ‹*esd*› *vt* apostrofar; **~e** *f* (*figura retórica*) apóstrofe *m/f*; **~o** *m ling* apóstrofo

apoteosi *f inv* apoteosis

app. (*appendice*) *abr* apéndice

appaga|mento *m* (*sed, hambre*) aplacamiento; (*deseos*) satisfacción *f*; (*conciencia*) acallamiento; **~re 1.** *vt* (*sed*) saciar, apagar; (*hambre*) matar; (*deseos*) satisfacer, contentar; (*conciencia*) acallar; **2. ~rsi** contentarse

appaia|mento *m* emparejamiento; *zool* apareamiento; **~re** *vt* (*objetos*) emparejar, acoplar; *zool* aparear; **~tura** *f* emparejamiento *m*; *zool* apareamiento *m*

appaio... V. **apparire**

appallottolare ‹*esd*› *vt* apelotonar, agrumar

appalt|are *vt* (*obra, contrato*) adjudicar; **~ *i lavori a una ditta*** *adjudicar las obras a una empresa*; **~atore, -trice** *m/f* (*obra, contrato*) adjudicatario, -a, contratista; **~o** *m* concurso, licitación *f* ◊ ***capitolato d'~*** *m* pliego de condiciones; ***contratto d'~*** *m* contrata (*f*), concesión (*f*); ***dare in ~*** sacar a (pública) subasta; ***gara d'~*** *f* concurso-subasta (*m*); ***prendere in ~*** conseguir en pública subasta

appanna|ggio (*pl* **-gi**) *m* 1. *pol* pensión *f*, asignación *f*; 2. prerrogativa *f*, propiedad *f*; ***il pensiero è ~ degli essere umani*** *el pensamiento es una prerrogativa de los seres humanos*; **~mento** *m* empañamiento; **~re** *vt* 1. (*vidrio...*) empañar; 2. (*mente...*) ofuscar, abotargar

apparato *m* aparato; **~ *bellico, scenico*** *aparato bélico, escénico*; **un grande ~ di luce e suono** *un gran montaje de luz y sonido*; ***l'~ del partito*** *el aparato del partido* ◊ **~ *circolatorio*** *med* aparato circulatorio; **~ *critico*** *lit* aparato crítico

apparecchi|are *vt* preparar ◊ **~ *la tavola*** poner la mesa; **~atura** *f* 1. preparación; 2. *arq/mil/tecn* aparato *m*; *arte* (*pintura*) imprimación; (*tejido*) apresto *m*; **~o** (*pl* **-chi**) *m* 1. aparato, dispositivo; (*teléfono*) aparato; 2. (*avión*) aparato; 3. (*te-

jido) apresto ◊ ~ ***gessato*** vendaje de escayola (*m*), escayola (*f*); ~ ***ricevente, trasmittente*** aparato receptor, transmisor; ***all'~*** *adv* al aparato; ***resti all'~*** permanezca a la escucha, no cuelgue

apparen|tamento *m pol* coalición electoral *f*; **~tare 1.** *vt* emparentar; **2. ~rsi** emparentarse; *pol* coaligarse; **~te** *adj* aparente, vistoso, -a; *elev* aparente, visible; **~za** *f* apariencia, aspecto *m*, forma; apariencia, fachada ◊ ***in ~*** *adv* en apariencia, aparentemente; ***l'~ inganna*** las apariencias engañan; ***salvare le ~e*** guardar las apariencias

appari|re ‹*appaio/-risco; apparii/-rvi/-rsi; apparso*› V. 3 *vi* aparecer; **~scente** *adj* llamativo, -a, aparatoso, -a, aparente, vistoso, -a; **~zione** *f* aparición, visión; (*fantasma*) aparición

apparsi..., apparso V. **apparire**

appart|amento *m* piso, apartamento, departamento (*Am*), departamiento (*Am*); **~re 1.** *vt* apartar, poner a parte; **2. ~rsi** apartarse; **~to, -a** *adj* apartado, -a, retirado, -a

apparte|nente *adj* perteneciente (**a** a); **~nza** *f* pertenencia; **~re** ‹*tengo; tenni; terrò*› V. 79 *vi* pertenecer

apparvi... V. **apparire**

appassi|mento *m* marchitar, marchitarse, marchitamiento; **~onamento** *m* apasionamiento; **~onante** *adj* apasionante; **~onare 1.** *vt* apasionar; conmover; **2. ~rsi** apasionarse (**a** por); *cine/mús/sport* aficionarse (**a** a); **~onato, -a 1.** *adj* apasionado, -a, ardiente; **2.** *m/f arte/mús* amante (**di** de), aficionado, -a (**di** a); ~ ***di cavalli, della musica*** *aficionado a los caballos, a la música*; *sport* hincha, forofo, -a; **~re** ‹*isc*› *vi/~rsi bot tamb. fig* marchitarse; **~to, -a** *adj* marchito, -a, mustio, -a, ajado, -a

appel|labile *adj jur* apelable; **~ante** *adj/s jur* apelante; **~are 1.** *vt/i jur* apelar; **2. ~rsi** *tamb. fig* apelar *vt/i*; ***~rsi contro una sentenza*** *apelar (contra) una sentencia*; ***~rsi alla generosità di q*** *apelar a la generosidad de alg*; **~ativo** *m* apelativo; **~o** *m* 1. llamada *f*, convocatoria *f*; ~ ***nominale*** *votación nominal*; ~ ***alle urne*** *llamada a las urnas*; 2. *estud* pasar lista; ***fare l'~*** *pasar lista*; ***mancare all'~*** *faltar a clase*; examen, convocatoria *f*; ~ ***di giugno*** *convocatoria de junio*; ***primo ~*** *primera convocatoria*; 3. *jur* apelación *f*; *adm* recurso de alzada ◊ ***corte d'~*** *f jur* tribunal de apelación (*m*); *adm* tribunal contencioso-administrativo; ***ricorrere in ~*** interponer un recurso de apelación; *adm* presentar un recurso de alzada

appena 1. *adv* apenas, casi; ***ti sento ~*** *apenas te oigo, casi no te oigo*; recién; ~ ***fatto*** *recién hecho*; **2.** *conj* en cuanto, nada más (que), tan pronto como; ***sono ~ le dieci*** *son apenas las diez*; ***ti telefonerò (non) ~ arriverò/sarò arrivato*** *te llamaré en cuanto/tan pronto llegue*; ***è ~ uscito*** *acaba de salir*; ~ ***arrivato, andai a dormire*** *en cuanto llegué/nada más llegar, me fui a dormir*; ~ ***sposata, se ne pentì*** *al poco de casarse, se arrepintió*

appendere V. 58 *vt* colgar (**a** en); ~ ***al muro*** *colgar en la pared* ◊ ***appendere al chiodo*** *sport/tamb. fig* colgar las botas, cortarse la coleta (*tamb. taur*)

appendice *f med tamb. fig* apéndice *m* ◊ ***romanzo d'~*** *m* folletín (*m*), novela por entregas (*f*)

appendici|sta *m/f* folletinista; **~te** *f med* apendicitis *inv*

appendino *m* colgador

Appennini: gli ~ *mpl* los Apeninos; ***~co, -a** (*m pl* **-ci**) *adj* apenínico, -a

appesantire ‹*isc*› *vt* recargar, cargar

appesta|re *vt med tamb. fig* apestar; **~to, -a** *adj/s med* apestado, -a

appet|enza *f* apetencia; **~ibile** *adj* apetecible; **~ito** *m* apetito; ***perdere l'~*** *quitar el apetito*; ***stuzzicare l'~*** *abrir el apetito* ◊ ***buon ~!*** ¡que aproveche!; **~itoso, -a** *adj* apetitoso, -a

appezza|mento *m agric* campo, bancal; **~re** *vt* trocear; (*tela*) apedazar; (*cuerda*) ligar

appiana|mento *m* allanamiento; **~re** *vt* allanar, aplanar

appiatt|arsi esconderse, agazaparse; **~imento** *m* aplastamiento, achatamiento; **~ire** ‹*isc*› *vt* achatar, aplastar

appiccare 1. *vt coloq* (*fuego*) prender, pegar; (*cartel*) pegar; colgar, enganchar; **2. ~rsi** agarrarse, aferrarse

appiccic|are ‹*esd*› *vt* (*sello, cartel*) pegar; **~aticcio, -a** (*m pl* **-ci**, *f pl* **-ce**) *adj tamb. fig* pegajoso, -a; **~atura** *f* pegote *m*; **~oso, -a** *adj* 1. (*cosa*) pegajoso, -a, pringoso, -a; 2. (*persona*) pegajoso, -a, pesado, -a

appicco (*pl* **-chi**) *m* pretexto, excusa *f*

appiedare 1. *vt* apear; dejar tirado (*coloq*); ***l'automobile mi ha appiedato*** *el coche me ha dejado tirado*; **2. ~rsi** apearse; (*del caballo*) desmontar *vi*

appieno *adv* completamente, del todo

appigionare *vt* alquilar; ***appigionasi*** *se alquila*

appigli|arsi 1. agarrarse (**a** a), asirse (**a** a); 2. (*fuego*) propagarse; **~o** (*pl* **-gli**) *m* 1. asidero, agarradero; 2. pretexto

appiombo 1. *m* 1. verticalidad *f*; 2. *zool* aplomo; **2.** *adv* a plomo

appioppare *vt* 1. *agric* (*vid*) emparrar; 2. (*golpe, tiro*) largar, soltar; *coloq* endilgar, endosar

appisolarsi ‹*esd*› amodorrarse, adormilarse, quedarse traspuesto

applau|dire ‹*isc/-do*› *vt* aplaudir; **~so** *m* aplauso

applica|bile *adj* aplicable; **~re** ‹*esd*› **1.** *vt* 1. aplicar; (*con cola*) pegar; 2. (*culpa...*) endosar, endilgar; 3. destinar; ~ ***un incarico a q*** *destinar a alguien a un cargo*; **2. ~rsi** aplicarse, esmerarse; **~to, -a** *adj* aplicado, -a ◊ ***arte ~a*** *f* arte aplicada; ***scienze ~e*** *fpl* ciencias aplicadas; **~zione** *f* 1. aplicación; 2. *informát* aplicación

applique [a'plik] *f inv* aplique *m*

appoderare *vt* parcelar

appoggia|capo *m inv* reposacabezas; **~piedi** V. **poggiapiedi**; **~re 1.** *vt* apoyar, sostener; **2.** *vi/~rsi* ‹*avere*› apoyarse (**su** en), sostenerse (**su** en), descansar *vi* (**su** en); (*idea, razonamiento*) basarse (**su** en); **~testa** *m inv* reposacabezas; **~tura** *f mús* apoyatura

appoggio (*pl* **-gi**) *m* 1. *tamb. fig* apoyo, sostén; 2. *mil* apoyo artillero

appollaiarsi (*pájaros*) posarse (**su** en); (*personas*) acurrucarse

appongo... V. **apporre**

apporre ‹*pongo; posi; posto*› V. 56 *vt* 1. (*firma, fecha, sello*) estampar; 2. *elev/fig* achacar, atribuir

apport|are *vt* 1. (*ayuda, idea...*) aportar; *jur* (*pruebas*) aportar; 2. (*daño*) ocasionar, producir; **~o** *m* aportación *f*, contribución *f*

apposi... V. **apporre**

appositamente *adv* a propósito, a posta

appositivo, -a *adj ling* apositivo, -a

apposito, -a *adj adm* indicado, -a, adecuado, -a; ***scrivere sull'~ modulo*** *escribir en el impreso adecuado*

apposizione *f ling* aposición

apposta *adv* a posta, adrede; **~mento** *m* acecho; **~re 1.** *vt* acechar; **2. ~rsi** apostarse

apposto V. **apporre**

appozzare *vt* empozar

apprendere ‹*presi; preso*› V. 58 **1.** *vt* 1. aprender; 2. (*noticias*) enterarse; ***~ la notizia dalla radio*** *enterarse de la noticia por la radio*; **2. ~rsi** agarrarse, aferrarse

apprendista *m/f* aprendiz, -a; **~to** *m* aprendizaje

apprensi|one *f* aprensión; **~vo, -a** *adj* aprensivo, -a

appresi..., appreso V. **apprendere**

appress|arsi acercarse; **~o 1.** *adv* cerca, al lado; **2.** *adj inv* siguiente *adj*, después; ***il giorno ~*** *el día siguiente*; ***due ore ~*** *dos horas después* ◊ **~ a** *prep* junto a

apparesta|mento *m* preparación *f*, apresto, puesta a punto *f*; **~re 1.** *vt* preparar, disponer, aprestar; **2. ~rsi** prepararse (**a** para), disponerse (**a** a)

apprett|are *vt* (*tejido*) aprestar; **~atura** *f* (*tejido*) apresto *m*; **~o** *m* (*tejido*) apresto

apprezza|bile *adj* apreciable; **~mento** *m* 1. aprecio, estima *f*; 2. *econ* revalorización *f*; **~re 1.** *vt* apreciar, estimar; apreciar, agradecer; ***apprezzo il suo appoggio*** *agradezco su apoyo*; **2. ~rsi** *econ* apreciarse, revalorizarse

approccio (*pl* **-ci**) *m* 1. acercamiento (**a** a), aproximación *f* (**a** a); 2. *cient* enfoque; ***~ induttivo*** *enfoque inductivo*;

approd|are *vi* ‹*avere/essere*› *nav* arribar, llegar a puerto ◊ ***non ~ a nulla*** no sacar nada en limpio; **~o** *m nav* arribo, arribada *f* ◊ ***~ di fortuna*** arribada forzosa (*f*)

approfittare *vi* ‹*avere*› aprovechar *vt/i*; ***~ dell'occasione*** *aprovechar la ocasión*

approfondi|mento *m* profundización *f*; **~re** ‹*isc*› *vt* profundizar, ahondar

appronta|mento *m* preparación *f*, puesta a punto *f*; **~re** *vt* preparar, poner a punto

appropria|rsi apropiarse, adueñarse; **~to, -a** *adj* apropiado, -a, adecuado, -a; **~zione** *f jur* apropiación ◊ ***~ indebita*** apropiación indebida

approssima|rsi ‹*esd*› aproximarse; **~tivamente** *adv* aproximadamente; **~tivo, -a** *adj* 1. aproximado, -a; 2. vago, -a, impreciso, -a; **~zione** *f* aproximación

approva|re *vt jur tamb. fig* aprobar; **~tivo, -a** *adj* aprobatorio, -a; **~zione** *f jur tamb. fig* aprobación

approvvigiona|mento *m* aprovisionamiento, abastecimiento; **~re** *vt* aprovisionar, abastecer

appunt|amento *m* cita *f*; ***avere un ~ con q*** *tener una cita con alguien, haber quedado con alguien*; ***fissare un ~*** *concertar una cita, quedar con alguien*; (*médico*) hora *f*, cita *f*; ***prendere un ~*** *pedir hora* ◊ ***~ al buio*** cita a ciegas (*f*); ***casa di appuntamenti*** *f euf* casa de citas; ***su ~*** *adv* con cita previa; **~are** *vt* 1. afilar; (*lápiz*) sacar punta; 2. (*prender con alfileres*) hilvanar; 3. (*mirada, atención*) dirigir, fijar; señalar; ***~ con l'indice su q*** *señalar a alg con el dedo*; 4. apuntar, anotar, tomar nota; **~ato** *m mil* (*carabineros, guardia de finanzas*) cabo; **~ino** V. **puntino**; **~ire** ‹*isc*› *vt* sacar puntar; **~ito, -a** *adj* puntiagudo, -a; **~o 1.** *m* apunte, anotación *f*; **2.** *mpl estud* apuntes; ***prendere ~i*** *tomar/coger apuntes*; **3.** *adv* precisamente, justo, justamente; **4.** *excl* ¡claro!, ¡por supuesto!, ¡exactamente! ◊ ***fare/muovere un ~*** amonestar, reprender, regañar; ***per l'~*** *adv* precisamente

appura|mento *m* aclaración *f*, verificación *f*, comprobación *f*; **~re** *vt* aclarar, verificar, comprobar

apri|bile *adj* que se puede abrir; **~bottiglie** *m inv* abrebotellas, abridor *m*

april|e *m* abril ◊ ***~ ogni goccia un barile*** en abril aguas mil, y caben todas en un barril; **~ino, -a** *adj elev* abrileño, -a

aprire ‹*aprii/apersi; aperto*› V. 17 *vt* abrir

apriscatole *m inv* abrelatas

aptero *m zool* áptero

aquaplaning [akwa'planin] *m inv auto/aero* aquaplaning

aquario V. **acquario**

aquil|a *f zool* águila ◊ ***~ reale*** águila real; **~egia** (*pl* **-gie**) *f bot* aguileña, pajarilla; **~ino, -a** *adj* aguileño, -a, aquilino, -a (*elev*); **~one** *m* 1. *elev* (*viento del norte*) aquilón; 2. cometa *f*; **~otto** *m* aguilucho

Aquisgrana *geogr* Aquisgrán

A.R. (*Altezza Reale*) *abr* (*Su Alteza Real*) S.A.R.

ara *f* 1. *relig* ara, altar *m*; 2. *agric* área; 3. *zool* guacamayo *m*

arab|esco, -a (*m pl* **-schi**) *adj/m* arabesco, -a; ***~ia: l'~*** *f* Arabia; **~ico, -a** (*m pl* **-ci**) *adj* arábigo, -a, árabe ◊ ***cifra ~a*** *f* cifra arábiga; ***gomma ~a*** *f* goma arábiga; **~ista** *m/f* arabista; **~o, -a** *adj/s* árabe ◊ ***parlare ~*** *fig* hablar en chino

arachide *f bot* cacahuete, maní *m* (*Am*)

aracnide *m zool* arácnido
Aragon|a: l'~ *f* Aragón; ***~ese** *adj/s* aragonés, -a; ***~ito** *f min* aragonita
aragosta *f zool* langosta
araldi|ca *f* heráldica; **~ico, -a** (*m pl* **-ci**) *adj* heráldico, -a; **~o** *m hist* heraldo
aranc|eto *m* naranjal; **~ia** (*pl* **-ce**) *f* naranja; **~iata** *f* naranjada; **~iato, -a** *adj* naranja *inv*, anaranjado, -a; ***colore ~*** *color naranja/anaranjado*; **~iera** *f* vivero de agrios *m*; **~ino, -a** *adj* naranjero, -a; **~io** (*pl* **-ci**) *m bot* naranjo ◊ ***fior d'~*** azahar; **~ione** *adj* anaranjado, -a, naranja *inv*
arare *vt agric* arar
aratore, -trice *m/f agric* arador, -a
aratro *m agric* arado
aratura *f agric* arada, labor *m*
arazzo *m* tapiz
arbitr|aggio (*pl* **-gi**) *m jur* arbitraje; **~ale** *adj* arbitral; **~are** ‹esd› *vt* arbitrar; **~arietà** *f inv* arbitrariedad *f*; **~ario, -a** (*m pl* **-ri**) *adj* arbitrario, -a; **~ato** *m jur* arbitraje; **~io** (**-tri**) *m* 1. arbitrio, albedrío; 2. arbitrariedad *f* ◊ ***libero ~*** libre albedrío; **~o** *m jur* árbitro; *sport* árbitro, referí (*Am*)
arbore|o, -a *adj* arbóreo, -a; **~scente** *adj* arborescente
arboricult|ore, -trice *m/f* arboricultor, -a; **~ura** *f* arboricultura
arboscello *m agric* plantón
arbusto *m* arbusto
arca *f* arca ◊ ***~ di Noè, ~ dell'Alleanza*** arca de Noé, de la Alianza; ***~ di scienza*** pozo de sabiduría (*m*)
arcade *m/f* árcade, arcadio, -a
arcadico, -a (*m pl* **-ci**) *adj* arcádico, -a
arcai|cità *f inv* arcaicidad *f*; **~cizzante** V. **arcaizzante**; **~co, -a** (*m pl* **-ci**) *adj* arcaico, -a; **~smo** *m* arcaísmo; **~zzante** *adj* arcaizante; **~zzare** *vi* ‹avere› arcaizar
arcangelo *m* arcángel
arcano, -a *adj* arcano, -a, misterioso, -a
arcata *f arq* arcada
archeologi|a (*pl* **-gie**) *f* arqueología; **~ico, -a** (*m pl* **-ci**) *adj* arqueológico, -a; **~o, -a** (*m pl* **-gi**) *m/f* arqueólogo, -a
archetipo *m* arquetipo
archetto *m mús* arco, arquillo
archibugio (*pl* **-gi**) *m mil* arcabuz
archidiocesi *f inv* archidiócesis
Archimede *m* Arquímedes
architett|are *vt* proyectar, idear; **~o, -a** *m/f* arquitecto, -a; **~onico, -a** (*m pl* **-ci**) *adj* arquitectónico, -a; **~ura** *f* arquitectura ◊ ***~ d'interni*** diseño de interiores (*m*), interiorismo (*m*)
architrave *m arq* arquitrabe
archivi|are *vt* archivar; *informát* almacenar; **~azione** *f* (*acción de archivar*) archivamiento *m*, archivo *m*; *informát* almacenamiento *m*; *jur* archivo *m*; **~o** (*pl* **-vi**) *m* 1. archivo; 2. (*mueble*) archivador; 3. *informát* (*fichero, documento*) archivo; (*acción*) almacenamiento; **~sta** *m/f* archivero, -a; **~stica** *f* archivística

archivolto *m arq* arquivolta *f*
arci|diacono *m relig* archidiácono, arcediano; **~duca** *m* archiduque; **~duchessa** *f* archiduquesa
arciere, -a *m/f mil/sport* arquero, -a
arcifonema *m ling* archifonema
arcigno, -a *adj* ceñudo, -a
arcinemico, -a (*m pl* **-ci**) *adj/s* superenemigo, -a
arcione *m* arzón
arcipelago (*pl* **-ghi**) *m* archipiélago
arciprete *m relig* arcipreste
arcivescov|ato *m relig* arzobispado; **~ile** *adj relig* arzobispal
arcivescovo *m relig* arzobispo
arco (*pl* **-chi**) *m* arco ◊ ***~ a sesto acuto*** arco ojival; ***~ a tutto sesto*** arco de medio punto; ***~ voltaico*** arco voltaico; **~baleno** *m* arco iris; **~laio** (*pl* **-ai**) *m* devanadera *f*
arcuare ‹esd› *vt* arquear, curvar
ardente *adj* ardiente, abrasador, -a
ardere ‹arsi; arso› V. 4 **1.** *vt* quemar, abrasar; **2.** *vi* arder, quemarse ◊ ***~ dal desiderio di fare qc*** arder en deseos de hacer u-c
ardesia *f min* pizarra
ardi|mento *m* osadía *f*, valor; **~re** ‹isc› **1.** *vt* atreverse; ***non ~ (di) fare niente*** *no atreverse a hacer nada*; **2.** *m* osadía *f*, audacia *f*, valor; **~tezza** *f* osadía, audacia; **~to, -a** *adj* osado, -a, atrevido, -a, audaz
ardore *m* ardor
arduo, -a *adj* arduo, -a
area *f* área, superficie ◊ ***~ depressa*** *econ* área deprimida, zona necesitada; ***~ di porta*** *sport* área pequeña; ***~ di rigore*** *sport* área de portería; ***~ di servizio*** *auto* área de servicio; ***entrare in ~*** *sport* entrar en el área
arem V. **harem**
aren|a *f* 1. arena; 2. plaza de toros, ruedo *m*; **~amento** *m nav tamb. fig* embarrancamiento, encalladura *f*; **~arsi** 1. *nav* embarrancar, encallar, varar; 2. (*situación, negociación*) empantanarse; **~ile** *m* arenal; **~oso, -a** *adj* arenoso, -a, arenisco, -a
areo-... V. **aereo-...**
areola *f med* areola, aréola
areometro *m* areómetro
areopago (*pl* **-ghi**) *m* areópago
areostilo *m arq* areóstilo
aretino, -a *adj/s* aretino, -a
argano *m* cabrestante, árgano
argent|are *vt* platear; **~ato, -a** *adj* plateado, -a; **~atura** *f* plateado *m*; **~eo, -a** *adj elev* argénteo, -a; **~eria** *f* (*cubiertos...*) plata, cubertería de plata
argentiere *m* platero; **~fero, -a** *adj* argentífero, -a
Argentin|a: l'~ *f* Argentina; ***~ismo** *m* argentinismo; ***~o, -a 1.** *adj/s geogr* argentino, -a; **2.** *adj* (*color, sonido*) argentino, -a
argento *m* plata *f* ◊ ***~ vivo*** azogue, mercurio; ***~ 800*** plata de ley (*f*); ***nozze d'~*** *fpl* bodas de plata; **~ne** *m* alpaca *f*, metal blanco

argil|la *f* arcilla ◊ ***esser fatto della stessa ~*** estar hecho con la misma pasta; **~oso, -a** *adj* arcilloso, -a

argin|amento *m* encauzamiento; **~are** ‹*esd*› *vt* encauzar; **~atura** *f* encauzamiento *m*

argine *m* dique, malecón

argivo, -a *adj/s* argivo, -a

argo (*pl* **-ghi**) *m quím* argón

argoment|are 1. *vt* argumentar, argüir; **2.** *vi* ‹*avere*› argumentar, razonar; **~azione** *f* argumentación, razonamiento *m*; **~o** *m* argumento, tema, asunto

argonauta *m* argonauta

arguire ‹*isc*› *vt* argüir, argumentar

argut|ezza *f* agudeza, ingenio *m*; **~o, -a** *adj* agudo, -a, ingenioso, -a

arguzia *f* 1. agudeza, gracia, gracejo *m*; 2. agudeza, ocurrencia, chiste *m*, salida; juego de palabras *m*

aria *f* 1. aire *m* (!); 2. aire *m*, aspecto *m*, pinta (*coloq*); 3. *mús* aria ◊ **~ *compressa*** aire comprimido (*m*); **~ *condizionata*** aire acondicionado (*m*); ***all'~ aperta*** *adv* al aire libre; ***andare all'~*** (*asunto*) irse al garete, irse al traste; ***avere paura dell'~*** tener miedo de su propria sombra; ***buttare/mandare all'~*** echar a perder (u-c), dar al traste (con u-c); ***cambiare ~*** cambiar de aires; ***campare d'~*** vivir del aire; ***darsi delle ~e*** darse aires, tener muchos humos/muchas ínfulas, darse betún; ***è campato in ~*** no tiene ni pies ni cabeza; ***far castelli in ~*** hacer castillos en el aire; ***non tira ~ buona qui*** aquí no se respira bien, aquí no se respira un buen ambiente; ***pigliare/prendere ~/una boccata d'aria*** tomar el aire, tomar el fresco; ***saltare in ~*** (*explotar*) saltar por los aires; ***sparare in ~*** disparar al aire; ***trinciare l'~ con la mano*** gesticular, hacer aspavientos

arianesimo *m relig* arrianismo

Arianna *f* Ariadna ◊ ***il filo di ~*** *m* el hilo de Ariadna

ariano, -a *adj/s relig* arriano, -a; *ling* ario, -a

arid|ità *f inv* aridez *f*; **~o, -a 1.** *adj* 1. árido, -a, seco, -a; 2. (*insensible*) adusto, -a, frío, -a; **2.** *mpl agric* áridos

arieggiare *vt* 1. airear, ventilar; 2. parecerse (**q/qc** a alg/a u-c), darse un aire (**q/qc** alg/u-c), tener un aire (**q/qc** alg/u-c)

ariete *m zool* carnero, morueco; *mil* ariete

Ariete *m astrol* Aries

arietta *f* 1. brisa, airecillo *m*, chiflón *m* (*Am*); 2. *mús* arieta

aringa (*pl* **-ghe**) *f zool* arenque *m* ◊ **~ *affumicata*** arenque ahumado (*m*)

ario, -a (*m pl* **-ri**) *adj/s* ario, -a; **~so, -a** *adj* aireado, -a, despejado, -a

arista *f bot* arista, raspa

aristocratico, -a (*m pl* **-ci**) **1.** *adj* aristocrático, -a; **2.** *m/f* aristócrata

aristocrazia *f* aristocracia

Aristotel|e *m* Aristóteles; ***~ico, -a** (*m pl* **-ci**) *adj* aristotélico, -a; ***~ismo** *m* aristotelismo

aritmetic|a *f* aritmética; **~o, -a** (*m pl* **-ci**) *adj* aritmético, -a

aritmia *f med* arritmia, intercadencia

aritmico, -a (*m pl* **-ci**) *adj* arrítmico, -a

arlecchin|ata *f* arlequinada; **~esco, -a** (*m pl* **-chi**) *adj* arlequinesco, -a; ***~o** *m* Arlequín

arma (*pl (1)* **le armi**, *pl (2-3)* **le arme**) *f* 1. arma; 2. ejército *m*; ***arma azzurra*** *ejército del aire*; cuerpo *m*; ***arma benemerita*** *carabineros*; 3. *heráld* armas *fpl*, blasones *mpl* ◊ **~ *a doppio taglio*** *tamb. fig* arma de doble filo; **~ *a ripetizione*** arma de repetición; **~ *bianca*** arma blanca; **~ *da fuoco*** arma de fuego; ***~i a media/corta/lunga gittata/portata*** armas de medio/corto/largo alcance; ***alle prime ~i*** *adj* en pañales, en mantilla; ***andare sotto le ~i*** incorporarse a filas; ***(ri)chiamare alle ~i*** llamar a filas; ***incrociare le ~i*** medir las armas; ***partire con ~i e bagagli*** liar el petate, coger el portante; ***presentare le ~i*** presentar armas; **~collo: ad ~** *adv* en bandolera; ***portare il fucile ad ~*** *llevar el fusil en bandolera*

armadi|etto: ~ dei medicinali *m* botiquín; **~llo** *m zool* armadillo, cachicamo (*Am*); **~o** (*pl* **-di**) *m* armario ◊ **~ *a muro*** armario empotrado; **~ *d'angolo*** armario rinconero, rinconera (*f*)

armaiolo *m* armero

armament|ario (*pl* **-ri**) *m* instrumental; **~ismo** *m* armamentismo; **~o** *m* armamento

armare *vt* armar ◊ ***~rsi di pazienza*** armarse de paciencia

armat|a *f* armada ◊ ***l'Invincibile *~*** la Armada Invencible; **~ore** *m* armador, naviero; **~ura** *f* 1. (*caballero*) armadura, arnés *m*; 2. (*estructura*) armazón *m/f*

armeggi|are *vi* ‹*avere*› trajinar, afanarse; **~io** (*pl* **-gi**) (*var.* **armeggio**) *m* trajín, tráfago

Armen|ia: l'~ *f* Armenia; ***~o, -a** *adj/s* armenio, -a

armento *m* manada *f*, recua *f*, hato

armeria *f* armería

armiere *m* armero

armistizio (*pl* **-zi**) *m* armisticio

armo *m sport* (*remo, vela*) tripulación *f*

armoni|a *f* armonía; **~ca** *f mús* armónica; **~co, -a** (*m pl* **-ci**) *adj* armónico, -a; **~o** V. **armonium**; **~oso, -a** *adj* armonioso, -a; **~um** *m inv mús* armonio *m*, armónium; **~zzare** *vt/i* ‹*avere*› armonizar; **~zzazione** *f* armonización ◊ **~ *fiscale*** armonización fiscal

arnese 1. *m* 1. *hist/mil* arnés, armadura *f*; 2. *desp* granuja, bribón, canalla, tunante; **2.** *mpl* 1. herramientas *fpl*, aparejos, útiles; 2. chismes, cacharros, cachivaches ◊ ***essere bene in ~*** estar boyante, nadar en la abundancia; ***essere male in ~*** estar en un apuro, estar sin blanca

arnia *f* colmena

arnica *f bot* árnica

Arno *m geogr* Arno

aro *m bot* aro, alcatraz

aroma *m* aroma; **~terapia** *f* aromaterapia; **~tico, -a** (*m pl* **-ci**) *adj* aromático, -a; **~tizzare** *vt* aromatizar

arpa *f mús* arpa

arpeggi|are *vt mús* arpegiar; **~o** (*pl* **-gi**) *m mús* arpegio, tiento

arpi|a *f mitol tamb. fig* arpía; **~cordo** *m mús* clavicordio, espineta *f*; **~onare** *vt* arponear, arponar; **~one** *m* 1. *mec* trinquete, gancho; 2. (*puerta, ventana*) gozne, pernio; 3. *nav* arpón; **~sta** *m/f mús* arpista

arpone *m nav* arpón

arra *f* 1. arras *fpl*, prenda, señal; 2. promesa

arrabattarsi afanarse, esforzarse (**per** por)

arrabbia|re: fare ~ *vi ‹avere›* enfadar, enojar ; **~rsi** enfadarse, enojarse; ◊ ***non ti arrabbiare*** (*juego*) parchís **~to, -a** *adj* enfadado, -a ◊ ***all'~a*** *adv gastr* ="con salsa de tomate muy picante"; **~tura** *f* enfado *m*, enojo *m*

arraffare *vt* arrebatar; **~ *tutto*** *arramblar con todo*

arrampica|rsi encaramarse (**su** a), trepar *vi* (**su** a) ◊ **~ *sugli specchi/sui vetri*** subirse por las paredes; **~ta** *f* escalada ◊ **~ *libera*** escalada libre; **~tore, -trice** *m/f* escalador, -a ◊ **~ *sociale*** arribista, trepa (*coloq*)

arrancare *vi ‹avere›* renquear, cojear

arrangia|mento *m* acuerdo, arreglo, apaño (*coloq*); *mús* arreglo; **~re 1.** *vt* arreglar, apañar; *mús* arreglar; **2. ~rsi** arreglárselas, apañárselas, componérselas, ingeniárselas; ***arrangiati!*** *¡arréglatelas!, ¡allá te las compongas!*; **~tore, -trice** *m/f mús* arreglista

arrecare *vt* 1. llevar, conducir; 2. causar, ocasionar

arred|amento *m* decoración *f*; amueblamiento, equipamiento; **~are** *vt* decorar; amueblar, equipar; **~atore, -trice** *m/f* decorador, -a, interiorista; **~o** *m* mobiliario, enseres *mpl* ◊ ***~i sacri*** objetos litúrgicos; **~ *urbano*** mobiliario urbano, equipamiento urbano

arrembaggio (*pl* **-gi**) *m* abordaje ◊ ***all'~*** *adv* al abordaje; ***andare/buttarsi/gettarsi all'~*** lanzarse a la desesperada

arrendersi *‹resi; reso›* V. 58 rendirse

arrendevole *adj* (*persona*) sumiso, -a, dócil; (*objeto*) dúctil, flexible

arrendevolezza *f* (*persona*) sumisión, docilidad; (*objeto*) ductilidad, flexibilidad

arresi..., arreso V. **arrendersi**

arrest|are 1. *vt* detener, parar; *jur* arrestar, detener; **2. ~rsi** pararse, detenerse; **~ato, -a** *adj/s* detenido, -a; **~o 1.** *m* 1. parada *f*, detención *f*; **~ *del gioco*** *detención del juego*; 2. arresto *f*, detención *f*, captura *f*; 3. *mec* freno; 4. *med* parada *f*; **~ *cardiaco*** *parada cardiaca*; **2.** *mpl mil* arresto *m* ◊ ***~i domiciliari*** *mpl* arresto domiciliario (*m*); ***battuta d'~*** *f* compás de espera (*m*); ***essere agli ~i*** estar arrestado; ***mettere agli ~i*** arrestar, poner bajo arresto

arretra|mento *m* retroceso; **~re 1.** *vt* retrasar, hacer retroceder; **2.** *vi* 1. retroceder; 2. retractarse, desdecirse; **3. ~rsi** retroceder *vi*; **~tezza** *f* retraso *m*, atraso *m*; **~ *culturale, economica*** *atraso cultural, económico*; **~ *mentale*** *retraso mental*; **~to, -a 1.** *adj* 1. (*tiempo*) atrasado, -a; ***sonno, paese ~*** *sueño, país atrasado*; ***mentalità ~a*** *mentalidad atrasada*; ***lavoro, numero, fascicolo*** *trabajo, número, fascículo atrasado*; 2. alejado, -a; ***poltrona ~a*** *butaca alejada*; 3. rezagado, retrasado, -a; ***giocatore ~*** *jugador rezagado/retrasado*; **2.** *mpl* 1. (*sueldo*) atrasos; 2. cuentas pendientes *fpl*

arri! *excl* ¡arre!

arricchi|mento *m* enriquecimiento; **~re** *‹isc› vt* enriquecer; **~to** *m desp* nuevo rico

arriccia|capelli *m inv* tenacilla *f*, rizador *m*; **~mento** *m* rizado; **~re** *vt* 1. (*cabello*) rizar, encrespar, ensortijar; 2. (*pared*) lucir, enlucir ◊ ***~rsi il pelo*** erizarse el cabello, ponerse los pelos de punta; **~ *il naso/il muso*** torcer el gesto, fruncir el ceño; **~tura** *f* rizado *m*

arricciolare *‹esd› vt* rizar

arridere *‹risi; riso›* V. 61 *vi ‹avere›* sonreír, favorecer; ***la fortuna ci arride*** *la fortuna nos sonríe*

arringa (*pl* **-ghe**) *f* arenga; *jur* alegato *m*, informe *m*; **~re** *vt* arengar

arrischia|re *vt* arriesgar; **~to, -a** *adj* arriesgado, -a, riesgoso, -a (*Am*)

arrisi..., arriso V. **arridere**

arriva|re *vi* llegar; ***stare per ~*** *estar al llegar, está al caer*; ***sta arrivando*** *está a punto de llegar*; ***non arrivo a prendere il libro*** *no llego a coger el libro*; *coloq/fig* conseguir comprender; ***non ci arrivo*** *no lo alcanzo a comprender, no lo consigo comprender*; **~to, -a 1.** *adj* bien situado, -a, acomodado, -a; **2.** *m/f* persona bien situada *f* ◊ ***nuovo ~*** recién llegado, advenedizo

arrivederci! *excl* (*despedida de mediana formalidad*) ¡adiós!, ¡hasta la vista!; **~la!** (*var.* **arrivederLa**) *excl* (*despedida de gran formalidad*) ¡adiós!, ¡hasta la vista!

arrivis|mo *m* arribismo; **~ta** *m/f* arribista, trepa (*coloq*)

arrivo *m* llegada *f*; ***il treno da Foggia è in ~ sul primo binario*** *el tren procedente de Foggia efectuará su entrada por la vía uno* ◊ ***essere in ~*** estar al llegar, estar a punto de llegar

arrocc|are *vt* (*ajedrez*) enrocar; **~o** (*pl* **-chi**) *m* (*ajedrez*) enroque

arrochire *‹isc› vi* enronquecer

arroga|nte 1. *adj* arrogante; **2.** *m/f* arrogante, chulo, -a; **~nza** *f* arrogancia, chulería; **~rsi** arrogarse; **~zione** *f jur* arrogación

arross|amento *m* enrojecimiento; **~are** *vt* arrebolar, enrojecer; **~ire** *‹isc› vi* enrojecer, ruborizarse, sonrojarse, ponerse colorado

arrost|ire *‹isc› vt* asar; (*pan*) tostar; **~ito** *m* asado; **~o** *adj inv/adv/m* asado, -a; **pollo ~** *pollo asado*

arrot|are *vt* afilar ◊ **~ *i denti*** (*amenaza*) enseñar los dientes; **~ *la lingua*** afilar la lengua; **~atri-**

ce *f tecn* muela; **~ino** *m* afilador; **~olare** ‹*esd*› *vt* enrollar, arrollar, liar

arrotondalmento *m* redondeo; **~re** *vt* redondear

arrovellarsi sulfurarse, excitarse ◊ **~ *il cervello*** devanarse los sesos; **~ntare** *vt* poner al rojo vivo, encandecer

arruffapopoli *m/f inv* agitador, -a, subversivo, -a, sedicioso, -a *m/f*

arruffare *vt* (*cabello*) desgreñar, enmarañar, alborotar

arruffianarsi *coloq* caer bajo

arruffio *m* barullo, jaleo, bullicio

arruffone, -a *m/f* follonero, -a, jaranero, -a

arrugginire ‹*isc*› **1.** *vt* oxidar, enmohecer; **2. ~rsi** oxidarse, enmohecerse; *bot* arroyarse

arruolalmento *m mil* alistamiento, reclutamiento; **~re** *vt* alistar, reclutar

arsella *f zool* almeja, berberecho *m*

arsenale *m* 1. *nav* astilleros *mpl*, arsenal, atarazana *f*; 2. amasijo, revoltillo ◊ **~ *nucleare*** arsenal nuclear

arsenico *m* arsénico

arsi..., arso V. **ardere**

arsura *f* (*calor*) bochorno *m*; sequía, aridez; (*sensación*) ardor *m*, quemazón

art. (*articolo*) *abr* (*artículo*) art.

arte *f* 1. arte *m/f* (!); 2. oficio *m*; ***l'~ del calzolaio*** *el oficio del zapatero*; *hist* gremio *m*, corporación ◊ ***ad ~*** *adv* arteramente; ***a regola d'~*** *adv* como Dios manda; ***belle ~i*** *fpl* bellas artes; ***in ~*** *adv* como nombre artístico; ***nome d'~*** *m* nombre artístico; ***senza ~ né parte*** *adv* ni arte ni parte, sin oficio ni beneficio; **~fatto, -a** *adj* adulterado, -a; *fig* falso, -a; **~fice** *m/f* artífice; **~misia** *f bot* artemisa, altamisa

arterila *f med* arteria; **~ale** *adj med* arterial; **~osclerosi** *f inv med* arteriosclerosis; **~oso, -a** *adj* arterioso, -a

artesiano, -a *adj* artesiano, -a

artico, -a (*m pl* **-ci**) *adj/m* ártico, -a

articollare ‹*esd*› **1.** *adj* articular, articulatorio, -a; **2.** *vt* articular; **~ato, -a** *adj* articulado, -a; (*razonamiento...*) bien estructurado, -a, diáfano, -a; **~azione** *f* articulación; **~ista** *m/f period* articulista, columnista; **~o** *m* artículo ◊ **~ *determinativo, indeterminado*** *ling* artículo determinado, indeterminado; **~ *di fede*** *relig tamb. fig* artículo de fe; **~ *di fondo*** (*periódico*) editorial

Artide *f* Ártico *m*

artiere *m* 1. artesano; 2. *mil* zapador

artificilale *adj* artificial; **~ere** *m mil* artificiero; **~o** (*pl* **-ci**) *m* 1. artificio; 2. afectación *f*; **~osità** *f inv* artificiosidad *f*, afectación *f*; **~oso, -a** *adj* artificioso, -a

artigianlale *adj* artesanal; **~ato** *m* artesanado, artesanía *f*; **~o, -a** *adj/s* artesano, -a

artiglilere *m mil* artillero; **~eria** *f mil* artillería ◊ **~ *da campagna*** artillería ligera; **~ *pesante*** artillería pesada; **~o** (*pl* **-gli**) *m* garra *f*, zarpa *f*

artistla *m/f* artista ◊ **~ *di strada*** artista de calle; **~ico, -a** (*m pl* **-ci**) *adj* artístico, -a

arto *m* (*cuerpo*) extremidad *f*

artritle *f med* artritis *inv*; **~ico, -a** (*m pl* **-ci**) *adj/s* artrítico, -a

artropodo *m zool* artrópodo

artrosi *f inv med* artrosis

arvicola *f zool* arvícola, ratón de campo *m*

arziglogolare ‹*esd*› *vi* ‹*avere*› cavilar; **~ogolo** *m* cavilación *f*; **~ogolone, -a** *m/f raro* persona cavilosa *f*

arzillo, -a *adj* vivaracho, -a, vivaz, animado, -a ◊ ***vino ~*** *m* vino de agujas, vino achispado

asbesto *m min* asbesto

Asburgo *hist* Augsburgo

ascaride *m zool* ascáride *f*

ascella *f* axila, sobaco *m* (*coloq*); **~re** *adj* axilar

ascendenltale *adj* ascendente; **~te 1.** *adj* ascendente; **2.** *m astrol tamb. fig* ascendente; **3.** *m/f* (*antepasado*) ascendente; **~za** *f* ascendencia

ascendere ‹*ascesi; asceso*› V. 58 *vi* ‹*essere*› 1. (*subir*) ascender (**a** a); 2. *econ* (*costar*) ascender (**a** a), importar *vt* (**a**)

ascensionlale *adj* ascensional; **~e** *f* ascensión

ascensorle *m* ascensor, elevador (*Am*); **~ista** *m/f* ascensorista, elevadorista (*Am*)

ascesla *f* subida, ascensión; **~i 1.** *f inv* ascesis; **2.** V. **ascendere**; **~o** V. **ascendere**

ascesso *m med* absceso

ascetla *m* asceta; **~ica** *f* ascética; **~ico, -a** *adj* ascético, -a; **~ismo** *m* ascetismo

ascia (*pl* **-sce**) *f* hacha; (*carpintería*) azuela ◊ **~ *di guerra*** hacha de guerra; ***fatto con l'~*** *adj* basto, tosco

ascissa *f mat* abscisa

asciugalcapelli *m inv* secador (de pelo) *m*; **~mano** (*var.* **asciugamani** *m inv*) *m* toalla *f*; **~re** *vt* secar ◊ **~ *le tasche a q*** dejar limpio a alg; **~ *un fiasco*** vaciar una botella; **~trice** *f tecn* secadora; **~tura** *f* secado *m*

asciuttlezza *f* sequedad; **~o, -a 1.** *adj* seco, -a; (*cuerpo*) flaco, -a; **2.** *m* (*lugar seco*) secano ◊ ***pasta ~a*** *m* pasta con salsa; ***restare a bocca ~a*** quedarse con la miel en los labios; ***restare all'~*** quedarse sin blanca

ascoltlare *vt* escuchar; **~atore, -trice** *m/f* oyente; **~o** *m* 1. escucha *f*; ***essere/stare in ~*** *estar a la escucha*; atención *f*; ***dare, prestare ~*** *prestar atención*; 2. *TV/radio* audiencia *f* ◊ ***indice di ~*** *m* índice de audiencia

ascrivere ‹*ascrissi; ascritto*› V. 71 *vt* 1. (*incluir*) añadir, agregar; 2. (*imputar*) adscribir, atribuir

asepsi *f inv med* asepsia *f*

asessualle *adj bot/zool* asexual; **~to, -a** *adj bot/zool* asexuado, -a

asettico, -a (*m pl* **-ci**) *adj med* aséptico, -a

asfaltlare *vt* asfaltar; **~atura** *f* asfaltado *m*; **~o** *m quím* asfalto, betún; *auto* asfalto, firme

asfisslia *f* asfixia; **~iante** *adj* asfixiante; **~iare** *vt* asfixiar

asfodelo *m bot* oropesa *f*

Asia: l'~ *f* Asia; ***~tico, -a** (*m pl* **-ci**) *adj/s* asiático, -a

asilo *m* 1. (*acogida*) asilo, refugio; 2. asilo, albergue (de caridad); 3. *estud* educación preescolar *f* (!) ◊ ~ ***di mendicità*** casa de beneficencia (*f*); ~ ***nido*** guardería (*f*), jardín de infancia; ~ ***notturno*** albergue notturno; ~ ***politico*** asilo político; ***diritto di*** ~ *m* derecho de asilo

asimmetri|a *f* asimetría; **~co, -a** (*m pl* **-ci**) *adj* asimétrico, -a

asina *f zool tamb. fig* burra, asna, borrica

asinaio (*pl* **-ai**) *m* (*arriero de burros*) borriquero, asnero

asinata *f* burrada, desatino *m*, barbaridad

asincroni|a *f* asincronía; **~co, -a** (*m pl* **-ci**) *adj* asincrónico, -a; **~smo** *m* asincronismo

asincrono, -a *adj* asíncrono, -a

asindeto *m lit* asíndeton

asinel|lo *m zool tamb. fig* pollino; **~ria** *f* bobada, tontería, memez; **~sco, -a** (*m pl* **-chi**) *adj* asnal, grosero, -a, bestial

asini|no, -a *adj* 1. (*del asno*) asnal; 2. grosero, -a, bestial; **~tà** *f inv* (*estupidez*) burricie *f*, burrez *f*, asnería *f*

asino *m zool tamb. fig* burro, asno, borrico

asintoto *m mat* asíntota *f*

ASL (*Azienda Sanitaria Locale*) *abr/f* ="organismo que gestiona la sanidad en una zona del territorio"

asma *f med* asma; **~tico, -a** (*m pl* **-ci**) *adj/s* asmático, -a

asociale *adj* asocial

asola *f* (*traje*) ojal *m*; (*monedas*) ranura

asparag|eto (*var.* **asparagiaia** *f*) *m bot* esparraguera *f*; **~o** (*pl* **-gi**) *m bot* espárrago ◊ ~ ***selvatico*** espárrago triguero

aspecifico, -a (*m pl* **-ci**) *adj med* inespecífico, -a

asperella *f bot* aspérula

aspergere ‹*aspergo; aspersi; asperso*› V. 30 *vt* rociar, salpicar; *relig* asperjar, hisopear

asperità *f inv geol tamb. fig* aspereza *f*

aspersi... V. **aspergere**; **~one** *f relig* aspersión

asperso V. **aspergere**; **~rio** (*pl* **-ri**) *m relig* aspersorio

aspett|ante *adj* expectante; **~are** *vt* esperar; ***c'era da ~rselo*** *era de esperar, era de temer*; ***quando meno te l'aspetti*** *cuando menos te lo esperas, el día menos pensado* ◊ ***chi la fa l'aspetti*** quien a hierro mata a hierro muere; **~ativa** *f* (*esperanza*) expectativa; ***deludere le ~e di q*** *defraudar las expectativas de alg*; *adm* excedencia ◊ ~ ***di vita*** esperanza de vida; ~ ***forzosa*** *adm* excedencia forzosa; ***essere/stare in*** ~ *adm* estar a la expectativa; ***in*** ~ *adm* en excedencia, excedente; en expectativa; ***in ~ di destinazione*** *adj adm* en expectativa de destino; ***mettersi in*** ~ *adm* ponerse en excedencia; **~azione** *f elev* expectación; **~o** *m* 1. espera *f*; 2. (*apariencia*) aspecto; 3. *ling* aspecto ◊ ***avere buon/cattivo*** ~ tener buen/mal aspecto; ***battuta d'~*** *f* compás de espera (*m*); ***sala d'~*** *f* sala de espera

aspide *m elev* áspid

aspirante *adj/s* (*candidato*) aspirante

aspirapolvere *m inv* aspirador *m*, aspiradora *f*

aspira|re 1. *vt med/ling/tecn* aspirar; **2.** *vi* aspirar (**a qc** a u-c), anhelar *vt* (**a qc** u-c); **~tore** *m tecn* (*aire*) extractor; *med* aspirador; **~zione** *f med/ling tamb. fig* aspiración; *mec* (*motor*) admisión

aspirina® *f* aspirina

aspo *m* aspa *f*, devanadera *f*

asporta|bile *adj* 1. extraíble; 2. *med* extirpable; amputable; **~re** *vt* 1. extraer; 2. *med* extirpar; amputar; **~zione** *f* 1. extracción; 2. extirpación; amputación

aspr|ezza *f* 1. *tamb. fig* aspereza; 2. *geogr* escabrosidad, fragosidad; **~igno, -a** *adj* asperillo, -a, asperete, -a; **~o, -a** *adj* 1. *tamb. fig* áspero, -a, agrio, -a; *ling* áspero, -a, sordo, -a; 2. *geogr* escabroso, -a, fragoso, -a

Ass. (*1. assicurazione 2. assicurata 3. assegno*) *abr* 1. seguro; 2. carta con valor declarado; 3. cheque, talón

assafetida *f bot/med* asa fétida, asafétida

assaggi|are *vt* probar, gustar, degustar; ***vuole ~?*** *¿gusta?* ◊ ~ ***il terreno*** tantear el terreno; **~atore, -trice** *m/f* catador, -a; **~atura** *f* cata, catadura; **~o** (*pl* **-gi**) *m* 1. ensayo, prueba *f*; *gastr* cata *f*, degustación *f*; 2. muestra *f*

assai *adv* 1. bastante, suficiente; 2. mucho, muy, asaz (*elev/ant*) ◊ ***m'importa*** ~ *irón* me importa un bledo

assale *m auto* eje

assalgo... V. **assalire**

assali|re ‹*salgo; salii; salito*› V. 67 *vt* agredir, acometer, embestir, arremeter *vi*; asaltar, venir; ***mi assalì un dubbio*** *me asaltó una duda*; **~tore, -trice** *m/f* salteador, -a, asaltante

assalt|are *vt* asaltar, atracar; **~atore, -trice** *m/f* salteador, -a, atracador, -a; **~o** *m mil* asalto; (*enfermedad, sentimiento*) ataque, embate ◊ ***manager d'~*** *m* ejecutivo agresivo; ***prendere d'~ qc*** tomar algo al asalto; ***reparti d'~*** *mpl mil* tropas de asalto

assaporare *vt* paladear, saborear

assassi|nare *vt* asesinar; **~inio** (*pl* **-ni**) *m* asesinato; **~ino, -a** *m/f* asesino, -a

asse 1. *f* tabla, tablón *m*, tablero *m*, plancha; **2.** *m* 1. *mat/tecn* eje; 2. *hist* (*moneda*) as; 3. *jur/relig* patrimonio ◊ ~ ***da stiro*** *m* tabla de planchar (*f*); ~ ***della chiesa*** *jur/relig* patrimonio de la iglesia (*m*); ~ ***di battuta*** *sport* plancha; ~ ***di equilibrio*** *sport* barra de equilibrio; ~ ***ereditario*** *jur/relig* as hereditario; ~ ***spinale*** tabla de estabilización espinal, tabla dorsal; ~ ***stradale*** eje viario (*m*)

assecondare *vt* secundar, apoyar

assedi|are *vt mil tamb. fig* asediar, cercar, sitiar, bloquear; **~o** (*pl* **-di**) *m mil tamb. fig* sitio, asedio, cerco, bloqueo ◊ ~ ***economico*** bloqueo económico; ***stato d'~*** *m* estado de sitio; ***stringere d'~ una città*** asediar una ciudad, poner cerco a una ciudad

assegn|amento *m* 1. asignación *f*, atribución *f*; 2. esperanza *f*, confianza *f*; ***fare ~ su q/qc*** *poner/cifrar las esperanzas en alg/u-c*; **~are** *vt* asignar, adscribir; (*premio*) conceder, fallar; (*dar*) confiar; (*dar*) adjudicar; **~atario, -a** (*m pl* **-ri**) *m/f jur* adjudicatario, -a; **~ato, -a** *adj* asignado, -a, adjudicado, -a ◊ ***porto ~*** *m com* portes debidos; *mpl* **~azione** *f* asignación; (*premio*) entrega, concesión; *jur* adjudicación; **~o** *m* 1. asignación *f*, ayuda *f*; 2. *com* cheque, talón ◊ ***~ bancario*** cheque de caja; ***~ di mantenimento*** pensión alimenticia (*f*); ***~ di studio*** beca (*f*), ayuda al estudio (*f*); ***~ sbarrato, non trasferibile, turistico, al portatore, a vuoto, in bianco*** cheque cruzado, intransferible, de viaje, al portador, sin fondos, en blanco; ***~ sociale*** cheque social, ayuda social (*f*); ***~i* familiari** *mpl* plus familiar *m*; ***contro ~*** *adv* contra reembolso; ***libretto d'~i*** *m* talonario de cheques, chequera (*f*)

assembla|ggio (*pl* **-gi**) *m tecn* ensamblaje; **~re** *vt tecn* ensamblar

assemblea *f* asamblea, reunión; ***indire/convocare, sciogliere un'~*** *convocar, disolver una asamblea/reunión*; *jur* junta; ***~ degli azionisti, dei creditori*** *junta de accionistas, de acreedores*; ***~ ordinaria*** *junta ordinaria*; **~re** *adj* asambleario, -a; **~rismo** *m* asambleísmo

assembramento *m* hervidero, agolpamiento, gentío

assennat|ezza *f* sensatez, cordura; **~o, -a** *adj* sensato, -a, juicioso, -a

assenso *m* consentimiento, aprobación *f*, anuencia *f*, conformidad *f*

assent|arsi ausentarse (**da** de); **~e** *adj/s* ausente; **~eismo** *m* absentismo (laboral); **~eista** *m/f* absentista; **~ire** *vi ‹avere›* asentir

assenz|a *f* ausencia; *estud* falta (de asistencia) ◊ ***brillare per la sua/loro ~*** brillar por su ausencia; **~iente** *adj* consentidor, -a; asentidor, -a; **~io** (*pl* **-zi**) *m bot* ajenjo

asserire *‹isc›* *vt* aseverar, asegurar

asserragliare 1. *vt* atrancar, atrincherar; **2. ~rsi** encerrarse, atrincherarse, parapetarse

assert|ivo, -a *adj* asertivo, -a, asertorio, -a; **~o** *m* aserto, aserción *f*, aseveración *f*; **~ore, -trice** *m/f* asertor, -a; **~orio, -a** (*m pl* **-ri**) *adj* asertorio, -a, asertivo, -a

asservi|mento *m* sometimiento, esclavización *f*; **~re** *‹isc›* *vt* subyugar, someter, esclavizar

asserzione *f* aserción, aserto *m*, aseveración

assessor|ato *m pol* (*ayuntamiento*) concejalía *f*; (*gobierno regional*) consejería *f*; **~e, -a** (*raro el femenino, irón*) *m/f pol* (*ayuntamiento*) concejal delegado *m* (!), concejala delegada *f*; (*gobierno regional*) consejero, -a (!); (*diputación provincial*) diputado, -a (!) ◊ ***~ comunale*** concejal; ***~ regionale*** consejero; ***~ provinciale*** diputado provincial

assessuato, -a *adj* asexuado, -a

assesta|mento *m* arreglo, ajuste, resolución *f*; ***~ di una situazione*** *arreglo de una situación*; ***~ di una controversia*** *resolución de una controversia*; *arq/geol* asiento, asentamiento; **~re 1.** *vt* 1. ordenar, arreglar; (*mecanismos*) ajustar, regular; 2. (*golpe*) asestar; **2. ~rsi** 1. instalarse; 2. (*cosas*) arreglarse; 3. *arq/geol* (*terreno*) asentarse

asseta|re *vt* causar sed; **~to, -a** *adj* sediento, -a

assett|are 1. *vt* ordenar, arreglar; **2. ~rsi** (*persona*) arreglarse; **~o** *m* orden, disposición *f*; ***mettere, tenere in ~*** *poner, mantener en orden*; *adm* ordenación *f*, estructura *f* ◊ ***~ territoriale*** *adm* ordenación del territorio (*f*); ***mettere, tenere in ~*** poner, mantener en orden; ***mettersi in ~*** (*persona*) arreglarse

assevera|re *‹esd›* *vt* aseverar, asegurar; **~tivo, -a** *adj* aseverativo, -a; **~zione** *f* aseveración

assiale *adj* axial

assicura|bile *adj com* asegurable; **~re** *vt* 1. asegurar, aseverar; 2. asegurar, afianzar; 3. *com* (*contratar un seguro*) asegurar; **~ta** *f correo* carta con valor declarado; **~to** *m jur* asegurado; **~tore, -trice 1.** *m* (compañía) aseguradora *f*; **2.** *m/f* (*agente*) asegurador, -a; **2.** *adj* asegurador, -a; **~zione** *f* 1. *jur* seguro *m*; ***compagnia di ~i*** *compañía de seguros*; ***premio, copertura dell'~*** *prima, cobertura del seguro*; 2. (*acción*) aseguramiento *m* ◊ ***~ auto*** seguro del automóvil (*m*); ***~ incendio*** seguro contra incendios (*m*); ***~ casco*** seguro a todo riesgo (*m*); ***~ infortuni*** seguro de accidentes (*m*); ***~ obbligatoria*** seguro obligatorio (*m*); ***~ vita*** seguro de vida (*m*)

assidera|mento *m med* aterimiento; **~re** *‹esd›* *vt* helar; *med* aterir

assidu|ità *f inv* asiduidad *f*; **~o, -a** *adj* asiduo, -a

assieme 1. *adv* junto *adv/adj*, unido *adj*; ***andare ~*** *ir juntos*; ***mettere ~*** *reunir, juntar*; **2.** *m* conjunto

assiepare 1. *vt* rodear con setos; **2. ~rsi** agolparse

assill|are *vt* acuciar, apremiar; **~o** *m* 1. *zool* asilo; 2. apremio, apuro

assimila|bile *adj* asimilable; **~re** *‹esd›* *vt* asimilar; **~tivo, -a** *adj* asimilativo, -a; **~zione** *f* asimilación

assiologia (*pl* **-gie**) *f heráld* axiología

assioma *m filos tamb. fig* axioma; **~tico, -a** (*m pl* **-ci**) *adj* axiomático, -a

Assiri|a: l'~ *f* Asiria; ***~o, -a** *adj/s* asirio, -a

assise: corte d'~ *f jur* tribunal superior de justicia (*Esp*)

Assisi *geogr* Asís

assist *m inv* (*baloncesto*) asistencia *f*

assisten|tato *m estud* ayudantía *f*; **~te** *m/f* 1. auxiliar, asistente, -a, ayudante; 2. *mil* cabo ◊ ***~ di bordo*** *nav* camarero, -a; ***~ di volo*** *aero* auxiliar de vuelo; ***~ sociale*** asistente, -a social; ***~ sanitario*** asistente técnico sanitario (ATS); ***~ universitario*** ayudante universitario; **~za** *f* asistencia; ***~ sociale, tecnica, legale*** *asistencia social, técnica, legal*; **~ziale** *adj* asistencial; **~zia-**

lismo *m* asistencialismo; **~ziario** (*pl* **-ri**) *m* ente asistencial

assistere ‹*assistei/assistetti; assistito*› V. 41 **1.** *vt* asistir, auxiliar, ayudar; *jur* asistir, asesorar; **2.** *vi* asistir (**a** a), presenciar *vt* (**a**)

assito *m* tabique de madera, mampara *f*; (*tarima*) entablado, entarimado

asso *m* as ◊ ***avere l'~ nella manica*** tener un as en la manga; ***essere un ~*** ser un as; ***piantare in ~*** dejar plantado; ***restare in ~*** quedarse más solo que la una

associa|re 1. *vt* (*afiliar, relacionar*) asociar; (*destinar*) asignar; *adm* ***~ q a un carcere*** *asignar a alg a una cárcel*; **2. ~rsi** (*afiliarse, unirse*) asociarse; **~tivo, -a** *adj* asociativo, -a; **~to, -a 1.** *adj* 1. (*socio*) asociado, -a; *pol* afiliado, -a; 2. (*universidad*) titular; **2.** *m/f* 1. socio, -a, asociado, -a; *pol* afiliado, -a; 2. (*universidad*) profesor, -a titular; **~zione** *f* 1. (*acción*) asociación, afiliación; (*grupo*) asociación, sociedad; 2. (*universidad*) titularidad

assoda|mento *m* 1. consolidación *f*, aseguramiento; 2. averiguación *f*; **~re** *vt* 1. *tamb. fig* consolidar, asegurar; 2. averiguar, comprobar

assoggetta|mento *m* subyugación *f*, sometimiento; **~re** *vt* subyugar, someter

assolato, -a *adj* soleado, -a

assoldare *vt* reclutar, enrolar

assolo *m inv mús* solo *m*

assolsi..., assolto V. **assolvere**

assolut|amente *adv* 1. a toda costa; ***devi ~ andare*** *tienes que ir a toda costa*; (*negativo*) de ninguna manera; ***non devi ~ andare*** *no tienes que ir de ninguna manera*; 2. (*negativo*) en absoluto, absolutamente; ***non ho ~ voglia di andare*** *no tengo en absoluto ganas de ir*; ***Non ti piace? Assolutamente*** *¿No te gusta? En absoluto*; (*afirmativo*) absolutamente, muchísimo; ***Ti piace? Assolutamente*** *¿Te gusta? Muchísimo*; 3. (*completamente*) absolutamente; 4. (*en modo absoluto*) absolutamente; **~ismo** *m pol* absolutismo; **~ista** *adj/s* absolutista; **~istico, -a** (*m pl* **-ci**) *adj* absolutista; **~o, -a** *adj* absoluto, -a; **~orio, -a** (*m pl* **-ri**) *adj* absolutorio, -a

assoluzione *f* absolución

assolvere ‹*assolvei/assolvetti/assolsi; assolto*› V. 5 *vt* 1. (*obligación*) relevar, dispensar, liberar (**da** de); ***~ qc da un giuramento*** *dispensar a alg de un juramento*; (*deuda*) saldar; *jur/relig* absolver; 2. (*deber*) cumplir *vt/i*

assomigliare 1. *vt raro* comparar, paragonar; *raro* asemejar; **2.** *vi* parecerse, (a)semejarse (**a** a); **3.** parecerse, (a)semejarse (**a** a)

assommare 1. *vt tamb. fig* sumar, reunir; **2.** *vi* ascender (**a** a), subir (**a** a); ***la fattura assomma a duemila euro*** *la factura asciende a dos mil euros*

assonan|te *adj lit* asonante; **~za** *f ling* asonancia

assonnato, -a *adj* adormecido, -a, amodorrado, -a

assopire ‹*isc*› **1.** *vt* 1. adormercer, arrullar; 2. atenuar, mitigar, aminorar; **2. ~rsi** adormecerse, amodorrarse, quedarse traspuesto

assorb|ente 1. *adj* absorbente; *fís* adsorbente; **2.** *m* compresa *f* ◊ ***~ igienico/intimo*** compresa (*f*), toalla sanitaria (*Am*); ***carta ~*** *f* papel secante (*m*); **~imento** *m* absorción *f*; *fís* adsorción *f*; **~ire** ‹*isc/assorbo*› *vt* absorber; *fís* adsorber

assorda|mento *m* ensordecimiento; **~nte** *adj* ensordecedor, -a, atronador, -a; **~re** *vt/i* 1. ensordecer; aturdir; 2. (*sonido*) amortiguar

assort|imento *m* surtido; **~ire** ‹*isc*› *vt* 1. surtir, proveer; 2. combinar; ***~ gli orecchini con la blusa*** *combinar los pendientes con la blusa*; **~ito, -a** *adj* surtido, -a, variado, -a; **~o, -a** *adj* absorto, -a, ensimismado, -a

assottiglia|mento *m* 1. afilamiento; 2. (*ingenio*) aguzamiento; 3. reducción *f*, merma *f*; **~re 1.** *vt* 1. afilar, aguzar, afinar; 2. (*ingenio*) aguzar, avivar; 3. mermar, reducir; **2. ~rsi** adelgazar *vi*

assuefa|re ‹*faccio; feci; fatto*› V. 36 *vt* acostumbrar, habituar (**q a qc** a alg a u-c); **~zione** *f* habituación, hábito *m*; *med* habituación, adicción

assumere ‹*assunsi; assunto*› V. 6 *vt* 1. asumir; 2. (*personal*) contratar (!); 3. elevar; ***~ al trono, al papato*** *elevar al trono, al papado*; 4. *jur* (*testimonios, pruebas*) recoger, reunir

Assun|ta: l'~ *f relig* la Asunción; ***~to, -a 1.** *adj* asumido, -a; **2.** *m* 1. tesis *f inv* (!); 2. (*persona*) contratado, -a; **3.** *pp* V. **assumere**; ***~zione** *f* 1. asunción, aceptación; 2. (*personal*) contratación; 3. *jur* recogida

assurd|ità *f inv* absurdo *m*, absurdidad *f*; ***l'~ di un'affermazione*** *lo absurdo de una afirmación*; **~o, -a 1.** *adj* absurdo, -a, disparatado, -a; alucinante, demencial; **2.** *m* absurdo, disparate, dislate ◊ ***dimostrazione per ~*** *f* reducción al absurdo

asta *f* 1. asta, vara, lanza; (*bandera*) asta; (*gafas*) patilla; (*compás, balanza*) brazo *m*; *sport* pértiga; (*de una letra*) palo *m*, palote *m*; *nav* bauprés *m*; 2. subasta ◊ ***bandiera a mezz'~*** *f* bandera a media asta; ***mettere all'~*** sacar a subasta; ***salto con l'~*** *m* salto con pértiga; ***vendere all'~*** subastar; **~nte** *m* presente; ***gli ~i applaudirono*** *los presentes aplaudieron*; **~nteria** *f med* dispensario *m*, urgencias *fpl*

astemio, -a (*m pl* **-mi**) *adj/s* abstemio, -a

astenersi ‹*tengo; tenni; tenuto*› V. 79 privarse (**da** de), abstenerse (**da** de); *pol/jur* abstenerse

astenia *f med* astenia

astenico, -a (*m pl* **-ci**) *adj med* asténico, -a

astenni... V. **astenersi**

astension|e *f pol* abstención; **~ismo** *m* abstencionismo

astenuto, -a *m/f pol* abstencionista

aster *m inv bot* áster *m*

astergere ‹*astergo; astersi; asterso*› V. 30 *vt elev* lavar (*estánd*); *med* absterger

asterisco (*pl* **-schi**) *m* asterisco

asteroide *m astron* asteroide

asterrò... V. **astenersi**
astersi..., asterso V. **astergere**
asticciola *f* (*flecha*) astil *m*; (*pluma*) manguillo *m*, palillero *m*
astice *m zool* bogavante
asticella *f sport* listón *m*
astigmati|co, -a (*m pl* **-ci**) *adj/s med* astigmático, -a; **~smo** *m med* astigmatismo
astinen|te *adj* sobrio, -a, moderado, -a, contenido, -a; *(drogas)* desenganchado, -a (**da** de); **~za** *f* abstinencia ◊ ***sindrome da ~*** *f med* síndrome de abstinencia (*m*)
astio (*pl* **-ti**) *m* rencor (!), encono (!), manía (!) *f*; ***portare ~ a q*** *tenerle manía a alg*
astios|ità *f inv* rencor *m*, manía *f*; **~o, -a** *adj* rencoroso, -a, resentido, -a
astore *m zool* azor, gavilán
astragalo *m arq/bot* astrágalo; *med* astrágalo, taba *f* (*coloq*); (*juego*) taba *f*
astraggo... V. **astrarre**
astrakan (*var.* **astracan**) *m* astracán
astrale *adj* astral
astrarre ‹*traggo; trassi, tratto*› V. 81 **1.** *vt* abstraer; **2. ~rsi** abstraerse, ensimismarse
astratt|ezza *f* abstracción; **~ismo** *m arte* abstraccionismo, arte abstracto; **~o, -a 1.** *adj* 1. abstracto, -a; 2. abstraído, -a, ensimismado, -a; **2.** *pp* V. **astrarre**
astrazione *f* abstracción
astretto V. **astringere**
astringente *adj/m* astringente
astringere ‹*astringo; astrinsi; astretto*› V. 78 *vt* astringir
astro *m astron tamb. fig* astro ◊ ***~ della Cina*** *bot* extraña (*f*)
astrofisica *f* astrofísica
astrolog|ia (*pl* **-gie**) *f* astrología; **~ico, -a** (*m pl* **-ci**) *adj* astrológico, -a; **~o, -a** (*m pl* **-gi/-ghi**) *m/f* astrólogo, -a
astronaut|a *m/f* astronauta; **~ica** *f* astronáutica; **~ico, -a** (*m pl* **-ci**) *adj* astronáutico, -a
astronave *f* astronave, nave espacial
astronom|ia *f* astronomía; **~ico, -a** (*m pl* **-ci**) *adj astron tamb. fig* astronómico, -a; **~o, -a** *m/f* astrónomo, -a
astruser|ia *f* retorcimiento *m*, complicación; **~o, -a** *adj* abstruso, -a
astuccio (*pl* **-ci**) *m* estuche, funda *f*
asturi|ano, -a *adj/s* asturiano, -a; ***~e** *fpl* Asturias
astuto, -a *adj* astuto, -a, listo, -a
astuzia *f* astucia, picardía
A.T. (*Antico Testamento*) *abr* (*Antiguo Testamento*) AT
atavi|co, -a (*m pl* **-ci**) *adj* atávico, -a; **~smo** *m* atavismo
ateis|mo *m* ateísmo; **~tico, -a** (*m pl* **-ci**) *adj* ateo, -a
atelier [ate'lje] *m inv* (*modisto*) taller *m*, estudio *m*
Atene Atenas
ateneo *m* 1. ateneo; 2. universidad *f*
ateniese *adj/s* ateniense
ateo, -a *adj/s* ateo, -a
atermico, -a (*m pl* **-ci**) *adj* atérmico, -a
atesino, -a 1. *adj* del Adigio; **2.** *m/f* habitante del Alto Adigio
ATI (*Aereo Trasporti Italiani*) *abr*
atipico, -a (*m pl* **-ci**) *adj* atípico, -a
Atlante *m geogr* Atlas
atlante *m* 1. *geogr* (*mapa*) atlas; 2. *arq* atlante ◊ ***~ linguistico*** atlas lingüístico
atlantico, -a (*m pl* **-ci**) *adj/m* atlántico, -a ◊ ***l'*~*** *m* el Atlántico
atlet|a *m/f* atleta; **~ica** *f* atletismo *m* ◊ ***~ leggera*** atletismo (*m*); ***~ pesante*** ="lucha y levantamiento de pesos"; **~ico, -a** (*m pl* **-ci**) *adj* atlético, -a; **~ismo** *m raro* atletismo (*estánd*)
atmosf|era *f* atmósfera; **~erico, -a** (*m pl* **-ci**) *adj* atmosférico, -a
atollo *m geogr* atolón
atomico, -a (*m pl* **-ci**) *adj fís* atómico, -a; *jerga* atómico, -a, bestial, alucinante
atomizza|re *vt* atomizar; **~tore** *m* atomizador
atomo *m fís* átomo
aton|ale *adj mús* atonal; **~ia** *f med* atonía; *ling* atonicidad; **~o, -a** *adj ling* átono, -a
atrabiliare *adj* atrabiliario, -a
atrio (*pl* **atri**) *m* atrio, vestíbulo, zaguán
atro, -a *adj* 1. *elev* lúgubre; 2. atroz, cruel
atroce *adj* atroz, cruel; *jerga* alucinante, bestial; **~mente** *adv* atrozmente
atrocità *f inv* atrocidad *f*, crueldad *f*
atrof|ia *f* atrofia; **~izzare** *vt* atrofiar
attacca|bile *adj* 1. atacable; 2. pegable; **~bottoni** *m/f inv coloq* charlatán, -ana *m/f*, chismoso, -a *m/f*; **~brighe** *m/f inv coloq* pendenciero, -a *m/f*, camorrista *m/f*; **~mento** *m* apego, cariño; **~nte** *m* atacante; *sport* atacante, delantero; **~panni** *m inv* percha *f*, perchero *m*; **~re 1.** *vt* 1. (*sello, enfermedad, vicio...*) pegar; (*cartel*) pegar, adherir, fijar; (*botón, forro*) pegar, coser; 2. (*electrodoméstico*) enchufar; 3. (*animales a un carruaje*) enganchar; 4. (*en la percha, pared*) colgar; 5. (*teléfono*) colgar; 6. empezar, comenzar; ***~ una canzone*** *empezar una canción*; ***~ una discussione*** *comenzar una discusión*; **2.** *vt/i tamb. fig* (*enemigo*) atacar; **3.** *vi* 1. (*pegamento*) pegar(se); (*injerto*) prender; 2. (*conversación...*) empezar, comenzar; ***quando attacca non si ferma più*** *cuando empieza ya no para*; *mús* atacar; **4. ~rsi** 1. agarrarse, sujetarse (**a** a); 2. (*papel, comida, enfermedad*) pegarse; 3. encariñarse (**a q** con alg), coger cariño (**a q** a alg); 4. *coloq* arreglárselas, apañárselas ◊ ***~ bottone*** *coloq/fig* dar palique; ***~ briga/lite*** enzarzarse; ***~ discorso con q*** trabar conversación con alg, platicar con alg; ***~ una parete*** (*alpinismo*) atacar una pared; ***~si alla bottiglia*** empinar el codo; ***attaccati al tram!*** *coloq* ¡arréglatelas!, ¡compóntelas!; **~ticcio, -a** (*m pl* **-ci**, *f pl* **-ce**) **1.** *adj* (*cosa*) pegajoso, -a, pegadizo, -a; (*persona*) pegajoso, -a, zalamero, -a; (*enfermedad*) contagioso, -a; **2.** *m* (*comida pegada*) quemado; ***questo riso sa di***

~ *este arroz sabe a quemado*; **~to, -a** *adj* pegado, -a, adherido, -a; cosido, -a; colgado, -a; apegado, -a, encariñado, -a (**a q/qc** a alg/u-c); **~tura** *f* 1. (*acción*) pegado *m*; cosido *m*; 2. (*ropa*) costura
attacchino *m* cartelero
attacco (*pl* **-chi**) *m* 1. pegado, unión *f*, juntura *f*; 2. *electr* toma *f*, conexión *f*; 3. (*de animales*) tiro; 4. *mil* ataque, asalto; *sport* ataque, delantera *f*; 5. *med tamb. fig* ataque, acceso; 6. inicio, comienzo; 7. *fig* apoyo, asidero
attanagliare *vt* atenazar
attan|te *m ling* actante; **~ziale** *adj ling* actancial
attardarsi entretenerse, demorarse
attecchi|mento *m* arraigo, enraizamiento; **~re** ‹*isc*› *vi* ‹*avere*› *bot tamb. fig* arraigar, enraizar
atteggia|mento *m* 1. comportamiento, actitud *f*, ademán; 2. *tamb. fig* postura *f*, posición *f*; **~re 1.** *vt* poner cara de; **~ *il volto a sofferenza*** *poner cara de sufrimiento*; **2. ~rsi** dárselas; **~ *rsi a martire*** *dárselas de mártir*
attempato, -a *adj* (*persona*) maduro, -a, entrado, -a en años
attenda|mento *m* campamento, acampada *f*; **~rsi** acampar *vi*
attendente *m mil* asistente, ordenanza
attendere ‹*tesi; teso*› V. 58 **1.** *vt/i* esperar, aguardar; **2.** *vi* ‹*avere*› atender (**a** a), ocuparse (**a** de)
attendibile *adj* fiable, creíble
attenere ‹*tengo; tenni; terrò*› V. 79 **1.** *vi* concernir (**a** a), tener que ver (**a** con); **2. ~rsi** atenerse, ceñirse (**a** a)
attent|are *vi* ‹*avere*› atentar; **~ *alla vita di q*** *atentar contra la vida de alg*; **~ato** *m* atentado; **~atore, -trice** *m/f* terrorista; **~i** *excl/m inv mil* ¡firmes!; **~ *a destra!*** *¡vista a la derecha!*; ***mettersi/stare sull'~*** *ponerse/estar en posición de firmes, cuadrarse*; **~o, -a 1.** *adj* atento, -a (**a** a), pendiente (**a** de); atento, -a, cuidadoso, -a; **2.** *excl* ¡cuidado!, ¡atención!; ***~i al cane!*** *¡cuidado con el perro!*; ***sta' ~o,-a!*** *¡cuidado!, ¡fíjate bien!*
attenua|nte *adj/f jur* atenuante; **~re** *vt* atenuar, amortiguar; **~zione** *f* atenuación, amortiguación
attenzione *excl/f* atención, cuidado *m*; ***fa' ~!*** *¡pon atención!, ¡ten cuidado!, ¡ojo!* ◊ ***fare ~*** prestar atención, ir con cuidado; ***prestare ~*** prestar atención
attero V. **aptero**
atterra|ggio (*pl* **-gi**) *m* aterrizaje; **~mento** *m* derribo; **~re 1.** *vt* derribar, abatir; **2.** *vi aero/nav* tomar tierra, aterrizar
atterrire ‹*isc*› *vt* aterrorizar
atterrò... V. **attenere**
attes|a *f* espera ◊ ***essere/stare in ~ (di qc)*** estar a la espera (de algo); **~i...** V. **attendere**; **~o, -a 1.** *adj* esperado, -a; **2.** *pp* V. **attendere** ◊ **~ *che*** *conj raro* dado que (*estánd*)
attesta|mento *m mil* despliegue; **~re** *vt* 1. *jur* testificar, testimoniar; *fig* atestiguar, evidenciar; 2. certificar, dar fe; 3. *mil* desplegar; **~to** *m* certificado, certificación *f* ◊ **~ *di frequenza*** certificado de asistencia; **~zione** *f* 1. declaración, testificación; 2. demostración
attico, -a (*m pl* **-ci**) **1.** *m arq* ático; **2.** *adj geogr/hist* ático, -a
attigu|ità *f inv* contigüidad *f*; **~o, -a** *adj* contiguo, -a
attillato, -a *adj* (*vestido*) ajustado, -a, ceñido, -a
attimino *m coloq* momentín, momentito
attimo *m* momento, instante; ***in un ~*** *en un momento/instante, en un santiamén* ◊ ***vivere ~ per ~*** vivir al día
attinen|te *adj* concerniente, relativo, -a (**a** a); **~za** *f* relación; ***avere ~ con qc*** *tener relación con algo*; pertinencia; *obsol* parentesco *m*
attingere ‹*attingo; attinsi; attinto*› V. 11 *vt tamb. fig* sacar, extraer, obtener; **~ *acqua dal pozzo*** *sacar agua del pozo*
attinia *f zool* actinia
attinsi..., attinto V. **attingere**
attirare *vt* atraer
attitudinale *adj* aptitudinal ◊ ***test ~*** *m* test psicotécnico
attitudine *f* 1. actitud (!), disposición; 2. (*habilidad*) aptitud (!), capacidad ◊ **~ *al comando*** dotes de mando (*fpl*), capacidad de mando
attiv|are *vt* activar; **~azione** *f* activación; **~ismo** *m* activismo; **~ista** *m/f* activista; **~istico, -a** (*m pl* **-ci**) *adj* activista; **~ità** *f inv* actividad *f*; **~o, -a** *adj/m* activo, -a ◊ ***l'~ e il passivo*** *econ* el activo y el pasivo
attizza|re *vt* 1. (*fuego*) atizar, avivar; 2. instigar, azuzar; **~toio** (*pl* **-oi**) *m* atizador; **~tore, -trice** *m/f* 1. atizador, -a; 2. instigador, -a
atto, -a 1. *m* 1. (*acción, hecho*) acto; 2. *teat/mús* acto; 3. *jur* acto; acta *f*, certificado; ***redigere un ~*** *redactar un acta, levantar acta*; **2.** *mpl jur* acta *f*, actas *fpl*; ***gli ~i del processo*** *las actas/el acta del proceso*; ***constare agli ~i*** *constar en acta*; **3.** *adj* apto, -a (**a** para), capaz (**a** en) ◊ **~ *d'accusa*** acusación (*f*); **~ *di morte*** certificado de defunción (*f*); **~ *di nascita*** partida de nacimiento (*f*); ***fare ~ di presenza*** hacer acto de presencia; ***mettere in ~ qc*** poner en práctica u-c; ***passare agli ~i*** pasar a los hechos; ***prendere ~ di qc*** tomar nota de u-c; ****~i degli Apostoli*** Hechos de los Apóstoles
attonito, -a *adj* atónito, -a, estupefacto, -a
attorciglia|mento *m* enroscamiento, enroscadura *f*; **~re** *vt* enroscar
attore (*f* **attrice**) *m/f cine/TV* actor *m*, actriz *f*; *jur* actor *m*, actora *f*, demandante *m/f* ◊ ***l'~ e il convenuto*** el demandante y el demandado
attorn|iare *vt* rodear; **~o** *adv* alrededor, en torno ◊ **~ *a*** *prep* en torno a, alrededor de; ***darsi d'~ per*** molestarse en, preocuparse por; ***levarsi qc/q d'~*** quitarse u-c/a alg de encima
attracc|are *vt/i* ‹*avere/essere*› *nav* atracar; **~o** (*pl* **-chi**) *m nav* atraque
attraente *adj* atractivo, -a, atrayente

attrarre ‹*traggo; trassi; tratto*› V. 81 *vt* 1. atraer; 2. seducir, prendar, cautivar

attrattiv|a 1. *f* 1. atracción; 2. (*belleza*) atractivo *m*; **2.** *fpl* alicientes *mpl*; **~o, -a** *adj* atractivo, -a

attratto V. **attrarre**

attravers|amento *m* travesía *f*, cruce ◊ **~** ***pedonale/zebrato*** paso de peatones, paso de cebra; **~are** *vt* (*calle*) cruzar (!); (*frontera, límite*) atravesar; **~o 1.** *prep* a través de; **2.** *adv elev* tra(n)sversalmente

attrazione *f* atracción

attrezz|are *vt* equipar, aparejar; **~atura** *f* equipo *m*, enseres *mpl*, instrumental *m*, aparejo *m*; **~** ***da sci*** *equipo de esquí*; *teat* atre(z)zo *m*, tramoya; *tecn* utillaje *m*; **~eria** *f teat* tramoya, atre(z)zo *m*; **~ista** *m/f teat* tramoyista; *mec* (*encargado de las herramientas*) utillero, -a; *sport* gimnasta de aparatos; **~istica** *f sport* gimnasia de aparatos; **~o** *m* utensilio, útil, pertrecho, herramienta *f*; *agric* apero; *sport* aparato

attribu|ire ‹*isc*› **1.** *vt* 1. conceder, asignar; 2. atribuir, achacar, imputar; **2. ~rsi** atribuirse, arrogarse; **~tivo, -a** *adj* atributivo, -a; **~to** *m* atributo; **~zione** *f* atribución

attrice V. **attore**

attrito *m mec tamb. fig* roce, fricción *f*

attrizione *f relig* atrición

attua|bilità *f inv* factibilidad *f*; **~le** *adj* actual; **~lismo** *m geo/psicol* actualismo; **~lista** *m/f geo/psicol* actualista; **~lità** *f inv* actualidad *f* ◊ ***tornare d'~*** volver a ser actualidad, volver a la actualidad; **~lizzare** *vt* actualizar; **~re** (*attuo*) *vt* realizar (!), poner en marcha (!); **~riale** *adj mat* actuarial; **~zione** *f* actuación

attutI|mento *m* amortiguación *f*, atenuación *f*; **~re** ‹*isc*› *vt* amortiguar, atenuar

audac|e *adj* audaz, atrevido, -a, osado, -a; **~ia** (*pl* **-cie**) *f* audacia, arrojo *m*, atrevimiento *m*

audience ['ɔːdjens] *f inv TV* audiencia *f*

audio *adj/m inv* audio ◊ ***segnale*** **~** *m* señal de audio (*f*); **~cassetta** *f* casete *m/f*; **~frequenza** *f* audiofrecuencia; **~leso, -a** *m/f* ="lesionado, -a en el oído"; **~protesi** *f inv med* audífono *m*, audiófono *m*; **~visivo, -a** *adj* audiovisual

audit|ing ['ɔːditin] *m inv com* auditoría *f*; **~ivo, -a** *adj* auditivo, -a; **~or** ['ɔːditor] *m/f inv com* auditor, -a *m/f*; **~orio** (*pl* **-ri**) *m arq* auditorio

audizione *f* audición; *jur* audiencia

auge *f* auge *m* (!) ◊ ***essere in*** **~** estar en auge

augural|e *adj* augural, agorero, -a; (*mensaje, alocución*) de buenos deseos, de felicitación; **~re** ‹*esd*› **1.** *vt* desear; ***ti auguro una buona giornata*** *te deseo que tengas un buen día*; **~** ***la buona notte*** *dar las buenas noches*; **2.** *vi* ‹*avere*› hacer augurios, hacer pronósticos; **3. ~rsi** desear *vt*, esperar *vt*; ***mi auguro di rivederti presto*** *espero volver a verte pronto*

augure *m hist/relig* augur

augurio (*pl* **-ri**) **1.** *m* 1. deseo, voto; 2. augurio, agüero, pronóstico; **2.** *mpl* felicitación *f*; ***fare gli ~i*** *felicitar, dar la enhorabuena*; ***gli ho mandato gli ~i per Natale*** *le he enviado la felicitación de Navidad* ◊ ***~i!*** ¡felicidades!; ***di cattivo ~*** *adj* de mal agüero

Augusta *geogr* Augsburgo

augusto, -a *adj elev* augusto, -a

aul|a *f estud* aula, clase; *jur* sala; *pol* cámara ◊ **~** ***magna*** *estud* aula magna; **~ico, -a** (*m pl* **-ci**) *adj* áulico, -a

aument|are 1. *vt* aumentar, incrementar; **2.** *vi* aumentar, crecer; **~ista** *m/f com* alcista, especulador, -a; **~o** *m* aumento, crecimiento; *econ* (*precios*) aumento, subida *f*, alza *f* ◊ **~** ***di capitale*** *econ* ampliación de capital (*f*)

aur|a *f med tamb. fig* aura; **~eo, -a** *adj* áureo, -a

aureola *f* aureola, halo *m*

auricola *f med* aurícula; **~re** *adj/m* auricular

aurifero, -a *adj* aurífero, -a

auriga (*pl* **-ghi**) *m hist* auriga

aurora *f* aurora

ausculta|re *vt med* auscultar; **~zione** *f med* auscultación

ausili|are *adj/s* auxiliar; **~ario, -a** (*m pl* **-ri**) *adj/s* auxiliar; **~o** (*pl* **-li**) *m* auxilio, socorro, ayuda *f*

auspic|are ‹*esd*› *vt* esperar; **~io** (*pl* **-ci**) **1.** *m* auspicio, pronóstico; ***cominciare con/sotto buoni ~i*** *empezar con buenos auspicios*; **2.** *mpl* auspicios, patrocinio *m*; ***sotto gli ~i dell'Onu*** *bajo los auspicios de la ONU*

auster|ità *f inv* austeridad *f*, sobriedad *f*; *econ* austeridad *f*; **~o, -a** *adj* austero, -a, sobrio, -a; *econ* austero, -a

austral|e *adj* austral; ***~ia: l'~** *f* Australia; **~iano, -a** *adj/s* australiano, -a

Austria: l'~ *f* Austria

austriaco, -a (*m pl* **-ci**) *adj/s* austriaco, -a

austro *m elev* austro

austroungarico, -a (*m pl* **-ci**) *adj* austro-húngaro, -a

autarchi|a *f pol* autarquía; **~co, -a** (*m pl* **-ci**) *adj* autárquico, -a

aut aut *m inv* dilema *m*, disyuntiva *f*

autentic|a *f jur* auténtica; **~are** ‹*esd*› *vt jur* (*firma*) autenticar, acreditar, legalizar; (*copia*) autenticar, compulsar; **~azione** *f jur* (*firma*) autenticación, legalización; (*copia*) compulsa; **~ità** *f inv* autenticidad *f*; **~o, -a** (*m pl* **-ci**) *adj* auténtico, -a ◊ ***copia ~a*** *f jur* copia compulsada

authority [au'tɔriti] *f inv pol* órgano de control *m*

autis|mo *m med* autismo; **~ta** *m/f* 1. conductor, -a (!), chófer *m*; 2. *psicol* autista; **~tico, -a** (*m pl* **-ci**) *adj psicol* autista, -a

auto *f inv* coche *m*, auto *m* (*Am*) (!), carro *m* (*Am*)

auto|abbronzante *adj/m* autobronceador, -a; ***crema ~*** *crema autobronceadora*; **~accensione** *f auto* autoencendido *m*; **~adesivo, -a 1.** *adj* autoadhesivo, -a; **2.** *m* pegatina *f*, adhesivo; **~aiuto** *m* autoayuda *f*; **~ambulanza** *f* ambulancia; **~articolato** *m* tráiler; **~betoniera** *f* hormigonera; **~biografia** *f* autobiografía; **~biografico, -a** (*m pl* **-ci**) *adj* autobiográfico, -a; **~blinda** (*var.* **autoblindata**) *f* carro blindado *m*; **~blindato**

m carro blindado; **~blindo** *m mil* tanqueta *f*, carro blindado; **~blù** *f inv* coche oficial *m*; **~bomba** *f inv* camión de bomberos *m*; **~botte** *f* camión cisterna *m*
autobus *m inv* autobús *m*
autocarro *m* camión
autocertificazione *f adm* ="declaración en la que alguien asegura la veracidad de u-c bajo su responsabilidad"
autocinema *m inv* autocine *m*
autocisterna *f* tanque *m*, camión cisterna *m*
autocivetta *f* coche camuflado *m*
autoclave *f* autoclave *m*
autocolonna *f mil* columna motorizada
autocontrollo *m* autocontrol
autoconvoglio (*pl* **-gli**) *m mil* convoy motorizado
autocorriera *f* autobús interurbano de línea *m*, coche de línea *m*, correo *m* (*coloq*)
autocoscienza *f filos/psicol* autoconciencia
autocrate *m* autócrata
autocrazia *f* autocracia
autocritica *f* autocrítica; **~o, -a** (*m pl* **-ci**) *adj* autocrítico, -a
autoctono, -a *adj* autóctono, -a
autodecisione *f* autodeterminación; **~terminazione** *f* autodeterminación
autodidatta *m/f* autodidacta; **~ico, -a** (*m pl* **-ci**) *adj* autodidáctico, -a
autodifesa *f* autodefensa
autodisciplina *f* autodominio *m*
autodistruttivo, -a *adj* autodestructor, -a
autodromo *m* autódromo, circuito automovilístico
autoemarginarsi ‹*esd*› automarginarse
autoferrotranviario, -a (*m pl* **-ri**) *adj* ="del transporte público automovilístico, ferroviario y tranviario"
autofficina *f* taller móvil *m*
autofinanziamento *m* autofinanciación *f*; **~rsi** autofinanciarse
autofurgone *m* furgón
autogeno *m* autógeno
autogestione *f* autogestión; **~re** ‹*isc*› *vt* autogestionar; **~to, -a** *adj* autogestionado, -a, autogestionario, -a
autogiro *m* autogiro
autogol *m inv* autogol *m*, gol en propia meta *m*
autogoverno *m* autogobierno
autografia *f* autografía; **~o, -a** *adj/m* autógrafo, -a
autogrill *m inv* ="bar-restaurante en las áreas de servicio de las autopistas" *m*
autogrù *f inv* camión grúa *m*
autoguida *f* 1. *aero/mil* dirección automática; 2. *auto* autoescuela; **~to, -a** *adj* autodirigido, -a ◊ ***missile ~*** *m* misil autodirigido
autoimmondizie *f inv* camión de recogida de basura *m*, camión de la basura *m*
autoimpiego (*pl* **-ghi**) *m* autoempleo
autoincendio (*pl* **-di**) *m* coche de bomberos
autoinduzione *f* autoinducción
autoinstallante *adj* autoinstalable; ***kit ~*** *kit autoinstalable*; **~zione** *f* autoinstalación
autolavaggio (*pl* **-gi**) *m* autolavado, túnel de lavado
autolettiga (*pl* **-ghe**) *f* ambulancia
autolinea *f* línea regular
autoliquidazione *f* autoliquidación
automa *m* autómata; **~tico, -a** (*m pl* **-ci**) *adj* automático, -a; **~tismo** *m* automatismo; **~tizzare** *vt* automatizar; **~zione** *f* automatización
automedicazione *f* automedicación
automezzo *m* vehículo
automobile *f* automóvil *m* (!), coche *m*, turismo *m*, carro *m* (*Am*) ◊ **~ *da corsa*** coche de carreras (*m*); **~ismo** *m* automovilismo; **~ista** *m/f* automovilista; **~istico, -a** (*m pl* **-ci**) *adj* automovilístico, -a
automotrice *f* automotriz
automutilazione *f* automutilación
autonoleggio (*pl* **-gi**) *m* alquiler de coches; **~mia** *f* autonomía; **~mismo** *m* autonomismo; **~mo, -a** *adj* autónomo, -a
autopalpazione *f med* autoexploración
autoparco (*pl* **-chi**) *m* aparcamiento; *adm* parque de vehículos, parque móvil
autopiano *m* piano automático
autopilota *m* piloto automático
autopista *f* pista
autopompa *f* autobomba
autoporto *m* ciudad del transporte *f*
autopsia *f med* autopsia
autopubblica *f* taxi *m*
autopullman *m inv* autobús interurbano *m*, coche de línea *m*
autoradio *f inv auto* autorradio *m*
autoraduno *m* reunión automovilística *f*
autore (*f* **autrice**) *m* autor *m*, autora *f*
autoregolazione *f* autorregulación
autorete *f sport* autogol *m*, gol en propia meta *m*
autorevole *adj* prestigioso, -a, acreditado, -a
autorimessa *f* garaje *m*
autorità *f inv* autoridad *f*; **~ario, -a** (*m pl* **-ri**) *adj* autoritario, -a; **~arismo** *m* autoritarismo
autoritratto *m* autorretrato
autorizzare *vt* autorizar, permitir; **~zione** *f* autorización, permiso *m*
autoscala *f* escalera de bomberos
autoscatto *m foto* disparador automático
autoscontro *m* coches de choque *mpl*
autoscuola *f* autoescuela
autoservizio (*pl* **-zi**) *m* autoservicio
autosilo *m* garaje (de varios pisos)
autosnodato *m* autobús articulado
autosoccorso *m* grúa *f*, vehículo de ayuda en carretera
autospegnimento *m tecn* desconexión automática *f*
autostazione *f* 1. estación de servicio; 2. estación de autobuses
autostello *m* motel

autostop *m inv* autoestop; ***fare l'~*** *hacer autoestop*
autostoppista *m/f* autoestopista
autostrada *f* autopista ◊ **~ *a pedaggio*** autopista de peaje; **~le** *adj* de la autopista
autosufficien|te *adj* autosuficiente; **~za** *f* autosuficiencia
autosuggestion|arsi autosugestionarse; **~e** *f* autosugestión
autotelaio (*pl* **-ai**) *m* chasis
autotrasporto *m* transporte por carretera
autotreno *m* camión con remolque, camión con tráiler
autoveicolo *m* vehículo
autovettura *f* coche *m*, automóvil *m*
autrice V. **autore**
autunn|ale *adj* otoñal; **~o** *m* otoño; ***d'~*** *en otoño* ◊ **~ *caldo*** *pol* otoño caliente
avall|ante *m/f* avalista; **~are** *vt* avalar; **~o** *m* aval
avambraccio (*pl* **-ci**) *m med* antebrazo
avamposto *m mil* avanzadilla *f*
avana *m inv* (*cigarro*) habano *m*
Avana: L'~ La Habana
avancarica *f mil* avancarga
avance [a'vans] *f* (*pl* **avances**) insinuación *f*, acoso *m*; ***fare delle ~s*** *insinuarse*; ***subire delle ~s*** *sufrir acoso*
avancorpo *m arq* arimez
avanguardi|a *f arte/mil* vanguardia; *mil* avanzadilla ◊ ***essere all'~*** estar a la vanguardia; **~smo** *m arte* vanguardismo; **~sta** *adj/s arte* vanguardista
avannotto *m zool* alevín
avanscoperta *f mil* descubierta
avanti 1. *adv* 1. (*espacio*) adelante, delante; 2. (*tiempo*) antes, primero; ***il giorno ~*** *el día antes, el día anterior*; ***l'orologio va ~*** *el reloj va adelantado*; **2.** *prep* antes de; **3.** *excl* ¡adelante!, ¡pase!; **4.** *m inv sport* (*delantero*) delantero *m* ◊ **~ *a*** *prep* (*espacio*) delante de; **~ *che*** *conj raro* antes de que; **~ *con gli anni*** entrado en años, maduro; **~ *Cristo*** antes de Cristo; **~ *e indietro*** (*sin parar*) arriba y abajo; **~ *negli studi*** adelantado en los estudios; **~ *tutta!*** *nav* ¡avante toda!, ¡a toda máquina!; ***~, march!*** *mil* ¡marchen!; ***andare ~*** seguir, continuar; ***d'ora in ~*** *adv* a partir de ahora, de ahora en adelante; ***farsi ~*** dar un paso al frente; ***mandare ~*** sacar adelante; ***mettere ~ scuse*** ofrecer excusas; ***mettere le mani ~*** curarse en salud; ***tirare ~*** ir tirando; **~eri** (*var.* **avant'ieri**) *adv* anteayer
avantreno *m auto* tren delantero; *mil* avantrén
avanz|amento *m* avance; **~are 1.** *vi* 1. (*progresar*) avanzar; *fig* adelantar; **~ *negli studi*** *adelantar en los estudios*; 2. sobrar, quedar; ***è avanzato del pane*** *ha sobrado pan*; **2.** *vt* 1. (*propuesta, excusas*) presentar; 2. adelantar, superar; **~ *q in età*** *superar a alg en edad*; **~ata** *f* avance *m*; **~o 1.** *m* 1. resto, sobra *f*; *mat* resto; 2. *econ* saldo activo; **2.** *mpl* sobras; ***mangiare gli ~i (della cena)*** *comer las sobras (de la cena)* ◊ **~ *di bilancio*** *econ* superávit presupuestario; **~ *di galera*** carne de prisión/presidio; ***~i mortali*** restos mortales; ***d'~*** *adj* de sobra
avaria *f* (*de un barco o su carga*) daño *m*, deterioro *m*, avería; **~re** *vt/~rsi* (*mercancía*) estropear(se), deteriorar(se), averiar(se)
avarizia *f* avaricia
avaro, -a *adj/s* avaro, -a, avaricioso, -a, avariento, -a
avemaria (*var.* **avemmaria**) *f* avemaría ◊ ***sapere qc come l'~*** saber(se) u-c de carrerilla, saber(se) u-c al dedillo
avena *f bot* avena
avente *m jur* habiente ◊ **~ *causa*** habiente causa, causa habiente; **~ *diritto*** habiente derecho, derecho habiente
avere ‹*ho, ebbi, avuto; V. introducción*› **1.** *vt* 1. (*poseer*) tener (!); **~ *la macchina*** *tener coche*; 2. obtener; **2.** *v/aux* haber; **3.** *m* haber; **4.** *mpl* haberes, bienes ◊ **~ *da fare*** tener que hacer, tener trabajo; **~ *qc a che fare/vedere con qc*** tener que ver con una cosa; ***~rcela con q*** tenerla tomada con alg; ***chi più ne ha più ne metta*** y lo que haga falta, y lo que le echen, y toda la pesca (*coloq*); ***quanti ne abbiamo?*** ¿a cuántos estamos?;
Averno *m* Averno
Averro|è *m* Averroes; ***~ismo** *m* averroísmo; ***~ista** *adj/s* averroísta
avete, avevo... V. **avere**
avi|a|rio, -a (*m pl* **-ri**) *adj/m zool* aviario, -a; **~tore, -trice** *m/f* aviador, -a, piloto; **~torio, -a** (*m pl* **-ri**) *adj* aéreo, -a, aeronáutico, -a; **~zione** *f* aviación, aeronáutica
Avicenna *m* Avicena
avicol|o, -a *adj* avícola; **~tore** (*var.* **avicultore**) *m* avicultor; **~tura** *f* avicultura
avicunicolo, -a *adj* ="referente a la cría de pollos y conejos"
avid|ità *f inv* avidez *f*; **~o, -a** *adj* ávido, -a
aviere *m mil* aviador, -a *m/f*
avifauna *f* avifauna
Avignone *geogr* Aviñón
avio|getto *m aero* avión de reacción; **~linea** *f* línea aérea, aerolínea; **~nica** *f aero* aviónica; **~rimessa** *f* hangar *m*
avitaminosi *f inv med* avitaminosis
avito, -a *adj* solariego, -a
avo, -a 1. *m/f raro* abuelo, -a; **2.** *mpl* antepasados, ancestros
avoca|do *m inv bot* aguacate *m*; **~re** ‹*esd*› *vt jur* avocar; **~zione** *f jur* avocación
avorio (*pl* **-ri**) *m* marfil
avrà, avrei, avremo, avrò V. **avere**
avuls|ione *f med* avulsión; **~o, -a** *adj med tamb. fig* extirpado, -a
avuto V. **avere**
Avv. (*avvocato*) *abr* (*Abogado*) Abg.
avvalersi ‹*valgo; valsi; valso*› V. 84 servirse (**di** de), valerse (**di** de)
avvallamento *m* hondonada *f*

avvalorare *vt* avalorar
avvalsi..., avvalso V. **avvalersi**
avvampare 1. *vt* chamuscar, quemar; **2.** *vi* 1. arder, quemarse; 2. ruborizarse
avvantaggia|re 1. *vt* aventajar; **2. ~rsi** 1. aventajarse, tomar ventaja; 2. servirse, aprovecharse (**di** de); **~to, -a** *adj* aventajado, -a
avvede|rsi ‹*vidi; veduto/visto*› V. 85 darse cuenta (**di** de); **~utezza** *f* sagacidad, perspicacia; **~uto, -a** *adj* sagaz, perspicaz
avvelena|mento *m* envenenamiento; **~re** *vt* envenenar
avvenen|te *adj* (*persona*) hermoso, -a, bello, -a; **~za** *f* hermosura, belleza
avveni|mento *m* suceso, acontecimiento; **~re** ‹*vengo; venni; venuto*› V. 86 **1.** *vi* ocurrir, suceder, pasar, acaecer; **2.** *adj inv* venidero, -a *adj*, futuro, -a; ***gli anni ~*** *los años venideros*; **3.** *m* porvenir, futuro
avventa|re 1. *vt* lanzar, arrojar; **2. ~rsi** abalanzarse, arrojarse; **~tezza** *f* precipitación; ***agire con ~*** *obrar con precipitación*; **~to, -a** *adj* precipitado, -a, irreflexivo, -a
avventi|sta *adj/s relig* adventista; **~zio, -a** (*m pl* **-zi**) *adj* 1. adventicio, -a; 2. eventual, contratado, -a; ***impiegato ~*** *trabajador eventual*
Avvento *m relig* Adviento
avvento *m* advenimiento, llegada *f*; ***~ al potere*** *llegada al poder*; ***~ al trono*** *ascensión al trono*; **~re, -trice** *m/f* parroquiano, -a, cliente, -a habitual
avventur|a *f* aventura, andanza; (*amoroso*) aventura, lío *m*; **~are** *vt* aventurar, arriesgar; **~iero, -a** *m/f* aventurero, -a; **~ismo** *m pol* aventurismo, aventurerismo; **~oso, -a** *adj* 1. aventurero, -a; 2. arriesgado, -a
avvera|mento *m* realización *f*; **~re 1.** *vt* realizar, llevar a cabo; **2. ~rsi** verificarse, realizarse
avverbia|le *adj ling* adverbial; **~o** (*pl* **-bi**) *m ling* adverbio
avvers|are *vt* oponerse, llevar la contraria; **~ario, -a** (*m pl* **-ri**) *adj/s* adversario, -a, contrario, -a; **~ativo, -a** *adj ling* adversativo, -a; **~atore, -trice** *m/f* adversario, -a, oponente; **~ione** *f* aversión; **~ità** *f inv* adversidad *f*; **~o, -a** *adj* adverso, -a, contrario, -a, desfavorable
avvert|enza *f* 1. cautela, cuidado *m*, precaución; 2. advertencia, aviso *m*; **~imento** *m* advertencia *f*, aviso; *sport* amonestación *f*; **~ire** *vt* advertir; *sport* amonestar
avvezz|are *vt* acostumbrar, habituar, avezar (**q a qc** a alg a u-c); **~o, -a** *adj* acostumbrado, -a, habituado, -a, avezado, -a
avvia|mento *m* 1. orientación *f*, encarrilamiento; *cient* introducción *f*, guía *f*; ***~ alla fisica nucleare*** *introducción a la física nuclear*; 2. *tecn* arranque, puesta en marcha *f*; **~re** ‹*avvio*› **1.** *vt* 1. orientar, guiar, encaminar (**a/verso** a/hacia); 2. *mec tamb. fig* arrancar, poner en marcha; **2. ~rsi** 1. dirigirse (**a/verso** a/hacia); ***~ all'uscita*** *dirigirse hacia la salida*; irse, marcharse; 2. (*prepararse*) aprestarse (**a** a); **~tore** *m mec* arranque, estárter
avvicenda|mento *m* alternancia *f*; **~re** *vt* alternar; ***~ il lavoro e il riposo*** *alternar el trabajo y el descanso*
avvicina|mento *m* acercamiento, aproximación *f*; **~re 1.** *vt* acercar, arrimar; acercarse (**q** a alg), aproximarse (**q** a alg), abordar *vt* (**q** a alg); **2. ~rsi** acercarse, aproximarse
avvidi... V. **avvedersi**
avvil|ente *adj* 1. humillante, envilecedor, -a; 2. desalentador, -a, desmoralizante; **~imento** *m* 1. humillación *f*, envilecimiento; 2. abatimiento, desaliento, desmoralización *f*; **~ire** ‹*isc*› *vt* 1. humillar; 2. desalentar, desmoralizar
avviluppare *vt* envolver; enmarañar, enredar
avvincente *adj* cautivador, -a
avvincere ‹*vinco; vinsi; vinto*› V. 87 *vt* 1. atar, sujetar; 2. cautivar, embelesar
avvinghiare *vt* aferrar, asir, abrazar
avvinsi..., avvvinto V. **avvincere**
avvio (*pl* **avvii**) *m* comienzo, arranque; *sport* salida *f* ◊ ***dare l'~*** empezar, poner en marcha; ***prendere l'~*** empezar, ponerse en marcha
avvisa|glia *f* indicio *m*, síntoma *m*; *mil* escaramuza; **~re** *vt* avisar, advertir; **~tore** *m mec* avisador, indicador
avviso *m* 1. aviso, anuncio; recado; *jur* notificación *f*; 2. opinión *f*, parecer ◊ ***~ di garanzia*** *jur* ="comunicación de los cargos a un imputado e invitación a nombrar un abogado defensor" (*f*); ***~ economico*** anuncio por palabras; ***a mio ~*** *adv* a mi juicio, en mi opinión; ***mettere q sull'~*** poner a alg sobre aviso/en guardia
avvista|mento *m* avistamiento; **~re** *vt* avistar
avvisto V. **avvedersi**
avvita|mento *m* 1. atornillado; 2. *sport* pirueta *f*; **~re** *vt* atornillar; enroscar
avviticchiare *vt* enroscarse
avvivare *vt tamb. fig* avivar
avvizzi|mento *m* marchitamiento, ajamiento; **~re** ‹*isc*› **1.** *vt* marchitar, ajar; **2.** *vi* marchitarse, ajarse
avvocat|a *f* (*Virgen*) abogada, patrona; *coloq/fig* cotilla, charlatana, chismosa; **~esco, -a** (*m pl* **-chi**) *adj* abogadesco, -a, abogadil; **~o, -essa** *m/f* abogado, -a ◊ ***~ del diavolo*** *relig tamb. fig* abogado del diablo; ***~ delle cause perse*** abogado de causas perdidas; ***~ d'ufficio*** abogado de oficio; **~ura** *f* abogacía
avvolgente *adj* envolvente
avvolgere ‹*volgo; volsi; volto*› V. 90 *vt* 1. envolver; enrollar; 2. enredar, embarullar
avvolgi|bile 1. *adj* enrollable; **2.** *m* persiana enrollable *f*; **~mento** *m* envolvimiento; *mil* maniobra envolvente *f*; *electr* devanado
avvolsi... V. **avvolgere**
avvolto, -a 1. *adj* envuelto, -a; enrollado, -a; **2.** *pp* V. **avvolgere**; **~io** (*pl* **-oi**) *m zool tamb. fig* buitre ◊ ***~ degli agnelli*** quebrantahuesos
ayatollah *m inv relig* ayatolá *m*

AZ (*Alitalia*) *abr* ="compañía aérea estatal de Italia"
azalea *f bot* azalea
Azerbaigian: l'~ *m* Azerbaiyán; ***~o, -a** *adj/s* azerbaiyano, -a
azienda *f* empresa (!) ◊ ~ ***agricola*** explotación agrícola, hacienda; **~le** *adj* empresarial
azimut *m inv astron* acimut, azimut
azion|amento *m* accionamiento; **~are** *vt* accionar; **~ariato** *m* accionariado; **~ario, -a** (*m pl* **-ri**) *adj* accionarial; **~e** *f* acción ◊ ~ ***d'oro*** *econ* acción de oro; ***entrare in ~*** entrar en acción; ***passare all'~*** pasar a la acción; **~ista** *m/f* accionista
azot|ato, -a *adj quím* azoado, -a, nitrogenado, -a; **~o** *m quím* ázoe, nitrógeno
azteco, -a (*m pl* **-chi**) *adj/s* azteca
azzannare *vt* dentellear, morder
azzard|are 1. *vt* (*proponer*) aventurar; ~ ***un'ipotesi, un'opinione*** *aventurar una hipótesis, una opinión*; arriesgar; **2. ~rsi** arriesgarse; atreverse; **~ato, -a** *adj* arriesgado, -a, osado, -a, atrevido, -a; **~o** *m* azar; **~oso, -a** *adj* azaroso, -a, aventurado, -a, arriesgado, -a, expuesto, -a
azzeccagarbugli *m inv coloq* picapleitos, leguleyo *m*; **~re** *vt* acertar ◊ ***non ~rne una*** no acertar ni una, no dar pie con bola
azzera|mento *m* puesta a cero *f*; **~re** *vt* poner a cero
azzeruol|a *f bot* acerola; **~o** *m bot* acerolo
azzim|arsi ‹*esd/azzimo*› arreglarse, acicalarse, emperifollarse; **~o: pane ~** *m* pan ázimo
azzittire ‹*isc*› **1.** *vt* acallar; **2.** *vi* enmudecer, callarse
azzoppare ‹*isc*› **1.** *vt* dejar cojo; **2.** *vi* quedarse cojo
Azzorre: Isole ~ *fpl* Islas Azores
azzuffarsi pegarse, zurrarse
azzurr|ino, -a *adj* azulado, -a; **~o, -a 1.** *adj/m* azul; **2.** *m/f sport* ="jugador, -a de alguna selección nacional italiana" ◊ ***principe ~*** *m* príncipe azul; ***squadra ~a*** *f sport* selección nacional italiana, equipo nacional italiano (*m*); **~ognolo, -a** *adj* azulado, -a

B

babau *m inv* coco, bu; ***se non taci chiamo il ~*** *si no te callas vendrá el coco*
babb|agigi *m inv bot* chufa *f*; **~eo, -a** *adj/m* bobo, -a, bobalicón, -ona, primo, -a; **~o** *m* papá ◊ ***~ Natale*** Papá Noel
babbucc|ia (*pl* **-ce**) *f* babucha, pantufla; **~ino** *m* 1. *zool* zambo, babuino; 2. bobo, estúpido
babel|e *f* (*desbarajuste*) babel *m/f*; ***~e** *hist* Babel; **~ico, -a** (*m pl* **-ci**) *adj* babélico, -a
babilon|ese 1. *adj* babilónico, -a, babilonio, -a; **2.** *m/f* babilonio, -a; **~ico, -a** (*m pl* **-ci**) *adj* 1. babilónico, -a, babilonio, -a; 2. confuso, -a, tumultuoso, -a
babordo *m nav* babor
baby|-boom [bebi'bum] *m inv* baby boom, boom demográfico *m*; **~criminalità** [bebikriminali'ta] *f inv* criminalidad infantil *f*; **~-doll** [bebi'dol] *m inv* picardía *f*, tentación *f*; **~-sitter** [bebi'sitter] *m/f inv* canguro *m/f*
bacare 1. *vt* pudrir; **2. ~rsi** pudrirse, agusanarse, corromperse
bacca *f bot* baya; **~là** *m inv* 1. *zool* bacalao *m*, abadejo *m*; 2. (*tonto*) besugo *m*, merluzo *m*; **~nale** *f* bacanal *m* (!)
baccan|o *m* alboroto, algazara *f*, estruendo, bochinche; **~te** *f* bacante
baccarà *m inv* bacarrá, bacará
baccell|iere *m hist* bachiller; **~o** *m bot* vaina *f*
bacchett|a *f* varilla, varita; *mús* batuta; *mús* (*tambor*) baqueta, palillo *m*; *mil* bastón de mando *m*; *mil* (*fusil*) baqueta ◊ ~ ***divinatoria/da rabdomante*** varita de zahorí; ~ ***magica*** varita mágica; ***comandare a ~*** tratar/mandar a (la) baqueta; **~ata** *f* varazo *m*, varapalo *m*, palmetazo *m*; **~o** *m obsol* vara *f*; **~one, -a** *m/f* beato, -a, mojigato, -a; **~oneria** *f* beatería, mojigatería
bacchiare *vt agric* varear; **~atura** *f agric* vareo *m*; **~co, -a** (*m pl* **-ci**) *adj* báquico, -a; **~o** (*pl* **-chi**) *m agric* vara *f*, varapalo
Bacco *m mitol* Baco ◊ ***per ~!/corpo di ~!*** *euf* ¡mecachis!, ¡mecachis en la mar!
bache|ca *f adm/estud* tablón de anuncios *m*, cartelera; (*museo, joyería*) vitrina; **~lite** *f quím* baquelita; **~rozzo** *m zool* gusano, oruga *f*
bachicolt|ore, -trice *m/f* sericicultor, -a; **~ura** *f* sericicultura
baci|amano (*m pl* **-o/-i**) *m* besamanos *inv*; **~pile** *m/f inv* beato, -a, mojigato, -a, santurrón, -ona *m/f*, meapilas (*vulg*); **~re** *vt* besar; **~to, -a** *adj lit* pareado, -a
bacile *m* jofaina *f*, palangana *f*, barreño
bacill|are *adj biol* bacilar; **~iforme** *adj biol* baciliforme; **~o** *m biol* bacilo
bacin|ella *f* jofaina, palangana, bacía; **~o** *m* 1. *geogr* cuenca *f*; ~ ***mediterraneo*** *cuenca mediterránea*; 2. *geogr* embalse, pantano; 3. *med* pelvis *f* ◊ ~ ***carbonifero*** cuenca minera/hullera (*f*); ~ ***di carenaggio/di raddobbo*** dique seco; ~ ***idrografico*** cuenca hidrográfica (*f*)
bacio (*pl* **-ci**) *m* beso; ***coprire/mangiare di ~i q*** *comerse a besos a alg*
baciucchiare *vt* besuquear, besotear (*Am*)
background [bek'grawnd] *m inv* background, bagaje *m*
backpaker [bak'pejker] *m/f inv* mochilero *m/f*
backup [be'kap] *m inv informát* copia de seguridad *f*; ***fare il ~*** *hacer copia de seguridad*
baco (*pl* **-chi**) *m zool* gusano, oruga *f* ◊ ~ ***da seta*** gusano de seda
bacon ['bekon] *m inv* beicon *m*, tocino entreverado *m*
bacterio V. **batterio**
bacucco, -a (*m pl* **-chi**) *adj/m* chocho, -a

bada: tenere q a ~ *vt* tener a alg bajo control; **~nte** *m/f* cuidador, -a; **~re** *vi* ‹avere› 1. cuidar *vt*, atender *vt*; **~ *alla casa, ai bambini*** *cuidar la casa, a los niños*; 2. poner atención (**a** en), fijarse (**a** en); **~ *solo a divertirsi*** *dedicarse sólo a divertirse*; ***non ~ a spese*** *no reparar en gastos*; ***bada a quello che fai!*** *¡fíjate en lo que haces!*; 3. ocuparse (**a** de), dedicarse (**a** a); ***bada ai fatti tuoi!*** *¡métete en tus asuntos!*

badessa *f relig* abadesa

badia *f relig* abadía; **~le** *adj* abacial

badile *m agric* pala *f*

baedeker [be'deker] *m inv* guía turística de bolsillo *f*

baffo (*se usa sobre todo en pl*) *m* 1. bigote, bigotes *mpl*; 2. mancha *f*, borrón ◊ ***da leccarsi i ~i*** de chuparse los dedos, de rechupete; ***leccarsi i ~i*** chuparse los dedos, relamerse; ***farsene un ~*** *coloq* importar un cuerno/un bledo; ***ridere sotto i ~i*** reírse para sus adentros; **~one** *m irón* bigotudo; **~uto, -a** *adj* bigotudo, -a

bagagl|iaio (*pl* **-ai**) *m transp* (*tren*) furgón; *auto* maletero; **~o** (*pl* **-gli**) *m* 1. equipaje; 2. *fig* bagaje, acervo ◊ **~ *a mano*** equipaje de mano; ***deposito ~i*** *m* consigna de equipajes *f*; ***spedire come ~ appresso*** facturar el equipaje

bagarin|aggio (*pl* **-gi**) *m* reventa *f*; **~o** *m* revendedor, reventa

bagasc|ia (*pl* **-sce**) *f desp* puta, ramera, buscona; **~o** (*pl* **-sci**) *m* 1. *desp* maricón, marica; 2. *vulg raro* putero; **~one** *m* 1. *(prostituta) vulg* putón; 2. *vulg* chapero, prostituto

bagattella *f* bagatela, fruslería

baggian|ata *f* tontería, bobada, necedad; **~o, -a** *adj/s* zopenco, -a, tontorrón, -ona

bagliore *m* resplandor

bagna|nte *m/f* bañista; **~re** *vt* 1. mojar, humedecer; (*costa, orilla*) bañar; 2. (*celebrar*) remojar; **~ *una vittoria*** *remojar una victoria*; **~rola** *f nav irón* bañera; **~sciuga** *m inv* 1. *nav* fondo *m*, obra viva *f*; 2. orilla de la playa *f*; **~ta** *f* mojada, mojadura; **~to, -a** *adj* mojado, -a, empapado, -a ◊ **~ *fradicio*** calado hasta los huesos, (mojado) como una sopa; **~tura** *f* mojada, mojadura

bagnino *m* socorrista, bañero, salvavidas *inv*

bagno 1. *m* 1. baño; **~ *di sole, di mare, di schiuma, di fango*** *baño de sol, de mar, de espuma, de lodo*; 2. cuarto de baño, váter, water, servicio(s); **2.** *mpl* baños, balneario *m* ◊ **~ *di folla*** baño de multitudes; **~ *di sangue*** baño de sangre; **~ *di servizio*** cuarto de aseo; **~ *pubblico*** urinarios públicos (*mpl*); **~ *turco*** baño turco; ***andare in ~*** ir al servicio; ***costume da ~*** *m* traje de baño, bañador; ***fare il ~*** bañarse, darse un baño; ***fare un ~*** *sport* recibir un baño, recibir un correctivo; ***mettere a ~*** poner a remojo; ***vasca da ~*** *f* bañera; **~maria: a ~** *adv* al baño (de) María; ***cuocere, mettere a ~*** *cocer, poner al baño (de) María*; **~schiuma** *m inv* gel de baño *m*

bagordi: far ~/darsi ai ~ *vi* correrse una juerga, ir de farra

bah! *excl* ¡bah!, ¡quia!

baia *f* 1. *geogr* bahía, ensenada, rada; 2. burla

bailamme *m inv* tumulto *m*, baraúnda *f*, barullo *m*

baio (*m pl* **-ai**) *adj* (*caballo*) bayo

baiocco (*pl* **-chi**) *m* (*moneda*) bayoco ◊ ***non valere un ~*** no valer un real

baionetta *f mil* bayoneta

baita *f* ="cabaña alpina"

bakelite V. **bachelite**

balaustra (*var.* **balaustrata**) *f* balaustrada

balaustrata *f arq* blaustrada

balbetta|mento *m* balbuceo, tartamudeo; **~re 1.** *vi* ‹avere› balbucear, tartamudear, farfullar *vt/i*; **2.** *vt* farfullar, mascullar (**qc** u-c); chapurrear; **~ *una lingua*** *chapurrear una lengua*

balbettio (*pl* **-tii**) *m* balbuceo, tartamudeo

balbuzie *f inv med* tartamudeo *m*, tartamudez *f*

balbuziente *adj/s* tartamudo, -a, balbuciente

balcan|ico, -a (*mpl* **-ci**) *adj/s* balcánico, -a; **~izzare** *vt pol* balcanizar; **~izzazione** *f pol* balcanización

balcon|ata *f arq* galería; *cine/teat* anfiteatro *m*; **~e** *m* balcón

baldacchino *m relig* palio; *arq* baldaquín; (*cama*) dosel

baldanz|a *f* arrogancia; **~oso, -a** *adj* arrogante, soberbio, -a

baldo, -a *adj* valiente, gallardo, -a, animoso, -a

baldoria *f* jarana, jolgorio *m*, fiesta

baldosa *f mús* baldosa

baldracca *f desp* puta, ramera

balear|e *adj/s geogr* balear ◊ ***le isole *~i*** las islas Baleares; ***~i** *fpl* Baleares

balena *f zool* ballena; **~re** *vi* relampaguear; ocurrírsele, pasar por la mente; ***mi è balenata un'eccellente idea*** *se me ha ocurrido una idea excelente*

balenier|a *f nav* (barco) ballenero *m*; **~e** *m* (*persona*) ballenero

baleno *m* relámpago; **~ttera** *f zool* cachalote *m* ◊ **~ *azzurra*** ballena azul; **~tto** *m zool* ballenato

balera *f* bailadero *m*, pista de baile

balestr|a *f mec/mil* ballesta; **~iere** *m mil* ballestero

balia *f* aya, nodriza, ama de cría, nana (*Am*) ◊ **~ *asciutta*** ama seca

balia *f elev* potestad, poder *m* ◊ ***essere in ~ di*** estar en poder de, estar a merced de

balistic|a *f mil* balística; **~o, -a** (*m pl* **-ci**) *adj mil* balístico, -a

balla *f* 1. bala, fardo *m*, paca; 2. *coloq* (*mentira*) bola, trola, cuento *m*; ***non raccontare ~e!*** *¡no me vengas con cuentos!*; 3. *sept* (*borrachera*) trompa, curda; **~bile** *adj* bailable; **~re** *vt/i* ‹avere› bailar ◊ **~ *addosso*** (*prendas de vestir*) venir grande; **~ *dalla gioia*** dar saltos de alegría; **~st** ['ballast] *m inv* balasto *m*; **~ta** *f* 1. *mús elev* balata; 2. *mús* balada

balle|rina *f* (*zapatilla*) manoletina; **~rino, -a 1.** *m/f* (*ballet*) bailarín, -ina; (*folclor*) bailador, -a; **2.** *adj* saltarín, -ina, danzarín, -ina; **~tto** *m mús* ballet
ballista *m/f coloq* (*mentiroso*) trolero, -a, cuentista
ballo *m* baile ◊ **~ *del mattone*** baile agarrado; **~ *di San Vito*** *med tamb. fig* baile de San Vito; **~ *in abito da sera*** baile de etiqueta; **~ *in maschera*** baile de disfraces; ***corpo di ~*** *m* cuerpo de baile; ***essere in ~*** estar en juego, estar en danza; ***mettere/tirare in ~*** sacar/traer a colación, sacar a relucir
ballonzolare ‹*esd*› *vi* ‹*avere*› bailotear
ballonzolo *m* bailoteo
ballotta *f* castaña hervida; **~ggio** (*pl* **-gi**) *m pol* segunda vuelta *f*, balotaje (*Am*); *sport* desempate
balnea|bilità *f inv* ="el ser apto para el baño"; **~re** *adj* balneario, -a ◊ ***stabilimento ~*** *m* balneario; **~zione** *f* baño *m*; ***qui è vietata la ~*** *aquí está prohibido el baño*
balocc|are *vt* entretener, distraer, divertir; **~o** (*pl* **-chi**) *m* juguete
balord|aggine *f* tontería, estupidez, bobería, memez; **~o, -a 1.** *adj/s* tonto, -a, bobo, -a, memo, -a; **2.** *m jerga delinc* quinqui, mangui
balsam|ico, -a (*m pl* **-ci**) *adj/m* balsámico, -a; **~ina** *f bot* balsamina, gala de Francia; **~o** *m med tamb. fig* bálsamo
baltico, -a (*m pl* **-ci**) *adj/m* báltico, -a
Baltico *m geogr* Báltico
balu|ardo *m mil tamb. fig* baluarte, bastión, fortaleza *f*; **~ba** *m/f inv sept* cafre *m/f*, bárbaro, -a *m/f*; **~ginare** ‹*esd*› *vi* 1. centellear; 2. pasar por la mente, vislumbrar *vt*; ***gli baluginò un'idea*** *le pasó por la mente una idea*
balza *f* 1. *geogr* barranco *m*; 2. (*vestido*) volante *m*, fleco *m*; *arq* friso *m*; **~no, -a** *adj* 1. (*caballo*) trabado, -a; 2. (*idea*) extravagante; **~re** *vi* saltar ◊ **~ *agli occhi*** saltar a la vista
balzell|are *vi* ‹*avere/essere*› brincar; **~oni** *adv* brincando, a saltos
balzo *m* salto, brinco; *fig* vuelco, giro
bambagia (*pl* **-gie**) *f* (*en bruto*) algodón en rama *m* ◊ ***crescere/vivere nella ~*** criarse/vivir entre algodones
bamberottolo *m* (*persona aniñada*) niño grande
bambin|aia *f* niñera, tata (*Am*); **~ata** *f* chiquillada, niñería; **~esco, -a** (*m pl* **-chi**) *adj desp* pueril, infantil; **~o, -a** *m/f* niño, -a, chiquillo, -a, crío, -a ◊ **~ *di provetta*** niño probeta; **~ *lavoratore*** trabajador infantil; ***Gesù *~*** *m* el Niño Jesús; ***non fare il ~!*** ¡no seas niño!; **~one** *m* (*niño rollizo*) angelote; *desp* (*adulto aniñado*) niño grande
bamboccio (*pl* **-ci**) *m* 1. (*niño rollizo*) angelote; 2. simplón, tontaina; 3. monigote, muñeco, títere
bambola *f* 1. muñeca; 2. *sport* pájara ◊ ***essere/andare in ~*** estar en Babia; *sport* entrar/dar una pájara
bamboleggiare *vi* ‹*avere*› hacer niñerías, tontear
bambolotto *m* muñeco, monigote
bambù *m inv bot* bambú *m*
banal|e *adj* banal; **~ità** *f inv* banalidad *f*; **~izzare** *vt* banalizar, trivializar
banan|a *f* 1. *bot* plátano *m*, banana (*Am*); 2. *euf* (*pene*) nabo *m*, plátano *m*; 3. (*pelo*) greña, mechón *m*; **~eto** *m* platanar, bananal (*Am*); **~iero, -a** *adj* platanero, -a, bananero, -a (*Am*); **~o** *m bot* plátano, platanero, banano (*Am*); *euf* (*pene*) nabo, plátano
banca *f com* banco *m* (!); ***andare alla ~/in ~*** *ir al banco* ◊ **~ *dati*** *informát* base de datos; **~ *degli occhi, del sangue, del seme*** banco de ojos, de sangre, de esperma (*m*); **~ *d'emissione*** banco emisor (*m*); **~ *elettronica*** banca electrónica; **~ *etica*** banca ética; **~bile** *adj com* negociable ◊ ***effetto ~*** *m* efecto negociable; **~rella** *f* tenderete *m*, puesto *m*; **~rio, -a** (*m pl* **-ri**) **1.** *adj* bancario, -a; **2.** *m/f* empleado, -a de banca; **~rotta** *f com* bancarrota
banchett|are *vi* ‹*avere*› banquetear; **~o** *m* 1. taburete; 2. banquete, festín
banchi|ere, -a *m/f* banquero, -a; **~na** *f nav* muelle *m*; *transp* (*tren*) andén *m*; (*auto*) arcén *m*, banquina *m* ◊ **~ *di carico, di scarico*** muelle de carga, de descarga (*m*); **~ *spartitraffico*** mediana; **~sa** *f geogr* banquisa
banco (*pl* **-chi**) *m* 1. banco, asiento; *estud* banco, pupitre; **~ *di scuola*** *banco, pupitre*; *pol* (*escaño*) banco; 2. *com* mostrador, puesto; ***un ~ di verdure*** *un puesto de verduras*; (*bar*) barra *f*; ***prendere qc al ~*** *tomar algo en la barra*; 3. (*de trabajo*) banco; **~ *da falegname, da meccanico*** *banco de carpintero, de mecánico*; 4. *com* banco; ****~ di Napoli*** *Banco de Nápoles*; (*juegos*) banca *f*; ***il ~ vince!*** *¡la banca gana!*; 5. *geol/zool* banco; **~ *di sabbia, di nebbia, di pesci*** *banco de arena, de niebla, de peces* ◊ **~ *degli imputati*** banquillo (de los acusados); **~ *del lotto*** despacho de lotería; **~ *di prova*** banco de pruebas; **~ *di vendita*** mostrador; ***passare/vendere qc sotto ~*** pasar/vender u-c bajo mano/bajo manga; ***tenere ~*** ser el alma de la fiesta; (*actualidad*) estar en primer plano, saltar al primer plano; **~giro** *m* transferencia bancaria *f*
bancomat *m inv* cajero automático *m*; ***prendere i soldi al ~*** *sacar dinero en el/del cajero*
bancon|e *m* (*tiendas, oficinas*) mostrador; (*bar*) barra *f*; **~ota** *f* billete (de banco) *m*
band *f inv mús* banda *f*, conjunto *m*
banda *f* 1. banda; **~ *di malviventi*** *banda de malhechores*; 2. *tecn* banda; 3. *raro* lado *m*, costado *m* ◊ **~ *armata*** banda armada; **~ *cittadina*** *telec* banda ciudadana; **~ *di frequenza, magnetica*** banda de frecuencia, magnética; **~ *rumorosa*** (*carretera*) banda sonora; ***mettere da ~*** poner a parte
bandell|a *f* bisagra; **~rilla** [bande'riλλa] (*var.* **banderiglia**) *f* banderilla; **~rillero** [banderiλ'λero] *m* banderillero; **~ruola** *f* 1. banderola; 2. *meteo tamb. fig* veleta, giralda

bandi|era *f* bandera; *nav* bandera, pabellón *m* ◊ ***a ~e spiegate*** *adv* a banderas desplegadas; ***~ a mezz'asta*** bandera a media asta; ***~ bianca, gialla, rossa*** bandera blanca, amarilla, roja; ***~ ombra/di comodo*** *nav* bandera de conveniencia; ***portare alta la ~*** dejar el pabellón bien alto; ***il punto/il gol della ~*** *m* el punto/el gol del honor; ***voltare/cambiare ~*** cambiar de chaqueta; **~re** ‹*isc*› *vt* 1. anunciar, publicar, pregonar; 2. desterrar, proscribir, exiliar ◊ ***~ un concorso*** convocar una oposición; convocar un concurso

bandit|a *f* vedado *m*, reserva; **~ismo** *m* bandidaje; **~o, -a 1.** *adj/m* exiliado, -a, proscrito, -a; **2.** *m* bandido, bandolero, forajido; **~ore** *m* pregonero; subastador, rematador

bando *m* 1. bando, anuncio, pregón; *mil* bando, proclama *f*; 2. proscripción *f*, exilio ◊ ***bando ai convenevoli, alle chiacchiere...*** dejémonos de formalidades, de charlas...; ***~ di concorso*** convocatoria de oposición *f*; convocatoria de concurso *f*; ***~ di vendita, d'asta*** anuncio de venta, de subasta; ***mettere al ~*** poner fuera de la ley, proscribir; **~liera** *f mil* bandolera, charpa ◊ ***a ~*** *adv* en bandolera

bandolo *m* cuenta *f*, cabo de la madeja ◊ ***il~ della matassa*** la madre del cordero

bandone *m* palastro; *com* cierre metálico

bang *onom* bang

bangio ['bɛndʒo] (*var.* **banjo**) *m inv mús* banjo *m*

banner ['banner] *m inv informát* banner

bantu (*var.* **bantù**) *adj/s inv* bantú *adj/s*

baobab *m inv bot* baobab *m*

bar *m inv* 1. bar *m*, café *m*; mueble bar *m*; 2. *fís* baro *m*, bar *m*

bara *f* ataúd *m*, féretro *m*; **~bba** *m inv* bribón *m*, tunante *m*, pícaro *m*

baracca *f* 1. *agric* chamizo *m*; (*vivienda provisional*) barracón *m*, chabola; 2. *desp* trasto *m*, cachivache *m*, cacharro *m*; ***questa macchina è una ~*** *este coche es un trasto*, 3. *sept* jaleo *m*, barullo *m* ◊ ***mandare avanti la ~*** sacar adelante la casa; ***piantare ~ e burattini*** enviarlo todo a la porra; **~mento** *m* chabolismo; **~to, -a** *m/f* chabolista

baracchino *m coloq* quiosco; *mil/sport* refugio

baracco|ne *m* barracón; **~poli** *m inv* barrio de chabolas *m*, poblado chabolista

baraonda *f* baraúnda, barahúnda

barare *vi* ‹*avere*› 1. hacer trampas; 2. engañar *vt*, burlar *vt*

baratro *m tamb. fig* abismo, báratro (*elev*)

baratt|are *vt* cambiar, trocar; *jur* permutar; **~o** *m* trueque, cambio; *jur* permuta *f*

barattolo *m* bote, tarro, frasco

barba 1. *f* 1. barba; ***~ folta, fluente*** *barba poblada, corrida*; *zool* (*cabra*) barbas *fpl*; 2. rollo *m*, lata, pesadez; ***che ~!*** *¡qué rollo!, ¡qué lata!*; **2.** *fpl bot* barbas, raíces ◊ ***~ di becco*** *bot* barba cabruna; ***~ d'uomo*** *raro* hombre de pelo en pecho (*m*); ***farsi la ~*** afeitarse; ***in ~ a q*** *adv* en las barbas de alg; ***farla in ~ a q*** engañar a alg delante de sus narices, reírsele a alg en sus barbas; ***mettere le ~e*** echar raíces

barba|bietola *f bot* remolacha ◊ ***~ da zucchero, da foraggio*** remolacha azucarera, forrajera; **~blù** *m inv* ogro *m*; ***~blù** *m hist* Barbazul; **~cane** *m mil* barbacana *f*; **~gianni** *m inv* 1. *zool* lechuza *f*; 2. *desp/fig* tonto *m*, besugo *m*; **~glio** (*pl* **-gli**) *m* 1. deslumbramiento; centelleo; 2. *fig* vislumbre *m/f*; **~resco, -a** (*m pl* **-chi**) *adj/s* berberisco, -a

barbari|co, -a (*m pl* **-ci**) *adj* bárbaro, -a; **~e** *f inv* barbarie *f*

barbarismo *m ling* barbarismo

barbaro, -a *adj/s* bárbaro, -a

Barbarossa *m hist* Barbarroja

barbatella *f bot* barbado *m*

barbecue ['barbikju, barbe'kju] *m inv* barbacoa *f*

Barberia *f* Berbería

barbetta *f* 1. perilla; 2. *mil/nav* barbeta

barbi|care ‹*esd*› *vi* ‹*avere*› *agric* barbar, echar raíces; **~ere** *m* barbero; **~no, -a** *adj coloq* desastrado, -a, lastimoso, -a; **~o** (*var.* **barbo**) *m zool* barbo; **~tonsore** *m irón* rapabarbas *inv*; **~turico, -a** (*m pl* **-ci**) *adj/m* barbitúrico, -a

barbo V. **barbio**; **~gio, -a** (*m pl* **-gi**) *adj* chocho, -a, ñoño, -a; **~ncino** *m zool* caniche; **~ne** *m* 1. *zool* caniche, perro de aguas; 2. mendigo, pordiosero

barbugliare *vt/i* ‹*avere*› barbullar, farfullar

barbula *f zool* bárbula

barbuto, -a *adj* barbudo, -a

barca *f* 1. *nav* barca, embarcación, bote *m*; 2. pila, montón *m*; ***costa una ~ di soldi*** *cuesta un montón de dinero* ◊ ***~ a vela, a remi, a vapore, da diporto*** barca de vela, de remos, de vapor, de recreo; ***essere nella stessa ~*** ir en el mismo barco; **~iolo** *m* barquero; **~menarsi** manejarse, arreglárselas; **~rizzo** *f nav* portalón; **~rola** *f mús* barcarola; **~ta** *f* 1. barcada; 2. montón *m*

Barcellon|a Barcelona; ***~ese** *adj/s* barcelonés, -esa

barcol|lamento *m* bamboleo, tambaleo; **~are** *vi* ‹*avere*› tambalearse, bambolear, vacilar; **~io** (*pl* **-lii**) *m* bamboleo; **~oni** *adv* tambaleándose, bamboleándose

barcone *m* pontón

barda *f mil* barda; **~na** *f bot* bardana *m*, lampazo *m*; **~re 1.** *vt* poner la barda; *agric* arrear; **2. ~rsi** *irón* engalanarse, acicalarse; **~tura** *f* arreos *mpl*, aparejo *m*

bardo *m elev* bardo; **~tto** *m zool* burdégano

barell|a *f* camilla, andas *fpl*, angarillas *fpl*; **~iere** *m* camillero

barese *adj/s* (*de Bari*) barés, -esa

bargiglio (*pl* **-gli**) *m zool* (*aves*) barba *f*

baricentr|ico, -a (*m pl* **-ci**) *adj fís* centrobárico, -a; **~o** *m fís* centro de gravedad

barilaio (*pl* **-ai**) *m* barrilero; **~ame** *m* barrilería *f*; **~e** *m* barril, tonel, barrica *f*; **~otto** *m* barrilete

bario *m quím* bario

barista *m/f* camarero, -a, barman *m*, barista (*Am*)

bari|te *f quím* barita; **~ono** *m mús* barítono
barlume *m tamb. fig* destello, vislumbre *m/f*
barman *m inv* camarero *m*, barman, barista *m* (*Am*)
baro, -a *m/f* tahúr, -a, fullero, -a, tramposo, -a
barocchismo *m arte* barroquismo
barocco, -a (*mpl* **-chi**) *adj/m arte* barroco, -a
barometr|ico, -a (*m pl* **-ci**) *adj* barométrico, -a; **~o** *m* barómetro
baron|aggio (*pl* **-gi**) *m* baronía *f*; **~ale** *adj* del barón; **~e, -essa** *m/f* 1. barón, baronesa; 2. *desp* mandamás, pez gordo *m*; *estud desp* (*universidad*) cátedro *m*, mandarín *m*; **~ia** *f* baronía
baroscopio (*pl* **-pi**) *m fís* baroscopio
barra *f* 1. barra, tranca; 2. *metal* lingote *m*; 3. *geogr* alfaque *m*; 4. *zool* bocado *m* ◊ **~ *spaziatrice*** espaciador (*m*)
barri|care ‹*esd*› **1.** *vt* atrincherar; atrancar; **2. ~rsi** atrincherarse, parapetarse; **~cata** *f* barricada; **~era** *f* barrera ◊ **~ *architettonica*** barrera arquitectónica; **~ *autostradale*** estación de peaje; **~ *doganale*** barrera aduanera; **~re** ‹*isc*› *vi* ‹*avere*› *zool* barritar; **~to** *m zool* barrito
barrocci|aio (*pl* **-ai**) *m* carretero; **~no** *m* cabriolé; **~o** (*pl* **-ci**) *m* carreta, carro, tartana *f*
baruffa *f* pelea, riña, trifulca; **~re** *vi* ‹*avere*› pelearse, reñir
barzelletta *f* chiste *m*, chascarrillo *m* ◊ **~ *spinta*** chiste verde (*m*); ***buttare in ~ qc*** tomar u-c a chiste
basale *adj* 1. *med/zool* basal; 2. básico, -a
basalt|ico, -a (*m pl* **-ci**) *adj min* basáltico, -a; **~o** *m min* basalto
basamento *m* basamento, basa *f*
basare 1. *vt* basar, fundamentar; **2. ~rsi** basarse (**su** en), apoyarse (**su** en)
basco, -a (*m pl* **-chi**) **1.** *adj/s* (*habitante*) vasco, -a; **2.** *m* 1. (*lengua*) vasco, eusquera, vascuence; 2. boina *f* ◊ ***Paesi Baschi*** *mpl* País Vasco (*m*), Euskadi
bascula (*var.* **basculla**) *f* báscula
base 1. *f* base; **2.** *adj inv* base; ***idea ~*** *idea base* ◊ **~ *aurea*** patrón oro (*m*); **~ *di lancio*** base de lanzamiento; **~ *imponibile*** base imponible; **~ *navale, aerea, spaziale*** base naval, aérea, espacial; ***a ~ di*** *prep* a base de; ***gettare/porre le ~i (di qc)*** sentar las bases (de u-c); ***in ~ a/sulla ~ di*** *prep* en base a, sobre la base de, según; ***mancare di ~i*** no tener base; ***stipendio/salario ~*** *m* salario base
baseball ['bejzbol] *m inv* béisbol
basetta *f* patilla
basic ['bezik] *m inv informát* basic; **~ità** *f inv quím* alcalinidad *f*, basicidad *f*; **~o, -a** (*m pl* **-ci**) *adj* básico, -a
basilare *adj* 1. *arq* basilar; 2. basilar, básico, -a
basilica *f* basílica; **~le** *adj* basilical
basilico, -a 1. *m bot* albahaca *f*; **2.** *adj* regio, -a ◊ ***libri ~i*** *mpl* libros basilicales
basilisco (*pl* **-schi**) *m mitol/zool* basilisco
basire ‹*isc*› *vi elev* desmayarse; pasmarse
bassa *f geogr* llanura, depresión; *meteo* depresión, zona de bajas presiones ◊ ***la*~ Padana*** la depresión del Po
bassezza *f* bajeza, ruindad, mezquindad
bassifondi *mpl* bajos fondos
basso, -a 1. *adj/m* bajo, -a; **2.** *adv* bajo ◊ ***cadere in ~*** caer en la miseria; ***guardare q dall'alto in ~*** mirar a alg de arriba abajo; ***il *~ Medioevo*** la Baja Edad Media; ***i Paesi *~i*** *mpl* los Países Bajos; ***la *~a Italia*** Italia meridional; **~fondo** (*pl tamb.* **bassifondi**) **1.** *m nav* (*arena*) bajo, bajío, banco; (*rocas*) arrecife; **2.** *mpl* bajos fondos; **~piano** (*pl tamb.* **bassipiani**) *m geogr* llanura litoral *f*; **~rilievo** *m arte* bajorrelieve; **~tto** *m zool* perro salchicha, perro zarcero
bassura *f geogr* hondonada, hoyura
basta! *excl* ¡basta (ya)!, ¡ya está bien!, ¡sanseacabó! (*coloq*)
bastard|aggine *f* bastardía; **~o, -a** *adj/s* bastardo, -a
bastare *vi* bastar, ser suficiente ◊ ***basta e avanza*** *adv* hay más que de sobra, es más que suficiente; ***basta che*** *conj* con tal (de) que
basti|mento *m* (*vehículo*) barco, embarcación *f*, nave *f*, navío; (*carga*) cargamento; **~one** *m mil* bastión, baluarte, fortaleza *f*
basto *m* basto, albarda *f*, enjalma *f*
baston|are *vt* apalear, pegar; (*piano*) aporrear; **~ata** *f* bastonazo *m*, estacazo *m*, garrotazo *m*, porrazo *m*; ***un fracco di ~e*** *una somanta de palos*; **~atura** *f* paliza, apaleamiento *m*; **~cino** *m* bastoncito, varilla *f*; *sport* (*esquí*) bastón; **~e 1.** *m* bastón, palo; *sport* palo; *relig* báculo; **2.** *mpl* (*naipes*) bastos ◊ **~ *da golf*** *sport* palo de golf; **~ *di comando*** *mil* vara de mando (*f*); **~ *pastorale*** *relig* báculo pastoral; ***avere il ~ del comando*** llevar la batuta; ***essere il ~ della vecchiaia di q*** ser el báculo de la vejez de alg; ***mettere il ~ tra le ruote*** poner la zancadilla
bat|acchio (*pl* **-chi**) *m* (*campana*) badajo; (*puerta*) aldaba *f*, picaporte; *agric* vara *f*; **~ata** *f bot* batata, camote *m* (*Am*); **~ista** *f txtl* batista; **~osta** *f* 1. paliza, golpe *m*; 2. revés *m*, desgracia
batrace *adj/m zool* batracio
battagli|a *f* batalla ◊ **~ *campale*** batalla campal; **~ *navale*** (*juego*) barquitos (*mpl*); ***da ~*** *adj* de batalla; ***dare ~ a q/qc*** presentar batalla a alg/u-c; **~are** *vi* ‹*avere*› batallar, luchar; **~ero, -a** *adj* batallador, -a; **~o** (*pl* **-gli**) *m* (*campana*) badajo; (*puerta*) aldaba *f*, picaporte; **~one** *m mil* batallón
battell|iere *m nav* batelero; **~o** *m* barca *f*, lancha *f*
battente 1. *adj* batiente; **2.** *m* (*puerta, ventana*) batiente; (*puerta*) aldaba *f*, picaporte; (*telar*) peine ◊ ***a tamburo ~*** a tambor batiente
battere 1. *vt* 1. golpear, pegar; **~ *le ali*** *aletear*; **~ *un colpo*** *dar/soltar un golpe*; **~ *le mani*** *aplaudir*; **~ *i piedi*** *patalear*, golpearse; **~ *la testa*** *golpearse la cabeza*; *sport* tirar; **~ *un (calcio di) rigore*** *tirar un penalti*; marcar; **~ *il pas-***

so/il tempo marcar el paso/el compás; ~ ***le ore*** *marcar las horas*; *agric* trillar; (*carne*) macerar; (*alfombra*) sacudir; 2. (*moneda*) acuñar; 3. (*récord*) batir; (*enemigo*) batir, derrotar; 4. (*camino, vía*) recorrer; 5. (*bandera*) enarbolar; 6. rastrear; ~ ***il bosco*** *rastrear el bosque*; **2.** *vi* 1. golpear, golpearse; ~ ***alla porta*** *llamar a la puerta*; ~ ***il cuore*** *palpitar, batir*; *sport* (*fútbol*...) sacar, lanzar; (*tenis*) servir; *auto* picar; *mil* (*metralleta*) tabletear; 2. (*prostituirse*) hacer la calle; **3. ~rsi** *mil tamb. fig* batirse, luchar *vi*; ◊ ~ ***a macchina*** pasar/escribir a machina; ~ ***la fiacca*** no dar ni golpe, darse a la holganza; ~ ***la strada*** (*prostituirse*) hacer la calle; ~ ***sempre sullo stesso tasto*** dar la tabarra, dar la lata; ***~rsela*** *coloq* largarse, esfumarse; ***~rsi il petto*** arrepentirse; ***in un batter d'occhio*** *adv* en un abrir y cerrar de ojos, en menos que canta un gallo, en un santiamén

batteri|a *f* batería; (*petardos*) traca; *sport* ronda de clasificación ◊ ~ ***da cucina*** batería de cocina; ***in ~*** *adv* en batería; **~cida** *adj/m* bactericida; **~co, -a** (*m pl* **-ci**) *adj* bacterial, bacteriano, -a; **~o** (*pl* **-ri**) *m biol* bacteria *f*

batteriolog|ia (*pl* **-gie**) *f* bacteriología; **~ico, -a** (*m pl* **-ci**) *adj* bacteriológico, -a; **~o, -a** (*m pl* **-gi**) *m/f* bacteriólogo, -a

batterista *m/f mús* batería

battesimale *adj* bautismal

battesimo *m* (*sacramento*) bautismo; (*acto*) bautizo ◊ ~ ***del fuoco*** bautismo de fuego; ***nome di ~*** *m* nombre de pila; ***tenere q a ~*** ser padrino/madrina de alg

battezza|ndo, -a *m/f* bautizando, -a; **~re** *vt* bautizar; ***l'hanno battezzata Silvia*** *le han puesto de nombre Silvia*

batti|baleno: in un ~ *adv* en un santiamén, en un decir Jesús; **~beccare** *vi* ‹*avere*› discutir, disputar, contender; **~becco** (*pl* **-chi**) *m* discusión *f*, disputa *f*; **~cuore** *m* 1. *med* palpitación *f*; 2. sobresalto, susto; **~mano** (*var.* **battimani** *m inv*) *m inv* aplauso *m*, palmas *fpl*; **~panni** *m inv* sacudidor *m*; **~scopa** *m inv arq* zócalo *m*, cenefa *f*

battist|a **1.** *adj/s relig* baptista; ***la chiesa ~*** *la iglesia baptista*; **2.** *m* bautista; ***il *~*** *el Bautista*; **3.** *f* (*tela*) batista; **~ero** *m* baptisterio

battistrada *m inv* batidor *m*

battito *m* latido, pulsación *f*; *mil* (*metralleta*) tableteo ◊ ~ ***in testa*** *auto* picado

battitore *m* batidor; (*caza*) montero, ojeador; *sport* bateador

battitrice *f agric* trilladora

battitura *f* golpeo *m*, percusión; *agric* trillado *m*

battola *f mús* matraca, carraca

batton|a *f coloq* fulana, buscona, furcia; **~e** *m coloq* chapero (*vulg*)

battut|a *f* 1. golpeo *m*, golpe *m*; (*máquina de escribir*) pulsación; *mús* compás *m*; 2. *sport* saque *m*; 3. (*caza*) ojeo *m*, batida; (*policía*) redada; 4. *teat* réplica; 5. (*ingeniosidad*) ocurrencia, humorada; (*broma*) cuchufleta, pulla ◊ ~ ***pesante*** grosería; ***alle prime ~e*** *adv tamb. fig* en los primeros compases; ***avere la ~ pronta*** ser ocurrente/ingenioso; ~ ***d'arresto/d'aspetto*** compás de espera (*m*); ***non perdere una ~*** no perderse ni una coma; **~o, -a 1.** *adj* golpeado, -a; *agric* trillado, -a; *metal* forjado, -a; **2.** *m gastr* picadillo ◊ ***a spron ~*** *adv* a galope tendido, a toda pastilla (*coloq*); ***strada ~a*** *f fig* camino trillado (*m*)

batuffolo *m* (*algodón*) vedija *f*, bodoque

bau bau *onom* guau guau

baule *m* baúl; *auto* maletero; **~tto** *m* joyero

bauxite (*var.* **baussite**) *f min* bauxita

bava *f* 1. *med/zool* baba; (*gusano de seda*) cadarzo *m*; 2. rebaba de metal; 3. (*viento*) brizna ◊ ***avere la ~ alla bocca*** estar rabioso, echar humo

bavagli|no *m* babero; **~o** (*pl* **-gli**) *m* mordaza *f*; **~olo** *m* babero

bavarese *adj/s* bávaro, -a

bavero *m* (*de vestido*) cuello

Baviera: la~ *f geogr* Baviera

bazar *m inv* bazar *m*

bazooka [bad'dzuka] (*var.* **bazuca**) *m inv mil* bazuca *f*, bazooka *m*

bazza *f* 1. (*naipes*) baza; 2. bicoca, chollo *m*, ganga; **~na** *f* badana

bazzecola *f* bagatela, nimiedad, minucia

bazzicare ‹*esd*› **1.** *vt* frecuentar, tratar; ~ ***cattive compagnie*** *juntarse con/frecuentar malas compañías*; **2.** *vi* ‹*avere*› ser asiduo; ~ ***in un posto*** *ser asiduo de un sitio*

bazzotto, -a *adj* 1. (*huevo*) pasado, -a por agua; 2. incierto, -a, vacilante

be' V. **beh**

bè (*var.* **bee**) *onom* be

bearsi *elev* deleitarse, recrearse

beat|ificare ‹*esd*› *vt relig* beatificar; **~ificazione** *f relig* beatificación; **~ifico, -a** (*m pl* **-ci**) *adj* beatífico, -a; **~itudine** *f* beatitud; dicha, felicidad; **~o, -a 1.** *adj* feliz (!), dichoso, -a (!); ~ ***lui!*** *¡dichoso él!*; ~ ***chi ti vede!*** *¡dichosos los ojos!*; **2.** *m/f relig* beato, -a ◊ ***~i gli ultimi se i primi sono onesti*** el que parte y reparte se lleva la mejor parte

beauty-case [bjuti'kejz] *m inv* neceser *m*, maletín de belleza *m*

bebè *m inv* bebé *m*, guagua *f* (*Am*)

becca *f estud ant* beca; **~ccia** (*pl* **-ce**) *f zool* becada, chocha, gallineta; **~fico** (*pl* **-chi**) *m zool* papahigo, papafigo, curruca *f*; **~re 1.** *vt* 1. *zool* picar, picotear; *gastr* picar; 2. *coloq/fig* pescar, pillar, coger (*Esp*); ~ ***q sul fatto*** *coger a alg con las manos en la masa*; 3. *teat* pitar, silbar; **2. ~rsi** 1. *zool* picotearse; 2. *coloq/fig* coger *vt*, pescar *vt*; ***~si un raffreddore*** *pescar/coger un resfriado*; ***beccati questa!*** *¡chúpate esa!*; **~ta** *f* picotazo *m*, picada; **~toio** (*pl* **-oi**) *m* (*pájaros*) comedero; **~tura** *f raro* picotada

becche|ggiare *vi ‹avere› aero/nav* cabecear, amorrar; **~ggio** (*pl* **-gi**) *m aero/nav* cabeceo; **~ria** *f centr* carnicería; **~ttare** *vt* picotear; **~ttio** (*pl* **-tii**) *m* picoteo

becchi|me *m* alpiste; **~no** *m* enterrador, sepulturero

becco (*pl* **-chi**) *m* 1. *zool* pico; *coloq* (*persona*) pico, boca *f*; (*botijo, porrón*) pitorro; (*mechero*) boquilla *f*; 2. *zool* macho cabrío, chivo; *coloq/fig* cornudo ◊ ***chiudi il ~!*** ¡cierra el pico!; ***mettere il ~ dappertutto*** meter las narices en todo; ***non avere il ~ di un quattrino*** no tener ni un duro, estar sin blanca; ***restare a ~ asciutto*** quedarse con las ganas

beccuccio (*pl* **-ci**) *m zool* piquito; (*recipientes*) pitorro; (*pelo*) pinza *f*

beduino, -a *adj/s* 1. beduino, -a; 2. bobo, -a, estúpido, -a

bee V. **bè**

befana *f* 1. Epifanía; ***il giorno della ~*** *el día de Reyes*; 2. ="viejecita que trae regalos a los niños, equivalente a los Reyes Magos en España"

beffa *f* burla, mofa, befa, chirigota; ***farsi ~ di q*** *reírse de alg* ◊ ***restare col danno e con le ~e*** (*hombre*) ser cornudo y apaleado; (*mujer*) quedarse compuesta y sin novio; **~rdo, -a** *adj* burlón, -ona, mordaz; **~re 1.** *vt* engañar, burlar; **2. ~rsi** burlarse, pitorrearse, cachondearse (**di** de); **~tore, -trice** *adj/s* burlador, -a

beffeggia|re *vt* mofarse *vi*, escarnecer; **~tore, -trice** *m/f* mofador, -a, escarnecedor, -a

bega (*pl* **-ghe**) *f* disputa, altercado *m*; *coloq* lío *m*, jaleo *m*, embrollo *m*

beghina *f relig* beguina; *desp* beata, mojigata

begonia *f bot* begonia

beh! *excl* ¡bueno!, ¡bien!, ¡pues vale!

behavioris|mo *m psicol* conductismo; **~ta** *m/f psicol* conductista; **~tico, -a** (*m pl* **-ci**) *adj psicol* conductista

BEI (*Banca Europea per gli Investimenti*) *abr* (*Banco Europeo de Inversiones*) BEI

beige [bɛʒ] *adj/m inv* beige, beis

bela|re *vi ‹avere›* belar; **~to** *m* balido

belg|a (*m pl* **-gi**, *f pl* **-ghe**) *adj/s* belga; ***~io: il ~** *m* Bélgica

belio *m elev* balido (*estánd*)

bella *f* 1. guapa, bella; 2. (*mujer amada*) enamorada; 3. (*copia*) limpio *m*; ***copiare in ~*** *pasar a limpio*; 4. *sport* partido de desempate *m*; (*naipes, ajedrez*) partida de desempate ◊ ***~ di giorno*** *bot* dondiego de día (*m*); ***~ di notte*** *bot* dondiego (*m*), dondiego de noche (*m*); ***la ~ e la bestia*** la bella y la bestia; **~donna** *f bot* belladona

belle|tto *m* colorete; **~zza** *f* 1. belleza, hermosura; ***che ~!*** *¡qué maravilla!, ¡qué hermosura!*; encanto *m*, primor *m*, ricura; ***che ~ di bambino!*** *¡qué ricura/monería de niño!*; 2. *irón* friolera; ***costa la ~ di trecento euro*** *cuesta la friolera de trescientos euros*

bellic|ismo *m* belicismo; **~ista** *adj/s* belicista; **~o, -a** (*m pl* **-ci**) *adj* bélico, -a; **~osità** *f inv* belicosidad *f*; **~oso, -a** *adj* belicoso, -a

belligeran|te *adj/s* beligerante; **~za** *f* beligerancia

belligero, -a *adj elev* belígero, -a

bellimbusto *m* galán, guaperas (*coloq*)

bello, -a 1. *adj* 1. bello, -a, bonito, -a, hermoso, -a, lindo, -a; 2. guapo, -a, hermoso, -a; 3. bueno, -a; ***mi sono preso una ~a paura*** *me he llevado un buen susto*; ***un bel giorno te lo dirò*** *un buen día te lo diré*; ***sei un bel cretino*** *eres un completo idiota*; ***una ~a somma*** *una bonita suma*; 4. vaya *inv*, menudo, -a; ***l'ho fatta/detta ~a!*** *¡buena la he hecho!*; ***~a trovata!*** *¡bonita ocurrencia!, ¡vaya ocurrencia!*; **2.** *m* bueno; ***ci volle del ~ e del buono per convincerlo*** *hizo falta Dios y ayuda para convencerle*; ***che c'è di ~ alla televisione?*** *¿hacen algo bueno en la televisión?*; ***ora viene il ~*** *ahora viene lo bueno*; ***il ~ è che...*** *lo bueno es que...*; ***questo è il ~*** *esto es lo mejor/lo más gracioso*; 2. *meteo* buen tiempo; ***il tempo si è rimesso al ~*** *el tiempo se ha serenado*; 3. (*persona*) guapo, guaperas (*coloq*); 4. (*amante*) enamorado ◊ ***a ~a posta*** *adv* a sabiendas, a posta; ***bel ~*** *adv* despacito, sin prisas; ***bell'e buono*** del todo, completamente; ***le ~e lettere*** *fpl* las buenas letras; ***darsi alla ~a vita*** dedicarse a la buena vida; ***dirne delle ~e*** decir de las suyas; ***essere bell'e fatto*** estar listo; ***essere bell'e fritto*** estar arreglado; ***fare la ~a vita*** darse la vida padre; ***fare una ~a figura*** quedar bien/en buen lugar; ***farla ~a/farne delle ~e*** armar una buena, hacer una de las suyas; ***farsi ~*** ponerse guapo, -a; ***hai un bel dire tu*** por más que digas; ***il bel mondo*** *m* la alta sociedad (*f*); ***ne hai fatte delle ~e*** la has hecho buena; ***nel bel mezzo*** *adv* justo en el medio; ***non valere un bel nulla*** no valer un pimiento; ***passare in ~a copia*** pasar a limpio; ***questa è ~a!*** ¡esta sí que es buena!; ***sarebbe ~ che...!*** ¡estaría bueno que...!; ***sul più ~*** *adv* en lo mejor; ***usare ~e maniere*** tener buenos modales; **~ccio, -a** (*m pl* **-ci**, *f pl* **-ce**) *adj* guapetón, -ona, hermosote, -a

bellunese *adj/s geogr* belunés, -esa

beltà *f inv* beldad *f*, hermosura *f*

belv|a *f* fiera; **~edere** *m inv* mirador *m*

Belzebù *m* Belcebú

bemol|lato, -a *adj mús* blando, -a; **~e** *m mús* bemol

bena|ccetto, -a (*var.* **ben accetto**) *adj* bien recibido, -a, grato, -a; **~mato, -a** *adj* bienamado, -a; **~rrivato, -a** (*var.* **ben arrivato**) *adj* bienvenido, -a

benché (+ *subjuntivo*) *conj* aunque

benda *f* venda ◊ ***avere la ~ agli occhi*** tener una venda en los ojos; ***cadere la ~ dagli occhi*** caer la venda de los ojos; **~ggio** (*pl* **-gi**) *m* vendaje; **~re** *vt* vendar; **~tura** *f* vendado *m*

bendisposto, -a *adj* bien dispuesto, -a

bene (*como adv casi siempre* ***ben*** *ante otra palabra a la que se refiere*) **1.** *adv* bien; ***ben detto!*** *¡bien dicho!*; bien, bastante; ***ben tre milioni m'è costato!*** *sus buenos tres millones me ha costado*; (*para empezar a hablar*) bueno, bien; ***~, possiamo andare*** *bueno, podemos irnos*; **2.** *excl* ¡bien!, ¡vale!; **3.** *m* bien; ***lo dico per il tuo ~*** *lo digo por tu bien*; **4.** *adj inv* bien; ***gente ~*** *gente bien;* ***la Milano ~*** *la buena sociedad de Milán* ◊ ***ben ~*** *adv* mucho, del todo, completamente; ***piovere ben ~*** llover con ganas; ***~ o male*** bien que mal; ***~i culturali*** patrimonio cultural; ***~i di consumo*** bienes de consumo; ***~i immobili, mobili*** bienes inmuebles, muebles; ***ben gli sta!/gli sta bene!*** ¡le está bien empleado!; ***comunione di ~i*** *f jur* régimen de (bienes) gananciales (*m*); ***fare qc a fin di ~*** hacer u-c con buenas intenciones/con la mejor intención; ***gente per ~*** *f* gente decente; ***Ministero dei Beni Culturali*** *m* Ministerio de Cultura; ***opere di ~*** *fpl* obras pías; ***portare ~*** traer buena suerte; ***ragazzo per ~*** *m* chico formal; pijo (*desp*); ***tutto è ~ quel che finisce ~*** *irón* bien está lo que bien acaba; ***va bene!*** ¡vale!, ¡está bien!, ¡bueno!; ***voler ~*** querer, amar

benedettino, -a *adj/m relig* benedictino, -a

Benedetto *m* (*nombre propio*) Benito; (*nombre de papa*) Benedicto

benedetto, -a 1. *m gastr* (*licor*) benedictino; **2.** *adj* bendecido, -a; bendito, -a; ***Dio sia ~*** *alabado sea Dios*; **3.** *pp* V. **benedire**

benedi|cite *m inv* benedícite; **~re** ‹*dico; dissi; detto*› V. 21 *vt* bendecir; ***Dio ti benedica*** *que Dios te bendiga* ◊ ***andare a farsi benedire (qc)*** irse a hacer gárgaras, irse al garete; ***mandare a farsi ~*** enviar a freír espárragos; **~zione** *f* bendición

beneducato, -a (*var.* **ben educato**) *adj* bien educado, -a

benefattore, -trice *adj/s* benefactor, -a, bienhechor, -a

benefi|care ‹*esd*› *vt* ayudar, socorrer; **~cenza** *f* beneficencia; **~ciare 1.** *vt* beneficiar; **2.** *vi* ‹*avere*› beneficiarse, disfrutar (**di qc** de u-c); **~ciario** (*pl* **-ri**) (*var.* **beneficiato**) *m com* beneficiario, tomador; *hist/relig* beneficiado; **~cio** (*pl* **-ci**) *m* beneficio; *com* beneficio, margen, ganancia *f* ◊ ***~i accessori*** gratificación (*f*), sobresueldo; ***~ d'inventario*** *jur* beneficio de inventario; ***con ~ d'inventario*** *adv fig* a beneficio de inventario; ***~ ecclesiastico*** beneficio; **~co, -a** (*m pl* **-ci**) *adj* (*cosa*) benéfico, -a; (*persona*) benefactor, -a, benéfico, -a (*elev*)

beneme|renza *f* reconocimiento *m* ◊ ***attestato di ~*** reconocimiento al mérito (*m*), certificado de reconocimiento (*m*); ***~ita: la ~** *f mil* (*Cuerpo de Carabineros en Italia; Cuerpo de la Guardia Civil en España*) la Benemérita; **~ito, -a** *adj* benemérito, -a

beneplacito *m* beneplácito

benessere *m* bienestar, prosperidad *f*

benesta|nte 1. *adj* acomodado, -a, pudiente; **2.** *m/f* rentista, hacendado, -a; **~re** *m* bienestar; *adm* visto bueno, conformidad *f*

benevol|ente *adj* benevolente; **~enza** *f* benevolencia; **~o, -a** *adj* benévolo, -a

benfatto, -a (*var.* **ben fatto**) *adj* bien hecho, -a; (*cuerpo*) proporcionado, -a

benga|la *m* bengala *f* ◊ ***fuoco di ~*** *m* luz de bengala (*f*); **~ese** *adj/s* bengalí; **~ino, -a** *m ling/zool* bengalí

bengodi *m inv* Jauja *f*, cucaña *f*

beniamino *m* 1. benjamín, hijo predilecto; 2. preferido, favorito

benign|ità *f inv* benignidad *f*; **~o, -a** *adj* benigno, -a

beninte|nzionato, -a *adj* bienintencionado, -a; **~so** *adv* por supuesto, claro está, naturalmente ◊ ***~ che*** *adv* bien entendido que, con la condición de que

benissimo 1. *adv/excl* muy bien, perfectamente; **2.** *excl* ¡fenomenal!, ¡estupendo!

benparlante *adj/s raro* bienhablado, -a

benpensante (*var.* **ben pensante**) *adj* biempensante, bienpensante

benservito *m* informe/certificado de servicios prestados ◊ ***dare il ~*** (*despedir*) echar a la calle, dar puerta (*coloq*)

bensì *conj* sino

bentornato, -a (*var.* **ben tornato**) **1.** *excl* bienvenido, -a; **2.** *m* bienvenida *f*; ***dare il ~ a q*** *dar la bienvenida a alg*

benvenuto, -a (*var.* **ben venuto**) **1.** *excl* bienvenido, -a; **2.** *m* bienvenida *f* (!); ***essere il ~ in un luogo*** *ser bienvenido a un sitio*; ***dare il ~ a q*** *dar la bienvenida a alg*

benvisto, -a (*var.* **ben visto**) *adj* bien visto, -a, bien considerado, -a, bien mirado, -a

benvol|ere (*var.* **ben volere**) ‹*defectivo: sólo infinitivo y participio*› **1.** *vt* bienquerer; ***farsi ~*** *hacerse querer*; **2.** *m* estima *f*, cariño; ***prendere a ~ q*** *cogerle cariño a alg, encariñarse con alg*; **~uto, -a** (*var.* **ben voluto**) *adj* querido, -a, estimado, -a, apreciado, -a

benzene *m quím* benceno

benzina *f* gasolina, nafta (*Am*) ◊ ***~ super, verde/senza piombo*** gasolina súper, sin plomo; ***fare ~*** echar/poner gasolina, repostar; **~io, -a** (*m pl* **-ai**) *m/f* empleado, -a de gasolinera, gasolinero, -a (*coloq*); **~ro, -a** *centr* V. **benzinaio, -a**

benzole (*var.* **benzoino**) *m quím* benjuí; **~lo** *m quím* benceno, benzol

beo|ne, -a *m/f* beodo, -a, borrachín, -ina (*coloq*); **~ta** *adj/s geogr tamb. fig* beocio, -a

Beppe *m* Pepe

bequadro *m mús* becuadro

berbero, -a *adj/s* bereber, beréber, berberisco, -a

bere ‹*bevo; bevvi/bevetti; bevuto*› V. 7 **1.** *vt/i* ‹*avere*› beber; *coloq* (*consumir agua las plantas o gasolina los coches*) beber, chupar; **2.** *m* bebida *f* ◊ ***~ a collo*** beber a morro, beber de la bote-

lla; ~ ***le parole di q*** estar pendiente de las palabras de alg; ***berci sopra*** beber para olvidar; ***darla a ~ a q*** *coloq* hacerle tragar algo a alg; ***darsi al ~*** darse a la bebida
bergamlasco, -a (*mpl* **-schi**) *adj/s geogr* bergamasco, -a; ***~o** *geogr* Bérgamo; **~otta** *f bot* (*pera*) bergamota
bergamotto *m bot* bergamote, bergamoto
beriberi *m inv med* beriberi *m*
berillio *m quím* berilio; **~o** *m min* berilo
berlinla *f* 1. *transp* (*carroza*) berlina; (*auto*) berlina, turismo *m*; 2. picota ◊ ***mettere in ~/alla ~*** poner en berlina, poner en ridículo, poner en la picota; **~ese** *adj/s* berlinés, -esa; ***~o** Berlín
bermuda *mpl* bermudas *fpl* ◊ ***Isole *~e*** *fpl geogr* (Islas) Bermudas
bernoccolo *m* chichón
berrettla *f* gorra, gorro *m*; *relig* birrete *m*, bonete *m* ◊ ~ ***da notte*** gorro de noche (*m*); **~o** *m* gorro, gorra *f*, boina *f*; ◊ ~ ***verde*** *mil* boina verde
bersaglilare *vt* 1. *mil* bombardear; 2. perseguir, acosar; ~ ***q di scherzi*** *acosar a alg con bromas*; **~era: alla ~** *adv* resueltamente, valientemente; **~ere** *m mil* ="soldado italiano de la Infantería ligera"; **~o** (*pl* **-gli**) *m* blanco, objetivo; ***mirare al ~*** *apuntar al blanco*; ***colpire il ~*** *dar en el blanco*; ***sbagliare (il)~*** *errar el tiro*
Berta *f* Berta ◊ ***il tempo che ~ filava*** *m* los tiempos de Maricastaña (*mpl*)
bertulccia (*pl* **-ce**) *f zool* macaco *m*; **~ello** *m nav* butrón
besciamella *f* bechamel
bestemmia *f* blasfemia; palabrota , taco *m*; **~re 1.** *vi* ‹*avere*› blasfemar, jurar; decir palabrotas, soltar tacos; **2.** *vt* maldecir; **~tore, -trice** *m/f* blasfemo, -a
bestia *f* bestia ◊ ~ ***da soma*** bestia de carga, acémila, caballería; ~ ***da tiro*** bestia de tiro; ***andare in ~*** ponerse hecho una fiera, ponerse como una fiera; ***essere una brutta ~*** ser una mala bestia; ***lavorare come una ~*** trabajar como un negro/como un burro; ***sudare come una ~*** sudar como un animal, sudar como un cerdo; **~le** *adj* bestial; *coloq* (*extraordinario*) genial; **~lità** *f inv* (*cualidad*) bestialidad *f*; (*acción*) animalada *f*, burrada *f*, barbaridad *f*; **~me** *m* ganado ◊ ***allevamento di ~*** *m* ganadería (*f*); ~ ***grosso, minuto*** ganado mayor, menor; **~rio** (*pl* **-ri**) *m* bestiario
bestione *m desp* bruto, animalote
best seller [bɛst'sɛller] *m inv* best-seller, éxito de ventas *m*, éxito editorial *m*
beta 1. *f* (*letra*) beta; **2.** *adj fís* beta; **~bloccante** *adj/s quím* betabloqueante
Betlemme *m* Belén
beton *m inv* hormigón *m*
betonaggio (*pl* **-gi**) *m* hormigonado
betonica *f bot* betónica, bretónica ◊ ***essere più conosciuto della ~*** ser más popular que la Charito
betonera *f auto* hormigonera
bettola *f* taberna, tasca, figón *m*, boliche *m* (*Am*)
bettonica V. **betonica**
betulla *f bot* abedul *m*
bevlanda *f* bebida; **~eraggio** (*pl* **-gi**) *m* brebaje, bebedizo; **~erone** *m* brebaje, potingue; **~etti...** V. **bere**; **~ibile** *adj* bebible, potable; **~icchiare** *vt/i* ‹*avere*› beborrotear *vi*; **~itore, -trice** *m/f* bebedor, -a
bevo..., bevvi... V. **bere**
bevutla *f* bebida *m*, trago *m*; **~o** V. **bere**
bezzi *mpl sept* dinero *m*, perras *fpl*, cuartos
BI (*Banca d'Italia*) *abr*
biacca *f* albayalde *m*, blanco de plomo *m*
biada 1. *f* forraje *m*; **2.** *fpl elev* mieses
Biagio *m* Blas ◊ ***adagio ~*** para el carro, no corras tanto
bianca *f impr* blanca, anverso *m*; *jerga delinc* coca (*estánd*), cocaína (*estánd*); ***~neve** *f* Blancanieves; **~stro, -a** *adj* blanquecino, -a, blancuzco, -a
bianchelggiamento *m* blanqueo; **~ggiare** *vt/i* ‹*avere*› blanquear; **~ria** *f* 1. ropa interior; (*de mujer*) lencería; 2. (*manteles, sábanas...*) ropa blanca ◊ ~ ***da letto*** ropa de cama; ~ ***da tavola*** ropa de mesa, mantelería; ~ ***intima*** ropa interior; ***negozio di ~ intima*** *m* lencería (*f*); **~tto 1.** *m* blanquete, blanquillo; (*para borrar lo escrito*) tippex® (*Esp*), líquido corrector; **2.** *mpl zool* chanquetes; **~zza** *f* blancura, blancor *m* (*elev*)
bianchiccio, -a (*m pl* **-ci**, *f pl* **-ce**) *adj* blancuzco, -a, blanquecino, -a
bianco, -a (*m pl* **-chi**) *adj/m* blanco, -a ◊ ***andare in ~*** *coloq* no comerse una rosca; ~ ***d'uovo*** clara de huevo (*f*); ***carta ~a*** *f* carta blanca; ***di punto in ~*** *adj* de repente, improvisamente; ***essere ~ e rosso*** *raro* tener buen color de cara, rebosar salud; ***far vedere ~ per nero*** *raro* dar gato por liebre; ***in ~ e nero*** *adj* en blanco y negro; ***mettere nero su ~*** *f* poner negro sobre blanco, poner por escrito; ***mosca ~a*** *f* bicho raro (*m*); ***notte ~a/notte in ~*** noche en blanco; ***settimana ~a*** *f* semana blanca, semana de la nieve; ***tratta delle bianche*** *f* trata de blancas; ***voce ~a*** *f* voz argentina; **~nero, -a** *adj* 1. blanquinegro, -a; 2. *sport* = "del equipo de fútbol de la Juventus"; **~segno** *m jur* documento firmado en blanco; **~spino** *m bot* espino, espino albar, majuelo
biascilcamento *m* 1. mascujada *f*; 2. (*hablar*) balbuceo, farfulla *f*; **~care** ‹*esd*› *vt* 1. mascullar, mascujar; 2. (*hablar*) mascullar, mascujar, balbucir, farfullar; **~chio** (*pl* **-chii**) *m* mascujada *f*
biasimare ‹*esd*› *vt* reprobar, censurar, reconvenir
biasimevole *adj* reprobable, censurable
biasimo *m* reprobación *f*, censura *f*
biauricolare *adj* biauricular
Bibbia *f* Biblia
biberon *m inv* biberón *m*
bibita *f* bebida, refresco *m*
biblico, -a (*m pl* **-ci**) *adj* bíblico, -a
bibliobus *m inv* bibliobús *m*

bibliofilo, -a *m/f* bibliófilo, -a
bibliograf|ia *f* bibliografía; **~ico, -a** (*m pl* **-ci**) *adj* bibliográfico, -a; **~o, -a** *m/f* bibliógrafo, -a
bibliomane *m/f* bibliómano, -a
bibliotec|a *f* biblioteca ◊ ~ ***circolante*** biblioteca circulante, biblioteca ambulante; **~ario, -a** (*m pl* **-ri**) *m/f* bibliotecario, -a; **~onomia** *f* biblioteconomía
bicamerale *adj pol* bicameral
bicarb|onato *m quím* bicarbonato; **~uro** *m quím* bicarburo
bicchier|ata *f* (*contenido*) vaso *m*; **~e** *m* vaso; copa *f* ◊ ***affogare in un ~ d'acqua*** ahogarse en un vaso de agua; ***fondo di ~*** *m* culo de vaso; ***levare/alzare il ~ (a)*** levantar la copa (por); **~ino** *m* vasito, copita *f*, copichuela *f* (*coloq*)
bicefalo, -a *adj elev* bicéfalo, -a
bicentenario (*pl* **-ri**) *m* bicentenario
bichini *m inv* biquini *m*, bikini *m*
bici *f inv coloq* bici *f*
bicicl|etta *f* bicicleta ◊ ~ ***da corsa*** bicicleta de carreras; **~o** *m* biciclo
bicilindrico, -a (*m pl* **-ci**) *adj* bicilíndrico, -a
bicipite 1. *m med* bíceps; **2.** *adj heráld* bicípite
bicol|cca *f desp* casucha; **~lore** *adj* bicolor
bicon|cavo, -a *adj* bicóncavo, -a; **~vesso, -a** *adj* biconvexo, -a
bicorno *m* bicornio
bicrom|ato *m quím* bicromato; **~ia** *f impr* bicromía
bidè *m inv* bidé *m*, bidet *m*
bidello, -a *m/f* bedel, -a
bidente *m agric* bieldo, horca *f*
bidimensionale *adj* bidimensional
bidirezionale *adj* bidireccional
bidon|are *vt* 1. *coloq* (*engañar*) embaucar, camelar, dar gato por liebre; 2. dar plantón, dejar colgado; **~ata** *f* 1. (*engaño*) timo *m*; 2. (*cita*) plantón *m*; **~e** *m* 1. bidón, lata *f*; 2. *coloq/fig* engaño, estafa *f*, timo; 3. *desp/fig* cacharro, cafetera *f* ◊ ***fare/dare un ~ (a q)*** dejar plantado (a alg), dar plantón (a alg)
bidonville [bidon'vil] *f inv* barrio de chabolas *m*, poblado chabolista *m*, bidonville
bieco, -a (*m pl* **-chi**) *adj* malcarado, -a, ceñudo, -a, torvo, -a
biella *f tecn* biela, vástago *m*
Bielorus|sia *f geogr* Bielorrusia; ***~o, -a** *adj/s geogr* bielorruso, -a
bienn|ale *adj/f* bienal; **~e** *adj bot* bianual; **~io** (*pl* **-ni**) *m* bienio
bietola *f bot* acelga
bietolone *m* 1. *bot* armuelle; 2. (*hombre sin personalidad*) baldragas *inv*, calzonazos *inv*
bietta *f* cuña, calzo *m*
bifase *adj electr* bifásico, -a
biffa *f agric* jalón *m*
bifido, -a *adj* bífido, -a ◊ ***spina ~a*** espina bífida
bifo|lcale *adj* bifocal; **~lco** (*pl* **-chi**) *m* 1. boyero, vaquero; 2. paleto, patán, palurdo; **~ra** *f arq* bífora, ajimez *m* ◊ ***finestra ~*** *f* ajimez (*m*)
biforc|arsi bifurcarse; **~azione** *f* bifurcación; **~uto, -a** *adj* bifurcado, -a ◊ ***lingua ~a*** *f* lengua viperina
biforme *adj* biforme
bifronte *adj* bifronte ◊ ***numero ~*** *m* número capicúa
big *m inv* pez gordo *m*, capitoste *m*
biga (*pl* **-ghe**) *f* biga
bigamia *f* bigamia
bigamo, -a *adj/s* bígamo, -a
big bang *m astron* big bang
bigemino: parto ~ *adj* parto gemelar
bighellon|are *vi* ‹*avere*› holgazanear, gandulear, haraganear, zanganear; **~e, -a** *m/f* holgazán, -ana, gandul, -a, vago, -a
bigi|are *vt sept coloq* hacer novillos; **~no** *m estud* ="libro en el que se resume alguna materia escolar"; **~o, -a** (*m pl* **-gi**) *adj* gris, pardo, -a; **~otteria** *f* bisutería; **~ù** (*var.* **bijou**) *m inv* joya *f*; *fig* preciosidad *f*, perla *f*
biglia V. **bilia**; **~rdino** V. **biliardino**
bigliett|aio, -a (*m pl* **-ai**) *m/f* taquillero, -a; *transp* cobrador, -a; **~azione** *f transp* expedición de billetes; **~eria** *f* taquilla, boletería (*Am*); **~o** *m* 1. billete, tarjeta *f*, nota *f*; 2. *transp* billete, boleto (*Am*); 3. *cine/teat* entrada *f*, boleto (*Am*); 4. *econ* billete; ~ ***della lotteria*** *billete de lotería* ◊ ~ ***da/di visita, di auguri*** tarjeta de visita, de felicitación (*f*); ~ ***di andata e ritorno*** billete de ida y vuelta
bignè *m inv* bignè *m*
bigodino *m* rulo, bigudí
bigoncia (*pl* **-ce**) *f agric* aportadera, espuerta ◊ ***a ~e*** *adv* a espuertas, a capazos
bigott|eria *f desp* beatería, mojigatería; **~o, -a** *adj/s desp* beato, -a, mojigato, -a, santurrón, ona
bijou [bi'ʒu] V. **bigiù**
bikini V. **bichini**
bilabia|le *adj/f ling* bilabial; **~to, -a** *adj bot* bilabiado, -a
bilama *adj inv* de doble hoja; ***rasoio ~*** *maquinilla (de afeitar) de doble hoja*
bilancia (*pl* **-ce**) *f* balanza ◊ ~ ***a bilico*** báscula; ~ ***commerciale*** balanza comercial; ~ ***dei pagamenti*** balanza de pagos; ~ ***romana*** romana
Bilancia *f astron* Libra
bilanciare *vt* 1. balancear, equilibrar; 2. ponderar, sopesar
bilanciere *m* balancín
bilancino *m* balanza de precisión *f*; (*para monedas*) pesillo
bilancio (*pl* **-ci**) *m com tamb. fig* balance ◊ ~ ***consuntivo*** balance; ~ ***preventivo*** presupuesto
bilateral|e *adj* bilateral; **~ismo** *m pol* bilateralismo; **~ità** *f inv* bilateralidad
bile *f med tamb. fig* bilis *inv*, hiel ◊ ***crepare dalla ~*** morirse de rabia; ***ingoiare ~*** tragar quina
bilia *f* 1. *infant* canica; 2. bola de billar; (*agujero de la mesa*) tronera

biliard|ino *m* minibillar ◊ ~ ***elettrico*** flipper, máquina de bolas (*f*); **~o** *m* (*juego, lugar*) billar; mesa de billar *f*
biliare *adj med* biliar
bilico *m inv* equilibrio ◊ ***essere in ~ tra la vita e la morte*** estar/debatirse entre la vida y la muerte; ***stare in ~*** estar en equilibrio; *fig* estar en vilo
bilingu|e *adj/s* bilingüe; **~ismo** *m* bilingüismo
bilio|ne *m* mil millones; *ant* billón; **~so, -a** *adj* bilioso, -a, atrabiliario, -a
bimbo, -a *m/f* niño, -a, crío, -a, nene, -a, chamaco, -a (*Méx*), pibe (*Arg*)
bimembre (*var.* **bimembro, -a**) *adj* bimembre
bime|nsile *adj* bimensual; **~strale** *adj* bimestral; **~stre** *m* bimestre; **~tallismo** *m econ* bimetalismo
bimotore, -trice *adj/m* bimotor, -a
binari|o, -a (*m pl* **-ri**) **1.** *adj* binario, -a; **2.** *m transp* (*tren*) vía *f*; ***il treno per Napoli è in partenza sul ~ due*** *el tren con destino Nápoles efectuará su salida por la vía dos*; ***il treno da Bologna è in arrivo sul ~ due*** *el tren de Bolonia efectuará su entrada por la vía dos*; ***è vietato attraversare i ~i*** *prohibido cruzar las vías* ◊ ~ ***morto*** vía muerta (*f*), apartadero; ***essere su un ~ morto*** *ferroc tamb. fig* estar en vía muerta; ***politica del doppio ~*** *f* política de doble rasero; **~smo** *m* binarismo
binda *f mec* gato *m*
bindolo *m* noria *f*
bingo (*pl* **-ghi**) *m* bingo
binoc|olo *m* binóculo, gemelos *mpl*, anteojos *mpl*; **~ulare** *adj* binocular
binomio (*pl* **-mi**) *m mat tamb. fig* binomio
bioallevamento *m* ganadería ecológica *f*
bioattivo, -a *adj* bioactivo, -a
bioccolo *m* copo, vedija *f*
biocenosi *f biol* biocenosis
biochimic|a *f* bioquímica; **~o, -a** (*m pl* **-ci**) *adj/s* bioquímico, -a
biochip *m inv electr* biochip
biocida *adj biol* biocida
biocoltivazione *f* biocultivo *m*
biodegradabile *adj* biodegradable
biodinamico, -a (*m pl* **-ci**) *adj* biodinámico, -a
biodiversità *f inv* biodiversidad *f*
biodo *m bot* espadaña *f*
biofisic|a *f* biofísica; **~o, -a** (*m pl* **-ci**) *adj/s* biofísico, -a
biogenesi *f inv* biogénesis
biogenetico, -a (*m pl* **-ci**) *adj* biogenético, -a
biogeno, -a *adj* biógeno, -a
biograf|are *vt* biografiar; **~ato, -a** *m/f* (*persona*) biografiado, -a; **~ia** *f* biografía; **~ico, -a** (*m pl* **-ci**) *adj* biográfico, -a; **~o, -a** *m/f* biógrafo, -a
biolog|ia (*pl* **-gie**) *f* biología; **~ico, -a** (*m pl* **-ci**) *adj* biológico, -a; **~o, -a** (*m pl* **-gi**) *m/f* biólogo, -a
biomassa *f biol* biomasa
biomedicina *f med* biomedicina
biond|eggiare *vi* ‹avere› amarillear; (*pelo*) tirar a rubio; **~ezza** *f* amarillez; **~iccio, -a** (*m pl* **-ci**, *f pl* **-ce**) *adj* rubiales *inv*, medio rubio **~o, -a** *adj/s* rubio, -a
bionico, -a *adj/s* biónico, -a
biopolimero *m biol* biopolímero
biopsia *f med* biopsia
bioregione *f* biorregión, región ecológica
bioritmo *m* biorritmo
biosensore *m med* biosensor
biosfera *f* biosfera
biosint|esi *f inv* biosíntesis; **~etico, -a** *adj quím* biosintético, -a
biossido *m quím* bióxido
biotecnica *f* biotécnica
bioterrorismo *m* bioterrorismo
biotina *f quím* biotina
biotopo *m* biotopo
bip *onom/m* bip
bipart|ire ‹isc› *vt* partir en dos; **~itico, -a** (*m pl* **-ci**) *adj pol* bipartidista; **~itismo** *m pol* bipartidismo; **~ito, -a** *adj* (*dividido en dos*) bipartido, -a, bipartito, -a; *pol* (*de dos partidos*) bipartito, -a; **~izione** *f* bipartición
bipede *adj/m* bípedo, -a
biplano *m aero* biplano
bipolar|e *adj* bipolar; **~ità** *f inv* bipolaridad *f*; **~izzazione** *f pol* bipolarización
biposto *adj/s inv* biplaza
biquadratico, -a *adj mat* bicuadrado, -a
birba *f coloq* bribón, -ona *m/f*, bribonzuelo, -a *m/f*, granujilla *m/f*; **~nte** *m* bribón, granuja, sinvergüenza, canalla; **~nteria** *f* pillería, granujería, sinvergüencería, golfería
birbon|ata *f* canallada, trastada; **~e, -a** *adj/s* bribón, -ona, canalla, granuja; **~eria** *f* bribonería, canallada
bircio, -a (*m pl* **-ci**, *f pl* **-ce**) *adj raro* bizco, -a
bird watching ['berdwɔttʃin] *m inv* birdwatching, observación de pájaros *f*
bireattore, -trice *adj/m* birreactor, -a
birichin|ata *f* travesura, trastada; **~o, -a** *adj/s* pillo, -a, pilluelo, -a
birifrangen|te *adj fís* birrefringente; **~za** *f fís* birrefringencia
birillo *m* bolo, birla *f*; ***giocare a ~i*** *jugar a los bolos*
Birman|ia: la ~ *f geogr* Birmania; ***~o, -a** *adj/s geogr* birmano, -a
biro *f inv* bolígrafo *m*, birome *m* (*Arg*)
birr|a *f* cerveza ◊ ~ ***alla spina*** cerveza de barril, caña; ~ ***chiara/bionda, scura*** cerveza rubia, negra; ***a tutta ~*** *adv coloq* a toda pastilla, a todo gas, a toda mecha; ***dare la ~ a q*** *sport* dejar clavado a alg; ***farci la ~ con qc*** traer sin cuidado u-c; **~aio** (*pl* **-ai**) *m* cervecero; **~eria** *f* cervecería
BIRS (*Banca Internazionale per la Ricostruzione e lo Sviluppo*) *abr* (*Banco Internacional para la Reconstrucción y el Desarrollo*) BIRD
bis 1. *excl* ¡otra!; **2.** *m inv* bis
bisaccia (*pl* **-ce**) *f* alforja, zurrón *m*
Bisanzio *geogr* Bizancio

bisarca *f* ="camión articulado para el transporte de coches" *m*
bisavolo, -a *m/f* bisabuelo, -a
bisbetico, -a (*m pl* **-ci**) *adj/s* irascible, caprichoso, -a, gruñón, -ona ◊ ***la ~a domata*** *f* la fierecilla domada
bisbiglilare *vt/i* ‹*avere*› cuchichear, bisbisear; **~o** (*pl* **-gli**) *m* cuchicheo, bisbiseo
bisboccia (*pl* **-ce**) *f* juerga, francachela; **~re** *vi* ‹*avere*› ir de parranda, ir de juerga, juerguear
bisca (*pl* **-sche**) *f* garito *m*, timba
Biscaglila Vizcaya; ***~no, -a** *adj/s* vizcaíno, -a
bischero, -a 1. *m mús* clavija *f*; **2.** *m/f tosc* bobo, -a
biscia (*pl* **-sce**) *f zool* culebra, sierpe
biscottlato, -a *adj* (*galleta*) tostado, -a ◊ ***fette ~e*** *fpl* rebanadas de pan tostado; **~eria** *f* (*fábrica*) galletería; **~iera** *f* (*recipiente*) galletero *m*, galletera; **~ificio** (*pl* **-ci**) *m* (*fábrica*) galletería *f*; **~o** *m* 1. *gastr* galleta *f*; 2. *tecn* bizcocho
biscroma *f mús* fusa
biscugino, -a *m/f* primo segundo *m*, prima segunda *f*
bisdrucciolo, -a *adj* sobreesdrújulo, -a
bisecare *vt mat* bisecar
bisegolo *m tecn* boj
bisessualle *adj/s* bisexual; **~ità** *f inv* bisexualidad *f*; **~to, -a** *adj* bisexual
bisestlile *adj* (*año*) bisiesto; **~o** *m* ="el día 29 de febrero"
bisettlimanale *adj/m* bisemanal; **~ore, -trice** *adj mat* bisector, -triz; **~rice** *f mat* bisectriz
bisezione *f mat* bisección
bisillabo, -a *adj/m ling* bisílabo, -a
bisllacco, -a (*m pl* **-chi**) *adj* estrafalario, -a, extravagante; **~ungo, -a** (*m pl* **-ghi**) *adj* oblongo, -a
bismuto *m min* bismuto
bisnipote *m/f* biznieto, -a
bisnonno, -a *m/f* bisabuelo, -a
bisognlare ‹*bisogna, bisognano*› **1.** *v/impers* (+ *verbo en infinitivo o subjuntivo*) ser necesario, haber, hacer falta; ***bisogna che tu venga subito*** *es necesario que vengas enseguida, tienes que venir enseguida, hace falta que vengas enseguida*; ***bisogna fare qc*** *hay que hacer algo*; **2.** *v/def raro* hacer falta, necesitar; ***mi bisognano quei numeri*** *me hacen falta aquellos números*; **~o 1.** *m* necesidad *f*, menester; ***non c'è ~ di dirlo*** *no hace falta decirlo, no es menester decirlo*; **2.** *mpl euf* necesidades *fpl*; ***fare i propri ~i*** *hacer sus necesidades* ◊ ***al ~*** *adv* en caso de necesidad; ***al ~ si conosce l'amico*** al amigo se le conoce en la necesidad; ***avere ~ di*** tener necesidad de, necesitar, hacer falta; **~oso, -a** *adj* necesitado, -a, menesteroso, -a
bisolflato *m quím* bisulfato; **~ito** *m quím* bisulfito; **~uro** *m quím* bisulfuro
bisonte *m zool* bisonte
bisslare *vt teat/mús* bisar; **~o** *m zool* biso
bisteclca *f* filete *m*, bistec *m*, bife *m* (*Arg*); **~chiera** *f* ="parrilla para filetes"
bisticcilare 1. *vi* ‹*avere*› reñir, pelearse; **2. ~rsi** pelearse, reñir; **~o** (*pl* **-ci**) *m* rencilla *f*, riña *f*
bistrattare *vt* maltratar
bistrò [bis'trɔ] (*var.* **bistrot**) *m inv* bistrot
bisturi *m inv* bisturí *m*
bisunto, -a *adj* bisunto, -a, grasiento, -a, mugriento, -a
bit *m inv informát* bit *m*
bitonale *adj* bitonal
bitorzolo *m* excrecencia *f*
bitter *m inv* bitter, bíter
bitumlare *vt* embetunar, dar betún; **~e** *m* betún; **~inoso, -a** *adj* bituminoso, -a
biunivoco, -a (*m pl* **-ci**) *adj* biunívoco, -a
bivacclare *vi* ‹*avere*› vivaquear; **~o** (*pl* **-chi**) *m* vivaque, vivac
bivallente *adj* bivalente; **~vo, -a** *adj* bivalvo, -a
bivio (*pl* **-vi**) *m* bifurcación *f*, encrucijada *f*
bizantinlismo *m arte tamb. fig* bizantinismo; **~o, -a** *adj/s geogr tamb. fig* bizantino, -a
bizzla *f* berrinche *m*; **~arria** *f* rareza, extravagancia; **~arro, -a** *adj* extravagante (!), estrambótico, -a (!), raro, -a (!); **~effe: a ~** *adv* a espuertas, a porrillo; **~oso, -a** *adj* irascible, colérico, -a
bla bla bla *onom* bla bla bla
black-out [blɛk'kaut] *m inv electr/TV* apagón *m*; (*teléfono*) caída de la línea *f*; (*prensa*) bloqueo informativo *m*
blando, -a *adj fig* blando, -a
blasfemo, -a *adj/s* blasfemo, -a
blasonlato, -a *adj/s* blasonado, -a; **~e** *m heráld* blasón
blaterare ‹*esd*› *vi* ‹*avere*› *desp* chismorrear, charlar, charlotear
blefaroplastica *f med* blefaroplastia
blenda *f min* blenda
blenorrlagia (*pl* **-gie**) *f med* blenorragia, gonorrea; **~agico, -a** (*m pl* **-ci**) *adj med* blenorrágico, -a, gonorreico, -a; **~ea** *f med* blenorrea
bleso, -a *adj* ="que pronuncia mal u omite una o más consonantes"
blindalggio (*pl* **-gi**) *m* blindaje; **~re** *vt* blindar; **~to, -a** *adj/m* blindado, -a; ***carro, auto ~*** *carro, coche blindado* ◊ ***reparto ~*** *m* división acorazada (*f*)
blister *m inv farma* blister
blitz *m inv* (*mil, policía*) operación relámpago *f*; *mil* golpe de mano *m*
blocclaggio (*pl* **-gi**) *m* bloqueo; **~are** *vt* bloquear, paralizar; *econ* (*salarios, precios*) congelar; *banc* (*cuenta*) bloquear; **~asterzo** *m inv* bloqueo del volante *m*; **~o** (*pl* **-chi**) *m* 1. bloque; 2. bloqueo, paralización *f*; (*salarios, precios*) congelación *f*; *med* colapso; *auto* retención *f* ◊ ***~i di partenza*** *sport* calzos; ***~ navale*** bloqueo naval; ***~ renale, cardiaco*** colapso renal, cardiaco; ***in ~*** *adv* en bloque; ***posto di ~*** *m* control de carreteras
bloc-notes [blɔk'nɔtes] *m inv* bloc *m*, bloc de notas *m*
blog *m inv informát* blog, bitácora *f*; **~ger** ['blɔgger] *m/f informát* blogista, blogger

blonda *f* blonda
blu *adj/m inv* azul *adj/m* ◊ ~ ***marino*** azul marino; **~astro, -a** *adj* azulado, -a; **~e-jeans** [blu'dʃins] *mpl* (pantalón) vaquero *m*, (pantalones) vaqueros, bluyin *m* (*Am*)
bluff *m inv* 1. (*naipes*) bluff *m*; 2. (*ficción*) bluff, flor de un día *f*; **~are** *vi* ‹*avere*› farolear, echarse/marcarse un farol; **~atore, -trice** *m/f* (*naipes*) farolero, -a
blusla *f* blusa; **~otto** *m* blusón
BNL (*Banca Nazionale del Lavoro*) *abr*
boa 1. *f nav* boya (!), baliza; **2.** *m inv zool* boa *f* (!); **~ro** V. **bovaro**; **~to** *m* bramido, retumbo
bob *m inv sport* bob
bobbista *m/f sport* jugador, -a de bob
bobina *f* bobina
bocca (*pl* **-che**) *f* 1. boca; 2. *geogr* (*río*) delta *m*; (*mar*) estrecho *m* ◊ ~ ***di leone*** *bot* boca de dragón; ~ ***d'irrigazione*** boca de riego; ~ ***d'oro*** boca de oro, pico de oro (*m*); ***a*** ~ *adv* de viva voz; ***avere (due, tre...) ~e da sfamare*** tener (dos, tres...) bocas que alimentar; ***essere di ~ buona*** comer de todo; ***essere la ~ della verità*** ser una boca de verdades, ser la voz de la conciencia; ***essere sulla ~ di tutti/passare di ~ in ~*** andar de boca en boca, andar en boca de todos; ***in ~ al lupo!*** ¡suerte!; ***lasciare a q la ~ amara*** dejar a alg con mal sabor de boca; ***mettere ~ in qc*** meterse donde no le llaman; ***non aprire*** ~ no abrir la boca, no decir esta boca es mía, no rechistar; ***restare/rimanere a ~ aperta*** quedarse con la boca abierta, quedarse boquiabierto; ***restare a ~ asciutta*** quedarse con la miel en los labios, quedarse con las ganas; ***rifarsi la*** ~ quitarse el mal sabor de boca; **~doro** *m inv* pico de oro *m*; **~le 1.** *adj med* bucal; **2.** *m* jarro; (*cerveza*) caña *f*, jarra *f*; **~porto** *m nav* escotilla *f*; **~rola** *f coloq* boquera; **~scena** *m/f inv teat* proscenio *m*; **~ta** *f* bocanada; (*cigarrillo*) calada ◊ ***andare a prendere una ~ d'aria*** ir a tomar el fresco, ir a airearse un poco
boccetta *f* frasco *m*
boccheggialmento *m* jadeo; boqueada *f*, agonía *f*; **~nte** *adj* jadeante; *tamb. fig* agonizante; **~re** *vi* ‹*avere*› 1. boquear, jadear; 2. estar en aprietos
bocchello *m agric* boquera *f*
bocchetta *f mús* boquilla
bocchino *m* 1. (*para cigarrillos*) boquilla *f*; *mús* boquilla *f*; 2. *vulg* francés, mamada *f*
boccia (*pl* **-ce**) **1.** *f* 1. bocha, bola de petanca; *irón* chola, calabaza; 2. garrafa; **2.** *fpl* bochas, petanca *f* ◊ ***gioco delle ~e*** *m* juego de las bochas, juego de petanca; **~re 1.** *vt estud* suspender, catear (*coloq*); (*propuesta, ley*) rechazar; **2.** *vi auto coloq* dársela, pegársela; **~tura** *f estud* suspenso *m*, cate *m* (*coloq*); (*propuesta, ley*) rechazo *m*
boccino *m* boliche
boccio (*pl* **-ci**) *m bot* capullo, botón; **~dromo** *m* ="local para jugar a las bochas o a la petanca"; **~lo** *m bot* capullo, botón
boccolla *f* hebilla; arete *m*, pendiente *m*; *tecn* arandela, volandera; **~o** *m* (*pelo*) tirabuzón
bocconlcino *m* bocado exquisito, golosina *f*, golleria *f*; **~e** *m* bocado; ***mangiare un ~*** *tomar un bocado* ◊ ~ ***da principe*** bocato di cardinale; ***inghiottire un ~ amaro*** pasar un mal trago, tragar quina; **~i** *adv* boca abajo; de bruces, de morros (*coloq*); ***cadere ~*** *caer de bruces*
body ['bɔdi] *m inv* (*ropa*) body *m*; ~ **building** ['bɔdi'bildin] *m inv* body building; ~ **sculpting** ['bɔdi'skalptin] *m inv* escultura corporal *f*
Boemlia: la ~ *f geogr* Bohemia; ***~o, -a** *adj/s geogr* bohemio, -a
boero, -a *adj/s* bóer
bofonchiare *vi* ‹*avere*› *coloq* refunfuñar
boga (*pl* **-ghe**) *f zool* boga
bohème [bo'ɛm] *f inv* (*artistas*) bohemia *f*
bohémien, -enne [boe'mjɛn] *m/f inv* bohemio, -a
boia 1. *m inv* verdugo *m*; **2.** *adj inv coloq* (*va pospuesto al sustantivo*) maldito *adj*, cruel *adj* (*estánd*); ***mondo ~!*** *¡mundo cruel!*; **~ta** *f* 1. *coloq* (*tontería*) gilipollez; ***questo spettacolo è una ~*** *este espectáculo es una gilipollez*; 2. (*mala pasada*) faena, jugarreta, putada (*vulg*)
boicottalggio (*pl* **-gi**) *m* boicot, boicoteo; **~re** *vt* boicotear
boiler *m inv* calentador eléctrico *m*
boiserie [bwaze'ri] *f inv* boiserie
boldlina *f quím* boldina; **~o** *m bot* boldo
bolero *m* 1. *mús* bolero; 2. (*chaqueta corta*) torera *f*
bolgia (*pl* **-ge**) *f* (*tumulto*) gallinero *m*, guirigay *m*
bolide *m astron/auto tamb. fig* bólido
Bolivia: la ~ *f geogr* Bolivia; ***~no, -a** *adj/s geogr* boliviano, -a
bolla *f* 1. burbuja, ampolla; (*jabón*) pompa; 2. *com* resguardo *m*, talón *m*; 3. *hist* bula; ~ ***papale, pontificia*** *bula papal, pontificia* ◊ ~ ***di accompagnamento*** *transp* manifiesto de carga (*m*); ~ ***di sapone*** *tamb. fig* burbuja; ***finire in una ~ di sapone*** acabar en agua de borrajas; **~re** *vt* 1. *com/jur* sellar, cuñar, timbrar; 2. (*imputar*) tachar; ***è stato bollato come ladro*** *le han tachado de ladrón*; **~to, -a** *adj* sellado, -a, cuñado, -a, timbrado, -a ◊ ***valori ~i*** *mpl* valores timbrados; **~tura** *f* sellado *m*
bollelnte *adj* hirviente, hirviendo; ***acqua ~*** *agua hirviendo*; **~tta** *f* recibo *m*; ***la ~ dell'acqua, della luce*** *el recibo del agua, de la electricidad*; resguardo *m*, talón *m* ◊ ***essere in ~*** (*sin dinero*) estar sin blanca; **~ttario** (*pl* **-ri**) *m* (*de recibos*) talonario; **~ttino** *m* parte, boletín; ~ ***medico, di guerra*** *parte médico, de guerra*; ~ ***meteorologico*** *boletín/parte meteorológico* ◊ ~ ***ufficiale*** (*ministerios*) boletín oficial
bollilcina *f* 1. burbuja; 2. *med* ampolla, vejiga; **~latte** *m inv* cueceleches, hervidor de leche *m*; **~no** *m adm/com* cupón ◊ ~ ***di qualità*** sello de cali-

dad; ~ ***verde/blu*** ="adhesivo que distingue un vehículo no contaminante"; marchamo de calidad; **~re 1.** *vt* hervir, cocer; **2.** *vi* ‹*avere*› bullir, hervir; ***in questa macchina si bolle*** *en este coche te achicharras* ◊ ~ ***di rabbia*** temblar de rabia; ~ ***il sangue nelle vene (a q)*** subírsele a alg la sangre a la cabeza; ***ciò che/quel che bolle in pentola*** lo que se está cociendo; **~to, -a 1.** *adj* hervido, -a; **2.** *m* carne *f* (del cocido); **~tore** *m* hervidor; **~tura** *f* (*acción*) hervido *m*; (*líquido*) caldo *m*

bollo *m* 1. (*objeto y marca que deja*) sello (!), cuño (!); 2. *coloq* (*correos*) sello ◊ ~ ***auto*** impuesto de circulación; ~ ***postale*** matasellos (*inv*), estampilla (*Am*); ***carta da*** ~ *f* papel timbrado (*m*); **~re** *m* 1. hervor; 2. (*excitación*) fervor

bolo *m med* bolo ◊ ~ ***alimentare*** bolo alimenticio

Bologn|a Bolonia; ***~ese** *adj/s* boloñés, -esa

bolsaggine *f med* huélfago *m*, asma equina

bolscevi|co, -a (*m pl* **-chi**) *adj/s pol* bolchevique; **~smo** *m pol* bolchevismo

bolzanino, -a *adj/s* (persona) de Bolzano

boma *f nav* botavara

bomba *f* bomba ◊ ~ ***a frammentazione*** bomba de fragmentación; ~ ***a grappolo*** bomba de racimo; ~ ***a mano*** bomba de mano, granada; ~ ***atomica, H, all'idrogeno, al neutrone, al cobalto*** bomba atómica, H, de hidrógeno, de neutrones, de cobalto; **~-*carta*** carta bomba

bombard|a *f mús/mil* bombarda; **~amento** *m* bombardeo; **~are** *vt mil tamb. fig* bombardear; **~iere** *m aero* bombardero; **~iero, -a** *adj* bombardero, -a; **~ino** *m mús* bombardino

bomber *m inv txtl* bomber

bombetta *f* 1. bombín *m*, hongo *m*; 2. petardo *m*; (*broma*) bomba fétida

bombol|a *f* (*gas*) bombona; **~o** *m irón* barrilete, tonel

bomboniera *f* bombonera

bompresso *m nav* bauprés

bona *adj/f coloq* tía buena *f* ◊ ***essere*** ~ *coloq* estar buena, estar como un tren

bonacci|a (*pl* **-ce**) *f nav* bonanza, calma; **~one, -a** *adj/s* bonachón, -ona

bonaga (*pl* **-ghe**) *f bot* gatuña

bonari|età *f inv* bondad *f*, afabilidad *f*; **~o, -a** (*m pl* **-ri**) *adj* bondadoso, -a, afable

bonazzo, -a *m/f coloq* tío bueno *m*, tía buena *f*

bonifica *f agric tamb. fig* saneamiento *m*

bonificare ‹*esd*› *vt agric tamb. fig* sanear

bonificazione *f* saneamiento *m*

bonifico (*pl* **-ci**) *m com* descuento, bonificación *f*; *banc* transferencia *f*

bonomia *f* bondad, benignidad

bonsai *m inv* bonsai *m*

bontà *f inv* bondad *f*, benignidad *f* ◊ ***abbia la ~ di dirmelo*** tenga la bondad de decírmelo

bonzo *m* bonzo

boom [bum] *m inv* boom

boomerang [bume'ran, 'bumeran] *m inv* bumerán *m*, boomerang *m*

bora *f meteo* (*en Trieste*) tramontana, cierzo *m* (*Aragón*)

borace *m quím* bórax

boraci|fero, -a *adj* boracífero, -a; **~te** *f min* boracita

borato *m quím* borato

Borboni *mpl* Borbones; ***~co, -a** *adj/s* borbónico, -a

borbott|amento *m* refunfuño; **~are 1.** *vi* ‹*avere*› barbotar, bisbisear, murmurar; refunfuñar, rezongar; **2.** *vt* musitar, mascullar, farfullar; **~io** (*pl* **-tii**) *m* murmullo, farfulla *f*; **~one, -a** *adj/s* gruñón, -ona

borchia *f* (*ornamento*) tachón *m*; (*clavo*) tachuela

borda|re *vt* 1. (*tela*) orillar; 2. *nav* (*velas*) desplegar; **~ta** *f* 1. *nav* bordada; 2. *mil tamb. fig* andanada; **~tura** *f* orillado *m*, ribeteado *m*

bordeggiare *vi* ‹*avere*› *nav* bordear, dar bordadas; **~llo** *m* 1. burdel, prostíbulo; 2. (*lugar desordenado*) leonera *f*; ***questa stanza è un*** ~ *esta habitación está hecha una leonera*; 3. jaleo; ***smettila di far ~!*** *¡deja de armar jaleo!*; **~rò** *m inv com* extracto de cuenta *m*

bordino *m* (*tejidos*) orilla *f*, orillado

bordo *m* 1. *nav* bordo, borda; *aero/auto* bordo; 2. borde, canto; ***sul ~ della strada*** *al borde de la carretera*; *txtl* ribete, orilla *f*; *txtl* (*adorno*) cenefa *f* ◊ ***a ~ di*** *prep* a bordo de; ***d'alto ~*** *adj* de altos vuelos, de alto copete; ***essere, salire a ~*** estar, subir a bordo; ***fuori bordo*** *adj* fuera borda; ***giornale di ~*** *m* diario de a bordo; **~campo: a ~** *adv sport* al borde del campo; **~lese 1.** *adj/s geogr* bordelés, -esa; **2.** *f* (botella) burdeos *m*; **~ne** *m* bordón

borea *m* bóreas; **~le** *adj* boreal

borgata *f* aldea, caserío *m*; suburbio *m*

borghes|e *adj/s* burgués, -esa ◊ ***in ~*** *adj* de paisano; **~ia** *f* burguesía

Borgia *m hist* Borja, Borgia

borgo (*pl* **-ghi**) *m* barrio

Borgogn|a *f geogr* Borgoña; ***~one, -a** *adj/s geogr* borgoñón, -a

borgomastro *m* burgomaestre

boria *f* (*engreimiento*) humos *mpl*, ínfulas *fpl*; ***essere pieno di ~*** *tener muchos humos*

borico, -a (*m pl* **-ci**) *adj quím* bórico, -a

borioso, -a *adj* engreído, -a, estirado, -a, jactancioso, -a

boro *m quím* boro; **~talco** *m inv* talco *m*, polvos de talco *mpl*

borr|a *f* borra; **~accia** (*pl* **-ce**) *f* cantimplora; **~agine** *f bot* borraja; **~o** *m geogr* badén

borsa *f* 1. bolsa; ~ ***di plastica, da ghiaccio, dell'acqua*** *bolsa de plástico, de hielo, de agua*; (*de mujer*) bolso *m*; (*portafolios*) cartera; 2. *com* bolsa ◊ ~ ***da viaggio*** bolsa de viaje; ~ ***dei calciatori*** mercado de jugadores (*m*); ~ ***della spesa*** cesta de la compra; ~ ***di studio*** beca; ~ ***diplomatica*** maletín *m*, portafolios *m inv*; ~ ***merci*** lonja; ~ ***nera*** mercado negro (*m*); ~ ***valori*** *com* bolsa de valores; ***avere le ~e sotto gli occhi***

tener ojeras; ***giocare in ~*** jugar a la bolsa; ***o la ~ o la vita!*** ¡la bolsa o la vida!; ***pagare di ~ propria*** pagar de su propio bolsillo; ***tenere la ~ stretta*** ser agarrado, ser tacaño; **~iolo, -a** *m/f* ratero, -a, carterista; **~nera** *f* mercado negro *m*

borseggi|are *vt* birlar, ratear; **~atore, -trice** *m/f* carterista; **~o** (*pl* **-gi**) *m* robo, tirón

borsell|ino *m* 1. monedero; 2. (*para el reloj*) bolsillo; **~o** *m coloq* mariconera *f*

borsett|a *f* bolso *m*; **~o** *m coloq* mariconera *f*

borsi|no *m com* bolsín; **~sta** *m/f* 1. *estud* becario, -a, bequista (*Am*); 2. *com* bolsista, especulador, -a de bolsa; **~stico, -a** (*m pl* **-ci**) *adj* bursátil

boscagl|ia *f* soto *m*, boscaje *m*; **~iolo, -a** *m/f* leñador, -a, hachero, -a

boschereccio, -a (*m pl* **-ci**, *f pl* **-ce**) *adj* (*del bosque*) silvestre; **~ivo, -a** *adj* boscoso, -a

boscimano, -a *adj/s* bosquimán, -ana, bosquimano, -a

bosco (*pl* **-schi**) *m* bosque ◊ ***essere da ~ e da riviera*** *adj* servir igual para un roto que para un descosido; **~sità** *f inv* boscosidad *f*; **~so, -a** *adj* boscoso, -a

Bosforo *m geogr* Bósforo

bosniaco, -a (*m pl* **-ci**) *adj/s geogr* bosnio, -a

Bosnia-Erzegovina *f geogr* Bosnia-Herzegovina

boss *m inv* jefe *m*, capo *m* (*desp*)

bosso *m bot* boj

bossolo *m* 1. *mil* casquillo; 2. (*dados*) cubilete

BOT (*var.* **bot**) (*Buono Ordinario del Tesoro*) *abr/m* Bono del Tesoro

botanic|a *f* botánica; **~o, -a** (*m pl* **-ci**) *adj/s* botánico, -a ◊ ***orto/giardino ~*** *m* jardín botánico

botol|a *f* escotillón *m*, trampilla; **~o** *m* 1. perro gozque; 2. (*persona*) matagigantes *inv*

botta 1. *f* 1. *tamb. fig* golpe *m*; ***è stata una bella ~ per lui*** *ha sido un duro golpe para él*; 2. (*insinuación*) puya, indirecta; 3. (*explosivo*) detonación; **2.** *fpl* paliza *f*, tunda *f* ◊ ***~ e risposta*** toma y daca (*m*); ***a ~ calda*** *adv* en caliente; ***dare ~e da orbi*** dar palos de ciego; ***fare a ~e*** pegarse, darse de golpes; ***prendersi a ~e*** liarse a golpes; ***riempire di ~e*** dar una paliza; **~io** (*pl* **-ai**) *m* barrilero, cubero

botte *f* barril *m*, cuba, barrica, pipa ◊ ***essere in una ~ di ferro*** estar en una situación inmejorable, ser inatacable; ***volere la ~ piena e la moglie ubriaca*** querer estar en misa y repicando, querer tener la cuba llena y la suegra borracha; **~ga** (*pl* **-ghe**) *f com* tienda, comercio *m*; taller *m* ◊ ***avere la ~ aperta*** *coloq/irón* tener la bragueta abierta; ***chiudere ~*** *tamb. fig* cerrar el negocio; ***lavorare a ~ (da q)*** trabajar de aprendiz (para alg); **~gaio, -a** (*m pl* **-ai**) *m/f* tendero, -a; **~ghino** *m* 1. *cine/teat* taquilla *f*; 2. despacho de lotería

bottigli|a *f* botella ◊ ***~ Molotov*** cóctel Molotov (*m*); **~etta** *f* botellín *m*; **~one** *m* botellón

bottino *m* 1. *mil* botín; 2. letrina *f*, pozo negro

botto 1. *m* 1. golpe; 2. (*disparo*) detonación *f*; **2.** *mpl* petardos ◊ ***di ~*** *adv* de golpe; ***in un ~*** *adv* en un santiamén, en un periquete; **~ne** *m* 1. botón; *electr* botón, pulsador; 2. *bot* yema *f*, botón ◊ ***~ d'oro*** *bot* botón de oro; ***attaccare ~*** pegar la hebra; ***attaccare un ~ (a q)*** soltarle el rollo (a alg); **~niera** *f* 1. botonadura; 2. *electr* panel *m*

botulismo *m* botulismo

bouclé [bu'kle] *adj inv* a bucles

boulevard *m inv* boulevard *m*

bouquet [bu'kɛ] *m inv* 1. (*flores*) ramillete *m*, ramito *m*; 2. *gastr* buqué *m*

boutade [bu'tad] *f inv* boutade *f*, burrada *f*

boutique [bu'tik] *f inv* boutique *f*

bov|aro (*var.* **boaro**) *m agric* boyero, vaquero; **~e** *m elev* buey (*estánd*); **~ile** *m agric* vaqueriza *f*; **~ina** *f* boñiga; **~ino, -a** *adj/m* bovino, -a, vacuno, -a

bowling ['bulin] *m inv sport* (*juego*) bolos *mpl*, boliche *m*; (*lugar*) bolera *f*, boliche *m*

box *m inv* 1. *auto* plaza de garage *f*; 2. *sport* (*automovilismo*) box *m*; 3. *agric* cuadra *f*; 4. (*para bebés*) parque *m*, corralito *m* (*Am*); **~are** *vi* ‹avere› boxear; **~e** [bɔks] *f inv sport* boxeo *m*; **~er** ['bɔkser] *m inv* 1. (*perro*) bóxer; 2. (*calzoncillos largos*) bóxer *m*; **~eur** [bok'sɛr] *m inv sport* boxeador *m*, púgil *m*

boy [bɔi] *m inv* 1. (*hotel*) botones *m*; 2. bailarín de revista *m*; **~-scout** ['bɔiskaut] *m inv* boy-scout *m*

bozza *f* 1. esbozo *m*, boceto *m*, borrador *m*; (*contrato*) esbozo *m*; 2. *impr* prueba de imprenta, galerada; ***tirare una ~*** *echar una galerada*; ***correggere le ~e*** *corregir pruebas*; 3. *arq* sillar *m*, almohadilla; 4. *med* protuberancia; *coloq* chichón *m*

bozzell|a *f nav* polea; **~ttista** *m/f* folletinista; **~tto** *m* 1. boceto, bosquejo; 2. (*novela*) folletín

bozzima *f* 1. *tecn* apresto *m*; 2. *agric tamb. fig* engrudo *m*

bozzo *m* chichón

bozzolo *m zool* capullo ◊ ***uscire dal ~*** *fig* salir del cascarón

BR (*Brigate Rosse*) *abr/fpl* (*organización terrorista italiana de extrema izquerda*) Brigadas Rojas

braca (*pl* **-che**) **1.** *f* pernera; *nav/tecn* braguero *m*; **2.** *fpl* pantalones *mpl*, calzones *mpl* ◊ ***calare/calarsi le ~e*** bajarse los pantalones; ***portare le ~e*** ponerse los pantalones; **~lone, -a** *adj/s* desaliñado, -a, descuidado, -a, dejado, -a

braccl|are *vt* (*caza*) acosar, perseguir; **~etto: a ~** *adv* del brazo; ◊ ***andare a ~ di q*** ir del brazo de alg

braccial|e *m* brazalete; (*armadura*) brazal ◊ ***~ nero*** brazalete negro; **~letto** *m* brazalete, pulsera *f*; (*reloj*) correa *f* ◊ ***~ elettronico*** pulsera electrónica (*f*); **~nte** *m agric* bracero, jornalero, peón; **~re** *vt nav* bracear; **~ta** *f* 1. *sport* brazada; 2. (*cantidad*) braza, brazada, brazado *m*

braccio (*pl (1-2)* **le braccia**) *m* 1. brazo; 2. (*medida*) braza *f*; 3. ala *f*; *geogr* brazo; (*grúa, lámpara, balanza*) brazo ◊ ***~ di ferro*** pulso; ***~ seco-***

lare, regio brazo secular, real; ***accogliere q a ~a aperte*** recibir a alg con los brazos abiertos; ***darsi/gettarsi in ~a a q/a un vizio*** echarse en brazos de alg/de un vicio; ***essere il ~ destro (di q)*** ser el brazo derecho (de alg); ***fare a ~ di ferro (con q)*** echar(le) un pulso (a alg); ***incrociare le ~a*** cruzarse de brazos; ***portare in ~*** llevar en brazos; ***sentirsi cascare le ~a*** caérsele a uno el alma a los pies; ***stare a ~ conserte*** estar con los brazos cruzados; **~lo** *m* (*sillón*) apoyabrazos *inv*, posabrazos *inv*, brazo

bracco (*pl* **-chi**) *m* 1. *zool* (*perro*) braco, perdiguero; 2. (*policía, detective*) sabueso, polizonte; **~niere** *m* (*cazador*) furtivo

brace *f* brasa, ascua ◊ ***alla ~*** *adj* a la brasa; ***essere sulle ~i*** estar en ascuas; ***farsi di ~*** ponerse colorado, ruborizarse; ***soffiare sulle ~i*** *tamb. fig* avivar los rescoldos

brache V. **braca**; **~tta** *f* bragueta

brachi|ale *adj med* braquial; **~cefalo, -a** *adj/m* braquicéfalo, -a; **~uro** *m* braquiuro

braci|ere *m* brasero; **~ola** *f gastr* chuleta

bradipo *m zool* perezoso

brado, -a *adj* bravo, -a, salvaje

brahman|esimo *m* brahmanismo; **~o** *m* brahmán

braille [braj, brajl] *adj/m inv* braille; ***scrittura ~*** *escritura braille*

bram|a *f* ansia, anhelo *m*; **~ano** V. **brahmano**; **~are** *vt* ansiar, anhelar; **~ino** *m* brahmán; **~ire** ‹*isc*› *vi* ‹*avere*› bramar; **~ito** *m zool tamb. fig* bramido; **~osia** *f* ansia, anhelo *m*; **~oso, -a** *adj* ansioso, -a, deseoso, -a

branca *f zool* garra, zarpa; *bot* rama; *tecn* (*pinza*) brazo *m*; *arq* (*escalera*) tramo *m*; *cient* rama

branchia *f zool* branquia, agalla; **~le** *adj zool* branquial

brancicare ‹*esd*› **1.** *vt* palpar, sobar, manosear; **2.** *vi* ‹*avere*› andar a tientas

branco (*pl* **-chi**) *m zool tamb. fig* hato, hatajo, atajo; ***un ~ di gentaglia*** *un atajo de sinvergüenzas*; **~lare** ‹*esd*› *vi* ‹*avere*› ir a ciegas, ir a tientas

brand|a *f* catre *m*; *nav* coy *m*; **~ello** *m* 1. jirón, harapo, pingajo; 2. pizca *f*; **~ire** ‹*isc*› *vt* blandir, esgrimir; **~y** ['brendi] *m inv* brandy *m*

brano *m lit/arte/mús* fragmento, trozo

branzino *m zool* róbalo, lubina *f*

brasa|re *vt gastr* estofar; cocer a la brasa; *tecn* soldar; **~to** *m gastr* asado de ternera

brasil|e *m* (*madera*) brasil, palo brasil; ***~e: il ~** *m* Brasil; **~iano, -a** *adj/s* brasileño, -a, brasilero, -a (*Am*)

brav|accio (*pl* **-ci**) *m* bravucón, perdonavidas *inv*, tragahombres *inv*; **~are** *vi* ‹*avere*› *elev* bravear, gallardear; **~ata** *f* bravata, bravuconada; **~eggiare** *vi* ‹*avere*› fanfarronear; **~eria** *f* bravuconada, bravata; **~o, -a 1.** *adj* 1. bueno, -a, capaz, experto, -a, diestro, -a; ***essere ~ in qc*** *ser bueno/diestro en u-c*; ***su, da ~!*** *¡venga, sin miedo!*; 2. bueno, honrado; 3. *elev* bravo, -a, valiente, arrojado, -a; **2.** *excl* ¡bravo!, ¡olé!; **3.** *m hist* bandido, bandolero, forajido; **~ura** *f* habilidad, capacidad; valentía

break [brɛk, breik] *m inv* descanso *m*, intermedio *m*, break

breccia (*pl* **-ce**) *f* 1. *geol* brecha; (*río*) guijarros *mpl*; 2. brecha, boquete *m*, grieta ◊ ***essere sulla ~*** estar en la brecha; ***fare ~*** abrir brecha; **~me** *f* grava, gravilla

brefotrofio (*pl* **-fi**) *m* orfanato, inclusa *f*

Bretagna *f* Bretaña ◊ ***Gran ~*** Gran Bretaña

bretella *f* 1. (*ropa*) tirante *m*; 2. carretera de enlace

bretone *adj/s* bretón, -ona

brev|e 1. *adj* breve, corto, -a; **2.** *m mús/relig* breve ◊ ***a ~ termine*** *adv* a corto plazo; ***a farla ~*** *adv* en resumidas cuentas; ***fra ~*** *adv* en breve; ***in ~*** *adv* en resumen, en pocas palabras; **~ettare** *vt* patentar; **~etto** *m* 1. patente *f*; 2. (*profesión*) permiso, licencia *f* ◊ ***~ di pilota/di pilotaggio*** *aero* título de piloto; **~iario** (*pl* **-ri**) *m* breviario; **~ità** *f inv* brevedad *f*, concisión *f*

brezza *f* brisa

bricco (*pl* **-chi**) *m* (*recipiente*) cafetera *f*; **~nata** *f* bellaquería, bribonada; **~ne, -a** *adj/m* bribón, -ona, bellaco, -a, canalla; *coloq* pillo, -a, pillastre, pillín, -ina; **~neria** *f* (*cualidad*) bellaquería; (*acción*) bellaquería, canallada, bribonada

briciol|a *f* 1. (*pan*) miga, migaja; 2. (*pequeña parte*) migaja, pizca ◊ ***andare in ~e*** hacerse añicos, hacerse trizas; ***ridurre in ~e*** hacer añicos; **~o** *m tamb. fig* pizca, migaja *f*; ***non avere un ~ di cervello*** *no tener ni pizca de conocimiento*

bricolage [briko'laʒ] *m inv* bricolaje *m*

bridge [bridʒ] *m inv* bridge

briga (*pl* **-ghe**) *f* 1. molestia, fastidio *m*; 2. pelea, discusión ◊ ***attaccare/cercare ~*** armar/buscar camorra; ***prendersi/darsi la ~ di*** tomarse la molestia de; **~diere** *m mil* (*Carabineros*) sargento ◊ ***~ generale*** general de brigada, brigadier; **~ntaggio** (*pl* **-gi**) *m* bandidaje, bandolerismo; **~nte, -essa** *m/f* bandido, -a, bandolero, -a, salteador, -a; **~ntino** *m nav* bergantín; **~re** *vi* ‹*avere*› *coloq* bregar, pelearse; ***~ per una carica*** *pelearse por un cargo*; **~ta** *f* grupo *m*, comitiva; *mil* brigada ◊ ***~e Rosse** Brigadas Rojas; ***generale di ~*** *m* general de brigada

brighella *m inv* intrigante *m*

briglia *f* rienda ◊ ***a ~ sciolta*** *adv* a rienda suelta; ***a tutta ~*** *adv* a toda brida, a todo correr, a toda pastilla

brik *m inv* brik, tetra-brik®

brill|amento *m* 1. brillo; 2. explosión *f*; **~antante** *m* abrillantador; **~antare** *vt* 1. abrillantar, sacar brillo; 2. *gastr* escarchar; **~ante** *adj/m* brillante; **~antina** *f* brillantina; **~are 1.** *vi* ‹*avere*› brillar; **2.** *vt* 1. explosionar, explotar; 2. *agric* (*arroz, cebada...*) descascarillar; **~atura** *f tecn* descascarillado *m*; **~io** (*pl* **-lii**) *m* brillo; **~o, -a** *adj* entonado, -a, achispado, -a

brina *f* escarcha; **~re 1.** *vt* escarchar; **2.** *v/impers* ‹*essere/avere*› escarchar; **~ta** *f* escarcha

brind|are *vi ‹avere›* brindar; **~ello** V. **brandello**; **~ellone, -a** *m/f* descamisado, -a, desarrapado, -a, andrajoso, -a
brindisi *m inv* brindis
brio (*pl* **brii**) *m* brío
brioche [bri'ɔʃ] *f inv gastr* bollo *m*, suizo *m*
briofita *f bot* brióﬁta
brionia *f bot* brionia
brios|ità *f inv* brío *m*, vivacidad *f*; **~o, -a** *adj* brioso, -a
briozoo *m zool* briozoo
briscola *f* brisca ◊ ***contare quanto il due di ~*** (*no contar nada*) ser el último mono
britannico, -a (*m pl* **-ci**) *adj/s* británico, -a
brivido *m* escalofrío, estremecimiento
brizzolato, -a *adj* (*animal*) rucio, -a; (*cabello*) entrecano, -a
brocca *f* jarra, jarro *m*, aguamanil *m*; **~tello** *m* brocatel; **~to** *m* brocado
brocchiere *m hist/mil* broquel
broccolo *m bot* brécol, bróculi, bróquil
broch|e [brɔʃ] *f inv* broche *m*; **~ure** V. **brossura**
brod|a (*var.* **brodaglia**) *f* 1. *gastr desp* aguachirle *m*, calducho *m*; 2. (*obra, discurso*) bodrio *m*; **~etto** *m* caldo de pescado; **~o** *m* caldo ◊ ***~ di dadi*** cubitos de caldo; ***~ lungo*** aguachirle, calducho; ***~ ristretto*** caldo corto, consomé; ***andare in ~ di giuggiole*** volverse loco de placer/de alegría, estar como unas castañuelas; ***pastina in ~*** *f* sopa de estrellitas, letras...; ***tutto fa ~*** todo aprovecha, todo sirve; **~olone** *m tosc* (*en la mesa*) guarro, cochino; **~oso, -a** *adj* caldoso, -a
brogli|accio (*pl* **-ci**) *m com* borrador; **~o** (*pl* **-gli**) *m* fraude, embrollo ◊ ***~ elettorale*** fraude electoral, pucherazo
broker ['brɔker] *m inv econ* broker *m*, intermediario finaciero *m*
brom|o *m quím* bromo; **~uro** *m quím* bromuro
bronchi|ale *adj* bronquial; **~te** *f med* bronquitis *inv*; **~tico, -a** (*m pl* **-ci**) *adj/s* bronquítico, -a
broncio (*pl* **-ci**) *m* enojo, rabieta *f* ◊ ***fare, tenere, portare il ~ (a q)*** estar de morros (con alg)
bronco (*pl* **-chi**) *m med* bronquio; **~dilatatore, -trice** *adj/m med* broncodilatador, -a; **~polmonite** *f med* bronconeumonía
brontol|amento *m* refunfuño, farfulla *f*; **~are** *‹esd› vi ‹avere›* refunfuñar, farfullar, rezongar, gruñir; **~io** (*pl* **-lii**) *m* refunfuño, barboteo; **~one, -a** *m/f* gruñón, -ona, renegón, -ona, refunfuñón, -ona
bronz|are *vt metal* broncear; **~atura** *f metal* bronceado *m*; **~eo, -a** *adj elev* (*del color del bronce*) brónceo, -a; (*de bronce*) broncíneo, -a; **~ina** *f tecn* buje *m*; **~ista** *m/f* broncista; **~o** *m* bronce ◊ ***avere la faccia di ~*** tener la cara más dura que el cemento, tener mucha cara; ***Età del *~*** *f* Edad de Bronce
brossura *f impr* rústica; ***rilegato in ~*** *encuadernado en rústica*
browser ['brawser] *m inv informát* navegador *m*
brucellosi *f inv med* brucelosis
bruci|acchiare *vt* chamuscar, socarrar; **~cchiatura** *f* chamusquina, socarrina; **~mento** *m* quema *f*; **~pelo: a ~** *adv* a quemarropa/a quema ropa, a bocajarro/a boca de jarro; **~re 1.** *vt* quemar; **2.** *vi* quemar, arder; ***~ di febbre, di amore*** *arder de fiebre, de amor*; ***~ dal desiderio di fare qc*** *arder en deseos de hacer algo*; (*herida...*) escocer, picar; **3. ~rsi** quemarse, abrasarse ◊ ***~ gli avversari*** *sport* aplastar al contrario, imponer un correctivo al adversario; ***~ la scuola*** hacer novillos, pelarse las clases (*coloq*); ***~ le cervella*** saltar la tapa de los sesos; **~ta** *f* castaña asada; **~ticcio** (*pl* **-ci**) *m* quemado, chamusquina *f*; ***sapere di ~*** *saber a quemado*; **~ to** *m quemado*; ***sapore di ~*** *sabor a quemado* **~tore** *m tecn* quemador; **~tura** *f* quemadura
bruciore *m* ardor, escozor, picor, quemazón *f* ◊ ***~ di stomaco*** ardor de estómago
bruco (*pl* **-chi**) *m zool* gusano, oruga *f*
brufolo *m med* grano
Bruges *geogr* Brujas
brughiera *f* erial *m*, brezal *m*
brulic|ame *m zool tamb. fig* hormigueo; **~re** *‹esd› vi ‹avere› zool* hormiguear; (*personas*) hervir, hormiguear, pulular; ***la strada brulicava di gente*** *la calle hervía de gente*
brulichio (*pl* **-chii**) *m zool* hormigueo, hormiguero; (*personas*) hormiguero, hervidero
brullo, -a *adj* yermo, -a, pelado, -a
brum|a *f zool* broma; *meteo* bruma; **~oso, -a** *adj elev* brumoso, -a
brunastro, -a *adj* parduzco, -a
bruni|re *‹isc› vt metal* bruñir; lustrar, pulimentar; **~toio** (*pl* **-oi**) *m* abrillantador; **~tore, -trice** *adj/s* bruñidor, -a; **~tura** *f* bruñido *m*
bruno, -a 1. *adj* pardo, -a, oscuro, -a; **2.** *adj/s* (*persona*) moreno, -a
brusca (*pl* **-sche**) *f* bruza
bruschet|ta *f gastr* pan tostado *m*; **~zza** *f* brusquedad
bruschino *m* bruza *f*
brusco, -a (*m pl* **-chi**) *adj* 1. brusco, -a, repentino, -a; 2. brusco, -a, áspero, -a ◊ ***con le ~e*** *adv* con malos modos, de mala manera
bruscolo *m* brizna *f*, pizca *f*; (*polvo*) mota *f*
brusio (*pl* **-sii**) *m* rumor, murmullo
brut|ale *adj* brutal, bestial; **~alità** *f inv* brutalidad *f*, bestialidad *f*; **~o, -a 1.** *adj* bruto, -a; **2.** *m* 1. animal, bestia *f*, ser irracional; 2. (*persona*) bestia *m/f*, cernícalo
brutt|ezza *f* fealdad; **~o, -a 1.** *adj/s* 1. feo, -a (!); ***quel ragazzo è molto ~*** *aquel chico es muy feo*; ***~a abitudine*** *fea costumbre*; 2. malo, -a (!); ***~ tempo*** *mal tiempo*; ***~a giornata*** *mal día*; ***giungere in un ~ momento*** *llegar en mal momento*; **2.** *m* mal tiempo; ***il tempo si mette al ~*** *el tiempo se está poniendo feo* ◊ ***~a copia*** *f* borrador (*m*); ***con le ~e*** *adv* por las malas; ***fare (una) ~a figura*** quedar mal, quedar en ridículo; ***il ~ è che/ha di ~ che...*** lo malo es que...; ***il diavolo non è così ~ come lo si dipinge*** no

es tan fiero el león como lo pintan; ***in ~a copia*** *adj* en sucio; ***più ~ del peccato*** más feo que un pecado/que Picio; ***vedersela ~a, passarne delle ~e*** vérselas mal, pasarlas canutas; **~one, -a** *adj* feote, -a; **~ura** *f* porquería

Bruxelles [bruk'sɛl] Bruselas

B.U. (*Bollettino Ufficiale*) *abr* (*Boletín Oficial*) BO

bua *f infant* pupa; ***far(si) la ~*** *hacer(se) pupa*; ***avere la ~ al pancino*** *tener pupa en la barriguita*

buaggine *f* bobada, necedad

bubbola *f* 1. mentira, trola; tontería, bagatela, nadería; 2. *zool* abubilla

bubbolare ‹*esd*› **1.** *vi* ‹*avere*› (*mar, viento...*) bramar; (*trueno*) retumbar, resonar; **2.** *vt coloq* (*engañar*) chasquear, pegársela

bubbolo *m* cascabel

bubbon|e *m med* búa *f*, buba *f*, bubón; **~ico, -a** (*m pl* **-ci**) *adj med* bubónico, -a ◊ ***peste ~a*** *f* peste bubónica

buca *f* agujero *m*, hoyo *m*, fosa; *teat* concha; *auto* bache; *geogr* hoyo ◊ ***~ delle lettere*** buzón (de correos) (*f*); ***piantare a ~*** *agric* plantar a hoya; **~neve** *m inv bot* campanilla blanca *f*; **~niere** *m* bucanero; **~re 1.** *vt* agujerear; *auto* pinchar *vt/i*; ***~ una gomma*** *pinchar (una rueda)*; *sport* marrar, fallar; **2. ~rsi** pincharse, herirse; *jerga* (*droga*) chutarse, picarse ◊ ***~ un semaforo*** *coloq* saltarse un semáforo; **~to, -a 1.** *m* colada *f*; **2.** *adj* agujereado, -a ◊ ***avere le mani ~e*** ser un manirroto; ***fare il ~*** hacer la colada; ***fare il ~ in famiglia*** los trapos sucios se ventilan en casa; **~tura** *f* agujero *m*, perforación; *auto* pinchazo *m*

bucchero *m* búcaro

buccia (*pl* **-ce**) *f bot* (*manzana...*) piel; (*nuez...*) cáscara; (*arbusto; pan, queso*) corteza; *irón* (*humana*) piel, pellejo *m* ◊ ***avere la ~ dura*** ser un tipo duro

buccino *m zool* caracola *f*

buccola (*var.* **buccolo** *m*) *f* bucle *m*

buccolotto *m* tirabuzón

bucefalo *m irón* rocín, jamelgo

buche|rellare *vt* agujerear; **~tto** *m* (*cara*) hoyuelo

buco (*pl* **-chi**) *m* 1. agujero, hueco; *econ tamb. fig* agujero; 2. *jerga drog* chute, pico ◊ ***~ della serratura*** hueco de la cerradura; ***~ nero*** *astron* agujero negro; ***fare un ~ nell'acqua*** fallar, fracasar; ***non cavare un ragno dal ~*** pasar la mano por la pared; ***tappare/turare un ~*** (*deuda*) tapar un agujero

bucolic|a *f lit* bucólica; **~o, -a** (*m pl* **-ci**) *adj* bucólico, -a

Budd|a *m relig* Buda; ***~ismo** *m relig* budismo; ***~ista** *adj/s* budista; ***~istico, -a** (*m pl* **-ci**) *adj* budista

budello (*pl (1)* **le budella**) *m* 1. tripa *f*; 2. callejón, callejuela *f*; tubo

budget ['bad'dʒet] *m inv* presupuesto *m*; **~ario, -a** (*m pl* **-ri**) *adj* presupuestario, -a

budino *m* pudín, budín, flan

bue (*pl* **buoi**) *m* 1. *zool* buey; 2. (*persona*) burro, zopenco ◊ ***parlando del ~, spuntan le corna*** hablando del rey de Roma, por la puerta asoma

bufal|a *f* 1. *zool* búfala; 2. (*mentira*) bulo *m*, patraña; **~o** *m zool* búfalo

bufera *f* vendaval *m*, temporal *m*, tormenta

buffet [buf'fɛ] *m inv* bufé *m*; **~to 1.** *m* (*dedos*) chasquido; palmada *f*, cachete; **2.** *adj inv* candeal *adj* ◊ ***pane ~*** *m* pan candeal

buffo, -a 1. *adj* cómico, -a, gracioso, -a; ridículo, -a; *teat* bufo, -a, cómico, -a; **2.** *m teat* bobo, gracioso

buffon|ata *f teat tamb. fig* bufonada, arlequinada, charlotada; **~e** *m* bufón, payaso; *hist* bufón (de corte); **~eria** *f* bufonería, bufonada; **~esco, -a** (*m pl* **-schi**) *adj* bufonesco, -a, chocarrero, -a

bug [bag] *m inv informát* bug

buganvillea *f bot* buganvilla

buggerare ‹*esd*› *vt coloq* engatusar, liar

bugia (*pl* **-gie**) *f* 1. bujía, palmatoria; 2. mentira; 3. *coloq* blanco de la uña *m*, mentira ◊ ***~ pietosa*** mentira piadosa; ***dire le ~e*** decir mentiras

bugiard|aggine *f* falsedad, doblez; **~eria** *f* mentira; **~o, -a** *adj/s* mentiroso, -a, embustero, -a

bugigattolo *m* cuchitril

bugliolo *m nav* balde

bugna *f arq* almohadilla; **~to, -a** *adj arq* almohadillado, -a

buio, -a (*m pl* **bui**) **1.** *adj* oscuro, -a; **2.** *m* oscuridad *f* ◊ ***~ pesto*** oscuro como boca de lobo; ***al ~*** *adv* a oscuras; ***al ~ tutti i gatti son bigi*** de noche todos los gatos son pardos; ***essere al ~ di qc*** no estar al corriente de u-c; ***farsi ~*** oscurecer, anochecer; ***mettere al ~*** *coloq* poner entre rejas; ***tener al ~ q*** dejar a alg al margen

bulbo *m bot/med* bulbo; **~so, -a** *adj* bulboso, -a

Bulgar|ia: la ~ *f* Bulgaria; ***~o, -a** *adj/s* búlgaro, -a

bulin|are *vt tecn* burilar; **~atura** *f tecn* buriladura; **~o** *m tecn* buril, cincel

bulldog [bul'dɔg, 'buldɔg] *m inv zool* bulldog *m*

bulldozer [bul'doddzer, 'buldowzer] *m inv* excavadora *f*, topadora *f* (*Am*)

bulletta *f* tachuela

bullo, -a *adj/s* chulo, -a

bullon|are *vt* atornillar; **~atura** *f* atornillado *m*; **~e** *m tecn* tornillo, tirafondo

bumerang V. **boomerang**

bungalow ['bungalo] *m inv* bungalow *m*

bunker *m inv mil* búnker *m*; **~aggio** (*pl* **-gi**) *m nav* abastecimiento de combustible

buoi V. **bue**

buonafede (*var.* **buona fede**) *f* buena fe ◊ ***in ~*** *adv* de buena fe

buonanima (*var.* **buon'anima**) *adj/s* difunto, -a, que en paz descanse; ***mio nonno ~*** *mi abuelo, que en paz descanse*; ***la ~ di mio nonno*** *mi difunto abuelo*

buonanotte (*var.* **buona notte**) *excl/f* buenas noches ◊ ***~, sonatori!*** ¡apaga y vámonos!

buonasera (*var.* **buona sera**) *excl/f* buenas tardes, buenas noches

buoncostume (*var.* **buon costume**) *m inv* buenas costumbres *fpl*, decoro *m* ◊ ***squadra del ~*** *m* brigada de la moral (*hist*)
buongiorno (*var.* **buon giorno**) *excl/m* buenos días *mpl*
buongoverno (*var.* **buon governo**) *m inv* buen gobierno
buongrado: di ~ *adv* de buen grado, con gusto
buongustlaio, -a (*m pl* **-ai**) *m/f* (*comilón*) sibarita; entendedor, -a; **~o** (*var.* **buon gusto**) *m inv* buen gusto; tacto *m*, detalle *m*; ***abbi il ~ di tacere*** *ten el detalle de callarte*
buonislmo *m pol* ="continua disponibilidad al consenso con el adversario" *m*; **~ta** *adj/s pol* ="permanentemente disponible al consenso con el adversario"
buono, -a 1. *adj* bueno, -a; **2.** *m* 1. *com* bono, cupón; 2. *estud* notable ◊ ***buon appetito!*** ¡que aproveche!; ***buon divertimento!*** ¡que te lo pases bien!, ¡que te diviertas!; ***buon giorno!*** ¡buenos días!; ***buon riposo!*** ¡feliz descanso!; ***buon viaggio!*** ¡feliz viaje!; ***~o del tesoro*** *m* bono del tesoro; ***~ scuola*** cheque escolar; ***~a fortuna!*** ¡buena suerte!; ***~a notte!*** ¡buenas noches!, ¡hasta mañana!; ***~a sera!*** ¡buenas tardes!, ¡buenas noches!; ***a buon mercato*** *adj* barato; ***alla ~a*** *adv* a la pata la llana, a la buena de Dios; ***con le ~e o con le cattive*** *adv* por las buenas o por las malas; ***essere un ~ a nulla*** ser inútil, ser incapaz, no servir para nada; ***essere ~ come il pane*** ser un pedazo de pan; ***essere in ~a*** estar de buenas; ***questa è proprio ~a!*** ¡esta sí que es buena!; ***stare ~ in un angolo*** estar quieto/quietecito en un rincón; **~ra** (*var.* **buon'ora**) **:** ***alla ~!*** *excl* ¡ya era hora!, ¡por fin!; ***di ~*** *adv* temprano, por la mañana temprano
buonsenso (*var.* **buon senso**) *m inv* sentido común *m*, sensatez *f*
buontempone, -a *adj/s* vividor, -a, juerguista
buonumore (*var.* **buon umore**) *m* buen humor
buonuomo (*var.* **buon uomo**) *m* buen hombre
buonuscita (*var.* **buon uscita**) *f* (*alquiler*) resarcimiento *m*, indemnización; (*trabajo*) indemnización, finiquito *m*
burattinlaio, -a (*m pl* **-ai**) *m/f* titiritero, -a; **~o** *m* 1. *teat* títere; marioneta *f*; 2. *desp* títere, mequetrefe ◊ ***teatro dei ~i*** *mpl* guiñol (*m*)
burbanzla *f* soberbia, altanería; **~oso, -a** *adj* soberbio, -a, altanero, -a
burbero, -a *adj/s* adusto, -a, arisco, -a
bureau [by'ro, bu'rɔ] *m inv* (*mueble*) buró *m*, escritorio *m*; (*hotel*) dirección *f*
burilana *f coloq* jaleo *m*, estruendo *m*; *meteo* chaparrón *m*, aguacero *m*; **~no, -a** *adj/s* paleto, -a, palurdo, -a
burlla *f* burla, broma, chanza, guasa ◊ ***per ~*** *adv* de mentirijillas; **~are** *vt* burlarse, mofarse, reírse; **~atta** *f coloq* chanza, guasa, chacota ◊ ***prendere tutto in ~*** tomar todo a guasa; **~esco, -a** (*m pl* **-chi**) *adj* burlesco, -a, jocoso, -a; **~one, -a** *adj/s* bromista, guasón, -ona
burnus *m inv* (*vestido árabe*) albornoz *m*
burocralte *m* burócrata *m/f*; **~tico, -a** (*m pl* **-ci**) *adj* burocrático, -a; **~tismo** *m* burocratización *f*; **~tizzare** *vt* burocratizar; **~tizzazione** *f* burocratización; **~zia** *f* burocracia
burrascla (*pl* **-sche**) *f* borrasca, tempestad, tormenta; **~oso, -a** *adj* borrascoso, -a, tempestuoso, -a
burriera *f* mantequera
burro *m gastr* mantequilla *f* (!); *quím* manteca *f* ◊ ***~ (di) cacao*** manteca de cacao (*f*); cacao de labios; **~ne** *m* barranco, precipicio, despeñadero; **~so, -a** *adj* mantecoso, -a
bus *m inv* bus *m*, autobús *m*
buscare *vt* procurar, conseguir ◊ ***~rle/~rne*** buscársela, buscarse problemas
busillis *m inv* busilis
business ['biznes] *m inv* negocio *m*; **~man** ['biznisman] *m inv* hombre de negocios *m*
bussa V. **busse**; **~re** *vi* ‹avere› llamar (a la puerta) ◊ ***~ alla porta*** llamar a la puerta; **~ta** *f* golpe *m*, aldabonazo *m*
busse *fpl* tunda *f*, somanta *f*; **~tto** *m* (*zapatero*) bisagra *f*
busso *m* golpe
bussola *f* brújula ◊ ***perdere la ~*** perder la brújula, perder el norte
bussolotto *m* cubilete
busta *f* sobre *m*; (*gafas...*) funda; *jerga drog* papelina ◊ ***~ paga*** nómina, paga; **~rella** *f* soborno *m*, coima (*Am*), mordida (*Méx*)
bustier *m inv txtl* bustier
bustinla *f* (*azúcar, medicinas*) sobre *m*; *mil* gorra; *jerga drog* papelina; **~o** *m* corsé
busto *m* 1. *arte/med* busto; 2. (*ropa*) corsé, cotilla *f*; *med* corsé ◊ ***a mezzo ~*** *adj* de medio cuerpo
butano *m* butano
butirrico, -a (*m pl* **-ci**) *adj quím* butírico, -a
buttalfuori *m inv* 1. portero de discoteca *m*, gorila *m*; 2. *teat* traspunte *m*; **~re 1.** *vt* echar, arrojar, lanzar, tirar; **2. ~rsi** echarse, lanzarse, tirarse; ***~rsi nelle braccia di q*** *echarse en los brazos de alg*; ***~rsi nel letto*** *echarse, acostarse, tumbarse* ◊ ***~ giù q*** socavarle/comerle la moral a alg; ***~ giù una lettera*** escribir una carta deprisa y corriendo; ***~ giù un sorso*** echar un trago; ***~ là una parola, una frase*** dejar caer una palabra, una frase; ***~ tutto all'aria*** mandarlo todo a hacer gárgaras; ***~ via*** echar, tirar; ***~rsi nel fuoco (per q)*** poner la mano en el fuego (por alg); ***~rsi alla macchia*** echarse al monte; ***~rsi giù*** caérsele a alg el alma a los pies; ***da ~*** *adv* para el arrastre, para echar a la basura; **~ta** *f* 1. (*naipes*) descarte *m*; 2. *bot* brotadura
butteralto, -a *adj* picado, -a (de viruela); **~tura** *f med* picadura de viruela, hoyos de viruela *mpl*
buttero *m* 1. picadura de viruela *f*, hoyo de viruela; 2. *agric* boyero, pastor
buvette [bu'vɛt] *f inv* bar *m*, cantina *f*
buzzlo *m* barriga *f*, panza *f* ◊ ***mettersi di ~ buono*** ponerse a u-c con ganas, emprender u-c con te-

són; **~one, -a** *m/f* barrigón, -ona, panzudo, -a; **~urro** *m desp* paleto, patán

by-pass [bai'pas] *m inv* 1. *tecn/med* by-pass; 2. *auto* by-pass, circunvalación *f*

byte [bajt] *m inv informát* byte

C

c. (*circa*) *abr* (*circa*) c.

ca' *f sept* (*Véneto*) casa; **~ *d'Andrea*** *casa de Andrea*

c.a. (*1. corrente alternata 2. corrente anno*) *abr* 1. (*corriente alterna*) CA; 2. el presente año

caballa *f* cábala; **~ista** *m/f* cabalista; **~istico, -a** (*m pl* **-ci**) *adj* cabalístico, -a

cabaret [kaba'rɛ] (*var.* **cabarè**) *m inv* cabaré *m*, cabaret *m*

cabila *f* cabila

cabina *f cine/transp* cabina; *nav* cabina, camarote *m* ◊ **~ *telefonica*** cabina (telefónica); locutorio (telefónico) (*m*); **~to, -a 1.** *adj nav* dotado, -a de cabina(s); **2.** *m* yate

cablaggio (*pl* **-gi**) *m tecn* cableado; **~re** *vt* 1. *tecn* cablear; 2. *telec* cablegrafiar

cable modem *m inv informát* cable módem *m*, módem de cable *m*

cablo (*var.* **cablogramma**) *m transp* cablegrama

cabotaggio (*pl* **-gi**) *m nav* cabotaje

cabrare *vi* ‹*avere*› *aero* encabritarse; **~ata** *f aero* ="acción/efecto de encabritarse"; **~iolé** (*var.* **cabriolet**) *m inv* cabriolé *m*; *auto* descapotable *m*

cacaldubbi *m/f inv vulg* indeciso, -a (*esténd*); **~o** *m bot* cacao; **~re 1.** *vt/i vulg* cagar; **2. ~rsi** cagarse ◊ **~ *sangue*** *vulg* trabajar como un burro (*coloq*); ***~rsi sotto*** *vulg* cagarse de miedo; ***non cacare q*** *vulg* no hacer ni puñetero caso a alg; ***va' a ~!*** *vulg* ¡vete a la mierda!, ¡vete a hacer puñetas!; **~rella** *f* 1. *vulg* cagalera (*coloq*); 2. *vulg* (*miedo*) acojonamiento *m* ◊ ***avere la ~*** *vulg* cagarse de miedo; ***far venire la ~*** *vulg* acojonar; **~senno** *m/f inv desp* sabihondo, -a, sabidillo, -a; **~sotto** *m/f inv coloq* cagón, -ona, miedica *m/f*, rajado, -a *m/f*; **~ta** *f* 1. *vulg* cagada; 2. *vulg* (*cosa mal hecha*) mierda, porquería (*coloq*); **~toio** (*pl* **-oi**) *m vulg* cagadero; **~tua** (*var.* **cacatoa**) *m inv zool* cacatúa *f*

cacca *f coloq* caca ◊ ***avere la ~ al culo*** *vulg* estar cagado de miedo; ***fare la ~*** *infant* hacer caca; ***non toccare, è ~!*** ¡no toques eso, es caca!; **~vella** *f merid mús* zambomba

cacchio (*pl* **-chi**) *m euf* (*pene*) nabo, plátano; ***ma che ~ fai?*** *¿qué narices haces?*

caccia 1. *f* caza; **~ *alla lepre, al cinghiale*** *caza de la liebre, del jabalí*; ***andare a ~*** *ir a cazar*; **2.** *m inv aero* caza *m* ◊ **~ *alle streghe*** *pol tamb. fig* caza de brujas; **~ *grossa, minuta*** caza mayor, menor; ***aereo da ~*** *m* avión de caza; ***dare la ~ a q/qc*** ir a la caza de alg/algo; **~balle** *m/f inv coloq* trolero, -a; **~bombardiere** *m aero* cazabombardero; **~diavoli** *m inv bot* corazoncillo *m*, todasana *f*; **~gione** *f zool* (*animales*) caza; **~re 1.** *vt* 1. cazar; 2. echar, expulsar; **~ *q a pugni e calci*** *echar a alg a patadas*; 3. meter; ***dove ho cacciato l'orologio?*** *¿dónde habré metido el reloj?*; 4. *coloq* sacar; **~ *il coltello, la lingua*** *sacar la navaja, la lengua*; **2. ~rsi** meterse; ***~rsi nella folla*** *confundirse entre la multitud*; ***~rsi in un mare di guai*** *meterse en un montón de líos*; ***~rsi in testa qc a q*** *metérsele u-c en la cabeza a alg*; **~sommergibili** *m inv nav* cazasubmarinos; **~ta** *f* expulsión; **~tora** *f txtl* cazadora ◊ ***alla ~*** *adj gastr* ="cocinado con cebolla, tomate y vino"; **~tore, -trice** *m/f* cazador, -a ◊ **~ *di autografi*** cazador de autógrafos; **~ *di frodo*** cazador furtivo; **~torpediniere** *m inv nav* cazatorpedero *m*, destructor *m*; **~vite** *m inv* destornillador *m*

caccola *f* 1. *coloq* (*moco*) cagarruta, albondiguilla, pelotilla; 2. *coloq* (*ojos*) legaña

cacerolada *f* cacerolada

cachemire ['kaʃmir] *m inv* cachemir *m*, cachemira *m/f*

cache-pot [kaʃ'pɔt] *m inv* macetero *m*

cachessia *f med* caquexia

cachet [kaʃ'ʃɛ] *m inv* 1. *med* sello *m*, cápsula *f*; 2. *cine/teat* (*remuneración*) cachet *m*; 3. clase *f*, elegancia *f*

cachi 1. *adj inv* (*color*) caqui; **2.** *m inv* (*árbol, fruto, color*) caqui *m*

cacilaia *f* quesería; **~ara** *f centr* jaleo *m*, algazara; **~cco** (*pl* **-chi**) *m hist/pol* cacique; **~o** (*pl* **-ci**) *m centromerid* queso ◊ ***cadere come il ~ sui maccheroni*** venir como anillo al dedo; ***essere alto come un soldo di ~*** (*ser bajito*) ser un retaco; **~otta** *f* ="queso fresco de forma redonda" *m*

cacofonila *f* cacofonía; **~co, -a** (*m pl* **-ci**) *adj* cacofónico, -a

cacone, -a *m/f vulg tamb. fig* cagón, -ona

cactus *m inv bot* cacto *m*, cactus

cacuminale *adj ling* cacuminal

CAD *abr/m informát* (*Computer Assisted Design*) CAD

cadauno, -a *adj/pron* cada uno, -a

cadavere *m* cadáver

cadaverico, -a (*m pl* **-ci**) *adj* cadavérico, -a

caddi... V. **cadere**

cadente *adj* 1. (*sol*) poniente; (*estrella*) fugaz; 2. *arq* ruinoso, -a; (*persona*) decrépito, -a

cadenza *f* cadencia, inflexión; *ling* acento *m*, deje *m*; **~re** *vt* dar una cadencia, modular; **~to, -a** *adj* cadencioso, -a

cadere ‹*caddi; cadrà; caduto*› V. 8 *vi* caer; **~ *ammalato*** *caer enfermo*; **~ *bene/male un abito*** *sentar bien/mal un vestido*; **~ *dalla stanchezza, dal sonno*** *caerse de cansancio, de sueño* ◊ **~ *bocconi*** caer de bruces; **~ *in miseria*** caer en la miseria; **~ *in oblio*** caer en el olvido; **~ *nel banale, nel volgare*** caer en la banalidad, en la vulgaridad; **~ *ritto/in piedi*** *fig* caer de pie;

al ~ del sole *adv* al caer la tarde, al ponerse el sol

cadetto *m* 1. hijo no primogénito; 2. *mil/sport* cadete

cadì *m inv* cadí *m*

Cadice *geogr* Cádiz

cadmio *m metal* cadmio

cadrò... V. **cadere**

caduc|eo *m mitol* caduceo; **~ità** *f inv jur* caducidad *f*; **~o, -a** (*m pl* **-chi**) *adj biol* caduco, -a; *fig* caduco, -a, efímero, -a

cadut|a *f* caída; ***~ del governo, delle foglie, dei capelli*** *caída del gobierno, de las hojas, del cabello* ◊ ***~ di tensione*** *electr* caída de tensión; ***~ massi*** *auto* peligro de desprendimientos; **~i** *mpl mil* caídos

caffè *m inv* 1. (*planta, bebida*) café *m*; ***~ in grani, macinato, in polvere*** *café en grano, molido, soluble*; 2. café *m*, cafetería *f*, bar *m* ◊ ***~ concerto*** café concierto; ***~ corretto*** carajillo; ***~ espresso*** café solo; ***~ freddo*** café del tiempo; ***~ lungo*** café largo; ***~ ristretto*** café cargado; ***politica da ~*** *f* política de salón

caffeario, -a (*m pl* **-ri**) *adj* cafetero, -a

caffeina *f* cafeína

caffellatte (*var.* **caffelatte**) *m inv* café con leche *m*

caffett|ano (*var.* **caffetano**) *m* caftán; **~eria** *f* cafetería; **~iera** *f* cafetera; *irón* (*coche*) cafetera, cacharro *m*; **~iere, -a** *m/f* cafetero, -a

cafon|aggine *f* patanería, zafiedad, rudeza, tosquedad; **~ata** *f* villanía, vileza; **~e, -a 1.** *adj* patán, -ana, paleto, -a, palurdo, -a; **2.** *m/f desp* (*campesino*) paleto, -a, destripaterrones *m/f inv*

cagare V. **cacare**

cagion|are *vt* causar, provocar; ocasionar, acarrear; **~e** *f* causa, motivo *m*; **~evole** *adj* enfermizo, -a

caglia|re *vi* (*leche*) cuajar, cortarse; **~ritano, -a** *adj/s* (persona) de Cagliari; **~ta** *f* cuajada; **~tura** *f* cuajadura

caglio (*pl* **-gli**) *m* 1. (*leche*) cuajo, cuajarón; 2. *bot* amor de hortelano, cuajaleche

cagn|a *f zool* perra; **~ara** *f coloq* gresca, jarana, jaleo *m*; **~esco, -a** (*m pl* **-schi**) *adj* amenazador, -a, hostil ◊ ***guardare in ~*** mirar con mala cara; **~olino** *m* perrito

CAI (*Club Alpino Italiano*) *abr/m*

caimano *m zool* caimán

Caio *m* 1. (*nombre*) Cayo; 2. (*persona indeterminada*) Mengano ◊ ***Tizio, ~ e Sempronio*** fulano, mengano y zutano

Cairo: Il ~ *geogr* El Cairo; ***~ta** *adj/s* cairota

cala *f geogr* cala

calabr|ese *adj/s* calabrés, -esa; **~esella** *f* (*naipes*) tresillo *m*; ***~ia: la ~** *f* Calabria; **~one** *m* 1. *zool* avispón, crabrón; 2. (*persona importuna*) moscón

calafat|aggio (*pl* **-gi**) *m nav* calafateado; **~are** *vt nav* calafatear; **~o** *m nav* calafate

calamaio (*pl* **-ai**) *m* tintero; **~retto** *m zool* chipirón; **~ro 1.** *m zool* calamar; **2.** *mpl* ojeras *fpl*

calami|na *f min* calamina; **~ta** *f* 1. *min* calamita, imán *m*; 2. (*persona o cosa que atrae*) imán *m*; **~tà** *f inv* calamidad *f*, azote *m*, desgracia *f*; **~tare** *vt* imantar; **~tazione** *f* imantado *m*; **~toso, -a** *adj* calamitoso, -a

calamo *m bot* cálamo; (*pluma*) cálamo, mástil; (*escritura*) cálamo (*elev*), pluma *f*

calandra *f zool/tecn/impr* calandria; **~re** *vt tecn* calandrar; **~tura** *f tecn* calandrado *m*

calante *adj* decreciente, menguante ◊ ***luna ~*** *f* luna menguante; ***moneta ~*** *f* moneda falta de peso

calare 1. *vt* bajar, hacer descender; *nav* (*palo, vela, red*) calar; (*telón*) dejar caer; **2.** *vi* bajar, descender; (*peso, precio, intensidad...*) disminuir, menguar; **3. ~rsi** dejarse caer, descolgarse; ***~rsi dalle mura*** *descolgarse por la muralla* ◊ ***al calar del sole/del giorno*** *adv* a la caída del sol/de la tarde

calata *f* 1. caída, bajada; ***~ dei prezzi*** *caída de los precios*; 2. *ling* acento *m*, deje *m*, cadencia

calca *f* multitud, gentío *m*; **~gno** (*pl* **i calcagni/le calcagna**) *m* talón; ***i ~i dei piedi*** *los talones de los pies* ◊ ***stare alle ~a di q*** pisarle a alg los talones; ***voltare le ~a*** poner pies en polvorosa; **~ra** *f* calcara; **~re 1.** *vt* 1. pisar; 2. apretar, estrujar; 3. (*palabras*) recalcar; 4. (*dibujo*) calcar, copiar; **2.** *m min* caliza *f*; **3.** *adj* calizo, -a, calcáreo, -a; ***pietra ~*** *piedra caliza* ◊ ***~ la mano*** (*exagerar*) cargar la mano; ***~ le scene*** *teat* pisar las tablas; **~reo, -a** *adj* calcáreo, -a, calizo, -a

calce 1. *f* cal; **2.** *m* (*página, documento*) pie ◊ ***~ spenta, viva*** *f* cal muerta, viva; ***firmare in ~*** firmar al pie; ***nota in ~*** *f* nota a pie de página; **~donio** (*pl* **-ni**) *m min* calcedonia *f*; **~struzzo** *m arq* hormigón ◊ ***~ armato*** hormigón armado; **~tto** *m* (*juego*) futbolín; *sport* fútbol-sala, futbito

calcia|re 1. *vi* ‹*avere*› dar patadas; *sport* chutar; **2.** *vt sport* chutar; **~tore, -trice** *m/f* futbolista

calcico, -a (*m pl* **-ci**) *adj* cálcico, -a

calcifica|re ‹*esd*› *vt* calcificar; **~zione** *f* calcificación

calcina *f arq* argamasa, mortero *m*; **~ccio** (*pl* **-ci**) *m arq* escombro, cascote, yesón; **~io** *m* calero; **~re** *vt* calcinar; **~torio, -a** (*m pl* **-ri**) *adj* calcinador, -a; **~tura** *f* calcinación, calcinamiento *m*; **~zione** *f* calcinación, calcinamiento *m*

calcio (*pl* **-ci**) *m* 1. (*persona*) patada *f* (!), puntapié (!); (*animales*) coz *f* (!); *sport* (*patada al balón*) saque (!); 2. *sport* fútbol (!); 3. *quím* calcio; 4. *mil* (*pistola, fusil*) culata *f* ◊ ***~ d'angolo*** saque de esquina, córner; ***~ di punizione*** falta (*f*); ***~ di rigore*** penalti; ***~ d'inizio*** saque inicial; ***campionato di ~*** *m* liga de fútbol; ***mandare via a ~i*** echar a patadas; ***prendere q a ~i*** emprenderla a patadas con alg; ***tirare ~i*** cocear, dar coces; ***trattare q a ~i*** tratar a patadas a alg; **~-balilla** *m* futbolín; **~cianammide** *f quím* cianamida de calcio; **~mercato** *m sport* mercado futbolístico, mercado de jugadores

calcite *f min* calcita

calco (*pl* **-chi**) *m arte/impr/ling* calco; **~grafia** *f* calcografía, huecograbado *m*

calcolabile *adj* calculable; **~re** ‹*esd*› *vt mat tamb. fig* calcular; **~tore, -trice 1.** *adj* 1. *mat* de cálculo; 2. (*persona*) calculador, -a; **2.** *m* 1. *tecn* ordenador, computadora *f* (*Am*), computador *m* (*Am*); 2. persona calculadora/fría *f* ◊ **~ *elettronico*** ordenador, computadora (*Am*); ***regolo* ~** *m* regla de cálculo (*f*); **~trice** *f tecn* calculadora ◊ **~ *tascabile*** calculadora de bolsillo

calcolista *m/f arq* calculista, proyectista

calcolo *m* 1. *mat tamb. fig* cálculo, cuenta; 2. *med* cálculo ◊ **~ *delle probabilità*** cálculo de probabilidades; **~ *renale, biliare*** cálculo renal, biliar; ***fare i ~i*** hacer cálculos, barajar números

calcomania *f* calcomanía

calcopirite *f min* calcopirita

calda *f metal* calda; **~ia** *f* caldera ◊ **~ *a vapore*** caldera de vapor; **~ico, -a** (*m pl* **-ci**) *adj* caldeo, -a; **~io** (*pl* **-ai**) *m* caldero; **~mente** *adv* calurosamente, encarecidamente; ***raccomandare* ~** *recomendar encarecidamente*; **~na** *f* sofoco *m*; **~reria** *f* calderería

caldarrosta *f* castaña asada; **~io, -a** (*m pl* **-ai**) *m/f* castañero, -a

caldeggiare *vt* encarecer, ensalzar, apoyar

caldeo, -a *adj/s* caldeo, -a

calderla *f geol* caldera; **~aio** (*pl* **-ai**) *m* calderero; **~one** *m* barullo, batiburrillo ◊ ***mettere tutto nello stesso* ~** meter todo en el mismo saco

caldo, -a 1. *adj* caliente (!); ***pane* ~** *pan caliente*; *fig* (*reciente*) caliente, fresco, -a; ***notizia ~a*** *noticia fresca*; (*tiempo*) caluroso, -a; ***una giornata ~a*** *un día caluroso*; **2.** *m* calor (!); ***fa ~, ho ~*** *hace calor, tengo calor* ◊ ***a sangue* ~** *adv* en caliente; ***avere il sangue* ~** tener la sangre caliente; ***non mi fa né ~ né freddo*** no me da ni frío ni calor, me deja frío

caledoniano, -a *adj* caledoniano, -a

calefazione *f fís* calefacción

caleidoscopio (*pl* **-pi**) *m* cal(e)idoscopio

calendlario (*pl* **-ri**) *m* calendario ◊ **~ *di lavoro*** agenda de trabajo; **~ *murale/da muro*** calendario de pared; **~e** *fpl hist* calendas ◊ ***lasciare qc per le ~ greche*** *irón* dejar u-c para las calendas griegas; **~imaggio** *m* (*fiesta popular*) 1° de mayo; **~ola** (*var.* **calendula**) *f bot* caléndula

calesse *m transp* calesa *f* (!)

caletta *f tecn* farda; **~mento** *m tecn* entalladura *f*, entallamiento; **~re** *vt* entallar; **~tura** *f tecn* entalladura, entallamiento *m*

calibralre ‹*esd*› *vt* calibrar; **~toio** (*pl* **-oi**) *m fís* calibrador; *mil* vitola *f*; **~tura** *f bot* calibración; **~zione** *f* calibración

calibro *m mil* calibre; *fís* calibrador

calice *m* (*recipiente*) cáliz; *bot/relig* cáliz; ***bere il ~ dell'amarezza*** *beber el cáliz de la amargura*

caliche *m geol* caliche

califflato *m* califato; **~o** *m* califa

caliginle *f* calígine, calina, neblina; **~oso, -a** *adj* caliginoso, -a; brumoso, -a

calipso *m mús* calipso

calla *f bot* cala

call center [kol'sɛntər] *m inv* centro de atención al usuario *m*, call center; locutorio

calle *f* 1. *sept* (*Venecia*) calle *m/f*; 2. *elev* senda *f* (*estánd*), camino *m* (*estánd*)

callifugo, -a (*m pl* **-ghi**) *adj/m* callicida

calligrafila *f* caligrafía; **~co, -a** (*m pl* **-ci**) *adj* caligráfico, -a

callista *m/f* callista

callo *m med* callo, clavo; **~sità** *f inv med* callosidad *f*, dureza *f*; **~so, -a** *adj med* calloso, -a

calma *f nav tamb. fig* calma; ***prendersela con* ~** *tomárselo con calma* ◊ **~ *e sangue freddo!*** ¡calma y tranquilidad!; **~nte** *adj/m* calmante; **~re** *vt* calmar, tranquilizar, apaciguar

calmierlamento *m econ* tasación *f*; **~are** *vt econ* tasar; **~e** *m econ* tasa *f*, precio máximo autorizado

calmo, -a *adj* tranquilo, -a, apacible, sereno, -a; ***sta' ~*** *cálmate, estate tranquilo*

calo *m* caída *f*, bajada *f*, disminución *f*

calorle *m* 1. *fís tamb. fig* calor; 2. *zool* celo ◊ ***essere in* ~** estar en celo, arrechar (*Am*); **~ia** *f fís* caloría ◊ ***grande* ~** kilocaloría; ***piccola* ~** caloría; **~ico, -a** (*m pl* **-ci**) *adj fís* calórico, -a; **~ifero, -a** *adj fís* calorífero, -a; **~ifico, -a** (*m pl* **-ci**) *adj fís* calorífico, -a; **~imetro** *m fís* calorímetro; **~oso, -a** *adj* 1. *meteo* caluroso, -a; 2. (*especias*) picante; 3. caluroso, -a, cálido, -a, cordial; ***un'accoglienza ~a*** *un recibimiento caluroso*

caloscia (*pl* **-sce**) *f* chanclo *m*

calotta *f* casquete *m* ◊ **~ *cranica*** bóveda craneal; **~ *polare, artica, antartica*** casquete polar, ártico, antártico (*m*); **~ *sferica*** casquete esférico (*m*)

calpestlare *vt tamb. fig* pisotear; **~io** (*pl* **-tii**) *m* pisoteo

calumet *m inv* pipa de la paz *f* ◊ ***fumare il ~ della pace*** fumar la pipa de la paz

calunnila *f* calumnia; **~are** *vt* calumniar ◊ ***calunnia, calunnia, qualcosa rimarrà*** calumnia, que algo queda; **~atore, -trice** *adj/s* calumniador, -a; **~oso, -a** *adj* calumnioso, -a

calura *f* bochorno *m*, calina

calvario (*pl* **-ri**) *m hist tamb. fig* calvario

calvinislmo *m* calvinismo; **~ta** *m/f* calvinista; **~tico, -a** (*m pl* **-ci**) *adj* calvinista

calvizie *f inv med* calvicie *f*

calvo, -a *adj/s* calvo, -a

calza *f* media; *ant* calza ◊ **~ *da uomo*** calcetín (*m*); **~ *elastica*** media elástica; ***ferri da* ~** *mpl* agujas de hacer punto; **~maglia** *f* leotardos *mpl*; **~nte 1.** *adj* apropiado, -a, pertinente, adecuado, -a; **2.** *m* calzador; **~re 1.** *vt* (*zapato*) calzar; *mec* calzar, falcar; **2.** *vi* (*zapato*) ajustarse, venir bien, entrar; **3.** *m elev* zapato (*estánd*), bota *f* (*estánd*); **~scarpe** *m inv* calzador *m*

calzat|oio (*pl* **-oi**) *m* calzador
calzatur|a *f* calzado *m*; **~ificio** (*pl* **-ci**) *m* fábrica de calzado *f*
calzett|a *f* 1. calcetín *m*; 2. media de seda ◊ ***mezza ~*** *f* don nadie (*m*), pelagatos (*m inv*), medianía (*f*); **~one 1.** *m* (*hasta la rodilla*) media de lana *f*; **2.** *mpl sport* pantalón *m*, short *m inv (Am)*
calzi|ficio (*pl* **-ci**) *m* fábrica de medias *f*; **~no** *m* calcetín ◊ ***tirare il ~*** (*morir*) estirar la pata
calzol|aio (*pl* **-ai**) *m* zapatero; **~eria** *f* zapatería
calzon|cini *mpl* 1. calzoncillos; 2. pantalones cortos; **~e** *m* 1. pantalón; 2. *gastr* (*pizza empanada*) calzone; empanada de cebolla *f* ◊ ***portare i ~i*** llevar los pantalones
calzuolo *m* cuña *f*, calza *f*, calce
camaleont|e *m zool tamb. fig* camaleón; **~ico, -a** (*m pl* **-ci**) *adj* camaleónico, -a; **~ismo** *m fig* oportunismo, chaqueteo
camarilla *f hist/pol* camarilla
cambia|bile *adj* cambiable, canjeable; **~dischi** *m inv* cambiadiscos; **~le** *f com* letra, letra de cambio; ***firmare, girare, avallare una ~*** *firmar, girar, avalar una letra*; pagaré *m* ◊ ***~ a vista, all'incasso, in bianco*** letra a la vista, al cobro, en blanco; ***~ di comodo/di favore*** pelotazo (*m coloq*); **~mento** *m* cambio, variación *f*; **~nte** *adj* cambiante; **~re 1.** *vt* cambiar; ***~ euro in dollari*** *cambiar euros en dólares*; ***~ un biglietto da cento*** *cambiar un billete de cien*; ***~ il bambino*** *cambiar al niño*; ***gli ho cambiato le scarpe*** *le he cambiado los zapatos*; cambiar *vi*; ***~ casa, idea, vita*** *cambiar de casa, de idea, de vida*; ***~ aria*** *cambiar de aires*; ***~ treno*** *hacer transbordo*; ***~ marcia*** *cambiar de marcha*; **2.** *vi* (*transformarse*) cambiar; ***tuo fratello è cambiato molto*** *tu hermano ha cambiado mucho*; **3. ~rsi** (*ropa*) cambiarse (**di** de); ***~ la camicia*** *cambiarse la camisa*; convertirse, transformarse (**in** en); ***la pioggia si cambiò in grandine*** *la lluvia se convirtió en granizo*; **~rio, -a** (*m pl* **-ri**) *adj com* cambiario, -a; **~tensione** *m inv electr* conmutador *m*; **~valute** *m/f inv* cambista *m/f*
cambio (*pl* **-bi**) *m* 1. (*variación*) cambio; *com* cambio, canje; 2. *auto* cambio (de marchas); ***~ automatico, a cinque velocità*** *cambio automático, de cinco velocidades* ◊ ***agente di ~*** *m* corredor de bolsa; ***dare il ~ a q*** relevar a alg; ***fare a ~*** intercambiar; ***in ~ di*** *prep* a cambio de; ***tasso di ~*** *m* tipo de cambio
cambista *m/f* cambista
Cambogia: la ~ *f* Camboya; ***~no, -a** *adj* camboyano, -a
cambriano, -a (*var.* **cambrico, -a**) *adj/m geol* cambriano, -a
cambus|a *f nav* pañol *m*, despensa; **~iere** *m nav* pañolero, despensero
camelia *f bot* camelia
camera *f* 1. habitación, cuarto *m*, pieza (*Am*); ***~ singola, doppia, matrimoniale*** *habitación individual, doble, de matrimonio*; 2. *cine/foto* cámara; 3. *med* cámara; 4. *pol* cámara ◊ ***~ a bolle*** cámara de burbujas; ***~ a gas*** cámara de gas; ***~ alta*** cámara alta; ***~ ardente*** capilla ardiente; ***~ bassa, dei deputati*** cámara baja, cámara de diputados/congreso de los diputados; ***~ blindata*** cámara acorazada; ***~ da letto*** dormitorio (*m*), alcoba; ***~ d'aria*** cámara de aire; ***~ degli ospiti*** habitación de invitados; ***~ di commercio*** cámara de comercio; ***~ di decompressione*** cámara de descompresión; ***~ digitale*** cámara digital; ***~ fotografica*** cámara fotográfica; ***~ oscura*** cámara oscura; ***musica da ~*** *f* música de cámara; ***valletto, medico, maestro di ~*** *m ant* ayuda, médico, maestro de cámara; ***veste da ~*** *f* bata
camerale *adj pol* cameral
cameraman *m inv* cameraman *m*, cámara *m*
camerat|a 1. *f* 1. (*colectivo*) dormitorio *m*; 2. tertulia, peña; **2.** *m/f* camarada, compañero, -a; **~esco, -a** (*m pl* **-chi**) *adj* de camarada, de camaradería; **~ismo** *m* camaradería *f*, compañerismo
cameri|ere, -a *m/f* (*casa*) criado, -a, sirviente, -a, chacha *f* (*coloq*); (*locales públicos*) camarero, -a; **~no** *m teat* camerino; (*tienda*) probador; **~sta** *f hist* camarista, azafata
camerlengo (*pl* **-ghi**) *m hist* camarlengo
camice *m* bata *f*; *relig* alba *f*
camice|ria *f* camisería; **~tta** *f* blusa
camicia (*pl* **-cie**) *f* camisa ◊ ***~ azzurra*** (*falangista español*) camisa azul; ***~ bruna*** (*fascista alemán*) camisa parda; ***~ nera*** (*fascista italiano*) camisa negra; ***~ da notte*** camisón (*m*); ***~ di forza*** camisa de fuerza; ***~ verde*** ="del partido Lega Nord"; ***essere nato con la ~*** nacer con estrella; ***giocarsi anche la ~*** jugarse hasta la camiseta; ***sudare sette ~e*** sudar la gota gorda; **~io, -a** (*pl* **-ai**) *m* camisero, -a
camiciol|a *f* camiseta de punto; **~tto** *m* (*de trabajo*) blusa *f*
camin|etto *m* chimenea *f*; **~o** *m* chimenea *f* (!), hogar (!); *tecn* chimenea *f* (!)
camion *m inv* camión *m* ◊ ***~ frigo/frigorifero*** camión frigorífico
camionabile (*var.* **camionale**) **1.** *adj* apto, -a para camiones; **2.** *f* carretera para camiones
camioncino *m* camioneta *f*
camionetta *f mil* camioneta
camionista *m/f* camionero, -a
camita *adj/s* camita
camma *f tecn* leva
cammell|iere *m* camellero; **~o, -a** *m/f zool* camello, -a
cammeo *m* camafeo
cammin|ante *m/f* caminante; **~are** *vi ‹avere›* 1. caminar; ***cammina!*** *¡andando!*; 2. funcionar, andar, ir; ***questa macchina non cammina*** *este coche no va/no funciona* ◊ ***~ a quattro zampe*** ir/caminar a cuatro patas, ir/caminar a gatas; **~ata** *f* caminata; **~atore, -trice 1.** *m/f* andador, -a; **2.** *m sport* andador; **~o** *m* camino; ***ci sono tre ore di ~*** *hay tres horas de camino/de mar-*

cha; *astron/geogr* curso; *nav* rumbo, derrota *f* ◊ ~ ***battuto*** camino trillado; ***aprirsi il*** ~ abrirse camino; ***cammin facendo*** sobre la marcha; ***essere in*** ~ estar de camino; ***mettersi in*** ~ ponerse en marcha

camomilla *f bot/gastr* manzanilla

camorrla *f* (*mafia napolitana*) camorra; **~ista** *m/f* (*mafioso*) camorrista

camoscio (*pl* **-sci**) *m zool* rebeco, gamuza *f*

campagnla *f* 1. campo *m*; ***la città e la*** ~ *la ciudad y el campo*; 2. *mil tamb. fig* campaña; ~ ***elettorale, di stampa, di pubblicità*** *campaña electoral, de prensa, publicitaria*; *agric* temporada, campaña; ***la*** ~ ***della fragola*** *la temporada de la fresa*; **~olo, -a 1.** *adj* campestre, rural, rústico, -a; **2.** *m/f* aldeano, -a, campesino, -a; *desp* cateto, -a, palurdo, -a

campale *adj* campal ◊ ***battaglia, scontro*** ~ batalla campal

campana *f* 1. campana; 2. (*juego*) rayuela ◊ ~ ***da palombaro*** campana de buzo; ***suonare le*** **~e** tocar las campanas, voltear; ***suonare le ~e a martello*** tocar a rebato; ***suonare le ~e a morto*** doblar las campanas, tocar a muerto; **~ccio** (*pl* **-ci**) *m* cencerro, esquila *f*; **~rio, -a** (*m pl* **-ri**) *adj* de la campana; **~ro** *m* campanero

campanellla *f* 1. *estud* timbre *m*; 2. (*puerta*) argolla; (*cortina*) anilla; (*animales*) aro *m*; 3. *bot* campanilla; **~o** *m* (*campana pequeña*) campanilla *f*; *electr/estud* timbre ◊ ~ ***d'allarme*** alarma (*f*), timbre de alarma

campanille *m* 1. *arq* campanario; 2. terruño, patria chica *f*; **~ismo** *m* chovinismo, chauvinismo, patrioterismo, patriotería *f*; **~ista** *m/f* chovinista, chauvinista, patriotero, -a; **~istico, -a** (*m pl* **-ci**) *adj* chovinista, chauvinista, patriotero, -a

campano, -a 1. *adj* (*de Campania*) campano, -a; **2.** *m* cencerro

campanula *f bot* farolillo *m*

campare *vi* vivir; ~ ***della carità*** *vivir de la caridad* ◊ ~ ***alla giornata*** vivir al día; ~ ***d'aria*** vivir del aire; ~ ***di rendita*** vivir de renta; ***tirare a*** ~ ir tirando

campatla *f arq* ojo *m*, arcada; **~o, -a: ~ in aria** *adj* infundado, -a, sin fundamento

campeggilare *vi* ‹*avere*› 1. acampar; 2. resaltar, destacar; **~atore, -trice** *m/f* campista; **~o** (*pl* **-gi**) *m* cámping; ***andare in*** ~ *ir de cámping*

camper *m inv* cámper, autocaravana *f*

campestre *adj* campestre ◊ ***guardia*** ~ *f* guardia rural

campicchiare *vi* ‹*essere/avere*› *coloq* ir tirando

Campidoglio *m* (*Roma*) Capitolio

campiello *m sept* (*Venezia*) plazuela *f*, plazoleta *f*

camping ['kampin] V. **campeggio**

campionlare *vt* muestrear; **~ario, -a** (*m pl* **-ri**) **1.** *m* muestrario, catálogo; **2.** *adj* de muestras ◊ ***fiera*** ~ ***a*** *f* feria de muestras; **~ato** *m sport* campeonato ◊ ~ ***di calcio*** liga (*f*), campeonato de fútbol; ~ ***di serie A, di serie B*** liga de fútbol de 1ª división, de 2ª división (*f*); **~e, -essa 1.** *m* 1. *com* muestra *f*; (*estadística*) muestreo; 2. *fís* patrón; 3. *hist* campeón, paladín; **2.** *m/f sport* campeón, -ona; **3.** *adj inv* campeón, -ona; ***squadra*** ~ *equipo campeón* ◊ ~ ***senza valore*** muestra sin valor; **~issimo** *m* campeón absoluto, supercampeón

campo *m* campo ◊ ~ ***base*** campo base, campamento base; ~ ***da gioco*** campo de juego, cancha (*f*); ~ ***di accoglienza*** campo de acogida; ~ ***di battaglia*** campo de batalla; ~ ***di concentramento/di annientamento/di sterminio*** campo de concentración/de exterminio; **~*minato*** campo minadado; ~ ***semantico*** campo semántico; ~ ***sportivo*** campo de deportes; ~ ***visivo*** campo visual; ***avere il*** ~ ***libero*** *tamb. fig* tener el campo libre; ***entrare in*** ~ entrar en juego; ***fuori*** ~ *adv cine* en off; ***mettere in*** ~ poner sobre el tapete; ***scendere in*** ~ saltar a la arena, entrar en liza; ***tenere il campo*** mantener la posición, mantenerse en su sitio; **~santo** (*pl tamb.* **campisanti**) *m* camposanto

campus *m inv estud* campus

camuffalmento *m* camuflaje; **~re** *vt* camuflar, disfrazar (**qc/q da qc** algo/a alg de u-c)

camuso, -a *adj* chato, -a

Can V. **Khan**

Canada: il ~ *m* Canadá

canadese *adj/s* canadiense

canaglila *f* (*persona*) canalla *m/f* (!), bellaco, -a *m/f*, bribón, -ona *m/f*; (*grupo*) gentuza, chusma; **~ata** *f* canallada, granujada, perrería; **~esco, -a** (*m pl* **-chi**) *adj* canallesco, -a

canalle *m* canal ◊ ~ ***d'irrigazione*** acequia (*f*), canal de riego; ~ ***di scolo*** desagüe, desaguadero; ~ ***tematico*** canal temático; ***il*** ~ ***della Manica*** el canal de la Mancha; **~izzare** *vt* canalizar, encauzar; **~izzazione** *f* canalización, encauzamiento *m*

canapa *f* cáñamo *m* ◊ ~ ***indiana*** cannabis (*f*)

canapè *m inv* (*mueble, gastr*) canapé *m*

canapilero, -a *adj* cañamero, -a; **~ficio** (*pl* **-ci**) *m* fábrica de cáñamo *f*; **~na** *f* entretela

canapo *m* maroma *f*

canapuccia (*pl* **-ce**) *f* cañamón *m*

Canarile: Le ~ *fpl* Las Canarias; ***~no** *m zool* canario ◊ ***mangiare quanto un*** ~ comer como un pajarito

canasta *f* (*naipes*) canasta

cancan *m inv* cancán *m*

cancellare *vt* (*con la goma, el borrador*) borrar; (*con el bolígrafo, el lápiz*) tachar; (*vuelo, cita*) cancelar, anular; *jur* anular; ~ ***un'ipoteca*** *cancelar/redimir una hipoteca*; **~ata** *f* verja; **~atura** *f* tachadura, tachón *m*; **~azione** *f* cancelación, anulación; **~eria** *f* cancillería ◊ ***oggetti di*** ~ *mpl* material de escritorio (*m*); **~iere** *m* canciller; **~o** *m* cancela *f*, verja *f*; *sport* (*equitación*) valla *f*

cancerlizzazione *f med* cancerización; **~ogeno, -a** *adj/m* cancerígeno, -a; **~ologia** (*pl* **-gie**) *f* cancerología; **~ologo, -a** (*m pl* **-gi**) *m/f* cancerólogo, -a; **~oso, -a** *adj* canceroso, -a

cancren|a *f med* gangrena; **~oso, -a** *adj med* gangrenoso, -a

cancro *m med/astrol tamb. fig* cáncer

candeggi|ante *m* blanqueador; **~are** *vt* blanquear; **~na** *f* lejía; **~o** (*pl* **-gi**) *m* blanqueo

candel|a *f* 1. vela, cirio *m*, candela; 2. *mec* bujía; *electr* candela, bujía; 3. moco *m* ◊ ***a lume di ~*** *adv* a la luz de una vela; ***non valere la ~*** no valer la pena, no valer lo que cuesta; ***struggersi come una ~*** quedarse en los huesos; ***tenere/reggere la ~ a q*** hacerle a alg de carabina/celestina; **~abro** *m* candelabro; **~iere** *m* candelero; **~ora** *f relig* candelaria; **~otto** *m* hacha *f*, velón ◊ ***~ lacrimogeno, fumogeno*** bomba lacrimógena, de humo (*m*)

candid|are 1. *vt* presentar la candidatura, presentar; **2. ~rsi** presentar la candidatura (**a** a), presentarse (**a** a); ***~ al parlamento*** *presentar la candidatura al parlamento*; **~ato, -a** *m/f* candidato, -a; aspirante; *estud* examinando, -a; **~atura** *f* candidatura; **~ezza** *f* 1. candor *m*, blancura; 2. candor *m*, ingenuidad, pureza; **~o, -a** *adj* 1. cándido, -a, blanco, -a; 2. cándido, -a, ingenuo, -a, puro, -a; **~osi** (*var.* **candidiasi**) *f inv med* candidiasis

candire ‹*isc*› *vt* confitar

candito, -a 1. *adj* confitado, -a; **2.** *m* confite

candore *m tamb. fig* candor

cane 1. *m* 1. *zool* perro; 2. *mil* (*arma*) can; **2.** *adj inv coloq* (*postpuesto*) maldito, -a *adj*, perro, -a *adj*; ***fa un freddo ~*** *hace un frío que pela*; ***mondo ~!*** *¡mundo cruel!, ¡perro mundo!* ◊ ***~ da caccia*** perro de caza; ***~ da compagnia*** perro faldero; ***~ da corsa*** perro de carreras; ***~ da ferma*** perro de muestra; ***~ da guardia*** perro guardián; ***~ da gregge*** perro pastor; ***~ da presa*** perro de presa; ***~ da riporto*** perro de caza; ***~ da seguito*** perro de búsqueda; ***~ guida*** perro guía, lazarillo; ***~ poliziotto*** perro policía; ***~ sciolto*** persona que se sale del rebaño; ***~i e porci*** (*todo el mundo*) todo Cristo (*coloq*), todo quisqui (*coloq*), tirios y troyanos; ***can che abbaia non morde*** perro ladrador poco mordedor; ***cantare come un ~*** cantar como un loro; ***come ~ e gatto*** *adv* como el perro y el gato; ***come il ~ dell'ortolano*** *adv* como el perro del hortelano; ***figlio d'un ~*** *m coloq* hijo de perra; ***menar il can per l'aia*** andarse por las ramas, irse por los cerros de Úbeda, marear la perdiz; ***morire solo come un ~*** morir como un perro; ***non destare il can che dorme*** no le busques las cosquillas, es mejor no buscarle las cosquillas; ***solo come un ~*** *adv* más solo que la una, más solo que un hongo; ***tempo da ~i*** *m* tiempo de perros; ***vita da ~i*** *f* vida de perros; ***voler (rad)drizzare le gambe ai ~i*** pedir peras al olmo

Cane *m astron* Can ◊ ***~ maggiore, minore*** Can mayor, menor

canea *f* 1. *zool* perrería; 2. vocerío *m*, algazara; (*reacción contraria*) clamor *m*

canesca *f zool* tintorera, tiburón azul *m*

canestr|a *f* canasta, cesta; **~o** *m* canasto, cesto; *sport* canasta *f*, aro; *sport* (*punto*) canasta *f*

canfora *f* alcanfor *m*

canforato, -a *adj* alcanforado, -a

cangiante *adj* cambiante, mutante; (*color*) tornasolado, -a

canguro *m zool* canguro

canicola *f* canícula; **~re** *adj* canicular

canile *m* 1. caseta del perro *f*; 2. perrera *f*; *desp/fig* (*lugar*) cuchitril; *desp/fig* (*cama*) camastro

canino, -a 1. *adj* canino, -a, perruno, -a; **2.** *m* colmillo ◊ ***tosse ~a*** *f med* tos ferina

canizie *f inv* canicie *f*, canas *fpl*

canna *f* 1. *bot* caña; 2. *mús/tecn* tubo *m*; 3. (*arma*) cañón *m*; 4. *sport* caña (de pescar); 5. (*bicicleta*) barra; 6. *jerga drog* porro *m*, canuto *m* ◊ ***~ (da pesca)*** caña (de pescar); ***~ da zucchero*** caña de azúcar, cañamiel; ***~ fumaria*** chimenea; ***povero in ~*** *adj* pobre como una rata, pobre de solemnidad; ***tremare come una ~*** temblar como una hoja; **~bis** *f inv* cannabis *m inv*

cannell|a *f* 1. (*agua*) caño *m*; (*tonel*) canilla, espita; 2. *gastr* canela; **~o** *m* 1. canuto, cañuto; *txtl* canilla *f*; *metal* soplete; 2. *zool* navaja *f*; **~oni** *mpl gastr* canelones

canneto *m* cañaveral, cañizar, cañizal

cannibal|e *adj/s* caníbal; *lit* (*corriente filosófico-literaria transgresora*) caníbal; **~esco, -a** (*m pl* **-chi**) *adj* caníbal; **~ismo** *m* canibalismo

cannocchiale *m* catalejo, anteojo

cannolicchio (*pl* **-chi**) *m zool* navaja *f*

cannon|ata *f* 1. cañonazo *m*; *sport* cañonazo *m*; 2. *fig* exitazo *m*; **~cino** *m* 1. *mil* cañoncito; 2. *txtl* (*vestido*) cañón; **~e** *m* cañón ◊ ***~ sparaneve*** cañón de nieve; **~eggiamento** *m* cañoneo; **~iera** *f nav* cañonera; *arq/mil* tronera; **~iere** *m mil* cañonero; *sport* artillero

cannuccia (*pl* **-ce**) *f* pajita

cannula *f med* cánula

canoa *f* canoa; *sport* piragua

canocchia *f zool* galera

canois|mo *m sport* piragüismo; **~ta** *m/f sport* piragüista

canone *m* canon ◊ ***equo ~*** (*inmueble*) renta limitada (*f*)

canonic|a *f* rectoría, casa del cura; **~ale** *adj* canonical; **~ato** *m* canonjía *f*, canonicato; **~o, -a** (*m pl* **-ci**) *adj* canónico, -a

canonista *m* canonista

canonizza|re *vt* canonizar; **~zione** *f* canonización

canoro, -a *adj elev* canoro, -a

canott|aggio (*pl* **-gi**) *m sport* piragüismo; **~iera** *f* 1. camiseta sin mangas; 2. (*sombrero*) canotié *m*, canotier *m*; **~iere** *m sport* piragüista; **~o** *m* canoa *f*; lancha *f* ◊ ***~ di salvataggio*** bote salvavidas

canovaccio (*pl* **-ci**) *m* 1. (*bordar*) cañamazo, esterilla *f* (*coloq*); 2. (*texto*) bosquejo, boceto; *cine/teat* trama *f*; 3. trapo de cocina

cantalbile *adj/m* cantable; **~brico, -a** *adj* cantábrico, -a; **~bro, -a** *adj* cántabro, -a; **~nte** *m/f* cantante; **~re** *vt/i* ‹*avere*› *tamb. fig* cantar ◊ ***~rla chiara a q*** cantarle las cuarenta a alg

cantaride *f zool* cantárida

cantarino, -a *adj* cantarín, -ina

cantastorie *m inv* romancero *m*, juglar *m* (*hist*)

cantata *f mús* cantata

cantautore, -trice *m/f* cantautor, -a

canterelllare *vt/i* ‹*avere*› canturrear, tararear; **~io** (*pl* **-lii**) *m* canturreo, tarareo

cantica *f lit* ="composición en estrofas de tercetos encadenados"

canticchiare *vt/i* ‹*avere*› canturrear, tararear

cantico (*pl* **-ci**) *m* cántico ◊ ***il *~ dei Cantici*** el Cantar de los Cantares

cantierle *m nav* astilleros *mpl*; *arq* (*construcción*) obra *f* ◊ ***~ edile*** obra (*f*); ***~ navale*** astilleros (*mpl*); **~istico, -a** (*m pl* **-ci**) *adj* (de la construcción) naval

cantilena *f* cantinela, cantilena

cantinla *f* bodega; **~iere, -a** *m/f* bodeguero, -a; **~o** *m mús* cantarela *f*

canto *m* 1. *mús* canto; 2. rincón, esquina *f*; parte ◊ ***dal ~ mio*** *adv* por mi parte, por lo que a mí respecta; ***d'altro ~*** *adv* por otra parte; ***mettere da ~*** poner a parte, apartar

cantonlale 1. *adj* (*suizo*) cantonal; **2.** *m* rinconera *f*, esquinera *f*, cantonera *f*; *arq* (*mueble*) cantonera; **~ata** *f* 1. *arq* rinconada, esquina; 2. planchazo *m*, metedura de pata ◊ ***prendere una ~*** meter la pata; **~e** *m* esquina *f*; *geogr* cantón ◊ ***giocare ai quattro ~i*** jugar a las cuatro esquinas; ***in un ~*** *adv* a parte; **~iera** *f* 1. ="casa de peón caminero o de guardavía"; 2. (*mueble*) rinconera, esquinera; **~iere** *m* peón caminero; *ferroc* guardavía

cantorle (*f* **cantatrice**) *m* cantor, -a *m/f*; **~ia** *f mús/relig* (*lugar*) coro *m*; **~ino** *m relig* cantoral

cantuccio (*pl* **-ci**) *m* 1. rincón 1. (*pan*) mendrugo, chusco

canutliglia *f* cañutillo *m*, canutillo *m*; **~o, -a** *adj elev* cano, -a

canvassing ['kɛn'vasin] *m inv* campaña puerta a puerta *f*

canyon ['kɛnjon] *m inv geol* cañón *m*

canzonlare *vt* reírse, mofarse; **~atorio, -a** (*m pl* **-ri**) *adj* burlón, -ona, burlesco, -a; **~atura** *f* burla, mofa, befa; **~e** *f* canción ◊ ***~ di gesta*** cantar de gesta; ***~ di protesta*** canción protesta; **~etta** *f* canción (ligera), tonadilla; **~ettista** *f* canzonetista, tonadillera; **~iere** *m* cancionero

caolino *m min* caolín

caos *m inv* caos

caotico, -a (*m pl* **-ci**) *adj* caótico, -a

CAP (*Codice di Avviamento Postale*) *abr/m* (*Código Postal*) CP (*Esp*)

capacle *adj tamb. fig* capaz; ***essere ~ di qc*** *ser capaz de algo*; ***uno stadio ~ di centomila persone*** *un estadio con capacidad para cien mil personas*; **~ità** *f inv* 1. capacidad *f*, cabida *f*; (*teatro, estadio...*) aforo *m*; 2. capacidad *f*, aptitud *f*, habilidad *f*; *jur* capacidad *f* ◊ ***~ produttiva*** capacidad productiva; **~itarsi** persuadirse, convencerse; ***non ~ di qc*** *no acabar de entender una cosa*

capannla *f* cabaña, choza, chamizo *m*; **~ello** *m* corrillo; **~o** *m* (*jardín*) glorieta *f*; (*playa*) caseta de baño *f*; **~one** *m* nave (industrial) *f*; *agric* pajar, cobertizo

caparbietà *f inv* obstinación *f*, terquedad *f*, tozudez *f*

caparbio, -a (*m pl* **-bi**) *adj* terco, -a, obstinado, -a, tozudo, -a

caparra *f jur* fianza, arras *fpl*

capasanta (*pl* **capesante**) (*var.* **cappa santa**) *f zool* vieira

capatina *f* escapada, escapadita, visita relámpago

capeggialre *vt* liderar, encabezar; **~tore** *m* cabecilla *m/f*

capellini *mpl gastr* fideos; **~o** *m* pelo, cabello; ***~i biondi, bruni*** *pelo rubio, moreno*; ***portare i ~i corti, lunghi*** *llevar el pelo corto, largo* ◊ ***~i alla maschietta*** pelo a lo chico; ***~i a spazzola*** pelo cortado a cepillo; ***~i di stoppa*** pelo estropajoso; ***al ~*** *adj* (*exactamente*) al milímetro; ***avere un diavolo per ~*** (*estar muy enfadado*) echar humo, estar que arde; ***averne fin sopra i ~i*** estar hasta la coronilla, estar hasta las narices, estar hasta el moño (*coloq*); ***cacciarsi le mani nei ~i*** echarse las manos a la cabeza, tirarse de los pelos (*coloq*); ***far drizzare i ~i*** poner los pelos de punta; ***far venire i ~i bianchi a q*** matar a disgustos a alg; ***non torcere un ~ a q*** ser incapaz de matar ni a una mosca; ***per un ~*** *adv* por un pelo; ***prendersi per i ~i*** (*pelearse*) ir a la greña; ***spaccare un ~ in quattro*** sacarle punta (a algo); ***tirare q per i ~i*** arrastrar a alg a hacer u-c; **~one, -a** *adj/s* melenudo, -a; **~uto, -a** *adj* peludo, -a ◊ ***cuoio ~*** *m* cuero cabelludo

capestro *m* 1. *agric* cabestro, dogal, bozo (*Am*); 2. horca *f*, soga *f*, bozo ◊ ***contratto ~*** *m* contrato leonino; ***tipo da ~*** *m* tipo de baja catadura; ***mandare q al ~*** enviar a alg a la horca

capezzale *m* (*cama*) cabezal, cabecera *f*

capezzolo *m med* pezón

capibara *m inv zool* capibara *f* (*Arg*), carpincho *m* (*Am*)

capidoglio V. **capodoglio**

capienlte *adj* capaz, espacioso, -a; **~za** *f* capacidad, cabida; (*teatro, estadio*) capacidad, aforo *m*

capigliatura *f* melena, cabellera

capillarle *adj* capilar ◊ ***vasi ~i*** *mpl* vasos capilares; **~ità** *f inv* capilaridad *f*

capinera *f zool* curruca, cagachín *m*

capire ‹*isc*› *vt/i* ‹*avere*› entender, comprender; ***far capire qc a q*** *dar a entender u-c a alg*; ***non ci***

capisco più niente *ya no entiendo nada*; ***ci siamo capiti?*** *¿entendido?, ¿estamos?*; ***si capisce!*** *¡por supuesto!, ¡claro!* ◊ ***~ al volo*** coger al vuelo; ***~ l'antifona*** entender la indirecta; ***far finta di non ~*** no darse por aludido, hacerse el sueco, hacerse el distraído; ***non ~ un fico secco/un cavolo/un accidente/un tubo*** no entender ni jota

capitalle **1.** *adj* capital; **2.** *m econ* capital; **3.** *f geogr* capital; **~ismo** *m* capitalismo; **~ista** *adj/s* capitalista; **~istico, -a** (*m pl* **-ci**) *adj* capitalista; **~izzare** *vt* capitalizar

capitanla *f* 1. (nave) capitana; 2. *irón* sargento *m*, capitana; **~are** *vt* capitanear; **~ato** *m mil* capitanía *f*; **~eria** *f adm* zona marítima ◊ ***~ di porto*** capitanía de puerto; **~essa** *f irón* sargento *m*, capitana; **~o** *m* capitán ◊ ***~ di corvetta*** capitán de corbeta; ***~ di fregata*** capitán de fragata; ***~ di lungo corso*** capitán de altura; ***~ di vascello*** capitán de navío; ***~ di ventura*** capitán de ventura

capitare ‹*esd*› *vi* 1. suceder, ocurrir, pasar; 2. (*llegar*) ir a parar, acabar; ***siamo capitati lì nel mezzo del carnevale*** *acabamos/aparecimos allí en pleno carnaval* ◊; ***capita a tutti*** le puede pasar a cualquiera; ***capita anche nelle migliori famiglie*** pasa hasta en las mejores familias; ***~ proprio a proposito*** venir que ni pintado, llegar en el momento oportuno

capitazione *f jur* capitación

capitello *m arq* capitel

capitollare ‹*esd*› **1.** *vi* ‹*avere*› *mil tamb. fig* capitular, rendirse; **2.** *adj* capitular; **~ato** *m* capitulado, capitulaciones *fpl*, capítulos *mpl* ◊ ***~ d'appalto*** pliego de condiciones; ***~ matrimoniale*** capitulaciones matrimoniales (*fpl*); **~azione** *f mil tamb. fig* capitulación, rendición; **~ino, -a** *adj* capitolino, -a, de Roma; **~o** *m lit/jur* capítulo; *relig* cabildo, capítulo

capitombolare ‹*esd*› *vi* caer, rodar por los suelos

capitombolo *m* 1. tumbo, vuelco, voltereta *f*; 2. (*ruina*) revés

capitonné *m inv* capitoné

capo **1.** *m* 1. cabeza *f*; 2. jefe; 3. *agric* (*ganado*) cabeza *f*; 4. extremo, cabo, punta *f*; principio, inicio; 5. (*cuerda*) cabo; 6. prenda *f*; 7. *geogr* cabo; **2.** *adj inv* (*postpuesto*) jefe; ***redattore, ispettore, commissario ~*** *redactor, inspector, comisario jefe* ◊ ***~ d'accusa*** *jur* cargo, imputación (*f*); ****~ del Governo*** Presidente del Gobierno; ****~ dello Stato*** Jefe del Estado; ***~ di bestiame*** cabeza de ganado (*f*), res (*f*); ***~ di vestiario*** prenda de vestir (*f*); ***a ~*** *adv* a parte; ***a ~ chino*** *adv* cabizbajo; ***abbassare/chinare il ~*** *tamb. fig* agachar la cabeza; ***andare a ~*** volver a empezar; ***avere altro per il ~*** tener otras cosas en qué pensar; ***capitare fra ~ e collo*** caer como un jarro de agua fría; ***comandante in ~*** *m* comandante en jefe; ***cominciare da ~*** empezar desde el principio; ***cosa fatta ~ ha*** lo hecho, hecho está, a lo hecho, pecho; ***da ~*** *adv* V. **daccapo**; ***da ~ a piedi*** *adv* de pies a cabeza, de pe a pa; ***essere a ~ di*** estar al frente/mando de, liderar; ***ficcarsi/mettersi qc in ~ a q*** metérsele a alg u-c en la cabeza, metérsele a alg u-c entre ceja y ceja; ***in ~ a*** *prep* (*tiempo*) al cabo de; ***in ~ al mondo*** *adv* en el quinto pino; ***mettere il ~ a partito*** sentar la cabeza; ***non avere né ~ né coda*** no tener ni pies ni cabeza; ***non saper dove (s)battere il ~*** no saber por dónde tirar; ***passare per il ~*** pasar por la cabeza, pasar por la mente; ***per sommi ~i*** *adv* someramente, por encima; ***punto e a ~*** *m tamb. fig* punto y aparte; ***rompersi il ~*** *fig* estrujarse los sesos; ***(s)battere il ~ nel muro*** darse cabezazos contra la pared; ***senza ~ né coda*** *adv* sin pies ni cabeza; ***venire a ~ di qc*** resolver u-c, solucionar u-c

capobanda (*m pl* **capibanda**, *f pl* **capobanda**) *m/f* 1. *mús* director (de banda); 2. *desp/fig* cabecilla

capocannoniere *m* (*fútbol*) pichichi

capocchia *f* (*clavo, alfiler, cerilla*) cabeza

capoccila *m agric* capataz; *desp/fig* cabecilla; **~ata** *f centr* cabezazo *m*; **~one** *m centr* mandamás, capitoste

capoclasse (*m pl* **capiclasse**, *f pl* **capoclasse**) *m/f estud* delegado, -a

capocomico (*pl* **capocomici/capicomici**) *m* director de una compañía, autor (*hist*)

capocorda (*pl* **capicorda**) *m electr* terminal

capocordata (*m pl* **capicordata**, *f pl* **capocordata**) *m/f sport* jefe, -a de cordada

capocronista (*m pl* **capicronisti**, *f pl* **capicroniste**) *m/f* jefe, -a de información local

capocuoco, -a (*m pl* **-i/capicuochi**, *f pl* **capocuoche**) *m/f* jefe, -a de cocina

capodanno (*var.* **capo d'anno**) *m* Año Nuevo ◊ ***veglione di ~*** *m* fiesta de nochevieja (*f*)

capodivisione (*m pl* **capidivisione**, *f pl* **capodivisione**) *m/f adm* jefe, -a de sección

capodoglio (*pl* **-gli**) *m zool* cachalote

capofabbrica (*m pl* **capifabbrica**, *f pl* **capofabbrica**) *m/f* (*fábrica*) contramaestre

capofamiglia (*m pl* **capifamiglia**, *f pl* **capofamiglia**) *m/f* cabeza de familia

capofficina (*m pl* **capiofficina**, *f pl* **capofficina**) (*var.* **capoofficina**) *m/f* jefe, -a de taller

capofila (*m pl* **capifila**, *f pl* **capofila**) *m/f* jefe, -a de filas

capofitto: a ~ *adv* de cabeza; *fig* de cabeza, de lleno; ***buttarsi a ~ in un'impresa*** *meterse de lleno en un asunto*

capogiro *m* vértigo; ***prezzi da ~*** *precios de vértigo*

capogruppo (*m pl* **capigruppo**, *f pl* **capogruppo**) *m/f* jefe, -a de grupo

capolavoro *m* obra maestra *f*

capolilnea (*pl raro* **capilinea**) *m inv transp* final de línea *m*, terminal *f*

capolino: far ~ *vi* asomar la cabeza

capolista (*m pl* **capilista**, *m pl* **capolista**) *m/f* cabeza de lista
capoluogo (*pl* **-ghi**, *pl raro* **capiluoghi**) *m adm* capital de provincia *f*; *jur* cabeza de partido *f*
capomacchinista (*pl* **capomacchinisti**) *m/f ferroc* primer, -a maquinista
capomafia (*pl* **capimafia**) *m* jefe de la mafia, capo
caponaggine *f* testarudez, obstinación
capoofficina V. **capofficina**
caporal|e *m mil* cabo ◊ **~ *di giornata*** cabo de guardia
caporalesco, -a (*m pl* **-chi**) *adj* chulesco, -a
caporalmaggiore (*var.* **caporal maggiore**) *m mil* cabo primero
caporedattore, -trice (*m pl* **capiredattori**, *f pl* **caporedattrici**) *m/f* jefe, -a de redacción
caporeparto (*m pl* **capireparto**, *f pl* **caporeparto**) *m/f adm* jefe, -a de sección
caporione, -a (*pl* **capirioni/-i**) *m/f* cabecilla
caposala (*m pl* **capisala**, *f pl* **caposala**) *m/f* jefe, -a de sala
caposaldo (*pl* **capisaldi**) *m* 1. *mil tamb. fig* baluarte; 2. vértice (topográfico); (*señal*) vértice, hito
caposcarico (*pl* **capiscarichi**) *m/f* tarambana(s)
caposcuola (*m pl* **capiscuola**, *f pl* **caposcuola**) *m/f* (*iniciador, -a de una escuela o movimiento artístico*) maestro, -a
caposervizio (*m pl* **capiservizio**, *f pl* **caposervizio**) *m/f adm* jefe, -a de servicio; (*periódico*) jefe, -a de sección
caposezione (*m pl* **capisezione**, *f pl* **caposezione**) *m/f adm* jefe, -a de sección
caposquadra (*m pl* **capisquadra**, *f pl* **caposquadra**) **1.** *m/f* capataz, mayoral, -a; *sport* capitán, -ana; **2.** *m mil* cabo de infantería
capostazione (*m pl* **capistazione**, *f pl* **capostazione**) *m/f ferroc* jefe, -a de estación
capostipite (*pl* **capistipite**) **1.** *m/f* fundador, -a de una estirpe; **2.** *m lit* arquetipo
capotamento... V. **cappotamento...**
capotasto *m mús* ceja *f*, cejilla *f*
capotavola (*m pl* **capitavola**, *f pl* **capotavola**) *m/f* ="persona que preside una mesa" *f*
capote [ka'pɔt] *f inv auto* capota *f*
capotreno (*m pl* **-i/capitreno**, *f pl* **capotreno**) *m/f* jefe, -a de tren
capotribù (*m pl* **capitribù**, *f pl* **capotribù**) *m/f* jefe, -a de la tribu
capottalmento *m transp* vuelco
capottare *vi ‹avere›* capotar, volcar
capoufficio (*m pl* **capiufficio**, *f pl* **capoufficio/capufficio**) (*var.* **capufficio**, **capo ufficio**) *m/f adm* jefe, -a de negociado
Capo Verde *m geogr* Cabo Verde
capoverdiano, -a *adj/s geogr* caboverdiano, -a
capoverso *m impr* sangría *f*
capovoga (*m pl* **capivoga**, *f pl* **capovoga**) *m/f nav* (*remo*) timonel
capovolgere ‹*volgo; volsi; volto*› V. 90 *vt* 1. girar, dar la vuelta, invertir; 2. *transp* volcar; 3. cambiar las tornas (**qc** de u-c), dar la vuelta a la tortilla (*coloq*) (**qc** a u-c)
capovolgimento *m* 1. vuelta *f*, giro, inversión *f*; 2. *fig* vuelco, giro
capovolsi..., capovolto V. **capovolgere**
cappa 1. *m/f inv* (*letra*) ka *f*; **2.** *f* 1. (*vestido*) capa; 2. (*cocina*) campana; 3. *nav* capa ◊ ***commedia, film di ~ e spada*** comedia, película de capa y espada; ***in ~ magna*** de punta en blanco; ***navigare alla ~*** *nav* capear (el temporal)
cappeggiare *vi ‹avere› nav* capear
cappella *f* 1. *mús/relig* capilla; 2. *bot* sombrero *m*, gorro *m*; 3. *vulg* capullo *m*; 4. *jerga mil* recluta *m* ◊ ***a ~*** *adv mús* a capela; **~io, -a** (*m pl* **-ai**) *m/f* sombrerero, -a; **~nia** *f relig* capellanía; **~no** *m relig* capellán ◊ **~ *militare*** capellán castrense; **~ta** *f* gorrazo *m* ◊ ***a ~e*** *adv* a raudales, a espuertas
cappelle|ria *f* sombrerería; **~tto 1.** *m* 1. *mil/hist* capacete; 2. *txtl* punta de la media *f*; **2.** *mpl gastr* tortelini
cappellilera *f* sombrerera; **~ficio** (*pl* **-ci**) *m* sombrerería *f*, fábrica de sombreros *f*; **~no** *m* 1. tocado; 2. sombrerito
cappello *m* sombrero; *relig* capelo; *impr* entradilla *f* ◊ **~ *a cilindro/a tuba*** chistera (*f*); **~ *cardenalizio*** capelo cardenalicio; ***appendere/attaccare il ~ al chiodo*** *fig* dar un braguetazo; ***cavarsi il ~/fare tanto di ~*** *tamb. fig* quitarse el sombrero; ***levarsi il ~*** *tamb. fig* quitarse el sombrero; ***tanto di ~!*** me descubro, ¡chapó!
cappero *m bot/gastr* alcaparra *f* ◊ ***~i!*** ¡córcholis!, ¡caramba!
cappio (*pl* **-pi**) *m* lazada *f*, lazo; *agric* dogal, cabestro ◊ ***avere il ~ al collo*** estar con el agua al cuello
cappon|atura *f* castración, castradura; **~e** *m zool* capón
cappotto *m* abrigo; *mil* capote ◊ ***fare/dare ~*** dar capote (*naipes*)
Cappuccetto Rosso *m* Caperucita Roja *f*
cappuccin|a *f bot* capuchina; **~o** *m* 1. *relig* capuchino; 2. *gastr* capuchino, café con leche
cappuccio (*pl* **-ci**) *m* 1. capucha *f*, caperuza *f*; 2. *coloq* capuchino, café con leche ◊ ***cavolo ~*** *m* repollo
capra *f* 1. *zool* cabra; 2. *tecn* cabria ◊ ***salvare ~ e cavoli*** nadar y guardar la ropa; **~io, -a** (*m pl* **-ai**) *m/f* cabrero, -a, cabrerizo, -a
capretto *m* cabrito, cabritillo; (*recién nacido*) choto
capriata *f arq* cuchillo de armadura *m*
capriccio (*pl* **-ci**) *m* capricho, antojo; *mús* capricho ◊ ***fare i ~i*** (*persona*) ser un malcriado; (*no funcionar bien*) hacer cosas raras; ***togliersi/cavarsi un ~*** quitarse las ganas (de u-c), darse el gustazo (de u-c); **~so, -a** *adj* caprichoso, -a
Capricorno *m astrol* Capricornio
caprifico (*pl* **-chi**) *m bot* cabrahigo
caprifoglio (*pl* **-gli**) *m bot* madreselva *f*

caprimulgo (*pl* **-ghi**) *m zool* chotacabras *inv*
caprino, -a 1. *adj* cabrío, -a, cabruno, -a; **2.** *m* 1. cagarruta *f*; 2. *gastr* queso de cabra; 3. *desp* (*olor*) chotuno; ***puzzar di ~*** *oler a chotuno*
capriol|a *f* voltereta, cabriola; (*danza, caballos*) cabriola, pirueta; **~o** *m zool* corzo
capro *m zool* macho cabrío ◊ **~ *espiatorio*** chivo expiatorio; **~ne** *m zool* macho cabrío; *desp/fig* cerdo, guarro
capsula *f* cápsula; *mil* cebo *m*; **~trice** *f tecn* capsuladora
capta|re *vt radio tamb. fig* captar; **~zione** *f psicol/TV* captación
capufficio V. **capoufficio**
capzios|ità *f inv* capciosidad *f*; **~o, -a** *adj* capcioso, -a
CAR (*Centro Addestramento Reclute*) *abr/m* (*Centro de Instrucción de Reclutas*) = "CIR" (*Esp*)
carabin|a *f mil* carabina, mosquetón *m*; **~iere** *m mil* carabinero, guardia civil (*Esp*)
carabo *m zool* cárabo
Caracalla *m hist* Caracalla
caracca *f nav/hist* carraca
carachiri *m inv* haraquiri *m*
caracol|lare *vi* ‹*avere*› caracolear; **~o** *m* (*caballo*) caracoleo, escarceo
caraffa *f* jarra, garrafa
caraibico... V. **caribico...**
carambola *f* carambola
caramell|a *f* 1. *coloq* caramelo *m* (!); 2. *coloq* monóculo *m*; **~are** *vt* caramelizar, acaramelar; **~o** *m* (*líquido*) caramelo; **~oso, -a** *adj gastr tamb. fig* acaramelado, -a
caratare *vt* aquilatar
carato *m* quilate
carattere *m psicol/impr* carácter ◊ **~ *corsivo*** *impr* letra cursiva (*f*); **~ *neretto*** *impr* negrita (*f*); **~ *tondo*** *impr* letra redonda (*f*), redondilla (*f*)
caratteri|ale *adj* característico, -a, del carácter; **~no** *m irón* mal genio
caratterist|a *m/f teat* característico, -a; **~ica** *f* característica; **~ico, -a** (*m pl* **-ci**) *adj* característico, -a, propio, -a; ***il caldo è ~ dell'estate*** *el calor es propio del verano*
caratterizza|re *vt* caracterizar; **~zione** *f* caracterización
caratterolog|ia (*pl* **-gie**) *f psicol* caracterología; **~co, -a** (*m pl* **-ci**) *adj psicol* caracterológico, -a
caratura *f* aquilatación
caravan *m inv* caravana *f*, roulotte *f*
caravanning [kara'vanin] *m inv* caravaning, turismo en caravana *m*
caravella *f nav* carabela
carboidrato *m* carbohidrato
carbona|ia *f* carbonera; **~io** (*pl* **-ai**) *m* carbonero; **~ro, -a** *adj/s hist* carbonario, -a ◊ ***alla ~a*** *adj gastr* a la carbonara (= *"acompañado por una salsa de panceta, huevos y queso parmesano"*); **~ta** *f* carbonada; **~to, -a** *adj quím* carbonado, -a

carbonchio (*pl* **-chi**) *m agric* tizón; *med* carbunco, carbunclo
carboncino *m arte* (*pintura*) carboncillo
carbone *m min* carbón; *bot* tizón ◊ **~ *fossile*** carbón mineral, carbón de piedra; ***essere sui ~i ardenti*** estar sobre ascuas; **~lla** *f min* carbonilla, cisco *m*; **~ra** *f nav* carbonera; **~ria** *f hist* carbonería
carboni|co, -a (*m pl* **-ci**) *adj* carbónico, -a; **~ere** *m* minero del carbón; **~ero, -a** *adj* carbonero, -a; **~fero, -a** *adj* carbonífero, -a, hullero, -a; **~o** (*pl* **-ni**) *m quím* carbono
carbonizza|re *vt* carbonizar; calcinar; **~zione** *f* carbonización
carbur|ante *m* carburante; **~are 1.** *vt* carburar; **2.** *vi* ‹*avere*› *tecn tamb. fig* carburar; ***oggi non carburo*** *hoy no carburo*; **~atore** *m* carburador; **~azione** *f* carburación; **~o** *m quím* carburo
carcassa *f* 1. *zool* caparazón *m*; *arq/mec* armazón *m/f*; *electr/tecn* carcasa; 2. *desp/fig* (*persona*) piltrafa, desecho *m*; *desp/fig* (*cosa*) cacharro *m*, carraca ◊ **~ *umana*** desecho humano (*m*)
carcera|re ‹*esd*› *vt* encarcelar; **~rio, -a** (*m pl* **-ri**) *adj* carcelario, -a ◊ ***guardia di custodia ~a*** *f* guardia de prisiones; **~to, -a** *adj/s* preso, -a, penado, -a; detenido, -a; **~zione** *f* encarcelamiento *m* ◊ **~ *preventiva*** prisión preventiva
carcere (*pl* **le carceri**) *m* cárcel *f*, prisión *f* ◊ **~ *di massima sicurezza*** cárcel de máxima seguridad; **~ *perpetuo*** cadena perpetua (*f*); **~ *preventivo*** prisión preventiva (*f*)
carceriere, -a *m/f* carcelero, -a
carcino|genesi *f inv med* carcinogénesis; **~ma** *m med* carcinoma
carciof|ino *m* alcachofa en aceite o en vinagre *f*; **~o** *m* 1. alcachofa *f* (!), alcaucil (*And/Am*); 2. *desp* lechuguino, bobo
carda|momo *m bot* cardamomo; **~nico, -a** (*m pl* **-ci**) *adj mec* cardánico, -a; **~no** *m mec* cardán; **~re** *vt tecn* cardar; **~tore, -trice** *m/f* cardador, -a; **~tura** *f* carda, cardado *m*
cardel|lino *m zool* jilguero; **~to** *m bot* cardizal
cardi|aco, -a (*m pl* **-ci**) *adj* cardíaco, -a, cardiaco, -a; **~gan** *m inv* cárdigan *m*
cardina|lato *m relig* cardenalato; **~e 1.** *adj* cardinal; **2.** *m relig* cardenal; **~izio, -a** (*m pl* **-zi**) *adj* cardenalicio, -a
cardine *m* 1. pernio, gozne; 2. cimiento, base *f*, fundamento
cardio|chirurgia *f* cardiocirugía; **~chirurgo** (*pl* **-ghi/-gi**) *m* cardiocirujano, -a; **~gramma** *m* cardiograma; **~logia** (*pl* **-gie**) *f* cardiología; **~logo, -a** (*m pl* **-gi**) *m/f* cardiólogo, -a; **~patia** *f* cardiopatía; **~patico, -a** (*m pl* **-ci**) *adj/s* cardiopático, -a; **~polmonare** *adj* cardiorrespiratorio, -a; **~vascolare** *adj* cardiovascular
cardite *f* carditis *inv*
cardo *m* 1. *bot* cardo; 2. *tecn* carda *f*
carena *f nav* carena, obra viva, fondos *mpl*; **~ggio** (*pl* **-gi**) *m nav* carenado; **~re** *vt aero/nav* carenar; **~tura** *f aero/nav* carenado *m*

carenlte *adj* carente (**di** de); **~za** *f* carencia (**di** de), falta (**di** de); **~ziale** *adj med* carencial
carestia *f* carestía (**di** de), escasez (**di** de)
caretta *f zool* carey *m*
carezzla *f* 1. caricia; 2. halago *m*; **~are** *vt tamb. fig* acariciar; **~ *un'idea*** *acariciar una idea*
carezzevole *adj* arrullador, -a, amoroso, -a
cargo (*pl* **-ghi**) *m nav* carguero; *aero* avión de carga
carialre 1. *vt* cariar; **2. ~rsi** cariarse; **~tide** *f arq* cariátide
Caribi: i ~ *mpl* el Caribe *m*; ***~co, -a** (*m pl* **-ci**) *adj* caribeño, -a
caribo, -a *adj/s* caribeño, -a
caribù *m inv zool* caribú
carica *f* 1. *tamb. fig* carga; 2. *adm* cargo *m* ◊ ***entrare in ~*** tomar posesión; ***essere in ~*** *adm tamb. fig* estar en activo; ***tornare alla ~*** *tamb. fig* volver a la carga
caricare ‹*esd*› *vt* cargar; (*reloj*) dar cuerda ◊ ***~ la dose/le tinte*** cargar las tintas
caricato, -a *adj desp* recargado, -a; **~re 1.** *m* (*trabajador*) cargador; *nav* estibador; *foto/mil* cargador; **2.** *adj inv* (*postpuesto*) de descarga ◊ ***piano ~*** *m* muelle de descarga
caricaturla *f* caricatura; **~ale** *adj* caricaturesco, -a; **~are** ‹*esd*› *vt* caricaturizar; **~ista** *m/f* caricaturista
carice *f bot* cisca
carico, -a (*m pl* **-chi**) **1.** *m* 1. *com* carga *f* (!), cargamento; 2. (*responsabilidad*) cargo; **2.** *adj* cargado, -a; (*excesivo*) recargado, -a; *meteo* cerrado, -a ◊ ***~ di coscienza*** cargo de conciencia; ***~ fiscale*** presión fiscal (*f*), cargas fiscales (*fpl*); ***~ pendente*** *jur* causa pendiente (*f*); ***certificato di ~i pendenti*** *m jur* certificado de penales; ***~ utile*** carga útil; ***a ~ di*** *prep* a cargo de; ***avere a ~ q*** tener a alg a (su) cargo; ***deporre a ~ di q*** testificar contra alg; ***farsi ~ di qc*** hacerse cargo de u-c; ***prove di ~*** *fpl mec* prueba de carga (*f*); ***testimone a ~*** *m* testigo de cargo
carie *f inv* caries
carillon [kari'jɔn] *m inv* carillón *m*, caja de música *f*
carino, -a *adj* mono, -a, bonito, -a, lindo, -a; (*persona*) guapo, -a, lindo, -a
carioca 1. *adj/s* carioca; **2.** *f* (*baile*) carioca
carisma *m relig tamb. fig* carisma; **~tico, -a** (*m pl* **-ci**) *adj* carismático, -a
carità *f inv* 1. (*sentimiento*) caridad *f*; 2. limosna *f*, caridad *f*; ***chiedere/fare la ~*** *perdir/dar limosna*; 3. favor *m*; ***fammi la ~ di spegnere la TV*** *hazme el favor de apagar la televisión* ◊ ***~ pelosa*** caridad interesada; ***per ~!*** *adv* ¡por favor!, ¡por lo que más quiera(s)!
caritatevole *adj* caritativo, -a; piadoso, -a
carlona: alla ~ *adv* a la pata la llana, a la buena de Dios
carme *m elev* carmen; **~litano, -a** (*var.* **carmelita**) *adj/s* carmelita, carmelitano, -a *adj* ◊ ***~ scalzo*** carmelita descalzo; ***~lo** *m* Carmelo ◊ ***la Madonna del ~*** *f* la Virgen del Carmen; ***monte ~*** *m* monte Carmelo
carminio (*pl* **-ni**) *m quím* carmín
carnalgione *f* tez, piel; **~io** (*pl* **-ai**) *m* 1. fosa común *f*; 2. *mil* masacre *f*; 3. gentío, turbamulta *f*
carnalle *adj* carnal; **~ità** *f inv* carnalidad *f*
carne *f* carne ◊ ***~ affumicata*** carne ahumada; ***~ alla brace*** carne a la brasa, churrasco (*m Arg*); ***~ da cannone/da macello*** carne de cañón; ***~ tritata*** carne picada; ***essere bene in ~*** estar rellenito, -a, estar de buen año; ***in ~ ed ossa*** *adv* en carne y hueso; ***in ~ viva*** *adv* en carne viva; ***mettere troppa ~*** querer abarcar demasiado; ***non essere né ~ né pesce*** no ser ni carne ni pescado, no ser ni chicha ni limonada
carnefice *m* carnicero, verdugo
carneficina *f* carnicería, matanza, escabechina, degollina; *jerga estud* escabechina
carneo, -a *adj elev* cárneo, -a
carnet *m inv* libreta *f* ◊ ***~ di assegni*** libreta de cheques (*f*), chequera (*f*); ***~ di ballo*** carné de baile
carnevallata *f* carnavalada, bufonada; **~e** *m* carnaval, carnavales *mpl*; **~esco, -a** (*m pl* **-chi**) *adj* carnavalesco, -a
carnilere *m* (*cazador*) morral; **~voro, -a** *adj/s* carnívoro, -a
carnoslità *f inv* carnosidad *f*; excrecencia *f*; **~o, -a** *adj* carnoso, -a
caro, -a 1. *adj* 1. querido, -a (!), estimado, -a; ***Caro Piero,...*** *Querido Pedro:...*; ***questo quadro mi è molto ~*** *este cuadro me es muy querido/me gusta mucho este cuadro*; 2. cariñoso, -a, amable; ***tanti ~i saluti*** *afectuosamente te saluda*; ***sono stati molto ~i con me*** *han sido muy amables conmigo*; 3. bonito, -a, mono, -a (*coloq*); ***quant'è ~!*** *¡qué mono!/¡qué bonito!*; 4. *econ tamb. fig* caro, -a; **2.** *adv* caro; ***pagare ~ qc*** *pagar cara u-c*; **3.** *excl/s* querido, -a, cariño *m*; **4.** *mpl* seres queridos, allegados; ***i tuoi ~i*** *tus seres queridos* ◊ ***costare ~*** *tamb. fig* costar caro; ***pagarla ~a*** pagarlas caras
carognla *f zool* carroña; *desp/fig* malvado, -a *m/f*, desalmado, -a *m/f*; sinvergüenza *m/f*; **~ata** *f desp* jugarreta, faena, judiada; **~esco, -a** *adj fig* carroñero, -a
carolingio, -a (*m pl* **-gi**) *adj* carolingio, -a
carosello *m sport* carrusel; *hist* torneo; (*feria*) tiovivo
carotla *f* 1. *bot* zanahoria (!); 2. (*mentira*) trola, bola ◊ ***pel di ~*** *m* pelirrojo, -a (*m/f*); ***piantare/vendere ~e*** (*decir mentiras*) meter trolas; **~ene** *m quím* caroteno; **~ide** *f med* carótida; **~ideo, -a** *adj* carotídeo, -a
carovanla *f* caravana; **~iere** *m* caravanero; **~iero, -a** *adj* caravanero, -a
carovita *m* aumento del costo de la vida
carpa *f zool* carpa; ***~zi** *mpl* Cárpatos
carpello *m bot* carpelo
carpentleria *f* construcción, montaje *m*; armazón *m/f*, estructura; **~iere** *m* armador, montador; *nav* carpintero de ribera

carpire ‹isc› *vt* (*con engaño*) sonsacar; (*con violencia*) arrebatar, arrancar

carpo *m med* carpo; **~ni** *adv* a gatas, a cuatro patas

carra|bile *adj* carretero, -a, carretil ◊ ***passo ~*** *m* vado permanente; **~io, -a** (*m pl* **-ai**) *adj* carretero, -a; **~rmato** V. **carro**

carré *m inv* 1. *txtl* canesú *m*; 2. *gastr* lomo (de cerdo) *m* ◊ ***pan ~*** *m* pan de molde

carreggi|are *vt* acarrear; **~ata** *f* 1. *auto* calzada; (*huella*) carril *m*, surco *m*; 2. buen camino *m* ◊ ***mettersi in ~*** ponerse en el buen camino, encarrilarse; ***uscire di ~*** *fig* salirse del camino; **~o** (*pl* **-gi**) *m* acarreo

carrel|lata *f cine* travelín *m*, travelling *m*, barrido *m*; **~o** *m transp* carreta *f*, carretilla *f*; *min* vagoneta *f*; *cine* travelín; *aero* tren de aterrizaje; *ferroc* boje; (*máquina de escribir*) carro; (*supermercado*) carrito; (*bebidas y comidas*) camarera *f* ◊ ***~ d'atterraggio*** tren de aterrizaje; ***~ elevatore*** carretilla elevadora (*f*); ***~ portavivande*** camarera (*f*)

carrett|a *f* carreta; **~ata** *f* carretada; **~iere** *m* carretero; **~o** *m* carrito, carretón

carriaggio (*pl* **-gi**) *m* carromato

carrier|a *f* carrera, profesión; *sport* carrera ◊ ***andare di ~*** ir a la carrera; ***avere una ~*** tener estudios; **~ismo** *m* ambición *f*, ansia de medrar *f*; **~ista** *m/f* ambicioso, -a, escalador, -a

carriola *f* carretilla; **~nte** *m merid* carretillero

carrista *adj/m mil* tanquista

carro *m* carro, carromato; (*tren*) vagón ◊ ***~ armato*** *mil* carro de combate; ***~ attrezzi*** *auto* grúa (*f*); ***~ bestiame*** vagón de ganado; ***~ di Tespi*** teatro ambulante, teatro de la legua (*hist*); ***~ funebre*** coche fúnebre; ***~ merci*** (vagón de) mercancías; ***mettere il ~ davanti ai buoi*** poner el carro delante de los bueyes

Carro *m astron* Osa *f* ◊ ***il Gran ~, il Piccolo ~*** la Osa mayor, la Osa menor (*f*)

carroccio (*pl* **-ci**) *m* 1. ="carro de guerra de las antiguas Repúblicas italianas"; 2. *pol* (="*Liga Norte*") Lega Nord *f*

carrozz|a *f* carroza, carruaje *m*; *ferroc* vagón *m*, coche *m* ◊ ***~ letto*** *ferroc* coche cama (*m*); ***~ ristorante*** *ferroc* vagón restaurante (*m*); ***la ~ di San Francesco*** *irón* el coche de San Fernando (*m*); ***signori, in ~!*** *ferroc* ¡pasajeros al tren!; **~abile 1.** *adj* carretero, -a, carretil; **2.** *f* camino carretero *m*; **~ella** *f* (*enfermos*) silla de ruedas; (*bebés*) cochecito *m*, carrito *m*; **~eria** *f auto* carrocería; taller de carrocería/plancha; *coloq/fig* cuerpazo *m*, tipazo *m*; **~iere** *m* planchista, carrocero; **~ina** *f* (*bebés*) cochecito *m*, carrito *m*; **~ino** *m transp* calesín; (*moto*) sidecar; **~one** *m* carromato de circo

carrub|a *f bot* algarroba; **~o** *m bot* algarrobo

carrucola *f* polea

carsico, -a (*m pl* **-ci**) *adj geol* cárstico, -a

carta *f* 1. papel *m* (!); 2. documento *m*; carta, tarjeta; 3. *coloq* billete *m* (*estánd*); 4. carta, menú *m*; ***mangiare alla ~*** *comer a la carta*; 5. *geogr* mapa *m*; 6. (*juego*) carta, naipe *m* ◊ ***~ assorbente/asciugante*** papel secante (*m*); ***~ bianca*** carta blanca; ***~ bollata/~ da bollo*** papel timbrado/sellado (*m*); ***~ carbone/copiativa*** papel carbón (*m*), papel de calco (*m*); ***~ costituzionale*** carta constitucional, carta magna; ***~ da lettere*** papel de carta (*m*); ***~ da musica*** papel pautado (*m*), papel de música (*m*); ***~ da parati*** papel pintado (*m*); ***~ d'argento, verde*** *ferroc* tarjeta dorada, tarjeta joven; ***~ di circolazione*** *auto* permiso de circulación (*m*); ***~ di credito*** tarjeta de crédito; ***~ d'identità*** carné/carnet de identidad (*m*), documento nacional de identidad (*m adm*); ***~ d'identità elettronica*** carnet de identidad electrónico (*m*); ***~ geográfica*** mapa (*m*); ***~ igienica*** papel higiénico (*m*), papel de water/váter (*m coloq*); ***~ lucida*** papel cebolla (*m*); ***~ moneta*** papel moneda (*m*); ***~ oleata*** papel parafinado (*m*); ***~ riciclata*** papel reciclado (*m*); ***~ stagnola*** papel de plata (*m*); ***~ straccia*** papel de estraza (*m*); *fig* papel mojado (*m*); ***~ stradale*** mapa de carreteras (*m*); ***~ velina*** papel cebolla (*m*), papel de seda (*m*); ***~ verde*** *auto* carta verde; ***~ vergata*** papel vergé (*m*), papel vergueteado (*m*); ***~ vetrata/smerigliata*** papel de lija (*m*), lija; ***~e francesi*** baraja de póquer (*f*); ***~e italiane*** baraja española (*f*); ***~e nautiche/di navigazione*** cartas de marear; ***cambiare le ~e in tavola*** (*engañar*) dar gato por liebre; ***fare le ~e*** barajar y repartir; echar las cartas; ***giocare a ~e*** jugar a las cartas; ***la ~ delle Nazioni Unite*** la carta de las Naciones Unidas; ***mandare q a ~e quarantotto*** mandar a alg a freír espárragos; ***mazzo di ~e*** *m* baraja (*f*); ***mettere le ~e in tavola*** poner las cartas sobre la mesa

cartacarbone (*pl* **cartecarbone**) (*var.* **carta carbone**) *f* papel de calco *m*, papel carbón *m*

cartaceo, -a *adj* de papel, en papel, impreso, -a; ***versione ~a*** *versión en papel, versión impresa*

Cartagine *geogr* Cartago; ***~se** *adj/s* cartaginés, -esa

cartamodello *m txtl* patrón

cartamoneta (*pl* **cartemonete**) *f* papel moneda *m*

cartapecora *f* pergamino *m*

cartapesta *f* cartón piedra *m* ◊ ***di ~*** *adj tamb. fig* de cartón piedra

cartario, -a (*m pl* **-ri**) *adj* papelero, -a ◊ ***industria ~a*** *f* industria papelera

cartastraccia (*pl* **-ce**) *f* papel de estraza *m*

cartasuga (*pl* **cartesughe**) *f* papel secante *m*

carteggio (*pl* **-gi**) *m* (*acción*) carteo, correspondencia *f*; ***tenere un ~ con q*** *mantener correspondencia con alg*; (*cartas*) correspondencia *f*; ***il ~ tra Verdi e Piave*** *la correspondencia entre Verdi y Piave*

cartell|a *f* 1. cuartilla, hoja; *impr* cuartilla; *econ* título *m*; 2. carpeta; *econ* cartera ◊ ***~ clinica*** historial clínico (*m*); ***~ condivisa*** *informát* carpeta compartida; ~ ***della tombola*** cartón del bingo (*m*); ~ ***fondiaria*** cartera inmobiliaria; **~ina** *f* carpeta; **~ino** *m* 1. etiqueta *f*, rótulo; *impr* tejuelo; 2. *sport* (*contrato*) ficha *f*; 3. *sport* (*amonestación*) tarjeta *f*; ***estrarre il*** ~ *sacar/enseñar tarjeta*; 4. (*en el trabajo*) ficha *f*; ***timbrare il*** ~ *fichar* ◊ ~ ***giallo*** *sport* tarjeta amarilla (*f*); ~ ***orario/di presenza*** (*trabajo*) ficha (*f*); ~ ***rosso*** *sport* tarjeta roja (*f*); **~o** *m* 1. cartel, letrero, panel, afiche (*Am*); 2. *econ/drog* cártel; ***il*** ~ ***di Medellin*** *el cártel de Medellín* ◊ ~ ***di sfida*** *ant* cartel de desafío; ~ ***pubblicitario*** panel publicitario, valla publicitaria (*f*); ~ ***stradale*** panel de tráfico; **~one** *m* valla publicitaria *f*; *cine/teat* cartel ◊ ***tenere il*** ~ *cine/teat* mantenerse en cartel; **~onista** *m/f* cartelista

carter *m inv* (*bici, moto*) guardacadena *f*; (*motor*) cárter *m*

cartesi|ano, -a *adj* cartesiano, -a; ***~o** *m hist* Descartes

cartevalori (*var.* **carte valori**) *fpl* valores *mpl*, títulos *mpl*

cartiera *f indus* papelera (!)

cartilagine *f med* cartílago *m*

cartilagineo, -a *adj* cartilaginoso, -a

cartilaginoso, -a *adj* cartilaginoso, -a

cartina *f* 1. papel de fumar *m*; 2. (*agujas, quím...*) sobre *m*, envase *m*; 3. *geogr* plano *m*

cartoccio (*pl* **-ci**) *m* cucurucho; *mil* cartucho

cartogra|fia *f* cartografía; **~fico, -a** (*m pl* **-ci**) *adj* cartográfico, -a; **~fo, -a** *m/f* cartógrafo, -a; **~mma** *m* cartograma

cartolaio, -a (*m pl* **-ai**) *m/f* (*persona*) papelero, -a

cartoleria *f* papelería

carto|libreria *f* librería-papelería; **~na** *f* (tarjeta) postal (!) ◊ ~ ***illustrata*** (tarjeta) postal; ~ ***postale*** postal; ~ ***precetto*** (*documento*) llamamiento a filas (*m*)

cartoman|te *m/f* cartomántico, -a; **~zia** *f* cartomancia

carton|cino *m* cartulina *f*; **~e** *m* cartón ◊ ***~i animati*** dibujos animados; **~ista** *m/f* dibujante de dibujos animados

cartotecnica *f* industria papelera

cartucci|a (*pl* **-ce**) *f* cartucho *m* ◊ ~ ***a salve*** *mil* cartucho de fogueo (*m*); ~ ***d'inchiostro*** *informát* cartucho de tinta; ***sparare le ultime ~e*** *fig* quemar los últimos cartuchos; **~era** *f* cartuchera, canana

caruncola *f bot/med/zool* carúncula

casa *f* 1. casa; vivienda, residencia; 2. hogar *m*; 3. (*ajedrez...*) casilla; 4. *sport* casa; ***giocare in ~/fuori*** ~ *jugar en casa/fuera de casa* ◊ ~ ***avita*** casa solariega; ***la *~ Bianca*** la Casa Blanca; ~ ***chiusa/di tolleranza/di appuntamenti/squillo*** *euf* casa de tolerancia, casa de citas; ~ ***colonica*** alquería, granja; ~ ***da gioco*** casa de juego; ~ ***da tè*** salón de té (*m*); ~ ***dello studente*** residencia de estudiantes; ~ ***di campagna*** casa de campo; ~ ***di correzione*** reformatorio; ~ ***di cura*** sanatorio (*m*); ~ ***di ricovero*** residencia de la tercera edad; ~ ***di riposo*** *med* sanatorio (*m*); ~ ***editrice*** (casa) editorial; ~ ***madre*** casa matriz; ***~e a schiera*** (chalets) adosados (*mpl*); ***~e popolari*** *fpl* viviendas sociales; ***abitare a ~ del diavolo*** vivir en el quinto pino, vivir en el quinto coño (*vulg*); ***cambiare*** ~ mudarse, cambiarse de casa; ***cercare*** ~ buscar casa, buscar piso; ***faccende/lavori di*** ~ tareas del hogar; ***mettere su*** ~ formar un hogar; ***padrone di*** ~ *m* (*coloq*) amo del piso, arrendador (*adm*); ***prima, seconda*** ~ primera, segunda residencia/vivienda; ***sentirsi a ~ propria*** sentirse como en su propia casa; **~cca** *f* casaca ◊ ***voltare/mutare*** ~ cambiar de chaqueta; **~ccio: a** ~ *adv* de cualquier manera, sin ton ni son, a tontas y a locas; **~lingo, -a** (*m pl* **-ghi**) **1.** *adj* 1. casero, -a; ***cucina ~a*** *cocina casera*; 2. *sport* en casa; ***partita ~a*** *partido en casa*; *sport desp* casero, -a; ***arbitro*** ~ *árbitro casero*; **2.** *m/f* amo, -a de casa; *adm* sus labores; **~matta** (*pl* **casematte**) *f mil* casamata; **~mento** *m* casa de vecindad *f*; (*personas*) vecindario; **~to** *m* estirpe *f*; apellido ◊ ***antico*** ~ *m* rancio abolengo; ***nobile*** ~ noble cuna (*f*)

cascalmorto *m* galán, galanteador ◊ ***fare il*** ~ *coloq* hacer el oso; **~nte** *adj* caedizo, -a; **~re** *vi* caer (!), caerse ◊ ~ ***a pezzi*** caerse a pedazos; ~ ***bene, male*** acabar bien, mal; ~ ***dal sonno*** caerse de sueño; ~ ***dalla fame*** morirse de hambre; ***~rci*** picar, caer en la trampa; ***far ~ le braccia*** caérsele a alg el alma a los pies; ***non casca il mondo!*** ¡no va a hundirse el mundo!, ¡no será para tanto!; **~ta** *f* 1. *geogr* cascada, salto *m*; 2. *coloq* caída; **~ticcio, -a** (*m pl* **-ci**, *f pl* **-ce**) *adj* caedizo, -a ◊ ***frutti ~i*** *mpl* frutos caedizos

caschetto *m* casquete

cascin|a *f* granja, alquería, caserío *m*; **~ale** *m* caserío

casco (*pl* **-chi**) *m* casco ◊ ***~i blu*** *mpl mil* cascos azules; ~ ***coloniale*** casco de explorador; ~ ***integrale*** casco integral

caseario, -a (*m pl* **-ri**) *adj* lácteo, -a

caseggiato *m* barriada *f*; (*grupo de casas*) manzana *f*

casei|ficazione *f* caseificación; **~ficio** (*pl* **-ci**) *m* quesería *f*; **~na** *f quím* caseína

casell|a *f* casilla ◊ ~ ***postale*** apartado de correos (*m*), casilla postal/de correos (*Am*); **~ante** *m/f* ="empleado, -a de un peaje de autopista"; *ferroc* guardavía; **~ario** (*pl* **-ri**) *m* casillero, taquilla *f* ◊ ~ ***giudiziale*** *jur* antecedentes penales; **~o** *m* caseta *f*; (*autopista*) (puesto de) peaje; *ferroc* caseta del guardavía *f*

casereccio, -a (*m pl* **-ci**, *f pl* **-ce**) *adj* casero, -a; ***prodotto*** ~ *producto casero*

caserm|a *f mil* cuartel *m*; **~one** *m desp* (*edificio*) colmena *f*

casetta *f* tienda (de campaña) familiar

cash flow [kɛʃˈflaw] *m inv econ* cash flow, flujo de caja *m*

casin|aro, -a *adj/s centr* follonero, -a, juerguista; **~ista** *adj/s coloq* follonero, -a, juerguista, juerguero, -a (*Am*); **~o** *m* 1. *coloq* jaleo (!), follón, bulla *f*, sarao; *coloq* (*gran cantidad*) mogollón; 2. *coloq* casa de putas *f*; 3. cabaña *f*, casa de campo; 4. (*club*) casino; **~ *dei nobili*** *casino de los ricos* ◊ ***far* ~** armar jaleo/follón, meter bulla; ***succedere un* ~** armarse la de Dios es Cristo; **~ò** *m inv* casino *m* (!), casa de juego *f*

casistic|a *f* casuística; **~o, -a** *adj* casuístico, -a

caso *m* 1. (*evento*) caso, hecho; *med/ling/jur* caso; 2. casualidad *f*, azar; ***è un* ~ *che l'abbia visto*** *ha sido una casualidad que lo haya visto/lo ha visto por casualidad* ◊ **~ *clinico*** caso clínico; **~ *di coscienza*** caso de conciencia; **~ *di forza maggiore*** caso de fuerza mayor; **~ *mai...*** en caso de que..., si acaso...; **~ *retto, obliquo*** *ling* caso recto, oblicuo; ***a* ~** *adv* a(l) voleo, al azar; ***fare* ~ *a q*** hacerle caso a alg, prestarle atención a alg; ***fare* ~ *a qc*** prestar atención a algo; ***fare al* ~ *(mio, tuo...)*** (me, te...) viene que ni pintado, (me, te...) viene bien; ***guarda* ~!** *excl irón* mira por dónde, qué casualidad; ***i* ~*i son tanti*** el mundo da muchas vueltas; ***in tutti i* ~*i/in ogni* ~** *adv* en todo caso, de cualquier manera; ***in/nel* ~ *contrario*** *adv* en caso contrario; ***mettiamo/poniamo* ~ *che...*** pongamos por caso que..., supongamos que...; ***nel* ~ *che.../nel* ~ *in cui...*** *conj* en caso de que..., si acaso...; ***non è il caso...*** no viene al caso..., no es oportuno...; ***per* ~** *adv* de/por casualidad; ***per puro* ~** *adv* de/por pura casualidad; ***si dà il* ~ *che...*** sucede que..., da la casualidad de que...; **~lare** *m* cabaña *f*, casa de campo *f*; **~mai** (*var.* **caso mai**) *conj* (+ *subjuntivo*) si acaso; **~ *chiedessero di me, avvisatemi subito*** *si acaso preguntan por mí, avisadme enseguida*; (+ *indicativo*) si acaso, si eso, en ese caso; ***non avvisarmi, casomai vi telefono/vi telefono, casomai*** *no me aviséis, si acaso os llamo yo*; **~tto** *m* 1. *coloq* follón, jaleo, barullo; 2. *sept coloq/fig* casa de putas *f*; 3. caseta *f*

Caspio *adj/m geogr* Caspio

caspita! *excl euf* ¡caramba!, ¡ostras!, ¡vaya!; ***ma che* ~ *vuoi?*** *¿pero qué demonios/narices quieres?*

cassa *f* caja; **~ *di legno*** *caja de madera*; *com* caja; ***passare alla* ~** *pasar por caja*; ***presentare un assegno alla* ~** *presentar un cheque en (la) caja* ◊ **~ *acustica*** caja acústica, baffle (*m*); **~ *continua*** *econ* caja permanente; **~ *da morto*** ataúd (*m*), féretro (*m*); **~ *di risonanza*** *mús tamb. fig* caja de resonancia; **~ *di risparmio*** caja de ahorros; **~ *integrazione (guadagni)*** fondo de garantía salarial (*m*), paro (*m coloq*); **~ *malattia*** *hist* mutualidad de trabajo; **~ *pensioni*** caja de pensiones; **~ *rurale*** caja rural; **~ *toracica*** caja torácica, cavidad torácica; ***batter* ~** *coloq* dar un sablazo; ***pagamento a pronta* ~** *m* pronto pago; **~forte** (*pl* **casseforti**) *f* caja fuerte, caja de caudales; **~integrato, -a** *adj/s* (*con subsidio*) parado, -a; **~ndra** *f* agorero, -a *m/f*, catastrofista *m/f*; **~panca** (*pl* **cassepanche**) *f* arquibanco *m*; **~re** *vt jur* casar; **~zione** *f jur* casación ◊ ***Corte di* *~** *f* Tribunal Supremo (*m*); ***la* *~** el Supremo (*m*); ***ricorso per* ~** *m* recurso de casación

casseruola *f* cacerola, cazuela

cassett|a *f* 1. caja, cajita; 2. caja, recaudación; 3. casete *m/f*, cassette *m/f*, cinta; 4. *transp* pescante *m* ◊ **~ *da fiori*** jardinera; **~ *delle elemosine*** cepillo (*m*), alcancía (*Am*); **~ *delle lettere*** *correo* buzón; ***di* ~** *adj* (*espectáculo*) taquillero, -a; **~ *di sicurezza*** caja de seguridad; ***fare* ~** hacer una buena taquilla, barrer en taquilla; **~iera** *f* cajonera; **~o** *m* cajón; **~one** *m* (*mueble*) cómoda *f*; *arq* casetón ◊ ***soffitto a* ~*i*** artesonado

cassi|a *f bot* casia; **~ere, -a** *m/f* cajero, -a; **~terite** *f min* casiterita

cassone *m* arcón, arca *f*; *transp* caja *f* ◊ **~ *ribaltabile*** volquete; **~tto** *m* contenedor (de basura); (*persiana*) cajón

cast *m inv cine* reparto *m*

casta *f* casta

castagn|a *f* 1. *bot* castaña; 2. *coloq* (*golpe*) castaña, galleta ◊ ***cavare/togliere le* ~*e dal fuoco per q*** sacarle a alg las castañas del fuego; ***prendere q in* ~** coger a alg in fraganti; **~eto** *m* castañar; **~ette** *fpl mús* castañuelas; (*con los dedos*) castañetas; **~o** *m bot* castaño ◊ **~ *d'India*** castaño de Indias; **~ola** *f* petardo *m*

castaldo *m agric* granjero; capataz, cachicán; (*administrador del rey*) mayordomo *hist*

castano, -a *adj* castaño, -a

castell|ano *m hist* castellano, alcaide, gobernador; **~etto** *m* 1. *min* castillete; 2. *arq* castillejo, andamio; 3. *com* límite de descubierto; **~o** *m* castillo ◊ ***fare* ~*i in aria*** hacer castillos en el aire

castig|amatti *m inv* bastón *m*, azote *m*; **~re** *vt* castigar; **~tezza** *f* rectitud, templanza; **~to, -a** *adj* 1. castigado, -a; 2. recto, -a, honrado, -a, cabal; **~tore, -a** *m/f* castigador, -a; *fig* censor, -a

Castiglia: la ~ *f* Castilla; ***~no, -a** *adj/s* 1. castellano, -a; 2. *ling* castellano, -a, español, -a

castigo (*pl* **-ghi**) *m* castigo ◊ ***essere/stare in* ~** estar castigado; ***mettere in* ~** castigar

casting ['kastin] *m inv* casting

castità *f inv* castidad *f*, pureza *f*

casto, -a *adj* casto, -a, puro, -a; **~ne** *m* engaste; **~rino** *m* 1. *zool* coipo, nutria *f*; 2. (*tela*) castor, castorina *f*; **~ro** *m* 1. *zool* castor; 2. (*tela*) castor, castorina *f*

castra|re *vt* 1. castrar, capar; 2. expurgar, censurar; **~to, -a 1.** *adj* castrado, -a; **2.** *m* capón; *mús* castrato; **~tore, -trice** *m/f* castrador, -a, capador, -a; **~tura** *f* castradura, capadura; **~zione** *f* castración

castrense *adj* castrense

castrista *adj/s* castrista

castronaggine *f coloq* gilipollez, imbecilidad

castroneria *f* gilipollez, imbecilidad

casual ['kezual] *adj/s inv* (*vestido*) estilo informal

casuale *adj* casual, fortuito, -a, accidental
casualilsmo *m filos* casualismo; **~tà** *f inv* casualidad *f*, eventualidad *f*, contingencia *f*
casupola *f* casucha, casuca
catabolilco, -a (*mpl* **-ci**) *adj* catabólico, -a; **~smo** *m* catabolismo
cataclisma *m* cataclismo
catacomba *f* catacumba
catacresi *f inv lit* catacresis
catadiottrico, -a (*m pl* **-ci**) *adj fís* catadióptico, -a
catafalco (*pl* **-chi**) *m* catafalco
catafascio: a ~ *adv* al traste ◊ ***mandare a ~*** dar al traste, echar al traste, echar a perder, mandar al garete; ***mettere a ~*** poner patas arriba; ***andare a ~*** arruinar, echarse a perder
catalanlismo *m* catalanismo; **~ista** *m/f* catalanista; **~o, -a** *adj/s* catalán, -ana
catalelssi (*var.* **catalessia** *f*) *f inv* catalepsia *f*; **~ttico, -a** (*m pl* **-ci**) *adj med/ling* cataléctico, -a
catalilsi *f inv quím* catálisis; **~tico, -a** (*mpl* **-ci**) *adj quím* catalítico, -a
catalizzalre *vt quím* catalizar; **~tore** *m auto/quím* catalizador
catalogalre ‹esd› *vt* catalogar; **~zione** *f* catalogación
Catalogna: la ~ *f* Cataluña
catalogo (*pl* **-ghi**) *m* catálogo
catamarano *m nav* catamarán
catapecchia *f* casucha, choza
cataplasma *m med* cataplasma *f*
catapulta *f* catapulta; **~re** *vt mil tamb. fig* catapultar
cataratta V. **cateratta**
catarifrangente *adj/m* reflectante
cataro, -a *adj/s* cátaro, -a
catarrlale *adj* catarral; **~o** *m* catarro
catarsi *f inv* catarsis
catastla *f* montón *m*, pila, hacina; **~ale** *adj* catastral ◊ ***partita ~*** *f* número de inscripción en el registro de la propiedad (*m*); **~o** *m* catastro; (oficina del) catastro
catastrofle *f* catástrofe, desastre *m* ◊ ***~ ecologica*** desastre ecológico (*m*); **~ico, -a** (*m pl* **-ci**) *adj* catastrófico, -a; **~ismo** *m* catastrofismo
catechlesi *f inv* catequesis; **~ismo** *m* catecismo; **~ista** *m/f* catequista; **~izzare** *vt* catequizar
catecumeno, -a *m/f* catecúmeno, -a
categorila *f* categoría; **~co, -a** (*m pl* **-ci**) *adj* categórico, -a; **~zzazione** *f* categorización
catenla *f* cadena ◊ ***~ alimentare*** cadena alimenticia; ***~ del freddo*** cadena del frío; ***~ di montaggio/di lavorazione*** cadena de montaje; ***~ di negozi, di alberghi*** cadena comercial, hotelera; ***~ di Sant'Antonio*** cadena de San Antonio; ***~ di trasmissione*** cadena de transmisión; ***~ montuosa*** cadena montañosa, cordillera; ***~ parlata*** *ling* cadena hablada; ***~ perpetua*** cadena sin fin; ***tirare la ~ del WC*** tirar de la cadena del WC; ***~ umana*** cadena humana; ***~e da neve*** *fpl* cadenas; ***a ~*** *adj* en cadena; ***reazione a ~*** *f* reacción en cadena; **~accio** (*pl* **-ci**) *m* 1. cerrojo; 2. *sport* (*táctica ultradefensiva en el fútbol*) catenaccio, cerrojo; 3. *desp* cacharro, cafetera *f* ◊ ***decreto ~*** *m* decreto relámpago; **~ella** *f* (*oro...*) cadena; (*bordado*) cadeneta ◊ ***punto a ~*** *m* punto de cadeneta
cateratta *f geogr* catarata; *tecn* esclusa; *med* cataratas *fpl*
catering ['katerin] *m inv com* cátering
caterpillar *m inv* caterpillar
caterva *f* caterva
catetere (*var.* **catetere**) *m med* catéter
cateto *m mat* cateto
catinlella *f* jofaina, aguamanil *m* ◊ ***piovere a ~e*** llover a cántaros; **~o** *m* barreño, cuenco; *metal* catino
catione *m fís* catión
catodlico, -a (*m pl* **-ci**) *adj* catódico, -a; **~o** *m fís* cátodo
catorcio (*pl* **-ci**) *m coloq* (*cosa*) cacharro, trasto; cataplasma *m/f*, chancla *f*, piltrafa *f*
catramlare *vt* alquitranar, embrear; **~e** *m* alquitrán, brea *f*
cattedra *f estud/relig* cátedra ◊ ***montare in ~*** sentar cátedra; ***parlare in ~*** hablar ex cátedra; **~le** *f* catedral; **~tico, -a** (*m pl* **-ci**) **1.** *adj* de la cátedra, magistral; *desp* pedante; **2.** *m/f* catedrático, -a ◊ ***lezione ~a*** *f* lección magistral
cattivlarsi granjearse, captar *vt*; **~eria** *f* maldad; **~ità** *f inv elev* (*persona*) cautividad *f*, cautiverio *m*, esclavitud *f*; *zool* cautividad *f*, cautiverio *m*; **~o, -a 1.** *adj* mal(o), -a (!); ***~ umore, gusto, odore*** *mal genio/humor, mal gusto, mal olor*; **2.** *m/f* malo, -a, malvado, -a ◊ ***attraversare un ~ periodo*** pasar una mala racha; ***con le buone o con le ~e*** *adv* por las buenas o por las malas
cattoliclesimo *m* catolicismo; **~ità** *f inv* catolicidad *f*; **~o, -a** (*m pl* **-ci**) *adj/s* católico, -a
cattura *f* captura; (*contrabando*) aprehensión ◊ ***ordine/mandato di ~*** *jur* orden de captura; **~re** *vt* capturar, apresar; (*contrabando*) aprehender
caucciù *m inv quím* caucho *m*
caudlale *adj zool* caudal ◊ ***pinna ~*** *f* aleta caudal; **~ato, -a** *adj heráld* caudado, -a, caudato, -a; *lit* caudato, -a ◊ ***sonetto ~*** *m* soneto caudato; ***stella ~a*** *f* estrella caudata; **~ino, -a** *adj* caudino, -a
caule *m bot* tallo
causa *f* causa; *jur* causa, proceso *m*; pleito *m*; caso *m* ◊ ***~ civile, penale*** *jur* proceso civil, penal (*m*); ***a/per ~ di*** *prep* a causa de, por causa de, debido a; ***essere parte in ~*** ser parte en causa; ***far ~ comune*** hacer causa común; ***fare/intentare/muovere ~ a q*** demandar a alg; ***istruire la ~*** enjuiciar una causa, substanciar una causa; ***parlare con cognizione di ~*** hablar con conocimiento de causa; ***perorare una ~*** *jur* defender un caso; ***vincere/perdere la ~*** *jur* ganar/perder el pleito; **~le 1.** *adj* causal; **2.** *f jur* motivo *m*, móvil *m*; *com* justificante *m*; *ling* causal; **~lità** *f inv* causalidad *f* ◊ ***principio di ~*** *m*

principio de causalidad; **~re** *vt* causar; **~tivo, -a** *adj ling* causativo, -a
causticlità *f inv quím tamb. fig* causticidad *f*; **~o, -a** (*m pl* **-ci**) *adj quím tamb. fig* cáustico, -a
cautela *f* cautela, sigilo *m*; **~re 1.** *adj* cautelar, preventivo, -a; **2.** *vt* prevenir, precaver
cauterilo (*pl* **-ri**) *m med* cauterio, botón de fuego; **~zzare** *vt med* cauterizar; **~zzazione** *f med* cauterización
cauto, -a *adj* cauto, -a, precavido, -a
cauzionlale *adj* ="de la caución o fianza"; **~e** *f jur* caución, fianza ◊ ***su ~*** *adv* bajo fianza
Cav. (*Cavaliere*) *abr* ="título honorífico"
cava *f min* cantera; **~denti** *m inv desp* sacamuelas; *hist* sacamuelas, charlatán *m*
cavalcalre 1. *vt* cabalgar; saltar, salvar, pasar por encima; ***il ponte cavalca il fiume*** *el puente salva el río*; **2.** *vi* cabalgar; **~ta** *f* (*acción*) cabalgada; (*desfile*) cabalgata; **~tore, -trice** *m/f* jinete *m*, amazona *f*; **~tura** *f* cabalgadura, montura; **~via** *m inv transp* paso elevado *m*
cavalcioni: a ~ *adv* a horcajadas
cavaliere *m* caballero; *sport* jinete ◊ ***~ del lavoro*** medalla de honor al trabajo (*f*); ***~ di Malta*** caballero de la Orden de Malta; ***~ errante/di ventura*** caballero andante
cavalla *f zool* yegua
cavallelggero *m mil ant* jinete; **~resco, -a** (*m pl* **-chi**) *adj* 1. *hist* caballeresco, -a; 2. caballeroso, -a, de caballeros; ***letteratura ~a*** *literatura caballeresca*; ***codice ~*** *código de caballeros*; **~ria** *f mil* caballería; **~rizzo** *m* caballerizo; jinete; **~tta** *f zool* saltamontes *m*, langosta, chapulín *m* (*Am*); *desp/fig* (*persona*) pesado, -a *m/f*, moscón *m* ◊ ***essere peggio delle ~e*** ser más pesado que las moscas; ***fare la ~ a q*** *raro* ponerle la zancadilla a alg; **~tto** *m* 1. (*mesa, pintura*) caballete; (*foto, telescopio*) trípode; (*grúa, teleférico*) torre *f*; 2. *ant* (*tortura*) potro
cavallinla *f sport* potro *m* ◊ ***correre la ~*** correrse juergas, correrse una juerga; **~o, -a** *adj* caballar ◊ ***mosca ~a*** *f* mosca de burro; ***tosse ~a*** *f* tos ferina
cavallo *m* 1. *zool* caballo; 2. *mec/sport* caballo; 3. (*pantalón*) entrepierna *f*, tiro ◊ ***~ a dondolo*** caballo de madera; ***~ da corsa*** caballo de carreras; ***~ da posta*** caballo de refresco; ***~ da monta*** semental; ***~ da sella*** caballo de silla, caballo de montar; ***~ da tiro*** caballo de tiro; ***~ di battaglia*** caballo de batalla; ***~ di Frisia*** caballo de Frisia; ***~ di Troia*** *hist/informát tamb. fig* caballo de Troya; ***~ fiscale*** caballo fiscal; ***~-vapore*** caballo de vapor; ***a ~*** *adv* a caballo; ***a ~ di*** *prep tamb. fig* a caballo de; ***a caval donato non si guarda in bocca*** a caballo regalado no le mires el diente; ***andare col ~ di San Francesco*** *irón* ir con el coche de San Fernando (un ratito a pie y otro andando); ***campa ~, che l'erba cresce*** ya puedes esperar sentado; ***da ~*** *adv* (*fiebre, dosis...*) de caballo; ***salire/montare a ~*** montar a caballo; **~na** *f irón* (*mujer*) jaca; **~ne** *m* 1. *nav* oleada *f*, golpe de mar; 2. *zool* (*caballo grande*) caballazo; *desp/fig* (*persona*) saco de patatas
cavalluccio (*pl* **-ci**) *m zool desp* rocín ◊ ***a ~*** *adv* a hombros, a caballito; ***~ marino*** *zool* caballito de mar
cavapietre *m inv* (*cantera*) picador *m*
cavare 1. *vt* 1. sacar (**da** de), obtener (**da** de); ***~ marmi*** *extraer mármol*; 2. quitar; ***~ un dente*** *sacar/quitar/arrancar un diente*; ***~ le macchie*** *quitar las manchas*; ***~rsi le scarpe*** *quitarse los zapatos*; **2. ~rsela** arreglárselas, apañárselas, ingeniárselas ◊ ***~rsi gli occhi*** sacarse los ojos, echarse los trastos a la cabeza; ***~rsi la fame, la sete, una voglia*** matar el hambre, la sed, un deseo; ***cavati di torno!*** ¡quítate de en medio!
cavastivali *m inv* sacabotas
cavatlappi *m inv* sacacorchos, tirabuzón *m*; **~ina** *f mús* cavatina
cavaturaccioli *m inv* sacacorchos, tirabuzón *m*
cavernla *f geol* caverna, gruta; *med* caverna; **~icolo, -a** *adj/s* cavernícola; **~oso, -a** *adj geol/med tamb. fig* cavernoso, -a
cavezza *f* cabestro *m*, ronzal *m*, bozal *m* (*Am*)
cavia *f zool* conejillo de Indias *m*, cobaya *m*, cuy *m* (*Am Mer*), acure *m* (*Am Mer*) ◊ ***~ umana/uomo ~*** cobaya humano (*m*)
caviale *m gastr* caviar
cavicchio (*pl* **-chi**) *m tecn* tarugo, clavija *f*; *agric* plantador
caviglila *f* clavija; *med* tobillo *m*; **~era** *f med* tobillera; **~ere** *m mús* cordal
cavilllare *vi* ‹*avere*› cavilar; **~azione** *f* cavilación; **~o** *m* argucia *f*, triquiñuela *f*; ***appigliarsi ai ~i legali*** *aferrarse a argucias legales*; **~osità** *f inv* cavilosidad *f*; **~oso, -a** *adj* 1. caviloso, -a, capcioso, -a, quisquilloso, -a; 2. rebuscado, -a, bizantino, -a
cavità *f inv geol/med* cavidad *f*
cavo, -a 1. *adj* hueco, -a, vacío, -a; **2.** *m* 1. hueco, cavidad *f*; ***~ della mano*** *hueco de la mano*; 2. *electr* cable; *nav* cabo, amarra *f* ◊ ***carica ~a*** *f mil* carga hueca; ***televisione via ~*** *f* televisión por cable; ***vena ~a*** *f med* cava
cavollata *f coloq* chorrada, idiotez; **~etti: ~ di Bruxelles** *mpl* coles de Bruselas *fpl*, repollitos de Bruselas (*Am*); **~fiore** *m bot* coliflor *f* (!)
cavolo 1. *m* 1. col *f* (!); 2. *euf/coloq* pito, pimiento, pepino; ***non importare un ~*** *importar un pimiento*; ***non valere un ~*** *no valer un pepino*; ***non capire un ~*** *no entender ni jota*; 3. *euf/coloq* diablos, demonios, narices, diantre; ***ma che ~ fai?*** *¿qué diablos/demonios haces?*; ***che ~ vuoi?*** *¿qué narices quieres?*; **2.** *excl euf/coloq* ¡caray!, ¡jolines!, ¡ostras! ◊ ***~ cappuccio*** repollo; ***~ di Bruxelles*** col de Bruselas (*f*); ***~ nero*** col lombarda (*f*); ***~ rapa*** colinabo; ***~ verde*** berza (*f*); ***col ~!/un ~!*** ¡y un pimiento!, ¡y un jamón!; ***entrarci come i ~i a merenda*** no pegar ni con cola, pegar como a Cristo dos pistolas; ***fare i ~i propri*** *euf/coloq* meterse en sus asun-

tos, ocuparse de sus asuntos; ***testa di** ~ f euf/coloq* berzotas (*m/f inv*)
cazzata *f vulg* gilipollez, pijada, pollada
cazzo 1. *m vulg* (*pene*) polla *f*, pijo, picha *f*, carajo; *vulg* (*nada*) carajo, mierda; ***non me ne importa un** ~ me importa un carajo, me la suda, me la trae floja*; ***non capisco un** ~ no entiendo una mierda*; (*refuerzo*) coño, cojones; ***che ~ fai?** ¿qué coño haces?*; **2.** *excl vulg* ¡coño!, ¡cojones!, ¡hostia!, ¡joder!, ¡carajo! ◊ ***(saranno) ~i amari*** *vulg* las pasarán putas; ***(un disco...) del*** ~ *vulg* una mierda (de disco) (*f*), (un disco) de mierda; ***~i miei, ~i tuoi, ~i suoi, ~i loro*** *vulg* asunto mío, tuyo, suyo (*estánd*); ***stare sul ~ a q*** *vulg* caerle a alg como una patada en los huevos; ***testa di ~*** *f vulg* capullo (*m*), cabrón (*m*); **~matto** *m vulg* gilipollas *inv*, capullo; **~ne** *m vulg* gilipollas *inv*; **~ttare** *vt coloq* atizar, sacudir, cascar; **~ttata** (*var.* **cazzottatura**) *f coloq* zurra, tunda, somanta; **~tto** *m coloq* puñetazo (*estánd*), puñada *f*; ***prendere q a ~i** darse de puñetazos con alg*
cazzuola *f arq* llana
cazzuto, -a *adj vulg* cojonudo, -a, de puta madre
c/c (*conto corrente*) *abr/m* (*cuenta corriente*) c/c
c.c. (*1. corrente continua 2. codice civile*) *abr* 1. (*corriente continua*) CC; 2. código civil
C.C. (*1. Corte Costituzionale 2. Corte di Cassazione*) *abr* 1. (*Tribunal Constitucional*) TC; 2. (*Tribunal Supremo*) TS
CCD (*Centro Cristiano Democratico*) *abr*
CCI (*Camera di Commercio Internazionale*) *abr* (*Cámara de Comercio Internacional*) CCI
CD [tsiˈdi,siˈdi] *abr/m* 1. (*Compact Disc*) CD; 2. (*Corpo Diplomatico*) CD (Cuerpo Diplomático)
Cdr *abr* (*comitato di redazione*) comité de redacción
CD-ROM [tsidiˈrɔm] *m inv* CD-ROM
C.d.S. (*Codice della Strada*) *abr* Código de Circulación
ce V. **ci**
cecchino *m mil tamb. fig* francotirador
cece *m bot* garbanzo
cecità *f inv med tamb. fig* ceguera *f*
ceco, -a (*m pl* **-chi**) *adj/s* checo, -a ◊ ***Repubblica *~*** *f* República Checa
Cecoslovalcchia: la ~ *f hist* Checoslovaquia; ***~cco, -a*** (*m pl* **-chi**) *adj/s hist* checoslovaco, -a
cedelnte *m/f jur* cedente
cedere *vt/i ‹avere›* ceder ◊ ***~ le armi*** *mil tamb. fig* rendir las armas, rendirse
cedevole *adj tamb. fig* dúctil, maleable; (*terreno*) blando, -a
cedevolezza *f tamb. fig* ductilidad, maleabilidad
cedilbile *adj jur* cesible, transmisible; **~glia** *f ling* cedilla; **~mento** *m* 1. *geol* asentamiento; 2. *arq tamb. fig* hundimiento, derrumbe
cedola *f com* cupón *m* ◊ ***~ di commissione libraria*** boletín de pedido de libros (*m*)
cedolare *adj* de los cupones
cedrlata *f* agua de cidra; **~o** *m* 1. *bot* (*conífera*) cedro; 2. *bot* (*árbol de las rutáceas*) cidro; (*fruto*) cidra *f* ◊ ***cedro candito*** acitrón; **~one** *m zool* urogallo; **~onella** *f bot* hierbaluisa, yerbaluisa
ceduo, -a *adj bot* tallar
CEE (*Comunità Economica Europea*) *abr* (*Comunidad Económica Europea*) CEE
cefalea *f med* cefalea
cefalo *m zool* mújol
cefalopode *adj/m zool* cefalópodo, -a
ceffo *m* 1. (*cara*) engendro, feto; 2. tipo malcarado ◊ ***un brutto ~*** un tipo patibulario; **~ne** *m* bofetada *f*, sopapo
celalre *vt* esconder, celar (*elev*); **~ta** *f mil* celada
celeberrimo, -a *adj* celebérrimo, -a
celebrlante *m/f* celebrante; **~are** *‹esd› vt* celebrar, festejar; (*ceremonia*) celebrar, oficiar; **~ativo, -a** *adj* conmemorativo, -a; **~azione** *f* celebración; **~e** *adj* célebre; **~ità** *f inv* celebridad *f*
celenterato *m zool* celentéreo
celere 1. *adj* rápido, -a, veloz; **2.** *f* (*policía*) brigada de intervención rápida
celerità *f inv* celeridad *f*
celestla *f mús* celesta; **~e** *adj* celeste; (*color*) celeste, zarco, -a; *relig* celestial; ***corte ~*** *corte celestial*; **~iale** *adj* celestial; **~ina** *f min* celestina; **~ino, -a 1.** *adj/s* celeste; **2.** *m relig* celestino
celia *f elev* broma (*estánd*), chiste *m* (*estánd*)
celiachia *f med* celiaquía
celiaco, -a *adj/s* celíaco, -a
celiblato *m* soltería *f*, celibato (*elev*) ◊ ***~ ecclesiastico*** celibato eclesiástico; **~e** *adj/m* soltero, -a, célibe (*elev*)
cella *f relig/zool* celda; *jur* celda, calabozo *m*; *tecn* cámara, célula; *informát* sector *m* ◊ ***~ di rigore*** celda de castigo; ***~ campanaria*** vano de las campanas (*m*); ***~ frigorifera*** cámara frigorífica; ***~ solare*** célula solar
celletta *f* celdilla
cello *m mús* chelo, violonc(h)elo
cellophane [ˈtʃɛllofan] *m inv* celofán *m*
cellulla *f tamb. fig* célula ◊ ***~ fotoelettrica*** célula fotoeléctrica; **~are 1.** *adj* celular; **2.** *m* 1. (teléfono) móvil; 2. furgón celular; **~ite** *f med* celulitis *inv*; **~oide** *f* celuloide *m* (!) ; **~osa** *f* celulosa
celta *m/f* celta; **~ico, -a** (*m pl* **-ci**) *adj/m* celta, céltico, -a
cemballista *m/f mús* cimbalero, -a, cimbalista; **~o** *m mús* clavicémbalo; *ant* címbalo
cementlare *vt metal* cementar; *arq tamb. fig* cimentar; **~azione** *f metal* cementación; *arq tamb. fig* cimentación; **~o** *m* cemento; hormigón ◊ ***~ a presa lenta*** cemento de fraguado lento; ***~ a pronta presa*** cemento rápido; ***~ amianto*** cemento de asbesto; ***~ armato*** cemento armado, hormigón armado; ***~ dentario*** cemento dental; ***~ di altoforno*** cemento de escoria; ***~ di Portland*** cemento Portland, Portland; ***~ mastice*** cemento de caucho
cena *f* cena ◊ ***fare ~*** cenar; **~colo** *m arte tamb. fig* cenáculo; **~re** *vi ‹avere›* cenar *vt/i*

cenci|aio (*pl* **-ai**) (*var.* **cenciaiolo**) *m* trapero; **~o** (*pl* **-ci**) *m* (*limpieza*) trapo; *desp* andrajo, harapo, trapo ◊ ***bianco come un ~ lavato*** *adj* blanco como la pared; ***ridurre un ~ q*** dejar a alg hecho un guiñapo; **~oso, -a** *adj desp* andrajoso, -a, harapiento, -a, desharrapado, -a

cenere *f* ceniza ◊ ***ridurre in ~*** reducir a cenizas

cenerentola *f* 1. (*zapatos*) manoletina; 2. (*chica*) cenicienta; 3. *sport tamb. fig* (*último clasificado*) farolillo rojo *m* ◊ ***la *~*** la Cenicienta

cenerino, -a (*var.* **cenerognolo, -a**) *adj* ceniciento, -a, cenizo, -a

cenno *m* 1. seña *f*, gesto, ademán; ***comunicare a ~i*** *comunicarse por señas*; ***fece ~ di parlare*** *hizo ademán de hablar*; 2. indicio, señal *f*; ***la torre dava ~i di cadere*** *la torre amenazaba con caer/daba señales de caer*; 3. detalle; ***hanno fornito solo alcuni ~i*** *han proporcionado sólo algunos detalles*

cenobi|o (*pl* **-bi**) *m relig* cenobio; **~ta** *m/f* cenobita; **~tico, -a** (*m pl* **-ci**) *adj* cenobita

cenone *m* gran cena *f*, atracón; cena de Nochebuena *f*; cena de Nochevieja *f*

cenotafio (*pl* **-fi**) *m* cenotafio

cenozoico, -a (*m pl* **-ci**) *adj/m geol* cenozoico, -a

censimento *m* censo ◊ ***~ della popolazione*** censo de población, padrón

censire ‹*isc*› *vt* 1. (*hacer el censo*) censar; 2. (*registrar*) censar, empadronar

censo *m hist* censo; *econ* patrimonio; **~re** *m* censor

censu|ale *adj* censal; **~ra** *f* censura; **~rabile** *adj* censurable; **~rare** *vt* censurar

cent *m inv* (*de dólar*) centavo *m*

centaur|ea (*var.* **centaurea**) *f bot* aciano *m*; **~o** *m* 1. *mitol* centauro; 2. *sport* ="piloto de motos"

centenario, -a (*m pl* **-ri**) *adj/m* centenario, -a

centenn|ale *adj* centenario, -a; **~io** (*pl* **-ni**) *m* siglo

centerbe *m inv* licor de hierbas *m*

centesimale *adj* centesimal

centesimo, -a 1. *adj/s* centésimo, -a; ***è arrivato al ~ posto*** *ha llegado en el centésimo lugar*; **2.** *m* 1. centésima parte *f*; 2. (*moneda*) céntimo, centésimo (*Ur*) ◊ ***non avere un ~ in tasca*** no tener ni un duro/una perra, estar sin blanca; ***non valere un ~*** no valer un real

centigra|do, -a *adj* centígrado, -a ◊ ***grado ~*** *m* grado centígrado; **~mmo** *m* centigramo

centilitro *m* centilitro

centimetro *m* centímetro

centina *f arq* cimbra, cercha

centinaio (*pl* **le centinaia**) *m* centenar, centena *f*

centinare ‹*esd*› *vt arq* cimbrar

centinodia, -a (*var.* **centinodio** *m*) *f bot* correhuela

centista *m/f sport* velocista (de cien metros lisos)

cento *adj/s inv* cien, ciento; ***~ euro*** *cien euros*; ***~mila euro*** *cien mil euros*; ***~venticinque metri*** *ciento veinticinco metros* ◊ ***~ di questi giorni!*** ¡que cumplas muchos más!; ***per ~*** *adv* por ciento; **~cchio** *m bot* picagallina *f*; **~metrista** *m/f sport* velocista (de cien metros lisos); **~ne** *m* 1. *elev* centón; 2. *coloq* billete de 100 euros; **~piedi** *m inv zool* ciempiés

central|e *adj/f* central; ***~ idroelettrica, elettrica, termoelettrica*** *central hidráulica, hidroeléctrica, térmica*; **~inista** *m/f* telefonista; **~ino** *m* centralita *f* (!); **~ismo** *m* centralismo; **~ista** *m/f* centralista; **~ità** *f inv* 1. capital importancia *f*; ***la ~ di una questione*** *la capital importancia de una cuestión*; 2. *pol* centro *m*; **~izzare** *vt* centralizar; **~izzato, -a** *adj* centralizado, -a, central ◊ ***chiusura delle porte ~a*** *f auto* cierre centralizado *m*; ***riscaldamento ~*** *m* calefacción central; **~izzazione** *f* centralización

centramericano, -a (*var.* **centroamericano**) *adj* centroamericano, -a

centrare *vt* centrar ◊ ***~ il personaggio*** *cine/teat* bordar el personaje

centrattacco (*pl* **-chi**) *m/f sport* delantero, -a centro, punta *f*

centratura *f* centrado *m*

centravanti *m/f inv sport* delantero, -a centro *m/f*, punta *f*

centrifuga (*pl* **-ghe**) *f* centrifugadora

centrifugare ‹*esd*› *vt* centrifugar

centrifugazione *f* centrifugado *m*

centrifugo, -a (*m pl* **-ghi**) *adj* centrífugo, -a

centrino *m* tapete

centripeto, -a *adj* centrípeto, -a

centris|mo *m pol* centrismo; **~ta** *adj/s pol* centrista

centro *m* centro ◊ ***~ abitato*** núcleo urbano; ***~ commerciale*** centro comercial; ***~ di gravità*** centro de gravedad; ***~ di permanenza temporanea*** centro de permanencia temporal; ***~ di prima accoglienza*** centro de primera acogida; ***~ di ricerca*** centro de investigación; ***~ direzionale*** centro de dirección; ***~ elaborazione dati*** centro de proceso de datos; ***~ ospedaliero*** centro hospitalario; ***~ residenziale*** complejo residencial; ***~ stampa*** gabinete de prensa; ***~ storico*** centro histórico, casco viejo; ***essere al ~ dell'attenzione*** ser el centro de atención, ser objeto de todas las miradas; ***essere al ~ dei desideri*** ser objeto de deseo; ***essere nel proprio ~*** estar como en casa; ***far ~*** *tamb. fig* dar en el blanco; ***il *~ Italia*** el centro de Italia; **~americano** V. **centramericano**; **~campista** *m/f sport* centrocampista, mediocampista; **~campo** *m sport* centro del campo; **~destra** *m pol* centroderecha; **~europeo, -a** *adj/s* centroeuropeo, -a; **~medi-ano** *m sport* central de apoyo; **~sfera** *f biol* centrosfera; **~sinistra** *m* centroizquierda; **~soma** *m biol* centrosoma; **~tavola** (*pl* **centritavola**) *m* centro de mesa

centupl|icare ‹*esd*› *vt* centuplicar; **~o** *m* céntuplo

centuri|a *f hist* centuria; **~one** *m hist* centurión

cepp|a *f bot* cepa; **~o 1.** *m* 1. *bot* cepa *f* (!); (*de árbol cortado*) tocón; (*para quemar*) tronco, ceporro; 2. (*carnicero, verdugo*) tajo; 3. tronco, estirpe *f*, familia *f*; ***di ~ nobile*** *de noble estirpe*; ***~ linguistico*** *tronco/familia lingüística*; 4. (*es-*

túpido) ceporro; 5. *nav* (*del ancla*) cepo; 6. *mec* zapata *f*; 7. *relig* cepillo; **2.** *mpl* 1. cepo *m*, grilletes; 2. *auto* cepo *m* ◊ **~ *di Natale*** nochebueno; ***spezzare i ~i*** romper las cadenas

cera *f* 1. cera; 2. cara, aspecto *m* ◊ **~ *d'api*** cera de abejas; **~ *da scarpe*** betún (*m*), crema de zapatos; **~ *da/per pavimenti, per mobili*** cera para suelos, para muebles; ***avere brutta, bella ~*** tener buena, mala cara; ***fare buona, cattiva ~ a q*** ponerle buena, mala cara a alg; **~iolo** *m* cerero; **~lacca** *f* lacre *m*

ceramilca *f* cerámica; loza; **~co, -a** (*m pl* **-ci**) *adj* cerámico, -a; **~sta** *m/f* ceramista

ceraste *m zool* ceraste, cerasta *f*

cerato, -a *adj* encerado, -a ◊ ***tela ~a*** *f* hule (*m*)

Cerbero *m mitol tamb. fig* Cerbero, Cancerbero

cerbiatto *m zool* cervato

cerbottana *f* cerbatana

cerca *f* busca, búsqueda ◊ ***andare in ~ di qc*** ir a la búsqueda de u-c, buscar u-c; **~mine** *m inv* detector de minas *m*; **~persone** *m inv* buscapersonas, busca *m* (*coloq*); **~re 1.** *vt* buscar; **2.** *vi* ‹*avere*› intentar *vt* (**di**), tratar (**di** de), probar (**di** a); ***cerca di capirmi*** *intenta comprenderme* ◊ **~ *col lanternino*** buscar con lupa; **~ *il pelo nell'uovo*** buscarle tres pies al gato; ***chi cerca trova*** quien busca halla; **~tore, -trice 1.** *m/f* buscador, -a; **2.** *m relig* mendicante

cerchila *f* 1. *geogr* cadena, barrera; 2. círculo *m*, grupo *m*; ***la mia ~ di amici*** *mi círculo de amistades* ◊ **~ *di mura*** muralla(s); **~are** *vt* 1. poner aros; (*tonel*) enarcar; 2. rodear, ceñir; **~ato, -a** *adj* con aros ◊ ***avere gli occhi ~i*** tener ojeras; **~etto** *m* arandela *f*, anilla *f*; (*cabello*) diadema *f*; **~o** (*pl* **-chi**) *m mat* círculo; (*sport, tonel*) aro; anillo; *auto* llanta *f;* (*personas*) círculo, corro ◊ **~ *in lega*** llanta de aleación (*f*); ***dare un colpo al ~ e un altro alla botte*** dar una de cal y otra de arena; **~one** *m auto* llanta *f*

cercine *f* rodete *m*

cerealle *m* cereal; **~icolo, -a** *adj* cerealista; **~icoltura** *f* cerealicultura

cerebello *m med* cerebelo

cerebralle *adj* cerebral; **~ismo** *m* cerebralismo; **~ità** *f inv* cerebralismo *m*

cereo, -a *adj* céreo, -a

cereria *f* cerería

ceretta *f* banda depilatoria

cerfoglio (*pl* **-gli**) *m bot* perifollo

cerimonila 1. *f* ceremonia; **2.** *fpl* cumplidos *mpl*, formalidades; ***senza tante ~e*** *sin cumplidos*; **~ale** *m* ceremonial; **~oso, -a** *adj* ceremonioso, -a

cerino *m* cerilla *f* (!), fósforo

cernila *f zool* mero *m*; **~era** *f* (*puerta...*) gozne *m*, bisagra; cremallera ◊ **~ *lampo*** cremallera; cierre relámpago (*Am*)

cernita *f* criba

cero *m* cirio, hacha *f* ◊ **~ *pasquale*** cirio pascual; **~so, -a** *adj* ceroso, -a; **~tato** *m quím* cerotato; **~tto** *m med* parche, pegado (*m*) ◊ **~ *adesivo*** esparadrapo, tirita (*f*)

cerro *m bot* marojo

certame *m elev* justa *f*, torneo; certamen (literario); **~nte 1.** *adv* seguro, sin duda; **2.** *excl* ¡por supuesto!, ¡claro!

certezza *f* certeza, seguridad

certificalre ‹*esd*› *vt jur* certificar; **~to** *m* certificado, certificación *f* ◊ **~ *di guarigione*** *med* alta; **~ *di malattia*** *med* parte de baja; **~ *di morte*** *adm* certificado de defunción; **~ *di nascita*** *adm* partida de nacimiento (*f*); **~ *di residenza*** *adm* certificado de residencia, certificado de empadronamiento; **~ *medico*** *med* certificado médico; **~ *penale*** *adm* certificado de (antecedentes) penales; **~ *dei voti*** *adm* expediente académico; **~zione** *f* certificación, certificado *m*

certo 1. *adj* 1. cierto, -a, verdadero, -a; ***notizia ~a*** *noticia verdadera*; 2. evidente, claro, -a; 3. seguro, -a, convencido, -a; ***sono ~ che ha sbagliato*** *estoy seguro de que se ha equivocado*; 4. cierto, -a, alguno, -a; ***~i amici è meglio non averli vicini*** *a ciertos amigos es mejor no tenerlos cerca*; ***ho una ~a esperienza in quel campo*** *tengo una cierta idea en aquel campo*; tal; ***è venuto un ~ Calvi*** *ha venido un tal Calvi*; (*enfático*) uno, -a; ***ha ~i occhi che mettono paura*** *tiene unos ojos que dan miedo*; **2.** *pron pl* algunos, -as; **3.** *adv* sin duda, seguro; ***è ~ il tuo migliore amico*** *es sin duda tu mejor amigo*; **4.** *excl* ¡claro!, ¡por supuesto!, ¡naturalmente! ◊ ***dare qc per ~*** dar u-c por supuesta/cierta; **~sa** *f relig* cartuja; **~sino, -a** *adj/m* cartujo, -a ◊ ***lavoro da ~*** *m* trabajo de chinos

certuni, -e *pron pl* algunos, -as, ciertos, -as, -a; ***~i non riescono a capire mai niente*** *algunos no logran entender nunca nada*

cerume *m* 1. (*abejas*) cera *f*; 2. (*oídos*) cera *f*, cerumen

cerussla *f quím* cerusa; **~ite** *f min* cerusita

cervellletto *m med* cerebelo; **~o** (*pl (1)* **le cervella**, *pl (2-3)* **i cervelli**) *m* 1. cerebro; 2. (*jefe*) cerebro; ***il ~ della banda*** *el cerebro de la banda*; 3. *gastr tamb. fig* seso(s) ◊ ***avere il ~ di una gallina/una formica*** tener menos seso/conocimiento que un mosquito; ***farsi saltare le ~a*** volarse la tapa de los sesos; ***fuga dei/di ~i*** *f* fuga de cerebros; ***lambiccarsi/stillarsi il ~*** romperse los cascos, devanarse los sesos; **~one** *m irón* coco, eminencia *f*; **~otico, -a** (*m pl* **-ci**) *adj* estrambótico, -a

cervilcale *adj* cervical; **~ce** *f elev* cerviz ◊ ***di dura ~*** *adj* de dura cerviz; ***piegare la ~*** doblar la cerviz; **~cite** *f med* cervicitis; **~no, -a** *adj zool* cervino, -a, cerval ◊ ***lingua ~a*** *f bot* lengua de ciervo, escolopendra

cervo *m zool* ciervo, venado ◊ **~ *volante*** (*juego*) cometa (*f*)

Cesare *m* César

cesareo, -a *adj* cesáreo, -a ◊ ***taglio ~*** *m med* cesárea (*f*)

cesel|lare *vt* cincelar; **~atore** *m* cincelador; **~atura** *f* cinceladura, cincelado *m*; **~o** *m* cincel
cesoia 1. *f tecn* cizalla; **2.** *fpl agric* tijeras de podar
cespo *m bot* retoños *mpl*, rebrotes *mpl*
cespuglio (*pl* **-gli**) *m* 1. matorral, matojo, mata *f*; 2. *pol* ="pequeño partido de izquierda que vive a la sombra del partido mayor"; **~so, -a** *adj* (*matorral*) matoso, -a, espeso, -a
cessa|re 1. *vt* cesar, detener, suspender; **2.** *vi* ‹avere/essere› cesar; remitir; ***il temporale è cessato*** *el temporal ha remitido*; cerrar; ***il negozio ha cessato*** *la tienda ha cerrado*; **~te il fuoco** *m inv* alto el fuego; **~zione** *f* cese *m* ◊ ***~ delle ostilità*** el cese de ostilidades (*m*)
cession|ario, -a *adj/m* cesionario, -a; **~e** *f* cesión; *com* traspaso *m*
cesso *m* 1. *coloq* váter, water, retrete; 2. (*lugar sucio*) pocilga *f*
cesta *f* canasta, capazo *m*; **~io, -a** *m/f* cestero, -a
cestello *m* cesta *f*; (*para envases*) bandeja; (*lavadora*) tambor, bombo; *med* autoclave, esterilizador
cesti|nare *vt* echar a la papelera; (*publicación*) rechazar; **~no** *m* cesta *f*; (*para papel*) papelera *f*; *informát* papelera *f* ◊ ***~ da lavoro*** caja de la costura (*f*), costurero; ***~ da viaggio*** bolsa de comida (*f*); ***~ (della carta)*** papelera (*f*); ***vuota il cestino*** *informát* vaciar papelera; **~sta** *m/f sport* baloncestista
cesto *m* cesto, capazo
cesura *f lit* cesura
cetaceo *m* cetáceo
cetile *m quím* cetilo
ceto *m* clase (social) *f*; *hist* estamento ◊ ***di ~ medio*** *adj* de clase media; **~nia** *f zool* cetonia
cetra *f mús* cítara
cetriol|ino *m gastr* pepinillo; **~o** *m bot* pepino
c.f. (*Codice Fiscale*) *abr* (*Número de Identificación Fiscal*) NIF (*Esp*)
cfr. (*confronta*) *abr* (*confronta*) cfr.
cg (*centigrammo*) *abr* (*centigramo*) cg.
CGIL (*Confederazione Generale Italiana del Lavoro*) *abr* ="sindicato italiano de orientación comunista"
cha cha cha *m inv* cha-cha-cha, chachachá
chalet [ʃa'lɛ] *m inv* 1. casa de montaña *f*, chalet de montaña *m*; 2. restaurante de playa *m*
challenger ['tʃallendʒer] *m/f sport* challenger
champagne [ʃam'paɲ] *m inv* champagne *m*, champaña *m*, champán *m*
chance [ʃans] *f inv* 1. suerte *f*, chance *f* (*Am*); 2. oportunidad *f*, chance *f* (*Am*)
chanteuse [ʃan'tɛs] *f inv* cantante *f*, canzonetista *f*
chantilly [ʃanti'i] *f inv gastr* crema chantillí *f*
charleston *m inv* charlestón *m*
charme [ʃarm] *m inv* encanto *m*, atractivo *m*
charter ['tʃarter] *adj/m inv aero* chárter
châssis [ʃas'si] *m inv* chasis
chat line [tʃat'lajn] *f inv informát* chat
chattare [tʃat'tare] *vi* ‹avere› *informát* chatear
chauffeur [ʃof'fɛr] *m inv* chófer *m*, conductor *m*

che 1. *pron* 1. que; ***ciò/quello ~ mi piace è dormire*** *lo que me gusta es dormir*; ***il ~*** *lo que, lo cual*; ***parla troppo, il ~ non mi piace*** *habla demasiado, lo cual no me gusta*; 2. qué; ***ha un non so ~ di insincero*** *tiene un no se qué/un algo de falso*; ***il film no era un gran ~*** *la película no era una gran cosa/nada del otro jueves*; **2.** *adj/pron* qué; ***a ~ (cosa) pensi?*** *¿en qué piensas?*; ***non ha di ~ mangiare*** *no tiene qué comer*; ***Grazie! Non c'è di ~!*** *¡Gracias! ¡No hay de qué!*; ***~ ora è?/~ ore sono?*** *¿qué hora es?*; (*exclamación*) qué, vaya; ***~ vedo!*** *¡qué veo!*; ***ma ~!*** *¡anda ya!*; ***~ bella idea!*** *¡qué buena idea!*; ***~ bello!*** *¡qué bonito!*; ***~ domanda!*** *¡vaya pregunta!*; ***~ uomo!*** *¡Vaya tipo!*; **3.** *conj* 1. que; ***vorrei ~ tu studiassi*** *querría que estudiaras*; ***vai a fare la doccia, ~ sei molto sporco*** *ve a la ducha, que estás muy sucio*; ***c'era un afa ~ non si respirava*** *hacía un calor que no se podía ni respirar*; ***vieni ~ potrai ripararti*** *ven que podrás guarecerte*; ***~ io sappia non è successo niente*** *que yo sepa no ha pasado nada*; ***è meglio ~ non lo dica*** *es mejor que no lo diga*; ***è più facile parlare ~ agire*** *es más fácil hablar que actuar*; ***non fa (altro) ~ brontolare*** *no hace más que refunfuñar*; ***~ mi sia sbagliato?*** *¿me habré equivocado?*; 2. cuando; ***arrivò che era ancora presto*** *llegó cuando aún era pronto* ◊ ***sia ~, ... sia ~*** tanto ... como
ché *conj* (*causal*) porque
checché *conj* a pesar de que; ***~ accada, non te lo dirò*** *pase lo que pase, no te lo diré*; ***~ tu dica, lo farò*** *digas lo que digas, lo haré*
check|-in [tʃɛ'kin] *m inv aero* facturación *f*; ***fare il ~*** *hacer la facturación, embarcarse*; **~-panel** [tʃɛk'panel] *m inv auto* cuadro de mandos *m*; **~-point** [tʃɛk'pɔjn] *m inv* puesto de control *m*; **~-up** [tʃɛ'kap] *m inv med* chequeo *m*, control médico *m*
chef [ʃef] *m inv* chef *m*, jefe de cocina *m*
chefir (*var.* **chefir**, **kefir**) *m inv* kéfir *m*
chel|a *f zool* (*crustáceos*) pinza; **~ato** *m quím* quelato; **~oide** *m med* queloide(s); **~one** *m zool* quelonio
chemioterap|ia *f med* quimioterapia; **~ico, -a** (*m pl* **-ci**) *adj* quimioterápico, -a
chemisier [ʃemi'sje] *m inv* vestido camisero *m*
chepì *m inv* quepis
cheppia *f zool* sábalo *m*
chèque [ʃek] *m inv* cheque *m*
cheratina *f quím* queratina
chermes *m inv zool* quermes, kermes
cherosene *m quím* queroseno
cherubino *m arte/relig tamb. fig* querubín
chet|are *vt* aquietar, apaciguar; **~ichella: alla ~** *adv* a la chita callando; **~o, -a** *adj* quedo, -a, tranquilo, -a
chewing gum ['tʃuingam] *m inv* chicle *m*, goma de mascar *f*
chi *pron inv* 1. quien, quienes *pl*; ***dillo a ~ vuoi*** *díselo a quien quieras*; 2. (*interrogativo*) quién, quiénes *pl*; ***~ sono quegli uomini?*** *¿quiénes*

son aquellos hombres?; ***di ~ hai paura?*** *¿de quién(es) tienes miedo?*; ***a ~ telefoni?*** *¿a quién llamas?* ◊ ***~ più ~ meno*** quien más quien menos, el que más y el que menos; ***~ va là?*** ¿quién va?, ¿quién vive?; ***guarda ~ si vede!*** ¡mira quién llega/viene!; ***si salvi ~ può*** sálvese quien pueda

chiacchiera *f* charla, conversación, cháchara; *desp* habladuría, cotilleo *m*, chisme *m* ◊ ***fare quattro ~e*** pegar la hebra, charlar un rato

chiacchierare ‹*esd*› *vi* ‹*avere*› charlar, conversar, hablar; *desp* cotillear, chismorrear, cotorrear

chiacchierata *f* charla, conversación

chiacchierlino, -a *adj* parlanchín, -ina, cotilla, hablador, -a; **~io** (**-rii**) *m* cotorreo, chismorreo; **~one, -a** *adj* parlanchín, -ina, cotilla, hablador, -a

chiama *f adm* llamada, llamado *m* ◊ ***fare la ~*** pasar lista; **~re 1.** *vt* llamar; *adm* nombrar; ***~ qc a una cattedra*** *nombrar a alg catedrático, darle a alg una plaza de catedrático*; **2. ~rsi** (*nombre, apellidos*) llamarse; (*apellidos*) apellidarse ◊ ***~ al telefono*** llamar al teléfono; ***~ alle armi*** llamar a filas; ***~ in causa qc*** *jur* ordenar comparecer a alg; *fig* llamar a alg a capítulo; ***~ la palla*** *sport* pedir la pelota, pedir bola; ***~ le cose per il loro (vero) nome*** llamar a las cosas por su nombre, (llamar) al pan pan y al vino vino; ***~ q per nome*** llamar a alg por su nombre; ***il Signore l'ha chiamato a sé*** el Señor lo ha llamado a su casa/se lo ha llevado; **~ta** *f* llamada, llamado *m* (*Am*)

chiappa (*usado sobre todo en pl*) *f coloq* nalga (*estánd*) ◊ ***le ~e*** el culo (*m*), el trasero (*m*)

chiarla *f* (*huevo*) clara; ***montare/battere le ~e*** *montar las claras*; **~etto 1.** *m* ="vino lombardo rosado y espumoso"; **2.** *adj* (*vino*) clarete, rosado; **~ezza** *f* claridad, nitidez

chiarificalre ‹*esd*› *vt* 1. (*líquidos*) aclarar, clarificar; 2. (*idea...*) aclarar, clarificar, esclarecer; **~tore, -trice** *adj* clarificador, -a, esclarecedor, -a; **~zione** *f* (*líquidos*) *tamb. fig* aclarado *m*, clarificación

chiarimento *m* aclaración *f*; ***chiedere un ~*** *pedir una aclaración* ◊ ***avere un ~ con qc*** aclarar las cosas con alg, poner las cosas en claro con alg

chiarina (*var.* **chiarino** *m*) *f mús/mil* clarín *m*

chiarire ‹*isc*› *vt* 1. (*líquidos*) aclarar, clarificar; 2. (*explicar*) aclarar, esclarecer, averiguar

chiarissimo, -a *adj* ="tratamiento dado a los catedráticos universitarios"

Chiar.mo, -a *abr* ="tratamiento dado a los catedráticos universitarios"; ***~ Prof.*** *Distinguido Prof.*; ***~a Prof.ssa*** *Distinguida Prof.*

chiaro, -a *adj/m/adv* claro, -a ◊ ***~ come la luce del sole*** claro como la luz del día; ***~ e tondo*** rotundo, tajante; ***cantarle ~e*** hablar claro, hablar sin tapujos, cantar las cuarenta; ***con questi ~i di luna*** *adv* con los tiempos que corren; ***è ~ che*** está claro que; ***è ~?*** ¿está claro?; ***in ~*** *adv TV* en claro; ***mettere in ~ qc*** aclarar u-c, dejar clara u-c; ***non vederci ~*** no acabarlo de ver claro; ***parlare ~ (e tondo)*** hablar sin rodeos, hablar en plata; ***più ~ di così si muore*** más claro agua; ***un no ~ e tondo*** un no rotundo; **~re** *m* claridad *f*; **~scuro** (*pl* **chiaroscuri**) *m arte* claroscuro; **~veggente** *adj/s* clarividente; **~veggenza** *f* clarividencia

chiasmla *m med* quiasma; **~o** *m lit* quiasmo

chiasslata *f* jaleo *m*, follón *m*, alboroto *m*; escándalo *m*, número *m*; ***fare una ~*** *armar un escándalo, montar un número*; **~o** *m* 1. jaleo, bulla *f*, jarana *f*; estruendo, escándalo, bullicio, bochinche; 2. callejón ◊ ***fare ~*** armar jaleo; *fig* levantar ampollas; **~one, -a** *adj/s* follonero, -a, jaranero, -a, juerguista; **~oso, -a** *adj* 1. ruidoso, -a, bullicioso, -a; 2. (*vestido, color*) llamativo, -a, vistoso, -a

chiatta *f* barcaza, gabarra

chiavalio (*pl* **-ai**) *m* cerrajero; **~rda** *f* perno *m*; *arq* perno de anclaje *m*; **~re** *vt vulg* joder, follar, chingar; **~ta** *f* 1. *vulg* polvo *m*, follada; 2. *vulg* timo *m* (*estánd*)

chiave 1. *f* 1. llave; 2. *arq/mús/tecn tamb. fig* clave; 3. *sport* llave; **2.** *adj inv* (*pospuesto*) clave; ***parola ~*** *palabra clave* ◊ ***~ d'accensione*** *auto* llave de arranque; ***~ di volta*** *arq* clave del arco; ***~ inglese, fissa, a stella*** *tecn* llave inglesa, fija/plana, de estrella; ***~i in mano*** *adj* llaves en mano; ***buco della ~*** *m* ojo/hueco della cerradura; ***chiudere a ~*** cerrar con llave; ***chiudere sotto ~*** encerrar bajo llave; ***chiuso a sette ~i*** *adj* cerrado a cal y canto; **~tta** *f* (*reloj, juguete*) llave, llavín *m*; (*gas, agua*) llave de paso; *mec* chaveta

chiavica *f* alcantarilla, cloaca

chiavistello *m* cerrojo, pestillo, pasador

chiazza *f* mancha, manchurrón *m*; **~re** *vt* manchar

chic [ʃik] **1.** *adj inv* chic, elegante *adj*; **2.** *m* elegancia *f*

chicane [ʃi'kan] *f inv auto* chicane *f*

chicca *f* 1. *infant* (*golosina*) chuchería, chuche; 2. (*cosa preciosa y rara*) joya

chicchera *f* jícara, pocillo *m*, tacita

chicchessia *pron* quienquiera (que sea)

chicchirichì *onom/m* quiquiriquí

chicco (*pl* **-chi**) *m* (*café, arroz, trigo...*) grano

chiedere ‹*chiesi; chiesto*› V. 9 **1.** *vt* 1. pedir; ***~ perdono/scusa*** *pedir perdón*; ***~ in prestito*** *pedir prestado*; 2. preguntar; ***~ il prezzo di qc*** *preguntar (por) el precio de algo*; **2.** *vi* preguntar (**di** por); ***mi chiede di te continuamente*** *me pregunta por ti continuamente*; ***chiedono di te al telefono*** *preguntan por ti al teléfono*

chierica *f* tonsura

chiericato *m* clerecía *f*

chierichetto *m* monaguillo

chierico (*pl* **-ci**) *m* clérigo

chiesla *f* iglesia

chiesi..., chiesto V. **chiedere**

chiesuola *f* 1. *nav* bitácora; 2. *desp/fig* camarilla

chiffon [ʃi'fɔn] *m inv* chiffon; **~ier** *m inv* chiffonier, cajonera *f*

chiglia *f nav* quilla
chignon [ʃiˈɲɔn] *m inv* moño *m*
chihuahua [tʃiˈwawa] *m zool* chihuahua
chilificazione *f med* quilificación
chilo *m* 1. *med* quilo; 2. kilo(gramo), quilo(gramo) ◊ ***fare il ~*** reposar/bajar la comida; **~caloria** *f* kilocaloría; **~ciclo** *m* kilociclo; **~grammo** *m* kilogramo, quilogramo
chilometr|aggio (*pl* **-gi**) *m* quilometraje; **~ico, -a** (*m pl* **-ci**) *adj* kilométrico, -a, quilométrico, -a; **~o** *m* kilómetro, quilómetro
chiloton *m inv fís* kilotón
chilowatt [ˈkilovat] *m inv* kilovatio *m*, quilovatio; **~ora** [kilovatˈtora] *m inv* kilovatio hora *m*
chimer|a *f* quimera; **~ico, -a** (*m pl* **-ci**) *adj* quimérico, -a
chimic|a *f* química; **~o, -a** (*m pl* **-ci**) *adj/s* químico, -a
chimo *m med* quimo; **~no** *m* quimono
china *f* 1. *bot* quino *m*; *med* quina; 2. tinta china; 3. *geogr* pendiente ◊ ***mettersi su una brutta ~*** ir por mal camino; **~re** *vt* inclinar, agachar ◊ ***~ la testa*** *tamb. fig* agachar la cabeza; **~to, -a** *adj* 1. inclinado, -a, agachado, -a; 2. *med* quinado, -a
chincaglier|e *m* quincallero; **~ia** *f* quincallería, quincalla; *com* quincallería
chinesiologia V. **cinesiologia**
chinin|a *f* quinina; **~o** *m quím* quinina *f*
chino, -a *adj* agachado, -a, gacho, -a ◊ ***stare a/col capo ~*** estar cabizbajo, estar con la cabeza gacha
chioccia (*pl* **-ce**) *f* (gallina) clueca; **~re** *vi* ‹avere› cacarear; **~ta** *f zool* pollada
chioccio, -a (*m pl* **-ci**, *f pl* **-ce**) *adj* (*voz*) rauco, -a, bronco, -a
chiocciola *f* 1. *zool* caracol *m*; 2. *informát/impr* (@) arroba ◊ ***a ~*** *adj* en espiral; ***scala a ~*** *f* escalera de caracol
chiod|ato, -a *adj* clavado, -a; (*calzado, neumático*) claveteado, -a; **~atura** *f* 1. (*unión con clavos*) clavado *m*; 2. (*conjunto de clavos*) clavazón; **~o** *m* 1. clavo; ***piantare, togliere un ~*** *clavar/poner, quitar un clavo*; 2. (*preocupación*) cruz *f*; ***il ~ di quel debito lo perseguita*** *la cruz de aquella deuda le persigue*; 3. *jerga* (*cazadora*) chupa *f* ◊ ***~ ad uncino*** alcayata (*f*), escarpia (*f*); ***~ da ghiaccio, da roccia*** *sport* (*alpinismo*) pitón de hielo, de roca; ***~ di garofano*** *bot* clavo; ***~ fisso*** idea fija (*f*), fijación (*f*); ***~ scaccia ~*** un clavo saca otro clavo; ***attaccare i guantoni, la bicicletta al ~*** *sport* colgar los guantes, colgar la bicicleta; ***magro come un ~*** *adj* delgado como un palillo; ***ribadire il ~*** dar la tabarra; ***roba da ~i*** *f* bobadas (*fpl*), estupideces (*fpl*)
chioma *f* melena, cabellera; *zool* (*caballo*) crines *fpl*; *bot* copa; *astron* cabellera
chiosa *f* glosa, apostilla; **~re** *vt* apostillar, anotar; *elev* glosar; **~tore, -trice** *m/f* anotador, -a; glosador, -a
chiosco (*pl* **-schi**) *m* quiosco, kiosko; chiringuito
chiostro *m arq* claustro
chip [tʃip] *m inv* chip *m*
chiragra *f med* quiragra
chiroman|te *m/f* quiromántico, -a; **~zia** *f* quiromancia
chirottero *m zool* quiróptero
chirurg|ia (*pl* **-gie**) *f* cirugía; ***~ dentaria, plastica*** *cirugía dental, plástica/estética*; **~ico, -a** (*m pl* **-ci**) *adj* quirúrgico, -a ◊ ***intervento ~*** *m* intervención quirúrgica (*f*); **~o** (*f raro* **-a**, *m pl* **-ghi/-gi**) *m* cirujano, -a
chisciott|esco, -a (*m pl* **-chi**) *adj* quijotesco, -a; **~ismo** *m* quijotismo
chissà *adv* 1. (*aparece entre pausas*) quién sabe, (vete tú) a saber; ***è possibile, ~, che venga ancora*** *es posible, quién sabe, que venga todavía*; 2. (*seguido de una frase*) quizás, a lo mejor, a saber; ***~ se viene*** *quizás venga*; ***~ quando arriverà*** *a saber cuando llegará*
chitarr|a *f mús* guitarra; **~ista** *m/f* guitarrista
chitina *f quím* quitina
chiudere ‹*chiusi; chiuso*› V. 10 **1.** *vt* cerrar; (*calle, carretera; luz, agua...*) cortar; (*agujero, fallo*) tapar, cubrir; *econ* saldar; *adm* clausurar, levantar; (*encarcelar*) encerrar; **2.** *vi* cerrar; **3. ~rsi** cerrarse; encerrarse; *meteo* encapotarse; ◊ ***~ la bocca (a q)*** taparle la boca (a alg); ***~ la seduta*** levantar la sesión; ***~ le scuole*** acabarse el curso, acabarse las clases; ***~ un occhio*** hacer la vista gorda, mirar hacia otra parte; ***non ~ occhio*** no pegar ojo
chiunque *pron inv* 1. (*indefinido*) cualquiera, cualesquiera *pl*; 2. (*relativo*) quien quiera que, quienes quiera que *pl*, cualquiera que, cualesquiera que *pl*; ***~ sia*** *quien quiera que sea, quienes quiera que sean*
chiurlo *m zool* zarapito
chius|a *f* 1. *mec* compuerta, esclusa; 2. *geogr* hoz, foz, barranco *m*; 3. (*carta, poesía...*) conclusión, fin *m*, cierre *m*; **~i...** V. **chiudere**; **~o, -a 1.** *adj* cerrado, -a; tapado, -a; *ling tamb. fig* cerrado, -a; **2.** *m* cercado; cerrado; ***puzza di ~*** *olor a cerrado*; **3.** *pp* V. **chiudere** ◊ ***~ a sette chiavi*** cerrado a cal y canto; **~ura** *f* 1. cierre *m*; ***~ di borsa*** *cierre de la bolsa*; ***~ del giornale*** *cierre de la edición*; (*acto*) clausura; 2. cerradura, cierre *m*; 3. (*mente*) cerrazón ◊ ***~ delle tube*** *med* ligadura de trompas; ***~ lampo*** cremallera, cierre relámpago (*m Am*)
choc [ʃɔk] *m inv med tamb. fig* shock *m*, choque *m*
ci (*ante otro pr (1)* **ce**, *ante los verbos essere y entrare* **c'**) *pron* 1. nos; 2. (*sustituye un complemento de lugar*) (allí); ***conosci Roma? Io ~ sono stato due volte*** *¿conoces Roma? Yo he estado (allí) dos veces*; ***non mi piace il mare, ma ~ dovrò andare quest'estate*** *no me gusta el mar, pero tendré que ir (allí) este verano*; 3. (*sustituye un complemento introducido por diferentes preposiciones*) (prep + nombre); ***tuo padre è simpatico, ma non ci vado troppo***

d'accordo *tu padre es simpático, pero no me llevo bien con él*; 4. (*variante del pr* ***si*** *impersonal, ante el pr reflexivo* ***sì***) uno; ***ci si sente bene in questa città*** *uno se encuentra bien en esta ciudad*; 5. (*con el verbo essere: esserci*) hay, había...; ***qui c'è troppa gente, qui ~ sono troppe persone*** *aquí hay demasiada gente, aquí hay demasiadas personas*; (*con el verbo stare: starci*) caber; ***la tua macchina non ~ sta*** *tu coche no cabe*; estar de acuerdo; ***a queste condizioni io non ~ sto*** *con esas condiciones yo no estoy de acuerdo*; (*con el verbo tenere: tenerci*) estar interesado (**a** en); ***~ tengo molto a conoscere il direttore*** *estoy muy interesado en conocer al director*; (*con el verbo entrare: entrarci*) tener que ver; ***che c'entra tua madre?*** *¿qué tiene que ver tu madre?*; (*con el verbo volere: volerci*) hacer falta; ***~ vogliono molti soldi*** *hace falta mucho dinero*;

C.ia (*Compagnia*) *abr* (*compañía*) cía.

ciabatt|a *f* zapatilla, pantufla, chancla, chancleta ◊ ***sembrare una vecchia ~*** ir hecho/a un/a pordiosero/a, ir hecho/a unos zorros; ***trattare q come una ~*** tratar a alg como a un trapo; **~are** *vi* ‹*avere*› chancletear; **~ino** *m* zapatero remendón; **~one, -a** *m/f* 1. ="persona que chancletea" *f*; 2. *desp* chapucero, -a, manazas *inv*

ciac (*var.* **ciak**) **1.** *m inv cine* claqueta *f*; **2.** *excl* ¡acción! ◊ ***~, si gira!*** ¡cámara: acción!

Ciad: il ~ *m geogr* el Chad; ***~iano, -a** *adj/s* chadiano, -a

cial|da *f gastr* barquillo *m*; **~onaio** (*pl* **-ai**) *m* barquillero; **~one** *m gastr* ="barquillo relleno de nata"

cialtron|ata *f* granujada, canallada, mala pasada; **~e, -a** *m/f* 1. granuja, canalla, bribón, -ona; 2. vago, -a, gandul, -a, haragán, -ana; **~eria** *f* (*cualidad*) granujería, sinvergüencería; (*acción*) granujada, canallada

ciambella *f gastr* rosco *m*, rosca, rosquilla ◊ ***~ (di salvataggio)*** salvavidas (*inv*); ***non tutte le ~e riescono con il buco*** el hombre propone y Dios dispone; **~no** *m* chambelán

ciancia (*pl* **-ce**) *f* paparrucha, embuste *m*, cuento chino *m*; chisme *m*, cotilleo *m*; **~re** *vi* ‹*avere*› charlar, parlotear, cotorrear

ciancicare ‹*esd*› *vi* ‹*avere*› farfullar, balbucear

cianfrusaglia *f* trasto *m*, cacharro *m*

cian|idrico, -a (*m pl* **-ci**) *adj quím* cianhídrico, -a; **~te** *f min* cianita

ciannamide *f quím* cianamida

ciano|si *f inv* cianosis; **~tico, -a** *adj med* cianótico, -a

cianur|azione *f* cianuración; **~o** *m* cianuro

ciao! *excl* 1. *coloq* ¡hola!; 2. *coloq* ¡adiós!, ¡hasta luego!, ¡chao!

ciarla *f* charla, cháchara; bulo *m*, chisme *m*; **~re** *vi* ‹*avere*› charlar, parlotear; cotillear, chismorrear

ciarlatan|eria *f* charlatanería; **~o, -a** *m/f* charlatán, -ana

ciarliero, -a (*var.* **ciarlone, -a**) *m/f* parlanchín, -ina, bocazas *inv*

ciarpa *f desp* trasto *m*, cacharro *m*; **~me** *m desp* cachivaches *mpl*, trastos *mpl*

ciascuno, -a 1. *adj sing* (*los terminaciones como las del artículo un, una*) cada *inv*; **2.** *pron sing* cada uno, -a ◊ ***a ~ il suo*** *adv* a cada uno/a cada cual lo suyo, a cada uno/a cada cual lo que le corresponde

cibare 1. *vt zool* cebar; **2. ~rsi** cebarse; *fig* vivir *vi*; ***~rsi solo di scienza*** *vivir sólo para la ciencia*

Cibele *f mitol* Cibeles

ciber|nauta *m/f informát* cibernauta; **~netica** *f* cibernética; **~spazio** (*pl* **-zi**) *m informát* ciberespacio

cibo *m* comida *f*, alimento; **~rio** (*pl* **-ri**) *m arq* ciborio

cical|a *f zool* cigarra, chicharra ◊ ***~ di mare*** *zool* cigala; **~are** *vi* ‹*avere*› chismorrear, parlotear; **~eccio** (*pl* **-ci**) *m* chismorreo, parloteo; *elev* garrulería *f*

cicatri|ce *f* cicatriz; **~ziale** *adj* cicatricial; **~zzante** *adj/m* cicatrizante; **~zzare** *vt/i* cicatrizar; **~zzazione** *f* cicatrización

cicca *f* 1. (*cigarrillo*) colilla; 2. *coloq* chicle *m*, goma de mascar ◊ ***non valere una ~*** no valer un pimiento, no valer un pucho (*Am*); **~re** *vi* ‹*avere*› mascar

cicchetto *m* 1. copita *f*, copichuela *f* (*coloq*); ***farsi un ~*** *tomarse una copita/copichuela*; 2. regañina *f*, rapapolvo, reprimenda *f*

ciccia (*pl* **-ce**) *f coloq* chicha, molla, chichi *m* (*infant*)

cicciolo *m gastr* torrezno

ciccione, -a *m/f coloq* gordinflón, -ona, regordete, -a, tonel *m*

cicerchia *f bot* almorta

cicerone *m* (*turismo*) guía, cicerone; *irón* cicerón

Cicerone *m hist* Cicerón

cicisbeo *m* 1. *hist* chichisbeo, galán; 2. galán, donjuán

ciclabile *adj* ="apto, -a para bicicletas" ◊ ***pista ~*** *f* carril bici (*m*)

ciclamino *m bot* ciclamen, ciclamino

cicli|cità *f inv* periodicidad *f*; **~co, -a** (*m pl* **-ci**) *adj* cíclico, -a, periódico, -a

ciclis|mo *m* ciclismo; **~ta** *m/f* ciclista; **~tico, -a** (*m pl* **-ci**) *adj* ciclístico, -a

ciclo *m* ciclo ◊ ***~ biologico*** ciclo biológico; ***~ di conferenze*** ciclo de conferencias; **~campestre 1.** *adj inv* de ciclocross; **2.** *m* ciclocross; **~cross** *m* ciclocross; **~ide** *adj mat* cicloide; **~motore** *m* ciclomotor; **~ne** *m meteo tamb. fig* ciclón; **~nico, -a** (*m pl* **-ci**) *adj* ciclónico, -a

ciclop|e *m mitol* cíclope; **~ico, -a** (*m pl* **-ci**) *adj* ciclópeo, -a; **~ista** *f* carril bici *m*

ciclosporina *f quím* ciclosporina

ciclostil|are *vt* ciclostilar; **~e** *m* ciclostil, ciclostilo, multicopista *f*

ciclotrone *m fís* ciclotrón

cicloturismo *m* cicloturismo

cicogna *f* 1. *zool* cigüeña; 2. *transp* ="camión articulado para el transporte de coches" *m*
cicoria *f bot* achicoria, chicoria
cicuta *f* cicuta
cieco, -a (*m pl* **-chi**) *adj/s* ciego, -a; **~ *da un occhio*** *ciego de un ojo*; **~ *dalla nascita*** *ciego de nacimiento*; ***diventare*** **~** *quedarse ciego* ◊ ***alla ~a*** *adv* a ciegas; ***nel regno dei ~i anche un guercio è re*** el tuerto es el rey en el país de los ciegos; ***vicolo*** **~** *m* callejón sin salida
ciellino *m/f pol* ="miembro de la organización católica Comunione e Liberazione" *m*
cielo *m* 1. cielo; 2. *arq* cielo raso, techo ◊ **~ *a pecorelle*** cielo aborregado; **~ *unico*** *aero* cielo único; ***a ~ aperto*** *adv* a cielo abierto; ***conquistare/acquistare il*** **~** ganar(se) el cielo; ***chi sputa in ~ in faccia gli viene*** al que al cielo escupe a la cara le cae; ***muovere ~ e terra (per ottenere qc)*** remover el cielo y la tierra, remover Roma con Santiago; ***per l'amor(e) del ~!*** ¡por el amor de Dios!; ***portare q al settimo*** **~** poner a alg por las nubes; ***santo ~!*** ¡santo cielo!, ¡Dios mío!; ***toccare il ~ con un dito*** no caber en sí de felicidad, estar loco de contento
cifosi *f inv med* cifosis
cifra *f* 1. *mat* cifra, guarismo *m*; número *m*; 2. inicial; 3. *mil* (*código secreto*) clave ◊ **~ *tonda*** número redondo (*m*); ***in ~e*** *adv* en cifra; **~re** *vt* 1. bordar unas iniciales; 2. cifrar, poner en clave; **~rio** (*pl* **-ri**) *m* libro de claves
ciglio (*pl (1-3)* **le ciglia**, *pl (4)* **i cigli**) *m* 1. *med* pestaña *f*; 2. ceja *f*; 3. *biol* cilio; 4. (*carretera, zanja...*) borde ◊ ***aggrottare/alzare le ~a*** fruncir el ceño; ***non batter ~/senza batter*** **~** no pestañear, no inmutarse, sin pestañear; **~ne** *m* (*zanja*) talud; (*precipicio*) borde
cigno *m zool* cisne ◊ ***il canto del*** **~** *m* el canto del cisne
cigol|are ‹*esd*› *vi* ‹*avere*› chirriar; **~io** (*pl* **-lii**) *m* chirrido
Cile: il **~** *m* Chile; ***~cca: fare*** **~** *vi* dar gatillazo; ***~no, -a*** *adj/s* chileno, -a
cilia|re *adj med* ciliar; **~to, -a** *adj/s zool/bot* ciliado, -a
cilicio (*pl* **-ci**) *m* cilicio
ciliegi|a (*pl* **-gie**) *f* cereza; **~o** (*pl* **-gi**) *m bot* cerezo
cilindr|are *vt mec* calandrar; **~ata** *f* cilindrada ◊ ***piccola, media, grossa*** **~** pequeña, media, gran cilindrada; **~atoio** (*pl* **-oi**) *m tecn* calandria *f*; **~atrice** *f tecn* calandria; **~atura** *f tecn* calandrado *m*, prensado *m*, satinado *m*; **~ico, -a** (*m pl* **-ci**) *adj* cilíndrico, -a; **~o** *m* 1. chistera *f*, sombrero de copa; 2. *mat* cilindro
cima *f* 1. *geogr* cima, cumbre; 2. (*persona*) eminencia, lumbrera; 3. *nav* cabo *m*, amarra ◊ ***~e di rapa*** *bot* nabizas; ***in ~ a*** *prep* en lo alto de; ***da ~ a fondo*** *adv* de arriba abajo, de cabo a rabo; **~re** *vt tecn* tundir; **~sa** *f arq* cimacio *m*
cimatore, -trice *adj/s* tundidor, -a
cimatrice *f tecn* tundidora
cimatura *f tecn* tundidura, tunda
cimelio (*pl* **-li**) *m* vestigio; *desp/fig* antigualla *f*
cimentl|are 1. *vt* poner a prueba, arriesgar; **~ *la propria vita*** *arriesgar la propia vida*; **2. ~rsi** enfrentarse (**in** a/con), arriesgarse (**in** con); **~ *in una difficile traduzione*** *enfrentarse a una difícil traducción*; enfrentarse (**con** a/con); **~ *con un nemico valoroso*** *enfrentarse con un enemigo valiente*; **~o** *m* 1. prueba *f*, ensayo; 2. riesgo
cimice *f zool* chinche
cimiero *m hist/mil* cimera *f*
ciminiera *f indus* chimenea
cimiter|iale *adj* del cementerio; **~o** *m* cementerio ◊ **~ *di automobili*** cementerio de coches, desguace
cimosa *f txtl* orillo *m*
cimurro *m zool* moquillo
Cina: la **~** *f* China
cinabro *m min* cinabrio
cinciallegra *f zool* herrerillo *m*
cinciglia (*var.* **cincilla** *m/f*, **cincillà** *m/f inv*) *m/f zool* chinchilla *f*
cincin! (*var.* **cin cin!**) *excl* (*brindis*) ¡salud!, ¡a tu/su... salud!
cincischiare *vt* 1. arrugar; 2. tijeretear ◊ **~ *le parole*** comerse las palabras, hablar entrecortadamente
cine *m inv* cine *m*; **~amatore, -trice** *m/f* director,-a de cine amateur; **~asta** *m/f* cineasta; **~città** *m inv* estudios de cine *mpl*; **~club** *m inv* cineclub *m*; **~dilettante** *m/f* director,-a de cine amateur; **~filo, -a** *m/f* cinéfilo, -a; **~forum** *m inv* cinefórum; **~genetica** *f* cinegética; **~getica** *f hist* cacería, montería; **~getico, -a** (*m pl* **-ci**) *adj* cinegético, -a; **~giornale** *m* noticiario cinematográfico; **~landia** *f* el mundo del cine *m*
cinema *m inv* 1. (*espectáculo*) cine *m*; ***andare al ~*** *ir al cine*; 2. cine *m*, sala (cinematográfica) *f* ◊ **~ *a luci rosse*** cine X; **~ *d'essai*** cine de arte y ensayo; **~ *in/di prima visione, in/di seconda visione*** cine de estreno, de reestreno; **~ *multisala/multicinema*** multicines; **~ *muto, sonoro*** cine mudo, sonoro; **~ *poliziesco*** cine negro
cinemascope *m inv* cinemascope
cinematica *f fís* cinemática
cinematograf|are ‹*esd*› *vt* filmar, cinematografiar (*raro*); **~ia** *f* cinematografía; (*de un autor*) filmografía; **~ico, -a** (*m pl* **-ci**) *adj* cinematográfico, -a; **~o** *m* cinematógrafo
cineoperatore, -trice *m/f* cámara *m*
cineparco (*pl* **-chi**) *m* autocine
cinepresa *f* cámara de cine, tomavistas *m inv*, filmadora (*Am*)
cinerama *m* cinerama
ciner|ario, -a (*m pl* **-ri**) *adj* cinerario, -a; **~eo, -a** *adj* cinéreo, -a
cineromanzo *m* fotonovela *f*
cinese *adj/s* chino, -a
cinesi|ca *f psicol* quinésica, kinésica; **~ologia** (*var.* **chinesiologia**, **kinesiologia**) *f* kinesiología; **~terapia** *f med* quinesi(o)terapia

cinet|eca *f* filmoteca; **~ica** *f* cinética; **~ico, -a** (*m pl* **-ci**) *adj* cinético, -a
cingalese *adj/s* cingalés
cingere ‹*cingo; cinsi; cinto*› V. 11 **1.** *vt* cercar, rodear; **~ *le braccia al collo di q*** *estrechar a alg con los brazos*; ceñir; **2. ~rsi** ceñirse (**di/con** con), ponerse *vt* ◊ **~ *d'assedio*** poner sitio, asediar; **~ *di mura*** amurallar; **~ *la corona*** ceñir la corona; **~ *le armi*** armarse
cinghia *f* correa, cincha; cinturón *m* ◊ **~ *di trasmissione*** *mec tamb. fig* correa de transmisión; ***tirare la*** **~** *fig* apretarse el cinturón; **~le** *m* jabalí
cingolato, -a *adj* (*vehículo*) dotado, -a de oruga
cingolo *m* 1. *hist/relig* cíngulo; 2. *auto/mec* oruga *f*
cinguett|are *vi* ‹*avere*› gorjear, piar; **~io** (*pl* **-tii**) *m* gorjeo
cinico, -a (*m pl* **-ci**) *adj/s* cínico, -a
cinigia (*pl* **-ge/-gie**) *f* rescoldo *m*
ciniglia *f* felpilla
cinismo *m* cinismo
cinodromo *m* canódromo
cinofilia *f* amor a los perros *m*
cinofilo, -a *m/f* amigo, -a de los perros
cinquant|a *adj/m inv* cincuenta; **~enario** (*pl* **-ri**) *m* cincuentenario; **~enne** *m/f* quincuagenario, -a (*raro*), cincuentón, -ona (*desp*); **~ennio** (*pl* **-ni**) *m* ="período de cincuenta años"; **~esimo, -a** *adj* quincuagésimo, -a; **~ina** *f* cincuentena
cinque *adj/m inv* cinco
cinquecent|esco, -a (*m pl* **-chi**) *adj* del siglo XVI; **~ista** *m/f* autor, -a o artista del siglo XVI; **~o** *adj/s inv* quinientos, -as ◊ ***il*** ***~** *m* el siglo XVI
cinquenne *adj/s* (*persona*) de cinco años de edad
cinquina *f* (*loto*) extracción/jugada de cinco números
cinsi... V. **cingere**
cinta *f arq* muralla, recinto amurallado *m* ◊ ***muro di*** **~** *m* tapia (*f*), cercado; **~re** *vt* amurallar; tapiar
cinto 1. *m* cinto, cinturón; **2.** *pp* V. **cingere** ◊ **~ *erniario*** braguero
cintola *f* 1. cinturón *m*, cinto *m*; 2. *med* cintura, talle *m* ◊ ***alla*** **~** *adv* al cinto
cintur|a *f* cinturón *m*, correa; *sport* (*judo*) cinturón *m*; *med* cintura, talle *m* ◊ **~ *di castità*** cinturón de castidad (*m*); **~ *di salvataggio*** salvavidas (*m inv*); **~ *di sicurezza*** cinturón de seguridad; **~ *industriale*** cinturón industrial (*m*); **~ *verde*** zona verde; **~ino** *m* (*reloj*) correa *f*; **~one** *m* cinturón
ciò *pron* esto, ello ◊ **~ *che*** lo que; ***con tutto*** **~** *adv* con todo; ***nonostante*** **~/~ *nondimeno*** a pesar de esto/ello
CIO (*Comitato Internazionale Olimpico*) *abr/m* (*Comité Olímpico Internacional*) COI
ciocca *f* mechón *m*
cioccolat|a *f* (*bebida, tableta*) chocolate *m*; **~aio, -a** (*m pl* **-ai**) *m/f* chocolatero, -a; **~iera** *f* (*recipiente*) chocolatera; **~ino** *m* chocolatina *f*; bombón; **~o** *m* chocolate; ***una tavoletta di*** **~** *una tableta/pastilla de chocolate* ◊ **~ *al latte*** chocolate con leche
cioè *conj* es decir, o sea
ciondolare ‹*esd*› *vi* ‹*avere*› 1. mecerse, pender; tambalearse; 2. *coloq* zanganear, holgazanear
ciondolo *m* colgante
ciondolone, -a *m/f* vago, -a, holgazán, -ana
ciondoloni *adv* colgando, meciéndose ◊ ***andare*** **~** ir vagando
ciononostante (*var.* **ciò nonostante**) *adv* no obstante, a pesar de ello
ciotola *f* tazón *m*, cuenco *m*
ciottolo *m* guijarro, canto rodado
cipero dolce *m bot* chufa *f*
cipiglio (*pl* **-gli**) *m* ceño, entrecejo ◊ ***fare il*** **~** fruncir el ceño; ***con*** **~** con mala cara, con el ceño fruncido
cipoll|a *f* 1. *bot* cebolla; 2. (*ducha*) alcachofa; 3. (*reloj*) saboneta; **~aio** (*pl* **-ai**) *m* cebollar; **~ino** *m bot* cebollino; **~one** *m bot* cebollón
cippo *m* mojón, hito; *hist* cipo, estela *f*
cipress|eto *m* cipresal; **~o** *m bot* ciprés
cipria *f* (*cosmética*) polvos *mpl*; ***darsi la*** **~** *ponerse polvos*
cipriota *adj/s* chipriota
Cipro *m* Chipre
circa 1. *prep* (*argumento*) acerca de, sobre; **2.** *adv* alrededor de *prep*, cosa de *prep*, sobre *prep*; ***in*** **~ *quindici giorni*** *en cosa de quince días, en unos quince días*; **~ *venti minuti/venti minuti*** **~** *alrededor de veinte minutos*; ***verrò alle undici*** **~** *vendré sobre las once/a eso de las once*
circense *adj* circense
circo (*pl* **-chi**) *m* circo; *geol* circo
circola|nte 1. *adj* ambulante; **2.** *m econ* dinero en circulación; **~re** ‹*esd*› **1.** *vi* circular; **2.** *adj* circular, redondo, -a; **3.** *f* 1. (*carta*) circular; 2. *transp* línea circular; **~rità** *f inv* circularidad *f*; **~torio, -a** (*m pl* **-ri**) *adj* circulatorio, -a; **~zione** *f* circulación ◊ ***libretto/carta di*** **~** *auto* permiso de circulación (*m*); ***togliere dalla*** **~** *econ tamb. fig* quitar de la circulación
circolo *m* 1. *tamb. fig* círculo; 2. (*club*) casino, círculo ◊ **~ *polare, equatoriale*** *geogr* círculo polar, ecuatorial; **~ *verticale*** *astron* vertical (*f*); **~ *vizioso*** *filos tamb. fig* círculo vicioso
circonc|idere ‹*cisi; ciso*› V. 61 *vt* circuncidar; **~isi...** V. **circoncidere**; **~isione** *f* circuncisión; **~iso 1.** *adj/m* circunciso; **2.** *pp* V. **circoncidere**
circonda|nte *adj* circundante; **~re** *vt* rodear; **~rio** (*pl* **-ri**) *m* 1. *adm/jur* distrito; 2. alrededores *mpl*, cercanías *fpl*
circonferenza *f* circunferencia
circonflesso *adj* (*acento*) circunflejo
circonlocuzione *f* circunloquio *m*, perífrasis *inv*, giro *m*
circonvallazione *f transp* circunvalación, ronda ◊ **~ *tangenziale*** cinturón de circunvalación (*m*)
circonvoluzione *f* circunvolución
circoscri|ssi... V. **circoscrivere**; **~tto, -a 1.** *adj* circunscrito, -a, ceñido, -a; **2.** *pp* V. **circoscrivere**

circoscrivere ‹*scrissi; scritto*› V. 71 *vt* circunscribir
circoscrizione *f adm* circunscripción, distrito *m*
circospe|tto, -a *adj* circunspecto, -a; **~zione** *f* circunspección
circostan|te *adj* cercano, -a, limítrofe, circunstante (*elev*); **~za** *f* circunstancia; **~ziale** *adj* circunstacial; **~ziare** *vt* circunstanciar, detallar; **~ziato, -a** *adj* circunstanciado, -a; detallado, -a
circuire ‹*isc*› *vt* 1. rodear; 2. engañar, engatusar
circuito *m electrón/sport* circuito ◊ ***corto ~*** *m* corto circuito
circumnaviga|re ‹*esd*› *vt* circunnavegar; **~tore** *m* circunnavegante; **~zione** *f* circunnavegación
ciré [si're] *adj/m inv* ciré
cirillico, -a (*m pl* **-ci**) *adj* cirílico, -a
cirro *m* 1. *meteo* cirro; 2. *bot* zarcillo; 3. *zool* cirro; **~si** *f inv med* cirrosis
cisalpino, -a *adj* cisalpino, -a
CISL (*Confederazione Italiana Sindacati Lavoratori*) *abr* ="sindicato italiano de orientación cristiana"
cismontano, -a *adj* cismontano, -a
cisp|a *f* legaña; **~adano, -a** *adj* cispadano, -a; **~oso, -a** *adj* legañoso, -a
cister|cense *adj/m* cisterciense; **~na** *f* cisterna, aljibe *m* ◊ ***aereo, nave ~*** avión, barco cisterna, avión, barco nodriza
cisti *f inv med/zool* quiste *m* ◊ ***~ biliare*** vesícula biliar; **~co, -a** (*m pl* **-ci**) *adj* quístico, -a; **~fellea** *f med* vesícula biliar; **~te** *f med* cistitis *inv*
cisto *m bot* jara *f*, estepa *f*
CIT (*Compagnia Italiana di Turismo*) *abr*
cita|re *vt* citar; *jur* citar, requerir, emplazar; **~torio, -a** *adj jur* citatorio, -a; **~zione** *f* cita; mención; *jur* citación, requerimiento *m* ◊ ***~ al merito*** mención al mérito
citeriore *adj* citerior
citofonare ‹*esd*› *vt/i* ‹*avere*› avisar por el interfono/por el portero automático
citofono *m* interfono, portero automático, telefonillo (*coloq*); (*oficina*) interfono
citogenetica *f biol* citogenética
citologi|a (*pl* **-gie**) *f* citología; **~co, -a** (*m pl* **-ci**) *adj* citológico, -a
citoplasma *m* citoplasma
citrato *m quím* citrato
citrico, -a (*m pl* **-ci**) *adj* cítrico, -a
citronnier *m inv bot* cidro *m*, limoncillo *m*
citrull|aggine *f* estupidez, memez; **~o, -a** *adj/s* estúpido, -a, bobo, -a, memo, -a
città *f inv* ciudad *f*; ***abitare in ~*** *vivir en la ciudad* ◊ ***~ dei ragazzi*** ciudad de los muchachos; ****~ del Capo*** *geogr* Ciudad del Cabo; ****~ del Messico*** *geogr* Ciudad de México; ****~ del Vaticano*** *geogr* Ciudad del Vaticano; ***~ dormitorio*** ciudad dormitorio; ***~ giardino*** ciudad jardín; ***~ universitaria/degli studi*** ciudad universitaria, campus (*m inv*)
cittad|ella *f* ciudadela; **~ina** *f* pequeña ciudad; **~inanza** *f* 1. (*los ciudadanos*) ciudadanía; 2. nacionalidad; ***~ spagnola*** *nacionalidad española*; **~ino, -a** *adj/s* ciudadano, -a ◊ ***comune ~*** ciudadano de a pie
ciuccia|re *vt coloq* chupar, mamar; **~o** (*pl* **-ci**) *m* chupete
ciuco, -a (*m pl* **-chi**) *m/f zool tamb. fig* burro, -a, borrico, -a, asno *m*
ciuffo *m zool* mechón, guedeja *f*, rizo; *bot* mata *f* ◊ ***prendere la fortuna per il ~*** la ocasión la pintan calva
ciurma *f nav/hist* chusma; *desp/fig* chusma, gentuza; **~glia** *f desp* chusma, populacho *m*
civett|a *f* 1. *zool* mochuelo *m*; 2. mujer coqueta, mujer casquivana ◊ ***fare la ~*** coquetear; **~are** *vi* ‹*avere*› coquetear, tontear; **~eria** *f* coquetería, coqueteo *m*; **~one, -a** *adj* coquetón, -ona; **~uolo, -a** *adj* coquetón, -ona
civico, -a (*m pl* **-ci**) **1.** *adj* cívico, -a; **2.** *m* (*calle*) número; ***abita al ~ 21*** *vive en el número 21*
civil|e 1. *adj* 1. civil; 2. (*persona, modales*) educado, -a, cultivado, -a; **2.** *m* civil; **~ista** *m/f jur* civilista; **~izzare** *vt* civilizar; **~izzatore, -trice** *adj/s* civilizador, -a; **~izzazione** *f* civilización; **~mente** *adv* 1. civilmente, por lo civil; 2. civilizadamente, educadamente ◊ ***sposarsi ~*** casarse por lo civil; **~tà** *f inv* civilización *f*, cultura *f*; progreso *m*; civismo *m*, educación *f*
civismo *m* civismo, educación *f*
clacchista *m/f teat* alabardero, -a
clacson *m inv* claxon *m*, bocina *f*, pito *m* (*coloq*)
cladofillo *m bot* filocladio
clamid|e *f hist* clámide; **~ia** *f med* clamidia
clamor|e *m* clamor; **~oso, -a** *adj* clamoroso, -a
clan *m inv* clan *m*
clandestin|ità *f inv* clandestinidad *f*; **~o, -a 1.** *adj* clandestino, -a; **2.** *m/f* polizón *m*
claque [klak] *f inv teat* claque, clac
clarinett|ista *m/f* clarinetista; **~o** *m* clarinete
clarino *m hist/mil* clarín; *mús* clarinete
clarissa *f relig* clarisa
classe *f* 1. *tamb. fig* clase; ***una persona di ~*** *una persona con clase*; 2. *estud* clase, aula; ***entrare in ~*** *entrar a clase/en el aula*; curso *m*; ***gli alunni della quinta ~*** *los alumnos del quinto curso*; 3. *mil* quinta ◊ ***~ di leva*** *mil* quinta; ***fuori ~*** *adj* fuera de serie; ***lotta di ~*** *f* lucha de clases; ***prima, seconda ~*** *tamb fig.* primera, segunda clase
classici|smo *m* clasicismo; **~sta** *m/f* 1. arte clasicista *m*; 2. ="estudioso, -a de la antigüedad clásica"; **~stico, -a** (*m pl* **-ci**) *adj* clasicista; **~tà** *f inv* antigüedad clásica *f*
classico, -a (*m pl* **-ci**) *adj/m* clásico, -a
classifica *f* (*clasificatoria*) clasificación, tabla (clasificatoria), ránking *m* ◊ ***essere in testa alla ~*** estar a la cabeza de la tabla
classificare ‹*esd*› **1.** *vt* clasificar; **2. ~rsi** *sport* clasificarse
classificatore *m* clasificador
classificazione *f* clasificación
classis|mo *m* clasismo; **~ta** *adj/s* clasista

claudica|nte *adj* claudicante; **~re** ‹*esd*› *vi* ‹*avere*› claudicar; **~zione** *f med* claudicación
claunesco, -a (*m pl* **-chi**) (*var.* **clownesco**) *adj* cómico, -a, de payaso
clausola *f* cláusula
claustrale *adj/s relig* claustral
claustrofob|ia *f* claustrofobia; **~ico, -a** *adj* claustrofóbico, -a
clausura *f relig* clausura
clava *f* (*arma*) clava, maza
clavicembal|ista *m/f* clavicembalista, clavecinista; **~o** *m mús* clavicémbalo, clave
clavicola *f med* clavícula; **~re** *adj med* clavicular
clavicordo *m mús* clavicordio
clearing ['klirin] *m inv* compensación interbancaria *f*
clembuterolo *m* clembuterol
cleme|nte *adj* clemente; **~tina** *f agric* clementina; **~za** *f* clemencia
cleptoman|e *adj/s* cleptómano, -a; **~ia** *f* cleptomanía
clerica|le *adj* clerical; **~ismo** *m* clericalismo
clero *m* clero
clessidra *f* clepsidra
clicca|bile *adj* clicable, pulsable, cliqueable; **~re** *vt* clicar, hacer clic, cliquear (*Am*)
cliché [kliʃ'ʃɛ] *m inv* 1. *impr* cliché *m*, clisé *m*; 2. *ling tamb. fig* cliché *m*, tópico *m*
client ['klajent] *m inv informát* cliente *m*
cliente *m/f* cliente, -a; **~la** *f* clientela; **~lare** *adj* clientelar; **~lismo** *m* clientelismo, amiguismo; *pol* tráfico de influencias; corporativismo
clima *m meteo tamb. fig* clima
climateri|co, -a (*m pl* **-ci**) *adj* climatérico, -a; **~o** (*pl* **-ri**) *m* climaterio
climati|co, -a (*m pl* **-ci**) *adj* climático, -a; **~zzare** *vt* climatizar; **~zzazione** *f* climatización
climatolo|gia (*pl* **-gie**) *f* climatología; **~logico, -a** *adj* climatológico, -a; **~logo, -a** *m/f* climatólogo, -a; **~terapia** *f* climatoterapia
climax *m inv biol/lit* clímax
clinic|a *f* clínica; **~o, -a** (*m pl* **-ci**) *adj* clínico, -a
clip *m inv* 1. (*sujetapapeles*) clip *m*; 2. *cine* clip *m*, corte *m*; vídeo-clip *m*
clisma *m med* enema
clistere *m med* clister, lavativa *f*
Clitennestra *f lit* Clitemnestra
clitoride *m/f* clítoris *m inv*
clitoridectomia *f med* clitorictomía
clitorideo, -a *adj* clitoridiano, -a
Clitunno *m mitol* Clitumno
CLN (*Comitato di Liberazione Nazionale*) *abr*
cloaca *f* cloaca
cloche [klɔʃ] *f inv* 1. sombrero gacho *m*; 2. *aero* palanca de mando *f*
clon|are *vt* clonar; **~azione** *f* clonación; **~e** *m* clon; **~ico, -a** (*m pl* **-ci**) *adj* clónico, -a
clora|lio (*pl* **-li**) *m quím* cloral; **~to** *m* clorato; **~zione** *f* cloración
clori|drico, -a (*m pl* **-ci**) *adj* clorhídrico, -a; **~te** *f min* clorita
cloro *m quím* cloro; **~filla** *f bot* clorofila; **~filliano, -a** *adj* clorofílico, -a ◊ ***fotosintesi ~a*** *f inv* función clorofílica (*f*); **~fluorocarburo** *m* (*CFC*) clorofluorocarbono; **~formio** (*pl* **-mi**) *m* cloroformo; **~formizzare** *vt* cloroformizar; **~si** *f inv* clorosis
clorur|are *vt* clorurar; **~o** *m* cloruro
clown [klawn] *m inv* clown, payaso *m*; **~esco** [klaw'nɛsko] V. **claunesco**
club [klab, klɛb] *m inv* club *m*
cm (*centimetro*) *abr* (*centímetro*) cm.
c.m. (*corrente mese*) *abr* de los corrientes
CM (*Circolare Ministeriale*) *abr*
CNR (*Consigio Nazionale delle Ricerche*) *abr/m* (*Consejo Superior de Investigaciones Científicas*) CSIC (*Esp*)
c/o (*presso*) *abr* (*en la dirección de: referido a quien vive en casa de otro*)
coabita|re ‹*esd*› *vi* ‹*avere*› cohabitar, convivir; **~zione** *f* cohabitación
coadiu|tore, -trice **1.** *m/f* ayudante; **2.** *m relig* coadjutor; **~toria** *f* coadjutoría; **~vante** *adj/m quím* potenciador, -a; *med* coadyuvante; **~vare** ‹*esd*› *vt* coadyuvar, colaborar
coagul|ante *adj/m* coagulante; **~are** ‹*esd*› **1.** *vt* (*sangre*) coagular; (*leche*) cuajar; **2.** **~rsi** (*sangre*) coagularse (*leche*) cuajarse; **~azione** *f* coagulación; **~o** *m* coágulo
coalescenza *f* coalescencia
coalizione *f* coalición
coalizzare *vt* coaligar
coartare *vt* coartar
coatt|ivo, -a *adj* coactivo, -a; **~o, -a** *adj jur* forzoso, -a
coautore, -trice *m/f* coautor, -a
coazione *f* coacción
cobalto *m quím* cobalto; **~terapia** *f med* cobaltoterapia
cobbola (*var.* **ecobla**) *f elev* cobla, copla
cobol *m inv informát* cobol
cobra *m inv zool* cobra *f*
coc V. **coke**
coca *f* 1. *bot* coca; 2. (*droga*) coca, cocaína; 3. Coca-cola®
cocain|a *f* cocaína; **~omane** *m/f* cocainómano, -a; **~omania** *f* cocainomanía
cocca *f nav/hist* coca; **~rda** *f* escarapela
cocchi|ere *m* cochero; **~o** (*pl* **-chi**) *m* carroza *f*
coccige (*var.* **coccige**) *m med* cóccix, coxis
coccin|ella *f zool* mariquita; **~iglia** *f zool* cochinilla
coccio (*pl* **-ci**) **1.** *m* 1. barro cocido; 2. (*de barro*) tiesto, vasija *f*, cacharro; 3. *coloq/fig* cascajo, persona achacosa *f*; **2.** *mpl* añicos, cachos ◊ ***chi rompe paga (e i ~i sono suoi)*** quien la hace la paga
cocciut|aggine *f* terquedad, tozudez, cabezonería; **~o, -a** *adj/s* tozudo, -a, terco, -a, testarudo, -a, cabezota
cocco (*pl* **-chi**) **1.** *m* 1. *bot* coco; 2. *biol* coco, micrococo; 3. *gastr coloq* huevo; **2.** *m/f coloq* rey

m, reina f, preferido, -a ◊ ~ ***di mamma*** *irón* niño de mamá; ***il ~ della famiglia*** el rey de la casa; **~dè** *onom* co co co, clo clo clo ◊ ***fare ~*** poner un huevo; **~drillo** *m zool* cocodrilo

coccoina *f* cola de lápiz adhesivo

coccola *f coloq* mimo *m*, caricia, cariñito *m*

coccolare ‹*esd*› *vt* mimar, hacer mimos, hacer cariñitos

coccolon|e, -a *m/f* mimoso, -a; **~i** *adv* en cuclillas

cocente *adj* ardiente; (*dolor*) punzante; (*insulto*) hiriente

cocker ['kɔker] *m inv zool* (*perro*) cocker *m*

cocktail ['kɔktel] *m inv* cóctel *m*, coctel *m*; **~-party** ['kɔktel'parti] *m inv* guateque *m*, fiesta *f*

coclea *f* 1. *med* caracol *m*; 2. *tecn* cóclea, rosca de Arquímedes

cocolla *f relig* cogulla

cocomero *m bot* sandía *f*

cocuzza *f irón* (*cabeza*) chola, melón *m*

cocuzzolo *m* coronilla *f*; *geogr* cima *f*, cumbre *f*

cod. (*codice*) *abr* 1. código; 2. códice

coda *f* 1. (*personas, tren, fig*) cola; *auto* caravana; 2. *zool* cola, rabo *m*; *mús* coda; *lit* estrambote *m* ◊ ***~ di cavallo*** *bot* cola de caballo; ***~ di rospo*** rape *m*, cola de rape; ***andarsene con la ~ tra le gambe*** irse con el rabo entre las piernas; ***avere la ~ di paglia*** no tener la conciencia tranquila; ***chi ha la ~ di paglia, se la bruci*** quien se pica, ajos come; ***fare la ~*** hacer/guardar cola; ***guardare con la ~ dell'occhio*** mirar con el rabillo del ojo; ***il diavolo ci ha messo la ~*** el diablo anda suelto, aquí hay diablo; ***mettersi in ~*** ponerse en cola; ***pianoforte a ~*** *m* piano de cola; ***sonetto con la ~*** *m* soneto con estrambote; ***vettura di ~*** *f* vagón de cola (*m*)

codard|ia *f* cobardía; **~o, -a** *adj/s* cobarde

codazzo *m desp* séquito, cortejo

codecisione *f* codecisión

codeina *f quím* codeína

codesto, -a *adj/pron tosc/elev* ese, -a *adj/pron* (*estánd*), ése, -a *pron* (*estánd*)

codice *m* 1. (*libro manuscrito*) códice; 2. *jur tamb. fig* código ◊ ***~ a barre*** código de barras; ***~ della strada*** código de circulación; ***~ di avviamento postale (CAP)*** código postal (CP); ***~ di procedura civile, penale*** código de enjuiciamiento civil, criminal; ***~ fiscale (CF)*** número de identificación fiscal (NIF); ***~ genetico*** código genético; ***~ penale, civile*** código civil, penal; ***(a) ~ aperto*** *adj informát* (de) código abierto

codicillo *m jur* codicilo

codifica|re ‹*esd*› *vt* codificar; **~tore, -trice** *adj/s* codificador, -a; **~zione** *f* codificación

codimozzo, -a *adj elev* colín, -ina

codino *m* (*pelo*) coleta *f*

codirosso *m zool* colirrojo

codolo *m tecn* espiga *f*, espigón

coedi|tare *vt* coeditar; **~tore, -trice** *m/f* coeditor, -a; **~zione** *f* coedición

coeducazione *f* coeducación

coefficiente *m* coeficiente

coerci|bile *adj* 1. *fís* comprimible; 2. (*persona*) manejable; **~tivo, -a** *adj* coercitivo, -a; **~zione** *f* coerción

coerede *m/f* coheredero, -a

coeren|te *adj* coherente; **~za** *f* coherencia

coesione *f* cohesión

coesisten|te *adj* coexistente; **~za** *f* coexistencia

coesistere ‹*coesistito*› V. 41 *vi* coexistir

coesore *m electr* cohesor

coetaneo, -a *adj* coetáneo, -a

coevo, -a *adj/s* coevo, -a, coetáneo, -a, contemporáneo, -a

cofanetto *m* estuche, joyero; (*libros*) estuche

cofano *m* 1. cofre, baúl, escriño; 2. *auto* capó, capot

coffa *f nav* cofa, gavia

coffee-break ['kɔffi'breik] *m inv* pausa café *f*

cofinanziamento *m* cofinanciación *f*

cogerente *m com* codirector

cogestione *f com* cogestión

cogita|bondo, -a *adj elev* meditabundo, -a; **~zione** *f filos* cogitación

cogliere ‹*colgo; colsi; colto*› V. 13 *vt* 1. *agric* recoger, coger (*Esp*), cosechar, recolectar; 2. coger (*Esp*), agarrar (*Am*); (*oportunidad*) aprovechar; (*pensamiento*) coger (*Esp*), agarrar (*Am*), entender; 3. (*tiro, golpe*) dar, acertar ◊ ***~ di sorpresa*** coger de sorpresa; ***~ in fallo*** coger en fallo, coger en un renuncio; ***~ in flagrante*** coger in fraganti/con las manos en la masa; ***~ la palla al balzo*** (*aprovechar*) coger al vuelo; ***~ nel segno*** dar en el blanco

coglion|ata *f* (*acción*) gilipollez; **~e, -a 1.** *m vulg* cojón; **2.** *m/f vulg* gilipollas *inv*, capullo, -a, huevón, -ona (*Am*) ◊ ***rompere i ~ i/far girare i ~ i a q*** *vulg* tocarle los cojones a alg, hincharle las pelotas a alg; ***stare sui ~ i a q*** *vulg* caerle a alg como una patada en los cojones; ***togliersi/levarsi dai ~ i*** *vulg* (*quitarse de en medio*) dejar de tocar los cojones, quitarse de en medio (*estánd*); **~ eria** *f* (*cualidad*) gilipollez

coglitore, -trice *m/f agric* recogedor, -a, recolector, -a

cognac *m inv* coñac *m*

cognato, -a *m/f* cuñado, -a

cognizione *f elev* (*conocimiento*) cognición ◊ ***con ~ di causa*** *adv* con conocimiento de causa; ***con piena ~*** *adv* a sabiendas

cognome *m* apellido; ***in Italia si ha un ~, in Spagna due*** *en Italia se usa un apellido, en España dos*

coherer ['keu'jer] *m inv electr* cohesor *m*

coiaio V. **cuoiaio**

coiben|te *m electr/fís* aislante; **~za** *f electr/fís* aislamiento *m*

coincidenza *f* 1. coincidencia; 2. *transp* enlace *m*; ***perdere la ~*** *perder el enlace*; ***prendere la ~*** *tomar el enlace, hacer transbordo*

coincidere ‹*cisi; ciso*› V. 61 *vt* coincidir (**con** con)

coinquilino *m* coinquilino

cointeress|are *vt* hacer partícipe (**q in qc** a alg en u-c), participar (**q in qc** a alg de u-c); **~ato, -a** *adj/s* cointeresado, -a, partícipe; **~enza** *f* coparticipación

cointestato, -a *adj* con cotitular; ***conto corrente ~*** *libreta/cuenta con cotitular*

coinvolgere ‹*volgo; volsi; volto*› V. 90 *vt* involucrar, implicar

coiote V. **coyote**

coito *m* coito ◊ ***~ interrotto*** coitus interruptus, marcha atrás (*coloq*)

cok|e [kɔk] *m inv* coque, cok; **~ificazione** *f* coquefacción

colà *adv elev* allá (*estánd*), acullá

cola|brodo *m inv* (*caldo*) colador *m*, escurridor *m* ◊ ***ridurre q come un ~*** *irón* dejar a alg como un colador; **~pasta** *m inv* (*pasta*) colador *m*, escurridor *m*; **~re 1.** *vt* colar, escurrir; *metal* colar; **2.** *vi* escurrirse, gotear ◊ ***~ a fondo/a picco*** mandar a pique; *vi* irse a pique; **~ta** *f geol/metal* colada

colat|o, -a *adj metal* colado, -a; **~oio** (*pl* **-oi**) *m* coladero; **~ura** *f* coladura

colazione *f* 1. desayuno *m*; 2. comida *m*, almuerzo *m* (*elev*) ◊ ***~ di lavoro*** almuerzo de trabajo (*m*); ***fare ~*** desayunar(se); ***prima ~*** desayuno (*m*); ***seconda ~*** *elev* almuerzo (*m*)

colbertismo *m econ* colbertismo

colchico (*pl* **-ci**) *m bot* cólquico

colcos V. **kolchoz**

coledoco *m med* colédoco

colei *pron* aquélla ◊ ***~ che*** la que

colelitiasi *f inv med* colelitiasis

colemia *f med* colemia

coleottero *m* coleóptero

colera *m inv med* cólera *m*

colerico, -a (*m pl* **-ci**) *adj med* colérico, -a

coleroso, -a *m/f med* colérico, -a

colesterolo *m quím* colesterol ◊ ***~ buono*** colesterol bueno; ***~ cattivo*** colesterol malo

colf *f inv* empleada doméstica *f*, empleada de hogar *f*

colgo... V. **cogliere**

colibacillosi *f inv med* colibacilosis

colibrì *m inv zool* colibrí *m*, picaflor *m*, pájaro mosca *m*

colica *f med* cólico *m*

coliforme *adj biol/med* coliforme

colimbo *m zool* colimbo

colino *m* (*infusiones*) colador

colite *f med* colitis *inv*

colla *f* cola, pegamento *m*

collabora|re ‹*esd*› *vi* ‹*avere*› colaborar, cooperar (**a qc con q** en u-c con alg); **~tore, -trice** *m/f* colaborador, -a ◊ ***~ di giustizia*** ="ex-miembro de organizaciones criminales que colabora con la justicia"; ***~ scolastico*** *adm* (*bedel*) auxiliar de servicios (escolar); ***~trice familiare*** empleada de hogar, empleada doméstica; **~zione** *f* colaboración; **~zionismo** *m pol* colaboracionismo; **~zionista** *m/f pol* colaboracionista

collage [kol'laʒ] *m inv* colage *m*

collageno (*var.* **collagene**) *m biol* colágeno

collana *f* 1. (*perlas*) collar *m*; 2. (*libros*) colección, serie

collant [kol'lan] *m inv* pantys *mpl*, panty *m*

collar|e *m* (*perro, adorno*) collar; *relig* alzacuello, collarín ◊ ***~ cervicale*** *med* collarín; **~ino** *m arq* collarino, collarín ◊ ***~ cervicale*** *med* collarín

collasso *m med/astron tamb. fig* colapso

collaterale *adj jur/med* colateral

collaud|are *vt tecn* ensayar, probar; **~o** *m* 1. *tecn* ensayo, prueba *f*; ***volo di ~*** *vuelo de prueba*; 2. *mec/electr* instalación *f*

collazion|are *vt* colacionar, cotejar, confrontar; **~e** *f* colación, cotejo *m*

colle *m geogr* colina *f*, monte; collado, paso

collega (*m pl* **-ghi**, *f pl* **-ghe**) *m/f* colega, compañero, -a; **~mento** *m* conexión *f*, unión *f*, enlace; *TV/radio* conexión *f*; **~re** *vt* conectar, unir, enlazar; **~tario, -a** (*m pl* **-ri**) *adj/s jur* colegatario, -a

collegial|e 1. *adj* colegiado, -a; **2.** *m/f* colegial, -a ◊ ***decisione ~*** *f* decisión colegiada; ***organo ~*** *m* órgano colegiado; **~mente** *adv* colegiadamente; **~ta** *f relig* colegiata

collegio (*pl* **-gi**) *m* colegio ◊ ***~ dei medici, degli avvocati*** colegio de médicos, de abogados; ***~ docenti/dei professori*** claustro de profesores; ***~ elettorale*** colegio electoral

collenchima *m bot* colénquima

coller|a *f* cólera ◊ ***~ repressa*** cólera contenida; ***andare/montare in ~*** montar en cólera; ***essere in ~ con q*** estar encolerizado con/contra alg; **~ico, -a** (*m pl* **-ci**) *adj* colérico, -a

colletta *f* colecta, cuestación; *relig* colecta; **~re** *vt raro* colectar

collettivi|smo *m econ* colectivismo; **~sta** *adj/s* colectivista; **~tà** *f inv* colectividad *f*; **~zzare** *vt econ* colectivizar

collettivo, -a *adj/m* colectivo, -a

colletto *m* (*ropa*) cuello; **~re, -trice** *adj/m* colector, -a

collezion|are *vt* coleccionar; **~e** *f* colección; **~ismo** *m* coleccionismo; **~ista** *m/f* coleccionista

collie ['kɔlli] *m inv zool* collie; **~r** [kol'lje] *m inv* collar *m*

collima|re 1. *vt fís* colimar; **2.** *vi* ‹*avere*› *tamb. fig* coincidir (**con** con); **~zione** *f fís* colimación

collin|a *f geogr* colina, monte *m*, loma; **~oso, -a** *adj* montuoso, -a

collirio (*pl* **-ri**) *m med* colirio

collisione *f* colisión

collo *m* 1. *med tamb. fig* cuello; 2. *com/transp* bulto, fardo ◊ ***~ (alla) dolce vita*** cuello de cisne; ***~ del piede*** empeine; ***~ d'oca*** cuello de cisne; ***bere a ~*** beber a morro; ***essere indebitato fino al ~*** estar con el agua al cuello; ***rompere il ~*** romper el cuello, desnucar; ***saltare al ~ di q*** (*cariño o agresión*) echársele a alg al cuello; ***tirare/torcere il ~*** *tamb. fig* retorcer el pescuezo

collocalmento *m* colocación *f* ◊ **~ *a riposo*** *adm* jubilación (*f*); *mil* pase a la reserva; **~ *in aspettativa*** situación de expectativa (*f*); ***ufficio di ~*** *m* oficina de colocación (*f*); **~re** ‹*esd*› *vt* (*situación*) colocar, poner; (*trabajo*) colocar, emplear; **~zione** *f* 1. colocación, sitio *m*, lugar *m*; 2. (*biblioteca*) signatura; 3. *ling* colocación; 4. colocación, empleo *m*

colloidlale *adj* coloidal; **~e** *adj/m quím* coloide

colloquilale *adj* coloquial; **~alismo** *m* coloquialismo; **~are** *vi* ‹*avere*› 1. charlar, hablar; 2. parlamentar (con el enemigo); **~o** (*pl* **-qui**) *m* entrevista *f*, encuentro, conferencia *f*; coloquio; *estud* (examen) parcial

colloso, -a *adj* pegajoso, -a

collottola *f* nuca, cogote *m*

collusilone *f jur* colusión; **~vo, -a** *adj jur* colusorio, -a

collutorio (*pl* **-ri**) (*var.* **colluttorio**) *m med* colutorio

colluttazione *f* forcejeo *m*

colmlare *vt* colmar, llenar; **~ *un bicchiere d'acqua*** *colmar/llenar un vaso de agua*; **~ *la famiglia di felicità*** *colmar a la familia de felicidad*; (*lago, pantano*) aterrar; **~o, -a 1.** *m* (*lugar*) cima *f*; ***il ~ di un colle*** *la cima de una colina*; (*momento*) culmen, colmo; ***raggiungere il ~ della felicità*** *alcanzar el culmen de la felicidad*; colmo; ***è il ~!*** *¡es el colmo!*; ***il ~ della sventura*** *el colmo de la desdicha*; **2.** *adj* colmo, -a, lleno, -a, rebosante

colofon V. **colophon**; **~e** V. **colophon**; **~ia** *f* colofonia

colombla *f* 1. *zool* paloma; 2. ="dulce típico de Pascua con forma de paloma" *m* ◊ **~ *della pace*** paloma de la paz; **~aia** *f* palomar *m*; **~ella** *f coloq* pichona, pichoncita

Colombia: la ~ *f* Colombia; ***~no, -a** *adj/s* colombiano, -a

colombicoltlore, -trice *m/f* colombicultor, -a; **~ura** *f* colombicultura

colombinla *f zool* palomina; **~o, -a 1.** *adj* columbino, -a; **2.** *m/f* ="máscara del Carnaval de Venecia" *f*

colombo *m zool* paloma *f*; ◊ **~ *viaggiatore*** paloma mensajera (*f*)

Colombo *m hist* Colón ◊ ***Cristoforo ~*** Cristóbal Colón

colombofilo, -a *adj/s* colombófilo, -a

colon (*pl (2)* **cola**) *m* 1. *med* colon; 2. *lit* colon

colonia *f* 1. *pol* colonia, posesión; 2. (agua de) Colonia

colonia *f* 1. *jur* aparcería; 2. poblado de colonización *m*, colonia agraria

colonialle 1. *adj* colonial; **2.** *mpl* ultramarinos *mpl*; **~ismo** *m pol* colonialismo; **~ista** *adj/s pol* colonialista; **~istico, -a** (*m pl* **-ci**) *adj pol* colonialista

colonico, -a (*m pl* **-ci**) *adj* 1. colonial; 2. agrario, -a ◊ ***casa ~a*** *f* casa del colono

colonizzalre *vt* colonizar, poblar; **~tore, -trice** *adj/s* colonizador, -a, poblador, -a; **~zione** *f* colonización, población

colonnla *f* 1. *tamb. fig* columna; 2. (*coches*) caravana; *mil* columna; (*personas*) fila; 3. chimenea; tubería ◊ **~ *di scarico*** tubería de desagüe, bajante; **~ *di ventilazione*** chimenea de ventilación; **~ *sonora*** banda sonora; **~ *vertebrale*** columna vertebral; ***quinta ~*** *pol* quinta columna; **~are** *adj* columnar; **~ato** *m arq* columnata *f*; **~ello** *m mil* coronel

colono *m hist* colono; *agric* colono, agricultor; aparcero, agregado (*Am*)

colonoscopia *f med* colonoscopia

colophon ['kɔlofon] (*var.* **colofon**) *m inv impr* colofón *m*

coloralnte *adj/s* colorante; **~re** *vt arte tamb. fig* (*pelo*) colorear, teñir; **~tura** *f mús* coloratura; **~zione** *f* coloración; (*pelo*) tinte *m*, teñido *m*

colore *m tamb. fig* color ◊ **~ *locale*** color local; ***a ~i*** *adj* en color; ***dirne di tutti i ~i*** decir pestes de alg; ***diventare/farsi di tutti i ~i*** ponerse de todos los colores; ***farne di tutti i ~*** hacer de las suyas, armarla gorda; ***passarne di tutti i ~i*** pasarlas canutas, pasar las de Caín; ***senza ~/privo di ~*** *adj fig* sin color; ***vedere tutto (color di) rosa*** verlo todo de color de rosa

colorilficio (*pl* **-ci**) *m* fábrica de pinturas *f*; **~metria** *f fís* colorimetría; **~re** ‹*isc*› *vt* colorear; **~smo** *m arte* colorismo; **~sta** *m/f* colorista; **~stico, -a** (*m pl* **-ci**) *adj* colorista; **~to, -a 1.** *adj* coloreado, -a, pintado, -a; colorido, -a, vistoso, -a, llamativo, -a; (*tez*) sonrosado, -a, colorado, -a; **2.** *m* colorido

coloro *pron inv* aquellos, -as ◊ **~ *che*** los/las que

colossale *adj* colosal

Colosseo *m arq* Coliseo

colosso *m* coloso ◊ **~ *dai piedi d'argilla*** gigante con los pies de barro

colostro *m med* calostro

colpa *f* culpa ◊ ***dare la ~ a q di qc*** echarle la culpa de u-c a alg; ***essere, sentirsi in ~*** ser, sentirse culpable; ***non è ~ mia*** no es culpa mía, no es mi culpa; ***per ~ di q/qc*** *prep* por culpa de alg/u-c

colpevole *adj/s* culpable

colpevolezza *f* culpabilidad

colpevolizzare *vt* culpabilizar, echar la culpa

colpire ‹*isc*› *vt* 1. dar, golpear; (*disparo*) acertar, alcanzar; ***la palla lo colpì in pieno viso*** *la pelota le dio en plena cara*; 2. impresionar, afectar; ***mi hanno colpito le sue parole*** *me han impresionado sus palabras* ◊ **~ *nel bersaglio*** dar en el blanco

colpo *m* 1. *tamb. fig* golpe; ***è stato un brutto ~ per lui*** *ha sido un duro golpe para él*; puñetazo; 2. tiro, disparo; detonación *f*; 3. *med* ataque; **~ *di tosse*** *ataque de tos*; **~ *apoplettico*** *ataque de apoplejía* ◊ **~ *alla nuca, di grazia*** tiro en la nuca, de gracia; **~ *basso*** *sport tamb. fig* golpe bajo; **~ *di fortuna*** golpe de suerte; ~

di fulmine (*enamoramiento*) flechazo; ~ ***di mano*** *mil tamb. fig* golpe de mano; ~ ***di stato*** *mil* golpe de estado; ~ ***di mare, di vento*** *meteo* golpe de mar, de viento; ~ ***di telefono*** *coloq* telefonazo; ~ ***di timone*** *nav tamb. fig* golpe de timón; ~ ***d'occhio*** ojeada (*f*), vistazo; ***a ~ sicuro*** *adv* sobre seguro, sin posibilidad de error; ***a ~ d'occhio*** *adv* a simple vista, de un vistazo; ***dare un ~ al cerchio e uno alla botte*** dar una de cal y otra de arena; ***di ~*** *adv* de repente, de golpe y porrazo, de sopetón; ***far(e) ~*** dar la campanada; ***senza ~ ferire*** *adv* sin derramamiento de sangre, sin disparar un tiro; ***sul ~*** *adv* de repente, de sopetón

colposcopia *f med* colposcopia

colposo, -a *adj jur* culposo, -a

colsi... V. **cogliere**

coltel|la *f* (*de cocina, de carnicero*) cuchillo *m*; **~ata** *f* cuchillada, navajazo *m*; **~eria** *f* cuchillería; **~inaio** *m* cuchillero; **~o** *m* cuchillo ◊ ***~ a scrocco*** navaja de muelles (*f*); ***~ a serramanico*** navaja (*f*); ***avere il ~ dalla parte del manico*** tener la sartén por el mango

coltiv|abile *adj* cultivable; **~are** *vt agric tamb. fig* cultivar, labrar; explotar; *min* explotar; **~ato, -a** *adj tamb. fig* cultivado, -a ◊ ***perle ~e*** *fpl* perlas cultivadas; **~atore, -trice** *m/f* agricultor, -a, labrador, -a; **~azione** *f agric* cultivo *m*, labranza; *fig* cultivo *m* ◊ ***~ biologica*** agricultura biológica; ***~ intensiva*** agricultura intensiva; **~o, -a 1.** *adj* cultivado, -a, labrado, -a; **2.** *m* cultivo

colto, -a 1. *adj* culto, -a, cultivado, -a, instruido, -a; **2.** *pp* V. **cogliere** ◊ ***parole ~e*** *fpl ling* cultismos (*mpl*)

coltre *f* colcha, frazada; (*nieve, niebla, hojas*) manto *m*

coltura *f agric* cultivo *m*, labranza; cría; ***~ dei bachi di seta, delle ostriche*** *cría de gusanos de seda, de ostras*; *biol* cultivo *m* ◊ ***~ intensiva, estensiva*** cultivo intensivo, extensivo (*m*)

colui *pron* aquél ◊ ***~ che*** el que

columbio *m quím* colombio

columnist *m/f inv* columnista *m/f*

colza *f bot* colza

coma *m med* coma

comand|amento *m relig* mandamiento ◊ ***i dieci ~i*** *mpl* los diez mandamientos; **~ante** *m mil* comandante; *nav* capitán ◊ ***~ in capo*** comandante en jefe; **~are 1.** *vt* 1. mandar, ordenar; ***~ a q di fare qc*** *mandar a alg que haga algo*; *mil* comandar, dirigir; 2. (*bar, restaurante*) pedir; 3. *adm* trasladar en comisión de servicios; **2.** *vi* mandar ◊ ***~ a bacchetta*** tratar/mandar a (la) baqueta; ***comandi!*** ¡a sus órdenes!; ***come Dio comanda*** *adv* como Dios manda; **~ato, -a** *adj* 1. mandado, -a, ordenado, -a; 2. *adm* en comisión de servicios ◊ ***feste ~e*** *fpl relig* fiestas de guardar; **~o** *m* 1. *mil* orden *f*; *informát* comando, orden *f*; 2. (*dirección*) mando; 3. *sport tamb. fig* cabeza *f*; ***il ~ della classifica, della gara*** *la cabeza de la clasificación, de la carrera*; 4. comisión de servicios *f*; 4. *tecn* mando, dispositivo ◊ ***~ a distanza*** control remoto; ***~ automatico*** mando automático

comare *f* comadre

comatoso, -a *adj med* comatoso, -a

combaciare *vi* ‹*avere*› acoplar, encajar

combattente *adj/s* combatiente

combattere *vt/i* ‹*avere*› combatir, luchar *vi*, pelear *vi*, batallar *vi*

combatti|mento *m mil* combate, lucha *f*, batalla *f*; *sport* (*boxeo*) combate ◊ ***fuori ~*** *adj sport* fuera de combate, K.O.; ***mettere fuori ~*** dejar fuera de combate; ***restare ucciso in ~*** morir en combate; **~vità** *f inv* combatividad *f*; **~vo, -a** *adj* combativo, -a, luchador, -a, batallador, -a

combattuto, -a *adj* atormentado, -a, confundido, -a, acosado, -a

combin|are 1. *vt* 1. combinar; arreglar, montar, organizar; ***~ un buon affare*** *montar un buen negocio*; armar, hacer; ***ne ha combinata un'altra delle sue*** *ha armado/hecho otra de las suyas*; **2.** *vi tamb. fig* combinar ◊ ***non ~ nulla*** no dar pie con bola; **~ata** *f sport* combinada; **~atorio, -a** *adj* combinatorio, -a; **~azione** *f* 1. combinación; 2. casualidad (!); ***che ~ averti trovato*** *qué casualidad haberte encontrado*

combriccola *f* camarilla, banda

comburente *adj quím* comburente

combustib|ile *adj/m* combustible; **~bilità** *f inv* combustibilidad *f*; **~one** *f* combustión

combutta *f* banda, pandilla, panda ◊ ***fare ~ con qc/mettersi in ~ con q*** formar una banda con alg

come 1. *adv* 1. (*interrogativo*) cómo; ***~ ti chiami?*** *¿cómo te llamas?*; 2. (*exclamativo*) qué, cómo; ***com'è grande!*** *¡qué grande es!*; ***~ l'hai fatto male!*** *¡qué mal lo has hecho!*; ***~ piove!*** *¡cómo llueve!*; **2.** *conj* 1. como; ***mi spiegò ~ stavano le cose*** *me explicó cómo estaban las cosas*; 2. en cuanto, cuando; ***~ si accorse del fatto, lo comunicò alla polizia*** *en cuanto se enteró del asunto, lo comunicó a la policía*; **3.** *prep* como; ***è ~ tutti i bambini*** *es como todos los niños*; **4.** cómo; ***il ~ ed il quando*** *el cómo y el cuándo* ◊ ***... ~ dire? ...*** ¿como (te) diría?; ***~ mai?*** ¿cómo es eso?, ¿cómo es posible?; ***~ niente fosse*** como si tal cosa; ***~ non detto*** como si no hubiera dicho nada, como si no lo hubiera dicho; ***~ va?*** ¿cómo va eso?, ¿qué tal?; ***e ~!*** *excl* ¡vaya que sí!

comedone *m med* comedón

cometa *f astron* cometa *m* (!)

comfort *m inv* confort *m*, comodidades *fpl*

comic *m inv* cómic *m*, tebeo *m*; **~a** *f cine* corto de cine cómico mudo *m*; **~ità** *f inv* comicidad *f*; **~o, -a** (*m pl* **-ci**) *adj/s* cómico, -a

comignolo *m* (*tejado*) lomera *f*, cumbrera *f*; (*parte exterior*) chimenea *f*

cominciare 1. *vt* comenzar, empezar, iniciar; **2.** *vi* ‹*avere, essere*› comenzar, empezar; ***ho cominciato a lavorare oggi*** *he empezado a trabajar*

hoy; ***è cominciata la primavera*** *ha empezado la primavera* ◊ **~ *con la/per emme, effe...*** empezar por eme, efe...; ***a ~ da oggi*** *adv* a contar desde hoy; ***tanto per ~*** *adv* de entrada, para empezar
comino V. **cumino**
comit|ale *adj* condal; **~ato** *m* comité, junta *f* ◊ **~ *di creditori*** junta de acreedores (*f*); **~iva** *f* comitiva, pandilla
comizi|ale *adj med* comicial; **~ante** *m/f* orador, -a; **~o** (*pl* **-zi**) *m pol* mitin, mitín
Comm. (*Commendatore*) *abr* ="título honorífico"
comma *m* 1. *jur* apartado; 2. *lit* colon; 3. *mús* coma *f*
commando *m mil* comando
commedi|a *f teat tamb. fig* comedia ◊ **~ *d'intreccio*** comedia de enredo; ***fare/recitare la ~*** hacer una comedia; **~ante** *m/f teat tamb. fig* comediante, -a; **~ografo, -a** *m/f* comediógrafo, -a
commemora|bile *adj* conmemorable; **~re** ‹*esd*› *vt* conmemorar; **~tivo, -a** *adj* conmemorativo, -a; **~tore** *m* comendador; **~zione** *f* conmemoración
commenda *f hist* encomienda; **~tore** *m* 1. *hist* comendador; 2. ="título honorífico otorgado en la actualidad"
commensale *m/f* comensal
commensurabile *adj* conmensurable
comment|are *vt* comentar; **~atore, -trice** *m/f* comentarista; **~o** *m* comentario (!) ◊ **~ *musicale*** *cine* acompañamiento musical
commercia|bile *adj* comercializable; **~bilità** *f inv* comerciabilidad *f*; **~le** *adj* comercial; **~lista** *m/f jur* mercantilista; **~lizzare** *vt* comercializar; **~lizzazione** *f* comercialización; **~nte** *m/f* comerciante; **~ *in vini*** *vendedor de vinos* ◊ **~ *all'ingrosso, al minuto*** comerciante al por mayor, al por menor; **~re** *vi* ‹*avere*› comerciar; **~ *in tessuti*** *comerciar con tejidos*
commercio (*pl* **-ci**) *m* comercio ◊ **~ *all'ingrosso*** venta al por mayor/a granel (*f*); **~ *al minuto/al dettaglio*** venta al por menor (*f*); **~ *ambulante*** venta ambulante (*f*); **~ *d'importazione e d'esportazione*** comercio de importación y exportación; **~ *elettronico*** comercio electrónico; **~ *equo*** comercio justo; **~ *estero*** comercio exterior; **~ *interno*** *f* comercio interno; ***economia e ~*** *f estud* ciencias económicas y empresariales (*fpl*); ***in ~*** *adj* a la venta; ***rappresentante di ~*** *m* representante comercial, agente comercial
commess|a *f com* pedido *m*; **~o, -a 1.** *m/f com* (*tienda*) dependiente, -a; (*otros*) empleado, -a; **2.** *pp* V. **commettere** ◊ **~ *viaggiatore*** representante, viajante; **~ura** *f* comisura ◊ **~ *labiale*** comisura de los labios
commestibile 1. *adj* comestible; **2.** *mpl* tienda de comestibles *f*, ultramarinos *m(pl)*, almacén *m* (*Am*)
commettere ‹*misi; messo*› V. 44 **1.** *vt* 1. cometer; 2. encargar; **2.** *vi* acoplar, encajar
commettitura *f* junta, juntura, punto de unión *m*
commiato *m* despedida *f*, adiós; ***dare, prendere ~*** *despedir, despedirse/saludar*
commilitone *m/f* conmilitón, -ona, camarada
commin|are ‹*esd/commino*› *vt jur* conminar; **~atorio, -a** (*m pl* **-ri**) *adj* conminatorio, -a; **~azione** *f* conminación
commisera|re ‹*esd*› *vt* compadecer; **~zione** *f* conmiseración
commisi... V. **commettere**
commissari|ale *adj* del comisario; **~ato** *m* comisaría *f*; **~o, -a** (*m pl* **-ri**) *m/f* comisario, -a; *adm* miembro de un tribunal ◊ **~ *di pubblica sicurezza/di polizia*** comisario de policía; **~ *europeo*** *pol* comisario europeo; **~ *sportivo*** *sport* delegado federativo; **~ *tecnico (ct, CT)*** *sport* seleccionador nacional
commission|are *vt* comisionar, encargar; **~ario, -a** (*m pl* **-ri**) **1.** *m/f* comisionista; **2.** *adj* por encargo; **~e** *f* 1. *pol/jur* comisión; *adm* tribunal *m* (!), comisión; 2. *com* pedido *m*; encargo *m*, asunto *m*; mandado *m*, recado *m*; 3. *com* (*porcentaje*) comisión ◊ **~ *di fabbrica*** comité de empresa (*m*); **~ *d'inchiesta*** comisión de investigación; **~ *esaminatrice*** tribunal examinador (*m*); ***su ~*** *adj* por encargo
commissorio, -a (*m pl* **-ri**) *adj jur* comisorio, -a
commisurare *vt* conmensurar
committente *m/f* comitente
commodoro *m nav* comodoro
commossi, commosso... V. **commuovere**
commovente *adj* conmovedor, -a
commozione *f* conmoción
commuovere ‹*muovo; mossi; mosso*› V. 47 *vt* conmover, impresionar
commuta|bile *adj* conmutable; **~re** *vt* conmutar; **~tivo, -a** *adj* conmutativo, -a; **~tore** *m electr* conmutador; **~trice** *f electr* conmutatriz; **~zione** *f* conmutación
comò *m inv* cómoda *f*
comod|are ‹*esd*› *v/impers* convenir, ir bien; ***ti comoda questo?*** *¿te va bien esto?*; **~ato** *m jur* comodato; **~ino** *m* mesita de noche *f* (!), velador (*Am*) (!); **~ità** *f inv* comodidad *f*; **~o, -a 1.** *m* comodidad *f*, conveniencia *f*; **2.** *adj* cómodo, -a, confortable ◊ ***con ~*** *adv* cómodamente, sin prisas; ***fare i propri ~i*** pensar sólo en sí mismo; ***fare/tornare ~ qc a q*** venir bien u-c a alg; ***mettersi ~*** ponerse cómodo; ***prendersela ~a*** tomárselo con calma, no sofocarse; ***soluzione di ~*** *f* solución más cómoda; **~one, -a** *m/f* comodón, -ona
compact disc *m inv* compact disc, disco compacto *m*
compaesano, -a *m/f* paisano, -a
compaginare ‹*esd*› *vt impr tamb. fig* compaginar
compagine *f* conjunto *m*, bloque *m*
compagn|ia *f* compañía ◊ **~ *di assicurazioni*** compañía de seguros; ***fare/tenere ~ a q*** hacerle compañía a alg; **~o, -a 1.** *m/f* compañero, -a, pareja *f*; ***abito con la mia ~a/il mio ~*** *vivo con*

mi pareja; ~ ***di banco/di scuola*** *compañero de clase*; **2.** *mpl com* compañía *m*; ***società Bianchi e ~i*** *sociedad Bianchi y cía.* ◊ ***~i di sventura*** compañeros de fatigas/de desventuras; **~one** *m coloq* amigote, amigacho

compaio... V. **comparire**

companatico (*pl* **-ci**) *m* companaje, fiambre

comparare *vt* comparar

comparatico (*pl* **-ci**) *m* padrinazgo

comparatista (*var.* **comparativista**) *adj/s* comparatista, comparativista

comparativo *m ling* comparativo

comparato, -a *adj* comparado, -a; ***letteratura, grammatica ~a*** *literatura, gramática comparada*

comparazione *f* comparación ◊ ***a*** ~ *adv* en comparación

compare *m* compadre; **~nte** *m jur* compareciente

comparilre ‹*comparisco/-paio; -parii/-parvi/-parsi; -parso*› V. 3 *vi* 1. aparecer; 2. presentarse; *jur* comparecer; **~zione** *f jur* comparecencia ◊ ***ordine/mandato/avviso di*** ~ orden de comparecencia, citación

comparsa *f* 1. aparición; 2. *teat* comparsa, figurante *m/f*; *cine* extra *m*; 3. *jur* informe *m* ◊ ~ ***conclusionale*** *jur* conclusiones; ***fare da*** ~ *tamb. fig* hacer de comparsa

comparteciplare ‹*esd*› *vi* ‹*avere*› participar junto a otros (**a qc** en algo); **~azione** *f* coparticipación; **~e** *adj/s* copartícipe

compartimentlale *adj* del compartimiento; **~azione** *f* compartimentación; **~o** *m* 1. *transp* compartimiento; 2. *adm* (*telefónico...*) distrito, departamento ◊ ~ ***marittimo*** distrito marítimo; ~ ***stagno*** compartimiento estanco; ~ ***telefonico*** distrito telefónico

compartire ‹*isc/-parto*› *vt elev* dividir (*estánd*), repartir (*estánd*)

compassato, -a *adj* acompasado, -a

compassionlare *vt* compadecer; **~e** *f* compasión, lástima, pena ◊ ***fare*** ~ dar lástima, dar pena; **~evole** *adj* compasivo, -a, piadoso, -a

compasso *m tecn* compás

compatilbile *adj* compatible; *informát* compatible; **~bilità** *f inv* compatibilidad *f*; **~mento** *m* compasión *f*, lástima *f*; **~re** ‹*isc*› *vt* compadecer

compatriota *m/f* compatriota

compattlezza *f* consistencia, solidez; **~o, -a** *adj* compacto, -a, sólido, -a

compendilare *vt* compendiar, recopilar; **~o** (*pl* **-di**) *m* compendio, recopilación *f*; **~oso, -a** *adj* compendioso, -a

compenetralre ‹*esd*› *vt* 1. compenetrar; 2. *fig* invadir, llenar; **~zione** *f* compenetración

compensalre *vt* compensar; **~tivo, -a** *adj* compensatorio, -a; **~to, -a 1.** *adj* compensado, -a; **2.** *m* (*madera*) contrachapado ◊ ***legno*** ~ *m* madera contrachapada *f*; **~tore, -trice** *adj/s* compensador, -a; **~zione** *f* compensación

compenso *m* retribución *f*, compensación *f*, pago; *econ* compensación *f*, indemnización *f* ◊ ***in/per*** ~ *adv* en compensación

compera... V. **compra...**

competenlte *adj* competente (**in qc** en u-c); **~za 1.** *f* 1. competencia, capacidad; 2. *jur* competencia; ***ciò non è di Sua*** ~ *esto no es de su incumbencia*; incumbencia; **2.** *fpl com* honorarios *mpl*

competere ‹*falto de pp*› *vi* 1. *jur* competer; incumbir; ***questa faccenda non mi compete*** *este asunto no me incumbe*; 2. *sport* competir

competitivlità *f inv* competitividad *f*; **~o, -a** *adj* competitivo, -a

competitore, -trice *m/f* competidor, -a, rival

competizione *f econ* competencia; *sport tamb. fig* competición

compiaccio... V. **compiacere**

compiacenlte *adj* complaciente, condescendiente; **~za** *f* complacencia

compiacere ‹*piaccio; piacqui; piaciuto*› V. 53 **1.** *vt* complacer, agradar; **2.** *vi* ‹*avere*› complacer (**a q** a alg); **3. ~rsi** alegrarse (**di qc** de u-c), celebrar *vt* (**di qc** u-c)

compiacilmento *m* 1. complacencia; 2. alegría *f*; **~uto, -a** *adj* complacido, -a

compiacqui... V. **compiacere**

compiangere ‹*compiango; compiansi; compianto*› V. 53 *vt* compadecer; (*muertos*) llorar

compianto, -a 1. *adj* (*muerto*) malogrado, -a, llorado, -a; **2.** *m* duelo, pesar; **3.** *pp* V. **compiangere**

compiere ‹*compio; compii; compiuto*› V. 13 *vt* 1. acabar, terminar; ~ ***un lavoro*** *acabar un trabajo*; 2. (*acción*) realizar; ~ ***una buona azione*** *realizar una buena acción*; 3. cumplir; ~ ***gli anni*** *cumplir años*; ~ ***il proprio dovere*** *cumplir con su deber*

compilalre *vt* (*lista*) confeccionar; *adm* (*instancia*) rellenar, cumplimentar; (*diccionario, crónica...*) compilar; **~tion** [kompiˈleɪʃən] *f inv mús* recopilación *f*, disco recopilatorio *m*; **~tore, -trice 1.** *m/f* compilador, -a; **2.** *m informát* compilador; **~zione** *f* compilación

compimento *m* cumplimiento, acabamiento ◊ ***portare/condurre a*** ~ llevar a cabo, conducir a buen fin

compire ‹*esd*› V. **compiere**

compitlare ‹*esd*› *vt* deletrear; **~azione** *f* deletreo *m*; **~ezza** *f* cortesía, corrección

compito *m* trabajo, tarea *f*; *estud* deber(es) *m(pl)*, tarea *f*

compito, -a *adj* 1. acabado, -a; 2. correcto, -a, educado, -a

compiuto, -a *adj* cumplido, -a; ***20 anni ~i*** *20 años cumplidos*

compleanno *m* cumpleaños

complementlare *adj* complementario, -a; **~o** *m* complemento ◊ ~ ***di termine*** *ling* complemento indirecto, objeto indirecto; ~ ***oggetto*** *ling* complemento directo, objeto directo

complessa|re *vt* acomplejar; **~to, -a** *adj* acomplejado, -a
complessi|one *f* complexión; **~tà** *f inv* complejidad *f*; **~vamente** *adv* en conjunto, en total; **~vo, -a** *adj* global; ***giudizio complessivo*** *juicio global*; total; ***spese ~e*** *gastos totales*
complesso, -a 1. *m* 1. *mús/mat tamb. fig* conjunto (!); 2. *psicol* complejo; **2.** *adj* complejo, -a ◊ **~ *balneare*** balneario; **~ *di colpa*** complejo de culpabilidad; **~ *d'inferiorità*** complejo de inferioridad; **~ *musicale*** grupo/conjunto musical; **~ *residenziale*** complejo residencial, urbanización (*f*); ***in/nel ~*** *adv* en conjunto
complet|amento *m* finalización *f*, acabamiento *f*, terminación *f*; **~are** *vt* completar; **~ezza** *f* exhaustividad; **~ivo , -a** *adj ling* completivo, -a; **~o, -a 1.** *adj* completo, -a; (*lugar*) completo, -a, lleno, -a; **2.** *m* (*ropa*) conjunto, traje; juego; **~ *di trucco*** *juego de maquillaje* ◊ **~ *a giacca*** *m* conjunto de traje y chaqueta; ***essere al ~*** (*lugar*) estar al completo
complica|nza *f med* complicación; **~re** ‹*esd*› *vt* complicar; **~to, -a** *adj* complicado, -a, difícil; **~zione** *f* complicación ◊ ***senza ~i*** sin complicaciones
complice *adj/s* cómplice
complicità *f inv* complicidad *f*
compliment|are *vt* cumplimentar; **~o** *m* cumplido; piropo; felicitación *f*, enhorabuena *f* ◊ ***~i!*** ¡enhorabuena!, ¡felicidades!; ***non fare ~i/senza ~i*** sin cumplidos; **~oso, -a** *adj irón* ceremonioso, -a
complott|are *vi* ‹*avere*› conspirar, tramar; ***che cosa state complottando?*** *¿qué estáis tramando?*; **~o** *m* complot, conjura *f*, conspiración *f*
componente *adj/s* componente
compongo... V. **comporre**
componi|bile *adj* armable; modular; ***mobili ~i*** *muebles modulares*; **~mento** *m* 1. *estud* redacción *f*; *mús/lit* composición *f*; 2. *jur* arreglo
comporre ‹*pongo; posi; posto*› V. 56 *vt* (*piezas*) componer, montar; *mús/lit/tipogr* componer; (*pelo, ropa*) arreglar; (*número de teléfono*) marcar; *jur* conciliar
comportament|ale *adj* comportamental; **~ismo** *m* conductismo; **~o** *m* comportamiento, conducta *f*
comportare 1. *vt* 1. comportar, implicar, suponer; 2. permitir, consentir; **2. ~rsi** comportarse, portarse
composi... V. **comporre**
compositivo, -a *adj* compositivo, -a
composito, -a *adj* heterogéneo, -a ◊ ***ordine ~*** *m arq* orden compuesto
compositoio (*pl* **-oi**) *m impr* componedor
compositore, -trice *m/f mús* compositor, -a
compositrice *f impr* fotocompositora
composizione *f* composición; *estud* redacción; *jur* conciliación
compost|a *f* 1. *gastr* compota; 2. *agric* compost *m*; **~ezza** *f* compostura, decoro *m*; **~iera** *f* (*para servir*) compotera; **~o, -a 1.** *adj* 1. compuesto, -a; 2. correcto, -a, decoroso, -a, mesurado, -a; **2.** *m* compuesto; **3.** *pp* V. **comporre**
compra *f* compra, adquisición
compra|re *vt* comprar; **~tore, -trice** *m/f* comprador, -a; **~vendita** *f* compraventa
comprendere ‹*presi; preso*› V. 58 *vt* 1. comprender, entender; 2. comprender, abarcar
comprendonio (*pl* **-ni**) *m coloq/irón* mollera *f*, entendederas *fpl* ◊ ***essere duro di ~*** ser duro de mollera, ser corto de entendederas
comprens|ibile *adj* comprensible; **~ione** *f* comprensión; **~ivo, -a** *adj* comprensivo, -a; *com* incluido, -a; ***prezzo ~ di IVA*** *precio con IVA incluido*; **~orio** (*pl* **-ri**) *m adm* circunscripción *f*
compresi... V. **comprendere**
compreso, -a 1. *adj* 1. *com* incluido, -a; ***tutto ~*** *todo incluido*; ***IVA ~a*** *IVA incluido*; (*tiempo*) inclusive *adv*; ***fino al 2 maggio ~*** *hasta el dos de mayo inclusive*; 2. absorto, -a; **~ *nella lettura*** *absorto en la lectura*; 3. comprendido, -a; ***sentirsi ~*** *sentirse comprendido*; 4. comprendido, -a, entendido, -a; ***parole ~e*** *palabras comprendidas*; **2.** *pp* V. **comprendere**
compress|a *f* 1. *med* (*gasa*) compresa; 2. (*pastilla*) comprimido *m*; **~i...** V. **comprimere**; **~ione** *f* compresión; **~o, -a 1.** *adj* 1. comprimido, -a, apretado, -a; 2. oprimido, -a, angustiado, -a; **2.** *pp* V. **comprimere**; **~ore** *m tecn* compresor
comprimere ‹*pressi; presso*› V. 34 *vt* comprimir, apretar; *fís* comprimir
comprom|esso, -a 1. *adj* comprometido, -a; **2.** *m* compromiso; **3.** *pp* V. **compromettere**; **~ettente** *adj* comprometedor, -a; **~ettere** ‹*misi; messo*› V. 44 **1.** *vt* comprometer; **2. ~rsi** comprometerse; **~isi...** V. **compromettere**
compromiss|ario, -a *adj/s jur* compromisario, -a; **~orio, -a** (*m pl* **-ri**) *adj jur* compromisorio, -a
comproprietà *f inv* copropiedad *f*; **~ario, -a** (*m pl* **-ri**) *m/f* copropietario, -a
comprova|re *vt* comprobar; **~zione** *f* comprobación
compulsi|one *f jur* compulsión; **~vo, -a** *adj* compulsivo, -a
compun|to, -a *adj* compungido, -a, afligido, -a, apenado, -a; **~zione** *f* compunción, aflicción, pena; *relig* compunción
comput|are ‹*esd*› *vt* computar, contabilizar; **~azione** *f informát* computación; **~er** [kom'pjuter] *m inv* ordenador *m*, computadora *f* (*Am*), computador *m* (*Am*) ◊ **~ *assistito/~-assistito*** asistido por ordenador; **~ *di bordo/di viaggio*** ordenador de a bordo/de viaje; ***personal ~*** ordenador personal; **~erizzare** *vt* computarizar, computadorizar; **~ista** *m/f* contable; **~isteria** *f* contabilidad; **~o** *m* cómputo
comuna|le *adj* municipal; **~nza** *f elev* comunidad; comunión ◊ **~ *di beni*** comunidad de bienes; **~rdo, -a** *adj/s pol* comunero, -a
comune 1. *adj* común; **2.** *m adm* ayuntamiento, municipio, comuna *f* (*Am*); ***andare in ~*** *ir al*

ayuntamiento; **3.** *f hist/pol* comuna ◊ ***avere qc in ~*** tener algo en común; ***bene ~*** *m* bien común; ***camera dei *~i*** *f pol* cámara de los Comunes; ***luogo ~*** *m* tópico, lugar común; **~lla** *f* 1. causa común, acuerdo *m*; 2. llave maestra ◊ ***fare ~*** hacer causa común

comunica|bile *adj* comunicable; **~ndo, -a** *m/f relig* comulgante; **~nte** *adj/s* comunicante; **~re** ‹*esd*› **1.** *vt* 1. (*unir*) comunicar, conectar; 2. (*noticia*) comunicar, transmitir; 3. *relig* dar la comunión; **2.** *vi* 1. comunicarse, estar comunicado; ***le nostre stanze non comunicano*** *nuestras dos habitaciones no se comunican*; 2. comunicarse, entenderse; **3. ~rsi** 1. comunicarse; 2. *relig* comulgar *vi*; **~tiva** *f* capacidad de comunicación; **~tivo, -a** *adj* comunicativo, -a; **~to** *m* comunicado, parte, aviso, nota *f* ◊ ***~ commerciale*** cuña publicitaria (*f*); ***~ di guerra*** parte de guerra; ***~ stampa*** nota de prensa (*f*); **~zione** *f* comunicación

comunione *f* 1. comunión, comunidad; 2. *relig* comunión ◊ ***~ dei beni*** *jur* comunidad de bienes; ***prima ~*** *relig* primera comunión

comunis|mo *m pol* comunismo; **~ta** *adj/s* comunista

comunit|à *f inv* comunidad *f* ◊ ****~ Economica Europea (CEE)*** *hist* Comunidad Económica Europea (CEE); **~ario, -a** (*m pl* **-ri**) *adj* comunitario, -a

comunque 1. *adv* de todas formas, de cualquier manera; **2.** *conj* 1. como quiera que; ***~ vadano le cose, venderò la casa*** *vayan como vayan/como quiera que vayan las cosas, venderé la casa*; 2. aun así, de todas formas; ***lo so che è difficile, ~, l'avresti dovuto dire*** *ya sé que es difícil, aun así lo hubieras podido decir*

con *prep* con; ***~ me, te, sé*** *conmigo, contigo, consigo*; ***una ragazza ~ i capelli biondi*** *una chica rubia/de pelo rubio*; ***caffè ~ la panna*** *café con nata*; ***arrosto ~ le patate*** *asado con patatas*; ***viaggiare ~ il treno, con l'aereo*** *viajar en tren, en avión*; ***~ questo caldo non si può uscire*** *con este calor no se puede salir*; ***~ tutto che...*** *con todo, a pesar de (que)...*; ***come va ~ la matematica?*** *¿cómo te va con las matemáticas?*; ***~ l'insistere, spesso si ottiene quello che si vuole*** *insistiendo, a menudo se consigue lo que se quiere*

conat|ivo, -a *adj ling* conativo, -a; **~o** *m* conato, amago ◊ ***~i di vomito*** ganas de vomitar (*fpl*), arcadas (*fpl*)

conca *f* 1. cuenco *m*, barreño *m*; 2. *geogr* cuenca, valle *m* ◊ ***~ idraulica/di navigazione*** esclusa

concaten|amento *m* concatenación *f*; **~are** *vt* concatenar; **~azione** *f* concatenación

concav|ità *f inv* concavidad *f*; **~o, -a** *adj* cóncavo, -a

concedere ‹*concedei/-detti/-cessi; concesso*› V. 14 **1.** *vt* conceder, otorgar; **2. ~rsi** (*sexualmente*) entregarse

concentra|mento *m mil* concentración *f* ◊ ***campo di ~*** *m* campo de concentración; **~re 1.** *vt* concentrar; ***~ le truppe*** *concentrar las tropas*; ***~ l'attenzione*** *concentrar la atención*; **2. ~rsi** 1. concentrarse, enfrascarse; 2. concentrarse, reunirse; **~to, -a** *adj/m gastr/quím* concentrado, -a; **~zione** *f* concentración

concentric|ità *f inv* concentricidad *f*; **~o, -a** (*m pl* **-ci**) *adj* concéntrico, -a

concepi|bile *adj* concebible; **~mento** *m biol tamb. fig* concepción *f*; **~re** ‹*isc*› *vt biol tamb. fig* concebir

conceria *f* fábrica de curtidos

concernere ‹*sin Pl ni pp*› *v/def* concernir, atañer ◊ ***per quanto concerne a*** *conj* en lo concerniente a, por lo que respecta a

concerta|re *vt mús tamb. fig* concertar, acordar; **~to, -a** *adj mús* concertado, -a; **~tore, -trice** *m/f mús* maestro, -a concertador, -a; **~zione** *f* 1. *mús* armonización; 2. *fig* concertación ◊ ***~ sociale*** concertación social

concerti|na *f mús* concertina; **~no** *m mús* concertino; **~sta** *m/f mús* concertista; **~stico, -a** (*m pl* **-ci**) *adj mús* concertístico, -a

concerto *m mús* concierto ◊ ***agire di ~*** actuar de común acuerdo

concessi... V. **concedere**

concession|aria *f* adjudicatario *m*; **~ario, -a** (*m pl* **-ri**) *adj/s adm* (*concurso*) adjudicatario, -a; *com* concesionario, -a; ***~ di una casa automobilistica*** *concesionario de una marca de automóviles*; **~e** *f adm tamb. fig* concesión ◊ ***~ edilizia*** licencia de obras

concessivo, -a *adj/f ling* concesivo, -a

concesso V. **concedere**

concett|ismo *m lit* conceptismo; **~ista** *adj/s* conceptista; **~o** *m* concepto ◊ ***farsi un ~ di q*** formarse una opinión sobre alg; **~oso, -a** *adj* conceptuoso, -a

concettual|e *adj* conceptual; **~ismo** *m* conceptualismo; **~izzazione** *f* conceptualización

concezione *f biol tamb. fig* concepción

conchiglia *f arq/zool* concha

concia (*pl* **-ce**) *f tecn* (*pieles*) curtido *m*; (*olivas*) adobo *m*; (*carne*) curado *m*; **~re 1.** *vt* 1. (*pieles, tejidos*) curtir; (*olivas*) adobar; (*carne*) curar; 2. (*persona*) dejar para el arrastre; (*cosa*) estropear; **2. ~rsi** *irón* ensuciarse, emporcarse; ***guarda come ti sei conciato!*** *¡mira cómo te has puesto!* ◊ ***~ q per le feste*** dejar a alg para el arrastre; **~tore, -trice** *m/f tecn* curtidor, -a; **~tura** *f tecn* curtido *m*

concilia|bile *adj* conciliable; **~bilità** *f inv* compatibilidad *f*; **~bolo** *m* conciliábulo; **~nte** *adj* conciliador, -a; **~re 1.** *adj/m relig* conciliar; **2.** *vt* conciliar ◊ ***~ il sonno*** conciliar el sueño; ***~ una multa*** pagar una multa en el acto; **~tivo, -a** *adj* conciliador, -a, conciliativo, -a (*raro*); **~tore, -trice** *adj/s* conciliador, -a; **~torio, -a** *adj* conciliatorio, -a; **~zione** *f jur* conciliación

concilio (*pl* **-li**) *m relig* concilio

concim|aia *f agric* estercolero *m*; **~are** *vt agric* abonar; **~azione** *f agric* abonado *m*, abono *m*; **~e** *m agric* abono

concio, -a (*m pl* **-ci**, *f pl* **-ce**) **1.** *adj tecn* (*pieles*) curtido, -a; **2.** *m* dovela *f*; **~nare** *vt/i* ‹*avere*› *elev* arengar; **~ne** *m elev* arenga *f*; *irón* arenga *f*, perorata *f*

concis|ione *f* concisión; **~o, -a** *adj* conciso, -a, lacónico, -a, sucinto, -a

concistor|iale *adj relig* consistorial; **~o** *m relig* consistorio

concita|re ‹*esd*› *vt elev* concitar; **~to, -a** *adj* arrebatado, -a, inflamado, -a, excitado, -a; **~zione** *f* concitación, arrebatamiento *m*, agitación

concittadino, -a *m/f* conciudadano, -a

conclave *m relig* cónclave

concludente *adj* concluyente, terminante

concludere ‹*clusi; cluso*› V. 10 *vt* concluir, acabar, terminar; ***da ciò si conclude che...*** *a partir de esto se llega a la conclusión que...*; ***stamattina non ho concluso nulla*** *esta mañana no he sacado nada en claro*; *com/dipl* (*acuerdo, tratado; negocio*) cerrar

conclusione 1. *f com/dipl* conclusión; (*acuerdo, tratado; negocio*) cierre *m*, firma; **2.** *fpl jur* conclusiones ◊ ***in ~*** *adv* en conclusión, en definitiva; ***trarre/cavare la ~*** sacar conclusiones

conclusivo, -a *adj* conclusivo, -a

concluso, -a 1. *adj* acabado, -a, definitivo, -a; ***non c'è nulla di ~*** *no hay nada decidido/definitivo*; *com/dipl* cerrado, -a; **2.** *pp* V. **concludere**

concomitan|te *adj* concomitante; **~za** *f* concomitancia

concord|anza 1. *f* concordancia; **2.** *fpl ling* concordancias; **~are 1.** *vt* acordar, convenir, pactar; *elev* concordar, avenir; *ling* concordar; **2.** *vi* estar de acuerdo, coincidir; ***tutti concordano nel lodarlo*** *todos coinciden en alabarlo*; *ling* concordar; **~atario, -a** (*m pl* **-ri**) *adj relig* concordatario, -a; **~ato** *m jur* acuerdo; *relig/dipl* concordato; **~e** *adj* concorde, acorde; **~ia** *f* concordia

concorren|te *adj/s* competidor, -a; *adm* opositor, -a; *TV/radio/sport* concursante; **~za** *f com tamb. fig* competencia (!) ◊ ***~ libera*** libre competencia; ***~ sleale*** competencia desleal; **~ziale** *adj com* competitivo, -a

concorrere ‹*corsi; corso*› V. 18 *vi* ‹*avere*› 1. *com/sport* competir; *adm* concursar, opositar; ***~ a una cattedra*** *opositar a (una) cátedra*; 2. contribuir; ***~ a una spesa*** *contribuir a un gasto*; 3. concurrir, acudir; 4. *mat* concurrir

concorso 1. *m* 1. *jur tamb. fig* concurso, concurrencia *f*; 2. contribución *f*, ayuda *f*; *jur* concurso; 3. *adm* oposición *f* (!); ***bandire, vincere un ~*** *convocar, ganar una oposición*; 4. *sport* concurso, certamen; **2.** *pp* V. **concorrere** ◊ ***~ di bellezza*** concurso de belleza; ***~ di creditori*** *jur* concurso de acreedores; ***~ interno*** *adm* oposiciones restringidas (*fpl*); ***~ ippico*** *sport* concurso/certamen hípico; ***~ nel reato*** concurso en el delito, participación en el delito (*f*); ***~ per titoli*** *adm* concurso de méritos; ***~ per titoli ed esami*** *adm* concurso-oposición; ***fuori ~*** *adv sport* fuera de concurso

concret|are *vt* concretar; **~ezza** *f* concreción; **~izzare** *vt* concretar; **~o, -a** *adj* concreto, -a ◊ ***in ~*** *adv* en concreto

concrezione *f* concreción

concubin|a *f* concubina; **~ato** *m* concubinato, amancebamiento; **~o** *m* concubino (*raro*)

conculcare *vt raro* (*derechos...*) conculcar

concupisc|ente *adj* concupiscente; **~enza** *f* concupiscencia; **~ibile** *adj elev* concupiscible

concussion|ario, -a (*m pl* **-ri**) *adj* concusionario, -a; **~e** *f jur* concusión

condanna *f jur tamb. fig* condena; ***emettere una ~*** *dictar una condena*; ***scontare una ~*** *cumplir una condena*; **~bile** *adj* condenable; **~re** *vt jur tamb. fig* condenar; **~to, -a** *adj/s* condenado, -a

condebitore, -trice *m/f* codeudor, -a

condensa *f* líquido de condensación *m*; **~bile** *adj* condensable; **~mento** *m* condensación *f*; **~re** *vt* condensar; **~to, -a** *adj/m* condensado, -a; **~tore** *m tecn* condensador; **~zione** *f* condensación

condilo *m med* cóndilo; **~ma** *m med* condiloma

condimento *m* 1. (*acción*) condimentación *f*, aderezo, aliño; 2. (*ingrediente*) condimento; 3. (*gracia*) salsa *f*, chispa *f*

condire ‹*isc*› *vt* condimentar, aliñar, aderezar

condirettore, -trice *m/f* codirector, -a

condiscendente *adj* condescendiente

condiscendenza *f* condescendencia

condiscendere ‹*scesi; sceso*› V. 58 *vi* ‹*avere*› condescender

condiscepolo, -a *m/f* condiscípulo, -a

condividere ‹*divisi; diviso*› V. 61 *vt* (*opiniones, ideas*) compartir

condizional|e 1. *adj* condicional; **2.** *m ling* condicional, potencial; **3.** *f jur/ling* condicional; **~mento** *m tecn* acondicionamiento; *psicol* condicionamiento; **~nte** *adj* condicionante; **~re** *vt* 1. *tecn* acondicionar; 2. condicionar, determinar; **~to, -a** *adj tecn* acondicionado, -a ◊ ***aria ~a*** *f* aire acondicionado (*m*); **~tore** *m tecn* acondicionador, climatizador

condizione *f* condición ◊ ***~ impossibile*** condición imposible; ***~ preliminare*** condición previa; ***~ risolutiva*** condición resolutoria; ***a ~ che*** *conj* a condición de que, con tal de que; ***essere in ~ di*** estar en condiciones de

condoglianze *fpl* pésame *m* ◊ ***fare le ~ a q*** dar el pésame a alg, acompañar a alg en el sentimiento

condolersi ‹*dolgo; dolsi; doluto*› V. 27 condolerse

condom *m inv raro* condón *m*

condominial|e *adj* de la comunidad de vecinos ◊ ***assemblea ~*** *f* junta de propietarios, reunión de escalera (*coloq*); **~o** (*pl* **-ni**) *m* 1. *jur* condominio; 2. comunidad de propietarios *f*; 3. edificio, bloque, condominio (*Am*)

condomino *m/f* copropietario, -a de un piso

condon|abile *adj jur* condonable; **~are** *vt jur* condonar; **~o** *m jur* condonación *f*

condor *m inv zool* cóndor *m*

condotta *f* 1. *psicol* (*comportamiento*) conducta; 2. *tecn* conducción; ***una ~ d'acqua*** *una conducción de agua*; 3. *med* distrito médico *m*

condott|iero *m* 1. *hist* condotiero, capitán de fortuna; 2. caudillo, adalid; **~o 1.** *m med* conducto; conducción *f*, tubería *f*, cañería *f*; **2.** *pp* V. **condurre** ◊ ***~ lacrimale*** lagrimal; ***medico ~*** *m* médico municipal

condrio|ma *m biol* condrioma; **~soma** *m biol* condriosoma

conduc|ente 1. *adj* conducente; **2.** *m/f* conductor, -a, chófer *m*, chofer *m* (*Am*); **~ibilità** *f inv fís* conductibilidad *f*

condurre ‹*duco; dussi; dotto*› V. 15 **1.** *vt* (*empresa, guerra*...) dirigir, guiar; *tecn* (*gas, electr*) transportar, llevar; (*personas*) conducir, llevar; llevar; ***~ q in miseria*** *llevar a alg a la ruina*; ***~ una vita tranquilla*** *llevar una vida tranquila*; **2.** *vi* 1. *sport* ir por delante, ir ganando; 2. (*calle, carretera*...) llevar, conducir; **3. ~rsi** conducirse, comportarse ◊ ***~ in porto qc*** llevar u-c a buen puerto; ***~ qc a termine/a compimento*** llevar u-c a cabo

condussi... V. **condurre**

condutt|anza *f fís* conductancia; **~ività** *f inv fís* conductibilidad *f*; **~ivo, -a** *adj fís* conductor, -a; **~ore, -trice 1.** *adj* conductor, -a; **2.** *m/f* 1. conductor, -a; *TV/radio* presentador, -a; 2. arrendatario, -a; **3.** *m fís* conductor ◊ ***filo ~*** *m* hilo conductor; **~ura** *f tecn* conducción

conduzione *f* conducción, transporte *m*, traslado *m*; *tecn* conducción

conestabile *m hist* condestable

confabula|re ‹*esd*› *vi* ‹*avere*› confabular; **~zione** *f* confabulación

confacente *adj* adecuado, -a, apropiado, -a

confarsi ‹*faccio; feci; fatto*› V. 36 adecuarse, corresponderse; ***la risposta non si confà alla domanda*** *la respuesta no se adecúa a la pregunta*; ayudar, sentar bien; ***l'aria del mare mi si confà*** *el aire del mar me sienta bien*

confedera|le *adj* confederal; **~re** ‹*esd*› *vt* confederar; **~tivo, -a** *adj* confederativo, -a; **~to, -a** *adj/s* confederado, -a; **~zione** *f* confederación ◊ ****~ Elvetica*** Confederación Helvética; ***~ sindacale*** confederación sindical, central sindical

conferenz|a *f* conferencia ◊ ***~ al vertice*** cumbre, conferencia en la cumbre; ***~ stampa*** conferencia de prensa, rueda de prensa; ***tenere/fare una ~ su qc*** dar una conferencia sobre algo; **~iere, -a** *m/f* conferenciante, conferencista (*Am*)

conferi|mento *m* 1. (*premio*) concesión *f*, entrega *f*; 2. *econ* aportación *f*; **~re** ‹*isc*› **1.** *vt* (*premio*) conceder, otorgar; *tamb. fig* (*cargo, dignidad*) conferir; **2.** *vi* hablar, entrevistarse, despachar (**con q** con alg)

conferma *f* confirmación ◊ ***a/in ~ di*** *prep* en confirmación de; **~re** *vt* confirmar; *relig* confirmar, impartir la confirmación; **~tivo, -a** *adj jur* confirmatorio, -a; **~zione** *f relig* confirmación

confess|are 1. *vt* confesar; **2. ~rsi** *jur* confesarse, declararse; *relig* confesarse; **~ionale 1.** *adj* confesional; **2.** *m relig* confesionario, confesonario ◊ ***segreto ~*** *m* secreto de confesión; **~ionalità** *f inv* confesionalidad *f*; **~ione** *f jur/relig tamb. fig* confesión ◊ ***segreto della ~*** *m* secreto de confesión; **~o, -a** *adj jur/relig* confeso, -a; **~ore** *m relig* confesor

confett|eria *f* 1. (*lugar*) confitería; 2. dulces *mpl*; **~o** *m gastr* peladilla *f* (!); *med* gragea *f* ◊ ***mangiare i ~i di q*** celebrar la boda de alg; **~ura** *f gastr* confitura, mermelada

confezion|are *vt* (*paquete*) embalar; (*otros productos*) envasar; (*ropa*) confeccionar; **~atore, -a** *m/f* (*ropa*) confeccionista; (*productos*) envasador, -a; **~atrice** *f tecn* envasadora, empaquetadora; **~e 1.** *f* 1. (*ropa*) confección; 2. envasado *m*, empaquetado *m*; paquete *m*, bolsa, caja; ***una ~ di cioccolatini*** *una caja de bombones*; ***una ~ di spaghetti*** *un paquete de espaguetis*; **2.** *fpl* confección *f*; ***negozio di ~i*** *tienda de confección/de ropa* ◊ ***~ famiglia*** envase familiar (*m*), tamaño familiar (*m*); ***~ regalo*** envoltorio para regalo; **~ista** *m/f* confeccionista, fabricante de ropa

conficcare *vt* 1. clavar; 2. (*en la mente*) fijar, grabar ◊ ***~ nella mente*** fijar/grabar en la mente

confid|are *vt/i* ‹*avere*› confiar; **~ente** *m/f* confidente; **~enza** *f* 1. confianza; 2. (*secreto*) confidencia ◊ ***in ~*** *adv* en confianza, entre nosotros; **~enziale** *adj* confidencial

configura|rsi configurarse; **~zione** *f* configuración; *informát* configuración

confina|nte *adj* limítrofe, colindante, fronterizo, -a; **~re 1.** *vi* ‹*avere*› limitar, lindar, colindar; **2.** *vt* confinar, desterrar; **3.** retirarse, apartarse; **~to, -a** *adj/s* confinado, -a, desterrado, -a

Confindustria *f* (*Confederazione Generale dell'Industria Italiana*) ="Confederación Española de Organizaciones Empresariales (CEOE)" (*Esp*)

confine *m geogr* (*país, región*) frontera *f*; (*propiedad*) linde *f*, límite; *tamb. fig* (*mundo*) confín, fin

confino *m hist/jur* confinamiento

confisca (*pl* **-sche**) *f jur* confiscación, decomiso *m*; **~re** *vt jur* confiscar, decomisar, incautarse (**qc** de u-c)

confiteor *m relig* confíteor

conflagra|re *vi* ‹*avere*› conflagrar; **~zione** *f* conflagración

conflitt|o *m* conflicto ◊ ***~ di competenza*** *jur* conflicto de competencias; ***~ d'interessi*** conflicto de intereses; **~uale** *adj* conflictivo, -a; **~ualità** *f inv* conflictividad *f*

conflu|ente *adj* confluente; **~enza** *f* confluencia; **~ire** ‹*isc*› *vi* ‹*avere/essere*› confluir

confondere ‹*fusi; fuso*› V. 37 *vt* confundir

conforma|re *vt* conformar; **~zione** *f* conformación

conforme 1. *adj* conforme, acorde (**a** con); ***essere ~ alle norme*** *ser conforme con las normas*;

2. *adv/conj* conforme, de acuerdo (con), con arreglo (a); ***pensare ~ alle idee attuali*** *pensar conforme a/de acuerdo con las ideas actuales;* ***pensa ~ gli dicono gli altri*** *piensa según/con arreglo a lo que le dicen los demás*

conformi|smo *m* conformismo; **~sta** *m/f* conformista; **~stico, -a** (*m pl* **-ci**) *adj* conformista; **~tà** *f inv* conformidad *f* ◊ ***in ~ a*** *prep* en/de conformidad con

confort|ante *adj* confortante, reconfortante; **~are** *vt* confortar, consolar; **~atore, -trice** *m/f raro* confortador, -a; **~evole** *adj* 1. confortante, consolador, -a; 2. confortable, cómodo, -a; **~o** *m* 1. consuelo, consolación *f*; 2. comodidad *f*, confort

confratello (*var.* **confrate** *raro*) *m* cofrade

confraternita *f* congregación, cofradía, hermandad

confront|are 1. *vt* (*escritos*) confrontar, cotejar; comparar; **2. ~rsi** enfrentarse, discutir *vi*; **~o** *m* (*escritos*) confrontación *f*, cotejo; comparación *f*; *jur* (*personas*) careo; *sport* enfrentamiento, encuentro ◊ ***~ all'americana*** *jur* rueda de reconocimiento (*f*); ***in ~ a/a ~ di*** *prep* en comparación con; ***mettere a ~*** comparar, poner cara a cara; *jur* carear, someter a un careo; ***nei ~i di*** *prep* respecto a; ***nei miei ~i*** *adv* en lo que a mí respecta; ***non reggere al ~ con q/qc*** no resistir la comparación con alg/u-c, no tener ni punto de comparación con alg/u-c; ***reggere al ~ con q/qc*** resistir la comparación con alg/u-c, ser comparable con alg/u-c; ***senza ~i*** sin (punto de) comparación

confucianesimo *m* confucionismo

confusi... V. **confondere**

confusion|ario, -a (*m pl* **-ri**) *adj/s* desordenado, -a; farraguista, juerguista; **~e** *f* 1. (*error*) confusión; 2. jaleo *m*, alboroto *m*; **~ismo** *m raro* confusionismo

confuso, -a 1. *adj* (*objetos*) desordenado, -a; (*sonido, idea*) confuso, -a; confundido, -a, desconcertado, -a; **2.** *pp* V. **confondere**

confuta|bile *adj* confutable, rebatible; **~re** ‹*esd/futo*› *vt* confutar, refutar, rebatir; **~zione** *f* confutación, refutación

conged|are 1. *vt* (*decir adiós*) despedir; *mil* licenciar; **2. ~rsi** despedirse (**di q** de alg); **~o** *m* despedida *f*, adiós; ***dare, prendere ~*** *despedir, despedirse; mil* licencia *f*; *adm* permiso; (*poesía*) despedida *f* ◊ ***~ assoluto*** *mil* licencia absoluta (*f*); ***~ matrimoniale*** permiso por matrimonio; ***visita di ~*** *f* visita de despedida

congegn|are *vt* 1. *tecn* montar; 2. urdir, tramar; **~o** *m* aparato, artefacto, ingenio

congela|mento *m fís/med* congelación *f* ◊ ***~ degli armamenti*** congelación de armamentos (*f*); ***~ dei salari*** congelación salarial (*f*); **~re** *vt econ/fís tamb. fig* congelar; **~tore** *m* congelador; **~zione** *f med* congelación

congen|ere *adj* (*del mismo género*) congénere; **~iale** *adj* adecuado, -a, congenial (*raro*); ***questo lavoro mi è ~*** *este trabajo me va bien/va bien conmigo*; **~ito, -a** *adj* congénito, -a

congerie *f inv* montón *m*, cúmulo *m*, pila *f*

congestion|are *vt auto/med* congestionar; **~e** *f auto/med* congestión

congettu|ra *f* conjetura; **~rare** *vt/i* ‹*avere*› conjeturar

congiungere ‹*giungo; giunsi; giunto*› V. 37 *vt* unir, conectar ◊ ***~ in matrimonio*** unir en matrimonio

congiungimento *m* juntamiento, unión *f*; acceso (carnal)

congiunsi... V. **congiungere**

congiunt|amente *adv* conjuntamente; **~iva** *f med* conjuntiva; **~ivite** *f med* conjuntivitis *inv*; **~ivo, -a 1.** *adj ling* (*de la conjunción*) conjuntivo, -a; ***locuzione ~a*** *locución conjuntiva*; **2.** *adj/m ling* (*verbo*) subjuntivo, -a; ***modo ~*** *modo subjuntivo*; **~o, -a 1.** *adj/s* allegado, -a; **2.** *pp* V. **congiungere**; **~ura** *f* 1. *mec* juntura, junta; (*ropa*) costura; 2. *econ tamb. fig* coyuntura; **~urale** *adj* coyuntural, circunstancial

congiunzione *f* 1. unión, conexión; acceso (carnal) *m*; 2. *astron/ling* conjunción

congiura *f* conjura, conjuración, conspiración; **~re** *vi* ‹*avere*› conjurar, conspirar, tramar; **~to, -a** *adj/s* conjurado, -a

conglomera|re ‹*esd*› *vt* conglomerar, aglomerar; **~to** *m geol tamb. fig* conglomerado; **~zione** *f* conglomeración, aglomeración

congolese *adj* congoleño, -a

congratula|rsi ‹*esd*› congratularse (**per qc** por u-c), felicitarse; **~zione** *f* congratulación, felicitación ◊ ***~i!*** ¡felicidades!, ¡enhorabuena!; ***fare le ~i*** felicitar, congratularse

congrega (*pl* **-ghe**) *f desp* camarilla; **~re** ‹*esd/-ego*› *vt* congregar; **~zione** *f* congregación; **~zionista** *m/f* congregante

congress|ista *m/f* congresista; **~o** *m pol/cient* congreso; **~uale** *adj* congresual

congro *m zool* congrio

congru|ente *adj* congruente; **~enza** *f* congruencia; **~o, -a** *adj* congruente, congruo, -a

conguagli|are *vt econ* (*balance*) compensar; **~o** (*pl* **-gli**) *m econ* balance

CONI (*Comitato Olimpico Nazionale Italiano*) *abr/m*

conia|re *vt* acuñar; **~tore, -trice** *m/f* acuñador, -a; **~zione** *f* acuñación

conic|a *f mat* cónica; **~o, -a** (*m pl* **-ci**) *adj mat* cónico, -a

conidio *m bot* conidio

conifera *f bot* conífera

conigli|era *f* conejera; **~o** (*pl* **-gli**) *m* 1. *zool* conejo; 2. (*cobarde*) gallina

conina *m quím* cicutina *f*

conio (*pl* **-ni**) *m econ* acuñación *f*, troquel, cuño ◊ ***di nuovo ~*** *adj* de nuevo cuño; ***gente di basso ~*** *f* gente de baja ralea

coniug|ale *adj* conyugal; **~are** ‹*esd*› *vt ling tamb. fig* conjugar; **~ato, -a** *m/f* casado, -a; **~azione** *f biol/ling* conjugación; **~e** *m/f* cónyuge

connaturalle *adj* connatural; **~re** *vt* connaturalizar; **~to, -a** *adj* connatural, congénito, -a
connazionale *adj/s* conciudadano, -a
connesslione *f electr/tecn* conexión, nexo *m*; conexión; **~o, -a 1.** *adj* conectado, -a; *jur* conexo, -a; **2.** *pp* V. **connettere**
connettere ‹*connettei/connessi; connesso*› V. 62 *vt* conectar, enlazar
connettivlale *adj med* conjuntivo, -a; **~o, -a** *adj med* conjuntivo, -a; *ling* conector, -a ◊ ***tessuto ~*** *m* tejido conjuntivo
connettore *m electr* conector, conectador
connivenlte *adj* connivente, cómplice; **~za** *f* connivencia, complicidad
connotalre *vt filos/ling* connotar; **~ti** *mpl* (*persona*) descripción *f* ◊ ***cambiare/riformare i ~ a q*** *irón* hacerle una cara nueva a alg, romperle la cara a alg; **~zione** *f* connotación
connubio (*pl* **-bi**) *m elev* connubio
cono *m mat* cono; *bot* bastoncillo ◊ ***~ gelato*** (*helado*) cono, cucurucho; ***a ~*** *adv* en forma de cono
conobbi... V. **conoscere**
conocchia *f* copo *m*
conoidlale *adj* conoidal; **~e** *m* conoide
conopeo *m relig* conopeo
conoscenlte *m/f* conocido, -a; **~za** *f* 1. conocimiento *m*; 2. (*persona*) conocimiento *m*, conocido, -a *m/f* ◊ ***essere a ~ di qc*** estar al corriente de u-c; ***fare la ~ di q*** trabar conocimiento con alg, conocer a alg; ***lieto di fare la Sua ~*** encantado de conocerle; ***per ~*** *adv adm* comuníquese también a; ***perdere, riprendere ~*** perder, recobrar el conocimiento; ***una vecchia ~*** un viejo conocido (*m*); ***venire a ~ di qc*** venir a saber u-c, enterarse de u-c
conoscere ‹*conosco; conobbi; conosciuto*› V. 16 *vt* conocer ◊ ***~ a fondo*** conocer a fondo; ***far ~ q*** presentar a alg; ***far ~ qc*** dar a conocer u-c
conoscilbile *adj* conocible; **~tivo, -a** *adj* cognoscitivo, -a; **~tore, -trice** *m/f* conocedor, -a (**di qc** de u-c), entendido, -a (**di qc** en u-c); **~uto, -a** *adj* conocido, -a; notorio, -a
conquibus *m inv ant/irón* cuartos *mpl*, chavos *mpl*
conquista *f mil tamb. fig* conquista; **~re** *vt mil tamb. fig* conquistar; **~tore, -trice** *adj/s mil tamb. fig* conquistador, -a
consacrlare *vt* consagrar; **~azione** *f* consagración
consanguinelità *f inv* consanguineidad *f*; **~o, -a** *adj* consanguíneo, -a
consapevole *adj* consciente, conocedor, -a, sabedor, -a (**di qc** de u-c)
consapevolezza *f* consciencia
conscio, -a (*m pl* **-sci**) *adj* consciente
consecutio temporum [konse'kuttsio'tɛmporum] *f inv ling* concordancia de tiempos *f*
consecutivla *f ling* consecutiva; **~o, -a** *adj* consecutivo, -a, siguiente; ***traduzione ~*** *traducción consecutiva*; *ling* consecutivo, -a; ***proposizione ~*** *oración consecutiva*

consegna *f* 1. entrega; 2. *mil tamb. fig* (*orden*) consigna; 3. *mil* arresto cuartelario *m* ◊ ***~ a domicilio*** entrega a domicilio; ***pagamento alla ~*** *m* entrega contra reembolso; ***termine di ~*** *m* plazo de entrega; **~re** *vt* 1. entregar; *com* consignar; 2. *mil* acuartelar; **~tario, -a** (*m pl* **-ri**) *m/f com* consignatario, -a
conseguenlte *adj mat tamb. fig* consecuente; **~temente** *adv* consiguientemente, en consecuencia, por consiguiente; **~za** *f* consecuencia ◊ ***in ~*** *adv* en consecuencia, por consiguiente; ***in/per ~ di*** *prep* a consecuencia de, de resultas de
conseguilmento *m* consecución *f*, obtención *f*, logro; **~re 1.** *vt* conseguir, obtener; **2.** *vi* ‹*avere*› seguirse, derivarse, resultar; ***se non pagano ne consegue che non possiamo partire*** *si no pagan resulta que no podemos irnos*
consenlso *m jur* consenso, consentimiento, asentimiento; **~suale** *adj jur* consensual; **~timento** *m elev* consentimiento; **~tire 1.** *vi* ‹*avere*› aprobar, estar de acuerdo (**con q su qc** con alg sobre/en u-c); consentir, tolerar; ***~ alle sue proposizioni*** *consentir en sus proposiciones*; **2.** *vt* consentir, permitir; ***il partito non consente divergenze*** *el partido no consiente divergencias*; **~ziente** *adj* consintiente
consequenziale *adj* consecuente, coherente
conserto, -a *adj* cruzado, -a ◊ ***braccia ~e*** *fpl* brazos cruzados (*mpl*); ***di ~*** *adv* de común acuerdo
conserva *f gastr/nav* conserva ◊ ***navigare di ~*** *nav* navegar en conserva; **~bile** *adj* conservable; **~re 1.** *vt* conservar, preservar; ***~ un documento*** *guardar un documento*; guardar; *gastr* guardar en conserva; **2. ~rsi** *gastr tamb. fig* conservarse; **~tivo, -a 1.** *adj* conservativo, -a; *jur* preventivo, -a; ***sequestro ~*** *embargo preventivo*; **2.** *m gastr/quím* conservante; **~tore, -trice** *adj/s pol* conservador, -a; **~torio** (*pl* **-ri**) *m mús* conservatorio; **~torismo** *m pol* conservadurismo; **~zione** *f* conservación
conservilere, -a *m/f com* conservero, -a; **~ero, -a** *adj com* conservero, -a ◊ ***industria ~a*** *f* industria conservera; **~ficio** (*pl* **-ci**) *m* conservera *f*, fábrica de conservas *f*
considerlabile *adj* digno, -a de consideración (!); **~are** ‹*esd*› *vt* considerar; **~ato, -a** *adj* considerado, -a ◊ ***tutto ~*** *adv* en definitiva, bien mirado; **~azione** *f* 1. consideración, examen *m*, juicio *m*; 2. consideración, respeto *m*, aprecio *m* ◊ ***degno di ~*** *adj* digno de consideración; ***in ~ di*** *prep* en consideración a, considerando; ***prendere in ~*** tomar en consideración; **~evole** *adj* 1. notable, digno, -a de consideración; 2. considerable, grande
consiglilabile *adj* aconsejable; **~are 1.** *vt* aconsejar; ***~ a q di fare qc*** *aconsejar a alg hacer algo/que haga u-c*; **2. ~rsi** aconsejarse, asesorase; **~ere, -a** *m/f* consejero, -a ◊ ***~ d'amministrazione*** miembro de un consejo de administración; ***~ delegato*** consejero delegado; **~o** (*pl* **-gli**) *m*

1. consejo, sugerencia *f*; 2. consejo, junta *f* ◊ ~ ***comunale, regionale*** ayuntamiento, concejo/gobierno autónomo; ~ ***dei ministri*** consejo de ministros, **~*di amminlistrazione*** consejo de administración, ~ ***di fabbrica*** comité de empresa; ~ ***di facoltà*** junta de facultad (*f*); ~ ***d'istituto*** consejo escolar; ****~ Nazionale delle Ricerche (CNR)*** ="Consejo Superior de Investigaciones Científicas (CSIC)" (*Esp*); ~ ***regionale*** gobierno autónomo; ****~ Superiore della Magistratura (CSM)*** Consejo Superior del Poder Judicial (CGPJ) (*Esp*); ***la notte porta*** ~ consúltalo con la almohada; ***Presidente del *~*** *m* Presidente del Gobierno; ***tornare/venire a più miti ~i*** bajar los humos

consiliare *adj* del consejo

consimile *adj* similar

consistenlte *adj* consistente; **~za** *f* consistencia, solidez

consistere ‹*consistito*› V. 41 *vi* consistir

consocialre *vt* asociar; **~to, -a 1.** *adj* asociado, -a; **2.** *m/f* consocio, -a; **~zione** *f* asociación, sociedad

consocio, -a (*m pl* **-cio**, *f pl* **-cie**) *m/f* consocio, -a

consolalre 1. *adj dipl* consular; **2.** *vt* consolar; **~to** *m dipl* consulado; **~tore, -trice** *adj/s* consolador, -a; **~zione** *f* consolación, consuelo *m*

console *m/f dipl* cónsul

console [kon'sɔl] *f inv* consola *f*

consolida *f bot* consuelda

consolidamento *m* consolidación *f*

consolidare ‹*esd*› *vt* consolidar

consolidato, -a 1. *adj econ* consolidado, -a; **2.** *m econ* deuda consolidada *f*

consolidazione *f econ* consolidación; *med* soldadura

consolle [kon'sɔl] V. **console**

consommé *m inv* consomé *m*

consonanlte *f ling* consonante; **~tico, -a** (*m pl* **-ci**) *adj ling* consonántico, -a; **~tismo** *m ling* consonantismo; **~za** *f mús/lit tamb. fig* consonancia ◊ ***in*** ~ *adv* en consonancia

consono, -a *adj* correspondiente (**a qc** a u-c), conforme (**a qc** con u-c)

consorella *f relig* cofrade

consorte *adj/s jur* consorte

consorzilare *vt com* asociar; **~o** (*pl* **-zi**) *m com* consorcio

constalre 1. *vt* constar; ***l'opera consta di due volumi*** *la obra consta de dos volúmenes*; **2.** *v/impers* constar; ***non mi consta la sua protesta*** *no me consta su propuesta*; **~tare** *vt* constatar; **~tazione** *f* constatación ◊ ~ ***amichevole*** *auto/jur* declaración amistosa de accidente

consuetlo, -a *adj* habitual, normal; **~udinario, -a** (*m pl* **-ri**) *adj* consuetudinario, -a; **~udine** *f* costumbre, usanza

consulenlte *m/f* asesor, -a ◊ ~ ***dell'immagine*** asesor de imagen; ~ ***legale, tributario*** asesor legal, fiscal; **~za** *f* asesoramiento *m* ◊ ***chiedere una*** ~ pedir asesoramiento; ***fornire una*** ~ asesorar; ***impresa di*** ~ *f* consultoría

consultla *f* consejo *m*, tribunal *m* ◊ ***la *~*** el Tribunal Constitucional (*m*); **~are 1.** *vt* consultar; **2. ~rsi** asesorarse, pedir consejo; intercambiar opiniones; **~azione 1.** *f* consulta; **2.** *fpl pol* consultas ◊ ~ ***popolare*** consulta popular; ***sala di*** ~ *f* (*biblioteca*) sala de consulta; **~ivo, -a** *adj* (*órgano*) consultivo, -a; **~ore, -trice 1.** *m/f* asesor, -a; **2.** *m relig* consultor; **~orio** (*pl* **-ri**) *m med* consultorio

consumlare 1. *vt* 1. gastar, desgastar; 2. *com* consumir; 3. (*delito, matrimonio*) consumar; **2. ~rsi** consumirse, desgastarse; **~ato, -a** *adj* 1. consumido, -a, desgastado, -a; 2. *tamb. irón* consumado, -a; ***un ~ violinista*** *un consumado violinista*; ***un ~ ubriacone*** *un consumado borrachín*; **~atore, -trice** *m/f* consumidor, -a; **~azione** *f* (*delito, sacrificio, matrimonio*) consumación; *com* consumición; ***pagare la*** ~ *pagar la consumición*; **~ismo** *m* consumismo; **~ista** *adj/s* consumista; **~istico, -a** (*m pl* **-ci**) *adj* consumista; **~o 1.** *m* consumo, gasto; *mec* consumo; **2.** *mpl* consumo *m*, gastos; ***limitare i ~i*** *limitar el consumo/los gastos* ◊ ***beni di*** ~ *mpl* bienes de consumo; ***civiltà/società dei ~i*** *f* sociedad de consumo

consuntlivo, -a 1. *adj econ* consuntivo, -a; **2.** *m econ* balance; **~o, -a** *adj* gastado, -a, consumido, -a

consunzione *f* consunción

consuocero *m* consuegro

consustanzialle *adj relig* consubstancial; **~ità** *f inv relig* consubstancialidad *f*

conta *f* (*juegos*) cuenta, recuento *m*

contaballe *m/f inv coloq* rollista *m/f*, trolero, -a *m/f*

contabille *adj/s* contable; **~ità** *f inv* contabilidad *f*; ***tenere la*** ~ *llevar la contabilidad* ◊ ~ ***creativa*** contabilidad creativa, ingeniería contable; **~izzare** *vt* contabilizar

contachilometri *m inv* cuentakilómetros

contadinlesco, -a (*m pl* **-chi**) *adj* aldeano, -a, campestre, pueblerino, -a (*desp*); **~o, -a** *m/f* campesino, -a, labrador, -a, labriego, -a; **~otto, -a** *m/f desp* paleto, -a, palurdo, -a, pueblerino, -a

contado *m* 1. *geogr* campo, campiña *f*, huerta *f*; ***il ~ romano*** *la campiña romana*; 2. *ant* huertanos *mpl*, labradores *mpl*

contagilare *vt* contagiar; **~o** (*pl* **-gi**) *m* contagio; **~oso, -a** *adj* contagioso, -a

contagiri *m inv auto* cuentarrevoluciones, cuentavueltas

contagocce *m inv* cuentagotas ◊ ***col*** ~ *adv tamb. fig* con cuentagotas

container *m inv transp* contáiner *m*, contenedor *m*; **~izzazione** *f com* containerización

contaminalnte *adj* contaminante; **~re** ‹*esd*› *vt* 1. contaminar; 2. (*nombre*) mancillar; **~tore, -trice** *adj/s* contaminador, -a; **~zione** *f* contaminación

contante 1. *adj* efectivo, -a, metálico, -a; **2.** *mpl* efectivo *m*, metálico *m* ◊ ***denaro, moneta*** ~ dinero en efectivo; ***in ~i*** *adv* en efectivo, en metálico

contapassi *m inv* cuentapasos, podómetro *m*

contare *vt/i* ‹*avere*› contar (**su q/qc** con alg/algo)

contascatti *m inv* (*teléfono*) contador de pasos *m*, cuentapasos

contasecondi *m inv* segundero *m*, cronómetro *m*

contat|a *f* cuenta, recuento *m*; **~o, -a** *adj* contado, -a, justo, -a ◊ ***avere le ore ~e*** tener las horas contadas; **~ore** *m tecn* contador, medidor (*Am*); cronómetro

contatt|are *vt* contactar; **~o** *m* contacto ◊ ***entrare in ~ con*** entrar en contacto con; ***essere, mettere a ~ con q*** estar, poner en contacto con alg; ***venire a ~ con*** ponerse en contacto con

conte, -essa *m/f* conde, -esa; **~a** *f hist* condado *m*; *geogr* comarca, región

conteggi|are *vt/i* ‹*avere*› contar, computar; **~o** (*pl* **-gi**) *m* cuenta *f*, conteo ◊ ***~ alla rovescia*** cuenta atrás (*f*)

contegno *m* 1. actitud *f*, porte; 2. gravedad *f*, seriedad *f*; **~so, -a** *adj* grave, serio, -a

contemperare ‹*esd/-pero*› *vt* 1. adaptar, amoldar; 2. mitigar, amortiguar

contempla|re *vt* contemplar; **~tivo, -a** *adj* contemplativo, -a; **~zione** *f* contemplación

contempo: nel ~ *adv* mientras tanto, al mismo tiempo

contemporane|amente *adv* simultáneamente (!), al mismo tiempo (!); **~ità** *f inv* contemporaneidad *f*; **~o, -a** *adj/s* contemporáneo, -a

contendente *adj/s* contendiente, contrincante, rival

contendere ‹*tesi; teso*› V. 58 *vt/i* ‹*avere*› contender, luchar *vi*, altercar *vi*

contene|nte *m* continente ◊ ***il ~ e il contenuto*** el continente y el contenido; **~re** ‹*tengo; tenni; terrò*› V. 79 **1.** *vt* 1. contener, encerrar; 2. contener, refrenar, aguantar; **2. ~rsi** contenerse, aguantarse

contenitore *m* 1. envase; 2. *TV* magazine

content|abile *adj* contentadizo, -a; **~are 1.** *vt* contentar; **2. ~rsi** contentarse, conformarse (**di** con); **~ezza** *f* alegría, felicidad, contento *m*; **~ino** *m* propina *f*, extra; pequeña compensación *f*; **~o, -a** *adj* contento, -a

contenut|istico, -a (*m pl* **-ci**) *adj* del contenido; **~o, -a** *adj/m* contenido, -a

contenzio|ne *f med* contención ◊ ***camicia di ~*** *f* camisa de fuerza; **~so, -a** *adj/m jur* contencioso, -a

conterraneo, -a *adj/s* conterráneo, -a, paisano, -a

contesa *f* contienda; controversia, polémica; disputa, altercado *m*

contesi..., conteso V. **contendere**

contessa V. **conte**

contesta|bile *adj* contestable; **~re** *vt* 1. protestar *vi* (**qc/q** contra u-c/alg), criticar; 2. *jur* notificar; **~tario, -a** (*m pl* **-ri**) *adj/s* contestatario, -a; **~tore, -trice** *adj/s* contestatario, -a; **~zione** *f* 1. *pol* contestación, protesta; *fig* discusión, polémica; 2. *jur* notificación

conteste *adj/s* conteste *adj*

contesto *m* contexto

contestu|ale *adj* contextual; **~alizzare** *vt* contextualizar; **~ra** *f* contextura

contigu|ità *f inv* contigüidad *f*; **~o, -a** *adj* contiguo, -a

continen|tale *adj/s* continental; **~te 1.** *adj* contenido, -a, moderado, -a; **2.** *m geogr* continente ◊ ***nuovo, vecchio ~*** nuevo, viejo continente; **~za** *f* continencia, moderación

contingen|tamento *m econ* contingentación *f*; **~tare** *vt* contingentar, fijar contingentes; **~te 1.** *adj* contingente; **2.** *m econ* contingente; *mil* contingente, cupo; **~za** *f filos tamb. fig* contingencia

continua|re ‹*esd*› *vt/i* ‹*avere/essere*› continuar, seguir; ***lei ha continuato a lavorare*** *ella ha seguido trabajando*; ***oggi è continuato a piovere*** *hoy ha seguido lloviendo*; ***continua a leggere*** *sigue leyendo*; **~tivo, -a** *adj* continuativo, -a; **~tore, -trice** *m/f* continuador, -a; **~zione** *f* continuación

continu|ismo *m pol* continuismo; **~tà** *f inv* continuidad *f* ◊ ***soluzione di ~*** *f* solución de continuidad

continuo, -a *adj* continuo, -a ◊ ***di ~*** *adv* de continuo, continuamente

contitolare *m/f* cotitular

conto *m* 1. cuenta *f* (!); 2. consideración *f*, estima *f*; ***di poco ~*** de poca estima ◊ ***~ alla rovescia*** cuenta atrás (*f*); ***~ corrente*** cuenta corriente; ***a(d ogni) buon ~*** *adv* en todo caso; ***avere/tenere q in buon/gran ~*** tener en buena/gran consideración a alg; ***far di ~*** saber las cuatro reglas; ***fare ~ di fare qc*** prometérselas muy felices; ***fare ~ di q/qc*** tener en cuenta alg/u-c; ***fare ~ su q/qc*** contar con alg/u-c; ***fare i ~i*** echar cuentas; ***fare i ~i senza l'oste*** echar la cuenta sin la huéspeda; ***fare/regolare i ~i con q*** ajustar cuentas con alg; ***il ~ torna*** las cuentas cuadran; ***in fin dei ~i*** *adv* al fin y al cabo; ***mettere ~*** valer la pena; ***per ~ di q*** *adv* por cuenta de alg; ***per ~ mio/suo*** *adv* por mi/su cuenta; ***per/in ~ (di) terzi*** *adv* por cuenta de terceros; ***questo è un altro ~*** esto es otra cosa; ***regolare i ~i con q*** ajustar cuentas con alg; ***regolare un ~*** saldar una cuenta; ***rendere ~ a q di qc*** dar cuenta(s) a alg de u-c; ***rendersi ~ di qc*** darse cuenta de u-c, percatarse de u-c; ***sul ~ di q*** *adv* acerca de alg; ***tenere ~ di qc*** tener u-c en cuenta; ***tenere da ~ qc*** reservar, poner a parte

contorcere ‹*torco; torsi; torto*› V. 80 **1.** *vt* torcer; **2. ~rsi** contorsionarse

contorcimento *m* torsión *f*; contorsión *f*

contorn|are *vt* rodear; **~o** *m* 1. contorno; 2. *gastr* guarnición *f* (!)

contorsi... V. **contorcere**

contorsion|e *f* contorsión; **~ista** *m/f* contorsionista

contorto, -a 1. *adj tamb. fig* retorcido, -a; **2.** *pp* V. **contorcere**

contrabband|are *vt* introducir de contrabando; **~iere, -a** *adj/s* contrabandista; **~o** *m* contrabando ◊ ***di ~*** *adv* a escondidas, de matute

contrabbasso *m mús* contrabajo

contraccambiare *vt* (*favor*) devolver, retribuir (*Am*); (*sentimiento*) corresponder; **~o** (*pl* **-bi**) *m* 1. devolución *f*; 2. correspondencia *f*, reciprocidad *f*

contracce|ttivo, -a *adj/m* anticonceptivo, -a, contraceptivo, -a; **~zione** *f* contracepción

contraccolpo *m* contragolpe

contraccusa *f jur* contraacusación

contrada *f* 1. *tosc* (*larga*) bocacalle; 2. *tosc* barrio *m*

contraddire ‹*dico; dissi; detto*› V. 21 **1.** *vt* contradecir, llevar la contraria; **2. ~rsi** contradecirse

contraddist̲inguere ‹*distinguo; distinsi; distinto*› V. 24 *vt* distinguir, marcar

contraddi|ttore, -trice *m/f* contradictor, -a; **~ttorio, -a** (*m pl* **-ri**) *adj* contradictorio, -a; **~zione** *f* contradicción

contraente *adj/s* contrayente

contraereo, -a *adj* antiaéreo, -a

contraffa|re ‹*faccio; feci; fatto*› V. 36 *vt* simular, imitar, remedar; falsificar; **~ttore, -trice** *m/f* imitador, -a; falsificador, -a; **~zione** *f* falsificación

contraffeci..., contraffatto V. **contraffare**

contraffilo *m* contrahilo

contrafforte *m* 1. *arq* contrafuerte, botarel; 2. *geogr* contrafuerte, estribación *f*

contraggo... V. **contrarre**

contralto 1. *m mús* contralto *m/f*; **2.** *adj inv mús* contralto

contrammarcia V. **contromarcia**

contrammiraglio (*pl* **-gli**) *m mil* contraalmirante

contranalisi *f inv* contraanálisis *m inv*

contrappasso *m hist* ley del talión *f*

contrappello: fare ~ *vi* pasar lista por segunda vez

contrappes|are *vt* sopesar; **~o** *m* contrapeso

contrappo|rre ‹*pongo; posi; posto*› V. 56 *vt* contraponer, oponer; **~sizione** *f* contraposición; **~sto, -a** *adj* contrapuesto, -a

contrappunt|istico, -a (*m pl* **-ci**) *adj mús* contrapuntístico, -a; **~o** *m mús* contrapunto

contrari|are *vt* contrariar, fastidiar; **~età** *f inv* contrariedad *f*; **~o, -a** (*m pl* **-ri**) *adj/m* contrario, -a ◊ ***al ~*** *adv* al contrario, por el contrario; ***essere ~*** estar en contra; ***non avere niente in ~*** no tener nada en contra

contrarre ‹*traggo; trassi; tratto*› V. 81 *vt* contraer

contrassegn|are *vt* marcar, señalar; **~o** *adv* contra reembolso; ***spedire ~*** *mandar contra reembolso*

contrassi... V. **contrarre**

contrast|are 1. *vt* obstaculizar, entorpecer; **2.** *vi* ‹*avere*› contrastar, contradecirse, oponerse; **3. ~rsi** 1. pelearse, discutir *vi*, disputar *vi* (**per qc** por u-c); 2. disputarse (**qc** u-c); **~o** *m* 1. discusión *f*, disputa *f*; conflicto; oposición *f*; 2. *foto/TV* contraste ◊ ***a ~ con*** *prep* en comparación con; ***in ~*** *adv* en oposición, contrapuesto, -a; ***senza ~*** *adv* sin oponer resistencia; ***venire a/in ~ con q*** discutir con alg

contratta|ccare *vt mil/sport tamb. fig* contraatacar; **~cco** (*pl* **-chi**) *m mil/sport tamb. fig* contraataque; **~re** *vt* contratar; **~zione** *f* contratación

contrattempo *m* 1. contratiempo, percance; 2. *mús* contratiempo

contrattile *adj* contráctil

contratto, -a 1. *adj cient* contracto, -a; contraído, -a, encogido, -a; ***viso ~*** *cara contraída*; **2.** *m* contrato; **3.** *pp* V. **contrarre** ◊ ***~ a termine*** contrato temporal; ***~ collettivo di lavoro*** convenio colectivo; ***~ di formazione e lavoro*** contrato de aprendizaje; ***~ sociale*** contrato social; ***perfezionare un ~*** formalizar un contrato

contrattu|ale *adj* contractual; **~ra** *f med* contractura ◊ ***~ muscolare*** contractura muscular

contravveleno *m* contraveneno, antídoto; **~nire** ‹*vengo; venni; venuto*› V. 86 *vi* ‹*avere*› contravenir *vt/i*, transgredir *vt*; ***~ a una norma*** *contravenir (a) una norma*; **~ntore, -trice** *m/f jur* contraventor, -a, transgresor, -a; **~nzione** *f jur* contravención, transgresión; multa, sanción

contrazione *f* contracción

contribu|ente *adj/s* contribuyente; **~ire** ‹*isc*› *vi* ‹*avere*› contribuir, colaborar; **~tivo, -a** *adj* contributivo, -a; **~to** *m econ* contribución *f*, aportación *f*; *adm/econ* cotización *f* ◊ ***~i previdenziali*** cotizaciones a la Seguridad Social (*fpl*); **~zione** *f* contribución

contristare *vt* entristecer, afligir

contrito, -a *adj relig* (*arrepentido*) contrito, -a, atrito, -a

contrizione *f relig* contrición, atrición

contro 1. *prep* contra; ***~ di me, te...*** *contra mí, ti...*; ***marciare ~ q*** *marchar contra alg*; **2.** *adv* en contra, contra; ***votare, essere ~*** *votar, estar en contra*; **3.** *m* contra ◊ ***~ natura*** contra natura; ***~ voglia*** a regañadientes; ***di ~*** *adv* de enfrente; ***il pro e il ~*** los pros y los contras; ***navigare ~ vento*** navegar contra el viento

controaccusa V. **contraccusa**

controb̲attere *vt mil* contrabatir; rebatir

controbatteria *f mil* contrabatería

controbilanciare *vt* compensar; (*pesos*) contrabalancear

controcampo *m cine* contracampo

controcopert|a *f nav* cubierta superior; **~ina** *f impr* contracubierta

controcorrente 1. *f* contracorriente; **2.** *adv* (a) contracorriente ◊ ***andare ~*** ir contracorriente

controcultura *f* contracultura; **~le** *adj* contracultural

controda|do *m mec* contratuerca *f*; **~ta** *f* 1. (*en un escrito*) nueva fecha; 2. *adm* fecha de entrada; **~tare** *vt* datar de nuevo, poner nueva fecha

controesame *m med* contraexamen, contra examen

controfagott|ista *m/f mús* contrafagot *m*; **~o** *m mús* contrafagot
controffensiva *f mil* contraofensiva
controfferta *f com* contraoferta
controfigura *f cine/teat* doble *m/f*, especialista *m/f*
controfinestra *f* contraventana
controfirma *f* (*banco*) segunda firma; *jur* (*ley*) refrendo *m*; **~re** *vt* poner la segunda firma; **~tario** *m* refrendario
controforza *f mec* contrafuerza
controfuga (*pl* **-ghe**) *f mús* contrafuga
controindica|re ‹*esd*› *vt med* contraindicar; **~zione** *f* 1. *med* contraindicación; 2. (*texto*) nota al margen
control|lare 1. *vt* controlar, vigilar; comprobar, verificar; controlar, dominar; *sport* controlar; **2. ~rsi** controlarse, dominarse; **~o** *m* control; **~ *dei bagagli, dei biglietti*** *control de equipajes, de billetes* ◊ **~ *budgettario*** control presupuestario; **~ *delle nascite*** control de natalidad; **~ *medico*** revisión médica (*f*); **~ore** *m transp* revisor, -a *m/f* ◊ **~ *di volo*** controlador aéreo
controluce 1. *f* contraluz, trasluz; ***fotografia in ~*** *fotografía a contraluz*; **2.** *adv* a contraluz; al trasluz; ***guardare ~*** *mirar al trasluz*
contromano *adv* en dirección contraria, a contramano
contromar|ca *f* contraseña de salida; **~cia** (*var.* **contrammarcia**) *f mil/tecn* contramarcha
contromisura *f* 1. medida preventiva; 2. medida correctora
contropart|e *f* parte contraria; **~ita** *f com tamb. fig* contrapartida
contropelo *adv* a contrapelo ◊ ***a ~*** *adv* a contrapelo, (a) contracorriente; ***fare il pelo e il ~ a q*** decir pestes de alg, poner a alg a caer de un burro
contropiede *m sport* contragolpe, contraataque ◊ ***prendere/cogliere q in ~*** coger a alg a contrapié
controprestazione *f* contraprestación
contropro|ducente *adj* contraproducente; **~getto** *m* contraproyecto; **~posta** *f* contrapropuesta, contraproposición; **~va** *f* contraprueba
controquerela *f jur* contraquerella
contrordine *f* contraorden
controriforma *f hist* contrarreforma
controrivoluzion|ario, -a (*m pl* **-ri**) *adj/s* contrarrevolucionario, -a; **~e** *f* contrarrevolución
controsenso *m* contrasentido
controsoffitto *m arq* cielo raso, falso techo
controspionaggio (*pl* **-gi**) *m* contraespionaje
controstallia *f com* sobrestadía
controstomaco 1. *adv* 1. con asco, con repugnancia; 2. sin ganas; **2.** *m* nauseas *fpl*
controtenore *m mús* contratenor
controvalore *m com* contravalor
controvelaccio *m nav* sobrejuanete
controvento *adv* contra el viento ◊ ***andare ~*** ir contracorriente
controvers|ia *f* controversia, debate *m*; *jur* conflicto *m* ◊ **~ *in materia di lavoro*** conflicto laboral (*m*); **~o, -a** *adj* controvertido, -a
controvertere (*usado casi solo en P e infinitivo*) *v/def* ‹*avere*› controvertir
controvertibile *adj* controvertible
controvoglia *adv* a regañadientes
contubernio (*pl* **-ni**) *m* contubernio
contumac|e *adj* contumaz; **~ia** (*pl* **-cie**) *f jur* contumacia, rebeldía ◊ ***condannare q in ~*** condenar a alg en rebeldía
contundente *adj* contundente
conturbante *adj* turbador, -a, inquietante
contus|ione *f med* contusión; **~o, -a** *adj/s* contuso, -a
contutto|ché (+ *subjuntivo*) *conj* a pesar de que, aunque; **~ciò** (*var.* **con tutto ciò**) *conj* sin embargo, no obstante, con todo
conurbarzione *f* conurbación
convalescen|te *adj/s* convaleciente; **~za** *f* convalecencia; **~ziario** (*pl* **-ri**) *m* casa de reposo *f*
convalida *f jur* convalidación
convalidare ‹*esd*› *vt jur* convalidar
convegn|ista *m/f cient* congresista; **~o** *m cient* congreso (!), reunión *f* (!)
convenevoli *mpl* ceremonias *fpl*, cumplidos; ***fare i ~ con i nuovi compagni*** *ofrecer el recibimiento a los nuevos compañeros*
convenien|te *adj* conveniente; **~temente** *adv* convenientemente, apropiadamente; **~za 1.** *f* conveniencia; **2.** *fpl* normas de urbanidad
convenire ‹*vengo; venni; venuto*› V. 86 **1.** *vt* convenir, estipular; **2.** *vi* ‹*avere (2.1) essere (2.2, 3)*› 1. (*estar de acuerdo*) convenir, coincidir; 2. concurrir, venir; convenir, favorecer; **3.** *v/impers* convenir, ser conveniente
conventicola *f elev* camarilla
convention [kon'venʃon] *f inv* (*partido político*) convención *f*
convento *m* convento
conventuale *adj* conventual
convenuto, -a 1. *adj/m* convenido, -a, pactado, -a; **2.** *mpl* presentes, asistentes; **3.** *pp* V. **convenire** ◊ ***secondo il ~*** según lo convenido
convenzion|ale *adj* convencional ◊ ***armi ~i*** *fpl* armas convencionales; **~alismo** *m* convencionalismo; **~alità** *f inv* convencionalidad *f*; **~are 1.** *vt* convenir, acordar; concertar; **2. ~rsi** *med* concertar(se), firmar un concierto; **~e 1.** *f* acuerdo *m* (!), convenio *m* (!), pacto *m* (!); *dipl/pol* convención; **2.** *fpl* convenciones (sociales) ◊ ****~ di Ginevra*** Convención de Ginebra; **~ *mutualistica, commerciale, doganale*** acuerdo sanitario, comercial, aduanero (*m*)
convergen|te *adj* convergente; **~za** *f* convergencia
convergere ‹*vergo; versi; verso*› V. 30 *vi* convergir, converger
conversa|re *vi* ‹*avere*› conversar, charlar, platicar; **~tore, -trice** *m/f* conversador, -a; **~zione** *f* conversación, charla, plática

conversi... V. **convergere, convertire**
conversione *f* conversión
converso 1. *m relig* lego (!); **2.** *pp* V. **convergere**
convertilbile 1. *adj auto/econ* convertible; **2.** *m auto* descapotable, convertible (*Am*); **~bilità** *f inv econ* convertibilidad *f*; **~re** ‹*convertii/conversi*› V. 90a **1.** *vt* convertir; **2.** **~rsi** *relig* convertirse; **~to, -a** *m/f relig* convertido, -a; (*musulmanes y judíos al cristianismo*) converso, -a; **~tore** *m tecn* convertidor
convesslità *f inv* convexidad *f*; **~o, -a** *adj* convexo, -a
convettore *m* 1. *mat* convector; 2. *tecn* calefactor
convezione *f fís* convección
convincente *adj* convincente
convincere ‹*vinco; vinsi; vinto*› V. 87 *vt* convencer
convincimento *m* convencimiento
convinsi... V. **convincere**
convinto, -a 1. *adj/s* 1. convencido, -a; 2. *jur* convicto, -a; **2.** *pp* V. **convincere**
convinzione *f* convicción
convissi..., convissuto V. **convivere**
convitlato, -a *m/f* invitado, -a, comensal; **~o** *m elev* convite, banquete
convittlo *m estud* internado; **~ore, -trice** *m/f estud* interno, -a
convivenza *f* convivencia
convivere ‹*vissi; vissuto*› V. 88 *vi* ‹*avere*› convivir
conviviale *adj elev* convival
convocalre ‹*esd*› *vt* convocar; **~zione** *f* convocatoria
convoglilare *vt* 1. *transp* dirigir (**a** hacia), encaminar (**a** hacia); 2. (*agua, tráfico*) encauzar; **~atore** *m transp* transportador ◊ **~ *a nastro*** cinta transportadora (*f*); **~o** (*pl* **-gli**) *m transp* convoy
convolvolo *m bot* enredadera *f*
convulslione *f* convulsión; **~ivo, -a** *adj* convulsivo, -a; **~o, -a** *adj* convulso, -a
cooperare ‹*esd*› *vi* ‹*avere*› cooperar, colaborar (**con q a qc** con alg en u-c)
cooperaltiva *f* cooperativa; **~tivismo** *m* cooperativismo; **~tivo, -a** *adj* cooperativo, -a; **~tore, -trice** *adj/s* (*que ayuda*) cooperador, -a, cooperante; (*de una cooperativa*) cooperativista; **~zione** *f* 1. cooperación; 2. (*movimiento*) cooperativismo *m*; organización de cooperativas
coordinalbile *adj* coordinable; **~mento** *m* coordinación *f*; **~re** ‹*esd*› *vt* coordinar; **~ta** *f mat* coordenada; **~to, -a 1.** *adj* coordinado, -a; (*ropa*) a juego; **2.** *m* (*ropa*) juego; **~tore, -trice** *m/f* coordinador, -a; **~zione** *f* coordinación
copale *m/f* copal *m*
Copenaghen *geogr* Copenhague
coperchio (*pl* **-chi**) *m* tapa *f*, tapadera *f*
copernicano, -a *adj* copernicano, -a
copersi... V. **coprire**
copertla *f* 1. manta; 2. *nav* cubierta ◊ ***mettersi/ficcarsi sotto le ~e*** meterse en la cama; **~ina** *f impr* cubierta, portada, tapa ◊ ***ragazza ~*** *f* chica de portada; **~o, -a 1.** *adj* cubierto, -a, tapado, -a; (*persona*) abrigado, -a; *meteo tamb. fig* cubierto, -a; **2.** *adv* (*hablar*) veladamente; **3.** *m* 1. cubierto, seguro; 2. *gastr* cubierto; **4.** *pp* V. **coprire** ◊ ***essere al ~*** *tamb. fig* estar a cubierto; ***mettersi al ~*** ponerse a cubierto; **~one** *m* 1. (*rueda*) cubierta *f*; 2. (*para cubrir*) tela *f*, toldo; **~ura** *m* 1. *arq* cubierta *f*; 2. *econ/mil* cobertura *f*
copia *f* 1. copia; 2. *elev* (*abundancia*) copia ◊ ***in bella ~*** *adv* en limpio; ***in brutta ~*** *adv* en sucio, en borrador; ***passare in bella ~*** pasar a limpio; **~re** *vt* copiar; **~tivo, -a** *adj* (*tinta, papel*) para copiar ◊ ***carta ~a*** *f* papel carbón (*m*), papel de calco (*m*); **~tore, -trice** *m/f* copiante, imitador, -a; **~trice** *f tecn* copiadora; **~tura** *f* copiado *m*, copia
copiglia (*var.* **coppiglia**) *f* clavija, chaveta
copilota *m* copiloto (!)
copiolne, -a 1. *m/f coloq* copión, -ona, copiante; **2.** *m cine/teat* guión; **~so, -a** *adj elev* copioso, -a
copista *m/f* copista, amanuense
copisteria *f* (*empresa*) copistería, fotocopiadora
coppa 1. *f* 1. copa; 2. *gastr* morrillo *m*; **2.** *fpl* (*naipes*) copas ◊ **~ *della bilancia*** plato de la balanza (*m*); **~ *della ruota*** *auto* tapacubos (*m*); **~ *dell'olio*** *mec* cárter (*m*); **~ *del reggiseno*** copa del sujetador; ***la *~ Italia*** la Copa de Italia (="*la Copa del Rey*" *Esp*); **~rosa** *f* caparrosa
coppia 1. *f* 1. (*personas, animales*) pareja, par *m*; (*casados o no*) pareja; *fís* par *m*; **2.** *fpl sport* parejas, dobles ◊ **~ *di fatto*** pareja de hecho; **~ *di forze*** *fís* par de fuerzas (*m*)
coppiere *m hist* copero, escanciador
coppiglia V. **copiglia**
coppo *m arq* teja árabe *f*
copra *f bot* copra
coprilbusto *m inv* cubrecorsé *m*; **~capo** *m inv* sombrero *m*, gorra *f*; **~catena** *m inv* cubrecadena; **~costume** *m inv* bata de baño *f*; **~fuoco** (*pl* **-chi**) *m* toque de queda; **~giunto** *m inv mec* cubrejuntas; **~letto** *m inv* cubrecama *m*, cubre *m*, colcha *f*; **~macchia** *m inv* cubremanteles; **~mozzo** *m inv auto* tapacubos, embellecedor *m*; **~nuca** *m inv mil* cubrenuca *f*; **~pudende** *m inv* taparrabos; **~re** ‹*coprii/copersi; coperto*› V. 17 **1.** *vt* 1. (*pared, agujero...*) cubrir, tapar; (*persona*) cubrir, abrigar, arropar; cubrir, ocultar, disimular; *arq* cubrir, techar; 2. (*cargo*) ocupar, desempeñar; (*puesto, plaza*) cubrir, ocupar; 3. *mil/sport* cubrir; 4. *econ* cubrir; 5. (*animales*) cubrir, montar; **2.** **~rsi** cubrirse ◊ **~ *q di baci*** comerse a alg a besos; **~ *q di merda*** echar mierda encima de alg; **~ *q di onori, di insulti*** cubrir/colmar a alg de honores, de insultos; **~ *una distanza*** cubrir una distancia; ***~rsi di gloria*** cubrirse de gloria; **~risvolto** *m* vista *f*, vuelta *f*; **~tovaglia** *m inv relig* cubremantel *m*; **~trice: penne ~i** *f zool* cobija
coprolduzione *f cine* coproducción; **~fago, -a** *adj/s* coprófago, -a; **~tagonista** *m/f* coprotagonista
copto, -a *adj/s ling/relig* copto, -a

copula *f biol/ling* cópula; **~tivo, -a** *adj ling* copulativo, -a
copy|right [kopi'rajt] *m inv* copyright; **~writer** [ko pi'rajter] *m/f inv* publicista *m/f*, publicitario, -a *m/f*
coque [kɔk]**: uova à la ~** *fpl* huevos pasados por agua *mpl*
coracoide *adj/m med* coracoides *inv*
coraggio (*pl* **-gi**) **1.** *m* valor, valentía *f*, coraje; ánimo, aliento; **2.** *excl* ¡ánimo!, ¡adelante!, ¡vamos! ◊ ***fare ~ a q*** dar ánimos a alg; ***farsi/darsi ~*** darse ánimos, animarse; ***mancare/perdersi di ~*** descorazonarse, faltarle el valor a alg; **~so, -a** *adj* valiente, valeroso, -a
corale 1. *adj* 1. *mús* coral; 2. unánime; ***protesta ~*** *protesta unánime*; **2.** *m* 1. *mús/relig* (*canto*) coral; 2. *mús/relig* libro de coro; **3.** *f mús* coral
coral|lifero, -a *adj* coralífero, -a; **~ino, -a** *adj* coralino, -a; **~o** *m zool* coral
coramina® *f* coramina®
coram populo *adv* (*públicamente*) coram populo
Corano *m relig* Corán
coratella *f* asadura(s) *f(pl)*
corazz|a *f mil/zool tamb. fig* coraza; **~are** *vt* acorazar, blindar; **~ata** *f mil/nav* acorazado *m* (!); **~ato, -a** *adj mil* acorazado, -a, blindado, -a ◊ ***divisione ~*** *f mil* división acorazada; ***vetro ~*** *m* cristal blindado; **~iere** *m mil/hist* coracero
corba *f* serón *m*
corbell|are *vt coloq* burlarse, pitorrearse (**q** de alg); **~eria** *f coloq* bobada, tontería, chorrada; **~o** *m* canasto, capacho
corbezzol|a *f bot* (*fruto*) madroño *m*; **~o** *m bot* (*árbol*) madroño
corcontento V. **cuorcontento**
corda *f* cuerda; soga ◊ ***~ di un arco*** *arq* luz de un arco; ***~ dorsale*** *med* cuerda dorsal, notocordio (*m*); ***~e vocali*** cuerdas vocales; ***dare ~ a q*** darle cuerda a alg; ***essere con la ~ al collo*** estar con la soga al cuello; ***essere giù di ~*** estar de capa caída, estar decaído; ***far ballare q sulla ~*** dejar a alg en la cuerda floja; ***mettere/stringere q alle ~e*** *sport tamb. fig* poner a alg contra las cuerdas; ***mollare, stringere la ~*** aflojar, apretar la cuerda; ***parlare di ~ in casa dell'impiccato*** hablar de la soga en casa del ahorcado; ***salto della ~*** *m* (*juego*) comba (*f*), cuerda (*f*); ***strumenti a ~*** *mpl* instrumentos de cuerda; ***tagliare la ~*** ahuecar el ala, pirarse (*coloq*); ***toccare una ~ sensibile*** tocar la fibra sensible; **~io** (*pl* **-ai**) *m* cordelero; **~me** *m* cordaje; **~ta** *f sport* cordada; **~ti** *mpl zool* cordados
corderia *f* cordelería
cordial|e *adj* cordial; **~ità** *f inv* cordialidad *f*
cordigliera *f geogr* cordillera
cordoglio (*pl* **-gli**) *m* (*dolor*) duelo
cordone *m* 1. cordón; (*electr, teléfono*) cable, hilo; *med* cordón; *arq* cordón, bocel; 2. (*acera*) bordillo; 3. *mil* cordón ◊ ***~ ombelicale*** cordón umbilical; ***~ sanitario*** cordón sanitario

Cordova Córdoba; ***~no, -a 1.** *adj/s* cordobés, -esa; **2.** *m* cordobán
Corea: la ~ *f* Corea; ***~no, -a** *adj/s* coreano, -a
coreferente *m ling* correferente
coregono *m zool* farra *f*
coreograf|ia *f* coreografía; **~ico, -a** (*m pl* **-ci**) *adj* coreográfico, -a; **~o, -a** *m/f* coreógrafo, -a
coriaceo, -a *adj* coriáceo, -a
coriandolo 1. *m bot* cilantro; **2.** *mpl* confeti *m*
coricare ‹*esd*› **1.** *vt* acostar; **2. ~rsi** acostarse, irse a la cama
corifeo *m* corifeo
corimbo *m bot* corimbo
corindone *m min* corindón
corinzio, -a (*m pl* **-zi**) *adj* corintio, -a
corista *m/f* corista
coriza (*var.* **corizza**) *f* coriza, romadizo *m*
cormorano *m zool* cormorán
cornacchia *f zool* corneja
cornalina *f min* cornalina
cornamusa *f mús* gaita, cornamusa
cornat|a *f* cornada, cogida (*taur*); **~ura** *f* cornadura, cornamenta
cornea *f med* córnea; **~le** *adj* corneal
corneo, -a *adj* córneo, -a
corner *m inv sport* córner *m*, saque de esquina *m* ◊ ***salvarsi in ~*** *sport* despejar a córner
cornett|a *f* 1. *mús* corneta; 2. (*teléfono*) auricular *m*; **~eria** *f* croissantería; **~ista** *m/f mús* cornetista; **~o** *m* 1. (*en forma de cuerno*) amuleto; 2. *mús* corneta; 3. *gastr* croissant, cruasán; 4. *bot* sarmiento ◊ ***~ acustico*** trompetilla (*f*)
cornic|e *f tamb. fig* marco *m*; *arq* cornisamento *m*, cornisa ◊ ***legge ~*** *f* ley marco; **~iaio, -a** (*m pl* **-ai**) *m/f* marquista; **~ione** *m arq* cornisa *f*, *arte* cornisamento
cornificare ‹*esd*› *vt irón* poner los cuernos, engañar
cornio (*pl* **-ni**) *m bot* cornejo; **~la** *f min* corniola
cornista *m* (*músico*) corno
corno (*pl (1)* **le corna**) *m* 1. *zool tamb. fig* cuerno, asta *f* (*taur*), pitón (*taur*); 2. *mús* trompa *f*; *mús/hist* cuerno; (*caza*) cuerna *f* ◊ ***fare/mettere le ~a a q*** ponerle los cuernos a alg; ***non me ne importa un ~*** *coloq* me importa un bledo; ***portare le ~a*** ser un/a cornudo/a; ***rompersi le ~a*** salir con el rabo entre las piernas; ***rompere le ~a a q*** romperle la crisma a alg; *fig* dejar a alg para el arrastre; ***un ~!*** *coloq* ¡y un cuerno!, ¡y un jamón!
cornu|copia *f elev* cornucopia; **~to, -a 1.** *adj zool* cornudo, -a; **2.** *adj/s coloq/fig* cornudo, -a, cabrón *m*
coro *m* coro ◊ ***in ~*** *adv* a coro
corografia *f* corografía
coroide *f med* coroides *inv*
corolla *f bot* corola; **~rio** (*pl* **-ri**) *m filos tamb. fig* corolario
corona *f* corona; (*moneda*) corona; *astron* corona, halo *m*; *mús* calderón *m* ◊ ***~ d'alloro*** corona de laurel; ***~ dentata*** *mec* corona dentada; ***~ fu-***

nebre corona fúnebre; **~ *solare*** *astron* corona solar; ***disporsi a ~*** ponerse en círculo; **~le** *adj med* coronal ◊ ***osso ~*** *m* hueso coronal; **~mento** *m* 1. *arq* remate, coronamiento; 2. coronación *f*, consecución *f*; ***il ~ di un sogno*** *la coronación de un sueño*; **~re** *vt* coronar; **~ria** *f med* coronaria; **~rio, -a** (*m pl* **-ri**) *adj med* coronario, -a; **~rografia** *f med* coronariografía

coroplastica *f arte* coroplastia

corpetto *m* chaleco, jubón (*ant*); (*de mujer*) corpiño

corpino *m* corpiño

corpo *m* cuerpo ◊ **~ *calloso, cavernoso, luteo*** *med* cuerpo calloso, cavernoso, lúteo/amarillo; **~ *consolare*** cuerpo consular; **~ *d'armata*** *mil* cuerpo de ejército; **~ *del reato*** cuerpo del delito; **~ *di Bacco!*** ¡mecachis en la mar!; **~ *di ballo*** cuerpo de baile; **~ *di guardia*** *mil* cuerpo de guardia; **~ *diplomatico*** cuerpo diplomático; **~ *elettorale*** cuerpo electoral; **~ *estraneo*** cuerpo extraño; **~ *insegnante*** cuerpo de profesores, profesorado; **~ *nero*** *fís* cuerpo negro; ***a ~ a ~*** *adv* cuerpo a cuerpo; ***a ~ morto*** *adv* a tumba abierta; ***andare di ~*** *euf* hacer de vientre; ***anima e ~/~ e anima*** *adv* en cuerpo y alma; ***avere ~*** (*vino*) tener cuerpo; ***avere qc in ~*** no quitarse u-c de la cabeza; ***dare ~ a qc*** dar cuerpo a u-c; ***dolori di ~*** *mpl* dolores de vientre; ***guardia del ~*** *f* guardaespaldas (*m*); ***mettere qc in ~*** echarle u-c al cuerpo; ***prendere ~*** tomar cuerpo

corporal|e 1. *adj* corporal; **2.** *m relig* corporal; **~tivismo** *m* corporativismo; **~tivistico, -a** (*mpl* **-ci**) *adj pol* corporativista; **~tivo, -a** *adj* corporativo, -a, gremial; **~tura** *f* complexión; **~zione** *f* corporación, gremio *m*

corporeità *f inv* corporeidad *f*; **~o, -a** *adj* corpóreo, -a

corporizzare *vt elev* corporeizar

corposo, -a *adj* corpóreo, -a; (*pintura*) que tiene volumen

corpulen|to, -a *adj* corpulento, -a; **~za** *f* corpulencia

corpus *m inv jur/ling* corpus

corpuscol|are *adj fís/quím* corpuscular; **~o** *m fís/quím* corpúsculo

Corpus Domini *m* Corpus Christi, Corpus

corred|are *vt* equipar (**di** con), dotar (**di** de); (*casa*) amueblar; **~ino** *m* (*bebés*) canastilla *f*; **~o** *m* equipamiento; (*novia*) ajuar; (*conocimientos*) bagaje

correggere ‹*correggo; corressi; corretto*› V. 43 *vt* corregir; *gastr* (*poner licor*) tocar (*coloq*); **~ *il caffè con il cognac*** *tocar el café con coñac*

corregg|ia (*pl* **-ge**) *f* correa; **~ame** *m* correaje; **~ibile** *adj* corregible; **~ola** *f* correhuela

correità *f inv jur* complicidad *f*

correl|are *vt* correlacionar; **~tivo, -a** *adj* correlativo, -a; **~zione** *f* correlación

correligionario, -a (*m pl* **-ri**) *adj/s* correligionario, -a

corrent|e 1. *adj* corriente; ***il 25 del ~ mese*** *el 25 de los corrientes*; **2.** *m* corriente; **3.** *f* corriente ◊ **~ *alternata*** corriente alterna; **~ *di lava*** río de lava (*m*); ***andare contro ~*** *tamb. fig* ir contra corriente; ***essere al ~*** estar al corriente, estar al tanto; ***mettere al ~*** poner al corriente; ***seguire la ~*** dejarse llevar por la corriente; ***tenere q al ~*** tener a alg al corriente; **~emente** *adv* 1. corrientemente, habitualmente; 2. (*hablar una lengua*) fluidamente, con soltura; **~ista** *m/f com* cuentacorrentista

correo, -a *m/f* cómplice

correre ‹*corsi; corso*› V. 18 *vt/i* ‹*avere, essere*› correr; ***è corso in ospedale*** *ha ido corriendo al hospital*; ***ha corso per un'ora*** *ha corrido durante una hora*; ***fra noi due ci corrono dieci anni*** *entre nosotros dos hay diez años* ◊ ***ci corre!*** *coloq* ¡ni punto de comparación!; ***lasciar ~*** dejar correr

correspons|abile *adj/s* corresponsable; **~ione** *f* retribución, pago *m*

corressi... V. **correggere**

corrett|ezza *f* corrección; **~ivo, -a** *adj/m* correctivo, -a; **~o, -a 1.** *adj* correcto, -a; **2.** *pp* V. **correggere** ◊ ***caffè ~*** *m* carajillo, tocado (*coloq*); ***politicamente ~*** políticamente correcto; **~ore, -trice** *m/f* corrector, -a

correzion|ale *m* correccional, reformatorio; **~e** *f* corrección ◊ ***casa di ~*** *f* reformatorio (*m*)

corrid|a *f taur* corrida; **~oio** (*pl* **-oi**) *m arq/transp* pasillo; *aero* corredor; *sport* (*tenis*) línea lateral de saque *f* ◊ **~ *aereo*** corredor aéreo; **~ *umanitario*** corredor humanitario; **~ore** *m sport* corredor

corrier|a *f* (*correo*) autobús (correo) *m*, guagua (*Am/Canarias*); **~e** *m transp* agencia *f*

corrigendo *m* corrigendo

corrimano *m* (*escalera*) barandilla *f*; (*autobús*) asidero

corrispettivo, -a 1. *adj* correspondiente, respectivo, -a; **2.** *m jur* retribución *f*, salario

corrisp|ondente 1. *adj* correspondiente; **2.** *m* (*prensa*) corresponsal; (*cartas*) correspondiente; **~ondenza** *f* correspondencia; *transp* enlace *m*; **~ondere** ‹*pongo; posi; posto*› V. 49 **1.** *vt* (*sentimientos*) corresponder; **2.** *vi* ‹*avere*› 1. (*sentimientos, proporciones*) corresponder; 2. (*escribirse*) cartearse; 3. (*edificio*) dar; ***la facciata corrisponde sulla strada principale*** *la fachada da a la calle principal*; **~osto, -a** *adj* correspondido, -a

corrobora|nte *adj/m* corroborante; **~re** ‹*esd*› *vt* corroborar

corrodere ‹*rosi; roso*› V. 65 *vt* corroer, carcomer

corrompere ‹*ruppi; rotto*› V. 66 *vt* corromper

corrompibile *adj* corruptible

corrosi... V. **corrodere**

corros|ione *f* corrosión; **~ivo, -a** *adj* corrosivo, -a; **~o** V. **corrodere**

corrotto, -a 1. *adj* corrompido, -a, corrupto, -a; **2.** *pp* V. **corrompere**

corruccilarsi enojarse, molestarse; **~o** (*pl* **-ci**) *m* enojo, irritación *f*, cólera *f*
corrugalmento *m* fruncimiento, arrugamiento; *geol* plegamiento; **~re** *vt* fruncir, arrugar; ***~ la fronte*** *fruncir el ceño*
corruppi... V. **corrompere**
corruttlela *f* corruptela; **~ibile** *adj* corruptible; **~ibilità** *f inv* corruptibilidad *f*; **~ore, -trice** *adj/s* corruptor, -a
corruzione *f* corrupción ◊ ***~ di minorenni*** corrupción de menores
corsa *f* carrera; *transp* trayecto *m*, viaje *m*; ***quando è la prossima ~?*** *¿a qué hora sale el próximo tren/autobús?*; (*taxi*) carrera ◊ ***~ agli armamenti*** carrera de armamentos, carrera armamentist(ic)a; ***~ all'oro*** *hist* fiebre del oro; ***~ a staffetta*** carrera de relevos (*m*); ***~ ippica*** carrera de caballos; ***~ dei sacchi/nel sacco*** carrera de sacos; ***~ podistica*** carrera atlética; ***andare di ~*** ir corriendo; ***di ~*** *adv* a la carrera; ***di gran ~/a tutta ~*** *adv* a toda velocidad; ***fare una ~ in un posto*** hacer una escapada a algún sitio; ***prendere la ~*** echar a correr; **~ro, -a** *adj/s hist* corsario, -a; pirata
corserella *f* carrerilla
corsettleria *f* corsetería; **~iere, -a** *m/f* corsetero, -a; **~o** *m* corsé; *med* corsé ortopédico
corsi... V. **correre**
corsia *f* pasillo *m*, corredor *m*; *med* (*de hospital*) sala, pabellón *m*; *auto* carril *m*; *sport* calle ◊ ***~ di accelerazione, di sorpasso, di emergenza*** carril de aceleración, de adelantamiento, de emergencia (*m*); ***~ preferenziale*** carril bus (*m*)
Corsica: la ~ *f* Córcega
corsiero *m* corcel
corsista *m/f* cursillista
corsivo, -a 1. *adj* cursivo, -a; **2.** *m* cursiva *f* ◊ ***in ~*** *adj* en cursiva
corso, -a *adj geogr* (*de Córcega*) corso, -a
corso 1. *m* 1. *tamb. fig* curso; ***~ di fisica, di italiano*** *curso de física, de italiano*; ***il ~ degli avvenimenti*** *el curso de los acontecimientos*; ***nel ~ dei secoli*** *en el curso de los siglos/a lo largo de los siglos*; 2. *econ* (*acciones*) cotización *f*; (*moneda*) curso, circulación *f*; 3. avenida *f*, paseo; 4. desfile; **2.** *pp* V. **correre** ◊ ***~ mascherato*** desfile de carrozas; ***avere ~*** tener curso legal; ***capitano di lungo ~*** *m* capitán de alto bordo/de navío; ***dare ~ a qc*** dar curso/salida a u-c, cursar, tramitar; ***fuori ~*** *adj econ* sin curso legal; ***in ~ di stampa*** *adj* en prensa; ***in ~ legale*** *adj* de curso legal; ***lavori in ~*** *mpl* trabajos en curso, trabajos en marcha; *arq* (*tramo, edificio...*) en obras; ***(studente) fuori ~*** ="estudiante que no ha completado su carrera universitaria en el tiempo previsto"
corsoio (*pl* **-oi**) *m mec* cursor
corte *f* 1. *hist tamb. fig* corte; 2. *jur* tribunal *m*; 3. *arq* patio *m*, corral *m* ◊ ***~ costituzionale*** tribunal constitucional (*m*); ***~ d'appello*** tribunal de apelación (*m*); ***~ dei conti*** tribunal de cuentas (*m*); ***~ di cassazione/suprema*** tribunal supremo (*m*); ***~ di justizia*** tribunal de justicia (*m Esp*), corte de justicia (*m Am*); ****~ Penale Internazionale*** Corte Penal Internacional; ***fare la ~ a q*** hacerle la corte a alg, cortejar a alg
corteccia (*pl* **-ce**) *f* corteza; (*pan*) costra ◊ ***~ cerebrale*** corteza cerebral
corteggialmento *m* cortejo, galanteo; **~re** *vt* cortejar; **~tore, -trice** *m/f* cortejador, -a
corteo *m* cortejo, desfile; *pol* manifestación *f* ◊ ***~ funebre*** cortejo fúnebre
cortesle *adj* cortés, gentil, amable; **~ia** *f* cortesía, gentileza, amabilidad ◊ ***per ~*** *adv* por favor, si es usted tan amable; ***usare la ~ di qc a q*** hacer el favor de u-c a alg
cortezza *f elev* cortedad
corticale *adj biol/med* cortical
corticolide *m biol/quím* corticoide; **~trofina** *f biol* corticotrofina; **~tropina** *f biol* corticotropina
cortigiano, -a *adj/s* cortesano, -a
cortile *m agric* corral; *arq* patio ◊ ***animali da ~*** *mpl* animales de corral
cortina *f* cortina ◊ ***~ di ferro*** *hist* telón de acero (*m*); ***~ di fumo, di nebbia*** cortina de humo, de niebla; **~ggio** (*pl* **-gi**) *m* cortinaje
cortisone *m* cortisona *f* (!)
corto, -a 1. *adj* corto, -a; ***avere i capelli ~i*** *tener el pelo corto*; breve; **2.** *m cine* corto ◊ ***~ di vista*** corto de vista; *fig* corto de miras; ***~ di mente*** corto de miras; ***alle ~e!*** ¡corta el rollo!, ¡acaba!; ***andare per le ~e*** ir al grano; ***essere a ~ di qc*** ir muy justo de u-c, no andar sobrado de u-c; ***farla ~a*** espabilarse, darse aire; ***per farla ~a*** resumiendo, yendo al grano; ***tagliar(e) ~*** cortar por lo sano
cortolcircuito *m electr* cortocircuito; **~metraggio** (*pl* **-gi**) *m cine* cortometraje
corvée [kor've] (*var.* **corvè**) *f inv* 1. *mil* fajina *f*; 2. *hist/jur* prestación personal *f*; 3. (*trabajo*) lata *f*, incordio *m*
corvetta *f nav* corbeta
corvino, -a *adj* corvino, -a
corvo *m zool* cuervo ◊ ***~ del malaugurio*** pájaro de mal agüero
cosa 1. *f* cosa; **2.** *fpl* (*menstruación*) regla *f*; ***Carla aveva le sue cose*** *Carla tenía la regla*; **3.** *pron inv* (*interrogativo y exclamativo*) ¿qué?; ***~ vuoi, sono bambini!*** *¡qué se le va a hacer/qué esperabas, son niños!*; ***a (che) ~ pensi?*** *¿en qué piensas?* ◊ ***~ fatta capo ha*** a lo hecho, pecho; ****~ Nostra*** (*mafia italo-americana*) Cosa Nostra; ***arrivare a ~e fatte*** llegar demasiado tarde; ***bella ~!*** ¡vaya una cosa!; ***credersi chissà che ~*** creerse quién sabe qué; ***da ~ nasce ~*** una cosa lleva a la otra, lo uno lleva a lo otro; ***è ~ fatta*** eso está hecho; ***è la stessa ~*** es lo mismo; ***è tutt'altra ~*** es otra cosa muy diferente; ***è una ~ da vedere*** es una cosa digna de ver; ***fra le altre ~e*** entre otras cosas; ***la ~ più importante*** lo más importante; ***la ~ pubblica*** la cosa pública; ***lasciamo le ~e in pace*** tengamos la fies-

ta en paz; ***le ~e si mettono male*** las cosas se están poniendo feas; ***le proprie ~e*** sus propias cosas, sus asuntos; ***non è una gran ~*** no es nada del otro jueves/mundo; ***per la qual ~*** *conj* por lo que; ***per prima ~*** *adv* en primer lugar; ***qualche ~*** *pron* algo; ***qualsiasi ~ succeda*** *conj* pase lo que pase; ***raccontami come sono andate le ~e*** cuéntame cómo han ido las cosas/cómo ha ido todo; ***sopra ogni ~*** *adv* por encima de todo

cosacco (*pl* **-chi**) *m mil* cosaco

cosca (*pl* **-sche**) *f* grupo/clan mafioso *m*

coscenzioslità *f inv* escrupulosidad *f*, cuidado *m*; **~o, -a** *adj* escrupuloso, -a, cuidadoso, -a; concienzudo, -a

coscia (*pl* **-sce**) *f med/zool* muslo *m*; *zool* (*cerdo, ternera, oveja...*) pierna; **~me** *f irón* (*mujer*) muslada, muslamen *m*

coscienlte *adj* consciente; **~za** *f* conciencia; *med* conocimiento *m* ◊ ***avere la ~ pulita*** tener la conciencia limpia; ***avere la ~ sporca*** tener mala conciencia; ***avere qc sulla ~*** tener u-c sobre la conciencia, remorder la conciencia (por u-c); ***in ~*** *adv* en conciencia; ***perdere, riacquistare la ~*** perder, recuperar el conocimiento

coscio (*pl* **-sci**) *m zool/gastr* pierna *f*; **~tto** *m zool/gastr* pierna *f*

coscritto 1. *m mil* recluta, quinto, conscripto (*Am Mer*); **2.** *pp* V. **coscrivere**

coscrivere ‹*scrissi; scritto*› V. 71 *vt mil* alistar, reclutar

coscrizione *f mil* servicio militar *m*, conscripción (*Am Mer*)

coseno *m mat* coseno

così 1. *adv* (*de esa manera*) así; ***l'ho fatto ~*** *lo he hecho así*; ***è proprio ~*** *es precisamente así*; ***non devi fare ~*** *no debes actuar así*; tan; ***è ancora ~ giovane...*** *es todavía tan joven...*; **2.** *adj inv* así, semejante *adj*; ***non mi piacciono le persone ~*** *no me gustan las personas así*; **3.** *conj* así; ***è ~ grande come lo immaginavo*** *es tan grande como lo imaginaba*; ***è ~ come lo immaginavo*** *es (tal) como lo imaginaba*; ***sono ~ povero che non posso/da non poter comprare del pane*** *soy tan pobre que no puedo comprar ni pan* ◊ ***~ ~*** así así, así asá; ***basta ~!*** ¡es suficiente!, ¡ya hay bastante!; ***e ~ via*** *adv* etcétera; ***per ~ dire*** *adv* por decirlo de alguna manera

cosicché *conj* de manera que, de modo que

cosiddetto, -a *adj* llamado, -a, denominado, -a

cosiffatto, -a *adj* semejante, tal

cosmelsi (*var.* **cosmetica** *f*) *f inv* cosmética *f*; **~tico, -a** (*m pl* **-ci**) *adj/m* cosmético, -a

cosmico, -a (*m pl* **-ci**) *adj* cósmico, -a

cosmo *m* cosmos; **~grafia** *f* cosmografía; **~logia** (*pl* **-gie**) *f* cosmología; **~nauta** *m/f* cosmonauta; **~nautica** *f* cosmonáutica; **~nautico, -a** (*m pl* **-ci**) *adj* cosmonáutico, -a; **~nave** *f* cosmonave; **~poli** *f inv* cosmópolis; **~polita** *adj* cosmopolita; **~visione** *f* cosmovisión

coso *m coloq* (*objeto indeterminado*) cosa *f*, eso; (*persona*) tipo, individuo, fulano

cospargere ‹*spargo; sparsi; sparso*› V. 75 *vt* esparcir, diseminar

cospetto *m* aspecto, apariencia *f* ◊ ***al ~ di*** *prep* a la vista de, en presencia de

cospiculità *f inv* consideración *f*, grandeza *f*, evidencia *f*; **~o, -a** *adj* conspicuo, -a

cospiralre *vi* ‹*avere*› conspirar; **~tore, -trice** *m/f* conspirador, -a; **~zione** *f* conspiración

cossi... V. **cuocere**

costà *adv tosc* ahí

costa *f* 1. *geogr* costa; 2. *med* costilla; *nav/tecn* costilla, cuaderna; *impr* lomo *m*; (*cuchillo*) canto *m*

Costa d'Avorio *f geogr* Costa de Marfil

costale *adj med* costal

costante 1. *adj* 1. constante, permanente; 2. constante, tenaz; **2.** *f mat* constante

Costantinopoli *geogr* Constantinopla

costanza *f* constancia, tesón *m*, tenacidad

costardella *f zool* (*pez*) papardа

costare *vi econ* costar, valer; ***quanto costa?*** *¿cuánto cuesta/vale?*; ***qui la vita costa*** *aquí la vida es cara* ◊ ***costi quel che costi*** *adv* cueste lo que cueste, caiga quien caiga

costaricano, -a *adj/s* costarricense, costarriqueño, -a

costatla *f gastr* chuleta; **~o** *m med* costado

costeggiare *vt geogr/nav* costear

costei *pron elev* ésa

costellalre *vt elev* constelar; **~zione** *f* constelación

costernalre *vt* consternar; **~zione** *f* consternación

costì *adv tosc* ahí

costierla *f geogr* costa, litoral *m*; **~o, -a** *adj* costero, -a, ribereño, -a, litoral

costipalre *vt* apisonar; *med* estreñir; **~zione** *f* apisonamiento *m*; *med* estreñimiento *m*

costitulente *adj/m* constituyente; **~ire** ‹*isc*› **1.** *vt* constituir; **2. ~rsi** *jur* entregarse, presentarse; **~ito, -a** *adj pol* constituido, -a; ***uno stato ~ a repubblica*** *un estado constituido en república*; **~tivo, -a** *adj* constitutivo, -a

costituzionlale *adj* constitucional; **~alità** *f inv* constitucionalidad *f*; **~e** *f jur/med tamb. fig* constitución

costo *m* coste, costo ◊ ***~ del denaro*** precio del dinero; ***~ della vita*** coste de la vida; ***~ del lavoro*** costes laborales (*mpl*); ***a basso ~*** *adj* de bajo coste; ***a nessun ~*** *adv* de ninguna manera; ***a prezzo di ~*** *adj* a precio de coste; ***ad ogni ~/a tutti i ~i/a qualsiasi ~*** *adv* a toda costa, a cualquier precio, como sea; ***a ~ della vita*** *adv* pagando con la vida; ***sotto ~*** *adj* por debajo del coste

costola *f med* costilla; *impr* lomo *m*; (*cuchillo*) canto *m*; *bot* nervadura ◊ ***gli si contano le ~e*** está en los huesos; ***rompere le ~e a q*** romperle los huesos a alg, romperle la crisma a alg; ***spianare le ~e a q*** asentarle las costillas a alg; ***sta-***

re/essere alle ~e di q ser la sombra de alg, no dejar a alg ni a sol ni a sombra
costoletta *f gastr* chuleta
costolone *m arq* nervadura *f*
costone *m geogr* cresta *f*
costoro *pron inv elev* ésos, ésas
costoso, -a *adj* costoso, -a
costringere ‹*stringo; strinsi; stretto*› V. 78 *vt* obligar, forzar; ~ ***q a fare qc*** *obligar a alg a hacer u-c*
costringimento *m elev* constreñimiento
costrittlivo, -a *adj* constrictivo, -a; **~ore, -trice** *adj med* constrictor, -a; *jur* constrictivo, -a
costrizione *f* constricción
costruire ‹*isc*› *vt tamb. fig* construir
costruttlivismo *m* constructivismo; **~ivista** *adj/s arte* constructivista; **~ivo, -a** *adj* constructivo, -a; **~o** *m* construcción *f*, estructura *f*; *ling* frase *f*, estructura *f*; **~ore, -trice** *adj/s* constructor, -a
costruzione *f* construcción
costui *pron elev* ése
costumle *m* 1. costumbre *f* (!); ***è mio ~ alzarmi presto*** *tengo por costumbre levantarme pronto*; 2. traje (!), vestido (!) ◊ ***~ a due pezzi*** biquini; ***~ da bagno*** traje de baño, bañador; ***~ regionale*** traje regional; ***buon ~*** buenas costumbres (*fpl*); ***in ~*** *adj* en traje de época; **~ista** *m/f cine/teat* diseñador, -a, modisto, -a
costura *f* costura ◊ ***spianare le ~e a q*** sentarle a alg las costuras
cotangente *f mat* cotangente
cote *f* piedra de afilar, afiladera
cotenna *f* (*cerdo*) pellejo *m* ◊ ***avere la ~ dura*** no tener corazón
cotiledone *m bot* cotiledón
cotognla *f bot* (*fruto*) membrillo *m*; **~ata** *f gastr* (dulce) membrillo *m*; **~o** *m bot* (*árbol*) membrillo
cotoletta *f gastr* escalope *m*, escalopín *m*
cotonlare *f* cardar; (*pelo*) algodonar; **~atura** *f* (*pelo*) carda, algodonado *m*; **~e** *m* algodón; **~iere, -a** *m/f* algodonero, -a; **~iero, -a** *adj* algodonero, -a; **~ificio** (*pl* **-ci**) *m* fábrica de algodón *f*; **~oso, -a** *adj* algodonoso, -a
cotta *f* 1. *hist/mil* cota; *relig* sobrepelliz; 2. cocción; 3. coladura, chaladura, camote *m* (*Am*) ◊ ***~ d'armi, di maglia*** cota de armas, de malla; ***avere una ~ per q*** estar colado por alg; ***furfante di tre/sette ~e*** *adj* pícaro de siete suelas; ***prendersi una ~ per q*** quedarse prendado de alg, enamorarse de alg; **~ge** [ˈkɔttedʒ] *m inv* casa de campo *f*
cottimista *m/f* destajista
cottimo: a ~ *adv* a destajo
cotto, -a 1. *adj* 1. *gastr* cocido, -a; 2. (*cansado*) hecho, -a polvo, molido, -a; **2.** *pp* V. **cuocere** ◊ ***~ e stracotto*** pasado; ***essere innamorato ~ di q*** estar colado por alg
cottura *f* cocción
coturno *m hist* coturno
coulomb [ˈkulomb] *m inv fís* culombio *m*
countdown [kaunˈdaun] *m inv* cuenta atrás *f*
coupé [kuˈpe] *m inv auto* cupé *m*
coupon [kuˈpɔn] *m inv* cupón *m*, vale *m*
cova *f zool* empollación, incubación; **~re 1.** *vt zool* empollar, incubar; *med* incubar; (*sospecha, odio*) albergar, guardar; **2.** *vi* ocultarse, estar oculto; **~ta** *f zool* nidada, pollada, puesta
cover lgirl [ˈkɔverˈgɛrl] *f inv* chica de portada *f*; **~ story** [ˈkɔver ˈstɔri] *f* tema de portada *m*
covo *m zool tamb. fig* guarida *f*, madriguera *f*, cubil ◊ ***~ di vipere*** *fig* nido de víboras; **~ne** *m agric* gavilla *f*
cow-boy [kauˈbɔi] *m inv* vaquero *m*, cow-boy *m*
coyote *m zool* coyote
cozza *f zool* mejillón *m*; **~re 1.** *vi* ‹*avere*› chocar (**contro** contra/con), topar (**con** con); ***~ contro un albero*** *chocar contra un árbol*; *zool* cornear *vt*; **2. ~rsi** toparse; embestirse, chocar *vi*; **~ta** *f* choque *m*
cozzo *m tamb. fig* choque
CP (*Codice Penale*) *abr* Código Penal
c.p. (*Casella Postale*) *abr* (*Apartado de Correos*) Apdo.
CPC (*Codice di Procedura Civile*) *abr* Código de Enjuiciamiento Civil
CPI (*Corte Penale Internazionale*) *abr jur* (*Corte Penal Internacional*) CPI
CPP (*Codice di Procedura Penale*) *abr* Código de Enjuiciamiento Criminal
C.p.r. (*con preghiera di restituzione*) *abr* con ruego de devolución
CPU (*Central Processing Unit*) *abr/f* (unidad central de proceso) UCP
crac 1. *onom* crac; **2.** *m inv econ* crac *m*
crack 1. *m inv* 1. (*droga*) crack; 2. (*quiebra*) crack; **2.** *onom* crac; **~ing** [ˈkrɛkin] *m inv tecn* craqueo *m*, cracking *m*
crampo *m* calambre
cranico, -a (*m pl* **-ci**) *adj* craneal, -a
cranio (*pl* **-ni**) *m* cráneo ◊ **a ~** *adv coloq* por barba, por cabeza
crapulla *f elev* crápula, disipación; **~one, -a** *m/f* crápula, libertino, -a
crasso, -a *adj* 1. *elev* craso, -a; 2. *med* (*intestino*) grueso, -a
craterle *m* cráter; **~ico, -a** (*m pl* **-ci**) *adj* del cráter
cratone *m geol* cratón
cravattla *f* corbata; **~ino** *m* corbatín
crawl [krɔl] *m inv sport* (*natación*) crol, crawl, estilo libre *m*; **~ista** [krɔˈlista] *m/f sport* nadador, -a de crol
creanza *f* crianza, educación
creare *vt* crear; (*escándalo*) producir, levantar
creatlina *f quím/biol* creatina; **~ività** *f inv* creatividad *f*; **~ivo, -a 1.** *adj* creativo, -a; **2.** *m/f* creativo, -a, publicitario, -a; **~o** *m* (*mundo*) creación *f*; **~ore, -trice** *adj/s* creador, -a; **~ura** *f* criatura; *pol* protegido, -a *m/f*
creazionle *f* creación; **~ismo** *m* creacionismo
crebbi... V. **crescere**

creden|te *adj/s* creyente; **~za** *f* 1. (*mueble*) aparador *m*; 2. (*creer*) creencia; **~ziale 1.** *adj* credencial; **2.** *f* credencial; **3.** *fpl* credenciales ◊ ***lettere ~i*** *fpl* cartas credenciales

credere *vt/i* ‹*avere*› creer; ***lo credo bene!*** *¡ya lo creo!*; ***~ in Dio*** *creer en Dios*; ***~ alle parole di q, alle streghe*** *creer en la palabra de alg, en las brujas* ◊ ***~ sulla parola di q*** confiar en la palabra de alg; ***a mio ~*** *adv* en mi opinión; ***chi (ti) credi di essere?*** ¿quién te has creído que eres?; ***non ~ ai propri occhi*** no dar crédito a sus (propios) ojos

credibil|le *adj* creíble; **~ità** *f inv* credibilidad *f*

creditlizio, -a (*m pl* **-zi**) *adj* crediticio, -a; **~o** *m econ tamb. fig* crédito ◊ ***~ agevolato*** crédito blando; ***dare ~ alle parole di q*** dar crédito a las palabras de alg; ***degno di ~*** *adj* digno de crédito; ***godere di molto ~*** tener mucho predicamento; ***millantato ~*** *jur* usurpación de autoridad (*f*); ***trovare ~ presso q*** conseguir el crédito de alg; **~ore, -trice** *adj/s* acreedor, -a; **~s** *mpl cine/TV* títulos de crédito

credo *m relig/pol tamb. fig* credo

credul|ità *f inv* credulidad *f*; **~o, -a** *adj* crédulo, -a; **~one, -a** *m/f* crédulo, -a, infeliz

crema 1. *f* 1. *gastr* crema; (*cosmética, zapatos*) crema; 2. (*parte mejor*) crema, flor y nata; **2.** *adj inv* crema; ***una camicia (color) ~*** *una camisa color crema* ◊ ***~ da barba*** crema de afeitar; ***~ da notte, da giorno*** crema de noche, de día; ***~ detergente*** crema limpiadora; ***~ doposole*** crema para después del sol; ***~ pasticciera*** crema pastelera; **~gliera** *f transp* cremallera; **~re** *vt* (*cadáver*) incinerar

cremat|istica *f econ* crematística; **~istico, -a** (*m pl* **-ci**) *adj econ* crematístico, -a; **~orio, -a** (*m pl* **-ri**) *adj/m* crematorio, -a ◊ ***forno ~*** *m* horno crematorio

cremazione *f* (*cadáver*) cremación, incineración

crème [krem] *f inv* 1. *gastr* crema *f*; 2. (*parte mejor*) crema *f*, crème, flor y nata *f* ◊ ***~ caramel*** *gastr* flan (*m*); ***la ~ della società*** la crème de la crème

cremisi 1. *adj/s inv* carmesí *adj*; **2.** *m inv* carmesí *m*, carmín *m*

Cremlino *m* Kremlin

cremo|re *m quím* cremor ◊ ***~ di tartaro*** cremor tártaro; **~sità** *f inv* cremosidad *f*; **~so, -a** *adj* cremoso, -a

cren *m inv* rábano picante *m*

creolo, -a *adj/s* criollo, -a

crepa *f* grieta, resquebrajadura; **~ccio** (*pl* **-ci**) *m geol* grieta *f*, quebrada *f*; **~cuore** *m* disgusto, congoja *f*, berrinche; **~pelle: a ~** *adv* (*reír*) a carcajadas, a mandíbula batiente; (*comer*) a dos carrillos; (*beber*) como un cosaco, como una esponja; **~re** *vi* 1. resquebrajarse; (*piel*) agrietarse, ajarse; 2. *coloq/fig* (*envidia, rabia*) consumirse, reventar (**da** de); (*morir*) estirar la pata, espicharla ◊ ***crepa!*** *coloq* ¡que te parta un rayo!, ¡que te pudras!, ¡muérete!; ***~ dalle risa(te)*** desternillarse (de risa), partirse (de risa), morirse de risa; ***~ di salute*** rebosar salud

crêpe [krɛp] *m inv* (*comida, tejido*) crêpe *f*

crepit|acolo *m mús* (*instrumento*) crepitáculo; **~are** ‹*esd*› *vi* ‹*avere*› crepitar, chisporrotear; **~azione** *f med* crepitación; **~io** (*pl* **-tii**) *m* crepitación *f*, chisporroteo

crepuscol|are *adj* crepuscular; **~arismo** *m arte* crepuscularismo; **~o** *m tamb. fig* crepúsculo

crescen|do *m mús tamb. fig* crescendo; **~te** *adj* creciente; **~za** *f* crecimiento *m*

crescere ‹*cresco; crebbi; cresciuto*› V. 16 **1.** *vi* crecer; **2.** *vt* aumentar, subir; (*hijo*) criar; (*punto de labor*) crecer

crescione *m bot* berro, mastuerzo

crescita *f* crecimiento *m*; aumento *m*

cresima *f relig* confirmación

cresimando, -a *m/f relig* confirmando, -a

cresimare ‹*esd*› *vt relig* confirmar

creso *m* creso

crespl|ella *f gastr* hojuela; **~igno** *m bot* lechuguilla *f*; **~o, -a 1.** *adj* crespo, -a; **2.** *m* crespón

cresta *f* 1. *geol/zool* cresta; *nav* cresta; 2. (*camarera*) cofia ◊ ***abbassare la ~*** irse con el rabo entre las piernas; ***alzare la ~*** alzar/levantar la cresta, gallear, hacerse el gallito; ***essere sulla ~ dell'onda*** estar en la cresta de la ola; ***fare la ~ (sulla spesa)*** (*en la compra*) sisar, hacer sisas

creta *f min* creta, greda, arcilla; **~ceo, -a** *adj/m geol* cretácico, -a, cretáceo, -a

cretese *adj/s* cretense

cretin|ata *f* estupidez, bobada, chorrada; **~eria** *f* estupidez, imbecilidad; **~ismo** *m med* cretinismo; **~o, -a** *adj/s* 1. *med* cretino, -a; 2. cretino, -a, imbécil, estúpido, -a

creto|nne [kre'tɔn] *f inv* cretona *f*; **~so, -a** *adj min* gredoso, -a, arcilloso, -a

CRI (*Croce Rossa Italiana*) *abr* Cruz Roja Italiana

cric *m inv mec* gato *m*

cricca *f* camarilla, capilla

cricchi|are *vi* ‹*avere*› crujir; **~o** (*pl* **-chi**) *m* crujido

cricco (*pl* **-chi**) *m mec* gato

criceto *m zool* hámster

cricket ['kriket] *m inv sport* críquet

cricoide *f med* cricoides *m*

criminal|e *adj/s* criminal; **~ista** *m/f jur* criminalista; **~ità** *f inv* criminalidad *f* ◊ ***~ organizzata*** crimen organizado (*m*); **~izzare** *vt* criminalizar

crimine *m* crimen, delito ◊ ***~ contro l'umanità*** crimen contra la humanidad; ***~ di guerra*** crimen de guerra

criminol|ogia (*pl* **-gie**) *f* criminología; **~logo, -a** (*m pl* **-gi**) *m/f* criminólogo, -a; **~so, -a** *adj* criminal, criminoso, -a

crinale *m* 1. (*pelo*) peineta *f*; 2. *geogr* cresta *f*

crine *m zool* crin *f*, cerda *f*; *bot* crin *f*

criniera *f zool* (*león*) melena; (*caballo*) crines *fpl*

crinolina *f* crinolina, tontillo *m*

crio|chirurgia *f* criocirugía; **~genia** *f fís* criogenia

cript|a *f* cripta; **~are** *vt informát/telec* encriptar; **~ico, -a** (*m pl* **-ci**) *adj* críptico, -a; **~o** (*var.* **cripton**) *m quím* criptón; **~onimo** *m* criptónimo

crisal|ide *f zool* crisálida; **~ntemo** *m bot* crisantemo

crisi *f inv* crisis

crisma *f relig* (*óleo*) crisma *m/f*; (*figura*) crismón *m*, lábaro *m* ◊ ***con tutti i ~i*** *adv* con todas las bendiciones

cristal|leria *f* cristalería; **~iera** *f* cristalera; **~ino, -a 1.** *adj* cristalino, -a, límpido, -a; **2.** *m med* cristalino; **~izzabile** *adj tamb. fig* cristalizable; **~izzare** *vt tamb. fig* cristalizar; **~izzazione** *f tamb. fig* cristalización; **~o** *m* cristal

cristian|esimo *m* cristianismo; **~ità** *f inv* (*doctrina*) cristianismo *m*; (*conjunto de cristianos*) cristiandad *f*; **~izzare** *vt* cristianizar; **~izzazione** *f* cristianización; **~o, -a** *adj/s* cristiano, -a

Cristo *m* Cristo ◊ ***avanti ~ (a.C.)*** *adv* antes de Cristo (a.C.); ***dopo ~ (d.C.)*** *adv* después de Cristo (d.C.); ***non c'è ~/non ci sono ~ i*** no hay tutía; ***un povero *~*** un pobre diablo

criterio (*pl* **-ri**) *m* criterio

critic|a *f* crítica; **~abile** *adj* criticable; **~are** ‹*esd*› *vt* criticar; **~ismo** *m* criticismo; **~o, -a** (*m pl* **-ci**) *adj/s* crítico, -a; **~one, -a** *m/f coloq* criticón, -ona

crittogamico, -a (*m pl* **-ci**) *adj bot* criptógamo, -a

crivel|lare *vt* acribillar; ***~ q di pallottole*** *acribillar a alg a balazos*; **~o** *m agric* criba *f*, tamiz

croato, -a *adj/s* croata

Croazia: la ~ *f* Croacia

croccante 1. *adj* (*pan*) crujiente; **2.** *m gastr* guirlache

crocchetta *f* croqueta

crocchi|a *f* (*pelo*) rodete *m*, moño *m*, castaña; **~o** (*pl* **-chi**) *m* corro, corrillo

croce *f* cruz ◊ ***~ greca, latina*** cruz griega, latina; ****~ Rossa*** Cruz Roja; ***~ uncinata*** cruz gamada; ***andare in ~*** atragantarse; ***ciascuno ha la sua ~*** cada uno tiene su cruz; ***farci una ~ sopra*** *fig* hacer cruz y raya; ***farsi il segno della ~*** santiguarse; ***gettare/gridare la ~ addosso a q*** ponerle a alg un sambenito; ***stare con le braccia in ~*** estar de brazos cruzados; **~rossina** *f* enfermera de la Cruz Roja; **~tta** *f nav* cruceta; **~via** *m* cruce, encrucijada *f*

crociat|a *f hist tamb. fig* cruzada; **~o, -a 1.** *adj* cruzado, -a; **2.** *adj/m hist* cruzado

crocicchio (*pl* **-chi**) *m* cruce *f*, encrucijada

crociera *f* 1. *aero/nav* crucero *m*; 2. *arq* crucero *m* ◊ ***velocità di ~*** *f* velocidad de crucero; ***volta a ~*** *f* bóveda de aljibe

crocifero, -a *adj/m bot* crucífero, -a

crocifiggere ‹*figgo; fissi; fisso*› V. 1 *vt* crucificar

crocifiss|ione *f* crucifixión; **~o, -a 1.** *adj* crucificado, -a; **2.** *m relig* crucifijo; **3.** *pp* V. **crocifiggere**

croco (*pl* **-chi**) *m bot elev* (*azafrán*) croco

crogiolare ‹*esd*› **1.** *vt gastr* cocer a fuego lento; *tecn* (*vidrio*) templar; **2. ~rsi** deleitarse; ***~ nei ricordi*** *deleitarse en/con los recuerdos*

crogiolo *m min tamb. fig* crisol

crol|lare *vi tamb. fig* derrumbarse, desmoronarse, desplomarse; **~o** *m tamb. fig* derrumbe, desplome, hundimiento

croma *f mús* corchea; **~re** *vt* cromar; **~tico, -a** (*m pl* **-ci**) *adj* cromático, -a; **~tismo** *m* cromatismo; **~to, -a** *adj* cromado, -a; **~tura** *f* cromado *m*

cromi|a *f arte* (*pintura*) cromía; **~co, -a** *adj quím* crómico, -a; **~nanza** *f electrón/TV* crominancia

cromo *m quím* cromo; **~plasto** *m bot* cromoplasto; **~rno** *m mús* cromorno; **~soma** *m biol* cromosoma; **~somico, -a** (*m pl* **-ci**) *adj* cromosómico, -a; **~tipia** *f impr* cromotipia

cronaca *f* crónica; (*periódico*) página, sección ◊ ***~ giudiziaria*** tribunales (*mpl*); ***~ locale*** información local; ***~ nera*** sucesos (*mpl*)

croni|cità *f inv* cronicidad *f*; **~co, -a** (*m pl* **-ci**) **1.** *adj* crónico, -a; **2.** *m/f* enfermo, -a, crónico, -a; **~sta** *m/f* cronista; **~storia** *f* cronología

crono *m/f inv sport* crono

cronologi|a (*pl* **-gie**) *f* cronología; **~co, -a** (*m pl* **-ci**) *adj* cronológico, -a

cronometr|aggio (*pl* **-gi**) *m* cronometraje; **~are** ‹*esd*› *vt* cronometrar; **~ato, -a** *adj sport* contrarreloj *inv*, cronometrado, -a; **~ista** *m/f* cronometrador, -a; **~o** *m* cronómetro

cronoscalata *f sport* cronoescalada

cronotopo *m filos/fís* cronotopo

cross *m inv sport* cross; **~are** *vi* ‹*avere*› *sport* centrar

crost|a *f* 1. (*pan, queso*) corteza; (*hielo*) capa; *geol* corteza; 2. (*apariencia*) fachada; 3. *med* costra ◊ ***~ lattea*** *med* costra láctea, usagre (*m*); ***~ terrestre*** *geol* corteza terrestre; **~acei** *mpl zool* crustáceos; **~ata** *f* ="torta de pasta quebrada cubierta de mermelada o fruta"; **~ino** *m gastr* (*aperitivo*) tostadita *f*; costrón, tostón; **~oso, -a** *adj* costroso, -a

crotalo *m zool* crótalo

croton *m bot* (*Codiaeum variegatum*) crotón; **~tiglio** *m bot* (*Croton tiglium*) crotón

croupier [kru'pje] *m inv* crupier *m*

crucci|are *vt* atormentar, afligir; **~o** (*pl* **-ci**) *m* dolor, aflicción *f*, congoja *f*; disgusto

crucco, -a (*m pl* **-chi**) *adj/s desp* alemán, -ana (*estánd*), teutón, -ona (*irón*)

cruci|ale *adj* crucial; **~forme** *adj* cruciforme; **~verba** *m inv* crucigrama *m*; **~verbista** *m/f* crucigramista

crudel|e *adj* cruel; **~issimo, -a** *adj* crudelísimo, -a; **~tà** *f inv* crueldad *f*

crudezza *f* crudeza

crudo, -a *adj* crudo, -a

cruento, -a *adj* cruento, -a

crumir|aggio (*pl* **-gi**) *m* esquirolismo; **~o** *m desp* esquirol, rompehuelgas *inv*

cruna *f* (*aguja*) ojo *m*

crup *m inv med* crup

crurale *adj med* crural

crusc|a (*pl* **-sche**) *f* salvado *m*; **~otto** *m auto* salpicadero

c.s. (*come sopra*) *abr* (*ut supra*) u.s. (como antes)
CSI (*Comunità di Stati Indipendenti*) *abr/f* (*Comunidad de Estados Independientes*) CEI
CSM (*Consiglio Superiore della Magistratura*) *abr/m* (*Consejo General del Poder Judicial*) ="CGPJ" (*Esp*)
CT (*var.* **ct**) (*commisario técnico*) *abr/m* seleccionador nacional
Cuba *f* Cuba; ***~no, -a** *adj/s* cubano, -a; ***~tura** *f* cubicación
cubetto *m* cubito
cubic|ità *f inv* forma de cubo *f*; **~o, -a** (*m pl* **-ci**) *adj* cúbico, -a ◊ ***radice ~a*** *f* raíz cúbica
cubilotto *m metal* cubilote
cubis|mo *m arte* cubismo; **~ta 1.** *adj/s arte* cubista; **2.** *m/f* (*discoteca*) chico, -a go-go
cubito *m med* cúbito
cubo 1. *m mat* cubo; **2.** *adj* cúbico, -a ◊ ***metro ~*** (*m³*) metro cúbico (*m³*)
cuccag|na *f* jauja, chamba (*coloq*) ◊ ***è finita la ~*** se acabó la buena vida, se acabó lo bueno; ***il paese della ~*** *m* jauja; ***l'albero della ~*** *m* la cucaña (*f*); **~re 1.** *vt* 1. *coloq* (*sorprender*) coger (*Esp*), pillar; 2. *coloq* ligar; **2. ~rsi** cargar (**con q/qc** con alg/algo)
cuccetta *f transp* litera
cucchiai|a *f tecn* cuchara; **~ata** *f* cucharada; **~no** *m* (*objeto*) cucharita *f*, cucharilla *f*; (*medida*) cucharadita *f*; **~o** (*pl* **-ai**) *m* cuchara *f* (!); **~one** *m* cucharón
cuccia (*pl* **-ce**) *f* (*perro*) cubil *m*; *coloq/fig* catre *m*
cucciolata *f* camada
cucciolo *m* cachorro, cría *f*
cucco (*pl* **-chi**) *m* 1. *zool* cuco; 2. predilecto, preferido, ojito derecho (*coloq*); 3. tonto, bobo ◊ ***vecchio come il ~*** *adj* más viejo que el andar a pie/que Matusalén
cuccuma *f* (*recipiente*) cafetera
cucin|a *f* cocina ◊ ***~ abitabile*** cocina-office; ***~ a gas, a legna, elettrica, economica*** cocina de gas, de leña, eléctrica, económica; ***~ all'americana*** cocina americana; **~are** *vt* cocinar, guisar; **~iere, -a** *m/f* cocinero, -a; **~ino** (*var.* **cucinotto**) *m* rincón cocina
cucire *vt* coser ◊ ***macchina da ~*** *f* máquina de coser
cucito, -a 1. *adj* cosido, -a; **2.** *m* cosido, costura *f*
cucitrice *f impr* cosedora; (*hojas*) grapadora, engrapadora (*Am*), corchetera (*Am*)
cucitura *f* 1. (*acción*) cosido *m*; 2. (*resultado*) costura
cucù *m inv zool* cuclillo *m*, cuco *m*; (*sonido*) cucú *m* ◊ ***orologio a ~*** *m* reloj de cuco
cuculo *m* cuclillo, cuco
cucurbita *f bot/quím* cucúrbita; **~cee** *fpl bot* cucurbitáceas
cuffia *f* 1. toca, gorro *m*; (*camarera*) cofia; 2. *tecn* auriculares *mpl*, cascos *mpl*; ***in ~*** *con auriculares*; 3. *tecn* funda ◊ ***~ da bagno*** gorro de baño (*m*); ***farcela/uscire per il rotto della ~*** salvarse por los pelos
cugino, -a *m/f* primo, -a
cui *pron inv* 1. (*sin preposición*) cuyo, -a, cuyos, -as (*elev*); ***l'amico la ~ figlia conosci*** *el amigo cuya hija conoces*; ***l'avvocato il ~ indirizzo mi scrivesti*** *el abogado cuya dirección me escribiste*; 2. (*con preposiciones, cosas y personas*) el que, la que, los que, las que; ***il libro con ~ mi sono divertito tanto*** *el libro con el que me he divertido tanto*; ***la casa in ~ sono vissuto durante tanti anni*** *la casa en la que he vivido tantos años*; (*con preposiciones, personas*) quien, quienes; ***la ragazza di ~ ti ho parlato*** *la chica de quien/de la que te hablé*; (*tras preposición y antes de un sustantivo*) cuyo, -a, cuyos, -as; ***la persona alla ~ bontà mi riferisco*** *la persona a cuya bondad me refiero* ◊ ***per ~*** *conj* por lo cual, por lo que
culata *f coloq* culada
culatt|a *f mil* culata; **~one** *m desp* maricón
culinari|a *f* gastronomía; **~o, -a** (*m pl* **-ri**) *adj* culinario, -a
culla *f tamb. fig* cuna ◊ ***~ portatile*** portabebés (*m inv*); ***dalla ~*** *adv* desde la cuna; ***dalla ~ alla bara*** *adv* de la cuna a la sepultura; **~re** *vt* arrollar, arrullar
culmina|nte *adj* culminante; **~re** ‹*esd*› *vi* ‹*avere*› culminar; **~zione** *f* culminación
culmine *m tamb. fig* cumbre *f*, cima *f*
culo *m* 1. *vulg* culo (*coloq*); 2. *vulg* (*vaso, botella*) culo (*coloq*); 3. *vulg* (*suerte*) chorra *f* (*coloq*), potra *f* (*coloq*) ◊ ***~ di bicchiere*** culo de vaso; ***avere ~*** *vulg* tener potra (*coloq*); ***avere la faccia come il ~*** *vulg* tener más cara que espalda (*estánd*); ***che ~!*** *vulg* ¡qué potra! (*coloq*), ¡qué chorra! (*coloq*); ***col ~ a/per terra*** *adv vulg* en la puta calle; ***essere ~ e camicia*** ser uña y carne; ***farsi un ~ così*** *vulg* ir de culo, darse una paliza (*coloq*); ***leccare il ~ a q*** *vulg* lamerle el culo a alg; ***pigliare q per il ~*** *vulg* chotearse de alg (*coloq*); ***va' a fare in ~!*** *vulg* ¡vete a la mierda!, ¡vete a tomar por saco/culo!, ¡que te den por saco/culo!; **~ne, -a** *m/f irón* culón, -ona; **~ttes** [ky'lɔtt, ku'lɔt] *fpl* culotte *f*
culteran|esimo *m* culteranismo; **~o, -a** *adj/s* culterano, -a
cult-movie ['kalt'muvi] *m inv* película de culto *f*
culto *m relig tamb. fig* culto ◊ ***~ della personalità*** culto a la personalidad; **~re, -trice** *m/f* (*arte, literatura*) cultivador, -a
cultur|a *f* cultura; **~ale** *adj* cultural; **~ismo** *m* culturismo; **~ista** *m/f* culturista
cumino *m bot* comino
cumul|are ‹*esd*› *vt* acumular; **~ativo, -a** *adj* acumulativo, -a; **~o** *m meteo tamb. fig* cúmulo
cuna *f elev/fig* cuna (*estánd*)
cuneiforme *adj* cuneiforme
cuneo *m* cuña *f*
cunetta *f* cuneta
cunicolo, -a 1. *m* galería subterránea *f*, pasadizo; **2.** *adj* (*de la cría de conejos*) cunícola
cuocere ‹*cuocio; cossi; cotto*› V. 19 **1.** *vt gastr* cocer, cocinar, asar; ***~ alla griglia, sulla brace***

asar/hacer a la parrilla, a la brasa; (*sol*) tostar; *tecn* cocer; **2.** *vi* 1. *gastr* cocerse, hacerse; 2. (*ofensa*) escocer; **3. ~rsi** 1. *gastr* quemarse; 2. concomerse, afligirse

cuoco, -a (*m pl* **-chi**) *m/f* cocinero, -a

cuoiaio (*pl* **-ai**) (*var.* **coiaio**) *m* curtidor

cuoio (*pl* **-oi**) *m* 1. cuero; 2. pellejo, piel *f* ◊ **~ *capelluto*** cuero cabelludo; ***tirare le cuoia*** estirar la pata, palmarla

cuorcontento (*var.* **corcontento**, **cuor contento**) *m/f inv* ="persona satisfecha y feliz" *f*

cuore 1. *m* 1. *med tamb. fig* corazón; 2. *bot* cogollo; (*alcachofa*) corazón; **2.** *mpl* (*naipes*) corazones ◊ **~ *di mare/~ edule*** *zool* berberecho; ***a/su ~ aperto*** *adv* a corazón abierto; ***accettare di buon ~*** aceptar de corazón, aceptar de buen grado; ***amico del ~*** *m* amigo del alma; ***avere a ~ qc*** estimar u-c, tener aprecio a u-c; ***avere q nel ~*** tener a alg en el corazón; ***battere il ~*** latir el corazón; ***col ~ in mano*** *adv* con el corazón en la mano; ***cuor di coniglio*** *adj* gallina (*m/f*), miedica (*m/f*); ***di buon ~*** *adj* de buen corazón; ***farsi ~*** darse ánimo; ***nel ~ della notte, dell'inverno*** *adv* en plena noche, en pleno invierno, en el corazón de la noche, del invierno; ***perdersi di ~*** caérsele el alma a los pies (a alg); ***prendere a ~ qc*** tomarse a pecho u-c; ***sentire un tuffo al ~*** dar un vuelco el corazón; ***stare a ~ qc*** tenerle cariño a u-c, sentir debilidad por u-c; ***strappare il ~*** romper el corazón; ***stringere il ~ a q*** encogérsele el corazón a alg

cupezza *f elev* lobreguez, negrura

cupidigia (*pl* **-gie**) *f* codicia

cupido, -a *adj elev* codicioso, -a

cupido *m arte* amorcillo

Cupido *m mitol* Cupido

cupo, -a *adj* sombrío, -a, tenebroso, -a; (*color*) oscuro, -a; (*sonido*) sordo, -a, apagado, -a; (*voz*) ronco, -a; **~la** *f arq tamb. fig* cúpula

cupri|co, -a *adj quím* cúprico, -a; **~te** *f min* ziguelina

cura *f* 1. cuidado *m* (**di** de), desvelo *m* (**di** por); ***la ~ dei figli*** *el cuidado de los hijos*; esmero *m*, diligencia; ***lavorare con ~*** *trabajar con diligencia*; 2. *med* tratamiento *m*; **~ *a base di antibiotici*** *tratamiento a base de antibióticos*; *med* cuidado *m*; **~*e mediche*** *cuidados médicos* ◊ **~ *del sonno*** cura de sueño; **~ *di bellezza*** tratamiento de belleza; ***a ~ di*** *prep* (*edición, traducción...*) al cuidado de; ***avere/prendersi ~ di q*** cuidar a/de alg; ***avere/prendersi ~ di qc*** ocuparse de u-c, preocuparse por u-c; ***casa di ~*** *f* sanatorio (*m*), clínica; **~bile** *adj* curable; **~çao** (*var.* **curassò**, **curasò**) *m* curasao; **~nte: medico ~** *m* médico de cabecera; **~re 1.** *vt* 1. *med* tratar, curar; **~ *un paziente*** *tratar a un paciente*; **~ *una ferita*** *curar una herida*; 2. cuidar *vi* (**q** de alg), ocuparse *vi* (**q** de alg), atender *vi* (**q** a alg), velar *vi* (**q** por alg); 3. (*libro, edición*) preparar, editar; **2. ~rsi** 1. cuidarse; ***si cura molto*** *se cuida mucho*; 2. preocuparse; ***non si cura delle critiche*** *no se preocupa por las críticas*; **~ro** *m* curare

curassò, curasò V. **curaçao**

curat|ela *f jur* curatela, curaduría; **~ivo, -a** *adj* curativo, -a; **~o** *m relig* cura, párroco; **~ore, -trice** *m/f* 1. *jur* curador, -a; 2. (*libro, edición*) editor, -a

curcuma *f bot* cúrcuma

curdo, -a *adj/s* kurdo, -a, curdo, -a

curia *f* curia; **~le** *adj* curial

curios|aggine *f* fisgoneo *m*; **~are** *vi* ‹*avere*› curiosear, fisgar, fisgonear; **~ità** *f inv* curiosidad *f*; **~o, -a** *adj/s* curioso, -a

curricolare *adj* curricular

curriculum *m inv* currículum (vitae), currículo *m*

curry *m inv gastr* curry

cursore *m informát/mec* cursor

curv|a *f* curva ◊ **~ *di livello*** curva de nivel; **~ *sud*** *sport* gol sur (*m*), fondo sur (*m*); **~are 1.** *vt* curvar, combar; **2.** *vi* ‹*avere*› *auto* girar; **~atura** *f* curvatura, encorvadura; **~ilineo, -a** *adj* curvilíneo, -a; **~o, -a** *adj* curvo, -a

cuscin|etto *m* 1. *tecn* cojinete, rodamiento; 2. *impr* (*cuño*) tampón; (*alfiler*) almohadilla *f*; 3. *coloq* (*grasa en cintura y piernas*) michelines *mpl*; 4. *informát* (*signo #*) almohadilla *f* ◊ **~ *a sfere, a rotolamento*** cojinete/rodamiento de bolas, de rodillo; **~o** *m* cojín, almohadón; (*para dormir*) almohada *f*

cuscùs *m inv* cuscús *m*

cuspide *f* cúspide

custod|e 1. *m/f* vigilante, guardia, guardián, -ana; **2.** *adj* custodio, -a ◊ ***angelo ~*** *m* ángel custodio; **~ia** *f* 1. custodia, vigilancia; 2. funda, estuche *m* ◊ ***agente di ~*** *m* vigilante de prisiones; **~ire** ‹*isc*› *vt* custodiar, guardar

cut|aneo, -a *adj* cutáneo, -a; **~e** *f* cutis *m inv*, tez; **~icola** *f* cutícula

cutrettola *f zool* aguzanieve

cutter *m inv* 1. *nav* cúter *m*; 2. (*para cortar*) cúter *m*

CV (*Cavallo Vapore*) *abr* (*Caballo de Vapor*) CV

cyber|caffè *m inv* cybercafé *m*; **~spazio** (*pl* **-zi**) *m* cyberespacio

cyclette [si'klɛt] *f inv* ciclostatic *f*, bicicleta estática *f*

czarda V. **ciarda**

D

da *prep* 1. (*lugar desde el cual*) de, desde; ***vengo ~ Cosenza*** *vengo de/desde Cosenza*; ***viaggiare ~ Siena a Siviglia*** *viajar de/desde Siena hasta/a Sevilla*; ***lo spagnolo proviene dal latino*** *el español proviene del latín*; 2. (*lugar en el cual*) en casa de, donde (*Am*); ***abito ~ mio zio*** *vivo en casa de mi tío*; ***ci vediamo ~ Lara*** *nos vemos en casa de Lara, nos vemos donde Lara*; (*lugar al cual*) a, a casa de, donde (*Am*); ***andiamo***

dal dottore *vamos al médico;* ***vengo ~ te*** *voy a tu casa;* 3. (*agente*) por; ***la trasmissione è seguita ~ molte persone*** *el programa es seguido por muchas personas;* 4. (*causa*) de; ***tremare dal freddo*** *temblar de frío;* 5. (*medio*) por; ***riconoscere q dalla voce*** *reconocer a alg por la voz;* 6. (*tiempo*) desde hace, hace ... que; ***non la vedo ~ cinque anni*** *no la veo desde hace cinco años/hace cinco años que no la veo;* 7. (*finalidad*) de; ***auto ~ corsa*** *coche de carreras;* ***cane ~ caccia*** *perro de caza;* ***occhiali ~ sole*** *gafas de sol;* para; ***c'è qc ~ bere?*** *¿hay algo para/de beber?;* 8. (*cualidad*) de; ***una ragazza dai capelli bruni*** *una chica de pelo moreno;* ***il signore dai baffi*** *el señor de bigotes;* ***cieco ~ un occhio*** *ciego de un ojo;* 9. (*modo*) como; ***comportarsi ~ vero amico*** *comportarse como un verdadero amigo;* ***sono così stanchi ~ non poter stare in piedi*** *están tan cansados que no se tienen en pie;* de; ***fare ~ padre*** *hacer de padre;* 10. (*precio, estimación*) de; ***una macchina ~ venti milioni*** *un coche de veinte millones* ◊ ***~ capo*** *adv* desde el principio; ***~ oggi in poi*** de hoy en adelante, en lo sucesivo; ***~ solo*** *adv* sólo

dabbasso *adv* abajo

dabben|aggine *f* simpleza, cortedad; **~e** *adj inv* honrado, -a *adj*, probo, -a *adj*, de bien ◊ ***gente ~*** *f* gente de bien

daccapo 1. *adv* desde el principio, de nuevo; ***cominciamo ~*** *empezamos desde el principio;* **2.** *adv/m inv mús* da capo

dacché *conj* (+ *indicativo*) desde que

dacico, -a (*m pl* **-ci**) *adj/s hist* dacio, -a

dadais|mo *m arte* dadaísmo; **~ta** *adj/s arte* dadaísta

dado *m* 1. (*juego*) dado; 2. *gastr* (*comida*) dado; (*caldo*) cubito; 3. *arq* pedestal; 4. *mec* tuerca *f*

daffare *m inv* quehacer *m*, tarea *f*, faena *f*

daga (*pl* **-ghe**) *f* daga

dagherrotipo *m foto* daguerrotipo

dagli! *excl* ¡dale!, ¡vamos! ◊ ***e ~!*** ¡y dale!

daino *m zool* gamo

dalia *f bot* dalia

dalma|ta *adj/s* dálmata; ***~zia** *f geogr* Dalmacia

daltoni|co, -a (*m pl* **-ci**) *adj/s* daltónico, -a; **~smo** *m* daltonismo

dama *f* 1. (*persona*) dama; 2. (*juego*) damas *fpl;* ***giocare a ~*** *jugar a las damas;* (*tablero*) damero *m* ◊ ***~ di compagnia*** dama/señorita de compañía; ***~ d'onore*** dama de honor; ***andare a ~*** (*juego*) ir a la dama

damas|care *vt* adamascar; **~cato, -a** *adj* adamascado, -a, damasquinado, -a; **~catura** *f* adamascado *m;* **~chinare** *vt* damasquinar; **~chinatore, -trice** *m/f* damasquinador, -a; **~co** (*pl* **-schi**) *m* damasco

damerino *m* galán, donjuán; *desp* petimetre, lechuguino, pisaverde

dami|gella *f* damisela, doncella ◊ ***~ di compagnia*** dama/señorita de compañía; ***~ di onore*** dama de honor; **~giana** *f* garrafa, damajuana, damesana (*Am*)

dammeno *adv* menos; ***non siamo ~ di voi*** *no somos menos que vosotros*

danaro V. **denaro**; **~so, -a** *adj* adinerado, -a

dancing ['dɛnsin] *m inv* salón de baile *m*, bailadero *m*

dande *fpl* andadores *mpl*

danese *adj/s* danés, -esa, dinamarqués, -esa

Danimarca: la ~ *f* Dinamarca (!)

danna|re 1. *vt relig* condenar; **2. ~rsi** 1. *relig* condenarse; 2. atormentarse ◊ ***~rsi l'anima*** desesperarse, reconcomerse; **~tamente** *adv* por desgracia; **~to, -a** *adj/s* 1. *relig* condenado, -a; ***le anime ~e*** *las almas condenadas (al infierno);* 2. condenado, -a, maldito, -a; ***dov'è quel ~ libro?*** *¿dónde estará ese maldito/condenado libro?* ◊ ***come un ~/come un'anima ~a*** *adv* como un condenado, como una condenada; **~zione 1.** *f relig* condenación, perdición; **2.** *excl* ¡maldición!

danneggia|mento *m* daño, perjuicio; **~re** *vt* dañar, perjudicar; **~to, -a** *adj/s* damnificado, -a, perjudicado, -a

danno *m* daño, perjuicio; *jur/med* lesión *f* ◊ ***~i collaterali*** daños colaterales; ***ai ~i di q*** *prep* en detrimento de alg, en perjuicio de alg; ***chiedere i ~i*** pedir daños y perjuicios; ***oltre al ~ la beffa*** ser cornudo y apaleado, quedarse compuesta y sin novio; **~so, -a** *adj* dañino, -a, nocivo, -a, perjudicial (**a** para)

dant|esco, -a (*m pl* **-chi**) *adj tamb. fig* de Dante; **~ista** *m/f* dantista

danubi|ano, -a *adj* danubiano, -a; ***~o** *m* Danubio

danza *f* danza, baile *m* ◊ ***~ classica*** ballet clásico (*m*); ***~ popolare*** baile popular (*m*); **~nte** *adj* danzador, -a; **~re** *vi* ‹*avere*› danzar, bailar; **~tore, -trice** *m/f* danzarín, -ina, danzante

dapp|ertutto *adv* por todas partes, por todos lados; **~iè** (*var.* **dappiede**) *adv elev* a los pies, al pie; **~iù** (*var.* **da più**) *adj inv elev* mejor, superior; ***credersi ~ di tutti*** *creerse mejor que nadie*

dappoc|aggine *f* poquedad, simpleza, incapacidad; **~o** *adj inv* 1. (*persona*) simple *adj*, inepto, -a *adj;* 2. (*cosa*) irrelevante *adj*, insignificante *adj*

dappresso *adv* de cerca

dapprima *adv* al principio

dapprincipio *adv* al principio, inicialmente

dard|eggiare *vt elev* flechar; **~o** *m* dardo

dare ‹*do; diedi/detti; dato*› V. 20 **1.** *vt/i* ‹*avere*› dar; **2. ~rsi** darse; **3.** *m com* debe ◊ ***~ ad intendere*** dar a entender; ***~ aiuto*** prestar auxilio; ***~ alla testa*** (*vino, gloria*) subirse a la cabeza; ***~ a vedere*** dejar ver, hacer ver; ***~ da fare*** dar (mucho) trabajo; ***~ da pensare*** dar que pensar; ***~ del lei*** tratar de usted; ***~ del tu*** tratar de tú, tutear; ***dar(e) fastidio*** molestar, estorbar; ***dar(e) fuoco*** pegar fuego; ***~ il buongiorno (a q)*** desear(le)/decir(le a alg) buenos días; ***~ la buonanotte (a q)*** dar(le a alg) las buenas noches;

dar(e) nel segno dar en el blanco; **~ *nell'occhio*** llamar la atención, saltar a la vista; **~ *sulla strada*** dar/mirar a la calle; **~ *sul/al rosso, verde... (qc)*** tirar a rojo, a verde (u-c); **~ *sul pedante*** tirar a pedante; **~ *una bastonata*** dar/propinar una paliza; **~ *una mano a q*** echar una mano a alg; ***~rsi alla musica, alla pittura, all'alcol...*** darse/entregarse a la música, a la pintura, al alcohol...; ***~rsi da fare (per)*** preocuparse (por), afanarse (por); ***~rsi per vinto*** darse por vencido; ***dai!*** ¡venga!, ¡hala!; ***darsela a gambe*** salir por piernas, echar a correr; ***il ~ e l'avere*** *com* el debe y el haber; ***non ~rsi pace*** no parar, no cejar; ***può ~rsi che*** es posible que, podría ser que; ***si dà il caso che*** se da el caso que, da la casualidad que, sucede que

Dario *m* Darío

darsena *f* dársena

darvinis|mo V. **darwinismo**; **~ta** V. **darwinista**

darwinis|mo [darvi'nismo] (*var.* **darvinismo**) *m* darwinismo; **~ta** [darvi'nista] (*var.* **darvinista**) *adj/s* darwinista

data *f* fecha ◊ **~ *limite*** fecha tope, fecha límite; ***in quella ~*** *adv* en/por aquellas fechas; ***di vecchia ~*** *adj* rancio, viejo; ***in ~ odierna*** *adv* a fecha de hoy; **~base** ['data'bejz] *m inv informát* base de datos *f*; **~bile** *adj* datable; **~phone** ['datafon] *m inv* datáfono *m*; **~ processing** ['data pro'sesin] *m inv informát* proceso de datos *m*; **~re 1.** *vt* fechar; **~ *una lettera*** *fechar una carta*; datar; **~ *un quadro, un manoscritto*** *datar un cuadro, un manuscrito*; **2.** *vi* remontarse (**da** a) ◊ ***a ~ da oggi, da domani*** *adv* a contar desde hoy, mañana; **~rio** (*pl* **-ri**) *m impr* fechador; **~to, -a** *adj* anticuado, -a (!); **~zione** *f* datación

dativo *m ling* dativo

dato, -a 1. *adj* 1. dado, -a, determinado, -a; ***in ~i casi*** *en determinados casos*; 2. (*vicio*) dado, -a, entregado, -a (**a** a); 3. dado, -a, teniendo en cuenta *inv*; ***~e le circostanze*** *dadas las circunstancias*; **2.** *m* dato; **~re, -trice** *m/f* dador, -a ◊ **~ *di lavoro*** empleador, -a, empresario, -a

dattero *m bot* dátil

dattilo *m* dáctilo; **~grafare** ‹*esd*› *vt* mecanografiar; **~grafia** *f* mecanografía, dactilografía; **~grafico, -a** (*m pl* **-ci**) *adj* mecanográfico, -a, dactilográfico, -a; **~grafo, -a** *m/f* mecanógrafo, -a, dactilógrafo, -a; **~scopia** *f* dactiloscopia; **~scritto, -a 1.** *adj* escrito, -a a máquina, mecanografiado, -a; **2.** *m* (*texto escrito a máquina listo para la imprenta*) original

dattorno *adv* alrededor; cerca ◊ ***darsi ~*** esforzarse, preocuparse; ***stare ~ a q*** darle la lata a alg, no dejar a alg en paz; ***togliersi q ~*** quitarse a alg de encima

davan|ti 1. *adv* delante; ***mettersi ~*** *ponerse delante*; **2.** *adj inv* de delante, anterior; ***la parte ~*** *la parte de delante*; **3.** *m inv* delantera *f*, parte de delante *f*; ***il ~ della casa*** *la parte de delante de la casa* ◊ **~ *a*** *prep* delante de; **~zale** *m* 1. *arq* alféizar, antepecho; 2. *irón/fig* (*seno grande*) delantera *f*

d'avanzo (*var.* **davanzo**) *adv* de sobra; ***averne ~*** *tener de sobra*

davvero *adv* de verdad, en serio ◊ **~?** ¿de verdad?, ¡no me diga(s)!

day hospital [dei'ɔspital] *m inv med* hospital de día *m*

dazi|are *vt* gravar; **~ario, -a** (*m pl* **-ri**) *adj* aduanero, -a; **~ere** *m* policía de aduanas; **~o** (*pl* **-zi**) *m* 1. derechos de aduana *mpl*, arancel; (*impuesto municipal*) consumos *mpl*; 2. *hist* (*lugar*) fielato; **~one** *f jur* dación ◊ **~ *in pagamento*** dación en pago

d.C. (*dopo Cristo*) *abr* (*después de Cristo*) d. C., d. de C., d. de J.C.

DC (*Democrazia Cristiana*) *abr/f hist* ="partido de centro de inspiración cristiana"

DDL (*Disegno di Legge*) *abr* Proyecto de Ley

dea *f* diosa

dealer ['diler] *m inv econ* dealer, distribuidor *m*

deambula|re ‹*esd*› *vi* ‹*avere*› deambular; **~tore** *m* (*aparato*) andador; **~torio, -a** (*m pl* **-ri**) **1.** *adj* deambulatorio, -a; **2.** *m arq* deambulatorio; **~zione** *f* locomoción

débâcle [de'bakl] *f inv* debacle *f*

debbo... V. **dovere**

debella|re *vt* (*vencer*) debelar (*elev*); **~zione** *f* debelación

debilit|à *f inv elev* debilidad *f* (*estánd*); **~are** ‹*esd*› *vt* debilitar; **~azione** *f* debilitamiento *m*

debitamente *adv* debidamente

debito, -a 1. *adj* debido, -a, oportuno, -a; **2.** *m com/jur* deuda *f* (!), débito; *fig* deuda *f*; ***sentirsi in ~ /con q*** *sentirse en deuda con alg*; *relig* débito ◊ **~ *coniugale*** débito conyugal; **~ *di gratitudine*** deuda de gratitud (*f*); **~ *pubblico, esterno, fluttuante*** deuda pública, exterior, flotante; ***a tempo ~*** *adv* a su debido tiempo; ***col ~ rispetto*** *adv* con el debido respeto

debito|re, -trice *m/f* deudor, -a; **~rio, -a** (*m pl* **-ri**) *adj* deudor, -a

debole 1. *adj* débil; **2.** *m* 1. débil, oprimido; 2. punto débil, talón de Aquiles; ***colpire q nel suo ~*** *tocarle a alg su punto débil*; debilidad *f*; ***avere il ~ del gioco*** *tener debilidad por el juego*

debolezza *f* debilidad, flojedad

debordare *vi* ‹*avere*› (*agua*) desbordarse

debosciato, -a *adj/s* disoluto, -a, depravado, -a, crápula *m*

debraiata (*var.* **debragliata** *f*, **debrayage** *m inv*) *f auto* desembrague *m*

deburocratizzare *vt* desburocratizar

debutt|ante *adj/s* debutante; **~are** *vi* ‹*avere*› debutar; **~o** *m* debut, estreno

deca *m inv hist coloq* ="billete de diez mil liras" *m*

decaddi... V. **decadere**

decade *f* década

decadent|e *adj* decadente; **~tismo** *m arte* decadentismo; **~za** *f* decadencia; *jur* caducidad, extinción

decadere ‹*caddi; cadrà; caduto*› V. 8 *vi* 1. decaer, menguar; 2. *jur* (*cargo*) cesar, concluir; **~ *da una carica*** *cesar en un cargo*; (*derecho*) perder
decadimento *m* decadencia *f*
decaedro *m* decaedro
decaffein|are (*var.* **decaffeinizzare**) *vt* descafeinar; **~ato, -a** *adj/m* descafeinado, -a; **~izzare** *vt* descafeinar; **~izzato, -a** *adj* descafeinado, -a
decagono *m* decágono
decagrammo (*var.* **decagramma**) *m* decagramo
décalage [deka'laʒ] *m inv psicol* décalage, desfase *m*
decalcare *vt* calcar
decalcifica|re ‹*esd*› *vt* descalcificar; **~tore** *m* descalcificador; **~zione** *f* descalcificación
decalcomania *f* calcomanía
decalitro *m* decalitro
decalogo (*pl* **-ghi**) *m* decálogo
decametro *m* decámetro
decan|ato *m* decanato; **~o** *m* 1. (*el más viejo*) decano; 2. *relig* deán
decanta|re 1. *vt* 1. ensalzar, alabar, decantar (*elev*); 2. *quím* decantar; 3. (*recuerdos...*) depurar, purificar; **2.** *vi quím* decantarse; **~zione** *f* 1. *quím* decantación; 2. (*recuerdos...*) depuración
decapa|ggio *m metal* decapado; **~re** *vt metal* decapar
decapita|lizzare *vt* descapitalizar; **~re** ‹*esd*› *vt* decapitar; **~zione** *f* decapitación
decappotta|bile *adj* descapotable; **~re** *vt* descapotar
decasillabo *m* decasílabo
decatleta *m/f* atleta de decatlón
decatlon *m sport* decatlón
decedere *vi* fallecer
deceduto, -a *adj/s* fallecido, -a
decelera|re ‹*esd*› *vt/i* ‹*avere*› desacelerar; **~zione** *f* desaceleración
decemvirato *m hist* decenvirato
decemviro *m hist* decenviro
decenn|ale 1. *adj* decenal; **2.** *m* décimo aniversario; **~e 1.** *adj* (*persona*) de diez años; **2.** *m/f* persona de diez años; **~io** (*pl* **-ni**) *m* decenio, década *f*
decente *adj* decente
decentr|alizzare *vt* descentralizar; **~alizzazione** *f* descentralización; **~amento** *m* descentralización *f*; **~are** *vt* descentralizar
decenza *f* decencia
decerebrare *vt med* descerebrar
decespuglia|mento *m agric* desbroce, desbrozo; **~tore, -trice** *adj/m agric* desbrozador, -a
decesso *m* deceso, defunción *f*, fallecimiento, óbito
decibel (*var.* **decibel**) *m fís* decibelio
decidere ‹*decisi; deciso*› V. 61 **1.** *vt* decidir; ***ha deciso di non farlo*** *ha decidido no hacerlo*; *jur* fallar, resolver; **2. ~rsi** decidirse
decifra|bile *adj* descifrable; **~re** *vt* descifrar; **~zione** *f* desciframiento *m*
decigrammo (*var.* **decigramma**) *m* decigramo
decilitro *m* decilitro
decim|a *f* 1. *hist* diezmo *m*; 2. *mús/mat* décima; 3. *lit* décima, espinela; **~ale** *adj/m mat* decimal; **~are** ‹*esd*› *vt mil tamb. fig* diezmar; **~azione** *f* 1. estragos *mpl*; 2. *mil* ="acción de diezmar"; **~etro** *m* decímetro; **~illimetro** *m* diezmilímetro
decimo, -a *adj/m* décimo, -a
decimoprimo, decimosecondo V. **undicesimo, dodicesimo**
decina V. **diecina**
decisi... V. **decidere**
decision|ale *adj* de decisión, decisorio, -a; ***centri ~i*** *centros de decisión*; ***poteri ~i*** *poder decisorio/de decisión*; **~e** *f* decisión; *jur* decisión, resolución
decisivo, -a *adj* decisivo, -a
deciso, -a 1. *adj* decidido, -a; **2.** *pp* V. **decidere**; **~rio, -a** (*m pl* **-ri**) *adj jur* decisorio, -a
declama|re *vt/i* ‹*avere*› declamar, recitar; **~tore, -trice** *m/f* declamador, -a; **~torio, -a** (*m pl* **-ri**) *adj* declamatorio, -a; **~zione** *f* declamación
declaratorio, -a (*m pl* **-ri**) *adj jur* declaratorio, -a
declassa|mento *m* desclasamiento; **~re** *vt* desclasar
declassificazione *f pol* (*secretos*) desclasificación
declin|abile *adj* declinable; **~are 1.** *vt ling tamb. fig* declinar; **~ *un sostantivo*** *declinar un sustantivo*; **~ *ogni responsabilità*** *declinar toda responsabilidad*; **2.** *vi* ‹*avere*› 1. *tamb. fig* declinar, menguar; **~atoria** *f jur* declinatoria ◊ **~ *del foro/eccezione*** **~** *jur* declinatoria de jurisdicción; **~atorio, -a** *adj* declinatorio, -a; **~azione** *f astron/ling* declinación; **~o** *m* decadencia *f*, ocaso
declivio (*pl* **-vi**) *m* declive, pendiente *f*, cuesta *f*
decoder [de'kɔder] *m inv informát* decodificador *m*
decodifica *f* decodificación, descodificación
decodificare ‹*esd*› *vt* decodificar, descodificar
decodificatore *m* decodificador, descodificador
decodificazione *f* decodificación, descodificación
decol|lare *vi* ‹*avere*› *aero* despegar; **~eté** [dekol'te] *m inv* escote *m*; **~o** *m aero* despegue
decolonizza|re *vt* descolonizar; **~zione** *f* descolonización
decolora|nte *adj/m* decolorante; **~re** *vt* decolorar, descolorar; **~zione** *f* decoloración, descoloración
decompo|nibile *adj* descomponible; **~rre** ‹*pongo; posi; posto*› V. 56 *vt* descomponer; **~sizione** *f* descomposición; **~sto** V. **decomporre**
decompr|essione *f* descompresión; **~imere** ‹*pressi; presso*› V. 34 *vt* descomprimir
deconcentra|re *vt psicol* desconcentrar; **~zione** *f econ* desconcentración
decongelare *vt* descongelar
decongestiona|mento *m med tamb. fig* descongestión *f*; **~re** *vt med tamb. fig* descongestionar

decontaminalre ‹esd› *vt* descontaminar; **~zione** *f* descontaminación
decontestualizzalre *vt* descontextualizar; **~zione** *f* descontextualización
decoralre *vt* decorar, adornar; *mil* condecorar; **~tivo, -a** *adj* decorativo, -a; **~tore, -trice** *m/f arte* decorador, -a; **~zione** *f* 1. (*adorno*) decoración; 2. *mil* condecoración (!)
decoro *m* decoro; **~so, -a** *adj* decoroso, -a
decorrenza *f* transcurso *m*; validez; ***con ~ dal 3 marzo*** *con validez/válido desde el 3 de marzo, a contar desde el 3 de marzo*
decorrere ‹*corsi; corso*› V. 18 *vi* transcurrir, pasar; contar, tener validez; ***a ~ dal 2 aprile*** *a contar desde el/válido desde el 2 de abril*
decorso 1. *m* decurso; **2.** *pp* V. **decorrere**
decorticazione *f bot/med* decorticación
decostrulttivista *adj/s filos/lit* deconstructivista; **~zione** *f filos/lit* deconstrucción
decotto *m med* decocción *f*, decocto, pócima *f*
découpage [deku'paʒ] *m inv cine* desglose *m*
decozione *f med* decocción
decrebbi... V. **decrescere**
decremento *m* decremento, disminución *f*
decrepitlezza *f* decrepitud; **~o, -a** *adj* decrépito, -a, caduco, -a; **~udine** *f raro* decrepitud
decrescenldo *m mús* decrescendo; **~te** *adj* decreciente; **~za** *f* decrecimiento *m*
decrescere ‹*cresco; crebbi; cresciuto*› V. 16 *vi* decrecer, disminuir
decretlare *vt* decretar; **~o** *m* 1. *pol* decreto; 2. auto, mandamiento ◊ **~ *legge*** decreto ley; **~one** *m pol/period* decretazo
decubito *m med* decúbito
decupllicare ‹esd› *vt* decuplicar; **~o** *m* décuplo
decurtare *vt* descontar
decussato, -a *adj raro* decusado, -a ◊ ***croce ~a*** *f* cruz de San Andrés
dedalo *m* laberinto
Dedalo *m mitol* Dédalo
dedica *f* dedicatoria
dedicare ‹esd› *vt* dedicar
dedicatoria *f* dedicatoria
dedicazione *f relig* consagración; (*monumento*) dedicatoria
dedito, -a *adj* dedicado, -a, consagrado, -a, entregado, -a (**a** a)
dedizione *f* dedicación, entrega, consagración
dedotto V. **dedurre**
deducibile *adj econ tamb. fig* deducible, desgravable
dedurre ‹*duco; dussi; dotto*› V. 15 *vt econ/filos tamb. fig* deducir
deduttivo, -a *adj* deductivo, -a
deduzione *f econ/filos tamb. fig* deducción
defalclare *vt econ* desfalcar; **~o** (*pl* **-chi**) *m econ* desfalco
defaticarsi *sport* hacer ejercicios regenerativos
default [de'folt] *m inv informát* por defecto; ***valore, opzione di ~*** *valor, opción por defecto*
defecalre 1. *vt quím* defecar; **2.** *vi* ‹*avere*› *med* defecar; **~zione** *f* defecación
defenestralre *vt* defenestrar; **~zione** *f* defenestración
defensionale *adj jur* defensivo, -a, de la defensa
deferenlte *adj* 1. deferente; 2. *med* deferente ◊ ***canale ~*** *m* conducto deferente; **~za** *f* deferencia
deferire ‹isc› *vt* deferir
defettibile *adj elev* defectible
defezionlare *vi* ‹*avere*› (*grupo, partido*) desertar; **~e** *f* defección
defibrillatore *m med* desfibrilador
deficienlte 1. *adj* deficiente, insuficiente; (*persona*) deficiente, retrasado, -a; **2.** *m/f* deficiente (mental), retrasado, -a (mental); *desp* imbécil, idiota; **~za** *f* deficiencia
deficit *m inv econ* déficit *m*; **~ario, -a** (*m pl* **-ri**) *adj econ* deficitario, -a
definilbile *adj* definible; **~re** ‹isc› *vt* definir; (*discusión*) resolver; **~tivo, -a** *adj* definitivo, -a ◊ ***in ~a*** *adv* en definitiva; **~to, -a** *adj* definido, -a; **~tore, -trice 1.** *adj* definitorio, -a; **2.** *m/f* definidor, -a; *relig* definidor, -a; **~zione** *f* definición ◊ ***ad alta ~*** *adj TV* de alta definición; ***per ~*** *adv* por definición
deflalgrare *vi* ‹*avere*› *quím tamb. fig* deflagrar; **~grazione** *f quím tamb. fig* deflagración; **~zione** *f econ* deflación; **~zionistico, -a** (*m pl* **-ci**) *adj econ* deflacionista, deflacionario, -a
deflessi..., deflesso V. **deflettere**
deflessione *f fís tamb. fig* deflexión
deflettere ‹*flessi; flesso*› V. 62 *vi* ‹*avere*› *tamb. fig* apartarse (**da** de), desviarse (**da** de)
deflettore *m mec* deflector
defloralre *f* desflorar, desvirgar; **~zione** *f* desfloración
deflulire ‹isc› *vi tamb. fig* fluir; **~sso** *m* (*líquidos, fig*) flujo, afluencia *f*; (*río*) caudal; (*capitales*) flujo
defoglialnte *adj/m* defoliante; **~zione** *f* defoliación
deforestalre *vt* deforestar, desforestar; **~zione** *f* deforestación, desforestación
deformlare *vt* deformar; **~azione** *f* deformación ◊ **~ *professionale*** deformación profesional; **~e** *adj* deforme; **~ità** *f inv* deformidad *f*
defraudalre *vt* defraudar; **~tore, -trice** *m/f* defraudador, -a; **~zione** *f* defraudación
defunto, -a *adj/s* difunto, -a, fallecido, -a
degassificalre ‹esd› *vt* desgasificar; **~zione** *f* desgasificación
degeneralre ‹esd› *vi* ‹*avere*› degenerar; **~tivo, -a** *adj* degenerativo, -a; **~to, -a** *adj/s* degenerado, -a; **~zione** *f* degeneración
degenere *adj* degenerado, -a, depravado, -a
degenlte *adj/s* encamado, -a, enfermo, -a en cama; hospitalizado, -a, internado, -a (*Am*); **~za** *f* hospitalización, internación (*Am*) ◊ **~ *ospedaliera*** estancia hospitalaria
deglutilre ‹isc› *vt* deglutir; **~zione** *f* deglución

degn|are 1. *vt* estimar digno; ***non ~ q di uno sguardo*** *no estimar a alg digno ni de una mirada*; **2. ~rsi** dignarse; ***non ~rsi di rispondere (a q)*** *no dignarse a responder (a alg)*; **~azione** *f* dignación, condescendencia; **~o, -a** *adj* 1. digno, -a, adecuado, -a; 2. digno, -a, merecedor, -a ◊ **~ *di fede*** digno de crédito; **~ *di nota*** digno de mención
degrad|abile *adj quím* degradable; **~ante** *adj* degradante; **~are** *vt* degradar; **~azione** *f* degradación ◊ **~ *meteorica*** *geol* intemperismo (*m*); **~o** *m* degradación *f*
degusta|re *vt* degustar; **~zione** *f* degustación
deh! [dɛ] *excl elev* ¡oh!, ¡ah!
dei V. **dio**
deiezione *f geol/med* deyección
deifica|re ‹*esd*› *vt* deificar, divinizar; *fig* endiosar; **~zione** *f* deificación, divinización; *fig* endiosamiento *m*
deiscen|te *adj bot* dehiscente; **~za** *f bot* dehiscencia
deismo *m* deísmo
deissi *f inv ling* deixis
deista *m/f* deísta
deità *f inv* deidad *f*, divinidad *f*
deittico, -a (*m pl* **-ci**) *adj/m ling* deíctico, -a
déjà-vu [de'za'vy] *adj/m inv* déjà-vu, ya visto
del credere *m com* del credere
dela|tore, -trice *m/f* delator, -a; **~zione** *f* delación
delega (*pl* **-ghe**) *f* (*acción*) delegación
delega|re ‹*esd*› *vt* delegar; **~to, -a** *adj/s* delegado, -a
delegazione *f* delegación
deleterio, -a (*m pl* **-ri**) *adj* deletéreo, -a
delfino *m* 1. *hist tamb. fig* delfín; 2. *zool* delfín
deliba|re *vt elev* libar, degustar; **~zione** *f* libación, degustación
delibera *f* deliberación
deliberare ‹*esd*› *vi* ‹*avere*› deliberar
deliberato, -a 1. *adj* 1. deliberado, -a, acordado, -a; 2. deliberado, -a, premeditado, -a; **2.** *m* deliberación *f*, acuerdo
deliberazione *f* deliberación
delicat|ezza *f* 1. (*tacto, finura*) delicadeza; 2. *gastr tamb. fig* gollería; **~o, -a** *adj tamb. fig* delicado, -a
delimita|re ‹*esd*› *vt* delimitar, deslindar, acotar; **~zione** *f* delimitación, deslinde *m*, acotación
delinea|mento *m* delineación *f*; **~re** ‹*esd*› **1.** *vt arte tamb. fig* delinear; **2. ~rsi** delinearse, dibujarse
delinquen|te *m/f* 1. *jur* delincuente; 2. *irón* sinvergüenza, gamberro, -a; **~za** *f* 1. *jur* delincuencia; 2. gamberrismo *m* ◊ **~ *minorile*** delincuencia juvenil; **~ziale** *adj* delictivo, -a
delinquere *vi* ‹*avere*› delinquir
deliquescenza *f* delicuescencia
deliquio (*pl* **-qui**) *m* deliquio, desmayo
delir|ante *adj* delirante; **~are** *vi* ‹*avere*› delirar, desvariar; **~io** (*pl* **-ri**) *m* delirio, desvarío ◊ **~ *di grandezza*** delirios de grandeza (*mpl*); **~ium tremens** *m inv* delírium trémens
delitt|o *m* delito, crimen ◊ **~ *passionale*** crimen pasional; **~uoso, -a** *adj* delictivo, -a
delizi|a *f* delicia; **~are** *vt* delectar, recrear; **~oso, -a** *adj* delicioso, -a
delocalizza|re *vt econ* deslocalizar; **~zione** *f econ* deslocalización
delt|a 1. *f* (*letra*) delta; **2.** *m geogr* delta; **~aplano** *m aero/sport* ala delta *f*; **~oide** *adj/m med/geom* deltoides *inv*
delucida|re ‹*esd*› *vt* dilucidar; **~zione** *f* dilucidación
deludere ‹*delusi; deluso*› V. 10 *vt* desilusionar, decepcionar, defraudar
delus|ione *f* desilusión, decepción, chasco *m*; **~o, -a 1.** *adj* desilusionado, -a, decepcionado, -a; **2.** *pp* V. **deludere**
demagog|ia (*pl* **-gie**) *f* demagogia; **~ico, -a** (*m pl* **-ci**) *adj* demagógico, -a; **~o** (*m pl* **-ghi**) *m/f* demagogo, -a
demandare *vt* delegar (**qc a q** u-c en alg), confiar (**qc a q** u-c a alg)
demaniale *adj jur* demanial
demanio (*pl* **-ni**) *m jur* patrimonio nacional, hacienda pública *f*
demarca|re *vt* demarcar; **~zione** *f* demarcación
demen|te *adj/s* 1. *med* demente; 2. (*insulto*) bobo, -a, estúpido, -a; **~za** *f* 1. demencia; 2. estupidez; **~ziale** *adj* demencial
demerit|are ‹*esd*› *vt/i* ‹*avere*› desmerecer; **~o** *m* demérito, desmerecimiento
demilitarizza|re *vt* desmilitarizar; **~zione** *f* desmilitarización
demineralizzare *vt* desmineralizar
demistifica|re ‹*esd*› *vt* desmitificar; **~zione** *f* desmitificación
demitizzare *vt* desmitificar
democrati|cità *f inv* cualidad de democrático *f*; **~co, -a** (*m pl* **-ci**) **1.** *adj* democrático, -a; **2.** *m/f* demócrata ◊ ***Democratici di Sinistra (Ds)*** *mpl* (*partido mayoritario en la izquierda italiana*) Demócratas de Izquierda; **~zzare** *vt* democratizar; **~zzazione** *f* democratización
democrazia *f* democracia
democristiano, -a *adj/s* democristiano, -a
démodé *adj inv* démodé, pasado, -a de moda *adj*, desfasado, -a *adj*
demodulare *vt electrón* demodular
demografi|a *f* demografía; **~co, -a** (*m pl* **-ci**) *adj* demográfico, -a
demoli|re ‹*isc*› *vt* demoler; *auto* desguazar; **~tore, -trice 1.** *adj* demoledor, -a; **2.** *m/f* demoledor, -a; *auto* desguazador, -a; **~zione** *f* demolición; *auto* desguace *m*
demologia (*pl* **-gie**) *f* (*estudio*) folclore *m*, etnología
demoltiplica *f mec* desmultiplicación, reducción
demoltiplicare ‹*esd*› *vt mec* desmultiplicar, reducir
demoltiplicatore *m mec* desmultiplicadora *f*, reductora *f*
demoltiplicazione *f mec* desmultiplicación
demone *m* (*religiones antiguas*) demonio, genio

demonetizza|re *vt econ* desmonetizar; **~zione** *f econ* desmonetización
demoniaco, -a (*m pl* **-ci**) *adj* demoniaco, -a, demoníaco, -a
demonico, -a (*m pl* **-ci**) *adj* demoniaco, -a, demoníaco, -a
demonio (*pl* **-ni**) *m* demonio ◊ ***avere il ~ in corpo*** tener el diablo en el cuerpo
demonizza|re *vt* satanizar; **~zione** *f* demonización
demoralizza|nte *adj* desmoralizador, -a; **~re** *vt* desmoralizar; **~zione** *f* desmoralización
demordere ‹*morsi; morso*› V. 45 *vi* ‹*avere*› soltar la presa, desistir
demoscopia *f* demoscopia
Demostene *m hist* Demóstenes
demotiva|re *vt* desmotivar; **~zione** *f* desmotivación
denaro 1. *m* 1. *econ* dinero; 2. *hist* denario; **2.** *mpl* (*naipes*) oros ◊ ***~ contante*** dinero contante (y sonante); ***~ che scotta, sporco*** dinero caliente, sucio; ***~ spicciolo*** dinero suelto
denatalità *f inv* disminución de la natalidad *f*
denatura|re *vt quím* desnaturalizar; **~zione** *f quím* desnaturalización
denazionalizza|re *vt* desnacionalizar, privatizar; **~zione** *f* desnacionalización, privatización
dinega|re ‹*esd/denego*› *vt* denegar, negar; **~zione** *f* denegación
dengue *f inv med* dengue *m*
denicotinizzare *vt* desnicotinizar
denigra|re *vt* denigrar; **~tore, -trice** *m/f* difamador, -a; **~zione** *f* denigración
denomina|re ‹*esd*› *vt* denominar; **~tivo, -a** *adj* denominativo, -a; **~tore** *m mat* denominador; **~zione** *f* denominación ◊ ***~ di origine controllata (DOC)*** denominación de origen controlada
denota|re ‹*esd/denoto*› *vt* denotar; **~tivo, -a** *adj* denotativo, -a; **~zione** *f* denotación
dens|imetro *m fís* densímetro, areómetro; **~ità** *f inv* densidad *f*; **~o, -a** *adj* denso, -a
denta|le *adj/f ling* dental; **~rio, -a** (*m pl* **-ri**) *adj med* dentario, -a; **~ta** *f* dentellada; **~to, -a** *adj med/mec* dentado, -a; **~trice** *f tecn* talladora de dientes; **~tura** *f* dentadura
dente *m* diente ◊ ***~ canino*** colmillo; ***~ del giudizio*** muela del juicio (*f*); ***~ da latte*** diente de leche; ***~ di leone*** *bot* diente de león; ***~ incisivo*** incisivo; ***~ molare*** muela (*f*); ***a ~i stretti*** *adv* a regañadientes; ***al ~*** *gastr* al dente, en su punto; ***armato fino ai ~i*** armado hasta los dientes; ***avere il ~ avvelenato contro q*** tener la lengua afilada contra alg; ***battere i ~*** castañetear, tiritar; ***digrignare/mostrare i ~i a q*** enseñarle los dientes a alg; ***mal di ~i*** *m* dolor de muelas; ***restare a ~i asciutti*** *tamb. fig* quedarse con las ganas; ***stringere i ~i*** apretar los dientes; ***tirato con i ~i*** dicho/traído por los pelos
dentell|ato, -a *adj* (*sellos, hoja*) dentado, -a; **~atura** *f* (*sello*) dentado *m*; *arq* denticulado *m*, festoneado *m*; **~o** *m* (*sello, mec*) diente; *arq* dentículo, festón
dentice *m zool* dentón
dentiera *f* 1. dentadura, dentadura postiza; 2. *mec* cremallera
dentifricio, -a (*m pl* **-ci**, *f pl* **-cie**) *adj/m* dentífrico, -a ◊ ***pasta ~a*** *m* pasta dentífrica (*f*)
dentist|a *m/f* dentista; **~ico, -a** (*m pl* **-ci**) *adj* dental ◊ ***gabinetto ~*** *m* clínica dental (*f*)
dentizione *f med* dentición
dentro 1. *adv* dentro, adentro; **2.** *prep* dentro de; ***~ casa*** *dentro de casa*; ***~ di me*** *dentro de mí* ◊ ***darci ~*** *coloq* echar el resto, dedicarse con ahínco; ***dare ~ a qc*** poner manos a la obra en u-c; ***essere ~ a qc*** estar metido en u-c; ***essere ~*** *coloq* estar en chirona; ***mettere ~*** *coloq* enchironar
denucleariizza|re *vt* desnuclearizar; **~zione** *f* desnuclearización
denuda|mento *m* desnudamiento; **~re** *vt* 1. desnudar; 2. *geol* denudar; **~zione** *f* 1. *raro* desnudamiento *m*; 2. *geol* denudación
denuncia (*pl* **-ce/-cie**) (*var.* **denunzia**) *f* 1. *jur tamb. fig* denuncia; 2. *jur* declaración ◊ ***~ dei redditi*** declaración de la renta; ***sporgere ~*** presentar (una) denuncia; **~re** (*var.* **denunziare**) *vt* 1. *jur* denunciar; 2. declarar
denutri|to, -a *adj* desnutrido, -a; **~zione** *f* desnutrición
deodora|nte *m* desodorante; **~re** *vt* desodorizar
deontologi|a *f* deontología; **~co, -a** (*m pl* **-ci**) *adj* deontológico, -a
deossiribonucleico: acido ~ *m* ácido desoxirribonucleico
depaupera|mento *m* depauperación *f*; **~re** ‹*esd*› *vt* depauperar; **~zione** *f* depauperación
depenalizza|re *vt* despenalizar; **~zione** *f* despenalización
dépendance [depen'dans] *f inv arq* dependencia *f*, anejo *m*
depennare *vt* tachar
deperi|bile *adj* deteriorable; **~mento** *m* desgaste, deterioro, empeoramiento; **~re** ‹*isc*› *vi* deteriorarse, estropearse; *med* empeorar, desmejorar
depila|re *vt* depilar; **~tore, -trice** *adj* depilador, -a; **~torio, -a** (*m pl* **-ri**) *adj/m* depilatorio, -a; **~zione** *f* depilación
dépistage [depis'taʒ] *m inv med* despistaje *m*
depistaggio (*pl* **-gi**) *m* pista falsa *f*
depistare *vt* despistar; dejar pistas falsas
dépliant [depli'an] *m inv* folleto *m*, prospecto *m*
deplor|abile *adj* deplorable, lamentable; **~are** *vt* deplorar, lamentar; **~azione** *f* reprobación, censura; **~evole** *adj* deplorable, lamentable
depolarizza|re *vt* despolarizar; **~zione** *f* despolarización
depoliticizza|re *vt* despolitizar; **~zione** *f* despolitización
deponente 1. *adj ling* deponente; **2.** *m* 1. *ling* deponente; 2. *mat* subíndice

deporre ‹*pongo; posi; posto*› V. 56 **1.** *vt* 1. depositar; (*huevos*) poner; (*ropa, sombrero*) quitarse; (*las armas*) deponer; 2. *adm* destituir; 3. declarar; **2.** *vi jur* declarar; *fig* hablar; ***ciò depone a suo favore*** *eso habla a su favor* ◊ ***~ l'abito*** colgar los hábitos
deportalre *vt* deportar; **~to, -a** *m/f* deportado, -a; **~zione** *f* deportación
deposi... V. **deporre**
depositlante *m/f* depositante; **~are** ‹*esd*› *vt* depositar; **~ario, -a** (*m pl* **-ri**) *adj/s* depositario, -a; **~ato, -a** *adj* depositado, -a ◊ ***marchio ~*** *m* marca registrada (*f*); **~o** *m* depósito ◊ ***~ bagagli*** *transp* consigna (*f*); ***~ vincolato*** *banc* imposición a plazo fijo (*f*)
deposizione *f* deposición; *jur/pol* deposición; *relig* descendimiento *m*
deposto V. **deporre**
depravalre *vt* depravar, pervertir; **~to, -a** *adj/s* depravado, -a; **~zione** *f* depravación, perversión
deprecalbile *adj* deprecable; **~re** *vt* deprecar; **~tivo, -a** *adj* deprecativo, -a; **~torio, -a** *adj* deprecatorio, -a; **~zione** *f* deprecación
depredalre *vt* depredar; **~tore, -trice** *adj/s* depredador, -a; **~zione** *f* depredación
depressi... V. **deprimere**
depressionlario, -a (*m pl* **-ri**) *adj meteo* depresionario, -a; **~e** *f* depresión
depressivo, -a *adj med* depresivo, -a; deprimente
depresso, -a 1. *adj econ tamb. fig* deprimido, -a; **2.** *pp* V. **deprimere**; **~re** (*f* **deprimitrice**) *adj/m med* depresor, -a
depressurizzazione *f* despresurización
deprezzalmento *m* depreciación *f*, devaluación *f*; **~re** *vt* depreciar, devaluar
deprimente *adj* deprimente
deprimere ‹*depressi; depresso*› V. 34 *vt econ tamb. fig* deprimir
depuralre *vt tamb. fig* depurar; **~tivo, -a** *adj* depurativo, -a; **~tore, -trice 1.** *adj* depurador, -a; **2.** *m mec* depurador, depuradora *f* ◊ ***~ d'acqua*** depuradora (*f*); **~zione** *f tamb. fig* depuración ◊ ***impianto di ~*** *m* depuradora (*f*)
deputalre ‹*esd*› *vt* diputar, delegar; **~to, -a** *m/f* diputado, -a; **~zione** *f* (*acción, comisión*) delegación
dequalificalre ‹*esd*› *vt* descalificar; **~zione** *f* descalificación
deraglialmento *m transp* descarrilamiento; **~re** *vi* ‹*avere/essere*› *transp* descarrilar
dérapage [dera'paʒ] *m inv auto* derrapaje *m*; *aero* bandazo *m*
derapare *vi* ‹*avere*› *auto* derrapar; *aero* dar bandazos
derapata V. **déparage**
derattizzalre *vt* desratizar; **~zione** *f* desratización
derby *m inv sport* derbi *m*, derby *m*
deregolamentalre *vt* desregular; **~zione** *f* desregulación
deregolazione *f* desregulación
derelitto, -a *adj/s* desvalido, -a, desamparado, -a
derequisilre ‹*isc*› *vt* restituir; **~zione** *f* restitución
deretano *m irón* trasero
deridere ‹*derisi; deriso*› V. 61 *vt* escarnecer (**q** a alg), mofarse (**q** de alg), burlarse (**q** de alg)
derislione *f* escarnio *m*, mofa, burla; **~o** V. **deridere**; **~ore** *adj/m* escarnecedor, -a; **~orio, -a** (*m pl* **-ri**) *adj* escarnecedor, -a
deriva *f* deriva ◊ ***~ continentale*** *geol* deriva continental; ***andare alla ~*** *nav tamb. fig* ir a la deriva; **~re 1.** *vt* 1. (*agua...*) derivar, traer (**da** de); 2. deducir; 3. *mat* derivar; **2.** *vi* 1. (*agua...*) proceder, provenir (**da** de); ***le acque derivano dai ghiacciai*** *las aguas proceden de los glaciares*; 2. derivar (**da** de); ***lo spagnolo deriva dal latino*** *el español deriva del latín*; **~ta** *f mat* derivada; **~to, -a 1.** *adj* derivado, -a; **2.** *m quím/ling* derivado; **~zione** *f* derivación
derma *m inv med* dermis; **~tite** *f med* dermatitis *inv*; **~tofita** *f bot/med* dermatofito *m*, dermatófito *m*; **~tologia** (*pl* **-gie**) *f med* dermatología; **~tologico, -a** (*m pl* **-ci**) *adj med* dermatológico, -a; **~tologo, -a** (*m pl* **-gi**) *m/f* dermatólogo, -a; **~tosi** *f inv med* dermatosis
dermolide *m* polipiel, cuero sintético; **~protettore, -trice** *adj/m* dermoprotector, -a
deroga (*pl* **-ghe**) *f* derogación ◊ ***in ~ a/a ~ di*** *prep* en derogación de
derogabile *adj* derogable
derogare ‹*esd*› *vi* ‹*avere*› 1. *jur* derogar *vt* (**a qc** u-c); 2. abdicar (**a** de), renunciar (**a** a); ***~ ai propri principi*** *abdicar de sus principios*
derogatorio, -a (*m pl* **-ri**) *adj* derogatorio, -a
derogazione *f* derogación
derrate *fpl* productos del campo *mpl* ◊ ***~ alimentari*** productos alimenticios (*mpl*)
derrick ['dɛrrik] *m inv tecn* (*torre de perforación*) derrick
derubare *vt* robar (**q di qc** u-c a alg)
derviscio (*pl* **-sci**) (*var.* **dervis** *m inv*) *m relig* derviche
desacralizzare *vt* desacralizar
desalaltore V. **dissalatore**; **~zione** *f* desalación
desalinizzalre *vt* desalinizar; **~zione** *f* desalinización
desaparecido, -a [desapare'sido] (*pl* **-os**) *adj/m pol* desaparecido, -a
deschetto *m* banco de zapatero
desco (*pl* **-chi**) *m elev* mesa *f* (*estánd*)
descolarizzare *vt* desescolarizar
descrissi... V. **descrivere**
descrittlivo, -a *adj* descriptivo, -a; **~o** V. **descrivere**; **~ore, -trice 1.** *adj/s* descriptor, -a; **2.** *m informát* descriptor
descrivere ‹*descrissi; descritto*› V. 71 *vt* describir
descrivibile *adj* descriptible
descrizione *f* descripción
desensibilizzalre *vt tamb. fig* insensibilizar; **~zione** *f med* desensibilización
desertlico, -a (*m pl* **-ci**) *adj* desértico, -a; **~ificazione** *f* desertización; **~o, -a 1.** *adj jur tamb. fig*

desierto, -a; **2.** *m geogr tamb. fig* desierto ◊ ***predicare nel ~*** predicar en el desierto

déshabillé [dezabi'λe] *m inv* déshabillé

desidera|bile *adj* deseable, apetecible; **~re** ‹*esd*› *vt* 1. desear, apetecer, querer; ***~ di andare via*** *desear irse*; ***desidererei mangiare*** *desearía comer, querría/quisiera comer*; 2. llamar; ***il signor Cherubini è desiderato al telefono*** *llaman por teléfono al señor Cherubini* ◊ ***desidera?*** ¿qué desea?, ¿qué se le ofrece?; ***lasciare (molto) a ~*** dejar (mucho) que desear; **~ta** *mpl* desiderata *f*; **~tivo, -a** *adj* desiderativo, -a

desiderio (*pl* **-ri**) *m* deseo

desideroso, -a *adj* deseoso, -a (**di** de)

design [de'zain] *m inv tecn* diseño *m* (!)

designare *vt* designar

designazione *f* designación

designer [de'zainer] *m/f inv tecn* diseñador, -a *m/f*

desin|are ‹*esd*› *vt/i* ‹*avere*› comer, almorzar; **~enza** *f ling* desinencia, terminación

desistere ‹*desistito*› V. 41 *vi* ‹*avere*› desistir (**da** de)

desktop *m inv informát* escritorio *m*

desola|nte *adj* desolador, -a, descorazonador, -a; **~re** *vt* 1. desolar, devastar; 2. desolar, afligir; **~to, -a** *adj* 1. desolado, -a, abandonado, -a; 2. desolado, -a, afligido, -a; ***sono veramente ~ di non poterti aiutare*** *siento muchísimo no poderte ayudar*; **~zione** *f* 1. desolación, abandono *m*; devastación; 2. desolación, aflicción, desconsuelo

desolforare ‹*esd*› *vt* desulfurar

desossiribonucleico V. **deossiribonucleico**

despot|a *m/f* déspota, tirano, -a; **~ico, -a** (*m pl* **-ci**) *adj* despótico, -a, tiránico, -a

dessert [des'sɛr] *m inv* postre(s) *m(pl)*

destabilizza|re *vt* desestabilizar; **~zione** *f* desestabilización

destare *vt* 1. despertar; 2. (*sospechas*) despertar, levantar; (*extrañeza, admiración...*) causar, suscitar, provocar

destin|are *vt* destinar; **~atario, -a** (*m pl* **-ri**) *m/f* destinatario, -a; **~azione** *f* destino *m* ◊ ***partire con ~ ignota*** partir con rumbo desconocido; **~o** *m* (*hado, sino*) destino

destitu|ire ‹*isc*› *vt* destituir; ***~ q da una carica*** *destituir a alg de un cargo*; **~ito, -a** *adj* 1. destituido, -a; 2. falto, -a, carente (**di** de); **~zione** *f* destitución

desto, -a *adj* despierto, -a

destra *adj/f* derecha ◊ ***a ~*** *adv* a la derecha, a mano derecha; ***essere di ~*** *pol* ser de derechas

destre|ggiarsi arreglárselas, manejarse; **~zza** *f* destreza, habilidad, maña

destri|ero *m elev* corcel; **~na** *f quím* dextrina; **~smo** *m* 1. *med* ="cualidad de diestro" *f*; 2. *pol* derechismo

destro, -a 1. *adj* 1. (*lado*) derecho, -a; 2. diestro, -a, hábil, ducho, -a; **2.** *m sport* (*boxeo, fútbol*) derechazo; **~giro** *m tecn* dextrógiro; **~rso** *m tecn* dextrógiro; **~sio** *m quím* dextroglucosa *f*

destrutturare *vt* desestructurar

desueto, -a *adj* desusado, -a

desuetudine *f jur tamb. fig* desuso *m*, obsolescencia

desumere ‹*desunsi; desunto*› V. 6 *vt* 1. sacar (**qc da** u-c de), obtener (**qc da** u-c de); 2. deducir

desumibile *adj* deducible

desunsi..., desunto V. **desumere**

detective [de'tɛktiv] *m inv* detective (privado) *m*

detector *m inv* detector *m*

deten|ere ‹*tengo; tenni; terrò*› V. 79 *vt* 1. *jur tamb. fig* poseer; 2. *jur* tener en prisión; **~tivo, -a** *adj* de prisión ◊ ***pena ~a*** *f* pena de prisión; **~tore, -trice** *adj/s jur tamb. fig* detentador, -a; **~uto, -a** *m/f* detenido, -a; recluso, -a, preso, -a; **~zione** *f* 1. *jur* posesión, tenencia (**di qc** de u-c); 2. *jur* detención, arresto *m*

detergente 1. *adj* (*cosmética*) limpiador, -a; **2.** *m quím* detergente

detergere ‹*detergo; detersi, deterso*› V. 30 *vt* limpiar

deterio|rabile *adj* deteriorable; **~amento** *m* deterioro; **~are** *vt* deteriorar; **~e** *adj* inferior, menos bueno, -a, de inferior calidad

determin|ante 1. *adj* determinante, decisivo, -a; **2.** *m ling/mat* determinante; **~are** ‹*esd*› *vt* determinar; **~atezza** *f* determinación; **~ativo, -a** *adj/m ling* determinativo, -a; **~ato, -a** *adj* determinado, -a; **~azione** *f* determinación; **~ismo** *m filos* determinismo

deterren|te 1. *adj* disuasorio, -a; **2.** *m* 1. *mil* arma de disuasión *f*; 2. elemento de disuasión, elemento disuasorio; **~za** *f* disuasión

detersi..., deterso V. **detergere**

detersivo, -a 1. *adj* detersivo, -a, detersorio, -a; **2.** *m* detergente

detesaurizzazione *f* desatesoramiento *m*

detesta|bile *adj* detestable; **~re** *vt* detestar

detona|nte *adj/m* detonante; **~re** *vi* ‹*avere*› detonar; **~tore** *m* detonador; **~zione** *f* detonación

detra|rre ‹*traggo; trassi; tratto*› V. 81 *vt* detraer, descontar, deducir; **~ttore, -trice** *m/f* detractor, -a; **~zione** *f* detracción, deducción, descuento *m*

detri|mento *m* detrimento ◊ ***a ~ di q/di qc*** *adv* en detrimento de alg/de u-c; **~tico, -a** (*m pl* **-ci**) *adj geol* detrítico, -a; **~to** *m* detrito, detritus *inv*

detronizza|re *vt* destronar; **~zione** *f* destronización, destronamiento *m*

detta: a ~ *prep* según, en opinión de; ***a ~ del ministro*** *según el ministro*; ***a ~ sua*** *en su opinión*

dettagli|ante *m/f com* detallista, minorista; **~are** *vt* detallar, pormenorizar; **~ato, -a** *adj* detallado, -a, minucioso, -a; **~o** (*pl* **-gli**) *m* detalle, pormenor; *com* detalle ◊ ***vendita al ~*** *f* venta al detalle, venta al por menor

detta|me *m* dictado; **~re** *vt* dictar ◊ ***~ legge*** dictar la ley; **~to** *m* dictado; **~tura** *f* (*escritura*) dictado *m* ◊ ***scrivere sotto ~*** escribir al dictado

detti... V. **dare**

detto, -a 1. *adj* 1. dicho, -a; 2. llamado, -a; ***Pietro Vannucci ~ il Perugino*** *Pietro Vanucci llamado* *el Perugino*; 3. dicho, -a, mencionado, -a, susodicho, -a; ***(il) ~ signore*** *dicho señor, el susodicho señor*; **2.** *m* dicho, máxima *f*, sentencia *f*; **3.** *pp* V. **dire** ◊ ~ ***fatto*** dicho y hecho; ***come non ~*** *adv* como si no lo hubiera dicho, como si no hubiera dicho nada; ***è presto ~*** es fácil decirlo, se dice pronto

detumescenza *f med* detumescencia

deturpa|mento *m* desfiguración *f*; deterioro ◊ ~ ***del paesaggio*** atentado paisajístico; **~re** *vt* 1. desfigurar; 2. estropear, deteriorar; **~tore, -trice** *adj/s* desfigurador, -a, deteriorante; **~zione** V. **deturpamento**

deuce ['djus] *m* (*tennis*) deuce

deus ex machina *m inv* deus ex machina

deut|erio *m quím* deuterio; **~one** *m quím* deutón

devasta|re *vt* devastar, asolar; **~tore, -trice** *adj/s* devastador, -a; **~zione** *f* devastación, destrucción

deverba|le *adj/m ling* deverbal, deverbativo, -a; **~tivo, -a** *adj/s ling* deverbativo, -a, deverbal

devia|mento *m* desviación *f*; **~re 1.** *vt* desviar; **2.** *vi* ‹*avere*› desviarse, apartarse; **~toio** (*pl* **-oi**) *m ferroc* cambio de agujas; **~tore, -trice** *m/f ferroc* guardagujas *m/f inv*; **~zione** *f* desviación; **~zionismo** *m pol* desviacionismo; **~zionista** *m/f pol* desviacionista; **~zionistico, -a** (*m pl* **-ci**) *adj pol* desviacionista

devitalizzare *vt med* desvitalizar ◊ ~ ***un nervo*** desvitalizar un nervio, matar un nervio (*coloq*)

devo... V. **dovere**

devolu|tion [devo'luʃon] *f inv pol/adm* traspaso de competencias *m*, descentralización *f*; **~to** V. **devolvere**; **~zione** *f econ* devolución; *jur* traspaso *m*, transmisión; *pol/adm* traspaso de competencias *m*, descentralización

devolvere ‹*devolvei/devolvetti; devoluto*› V. 5 *vt jur* transferir, traspasar

devoniano, -a (*var.* **devonico**) *adj/m geol* devoniano, -a, devónico, -a

devoto, -a *adj/s relig tamb. fig* devoto, -a ◊ ***Suo ~/devotissimo*** Su (seguro) servidor, para servirle

devozione *f relig tamb. fig* devoción

di (*se apostrofa en algunos casos ante vocal:* **d'**; *adopta la forma* **de** *ante títulos comenzados por artículo determinado: de 'I promessi sposi', de Il Giornale*) *prep* 1. de; ***il mese ~ gennaio*** *el mes de enero*; ***la città ~ Siviglia*** *la ciudad de Sevilla*; ***un litro ~ latte*** *un litro de leche*; 2. (*comparación*) que; ***Pietro è migliore ~ Carlo/te/prima*** *P. es mejor que Carlos/tú/antes*; 3. (*lugar desde el cual: en algunos casos*) de; ***uscire ~ casa*** *salir de casa*; 4. (*lugar a través del cual/hacia el cual*) por; ~ ***qui/qua*** *por aquí/acá*; ~ ***là/lì*** *por allí/allá*; 5. (*origen*) de; ***essere ~ Montalcino*** *ser de Montalcino*; 6. (*materia*) de; ***una forchetta d'oro, ~ legno*** *un tenedor de oro, de madera*; 7. (*argumento, tema*) de, sobre; ***parlare ~ poesia*** *hablar de/sobre poesía*; 8. (*modo, medio*) de, con; ***venire ~ corsa*** *venir corriendo*; ***ungere ~ burro*** *untar de/con mantequilla*; ***ridere ~ gusto*** *reírse a gusto*; 9. (*causa*) de; ***gridare ~ gioia*** *gritar de alegría*; 10. (*edad*) de; ***una donna ~ trent'anni*** *una mujer de treinta años*; 11. (*tiempo*) de, en, por; ~ ***mattina,*** ~ ***giorno*** *por la mañana, de día/durante el día*; ~ ***sera,*** ~ ***notte*** *por la tarde/noche, de noche/por la noche*; ***d'estate, d'inverno*** *en verano, en invierno*; 12. (*limitación*) de; ***non c'è ~ meglio*** *no hay nada mejor*; ***soffrire ~ cuore*** *sufrir del corazón*; 13. (*partitivo: cantidad no especificada*) —; ***vorrei del latte*** *quisiera leche*; 14. (*dei/degli, delle*) unos, unas; ***ho visto degli amici*** *he visto a unos amigos*; 15. (*precediendo a un infinitivo tras ciertos verbos*) —; ***mi sembra ~ capire*** *me parece comprender, me parece que comprende*; ***tentare ~ fuggire*** *intentar huir*; ***ammetto ~ aver sbagliato*** *admito que me he equivocado*; 16. (*precediendo los adv sí/no*) que; ***dire ~ sì, ~ no*** *decir que sí, que no*

dì *m inv elev* día *m* (*estánd*)

diabet|e *m med* diabetes *f inv* (!); **~ico, -a** (*m pl* **-ci**) *adj/s* diabético, -a

diabolico, -a (*m pl* **-ci**) *adj* diabólico, -a; **~o** *m* (*juguete*) diábolo

diacidare ‹*esd*› *vt quím* desacidificar

diacon|ato *m relig* diaconato; **~ia** *f relig* diaconato *m*; **~o** *m relig* diácono

diacritico, -a (*m pl* **-ci**) *adj ling* diacrítico, -a

diacroni|a *f* diacronía; **~co, -a** (*m pl* **-ci**) *adj* diacrónico, -a

diacustica *f fís* diacústica

diad|e *f cient* díada; **~ema** *m* diadema *f* (!); **~emato, -a** *adj heráld* diademado, -a

diafan|ità *f inv* diafanidad *f*; **~o, -a** *adj* diáfano, -a

diafisi *f inv med* diáfisis

diafonia *f electr/mús* diafonía

diaframma *m* 1. *foto/med* diafragma; 2. (*obstáculo*) barrera *f*, muro; **~re** *vt foto* diafragmar

diagnosi *f inv* diagnóstico *m* (!), diagnosis ◊ ~ ***precoce*** diagnóstico precoz (*m*), detección precoz

diagnostica *f med* diagnosis *inv*

diagnosticare ‹*esd*› *vt* diagnosticar

diagnostico (*pl* **-ci**) *m* diagnóstico

diagonale 1. *adj* diagonal; **2.** *f mat* diagonal; **3.** *m* (*fútbol*) pase en diagonal; (*tenis*) cruce

diagramma *m* diagrama

dialefe *f lit* dialefa

dialetta|le *adj* dialectal; **~ismo** *m* dialectalismo

dialetti|ca *f filos* dialéctica; **~co, -a** (*m pl* **-ci**) *adj/s* dialéctico, -a; **~smo** V. **dialettalismo**

dialetto *m* dialecto; **~fono, -a** *m/f* ="hablante de un dialecto"; **~logia** (*pl* **-gie**) *f* dialectología; **~logo, -a** (*m pl* **-gi/-ghi**) *m/f* dialectólogo, -a

dialipetalo, -a *adj* dialipétalo, -a

dialisepalo, -a *adj* dialisépalo, -a

dialisi *f inv med/quím* diálisis

dializza|re *vt* dializar; **~tore** *m quím/med* dializador

dialog|are ‹esd› *vt/i* ‹avere› dialogar; **~ico, -a** (*m pl* **-ci**) *adj* dialógico, -a; **~ismo** *m lit* dialogismo; **~o** (*pl* **-ghi**) *m* diálogo
diamant|e *m* diamante; **~ifero, -a** *adj* diamantífero, -a
diametr|ale *adj* diametral; **~almente** *adv* diametralmente ◊ **~ *opposto*** diametralmente opuesto; **~o** *m* diámetro
diamine! *excl* ¡diantre!, ¡qué diablos!; ***che ~ state facendo!*** *¡qué narices/diablos estáis haciendo!*; **~ *se lo voglio!*** *¡claro que lo quiero!*
diana *f mil* diana
diandro, -a *adj bot* diandro, -a
dianzi *adv elev* hace poco (*estánd*), poco antes (*estánd*)
diapason *m inv mús* diapasón *m*
diapositiva *f* diapositiva
diaproiettore *m* proyector de diapositivas
diari|a *f* dietas por día *fpl*; **~o** (*pl* **-ri**) *m* diario
diarr|ea *f med* diarrea; **~oico, -a** (*m pl* **-ci**) *adj* diarréico, -a
diaspor|a *f* diáspora; **~o** *m min* diásporo
diaspro *m min* jaspe
diast|ilo, -a *adj/m arq* diástilo, -a; **~ole** *f med/lit* diástole
diatesi *f inv med/ling* diátesis
diatonia *f mús* diatonía
diatriba *f* diatriba, invectiva
diavola: alla ~ *adv* de cualquier manera; ***lavoro fatto alla ~*** *trabajo hecho de cualquier manera* ◊ ***alla ~*** *adj gastr* "asado a la brasa con una salsa picante"
diavol|eria *f* diablura; **~essa** *f* diablesa; **~etto** *m* diablillo; **~io** (*pl* **-lii**) *m* jaleo, alboroto
diavolo 1. *m* diablo, demonio; **2.** *excl* ¡demonios!, ¡rayos! ◊ ***abitare a casa del ~*** vivir en el quinto pino; ***avere il ~ addosso/in corpo*** tener el demonio en el cuerpo; ***avere un ~ per capello*** llevársele a alg los demonios; ***che ~ vuoi?*** ¿qué demonios quieres?; ***del ~*** *adj* de mil diablos; ***essere come il ~ e l'acquasanta*** ser como el perro y el gato; ***fare il ~ a quattro*** armar jaleo, poner todo patas arriba; ***il diavolo non è così brutto come lo si dipinge*** no es tan fiero el diablo como lo pintan; ***parlo del ~ e spuntan(o) le corna*** hablando del rey de Roma, por la puerta asoma; ***saperne una più del ~*** saber más que Lepe (Lepijo y su hijo), sabérselas todas; ***un povero ~*** un pobre diablo, un pelagatos (*m inv*)
dibattere 1. *vt* debatir, discutir; **2. ~rsi** *tamb. fig* debatirse
dibattimento *m* debate; *jur* vista oral *f*, juicio
dibattito *m* debate, discusión *f*
diboscа|mento *m* desmonte; **~re** *vt* desmontar
dicastero *m adm* ministerio
dicembre *m* diciembre; ***a ~*** *en diciembre*
diceria *f* rumor *m*, habladuría
dichiara|nte *m/f jur* declarante; **~re 1.** *vt* declarar, manifestar; **~ *le proprie intenzioni*** *manifestar sus intenciones*; *jur* declarar; **2. ~rsi** declararse, manifestarse; **~*si responsabile, soddisfatto*** *declararse responsable, satisfecho*; declararse; **~ *a una ragazza*** *declararse a una chica*; **~tivo, -a** *adj* declarativo, -a; **~zione** *f* declaración; **~ *d'amore, di principi*** *declaración de amor, de principios* ◊ **~ *congiunta*** *dipl* declaración conjunta; **~ *dei redditi*** declaración de la renta; **~ *di voto*** explicación de voto
diciannov|e *adj/s* diecinueve; **~enne** *adj/s* (persona) de diecinueve años; **~esimo, -a 1.** *adj* (*orden*) decimonoveno, -a; **2.** *adj/s* (*parte*) diecinueveavo, -a
diciassett|e *adj/s* diecisiete; **~enne** *adj/s* (persona) de diecisiete años; **~esimo, -a 1.** *adj* (*orden*) decimoséptimo, -a; **2.** *adj/s* (*parte*) diecisieteavo, -a
dicibile *adj* decible
diciott|enne *adj/s* (persona) de dieciocho años; **~esimo, -a 1.** *adj* (*orden*) decimoctavo, -a; **2.** *adj/s* (*parte*) dieciochoavo, -a; **~o** *adj/s inv* dieciocho
dicit|ore, -trice *m/f* recitador, -a; **~ura** *f* dicción
dico... V. **dire**
dicotiledone *adj/f bot* dicotiledóneo, -a
dicotomi|a *f* dicotomía; **~co, -a** (*m pl* **-ci**) *adj* dicotómico, -a
didascali|a *f* 1. *teat* acotación; 2. *cine* subtítulo *m*; 3. *impr* pie de foto *m*; **~alico, -a** (*m pl* **-ci**) *adj* 1. didáctico, -a; 2. didascálico, -a
didatt|a *m/f raro* didacta; **~ica** *f* didáctica; **~ico, -a** (*m pl* **-ci**) *adj* didáctico, -a; **~ilo, -a** *adj* didáctilo, -a
didentro (*var.* **di dentro**) *m* interior
didietro 1. *adj inv* trasero, -a *adj*, de detrás; **2.** *m inv* 1. parte trasera *f*; ***il ~ della casa*** *la parte de atrás de la casa*; 2. *euf* trasero *m*
dieci *adj/s inv* diez; **~na** *f* V. **decina**
diedi... V. **dare**
diedro *adj/m* diedro; ***angolo ~*** *ángulo diedro*
diegesi *f inv lit* diégesis
dieresi *f inv ling/lit* diéresis
diesel ['dizel] *adj/m inv mec* diesel
dieselizzazione *f* dieselización
diesis *m inv mús* sostenido *m*
diessino, -a 1. *adj pol* del partido Ds (Democratici di Sinistra); **2.** *m/f pol* miembro del partido Ds
diet|a *f* 1. *med* dieta, régimen *m*; 2. *pol* dieta ◊ **~ *mediterranea*** dieta mediterránea; ***essere, mettersi a ~*** estar, ponerse a régimen/a dieta; **~etica** *f* dietética; **~etico, -a** (*m pl* **-ci**) *adj* dietético, -a; **~ista** *m/f* dietista; **~ologia** (*pl* **-gie**) *f* dietética
dietro 1. *adv* detrás; ***le correvano ~*** *corrían detrás de ella/tras ella*; **2.** *prep* detrás de, tras; ***uno ~ l'altro*** *uno detrás de otro, uno tras otro*; **~ *di me, te*** *detrás de/tras de mí, ti*; **3.** *adj inv* de detrás, trasero, -a *adj* ◊ **~ *cauzione*** bajo fianza; **~ *domanda*** bajo pedido; **~ *invito*** por invitación; **~ *le quinte*** *tamb. fig* entre bambalinas; **~ *pagamento*** contra reembolso; **~ *ricevuta*** a la presentación de la factura; ***andare ~ a q/qc*** dejarse arrastrar por alg/por u-c; ***correre ~ a q*** es-

tar detrás de u-c, estar encima de u-c; ***essere ~ a fare qc*** ir detrás de u-c; ***lasciarsi ~ qc/q*** dejar atrás u-c, dejar atrás a alg; ***portarsi ~ qc/q*** llevarse u-c consigo/a alg consigo; ***stare ~ a q*** *fig* estar encima de alg; ***tenere ~ a q/qc*** mantener el paso de alg/de u-c; ***tirar ~*** *coloq* regalar; ***tirarsi ~ q*** arrastrar a alg consigo

dietrofront (*var.* **dietro-front**) *escl/m inv* media vuelta *escl/f*

difatti *adv* en efecto, de hecho

difendere ‹*difesi; difeso*› V. 58 *vt* defender

difendi|bile *adj* defendible; **~trice** V. **difensore**

difens|iva: sulla ~ *adv* a la defensiva; ***stare sulla ~*** *estar a la defensiva*; **~ivo, -a** *adj* defensivo, -a; **~ore** (*f* **difenditrice**) **1.** *adj* defensor, -a; **2.** *m/f* defensor, -a; *sport* defensa, defensor, -a; *jur* defensor, -a ◊ **~ *civico*** defensor del pueblo; **~ *d'ufficio*** abogado de oficio

difesa *f jur/mil/sport* defensa ◊ **~ *antiaerea*** *mil* defensa antiaérea; **~ *a persona, a zona*** *sport* defensa individual, zonal/por zonas; ***legittima ~*** legítima defensa; ***ministero della ~*** *m* ministerio de defensa; ***prendere le ~e di q*** defender a alg

difesi..., difeso V. **difendere**

difett|are *vi* ‹*avere*› carecer, adolecer (**di** de); **~ivo, -a** *adj ling* defectivo, -a; **~o** *m* defecto; **~oso, -a** *adj* defectuoso, -a

diffama|re *vt* difamar, infamar; **~tore, -trice** *m/f* difamador, -a; **~torio, -a** (*m pl* **-ri**) *adj* difamatorio, -a; **~zione** *f* difamación

differen|te *adj* diferente; **~za** *f* diferencia ◊ ***a ~ di*** *prep* a diferencia de; ***fare la ~*** marcar la diferencia; ***non fare ~*** no haber diferencia, ser igual; **~ziabile** *adj* diferenciable; **~ziale 1.** *adj* diferencial; **2.** *m* 1. *mat* diferencial; 2. *tecn* diferencial *f* ◊ ***calcolo ~*** *m* cálculo diferencial; **~ziare** *vt* diferenciar; **~ziazione** *f* diferenciación

differibile *adj* aplazable

differimento *m* aplazamiento

differire ‹*isc*› **1.** *vt* diferir, aplazar, posponer; **2.** *vi* ‹*avere/essere*› diferir, distinguirse (**da** de)

differita *f TV* diferido *m* ◊ ***in ~*** *adj* en diferido

difficile *adj/s* difícil

difficolt|à *f inv* dificultad *f*; **~oso, -a** *adj* dificultoso, -a

diffid|a *f jur* requerimiento *m*, intimación; **~are 1.** *vt jur* intimar, requerir; **~ *q dal fare qc*** *intimar a alg para que no haga u-c*; **2.** *vi* ‹*avere*› desconfiar, recelar; **~ente** *adj* desconfiado, -a, receloso, -a; **~enza** *f* desconfianza, recelo *m*

diffondere ‹*diffusi; diffuso*› V. 37 *vt* difundir, propagar

diffonditrice V. **diffusore**

difform|e *adj* diferente (**da** de); **~ità** *f inv* diferencia *f*

diffrangersi ‹*frango; fransi; franto*› V. 54 *fís* difractarse

diffusi... V. **diffondere**

diffusione *f* difusión, propagación; *fís* difusión

diffusivo, -a *adj* difusivo, -a

diffuso, -a 1. *adj* 1. difundido, -a, propagado, -a; 2. difuso, -a; 3. (*estilo*) difuso, -a, prolijo, -a; **2.** *pp* V. **diffondere**; **~re** (*f* **diffonditrice**) **1.** *m tecn* difusor; **2.** *m/f* difusor, -a

difilato *adv* derecho, directo; ***andare ~ a casa*** *ir derecho a casa*

difrazione *f fís* difracción

difronte *adv* en frente ◊ **~ *a*** *prep* en frente de

difteri|co, -a (*m pl* **-ci**) *adj med* diftérico, -a; **~te** *f med* difteria

diga (*pl* **-ghe**) *f* 1. (*río...*) dique *m*, presa; 2. *arq* (*puerto*) espolón *m*, escollera, malecón *m*, rompeolas *m inv*; 3. (*moral*) barrera, freno *m* ◊ **~ *di sbarramento*** dique de contención (*m*)

diger|ente *adj* digestivo, -a ◊ ***apparato ~*** *m* aparato digestivo; **~ibile** *adj tamb. fig* digerible, digestible; **~ibilità** *f inv* digestibilidad *f*; **~ire** ‹*isc*› *vt med tamb. fig* digerir

digest|ione *f* digestión; **~ivo, -a** *adj/m* digestivo, -a; **~o** *m hist/jur* digesto

digiambo *m lit* diyambo

digital|e *adj* digital; **~ina** *f quím* digitalina; **~izzare** *vt* digitalizar; **~re** *vt/i* ‹*avere*› *informát* teclear, digitar (*Am*); **~zione** *f informát/mús* digitación

digitigrado, -a *adj zool* digitígrado, -a

digiun|are *vi* ‹*avere*› ayunar; **~atore, -trice** *adj/s* ayunador, -a; **~o, -a 1.** *adj* 1. en ayunas (*elev*), ayuno, -a; ***essere ~*** *estar en ayunas*; 2. ayuno, -a, falto, -a (**di** de); ***essere ~ di filosofia*** *estar ayuno de filosofía*; ***essere ~ di notizie*** *estar falto de noticias*; **2.** *m* 1. ayuno; 2. *med* yeyuno ◊ ***a ~*** *adv* en ayunas

digloss|ia *f ling* diglosia; **~ico, -a** (*m pl* **-ci**) *adj* diglósico, -a

digni|ficare ‹*esd*› *vt ant* dignificar (*estánd*); **~tà 1.** *f inv* dignidad *f*; **2.** *fpl* autoridades; **~tario** (*pl* **-ri**) *m* dignatario; **~toso, -a** *adj* digno, -a, honroso, -a

DIGOS (*Divisione Investigazioni Generali e Operazioni Speciali*) *abr/f* ="servicio de información de la policía estatal"

digrada|re *vi* ‹*avere/essere*› descender, ir en disminución; ***la pianura digrada dolcemente*** *la llanura desciende suavemente*; (*color, luz*) degradarse; **~zione** *f* (*color, luz*) degradación

digredire ‹*isc*› *vi* ‹*avere*› divagar, irse por las ramas

digressi|one *f* digresión; **~vo, -a** *adj* divagador, -a, digresivo, -a

digrignare *vt zool tamb. fig* enseñar los dientes

digrossa|mento *m tamb. fig* desbaste, desbastado; **~re** *vt tamb. fig* desbastar

diguazza|mento *m* chapoteo; **~re** *vi* ‹*avere*› chapotear

dilacerare ‹*esd*› *vt elev* dilacerar

dilagare *vi* ‹*avere/essere*› 1. (*río...*) desbordarse; 2. (*epidemia, corrupción...*) extenderse, expandirse, propagarse

dilaniare *vt* 1. descuartizar, despedazar; 2. calumniar, mancillar

dilapida|re ‹esd› *vt* dilapidar, despilfarrar; **~tore, -trice** *adj/s* dilapidador, -a, despilfarrador, -a

dilata|bile *adj* dilatable; **~bilità** *f inv* dilatabilidad *f*; **~re** *vt fís tamb. fig* dilatar; **~tore, -trice** *adj/m* dilatador, -a; **~torio, -a** (*m pl* **-ri**) *adj* dilatador, -a; **~zione** *f* dilatación

dilatorio, -a (*m pl* **-ri**) *adj* dilatorio, -a

dilavamento *m* deslavadura *f*

dilazion|are *vt* aplazar, diferir; **~e** *f* dilación, demora

dileggi|are *vt* escarnecer, ridiculizar; **~atore, -trice** *adj/s* escarnecedor, -a; **~o** (*pl* **-gi**) *m* escarnio, mofa *f*

dilegu|are 1. *vt* disolver, deshacer; **2.** *vi* (*cosa*) desvanecerse, deshacerse; (*persona*) desaparecer, esfumarse; **~o** *m elev* desaparición *f* (*estánd*); *ling* (*sonido*) caída *f*, pérdida *f*

dilemma (*pl* **-i**) *m filos tamb. fig* dilema

diletta|nte *adj/s* 1. aficionado, -a; **~ *di musica, di pittura*** *aficionado a la música, a la pintura*; 2. *sport* aficionado, -a, amateur; 3. *desp* dile(t)tante, aficionado, -a; **~ntesco, -a** (*m pl* **-chi**) *adj desp* aficionado, -a, de aficionado, dile(t)tante; **~ntismo** *m* 1. *sport* amateurismo; 2. *desp* dile(t)tantismo; **~ntistico, -a** (*m pl* **-ci**) *adj* 1. *sport* aficionado, -a, amateur; 2. *desp* dile(t)tante, aficionado, -a; **~re 1.** *vt* deleitar, entretener, divertir; **2. ~rsi** deleitarse, disfrutar *vi* (**di** con); **~zione** *f elev* delectación

dilettevole *adj* deleitable, deleitoso, -a, placentero, -a

diletto, -a 1. *m* gusto, placer, goce; **2.** *adj* dilecto, -a, predilecto, -a ◊ ***fare qc per ~*** hacer algo por gusto; **~so, -a** *adj elev* deleitoso, -a, placentero, -a

diligen|te *adj* diligente; (*alumno*) aplicado, -a; **~za** *f* 1. diligencia, esmero *m*; 2. *hist/transp* diligencia

diliscare *vt gastr* desespinar, quitar la espina

dilucidare... V. **delucidare...**

diluente *m* diluyente

dilui|re ‹iso› *vt* diluir, desleír; **~zione** *f* dilución, desleimiento *m*

dilungare 1. *vt elev* alejar (*estánd*); **2. ~rsi** *tamb. fig* alargarse, extenderse

diluvi|ale *adj geol* diluvial; **~are** *v/impers* ‹*avere/essere*› *meteo tamb. fig* diluviar; **~o** (*pl* **-vi**) *m meteo tamb. fig* diluvio ◊ **~ *universale*** diluvio universal

dimagr|amento *m* adelgazamiento; **~ante** *adj* adelgazante ◊ ***cura ~*** *f* cura de adelgazamiento; **~are** V. **dimagrire**; **~imento** V. **dimagramento**; **~ire** (*var.* **dimagrare**) ‹iso› *vt* adelgazar

dimen|amento *m* meneo, contoneo; **~are 1.** *vt* menear, contonear; **2. ~rsi** (*en la cama*) revolverse, agitarse; **~io** (*pl* **-ni**) *m* meneo, contoneo

dimension|ale *adj* dimensional; **~are** *vt* medir, mensurar; **~e** *f* dimensión ◊ ***la quarta ~*** la cuarta dimensión

dimentica|nza *f* olvido *m*; descuido *m* ◊ ***imperdonabile ~*** olvido imperdonable (*m*); **~re** ‹esd› **1.** *vt* olvidar(se); **2. ~rsi** olvidarse (**di** de); **~toio: porre nel ~/andare a finire nel ~** *vt irón* echar/ir a parar al cajón, relegar al olvido

dimentico, -a (*m pl* **-chi**) *adj* olvidadizo, -a, desmemoriado, -a

dimesso, -a 1. *adj* 1. humilde, insignificante; 2. descuidado, -a, desaliñado, -a; **2.** *pp* V. **dimettere**

dimestichezza *f* familiaridad, confianza ◊ ***avere ~ con qc*** estar familiarizado con u-c; ***entrare in ~ con q*** coger confianza con alg

dimettere ‹*misi; messo*› V. 44 **1.** *vt* 1. *med* dar de alta; **~ *dall'ospedale*** *dar de alta en el hospital*; *jur* excarcelar; 2. *adm* destituir; **2. ~rsi** *adm* dimitir *vi*; ***il direttore si è dimesso dalla sua carica*** *el director ha dimitido de su cargo*; despedirse

dimezzare *vt* demediar, partir por la mitad

diminu|endo *m mat* minuendo; **~ire** ‹iso› *vt/i* disminuir; **~ *di prezzo*** *bajar de precio*; **~tivo, -a** *adj/m ling* diminutivo, -a; **~zione** *f* disminución, reducción; **~ *dei costi, del personale, di pena*** *reducción de costes, de personal, de pena*

dimisi... V. **dimettere**

dimission|are *vt* obligar a dimitir; **~ario, -a** (*m pl* **-ri**) *adj* dimisionario, -a; **~i** *fpl* dimisión *f*, renuncia *f* ◊ ***lettera di ~*** *f* carta de dimisión; ***rassegnare/presentare/dare le ~*** presentar la dimisión

dimora *f* morada (!), alojamiento *m* (!) ◊ ***senza fissa ~*** sin domicilio conocido; ***ultima ~*** *euf* última morada; **~re** *vi* ‹*avere*› morar (!), residir (!)

dimorfismo *m biol* dimorfismo

dimostra|bile *adj* demostrable; **~nte** *m/f* manifestante; **~re** *vt* 1. mostrar; aparentar; ***non dimostra 80 anni*** *no aparenta 80 años*; 2. demostrar, probar; **~tivo, -a 1.** *adj* 1. demostrativo, -a, probatorio, -a; 2. aparente, ficticio, -a; 3. *ling* demostrativo; **2.** *m ling* demostrativo ◊ ***azione ~a*** *f mil* maniobra de distracción; *pol* acción reivindicativa; **~zione** *f* 1. demostración; 2. *pol* manifestación

din *m inv foto* din

dinamic|a *f fís tamb. fig* dinámica; **~ità** *f inv* dinamicidad *f*, dinamismo *m*; **~o, -a** (*m pl* **-ci**) *adj fís tamb. fig* dinámico, -a

dinamismo *m* dinamismo

dinamit|ardo, -a *adj/s* dinamitero, -a; **~are** *vt* dinamitar; **~e** *f* dinamita

dinamizzare *vt* dinamizar

dinamo *f inv fís* dinamo *f*, dínamo *f*

dinamoelettrico, -a (*m pl* **-ci**) *adj fís* dinamoeléctrico, -a

dinamometro *m tecn* dinamómetro

dinanzi 1. *adv* 1. (*lugar*) delante, enfrente; 2. (*tiempo*) antes; **2.** *adj inv* de delante

dinasti|a *f* dinastía; **~co, -a** (*m pl* **-ci**) *adj* dinástico, -a

dindin (*var.* **din din**) *onom/m* tin tin

dindon (*var.* **din don**) *onom/m* talán talán

diniego (*pl* **-ghi**) *m* denegación *f*

dinoccolato, -a *adj* desmadejado, -a, descoyuntado, -a
dinosauro *m zool* dinosaurio
dintorn|i *mpl* alrededores, afueras *fpl*; **~o** *adv* alrededor, en rededor ◊ **~ *a*** *prep elev* alrededor de
dio (*pl* **gli dei**) *m mitol* dios
Dio *m* Dios ◊ ***~ ci scampi e liberi!/che ~ ce la mandi buona*** ¡Dios nos libre!, ¡que Dios nos pille confesados!, ¡válgame Dios!; ***~ l'abbia in gloria*** Dios lo tenga en su gloria; ***~ li fa e poi li accoppia*** Dios los cría y ellos se juntan; ***~ manda il freddo secondo i panni*** Dios aprieta pero no ahoga; ***~ sa quando*** sólo Dios lo sabe; ***~ sia lodato*** alabado sea Dios; ***~ t'aiuti*** Dios te ampare; ***~ ti guardi!*** ¡Dios te guarde!; ***aiutati, che ~ t'aiuta*** a quien se ayuda Dios le ayuda; ***andarsene con ~*** irse con Dios; ***che ~ mi aiuti!*** ¡válgame Dios!; ***chi s'aiuta, ~ l'aiuta*** a Dios rogando y con el mazo dando; ***come ~ comanda*** *adv* como Dios manda; ***come ~ vuole*** *adv* como Dios quiera; ***grazie a ~!*** ¡gracias a Dios!; ***l'uomo propone e ~ dispone*** el hombre propone y Dios dispone; ***ognuno per sé e ~ per tutti*** cada uno en su casa y Dios en la de todos; ***per amor di ~!*** ¡por el amor de Dios!, ¡por lo que más quiera!; ***se ~ vuole*** si Dios quiere
diocesi|ano, -a *adj* diocesano, -a; **~i** *f inv* diócesis
diodo *m* diodo
diodonte *m zool* diodón
dioico, -a (*m pl* **-ci**) *adj bot* dioico, -a
dionea *f bot* dionea
dionisi|iaco, -a (*m pl* **-ci**) *adj* dionisiaco, -a; ***~io** (*pl* **-si**) *m mitol* Dionisio, Dioniso
diorite *f min* diorita
diossina *f quím* dioxina
diottri|a *f* dioptría; **~ca** *f* dióptrica; **~co, -a** (*m pl* **-ci**) *adj* dióptrico, -a
dipana|mento *m* devanado; **~re** *vt* devanar; **~toio** (*pl* **-oi**) *m* devanadora *f*
dipanino *m* devanador
dipartiment|ale *adj* departamental; **~o** *m* departamento
dipartita *f elev* (*salida*) partida
dipenden|te 1. *adj* dependiente; *ling* dependiente, subordinado, -a; **2.** *m/f* asalariado, -a, empleado, -a, trabajador, -a ◊ ***~ pubblico*** funcionario; **~za** *f* dependencia; *med* dependencia, adicción; *arq* dependencia ◊ ***in ~ di ciò*** según esto, de acuerdo con esto
dipendere ‹*dipesi; dipeso*› V. 58 *vi* depender (**da** de)
dipingere ‹*dipingo; dipinsi; dipinto*› V. 11 *vt* pintar
dipinto, -a 1. *adj* pintado, -a; **2.** *m* pintura *f*, cuadro; **3.** *pp* V. **dipingere**
diplococco *m biol* diplococo
diplofase *f bot* diplofase
diploide *adj* diploide
diploma *m* diploma ◊ ***~ di scuola superiore*** título de bachillerato; ***~ di laurea*** licenciatura (*f*), grado de licenciado; **~rsi** diplomarse; **~tica** *f ling* diplomática; **~tico, -a** (*m pl* **-ci**) *adj/s tamb. fig* diplomático, -a; **~to, -a** *adj/s* ="quien ha obtenido el título de bachillerato o de formación profesional"; **~zia** *f* diplomacia
dipoi (*var.* **di poi**) **1.** *adv* más tarde, después; **2.** *adj inv* siguiente *adj*
dipolo *m fís* dipolo
diporto *m* diversión *f*, entretenimiento, recreo ◊ ***imbarcazione da ~*** *f* nave de recreo
dipresso: a un ~ *adv* más o menos, aproximadamente
dirada|mento *m* entresaca *f*, entresaque; **~re 1.** *vt* 1. aclarar, despejar; 2. (*visitas*) espaciar; **2. ~rsi** (*niebla*) disiparse; (*multitud*) disolverse
dirama|re 1. *vt* (*noticia, orden...*) difundir, transmitir; **2. ~rsi** 1. ramificarse; 2. (*noticia*) difundirse; **~zione** *f* 1. *tamb. fig* ramificación; *auto/geogr* ramal *m*; 2. (*noticia, comunicado*) difusión, envío *m*
dire ‹*dico; dissi; detto*› V. 21 **1.** *vt* decir; **2.** *m* decir, dicho ◊ ***~ di sì, di no*** decir que sí, que no; ***~ fra sé*** decir para sus adentros; ***~ la messa*** decir misa; ***~ la sua/tua/mia*** decir su/tu/mi opinión; ***dir male/bene di q*** hablar mal/bien de alg; ***~ per ~*** hablar por hablar, decir no más (*Am*); ***a ~ il vero*** *adv* a decir verdad; ***a dir poco*** *adv* por lo menos, tirando por lo bajo; ***a dirla tutta*** si hay que decirlo todo...; ***dici?*** ¿tú crees?, ¿de verdad?; ***diciamo...*** pongamos...; ***dico bene?*** ¿estoy en lo cierto?; ***dico sul serio*** hablo en serio; ***dimmi con chi vai e ti dirò chi sei*** dime con quién andas y te diré quién eres; ***è un modo di ~*** es un decir, como quien dice, como si dijéramos; ***e via dicendo*** y así en lo sucesivo, etcétera; ***in men che non si dica*** *adv* en menos que canta un gallo; ***lo dicevo io!*** ¡ya lo decía yo!; ***non c'è che ~*** no hay nada que decir; ***per così ~*** *adv* por decirlo así, si queremos; ***per meglio ~*** *adv* mejor dicho; ***per sentito ~*** *adv* de oídas; ***potevi dirlo!*** ¡haberlo dicho!; ***puoi dirlo!*** ¡y que lo digas!; ***sarebbe a ~?*** ¿qué quiere(s) decir?; ***si fa presto a ~*** es fácil decirlo, hablar es muy fácil; ***si fa tanto per ~*** lo digo por decir algo; ***tanto per ~*** *adv* por decir algo; ***tra il ~ e il fare c'è di mezzo il mare*** del dicho al hecho hay un trecho; ***una cosa da non dirsi*** *f* una cosa que no te quiero ni contar; ***vale a ~*** *conj* es decir; ***voglio ~*** *conj* quiero decir; ***voler ~*** querer decir, significar
directory [diˈrɛttori] *f inv informát* directorio *m*
diressi... V. **dirigere**
diretta *f TV* directo *m* ◊ ***in ~*** *adj* en directo
diretti|ssima *f transp* camino más corto *m* ◊ ***per ~*** *adj jur* sumarísimo; **~ssimo, -a** *adj/m transp/ant* expreso, -a, rápido, -a; **~va** *f* directiva; **~vità** *f inv telec* directividad; **~vo, -a 1.** *adj* directivo, -a, dirigente, -a; **2.** *m* comité de dirección
diretto, -a 1. *adj* 1. directo, -a; 2. dirigido, -a, orientado, -a; 3. dirigido, -a, guiado, -a, controlado,

-a; **2.** *m* 1. *transplant* (tren) directo; 2. (*boxeo*) directo; **3.** *pp* V. **dirigere** ◊ ***complemento*** ~ *m ling* complemento directo; ***discorso*** ~ *m ling* estilo directo; ***treno*** ~ *m transplant* tren directo; **~re, -trice** *m/f* director, -a ◊ ~ ***dei lavori*** capataz; ~ ***delle vendite*** jefe, -a de ventas; ~ ***di gara*** juez de carrera, director de carrera; ~ ***tecnico*** director técnico; **~riale** *adj* directoral, de dirección ◊ ***ufficio*** ~ *m* oficina de dirección (*f*); **~rio** (*pl* **-ri**) *m pol* directorio

direttrice V. **direttore**

direzionlale *adj* direccional, de dirección ◊ ***centro*** ~ *m* centro de dirección; ***microfono*** ~ *m* micrófono direccional; **~e** *f* dirección ◊ ~ ***vietata*** dirección prohibida; ***in*** ~ ***di*** *prep* en dirección a; ***sotto la*** ~ ***di*** *prep* bajo la dirección de

dirigenlte *adj/s* dirigente ◊ ***classe*** ~ *f* clase dirigente; **~za** *f* directiva, dirigencia (*Am*)

dirigere ‹*dirigo; diressi; diretto*› V. 22 *vt* dirigir;

dirigilbile *m aero* dirigible; **~smo** *m pol* dirigismo; **~sta** *adj/s econ* dirigista; **~stico, -a** (*m pl* **-ci**) *adj econ* dirigista

dirimente *adj* dirimente

dirimere (*sin pp ni tiempos compuestos*) *v/def elev* dirimir

dirimpettlaio, -a (*m pl* **-ai**) *m/f coloq* vecino, -a de enfrente; **~o 1.** *adv* enfrente; **2.** *adj inv* de enfrente, frontero, -a *adj* ◊ ~ ***a*** *prep* enfrente de, frente a

dirittlo, -a 1. *m* 1. *jur* derecho; 2. (*moneda, medalla*) anverso; **2.** *adj tamb. fig* recto, -a; **3.** *adv* recto, derecho ◊ ~ ***civile, penale, privato*** derecho civil, penal, privado; ~ ***di proprietà*** derecho a la propiedad; ~ ***di sciopero*** derecho de huelga; ~ ***di veto*** derecho de veto; ~ ***di voto*** derecho de voto/al voto; ***~i d'autore*** derechos de autor; ***~i doganali*** derechos de aduana, aranceles; ***a buon*** ~ *adv* en buena ley; ***avanzare dei ~i*** alegar un derecho, alegar derechos; ***i*** ~ ***dell'uomo/umani*** los derechos del hombre/humanos; ***il*** ~ ***del più forte*** la ley del más fuerte (*f*); ***sempre*** ~ *adv* todo recto; **~ura** *f* 1. recta; 2. rectitud, honestidad ◊ ~ ***finale/d'arrivo*** *sport tamb. fig* recta final

diroccare *vt* derrocar, derribar, derruir

dirompente *adj* rompedor, -a ◊ ***bomba*** ~ *f* bomba de fragmentación

dirottlamente *adv* desenfrenadamente, sin parar; **~amento** *m aero* secuestro; **~are** *vt aero* secuestrar; **~atore, -trice** *m/f aero* pirata del aire, secuestrador, -a; **~o, -a** *adj* (*llanto*) irrefrenable; (*lluvia*) incesante ◊ ***piangere a*** ~ llorar a lágrima viva, llorar a moco tendido; ***piovere a*** ~ llover a cántaros, llover a mares

dirozzalmento *m* desbaste, afinamiento; **~re** *vt* desbastar, afinar, desasnar

dirupato, -a *adj* escarpado, -a, abrupto, -a, peñascoso, -a

dirupo *m* precipicio, despeñadero

disabile *m/f* minusválido, -a, incapacitado, -a

disabilitalre ‹*esd*› *vt* inhabilitar; ~ ***q a qc*** *inhabilitar a alg para u-c*

disabitato, -a *adj* deshabitado, -a

disabituare ‹*esd*› *vt* deshabituar, desacostumbrar; (*droga*) deshabituar, desenganchar; ~ ***q alla cocaina*** *deshabituar/desenganchar a alg de la cocaína*

disaccordo *m* 1. *mús* discordancia *f*; 2. desacuerdo, discrepancia *f*

disadattlamento *m psicol* inadaptación *f*; **~ato, -a** *adj/s psicol* inadaptado, -a; **~o, -a** *adj* (*cosa*) inadecuado, -a; (*persona*) no apto, -a

disadorno, -a *adj* sobrio, -a, sencillo, -a, sin adornos

disaffezionlare 1. *vt* desaficionar; **2. ~rsi** desaficionarse, desapegarse; **~e** *f* desafecto *m*, desafición, desapego *m*

disagevole *adj* incómodo, -a

disagilato, -a *adj* pobre, menesteroso, -a, desfavorecido, -a; **~o** (*pl* **-gi**) *m* incomodidad *f*; malestar ◊ ***essere, sentirsi a*** ~ estar, sentirse incómodo, estar, sentirse a disgusto

disalberare ‹*esd*› *vt nav* desarbolar

disambilentato, -a *adj* desambientado, -a ◊ ***essere*** ~ estar como pez fuera del agua; **~guamento** *m ling* desambiguamiento

disamina *f* examen *m*

disamorlare 1. *vt* 1. desenamorar (**da q** de u-c); 2. desaficionar (**da qc** de u-c); **2. ~rsi** desenamorarse, desengañarse; **~ato, -a** *adj/s* 1. apático, -a, desganado, -a; 2. desengañado, -a; **~e** *m* desamor, desengaño

disanimare ‹*esd*› *vt* desanimar

disappannare *vt* desempañar

disappetenza *f* desapetencia, desgana

disapplicazione *f* desaplicación, inobservancia

disapprovalre *vt* desaprobar, reprobar, censurar; **~zione** *f* desaprobación, reprobación, censura

disappunto *m* contrariedad *f*, decepción *f*

disarmlare *vt arq/mil tamb. fig* desarmar; **~ato, -a** *adj* desarmado, -a; **~o** *m* desarme

disarmonila *f* 1. (*color, sonido...*) discordancia; 2. discrepancia, desacuerdo *m*; **~co, -a** (*m pl* **-ci**) *adj* 1. *mús* inarmónico, -a; 2. ="falto, -a de oído musical"

disarticolalre ‹*esd*› *vt tamb. fig* desarticular; **~zione** *f* desarticulación

disastrlare *vt* devastar, azotar; **~o** *m tamb. fig* desastre, calamidad *f*, **~oso, -a** *adj* desastroso, -a, calamitoso, -a

disattendere ‹*disattesi; disatteso*› V. 58 *vt* desatender, hacer caso omiso

disattento, -a *adj* desatento, -a, distraído, -a

disattenzione *f* desatención, distracción, despiste *m*

disattesi..., disatteso V. **disattendere**

disattivare *vt* desactivar

disautorlare ‹*esd*› *vt elev* desautorizar; **~izzare** *vt* desautorizar; **~izzazione** *f* desautorización

disavanzo *m econ* déficit

disavvedut|ezza *f* ingenuidad, credulidad; **~o, -a** *adj* incauto, -a, ingenuo, -a
disavventura *f* contrariedad, contratiempo *m*; desgracia
disavvertenza *f* distracción, despiste *m*
disavvezzare *vt raro* deshabituar, desacostumbrar (**da** de)
disbrigo (*pl* **-ghi**) *m* despacho, tramitación *f*
discale *adj med* discal
discanto *m mús* discanto, discante
discapito: a ~ di *prep* a expensas de
discaric|a *f* 1. *tecn* vertedero *m*; 2. *nav* descarga; **~o** (*pl* **-chi**) *m jur* descargo ◊ ***a mio/tuo/suo ~*** *adv* en mi/tu/su descargo
discenden|te 1. *adj* descendente; **2.** *m/f* descendiente; **~za** *f* descendencia
discendere ‹*discesi; disceso*› V. 58 *vi* 1. descender, bajar; 2. descender, derivar, provenir (**da** de)
discente *m/f estud* discente, alumno, -a
discepolo, -a *m/f* discípulo, -a
discernere (*carece de pp*) *vt* discernir, vislumbrar
discernimento *m* discernimiento
discesa *f* 1. (*acción*) descenso *m*, bajada; *sport* descenso *m*; 2. (*pendiente*) bajada, cuesta ◊ ***~ libera*** *sport* descenso (*m*); ***in ~*** *adv* en bajada, en cuesta, cuesta abajo
discesi..., disceso V. **discendere**
discesis|mo *m sport* (*especialidad*) descenso; **~ta** *m/f sport* ="practicante del descenso"
dischetto *m* 1. *informát* disquet(e), disket(e); 2. *sport* punto de penalti
dischiudere ‹*chiusi; chiuso*› V. 10 *vt* 1. (*puerta...*) entreabrir; 2. desvelar
discinto, -a *adj* desaliñado, -a, descuidado, -a
disciogliere ‹*sciolgo; sciolsi; sciolto*› V. 12 *vt* 1. (*hielo...*) disolver, fundir; 2. liberar (**q da qc** a alg de u-c), soltar (**q da qc** a alg de u-c)
disciplina *f sport* disciplina; *estud/cient/sport* disciplina; **~re 1.** *adj* disciplinario, -a; **2.** *vt* 1. disciplinar, aleccionar; 2. disciplinar, regular, ordenar; **~to, -a 1.** *adj* disciplinado, -a; **2.** *m/f hist/relig* disciplinante, flagelante
disc-jockey [ˈdizˈdʒɔkej] *m/f inv* disc-jockey, pinchadiscos
disco 1. *m* disco; *transp* disco de señales; **2.** *f inv coloq* (*discoteca*) disco *f* ◊ ***~ combinatore*** (*teléfono*) disco para marcar; ***~ magnetico, ottico*** *informát* disco magnético, óptico; ***~ orario*** disco de estacionamiento; ***~ rigido*** disco duro, disco rígido; ***~ verde, rosso*** *tamb. fig* luz verde, roja (*f*); ***~ volante*** *aero* platillo volante; ***cambiare ~*** *coloq/fig* cambiar de disco, cambiar de rollo; ***zona ~*** *f transp* ="zona de aparcamiento gratuito limitado al periodo indicado en un disco horario"; **~bolo** *m* discóbolo; **~grafia** *f* discografía; **~grafico, -a** (*m pl* **-ci**) *adj* discográfico, -a; **~idale** *adj* discoidal; **~lo, -a** *adj* díscolo, -a
discolpa *f* disculpa, excusa; **~re** *vt* exculpar
disconobbi... V. **disconoscere**
disconoscente, -a *adj* ingrato, -a
disconoscere ‹*conosco; conobbi; conosciuto*› V. 16 *vt* negar, no reconocer ◊ *raro* ***~ un figlio*** no reconocer a un hijo
disconoscimento *m* negación *f*, no reconocimiento ◊ ***~ di paternità*** no reconocimiento de la paternidad
discontinu|ità *f inv* discontinuidad *f*; **~o, -a** *adj* discontinuo, -a
discord|ante *adj* discordante; **~anza** *f* discordancia, contraste *m*; ***~ di colori*** *discordancia de colores*; ***~ di opinioni*** *contraste de opiniones*; **~are** *vi* ‹*avere*› 1. contrastar, diferir (**da** di); 2. (*sonido, color*) contrastar, chocar; **~e** *adj* 1. discorde, divergente, discrepante; 2. discorde, disonante; **~ia** *f* discordia, desavenencia
discorrere ‹*corsi; corso*› V. 18 *vi* ‹*avere*› discurrir, hablar, tratar (**di** de)
discors|ivo, -a *adj* discursivo, -a; **~o 1.** *m* 1. discurso, alocución *f*; ***tenere un ~*** *pronunciar un discurso*; 2. conversación *f*, charla; ***il ~ è caduto su di te*** *hemos acabado hablando de ti, se ha hablado de ti*; tema; **2.** *pp* V. **discorrere** ◊ ***~ diretto, indiretto*** *ling* estilo directo, indirecto; ***analisi del ~*** *f ling* análisis del discurso (*m*), análisis de la conversación; ***attaccare ~ con q*** entablar conversación con alg; ***cambiare ~*** cambiar de tema; ***è tutt'un altro ~*** es otra cosa, es algo muy diferente; ***parti del ~*** *fpl ling* partes de la oración; ***rigirare il ~*** cambiar de tema
discost|are *vt* alejar (**da** de); **~o, -a** *adj* alejado, -a
discoteca *f* discoteca; **~ro, -a** *m/f desp* discotequero, -a
discount [disˈkaun] *m inv* supermercado de bajo precio *m*
discredit|are ‹*esd*› *vt elev* desacreditar; **~o** *m* descrédito ◊ ***gettare il ~ su q*** desacreditar a alg
discrepanza *f* discrepancia
discret|amente *adv* 1. discretamente, con discreción; 2. medianamente, razonablemente; 3. *coloq* bastante bien; ***le cose mi vanno ~*** *las cosas me van bastante bien, no me van mal las cosas*; **~o, -a** *adj* 1. discreto, -a, razonable, moderado, -a; 2. discreto, -a, reservado, -a; 3. *mat* discreto, -a
discrezion|ale *adj* discrecional; **~alità** *f inv* discrecionalidad *f*; **~e** *f* discreción ◊ ***a ~*** *adv* a discreción; ***a ~ di*** *prep* a discreción de, al arbitrio de; ***senza ~*** *adv* sin discreción, sin medida
discrimina|nte 1. *adj* discriminador, -a; **2.** *adj/f jur* atenuante; **3.** *m mat* discriminante; **~re** ‹*esd*› *vt* discriminar; **~torio, -a** (*m pl* **-ri**) *adj* discriminatorio, -a; **~zione** *f* discriminación
discrimine *m* discriminante *f*
discuss|ione *f* discusión; *pol* debate *m*; **~o, -a 1.** *adj* discutido, -a; debatido, -a; controvertido, -a; **2.** *pp* V. **discutere**
discutere ‹*discussi; discusso*› V. 23 *vt/i* ‹*avere*› discutir; debatir ◊ ***~ del/sul sesso degli angeli*** discutir sobre el sexo de los ángeles; ***~ una tesi di laurea/di dottorato*** defender una tesis de licenciatura/doctorado

discutibile *adj* discutible, opinable
disdegn|are *vt* desdeñar, despreciar, menospreciar; **~o** *m* desdén, desprecio, menosprecio; **~oso, -a** *adj* 1. *elev* airado, -a, colérico, -a; 2. desdeñoso, -a, soberbio, -a
disdett|a *f* 1. mala suerte; 2. *jur* (*contrato*) rescisión; **~are** *vt jur* (*contrato*) rescindir; **~o** V. **disdire**
disdicevole *adj* inconveniente, inadecuado, -a
disdire ‹*dico; dissi; detto*› V. 21 *vt* 1. (*palabras*) desmentir; 2. (*promesa, contrato*) desdecir; 3. (*cita*) anular
disdoro *m elev* desdoro
diseducativo, -a *adj* deseducativo, -a
disegn|are *vt* 1. (*pintura*) dibujar; *tecn* delinear; 2. diseñar, proyectar; 3. diseñar, describir; **~atore, -trice** *m/f* dibujante; *tecn* delineante; **~o** *m* 1. dibujo; 2. esbozo, esquema; 3. proyecto; intención *f* ◊ **~ *di legge*** proyecto de ley; **~ *tecnico*** dibujo técnico; ***fare ~i*** hacer planes
diseguale V. **disuguale**
diserba|nte *adj/m* herbicida; **~re** *vt* desbrozar, desherbar, escardar; **~tura** *f agric* desherbado *m*
difereda|re *vt* desheredar; **~zione** *f* desheredación, desheredamiento *m*
disert|are 1. *vt* abandonar; **2.** *vi* ‹*avere*› *mil* desertar; **~ore** *m mil* desertor
diserzione *f mil* deserción
disfa|cimento *m* descomposición *f*; **~re** ‹*disfaccio/disfò/disfo; disfeci; disfatto*› V. 36 **1.** *vt* 1. deshacer; **~ *il letto, le valigie*** *deshacer la cama, las maletas*; 2. destruir; **~ *una costruzione, un esercito*** *destruir una construcción, un ejército*; 3. (*hielo, mantequilla*) derretir; (*pastilla*) desleír, disolver; **2. ~rsi** 1. (*carne, fruta*) descomponerse, pudrirse; (*nieve*) fundirse; 2. deshacerse, desembarazarse, librarse (**di q/di qc** de alg/de u-c); 3. desasirse, soltarse (**di** de); **~sia** *f med* disfasia
disfatt|a *f* derrota; **~ismo** *m* derrotismo; **~ista** *adj/s* derrotista; **~o** V. **disfare**
disfavore: a ~ di *prep* en contra de
disfeci... V. **disfare**
disfida *f elev* desafío *m*, reto *m*
disfò/disfo... V. **disfare**
disforme *adj* disforme
disfunzione *f* disfunción
disgel|are *vt/i* ‹*avere/essere*› deshelar; **~o** *m* deshielo
disgiungere ‹*giungo; giunsi; giunto*› V. 39 *vt* disgregar
disgiunt|ivo, -a *adj* disyuntivo, -a; **~o** V. **disgiungere**; **~ore** *m electr* disyuntor, interruptor
disgiunzione *f* disyunción
disgrafia *f med/psicol* disgrafía
disgrazia *f* desgracia ◊ ***cadere in ~*** caer en desgracia; ***per ~*** *adv* por desgracia; **~to, -a** *adj/s* desgraciado, -a
disgrega|bile *adj* descomponible, divisible; **~mento** *m* disgregación *f*, dispersión *f*; **~re** *vt* disgregar, dispersar; **~tore, -trice** *adj/s* disgregador, -a; **~zione** *f* disgregación
disguido *m* error ◊ **~ *postale*** extravío
disgust|are 1. *vt* (*olor, comida*) repeler (!), desagradar (!), repugnar (!); **2. ~rsi** sentir asco (**di qc** por u-c) (!); **~o** *m* 1. repugnancia *f* (!), asco (!); 2. aversión *f* (!), repulsión *f* (!); **~oso, -a** *adj* desagradable, repugnante, repelente
disidrata|re *vt* deshidratar; **~zione** *f* deshidratación
disilludere ‹*illusi; illuso*› V. 10 *vt* desilusionar, decepcionar
disillus|ione *f* desilusión, decepción; **~o** V. **disilludere**
disimballare *vt* desembalar
disimparare *vt* desaprender, olvidar
disimpegn|are 1. *vt* 1. (*cargo*) desempeñar; 2. eximir, liberar; **~ *q da un pagamento*** *liberar a alg de un pago*; 3. (*joyas...*) desempeñar; 4. *mil* socorrer; **2. ~rsi** librarse (**da qc** de u-c); **~ *da un compito, un obbligo*** *librarse de una tarea, una obligación*; **~ato, -a** *adj* 1. *arq* con entrada independiente; 2. *pol* no comprometido, -a, apolítico, -a; **~o** *m* 1. (*de una promesa*) liberación *f*; 2. (*de un asunto*) resolución *f*, despacho; 3. (*joyas...*) desempeño; 4. *pol* desafección *f*, falta de compromiso *f*; 5. *sport* despeje ◊ ***fare qc per ~*** hacer u-c por compromiso, hacer u-c para cubrir el expediente
disimpiego (*pl* **-ghi**) *m* desempleo, paro (*coloq*)
disincagli|are *vt nav* desencallar, desvarar; *fig* allanar el camino; **~o** (*pl* **-gli**) *m nav* desencallamiento
disincant|are *vt* 1. desencantar, deshechizar; 2. desencantar, desilusionar; **~ato, -a** *adj* desencantado, -a, deshechizado, -a; desencantado, -a, desilusionado, -a; **~o** *m* desencanto, desilusión *f*
disincentiv|are *vt* desincentivar; **~o** *m econ* desincentivo
disincrosta|nte *adj quím* desincrustante; **~re** *vt* desincrustar
disinfesta|nte 1. *adj* fumigatorio, -a; **2.** *m* gas fumigatorio; **~re** *vt* fumigar; **~zione** *f* fumigación, desinsectación
disinfetta|nte *adj/m* desinfectante; **~re** *vt* desinfectar
disinfezione *f* desinfección
disinfiammare *vt* desinflamar
disinflazione *f econ* desinflación
disinformazione *f* desinformación
disingann|are *vt* desengañar; **~o** *m* desengaño
disinibi|re *vt* desinhibir; **~to, -a** *adj* desinhibido, -a; **~zione** *f* desinhibición
disinnes|care *vt* desactivar; **~co** (*pl* **-schi**) *m* desactivación *f*; **~tare** *vt mec* desembragar ◊ **~ *la frizione*** desembragar; **~ *la marcia*** quitar la marcha
disinquina|mento *m* descontaminación *f*; **~re** *vt* descontaminar
disinserire ‹*isc*› *vt* desenchufar, desconectar

disintegra|re ‹esd› *vt* desintegrar; **~tore** *m* desintegrador; **~zione** *f* desintegración
disinteress|amento *m* desinterés, desidia *f*; **~are** *vt* hacer desinteresarse (**~ q a qc** a alg por u-c); **~ato, -a** *adj* 1. (*indiferente*) desinteresado, -a; 2. (*altruista*) desinteresado, -a; **~e** *m* desinterés
disintossica|re ‹esd› *vt* desintoxicar; **~zione** *f* desintoxicación
disinvestimento *m* desinversión *f*
disinvolt|o, -a *adj* 1. desenvuelto, -a, atrevido, -a, desembarazado, -a; 2. *desp* chulo, -a, descarado, -a, caradura; **~ura** *f* 1. desenvoltura, desparpajo *m*; 2. cara dura, chulería
disistima *f* desestima, menosprecio *m*; **~re** *vt* desestimar, menospreciar
dislessia *f med* dislexia
dislessico, -a (*m pl* **-ci**) *adj* disléxico, -a
dislivello *m* desnivel
disloca|mento *m* 1. *mil* desplazamiento, traslado; 2. *nav* desplazamiento; **~re** *vt* 1. *mil* desplegar; 2. *nav* desplazar; **~zione** *f* 1. *mil* despliegue *m*; distribución, repartición; 2. *indus* deslocalización; 3. *med/geol/ling* dislocación
dislustrare *vt* deslustrar
dismenorrea *f med* dismenorrea
dismesso, -a *adj* 1. desusado, -a; 2. en declive
dismisura *f* desmesura, exceso *m* ◊ ***a* ~** *adv* en exceso
disobbediente... V. **disubbidiente...**
disobbligare ‹esd› *vt* eximir, liberar de una obligación
disoccupa|to, -a *adj/s* desempleado, -a, parado, -a (*coloq*); **~zione** *f* desempleo *m*, desocupación, paro *m* (*coloq*) ◊ ***~ stagionale, tecnologica*** paro estacional, tecnológico (*m*); ***tasso di ~*** *m* tasa de desempleo (*f*)
disonest|à *f inv* deshonestidad *f*, falta de honradez *f*; **~o, -a** *adj* deshonesto, -a, inmoral ◊ ***atto ~*** *m* acto obsceno
disonor|are *vt* deshonrar, ultrajar; **~e** *m* deshonor, deshonra *f*, vergüenza *f*; **~evole** *adj* deshonroso, -a, ignominioso, -a
disopra (*var.* **di sopra**) **1.** *adv* arriba, encima; ***portare, salire ~*** *llevar, subir arriba*; **2.** *adj inv* de arriba, de encima, superior *adj*; ***il piano ~*** *el piso de arriba*; **3.** *m inv* parte de arriba *f*, parte de encima *f*, parte superior *f* ◊ ***al ~ di ogni sospetto*** *adv* por encima de toda sospecha
disordin|are ‹esd› *vt* desordenar; **~ato, -a** *adj/s* desordenado, -a
disordine 1. *m* desorden; **2.** *mpl* disturbios ◊ ***in ~*** *adv* en desorden
disorgani|co, -a (*m pl* **-ci**) *adj* inconexo, -a, incoherente, inorgánico, -a; **~zzare** *vt* desorganizar; **~zzazione** *f* desorganización
disorienta|mento *m* desorientación *f*; **~re** *vt* desorientar, despistar
disormeggiare *vt nav* desamarrar, desatracar, levar anclas
disossare *vt* deshuesar
disossida|nte *adj/m* desoxidante; **~re** ‹esd› *vt* desoxidar, desoxigenar; **~zione** *f* desoxidación
disotto (*var.* **di sotto**) **1.** *adv* abajo; ***portare, andare ~*** *llevar, ir abajo*; **2.** *adj inv* de abajo, inferior *adj*; ***il piano ~*** *el piso de abajo*; **3.** *m inv* parte de abajo *f*, parte inferior *f* ◊ ***al ~*** *adv* por debajo; ***al ~ di*** *prep* por debajo de
dispaccio (*pl* **-ci**) *m dipl/mil* despacho
dispara|to, -a *adj* diferente, dispar
disparere *m* diferencia de pareceres *f*, disensión *f*
dispari *adj inv* 1. diferente *adj*, dispar *adj*; 2. *mat* impar *adj* (!), non *adj*
disparità *f inv* disparidad *f*
disparte: in ~ *adv* a parte, de lado, al margen; ***lasciare/mettere in ~*** *dejar de lado, relegar* ◊ ***tenere q in ~*** mantener a alg al margen
dispendi|o (*pl* **-di**) *m* dispendio, derroche; ***~ di energie, di tempo*** *derroche de energías, de tiempo*; **~oso, -a** *adj* dispendioso, -a
dispensa *f* 1. (*lugar de la casa*) despensa; *nav* despensa, bodega; (*mueble*) alacena; 2. *adm* exención, dispensa; *relig* dispensa; 3. *impr* fascículo *m*; ***enciclopedia a ~e*** *enciclopedia en fascículos/por entregas*; *estud* apuntes (que el profesor entrega a los estudiantes) *mpl*; **~bile** *adj* dispensable; **~re** *vt* 1. (*repartir*) dispensar; 2. (*eximir*) dispensar (**da qc** de u-c); **~rio** (*pl* **-ri**) *m med* dispensario; **~tore, -trice** *adj/s* dispensador, -a
dispenser *m inv* máquina expendedora *f*
dispensiere, -a *m/f* despensero, -a
dispeps|ia *f med* dispepsia; **~tico, -a** *adj med* dispéptico, -a
dispera|nte *adj* desesperante; **~re** *vt/i* ‹avere› desesperar; **~to, -a** *adj/s* desesperado, -a; **~zione** *f* desesperación, desespero *m*
disperdere ‹persi; perso› V. 52 **1.** *vt* 1. dispersar; (*manifestantes*) disolver; *mil* poner en fuga; (*cosas al aire*) diseminar, esparcir; 2. desperdiciar, derrochar; **2. ~rsi** dispersarse ◊ ***non ~ nell'ambiente*** (*en los envases*) no tirar
dispers|ione *f* dispersión; **~ivo, -a** *adj* (*persona, razonamiento*) disperso, -a, desordenado, -a; **~o, -a 1.** *adj* disperso, -a, desordenado, -a; **2.** *m* (*batalla, catástrofe*) desaparecido; **3.** *pp* V. **disperdere**
dispetto *m* 1. (*sentimiento*) despecho; irritación *f*, cólera *f*; 2. (*acción*) desaire, desplante ◊ ***a ~ di*** *prep* a despecho de; ***fare un ~*** hacer un desaire; ***per ~*** *adv* por despecho; **~so, -a** *adj* 1. despechado, -a, airado, -a; 2. molesto, -a, fastidioso, -a
dispiacere 1. *vi* 1. disgustar, molestar; 2. sentir; ***mi dispiace*** *lo siento*; ***mi dispiace che lui non venga*** *siento que no venga*; ***ci dispiace (di) non avervi avvisato*** *sentimos no haberos podido avisar*; importar; ***ti dispiacerebbe darmi un po' d'acqua?*** *¿te importaría darme un poco de agua?*; **2.** *m* disgusto, sinsabor, contrariedad *f*
dispiegare *vt* desplegar

displas|ia *f med* displasia; **~ico, -a** (*var.* **displastico, -a**) *adj med* displásico, -a

display [dis'plɛj] *m inv informát* display, pantalla *f*

displuvio (*pl* **-vi**) *m geogr* vertiente *f* ◊ ***linea di ~*** *f* divisoria de aguas

dispnea *f med* disnea

dispnoico, -a (*m pl* **-ci**) *adj/s med* disneico, -a

disponibil|e *adj* disponible; (*que se puede contar con él*) atento, -a, amable; ***Mario è molto ~*** *Mario es muy atento* ◊ ***fondi ~i*** *mpl com* fondos disponibles; **~ità 1.** *f inv* disponibilidad *f*; *adm* excedencia forzosa *f*; **2.** *fpl* (*medios, dinero*) disponibilidad(es) *f(pl)*, disponible *m*

disporre ‹*pongo; posi; posto*› V. 56 *vt/i* ‹*avere*› disponer

disposi|tivo *m* dispositivo ◊ ***~ intrauterino (IUD)*** dispositivo intrauterino (DIU); **~zione** *f* disposición ◊ ***~ testamentarie*** disposiciones testamentarias; ***a ~*** *adv* a su/mi… disposición; ***a sua completa ~*** *adv* a su entera disposición, para lo que guste usted mandar

disposto, -a 1. *adj* dispuesto, -a; **2.** *m jur* dispuesto; ***il ~ della legge*** *lo dispuesto en/por la ley*; **3.** *pp* V. **diporre** ◊ ***ben, mal ~*** (*favorable, desfavorable*) bien, mal dispuesto

dispoti|co, -a (*m pl* **-ci**) *adj pol tamb. fig* despótico, -a, tiránico, -a, dictatorial; **~smo** *m pol tamb. fig* despotismo ◊ ***~ illuminato*** despotismo ilustrado

dispregi|ativo, -a *adj* despreciativo, -a; **~o** (*pl* **-gi**) *m* desprecio

disprezz|abile *adj* despreciable; **~are** *vt* despreciar; **~o** *m* desprecio

disputa *f* disputa

disputabile *adj* disputable, discutible; *sport* disputable

disputare ‹*esd*› **1.** *vi* ‹*avere*› 1. disputar, debatir (**di/su qc** de/sobre u-c); 2. disputar, competir; **2.** *vt* disputar, debatir, discutir; *sport* disputar

disquisi|tore, -trice *adj/s* disquisitivo, -a; **~zione** *f* disquisición

dissacra|re *vt relig tamb. fig* desacralizar; **~zione** *f relig tamb. fig* desacralización

dissala|re *vt* desalar; **~tore** (*var.* **desalatore**) *m tecn* desaladora *f*; **~zione** *f* desalación

dissangua|mento *m* desangramiento; **~re** *vt tamb. fig* desangrar

dissapore *m* rencilla *f*, desacuerdo

dissecare *vt med* diseccionar, disecar

disseccare *vt* desecar, resecar

disselciare *vt* (*calle*) desempedrar

dissemina|re ‹*esd*› *vt* 1. diseminar, esparcir; 2. divulgar, propagar; **~tore, -trice** *m/f* 1. diseminador, -a, esparcidor, -a; 2. divulgador, -a, propagador, -a; **~zione** *f bot* diseminación

dissennat|ezza *f* insensatez; **~o, -a** *adj/s* insensato, -a

dissenso *m* disensión *f*, desavenencia *f*, desacuerdo

dissenteria *f med* disentería

dissenti|mento *m* disentimiento, desacuerdo; **~re** *vi* ‹*avere*› disentir (**da q su qc** de alg en/sobre u-c)

dissenziente *adj* 1. discorde, en desacuerdo; 2. disidente

disseppellire ‹*isc*› *vt* desenterrar, exhumar

dissequestr|are *vt* desembargar; **~o** *m* desembargo

disserta|re *vi* ‹*avere*› disertar (**su qc** sobre u-c); **~zione** *f* disertación ◊ ***~ di laurea*** tesis de licenciatura

disservizio (*pl* **-zi**) *m* mal funcionamiento, ineficacia *f*, deficiencia *f*

dissest|are *vt* desarreglar, desordenar; **~ato, -a** *adj* en mal estado; ***strada ~a*** *carretera en mal estado*; desastrado, -a; **~o** *m* desarreglo, desorden

disseta|nte *adj* refrescante; ***bibita ~*** *bebida refrescante*; **~re** *vt* refrescar, quitar la sed

dissettore *m med* disector

dissezione *f med* disección

dissi… V. **dire**

dissid|ente *adj/s* disidente; **~enza** *f* disidencia; **~io** (*pl* **-di**) *m* disenso, desacuerdo, discrepancia *f*

dissigillare *vt* desellar

dissimilazione *f ling* disimilación

dissimile *adj* diferente

dissimmetri|a *f* disimetría; **~co, -a** (*m pl* **-ci**) *adj* disimétrico, -a

dissimula|re ‹*esd*› *vt* 1. disimular, fingir; 2. disimular, disfrazar; **~tore, -trice** *m/f* disimulador, -a; **~zione** *f* disimulo *m*, disimulación

dissipa|re ‹*esd*› *vt* disipar; **~tezza** *f* disipación; **~to, -a** *adj* disipado, -a, vicioso, -a; **~tore, -trice** *m/f* disipador, -a, malgastador, -a; **~zione** *f* disipación

dissocia|bile *adj* disociable; **~re** *vt* disociar; **~to, -a** *adj* disociado, -a; **~zione** *f* disociación

dissoda|mento *m agric* roturación *f*, artiga *f*; **~re** *vt agric* roturar, artigar

dissolsi…, dissolto V. **dissolvere**

dissolu|bile *adj* disoluble; **~bilità** *f inv* disolubilidad *f*; **~tezza** *f* disolución, disipación, desenfreno *m*; **~to, -a** *adj* disoluto, -a, licencioso, -a, crápula; **~zione** *f* disolución

dissolven|te 1. *adj* disolvente; **2.** *m raro* disolvente; **~za** *f cine* fundido *m* ◊ ***~ incrociata*** fundido encadenado (*m*)

dissolvere ‹*dissolsi/dissolvetti/dissolvei; dissolto*› V. 5 *vt* disolver

dissomiglia|nza *f* disimilitud; **~re** *vi raro* desemejar (**da** de)

dissona|nte *adj mús tamb. fig* disonante, discordante; **~nza** *f* 1. *mús* disonancia, discordancia; 2. discordancia, desacuerdo *m*; **~re** *vi* ‹*avere*› *mús* disonar

dissotterrare *vt* desenterrar

dissua|dere ‹*dissuasi; dissuaso*› V. 35 *vt* disuadir (**q da qc** a alg de u-c); **~sione** *f* disuasión; **~sivo, -a** *adj* disuasivo, -a, disuasorio, -a; **~so** V. **dissuadere**

dissuggellare *vt* desellar, romper el sello

distacc|amento *m mil* destacamiento; **~are 1.** *vt* 1. separar; **~ *un bambino dalla madre*** *separar a niño de su madre*; quitar, desprender, despegar; **~ *un francobollo dalla lettera*** *despegar un sello de la carta*; arrancar; 2. *adm/mil* destacar; 3. *sport* dejar atrás (**q** a alg), destacarse (**q** sobre alg); **2. ~rsi** 1. *tamb. fig* despegarse, separarse (**da** de); 2. destacarse, sobresalir; **~ato, -a** *adj* 1. destacado, -a; 2. distante, impasible, indiferente; **~o** (*pl* **-chi**) *m* 1. *tamb. fig* separación *f*; (*objetos pegados*) desprendimiento; 2. (*sentimientos*) distancia *f*, desapego; 3. *aero* despegue; 4. *sport* ventaja *f* ◊ **~ *della retina*** *med* desprendimiento de retina; ***vincere con ~*** *sport* ganar con holgura, ganar con ventaja

distan|te 1. *adj tamb. fig* distante, lejano, -a; **2.** *adv* lejos; ***venire da molto ~*** *venir de muy lejos*; **~za** *f* distancia ◊ ***(man)tenere le ~e*** mantener las distancias; ***prendere le ~ da q/qc*** marcar distancias con alg/con u-c; ***venire fuori alla ~/vincere alla ~*** *sport tamb. fig* ganar en el último momento; **~ziamento** *m* distanciamiento; **~ziare** *vt* distanciar; *sport* distanciar, aventajar

distare (*sin tiempos compuestos*) *v/def* distar (**da** de); ***l'edicola ~ poco da casa mia*** *el quiosco dista poco de mi casa*

distendere ‹*tesi; teso*› V. 58 **1.** *vt tecn* destensar; (*nervios, músculos*) relajar, distender; (*piernas*) estirar; (*velas*) desplegar; (*ropa*) tender; (*cuerpo*) acostar, tumbar, tender; tumbar, abatir, echar por tierra; (*crema, líquidos, colores...*) extender, untar; **2. ~rsi** 1. relajarse; 2. tumbarse, acostarse

distensi|one *f* 1. relajamiento *m*; *pol* distensión; 2. *sport* (*halterofilia*) levantamiento en dos tiempos *m*; **~vo, -a** *adj* relajante; *pol* distensivo, -a; ***politica ~a*** *política de distensión*

distesa *f* 1. extensión, superficie; 2. hilera, ristra ◊ ***a ~*** sin parar; ***suonare a ~*** echar las campanas al vuelo, repicar; **~mente** *adv* (*hablar, tratar*) detenidamente, extensamente

distesi... V. **distendere**

disteso, -a 1. *adj* 1. tendido, -a, acostado, -a; 2. (*ropa*) tendido, -a; 3. amplio, -a, extenso, -a; **2.** *pp* V. **distendere** ◊ ***per ~*** *adv* largo y tendido

distico (*pl* **-ci**) *m lit* dístico

distill|are 1. *vt quím* destilar; (*lágrimas*) derramar; **2.** *vi* gotear, filtrarse; **~ato, -a** *adj/m* destilado, -a; **~atoio** (*pl* **-oi**) *m* alambique, destilador; **~atore, -trice 1.** *adj* destilador, -a; **2.** *m* alambique, destilador; **~azione** *f* destilación ◊ **~ *frazionata, distruttiva*** destilación fraccionada, destructiva; **~eria** *f* destilería

distinguere ‹*distinguo; distinsi; distinto*› V. 24 **1.** *vt* distinguir (**da** de); **2. ~rsi** distinguirse, destacar, sobresalir

distint|a *f com* lista, listín *m*, nota; **~ivo, -a** *adj/m* distintivo, -a; **~o, -a 1.** *adj* distinguido, -a (!); **2.** *pp* V. **distinguere** ◊ **~*i saluti*** (*en cartas formales*) reciba mis más cordiales saludos, le saludo atentamente

distinzione *f* distinción

distogliere ‹*tolgo; tolsi; tolto*› V. 12 *vt* alejar, separar; distraer (**q da qc** a alg de u-c)

distorcere ‹*torco; torsi; torto*› V. 80 *vt* 1. *med* torcer, dislocar; 2. *fís tamb. fig* distorsionar

distorsione *f* 1. *med* torcedura, dislocación, esguince *m*; 2. *fís/mús* distorsión

distorto V. **distorcere**

distra|rre ‹*traggo; traevo; trassi; tratto*› V. 81 **1.** *vt* distraer (**q da qc** a alg de u-c), apartar; (*la mirada*) desviar, apartar; *econ* desviar; distraer, entretener; **2. ~rsi** distraerse, entretenerse; **~tto, -a 1.** *adj/s* distraído, -a, despistado, -a; **2.** *pp* V. **distrarre**; **~zione** *f* 1. distracción, descuido *m*, despiste *m*; 2. *econ* desvío *m*, distracción; 3. distracción, diversión, entretenimiento *m*

distretto *m* distrito; *geogr* comarca *f*, zona *f* ◊ **~ *carbonifero*** zona carbonífera (*f*); **~ *elettorale*** distrito electoral; **~ *postale*** distrito postal

distribu|ire ‹*isc*› *vt* repartir; **~ *i compiti*** *repartir las tareas*; **~ *la posta*** *repartir el correo*; (*gas, libros, películas...*) distribuir; **~tivo, -a** *adj* distributivo, -a ◊ ***giustizia ~a*** *f* justicia distributiva; **~tore, -trice 1.** *adj* distribuidor, -a; **2.** *m/f* (*persona*) repartidor, -a; **3.** *m* distribuidor, máquina expendedora *f*; estación de servicio *f*, gasolinera *f*; *mec* ◊ **~ *automatico*** *m* máquina automática (*f*), máquina de monedas (*f*); **~ *cinematografico*** distribuidora cinematográfica (*f*); **~ *di benzina*** *m* surtidor de gasolina; **~ *di sigarette*** máquina de tabaco (*f*); **~zione** *f* 1. (*premios, botín, papeles, correo*) reparto *m*; *com* (*gas, luz, películas, libros*) distribución; (*cantidades*) repartición; 2. *mec/tecn* distribución ◊ **~ *del reddito*** *econ* reparto de la renta disponible (*m*); ***grande ~*** *com* gran distribución

districare 1. *vt tamb. fig* desenredar, desenmarañar; **2. ~rsi** desenvolverse, manejarse

distrofia *f med* distrofia

distruggere ‹*distruggo; distrussi; distrutto*› V. 25 *vt* destruir

distrutt|ivo, -a *adj* destructivo, -a; **~o, -a 1.** *adj* 1. destruido, -a; 2. molido, -a, deshecho, -a, hecho, -a polvo (*coloq*); ***sono ~a*** *estoy molida*; **2.** *pp* V. **distruggere**; **~ore, -trice** *adj/s* destructor, -a

distruzione *f* destrucción

disturb|are 1. *vt* molestar, importunar; estorbar, obstaculizar; *med* sentar mal, caer mal; **2. ~rsi** molestarse, tomarse la molestia; ***non si disturbi*** *no se moleste*; **~atore, -trice** *adj/s* perturbador, -a, alborotador, -a; **~o** *m* molestia *f*, estorbo, obstáculo; *med* molestia *f*; *telec* interferencia *f* ◊ ***arrecare, dare ~*** molestar; ***azione di ~*** *f mil* maniobra de distracción; ***essere di ~*** ser un obstáculo; ***prendersi/darsi tanto ~ per q*** tomarse muchas molestias por alg; ***tolgo il ~*** me despido, me marcho

disubbidi|ente *adj* desobediente; **~enza** *f* desobediencia; **~re** ‹*isc*› *vt/i* ‹*avere*› desobedecer; **~ *a q*** *desobedecer a alg*; **~ *a un ordine*** *desobedecer una orden*

disuguaglia|nza *f* desigualdad; **~re** *vt* desigualar

disuguale *adj* desigual

disuman|izzare *vt* deshumanizar; **~izzazione** *f* deshumanización; **~o, -a** *adj* inhumano, -a, infrahumano, -a

disumidire ‹*isc*› *vt* deshumedecer

disuni|one *f* desunión; **~re** ‹*isc*› *vt* desunir

disusato, -a *adj* desusado, -a, raro, -a

disuso *m* desuso ◊ ***cadere in ~*** caer en desuso

disutile *adj* inútil, inservible; (*persona*) inútil, inepto, -a

dita|le *m* dedal; **~lino 1.** *m vulg* (*mujer*) paja *f*; ***farsi un ~*** *hacerse una paja*; **2.** *mpl* ="tipo de pasta en forma de diminutos cilindros" *m*; **~ta** *f* dedada

diteggiatura *f mús* digitación

ditiramb|ico, -a (*m pl* **-ci**) *adj lit* ditirámbico, -a; **~o** *m lit* ditirambo

dito (*pl* **i diti/le dita**) (*la forma del plural* **le dita** *tiene valor colectivo*) *m* dedo ◊ ***~ grosso*** dedo gordo; ***contare sulle ~a/sulla punta delle ~a*** contar con los dedos (de una mano); ***leccarsi le ~a*** *fig* chuparse los dedos; ***legarsela al ~*** *fig* guardársela a alg; ***mettere il ~ sulla piaga*** *fig* poner el dedo en la llaga; ***mostrare/segnare a ~*** *fig* señalar con el dedo; ***non muovere/alzare un ~ in favore di q*** no mover un dedo en favor de alg/por alg; ***sulla punta delle ~a*** al dedillo

ditta *f com* firma, empresa, casa ◊ ***paga, offre la ~*** paga, invita la casa; **~fono** *m* dictáfono; **~tore, -trice** *m/f pol tamb. fig* dictador, -a; **~toriale** *adj* dictatorial; **~tura** *f pol* dictadura

dittero *m zool* díptero

dittico (*pl* **-ci**) *m* (*pintura*) díptico

dittong|are *vi* ‹*avere*› diptongar; **~azione** *f* diptongación; **~o** (*pl* **-ghi**) *m* diptongo

diure|si *f inv med* diuresis; **~tico, -a** (*m pl* **-ci**) *adj med* diurético, -a

diurn|ista *m/f* jornalero, -a, eventual; **~o, -a** *adj* diurno, -a

diva *f cine/mús* diva, estrella; **~gare** *vi* ‹*avere*› divagar; **~gazione** *f* divagación; **~mpare** *vi* (*guerra, incendio*) estallar; arder, consumirse; ***~ d'odio*** *arder de odio, consumirse por el odio*; **~no** *m* diván, sofá ◊ ***~ alla turca*** otomana (*f*); ***~ letto*** sofá cama; **~ricare** ‹*esd*› *vt* abrir, separar; **~rio** (*pl* **-ri**) *m* diferencia *f*, divergencia *f* ◊ ***~ di opinioni*** diferencia de opiniones/de pareceres (*f*); ***~ tecnologico*** brecha tecnológica (*f*)

diven|ire ‹*vengo; venni; venuto*› V. 86 V. **diventare**; **~tare** *vi* convertirse (**qc** en u-c), volverse, hacerse, llegar a ser; ***~ medico*** *convertirse en médico, hacerse médico*; ***~ pazzo*** *volverse loco*; ***~ famoso*** *hacerse famoso*; ***~ grande*** *hacerse mayor* ◊ ***~ di sasso*** quedarse de piedra; ***~ rosso/di tutti i colori*** ponerse colorado

diverbio (*pl* **-bi**) *m* discusión *f*, disputa *f*

divergen|te *adj* divergente; **~za** *f* divergencia

divergere (*V. sin Pl ni pp*) *v/def* divergir

divers|amente *adv* 1. de otra forma, de otro modo, de forma diferente; 2. si no; ***sbrigati, ~ me ne vado*** *date prisa, si no me voy* ◊ **~ *da*** al contrario que; **~ificare** ‹*esd*› *vt* diversificar; **~ificazione** *f* diversificación; **~ione** *f* desviación; *mil* distracción; **~ità** *f inv* diversidad *f*; **~ivo, -a 1.** *adj mil* de distracción; **2.** *m* distracción *f*, entretenimiento ◊ ***manovra ~a*** *f* maniobra de distracción; **~o, -a 1.** *adj* diferente, distinto, -a; **2.** *adj/pron pl* varios, -as, algunos, -as; ***ci sono ~e possibilità*** *hay varias posibilidades*

divert|ente *adj* divertido, -a, entretenido, -a, distraído, -a; **~imento** *m* 1. diversión *f*, entretenimiento, distracción *f*; 2. *mús* divertimento ◊ ***bel ~!*** *irón* ¡menuda diversión!, ¡vaya diversión!; ***buon ~!*** ¡que te lo pases bien!, ¡que os lo paséis bien!...; **~ire** ‹*isc/diverto*› **1.** *vt* divertir, entretener, distraer; **2. ~rsi** divertirse, pasár(se)lo bien ◊ ***~rsi alle spalle di q*** divertirse a costa de alg; **~ito, -a** *adj* (*expresión*) divertido, -a, jovial, risueño, -a

divezza|mento *m* destete; **~re** *vt* desacostumbrar, deshabituar; (*niño*) destetar

dividendo *m econ/mat* dividendo

dividere ‹*divisi; diviso*› V. 61 *vt* 1. dividir, partir; ***~ a metà*** *partir por la mitad*; *mat* dividir; ***~ 9 per 3*** *dividir 9 entre 3*; 2. repartir; ***~ fra tutti*** *repartir entre todos*; 3. dividir, desunir

divieto *m* prohibición *f* ◊ ***~ di pesca, di caccia*** veda (de pesca, de caza) (*f*); ***~ di sosta*** prohibido estacionar, estacionamiento prohibido; ***~ di transito*** prohibido el paso

divina|re *vt* adivinar; prever; **~tore, -trice** *adj/s* adivino, -a; **~torio, -a** (*m pl* **-ri**) *adj* adivinatorio, -a; **~zione** *f* adivinación

divincola|mento *m* forcejeo, agitación *f*; **~rsi** ‹*esd*› debatirse, forcejear, agitarse

divin|ità *f inv* divinidad *f*, deidad *f*; **~izzare** *vt* divinizar, deificar; *fig* endiosar; **~izzazione** *f* divinización, deificación; **~o, -a** *adj tamb. fig* divino, -a

divisa *f* 1. (*traje*) uniforme *m*; 2. *heráld* divisa; 3. *econ* divisa

divisi... V. **dividere**

divisibi|le *adj* divisible; **~ità** *f inv* divisibilidad *f*

division|ale *adj mil* divisional, de división ◊ ***moneta ~*** *f econ* moneda divisionaria; **~e** *f* 1. *mat/mil* división; 2. división, (re)partición; 3. división, desunión ◊ ***~ corazzata*** *mil* división acorazada; ***~ dei poteri*** *pol* división de poderes; ***~ del lavoro*** división del trabajo; ***~ ospedaliera*** sala de hospital; ***massima ~*** *sport* máxima división, división de honor

divismo *m* divismo

diviso, -a 1. *adj* dividido, -a, partido, -a; ***quattro ~ due fa due*** *cuatro entre/dividido por dos da dos*; **2.** *pp* V. **dividere**; **~re** *m mat* divisor ◊ ***massimo comun ~*** máximo común divisor; **~rio,**

-a (*m pl* **-ri**) **1.** *adj* 1. *geogr* divisorio, -a; 2. *arq* medianero, -a; **2.** *m* 1. *geogr* divisoria *f*; 2. *arq* tabique

divo *m* 1. *elev* divo, deidad *f*; 2. *cine/mús* divo, estrella *f*

divora|re *vt gastr tamb. fig* devorar, engullir ◊ **~ *qc/q con gli occhi*** comerse u-c/a alg con los ojos; **~tore, -trice** *m/f gastr tamb. fig* devorador, -a

divorzi|are *vi ‹avere›* divorciarse (**da q** de alg); **~ato, -a** *adj/s* divorciado, -a; **~o** (*pl* **-zi**) *m jur tamb. fig* divorcio; **~sta** *adj/s* divorcista

divulga|re *vt* divulgar, difundir; popularizar; **~tivo, -a** *adj* divulgativo, -a; **~tore, -trice** *m/f* divulgador, -a; **~zione** *f* divulgación

dizion|ario (*pl* **-ri**) *m* diccionario, vocabulario; **~arista** *m/f* lexicógrafo, -a, diccionarista; **~e** *f* dicción

dl (*decilitro*) *abr* (*decilitro*) dl.

DL (*Decreto Legge*) *abr* Decreto Ley

dm (*decimetro*) *abr* (*decímetro*) dm.

DM (*Decreto Ministeriale*) *abr* (*Orden Ministerial*) OM

DNA (*var.* **ADN**) (*acido desossiribonucleico*) *abr/m* (*ácido desoxirribonucleico*) ADN, DNA

do *m inv mús* do ◊ **~ *di petto*** *tamb. fig* do de pecho

do V. **dare**

dobermann *m* dóberman, dóbermann

DOC (*Denominazione di Origine Controllata*) *abr* (*Denominación de Origen Cualificada*) DOC

doc *adj inv* genuino, -a, auténtico, -a

docci|a (*pl* **-ce**) *f* ducha ◊ **~ *fredda*** *fig* jarro de agua fría (*m*); **~ *scozzese*** ducha escocesa; ***fare la ~*** ducharse, darse una ducha; **~one** *m arq* canalón; *arq/hist* gárgola *f*

docen|te 1. *adj* docente; **2.** *adj/s* profesor, -a ◊ ***personale ~*** *m* personal docente, cuerpo académico; **~za** *f* docencia

docil|e *adj zool tamb. fig* dócil

docilità *f inv zool tamb. fig* docilidad *f*

dock *m inv* (*puerto*) dock

document|ale *adj* documental; **~are** *vt* documentar; **~ario** (*pl* **-ri**) *m cine/TV* documental; **~arista** *m/f cine/TV* documentalista; **~atore, -trice** *m/f* documentalista; **~azione** *f* documentación; **~o 1.** *m* documento; **2.** *mpl adm* documentación *f*, papeles

dodeca|edro *m mat* dodecaedro; **~fonia** *f mús* dodecafonía; **~gono** *m mat* dodecágono; **~sillabo, -a** *adj/m lit* dodecasílabo, -a

dodicenn|e 1. *adj* de doce años, doceañero, -a (*coloq*); **2.** *m/f* persona de doce años, doceañero, -a (*coloq*); **~io** (*pl* **-ni**) *m* período de doce años

dodicesimo, -a 1. *adj* (*orden*) duodécimo, -a; doce; ***Pio XII*** *Pío XII (Doce)*; **2.** *adj/s* (*parte*) doceavo, -a

dodici *adj/m inv* doce

doga (*pl* **-ghe**) *f* duela

dogan|a *f* aduana; **~ale** *adj* aduanero, -a; **~iere** *m* aduanero

dogaressa *f hist* dogaresa

doge *m hist* dux

doglia 1. *f elev* dolor *m* (*estánd*); **2.** *fpl* dolores del parto *mpl*

dogma *m* dogma

dogmati|ca *f* dogmática; **~co, -a** (*m pl* **-ci**) *adj* dogmático, -a; **~smo** *m* dogmatismo; **~zzare** *vi ‹avere›* dogmatizar

dolce 1. *adj* dulce; **2.** *m* dulce; postre; ***essere al ~*** *estar en el postre, estar en la hora del dulce*; **~amaro, -a** *adj tamb. fig* dulce y amargo, -a

dolce far niente *m inv* dolce far niente (*elev*)

dolcemele *m mús* dulcémele

dolcevita (*var.* **dolce vita**) *f inv* 1. dolce vita (*elev*); 2. jersey de cuello de cisne *m*

dolcezza *f* dulzura ◊ ***le ~e della vita*** las alegrías de la vida

dolcia|na *f mús/hist* dulzaina; **~rio, -a** (*m pl* **-ri**) *adj/s* pastelero, -a, confitero, -a; **~stro, -a** *adj* 1. (*sabor*) dulzón, -ona, dulzarrón, -ona; 2. melifluo, -a, melindroso, -a

dolci|chini *mpl bot/gastr* chufas *fpl*; **~ficante** *m* edulcorante; **~ficare** *‹esd› vt* dulcificar; *quím* edulcorar; **~umi** *mpl* golosinas *fpl*, dulces

dole|nte *adj* 1. doliente, dolorido, -a; 2. apenado, -a, apesadumbrado, -a; ***sono ~ per l'accaduto*** *siento mucho lo que ha pasado*; **~re** *‹dolgo; dolsi; doluto›* V. 27 **1.** *vi* 1. doler; ***mi duole un dente*** *me duele un diente*; 2. sentir, lamentar; ***mi duole di non potervi aiutare*** *siento no poder ayudaros*; **2. ~rsi** dolerse, lamentarse, quejarse (**di** de)

dolina *f geol* dolina, torca

dollarizzazione *f econ* dolarización

dollaro *m* dólar

dolmen *m inv* dolmen *m*

dolo *m jur* dolo

dolomia *f min* dolomía

dolomite *f min* dolomita

Dolomiti: le ~ *fpl* las Dolomitas

dolor|ante *adj* doliente, quejoso, -a; **~are** *vi ‹avere› elev* dolerse (*estánd*); **~e** *m med tamb. fig* dolor ◊ ***con tutto il mio ~*** *adv* con todo el dolor de mi corazón; ***saranno ~!*** ¡preparémonos!, ¡preparaos!...; **~ifico, -a** (*m pl* **-ci**) *adj* doloroso, -a; **~oso, -a** *adj* doloroso, -a

dolosità *f inv jur* dolo *m*

doloso, -a *adj jur* doloso, -a

dolsi... V. **dolere**

doma|bile *adj zool tamb. fig* domable; **~nda** *f* 1. pregunta; 2. petición; *adm* solicitud; ***inoltrare/fare una ~*** *presentar una solicitud*; *econ* demanda ◊ ***~ e offerta*** oferta y demanda; **~ndare 1.** *vt* 1. preguntar; 2. pedir; **2.** *vi* preguntar (**di q** por alg); **~ni** *adv/m inv* (*día siguiente*) mañana ◊ **~ *mattina*** mañana por la mañana; **~ *si penserà*** mañana será otro día; ***a ~*** *adv* hasta mañana; ***dall'oggi al ~*** *adv* de la noche a la mañana; **~re** *vt zool tamb. fig* domar, amansar; **~tore, -trice** *m/f* domador, -a; (*caballos*) chalán *m* (*Am*); **~ttina** *adv* mañana por la mañana; **~tura** *f* doma

domenica *f* domingo *m* (!) ◊ **~ *delle Palme*** domingo de Ramos (*m*); **~ *di Pasqua*** domingo de Pascua (*m*), domingo de Resurrección (*m*); **~ *in Albis*** domingo de Cuasimodo (*m*)

domenicale *adj* dominical

domenicano, -a *adj/s* 1. *relig* dominico, -a; 2. *geogr* (*de la República Dominicana*) dominicano, -a

domestilca V. **domestico**; **~chezza** V. **dimestichezza**; **~cità** *f inv* docilidad *f*, mansedumbre *f*; **~co, -a** (*m pl* **-ci**) **1.** *adj* doméstico, -a; **2.** *m/f* criado, -a, sirviente, -a, chacha *f*, mucamo, -a (*Arg/Ur*)

domicililare 1. *adj jur* domiciliar; **2.** *vt com* (*letra*) domiciliar; **3. ~rsi** domiciliarse, empadronarse, avecindarse ◊ ***arresto*** **~** *m* arresto domiciliar; ***perquisizione*** **~** *f* registro domiciliar; **~azione** *f* domiciliación ◊ **~ *delle bollette*** domiciliación de recibos; **~o** (*pl* **-li**) *m jur* domicilio ◊ **~ *fiscale, legale*** domicilio fiscal, legal

dominalnte 1. *adj* dominante, predominante; **2.** *f cine/foto/mús* dominante; **~re** ‹*esd*› **1.** *vt/i* dominar; **2. ~rsi** dominarse, controlarse; **~tore, -trice** *adj/s* dominador, -a; **~zione** *f* dominación

dominicale *adj jur/relig* dominical

dominio (*pl* **-ni**) *m* 1. dominio, autoridad *f*; 2. dominio, posesión *f*, tierra *f*; 3. *informát* dominio ◊ **~ *di sé*** dominio de sí mismo; ***di*** **~ *pubblico*** *adj tamb. fig* (*bien, noticia...*) de dominio público

domino *m* (*juego, traje*) dominó

domma... V. **dogma...**

don *adj* 1. (*tratamiento que se aplica sólo al clero*) don; 2. *merid* don

donalre 1. *vt jur/med* donar; **2.** *vi* ‹*avere*› 1. *jur* hacer una donación *vt*; 2. sentar bien ◊ **~ *il sangue, gli organi*** donar sangre, órganos; **~tario, -a** (*m pl* **-ri**) *m/f jur* donatario, -a; **~tivo** *m* donativo; **~tore, -trice** *m/f med* donante; **~zione** *f jur/med* donación

donchisciotte *m* quijote

Don Chisciotte *m lit* Don Quijote

donde *adv* 1. *elev* de donde, desde donde; ***il posto*** **~ *è uscito*** *el lugar desde donde ha salido*; 2. de lo que; **~ *si deduce...*** *de lo que se deduce...*

dondollamento *m* balanceo, vaivén; **~are** ‹*esd*› **1.** *vt* mecer, balancear; columpiar; acunar; **2.** *vi* balancearse, columpiarse; **3. ~rsi** mecerse, columpiarse; **~io** (*pl* **-lii**) *m* balanceo

dondolo *m coloq* columpio ◊ ***cavallo a*** **~** *m* caballito; ***sedia, poltrona a*** **~** *f* mecedora

dondoloni *adv* 1. meciéndose, balanceándose; 2. holgazaneando ◊ ***andare*** **~** hacer el vago

dongiovanni *m inv* donjuán *m*

donna *f* 1. mujer; 2. criada, sirvienta; 3. (*naipes*) reina ◊ **~ *a ore*** asistenta por horas; **~ *cannone*** (*feria, circo*) mujer forzuda; **~ *delle pulizie*** mujer de la limpieza; **~ *di casa*** mujer de su casa; **~ *di servizio*** asistenta, chacha, criada; **~ *di strada*** *desp* mujer de la calle; **~ *fissa*** interna; **~ *galante/~ di vita (allegra)*** *euf* mujer de vida alegre; ***andare a*** **~*e*** ir de ligue, ir a ligar; ***prima*** **~** *mús* prima donna; **~ccia** (*pl* **-ce**) *f desp* mujerzuela, guaricha (*Am*); **~iolo, -a** *adj/m* mujeriego, -a

donnesco, -a (*m pl* **-chi**) *adj* mujeril, de mujeres; ***lavori*** **~*i*** *faenas de mujeres*

donnilcciola *f* 1. mujercita; 2. *desp* cotilla; 3. *desp* gallina *m*, miedoso *m*; **~na** *f* 1. mujercita; 2. *desp* mujerzuela, guaricha (*Am*) ◊ **~ *allegra*** mujer de vida alegre

donnola *f zool* comadreja

donnone *m* mujerona *f*

dono *m* 1. don, dádiva, obsequio; 2. (*cualidad*) don; ***avere il*** **~ *delle lingue*** *tener don de lenguas*; ***no avere il*** **~ *dell'ubiquità*** *no poseer el don de la ubicuidad*

donzellla *f* 1. *elev* doncella; 2. *zool* doncella, budión *m*; **~o** *m hist* doncel

dopante *adj* dopante

doparsi *sport* doparse

doping ['dɔpin] *m inv* dopaje *m*, dóping

dopo 1. *adv* después, luego, más tarde; ***ci vediamo*** **~** *nos vemos luego/más tarde*; **2.** *prep* después de; **~ *la pioggia esce il sole*** *después de/tras la lluvia sale el sol*; **~ *di me, te, lui*** *después de mí, ti, él*; **~ *pranzo, cena*** *después de comer, de cenar*; **3.** *conj* después de; **~ *averlo fatto, si pentì*** *después de hacerlo/haberlo hecho, se arrepentió*; **4.** *adj inv* siguiente *adj*; ***il giorno*** **~** *el día siguiente* ◊ **~ *Cristo (d.C.)*** *adv* después de Cristo (d.C., d.d.C.); **~ *di che*** después de lo cual; **~ *tutto*** al fin y al cabo, después de todo; ***a*** **~** *adv* (*despedida*) hasta luego; ***poco*** **~** *adv* al poco tiempo, poco después; **~barba** *m inv* loción para después del afeitado *f*, after-shave *inv*; **~borsa** *m inv econ* operaciones fuera del parqué *fpl*; **~cena** *m inv* (*tras la cena*) sobremesa *f*; **~ché** (*var.* **dopo che**) *conj* después de que; **~diché** V. **dopo**; **~domani** *adv* pasado mañana; **~guerra** *m inv* posguerra *f* (!); **~lavoro** *m inv* ="organismo que organiza actividades para el tiempo libre de los trabajadores"; **~pranzo** *m inv* (*después de comer*) sobremesa *f*; **~scì** *adj/m inv* après-ski; **~sole** *m inv* after sun, crema para después del sol *f*; **~tutto** V. **dopo**

doppilaggio (*pl* **-gi**) *m cine* doblaje; **~are** *vt cine/mar/sport* doblar; **~atore, -trice** *m/f cine* doblador, -a, actor, actriz de doblaje; **~etta** *f* 1. *mil* escopeta de dos cañones; 2. *auto* doble embrague *m*; 3. *sport* (*fútbol*) doblete *m*; **~ezza** *f* 1. duplicidad; 2. doblez, falsía, mala intención

doppio, -a (*m pl* **-pi**) **1.** *adj* 1. doble; 2. falso, -a, hipócrita; **2.** *adv* doble; ***vederci*** **~** *ver doble*; **3.** *m* 1. doble; 2. *sport* dobles *mpl*; 3. *teat* doble; **~fondo** (*pl* **doppifondi**) *m* 1. *nav* doble fondo; 2. (*maleta*) doble fondo; **~lavorista** *m/f* pluriempleado, -a; **~ne** *m* 1. duplicado; 2. *ling* doblete; **~pesismo** *m pol* doble rasero; **~petto** *adj/m inv* chaqueta cruzada *f*

doppista *m/f sport* jugador, -a de dobles
dora|re *vt gastr/metal* dorar; **~to, -a** *adj* dorado, -a; **~tore, -trice** *m/f* dorador, -a; **~tura** *f* dorado *m*
dorico, -a (*m pl* **-ci**) *adj/m arq/hist* dórico, -a
dorifor|a *f zool* escarabajo de la patata *m*; **~o** *m hist* doríforo
dormeuse *f inv* tumbona *f*, chaise longue
dormi|cchiare *vi* ‹avere› dormitar; **~glione, -a** *adj/s* dormilón, -ona; **~re 1.** *vi* ‹avere› dormir; **2.** *vt* dormir ◊ ***~rci sopra*** consultar (u-c) con la almohada; **~ *come un ghiro/come un masso*** dormir como un lirón/como un tronco; ***~ il sonno dei giusti*** dormir el sueño de los justos; ***chi dorme non piglia pesci*** camarón que se duerme se lo lleva la corriente; ***qui dorme...*** (*lápidas*) aquí yace..; **~ta** *f* 1. sueño *m*, siesta; ***farsi una bella ~*** *echarse una buena siesta*; 2. *zool* dormida; **~tina** *f* sueñecito *m*, cabezadita; **~torio** (*pl* **-ri**) *m* 1. (*colectivo*) dormitorio; 2. ciudad dormitorio (*f*) ◊ ***quartiere, città ~*** barrio, ciudad dormitorio; **~veglia** *m inv* duermevela *m*
dors|ale 1. *adj* dorsal; **2.** *m* (*silla*) respaldo; (*cama*) cabecera *f*; **3.** *f geol* (*montaña, océano*) dorsal ◊ ***salto ~*** *m sport* salto de espalda; ***spina ~*** *f biol* espina dorsal; **~ista** *m/f sport* nadador, -a de espaldas; **~o** *m* 1. dorso; 2. *impr* dorso, lomo; 3. *sport* (*natación*) espalda *f*
dosa|ggio (*pl* **-gi**) *m* dosificación *f*; **~re** *vt* dosificar; **~tore** *m* dosificador; **~tura** *f* dosificación
dose *f* dosis *inv*; ración; ***una buona ~ di legnate*** *una buena ración de palos* ◊ ***~ di richiamo*** dosis de recuerdo; ***rincarare la ~*** cargar las tintas
dosimetria *f* dosimetría
dossier [dos'sje] *m inv* dossier *m*
dosso *m* 1. dorso; 2. *auto* cambio de rasante ◊ ***levarsi di ~*** *tamb. fig* quitarse de en medio; ***levarsi un peso di ~*** quitarse un peso de encima; **~logia** *f relig* doxología
dota|le *adj jur* dotal; **~re** *vt jur tamb. fig* dotar; **~to, -a** *adj* dotado, -a; ***essere ~ per la musica*** *estar dotado para la música*; ***essere ~ di coraggio*** *estar dotado de valor*; **~zione** *f* dotación
dote *f jur tamb. fig* dote
Dott. (*Dottore*) *abr* (*Doctor*) Dr.
dotto, -a *adj/m* docto, -a, sabio, -a; **~rale** *adj* doctoral; *desp* pedante; **~rato** *m* doctorado ◊ ***~ di ricerca*** doctorado, programa/cursos de doctorado; **~re, -essa 1.** *m/f* 1. *estud* (*título dado a los licenciados en Italia*) licenciado, -a (!), doctor, -a; 2. doctor, -a; ***~ in legge*** *doctor en derecho*; 3. *coloq* doctor, -a, médico, -a; **2.** *m relig* doctor ◊ ***~ in agraria*** ingeniero agrónomo; ***i ~i della Chiesa*** *mpl* los doctores de la Iglesia
dottrina *f* doctrina; **~le** *adj* doctrinal; **~rio, -a** (*m pl* **-ri**) *adj/m* doctrinario, -a
Dott.ssa (*Dottoressa*) *abr* (*Doctora*) Dra.
double-face [dubl'fas] *adj inv* reversible *adj* ◊ ***cappotto ~*** *m* abrigo reversible
dove (*se puede apostrofar ante la forma verbal "è"*) **1.** *conj* donde; ***mi piace ~ sono*** *me gusta donde estoy*; (*dirección*) adonde, donde; ***non so ~ andiamo*** *no sé (a)donde vamos*; **2.** *adv* (*interrogativo, exclamativo*) dónde; ***dov'è Cristina?*** *¿Dónde está Cristina?* adónde, dónde; ***~ vai?*** *¿(a)dónde vas?* ◊ ***in/per ogni ~*** *adv* por dondequiera, por doquier; **~re** ‹*devo/debbo; dovei/dovetti; dovuto*› V. 28 **1.** (*verbo modal: obligación*) deber, haber de, tener que; ***devo farlo*** *debo hacerlo, tengo que hacerlo, he de hacerlo*; ***sono dovuto andare*** *he tenido que ir*; ***ho dovuto cantare*** *he tenido que cantar*; **2.** *vt* (*adeudar*) deber; ***~ una somma*** *deber una suma*; ***~ la vita a q*** *deberle la vida a alg*; **3.** *m* (*obligación*) deber ◊ ***a ~*** *adv* a conciencia; ***fare/compiere il proprio ~*** cumplir con su deber; ***sentirsi in ~di qc*** sentirse en la obligación de hacer u-c; ***prima il ~, poi il piacere*** antes es la obligación que la devoción; **~roso, -a** *adj* obligado, -a, debido, -a
dovizia *f elev* (*abundancia*) copia
dovunque *adv/pron inv* por doquier, por dondequiera, por todas partes; ***~ tu vada*** *dondequiera que vayas, vayas donde vayas*
dovuto, -a 1. *adj* debido, -a; **2.** *m* debido; ***bere più del ~*** *beber más de lo debido* ◊ ***~ a*** *prep* debido a
dozzina *f* docena ◊ ***di/da ~*** *adj desp/fig* del montón; **~le** *adj desp* adocenado, -a, vulgar
DP (*1. Decreto Presidenziale 2. Democrazia Proletaria*) *abr* 1. (*Real Decreto*) ="RD" (*Esp*); 2. ="grupo de extrema izquierda"
DPC (*Decreto del Presidente del Consiglio*) *abr*
DPR (*Decreto del Presidente della Repubblica*) *abr*
dracma (*var.* **dramma**) *m* dracma
draconiano, -a *adj tamb. fig* draconiano, -a
draga (*pl* **-ghe**) *f tecn* draga; **~ggio** (*pl* **-gi**) *m tecn* dragado; **~mine** *m inv mil* dragaminas; **~re** *vt tecn* dragar
drago (*pl* **-ghi**) *m mitol/zool* dragón; **~manno** *m hist* dragomán, trujamán; **~ncello** *m bot* estragón; **~ne** *m mitol/mil* dragón
dralon® *m inv* dralón® *m*
dramma 1. *hist* (*moneda*) dracma; 2. *teat tamb. fig* drama; 3. (*moneda*) V. **dracma**; **~tica** *f* dramática; **~ticità** *f inv* dramatismo *m*; **~tico, -a** (*m pl* **-ci**) *adj* dramático, -a; **~tizzare** *vt teat tamb. fig* dramatizar; **~turgia** (*pl* **-gie**) *f* dramaturgia; **~turgo** (*pl* **-ghi**) *m* dramaturgo, -a *m/f*
drappeggi|are *vt* drapear, fruncir; **~o** (*pl* **-gi**) *m* drapeado, fruncido
drappell|a *f mil* banderola; **~o** *m mil* pelotón, escuadrilla *f*
drapperia *f* pañería
drappo *m* paño
drastico, -a (*m pl* **-ci**) *adj* drástico, -a
drena|ggio (*pl* **-gi**) *m agric/med* drenaje; **~re** *vt agric/med* drenar
driade *f mitol* dríade
dribbl|are *vt sport* regatear, driblar; **~ing** ['dribblin] *m inv sport* regate *m*, dribbling

drindrin (*var.* **drin drin**) *onom* ring ring
drink *m inv* copa *f*; ***vuoi un ~?*** *¿quieres una copa?, ¿quieres tomar algo?*
drittla *f coloq* información (*estánd*); *jerga delinc* soplo *m*; **~o, -a 1.** *m/f coloq* listo, -a, despabilado, -a; **2.** *adj* V. **diritto**
drive ['draiv] *m inv* 1. *sport* drive; 2. *informát* unidad de disco *f*; **~-in** [drai'vin] *m inv* drive-in
driver ['draiver] *m inv* 1. *sport* driver *m;* 2. *informát* driver *m,* controlador *m*
drizzare *vt* 1. enderezar, poner recto; 2. erigir, levantar, colocar; 3. (*apuntar*) dirigir; ***~ lo sguardo verso la casa*** *dirigir la mirada hacia la casa* ◊ ***~ le orecchie*** prestar atención
droga (*pl* **-ghe**) *f tamb. fig* droga ◊ ***~e leggere*** drogas blandas; ***~e pesanti*** drogas duras; **~re 1.** *vt* drogar; *sport* dopar; *gastr* especiar; **2. ~rsi** drogarse; *sport* doparse; **~to, -a 1.** *adj* drogado, -a; **2.** *m/f* drogadicto, -a, drogata (*coloq*)
droghleria *f* 1. *sept* droguería; 2. *centr* ultramarinos *m inv* (!), colmado *m* (!); **~iere, -a** *m/f* droguero, -a, tendero, -a
dromedario (*pl* **-ri**) *m zool* dromedario
drop *m inv* (*rugby, fútbol*) drop *m*
drudo *m elev* amante, galán
Ds (*Democratici di Sinistra*) *abr* ="*partido mayoritario de la izquierda italiana*"
dualle *adj* dual; **~ismo** *m* dualismo; **~ità** *f inv* dualidad *f*
dubbio, -a (*m pl* **-bi**) **1.** *adj* dudoso, -a; **2.** *m* duda *f* (!) ◊ ***dare/accordare/concedere il beneficio del ~*** conceder el beneficio de la duda; ***essere (qc) fuori ~*** estar (u-c) fuera de discusión; ***essere in ~*** estar dudoso, -a; ***mettere in ~*** poner en duda, poner en tela de juicio, poner en entredicho; ***non c'è ~*** sin duda, no me cabe duda; ***non c'è ~ che*** no me cabe duda de que; ***senza ~*** *adv* sin duda, por descontado; **~sità** *f inv* duda *f*, incertidumbre *f*; **~so, -a** *adj* dudoso, -a, inseguro, -a
dubitalre ‹*esd*› *vi* ‹*avere*› dudar; ***dubito che venga*** *dudo que venga*; ***ne dubito*** *lo dudo*; temer, sospechar; ***dubito che la malattia sia ben più grave*** *me temo que la enfermedad es bastante más grave*; **~tivo, -a** *adj* dubitativo, -a; **~zione** *f elev* dubitación
dublinlese *adj/s geogr* dublinés, -esa; ***~o** *geogr* Dublín
duca *m* duque; **~to** *m* (*pol, moneda*) ducado
duce *m pol* caudillo ◊ ***il *~*** (*B. Mussolini*) el Duce
duchessa *f* duquesa
due *adj/m inv* dos ◊ ***a ~ a ~*** *adv* de dos en dos; ***come ~ e ~ sono quattro*** *adv* como tres y dos son cinco, como dos y dos son cuatro; ***fare ~ passi*** dar una vuelta; ***tutt'e ~, tutti/tutte e ~*** los dos/las dos; ***tutte e ~ le sorelle*** las dos hermanas
duecentlesco, -a (*m pl* **-chi**) *adj* del siglo XIII; **~ista 1.** *adj* del siglo XIII; **2.** *m/f* autor, -a del siglo XIII; **~o** *adj/s inv* doscientos, -as ◊ ***il *~*** *m* el siglo XIII
duellante *m* duelista; **~are** *vi* ‹*avere*› batirse en duelo; **~ista** *m* duelista; **~o** *m hist tamb. fig* duelo ◊ ***battersi a ~*** batirse en duelo
duemila *adj/m* dos mil ◊ ***il *~*** *m* el siglo XXI
duepezzi (*var.* **due pezzi**) *m inv* 1. (*mujer*) traje de chaqueta *m*; 2. bikini *m*, biquini *m*
duettlista *m/f mús* duetista; **~o** *m mús* dueto, dúo
dulcamara *f bot* dulcamara
dulcinea *f coloq/irón* dulcinea
dulia *f relig* (culto de) dulía
dumping ['dampin] *m inv com* dumping, venta por debajo de los costes *f*
duna *f* duna
dunque *conj* 1. así pues, por (lo) tanto; 2. entonces, pues; 3. ¡venga!, ¡va!; ¿y bien? ◊ ***essere al ~*** estar en el momento crucial; ***veniamo al ~*** vayamos al grano
duo *m* dúo
duodecimlale *adj* duodecimal; **~o, -a** *adj* duodécimo, -a, decimosegundo, -a
duodeno *m med* duodeno
duolo *m elev* (*dolor*) duelo
duomo *m arq* catedral *f*
duopolio *m econ* duopolio
duplex *m inv* (*teléfono*) dúplex
duplica *f jur* dúplica; **~re** ‹*esd*› *vt* duplicar; **~to** *m* duplicado, copia *f*; **~tore** *m tecn* duplicador; **~zione** *f* duplicación
duplice *adj* doble, dúplice
duplicità *f inv* duplicidad *f*
duracina: frutta ~ (*var.* **duracina**) *f* durazno *m*
duracino, -a (*var.* **duracino**) *adj* ="(fruta) que tiene la pulpa dura y asida al hueso" ◊ ***pesca ~a*** *f bot* pavía
duralluminio (*pl* **-ni**) *m* duraluminio
duramadre (*var.* **dura madre**) *f med* duramadre, duramáter
durame *m bot* duramen
durante *prep* durante ◊ ***vita natural ~*** *adv* mientras viva
durare *vi* ‹*avere/essere*› 1. durar, continuar, seguir; ***così non può ~*** *esto no puede seguir así, así no se puede continuar*; 2. durar, aguantar; ***questo latte ~ a lungo*** *esta leche dura mucho* ◊ ***~ fatica*** (*trabajando*) sudar; ***chi la dura la vince*** el que la sigue la mata, quien la sigue la consigue; ***finché dura*** *adv* mientras dure
duratla *f* duración ◊ ***di lunga ~*** *adj* (*alimentos*) de larga duración; **~ivo, -a** *adj ling* durativo, -a; **~uro, -a** *adj* duradero, -a
durevole *adj* duradero, -a
durezza *f tamb. fig* dureza
duro, -a *adj* 1. *tamb. fig* duro, -a; 2. (*obtuso*) torpe, cerrado, -a; 3. tozudo, -a ◊ ***aver(ce)lo ~*** *vulg* tenerla dura; ***più ~ di un mulo*** más tozudo que una mula; ***tenere ~*** aguantar, no ceder
duttille *adj tamb. fig* dúctil; **~ità** *f inv tamb. fig* ductilidad *f*
DVD *m inv* DVD *m*

E

e *conj* y, e; ***tutti e tre/tutt'e tre*** *los tres*; ***io ~ te*** *tú y yo*
E (*este*) *abr* (*este*) E
è V. **essere**
EA (*Ente Autonomo*) *abr* Organismo Autónomo
eban|ista *m/f* ebanista; **~isteria** *f* ebanistería; **~ite** *f* ebonita; **~o** *m bot* ébano
ebbene *conj* 1. pues, entonces; 2. (*interrogativo*) ¿y bien?, ¿y entonces?
ebbi... V. **avere**
ebbr|ezza *f* 1. ebriedad, embriaguez; 2. arrebatamiento *m*, vértigo *m*, embriaguez; **~o, -a** *adj tamb. fig* ebrio, -a
ebdomadario, -a (*m pl* **-ri**) *adj/m* hebdomadario, -a
ebete *adj/s* idiota, bobo, -a
ebetismo *m* idiotez *f*, estupidez *f*
ebollizione *f* ebullición
ebr|aico, -a (*m pl* **-ci**) **1.** *adj/s* hebreo, -a, judío, -a; **2.** *adj/m ling* hebreo, -a; **~aismo** *m* hebraísmo, judaísmo; **~aista** *m/f* hebraísta, judaísta; **~eo, -a** *adj/s* hebreo, -a, judío, -a
ebullioscopio (*pl* **-pi**) *m fís* ebullómetro
eburneo, -a *adj elev* ebúrneo, -a
ecatombe *f hist tamb. fig* hecatombe
ecc. (*eccetera*) *abr* (*etcétera*) etc.
ecceden|te *adj/m* excedente; **~za** *f* exceso *m*; superávit *m*, excedente *m* ◊ **~ *di cassa*** excedente de caja; **~ *di peso*** exceso de peso
eccedere 1. *vt* exceder, sobrepasar; **2.** *vi* ‹*avere*› excederse; **~ *nel bere*** *excederse con la bebida*
ecce homo ['ɛttʃe 'ɔmo] *m inv* eccehomo
eccellen|te *adj* excelente; **~tissimo, -a** *adj* excelentísimo, -a ◊ ***Ecc.mo Signore*** Excmo. Señor; **~za** *f dipl tamb. fig* excelencia ◊ ***per ~*** *adv* por excelencia
eccellere ‹*eccelsi; eccelso*› V. 29 *vi* ‹*avere/essere*› destacar, sobresalir, distinguirse (**su q/in qc** sobre alg/en u-c)
eccelso, -a 1. *adj* excelso, -a, sublime; **2.** *pp* V. **eccellere**
eccentric|ità *f inv mat tamb. fig* excentricidad *f*; **~o, -a** (*m pl* **-ci**) **1.** *adj mec tamb. fig* excéntrico, -a; **2.** *m mec* excéntrica *f*; **3.** *m/f* (*persona*) excéntrico, -a
eccep|ibile *adj* discutible, criticable, objetable; **~ire** ‹*isc*› *vt* objetar; ***non ho niente da ~*** *no tengo nada que objetar*
eccess|ivo, -a *adj* excesivo, -a; **~o** *m* exceso ◊ ***dare in ~i*** cometer excesos, desmandarse; ***per ~*** *adv* por exceso
eccetera *adv* etcétera
eccett|o *prep* excepto, salvo, menos ◊ **~ *che*** a no ser que, salvo que; **~uare** ‹*esd*› *vt* exceptuar; ***eccettuati i presenti*** *sin contar/salvo los presentes, exceptuados los presentes*
eccezion|ale *adj* excepcional; **~e** *f* excepción; *jur* excepción ◊ ***ad ~ di/fatta ~ per*** *prep* con excepción de; ***d'~*** *adv* excepcional; ***l'~ conferma la regola*** la excepción confirma la regla; ***senza ~*** *adv* sin excepción
ecchimosi *f inv med* equimosis
ecci *onom* ¡achís!
eccidio (*pl* **-di**) *m* masacre *f*, matanza *f*
eccipiente *adj/m* excipiente
eccita|bile *adj* excitable, irritable; **~bilità** *f inv* excitabilidad *f*, irritabilidad *f*; **~mento** *m* excitación *f*; **~nte** *adj* excitante; **~re** ‹*esd*› *vt* excitar; **~to, -a** *adj* excitado, -a; (*sexo*) excitado, -a, salido, -a (*coloq*); **~tore** *m electr/mec* excitador; **~trice** *f electr* excitadora; **~zione** *f* excitación
ecclesiastico, -a (*m pl* **-ci**) *adj/m* eclesiástico, -a
ecco 1. *adv* mira, ten, toma...; **~ *il guanto*** *aquí está/tienes el guante*; **~*ti il guanto*** *ten el guante*; **~*mi (qua)*** *ya estoy aquí*; **~ *tutto*** *esto es todo*; **~ *come sono andate le cose*** *así es como han ido las cosas*; **~ *fatto*** *ya está (hecho)*; **~ *perché parlava così*** *ahora entiendo por qué hablaba así*; he aquí (*raro*), he allí (*raro*); **2.** *excl* ¡vaya!, ¡ea!; **~*!, finamente sei qui*** *¡vaya!, por fin llegas*
eccome *adv* ya lo creo, sin duda
ecdotico, -a 1. *adj* ecdótico, -a; **2.** *f* ecdótica
echeggiare 1. *vi* ‹*avere/essere*› resonar, tener eco; **2.** *vt* recordar, evocar
echino *m arq/zool* equino; **~cocco** (*pl* **-chi**) *m zool* equinococo; **~derma** *m zool* equinodermo
eclampsia *f med* eclampsia
eclettic|o, -a (*m pl* **-ci**) *adj/s* ecléctico, -a; **~smo** *m* eclecticismo (!)
eclissi|are *vt astron tamb. fig* eclipsar; **~i** (*var.* **eclisse**) *f inv* eclipse *m* (!)
eclittico, -a (*m pl* **-ci**) *adj* eclíptico, -a
ecloga (*pl* **-ghe**) V. **egloga**
eco (*pl* **gli echi**) *m/f fís tamb. fig* eco *m*; ***farsi ~ delle parole di q*** *hacerse eco de las palabras de alg*; ***suscitare una vasta ~*** *tener un gran eco/una gran resonancia*; **~bus** *m inv* ecobús *m*; **~casa** *f* ecocasa
ecografi|a *f med* ecografía; **~o** *m med* ecógrafo
ecolabel *f inv* ecoetiqueta *f*
ecologi|a (*pl* **-gie**) *f* ecología; **~ico, -a** (*m pl* **-ci**) *adj* ecológico, -a; **~ista** *m/f* ecologista; **~izzare** *vt* ecologizar; **~o, -a** (*m pl* **-gi**) *m/f* ecólogo, -a
ecometr|ista *m/f* ecómetra; **~o** *m* ecómetro
econom|ato *m* economato; **~ia** *f* economía ◊ **~ *sommersa*** economía sumergida; ****~ e Commercio*** Ciencias Económicas y Empresariales; ***diplomato in *~ Aziendale*** *m* diplomado en Empresariales; ***nuova ~*** nueva economía; **~ico, -a** (*m pl* **-ci**) *adj* barato, -a, económico, -a; *cient* económico, -a; **~ista** *m/f* economista; **~izzare** *vt/i* ‹*avere*› economizar, ahorrar; **~izzatore** *m tecn* economizador

economo, -a 1. *m/f* administrador, -a, gestor, -a; tesorero, -a; **2.** *adj* ahorrador, -a; **3.** *m/f* persona ahorradora *f*, hormiguita *f* (*coloq*)
economy class [ɛ'kɔnomi 'klas] *f inv* clase turista *f*
ecosistema *m* ecosistema
ecotassa *f* ecotasa
ecotossicologia *f* ecotoxicología
ecovettura *f* coche ecológico *m*
écru [ɛ'kry] *adj inv* crudo, -a *adj*
ecstasy *f inv* (*droga*) éxtasis *m inv*
ectopia *f med* ectopia
ectropion *m med* ectropión
ECTS (*Sistema Europeo di Trasferimento dei Crediti*) *abr estud* (*Sistema Europeo de Transferencia de Créditos*) ECTS
ecu *m inv hist/econ* ecu *m*
Ecuador: l'~ *m* Ecuador
ecuadoregno, -a *adj/s* ecuatoriano, -a
ecumeni|co, -a (*m pl* **-ci**) *adj* ecuménico, -a; **~smo** *m* ecumenismo
eczema *m* eccema, eczema; **~toso, -a** *adj* eccematoso, -a
ed. (*edizione*) *abr* (*edición*) ed.
edelweiss [edel'vajs] *m inv* edelweiss *f inv*
edema (*var.* **edema**) *m* edema
eden *m inv hist tamb. fig* edén *m*
edera *f bot* hiedra, yedra ◊ ***avvinto come l'~*** pegado como una lapa
edicola *f* quiosco *m*, kiosko *m*
edicolante *m/f* quiosquero, -a
edifica|bile *adj* edificable; **~nte** *adj tamb. fig* edificante; **~re** ‹*esd*› *vt tamb. fig* edificar ◊ **~ *sulla roccia*** construir sobre cimientos sólidos; **~ *sulla sabbia*** edificar sobre arena; **~tore, -trice** *adj/s* edificador, -a; **~zione** *f* 1. *arq* edificación; 2. edificación, ejemplo *m*
edificio (*pl* **-ci**) *m* 1. edificio; 2. organización *f*, estructura *f*
edil|e 1. *adj* constructor, -a, de la construcción; ***impresa ~*** *(empresa) constructora*; ***lavoratore ~*** *trabajador de la construcción*; **2.** *m* 1. *hist* edil; 2. obrero (de la construcción); **~izia** *f* (*sector*) construcción; **~izio, -a** (*m pl* **-zi**) *adj* inmobiliario, -a, de la construcción ◊ ***piano ~*** *m* plan de ordenación urbana; ***speculazione ~a*** *f* especulación inmobiliaria
edipico, -a (*m pl* **-ci**) *adj* edípico, -a
editing ['ɛditin] *m inv informát* edición de textos *f*
editio princeps [ɛ'dittsjo 'printʃeps] *f inv lit* edición príncipe *f*
edito, -a *adj* editado, -a, publicado, -a
editor|e, -trice 1. *adj/s* editor, -a; editorial; **2.** *m/f lit/tipogr* editor, -a ◊ ***casa editrice*** *f* (casa) editorial; **~ia** *f* industria editorial, negocio del libro *m*; **~iale** *adj/m* editorial; **~ialista** *m/f* editorialista
editto *m jur* edicto, bando
edizione *f impr* edición; tirada; *TV/radio* edición ◊ **~ *straordinaria*** *TV/radio* avance (*m*)
edonis|mo *m* hedonismo; **~ta** *m/f* hedonista; **~tico, -a** (*m pl* **-ci**) *adj* hedonístico, -a, hedonista

EDP V. **EED**
edredone *m zool* edredón
educa|bilità *f inv* educabilidad *f*; **~nda** *f* educanda, interna; **~ndato** *m* internado femenino; **~re** ‹*esd*› *vt* educar; **~tivo, -a** *adj* educativo, -a; **~to, -a** *adj* educado, -a; **~tore, -trice** *adj/s* educador, -a; **~zione** *f* educación
edulcora|nte *adj/m* edulcorante; **~re** ‹*esd*› *vt tamb. fig* edulcorar
edurre *vt elev* educir
eduzione *f elev* educción
EED (*var.* **EDP**) (*Elaborazione Elettronica dei Dati*) *abr* (*Proceso Electrónico de Datos*) PED
efelide *f med* efélide
effemeride *f* efeméride(s)
effemina|re (*var.* **effemminare**) ‹*esdō*› *vt* afeminar; **~tezza** *f* afeminación, afeminamiento *m*; **~to, -a** *adj/m* afeminado, -a
efferat|ezza *f* ferocidad; **~o, -a** *adj* feroz, salvaje ◊ **~ *delitto*** *m* crimen salvaje
efferente *adj med* aferente, eferente
effervescen|te *adj* efervescente; **~za** *f* efervescencia
effetti|smo *m* efectismo; **~stico, -a** (*m pl* **-ci**) *adj* efectista; **~vamente** *adv* efectivamente, en efecto, así es; **~vità** *f inv* efectividad *f* ◊ **~ *della pena*** *jur* efectividad de la pena; **~vo, -a 1.** *adj* 1. efectivo, -a *adj*, real; 2. *adm* titular, numerario, -a; ***personale ~*** *personal numerario*; **2.** *m* 1. *adm* titular, numerario; 2. *mil/sport* efectivos *mpl*
effetto 1. *m* 1. (*consecuencia*) efecto; 2. cumplimiento; 3. efecto, impacto, impresión *f*; 4. *cine/fís/sport* efecto; 5. *com* efecto, letra *f*; ***scontare un ~*** *descontar un efecto*; **2.** *mpl* efectos, bienes ◊ **~ *commerciabile*** *com* efecto negociable; **~ *domino*** efecto dominó; **~ *non pagato*** *com* efecto impagado; **~ *pignorato*** *com* efecto pignorado; **~ *serra*** *biol* efecto invernadero; ***~-sorpresa*** efecto sorpresa; ***~i collaterali*** *med/mil* efectos colaterales, daños colaterales; ***~i personali*** efectos personales; ***~i speciali*** *cine* efectos especiales; ***a tale ~*** *adv* a tal efecto; ***agli ~i di*** *prep* a efectos de; ***a tutti gli ~i*** *adv* a todos los efectos; ***d'~*** *adv* de efecto, de impacto; ***fare ~ (una medicina)*** hacer efecto (una medicina); ***fare ~*** impactar, impresionar; ***fare l'~ di*** dar la impresión de; ***in ~i*** *adv* así es, pues sí, en efecto, efectivamente; ***mandare qc ad ~*** realizar u-c, llevar a cabo/a efecto u-c; ***per ~ di*** *prep* por efecto de, como consecuencia de; ***sortire/avere ~*** *jur* surtir efecto
effettua|bile *adj* realizable; **~re** ‹*esd*› *vt* efectuar, realizar; ***il treno effettua fermate in tutte le stazioni*** *el tren efectúa paradas en todas las estaciones*; ejecutar, llevar a cabo; **~zione** *f* realización, cumplimiento *m*
effica|ce *adj* eficaz; **~ia** (*pl* **-cie**) *f* eficacia
efficien|te *adj* eficiente; **~za** *f* eficiencia
effigi|are *vt arte* (*cuadro*) retratar; (*busto*) esculpir; **~e** *f inv* efigie *f*

effimer|a *f zool* efímera, cachipolla; **~o, -a** *adj* efímero, -a
efflorescen|te *adj quím* eflorescente; **~za** *f quím* eflorescencia
efflu|ente *m* efluente; **~sso** *m* flujo, chorro; **~vio** (*pl* **-vi**) *m* 1. efluvio; 2. *irón* (*mal olor*) efluvio, peste *f*
effondere ‹*effusi; effuso*› V. 37 *vt* (*aroma, olores...*) esparcir, despedir
effrazione *f jur* rotura, fractura
effus|i... V. **effondere**; **~ione** *f* (*sangre*) efusión, derramamiento *m*; *fís/geol tamb. fig* efusión; **~ivo, -a** *adj geol tamb. fig* efusivo, -a; **~o** V. **effondere**
egalitario V. **egualitario**
egemone *adj* hegemónico, -a, dominante
egemoni|a *f* hegemonía; **~co, -a** (*m pl* **-ci**) *adj* hegemónico, -a, dominante; **~smo** *m* hegemonismo; **~zzare** *vt* hegemonizar
egida: sotto l'~ di *prep* bajo la égida de
egira (*var.* **egira**) *f hist/relig* hégira, héjira
Egitto: l'~ *m* Egipto; ***~logia** (*pl* **-gie**) *f* egiptología; ***~logo, -a** (*m pl* **-gi**) *m/f* egiptólogo, -a
egizi|ano, -a *adj/s* (*actual*) egipcio, -a; **~o, -a** (*m pl* **-zi**) *adj/s* (*del antiguo Egipto*) egipcio, -a
eglefino *m zool* (*pez*) eglefino
egli *pron* (*sujeto*) él
egloga (*pl* **-ghe**) *f lit* égloga
ego *m inv psicol* ego *m*
egocentri|cità *f inv* egocentrismo *m*; **~co, -a** (*m pl* **-ci**) *adj/s* egocéntrico, -a; **~smo** *m* egocentrismo
egoismo *m* egoísmo
egoista *adj/s* egoísta
egoistico, -a (*m pl* **-ci**) *adj* egoísta
egolatr|a *m/f* ególatra; **~ia** *f* egolatría
egotismo *m psicol* egotismo
Egr. (*Egregio*) *abr* Distinguido
egregio, -a (*m pl* **-gi**) *adj* 1. (*en cartas*) estimado, -a, distinguido, -a; ***Egr. Sig. Borghi*** *Distinguido/Ilmo. Sr. Borghi*; 2. *elev* egregio, -a
eguaglianza... V. **uguaglianza...**
egualitari|o, -a (*m pl* **-ri**) *adj* igualitario, -a; **~smo** *m* igualitarismo
eh! [ɛ] *excl* ¡eh!; ***sei arrivato un po' tardi, ~?*** *has llegado un poco tarde, ¿eh?*; ***niente male, ~?*** *no está mal, ¿eh?*
ehi! [ɛj] *excl* ¡eh!; ***~, tu!*** *¡eh, tú!*
ehm! [ɛm] *excl* ¡ejem!
EI (*Esercito Italiano*) *abr* Ejército Italiano
eiacula|re ‹*esd*› *vi* ‹*avere*› eyacular; **~torio, -a** (*m pl* **-ri**) *adj* eyaculatorio, -a; **~zione** *f* eyaculación
eiett|abile *adj aero* eyectable ◊ ***sedile ~*** *m* asiento eyectable; **~ivo, -a** *adj ling/med* eyectivo, -a; **~ore** *m tecn* eyector
eiezione *f tecn* eyección
elabora|re ‹*esd*› *vt* elaborar, proyectar; *tecn* elaborar, manufacturar; *informát* procesar; **~to, -a 1.** *adj* elaborado, -a, trabajado, -a; **2.** *m* 1. *biol* (producto) elaborado; 2. *informát* impresión *f*; **~tore, -trice 1.** *adj/s* elaborador, -a; **2.** *m informát obsol* ordenador, computadora *f* (*Am*), computador *m* (*Am*); **~zione** *f* elaboración; *informát* tratamiento *m*, procesamiento *m*, proceso *m* ◊ ***centro ~ dati*** *m* centro de proceso de datos
elargi|re ‹*isc*› *vt* dispensar, donar; **~zione** *f* dádiva, donativo *m*, óbolo *m*
elastic|ità *f inv* elasticidad *f* ◊ ***~ mentale*** agilidad mental; **~izzato, -a** *adj* elasticizado, -a; **~o, -a** (*m pl* **-ci**) **1.** *adj tamb. fig* elástico, -a, flexible; **2.** *m* elástico, goma (elástica) *f*
elce (*var.* **elice**) *m/f bot elev* encina *f* (*estánd*)
e-learning ['i 'lɛrnin] *m inv* e-learning, enseñanza virtual *f*
elefant|e, -essa *m/f* elefante, -a ◊ ***~ marino*** elefante marino; ***avere il tatto di un ~*** tener menos tacto que un elefante; ***memoria da ~*** *f* memoria de elefante; **~esco, -a** (*m pl* **-chi**) *adj* elefantino, -a; **~essa** V. **elefante**; **~iasi** *f inv med* elefantiasis
elegan|te *adj* elegante; **~za** *f* elegancia
eleggere ‹*eleggo; elessi; eletto*› V. 43 *vt* elegir, escoger; *pol* elegir
eleggibile *adj* elegible
elegia (*pl* **-gie**) *f* elegía
elegiaco, -a (*m pl* **-ci**) *adj* elegiaco, -a
element|are *adj* elementai ◊ ***scuola ~*** *f* enseñanza primaria; **~o** *m* elemento ◊ ***essere nel proprio ~*** estar en su elemento
elemosina *f tamb. fig* limosna ◊ ***chiedere l'~*** pedir limosna; ***fare l'~*** dar limosna
elemosinare ‹*esd*› **1.** *vt* implorar; **2.** *vi* ‹*avere*› pedir limosna
Elena *f* Elena
elenc|are *vt* 1. hacer una lista; ***~ gli studenti della classe*** *hacer una lista con los alumnos de la clase*; 2. enumerar, listar; **~azione** *f* listado *m*, lista; enumeración; **~o** (*pl* **-chi**) *m* lista *f* ◊ ***~ telefonico*** guía telefónica (*f*), listín de teléfonos, directorio (*Am*)
eleni|o (*pl* **-ni**) *m bot* helenio, ala *f*
elessi... V. **eleggere**
elett|ivo, -a *adj* electivo, -a; **~o, -a 1.** *adj/s* elegido, -a; *pol* electo, -a; ***candidato ~*** *candidato electo*; **2.** *pp* V. **eleggere** ◊ ***molti sono i chiamati e pochi gli ~i*** muchos son los llamados y pocos los elegidos
elettor|ale *adj* electoral; **~alismo** *m* electoralismo; **~ato** *m* electorado; **~e, -trice 1.** *m/f* elector, -a; **2.** *m hist* elector
elettrauto *m inv* 1. taller de electricidad *m*; 2. mecánico de electricidad *m*
elettri|cista *m/f* electricista; **~cità** *f inv* electricidad *f* ◊ ***~ statica*** electricidad estática; **~co, -a** (*m pl* **-ci**) **1.** *adj* eléctrico, -a; **2.** *m/f* trabajador, -a del sector eléctrico; **~ficare** ‹*esd*› *vt* electrificar; **~ficazione** *f* electrificación; **~zzabile** *adj* electrizable; **~zzare** *vt* electrizar; **~zzazione** *f* electrización
elettro *m metal* electro
elettroacustic|a *f* electroacústica; **~o, -a** (*m pl* **-ci**) *adj* electroacústico, -a

elettrocalamita *f* electroimán *m*
elettrocardiogramma *m* electrocardiograma
elettrochimic|a *f* electroquímica; **~o, -a** (*m pl* **-ci**) *adj/s* electroquímico, -a
elettrochoc V. **elettroshock**
elettrocoagulazione *f* electrocoagulación
elettrocuzione *f* electrocución
elettrodinamic|a *f* electrodinámica; **~o, -a** *adj fís* electrodinámico, -a
elettrodo *m* electrodo
elettrodomestico (*pl* **-ci**) *m* electrodoméstico
elettroencefalogramma *m* electroencefalograma ◊ **~ *piatto*** electroencefalograma plano
elettrofisica *f* electrofísica
elettrofor|esi *f inv quím* electroforesis; **~o** *m* electróforo
elettrogeno, -a *adj* electrógeno, -a
elettrolisi (*var.* **elettrolisi**) *f inv* electrólisis
elettrolitico, -a (*m pl* **-ci**) *adj* electrolítico, -a
elettrolito (*var.* **elettrolita**) *m* electrólito
elettrolizzare *vt quím* electrolizar
elettromagnet|e *m* electroimán; **~ico, -a** (*m pl* **-ci**) *adj* electromagnético, -a
elettromeccanic|a *f* electromecánica; **~o, -a** (*m pl* **-ci**) *adj/s* electromecánico, -a
elettromotrice *f ferroc* máquina eléctrica, ferrobús *m* (*Am*)
elettron|e *m* electrón; **~ica** *f* electrónica; **~ico, -a** (*m pl* **-ci**) *adj* electrónico, -a
elettroscopio (*pl* **-pi**) *m* electroscopio
elettroshock [elettro'ʃɔk] *m inv* electrochoque *m*
elettrostimolazione *f* electroestimulación
elettrotecnic|a *f* electrotecnia; **~o, -a** (*m pl* **-ci**) *adj* electrotécnico, -a
elettroterapia *f* electroterapia
elettrotipia *f impr* electrotipia
elettrovalvola *f* electroválvula
eleva|mento *m* elevación *f*; *geogr* elevación *f*, altura *f*; **~re** ‹*esd/elevo*› **1.** *vt* elevar; **2. ~rsi** elevarse ◊ **~ *al cubo*** *mat* elevar al cubo; **~tezza** *f* elevación ◊ **~ *di sentimenti*** elevados sentimientos (*mpl*); **~to, -a** *adj tamb. fig* elevado, -a, alto, -a; **~tore, -trice 1.** *adj* elevador, -a; **2.** *m tecn* elevador; **~zione** *f tamb. fig* elevación; *mat/mil* elevación; *geogr* elevación, altura, prominencia
elezione *f* elección ◊ ***~i politiche*** elecciones generales
elica *f aero/nav* hélice
elice V. **elce**
elico|idale *adj* helicoidal; **~ne** *m mús* helicón; **~ttero** *m* helicóptero
elidere ‹*elisi; eliso*› V. 61 *vt ling* elidir; eliminar, borrar
elimina|bile *adj* eliminable; **~re** ‹*esd*› *vt* eliminar, suprimir; **~toria** *f sport* eliminatoria; **~torio, -a** (*m pl* **-ri**) *adj* eliminatorio, -a; **~zione** *f* eliminación, supresión; *sport* eliminación
elio *m quím* helio; **~centrico, -a** (*m pl* **-ci**) *adj* heliocéntrico, -a; **~grafia** *f* heliografía; **~incisione** *f* heliograbado *m*; **~scopio** (*pl* **-pi**) *m* helioscopio
eliostato *m* helióstato
elioterapia *f* helioterapia
eliotropi|na *f* heliotropina; **~o** (*pl* **-pi**) *m bot* heliotropo
eliporto *m* helipuerto
eliscalo *m* helipuerto
elisi... V. **elidere**
elisio, -a (*m pl* **-si**) *adj/m mitol* elíseo, -a, elisio, -a ◊ ***campi elisi*** *mpl* campos elíseos; **~ne** *f ling* elisión
elisir *m inv* elixir *m* ◊ **~ *di lunga vita*** elixir de la eterna juventud
eliso V. **elidere**
elitari|o, -a (*m pl* **-ri**) *adj* elitista; **~smo** *m* elitismo
élite [e'lit] *f inv* élite *f*
elitra *f zool* élitro *m*
ella *pron ant* ella ◊ ***~** *adm ant* Usted
elleboro *m bot* eléboro
ellen|ico, -a (*m pl* **-ci**) *adj* helénico, -a; **~ismo** *m* helenismo; **~ista** *m/f* helenista; **~istico, -a** (*m pl* **-ci**) *adj* helenístico, -a; **~izzante** *adj* helenizante; **~izzare** *vt* helenizar; **~o, -a** *adj/s* heleno, -a
ellepì *m inv mús* elepé *m*
elliss|e *f mat* elipse; **~i** *f inv ling* elipsis; **~oidale** *adj* elipsoidal; **~oide** *m* elipsoide
ellittico, -a (*m pl* **-ci**) *adj* elíptico, -a
elm|etto *m* casco; **~o** *m* casco; *hist* yelmo
elocuzione *f* elocución
elogi|are *vt* elogiar, ensalzar; **~ativo, -a** *adj* elogioso, -a; **~o** (*pl* **-gi**) *m* elogio ◊ **~ *funebre*** oración fúnebre (*f*)
elongazione *f astron/fís* elongación
eloquen|te *adj* elocuente; **~za** *f* elocuencia
elsa *f* (*espada*) empuñadura
elucubra|re ‹*esd*› *vt* elucubrar, lucubrar; **~zione** *f* elucubración, lucubración
eludere ‹*elusi; eluso*› V. 10 *vt* eludir
elus|ione *f* esquinazo *m*, evitación; *jur* elusión ◊ **~ *fiscal*** evasión fiscal; **~ivo, -a** *adj* elusivo, -a, esquivo, -a; **~o** V. **eludere**
elvetico, -a (*m pl* **-ci**) *adj/s* helvético, -a
elzevir|iano, -a *adj impr* elzeviriano, -a; **~ista** *m/f* (*periódicos*) articulista; **~o** *m* 1. (*periódico*) artículo; 2. *impr/hist* elzevirio
emaciato, -a *adj elev* demacrado, -a
e-mail [i'mɛjl] *f inv* correo electrónico *m*, e-mail *m inv*
emana|re *vt fís tamb. fig* emanar, desprender, exhalar; *jur* (*ley*) promulgar; *jur* (*sentencia, orden...*) dictar; **~zione** *f* emanación; *jur* (*ley*) promulgación
emancipa|re ‹*esd*› **1.** *vt* emancipar; *jur/hist* (*esclavos*) emancipar, manumitir; **2. ~rsi** emanciparse, independizarse; **~to, -a** *adj* liberado, -a; ***una ragazza ~a*** *una chica liberada*; **~zione** *f* emancipación

emargina|re ‹*esd*› *vt* 1. *adm* (*documento*) anotar al margen; 2. marginar, discriminar; **~to, -a** *adj/s* marginado, -a; **~zione** *f* marginación

emat|ico, -a (*m pl* **-ci**) *adj med* hemático, -a; **~ocrito** *m med* hematocrito; **~ologo, -a** (*m pl* **-gi**) *m/f* hematólogo, -a; **~oma** (*pl* **-mi**) *m* hematoma; **~uria** *f med* hematuria

emazia *f med* hematíe *m*

embargo (*pl* **-ghi**) *m econ/nav* embargo

emblema *m* emblema; **~tico, -a** (*m pl* **-ci**) *adj* emblemático, -a

embolia *f med* embolia

embolo *m med/mec* émbolo

embricato, -a (*var.* **imbricato, -a**) *m tamb. fig* imbricado, -a

embrice *m* teja plana *f*

embrio|genesi (*var.* **embriogenia** *f*) *f inv biol* embriogenia *f*; **~logia** *f biol* embriología; **~nale** (*var.* **embrionario, -a**) *adj tamb. fig* embrionario, -a; **~ne** *m biol* embrión; *bot* germen, embrión ◊ ***in ~*** *adv* en ciernes

emenda|mento *m* enmienda *f*, corrección *f*; *jur* enmienda *f*; **~re** *vt* enmendar, corregir, rectificar; *jur* enmendar

emergen|te *adj* emergente ◊ ***paese ~*** *m* país en vías de desarrollo; **~za** *f* emergencia

emergere ‹*emergo; emersi; emerso*› V. 30 *vi* 1. emerger, salir a flote, salir a la luz; 2. sobresalir, destacar, descollar; 3. (*trabajo*) salir a flote, sacar a la luz, regularizar

emerito, -a *adj* emérito, -a

emeroteca *f* hemeroteca

emers|i... V. **emergere**; **~ione 1.** *f* 1. *nav* emersión, salida a la superficie; 2. *astron* emersión; **2.** *excl nav* ¡superficie!; **~o** V. **emergere**

emesso V. **emettere**

emetico, -a (*m pl* **-ci**) *adj med* emético, -a, vomitivo, -a

emettere ‹*emisi; emesso*› V. 44 *vt* 1. emitir; *TV/radio* emitir; 2. *com* (*letras*) girar; *econ* (*billetes*) emitir, poner en circulación; 3. *jur* promulgar; *jur* (*sentencia*) dictar; (*opinión*) emitir, expresar

emettitore *m electr* emisor

emiciclo *m* hemiciclo

emicrania *f* migraña, jaqueca, cefalea

emigra|nte *adj/s* emigrante; **~re** *vi* ‹*avere/essere*› emigrar; **~to, -a** *adj/s* emigrado, -a; **~torio, -a** (*m pl* **-ri**) *adj* migratorio, -a, emigratorio, -a; **~zione** *f* emigración ◊ ***~ di capitali*** fuga de capitales

emiliano, -a *adj/s geogr/ling* emiliano, -a

Emilia-Romagna: l'~ *f geogr* Emilia-Romaña

eminen|te *adj* eminente; **~tissimo** *adj* (*cardinales*) eminentísimo; **~za** *f* 1. *geogr* prominencia, elevación; 2. eminencia, lumbrera (*coloq*); 3. *relig* (*cardenal*) eminencia ◊ ***~ grigia*** eminencia gris

emipleg|ia (*pl* **-gie**) *f* hemiplejia, hemiplejía; **~ico, -a** (*m pl* **-ci**) *adj/s* hemipléjico, -a

emir|ato *m* emirato ◊ ****~i Arabi Uniti*** *geogr* (*EUA*) Emiratos Árabes Unidos (EUA); **~o** *m* emir

emisfer|ico, -a (*m pl* **-ci**) *adj* hemisférico, -a; **~o** *m* hemisferio

emisi... V. **emettere**

emiss|ario, -a (*m pl* **-ri**) **1.** *m/f* emisario, -a, enviado, -a; **2.** *m* (*lago, alcantarilla*) emisario; **~ione** *f* emisión, profusión; *econ/fís* emisión

emistichio (*pl* **-chi**) *m lit* hemistiquio

emittente 1. *adj econ/TV* emisor, -a; **2.** *f* 1. *TV/radio* emisora; 2. *econ* emisor *m*

emocoltura (*var.* **emocultura**) *m med* hemocultivo

emodialisi *f inv* hemodiálisis

emofil|ia *f* hemofilia; **~iaco, -a** (*m pl* **-ci**) (*var.* **emofilico**) *adj/s* hemofílico, -a

emoglobina *f* hemoglobina

emolliente *adj/s* emoliente

emolumento *m* emolumento, retribución *f*

emorr|agia (*pl* **-gie**) *f* hemorragia ◊ ***~ cerebrale*** hemorragia/derrame cerebral; **~oidi** *fpl* hemorroides, almorranas

emostatico, -a (*m pl* **-ci**) *adj/s* hemostático, -a ◊ ***pinza ~a*** *f* torniquete (*m*)

emoteca *f* banco de sangre *m*

emotiv|ità *f inv* emotividad *f*; **~o, -a** *adj* emotivo, -a

emotorace *m med* hemotórax

emozion|ale *adj* emocional; **~ante** *adj* emocionante; **~are** *vt* emocionar; **~e** *f* emoción

empiastro V. **impiastro**

empietà *f inv* impiedad *f*

empio, -a (*m pl* **-pi**) *adj* impío, -a

empire ‹*empio; empii; empito*› V. 13 **1.** *vt* llenar; **2. ~rsi** *gastr* atracarse, llenarse

empireo *m* empíreo

empireumatico, -a *adj med* empireumático, -a

empir|ia *f filos* empiria; **~ico, -a** (*m pl* **-ci**) **1.** *adj* empírico, -a; **2.** *m/f* empirista; **~ismo** *m* empirismo; **~istico, -a** (*m pl* **-ci**) *adj* empirista, empírico, -a

emporio (*pl* **-ri**) *m* emporio

emù *m inv zool* emú *m*

emula|re ‹*esd*› *vt* emular; **~atore, -trice** *adj/s* emulador, -a; **~azione** *f* emulación; **~o, -a** *adj/s* émulo, -a

emulsion|ante *adj/m* emulsivo, -a, emulsionante; **~are** *vt* emulsionar; **~atore, -trice** *adj/m* emulsor, -a; **~e** *f* emulsión

enallage *f lit* enálage

enalotto *m inv* ="clase de sorteo basado en los números de la loto" *m*

enarmonico, -a (*m pl* **-ci**) *adj mús* enarmónico, -a

encaust|ico *m arte* encáustico; **~o** *m arte* encáustico

encefal|ico, -a (*m pl* **-ci**) *adj* encefálico, -a; **~ite** *f* encefalitis *inv*; **~o** *m* encéfalo; **~ogramma** *m* encefalograma; **~opatia: ~ spongiforme bovina** *f vet* encefalopatía espongiforme bovina

enchiridio (*pl* **-di**) *m* enquiridión

enciclica *f* encíclica

enciclope|dia *f* enciclopedia; **~ico, -a** (*m pl* **-ci**) *adj* enciclopédico, -a; **~ismo** *m* enciclopedismo

enclave [an'klav] *f inv* enclave *m*
encliticla *f ling* enclítico *m*; **~o, -a** (*m pl* **-ci**) *adj/m ling* enclítico, -a
encomilabile *adj* encomiable; **~are** *vt* encomiar, elogiar, alabar; **~astico, -a** (*m pl* **-ci**) *adj* encomiástico, -a; **~o** (*pl* **-mi**) *m* encomio, elogio, alabanza *f*
endecaledro *m mat* endecaedro; **~gono** *m mat* endecágono; **~sillabo, -a** *adj/m lit* endecasílabo, -a
endemlia *f med* endemia; **~ico, -a** (*m pl* **-ci**) *adj* endémico, -a
endiadi *f inv lit* endíadis, hendíadis
endocarldio (*pl* **-di**) *m* endocardio; **~po** *m bot* endocarpio
endocrino, -a *adj* endocrino, -a; **~logia** (*pl* **-gie**) *f* endocrinología; **~logo, -a** (*m pl* **-gi/-ghi**) *m/f* endocrinólogo, -a
endofasico, -a (*m pl* **-ci**) *adj* endofásico, -a
endogamlia *f* endogamia; **~ico, -a** (*m pl* **-ci**) *adj* endogámico, -a
endogenlesi *f inv* endogénesis; **~o, -a** *adj* endógeno, -a
endometrite *f* endometritis *inv*
endoscoplia *f med* endoscopia; **~io** (*pl* **-pi**) *m* endoscopio
endosmosi *f cient* endósmosis, endosmosis
endotelio (*pl* **-li**) *m* endotelio
endovenoso, -a *adj* intravenoso, -a, endovenoso, -a
enduro *m inv sport* enduro *m*
ENEL (*Ente Nazionale per l'Energia Elettrica*) *abr/m*
enema *m med* enema
energetico, -a (*m pl* **-ci**) *adj* energético, -a
energila (*pl* **-gie**) *f fís tamb. fig* energía; **~co, -a** (*m pl* **-ci**) *adj* enérgico, -a, vigoroso, -a
energumeno, -a *m/f* energúmeno, -a
enfant prodige [an'fam pro'diʒ] *m inv* niño prodigio *m*
enfant terrible [an'fan ter'ribl] *m inv* niño travieso *m*; *arte/pol* enfant terrible
enfasi *f inv ling tamb. fig* énfasis *m inv*; *desp* engolamiento *m*
enfatilco, -a (*m pl* **-ci**) *adj* enfático, -a; *desp* engolado, -a; **~zzare** *vt* enfatizar
enfisema *m* enfisema
enfiteulsi *f inv jur* enfiteusis; **~ta** *m jur* enfiteuta; **~tico, -a** (*m pl* **-ci**) *adj jur* enfitéutico, -a
engaglé [anga'ʒe] *adj inv arte/pol* comprometido, -a *adj*; **~ement** [ɑngaʒ'man] *m inv arte/pol* compromiso *m*
ENI (*Ente Nazionale Idrocarburi*) *abr/m*
enigmla *m* enigma; **~atico, -a** (*m pl* **-ci**) *adj* enigmático, -a; **~ista** *m/f* ="persona hábil en componer o resolver pasatiempos"; **~istico, -a** (*m pl* **-ci**) *adj* 1. enigmístico, -a; 2. ="de los pasatiempos"
enjambement [anʒamb'man] *m inv lit* encabalgamiento *m*
ennesimo, -a *adj* enésimo, -a

enologlia (*pl* **-gie**) *f* enología; **~ico, -a** (*m pl* **-ci**) *adj* enológico, -a; **~o, -a** (*m pl* **-gi**) *m/f* enólogo, -a
enormle *adj* enorme; **~ità** *f inv* 1. enormidad *f*, grandeza *f*; 2. enormidad *f*, atrocidad *f*, horror *m*
enoteca *f* (*lugar donde se venden y degustan vinos*) bodega, enoteca
en passant [ampa'san] *adv* de pasada, superficialmente
ensiforme *adj bot* ensiforme
ente *m* 1. *filos* ente; 2. entidad *f*, organismo ◊ **~ *pubblico*** organismo público
entelechia *f filos* entelequia
enterale *adj med* enteral
enteralgia *f* enteralgia
enteroclisma *m med* enema
entimema *m filos* entimema
entità *f inv* 1. *filos* entidad *f*; 2. entidad *f*, importancia *f*
entomologlia (*pl* **-gie**) *f* entomología; **~o, -a** (*m pl* **-gi**) *m/f* entomólogo, -a
entourage [antu'raʒ] *m inv* (*personas*) entorno *m*, círculo *m*
entraîneuse [antre'nøʒ] *f inv* chica de alterne *f*
entrambi, -e *adj/pron* ambos, -as; ***~e le sorelle*** *ambas hermanas*
entrante *adj* (*semana, mes; persona...*) entrante, próximo, -a
entrare 1. *vi* 1. entrar; 2. entrar, caber; ***tutto questo non può ~ nel pacco*** *todo esto no puede caber en el paquete*; ***la gonna non mi entra più*** *la falda ya no me entra/ya no me cabe*; **2. ~rci** 1. caber; ***qui non c'entra più niente*** *aquí ya no cabe nada*; 2. tener que ver; ***questo non c'entra nel nostro affare*** *esto no tiene (nada) que ver con nuestro negocio* ◊ ***far ~ q*** hacer pasar a alg
entratla 1. *f* 1. (*lugar, acción*) entrada; 2. *mús/teat* entrada; 3. *sport* entrada; 4. *informát* entrada, acceso *m*; 5. (*diccionario*) entrada, voz; **2.** *fpl econ* ingresos *mpl* ◊ **~ *libera*** entrada libre; ***~e ed uscite*** ingresos y gastos (*mpl*); **~ *in guerra*** intervención en la guerra; **~ *in società*** puesta de largo, presentación en sociedad; **~ *in vigore*** entrada en vigor; **~ura** *f* acceso *m*, familiaridad
entrecôte [antre'kɔt] *f inv gastr* entrecôte *m*
entro *prep* antes de; **~ *il 30 ottobre*** *antes del 30 de octubre*; **~ *l'anno*** *antes de fin de año* ◊ **~ *e non oltre*** *adm* antes y no más allá, en todo caso antes de; **~pia** *f* entropía; **~terra** *m inv* interior *m*, tierra adentro *f*
entusiaslmare *vt* entusiasmar; **~mo** *m* entusiasmo; **~ta** *adj/s* entusiasta; **~tico, -a** (*m pl* **-ci**) *adj* entusiástico, -a
enuclealre ‹*esd*› *vt* 1. *med* enuclear; 2. (*problema, cuestión*) poner de relieve, centrar; **~zione** *f med* enucleación
enula *f bot* énula

enumera|re ‹*esd*› *vt* enumerar; **~zione** *f* enumeración
enuncia|re *vt* enunciar; **~tivo, -a** *adj ling* enunciativo, -a; **~to, -a** *adj/m* enunciado, -a; **~zione** *f* enunciación
enuresi *f inv med* enuresis
enzim|a *f* enzima *m/f*; **~atico, -a** (*m pl* **-ci**) *adj* enzimático, -a; **~ologia** (*pl* **-gie**) *f* enzimología; **~opatia** *f med* enzimopatía
eocen|e *m geol* eoceno; **~ico, -a** (*m pl* **-ci**) *adj geol* eoceno, -a
eolico, -a (*m pl* **-ci**) *adj fís/mitol* eólico, -a ◊ ***campo ~*** campo eólico; ***energia ~a*** *f* energía eólica
eon|e *m filos/geol* eón; **~ismo** *m elev* eonismo
epana|diplosi *f inv lit* epanadiplosis; **~fora** *f lit* epanáfora; **~lessi** *f inv lit* epanalepsis
eparina *f med* heparina
epat|ica *f bot* hepática; **~ico, -a** (*m pl* **-ci**) *adj med* hepático, -a; **~ite** *f med* hepatitis *inv*
epeira *f zool* epeira
epen|dima *f med* epéndimo *m* (!); **~tesi** *f inv ling* epéntesis
epica *f lit* épica; **~rpo** (*var.* **epicarpio**) *m bot* epicarpio
epice|dio *m* epicedio, epiceyo; **~no, -a** *adj ling* epiceno, -a; **~ntro** *m geol* epicentro
epiciclo *m astron* epiciclo
epico, -a (*m pl* **-ci**) *adj lit tamb. fig* épico, -a; **~ndilite** *f med* epicondilitis *inv*
epicur|eismo *m filos* epicureísmo; **~eo, -a** *adj/s filos* epicureo, -a
epidem|ia *f* epidemia; **~ico, -a** (*m pl* **-ci**) *adj* epidémico, -a; **~iologia** *f med* epidemiología
epidermico, -a (*m pl* **-ci**) *adj* epidérmico, -a
epidermide *f* epidermis *inv*
epidiascopio *m fís* epidiascopio, epidiáscopo
epidurale *adj med* epidural
Epifania *f relig* Epifanía; (*6 de enero*) día de Reyes *m*
epifisi *f inv med* epífisis
epifito, -a *adj bot* epifito, -a
epifonema *m ling* epifonema
epifrasi *f lit* epífrasis
epigastrio (**-tri**) *m* epigastrio
epiglottide *f* epiglotis *inv*
epigono *m* epígono
epigra|fe *f* epígrafe *m* (!); **~fia** *f* epigrafía; **~fico, -a** (*m pl* **-ci**) *adj* epigráfico, -a; **~fista** *m/f* epigrafista; **~mma** *m* epigrama; **~mmatico, -a** (*m pl* **-ci**) *adj* epigramático, -a
epilessia *f* epilepsia
epilettico, -a (*m pl* **-ci**) *adj/s* epiléptico, -a
epilogo (*pl* **-ghi**) *m* epílogo
episcop|ale *adj* episcopal; **~ato** *m* episcopado, obispado
episodi|co, -a (*m pl* **-ci**) *adj* episódico, -a; **~o** (*pl* **-di**) *m* episodio
epistassi *f inv med* epistaxis
epistemologia (*pl* **-gie**) *f* epistemología
epistola *f* epístola; **~re** *adj* epistolar; **~rio** (*pl* **-ri**) *m* epistolario
epistrofe *f lit* epístrofe
epitaffio (*pl* **-fi**) *m* epitafio
epitalamio (*pl* **-mi**) *m lit* epitalamio
epitel|io (*pl* **-li**) *m med* epitelio; **~ma** *f med* epítima, epítema; **~si** *f inv ling* paragoge *f*; **~to** *m ling/lit tamb. fig* epíteto
epitimo *m bot* epítimo
epitome *f* epítome *m*
epoca *f* época
epodo *m lit* epodo
eponimo, -a *adj/s* epónimo, -a
epopea *f lit tamb. fig* epopeya
epos *m inv* poema épico *m*
eppure *conj* (y) sin embargo
epta|decanoico, -a (*m pl* **-ci**) *adj* margárico, -a; **~sillabo, -a** *adj/m lit* heptasílabo, -a
epulone *m* comilón, glotón
epura|re *vt pol* depurar; **~zione** *f pol* depuración
equalizza|tore *m tecn* ecualizador; **~zione** *f tecn* ecualización
equanim|e *adj* ecuánime; **~ità** *f inv* ecuanimidad *f*
equator|e *m geogr* ecuador; **~iale** *adj* ecuatorial
equazione *f mat* ecuación
equestre *adj* ecuestre
equiangolo, -a *adj* equiángulo, -a
equidistan|te *adj* equidistante; **~za** *f* equidistancia
equilatero, -a *adj* equilátero, -a
equilibr|are *vt* equilibrar; *mec* balancear; **~ato, -a** *adj* equilibrado, -a; **~atore** *m mec* estabilizador; **~atura** *f auto* equilibrado *m*; **~io** (*pl* **-bri**) *m tamb. fig* equilibrio; **~ismo** *m tamb. fig* equilibrismo, **~ista** *m/f tamb. fig* equilibrista
equino, -a *adj/m* equino, -a; **~zio** (*pl* **-zi**) *m astron* equinoccio
equipaggi|amento *m* equipamiento, equipo; **~are** *vt* equipar, dotar; *nav* ~ dotar de tripulación; **~o** (*pl* **-gi**) *m aero/nav* tripulación *f* (!)
equipara|re *vt* equiparar, igualar; **~zione** *f* equiparación, igualación
équipe [ɛ'kip] *f inv* equipo *m*
equipollen|te *adj* equipolente; **~za** *f* equipolencia
equit|à *f inv* equidad *f*, justicia *f*; **~ativo, -a** *adj* equitativo, -a; **~azione** *f* equitación
equivale|nte *adj/m* equivalente; **~nza** *f* equivalencia; **~re** ‹*valgo; valsi; valso*› V. 84 *vi* ‹*avere/essere*› equivaler
equivoc|are ‹*esd*› *vi* ‹*avere*› equivocarse; **~o, -a** (*m pl* **-ci**) **1.** *adj* equívoco, -a, ambiguo, -a; **2.** *m* equívoco, malentendido
equo, -a *adj* equitativo, -a; justo, -a
era 1. *f* era, época; **2.** V. **essere**; **~no** V. **essere**; **~riale** *adj* tributario, -a, fiscal; **~rio** (*pl* **-ri**) *m* erario, fisco, hacienda pública *f*; **~vamo** V. **essere**
erba *f* 1. hierba, yerba; (*jardín*) césped *m*; 2. *jerga drog* hierba, yerba ◊ ***~ brusca*** acedera; ***~ medica*** alfalfa; ***~e medicinali*** hierbas medicinales;

fare d'ogni ~ un fascio meter todo en el mismo saco, creer que todo el monte es orégano; ***fare l'~*** cortar la hierba; ***in ~*** *adv* (*inexperto*) en ciernes; ***la mala ~ non muore mai*** mala hierba nunca muere; **~ccia** (*pl* **-ce**) *f* hierbajo *m*, mala hierba; **~ceo, -a** *adj* herbáceo, -a; **~ggio** (*pl* **-gi**) *m* forraje; **~rio** (*pl* **-ri**) *m* herbario, herbolario

erbi|cida *adj/m* herbicida; **~vendolo, -a** *m/f* verdulero, -a, gatera *f* (*Am*); **~voro, -a** *adj/m* herbívoro, -a

erbo|rista *m/f* herbolario, -a; **~risteria** *f* herboristería; **~so, -a** *adj* herboso, -a

Ercole *m mitol* Hércules ◊ ***un *~*** *irón/fig* un hércules, un miura

erculeo, -a *adj* hercúleo, -a

ered|e *adj/s jur tamb. fig* heredero, -a; sucesor, -a ◊ ***~ universale*** heredero universal; **~ità** *f inv jur tamb. fig* herencia *f*; **~itare** ‹*esd*› *vt* heredar, recibir en herencia; **~itarietà** *f inv* ="el hecho o la posibilidad de ser hereditario"; **~itario, -a** (*m pl* **-ri**) *adj* hereditario, -a; (*príncipe*) heredero, -a; **~itiera** *f* rica heredera

eremit|a *m* ermitaño ◊ ***Bernardo l'~*** *m zool* ermitaño; **~aggio** (*pl* **-gi**) *m* (*edificio*) ermita *f*; (*lugar*) eremitorio; **~ico, -a** (*m pl* **-ci**) *adj* eremítico, -a

eremo *m* 1. *relig* ermita *f*; 2. (*lugar solitario*) yermo

eresia *f relig tamb. fig* herejía; **~rca** (*pl* **-chi**) *m* heresiarca

eressi... V. **erigere**

eretic|ale *adj* herético, -a; **~o, -a** (*m pl* **-ci**) **1.** *adj* herético, -a; **2.** *m/f* hereje

erettile *adj* eréctil

eretto, -a 1. *adj* (*estatua*) erigido, -a; erecto, -a, erguido, -a; **2.** *pp* V. **erigere**

erezione *f arq/biol* erección

erg *m inv fís* erg *m*, ergio *m*

ergastolano, -a *m/f* presidiario, -a

ergastolo *m* 1. cadena perpetua *f*; ***condannare all'~*** *condenar a cadena perpetua*; 2. (*lugar*) penal, presidio

ergere ‹*ergo; ersi; erto*› V. 31 *vt* erguir; (*monumento*) erigir

ergo *conj elev* (*así pues*) ergo

ergologia (*pl* **-gie**) *f* ergología

ergometro *m* ergógrafo

ergonomi|a *f* ergonomía; **~co, -a** (*m pl* **-ci**) *adj* ergonómico, -a

ergoti|na *f* ergotina; **~smo** *m* ergotismo

eri V. **essere**

erica *f bot* brezo *m*

erigere ‹*erigo; eressi; eretto*› V. 22 **1.** *vt* erigir, alzar; **2. ~rsi** erigirse, constituirse (**a** en); ***~ a giudice*** *erigirse en juez*

erisipela *f med* erisipela

eristic|a *f filos* ergotismo *m*; **~o, -a** (*m pl* **-ci**) *adj filos/lit* erístico, -a

eritema *m med* eritema, sarpullido

ermafrodit|a V. **ermafrodito**; **~ismo** *m* hermafroditismo; **~o, -a** *adj/m* hermafrodita

ermellino *m zool* armiño

ermeneutica *f* hermenéutica

ermeti|co, -a (*m pl* **-ci**) *adj/s* hermético, -a; **~smo** *m filos/lit tamb. fig* hermetismo

ernia *f med* hernia ◊ ***~ del disco*** hernia discal/de disco; **~rio, -a** (*m pl* **-ri**) *adj* herniario, -a ◊ ***cinto ~*** *m* braguero

ero V. **essere**

erodere ‹*erosi; eroso*› V. 65 *vt* erosionar

eroe *m* héroe

eroga|re ‹*esd*› *vt* (*gas, electr*) suministrar; (*dinero*) erogar, destinar; **~tore, -trice** *adj/m* distribuidor, -a, suministrador, -a; ***società ~trice del gas*** *sociedad distribuidora del gas*; **~zione** *f* (*gas, electr*) suministro *m*, distribución; (*dinero*) erogación, destino *m*

erogeno, -a *adj* erógeno, -a

eroi|cità *f inv* heroicidad *f*; **~cizzare** *vt* ensalzar, considerar heroico; **~co, -a** (*m pl* **-ci**) *adj* heroico, -a; **~na** *f* 1. heroína; 2. (*droga*) heroína; **~nomane** *adj/s* heroinómano, -a; **~smo** *m* heroísmo

erompere ‹*eruppi; erotto*› V. 66 *vi* ‹*avere*› surgir (**da** de)

eros *m inv* eros

erosi... V. **erodere**

erosi|one *f* erosión; **~vo, -a** *adj* erosivo, -a

eroso V. **erodere**

eroti|co, -a (*m pl* **-ci**) *adj* erótico, -a; **~smo** *m* erotismo; **~zzare** *vt* erotizar

erotto V. **erompere**

erpete *m med* herpes *inv*

erpeti|smo *m med* herpetismo; **~ologia** *f zool* herpetología

erpicare ‹*esd*› *vt agric* gradar

erpice *m agric* grada *f*, trailla *f*

erra|bondo, -a *adj elev* errabundo, -a; **~nte** *adj* errante ◊ ***cavaliere ~*** *m* caballero andante; **~re 1.** *vi* ‹*avere*› errar, vagar; **2.** *vt* errar, fallar, equivocarse

errata corrige *m inv* fe de erratas *f*

errato, -a *adj* errado, -a, desacertado, -a ◊ ***se non vado ~*** si no estoy equivocado, si no voy des(en)caminado

erro|neità *f inv* falsedad *f*; **~neo, -a** *adj* erróneo, -a; **~re** *m* error, equivocación *f*, falta *f* ◊ ***~ di calcolo*** error de cálculo; ***~ di ortografia*** falta de ortografía (*f*); ***~ di stampa*** error de imprenta, errata (*f*); ***~ giudiziario*** error judicial; ***cadere in ~*** caer en un error; ***incorrere in un ~*** incurrir en falta; ***salvo ~i e omissioni*** *adv* salvo error u omisión

ersi... V. **ergere**

ert|a *f* subida, pendiente, cuesta ◊ ***all'~*** *adv* V. **all'erta**; **~o, -a 1.** *adj* empinado, -a; **2.** *pp* V. **erigere**

erubescen|te *adj* erubescente; **~za** *f* erubescencia

erudi|re ‹isc› *vt* instruir, educar; **~to, -a** *adj/s* erudito, -a, docto, -a ◊ **~ *all'acqua di rose*** erudito a la violeta; **~zione** *f* erudición

eruppi... V. **erompere**

erutt|are 1. *vt geol* expulsar, emitir, erupcionar (*Col*); (*insultos*) eructar, escupir; **2.** *vi* eructar; **~azione** *f* eructación, eructo *m*; **~ivo, -a** *adj geol* eruptivo, -a

eruzione *f geol/med* erupción

es. (*esempio*) *abr* (*ejemplo*) ej.

esacerba|re *vt* exacerbar; (*irritar*) exasperar; **~zione** *f* exacerbación, exasperación;

esacordo *m mús* hexacordo, hexacordio

esaedro *m mat* hexaedro

esagera|re ‹esd› *vt/i* ‹avere› exagerar; ***non esageriamo!*** *¡sin exagerar!, ¡no exageres!*; **~to, -a** *adj/s* exagerado, -a; **~zione** *f* exageración ◊ ***costare un'~*** costar una barbaridad

esagon|ale *adj mat* hexagonal; **~o** *m mat* hexágono

esala|re *vt/i* ‹avere› exhalar; **~zione** *f* exhalación

esalta|re *vt* exaltar, enaltecer, ensalzar; **~to, -a** *adj/s* exaltado, -a; **~tore, -trice** *adj* exaltador, -a, ensalzador, -a; **~zione** *f* exaltación

esame *m med/estud tamb. fig* examen; ***dare, passare un ~*** *hacer, aprobar un examen* ◊ **~ *del sangue*** análisis de sangre (*inv*); **~ *di coscienza*** examen de conciencia; **~ *di riparazione*** *estud* examen de recuperación; **~ *medico*** examen médico, reconocimiento; ***~i di maturità*** *estud* (*pruebas finales del bachillerato*) reválida (*f*); ***prendere in ~ qc*** examinar u-c, estudiar u-c; **~tro** *m lit* hexámetro

esamina|ndo, -a *m/f* examinando, -a; **~re** ‹esd› *vt estud tamb. fig* examinar; **~tore, -trice** *adj/s* examinador, -a, calificador , -a ◊ ***commissione ~trice*** *f* tribunal examinador

esangue *adj* exangue

esanime *adj* exánime

esantema *f med* exantema; **~tico, -a** (*m pl* **-ci**) *adj med* exantemático, -a

esarca *m hist* exarca; **~to** *m hist* exarcado

esaspera|nte *adj* exasperante, desesperante, enervante; **~re** *vt* exasperar, desesperar, enervar; **~zione** *f* exasperación, crispación

esatt|amente *adv* exactamente, justamente, precisamente; **~ezza** *f* exactitud; **~o, -a 1.** *adj* exacto, -a; **2.** *pp* V. **esigere**; **~ore, -trice** *m/f* (*gas, agua...*) cobrador, -a; (*impuestos*) recaudador, -a; **~oria** *f* (*gas, agua...*) oficina de cobro; (*impuestos*) oficina de recaudación

esaudire ‹isc› *vt* (*solicitud, ruego*) satisfacer, atender

esauri|ente *adj* 1. exhaustivo, -a, completo, -a; 2. fehaciente, concluyente ◊ ***prova ~*** *f* prueba fehaciente; **~mento** *m com* agotamiento; *med* agotamiento, extenuación *f* ◊ **~ *nervoso*** agotamiento mental; ***fino ad ~ della merce*** *adv* hasta agotar (las) existencias; **~re** ‹isc› *vt com/geol* agotar, acabar; *med* agotar, extenuar; **~to, -a** *adj com* agotado, -a ◊ ***tutto ~*** *adv cine/teat* agotadas las localidades

esaust|ivo, -a *adj* exhaustivo, -a; **~o, -a** *adj* exhausto, -a, extenuado, -a

esautora|re ‹esd› *vt* desautorizar; **~zione** *f* desautorización

esavalente *adj quím* hexavalente

esazione *f adm* exacción, recaudación

esborso *m adm* desembolso

esca (*pl* **-sche**) *f* 1. (*pesca*) cebo *m*, carnada; 2. (*trampa*) anzuelo *m*, cebo *m*; 3. *tecn* yesca, cebo *m*

escalation [ɛska'leʃʃon] *f inv mil/pol* escalada *f*

escandescenza *f* excandecencia ◊ ***dare in ~e*** montar/armar un escándalo, ponerse como una furia

escara *f med* escara

escatologi|a (*pl* **-gie**) *f* escatología; **~co, -a** (*m pl* **-ci**) *adj* escatológico, -a

escava|tore *m* excavadora *f*; **~trice** *f* excavadora; **~zione** *f* excavación; *min* cava, excavación

eschimese (*var.* **esquimese**) *adj/s* esquimal

eschimo V. **eskimo**

escissione *f med* escisión

esclama|re *vi* ‹avere› exclamar; **~tivo, -a** *adj* exclamativo, -a ◊ ***punto ~*** *m* signo de admiración; **~zione** *f* exclamación

escludere ‹esclusi; escluso› V. 10 *vt* excluir (**da qc** de u-c) ◊ ***non è da ~ che*** no hay que excluir/descartar que

esclus|ione *f* exclusión; excepción ◊ ***ad ~ di*** *prep* con excepción de, excepción hecha de; ***procedere per ~*** proceder por eliminación; ***senza alcuna ~*** *adv* sin exclusiones, sin excepciones; **~iva** *f com* exclusiva; **~ivismo** *m* exclusivismo; **~ivista** *adj/s* exclusivista; **~ività** *f inv* exclusividad *f*; **~ivo, -a** *adj* exclusivo, -a; **~o, -a 1.** *adj* excluido, -a; exclusive *adv*; ***fino al 3 novembre ~*** *hasta el 3 de noviembre exclusive*; **2.** *m/f* excluido, -a, no admitido, -a; **3.** *pp* V. **escludere** ◊ ***non è ~ che*** no hay que excluir que, no hay que descartar que; **~orio, -a** *adj* excluyente

esco... V. **uscire**

escogitare ‹esd› *vt* excogitar, discurrir, cavilar

escoria|re *vt med* excoriar; **~zione** *f med* excoriación

escre|mento *m* excremento, hez *f*; **~scenza** *f* excrecencia; **~tivo, -a** (*var.* **escretorio**) *adj* excretorio, -a; **~zione** *f* excreción

escursion|e *f* excursión; *meteo* excursión; *mec* carrera; **~ismo** *m* excursionismo; **~ista** *adj/s* excursionista

escussi..., escusso V. **escutere**

escussione *f jur* interrogatorio *m*

escutere ‹escussi; escusso› V. 23 *vt jur* interrogar

esecra|bile *adj* execrable; **~ndo, -a** *adj elev* execrando, -a; **~re** *vt* execrar; **~zione** *f* execración

esecu|tare *vt jur* ejecutar; **~tivo, -a** *adj/m jur* ejecutivo, -a; **~tore, -trice 1.** *adj* ejecutor, -a; **2.** *m/f jur* ejecutor, -a; *mús* intérprete ◊ **~ *testamentario*** albacea (*m/f*); **~torio, -a** *adj jur* ejecutorio, -a; **~zione** *f jur/mús/ling* ejecución ◊ **~** ***(capitale)*** ejecución (de la pena capital); ***dare ~ a qc*** poner en ejecución u-c; ***mettere/porre in ~*** poner en ejecución, ejecutar

esegesi *f inv* exégesis

eseguire ‹*isc/eseguo*› *vt* cumplir, realizar; *jur* (*sentencia*) ejecutar; *mús* ejecutar, interpretar

esempio (*pl* **-pi**) *m* ejemplo ◊ ***ad esempio/per esempio*** *adv* por ejemplo; ***dare il buon/il cattivo ~*** dar buen/mal ejemplo; ***fare un ~*** poner un ejemplo

esemplIare 1. *adj* ejemplar, modélico, -a; **2.** *m zool* ejemplar, espécimen; *com tamb. fig* ejemplar, copia *f*; **~arità** *f inv* ejemplaridad *f*; **~ificare** ‹*esd*› *vt* ejemplificar

esenltare *vt* eximir, dispensar (**da qc** de u-c); **~tasse** *adj inv adm* libre de cargas, libre de impuestos; **~te** *adj* (*obligación*) exento, -a, dispensado, -a (**da qc** de u-c); (*defecto, impuestos*) exento, -a, libre (**da qc** de u-c); **~zione** *f* exención, dispensa (**da** de)

esequie *fpl* exequias

esercente 1. *adj* ejerciente, en ejercicio, en activo; **2.** *m/f* comerciante, tendero, -a, regente

esercilre ‹*isc*› *vt* ejercer; *com* explotar; **~tare 1.** *vt* (*profesión*) ejercer, practicar; (*poder*) ejercer; (*caridad, virtud*) practicar; (*culto*) profesar; *sport* ejercitar; **2. ~rsi** *sport* ejercitarse, entrenarse; **~tazione** *f sport tamb. fig* ejercitación, ejercicio *m*; *estud/mil* práctica *f*; **~to** *m* ejército; **~zio** (*pl* **-zi**) *m* 1. *sport/estud tamb. fig* ejercicio; 2. (*actividad*) ejercicio, práctica *f*; 3. *econ* (*periodo*) ejercicio; 4. *com* tienda *f*, comercio ◊ ***~i spirituali*** ejercicios espirituales; ***essere fuori ~*** no ejercer; *fig* estar desentrenado, estar falto de práctica

esfolialre *vt med* exfoliar; **~zione** *f med* exfoliación

esibilre ‹*isc*› **1.** *vt* exhibir; *adm* exhibir, mostrar; ***~ la carta d'identità*** *exhibir el carnet de identidad*; **2. ~rsi** 1. exhibirse; 2. (*cantante, actor...*) actuar; 3. *elev* ofrecerse (**di fare qc** para hacer u-c), brindarse (**di fare qc** para hacer u-c); **~zione** *f* exhibición; *mús/teat* actuación; **~zionismo** *m* exhibicionismo; **~zionista** *adj/s* exhibicionista

esigenlte *adj* exigente; **~za 1.** *f* (*necesidad*) exigencia; **2.** *fpl* exigencias, pretensiones

esigere ‹*esigo; esigei; esatto*› V. 32 *vt* exigir

esigibile *adj* exigible

esigulità *f inv* exigüidad *f*; **~o, -a** *adj* exiguo, -a

esilarante *adj* hilarante, descacharrante ◊ ***gas ~*** *m* gas hilarante

esile *adj* 1. delgado, -a; grácil, delicado, -a; 2. débil, flojo, -a

esililare *vt* exiliar, desterrar; **~ato, -a** *adj/s* exiliado, -a, desterrado, -a; **~o** (*pl* **-li**) *m* exilio, destierro

esimente *f jur* eximente

esimere ‹*sin pp ni tiempos compuestos*› *v/def* eximir, dispensar, relevar (**da** de)

esimio, -a (*m pl* **-mi**) *adj* eximio, -a

esina *f bot* exina

esistenlte *adj* existente; **~za** *f* existencia; **~ziale** *adj* existencial; **~zialismo** *m* existencialismo; **~zialista** *adj/s* existencialista

esistere ‹*esistito*› V. 41 *vi* existir

esitalnte *adj* titubeante; **~re** ‹*esd*› *vi* ‹*avere*› dudar, titubear; **~zione** *f* duda, titubeo *m*, vacilación

esito *m* resultado (!); **~** ***positivo, negativo*** *resultado positivo, negativo*

esiziale *adj* 1. desastroso, -a, funesto, -a; 2. fatal, letal

eskimo *m* trenca *f*

esodo *m* éxodo

esofago (*pl* **-gi**) *m* esófago

esogamlia *f* exogamia; **~ico, -a** (*m pl* **-ci**) *adj* exogámico, -a

esogeno, -a *adj* exógeno, -a

esonerare ‹*esd*› *vt* (*obligación*) eximir, dispensar (**q da qc** a alg de u-c); **~** ***dalla classe di religione*** *dispensar de la clase de religión*; (*cargo*) exonerar, destituir (**q da qc** a alg de u-c)

esonero *m* (*obligación*) exención *f*, dispensa; (*cargo*) exoneración *f*, despido

esorbitanlte *adj* (*exagerado*) exorbitante, exorbitado, -a; ***prezzo ~*** *precio exorbitante*; **~za** *f* exorbitancia

esorcilsmo *m* exorcismo; **~sta** *m* exorcista; **~zzare** *vt relig tamb. fig* exorcizar

esordilente *adj/s* debutante, principiante; **~o** (*pl* **-di**) *m* 1. *hist/lit* exordio; 2. inicio, principio; **~re** ‹*isc*› *vi* ‹*avere*› empezar, comenzar; *cine/teat* debutar, estrenarse

esornare *vt* exornar

esortalre *vt* exhortar; **~torio, -a** (*m pl* **-ri**) *adj* exhortatorio, -a; **~zione** *f* exhortación

esosmosi *f inv fís* exósmosis

esoso, -a *adj* 1. *elev* (*precio*) caro, -a; 2. (*persona*) avaro, -a, tacaño, -a; 3. *raro* odioso, -a

esoterilco, -a (*m pl* **-ci**) *adj* esotérico, -a; **~smo** *m* esoterismo

esotilco, -a (*m pl* **-ci**) *adj* exótico, -a; **~smo** *m* exotismo

espandere ‹*espansi; espanso*› V. 32a *vt* expandir

espanslibilità *f inv* expansibilidad *f*; **~ione** *f* expansión; **~ionismo** *m* expansionismo; **~ionista** *adj/s* expansionista; **~ivo, -a** *adj fís tamb. fig* expansivo, -a; **~o** V. **espandere**

espatrilare *vi* expatriarse, emigrar; **~o** (**-tri**) *m* expatriación *f*

espediente *m* expediente, recurso, artimaña *f* ◊ ***vivere di ~i*** vivir a salto de mata

espellere ‹*espulsi; espulso*› V. 33 *vt* expeler, expulsar

esperanto *m* esperanto

esperildio (*pl* **-di**) *m bot* hesperidio; **~enza** *f* experiencia; *cient* experiencia, experimento *m* ◊ **~** ***pilota*** experiencia piloto; **~mento** *m* experimento, experiencia *f*

esperto, -a *adj/s* experto, -a, especialista

espettoralnte *adj/m med* expectorante; **~re** ‹*esd*› *vt med* expectorar; **~zione** *f med* expectoración

espia|re *vt* expiar, purgar; **~torio, -a** (*m pl* **-ri**) *adj* expiatorio, -a ◊ ***capro ~*** *m* chivo expiatorio; **~zione** *f* expiación, purgación
espira|re *vt/i* ‹*avere*› espirar; **~zione** *f* expiración
espleta|re *vt adm* concluir, completar, cumplir; ***~ una pratica*** *concluir un asunto*; ***~ un incarico*** *cumplir un encargo*; **~ivo, -a** *adj ling* expletivo, -a
esplica|re ‹*esd*› *vt* 1. (*profesión*) ejercer; 2. *raro* explicar (*estánd*); **~ativo, -a** *adj* explicativo, -a; **~azione** *f* 1. (*profesión*) ejercicio *m*; 2. *raro* explicación; **~ito, -a** *adj* explícito, -a
esplodere ‹*esplosi; esploso*› V. 65 **1.** *vi* ‹*essere*› explotar, estallar; **2.** *vt* disparar; ***~ un colpo*** *disparar un tiro*
esplora|re *vt* explorar; **~tore, -trice** *adj/s* explorador, -a; **~zione** *f geogr/med* exploración
esplos|i... V. **esplodere**; **~ione** *f tamb. fig* explosión, estallido *m*; **~ivo, -a** *adj/m tamb. fig* explosivo, -a; **~o** V. **esplodere**
espoliazione *f raro* (*pueblo, territorio*) expoliación, expolio *m*
esponen|te 1. *m/f* 1. *adm* solicitante; 2. (*miembro destacado*) exponente, figura *f*; **2.** *m* 1. *mat* exponente; 2. *ling* voz *f*, entrada *f*; 3. *impr* volado; **~ziale** *adj mat* exponencial
esporre ‹*espongo; esposi; esposto*› V. 56 *vt* exponer
esporta|bile *adj* exportable; **~re** *vt* exportar; **~tore, -trice** *adj/s* exportador, -a; **~zione** *f* exportación
esposi... V. **esporre**; **~metro** *m foto* exposímetro; **~tivo, -a** *adj* expositivo, -a; **~zione** *f* exposición
esposto, -a 1. *adj* expuesto, -a; orientado, -a; ***~ a nord*** *orientado al norte*; **2.** *m* 1. *adm/jur* (*exposición de hechos*) informe; ***presentare un ~*** *presentar un informe*; 2. *hist* (*niño abandonado*) expósito; **3.** *pp* V. **esporre** ◊ ***~-denuncia*** exposición de la denuncia (*f*); ***frattura ~a*** *f med* fractura abierta
espress|i... V. **esprimere**; **~ione** *f* expresión; **~ionismo** *m arte* expresionismo; **~ionista** *adj/s arte* expresionista; **~ività** *f inv* expresividad *f*; **~ivo, -a** *adj* expresivo, -a; **~o, -a 1.** *adj* 1. (*manifiesto*) expreso, -a; 2. *correo* urgente; **2.** *m* 1. *correo* carta urgente *f*; 2. *ferroc* expreso; 3. café exprés, (café) solo; **3.** *pp* V. **esprimere** ◊ ***caffè ~*** *m* café exprés; ***piatto ~*** *m* plato rápido; ***treno ~*** *m* tren expreso
esprimere ‹*espressi; espresso*› V. 34 *vt* expresar, manifestar
espropri|are *vt* expropiar; **~azione** *f* expropiación; **~o** (**-pri**) *m* expropiación *f*
espugna|re *vt* expugnar; **~zione** *f* expugnación
espuls|i... V. **espellere**; **~ione** *f* expulsión; **~o, -a 1.** *adj/s* expulsado, -a; **2.** *pp* V. **espellere**
espurga|re *vt* expurgar; **~zione** *f* expurgación
esquimese V. **eschimese**
essa (*pl* **-e**) *pron* ella, ellas *pl*
essenz|a *f* esencia; **~iale** *adj* esencial
essere ‹*sono; fui; stato*› V. introd. **1.** *v/aux* 1. (*tiempos compuestos*) haber; ***è arrivato alle dieci*** *ha llegado a las diez*; 2. (*voz pasiva*) ser; ***~ amato, odiato da...*** *ser amado, odiado por...*; **2.** *vi* 1. (*cualidad*) ser, estar; ***è bello*** *es bonito*; ***~ allegro, triste, occupato*** *estar alegre, triste, ocupado*; 2. caer; ***non mi è simpatico*** *me cae mal*; ***mi è simpatico*** *me cae bien*; 3. hacer; ***è freddo, caldo*** *hace frío, calor*; 4. (*lugar*) estar; ***dov'è Luigi? è a casa*** *¿dónde está Luis? está en casa*; (*encontrarse*) vivir; ***sono da molti anni a Catanzaro*** *vivo desde hace muchos años/llevo muchos años en Catanzaro*; 5. (*tiempo*) ser, estar; ***che ora è?/che ore sono?*** *¿qué hora es?*; ***è lunedì*** *es lunes*; ***è Natale*** *es Navidad*; ***è il 22 maggio*** *estamos a 22 de mayo/es el 22 de mayo*; ***sono ore che ti aspetto*** *te espero desde hace horas*; 6. (*costar*) ser, estar; ***quant'è?/quanto è?*** *¿cuánto es?*; ***la carne è a venti euro al chilo*** *la carne está a veinte euros el kilo*; 7. ser, resultar; ***l'affare è stato un disastro*** *el negocio ha resultado/ha sido un desastre*; 8. (*origen*) ser; ***è di Siena*** *es de Siena*; **3. ~rci** 1. (*sólo 3ª persona*) haber; ***ci sono libri interessanti*** *hay libros interesantes*; ***ci fu una disgrazia*** *hubo una desgracia*; ***c'era poco interesse*** *había poco interés*; ***qualcosa ci sarà*** *algo habrá*; ***ci saranno premi*** *habrá premios*; 2. (*encontrarse*) estar; ***c'è il Sig. Bellini? non c'è*** *¿está el Sr. Bellini? no está*; 3. suceder, pasar; ***che (cosa) c'è?*** *¿qué pasa?, ¿qué hay?*; **4.** *m* ser ◊ ***~ umano*** ser humano, ***~ vivente*** ser vivo; ***c'era una volta...*** érase una vez..., érase que se era...; ***chiunque sia*** sea quien sea; ***ci siamo!*** ¡por fin!; ***ci siamo?*** ¿(estamos) de acuerdo?, ¿estamos?; ***come (se) niente fosse*** *adv* como si tal cosa, como si no hubiese pasado nada; ***come sarebbe a dire?*** ¿cómo es eso?; ***comunque sia*** *adv* sea como sea, como quiera que sea; ***così sia*** así sea; ***mettere/porre in ~*** poner en práctica; ***non ~ da tanto*** no ser para tanto; ***non ~ nessuno per (qc)*** no ser quién para (u-c); ***qualunque sia*** *pron* cualquiera que sea, sea quien sea; ***sarà quel che sarà*** será lo que Dios quiera; ***sia ... sia*** bien ... bien, tanto ... como
essi *pron* ellos
essicca|re 1. *vt* 1. *geogr* desecar; 2. (*fruta*) secar; (*embutido*) curar; **2.** *vi* secarse; ***la vernice essicca presto*** *el barniz se seca pronto*; **3. ~rsi** secarse; **~tivo, -a** *adj* secante; **~toio** (*pl* **-oi**) *m* 1. *tecn* secadora *f*; 2. (*lugar*) secadero; **~zione** *f* 1. *geogr* desecación; 2. (*fruta*) secado *m*; (*embutido*) curado *m*
esso *pron* 1. él; 2. (*neutro*) ello
essudazione *f* exudación
est *m inv geogr* este
esta|si *f inv* éxtasis *m inv* (!) ◊ ***andare in ~*** entrar en éxtasis, ponerse en trance; **~siare** ‹*estasio*› *vt* extasiar; **~te** *f* verano *m* (!) ◊ ***~ di San Martino*** veranillo de San Martín (*m*); ***in/d'~*** *adv* en verano; **~tico, -a** (*m pl* **-ci**) *adj* estático, -a
estemporaneo, -a *adj* extemporáneo, -a

estendere ‹*estesi; esteso*› V. 58 *vt tamb. fig* extender
estendibile *adj* 1. *tecn* extensible; 2. extensivo, -a (**a** a), ampliable (**a** a)
estensiione *f* 1. *geogr* extensión, superficie; 2. (*palabra, ley*) extensión, alcance *m*; 3. *mús* altura, tono *m*; **~ivo, -a** *adj* extensivo, -a; **~ore** (*f raro* **estenditrice**) **1.** *adj* extensor, -a; **2.** *m* 1. (*texto*) redactor; 2. *sport* extensor
estenuaInte *adj* extenuante; **~re** ‹*esd*› *vt* extenuar; **~zione** *f* extenuación
Ester *f* Esther
estere *m quím* éster
esteriorIe *adj/m* exterior; **~ità** *f inv* exterioridad *f*; **~izzare** *vt* exteriorizar
esternIalità *f inv econ* externalidades *fpl*; **~alizzare** *vt* externalizar; **~are** *vt* exteriorizar, manifestar; (*el presidente de la República*) declarar; **~azione** *f pol* (*opinión*) manifestación pública; **~o, -a 1.** *adj* externo, -a, exterior; *estud* externo, -a; *sport* fuera de casa; ***vittoria ~a*** *victoria fuera de casa*; **2.** *m* 1. (*parte de fuera*) exterior; 2. *sport* (*fútbol*) exterior, ala; (*baloncesto*) alero; **3.** *mpl cine* exteriores; ***girare in ~i*** *rodar en exteriores* ◊ ***per uso ~*** *med* para uso tópico
estero, -a 1. *adj* exterior; ***commercio ~*** *comercio exterior*; ***politica ~*** *política exterior*; extranjero, -a; ***valuta ~a*** *moneda extranjera*; **2.** *m* extranjero; ***andare all'~*** *ir al extranjero*
esterrefatto, -a *adj* aterrorizado, -a
estesi... V. **estendere**
esteso, -a 1. *adj* extendido, -a; amplio, -a; **2.** *pp* V. **estendere** ◊ ***per ~*** *adv* por extenso, detalladamente; ***firmare per ~*** firmar con el nombre completo
esteta *m/f* esteta; **~ica** *f* estética; **~ico, -a** (*m pl* **-ci**) *adj* estético, -a; **~ista** *m/f* esteticista, esthéticienne *f*
estimaItore, -trice 1. *m/f* aficionado, -a; **2.** *m heráld* cotizador; **~zione** *f elev* estimación (*estánd*)
estimo *m econ* estimación *f*, valoración *f*
estinguere ‹*estinguo; estinsi; estinto*› V. 24 **1.** *vt* 1. (*fuego, especie*) extinguir; 2. (*deuda*) cancelar; **2. ~rsi** *tamb. fig* (*fuego, especie*) extinguirse
estinto, -a 1. *adj* 1. (*fuego, especie*) extinguido, -a; 2. (*deuda*) cancelado, -a; **2.** *pp* V. **estinguere**; **~re** *m* extintor
estinzione *f* 1. (*fuego, especie*) extinción; 2. (*deuda*) cancelación
estirpaIre *vt* 1. *med tamb. fig* extirpar; 2. *agric tamb. fig* erradicar; **~zione** *f* 1. *med tamb. fig* extirpación; 2. *agric tamb. fig* erradicación
estivo, -a *adj* veraniego, -a, estivo, -a (*elev*)
estone *adj/s* estonio, -a
Estonia: l'~ *f* Estonia
estorcere ‹*estorco; estorsi; estorto*› V. 80 *vt* extorsionar, chantajear
estorsione *f* extorsión, chantaje *m*
estorto V. **estorcere**
estradIare *vt jur* extraditar, extradir; **~izione** *f jur* extradición
estradosso *m arq* extradós, trasdós
estraggo... V. **estrarre**
estraneo, -a 1. *adj* ajeno, -a; ***essere ~ a qc*** *ser ajeno a u-c*; **2.** *m/f* extraño, -a; ***non parlare con ~i*** *no hables con extraños*; ***vietato l'accesso agli ~i*** *prohibido el acceso a los extraños*
estraniare ‹*estranio*› *vt* alejar, separar (**q da q/da qc** a alg de alg/ de u-c)
estrapolaIre ‹*esd*› *vt* extrapolar; **~zione** *f* extrapolación
estrarre ‹*estraggo; estrassi; estratto*› V. 81 *vt min/med* extraer; *mat* (*raíz*) sacar ◊ ***~ a sorte*** sacar/elegir a suerte
estrattIivo, -a *adj* extractivo, -a; **~o 1.** *m* 1. *gastr/quím* extracto; 2. *com* extracto; *adm* partida *f*; 3. *impr* separata *f*; **2.** *pp* V. **estrarre** ◊ ***~ conto*** extracto de cuenta; ***~ di nascita*** partida de nacimiento (*f*); **~ore** *m mec* extractor
estrazione *f* extracción
Estremadura *f geogr* Extremadura
estremiIsmo *m pol* extremismo; **~sta** *m/f pol* extremista; **~tà 1.** *f inv* extremidad *f*; **2.** *fpl med* extremidades; **~zzare** *vt pol* extremar
estremo, -a *adj/m* extremo, -a ◊ ***~a destra*** *f* extrema derecha, ultraderecha; ***a mali ~i, ~i rimedi*** a grandes males, grandes remedios; ***essere ridotto agli ~i*** estar en las últimas; ***passare da un ~ all'altro*** pasar de un extremo a otro
estrinsecIare ‹*esd*› *vt* exteriorizar, manifestar; **~o, -a** (*m pl* **-ci**) *adj* extrínseco, -a
estro *m* 1. *zool* estro; 2. *arte* inspiración *f*, estro; **~geno** *m* estrógeno; **~so, -a** *adj* 1. *arte* original, inspirado, -a; 2. caprichoso, -a; **~versione** *f* extroversión; **~verso, -a** *adj/s* extrovertido, -a
estuario (*pl* **-ri**) *m geogr* estuario, delta
estudiantina *f* estudiantina
esuberanIte *adj* exuberante; **~za** *f* exuberancia
esubero *m adm* exceso, sobrante ◊ ***~ di personale*** excedente laboral, excedente de plantilla
esulare ‹*esd*› *vi* ‹*avere*› *elev* exceder *vt*, sobrepasar *vt*; ***questo ~ dalle mie competenze*** *esto sobrepasa mis competencias*
esule *adj/s* exiliado, -a
esultaInza *f* exultación; **~re** *vi* ‹*avere*› exultar, dar saltos de alegría (*coloq*); **~zione** *f ant* exultación
esumaIre *vt* exhumar; **~zione** *f* exhumación
età *f inv* edad *f* ◊ ***~ del bronzo*** edad de bronce; ***~ della pietra*** edad de piedra; ***~ del rame*** edad de cobre; ***~ pensionabile*** edad de jubilación; ***di mezza ~*** *adj* de mediana edad; ***maggiore ~*** mayoría de edad; ***minore ~*** minoría de edad; ***una persona d'~*** *f* una persona de edad; ***prima/tenera ~*** tierna infancia; ***terza ~*** tercera edad; ***la verde ~*** la tierna edad
etanolo *m quím* etanol
etere *m* éter
etereo, -a *adj* etéreo, -a
eternIabile *adj* eternizable; **~are** *vt* eternizar; **~ità** *f inv* eternidad *f*; **~o, -a** *adj* eterno, -a

eterodossl|ia *f* heterodoxia; **~o, -a** *adj/s* heterodoxo, -a
eterogamete *m biol* heterogameto
eterogene|ità *f inv* heterogeneidad *f*; **~o, -a** *adj* heterogéneo, -a
eteronim|ia *f ling* heteronimia; **~o** *m* heterónimo
eterosessual|e *adj/s* heterosexual; **~ità** *f inv* heterosexualidad *f*
eterotassia *f med* heterotaxia
eterotrofico, -a *adj* heterotrófico, -a
eterozigote *m* heterocigoto
etica *f* ética
etichetta *f com tamb. fig* etiqueta; **~re** *vt com tamb. fig* etiquetar; **~trice** *f tecn* etiquetadora; **~tura** *f com* etiquetaje *m*, rotulación
etico, -a (*m pl* **-ci**) *adj* ético, -a
etili|co, -a (*m pl* **-ci**) *adj* etílico, -a; **~smo** *m med* etilismo, intoxicación etílica *f*
etimo *m* étimo
etimologi|a (*pl* **-gie**) *f* etimología; **~ico, -a** (*m pl* **-ci**) *adj* etimológico, -a; **~ista** *m/f* etimologista; **~o, -a** (*m pl* **-gi/-ghi**) *m/f* etimólogo, -a
etiologia V. **eziologia**
etiope *adj/s* etíope
Etiopia: l'~ *f* Etiopía
etnia *f* etnia
etnico, -a (*m pl* **-ci**) *adj* étnico, -a
etnografia *f* etnografía
etnologi|a (*pl* **-gie**) *f* etnología; **~co, -a** (*m pl* **-ci**) *adj* etnológico, -a
etologia (*pl* **-gie**) *f* etología
etrusco, -a (*m pl* **-chi**) *adj/s* etrusco, -a
ettaedro *m mat* heptaedro
ettagonale *adj* heptagonal
ettaro *m* hectárea *f*
Ettateuco *m relig* Heptateuco
etto *m* cien gramos; ***mi dia un ~ di prosciutto*** *póngame cien gramos de jamón*
ettogrammo *m* hectogramo
ettolitro *m* hectolitro; **~metro** *m* hectómetro
eucalipto *m bot* eucalipto
eucaristi|a (*var.* **eucarestia**) *f relig* eucaristía; **~co, -a** (*m pl* **-ci**) *adj* eucarístico, -a
eudemonis|mo *m filos* eudemonismo, eudaimonismo; **~tico, -a** *adj filos* eudemonista
eudiometro *m cient* eudiómetro
eufemis|mo *m* eufemismo; **~tico, -a** (*m pl* **-ci**) *adj* eufemístico, -a
eufoni|a *f* eufonía; **~co, -a** (*m pl* **-ci**) *adj* eufónico, -a
eufor|ia *f* euforia; **~ico, -a** (*m pl* **-ci**) *adj* eufórico, -a; **~izzante** *adj/m* euforizante
eugeneti|ca (*var.* **eugenica**) *f* eugenesia; **~o, -a** (*m pl* **-ci**) *adj* eugenésico, -a
eunuco (*pl* **-chi**) *m* eunuco
eureka! (*var.* **eureka!**) *excl* ¡eureka!
euritmia *f* euritmia
euro *m inv econ* euro *m*; **~camera** *f pol* eurocámara; **~centrismo** *m pol* eurocentrismo; **~centrista** *adj/s pol* eurocentrista; **~chèque** [ɛuroʃ'ʃɛk] *m inv* eurocheque *m*; **~comunismo** *m* eurocomunismo; ***~corpo** *m mil* Eurocuerpo; **~deputato, -a** *m/f* eurodiputado, -a; **~dollaro** *m* eurodólar; **~mediterraneo, -a** *adj* euromediterráneo, -a; **~missile** *m* euromisil
Europ|a: l'~ *f* Europa; ***~eismo** *m* europeísmo; ***~eista** *adj/s* europeísta; ***~eizzare** *vt* europeizar; ***~eo, -a** *adj/s* europeo, -a
eurovisione *f TV* eurovisión
eutanas|ia *f* eutanasia; **~ico, -a** (*m pl* **-ci**) *adj* eutanásico, -a
eutrofizzazione *f cient* eutrofización
E.V. (*Eccellenza Vostra*) *abr* (*Vuestra Excelencia*) V.E.
evacua|re ‹*esd*› *vt* evacuar; **~tivo, -a** *adj* evacuatorio, -a; **~zione** *f* evacuación
evadere ‹*evasi; evaso*› V. 35 **1.** *vi* evadirse (**da** de), escaparse (**da** de), fugarse (**da** de); *fig* evadirse; ***~ dalla realtà*** *evadirse de la realidad*; **2.** *vt* 1. (*asuntos, correspondencia*) despachar; ***~ la corrispondenza*** *despachar la correspondencia*; 2. *econ* defraudar, no pagar; ***~ il fisco*** *defraudar a hacienda*; ***~ le tasse*** *no pagar los impuestos*;
evanescen|te *adj* evanescente; **~za** *f* evanescencia
evangeli|co, -a (*m pl* **-ci**) *adj/s* evangélico, -a; **~sta** *m/f* evangelista; **~zzare** *vt* evangelizar; **~zzazione** *f* evangelización
evapora|bile *adj* evaporable; **~re** ‹*esd*› **1.** *vi* ‹*essere*› evaporarse, disiparse; **2.** *vt* evaporar; **~tore** *m tecn* vaporizador; **~zione** *f* evaporación
evas|i... V. **evadere**; **~ione** *f* 1. evasión, fuga; 2. *fig* evasión; ***letteratura, film di ~*** *literatura, película de evasión*; 3. *adm* curso *m*, salida; ***dare ~ a una pratica*** *dar curso a un asunto* ◊ ***~ fiscale*** *econ* fraude fiscal (*m*); **~ivo, -a** *adj* evasivo, -a, esquivo, -a; **~o, -a 1.** *adj/s* escapado, -a, fugado, -a; **2.** *pp* V. **evadere**; **~ore** (*f* **evaditrice**) *m/f* evasor, -a, defraudador, -a ◊ ***~ fiscale*** evasor fiscal
evenienza *f* eventualidad, ocasión ◊ ***all'~*** *adv* si se da el caso, si se presenta el caso; ***nell'~ che*** *conj* en el caso que, en la eventualidad que; ***per ogni ~*** *adv* para cualquier eventualidad
evento *m* evento, acontecimiento ◊ ***in ogni ~*** *adv* en cualquier caso; ***lieto ~*** feliz acontecimiento
eventual|e *adj* eventual ◊ ***varie ed ~i*** *fpl adm* ruegos y preguntas (*mpl*); **~ità** *f inv* eventualidad *f*; **~mente** *adv* 1. eventualmente; 2. si hace falta, si es preciso, si acaso
eversi|one *f* eversión; **~vo, -a** *adj* destructivo, -a
evezione *f astron* evección
eviden|te *adj* evidente; **~za** *f* evidencia ◊ ***mettere in ~ qc*** resaltar u-c, realzar u-c; ***mettere in ~ q*** poner en evidencia a alg; ***mettersi in ~*** ponerse en evidencia
evira|re *vt* 1. castrar, capar; 2. debilitar; **~zione** *f* castración
eviscerare ‹*esd*› *vt med* eviscerar
evita|bile *adj* evitable; **~re** ‹*esd*› *vt* evitar
evizione *f jur* evicción
evo *m* edad *f*, época *f*; ***~ antico, moderno*** *edad antigua, moderna*

evoca|re ‹esd› *vt* evocar; **~tore, -trice** *adj* evocador, -a

evolsi... V. **evolversi**

evolu|tivo, -a *adj* evolutivo, -a; **~to, -a 1.** *adj* 1. *biol* evolucionado, -a; 2. desarrollado, -a, avanzado, -a; **2.** *pp* V. **evolversi**; **~zione** *f* evolución; **~zionismo** *m* evolucionismo; **~zionista** *adj/s* evolucionista; **~zionistico, -a** (*m pl* **-ci**) *adj* evolucionista

evolversi ‹*evolvei/evolvetti/evolsi; evoluto*› V. 5 evolucionar *vi*

evviva *excl/m* ¡viva(n)!, ¡hurra! (**q** por alg); **~ *il re!*** *¡viva el rey!*; **~ *gli sposi!*** *¡vivan los novios!*

ex *adj/m inv* ex; ***l'~ presidente*** *el ex presidente* ◊ ***il mio ~/la mia ~*** *m/f coloq* mi ex

ex abrupto *adv* ex abrupto, de repente

ex aequo [eg'zɛkwo] *adv* ex aequo

ex cathedra *adv* ex cáthedra

exequatur *m inv jur* exequátur, cúmplase

exit poll ['egzit pol] *m inv pol* encuesta a pie de urna *f*

ex libris *m inv* ex libris

ex novo *adv* ex novo

ex professo *adv* ex profeso

extra 1. *adj/prep* extra; ***burro ~ fino*** *mantequilla extrafina*; **2.** *m inv* (*que se paga o se cobra a parte*) extra *m*; **~comunitario, -a** (*m pl* **-ri**) *adj/s* 1. (*de fuera de la UE*) extracomunitario, -a; 2. (*inmigrante pobre*) inmigrante sin papeles, sin papeles *inv*, extracomunitario, -a (*raro*); (*si es del norte de África*) norteafricano, -a; (*si es negro*) subsahariano, -a; (*si es de Hispanoamérica*) sudaca (*desp*); **~coniugale** *adj* extraconyugal, extramatrimonial; **~parlamentare** *adj/s* extraparlamentario, -a; **~scolastico, -a** (*m pl* **-ci**) *adj* extraescolar; ***attività ~*** *actividad extraescolar*; **~sensoriale** *adj* extrasensorial; **~sistole** *f med* extrasístole; **~terrestre** *adj/s* extraterrestre, alienígena; **~territoriale** *adj* extraterritorial; **~territorialità** *f inv* extraterritorialidad *f*; **~testuale** *adj* extratextual; **~testualità** *f inv* extratextualidad *f*; **~urbano, -a** *adj* suburbano, -a; **~uterino, -a** *adj* extrauterino, -a

ex voto *m inv relig* exvoto *m*

eye-liner [ai'lajner] *m inv* eye-liner, rotulador de ojos *m*

eziologia (*pl* **-gie**) (*var.* **etiologia**) *f* etiología

F

fa 1. *m inv mús* fa; **2.** *adv* hace; ***tre anni fa*** *hace tres años*

fabbisogno *m* lo necesario, necesidades *fpl*; ***provvedere al ~ della casa*** *proveer la casa de lo necesario*; ***il ~ alimentare del paese*** *las necesidades alimentarias del país* ◊ **~ *finanziario*** necesidades presupuestarias (*fpl*)

fabbrica *f* 1. *indus* fábrica; 2. *arq* edificación, construcción; **~nte** *adj/s* fabricante; **~re** ‹esd› *vt* 1. *indus* fabricar; 2. *arq* construir, edificar; **~to** *m* edificio, construcción *f*; **~zione** *f* fabricación, producción

fabbriceria *f relig* fábrica

fabbrile *adj inv elev* fabril

fabbro *m* herrero, cerrajero; forjador ◊ **~ *ferraio*** herrero

faccend|a 1. *f* faena, asunto *m*, quehacer *m*; **2.** *fpl* tareas/faenas del hogar, tareas/faenas de la casa; **~one, -a** *m/f* trajinante, trajinero, -a

faccetta *f* 1. *mat/min* faceta; 2. aspecto *m*; ***le ~e più interessanti del caso*** *los aspectos más interesantes del caso*

facchin|aggio (*pl* **-gi**) *m* ="actividad del mozo de cuerda", changador (*Am*); **~o** *m* mozo (de cuerda), porteador, maletero; *nav* cargador, estibador

faccia (*pl* **-ce**) *f* 1. cara, rostro *m*; 2. *impr* cara, carilla; 3. (*moneda, tela, figura*) cara ◊ **~ *tosta/~ di bronzo*** cara dura, caradura, sinvergüenza (*m/f*), jeta (*coloq*); ***(a) ~ a ~*** *adv* cara a cara; ***alla ~ di chi ci vuole male*** que se chinchen; ***cambiare ~ qc*** tomar u-c un nuevo cariz; ***dire le cose in ~ a q*** decirle a alg las cosas a la cara; ***guardare q in ~*** mirarle a alg a la cara; ***perdere la ~*** perder la dignidad; ***ridere in ~ a q*** reírse en las barbas de alg, reírsele a alg en la cara; ***salvare la ~*** salvar la cara; ***sbattere qc in ~ a q*** echarle u-c en cara a alg, refregarle u-c a alg por las narices; ***trovarsi ~ a ~ con q*** encontrarse frente a frente con alg

faccia a faccia *m inv* cara a cara, debate *m*

facciale *adj* facial ◊ ***valore ~*** *m econ* valor facial

facciata *f arq tamb. fig* fachada

faccio... V. **fare**

facessi..., facevo... V. **fare**

faceto, -a *adj* faceto, -a, jocoso, -a, chistoso, -a

facezia (*pl* **-zie**) *f* ocurrencia, chiste *m*

fachiro *m* faquir

facil|e *adj* fácil; **~ *da dire/~ a dirsi*** *fácil de decir*; **~ità** *f inv* facilidad *f* ◊ **~ *di parola*** facilidad de palabra; **~itare** ‹esd› *vt* facilitar, favorecer; **~itazione** *f* 1. (*acción*) facilitación; 2. *com* facilidades *fpl* ◊ **~ *di pagamento*** facilidades de pago; **~mente** *adv* 1. fácilmente, con facilidad; 2. fácilmente, probablemente; **~one, -a** *m/f* facilitón, -ona; **~oneria** *f* facilonería

facinoroso, -a *adj/s* facineroso, -a

facitore, -trice *m/f* hacedor, -a

facolt|à *f inv* 1. *tamb. fig* facultad *f*; 2. *estud* facultad *f*; ***andare in ~*** *ir a la facultad* ◊ **~ *di Economia e Commercio*** Facultad de Ciencias Económicas y Empresariales; **~ *di Giurisprudenza*** Facultad de Derecho; **~ *di Lettere e Filosofia*** Facultad de Filosofía y Letras; ***essere nel pieno possesso delle proprie ~*** *jur* estar en el uso de sus facultades; ***ne ha la ~*** *jur* está en su derecho, tiene derecho; **~ativo, -a** *adj* facultativo, -a, opcional, optativo, -a ◊ ***materia ~a*** *f estud* asignatura optativa; **~oso, -a** *adj* adinerado, -a, acomodado, -a

facond|ia *f* facundia; **~o, -a** *adj* facundo, -a
facsimile *m inv* facsímil(e) *m*
factotum *m inv* factótum *m*
fading ['fejdin] *m inv electr* fading, desvanecimiento *m*
fagg|eto *m bot* hayedo; **~ina** *f bot* hayuco *m*; **~io** (*pl* **-gi**) *m bot* haya *f*
fagiano *m zool* faisán
fagiol|lino *m* judía verde *f*; **~o** *m* judía *f*, alubia *f*, habichuela *f*, frijol (*Am*) ◊ ***capitare a ~*** llegar en el momento justo, caer del cielo
fagocita (*var.* **fagocito**) *m biol* fagocito; **~re** ‹*esd*› *vt biol tamb. fig* fagocitar
fagotto *m* 1. hato, fardo; 2. *mús* fagot ◊ ***far ~*** liar los bártulos, liar el petate
faida *f* hostilidad, lucha
fai da te *m inv* bricolaje *m*, bricolage
faina *f zool* garduña
fair play [fɛr'plɛj] *m inv sport* juego limpio *m*
falang|e *f med/pol* falange; **~ista** *adj/s pol* falangista
falcata *f sport* zancada; *zool* brinco *m*
falce *f* hoz ◊ ***~ e martello*** *pol* la hoz y el martillo; ***~ fienaia*** guadaña
falchetto *m zool* cernícalo
falci|are *vt* 1. *agric* segar; 2. *sport* derribar, placar; **~atore, -trice 1.** *m/f agric* (*persona*) segador, -a; **2.** *f agric* (*máquina*) segadora; **~dia** *f jur* desfalco *m*
falco (*pl* **-chi**) *m zool* halcón; **~ne** *m zool* halcón; **~neria** *f* cetrería; **~netto** *m* (*arma*) jerifalte; **~niere** *m* halconero
falda *f* 1. *geol* estrato *m*, capa; 2. *geogr* falda, ladera; 3. (*nieve, algodón*) copo *m*; 4. (*vestido*) faldón *m*
falegname *m* carpintero; **~ria** *f* carpintería
falena *f* 1. *zool* falena, palomilla, palometa; 2. (*persona inconstante*) veleta *m/f*; 3. prostituta
falesia *f* acantilado *m*
falla *f* 1. *nav* grieta; 2. *mil* brecha
fallac|e *adj* falaz; **~ia** (*pl* **-cie**) *f* falacia
falli|bile *adj* falible; **~bilità** *f inv* falibilidad *f*; **~co, -a** (*m pl* **-ci**) *adj* fálico, -a; **~mentare** *adj* 1. de quiebra, por quiebra; 2. desastroso, -a, catastrófico, -a, de quiebra; ***situazione ~*** *situación catastrófica* ◊ ***asta ~*** *f* subasta por quiebra; ***curatore ~*** *m* administrador judicial; **~mento** *m* 1. *jur* quiebra *f*, bancarrota *f*; 2. fracaso, fallo; **~re** ‹*isc*› **1.** *vi* 1. ‹*avere*› fallar, fracasar; 2. ‹*essere*› *jur* quebrar; **2.** *vt* (*disparo*) fallar, errar; **~to, -a 1.** *adj* (*empresa*) quebrado, -a, en quiebra; (*persona, proyecto…*) fracasado, -a; (*objeto*) estropeado, -a, defectuoso, -a; **2.** *m/f* empresario, -a en quiebra; (*persona*) fracasado, -a; ***essere un ~*** *ser un fracasado*
fallo *m* 1. error, fallo, falta *f*; *sport* falta *f*; 2. *med* falo ◊ ***cogliere q in ~*** coger a alg en fallo/en renuncio; ***mettere un piede in ~*** *tamb. fig* dar un paso en falso; ***senza ~*** *adv* sin falta; **~crate** *m/f* falócrata; **~cratico, -a** (*m pl* **-ci**) *adj elev/desp* falocrático, -a; **~crazia** *f* falocracia; **~so, -a** *adj* 1. defectuoso, -a, tarado, -a; 2. *sport* marrullero, -a
falò *m inv* hoguera *f*, fogata *f*
falpalà *m inv* falbalá *m*, faralá *m*
falsar|e *vt* falsear, tergiversar; **~iga** (*pl* **-ghe**) *f* 1. *impr* falsilla; 2. ejemplo *m*, enseñanza ◊ ***sulla ~ di q*** siguiendo el ejemplo de alg, siguiendo los pasos de alg; **~io, -a** (*m pl* **-ri**) *m/f* falsario, -a, falsificador, -a
falsetto *m* falsete
falsifica|re ‹*esd*› *vt* falsificar; **~tore, -trice** *m/f* falsificador, -a; **~zione** *f* falsificación
falsità *f inv* falsedad *f*, falsía *f*
falso, -a 1. *adj* falso, -a; **2.** *m* falsificación *f*; ***quell'opera è un ~*** *esa obra es una falsificación* ◊ ***giurare il ~*** jurar en falso
fama *f* 1. fama, reputación; ***godere di cattiva, ottima ~*** *gozar de mala, buena fama*; 2. notoriedad, renombre *m* ◊ ***corre ~ che/è ~ che*** corre la voz de que, se dice que
fame *f* hambre ◊ ***~ da lupo*** hambre de lobo; ***ammazzare di ~*** matar de hambre; ***fare la ~*** ser pobre como las ratas; ***ingannare la ~*** engañar el hambre; ***morire di ~*** morir(se) de hambre; ***morto di ~*** *m* muerto de hambre; ***patire/soffrire la ~*** pasar hambre; **~lico, -a** (*m pl* **-ci**) *adj* famélico, -a
famigerato, -a *adj* tristemente célebre; *desp* famoso, -a, de marras
famigli|a *f* familia; *fig* hogar *m* ◊ ***~ allargata*** familia ampliada; ***~ numerosa*** familia numerosa; ***essere di ~*** ser de la familia, ser de la casa; ***mettere su ~*** montar un hogar; ***la Sacra *~*** la Sagrada Familia; **~o** (*pl* **-gli**) *m hist* fámulo, familiar
familiar|e (*var.* **famigliare**) **1.** *adj* familiar; **2.** *m* familiar, pariente; **3.** *f* (coche) familiar *m*; **~ità** *f inv* familiaridad *f*; **~izzare 1.** *vi* ‹*avere*› familiarizarse (**con** con); **2. ~rsi** familiarizarse (**con** con)
famoso, -a *adj* famoso, -a, célebre, afamado, -a
fan *m/f inv* fan *m/f*
fanal|e *m auto* faro; *nav* farol de situación; *aero* luz de navegación *f*; **~ino** *m* 1. farolillo, lucecita *f*; 2. *auto* piloto ◊ ***~ di coda*** *transp tamb. fig* farolillo rojo
fanati|co, -a (*m pl* **-ci**) *adj/s* fanático, -a; **~smo** *m* fanatismo; **~zzare** *vt* fanatizar
fanciul|lezza *f* niñez, infancia; **~o, -a** *m/f* niño, -a
fandonia *f* mentira, cuento *m*, patraña, trola (*coloq*)
fanerogam|a *f bot* fanerógama; **~ico, -a** (*m pl* **-ci**) *adj bot* fanerogámico, -a
fanfa|luca *f* mentira, cuento *m*; **~ra** *f mús/mil* fanfarria, charanga; **~ronata** *f* 1. (*acción*) fanfarronada, bravuconada, bravata; 2. (*cualidad*) fanfarronería; **~rone, -a** *m/f* fanfarrón, -ona, chulo, -a, bravucón, -ona
fangaia *f* cenagal *m*, ciénaga, lodazal *m*, barrizal *m*
fanghiglia *f* lodo *m*, cieno *m*

fango (*pl* **-ghi**) *m* barro, fango, lodo ◊ ***gettare ~ su q*** ensuciar el buen nombre de alg; **~so, -a** *adj* fangoso, -a, embarrado, -a; **~terapia** *f med* fangoterapia

fannullone, -a *m/f* vago, -a, gandul, -a, holgazán, -ana

fanone *m zool* barba *f*, ballena *f*

fantascienza *f* ciencia ficción

fantasi|a *f* fantasía ◊ ***abito, collana (di) ~*** traje, collar de fantasía (*m*); **~oso, -a** *adj* fantasioso, -a

fantasma 1. *m* fantasma; **2.** *adj inv* (*pospuesto*) fantasma; ***nave ~*** *buque fantasma*; **~goria** *f* fantasmagoría; **~gorico, -a** (*m pl* **-ci**) *adj* fantasmagórico, -a; **~tico, -a** (*m pl* **-ci**) *adj* 1. fantasmal; 2. *psicol* fantasmático, -a

fantasti|care ‹*esd*› *vt/i* ‹*avere*› fantasear; **~cheria** *f* fantasía, fantaseo *m*; **~co, -a** (*m pl* **-ci**) *adj* fantástico, -a; *coloq* fantástico, -a, fenomenal, bárbaro, -a (*Am*)

fante *m* 1. *mil* infante, soldado de infantería; 2. (*naipes*) sota *f*; **~ria** *f mil* infantería

fantino *m sport* jockey, yóquey, jinete

fantoc|cio (*m pl* **-ci**, *f pl* **-ce**) **1.** *m tamb. fig* fantoche, pelele, títere; **2.** *adj inv* títere; ***governo ~*** *gobierno títere*; **~matico, -a** (*m pl* **-ci**) *adj* fantasmal

farabutto *m* canalla, malvado

farad *m inv fís* farad

faraglione *m* farallón

farandola *f* (*baile*) farándula

faraon|a *f* 1. *zool* gallina de Guinea, gallina pintada, gallineta (*Am*); 2. *hist* faraona; **~e** *m hist* faraón; **~ico, -a** (*m pl* **-ci**) *adj tamb. fig* faraónico, -a

farcire ‹*isc*› *vt gastr* rellenar, embutir; *fig* llenar, sembrar; ***~ un tema di errori*** *llenar una redacción de errores*

fard *m inv* colorete *m*; **~ello** *m* 1. fardo; 2. *fig* carga *f*, peso

fare ‹*faccio; feci; fatto*› V. 36 **1.** *vt* 1. hacer; 2. ser, hacer *vi* (**qc** de u-c), ejercer *vi* (**qc** de u-c), trabajar *vi* (**qc** de u-c); ***~ l'arbitro*** *hacer de/ser árbitro*; ***~ il cameriere*** *trabajar de camarero*; ***~ l'avvocato*** *ser abogado*; 3. *TV/cine/teat* hacer, poner, dar, echar; ***~ la Traviata, un film...*** *poner la Traviata, un film...*; ***che film fanno?*** *¿qué película hacen?*; 4. *mat* ser, dar; ***tre più tre fa sei*** *tres más tres da(n)/son seis*; 5. (*comportamiento*) hacer(se); ***~ lo spiritoso, l'interessante*** *hacerse el gracioso, el interesante*; **2. ~cela** conseguirlo, lograrlo; ***non farcela*** *no dar abasto*; ***non farcela più*** *no poder más*; ***non ce la faccio con quest'esame*** *no puedo con este examen*; **3.** *vi* 1. hacer; ***fece per andarsene*** *hizo ademán de irse*; 2. (*sustituir*) hacer (**da** de); ***~ da padre*** *hacer de padre*; 3. *meteo* hacer; ***fa bello/brutto*** *hace buen/mal tiempo*; ***fa caldo*** *hace calor*; 4. convenir; ***questo lavoro non fa per me*** *este trabajo no me va/no está hecho para mí*; 5. (**fa**) hace; ***tre anni fa*** *hace tres años*; **3. ~rsi** 1. hacerse; ***~rsi fare un vestito*** *mandar hacer un traje, encargar un traje*; ***~rsi pregare*** *hacerse de rogar*; 2. (*sexual*) cepillarse (**q** a alg) ◊ ***~ a meno di q/qc*** prescindir de alg/de u-c; ***~ a pugni*** liarse a tortas; ***~ e disfare*** hacer y deshacer; ***~ sul serio*** hablar en serio; ***~ tardi*** llegar tarde; ***chi la fa l'aspetti*** donde las dan las toman; ***faccia pure!*** ¡adelante!, ¡como usted quiera!; ***fammi vedere*** déjame ver; ***far bene/male qc*** sentar bien/mal u-c; ***far capire*** dar a entender; ***far conoscere*** dar a conocer; ***far fuori*** *coloq* despachar, quitar de en medio; ***far ridere*** dar risa; ***far sapere qc a q*** hacer saber u-c a alg; ***farsela addosso/sotto*** *coloq tamb. fig* mearse (*vulg*), cagarse (*vulg*); ***farsela con q*** *coloq* estar liado con alg; ***far tacere a q*** hacer callar a alg; ***far vedere*** hacer ver; ***farla a q*** hacerle la pascua a alg, jugársela a alg; ***farla finita*** acabar de una vez por todas, romper, cortar; ***~rsi in quattro*** desvivirse; ***~rsi indietro*** *tamb. fig* echarse atrás; ***sul far del giorno*** *adv* al amanecer; ***sul far della sera*** *adv* a la caída del sol, al atardecer

faretra *f* carcaj *m*

farfall|a *f* 1. *zool* mariposa; 2. *sport* (*natación*) mariposa ◊ ***nuoto a ~*** *m sport* estilo mariposa; **~one** *m desp* mariposón, calavera

farfara (*var.* **farfaro** *m*) *f bot* fárfara

farfugliare *vi* ‹*avere*› farfullar

farina *f* harina ◊ ***non è ~ del suo sacco*** no es de su cosecha; **~ceo, -a 1.** *adj* farináceo, -a; **2.** *mpl* 1. ="cereales y legumbres destinados a hacer harina"; 2. (*cereales, castañas...*) farináceos

faring|e *f med* faringe; **~ite** *f med* faringitis *inv*

farinoso, -a *adj* harinoso, -a

faris|aico, -a (*m pl* **-ci**) *adj* farisaico, -a; **~eo, -a** *adj/s* fariseo, -a

farmac|eutico, -a (*m pl* **-ci**) *adj* farmacéutico, -a; **~ia** (*pl* **-cie**) *f* 1. *cient* farmacia; 2. farmacia, botica (*coloq*); **~ista** *m/f* farmacéutico, -a, boticario, -a (*coloq*)

farmaco (*pl* **-ci/-chi**) *m* fármaco, medicamento; **~logia** (*pl* **-gie**) *f* farmacología; **~pea** *f* farmacopea; **~vigilanza** *f med* farmacovigilancia

farneticare ‹*esd*› *vi* ‹*avere*› delirar, desvariar

faro *m nav/auto* faro ◊ ***~i abbaglianti*** faros deslumbrantes; ***~i anabbaglianti*** faros antideslumbrantes; ***~i di retromarcia*** luces de marcha atrás (*fpl*); ***~i fendinebbia*** faros antiniebla

farragine *f* fárrago *m*, revoltillo *m*

farraginoso, -a *adj* farragoso, -a

farro *m bot* farro

fars|a *f teat tamb. fig* farsa; **~esco, -a** (*m pl* **-chi**) *adj tamb. fig* sainetesco, -a, cómico, -a; ridículo, -a; **~etto** *m* farseto, jubón

fascetta *f telec* faja ◊ ***~ editoriale*** faja

fascia (*pl* **-sce**) *f* 1. (*tejido*) tira, cinta, franja; 2. (*autoridades*) faja, banda; 3. (*bebés*) pañal *m*; 4. *med* venda; 5. *geogr* franja ◊ ***~ di ascolto*** *TV/radio* franja de audiencia; ***~ di età*** franja de edad; ***~ di mercato*** segmento de mercado (*m*); ***~ di***

ozono *cient* capa de ozono; **~ *elastica*** *med* faja (elástica); **~ *gessata*** vendaje de escayola (*m*); **~ *oraria*** franja horaria; **~*e deboli*** *adj* capas desfavorecidas; ***in ~*** *adj tamb. fig* en pañales, en mantillas; **~me** *m nav* forro; **~re** *vt* 1. envolver, forrar; 2. *med* vendar; 3. (*niño*) poner los pañales; **~toio** (*pl* **-oi**) *m* ="mesa para cambiar los pañales al bebé" *f*; **~tura** *f med* vendaje *m*

fascicolo *m* 1. fascículo, entrega *f*; 2. *adm* legajo ◊ ***pubblicazione a ~i*** *f* publicación por entregas/fascículos

fascina *f* fajina

fascino *m* fascinación *f*, encanto; embrujo, atracción *f*

fascio (*pl* **-sci**) **1.** *m* 1. haz, fajo; 2. *pol/hist* fascio, partido fascista; **2.** *mpl hist* fasces *fpl*, haces *fpl*

fascis|mo *m pol* fascismo; **~ta** *adj/s* fascista; **~tone, -a** *adj/s* fascistón, -ona

fase *f* 1. fase; 2. *mec* tiempo *m*; ***motore a quattro ~i*** *motor de cuatro tiempos* ◊ ***essere fuori ~*** *tamb. fig* no carburar; ***mettere in ~*** *mec* reglar

fastello *m* gavilla *f*, haz

fasti *mpl* fastos

fastidio (*pl* **-di**) *m* 1. fastidio, molestia *f*; ***Le dà ~ il fumo?*** *¿le molesta si fumo?*; 2. aburrimiento, hastío ◊ ***dare ~ a q*** molestar a alg; **~so, -a** *adj* fastidioso, -a, molesto, -a, engorroso, -a

fasto *m* fasto, boato, pompa *f*; **~so, -a** *adj* fastuoso, -a, pomposo, -a

fasullo, -a *adj* falso, -a

fata *f* hada ◊ **~ *Morgana*** V. **fatamorgana**

fata|le *adj* fatal; **~ismo** *m* fatalismo; **~ista** *m/f* fatalista; **~istico, -a** (*m pl* **-ci**) *adj* fatalista; **~ità** *f inv* fatalidad *f*

fatamorgana (*var.* **fata Morgana**) *f* espejismo *m*

fatic|a *f* 1. fatiga, cansancio *m*; *mec* fatiga; 2. trabajo *m*, esfuerzo *m* ◊ ***a ~*** *adv* a duras penas; ***animale di ~*** *m* animal de carga; ***costare ~*** costar trabajo; ***essere ~ sprecata*** ser un empeño inútil; ***fare/durare ~*** costar; ***senza ~*** *adv* sin esfuerzo; ***uomo di ~*** *m* mozo de carga; ***valere la ~*** valer la pena; **~are** *vi* ‹*avere*› esforzarse, trabajar, bregar; **~ *per finire un lavoro*** *esforzarse por/para terminar un trabajo*; **~o, -a** (*m pl* **-ci**) *adj ling* fático, -a; **~oso, -a** *adj* cansado, -a, pesado, -a; arduo, -a, trabajoso, -a

fatidico, -a (*m pl* **-ci**) *adj* fatídico, -a

fatiscente *adj tamb. fig* vetusto, -a, ruinoso, -a

fato *m* hado, sino, destino

fattezze *fpl* facciones

fatti|bile *adj* factible; **~specie** *f jur* caso *m* ◊ ***nella ~*** en este/ese caso (concreto), en tal caso

fatto, -a 1. *m* 1. hecho; 2. cuestión *f*, asunto, cosa *f*; ***sono ~i suoi, miei*** *es asunto suyo, mío*; **2.** *adj* 1. hecho, -a; ***ben, mal ~*** *bien, mal hecho*; hecho, -a, fabricado, -a; **~ *in Italia*** *fabricado en Italia*; **~ *a mano*** *hecho a mano*; 2. *coloq* (*muy cansado*) hecho, -a polvo, molido, -a; *jerga drog* colgado, -a, colocado, -a, flipado, -a; **3.** *pp* V. **fare** ◊ **~ *d'arme*** hecho de armas; **~ *di sangue*** delito de sangre; **~*i suoi*** *excl* con su pan se lo coma, allá él; ***a ~ compiuto*** *adv* a aguas pasadas; ***a notte ~a*** *adv* bien entrada la noche; ***ben ~!*** ¡bien hecho!; ***cogliere q sul ~*** coger a alg con las manos en la masa, coger in fraganti; ***è ~a!*** ¡ya está hecho!; ***è cosa ~a!*** ¡eso está hecho!, ¡eso es pan comido!; ***giorno ~*** *adv* entrado el día; ***il ~ è ~*** a lo hecho pecho; ***il ~ è che*** el hecho es que, la cuestión es que; ***in ~ di*** *prep* en cuestión de; ***mettere davanti al ~ compiuto*** poner ante hechos consumados; ***sapere il ~ proprio*** saber dónde le aprieta a alg el zapato; ***uomo ~*** *m* hombre hecho y derecho; ***venire al ~*** ir al grano

fattore *m cient tamb. fig* factor ◊ ***il ~ campo*** *sport* el factor campo

fattore (*f* **fattrice**) *m/f* hacedor, -a ◊ ***il sommo *~*** el sumo Hacedor

fattore, -essa *m/f agric* granjero, -a

fattori|a *f* granja (!), caserío *m* (!), finca (!), estancia (*Am*) (!); **~ale** *adj mat* factorial; **~no** *m* mozo, chico de los recados; (*hotel*) botones *inv*

fattuale *adj* factual, fáctico, -a

fattucchiere, -a *m/f* hechicero, -a, brujo, -a; curandero, -a

fattur|a *f* 1. *com* factura; 2. factura, hechura, corte *m*; 3. hechizo *m*, encantamiento *m*; **~are** *vt* 1. *com* facturar; 2. (*equipaje*) facturar, despachar (*Am*); 3. (*vino*) adulterar; **~ato** *m com* facturación *f*, volumen de negocios; **~azione** *f* facturación; **~ista** *m/f* encargado, -a de las facturas

fatuità *f inv* fatuidad *f*, vanidad *f*

fatuo, -a *adj/s* fatuo, -a, vanidoso, -a ◊ ***fuoco ~*** *m* fuego fatuo

fauci *fpl* fauces

faun|a *f* fauna; **~o** *m mitol* fauno

fausto, -a *adj* fausto, -a

fautore, -trice *adj/s* partidario, -a, seguidor, -a

fauvismo *m arte* fauvismo

fava *f bot* haba

favella *f* habla; **~re** *vt/i* ‹*avere*› hablar

favilla *f* chispa, pavesa

favo *m zool* panal

favol|a *f* 1. fábula; 2. (*mentira*) cuento *m*, historia; ***raccontare ~e*** *contar cuentos (chinos)* ◊ ***da ~*** *adj* de cine, de película; ***essere la ~ del paese*** ser la comidilla del pueblo; **~ista** *m/f* fabulista; **~istica** *f* fabulística; **~oso, -a** *adj* 1. fabuloso, -a, fantástico, -a; 2. fabuloso, -a, enorme

favonio (*pl* **-ni**) *m elev* favonio

favor|e *m* favor; ***fare, chiedere un ~*** *hacer, pedir un favor* ◊ ***biglietto di ~*** *m* invitación (*f*); ***col ~ della notte, delle tenebre*** con el favor de la noche, de la oscuridad; ***fammi il (santo) ~ di tacere, di andartene...*** hazme el favor de callarte, de largarte...; ***mi faccia il ~!*** ¡hágame el favor!; ***in ~ di*** *prep* a favor de, en beneficio de; ***per ~*** por favor; ***prezzo di ~*** *m* precio especial, precio de amigo (*coloq*); **~eggiare** *vt* proteger, encubrir; **~eggiatore, -trice** *m/f* encubridor, -a; **~evole** *adj* favorable ◊ ***essere ~ a q/qc*** estar a favor de alg/de u-c; **~ire** ‹isc› **1.** *vt* 1. favorecer; 2. *elev* mostrar, presentar; ***favorisca il biglietto, per favore*** *(enséñeme) el billete, por favor*; ***favorisca i documenti, prego*** *documentación, por favor*; **2.** *vi* (*en fórmulas de cortesía*) querer, invitar, servirse; ***vuole ~?*** *¿quiere un poco?/¿le apetece un poco?*; ***tanto per favorire*** *sólo por cortesía/por no ofender*; ***favorisca alla cassa*** *pase por caja/sírvase pasar por caja*; ***favorisca con noi in questura*** *acompáñenos a la comisaría*; **~ita** *f* favorita; **~itismo** *m* favoritismo, enchufismo, amiguismo; **~ito, -a** *adj/s* favorito, -a, preferido, -a; *hist* favorito, -a

fax *m inv* fax *m*; **~are** *vt* enviar por fax, faxear (*Am*)

faziolne *f* facción, bando *m*; **~so, -a** *adj/s* faccioso, -a

fazzoletto *m* pañuelo ◊ **~ *di carta*** pañuelo de papel, kleenex ® (*inv*)

f.c. (*fuori corso*) *abr V. en el diccionario*

febbrlaio *m* febrero; **~e** *f tamb. fig* fiebre, calentura ◊ **~ *da cavallo*** fiebre de caballo; **~ *da fieno*** fiebre del heno; **~ *dell'oro*** fiebre del oro; ***avere la ~*** tener fiebre; ***avere poche linee di febbre*** tener unas décimas de fiebre; ***misurare la ~*** tomar/medir la temperatura; **~icitante** *adj* febril, calenturiento, -a, febricitante; **~icola** *f med* febrícula; **~ifugo, -a** (*m pl* **-ghi**) *adj/m* febrífugo, -a; **~ile** *adj* febril

fecale *adj* fecal

feccia (*pl* **-ce**) *f* (*residuo*) hez

feci 1. *fpl med* (*excrementos*) heces; **2.** V. **fare**

fecola *f* fécula

fecondlabile *adj* fecundable; **~are** *vt* fecundar; **~azione** *f* fecundación ◊ **~ *in vitro*** fecundación in vitro; **~ità** *f inv* fecundidad *f*; **~o, -a** *adj tamb. fig* fecundo, -a, fértil

fedain (*var.* **fedayn**) *m inv* fedayín *m*

fede *f* 1. *jur tamb. fig* fe; 2. *relig* fe, creencia; fe, religión; ***abbracciare la fede cattolica*** *abrazar la fe católica*; 3. alianza, anillo de boda *m* ◊ **~ *di battesimo*** fe de bautismo; **~ *di deposito*** certificado de depósito (*m*); ***fare ~*** dar fe; ***fare atto di ~*** hacer profesión de fe; ***in ~*** *adv adm/jur* doy fe; ***in ~ mia*** *adv* a fe mía; ***in buona/mala ~*** *adv* de buena/mala fe; **~commesso** *m jur* fideicomiso; **~degno, -a** *adj elev* fidedigno, -a

fedelle *adj/s* fiel; **~tà** *f inv* fidelidad *f*, lealtad *f* ◊ ***alta ~*** *f tecn* alta fidelidad

federa *f* (*almohada*) funda

federalle *adj* federal; **~ismo** *m* federalismo; **~ista** *adj/s* federalista; **~istico, -a** (*m pl* **-ci**) *adj* federalista

federare ‹esd› *vt* federar, confederar

federatlivo, -a *adj* federativo, -a; **~o, -a** *adj* federado, -a, confederado, -a

federazione *f* federación, confederación

Federcalcio (*Federazione Italiana Gioco Calcio*) *abr/f* ="Federación Italiana de Fútbol"

Federmeccanica (*Federazione Sindacale dell'Industria Metalmeccanica*) *abr/f*

fedina 1. *f* certificado de antecedentes penales *m*; **2.** *fpl ant* patillas ◊ ***avere la ~ pulita*** no tener antecedentes, estar limpio (*coloq*)

fegataccio (*pl* **-ci**) *m* intrépido, valiente

fegatini *mpl gastr* higadillos

fegato *m* 1. *med/gastr* hígado; 2. (*valor*) hígado, agallas *fpl* ◊ ***avere ~*** tener hígado, tener agallas, tener redaños; ***mangiarsi il ~*** reconcomerse, rabiar

felce *f bot* helecho *m*; **~ta** (*var.* **felceto** *m*) *f bot* helechal *m*

feldmaresciallo *m mil/hist* feldmariscal

feldspato *m min* feldespato

felicle *adj* 1. feliz; 2. (*idea...*) bueno, -a; (*traducción...*) acertado, -a, conseguido, -a; **~ità** *f inv* felicidad *f*; **~itarsi** alegrarse, congratularse (**con q per qc** con alg por u-c); **~itazione** *f* felicitación

felino, -a *adj/s zool* felino, -a

fellatlio *f* felación; **~ore, -trice** *m/f* felator *m*, felatriz *f*

fellonia *f* felonía

felpa *f* felpa; **~to, -a 1.** *adj* 1. afelpado, -a; 2. (*paso, andar*) amortiguado, -a; **2.** *m* felpa *f*, felpudo

feltro *m* fieltro

feluca *f* 1. *nav* falúa; 2. (*sombrero*) clac *m*

femminla *f zool/mec tamb. fig* hembra; **~ella** *f mec* hembrilla; **~ile** *adj/m* femenino, -a; **~ilità** *f inv* feminidad *f*; **~ilizzazione** *f* feminización; **~ismo** *m* feminismo; **~ista** *adj/s* feminista; **~uccia** (*pl* **-ce**) *f desp* nenaza, miedica *m*, miedoso *m*

femorlale *adj med* femoral; **~e** *m med* fémur

fendente *m sport* (*esgrima*) altibajo, tajo

fendere 1. *vt* 1. hender; 2. (*mar, aires*) surcar; **2. ~rsi** agrietarse, cuartearse

fendilnebbia 1. *adj* antiniebla *inv*; **2.** *m* faro antiniebla; **~tura** *f* hendidura, grieta, fisura; *geol* (*terreno*) falla

fenice *f mitol* fénix *m*

fenicio, -a (*m pl* **-ci**) *adj/s hist* fenicio, -a

fenicottero *m zool* flamenco

fenilammina *f quím* fenilamina

fenile *m quím* fenilo

fenolo *m quím* fenol

fenomenlale *adj* fenomenal; **~ismo** (*var.* **fenomenalismo**) *m filos* fenomenismo; **~o** *m* fenómeno; **~ologia** *f filos* fenomenología

fenotipo *m cient* fenotipo

feracle *adj elev* feraz; **~ità** *f inv elev* feracidad *f*

ferale *adj elev* feral

feretro *m* féretro, ataúd

feriale *adj* laborable; *adm* hábil

ferie *fpl* vacaciones; ***andare, essere in ~*** *irse, estar de vacaciones*

ferimento *m* herida *f*, herimiento (*raro*)

ferino, -a *adj elev* ferino, -a

ferire ‹isc› *vt tamb. fig* herir ◊ **~ *a morte*** herir de muerte

ferit|a *f med tamb. fig* herida; **~o, -a** *adj/s* herido, -a; **~oia** *f arq/mil* aspillera, tronera; **~ore, -trice** *adj/s* heridor, -a

ferma *f* 1. *mil* permanencia en filas; 2. (*caza*) muestra; **~carte** *m inv* pisapapeles, sujetapapeles; **~glio** (*pl* **-gli**) *m* 1. hebilla *f*, alfiler; (*joya*) broche; 2. (*papeles*) clip; **~re** *vt* parar, detener; **~ta** *f* 1. *transp* parada; 2. *mús* fermata ◊ ***~ di taxi*** parada de taxis; ***~ facoltativa/a richiesta*** parada discrecional

ferment|are *vt/i* ‹*avere*› *tecn tamb. fig* fermentar; **~azione** *f* fermentación; **~o** *m* fermento

fermezza *f* firmeza

fermio *m quím* fermio; **~ne** *m fís* fermión

fermo, -a 1. *adj* 1. parado, -a, quieto, -a, detenido, -a; ***stare ~*** *estar quieto/parado*; (*reloj*) parado, -a; 2. fijo, -a, estable; 3. decidido, -a, firme; ***è ~ nel suo rifiuto*** *permanece firme en su rechazo*; **2.** *excl* ¡quieto!, ¡alto ahí!; **3.** *m* 1. cierre, cerrojo; ***mettere il ~ alla porta*** *echar el cerrojo a la puerta*; 2. *jur* detención *f*, arresto ◊ ***~ immagine*** *TV* congelado de la imagen; ***~ restando che*** dejando claro que, teniendo (muy) en cuenta que; ***tenere ~*** tener sujeto; **~posta** (*var.* **fermo posta**) *m inv* lista de correos *f*

feroc|e *adj* feroz, fiero, -a; **~ia** (*pl* **-cie**) *f* ferocidad; **~ità** *f inv* ferocidad *f*

ferodo® *m tecn* ferodo®

ferola *f bot* férula

feromone *m biol* feromona *f*

Ferr. (*Ferrovia*) *abr* (*Ferrocarril*)

ferra|glia *f* chatarra, hierros *mpl*; **~gosto** *m* 1. 15 de agosto; 2. vacaciones de mitad de agosto *fpl*; 3. fiesta de la Asunción *f*; **~menta** *f* ferretería ◊ ***negozio di ~*** *m* ferretería; **~re** *vt* herrar; **~rese** *adj/s* (*de Ferrara*) ferrarés, -esa; **~to, -a** *adj* 1. herrado, -a; 2. ducho, -a, versado, -a; ***~ in matematica*** *ducho en matemáticas*; **~vecchio** (*pl* **-chi**) *m* chatarrero

ferreo, -a *adj* férreo, -a

ferri|co, -a (*m pl* **-ci**) *adj quím* férrico, -a; **~era** *f metal* forja

ferrifero, -a *adj* ferruginoso, -a

ferro 1. *m* hierro; **2.** *mpl* 1. (*oficio*) herramientas *fpl*, útiles; 2. parrilla *f*, plancha *f*; ***carne ai ~i*** *carne a la plancha* ◊ ***~ battuto, dolce, fuso*** hierro forjado, dulce, colado; ***~ da stiro*** (*para planchar*) plancha (*f*); ***~ di cavallo*** herradura (*f*); ***~i da calza*** agujas de hacer punto (*fpl*); ***(essere) ai ~i corti*** (andar) a la greña, (estar) peleados, -as; ***battere il ~ finché è caldo*** aprovechar la oportunidad mientras dure; ***toccare ~*** tocar madera; **~so, -a** *adj quím* ferroso, -a

ferrotranviario, -a (*m pl* **-ri**) *adj transp* ferroviario, -a y tranviario, -a

ferrov|ia *f* ferrocarril *m* (!) ◊ ***~ a cremagliera*** ferrocarril de cremallera (*m*); ***~ a monorotaia*** monorraíl (*m*); ***~ a scartamento ridotto, aumentato*** ferrocarril de vía estrecha, ancha (*m*); ****~ dello Stato (FS)*** compañía italiana de ferrocarriles (="RENFE"); **~iario, -a** (*m pl* **-ri**) *adj* ferroviario, -a; **~iere, -a** *m/f* ferroviario, -a

ferruginoso, -a *adj* ferruginoso, -a

ferry-boat ['fɛrri 'bɔt] *m inv transp* ferry *m*, transbordador *m*

fertil|e *adj* fértil, fecundo, -a; **~izzante** *m* fertilizante, abono; **~izzare** *vt* fertilizar

ferula *f hist/med tamb. fig* férula

fervente *adj* ferviente

fervere ‹*sin pp ni tiempos compuestos*› *v/def tamb. fig* hervir

fervido, -a *adj* ferviente, ardoroso, -a

fervor|e *m* 1. fervor, entusiasmo; 2. (*momento álgido*) clímax; **~ino** *m relig* fervorín

fesseria *f* tontería, estupidez; nimiedad, menudencia, nadería

fesso, -a *adj* 1. (*sonido*) estridente, estrídulo, -a; 2. tonto, -a, necio, -a, bobo, -a

fessura *f* 1. (*de un cuerpo*) grieta, raja, hendidura; 2. rendija, resquicio *m*

festa *f* fiesta ◊ ***~ degli alberi*** día del árbol; ***~ della mamma*** día de la madre; ***~ mobile, fissa*** fiesta móvil/movible, fija; ***~e di precetto*** fiestas de precepto, fiestas de guardar; ***buone feste!*** ¡felices fiestas!; ***far ~/fare le ~e a q*** hacerle fiestas a alg; ***far la ~ a q*** ajusticiar a alg; ***guastare la ~*** aguar la fiesta; ***suonare (le campane) a ~*** repicar (las campanas); **~iolo, -a** *m/f* 1. juerguista, juerguero, -a (*Am*); 2. (*participante en una fiesta popular*) festero, -a

festeggia|menti *mpl* festejos; **~re** *vt* 1. festejar, agasajar (**qc** a alg); 2. festejar, celebrar (**qc** u-c)

festino *m* festín, festejo

festival *m inv* festival *m*

festività *f inv* festividad *f*

festivo, -a *adj* festivo, -a

feston|are *vt* festonear; **~e** *m* festón, orla *f*, guirnalda *f*

festoso, -a *adj* festivo, -a, alegre

festuca *f elev* (*paja*) pajita (*estánd*)

fetale *adj* fetal

fetente *adj* 1. hediondo, -a, maloliente; 2. despreciable, infame, ruin

feticcio (*pl* **-ci**) *m* fetiche

feticis|mo *m* fetichismo; **~ta** *adj/s* fetichista

fetido, -a *adj* fétido, -a, hediondo, -a, maloliente

feto *m med* feto; **~re** *m* hedor, fetidez *f*

fett|a *f* (*embutido, queso*) loncha; (*merluza, embutido*) rodaja; (*pan*) rebanada; (*carne*) tajada; **~ina** *f* (*carne*) filete *m*, bistec *m*, bife *m* (*Arg*)

feud|ale *adj* feudal; **~alesimo** *m* feudalismo; **~atario** (*pl* **-ri**) *m* feudatario; **~o** *m* feudo

fez *m inv* fez *m*

FF.AA. (*Forze Armate*) *abr* (*Fuerzas Armadas*) FF.AA.

fiab|a *f* cuento *m*, fábula; **~esco, -a** (*m pl* **-chi**) *adj* (*irreal*) fantástico, -a, fabuloso, -a, maravilloso, -a

fiacca *f* 1. cansancio *m*, flojera; 2. (*desinterés*) dejadez, pachorra (*coloq*) ◊ ***battere la ~*** no dar ni golpe, estar tumbado a la bartola; **~re** *vt* debilitar, aflojar

fiacchezza *f* flaqueza, debilidad

fiacco, -a (*m pl* **-chi**) *adj* 1. débil, flojo, -a; 2. apático, -a, indolente, alicaído, -a

fiaccola *f* antorcha ◊ ~ ***olimpica*** antorcha olímpica

fiaccolata *f* procesión de antorchas

fiala *f* ampolla

fiamma *f* llama ◊ ***andare in ~e*** prenderse fuego; **~nte** *adj* 1. llameante; ***rosso ~*** *rojo intenso, rojo vivo*; 2. (*nuevo*) flamante; **~ta** *f* llamarada

fiammeggia|nte *adj* llameante, flameante ◊ ***gotico ~*** *m arte* gótico flamígero; **~re 1.** *vt* 1. *gastr* (*piel*) socarrar, chamuscar; 2. *gastr* flambear; **2.** *vi* 1. (*despedir llamas*) llamear, flamear; 2. centellear, resplandecer

fiammifero *m* cerilla *f*, fósforo, mixto

fiammingo, -a (*m pl* **-ghi**) **1.** *adj/s* flamenco, -a; **2.** *m ling/zool* flamenco

fiammola *f bot* flámula

fiancata *f* lateral *m*, costado *m*, lado *m*

fiancheggiare *vt* 1. flanquear; 2. *mil* (*cubrir los flancos*) flanquear; 3. apoyar

fianco (*pl* **-chi**) *m* 1. lado, costado; 2. *med* cadera *f*, costado; 3. *mil* flanco, ala *f* ◊ ***~ a ~*** *adv* hombro con hombro; ***di ~*** *adv* de lado

Fiandra: la ~ *f* Flandes ◊ ***le ~e*** Flandes

fiasco (*pl* **-schi**) *m* 1. (*botella*) ampolla *f*; 2. fiasco, fracaso, chasco ◊ ***fare ~*** ser un fiasco, ser un fracaso

fiat *m inv* momento *m*, instante *m* ◊ ***in un ~*** *adv* en un santiamén, en un abrir y cerrar de ojos; **~are** *vi ‹avere›* rechistar ◊ ***senza ~*** sin rechistar; **~o** *m* 1. *med* aliento, hálito, respiración *f*; ***il suo ~ puzza*** *le huele mal el aliento*; 2. *mús* viento; ***strumenti a ~*** *instrumentos de viento* ◊ ***avere il ~ grosso*** jadear; ***avere il ~ corto*** quedarse sin aliento; ***buttare via/sprecare il fiato*** perder el tiempo, hablar a la pared; ***è ~ sprecato*** es perder el tiempo, no vale la pena gastar saliva; ***dare ~ alle trombe*** dar pábulo a noticias; ***d'un ~*** *adv* de un tirón; ***fare il ~*** *sport* entrenarse; ***pigliar ~*** recobrar el aliento; ***restare con il ~ sospeso*** estar con el alma en vilo; ***sentirsi mancare il ~*** quedarse sin aliento; ***trattenere il ~*** aguantar la respiración; **~one** *m* jadeo ◊ ***avere il ~*** jadear

fibbia *f* hebilla

fibra *f biol/tecn tamb. fig* fibra ◊ ***~ di vetro*** fibra de vidrio; ***~ ottica*** fibra óptica

fibrilla|re *adj biol* fibrilar; **~zione** *f med* fibrilación

fibro|blasto *m biol* fibroblasto; **~cemento®** *m* fibrocemento®; **~ma** *m med* fibroma; **~si** *f inv med* fibrosis; **~so, -a** *adj* fibroso, -a

fibula *f* 1. *arte* fíbula; 2. *med* peroné *m*

fica *f* 1. *vulg* coño *m*, chocho *m*; 2. *jerga estud* tía buena

ficca|naso (*m pl* **-i**, *f pl* **-o**) *m/f* metomentodo, entrometido, -a, escudriñador, -a, cotilla; **~re 1.** *vt* clavar, incrustar; poner, meter; **2. ~rsi** meterse; ***dove ti sei ficcato?*** *¿dónde te has metido?* ◊ ***~rsi nei fatti altrui*** meterse donde no le llaman; ***~rsi qc a q in testa*** metérsele algo a alg en la cabeza

fiche [fiʃ] *f inv* (*juego*) ficha *f*

fichetto (*var.* **fighetto**) *m coloq* pijo

fico (*pl* **-chi**) *m* 1. *bot* (*fruto*) higo; 2. (*árbol*) higuera *f* ◊ ***~ d'India*** (*fruto*) higo chumbo; (*planta*) chumbera; ***~ secco*** higo seco; ***non me ne importa un ~ (secco)*** me importa un pimiento, no se me da un higo; ***non valere un ~ (secco)*** no valer un pimiento, no valer un comino; **~dindia** (*pl* **fichidindia**, **fichi d'India**) (*var.* **fico d'India**) *m* 1. (*fruto*) higo chumbo; 2. (*arbusto*) chumbera *f*

fiction ['fikʃon] *f inv* serie de televisión *f*

ficus *m inv bot* ficus

fidanza|mento *m* 1. (*acto*) compromiso, esponsales *mpl*; 2. (*período*) noviazgo; **~rsi** prometerse (**con q** con alg); **~to, -a** *m/f* novio, -a, prometido, -a

fidare 1. *vt* confiar (**qc a q** u-c a alg); **2.** *vi ‹avere›* fiarse (**di** de), confiar (**di** en); **3. ~rsi** fiarse (**di** de), confiar *vi* (**di** en)

fidato, -a *adj* fiel, leal; ***amico ~*** *amigo fiel*

fideismo *m filos* fideísmo

fideiuss|ione *f jur* garantía, fianza; **~ore** *m jur* garante, fiador

fidelizza|re *vt com* fidelizar; **~zione** *f com* fidelización

fido, -a 1. *adj/m elev* fiel (*estánd*); **2.** *m econ* (límite de) crédito, disponible

fiduci|a (*pl* **-cie**) *f* confianza ◊ ***avere ~ in sé stesso*** tener confianza en sí mismo; ***di ~*** *adj* de confianza; ***porre ~ in q*** depositar la confianza en alg; **~ario, -a** (*m pl* **-ri**) *adj/s com/jur* fiduciario, -a; **~oso, -a** *adj* confiado, -a

fiele *m* 1. *med* hiel *f* (!), bilis *f*; 2. amargura *f*, bilis *f*

fien|agione *f* siega; **~ile** *m* pajar; **~o** *m bot* heno

fier|a *f* 1. *com* feria (!); 2. *zool tamb. fig* fiera, bestia ◊ ***~ campionaria*** feria de muestras; ***~ di beneficenza*** rifa/gala de beneficencia; **~ezza** *f* 1. fiereza, bravura; 2. orgullo *m*, altivez; **~ista** *adj/s* feriante; **~o, -a** *adj* 1. fiero, -a, cruel; fiero, -a, feroz, salvaje; 2. orgulloso, -a; ***è ~ di se stesso*** *está orgulloso/pagado de sí mismo*

fievole *adj* débil, mortecino, -a

fifa *f coloq* mieditis *inv*, canguelo *m*; **~one** *adj/s coloq* cagueta, miedica, rajado, -a

fighetto *sept* V. **fichetto**

Figi *fpl geogr* Fiji

figli|a *f* 1. hija; 2. *com* (*hoja de talonario*) talón *m*; **~are** *vt zool* parir; **~astro, -a** *m/f* hijastro, -a; **~ata** *f zool* (*mamíferos*) camada; (*pájaros*) nidada; **~o** (*pl* **-gli**) *m* hijo ◊ ***~ d'arte*** hijo, -a de artistas; ****~ dell'Uomo*** (*Cristo*) Hijo del Hombre; ***~i di nessuno*** huérfanos; ***~ di papà*** niño, -a de papà, pijo, -a; ***~ di puttana*** *vulg* hijo, -a de puta; ***~ unico*** hijo único; ***essere il ~ della serva*** ser el último mono, mandar menos que el gato; **~occio, -a** (*m pl* **-ci**, *f pl* **-ce**) *m/f* ahijado, -a; **~olanza** *f* prole; **~olo, -a** *m/f* (*afectuo-

so) hijo, -a ◊ ***il figliol(o) prodigo*** el hijo pródigo

figo, -a (*m pl* **-ghi**) **1.** *adj vulg* cojonudo, -a, de puta madre; **2.** *m vulg* tío bueno

figura *f* figura ◊ ***che ~!*** ¡qué bochorno!; ***fare una bella ~*** quedar bien, lucirse; ***fare una brutta ~*** quedar mal, quedar fatal, lucirse (*irón*); **~ccia** (*pl* **-ce**) *f desp* papelón *m*, ridículo *m*; **~re 1.** *vt arte* modelar, formar, retratar; *fig* figurar, describir, retratar; **2.** *vi* 1. figurar, aparecer; 2. (*bien, mal*) quedar, sentar; **3. ~rsi** figurarse, imaginarse; ***me lo figuravo più giovane*** *me lo imaginaba más jóven* ◊ ***figurati!*** ¡figúrate!, ¡no faltaba más!; **~tivo, -a** *adj arte* figurativo, -a; **~to, -a** *adj* figurado, -a; *impr* ilustrado, -a ◊ ***ballo ~*** *m* baile con figuras; ***linguaggio ~*** *m* lenguaje figurado; **~zione** *f* figuración

figurin|a *f* 1. estatuilla, figurita; 2. cromo *m*, estampa; **~ista** *m/f* (*moda*) figurinista; **~o** *m* 1. (*moda*) figurín; 2. *desp* figurín, lechuguino, petimetre; 3. revista de moda *f*

figuro *m desp* sujeto, individuo

fila *f* 1. (*personas*) fila, cola; 2. (*cosas*) fila, serie, ristra ◊ ***di ~*** *adv* seguidos, -as, sin parar; ***fare la ~*** hacer cola; ***fuoco di ~*** *m* descarga (*f*); ***in ~ indiana*** *adv* en fila india; *auto* en caravana; ***in prima ~*** *adv* en primera fila; ***serrare le ~e*** cerrar filas; **~ccia** (*pl* **-ce**) *f* hilacha

filament|o *m* filamento; **~oso, -a** *adj* filamentoso, -a

filanca *f* helanca

filand|a *f* hilandería; **~aia** *f* hilandera; **~iere** *m* hilandero

filantrop|ia *f* filantropía; **~ico, -a** (*m pl* **-ci**) *adj* filantrópico, -a; **~o** *m* filántropo

filar|e 1. *vt* 1. hilar; 2. *nav* filar; 3. (*líquidos*) manar, dejar correr; **2.** *vi* 1. (*tela, razonamiento*) hilar; 2. (*irse*) largarse, esfumarse; 3. *coloq* (*flirtear*) ligar; **3.** *m* hilera *f* ◊ ***far ~ q*** tener a raya a alg; ***~rsela all'inglese*** largarse a la francesa; **~ia** *f zool* filaria; **~iasi** *f inv med* filariasis; **~monico, -a** (*m pl* **-ci**) *adj* filarmónico, -a

filastrocca *f* 1. *lit* cantinela; 2. retahíla, letanía

filatel|i̲a *f* filatelia; **~ica** *f* filatelia; **~ico, -a** (*m pl* **-ci**) *adj/s* filatélico, -a; **~ista** *m/f* filatélico, -a, filatelista

filato, -a 1. *adj* hilado, -a; seguido, -a; ***tre giorni ~i*** *tres días seguidos*; **2.** *m* 1. hilado; 2. *mús* filado; **~re, -trice** *m/f* hilador, -a, tejedor, -a

filatrice *f tecn* hiladora, selfactina

filatura *f* hilatura

filett|are *vt tecn* roscar; **~atura** *f* (*tejido*) fileteado *m*, ribeteado *m*; *mec* (*del tornillo*) filete *m*, rosca; (*acción*) fileteado *m*, roscado *m*, perfiladura; **~o** *m* 1. (*adorno*) filete, tira *f*, cinta *f*; 2. *impr* filete; (*de letra*) perfil; 3. *med* frenillo; 4. *mec* filete, rosca *f*; 5. *gastr* filete, solomillo; 6. (*juego*) tres en raya

filial|e 1. *adj* filial; **2.** *m* filial *f*, sucursal *f*; **~zione** *f* filiación

filibustiere *m nav tamb. fig* filibustero

filiforme *adj* filiforme

filigrana *f* filigrana; **~to, -a** *adj* de filigrana; ***carta ~a*** *papel de filigrana*

filipendula *f bot* filipéndula

filippica *f* filípica, invectiva

Filippin|e: le ~ *fpl* las Filipinas; **~o, -a** *adj/s* filipino, -a

filisteo, -a *adj/s hist tamb. fig* filisteo, -a

fillo|cladio (*pl* **-di**) *m bot* filocladio, cladodio; **~mania** *f bot* filomanía

fill<u>o</u>ssera *f bot* filoxera

fillotassi *f inv* filotaxis

film *m inv cine* película *f*, film(e) *m*, cinta *f* ◊ ***~-culto/~ culto*** película de culto; ***~ dell'orrore*** película de terror (*f*); ***~ in costume*** película histórica (*f*), película de época (*f*); ***~ porno*** película porno (*f*), película X (*f*); ***~ western*** película del oeste (*f*), película de vaqueros (*f*), película de indios y vaqueros (*f*); **~are** *vt* filmar; **~ico, -a** (*m pl* **-ci**) *adj* fílmico, -a, cinematográfico, -a; **~ina** *f* serie de filminas/diapositivas; **~ografia** *f* filmografía; **~ologia** *f* filmología

filo (*pl (1-2)* **i fili**, *pl (3)* **le fila**) *m* 1. (*tejido, fig...*) hilo; ***un ~ d'acqua, di voce*** *un hilo de agua, de voz*; (*hierba*) brizna *f*; 2. (*cuchillo...*) filo; 3. (*conjura*) hilos *mpl*, entresijos *mpl* ◊ ***~ a piombo*** *arq* plomada (*f*); ***~ dentale/interdentale*** hilo dental; ***~ spinato*** alambre de espino, alambre de púas; ***dare del ~ da torcere*** dar quebraderos de cabeza, poner en aprietos; ***essere attaccato/appeso a un ~*** estar pendiente de un hilo; ***essere sul ~ del rasoio*** estar en el filo de la navaja; ***fare il ~ a q*** intentar ligar con alg; ***neanche un ~ d'aria*** *adv* ni pizca de aire, ni un soplo de aire; ***non c'è un ~ d'acqua*** no hay ni gota de agua; ***per ~ e per segno*** *adv* con pelos y señales; ***perdere il ~ del discorso*** perder el hilo, írsele el santo al cielo (a alg); ***tenere/tessere le fila di qc*** urdir u-c, tramar u//c

filoamericano, -a *adj/s* filoamericano, -a

f<u>i</u>lobus *m inv* trolebús *m*

filocomunista *adj/s* filocomunista

filodiffusione *f* hilo musical *m*

filodrammatic|a *f* teatro aficionado *m*; **~o, -a** (*m pl* **-ci**) **1.** *m/f teat* actor aficionado *m*, actriz aficionada *f*; **2.** *adj teat* aficionado, -a, amateur

filogenesi *f inv* filogénesis

filolog|ia (*pl* **-gie**) *f* filología ◊ ***~ romanza*** filología románica; **~ico, -a** (*m pl* **-ci**) *adj* filológico, -a; **~o, -a** (*mpl* **-gi**) *m/f* filólogo, -a

filone *m* 1. *min tamb. fig* filón; 2. *gastr* (*pan*) barra *f*

filoso, -a *adj* fibroso, -a, filamentoso, -a; (*carne*) correoso, -a, duro, -a

filosof|ale *adj* filosofal; **~are** ‹*esd*› *vi* ‹*avere*› filosofar; **~eggiare** *vi* ‹*avere*› *desp* filosofar; **~ia** *f* filosofía; **~ico, -a** (*m pl* **-ci**) *adj* filosófico, -a; **~o, -a** *m/f* filósofo, -a

fil<u>o</u>ssera V. **fillossera**

filov<u>i</u>a *f* 1. *transp* cables/catenaria del trolebús; 2. *transp* línea de trolebús

filtra|re 1. *vt* filtrar, depurar; **2.** *vi* ‹avere› *tamb. fig* filtrarse; ***~ una notizia*** *filtrarse una noticia*; **~zione** *f* filtración
filtro *m* 1. filtro; 2. filtro, bebedizo; **~pressa** *f tecn* filtro a presión *m*, filtro prensa *m*
filugello *m zool* gusano de seda
filza *f tamb. fig* retahíla, sarta, serie
fimosi *f inv med* fimosis
fin V. **fine / fino**
finale 1. *adj* final; definitivo, -a; **2.** *m* final, fin; *mús* final; **3.** *f* 1. *sport* final; 2. *ling* (*oración*) final
Final Four ['fajnal for] *f inv sport* (*baloncesto*) Final a cuatro *f*
finalissima *f sport* finalísima
finalista *adj/s* finalista
finalità *f inv filos tamb. fig* finalidad *f*
finalizzare *vt* 1. finalizar, acabar; 2. dirigir, dedicar; ***gli sforzi sono finalizzati alla sopravvivenza del bosco*** *los esfuerzos van dirigidos a la supervivencia del bosque*
finalmente 1. *adv* finalmente; **2.** *excl* ¡por fin!, ¡ya era hora!
finanza *f econ/jur* hacienda; finanza ◊ ***~ pubblica*** hacienda pública; ***l'alta ~*** las altas finanzas (*fpl*); ***Intendenza di *~e*** *f* Delegación de Hacienda; ***Ministero delle *~e*** *m* Ministerio de Hacienda
finanzia|mento *m* financiación *f*, financiamiento; **~re** *vt* financiar; **~ria** *f* 1. *com* financiera; 2. *econ* ley de presupuestos (generales del estado); **~rio, -a** (*m pl* **-ri**) *adj* financiero, -a; **~tore, -trice** *adj/s* financiador, -a
finanziere, -a *m/f* financiero, -a
finca *f com* (*de una tabla*) columna
finché *conj* hasta que; ***~ (non) arrivi/arriverà il momento, i soldi me li prendo io*** *hasta que llegue el momento, el dinero me lo quedo yo*
fine 1. *adj* 1. fino, -a, delgado, -a; 2. (*vista*) fino, -a, agudo, -a; (*inteligencia*) agudo, -a, sutil; 3. (*persona*) fino, -a, distinguido, -a; delicado, -a; (*arte*) esmerado, -a; **2.** *f* (*conclusión*) fin *m*, final *m*; ***che ~ ha fatto Luigi?*** *¿qué ha sido de Luis?*; (*muerte*) fin *m*; ***guarda che ~ ha fatto*** *mira cómo ha acabado*; **3.** *m* (*propósito*) fin, finalidad *f*; resultado; ◊ ***~ settimana*** fin de semana; ***a ~ mese*** *adv* a fin de mes, a final de mes; ***a che ~?*** ¿con qué fin?; ***a fin di bene*** *adv* con un buen fin; ***a questo ~*** *adv* a este fin, para ello; ***a tal ~*** *adv* a tal fin, a tal efecto; ***alla ~*** *adv* al fin, al cabo; ***alla fin ~*** *adv* en definitiva, a fin de cuentas, a la postre; ***in ~*** *adv* en fin, al fin y al cabo; ***in fin dei conti*** *adv* al fin y al cabo; ***la ~ del mondo*** el fin del mundo; ***lieto ~*** final feliz; ***mettere/porre ~ a qc*** dar/poner fin a algo; ***non sarà la ~ del mondo*** no se va a hundir el mundo, no será para tanto; ***salvo buon ~*** *adv com* salvo buen fin
fine settimana *m inv* fin de semana *m*
finestr|a *f* ventana; *informát* ventana ◊ ***~ di dialogo*** cuadro de diálogo (*m*); ***ridurre a icona una ~*** minimizar una ventana; **~ino** *m auto/ferroc* ventanilla *f*; **~one** *m* ventanal
finezza *f* 1. finura, delgadez; 2. finura, fineza, delicadeza; galantería
fingere ‹*fingo; finsi; finto*› V. 11 *vt/i* ‹avere› fingir, simular; ***~ di essere un altro*** *fingir que es otra persona, hacerse pasar por otro*
finimento 1. *m* aderezo; adorno; **2.** *mpl agric* arreos, jaeces, montura *f*
finimondo *m* 1. fin del mundo; (*fracaso*) debacle *f*; 2. barullo, alboroto
finire ‹*isc*› *vt/i* acabar, terminar, concluir, finalizar; ***vedremo come va a ~*** *ya veremos como acaba*; ***dov'è andato a ~ il giornale?*** *¿dónde ha ido a parar el periódico?* ◊ ***~ male*** acabar mal; ***finiscila!*** ¡acaba ya!, ¡ya está bien!
finitimo, -a *adj geogr* limítrofe, vecino, -a
finito, -a *adj* 1. (*cosa*) acabado, -a, terminado, -a; 2. acabado, -a, arruinado, -a ◊ ***farla ~a con q*** acabar con alg, cortar con alg; ***tutto è ~*** (*suceso*) ya ha pasado todo; (*relación*) todo ha acabado entre nosotros
finland|ese *adj/s* finlandés, -esa, finés, -esa; ***~ia: la ~*** *f* Finlandia
finnico, -a (*m pl* **-ci**) *adj ling* fínnico, -a
fino, -a 1. *prep* hasta; ***fin qui*** *hasta aquí*; ***~ a domani*** *hasta mañana*; ***fin da bambino*** *desde niño, desde la infancia*; ***fin dal principio*** *desde el principio*; **2.** *adv* incluso; ***ha detto fin troppo*** *ha dicho incluso demasiadas cosas*; **3.** *adj* fino, -a, puro, -a; ***sale, oro ~*** *sal fina, oro fino* ◊ ***~ a*** *prep* hasta; ***fin da*** *prep* desde; **~cchio** (*pl* **-chi**) *m* 1. *bot* hinojo; 2. *vulg/desp* maricón, marica, bujarrón, sarasa; **~ra** *adv* hasta ahora, hasta este momento, hasta la fecha
finsi... V. **fingere**
finta *f* fingimiento *m*, simulación; amago *m*; *sport* (*fútbol, esgrima*) finta ◊ ***fare ~ di niente*** actuar como si tal cosa, hacer como que no ha pasado nada, poner cara de no haber roto nunca un plato; ***fare ~ di non capire*** hacerse el sueco
fintantoché V. **finché**
finto, -a 1. *adj* fingido, -a; **2.** *pp* V. **fingere**
finzion|ale (*var.* **fizionale**) *adj* ficcional; **~alità** (*var.* **fizionalità**) *f inv lit* ficcionalidad; **~e** *f* ficción
fiocc|are 1. *v/impers* ‹avere/essere› *meteo* nevar; **2.** *vi* 1. caer a copos; 2. *fig* llover; ***fioccano insulti da tutte le parti*** *llueven insultos de todas partes*; **~o** (*pl* **-chi**) *m* 1. (*tejido*) borla *f*, fleco; 2. (*corbata*) nudo; 3. (*lana*) vedija *f*, mechón, borra *f*; 4. (*nieve*) copo; 5. *nav* foque ◊ ***~i d'avena*** copos de avena; ***coi ~i*** excelente, de primera, de órdago (*coloq*)
fiocina *f nav* fisga
fioco, -a (*m pl* **-chi**) *adj* flojo, -a, débil
fionda *f* honda, tirachinas *m inv*; **~rsi** *coloq* salir pitando
fioraio, -a (*m pl* **-ai**) *m/f* florista; **~mi: a ~** *adj* a flores
fiord|aliso *m bot* flor de lis *f*, aciano; **~o** *m* fiordo

fiore 1. *m* 1. *bot* flor *f* (!); 2. crema, (la) flor y (la) nata; flor *f* (!); **2.** *mpl* (*naipes*) tréboles ◊ **~ *d'arancio*** (flor de) azahar; ***a fior d'acqua*** *adv* a flor de agua; ***avere i nervi a fior di pelle*** tener los nervios a flor de piel; ***fior di*** *adj* un montón de (*f*); ***fior di quattrini*** *f* un montón de dinero, un pastón (*coloq*); ***fior di latte*** nata (*f*); ***il fior ~*** la flor y (la) nata, la crème de la crème (*irón*); ***il ~ della gioventù/degli anni*** la flor de la juventud/de la edad (*f*); ***in ~*** *adj* en flor; ***negozio di ~i*** *m* floristería (*f*); **~llino** *m* florecilla *f*; **~nte** *adj tamb. fig* floreciente; florido, -a; **~ntino, -a** *adj/s* florentino, -a

fiorett|are *vt* (*discurso*) recargar *vt*; **~ista** *m/f* floretista; **~o** *m* 1. *lit* florilegio; 2. *sport* florete

fiori|cultore... V. **floricultore...**; **~no** *m econ* florín; **~re** ‹*isc*› **1.** *vi* 1. *tamb. fig* florecer; 2. enmohecerse; *metal* oxidarse; (*alimentos*) florecerse; (*vino*) oxidarse, avinagrarse; **2.** *vt* llenar de flores; **~sta** *m/f* florista; **~to, -a** *adj bot tamb. fig* florido, -a; **~tura** *f* 1. *bot* floración; 2. (*prosperidad*) florecimiento *m*; 3. (*adorno*) floritura

fiorone *m bot* breva *f*

fiotto *m* borbotón

Firenze Florencia

firma *f* firma; ***porre la ~ su un documento*** *poner/estampar la firma en un documento* ◊ ***~ elettronica/digitale*** firma electrónica/digital; ***~ per delega*** firma por poder; ***avere la ~ per q*** *com* tener la firma de alg; **~mento** *m* firmamento; **~re** *vt* firmar, rubricar; **~tario, -a** (*m pl* **-ri**) *adj/s* firmatario, -a, firmante, signatario, -a

fisarmonica *f mús* acordeón *m*

fiscal|e *adj* 1. *econ/jur* fiscal; 2. *desp* riguroso, -a, inquisitorial; **~eggiare** *vi* ‹*avere*› *raro* fisgonear, cotillear; **~ismo** *m econ* fiscalismo, fiscalización *f*; **~ità** *f inv econ* fiscalidad *f*; **~izzare** *vt* fiscalizar; **~izzazione** *f econ* fiscalización

fischi|are 1. *vi* ‹*avere*› silbar, pitar; ***mi fischiano le orecchie*** *me zumban los oídos*; **2.** *vt* 1. (*canción*) silbar; 2. silbar, pitar, abuchear; 3. *sport* (*partido*) pitar; **~ata** *f* 1. silbido *m*; 2. pitada, abucheo *m*; **~etto** *m* pito, silbato; **~o** (*pl* **-chi**) *m* 1. (*sonido*) silbido; 2. (*instrumento*) silbato, pito ◊ ***prendere ~i per fiaschi*** confundir la gimnasia con la magnesia, confundir el tocino con la velocidad

fisco (*pl* **-schi**) *m* fisco, erario

fisic|a *f* física; **~o, -a** (*m pl* **-ci**) *adj/s* físico, -a; **~ochimico, -a** (*m pl* **-ci**) *adj/s* fisicoquímico, -a

fisima *f* fijación, idea fija

fisiognom|ica *f* fisiognómica; **~onia** *f* fisiognomía

fisiolog|ia (*pl* **-gie**) *f* fisiología; **~ico, -a** (*m pl* **-ci**) *adj* fisiológico, -a; **~o, -a** (*m pl* **-gi**) *m/f* fisiólogo, -a

fisionomi|a *f* fisonomía, fisionomía; **~sta** *m/f* fisonomista

fisioterapi|a *f* fisioterapia; **~ista** *m/f* fisioterapeuta

fissa|ggio (*pl* **-gi**) *m* sujeción *f*; *quím* fijación *f*; *foto* fijado; **~re** *vt* 1. fijar, sujetar, afianzar; 2. (*fecha*) fijar, señalar; (*concepto*) fijar, delimitar; 3. (*habitación*) reservar; (*precio*) fijar, determinar; 4. *foto* fijar; 5. mirar fijamente; ***~ lo sguardo*** *mirar fijamente, fijar la mirada*; **~tivo** *m foto* fijador; **~to, -a** *m/f* chiflado, -a, obseso, -a; **~to bollato** *m com* vendí; **~tore** *m* 1. (*pelo*) fijador, laca *f*; 2. *foto* fijador; **~zione** *f* 1. fijación, afianzamiento *m*, sujeción; 2. *psicol tamb. fig* fijación, obsesión

fissi|bile *adj fís* fisible; **~one** *f fís* fisión; **~tà** *f inv* fijeza *f*

fisso, -a 1. *adj* clavado, -a; fijo, -a; **2.** *m* 1. (sueldo) fijo; 2. (teléfono) fijo; ***fisso-mobile*** *de fijo a móvil*

fistola *f med* fístula

fito|fago, -a (*m pl* **-gi**) *adj* fitófago, -a; **~grafo, -a** *adj bot* fitógrafo, -a; **~laccacea** *f bot* fitolacácea; **~logia** *f bot* fitología; **~patologia** (*pl* **-gie**) *f* fitopatología; **~patologo, -a** (*m pl* **-gi/-ghi**) *adj/s* fitopatólogo, -a; **~plancton** *m inv bot* fitoplancton *m*; **~rmone** *f biol* fitohormona; **~terapia** *f med* fitoterapia

fitta *f* punzada, puntada, pinchazo *m*

fittavolo *m agric* arrendatario, aparcero

fitti|le *adj* figulino, -a; **~zio, -a** (*m pl* **-zi**) *adj* ficticio, -a, irreal

fitto, -a 1. *m* 1. alquiler, arriendo, arrendamiento; 2. (*del bosque*) corazón; **2.** 1. clavado, -a; 2. (*pelo*) poblado, -a, tupido, -a; (*bosque*) espeso, -a, tupido, -a; 3. (*líquido*) denso; 4. lleno, -a, plagado, -a; ***un esercizio ~ di errori*** *un ejercicio plagado de errores*; **3.** *adv* intensamente, sin parar; **~ne** *m bot* raíz nabiforme *f*

fittuario (*pl* **-ri**) *m obsol* arrendatario

fium|ana *f tamb. fig* riada; ***una ~ di gente*** *una muchedumbre, un río de gente*; **~e 1.** *m* río; **2.** *adj inv* interminable *adj*; ***romanzo, seduta ~*** *novela, sesión interminable*; **~iciattolo** *m* riachuelo

fiut|are *vt* 1. oler, olfatear; 2. *fig* oler(se); ***~ una tempesta*** *oler una tormenta*; **~o** *m zool tamb. fig* olfato ◊ ***avere buon ~*** *tamb. fig* tener buen olfato; ***(ri)conoscere a ~*** conocer a primera vista

fixing ['fiksin] *m inv econ* fixing

fizion|ale V. **finzionale**; **~alità** V. **finzionalità**

flabello *m* flabelo

flaccid|ezza *f* flacidez; **~o, -a** *adj* flácido, -a

flacone *m* frasco

flagell|ante *m/f* disciplinante; **~are** *vt* flagelar, azotar; **~azione** *f* flagelación; **~o** *m* 1. *tamb. fig* flagelo, azote; *coloq* mogollón, montón; 2. *biol* flagelo ◊ ***Attila, il ~ di Dio*** Atila, el azote de Dios

flagrante *adj jur tamb. fig* flagrante ◊ ***cogliere in ~*** coger/agarrar en flagrante, coger/agarrar in fraganti

flamboyant [flambwa'jan] *adj inv arq/arte* flamboyant

flanella *f* franela

flash [flɛʃ] *m inv* (*foto, noticia*) flash; **~back** [flɛʃ bɛk] *m inv cine* flashback *m*
flato *m* flato
flatulen|to, -a *adj* flatulento, -a; **~za** *f* flatulencia
flaut|ato, -a *adj mús* aflautado, -a; **~ino** *m* flautín, flautillo; **~ista** *m/f* flautista; **~o** *m* flauta *f* (!) ◊ **~ *dolce*** flauta dulce (*f*); **~ *traverso*** flauta travesera (*f*)
flebile *adj* (*sonido*) débil, flojo, -a, bajo, -a
flebite *f med* flebitis *inv*
flebo|clisi *f inv med* gotero *m*; **~grafia** *f med* flebografía; **~tomia** *f med* flebotomía
flemma *f med tamb. fig* flema; **~tico, -a** (*m pl* **-ci**) *adj med tamb. fig* flemático, -a
flemmone *m med* flemón
flessi|bile *adj tamb. fig* flexible; **~bilità** *f inv* flexibilidad *f*, flexibilización *f* ◊ **~ *degli organici*** flexibilización de plantilla; **~bilizzare** *vt* (*trabajo*) flexibilizar; **~one** *f* flexión ◊ **~ *nominale, verbale*** *ling* flexión nominal, verbal; **~vo, -a** *adj ling* flexivo, -a
flesso, -a 1. *adj ling* (*nombre*) declinado, -a; (*verbo*) conjugado, -a; **2.** *m mat* inflexión *f*; **3.** *pp* V. **flettere** ◊ ***punto di*** **~** *m* punto de inflexión; **~re, -a** *adj med* flexor, -a ◊ ***muscolo*** **~** *m* músculo flexor
flessuoso, -a *adj* 1. elástico, -a, flexible; 2. (*río, calle*) tortuoso, -a
flettere ‹*flessi; flesso*› V. 62 *vt* 1. flexionar, doblar; 2. *ling* (*nombre*) declinar; (*verbo*) conjugar
flicorno *m mús* fiscorno
flipp|ato, -a *adj jerga drog* flipado, -a; **~er** *m inv* flipper *m*
flirt *m inv* flirt *m*, ligue *m*, lío *m*; **~are** *vi* ‹*avere*› flirtear, ligar
F.lli (*Fratelli*) *abr* (*Hermanos*) Hnos.
FLM (*Federazione Lavoratori Metalmeccanici*) *abr*
flogistico, -a (*m pl* **-ci**) *adj med* inflamatorio, -a
floppy disk ['flɔppi 'disk] *m inv informát* disquete *m*, disco flexible *m*
flora *f* flora; **~le** *adj* floral ◊ ***giochi ~i*** *mpl* juegos florales
floreale *adj* florido, -a ◊ ***stile*** **~** *m arte* modernismo, liberty
floricolt|ore, -trice *m/f* floricultor, -a; **~ura** *f* floricultura
floridezza *f* (*persona*) lozanía; (*riqueza*) prosperidad
florido, -a *adj* (*persona*) lozano, -a, vigoroso, -a; (*riqueza*) floreciente, próspero, -a
florilegio (*pl* **-gi**) *m* florilegio
floscio, -a (*m pl* **-sci**) *adj* 1. (*material*) blando, -a; (*carne*) flácido, -a; 2. (*carácter*) débil, flojo, -a
flott|a *f* flota ◊ **~ *aerea*** flota aérea; **~ *pescherec-cia/da pesca*** flota pesquera; **~iglia** *f* flotilla
fluen|te *adj* (*líquido*) fluido, -a; (*pelo*) suelto, -a; **~za** *f med/ling* fluencia
fluidi|ficare *vt/i* fluidificar; **~tà** *f inv* fluidez *f*
fluido, -a *adj/m* fluido, -a
fluire ‹*isc*› *vi* fluir
fluorescen|te *adj* fluorescente; **~za** *f* fluorescencia
fluori|drico, -a (*m pl* **-ci**) *adj* fluorhídrico, -a; **~te** *f min* fluorita; **~zzazione** *f med* fluoración, fluorización
fluoro *m* flúor
fluoruro *m* fluoruro
fluss|ione *f cient* fluxión; **~o** *m tamb. fig* flujo; *nav* flujo, marea *f* ◊ **~ *mestruale*** flujo menstrual
fluttua|nte *adj* fluctuante; ***prezzo*** **~** *precio fluctuante*; flotante ◊ ***costola*** **~** *f med* costilla flotante; ***debito*** **~** *m com* deuda flotante (*f*); **~re** ‹*esd*› *vi* ‹*avere*› fluctuar, oscilar; *econ* fluctuar; **~zione** *f* fluctuación
fluviale *adj* fluvial
f.m. (*fine mese*) *abr* final de mes
FM (*Modulazione di Frequenza*) *abr/f* (*Frecuencia Modulada*) FM
FMI (*Fondo Monetario Internazionale*) *abr/m* (*Fondo Monetario Internacional*) FMI
fobia *f psicol tamb. fig* fobia
foca *f zool* foca; **~ccia** (*pl* **-ce**) *f gastr* torta
foca|le *adj* focal; **~lizzare** *vt foto tamb. fig* focalizar
foce *f geogr* desembocadura; **~na** *f zool* marsopa
fochista *m* fogonero
focola|io (*pl* **-ai**) *m med tamb. fig* (*infección*) foco; **~re** *m* 1. chimenea *f*, hogar; *fig* hogar; 2. *tecn* fogón
focos|ità *f inv* fogosidad *f*, ardor *m*; **~o, -a** *adj* fogoso, -a, ardiente
focus *m inv* focus
fodera *f* forro *m*
foderare ‹*esd*› *vt* forrar
fodero *m* (*espada*) vaina *f*
foga (*pl* **-ghe**) *f* ímpetu *m*, ardor *m*, fogosidad
foggia (*pl* **-ge**) *f* forma, manera; **~re** *vt* forjar, modelar, moldear
foglia *f bot/metal* hoja ◊ ***mangiare la*** **~** cogerla al vuelo; ***tremare come una*** **~** temblar como una hoja; **~me** *m* follaje; **~re** *vi* ‹*avere*› *elev* foliar; **~zione** *f bot* foliación
foglio (*pl* **-gli**) *m* hoja *f*; **~ *di carta*** *hoja de papel*; **~ *in bianco*** *hoja en blanco*; *impr* pliego; (*grande*) folio; (*pequeño*) cuartilla *f*, billete ◊ **~ *di presenza*** ="hoja de control de firmas" (*f*); **~ *di stile*** *informát* hoja de estilo (*f*); **~ *elettronico*** *informát* hoja de cálculo (*f*); **~ *rosa*** *auto* permiso provisional de conducir; **~ *volante*** octavilla (*f*), (hoja) volante (*f*)
fogna *f* 1. cloaca, alcantarilla; 2. (*ambiente, lugar*) cloaca, estercolero *m*; **~tura** *f* alcantarillado *m*
föhn® [føn, fɔn] (*var.* **fon, phon**) *m inv* (*pelo*) secador *m*
foia *f* 1. *zool* celo *m*; 2. frenesí *m*, excitación
fola *f* 1. fábula, cuento *m*; 2. (*mentira*) trola
folaga (*pl* **-ghe**) *f zool* foja
folata *f* ráfaga, ventolera
folclor|e (*var.* **folklore**) *m* folclore, folclor; **~ico, -a** (*m pl* **-ci**) *adj* folclórico, -a; **~ista** *m/f* folclorista; **~istico, -a** (*m pl* **-ci**) *adj* folclorístico, -a

folgora|nte *adj* fulgurante; **~re** ‹*esd*› **1.** *vi* ‹*avere*› fulgurar, resplandecer; **2.** *vt* fulminar; *electr* fulminar, electrocutar ◊ **~ *q con lo sguardo*** fulminar a alg con la mirada; **~zione** *f* fulguración

folgore 1. *f* rayo *m*; **2.** *m ant* fulgor, resplandor

folgorite *f min* fulgurita

folkl-... V. **folcl-...**

folla *f* muchedumbre, multitud, gentío *m*; **~re** *vt tecn* abatanar; **~trice** *f tecn* batán *m*, diablo *m*

folle *adj/m* loco, -a ◊ ***(essere, mettere) in ~*** *auto* (estar, poner) en punto muerto; **~ggiare** *vi* ‹*avere*› desvariar; **~tto** *m* duende, genio

follia *f* 1. locura, desvarío *m*; 2. *mús* folía

follicolo *m* folículo

follon|e *m tecn* batán, diablo, diabla *f*; **~iere** *m* batanero, diablero

follow up ['follow 'ap] *m inv adm* seguimiento *m*

folt|ezza *f* 1. (*bosque, pelo...*) espesura; 2. abundancia; **~o, -a 1.** *adj* (*pelo, bosque...*) espeso, -a, poblado, -a; (*niebla*) denso, -a; **2.** *m fig* corazón; ***il ~ della foresta*** *el corazón del bosque*

foment|are *vt* fomentar, instigar; **~atore, -trice** *adj* fomentador, -a, instigador, -a; **~o** *m med tamb. fig* fomento

fomite *m raro* instigación *f*, estímulo

fon V. **föhn**

fona|torio, -a *adj ling/med* fonatorio, -a; **~zione** *f ling* fonación

fonda *f* 1. *nav* fondeadero *m*; 2. (*arma*) funda, vaina ◊ ***nave alla ~*** *f* barco fondeado (*m*)

fondaco (*pl* **-chi**) *m com* factoría *f*; almacén; *hist* alhóndiga *f*

fondale *m* 1. *geogr* profundidad *f*; 2. *teat* telón de foro

fondament|ale *adj* fundamental; *estud* (*materia*) troncal; **~alismo** *m* fundamentalismo, integrismo; **~alista** *m/f* fundamentalista, integrista; **~o** (*pl (1)* **le fondamenta**, *pl (2)* **i fondamenti**) *m* 1. *arq* cimiento; 2. *fig* fundamento, base *f*, cimiento

fondare *vt tamb. fig* fundar, basar, cimentar

fondatezza *f tamb. fig* solidez, consistencia

fondazione 1. *f* fundación; **2.** *fpl* cimientos *mpl*, cimentación *f*

fondello *m* 1. (*pantalón*) fondillo; 2. *mil* casquillo ◊ ***prendere q per i ~i*** tomar a alg por el pito del sereno

fondente *m min* fundente

fondere ‹*fusi; fuso*› V. 37 **1.** *vt* (*metal, queso, nieve...*) fundir; (*mantequilla, nieve...*) derretir; **2.** *vi* (*metal, queso, nieve...*) fundirse; (*mantequilla, nieve...*) derretirse

fonderia *f metal* fundición, alto horno *m*

fondi|ario, -a (*m pl* **-ri**) *adj* (*rústico*) inmobiliario, -a; **~bile** *adj* fundible; **~na** *f* pistolera; **~sta** *m/f* 1. *sport* fondista; 2. *impr* articulista; **~tore** *m* fundidor, metalúrgico

fondo, -a 1. *m* 1. fondo; *teat* foro; *sport* fondo; (*líquidos, café*) poso; 2. finca *f*, propiedad *f*, terreno; fundo; 3. *econ* fondo; **2.** *mpl* restos, fondos; **3.** *adj* hondo, -a, profundo, -a ◊ ***~ aperto*** *econ* fondo abierto; ***~ chiuso*** *econ* fondo cerrado; ***~ di ammortamento*** fondo de amortización; ***~ di cassa*** fondos de caja (*mpl*); ***~ di investimento*** fondo de inversión; ***~ etico*** *econ* fondo ético; ****~ Monetario Internazionale*** Fondo Monetario Internacional; ***~ nero*** *adm* fondo de reptiles; ***~ pensione*** fondo de pensiones; ***~ rustico*** finca rústica (*f*); ***~ urbano*** finca urbana (*f*); ***~ verde*** *econ* fondo verde; ***~i di caffè*** posos de café; ***~i di magazzino*** restos de almacén; ***~i pubblici*** fondos públicos; ***~i segreti*** fondos reservados; ***a ~*** *adv* a fondo; ***a ~ perduto*** *adj* a fondo perdido; ***andare a ~*** *nav* irse a pique; ***articolo di ~*** *m* artículo de fondo; ***cassa a doppio ~*** *f* caja de doble fondo; ***conoscere a ~*** conocer a fondo; ***da cima a ~*** *adv* de cabo a rabo, de pe a pa; ***gara, sci di ~*** *sport* carrera, esquí de fondo; ***il ~ della questione*** el fondo del asunto; ***in ~ alla sala*** *adv* en el fondo de la sala; ***in ~*** *adv* en el fondo; ***notte ~a*** *f* noche cerrada; ***piatto ~*** *m* plato hondo, plato sopero; ***toccare il ~*** (*en el agua*) tocar fondo, hacer pie; *fig* tocar fondo; **~valle** *m inv geogr* vaguada *f*

fondue [fon'dy] *f inv gastr* fondue

fonema *m ling* fonema; **~tica** *f ling* fonemática, fonología

fonetic|a *f ling* fonética; **~o, -a** (*m pl* **-ci**) *adj ling* fonético, -a

foni|atria *f* foniatría; **~co, -a** (*m pl* **-ci**) *adj* fónico, -a

fono|assorbente *adj* fonoabsorbente; **~grafo** *m* fonógrafo; **~gramma** *m* fonograma; **~logia** (*pl* **-gie**) *f ling* fonología; **~logico, -a** (*m pl* **-ci**) *adj ling* fonológico, -a; **~logo, -a** (*m pl* **-gi**) *m/f* fonólogo, -a; **~metro** *m* fonómetro; **~riproduttore** *m* reproductor de sonido

fontan|a *f arq* fuente; **~ella** *f med* fontanela; **~iere** *m* fontanero; **~ile** *m* 1. manantial, nacimiento; 2. abrevadero

fonte 1. *f tamb. fig* (*manantial*) fuente; **2.** *fpl* (*documentación*) fuentes; **3.** *m relig* pila *f* ◊ ***~ battesimale*** fuente/pila bautismal; ***sacro ~*** fuente bautismal, pila bautismal; ***sapere da buona ~*** saber de buena fuente, saber de buena tinta

footing ['futin] *m inv sport* footing

foracchiare *vt* agujerear

foraggi|ero, -a *adj* forrajero, -a; **~iare** *vt* 1. forrajear; 2. sobornar, untar; **~io** (*pl* **-gi**) *m* forraje

forame *m* foramen

foraminiferi *mpl zool* foraminíferos

foraneo, -a *adj elev* foráneo, -a

forare *vt* perforar; *transp* (*billete*) picar; *auto* pinchar *vt/i*; ***~ una gomma*** *pinchar (una rueda), tener un pinchazo*

foratura *f* perforación; *auto* pinchazo *m*

forbici *fpl* 1. tijeras; 2. *zool* pinzas

forbiciata *f* tijeretazo *m*

forbicina *f zool* tijereta

forbit|ezza *f* 1. pulcritud, limpieza; 2. elegancia; **~o, -a** *adj* cuidado, -a, elegante

forca (*pl* **-che**) *f* 1. (*patíbulo*) horca; 2. *agric* horca, bielda; 3. *geogr* collado *m* ◊ ***passare le ~e caudine*** pasar las horcas caudinas
forcella *f* 1. (*mec, cabello*) horquilla; 2. *bot* horcadura, horqueta; 3. *geogr* desfiladero *m*
forchetta *f* 1. *gastr* tenedor *m*; 2. (*estadística*) horquilla ◊ ***essere una buona ~*** tener buen saque, tener buen apetito, ser comilón
forcina *f* (*cabello*) horquilla
forcipe *m med* fórceps *inv*
forcone *m agric* horcón
forense *adj jur* forense
forest|a *f* bosque *m*; selva ◊ ***~ vergine*** selva virgen; **~ale** *adj* forestal; **~eria** *f* hospedería; **~ierismo** *m ling* extranjerismo; **~iero, -a** *adj/s* forastero, -a
forfait [for'fɛ] *m inv* 1. forfait *m*; 2. *sport* incomparecencia *f*; abandono *m* ◊ ***dichiarare ~*** *sport* abandonar
forfecchia *f zool* tijereta
forfetario, -a (*m pl* **-ri**) *adj* del forfait; sujeto, -a a forfait
forfora *f med* caspa
forforoso, -a *adj* casposo, -a
forgia (*pl* **-ge**) *f tecn* forja; **~re** *vt tecn tamb. fig* forjar
forma 1. *f* 1. forma; 2. *tecn* (*zapato, sombrero*) horma; *gastr/tipogr* molde *m*; **2.** *fpl* formas, modales; apariencias ◊ ***a/in ~ di*** *prep* con forma de; ***badare alla ~*** guardar las formas; ***dare ~ a qc*** dar forma a u-c; ***essere giù di ~*** estar bajo de forma; estar bajo de moral; ***essere in ~*** estar en forma; ***in debita ~*** *adv* en debida forma; ***in tutte le ~e*** *adv* de cualquier manera, de todas formas; ***prendere ~*** tomar forma; ***rispettare/salvare le ~e*** guardar las apariencias
formaggi|era *f* quesera; **~no** *m* quesito; **~o** (*pl* **-gi**) *m* queso ◊ ***~ da spalmare*** queso de untar; ***~ grattugiato*** queso rallado
formaldeide *f quím* formaldehído *m*
formale *adj* formal
formali|na *f quím* formalina, formol *m*; **~smo** *m arte tamb. fig* formalismo; **~sta** *m/f arte* formalista; **~stico, -a** (*m pl* **-ci**) *adj arte* formalista; **~tà** *f inv adm tamb. fig* formalidad *f*, trámite *m*; **~zzare** *vt jur/filos* formalizar
formare *vt* formar; (*número de teléfono*) marcar
format|ivo, -a *adj* formativo, -a; **~o** *m* formato, tamaño ◊ ***fotografia ~ tessera*** *f* fotografía tamaño carné
formatt|are *vt informát* formatear; **~azione** *f informát* formateo *m*
formazione *f* 1. formación; 2. *sport* formación, alineación
formella *f* 1. *arq* baldosa; panel *m*, cuarterón *m*; 2. (*combustible*) briqueta; 3. *agric* hoyo *m*
formiato *m quím* formiato
formica® *f* (*material*) formica®, fórmica *reg*
formica *f zool* hormiga; **~io** (*pl* **-ai**) *m zool tamb. fig* hormiguero
formichiere *m zool* oso hormiguero
formico, -a (*m pl* **-ci**) *adj quím* fórmico, -a; **~lare** ‹*esd*› *vi* 1. ‹*avere*› hormiguear; 2. ‹*essere*› sentir un hormigueo, cosquillear; **~lio** (*pl* **-lii**) *m* hormigueo, cosquilleo
formidabile *adj* formidable
formo|lo *m* formol; **~so, -a** *adj* lozano, -a, rollizo, -a, de buen ver ◊ ***donna ~a*** *f* mujer rolliza, jamona (*coloq*), pechugona (*coloq*)
formula *f* fórmula ◊ ***corsa di ~ uno*** *f* carrera de fórmula uno; **~re** ‹*esd*› *vt* formular; **~rio** (*pl* **-ri**) *m* formulario; **~zione** *f* formulación
forna|ce *f tamb. fig* horno *m*; ***questo è una ~*** *esto es un horno*; (*de cal*) calera; (*ladrillos, tejas*) tejar; **~io, -a** (*m pl* **-ai**) *m/f* hornero, -a, panadero, -a; **~ta** *f* hornada
fornello *m* 1. hornillo; 2. (*caldera*) hogar; 3. (*mina*) pozo; 4. (*pipa*) cazoleta *f* ◊ ***~ a carbone*** hornillo de carbón; ***~ a gas*** hornillo de gas; ***~ a spirito*** hornillo de alcohol, infiernillo, reverbero (*Am*); ***~ elettrico*** hornillo eléctrico
fornica|re ‹*esd*› *vi* ‹*avere*› fornicar; **~tore, -trice** *adj/s* fornicador, -a; **~zione** *f* fornicación
fornire ‹*isc*› *vt* abastecer, proveer, proporcionar; *com* suministrar; *mil* pertrechar
fornit|ore, -trice *m/f* proveedor, -a, suministrador, -a, abastecedor, -a ◊ ***~ di contenuti*** *informát* proveedor de contenidos; **~ura** *f* 1. (*acción*) abastecimiento *m*; 2. (*material*) suministros *mpl*
forno *m* horno; *com* horno, panadería *f* ◊ ***~ crematorio*** horno crematorio; ***alto ~*** alto horno
foro *m* 1. agujero, orificio; 2. *jur* foro
forra *f* precipicio *m*, barranco *m*
forse *adv* quizá, quizás, a lo mejor, tal vez; ***~ piove/pioverà*** *quizá llueva* ◊ ***essere in ~*** estar en la duda; ***mettere in ~*** poner en entredicho
forsennato, -a *adj/s* loco, -a, enloquecido, -a, poseso, -a
forte 1. *adj* fuerte; **2.** *adv* fuerte; (*hablar*) alto; (*dormir*) profundamente; (*andar*) rápidamente; **3.** *m* 1. fuerte, poderoso; 2. fuerte; ***la fisica non è il mio ~*** *la física no es mi fuerte*; 3. (*parte mayor*) grueso; ***il ~ dell'esercito*** *el grueso del ejército*; 4. *mil* fuerte, fortín ◊ ***dare man ~ a q*** ser de valiosa ayuda para alg; ***essere ~ in matematica*** estar fuerte en matemáticas; ***farsi ~*** sobreponerse; ***farsi ~ di qc*** escudarse en u-c; ***il diritto del più ~*** *m* la ley del más fuerte (*f*); ***troppo ~!*** ¡qué guay! (*coloq*); **~zza** *f mil* fortaleza
forti|ficare ‹*esd*› *vt* 1. *arq* fortificar; 2. fortalecer; **~ficazione** *f* fortificación; **~lizio** (*pl* **-zi**) *m* fortín; **~no** *m* fortín; **~ssimo** *adv/m inv mús* fortísimo, fortissimo
fortuito, -a *adj* fortuito, -a, casual, accidental
fortun|a *f* 1. fortuna, hacienda, riqueza; 2. suerte, fortuna; ***cattiva, buona ~*** *mala, buena suerte* ◊ ***atterraggio di ~*** aterrizaje de emergencia; ***buona ~!*** ¡buena suerte!; ***colpo di ~*** *m* golpe de suerte; ***fare ~*** hacer fortuna; ***mezzi di ~*** *mpl* medios improvisados; ***per ~*** *adv* por fortuna, por suerte; ***portare ~*** traer suerte; **~ato, -a** *adj/s* afortunado, -a, dichoso, -a; ***~ lui!*** *¡dichoso él!*,

¡qué suerte tiene!; **~oso, -a** *adj* 1. venturoso, -a, azaroso, -a; 2. *meteo* borrascoso, -a
foruncolo *m med* furúnculo, forúnculo
forviare V. **fuorviare**
forz|a 1. *f* fuerza; **2.** *excl* ¡ánimo!, ¡vamos!, ¡venga! ◊ ~ ***bruta*** fuerza bruta; ~ ***d'interposizione*** fuerza de interposición; ~ ***maggiore*** *jur* fuerza mayor; ~ ***pubblica*** fuerza pública; ***a ~ di*** *prep* a fuerza de; ***con la ~*** *adv* con/por la fuerza, con violencia; ***fare ~ a q*** forzar a alg; ***farsi ~*** animarse; ***la ~ dell'abitudine*** la fuerza de la costumbre; ***le *~e Armate*** las Fuerzas Armadas; ***le ~e dell'ordine*** las fuerzas del orden; ***per ~*** *adv* necesariamente; a la fuerza; ***riprendere le ~e*** cobrar/recuperar fuerzas; ****~a Italia*** *pol* (*partido político italiano de derecha*) Forza Italia; **~are** *vt* forzar; **~ato, -a 1.** *adj* 1. forzado, -a, obligado, -a; 2. (*poco natural*) forzado, -a; **2.** *m* (*presidiario*) forzado ◊ ***lavori ~i*** *mpl* trabajos forzados; ***marcia ~a*** *f* marchas forzadas (*fpl*); **~iere** *m* cofre, arca *f*; **~ista** *m/f pol* (*miembro del partido Forza Italia*) forzista; **~oso, -a** *adj* forzoso, -a ◊ ***a corso ~*** *adj com* de curso forzoso; **~uto, -a** *adj* forzudo, -a
foschia *f* neblina, bruma, calina
fosco, -a (*m pl* **-chi**) *adj* oscuro, -a; *meteo* sombrío, -a; (*mirada, cara*) hosco, -a, lúgubre
fosfat|ico, -a (*m pl* **-ci**) *adj* fosfatado, -a; **~o** *m* fosfato
fosfor|escente *adj* fosforescente; **~escenza** *f* fosforescencia; **~ico, -a** (*m pl* **-ci**) *adj* fosfórico, -a; **~o** *m* fósforo
fossa *f* fosa, foso *m*, zanja, hoyo *m*; fosa, tumba; *teat* foso *m*; *geol/med* fosa ◊ ~ ***biologica*** pozo negro (*m*), fosa séptica; ~ ***comune*** fosa común; ***~e nasali*** fosas nasales; ***scavarsi la ~ con le proprie mani*** cavarse su propia tumba; **~to** *m arq* foso
fosse V. **essere**
fossetta *f* hoyuelo *m*
fossi V. **essere**
fossile *adj/m* 1. fósil; 2. *desp* fósil, carcamal
fossilizzare *vt tamb. fig* fosilizar
fosso *m* foso, zanja *f*; *arq* foso ◊ ~ ***di scolo*** canal de desagüe; ***saltare il ~*** (*decidirse*) dar el salto
foste, fosti V. **essere**
foto *f inv* foto *f*
fotocalcografia *f* fotocalco *m*
fotocamera: ~ digitale *f* cámara digital
fotocellula *f* célula fotoeléctrica
fotocomposizione *f* fotocomposición
fotocopia *f* fotocopia; **~re** *vt* fotocopiar; **~trice** *f* fotocopiadora
fotocr|onaca *f* reportaje gráfico *m*; **~onista** *m/f* reportero gráfico *m*, reportera gráfica *f*
fotoelettrico, -a (*m pl* **-ci**) *adj* fotoeléctrico, -a
fotofobia *f* fotofobia
fotogenic|ità (*var.* **fotogenia** *f*) *f inv* fotogenia *f*; **~o, -a** (*m pl* **-ci**) *adj* fotogénico, -a
fotogiornale *m* diario ilustrado
fotograf|are ‹*esd*› *vt* fotografiar; **~ia** *f* fotografía, foto ◊ ~ ***a colori, in bianco e nero*** fotografía en color, en blanco y negro; ~ ***digitale*** fotografía digital; **~ico, -a** (*m pl* **-ci**) *adj* fotográfico, -a; **~o, -a** *m/f* fotógrafo, -a
fotogramma *m* fotograma
fotoincis|ione *f* fotograbado *m*; **~ore** *m* fotograbador
fotomeccanico, -a (*m pl* **-ci**) *adj* fotomecánico, -a
fotometr|ia *f* fotometría; **~o** *m* fotómetro
fotomodella *f* fotomodelo
fotomontaggio (*pl* **-gi**) *m* fotomontaje
fotone *m fís* fotón
fotoprote|ttore, -trice *adj* fotoprotector, -a; **~zione** *f* fotoprotección
fotoreportage [fotoreport'aʒ] *m inv* reportaje gráfico *m*
fotoromanzo *m* fotonovela *f*
fotosensibile *adj* fotosensible
fotosfera *f* fotosfera
fotosintesi *f inv* fotosíntesis
fototipia *f* fototipia
fottere *vt* 1. *vulg* joder, follar; 2. *coloq* (*fastidiar*) jorobar, joder (*vulg*); 3. *coloq* mangar, birlar ◊ ***~rsene*** *coloq* importar un pito; ***va' a farti ~!*** *vulg* ¡vete a tomar por culo!
fottuto, -a *adj vulg* jodido, -a, jorobado, -a (*coloq*) ◊ ***essere ~*** estar jodido
foulard [fu'lar] *m inv* foulard *m*
fra 1. *adj* fray; ~ ***Antonio, fra Domenico, fra Bernardino***; **2.** *prep* V. **tra**
frac *m inv* frac *m*
fracass|are *vt* destrozar (!), hacer añicos (!); **~o** *m* 1. estruendo (!), estrépito (!); 2. *coloq* (*montón de gente*) mogollón
fradicio, -a (*m pl* **-ci**, *f pl* **-cie/-ce**) *adj* 1. mojado, -a; 2. estropeado, -a; 3. corrupto, -a ◊ ***bagnato ~*** empapado, calado; ***ubriaco ~*** borracho perdido, como una cuba
fradiciume *m* 1. humedad *f*; 2. podredumbre *f*; 3. corrupción *f*
fragil|e *adj* frágil; **~ità** *f inv* fragilidad *f*
fragola *f bot* fresa, frutilla (*Am*)
fragoleto *m bot* fresal
fragolone *m bot* fresón
fragor|e *m* fragor, estruendo, estrépito; **~oso, -a** *adj* fragoroso, -a, estruendoso, -a, estrepitoso, -a
fragran|te *adj* fragante; **~za** *f* fragancia, aroma *m*
fraintendere ‹*tesi; teso*› V. 58 *vt* malinterpretar
fraintendimento *m* malentendido
fraintesi..., frainteso V. **fraintendere**
frammassone *m* francmasón, masón
framment|are *vt* fragmentar; **~ario, -a** (*m pl* **-ri**) *adj* fragmentario, -a; **~azione** *f* fragmentación; **~o** *m* fragmento
frammettere ‹*misi; messo*› V. 43 *vt* interponer
frammezzo *adv* en medio, entremedias
frammischiare *vt* entremezclar
frammisi... V. **frammettere**

frana *f* 1. *geol* corrimiento *m*, desprendimiento *m*; 2. ruina, debacle, desmoronamiento *m*; (*persona*) desastre *m*, calamidad; **~mento** *m geol* corrimiento, desprendimiento; **~re** *vi* 1. *geol* desprenderse, deslizarse; 2. (*ilusiones, ideas...*) desmoronarse, hundirse
franceslcano, -a *adj/s relig* franciscano, -a; ***~co** *m* Francisco; **~e** *adj/s* francés; **~ismo** *m ling* galicismo, francesismo
franchlezza *f* franqueza, sinceridad; **~igia** (*pl* **-ge/-gie**) *f* franquicia; **~ismo** *m hist/pol* franquismo; **~ista** *adj/s pol* franquista
Francia: la ~ *f* Francia
francio *m quím* francio; **~so, -a** *adj/s irón* (*francés*) franchute (*desp*), gabacho, -a (*desp*)
franco, -a (*m pl* **-chi**) **1.** *adj* 1. (*sincero*) franco, -a; 2. *com* (*exento*) franco, -a, libre; **2.** *m* (*moneda*) franco ◊ ***~ fabbrica*** *adj* franco fábrica; ***~ tiratore*** francotirador; ***farla ~a*** salir limpio; ***porto ~*** *m* puerto franco; **~bollo** *m correo* sello, estampilla *f* (*Am*); **~filo, -a** *adj/s* francófilo, -a; **~fobo, -a** *adj/s* francófobo, -a; **~fono, -a** *adj/s* francófono, -a; ***~forte** *f* Frankfurt; **~ne** *adj/s* franconio, -a; ***~nia** *f geogr* Franconia
frangente *m* 1. *nav* rompiente, batiente; 2. *arq* rompeolas *inv*, escollera *f*; 3. trance, momento difícil ◊ ***trovarsi in brutti ~i*** estar en un aprieto
frangere ‹*frango, fransi; franto*› V. 54 **1.** *vt elev* quebrar, quebrantar; (*olivas*) moler; **2. ~rsi** *nav* (*olas*) romper *vi*
frangetta *f* flequillo *m*
frangila (*pl* **-ge**) *f* 1. fleco *m*; 2. adorno *m*, flor; ***raccontare qc con molte ~e*** *contar algo con muchas flores*; 3. *geogr* franja costera; 4. *pol* facción; **~bile** *adj* frangible; **~flutti** *m inv nav* rompeolas, escollera *f*; **~onde** *m inv nav* rompeolas, escollera *f*; **~tura** *f agric* molienda; **~vento** *m* cortaviento
fransi..., franto V. **frangere**
frantloiano *m* almazarero; **~oio** (*pl* **-oi**) *m tecn* triturador; (*olivas*) almazara *f*; **~umare 1.** *vt* triturar, machacar; **2. ~rsi** hacerse añicos, hacerse cisco (*coloq*); **~umi** *mpl* añicos ◊ ***andare in ~*** hacerse añicos
frappé *adj/m inv* batido, -a *adj/m*
frapporre ‹*pongo; posi; posto*› V. 56 *vt* interponer
frasario (*pl* **-ri**) *m* jerga *f*, lenguaje
frasca (*pl* **-sche**) **1.** *f* rama; **2.** *fpl* caprichos *mpl*, antojos *mpl*; **~me** *m* follaje, ramaje, fronda *f*
frase *f ling/mús* frase ◊ ***~ fatta*** frase hecha; **~ggiare** *vi* ‹*avere*› 1. frasear, hablar; 2. *mús* frasear; **~ggio** (*pl* **-gi**) *m mús* fraseo; **~ologia** (*pl* **-gie**) *f ling* fraseología
frassineto *m bot* fresneda *f*
frassino *m bot* fresno
frastaglialre *vt* recortar, tijeretear; **~to, -a** *adj* 1. recortado, -a; 2. *geogr* accidentado, -a
frastornalre *vt* trastornar; **~to, -a** *adj* trastornado, -a
frastuono *m* estruendo, bullicio
frate *m relig* fraile
fratellanza *f* fraternidad, hermandad; **~astro** *m* hermanastro; **~o** *m* hermano; *relig* hermano ◊ ***~ d'armi*** compañero de armas; ***~i di latte*** hermanos de leche
fraternlità *f inv* 1. fraternidad *f*; 2. *ant* hermandad *f*, cofradía *f*; **~izzare** *vt* confraternizar, fraternizar; **~o, -a** *adj* fraterno, -a, fraternal
fratesco, -a (*m pl* **-chi**) *adj* frailero, -a, frailuno, -a (*desp*)
fratricidla *adj/s* fratricida; **~io** (*pl* **-di**) *m* fratricidio
fratta *f* matorral *m*, maleza, monte bajo *m*; **~glie** *fpl* vísceras, menudillos *mpl*, despojos *mpl*; **~le** *adj* fractal; **~nto** *adv* entre tanto, mientras tanto
frattempo: nel ~ *adv* mientras, mientras tanto, entre tanto
frattura *f med tamb. fig* fractura; **~re** *vt* fracturar
fraudolenlto, -a *adj* fraudulento, -a; **~za** *f* fraude *m*, fraudulencia
frazionlamento *m* fraccionamiento; **~are** *vt* fraccionar; **~ario, -a** (*m pl* **-ri**) *adj* fraccionario, -a; **~e** *f* 1. fracción, porción; *mat* fracción, quebrado *m*; 2. *adm* pedanía, barrio *m* ◊ ***ridurre la ~ ai minimi termini*** reducir la fracción a su mínima expresión
freak [frik] *adj/s inv* freak
freatico, -a (*m pl* **-ci**) *adj* freático, -a
freccia (*pl* **-ce**) *f* 1. flecha; *tecn* saeta, manecilla, aguja; 2. *auto* intermitente *m*; ***mettere la ~*** *poner el intermitente* ◊ ***veloce come una ~*** *adj* rápido como una flecha; **~re** *vt/i* ‹*avere*› flechar; **~ta** *f* 1. flechazo *m*; 2. puya, dardo *m*, indirecta
freddlamente *adv* fríamente; **~are** *vt gastr tamb. fig* enfriar; **~ezza** *f* frialdad; **~o, -a** *adj/m* frío, -a ◊ ***a ~*** *adv* en frío; *fig* a sangre fría; ***fa ~*** hace frío; ***fa un ~ cane*** hace un frío que pela; ***non mi fa né caldo né ~*** no me da ni frío ni calor, me deja frío; **~olina** *f bot* cólquico *m*; **~oloso, -a** *adj* friolero, -a; **~ura** *f* ocurrencia, chiste *m*
free lance [fri'lans] *adj/s inv* freelance
freezer ['frizer] *m inv* congelador *m*
fregalre 1. *vt* 1. frotar; (*cerilla*) rascar; 2. *coloq* (*engañar*) pegársela, timar; 3. *coloq* (*robar*) birlar, afanar (**qc a q** u-c a alg); **2. ~rsi** frotarse; **3. ~rsene** *coloq* pasar, desentenderse (*estánd*), no importar (*estánd*); ***che me ne frega?*** *¿y a mí que me importa?*; ***non me ne frega niente*** *me importa un bledo* ◊ ***~ gli occhi*** *tamb. fig* frotarse los ojos; ***~ q agli esami*** cargarse a alg, catear a alg, cepillarse a alg; **~ta** *f* 1. (*de trapo*) fregado *m*, pasada; *tecn* frotación; 2. *coloq* (*engaño*) jugarreta, mala pasada; 3. *nav* fragata; **~tura** *f* 1. *coloq* mala pasada, jugarreta, putada (*vulg*); ***dare una ~ a q*** *hacerle/gastarle una jugarreta a alg*; ***prendere una ~*** *sufrir una mala pasada*; 2. (*engaño*) timo *m*
fregio (*pl* **-gi**) *m* adorno, ornamento; *arq* friso
frego (*pl* **-ghi**) *m* tachón, borrón

fregola *f* 1. *biol* celo *m*; 2. desazón ◊ ***andare in ~*** estar en celo; *vulg* estar salido, -a

frem|ere *vi* ‹*avere*› agitarse, temblar; ***~ d'ira/per l'ira*** *temblar de ira/por la ira*; **~ito** *m* estremecimiento, temblor

frena|ggio (*pl* **-gi**) *m mec* frenado; **~re** *vt mec tamb. fig* frenar; (*lágrimas*) retener; (*lengua, ímpetu*) refrenar; **~ta** *f auto tamb. fig* frenazo *m*; **~tura** *f* frenado *m*

frenesia *f* frenesí *m* (!)

frenetico, -a (*m pl* **-ci**) *adj* frenético, -a

freno *m mec tamb. fig* freno; (*caballo*) freno ◊ ***~ a disco, a mano, a tamburo*** freno de disco, de mano, de tambor; ***~ d'allarme*** freno de emergencia; ***colpo di ~*** *m* frenazo; ***mordere il ~*** *tamb. fig* morder el freno; ***porre ~ a qc*** poner coto a u-c, poner freno a u-c; ***senza ~*** *adv* sin freno, sin medida; ***stringere i ~i*** apretar las tuercas; ***tenere a ~*** llevar con mano de hierro; **~comio** (*pl* **-mi**) *m* manicomio

frenulo *m med* frenillo

frequen|tare *vt* (*personas, lugar*) frecuentar, visitar; *estud* asistir, cursar; ***~ un corso di italiano*** *asistir a un curso de italiano*; ***~ l'università*** *ir a clase a la universidad*; **~tato, -a** *adj* concurrido, -a, animado, -a; **~tatore, -trice** *adj/s* frecuentador, -a; **~te** *adj* frecuente; **~za** *f* 1. *fís/mat tamb. fig* frecuencia; 2. (*personas, lugar*) frecuentación; *estud* asistencia; ***la ~ è obbligatoria*** *la asistencia es obligatoria* ◊ ***corrente ad alta/bassa ~*** *f* corriente de alta/baja frecuencia; ***modulazione di ~*** *f* frecuencia modulada

fresa *f mec/med* fresa; **~re** *vt mec* fresar; **~tore** *m mec* fresador; **~trice** *f mec* fresadora, fresa; **~tura** *f mec* fresado *m*

fresch|ezza *f* frescura, frescor *m*; *fig* frescura, lozanía; **~ista** *m/f arte* fresquista

fresco, -a (*m pl* **-chi**) **1.** *adj tamb. fig* fresco, -a; ***notizia ~a*** *noticia fresca/calentita*; **2.** *m* fresco, fresca *f* ◊ ***~ come una rosa*** fresco como una rosa/una lechuga; ***essere ~ di studi*** tener los estudios frescos/recién terminados; ***mettere al ~*** poner a refrescar; ***stare al ~*** estar al fresco, estar a la fresca; *fig* (*cárcel*) estar a la sombra; ***stare ~*** estar aviado; ***tenere al ~*** mantener en un lugar fresco; *fig* tener en la cárcel

frescura *f* fresca, fresco *m*, frescor *m*

frett|a *f* prisa ◊ ***avere ~*** tener prisa; ***darsi ~*** darse prisa; ***far ~ a q*** dar/meter prisa a alg; ***in ~*** *adv* deprisa, rápidamente; ***in ~ e furia*** *adv* deprisa y corriendo, a todo correr; **~oloso, -a** *adj* apresurado, -a, presuroso, -a

freudiano, -a *adj/s med* freudiano, -a

friabil|e *adj* friable; **~ità** *f inv* friabilidad *f*

fricandò *m gastr* fricandó

fricassea *f gastr* fricasé *m*

fricativo, -a *adj/f ling* fricativo, -a

fricchettone, -a *m/f* pasota

friggere ‹*friggo; frissi; fritto*› V. 35 *vt* freír, fritar (*Am*) ◊ ***va' a farti ~!*** *coloq* ¡vete a freír espárragos!, ¡vete a la porra!

friggitoria *f* freiduría

friggitrice *f gastr* freidora

frigid|ezza *f med* frigidez; **~ità** *f inv med* frigidez *f*; **~o, -a** *adj* frígido, -a

frign|are *vi* ‹*avere*› gimotear; **~io** (*pl* **-gnii**) *m* gimoteo; **~one, -a** *m/f* llorón, -ona

frigo *m inv* frigorífico *m*, nevera *f*; **~rifero** *m* frigorífico, nevera *f*; **~rifico, -a** (*m pl* **-ci**) *adj* frigorífico, -a

fringuello *m zool* pinzón

frinire ‹*isc*› *vi* ‹*avere*› (*cigarra*) cantar

Frisia *f geogr/hist* Frisia

frisone, -a *adj/s* frisón, -ona

frissi... V. **friggere**

fritt|ata *f gastr* tortilla; **~ella** *f* 1. *gastr* empanadilla; 2. (*mancha*) lamparón *m*; **~o, -a** **1.** *adj* 1. frito, -a; 2. arreglado, -a, apañado, -a, aviado, -a; ***siamo (bell'e) ~i*** *estamos arreglados*; **2.** *m gastr* frito, fritura *f*; **3.** *pp* V. **friggere** ◊ ***~ e rifritto*** archisabido, más que sabido, más que visto; ***~ misto*** fritura de carne o de pescado (*f*); **~ura** *f* 1. (*acción*) fritura; 2. (*producto*) fritura, fritada, fritanga (*desp*)

friul|ano, -a *adj/s* friulano, -a; *~i *m* Friul

frivol|ezza *f* frivolidad; **~o, -a** *adj* frívolo, -a

frizion|are *vt* friccionar; (*cuerpo*) dar friegas; **~e** *f* 1. *med* fricción, friega; 2. *fís* fricción, rozamiento *m*, roce *m*; 3. (*desacuerdo*) fricción, roce *m*; 4. *mec* embrague *m* ◊ ***innestare la ~*** embragar; ***disinnestare la ~*** desembragar

frizz|ante *adj* (*viento*) cortante; (*vino*) espumoso, -a; agudo, -a, ingenioso, -a ◊ ***acqua ~*** *f* agua con gas; **~o** *m* gracia *f*, ocurrencia *f*, agudeza *f*

frocio (*pl* **-ci**) *m vulg* maricón, marica

frod|are *vt* defraudar, engañar; **~e** *f* estafa; engaño *m* ◊ ***~ fiscale*** fraude fiscal (*m*); **~o** *m* contrabando ◊ ***cacciatore, pescatore di ~*** cazador, pescador furtivo

frogia (*pl* **-ge/-gie**) *f zool* ollar *m*

froll|are **1.** *vt gastr* manir; **2.** *vi gastr* manirse; **~atura** *f gastr* manido *m*; **~o, -a** *adj* 1. *gastr* (*carne*) manido, -a; 2. (*persona*) flojo, -a, débil ◊ ***pasta ~a*** *m gastr* pasta quebrada (*f*), pastaflora; ***essere di pasta ~a*** (*persona*) ser de mantequilla

frombola *f elev* honda

fromboliere *m* hondero

frond|a *f* 1. *bot* follaje *m*, fronda, frondosidad; 2. oposición; revuelta; **~osità** *f inv* frondosidad *f*; **~oso, -a** *adj* frondoso, -a

front: dietro ~! *excl mil* ¡media vuelta!

frontal|e *adj/m* frontal; **~ino** *m* peldaño ◊ ***~ estraibile*** (*autorradio*) carátula extraíble (*f*)

fronte **1.** *f med* frente; **2.** *m mil/meteo tamb. fig* frente ◊ ***~ freddo*** *m meteo* frente frío; ***a ~ a ~*** *adv* cara a cara; ***a ~ alta/bassa*** *adv* con la cabeza alta/baja; ***di ~ a*** *prep* enfrente de, frente a; *fig* frente a; ***di ~*** *adv* (de) enfrente; ***far ~ (alle difficoltà, agli impegni, alle spese...)*** hacer frente (a las dificultades, a los compromisos, a los gastos...); ***far ~ comune contro q/qc*** hacer frente común contra alg/contra u-c; ***mettere a***

~ confrontar; ***spianare la ~*** desarrugar la frente; ***tener ~ a q*** plantar cara a alg; **~ggiare** *vt* 1. enfrentarse (**qc/q** con u-c/con alg), acometer, encarar; (*situación*) afrontar; 2. estar enfrente (**qc** de u-c); **~spizio** (*pl* **-zi**) (*var.* **frontispizio**) *m arq/impr* frontispicio

frontiera *f* frontera

frontone *m arq* frontón

fronzoli *mpl* perifollos, perendengues, floripondios

frosone *m zool* picogordo

frotta *f* tropel *m*, horda, manada ◊ ***in ~/a ~e*** *adv* en tropel, en manada

frottola *f* 1. embuste *m*, camote *m* (*Am*), trola (*coloq*), bola (*coloq*); 2. *mús* frottola

fru fru (*var.* **frufrù**) *onom/m* frufrú

frugal|le *adj* frugal; **~ità** *f inv* frugalidad *f*

frugare *vt/i* ‹*avere*› hurgar, escarbar

frugolo *m* (*niño*) diablillo

frui|re ‹*isc*› *vi* ‹*avere*› disfrutar (**di qc** de u-c), gozar; ***~ di un privilegio*** *disfrutar de un privilegio*; **~tore, -trice** *m/f* (*ayuda, servicio*) beneficiario, -a, destinatario, -a; (*servicio, producto*) usuario, -a, consumidor, -a; **~zione** *f* fruición, disfrute *m*

frul|lare 1. *vt gastr* batir; **2.** *vi* ‹*avere*› 1. agitarse, removerse; (*aves*) aletear; 2. rondar; ***che gli frulla per il capo?*** *¿qué le ronda por la cabeza?*; **~ato** *m gastr* batido; **~atore** *m tecn* batidora *f*, minipimer®; **~ino** *m gastr* batidor

frument|aceo, -a *adj* frumenticio, -a; **~ario, -a** (*m pl* **-ri**) *adj* frumentario, -a; **~o** *m bot* trigo

frusc|iare *vi* ‹*avere*› crujir, hacer frufrú; **~io** (*pl* **-sci**) *m* (*agua, pasos*) rumor, murmullo, susurro; (*vestidos*) frufrú; (*hojas*) crujido; *telec* ruido

frust|a *f* 1. látigo *m*, fusta; 2. *gastr* batidor *m*; **~are** *vt* fustigar, azotar; *fig* fustigar; **~ata** *f* latigazo *m*, azote *m*, trallazo *m*; **~ino** *m* fusta *f*, látigo

frustra|re *vt* frustrar; **~zione** *f* frustración

frutice *m bot* frútice, arbusto, mata *f*

frutta *f* 1. *bot/gastr* fruta; 2. postre(s) *m(pl)*; ***essere alla ~*** *estar en los postres* ◊ ***~ candita*** fruta confitada; ***~ di stagione*** fruta del tiempo; ***~ sciroppata*** fruta en almíbar; ***~ secca*** fruto seco (*m*); **~re 1.** *vi* ‹*avere*› fructificar, dar fruto; **2.** *vt* 1. producir, dar; *econ* producir, rentar, devengar; 2. granjearse; ***~ la simpatia di tutti*** *granjearse la simpatía de todos*

frutte|ria *f raro* frutería (*estánd*); **~to** *m* campo de árboles frutales

frutti|colo, -a *adj* frutícola; **~coltore, -trice** *m/f* fruticultor, -a; **~coltura** *f* fruticultura; **~era** *f* frutero *m*; **~fero, -a** *adj* fructífero, -a; frutal; ***albero ~*** *árbol frutal*; **~ficare** ‹*esd*› *vi* ‹*avere*› fructificar; **~vendolo** *m* 1. verdulero, -a *m/f*, frutero, -a *m/f*; 2. verdulería *f*; ***andare dal ~*** *ir a la frutería/verdulería*

frutto *m bot tamb. fig* fruto ◊ ***~ di mare*** marisco; ***il ~ proibito*** la fruta prohibida (*f*); ***mettere a ~ qc*** poner a producir u-c; **~sio** (*pl* **-si**) *m quím* fructosa *f*

fruttuoso, -a *adj* fructuoso, -a

FS (*Ferrovie dello Stato (compañía ferroviaria estatal)*) *abr* (*Red Nacional de Ferrocarriles Españoles*) = "RENFE" (*Esp*)

f.to (*firmato*) *abr* (*firmado*) fdo.

fu (*antepuesto*) **1.** *adj inv* difunto, -a *adj*; ***il ~ Mattia Pascal*** *el difunto Matías Pascal*; ***(adm) Pascal Mattia ~ Paolo*** *Mattia Pascal hijo del difunto Paolo*; **2.** V. **essere**

fucil|are *vt* fusilar; **~ata** *f* escopetazo *m*, disparo *m*; **~azione** *f* fusilamiento *m*; **~e** *m* fusil, rifle, escopeta *f* ◊ ***~ ad aria compressa*** rifle de aire comprimido; ***~ ad avancarica*** fusil de avancarga; ***~ a ripetizione*** rifle de repetición; ***~ da caccia*** escopeta de caza (*f*), rifle de caza; ***~ mitragliatore*** fusil ametrallador; **~eria** *f* fusilería; **~iere** *m mil* fusilero

fucina *f* 1. *tecn* fragua, forja; 2. (*lugar*) fragua, forja, herrería; **~re** *vt tecn* forjar, fraguar; **~tura** *f* forjado *m*, forja

fuco (*pl* **-chi**) *m* 1. *zool* zángano; 2. fuco

fucsi|a 1. *f bot* fucsia; **2.** *adj inv* fucsia; **~na** *f quím* fucsina

fuegino, -a *adj/s geogr* fueguino, -a

fuga (*pl* **-ghe**) *f* fuga, huida; *tecn/mús* fuga; *sport* fuga, escapada ◊ ***~ di capitali, dei cervelli*** fuga de capitales, de cerebros; ***~ di gas*** escape de gas (*m*); ***darsi alla ~*** darse a la fuga, fugarse; ***mettere in ~*** poner en fuga, ahuyentar; ***volgere in ~*** poner en fuga; darse a la fuga; ***volgere in ~ il nemico*** poner en fuga al enemigo; ***volgersi in ~*** darse a la fuga; **~ce** *adj* fugaz; **~cità** *f inv* fugacidad *f*; **~re** *vt* 1. ahuyentar, espantar; 2. (*dudas, nubes*) despejar; **~to, -a** *adj/m mús* fugato, -a

fuggevole *adj* huidizo, -a

fuggi|asco, -a (*m pl* **-chi**) *adj/s* fugitivo, -a, prófugo, -a; **~fuggi** *m inv* desbandada *f*; **~re 1.** *vi* 1. huir, escapar(se); (*prisión*) fugarse, escapar(se); 2. (*años, paisaje...*) correr; **2.** *vt* evitar, esquivar, huir; **~tivo, -a** *adj/s* fugitivo, -a

fui V. **essere**

fulcro *m* 1. *mec* fulcro, punto de apoyo; 2. (*cuestión, debate...*) eje, punto central

fulg|ente *adj elev* fulgente; **~ido, -a** *adj elev* fúlgido, -a, fulguroso, -a; **~ore** *m* fulgor

fuliggine *f* hollín *m*, tizne *m*

fuligginoso, -a *adj* fuliginoso, -a, tiznado, -a

fulmina|nte *adj/m* fulminante; **~re** ‹*esd*› **1.** *vt* fulminar; **2.** *v/impers* caer rayos; **~to** *m quím* fulminato

fulmine *m meteo* rayo ◊ ***~ a ciel sereno*** mazazo, bombazo; ***colpo di ~*** *m* (*enamoramiento*) flechazo; ***come un ~*** *adv* como un rayo

fulmineo, -a *adj* fulmíneo, -a

fulvo, -a *adj* (*color*) leonado, -a

fuma|iolo *m* chimenea *f*; **~re 1.** *vt* fumar; **2.** *vi* ‹*avere*› 1. (*tabaco*) fumar; 2. humear; **~ria** *f bot* fumaria; **~rio, -a** (*m pl* **-ri**) *adj* del humo ◊ ***canna ~*** *f* tobera; **~rola** *f geol* fumarola; **~ta** *f* 1. humareda; 2. señal de humo; 3. (*tabaco*) fumada ◊ ***~ bianca, nera*** *relig* fumata blanca, negra;

~tore, -trice *m/f* fumador, -a ◊ **~ *passivo*** fumador pasivo

fume|ggiare *vi ‹avere›* humear; **~tto** *m* 1. tebeo, cómic, historieta *f*; 2. *impr* bocadillo, globo

fumi|gazione *f* fumigación; **~sta** *m* fumista; **~voro, -a** *adj/m* fumívoro, -a

fummo V. **essere**

fumo *m* 1. humo; 2. *jerga drog* (*hachís*) chocolate ◊ **~ *passivo*** humo pasivo; ***andare in ~*** irse al garete, quedarse en nada, esfumarse; ***molto ~ e poco arrosto*** mucho ruido y pocas nueces; ***vendere ~*** vender humo, vender la moto; **~geno, -a** *adj* fumógeno, -a; **~so, -a** *adj* humoso, -a

funambol|ismo *m* funambulismo; **~o, -a** *m/f* funámbulo, -a, equilibrista

fune *f* cuerda, soga ◊ ***attaccarsi alle ~i del cielo*** agarrarse a un clavo ardiendo

funebre *adj* fúnebre

funeral|e *m* funeral, sepelio, entierro ◊ ***faccia da ~*** *f* cara de funeral; **~rio, -a** (*m pl* **-ri**) *adj* funerario, -a

funereo, -a *adj* fúnebre

funest|are *vt* afligir, entristecer; **~o, -a** *adj* funesto, -a, aciago, -a

fungaia *f* setal *m*

fungere *‹fungo; funsi; funto›* V. 39 *vi ‹avere›* hacer (**da** de), hacer las veces (**da** de), suplir (**da** a), actuar (**da** de/como); ~ ***da padrino*** *hacer de padrino*

fungi|bile *adj* fungible; **~cida** *adj/m agric/farma* fungicida

fungo (*pl* **-ghi**) *m bot* seta *f*, hongo; (*cultivado*) champiñón ◊ **~ *edule*** calabaza (*f*); **~ *velenoso*** seta venenosa (*f*); ***andare per ~i*** ir a buscar setas; ***crescere come i ~i*** crecer como setas

funi|colare *adj/f transp* funicular *adj/m*; **~via** *f transp* teleférico *m*, funicular *m*

funsi…, funto V. **fungere**

funzion|ale *adj* funcional; **~alismo** *m* funcionalismo; **~alizzare** *vt* funcionalizar; **~amento** *m* funcionamiento; **~are** *vi ‹avere›* funcionar, ir (*coloq*); ***questo non funziona*** *esto no funciona/no va*; **~ario, -a** (*m pl* **-ri**) *m/f* (*del estado*) funcionario, -a; (*privado*) directivo, -a ◊ ***pubblico ~*** funcionario público; **~e** *f relig* función; función, oficio *m* ◊ ***in ~*** *adj* en funciones

fuoco (*pl* **-chi**) **1.** *m* 1. fuego; 2. *foto* foco; **2.** *excl* 1. *mil* ¡fuego!; 2. *infant* ¡caliente!, ¡que te quemas! ◊ **~ *amico/amichevole*** *mil* fuego amigo; **~ *di paglia*** tormenta en un vaso de agua (*f*); **~ *di Sant'Antonio*** *med coloq* fuego de San Antón; **~ *di Sant'Elmo*** *meteo* fuego de Santelmo; ***~i d'artificio*** fuegos artificiales; ***a ~ dolce*** *adv* a fuego lento; ***al ~!*** ¡fuego!; ***andare a ~*** encenderse, prenderse fuego; ***aprire il ~*** *mil* abrir fuego; ***armi da ~*** *fpl* armas de fuego; ***avere il ~ negli occhi*** echar fuego por los ojos; ***cessare il ~*** *mil* cesar el fuego; ***dare ~ a qc*** pegarle/prenderle fuego a u-c; ***fare ~*** hacer fuego; ***fare ~ (su)*** *mil* abrir fuego (sobre); ***mettere a ~*** *foto tamb. fig* enfocar; ***mettere la mano sul ~ per q*** poner la mano en el fuego por alg; ***prendere ~*** prenderse fuego; ***puntate, mirate, ~!*** preparados, apunten, ¡fuego!; ***scherzare col ~*** jugar con fuego; ***soffiare sul ~*** *tamb. fig* echar leña al fuego, atizar el fuego; ***versare acqua sul ~*** *tamb. fig* echar agua al fuego

fuorché *prep/conj* excepto, salvo

fuori 1. *adv* fuera, afuera; **2.** *prep* fuera de; **~ *dalla valigia*** *fuera de la maleta*; **~ *da qui!*** *¡fuera de aquí!*; ***abitare ~ città*** *vivir fuera de la ciudad*; **3.** *m* exterior, parte de (a)fuera *f*; ***il di ~*** *la parte de afuera* ◊ **~ *concorso*** fuera de concurso; **~ *i soldi!*** ¡(suelta/afloja) la pasta!; **~ *l'autore!*** *teat* ¡el autor!; **~ *luogo*** fuera de lugar; **~ *mano*** retirado, apartado; **~ *orario*** fuera del horario; **~ *pericolo*** fuera de peligro; **~ *tempo*** fuera de tiempo; **~ *tiro*** *adv* fuera de tiro; **~ *uso*** estropeado, inservible; ***da ~*** *adv* por fuera; ***essere ~ di sé*** estar fuera de sí; ***essere di ~*** ser forastero, ser de fuera; ***far ~*** quitar de en medio, despachar, cargarse (*coloq*); *gastr* despachar, ventilarse; ***in ~*** *adv* hacia afuera; ***metter/tirar ~*** sacar a la luz, sacar a relucir, sacar a colación; ***venir ~*** salir a relucir, salir a colación; **~area** *adv* fuera del área; **~bordo** *m inv* fueraborda *m/f*; **~campo** *m inv cine* en off, fuera de campo; **~classe** *adj/s inv* fuera de serie, superclase; **~combattimento** (*var.* **fuori combattimento**) *adv/m inv sport* fuera de combate; **~corso 1.** *adj inv* (*monedas, sellos*) fuera de circulación; **2.** *m/f inv* ="estudiante universitario que no se ha licenciado en los años previstos"; **~gioco** *m inv* fuera de juego *m*; **~legge** *m/f* forajido, -a, fuera de la ley; **~serie** *adj inv* 1. artesanal, hecho a mano; 2. (*sensacional*) fuera de serie; **~strada** *m inv auto* todoterreno *m*; **~via** *adv* fuera del país; fuera de la ciudad

fuorusci|ta *f* salida, expulsión; **~o, -a** *m/f* exiliado, -a

fuorviare 1. *vt* 1. desviar; 2. (*engañar*) despistar; 3. desviar, descarriar; **2.** *vi* (*alejarse*) desviarse

furbacchione *m* pillo, pillastre, granuja, bribón

furberia *f* picardía, pillería

furbizia *f* picardía, astucia, ardid *m*

furbo, -a *adj/s* (*astuto*) pillo, -a, espabilado, -a, listo, -a, despierto, -a ◊ ***essere ~ matricolato/di tre cotte*** saber latín, sabérselas todas, ser más listo que el hambre

furente *adj* furioso, -a

fureria *f mil* oficina administrativa de una compañía

furetto *m zool* hurón

furfant|e *m/f* bribón, -ona, bellaco, -a, malhechor, -a, truhán *m*; **~eria** *f* bellaquería, picardía

furgon|cino *m* furgoneta *f*; **~e** *m* furgón ◊ **~ *cellulare*** coche celular; **~ *funebre*** furgón fúnebre, coche fúnebre

furi|a *f* furia ◊ ***a ~ di*** *prep* a fuerza de, a base de; ***andare su tutte le ~e*** llevárselo todos los de-

monios; **~bondo, -a** *adj* furibundo, -a; **~ere** *m mil* furriel; **~oso, -a** *adj* furioso, -a
furono V. **essere**
furore *m* furor ◊ ***far ~*** hacer/causar furor; **~ggiare** *vi ‹avere›* hacer furor, causar furor
furt|ivo, -a *adj/m* furtivo, -a; **~o** *m* robo, hurto ◊ ***~ con scasso*** *jur* robo con violencia
fusa: far le ~ *vi* (*gato*) ronronear
fuscello *m* pajita *f*, paja *f*; ramita *f* ◊ ***fare d'ogni ~ una trave*** hacer una montaña de un grano de arena
fusciacca *f* (*vestir*) faja, fajín *m*
fusello *m mec* mangueta *f*
fusi... V. **fondere**
fusibile *adj/m* fusible
fusiforme *adj* fusiforme
fusilli *mpl gastr* ="pasta de forma helicoidal"
fusion|e *f* fusión; *metal/tecn* fundición ◊ ***~ fredda*** fusión fría; ***~ nucleare*** fusión nuclear; **~ismo** *m econ/pol* fusionismo
fuso, -a 1. *adj* 1. fundido, -a; 2. *coloq* (*cansado*) hecho, -a polvo, derrotado, -a; **2.** *m* huso; **3.** *pp* V. **fondere** ◊ ***~ orario*** huso horario; ***diritto come un ~*** *adj* tieso como un palo; **~liera** *f aero* fuselaje *m*
fusta *f hist/nav* fusta; **~gno** *m* fustán
fustella *f med* precinto *m*, cupón precinto *m*; **~re** *vt* troquelar
fusti|gare *vt* fustigar, azotar; *fig* fustigar; **~gazione** *f* fustigación; **~no** *m* (*detergente*) tambor
fusto *m* 1. *bot* tallo, fuste; *arq tamb. fig* fuste; 2. barril; 3. *coloq* cachas *inv*, tío bueno; ***essere un ~*** *estar como un tren*
futil|e *adj* fútil, baladí; **~ità** *f inv* futilidad *f*
futures [fju'tʃers] *mpl econ* futuros
futuris|mo *m arte* futurismo; **~ta** *adj/s arte* futurista
futuro, -a *adj/m* futuro, -a; **~logia** (*pl* **-gie**) *f* futurología; **~logo, -a** (*m pl* **-gi**) *m/f* futurólogo, -a

G

g (*grammo*) *abr* (*gramo*) gr.
gabardine [gabar'dɛn] (*var.* **gabardina** *f*) *f inv* (*tejido, prenda*) gabardina *f*
gabarra *f nav* gabarra
gabba|mondo *m inv* engañabobos; **~na** *f* gabán *m* ◊ ***voltare ~*** cambiar de chaqueta; **~no** *m* gabán; **~re 1.** *vt* 1. engañar, embaucar; 2. reírse, burlarse (**q/qc** de); **2. ~rsi** reírse, burlarse (**di q/qc** de alg/de u-c)
gabbia *f* 1. *zool/min* jaula; 2. (*del ascensor*) jaula; 3. *coloq* (*cárcel*) chirona; 4. *nav* gavia ◊ ***~ di matti*** casa de locos; ***~ toracica*** *med* caja torácica; **~no** *m zool* gaviota *f*
gabell|a *f hist* gabela, alcabala; **~are** *vt* admitir, aceptar, tragar (*coloq*); **~iere** *m hist* alcabalero
gabinetto *m* 1. *pol* gabinete; *med* consulta *f*, clínica *f*; *estud* laboratorio; 2. servicio, (cuarto de) baño, (cuarto de) aseo ◊ ***~ dentistico*** clínica dental (*f*); ***~ di fisica*** laboratorio de física; ***~ fotografico*** estudio fotográfico; ***~ medico*** consulta médica (*f*); ***andare al ~*** ir al servicio, ir al baño
gadget ['gaddʒet] *m inv* gadget *m*
gaff|a *f nav* gafa; **~e** [gaf] *f inv* metedura de pata *f*, plancha *f*; **~eur, -euse** [gaf'før, gaf'føs] *m/f inv* metepatas
gag *f inv* gag *m*
gagà *m inv desp* creído *m*, presumido *m*, guaperas
gaggia (*pl* **-ge**) *f bot* acacia blanca
gagliard|etto *m nav* gallardete; **~ia** *f* gallardía, bizarría; **~o, -a** *adj* gallardo, -a, bizarro, -a
gagliofflaggine *f* holgazanería, vagancia; **~o, -a** *adj/s* holgazán, -ana, vago, -a
gai|etto *m min* canutiglio; **~ezza** *f* alegría, gozo *m*; **~o, -a** (*m pl* **-ai**) *adj* alegre, gozoso, -a
gala *f* gala
galalite *f quím* galalita
galant|e 1. *adj* galante; **2.** *m/f* galán, -ana, pretendiente; **~eria** *f* 1. galantería; 2. piropo *m*, requiebro *m*; **~uomo** *m* caballero ◊ ***il tempo è ~*** el tiempo pone a cada uno en su sitio
galassia *f* galaxia
galateo *m* 1. buenas costumbres *fpl*; urbanidad *f*; 2. manual de urbanidad
galatt|ico, -a (*m pl* **-ci**) *adj* galáctico, -a; **~ite** *f min* galactita; **~osio** (*pl* **-si**) *m quím* galactosa *f*
galea *f nav* galera; **~zza** *f nav* galeaza
galego V. **gallego**
galen|a *f min* galena; **~ico, -a** (*m pl* **-ci**) *adj farma* galénico, -a
galeone *m nav* galeón
galeotta *f nav* galeota
galeotto, -a 1. *m* 1. presidiario; *hist* galeote, forzado; 2. *desp* tunante, sinvergüenza; **2.** *adj/s* alcahuete, -a, celestina *adj/f*
galera *f* cárcel, prisión; *hist* galeras *fpl* ◊ ***avanzo di ~*** *m* carne de presidio; ***vita da ~*** *f* vida de perros
Galizia: la ~ *f* Galicia; ***~no, -a** *adj/s* gallego, -a
galla *f bot* agalla ◊ ***a ~*** *adv* en la superficie, flotando; ***stare a ~*** flotar; ***tenersi a ~*** *fig* ir tirando; ***venire a ~*** *tamb. fig* salir a flote; *fig* salir a la luz; **~re** *vt zool* gallar; **~tura** *f zool* galladura
galleggia|bile *adj* flotable; **~bilità** *f inv* flotabilidad *f*; **~mento** *m* flotación *f* ◊ ***linea di ~*** *f* línea de flotación; **~nte 1.** *adj* flotante; **2.** *m* 1. *nav* (*señal*) boya *f*; 2. (*caña de pescar*) corcho; **~re** *vi ‹avere›* flotar
gallego, -a (*m pl* **-ghi**) (*var.* **galego**) *adj/s* gallego, -a
galleri|a *f* 1. *transp* túnel *m* (!); 2. (*edificio*) pasaje *m*; 3. *arte/mil/teat* galería ◊ ***~ del vento*** *tecn* túnel aerodinámico (*m*); **~sta** *m/f arte* galerista
Galles: il ~ *m* Gales
gallese *adj/s* galés, -esa

gallett|a *f nav* galleta; **~o** *m* 1. *zool tamb. fig* gallito; 2. *bot* (*hongo*) rebozuelo; 3. *tecn* palomilla *f* ◊ ***fare il ~*** hacerse el gallito, gallear
Gallia *f* Galia
gallic|ismo *m ling* galicismo; **~o, -a** (*m pl* **-ci**) *adj* gálico, -a
gallin|a *f* gallina ◊ ***~ vecchia fa buon brodo*** gallina vieja hace buen caldo; ***la ~ dalle uova d'oro*** la gallina de los huevos de oro; **~accio** (*pl* **-ci**) *m zool* gallipavo; **~acei** *mpl zool* gallináceas *fpl*; **~ella** *f zool* polla de agua
gallio *m quím* galio
gallismo *m* donjuanismo
gallo, -a 1. *m zool* gallo; **2.** *adj/s* galo, -a; **3.** *adj inv sport* gallo; ***peso ~*** *peso gallo* ◊ ***~ cedrone*** gallo silvestre, urogallo; ***essere il ~ della Checca*** ser el amo del gallinero; ***fare il ~*** hacerse el gallito, gallear; **~filia** *f* francofilia; **~nare** *vt* galonear; **~ne** *m* (*adorno, medida*) galón
galoche [ga'lɔʃ] V. **caloscia**
galopp|ante *adj zool tamb. fig* galopante; ***inflazione ~*** *inflación galopante*; **~are** *vi* ‹avere› galopar; **~ata** *f* galopada; **~ino** *m* recadero; **~o** *m* galope ◊ ***al/di ~*** *adv* al galope
galoscia V. **caloscia**
galvani|co, -a (*m pl* **-ci**) *adj* galvánico, -a; **~smo** *m* galvanismo; **~zzare** *vt* galvanizar; **~zzazione** *f* galvanización
galvano|metro *m* galvanómetro; **~plastica** *f* galvanoplastia; **~plastico, -a** (*m pl* **-ci**) *adj* galvanoplástico, -a; **~tipia** *f* galvanotipia
gamba *f* pierna (!); (*mueble*) pata; (*pantalón*) pernera; (*letra*) palo *m* ◊ ***a ~e levate*** *adv* a toda pastilla, pitando; ***cadere a ~e all'aria*** caer de espaldas, despatarrarse (*coloq*); ***camminare a quattro ~e*** caminar a cuatro patas; ***darsela a ~e/mettere le ~e*** salir por piernas, poner pies en polvorosa, salir pitando; ***essere in ~*** *coloq* ser un buen tipo; ***prendere qc sotto ~*** tomar u-c a la ligera; ***raddrizzare le ~e ai cani*** pedir peras al olmo; ***sgranchire le ~e*** estirar las piernas; **~le** *m* (*bota*) caña *f*; **~ta** *f* pernada
gamberetto *m zool* camarón, quisquilla *f*
gambero *m zool* langostino ◊ ***fare come i ~i*** hacer como los cangrejos; ***rosso come un ~*** *adj* rojo como un tomate
gambetto *m* (*ajedrez*) gambito
gambi|era *f* espinillera; **~zzare** *vt* (*terrorismo, mafia*) disparar a las piernas
gambo *m* 1. *bot* tallo; 2. *tecn* vástago
game [gejm] *m inv* (*tenis*) juego *m*
gamella *f mil* escudilla
gamet|e *m biol* gameto; **~ogenesi** *f inv biol* gametogénesis
gamia *f biol* reproducción sexual
gamma 1. *m/f inv ling* (*letra griega*) gamma; **2.** *f mús tamb. fig* gama ◊ ***~ di frequenze*** banda de frecuencias; ***alto di ~*** *auto* de gama alta; ***raggi ~*** *mpl fís* rayos gamma; **~globulina** *f med* gammaglobulina; **~to, -a** *adj* gamado, -a
gamosepalo, -a *adj bot* gamosépalo, -a

ganascia (*pl* **-sce**) **1.** *f* 1. (*persona*) mandíbula; *zool* quijada, mandíbula; 2. *mec* mordaza; *mec* (*freno*) zapata; **2.** *fpl* tenazas ◊ ***mangiare a due ~e*** comer a dos carrillos
gancio (*pl* **-ci**) *m mec/sport* gancho
gang *f inv* (*delincuentes*) banda *f*
ganga (*pl* **-ghe**) *f* 1. *min* ganga; 2. *zool* ortega
ganghero *m* gozne ◊ ***far uscire q dai ~i*** sacar a alg de quicio, sacar a alg de sus casillas
gangli|are [gan'gljare] *adj med* ganglionar; **~o** ['gangljo] (*pl* **-gli**) *m med* ganglio
gangrena V. **cancrena**
gangster *m inv* gángster *m*, matón *m*; **~ismo** *m* gangsterismo
ganimede *m* guaperas *inv*
ganzo, -a *adj/s* 1. *desp* querido, -a; 2. (*persona astuta*) zorro *m*, lince *m*
gap [gɛp] *m inv* desfase *m*, gap; ***~ tecnologico, generazionale*** *gap tecnológico, generacional*
gara *f* 1. carrera, competición; 2. *adm* concurso *m* ◊ ***~ a coppie*** *sport* competición por parejas; (*tenis*) competición/partido de dobles; ***~ d'appalto*** *adm* concurso-subasta (*m*), licitación
garag|e [ga'raʒ] *m inv* garaje *m*, cochera *f*; **~ista** *m/f* vigilante de un garaje
garan|te *m/f jur* garante; fiador, -a, valedor, -a ◊ ***rendersi ~*** salir fiador; **~tire** ‹isc› *vt* garantizar, asegurar; **~zia** *f* garantía
garb|are *vi* gustar, agradar, ir; ***questo non mi garba*** *esto no me va*; **~atezza** *f* garbo *m*, gallardía; **~ato, -a** *adj* garboso, -a, gallardo, -a, apuesto, -a; **~o** *m* garbo, distinción *f*, apostura *f*; **~uglio** (*pl* **-gli**) *m* lío, barullo, revoltillo, enredo
garçonn|e [gar'sɔn] *f inv* chica independiente *f* ◊ ***capelli alla ~*** *mpl* pelo a lo chico (*m*); **~ière** [garson'njɛr] *f inv* picadero *m* (*coloq*)
gardenia *f bot* gardenia
garden-party [gardem 'parti] *m inv* fiesta al aire libre *f*
gareggiare *vi* ‹avere› competir, rivalizar
garganella: a ~ *adv* (*beber*) a chorro, a morro
gargari|smo *m* 1. (*acción*) gargarismo, gárgara *f*; 2. (*líquido*) gargarismo ◊ ***fare i ~i*** hacer gárgaras; **~zzare** *vi* ‹avere› gargarizar, hacer gárgaras
garibaldino, -a *adj/m* garibaldino, -a
garitta *f mil* garita
garofano *m bot* clavel
garre|se *m zool* cruz *f*; **~tto** *m* 1. *zool* corvejón, jarrete; 2. *coloq* talón
garri|re ‹isc› *vi* ‹avere› 1. *zool* chillar; 2. (*bandera*) ondear; **~to** *m zool* chillido
garrotta *f* garrote (vil) *m*; **~re** *vt* dar garrote
garrul|ità *f inv elev* garrulería *f*; **~o, -a** *adj elev* gárrulo, -a
garz|a *f* 1. *med* gasa (!); 2. *zool* garza; **~are** *vt tecn* perchar; **~atrice** *f tecn* percha; **~atura** *f tecn* perchado *m*; **~one** *m* mozo, aprendiz
gas *m inv* gas *m* ◊ ***~ butano*** gas butano; ***~ di scappamento*** gas de escape; ***~ esilarante*** gas hilarante; ***~ illuminante*** gas de alumbrado; ***~ lacrimogeno*** gas lacrimógeno; ***~ naturale*** gas

natural; **~ (di) serra** gas de efecto invernadero; ***a tutto ~*** *adv* a toda máquina, a toda pastilla; ***dare ~*** *auto* dar gas; **~are** V. **gassare**; **~dotto** *m* gaseoducto; **~ista** V. **gassista**

gasollina *f* gasolina natural; **~lio** (*pl* **-li**) *m* gasóleo; **~metro** V. **gassometro**

gassalre *vt* gasear; *tecn* gasear, gasificar; **~to, -a** *adj* gaseoso, -a, con gas ◊ ***acqua ~a*** agua con gas

gassilficare ‹*esd*› *vt tecn* gasificar; **~ficazione** *f* gasificación; **~sta** *m* gasista, instalador de gas

gassolmetro *m tecn* gasómetro; **~sa** *f* gaseosa; **~so, -a** *adj fís* gaseoso, -a

gastaldo V. **castaldo**

gasteropode *m zool* gasterópodo

gastrectomia *f med* gastrectomía

gastrilco, -a (*m pl* **-ci**) *adj* gástrico, -a; **~te** *f* gastritis *inv*

gastroIduodenale *adj med* gastroduodenal; **~enterico, -a** (*m pl* **-ci**) *adj* gastroenterítico, -a; **~enterite** *f* gastroenteritis *inv*; **~intestinale** *adj* gastrointestinal; **~nomia** *f* gastronomía; **~nomico, -a** (*m pl* **-ci**) *adj* gastronómico, -a; **~nomo, -a** *m/f* gastrónomo, -a; **~patia** *f* gastropatía; **~scopia** *f* gastroendoscopia; **~scopio** (*pl* **-pi**) *m* gastroendoscopio

gâteau [ga'to] *m inv* (*rellena*) tortada *f*

gateway ['gejtwej] *m inv informát* pasarela *f*, gateway

GATT (*Accordo Generale sulle Tariffe e sul Commercio*) *abr/m* (*Acuerdo general sobre aranceles aduaneros y comercio*) GATT

gatta *f zool* gata ◊ ***~ cieca*** (*juego*) gallina ciega; ***(qui) ~ ci cova*** aquí hay gato encerrado; ***comprare la ~ nel sacco*** comprar con los ojos cerrados; ***fare la ~ morta*** hacerse la mosquita muerta; ***prendersi una ~ da pelare*** meterse en camisa de once varas; ***tanto va la ~ al lardo che ci lascia lo zampino*** tanto va el cántaro a la fuente que al final se rompe; **~buia** *f coloq* chirona, talego *m* (*jerga*); **~iola** *f arq* gatera; **~morta** V. **gatta**

gattelggiante *adj* (*ojos*) gateado, -a; **~sco, -a** (*m pl* **-chi**) *adj* gatuno, -a

gatto *m zool* gato ◊ ***~ a nove code*** gato de nueve colas; ***~ d'Angora*** gato de Angora; ***~ randagio*** gato callejero; ***~ selvatico/montese*** gato montés; ***~ siamese*** gato siamés; ***essere in quattro ~i*** ser cuatro gatos; ***il ~ con gli stivali*** el gato con botas; ***quando il ~ non c'è, i topi ballano*** cuando no está el gato, los ratones bailan; **~mammone** *m* ogro, coco; **~pardo** *m zool* onza *f*

gaudlente *adj/s elev* vividor, -a; **~io** (*pl* **-di**) *m elev* gozo (*estánd*), regocijo (*estánd*); **~ioso, -a** *adj elev* gozoso, -a (*estánd*)

gavetta *f mil* gaveta ◊ ***cominciare/venire dalla ~*** empezar desde cero, empezar de la nada

gavotta *f* gavota

gay [gej] *adj/s inv* gay *adj/s*

gazebo *m inv* quiosco *m*, cenador *m*

gazza *f* 1. *zool* urraca; 2. *coloq* (*persona curiosa*) cotorra, cotilla; **~rra** *f* algazara, jolgorio *m*; gresca, jaleo *m*

gazzella *f zool* gacela

gazzettla *f* gaceta, boletín; diario *m* ◊ ****~ Ufficiale*** ="Boletín Oficial del Estado" (*m Esp*); **~ino** *m* gacetilla *f*; **~istico, -a** (*m pl* **-ci**) *adj* periodístico, -a

gazzosa V. **gassosa**

Gbyte (*var.* **Gb**, **GB**) *abr informát* Gbyte, Gb, GB

geco (*pl* **-chi**) *m zool* salamanquesa *f*, dragón

geiger ['gaiger] *m inv* geiger

gel *m inv* gel *m*

gelare 1. *vt* 1. helar, congelar; 2. (*sorpresa*) dejar helado; **2.** *vi* 1. helarse, congelarse; 2. (*sorpresa*) quedarse de piedra

gelatla *f meteo* helada; **~aio, -a** (*m pl* **-ai**) *m/f* heladero, -a; **~eria** *f* heladería; **~iera** *f* heladera; **~ina** *f* gelatina ◊ ***~ di frutta*** jalea; **~inoso, -a** *adj* gelatinoso, -a; **~o, -a** *adj/m* helado, -a ◊ ***cono ~*** *m* cucurucho de helado

gelidlezza *f* frialdad; **~o, -a** *adj tamb. fig* gélido, -a

gelificalre ‹*esd*› *vt quím* gelificar; **~zione** *f quím* gelificación

gelo *m* 1. *tamb. fig* hielo; 2. (*frío intenso*) helor; **~ne** *m med* sabañón

geloslia *f* 1. celos *mpl*; 2. celo *m*, cuidado *m*; 3. *arq* celosía, persiana; **~o, -a** *adj* celoso, -a

gelsleto *m* moreral; **~icoltura** *f* cultivo de la morera *m*; **~o** *m bot* morera *f* ◊ ***~ nero*** moral; **~omino** *m bot* jazmín

gemelllaggio (*pl* **-gi**) *m* (*entre poblaciones*) hermanamiento; **~are 1.** *adj* gemelar; ***parto ~*** *parto gemelar*; **2.** *vt/~rsi* (*entre poblaciones*) hermanar(se); ***~i** *mpl astron* Géminis; **~o, -a 1.** *adj/s* gemelo, -a; mellizo, -a; **2.** *m* (*camisa*) gemelo ◊ ***anime ~e*** *fpl* almas gemelas

gemere *vi* ‹*avere*› gemir

geminalto, -a *adj ling* geminado, -a; **~zione** *f ling* geminación

gemito *m* gemido, quejido, lamento

gemma *f* 1. *min* gema; 2. *bot* yema, botón *m*, brote *m*; **~rio** (*pl* **-ri**) *m min* lapidario; **~zione** *f biol* gemación

gemmologlia (*pl* **-gie**) *f min* gemología; **~o, -a** (*m pl* **-gi/-ghi**) *m/f* gemólogo, -a

gendarme *m* 1. *mil* gendarme, guardia; 2. *desp* mujerona *f*, marimacho; **~ria** *f* gendarmería

gene *m biol* gen

genealogila (*pl* **-gie**) *f* genealogía; **~co, -a** (*m pl* **-ci**) *adj* genealógico, -a ◊ ***albero ~*** *m* árbol genealógico; **~sta** *m/f* genealogista

generala *f irón* generala; **~to** *m mil* generalato

generale 1. *adj* general; **2.** *m mil/relig* general ◊ ***~ di brigata*** general de brigada/brigadier; ***~ di corpo d'armata*** general en jefe; ***~ di divisione*** general de división; ***in ~*** *adv* en general, por regla general; ***stare/restare sulle ~i*** decir generalidades, hablar en general; **~sco, -a** (*m pl*

-chi) *adj* generalesco, -a; **~ssa** *f* 1. *relig* generala 2. *irón* generala

general|ità 1. *f inv* generalidad *f*; **2.** *fpl* identidad, datos personales *mpl*; ***fornire le proprie ~*** *suministrar sus datos personales*; **~zzare** *vt* generalizar; **~zzazione** *f* generalización

generare ‹*esd*› *vt* generar, originar; *biol* engendrar, procrear

generat|ivismo *m ling* generativismo; **~ivista** *adj/s ling* generativista; **~ivo, -a** *adj* generativo, -a ◊ ***grammatica ~a*** *f ling* gramática generativa; **~ore, -trice** *adj/m* generador, -a

generatrice *f mat* generatriz

generazion|ale *adj* generacional; **~e** *f* generación

genere *m* 1. género; 2. *com* género, bien, producto ◊ ***~i alimentari*** productos alimenticios; ***~i di consumo*** bienes de consumo; ***~i di prima necessità*** bienes de primera necesidad; ***in ~*** *adv* en general, por lo general

generic|ità *f inv* generalidad *f*; **~o, -a** (*m pl* **-ci**) **1.** *adj* genérico, -a; *med* generalista; **2.** *m/f teat/cine* extra, comparsa *f*; **3.** *m med* genérico

genero *m* yerno (!)

generos|ità *f inv* generosidad *f*; **~o, -a** *adj* generoso, -a

genesi *f inv* génesis ◊ ***il/la *~*** *relig* el Génesis (*m inv*); **~co, -a** *adj* genésico, -a

geneti|ca *f* genética; **~co, -a** (*m pl* **-ci**) *adj* genético, -a; **~sta** *m/f* genetista

genetta *f zool* jineta, gineta

gengiv|a *f med* encía; **~ale** *adj med* gingival; **~ite** *f med* gingivitis *inv*

genia *f desp* hatajo *m*, cuadrilla, pandilla

genial|e *adj* genial; **~ità** *f inv* genialidad *f*

genico, -a (*m pl* **-ci**) *adj biol* génico, -a

geniere *m mil* ingeniero

genio (*pl* **-ni**) *m* 1. *mitol tamb. fig* genio; 2. genio, ingenio, talento; 3. cuerpo de ingenieros ◊ ***~ civile*** cuerpo de ingenieros del estado; ***~ militare*** cuerpo de ingenieros militares; ***andare a ~*** gustar

genit|ale 1. *adj* genital; **2.** *mpl med* genitales; **~ivo** *adj/m ling* genitivo; **~ore 1.** *m* genitor; **2.** *mpl* padres, progenitores (*elev*)

genitrice 1. *adj/f elev* generadora; **2.** *f irón* (*madre*) progenitora

gennaio *m* enero

genocidio (*pl* **-di**) *m* genocidio

genom|a *m biol* genoma; **~ica** *f cient* genómica

genotipo (*var.* **genotipo**) *m biol* genotipo

Genov|a Génova; ***~ese** *adj/s* genovés, -esa

gentaglia *f desp* gentuza, chusma

gente *f* gente ◊ ***~ allegra il ciel l'aiuta*** ayúdate, que Dios te ayudará; ***~ di servizio*** personal de servicio; ***~ di teatro*** gente del teatro

gentil|donna *f* noble señora, señora distinguida; **~e 1.** *adj* 1. amable (!), cortés, atento, -a; 2. gentil, fino, -a; **2.** *m relig* gentil, pagano; **~ezza** *f* 1. amabilidad, cortesía; 2. gentileza, finura, donaire *m* ◊ ***fammi la ~ di...*** hazme el favor de..., ten la bondad de...; **~izio, -a** (*m pl* **-zi**) *adj* gentilicio, -a, señorial; **~uomo** *m* gentilhombre, caballero

gentleman [ˈdʒɛntlemɛn] *m inv* gentleman, caballero *m*

genufless|ione *f* genuflexión; **~o, -a** *adj tamb. fig* genuflexo, -a

genuflettersi ‹*flessi; flesso*› V. 62 ponerse de rodillas

genuin|ità *f inv* autenticidad *f*; **~o, -a** *adj* genuino, -a, auténtico, -a

genziana *f bot* genciana

geocentri|co, -a (*m pl* **-ci**) *adj* geocéntrico, -a; **~smo** *m* geocentrismo

geochimica *f* geoquímica

geode *m geol* geoda *f*; **~sia** *f* geodesia; **~tico, -a** (*m pl* **-ci**) *adj* geodésico, -a

geodinamic|a *f* geodinámica; **~o, -a** (*m pl* **-ci**) *adj* geodinámico, -a

geofisic|a *f* geofísica; **~o, -a** (*m pl* **-ci**) *adj/s* geofísico, -a

geograf|ia *f* geografía; **~ico, -a** (*m pl* **-ci**) *adj* geográfico, -a; **~o, -a** *m/f* geógrafo, -a

geoide *m* geoide

geolinguistica *f* geolingüística, geografía lingüística

geolog|ia (*pl* **-gie**) *f* geología; **~ico, -a** (*m pl* **-ci**) *adj* geológico, -a; **~o, -a** (*m pl* **-gi**) *m/f* geólogo, -a

geomagnetismo *m* geomagnetismo

geometra *m/f* aparejador, -a

geometri|a *f* geometría; **~co, -a** (*m pl* **-ci**) *adj* geométrico, -a

geomorfologia (*pl* **-gie**) *f* geomorfología

geopolitic|a *f* geopolítica; **~o, -a** (*m pl* **-ci**) *adj* geopolítico, -a

Georgi|a: la ~ *f* Georgia; ***~ano, -a** *adj/s* georgiano, -a; **~che** *fpl* Geórgicas; ***~co, -a** (*m pl* **-ci**) *adj* geórgico, -a

geosfera *f* geosfera

geotecnica *f* geotécnica, geotecnia

geotermic|a *adj* geotérmica; **~o, -a** (*m pl* **-ci**) *adj* geotérmico, -a

geotropi|co, -a (*m pl* **-ci**) *adj* geotrópico, -a; **~smo** *m* geotropismo

Geova *m* Jehová

geovista *adj/s relig* jehovista

geranio (*pl* **-ni**) *m bot* geranio

gerarc|a *m relig/pol* jerarca; **~chia** *f* jerarquía; **~chico, -a** (*m pl* **-ci**) *adj* jerárquico, -a; **~chizzare** *vt* jerarquizar

geremiade *f desp* jeremiada

geren|te *m/f* gerente, gestor, -a; **~za** *f* gerencia, administración

gerg|ale *adj* jergal; **~o** (*pl* **-ghi**) *m* jerga *f*, jerigonza *f*, argot; (*delincuencia*) germanía *f*

geriatr|a *m/f* geriatra; **~ia** *f* geriatría; **~ico, -a** (*m pl* **-ci**) *adj* geriátrico, -a

gerla *f* cuévano *m*

Germani|a: la ~ *f* Alemania ◊ ***Repubblica Federale di ~*** *f* República Federal Alemana; ***~co,**

-a (*m pl* **-ci**) *adj/m* germánico, -a; ***~o** *m quím* germanio

germanis|mo *m* germanismo; **~ta** *m/f* germanista; **~tica** *f* filología germánica

germano, -a 1. *adj* carnal, hermano, -a; ***fratello ~*** *hermano carnal*; ***cugino ~*** *primo hermano*; **2.** *adj/s* germano, -a; **~filo, -a** *adj/s* germanófilo, -a; **~fobo, -a** *adj/s* germanófobo, -a

germe *m biol/bot tamb. fig* germen

germicida *adj/m* germicida

germina|le *adj* germinal; **~re** ‹*esd*› *vi* ‹*avere/essere*› *bot tamb. fig* germinar; **~tivo, -a** *adj* germinativo, -a; **~zione** *f* germinación

germogli|are *vi* ‹*avere/essere*› *bot tamb. fig* germinar; **~o** (*pl* **-gli**) *m* brote, retoño

gerocomio V. **gerontocomio**

geroglifico, -a [gero'glifiko] (*m pl* **-ci**) *adj/m ling* jeroglífico, -a

geronto|comio (*pl* **-mi**) (*var.* **gerocomio**) *m* hospital geriátrico; **~logia** (*pl* **-gie**) *f* gerontología; **~logo, -a** (*m pl* **-gi**) *m/f* gerontólogo, -a

gerundi|o (*pl* **-di**) *m ling* gerundio; **~vo** *m ling* gerundivo

Gerusalemme Jerusalén

gessa|ia *f* yesal *m*; **~io** (*pl* **-ai**) *m* yesero; **~re** *vt* (*venda, papel*) enyesar; *agric* echar yeso; **~tura** *f* enyesado *m*

gessetto *m* tiza *f*

gesso *m* 1. *min* yeso; 2. *estud* tiza *f*; 3. *med* escayola *f*; **~so, -a** *adj* yesoso, -a

gesta *fpl elev* gesta(s) *f(pl)*, hazañas ◊ ***canzone di ~*** *f* cantar de gesta (*m*); **~lt** *f inv psicol* gestalt; **~nte** *f* gestante; **~torio, -a** (*m pl* **-ri**) *adj* gestatorio, -a ◊ ***sedia ~a*** *f* silla gestatoria; **~zione** *f* gestación

gesticola|re ‹*esd*› *vi* ‹*avere*› gesticular; **~zione** *f* gesticulación

gestion|ale *adj* administrativo, -a, de la gestión; **~e** *f* gestión

gestire ‹*isc*› **1.** *vi* ‹*avere*› gesticular; **2.** *vt jur* gestionar; *com* dirigir, administrar

gesto *m* gesto; **~re** (*f* **gestrice**) *m/f* gestor, -a, gerente, administrador, -a *m/f*

gestuale *adj* gestual

Gesù *m* Jesús, Jesucristo ◊ ***~ Cristo*** *adv* Jesucristo

gesuit|a *m* jesuita; **~ico, -a** (*m pl* **-ci**) *adj* 1. jesuita; 2. *desp* jesuítico, -a; **~ismo** *m* jesuitismo

getta|re 1. *vt* 1. echar; lanzar, tirar; ***~ sassi*** *tirar/echar piedras*; (*líquidos*) arrojar, escupir; 2. rentar, producir; 3. *metal* vaciar; **2. ~rsi** 1. echarse, lanzarse, arrojarse; 2. *geogr* desembocar *vi* ◊ ***~ il denaro*** malgastar el dinero; ***~ il tempo*** perder el tiempo; ***~ la spugna*** *sport tamb. fig* tirar la toalla; ***~ le braccia al collo di q*** abrazarse a alg; ***~ le fondamenta di qc*** *arq tamb. fig* poner los cimientos de alg; ***~ le reti*** echar las redes; ***~ via qc*** tirar u-c, arrojar u-c; **~ta** *f* 1. *geogr* escollera, rompeolas *m inv*; 2. *metal* vaciado *m*

gettito *m econ* ingresos *mpl*; ***~ tributario, fiscale*** *ingresos tributarios, fiscales*

getto *m* 1. lanzamiento; (*líquido*) chorro, efusión *f*; ***~ di sangue*** *efusión de sangre*; *aero* chorro, flujo; 2. *bot* brote; 3. *metal/arq* vaciado ◊ ***~ del peso*** *sport* lanzamiento de peso; **~nato, -a** *adj coloq* exitoso, -a, popular; **~ne** *m* ficha telefónica *f*; (*juegos, máquinas*) ficha *f* ◊ ***telefono a ~i*** *m* teléfono de fichas; **~niera** *f* caja de fichas

geyser ['gaizer] *m inv* géiser *m*

ghepardo *m zool* guepardo

gheppio (*pl* **-pi**) *m zool* cernícalo

gheriglio (*pl* **-gli**) *m bot* molla *f*, nuez *f*

ghermire ‹*isc*› *vt* atrapar, agarrar

gherone *m* (*cosido*) cuchillo; *nav* refuerzo de las velas

ghetto *m hist tamb. fig* gueto, ghetto

ghiacci|aia *f* 1. *arq* nevera; 2. (*electrodoméstico*) heladera; **~aio** (*pl* **-ai**) *m geol* glaciar; **~are 1.** *vi* helarse; **2.** *vt* helar; **~ata** *f* granizado *m*; ***~ al limone*** *granizado de limón*; **~ato, -a** *adj* helado, -a; **~o, -a** (*m pl* **-ci**, *f pl* **-ce**) **1.** *m* hielo; **2.** *adj* helado, -a, gélido, -a ◊ ***rimanere di ~*** quedarse helado/de piedra; ***rompere il ~*** romper el hielo; **~olo** *m* 1. carámbano; 2. *gastr* polo

ghiai|a *f* (*construcción*) grava; (*auto, jardín...*) gravilla; **~one** *m geol* depósito de la erosión; **~oso, -a** *adj* pedregoso, -a, guijoso, -a

ghiand|a *f bot* bellota; **~aia** *f zool* arrendajo *m*; **~ola** *f med* glándula ◊ ***~ surrenale*** glándula suprarrenal; **~olare** *adj med* glandular

ghiareto *m* cascajal, pedregal

ghibellino, -a *adj/s hist* gibelino, -a

ghiera *f* 1. *tecn* abrazadera; 2. (*espada, bastón*) virola

ghigliottina *f* guillotina; **~re** *vt* guillotinar

ghign|are *vi* ‹*avere*› reír(se) maliciosamente, reír(se) con sarcasmo; **~ata** *f* risotada; risa maliciosa/sarcástica; **~o** *m* risotada *f*, risa maliciosa *f*, risa sarcástica *f*

ghindare *vt nav* guindar

ghingheri: in ~ *adj/adv* de punta en blanco

ghiotto, -a *adj* (*persona*) goloso, -a; (*comida*) goloso, -a, apetitoso, -a; **~ne, -a 1.** *m/f* glotón, -ona; **2.** *m zool* glotón; **~neria** *f* glotonería

ghiozzo *m zool* cangüeso

ghiribizzo *m* antojo, capricho

ghirigoro *m* garabato, ringorrango

ghirlanda *f* guirnalda, festón *m*

ghiro *m zool* lirón ◊ ***dormire come un ~*** dormir como un lirón

ghisa *f* hierro colado *m*

già *adv* 1. (*tiempo*) ya; ***è ~ troppo tardi*** *ya es demasiado tarde*; ***è ~ fatto*** *ya está hecho*; ***ne abbiamo ~ parlato*** *ya hemos hablado de eso*; 2. anteriormente, ex, antes; ***Via Cagliari ~ Via Farnese*** *calle Cagliari, antes calle Farnese*; ***il ministro degli Esteri, ~ ministro delle Finanze*** *el ministro de Asuntos Exteriores y ex-ministro de Hacienda*; 3. ya, bueno, sí; ***ah, ~*** *ah, sí; ah, ya*; vaya, sí; ***~, è vero*** *sí, es verdad*

Giacarta *f geogr* Yakarta

giacca *f* chaqueta, americana, saco *m* (*Am*) ◊ **~ *a tre quarti*** chaquetón (*m*); **~ *a vento*** anorak (*m*)
giacché *conj* ya que, pues, dado que, puesto que
giacchett|a *f* chaqueta, chaquetilla; **~o** *m* chaquetilla *f*
giaccone *m* trenca *f*, chaquetón, pelliza *f*
giacen|te *adj* 1. yacente; 2. *jur* en suspenso ◊ ***eredità ~*** *f inv jur* herencia yacente (*f*); **~za 1.** *f* inactividad, paralización; **2.** *fpl com* existencias, stock *m*
giacere ‹*giaccio; giacqui; giaciuto*› V. 53 *vi* ‹*essere/avere*› yacer ◊ ***qui giace...*** (*en tumbas*) aquí yace...
giaci|glio (*pl* **-gli**) *m* yacija *f*, lecho; **~mento** *m min* yacimiento; **~nto** *m bot/min* jacinto
giacobin|ismo *m pol/hist tamb. fig* jacobinismo; **~o, -a** *adj/s* jacobino, -a
giacomo giacomo: fare ~ *vi* temblar las piernas, tener un tembleque
giacqui... V. **giacere**
giaculatoria *f* jaculatoria
giada *f min* jade *m* ◊ ***verde ~*** *m* verde jade
giaggiolo *m bot* lirio
giaguaro *m zool* jaguar, tigre (*Am*)
giainismo (*var.* **jainismo**) *m relig* jainismo
giall|astro, -a *adj* amarillento, -a; **~iccio, -a** (*m pl* **-ci**, *f pl* **-ce**) *adj* amarillento, -a; **~ista** *m/f* escritor, -a de novela negra; **~o, -a 1.** *adj* 1. amarillo, -a; 2. policiaco, -a, negro, -a; ***romanzo, film ~*** *novela negra/policiaca, película policiaca*; **2.** *m* 1. amarillo; (*semáforo*) ámbar; 2. (*huevo*) yema *f*; 3. novela negra/policiaca *f*, película policiaca *f* ◊ ***farina ~a*** *f* harina de maíz; ***febbre ~a*** *f* fiebre amarilla; ***pagine ~e*** *fpl* páginas amarillas; ***passare col ~*** pasar en ámbar; ***sindacato ~*** *m* sindicato vertical; ***stampa ~*** *f* prensa amarilla; **~ognolo, -a** *adj* amarillento, -a; **~ore** *m* amarillez *f*, **~orosa** *adj inv* (*película o novela policiaca*) con final feliz
Giamaica: la ~ *f geogr* Jamaica; ***~no, -a** *adj/s geogr* jamaicano, -a
giambo *m lit* yambo
giammai *adj elev* jamás, nunca más
gianduia *m* 1. *gastr* ="especie de chocolate con avellana típico de Turín"; 2. *teat* ="máscara piamontesa" *f*
giannizzero, -a 1. *m hist* jenízaro; **2.** *adj/s ant/desp* jenízaro, -a
giansenis|mo *m* jansenismo; **~ta** *adj/s* jansenista; **~tico, -a** (*m pl* **-ci**) *adj* jansenista, -a
Giappone: il ~ *m* (el) Japón; ***~se** *adj/s* japonés, -esa
giara *f* tinaja
giardin|aggio (*pl* **-gi**) *m* jardinería *f*; **~etta** *f auto* jardinera; **~iera** *f* 1. (*mueble*) jardinera; 2. *auto* coche familiar *m*; 3. *gastr* menestra de verduras; **~iere, -a** *m/f* jardinero, -a; **~o** *m* jardín ◊ **~ *botanico*** jardín botánico; **~ *d'infanzia*** jardín de infancia, parvulario

giarrettiera *f* jarretera, liga ◊ ***ordine della ~*** *f* orden de la jarretera
Giava *geogr* Java
giavazzo, -a *adj/m* azabache
giavellott|ista *m/f sport* lanzador, -a de jabalina; **~o** *m* (*sport, caza*) jabalina *f*
gibbo *m med* joroba *f*, gibosidad *f*, giba *f*; **~ne** *m zool* gibón; **~sità** *f inv med* gibosidad *f*; **~so, -a** *adj* jorobado, -a, giboso, -a
giberna *f mil* cartuchera
Gibilterra Gibraltar
gibus *m inv* (*sombrero*) clac
Gibuti *m geogr* Djibouti
giga 1. *f* (*danza e instrumento*) giga; **2.** *f inv informát* giga *m*
gigant|e, -essa 1. *adj* gigante; **2.** *m/f* gigante, -a; **3.** *m mitol tamb. fig* titán ◊ ***fare passi da ~*** dar pasos de gigante; **~eggiare** *vi* ‹*avere*› sobresalir, destacar, descollar; **~esco, -a** (*m pl* **-chi**) *adj* gigantesco, -a, descomunal; **~ismo** *m med tamb. fig* gigantismo
gigli|aceo, -a *adj bot* iridáceo, -a; **~ato, -a** *adj* con lirios, que tiene lirios; **~o** (*pl* **-gli**) *m bot* lirio, azucena *f*
gigolò [ʒigo'lo] *m inv* gigoló *m*
gilè *m inv* chaleco *m*
gillette® 1. *m* gillette *f*, maquinilla de afeitar *f*; **2.** *f* cuchilla de doble hoja
gimcana V. **gincana**
gin *m inv* ginebra *f*
gincana *f sport* gincana
gineceo *m arq* gineceo
ginecolog|ia (*pl* **-gie**) *f* ginecología; **~ico, -a** (*m pl* **-ci**) *adj* ginecológico, -a; **~o, -a** (*m pl* **-gi**) *m/f* ginecólogo, -a
ginepr|aio (*pl* **-ai**) *m* 1. *bot* enebral; 2. berenjenal, embrollo, avispero; **~o** *m* enebro *bot*
ginestra *f bot* retama
Ginevr|a *f geogr/mitol* Ginebra; ***~ino, -a** *adj/s* ginebrino, -a
gingill|arsi entretenerse, gandulear; **~o** *m* 1. chuchería *f*, baratija *f*; 2. distracción *f*, pasatiempo; **~one, -a** *m/f* holgazán, -ana, gandul, -a
ginnasi|ale *adj estud* ="de la primera etapa de la enseñanza secundaria"; **~o** (*pl* **-si**) *m* (*se cursa entre los 14 y los 16 años*) ="tercero y cuarto de ESO" (*Esp*); (*edificio*) ="instituto de enseñanza secundaria obligatoria (ESO)" (*Esp*), escuela *f*
ginnasta *m/f sport* gimnasta
ginnastica *f* gimnasia, gimnástica
ginnastico, -a (*m pl* **-ci**) *adj* gimnástico, -a
ginnico, -a (*m pl* **-ci**) *adj* gimnástico, -a
ginocchi|era *f* rodillera; **~o** (*pl* **-chi**) *m* rodilla *f* ◊ ***in ~*** *adv* de rodillas; **~oni** *adv* de rodillas
Giobbe *m* Job ◊ ***la pazienza di ~*** *f* la paciencia de Job
gioca|re *vt/i* ‹*avere*› jugar; **~ *a calcio, alle carte*** *jugar a fútbol, a las cartas* ◊ **~ *sul/al sicuro*** jugar sobre seguro; **~ *a carte scoperte*** jugar con las cartas boca arriba; **~ *un brutto tiro*** jugar una

mala pasada; ***~rsi anche la camicia*** jugarse hasta la camisa; ***~ sporco*** jugar sucio; **~ta** *f* jugada; **~tore, -trice** *m/f sport tamb. fig* jugador, -a

giocattolaio, -a *m/f* juguetero, -a

giocattolo *m* juguete

giocherelllare *vi* ‹*avere*› juguetear; **~one, -a** *m/f* juguetón, -ona

giocheria *f raro* juguetería

giochetto *m* juego, diversión *f*

gioco (*pl* **-chi**) *m* juego ◊ ***~ da ragazzi/bambini*** juego de niños; ***~ d'azzardo*** juego de azar; ***~ di parole*** juego de palabras; ***~ pesante*** *sport* juego duro, juego sucio; ***~i di equilibrio*** equilibrismo; ***~i di luci, d'acqua*** juegos de luces, de agua; ***~ di prestigio*** juegos malabares, malabarismos (*mpl*); ***~i di società*** juegos de sociedad; ***~i olimpici*** juegos olímpicos; ***a che gioco giochiamo?*** ¿a qué estamos jugando?; ***avere ~*** tener juego; ***campo da ~*** *m* campo de juego; ***entrare in/nel ~*** *tamb. fig* entrar en juego; ***fare il ~ di q*** hacerle el juego a alg; ***fare il doppio ~*** jugar con dos barajas; ***il ~ non vale la candela*** no vale la pena; ***mettere in ~*** poner en juego; ***ogni bel ~ dura poco*** lo bueno, si breve, dos veces bueno; ***prendersi ~ di q*** burlarse de alg; **~forza** *adv* de fuerza mayor, de necesidad; **~liere, -a** *m/f* (*circo*) malabarista; equilibrista; **~ndità** *f inv elev* jocundidad *f*; **~ndo, -a** *adj elev* jocundo, -a; **~sità** *f inv* jocosidad *f*; **~so, -a** *adj* jocoso, -a

gioglaia *f geogr* cordillera; **~o** (*pl* **-ghi**) *m* 1. *agric tamb. fig* yugo; 2. (*balanza*) astil; 3. *geogr* cima *f*

gioila *f* 1. alegría, gozo *m*, contento *m*; 2. *tamb. fig* joya, alhaja ◊ ***darsi alla pazza ~*** pasarlo en grande, darse la vida padre (*coloq*)

gioielllleria *f* joyería; **~iere, -a** *m/f* joyero, -a; **~o** *m tamb. fig* joya *f*, alhaja *f*

gioioso, -a *adj* gozoso, -a, alegre

gioire ‹*esd*› *vi* ‹*avere*› regocijarse, alegrarse

Giona *m* Jonás

Giordanlia: la ~ *f* Jordania; ***~o, -a** *adj/s* jordano, -a

giornallaio, -a (*m pl* **-ai**) *m/f* quiosquero, -a, vendedor, -a de periódicos, diariero, -a (*Am*), diarero, -a (*Am*); **~e** *m* periódico (!), diario (!) ◊ ***~ di bordo*** diario de navegación; ***~ di chiesuola*** cuaderno de bitácora; ***~ radio*** diario hablado, boletín de noticias; **~etto** *m coloq* tebeo; **~iero, -a 1.** *adj* diario, -a; **2.** *m/f* jornalero, -a, bracero *m*; **~ino** *m coloq* tebeo; **~ismo** *m* periodismo; **~ista** *m/f* periodista; **~istico, -a** (*m pl* **-ci**) *adj* periodístico, -a

giornata *f* 1. jornada, día *m*; ***bella, brutta ~*** *buen, mal día*; *sport* jornada; 2. (*paga*) jornal *m* ◊ ***a grandi ~e*** *adv* a marchas forzadas; ***lavorare a ~*** trabajar por horas; ***vivere alla ~*** vivir al día, vivir a salto de mata

giorno *m* día ◊ ***~ dei morti*** día de difuntos; ***~ della mamma, del padre*** día de la madre, del padre (*f*); ***~ di lezione*** día lectivo; ***~ e notte*** *adv* noche y día, de día y de noche; ***~ feriale/lavorativo*** día laborable; ***~ festivo*** día festivo; ***~ per ~*** día a día; ***al ~ d'oggi*** *adv* hoy en día; ***buon ~*** buenos días; (*después de comer*) buenas tardes; ***da un ~ all'altro*** *adv* de un día para otro; ***di ~*** *adv* de día, durante el día; ***di ~ in ~*** *adv* de día en día; ***farsi ~/spuntare il ~*** hacerse de día, amanecer, clarear; ***sul far del ~*** *adv* al amanecer; ***tutto il santo ~*** *adv coloq* todo el santo día; ***un ~ o l'altro*** *adv* un día u otro, algún día

giostra *f* 1. tiovivo *m*; 2. *hist* justa, torneo *m*; **~re** *vi* ‹*avere*› 1. *hist* tornear; 2. arreglárselas, manejarse, desenvolverse; ***~rsi in mezzo a molti problemi*** *arreglárselas en medio de muchos problemas*

giovamento *m* utilidad *f*, ayuda *f*

giovanle *adj/s* joven; **~etto, -a** *adj/m* jovencito, -a, mozalbete, -a *m*; **~ile** *adj* juvenil

Giovanni *m* Juan

giovanotto *m* 1. jovenzuelo, mozo; 2. *coloq* soltero; 3. *nav* grumete

giovare 1. *vi* ‹*avere/essere*› servir, aprovechar, ayudar; ***non giova piangere*** *de nada sirve llorar*; ***il tuo pianto non giova alla situazione*** *tu llanto no ayuda en esta situación*; **2. ~rsi** servirse (**di q/qc** de alg/de u-c), aprovecharse

Giove *m mitol/astron* Júpiter

giovedì *m inv* jueves

giovenlca *f zool* ternera; **~tù** *f inv* (*edad, conjunto*) juventud *f* ◊ ***in ~*** *adv* de joven

giovevole *adj* provechoso, -a

giovialle *adj* jovial; **~ità** *f inv* jovialidad *f*

giovinlastro *m desp* calavera, crápula; **~etto** V. **giovanetto**; **~ezza** *f* (*edad*) juventud

gipeto *m zool* quebrantahuesos *inv*

giralbile *adj com* girable, endosable; **~dischi** *m inv* tocadiscos; **~dito** *m med* uñero

giraffla *f zool/tecn* jirafa; **~ista** *m/f cine/TV* jirafista

giramento *m* giro, vuelta *f* ◊ ***~ di scatole*** *coloq* cabreo; ***~ di testa*** mareo

giramondo *m/f inv* trotamundos

girandolla *f* 1. (*rueda de fuego, fuente*) girándula; 2. *arq* veleta; 3. (*juego*) molinete *m*; 4. (*persona voluble*) veleta; 5. (*ideas, noticias*) aluvión *m*; **~are** ‹*esd*› *vi* ‹*avere*› vagar, callejear; **~one, -a** *m/f* callejero, -a, vagabundo, -a

girante 1. *m/f com* girador, -a; **2.** *f mec* rodete *m*

girare 1. *vt* 1. (hacer) girar, dar vueltas (**qc** a u-c); ***~ la chiave*** *girar la llave*; 2. doblar; ***~ l'angolo*** *doblar la esquina*; 3. *cine* rodar; 4. (*letra*) girar, endosar; 5. (*pregunta*) pasar, dirigir; 6. (*lugar*) recorrer, dar vueltas (**qc** por u-c); **2.** 1. girar, dar vueltas; ***mi gira la testa*** *me da vueltas la cabeza*; (*cabeza, mirada*) volver; 2. *auto* girar, doblar, dar la vuelta; ***~ a destra, a sinistra*** *girar a la derecha, a la izquierda*; 3. dar vueltas, vagar; 4. *med tamb. fig* (*sangre; dinero, noticias*) circular; **3. ~rsi** girarse, dar media vuelta; *fig* dar

vueltas, revolverse ◊ ~ ***al largo*** *tamb. fig* pasar de largo; ***cosa ti gira per la testa?*** ¿qué te pasa por la cabeza?, ¿qué estás cavilando?; ***gira e rigira*** vueltas y más vueltas, dale que te pego; ***secondo come gira*** *adv* según le dé
girarrosto *m* asador automático
girasole *m bot* girasol
girata *f* 1. giro *m*, vuelta; 2. vuelta, paseo *m*; 3. *com* endose *m*, endoso *m*; **~rio, -a** (*m pl* **-ri**) *m/f com* girador, -a, endosatario, -a
giratorio, -a (*m pl* **-ri**) *adj* giratorio, -a ◊ ***senso ~*** *m* sentido giratorio
giratubi *m inv* llave de tubo *f*
giravite *m inv* destornillador *m*
giravolta *f* 1. voltereta, pirueta; 2. *geogr* revuelta, recoveco *m*; 3. cambio de opinión *m*
girelllare *vi ‹avere›* vagar, callejear; **~o** *m* 1. (*niños*) tacatá, andador, andaderas *fpl*; 2. *gastr* redondo; **~one, -a** *m/f* vago, -a, holgazán, -ana, vagabundo, -a
giretto *m* vueltecita *f*, garbeo
girevole *adj* 1. giratorio, -a; 2. tornadizo, -a, voluble
girifalco (*pl* **-chi**) *m zool* gerifalte
girigogolo *m* garabato, ringorrango
girino *m* 1. *zool* renacuajo; 2. *sport coloq* ="corredor del Giro de Italia"
girl [gɛrl] *f inv* bailarina *f*, corista *f*
giro *m* 1. circuito, perímetro; *jerga* círculo, ambiente; 2. (*vestidos*) escote; 3. vuelta *f*; *astron* rotación; *mec* vuelta *f*, rotación *f*; 4. vuelta *f*, paseo, garbeo; *teat* gira *f*; *sport* vuelta *f*; giro (de Italia); (*naipes*) ronda *f*; 5. turno, vez *f*; 6. giro, locución *f*; ◊ ~ ***d'affari*** *com* volumen/giro de negocios; ~ ***della morte*** *sport* vuelta de campana (*f*); ~ ***di boa*** punto de inflexión; ~ ***di parole*** circunloquio; ~ ***d'onore*** *sport* vuelta de honor; ~ ***turistico*** visita turística (*f*); ***45 ~i*** sencillo, single; ***a stretto ~ di posta*** *adv* a vuelta de correo; ***andare in ~*** circular, ir por ahí; ***essere fuori dal ~*** estar fuera, estar fuera de onda; ***essere giù di ~i*** tener la moral baja, estar desanimado; ***essere nel ~*** estar en el ajo; ***essere su di ~i*** estar exultante; ***fare il ~ del mondo*** dar la vuelta al mundo; ***fare il ~ della città*** dar una vuelta por la ciudad, visitar la ciudad; ***fare un ~*** dar una vuelta, dar un paseo; ***mettere in ~*** poner en circulación, hacer correr, hacer circular; ***nel ~ di un mese*** *adv* en (el plazo de) un mes; ***prendere in ~ q*** tomarle el pelo a alg, burlarse de alg, quedarse con alg (*coloq*); ***presa in ~*** *f* tomadura de pelo, pitorreo (*m*); ***uscire dal ~*** quitarse de en medio, quitarse de la circulación; *jerga drog* desengancharse; **~collo** *adj/m inv* (jersey) de cuello redondo; **~manica** *m* sisa *f*
gironle *m sport* (*vuelta*) partido ◊ ~ ***d'andata*** partido de ida; ~ ***di ritorno*** partido de vuelta; **~zolare** *‹esd› vi ‹avere›* callejear, vagar, dar vueltas, vagabundear
giroscopio (*pl* **-pi**) *m* giroscopio
girotondo *m infant* corro; *pol* corro (de protesta)
girotta *f* veleta, giralda
girovagare *‹esd› vi ‹avere›* corretear, deambular, callejear
girovago, -a (*m pl* **-ghi**) *adj/s* ambulante, giróvago, -a (*elev*) ◊ ***mercante ~*** *m* vendedor ambulante
GIS (*Gruppo Intervento Speciale*) *abr* ="grupo de operaciones especiales de los carabineros"
gita *f* excursión ◊ ~ ***scolastica*** excursión escolar; ***andare in ~*** ir de excursión; **~no, -a** *adj/s* gitano, -a; **~nte** *m/f* excursionista
gittata *f mil* alcance *m*
giù *adv* abajo ◊ ~ ***di corda*** pocho, pachucho; ~ ***le mani!*** ¡quita las manos!; ***andare su e ~*** ir arriba y abajo; ***buttare ~*** echar abajo; *fig* hundir, hacer polvo (*coloq*); ***essere ~ di morale*** estar bajo de moral; ***in ~*** *adv* (hacia) abajo; ***mandare ~*** *tamb. fig* tragar; ***mettere ~*** depositar, dejar; ***non mi va ~*** *tamb. fig* no puedo tragármelo; ***su per ~/~ di lì*** *adv* más o menos; ***venire ~*** bajar; caer
giubbla *f mil* casaca; **~etto** *m* chaleco; **~one** *m* (*motociclista*) cazadora *f*; **~otto** *m* chaleco ◊ ~ ***antiproiettile*** chaleco antibalas; ~ ***salvagente/di salvataggio*** chaleco salvavidas
giubillare 1. *adj relig* jubilar; ***anno ~*** *año jubilar*; **2.** *vt* jubilar; **3.** *vi* exultar, alborozarse, jubilar (*ant*); **~eo** *m relig* jubileo; **~o** *m* júbilo, alborozo
Giuda *m relig tamb. fig* Judas; ***~ico, -a** (*m pl* **-ci**) *adj* judaico, -a; ***~ismo** *m* judaísmo
giudeo, -a *adj/s* judío, -a, hebreo, -a; **~-spagnolo, -a** *adj/s* judeoespañol
giudicalre *‹esd› vt/i ‹avere› jur tamb. fig* juzgar; **~to** *m jur* fallo; **~tore, -trice** *adj/s* juzgador, -a
giudice *m/f jur/sport* juez ◊ ~ ***conciliatore*** *jur* (*hasta 1995*) juez de paz; ~ ***di gara*** *sport* árbitro; ~ ***di pace*** *jur* juez de paz; ~ ***istruttore*** *jur* juez de instrucción
giudizilale *adj* judicial ◊ ***errore ~*** *m* error judicial; ***potere ~*** poder judicial; **~ario, -a** (*m pl* **-ri**) *adj* judicial ◊ ***ordinamento ~*** *m* ordenamiento jurídico; ***ufficiale ~*** *m* oficial de juzgados; **~o** (*pl* **-zi**) *m* 1. juicio, parecer, opinión *f*; *filos* juicio; 2. *jur* juicio, proceso; *relig* juicio (final); 3. *jur* veredicto, sentencia *f* ◊ ~ ***finale*** *relig* juicio final; ***a mio ~*** *adv* a mi juicio; ***perdere il ~*** perder el juicio; ***rimettersi al ~ di q*** someterse al arbitrio de alg; ***sedere in ~*** ejercer de juez; **~oso, -a** *adj* juicioso, -a, sensato, -a
giuggiolla *f* 1. *bot* azufaifa; 2. *gastr* gominola; 3. tontería, nadería, chorrada ◊ ***andare in brodo di ~e*** no caber en sí de la alegría/del gozo; **~o** *m bot* azufaifo
giugno *m* junio
giugulare *f med* yugular ◊ ***vena ~*** *f* vena yugular
giuliano, -a *adj* 1. *hist* juliano, -a; 2. *geogr* de Venecia Julia
giulivo, -a *adj* jubiloso, -a, contento, -a
giullarle *m* juglar; **~esco, -a** (*m pl* **-chi**) *adj* juglaresco, -a

giulleria *f lit* juglaría
giumentla *f* jumenta; **~o** *m* jumento
giunlcaia *f bot* juncal *m*; **~cheto** *m bot* juncal; **~co** (*pl* **-chi**) *m bot* junco
giungere ‹*giungo; giunsi; giunto*› V. 39 **1.** *vi* llegar; *nav* arribar; **2.** *vt* unir; **~ *le mani in preghiera*** *unir las manos en señal de oración* ◊ **~ *all'orecchio di q*** llegar a oídos de alg; **~ *nuovo*** coger de nuevas; **~ *in porto*** arribar a puerto
giungla *f geogr tamb. fig* jungla ◊ **~ *d'asfalto*** jungla de asfalto
Giunone *m* 1. *mitol* Juno; 2. *irón* mujerona *f*
giunsi... V. **giungere**
giuntla *f* 1. añadido *m*, añadidura; *com* propina; 2. junta; (*ropa*) cosido *m*; 3. *pol/adm* junta; asamblea ◊ **~ *comunale*** municipio (*m*), concejo (*m*); **~ *provinciale*** Diputación Provincial; ***per* ~** *adv* para colmo, para más inri, encima; por añadidura; **~are** *vt* coser; **~atura** *f* cosido *m*; **~o 1.** *m mec* junta *f*; racor; **2.** *pp* V. **giungere** (!) ◊ **~ *cardanico*** cardán; **~ *di dilatazione*** junta de dilatación (*f*); **~ura** *f* juntura, empalme *m*; *med* articulación
giunzione *f* junta, empalme *m*
giuocare... V. **giocare...**
giuralbbacco! (*var.* **giuraddinci!**) *excl euf* ¡voto a bríos!, ¡por todos los diablos!; **~ddio!** *excl* ¡por Dios!
giuramento *m* juramento ◊ ***prestar* ~** prestar juramento; ***sotto* ~** *adv* bajo juramento
giurare *vt/i* ‹*avere*› jurar ◊ **~ *e spergiurare*** jurar y perjurar; **~ *il falso*** jurar en falso, perjurar; ***~rla a q*** jurársela a alg
giurassico, -a (*m pl* **-ci**) *adj geol* jurásico, -a
giurato, -a 1. *adj* (*enemigo*) jurado, -a, declarado, -a; (*declaración*) jurado, -a; **2.** *m/f* jurado *m*
giureconsulto *m* jurisconsulto
giurì *m inv* tribunal *m* ◊ **~ *d'onore*** tribunal de honor
giuria *f jur* jurado *m*; (*concurso, sport*) jurado *m*
giuridiclità *f inv* juridicidad *f*; **~o, -a** (*m pl* **-ci**) *adj* jurídico, -a
giurisdizionlale *adj* jurisdiccional; **~e** *f* jurisdicción
giurisprudenzla *f* jurisprudencia; *estud* derecho *m* ◊ ***laureato in* ~** *m* licenciado en derecho; **~iale** *adj* jurisprudencial
giurista *m/f* jurista
Giuseppe *m* José
giusquiamo *m bot* beleño
giusta *prep jur* según, conforme a; **~pporre** ‹*pongo; posi; posto*› V. 56 *vt* yuxtaponer; **~pposizione** *f* yuxtaposición
giustezza *f* justeza, justedad; *impr* justificación
giustificalre ‹*esd*› *vt* justificar, razonar; *impr* justificar; **~tivo, -a 1.** *adj* justificativo, -a; **2.** *m* justificante, comprobante; **~zione** *f impr tamb. fig* justificación
giustizila *f* justicia ◊ ***fare* ~ *da sé*** tomarse la justicia por su mano; ***rendere* ~ *a q*** hacerle justicia a alg; **~alismo** *m pol* justicialismo; **~are** *vt* ajusticiar; **~ato, -a** *m/f* ajusticiado, -a; **~ere** *m* 1. *raro* verdugo; 2. justiciero
giusto, -a 1. *adj* 1. (*equitativo*) justo, -a; ***non è* ~** *no es justo, no hay derecho*; 2. adecuado, -a, apropiado, -a; ***è un'osservazione* ~a** *es una buena observación*; 3. justo, -a, exacto, -a, preciso, -a; ***il conto è* ~** *la cuenta es exacta*; **2.** *adv/excl* justo, exacto
glabro *adj* glabro, lampiño
glacé *adj inv* glasé
glacialle *adj geol tamb. fig* glacial; **~rio, -a** *adj* glaciario, -a; **~zione** *f* glaciación
gladiatorle *m* gladiador; **~io, -a** (*m pl* **-ri**) *adj* gladiatorio, -a
gladiolo *m bot* gladiolo
glandle *m med* glande; **~olare** *adj med* glandular
glassa *f gastr* azúcar glacé *m*; **~re** *vt* glasear; **~to, -a** *adj gastr* glasé ◊ ***zucchero* ~** azúcar glasé
glauco, -a (*m pl* **-chi**) *adj elev* glauco, -a; **~ma** *m med* glaucoma
gleba *f hist* gleba ◊ ***servo della* ~** *m* siervo de la gleba
gli 1. *ar* los; ***gli alberi, sbadigli, psichiatri, gnocchi*** *los árboles, bostezos, psiquiatras, ñoquis*; **2.** *pron* 1. (*a él*) le; 2. *coloq* (*a ellos/a ellas*) les
glicelmia [glitʃe'mia] *f* glucemia; **~mico, -a** [gli'tʃɛmiko] (*m pl* **-ci**) *adj* glucémico, -a; **~ride** [gli'tʃɛride] *m* glicérido; **~rina** [glitʃe'rina] *f* glicerina
glicina [gli'tʃina] (*var.* **glucina**) *f quím* glicina, glicocola
glicine ['glitʃine] *m bot* glicinia *f*
glicocolla [gliko'kɔlla] *f quím* glicocola, glicina
glicol ['glikol] (*var.* **glicole**) *m* glicol
glicoslide [gliko'zide] V. **glucoside**; **~uria** [gliko'zurja] *f med* glucosuria
gliela, gliele, glieli, glielo, gliene *pron* se la, se las, se lo, se los
glioma [gli'ɔma] *m med* glioma
global *adj/s inv* global
globalle *adj* global; **~ismo** *m psicol/pol* globalismo; **~ità** *f inv* globalidad *f*; **~izzare** *vt* globalizar; **~izzazione** *f* globalización
globo *m* globo ◊ **~ *oculare*** globo ocular; **~ *terrestre/terracqueo*** globo terrestre/terráqueo
globullare *adj* globular; **~ina** *f* globulina; **~o** *m* glóbulo
gloria *f* 1. gloria *m*; 2. *relig* Gloria ◊ ***che Dio l'abbia in* ~** que Dios lo tenga en su gloria; ***lavorare per la* ~** *irón* trabajar por amor al arte; ***vecchia* ~** (*persona*) vieja gloria; **~rsi** gloriarse, ufanarse
gloriette [glo'rjɛt] *f inv* glorieta *f*
glorificalre ‹*esd*› *vt* glorificar; **~tore, -trice** *adj/s* glorificador, -a; **~zione** *f* glorificación
glorioso, -a *adj* glorioso, -a
glossa *f* glosa; **~re** *vt* glosar; **~rio** (*pl* **-ri**) *m* glosario; **~tore, -trice** *m/f* glosador, -a
glossema *m ling* glossema; **~tica** *f ling* glosemática
glossite *f* glositis *inv*
glottide *f* glotis *inv*

glottolog|ia (*pl* **-gie**) *f* lingüística; **~ico, -a** (*m pl* **-ci**) *adj* lingüístico, -a; **~o, -a** (*m pl* **-gi**) *m/f* lingüista
glucagon *m inv biol* glucagón *m*
glucid|e *m* glúcido, glícido; **~na** V. **glicina**
glucosid|e (*var.* **glicoside**) *m quím* glucósido; **~o** *m* glucosa *f*
glutammato *m* glutamato
gluteo *m* glúteo, nalga *f*
glutine *m* gluten
glutinoso, -a *adj* glutinoso, -a
GMT (*Tempo Medio di Greenwich*) *abr* (*Hora aparente de Greenwich*) GMT
gnao (*var.* **gnau**) *onom* miau
gnaulare *vi* ‹*avere*› *zool* maullar
gneis *m inv geol* neis *mpl*
gneiss *m inv min* gneis
gnocchi *mpl gastr* ñoquis
gnom|ico, -a (*m pl* **-ci**) *adj* gnómico, -a; **~o** *m* gnomo; **~one** *m* gnomon
gnorri: fare lo ~ *vi* hacerse el sueco, hacerse el desentendido, hacerse el despistado
gnoseologia (*pl* **-gie**) *f* gnoseología
gnosi *f inv* gnosis
gnosti|cismo *m* gnosticismo; **~co, -a** (*m pl* **-ci**) *adj* gnostico, -a
gnu *m inv zool* ñu *m*
goal [gɔl] *m inv* gol *m*
gobb|a *f med* joroba, chepa (*coloq*); ***avere la ~*** *tener joroba*; *zool* joroba; *geogr* joroba, promontorio *m*; **~o, -a** *adj/s* jorobado, -a, giboso, -a
gobelin [go'blɛn] *m inv* gobelino *m*
gocci|a (*pl* **-ce**) *f* gota ◊ ***~ a ~ si scava la pietra*** quien la sigue la consigue; ***a ~ a ~*** *adv* gota a gota; ***la ~ che fa traboccare il vaso*** la gota que colma el vaso; ***neanche una ~*** *adv* ni gota; ***somigliarsi come due ~e d'acqua*** parecerse como dos gotas de agua; **~o** (*pl* **-ci**) *m* 1. gota *f*, sorbo; 2. copita *f*, trago
gocciola *f* 1. gota, gotita; 2. (*joya, lámpara*) lágrima
gocciolamento *m* goteo
gocciolare ‹*esd*› *vt/i* ‹*essere/avere*› gotear, chorrear; ***l'acqua è gocciolata per ore*** *el agua ha goteado durante horas*; ***il rubinetto ha gocciolato per ore*** *el grifo ha goteado durante horas*
gocciolatoio (*pl* **-oi**) *m arq* gotera *f*
gocciolio (*pl* **-lii**) *m* goteo
gocciolo *m* 1. gota *f*, sorbo; 2. copita *f*, trago ◊ ***non c'è più neanche un ~*** *coloq* no queda ni gota
gocciolone *m* goterón
godere ‹*godrò*› V. 40 **1.** *vi* ‹*avere*› gozar, disfrutar; ***godo nel vedervi così felici*** *disfruto viéndoos tan felices*; ***~ della fiducia di q*** *gozar de la confianza de alg*; **2.** *vt/* **~rsi** gozar *vi*, disfrutar *vi* (**qc** de u-c); ***godo una buona salute*** *disfruto de buena salud*; ***~rsi le vacanze*** *disfrutar de las vacaciones* ◊ **~rsela** disfrutar, regodearse, pasárselo bomba; **~ccio, -a** (*m pl* **-ci**, *f pl* **-ce**) *adj* placentero, -a
godibile *adj* gozable, disfrutable
godimento *m* goce, disfrute
godrò... V. **godere**
goffaggine *f* torpeza; ridiculez; **~o, -a** *adj* torpe, desmañado, -a; ridículo, -a
goffra|re *vt tecn* gofrar; **~tura** *f tecn* gofrado *m*
gogna *f hist* picota
go-kart [go'kart] *m inv* kart *m*
gol V. **goal**
gola *f* 1. *med* garganta; cuello *m*; 2. *geogr* garganta, desfiladero *m*, congosto *m*; 3. *relig* gula ◊ ***fino alla ~*** *adv* hasta el cuello; ***mal di ~*** *m* dolor de garganta; ***mentire per la ~*** mentir como un bellaco; ***raschiarsi la ~*** carraspear; ***ricacciare una ingiuria, un'offesa in ~ a q*** hacerle tragar a alg una ofensa
golden goal ['golden gɔl] *m inv sport* gol de oro *m*
goldoniano, -a *adj* goldoniano, -a
golead|a *f* goleada ◊ ***vincere di ~*** ganar por goleada; **~or** *m inv* goleador *m*
goletta *f nav* goleta
golf *m inv* 1. *sport* golf; 2. rebeca *f*, chaqueta de lana *f*; **~ista** *m/f sport* golfista; **~istico, -a** (*m pl* **-ci**) *adj* golfístico, -a; **~o** *m geogr* golfo
Golia *m hist* Goliat
goliard|ico, -a (*m pl* **-ci**) *adj* goliárdico, -a; **~o** *m* 1. *estud* tuno; 2. goliardo
golos|ità *f inv* glotonería *f*, gula *f*; **~o, -a** *adj/s* 1. goloso, -a, glotón, -ona; 2. ávido, -a, codicioso, -a
golp|e *m pol* golpe; **~ista** *m* golpista
gomena *f nav* maroma, amarra
gomit|ata *f* codazo *m*; **~iera** *f sport* codera
gomito *m med/tecn* codo ◊ ***alzare il ~*** empinar el codo; ***con i ~i/a forza di ~*** *adv* a codazos
gomitolo *m* ovillo
gomma *f* 1. *quím* goma; 2. (*borrar*) goma; 3. *auto* neumático *m*, rueda ◊ ***~ americana/da masticare*** chicle (*m*), goma de mascar; ***~ arabica*** goma arábiga; ***~ a terra*** rueda pinchada; ***forare una ~*** pincharse una rueda; **~gutta** *f* gutagamba; **~piuma** *f* gomaespuma; **~re** *vt* engomar
gommi|fero, -a *adj* gomífero, -a; **~ficio** (*pl* **-ci**) *m* fábrica de goma *f*; **~na** *f* (*pelo*) gomina; **~no** *m* tapón de goma; **~sta** *m/f* reparador, -a de neumáticos; vendedor, -a de neumáticos
gommo|ne *m* balsa neumática *f*; **~sità** *f inv* gomosidad *f*; **~so, -a** *adj* gomoso, -a
gonade *f biol* gónada
gondol|a *f* góndola; **~iere** *m* gondolero
gonfalon|e *m* gonfalón, confalón; **~iere** *m hist* gonfalonero, confaloniero
gonfiamento *m* 1. (*rueda, globo*) hinchado; 2. *raro* (*persona*) engreimiento; **~are 1.** *vt* hinchar, inflar; **2. ~rsi** 1. (*cosa*) hincharse, abombarse; 2. (*persona*) hincharse, envalentonarse; **~ato, -a** *adj* hinchado, -a; **~atoio** (*pl* **-oi**) *m* bombín; **~ezza** *f* 1. hinchazón; 2. *raro* ampulosidad; **~o, -a** (*m pl* **-fi**) *adj* 1. hinchado, -a; lleno, -a, rebo-

sante; 2. (*persona*) engreído, -a; 3. (*estilo*) ampuloso, -a ◊ ***sentire lo stomaco ~*** sentir pesadez de estómago; **~ore** *m med* hinchazón *f*; bulto, haba *f*

gong *m inv mús* gong *m*

gongolare ‹*esd*› *vi* ‹*avere*› exultar ◊ ***~ dalla gioia*** no caber en sí de alegría

gongoris|mo *m lit* gongorismo; **~ta** *m/f lit* gongorista

gonidio *m bot* gonidio

goniometro *m* goniómetro, graduador

gonn|a *f* falda ◊ ***~ a pieghe*** falda de tablas; ***~ pantalone*** falda pantalón; **~ella** *f* falda ◊ ***rincorrere le ~e/correre dietro le ~e*** ir detrás de las faldas, ser un donjuán; ***stare attaccato alle ~e della mamma*** estar pegado a las faldas de mamá

gono|cocco (*pl* **-chi**) *m* gonococo; **~rrea** *f* gonorrea

gonzo, -a *adj/s* bobo, -a, simple

gora *f* azud *m*, embalse *m*; acequia, canal *m*

gordiano, -a *adj* gordiano, -a

gorgheggiare *vi* ‹*avere*› gorjear, trinar

gorgheggio (*pl* **-gi**) *m* gorjeo, trino

gorgi|a (*pl* **-ge**) *f* gangueo *m* ◊ ***~ toscana*** *ling* ="pronunciación aspirada de las oclusivas sordas intervocálicas que se da en parte de la Toscana"; **~era** *f hist* (*armadura*) gorjal *m*, gola; (*adorno*) gola, gorguera

gorgo (*pl* **-ghi**) *m* 1. *geogr* pozo, poza *f*; remolino; 2. *fig* torbellino; ***il ~ della passione*** *el torbellino de la pasión*

gorgogl|iare *vi* ‹*avere*› borbollar, borbotar, burbujear; **~io** (*pl* **-gli**) *m* borbollón, borbotón; **~io** (*pl* **-glii**) *m* gorgoteo; **~ione** *m zool* gorgojo, pulgón

gorgone *f mitol* gorgona

gorgozzule *m irón* garguero, gañote, gaznate (*coloq*)

gorilla *m inv zool tamb. fig* gorila *m*

got|a *f elev* mejilla (*estánd*); **~ico, -a** (*m pl* **-ci**) *adj/m* gótico, -a ◊ ***~ fiammeggiante*** gótico flamígero; ***~ fiorito*** gótico florido; **~o** *m* godo

gotta *f med* gota; **~zza** *f nav* achicador *m*

gottoso, -a *adj med* gotoso, -a

govern|ante 1. *m/f pol* gobernante; **2.** *f* gobernanta, ama de llaves; institutriz; **~are** *vt* gobernar; **~ativo, -a** *adj* gubernativo, -a, gubernamental; **~atorato** *m* gobernación *f*; **~atore, -trice** *m/f* gobernador, -a; **~atoriale** *adj* gubernativo, -a, gubernamental; **~issimo** *m pol* gobierno de concentración; **~o** *m* gobierno ◊ ***~ di coalizione*** gobierno de coalición; ***~ fantasma*** gobierno fantasma; ***~ fantoccio*** gobierno títere; ***~ monocolore*** gobierno monocolor; ***~ ombra*** gobierno en la sombra; ***~ ponte*** gobierno puente

gozzo *m coloq* (*estómago*) buche; *med* bocio ◊ ***avere qc sul ~*** tener u-c atravesada en la garganta; **~viglia** *f* juerga, jarana; **~vigliare** *vi* ‹*avere*› ir de juerga, ir de parranda, jaranear

gozzuto, -a *adj* papudo, -a

g.p.m. (*giri per minuto*) *abr* (*revoluciones por minuto*) r.p.m.

GR (*Giornale Radio*) *abr* diario hablado

Graal *m hist* Grial

gracchi|are *vi* ‹*avere*› graznar; **~o** (*pl* **-chi**) *m* graznido

gracid|are ‹*esd*› *vi* ‹*avere*› *zool tamb. fig* croar; **~io** (*pl* **-dii**) *m* croar

gracil|e *adj* grácil; **~ità** *f inv* gracilidad *f*

gradass|ata *f desp* valentonada, chulería; **~o** *m desp* matón, chulo, valentón

gradatamente *adv* gradualmente, poco a poco

gradazione *f* gradación; (*alcohol*) graduación

gradevole *adj* agradable, grato, -a, placentero, -a

gradevolezza *f* deleite *m*, agrado *m*

gradi|mento *m* 1. agrado, gusto; ***questo è di mio ~*** *esto es de mi agrado*; 2. aprobación *f*, aceptación *f* ◊ ***indice di ~*** *m* grado de aceptación; **~nata** *f* 1. *arq* (*escalera*) escalinata; 2. (*estadio, teatro*) gradas *fpl*, graderío *m*, gradería; **~no** *m* escalón, peldaño; **~re** ‹*isc*› *vt* 1. aceptar, agradecer; ***voglia ~ i miei più sentiti auguri*** *acepte mi más sincera felicitación*; 2. apetecer, provocar (*Col*); ***gradisci un caffè?*** *¿te apetece un café?, ¿me dejas invitarte a un café?*; ***gradirei un bicchiere d'acqua*** *¿podría darme un vaso de agua?, ¿sería tan amable de darme un vaso de agua?*; **~to, -a** *adj* grato, -a, agradecido, -a

grado *m* grado ◊ ***~ comparativo, superlativo*** *ling* grado comparativo, superlativo; ***a ~ a ~*** *adv* grado a grado; ***al massimo ~/in sommo ~*** *adv* en grado sumo; ***andiamo per ~i*** vayamos por partes; ***di buon ~*** *adv* de buen grado, de buena gana; ***essere in ~ di fare qc*** ser capaz de hacer u-c, estar capacitado para hacer u-c; ***famiglia di primo ~*** *f* familia de primer grado, familia carnal; ***in sommo ~*** *adv* en grado sumo; ***ustioni di primo ~*** *mpl* quemaduras de primer grado

gradua|bile *adj* graduable; **~le** *adj* gradual, paulatino, -a; **~lismo** *m* gradualismo; **~lità** *f inv* gradualidad *f*; **~re** *vt tecn tamb. fig* graduar; **~to, -a 1.** *adj* graduado, -a; **2.** *m mil* graduado; **~toria** *f sport* clasificación; *adm* lista; **~zione** *f mil/mat* graduación

grafema *m* grafema

graffa *f* 1. *tecn* grapa; 2. *impr* llave, corchete *m*; **~re** *vt tecn* grapar; **~trice** *f tecn* grapadora

graffi|are *vt* arañar; (*pared*) rascar; **~ata** *f* (*acción*) arañazo *m*; (*resultado*) arañazo *m*, rasguño *m*; **~atura** *f* rasguño *m*, arañazo *m*; **~o** (*pl* **-fi**) *m* 1. rasguño; 2. *tecn* grafio; **~to 1.** *m* grafito; **2.** *mpl* graffiti *m(pl)*, pintada *f*

grafi|a *f* grafía; **~ca** *f* tipografía; **~co, -a** (*m pl* **-ci**) **1.** *adj* gráfico, -a; **2.** *m mat* gráfico, gráfica *f*; **3.** *m/f* grafista; **~te** *f* grafito *m*

grafologi|a (*pl* **-gie**) *f* grafología; **~ico, -a** (*m pl* **-ci**) *adj* grafológico, -a; **~o, -a** (*m pl* **-gi**) *m/f* grafólogo, -a

gramaglie: in ~ *adv* de luto

gramigna *f bot* grama
graminacele *fpl bot* gramíneas; **~o, -a** *adj bot* gramíneo, -a
grammaestro V. **gran maestro**
grammaticla *f* gramática; **~ale** *adj* gramatical; **~alizzazione** *f* gramaticalización; **~o, -a** (*m pl* **-ci**) *adj/s* gramático, -a
grammo *m* gramo; **~fono** *m* gramófono, fonógrafo
gramo, -a *adj* triste, mísero, -a
gran V. **grande**
grana 1. *f* 1. *zool* grana, cochinilla; 2. (*color*) grana; 3. *foto/min* grano *m*; 4. fastidio *m*, molestia, gaita; 5. *jerga* (*dinero*) pasta, guita, parné *m*; **2.** *m* ="queso similar al parmesano" *m* ◊ ***essere pieno di ~e*** estar cargado de problemas; ***grana padano*** *m* ="queso similar al parmesano"; **~glie** *fpl* cereales *mpl*, granos *mpl*; **~io** (*pl* **-ai**) *m* granero, hórreo (*reg*); **~rio, -a** (*m pl* **-ri**) *adj* granario, -a
granatla 1. *f* 1. escobón *m*; 2. *bot/mil* granada; **2.** *adj inv* granate; **~iere** *m mil* granadero; **~o, -a 1.** *adj* granado, -a; **2.** *m bot* granado
Gran Bretagna *f* Gran Bretaña
grancassa *f mús* bombo *m* ◊ ***battere la ~*** anunciar a bombo y platillo
grancevola *f zool* centollo *m*, centolla
granché *m inv* gran cosa *f* ◊ ***non è un ~*** no es nada del otro mundo, no es nada del otro jueves
granchio (*pl* **-chi**) *m* 1. *zool* cangrejo; 2. equivocación *f*, metedura de pata *f* ◊ ***prendere un ~*** meter la pata
grand' V. **grande**
grandangolare *m foto* gran angular
grande 1. *adj* gran, grande; ***gran libro, grand'uomo, grande signore*** *gran libro, gran hombre, gran señor*; ***libro ~*** *libro grande*; (*edad*) mayor; ***signore ~*** *señor mayor*; **2.** *m/f* grande, mayor; ***quando i ~i parlano*** *cuando hablan los mayores*; **3.** *m* grande; *hist* Grande (de España) ◊ ***fare le cose in ~*** hacer las cosas a lo grande; **~ggiare** *vi* ‹*avere*› 1. *arq* destacar, sobresalir; 2. pavonearse; **~zza** *f* 1. tamaño *m*; ***misurare la ~ di qc*** *medir el tamaño de u-c*; 2. *fig* grandeza; ***la ~ dell'eroe*** *la grandeza del héroe* ◊ ***~ d'animo*** grandeza de ánimo; ***manie di ~*** *fpl* delirios de grandeza (*mpl*)
grandiglione, -a *m/f coloq* grandullón, -ona
grandiloquenlte *adj* grandilocuente; **~za** *f* grandilocuencia
grandinalre ‹*esd*› **1.** *v/impers* ‹*avere/essere*› *meteo* granizar; **2.** *vi fig* llover, caer; ***grandinano oggetti*** *llueven objetos*; **~ta** *f* granizada
grandine *f* granizo *m* (!), pedrisco *m*
grandioslità *f inv* grandiosidad *f*, magnificencia *f*; **~o, -a** *adj* grandioso, -a, imponente
grandissimo, -a *adj* grandísimo, -a, enorme
granduca (*f* **-duchessa**) *m/f* gran duque *m*, gran duquesa *f*; **~le** *adj* del gran ducado, ducal; **~to** *m* gran ducado
granello *m* 1. grano; granito; 2. mota *f*, brizna *f*
granicolo, -a *adj* cerealístico, -a
granicoltura *f* cerealicultura, cultivo del grano *m*
granire ‹*isc*› *vi bot* granar
granitla *f gastr* granizado *m*, granizada (*Am*); **~ico, -a** (*m pl* **-ci**) *adj* granítico, -a; **~o, -a 1.** *adj bot tamb. fig* granado, -a; **2.** *m geol* granito
gran maestro *m* gran maestre
grano *m* 1. *bot* grano, trigo; 2. (*partícula*) grano ◊ ***~ saraceno*** *bot* alforfón, alforjón
granturco (*pl* **-chi**) (*var.* **granoturco**) *m bot* maíz
granulalre ‹*esd*› **1.** *vt* granular; **2.** *adj* granular; **~zione** *f* granulación
granulo *m* gránulo; **~cito** (*var.* **granulocita**) *m biol* granulocito; **~ma** *m* granuloma; **~sità** *f inv* granulosidad *f*; **~so, -a** *adj* granuloso, -a
grappla *f* 1. *tecn* gafa, grapa; 2. (*aguardiente*) orujo *m*; **~ette** *fpl sport* clavos *mpl*; **~ino** *m* 1. *nav* garfio; 2. *coloq* (*de grappa*) copichuela *f*, copita *f*
grappolo *m bot tamb. fig* racimo
grassalggio (*pl* **-gi**) *m mec* engrase; **~tore** *m* atracador, salteador
grasseltto *m impr* negrita *f*; **~zza** *f* gordura
grasso, -a 1. *adj* 1. *med* gordo, -a; (*piel*) graso, -a; *gastr/quím/bot* graso, -a; 2. *agric* fértil, pingüe; rico, -a, pingüe; ***un'annata ~a*** *un buen año, un año de abundancia*; ***fare ~i guadagni*** *tener pingües beneficios*; 3. grosero, -a, indecente; **2.** *m* grasa *f* (!) ◊ ***~ vegetale*** grasa vegetal; ***martedì ~*** *m* martes de carnaval; ***piante ~e*** *fpl* plantas grasas; ***settimana ~a*** *f* última semana de carnaval; **~ccio, -a** (*m pl* **-ci**, *f pl* **-ce**) *adj* rollizo, -a, regordete, rellenito, -a; **~ne, -a** *m/f* gordinflón, -ona
grata *f* reja, rejilla
gratella *f gastr* parrilla
graticcio (*pl* **-ci**) *m* cañizo
graticola *f* 1. *gastr* parrilla; 2. (*red*) rejilla; 3. (*dibujo*) cuadrícula
graticolato *m* enrejado
gratifica *f* gratificación, plus *m*
gratificante *adj* gratificante
gratificare ‹*esd*› *vt* gratificar
gratificazione *f* gratificación
gratin [gra'tɛn] *m inv* gratinado *m* ◊ ***al ~*** *adj* gratinado; **~are** *vt gastr* gratinar
gratis *adv* gratis ◊ ***~ et amore Dei*** por amor al arte, por la cara (*coloq*)
gratitudine *f* gratitud, agradecimiento *m*, reconocimiento *m* ◊ ***provare ~ nei confronti di q*** estarle reconocido a alg
grato, -a *adj* 1. grato, -a, agradable; 2. agradecido, -a, reconocido, -a; ***essere ~ a q*** *estar agradecido a alg*
grattalcapo *m* quebradero de cabeza; **~cielo** *m arq* rascacielos *inv*; **~ e vinci** *m inv* rasca rasca, lotería instantánea *f*; **~re 1.** *vt* rascar; **2.** *vi* ‹*avere*› chirriar; *auto coloq* rascar; **~ta** *f* rascada, rascamiento *m*; *auto coloq* rascada; **~to, -a** *adj* rascado, -a; *gastr* (*pan*) rallado, -a
grattino *m* raspador

grattugi|a (*pl* **-gie**) *f gastr* rallador *m*; **~are** *vt gastr* rallar

gratuità *f inv com tamb. fig* gratuidad *f*

gratuito, -a *adj com tamb. fig* gratuito, -a

grava|bile *adj* gravable; **~me** *m* 1. gravamen, carga *f*; 2. *jur* impugnación *f*; **~re** *vt* gravar, cargar ◊ **~ *la mano su q*** cargar las tintas contra alg

grave *adj* 1. *tamb. fig* grave; 2. *mús* grave, bajo, -a; 3. *ling* (*acento*) grave ◊ ***accento* ~** *m ling* acento grave; ***essere* ~** *med* estar grave

gravi|danza *f* embarazo *m*, **~do, -a** *adj* 1. (*sólo f*) embarazada, preñada (*coloq*); 2. *fig* grávido, -a (**di** de), cargado, -a (**di** de); **~metria** *f* gravimetría

gravit|à *f inv fís/mús tamb. fig* gravedad *f*; **~are** ‹*esd*› *vi* ‹*avere/essere*› gravitar; **~azionale** *adj* gravitacional; **~azione** *f* gravitación

gravos|ità *f inv* pesadez *f*, peso *m*; **~o, -a** *adj* gravoso, -a, oneroso, -a, costoso, -a

grazia *f* 1. gracia, armonía; 2. gracia, donaire *m*, gracejo *m*; 3. *jur/relig* gracia ◊ ***~e a*** *prep* gracias a, merced a (*elev*); ***concedere la* ~** *jur* conceder la gracia; ***colpo di* ~** *m mil tamb. fig* golpe de gracia, puntilla; ***essere nelle ~e di q*** gozar del favor de alg, caer en gracia a alg; ***nell'anno di ~...*** *adv* en el año de gracia de...; ***per ~ ricevuta*** *adv* por gracia recibida, por favor recibido; ***rendere ~e a Dio*** dar gracias a Dios; **~re** *vt* 1. amnistiar; conmutar la pena; 2. perdonar; **~to, -a** *m/f* amnistiado, -a

grazie *excl* ¡gracias! ◊ **~ *tante/mille!, tante/mille* ~** ¡muchas gracias!

Grazie *fpl mitol* Gracias

grazios|ità *f inv* graciosidad *f*; **~o, -a** *adj* 1. agraciado, -a (!), lindo, -a, mono, -a; 2. agradable

greca *f arq* greca; **~le** *m meteo* gregal

Grecia: la ~ *f* Grecia

grecis|mo *m* grecismo, helenismo; **~ta** *m/f* helenista

grecità *f inv* helenismo *m*

grecizza|nte *adj* helenizante; **~re** *vt* grecizar, helenizar

greco, -a (*m pl* **-ci**) **1.** *adj/s* griego, -a; **2.** *m* 1. *ling* griego; 2. *meteo* gregal; **~-romano, -a** (*var.* **grecoromano**) *adj* grecorromano, -a

greenkeeper [grin'kiper] *m inv sport* (*golf*) green keeper

gregari|o, -a (*m pl* **-ri**) **1.** *adj* gregario, -a; **2.** *m sport* (*ciclismo*) gregario, doméstico; **~smo** *m* gregarismo, borreguismo (*desp*)

gregg|e *m zool tamb. fig* rebaño, manada *f*, grey *f* (*elev*) (!); *relig* rebaño, grey *f* (!); **~io, -a** (*m pl* **-gi**) **1.** *adj* crudo, -a; (*tela, fig*) basto, -a; *min* en bruto; **2.** *m* (*petróleo*) crudo ◊ ***allo stato* ~** *adj* en bruto

gregoriano, -a *adj* gregoriano, -a

grembiul|e (*var.* **grembiale**) *m* 1. delantal, mandil; 2. (*niños...*) babero; **~o** *m* regazo; seno; *fig* vientre; ***il* ~ *materno*** *el vientre materno* ◊ ***nel* ~ *di*** *prep* en el seno de

gremire ‹*isc*› *vt* atestar, abarrotar; ***i giovani gremivano la piazza*** *los jóvenes atestaban la plaza*

greppia *f* pesebre *m*

grès [grɛs] *m inv* gres

greto *m* arenal

grett|ezza *f* mezquindad, cortedad de miras; **~o, -a** *adj* 1. mezquino, -a, corto, -a de miras; 2. tacaño, -a, avaro, -a

grezzo V. **greggio**

grida *f* bando *m*; **~re** *vt/i* ‹*avere*› gritar

gridio (*pl* **-dii**) *m* griterío, vocerío

grido (*pl (1)* **le grida**, *pl (2)* **i gridi**) *m* 1. (*persona*) grito, chillido, alarido, voz *f*; 2. (*animal*) grito ◊ **~ *di guerra*** grito de guerra; ***di* ~** *adj* famoso

grifo *m zool* belfo; **~ne** *m* 1. *zool* buitre; 2. *zool* (*perro*) grifón; 3. *mitol* hipogrifo

grigiastro, -a *adj* grisáceo, -a

grigio, -a (*m pl* **-gi**) *adj/m tamb. fig* gris; **~ne, -a** *adj/s* grisón, -ona; **~re** *m* 1. gris, grisura *f* (*elev*); 2. mediocridad *f*, monotonía *f*; **~verde** (*pl* **-i**) *adj/m* verde grisáceo; caqui

griglia *f* 1. *gastr* plancha, parrilla; ***bistecca alla* ~** *filete a la plancha*; 2. *sport* parrilla; 3. *arq/mec* rejilla ◊ **~ *dei risultati*** parrilla/panel de resultados; **~ *del radiatore*** *auto* rejilla del radiador; **~ta** *f gastr* parrillada

grill *m inv* grill *m*, parrilla *f*; **~are** *vi* ‹*avere*› (*aceite*) chisporrotear; **~etto** *m mil* gatillo

grillo *m* 1. *zool* grillo; 2. capricho ◊ **~ *parlante*** Pepito Grillo; ***avere ~i per la testa*** tener la cabeza llena de pájaros; ***cervello di* ~** *m* cabeza de chorlito; ***indovinala, ~!*** ¡a saber cómo acaba!; ***saltare come un* ~** saltar como un niño; **~talpa** *m/f zool* cortón *m*; **~tti** *mpl mil* entorchado *m*

grimaldello *m* ganzúa *f*

grimpeur [grem'pør] *m inv sport* grimpeur

grinfia *f zool* zarpa, garra ◊ ***cadere nelle ~e di q*** caer en las garras de alg

grinta *f* 1. cara de pocos amigos; 2. (*valentía*) arrojo *m*, coraje *m*

grinz|a *f* arruga ◊ ***il ragionamento non fa una* ~** el razonamiento es impecable; **~osità** *f inv* rugosidad *f*; **~oso, -a** *adj* arrugado, -a, rugoso, -a

grippa|ggio (*pl* **-gi**) *m* gripaje; **~re 1.** *vt* gripar; **2.** *vi* ‹*avere*› griparse

grisaille [gri'zaj] *f arte* grisalla

grisou [gri'su] *m inv* grisú *m*

grissino *m gastr* colín, rosquilleta delgada *f*, grisín

gromma *f* (*tonel*) sarro *m*

gronda *f arq* alero *m*, canalón *m*; gotera; **~ia** *f arq* gotera; **~re** *vi* ‹*avere*› chorrear

grongo (*pl* **-ghi**) *m zool* congrio

gropp|a *f zool* grupa; **~o** *m* enredo, maraña *f*, ovillo ◊ ***avere un ~ alla gola*** tener un nudo en la garganta; **~one** *m coloq* espalda *f*, espinazo, lomo ◊ ***piegare il* ~** doblar el espinazo

gros-grain [gro'grɛn] *m inv* (*en la cinturilla de la falda*) gros-grain

grossa *f* (*medida*) gruesa ◊ ***dormire della ~*** dormir como un lirón

grossezza *f* 1. grosor *m*, grueso *m*; 2. gordura

grossista *m/f com* mayorista

grosso, -a 1. *adj* 1. grande; ***un ~ pacco*** *un gran paquete*; 2. grueso, -a, gordo, -a; 3. (*importante*) gordo, -a, poderoso, -a, potente; ***un ~ industriale*** *un importante/poderoso industrial*; 4. grosero, -a, basto, -a; ***una ~a bugia*** *una mentira gorda*; **2.** *m* grueso; ***il ~ dell'esercito*** *el grueso del ejército*; la mayor parte *f* ◊ ***~ modo*** grosso modo, aproximadamente; ***berle ~e*** comulgar con ruedas de molino; ***dirle/spararle ~e*** *coloq* soltarlas gordas; ***l'ho fatta ~a!*** ¡la que he armado!, ¡buena la he hecho!; ***sbagliarsi di ~*** equivocarse de medio a medio; ***un pezzo ~*** *m* un pez gordo; **~lanità** *f inv* chabacanería *f*, rudeza *f*; ordinariez *f*, grosería *f*, **~lano, -a** *adj* basto, -a, chabacano, -a, grosero, -a, soez; **~modo** (*var.* **grosso modo**) *adv* grosso modo

grott|a *f* gruta, cueva, caverna; **~esco, -a** (*m pl* **-chi**) *adj* grotesco, -a

ground zero [grawn'ziro] *m inv* zona cero *f*

grovi|era *m/f gastr* (queso) gruyère *m*; **~glio** (*pl* **-gli**) *m* 1. ovillo; 2. enredo, intriga *f*

gru *f inv* 1. *zool* grulla *f*; 2. *tecn/auto/cine* grúa *f*

grucci|a (*pl* **-ce**) *f* 1. *med* muleta; 2. percha, colgador *m*; **~one** *m zool* abejaruco

grufol|are ‹*esd*› *vi* ‹*avere*› 1. *zool* hozar; 2. (*persona*) comer como un cerdo

grugn|ire ‹*isc*› **1.** *vi* ‹*avere*› *zool* gruñir; **2.** *vt* (*palabras*) escupir, soltar; **~ito** *m* gruñido; **~o** *m* 1. *zool* (*cerdo*) morro, hocico; *desp* (*persona*) morro(s) *m(pl)*; 2. mala cara *f* ◊ ***rompere il ~ a q*** romperle/partirle la cara/los morros a alg

grullo, -a *adj/s* bobalicón, -ona, crédulo, -a, tontorrón, -ona

grumo *m* grumo

grupp|etto *m* 1. grupito; 2. *mús* grupeto; **~o** *m* grupo ◊ ***~ sanguigno*** grupo sanguíneo; ***tirare il ~*** *sport* (*ciclismo*) tirar del pelotón; **~uscolo** *m* grupúsculo

gruviera V. **groviera**

gruzzolo *m* suma *f*, pesetillas *fpl* (*coloq*), cuartos *mpl* (*coloq*) ◊ ***mettere insieme un bel ~*** juntar un buen pico de dinero

GU (*Gazzetta Ufficiale*) *abr* (*Boletín Oficial del Estado*) BOE (*Esp*)

guadagn|are 1. *vt* ganar; granjearse; **2.** *vi tamb. fig* ganar; ***guadagna molto con quel colore*** *gana mucho con aquel color* ◊ ***~ per vivere*** ganarse la vida; ***~rsi la vita/il pane*** ganarse la vida/el pan; **~o** *m* ganancia *f*, beneficio ◊ ***~ lordo, netto*** beneficio bruto, neto

guadare *vt* vadear

guado *m* vado ◊ ***passare a ~*** vadear

guai! *excl* ¡ay!; ***~ a voi se non è vero!*** *¡ay de vosotros si no es verdad!*

guaiaco (*pl* **-chi**) *m* guayaco; **~lo** *m quím* guayacol

guaiava *f bot* (*árbol*) guayabo *m*; (*fruto*) guayaba

guaina *f* 1. (*espada*) vaina; funda; 2. *bot* vaina; 3. (*de mujer*) faja

guaio (*pl* **guai**) *m* problema, dificultad *f*, aprieto, apuro ◊ ***che ~!*** ¡qué lata!; ***il ~ è che...*** el problema es que..., lo malo es que...; ***ficcarsi nei ~i*** meterse en dificultades, meterse en camisa de once varas; ***trovarsi nei ~i*** estar en dificultades, estar en un aprieto/apuro

guaire ‹*isc*› *vi* ‹*avere*› gañir, gemir

guaito *m* gañido, gemido

gualchi|are *vt* batanar; **~era** *f* batán *m*

gualdrappa *f* gualdrapa

guanaco (*pl* **-chi**) *m zool* guanaco

guancia (*pl* **-ce**) *f* mejilla, carrillo *m*; **~le** *m* almohada *f* ◊ ***dormire tra due ~i*** dormir a pierna suelta, soñar con los angelitos

guano *m* guano

guant|aio, -a (*m pl* **-ai**) *m/f* guantero, -a; **~iera** *f* guantera; **~o** *m* 1. guante; 2. *coloq* (*condón*) goma *f*, chubasquero ◊ ***calzare come un ~*** venir como anillo al dedo; ***gettare, raccogliere il ~*** arrojar, recoger el guante; **~one** *m sport* guante

guappo, -a *adj/m merid* (*Nápoles*) matón, -ona, chulo, -a

guaranì *adj/s inv* guaraní *adj/s*

guarda|barriere *m inv* guardabarrera *m*; **~boschi** *m inv* guardabosque, guardabosques; **~caccia** *m inv* guardia forestal *m*; **~coste** (*var.* **guardiacoste**) *m inv* guardacostas; **~freni** *m/f* guardafrenos; **~linee** *m inv sport* juez de línea *m*, linier *m*; **~re 1.** *vt* mirar (!); **2.** *vi* ‹*avere*› mirar (!); (*ventana, edificio*) dar; **3. ~rsi** guardarse, cuidarse; ***~ dal fare qc*** *guardarse/abstenerse de hacer u-c* ◊ ***~ in faccia*** mirar a la cara; ***~ q dall'alto in basso*** mirar a alg de arriba abajo; ***Dio ce ne guardi!*** ¡Dios nos libre!; ***guarda un po'!*** ¡mira por dónde!, ¡vaya!; ***guardate ai fatti vostri*** meteos en vuestros asuntos; ***non ~ a spese*** no reparar en gastos; **~roba** *m inv* guardarropa; *teat* guardarropía *f*; **~robiere, -a** *m/f* encargado, -a del guardarropa; **~scambi** *m/f inv* guardagujas; **~sigilli** *m inv* 1. *adm* notario mayor del reino *m*; ministro de justicia *m*; 2. guardasellos; **~ta** *f* mirada, ojeada; **~via** *f inv* quitamiedos *m inv* (*coloq*)

guardia *f* 1. (*vigilancia*) guardia; 2. (*policía*) guardia *m/f* (!), agente *m/f* (!); 3. *impr* guarda, anteportada; 4. *sport* guardia; 5. (*nivel de un río*) límite *m*, raya ◊ ***~ del corpo*** guardaespaldas (*m inv*); ***~ di finanza*** *mil* cuerpo de vigilancia aduanera (*m*); ***~ forestale*** agente forestal (*m*); ***~ giurata*** guardia jurado *m*; ***~ medica*** servicio médico urgente (*m*), urgencias (*fpl*); ***~ notturna*** vigilante nocturno (*m*); ***abbassare la ~*** *tamb. fig* bajar la guardia; ***corpo di ~*** *m* cuerpo de guardia; ***fare la ~*** hacer guardia; ***in ~!*** ¡en guardia!; ***limite di ~*** *m* (*río*) nivel de alerta; ***medico di ~*** *m* médico de guardia; ***mettere in ~*** poner en guardia; ***stare in ~*** estar alerta, estar en guardia; ***vecchia ~*** *f* vieja guardia; **~coste** V. **guar-**

dacoste; **~marina** *m inv* guardiamarina *m*; **~no** *m* guardián, vigilante; *relig* guardián
guardina *f* calabozo *m*, depósito carcelario *m*
guardinfante *m* miriñaque, tontillo
guardingo, -a (*m pl* **-ghi**) *adj* cauto, -a, receloso, -a, desconfiado, -a
guardiola *f* garita
guardone *m desp* mirón, voyeur
guardrail [gard'rɛjl, gward'rɛjl] *m inv* quitamiedos (*coloq*)
guarentigia (*pl* **-ge/-gie**) *f jur* garantía ◊ ***~e costituzionali*** garantías constitucionales
guari|gione *f* curación, cura; **~re** ‹*isc*› **1.** *vt* curar, sanar; **2.** *vi* curarse, sanar; **~tore, -trice** *m/f* curandero, -a
guarni|gione *f mil* guarnición; **~re** ‹*isc*› *vt* guarnecer; **~zione** *f* guarnición; (*puertas, ventanas...*) burlete *m*
Guascogna *f geogr* Gascuña
guast|afeste *m/f inv* aguafiestas; **~are** *vt* 1. estropear; *mec* estropear, averiar; 2. (*fiesta*) estropear, aguar, desbaratar; (*amistad*) romper; **~o, -a** **1.** *adj* 1. estropeado, -a; ***frutta ~a*** *fruta estropeada*; *mec* estropeado, -a, averiado, -a; *med* (*diente*) cariado, -a; (*estómago*) revuelto; 2. corrompido, -a, corrupto, -a; **2.** *m* estropicio, desperfecto, desaguisado; *mec* avería *f*
Guatemal|a: il ~ *m* Guatemala; ***~teco, -a** (*m pl* **-chi**) *adj/s* guatemalteco, -a
guazz|a *f* rocío *m*, relente *m*; **~abuglio** (*pl* **-gli**) *m* batiburrillo, revoltillo; (*palabras*) galimatías *mpl*; **~o** *m* 1. charco; 2. *arte* aguada *f*, guache
guelfo, -a *adj/s hist ant* (*Italia*) güelfo, -a
guercio, -a (*m pl* **-ci**, *f pl* **-ce**) *adj/s* 1. bizco, -a; 2. (*sin un ojo*) tuerto, -a
guerra *f* guerra ◊ ***~ atomica*** guerra atómica; ***~ batteriologica*** guerra bacteriológica; ***~ chimica*** guerra química; ***~ civile*** guerra civil; ***~ fredda*** guerra fría; ***~ lampo*** guerra relámpago; ***~ preventiva*** guerra preventiva; ***~e stellari*** guerra de las galaxias; ***entrare in ~*** entrar en guerra; ***essere sul piede di ~*** estar en pie de guerra; **~fondaio, -a** (*m pl* **-ai**) *adj/s* belicista
guerre|ggiare *vi* ‹*avere*› guerrear, batallar; **~sco, -a** (*m pl* **-chi**) *adj* guerrero, -a
guerri|ero, -a *adj/s* guerrero, -a; **~glia** *f* guerrilla; **~gliero, -a** *m/f* guerrillero, -a
gufo *m* 1. *zool* búho; 2. (*persona*) solitario, -a *m/f*
guglia *f arq* pináculo *m*
guida *f* 1. *auto* conducción; 2. (*turismo: persona*) guía *m/f* (!), cicerone *m/f*; (*libro*) guía; 3. *tecn* guía, riel *m*; 4. *fig* (*persona*) guía, maestro *m*; (*cosa*) guía, norte *m*, pauta ◊ ***~ alpina*** guía de montaña (*m*); ***~ telefonica*** guía de teléfonos, listín de teléfonos (*m*), directorio (*m Am*); ***patente di ~*** *f* permiso de conducir (*m*); ***posto di ~*** *m* asiento del conductor; ***scuola ~*** *f* autoescuela; **~lesco** (*pl* **-schi**) *m* matadura *f*; **~re** *vt* 1. *auto* conducir, manejar (*Am*); *aero/nav* tripular; 2. (*dirigir*) guiar, conducir; **~tore, -trice** *m/f* *auto* conductor, -a ◊ ***~ della domenica*** dominguero
guiderdone *m elev* galardón, recompensa *f*
guidone *m mil* banderín
guinzaglio (*pl* **-gli**) *m* (*perro*) correa *f*, cadena *f* ◊ ***tenere q al ~*** tener a alg bien sujeto
guipure [gi'pyr] *f inv* (*encaje*) guipur *m* (!)
guisa *f* guisa, manera ◊ ***a ~ di*** *prep* a guisa de; ***in/di ~ che*** *conj* de tal guisa que
guitto, -a **1.** *adj* miserable, desharrapado, -a; **2.** *m/f teat desp* cómico, -a de la legua
guizz|ante *adj* escurridizo, -a; **~are** *vi* escurrirse, deslizarse ◊ ***~ via*** escabullirse, largarse; **~o** *m* 1. (*movimiento rapidísimo*) salto, bote; 2. (*llama*) resplandor
guru *m inv relig tamb. fig* gurú *m*
guscio (*pl* **-sci**) *m zool/bot* cáscara *f* ◊ ***~ di noce*** *nav* cascarón; ***chiudersi nel ~*** encerrarse en su caparazón, encerrarse en sí mismo; ***uscire dal ~*** *tamb. fig* salir del huevo
gust|are **1.** *vt* gustar, probar; saborear, paladear; **2.** *vi* gustar; **~ativo, -a** *adj* gustativo, -a ◊ ***papille ~e*** *fpl* papilas gustativas; **~o** *m* 1. gusto; buen gusto; ***persona di ~*** *persona de buen gusto*; 2. (*helado...*) sabor; ***gelato al ~ di limone*** *helado de (sabor de) limón* ◊ ***avere buon ~, vestire con ~*** tener buen gusto, vestir con gusto; ***(lavorare, mangiare, ridere) di ~*** (trabajar, comer, reír) a gusto; ***di dubbio ~*** *adj* de dudoso gusto; ***di pessimo ~*** *adj* de pésimo gusto; ***non è di mio ~*** no es de mi agrado; ***prenderci ~*** tomarle gusto (a u-c), acostumbrarse (a u-c); ***provare ~ a fare qc*** dar gusto hacer u-c; ***scherzo di cattivo ~*** *m* broma de mal gusto (*f*); ***togliersi il ~*** darse el gusto/gustazo; ***tutti i ~i son ~i*** sobre gustos no hay nada escrito; **~oso, -a** *adj* 1. gustoso, -a, sabroso, -a, suculento, -a; 2. agradable
guttaperca *f* gutapercha
guttural|e *adj* gutural; **~izzazione** *f ling* guturalización
GV (*Grande Velocità*) *abr* (*Gran Velocidad*) GV

H

h ['akka] (*1. ora 2. etto*) *abr* 1. (*hora*) h.; 2. (*hectogramo*) Hg.
ha V. **avere**
habeas corpus ['abeas 'kɔrpus] *m inv jur* habeas corpus
habitat *m inv biol tamb. fig* hábitat *m*
habitué *m inv* habitual *m*, parroquiano *m*, asiduo *m*
habitus *m inv biol* fenotipo *m*
hacker ['aker] *m/f inv informát* hacker *m/f*; **~aggio** [ake'raddʒo] (*pl* **-gi**) *m informát* actividad del hacker; **~are** [ake'rare] *vt informát* hackear
hai V. **avere**
hall [ɔl] *f inv* hall *m* (!), vestíbulo *m*, entrada *f*

hamburger *m inv gastr* hamburguesa *f*
hamburgheria *f* hamburguesería
handicap ['ɛndikap] *m inv* 1. *sport* handicap; 2. *med* minusvalía *f*, discapacidad *f*; 3. desventaja *f*, dificultad *f* ◊ ***portatore, -trice di ~*** *m/f adm* minusválido, -a, discapacitado, -a
handicappa|re [endikap'pare, andikap'pare] *vt* 1. *sport* fijar el handicap; 2. incapacitar; **~to, -a** [en dikap'pato, andikap'pato] *adj/s* 1. minusválido, -a, discapacitado, -a físico, -a; 2. disminuido, -a psíquico, -a, discapacitado, -a psíquico, -a, subnormal (*desp*)
hangar *m inv* hangar *m*
hanno V. **avere**
happening ['ɛppenin] *m inv* happening *m*
harakiri *m inv* haraquiri *m*
hard-core [ard'kɔr] *adj inv cine* de porno duro
hard top [ard'tɔp] *m inv* capota dura *f*
hardware ['ardwer] *m inv informát* hardware
harem (*var.* **harem**) *m inv* harén *m*, serrallo *m*
harmonium V. **armonium**
hascisc ['aʃʃiʃ, aʃ'ʃiʃ] *m inv* hachís
hashimita *adj/s* hachemita
haute [ot] *f inv* alta sociedad *f*; **~-couture** ['ot ku'tyr] *f inv* alta costura *f*
henna *f bot/quím* henna
herpes *m inv med* herpes
hertz *m inv fís* hercio *m*, hertz *m*
hg (*ettogrammo*) *abr* (*hectogramo*) Hg.
hi-fi (*High-Fidelity*) *abr* hi-fi
high-fidelity ['ai fi'dɛliti] *f inv* alta fidelidad *f*, hi-fi
high society ['ai so'sajti] *f inv* alta sociedad *f*
himalaiano, -a (*var.* **himalayano**) *adj/s* himalayo, -a
hinterland ['interland] *m inv* extrarradio *m*, afueras *fpl*
hippie ['ippi] (*var.* **hippy**) *adj/s inv* hippy *adj/s*, hippie *adj/s*
hit [it] *m inv mús* gran éxito *m*, éxito de ventas *m*, superventas
hitleriano, -a *adj hist* hitleriano, -a
hl (*ettolitro*) *abr* (*hectolitro*) Hl.
ho V. **avere**
hobby ['ɔbbi] *m inv* hobby *m*, afición *f*
hockey ['ɔkej] *m inv sport* hockey ◊ ***~ su ghiaccio, su prato, su pista*** hockey sobre hielo, hierba, patines/ruedas
holding ['ɔldin] *f inv* holding *m*, grupo (de empresas) *m*
hollywoodiano, -a [ollivu'djano] *adj/s* hollywoodiense
holter *m inv med* holter *m*
home cinema ['om 'tʃinema] *m inv* cine en casa *m*
home page ['ɔm 'pɛjdʒ] *m inv* página de inicio *f*, home page *f inv*
Hondur|as: l'~ *m* Honduras; ***~egno, -a** (*var.* **onduregno**) *adj/s* hondureño, -a
host [ɔst] *m inv informát* anfitrión *m*
hostess ['ɔstes] *f inv* (*aero, congresos*) azafata *f*
hosting ['ɔstin] *m inv informát* alojamiento *m*, hosting
hotel *m inv* hotel *m*
hot pants ['ɔt 'pɛnts] *mpl* hot pants
hovercraft ['ɔverkraft] *m inv* hovercraft, aerodeslizador *m*
humour ['jumor] *m inv* humor *m*, sentido del humor *m* ◊ ***avere ~*** tener sentido del humor
humus *m/f inv bot* humus *m inv*, mantillo *m*
Hz (*hertz*) *abr* (*hercio*) Hz

I

iat|ale *adj med* hiatal; **~o** *m ling tamb. fig* hiato
iattanza *f* jactancia
ib. (*var.* **ibid.**) (*ibidem*) *abr* (*ibídem*) Ib., Ibíd.
Iberi|a *f geogr* Iberia; ***~co, -a** (*m pl* **-ci**) *adj* ibérico, -a
iberna|re *vt/i* ‹*avere*› hibernar; **~zione** *f* hibernación
ibero, -a *m/f* ibero, -a, íbero, -a
ibi (*var.* **ibis**) *m inv zool* ibis *f*
ibid. V. **ib.**
ibisco (*pl* **-schi**) *m bot* hibiscus
ibrido, -a *adj/m* híbrido, -a; **~ma** *m biol* hibridoma
iceberg ['aizberg] *m inv* iceberg *m*
icona *f* icono *m*
icono|clasta *adj/s* iconoclasta; **~grafia** *f* iconografía; **~latria** *f relig* iconolatría; **~scopio** *m TV* iconoscopio
ics *m/f inv* (*letra*) equis *f*
ictlio|si *f med* ictiosis; **~us** *m inv med/lit/mús* ictus
id. (*idem*) *abr* (*ídem*) id.
Iddio V. **Dio**
idea *f* idea ◊ ***~ fissa*** idea fija, fijación; ***avere ~ di qc*** tener intención de hacer u-c; ***cambiare ~*** cambiar de idea; ***farsi un'~*** hacerse una idea; ***neanche per ~!*** ¡ni soñarlo!; ***non avere la più pallida ~*** no tener ni la más remota idea
ideal|e *adj/m* ideal; **~ista** *m/f* idealista; **~istico, -a** (*m pl* **-ci**) *adj* idealista; **~izzare** *vt* idealizar; **~izzazione** *f* idealización
ideare *vt* idear, proyectar, planear
ideatore, -trice *m/f* inventor, -a
ideazione *f* ideación
idem *adv/pron inv* ídem
identic|ità *f inv raro* identidad *f*; **~o, -a** (*m pl* **-ci**) *adj* idéntico, -a
identifica|bile *adj* identificable; **~re** ‹*esd*› *vt* identificar; **~zione** *f* identificación
identikit *m inv* retrato robot *m*
identità *f inv* identidad *f*
ideogra|fico, -a (*m pl* **-ci**) *adj* ideográfico, -a; **~mma** *m* ideograma
ideolog|ia (*pl* **-gie**) *f* ideología; **~ico, -a** (*m pl* **-ci**) *adj* ideológico, -a; **~o, -a** (*m pl* **-gi**) *m/f* ideólogo, -a
idi *mpl/fpl hist* idus *mpl*
idilliaco, -a (*m pl* **-ci**) (*var.* **idillico**) *adj* idílico, -a

idillio (*pl* **-li**) *m* idilio
idioletto *m ling* idiolecto
idioma *m* idioma; **~tico, -a** (*m pl* **-ci**) *adj* idiomático, -a
idiosincrasia *f* idiosincrasia
idiot|a *adj/s med tamb. fig* idiota; **~ismo** *m ling* idiotismo
idiozia *f* 1. idiotez, estupidez, imbecilidad; 2. *med* idiocia
idolatra *adj/s* idólatra
idolatrare *vt* idolatrar
idolatri|a *f* idolatría; **~co, -a** (*m pl* **-ci**) *adj* idolátrico, -a
idolo *m tamb. fig* ídolo
idone|ità *f inv* idoneidad *f*, aptitud *f* ◊ ***esami di ~*** *mpl* pruebas de idoneidad (*fpl*), pruebas de nivel (*fpl*); **~o, -a** *adj* idóneo, -a, apto, -a (**a qc** para u-c); *mil* apto, -a
idra *f zool/mitol* hidra; **~cido** *m quím* hidrácido; **~cina** *f quím* hidracina; **~nte** *m* 1. boca de incendios *f*; 2. boca de riego *f*; 3. camión cisterna
idrat|ante *adj* hidratante; **~are** *vt* hidratar; **~azione** *f* hidratación; **~o, -a 1.** *adj quím* hidratado, -a; **2.** *m quím* hidrato ◊ ***~i di carbonio*** hidratos de carbono
idraulic|a *f* hidráulica; **~o, -a** (*m pl* **-ci**) **1.** *adj* hidráulico, -a; **2.** *m/f* fontanero, -a (!), plomero, -a (*Am*)
idrico, -a (*m pl* **-ci**) *adj* hídrico, -a
idro|biologia (*pl* **-gie**) *f* hidrobiología; **~carburo** *m* hidrocarburo; **~cefalia** *f med* hidrocefalia; **~cele** *m med* hidrocele
idrochinone *m* hidroquinona *f*
idrocoltura *f* hidrocultura
idrodinamic|a *f* hidrodinámica; **~o, -a** (*m pl* **-ci**) *adj mec* hidrodinámico, -a
idroelettrico, -a (*m pl* **-ci**) *adj* hidroeléctrico, -a
idrofilo, -a *adj* hidrófilo, -a
idrofobia *f med* hidrofobia, rabia; **~o, -a** *adj/s* hidrófobo, -a, rabioso, -a
idrofono *m tecn* sonar, sónar
idrofugo, -a (*m pl* **-ghi**) *adj/m* hidrófugo, -a
idrogen|are ‹*esc*› *vt* hidrogenar; **~o** *m* hidrógeno
idrografia *f* hidrografía
idrolasi *f inv biol/quím* hidrolasa *f*
idrolisi *f inv* hidrólisis
idromassaggio (*pl* **-gi**) *m* hidromasaje ◊ ***vasca per ~*** *f* yacuzi® (*m*)
idromele *m gastr* hidromel, hidromiel
idrometro *m* hidrómetro
idropisia *f* hidropesía
idroplano *m* hidroplano
idrorepellente *adj* hidrófugo, -a
idroscalo *m* puerto para hidroaviones
idrosfera *f* hidrosfera
idrosolubile *adj* hidrosoluble
idrossido *m* hidróxido
idrostatica *f* hidrostática
idroterapia *f* hidroterapia
idrovia *f* línea fluvial
idrovolante *m* hidroavión
idrovora *f* bomba de agua
i.e. (*id est*) *abr* (*id est*) i.e.
iell|a *f coloq* (*mala suerte*) gafe *m* ◊ ***portare ~*** tener gafe, ser gafe; **~ato, -a** *adj* gafado, -a
iena *f zool* hiena
ieratico, -a (*m pl* **-ci**) *adj* hierático, -a
ieri *adv* ayer ◊ ***~ mattina*** ayer por la mañana; ***da ~ a oggi*** *adv* de ayer para hoy; ***l'altro ~/~ l'altro*** *adv* anteayer
iettat|ore, -trice *m/f* gafe, cenizo, -a; **~ura** *f* (*mala suerte*) gafe *m*
IFC (*Società Finanziaria Internazionale*) *abr* (*Corporación Financiera Internacional*) CFI
igien|e *f* higiene ◊ ***~ mentale*** higiene mental; **~ico, -a** (*m pl* **-ci**) *adj* higiénico, -a ◊ ***impianti ~i*** *mpl* instalaciones sanitarias (*fpl*), sanitarios (*mpl*); **~ista** *m/f* higienista; **~izzare** *vt* higienizar
igloo [i'glu] (*var.* **iglù**, **iglò**) *m inv* iglú *m*
igna|me *m bot* ñame; **~ro, -a** *adj* ignaro, -a, ignorante; **~via** *f* (*tibieza*) ignavia; **~vo, -a** *adj* ignavo, -a, indolente
igneo, -a *adj elev* ígneo, -a
igni|fugo, -a (*m pl* **-ghi**) *adj* ignífugo, -a; **~zione** *f* ignición
ignobil|e *adj* innoble, infame; **~ità** *f inv* mezquindad *f*, mediocridad *f*
ignomini|a *f* ignominia; **~oso, -a** *adj* ignominioso, -a, ominoso, -a
ignora|nte *adj/s* ignorante, iletrado, -a, inculto, -a; incompetente, zoquete; **~nza** *f* ignorancia, desconocimiento *m*; ignorancia, incultura ◊ ***non è ammessa l'~ della legge*** la ignorancia de la ley no exime de su cumplimiento; **~re** *vt* ignorar, desconocer; **~to, -a** *adj* ignorado, -a, desconocido, -a; ignorado, -a, olvidado, -a
ignoto, -a *adj/s* ignoto, -a, desconocido, -a ◊ ***monumento al milite ~*** *m* monumento al soldado desconocido
ignudo, -a *adj* desnudo, -a
igrometro *m* higrómetro
igroscopi|co, -a (*m pl* **-ci**) *adj* higroscópico, -a; **~o** (*pl* **-pi**) *m* higroscopio
iguana *f zool* iguana
ih! *excl* 1. (*estupor*) ¡aj!, ¡ah!; 2. (*asco, rechazo*) ¡puaj!
ikebana *m inv* ikebana, arte floral *m*
il (*ante consonante, excepto s líquida, sce-, sci-, z, gn, ps*) *ar* (*m sing*) el
ilare *adj* hilarante
ilarità *f inv* hilaridad *f*
ileo *m* 1. *med* íleon; 2. *med* (*enfermedad*) íleo; **~cecale** *adj med* ileocecal, ileo-cecal
iliaco, -a (*m pl* **-ci**) *adj* iliaco, -a, ilíaco, -a
Iliade *f* Ilíada
ill. (*illustrazione*) *abr* (*ilustración*) il.
illanguidire ‹*isc*› **1.** *vt* debilitar, agostar; **2.** *vi* languidecer
illazione *f* ilación
illecito, -a 1. *adj* ilícito, -a; **2.** *m* delito
illegal|e *adj* ilegal; **~ità** *f inv* ilegalidad *f*

illeggiadrire ‹*isc*› **1.** *vt* embellecer, adornar; **2.** *vi* embellecerse
illeggibile *adj* ilegible
illegittim|ità *f inv* ilegitimidad *f*; **~o, -a 1.** *adj* ilegítimo, -a; **2.** *m/f* hijo ilegítimo *m*, hija ilegítima *f*
illeso, -a *adj* ileso, -a, indemne
illetterato, -a *adj/s* iletrado, -a
illibat|ezza *f* rectitud, honorabilidad; **~o, -a** *adj* 1. intachable, honrado, -a; 2. inmaculado, -a
illiceità *f inv* ilicitud *f*, ilegalidad *f*
illimitato, -a *adj* ilimitado, -a
illiquidità *f inv econ* falta de liquidez *f*
illividire ‹*isc*› **1.** *vt* amoratar; **2.** *vi/~rsi* amoratarse
Ill.mo (*illustrissimo*) *abr* (*ilustrísimo*) Ilmo.
illocu|tivo, -a *adj ling* ilocutivo, -a; **~torio, -a** (*m pl* **-ri**) *adj ling* ilocutorio, -a; **~zione** *f ling* ilocución
illogico, -a (*m pl* **-ci**) *adj* ilógico, -a
illudere ‹*illusi; illuso*› V. 10 **1.** *vt* engañar, embaucar, engatusar; **2. ~rsi** ilusionarse, hacerse ilusiones ◊ ***non c'è da ~rsi*** no hay que hacerse ilusiones
illumina|nte *adj* 1. iluminador, -a; 2. clarificador, -a; ***idea ~*** *idea clarificadora*; **~re** ‹*esd*› *vt* iluminar, alumbrar; **~to** *m hist* iluminado, alumbrado; **~zione** *f* iluminación, alumbrado *m*
illuminis|mo *m hist* ilustración *f*; **~ta** *adj/s hist* ilustrado, -a; **~tico, -a** (*m pl* **-ci**) *adj hist* (*de la Ilustración*) ilustrado, -a
illuminotecnica *f* luminotecnia
illusi... V. **illudere**
illusion|e *f* ilusión ◊ **~ *ottica*** ilusión óptica; ***farsi delle ~i*** hacerse ilusiones, prometérselas felices; **~ismo** *m* ilusionismo; **~ista** *m/f* ilusionista; **~istico, -a** (*m pl* **-ci**) *adj* del ilusionista
illuso, -a 1. *adj/s* iluso, -a; **2.** *pp* V. **illudere**; **~rio, -a** (*m pl* **-ri**) *adj* ilusorio, -a
illustra|re *vt* ilustrar; **~tivo, -a** *adj* ilustrativo, -a; **~to, -a** *adj* ilustrado, -a ◊ ***rivista ~a*** *f* revista ilustrada; **~tore, -trice** *m/f* ilustrador, -a; **~zione** *f* ilustración
illustre *adj* ilustre, distinguido, -a, insigne
illustrissimo, -a *adj* ilustrísimo, -a; ***Ill.mo Sig., Ill.ma Sig.ra*** *Ilmo. Sr., Ilma. Sra.*
imano *m relig* imán
imbacuccare *vt* embozar, tapar
imbaldanzire ‹*isc*› **1.** *vt* envalentonar; **2.** *vi* envalentonarse
imballa|ggio (*pl* **-gi**) *m* 1. embalaje, envoltorio; 2. (*acción*) embalaje, empaquetado ◊ ***carta da ~*** *f* papel de embalaje (*m*); **~re** *vt* 1. embalar, empaquetar; 2. *auto* embalar; **~tore, -trice** *m/f* embalador, -a; **~trice** *f mec* embaladora, empaquetadora, enfardadora; **~tura** *f auto* embalamiento *m*
imballo *m* embalaje, empaquetado
imbalsama|re *vt* embalsamar; **~tore, -trice** *m/f* embalsamador, -a; **~zione** *f* embalsamación, embalsamamiento *m*
imbambolato, -a *adj* encantado, -a, pasmado, -a
imbandie|rare *vt* embanderar, engalanar; **~re** ‹*isc*› *vt gastr* (*mesa*) preparar, aparejar, disponer
imbarazz|ante *adj* embarazoso, -a; **~are** *vt* 1. estorbar, molestar; 2. cohibir, incomodar ◊ **~ *lo stomaco*** empachar; **~ato, -a** *adj* embarazado, -a, cohibido, -a; **~o** *m* 1. molestia *f*, engorro; estorbo; 2. embarazo, empacho, turbación *f* ◊ **~ *di stomaco*** empacho; ***mettere q in ~*** poner a alg en un aprieto
imbarbari|mento *m* embrutecimiento, degradación *f*; **~re** ‹*isc*› **1.** *vt* embrutecer, degradar; **2.** *vi* ‹*avere*› embrutecerse, degradarse; **3. ~rsi** embrutecerse, degradarse
imbarca|dero *m* embarcadero, muelle; **~re 1.** *vt nav tamb. fig* embarcar; **2. ~rsi** 1. *nav tamb. fig* embarcarse; 2. (*madera*) abombarse; **~toio** (*pl* **-oi**) *m* embarcadero, muelle; **~tura** *f* (*madera*) abombamiento *m*; **~zione** *f* embarcación, barco *m*, nave ◊ **~ *a vela, a remi*** embarcación de vela, de remo
imbarco (*pl* **-chi**) *m* embarque
imbastardire ‹*isc*› *vt/i* bastardear, degenerar
imbasti|re ‹*isc*› *vt tamb. fig* embastar, hilvanar; **~tura** *f* 1. embaste *m*, hilván; 2. *sport* pájara
imbattersi toparse, encontrarse; **~ *in un vecchio amico*** *encontrarse con un viejo amigo* ◊ **~ *bene, male*** resultar bien, mal
imbattibile *adj* imbatible
imbattuto, -a *adj* imbatido, -a, invicto, -a
imbavagliare *vt tamb. fig* amordazar
imbecca|re *vt* 1. *zool* embuchar, cebar; 2. *teat* apuntar; **~ta** *f* 1. *zool* alimento *m*, cebo *m*; 2. *teat* apuntamiento *m*, apunte *m*
imbecill|aggine *f* imbecilidad
imbecille *adj/s med tamb. fig* imbécil
imbecillità *f inv med tamb. fig* imbecilidad *f*
imbell|e *adj elev* pacífico, -a (*estánd*); *desp* manso, -a, dócil, sumiso, -a; **~ettare** *vt* acicalar, arrebolar; **~ire** ‹*isc*› *vt* embellecer, hermosear
imberbe *adj* imberbe, barbilampiño
imbestialire ‹*isc*› *vi* enfurecer(se), ponerse como una fiera
imbevere ‹*imbevo; imbevvi/imbevetti; imbevuto*› V. 7 **1.** *vt* empapar, embeber; **2. ~rsi** 1. (*mojarse*) empaparse; 2. imbuirse (**di qc** de u-c), impregnarse (**di qc** de u-c)
imbian|care 1. *vt* blanquear; (*pared*) encalar, enlucir; **2.** *vi/~rsi* blanquear(se); **~catura** *f* blanqueo *m*; (*pared*) encalado *m*, enlucido *m*; **~chimento** *m* blanqueo; **~chino** *m* pintor (de brocha gorda); *desp* (*mal pintor*) pintor de brocha gorda; **~chire** ‹*isc*› **1.** *vt* blanquear; (*pared*) encalar, enlucir; **2.** *vi/~rsi* blanquear(se)
imbibizione *f* imbibición, absorción
imbiondire ‹*isc*› **1.** *vt* enrubiar; **2.** *vi/~rsi* enrubiarse, volverse rubio
imbizzarrire ‹*isc*› *vi zool* (*caballo*) desbocarse; *fig* encolerizarse, descontrolarse
imbocc|are 1. *vt* 1. (*alimentar*) embocar; 2. (*personas*) instruir, aleccionar; 3. *mús* embocar; 4. *auto* (*calle, carretera*) embocar, enfilar, coger; **2.**

vi dar, desembocar; ***la strada imbocca nella piazza*** *la carretera desemboca en la plaza/da a la plaza*; **~atura** *f* 1. entrada, embocadura, inicio *m*; *nav* (*puerto*) bocana; (*río*) embocadura; 2. (*caballo*) bocado *m*; 3. *mús* embocadura; **~o** (*pl* **-chi**) *m* boca *f*, entrada *f*

imboni|mento *m* charlatanería *f*; **~re** ‹*isc*› *vt* engatusar, camelar, vender la burra/la moto (*coloq*); **~tore, -trice** *m/f com* charlatán, -ana, vendedor, -a ambulante

imborghesi|mento *m* aburguesamiento; **~re** ‹*isc*› **1.** *vt* aburguesar; **2.** *vi/~rsi* aburguesarse

imbosca|re *vt* emboscar, esconder; **~ta** *f mil* emboscada; **~to** *m mil* emboscado

imboschire ‹*isc*› *vt/i* embosquecer *vi*

imbottare *vt* entonelar

imbottiglia|mento *m* 1. *tecn* embotellado, embotellamiento; 2. *auto* embotellamiento, atasco, tapón; **~re** *vt* 1. *tecn* embotellar; 2. *auto* embotellar, atascar; **~tore, -trice** *m/f* embotellador, -a; **~trice** *f* embotelladora

imbotti|re ‹*isc*› *vt* (*rellenar*) embutir; (*vestido, sofá...*) acolchar; (*bocadillo*) rellenar ◊ **~ *la testa a q*** hincharle la cabeza a alg; **~ta** *f* edredón *m*; **~tura** *f* 1. (*acción*) acolchado *m*, embutido *m*; 2. (*material*) guata, relleno *m*

imbozzimatura *f txtl/tecn* engrudización

imbraca *f* 1. *agric* (*caballo*) retranca; 2. *tecn* braguero *m*; **~re** *vt* embragar; **~tura** *f* embrague *m*

imbracciare *vt* embrazar; (*armas*) empuñar

imbranato, -a *adj/s* patoso, -a, manazas *inv*

imbrancare *vt* agrupar, congregar, juntar

imbratta|carte *m/f inv desp* escritor, -a de tres al cuarto; **~mento** *m* ensuciamiento; **~re** *vt* ensuciar, manchar, embadurnar ◊ ***~rsi le mani*** ensuciarse las manos; **~tele** *m/f inv* pintamonas, pintor, -a de tres al cuarto, pintor, -a de brocha gorda *m/f*

imbratto *m* 1. *desp* (*pintura*) pintarrajo, churro; (*escrito*) papelucho, garabatos *mpl*; 2. (*comida*) bazofia *f*, comistrajo

imbricato V. **embricato**

imbrigliare *vt* 1. (*caballo*) embridar, enfrenar; 2. frenar, refrenar

imbroccare *vt* acertar ◊ ***non ~rne una*** no dar ni una, no dar pie con bola

imbrogli|are *vt* 1. liar, embrollar, engatusar; engañar; estafar; 2. *nav* cargar, plegar ◊ **~ *la matassa*** marear la perdiz; **~ *le idee a q*** confundirle las ideas a alg; **~o** (*pl* **-gli**) *m* lío, embrollo, jaleo, fregado (*coloq*); engaño; estafa *f*; **~one, -a** *m/f* embaucador, -a, liante, -a, tramposo, -a, marrullero, -a; estafador, -a

imbronciarsi enfadarse, enojarse

imbrunire ‹*isc*› **1.** *v/impers* anochecer, oscurecer; **2.** *vi/~rsi* oscurecerse; ***la pelle (si) imbrunisce per il sole*** *la piel se oscurece por causa del sol*; **3.** anochecer; ***all'~*** *al anochecer*

imbruttire ‹*isc*› **1.** *vt* ensuciar; **2.** *vi/~rsi* ensuciarse

imbucare *vt telec* echar al correo/al buzón

imbullonare *vt* atornillar

imburrare *vt gastr* untar con mantequilla

imbussolare ‹*esd*› *vt* insacular, introducir

imbuto *m* embudo

imene *m med* himen

imeneo *m elev* himeneo

imenottero *m zool* himenóptero

imita|bile *adj* imitable; **~re** ‹*esd*› *vt* imitar; **~tivo, -a** *adj* imitativo, -a; **~tore, -trice** *m/f* imitador, -a; **~zione** *f* imitación

Immacolat|a *f* Inmaculada ◊ ***l'~ Concezione*** *f* la Inmaculada Concepción, la Purísima (*coloq*); ***~o, -a** *adj* inmaculado, -a

immagazzina|mento *m* almacenaje, almacenamiento; **~re** *vt* almacenar

immagina|bile *adj* imaginable; **~re** ‹*esd*› *vt* imaginar; ***immaginati se lo voglio!*** *¡imagínate si lo quiero!*; ***La disturbo? S'immagini!*** *¿Le molesto? ¡Figúrese!/¡En absoluto!*; **~rio, -a** (*m pl* **-ri**) *adj* imaginario, -a; **~tiva** *f* imaginativa, inventiva ◊ ***mancare di ~*** tener poca imaginación/inventiva; **~tivo, -a** *adj* imaginativo, -a; **~zione** *f* imaginación

immagine *f* imagen ◊ ***a ~ e somiglianza di*** *prep* a imagen y semejanza de

immaginoso, -a *adj* fantasioso, -a, soñador, -a

immalinconire ‹*isc*› **1.** *vt* entristecer; **2.** *vi/~rsi* entristecerse

immancabile *adj* inevitable; insustituible, imprescindible

immane *adj elev* desmesurado, -a, desmedido, -a; terrible, pavoroso, -a; **~nte** *adj filos* inmanente; **~nza** *f filos* inmanencia

immangiabile *adj* incomible, incomestible, intragable

immantinente *adv elev* en seguida (*estánd*)

immateriale *adj* inmaterial

immatricola|re ‹*esd*› *vt auto/estud* matricular; **~zione** *f auto* matriculación; *estud* matrícula ◊ ***certificato di ~*** certificado de inscripción

immatur|ità *f inv* inmadurez *f*; **~o, -a** *adj* 1. (*fruto*) inmaduro, -a, verde; 2. (*persona*) inmaduro, -a; inexperto, -a; 3. *med* prematuro, -a

immedesima|re ‹*esd*› **1.** *vt* unir, fundir; **2. ~rsi** identificarse, reflejarse, meterse (*coloq*); **~zione** *f* 1. unión, fusión; 2. identificación (**in qc** con u-c)

immediat|amente *adv* inmediatamente, al instante; **~ezza** *f* inmediatez; **~o, -a** *adj* inmediato, -a

immemorabile *adj* inmemorial, inmemorable ◊ ***da tempo ~*** *adv* desde tiempos inmemoriales

immemore *adj* desmemoriado, -a, olvidadizo, -a

immens|ità *f inv* inmensidad *f*; **~o, -a** *adj* inmenso, -a; **~urabile** *adj* inmensurable, inconmensurable

immergere ‹*mergo; mersi; merso*› V. 30 **1.** *vt* sumergir; *fig* hundir; **~ *nel dolore*** *hundir en el dolor*; **2. ~rsi** 1. sumergirse; bañarse, zambullirse; 2. enfrascarse, sumergirse; **~ *nello studio*** *enfrascarse en el estudio*; **~ *nel sonno*** *sumergirse en el sueño*

immerit|ato, -a *adj* 1. inmerecido, -a; 2. injusto, -a; **~evole** *adj* indigno, -a, no merecedor, -a
immers|i... V. **immergere**; **~ione** *f* inmersión; buceo *m*; **~o, -a 1.** *adj* inmerso, -a; **2.** *pp* V. **immergere**
immettere ‹*misi; messo*› V. 44 *vt* introducir
immigra|nte *adj/s* inmigrante; **~re** *vi* inmigrar; **~to, -a** *adj/s* emigrado, -a; **~torio, -a** *adj* inmigratorio, -a; **~zione** *f* inmigración
imminen|te *adj* inminente; **~za** *f* inminencia
immischiare 1. *vt* mezclar, involucrar; **2. ~rsi** mezclarse, inmiscuirse (**in qc** en u-c)
immiseri|mento *m* empobrecimiento; **~re** ‹*esd*› *vt* empobrecer
immisi... V. **immettere**
immiss|ario (*pl* **-ri**) *m geogr* afluente; **~ione** *f* 1. introducción; 2. *jur* intromisión; 3. *mec* admisión
immobil|e 1. *adj* inmóvil, quieto, -a; **2.** *m* bien inmueble; **~iare** *adj* inmobiliario, -a; **~iarista** *m/f* constructor, -a; **~ismo** *m* inmovilismo; **~ista** *m/f* inmovilista; **~ità** *f inv* inmovilidad *f*
immobilizz|are *vt* inmovilizar; **~azione** *f* inmovilización; **~o** *m econ* activo fijo
immodera|to, -a *adj* inmoderado, -a; **~zione** *f* inmoderación, falta de moderación
immodest|ia *f* inmodestia, vanidad; **~o, -a** *adj* inmodesto, -a, vanidoso, -a
immola|re *vt* inmolar; **~zione** *f* inmolación
immond|ezza *f* 1. basura, desecho *m*; 2. (*inmoralidad*) inmundicia; **~ezzaio** (*pl* **-ai**) *m* basurero, vertedero; **~izia** *f* basura, desecho *m*, desperdicio *m*; **~o, -a** *adj* inmundo, -a
immoral|e *adj* inmoral; **~ità** *f inv* inmoralidad *f*
immortal|are *vt* inmortalizar; **~e** *adj* inmortal; **~ità** *f inv* inmortalidad *f*
immotivato, -a *adj* inmotivado, -a
immoto, -a *adj elev* inmoto, -a
immune *adj* 1. *med* inmune; 2. exento, -a (**da** de), libre (**da** de), inmune (**da** a), carente (**da** de); **~ *da difetti*** *carente de defectos* ◊ ***rimanere ~ da qc*** quedar a salvo de alg
immuni|tà *f inv med/pol tamb. fig* inmunidad *f*; *adm* exención *f*; **~tario, -a** (*m pl* **-ri**) *adj* inmunitario, -a; **~zzare** *vt* inmunizar; **~zzazione** *f* inmunización
immunodeficienza *f* inmunodeficiencia ◊ ***sindrome da ~ acquisita (Aids)*** síndrome de inmunodeficiencia adquirida (SIDA)
immunolog|ia (*pl* **-gie**) *f* inmunología; **~ico, -a** (*m pl* **-ci**) *adj* inmunológico, -a
immunosoppress|ione *f* inmunodepresión; **~ore** (*f* **immunosoppremitrice**) *adj farma* inmunodepresor, -a
immusonirsi ‹*isc*› *coloq* (*enfadarse*) ponerse de morros, estar de morros
immuta|bile *adj* inmutable; **~bilità** *f inv* inmutabilidad *f*; **~to, -a** *adj* inalterado, -a
impacca|re *vt* empacar, empaquetar; **~tore, -trice** *m/f* empaquetador, -a; **~trice** *f tecn* empacadora
impacchetta|re *vt* 1. empacar, empaquetar; 2. *coloq* (*arrestar*) empapelar; **~tura** *f* empaquetado *m*, empaque *m*
impaccia|re *vt* molestar (!), entorpecer (!); **~ato, -a** *adj* azorado, -a (!), cohibido, -a (!), confundido, -a (!); **~o** (*pl* **-ci**) *m* 1. molestia *f* (!), estorbo (!); 2. torpeza *f* (!), impericia *f* (!); 3. embarazo (!), azoramiento (!), confusión *f* (!) ◊ ***cavarsi d'~*** quitarse un problema de en medio; ***essere d'~ per q*** ser un estorbo para alg
impacco (*pl* **-chi**) *m med* compresa *f*
impadronirsi ‹*isc*› adueñarse, apoderarse, enseñorearse (**di** de); (*lengua*) dominar *vt*
impagabile *adj* impagable
impagina|re ‹*esd*› *vt impr* compaginar; **~to** *m impr* página compaginada *f*; **~tore, -trice** *m/f impr* compaginador, -a; **~zione** *f impr* compaginación
impaglia|re *vt* empajar; *transp* embalar; **~tore, -trice** *m/f* empajador, -a; *transp* embalador, -a; **~tura** *f* empajamiento *m*; *transp* embalado *m*
impala|re *vt* empalar; **~to, -a** *adj* tieso, -a
impalcatura *f arq* andamio *m*, andamiaje *m*
impalli|dire ‹*isc*› *vi* palidecer; **~nare** *vt* 1. disparar perdigones; 2. herir con perdigones; **~nata** *f* perdigonada
impalmare *vt elev* desposar
impalpabile *adj* impalpable
impaludare *vt* empantanar
impanare *vt* 1. *gastr* (*sólo con pan*) empanar, rebozar; 2. *mec* filetear
impancarsi erigirse; **~ *a giudice*** *erigirse en juez*
impaniare 1. *vt* 1. enviscar; 2. engatusar, enredar; **2. ~rsi** liarse, embrollarse, enredarse (**in qc** en u-c)
impantanare 1. *vt* empantanar; **2. ~rsi** 1. atascarse, hundirse; 2. *fig* (*situación*) empantanarse, embrollarse
impaperarsi ‹*esd*› trabucarse, trabarse la lengua
impappinarsi trastabillar, aturrullarse, trabucarse
imparare *vt* aprender; **~ *a leggere*** *aprender a leer*
impareggiabile *adj* incomparable, inigualable
imparentare *vt* emparentar
impari *adj inv* 1. dispar *adj*; 2. *mat* impar *adj*
imparità *f inv* 1. desigualdad *f*; 2. inferioridad *f*
impartire ‹*isc*› *vt* repartir, distribuir; (*clases*) impartir, dar
imparzial|e *adj* imparcial; **~ità** *f inv* imparcialidad *f*
impass|e [em'pas] *m inv* impasse; **~ibile** *adj* impasible, imperturbable; **~ibilità** *f inv* impasibilidad *f*, imperturbabilidad *f*
impasta|mento *m* (*pan*) amasadura *f*; **~re** *vt* (*pan*) amasar; (*pintura*) empastar; **~to, -a** *adj* embadurnado, -a; embarrado, -a; (*lengua*) pastoso, -a; **~tore, -trice** *m/f* amasador, -a; **~trice** *f tecn* amasadora; **~tura** *f* amasadura
impasto *m* empaste, masa *f*, engrudo; mezcla *f*; **~iare** *vt* estorbar, molestar

impatto *m* impacto ◊ **~ *ambientale*** impacto ambiental

impaurire ‹*isc*› **1.** *vt* asustar, espantar, atemorizar; **2.** *vi/~rsi* asustarse

impavido, -a *adj* impávido, -a

impazien|te *adj* impaciente; **~tire** ‹*isc*› *vi/~rsi* impacientarse; **~za** *f* impaciencia

impazz|are *vi* enloquecer; **~ata: all'~** *adv* a lo loco, a tontas y a locas, desordenadamente; ***fuggire all'~*** *salir pitando, salir a escape*; ***menare colpi all'~*** *dar golpes a diestro y siniestro*; **~imento** *m* enloquecimiento; **~ire** ‹*isc*› *vi* enloquecer ◊ **~ *per q*** perder la cabeza por alg; ***fare* ~** enloquecer, volver loco; (*problema*) volver loco, traer de cabeza

impeccabil|e *adj* impecable; **~ità** *f inv* impecabilidad *f*

impeciare *vt* embrear

impedi|enza *f electr* impediencia, impedancia; **~imento 1.** *m* impedimento, obstáculo, traba *f*; **2.** *mpl* impedimenta *f*, pertrechos; **~ire** ‹*isc*› *vt* impedir

impegn|are 1. *vt* 1. *com tamb. fig* empeñar; 2. (*hotel*) reservar; 3. ocupar; 4. comprometer; **~ *q a fare qc*** *comprometer a alg para hacer u-c*; **~ *q per qc*** *comprometer a alg en u-c*; **2. ~rsi** 1. empeñarse, comprometerse, obligarse; 2. empeñarse, afanarse, esforzarse ◊ **~ *il combattimento*** entablar combate; ***~rsi a fondo*** emplearse a fondo; **~ativo, -a** *adj* 1. comprometedor, -a, vinculante; 2. trabajoso, -a, costoso, -a; **~ato, -a** *adj* 1. ocupado, -a; ***oggi sono ~*** *hoy estoy ocupado*; 2. prometido, -a, comprometido, -a; 3. *pol* comprometido, -a ◊ ***paesi non ~i*** *mpl* países no alineados; **~o** *m* 1. obligación *f* (!); ***assumersi un ~*** *asumir una obligación*; ***soddisfare gli ~i*** *cumplir con sus obligaciones*; 2. compromiso (!); ***aver preso già un ~*** *tener ya un compromiso*; 3. empeño, afán, ahínco, tesón; ***lottare con ~*** *luchar con ahínco*; *pol* compromiso (!) ◊ ***senza ~*** sin compromiso

impegolare ‹*esd*› **1.** *vt* embrear; **2. ~rsi** embrollarse, empantanarse, liarse (**in qc** en u-c)

impelagarsi ‹*esd*› embrollarse, liarse, empantanarse (**in qc** en u-c)

impellente *adj* impelente, apremiante, imperioso, -a, acuciante

impenetrabil|e *adj* impenetrable; **~ità** *f inv* impenetrabilidad *f*

impenitente *adj* impenitente

impenna|cchiare *vt* empenachar; **~ggio** (*pl* **-gi**) *m aero* estabilizador

impenna|rsi (*caballo*) encabritarse, empinarse; *aero/nav/auto* encabritarse; **~ta** *f* 1. empinamiento *m*, encabritado *m*; *aero/nav* encabritado *m*; 2. *econ* realce *m*, alza; **~ *di prezzi*** *alza de precios*; 3. (*ira*) arrebato *m*, pronto *m*

impensa|bile *adj* impensable; **~to, -a** *adj* inesperado, -a, inopinado, -a

impensierire ‹*isc*› *vt* preocupar, inquietar

impera|re *vi* ‹*avere*› imperar, predominar; **~tivo, -a 1.** *adj* imperativo, -a; **2.** *m ling/filos/jur* imperativo; **~tore, -trice** *m/f* emperador *m*, emperatriz *f*

impercettibile *adj* imperceptible

imperdonabile *adj* imperdonable

imperfe|tto, -a 1. *adj* imperfecto, -a; **2.** *adj/m ling* imperfecto, -a; **~zione** *f* imperfección

imperial|e 1. *adj* imperial; **2.** *m transp* baca *f*; **~ismo** *m* imperialismo; **~ista** *adj/s* imperialista; **~istico, -a** (*m pl* **-ci**) *adj* imperialista

imperio (*pl* **-ri**) *m elev* imperio; **~sità** *f inv* apremio *m*, prisa *f*; **~so, -a** *adj* imperioso, -a, acuciante, impelente

imperit|o, -a *adj elev* (*inexperto*) imperito, -a; **~uro, -a** *adj* imperecedero, -a

imperizia *f* impericia

imperlare *vt* adornar con perlas

imperma|lirsi ‹*isc*› ofenderse, agraviarse

impermeabil|e 1. *adj* impermeable; **2.** *m* impermeable, gabardina *f*; **~ità** *f inv* impermeabilidad *f*; **~izzante** *adj/m* impermeabilizante; **~izzare** *vt* impermeabilizar

impermutabile *adj* impermutable

imperniare *vt* 1. empernar, enclavijar; atornillar; 2. basar, fundamentar

impero 1. *m* imperio; **2.** *adj inv* imperio; ***stile ~*** *estilo imperio*

imperscrutabile *adj* imperscrutable

impersonal|e *adj* impersonal; **~re** *vt* personificar, encarnar

imperterrito, -a *adj* impertérrito, -a

impertinen|te *adj/s* impertinente, descarado, -a; **~za** *f* impertinencia, atrevimiento *m*

imperturba|bile *adj* imperturbable; **~bilità** *f inv* imperturbabilidad *f*; **~to, -a** *adj* sereno, -a, impasible

imperv|ersare *vi* ‹*avere*› 1. enfurecer, encolerizar; 2. arreciar; (*moda*) causar estragos, hacer furor; **~io, -a** (*m pl* **-vi**) *adj* imprácticable, inaccesible

impetigine *f med* impétigo *m*, empeine *m*

impeto *m* 1. ímpetu; 2. arranque, arrebato ◊ ***agire d'~*** actuar impetuosamente

impetra|re *vt* 1. pedir, suplicar; 2. obtener, alcanzar; **~zione** *f elev* impetración

impettito, -a *adj* erguido, -a, tieso, -a

impetuos|ità *f inv* impetuosidad *f*, fogosidad *f*; **~o, -a** *adj* impetuoso, -a, fogoso, -a

impiallaccia|re *vt* enchapar; **~tura** *f* enchapado *m*

impiant|are *vt* 1. *mec* montar; *com* instalar, montar; (*casa*) montar; 2. *agric* plantar; *med* implantar; 3. (*discusión*) plantear; **~ito** *m* pavimento, suelo; (*de losas*) enlosado; (*de baldosas*) embaldosado; **~o** *m tecn/com* instalación *f*; *med* implantación *f* ◊ **~ *elettrico*** instalación eléctrica (*f*); **~ *idraulico*** fontanería (*f*); **~ *sciistico*** remontes (*mpl*); **~ *sportivo*** instalaciones deportivas (*fpl*), polideportivo; **~ *stereo*** equipo estéreo, cadena de alta fidelidad (*f*); ***~i di risalita*** (*esquí*) remontes

impiastr|are *vt* 1. emplastar, embadurnar; 2. embadurnar, ensuciar; **~icciare** *vt desp* embadurnar, ensuciar
impiastro *m* 1. *med* emplasto, cataplasma *f*; 2. (*remedio*) pegote, parche
impicca|gione *f* ahorcamiento *m*; **~mento** *m* ahorcamiento; **~re** *vt* ahorcar, colgar; ***~ q a un albero*** *ahorcar a alg en/de un árbol* ◊ ***impiccati!*** ¡muérete!; **~to, -a** *adj/s* ahorcado, -a, colgado, -a
impiccil|are 1. *vt* molestar, estorbar; **2. ~rsi** entrometerse; ***impicciati negli affari tuoi!*** *¡métete en tus asuntos!*; **~o** (*pl* **-ci**) *m* 1. estorbo, molestia *f*; obstáculo; 2. embarazo, azoramiento; 3. jaleo, embrollo, lío ◊ ***essere d'~*** ser un estorbo; ***essere negli ~i*** estar en un lío; **~one, -a** *m/f* metomentodo, cotilla
impiccolire ‹*isc*› *vt/i* empequeñecer, disminuir
impieg|are 1. *vt* 1. emplear, usar, ocupar; (*dinero*) emplear; 2. emplear, colocar, dar empleo; **2. ~rsi** emplearse, colocarse, encontrar empleo; **~ato, -a** *m/f* empleado, -a, trabajador, -a; *adm* funcionario, -a ◊ ***~ di concetto*** oficial administrativo; empleado de dirección; ***~ esecutivo*** auxiliar administrativo; ***~ statale*** funcionario (público); **~o** (*pl* **-ghi**) *m* 1. empleo, uso, utilización *f*; 2. *adm* empleo, puesto de trabajo ◊ ***~ fisso*** empleo fijo, trabajo fijo; ***~ pubblico*** plaza de funcionario (*f*); ***pieno ~*** pleno empleo
impietosire ‹*isc*› *vt* apiadar, conmover
impietrire ‹*isc*› **1.** *vt* 1. petrificar; 2. (*hacer insensible*) endurecer; **2.** *vi/~rsi* endurecerse
impigliare *vt tamb. fig* enredar
impigrire ‹*isc*› **1.** *vt* volver perezoso; **2.** *vi/~rsi* volverse perezoso
impilabile *adj* apilable
impinguare *vt* 1. enriquecer; 2. *raro* engordar, cebar
impiomba|re *vt* 1. emplomar; 2. (*paquete, documento*) lacrar, sellar, plomar; **~tura** *f* lacrado *m*, sellado *m*
impiparsi *coloq* no importar, importar un bledo; ***me ne impipo di quello che dicono*** *me importa un bledo lo que digan*
impiumare *vt* emplumar; empenachar
implacabil|e *adj* implacable; **~ità** *f inv* implacabilidad *f*
implementa|re *vt tamb. informát* implementar; **~zione** *f* implementación
implica|re ‹*esd*› *vt* implicar; **~zione** *f* implicación
implicito, -a *adj* implícito, -a
implora|re *vt* implorar, suplicar; **~zione** *f* súplica, imploración
implosi|one *f fís/ling* implosión; **~vo, -a** *adj ling* implosivo, -a
implume *adj* implume
impluvio (*pl* **-vi**) *m arq* impluvio
impolitico, -a (*m pl* **-ci**) *adj* 1. impolítico, -a, impopular; 2. inoportuno, -a, imprudente
impollina|re ‹*esd*› *vt bot* polinizar; **~zione** *f bot* polinización
impoltronire ‹*isc*› *vt* apoltronar
impolverare ‹*esd*› *vt* empolvar
imponderabil|e 1. *adj* imponderable; **2.** *mpl* imponderables; **~ità** *f inv* 1. imponderabilidad *f*; 2. *fís* ingravidez *f*
imponen|te *adj* imponente, impresionante; **~za** *f* grandeza, majestuosidad
imponibile 1. *adj* imponible; **2.** *m econ* base imponible *f*
impopolar|e *adj* impopular; **~ità** *f inv* impopularidad *f*
imporporare ‹*esd*› *vt* purpurar
imporre ‹*pongo; posi; posto*› V. 56 *vt* imponer
importa|nte *adj/m* importante; ***l'~ è...*** *lo importante es...*; **~nza** *f* importancia; ***di nessuna ~, di poca ~*** *de ninguna importancia, de poca importancia* ◊ ***darsi arie d'~*** darse importancia, hacerse el importante; **~re 1.** *vt com* importar; ***non me ne importa niente*** *no me interesa para nada, ni me va ni me viene*; **2.** *vi* importar, interesar; ***non importa*** *no importa, no te preocupes, es igual*; **~tore, -trice** *adj/s* importador, -a; **~zione** *f* importación
importo *m com* importe, montante, monto
importun|are *vt* importunar; **~ità** *f inv* importunidad *f*; **~o, -a** *adj* importuno, -a, inoportuno, -a; molesto, -a
imposi... V. **imporre**; **~zione** *f com/relig* imposición
impossessarsi posesionarse, apoderarse, adueñarse
impossibil|e *f* imposible ◊ ***fare l'~*** hacer lo imposible; **~ità** *f inv* imposibilidad *f*; **~itare** ‹*esd*› *vt* imposibilitar; **~itato, -a** *adj* imposiblitado, -a (**a** para), incapacitado, -a (**a** para)
imposta *f* 1. *arq* hoja; (*arco*) imposta; 2. *econ* impuesto *m* (!), tributo *m* ◊ ***~ diretta, indiretta*** impuesto directo, indirecto (*m*); ***~ di ricchezza mobile*** impuesto sobre la renta (*m*); ***~ patrimoniale*** impuesto sobre el patrimonio (*m*); ***~ sul reddito delle persone fisiche (Irpef)*** impuesto sobre la renta de las personas físicas (IRPF) (*m*); ***~ sul valore aggiunto (IVA)*** impuesto sobre el valor añadido (IVA) (*m*); ***aprire le ~e*** abrir la ventana; ***esente da ~*** *adj* exento de tributación; ***soggetto a ~*** *adj* sujeto a tributación; **~re** *vt* 1. *arq* asentar, cimentar; *com* establecer, abrir, poner en marcha; (*proyecto*) planear; (*cuestión, problema...*) plantear; (*voz*) impostar; *informát* (*número*) teclear; 2. *telec* echar al correo, echar al buzón; **~zione** *f* 1. *telec* envío del correo *m*; 2. (*cuestión*) planteamiento *m*, planteo *m*; *mús* impostación
impost|o V. **imporre**; **~re, -a** *m/f* impostor, -a
impostura *f* impostura
impotente *adj/m* impotente
impoverire ‹*isc*› *vt* empobrecer, esquilmar, arruinar
impraticabil|e *adj* impracticable; **~ità** *f inv* impracticabilidad *f*
impratichire ‹*isc*› *vt* adiestrar

impreca|re *vi* ‹*avere*› imprecar *vt*, maldecir *vt/i*; **~zione** *f* imprecación

imprecis|ato, -a *adj* impreciso, -a, indeterminado, -a; **~ione** *f* imprecisión, vaguedad; **~o, -a** *adj* impreciso, -a, vago, -a

impregiudicato, -a *adj* 1. *jur* (*asunto*) sin jurisprudencia; 2. (*persona*) sin antecedentes; 3. abierto, -a (a la discusión)

impregna|re *vt* impregnar, embeber; *zool* preñar; **~zione** *f* impregnación

impremedita|to, -a *adj* impremeditado, -a; **~zione** *f* impremeditación

imprendere ‹*presi; preso*› V. 58 *vt elev* emprender

imprendibile *adj* inaprensible; *mil* inexpugnable

imprenditor|e, -trice *m/f* empresario, -a ◊ ***grande, piccolo ~*** gran, pequeño empresario; **~ia** *f* empresariado *m*; **~iale** *adj* empresarial

imprepara|to, -a *adj* 1. desprevenido, -a; 2. mal preparado, -a; **~zione** *f* 1. falta de preparación; imprevisión; 2. mala preparación

impresa *f com tamb. fig* empresa; ***accingersi a un'~*** *embarcarse en una empresa*; **~rio, -a** (*m pl* **-ri**) *m/f* (*teatro, espectáculo*) empresario, -a

imprescindibile *adj* imprescindible

imprescrittibile *adj* imprescriptible

impresentabile *adj* impresentable

impresi... V. **imprendere**

impreso V. **imprendere**

impressi... V. **imprimere**

impression|abile *adj* impresionable, sensible; **~ante** *adj* impresionante; **~are** *vt* impresionar, impactar; **~e** *f impr tamb. fig* impresión ◊ ***fare buona ~*** causar buena impresión; ***scambiare ~i*** cambiar impresiones; **~ismo** *m arte* impresionismo; **~ista** *adj/s arte* impresionista; **~istico, -a** (*m pl* **-ci**) *adj* impresionista

impresso V. **imprimere**

imprestare *vt coloq* prestar (*estánd*) (**qc a q** u-c a alg)

impreved|ibile *adj* imprevisible; **~uto, -a** *adj* imprevisto, -a, inesperado, -a

imprevi|dente *adj/s* imprevisor, -a, incauto, -a, poco previsor, -a; **~denza** *f* imprevisión; **~sto, -a** *adj/m* imprevisto, -a ◊ ***salvo ~i*** *adv* salvo imprevistos

impreziosire ‹*isc*› *vt* hermosear, adornar; enjoyar

imprigiona|mento *m* encarcelamiento; **~re** *vt* 1. encarcelar, encerrar; 2. atrapar, bloquear

imprimatur *m inv impr* imprimátur

imprimere ‹*pressi; presso*› V. 34 *vt* imprimir; ***~ movimento a un corpo*** *imprimir movimiento a un cuerpo*; marcar ◊ ***~ a fuoco*** marcar a fuego

imprimitura *f* (*pintura*) imprimación

improbabil|e *adj* improbable; **~ità** *f inv* improbabilidad *f*

improbo, -a *adj* ímprobo, -a

improduttiv|ità *f inv* improductividad *f*; **~o, -a** *adj* improductivo, -a

impronta *f* 1. huella; 2. *impr* impronta; 3. (*personalidad*) impronta, sello *m* ◊ ***~e digitali*** huellas dactilares; ***all'~*** *adv* (*traducir...*) a primera vista, sin preparación previa; **~re** *vt* 1. (*con un cuño*) cuñar; 2. (*moneda*) acuñar; 3. imprimir; ***~ il volto a dolore*** *imprimir un gesto de dolor en el rostro, poner cara de dolor*

impronunziabile *adj* impronunciable

improperio (*pl* **-ri**) *m* improperio

impropri|età *f inv* impropiedad *f*; **~o, -a** (*m pl* **-pri**) *adj* impropio, -a

improrogabile *adj* improrrogable

improvvido, -a *adj* imprevisor, -a; *elev* incauto, -a

improvvis|amente *adj* de repente, de improviso; **~are** *vt* improvisar; **~ata** *f* sorpresa agradable, agradable sorpresa ◊ ***brutta ~*** *f* desagradable sorpresa; ***fare una bella ~ a q*** darle una (agradable) sorpresa a alg; **~atore, -trice** *m/f* improvisador, -a; **~azione** *f* improvisación; **~o, -a 1.** *adj* inesperado, -a; repentino, -a, súbito, -a; **2.** *m mús* improvisación *f* ◊ ***all'~/d'~*** *adv* de repente, de sopetón

impruden|te *adj/s* imprudente; **~za** *f* imprudencia

impubere *adj/s* impúber

impuden|te *adj* impudente, impúdico, -a, desvergonzado, -a; **~za** *f* impudencia, impudicia

impudic|izia *f* impudicicia, impudicia; **~o, -a** (*m pl* **-ci**) *adj* impúdico, -a, desvergonzado, -a

impugna|bile *adj* impugnable; **~re** *vt* 1. (*arma*) empuñar; 2. impugnar, refutar, contradecir; *jur* impugnar; **~tura** *f* empuñadura; **~zione** *f* impugnación, refutación; *jur* impugnación

impulsa|re *vt electr* impulsar; **~tore** *m electr* impulsor

impulsi|one *f electr* impulsión; **~vità** *f inv* impulsividad *f*; **~vo, -a** *adj* impulsivo, -a

impulso *m fís tamb. fig* impulso

impun|e *adj elev* impune; **~ibile** *adj* no perseguible; **~ità** *f inv* impunidad *f* ◊ ***godere di/della ~*** gozar de impunidad; **~ito, -a** *adj* impune

impunt|are 1. *vi* ‹*avere*› 1. tropezar; 2. (*hablando*) balbucear, trastabillar; **2. ~rsi** obstinarse, empeñarse, emperrarse (**a** en); **~ire** ‹*isc*› *vt* embastar; **~ura** *f* basta, pespunte *m*

impur|ezza *f* impureza; **~ità** *f inv* impureza *f*; **~o, -a** *adj* impuro, -a ◊ ***esse ~a*** *f ling* ese líquida

imputa|bile *adj* imputable; **~bilità** *f inv* imputabilidad *f*; **~re** ‹*isc*› *vt tamb. fig* imputar; **~to, -a** *m/f* acusado, -a, inculpado, -a; **~zione** *f* imputación, acusación

imputridi|mento *m* pudrimiento, putrefacción *f*; **~re** ‹*isc*› **1.** *vt* pudrir; **2.** *vi/~rsi* pudrirse

in *prep* 1. (*lugar*) en; ***essere/vivere ~ America, ~ Italia, ~ Sardegna, ~ Liguria*** *estar/vivir en América, en Italia, en Cerdeña, en Liguria*; ***rimanere ~ montagna, ~ chiesa*** *quedarse en la montaña, en la iglesia*; ***abito ~ Via Collodi*** *vivo en la calle Collodi*; 2. (*dirección*) a; ***andare ~ America, ~ Italia, ~ Sardegna, ~ Liguria*** *ir a América, a Italia, a Cerdeña, a Liguria*; ***andare ~ campagna, ~ montagna, ~ chiesa*** *ir al campo, a la montaña, a la iglesia*; ***salire ~ auto*** *subir al coche*; hacia; ***~ qua, ~ là, ~ basso, ~ alto*** *hacia aquí, hacia allá, hacia abajo, hacia* *arriba*; 3. (*tiempo*) en, durante; ***sono nato nel '63*** *nací en el 63*; ***sbrigare qc ~ giornata*** *solucionar algo en el día*; ***~ estate*** *en verano*; ***nel mese di gennaio*** *en el mes de enero*; dentro de; ***finirò ~ poche ore*** *acabaré dentro de unas horas*; 4. (*modo*) a, en; ***~ contanti*** *al contado*; ***carne ~ umido*** *carne en salsa*; ***~ cerchio*** *en círculo*; ***~ spagnolo*** *en español*; ***~ abito da sera*** *en traje de noche*; ***~ fasce*** *en pañales*; ***~ compagnia di*** *en compañía de*; ***~ relazione a*** *en relación a*; ***~ seguito a*** *a continuación de*; (*tras el apellido de las mujeres casadas*) de; ***Paola Volturni ~ Chiari*** *Paola Volturni de Chiari*; 5. (*medio*) en; ***andare ~ autobus, ~ tram*** *ir en autobús, en tranvía*; 6. (*finalidad*) en, para; ***prendere ~ prestito*** *tomar prestado*; ***dare un libro ~ visione*** *dar un libro para examinarlo*; ***venire ~ soccorso di q*** *llegar en ayuda de alg*; 7. (*materia*) de; ***mobili ~ rovere*** *muebles de roble*; ***valigia ~ cuoio*** *maleta de cuero*; 8. (*causa*) a; ***piangere nel pensarci*** *llorar al pensarlo/llorar pensándolo*; 9. (*cantidad*) en; ***dividere ~ due*** *partir en dos*; ***di tre ~ tre*** *de tres en tres*; ***di quando ~ quando*** *de vez en cuando*; ***~ gran numero*** *en gran número*; ***erano ~ quattro*** *eran cuatro*; entre; ***l'hanno fatto ~ due*** *lo han hecho entre dos*; 10. (*limitación*) en, de; ***esperto ~ filosofia*** *experto en filosofía*; ***commerciante ~ tessuti*** *comerciante de tejidos*

INA (*Istituto Nazionale delle Assicurazioni*) *abr* ="instituto nacional de seguros"

inabbordabile *adj* (*persona*) inabordable, inaccesible

inabil|e *adj* incapacitado, -a; *mil* inútil ◊ ***~ al lavoro*** incapacitado laboral; ***~ al servizio militare*** inútil para el servicio a filas; **~ità** *f inv* incapacidad *f*; *mil* inutilidad *f*; **~itare** ‹*esd*› *vt* incapacitar (**a** para); *jur* inhabilitar; **~itazione** *f* incapacitación; *jur* inhabilitación

inabissa|mento *m* hundimiento; **~re** *vt* abismar, hundir

inabita|bile *adj* inhabitable; **~to, -a** *adj elev* inhabitado, -a

inaccessibil|e *adj* inaccesible; **~ità** *f inv* inaccesibilidad *f*

inaccettabil|e *adj* inaceptable; **~ità** *f inv* inaceptabilidad *f*

inaccostabile *adj tamb. fig* inabordable, inaccesible

inacerbire ‹*isc*› *vt* agravar, empeorar; exacerbar

inacidire ‹*isc*› **1.** *vt* agriar; **2.** *vi/~rsi* agriarse; (*vino*) avinagrarse ◊ ***~rsi il sangue*** hacerse mala sangre, amargarse la vida

inadatt|abile *adj* inadaptable; **~abilità** *f inv* inadaptabilidad *f*; **~o, -a** *adj* 1. inadecuado, -a (**a** para); impropio, -a; 2. incapaz, torpe

inadeguat|ezza *f* inadecuación; **~o, -a** *adj* inadecuado, -a

inadempi|ente *adj/s* incumplidor, -a; **~enza** *f* incumplimiento *m*; **~mento** *m* incumplimiento

inafferrabile *adj* inaprensible

inaffondabile *adj* insumergible

inagibile *adj* 1. (*edificio, servicio*) fuera de servicio, inutilizable; (*terreno*) impracticable; 2. inservible

inala|re *vt* inhalar; **~tore** *m* inhalador, pulverizador; **~zione** *f* inhalación

inalberare ‹*esd*› *vt* enarbolar, izar

inalienabile *adj jur* inalienable

inaltera|bile *adj* inalterable, inmutable; **~bilità** *f inv* inalterabilidad *f*; **~to, -a** *adj* inalterado, -a

INAM (*Istituto Nazionale per l'Assicurazione contro le malattie*) *abr/m* ="instituto nacional del seguro de enfermedad"

inamidare ‹*esd*› *vt* almidonar

inammissibil|e *adj* inadmisible, inaceptable; **~ità** *f inv* inadmisibilidad *f*, inaceptabilidad *f*

inamovibile *adj* inamovible, firme

inane *adj* inane; **~llare** *vt* anillar, ensortijar

inani|mato, -a *adj* inanimado, -a; **~zione** *f med* inanición

inappaga|bile *adj* insaciable; **~mento** *m* insaciabilidad *f*; **~to, -a** *adj* despagado, -a, insatisfecho, -a

inappellabile *adj* inapelable

inappeten|te *adj* inapetente; **~za** *f* inapetencia, desgana

inapplicabil|e *adj* inaplicable; **~ità** *f inv* inaplicabilidad *f*

inapprensibile *adj* inaprensible

inapprezzabile *adj* 1. inapreciable, inestimable; 2. inapreciable, insignificante

inappuntabile *adj* irreprochable

inarca|mento *m* arqueo; **~re** *vt* arquear, enarcar; ***~ le sopracciglia*** *enarcar las cejas*

inargentare *vt* platear

inaridi|mento *m* resecamiento; **~re** ‹*isc*› *vt* secar, resecar

inarrestabile *adj* imparable

inarrivabile *adj* 1. inalcanzable; 2. inigualable

inarticolato, -a *adj* inarticulado, -a

inascoltato, -a *adj* desoído, -a, desatendido, -a

inaspettato, -a *adj* inesperado, -a

inasprimento *m* recrudecimiento

inasprire ‹*isc*› **1.** *vt* recrudecer, enconar; **2.** *vi/~rsi* recrudecerse, enconarse

inastare *vt* (*bandera*) izar; (*bayoneta*) calar

inattaccabile *adj* 1. inatacable; 2. resistente

inattendibil|e *adj* poco de fiar; **~ità** *f inv* escasa fiabilidad *f*, falta de credibilidad *f*

inatteso, -a *adj* inesperado, -a, imprevisto, -a

inattitudine *f* incapacidad

inattiv|are *vt* desactivar; **~ità** *f inv* inactividad *f*; **~o, -a** *adj* inactivo, -a

inattua|bile *adj* irrealizable, impracticable; **~le** *adj* 1. anacrónico, -a; 2. pasado, -a de moda

inaudito, -a *adj* inaudito, -a

inaugural|e *adj* inaugural; **~re** ‹*esd*› *vt tamb. fig* inaugurar; **~zione** *f* inauguración

inavvedut|ezza *f* 1. descuido *m*, distracción; 2. inconsciencia, imprudencia; **~o, -a** *adj* 1. descuidado, -a, distraído, -a; 2. inconsciente, imprudente

inavvert|enza *f* 1. inadvertencia; 2. imprudencia; **~ito, -a** *adj* inadvertido, -a, desapercibido, -a ◊ ***passare ~*** pasar desapercibido

inazione *f* inacción

inca *adj/s inv* inca *adj/s*

incagli|are *vi/~rsi* 1. *nav* encallar, embarrancar; 2. *fig* atascarse, encallar; **~o** (*pl* **-gli**) *m* 1. *nav* encalladura *f*, embarrancadura *f*; 2. escollo, obstáculo

incaico, -a (*m pl* **-ci**) *adj* incaico, -a

incalcinare *vt* encalar

incalcolabile *adj* incalculable, inestimable

incallì|mento *m* 1. callosidad *f*; 2. obstinación *f*, cabezonería *f*; **~re** ‹*isc*› **1.** *vt* 1. (*hacer callos*) encallecer; 2. curtir, endurecer; **2.** *vi/~rsi* 1. encallecerse; 2. encallecerse, acostumbrarse; ***~rsi nel vizio*** *encallecerse en el vicio*; **~to, -a** *adj* 1. encallecido, -a; 2. empedernido, -a, impenitente, inveterado, -a; ***fumatore ~*** *fumador empedernido*

incalorirsi acalorarse, enardecerse

incalza|nte *adj* apremiante; **~re 1.** *vt* perseguir, hostigar; apremiar; ***il tempo ci incalza*** *el tiempo (nos) apremia*; **2. ~rsi** sucederse, pisarse los talones

incamera|mento *m jur* incautación *f*; **~re** ‹*esd*› *vt jur* incautarse (**qc** de u-c)

incamicia|re *vt* revestir; *mec* encamisar; **~tura** *f* revestimiento *m*; *mec* encamisado *m*

incamminare 1. *vt* encaminar, encarrilar, aviar; **2. ~rsi** encaminarse, encarrilarse

incanala|re *vt* canalizar, encauzar; **~tura** *f* canalización, encauzamiento *m*

incancellabile *adj* imborrable

incancrenire ‹*isc*› *vi med* gangrenarse; (*vicio*) enquistarse

incandescen|te *adj* incandescente; **~za** *f* incandescencia

incannicciata *f* encañizado *m*

incant|amento *m* encantamiento, encanto, embrujo; **~are** *vt* 1. encantar, embrujar; 2. encantar, embelesar, fascinar; **~ato, -a** *adj* 1. encantado, -a, embrujado, -a; ***castello ~*** *castillo encantado*; mágico, -a; ***anello ~*** *anillo mágico*; 2. embelesado, -a, embobado, -a; **~atore, -trice** *adj/m* encantador, -a; **~esimo** *m* hechizo, embrujo; **~evole** *adj* encantador, -a; **~o** *m* 1. encanto, magia *f*, embrujo; 2. encanto, fascinación *f*; 3. *com* subasta *f* ◊ ***come per ~*** *adv* como por encanto, como por ensalmo; ***comperare all'~*** comprar en subasta; ***d'~*** *adv* de fábula, de cine; ***essere un ~*** ser un encanto; ***mettere all'~*** sacar a subasta

incanutire ‹*isc*› *vi* encanecer

incapac|e 1. *adj* incapaz; ***è ~ di mentire*** *es incapaz de mentir*; *desp* inepto, -a, inútil; *jur* incapaz; **2.** *m/f* incapaz; *desp* inepto, -a; *jur* incapacitado, -a; **~ità** *f inv* incapacidad *f*; *desp* ineptitud *f*, inutilidad *f*; *jur* incapacidad *f*

incaparbirsi ‹*isc*› emperrarse, empeñarse, obstinarse (**in qc/a fare qc** en hacer u-c)

incapestrare *vt raro* encabestrar

incaponirsi ‹*isc*› emperrarse, empeñarse, obstinarse (**in qc/a fare qc** en hacer u-c)

incappare 1. *vt* encapar, encapotar; **2.** *vi/~rsi* topar(se) (**in** con), tropezar(se) (**in** con)

incappottare *vt* abrigar, poner un abrigo

incappucciare *vt* encapuchar

incapricciarsi encapricharse (**a/di** con)

incapsula|mento *m* encapsulado; **~re** ‹*esd*› *vt* encapsular

incarcera|mento *m* encarcelamiento; **~re** ‹*esd*› *vt* encarcelar, encerrar

incardinare ‹*esd*› *vt* 1. enquiciar, engoznar; 2. basar, fundar; 3. *relig* incardinar

incaric|are ‹*esd*› **1.** *vt* encargar, encomendar; **2. ~rsi** encargarse, ocuparse; **~ato, -a** *adj/s* encargado, -a ◊ ***~ d'affari*** *dipl* encargado de negocios; **~o** (*pl* **-chi**) *m* 1. encargo, tarea *f*; 2. *adm* puesto interino, interinidad *f*

incarn|are *vt* encarnar; **~ato, -a** *adj/m* encarnado, -a; **~azione** *f relig tamb. fig* encarnación; **~ire** ‹*isc*› *vi* encarnarse

incarognire ‹*isc*› *vi/~rsi* 1. envilecerse; apoltronarse; 2. *med* hacerse crónico

incarta|mento *m adm* expediente, legajo; **~pecorire** ‹*isc*› *vi* 1. apergaminarse; 2. anquilosarse; **~re** *vt* (*con papel*) envolver, empaquetar

incarto *m* 1. envoltorio; 2. *adm* expediente, legajo; **~cciare** *vt* (*en un cucurucho*) envolver; **~nare** *vt* encartonar; **~nato, -a** *adj* en cartoné

incasellare *vt* 1. encasillar; 2. (*conceptos*) clasificar

incasinare *vt coloq* embarullar, liar

incassa|mento *m* encajonamiento; **~re** *vt* 1. guardar en cajas; 2. encajar, encajonar, empotrar; (*río*) encauzar; (*mosaico*) engarzar; 3. *com* ingresar; 4. (*golpes, ofensas*) encajar; **~to, -a** *adj* empotrado, -a ◊ ***forno ~*** *m* horno empotrado; **~tore, -trice** *m/f* 1. embalador, -a, empaquetador, -a; 2. *sport tamb. fig* (*púgil*) encajador, -a; **~tura** *f* encaje *m*, encajadura; *arq* hueco *m*, vano *m*

incasso *m com* ingreso; *arq* vano, hueco ◊ ***da ~*** *adj* empotrable

incastellatura *f* armazón *m/f*; andamio *m*

incaston|are *vt* engastar, engarzar; **~atura** *f* engaste *m*, engarce *m*

incastr|are 1. *vt* 1. encajar, acoplar; *tecn* ensamblar; 2. *coloq* (*engañar*) embrollar, enredar; **2.** *vi* encajar, acoplar; **3. ~rsi** atascarse; (*arma*) encasquillarse; **~atura** *f* encaje *m*, acoplado *m*; *tecn* ensamblaje *m*; **~o** *m* encaje, encajadura *f*

incatena|mento *m* encadenamiento; **~re** *vt* encadenar

incatorzolire ‹*isc*› *vi* (*fruta*) acorcharse

incatramare *vt* alquitranar

incattivire ‹*isc*› **1.** *vt* malear, estropear; **2.** *vi/~rsi* malearse, estropearse

incauto, -a *adj* incauto, -a

incava|re *vt* ahuecar; **~to, -a** *adj* (*ojos*) hundido, -a; (*mejillas*) demacrado, -a; **~tura** *f* ahuecamiento *m*; hueco *m*, cavidad
incavezzare *vt* encabestrar
incavicchiare *vt* enclavijar
incavigliare *vt* enclavijar
incavo *m* hueco, cavidad *f*
incavola|rsi *euf/coloq* cabrearse; **~tura** *f euf/coloq* cabreo *m*
incazza|rsi *vulg* cabrearse (*coloq*); **~tura** *f vulg* cabreo *m* (*coloq*)
incedere 1. *vi* ‹*avere*› caminar majestuosamente; **2.** *m* (*majestuoso*) paso
incedibile *adj* intransferible
incendi|are *vt* incendiar; **~ario, -a** (*m pl* **-ri**) *adj/s* incendiario, -a; **~o** (*pl* **-di**) *m* incendio
inceneri|mento *m* incineración *f*; **~re** ‹*isc*› *vt* incinerar; **~tore** *m* incineradora *f*
incensa|mento *m* incensación *f*; **~re** *vt relig tamb. fig* incensar; **~ta** *f relig tamb. fig* incensada; **~tore** *m* incensario
incensiere *m* incensario
incenso *m relig tamb. fig* incienso
incensura|bile *adj* incensurable, intachable; **~to, -a** *adj* 1. *jur* sin antecedentes; 2. irreprochable, intachable
incentiv|are *vt* incentivar, estimular, promover; **~azione** *f* incentivación; **~o** *m* incentivo, estímulo, aliciente ◊ **~ *fiscale*** incentivo fiscal
inceppa|mento *m* 1. paralización *f*; 2. obstrucción *f*; **~re** *vt* 1. paralizar, bloquear; 2. obstruir, obstaculizar
incera|re *vt* encerar; **~ta** *f* (*tela*) encerado *m*, hule *m*; **~tura** *f* enceramiento *m*
incert|ezza *f* incertidumbre; **~o, -a 1.** *adj* incierto, -a; **2.** *mpl* extras, pluses ◊ ***gli ~i del mestiere*** *mpl* los gajes del oficio
incespicare ‹*esd*› *vi* ‹*avere*› 1. tropezar (**in** en/con); 2. (*hablando*) atascarse, trastabillar; **~ *nel leggere*** *atascarse leyendo*
incessante *adj* incesante
incest|o *m* incesto; **~uoso, -a** *adj* incestuoso, -a
incetta *f* acaparamiento *m*, acopio *m*; **~re** *vt* acaparar, hacer acopio; **~tore, -trice** *m/f* acaparador, -a, especulador, -a
inchiavettare *vt tecn* enchavetar
inchiesta *f jur* investigación, encuesta; *adm* expediente *m* ◊ **~ *giudiziaria*** investigación judicial; **~ *statistica*** encuesta (estadística); ***commissione d'~*** *f* comisión de investigación; ***svolgere un'~*** llevar a cabo una investigación
inchin|are *vt* inclinar, doblar, agachar; **~ *la fronte, la testa*** *agachar la frente, la cabeza*; **~o** *m* reverencia *f*
inchiodare *vt* 1. clavar; 2. tener sujeto (**qc in un posto** a alg en un sitio), tener atado (**qc in un posto** a alg en un sitio); 3. *auto* frenar en seco
inchiostr|are *vt* manchar de tinta; *impr* entintar; **~azione** *f* entintado *m*; **~o** *m* tinta *f* ◊ **~ *copiativo*** tinta comunicativa (*f*); **~ *da stampa*** tinta de imprenta (*f*); **~ *di china*** tinta china (*f*); **~ *simpatico*** tinta simpática (*f*)
inciampa|re *vi* ‹*avere/essere*› tropezar (**in** en/con); toparse (**in** con); **~icare** ‹*esd*› *vi* ‹*avere*› trompicar, dar tumbos; **~icone** *m* tropezón; **~o** *m* 1. traspié, tropiezo; 2. obstáculo, traba *f* ◊ ***essere d'~ a q*** ser un estorbo para alg
inciden|tale *adj ling/jur tamb. fig* incidental; **~te 1.** *adj* incidente; **2.** *m* (*discusión*) incidente, altercado; *auto/jur* accidente (!) ◊ **~ *stradale*** accidente de circulación; **~ *sul lavoro*** accidente de trabajo; ***raggio ~*** *m* rayo incidente; **~za** *f mat* incidencia; *fig* incidencia, repercusión
incidere ‹*incisi; inciso*› V. 61 **1.** *vi* ‹*avere*› incidir, influir (**su** sobre/en); **2.** *vt* incidir, cortar; *med* incidir, hacer una incisión; *arte* esculpir, grabar, incidir; **~ *il legno, la pietra*** *esculpir la madera, la piedra*; *mús/cine/tipogr* grabar; **~ *su nastro magnetico*** *grabar en cinta magnética*
incile *m geogr* sangría *f*
incinera|re ‹*esd*› *vt* incinerar; **~zione** *f* incineración
incinta *adj* encinta, embarazada; **è ~ *di quattro mesi*** *está embarazada de cuatro meses*
incipiente *adj* incipiente
inciprìare *vt* empolvar, dar polvos
incirca: all'~ *adv* más o menos, aproximadamente
incisi... V. **incidere**; **~one** *f* incisión, corte *m*; *arte* grabado *m*; **~ *all'acquaforte*** *grabado al agua fuerte*; *mús/cine* grabación; **~vità** *f inv* incisividad *f*; **~vo, -a** *adj/m* incisivo, -a
inciso 1. *m* inciso; **2.** *pp* V. **incidere** ◊ ***per ~*** *adv* de paso; **~re** *m arte* grabador; **~rio, -a** (*m pl* **-ri**) *adj* incisorio, -a ◊ ***sala ~a*** *f med* sala de disección
incista|mento *m med* enquistamiento; **~rsi** *med* enquistarse
incita|mento *m* incitación *f*, instigación *f*; **~re** ‹*esd/incito*› *vt* incitar, instigar, azuzar; **~tore, -trice** *m/f* incitador, -a, instigador, -a
incitrullire ‹*isc*› *vt* atontar, embobar
inciucì|are *vi period/pol coloq/desp* pastelear; **~o** (*pl* **-ci**) *m pol desp* embrollo, pasteleo
incivil|e *adj* incivil, bárbaro, -a, salvaje; **~imento** *m* civilización *f*, desbastamiento; **~ire** ‹*isc*› *vt* civilizar; **~tà** *f inv* incivilidad *f*, barbarie *f*, salvajismo *m*
inclassificabile *adj* 1. inclasificable; 2. (*indigno*) incalificable
inclemen|te *adj meteo tamb. fig* inclemente; **~za** *f meteo tamb. fig* inclemencia
inclina|bile *adj* reclinable; **~re 1.** *vt* inclinar; **2.** *vi* ‹*avere*› inclinarse; inclinarse, propender, tender (**a** a); **3. ~rsi** inclinarse, hacer una reverencia; **~zione** *f tamb. fig* inclinación
incline *adj* inclinado, -a, propenso, -a (**a** a)
inclito, -a *adj* ínclito, -a
includere ‹*inclusi; incluso*› V. 10 *vt* incluir
inclus|ione *f* inclusión; **~ivo, -a** *adj* inclusivo, -a; **~o** V. **includere**
incoa|re ‹*sólo infinitivo y pp*› *v/def jur* incoar; **~tivo, -a** *adj* incoativo, -a

incocciare *vt* 1. *nav* enganchar; 2. *centr* encontrar, toparse (**q/qc** con alg/con u-c)
incoercibile *adj* incoercible
incoeren|te *adj* incoherente, incongruente; **~za** *f* incoherencia, incongruencia
incogliere ‹*colgo; colsi; colto*› V. 12 *vi elev* acaecer, acontecer
incognit|a *f mat tamb. fig* incógnita; **~o, -a** *adj/m* incógnito, -a ◊ ***in ~*** *adj* de incógnito
incolgo... V. **incogliere**
incolla|ggio (*pl* **-gi**) *m* encolado, encoladura *f*; **~re** *vt* encolar, pegar; **~tura** *f tecn* encoladura, encolado *m*
incollerire ‹*isc*› *vi* encolerizarse, enfurecerse
incolmabile *adj* incolmable
incolonna|mento *m auto* (*embotellamiento*) caravana *f*; **~re** *vt impr/mil* poner en columnas; **~tore** *m mec* tabulador
incolore (*var.* **incoloro, -a**) *adj* incoloro, -a
incolp|are *vt* inculpar, acusar; **~evole** *adj* inocente; **~evolezza** *f* inocencia
incolsi... V. **incogliere**
incolto, -a 1. *adj* 1. *agric* inculto, -a, yermo, -a; 2. inculto, -a, ignorante; **2.** *pp* V. **incogliere**
incolum|e *adj* incólume; **~ità** *f inv* incolumidad *f*
incombenza *f* incumbencia
incombere ‹*sin pp ni tiempos compuestos*› *vi/def* incumbir
incombustibile *adj* incombustible
incominciare *vt/i* comenzar, empezar
incommensurabile *adj* inconmensurable
incommutabile *adj* inconmutable
incomod|are ‹*esd*› *vt* incomodar, importunar; **~o, -a 1.** *adj* incómodo, -a; **2.** *m* molestia *f*, fastidio, engorro ◊ ***essere d'~ per q*** resultar molesto a alg, ser una molestia para alg; ***levare l'~*** quitarse de en medio; ***scusi l'~*** perdone la(s) molestia(s)
incomparabi|le *adj* incomparable, inigualable
incompatibi|le *adj* incompatible; **~ità** *f inv* incompatibilidad *f* ◊ ***~ di carattere*** *jur* incompatibilidad de caracteres
incompeten|te *adj/s* incompetente; **~za** *f* incompetencia
incompiuto, -a *adj* inacabado, -a, incompleto, -a
incompleto, -a *adj* incompleto, -a
incompost|ezza *f* descompostura, desaliñamiento *m*; **~o, -a** *adj* incompuesto, -a, desaliñado, -a
incomprensi|bile *adj* incomprensible; **~bilità** *f inv* incomprensibilidad *f*; **~one** *f* incomprensión
incompreso, -a *adj/s* incomprendido, -a
incompressibilità *f inv fís* incomprensibilidad *f*
incomunicabi|le *adj* incomunicable; **~ità** *f inv* incomunicabilidad *f*
inconcepibile *adj* inconcebible
inconciliabile *adj* inconciliable
inconcludente *adj* 1. (*esfuerzo, palabras*) vano, -a; 2. (*persona*) irresoluto, -a
incondizionato, -a *adj* incondicional
inconfessa|bile *adj* inconfesable; **~to, -a** *adj* inconfesable
inconfondibile *adj* inconfundible
inconfutabile *adj* irrefutable, incontrovertible
incongru|ente *adj* incongruente; **~enza** *f* incongruencia; **~o, -a** *adj* incongruo, -a, incongruente
inconsap|evole *adj* ignorante, no sabedor, -a, ajeno, -a; ***~ di un rischio*** *ajeno a un riesgo*; **~evolezza** *f* ignorancia
inconscio, -a (*m pl* **-sci**) **1.** *adj* inconsciente; **2.** *m psicol* inconsciente
inconseguen|te *adj* inconsecuente, incoherente; **~za** *f* inconsecuencia, incoherencia
inconsiderat|ezza *f* atolondramiento *m*, irreflexión; **~o, -a** *adj* irreflexivo, -a, atolondrado, -a
inconsisten|te *adj* inconsistente; **~za** *f* inconsistencia
inconsolabile *adj* inconsolable
inconsu|eto, -a *adj* inhabitual, raro, -a; insólito, -a; **~lto, -a** *adj* inconsulto, -a
incontaminato, -a *adj* incontaminado, -a
incontenibile *adj* incontenible
incontentabile *adj* exigente, descontentadizo, -a; insatisfecho, -a
incontesta|bile *adj* incontestable, indiscutible; **~to, -a** *adj* incontestable, incontestado, -a
incontinenza *f* incontinencia ◊ ***~ d'urina*** *med* incontinencia de orina
incontra|re 1. *vt* 1. encontrar, ver; ***ho incontrato tua sorella*** *he encontrado/he visto a tu hermana*; 2. (*dificultades...*) afrontar; *sport* enfrentarse (**q** a alg), jugar (**q** con/contra alg); **2. ~rsi** coincidir *vi*; **~rio: all'~** *adv* al contrario, al revés; **~stabile** *adj* incontestable, incontrovertible; **~stato, -a** *adj* incontestable
incontro 1. *m* encuentro; reunión *f*; **2.** *adv* al encuentro; ***mi corse ~*** *corrió a mi encuentro*; ***correre ~ a q*** *correr al encuentro de alg* ◊ ***~ a*** *prep* al encuentro de; ***~ al vertice*** encuentro en la cumbre; ***andare ~ a qc*** afrontar u-c; ***andare, venire ~ a q*** salir/ir en ayuda de alg; **~llabile** *adj* incontrolable; **~llato, -a** *adj* incontrolado, -a; **~vertibile** *adj* incontrovertible, indiscutible
inconveniente *m* inconveniente
incoordinazione *f med* incoordinación
incoraggia|mento *m* ánimo; **~re** *vt* animar, alentar
incordatura *f mús* encordadura
incornare *vt* 1. cornear; 2. *coloq* poner los cuernos (**q** a alg), pegársela (**q** a alg)
incornicia|re *vt* enmarcar, encuadrar; **~tura** *f* enmarcado *m*
incorona|re *vt* 1. coronar; 2. *coloq* poner los cuernos (**q** a alg); **~zione** *f* coronación
incorpora|re *vt* incorporar, añadir; **~zione** *f* incorporación
incorporeità *f inv* incorporeidad *f*; **~o, -a** *adj* incorpóreo, -a
incorreggibile *adj tamb. fig* incorregible

incorrere ‹*corsi; corso*› V. 18 *vi* incurrir; **~ *in un errore*** *incurrir/caer en un error*
incorretto, -a *adj* incorrecto, -a
incorrezione *f* incorrección
incorrotto, -a *adj* incorrupto, -a
incorruttibile *adj* incorruptible
incorsi..., incorso V. **incorrere**
incoscienlte *adj/s* 1. *med* inconsciente; 2. inconsciente, irresponsable; **~za** *f* 1. *med* inconsciencia; 2. inconsciencia, irresponsabilidad
incostanlte *adj* inconstante; **~za** *f* inconstancia
incostituzionale *adj* inconstitucional
incredibille *adj* increíble; ***è qc di ~*** *es algo increíble, es lo nunca visto*; **~ità** *f inv* incredibilidad *f*
incredullità *f inv* incredulidad *f*; **~o, -a** *adj/s* incrédulo, -a
incrementlare *vt* incrementar; **~o** *m* incremento, crecimiento ◊ **~ *demografico*** crecimiento demográfico
in crescendo *adv* in crescendo
increscioso, -a *adj* enojoso, -a, molesto, -a, fastidioso, -a
increspalre *vt* encrespar; **~to, -a** *adj* encrespado, -a, crespo, -a; **~tura** *f* encrespado *m*
incretinire ‹*isc*› *vt* atontar, entontecer, embobar
incriminalre ‹*esd*› *vt jur* incriminar; **~zione** *f jur* incriminación, acusación
incrinalre *vt* resquebrajar; (*amistad, reputación*) dañar, comprometer; **~tura** *f* 1. (*material*) resquebrajadura, resquebrajamiento *m*, raja; 2. (*ideología, relación...*) fisura
incrocilare *vt* cruzar; *biol* cruzar; **~atore** *m nav/mil* crucero; **~o** (*pl* **-ci**) *m auto* cruce, encrucijada *f*; *biol* cruce
incrollabile *adj* inquebrantable, sólido, -a
incrostalre *vt* 1. (*cubrir con una costra*) encostrar; 2. (*embutir*) incrustar; **~zione** *f* incrustación
incrudlelire ‹*isc*› *vi* 1. ‹*avere*› ensañarse, encarnizarse; 2. ‹*essere*› endurecerse, volverse cruel; **~imento** *m metal* endurecimiento por conformación en frío; **~ire** ‹*isc*› **1.** *vt* recruceder; **2.** *vi* 1. recrudecerse, endurecerse, empeorar; 2. *metal* endurecer conformando en frío
incruento, -a *adj* incruento, -a
incubaltrice *f* incubadora; **~zione** *f* incubación
incubo *m* pesadilla *f*
incudine *f* yunque *m* ◊ ***essere tra l'~ e il martello*** estar entre la espada y la pared
inculalre *vt* 1. *vulg* dar por culo; 2. *vulg* (*molestar*) dar por culo, joder; **~ta** *f* 1. *vulg* ="acción de dar por culo"; 2. putada, cabronada
inculcare *vt* inculcar
incultura *f* incultura
incunabolo *m* incunable
incuneare ‹*esd*› *vt* (*meter cuñas*) acuñar
incupire ‹*isc*› **1.** *vt* 1. oscurecer; 2. entristecer; **2. ~rsi** 1. oscurecerse; 2. entristecerse
incuralbile *adj* incurable; **~nte** *adj* negligente, dejado, -a; **~nza** *f* negligencia, dejadez
incurila *f* incuria; **~osire** ‹*isc*› *vt* intrigar
incursione *f mil tamb. fig* incursión
incurvalmento *m* encorvamiento, encorvadura *f*; **~re** *vt* encorvar, curvar, combar ◊ **~ *la schiena*** (*someterse*) agachar la cabeza
incussi..., incusso V. **incutere**
incustodito, -a *adj* sin vigilancia ◊ ***passaggio a livello ~*** *m* paso a nivel sin barreras
incutere ‹*incussi; incusso*› V. 23 *vt* infundir, inspirar
indaco 1. *m* (*color, quím*) añil, índigo; **2.** *adj inv* (*color*) añil *adj*, índigo, -a *adj*
indaffarato, -a *adj* atareado, -a, ajetreado, -a, ocupado, -a
indagalre *vt/i* ‹*avere*› indagar, inquirir, investigar; **~tore, -trice** *adj/s* indagador, -a
indagine *f* indagación, pesquisa
indebitalmento *m* endeudadmiento; **~rsi** ‹*esd*› endeudarse
indebito, -a *adj* 1. indebido, -a; 2. inmerecido, -a
indebolilmento *m* debilitamiento; **~re** ‹*isc*› *vt* debilitar
indecenlte *adj* indecente; **~za** *f* indecencia
indecifrabile *adj* indescifrable
indecislione *f* indecisión; **~o, -a** *adj* indeciso, -a
indeclinabile *adj ling tamb. fig* indeclinable
indecoroso, -a *adj* indecoroso, -a
indefesso, -a *adj* incansable, infatigable
indefettibile *adj* indefectible
indefinilbile *adj* indefinible; **~to, -a** *adj* indefinido, -a; ***aggettivo, pronome ~*** *adjetivo, pronombre indefinido*
indeformabile *adj* indeformable
indegnlità *f inv* indignidad *f*; **~o, -a** *adj* indigno, -a
indeiscente *adj bot* indehiscente
indelebile *adj* indeleble
indelicatlezza *f* indelicadeza, indiscreción; **~o, -a** *adj* indelicado, -a, indiscreto, -a
indemagliabile *adj* indesmallable, no deshilachable
indemoniato, -a *adj/s* endemoniado, -a
indennle *adj* indemne, ileso, -a; **~ità** *f inv* 1. *jur* plus *m*, compensación *f*; 2. indemnización *f*, resarcimiento *m* ◊ **~ *di carovita/di contingenza*** compensación por la subida del coste de la vida; **~ *di licenziamento*** indemnización por despido; **~ *di trasferta*** dieta (*f*); **~ *salariale*** plus salarial; **~izzare** *vt* indemnizar, resarcir, compensar; **~izzo** *m* indemnización *f*, resarcimiento
indentro (*var.* **in dentro**) *adv* adentro, hacia dentro
inderogabille *adj* inderogable; **~ità** *f inv* inderogabilidad *f*
indescrivibile *adj* indescriptible, inenarrable
indesideralbile *adj* indeseable; **~to, -a** *adj* 1. inesperado, -a; 2. indeseable
indeterminalbile *adj* indeterminable; **~tezza** *f* indeterminación, imprecisión, vaguedad; **~tivo, -a** *adj ling* indeterminado, -a; ***articolo ~*** *artículo indeterminado*; **~to, -a** *adj* indeterminado,

-a; **~zione** *f* 1. indeterminación, imprecisión; 2. indeterminación, indecisión
indetto V. **indire**
indi *adv elev* de ahí
India: l'~ *f* la India; ***~no, -a** *adj/s* 1. (*de la India*) indio, -a, hindú; 2. (*de América*) indio, -a; 3. (*océano*) índico; ***Oceano *~*** *Océano Índico* ◊ ***fare l'~*** hacerse el sueco, hacerse el loco, no darse por enterado; ***in fila ~a*** *adv* en fila india
indiavolato, -a *adj* endiablado, -a
indica|re ‹*esd*› *vt* indicar, señalar; **~tivo, -a 1.** *adj* indicativo, -a; **2.** *m ling/telec* indicativo ◊ ***modo ~*** *m ling* modo indicativo; **~to, -a** *adj tamb. fig* indicado, -a; **~tore, -trice 1.** *adj* indicador, -a; ***cartello ~*** *cartel indicador*; **2.** *m tecn* indicador, testigo ◊ ***~ di direzione*** *auto* intermitente (*m*); **~zione** *f* indicación
indice *m* 1. *med/mat/impr* índice; 2. *tecn* indicador; 3. indicio, señal *f* ◊ ***~ analitico*** índice analítico, índice de materias; ***~ dei libri proibiti*** índice, índice expurgatorio; ***~ di gradimento*** *fís* índice de aceptación; ***~ di refrazione*** *fís* índice de refracción
indici|bile *adj* indecible; **~zzare** *vt* indizar, indexar; **~zzazione** *f* indización, indexación
indico... V. **indire, indicare**
indietr|eggiare *vi* ‹*avere/essere*› retroceder; **~o 1.** *adv* atrás; hacia atrás; **2.** *excl* ¡atrás! ◊ ***all'~*** *adv* hacia atrás, marcha atrás; ***essere ~*** (*reloj*) atrasar(se), retrasarse, ir retrasado; ***essere ~ con il lavoro*** ir retrasado en el trabajo; ***fare marcia ~*** *tamb. fig* hacer marcha atrás, retroceder; ***farsi ~*** *tamb. fig* echarse atrás; ***restare ~*** quedarse atrás, retrasarse; ***tirarsi ~*** echarse atrás; ***tornare ~*** volver atrás, desandar lo andado; ***voltarsi ~*** girarse, darse la vuelta
indife|ribile *adj* inaplazable; **~so, -a** *adj* indefenso, -a, desamparado, -a
indifferen|te *adj/s* indiferente; **~za** *f* indiferencia
indigeno, -a *adj/s* indígena, nativo, -a
indigen|te *adj/s* indigente; **~za** *f* indigencia
indigest|ione *f* 1. *med* indigestión, empacho *m*; 2. atracón *m*; ***fare un'~ di film*** *darse un atracón de peliculas*; **~o, -a** *adj* indigesto, -a
indigna|re *vt/i* indignar; **~zione** *f* indignación
indilazionabile *adj* improrrogable, inaplazable
indimenticabile *adj* inolvidable
indio, -a (*m pl* **-di**) **1.** *adj/s* (*de América*) indio, -a; **2.** *m quím* indio
indipenden|te *adj/s* independiente; **~tismo** *m* independentismo; **~tista** *m/f* independentista; **~za** *f* independencia
indire ‹*dico; dissi; detto*› V. 21 *vt adm* convocar; (*guerra*) declarar ◊ ***~ le elezioni*** convocar elecciones; ***~ un concorso*** convocar una oposición; **~tto, -a** *adj* indirecto, -a
indirizz|are *vt* 1. dirigir; 2. *correo* escribir la dirección; **~ario** (*pl* **-ri**) *m com* directorio; **~o** *m* 1. (*domicilio*) dirección *f* (!), señas *fpl*; 2. dirección *f* (!), línea *f*, tendencia *f*; *estud* itinerario (curricular)
indisciplina *f* indisciplina; **~to, -a** *adj/s* indisciplinado, -a
indiscre|to, -a *adj* indiscreto, -a; **~zione** *f* indiscreción
indiscriminato, -a *adj* indiscriminado, -a
indiscusso, -a *adj* indiscutible, incuestionable
indiscutibile *adj* indiscutible
indispensabile *adj* indispensable
indispettire ‹*isc*› *vt* ofender, irritar
indispo|nibile *adj* no disponible; **~rre** ‹*pongo; posi; posto*› V. 56 *vt* indisponer, irritar, ofender; **~sizione** *f* (*malestar*) indisposición; **~sto, -a 1.** *adj* indispuesto, -a; **2.** *pp* V. **indisporre**
indissi... V. **indire**
indissolubil|e *adj* indisoluble; **~ità** *f inv* indisolubilidad *f*
indistint|amente *adv* 1. indistintamente, indiferentemente, sin distinción; 2. (*vista*) confusamente, borrosamente; **~o, -a** *adj* 1. indistinto, -a, indiferente; 2. confuso, -a; 3. (*vista*) borroso, -a
indistruttibil|e *adj* indestructible; **~ità** *f inv* indestructibilidad
indisturbato, -a *adj* tranquilo, -a, sosegado, -a, apacible
indivia *f bot* endibia, endivia
individu|ale *adj* individual; **~alismo** *m* individualismo; **~alista** *adj/s* individualista; **~alistico, -a** (*m pl* **-ci**) *adj* individualístico, -a; **~alità** *f inv* individualidad *f*; **~alizzare** *vt* individualizar; **~are** ‹*esd*› *vt* 1. individuar, caracterizar, especificar; 2. determinar, localizar, detectar; **~azione** *f* 1. individuación, caracterización, especificación; 2. localización, detección; **~o** *m* individuo; *desp* individuo, sujeto, tipo
indivisibil|e *adj* indivisible; **~ità** *f inv* indivisibilidad *f*
indiviso, -a *adj* indiviso, -a
indizi|are *vt jur* convertir en sospechoso; **~ario, -a** (*m pl* **-ri**) *adj jur* indiciario, -a; **~ato, -a** *adj/s jur* sospechoso, -a; **~o** (*pl* **-zi**) *m* indicio
indocile *adj* díscolo, -a, rebelde, revoltoso, -a
indocilità *f inv* rebeldía *f*
indoeuropeo, -a *adj/m* indoeuropeo, -a
indole *f* índole, carácter *m*, naturaleza ◊ ***per ~*** *adv* por carácter, por naturaleza; **~nte** *adj* indolente, apático, -a; **~nza** *f* indolencia, apatía
indolenzi|mento *m med* atonía *f*; **~re** ‹*isc*› **1.** *vt* entumecer, adormecer; **2.** *vi/~rsi* entumecerse, adormecerse
indolo *m quím* indol; **~re** (*var.* **indoloro, -a**) *adj* indoloro, -a
indom|abile *adj* indomable, indómito, -a; **~ani** *m inv* día siguiente *m*; ***l' ~ del concerto*** *el día siguiente al concierto*; ***rimandare all'~*** *dejar para el día siguiente*; **~ito, -a** *adj* indómito, -a, indomable
indonesiano, -a *adj/s* indonesio, -a
indoor [inˈdɔr] *adj inv sport* en pista cubierta
indorare *vt metal* dorar; *gastr* rebozar ◊ ***~ la pillola*** dorar la píldora

indosslare *vt* vestir, llevar puesto; ponerse (**qc** u-c), vestirse (**qc** con u-c); **~atore, -trice** *m/f* modelo; **~o** *adv* encima ◊ ***avere ~*** llevar puesto; ***mettersi ~*** ponerse, vestir

indostano, -a *adj/s* indostánico, -a

indotto, -a 1. *adj* 1. inducido, -a; 2. *elev* (*ignorante*) indocto, -a; **2.** *m mec* rotor; **3.** *pp* V. **indurre**

indottrinare *vt* adoctrinar, aleccionar

indovinlare *vt* 1. adivinar, predecir, prever; 2. adivinar, acertar ◊ ***chi l'indovina è bravo*** premio para quien lo adivine, a quien lo adivine premio; **~ato, -a** *adj* acertado, -a, certero, -a; **~ello** *m* adivinanza *f*, acertijo; **~o, -a** *m/f* adivino, -a

indù *adj/s inv* hindú *adj/s*

indubbio, -a (*m pl* **-bi**) *adj* indudable, inequívoco, -a

indubitabile *adj* indudable

indugilare *vi* ‹*avere*› tardar (**a** en), entretenerse (**a** en); **~o** (*pl* **-gi**) *m* tardanza *f*, retraso, dilación *f*, demora *f* ◊ ***senza ~i*** sin demora, sin dilación, sin más tardanza

induismo *m* hinduismo

indulgenlte *adj* indulgente; **~za** *f* indulgencia ◊ ***~ plenaria*** indulgencia plenaria

indulgere ‹*dulgo; dulsi; dulto*› V. 63a *vi* ‹*avere*› condescender (**a** en), consentir (**a** en)

indulto 1. *m* indulto; **2.** *pp* V. **indulgere**

indumento 1. *m* indumento; **2.** *mpl* indumentaria *f*

indurilmento *m* endurecimiento; **~re** ‹*isc*› **1.** *vt* endurecer; **2.** *vi/~rsi* endurecerse

indurre ‹*duco; dussi; dotto*› V. 15 *vt* 1. inducir, empujar, incitar (**q a fare qc** a alg para hacer u-c); 2. *filos/fís* inducir

industria *f* industria ◊ ***~ libraria*** industria editorial; ***~ pesante*** industria pesada; ***cavaliere d'~*** *m* (*estafador*) caballero de industria; ***grande, piccola ~*** gran, pequeña industria; **~le** *adj/s* industrial; **~lismo** *m* industrialismo; **~lizzare** *vt* industrializar; **~lizzazione** *f* industrialización; **~rsi** arreglárselas (**per** para), ingeniárselas (**per** para)

industrioso, -a *adj* industrioso, -a, laborioso, -a

induttlivo, -a *adj filos/fís* inductivo, -a; **~ore** *m electr* inductor

induzione *f filos/fís* inducción

inebetire ‹*isc*› **1.** *vt* atontar, entontecer, alelar; **2.** *vi* 1. volverse tonto; 2. (*desvariar*) chochear

inebrialnte *adj* embriagador, -a; **~re** *vt tamb. fig* embriagar

ineccepibile *adj* irreprensible, incensurable

inedila *f* inedia; **~ficabile** *adj* no edificable; **~to, -a** *adj* inédito, -a

ineducato, -a *adj* maleducado, -a, grosero, -a

ineffabile *adj* inefable

inefficacle *adj* ineficaz; **~ia** (*pl* **-cie**) *f* ineficacia

inefficienlte *adj* ineficiente; **~za** *f* ineficiencia

ineguaglialbile *adj* inigualable; **~nza** *f* desigualdad

ineguale *adj* desigual

ineleggibille *adj* inelegible; **~ità** *f inv* inelegibilidad *f*

ineluttabille *adj* ineluctable, ineludible, inevitable; **~ità** *f inv* inevitabilidad *f*

inequivocabile *adj* inequívoco, -a

inerenlte *adj* inherente; **~za** *f* inherencia

inerme *adj* inerme, indefenso, -a

inerpicarsi ‹*esd*› encaramarse (**su** en)

inerte *adj* inerte

inerzia *f* inercia

Ines *f* Inés

inesattlezza *f* inexactitud; **~o, -a** *adj* inexacto, -a

inesauribile *adj* inagotable

inescusabile *adj* inexcusable

ineseguibile *adj* irrealizable

inesigibile *adj* no exigible; *com* incobrable

inesistenlte *adj* inexistente; **~za** *f* inexistencia

inesorabille *adj* inexorable; **~ità** *f inv* inexorabilidad *f*

inesperlienza *f* inexperiencia; **~to, -a** *adj* inexperto, -a

inesplicalbile *adj* inexplicable; **~to, -a** *adj* inexplicado, -a

inesploralbile *adj* inexplorable; **~to, -a** *adj* inexplorado, -a

inespresslivo, -a *adj* inexpresivo, -a; **~o, -a** *adj* tácito, -a, sobr(e)entendido, -a

inesprimibile *adj* inexpresable

inespugnabile *adj* inexpugnable

inestimabile *adj* inestimable

inestinguibile *adj* inextinguible

inestirpabile *adj* inextirpable

inestricabile *adj* inextricable

inettitudine *f* ineptitud

inetto, -a *adj/s* inepto, -a; *mil* inútil

inevaso, -a *adj adm* no tramitado, -a

inevitabile *adj* inevitable, ineludible

inezia *f* minucia, nadería, fruslería, zarandaja

infagottare *vt* 1. *coloq* (*persona*) abrigar; 2. (*ropa*) sentar mal, desmejorar

infallibille *adj* infalible; **~ità** *f inv* infalibilidad *f*

infamlare *vt* infamar, afrentar, deshonrar; **~atorio, -a** (*m pl* **-ri**) *adj* infamatorio, -a; **~e 1.** *adj* 1. infame, ignominioso, -a; 2. (*malo, feo*) infame, horrible, horroroso, -a; **2.** *m/f* 1. infame, malvado, -a; 2. delator, -a; **~ia** *f* 1. infamia, afrenta; deshonra; 2. *irón* (*cosa mala, fea*) horror *m*, porquería

infangare *vt* 1. embarrar, enfangar; 2. ensuciar, deshonrar, arrastrar por el barro

infantle, -a *adj/s* 1. infante, -a, niño, -a; 2. (*título*) infante, -a; **~icida** *m/f* infanticida; **~icidio** (*pl* **-di**) *m* infanticidio; **~ile** *adj* infantil, pueril; **~ilismo** *m med* infantilismo; *desp* puerilidad *f*, aniñamiento; **~ilità** *f inv* infantilidad *f*; *desp* puerilidad *f*, bobada *f*

infanzia *f* infancia, niñez

infarcire ‹*isc*› *vt* 1. *gastr* embutir, rellenar; 2. llenar, atiborrar, henchir; ***~ un esercizio di errori*** *llenar un ejercicio de errores*

infarina|re *vt* 1. *gastr* enharinar; 2. (*sobre un tema*) dar un barniz, dar un baño; **~tura** *f* 1. *gastr* enharinado *m*; 2. (*sobre un tema*) barniz *m*, baño *m*; ***un'~ di latino*** *un barniz de latín*
infarto *m med* infarto
infastidire ‹*isc*› **1.** *vt* molestar, fastidiar; **2. ~rsi** molestarse, irritarse
infaticabile *adj* infatigable
infatti *conj* en efecto, de hecho
infatua|re ‹*esd*› **1.** *vt* entusiasmar (**q per qc** a alg con u-c); **2. ~rsi** 1. infatuarse, engreírse; 2. exaltarse; **~zione** *f* exaltación, entusiasmo *m*; ***avere un'~ per un attore*** *ser fan de un actor, tener debilidad por un actor*
infausto, -a *adj* infausto, -a, aciago, -a
infecondo, -a *adj* estéril
infedel|e *adj/s* infiel; **~tà** *f inv* infidelidad *f*
infelic|e *adj/s* infeliz, desgraciado, -a, desventurado, -a; **~ità** *f inv* infelicidad *f*
inferenza *f filos* inferencia
inferior|e *adj/s* inferior; **~ità** *f inv* inferioridad *f*
inferire ‹*isc*› *vt* 1. (*golpes*) infligir, propinar; 2. inferir (**da** de), colegir (**da** de), deducir (**da** de)
inferm|eria *f* enfermería; **~iere, -a** *m/f* enfermero, -a; **~ieristica** *f* enfermería; **~ieristico, -a** (*m pl* **-ci**) *adj* de los enfermeros, -as; **~ità** *f inv* 1. enfermedad *f*; 2. (*moral*) debilidad *f*; **~o, -a** *adj/s* enfermo, -a
infern|ale *adj* infernal; **~o** *m tamb. fig* infierno ◊ ***un baccano d'~*** *m* un jaleo de mil demonios; ***mandare q all'~*** mandar a alg a la porra
inferocire ‹*isc*› **1.** *vt* enfurecer; **2.** *vi* 1. enfurecerse; 2. ‹*avere*› ensañarse (**contro** con); **3. ~rsi** enfurecerse
inferriata *f* reja, verja
infertilità *f inv med* esterilidad *f*
infervorare ‹*esd*› **1.** *vt* enfervorizar; **2. ~rsi** entusiasmarse, apasionarse
infesta|nte *adj* infestante ◊ ***erba, pianta ~*** mala hierba, hierbajo *m*; **~re** *vt* infestar; **~zione** *f* infestación
infett|are *vt* infectar; **~ivo, -a** *adj* infeccioso, -a; **~o, -a** *adj* 1. (*herida*) infectado, -a; 2. (*corrompido*) infecto, -a
infezione *f* infección
infiacchire ‹*isc*› **1.** *vt* debilitar; **2.** *vi/~rsi* debilitarse
infiamma|bile *adj* inflamable; **~bilità** *f inv* inflamabilidad *f*, combustibilidad *f*; **~re** *vt tamb. fig* inflamar; **~torio, -a** (*m pl* **-ri**) *adj* inflamatorio, -a; **~zione** *f* inflamación
infiascare *vt* embotellar, envasar
infibulazione *f* infibulación
inficiare *vt jur* impugnar, denunciar
infido, -a *adj* indigno, -a de confianza
infierire ‹*isc*› *vi* ‹*avere*› ensañarse (**su** con), encarnizarse
infiggere ‹*figgo; fissi; fisso*› V. 1 *vt* clavar
infila|re 1. *vt* 1. (*hilo*) enhebrar, enfilar; (*perlas*) enfilar, ensartar; *fig* encadenar; ***~ una serie di errori*** *encadenar un error detrás de otro*; 2. (*ropa*) ponerse, enfundarse; 3. (*con objetos punzantes*) ensartar, atravesar; 4. (*carretera*) enfilar; ***~ l'uscio*** *enfilar la puerta*; 5. (*decir*) soltar, colar; ***~ la risposta esatta*** *soltar la respuesta exacta*; **2. ~rsi** colarse, meterse, mezclarse; ***~rsi tra la folla*** *colarse entre la multitud*; **~ta** *f* hilera; (*perlas*) sarta
infiltra|re 1. *vt* (*organización*) infiltrar; **2. ~rsi** 1. (*gas, líquido*) filtrarse; 2. (*organización*) infiltrarse; **~to, -a** *m/f* infiltrado, -a; **~zione** *f med tamb. fig* infiltración
infilza|re *vt* (*unir cosas*) ensartar, engarzar; (*con la espada*) ensartar, atravesar; (*hablando*) soltar, colar; **~ta** *f tamb. fig* sarta; ***un'~ di bugie*** *una sarta de mentiras*
infimo, -a *adj* ínfimo, -a
infine *adv* 1. por último, finalmente; 2. al fin y al cabo, en resumidas cuentas
infingard|aggine *f* vagancia, pereza, desgana; **~o, -a** *adj/s elev* vago, -a, perezoso, -a
infinit|à *f inv* infinidad *f*, sinfín *m*; **~esimale** *adj* infinitesimal; **~esimo, -a** *adj/m* infinitésimo, -a; **~ivo, -a** *adj ling* infinitivo, -a; ***proposizione ~a*** *oración de infinitivo*; **~o, -a 1.** *adj* infinito, -a, ilimitado, -a; **2.** *m filos/mat* infinito; *ling* infinitivo ◊ ***all'~*** *adv* hasta el infinito; hasta no poder más, hasta la saciedad
infinocchiare *vt coloq* embaucar, engatusar
infiocchettare *vt* engalanar, adornar
infior|are *vt* 1. adornar con flores, cubrir de flores; 2. (*texto, discurso*) embellecer, hermosear; **~escenza** *f bot* inflorescencia
infirmare *vt jur* impugnar
infischiarsi 1. *coloq* importar un bledo (**di qc/q** u-c/alg); ***me ne infischio*** *me importa un comino, paso*; 2. reírse (**di q/qc** de alg/de u-c)
infiss|i... V. **infiggere**; **~o, -a 1.** *adj* 1. clavado, -a; 2. empotrado, -a; **2.** *m* 1. *arq* quicio, marco; 2. *ling* infijo; **3.** *pp* V. **infiggere**
infittire ‹*isc*› **1.** *vt* espesar; **2.** *vi/~rsi* espesarse
inflazione *f* inflación; ***~ galoppante*** *inflación galopante*
inflazionistico, -a (*m pl* **-ci**) *adj* inflacionista, inflacionario, -a
infless|ibile *adj tamb. fig* inflexible, rígido, -a; **~bilità** *f inv tamb. fig* inflexibilidad *f*, rigidez *f*; **~ione** *f* inflexión
infliggere ‹*fliggo; flissi; flitto*› V. 38 *vt* infligir
influente *adj* influyente
influenza *f* 1. influencia, influjo *m*; 2. *med* gripe (!) ◊ ***~ aviaria*** *vet* gripe aviar; **~bile** *adj* influenciable; **~le** *adj med* gripal; **~re** *vt* influenciar; **~to, -a** *adj* 1. *med* griposo, -a; 2. influido, -a
influire ‹*isc*› *vi* influir (**su** en/sobre)
influsso *m* influjo, influencia *f*
infocato, -a *adj* 1. *tamb. fig* candente, al rojo vivo; 2. (*palabras, rostro*) ardiente, acalorado, -a
infognarsi *coloq* empantanarse (**in/con** en/con), liarse
in folio *adj/m inv impr* infolio

infolti|mento *m* (*pelo*) espesamiento; **~re** ‹*isc*› *vt* espesar

infondat|ezza *f* falta de fundamento; ***l'~ della notizia*** *lo infundado de la noticia*; falsedad; **~o, -a** *adj* infundado, -a; falso, -a

infondere ‹*fusi; fuso*› V. 37 *vt* infundir, inspirar

inforcare *vt* 1. *agric* beldar, aventar; 2. (*gafas*) ponerse, enfundarse; 3. (*bicicleta*) montar *vi*, subir *vi*

formal|le *adj* informal; **~re** *vt* 1. informar; 2. (*adecuar*) conformar

informati|ca *f* informática; **~co, -a** (*m pl* **-ci**) *adj/s* informático, -a; **~vo, -a** *adj* informativo, -a; **~zzare** *vt* informatizar; **~zzazione** *f* informatización

informato, -a *adj* informado, -a, enterado, -a; **~re, -trice 1.** *adj* informador, -a; **2.** *m/f* informador, -a, informante; (*policía*) confidente, chivato, -a ◊ **~ *medico*** visitador médico

informazione *f* información; ***chiedere ~i su qc*** *pedir información sobre algo* ◊ **~ *di garanzia*** *jur* ="comunicación de los cargos a un imputado e invitación a nombrar un abogado defensor"

informe *adj* informe, amorfo, -a

informicol|amento *m* hormigueo; **~arsi** ‹*esd*› picar *vi*, hormiguear *vi*; **~irsi** ‹*isc*› picar *vi*, hormiguear *vi*

inforna|re *vt* enhornar, meter en el horno; **~ta** *f* hornada

infortun|arsi accidentarse, sufrir un accidente *vt*; **~ato, -a** *adj/s* accidentado, -a; *sport* lesionado, -a; **~io** (*pl* **-ni**) *m* 1. accidente; 2. infortunio, desgracia *f* ◊ **~ *sul lavoro*** accidente laboral; **~istica** *f* estudio para la prevención del riesgo de accidentes *m*

infossa|mento *m* 1. enterramiento; 2. hundimiento; **~re** *vt* 1. enterrar; 2. hundir

infracidire ‹*isc*› *vi* pudrirse

infradiciare ‹*esd*› *vt* 1. empapar; 2. pudrir

infram|messo V. **inframmettere**; **~mettenza** *f* intromisión, injerencia; **~mettere** ‹*misi; messo*› V. 44 **1.** *vt* interponer, colocar; **2. ~rsi** entrometerse, injerirse

infrancesare *vt* afrancesar

infrangere ‹*frango; fransi; franto*› V. 54 *vt* romper; (*ley*) infringir, transgredir; (*contrato*) incumplir; (*pacto*) romper

infrangibile *adj* 1. irrompible; 2. inquebrantable, indisoluble

infranto, -a 1. *adj* roto, -a; **2.** *pp* V. **infrangere** ◊ ***cuore*** **~** *m* corazón destrozado; ***idolo*** **~** *m* ídolo caído

infrarosso, -a *adj/m fís* infrarrojo, -a

infrascato *m* cabaña *f*, choza *f*

infrascritto, -a *adj* mencionado, -a a continuación, mencionado, -a más abajo

infrasettimanale *adj* entre semana

infrastruttura *f* infraestructura

infrasuono *m* ultrasonido

infrazione *f jur* infracción, violación ◊ **~ *ossea*** *med* fractura ósea

infredd|atura *f* resfriado *m*; **~olito, -a** *adj* resfriado, -a, constipado, -a

infrequen|te *adj* infrecuente; **~za** *f* infrecuencia

infrollire ‹*isc*› *vi* 1. *gastr* macerar; 2. (*persona*) reblandecerse, aplatanarse (*coloq*)

infronzolare ‹*esd*› *vt desp* emperifollar, emperejilar

infruttescenza *f* infrutescencia

infruttifero, -a *adj* infructífero, -a; *com* improductivo, -a

infruttuos|ità *f inv* infructuosidad *f*; **~o, -a** *adj* infructuoso, -a

infula *f* ínfula

infumabile *adj* infumable

infuori: all'~ *adv* hacia afuera ◊ ***all'~ di*** *prep* excepto

infuriare 1. *vi* 1. ‹*essere*› enfurecerse, encolerizarse; 2. ‹*avere*› (*tormenta...*) desatarse, desencadenarse; **2. ~rsi** enfurecerse, encolerizarse

infus|i... V. **infondere**; **~ione** *f relig/gastr* infusión; **~o, -a 1.** *adj* infuso, -a; **2.** *m* (*hierbas*) infusión *f*; **3.** *pp* V. **infondere** ◊ ***scienza ~a*** *f irón* ciencia infusa

ingabbia|re *vt* 1. enjaular; *irón* (*encarcelar*) encerrar; 2. atrapar; **~tura** *f arq* estructura

ingaggi|are *vt* 1. contratar; *mil* reclutar, enganchar; *nav* enrolar; *sport* fichar; 2. *mil* (*batalla*) entablar; **~o** (*pl* **-gi**) *m* 1. contratación *f*; reclutamiento, enganche; *nav* enrolamiento; *sport* fichaje; 2. paga *f*; *sport* ficha *f*

ingagliardire ‹*isc*› **1.** *vt* fortalecer, robustecer; **2.** *vi/~rsi* fortalecerse, robustecerse

ingalluzzire ‹*isc*› *vi* engallarse, envanecerse

ingann|abile *adj* engañadizo, -a; **~are 1.** *vt* engañar, traicionar; **2. ~rsi** equivocarse ◊ **~ *il tempo*** engañar/matar el tiempo; **~ *la fame*** engañar el hambre; ***se non mi inganno*** si no me equivoco; **~atore, -trice** *adj/s* engañador, -a; tramposo, -a; **~evole** *adj* engañoso, -a; **~o** *m* engaño; camelo, fraude, trampa *f*; ilusión *f* ◊ **~ *ottico*** ilusión óptica (*f*); ***cadere in*** **~** caer en la trampa; ***pietoso*** **~** mentira piadosa (*f*); ***trarre in*** **~** llamar a engaño, inducir a error

ingarbugliare *vt* 1. *tamb. fig* (*hilos, cuestión...*) enredar, enmarañar; 2. (*engañar*) enredar, liar

ingegna|ccio (*pl* **-ci**) *m coloq* despabilado, -a *m/f*, persona despierta *f*; **~rsi** ingeniárselas, arreglárselas, darse maña

ingegne|re, -a *m/f* ingeniero, -a ◊ **~ *chimico*** ingeniero químico; **~ *civile*** ingeniero de caminos, canales y puertos; **~ *del suono*** ingeniero de sonido; **~ *forestale*** ingeniero de montes; **~ *militare*** ingeniero militar; **~ria** *f* ingeniería

ingegno *m* 1. ingenio, talento, inteligencia *f*; 2. maña *f*, habilidad *f* ◊ ***aguzzare l'~*** aguzar el ingenio; ***prontezza d'~*** ingenio despierto; **~sità** *f inv* ingeniosidad *f*; **~so, -a** *adj* ingenioso, -a

ingelosire ‹*isc*› **1.** *vt* poner celoso; dar envidia; **2.** *vi/~rsi* ponerse celoso; sentir envidia

ingenerlare ‹esd› *vt* producir, provocar, traer; **~oso, -a** *adj* egoísta, ruin, mezquino, -a

ingentle *adj* ingente; **~ilire** ‹isc› **1.** *vt* desasnar, desbastar, afinar; ennoblecer; **2.** *vi/~rsi* afinarse, desbastarse

ingenulità *f inv* ingenuidad *f*, candidez *f*; **~o, -a** *adj/s* ingenuo, -a, inocente, cándido, -a

ingerlenza *f* ingerencia, intromisión; **~ire** ‹isc› **1.** *vt* ingerir, tragar; **2. ~rsi** injerirse, entrometerse

ingessalre *vt* enyesar; *med* escayolar; **~tura** *f* enyesado *m*; *med* escayola

ingestione *f* ingestión

Inghilterra: l'~ *f* Inglaterra

inghiottire *vt* 1. (*comida*) tragar, engullir; 2. (*soportar*) tragar

inghippo *m coloq* embrollo, chanchullo

inghirlandare *vt* enguirnaldar

ingiallire ‹isc› **1.** *vt* volver amarillo; **2.** *vi* amarillear

ingigantire ‹isc› **1.** *vt* 1. (*hacer enorme*) agigantar; 2. (*exagerar*) hinchar, inflar; **2.** *vi/~rsi* agigantarse

inginocchialrsi arrodillarse, ponerse de rodillas; **~toio** (*pl* **-oi**) *m* reclinatorio

ingioiellare *vt* enjoyar

ingiù *adv* abajo, hacia abajo; ***guardare dall'~*** *mirar desde abajo*

ingiudicato, -a *adj* no juzgado, -a

ingiungere ‹*giungo; giunsi; giunto*› V. 39 *vt* imponer, obligar

ingiuntlivo, -a *adj jur* intimatorio, -a, conminatorio, -a; **~o** V. **ingiungere**

ingiunzione *f jur* intimación, conminación

ingiurila *f* injuria, ultraje *m*; **~are** *vt* injuriar, vilipendiar, ultrajar; **~oso, -a** *adj* injurioso, -a, ultrajante

ingiustlificabile *adj* injustificable; **~ificato, -a** *adj* injustificado, -a; **~izia** *f* injusticia; **~o, -a 1.** *adj* injusto, -a; **2.** *m* injusticia *f*

inglesle *adj/s* inglés ◊ ***filarsela all'~*** *coloq* irse a la francesa; **~ismo** *m* inglesismo

inglobare *vt* englobar

inglorioso, -a *adj* ignominioso, -a

ingluvie *f zool* papo *m*

ingobblare *vt tecn* vidriar; **~ire** ‹isc› *vi/~rsi* salir joroba; **~ito, -a** *adj* jorobado, -a; encorvado, -a

ingoiare *vt* engullir; zamparse; **~ *un libro*** *leer de pe a pa un libro, zamparse un libro*

ingolfalmento *m mec* ahogamiento; **~rsi** 1. *nav* engolfarse; 2. *mec* ahogarse; 3. (*negocios, política*) meterse, entrar *vi*; (*problemas*) meterse

ingolosire ‹isc› *vt* engolosinar; *fig* atraer

ingombrlante *adj* voluminoso, -a, aparatoso, -a; molesto, -a; **~are** *vt* molestar, obstaculizar, entorpecer; **~o, -a 1.** *adj* obstaculizado, -a, obstruido, -a; **2.** *m* molestia *f*, estorbo, obstáculo ◊ ***essere d'~*** ser un estorbo

ingommare *vt* encolar, engomar, pegar

ingommatura *f* engomado *m*, encolado *m*, pegado *m*

ingordligia (*pl* **-gie**) *f* 1. gula, voracidad, glotonería; 2. avaricia (**di qc** de u-c), avidez (**di qc** de u-c); **~o, -a** *adj* glotón, -ona, voraz, tragón, -ona; avaro, -a, ávido, -a

ingorglare *vt* atascar, obstruir; *auto* atascar; **~o** (*pl* **-ghi**) *m* atasco, obstrucción *f*; *med* obstrucción *f*; *auto* atasco, embotellamiento, tapón

ingovernabille *adj* ingobernable; **~ità** *f inv* ingobernabilidad *f*

ingozzare 1. *vt* 1. *zool* engullir, tragar; (*personas*) engullir, zamparse; (*cosas desagradables*) tragar; 2. *zool* cebar, engordar; **2. ~rsi** atracarse (**di qc** de/con u-c), darse un atracón (**di qc** de u-c)

ingranalggio (*pl* **-gi**) *m mec tamb. fig* engranaje; **~mento** *m mec* engranaje; **~re 1.** *vt* encajar; **2.** *vi* ‹avere› 1. *mec* engranar; 2. *coloq* marchar, funcionar ◊ **~ *una marcia*** *auto* embragar, poner/meter una marcha

ingrandilmento *m* crecimiento, ampliación *f*, agrandamiento; *fís* aumento; *foto* ampliación *f* ◊ ***lente d'~*** *f* lente de aumento; lupa (*f*); **~re** ‹isc› **1.** *vt* agrandar, ampliar, engrandecer; *foto/com* ampliar; (*exagerar*) hinchar, abultar; **2.** *vi* aumentar, crecer; **3. ~rsi** crecer, aumentar; *com* expandirse, ampliarse; **~tore** *m foto* ampliadora *f*

ingrasslaggio (*pl* **-gi**) *m mec* engrase; **~amento** *m* 1. *zool tamb. fig* engorde, ceba *f*, cebadura *f*; 2. *agric* abonado; **~are 1.** *vt* 1. engordar; *zool tamb. fig* engordar, cebar; 2. *mec* engrasar, lubrificar; 3. *agric* encrasar, abonar; **2.** *vi/~rsi* 1. engordar; 2. enriquecerse, engordar; **~atore, -trice 1.** *adj* engrasador, -a; **2.** *m mec* engrasador; **~o** *m* 1. *zool tamb. fig* engorde, cebadura *f*; 2. *agric* abono, abonado; abono, estiércol

ingraticciata *f* enramada

ingratitudine *f* ingratitud

ingrato, -a 1. *adj* 1. ingrato, -a, desagradecido, -a; 2. desagradable; **2.** *m/f* ingrato, -a, desagradecido, -a

ingravidare ‹esd› **1.** *vt* embarazar, preñar, dejar embarazada, dejar preñada; **2.** *vi* quedarse embarazada, quedarse preñada

ingraziarsi congraciarse

ingrediente *m* ingrediente

ingresso *m* entrada *f* (!), acceso; *arq* entrada *f* (!), recibidor ◊ **~ *libero*** entrada libre (*f*); ***vietato l'~ ai non addetti ai lavori*** prohibida la entrada a toda persona ajena a la obra

ingrosslamento *m* aumento, crecimiento; **~are 1.** *vt* 1. agrandar, aumentar; engrosar; **~ *le fila del partito*** *engrosar las filas del partido*; 2. *nav* embravecer; **2.** *vi/~rsi* aumentar, crecer; **~o: all'~** *adv* al por mayor; ***commercio all'~*** *comercio al por mayor*; ***venditore all'~*** *mayorista*

ingrullito, -a *adj tosc* abobado, -a

inguailare *vt coloq* liar, empantanar; ***si è inguaiato fino al collo*** *está de deudas/problemas hasta el cuello*; **~ *una ragazza*** *dejar preñada a una chica*; **~nare** *vt* envainar

ingualcibile *adj* inarrugable

inguantato, -a *adj* enguantado, -a

inguaribile *adj* incurable

inguinale *adj* inguinal
inguine *m* ingle *f*
ingurgitare ‹esd› *vt med* ingurgitar
inibi|re 1. *vt* 1. prohibir; 2. *psicol* inhibir; **2. ~rsi** (*contenerse*) inhibirse; **~to, -a** *adj/s* inhibido, -a; **~tore, -trice** *adj/m* inhibidor, -a; **~torio, -a** (*m pl* **-ri**) *adj jur/biol/psicol* inhibitorio, -a; **~zione** *f* 1. prohibición; 2. *jur/biol/psicol* inhibición
inidonei|tà *f inv* inadecuación *f*; **~o, -a** *adj* inadecuado, -a
inie|ttare *vt* inyectar; **~ttore** *m* inyector; **~zione** *f med/mec* inyección ◊ ***fare un'~*** poner una inyección; ***motore ad ~*** *m* motor de inyección
inimic|are *vt* enemistar; **~ato, -a** *adj* enemistado, -a, reñido, -a; **~izia** *f* enemistad
inimitabile *adj* inimitable, inigualable
inimmaginabile *adj* inimaginable, impensable
ininfiammabile *adj* ininflamable, no inflamable
inintelligibile *adj* ininteligible
ininterrotto, -a *adj* ininterrumpido, -a, continuo, -a, seguido, -a
iniqu|ità *f inv* iniquidad *f*; **~o, -a** *adj/s* inicuo, -a
inizia|le *adj/f* inicial; **~izzare** *vt informát* inicializar; **~izzazione** *f informát* inicialización
iniziare 1. *vt* 1. iniciar, comenzar, empezar, emprender; 2. (*rito, magia*) iniciar; **2.** *vi/~rsi* comenzar, empezar
iniziat|ico, -a (*m pl* **-ci**) *adj* iniciático, -a; **~iva** *f* iniciativa ◊ ***agire di propria ~*** actuar por propia iniciativa; ***prendere l'~ di qc*** tomar la iniciativa en u-c; ***spirito d'~*** *m* capacidad de iniciativa (*f*); **~o, -a** *adj/s* iniciado, -a; **~ore, -trice** *adj/s* iniciador, -a
iniziazione *f* iniciación
inizio (*pl* **-zi**) *m* inicio, comienzo, principio ◊ ***all'~*** *adv* al principio; ***avere ~*** empezar(se)
innaffia|mento *m* riego; **~re** *vt* regar; **~toio** (*pl* **-oi**) *m* regadera *f*
innalza|mento *m* 1. elevación *f*, aumento, subida *f*; (*monumento, edificio*) levantamiento, erección *f*; (*personas*) elevación *f*, encumbramiento; **~re** *vt* levantar, alzar; elevar; (*monumento, edificio*) erigir, levantar; (*personas*) elevar, encumbrar ◊ ***~ una preghiera*** elevar una oración
innamora|cchiarsi *desp* enamoriscarse; **~mento** *m* enamoramiento; **~re 1.** *vt* enamorar; **2. ~rsi** enamorarse, prendarse; **~to, -a** *adj/s* enamorado, -a ◊ ***~ cotto*** locamente enamorado, colado
innanzi 1. *adv* 1. (*dirección*) delante, adelante; ***camminare ~*** *andar hacia adelante*; 2. (*dirección en el tiempo*) en adelante; ***da quel momento ~*** *desde entonces en adelante*; 3. (*tiempo*) antes; ***come ho detto ~*** *como he dicho antes*; **2.** *prep* 1. (*lugar*) delante de; 2. (*tiempo*) ante; **3.** *adj inv* anterior *adj*; ***il giorno ~*** *el día anterior* ◊ ***~ a*** *prep* delante de; ***~ tempo*** antes de hora; ***~ tutto*** ante todo; ***essere ~ negli anni*** ser de avanzada edad; ***per l'~*** *adv* con anterioridad; ***tirare ~*** ir tirando; **~tutto** *adv* antes que nada, en primer lugar
innat|o, -a *adj* innato, -a; **~urale** *adj* innatural
innegabile *adj* innegable
inneggiare *vi* ‹avere› ensalzar *vt* (**a q** a alg), aclamar *vt* (**a q** a alg)
innervosire ‹isc› *vt* poner nervioso
innesc|are 1. *vt* 1. poner el anzuelo (**qc** a u-c); 2. *mil* cebar, poner la yesca; 3. instigar; **2. ~rsi** (*fenomeno, proceso*) desencadenarse; **~o** (*pl* **-schi**) *m* 1. *mil* fulminante, detonante; 2. (*de una situación*) detonante
innest|are *vt* 1. *bot/med tamb. fig* injertar; 2. *mec* ajustar, acoplar; 3. *electr* conectar, empalmar ◊ ***~ una marcia*** poner una marcha; ***~ la frizione*** embragar; **~o** *m* 1. *agric/med tamb. fig* injerto; 2. *mec* acoplamiento, engarce; 3. *mec/auto* embrague; 4. enchufe, toma de corriente *f* ◊ ***~ a frizione*** *mec* embrague; ***~ a gemma/a occhio*** *agric* injerto por escudete; ***~ a spacco*** *agric* injerto inglés; ***~ per approccio/per approssimazione*** *agric* injerto por aproximación
innevato, -a *adj* nevado, -a
inno *m* himno
innocen|te *adj/s* inocente; **~za** *f* inocencia ◊ ***beata ~!*** ¡santa inocencia!
innocu|ità *f inv* inocuidad *f*; **~o, -a** *adj* inocuo, -a
innodia *f mús/relig* himnodia
innominabile *adj* innombrable
innova|mento *m* innovación *f*; **~re** *vt* innovar; **~tivo, -a** *adj* innovativo, -a; **~tore, -trice** *adj/s* innovador, -a; **~zione** *f* innovación
innumer|abile (*var.* **innumere**) *adj elev* innúmero, -a; **~evole** *adj* innumerable, incontable
inoccupato, -a *adj/s* desocupado, -a, parado, -a
inocula|re ‹esd› *vt* inocular; **~zione** *f* inoculación
inodore (*var.* **inodoro, -a**) *adj* inodoro, -a
inoffensivo, -a *adj* inofensivo, -a
inofficioso, -a *adj jur* inoficioso, -a
inoliare *vt* aceitar
inoltr|are 1. *vt* 1. encaminar, dirigir; 2. *adm* tramitar; presentar; ***~ una domanda*** *presentar una solicitud*; **2. ~rsi** adentrarse, penetrar *vi*, aventurarse; **~ato, -a** *adj* entrado, -a, avanzado, -a; **~e** *adv* además; **~o** *m adm* tramitación *f*; (*solicitud*) presentación *f*
inonda|re *vt* inundar, anegar; **~zione** *f tamb. fig* inundación
inoper|abile *adj med* inoperable; **~ante** *adj* inoperante, inútil; **~osità** *f inv* inactividad *f*; **~oso, -a** *adj* inactivo, -a; *mec* parado, -a; *econ* improductivo
inopia *f* inopia
inopina|bile *adj* inopinable, incuestionable; **~to, -a** *adj* (*inesperado*) inopinado, -a
inopportun|ità *f inv* inoportunidad *f*; **~o, -a** *adj* inoportuno, -a, importuno, -a
inoppugnabi|le *adj* incuestionable, incontrastable; **~ità** *f inv* incuestionabilidad *f*
inorganico, -a (*m pl* **-ci**) *adj* inorgánico, -a
inorgoglire ‹isc› **1.** *vt* envanecer, engreír; **2.** *vi/~rsi* envanecerse, engreírse
inorridire ‹isc› **1.** *vt* horrorizar; **2.** *vi* horrorizarse

inospit|ale *adj* (*personas*) arisco, -a, poco hospitalario, -a; (*lugar*) inhóspito, -a; **~e** *adj elev* inhóspito, -a
inosserva|nza *f* inobservancia; **~to, -a** *adj* 1. (*norma*) transgredido, -a; 2. desapercibido, -a; ***passare ~*** *pasar desapercibido*
inossidabile *adj* inoxidable
INPS (*Istituto Nazionale Previdenza Sociale (instituto nacional de la seguridad social)*) *abr/m* (*Instituto Nacional de la Salud*) ="Insalud" (*Esp*)
input *m inv informát* entrada de datos *f*, input
inquadra|mento *m mil/adm* encuadramiento; **~re** *vt* 1. encuadrar; 2. poner en nómina; **~tura** *f foto/cine* encuadre *m*
inqualificabile *adj* incalificable
inquiet|ante *adj* inquietante; **~are** *vt* inquietar, intranquilizar; **~o, -a** *adj* inquieto, -a, agitado, -a; **~udine** *f* inquietud, desasosiego *m*
inquilino, -a *m/f* inquilino, -a
inquina|mento *m* 1. contaminación *f*, polución *f*; 2. *jur* falseamiento ◊ ***~ luminoso*** contaminación lumínica (*f*); **~nte** *adj* contaminante; **~re** *vt* contaminar, polucionar
inquirente *adj* inquiridor, -a, inquisitorio, -a
inquisi|re ‹*isc*› *vt* inquirir; **~tivo, -a** *adj* inquisitivo, -a; **~tore, -trice 1.** *adj* inquisitivo, -a; *relig* inquisitorial, inquisitorio, -a; **2.** *m* inquiridor; *relig* inquisidor; **~torio, -a** (*m pl* **-ri**) *adj* inquisitorio, -a; *relig* inquisitorio, -a, inquisitorial; **~zione** *f* 1. inquisición, investigación; 2. *relig* inquisición, Santo Oficio *m*
insabbia|mento *m* 1. arenamiento; 2. (*jur, escándalo*) paralización *f*; ocultación *f*; **~re** *vt* 1. arenar, enarenar; 2. (*jur, escándalo*) paralizar, empantanar; ocultar, esconder, encubrir
insacca|re *vt* 1. ensacar; 2. *gastr* embutir, embuchar; 3. (*gente*) abarrotar; (*ropa*) embutir; **~ti** *mpl gastr* embutidos
insacchettare *vt* envasar, empaquetar
insalat|a *f* ensalada ◊ ***~ russa*** ensaladilla (rusa), ensalada rusa; **~iera** *f* ensaladera
insaliva|re *vt* ensalivar, insalivar; **~zione** *f* insalivación
insalubr|e *adj* insalubre; **~ità** *f inv* insalubridad *f*
insalvabile *adj* insalvable
insanabile *adj* insanable, incurable
insanguinare ‹*esd*› *vt* ensangrentar
insani|a *f elev* insania, demencia; **~re** ‹*isc*› *vi elev* enloquecer
insano, -a *adj* 1. insano, -a; 2. *elev* demente
insapona|mento *m* enjabonado, enjabonamiento; **~re** *vt* enjabonar, jabonar; **~tura** *f* jabonadura, jabonado *m*
insapor|ire ‹*isc*› *vt* dar sabor (**qc** a u-c); **~o, -a** *adj* insípido, -a
insaputa: all'~ *prep* a espaldas de
insaturabile *adj quím* insaturable
insaturo, -a *adj quím* insaturado, -a
insaziabil|e *adj* insaciable; **~ità** *f inv* insaciabilidad *f*
inscatola|mento *m* envasado, empaquetado; enlatado; **~re** ‹*esd*› *vt* empaquetar, envasar; enlatar
inscenare *vt* 1. *teat* poner en escena, escenificar; 2. simular; ***~ un incidente*** *simular un accidente*; 3. (*protesta*) protagonizar, realizar
inscindibile *adj* indivisible
inscrivere ‹*scrissi; scritto*› V. 71 *vt mat* inscribir
inscrutabile *adj* inescrutable
insecchire ‹*isc*› **1.** *vt* secar, resecar; **2.** *vi* secarse, resecarse
insedia|mento *m* 1. (*población*) asentamiento; 2. *adm* (*cargo*) toma de posesión *f*; **~rsi** 1. (*población*) asentarse, establecerse, instalarse; 2. *adm* (*cargo*) tomar posesión
insegna *f* 1. insignia, distinción, medalla; 2. (*bandera*) enseña, estandarte *m*, pendón *m*; 3. (*persona*) guía, estandarte *m*; 4. *heráld* divisa, lema *m*; 5. *com* rótulo *m*, letrero *m* ◊ ***~ luminosa*** anuncio/rótulo luminoso (*m*); ***all'~ di*** *prep* al calor de; **~mento** *m* 1. docencia *f*; ***~ universitario*** *docencia universitaria*; 2. enseñanza *f*, doctrina *f*; **~nte 1.** *adj* docente; **2.** *m/f* profesor, -a; maestro, -a ◊ ***corpo ~*** *m* cuerpo de profesores, profesorado; **~re 1.** *vt* enseñar, indicar, mostrar; **2.** *vi* ‹*avere*› enseñar, dar clase
insegui|mento *m* 1. persecución *f*; *sport* persecución *f*; 2. *tecn* seguimiento; **~re** *vt* perseguir; **~tore, -trice** *adj/s* perseguidor, -a
insellare *vt* ensillar
inselvatichire ‹*isc*› **1.** *vt* (*animal, planta*) asilvestrar; (*persona*) embrutecer; **2.** *vi/~rsi* asilvestrarse; (*persona*) embrutecerse
insemina|re ‹*esd*› *vt med* inseminar; **~zione** *f med* inseminación
insenatura *f* ensenada, bahía, rada
insensat|ezza *f* insensatez; **~o, -a** *adj* insensato, -a
insensibil|e *adj* insensible; **~ità** *f inv* insensibilidad *f*
inseparabile *adj* inseparable
insepolto, -a *adj* insepulto, -a
inseri|bile *adj* insertable; *informát* enchufable; **~mento** *m* introducción *f*, inserción *f*; **~re** ‹*isc*› **1.** *vt* insertar, introducir; **2. ~rsi** 1. (*estructura*) acoplarse; 2. (*grupo*) introducirse, integrarse; **~tore** *m electr* conmutador
inserto *m* 1. *adm* expediente, legajo; 2. (*periódico*) suplemento; 3. *cine* inserto ◊ ***~ pubblicitario*** folleto publicitario
inservi|bile *adj* inservible; **~ente** *m/f* sirviente, -a, criado, -a
inserzion|e *f* 1. inserción, introducción; *med* inserción; 2. (*periódico*) anuncio *m*, anuncio por palabras *m*; ***mettere un'~*** *poner un anuncio*; **~ista** *m/f TV/radio* anunciante
insett|ario *m cient* insectario; **~icida** *adj/m* insecticida; **~ivoro, -a** *adj/m* insectívoro, -a; **~o** *m* 1. *zool* insecto; 2. *desp* sabandija *f*
insicur|ezza *f* inseguridad; **~o, -a** *adj* inseguro, -a

insider [in'sajder] *m inv com* insider ◊ ~ ***trading*** insider trading

insidi|a *f* insidia, asechanza; **~are 1.** *vt* acechar; **2.** *vi* ‹avere› poner insidias; atentar; ~ ***alla vita di q*** *atentar contra la vida de alg*; **~oso, -a** *adj* insidioso, -a

insieme 1. *adv* 1. (*unidos*) juntos, -as *adj/pl*; ***tutti ~, tutte ~*** *todos juntos, todas juntas*; ***abitare ~*** *vivir juntos, -as*; 2. al mismo tiempo, a la vez, a una; ***tutti ~, tutte ~*** *todos, -as a la vez/a una*; **2.** *m* conjunto, totalidad *f*; *mat* conjunto ◊ ~ ***a/con*** junto a, junto con; al mismo tiempo que, a la vez que; ***mettere ~*** juntar, reunir

insign|e *adj* insigne; **~ificante** *adj* insignificante; **~ire** ‹isc› *vt* condecorar (**di** con); **~orirsi** enseñorearse (**di** de), apoderarse (**di** de)

insila|mento *m* ensilaje; **~re** *vt* ensilar

insincer|ità *f inv* insinceridad *f*; **~o, -a** *adj* insincero, -a

insindacabile *adj* indiscutible

insinua|nte *adj* insinuante; **~re 1.** *vt* 1. (*introducir*) deslizar; 2. insinuar; **1. ~rsi** infiltrarse, introducirse; **~zione** *f* insinuación

insipi|dezza (*var.* **insipidità** *f inv*) *f tamb. fig* insipidez; **~do, -a** *adj tamb. fig* insípido, -a; **~ente** *adj elev* insipiente; **~enza** *f elev* insipiencia

insisten|te *adj* insistente; **~za** *f* insistencia

insistere ‹insistito› V. 41 *vi* ‹avere› insistir; ~ ***in qc*** *insistir en algo*; ~ ***a fare qc*** *insistir en hacer u-c*

insito, -a *adj* ínsito, -a

in situ *adv* in situ ◊ ***tumore ~*** *med* tumore in situ

insoci|abile *adj* insociable; **~abilità** *f inv* insociabilidad *f*; **~evole** *adj* insociable; **~evolezza** *f* insociabilidad

insoddisfa|tto, -a *adj* insatisfecho, -a, descontento, -a; **~zione** *f* insatisfacción

insofferen|te *adj* impaciente; **~za** *f* impaciencia

insoffribile *adj* insufrible, inaguantable

insolazione *f* insolación

insolen|te *adj* insolente, desvergonzado, -a; **~tire** ‹esd› **1.** *vt* insultar, ofender; **2.** *vi* ‹avere› insolentarse (**contro** con); **~za** *f* insolencia, desvergüenza

insolito, -a *adj* insólito, -a

insolu|bile *adj* 1. *quím* insoluble; 2. insoluble, irresoluble; **~bilità** *f inv quím tamb. fig* insolubilidad *f*; **~to, -a** *adj* 1. insoluto, -a (*raro*), impagado, -a; 2. no disuelto, -a; 3. irresuelto, -a

insolv|ente *adj* insolvente; **~enza** *f* insolvencia; **~ibile** *adj quím* insoluble; **~ibilità** *f inv quím* insolubilidad *f*

insomm|a 1. *adv* en suma, en definitiva, en fin; **2.** *excl* 1. (*impaciencia*) ¡bueno!, ¡hombre!, ¡vaya!; 2. (*indiferencia*) no va mal, no está mal; **~ergibile** *adj* insumergible

insondabile *adj* insondable

insonn|e *adj* insomne; **~ia** *f* insomnio *m* (!); **~olito, -a** *adj* somnoliento, -a, amodorrado, -a

insonor|izzare *vt* insonorizar; **~izzazione** *f* insonorización; **~o, -a** *adj* insonoro, -a

insopportabile *adj* insoportable, inaguantable

insorgere ‹sorgo; sorsi; sorto› V. 55 *vi* 1. insurreccionarse, sublevarse; 2. surgir, aparecer

insormontabile *adj* insuperable

insorsi... V. **insorgere**

insorto, -a 1. *adj/s* sublevado, -a, insurrecto, -a, insurgente, rebelde; **2.** *pp* V. **insorgere**

insospett|abile *adj* insospechado, -a; **~ire** ‹isc› **1.** *vt* despertar sospechas, escamar (*coloq*); **2.** *vi/~rsi* sospechar, recelar, escamarse (*coloq*)

insostenibile *adj* insostenible

insostituibile *adj* insustituible, irreemplazable

insozzare *vt* ensuciar, manchar; (*reputación...*) mancillar, enfangar, manchar

inspera|bile *adj* inesperable; **~to, -a** *adj* inesperado, -a

inspiegabile *adj* inexplicable

inspira|re *vt med* inspirar; **~zione** *f med* inspiración

instabil|e *adj* inestable; **~ità** *f inv* inestabilidad *f*

installa|re *vt* instalar; **~tore, -trice** *m/f* instalador, -a; **~zione** *f* instalación

instancabile *adj* incansable, infatigable

instante *m/f jur* instante

instaura|re *vt* instaurar; **~tore, -trice** *m/f* instaurador, -a; **~zione** *f* instauración

instilla|re *vt* instilar; **~zione** *f med* instilación

instradare *vt* encaminar, conducir

insù *adv* arriba, hacia arriba ◊ ***all'~*** *adv* hacia arriba, boca arriba

insubordina|to, -a *adj/m* insubordinado, -a; **~zione** *f* insubordinación

insuccesso *m* fracaso, fiasco

insudiciare ‹esd› **1.** *vt* ensuciar; (*reputación...*) mancillar, deshonrar; **2. ~rsi** 1. ensuciarse; 2. deshonrarse

insufficien|te *adj* insuficiente; **~za** *f* insuficiencia ◊ ~ ***di prove*** insuficiencia de pruebas

insul|are *adj* insular, isleño, -a; **~ina** *f med* insulina

insuls|aggine (*var.* **insulsità** *f inv*) *f* insulsez, estupidez; **~o, -a** *adj* insulso, -a

insult|ante *adj* insultante; **~are** *vt* insultar; **~o** *m* 1. insulto; 2. *med* ataque

insuper|abile *adj* 1. insuperable, infranqueable; 2. insuperable, invencible, imbatible; **~ato, -a** *adj* imbatido, -a; **~bimento** *m* enorgullecimiento; **~bire** ‹isc› *vt* envanecer, engreír, endiosar

insurrezion|ale *adj* insurreccional; **~e** *f* insurrección, sublevación, motín *m*

insussisten|te *adj* insubsistente; **~za** *f* insubsistencia

intacc|are *vt* 1. muescar, mellar; 2. *quím* corroer; 3. *med* atacar, afectar; 4. ofender, mancillar; **~atura** *f* 1. (*acción*) entalladura; 2. muesca, mella; **~o** (*pl* **-chi**) *m* mella *f*, muesca *f*, incisión *f*

intagli|are *vt* entallar, grabar; **~atore, -trice** *m/f* entallador, -a, tallista, tallador, -a; grabador, -a; **~atura** *f* entalladura; **~o** (*pl* **-gli**) *m* tallado, talla *f*; grabado

intan|gibile *adj* intangible; **~to** *adv* mientras, mientras tanto; ~ ***che tu aspetti io vado a telefonare*** *mientras tu esperas yo voy a llamar por teléfono*; por el momento ◊ ~ ***che*** *conj* mientras (que)

intarsi|are *vt tecn* taracear; **~o** (*pl* **-si**) *m tecn* taracea *f*, marquetería *f*

intasa|mento *m* atasco, obstrucción *f* ◊ ~ ***del traffico*** atasco, embotellamiento; **~re** *vt* atascar, obstruir; *auto* atascar, taponar

intascare *vt* embolsarse

intatto, -a *adj* intacto, -a

intavola|re ‹*esd*› *vt* (*comenzar*) entablar; **~tura** *f* entabladura

integerrimo, -a *adj elev* integérrimo, -a

integral|e 1. *adj* íntegro, -a, integral; ***edizione*** ~ *edición íntegra*; *mat/gastr* integral; **2.** *m mat* integral *f* (!); **~lismo** *m* 1. *relig/pol* integrismo, fundamentalismo; ~ ***islamico*** *integrismo islámico, fundamentalismo islámico*; 2. *pol* tendencia integradora *f*; **~lista** *adj/s* integrista; **~listico, -a** (*m pl* **-ci**) *adj* integrista; **~re** ‹*esd*› *vt mat tamb. fig* integrar; **~tivo, -a** *adj* 1. integrador, -a; 2. complementario, -a ◊ ***esame*** ~ *m* examen de adaptación; **~zione** *f* 1. integración; 2. complementación ◊ ~ ***dello stipendio*** complemento salarial; ~ ***razziale*** integración racial; ***cassa*** ~ *f adm* fondo de garantía salarial (*m*)

integrità *f inv tamb. fig* integridad *f* ◊ ~ ***fisica/corporea*** integridad física

integro, -a *adj tamb. fig* íntegro, -a

intelaiatura *f arq tamb. fig* armazón *m/f*, entramado *m*

intellett|ivo, -a *adj* intelectivo, -a; **~o** *m* intelecto, inteligencia *f*

intellettual|e *adj/s* intelectual; **~ismo** *m filos* intelectualismo; **~istico, -a** (*m pl* **-ci**) *adj* intelectual; **~ità** *f inv* intelectualidad *f*

intelligence [in'tellindʒens] *f inv* inteligencia *f*, servicio de inteligencia *m*

intelligente *adj* inteligente

intelligenza *f* inteligencia

intelligibile *adj* inteligible

intemerat|a *f* rapapolvo *m*, reprimenda; **~o, -a** *adj* inmaculado, -a

intemperan|te *adj* intemperante, inmoderado, -a; **~za 1.** *m* intemperancia *f*, inmoderación; **2.** *mpl* intemperancias *fpl*, excesos, exabruptos

intemperie *fpl* intemperie *f*; ***esporsi alle*** ~ *estar a la intemperie*

intempestivo, -a *adj* intempestivo, -a, inoportuno, -a

intenden|te *m* intendente; delegado ◊ ~ ***di finanza*** delegado de Hacienda; **~za** *f* intendencia; delegación ◊ ~ ***di finanza*** delegación de Hacienda

intendere ‹*intesi; inteso*› V. 58 **1.** *vt* 1. entender, comprender; 2. atender *vi*, aceptar, escuchar; ***non ~ consigli*** *no aceptar consejos*; ***non ~ ragioni*** *no atender a razones*; 3. pretender; ***non intendevo offenderti*** *no pretendía ofenderte*; ***cosa intendi fare?*** *¿qué pretendes hacer?*; **2. ~rsi** 1. entenderse, comprenderse; 2. entender *vi*; ~ ***di musica*** *entender de música* ◊ ***dare a ~ qc a q*** dar a entender u-c a alg; ***lasciare ~ qc a q*** dejar caer u-c a alg

intendi|mento *m* 1. pretensión *f*, intención *f*; 2. entendimiento, comprensión *f*; **~tore, -trice** *m/f* (*experto*) entendido, -a, conocedor, -a ◊ ***a buon intenditor poche parole*** a buen entendedor pocas palabras bastan

intenerі|mento *m* ablandamiento; **~re** ‹*isc*› **1.** *vt* enternecer, ablandar; conmover; **2.** *vi/~rsi* enternecerse, ablandarse; conmoverse

intensi|ficare ‹*esd*› *vt* intensificar; **~ficazione** *f* intensificación; **~tà** *f inv* intensidad *f*; **~vo, -a** *adj* intensivo, -a

intenso, -a *adj* intenso, -a

intent|are *vt jur* promover, iniciar, entablar; ~ ***una causa*** *promover un proceso*; **~ato, -a** *adj* sin probar ◊ ***non lasciar nulla di*** ~ no dejar de probarlo todo, intentarlo todo; **~o, -a 1.** *adj* empeñado, -a, dedicado, -a; ***essere ~ al lavoro*** *estar dedicado de lleno al trabajo*; **2.** *m* finalidad *f*, fin, propósito, objetivo

intenzion|ale *adj* intencional, intencionado, -a; **~ato, -a** *adj* intencionado, -a; ***bene, male*** ~ *bien intencionado, mal intencionado/malintencionado*; **~e** *f* intención; ***è mia intenzione concludere quanto prima*** *es mi intención acabar cuanto antes* ◊ ***senza*** ~ sin intención, sin querer

interagire ‹*isc*› *vi* ‹*avere*› interaccionar, interactuar

interattivo, -a *adj* interactivo, -a

interaziendale *adj* entre empresas

interbinario (*pl* **-ri**) *m ferroc* entrevía *f*

intercalare 1. *adj* intercalar, interpuesto, -a; **2.** *m* 1. (*hablando*) muletilla *f*; 2. *lit* (*canción*) estribillo; **3.** *vt* intercalar, interpolar

intercambiabile *adj* intercambiable

intercapedine *f arq* crujía, intersticio *m*

intercedere *vi* ‹*avere*› interceder

intercess|ione *f* intercesión; **~ore** (*f* **interceditrice**) *m/f* intercesor, -a

intercetta|re *vt* interceptar; **~zione** *f* 1. intercepción; 2. *telec* (*teléfono*) escucha, pinchazo *m* (*coloq*)

intercity [inter'siti] *adj/m inv transp* intercity *adj/s*

intercomunicante 1. *adj* intercomunicado, -a, comunicado, -a; **2.** *m transp* intercomunicador

interconfessionale *adj* interconfesional

interconnessione *f* interconexión

intercontinentale *adj* intercontinental

intercooler ['interkuler] *m inv auto* intercooler *m*

intercorrente *adj med* intercurrente

intercorrere ‹*corsi; corso*› V. 18 *vi* correr, mediar

intercostale *adj med* intercostal

interdetto, -a 1. *adj* 1. prohibido, -a; 2. turbado, -a, patidifuso, -a; **2.** *m relig* entredicho, interdicto; **3.** *m/f* ="persona suspendida de sus derechos" *f*; **4.** *pp* V. **interdire**

interdigitale *adj med* interdigital

interdipenden|te *adj* interdependiente; **~za** *f* interdependencia

interdire ‹*dico; dissi; detto*› V. 21 *vt* prohibir; *relig* poner entredicho; *jur* suspender, incapacitar

interdisciplinare *adj* interdisciplinar

interdizione *f* prohibición; *relig* entredicho *m*; *jur* interdicción

interenimento *m* enternecimiento

interess|amento *m* interés; **~ante** *adj* interesante ◊ ***essere in stato ~*** *coloq* estar en estado (de buena esperanza); **~are 1.** *vt/i* interesar; **2.** *vt meteo* afectar; ***la perturbazione ha interessato le regioni meridionali*** *la perturbación ha afectado a las regiones meridionales*; **~ato, -a** *adj/s* interesado, -a (**a/in** en); ***essere ~ in un affare*** *estar interesado en un negocio*; ***pubblico ~ allo spettacolo*** *publico interesado en el espectáculo*; **~e** *m econ tamb. fig* interés ◊ ***~ composto*** interés compuesto; ***~ legale*** interés legal; ***mostrare ~ per q/qc*** mostrar/sentir interés por alg/por u-c; ***prestare a ~*** prestar con interés; ***tasso d'~*** *m* tipo de interés; **~enza** *f econ* participación en los beneficios

interezza *f* 1. totalidad (!); ***esaminare nella sua ~*** *examinar en su totalidad*; 2. *raro* (*moral*) entereza

interfaccia (*pl* **-ce**) *f informát* interfaz ◊ ***~ utente*** interfaz de usuario

interfacoltà 1. *adj inv* interfacultativo, -a *adj*; **2.** *f inv estud* comisión interfacultativa *f*

interfer|enza *f fís/ling tamb. fig* interferencia; **~ire** ‹*isc*› *vi* ‹*avere*› interferir; **~one** *m biol* interferón

interfogli|aceo, -a *adj bot* interfoliar; **~are** *vt* interfoliar; **~o** (*pl* **-gli**) *m* hoja adjunta *f*

interfono *m* interfono, telefonillo (*coloq*)

interiezione *f* interjección

interin|ale *adj* interino, -a; **~ato** *m* interinidad *f*; **~o, -a** *adj/s* interino, -a

interior|a *fpl* tripas; **~ design** *m inv* diseño de interiores *m*; **~e** *adj* interior

interlinea *f* (*distancia entre líneas*) interlínea; *impr* regleta, interlínea; **~re 1.** *adj* interlineal; **2.** *vt impr* interlinear

interlocutor|e, -trice *m/f* interlocutor, -a; **~io, -a** (*m pl* **-ri**) *adj jur* interlocutorio, -a

interlu|dio (*pl* **-di**) *m mús* interludio; **~nio** (*pl* **-ni**) *m astron* interlunio

intermedi|ario, -a (*m pl* **-ri**) *adj/s* intermediario, -a, mediador, -a; **~o, -a** (*m pl* **-di**) *adj* intermedio, -a

intermezzo *m* 1. *teat* entremés, intermedio; 2. *mús* intermezzo, interludio; 3. (*pausa*) intermedio, descanso

interminabile *adj* interminable, inacabable

intermitten|te *adj* intermitente; **~za** *f* intermitencia

intern|amente *adv* 1. internamente; 2. (*decir*) para sus adentros; **~mento** *m* internamiento, reclusión *f*; **~re 1.** *vt* internar, recluir; **2. ~rsi** internarse, adentrarse; **~to, -a 1.** *m* 1. *estud* internado; 2. (*período de aprendizaje*) prácticas *fpl*; **2.** *m/f* (*cárcel*) interno, -a, recluso, -a

internauta *m/f informát* internauta

internazional|e *adj/f* internacional; **~izzare** *vt* internacionalizar

internet *f inv informát* internet *m/f*

internista *m/f med* internista

interno, -a 1. *adj* interno, -a; interior; **2.** *m* interior; ***l'~ della regione*** *el interior de la región*; ***scala B, ~ 4*** *escalera B, puerta 4*; **3.** *mpl* interiores; ***girare in ~i*** *rodar en interiores*; **4.** *m/f estud* interno, -a

intero, -a 1. *adj* entero, -a, completo, -a, íntegro, -a; *mat* entero, -a; **2.** *m* 1. totalidad *f*; 2. *mat* entero ◊ ***nel suo ~*** *adv* en su totalidad; ***per ~*** *adv* por completo, por entero

interpella|nte *m/f* interpelante; **~nza** *f* interpelación; **~re** *vt* interpelar

interplanetario, -a (*m pl* **-ri**) *adj* interplanetario, -a

interpola|re *vt jur/mat* interpolar; **~zione** *f* interpolación

interporre ‹*pongo; posi; posto*› V. 56 **1.** *vt* 1. (*dificultades*) poner, presentar; 2. *jur* interponer; **2. ~rsi** interponerse, intervenir *vi*

interpos|izione *f jur tamb. fig* interposición; **~to** V. **interporre**

interpret|are ‹*esd*› *vt* interpretar; **~ariato** *m* interpretariado; **~azione** *f* interpretación; **~e** *m/f teat/mús/lit tamb. fig* intérprete ◊ ***~ simultaneo*** traductor simultáneo

interpunzione *f ling* puntuación

interra|mento *m* enterramiento; *geogr* aterramiento; **~re** *vt* enterrar; *geogr* aterrar; **~to, -a** *adj/m arq* enterrado, -a, bajo tierra ◊ ***piano ~*** *m* sótano

interre|gionale *adj* interregional; **~gno** *m pol* interregno

interroga|re ‹*esd*› *vt* 1. interrogar, preguntar; 2. *estud* hacer un control oral; **~tivo, -a 1.** *adj ling tamb. fig* interrogativo, -a; **2.** *m* interrogante *m/f* ◊ ***punto ~*** *m* signo de interrogación; **~torio** (*pl* **-ri**) *m* interrogatorio; **~zione** *f* 1. pregunta, interrogación; 2. *estud* control oral *m* ◊ ***~ parlamentare*** interpelación parlamentaria

interrompere ‹*ruppi; rotto*› V. 66 *vt* interrumpir; suspender

interru|ttore *m electr* interruptor; **~zione** *f* interrupción

interscambio (*pl* **-bi**) *m com* intercambio

intersecare ‹*esd*› *vt* atravesar; *mat* intersecar

intersezione *f mat* intersección

interstizio (*pl* **-zi**) *m* intersticio

intertestual|e *adj* intertextual; **~ità** *f inv* intertextualidad *f*

intertrigine *m med* intertrigo, intértrigo

interurban|a *f* llamada interurbana, conferencia, llamada de larga distancia (*Am*); **~o, -a** *adj* interurbano, -a

interval|lare *vt* (*tiempo*) espaciar; **~o** *m* intervalo, pausa *f*; *teat* descanso, entreacto, intermedio; *mús/mat* intervalo

interven|ire ‹*vengo; venni; venuto*› V. 86 *vi* 1. intervenir, mediar, terciar; intervenir, participar; 2.

med intervenir, operar; **~tismo** *m pol* intervencionismo; **~tista** *adj/s pol* intervencionista; **~tistico, -a** (*m pl* **-ci**) *adj pol* intervencionista; **~to** *m* intervención *f*, participación *f*; *med* intervención *f* ◊ ~ ***operatorio*** intervención quirúrgica (*f*); ***principio del non*** ~ *m* principio de no intervención; **~zionismo** *m econ* intervencionismo

intervista *f* entrevista; **~re** *vt* entrevistar; **~tore, -trice** *m/f* entrevistador, -a; encuestador, -a

intervocalico, -a (*m pl* **-ci**) *adj* intervocálico, -a

interzonale (*var.* **interzone** *inv*) *adj* interzonal, interzonas *inv*

intesa *f* acuerdo *m*, pacto *m*; entendimiento *m* ◊ ***agire d'~ con q*** actuar de (común) acuerdo con alg; ***essere d'~*** estar de acuerdo

intesi... V. **intendere**; **~o, -a 1.** *adj* 1. tendente, dirigido, -a; ***opere ~e al bene*** *obras dirigidas al bien*; 2. entendido, -a, acordado, -a; enterado, -a; **2.** *pp* V. **intendere** ◊ ***non darsi per ~*** no darse por enterado; ***resta ~ che...*** queda entendido que...

intessere *vt* 1. entretejer, tejer; 2. (*conjura, engaño*) tramar

intestalrdirsi ‹*isc*› obstinarse, emperrarse, empecinarse; **~re 1.** *vt* encabezar; *jur* poner a nombre (**a q** de alg); **2. ~rsi** obstinarse; **~tario, -a** (*m pl* **-ri**) *m/f* titular; **~to, -a** *adj* 1. (*carta*) encabezado, -a; 2. *jur* intestado, -a; 3. *telec* dirigido, -a (**a** a); **~zione** *f* 1. *econ* titularidad; 2. encabezamiento *m*; (*carta*) membrete *m*

intestinlale *adj* intestinal; **~o, -a 1.** *adj* intestino, -a; **2.** *m med* intestino ◊ ~ ***cieco*** intestino ciego; ~ ***crasso*** intestino grueso; ~ ***tenue*** intestino delgado, ***guerra ~a*** *f* guerra intestina

intiepidire ‹*isc*› *vt* (*cosas*) templar, entibiar; (*entusiasmo*) enfriar

intifada *f pol* intifada

intimalre ‹*esd*/-*timo*› *vt* intimar (**q di fare qc** a alg a hacer u-c), requerir (**q di fare qc** a alg para hacer u-c); (*guerra*) declarar; **~torio, -a** (*m pl* **-ri**) *adj* intimatorio, -a; **~zione** *f* intimación, requerimiento *m*

intimildazione *f* intimidación; **~dire** ‹*isc*› **1.** *vt* 1. intimidar, acobardar; 2. volver tímido, -a; **2.** *vi*/~*rsi* intimidarse, acobardarse; **~smo** *m* intimismo; **~sta** *adj/s* intimista; **~tà** *f inv* intimidad *f*

intimo, -a *adj/m* íntimo, -a; **~rire** ‹*isc*› *vt* atemorizar, amilanar, amedrentar

intina *f bot* intina

intinglere ‹*tingo; tinsi; tinto*› V. 11 *vt* mojar; empapar; **~olo** *m* salsa *f*; guiso, guisado

intinsi..., intinto V. **intingere**

intirizzire ‹*isc*› **1.** *vt* aterir; **2.** *vi*/~*rsi* aterirse

intisichire ‹*isc*› *vt* 1. volver tísico; 2. *bot* agostar

intitolalre ‹*esd*› *vt* 1. titular, intitular; 2. dedicar (**qc a q** u-c a alg); (*calle*) rotular; **~zione** *f* (*calle*) rotulación

intoccabile *adj/s* intocable

intolleralbile *adj* intolerable; **~nte** *adj/s* intolerante; **~nza** *f* intolerancia

intonacare ‹*esd*› *vt* 1. *arq* enlucir, revocar; 2. *irón* acicalar

intonaco (*pl* **-chi/-ci**) *m arq* enlucido, revoque

intonalre *vt* 1. *mús* entonar; (*canción, himno*) entonar, ejecutar; 2. (*instrumentos*) afinar; 3. pegar, hacer juego; ***la cravatta non intona col vestito*** *la corbata no le pega al vestido/no pega con el vestido*; **~zione** *f* 1. *mús/ling* entonación; 2. (*instrumentos*) afinación; 3. tono *m*; ***dare l'~*** *dar el tono*

intonso, -a *adj* (*pelo, libro*) intonso, -a

intontilmento *m* atontamiento; **~re** ‹*isc*› **1.** *vt* atontar, pasmar; **2.** *vi*/~*rsi* atontarse, pasmarse

intopplare *vi* tropezar (**in** con), chocar (**in** con); **~o** *m* obstáculo, estorbo

intorbidalmento *m* enturbiamiento; **~re** ‹*esd*› **1.** *vt* enturbiar; **2.** *vi*/~*rsi* enturbiarse

intorno 1. *adv* alrededor; **2.** *adj inv* de alrededor, de los alrededores, circundante *adj*; ***la gente ~*** *la gente de alrededor* ◊ ~ **a** *prep* (*lugar; cantidad aproximada*) alrededor de, en torno a; ***all'~*** *adv* alrededor, a la redonda; ***girare ~*** dar vueltas por los alrededores; ***guardare ~*** mirar alrededor; ***tutt'~*** *adv* alrededor

intorpidilmento *m* entorpecimiento; **~re** ‹*isc*› **1.** *vt* 1. entorpecer; 2. ofuscar, amodorrar; **2.** *vi*/~*rsi* (*miembros*) adormecerse, entumecerse

intossicalre ‹*esd*› *vt* intoxicar; **~zione** *f* intoxicación

intracomunitario, -a *adj/s* (*UE*) intracomunitario, -a

intradosso *m arq* intredós

intraducibile *adj* intraducible

intralcilare *vt* 1. ralentizar; 2. obstaculizar, entorpecer; **~o** (*pl* **-ci**) *m* 1. ralentización *f*; 2. traba *f*, obstáculo

intrallazzlare *vt* trapichear, mangonear; **~o** *m* trapicheo, mangoneo; chanchullo, corruptela *f*, fraude; *pol* tráfico de influencias *f*, corrupción *f*

intramonldo *m filos* intramundo; **~tabile** *adj* insuperable

intramuscolare *adj med* intramuscular

intranet *f inv* intranet

intransigenlte *adj* intransigente; **~za** *f* intransigencia

intransitlabile *adj* intransitable; **~ivo, -a** *adj ling* intransitivo, -a

intrappolare ‹*esd*› *vt* 1. capturar, entrampar; 2. engañar

intraprendenlte *adj* emprendedor, -a; **~za** *f* iniciativa, empuje *m*

intraprendere ‹*presi; preso*› V. 58 *vt* emprender; (*empresa*) acometer; *estud* cursar, seguir

intrascendentale *adj* intrascendental

intrasferibile *adj* intransferible

intrattabile *adj* 1. (*persona*) intratable, arisco, -a; 2. (*tema*) intratable, inabordable; 3. (*precio*) innegociable

intrattenlere ‹*tengo; tenni; terrò*› V. 79 *vt* entretener; **~imento** *m* entretenimiento, distracción *f*

intrauterino, -a *adj med* intrauterino, -a
intravedere (*var.* **intravvedere**) ‹*vidi; visto*› V. 85 *vt* entrever, atisbar, vislumbrar
intravenoso, -a *adj* intravenoso, -a
intravidi..., intravisto V. **intravedere**
intrecci|are *vt* entrelazar; (*manos, dedos*) cruzar; (*pelo, mimbre*) trenzar; *txtl* tejer, entretejer; (*conjura*) urdir; **~o** (*pl* **-ci**) *m* trenzado; *tecn* (*tejido*) trama *f*; (*novela...*) trama *f*, intriga *f*, acción *f* ◊ ***commedia d'~*** *f* comedia de enredo
intrepid|ezza *f* intrepidez, osadía, audacia; **~o, -a** *adj* intrépido, -a, osado, -a, arrojado, -a
intric|are *vt* intricar, embrollar; **~o** (*pl* **-chi**) *m tamb. fig* enredo, embrollo, maraña *f*
intrig|ante *adj/s* intrigante; **~are 1.** *vt* 1. intricar, embrollar; 2. (*interesar*) intrigar; **2.** *vi* intrigar, conspirar; **3. ~rsi** embrollarse, enredarse; **~o** (*pl* **-ghi**) *m* 1. intriga *f* (!), manejo, tejemaneje (*coloq*); 2. embrollo
intrinseco, -a (*m pl* **-ci**) *adj* intrínseco, -a
intriso, -a 1. *adj* bañado, -a; empapado, -a; impregnado, -a; **2.** *m gastr* papilla *f*; *arq* engrudo
intristire ‹*isc*› *vi* ajarse, agostarse
introdotto V. **introdurre**
introdu|rre ‹*duco; dussi; dotto*› V. 15 *vt* introducir; **~ttivo, -a** *adj* introductivo, -a, introductorio, -a; **~ttore, -trice** *m/f* introductor, -a; **~zione** *f* introducción
introit|are *vt adm/com* ingresar, cobrar; **~o** *m* 1. *adm* ingreso; 2. *relig* introito
intromettersi ‹*misi; messo*› V. 44 entrometerse, inmiscuirse
intromissione *f* intromisión, injerencia
intron|are *vt* atronar; **~izzare** *vt* entronizar, entronar; **~izzazione** *f* entronización
introspe|ttivo, -a *adj psicol* introspectivo, -a; **~zione** *f psicol* introspección
introvabile *adj* ilocalizable, inhallable, inencontrable
introvers|ione *f psicol* introversión; **~o, -a** (*var.* **introvertito**) *adj/s psicol* introverso, -a, introvertido, -a
intru|folare ‹*esd*› *vt coloq* (*introducir*) colar; **~glio** (*pl* **-gli**) *m desp* potingue, mejunje; **~sione** *f* intrusión; **~so, -a** *m/f* intruso, -a
intubare *vt med/tecn* entubar
intui|bile *adj* intuible; previsible; **~re** ‹*esd*› *vt* intuir; **~tivo, -a** *adj* intuitivo, -a
intuito *m filos/relig* intuición *f*
intuizione *f filos/relig tamb. fig* intuición
intumescenza *f med* intumescencia
inturgidire ‹*isc*› *vi* hincharse, volverse túrgido
inuma|no, -a *adj* inhumano, -a; **~re** *vt* inhumar; **~zione** *f* inhumación
inumidi|mento *m* humedecimiento; **~re** ‹*isc*› *vt* humedecer
inurba|mento *m* éxodo rural; **~no, -a** *adj* inurbano, -a, maleducado, -a; **~rsi** emigrar a la ciudad *vi*
inusitato, -a *adj* inusitado, -a, desacostumbrado, -a

inutil|e *adj* inútil; **~ità** *f inv* inutilidad *f*; **~izzabile** *adj* inutilizable; **~izzare** *vt* inutilizar; **~izzazione** *f* inutilización
invad|ente *adj/s* entrometido, -a, cotilla; **~enza** *f* intromisión; **~ere** ‹*invasi; invaso*› V. 35 *vt* invadir; **~itrice** V. **invasore**
invaghirsi ‹*isc*› prendarse (**di** de), enamorarse (**di** de); encapricharse (**di** con)
invaginare *vt biol tamb. fig* invaginar
invalid|are ‹*esd*› *vt* invalidar; **~ità** *f inv jur/med* invalidez *f* ◊ **~ *al lavoro*** incapacidad laboral; **~o, -a 1.** *adj jur* inválido, -a; **2.** *adj/s* inválido, -a, impedido, -a, lisiado, -a
invalso, -a *adj* arraigado, -a, extendido, -a, difundido, -a
invan|imento *m* envanecimiento; **~o** *adv* en vano, en balde
invar® *m inv metal* invar
invaria|bile *adj* invariable; **~bilità** *f inv* invariabilidad *f*; **~to, -a** *adj* invariado, -a
invasa|mento *m* envasado; **~re** *vt* 1. obsesionar; 2. envasar; *bot* plantar en maceta; 3. *nav* varar; **~tura** *f* 1. envasado *m*; 2. *nav* varadero *m*
invasi... V. **invadere**; **~one** *f* invasión ◊ **~ *di campo*** *sport* invasión del campo
invaso 1. *m* 1. *bot* plantación en maceta *f*; 2. *tecn* nivel de embalse; **2.** *pp* V. **invadere**; **~re** (*f* **invaditrice**) *adj/s* invasor, -a
invecchia|mento *m* envejecimiento; **~re** *vt/i* envejecer
invece *adv* en cambio, por el contrario ◊ **~ *di*** *prep* en vez de, en lugar de
inveire ‹*isc*› *vi* ‹*avere*› despotricar (**contro** contra/de)
invelenire ‹*esd*› **1.** *vt* exasperar; (*asunto*) envenenar; **2.** *vi/~rsi* exasperarse, enfurecerse
invendibile *adj* invendible
invent|are *vt* inventar; **~ariare** ‹*-tario*› *vt* inventariar; **~ario** (*pl* **-ri**) *m com/jur tamb. fig* inventario; **~iva** *f* inventiva, creatividad; **~ivo, -a** *adj* inventivo, -a; **~ore, -trice** *m/f* inventor, -a
invenzione *f* invención, invento *m*
inverecond|ia *f* inverecundia; **~o, -a** *adj* inverecundo, -a
inverminire ‹*isc*› *vi/~rsi* agusanarse
invernal|e *adj* invernal; **~ta** *f* invernada, invierno *m*
invernicia|re *vt* barnizar; **~tura** *f* 1. barnizado *m*; 2. (*sobre un tema*) barniz *m*, baño *m*
inverno *m* invierno ◊ ***d'~*** *adv* en invierno
invero *adv elev* en verdad; **~simiglianza** *f* inverosimilitud; **~simile** *adj* inverosímil
invers|ione *f* (*cambio*) inversión ◊ **~ *di marcia*** *auto* cambio de sentido (*m*); **~o, -a** *adj/m* inverso, -a ◊ ***all'~a*** *adv* a la inversa
invertebrato, -a *adj/m* 1. *zool* invertebrado, -a; 2. blandengue, flojo, -a
inverti|re *vt* (*cambiar*) invertir ◊ **~ *la marcia*** cambiar de sentido; **~ *le parti*** cambiar los papeles; **~to** *m* (*homosexual*) invertido; **~tore** *m tecn* inversor

investiga|re *vt* investigar, indagar; **~tivo, -a** *adj* investigador, -a; **~tore, -trice** *m/f* investigador, -a ◊ **~ *privato*** detective privado; **~zione** *f* investigación, indagación

investimento *m* 1. *auto* atropello; embestida *f*; 2. *econ* inversión *f*

investire *vt* 1. *auto tamb. fig* atropellar; embestir; 2. *econ* invertir (!); 3. (*autoridad, cargo*) investir (**di** de/con), revestir (**di** de/con)

investit|ore, -trice *m/f* 1. *auto tamb. fig* atropellador, -a; 2. *econ* inversor, -a, inversionista; **~ura** *f* investidura

inveterato, -a *adj* inveterado, -a, impenitente

invetria|re *vt* (*superficies*) vitrificar; (*ventanas*) acristalar; **~ta** *f* vidriera

invettiva *f* invectiva, soflama, filípica

invia|re ‹-vio› *vt* enviar; **~to, -a** *m/f* enviado, -a ◊ **~ *d'affari*** *dipl* encargado de negocios; **~ *speciale*** enviado especial

invidi|a *f* envidia; **~abile** *adj* envidiable; **~are** *vt* envidiar; **~oso, -a** *adj/s* envidioso, -a

invigorire ‹isc› **1.** *vt* vigorizar, fortalecer; **2.** *vi/~rsi* vigorizarse, fortalecerse

inviluppa|re *vt* 1. envolver; 2. (*personas*) envolver, complicar, implicar; 3. (*cosas*) esconder, camuflar; **~o** *m* 1. envoltorio *f*; 2. enredo, ovillo, lío

invincibile *adj* invencible

invio (*pl* **invii**) *m* envío, expedición *f*

inviola|bile *adj* inviolable; **~bilità** *f inv* inviolabilidad *f*; **~to, -a** *adj* inviolado, -a ◊ ***partita a reti ~e*** *f* partido sin goles (*m*)

inviperirsi ‹isc› encolerizarse, enfurecerse

invischiare *vt* 1. enviscar; 2. complicar, implicar

invisibi|le *adj* invisible; **~ità** *f inv* invisibilidad *f*

inviso, -a *adj elev* mal visto, -a (*estánd*), odiado, -a (*estánd*)

invit|ante *adj* provocador, -a, malicioso, -a; **~are** *vt* 1. invitar, convidar; **~ *q a cena*** *invitar a alg a cenar*; 2. *tecn raro* atornillar; **~ato, -a** *m/f* invitado, -a; **~o** *m* invitación *f* (!); exhortación *f*

in vitro *adj inv* in vitro

invitto, -a *adj* invicto, -a

invoca|re *vt* invocar; **~zione** *f* invocación

invogliare *vt* estimular, incitar

involare **1.** *vt elev* robar (*estánd*); **2.** **~rsi** volatilizarse

involgarire ‹isc› *vt* desmerecer, afear

involgere ‹*volgo; volsi; volto*› V. 90 *vt* envolver

involontario, -a (*m pl* **-ri**) *adj* involuntario, -a

involsi... V. **involgere**

involt|are *vt* envolver; **~ino** *m gastr* rollito ◊ **~ *di primavera*** rollito de primavera; **~o** **1.** *m* 1. paquete; fardo; 2. envoltorio; **2.** *pp* V. **involgere**

involu|cro *m* envoltorio; *bot* involucro; **~tivo, -a** *adj* involutivo, -a; **~to, -a** *adj* complicado, -a, abstruso, -a; **~zione** *f* involución

invulnerabi|le *adj* invulnerable; **~ità** *f inv* invulnerabilidad *f*

inzaccherare ‹esd› *vt* salpicar de barro

inzeppare *vt* atiborrar

inzotichirsi ‹isc› embrutecerse

inzuccherare ‹esd› *vt tamb. fig* azucarar, endulzar

inzuppare *vt* (*pan, galleta*) empapar, embeber, calar; (*pan, galleta*) mojar

io **1.** *pron* yo; **2.** *m filos* yo; *psicol* yo, ego

iod|ato, -a *adj quím* yodado, -a; **~ico, -a** (*m pl* **-ci**) *adj quím* yódico, -a; **~io** *m quím* yodio

ioglosso, -a *adj med* hiogloso, -a

iogurt *m inv* yogur *m*

ioideo, -a *adj med* hioideo, -a

Iolanda *f* Yolanda

iole *f nav* yola

ion|e *m fís* ión; **~ico, -a** (*m pl* **-ci**) *adj* 1. *fís* iónico, -a; 2. *geogr* jónico, -a; ***~io** *m geogr* Jonio ◊ ***il mare ~*** el mar Jonio

ionizza|re *vt fís* ionizar; **~tore** *m fís* ionizador; **~zione** *f fís* ionización

ionosfera *f* ionosfera

iosa: a ~ *adv* a raudales, en abundancia

iota *m/f inv* (*letra*) iota *f* ◊ ***non capire/sapere uno ~*** no entender/saber ni jota; ***non valere uno ~*** no valer un pimiento; **~cismo** *m ling* iotización *f*

I.P.A. (*Istituto di Previdenza e Assistenza*) *abr/m* (Instituto Nacional de Servicios Sociales) ="INSERSO" (*Esp*)

ipallage *f lit* hipálage

ipecacuana *f bot* ipecacuana

iper *m inv* (*hipermercado*) híper

iperattivo, -a *adj/s* hiperactivo, -a

iperbato *m lit* hipérbaton

iperbol|e *f* 1. *mat* hipérbola; 2. *lit* hipérbole; **~ico, -a** (*m pl* **-ci**) *adj* hiperbólico, -a

ipercalorico, -a (*m pl* **-ci**) *adj* hipercalórico, -a

ipercolesterolemia *f med* hipercolesterolemia

ipercritico, -a (*m pl* **-ci**) *adj* hipercrítico, -a

iperdattilia *f med* polidactilia

iperglicemia *f med* hiperglucemia

iperico *m bot* corazoncillo

ipermercato *m* hipermercado

ipermetrop|e *adj/s* hipermétrope; **~ia** *f* hipermetropía

iperonimo *m ling* hiperónimo

iperovulazione *f med* superovulación, hiperovulación

iperplasia *f med* hiperplasia

iperprotetto, -a *adj* sobreprotegido, -a, superprotegido, -a, hiperprotegido, -a

ipersensibile *adj* hipersensible

ipersfruttato, -a *adj* superexplotado, -a, hiperexplotado, -a

ipertensione *f* hipertensión

iperteso, -a *adj/s* hipertenso, -a

ipertesto *m informát* hipertexto

ipertrofi|a *f* hipertrofia; **~izzarsi** hipertrofiarse

ipnosi *f inv* hipnosis

ipnoti|co, -a (*m pl* **-ci**) *adj* hipnótico, -a; **~zzare** *vt* hipnotizar; **~zzatore, -trice** *m/f* hipnotizador, -a

ipocalorico, -a (*m pl* **-ci**) *adj* hipocalórico, -a

ipocondr|ia *f* hipocondría; **~iaco, -a** (*m pl* **-ci**) *adj/s* hipocondríaco, -a; **~ico, -a** (*m pl* **-ci**) *adj* hipocóndrico, -a
ipocoristico, -a (*m pl* **-ci**) *adj/m ling* hipocorístico, -a
ipocrisia *f* hipocresía
ipocrita *m/f* hipócrita
ipodermico, -a (*m pl* **-ci**) *adj* hipodérmico, -a
ipofisi *f inv* hipófisis
ipogeo *m* hipogeo
ipoglicemia *f med* hipoglucemia
iponimo *m* hipónimo
ipostasi *f inv* hipóstasis
ipotalamo *m* hipotálamo
ipoteca *f jur tamb. fig* hipoteca; **~re** *vt* hipotecar; **~rio, -a** (*m pl* **-ri**) *adj* hipotecario, -a
ipoten|sione *f* hipotensión; **~usa** *f mat* hipotenusa
ipotes|i *f* hipótesis *inv*; ***avanzare un'~*** *formular una hipótesis*; **~o, -a** *adj/s* hipotenso, -a
ipotetico, -a (*m pl* **-ci**) *adj* hipotético, -a
ipotizzare *vt* hipotetizar, conjeturar
ipotonia *f* hipotonía
ippic|a *f* hípica ◊ ***datti all'~*** *irón* (mejor) dedícate a otra cosa; **~o, -a** (*m pl* **-ci**) *adj* hípico, -a
ippoca|mpo *m zool* hipocampo, caballito de mar; **~stano** *m bot* castaño de Indias
ippocratico, -a (*m pl* **-ci**) *adj* hipocrático, -a ◊ ***giuramento ~*** *m* juramento hipocrático
ippodromo *m* hipódromo
ippoglosso *m zool* fletán
ippogrifo *m* hipogrifo
ippomane *f bot* manzanillo *m*
ippopotamo *m zool* hipopótamo
iprite *f quím* iperita
ipsilon *m/f* 1. (*letra griega*) ípsilon; 2. (*letra latina*) y griega *f*
ipso facto *adv* ipso facto
IPZS (*Istituto Poligrafico e Zecca dello Stato (casa de la moneda italiana)*) *abr* (*Fábrica Nacional de Moneda y timbre*) ="FNMT" (*Esp*)
ira *f* ira
iracheno, -a *adj/s* iraquí
iracond|ia *f* iracundia; **~o, -a** *adj* iracundo, -a, colérico, -a
Iran: l'~ (*var.* **Iran**) *m* Irán
iraniano, -a *adj/s* iraní
Iraq: l'~ *m* Irak
irascibil|e *adj* irascible; **~ità** *f inv* irascibilidad *f*
irato, -a *adj* encolerizado, -a, furioso, -a
ireos *m inv bot* lirio *m*
IRI (*Istituto per la Riscostruzione Industriale*) *abr/m*
irida|re ‹*esd*› *vt* irisar; **~to, -a** *adj* irisado, -a
iride *f* 1. (*colores, med*) iris *m*; 2. *bot* lirio *m*
iridescen|te *adj* iridiscente; **~za** *f* iridiscencia
iridio *m quím* iridio
iris *m inv bot* lirio *m*
Irland|a: l'~ *f* Irlanda; ***~ese** *adj/s* irlandés, -esa
ironi|a *f* ironía; **~co, -a** (*m pl* **-ci**) *adj* irónico, -a; **~zzare** *vi* ‹*avere*› ironizar
iroso, -a *adj* colérico, -a
IRPEF (*Imposta sul Reddito delle Persone Fisiche*) *abr/f* (*Impuesto sobre la Renta de las Personas Físicas*) ="IRPF" (*Esp*)
irradia|mento *m* irradiación *f*; **~re 1.** *vt* 1. irradiar, emitir; *telec* radiar, difundir; 2. iluminar, alumbrar; 3. *med* radiar; **2.** *vi* irradiar, emitirse, difundirse; **3. ~rsi** (*desde un punto*) partir *vi*, esparcirse; **~zione** *f* irradiación
irraggiungibile *adj* inalcanzable
irragionevole *adj* irrazonable
irrancidi|mento *m* enranciamiento; **~re** ‹*isc*› *vi* enranciarse
irrazional|e *adj* irracional; **~ismo** *m* irracionalismo; **~istico, -a** (*m pl* **-ci**) *adj* irracionalista; **~ità** *f inv* irracionalidad *f*
irreal|e *adj* irreal; **~izzabile** *adj* irrealizable; **~tà** *f inv* irrealidad *f*
irreconciliabile *adj* irreconciliable
irrecu|perabile *adj* irrecuperable; **~sabile** *adj* irrecusable
irredento, -a *adj* irredento, -a
irredimibile *adj* irredimible
irrefrenabile *adj* irrefrenable, incontenible
irrefutabile *adj* irrefutable, irrebatible
irregolar|e *adj* irregular; **~ità** *f inv* irregularidad *f*
irreligioso, -a *adj* irreligioso, -a
irremissibile *adj* irremisible
irremovibile *adj* irremovible
irreparabile *adj* irreparable
irreperibile *adj* ilocalizable
irreprensibile *adj* irreprensible, irreprochable
irrequiet|ezza *f* inquietud, intranquilidad; **~o, -a** *adj* inquieto, -a, intranquilo, -a; **~udine** *f* inquietud
irresistibile *adj* irresistible
irresolut|ezza *f* irresolución, indeterminación; **~o, -a** *adj* irresoluto, -a
irrespirabile *adj* irrespirable
irresponsabil|e *adj/s* irresponsable; **~ità** *f inv* irresponsabilidad *f*
irrestringibile *adj* que no encoge
irretire ‹*isc*› *vt elev* (*engañar*) embaucar, seducir, embelesar, engatusar (*coloq*)
irreversibil|e *adj* irreversible; **~ità** *f inv* irreversibilidad *f*
irrevocabil|e *adj* irrevocable; **~ità** *f inv* irrevocabilidad *f*
irriconoscibile *adj* irreconocible
irridere ‹*irrisi; irriso*› V. 61 *vt elev* escarnecer
irriducibile *adj* irreductible, irreducible
irriflessiv|ità *f inv* irreflexividad *f*; **~o, -a** *adj* irreflexivo, -a
irriga|re *vt* 1. *agric* regar, irrigar; 2. *med* irrigar; **~tore** *m* 1. *agric* aspersor; 2. *med* irrigador; **~zione** *f* 1. riego *m*, irrigación; 2. irrigación ◊ ***~ a goccia*** riego por goteo (*m*); ***~ a pioggia*** riego por aspersión (*m*); ***~ per scorrimento*** riego a manta (*m*)
irrigidi|mento *m* agarrotamiento; **~re** ‹*isc*› **1.** *vt* 1. agarrotar, poner rígido; 2. (*persona*) endurecer; (*situación*) agravar; **2. ~rsi** 1. agarrotarse; 2. *mil*

cuadrarse; 3. empecinarse (**in/su** en), obstinarse (**in/su** en)

irriguo, -a *adj* (*tierra*) regadío, -a, de regadío ◊ ***acque ~e*** *fpl* aguas de riego

irrilevan|te *adj* irrelevante, intrascendente; **~za** *f* irrelevancia, intrascendencia

irrimediabile *adj* irremediable

irrinunciabile *adj* irrenunciable

irripetibile *adj* irrepetible

irrisi... V. **irridere**; **~one** *f* irrisión, escarnio *m*

irriso V. **irridere**; **~rio, -a** (*m pl* **-ri**) *adj* irrisorio, -a, ridículo, -a ◊ ***prezzo ~*** *m* precio irrisorio

irrispettoso, -a *adj* irrespetuoso, -a, irreverente

irrita|bile *adj* irritable; **~bilità** *f inv* irritabilidad *f*; **~re** ‹*esd*› *vt* 1. irritar, picar; 2. irritar, molestar, contrariar; **~zione** *f* 1. irritación, picor *m*; 2. irritación, enojo *m*

irrituale *adj* amistoso, -a, privado, -a

irriveren|te *adj* irreverente; **~za** *f* irreverencia

irrobustire ‹*isc*› *vt* robustecer, fortalecer

irroga|re ‹*esd/-ogo*› *vt* irrogar; **~zione** *f* irrogación

irrompere ‹*irruppi; irrotto*› V. 66 *vi* irrumpir

irrora|re *vt* 1. rociar, bañar; 2. *med* regar; 3. *agric* sulfatar, pulverizar; **~trice** *f* sulfatadora, sulfatador *m*

irrotto V. **irrompere**

irruen|te *adj* impetuoso, -a; **~za** *f* impetuosidad

irrugginire ‹*isc*› **1.** *vt* oxidar; **2.** *vi* oxidarse

irruppi... V. **irrompere**

irruvidire ‹*isc*› *vt* poner áspero

irruzione *f* irrupción

irsuto, -a *adj* hirsuto, -a

irto, -a *adj* 1. hirsuto, -a; 2. (*lleno*) erizado, -a (**di** de), plagado, -a (**di** de)

isabella *adj/m inv* isabel

Isabella *f* Isabel

iscritto, -a 1. *adj* escrito, -a; **2.** *adj/s* inscrito, -a; (*censo*) inscrito, -a, empadronado, -a; (*profesional*) colegiado, -a; *estud* matriculado, -a; *pol* afiliado, -a; **3.** *pp* V. **iscrivere** ◊ ***per ~*** *adv* por escrito

iscrivere ‹*iscrissi; iscritto*› V. 71 *vt adm* inscribir; (*censo*) inscribir, empadronar; (*profesional*) colegiar; *estud* matricular; *pol* afiliar

iscrizione *f* 1. (*lápida...*) inscripción; 2. *adm* inscripción; (*censo*) inscripción, empadronamiento *m*; (*profesional*) colegiación; *estud* matriculación; afiliación

ISEF (*Istituto Superiore di Educazione Fisica*) *abr* (*Instituto Nacional de Educación Física*) ="INEF" (*Esp*)

Islam *m inv* Islam; ***~ico, -a** (*m pl* **-ci**) *adj/s* islámico, -a; ***~ismo** *m* islamismo

Island|a: l'~ *f* Islandia; ***~ese** *adj/s* islandés, -esa

isobara *f fís* isobara

isogamia *f biol* isogamia

isoglossa *f ling* isoglosa

isola *f* isla ◊ **~ *pedonale*** zona peatonal; **~ *rotazionale*** rotonda; **~ *spartitraffico*** mediana

isolabile *adj* aislable

isolamento *m* aislamiento; incomunicación *f* ◊ **~ *acustico, termico*** aislamiento acústico, térmico; ***reparto di ~*** *m* sala de aislamiento

isolan|o, -a *adj/s* isleño, -a; **~te** *adj/m* aislante

isolare ‹*esd*› *vt* aislar

isolato, -a 1. *adj* aislado, -a; **2.** *m arq* manzana *f*, bloque de viviendas; **3.** *m/f* (*persona*) solitario, -a; **~re, -trice** *adj/m* aislante

isolazionis|mo *m* aislacionismo; **~ta** *adj/s* aislacionista; **~tico, -a** (*m pl* **-ci**) *adj* aislacionista

isolotto *m* islote

isomorf|ismo *m* isomorfismo; **~o, -a** *adj* isomorfo, -a

isoscele *adj mat* isósceles

isotera *f meteo* isótera

isotermico, -a (*m pl* **-ci**) *adj* isotérmico, -a

isotop|ia *f fís* isotopía; **~o** *m fís* isótopo

Isotta *f* Isolda

ispan|ismo *m* hispanismo; españolismo; **~ista** *m/f* hispanista; **~istica** *f* hispanística; filología hispánica; ***~oamerica** *f geogr* Hispanoamérica; **~o-americano, -a** *adj/s* hispanoamericano, -a; **~ofono, -a** *adj/s* hispanohablante

ispessi|mento *m* espesamiento; **~re** ‹*isc*› *vt* espesar

ispett|ivo, -a *adj* inspector, -a; **~orato** *m* (*órgano*) inspección *f*; **~ore, -trice** *m/f* inspector, -a

ispezion|are *vt* inspeccionar; **~e** *f* inspección

ispido, -a *adj* híspido, -a, erizado, -a

ispira|re *vt* inspirar; **~to, -a** *adj* inspirado, -a; **~tore, -trice** *m/f* inspirador, -a; **~zione** *f* inspiración

Israel|e *m* Israel; ***~iano, -a** *adj/s* israelí; ***~ita** *m/f* israelita, judío, -a; ***~itico, -a** (*m pl* **-ci**) *adj* israelita, judío, -a, hebreo, -a

issare *vt* izar

issopo *m* hisopo

Istanbul Estambul

istan|tanea *f foto* instantánea; **~taneo, -a** *adj* instantáneo, -a; **~te** *m* instante, momento ◊ ***ad ogni ~*** *adv* a cada momento; ***all'~*** *adv* al instante, al momento; **~za** *f* 1. *jur* instancia, solicitud; demanda; 2. aspiración, necesidad

ISTAT (*Istituto Nazionale di Statistica*) *abr/m* (*Instituto Nacional de Estadística*) ="INE" (*Esp*)

isterectomia *f med* histerectomía

isteri|a *f* histeria; **~co, -a** (*m pl* **-ci**) *adj/s* histérico, -a; **~lire** ‹*isc*› *vt* esterilizar; **~smo** *m* histerismo, histeria *f*

istiga|re *vt* instigar, provocar, azuzar; **~tore, -trice** *m/f* instigador, -a, provocador, -a; **~zione** *f* instigación

istint|ivo, -a *adj* instintivo, -a; **~o** *m* instinto ◊ ***gli ~i bassi*** *mpl* los bajos instintos; ***agire d'~*** dejarse llevar por los bajos instintos

istituire ‹*isc*› *vt* instituir

istitut|ivo, -a *adj* institutivo, -a; **~o** *m* 1. instituto, institución *f*; 2. *estud* instituto; (*universidad*) departamento ◊ **~ *di bellezza*** salón de belleza; **~ *di credito*** entidad de crédito; **~ *di ragioneria*** Escuela de Estudios Empresariales (*f*); **~ *magi-***

strale ="Escuela del Magisterio", Escuela Normal (*f*); ~ ***tecnico professionale*** instituto de formación profesional; **~ore, -trice** *m/f* 1. fundador, -a; 2. preceptor, -a, instructor *m*, institutriz *f*
istituzionlale *f* institucional; **~alizzare** *vt* institucionalizar; **~e 1.** *f* 1. institución, constitución, fundación; 2. institución, entidad; **2.** *fpl jur* instituciones
istmo *m* istmo
istologia (*pl* **-gie**) *f biol* histología
istoriare *vt arte* historiar
istrice *m zool* puerco espín
istrionle *m* histrión; **~esco, -a** (*m pl* **-schi**) (*var.* **istrionico**) *adj desp* histriónico, -a
istruire ‹*isc*› *vt* instruir, aleccionar, adiestrar; *jur* instruir
istruttlivo, -a *adj* instructivo, -a, aleccionador, -a; *jur* instructivo, -a; **~ore, -trice 1.** *adj* instructor, -a; **2.** *m/f* instructor, -a, monitor, -a; **~oria** *f jur* instrucción; **~orio, -a** (*m pl* **-ri**) *adj jur* instructor, -a, de instrucción
istruzione *f* 1. instrucción, adiestramiento *m*; 2. instrucción, orden; *jur* instrucción ◊ ***~i per l'uso*** instrucciones de uso
istupidilmento *m* atontamiento, abobamiento; **~re** ‹*isc*› **1.** *vt* entontecer, abobar; **2.** *vi* entontecerse, abobarse
Itallcable (*Servizi Cablografici Radiotelegrafici e Radioelettrici*) *abr/f*; **~casse** (*Istituto di Credito della Cassa di Risparmio Italiana (instituto de crédito de las cajas de ahorro italianas)*) *abr/f*; **~gas** (*Società Italiana per il Gas*) *abr/f*
Italia: l'~ *f* Italia
italianlismo *m* italianismo; **~ista** *m/f* italianista; **~istica** *f* italianística; filología italiana; **~ità** *f inv* italianidad *f*; **~izzante** *adj* italianizante; **~izzare** *vt* italianizar; **~o, -a 1.** *adj/s* italiano, -a; **2.** *adj impr* cursivo, -a, itálico, -a
italico, -a (*m pl* **-ci**) *adj/s* itálico, -a
iter *m inv adm* trámitación *f*, curso, procedimiento *m*
iteraltivo, -a *adj* iterativo, -a; **~zione** *f* iteración
itineralnte *adj* itinerante, ambulante; **~rio** (*pl* **-ri**) *m* itinerario, ruta *f*
ITIS (*Istituto Tecnico Industriale Statale (centro de enseñanza técnica)*) *abr*
itterilco, -a (*m pl* **-ci**) *adj med* ictérico, -a; **~zia** *f med* ictericia
ittico, -a (*m pl* **-ci**) *adj* íctico, -a
ittiologila (*pl* **-gie**) *f* ictiología; **~co, -a** (*m pl* **-ci**) *adj* ictiológico, -a
ittita *adj/s* hitita
IUD *m inv med* (*dispositivo intrauterino*) DIU
iugero *m agric* (*medida*) yugada *f*
Iugoslavlia: la ~ *f hist* Yugoslavia; ***~o, -a** *adj/s* yugoslavo, -a
iugulare ‹*esd*› *vt* acogotar, oprimir
iuta *f* yute *m*
IVA (*Imposta sul Valore Aggiunto*) *abr/f* (*Impuesto sobre el Valor Añadido*) IVA
iva artritica *f bot* pinillo *m*
ivi *adj elev* allí (*estánd*)

J

jabot [ʒaˈbo] *m inv* chorrera *f*
jacaranda *f bot* jacarandá
j'accuse [ʒaˈkys] *m inv* denuncia *f*, denuncia pública *f*
jack [dʒɛk] *m inv* 1. *electr* jack; 2. (*naipes*) jota *f*
jacquard [ʒaˈkard] *adj/m inv mec* jacquard
jacuzzi® *m inv* jacuzzi
jainismo V. **giainismo**
jazz [dʒɛz] *m inv* jazz; **~ista** [dʒadˈdzista] *m/f* jazzman *m*, jazzwoman *f*; **~istico, -a** [dʒadˈdzistiko] (*m pl* **-ci**) *adj* jazzístico, -a
jeans [dʒins] *mpl* (pantalones) vaqueros, (pantalones) tejanos, bluyín *m* (*Am*)
jeep [dʒip] *m inv auto* jeep *m*, todoterreno *m*
jersey [ˈdʒersi] *m inv* jersey *m*
jet [dʒɛt] *m inv aero* jet *m*, avión de reacción *m*; **~-set** [dʒɛt ˈset] (*var.* **jet-society** *f inv*) *m inv* jet-set *f*, gente bien *f*
jockey [ˈdʒɔkej] *m inv* yóquey *m*, yoqui *m*
jogging [ˈdʒɔggin] *m inv* jogging, footing
joint venture [ˈdʒojnt ˈventʃar] *f inv econ* joint venture
jojoba *m bot* jojoba *f* (!)
jolly [ˈdʒɔlli] *adj/m inv* comodín *adj/s*
joule [dʒul] *m inv fís* julio *m*
judo [ˈdʒudɔ, dʒuˈdɔ] *m inv sport* yudo, judo; **~gi** [dʒuˈdɔgi] *m* (*traje*) judogui; **~ista** [dʒudoˈista] *m/f sport* yudoca *m/f*, judoca *m/f*
jugoslavo V. **iugoslavo**
jujitsu [dʒuˈdʒitsu] *m sport* yiu-yitsu
jukebox [dʒjuˈbɔks] (*var.* **juke-box, juke box**) *m inv* máquina tocadiscos *f*, rocanola *f* (*Am*)
julienne [ʒyˈljɛn]**: alla** ~ *adj inv gastr* juliana ◊ ***zuppa alla ~*** *f* sopa juliana
jumbo [ˈdʒumbo] *m transp* jumbo
junior *adj inv* júnior
juta V. **iuta**

K

kafkiano, -a *adj tamb. fig* kafkiano, -a
kalashnikov® [kaˈlaʃnikof] *m* (*arma*) kalashnikov
kamikaze [kamiˈkaddze] *adj/m inv* kamikaze *adj/s*
kantiano, -a *adj filos* kantiano, -a
kappaò *adj inv tamb. fig* (*boxeo*) KO, grogui
kaputt [kaˈput] *adj inv* kaput, acabado, -a *adj*
karaoke *m inv* karaoke *m*
karatle [karaˈtɛ, kaˈrate] (*var.* **karatè** *m*) *m inv sport* kárate *m*; **~eka** *m/f* karateka
kart *m inv auto* kart *m*; **~ismo** *m* kárting; **~odromo** *m* pista de karts *f*
kashmir [ˈkaʃmir, kaʃˈmir] V. **cachemire**
kayak [kaˈjak] *m inv sport* kayac *m*, kayak *m*

kaza|co, -a (*m pl* **-chi**) *adj/s geogr* kazaco, -a; ***~kistan: il** ~ *m* Kazajstán
kefir V. **chefir**
ken|iota (*var.* **keniano, -a**) *adj/s geogr* keniata, keniano, -a; ***~ya: il** *m geogr* Kenia
képi [ke'pi] *m inv* quepis *m*
kermesse [kɛr'mɛs] *f inv* kermés *f*
kerosene V. **cherosene**
ketch [kɛtʃ] *m inv nav* ketch
ketchup ['kɛtʃap] *m inv gastr* cátchup, cátsup
keynesiano, -a *adj econ* keynesiano, -a
kg (*chilogrammo*) *abr* (*quilogramo*) Kg.
khan [kan] *m inv* kan *m*, can *m*
khmer [kmɛr] *adj/s inv* jemer *adj/s* ◊ ~ ***rossi*** jemeres rojos
khomeinista [komej'nista] *adj/s* jomeinista
kibbutz [kib'buts] *m inv* kibbutz
kidnapping [kid'napin] *m inv* rapto infantil *m*
killer ['killer] **1.** *m/f* asesino, -a a sueldo, sicario, -a; **2.** *adj inv* asesino, -a *adj*; ***cellula*** *~ célula asesina*
kilobyte [kilo'bajt] *m inv informát* kilobyte *m*
kindergarten *m inv* guardería *f*, jardín de infancia *m*
kinderheim ['kinderhajm] *m inv* colonia de vacaciones *f*
kinesiologia V. **cinesiologia**
kirsch [kirʃ] *m inv* kirsch
kit *m inv* kit
kiwi ['kiwi] *m inv zool/bot* kiwi *m*
km (*chilometro*) *abr* (*quilómetro*) Km.
knockdown [nok'dawn] *adj/m inv sport* (*boxeo*) knock-down
knock out [no'kawt] (*var.* **knockout**) *adj/adv/m inv* fuera de combate, KO ◊ ***mettere*** ~ noquear; ***essere*** ~ estar KO, estar fuera de combate
know how [now'aw] *m inv com* know how, conocimientos *mpl*, bagaje *m*
koala *m inv* koala *m*
koinè *f inv* koiné *f*
kolchoz ['kɔlkos] *m inv* koljos
kolossal (*var.* **kolossal**) *m inv cine/TV* superproducción *f*
krapfen *m inv gastr* berlinesa *f*
krausismo *m filos* krausismo
kriss *m inv* kris
Kurdistan: Il ~ *m geogr* el Kurdistán
kursaal ['kursal] *m inv* casino *m*
kuwaitiano, -a [kuwaj'tjano] *adj/s* kuwaití
kW (*chilowatt*) *abr* (*quilovatio*) Kw
k-way [ki'wej, kej'wej] *m inv* canguro *m*, chubasquero *m*
kWh (*chilowattora*) *abr* (*quilovatio-hora*) Kwh

L

l' *ar* (*femenino*) la; ***l'edera*** *la hiedra*; (*masculino*) el; ***l'albero*** *el árbol*
l (*litro*) *abr* (*litro*) l.
la 1. *ar* la; ***la casa, la storia...*** *la casa, la historia...*; **2.** *pron* la; ***la vedo*** *la veo*; **3.** *m mús* la ◊ ***dare il*** ~ *mús* dar el tono
La *pron* le; ~ ***ringrazio*** *le doy las gracias*; ***posso accompagnarLa?*** *¿puedo acompañarle/la?*
là *adv* allá; ***più in*** ~ *más (hacia) allá*; ***da quel giorno in*** ~ *desde aquel día en adelante*; ahí ◊ ~ ***per*** ~ *adv* en ese momento; ***al di*** ~ ***(di)*** más allá (de); ***andare in*** ~ avanzar; ***chi va ~?*** ¿quién vive?, ¿quién va ahí?; ***da quel giorno in*** ~ *adv* desde aquel día en adelante; ***di*** ~ *adv* por allá, por ahí; ***essere in*** ~ ***con gli anni*** ser de edad avanzada; ***essere più di*** ~ ***che di qua*** estar con un pie en el otro mundo; ***per di*** ~ *adv* por allá; ***più in*** ~ *adv* más allá; ***tirarsi in*** ~ echarse a un lado; ***via di ~!*** ¡fuera de ahí!
labaro *m* lábaro
labbro (*pl (1)* **le labbra**, *pl (2)* **i labbri**) *m* 1. *med* (*boca, vagina*) labio; 2. (*herida*) labio; (*pozo...*) borde ◊ ***avere sulla punta delle ~a*** tener en la punta de la lengua; ***leccarsi le ~a*** chuparse los dedos; ***mordersi le ~a*** morderse la lengua
labello *m bot* labelo
labi|ale *adj/f ling* labial; **~le** *adj elev* lábil; **~lità** *f inv elev* labilidad *f*
labio|dentale *adj/f ling* labiodental; **~velare** *adj/f ling* labiovelar
labirint|ico, -a (*m pl* **-ci**) *adj* laberíntico, -a; **~o** *m* laberinto
laborator|io (*pl* **-ri**) *m* 1. *cient* laboratorio; 2. *com* taller, obrador; **~sta** *m/f* trabajador, -a de un laboratorio
laborioso, -a *adj* 1. laborioso, -a, hacendoso, -a, industrioso, -a; 2. laborioso, -a, trabajoso, -a, costoso, -a
labradorite *f min* labradorita
laburis|mo *m pol* laborismo; **~ta** *adj/s pol* laborista
lacca *f* laca; **~re** *vt* lacar, laquear; **~tura** *f* lacado *m*, laqueado *m*
lacchè *m inv* lacayo *m*, sirviente *m*; *desp* lacayo *m*
laccio (*pl* **-ci**) *m* 1. lazo; (*zapato*) cordón; 2. trampa *f*; ***tendere i ~i*** *tender una trampa*
lacera|bile *adj* lacerable; **~nte** *adj* lacerante, desgarrador, -a; **~re** ‹*esd*› *vt* lacerar, desgarrar; **~zione** *f* laceración
lacero, -a *adj* 1. lacerado, -a, desgarrado, -a; ***ferita ~a*** *herida con desgarro*; 2. harapiento, -a, desharrapado, -a
lacerto *m* 1. *gastr* redondo; 2. *med* masa muscular del brazo *f*
laconic|ità *f inv* laconismo *m*; **~o, -a** (*m pl* **-ci**) *adj* lacónico, -a
lacrima *f* lágrima ◊ ***~e di coccodrillo*** lágrimas de cocodrilo; ***avere le ~e agli occhi*** saltar las lágrimas; ***dare in ~e*** romper a llorar; ***piangere ~e amare*** llorar lágrimas de sangre; ***sciogliersi in ~e*** deshacerse en lágrimas; **~le** *adj* lagrimal; **~re** ‹*esd*› *vi* ‹*avere*› lagrimar, lagrimear, llorar; **~zione** *f* lagrimeo *m*
lacrimetta *f* lagrimilla

lacrimevole *adj* lacrimoso, -a, lamentable

lacrimo|geno, -a *adj* lacrimógeno, -a; **~ne** *m* lagrimón; **~so, -a** *adj* 1. lagrimoso, -a; 2. lacrimoso, -a, conmovedor, -a

lacun|a *f* 1. (*espacio en blanco, vacío*) laguna; 2. (*falta*) vacío *m* ◊ ~ ***della memoria*** lapsus (*m*); **~are** *m arq* lagunar; **~osità** *f inv* lagunosidad *f*; **~oso, -a** *adj* lagunoso, -a

lacustre *adj* lacustre

laddove 1. *adv elev* donde (*estánd*); **2.** *conj* mientras que (*estánd*); en lugar de (*estánd*)

ladino, -a *adj/m ling* ladino, -a

ladre|ria *f* ladronería, ladronada; **~sco, -a** (*m pl* **-chi**) *adj* ladronesco, -a

ladro, -a *adj/s* ladrón, -ona ◊ ~ ***di polli*** ladrón de gallinas; ~ ***in guanti gialli*** ladrón de guante blanco; **~cinio** V. **latrocinio**; **~ne** *m* ladrón; **~neria** *f* ladronada; **~nesco, -a** (*m pl* **-chi**) *adj* ladronesco, -a

ladruncolo, -a *m/f* ladronzuelo, -a

LAFTA V. **ALALC**

lager ['la:ger] *m inv* campo de concentración *m*

laggiù *adv* allí abajo, allá abajo

lagna *f* 1. *coloq* quejido *m*, lamento *m*; 2. *coloq* (*persona*) quejica *m/f*; **~nza** *f* queja, lamentación; **~rsi** quejarse (**di** de), lamentarse (**di** de)

lagno *m* queja *f*, lamento

lago (*pl* **-ghi**) *m* lago ◊ ~ ***di sangue*** baño de sangre

lagrim|a V. **lacrima**; **~o** *m bot* lágrima *f*

laguna *f* laguna, albufera; **~re** *adj* lacustre

L'Aia La Haya

laic|ale *adj* laical; **~ato** *m relig* laicado

laici|smo *m* laicismo; **~tà** *f inv* (*cualidad*) laicismo *m*; **~zzare** *vt* laicizar; **~zzazione** *f* laicización

laico, -a 1. *adj/s* (*persona*) laico, -a, lego, -a, seglar; **2.** *adj* (*estado, escuela*) laico, -a, aconfesional

laid|ezza *f elev* fealdad (*estánd*); **~o, -a** *adj elev* feo, -a (*estánd*)

lama 1. *f* 1. (*cuchillo, espada*) lama, hoja; 2. *geogr* charca, laguna, lavajo *m*; **2.** *m* 1. *zool* llama *f* (!); 2. *relig* lama; **~ismo** *m relig* lamaísmo

lambada *f* (*baile*) lambada

lambicca|re *vt* 1. alambicar; 2. sopesar, ponderar, alambicar ◊ ***~rsi il cervello*** devanarse los sesos; **~to, -a** *adj* alambicado, -a, rebuscado, -a, complicado, -a; *arte* recargado, -a

lambire ‹*isc*› *vt* 1. (*animales*) lamer; 2. (*agua, fuego*) rozar

lambrusco *m gastr* ="vino tinto espumoso de Emilia"

lamella *f* lámina, hoja; **~re** *adj* laminar

lamellibranchio, -a (*m pl* **-chi**) *adj zool* lamelibranquio, -a

lament|are 1. *vt* lamentar, sentir; **2. ~rsi** lamentarse, dolerse, quejarse; **~azione** *f relig* lamentación; **~ela** *f* gimoteo *m*, lloriqueo *m*, lamentaciones *fpl*; **~evole** *adj* 1. lamentable, deporable; 2. lamentoso, -a, quejoso, -a; **~io** (*pl* **-tii**) *m* gimoteo, lamentación *f*; **~o** *m* 1. lamento, quejido; 2. queja *f*; 3. elegía *f*, canto fúnebre; **~oso, -a** *adj* lamentoso, -a, quejoso, -a

lametta *f* hoja ◊ ~ ***da barba*** hoja de afeitar

lamier|a *f metal* chapa, plancha, hoja; **~ino** *m* chapa fina *f*; **~ista** *m/f* chapista, planchista

lamina *f metal* lámina, plancha, chapa, hoja; **~re** *adj* laminar; **~re** ‹*esd*› *vt metal* laminar, chapar; **~to, -a** *adj/m metal* laminado, -a; **~toio** (*pl* **-oi**) *m metal* laminadora *f*; **~tura** (*var.* **laminazione**) *f metal* laminación, laminado *m*; chapado *m*

lampa|da *f* lámpara ◊ ~ ***a gas*** lámpara de gas; ~ ***al neon*** tubo de neón (*m*); ~ ***a quarzo*** lámpara de cuarzo; ~ ***a snodo*** flexo (*m*); ~ ***a stelo*** lámpara de pie; ~ ***da miniera/di sicurezza*** lámpara de los mineros/de seguridad; ~ ***da tavolo*** lámpara de mesa; ***farsi la*** ~ *coloq* darse rayos uva; **~dario** (*pl* **-ri**) *m* araña *f*; **~dina** *f* bombilla; **~nte** *adj* 1. reluciente; 2. (*verdad*) meridiano, -a

lampeggia|mento *m* 1. *meteo* relampagueo; 2. (*luz*) parpadeo; centelleo, destello; **~nte** *adj auto* parpadeante; **~re 1.** *v/impers* ‹*avere/essere*› relampaguear; **2.** *vi* 1. ‹*avere*› centellear; 2. *auto* (*indicadores*) parpadear; (*faros*) hacer luces; **~tore** *m* 1. *auto* intermitente; *auto* (*ambulancia*) sirena *f*; 2. *foto* flash

lampeggio (*pl* **-gi**) *m* 1. *auto* luces de emergencia *fpl*; 2. *meteo* relampagueo

lampeggio (*pl* **-gii**) *m* (*luz*) parpadeo; centelleo, destello

lampion|aio (*pl* **-ai**) *m hist* farolero, lamparero; **~cino** *m* farolillo; **~e** *m* farola *f*

lampist|a *m* lampista, lamparero; **~eria** *f ant* lampistería

lampo 1. *m meteo tamb. fig* relámpago; **2.** *adj inv* relámpago ◊ ~ ***di genio*** relámpago; ***come un*** ~ *adv* como un rayo, como una bala; ***guerra*** ~ *f* guerra relámpago; ***in un*** ~ *adv* en un santiamén; ***notizia*** ~ *f* noticia de alcance; **~ne** *m* 1. *bot* (*fruta*) frambuesa *f*; 2. *bot* (*planta*) frambueso

lampreda *f zool* lamprea

lampuga *f zool* (*pez*) llampuga

lana *f* lana ◊ ~ ***d'acciaio*** *tecn* lana de acero; ~ ***di legno*** *tecn* lana de madera; ~ ***di vetro*** *tecn* fibra de vidrio; ***buona*** ~ *fig* buena pieza; ***essere della stessa*** ~ ser de la misma carda, ser de la misma pasta, ser de la misma ralea; ***pura*** ~ ***vergine*** pura lana virgen; ***questioni di*** ~ ***caprina*** *mpl* discusiones bizantinas (*fpl*); **~iolo, -a** *m/f* lanero, -a

lance|olato, -a *adj bot* lanceolado, -a; **~tta** *f* (*reloj*) manecilla, aguja; *med* lanceta

lancia (*pl* **-ce**) *f* 1. lanza; (*pesca*) fisga, arpón *m*; 2. *nav* lancha ◊ ~ ***di salvataggio*** lancha de salvamento; ***con la*** ~ ***in resta*** *adv* con la lanza en ristre; ***spezzare una*** ~ ***per q*** romper una lanza por alg; ***una buona*** ~ una buena lanza; **~bile** *adj* lanzable, arrojadizo, -a; **~bombe** *m inv* lanzabombas; **~fiamme** *m inv* lanzallamas;

~**granate** *m inv* lanzagranadas; ~**mine** *m inv* lanzaminas; ~**missili** *adj/m inv* lanzamisiles; ~**piattello** *m inv sport* lanzaplatos; ~**razzi** *m inv* lanzacohetes; ~**re** *vt* lanzar; despedir, arrojar; *com* lanzar; (*palabrota*) soltar; (*acusación*) lanzar; (*mirada, maldición*) echar; (*idea*) lanzar, dejar caer; ~**siluri** *m inv* lanzatorpedos; ~**ta** *f* lanzada, lanzazo *m*; ~**to, -a** *adj* lanzado, -a; ~**tore, -trice 1.** *m/f* lanzador, -a; **2.** *m aero* lanzadera *f* ◊ ~ ***del disco, del giavellotto, del martello*** lanzador de disco, de jabalina, de martillo; ~**torpedini** *m inv* lanzaminas
lanciere 1. *m mil* lancero; **2.** *mpl mús* lanceros
Lancillotto *m* Lancelot
lancinante *adj* lancinante
lancio (*pl* **-ci**) *m com/sport tamb. fig* lanzamiento ◊ ~ ***del peso, del disco*** lanzamiento de peso, de disco; ~**la** *f bot* llantén *m*
landa *f* landa
land-rover® *m inv auto* land rover®
lane|rie *fpl* lanería *f*; ~**tta** *f* lanilla
langui|dezza *f* languidez; ~**do, -a** *adj* lánguido, -a; ~**re** ‹*isc*› *vi* ‹*avere*› languidecer; consumirse; ~ ***dalla fame*** *consumirse por el hambre*
languore *m* languidez *f*
laniccio (*pl* **-ci**) *m* pelusa *f*
lanier|e *m* lanero; ~**o, -a** *adj* lanero, -a
lanificio (*pl* **-ci**) *m* fábrica de lana *f*
lano|lina *f* lanolina; ~**so, -a** *adj* lanoso, -a
lantan|a *f bot* lantana; ~**io** *m quím* lantano
lantern|a *f* linterna; farol *m*; ~**ino** *m* farolillo ◊ ***cercare qc col*** ~ buscar u-c con un candil
lanugine *f* pelusa
lanuto, -a *adj* lanudo, -a
lanzichenecco (*pl* **-chi**) *m hist* lansquenete
lapalissiano, -a *adj* obvio, -a, evidente
laparoscopia *f* laparoscopia
lapida|re ‹*esd*› *vt* lapidar; ~**rio, -a** (*m pl* **-ri**) *adj/s* lapidario, -a; ~**zione** *f* lapidación
lapide *f* lápida
lapis *m inv* lápiz *m*; ~**lazzuli** *m inv* lapislázuli
lappa *f bot* lapa, lampazo *m*; ~**re** *vt* 1. (*perro*) beber; 2. (*persona*) sorber
lappone (*var.* **lappone**) *adj/s* lapón, -ona
Lapponia: la ~ *f* Laponia
lapsus *m inv* lapsus ◊ ~ ***calami*** lapsus calami; ~ ***linguae*** lapsus linguae
lardellare *vt gastr* mechar
lardo *m* tocino; ~**so, -a** *adj* atocinado, -a
larghe|ggiare *vi* ‹*avere*› prodigarse; ~**tto** *m mús* larghetto; ~**zza** *f* 1. anchura, ancho *m*; 2. esplendidez, prodigalidad; 3. manga ancha ◊ ~ ***di vedute*** amplitud de miras
largi|re ‹*isc*› *vt elev* dispensar; ~**tore, -trice** *m/f elev* dispensador, -a; ~**zione** *f elev* dispensación
largo, -a (*m pl* **-ghi**) **1.** *adj* 1. ancho, -a (!); ***è ~ tre metri*** *tiene tres metros de ancho*; 2. espléndido, -a, pródigo, -a, generoso, -a; **2.** *m* 1. ancho (!), anchura *f*; 2. *nav* mar abierto, alta mar *f*; 3. plazoleta *f*, plazuela *f*; 4. *mús* largo; **3.** *excl* ¡paso!; ***fate ~!*** *¡abran paso!* ◊ ***farsi ~ tra la folla*** abrirse paso entre la multitud; ***girare al ~ di q*** evitar a alg; ***passare alla ~a*** pasar de largo; ***prendere il ~*** salir a mar abierto; *fig* largarse, marcharse; ***prenderla ~a*** irse por las ramas; ***stare alla ~a da q*** mantenerse alejado de alg; ***su ~a scala*** *adv* a gran escala; ***tenersi al ~ di q/qc*** mantenerse alejado de alg/de u-c
lari *mpl mitol* lares
larice *m bot* alerce
laring|e *f* laringe; ~**ectomizzare** *vt med* laringectomizar; ~**eo, -a** *adj* laríngeo, -a; ~**ite** *f* laringitis *inv*
laringo|iatra (*var.* **laringologo, -a**) *m/f* laringólogo, -a; ~**scopia** *f med* laringoscopia; ~**tomia** *f* laringotomía
larva *f* 1. *zool* larva; 2. sombra, espectro *m*; ***la ~ di se stesso*** *es la sombra de sí mismo*; ~**le** *adj* larval, larvario, -a; ~**to, -a** *adj zool tamb. fig* larvado, -a
lasagne *fpl gastr* lasaña *f*
lascia|passare *m inv* pase *m*, salvoconducto *m*; ~**re 1.** *vt* dejar; **2.** ~**rsi** dejarse, separarse ◊ ~ ***desiderare*** dejar que desear; ~ ***andare*** dejar ir, soltar; dejar escapar; ~ ***detto*** dejar dicho; ~ ***fare*** dejar hacer, dar libertad; ***lascia stare/perdere*** déjalo estar/correr; ***o prendere o*** ~ lo tomas o lo dejas
lascito *m jur* legado, manda *f*
lascivi|a *f* lascivia; ~**o, -a** *adj* lascivo, -a
laser 1. *adj inv* láser; **2.** *m inv* (rayo) láser *m*; **3.** *f inv* (impresora) láser *f*
lass|ativo, -a *adj/m* laxante, laxativo, -a; ~**ismo** *m* laxismo; ~**o, -a 1.** *adj elev* laxo, -a; **2.** *m* lapso; ~**ù** *adv* allá arriba, allí arriba
lastra *f* (*metal*) plancha, lámina, chapa; (*piedra*) lastra, losa, laja; *foto* placa; *impr* cliché *m* ◊ ~ ***di ghiaccio*** placa de hielo; ***farsi le ~e*** *coloq* hacerse placas
lastrica|re ‹*esd*› *vt* enlosar, empedrar; ~**to, -a** *adj/m* enlosado, -a, empedrado, -a
lastrico (*pl* **-chi**) *m* empedrado, enlosado, adoquinado ◊ ***gettare sul ~*** dejar en la calle; ***ridursi sul ~*** quedarse en la calle
lastrone *m* lastra *f*, losa *f*
laten|te *adj* latente; ~**za** *f psicol* latencia
later|ale 1. *adj* lateral; **2.** *m sport* lateral, extremo; ~**izio, -a** (*pl* **-zi**) **1.** *adj* del ladrillo; **2.** *mpl* ladrillos
latice *m* látex *inv*
latifond|ista *m/f* latifundista, terrateniente; ~**o** *m* latifundio
latin|ismo *m* latinismo; ~**ista** *m/f* latinista; ~**ità** *f inv* latinidad *f*; ~**o, -a 1.** *adj/s* latino, -a; **2.** *m ling* latín ◊ ~ ***volgare*** latín vulgar; ~**o-americano, -a** *adj/s* latinoamericano, -a
latitan|te *adj jur* contumaz, rebelde; fugitivo, -a; ~**za** *f jur* contumacia, rebeldía ◊ ***darsi alla ~*** pasar a la clandestinidad, quitarse de la circulación
latitudina|le *adj* latitudinal; ~**rio, -a** (*m pl* **-ri**) *adj relig* latitudinario, -a
latitudine *f geogr* latitud

lato, -a 1. *adj* lato, -a, amplio, -a; **2.** *m* lado; costado ◊ ***da ambedue i ~i*** *adv* por los dos lados; ***dal mio ~*** *adv* por mi parte; ***da un ~ all'altro*** *adv* de un lado a otro, de parte a parte; ***da un ~..., dall'altro*** por un lado..., por otro; ***in senso ~*** *adv* en sentido lato; ***per ogni ~*** *adv* por cualquier lado; **~re** (*f* **latrice**) *m/f* portador, -a

latra|re *vi ‹avere›* aullar; **~to** *m* aullido

latrina *f* letrina

latrocinio (*pl* **-ni**) *m* latrocinio

latta *f* (*material*) lata, hojalata; (*recipiente*) lata; **~io, -a** (*m pl* **-ai**) *m/f* lechero, -a; **~nte** *adj/s* lactante; **~zione** *f* lactación; lactancia

latte *m* leche *f* (!) ◊ ***~ a lunga conservazione*** leche uperisada (*f*); ***~ di bellezza/verginale*** leche virginal (*f*); ***~ detergente*** leche limpiadora (*f*); ***~ di gallina*** *bot* leche de gallina (*f*); ***~ cagliato*** leche cuajada (*f*); ***~ condensato*** leche condensada (*f*); ***~ in polvere*** leche en polvo (*f*); ***~ intero*** leche entera (*f*); ***~ parzialmente scremato*** leche semidesnatada (*f*); ***~ scremato*** leche desnatada (*f*); ***avere il ~ alla bocca*** estar con la leche en los labios; ***dare il ~*** dar de mamar; **~miele** (*var.* **latte e miele**) **1.** *m inv* 1. *gastr* ="dulce hecho con nata y miel" *f*; 2. *sept gastr* nata montada; **2.** *adj inv* (*persona*) zalamero, -a, pegajoso, -a *adj*; **~o, -a** *adj* lácteo, -a; **~ria** *f* lechería

lattescen|te *adj* lactescente; **~za** *f* lactescencia

lattic|e V. **latice**; **~ini** *mpl* derivados de la leche, productos lácteos; **~inio** *m* lacticinio; **~o, -a** (*m pl* **-ci**) *adj* láctico, -a

lattier|a *f* lechera; **~o, -a** *adj* lácteo, -a

lattifero, -a *adj* lechero, -a, de leche; ***vacca ~a*** *vaca lechera*

lattiginoso, -a *adj* lacticinoso, -a, lechoso, -a

lattina *f* (*cerveza, refresco*) lata, bote *m*

lattivendolo, -a *m/f* lechero, -a

latton|e, -a 1. *adj* lechal; **2.** *m* lechón, choto; **~iere** *m* latonero, hojalatero

lattonzolo (*var.* **lattonzo**) *m* 1. (*cerdo*) cochinillo, lechón; 2. (*vaca*) ternero, -a *m/f*

lattosio *m quím* lactosa *f*

lattuga (*pl* **-ghe**) *f* lechuga

lauda *f relig/lit elev* gozo *m*; **~no** *m* láudano; **~tivo, -a** *adj* laudatorio, -a, elogioso, -a

laurea *f* 1. licenciatura; 2. doctorado *m* ◊ ***~ ad honorem/~ honoris causa*** doctorado honoris causa (*m*); ***prendere la ~ in storia, medicina...*** licenciarse en historia, medicina...

laureando, -a *m/f* 1. ="persona que está haciendo la tesis de licenciatura" *f*; 2. doctorando, -a

laureare 1. *vt* 1. licenciar, graduar (*Am*); 2. *elev* laurear; **2. ~rsi** 1. licenciarse, graduarse (*Am*); 2. doctorarse

laureato, -a *adj/s* 1. licenciado, -a, graduado, -a (*Am*); 2. *elev* laureado, -a

lauro *m* 1. *elev* laurel (*estánd*); 2. laureles *mpl*, fama *f*

lauto, -a *adj* (*comida*) opíparo, -a, pantagruélico, -a; (*dinero*) pingüe, sustancioso, -a

lava *f* lava; **~biancheria** *f inv* lavadora *f*; **~bile** *adj* lavable; **~bo** *m* lavabo; **~cro** *m* 1. *elev* lavacro; pila *f*; 2. purificación *f* ◊ ***~ di sangue*** baño de sangre; ***il santo ~*** la pila bautismal (*f*); **~frutta** *m inv* lavafrutas; **~ggio** (*pl* **-gi**) *m* lavado ◊ ***~ a secco*** lavado en seco; ***~ del cervello*** lavado de cerebro

lavagn|a *f min/estud* pizarra; ***scrivere alla ~*** *escribir en la pizarra* ◊ ***~ luminosa*** retroproyector (*m*); **~oso, -a** *adj* pizarroso, -a

lavama|cchine *m inv* lavacoches; **~no** (*var.* **lavamani**) *m inv* aguamanil *m*, lavamanos

lavand|a *f* 1. lavado *m*; 2. *bot* lavanda, lavándula, espliego *m* ◊ ***~ gastrica*** lavado de estómago (*m*); **~aio, -a** (*m pl* **-ai**) *m/f* lavandero, -a; **~eria** *f* lavandería, tintorería; **~ino** *m* lavabo, fregadero, pila *f*, pileta *f* (*Am Cent*)

lavapiatti 1. *f inv* (*aparato*) lavaplatos *m inv*, lavavajillas *m*; **2.** *m/f inv* (*persona*) lavaplatos, friegaplatos

lavare *vt* lavar ◊ ***~ a secco*** lavar en seco; ***~rsene le mani*** *fig* lavarse las manos; **~llo** *m zool* farra *f*

lavasecco *m inv* lavandería con lavado en seco *f*

lavastoviglie *f inv* lavavajillas *m inv*, lavaplatos *m inv*

lavat|a *f* lavado *m* ◊ ***dare a q una ~ di capo*** leerle a alg la cartilla, echarle una bronca a alg; **~ivo, -a 1.** *m med* lavativa *f*; **2.** *m/f* holgazán, -ana; **~oio** (*pl* **-oi**) *m* lavadero; **~ore, -trice** *adj* lavador, -a

lavatrice *f* lavadora

lavatura *f* lavado *m*, lavadura ◊ ***~ di piatti*** *desp* calducho (*m*), agua sucia

lavavetri *m inv* (*persona, aparato*) limpiacristiales

lavello *m* fregadero, pila *f*, pileta *f* (*Am Cent*)

lavico, -a (*m pl* **-ci**) *adj geol* lávico, -a

lavina *f* (*nieve*) alud *m*, avalancha

lavora|bile *adj* trabajable; *agric* cultivable; **~nte** *m/f* trabajador, -a; **~re 1.** *vt* labrar, trabajar; *agric* labrar; **2.** *vi* trabajar ◊ ***~rsi q*** trabajarse a alg; **~tivo, -a** *adj* (*día*) laborable; (*jornada*) laboral; *agric* cultivable; **~tore, -trice** *m/f* trabajador, -a, obrero, -a ◊ ***~ autonomo*** trabajador autónomo, trabajador por cuenta propia; ***~ temporaneo*** trabajador eventual; **~zione** *f* 1. manufactura; elaboración; (*piedra, madera...*) labra; 2. *agric* labranza

lavorio (*pl* **-rii**) *m* 1. actividad *f*, labor *f*, trabajo; 2. intriga *f*

lavoro *m* trabajo ◊ ***~ a cottimo*** trabajo a destajo; ***~ a domicilio*** trabajo a domicilio; ***~ a termine*** trabajo temporal; ***~ di gruppo*** trabajo en equipo; ***~ interinale*** trabajo temporal; ***~ nero*** trabajo negro; ***~ straordinario*** horas extraordinarias (*fpl*), horas extra (*fpl*); ***~ temporaneo*** trabajo temporal; ***~i forzati*** trabajos forzados; ***~i in corso*** en obras; ***~i pubblici*** obras públicas (*fpl*); ***~i stradali*** obras de carretera (*fpl*); ***agenzia di ~ temporale/interinale*** *mpl* empresa de trabajo temporal (ETT)

lazi|ale 1. *adj* 1. *geogr* del Lacio; 2. *sport* del Lazio; **2.** *m/f geogr* habitante del Lacio *sport* ="seguidor, -a del Lazio"; ***~o** *m* Lacio
lazzar|etto *m* lazareto; **~onata** *f* granujada, pillería; **~one, -a** *m/f* 1. *desp* granuja, sinvergüenza, perillán, -ana; 2. vago, -a, holgazán, -ana
lazzer|etto V. **lazzaretto**; **~uola** (*var.* **lazzerolo** *m*) *f bot* acerolo *m*
lazzo *m* burla *f*, puya *f*
LC (*Lotta Continua*) *abr* ="partido de extrema izquierda"
le 1. *ar* (*fpl*) las; **2.** *pron* 1. (*fpl, objeto directo*) las; 2. (*f sing, objeto indirecto*) le
Le *pron* le; ***posso parlarLe in confidenza?*** *¿puedo hablarle en confianza?*
leacril® *m inv* leacril
leader ['lider] *m inv* líder *m*; **~ship** ['liderʃip] *m inv* liderazgo *m*
leal|e *adj/s* leal, fiel; **~ismo** *m* lealismo; **~ista** *m/f* lealista; **~tà** *f inv* lealtad *f*, fidelidad *f*
leardo, -a *adj* (*caballo*) tordo, -a
leasing ['lizin] *m inv* leasing
lebbr|a *f* lepra; **~osario** (*pl* **-ri**) *m* leprosería *f*, lazareto; **~oso, -a** *adj/s* leproso, -a
lecca|culo *m/f inv vulg/desp* lameculos, pelota *m/f* (*coloq*); **~-lecca** *m inv* chupa-chup®, pirulí *m*; **~piatti** *m/f inv* lameplatos; **~piedi** *m/f inv desp* pelota *m/f*, lameculos (*vulg*); **~rda** *f gastr* grasera; **~re** *vt* chupar, lamer ◊ **~ *il culo a q*** *vulg* lamerle el culo a alg; **~ *i piedi a q*** hacerle la rosca a alg, hacerle la pelota a alg; ***~rsi le dita/i baffi*** chuparse los dedos; **~ta** *f* chupada, lengüetazo *m*, lametazo *m*, lametón *m*; **~to, -a** *adj* 1. chupado, -a; 2. relamido, -a, amanerado, -a; **~tura** *f* 1. lamedura, chupeteo *m*; 2. pelotilleo *m*, adulación; 3. afectación
lecceto *m* encinar, carrascal
lecchino, -a *m/f desp* pelota, pelotillero, -a, lameculos *inv* (*vulg*)
lecci|a (*pl* **-ce**) *f* 1. *zool* dorada; 2. *bot* bellota; **~o** (*pl* **-ci**) *m bot* encina *f*, carrasca *f*
leccornia *f* golosina, gollería
lecitina *f* lecitina
lecito, -a *adj* lícito, -a
ledere ‹*lesi; leso*› V. 42 *vt* perjudicar, lesionar, vulnerar; *med* lesionar
lega (*pl* **-ghe**) *f* 1. *metal* aleación; 2. *pol* liga, alianza, coalición, confederación; 3. (*medida*) legua ◊ ***far ~ con q*** hacer buenas migas con alg; ***gente di bassa ~*** *f* gente de baja calaña; **~ccio** (*pl* **-ci**) *m* tira *f*, cordón
legal|e 1. *adj* legal; **2.** *m* abogado, -a *m/f* ◊ ***studio ~*** *m* bufete de abogados; **~ismo** *m* legalismo; **~ità** *f inv* legalidad *f*; **~itario, -a** (*m pl* **-ri**) *adj* legalista; **~izzare** *vt* 1. *adm* legalizar, autorizar; 2. *jur* legalizar, autenticar, acreditar; **~izzazione** *f* 1. *adm* legalización, autorización; 2. *jur* legalización, autenticación
legame *m* vínculo, nexo, conexión *f*; **~nto** *m* 1. ligadura *f*, atadura *f*; 2. *med* ligamento; 3. *mús* ligado
Lega Nord *f pol* (*partido italiano autonomista*) Liga Norte
legante *adj/s* mandante, testador, -a
legare 1. *vt* 1. atar (!), anudar (!); atar, sujetar; 2. *metal* alear, ligar; *gastr* ligar, trabar; *impr* encuadernar; *min* engastar; 3. *jur* legar; **2.** *vi* 1. *metal* alearse, ligarse; 2. congeniar
legat|ario, -a (*m pl* **-ri**) *m/f jur* legatario, -a, heredero, -a; **~o, -a 1.** *adj* atado, -a, sujeto, -a; **2.** *m* 1. *jur* legado, herencia *f*; 2. *relig/dipl* legado; 3. *mús* ligado; **~ore, -trice** *m/f impr* encuadernador, -a; **~oria** *f* industria de la encuadernación; (*taller*) encuadernación; **~ura** *f* atadura, ligadura; *impr* encuadernación; *mús* ligado *m*; *min* engarzado *m*; *gastr* ligado *m*, trabazón ◊ **~ *alla rustica*** encuardenación en rústica; **~ *a spirale*** encuadernación de gusanillo; **~ *in pelle*** encuadernación en piel
legazione *f dipl* legación
legenda *f* (*explicación, tabla...*) leyenda
legge *f* 1. ley; 2. derecho *m*, jurisprudencia; ***facoltà di ~*** *facultad de derecho*; ***dottore in ~*** *doctor en derecho* ◊ **~ *quadro/cornice*** ley marco; **~ *salica*** *hist/pol* ley sálica; **~ *stralcio*** ley provisional; ***a norma di ~*** *adv* conforme a derecho, según la ley; ***fatta la ~ trovato l'inganno*** hecha la ley hecha la trampa
leggenda *f* leyenda ◊ **~ *metropolitana*** leyenda urbana; **~rio, -a** (*m pl* **-ri**) *adj* legendario, -a
leggere ‹*leggo; lessi; letto*› V. 43 *vt/i* ‹*avere*› leer ◊ **~ *nel pensiero*** leer el pensamiento
leggerezza *f* 1. ligereza, liviandad; 2. ligereza, agilidad; 3. ligereza, desliz *m*
leggero, -a *adj* ligero, -a, liviano, -a; ligero, -a, ágil; *gastr* light, ligero, -a; *desp* ligero, -a, frívolo, -a, superficial
leggiadr|ia *f* apostura, donaire *m*, elegancia; **~o, -a** *adj* agraciado, -a, elegante, lindo, -a
leggibil|e *adj* legible; recomendable; **~ità** *f inv* legibilidad *f*
leggiero V. **leggero**
leggina *f jur* ley breve
leggio (*pl* **-gii**) *m* atril; facistol
leghista 1. *adj pol* (*de la Lega Nord*) liguista; **2.** *m/f pol* miembro de la Lega Nord
legiferare ‹*esd*› *vi* ‹*avere*› legislar
legion|ario (*pl* **-ri**) *m* legionario; **~e** *f mil tamb. fig* legión
legisla|tivo, -a *adj* legislativo, -a; **~tore, -trice** *adj/s* legislador, -a; **~tura** *f* legislatura; **~zione** *f* legislación
legittim|a *f jur* legítima; **~are** ‹*esd*› *vt* legitimar; **~ario, -a** (*m pl* **-ri**) *adj* legitimario, -a; **~azione** *f* legitimación; **~ismo** *m* legitimismo; **~ista** *adj/s* legitimista; **~ità** *f inv* legitimidad *f*; **~o, -a** *adj* legítimo, -a
legna *f* leña ◊ ***far ~*** hacer leña; ***mettere ~ al fuoco*** *fig* echar leña al fuego; **~ia** *f* leñera; **~me** *m* madera *f*; (*conjunto*) maderamen; **~re** *vt* zurrar, apalear; **~ta** *f* leñazo *m*, palo *m*, bastonazo *m*

legno *m* 1. (*materia*) madera *f*; ***mobile in ~*** *mueble de madera*; 2. (*pedazo de madera*) leño ◊ ***~ compensato*** contrachapado; **~sità** *f inv* leñosidad *f*; **~so, -a** *adj* leñoso, -a
leguleio, -a (*m pl* **-ei**) *m/f* leguleyo, -a, picapleitos *inv*
legumi *mpl* legumbres *fpl* (!); **~nose** *fpl* leguminosas
lei *pron* ella
Lei *pron* usted ◊ ***dare del ~*** tratar de usted
leishmaniosi *f inv med* leishmaniosis
lembo *m* 1. (*ropa, camino*) borde, orilla *f*; 2. franja *f*, porción *f*
lemma *m filos/mat/ling* lema; **~rio** (*pl* **-ri**) *m ling* lemario
lemmatizza|re *vt ling* lematizar; **~zione** *f ling* lematización
lemme lemme *adv coloq* despacito, sin prisas, poco a poco
lemure *m bot/mitol* lémur
lena *f* 1. aliento *m*, respiración; 2. vigor *m*, empuje *m*, ganas *fpl* ◊ ***di buona ~*** *adv* de firme
lendine *m zool* liendre *f*
lenimento *m* alivio, mitigación *f*
leninis|mo *m pol* leninismo; **~ta** *adj/s pol/hist* leninista
lenire ‹*isc*› *vt* mitigar, aplacar, aliviar
lenitivo, -a *adj* lenitivo, -a
lenocinio (*pl* **-ni**) *m* lenocinio
lente *f* lente ◊ ***~ d'ingrandimento*** lupa; ***~i a contatto*** lentes de contacto, lentillas (*coloq*); **~zza** *f* lentitud
lenticchia *f bot* lenteja
lenticolare *adj* lenticular
lentiggine *f* peca
lentigginoso, -a *adj* pecoso, -a
lentisco *m bot* lentisco
lento, -a 1. *adj/adv* 1. lento, -a; 2. flojo, -a; **2.** *m* 1. *mús* lento, largo; 2. (*baile*) lento, agarrado
lenz|a *f* 1. sedal *m*; 2. zorro *m*, tipo listo *m*; **~uolo** (*pl (1)* **le lenzuola**, *pl (2)* **i lenzuoli**) *m* 1. (*tomadas de dos en dos*) sábana *f*; ***cambiare le ~a*** *cambiar las sábanas*; 2. (*colectivo*) sábana *f*; ***comprare quattro ~i*** *comprar cuatro sábanas* ◊ ***~ con gli angoli*** sábana ajustable (*f*)
Leone *m astrol* Leo
leone, -essa *m/f* león *m*, leona *f* ◊ ***farsi la parte del ~*** llevarse la parte del león
leonino, -a *adj* leonino, -a
leopardo *m* leopardo
lepade *f zool* percebe *m*
lepido, -a *adj* jocoso, -a, ingenioso, -a
lepidotteri *mpl* lepidópteros
lepiota *f bot* (*hongo*) lepiota
lepisma *f zool* lepisma, pececillo de plata *m*
leporino *adj* (*labio*) leporino
lepr|e *f zool/sport* liebre; **~otto** *m zool* lebrato
lepto|ne *m fís* leptón; **~spirosi** *f inv med* leptospirosis

lercio, -a (*m pl* **-ci**, *f pl* **-ce**) *adj* sucio, -a, asqueroso, -a; **~ume** *m* suciedad *f*, porquería *f*, mugre *f*
lesbic|a *f* lesbiana; **~o, -a** (*m pl* **-ci**) *adj* lésbico, -a
lesbismo *m* lesbianismo
lesi... V. **ledere**
lesina *f* 1. lezna; 2. tacañería; tacaño, -a *m/f*
lesinare ‹*esd*› *vt/i* ‹*avere*› escatimar *vt*, cicatear *vi*, regatear *vt* ◊ ***~ sul centesimo*** regatear hasta la última peseta; ***~ sul prezzo*** regatear el precio
lesion|are *vt* dañar, afectar; **~e** *f jur* lesión, perjuicio *m*; *med* lesión
lesivo, -a *adj* lesivo, -a (**di** para)
leso, -a 1. *adj* 1. *med/jur* lesionado, -a; 2. *jur* leso, -a; ***delitto di ~a maestà*** *delito de lesa majestad*; **2.** *pp* V. **ledere**
lessare *vt gastr* hervir
lessema *m ling* lexema
lessi... V. **leggere**
lessical|e *adj* léxico, -a (!); **~izzare** *vt ling* lexicalizar; **~izzazione** *f ling* lexicalización
lessico (*pl* **-ci**) *m* léxico, vocabulario ◊ ***~ di frequenza*** *ling* léxico de frecuencia
lessicograf|ia *f* lexicografía; **~ico, -a** (*m pl* **-ci**) *adj* lexicográfico, -a; **~o, -a** *m/f* lexicógrafo, -a
lessicolog|ia (*pl* **-gie**) *f* lexicología; **~o, -a** (*m pl* **-gi**) *m/f* lexicólogo, -a
lesso, -a 1. *adj gastr* hervido, -a; **2.** *m gastr* cocido, puchero
lesto, -a *adj* despierto, -a, espabilado, -a ◊ ***~ di mano*** con las manos largas, de manos largas; *desp* pulpo, sobón; ***~ di mente*** de ingenio despierto; ***alla ~a*** *adv* rápidamente; **~fante** *m/f* pícaro, -a, embrollón, -ona
letale *adj* letal
letam|aio (*pl* **-ai**) *m tamb. fig* estercolero, muladar; **~e** *m* estiércol, abono
letargl|ia (*pl* **-gie**) *f med* letargo *m*, hibernación; **~ico, -a** (*m pl* **-ci**) *adj* letárgico, -a; **~o** (*pl* **-ghi**) *m* 1. *zool* letargo; 2. sopor, modorra *f*
letizia *f* alegría, regocijo *m*
letta *f* leída, vistazo *m*
lettera *f* 1. letra; *impr* letra, carácter *m*; 2. *correo* carta (!) ◊ ***~ assicurata*** (*correo*) carta con valor declarado; ***~ bomba*** carta bomba; ***~ circolare*** *adm* circular; ***~ credenziale*** carta credencial; ***~ di congratulazioni*** carta de felicitación; ***~ d'ufficio*** *adm* oficio (*m*); ***~ espresso*** (*correo*) carta urgente; ***~ patente*** *jur* letras patentes (*fpl*); ***~ raccomandata*** (*correo*) carta certificada; ***alla ~*** al pie de la letra; ***belle ~e*** buenas letras; ***mettere le ~e in tavola*** poner las cartas sobre la mesa; ***per ~*** *adv* por carta; ***restare ~ morta*** quedarse en letra muerta, quedarse en papel mojado; ***uomo di ~e*** *m* hombre de letras, literato
letterale *adj* literal
letterario, -a (*m pl* **-ri**) *adj* literario, -a
letterat|o, -a *m/f* literato, -a; **~ura** *f* literatura

lettiga (*pl* **-ghe**) *f* 1. *transp* litera; 2. andas *fpl*, parihuelas *fpl*; **~no** *m* 1. camita *f*; 2. (*playa*) tumbona *f* ◊ **~ *solare*** aparato de rayos UVA

letto 1. *m* 1. cama *f*, lecho; 2. *geol* (*río, lago*) lecho; (*valle*) fondo, vega *f*; **2.** *pp* V. **fare** ◊ ***~ a castello*** litera (*f*); ***~ a un posto/a una piazza*** cama de un cuerpo (*f*); ***~ a una piazza e mezza*** cama de cuerpo y medio (*f*); ***~ alla turca*** cama turca (*f*); ***~ matrimoniale/a due piazze*** cama de matrimonio/de dos cuerpos (*f*); ***~ operatorio*** mesa de operaciones (*f*); ***~ ribaltabile/a libro*** cama abatible (*f*); ***andare a ~*** ir a la cama, acostarse; ***andare a ~ con le galline*** acostarse con las gallinas; ***andare a ~ (con q)*** *euf* acostarse (con alg); caer en cama (*enfermedad*); ***fare il ~ a q*** prepararle el terreno a alg; ***figlio di primo ~*** *m* hijo de primeras nupcias; ***mettersi a ~*** meterse en la cama, irse a la cama; ***rifare il ~*** hacer la cama; ***rivoltarsi nel ~*** dar vueltas en la cama

lettone *adj/s* letón, -ona

Lettonia: la ~ *f* Letonia

lettorato *m* lectorado; **~e** (*f* **lettrice**) **1.** *m/f* lector, -a; **2.** *m tecn* lector, reproductor; ***~ per microfilm*** *lector de microfilmes*

lettura *f* lectura ◊ ***dare ~ di qc*** dar lectura a u-c; ***sala di ~*** *f* sala de lectura; **~ista** *m tecn* (*persona*) contador

leucemia *f* leucemia; **~ico, -a** (*m pl* **-ci**) *adj/s* leucémico, -a

leucocita (*var.* **leucocito**) *m biol* leucocito; **~ma** *m med* leucoma; **~penia** *f med* leucopenia; **~plasto** *m bot* leucoplasto; **~rrea** *f med* leucorrea

leuto *m hist/nav* laúd

leva *f* 1. *mec* palanca; 2. acicate *m*, estímulo *m*; 3. *mil* reclutamiento *m*, alistamiento *m*, leva; 4. *mil* (*conjunto*) reemplazo *m*, quinta ◊ ***~ del cambio*** *mec* palanca de cambios; ***fare ~ su qc*** hacer presión sobre u-c; ***lista di ~*** *f mil* caja de reclutamiento; ***le nuove ~e*** las nuevas generaciones; **~nte 1.** *adj* naciente; **2.** *m* 1. levante, este; Oriente; 2. *meteo* levante ◊ ***l'impero del Sol *~*** *m* el imperio del Sol Naciente; **~ntino, -a** *adj/s* levantino, -a; **~re 1.** *vt* 1. levantar, alzar; 2. quitar, eliminar; (*prohibición*) levantar; 3. sacar, extraer; **2. ~rsi** 1. levantarse, alzarse; elevarse; 2. *mil* levantarse, alzarse, sublevarse ◊ ***~ il saluto a q*** retirarle el saludo a alg; ***~ la fame*** matar el hambre; ***~ le braccia in alto*** levantar las manos; ***~rsi di mezzo/~rsi dai piedi*** quitarse de en medio; ***~rsi il pane di bocca*** quitarse el pan de la boca; ***~rsi in volo*** levantar el vuelo; ***~rsi qc/q dalla testa*** quitarse u-c/a alg de la cabeza; **~ta** *f* 1. (*de la cama*) levantarse *m*; *astron* salida; 2. *correo* retirada, recogida; *com* saca; **~taccia** (*pl* **-ce**) *f* madrugón *m* ◊ ***fare una ~*** darse un madrugón; **~toio** (*m pl* **-oi**) *adj* levadizo ◊ ***ponte ~*** *m* puente levadizo; **~trice** *f coloq* comadrona, matrona, partera; **~tura** *f* altura, estatura, nivel *m*; ***persona di bassa ~ morale*** *persona de baja estatura/altura /moral*

leviga̲re ‹*esd*› *vt* pulimentar, alisar; **~tezza** *f* lisura; **~trice** *f tecn* pulidora, lijadora; **~zione** *f tecn* alisado *m*, pulimentado *m*

levita 1. *f* (*traje*) levita; **2.** *m* (*persona*) levita; **~re** *vi* levitar; **~zione** *f* levitación

levriere (*var.* **levriero**) *m* galgo, lebrel

lezione *f* 1. *estud* clase (!); ***andare a ~*** *ir a clase*; ***oggi non c'è ~*** *hoy no hay clase*; ***~ di spagnolo*** *clase de español*; 2. lección; ***studiare la ~ di fisica*** *estudiar la lección de física*; 3. (*enseñanza*) lección; 4. (*castigo*) lección, escarmiento *m* ◊ ***~i private*** clases particulares; ***dare una ~ a q*** darle un escarmiento a alg, darle una lección a alg; ***è stata una dura ~*** ha sido una dura lección; ***fare/dare ~ a q di qc*** darle clase a alg de u-c; ***prendere ~ (di qc)*** ir a clase (de u-c), tomar lecciones (de u-c)

leziosità *f inv* melindre *m*, afectación *f*, cursilería *f*; **~o, -a** *adj* afectado, -a, cursi

lezzo *m* 1. peste *f*, hedor, pestilencia *f*; 2. *tamb. fig* suciedad *f*

li *pron* (*mpl objeto directo; cosa, persona*) los; ***li vedo*** *los veo*; (*persona*) les; ***li vedo*** *les veo*

lì *adv* allí ◊ ***~ per ~*** *adv* en ese/aquel momento; ***da ~*** *adv* desde allí; ***di ~ a pochi giorni*** *adv* pocos días después; ***essere ~ ~ per fare qc*** estar en un tris de/a punto de hacer algo; ***fin ~*** *adv* hasta allí

liana *f bot* liana, bejuco *m* (*Am*)

libagione *f* libación

libanese *adj/s* libanés, -esa; ***~o: il ~** *m* el Líbano

libare *vt elev* libar

libeccio (*pl* **-ci**) *m* 1. *meteo* ábrego, lebeche; 2. *geogr* sudoeste

libello *m* libelo; **~ula** *f zool* libélula

liberale *adj/s* liberal ◊ ***le arti ~i*** *fpl* las artes liberales; **~ismo** *m* liberalismo; **~ità** *f inv* liberalidad *f*, generosidad *f*; **~izzare** *vt* liberalizar; **~izzazione** *f* liberalización

liberamente *adv* 1. libremente; 2. francamente, sin tapujos

liberare ‹*esd*› *vt* liberar

liberatore, -trice *adj/s* liberador, -a, libertador, -a; **~io, -a** (*m pl* **-ri**) *adj* liberatorio, -a

liberazione *f* liberación

Liberia: la ~ *f geogr* Liberia; ***~no, -a** *adj/s* liberiano, -a

liberismo *m* liberalismo (económico); **~ta** *m/f econ* librecambista

libero, -a 1. *adj* libre; **2.** *m sport* líbero

liberoscambismo *m econ* librecambismo; **~ta** *m/f econ* librecambista

liberscambismo *m* librecambismo

libertà *f inv* libertad *f* ◊ ***~ di parola*** libertad de expresión; ***~ di stampa*** libertad de prensa; ***~ provvisoria*** libertad provisional; ***~ su cauzione*** libertad bajo fianza; ***~ vigilata*** libertad vigilada; ***prendersi delle ~ con q*** tomarse ciertas libertades con alg; ***prendersi la ~ di fare qc***

tomarse la libertad de hacer u-c; **~ario, -a** (*m pl* **-ri**) *adj* libertario, -a; **~icida** *m/f* liberticida; **~inaggio** (*pl* **-gi**) *m* libertinaje; **~ino, -a** *adj/s* libertino, -a; **~o, -a** *m/f hist* liberto, -a; **~y** ['li berti] **1.** *adj inv arte* liberty, modernista *adj*; **2.** *m inv arte* liberty, modernismo *m*

Libia: la ~ *f geogr* Libia

libico, -a (*m pl* **-ci**) *adj/s* libio, -a

libidine *f* lujuria, lascivia ◊ ***che ~!*** ¡qué gozada! (*coloq*)

libidinoso, -a *adj* libidinoso, -a, lujurioso, -a

libido *f inv psicol* libido *f*, líbido *f*

libra|ccio *m desp* libraco; **~io, -a** (*m pl* **-ai**) *m/f* librero, -a; **~rio, -a** (*m pl* **-ri**) *adj* editorial; ***mercato ~*** *mercado editorial*

libreria *f* (*com, mueble*) librería

libresco, -a (*m pl* **-chi**) *adj* libresco, -a

librett|ista *m/f* libretista; **~o** *m* librillo, librito; libreta *f*; *adm* cartilla *f*; *mús* libreto ◊ ***~ degli assegni*** talonario de cheques, chequera (*f*); ***~ di circolazione*** permiso de circulación; ***~ di istruzioni*** manual de instrucciones; ***~ di risparmio*** libreta/cartilla de ahorro (*f*); ***~ personale*** *mil* cartilla militar; ***~ sanitario*** cartilla de la Seguridad Social (*f*); ***~ universitario*** ="cartilla académica" (*f*)

libro *m* libro ◊ ***~ contabile*** libro de la contabilidad/de cuentas; ***~ delle firme*** libro de firmas; ***~ di devozione*** devocionario; ***~ di testo*** libro de texto; ***~ elettronico*** e-book, libro electrónico; ***~ nero*** lista negra (*f*); ***a ~*** *adv* (*mesa...*) de libro, de tijera; ***parlare come un ~ stampato*** hablar como un libro (abierto); ***tenere i ~i*** llevar los libros, llevar la contabilidad

licantrop|ia *f* licantropía; **~o** *m* licántropo, hombre lobo

liccil|aiola *f tecn* triscador *m*; **~o** (*pl* **-ci**) *m tecn* lizo

liceale 1. *adj* del instituto; del bachillerato; **2.** *m/f* alumno, -a de bachillerato

liceità *f inv* licitud *f*

licenz|a *f* licencia, permiso *m*, autorización; *mil* permiso *m*; *com* patente; *estud* diploma *m*; *sport* licencia; *desp* licencia, libertad ◊ ***~ di caccia*** permiso/licencia de caza (*m*); ***~ di circolazione*** permiso de circulación; ***~ di porto d'armi*** permiso/licencia de armas; ***~ media*** *estud* graduado escolar (*m*); ***~ poetica*** licencia poética; **~iamento** *m* despido (!) ◊ ***~ in tronco*** despido fulminante; **~iare** *vt* 1. (*trabajo*) despedir (!); 2. *raro* (*decir adiós*) despedir (!); 3. *estud* graduar, diplomar, titular ◊ ***~ la pagina*** (*periódico*) cerrar la página; ***~ le bozze*** devolver las pruebas (de imprenta) corregidas; **~iosità** *f inv* libertinaje *m*, desenfreno *m*; **~ioso, -a** *adj* licencioso, -a, libertino, -a

liceo *m* 1. *estud* (*estudios*) bachillerato; 2. *estud* (*edificio*) instituto ◊ ***~ artistico*** bachillerato artístico; ***~ classico*** bachillerato de humanidades y ciencias sociales; ***~ scientifico*** bachillerato de ciencias de la naturaleza y de la salud

lichene *m bot* liquen

licita|re ‹*esd*› *vi* ‹*avere*› licitar; **~zione** *f* licitación

licnide *f bot* colleja

lidite *f min* lidita

lido *m geogr* ribera *f*, costa *f*; playa *f*

lied *m inv mús* lied

lieto, -a *adj* alegre, contento, -a; ***sono ~ di conoscerLa*** *encantado de conocerle* ◊ ***~ fine*** final feliz

lieve *adj* ligero, -a, leve

lievita|re ‹*esd*› *vi tamb. fig* (*masa*) fermentar; **~zione** *f* fermentación

lievito *m* 1. *zool/gastr* levadura *f*; 2. (*causa*) fermento

lifting ['liftin] *m inv med* lifting

ligio, -a (*m pl* **-gi**) *adj* fiel, devoto, -a

lign|aggio (*pl* **-gi**) *m* linaje, abolengo, alcurnia *f*; **~eo, -a** *adj* leñoso, -a; **~ite** *f min* lignito *m*

ligroina *f quím* ligroína

ligure *adj/s* ligur, ligurino, -a

Liguria: la ~ *f* Liguria

ligustro *m* ligustre, alheña *f*

lilla (*var.* **lillà**) *adj/m inv* lila *f*

lillipuziano, -a *adj/s* liliputiense

lima *f* lima

limaccio (*pl* **-ci**) *m* fango, lodo, cieno; **~so, -a** *adj* fangoso, -a, cenagoso, -a

limare *vt* limar

limatura *f* limadura

limbo *m* limbo

limetta *f bot* lima

liminare *adj/m* liminar

limita|re ‹*esd*› **1.** *m* (*puerta, fig*) umbral; **2.** *vt* 1. limitar, delimitar; 2. limitar, reducir; **3. ~rsi** limitarse, moderarse; **~tivo, -a** *adj* limitativo, -a; **~to, -a** *adj* 1. limitado, -a, definido, -a; 2. limitado, -a, reducido, -a, escaso, -a; **~zione** *f* limitación ◊ ***~ delle nascite*** control de natalidad (*m*)

limite 1. *m* límite; **2.** *adj inv* límite; ***caso ~*** *caso límite*; ***data ~*** *fecha tope/límite* ◊ ***al ~*** *adv* como última solución, si no hay más remedio, en caso extremo; ***ciò passa ogni ~*** esto se pasa de castaño oscuro; ***entro i ~i del possibile*** *adv* dentro de lo posible; ***passare i ~i*** pasarse de la raya, excederse

limitrofo, -a *adj* limítrofe

limnologia *f geol* limnología

limo *m* limo, cieno, fango

limon|are *vi* ‹*avere*› *coloq* festejar, flirtear, tontear; **~ata** *f* limonada; **~cina** *f bot* hierbaluisa, yerbaluisa; **~e** *m* 1. *bot* (*fruto*) limón; 2. *bot* (*árbol*) limonero

limos|ino, -a *adj/s* lemosín, -ina; **~o, -a** *adj* limoso, -a, cenagoso, -a

limousine [limu'zin] *f inv* limusina *f*

limpid|ezza *f elev* limpidez; **~o, -a** *adj elev* límpido, -a, cristalino, -a

lince *f zool* lince *m* (!) ◊ ***occhi di ~*** *mpl* ojos de lince

lincia|ggio (*pl* **-gi**) *m* linchamiento; **~re** *vt* linchar

lincrusta *f* (*papel*) lincrusta
lindano *m quím* lindano
lindo, -a *adj* aseado, -a (!), arreglado, -a (!), pulcro, -a (!); elegante (!)
linea *f tamb. fig* línea ◊ ***in ~ di massima*** *adv* en general, por lo general; ***in ~ retta*** *adv* en línea recta; ***in prima ~*** *adv* en primera línea; ***mettersi in ~*** ponerse en línea, alinearse; ***su tutta la ~*** *adv* en toda la línea; **~menti** *mpl* 1. rasgos, facciones *fpl*; 2. *cient* fundamentos
linear|e *adj* lineal; **~ità** *f inv* linealidad *f*
lineetta *f ling* guión *m*
lineto *m agric* linar
linfa *f* 1. *med* linfa; 2. *bot* savia; **~tico, -a** (*m pl* **-ci**) *adj* linfático, -a; **~tismo** *m med* linfatismo
linfo|cito (*var.* **linfocita**) *m biol* linfocito; **~citopenia** (*var.* **linfopenia**) *f med* linfopenia; **~ma** *m med* linfoma
lingotto *m* lingote
lingua *f* 1. *med* lengua; 2. lengua, idioma *m*; habla; ***paese di ~ spagnola*** *país de habla española*; 3. lengua, franja ◊ ***~ blu*** *vet* lengua azul; ***~ cervina*** *bot* escolopendra; ***~ d'arrivo*** lengua meta; ***~ di partenza*** lengua de partida; ***~ madre*** lengua materna; ***~ parlata*** lengua hablada; ***~ tagliente, velenosa*** lengua afilada, de víbora; ***cattive ~e*** malas lenguas; ***mordersi la ~*** morderse la lengua
linguacci|a (*pl* **-ce**) *f* lenguaraz *m*, maldiciente *m/f*, deslenguado, -a *m/f*; **~uto, -a** *adj* maldiciente, lenguaraz
linguaggio (*pl* **-gi**) *m* lenguaje
linguale *adj* lingual
linguattola *f zool* (*pez*) solleta, palaya (*reg*)
linguetta *f mús tamb. fig* lengüeta; *mec* chaveta
linguist|a *m/f* lingüista; **~ica** *f* lingüística; **~ico, -a** (*m pl* **-ci**) *adj* lingüístico, -a
lini|ficio (*pl* **-ci**) *m* fábrica de lino *f*; **~mento** *m* linimento
link *m inv informát* enlace *m*, link
lino *m bot* lino
linoleum *m inv* linóleo *m*
linotipi|a *f* linotipia; **~ista** *m/f* linotipista
linotype ['linotajp] *f inv* (*máquina*) linotipia *f*, linotipo *m*
liofilizza|re *vt* liofilizar; **~zione** *f* liofilización
lionato, -a *adj* leonado, -a
Lione Lyon
lipidi *mpl* lípidos
lipoma *m med* lipoma
liposcultura *f* lipoescultura
liposolubile *adj* liposoluble
liposoma *m* liposoma
liposuzione *f* liposucción
lipotimia *f* lipotimia
lippa *f* (*juego*) tala
liqua|me *m* (*estiércol*) purín; *med* sanies, icor; **~zione** *f metal* licuación
liquefa|re ‹*faccio/fò; feci; fatto*› V. 36a *vt* licuar, licuefacer (*raro*); **~tto, -a** *adj* licuado, -a; **~zione** *f* licuefacción
liquid|are ‹*esd*› *vt tamb. fig* liquidar; **~atore, -trice** *m/f* liquidador, -a; **~azione** *f tamb. fig* liquidación; *com* liquidación, rebajas *fpl*; **~ità** *f inv* liquidez *f*; **~o, -a** *adj/m* líquido, -a
liquirizia *f bot* regaliz *m*
liquor|e *m* licor; **~oso, -a** *adj* licoroso, -a
lira *f* 1. *econ* lira; 2. *mús* lira ◊ ***~ sterlina*** libra esterlina
liri|ca *f* lírica; **~cità** *f inv* lirismo *m*, liricidad *f*; **~co, -a** (*m pl* **-ci**) *adj/m* lírico, -a; **~smo** *m* lirismo
Lisbon|a Lisboa; ***~ese** *adj/s* lisboeta
lisca (*pl* **-sche**) *f* (*de pescado*) raspa
liscia|mento *m* alisamiento; **~re 1.** *vt* 1. alisar; (*barba, bigote*) atusar; 2. adular; **2. ~rsi** acicalarse, emperifollarse; **~to, -a** *adj* peripuesto, -a, emperifollado, -a, atildado, -a; **~tore** *m tecn* alisador; **~tura** *f* alisadura
liscio, -a (*m pl* **-sci**) **1.** *adj* 1. liso, -a; 2. (*café, whisky*) solo; (*agua*) sin gas; **2.** *m* baile de salón ◊ ***passarla ~a*** salir bien parado
liscivia (*var.* **lisciva**) *f* (*de ceniza*) lejía; **~zione** *f quím* lixiviación
liseuse [li'zøz] *f inv* (*lencería*) mañanita *f*
liso, -a *adj* gastado, -a, raído, -a
lista *f* 1. lista, tira, cinta; 2. lista, elenco *m* (*elev*); 3. *gastr* carta, menú *m* ◊ ***~ d'attesa*** lista de espera; ***~ dei vini*** carta de vinos; ***~ delle vivande*** carta de platos, menú (*m*); ***~ elettorale*** lista electoral; ***segnare nella ~ nera*** poner en la lista negra; **~re** *vt* orlar, ribetear
listello *m arq* listel, filete
listino *m* listín, lista *f*, boletín ◊ ***~ (dei) prezzi*** lista de precios (*f*); ***~ di borsa*** boletín de bolsa, lista de cotizaciones (*f*)
Lit. (*lire italiane*) *abr* liras italianas
litania *f* letanía
litantrace *m min* hulla *f*
lite *f* pelea, riña, reyerta; *jur* pleito *m*, litigio *m* ◊ ***attaccar ~*** enzarzarse en una pelea; ***muovere ~*** *jur* poner un pleito, litigar
litiga|nte *m/f* contendiente, luchador, -a; *jur* litigante, pleiteante, demandante ◊ ***tra i due ~i il terzo gode*** a río revuelto ganancia de pescadores; **~re** ‹*esd*› *vi* ‹*avere*› reñir, pelear(se), enzarzarse; (*pareja*) pelearse; (*pareja*) romper; *jur* litigar, pleitear
litigio (*pl* **-gi**) *m* disputa *f*, controversia *f*, discusión *f*, altercado; **~so, -a** *adj* pendenciero, -a, camorrista; *jur* litigioso, -a
litio *m quím* litio
litogenesi *f inv* litogénesis
litograf|are ‹*esd*› *vt* litografiar; **~ia** *f* litografía; **~ico, -a** (*m pl* **-ci**) *adj* litográfico, -a; **~o, -a** *m/f* litógrafo, -a
litologia (*pl* **-gie**) *f* litología
litora|le *adj/s* litoral; **~neo, -a** *adj* litoral ◊ ***(strada) ~a*** *f* carretera costera
litosfera *f* litosfera
litotripsia (*var.* **litotrissia**) *f med* litotricia
litro *m* litro

littor|e *m* lictor; **~ina** *f ferroc* automotor *m*; **~io, -a** (*m pl* **-ri**) *adj* lictorio, -a
Lituan|ia: la ~ *f* Lituania; ***~o, -a** *adj/s* lituano, -a
liturg|ia (*pl* **-gie**) *f* liturgia; **~ico, -a** (*m pl* **-ci**) *adj* litúrgico, -a
liut|ista *m/f mús* (*persona*) laúd; **~o** *m mús* laúd
livell|a *f tecn* nivel *m*; **~mento** *m* nivelación *f*; **~re** *vt* nivelar, igualar; **~tore, -trice** *adj/s* nivelador, -a; **~trice** *f tecn* niveladora, apisonadora; **~zione** *f* nivelación
livello *m* nivel ◊ **~ *di vita*** nivel de vida; ***ad alto* ~** *adj* de alto nivel; ***allo stesso* ~** *adv* al mismo nivel
livid|ezza *f* lividez; **~o, -a 1.** *adj* 1. (*piel*) lívido, -a, morado, -a, cárdeno, -a, amoratado, -a; 2. (*turbado*) lívido, -a, pálido, -a; **2.** *m* moradura *f*, cardenal, moratón, moretón; **~ura** *f* moradura, cardenal *m*
living ['livin] *m inv* living (*Am*), cuarto de estar *m*
livore *m* rencor, odio, malignidad *f*
livrea *f* librea
lizza *f hist* liza ◊ ***scendere/entrare in* ~** entrar en liza
lo 1. *ar* el; ***lo scoglio, lo gnomo, lo sciame, lo psicologo...*** *el escollo, el gnomo, el enjambre, el psicólogo...*; **2.** *pron* 1. (*objeto directo; persona, cosa*) lo; ***lo vedo*** *lo veo*; (*persona*) le; ***lo vedo*** *le veo*
lobato, -a *adj* lobulado, -a
lobby ['lɔbbi] *m inv* lobby *m*
lobo *m biol/med* lóbulo (!), lobo
lobulo *m* lóbulo
locale 1. *adj* local; **2.** *m* local; habitación *f*, pieza *f*, sala *f* ◊ **~ *macchine*** sala de máquinas (*f*)
locali|sta *adj pol desp* localista; **~tà** *f inv* localidad *f*
localizza|bile *adj* localizable; **~re** *vt* localizar; **~zione** *f* localización
locand|a *f* fonda, posada, hospedería, mesón *m*; **~iere, -a** *m/f* posadero, -a, mesonero, -a; **~ina** *f cine/teat* cartelera
locare *vt jur* alquilar, arrendar
locat|ario, -a (*m pl* **-ri**) *m/f jur* arrendatario, -a, locatario, -a; **~ivo, -a 1.** *adj jur* locativo, -a; **2.** *m ling* locativo; **~ore, -trice** *m/f* arrendador, -a
locazione *f* arriendo *m*, alquiler *m*
loc. cit. (*loco citato*) *abr* (*lugar citado*) loc. cit.
locomo|bile *adj/f* locomóvil, locomovible; **~tiva** *f ferroc* locomotora; **~tore, -trice** *m/f ferroc* locomotora *f*, electrotrén *m*; **~tore, -trice** (*var.* **locomotorio, -a**) *adj* locomotor, -triz; **~zione** *f* locomoción
loculo *m* nicho
locusta *f zool* (*insecto*) langosta
locutore, -trice *m/f ling* locutor, -a
locuzione *f ling* locución
loda|bile *adj* loable, elogiable; **~re** *vt* loar, elogiar, alabar; **~tore, -trice** *m/f* adulador, -a
lode *f* alabanza, elogio *m* ◊ ***30 e* ~** *estud* matrícula de honor
loden *m inv* loden
lodevole *adj* loable, encomiable
lodo *m jur* laudo; **~laio** (*pl* **-ai**) *m zool* alcotán
logaritm|ico, -a (*m pl* **-ci**) *adj* logarítmico, -a; **~o** *m* logaritmo
loggia (*pl* **-ge**) *f* 1. *arq* galería, pórtico *m*, soportal *m*; lonja; 2. (*masonería*) logia; **~to** *m* galería porticada *f*
loggion|e *m teat* gallinero, paraíso; **~ista** *m/f* espectador, -a de gallinero
logic|a *f* lógica; **~ità** *f inv* lógica *f*; **~o, -a** (*m pl* **-ci**) *adj* lógico, -a
logistic|a *f mil* logística; **~o, -a** (*m pl* **-ci**) *adj mil* logístico, -a
loglio (*pl* **-gli**) *m bot* cizaña *f*
logo *m inv* logotipo *m*; **~grifo** *m* logogrifo; **~machia** *f* logomaquia; **~pedia** *f* logopedia; **~pedista** *m/f* logopeda
logora|mento *m* desgaste, consunción *f*; **~nte** *adj* agotador, -a, extenuante; **~re** ‹*esd*› *vt* desgastar, consumir; estropear, deteriorar ◊ ***~rsi la vista*** estropearse la vista, dejarse la vista
logorio (*pl* **-rii**) *m* desgaste, deterioro
logoro, -a *adj* 1. desgastado, -a, gastado, -a, consumido, -a; 2. agotado, -a, extenuado, -a
logorrea *f* verborrea
logotipo *m com* logotipo
loia *f* mugre
lolla *f* cascabillo *m*
lombaggine *f med* lumbago *m*, lumbalgia
Lombard|ia: la ~ *f* Lombardía; ***~o, -a** *adj/s* lombardo, -a
lombare *adj* lumbar
lombata *f* lomo *m*
lombo *m med/zool/gastr* lomo
lombrico (*pl* **-chi**) *m* lombriz *f* (!)
lompo *m zool* (*pez*) lumpo
londinese *adj/s* londinense
Londra Londres
longa manus *f inv com* sociedad interpuesta *f*
longanim|e *adj* longánimo, -a, magnánimo, -a; **~ità** *f inv* longanimidad *f*, magnanimidad *f*
longarina... V. **longherina...**
longev|ità *f inv* longevidad *f*; **~o, -a** *adj* longevo, -a
longher|ina *f arq* tirante *m*; **~one** *m aero* larguero
longitudinale *adj* longitudinal
longitudine *f* longitud
long play [lɔŋ 'plɛj] *m inv* long play *m*, elepé *m*, disco de larga duración *m*
lontan|amente *adv* 1. lejanamente; 2. ni por asomo; ***non ci penso nemmeno* ~** *no lo pienso ni por asomo*; **~anza** *f* lejanía ◊ ***in* ~** *adv* en lontananza, a lo lejos; **~o, -a 1.** *adj* lejano, -a, alejado, -a; **2.** *adv* lejos ◊ ***da* ~** *adv* de lejos, a lo lejos
lontra *f zool* nutria
lonza *f* 1. *zool* onza; 2. *ant* lince *m*, leopardo *m*
loppa *f bot* cascabillo *m*
loquac|e *adj* locuaz, parlanchín, -ina, dicharachero, -a; **~ità** *f inv* locuacidad *f*, verbosidad *f*

loquela *f* habla
lord *m inv* lord *m*; **~are** *vt* ensuciar; (*reputación, memoria*) ensuciar, mancillar; **~o, -a** *adj* 1. *tamb. fig* sucio, -a; 2. *com* bruto, -a; ***peso, importo ~*** *peso, importe bruto*; **~ume** *m* suciedad *f*, mugre *f*; **~ura** *f* suciedad
Loren|a *f geogr* Lorena; ***~ese** *adj/s* lorenés, -esa
lorica *f hist/mil* loriga
loro 1. *pron inv* 1. ellos (!), ellas (!); 2. a ellas, a ellos; ***hanno visto ~*** *los/les han visto a ellos/las han visto a ellas*; ***ho dato ~ le lettere*** *les he dado a ellos/a ellas las cartas*; 3. (*de ellos, de ellas*) suyo, -a, -os, -as; ***è la ~ (madre)*** *es la suya*; ***sono i ~ (libri)*** *son los suyos*; ***vivono del ~*** *viven de lo suyo*; **2.** *adj inv* (*de ellos, de ellas*) suyo, suya, sus; ***il ~ padre, la ~ madre, le ~ figlie*** *su padre, su madre, sus hijas*; ***un ~ amico, una ~ amica*** *un amigo suyo/de ellos/de ellas, una amiga suya/de ellos/de ellas*
Loro 1. *pron inv* 1. ustedes; 2. a ustedes; 3. (*de ustedes*) suyo, -a, -os, -as; **2.** *adj inv* (*de ustedes*) suyo, suya, sus
losanga (*pl* **-ghe**) *f heráld* rombo *m*; *mat* losange *m*
Losanna *geogr* Lausana
losco, -a (*m pl* **-chi**) *adj* 1. dudoso, -a, equívoco, -a; ***affari ~i*** *negocios dudosos*; 2. *raro* (*persona*) bizco, -a, estrábico, -a; 3. (*mirada*) torvo, -a, torcido, -a
loto *m* 1. *bot* loto; 2. lodo, cieno, fango
lotta *f* lucha ◊ ***~ di classe*** *pol* lucha de clases; ***~ libera*** *sport* lucha libre; **~re** *vi* ‹avere› luchar, combatir, pelear; **~tore, -trice** *adj/s* luchador, -a
lotteria *f* lotería
lottista *m/f* lotero, -a
lottizza|re *vt* lotear; parcelar; *pol* repartirse el pastel (*coloq*); **~zione** *f* loteo *m*; parcelación; *pol* pasteleo *m* (*coloq*)
lotto *m* 1. ="lotería primitiva" *f*; loto *f*; 2. lote; (*terreno*) parcela *f* ◊ ***a ~i*** *adj* en lotes
lozione *f* loción ◊ ***~ per capelli*** loción capilar
LSD *m* (*droga*) LSD
lubrico, -a (*m pl* **-ci**) *adj* lúbrico, -a
lubrifica|nte *adj/m* lubrificante, lubricante; **~re** ‹esd› *vt* lubrificar, lubricar; **~zione** *f* lubrificación, lubricación, engrase *m*
lucano, -a *adj/s* (*de Lucania*) lucano, -a
lucchetto *m* candado
lucci|care ‹esd› *vi* ‹avere/essere› brillar, centellear; **~chio** (*pl* **-chii**) *m* centelleo; **~o** (*pl* **-ci**) *m zool* lucio
lucciola *f* 1. *zool* luciérnaga; 2. *cine* acomodador, -a *m/f*; 3. *coloq* prostituta (*estánd*) ◊ ***dare ad intendere ~e per lanterne*** dar gato por liebre; ***prendere ~e per lanterne*** confundir la gimnasia con la magnesia
luce *f* luz ◊ ***~ d'arresto*** luz de freno; ***~ d'incrocio*** luz de cruce; ***~ di posizione*** luz de posición; ***dare alla ~*** dar a luz, alumbrar; *impr* sacar a la luz; ***gettare/fare ~ su qc*** arrojar luz sobre u-c; ***venire alla ~*** salir a la luz, hacerse público
lucente *adj* luciente, resplandeciente, flamante; **~zza** *f* brillo *m*, resplandor *m*
lucerna *f* 1. candil *m*; 2. tricornio *m*; **~rio** (*pl* **-ri**) *m* claraboya *f*, tragaluz
lucertola *f zool* lagartija
lucertolone *m zool* lagarto
lucherino *m zool* lugano, tarín
Lucibello *m* Luzbel
lucidalmetalli *m inv* limpiametales; **~re** ‹esd› *vt* 1. lustrar, sacar brillo; (*suelo*) encerar, abrillantar; 2. calcar, copiar; **~tore, -trice** *adj/s* abrillantador, -a; **~trice** *f* enceradora; **~tura** *f* 1. (*suelos*) abrillantado *m*, encerado *m*; 2. calco *m*, calcado *m*
lucidità *f inv* 1. lucidez *f*, brillo *m*; 2. (*inteligencia*) lucidez *f*
lucido, -a 1. *adj* 1. lúcido, -a, brillante, lustroso, -a; 2. (*inteligente*) lúcido, -a; **2.** *m* 1. brillo; 2. (*suelo, muebles*) abrillantador; 3. (*de retroproyector*) transparencia *f* ◊ ***~ come uno specchio*** como los chorros del oro
Lucifero *m* Lucifer
lucignolo *m* 1. (*candil, vela*) mecha *f*, pábilo; 2. *irón* (*persona*) palillo, fideo
lucra|re *vt* lucrarse (**qc** con u-c); **~tivo, -a** *adj* lucrativo, -a
lucro *m* lucro ◊ ***~ cessante*** lucro censante; **~so, -a** *adj* lucrativo, -a
luculliano, -a *adj* opíparo, -a, opulento, -a
ludibrio (*pl* **-bri**) *m* 1. escarnio, befa *f*, ludibrio; 2. hazmerreír; ***essere il ~ di tutti*** *ser el hazmerreír de todos*
ludico, -a (*m pl* **-ci**) *adj* lúdico, -a
ludo *m hist* juego ◊ ***~i circensi*** juegos circenses
lue *f inv med* sífilis
luge *f inv sport* luge *f*
luglio *m* julio
lugubre *adj* lúgubre
lui *pron* él ◊ ***beato ~!*** ¡qué suerte!; ***povero ~!*** ¡pobre de él!
Luigi *m* Luis
luigi *m* (*moneda*) luis
Luigia (*var.* **Luisa**) *f* Luisa ◊ ***erba *~*** hierba luisa, hierbaluisa
lullismo *m filos* lulismo
lumac|a *f zool* caracol *m*; babosa; **~one** *m* 1. *zool* babosa *f*; 2. (*persona lenta*) tortuga *f*
lume *m* 1. lumbre *f*, luz *f*; 2. lámpara *f*, linterna *f*, vela *f*, candil; 3. (*inteligencia*) luces *fpl*, juicio ◊ ***~ a olio*** lámpara de aceite (*f*); ***~ a petrolio*** quinqué; ***perdere il ~ della ragione/degli occhi*** perder el juicio/el tino; ***reggere il ~ a q*** hacer de carabina; ***il secolo dei ~i*** *m* el siglo de las luces; **~ggiare** *vt tamb. fig* brillar; **~n** *m inv fís* lumen *m*
lumi|cino *m* lucecita *f*; lamparita *f* ◊ ***cercare qc col ~*** buscar con un candil; ***essere al ~*** estar en las últimas; **~era** *f* araña, lucerna; **~nare** *m* (*persona inteligente*) lumbrera *f*, celebridad *f*; **~naria** *f* luminaria
luminescen|te *adj* luminescente; **~za** *f* luminescencia

luminis|mo *m arte* (*pintura*) técnica del claroscuro *f*; **~tica** *f teat* iluminación
lumino *m* mariposa *f*, candileja *f*; **~sità** *f inv* luminosidad *f*; **~so, -a** *adj* luminoso, -a
luna *f* luna ◊ **~ *calante, crescente, piena, nuova*** luna menguante, creciente, llena, nueva; **~ *di miele*** luna de miel; ***abbaiare alla ~*** ladrar a la luna; ***avere la ~ di traverso*** estar de mal humor; ***chiedere la ~*** pedir la luna; ***con questi chiari di ~*** *adv* con los tiempos que corren; ***vivere, essere nel mondo della ~*** estar/vivir en la luna; **~ park** *m inv* parque de atracciones *m*; **~re** *adj* lunar; **~rio** (*pl* **-ri**) *m* lunario, calendario lunar ◊ ***sbarcare il ~*** vivir a salto de mata, ir tirando; **~tico, -a** (*m pl* **-ci**) *adj/s* lunático, -a; **~zione** *f astron* lunación
lunedì *m inv* lunes
lunetta *f* 1. *arq* luneta; 2. (*de cortar*) tajadera
lungaggine *f* tardanza, retraso *m*, dilación
lungarno *m* ="paseo a orillas del río Arno"
lunghezza *f* longitud, largo *m*
lungi *adv elev* lejos (*estánd*) ◊ **~ *da*** lejos de; **~mirante** *adj* previsor, -a, clarividente
lungo, -a (*m pl* **-ghi**) **1.** *adj* (*espacio, tiempo*) largo, -a; ***è ~ tre chilometri*** *tiene tres quilómetros de largo*; (*persona*) largo, -a, alto, -a; *mil/sport* (*tiro*) desviado, -a; lento, -a; **2.** *adv* desviado, lejos; ***tirare ~*** *tirar desviado*; **3.** *m* largo; **4.** *prep* (*espacio, tiempo*) a lo largo de; **~ *la riva*** *a lo largo de la orilla* ◊ ***avere le mani ~e*** (*con el dinero o las mujeres*) tener las manos largas; ***di gran ~a*** *adv* con (mucha) diferencia; ***farla ~a*** alargarse demasiado, enrollarse (*coloq*); ***palla ~a*** *f sport* balón desviado, balón alto (*m*); ***per il ~ e per il largo*** *adv* a lo largo y a lo ancho; ***saperla ~a*** sabérselas todas; ***tirare in ~/tirare per le ~e*** dar largas; **~fiume** *m* (*lugar*) paseo a orillas del río; **~lago** (*pl* **-ghi**) *m* (*lugar*) paseo a orillas del lago, avenida; **~mare** *m* paseo marítimo; **~metraggio** (*pl* **-gi**) *m cine* largometraje; **~tevere** *m* (*lugar*) ="paseo a orillas del río Tíber"
lunotto *m auto* luneta *f*, cristal trasero
lunula *f mat* lúnula
luogo (*pl* **-ghi**) *m* lugar; *adm* localidad *f* ◊ **~ *comune*** lugar común, tópico; ***i ~i santi*** *mpl* los santos lugares; ***avere ~*** tener lugar; ***dare ~ a qc*** dar lugar a u-c; ***fuori ~*** *adj* fuera de lugar; ***in ~ di*** *prep* en lugar de; ***in primo, secondo... ~*** *adv* en primer, segundo... lugar; ***non c'è ~*** no ha lugar; **~tenente** *m* lugarteniente
lupa *f* 1. *zool* loba (!); 2. *raro* puta; ninfómana; **~cchiotto** *m zool* lobezno, lobato; **~nare** *m elev* lupanar; **~ra** *f* escopeta de cañones recortados
lupetto *m* 1. *zool* lobezno; 2. (*scouts*) lobato
lupino *m bot* altramuz, lupino
lupo *m zool* lobo ◊ **~ *di mare*** *coloq* lobo de mar; ***il ~ mannaro*** el coco; ***il ~ perde il pelo ma non il vizio*** la cabra siempre tira al monte
luppolo *m bot* lúpulo
lurex® *m inv txtl* lúrex
lurido, -a *adj* sucio, -a, asqueroso, -a
luridume *m* suciedad *f*, porquería *f*
lusin|ga (*pl* **-ghe**) *f* lisonja, halago *m*; **~gare** *vt* lisonjear, halagar, adular; **~gatore, -trice** *adj/s* lisonjero, -a, halagador, -a; **~ghiero, -a** *adj* lisonjero, -a, halagador, -a, halagüeño, -a
Lusitan|ia *f geogr* Lusitania; ***~o, -a** *adj/s* lusitano, -a
lussa|re **1.** *vt* luxar; **2. ~rsi** luxarse; **~zione** *f* luxación, dislocación
lussembur|ghese *adj/s* luxemburgués, -esa; ***~go: il ~*** *m* Luxemburgo
lusso *m* lujo ◊ ***di ~*** *adj* de lujo
lussuoso, -a *adj* lujoso, -a, suntuoso, -a
lussur|eggiante *adj* exuberante, fastuoso, -a; **~ia** *f* lujuria; **~ioso, -a** *adj* lujurioso, -a, lujuriante
lustra|le *adj elev* lustral ◊ ***acqua ~*** *f* agua lustral; **~re** *vt* lustrar; **~scarpe** *m/f inv* limpiabotas, lustrabotas (*Am*); **~ta** *f* abrillantado rápido *m*
lustrino *m* lentejuela *f*
lustro, -a **1.** *adj* lustroso, -a, brillante; **2.** *m* 1. lustre, brillo; *fig* lustre, gloria *f*; 2. (*cinco años*) lustro
luteran|esimo *m* luteranismo; **~o, -a** *adj/s* luterano, -a
lutt|o *m* luto; ***essere in ~*** *estar de luto*; ***vestire a ~*** *vestir de luto, llevar luto*; ***abito da ~, da mezzo ~*** *traje de luto, de medio luto*; duelo ◊ **~ *nazionale*** duelo nacional; **~ *stretto*** luto riguroso; ***chiuso per ~*** cerrado por defunción; **~uoso, -a** *adj* luctuoso, -a
lux *m inv fís* lux
lycra® *f inv txtl* lycra

M

m (*1. metro 2. mese*) *abr* 1. (*metro*) m.; 2. mes
m² (*metro quadro*) *abr* (*metro cuadrado*) m²
m³ (*metro cubo*) *abr* (*metro cúbico*) m³
ma **1.** *conj* 1. pero; ***lo farei, ma non posso*** *lo haría, pero no puedo*; 2. sino; **2.** *excl* V. **mah!** ◊ ***non solo ... ~*** no sólo ... sino que
macabro, -a *adj* macabro, -a
macaco (*pl* **-chi**) *m zool tamb. fig* macaco
macao *m* bacará
maccabeo, -a *adj hist* macabeo, -a
maccartismo *m pol* maccartismo
macché! *excl* ¡vamos!, ¡hombre!, ¡que va!, ¡quia!
maccheroni *mpl gastr* macarrones; **~co, -a** (*m pl* **-ci**) *adj ling tamb. fig* macarrónico, -a
macchia *f* 1. mancha; (*moral*) mancha, tacha, mácula, mancilla; 2. *bot* monte bajo *m*, coscojal *m*, chaparral *m* ◊ ***alla ~*** *adv* clandestinamente; ***darsi alla ~*** echarse al monte; **~re** *vt* manchar, ensuciar ◊ **~ *il caffè*** cortar el café
macchiett|a *f* 1. (*pintura*) caricatura; *teat* caricatura, parodia; 2. payaso *m*, bufón *m*; **~are** *vt* (*pintura*) motear; **~ista** *m/f* 1. (*pintura*) caricaturista; 2. *teat* actor, actriz de parodia

macchina *f* 1. *auto* coche *m* (!), automóvil *m* (!); ***andare in ~/con la ~*** *ir en coche*; 2. *mec* máquina; aparato *m*; mecanismo *m* ◊ ***~ a vapore*** máquina de vapor; ***~ da caffè*** máquina de café; ***~ da corsa*** coche de carreras (*m*); ***~ da cucire*** máquina de coser; ***~ da noleggio*** coche de alquiler (*m*); ***~ da presa*** cámara de cine, tomavistas (*m inv*), filmadora (*Am*); ***~ da/per scrivere*** máquina de escribir; ***~ fotografica*** máquina fotográfica, cámara fotográfica; ***~ mangiasoldi*** máquina tragaperras; ***~ utensile*** utensilio (*m*), herramienta; ***fatto a ~*** *adj* hecho a máquina; ***scrivere a ~*** escribir a máquina; **~le** *adj* maquinal, automático, -a; **~re** ‹*esd*› *vt* maquinar, urdir; **~rio** (*pl* **-ri**) *m* maquinaria *f*; **~tore, -trice** *m/f* maquinador, -a, intrigante; **~zione** *f* maquinación, intriga

macchinismo *m* mecanicismo

macchinista *m/f* maquinista; *teat* tramoyista

macchinoso, -a *adj desp* artificioso, -a

macedone *adj/s* macedonio, -a

Macedonia: la ~ *f* Macedonia

macedonia *f gastr* macedonia

macell|aio, -a (*m pl* **-ai**) *m/f tamb. fig* (*vendedor*) carnicero, -a; (*en el matadero*) matarife *m*; **~are** *vt* (*animales para el consumo humano*) matar, sacrificar; **~eria** *f* carnicería; **~o** *m* 1. matadero; 2. matanza *f*, carnicería *f*, masacre *f*; *irón* desastre, escabechina *f*; 3. jaleo, desorden, barahúnda *f*

macera|re ‹*esd*› *vt* macerar; **~zione** *f* 1. maceración; 2. mortificación

macerie *fpl* escombros *mpl*, cascotes *mpl*

macero, -a 1. *adj* 1. *tecn* macerado, -a; 2. macerado, -a, consumido, -a, desecho, -a; **2.** *m tecn* maceración *f*

machete *m inv* machete *m*

Machiavelli *m hist* Maquiavelo; ***~co, -a** (*m pl* **-ci**) *adj* maquiavélico, -a; ***~smo** *m* maquiavelismo

macigno *m* peñasco, peña *f*, roca *f*

macilento, -a *adj* macilento, -a, escuálido, -a, consumido, -a

macina *f mec* muela, rueda de molino

macinacaffè *m inv* molinillo de café *m*

macinapepe *m inv* molinillo de pimienta *m*

macinare ‹*esd*› *vt* moler ◊ ***~ chilometri/la strada*** devorar quilómetros

macinat|o, -a 1. *adj* molido, -a; **2.** *m* 1. molienda *f*; 2. *coloq* carne picada *f*; **~ore, -trice** *adj/s* moledor, -a; **~ura** (*var.* **macinazione**) *f* molienda

macinino *m* 1. molinillo; 2. *auto irón* cafetera *f*, cacharro

maciste *m* gigante, grandullón

maciullare *vt* 1. *tecn* agramar; 2. triturar, chafar

macramè *m inv txtl* macramé *m*

macrò *m inv* chulo *m*, macarra *m*

macro|area *f* macroárea; **~biotica** *f* macrobiótica; **~biotico, -a** (*m pl* **-ci**) *adj* macrobiótico, -a; **~cefalia** *f med* macrocefalia; **~cosmo** *m* macrocosmo(s); **~economia** *f* macroeconomía; **~fago** (*m pl* **-gi/-ghi**) *m biol* macrófago; **~glossia** *f med* macroglosia; **~scopico, -a** (*m pl* **-ci**) *adj* macroscópico, -a; **~struttura** *f* macroestructura

macula *f med tamb. fig* mácula; **~to, -a** *adj elev* maculado, -a

madam|a *f* 1. *irón* madama, señora; 2. *jerga delinc* (*policía*) maderos *mpl*, pasma, bofia; **~igella** *f irón* damisela

maddalena *f gastr* madalena

Maddalena *f* (*nombre*) Magdalena

madera *m inv* (*vino*) madeira (!)

madia *f* artesa, masera

madido, -a *adj elev* mojado, -a (*estánd*), húmedo, -a (*estánd*)

madison *m inv* (*baile*) madison

Madonn|a 1. *f* Virgen; (*pintura, imagen*) madona, virgen; **2.** *excl* ¡Dios (mío)!, ¡Jesús! ◊ ***~ santa!*** ¡Virgen santísima!, ¡Ave María purísima!; ***della ~*** *adj coloq* de no te menees, tremendo, -a, bestial; ***~aro** *m arte* imaginero; ***~ina** *f* preciosidad, ricura ◊ ***~ infilzata*** mosquita muerta

madornale *adj* garrafal, colosal, craso, mayúsculo ◊ ***errore ~*** *m* error garrafal, craso error

madre 1. *f* madre; **2.** *adj inv* madre; ***acqua ~*** *agua madre*; matriz; ***casa ~*** *casa matriz*; soltera; ***ragazza ~*** *madre soltera* ◊ ***~ natura*** madre naturaleza; ***~ superiora*** *relig* madre superiora, priora; **~lingua 1.** *f* lengua materna; **2.** *m/f inv* (*persona*) nativo, -a *m/f*; **~patria** *f* nacionalidad; (*colonias*) madre patria; **~perla** *f zool* madreperla, nácar *m*; **~perlaceo, -a** *adj* nacarado, -a; **~perlato, -a** *adj* nacarado, -a; **~pora** *f zool* madrépora; **~selva** *f bot* madreselva; **~vite** *f mec* tuerca; (*instrumento*) terraja

Madrid *geogr* Madrid

madrigale *m lit/mús* madrigal

madrileno, -a *adj/s* madrileño, -a

madrina *f* (*bautismo*) madrina

maest|à *f inv* majestad *f* ◊ ***Sua *~*** Su Majestad; **~osità** *f inv* majestuosidad *f*; **~oso, -a** *adj* majestuoso, -a; *mús* maestoso, -a

maestr|a *f estud/nav tamb. fig* maestra; **~ale** *adj/m meteo* maestral, mistral; **~anze** *fpl* (*trabajadores*) personal *m*; *mat* maestranza *f*; **~ia** *f* maestría; **~o, -a 1.** *adj* (*principal*) maestro, -a; ***strada ~a*** *camino real*; **2.** *m* maestro; *hist* maestre ◊ ***~ d'ascia*** carpintero de ribera; ***~ di campo*** *hist* maestre de campo; ***~ di cappella*** maestro de capilla, chantre; **~ucolo** *m desp* maestrillo

mafi|a *f* mafia; **~oso, -a** *adj/s* mafioso, -a

maga (*pl* **-ghe**) *f* 1. maga, bruja, hechicera; 2. *fig* embrujadora; **~gna** *f tamb. fig* imperfección, defecto *m*, tara; **~ri 1.** *excl* ¡ojalá!; ***ha vinto la Juve? ~!*** *¿ha ganado la Juve? ¡ojalá!*; **2.** *conj* ojalá; ***~ non l'avessi conosciuto!*** *¡ojalá no lo hubiera conocido!*; **3.** *adv* 1. quizá, quizás; ***~ si sapeva*** *quizás se sabía*; 2. incluso; ***è ~ capace di non venire*** *es capaz incluso de no venir*; **~zine** ['magazin] *m inv* magacín *m*

magazzin|aggio (*pl* **-gi**) *m* almacenaje; **~iere, -a** *m/f* almacenista, almacenero, -a; **~o** *m* almacén

◊ ***grande ~*** gran almacén, grandes almacenes (*mpl*)
maggese *m agric* barbecho ◊ ***tenere a ~*** dejar en barbecho
maggio (*pl* **-gi**) *m* mayo; **~lino** *m* 1. *zool* abejorro; 2. *auto* escarabajo
maggiora|na *f bot* mejorana; **~nza** *f* mayoría; **~re** *vt* aumentar, subir; **~scato** (*var.* **maggiorasco**) *m hist/jur* mayorazgo; **~zione** *f* (*precio*) aumento *m*, subida
maggiordomo *m* mayordomo
maggiore 1. *adj* mayor; ***la sorella è ~ di tre anni*** *la hermana es tres años mayor*; **2.** *m mil* mayor; **3.** *m/f* (*de más edad*) mayor; **4.** *mpl* mayores ◊ ***andare per la ~*** ir viento en popa, tener éxito; **~nne** *adj/s* mayor de edad
maggioritario, -a (*m pl* **-ri**) *adj* mayoritario, -a
maggiormente *adv* mucho más
maghrebino V. **magrebino**
magi *mpl* magos ◊ ***i Re *~*** los Reyes Magos
mag<u>i</u>a (*pl* **-gie**) *f* magia, brujería
magiaro, -a *adj/s* magiar
magico, -a (*m pl* **-ci**) *adj tamb. fig* mágico, -a
magione *f elev* mansión
magistero *m estud tamb. fig* magisterio
magistra|le *adj* magistral; **~to** *m jur* magistrado; **~tura** *f jur* magistratura
maglia 1. *f* 1. malla; *txtl* punto *m*; (*cadena*) cadena; 2. jersey *m*, suéter *m*; camiseta, niqui *m*; (*tour de Francia*) maillot *m*; **2.** *mpl* redes *fpl*, mallas *fpl*; ***cadere nelle ~e di un intrigo*** *caer en las redes de una conspiración* ◊ ***~ azzurra*** ="camiseta de los deportistas de las selecciones italianas"; ***~ diritta, rovescia*** vuelta al derecho, al revés; ***~ rosa*** (*camiseta del ganador del Giro de Italia*) maglia rosa; ***articoli a ~*** *mpl* géneros de punto; ***lavorare a ~*** hacer punto (de media), hacer calceta, tricotar; **~io, -a** (*m pl* **-ai**) *m/f* calcetero, -a
maglie|ria *f* 1. calcetería, géneros de punto *mpl*; 2. tienda/fábrica de géneros de punto; **~tta** *f* camiseta
maglificio (*pl* **-ci**) *m* fábrica de géneros de punto *f*
maglio (*pl* **-gli**) *m metal* mallo, mazo; martinete, macho; *sport* mallo; **~lo** *m agric* esqueje, estaca *f*; **~ne** *m* jersey (grueso)
magma *m* magma
magna|ccia *m inv centr* chulo *m*, macarra *m*; **~nimità** *f inv* magnanimidad *f*; **~nimo, -a** *adj* magnánimo, -a; **~no** *m tosc* cerrajero; **~te** *m* magnate
magnesi|a *f quím* magnesia; **~o** *m quím* magnesio; **~te** *f min* magnesita
magnete *m fís* imán; *mec* magneto
magneti|co, -a (*m pl* **-ci**) *adj* magnético, -a; **~smo** *m fís* magnetismo; **~te** *f min* magnetita; **~zzare** *vt fís* magnetizar, imantar; **~zzazione** *f fís* magnetización, imantación
magneto|fonico, -a (*m pl* **-ci**) *adj* magnetofónico, -a; **~fono** *m* magnetófono; **~ne** *m fís* magnetón; **~sfera** *f fís* magnetosfera
magnific|are ‹esd› *vt* magnificar, exaltar; **~enza** *f* magnificencia; **~o, -a** (*m pl* **-ci**) *adj* magnífico, -a ◊ ****~ Rettore dell'Università*** Magnífico Rector de la Universidad
magniloquen|te *adj* grandilocuente; **~za** *f* grandilocuencia
magno, -a *adj elev* magno, -a; **~lia** *f bot* magnolia
mago, -a (*m pl* **-ghi**) *m/f* 1. mago, -a, brujo, -a; 2. mago, -a, ilusionista; **~ne** *m* abatimiento, pesadumbre *f* ◊ ***avere il ~*** estar apesadumbrado
magra *f* 1. estiaje *m*; 2. escasez, penuria ◊ ***fare una ~*** quedar mal, quedar en ridículo; ***tempi di ~*** *mpl* época de vacas flacas (*f*)
magre|bino, -a (*var.* **maghrebino**) *adj/s* magrebí; **~zza** *f* delgadez, flaqueza
magro, -a 1. *adj* delgado, -a, flaco, -a; **2.** *m gastr* magro ◊ ***~ come un chiodo*** flaco como un palillo; **~lino, -a** *adj* delgaducho, -a, chupado, -a
mah! [ma] *excl* 1. (*duda*) bueno..., esto..., en fin...; 2. (*queja*) ¡vamos!, ¡vaya!, ¡pero bueno!
mahara|jah [mara'dʒa] *m inv* maharajá *m*; **~ni** [ma a'rani] *f* maharaní
mai *adv* nunca, jamás; ***non l'ho ~ visto/non l'ho visto mai*** *no lo he visto nunca*; ***è quanto ~ sgradevole*** *es bastante desagradable* ◊ ***~ e poi ~*** jamás de los jamases; ***~ più*** *adv* nunca más; ***~ sentito*** no lo he oído nunca, no lo conozco; ***~ visto*** no lo he visto nunca, no lo conozco; ***come ~?*** ¿cómo es eso?, ¿por qué?; ***non si sa ~*** nunca se sabe, por si las moscas; ***quanto ~*** *adv* de lo más
maia|la *f tamb. fig* cerda, puerca, marrana, chancha (*Am*); **~e** *m tamb. fig* cerdo, puerco, gorrino, chancho (*Am*); *gastr* cerdo, chancho (*Am*)
maiestatico, -a (*m pl* **-ci**) *adj* mayestático, -a
mailing ['mejlin] *m inv* mailing ◊ ***~ list*** *informát* lista de correo, mailing list
maiolica *f* cerámica, loza, mayólica
maionese *f* mahonesa, mayonesa
Maiorca Mallorca
maiorchino, -a *adj/s* mallorquín, -ina
m<u>a</u>is *m inv* maíz *m*
maître ['mɛtr] *m inv* maître *m*
maiusco|la *f* mayúscula; ***scrivere con la ~*** *escribir con mayúscula*; **~etto** *m impr* versalitas *fpl*; **~o, -a** *adj* 1. (*escritura*) mayúsculo, -a; 2. mayúsculo, -a, colosal
maizena® *f* maizena®
mal V. **male**
mala *f jerga delinc* hampa
malaccio (*pl* **-ci**) *m coloq* grave dolencia *f* (*estánd*); enfermedad incurable *f* (*estánd*) ◊ ***come va? non c'è ~*** *coloq* ¿cómo te va? no me quejo
malaccorto, -a *adj* incauto, -a, despistado, -a
malachite *f min* malaquita

malaco|logia (*pl* **-gie**) *f* malacología; **~pia** (*pl* **malecopie**) *f* borrador *m* ◊ ***scrivere in ~*** escribir en borrador/en sucio
malacreanza (*pl* **malecreanze**) *f* mala educación
malafede *f* mala fe, alevosía ◊ ***agire in ~*** actuar de mala fe/con alevosía
malaffare: di ~ *adv* de mala vida
malagevole *adj* incómodo, -a, fatigoso, -a
malagrazia (*pl* **malegrazie**) *f* grosería, rudeza
malalingua (*pl* **malelingue**) *f* maldiciente *m/f*, murmurador, -a *m/f*
malamente *adv* de mala manera, con malos modos
malandato, -a *adj* maltrecho, -a; *com* arruinado, -a
malandrino, -a *adj/s* malandrín, -ina, bellaco, -a; *irón* pícaro, -a, pillín, -ina (*coloq*)
malanimo *m* hostilidad *f*, animosidad *f*
malanno *m* desgracia *f*, calamidad *f*; achaque, tecla *f* (*coloq*) ◊ ***un ~ non vien mai solo*** las desgracias nunca vienen solas
malaparata *f coloq* (*situación comprometida*) nubarrón *m*, trance *m*
malapena: a ~ *adv* a duras penas, a malas penas
mala|ria *f med* malaria; **~co, -a** (*m pl* **-ci**) *adj/s med* malárico, -a
malasorte (*pl* **malesorti**) *f* mala suerte
malaticcio, -a (*m pl* **-ci**, *f pl* **-ce**) *adj* enfermizo, -a, enclenque, delicado, -a
malato, -a *adj/s* enfermo, -a
malattia *f* enfermedad
malaugu|rato, -a *adj* de mal agüero, infausto, -a; **~io** (*pl* **-ri**) *m* mal agüero
malavita *f* delincuencia, hampa
malavoglia (*pl* **malevoglie**) *f* desgana ◊ ***di ~*** *adv* a regañadientes, de mala gana
Malaysia: la ~ (*var.* **Malesia**) *f geogr* Malasia
malaysiano, -a (*var.* **malesiano, -a**) *adj/s geogr* malasio, -a
malcaduco (*pl* **-chi**) (*var.* **mal caduco**) *m coloq* (*epilepsia*) mal caduco
malcapitato, -a *adj/s* 1. inoportuno, -a; 2. desventurado, -a
malcon|cio, -a (*m pl* **-ci**, *f pl* **-ce**) *adj* maltrecho, -a, malparado, -a, baldado, -a; **~tento, -a 1.** *adj* descontento, -a, insatisfecho, -a; **2.** *m* descontento, insatisfacción *f*
malcostume *m* desorden, libertinaje
maldentati *mpl zool* desdentados
maldestro, -a *adj* torpe, desmañado, -a
maldicen|te *adj/s* maldiciente, murmurador, -a; **~za** *f* (*defecto*) maledicencia; (*calumnia*) maledicencia, murmuración, rumor *m*
maldisposto, -a *adj* maldispuesto, -a, indispuesto, -a
Maldive: le ~ *fpl geogr* las Maldivas
male 1. *adv* mal; **2.** *excl* ¡mal!; **3.** mal; daño; *med* (*enfermedad*) mal; daño, dolor ◊ ***mal comune mezzo gaudio*** mal de muchos consuelo de tontos; ***mal di denti, di testa*** dolor de muelas, de cabeza; ***mal di montagna*** *m* mal de montaña, puna (*f Am Mer*), soroche (*Am Mer*); ***mal francese*** *m* (*sífilis*) mal francés; ***mal secco degli agrumi*** *m agric* mal seco de los cítricos; ***a ~i estremi, rimedi estremi*** *adv* a grandes males, grandes remedios; ***andare a ~*** estropearse, echarse a perder; ***andare di ~ in peggio*** ir de mal en peor; ***bene o ~*** *adv* mal que bien; ***far ~*** hacer daño, lastimar; ***fare il ~*** hacer el mal; ***finire ~*** acabar mal, acabar como el rosario de la aurora (*coloq*); ***il ~ è che...*** lo malo es que...; ***meno ~*** *adv* menos mal; ***mi fa ~ la testa*** me duele la cabeza; ***non c'è ~*** no está mal; ***non tutto il ~ vien per nuocere*** no hay mal que por bien no venga; ***portare ~*** traer mala suerte; ***stare ~*** estar mal, estar fastidiado; ***venire ~*** (*foto, retrato*) salir poco favorecido
maledetto, -a 1. *adj/s* maldito, -a; **2.** *pp* V. **maledire**
maledi|re ‹*dico; dissi; detto*› V. 21 *vt* maldecir; **~zione** *f/excl* maldición
maleduca|to, -a *adj/s* maleducado, -a; **~zione** *f* mala educación
malefatta *f* fechoría
malefi|cio (*pl* **-ci**) *m* maleficio, sortilegio; **~o, -a** (*m pl* **-ci**) *adj* maléfico, -a
maleodorante *adj* maloliente
malerba *f* mala hierba, hierbajo *m* ◊ ***la ~ non muore mai*** mala hierba nunca muere
males|e *adj/s* malayo, -a; ***~ia: la ~** *f* Malasia; **~iano, -a** V. **malaysiano**
malessere *m* malestar
malestro *m* trastada *f*, estropicio
malevo|lenza *f* malevolencia, animadversión; **~o, -a** *adj* malévolo, -a
malfamato, -a *adj* de mala fama, de mala reputación
malfatto, -a 1. *adj* mal hecho, -a; *med* malhecho, -a, deforme, contrahecho, -a; **2.** *m* 1. desaguisado, mala acción *f*; 2. *gastr* ="tipo de pasta para sopa"; **~re, -trice** *m/f* malhechor, -a, delincuente
malfermo, -a *adj* inestable, inseguro, -a
malforma|to, -a *adj* deformado, -a, deforme; **~zione** *f* malformación
malga (*pl* **-ghe**) *f sept* cabaña alpina; **~rbo** *m* grosería *f*, rudeza *f*; **~scio, -a** (*m pl* **-sci**) *adj/s* malgache
malgoverno (*var.* **mal governo**) *m* mal gobierno, desgobierno
malgrado 1. *prep* a pesar de, pese a; ***~ ciò, ~ tutto*** *a pesar de ello, a pesar de todo*; ***mio, tuo ~*** *a pesar mío, tuyo*; **2.** *conj* a pesar de que, aunque; ***~ lo sapesse, non disse nulla*** *aunque lo sabía, no dijo nada*
malia *f* 1. hechizo *m*, embrujo *m*; 2. encanto *m*, fascinación
maliardo, -a *adj/s* 1. hechicero, -a, encantador, -a; 2. encantador, -a, fascinante
malign|are *vi* ‹*avere*› pensar mal, malpensar; **~ità** *f inv* malignidad *f*, maldad *f*; **~o, -a** *adj* maligno, -a, malvado, -a; *med* maligno, -a

malinconi|a *f* melancolía; **~co, -a** (*m pl* **-ci**) *adj* melancólico, -a
malincuore: a ~ *adv* a regañadientes, de mala gana
malinten|zionato, -a *adj* malintencionado, -a; **~so, -a** *adj/m* malentendido, -a
malizi|a *f* malicia; **~oso, -a** *adj* malicioso, -a
malleabil|e *adj metal tamb. fig* maleable, dúctil; **~ità** *f inv metal tamb. fig* maleabilidad *f*, ductilidad *f*
malleolo *m* maléolo
mallev|adore, -drice *m/f jur* garante, fiador, -a; **~eria** *f jur* garantía, fianza
mallo *m bot* zurrón; **~ppo** *m* 1. hato, fardo; 2. botín
malme|nare *vt* maltratar, vapulear; **~sso, -a** *adj* desastrado, -a, desaseado, -a
malnutrito, -a *adj* mal alimentado, -a, desnutrido, -a
malo, -a *adj elev* malo, -a (*estánd*) ◊ ***in ~ modo*** *adv* con malos modos, de mala manera; **~cchio** (*pl* **-chi**) *m* 1. mal de ojo; 2. antipatía *f*, inquina *f* ◊ ***gettare il ~ su q*** echarle el mal de ojo a alg; ***guardare di ~*** mirar con antipatía; **~ra** *f* perdición, ruina ◊ ***va' in ~!*** ¡vete enhoramala/en hora mala!; **~re** *m* indisposición repentina *f*, ataque, acceso
malpensante 1. *adj* de ideas equivocadas, de ideas peregrinas; **2.** *m/f* malpensado, -a
malpreparato, -a *adj* mal preparado, -a
malridotto, -a *adj* maltrecho, -a, malparado, -a
malsano, -a *adj* malsano, -a, insalubre; (*pensamiento*) malsano, -a
malsicuro, -a *adj tamb. fig* inseguro, -a, inestable
malsonante *adj raro* malsonante (*estánd*)
malta *f arq* argamasa, mortero *m*; **~ggio** *m tecn* malteado; **~gliati** *mpl* ="tipo de pasta de sopa"; **~si** *f inv* maltasa *f*
malte|mpo *m* mal tiempo; **~se** *adj/s* maltés, -esa
malto *m gastr* malta *f* (!); **~sio** *m quím* maltosa *f*
maltratta|mento *m* maltrato, malos tratos *mpl*; **~re** *vt* maltratar
maltusian|ismo *m* maltusianismo; **~o, -a** *adj/s* maltusiano, -a
malumore *m* malhumor, mal humor
malva 1. *f bot* malva; **2.** *adj/m inv* (*color*) malva; **~ccione** *m bot* malvavisco; **~gio, -a** (*m pl* **-gi**) *adj/s* malvado, -a; **~gità** *f inv* maldad *f*; **~sia** *f gastr* malvasía
malversa|re *vt* malversar; **~tore, -trice** *m/f* malversador, -a; **~zione** *f* malversación
malvi|ssuto, -a *adj* que ha malvivido; **~sto, -a** *adj* mal visto, -a, mal mirado, -a; **~vente** *adj/s* delincuente, maleante
malvole|ntieri *adv* de mala gana, a regañadientes; **~re** ‹*sólo pp, participio presente*› **1.** *vt/def* malquerer, odiar; **2.** *m* malquerer, animosidad *f*, antipatía *f*
mamb|a *m inv* (*serpiente*) mamba *f*; **~o** *m inv mús* mambo *m*
mamma *f* mamá ◊ ***~ mia!*** ¡madre mía!
mammalucco (*pl* **-chi**) *m hist tamb. fig* mameluco
mammario, -a (*m pl* **-ri**) *adj* mamario, -a
mammella *f med* mama, teta (*coloq*); *zool* mama, teta, ubre
mammifero *m* mamífero; **~na** *f* mamaíta
mammo|grafia *f* mamografía; **~la** *f bot* violeta; **~ne, -a** *m/f* hijo, -a enmadrado, -a
mammut *m inv* mamut *m*
mana|ger ['manadʒer] *m/f inv* ejecutivo, -a; manager *m/f*; **~ta** *f* 1. (*golpecito*) palmada; 2. (*cantidad*) puñado *m*
manca|mento *m* 1. desfallecimiento, desmayo; 2. falta *f*, culpa *f*; **~nza** *f* 1. falta, carencia; ausencia; escasez; 2. fallo *m*, falta ◊ ***in ~ di cavalli gli asini trottano*** a falta de pan, buenas son tortas; ***in ~ di meglio*** *adv* a falta de algo mejor; ***per ~ di*** *prep* por falta de; ***sentire la ~ (di qc/q)*** echar de menos, echar en falta, extrañar (u-c/a alg); **~re 1.** *vt* (*tiro*) fallar, errar; **2.** *vi* 1. ‹*essere*› faltar; ***quanto manca al confine? manca poco*** *¿cuánto falta para la frontera? falta poco*; ***è mancato poco che vincessi*** *ha faltado poco para que ganara*; 2. carecer; ***~ di coraggio*** *carecer de valor*; 3. fallecer, faltar; ***suo nonno è mancato ieri*** *su abuelo falleció ayer*; 4. ‹*avere*› dejar; ***non mancherò di ringraziarvi*** *no dejaré de daros las gracias*; 5. faltar (**di** a), descuidar *vt*, incumplir *vt*; ***~ di parola*** *faltar a la palabra dada*; ***~ di rispetto*** *faltar al respeto*; 6. fallar, defraudar; ***ho mancato nei tuoi confronti*** *te he fallado, te he defraudado*; ◊ ***non ci mancherebbe altro!*** ¡no faltaría más!, ¡hasta ahí podíamos llegar!; **~to, -a** *adj* fallido, -a
manche ['manʃ] *f inv sport* manga *f*; (*juego*) mano *f*; **~tte** [man'ʃet] *f inv impr* mancheta *f*
manchevole *adj* escaso, -a, insuficiente; imperfecto, -a, incompleto, -a
manchevolezza *f* 1. insuficiencia; 2. descortesía, ofensa
mancia (*pl* **-ce**) *f* propina (!) ◊ ***~ competente*** (*por un objeto perdido*) gratificación; **~ta** *f* puñado *m* ◊ ***a ~e*** *adj* a puñados, a manos llenas
mancino, -a 1. *adj* 1. (*lado*) zurdo, -a, izquierdo, -a; (*persona*) zurdo, -a; 2. malévolo, -a, torcido, -a; **2.** *m/f* zurdo, -a
manco *adv coloq* ni (*estánd*) (!) ◊ ***~ male!*** ¡menos mal!; ***~ per sogno!*** ¡ni hablar!, ¡ni soñarlo!
mandante *m/f jur* mandante, poderdante
mandar|ancio (*pl* **-ci**) *m bot* clementina *f*; **~e** *vt* mandar, enviar; ***~ a chiamare q*** *mandar a llamar a alg*; ***~ un vaglia, un telegramma*** *poner/mandar/enviar un giro, un telegrama* ◊ ***~ all'aria*** desbaratar; ***~ avanti*** sacar adelante; ***~ giù qc*** tragarse u-c; ***~ q a farsi friggere/benedire/a quel paese*** mandar a alg a freír espárragos; **~ino** *m* 1. *bot* (*fruto*) mandarina *f* (!); 2. *bot* (*árbol*) mandarino; 3. *hist* mandarín
mandat|a *f* 1. *com* envío *m*; 2. (*cerradura*) vuelta ◊ ***chiudere a doppia ~*** cerrar con doble vuelta de llave; **~ario, -a** (*m pl* **-ri**) *m/f jur* mandatario, -a, poderhabiente, apoderado, -a; **~o** *m*

encargo, mandado; *jur* mandato, orden *f*; *com* mandato, comisión *f* ◊ ~ ***di cattura*** orden de captura
mandibola *f* mandíbula
mandingo *adj/s inv geogr* mandinga
mandol|a *f mús* bandola; **~ino** *m mús* mandolina *f* (!)
mandorla *f* 1. *bot* almendra; 2. *arte* mandorla
mandorlato *m* almendrado
mandorleto *m* almendral
mandorlo *m bot* almendro
mandri|a *f tamb. fig* manada; (*bueyes*) boyada; (*vacas*) vacada; **~ano** *m* mayoral, resero; (*bueyes*) boyero; (*vacas*) vaquero; **~llo** *m zool* mandril; **~no** *m mec* mandril
manegg|evole *adj tamb. fig* manejable; **~evolezza** *f tamb. fig* manejabilidad; **~iare** *vt* manejar; **~io** (*pl* **-gi**) **1.** *m* manejo; **2.** *mpl* manejos, tejemanejes, mangoneo *m* (*desp*); **~ione, -a** *m/f* intrigante
manesco, -a (*m pl* **-chi**) *adj* de manos largas
manetta 1. *f tecn* manecilla, llave; **2.** *fpl* (*manos*) esposas ◊ ***mettere le ~e a q*** echarle el guante a alg
manganell|are *vt* aporrear, apalear; **~o** *m* porra *f*, cachiporra *f*
manganese *m quím* manganeso
mangereccio, -a (*m pl* **-ci**, *f pl* **-ce**) *adj* comestible; ***fungo ~*** *seta comestible*
mangia|bile *adj* comestible, comible; **~dischi** *m inv* ="tocadiscos portátil" *m*; **~nastri** *m inv* (*aparato*) cassette, casete; **~pane** *m/f inv* vago, -a, gandul, -a; **~preti** *m/f inv* comecuras; **~re 1.** *vt/i* ‹*avere*› comer; ***avere da ~*** *tener qué comer*; ***dare da ~*** *dar de comer*; **2. ~rsi** comerse; **3.** *m* comida *f* ◊ ~ ***a quattro palmenti*** comer a dos carrillos; ~ ***come un uccellino*** comer como un pajarito; ~ ***con gli occhi*** comer con los ojos; ***~rsi il fegato*** rabiar; ***~rsi le parole*** comerse las palabras; ***~rsi le unghie*** morderse/comerse las uñas; **~rino** *m coloq* manjar (*estánd*); **~soldi** *adj inv* tragaperras, sacaperras; **~ta** *f* comilona, banquete *m*; **~toia** *f agric* pesebre *m*, comedero *m*; **~tore, -trice** *m/f* comedor, -a ◊ ~ ***di fuoco*** tragafuegos
mangime *m agric* pienso
mangione, -a *m/f irón* comilón, -ona, tragón, -ona, glotón, -ona, tragaldabas *inv*
mangiucchiare *vt* (*comer*) picar, picotear
mangle *m bot* mangle
mango (*pl* **-ghi**) *m bot* mango; **~sta** V. **mangusta**
mangrovia *f* manglar *m*
mangusta (*var.* **mangosta**) *f zool* mangosta
mania *f* manía, fijación ◊ ~ ***di persecuzione*** manía persecutoria; **~co, -a** (*m pl* **-ci**) *adj/s* maniaco, -a, maníaco, -a; maniático, -a
Manica: Canale della ~ *m* Canal de la Mancha
manica (*pl* **-che**) *f* 1. manga; 2. manguera; 3. *desp* hatajo *m*, banda ◊ ~ ***corta, lunga*** manga corta, larga; ~ ***larga, stretta*** de manga ancha, estrecha; ***essere di ~e larghe*** tener manga ancha; ***è un altro paio di ~e*** es otro cantar; ***in ~e di camicia*** *adj* en mangas de camisa; ***senza ~e*** *adj* sin mangas; ***tirarsi su le ~e*** arremangarse
manicaretto *m* manjar, gollería *f*
maniche|ismo *m* maniqueísmo; **~o, -a** *adj/s* maniqueo, -a; **~tta** *f* 1. media manga; 2. *tecn* manguera
manichino *m* maniquí
manico (*pl* **-chi**) *m* mango, asidero, agarradero; (*cacharro, cuchillo*) mango; (*taza, vasija, cesta*) asa *f*; (*hacha, azada...*) astil; *mil* empuñadura *f*, puño; *mús* mástil ◊ ***il difetto sta nel ~*** el fallo está en la base; **~mio** (*pl* **-mi**) *m* manicomio; **~tto** *m* (*piel, tecn*) manguito
manicure *m/f inv* 1. (*persona*) manicuro, -a; 2. *coloq* (*tratamiento*) manicura *f*; ***farsi la ~*** *hacerse la manicura*
manier|a 1. *f* manera, modo *m*, forma; **2.** *fpl* modales *mpl*, maneras, modos *mpl* ◊ ***alla ~ di*** *prep* a la manera de; ***che ~e!/belle ~e!*** ¡vaya unos modales!, ¡bonitos modales!; ***ognuno alla sua ~*** cada uno a su manera; **~ato, -a** *adj* amanerado, -a; **~ismo** *m arte* manierismo; **~ista** *adj/s arte* manierista
manifattur|a *f* manufactura; **~iero, -a** *adj* manufacturero, -a
manifest|ante *m/f* manifestante; **~are 1.** *vt* manifestar; **2.** *vi* ‹*avere*› manifestarse; **3. ~rsi** manifestarse; **~azione** *f* manifestación; **~ino** *m pol/com* octavilla *f*; **~o, -a 1.** *adj* manifiesto, -a, evidente, notorio, -a; **2.** *m* 1. bando, edicto; *com* anuncio; 2. *pol/arte* manifiesto; 3. cartel (!), afiche (*Am*) (!)
maniglia *f* manilla; (*puerta*) aldaba, tirador *m*; (*baúl*) aldabón *m*
manigoldo, -a *m/f* pícaro, -a, pillo, -a, sinvergüenza
manil|a *f* (*papel, planta*) manila; **~uvio** *m med* maniluvio
manioca *f bot* mandioca
manipola|re ‹*esd*› *vt* manipular; **~tore, -trice** *adj/s* manipulador, -a; **~zione** *f* manipulación
manipolo *m* 1. manojo; 2. *relig/mil/hist* manípulo
maniscalco (*pl* **-chi**) *m* herrador; *hist* albéitar
manna *f relig tamb. fig* maná *m*
mannaggia! *excl* ¡mecachis (en la mar)!, ¡maldita sea!
mannaia *f* (*del verdugo*) hacha; (*guillotina*) cuchilla
mannaro: lupo ~ *m* lobo feroz, coco (*infant*)
mannequin [man'kɛn] *f inv* modelo *f*
mannite *f quím* manito *m*
mano (*pl* **le mani**) *f* mano; ***a ~ sinistra*** *a mano izquierda*; *zool* mano; (*naipes, pintura...*) mano ◊ ~ ***fiacca/debole, ferma*** mano blanda, dura; ***~i di burro*** manos de mantequilla; ***~i in alto!*** ¡arriba las manos!; ***a ~ a ~/man ~*** *adv* poco a poco; ***a ~ armata*** *adj* a mano armada; ***a man salva*** *adv* a mansalva, a porrillo, a espuertas; ***a piene ~i*** *adv* a manos llenas; ***alla ~*** *adj* al alcance de la mano, disponible, accesible; ***alzare le ~i*** (*para pegar*) levantar la mano; ***arrivare a***

~i vuote llegar con las manos vacías; ***avere le ~i bucate*** ser un manirroto; ***avere le ~i d'oro*** ser un manitas; ***avere le ~i legate*** estar atado de pies y manos; ***avere le ~i lunghe*** (*con el dinero o las mujeres*) tener las manos largas; ***avere qc alle/per le ~i*** tener u-c entre manos; ***battere le ~i*** aplaudir, batir palmas; ***chiedere la ~ (di una donna)*** pedir la mano (de una mujer); ***dare una ~ a q*** echar una mano/un cable a alg; ***darsi/stringersi la ~*** darse la mano, estrecharse la mano; ***di prima ~, di seconda ~*** *adj* de primera mano, de segunda mano; ***di propria ~*** *adv* de su puño y letra; ***essere di ~*** (*naipes*) ser mano; ***essere in ~ a q*** estar en (las) manos de alg; ***far man bassa*** arrasar, hacer una escabechina; arramblar con todo; ***fuori ~*** *adj* inaccesible, fuera del alcance de la mano; ***lavorato/fatto a ~*** *adj* hecho a mano, artesanal; ***man ~ che*** *conj* a medida que; ***mangiarsi le ~i*** echarse las manos a la cabeza; ***mettere ~ a qc*** echar mano de u-c; ***mettere le ~i addosso a qc*** ponerle a alg las manos encima; ***mettere le ~i sul fuoco per q*** poner la mano en el fuego por alg; ***mettersi una ~ sulla coscienza*** hacer examen de conciencia; ***per ~ di q*** *adv* por medio de alg, a través de alg; ***portare per ~*** llevar de la mano; ***sotto ~*** *adv* bajo mano, bajo manga; ***stare con le ~i in tasca*** estar de brazos cruzados; ***stropicciarsi/fregarsi le ~i*** frotarse las manos; ***tenere per ~*** llevar (cogido) de la mano; ***venire alle ~i*** llegar a las manos; **~dopera** (*var.* **mano d'opera**) *f* mano de obra; **~metro** *m* manómetro; **~mettere** ‹*misi; messo*› V. 44 *vt* 1. *jur* (*telec, derechos, tumba*) violar; (*pruebas*) alterar; (*cajón*) forzar; 2. *hist* manumitir; **~missione** *f* manumisión; **~morta** *f jur* manos muertas *fpl* ◊ ***fare la ~*** meter mano (*coloq*), sobar (*coloq*)

manopola *f* 1. (*manillar*) puño *m*; (*autobús*) asidero *m*; 2. *TV/radio* botón *m*; 3. (*ropa*) vuelta, forro *m*; 4. (*guante*) manopla; *mil* manopla, guantelete *m*

manoscritto, -a *adj/m* manuscrito, -a

manoval|lanza *f* peonaje *m*; **~e** *m* peón

manovella *f* manivela ◊ ***dare il primo giro di ~*** *cine* empezar el rodaje

manovra *f* maniobra; maniobra, trapicheo *m*, mangoneo *m* (*coloq*); **~bile** *adj* manejable; **~bilità** *f inv* manejabilidad *f*; **~re** *vt/i* ‹*avere*› maniobrar; maniobrar, mangonear (*coloq*), manipular; **~tore, -trice** *adj/m* maniobrero, -a

manrovescio (*pl* **-sci**) *m* revés, mandoble, bofetada *f*

mansalva V. **mano**

mansarda *f arq* buhardilla

mansione *f* cometido *m* (!), tarea (!)

mansueto, -a *adj* manso, -a

mansuetudine *f* mansedumbre

manteca|re *vt* convertir en manteca; **~to** *m gastr* (*helado*) mantecado

mantel|la *f* capa; **~ina** *f* manteleta, mantellina; **~o** *m* 1. (*ropa*) capa *f* (!), manto (!); 2. *zool* manto, pelaje; 3. manto *f*, capa; ***un ~ di neve*** *un manto de nieve*

manten|ere ‹*tengo; tenni; terrò*› V. 79 *vt* 1. mantener; (*familia*) mantener, sustentar, alimentar; 2. mantener, sujetar, sostener ◊ ***~ la parola data*** mantener la palabra dada; **~imento** *m* 1. (*conservación*) mantenimiento; 2. (*familia*) mantenimiento, manutención *f*, sustento; **~uto, -a** *m/f desp* mantenido, -a

mantice *m tecn* fuelle; (*de fuelle*) capota *f*

mantide *f zool* mantis religiosa *inv*

mantigli|a *f* mantilla; **~o** V. **amantiglio**

mantissa *f mat* mantisa

manto *m* manto, capa *f*; *auto* pavimento, asfalto; (*nieve*) manto ◊ ***sotto il ~ di*** bajo la apariencia de

Mantova Mantua; ***~no, -a** *adj/s* mantuano, -a

manual|e *adj/m* manual; **~ità** *f inv* (*cualidad*) manualidad *f*; **~izzare** *vt raro* manualizar

manubrio (**-bri**) *m* manillar

manufatto, -a 1. *adj* manufacturado, -a, elaborado, -a; **2.** *m* 1. manufactura *f*, producto manufacturado; 2. obra *f*, construcción *f*

manutenzione *f tecn* mantenimiento *m*, conservación

manzo *m zool/gastr* buey

maois|mo *m* maoísmo; **~ta** *adj/s* maoísta

maomett|ano, -a *adj/s* mahometano, -a, musulmán, -ana; **~ismo** *m* mahometismo, islamismo; ***~o** *m* Mahoma

maorì *adj/s inv* maorí *adj/s*

mappa *f* mapa *m* (!); **~mondo** *m* mapamundi

maquette [ma'kɛt] *f inv* maqueta *f*

maquillage [maki'jaʒ] *m inv* maquillaje *m*

maquis [ma'ki] *m inv* maquis

marabù *m inv zool* marabú *m*

maraca *f mús* maraca

marachella *f* travesura

maracuja [maracu'ʒa] *f inv bot* maracuyá *m*

marameo! (*var.* **maramao**) *excl* ¡tururú!

maras|ca (*pl* **-sche**) *f bot* guinda; **~chino** *m gastr* marrasquino; **~co** (*pl* **-schi**) *m bot* guindo; **~ma** *f med tamb. fig* marasmo *m*

maratona *f sport tamb. fig* maratón *m* (!)

maravedì *m inv hist* (*moneda*) maravedí *m*

marca *f* marca, señal; *com* marca; (*depósito*) resguardo *m* ◊ ***~ da bollo*** póliza, estampilla (*Am*); **~mento** *m sport* marcaje ◊ ***~ a zona*** *sport* marcaje por zonas; **~ntonio** (*pl* **-ni**) *m coloq* chicarrón, grandullón; **~re** *vt* 1. marcar, señalar; 2. *sport tamb. fig* marcar; **~to, -a** *adj* 1. marcado, -a; 2. marcado, -a, acusado, -a, pronunciado, -a; **~tore, -trice** *m/f* marcador, -a; *sport* marcador, -a, goleador, -a; **~tura** *f* 1. (*reses*) marcado *m*; 2. *sport* marcaje *m*

march V. **marsc'!**

Marche: le ~ *fpl* las Marcas; ***~se, -a** *m/f* marqués, -esa

marchi|ano, -a *adj* descomunal, colosal; **~are** *vt* 1. marcar, timbrar; 2. *fig* marcar, cubrir; **~ *d'infamia*** *cubrir de infamia, desacreditar*; **~giano, -a 1.** *adj* de las Marcas; **2.** *m/f* habitante de las Marcas; **3.** *m ling* dialecto de las Marcas; **~o** (*pl* **-chi**) *m* marca *f*, señal *f*; *com* marca *f*; marca *f*, estigma, sambenito ◊ **~ *di fabbrica*** marca de fábrica (*f*); **~ *ecologico*** etiqueta ecológica (*f*); **~ *registrato/depositato*** marca registrada (*f*)

marcia (*pl* **-ce**) *f* marcha ◊ **~ *indietro*** *auto* marcha atrás, retroceso (*m Am*); (*coitus interruptus*) marcha atrás; ***fare ~ indietro*** *tamb. fig* hacer marcha atrás; ***a ~ forzata*** *adv* a marchas forzadas; ***mettersi in ~*** ponerse en marcha; **~piede** *m* acera *f*; (*estación*) andén ◊ ***battere il ~*** (*prostituirse*) hacer la calle; **~re** *vt* 1. *mil/sport* marchar; 2. marchar, funcionar

marcio, -a (*m pl* **-ci**, *f pl* **-ce**) **1.** *adj* 1. podrido, -a; 2. *med* purulento, -a; 3. *fig* corrompido, -a; **2.** *m* 1. podredumbre *f*; 2. *med* pus, purulencia *f*; 3. *fig* corrupción *f*, depravación *f* ◊ ***avere torto ~*** estar completamente equivocado, estar equivocado de medio a medio

marcire ‹*isc*› *vi* 1. *gastr* pudrirse, estropearse; 2. *med* supurar; 3. languidecer, consumirse; **~ *in prigione*** *pudrirse en prisión*

marciume *m* 1. podredumbre *f*; 2. *med* pus; 3. corrupción *f*, depravación *f*

marco (*pl* **-chi**) *m econ* marco; **~manno, -a** *adj/s hist* marcomano, -a; **~nista** *m/f* radiotelegrafista

mare *m* mar *m/f*; ***~ Adriatico, Rosso** *Mar Adriático, Rojo*; ***andare al ~*** *ir a la playa* ◊ **~ *grosso*** mar gruesa (*f*); **~ *interno*** mar interior; **~ *magno*** maremágnum; ***alto ~*** alta mar (*f*); ***sul livello del ~*** *adv* sobre el nivel del mar; ***uomo in ~!*** ¡hombre al agua!; **~a** *f nav tamb. fig* marea ◊ ***alta ~*** *f* marea alta, pleamar; ***bassa ~*** marea baja, bajamar; **~ggiata** *f* marejada, oleaje *m*; **~mma** *f* marisma; **~moto** *m* maremoto; **~sciallo** *m* 1. *mil* comandante en jefe; 2. sargento primero; *hist* mariscal; **~tta** *f* 1. *nav* marejadilla, mareta; 2. (*malestar*) mar de fondo *m*

marezza|re *vt* jaspear, vetear; **~to, -a** *adj* jaspeado, -a, veteado, -a; **~tura** *f* jaspeado *m*, veteado *m*

margarina *f* margarina

margherita *f bot/tecn* margarita

margina|le *adj* marginal; **~re** ‹*esd*› *vt impr* marginar, poner márgenes

margine *m* margen, borde; *impr* margen; *auto* margen, arcén; (*tiempo*) margen ◊ **~ *di profitto*** *com* margen comercial, beneficio

margravio *m hist* margrave

mariano, -a *adj* mariano, -a

marijuana [mari'wana] *f* marihuana

marimba *f mús* marimba

marina *f* 1. *geogr* costa, litoral *m*; 2. (*pintura*) marina; 3. puerto deportivo *m*; 4. *mil/com* marina ◊ **~ *mercantile, militare*** marina mercante, militar; **~io** (*pl* **-ai**) *m* marinero, marino; **~ra** *f* (*niños*) traje de marinero *m* ◊ ***alla ~ a*** *adj gastr* a la marinera; **~re** *vt gastr* marinar, escabechar ◊ **~ *la scuola*** *coloq* hacer novillos, pelarse las clases; **~resco, -a** (*m pl* **-chi**) *adj* marinero, -a; **~ro, -a** *adj* marinero, -a; **~ta** *f gastr* escabeche *m*, adobo *m*

marine [ma'rin] *m inv mil* marine *m*; **~ria** *f mil* marinería

marinismo *m lit* marinismo

marino, -a *adj* marino, -a ◊ ***blu ~*** azul marino

mariolleria *f* bellaquería; **~lo, -a** *m/f* sinvergüenza, maleante; *coloq* travieso, -a, pillo, -a; **~logia** *f relig* mariología; **~netta** *f tamb. fig* marioneta, títere *m*

marit|ale *adj* marital; **~are** *vt* casar; *bot* cruzar (**a** con); **~ato, -a** *adj* casado, -a; **~o** *m* marido, esposo

marittimo, -a 1. *adj* marítimo, -a; **2.** *m* marinero; trabajador portuario, estibador

market *m inv* supermercado *m*, súper *m* (*coloq*)

marketi|ng ['marketin] *m inv* marketing; mercado *m* ◊ ***ricerca di ~*** *f* estudio de mercado (*m*); **~zzare** *vt com* marketizar

marmaglia *f desp* gentuza; chusma, morralla

marmellata *f* mermelada

marmifero, -a *adj* marmífero, -a

marmista *m/f* marmolista

marmitta *f* 1. marmita, olla; 2. *auto* tubo de escape *m*; silenciador *m*; 3. *jerga mil* (*proyectil*) pepino *m*

marmo *m* mármol; **~cchio** (*pl* **-chi**) *m coloq* criatura *f*, angelito; chiquillo, mocoso; **~reo, -a** *adj* marmóreo, -a; **~rizzare** *vt* jaspear, vetear; **~tta** *f zool tamb. fig* marmota

marna *f min* marga

marocchin|erie *fpl* marroquinería *f*; **~o, -a 1.** *adj/s* marroquí; **2.** *m* (*piel*) marroquí

Marocco: il ~ *m* Marruecos

maroso *m* golpe de mar

marpione, -a *m/f* bribón, -ona, truhán, -ana

marra *f agric* escarda; *arq* batidera; **~no** *m desp* marrano

marron [ma'ron] *adj/m inv* marrón *adj/m* ◊ **~ *glacé*** marron glacé; **~e 1.** *adj/m* (*color*) marrón; **2.** *adj bot* castaño, -a

marrubio *m bot* marrubio

marsala *m* vino de Marsala

marsc'! (*var.* **march**, **marsh**) *excl mil* ¡marchen!, ¡en marcha!

marsh [marʃ] V. **marsc'!**

Marsigli|a *geogr* Marsella; ***~ese** *adj/s* marsellés, -esa

marsina *f* frac *m*

marsovino *m zool* marsopa *f*

marsupi|ali *mpl zool* marsupiales; **~o** (*pl* **-pi**) *m* 1. *zool* marsupio; 2. (mochila) portabebés *f*; 3. (*cintura*) riñonera *f*

Marte *m astron/mitol* Marte; ***~dì** *m inv* martes ◊ **~ *grasso*** martes de Carnaval

martell|amento *m* martilleo; **~are** *vt* martillear, martillar, amartillar; **~ata** *f* martillada, martillazo *m*; **~atura** *f* martilleo *m*; **~etto** *m mús* martinete; **~io** (*pl* **-ii**) *m* martilleo; **~o** *m* martillo; *sport/med* martillo ◊ **~ *pneumatico*** martillo neumático; ***suonare a ~*** tocar a rebato

martinetto *m mec* gato

martingala *f* martingala

martin pescatore *m zool* martín pescador

martir|e *m/f relig tamb. fig* mártir; **~io** (*pl* **-ri**) *m relig tamb. fig* martirio; **~izzare** *vt relig tamb. fig* martirizar; **~ologio** *m relig* martirologio

martora *f zool* marta

marxis|mo *m* marxismo; **~ta** *adj/s* marxista

marza|cotto *m tecn* mazacote; **~pane** *m* mazapán

marzial|e *adj* marcial; **~no, -a** *adj/s tamb. fig* marciano, -a

marzo *m* marzo

mas *m inv* lancha torpedera *f*

mascalzon|ata *f coloq* gamberrada, jugarreta; **~e** *m coloq* granuja, sinvergüenza, golfo

mascara *m inv* rímel *m*, rimmel *m*

mascella *f* mandíbula, quijada ◊ ***lavorare di ~e*** *irón* mover los carrillos, jalar, zampar; **~re** *adj/m med* maxilar

masche|ra *f* 1. *tamb. fig* máscara, careta; disfraz; *tecn* máscara; (*belleza*) máscara, mascarilla; 2. *teat/cine* acomodador *m/f* (!) ◊ **~ *subacquea*** gafas de bucear (*fpl*); ***ballo in ~*** *m* baile de disfraces; **~amento** *m tamb. fig* enmascaramiento, disfraz; *mil* camuflaje; **~are** ‹*esd*› *vt* enmascarar, disfrazar, disimular; *mil* camuflar; **~ata** *f* 1. (*reunión*) mascarada; 2. *desp* mascarada, bufonada; **~ina** *f* 1. (*disfraz*) mascarilla; 2. (*zapato*) puntera; 3. *auto* cubrerradiador *m* ◊ ***ti conosco, ~!*** *irón* te conozco bacalao, aunque vayas disfrazado; **~one** *m arq* mascarón

maschi|laccio, -a (*m pl* **-ci**, *f pl* **-ce**) *m/f desp* machote, -a; **~etta** *f* jovencita poco femenina; **~etto** *m* niño, jovencito

maschil|e *adj/m* masculino ◊ ***genere ~*** *m ling* género masculino; **~ismo** *m* machismo; **~ista** *adj/s* machista

maschio (*pl* **-schi**) **1.** *m* macho, varón; *zool/tecn* macho; *arq* bastión; **2.** *adj* 1. (*persona*) varón; *zool/bot* macho; 2. varonil, viril; **~ne** *adj/m irón* machote

mascolin|ità *f inv* masculinidad *f*, virilidad *f*; **~izzare** *vt* masculinizar; **~o, -a** *adj* masculino, -a, viril

mascon *m inv astron* mascon

mascotte [mas'kɔt] *f inv* mascota *f*

maser *m inv fís* máser *m*

masnad|a *f desp* hatajo *m*, banda, puñado *m*; *hist* mesnada; **~iere** *m* bandido, salteador ◊ ***faccia da ~*** *f* cara de hereje

masochis|mo *m* masoquismo; **~ta** *adj/s* masoquista; **~tico, -a** (*m pl* **-ci**) *adj* masoquista

masora (*var.* **massora**) *f relig* masora

massa *f* 1. masa; *fís/psicol/mús* masa; *electr* masa, tierra; 2. amasijo *m*, montón *m*; multitud, gentío *m* ◊ **~ *corale, orchestrale*** masa coral, orquestal; ***collegare a ~*** *electr* conectar la toma de tierra; ***in ~*** *adj* en masa

massacr|ante *adj* agotador, -a, extenuante; **~are** *vt* 1. masacrar; 2. destrozar; 3. agotar, extenuar; **~o** *m* 1. masacre *f* (!), carnicería *f*; 2. desastre

massaggi|are *vt* dar un masaje, masajear; **~atore, -trice** *m/f* masajista; **~o** (*pl* **-gi**) *m* masaje

massai|a *f* ama de casa; **~o** (*pl* **-ai**) *m agric* capataz

massello *m* 1. *metal* lingote, tocho; 2. *arq* sillar, bloque

masser|ia *f* finca, quinta, masía, estancia (*Am*); **~izie** *fpl* mobiliario *m*, enseres *mpl*

massicci|ata *f transp* (*carretera*) firme *m*, asfalto *m*; (*tren*) balasto *m*; **~o, -a** (*m pl* **-ci**, *f pl* **-ce**) **1.** *adj* 1. macizo, -a, compacto, -a; (*persona*) corpulento, -a; 2. masivo, -a, intenso, -a; **2.** *m geogr* macizo

massifica|re ‹*esd*› *vt* masificar; **~zione** *f* masificación

massima *f* 1. máxima, sentencia, proverbio *m*; 2. *meteo* (*temperatura*) máxima

massimal|e *adj/m* máximo, -a; **~ismo** *m pol* maximalismo; **~ista** *m/f pol* maximalista; **~istico, -a** (*m pl* **-ci**) *adj pol* maximalista

massimo, -a *adj/m* máximo, -a ◊ **~ *comun divisore*** *mat* máximo común divisor; ***al ~*** *adv* como mucho, todo lo más, a lo sumo; ***è il ~*** es el no va más; ***fare il ~*** hacer todo lo posible; ***in ~a parte*** *adv* en su mayor parte

massivo, -a *adj* masivo, -a

mass media [mas 'mɛdja, mas 'midja] *mpl* medios de comunicación de masas, medios masivos (*Am*)

massmediale (*var.* **massmediatico, -a**) *adj* mediático, -a

masso *m* roca *f*, peñasco ◊ ***dormire come un ~*** dormir como un tronco

masson|e *m* masón; **~eria** *f* masonería; **~ico, -a** (*m pl* **-ci**) *adj* masónico, -a

massora V. **masora**

massoterapia *f* masoterapia; masaje terapéutico *m*

mastectomia *f med* mastectomía

mastello *m* cubo, cuba *f*; (*lavar*) barreño, lebrillo, batea *f* (*Am*)

master *m inv* máster *m*

mastica|re ‹*esd*› *vt* 1. masticar; 2. balbucear; (*lengua*) chapurrear ◊ **~ *amaro*** tragar quina, roerse por dentro; **~torio, -a** (*m pl* **-ri**) *adj* masticatorio, -a; **~zione** *f* masticación

mastice *m* 1. mástique, almáciga *f*; 2. *constr* masilla *f*

mastino *m* mastín

mastite *f med* mastitis *inv*

mastodont|e *m tamb. fig* mastodonte; **~ico, -a** (*m pl* **-ci**) *adj* mastodóntico, -a

mastoide *f med* mastoides *inv*; **~o, -a** *adj med* mastoideo, -a

mastoplastica *f med* mastoplastia

mastro *m* artesano ◊ ~ ***d'ascia*** carpintero de ribera

masturbalre *vt* masturbar; **~zione** *f* 1. masturbación; 2. *fig* paja mental (*vulg*)

matador *m inv taur* matador *m*, diestro *m*

matassa *f* 1. madeja; *electr* bobina; 2. lío *m*, embrollo *m* ◊ ***arruffare la*** ~ enredar la madeja, liar las cosas

match [mɛtʃ] *m inv sport* encuentro *m*; (*boxeo*) combate *m*

mate *m inv* (*árbol, infusión*) mate *m*

matematicla *f* matemáticas *fpl*; **~o, -a** (*m pl* **-ci**) *adj/s* matemático, -a

materasslaio, -a (*m pl* **-ai**) *m/f* colchonero, -a; **~ino** *m* colchoneta *f*; **~o** *m* colchón ◊ ~ ***a molle*** colchón de muelles

materia *f* materia; *estud* asignatura, materia ◊ ***~e prime*** materias primas; ***entrare in*** ~ entrar en materia; ***in*** ~ *adv* al respecto, sobre el particular; ***in ~ di*** *prep* en materia de, en cuestión de; **~le** *adj/m* material ◊ ***nuovi ~i/~i avanzati*** nuevos materiales

materialilsmo *m* materialismo; **~sta** *adj/s* materialista; **~stico, -a** (*m pl* **-ci**) *adj* materialista; **~tà** *f inv* materialidad *f*; **~zzare** *vt* materializar; **~zzazione** *f* materialización

maternlità *f inv* maternidad *f* ◊ ***essere in*** ~ estar de baja por maternidad; ***interruzione della*** ~ *f* interrupción del embarazo; **~izzato, -a** *adj* maternizado, -a; **~o, -a** *adj* materno, -a, maternal ◊ ***scuola ~a*** *f* enseñanza preescolar

matita *f* lápiz *m*

matraccio (*pl* **-ci**) *m cient* matraz

matriarcalle *adj* matriarcal; **~to** *m* matriarcado

matricaria *f bot* matricaria

matrice *f* 1. *mat/tecn/com* matriz; 2. fuente, origen *m*

matricilale *adj mat/informát* matricial; **~da** *m/f* matricida; **~dio** (*pl* **-di**) *m* matricidio

matricola *f* 1. matrícula, registro *m*; 2. número de matrícula *m*; 3. *estud* alumno de primer curso; *desp* novato *m* (!), borrego *m* (!) ◊ ***festa della*** ~ *f estud* borregada; **~re** *adj* de matrícula; **~to, -a** *adj* 1. matriculado, -a, registrado, -a, inscrito, -a; 2. *irón* empedernido, -a, redomado, -a

matrigna *f* madrastra

matrimonilale *adj* matrimonial; **~alista** *m/f* matrimonialista; **~o** (*pl* **-ni**) *m* matrimonio; boda *f*, casamiento ◊ ~ ***per procura*** matrimonio por poder

matronla *f hist* matrona; **~eo** *m arq* matroneo

matta *f* (*naipes*) comodín *m*; **~cchione, -a** *m/f* burlón, -ona, bromista; **~na** *f* chaladura, chifladura, extravagancia; **~rello** V. **matterello**; **~toio** (*pl* **-oi**) *m* matadero

matterello *m gastr* rodillo

mattinla *f* (*momento del día*) mañana ◊ ***di*** ~ *adv* a primera hora de la mañana; ***domani*** ~ *adv* mañana por la mañana; ***la ~/di*** ~ *adv* por la mañana; ***lunedì, martedì...*** ~ el lunes, martes... por la mañana; ***tirare*** ~ trasnochar, estar hasta altas horas de la madrugada; **~ata** *f* 1. (*momento del día*) mañana; 2. *mús* alborada, albada; 3. *cine/teat* matinée; **~iero, -a** *adj/s* madrugador, -a; **~o** *m* mañana *f* ◊ ***al ~/il*** ~ *adv* por la mañana; ***di buon*** ~ *adv* de buena mañana, por la mañana temprano

matto, -a *adj/s* loco, -a ◊ ~ ***da legare*** loco de atar; ***andare ~ per q/qc*** estar loco por alg/por u-c, chiflarse por alg/por u-c; ***diventare*** ~ volverse loco; ***fossi ~!*** ¡ni que estuviera loco!, ¿por quién me has tomado?; ***roba da ~i*** *f* cosa de locos, barbaridad; ***studiare, ridere come un*** ~ estudiar, reír como un descosido; **~ide** *adj/s* chiflado, -a, chalado, -a

mattonlaio, -a (*m pl* **-ai**) *m/f* ladrillero, -a; **~e** *m* 1. ladrillo (!); 2. (*cosa*) mamotreto, tostón, rollo; (*persona*) pesado, -a *m/f*, pelma *m/f*; (*libro*) tocho, mamotreto; **~ella** *f* 1. baldosa, azulejo *m*; 2. (*billar*) banda; 3. (*combustible*) briqueta

mattutino, -a 1. *adj* matutino, -a, matinal; **2.** *m relig* maitines *mpl*

maturlando, -a *m/f* ="alumno, -a que debe pasar el examen final del bachillerato"; **~are** *vt/i bot tamb. fig* madurar; **~azione** *f bot tamb. fig* maduración; **~ità** *f inv* 1. madurez *f*; 2. *estud* título de bachiller *m* ◊ ***esame di*** ~ *m* ="examen final del bachillerato", reválida *f*; **~o, -a 1.** *adj bot tamb. fig* maduro, -a; **2.** *m/f* ="aprobado, -a en el examen final de bachillerato"

Matusalemme *m hist* Matusalén ◊ ***più vecchio di*** ~ más viejo que Matusalén

mauritano, -a *adj/s* mauritano, -a

mauser *m inv* (*fusil*) máuser *m*

mausoleo *m* mausoleo

max *adv* máximo ◊ ~ ***diciottenne*** (*en anuncios*) máximo dieciocho años

maxi *adj inv* maxi; **~cappotto** *m* maxiabrigo; **~gonna** *f* maxifalda; **~llofacciale** *adj med* maxilofacial; **~processo** *m* maxiproceso; **~raduno** *m* (*moto...*) concentración *f*; **~schermo** *m* megapantalla *f*; **~sconto** *m* superdescuento

maya *adj/s inv* maya *adj/s*

mazurca *f mús* mazurca

mazza *f* bastón *m*, garrote *m*; *mil/mús* (*herrero*) martinete *m*; maza; *sport* (*béisbol*) bate *m*; (*golf*) palo *m* ◊ ***non sapere una*** ~ *coloq* no saber ni jota; **~cavallo** *m* cigoñal; **~ta** *f* 1. mazazo *m*, porrazo *m*; 2. *fig* mazazo *m*, golpe *m*

mazzetta *f* soborno *m* (*estánd*), mordida (*Méx*), coima (*Am*); comisión ilegal

mazzo *m* 1. (*llaves...*) manojo (!); (*flores*) ramo (!); 2. (*naipes*) baraja *f* (!) ◊ ***mettere nello stesso*** ~ poner/meter en el mismo saco; **~lino** *m* ramillete

mazzuolo *f constr* escoda

Mb (*var.* **MB**) (*megabyte*) *abr informát* MB, Mb

m.c.d. (*massimo comune divisore*) *abr* (*máximo común divisor*) m.c.d.

m.c.m. (*minimo comune multiplo*) *abr* (*mínimo común múltiplo*) m.c.m.

me *pron* 1. (*átono, + otro pronombre*) me; **~ *lo prendo*** *me lo cojo*; 2. (*tónico*) mí; ***dillo a ~*** *dímelo a mí*; ***vieni da ~*** *ven a mi casa*; yo; ***lavora quanto ~*** *trabaja tanto como yo*; ***lei è come ~*** *ella es como yo* ◊ ***con ~*** conmigo; ***secondo ~*** *adv* en mi opinión; ***tra ~ e ~*** *adv* para mis adentros; ***tra ~ e te*** *adv* entre tú y yo
mea culpa *m relig tamb. fig* mea culpa ◊ ***recitare il ~*** entonar el mea culpa
meandro *m* meandro
MEC (*Mercato Europeo Comune*) *abr* (*Mercado Común Europeo*) MCE
Mecca: la ~ *f* la Meca ◊ ***venire dalla ~*** *fig* venir de la luna
meccanic|a *f* mecánica; **~ismo** *m* mecanicismo; **~ità** *f inv* mecanicidad *f*; **~o, -a** (*m pl* **-ci**) *adj/s* mecánico, -a
meccanismo *m* mecanismo
meccanizza|re *vt* mecanizar, automatizar; **~zione** *f* mecanización, automatización
meccano *m* (*juego*) mecano
meccanografi|a *f* mecanografía; **~co, -a** (*m pl* **-ci**) *adj* mecanográfico, -a
mecenat|e *m/f* mecenas; **~ismo** *m* mecenazgo
mèche [mɛʃ] *f inv* (*pelo*) mecha *f*
meco *pron elev* conmigo (*estánd*)
medagli|a *f* medalla ◊ **~ *al valore civile, militare*** medalla al mérito civil, militar; **~ato, -a** *m/f sport* medallista; **~ere** *m* 1. (*colección, mueble*) monetario; 2. *sport* medallero; **~etta** *f* medallita; **~one** *m* medallón
medesimo, -a *adj/pron* mismo, -a
media 1. *f mat/sport* media, promedio *m*; **2.** *mpl* medios de comunicación ◊ **~ *oraria*** media horaria; ***in ~*** *adv* por término medio
median|ico, -a (*m pl* **-ci**) *adj* del/de la médium; **~ità** *f inv* poder del/de la médium *m*; **~o, -a 1.** *adj* mediano, -a, medio, -a; **2.** *m sport* medio, central; **~te** *prep* mediante
mediare *vt/i* ‹*avere*› mediar
mediat|eca *f* mediateca; **~o, -a** *adj* mediato, -a; **~ore, -trice 1.** *m/f* mediador, -a; intermediario, -a; *com* corredor, -a; **2.** *adj* mediador, -a ◊ **~ *culturale*** mediador cultural; **~ *familiare*** mediador familiar
mediazione *f* mediación, intermediación; *com* corretaje *m*
medica|bile *adj* medicable; **~mento** *m* medicamento; **~mentoso, -a** *adj* medicamentoso, -a; **~re** ‹*esd*› *vt* medicar; **~stro** *m desp* medicastro, matasanos *inv*; **~zione** *f* medicación
medicina *f* (*ciencia, producto*) medicina ◊ **~ *alternativa*** medicina alternativa; **~ *interna*** medicina interna; **~le 1.** *adj* medicinal; **2.** *m* medicina *f*, medicamento
medico, -a (*m pl* **-ci**) *adj/s* médico, -a ◊ **~ *condotto*** médico municipal; **~ *della mutua*** médico del seguro; **~ *di famiglia/di base*** médico de cabecera/de familia; **~ *fiscale*** inspector médico; **~ *legale*** médico forense
medieval|e *adj* medieval; **~ista** *adj/s* medievalista
medio, -a (*m pl* **-di**) **1.** *adj* medio, -a; **2.** *m* 1. (*dedo*) medio; 2. voz media *f* ◊ ****~ Oriente*** Oriente Medio; ***ceto ~*** *m* clase media (*f*)
mediocr|e *adj* mediocre, mediano, -a, regular; **~edito** *m com* crédito a medio plazo; **~ità** *f inv* mediocridad *f*, medianía *f*
medioev|ale V. **medievale**; ***~o** *m* Edad Media *f*, Medievo
mediopalatale *adj/f ling* mediopalatal
mediorientale *adj* del Oriente Medio
medita|bondo, -a *adj* meditabundo, -a; **~re** ‹*esd*› *vt/i* ‹*avere*› meditar, reflexionar *vi*; **~tivo, -a** *adj* meditativo, -a; **~to, -a** *adj* meditado, -a; **~zione** *f* meditación
mediterraneo, -a *adj/m* mediterráneo, -a ◊ ***Mare *~*** *m* Mar Mediterráneo
medium *m/f inv* (*espiritismo*) médium *m/f*
medusa *f zool/mitol* medusa
meeting ['mitin] *m inv* reunión *f*
mefitico, -a (*m pl* **-ci**) *adj* 1. (*fétido*) mefítico, -a; 2. (*moralmente*) corrompido, -a
mega|bit *m inv informát* megabit; **~byte** [mega'bajt] *m inv informát* megabyte *m*; **~ciclo** *m* megaciclo; **~concerto** *m mús* macroconcierto; **~fonia** *f* megafonía; **~fono** *m* megáfono; **~hertz** *m inv* megahercio *m*, megahertz *m*; **~lite** (*var.* **megalito**) *m hist* megalito
megaloman|e *adj/s* megalómano, -a; **~ia** *f* megalomanía
megaschermo *m* megapantalla *f*
megaterio (*pl* **-ri**) *m* megaterio
megaton (*var.* **megatone**) *m* megatón
megera *f* (*mujer fea y mala*) tarasca, bruja, arpía
meglio 1. *adv* mejor; **2.** *m/f inv* mejor *m/f* ◊ **~ *così!*** ¡mejor así!; **~ *tardi que mai*** más vale tarde que nunca; ***il ~ possibile/il ~ che si può*** lo mejor posible; ***alla ~/alla bell'e ~*** *adv* como buenamente se pueda, a la buena de Dios; ***avere la ~*** llevarse la mejor parte; ***ha fatto del suo ~*** ha hecho todo lo que estaba en su mano, ha hecho todo lo que ha podido; ***in mancanza di ~*** a falta de algo mejor; ***per ~ dire*** *adv* mejor dicho; ***tanto ~!*** ¡tanto mejor!
mela *f bot* manzana; **~grana** *f bot* granada
melammina (*var.* **melamina**) *f quím* melamina
melan|esio, -a (*m pl* **-si**) *adj/s* melanesio, -a; **~ina** *f* melanina; **~oma** *m med* melanoma; **~zana** *f bot* berenjena
melassa *f* melaza
melato, -a *adj* 1. (*dulce*) meloso, -a; 2. (*afectado*) melifluo, -a, melindroso, -a
mele|nso, -a *adj* soso, -a, desaborido, -a; **~to** *m* manzanar
meli|nite *f min* melinita; **~sma** *m mús* melisma; **~ssa** *f bot* melisa
melli|fero, -a *adj* melífero, -a, melar; **~fluo, -a** *adj* melifluo, -a, meloso, -a, almibarado, -a
mellone V. **melone**
melm|a *f* fango *m*, cieno *m*, lodo *m*; (*corrupción*) lodo *m*, podredumbre; **~oso, -a** *adj* fangoso, -a, cenagoso, -a

melo *m bot* manzano
melodila *f* melodía; **~co, -a** (*m pl* **-ci**) *adj* melódico, -a; **~oso, -a** *adj* melodioso, -a; **~sta** *m/f* melodista
melodramma *m* melodrama; **~tico, -a** (*m pl* **-ci**) *adj* melodramático, -a
melograno *m bot* granado
melomanle *adj/s* melómano, -a; **~ia** *f* melomanía
melonlaio (*pl* **-ai**) *m agric* melonar; **~e** *m bot* melón
melopea *f* melopea, melopeya
melotron *m inv mús* melotrón *m*
membralna *f* membrana; **~noso, -a** *adj* membranoso, -a; **~tura** *f med* complexión; *arq* armazón *m/f*
membro (*pl (1)* **le membra**, *pl (2)* **i membri**) *m* 1. *med* miembro; 2. (*grupo, asociación*) miembro, componente, individuo
membruto, -a *adj* fornido, -a, robusto, -a
memoralbile *adj* memorable; **~ndum** *m inv* memorándum *m*
memore *adj* consciente (**di** de)
memoria 1. *f* memoria; **2.** *fpl* memorias ◊ **~ *visiva*** memoria visual; ***a ~*** *adv* de memoria; ***a ~ d'uomo*** *adv* desde que el hombre guarda memoria; ***in/alla ~ di*** *prep* en memoria de; ***di gloriosa, d'infausta ~*** *adj* de gloriosa, infausta memoria; ***imparare a ~*** aprender de memoria; ***richiamare alla ~*** traer a la memoria; ***serbare buona, cattiva ~ di q*** guardar buen, mal recuerdo de alg; **~le** *m* memorial
memoriona *f* memorión *m*
memorizzalre *vt* memorizar; *informát* almacenar; **~zione** *f* memorización; *informát* almacenamiento *m*
memory stick ['mɛmori stik] *f inv informát* lápiz de memoria *m*
menabò *m inv impr* maqueta *f*
menadito: a ~ *adv* de carrerilla, al dedillo
ménage à trois [me'naʒ a 'trwa] *m inv* ménage à trois
menarca *f med* (*mujer*) menarquia
menare *vt* 1. llevar, conducir; manejar, usar; 2. zurrar, pegar, golpear ◊ **~ *buono*** traer suerte; ***~ le mani*** golpear, pegar; **~ *vanto*** pavonearse; ***~rla*** dar la lata, dar la tabarra
menata *f coloq* sermón *m*
mendace *adj* mendaz, falso, -a
mendelismo *m biol* mendelismo
mendiclante *adj/s* mendicante, pordiosero, -a; **~are** ‹*esd*› *vt/i* ‹*avere*› mendigar; **~ità** *f inv* mendicidad *f*; **~o, -a** (*m pl* **-chi**) *adj/s* mendigo, -a
menefreghislmo *m* pasotismo; **~ta** *adj/s* pasota
menestrello *m mús/hist* ministril, juglar
menhir [me'nir] *m inv* menhir *m*
meningle *f* meninge ◊ ***spremersi le ~i*** *coloq/fig* romperse los cascos; **~ite** *f* meningitis *inv*
menisco (*pl* **-schi**) *m* menisco
meno 1. *adv* menos; ***è ~ bella che intelligente*** *es menos guapa que inteligente*; ***è ~ bella di lei/di prima*** *es menos guapa que ella/que antes*; ***ho avuto un milione in ~*** *he obtenido un millón menos*; ***non so se rimanere o meno*** *no sé si quedarme o no*; **2.** *adj inv* menos; **3.** *prep* menos, excepto; ***sono le tre ~ cinque*** *son las tres menos cinco*; ***c'erano tutti, ~ te*** *estaban todos menos tú*; **4.** *m inv* menos ◊ **~ *... di/che*** *conj* menos ... que; **~ *male!*** ¡menos mal!; ***a ~ che*** *conj* a menos que; ***di ~/in ~*** *adv* menos; ***essere ~ di niente*** ser un cero a la izquierda, mandar menos que el gato; ***fare a ~ di q/qc*** prescindir de alg/de u-c; ***il ~ è...*** lo de menos es...; ***in men che non si dica*** *adv* en menos que canta un gallo; ***né più né ~*** *adv* ni más ni menos; ***niente ~!*** ¡casi nada!, ¡nada más ni nada menos!; ***niente ~ che...*** *adv* nada menos que...; ***non è da ~*** no es para menos; ***non essere da ~ di q*** no ser menos que alg; ***parlare del più e del ~*** hablar de todo un poco; ***per lo ~*** *adv* por lo menos, al menos; ***più o ~*** *adv* más o menos; ***poco ~*** *adv* poco más o menos; ***quanto ~*** *adv* por lo menos; ***senza ~*** *adv* sin duda; ***tanto/molto ~*** *adv* aún menos; ***venire ~ a qc*** faltar a u-c, fallar en u-c; ***venire ~*** desmayarse
menomalre ‹*esd*› *vt* 1. disminuir, rebajar; 2. mutilar, lisiar; **~to, -a** *m/f* mutilado, -a, lisiado, -a; **~zione** *f* 1. disminución, mengua; 2. minusvalía; mutilación
menopausla *f* menopausia; **~ico, -a** (*m pl* **-ci**) *adj* menopáusico, -a
mensa *f* 1. *elev* mesa; comida, banquete *m*; 2. comedor *m*; **~ *universitaria*** *comedor universitario*; ***andare alla ~*** *ir al comedor*
mensille 1. *adj* mensual; **2.** *m* 1. (*paga*) mensualidad *f*; 2. publicación mensual *f*; **~ità** *f inv* mensualidad *f*
mensola *f arq* ménsula, repisa; (*mueble*) consola
menta *f* 1. *bot* menta, hierbabuena; 2. *gastr* licor de menta *m* ◊ **~ *piperita*** menta piperita
mentalle *adj* mental; **~ismo** *m psicol/ling* mentalismo; **~ità** *f inv* mentalidad *f*; **~mente** *adj* mentalmente, de memoria
mente *f* mente ◊ ***a ~ lucida*** *adv* con la mente despejada; ***avere in ~ di fare qc*** tener la intención de hacer u-c; ***avere la ~ a qc/tenere a ~ qc*** pensar siempre en u-c; ***cosa ti salta in ~?*** ¿qué mosca te ha picado?; ***fare ~ locale*** poner toda la atención, concentrarse; ***levarsi qc/q dalla ~*** quitarse u-c/a alg de la cabeza; ***mettersi in ~ di fare qc*** metérsele a alg u-c en la cabeza; ***passare di ~*** irse de la cabeza; ***passare per la ~*** pasar por la cabeza; ***porre ~ a qc*** pararse a pensar en u-c; ***venire in ~ qc*** venir u-c a la mente; ocurrírsele u-c a alg; **~catto, -a** *adj/s* mentecato, -a
mentilna *f* pastilla de menta; **~re** ‹*isc/mento*› *vi* ‹*avere*› mentir; **~tore, -trice** *adj/s* mentiroso, -a, embustero, -a
mento *m* mentón, barbilla *f*; **~lo** *m* mentol; **~re** *m* mentor

mentre 1. *conj* 1. (*temporal*) mientras; 2. (*adversativa*) mientras que, en cambio; **2.** *m* momento ◊ ***in quel ~*** *adv* entre tanto, en eso
menu [me'nu] (*var.* **menù**) *m inv* menú *m* ◊ ***~ a tendina*** *informát* menú desplegable; ***~ degustazione*** *gastr* menú de degustación; ***~ turistico*** menú turístico
menzion|are *vt* mencionar, mentar; **~e** *f* mención ◊ ***degno di ~*** *adj* digno de mención; ***far ~ di qc/q*** hacer mención de u-c/alg
menzogn|a *f* mentira; **~ero, -a** *adj/s* mentiroso, -a, embustero, -a
meravigli|a *f* 1. (*cosa, persona*) maravilla; 2. admiración, asombro *m*, sorpresa ◊ ***a ~*** *adv* a las mil maravillas, de maravilla; ***dire/raccontare ~e di q/qc*** contar maravillas de alg/de u-c; ***mi fa ~*** me asombra; **~are 1.** *vt* asombrar, admirar, sorprender; **2. ~rsi** asombrarse (**di** de); ***mi meraviglio di te!*** *¡me dejas asombrado!, ¡me sorprendes!*; **~oso, -a** *adj* maravilloso, -a, magnífico, -a; asombroso, -a, extraordinario, -a
mercant|e *m* comerciante; *desp* mercader ◊ ***~ d'arte*** marchante; **~eggiare** *vi* ‹*avere*› comerciar, traficar; **~esco, -a** (*m pl* **-chi**) *adj* mercantil; **~ile 1.** *adj* mercantil; **2.** *m nav* mercante, nave mercante *f*; **~ilismo** *m* mercantilismo
mercanzia *f* mercancía, género *m*
mercat|ino *m* mercado de barrio; mercadillo, rastro; **~istica** *f* mercadotecnia; **~o** *m* mercado ◊ ***~ all'ingrosso/~i generali*** mercado de abastos; ***~ di titoli*** mercado de títulos, bolsa (*f*); ***~ mobiliare*** mercado mobiliario; ***~ nero*** mercado negro, estraperlo; ***a buon ~*** *adj* barato, -a; ***immettere nel ~*** introducir en el mercado
mercé *f inv* merced *f*, gracia *f* ◊ ***alla ~ di q/qc*** *adv* a merced de alg/u-c
merce *f* mercancía, género *m* ◊ ***scalo ~i*** *m* muelle de carga y descarga; ***treno ~i*** *m* (tren de) mercancías
mercenario, -a (*m pl* **-ri**) *adj/m mil tamb. fig* mercenario, -a
merceologia *f* mercadotecnia
merceri|a *f* mercería, paquetería; **~zzare** *vt tecn* mercerizar
merchandising [mertʃen'dajzin] *m inv com* merchandising
merciaio, -a (*m pl* **-ai**) *m/f* mercero, -a
mercifica|re ‹*esd*› *vt* mercantilizar; **~zione** *f* mercantilización
mercimonio (*pl* **-ni**) *m* tráfico ilegal
mercoledì *m inv* miércoles ◊ ***~ delle ceneri*** miércoles de ceniza
mercuriale 1. *adj quím* mercurial; **2.** *m com* lista oficial de precios *f*; **3.** *f bot* mercurial
mercurio (*pl* **-ri**) *m* mercurio
Mercurio *m astron/mitol* Mercurio
mercurocromo *m* mercromina *f*
merd|a *f/excl vulg* mierda; **~aio** (*pl* **-ai**) *m vulg* estercolero (*estánd*), muladar (*estánd*), pocilga *f* (*estánd*); **~oso, -a** *adj vulg* merdoso, -a
merend|a *f* merienda ◊ ***fare ~*** merendar; **~ina** *f* merendilla
meretrice *f elev* meretriz
meridian|a *f* 1. reloj de sol *m*; 2. *astron* (línea) meridiana; **~o, -a** *adj/m* meridiano, -a
meridional|e *adj/s* meridional, sureño, -a; **~ismo** *m* 1. *ling* (*dialectalismo del sur de Italia*) meridionalismo; 2. *pol* problemática del sur de Italia *f*; **~e** *m* sur; sur de Italia
meringa (*pl* **-ghe**) *f gastr* merengue *m*
merino, -a *adj/m* merino, -a
merit|are ‹*esd*› **1.** *vt* merecer; ***questa te la sei meritata!*** *¡esta te la has ganado!*; **2.** *vi* ‹*avere*› ser merecedor; **~evole** *adj* merecedor, -a, digno, -a; **~o** *m* mérito ◊ ***a pari ~*** *adj* (*premio*) ex aequo; ***Dio ve ne renda ~*** Dios os lo pague; ***entrare nel ~ di una questione*** entrar en el meollo de un asunto; ***fare a q ~ di qc*** reconocerle a alg el mérito de u-c; ***farsi ~*** hacer méritos; ***in ~ a*** *prep* con respecto a; ***questione di ~*** *f* cuestión de contenido; **~orio, -a** (*m pl* **-ri**) *adj* meritorio, -a
merla|ngo (*pl* **-ghi**) *m zool* (*pez*) bacaladilla *f*; **~no** *m zool* merlán; **~to, -a** *adj* almenado, -a; **~tura** *f arq* crestería
merlett|aia *f* encajera; **~o** *m* encaje, puntilla *f*
merlo *m* 1. *zool* mirlo; 2. simple, estúpido; 3. *arq* almena *f*; **~ne** *m arq* merlón
merluzz|etto *m zool* faneca *f*; **~o** *m zool* merluza *f* ◊ ***~ bianco*** bacalao; ***~ giallo*** abadejo
mero, -a *adj* mero, -a; **~blastico, -a** (*m pl* **-ci**) *adj biol* meroblástico, -a
mescal *m* mezcal; **~ina** *f quím* mezcalina, mescalina
mescere ‹*mesco, mesci*› *vt* escanciar
meschin|ità *f inv* mediocridad *f*, pequeñez *f*, mezquindad *f*, ruindad *f*; **~o, -a** *adj* mediocre; pequeño, -a, escaso, -a; *desp* mezquino, -a, ruin, rastrero, -a
mescita *f* bodega
mescitore, -trice *m/f* escanciador, -a
mescola|nza *f* mescolanza, mezcolanza; mezcolanza, promiscuidad, mezcladillo *m*; **~re** ‹*esd*› *vt* mezclar; **~ta** *f* (*acción*) mezcla; **~tore** *m tecn* mezclador
mese *m* mes ◊ ***essere al quinto ~*** (*embarazo*) estar de cinco meses
meso|carpo *m bot* mesocarpio; **~cefalo, -a** *adj med* mesocéfalo, -a; **~derma** *m med* mesodermo; **~ne** *m fís* mesón; **~potamico, -a** (*m pl* **-ci**) *adj hist* mesopotámico, -a; **~zoico, -a** (*m pl* **-ci**) *adj/m geol* mesozoico, -a
messa *f* 1. *relig/mús* misa; ***andare a ~*** *ir a misa*; 2. puesta ◊ ***~ a fuoco*** *foto* enfoque (*m*); ***~ a massa/a terra*** *electr* toma de tierra; ***~ a punto*** puesta a punto, ajuste (*m*); ***~ al campo*** *relig* misa de campaña; ***~ da requiem*** *relig* misa de difuntos; ***~ in marcia/in moto*** puesta en marcha, arranque (*m*); ***~ in opera*** instalación, montaje (*m*); ***~ in piega*** moldeado, marcado (*m*); ***~ in scena*** *teat* puesta en escena, montaje (*m*); ***servire ~*** *relig* ayudar a misa

messaggleria *f* mensajería; **~ero, -a** *m/f* mensajero, -a; **~ino** *m telec* (*de teléfono móvil*) mensaje (corto); **~io** (*pl* **-gi**) *m* mensaje; recado
messa in scena V. **messinscena**
messale *m relig* misal
messe 1. *f* 1. *agric* (*actividad*) siega; 2. *agric* (*época*) mies, siega; 3. (*éxitos, aplausos...*) cosecha; **2.** *fpl agric* mies *f*
messia *m relig tamb. fig* mesías
messiclano, -a *adj/s* mexicano, -a, mejicano, -a; ***~o: il ~** *m* México, Méjico
messinscena (*pl* **messinscene/messe in scena**) (*var.* **messa in scena**) *f tamb. fig* puesta en escena, montaje *m*
messo 1. *m adm* mensajero, recadero, chico de los recados; **2.** *pp* V. **mettere**
mestierlante *adj/s desp* pesetero, -a; **~e** *m* oficio, profesión *f* ◊ ***essere del ~*** ser del oficio/del ramo
mestizia *f elev* tristeza, melancolía
mesto, -a *adj elev* triste, melancólico, -a
mestola (*var.* **mestolo** *m*) *f* espumadera ◊ ***avere il ~ in mano*** tener la sartén por el mango
mestolo *m* cucharón
mestrulale *adj* menstrual; **~azione** *f* menstruación, regla, período *m* ◊ ***avere le ~i*** tener la menstruación/la regla; **~o** *m* menstruo
metà *f inv* mitad *f*; *coloq/irón* media naranja *f* ◊ ***a ~*** *adv* a medias; a mediados; ***a ~ agosto*** *adv* a mediados de agosto; ***a ~ strada*** *adv* a medio camino, a mitad de camino; ***dire le cose a ~*** decir las cosas a medias; ***dividere a ~*** partir por la mitad
meta *f* meta; fin *m*, objetivo *m*
metabolilco, -a (*m pl* **-ci**) *adj* metabólico, -a; **~smo** *m* metabolismo; **~zzare** *vt med* metabolizar
metacarpo *m* metacarpio
metacrilato *m quím* metacrilato
metadone *m quím* metadona *f*
metafisicla *f* metafísica; **~o, -a** (*m pl* **-ci**) *adj/s* metafísico, -a
metafonia *f* metafonía
metaforla *f* metáfora; **~ico, -a** (*m pl* **-ci**) *adj* metafórico, -a
metal detector ['mɛtal de'tɛktor] *m inv* detector de metales *m*
metalinguaggio (*pl* **-gi**) *m* metalenguaje
metallaro, -a *m/f jerga* heavy
metallilco, -a (*m pl* **-ci**) *adj* metálico, -a; **~fero, -a** *adj* metalífero, -a; **~zzare** *vt* metalizar; **~zzato, -a** *adj* metalizado, -a
metallo *m* metal; **~grafia** *f* metalografía; **~ide** *m* metaloide
metallurglia (*pl* **-gie**) *f* metalurgia; **~ico, -a** (*m pl* **-ci**) *adj/m* metalúrgico, -a
metalmeccanico, -a (*m pl* **-ci**) **1.** *adj* metalúrgico, -a; **2.** *m* metalúrgico, trabajador del metal
metamero *m zool* metámero
metamorfismo *m geol* metamorfismo
metamorfosi *f inv* metamorfosis
metanlale *m quím* metanal; **~o** *m* metano; **~odotto** *m* gasoducto; **~olo** *m* metanol
metaplasmo *m ling* metaplasmo
metastasi *f inv med/ling* metástasis
metatarso *m med* metatarso
metatesi *f inv ling* metátesis
metatestuale *adj ling* metatextual
metempsicosi *f inv psicol* metempsicosis
meteorla *f meteo/astron* meteoro *m*; **~ico, -a** (*m pl* **-ci**) *adj meteo/astron* meteórico, -a; **~ismo** *m med* meteorismo; **~ite** *m/f* meteorito *m*
meteorologlia (*pl* **-gie**) *f* meteorología; **~ico, -a** (*m pl* **-ci**) *adj* meteorológico, -a; **~o, -a** (*m pl* **-gi**) *m/f* meteorólogo, -a
meteosat *m inv* meteosat
meticcilamento *m zool* hibridación *f*; *med* mestizaje; **~o, -a** (*m pl* **-ci**, *f pl* **-ce**) *m/f zool* híbrido, -a; *med* mestizo, -a, mulato, -a, cholo, -a (*Am*)
meticoloslità *f inv* meticulosidad *f*; **~o, -a** *adj* meticuloso, -a
metille *m* metil; **~ico, -a** (*m pl* **-ci**) *adj* metílico, -a
metodilca *f* metodología, método *m*; **~cità** *f inv* sistematicidad *f*; **~co, -a** (*m pl* **-ci**) *adj* metódico, -a, sistemático, -a; **~smo** *m relig* metodismo; **~sta 1.** *adj/s relig* metodista; **2.** *m* analista; **~stico, -a** (*m pl* **-ci**) *adj* metodista
metodo *m* método
metodologila (*pl* **-gie**) *f* metodología; **~co, -a** (*m pl* **-ci**) *adj* metodológico, -a
metonimia (*var.* **metonimia**) *f ling* metonimia
metralggio (*pl* **-gi**) *m cine* metraje, duración *f* ◊ ***film a corto ~*** *m* cortometraje; ***film a lungo ~*** *m* largometraje; **~tura** *f* largo *m*, longitud
metricla *f* métrica; **~o, -a** (*m pl* **-ci**) *adj* métrico, -a
metrò (*var.* **metro**) *m inv transp* metro *m*
metro *m fís/ling* metro ◊ ***~ cubo*** metro cúbico; ***~ quadro/quadrato*** metro cuadrado
metronolmo *m mús* metrónomo; **~tte** *m inv* vigilante nocturno *m*
metropoli *f inv* metrópoli *f*; **~ta** *adj/m relig* metropolitano, -a; **~tana** *f* metro *m*, metropolitano *m*, subte (*Arg/Ur*); **~tano, -a 1.** *adj relig/arq* metropolitano, -a; **2.** *m* (guardia) municipal
mettere ‹*misi; messo*› V. 44 **1.** *vt* (*colocar*) poner (!); (*ropa*) ponerse, vestir; dar, producir; (*traducir*) poner, pasar; suponer; ***metti che abbia ragione*** *pon/supongamos que tenga razón*; **2.** dar (**in** a), desembocar (**in** en); **3. ~rsi** ponerse; ***~rsi a piovere*** *ponerse a llover*; ***~rsi a lavorare*** *ponerse a trabajar*; meterse; ponerse (**in** de), vestirse; ***non ho niente da ~rmi*** *no tengo nada que ponerme* ◊ ***~ dentro*** meter, introducir; (*encarcelar*) enchironar, enjaular; ***~ fuori*** sacar; ***~ insieme*** reunir, juntar; ***~ su casa*** montar una casa/un hogar; ***~ su*** montar, fundar; ***~rcela tutta*** (*hacer todo lo posible*) poner toda la carne en el asador; ***~rsi con q*** mezclarse con alg, relacionarse con alg; enrollarse con alg (*coloq*), arrejuntarse con alg (*desp*); ***vuoi ~?*** *coloq* ni punto de comparación
mettimale *m/f inv* cizañero, -a

mezza|calzetta (*pl* **mezzecalzette**) (*var.* **mezza calzetta**) *f desp* don nadie *m*, medianía *m*, pelagatos *m*; **~cartuccia** (*pl* **mezzecartucce**) (*var.* **mezza cartuccia**) *f* medianía, nulidad

mezzadr|ia *f agric* aparcería; **~o** *m agric* aparcero, mediero

mezzal|a (*pl* **mezzali/mezze ali**) (*var.* **mezz'ala**) *f sport* medio volante *m*; **~una** (*pl* **mezzelune**) *f* 1. *astron* media luna; 2. (*cuchillo*) medialuna, tajadera

mezzana *f* 1. *nav* mesana; 2. *desp* alcahueta, celestina

mezzanino *m arq* entresuelo

mezzano, -a 1. *adj* (*regular*) mediano, -a; **2.** *m* mediador, intermediario; *desp* rufián, alcahuete, correveidile; **~tte** (*pl* **mezzenotti**) *f* medianoche

mezz'aria: a ~ *adv* a media altura

mezz'asta: a ~ *adv* a media asta

mezzatinta (*pl* **mezzetinte**) *f* mediatinta

mezzeria *f* mediana

mezzo, -a 1. *adj* medio, -a; **2.** *m* 1. medio, mitad *f*; 2. (*instrumento, canal...*) medio; 3. *biol* medio; **3.** *mpl* medios, recursos, posibles (*coloq*) ◊ ***~i di fortuna*** vehículo de emergencia; ***~i di trasporto*** medios de transporte; ***~i corazzati*** *mpl mil* medios acorazados; ***~i di comunicazione di massa*** medios de comunicación (de masa); ***~i di produzione*** medios de producción; ***andare di ~*** estar en juego; ***con ogni ~*** *adv* por todos los medios; ***il fine giustifica i ~i*** el fin justifica los medios; ***in ~ a/nel ~ di*** *prep* en mitad de, en medio de; ***in ~*** *adv* en medio; ***per ~ di/a ~ di*** *prep* por medio de, a través de; ***togliere di ~*** quitar de en medio; ***via di ~*** *f* solución intermedia, compromiso (*m*); **~busto** (*pl* **mezzibusti/mezzi busti**) (*var.* **mezzo busto**) *m arte* busto; **~contralto** (*pl* **mezzicontralti/mezzi contralti**) (*var.* **mezzo contralto**) *m mús* mezzocontralto *m/f* (!); **~fondista** *m/f sport* mediofondista; **~fondo** *m sport* medio fondo; **~giorno** *m* 1. las doce (en punto) *fpl*; (*aproximado*) mediodía; 2. *geogr* (*sur*) mediodía ◊ ***il *~*** el Sur de Italia

mezz'ora *f* media hora

mezzosoprano (*pl* **mezzosoprani/mezzi soprani**) (*var.* **mezzo soprano**) *m mús* mezzosoprano *m/f* (!)

mezzuccio (*pl* **-ci**) *m desp* malas artes *fpl*, subterfugio

mi 1. *pron* (*átono*) me; **2.** *m mús* mi

miagol|are ‹*esd*› *vi* ‹*avere*› *zool tamb. fig* maullar; **~ata** *f* maullido *m*; **~io** (*pl* **-lii**) *m* 1. (*gato*) maullido; 2. (*persona*) lloriqueo

mialgia (*pl* **-gie**) *f med* mialgia

miao *onom* miau

miasma *m* miasma *f*

miastenia *f med* miastenia

mica 1. *f* 1. *elev* partícula, migaja (*estánd*); 2. *min* mica; **2.** *adv* (*reforzativo*) en absoluto; ***non è ~ vero*** *no es en absoluto verdad* ◊ ***~ male*** no está mal

micca *f sept* panecillo *m*

miccia *m* mecha *f*, pábilo, pabilo

micelio *m bot* micelio

micella *f quím* micela

miceneo, -a *adj/s hist* micénico, -a

michelaccio (*pl* **-ci**) *m desp* vagabundo, holgazán

Michele *m* Miguel

micidiale *adj* 1. mortal; 2. intolerable, insoportable, horrible; ***sole ~*** *sol de justicia*; ***testimonianza ~*** *testimonio aplastante*; ***clima ~*** *clima insoportable*

micio, -a (*m pl* **-ci**, **-cie/-ce**) *m/f coloq* minino, -a, micho, -a

micol|ogia (*pl* **-gie**) *f* micología; **~logo, -a** (*m pl* **-gi**) *m/f* micólogo, -a; **~rriza** *f bot* micorriza; **~si** *f inv* micosis

microbi|co, -a (*m pl* **-ci**) *adj* microbiano, -a; **~o** V. **microbo**

microbiolog|ia (*pl* **-gie**) *f* microbiología; **~o, -a** (*m pl* **-gi**) *m/f* microbiólogo, -a

microbo (*var.* **microbio**) *m* microbio

microcamera *f foto* microcámara

microcefalia *f med* microcefalia

microchip [mikro'tʃip] *m inv informát* microchip *m*

microchirurgia (*pl* **-gie**) *f med* microcirugía

microclima *m* microclima

microcosmo *m* microcosmos

microcredito *m* microcrédito

microcriminalità *f inv* microcriminalidad *f*

microfarad *m inv fís* microfaradio *m*

microfiche [mikro'fiʃ] *f inv* microficha *f*

microfilm *m inv* microfilm *m*; **~are** *vt* microfilmar

microfiltro *m telec* microfiltro

microfono *m* micrófono ◊ ***~ senza fili*** micrófono inalámbrico

microfotografia *f* microfotografía

microlettore *m* lector de microfilm

micrometro *m* micrómetro

micromillimetro *m fís* micra *f*

micromotore *m* micromotor

microne *m fís* micra *f*

microond|a *f* microonda ◊ ***forno a ~e*** *m* horno (de) microondas; **~e** *m inv* (*electrodoméstico*) microondas

microprocessore *m informát* microprocesador

microrganismo *m* microorganismo

microscheda *f* microficha

microscop|ia *f* microscopia, microscopía; **~ico, -a** (*m pl* **-ci**) *adj* microscópico, -a; **~io** (*pl* **-pi**) *m* microscopio

microsismografo *m* microsismógrafo

microsolco (*pl* **-chi**) *m* microsurco

microsoma *m biol* microsoma

microspia *f* (*teléfono*) micrófono camuflado *m*

microstruttura *f* microestructura

microtelefono *m* microteléfono

midoll|a *f* (*pan*) miga; **~are** *adj* medular; **~o** (*pl* **le midolla**, *pl raro* **i midolli**) *m* 1. *zool/bot* médula *f*, medula *f*; 2. *raro* (*de una cuestión*) meollo ◊

~ ***osseo*** médula ósea (*f*); ~ ***spinale*** médula espinal (*f*); ***bagnarsi fino alle ~a/al ~*** empaparse hasta los tuétanos/el tuétano; ***fino al ~*** *adv* hasta la médula

miele *m* miel *f* (!) ◊ ~ ***vergine*** miel virgen (*f*); ***dolce come il ~*** *adj* dulce como la miel; **~ite** *f med* mielitis *inv*; **~oma** *m med* mieloma

mietere *vt agric* segar, cosechar; (*vidas*) segar; (*premios, honores*) cosechar

mietillega (*pl* **-ghe**) V. **mietilegatrice**; **~legatrice** (*var.* **mietilega**) *f agric* segadora-atadora, gavilladora; **~tore, -trice** *m/f* segador, -a, recolector, -a; **~trebbiatrice** *f agric* segadora-trilladora, cosechadora, trilladora; **~trice** *f agric* cosechadora; **~tura** *f* 1. *agric* cosecha, recolección; 2. mies, grano *m*

miglialccio (*pl* **-ci**) *m* 1. *gastr* morcilla *f*; 2. *gastr* gachas de harina de castaña *fpl*; **~io** (*pl* **le migliaia**) *m* millar ◊ ***a ~a*** *adv* a millares, a miles; **~rini** *mpl* (*caza*) mostacillas *fpl*

miglio (*pl (2)* **le miglia**) *m* 1. *bot* mijo; 2. (*distancia*) milla *f*; piedra miliar *f*

migliorlabile *adj* mejorable; **~amento** *m* mejora *f*; *med* mejoría *f*; **~are** *vt/i* mejorar; **~ativo, -a** *adj* mejorador, -a; **~e** *adj/s* mejor; **~ia** *f* mejora

mignatta *f zool tamb. fig* sanguijuela

mignolo *m* (dedo) meñique

mignotta *f vulg* puta

migralre *vi* migrar, emigrar; **~tore, -trice 1.** *adj* (*movimiento, pájaros*) migratorio, -a; emigrante; **2.** *m/f* emigrante; **~torio, -a** (*m pl* **-ri**) *adj* migratorio, -a; **~zione** *f* migración

mihrab *m inv* (*mezquita*) mihrab

mila *adj inv* mil; ***duemila, tremila...*** *dos mil, tres mil...*

milanlese *adj/s* milanés, -esa; ***~o** Milán

miliardlario, -a (*m pl* **-ri**) *adj/s* millonario, -a, multimillonario, -a; **~o** *m* mil millones; *enf* millón; ***te l'ho detto un ~ di volte*** *te lo he dicho un millón de veces*

miliare *adj* miliar ◊ ***pietra ~*** *f* piedra miliar

milionlario, -a (*m pl* **-ri**) *adj/s* millonario, -a; **~e** *m* millón; **~esimo, -a** *adj/m* millonésimo, -a

militanlte *adj/s* militante; **~za** *f* militancia

militare *adj/m* militar

militare ‹*esd*› *vi* ‹*avere*› 1. *mil* militar, servir en filas; 2. *pol* militar

militaresco, -a (*m pl* **-chi**) *adj* soldadesco, -a

militarislmo *m* militarismo; **~ta** *adj/s* militarista; **~tico, -a** (*m pl* **-ci**) *adj* militarista

militarizzalre *vt* militarizar; **~zione** *f* militarización

militassolto, -a *adj* (*en anuncios*) libre del servicio militar, servicio militar cumplido

milite *m* mílite (*elev*), soldado ◊ ***il *~ Ignoto*** el Soldado Desconocido

militesente *adj/m* exento del servicio militar

milizia *f* milicia, ejército *m*; **~no, -a** *adj/m hist* miliciano, -a

millantlare *vt* alardear *vi* (**qc** de u-c), jactarse *vi* (**qc** de u-c); **~atore, -trice** *m/f* fanfarrón, -ona, bravucón, -ona, perdonavidas *inv*; **~eria** *f* fanfarronería, bravuconería, chulería

mille *adj/m inv* mil; ~ ***e otto/milleotto*** *mil ocho*; ~ ***e duecento/milleduecento*** *mil doscientos/as* ◊ ***grazie ~/~ grazie*** mil gracias, muchísimas gracias; **~cento 1.** *adj/s inv* mil cien; **2.** *f auto* mil cien *m*; **~foglie** *f* 1. *bot* milenrama; 2. *gastr* milhojas *m inv*; **~foglio** *m bot* milefolio; **~nario, -a** (*m pl* **-ri**) *adj/m* milenario, -a; **~nnio** (*pl* **-ni**) *m* milenio; **~piedi** *m inv zool* ciempiés, escolopendra *f*; **~righe** *adj inv* milrayas

millesimo, -a *adj/m* milésimo, -a

millibar *m inv* milibar *m*

milligrammo *m* miligramo

millilitro *m* mililitro

millimetrlato, -a *adj* milimetrado, -a; **~o** *m* milímetro

millivolt *m inv electr* milivoltio *m*

milonga *f inv mús* milonga *f*

milza *f med* bazo *m*

mimare 1. *vt* (*sin palabras, como un mimo*) imitar (!); **2.** *vi* ‹*avere*› hacer mimo (!)

mimesi *f inv elev* mimesis, mímesis

mimetilco, -a (*m pl* **-ci**) *adj* mimético, -a; **~smo** *m* mimetismo; **~zzare 1.** *vt* camuflar; **2. ~rsi** *zool/bot* mimetizarse; *mil* camuflarse; **~zzazione** *f zool/bot* mimetización; *mil* camuflaje *m*

mimicla *f* mímica; **~o, -a** (*m pl* **-ci**) *adj* mímico, -a

mimo *m teat* mimo; **~sa** *f bot* mimosa

min. (*minuto*) *abr* (*minuto*) m.

mina *f* 1. *mil* mina; *mil/hist* mina; 2. barreno *m*; 3. (*lápiz*) mina ◊ ~ ***antiuomo*** mina antipersona

minaccila (*pl* **-ce**) *f* amenaza; **~are** *vt* amenazar; ~ ***di morte*** *amenazar de muerte*; ***l'epidemia minaccia di propagarsi*** *la epidemia amenaza con propagarse*; **~oso, -a** *adj* amenazador, -a, amenazante

minare *vt mil tamb. fig* minar; *tecn* barrenar, minar; **~to** *m* minarete

minatorle *m* minero; **~io, -a** (*m pl* **-ri**) *adj* amenazador, -a

minchia *f vulg* polla, pijo *m*, carajo *m*

minchionlaggine *f coloq* estupidez, simpleza; **~are** *vt coloq* torear, embromar; **~e, -a** *adj/s coloq* bobo, -a, simple, memo, -a; **~eria** *f coloq* estupidez, simpleza

mineralle *adj/m* mineral; **~izzare** *vt* mineralizar; **~izzazione** *f* mineralización; **~ogia** (*pl* **-gie**) *f* mineralogía; **~ogico, -a** (*m pl* **-ci**) *adj* mineralógico, -a

minerario, -a (*m pl* **-ri**) *adj* minero, -a

minerva 1. *mpl* cerillas de cartón *fpl*; **2.** *f med* minerva, collarín *m*

minestrla *f* 1. primer plato *m*; 2. sopa; ="tipo de potaje" *m*; 3. asunto *m*, historia ◊ ~ ***riscaldata*** agua pasada; ***è sempre la solita ~*** es la misma historia de siempre; ***è un'altra ~*** es otra historia; **~ina** *f* sopa, sopita; **~one** *m* 1. *gastr* sopa de legumbres *f*, potaje; 2. amasijo

mingherlino, -a *adj* delgado, -a, esmirriado, -a

mini *f inv* mini *f*, minifalda *f*; **~abito** *m* minivestido
miniare *vt* 1. miniar; 2. (*descripción*) bordar
miniat|ore, -trice *m/f* miniaturista; **~ura** *f* miniatura; **~urista** *m/f* miniaturista
minibar *m inv* minibar *m*
minibus *m inv* microbús *m*
minicalcolatore *m* miniordenador
minicar *m inv* minicoche, minicar
minicomputer [minikom'pjuter] *m inv* miniordenador *m*
minielaboratore *m* miniordenador
miniera *f min tamb. fig* mina ◊ ***una ~ d'informazioni*** una mina de información
minifondo *m* minifundio
minigolf *m inv* minigolf
minigonna *f* minifalda
minima *f* 1. *meteo* mínima; 2. *mús* blanca, mínima (*raro*); **~le** *adj/m* mínimo, -a; **~lismo** *m arte* minimalismo; **~lista** *adj/s arte* minimalista
minimizzare *vt* minimizar
minimo, -a *adj/m* mínimo, -a; ***non avere neanche la ~a idea*** *no tener ni la más remota idea*
minimum *m inv adm* mínimum, mínimo
minio (*pl* **-ni**) *m* minio
minipull *m inv* (*ropa*) minipull *m*
minischermo *m* minipantalla *f*
minispazio *m TV/radio* microespacio
minister|iale *adj* ministerial ◊ ***crisi ~*** *f* crisis de gobierno (*inv*); **~o** *m* ministerio, departamento; *jur/relig* ministerio ◊ ****~ degli Affari Esteri*** Ministerio de Asuntos Exteriores (*Esp*), Ministerio de Relaciones Exteriores (*Am*); ****~ degli Interni*** Ministerio del Interior; ****~ dei Lavori Pubblici*** Ministerio de Fomento, Ministerio de Obras Públicas; ****~ del Lavoro e della Previdenza Sociale*** Ministerio de Trabajo y Seguridad Social; ****~ della Difesa*** Ministerio de Defensa; ****~ della Pubblica Istruzione*** Ministerio de Educación; ****~ dell'Agricoltura e delle Foreste*** Ministerio de Agricultura; ****~ della Giustizia*** Ministerio de Justicia; ****~ delle Finanze*** Ministerio de Hacienda; ***pubblico ~*** *jur* ministerio público, ministerio fiscal, fiscalía (*f*)
ministro (*f raro* **-essa**) *m pol/relig* ministro, -a *m/f* ◊ ***~ senza portafoglio*** ministro sin cartera; ***primo ~*** jefe del gobierno, primer ministro
minivacanza *f* minivacaciones *fpl*
minora|nza *f* minoría; **~to, -a** *adj/s* disminuido, -a, deficiente, minusválido, -a ◊ ***~ fisico, psichico*** disminuido físico, psíquico; **~zione** *f* 1. disminución, merma, minoración; 2. *med* disminución, minusvalía
Minorca *geogr* Menorca
minore *adj/s* menor; **~nne** *adj/s* menor (de edad) ◊ ***tribunale dei ~i*** *m* tribunal tutelar de menores
minori|le *adj* juvenil, de menores ◊ ***delinquenza ~*** *f* delincuencia juvenil; **~tà** *f inv* minoría de edad *f*; **~ta** *m relig* minorita; **~tario, -a** (*m pl* **-ri**) *adj* minoritario, -a
minue|ndo *m mat* minuendo; **~tto** *m mús* minueto
minuscol|a *f* minúscula; ***scrivere con la ~*** *escribir con minúscula*; **~o, -a 1.** *adj* minúsculo, -a; **2.** *m* minúscula *f*
minut|a *f* borrador *m*, esbozo *m*; **~aglia 1.** *f* morralla; **2.** *fpl* minucias, menudencias; **~amente** *adv* 1. en trozos pequeños; 2. pormenorizadamente, detenidamente; **~iera** *f mec* minutero *m*; **~o, -a 1.** *adj* menudo, -a, pequeño, -a; **2.** *m* minuto ◊ ***~i di recupero*** *sport* tiempo de descuento; ***al ~*** *adj com* al por menor, al detalle; ***avere i ~i contati*** tener el tiempo justo; *fig* tener sus horas contadas; ***spaccare il ~*** ser un reloj suizo
minuzi|a *f* minucia; **~osità** *f inv* minuciosidad *f*; **~oso, -a** *adj* minucioso, -a
minuzzolo *m* 1. (*pan*) miga *f*, migaja *f*; 2. minucia *f*, bagatela *f*, cosa de nada *f*
minzione *f med* micción
mio, -a (*pl* **miei, mie**) **1.** *adj* 1. mi *sing*, mis *pl*; ***il ~ mondo, le ~e cravatte*** *mi mundo, mis corbatas*; ***~ padre, ~a nonna*** *mi padre, mi abuela*; ***le mie zie, i miei nonni*** *mis tías, mis abuelas*; 2. mío, mía, míos, mías; ***amico ~*** *amigo mío*; ***le scarpe sono mie*** *los zapatos son míos*; **2.** *pron* mío, mía, míos, mías; ***il ~*** *el mío; lo mío*; *com* mi carta; ***la ~a del due marzo*** *mi carta del dos de marzo* ◊ ***i miei*** (*familia*) los míos; ***essere dalla ~a*** estar de mi parte; ***ne ho fatta una delle ~e*** he hecho una de las mías; ***voglio dire la ~a*** quiero dar mi opinión
miocardio *m med* miocardio
mioce|ne *m geol* mioceno; **~ico, -a** (*m pl* **-ci**) *adj* miocénico, -a
mioma *m med* mioma
miope *adj/s med tamb. fig* miope
miopia *f med tamb. fig* miopía
miosotide *f bot* miosotis *inv*, nomeolvides *m*, raspilla
mira *f* 1. mirada; 2. puntería; ***avere buona ~*** *tener buena puntería*; 3. mira, blanco *m*, objetivo *m*; 4. *mil* (*armas*) mira ◊ ***avere di ~*** tener como mira; ***porre la ~ su q/qc*** poner la mira en alg/en u-c, echarle el ojo a alg/a u-c (*coloq*); ***prendere di ~ q*** tomarla con alg
mirabi|le *adj* admirable, maravilloso, -a; **~ie** *fpl irón* maravillas
miracol|aio (*pl* **-ai**) *m* milagrero; **~ato, -a** *m/f* protagonista de un milagro
miracolo *m* milagro ◊ ***fare ~i*** *relig tamb. fig* hacer/obrar milagros; ***per ~*** *adv* de milagro; ***sapere vita, morte e ~i di q*** saber la vida y milagros de alg
miracoloso, -a *adj* 1. milagroso, -a, milagrero, -a; 2. milagroso, -a, portentoso, -a
miraggio (*pl* **-gi**) *m tamb. fig* espejismo
mirare 1. *vi* ‹avere› 1. (*arma*) apuntar (!); 2. aspirar (**a qc** a u-c) (!), codiciar *vt* (**a qc** u-c) (!); **2.** *vt elev* mirar (*estánd*), admirar (*estánd*)
miria|de *f* miríada; **~metro** *m* miriámetro; **~podo** *adj/m zool* miriápodo

mirino *m* (*arma*) mira *f*; *foto* visor ◊ ***essere/trovarsi nel ~*** estar en el punto de mira
mirrla *f* mirra; **~or** *m inv informát* mirror, espejo *m*
mirtlillo *m bot* arándano; **~o** *m bot* mirto
misantroplia *f* misantropía; **~o, -a** *adj/s* misántropo, -a
miscela *f* mezcla, mixtura; *auto* mezcla; **~re** *vt* mezclar; **~tore, -trice** *adj/s* mezclador, -a; **~tura** (*var.* **miscelazione**) *f* mezclado *m*
miscellanela *f* miscelánea; **~o, -a** *adj* misceláneo, -a
mischia *f* reyerta, pelea, refriega; *sport* melée, melé; **~re** *vt* mezclar, entremezclar; (*naipes*) barajar
misconoscere ‹*conosco; conobbi; conosciuto*› V. 16 *vt* subestimar, minusvalorar
miscredente *adj/s* descreído, -a
miscuglio (*pl* **-gli**) *m* revoltillo, revuelto, mezcla *f*
miserlabile *adj/s* miserable; **~ere** *m inv* miserere; **~evole** *adj* 1. digno, -a de compasión; 2. miserable, pobre; **~ia** *f* miseria ◊ ***costare una ~*** costar una miseria, ser regalado; ***piangere ~*** llorar, lamentarse; ***porca ~!/~ ladra!*** ¡maldita sea!
misericordila *f* misericordia; **~oso, -a** *adj* misericordioso, -a
misero, -a *adj* mísero, -a; pequeño, -a, estrecho, -a ◊ ***~ me!*** ¡pobre de mí!
misfatto *m* crimen, delito
misi... V. **mettere**
misoginlia *f* misoginia; **~o, -a** *adj/m* misógino, -a
miss *f inv* miss *f*
missaggio (*pl* **-gi**) *m cine/TV* mezcla *f*
missile *m mil* misil ◊ ***~ a corto, medio, lungo raggio*** misil de corto, medio, largo alcance; ***~ contraereo*** misil antiaéreo; ***~ filoguidato*** misil teledirigido
missilisticla *f* balística; **~o, -a** (*m pl* **-ci**) *adj* balístico, -a
missino, -a 1. *adj* del Movimiento Social Italiano (Msi); (neo)fascista; **2.** *m/f* miembro del Msi *m*; (neo)fascista
missionlario, -a (*m pl* **-ri**) *adj/s* misionero, -a; **~e** *f* misión ◊ ***~ di pace*** misión de paz
missiva *f* misiva, carta
mister *m inv* míster *m*; *sport* (*entrenador*) míster *m*; **~ioso, -a** *adj* misterioso, -a; **~o** *m relig/teat tamb. fig* misterio
misticla *f* mística; **~ismo** *m* misticismo; **~o, -a** (*m pl* **-ci**) *adj/s* místico, -a
mistificalre ‹*esd*› *vt* mistificar; **~tore, -trice** *adj* mistificador, -a; **~zione** *f* mistificación
misto, -a 1. *adj* mixto, -a; **2.** *m* revoltillo, mezcolanza *f*
mistura *f* mixtura, mezcla
misura *f tamb. fig* medida ◊ ***~ della vista*** graduación de la vista; ***la ~ è colma/piena*** esto es demasiado, hasta aquí podríamos llegar; ***a ~ di*** *prep* a la medida de; ***fatto su ~*** *adj* hecho a medida; ***fuor di ~/oltre ~*** *adv* en exceso, excesivamente; ***nella ~ delle mie possibilità/forze*** *adv* en la medida de mis posibilidades; ***non avere il senso della ~*** no tener sentido de la medida; ***senza ~*** *adv* sin medida, sin control; ***vincere di ~*** ganar por los pelos; **~bile** *adj* mensurable; **~re 1.** *vt* 1. medir; 2. sopesar, juzgar; 3. (*limitar*) medir, controlar; **2.** *vi* medir; **3. ~rsi** 1. contenerse, moderarse; 2. competir (**con** con) ◊ ***~ il polso*** medir el pulso; ***~ la vista*** graduar la vista; ***~ le parole*** medir las palabras; ***~ uno schiaffo a q*** hacer como que se da una bofetada a alg; **~to, -a** *adj* mesurado, -a, moderado, -a, ponderado, -a; **~tore** *m* medidor; **~zione** *f* medición
misurino *m* medidor
mite *adj* benévolo, -a, bondadoso, -a; indulgente; *zool* manso, -a, dócil; *meteo* templado, -a; **~zza** *f* bondad, benevolencia; indulgencia; *zool* mansedumbre, docilidad; *meteo* suavidad, templanza
miticlizzare *vt* mitificar; **~o, -a** (*m pl* **-ci**) *adj* mítico, -a; legendario, -a
mitigalre ‹*esd*› *vt* mitigar, atenuar; **~zione** *f* mitigación, atenuación
mitilo *m zool* mejillón
mitizzalre 1. *vt* mitificar; **2.** *vi* ‹*avere*› crear mitos; **~zione** *f* mitificación
mito *m* mito; leyenda *f*
mitologila (*pl* **-gie**) *f* mitología; **~co, -a** (*m pl* **-ci**) *adj* mitológico, -a
mitomane *adj/s* mitómano, -a
mitra 1. *f relig* mitra; **2.** *f inv mil* metralleta *f*
mitraglia *f* metralla; **~mento** *m* ametrallamiento; **~re** *vt* ametrallar; **~ta** *f* ráfaga de metralleta; **~tore, -trice** *adj* ametrallador, -a; **~trice** *f* metralleta, ametralladora
mitraglielra *f* ametralladora antiaérea; **~re** *m* ametrallador; **~tta** *f* metralleta
mitrale *adj med* mitral
mittente *m/f telec* remitente
mixage [mik'saʒ] *m inv cine* mezcla *f*
mixer 1. *m inv* batidora *f*; **2.** *m/f inv TV* mezclador, -a
MKS (*Metro Kilogrammo Secondo*) *abr* MKSA, MKS
mm *onom* uhm
mnemolnico, -a (*m pl* **-ci**) *adj* mnemónico, -a, nemónico, -a; **~tecnica** *f* mnemotécnica, nemotécnica; **~tecnico, -a** (*m pl* **-ci**) *adj* mnemotécnico, -a, nemotécnico, -a
mo': a ~ di *prep* a modo de, a título de
M.O. (*Medio Oriente*) *abr* Oriente Medio
mobbing ['mɔbbin] *m inv* mobbing, acoso en el trabajo/laboral *m*
mobille 1. *adj* móvil; *adm* mueble; **2.** *m* mueble; **3.** *f* brigada móvil ◊ ***~ bar*** mueble bar; **~ia** *f* mobiliario *m*; **~iare** *adj* mobiliario, -a; **~iere** *m* mueblista; **~ificio** (*pl* **-ci**) *m* fábrica de muebles *f*; **~io** (*pl* **-li**) *m* mobiliario
mobilitlà *f inv* movilidad *f*; **~are** ‹*esd*› *vt mil tamb. fig* movilizar; **~azione** *f mil tamb. fig* movilización
moca *m inv* moca *m*, moka *f*; **~ssino** *m* mocasín
moccilcare ‹*esd*› *vi* ‹*avere*› moquear; **~chino** *m coloq* (*pañuelo*) moquero

moccio (*pl* **-ci**) *m* moco; **~so, -a** *adj/s* mocoso, -a, pipiolo, -a
moccolo *m* 1. (*cirio*) moco; 2. *coloq* moco(s) *m(pl)*; 3. *coloq* taco, palabrota *f*; ***tirare/mandare ~i*** *soltar palabrotas/tacos* ◊ ***reggere/portare il ~*** hacer de celestina
mocio (*pl* **-ci**) *m* mocho, fregona *f*
moda *f* moda ◊ ***alla ~*** *adj* a la moda; ***andare/essere di ~*** estar de moda, estilarse, llevarse; ***di ~*** *adj* de moda; ***fuori (di) ~*** *adj* pasado de moda; ***passare di ~*** pasar de moda; ***tornare di ~*** volver a estar de moda; **~le** *adj* modal; **~lità** *f inv* modalidad *f*
modanatura *f arq* moldura, encofrado *m*
modano *m arq* molde; (*ropa*) ságoma *f*, escotillón
modella *f arte* modelo *m/f*; **~re** *vt arte tamb. fig* modelar, moldear; **~to** *m arte* modelado; **~tore, -trice 1.** *adj/s* modelador, -a, moldeador, -a; **2.** *m hist* corsé; **~tura** *f* modelado *m*, moldeado *m*
modellilno *m* maqueta *f*; **~smo** *m* modelismo; **~sta** *m/f* 1. modisto, -a; diseñador, -a de moda; 2. modelista; **~stica** *f* modelismo *m*
modello 1. *m* modelo; *arte* modelo; **2.** *adj inv* 1. piloto, experimental *adj*; ***fattoria ~*** *granja experimental*; 2. modelo, ejemplar *adj*; ***scolaro ~*** *alumno modelo/ejemplar*
modem *m inv informát* módem *m*, modem *m*
moderalre ‹*esd*› *vt* moderar, atemperar; **~tezza** *f* moderación, templanza; **~to, -a 1.** *adj* moderado, -a, comedido, -a; *pol* moderado, -a; **2.** *m/f pol* moderado, -a; **3.** *m mús* moderato; **~tore, -trice** *adj/s* moderador, -a; **~zione** *f* moderación, comedimiento *m*
modernlamente *adv* modernamente, actualmente; **~ismo** *m filos/relig* modernismo; **~ità** *f inv* modernidad *f*; **~izzare** *vt* modernizar; **~izzazione** *f* modernización; **~o, -a** *adj/m* moderno, -a
modestlia *f* modestia ◊ ***~ a parte*** modestia aparte; **~o, -a** *adj* modesto, -a
modiclità *f inv* baratura *f*, asequibilidad *f*; **~o, -a** (*m pl* **-ci**) *adj* módico, -a
modifica *f* modificación
modificare ‹*esd*› *vt* modificar
modificato, -a *adj* modificado, -a ◊ ***~ geneticamente*** *biol* genéticamente modificado
modificazione *f* modificación
modista *f* sombrerera
modo 1. *m* modo, manera *f*; *ling/mús* modo; medida *f*, límite; **2.** *mpl* modos, modales, maneras *fpl* ◊ ***~ di dire*** *ling* locución (*f*), modismo, expresión (*f*); ***~ di pagamento*** forma de pago (*f*); ***a questo ~, in quel ~*** *adv* de esa forma/manera, de aquella forma/manera; ***ad ogni ~/in ogni ~*** *adv* de cualquier forma, de todas maneras; ***c'è ~ e ~ di dire qc*** hay formas y formas de decir u-c; ***ciascuno a suo ~*** cada cual a su manera; ***di ~ che/in ~ che*** *conj* de manera que; ***fare qc a ~ suo*** hacer u-c a su manera; ***in malo ~*** *adv* de mala manera, con malos modos; ***in nessun ~*** *adv* de ninguna forma, de ningún modo, ni hablar; ***in qualsiasi ~*** *adv* de cualquier manera; ***in un certo qual ~*** *adv* en cierto modo; ***una persona a ~*** una persona formal
modullare ‹*esd*› **1.** *adj* modular; **2.** *vt* modular; **~atore** *m tecn* modulador; **~azione** *f* modulación ◊ ***~ di frequenza*** frecuencia modulada; **~o** *m* módulo; *adm* impreso, instancia *f*; ***compilare un ~*** *rellenar un impreso* ◊ ***~ lunare*** módulo lunar
modus operandi *m inv* modus operandi
moffetta *f zool* mapurite *m*
mogano *m* (*árbol, madera*) caoba *f*
mogio, -a (*m pl* **-gi**) *adj* abatido, -a, mustio, -a, mohíno, -a
moglie (*pl* **mogli**) *f* mujer, esposa ◊ ***dare per ~*** entregar como esposa; ***prender ~*** tomar mujer, casarse
moicano, -a (*var.* **mohicano, -a**) *adj/s* mohicano, -a
moina *f* carantoña, zalamería, arrumaco *m*
moiré [mwa're] *adj inv* jaspeado, -a *adj*
mola *f tecn* muela; muela, rueda de molino; **~lità** (*var.* **molarità**) *f inv quím* molaridad *f*; **~re 1.** *adj* molar; **2.** *m med* molar, muela *f*; **3.** *vt* amolar, afilar; **~ssa** *f min* molasa; **~trice** *f tecn* amoladora, afiladora; **~tura** *f* amoladura, afilado *m*
moldavo, -a *adj/s* moldavo, -a
mole *f* mole
molecola *f* molécula; **~re** *adj* molecular
molestlare *vt* 1. molestar, fastidiar, incordiar; 2. (*sexualmente*) acosar; **~ia** *f* 1. molestia, fastidio *m*, incordio *m*; 2. acoso *m*, acoso sexual *m* ◊ ***~ sessuale*** acoso sexual (*m*); **~o, -a** *adj* molesto, -a, fastidioso, -a, incordiante
molibdeno *m quím* molibdeno
molisano, -a *adj/s* (persona) de Molise
molitlorio, -a (*m pl* **-ri**) *adj* molturador, -a; **~ura** *f* molienda, moltura
molla 1. *f* muelle *m*; **2.** *fpl* (*hogar*) tenazas ◊ ***~ a balestra*** ballesta; ***prendere q con le ~e*** tratar a alg con guantes de seda, ir con pies de plomo con alg; **~re 1.** *vt* aflojar; soltar, dejar ir; *coloq* (*golpe, bofetada*) soltar, arrear, largar, atizar; *coloq* dejar, abandonar; dejar tirado (*coloq*) (**qc** a alg), dejar colgado (*coloq*) (**qc** a alg); **2.** *vi* ceder; aflojar; *coloq* (*cesar*) parar ◊ ***non ~!*** *jerga* ¡no te rajes!; ***tira e molla*** tira y afloja
molle 1. *adj* 1. blando, -a, mullido, -a; flexible; *ling* palatalizado, -a; 2. mojado, -a, húmedo, -a; 3. flojo, -a, débil; relajado, -a, muelle; (*vino*) flojo, -a, peleón, -ona; 4. dulce, tierno, -a; **2.** *m* 1. blandura *f*, suavidad *f*; 2. remojo ◊ ***mettere, tenere in ~*** poner, tener en/a remojo
molleggilamento *m* 1. elasticidad *f*; 2. (*colchón, sofá*) muelles *mpl*; *auto* suspensión *f*; **~are 1.** *vt* volver elástico; **2.** *vi* (*colchón, sofá*) ser mullido; **~o** (*pl* **-gi**) *m* 1. (*sofá, colchón*) muelles *mpl*; *auto* suspensión *f*, amortiguación *f*; 2. elasticidad *f*
mollettla *f* 1. (*pelo, ropa*) tenacilla; 2. (*azúcar*) terrón *m*; **~one** *m* (*tela*) muletón

mollezza 1. *f* 1. blandura; 2. suavidad; 3. (*carácter*) molicie, blandenguería (*desp*); **2.** *fpl* comodidades
mollica *f* miga
molliccio, -a (*m pl* **-ci**, *f pl* **-ce**) *adj* 1. blandito, -a, blanduzco, -a; 2. lúbrico, -a
mollo: stare/essere a ~ *vi* estar en remojo
mollusco (*pl* **-chi**) *m* 1. *zool* molusco; 2. *desp* depravado, crápula
molo *m nav* muelle
molotov *f inv* cóctel molotov *m*
molteplice *adj* múltiple
molteplicità *f inv* multiplicidad *f*
moltiplica *f* 1. *mec* (*bicicleta*) piñón *m*, plato *m*; 2. *mat coloq* multiplicación (*estánd*)
moltiplicando *m mat* multiplicando
moltiplicare ‹*esd*› *vt* multiplicar
moltiplicatore, -trice *adj/m* multiplicador, -a
moltiplicazione *f* multiplicación
moltitudine *f* multitud; multitud, muchedumbre, gentío *m*, turba
molto, -a 1. *adv* mucho, muy; **2.** *adj/pron* mucho, -a ◊ ***a dir ~*** *adv* como mucho; ***fra non ~*** *adv* dentro de poco, dentro de no mucho; ***né ~ né poco*** ni mucho ni poco; ***né ~ né troppo poco*** ni tanto ni tan calvo
momentlaneo, -a *adj* momentáneo, -a; **~o** *m* momento; instante ◊ ***a ~i*** *adv* a ratos; ***da un ~ all'altro*** *adv* de un momento a otro; ***dal ~ che*** *conj* desde el momento en que; ***del ~*** *adj* del momento, de actualidad; ***non vedere il ~ di*** no ver el momento de; ***ogni ~*** cada momento, cada instante; ***per il ~*** *adv* por el momento, de momento; ***sul ~*** *adv* en el acto, al instante; en ese momento
monacalle *adj* monacal; (*monjas*) monjil; **~to** *m* monacato
monachesimo *m* monacato, monaquismo
Monaco 1. (*principado*) Mónaco; 2. Munich ◊ ***~ di Baviera*** Munich
monaco, -a (*m pl* **-ci**) *m/f* monje, -a
monade *f filos* mónada
monarlca *m* monarca; **~chia** *f* monarquía; **~chico, -a** (*m pl* **-ci**) *adj/s* monárquico, -a
monastlero *m* monasterio; **~ico, -a** (*m pl* **-ci**) *adj* monástico, -a, monacal
monatto *m hist* enfermero de apestados
moncherino *m* muñón
monco, -a (*m pl* **-chi**) *adj/s* manco, -a; **~ne** *m* muñón
mondalnità *f inv* 1. mundanidad *f*, mundanalidad *f*, frivolidad; 2. alta sociedad *f*; **~no, -a** *adj* mundano, -a, frívolo, -a; mundanal; **~re** *vt* 1. mondar, pelar; 2. limpiar; *agric* podar; **~tura** *f* mondadura, peladura; *agric* poda
mondezzaio (*pl* **-ai**) *m* vertedero, basurero
mondialle 1. *adj* mundial; **2.** *mpl sport* mundiales; **~ismo** *m pol* mundialismo
mondiglie *fpl agric* peladuras; cáscaras
mondo, -a 1. *m* 1. mundo; 2. *coloq* montón; **2.** *adj* 1. mondo, -a, pelado, -a; 2. limpio, -a, enjuagado, -a; 3. limpio, -a, puro, -a ◊ ***il bel ~*** *m* la alta sociedad (*f*), la gente bien (*f*); ***com'è piccolo il ~!*** ¡qué pequeño es el mundo!; ***da che ~ è ~*** *adv* desde que el mundo es mundo; ***divertirsi un ~*** divertirse un montón; ***mettere al ~*** traer al mundo; ***niente dell'altro ~*** *adj* nada del otro mundo, nada del otro jueves; ***per niente/nessuna cosa al ~*** *adv* por nada del mundo; ***terzo ~*** tercer mundo; ***tutto il ~ è paese*** en todas partes cuecen habas; ***uomo, donna di ~*** hombre, mujer de mundo; ***venire al ~*** venir al mundo; **~visione** *f* mundovisión
monegasco, -a (*m pl* **-chi**) *adj/s* monegasco, -a
monellleria *f* travesura, trastada, pillería; **~o, -a** *m/f* golfillo, -a, pilluelo, -a, niño, -a travieso, -a
monema *m ling* monema
moneta *f* moneda ◊ ***~ corrente*** moneda corriente; ***~ di corso legale*** moneda de curso legal; ***~ fuori corso*** moneda fuera de circulación; ***~ unica*** moneda única; ***prendere qc per ~ buona/contante*** dar u-c por buena; ***(ri)pagare con la stessa ~*** pagar con la misma moneda
monetarilo, -a (*m pl* **-ri**) *adj* monetario, -a; **~smo** *m econ* monetarismo; **~sta** *adj/s* monetarista; **~stico, -a** (*m pl* **-ci**) *adj* monetarista; **~zzazione** *f* monetarización
monetiere *m* (*persona*) monedero; (*mueble*) monetario
mongolfiera *f aero* globo *m*
mongolilco, -a (*m pl* **-ci**) *adj/s geogr* mongol, -a, mongólico, -a, mogol, -a; **~smo** *m med* mongolismo
mongolo V. **mongolico, mongoloide**; **~ide 1.** *adj* mongoloide; **2.** *adj/s med* mongólico, -a
monile *m* collar
monismo *m filos* monismo
monito *m* amonestación *f* (!)
monitor (*var.* **monitore** *m*) *m inv tecn* monitor
monitoraggio *m* monitorización *f*
monitorio, -a (*m pl* **-ri**) **1.** *adj* 1. monitorio, -a; 2. *TV* del monitor; **2.** *m relig* monitorio
monolasse *adj transp* monorraíl; **~bikini** *m inv* monobikini *m*; **~blocco** *adj/m inv* monobloque; **~carpico, -a** (*m pl* **-ci**) *adj bot* monocarpelar; **~cilindrico, -a** (*m pl* **-ci**) *adj* monocilíndrico, -a
monocolo, -a *adj/m* monóculo, -a; **~re 1.** *adj* monocromo, -a; *pol* monocolor; **2.** *m pol* gobierno monocolor
monocoltura *f* monocultivo *m*
monocromlatico, -a (*m pl* **-ci**) (*var.* **monocromo**) *adj* monocromático, -a, monocromo, -a; **~ia** *f* monocromía
monodia *f mús* monodia
monofase *adj inv* monofase
monogamlia *f* monogamia; **~o, -a** *adj/s* monógamo, -a
monografila *f* monografía; **~co, -a** (*m pl* **-ci**) *adj* monográfico, -a
monogramma *m* monograma
monolingue *adj* monolingüe
monolitico, -a (*m pl* **-ci**) *adj* monolítico, -a

monolito *m* monolito
monolocale *m* estudio
monologo (*pl* **-ghi**) *m* monólogo
monomania *f* monomanía; **~co, -a** (*m pl* **-ci**) *adj psicol* monomaníaco, -a, monomaniaco, -a
monomotore, -trice *adj/m* monomotor, -a
mononucleosi *f inv med* mononucleosis
monopattino *m* monopatín
monoplano *m* monoplano
monopoli® *m inv* monopoly®
monopolio (*pl* **-li**) *m* monopolio
monopolist|a *m/f* monopolista; **~ico, -a** (*m pl* **-ci**) *adj* monopolístico, -a
monopolizza|re *vt* monopolizar; **~tore, -trice** *adj/s* monopolizador, -a; **~zione** *f* monopolización
monopolo *m fís* monopolo
monoposto *adj/m inv* monoplaza
monorimo, -a *adj lit* monorrimo, -a
monorotaia *adj/f inv* monorraíl *adj/m*
monoscopio (*pl* **-pi**) *m TV* carta de ajuste *f*
monosemico, -a (*m pl* **-ci**) *adj ling* monosémico, -a
monosillab|ico, -a (*m pl* **-ci**) *adj* monosílabo, -a; **~o, -a** *adj/m* monosílabo, -a
monospermo, -a *adj bot* monospermo, -a
monossido *m* monóxido
monoteis|mo *m* monoteísmo; **~ta** *adj/s* monoteísta; **~tico, -a** (*m pl* **-ci**) *adj* monoteísta
monotipo *m impr* monotipo
monotipo *m impr/mec* monotipia *f*
monoton|ia *f* monotonía; **~o, -a** *adj* monótono, -a, repetitivo, -a
monotype ['mɔnotajp] *f inv impr* monotipia *f*, monotipo *m*
monouso *adj inv* de un solo uso, de usar y tirar, desechable; ***siringa ~*** *jeringuilla desechable*
mono-utente (*var.* **monoutente**) *adj inv informát* monousuario
monovalente *adj* monovalente
monsignore *m relig* monseñor
monsone *m meteo* monzón
monta *f zool* monta; (*lugar*) picadero *m*; *sport* monta ◊ ***animale da ~*** *m* semental; **~carichi** *m inv* montacargas, elevador *m* (*Am*); **~ggio** (*pl* **-gi**) *m tecn/cine* montaje
montagn|a *f* montaña ◊ ***~e russe*** montaña rusa; **~oso, -a** *adj* montañoso, -a, montuoso, -a
montalettighe *m inv* montacamillas
montan|aro, -a *adj/s* montañés, -esa; **~o, -a** *adj* montañés, -esa, de montaña; **~te** *m* 1. *arq/com* montante; 2. (*fútbol*) poste; 3. (*boxeo*) gancho
montare 1. *vt* 1. (*construir*) montar, armar; *cine* montar; (*piedras preciosas*) engarzar, engastar; *gastr* (*nata*) montar; *gastr* (*clara*) levantar; 2. *zool* montar, cubrir; 3. subir; **~ *le scale*** *subir las escaleras*; **2.** *vi* 1. subir; 2. (*a caballo*) montar ◊ ***~ in bestia/in collera*** montar en cólera; ***~ in cattedra/sul pulpito*** hablar ex cáthedra; ***~ la testa a q*** llenarle a alg la cabeza de pájaros
montat|o, -a *adj* 1. (*nata*) montado, -a; 2. (*persona*) creído, -a, presumido, -a; **~ore, -trice** *m/f tecn/cine* montador, -a; **~ura** *f* (*gafas, joyas*) montura; *desp* montaje *m*, exageración
montavivande *m inv* montaplatos
monte *m* 1. *geogr* monte; 2. (*naipes*) monte; 3. *fig* montaña *f*, montón ◊ ****~ Bianco*** *geogr* Montblanc; ***~ dei pegni/~ di pietà/~ pio*** casa de empeños (*f*), monte de piedad, montepío; ***~ di Venere*** *med* Monte de Venus; ***a ~*** *adv* aguas arriba; ***andare a ~*** (*fracasar*) irse al garete; ***mandare a ~*** mandar a hacer gárgaras (*coloq*), llevar al fracaso
Montecchi *mpl* Montescos ◊ ***~ e Capuleti*** Capuletos y Montescos
montgomery [mon'gɔmeri] *m inv* trenca *f*
montone *m zool* carnero (!); **~ro, -a** (*pl* **i montoneros**) *adj/s pol* montonero, -a
montuos|ità *f inv* montuosidad *f*; elevación *f*; **~o, -a** *adj* montuoso, -a, montañoso, -a
monument|ale *adj* monumental; **~o** *m* monumento
moog® *m inv mús* moog *m*
mop *m inv* mopa *f*
moquette [mo'kɛt] *f inv* moqueta *f*
mora *f* 1. *bot* (*morera*) mora; (*zarza*) mora, zarzamora; 2. mora, demora; intereses de demora *mpl*; 3. *ling* mora
morale 1. *adj* moral; **2.** *f* 1. moral, ética; 2. moraleja, enseñanza; **3.** *m* moral *f*, ánimo ◊ ***la ~ della favola*** la moraleja; ***avere il ~ alto, basso*** tener la moral alta, baja; ***essere giù, su di ~*** estar alto, bajo de moral; ***risollevare il ~ di q*** levantarle a alg la moral; **~ggiare** *vi* ‹*avere*› moralizar
moralis|smo *m* moralismo; **~sta** *m/f* moralista; **~stico, -a** (*m pl* **-ci**) *adj* moralista; **~tà** *f inv* moralidad *f*
moralizza|re *f* moralizar; **~tore, -trice** *adj/s* moralizador, -a; **~zione** *f* moralización
moratori|a *f jur* moratoria; **~o, -a** (*m pl* **-ri**) *adj jur* moratorio, -a
morbidezza *f* (*consistencia*) esponjosidad, blandura; (*tacto*) suavidad, delicadeza
morbido, -a *adj* (*consistencia*) blando, -a, esponjoso, -a, mullido, -a; (*tacto*) suave, agradable
morbillo *m med* sarampión
morbo *m* 1. *med* enfermedad *f*, mal, síndrome, morbo; 2. plaga *f*, azote ◊ ***~ di Alzheimer*** mal de Alzheimer; ***~ di Down*** síndrome de Down; ***~ di Parkinson*** síndrome de Parkinson; **~sità** *f inv med tamb. fig* morbosidad *f*; **~so, -a** *adj med tamb. fig* morboso, -a
morchia *f* morga, alpechín *m*
mordac|e *adj* mordaz, agudo, -a, cáustico, -a; **~ità** *f inv* mordacidad *f*, causticidad *f*
mordente *m* 1. *tecn* (*tinte, metal*) mordiente; 2. (*convicción*) mordiente, gancho; 3. *mús* quiebro
mordere ‹*morsi; morso*› V. 45 *vt* morder ◊ ***~rsi le mani, le labbra*** morderse las manos, los labios
mordicchiare *vt* mordiscar, mordisquear
mordi e fuggi *adj inv* aquí te pillo aquí te mato
morello, -a *adj* pardo, -a, grisáceo, -a

morena *f geol* morena
morente *adj/s* moribundo, -a, agonizante
moresco, -a (*m pl* **-chi**) *adj* moruno, -a; *arte/hist* morisco, -a
morfema *m ling* morfema
morfin|a *f* morfina; **~ismo** *m* morfinismo; **~omane** *adj/s* morfinómano, -a
morfo *m ling* morfo; **~genesi** *f inv bot* morfogénesis; **~logia** (*pl* **-gie**) *f* morfología; **~logico, -a** (*m pl* **-ci**) *adj* morfológico, -a; **~sintassi** *f inv* morfosintaxis; **~sintattico, -a** (*m pl* **-ci**) *adj* morfosintáctico, -a
morganatico, -a (*m pl* **-ci**) *adj* morganático, -a
morgue [mɔrg] *f inv* morgue *f*
moria *f zool* mortandad
moribondo, -a *adj/s* moribundo, -a, agonizante
morigerat|ezza *f* morigeración; **~o, -a** *adj* morigerado, -a
morione *m mil/hist* morrión
morire ‹*muoio; morii; morto*› V. 46 *vi* morir, morirse ◊ **~ *dal sonno*** morirse/caerse de sueño; **~ *dalla vergogna*** morirse de vergüenza; **~ *dalla voglia di qc/di fare qc*** morirse de ganas por u-c/por hacer u-c; **~ *dalle risate*** morirse de risa, troncharse de risa; **~ *di fame*** morir(se) de hambre; ***chi muore giace e chi resta si dà pace*** el muerto al hoyo y el vivo al bollo; ***ho una fame da*** **~** tengo un hambre que me muero; ***mi piace da*** **~** me gusta a rabiar, me gusta un montón, me gusta cantidad (*coloq*); ***più brutto di così si muore*** *adj* más feo que Picio; ***più di così si muore*** *adj* peor imposible; ***va' a ~!*** ¡muérete!, ¡que te zurzan!
mormone *m/f* mormón, -ona
mormor|are ‹*esd*› **1.** *vi* ‹*avere*› murmurar; murmurar, chismorrear; **2.** *vt* murmurar, susurrar; **~atore, -trice** *adj/s* murmurador, -a, chismoso, -a; **~azione** *f* murmuración; maledicencia, chisme *m*; **~eggiare** *vi* ‹*avere*› *tamb. fig* murmurar; **~io** (*pl* **-rii**) *m* murmullo, rumor
moro, -a 1. *adj/s* 1. moro, -a; 2. moreno, -a; **2.** *m bot* morera *f*, moral; **~sità** *f inv jur* morosidad *f*; **~so, -a** *adj/s jur* moroso, -a
morra: giocare alla ~ *f* jugar a la morra
mors|a *f* 1. *tecn* (*de banco*) torno *m* (!); 2. apretón *m* (!), apretujón *m* (!); **~etto** *m* 1. *mec* abrazadera *f*; 2. *electr* borne
morsi... V. **mordere**
morsica|re ‹*esd*› *vt* morder; (*insectos*) picar; **~tura** *f* mordedura; (*insectos*) picadura
morsicchiare *vt* mordiscar, mordisquear
morso 1. *m* 1. mordisco, bocado, dentellada *f*; *zool* (*animales*) mordedura *f*; (*insectos*) picadura *f*; (*envidia, hambre*) comezón *f*, punzada *f*; 2. bocado; 3. (*caballo*) bocado, freno; **2.** *pp* V. **mordere** ◊ ***mettere il ~ a q*** ponerle el freno a alg; ***stringere, allentare il ~*** apretar, aflojar las riendas
morsura *f foto/impr* mordido *m*
mortadella *f* mortadela
mortaio (*pl* **-ai**) *m* 1. *gastr* mortero; 2. *mil* mortero
mortal|e 1. *adj* 1. mortal; 2. mortal, letal; **2.** *mpl* (*la humanidad*) mortales; **~ità** *f inv* mortalidad *f*, mortandad *f*; **~mente** *adv* (*herir*) mortalmente, de muerte; (*ofender*) gravemente; (*aburrir*) mortalmente, enormemente
mortaretto *m* 1. (*fiestas*) petardo; 2. *mil* morterete
morte *f* muerte ◊ ***a tutto c'è rimedio fuorché alla ~*** para todo hay remedio, menos para la muerte; ***a ogni ~ di papa*** *adv* de uvas a peras, de Pascuas a Ramos; ***annoiarsi a ~*** aburrirse como una ostra; ***avercela a ~ con q*** odiar a muerte a alg, tenérsela jurada a alg; ***darsi la ~*** darse muerte, matarse, suicidarse; ***fare una brutta ~*** morir de mala manera; **~lla** *f bot* mirto *m*
mortif|ero, -a *adj* mortífero, -a, letal; **~icare** ‹*esd*› *vt* mortificar; **~icazione** *f* mortificación
morto, -a 1. *adj/s* muerto, -a; **2.** *pp* V. **morire** ◊ **~ *e sepolto*** *tamb. fig* muerto y enterrado; ***cascar ~*** caer muerto, caer fulminado; ***essere ~ dal sonno, di fame, di paura*** estar muerto de sueño, de hambre, de miedo; ***fare il ~*** hacer el muerto; ***suonare a ~*** tocar a muerto; **~rio** (*pl* **-ri**) *m* (*reunión, fiesta...*) velatorio; ***la festa sembrava un ~*** *la fiesta parecía un velatorio*
mortuario, -a (*m pl* **-ri**) *adj* mortuorio, -a, fúnebre
morva *f zool* muermo *m*
mosaic|ista *m/f* mosaiquista; **~o** (*pl* **-ci**) *m* mosaico
Mosca Moscú
mosca (*pl* **-sche**) **1.** *f* 1. mosca; 2. (*barba*) mosca; 3. (*persona*) moscardón *m*; **2.** *adj inv sport* mosca; ***pesi ~*** *pesos mosca* ◊ **~ *bianca*** bicho raro (*m*), mirlo blanco (*m*); **~ *cieca*** (*juego*) gallina ciega; ***far di una ~ un elefante*** hacer una montaña de un grano de arena; ***non si sente volare una ~*** no se oye (volar) una mosca; ***saltare la ~ al naso*** mosquearse; ***zitto e ~!*** ¡silencio!, ¡a callar!
moscacieca V. **mosca**
moscaio (*pl* **-ai**) *m* mosquerío; **~la** *f* 1. alambrera, fresquera; 2. petimetre *m*
moscat|ello, -a *adj/m* moscatel; **~o, -a 1.** *adj* (*uva*) moscatel; (*nuez*) moscada; **2.** *m* (*cepa*) moscatel
moscerino *m* mosquito
moschea *f* mezquita
moschett|iere *m* mosquetero; **~o** *m mil/hist* mosquete; *mil* mosquetón; **~one** *m* (*anilla*) mosquetón
moschi|cida *adj* matamoscas *inv*; **~nato, -a** *adj* (*a pintas*) mosqueado, -a
moscio, -a (*m pl* **-sci**) *adj* 1. flojo, -a, suelto, -a; 2. abatido, -a, decaído, -a
moscone *m* 1. *zool* moscón, moscardón; 2. *nav* patín; 3. (*persona*) moscón
moscovita *adj/s* moscovita
Mosè *m hist* Moisés
mossa *f* 1. movimiento *m*; *mil* movimiento *m*, maniobra; (*ajedrez*) movimiento *m*, jugada; 2. ges-

to *m*, ademán *m*; ***fare la ~ di*** *hacer ademán de/hacer como que*; aspaviento *m*; contoneo *m* ◊ ***una ~ falsa*** un paso en falso (*m*); ***dare la ~ giusta*** dar el paso adecuado; ***prendere le ~e da*** comenzar desde
mossi... V. **muovere**
mosso, -a 1. *adj nav/mús tamb. fig* movido, -a; (*pelo*) ondulado, -a; **2.** *pp* V. **muovere**
mostard|a *f* mostaza; **~iera** *f* mostacera
mosto *m* mosto
mostra *f* 1. exhibición; ostentación, alarde *m*; 2. finta, amago *m*; 3. muestra, exposición; *cine* festival *m*; *com* muestra, feria; 4. *com* escaparate *m*, exposición; 5. *com* (*porción*) muestra; 6. *tecn* (*reloj*) cuadrante *m*, esfera; 7. (*ropa*) parte visible de la solapa ◊ ***fare bella ~ di sé*** exhibirse, dejarse ver; ***fare ~ di*** hacer (un) amago de; ***mettersi in ~*** hacerse de notar, figurar; **~re 1.** *vt* mostrar, exhibir, enseñar; ostentar, alardear *vi* (**qc** de u-c); fingir, aparentar; ***~ di non capire*** *aparentar no entender*; **2. ~rsi** mostrarse, dejarse ver; mostrarse, verse; demostrarse ◊ ***~ i denti*** *fig* enseñar los dientes
mostri|ciattolo *m coloq* monstruito; **~na** *f mil* distintivo *m*, insignia
mostro *m tamb. fig* monstruo; *irón* monstruo, portento
mostruos|ità *f inv* monstruosidad *f*; **~o, -a** *adj* monstruoso, -a
mota *f* fango *m*, barro *m*
motard *m inv* motero *m*, motard
motel *m inv* motel *m*
motilità *f inv med* motilidad *f*
motiv|are *vt* 1. motivar, fundamentar; 2. motivar, causar, ocasionar; **~azione 1.** *f* motivación, fundamentación; *psicol* motivación; **2.** *fpl jur* considerandos *mpl*; **~o** *m* motivo, causa *f*, razón *f*; *arte* motivo, tema ◊ ***~ conduttore*** hilo conductor, leitmotiv; ***avere ~ di/per*** tener ocasión de; ***per ~i di salute*** *adv* por razones de salud
moto 1. *m* movimiento; *hist* revuelta *f*, levantamiento; **2.** *f inv* (*motocicleta*) moto *f* ◊ ***~ d'acqua*** *f* moto acuática; ***~ ondoso*** *meteo* oleaje; ***~ rotatorio, accelerato, perpetuo*** movimiento rotatorio, acelerado, continuo; ***avverbio, verbo di ~*** *m ling* adverbio, verbo de movimiento; ***con ~*** *adj mús* con moto; ***essere in ~*** estar en marcha; ***fare del ~*** hacer ejercicio; ***mettere in ~*** poner en marcha; ***mettersi in ~*** ponerse en marcha/en movimento; **~barca** *f* motora, motonave
motocarro *m* motocarro; **~zzetta** *f* moto con sidecar
motocicl|etta *f* motocicleta; **~ismo** *m* motociclismo; **~ista** *m/f* motociclista; **~o** *m* motociclo
motocoltivatore *m agric* motocultor
motocross *m inv* motocross; **~ista** *m/f* corredor, -a de motocross
motodromo *m* circuito motociclístico
motofalciatrice *f agric* segadora
motofurgone *m* motocarro
motomotrice *f* locomotora
motonautica *f sport* motonáutica
motonave *f* motonave
motopeschereccio (*pl* **-ci**) *m* barco de pesca a motor
motopompa *f* motobomba
motopropulsore *adj* motopropulsor
motoraduno *m* encuentro motociclístico
motorboat ['motor 'bɔt] *m inv* motonave *f*
motore (*f* **motrice**) **1.** *adj mec* motor, -a; **2.** *m mec tamb. fig* motor ◊ ***~ a benzina*** motor de gasolina; ***~ a iniezione*** motor de inyección; ***~ a scoppio*** motor de explosión; ***~ Diesel*** motor Diesel; ***~ di ricerca*** motor de búsqueda; **~tta** *f* scooter *m*
motori|no *m* ciclomotor ◊ ***~ d'avviamento*** motor de arranque; **~o, -a** (*m pl* **-ri**) *adj* motor, -a
motoris|mo *m* motorismo; **~ta** *m/f* motorista; **~tico, -a** (*m pl* **-ci**) *adj* motorístico, -a
motorizza|re *vt* motorizar; **~zione** *f* motorización
motorscooter [motors'kuter] (*var.* **motoscuter**) *m inv* scooter *m*
motoscafo *m* lancha a motor *f*
motosega (*pl* **-ghe**) *f* motosierra
motovedetta *f* patrullera
motoveicolo *m* vehículo a motor
motovelodromo *m* pista de motos y bicicletas *f*
motozappa *f agric* motoazada
motric|e *f* motriz; **~ità** *f inv* motricidad *f*
motteggi|are 1. *vt* burlarse (**q** de alg); ridiculizar; **2.** *vi* bromear; **~atore, -trice** *adj/s* burlador, -a, escarnecedor, -a; **~o** (*pl* **-gi**) *m* burla *f*; escarnio
mottetto *m mús* motete
motto *m* 1. ocurrencia *f*, chiste, dicho; máxima *f*; 2. *heráld* mote, lema, divisa *f*; 3. *elev* palabra *f* (*esténd*)
motuproprio *m inv relig* motu proprio
mountain bike ['mawnten 'bajk] *f inv* bicicleta de montaña *f*
mouse ['maus] *m inv informát* ratón *m*
mousse ['mus] *f inv* mousse *f*
moven|te *m* móvil; **~za** *f* 1. movimiento *m*; 2. gracia, garbo *m*, delicadeza; 3. desarrollo *m*, discurrir *m*
movibile *adj* movible
moviment|are *vt* animar, agitar; **~ato, -a** *adj* agitado, -a, movido, -a; accidentado, -a; **~azione** *f* (*mercancías*) movimiento *m*; **~o** *m* movimiento; *arte/pol* movimiento, corriente *f*; *mil* movimiento, maniobra *f*; movimiento, animación *f*, marcha *f* (*coloq*) ◊ ***mettersi in ~*** ponerse en movimiento, ponerse en marcha
moviola *f cine/TV* moviola
moxa *f med* (*acupuntura*) moxa
mozambic|ano, -a *adj/s geogr* mozambiqueño, -a; ***~o: il ~*** *m geogr* Mozambique
mozarabico, -a (*m pl* **-ci**) *adj/s* mozárabe
mozione *f* moción ◊ ***~ di fiducia*** moción de confianza; ***~ di sfiducia*** moción de censura
mozza|fiato *adj inv coloq* que quita el hipo, que corta la respiración, de no te menees; **~re** *vt* sec-

cionar, cortar; (*planta, árbol*) tronchar, desmochar ◊ ~ ***le parole in bocca a q*** quitarle a alg la palabra; ***da ~ il fiato*** *adj* que quita la respiración, que quita el hipo; **~rella** *f* (="*queso fresco de leche de vaca o también de búfala*") mozzarella

mozzetta *f relig* muceta

mozzicone *m* resto, residuo; (*cigarro*) colilla *f*; (*vela*) cabo

mozzo, -a 1. *m* 1. *nav* grumete; 2. *mec* cubo (!), buje (!); **2.** *adj* truncado, -a, cortado, -a, mocho, -a

ms. (*manoscritto*) *abr* (*manuscrito*) ms.

MSI-DN (*Movimento Sociale Italiano-Destra Nazionale*) *abr* ="partido de extrema derecha"

mucca *f* vaca ◊ ~ ***pazza*** *coloq* vacas locas (*fpl*)

mucchio (*pl* **-chi**) *m* montón ◊ ***a ~i*** *adv* a patadas, a espuertas, a raudales

mucil|aggine *f* mucilago *m*, mucílago *m*; **~agginoso, -a** *adj* mucilaginoso, -a

mucina *f quím* mucina

muco (*pl* **-chi**) *m med* moco, mucus *inv*; **~polisaccaride** *m quím* mucopolisacárido, muco-polisacárido

mucos|a *f med* mucosa; **~ità** *f inv* mucosidad *f*, **~o, -a** *adj med* mucoso, -a

mucronato, -a *adj bot* mucronado, -a

muda *f zool* muda

muezzin (*var.* **muezzino** *m*) *m inv* muecín, almuecín, almuédano

muffa *f* moho *m* ◊ ***fare la ~*** *tamb. fig* criar moho

muffire ‹*isc*› *vi* enmohecerse

muffola *f* manopla

muflone *m zool* muflón

mugavero *m hist* almogávar

mugghiare *vi* ‹*avere*› (*buey*) mugir, bramar; (*mar, viento*) bramar

mugghio (*pl* **-ghi**) *m* (*buey*) mugido, bramido; (*mar, viento*) bramido

muggine *m zool* mújol, lisa *f*

muggi|re *vi* ‹*avere*› mugir; **~to** *m* mugido

mughetto *m bot* mugueto

mugnaio, -a (*m pl* **-ai**) *m/f* tahonero, -a

mugol|are ‹*esd*› **1.** *vi* ‹*avere*› 1. *zool* gañir; 2. (*persona*) gemir; **2.** *vt* murmurar, susurrar; **~io** (*pl* **-lii**) *m zool* gañido

mugugn|are *vi* ‹*avere*› refunfuñar; **~o** *m* refunfuño

mulatt|iera *f* camino de herradura *m*; **~o, -a** *adj/s* mulato, -a

muletto *m mec* carretilla elevadora *f*

muliebre *adj elev* femenino, -a (*estánd*)

mulin|are 1. *vt* cavilar, mascar; **2.** *vi* ‹*avere*› 1. arremolinarse, formar(se) remolinos; 2. (*pensar*) dar vueltas; fantasear; **~ello** *m* 1. remolino, torbellino; 2. ventilador; 3. (*caña de pescar*) carrete; 4. *nav* cabrestante; 5. (*juguete, esgrima*) molinete; **~o** *m* molino ◊ ~ ***ad acqua*** molino de agua; ~ ***a vento*** molino de viento; ***il ~ non macina senza acqua*** quien algo quiere, algo le cuesta; ***chi va al ~ s'infarina*** no se pueden pescar truchas a bragas enjutas; ***lottare contro ~i a vento*** luchar contra molinos de viento; ***parlare come un ~ a vento*** hablar atropelladamente

mullidi *mpl zool* mólidos

mulo *m* mulo, mula *f* ◊ ***ostinato come un ~*** *adj* tozudo como una mula

multa *f* multa; **~re** *vt* multar

multiaccesso *adj inv informát* multiacceso

multicolore *adj* multicolor, abigarrado, -a

multicultural|e *adj* multicultural; **~ità** *f inv* multiculturalidad *f*

multidisciplinare (*var.* **multisciplinare**) *adj* multidisciplinar, multisciplinar

multiforme *adj* multiforme

multigrade [multi'grejd] *adj/m inv mec* (*aceite*) multigrado

multilaterale *adj* multilateral

multimediale (*var.* **multimedia** *adj inv*) *adj* multimedia *inv*

multimilionario, -a (*m pl* **-ri**) *adj/s* multimillonario, -a

multinazionale *adj/f* multinacional

multiorgano *adj inv* multiórgano; ***trapianto ~*** *trasplante multiórgano*

multiplo, -a 1. *m mat* múltiplo; **2.** *adj* múltiple; *mat* múltiplo, -a

multipolare *adj electr/pol* multipolar

multirazziale *adj* multirracial

multireligioso, -a *adj* multirreligioso, -a

multirischio *adj inv* (*seguro*) multirriesgo

multisala: cinema ~ (*var.* **multisale**) *m inv* multicines *mpl*

multisciplinare V. **multidisciplinar**

multisecolare *adj* multisecular, plurisecular

mummia *f* momia

mummifica|re ‹*esd*› *vt* momificar; **~zione** *f* momificación

mungere ‹*mungo; munsi; munto*› V. 39 *vt* 1. (*animal*) ordeñar; 2. (*persona*) exprimir

mungi|tore, -trice *m/f* ordeñador, -a; **~trice** *f tecn* ordeñadora; **~tura** *f* ordeño *m*

municipal|e *adj* municipal ◊ ***palazzo ~*** *m* ayuntamiento; **~ismo** *m* municipalismo; **~ità** *f inv* municipalidad *f*; **~izzare** *vt* municipalizar; **~izzazione** *f* municipalización

municipio (*pl* **-pi**) *m* 1. municipio, término municipal; 2. municipio, ayuntamiento, consistorio, alcaldía *f*

munificenza *f* munificencia

munifico, -a (*m pl* **-ci**) *adj* munificente, munífico, -a

munire ‹*isc*› *vt* dotar (**di** de), proveer (**di** de); *mil* fortificar

munizioni *fpl* municiones

munsi..., munto V. **mungere**

muoio..., muori... V. **morire**

muone *m fís* muón

muovere ‹*muovo; mossi; mosso*› V. 47 **1.** *vt* 1. mover; poner en marcha; 2. promover, provocar, plantear; ~ ***guerra a un paese*** *hacerle la guerra a un país*; ~ ***un'obiezione*** *plantear una objeción*; ~ ***un'osservazione*** *hacer una observación*; ~ ***un'accusa*** *hacer/plantear una acusación*;

(*risa, llanto*) provocar, suscitar; **2.** *vi* salir, partir; empezar, arrancar; **3. ~rsi** 1. moverse; ponerse en marcha; ***muoviti!*** *¡andando!, ¡arreando!*; moverse, preocuparse; 2. levantarse, sublevarse ◊ ***~ i primi passi*** dar los primeros pasos; ***~ la testa*** mover/menear la cabeza

mura V. **muro**

muraglila *f* muralla; **~ato, -a** *adj* amurallado, -a; **~one** *m* paredón, murallón; *nav* espigón, espolón

muralle *adj/m* mural; **~ista** *m/f* muralista

murarle *vt* tapiar, tabicar; **~io, -a** (*m pl* **-ri**) *adj* de la construcción; del albañil; ***arte ~a*** *albañilería* ◊ ***cinta ~a*** *f* murallas (*fpl*)

muratlore *m* albañil; **~ura** *f* 1. construcción, obra; mampostería, pared; 2. tabicación, tapiado *m*

murena *f zool* morena, murena

muriatico, -a (*m pl* **-ci**) *adj quím* muriático, -a

muricciolo *m* murete, tapia *f*

murice *m zool* múrice

muro (*pl (1)* **i muri**, *pl (2)* **le mura**) *m* 1. pared *f*; muro; tabique, tapia *f*; 2. muralla(s) *f(pl)* ◊ ***~ del pianto*** muro de las lamentaciones; ***~ del suono*** barrera del sonido (*f*); ***~ di cinta*** tapia (*f*), cerca (*f*); ***~ di nebbia*** banco de niebla; ***~ divisorio*** pared medianera (*f*); ***~ maestro*** pared maestra (*f*); ***a ~ basso ognuno ci si appoggia*** a perro flaco todo son pulgas; ***a ~*** *adj* empotrado; ***chiudersi fra quattro ~a*** encerrarse entre cuatro paredes; ***è scritto anche sui ~i*** lo saben hasta las piedras; ***i ~i hanno orecchi*** las paredes oyen; ***mettere q al ~*** enviar a alg al paredón; ***parlare al ~*** hablar con la pared

musa *f mitol/arte/bot* musa; **~ragno** *m zool* musaraña *f*

muschilato, -a *adj* almizclado, -a; **~o** (*pl* **-schi**) *m* 1. *zool* almizcle; 2. *bot* musgo

musciame *m gastr* (*atún*) mojama *f*

musco (*pl* **-schi**) *m bot* musgo

muscollare *adj* muscular; **~atura** *f* musculatura

muscolo *m* 1. *med* músculo; 2. *zool* mejillón

muscoloso, -a *adj* musculoso, -a

muscoso, -a *adj* musgoso, -a

muselale *adj* museístico, -a, museal; **~o** *m* museo; **~ologia** *f* museología

museruola *f* (*perro*) bozal *m*; (*caballo*) muserola ◊ ***mettere la ~ a q*** ponerle una mordaza a alg, amordazar a alg

musica *f* 1. música; 2. banda (de música) ◊ ***~ da camera*** música de cámara; ***~ di sottofondo/fondo*** música de fondo; ***~ etnica*** música étnica; ***è la solita ~, è un'altra ~*** es la misma canción/la canción de siempre, es otro cantar; ***mettere in ~*** poner música, musicar; **~bile** *adj* musicable; **~l** ['mjuzicol, 'muzical] *m inv* musical *m*; **~le** *adj* musical; **~lità** *f inv* musicalidad *f*; **~nte** *m/f* (*banda*) músico, -a; **~re** ‹*esd*› *vt* musicar; **~ssetta** *f* musicasete *m*, musicassette *m*

music-hall [mjuzik'ɔl] (*var.* **music hall**) *m inv* music-hall

musicista *m/f* músico, -a; músico, -a, compositor, -a

musicologlia *f* musicología; **~o, -a** (*m pl* **-gi**) *m/f* musicólogo, -a

musicoterapia *f* musicoterapia

muso *m* 1. *zool* morro, hocico; *irón* morro(s) *m(pl)*, careto, jeta *f*; *aero/auto* morro; 2. *coloq* (*enfado*) mosqueo, cabreo ◊ ***a ~ duro*** *adv* con mala cara, de malos modos; ***avere/fare il ~*** *coloq* estar de morros; ***fare qc sul ~*** hacer u-c en los morros; ***rompere/spaccare il ~ a q*** romperle los morros/las narices a alg; **~ne, -a** *m/f* persona malcarada *f*, persona enfadada *f*; **~neria** *f* enfado *m*, disgusto *m*, cabreo *m* (*coloq*)

mussare *vi* ‹*avere*› espumar

mussola (*var.* **mussolina**) *f* muselina

mussulmano V. **musulmano**

mustacchi *mpl* mostachos, bigotes

musulmano, -a *adj/s* musulmán, -ana

muta *f* 1. cambio *m*; *zool* muda; *mil* relevo *m*; 2. *sport* traje de buzo *m*; 3. (*perros*) jauría

mutabille *adj* mutable; **~ità** *f inv* mutabilidad *f*

mutageno, -a (*var.* **mutagenico, -a**) *adj biol* mutágeno

mutamento *m* cambio, mutación *f* ◊ ***~ linguistico*** cambio lingüístico

mutandle *fpl* 1. calzoncillo(s) *m(pl)*; 2. bragas; **~ine** *fpl* braguitas, slip *m*

mutante *adj/m biol* mutante

mutare 1. *vt* cambiar; transformar; **2.** *vi* cambiar; transformarse

mutazionlale *adj biol* mutacional; **~e** *f* mutación, cambio *m*, transformación; *biol* mutación

mutevole *adj* mutable, alterable, variable

mutevolezza *f* mutabilidad, alterabilidad

mutezza *f* mudez

mutilalre ‹*esd*› *vt tamb. fig* mutilar; **~to, -a** *adj/s* mutilado, -a; **~zione** *f* mutilación

mutilo, -a *adj elev* mútilo, -a

mutismo *m* mutismo

muto, -a *adj/s* mudo, -a ◊ ***~ come un pesce*** mudo como un muerto, mudo como la pared

mutua *f adm* mutualidad, mutua ◊ ***essere, mettersi in ~*** estar, ponerse de baja por enfermedad; **~listico, -a** (*m pl* **-ci**) *adj* mutualista; **~nte** *m/f* mutuante, prestamista; **~re** ‹*esd*› *vt jur* tomar prestado (*estánd*); **~tario, -a** (*m pl* **-ri**) *m/f* prestatario, -a; **~to, -a** *m/f* mutualista

mutuo, -a 1. *adj* mutuo, -a; **2.** *m* préstamo ◊ ***~ casa*** crédito hipotecario; ***~ ipotecario*** préstamo hipotecario

N

n (*numero*) *abr* (*número*) nº; ***cercasi appartamento di n. due camere da letto*** *se busca apartamento de dos dormitorios*

N (*nord*) *abr* (*norte*) N

nababbo *m* pachá ◊ ***far vita da ~*** vivir como un pachá/como un marajá

nacchere *fpl* castañuelas, postizas

nacqui... V. **nascere**
nadir *m inv astron* nadir
naft|a *f* 1. *quím* nafta; 2. *auto* gasóleo *m*, gasoil *m*; (*calefacción*) fuel *m*; **~alina** *f* naftalina; **~olo** *m quím* naftol
naia *f* 1. *jerga* mili; 2. *zool* naja, cobra
naïf *adj inv* naïf
nailon V. **nylon**
nandù *m inv zool* ñandú
nanismo *m med* enanismo
nanna *f infant* nana ◊ ***andare a ~*** ir a hacer nana
nano, -a *adj/s med tamb. fig* enano, -a; **~metro** *m* nanómetro; **~tecnologia** (*pl* **-gie**) *f* nanotecnología
napalm (*var.* **napalm**) *m inv* napalm; ***bomba al ~*** *bomba de napalm*
napol|eonico, -a (*m pl* **-ci**) *adj* napoleónico, -a; **~etano, -a** *adj/s* napolitano, -a; ***~i** Nápoles
nappa *f* (*adorno*) borla, fleco *m*; (*piel*) napa; *coloq/irón* narizota
narcis|ismo *m* narcisismo; **~ista** *m/f* narcisista; **~istico, -a** (*m pl* **-ci**) *adj* narcisista; **~o** *m mitol/bot tamb. fig* narciso
narco *m/f* narco, narcotraficante; **~dollaro** *m* narcodólar; **~euro** *m* narcoeuro; **~si** *f inv* narcosis
narcoti|co, -a (*m pl* **-ci**) *adj/m* narcótico, -a; **~zzare** *vt* narcotizar
narcotraffic|ante *m/f* narcotraficante, narco; **~o** *m* narcotráfico, tráfico de drogas
nari *fpl elev* (*orificios de la nariz*) narices (*raro*); **~ce** *f med* narina (!), nariz (*raro*)
narra|bile *adj* narrable, contable; **~re** *vt* narrar, contar, relatar, referir; **~tario** *m lit* narratario; **~tiva** *f* narrativa; *jur* relato *m*, exposición; **~tivo,** *adj* narrativo, -a; **~tore, -trice** *m/f* narrador, -a; **~zione** *f* narración, relato *m*
nasal|e 1. *adj* nasal; (*voz*) gangoso, -a; **2.** *f* (*consonante*) nasal; **~izzazione** *f ling* nasalización
nasardo *m mús* nasardo
nasata *f* narizazo *m*
nascente *adj* naciente, emergente
nascere ‹*nasco; nacqui; nato*› V. 48 *vi* nacer; surgir, originarse; ***mi nasce un sospetto*** *me viene/surge una duda* ◊ ***non essere nato ieri*** no chuparse el dedo
nascita *f* nacimiento *m*; ***sordo di/dalla ~*** *sordo de nacimiento*
nascituro, -a *adj/m* nasciturus *inv*
nascondere ‹*nascosi; nascosto*› V. 49 *vt* esconder, ocultar
nascondi|glio (*pl* **-gli**) *m* escondite, escondrijo; **~no** *m* escondite ◊ ***giocare a ~*** jugar al escondite
nascosi... V. **nascondere**
nascosto, -a 1. *adj* escondido, -a, oculto, -a; **2.** *pp* V. **nascondere** ◊ ***di ~*** *adv* a escondidas, a hurtadillas
nasello *m zool* merluza *f*, pescadilla *f*
naso *m* nariz *f* (!) ◊ ***~ all'insù*** nariz respingona (*f*); ***~ aquilino*** nariz aguileña (*f*); ***~ schiacciato*** nariz chata (*f*); ***arricciare il ~*** torcer el gesto; ***avere buon ~ per qc*** tener buen olfato para u-c; ***ficcare il ~ negli affari altrui*** meter las narices donde no le llaman, meter las narices en los asuntos ajenos; ***menare q per il naso*** tomarle el pelo a alg; ***non vedere più in là del proprio ~*** no ver tres en un burro; *fig* no ver más allá de sus narices; ***parlare col ~*** ganguear; ***restare con un palmo di ~*** quedarse con tres palmos de narices; ***soffiarsi il ~*** sonarse (la nariz), sonarse los mocos; **~ne, -a 1.** *f* (*gran nariz*) narizota, napias *fpl*; **2.** *m/f* (*persona*) narigudo, -a, narizotas *inv*
nassa *f* nasa
nastro *m* cinta *f* ◊ ***~ adesivo*** cinta adhesiva (*f*), celo; ***~ dattilografico*** cinta mecanográfica (*f*); ***~ isolante*** cinta aislante (*f*); ***~ magnetico*** cinta magnética (*f*); ***~ trasportatore*** cinta transportadora
nasturzio (*pl* **-zi**) *m bot* berro, mastuerzo
nasuto, -a *adj* narigudo, -a
natale 1. *adj* natal; **2.** *m raro* cumpleaños *inv*; **3.** *mpl* orígenes, origen *m*; ***di umili ~i*** *de origen humilde*
Natale *m* Navidad *f* ◊ ***Buon ~!*** ¡Feliz Navidad!; ***feste di ~*** *fpl* fiestas de Navidad, Navidades (*fpl*); ***notte di ~*** *f* Nochebuena
natali|tà *f inv* natalidad *f*; **~zio, -a** (*m pl* **-zi**) **1.** *adj* 1. navideño, -a; 2. (*del nacimiento*) natalicio, -a; **2.** *m elev* natalicio
natante 1. *adj* flotante; **2.** *m nav* embarcación *f*
natatorio, -a (*m pl* **-ri**) *adj* natatorio, -a
natica *f* nalga, glúteo *m*
naticuto, -a *adj irón* culón, -ona, fondón, -ona
natio V. **nativo**
Nativi|tà *f relig* Natividad; ***~o, -a 1.** *adj* 1. (*de un lugar*) nativo, -a, indígena; 2. (*tierra, pueblo*) natal; 3. *quím* nativo, -a; **2.** *m/f* nativo, -a, indígena
nato, -a 1. *adj* 1. nacido, -a; nato, -a; ***è un bugiardo ~*** *es un mentiroso nato*; 2. *med* de nacimiento; ***cieco ~*** *ciego de nacimiento*; 3. de soltera; ***Paola Cocco ~a Bellini*** *Paola Cocco, de soltera Bellini*; **2.** *pp* V. **nascere**
NATO (*Organizzazione del Trattato Nord Atlantico*) *abr/f* (*Organización del Tratado del Atlántico Norte*) OTAN
natura *f* naturaleza; naturaleza, condición, índole ◊ ***~ morta*** *arte* bodegón (*m*); ***contro ~*** *adj* contra natura; ***pagare in ~*** pagar en especie; **~le** *adj* natural ◊ ***a grandezza ~*** de tamaño natural; ***al ~*** *adj* al natural; **~lezza** *f* naturalidad (!), espontaneidad (!)
naturalis|mo *m filos* naturalismo; **~ta** *m/f filos/cient* naturalista; **~tico, -a** (*m pl* **-ci**) *adj* naturalista
naturalizza|re *vt* naturalizar, nacionalizar; **~zione** *f* naturalización, nacionalización
naturis|mo *m* naturismo, ambientalismo; **~ta** *adj/s* naturista; **~tico, -a** (*m pl* **-ci**) *adj* naturista
naturopata *m/f med* naturópata
naufrag|are ‹*esd*› *vi* ‹*avere/essere*› *nav tamb. fig* naufragar; **~io** (*pl* **-gi**) *m* naufragio; **~o, -a** (*m pl* **-ghi**) *m/f* náufrago, -a

nausea *f* 1. *med* náuseas *fpl*, náusea; 2. náusea, asco *m*, aversión ◊ ***avere le ~e*** (*embarazo*) tener náuseas; ***dare la ~*** revolver el estómago; ***fino alla ~*** *adv* hasta la saciedad; **~bondo, -a** *adj* nauseabundo, -a; **~nte, -a** *adj tamb. fig* nauseabundo, -a; **~re** ‹*esd*› *vt tamb. fig* dar náuseas; ***la minestra mi nausea*** *la sopa me da náuseas*

nautic|a *f* náutica; **~o, -a** (*m pl* **-ci**) *adj* náutico, -a

naval|e *adj* naval; **~meccanica** *f* mecánica naval

navata *f arq* nave

nave *f* barco *m*, nave, embarcación ◊ ***~ appoggio*** nave de apoyo; ***~ a vapore*** barco de vapor (*m*); ***~ a vela*** barco de vela (*m*); ***~ cisterna*** buque cisterna (*m*); ***~ da carico*** nave de carga, carguero (*m*); ***~ scuola*** *mil* buque escuela (*m*); ***~ spaziale*** nave espacial; ***~ traghetto*** transbordador (*m*); **~tta** *f tecn* (*telar*) lanzadera ◊ ***~ spaziale*** *astron* transbordador espacial (*m*); ***fare la ~*** ir de un sitio a otro

navicella *f* barca, barquilla; (*globo*) barquilla ◊ ***~ spaziale*** nave espacial

naviga|bile *adj* navegable; **~bilità** *f inv* navegabilidad *f*; **~nte** *m/f* navegante ◊ ***personale ~*** *m nav* tripulación (*f*); **~re** ‹*esd*› *vi* ‹*avere*› *nav/informát* navegar; **~to, -a** *adj* navegado, -a, viajado, -a, corrido, -a; **~tore, -trice** *m/f* 1. *nav/informát* navegante; 2. *auto* copiloto; **~zione** *f nav/informát* navegación ◊ ***~ aerea*** navegación aérea; ***~ d'altomare*** navegación de altura; ***~ fluviale*** navegación fluvial; ***~ sottomarina*** navegación submarina; ***~ spaziale*** navegación espacial

naviglio (*pl* **-gli**) *m* 1. navío, buque; 2. flota *f*

navone *m bot* nabo

nazareno, -a (*var.* **nazzareno**) *adj/m inv* nazareno, -a

naziona|le 1. *adj* nacional; **2.** *f sport* selección (nacional); **~ismo** *m* nacionalismo; **~ista** *adj/s* nacionalista; **~istico, -a** (*m pl* **-ci**) *adj* nacionalista; **~ità** *f inv* nacionalidad *f*; **~izzare** *vt* nacionalizar; **~izzazione** *f* nacionalización

nazionalsocialis|mo *m* nacionalsocialismo; **~ta** *adj/s* nacionalsocialista

nazione *f* nación

nazis|mo *m* nazismo; **~ta** *adj/s* nazi

nazzareno V. **nazareno**

N.B. (*nota bene*) *abr* (*nota bene*) N.B.

N.d.A. (*nota dell'autore*) *abr* (*nota del autor*) N. del A.

N.d.E. (*nota dell'editore*) *abr* (*nota del editor*) N. del E.

N.d.R. (*nota della redazione*) *abr* (*nota de la redacción*) N. de la R.

'ndrangheta *f* ="mafia calabresa"

N.d.T. (*nota del traduttore*) *abr* (*nota del traductor*) N. del T.

ne *pron* 1. (*complemento*) (de él, de ella...); ***non conosco Luigi, ma ~ ho sentito parlare*** *no conozco a Luis, pero he oído hablar de él*; (de eso), lo; ***forse ha detto la verità, ma ~ dubito*** *quizás haya dicho la verdad, pero lo dudo*; 2. *raro* (*lugar desde el cual*) (de allí, desde allí); ***è andato presto al lavoro e ~ torna adesso*** *se ha ido a trabajar pronto y vuelve ahora (de allí)*; 3. (*partitivo*) (de eso); ***i dischi sono cari, ma io ~ compro due ogni settimana*** *los discos son caros, pero yo compro dos cada semana*; ***quanti anni hai? ~ ho venti*** *¿cuántos años tienes? tengo veinte (años)*; ***vuoi del sale? no, non ~ voglio*** *¿quieres sal? no, no quiero (sal)* ◊ ***andarsene*** irse, largarse; ***combinarne di tutti i colori*** hacer de las suyas; ***non me ~ importa nulla*** me importa un bledo; ***non ne posso più*** ya no puedo más

né *conj* ni; ***~ è venuto, ~ ha chiamato*** *ni ha venido ni ha llamado* ◊ **~ ... ~** ni ... ni; ***~ più ~ meno*** ni más ni menos; ***~ punto ~ poco*** ni mucho ni poco, ni lo más mínimo

NE (*nordest*) *abr* (*noreste*) NE

neanche V. **nemmeno**

nebbi|a *f* 1. *meteo* niebla; 2. ofuscación, obnubilación; **~osità** *f inv* nebulosidad *f*; **~oso, -a** *adj* neblinoso, -a, nebuloso, -a, brumoso, -a

nebulizza|re *vt tecn* atomizar, vaporizar, pulverizar; **~tore** *m tecn* nebulizador, vaporizador; **~zione** *f* nebulización, vaporización

nebulos|a *f astron* nebulosa; **~ità** *f inv* nebulosidad *f*; **~o, -a** *adj tamb. fig* nebuloso, -a

nécessaire [neses'sɛr] *m inv* neceser *m*

necessario, -a (*m pl* **-ri**) *adj/m* necesario, -a

necessit|à *f inv* necesidad *f* ◊ ***fare di ~ virtù*** hacer de la necesidad virtud, hacer de tripas corazón; **~are** ‹*esd*› *vt/i elev* necesitar (*estánd*); **~ato, -a** *adj* obligado, -a; ***essere ~ a fare qc*** *estar obligado a hacer u-c*

necora *f zool* nécora

necro|filia *f* necrofilia; **~filo, -a** *adj/s* necrófilo, -a; **~foro** *m zool* necróforo; **~logia** (*pl* **-gie**) *f* necrología; **~logico, -a** (*m pl* **-ci**) *adj* necrológico, -a; **~logio** (*pl* **-gi**) *m* necrología *f*; **~poli** *f inv* necrópolis; **~scopia** *f* necroscopia; **~scopico, -a** (*m pl* **-ci**) *adj* necroscópico, -a; **~si** *f inv* necrosis; **~tico, -a** (*m pl* **-ci**) *adj biol/med* necrótico, -a

necton *m inv biol* necton *m*

neerlandese *adj/s* neerlandés, -esa, holandés, -esa

nefand|ezza *f* repugnancia, horror *m*; **~o, -a** *adj* nefando, -a

nefasto, -a *adj* nefasto, -a, infausto, -a

nefrit|e *f* nefritis *inv*; **~ico, -a** (*m pl* **-ci**) *adj* nefrítico, -a

nefro|logico, -a (*m pl* **-ci**) *adj* nefrológico, -a; **~logo, -a** (*m pl* **-gi**) *m/f* nefrólogo, -a; **~patia** *f med* nefropatía; **~si** *f inv* nefrosis

negare *vt* negar

negat|iva *f* negativa; **~ività** *f inv* negatividad *f*; **~ivo, -a** *adj/m* negativo, -a

negato, -a *adj* negado, -a, incapaz, inepto, -a; **~re, -trice** *adj/s* negador, -a

negazione *f* negación; rechazo *m*

neghittoslità *f inv* pereza *f*; **~o, -a** *adj* perezoso, -a
negletto, -a *adj elev* negligente
négligé [negli'ʒe] *m inv* (*lencería*) négligé *m*, bata
negligenlte *adj/s* negligente; **~za** *f* negligencia
negozilabile *adj com* negociable; **~ante** *m/f* comerciante, vendedor, -a; **~are 1.** *vt* negociar; **2.** *vi* ‹*avere*› comerciar; **~ato** *m* negociación *f* ◊ ***~i di pace*** negociaciones de paz (*fpl*); ***aprire i ~i*** entablar negociaciones; ***riprendere i ~i*** reanudar las negociaciones; **~atore, -trice** *m/f* negociador, -a; **~azione** *f* negociación; **~o** (*pl* **-zi**) *m* 1. *com* negocio; 2. (*local*) tienda *f* (!), comercio (!), establecimiento (!) ◊ ***~ giuridico*** acto jurídico, negocio jurídico
negrierle *m* negrero; **~o, -a** *adj/s* negrero, -a
negro, -a 1. *adj* (*persona, raza*) negro, -a; **2.** *m/f* negro, -a; **3.** *m* (*escritor*) negro ◊ ***~ come il carbone*** negro como el carbón; ***essere ~*** *coloq* estar negro, estar que echa humo; ***fare il ~*** trabajar como un negro; **~africano, -a** *adj* negroafricano, -a; **~americano, -a** *adj* afroamericano, -a
negromanlte *m/f* nigromante; **~tico, -a** (*m pl* **-ci**) *adj* nigromántico, -a; **~zia** *f* nigromancia
negus *m inv* (*Etiopía*) negus *m*
nematode *adj/s* nematodo, -a
nembo *m* 1. *meteo* nimbo; 2. (*gran cantidad*) nube *f*, lluvia *f*; **~strato** *m meteo* nimboestrato
nemesi *f elev* némesis
nemico, -a (*m pl* **-ci**) *adj/s* enemigo, -a, adversario, -a ◊ ***~ giurato*** enemigo jurado
nemmeno 1. *adv* tampoco; ni siquiera; ***non lo sa ~ lui*** *no lo sabe ni (siquiera) él*; ***non ho ~ un euro*** *no tengo ni un euro/ni un euro siquiera*; **2.** *conj* (ni) aun, aunque; ***~ sapendolo/~ a saperlo/~ se l'avessi saputo, l'avrei potuto evitare*** *(ni) aun sabiéndolo/aunque lo hubiera sabido, lo habría podido evitar* ◊ ***~ per idea*** ni por asomo; ***~ per sogno*** ni soñarlo
nenia *f* nenia
nenufaro *m bot* nenúfar
neo *m* 1. *med* lunar, peca *f*; 2. tacha *f*, defecto
neocapitalislmo *m econ* neocapitalismo; **~ta** *adj/s* neocapitalista; **~tico, -a** (*m pl* **-ci**) *adj* neocapitalista
neocattolicesimo *m hist* neocatolicismo
neoclassiclismo *m* neoclasicismo; **~o, -a** (*m pl* **-ci**) *adj* neoclásico, -a
neofascislmo *m* neofascismo; **~ta** *adj/s* neofascista
neofita *m/f* neófito, -a
neoformazione *f* nueva formación
neogotico, -a (*m pl* **-ci**) *adj arte* neogótico, -a
neoiscritto, -a *m/f* nuevo, -a inscrito, -a
neolatino, -a *adj ling* neolatino, -a, románico, -a
neolitico, -a (*m pl* **-ci**) *adj/m* neolítico, -a
neologila *f ling* neología; **~smo** *m* neologismo
neomamma *f* mamá reciente
neon *m inv* neón *m*
neonato, -a *adj/s* recién nacido, -a, neonato, -a
neonazislmo *m* neonazismo; **~ta** *adj/s* neonazi
neopapà *m inv* nuevo papá *m*
neoplasia *f med* neoplasia
neoplatonilco, -a (*m pl* **-ci**) *adj* neoplatónico, -a; **~smo** *m filos* neoplatonismo
neopositivismo *m* neopositivismo
neorealismo *m cine* neorrealismo
neotestamentario, -a (*m pl* **-ri**) *adj* neotestamentario, -a
neozelandese *adj/s* neozelandés, -esa
neozoico, -a (*m pl* **-ci**) *adj/m geol* neozoico, -a
Nepal: il ~ *m geogr* (el) Nepal; ***~ese** *adj/s* nepalés, -esa
nepetella *f bot* nébeda
nepotislmo *m* nepotismo, favoritismo; **~ta** *adj/s* nepotista
neppure V. **nemmeno**
nequizia *f elev* malignidad
neralstro, -a *adj* negruzco, -a; **~zzurro, -a 1.** *adj* negro, -a azulado, -a; **2.** *m/f* seguidor, -a del Inter de Milán
nerblata *f* latigazo *m*, zurriagazo *m*; **~o** *m* 1. látigo, azote; 2. (*parte más importante*) núcleo, médula *f*, meollo; 3. nervio, vigor, fuerza *f*; **~oruto, -a** *adj* nervudo, -a, musculoso, -a, robusto, -a
nerelggiare *vi* ‹*avere*› negrear, oscurecerse; **~tto** *m impr* negrita *f* ◊ ***in ~*** *adj* en negrita; **~zza** *f* negrura
nericcio, -a (*m pl* **-ci**, *f pl* **-ce**) *adj* negruzco, -a
nero, -a 1. *adj* negro, -a; **2.** *m* (*color*) negro; **3.** *m/f* (*persona*) negro, -a ◊ ***~ animale*** carbón animal; ***~ di seppia*** *zool* tinta (*f*); ***mettere ~ su bianco*** poner por escrito; **~fumo** (*var.* **nero fumo**) *m* negro de humo
nerognolo, -a *adj* negruzco, -a
nerume *m* 1. hollín, tizne; 2. *bot* tizón
nervlatura *f* 1. *bot/arq* nervadura; 2. sistema nervioso *m*; 3. *impr* nervios *mpl*; **~ino, -a** *adj* nervino, -a ◊ ***gas ~*** *m* gas nervioso; **~o** *m med/bot tamb. fig* nervio ◊ ***avere i ~i a fior di pelle*** tener los nervios a flor de piel; ***avere i ~i a pezzi*** tener los nervios destrozados; ***dare ai ~i/far venire i ~i*** alterar/atacar los nervios, poner nervioso
nervoslismo *m* nerviosismo; **~ità** *f inv* nerviosidad *f*, nerviosismo *m*; **~o, -a 1.** *adj med/bot tamb. fig* nervioso, -a; **2.** *m* nerviosismo ◊ ***dare sui ~i*** poner de los nervios; ***far venire il ~*** atacar los nervios, poner nervioso
nespolla *f bot* (*fruto*) níspero *m* ◊ ***~e!*** *coloq* ¡caracoles!; **~o** *m bot* (*árbol*) níspero
nesso *m* nexo
nessuno, -a 1. *adj* ‹*solo sing; terminaciones como el ar un*› ningún, -una; ***(coloq) nessun libro, ~a colpa*** *ningún libro, ninguna culpa*; ***in nessun modo*** *de ninguna manera*; (*frases interrogativas*) algún, -una; ***hai nessun giornale?*** *¿tienes algún periódico?*; **2.** *pron sing* nadie, ninguno, -a; ***non c'è ~*** *no hay nadie*; ***non ho visto ~*** *no he visto a ninguno/a nadie*
net *m inv* (*tennis*) net *m*

nettalpenne *f inv* limpiaplumas *m inv*; **~piedi** *m inv* felpudo *m*, alfombrilla *f*, limpiabarros
nettare *vt* limpiar
nettare *m* néctar
nettareo, -a *adj* nectáreo, -a, nectarino, -a
nettezza *f* limpieza ◊ ~ ***urbana*** servicio municipal de limpieza (*m*)
netto, -a *adj* 1. limpio, -a; 2. *econ* neto, -a, (en) limpio; ***prezzo, stipendio*** ~ *precio, sueldo neto*
Nettuno *m mitol/astron* Neptuno
netturbino, -a *m/f* barrendero, -a, basurero, -a
network ['nɛtwork] *m inv TV/com* cadena *f*; *informát* red *f* ◊ ***local area*** ~ red local (*f*)
neuma *m mús* neuma
neurlale *adj* neurológico, -a; **~ite** V. **nevrite**
neurochirurglia (*pl* **-gie**) *f* neurocirugía; **~o** (*m pl* **-ghi/-gi**) *m* neurocirujano, -a
neurolettico, -a (*m pl* **-ci**) *adj/m* neuroléptico, -a
neurologlia (*pl* **-gie**) *f* neurología; **~ico, -a** (*m pl* **-ci**) *adj* neurológico, -a; **~o, -a** (*m pl* **-gi**) *m/f* neurólogo, -a
neurone *m* neurona *f*
neuropatologlia (*pl* **-gie**) *f* neuropatología; **~o, -a** (*m pl* **-gi**) *m/f* neuropatólogo, -a
neuropsichiatrla *m/f med* neuropsiquiatra; **~ia** *f* neuropsiquiatría
neurotolmia *f* neurotomía; **~nico, -a** (*m pl* **-ci**) *adj/m* neurotónico, -a
neurovegetativo, -a *adj* neurovegetativo, -a
neutralle *adj/s* neutral; **~ismo** *m* neutralismo; **~ista** *adj/s* neutralista; **~ità** *f inv* neutralidad *f*
neutralizzalre *vt* neutralizar; **~zione** *f* neutralización
neutro, -a *adj/m* neutro, -a; **~ne** *m* neutrón
nevalio (*pl* **-ai**) *m* nevero; **~to, -a 1.** *adj* nevado, -a; **2.** *m* nevero, nevado (*Am*)
neve *f* 1. nieve; ~ ***farinosa, molle, dura, ghiacciata*** *nieve en polvo, blanda, dura, helada*; 2. *jerga drog* (*coca*) nieve, farlopa ◊ ~ ***carbonica*** nieve carbónica; ***a*** ~ *adj gastr* a punto de nieve
nevicalre ‹*esd*› *v/impers* ‹*essere/avere*› nevar; **~ta** *f* nevada
nevischiare *v/impers* ‹*essere/avere*› neviscar
nevischio (*pl* **-schi**) *m* nevisca *f*, agua nieve *f*
nevo *m med* nevus; **~sità** *f inv* cantidad de nieve caída *f*; **~so, -a** *adj* nevoso, -a
nevralglia (*pl* **-gie**) *f* neuralgia; **~ico, -a** (*m pl* **-ci**) *adj* neurálgico, -a ◊ ***punto*** ~ *m* punto neurálgico
nevrastenlia *f* neurastenia; **~ico, -a** (*m pl* **-ci**) *adj* neurasténico, -a
nevrite *f* neuritis *inv*
nevrolsi *f inv* neurosis; **~tico, -a** (*m pl* **-ci**) *adj* neurótico, -a
new age [nju 'ejdʒ] *f filos/mús* new age
new deal [nju 'dil] *m inv econ/pol* new deal
new economy [nju e'kɔnomi] *f inv* nueva economía *f*
new global [nju 'glɔbal] *adj inv* antiglobalización
new look [nju 'luk] *m inv* (*moda, política*) new look
new media [nju 'mɛdja] *mpl* nuevos media, nuevos medios de comunicación
newsgroup [njuz'grup] *m inv informát* grupo de noticias *m*
new wave [nju 'wejv] *adj/f inv* nueva ola *adj/f*
New York [nju'jɔrk] Nueva York
newyorkese [njujɔr'kese] *adj/s* neoyorquino, -a
nibbio (*pl* **-bi**) *m zool* milano
Nicaragula: il ~ *m* Nicaragua *f*; ***~ense** (*var.* **nicaraguese**) *adj/s* nicaragüense
nicchila *f arq* nicho *m*, hornacina ◊ ~ ***di mercato*** *econ* franja de mercado, nicho de mercado, segmento de mercado; **~are** *vi* ‹*avere*› titubear, vacilar; **~o** (*pl* **-chi**) *m* 1. *zool* concha *f*; 2. *relig* sombrero de teja; 3. candil, candileja *f*
nicciano V. **nietzschiano**
nichel *m inv* níquel *m*; **~are** ‹*esd*› *vt* niquelar; **~atura** *f* niquelado *m*; **~ino** *m* moneda de níquel *f*; **~io** V. **nichel**
nichilislmo *m* nihilismo; **~ta** *adj/s* nihilista
nicol (*var.* **nicol**) *m inv* (*óptica*) nícol *m*
nicotinla *f* nicotina; **~ismo** *m* nicotinismo, nicotismo, tabaquismo
nicromo *m* nicromo, níquel cromo
nictalople *adj/s* nictálope; **~ia** *f* nictalopía
nidilata *f* nidada; **~ficare** ‹*esd*› *vi* ‹*avere*› nidificar
nido *m zool tamb. fig* nido ◊ ~ ***d'infanzia*** casa cuna (*f*), guardería (*f*)
nielllare *vt* nielar; **~o** *m* niel
niente 1. *pron/adv* nada; (*interrogación*) algo; **2.** *adj inv coloq* nada de; ~ ***scuse*** *nada de excusas*; **3.** *m* nada *f* ◊ ~ ***affatto/per*** ~ *adv* en absoluto; ~ ***di*** ~ *adv* nada de nada; ***c'è*** ~ ***di nuovo?*** *coloq* ¿hay alguna novedad?; ***come (se)*** ~ ***fosse*** como si nada, como si tal cosa, como quien no quiere la cosa; ***da*** ~ *adv* sin importancia; de tres al cuarto, de pacotilla; ***di*** **~!** *adv* ¡de nada!; ***hai detto*** **~!** ¡casi nada!; ***nient'altro*** *adv* nada más; ***non avere*** ~ ***a che fare con q/qc*** no tener nada que ver con alg/con u-c; ***non essere buono a*** ~ no servir para nada, ser un inútil; ***non fa*** ~ no es nada, no se preocupe; ***non per*** **~...** no es por nada...; ***per*** ~ ***al mondo*** *adv* por nada del mundo; **~dimeno** (*var.* **niente di meno**, **nientemeno**, **niente meno**) **1.** *adv* ni más ni menos, nada menos; **2.** *excl* ¡casi nada!, ¡ahí es nada!
nietzschiano, -a *adj/s* nietzschiano, -a
nife *m geol* nife
nigella *f bot* neguilla
nigeriano, -a *adj/s* nigeriano, -a
night-club [nait 'klab] *m inv* club nocturno *m*, nightclub
nihil obstat *m inv* nihil obstat
nimblato, -a *adj elev* aureolado, -a; **~o** *m* nimbo, aureola *f*; resplandor
ninfla *f mitol/zool* ninfa; **~ea** *f bot* ninfea, nenúfar *m*; **~etta** *f* niña precoz, lolita
ninfomanle *f* ninfómana; **~ia** *f* ninfomanía

ninja ['nindʒa] *m* (*guerrero*) ninja; **~tsu** [nin'dʒa tsu] *m inv sport* ninjutsu *m*
ninna|nanna *f* nana, canción de cuna; **~re** *vt* arrullar, acunar
ninnolo *m* 1. juguete, pasatiempo; 2. *desp* chuchería *f*, baratija *f*, bagatela *f*
nipote *m/f* 1. sobrino, -a; 2. nieto, -a
nipplo *m mec* manguito
nipponico, -a (*m pl* **-ci**) *adj* nipón, -ona
nirvana *m inv* nirvana
nistagmo *m med* nistagmo, nistagmus
nitid|ezza *f* nitidez; **~o, -a** *adj* nítido, -a
nitra|to *m* nitrato; **~zione** *f* nitración
nitri|co, -a (*m pl* **-ci**) *adj* nítrico, -a; **~le** *m quím* nitrilo; **~re** ‹*isc*› *vi* ‹*avere*› relinchar; **~to** *m* 1. *quím* nitrito; 2. *zool* relincho
nitro *m min* nitro; **~cellulosa** *f* nitrocelulosa; **~glicerina** *f* nitroglicerina; **~so, -a** *adj* nitroso, -a
nitrur|azione *f* nitruración; **~o** *m* nitruro
nitticora *f zool* aldorta
nittitante *adj* nictitante
niv|ale *adj* nivoso, -a, de la nieve; **~eo, -a** *adj elev* níveo, -a
no 1. *adv* (*se usa si no va seguido de verbo*) no; ***parti o ~?*** *¿te vas o no?*; ***lo farai, ~?*** *lo harás, ¿no?*; ***pare di ~*** *parece que no*; ***dire di ~*** *decir que no*; **2.** *m inv* no *m*; ***la proposta è stata respinta per cento ~*** *la propuesta ha sido rechazada con cien noes* ◊ ***~ e poi ~*** no y no; ***come ~!*** ¡cómo no!, ¡faltaría más!; ***perché ~?*** ¿por qué no?
NO (*nordovest*) *abr* (*noroeste*) NO
nobel (*var.* **nobel**) *m* nobel
nobelio *m quím* nobelio
nobil|donna *f* dama, hidalga; **~e** *adj/s* noble; **~iare** *adj* nobiliario, -a; **~itare** ‹*esd*› *vt* ennoblecer; **~itazione** *f* ennoblecimiento *m*; **~tà** *f inv* nobleza *f*; **~uomo** *m* hidalgo
nobuk *m inv* nobuk *m*
nocca *f med* nudillo *m*
nocchi|ere (*var.* **nocchiero**) *m nav elev* piloto; **~o** (*pl* **-chi**) *m* (*madera*) nudo; **~uto, -a** *adj* (*madera*) nudoso, -a
nocciol|a 1. *f bot* avellana; **2.** *adj/m inv* (*color*) avellana *f*; **~aia** *f zool* cascanueces *m*; **~ato, -a** *adj* avellanado, -a; **~eto** *m* avellanar, avellanal; **~ina** *f* cacahuete *m*, maní *m* (*Am*) ◊ ***~ americana*** cacahuete (*m*), maní (*m Am*)
nocciolo *m bot* avellano
nocciolo *m* 1. *bot* hueso; 2. meollo, quid; ***il ~ della questione*** *el meollo del asunto, el quid de la cuestión* ◊ ***il ~ duro*** *pol tamb. fig* el sector duro
noce 1. *m* 1. nogal, noguera *f*; 2. (*madera, color*) nogal; **2.** *f* nuez ◊ ***~ moscata*** *f* nuez moscada; **~pesca** (*pl* **-sche**) *f bot* nectarina; **~to** *m* nogueral
nocino *m* licor de nuez
nociuto V. **nuocere**
nociv|ità *f inv* nocividad *f*; **~o, -a** *adj* nocivo, -a (**a** para), perjudicial (**a** para), dañino, -a (**a** para)

no comment *excl* no comment
nocqui... V. **nuocere**
noctiluca (*var.* **nottiluca**) *f zool* noctiluca
nocumento *m adm* perjuicio, daño
nod|ale *adj* 1. *cient/tecn* nodal; 2. crucial, esencial; **~ino** *m* mota *f*
nodo *m* nudo ◊ ***~ gordiano*** nudo gordiano; ***~ scorsoio*** nudo corredizo, lazo; ***~ stradale, ferroviario*** nudo de carreteras, ferroviario; ***avere un ~ alla gola*** tener un nudo en la garganta; **~sità** *f inv med* nudosidad *f*, nudo *m*, nódulo *m*; **~so, -a** *adj* nudoso, -a
nodul|are *adj* nodular; **~o** *m* 1. *med* nódulo, nudosidad *f*; 2. *min* gabarro
noe|ma *m filos* noema; **~si** *f inv filos* noesis
no global *adj inv* antiglobalización
noi *pron inv* nosotros, nosotras
noia *f* 1. aburrimiento *m*; 2. molestia, incomodidad; fastidio *m*, lata ◊ ***prendersi a ~*** cogerse manía; ***venire a ~ qc*** cansarse de u-c
noialtri, -e *pron enf* nosotros, -as
noioso, -a 1. *adj* 1. aburrido, -a; 2. fastidioso, -a, engorroso, -a; latoso, -a, importuno, -a, cargante; **2.** *m/f* pesado, -a, latoso, -a, pelma
noleggi|ante *m nav* fletante; **~are** *vt transp* (*tomar, dar*) alquilar; *nav/com* fletar; **~atore, -trice** *m/f transp* alquilador, -a; *nav/com* fletador, -a; **~o** (*pl* **-gi**) *m transp* alquiler; *nav/com* fletamento; (*precio*) flete
nolente *adj elev* renuente ◊ ***volente o ~*** *adv* de grado o por fuerza, quieras o no
nolo *m* 1. *transp* (*acción*) fletamento; 2. *transp* (*precio*) flete ◊ ***dare, prendere a ~*** dar, tomar en alquiler
nomad|e *adj/s* nómada; **~ismo** *m* nomadismo
nome *m* nombre ◊ ***~ comune, proprio, astratto*** *ling* nombre común, propio, abstracto; ***~ depositato*** marca registrada (*f*); ***~ di battaglia*** nombre de guerra; ***~ di battesimo*** nombre de pila; ***~ utente*** usuario, nombre de usuario; ***a ~ di*** *prep* a nombre de; ***conoscere q di ~*** conocer a alg de nombre; ***di ~*** *adv* de nombre; ***fare il ~ di q*** dar el nombre de alg; ***godere di/avere buon ~*** tener buen nombre; ***in ~ della legge*** *adv* en nombre de la ley; ***in ~ di Dio*** *adv* en nombre de Dios; **~a** *f desp* fama, reputación
nomenclat|ore, -trice *adj/m* nomenclátor *m*, nomenclador *m* (*raro*); **~ura** *f* nomenclatura
nomignolo *m* apodo, mote
nomina *f adm* nombramiento *m* (!)
nominabile *adj* nombrable
nominal|e *adj econ/ling* nominal; **~ismo** *m filos* nominalismo; **~ista** *m/f* nominalista; **~istico, -a** (*m pl* **-ci**) *adj* nominalista
nominare ‹*esd*› *vt* 1. (*decir el nombre*) nombrar; 2. *elev* (*cargo*) nombrar, designar ◊ ***mai sentito ~*** no lo he oído en mi vida
nominat|amente *adv* 1. nominalmente; 2. explícitamente; **~ivo, -a 1.** *adj* 1. nominativo, -a; 2. *ling* (*caso*) nominativo; **2.** *m* 1. *ling* nominativo; 2. *adm* nombre y apellidos; 3. *transp* indicativo

non 1. *adv* no; ***vuoi? no, ~ voglio*** *¿quieres? no, no quiero*; ***sono io, ~ Carlo*** *soy yo, no Carlos*; ***~ così*** *no así, así no*; ***mancò poco che non cantasse*** *faltó poco para que cantara*; ***finché ~ lo vedrò, non ci crederò*** *hasta que no lo vea, no me lo creo*; **2.** *prefijo* no, in-; ***~ fumatore*** *no fumador*; ***~ belligerante*** *no beligerante*; ***~ vedente*** *invidente*
nona *f hist* nona; **~genario, -a** (*m pl* **-ri**) *adj/s* nonagenario, -a
nonché *conj* 1. además de, así como; ***è arrogante, ~ presuntuoso*** *es arrogante, además de presuntuoso*; 2. *raro* y mucho menos; ***ciò non si deve dire, ~ fare*** *eso no se debe decir, y mucho menos hacer*
nonconformis|mo *m* inconformismo; **~ta** *adj/s* inconformista
noncuran|te *adj* descuidado, -a, negligente; **~za** *f* dejadez, negligencia
nondimeno (*var.* **non di meno**) *conj* no obstante, a pesar de todo, aun así
none *fpl hist* nonas; **~tto** *m mús* noneto
nonio (*pl* **-ni**) *m* nonio
nonno, -a *m/f* abuelo, -a ◊ ***sì, mio ~ (in carriola)!*** ¡y un jamón!, ¡cuéntaselo a tu tía!
nonnulla *m* tontería *f*, nadería *f*, minucia *f*
nono, -a *adj* (*ordinal, partitivo*) noveno, -a; ***è arrivato il ~*** *ha llegado el noveno*; ***la ~a parte*** *la novena parte*
nonostante 1. *prep* a pesar de, pese a; **2.** *conj* (+ *subjuntivo*) aunque, a pesar de que
nonpertanto (*var.* **non per tanto**) *conj elev* y aun así, y con todo
non plus ultra *m inv* non plus ultra, no va más
nonsenso *m* sinsentido
non so che *m inv* no se qué, algo; ***ha un ~ che mi piace*** *tiene un no se qué/un algo que me gusta*
nontiscordardimé (*var.* **non ti scordar di me**) *m inv bot* nomeolvides *f inv*
no profit *adj inv* sin ánimo de lucro
norcino *m* capador, castrador
nord *m inv* norte *m* ◊ ***a ~ di*** *prep* al norte de; ***nel ~ di*** *prep* en el norte de; **~africano, -a** *adj/s* norteafricano, -a; **~americano, -a** *adj/s* norteamericano, -a; **~est** *m inv* nordeste; **~ico, -a** (*m pl* **-ci**) *adj/s* nórdico, -a; **~ovest** *m inv* noroeste
noria *f* noria
norma *f tamb. fig* norma ◊ ***~e per l'uso*** instrucciones de uso; ***a ~ di*** *prep* según, conforme; ***a ~ di legge*** *adv* conforme a la ley, según ley; ***per tua ~ e regola*** *adv* para tu información, para que te enteres
normal|e *adj* normal; **~ista** *m/f estud* normalista; **~ità** *f inv* normalidad *f*; **~izzare** *f* normalizar; **~izzazione** *f* normalización
Normandia: la ~ *f geogr* Normandía
normanno, -a *adj/s* normando, -a
normativo, -a *adj* normativo, -a
normografo *m* normógrafo
norvegl|ese *adj/s* noruego, -a; ***~ia: la ~** *f* Noruega
noso|comio (*pl* **-mi**) *m* centro hospitalario, hospital; **~logia** *f med* nosología
nossignore!, -a! *excl* ¡no, señor, -a!
nostalg|ia (*pl* **-gie**) *f* nostalgia, añoranza ◊ ***sentire la ~ di qc/q*** echar de menos u-c/a alg; **~ico, -a** (*m pl* **-ci**) *adj/s* nostálgico, -a; *pol* nostálgico, -a
nostr|ano, -a *adj* del país, local; ***vino ~*** *vino del país*; **~o, -a 1.** *adj* nuestro, -a; ***il ~ cane, le ~e amiche*** *nuestro perro, nuestras amigas*; ***~a madre, ~ cugino, i ~i nonni*** *nuestra madre, nuestro primo, nuestros abuelos*; **2.** *pron f* 1. nuestra opinión; ***vogliamo dire la ~a*** *queremos decir nuestra opinión*; 2. nuestra carta; ***la ~a del tre aprile*** *nuestra carta del tres de abril*; 3. nuestra parte; ***è dalla ~a*** *está de nuestra parte*; **3.** *pron pl* (*partidarios*) nuestros, -as; ***è uno dei ~i*** *es uno de los nuestros* ◊ ***ne abbiamo fatta una delle ~e*** hemos hecho una de las nuestras; **~omo** *m nav* contramaestre, nostramo
nota *f* nota ◊ ***~ d'accredito*** nota de ingreso; ***~ d'acquisto*** nota de compra; ***~ d'addebito*** nota de cargo; ***~ di consegna*** nota de entrega, albarán (*m*); ***~ stonata*** *mús tamb. fig* nota discordante; ***a chiare ~e*** *adv* sin tapujos; ***degno di ~*** *adj* digno de elogio; ***prendere ~ di qc*** *tamb. fig* tomar nota de u-c; **~bile** *adj/m* notable; **~bilità** *f inv* notabilidad *f*; **~io** (*pl* **-ai**) *m* notario, -a *m*
notar|e *vt* 1. anotar, apuntar; 2. notar, percibir; considerar, tener en cuenta ◊ ***farsi ~*** hacerse de notar, dar la nota; **~esco, -a** (*m pl* **-chi**) *adj desp* notarial (*estánd*); **~iato** *m* notariado, notaría; **~ile** *adj* notarial; **~o** V. **notaio**
notazione *f* notación, anotación, apunte *m*; *mús* notación
notebook ['nɔtbuk] *m inv informát* (ordenador) portátil *m*
notes *m inv* bloc de notas *m*
notevole *adj* notable, considerable
notifica *f adm* notificación
notificare ‹esd› *vt* notificar
notificazione V. **notifica**
notizia *f* noticia; **~rio** (*pl* **-ri**) *m* noticiario, informativo
noto, -a *adj* 1. conocido, -a; 2. *desp* sabido, -a, consabido, -a, trillado, -a; **~netta** *f zool* notonecta; **~rietà** *f inv* notoriedad *f*, popularidad *f*; **~rio, -a** (*m pl* **-ri**) *adj* notorio, -a, público, -a ◊ ***atto ~*** *m jur* información testifical (*f*)
nottambul|ismo *m* noctambulismo; **~o, -a** *adj/s* noctámbulo, -a, trasnochador, -a
nottante *m/f* enfermero, -a de noche
nottata *f* noche
notte *f* noche; ***di ~/la ~*** *por la noche, de noche*; ***le due di ~*** *las dos de la noche/de la madrugada* ◊ ***~ bianca/in bianco*** noche toledana, noche en blanco; ***~ di Natale*** Nochebuena; ***~ di***

San Silvestro Nochevieja; ***a tarda ~/a ~ inoltrata*** *adv* a altas horas de la noche, bien entrada la noche; ***buona ~!*** (*para ir a dormir*) ¡buenas noches!; ***ci corre quanto dalla ~ al giorno*** va como del cielo a la tierra; ***le mille e una ~*** *lit* las mil y una noches; **~tempo** *adv* por la noche, de noche ◊ ***di ~*** *adv* por la noche, de noche

nottiluca V. **noctiluca**

nottola *f* 1. *zool* murciélago *m*; 2. *mec* tarabilla

nottolino *m mec* pestillo

nottolone *m zool* chotacabras *inv*

notturno, -a 1. *adj* nocturno, -a; **2.** *m mús/relig* nocturno

noumeno *m filos* nóumeno

nouvelle cuisine [nu'vɛl kwi'zin] *f* nouvelle cuisine

novant|a *adj/m* noventa; ***te l'ho detto ~ volte!*** *¡te lo he dicho mil veces!*; **~enne** *adj/s* nonagenario, -a; **~ennio** (*pl* **-ni**) *m* novantenio; **~esimo, -a** *adj* nonagésimo, -a; **~ina** *f* unos/unas noventa *m/f*; conjunto de noventa *m*

novare *vt jur* novar

novatore, -trice *adj/s* innovador, -a

novazione *f* 1. innovación; 2. *jur* novación

nove *adj/s inv* nueve

novecent|esco, -a (*m pl* **-chi**) *adj* del siglo XX; **~ista** *m/f arte* novecentista; **~o** *adj/s inv* novecientos, -as ◊ ***il *~*** el siglo XX

novella *f* 1. *lit* cuento *m* (!), novela corta (!); 2. *elev* (*noticia*) nueva; **~me** *m* (*peces*) grupo de alevines; **~re** *vi* ‹*avere*› *lit elev* contar cuentos (*estánd*); **~tore, -trice** *m/f lit* (*oral*) cuentacuentos *inv*, cuentista, narrador, -a

novell|ino, -a *adj/s* novato, -a, bisoño, -a; **~sta** *m/f lit* cuentista, novelista (de novela corta); **~stica** *f* cuentística

novello, -a *adj* nuevo, -a; ***patate ~e*** *patatas nuevas*; ***un ~ Picasso*** *un nuevo Picasso*; (*vino*) joven

novembre *m* noviembre

novena *f relig* novena

novendiale *m* novenario

novenn|ale *adj* de nueve días; **~e** *adj* de nueve años; **~io** (*pl* **-ni**) *m* período de nueve años

novilunio (*pl* **-ni**) *m* novilunio

novissimi *mpl* 1. postrimerías *fpl*; 2. (*poetas*) novísimos

novità *f inv* novedad *f*

novizi|ato *m relig tamb. fig* noviciado; **~o, -a** (*m pl* **-zi**) *m/f* 1. *relig* novicio, -a; 2. novato, -a, primerizo, -a

nozion|e *f* noción; **~ismo** *m* memorismo; **~ista** *m/f* memorista; **~istico, -a** (*m pl* **-ci**) *adj* memorístico, -a

nozze *fpl* boda *f*, matrimonio *m*, casamiento *m* ◊ ***~ d'argento, d'oro, di diamante*** bodas de plata, de oro, de diamante

N.T. (*Nuovo Testamento*) *abr* (*Nuevo Testamento*) NT

nuance [nu'ans] *f inv* matiz *m*

nube *f meteo/cient elev* nube

nubecola *f med* granizo *m*

nubiano, -a *adj/s* nubiense

nubifragio (*pl* **-gi**) *m* tempestad *f*, tromba *f*, turbión

nubile *adj/f* soltera

nuca *f* nuca, cogote *m*

nucle|are 1. *adj* nuclear; **2.** *m* energía atómica *f*; **~arizzare** *vt* nuclearizar; **~ico, -a** (*m pl* **-ci**) *adj* nucleico, -a; **~ina** *f* nucleína; **~inico** V. **nucleico**; **~o** *m* núcleo

nuclide *m fís* nucleido

nud|ismo *m* nudismo; **~ista** *adj/s* nudista; **~ità** *f inv* desnudez *f*; **~o, -a 1.** *adj* desnudo, -a (!); **2.** *m arte* desnudo (!) ◊ ***~ nato*** como Dios lo trajo al mundo; ***a occhio ~*** *adv* a simple vista; ***a testa ~a*** *adv* con la cabeza descubierta; ***la verità ~ e cruda*** la cruda verdad

nulla 1. *pron/adv* nada; **2.** *m inv* nada *f*; **~dimeno** V. **nondimeno**

nullaggine *f* nulidad, ineptitud

nulla osta (*var.* **nullaosta**) *m inv* visto bueno *m*

nullatenen|te *adj/m* desposeído, -a, paria, pobre; **~za** *f* pobreza, miseria

nullità *f inv* 1. *jur* nulidad *f*; 2. nulidad *f*, inepto, -a *m/f*

nullo, -a *adj* nulo, -a, inválido, -a

nume *m lit/relig elev* numen

numera|bile *adj* numerable; **~le** *adj/m* numeral; **~re** ‹*esd*› *vt* numerar; **~rio, -a** (*m pl* **-ri**) *adj mat* numerario, -a; **~tore, -trice** *m/f mat/tecn* numerador, -a; **~trice** *f impr* numeradora; **~zione** *f* numeración

numerico, -a (*m pl* **-ci**) *adj* numérico, -a

numero *m* número; ***fare un ~*** *marcar un número (de teléfono)* ◊ ***~ chiuso*** *estud* numerus clausus (*inv*); ***~ di casa*** número de la calle/del portal; ***~ frazionario/fratto*** número quebrado; ***~ legale*** *adm* quórum; ***~ primo*** *mat* número primo; ***~ tondo*** número redondo, número pelado (*coloq*); ***~ verde*** *telec* línea 900 (*f*); ***dare i ~i*** desvariar; ***nel ~ dei più*** *adv irón* en el otro barrio; ***sbagliare ~*** (*teléfono*) equivocarse de número; ***senza ~*** *adv* sin fin; **~sità** *f inv* numerosidad *f* (*raro*); **~so, -a** *adj* numeroso, -a

numismatic|a *f* numismática; **~o, -a** (*m pl* **-ci**) *adj/s* numismático, -a

nunzi|atura *f relig* nunciatura; **~o** (*pl* **-zi**) *m* 1. *relig* nuncio; 2. *elev* mensajero, anunciador

nuocere ‹*nuocio/nuoccio; nocqui; nociuto*› V. 50 *vi* ‹*avere*› dañar *vt*, perjudicar *vt*

nuora *f* nuera

nuot|are *vt/i* ‹*avere*› nadar ◊ ***~ nell'abbondanza*** nadar en la abundancia; **~ata** *f* baño *m*; **~atore, -trice** *m/f* nadador, -a; **~o** *m* natación *f* (!) ◊ ***~ a rana*** estilo braza; ***a ~*** *adv* a nado

nuova *f* (*noticia*) nueva

Nuova York *ant* Nueva York

Nuova Zelanda: la ~ *f* Nueva Zelanda

nuovo, -a *adj/m* nuevo, -a ◊ ***~ fiammante/di zecca*** flamante, recién salido del horno; ***che c'è di***

~? ¿qué hay de nuevo?; ***di ~*** *adv* de nuevo, nuevamente; ***fare qc di ~*** volver a hacer una cosa; ***non mi riesce ~*** me es familiar, me suena
nuraghe *m arq/hist* núraga *f*
nurse [nɛrs] *f inv* niñera *f*
nutazione *f astron* nutación
nutria *f zool* coipo *m*, myocastor *m*
nutrice *f* nodriza, aya, ama de cría
nutriente *adj/m* nutriente
nutrimento *m* alimento
nutrire ‹*isc/nutro*› *vt* alimentar, dar de comer, nutrir
nutrit|ivo, -a *adj* nutritivo, -a, alimenticio, -a, sustancioso, -a; **~o, -a** *adj* nutrido, -a, alimentado, -a ◊ ***ben ~*** bien alimentado; ***mal ~*** mal nutrido, desnutrido
nutrizion|e *f* nutrición, alimentación; **~ista** *m/f med* nutricionista
nuvola *f* nube ◊ ***cadere/cascare dalle ~e*** caer del cielo, caer en la cuenta, abrir los ojos; ***vivere nelle ~e*** estar en las nubes, estar en la luna, estar en Babia
nuvolaglia *f* nublado *m*
nuvoletta *f* (*tebeo*) bocadillo *m*
nuvolo *m* 1. nublado, nubosidad *f*; 2. (*gran cantidad*) nube *f*
nuvolone *m* nubarrón
nuvolos|ità *f inv* nubosidad *f*; **~o, -a** *adj* nuboso, -a, nublado, -a, cubierto, -a
nuzial|e *adj* nupcial; **~ità** *f inv* nupcialidad *f*
nylon ['nailon] *m inv* nailon, nylon

O

o *conj* o, u; ***carne ~ pesce*** *carne o pescado*; ***sette ~ otto*** *siete u ocho*
O (*ovest*) *abr* (*oeste*) O
OACI (*Organizzazione dell'Aviazione Civile Internazionale*) *abr* (*Organización de la Aviación Civil Internacional*) OACI
OAS (*Organizzazione degli Stati del continente americano*) *abr* (*Organización de Estados Americanos*) OEA
oasi *f inv geogr tamb. fig* oasis
obbediente V. **ubbidiente**
obbiettivo V. **obiettivo**
obbliga|re ‹*esd*› *vt* obligar; **~to, -a** *adj* 1. obligado, -a; obligatorio, -a, forzoso, -a; 2. obligado, -a, reconocido, -a; **~torio, -a** (*m pl* **-ri**) *adj* obligatorio, -a, forzoso, -a; **~zione** *f econ/jur* obligación; **~zionista** *m/f com* obligacionista
obbligo (*pl* **-ghi**) *m* obligación *f*, deber ◊ ***d'~*** *adv* obligatorio; *relig* de guardar; ***essere in ~ di/avere l'~ di*** estar obligado a; ***sentirsi in ~*** sentirse en la obligación
Obb.mo (*obbligatissimo*) *abr* ="fórmula de cortesía"
obbrobrio (**-bri**) *m* oprobio; **~so, -a** *adj* oprobioso, -a
obelisco (*pl* **-schi**) *m* obelisco
oberato, -a *adj jur* (*deudas, trabajo...*) cargado, -a; ***sono ~ di lavoro*** *estoy cargado de trabajo*
obes|ità *f inv* obesidad *f*; **~o, -a** *adj/s* obeso, -a
obice *m mil* obús
obiett|are *vt* objetar (**su** a/contra); **~ività** *f inv* objetividad *f*; **~ivo, -a** (*var.* **obbiettivo**) **1.** *adj* objetivo, -a; **2.** *m* 1: *foto/mil* objetivo; 2. objetivo, finalidad *f*; **~ore, -trice** *m/f* objetor, -a ◊ ***~ fiscale*** objetor, -a fiscal; ***~ di coscienza*** objetor, -a de conciencia
obiezione *f* objeción ◊ ***~ fiscale*** objeción fiscal; ***~ di consciènzia*** objeción de conciencia
obito *m elev* óbito; **~rio** (*pl* **-ri**) *m* depósito (de cadáveres), morgue *f*
obla|to, -a *adj/s* oblato, -a; **~zione** *f relig* oblación
obliare *vt elev* olvidar (*estánd*)
oblio (*pl* **-li**) *m elev* olvido (*estánd*)
obliqu|ità *f inv* oblicuidad *f*; **~o, -a** *adj tamb. fig* oblicuo, -a
oblitera|re 1. *vt* 1. obliterar, cancelar, anular; *transp* (*billete*) picar; *telec* matasellar; 2. (*olvidar*) borrar, eliminar; **2. ~rsi** *med* obliterar *vi*; **~trice** *f telec* mataselladora; *transp* (*billete*) invalidadora; **~zione** *f elev* obliteración, cancelación; *telec* matasellado *m*; *transp* (*billete*) picado *m*; invalidación; *med* obliteración
oblò *m inv nav* ojo de buey *m*
oblungo, -a (*m pl* **-ghi**) *adj* oblongo, -a
obnubilamento *m* obnubilación *f*
oboe *m mús* oboe
oboista *m/f* (*persona*) oboe *m*
obolo *m* (*limosna*) óbolo
obre|ttizio, -a (*m pl* **-zi**) *adj jur* obrepticio, -a; **~zione** *f jur* obrepción
obsole|scenza *f elev* obsolescencia; **~to, -a** *adj elev* obsoleto, -a
OC (*onde corte*) *abr* (*onda corta*) OC
oca *f* 1. *zool* ganso *m*, ánsar *m*, oca; 2. *fig* pava, tonta ◊ ***gioco dell'~*** *m* juego de la oca; ***porca l'~!*** *coloq* ¡maldita sea!; **~rina** *f mús* ocarina
occasion|ale *adj* ocasional; **~e** *f* ocasión ◊ ***all'~*** *adv* si se presenta la ocasión; ***alla prima ~*** *adv* en la primera ocasión; ***auto d'~*** *f* coche de ocasión (*m*); ***cogliere l'~/approfittare dell'~*** aprovechar la ocasión, no dejar pasar la oportunidad; ***in ~ di*** *prep* con ocasión de; ***l'~ fa l'uomo ladro*** la ocasión hace al ladrón; ***perdere l'~*** perder la ocasión
occaso *m elev* ocaso
occhia|ccio (*pl* **-ci**) *m* mirada severa *f* ◊ ***far gli ~i*** fulminar con la mirada; **~ia 1.** *f* cuenca (del ojo); **2.** *fpl* ojeras
occhia|laio, -a (*m pl* **-ai**) *m/f* óptico, -a; **~etto** *m* impertinente, lente *f*; **~i** *mpl* gafas *fpl*, lentes *fpl*; ***portare gli occhiali*** *llevar gafas*; **~uto, -a** *adj irón* gafudo, -a
occhiata *f* 1. ojeada, mirada, vistazo *m*; 2. *zool* (*pez*) oblada ◊ ***dare un'~ a qc*** echarle un vistazo a u-c; ***lanciare un'~ a q*** lanzarle una mirada a alg

occhie|ggiare *vt* ojear, mirar de reojo; **~llo** *m* 1. (*ropa*) ojal; (*zapato*) ojete; ollao; 2. (*noticia*) antetítulo; 3. (*libro*) anteportada *f*; **~tto** *m* 1. ojillo, ojito; 2. (*noticia*) entradilla *f*; 3. (*libro*) anteportada *f* ◊ ***fare l'~*** guiñar el ojo

occhio (*pl* **occhi**) *m tamb. fig* ojo; *impr* ojo ◊ ***~ (che) non vede cuore (che) non duole/lontano dagli ~i, lontano dal cuore*** ojos que no ven corazón que no siente; ***~ clinico*** ojo clínico; ***~ del ciclone*** *tamb. fig* ojo del huracán; ***~ di bue*** (*nav/bot*) ojo de buey; ***~ di pernice*** (*tela*) ojo de perdiz; *med* ojo de pollo, ojo de gallo; ***~ per ~, dente per dente*** ojo por ojo, diente por diente; ***a ~ nudo*** *adv* a simple vista; ***ad ~ e croce*** *adv* a ojo (de buen cubero), a bulto; ***ad ~i aperti*** *adv* con los ojos abiertos; ***ad ~i chiusi*** *adv* con los/a ojos cerrados; ***alzare, abbassare gli ~i*** alzar, bajar los ojos/la vista; ***aprire gli ~i*** abrir los ojos, quitarse la venda; ***avere gli ~i foderati di prosciutto*** tener una venda en los ojos; ***avere gli ~i fuori dalle orbite*** tener los ojos fuera de las órbitas; ***cavarsi gli ~i*** dejarse los ojos; ***costare un ~ (della testa)*** costar un ojo (de la cara), costar un riñón; ***dare nell'~*** llamar la atención; ***essere l'~ destro*** ser el ojo derecho; ***essere tutt'~i*** ser todo ojos; ***fare l'~ di triglia a q*** poner cara de borrego degollado ante alg; ***fare tanto d'~i*** poner los ojos como platos, poner cara de estupor; ***gettare l'~ su qc*** echarle el ojo a u-c; ***guardare con tanto d'~i*** mirar con extrañeza; ***in un batter d'~*** *adv* en un abrir y cerrar de ojos, en un santiamén; ***l'~ del padrone ingrassa il cavallo*** el ojo del amo engorda el caballo; ***mangiare con gli ~i*** comerse con los ojos; ***mettere/porre gli ~i addosso a q/qc*** echar/poner el ojo en alg/en u-c; ***non chiudere ~*** no pegar ojo; ***piantare gli ~i addosso a q*** clavar los ojos en alg; ***quattro ~i vedono meglio di due*** cuatro ojos ven más que dos; ***rifarsi gli ~i*** recrearse la vista; ***saltare agli ~i*** saltar a la vista; ***sgranare gli ~i*** salirse los ojos de las órbitas, poner cara de asombro; ***sognare ad ~i aperti*** soñar despierto; ***strizzare l'~ a q*** guiñarle el ojo a alg; ***stropicciarsi gli ~i*** (*sueño*) frotarse los ojos; ***tenere d'~*** vigilar, no perder de vista; ***vedere di buon, di mal ~*** ver con buenos, con malos ojos; **~lino: fare l'~** *vi* guiñar el ojo, hacer guiños

occident|ale *adj/s* occidental; **~e** *m* occidente; oeste, poniente

occipitale *adj/m med* occipital

occipite *m* occipucio

Occitani|a *f* Occitania; ***~co, -a** (*m pl* **-ci**) *adj* occitano, -a; provenzal

occludere ‹*occlusi; occluso*› V. 10 *vt* obstruir; *med* ocluir

occlusi|one *f cient/ling* oclusión; **~iva** *f ling* (*consonante*) oclusiva; **~ivo, -a** *adj cient/ling* oclusivo, -a; **~o** V. **occludere**

occorren|te *adj/m* necesario, -a; ***l'~ per scrivere*** *lo necesario para escribir*; **~za** *f* necesidad (!) ◊ ***all'~*** *adv* en caso de necesidad

occorrere ‹*corsi; corso*› V. 18 *vi* hacer falta (!), ser necesario (!), precisarse (!); ***occorrono medicinali*** *hacen falta/se precisan medicinas*; ***~ fare provvista d'acqua*** *hay que hacer provisión de agua*

occult|amento *m* ocultación *f*; **~are** *vt* ocultar, esconder; **~azione** *f astron* ocultación; **~ismo** *m* ocultismo; **~ista** *adj/s* ocultista; **~o, -a** *adj* oculto, -a

occupa|bile *adj* ocupable; **~nte** *adj/s* ocupante; **~re** ‹*esd*› **1.** *vt* 1. ocupar; ocupar, habitar; 2. *adm* (*cargo*) ocupar, desempeñar; **2. ~rsi** 1. (*personas*) ocuparse (**di** de), preocuparse (**di** de), atender (**di** a); ***~rsi degli ospiti*** *ocuparse de los invitados, atender a los invitados*; ocuparse (**di** de), encargarse (**di** de); (*profesión*) dedicarse (**di** a); ***~rsi di lingue morte*** *dedicarse a las lenguas muertas*; (*aficiones*) entender (**di** de), interesarse (**di** por); ***~rsi di fossili*** *ser un estudioso de los fósiles/un experto en fósiles*; 2. (*trabajo*) ocuparse (**di** de), emplearse (**di** en); **~to, -a** *adj* ocupado, -a; ***la linea è ~a*** *el teléfono comunica*; **~tore, -trice** *m/f* ocupante; **~zionale** *adj* ocupacional; **~zione** *f* ocupación ◊ ***piena ~*** pleno empleo (*m*)

OCDE (*Organizzazione per la Cooperazione e lo Sviluppo Economico*) *abr* (*Organización de Cooperación y Desarrollo Económico*) OCDE

ocean|ico, -a (*m pl* **-ci**) *adj* oceánico, -a; **~o** *m geogr* océano; ***~ Atlántico, Pacifico, Indiano*** *Océano Atlántico, Pacífico, Índico*

oceanografi|a *f* oceanografía; **~co, -a** (*m pl* **-ci**) *adj* oceanográfico, -a

ocelot V. **ozelot**

ocra 1. *f* ocre *m*, almagre *m*; **2.** *adj/m inv* (*color*) ocre

ocula|re *adj/m* ocular; **~tezza** *f* cautela, circunspección; **~to, -a** *adj* 1. *elev* cauto, -a, atento, -a; 2. circunspecto, -a

oculist|a *m/f med* oculista; **~ica** *f* oftalmología; **~ico, -a** (*m pl* **-ci**) *adj* oftalmológico, -a

od V. **o**

odalisca (*pl* **-sche**) *f* odalisca

ode *f* oda

odeon (*var.* **odeon**) *m mús ant* odeón

O.d.g. (*ordine del giorno*) *abr* orden del día

odiare *vt* odiar

odierno, -a *adj* moderno, -a, actual

odio (*pl* **-di**) *m* odio ◊ ***avere in ~ q*** odiar a alg; ***in ~ a q/qc*** *prep* en contra de alg/de u-c; ***venire in ~ a q*** caer en desgracia ante alg; **~sità** *f inv* odiosidad *f*; **~so, -a** *adj* odioso, -a

odissea *f mitol tamb. fig* odisea

odografa *adj* (*curva*) odógrafa

odontalg|ia (*pl* **-gie**) *f* odontalgia; **~ico, -a** (*m pl* **-ci**) *adj* odontálgico, -a

odontoiatr|a *m/f* odontólogo, -a; **~ia** *f* odontología; **~ico, -a** (*m pl* **-ci**) *adj* odontológico, -a

odontotecnic|a *f* mecánica dental, odontotecnia; **~o, -a** (*m pl* **-ci**) *adj/s* protésico, -a dental, odontotécnico, -a

odoran|te *adj* oloroso, -a, fragante; **~re** *vt/i* ‹*avere*› oler; ~ ***di qc*** *oler a alg*; **~to** *m* olfato

odore 1. *m* olor; **2.** *mpl gastr* hierbas aromáticas *fpl* ◊ ***buon, cattivo*** ~ buen, mal olor; ***morire in ~ di santità*** morir en olor de santidad

odori|fero, -a *adj* odorífero, -a; **~no** *m* (*perfume*) olorcillo, aroma; **~zzante** *adj* odorizante

odoroso, -a *adj* oloroso, -a

offendere ‹*offesi; offeso*› V. 58 *vt* 1. ofender, molestar; ofender, insultar; (*honor*) ofender, mancillar; 2. (*cosas*) dañar

offens|iva *f mil tamb. fig* ofensiva; ***sferrare l'~*** *desencadenar la ofensiva*; **~ivo, -a** *adj mil tamb. fig* ofensivo, -a; **~ore** (*f* **offenditrice**) *m/f* ofensor, -a

offerente *m/f* oferente, donante; (*subasta*) postor, -a; ***aggiudicare al migliore ~*** *adjudicar al mejor postor*

offersi... V. **offrire**

offert|a *f* 1. oferta, donativo *m*, óbolo *m*; 2. oferta, ofrecimiento *m*, propuesta; (*trabajo*) oferta; (*matrimonio*) propuesta; (*subasta*) puja, postura; *econ* oferta; *relig* ofertorio *m* ◊ ***~ pubblica d'acquisto (Opa)*** oferta pública de adquisición (OPA); ***essere in ~*** estar de oferta; **~o** V. **offrire**; **~orio** (*pl* **-ri**) *m relig* ofertorio

offes|a *f* 1. ofensa, afrenta, agravio *m*; 2. daño *m*; herida; 3. *mil* ofensiva; **~i...** V. **offendere**; **~o, -a 1.** *adj/s* ofendido, -a; **2.** *pp* V. **offendere** ◊ ***fare l'~*** hacerse el ofendido

office automation ['ɔffis auto'meʃʃon] *f inv* ofimática *f*

offici|ante *adj/s* oficiante, celebrante; **~na** *f* 1. taller *m* (!); 2. *auto* taller *m* (!), garaje *m*; **~nale** *adj med* oficinal; **~osità** V. **ufficiosità**

offrire ‹*offrii/offersi; offerto*› V. 17 **1.** *vt* 1. ofrecer; regalar; 2. invitar; ***oggi offre lui il pranzo*** *hoy invita él a comer*; ***chi mi offre una sigaretta?*** *¿quién me da un cigarrillo?*; **2. ~rsi** 1. ofrecerse, brindarse; 2. (*ocasión*) ofrecerse, presentarse

offset *adj/m inv* offset

offuscа|mento *m* ofuscamiento, ofuscación *f*; **~re** *vt tamb. fig* ofuscar

ofi|di *mpl zool* ofidios; **~te** *f min* ofita; **~ura** *f zool* ofiura

oftalmico, -a (*m pl* **-ci**) *adj* oftálmico, -a

oftalmolog|ia (*pl* **-gie**) *f* oftalmología; **~ico, -a** (*m pl* **-ci**) *adj* oftalmológico, -a; **~o, -a** (*m pl* **-gi**) *m/f* oftalmólogo, -a

oggettiv|are *vt* objetivar; **~azione** *f* objetivación; **~ismo** *m* objetivismo; **~ità** *f inv* objetividad *f*; **~o, -a** *adj* objetivo, -a

oggetto 1. *m* 1. objeto; 2. objeto, objetivo, finalidad *f*; 3. *adm tamb. fig* objeto, asunto, tema; **2.** *adj inv* objeto; ***donna, uomo ~*** *mujer, hombre objeto* ◊ ***essere ~ di*** ser objeto de; ***avere per ~*** tener como objeto

oggettuare ‹*esd*› *vt* cosificar

oggi *adv/m inv* hoy ◊ ***~ a sette, otto...*** de aquí a siete, ocho... días, dentro de siete, ocho... días; ***al giorno d'~/a tutt'~*** *prep* a fecha de hoy; ***da ~ in avanti*** *adv* de hoy en adelante; ***dall'~ al domani*** *adv* de hoy para mañana, de un día para otro; ***per ~*** *adv* por hoy; **~dì** (*var.* **oggigiorno**) *adv/m inv* hoy en día; ***i giovani d'~*** *los jóvenes de hoy en día*

ogiva *f arq/mil* ojiva; **~le** *adj arq* ojival

OGM (*organismo geneticamente modificato*) *abr biol* (*organismo genéticamente modificado*) OGM

ogni *adj inv* cada; ***~ tre ne prendo uno*** *cada tres cojo uno*; ***~ giorno*** *cada día, todos los días*; ***~ persona*** *cada persona, toda persona*; **~qualvolta** *conj* cada vez que; ***~ssanti** *m inv* Todos los Santos

ognora *adv elev* siempre (*estánd*)

ognuno, -a *pron sing* cada uno, -a, cada cual

oh! *excl* ¡oh!

ohe! (*var.* **ohè!**) *excl* ¡eh!

ohi! *excl* ¡ay!, ¡huy!

ohibò! *excl* ¡puaj!

ohimè! *excl* ¡ay!, ¡válgame Dios!

ohm *m inv* ohmio *m*; **~metro** (*var.* **ohmetro**) *m* ohmiómetro

OIL (*Organizzazione Internazionale del Lavoro*) *abr* (*Organización Internacional del Trabajo*) OIT

OL (*onde lunghe*) *abr* (*onda larga*) OL

Oland|a: l'~ *f* Holanda; ***~ese** *adj/s* holandés, -esa

olea|ndro *m bot* adelfa *f*; **~rio, -a** (*m pl* **-ri**) *adj* aceitero, -a; **~stro** *m bot* acebuche; **~to, -a** *adj* parafinado, -a ◊ ***carta ~a*** *f* papel parafinado (*m*)

olecrano (*var.* **olecrano**) *m med* olécranon

olefina *f quím* olefina

olei|co, -a (*m pl* **-ci**) *adj* oleico, -a; **~coltore** *m* aceitunero; **~ficio** (*pl* **-ci**) *m* almazara *f*, molino de aceite; **~na** *f* oleína

oleo|dotto *m* oleoducto; **~grafia** *f* oleografía; **~grafico, -a** (*m pl* **-ci**) *adj* oleográfico, -a; **~sità** *f inv* oleaginosidad *f*; **~so, -a** *adj* 1. aceitoso, -a; 2. oleaginoso, -a, oleoso, -a

oleum *m quím* óleum

olezz|ante *adj estánd* fragante; **~are** *vi* ‹*avere*› *elev* (*perfume*) oler bien (*estánd*); **~o** *m elev* fragancia *f*

olfatt|ivo, -a *adj* olfativo, -a; **~o** *m* olfato

olia|re *vt* aceitar, untar; *mec* engrasar; **~tore** *m* 1. *mec* aceitera *f*; 2. depósito del aceite

oliera *f gastr* aceitera

olifante *m mús/lit* olifante

oligar|ca *m* oligarca; **~chia** *f* oligarquía; **~chico, -a** (*m pl* **-ci**) *adj* oligárquico, -a

oligo|cene *m geol* oligoceno; **~elemento** *m* oligoelemento; **~frenico, -a** (*m pl* **-ci**) *adj/s* oligofrénico, -a; **~polio** (*pl* **-li**) *m* oligopolio; **~spermia** *f med* oligozoospermia

olimp|iadi *fpl sport* juegos olímpicos *mpl*, olimpiadas, olimpíadas ◊ ***~i invernali*** juegos (olímpicos) de invierno (*mpl*); **~ico, -a** (*m pl* **-ci**) *adj*

sport tamb. fig olímpico, -a ◊ ***giochi ~i*** *mpl* juegos olímpicos; **~ionico, -a** (*m pl* **-ci**) *adj* olímpico, -a; **~o** *m* olimpo
olio (*pl* **-li**) *m* 1. aceite (!); 2. *arte/relig* óleo; ***quadro all'~*** *cuadro al óleo* ◊ ***~ di ricino*** aceite de ricino; ***~ di semi*** aceite de semillas; ***~ d'oliva*** aceite de oliva; ***~ d'oliva vergine, extravergine*** aceite de oliva virgen, extravirgen; ***~ santo*** saltos óleos (*mpl*); ***andare liscio come l'~*** ir como una seda; ***calmo come l'~*** *adj* (*tranquilo*) como una balsa de aceite; ***sott'~*** *gastr* en aceite
olistico, -a (*m pl* **-ci**) *adj biol* holístico, -a
oliv|a *f* aceituna, oliva (*reg*); **~astro, -a** *adj* aceitunado, -a, cetrino, -a; **~eto** *m* olivar
olivicolt|ore, -trice *m/f* aceitunero, -a, oleicultor, -a; **~ura** *f* oleicultura, cultivo del olivo *m*
olivo *m* olivo
olmo *m bot* olmo
olocausto *m* holocausto
olocene *m geol* holoceno (!)
olograf|ia *f* holografía; **~o, -a** *adj* hológrafo, -a, ológrafo, -a
olona *f* lona
oloturia *f zool* holoturia
OLP (*Organizzazione per la Liberazione della Palestina*) *abr* (*Organización para la Liberación de Palestina*) OLP
oltraggi|are *vt* ultrajar, afrentar, injuriar; **~atore, -trice** *adj/s* ultrajador, -a; **~o** (*pl* **-gi**) *m* ultraje, afrenta *f*; **~oso, -a** *adj* ultrajante, injurioso, -a
oltralpe (*var.* **oltr'alpe**) **1.** *adv* ="al otro lado de los Alpes"; **2.** *m* ="países del otro lado de los Alpes" *mpl*
oltramontano, -a *adj* ultramontano, -a
oltranz|a: ad ~ *adv* a ultranza; **~ismo** *m* extremismo; **~ista** *m/f* extremista
oltre 1. *adv* (*espacio, tiempo*) más allá; **2.** *prep* 1. (*lugar*) más allá de; ***~ ogni limite*** *más allá de cualquier límite*; al otro lado de; 2. (*tiempo*) más allá de; 3. además de, amén de; por encima de; ***~ le loro possibilità*** *por encima de sus posibilidades* ◊ ***~ a*** *prep* además de; ***andare ~*** ir más allá; ***andare troppo ~*** ir demasiado lejos; **~cortina 1.** *adj inv pol/hist* al otro lado del muro; **2.** *m inv pol/hist* países del bloque del Este *mpl*; **~mare 1.** *adv* ultramar; **2.** *m* ultramar; **3.** *adj* (*color*) marino, -a; ***blu ~*** *azul marino*; **~marino, -a** *adj* 1. ultramarino, -a; 2. (*color*) marino, -a; **~misura** (*var.* **oltre misura**) *adv elev* sobremanera; **~modo** (*var.* **oltre modo**) *adv elev* sobremanera; **~mondano, -a** *adj* ultramundano, -a, ultraterreno, -a; **~oceano, -a** *adj* transoceánico, -a; **~passare** *vt* sobrepasar, superar, exceder; **~tomba** *m inv* ultratumba *f*; **~tutto** (*var.* **oltre tutto**) *conj* además, y encima
OM (*onde medie*) *abr* (*onda media*) OM
omaggio (*pl* **-gi**) **1.** *m* 1. (*reconocimiento*) homenaje; *hist* homenaje, pleitesía *f*; 2. *com* regalo, obsequio; ***libro in ~*** *libro de regalo*; **2.** *mpl* respetos, saludos; ***Le porgo i miei ~i*** *le presento mis respetos*; **3.** *adj inv* regalo; ***confezione ~*** *muestra de regalo* ◊ ***confezione ~*** *f* muestra de regalo; ***in ~ alla verità*** *adv* en honor a la verdad; ***rendere ~ a q*** rendir homenaje a alg, homenajear a alg
ombelic|ale *adj* umbilical ◊ ***cordone ~*** *m* cordón umbilical; **~o** (*pl* **-chi**) *m* ombligo ◊ ***~ di Venere*** *bot* ombligo de Venus
ombra 1. *f* sombra; sombra, asomo *m*, rastro *m*; ***non c'è ~ di dubbio*** *no hay asomo de duda*; **2.** *adj inv* (*gobierno*) a la sombra; (*bandera*) de conveniencia ◊ ***~e cinesi*** sombras chinescas; ***all'~*** *adv* a la sombra; ***avere paura della propria ~*** tener miedo de su sombra; ***bandiera ~*** *f* bandera de conveniencia; ***fare ~ a q*** hacerle sombra a alg; ***fare ~*** dar/hacer sombra; ***governo ~*** *m* gobierno a la sombra; ***neanche l'~*** *adv* ni rastro; ***restare all'~*** *tamb. fig* quedarse en la sombra; ***seguire q come un'~*** ser la sombra de alg; ***senz'~ di dubbio*** *adv* sin sombra/asomo de duda; ***sotto l'~ di*** *prep* a la sombra de
ombreggia|mento *m* (*pintura*) sombreado; **~re** *vt* sombrear, dar sombra; (*pintura*) adumbrar, sombrear; (*cosmética*) dar sombra de ojos; **~to, -a** *adj* umbrío, -a; **~tura** *f* (*pintura*) sombreado *m*
ombrell|a *f bot* umbela; **~aio** (*pl* **-ai**) *m* (*persona*) paragüero; **~ificio** (*pl* **-ci**) *m* fábrica de paraguas *f*; **~ino** *m* (*de señora*) sombrilla *f*, parasol; **~o** *m* paraguas ◊ ***~ pieghevole*** paraguas plegable; **~one** *m* (*playa*) sombrilla *f*
ombretto *m* sombra de ojos *f*
ombrinale *m nav* imbornal
ombros|ità *f inv* umbría *f*; **~o, -a** *adj* 1. sombrío, -a, umbroso, -a; 2. asustadizo, -a, asombradizo, -a; 3. quisquilloso, -a, irascible
OMC (*Organizzazione Mondiale del Commercio*) *abr* (*Organización Mundial del Comercio*) OMC
omega *m/f inv* omega *f*
omel|ette [ɔmˈlɛt] *f inv* tortilla francesa *f*; **~ia** *f* homilía
omento *m med* mesenterio, redaño
omeopat|a *m/f* homeópata; **~ia** *f* homeopatía; **~ico, -a** (*m pl* **-ci**) **1.** *adj* homeopático, -a; **2.** *m/f* homeópata
omeostatico, -a (*m pl* **-ci**) *adj biol* homeostático, -a
omerale 1. *adj med* humeral; **2.** *m relig* humeral
omerico, -a (*m pl* **-ci**) *adj* 1. homérico, -a; 2. colosal
omero *m med* húmero
omertà *f inv* ley del silencio *f*
omesso V. **omettere**
omettere ‹*misi; messo*› V. 44 *vt* omitir
ometto *m* 1. hombrecillo; 2. (*niño*) hombrecito
omiciattolo *m desp* hombrecillo, pobre hombre
omicid|a *adj/s* homicida; **~io** (*pl* **-di**) *m* homicidio ◊ ***~ colposo*** homicidio involuntario
omin|ide *m* homínido; **~oide** *adj zool* hominoide
omisi... V. **omettere**
omissi|bile *adj* omisible, prescindible; **~one** *f* omisión ◊ ***~ di soccorso*** denegación de auxilio

omnibus *m inv transp* ómnibus *m*

omofo|bo, -a *adj* homófobo, -a; **~nia** *f* homofonía; **~no, -a** *adj/m* homófono, -a

omogene|ità *f inv* homogeneidad *f*; **~izzare** *vt* homogeneizar; **~izzato** *m* potito; **~izzazione** *f* homogeneización; **~o, -a** *adj* homogéneo, -a, uniforme

omografo, -a *adj* homógrafo, -a

omolog|are ‹*esd*› *vt* homologar; **~azione** *f* homologación; **~o, -a** (*m pl* **-ghi**) *adj* homólogo, -a

omonim|ia *f* homonimia; **~o, -a** *adj/m* homónimo, -a

omoplata *f med* omoplato *m* (!), omóplato *m* (!)

omosessual|e *adj/s* homosexual; **~ità** *f inv* homosexualidad *f*

omottero, -a *adj* homóptero, -a

omozigot|e *m* homocigote; **~ico, -a** *adj* homocigótico, -a

OMS (*Organizzazione Mondiale della Sanità*) *abr/f* (*Organización Mundial de la Salud*) OMS

omuncolo *m* homúnculo (*raro*), hombrecillo, pobre hombre

onagro *m zool* onagro

onanis|mo *m* onanismo; **~ta** *adj/s* onanista

oncia (*pl* **-ce**) *f* 1. onza; 2. pizca; ***non avere un'~ di giudizio*** *no tener ni pizca de conocimiento*; **~le** *adj/f* uncial

oncologi|a (*pl* **-gie**) *f* oncología; **~o, -a** (*m pl* **-gi/-ghi**) *m/f med* oncólogo, -a

onda *f* 1. *nav tamb. fig* ola; 2. *fís* onda ◊ **~ *nera*** marea negra; **~ *verde*** *transp* ="recorrido con los semáforos sincronizados en verde"; ***~e corte, lunghe, medie*** onda corta, larga, media; ***andare in ~*** emitirse; ***capelli a ~e*** *mpl* cabello a ondas *m*; cabello ondulado *m*; ***mandare/mettere in ~*** *TV/radio* salir al aire/a las ondas, emitir; ***seguire l'~*** seguir la onda; **~ta** *f* 1. (*mar*) oleada, embate *m*; 2. ola, oleada; **~ *di caldo*** *ola de calor*

onde 1. *adv elev* 1. (*lugar*) de(sde) donde (*estánd*); 2. (*conscuencia*) de lo cual (*estánd*); **2.** *elev conj* (+ *subjuntivo*) para que (*estánd*), a fin de que; (+ *infinitivo*) a fin de

ondeggia|mento *m* 1. balanceo; 2. titubeo; **~re** *vt* ‹*avere*› 1. (*mar, bandera*) ondear; 2. balancearse, tambalearse; 3. titubear, vacilar

ondina *f mitol* ondina

ondoso, -a *adj* 1. ondoso, -a, undoso, -a; 2. (*mar*) movido, -a, agitado, -a; 3. ondulante

ondula|nte *adj* ondulante; **~re 1.** *vt* ondular; **2.** *vi elev* ondular; **~to, -a** *adj* (*pelo, chapa*) ondulado, -a; **~torio, -a** (*m pl* **-ri**) *adj* ondulatorio, -a; **~zione** *f* ondulazione

onduregno, -a (*var.* **honduregno**) *adj* hondureño, -a

onerare ‹*esd*› *vt* gravar (**di** con), cargar (**di** con)

onere *m* gravamen, carga *f* ◊ ***~i fiscali, sociali*** *mpl* cargas fiscales, sociales (*fpl*)

oneros|ità *f inv* gravosidad *f*; **~o, -a** *adj* oneroso, -a, gravoso, -a

onest|à *f inv* honestidad *f*, rectitud *f*, honradez *f*; **~o, -a 1.** *adj* honesto, -a; **2.** *m* (*cualidad*) justo, honesto; ***riconoscere l'~*** *reconocer lo justo*; **3.** *m/f* persona honesta *f*

ONG (*Organizzazione Non Governativa*) *abr/f* (*Organización No Gubernamental*) ONG

onice *m/f min* ónice *m*, ónix *m*

onir|ico, -a (*m pl* **-ci**) *adj* onírico, -a; **~omanzia** *f* oniromancia, oniromancía

on-line [on'lajn] *adj inv informát* en línea, on-line

onlus (*organizzazione non lucrativa*) *abr/f* (*organización no gubernamental*) ONG

onnipoten|te 1. *adj* omnipotente, todopoderoso, -a; **2.** *m relig* Omnipotente, Todopoderoso; **~za** *f* omnipotencia

onnipresen|te *adj* omnipresente; **~za** *f* omnipresencia

onniscien|te *adj* omnisciente; **~za** *f* omnisciencia

onnivoro, -a *adj/m* omnívoro, -a

onomastic|a *f ling* onomástica; **~o, -a** (*m pl* **-ci**) **1.** *adj* 1. *ling* onomástico, -a; 2. del santo, de la onomástica; **2.** *m* santo, onomástica *f* (!)

onomatope|a *f* onomatopeya; **~ico, -a** (*m pl* **-ci**) *adj* onomatopéyico, -a

ononide *f bot* gatuña

onora|bile *adj* honorable; **~bilità** *f inv* honorabilidad *f*; **~nze** *fpl* honras ◊ **~ *funebri*** honras fúnebres; **~re** *vt* 1. honrar, agasajar; homenajear; 2. hacer honor, hacer frente; **~ *un obbligo*** *hacer frente a una obligación*; **~rio, -a** (*m pl* **-ri**) **1.** *adj* honorario, -a; **2.** *m* honorario, emolumento; **~tezza** *f raro* honorabilidad; **~to, -a** *adj* honrado, -a; **~ *di fare la Sua conoscenza*** *muy honrado de conocerle*

onore *m* honor ◊ ***ad onor del vero*** en honor a la verdad; ***fare ~ a qc*** hacer honor a u-c; ***fare ~ agli ospiti*** honrar a los invitados, agasajar a los invitados; ***fare gli ~i di casa*** hacer los honores de la casa; ***farsi ~ in qc*** comportarse como un caballero/una señora en u-c, lucirse en u-c; ***punto d'~*** *m* pundonor; ***tenere q in ~*** tener a alg en gran consideración

onorevole 1. *adj* 1. honorable; honroso; 2. (="*tratamiento dado a los parlamentarios italianos, sobre todo a los diputados*") honorable; **2.** *m/f* diputado, -a, parlamentario, -a

onorevolezza *f* honorabilidad

onorific|enza *f* condecoración; **~o, -a** (*m pl* **-ci**) *adj* honorífico, -a

onta *f* 1. vergüenza, deshonor *m*; 2. afrenta, injuria, ultraje *m* ◊ ***ad ~ di*** *prep ant* a pesar de (*estánd*); **~no** *m bot* aliso

ontologi|a (*pl* **-gie**) *f* ontología; **~co, -a** (*m pl* **-ci**) *adj* ontológico, -a

ONU (*Organizzazione delle Nazioni Unite*) *abr/f* (*Organización de las Naciones Unidas*) ONU

oosfera *f bot* oosfera

Opa (*Offerta Pubblica di Acquisto*) *abr/f inv econ* (*Oferta Pública de Adquisición*) OPA *abr/f*

OPAC *abr/m* (*Open Public Access Catalogue*) OPAC

opaci|tà *f inv* opacidad *f*; **~zzare** *vt* opacar

opaco, -a (*m pl* **-chi**) *adj* opaco, -a
opal|e *m/f min* ópalo *m*; **~escente** *adj* opalescente; **~escenza** *f* opalescencia; **~ina** *f* opalina; **~ino, -a** *adj* opalino, -a
op. cit. (*opera citata*) *abr* (*obra citada*) op. cit.
OPEC (*Organizzazione dei Paesi Esportatori di Petrolio*) *abr/f* (*Organización de Países Exportadores de Petróleo*) OPEP
open source ['opәn 'sɔs] *adj inv* (de) código abierto
opera *f* 1. obra; 2. *mús/teat* ópera ◊ **~ buffa, lirica, seria** *mús* ópera bufa, lírica, seria; **~ d'arte** obra de arte; **~ dei pupi** teatro de marionetas (*m*); **~ letteraria, drammatica** obra literaria, dramática; **~ morta, viva** *nav* obra muerta, viva; **~e pie** obras pías; **mettersi all'~** poner manos a la obra; **per ~ di** *prep* por obra de; **per ~ e virtù dello Spirito Santo** *adv* por arte de magia, por arte de birlibirloque, como por ensalmo
operabile *adj* operable
opera|io, -a (*m pl* **-ai**) *adj/s* obrero, -a, trabajador, -a ◊ **~ specializzato, qualificato** obrero especializado, cualificado; **classe ~a** *f* clase obrera; **~smo** *m* obrerismo; **~sta** *adj/s* obrerista
operante *adj* operante
operare ‹*esd*› **1.** *vt* obrar, realizar; (*milagros*) obrar; operar, intervenir; *tecn* (*tela*) adamascar; **2.** *vi* obrar, actuar; influir; *mil* operar, maniobrar; **3. ~rsi** obrarse, realizarse; *med* operarse
operat|ività *f inv* operatividad *f*; **~ivo, -a** *adj* operativo, -a; **~o, -a 1.** *adj tecn* adamascado, -a, trabajado, -a; **2.** *m* obra *f*, actuación *f*; **~ore, -trice** *m/f* operador, -a, técnico, -a; cirujano, -a ◊ **~ cinematografico** cámara (*m*); **~ del suono** técnico de sonido; **~ di borsa** corredor de bolsa; **~ ecologico** *euf* barrendero (*estánd*); **~ economico** operador económico; **~ sociale** asistente, -a social; **~ turistico** tour operator; **~orio, -a** (*m pl* **-ri**) *adj* quirúrgico, -a
operazione *f* operación ◊ **~ a termine fermo** *econ* operación en firme; **~ al rialzo** *econ* operación al alza; **~ al ribasso** *econ* operación a la baja; **~ in contanti** *econ* operación al contado
opercolo *m bot/zool* opérculo
operett|a *f mús* opereta; **~ista** *m/f* actor, actriz de opereta
operistico, -a (*m pl* **-ci**) *adj* operístico, -a
operos|ità *f inv* operosidad *f*, laboriosidad *f*; **~o, -a** *adj* operoso, -a, laborioso, -a
opificio (*pl* **-ci**) *m* obrador, taller, fábrica *f*
opin|abile *adj* opinable; **~are** *vt/i* ‹*avere*› opinar; **~ione** *f* opinión, parecer *m* ◊ **~ pubblica** opinión pública; **secondo l'~ di** *prep* en opinión de
op là! *excl* ¡hop!, ¡aupa!
opossum *m inv zool* zarigüeya *f*
oppia|ceo, -a *adj* opiáceo, -a; **~re** *vt* poner opio, mezclar con opio; **~to, -a** *adj* opiado, -a
oppio (*pl* **-pi**) *m* opio; **~mane** *adj/s* opiómano, -a
oppon|ente *m/f* oponente, contrincante; **~ibile** *adj* oponible
opporre ‹*pongo; posi; posto*› V. 56 **1.** *vt* (*razones*) oponer, aducir; (*resistencia*) oponer, presentar; **2. ~rsi** oponerse, resistir(se)
opportun|ismo *m* oportunismo; **~ista** *m/f* oportunista; **~istico, -a** (*m pl* **-ci**) *adj* oportunista; **~ità** *f inv* oportunidad *f*; **~o, -a** *adj* oportuno, -a ◊ **arrivare ~** llegar en el momento justo/oportuno; **a tempo ~** *adv* en el momento oportuno
opposi... V. **opporre**; **~tore, -trice** *adj/s* opositor, -a; **~zione** *f pol/astron tamb. fig* oposición ◊ **muovere ~ a qc** oponerse a u-c
opposto, -a 1. *adj* opuesto, -a, contrario, -a; **2.** *pp* V. **opporre** ◊ **all'~** *adv* por el contrario
oppressi... V. **opprimere**; **~one** *f* opresión, agobio *m*, ahogo *m*; *pol* opresión; **~vo, -a** *adj* opresivo, -a
oppresso, -a 1. *adj/s* oprimido, -a; **2.** *pp* V. **opprimere**; **~re, -a** *adj/m* opresor, -a
opprimente *adj* opresivo, -a, abrumador, -a, insoportable
opprimere ‹*pressi; presso*› V. 34 *vt* oprimir, agobiar, abrumar
oppugna|re *vt elev* opugnar; **~zione** *f elev* opugnación
oppure *conj* 1. o, o bien; 2. (*en caso contrario*) si no
optare *vi* ‹*avere*› optar (**per** por)
opticon *m inv tecn* (*ciegos*) ópticon
optimist *m inv nav/sport* óptimist
optimum *m inv* óptimum, máximo *m*
optional ['ɔpʃonals] *m inv auto* accesorio *m*, extra *m*
optometria *f* optometría
optotipo V. **ottotipo**
opulen|to, -a *adj* opulento, -a; **~za** *f* opulencia
opus *m inv mús* opus; **~colo** *m* opúsculo, folleto
opzion|ale *adj* opcional, facultativo, -a; **~e** *f jur tamb. fig* opción
ora 1. *f* hora; **2.** *adv* 1. ahora; 2. (*pasado inmediato*) hace un momento, ahora mismo; **3.** *conj* (*en cambio*) ahora; ahora bien ◊ **~ ... ~** tan pronto ... como, ora ... ora (*raro*); **~ che** *conj* ahora que; **~ come ~** hoy por hoy, de momento; **~e di punta** horas punta; **50 km all'~** 50 km. por hora; **a quest'~** *adv* a estas horas; **a tarda ~** *adv* tarde, a altas horas; **ad ~e** *adv* a horas; **alla buon'~!** ¡a buenas horas!; **che ~ è?/che ~e sono?** ¿qué hora es?; **d'~ in ~** *adv* de hora en hora; **d'~ in avanti** de ahora en adelante; **di buon'~** *adv* de buena mañana, temprano; **far le ~e piccole** trasnochar; **le ~e del mattino hanno l'oro in bocca** a quien madruga Dios le ayuda; **or ~** *adv* ahora mismo, hace un momento; **per ~** *adv* por ahora; **per ~e e ~e** *adv* durante horas; **suonare/battere le ~e** dar las horas; **~colo** *m* oráculo
orafo *m* orfebre
oral|e 1. *adj* oral; **2.** *m* (*examen*) oral ◊ **per via ~** *med* por vía oral; **~ità** *f inv* oralidad *f*

oramai V. **ormai**

orango (*pl* **-ghi**) (*var.* **orangutan, orangutano**) *m zool* orangután

orarle *vi ‹avere› elev* orar; **~io, -a** (*m pl* **-ri**) *adj/m* horario, -a ◊ **~ *continuato*** jornada intensiva (*f*); **~ *di lavoro*** jornada laboral (*f*); **~ *di sportello*** horario de ventanilla, horario de atención al público; **~ *flessibile*** jornada flexible; ***chilometri ~i*** quilómetros por hora; ***disco*** **~** disco horario; ***fuso*** **~** *m* huso horario; ***segnale*** **~** *m* señal horaria (*f*); ***velocità ~a*** *f* velocidad a la hora

orata *f zool* dorada

oratorle, -trice *m/f* orador, -a; **~ia** *f* oratoria; **~iale** *adj mús* oratorio, -a; **~io, -a** (*m pl* **-ci**) **1.** *adj* oratorio, -a, retórico, -a; **2.** *m mús/relig* oratorio

orazilano, -a *adj* horaciano, -a; ***~o** *m* Horacio; **~one** *m ling/relig* oración

orbe *m* orbe ◊ **~ *terracqueo/terrestre*** globo terráqueo/terrestre; **~ne** (*var.* **or bene**) *conj* así pues, por tanto, conque, ahora bien; **~ttino** *m zool* lución

orbita *f mat tamb. fig* órbita; ***uscire dall'~ della legalità*** *salirse del marco legal* ◊ ***con gli occhi fuori dalle ~e*** *adv* con los ojos fuera de sus órbitas; **~le** *adj* orbital; **~re** *‹esd› vi ‹avere›* 1. *astron* orbitar; 2. orbitar, gravitar, girar; **~ *intorno a q*** *gravitar en torno a alg*

orbo, -a *adj/s* ciego, -a

orca *f zool* orca; **~netto** *m bot* orcaneta *f*

orchestrla *f* orquesta; **~ale 1.** *adj* orquestal; **2.** *m/f* miembro de una orquesta *m*; **~are** *vt mús tamb. fig* orquestar; **~azione** *f mús tamb. fig* orquestación; **~ina** *f* orquestina

orchildea *f bot* orquídea; **~te** *f med* orquitis *inv*

orcio (*pl* **-ci**) *m* orza *f*, tinaja *f*

orco (*pl* **-chi**) *m mitol tamb. fig* ogro

orda *f* horda

ordigno *m* artefacto, artilugio, ingenio ◊ **~ *esplosivo*** artefacto explosivo

ordinalle *adj/m* ordinal; **~mento** *m* ordenamiento; **~ndo** *m relig* ordenando; **~nza** *f* 1. *adm* ordenanza, decreto *m*, bando *m*; *mil* orden; 2. *mil* (*persona*) ordenanza ◊ ***d'~*** *adv* de ordenanza; **~re** *‹esd› vt* 1. ordenar, arreglar, asear; ordenar, clasificar; 2. ordenar, mandar; decretar, prescribir; 3. *com* (*pedido*) pedir, encargar; (*bar, restaurante*) pedir; 4. *relig* ordenar; **~riato** *m* 1. *estud* cátedra universitaria *f*; 2. *estud* oposición a catedrático *f*; 3. *relig* episcopado; **~rio, -a** (*m pl* **-ri**) **1.** *adj* 1. ordinario, -a, habitual; 2. ordinario, -a, normal, corriente; 3. *desp* ordinario, -a, adocenado, -a, vulgar; **2.** *m* 1. normalidad *f*; 2. *estud* catedrático, -a *m/f* (!) ◊ ***fuori dell'~*** *adj* fuera de lo normal; **~ta** *f* 1. *mat* ordenada, coordenada; *nav/aero* coordenada; 2. *coloq* arreglo *m*, orden *m*; ***dare un'~ alla casa*** *poner un poco de orden en casa*; **~tivo, -a 1.** *adj* ordenador, -a; **2.** *m* pedido; **~to, -a** *adj* ordenado, -a; **~tore, -trice** *adj/s* ordenador, -a; **~zione** *f* 1. *com* pedido *m*, encargo *m*; 2. *relig* ordenación ◊ ***su ~*** por encargo

o̱rdine *m* 1. orden *m/f*; 2. *adm* categoría *f*, estamento; (*médicos...*) colegio; 3. *arq* orden; 4. *relig* (*grupo*) orden *f*; 5. *relig* (*sacramento*) orden *f*; 6. *com* pedido ◊ **~ *del giorno*** orden del día; **~ *di comparizione*** orden de comparecencia (*f*); **~ *di consegna, di pagamento*** orden de entrega, de pago (*f*); **~ *episcopale*** orden episcopal; **~ *pubblico*** orden público; ***ai vostri ~i!*** ¡a sus órdenes!; ***agli ~i*** *com* a la orden; ***chiamata all'~*** *f* llamada al orden, toque de atención; ***di prim'~*** de primer orden; ***di terz'~*** de tercera fila; ***essere agli ~i di q*** estar a las órdenes de alg; ***fino a nuovo ~*** *adv* hasta nueva orden; ***in ~ a*** *prep* en orden a; ***in buon ~*** *adv* ordenadamente; ***in ~ sparso*** *adv mil* en orden abierto; ***mettere ~*** poner orden; ***mettere in ~*** poner en orden, ordenar; ***per ~ di*** *prep* por orden de, de orden de; ***richiamare q all'~*** llamar a alg al orden

ordire *‹isc› vt tecn tamb. fig* urdir

orditlo *m* urdimbre *f*; **~oio** (*pl* **-oi**) *m tecn* urdidora *f*, urdidera *f*, devanadora *f*; **~ore, -trice** *m/f tamb. fig* urdidor, -a; **~ura** *f* 1. urdimbre; 2. (*obra*) trama; 3. maquinación, conjura

orecchila V. **orecchio**; **~abile** *adj mús* pegadizo, -a; **~ante** *m/f desp* aficionado, -a; **~etta** *f* 1. *med* aurícula; 2. *gastr* ="tipo de pasta con forma de oreja"; **~no** *m* pendiente, aro; **~o** (*pl* **gli orecchi/le orecchie**) (*var.* **orecchia** *f*) *m* oreja *f* ◊ ***~e a sventola*** *fpl* orejas de soplillo; ***aprire bene gli ~i*** abrir bien los oídos; ***avere le ~e foderate di prosciutto*** no querer oír hablar de u-c; ***avere le ~e lunghe*** ser un burro; ***da quest'~ non ci sento*** *irón* no oigo nada; ***duro d'~*** *adj* duro de oído; ***entrare da un ~ e uscire dall'altro*** entrar por un oído y salir por el otro; ***essere tutto ~i*** ser todo oídos; ***fare ~e da mercante*** hacer oídos de mercader, hacerse el sueco; ***porgere l'~ a q*** prestar oídos a alg; ***prestare ~ a q/a qc*** prestar oídos a alg/a u-c; ***suonare, cantare a ~*** tocar, cantar de oído; ***tirare gli ~i a q*** darle un tirón de orejas a alg; **~oni** *mpl med coloq* paperas *fpl*; **~uto, -a** *adj* orejudo, -a

ore̱fice *m* joyero, orfebre

oreficeri̱a *f* 1. *arte* joyería, orfebrería; 2. (*tienda, taller*) joyería

orfanlezza *f* orfandad; **~o, -a** *adj/s* huérfano, -a; **~otrofio** (*pl* **-fi**) *m* orfanato, inclusa *f*

orfico, -a (*m pl* **-ci**) *adj relig* órfico, -a

organetto *m* 1. *mús* organillo; 2. *mús coloq* acordeón; 3. *mús coloq* armónica *f*

organilcità *f inv* organicidad *f*; **~co, -a** (*m pl* **-ci**) **1.** *adj* orgánico, -a; **2.** *m adm* plantilla *f*, nómina *f*, personal; *mil* efectivos *mpl* ◊ ***essere in ~*** estar en plantilla/en nómina; **~gramma** *m* organigrama; **~no** *m mús* organillo; **~smo** *m biol tamb. fig* organismo ◊ **~ *geneticamente modificato*** organismo genéticamente modificado; **~sta** *m/f mús* organista; **~stico, -a** (*m pl* **-ci**) *adj* organístico, -a

organizza|re *vt* organizar; **~tivo, -a** *adj* organizativo, -a; **~to, -a 1.** *adj* organizado, -a; **2.** *m/f* (*de una organización*) miembro *m*; **~tore, -trice** *adj/s* organizador, -a; **~zione** *f* organización ◊ ***~ Mondiale del Commercio (OMC)*** Organización Mundial del Comercio (OMC)

organo *m* órgano; **~grafia** *f biol/mús* organografía; **~lettico, -a** (*m pl* **-ci**) *adj* organoléptico, -a

organum *m inv mús ant* órganum

organza *f* organza, organdí *m*

orgasmo *m* 1. (*sexo*) orgasmo; 2. agitación *f*, nerviosismo

orgia (*pl* **-ge/-gie**) *f* orgía, bacanal

orgiastico, -a (*m pl* **-ci**) *adj* orgiástico, -a

orgoglio (*pl* **-gli**) *m* orgullo, soberbia *f*, engreimiento; **~so, -a** *adj* orgulloso, -a

orienta|bile *adj* orientable; **~le** *adj/s* oriental; **~lista** *m/f* orientalista; **~listica** *f estud* orientalismo *m*, estudios orientales *mpl*; **~listico, -a** (*m pl* **-ci**) *adj* orientalista; **~mento** *m* orientación *f* ◊ ***~ professionale*** orientación profesional (*f*); ***senso dell'~*** *m* sentido de la orientación; **~re** *vt tamb. fig* orientar; **~tivo, -a** *adj* orientativo, -a; **~zione** *f* orientación

oriente *m* oriente ◊ ***Estremo *~*** Extremo Oriente; ***Medio *~*** Oriente Medio, Medio Oriente; ***Vicino *~*** Oriente Próximo

orifizio (*pl* **-zi**) *m* orificio

origami (*var.* **origami**) *m inv* papiroflexia

origano *m bot* orégano

origina|le 1. *adj* original; **2.** *m* original; **3.** (*persona extravagante*) original; **~lità** *f inv* originalidad *f*; **~re** ‹*esd*› **1.** *vt* originar, producir; **2. ~rsi** originarse, producirse; **~rio, -a** (*m pl* **-ri**) *adj* originario, -a

origine *f* origen *m* (!) ◊ ***avere ~*** empezar, tener su origen; ***d'~*** *adv* de origen; ***dare ~*** dar origen; ***in ~*** *adv* al principio, originariamente

origliare *vi* ‹*avere*› espiar (!), escuchar (!)

orina *f* orina; **~le** *m* orinal; **~re** *vt/i* ‹*avere*› orinar; **~toio** (*pl* **-oi**) *m* urinario

oriolo *m zool* oropéndola *f*

oriundo, -a *adj/s* oriundo, -a, nativo, -a, originario, -a

orizzont|ale 1. *adj* horizontal; **2.** *f sport* horizontal; **3.** *fpl* (*crucigrama*) horizontales; **~arsi** *tamb. fig* orientarse; **~e** *m* horizonte ◊ ***di ~ limitato*** *adj* de horizonte limitado, de cortas miras

orl|are *vt* orlar, orillar; **~atura** *f* 1. (*acción*) orlado *m*, orillado *m*; 2. (*borde*) orla, orilla, bastilla; **~o** *m* borde; (*tela*) ribete, orilla *f* ◊ ***essere sull'~ dell'abisso*** estar al borde del abismo; ***essere sull'~ della pazzia*** estar al borde de la locura

orma *f* 1. (*animal, persona*) huella, pisada; 2. (*restos*) rastro *m*, huella; ***le ~ dell'antichità*** *las huellas de la antigüedad* ◊ ***mettersi sulle ~e di q*** estar sobre la pista de alg; ***calcare/seguire le ~e di q*** seguir los pasos de alg; **~i** *adv* ya, ahora; ***~ è tardi*** *es demasiado tarde/ya es tarde*

ormeggi|are *vt* amarrar, fondear, atracar; **~o** (*pl* **-gi**) **1.** *m* 1. (*acción*) amarre, atraque; 2. (*lugar*) fondeadero, atracadero, amarradero; **2.** *mpl* amarras *fpl*

ormon|ale *adj* hormonal; **~e** *m* hormona *f* (!)

ornament|ale *adj* ornamental; **~azione** *f* ornamentación; **~o** *m* ornamento, adorno

ornare *vt* ornar, adornar, decorar

ornato, -a 1. *adj* ornado, -a; **2.** *m* ornato

ornitina *f quím* ornitina

ornito|logia (*pl* **-gie**) *f* ornitología; **~logico, -a** (*m pl* **-ci**) *adj* ornitológico, -a; **~logo, -a** (*m pl* **-gi**) *m/f* ornitólogo, -a; **~manzia** *f* ornitomancia, ornitomancía; **~rinco** (*pl* **-chi**) *m zool* ornitorrinco; **~si** *f inv zool* ornitosis

oro 1. *m* oro; **2.** *mpl* (*naipes*) oros ◊ ***~ fino*** oro de ley; ***d'~*** *adj tamb. fig* de oro; ***d'~/in ~*** *adj* de oro, en oro; ***non è tutto ~ quel che (ri)luce*** no es oro todo lo que reluce; ***per tutto l'~ del mondo*** ni por todo el oro del mundo; ***promettere tutto l'~ del mondo*** prometer el oro y el moro; ***vale tant'~ quanto pesa*** vale su peso en oro; **~genesi** *f inv* orogénesis; **~genetico, -a** (*m pl* **-ci**) *adj* orogénico, -a

orografi|a *f* orografía; **~co, -a** (*m pl* **-ci**) *adj* orográfico, -a

orologi|eria *f* relojería; **~aio, -a** (*m pl* **-ai**) *m/f* relojero, -a; **~iero, -a** *adj* relojero, -a; **~io** (*pl* **-gi**) *m* reloj ◊ ***~ a sabbia*** reloj de arena; ***~ a sveglia*** reloj despertador; ***~ ad acqua*** reloj de agua; ***~ al quarzo*** reloj de cuarzo; ***~ da polso*** reloj de pulsera; ***~ da tasca*** reloj de bolsillo; ***~ solare*** reloj de sol; ***l'~ va avanti, indietro*** el reloj adelanta, atrasa, el reloj va adelantado, atrasado

oroscopo *m* horóscopo

orpello 1. *m* 1. *metal* oropel; 2. oropel, relumbrón; **2.** *mpl desp* oropeles

orrendo, -a *adj* horrendo, -a

orri|bile *adj* horrible, terrible; espantoso, -a; **~do, -a 1.** *adj* hórrido, -a; **2.** *m geogr* garganta *f*, despeñadero; **~pilante** *adj* horripilante

orrore *m* horror, terror ◊ ***avere in ~ qc*** tenerle terror a u-c

orsa *f zool/astron* osa ◊ ****~ maggiore, minore*** *astron* osa Mayor, Menor; **~cchiotto** *m* osezno

orso *m zool* oso ◊ ***~ bianco/polare*** oso blanco/polar; ***~ bruno*** oso pardo; ***essere un ~*** ser huraño

orsù! *excl* ¡venga!, ¡vamos!, ¡venga!

ortaggio (*pl* **-gi**) *m* hortaliza *f*, verdura *f*

ortensia *f bot* hortensia

ortica *f bot* ortiga; **~nte** *adj* urticante; **~ria** *f* urticaria

orticol|o, -a *adj* hortícola; **~tore, -trice** *m/f* horticultor, -a; **~tura** *f* horticultura

orticultore V. **orticoltore...**

ortivo, -a *adj* hortícola

orto *m* huerto; huerta *f*; jardín ◊ ***~ botanico*** jardín botánico; ***coltivare il proprio ~*** ocuparse sólo de sus asuntos; ***la via dell'~*** *f* el camino más rápido (*m*)

ortodonzia (*var.* **ortodontia**) *f* ortodoncia

ortodossi|a *f pol/relig* ortodoxia; **~o, -a** *adj/s pol/relig* ortodoxo, -a
ortoepia *f ling* ortoepía
ortofoni|a *f* ortofonía; **~co, -a** (*m pl* **-ci**) *adj* ortofónico, -a
ortofrutticol|o, -a *adj* hortofrutícola; **~tura** *f* hortofruticultura
ortogonale *adj* ortogonal
ortografi|a *f* ortografía; **~co, -a** (*m pl* **-ci**) *adj* ortográfico, -a
ortolano, -a *m/f* 1. hortelano, -a, huertano, -a, huertero, -a (*Am*); 2. (*vendedor*) verdulero, -a
ortopedi|a *f* ortopedia; **~ico, -a** (*m pl* **-ci**) **1.** *adj* ortopédico, -a; **2.** *m/f* ortopédico, -a, ortopedista
ortotteri *mpl zool* ortópteros
orza *f nav* orza ◊ ***all'~*** *adv* a orza; **~iolo** *m med* orzuelo; **~re** *vi* ‹*avere*› orzar; **~ta** *f* 1. *nav* orzada; 2. *gastr* bebida de cebada; 3. *gastr* bebida a base de jarabe de almendra
orzo *m bot* cebada *f* ◊ **~ *perlato*** cebada perlada (*f*)
osanna *excl/m* hosanna; **~re** *vt* 1. *relig* proferir hosannas; 2. *fig* jalear
osare *vt* atreverse, osar; ***non oso chiedere*** *no me atrevo a preguntar*
oscar *m inv cine tamb. fig* óscar *m*; **~izzato, -a** *adj/s cine* oscarizado, -a, óscar
oscen|ità *f inv* obscenidad *f*; **~o, -a** *adj* obsceno, -a
oscilll|ante *adj* oscilante, fluctuante; **~are** *vi* ‹*avere*› oscilar, fluctuar; bascular; **~atore** *m electr* oscilador; **~atorio, -a** (*m pl* **-ri**) *adj* oscilatorio, -a; **~azione** *f* oscilación, fluctuación; **~ografo** *m tecn* oscilógrafo
osco, -a (*m pl* **-sci**) *adj/s hist* osco, -a
oscur|amento *m* oscurecimiento; **~antismo** *m* oscurantismo; **~antista** *adj/s* oscurantista; **~are** *vt* oscurecer; (*fama*) eclipsar ◊ ***~rsi in volto*** poner mala cara; **~ità** *f inv* 1. *tamb. fig* oscuridad *f*; 2. oscuridad *f*, anonimato *m*; ***vivere nell'~*** *vivir en el anonimato*; **~o, -a 1.** *adj* oscuro, -a; *fig* oscuro, -a, negro, -a; ***un avvenire ~*** *un porvenir negro*; **2.** *m* oscuridad *f* ◊ ***essere all'~ di qc*** no estar enterado de u-c, no estar al corriente de u-c; ***tenere all'~ di tutto*** mantener al margen de u-c
osé *adj inv* atrevido, -a *adj*, picante *adj*; (*chiste*) verde *adj*
osm|iato *m quím* osmiato; **~io** *m* osmio; **~osi** *f inv* osmosis, ósmosis
ospedal|e *m* hospital; ***fare tre mesi d'~*** *pasar tres meses en el hospital* ◊ **~ *da campo*** hospital de campaña; ***nave ~*** *f* barco hospital (*m*); **~iero, -a 1.** *adj* hospitalario, -a; **2.** *m/f* 1. enfermero, -a de hospital; 2. médico de hospital; **~izzare** *vt* hospitalizar
ospital|e *adj* hospitalario, -a, acogedor, -a; **~ità** *f inv* hospitalidad *f*; **~re** ‹*esd*› *vt* hospedar, alojar, acoger, cobijar
ospite 1. *m/f* 1. huésped, -a, invitado, -a; 2. huésped, -a, anfitrión, -ona; **2.** *m biol* huésped; **3.** *adj sport* visitante

ospizio (*pl* **-zi**) *m* hospicio, asilo; (*peregrinos*) hospedería *f*
ossa|lato *m quím* oxalato; **~me** *m elev* osamenta *f*; **~rio** (*pl* **-ri**) *m* osario; **~tura** *f* 1. *med* osamenta; 2. *arq tamb. fig* armazón *m/f*, estructura
osseo, -a *adj* óseo, -a
ossequ|iente *adj* respetuoso, -a; **~iare** *vt* homenajear; **~io** (*pl* **-qui**) **1.** *m* respeto, homenaje; **2.** *mpl* respetos, saludos ◊ ***gradisca i miei ~i*** le presento mis respetos; ***in ~ a*** *prep* por respeto a; **~iosità** *f inv* reverencia *f*, respeto *m*; **~ioso, -a** *adj* respetuoso, -a, reverente
osserva|nte *adj/s* observante; **~nza** *f* observancia, respeto *m* ◊ ***con profonda ~*** *adv adm* con mi más profunda consideración; ***in ~ alle disposizioni emanate*** *adv adm* de acuerdo con las disposiciones vigentes; **~re** *vt* 1. observar, mirar, notar; 2. observar, respetar; **~tore, -trice** *adj/s* observador, -a; **~torio** (*pl* **-ri**) *m* observatorio; **~ *astronomico, meteorologico*** *observatorio astronómico, meteorológico*; **~zione** *f* observación ◊ ***tenere in ~*** *med* tener en observación
ossess|ionante *adj* obsesionante ◊ ***idea ~*** idea fija, fijación; **~ionare** *vt* obsesionar; **~ione** *f* obsesión; **~ivo, -a** *adj/s* obsesivo, -a; **~o, -a** *adj/s* obseso, -a; ***urlare come un ~*** *gritar como un poseso*
ossia *conj* o sea, es decir
ossida|bile *adj* oxidable; **~nte** *adj/m* oxidante; **~re** ‹*esd*› *vt* oxidar; **~zione** *f* oxidación
ossidiana *f geol* obsidiana
ossido *m* óxido
ossidrico, -a (*m pl* **-ci**) *adj* oxhídrico, -a
ossificazione *f* osificación
ossigen|are ‹*esd*› *vt quím tamb. fig* oxigenar; **~ato, -a** *adj* oxigenado, -a; **~azione** *f* oxigenación; **~o** *m* oxígeno
ossimoro *m lit* oxímoron
ossitono, -a *adj ling* oxítono, -a, agudo, -a
osso (*pl* **le ossa** (colectivo, humano); **gli ossi**) *m* hueso (!); ***mi fanno male le ossa*** *me duelen los huesos*; ***il cane ha mangiato gli ossi del pollo*** *el perro se ha comido los huesos del pollo* ◊ ***avere le ~a peste*** estar molido; ***farsi le ~a a qc*** habituarse a u-c; ***rompere le ~a a q*** molerle/romperle los huesos a alg; ***sputa l'~*** ¡desembucha!, ¡confiesa!; ***un ~ duro*** un hueso (duro de roer), una persona dura de pelar (*f*)
ossuto, -a *adj* huesudo, -a
ostacol|are ‹*esd*› *vt* obstaculizar, dificultar, estorbar; **~ista** *m/f sport* (*atletismo*) vallista
ostacolo *m* 1. *tamb. fig* obstáculo; 2. *sport* (*atletismo*) valla *f*; ***correre i 400 ostacoli*** *correr los 400 metros vallas*; (*hípica*) handicap ◊ ***corsa a ~i*** *f* carrera de vallas
ostaggio (*pl* **-gi**) *m* rehén; ***tenere q in ~*** *retener/mantener a alg como rehén*
ostare ‹*sin Pl, pp ni tiempos compuestos*› *v/def adm* obstar, impedir *vt*; ***nulla osta a...*** *nada impide (que)...*

oste (*f* **ostessa**) *m/f* huésped, -a, mesonero, -a, tabernero, -a; **~ggiare** *vt* hostigar, hostilizar; **~ite** *f med* osteítis *inv*; **~llo** *m* albergue ◊ **~ *della gioventù*** albergue juvenil

ostens|ibile *adj* ostensible; **~ivo, -a** *adj* ostensivo, -a; **~orio** (*pl* **-ri**) *m relig* ostensorio, custodia *f*

ostenta|re *vt* ostentar; **~to, -a** *adj* 1. ostentado, -a; 2. ostensible; **~zione** *f* ostentación, alarde *m*

osteo|logia (*pl* **-gie**) *f* osteología; **~mielite** *f* osteomielitis *inv*; **~porosi** *f inv med* osteoporosis

osteria *f* fonda, taberna, bodega

ostetrica *f* 1. (*enfermera*) comadrona; 2. (*médico*) obstetra, tocóloga

ostetricia (*pl* **-cie**) *f* obstetricia

ostetrico, -a (*m pl* **-ci**) **1.** *adj* obstétrico, -a; **2.** *m/f* (*médico*) obstetra, tocólogo, -a

ostia 1. *f* 1. hostia; 2. *gastr* oblea; **2.** *excl sept vulg* ¡hostia!

ostico, -a (*m pl* **-ci**) *adj* 1. *elev* áspero, -a, amargo, -a; 2. desagradable, duro, -a

osti|le *adj* hostil; **~ità** *f inv* hostilidad *f* ◊ ***sospendere le*** ~ suspender las hostilidades

ostina|rsi obstinarse, empecinarse, porfiar; **~ *a fare qc*** *obstinarse en hacer u-c*; **~ *nell'errore*** *obstinarse en el error*; **~to, -a 1.** *adj/s* (*persona*) obstinado, -a, terco, -a, cabezota; (*cosa*) pertinaz, tenaz; **2.** *m mús* ostinato; **~zione** *f* obstinación, cabezonería, tozudez

ostrac|ismo *m hist tamb. fig* ostracismo ◊ ***dare l'~ a q*** condenar a alg al ostracismo; **~on** *m inv* (*arqueología*) óstracon

ostrega *excl sept euf* ¡ostras! (*estánd*)

ostrica *f zool* ostra ◊ ***essere attaccato a q/a qc come un'~ allo scoglio*** estar pegado a alg/a u-c como una lapa

ostricolt|ore, -trice *m/f* ostricultor, -a; **~ura** *f* ostricultura

ostruire ‹*isc*› *vt* obstruir, atascar, obturar

ostruzion|e *f med/sport/mil* obstrucción; **~ismo** *m pol* obstruccionismo; *sport* obstrucción *f*; **~ista** *m/f pol* obstruccionista; **~istico, -a** (*m pl* **-ci**) *adj pol* obstruccionista

otalgia *f med* otalgia

otarda (*var.* **ottarda**) *f zool* avutarda

otite *f* otitis *inv*

otoiatr|a *m/f* otólogo, -a; **~ia** *f* otología

otorinolaringoiatra *m/f* otorrinolaringólogo, -a

otre *m* odre, pellejo, bota *f*

ottaedro *m* octaedro

ottagon|ale *adj* octagonal, octogonal; **~o** *m* octágono, octógono

ottale *adj informát* octal

ottano *m* octano ◊ ***numero di ~i*** *m* octanaje

ottant|a *adj/m* ochenta; **~enne** *adj/s* octogenario, -a; **~ennio** (*pl* **-ni**) *m* ="período de ochenta años"; **~esimo, -a** *adj/m* octogésimo, -a; **~ina** *m* 1. unos/unas ochenta *pl*; 2. conjunto de ochenta

ottarda V. **otarda**

ottativo, -a *adj/m ling* optativo, -a

ottav|a *f mús/relig/lit* octava; **~ino** *m mús* octavín, flautín; **~o, -a** *adj/m* octavo, -a ◊ **~*i di finale*** *sport* octavos de final

ottemper|anza *f* obediencia; **~are** ‹*esd*› *vi* ‹*avere*› obtemperar, obeceder *vt*

ottenebrare ‹*esd*› *vt* entenebrecer, oscurecer

ottenere ‹*tengo; tenni; terrò*› V. 79 *vt* obtener

otteni|bile *adj* obtenible, conseguible; **~mento** *m* obtención *f*

ottentotto, -a *adj/s* hotentote

ottetto *m mús* octeto

ottic|a *f fís tamb. fig* óptica; **~o, -a** (*m pl* **-ci**) *adj/s* óptico, -a

ottima|le *adj* óptimo, -a, ideal; **~mente** *adv* perfectamente; **~re** V. **ottimizzare**

ottimi|smo *m* optimismo; **~sta** *adj/s* optimista; **~stico, -a** (*m pl* **-ci**) *adj* optimista; **~zzare** *vt* optimizar

ottimo, -a 1. *adj* excelente, sobresaliente, estupendo, -a, óptimo, -a (*elev*); **2.** *m* 1. ideal; ***l'~ della produzione*** *la producción ideal*; 2. *estud* (*nota máxima*) sobresaliente

otto *adj/m inv* ocho ◊ **~ *volante*** montaña rusa (*f*); **~bre** *m* octubre

ottocen|tesco, -a (*m pl* **-chi**) *adj* decimonónico, -a; **~tista** *m/f* 1. ="escritor, -a/artista del siglo XIX"; 2. *sport* corredor, -a de 800 metros; **~to** *adj/s inv* ochocientos, -as ◊ ***l'*~*** *f* el siglo XIX

ottoman|a *f* otomana; **~o, -a** (*m pl* **-ci**) *adj/m* otomano, -a

otton|ario, -a *adj/m lit* octonario, -a; **~atura** *f* latonado *m*; **~e 1.** *m metal* latón; **2.** *mpl mús* cobres

ottopode *adj/m zool* octópodo, -a

ottotipo (*var.* **optotipo**) *m* optómetro

ottuagenario, -a (*m pl* **-ri**) *adj/s* octogenario, -a

ottundere ‹*ottusi; ottuso*› V. 37 *vt tamb. fig* embotar

ottundimento *m tamb. fig* embotamiento

ottuplo, -a *adj/m* óctuple, óctuplo, -a

ottura|re *vt* obturar, tapar, cegar; (*diente*) empastar; **~tore** *m mil/foto* obturador; **~zione** *f* obturación, cegamiento *m*; (*diente: acción, material*) empaste *m*

ottusi... V. **ottundere**; **~tà** *f inv* 1. (*oído*) dureza *f*; 2. (*mente*) cerrazón *f*, obstinación *f*

ottuso, -a 1. *adj* 1. *mat* obtuso, -a; 2. obtuso, cerrado, -a, cerril; **2.** *pp* V. **ottundere**

out [aut] *m inv* out; **~ing** ['autin] *m inv* salida del armario *f*; ***fare*** **~** *salir del armario*; **~put** ['aut put] *m inv informát* output, salida *f*; **~rigger** [aut'riger] *m inv nav* outrigger *m*

ouverture [uver'tyr] *f inv mús* obertura *f*

ovai|a (*var.* **ovaio** *m*) *f med* ovario *m*; **~ola** *adj* (*gallina*) ponedora

oval|e 1. *adj* oval, ovalado, -a; **2.** *f* óvalo *m*; **~izzare** *vt* ovalar

ovari|co, -a (*m pl* **-ci**) *adj med/bot* ovárico, -a; **~o** (*pl* **-ri**) *m bot* ovario

ovatta *f* guata; acolchado *m* ◊ ***vivere nell'~*** vivir entre algodones; **~re** *vt* 1. acolchar; 2. (*rumor*) acallar
ovazione *f* ovación
ove 1. *adv elev* donde (*estánd*), adonde (*estánd*); **2.** *conj* en caso que (*estánd*), si (*estánd*)
over *m inv sport ant* (*natación*) over *m*; **~booking** [over'bukin] *m inv* overbooking, sobreventa *f*, sobresaturación *f*; **~dose** *f inv* sobredosis; **~drive** [over'draiv] *m inv mec* caja de cambios *f*
ovest *m* oeste; ***a ~*** *al oeste*
ovile *m* redil, majada *f*, aprisco ◊ ***tornare all'~*** *fig* volver al redil; **~no, -a** *adj/m* ovino, -a; **~paro, -a** *adj/m* ovíparo, -a
ovolide *adj/m* ovoide; **~lo** *m* 1. *arq* óvolo; 2. *bot* colmenilla *f*; **~via** *f* ="tipo de telecabina/de teleférico" *m*
ovullare ‹*esd*› **1.** *adj* ovular; **2.** *vi* ‹*avere*› ovular; **~atorio, -a** *adj/m* ovulatorio, -a; **~azione** *f* ovulación; **~o** *m med/bot* óvulo
ovunque 1. *adv* por todas partes, por doquier; **2.** *conj* donde quiera que
ovvero *conj* o bien
ovvilare ‹*ovvio/ovvio*› *vt* obviar; **~età** *f inv* obviedad *f*; **~o, -a** (*m pl* **-vi**) *adj* obvio, -a
oxitocina *f biol* oxitocina
ozelot (*var.* **ocelot**) *m inv zool* ocelote *m*
ozilare *vi* ‹*avere*› gandulear, holgazanear, haraganear; **~o** (*pl* **ozi**) *m* 1. ocio, vagancia *f*, holganza *f*; 2. ocio, tiempo libre ◊ ***stare in ~*** estar de brazos cruzados; **~osità** *f inv* ociosidad *f*; **~oso, -a** *adj* 1. ocioso, -a, vago, -a; 2. ocioso, -a, superfluo, -a
ozonizzare *vt* ozonizar
ozono *m* ozono ◊ ***buco dell'~*** *m* agujero de ozono; ***fascia d'~*** *f* capa de ozono; **~sfera** *f* ozonosfera; **~terapia** *f* ozonoterapia

P

p. (*pagina*) *abr* (*página*) p.
P.A. (*Pubblica Amministrazione*) *abr*
paca *f zool* paca
pacatlezza *f* calma, sosiego *m*; **~o, -a** *adj* sosegado, -a, tranquilo, -a
pacca *f* 1. palmada, palmadita; ***dare una ~ sulle spalle*** *dar una palmada/palmadita en el hombro*; 2. bofetada, bofetón *m*; golpe *m*
pacchetto *m* paquete; (*cigarrillos*) paquete, cajetilla *f* ◊ ***~ azionario*** paquete de acciones/accionarial; ***~ di proposte*** paquete de propuestas
pacchia *f* chollo *m*, cucaña; **~neria** *f* horterismo *m*, horterez; **~no, -a** *adj* hortera
pacco (*pl* **-chi**) *m* paquete; *com* bulto, fardo ◊ ***~ bomba*** paquete bomba; ***~ postale*** paquete postal, encomienda (*f/Am*); **~ttiglia** *f* pacotilla, baratillo *m*
pace *f* paz ◊ ***andate in ~*** id en paz; ***fare ~ con q*** hacer las paces con alg; ***lasciare in ~*** dejar en paz; ***mettere ~*** poner paz; ***non darsi ~*** no concederse un descanso, no cejar; no resignarse; ***riposi in ~*** descanse en paz
pacemaker [pejs'majker] *m inv med* marcapasos
pachanga [pa'tʃanga] *f inv* (*baile*) pachanga *f*
pachiderma *m zool* paquidermo
pachistano, -a *adj/s* paquistaní
paciere, -a *m/f* mediador, -a de paz
pacificalre ‹*esd*› *vt* pacificar; **~tore, -trice** *adj/s* pacificador, -a; **~zione** *f* pacificación
pacifico, -a (*m pl* **-ci**) *adj* pacífico, -a
pacifislmo *m* pacifismo; **~ta** *adj/s* pacifista
pacioccone, -a *adj/s* bonachón, -ona
pack *m inv* pack; **~aging** [pa'kedʒin] *m inv com* packaging
Pacs (*Patto civile di solidarietà*) *abr/m* ="acuerdo de convivencia entre dos personas de igual o diferente sexo"
Padanlia *f geogr/pol* Padania; ***~o, -a** *adj* 1. del Po; 2. *pol* de la Padania ◊ ***pianura ~a*** *f* depresión del Po, valle del Po (*m*)
padda *m/f inv zool* (*pájaro*) padda
paddle ['padel] *m inv sport* paddle
padella *f* 1. sartén; 2. *med* chata; 3. *sept* (*mancha*) lamparón *m* ◊ ***cadere dalla ~ nella brace*** saltar de la sartén y dar en las brasas, salir de Guatemala y entrar en Guatepeor
padiglione *m arq/com/mil* pabellón; (*de feria*) barracón ◊ ***~ auricolare*** pabellón auditivo, pabellón de la oreja
Padova Padua; ***~no, -a** *adj/s* paduano, -a
padre *m* padre, papá (*coloq*) ◊ ***~ adottivo*** padre adoptivo; ***~ spirituale*** padre espiritual; ***di ~ in figlio*** *adv* de padres a hijos, de generación en generación; ***Santo *~*** Santo Padre; ***tale il ~ tale il figlio*** de tal palo tal astilla; **~ggiare** *vi* ‹*avere*› salir al padre, parecerse al padre; **~nostro** *m* padrenuestro, padre nuestro; **~terno** *m* 1. *relig* Padre Eterno; 2. (*persona importante*) pez gordo
padrino *m* padrino ◊ ***fare da ~ a q*** apadrinar a alg
padronlale *adj* patronal ◊ ***sindacato ~*** *m* organización empresarial (*f*); **~anza** *f* dominio *m*; ***la ~ di una lingua*** *el dominio de una lengua*; **~ato** *m com* patronal *f*; **~cino, -a** *m/f* 1. *transp coloq* pequeño, -a empresario; trabajador, -a autónomo, -a del taxi; transportista autónomo, -a; 2. (*tratamiento*) señorito, -a; **~e, -a** *m/f* 1. patrón, -ona, empresario, -a, amo, -a; *nav* patrón, -ona; 2. dueño, -a, propietario, -a, amo, -a; *fig* señor, -a, dueño, -a; 3. (*lengua...*) dominador, -a, conocedor, -a ◊ ***~ di casa*** (*alquiler*) casero, -a; ***diventare ~ di qc*** hacerse el amo de u-c; ***essere ~ di fare/non fare qc*** ser libre de hacer/no hacer u-c; ***essere ~ di sé*** ser dueño de uno mismo/de sí mismo; **~eggiare** *vt* dominar, controlar; (*lengua...*) dominar
paella *f gastr* paella
paesaggilo (*pl* **-gi**) *m* paisaje; **~sta** *m/f tecn* paisajista; **~stico, -a** (*m pl* **-ci**) *adj arte* paisajístico, -a

paes|ano, -a 1. *adj* lugareño, -a, local, del país; **2.** *m/f* lugareño, -a, pueblerino, -a, aldeano, -a; *merid* compatriota, paisano, -a ◊ ***alla ~a*** *adj* a la manera del país; **~e** *m* 1. (*localidad*) pueblo (!); población *f*; lugar; 2. país ◊ **~ *che vai usanza che trovi*** allá donde fueres haz lo que vieres; ***~i Bassi*** Países Bajos; ***mandare q a quel ~*** enviar a alg a la porra; **~ista** *m/f arte* paisajista; **~istico, -a** (*m pl* **-ci**) *adj arte* paisajístico, -a
paffuto, -a *adj* rollizo, -a, mofletudo, -a
pag. (*pagina*) *abr* (*página*) pág.
paga (*pl* **-ghe**) *f* 1. paga, sueldo *m*, salario *m*; *mil* soldada; 2. (*no en dinero*) paga, recompensa ◊ ***busta ~*** *f* nómina; ***foglio ~*** *m* nómina *f*; **~bile** *adj* pagadero, -a ◊ **~ *a pronta cassa*** pagadero en el acto; **~ *alla consegna*** pagadero a la entrega; **~ *alla scadenza*** pagadero al vencimiento; **~ *in anticipo*** pagadero por anticipado; **~ *in contanti*** pagadero al contado; **~ia** *f* pagaya
pagamento *m* pago ◊ **~ *a mezzo assegno*** pago mediante cheque; **~ *a rate*** pago a plazos; **~ *alla consegna/contro assegno*** pago contra reembolso; **~ *anticipato*** pago por anticipado; **~ *in natura*** salario en especie; ***a ~*** *adj* de pago; *auto* de peaje
pagan|esimo *m* paganismo; **~o, -a** *adj/s* pagano, -a, gentil; **~te** *m/f* pagador, -a
pagare *vt* pagar ◊ **~ *caro qc*** pagar cara u-c; **~ *di persona*** apechugar con las consecuencias; **~ *il giusto per il peccatore*** pagar justos por pecadores; **~ *la pena*** pagar el pato, pagar los platos rotos; **~ *q di qc*** pagar a alg por u-c; ***pagarla/pagarle*** pagarla(s); ***~rla salata*** pagarlo caro, costar la torta un pan
pagatore, -trice *adj/s* pagador, -a
pagel|la *f estud* cartilla; notas *fpl*; **~o** *m zool* pajel
paggio (*pl* **-gi**) *m* paje, doncel
pagherò *m inv com* pagaré *m*
pagina *f* página ◊ **~ *degli spettacoli*** cartelera; ***~e gialle*** páginas amarillas; ***voltar ~*** pasar página; **~tura** *f* paginación
paglia *f* paja ◊ ***uomo di ~*** *m* hombre de paja; **~ccetto** *m* (*ropa*) pelele; **~cciata** *f* payasada, gansada; **~ccio** (*pl* **-ci**) *m* payaso; *desp* payaso, bufón, fantoche, mamarracho; **~io** (*pl* **-ai**) *m* pajar
paglie|riccio (*pl* **-ci**) *m* jergón, márfega *f*; **~rino, -a** *adj* (*color*) pajizo, -a; **~tta** *f* 1. canotier *m*, sombrero de paja *m*; 2. estropajo *m*
pagliolo *m nav* pañol
pagliuzza *f* pajita, ramita ◊ ***guardare la ~ nell'occhio altrui e non vedere la trave nel proprio*** ver la paja en el ojo ajeno y no ver la viga en el propio
pagnotta *f* hogaza ◊ ***lavorare per la ~*** *coloq* ganarse el pan
pago, -a (*m pl* **-ghi**) *adj* pagado, -a, satisfecho, -a; **~da** *f* pagoda
pagro *m zool* (*pez*) pagro, pargo
paguro *m zool* ermitaño, paguro
paidofilia *f med* pedofilia, paidofilia

paillette [pa'jɛt] *f inv* lentejuela *f*
paio (*pl* **le paia**) **1.** *m* par; ***un ~ di bicchieri*** *un par de vasos*; **2.** V. **parere**
paiol|ata *f* calderada; **~o** *m* caldero
Pakistan: il ~ *m* Paquistán
pala *f* pala; **~dino** *m* paladín
palafitt|a *f* palafito *m*; **~icolo, -a** *m/f* habitante de un palafito
palafren|iere *m* palafrenero; **~o** *m* palafrén
palamit|a *f zool* bonito *m*; **~o** *m nav* palangre
palanca (*pl* **-che**) **1.** *f tecn* palanca; **2.** *fpl coloq* (*dinero*) cuartos *mpl*
palandrana *f hist* bata
palangaro *m nav* palangre
palata *f* palada ◊ ***a ~e*** *adj* a espuertas, a raudales
palatal|e *adj/f* palatal; **~izzazione** *f ling* palatalización
palatino, -a *adj* 1. palatino, -a, palaciego, -a; 2. *med* palatino, -a
palato *m med tamb. fig* paladar ◊ ***avere il ~ delicato*** tener el paladar delicado
palazz|etto *m* palacete ◊ **~ *dello sport*** palacio de los deportes; **~ina** *f* ="finca baja con jardín"; **~inaro** *m desp* constructor especulador; **~o** *m* 1. palacio; *pol/adm* palacio; 2. edificio (!), finca *f* (!), inmueble ◊ **~ *dello sport*** palacio de los deportes; **~ *di giustizia*** palacio de justicia; **~otto** *m* palacete
palchett|ista *m/f teat* ="abonado, -a o propietario, -a de un palco"; **~o** *m* 1. *teat* palco de la parte superior; 2. anaquel, estante
palco (*pl* **-chi**) *m* 1. estrado, tarima *f*, tablado; *teat* palco; 2. *zool* candil, garceta *f* ◊ **~ *delle autorità*** palco de autoridades; **~scenico** (*pl* **-ci**) *m teat* escenario ◊ ***calcare il ~*** pisar las tablas
paleggio (*pl* **-gi**) *m sport* peloteo
paleocene *m geol* paleoceno
paleocristiano, -a *adj* paleocristiano, -a
paleografia *f* paleografía
paleolitico, -a (*m pl* **-ci**) *adj/m* paleolítico, -a
paleontolog|ia (*pl* **-gie**) *f* paleontología; **~ico, -a** (*m pl* **-ci**) *adj* paleontológico, -a; **~o, -a** (*m pl* **-gi**) *m/f* paleontólogo, -a
paleozoico, -a (*m pl* **-ci**) *adj/m* paleozoico, -a
palerm|itano, -a *adj/s* palermitano, -a; ***~o*** *geogr* Palermo
pales|are *vt* evidenciar, poner de manifiesto; **~e** *adj* evidente, manifiesto, -a, patente
palestinese *adj/s* palestino, -a
palestra *f sport* gimnasio *m*
paletot [pal'tɔ] V. **paltò**
palett|a *f* paleta; (*chimenea*) badil *m*, badila; (*basura*) recogedor *m*; **~ata** *f* paletada; **~o** *m* 1. (*cerradura*) pestillo; 2. estaca *f*; (*tienda de campaña*) piqueta *f*
palingenesi *f inv* palingenesia *f*
palinodia *f* palinodia
palinsesto *m* 1. palimpsesto; 2. *TV/radio* programación *f*
palio (*pl* **-li**) *m* (*premio*) palio ◊ ***mettere in ~*** poner en juego, sortear; **~tto** *m* (*altar*) frontal

palissandro *m bot* palisandro
palizzata *f* palizada, empalizada
palla 1. *f* 1. pelota, bola; balón *m*, pelota; 2. *mil* bala; 3. *vulg* coñazo *m*, rollo *m* (*coloq*); **2.** *fpl vulg* pelotas, huevos *mpl* ◊ **~ *da tennis*** pelota de tenis; **~ *del mondo*** bola del mundo; **~ *di lardo*** *desp* bola de sebo; **~ *di neve*** bola de nieve; ***avere le ~e piene*** *vulg* estar hasta los huevos; ***che ~e!*** *vulg* ¡qué coñazo!; ***cogliere la ~ al balzo*** aprovechar la oportunidad; ***essere in ~*** estar en racha; ***giocare a ~*** jugar a la pelota; ***mettere la ~ al piede di/a q*** ponerle trabas a alg; ***non essere in ~*** tener una mala racha; ***rompere le ~e a q*** darle el coñazo a alg, tocarle las pelotas a alg, chingar a alg; **~base** *m sport* béisbol; **~canestro** *f sport* baloncesto *m* (!)
Pallade *f mitol* Palas
palladio *m* paladio
pallamano *m sport* balonmano
pallanuot|ista *m/f sport* waterpolista; **~o** *m sport* waterpolo
pallata *f* pelotazo *m*, balonazo *m*
pallavol|lista *m/f* voleibolista; **~o** *m sport* vóleibol *m* (!), balonvolea *m* (!)
palleggia|mento *m sport* peloteo; **~re 1.** *vt* agitar; sopesar; **2.** *vi sport* pelotear; **3. ~rsi** (*responsabilidad, culpa*) pasarse la pelota
pallet *m inv* pallet
pallia|re *vt* disimular, disfrazar; **~tivo** *m med tamb. fig* paliativo
pallido, -a *adj* pálido, -a ◊ ***non avere la più ~a idea*** no tener ni la más remota idea
pallin|a *f* pelota; **~o 1.** *m* 1. bolita *f*; boliche; 2. (*tejido*) mota *f*; 3. manía *f*, fijación *f*; **2.** *mpl* perdigones, balines
pallio (*pl* **-li**) *m* palio
pallista *m/f* rollero, -a, cuentista
pallon|aio (*pl* **-ai**) *m* pelotero; **~ata** *f* balonazo *m*; **~cino** *m* 1. (*de niño*) globo; 2. farolillo; **~e** *m* 1. *sport* balón, pelota *f*; 2. *aero* globo; 3. *quím* balón, matraz ◊ **~ *frenato*** globo cautivo; **~ *gonfiato*** figurón, engreído; **~ *sonda*** *aero* globo sonda; ***avere la testa come un ~*** tener la cabeza como un bombo; **~etto** *m* 1. (*fútbol*) vaselina *f*, volea *f*; 2. (*tenis*) lob
pallore *m* palidez *f*
palloso, -a *adj jerga* coñazo, pesado, -a
pallottola *f* 1. bola, bolita; 2. *mil* bala
pallottoliere *m* ábaco
palma *f* 1. *bot* palmera, palma; (*rama*) palma; 2. *med* palma; 3. (*premio*) palma ◊ **~ *da cocco*** cocotero (*m*); **~ *da datteri*** palmera datilera, datilera; ***conseguire/riportare la ~*** llevarse la palma; ***Domenica delle *~e*** *f* Domingo de Ramos (*m*); ***tenere q in ~ di mano*** tener a alg en un altar; **~re, -a** *adj* palmario, -a, evidente
palmaticomposto, -a *adj bot* palmaticompuesto, -a
palmato, -a *adj zool/bot* palmado, -a, palmeado, -a; **~-lobato, -a** *adj bot* palmatinerviado, -a; **~ria** *f* palmatoria
palmento *m* (*molino*) muela *f*, rueda *f* ◊ ***mangiare a quattro ~i*** comer a dos carrillos
palmeto *m bot* palmar
palmi|pede *adj/m* palmípedo, -a; **~tina** *f quím* palmitina
palmo *m* (*medida*) palmo ◊ ***a ~ a ~*** *adv* palmo a palmo; ***restare con un ~ di naso*** quedarse con un palmo de narices
palo *m* palo; (*teléfono, electr*) poste; *nav* palo, mástil; *sport* (*fútbol*) palo ◊ ***diritto come un ~*** *adj* tieso como un palo; ***fare da ~*** (*ladrones*) estar al loro, dar el agua; ***saltare di ~ in frasca*** irse por los cerros de Úbeda, hablar sin ton ni son
palombl|aro *m nav* buzo; **~o** *m zool* mustela *f*, cazón
palpa|bile *adj tamb. fig* palpable; **~re** *vt* palpar, tocar; **~zione** *f med* palpación
palpebra *f med* párpado *m* (!)
palpeggia|mento *m* toqueteo, manoseo; **~re** *vt* toquetear, manosear
palpita|nte *adj* palpitante ◊ ***di ~ attualità*** *adj* de palpitante actualidad; **~re** ‹*esd*› *vi* ‹*avere*› palpitar, latir; **~zione** *f med tamb. fig* palpitación
palpito *m* 1. *med* latido, pulsación *f*; 2. palpitación *f*, nervios *mpl*
paltò *m inv* abrigo *m*, gabán *m*
palud|e *f* pantano *m*, charca, estero *m*; **~ismo** *m* paludismo, malaria *f*; **~oso, -a** *adj* pantanoso, -a, cenagoso, -a
palustre *adj* palustre ◊ ***febbre ~*** *f* fiebre palúdica
pamela *f* pamela
pampa *f* pampa
pamphlet [pam'flet] *m inv* panfleto *m*; **~tista** (*var.* **panflettista**) *m/f* panfletista
pampino *m* pámpano
panacea *f* panacea
panama *m inv* panamá *m*
Panama *f geogr* Panamá
panamegno, -a (*var.* **panamense**) *adj/s* panameño, -a
panamerican|ismo *m* panamericanismo; **~o, -a** *adj* panamericano, -a
panar|e *vt gastr raro* empanar; **~io, -a** (*m pl* **-ri**) *adj* panadero, -a
panca *f* banco *m*, asiento *m*, banca (*Am*); **~rré** *m inv* pan de molde *m*
pancetta *f* panceta, bacón *m*, tocino entreverado *m*
panch|etto *m* taburete; **~ina** *f* banco *m*, asiento *m*, banca (*Am*); *sport* (*fútbol*) banquillo *m*
pancia (*pl* **-ce**) *f* 1. *coloq* panza, barriga; 2. abombamiento *m* ◊ ***a ~ all'aria*** *adv* boca arriba; ***mettere su ~*** echar barriga; ***reggersi la ~ (dalle risa)*** morirse de la risa, partirse (de risa); ***restare a ~ all'aria*** quedarse despatarrado; **~ta** *f* 1. panzada, barrigazo *m*; 2. *gastr* panzada, comilona
panciera *f* ventrera, faja; (*armadura*) pancera

panciollle: in ~ *adv coloq* tumbado a la bartola; ***starsene in ~*** *estar tumbado a la bartola*; **~ne, -a** *m/f* barrigudo, -a, barrigón, -ona ◊ ***avere il ~*** *coloq* estar embarazada (*estánd*); **~tto** *m* chaleco
panciuto, -a *adj* 1. barrigón, -ona, panzudo, -a, tripudo, -a; 2. panzudo, -a, abombado, -a
pancotto *m* sopa de pan *f*
pancreas *m inv* páncreas
pancristiano, -a *adj* ecuménico, -a
panda *m inv* panda *m*
pandemonio (*pl* **-ni**) *m* pandemonio, trifulca *f* ◊ ***scatenare un ~*** armar la marimorena
Pandora *f mitol* Pandora ◊ ***il vaso di ~*** *m* la caja de Pandora (*f*)
pane *m* 1. pan; *fig* pan, sustento; 2. *metal* barra *f*, lingote ◊ **~ *azzimo*** pan ácimo; **~ *bianco*** pan blanco; **~ *di cera, di sapone, di burro*** pan de cera, de jabón, de mantequilla; **~ *grattato*** pan rallado; **~ *in/a cassetta*** pan de molde; **~ *nero/integrale*** pan moreno/integral; ***buono come il ~*** *adv tamb. fig* más bueno que el pan; ***dire ~ al ~ e vino al vino*** llamar al pan pan y al vino vino; ***guadagnarsi il ~*** ganarse el pan; ***il nostro ~ quotidiano*** el pan nuestro de cada día; ***non è ~ per i suoi denti*** no se hizo la miel para la boca del cerdo; ***pan di Spagna*** bizcocho; ***rendere pan per focaccia*** pagar con la misma moneda; ***tenere q a ~ e acqua*** tener a alg a pan y agua
panegirilco (*pl* **-ci**) *m* panegírico; **~sta** *m/f* panegirista
panettleria *f* panadería; **~iere, -a** *m/f* panadero, -a, hornero, -a; **~one** *m* ="dulce de origen milanés típico de Navidad"
paneuropeo, -a *adj pol* paneuropeo, -a
panfilo *m nav* pánfilo
panflettista V. **pamphlettista**
pangermanesimo *m pol/hist* pangermanismo
pangolino *m zool* pangolín
pangrattato (*var.* **pan grattato**) *m* pan rallado
panico, -a (*m pl* **-ci**) *adj/m* pánico, -a ◊ ***essere preso dal ~*** ser presa del pánico
panico (*pl* **-chi**) *m bot* panizo
panierla *f* (*pan*) panera; (*ropa*) cesta; **~e** *m* cesta *f*, cesto, canasto, capazo
panificalbile *adj* panificable; **~re** ‹*esd*› *vt* panificar; **~tore, -trice** *m/f* panadero, -a, hornero, -a; **~zione** *f* panificación
panificio (*pl* **-ci**) *m* horno, panadería *f*; (*fábrica*) panificadora *f*, tahona *f*
paninlaro, -a *m/f jerga/ant* pijo, -a; **~o** *m* 1. panecillo; 2. bocadillo ◊ **~ *imbottito/ripieno*** bocadillo; **~oteca** (*var.* **panineria**) *f coloq* bocatería
panna *f* 1. *gastr* nata (!); 2. *mec* avería; 3. *nav* pairo *m* ◊ **~ *montata*** nata montada; ***in ~*** *adj auto* averiado, estropeado; *nav* al pairo
panne [pan] *f inv* avería *f*; ***la macchina è in ~*** *el coche está averiado*
panneggilamento *m* drapeado, fruncido; **~are** *vt* drapear, fruncir; **~o** (*pl* **-gi**) *m* drapeado, fruncido
pannelista *m/f tecn* panelista
pannelllabile *adj* panelable; **~are** *vt constr* empanelar; **~o** *m* panel, tablero; *electr* panel, cuadro, tablero ◊ **~ *di comandi*** cuadro de mandos; **~ *isolante*** panel aislante; **~ *solare*** placa solar (*f*)
panno 1. *m* 1. tela *f*, tejido; 2. (*tela de lana*) paño, bayeta *f*; 3. (*huevo*) fárfara *f*; 4. *med* paño; **2.** *mpl* ropa *f* ◊ ***essere/mettersi nei ~ i di q*** estar/ponerse en la piel de alg; ***i ~i sporchi si lavano in casa*** *mpl* los trapos sucios se ventilan en casa; ***non stare più nei propri ~i*** no caber en sí de gozo; ***stringere i ~i addosso a q*** apretarle las tuercas a alg; ***tagliare i ~i addosso a q*** poner a alg como chupa de dómine; **~cchia** *f bot* panocha, panoja, mazorca; **~lino** *m* 1. pañal; 2. paño pequeño, pañito ◊ **~ *mutandina*** braguita pañal (*f*)
panoplia *f hist/mil* panoplia
panoramla *m* 1. panorama, vista *f*; 2. *fig* panorama; **~ica** *f* panorámica; **~ico, -a** (*m pl* **-ci**) *adj* panorámico, -a
panpepato *m* alajú, alfajor
pansé V. **pensée**
panslavismo *m pol/hist* paneslavismo
pantalonlcini *mpl* pantalones cortos; **~i** *mpl* pantalones ◊ **~*i a campana*** pantalones acampanados, pantalones de campana; **~*i alla zuava*** pantalones bombachos
pantano *m* pantano, cenagal; **~so, -a** *adj* pantanoso, -a, cenagoso, -a
panteislmo *m* panteísmo; **~ta** *m/f* panteísta; **~tico, -a** (*m pl* **-ci**) *adj* panteísta, -a
pantera *f* 1. *zool* pantera; 2. *jerga* coche de policía *m* (*estánd*)
pantheon (*var.* **panteon**) *m* panteón
pantofola *f* pantufla, zapatilla, babucha
pantofolaio, -a (*m pl* **-ai**) **1.** *m/f* zapatillero, -a; **2.** *adj desp* (*persona*) apalancado, -a, apoltronado, -a
pantografo *m* pantógrafo
pantomimla *f teat tamb. fig* pantomima; **~ico, -a** (*m pl* **-ci**) *adj* pantomímico, -a; **~o** *m* pantomimo
panzana *f coloq* patraña, embuste *m*, bola
paonazzo, -a *adj/m* morado, -a
papà *m inv coloq* papá *m*, taita *m* (*Am*)
papa *m relig* papa ◊ ***ad ogni morte di ~*** *adv* de uvas a peras, de Pascuas a Ramos; ***morto un ~ se ne fa un altro*** a rey muerto, rey puesto; **~bile** *adj/m* papable
papaila *f* 1. *bot* (*árbol*) papayo *m*; 2. *bot* (*fruto*) papaya; **~na** *f quím* papaína
papalle *adj* papal; **~ina** *f* papalina; **~ino, -a 1.** *adj desp* papalino, -a; **2.** *m mil* soldado papal; **3.** *m/f* papista
papamobile *m* papamóvil
paparazzo *m* paparazzi
papato *m relig* papado

papavero *m bot* amapola *f* ◊ ~ ***da oppio*** adormidera (*f*)
papera *f* 1. *zool* (*joven*) oca (!); 2. pava (!), tonta (!); 3. (*equivocación*) metedura de pata (!) ◊ ***prendere/fare una*** ~ *teat* meter la pata
Paperino *m* Pato Donald
papero *m zool* (*joven*) pato
papessa *f* papisa
papilla *f med* papila; **~re** *adj* papilar
papilloma *m* papiloma
papillon [papi'jon] *m inv* pajarita *f*
papillote [papi'jot] *f inv gastr* papillot
papiraceo, -a *adj* papiráceo, -a
papiro *m bot/impr* papiro
papis|mo *m* papismo; **~ta** *m/f* papista; **~tico, -a** (*m pl* **-ci**) *adj* papista
pappa *f* 1. papilla; 2. *coloq* comida ◊ ~ ***reale*** jalea real; ***essere una ~ molle*** ser un sopas; ***mangiare la ~ in capo a q*** reírsele a alg en sus barbas; ***trovare la ~ scodellata*** encontrárselo todo hecho/todo mascado; **~fico** (*pl* **-chi**) *m zool/nav* papahígo, papafigo
pappagall|lino *m zool* periquito; **~o** *m* 1. *zool* loro, papagayo; 2. copiamonas *inv*; 3. *desp* (*persona pesada*) moscón; 4. chata *f*, bacín, orinal ◊ ***a ~*** *adv* mecánicamente
pappagorgia (*pl* **-ge**) *f* papada
pappardella *f* 1. *gastr* ="tallarines anchos con salsa de carne" *mpl*; 2. rollo *m*, latazo *m*
pappare 1. *vt coloq* devorar, jalar, papar, papear; **2. ~rsi** *coloq* merendarse, soplarse, cepillarse
pappat|a *f coloq* comilona, atracón *m*; **~oria** *f* 1. *coloq* comilona, atracón *m*; 2. ganancia fácil, dinero fácil *m*
pappina *f* 1. papilla; 2. *med* cataplasma de linaza
pappone *m* 1. *coloq* tragón, tragaldabas *inv*; 2. *coloq* chulo, macarra
paprica (*var.* **paprika**) *f* paprika
pap-test [pap'tεst] *m inv med* papanicolau
papua *adj/s inv* papúa *adj/s*, papú *adj/s*
par. (*par.*) *abr* (*parágrafo*)
par condicio *f inv* ="igualdad de oportunidades de acceso a los medios de comunicación por parte de los partidos políticos" *f*
para *f* caucho de Pará *m*
parà *m inv mil* paracaidista *m*, paraca *m* (*jerga*)
parabellum *m inv mil* parabéllum *m*
parabol|a *f* 1. *relig* parábola; 2. *mat* parábola; trayectoria; **~ico, -a** (*m pl* **-ci**) *adj* parabólico, -a
parabordo *m nav* pallete
parabrezza *m inv* parabrisas
paracadut|are *vt* lanzar en paracaídas; **~e** *m inv* paracaídas; **~ismo** *m* paracaidismo; **~ista** *adj/s* paracaidista; **~istico, -a** (*m pl* **-ci**) *adj* paracaidista, -a
paracarro *m* 1. mojón, hito; 2. guardarruedas *inv*
paracentesi *f inv med* paracentesis
paracetamol *m inv farma* paracetamol *m*
paracolpi *m inv* 1. (*puerta, ventana*) tope *m*; 2. *auto* parachoques
paradenzio V. **periodonto**
paradigma *m* paradigma; **~tico, -a** (*m pl* **-ci**) *adj* paradigmático, -a
paradisiaco, -a (*m pl* **-ci**) *adj* paradisiaco, -a, paradisíaco, -a; **~o** *m* paraíso ◊ ~ ***fiscale*** paraíso fiscal; ~ ***terrestre*** paraíso terrestre, edén
paradoss|ale *adj* paradójico, -a; **~alità** *f inv* lo paradójico *m*; **~o** *m* paradoja *f* (!)
parafa V. **paraffo**; **~ngo** (*pl* **-ghi**) *m* guardabarros *inv*
parafernale *adj* parafernal
paraffina *f* parafina
paraffo *m* rúbrica *f*
parafiamma *adj* ignífugo, -a
parafilia *f psicol* parafilia
parafiscale *adj adm* parafiscal
parafrasare ‹*esd*› *vt* parafrasear
parafrasi *f inv* paráfrasis
parafulmine *m* pararrayos *inv*
parafuoco *m inv* (*chimenea*) pantalla *f*
paraggio *m* (*pl* **-gi**) paraje ◊ ***nei ~i*** en los alrededores, en las cercanías
paragocce *adj/m inv* recogegotas
paragoge *f ling* paragoge
paragon|abile *adj* comparable, parangonable; **~are** *vt* comparar; **~e** *m* comparación *f*, parangón ◊ ***a ~ di*** *prep* en comparación a/con; ***essere senza ~/non avere ~i*** no tener parangón, no haber/tener punto de comparación; ***mettere a ~*** comparar; ***pietra di ~*** *f* piedra de toque; ***termine del ~*** término de comparación
paragraf|are ‹*esd*› *vt* dividir en parágrafos; **~o** *m* párrafo, parágrafo
paragua|iano, -a *adj/s* paraguayo, -a; ***~y: il ~** *m* el Paraguay
paralisi *f inv* 1. *med* parálisis; 2. (*bloqueo*) paralización *f*
paralitico, -a (*m pl* **-ci**) *adj/s* paralítico, -a
paralizza|re *vt* paralizar; colapsar; **~to, -a** *adj med tamb. fig* paralizado, -a
parallasse *f astron* paralaje
parallel|a 1. *f mat* paralela; **2.** *fpl sport* paralelas; **~epipedo** *m* paralelepípedo; **~ismo** *m* paralelismo; **~o, -a** *adj/m* paralelo, -a; **~ogramma** (*pl* **-mi**) (*var.* **parallelogrammo**) *m* paralelogramo
paralogismo *m filos* paralogismo
paralu|ce *m inv foto* parasol *m*; **~me** *m inv* (*lámpara*) pantalla *f*
paramedico (*pl* **-ci**) *m* (*asistente técnico sanitario*) ATS
paramento 1. *m arq* paramento; **2.** *mpl relig* paramentos, ornamentos
parametr|ico, -a (*m pl* **-ci**) *adj* paramétrico, -a; **~o** *m* parámetro
paramilitare *adj* paramilitar
paranco (*pl* **-chi**) *m mec* aparejo, polea *f*
paranoi|a *f* paranoia ◊ ***andare/essere in ~*** *coloq* darle/entrarle a alg la neura; **~co, -a** (*m pl* **-ci**) *adj/s* paranoico, -a
paranormale *adj* paranormal
paranza *f nav* (*barca, redes*) bou *m*
paraocchi *mpl* anteojeras *fpl*

paraolimpi|adi *fpl sport* paralimpiada *f*, paralimpíada *f*; **~co, -a** (*m pl* **-ci**) *adj sport* paralímpico, -a
parapendio (*pl* **-dii**) *m sport* parapente
parapetto *m* 1. parapeto, barandilla *f*, baranda *f*, antepecho; 2. *mil* parapeto; 3. *nav* borda *f*
parapiglia *m inv coloq* follón *m*, jaleo *m*
parapioggia *m inv* paraguas
paraplegi|a (*pl* **-gie**) *f* paraplejia, paraplejía; **~ico, -a** (*m pl* **-ci**) *adj/s* parapléjico, -a
parapsicologia (*pl* **-gie**) *f* parapsicología
parare 1. *vt* 1. adornar (!), engalanar; 2. proteger (!), resguardar, defender; 3. (*golpe*) parar, esquivar; *sport* parar; **2.** *vi* parar; ***dove vuoi andare a ~?*** *¿dónde quieres ir a parar?*; **3. ~rsi** 1. (*obstáculo*) plantarse, oponerse; 2. adornarse, engalanarse; 3. protegerse, resguardarse
parascolastico, -a (*m pl* **-ci**) *adj* extraescolar
parasimpatico, -a (*m pl* **-ci**) *adj/m med* parasimpático, -a
parasole *m* parasol, quitasol
parassit|a *adj/m biol tamb. fig* parásito, -a; **~ario, -a** (*m pl* **-ri**) *adj biol tamb. fig* parasitario, -a; **~ismo** *m biol tamb. fig* parasitismo; **~ologia** (*pl* **-gie**) *f* parasitología; **~osi** *f inv med* parasitosis
parastatale 1. *adj* paraestatal; **2.** *m* trabajador, -a paraestatal
parat|a *f* 1. *sport* (*fútbol*) parada; (*esgrima*) parada, quite *m*, reparo *m*; 2. parada, alarde *m*; revista; 3. gala, pompa; ***abito, carrozza da ~*** *traje, carroza de gala* ◊ ***vista la mala ~*** en vista de que la cosa se ponía fea; **~assi** *f inv ling* parataxis, coordinación *f*; **~ia** *f* tabique *m*; *nav* mamparo *m* ◊ ***~e stagne*** compartimentos estancos (*mpl*)
paratifico, -a (*m pl* **-ci**) *adj med* paratifoide, paratífico, -a; **~o** *m med* paratifoidea *f*
parato *m* papel pintado ◊ ***carta da ~i*** *f* papel pintado (*m*)
paraurti *m inv auto* parachoques
paravento *m* biombo, mampara *f*
parca *f mitol elev* parca
parcella *f* 1. minuta (!), factura (!), honorarios *mpl* (!); 2. *agric* parcela; **~re** *adj agric* parcelario, -a; **~zione** *f agric* parcelación
parcellizza|re *vt* atomizar el trabajo; **~zione** *f* atomización del trabajo
parcheggi|are *vt* aparcar (*Esp*), estacionar (*Am*), parquear (*Am*); **~o** (*pl* **-gi**) *m* aparcamiento (*Esp*), estacionamiento (*Am*), parqueo (*Am*) ◊ ***~ a pagamento*** aparcamiento de pago; ***~ a pettine/a spina di pesce*** aparcamiento en batería; ***~ custodito*** aparcamiento vigilado; ***~ in colonna*** aparcamiento en cordón
parchimetro (*var.* **parcometro**) *m* parquímetro
parco, -a (*m pl* **-chi**) **1.** *adj* parco, -a, sobrio, -a; avaro, -a, tacaño, -a; **2.** *m* parque ◊ ***~ giochi*** parque infantil; ***~ mobile*** parque móvil; ***~ nazionale*** parque nacional; ***~ vetture/automobilistico*** parque automovilístico; **~metro** V. **parchimetro**
pardon! [par'dɔn] *excl* ¡disculpe!, ¡perdone!
parecchio, -a (*m pl* **-chi**) *adj/pron/adv* bastante
pareggi|amento *m* 1. equiparación *f*, igualación *f*; (*terreno*) nivelación *f*, igualación *f*; 2. *com* balance; **~are 1.** *vt* equiparar, igualar; *sport* empatar, igualar; (*terreno*) nivelar, igualar; *com* ajustar, saldar; **2.** *vi sport* empatar; (*ajedrez*) hacer tablas; **~ato, -a** *adj* (*colegio*) homologado, -a; **~o** (*pl* **-gi**) *m* 1. *econ* balance; 2. *sport* empate; (*ajedrez*) tablas *fpl* ◊ ***chiudere in ~*** acabar en empate
parelio (*pl* **-li**) *m astron* parhelio
paremi|a *f ling* paremia; **~iologia** (*pl* **-gie**) *f ling* paremiología
parenchima *m bot/med/zool* parénquima
parental|do *m* 1. (*vínculo*) parentesco; 2. (*parientes*) parentela *f*; **~le** *adj* parental
parente *m/f* pariente, allegado, -a; **~la** *f* 1. (*vínculo*) parentesco *m*; *fig* parentesco *m*, afinidad; 2. (*parientes*) parentela, familia; **~si** *f inv* paréntesis *m inv* (!) ◊ ***~ graffa*** llave; ***~ quadra*** corchete (*m*); ***~ tonda*** paréntesis (*m inv*); ***fra ~*** entre paréntesis; **~tico, -a** (*m pl* **-ci**) *adj* parentético, -a
pareo *m* (*ropa*) pareo
parere ‹*paio; parvi/parsi; parso*› V. 51 **1.** *vi* parecer; ***mi pare di averlo visto*** *me parece haberlo visto/que lo he visto*; ***non mi pare vero*** *me parece mentira*; ***che te ne pare?*** *¿qué te parece?*; ***fai come ti pare*** *haz lo que te parezca, haz lo que quieras*; ***ma Le pare!*** *¡a usted qué le parece!*; **2.** *v/def* parecer, dar la impresión; ***pare di sì, di no*** *parece que sí, que no*; ***pare impossibile che...*** *parece imposible que*; **3.** parecer, opinión *f*, juicio ◊ ***a mio ~*** *adv* a mi parecer/juicio/entender, en mi opinión; ***a quanto pare*** *adv* por lo que parece, por lo visto; ***cambiare ~*** cambiar de parecer/opinión; ***essere del ~ che...*** ser de la opinión de que...
paresi *f inv med* paresia *f*
parete *f* pared
pargolo, -a *m/f elev* párvulo, -a
pari 1. *adj inv* igual *adj*, parejo, -a *adj*; *sport* igualado *adj*, empatado *adj*; **2.** *adv* igual, a la par; **3.** *m inv* 1. par *m*, igual *m*; 2. par; **4.** *m/f inv* igual *m/f* ◊ ***~ ~*** al pie de la letra, a pies juntillas; ***al ~ di*** *prep* igual que, como; ***alla ~*** *adj* au-pair; ***andare di ~ passo*** ir al mismo ritmo; ***di ~ passo*** *adv* al mismo tiempo; ***essere ~ a*** ser igual a, estar al mismo nivel que; ***essere ~*** estar en paz; ***fare ~ e patta*** terminar en empate; ***giocare a ~ e dispari*** jugar a pares y nones; ***mettere alla ~*** poner al mismo nivel; ***mettersi in ~*** ponerse al día, ponerse al corriente; ***senza ~*** *adv* sin igual, sin par; ***stare alla ~ con q*** estar empatado con alg, estar al mismo nivel que alg; ***trattare con i propri ~*** cada oveja con su pareja; ***trattare q da ~ a ~*** tratar a alg de igual a igual
paria *m inv* paria *m*
Paride *m mitol* Paris
parietal|le *adj/m med* parietal; **~ria** *f bot* parietaria

parifica|re ‹esd› *vt* igualar, equiparar; *estud* homologar; **~to, -a** *adj* (*colegio*) homologado, -a; **~zione** *f* igualación, equiparación; *estud* homologación

Parigi París ◊ **~ *ben vale una messa*** París bien vale una misa; ***~no, -a** *adj/s* parisino, -a, parisiense

pariglia *f* (*caballos, naipes*) pareja

parigrado (*var.* **pari grado**) *m/f inv* igual *m/f*

parimenti *adv elev* igualmente (*estánd*)

parisillabo, -a *adj/m* parisílabo, -a

parit|à *f inv* paridad *f*, igualdad *f*; empate *m*, igualdad *f* ◊ ***a ~ di diritti*** *adv* a iguales derechos; ***chiudere in ~*** acabar en empate; **~ario, -a** (*m pl* **-ri**) *adj* paritario, -a; **~etico, -a** (*m pl* **-ci**) *adj* paritario, -a; ***comitato ~*** *comité paritario*; ***commissione ~a*** *comisión paritaria*

parka *m inv* parka *f*

parlament|are 1. *adj* 1. parlamentario, -a; 2. diplomático, -a, cortés; **2.** *m/f pol/dipl* parlamentario, -a; **3.** *vi* parlamentar; **~arismo** *m* parlamentarismo; **~o** *m* parlamento, cortes *fpl*

parlant|e 1. *adj* 1. hablante; 2. evidente, elocuente; **2.** *m/f* hablante ◊ ***ben ~*** bien hablado; ***prova ~*** *f* prueba elocuente; **~ina** *f coloq* locuacidad, verborrea

parlare *vt/i* ‹avere› hablar; ***~ spagnolo, russo*** *hablar español, ruso* ◊ ***~ a gesti*** hablar con gestos; ***~ a vanvera*** hablar por hablar; ***~ arabo/ostrogoto*** hablar en chino; ***~ col naso*** ganguear; ***~ come un libro stampato*** hablar como un libro (abierto); ***~ tra i denti*** hablar entre dientes; ***~ tra sé e sé*** hablar consigo mismo; ***con rispetto parlando*** *adv* con el debido respeto; ***far ~ di sé*** dar que hablar; ***neanche a parlarne*** ni hablar; ***non se ne parli più*** no se hable más; ***per ora non se ne parla*** por ahora no hay nada más que decir

parlat|a *f* habla; **~o, -a 1.** *adj* hablado, -a; **2.** *m* 1. *mús* recitativo; 2. *ling* lengua hablada coloquial *f*; **~ore, -trice** *m/f* hablador, -a, orador, -a; **~orio** (*pl* **-ri**) *m* locutorio

parlott|are *vi* ‹avere› parlotear; **~io** (*pl* **-tii**) *m* parloteo

parmigian|a: alla ~ *adj gastr* ="cocinado, -a al horno con tomate y queso parmesano"; **~o, -a 1.** *adj/s* parmesano, -a; **2.** *m gastr* (queso) parmesano

parnaso *m mitol elev* parnaso

parod|ia *f* parodia; **~iare** *vt* parodiar; **~ista** *m/f* parodista; **~istico, -a** (*m pl* **-ci**) *adj* paródico, -a; **~onto** V. **periodonto**

parola 1. *f* 1. palabra; 2. (*facultad de hablar*) habla; **2.** *fpl mús* (*canción*) texto *m* ◊ ***~ d'onore*** palabra de honor; ***~ d'ordine*** *mil* contraseña, santo y seña (*m*); ***~ per ~*** palabra por palabra; ***~, ~, ~!*** ¡palabras, sólo palabras!; ***~e crociate*** crucigrama (*m*); ***a ~e*** *adv* de boquilla; ***avere la ~ facile*** tener facilidad de palabra; ***avere l'ultima ~*** tener la última palabra; ***chiedere la ~*** pedir la palabra; ***credere a q sulla ~*** creer en la palabra de alg; ***essere di ~/mantenere la ~*** ser una persona de palabra, mantener la palabra dada; ***gioco di ~e*** *m* juego de palabras; ***giro di ~e*** *m* circunloquio; ***in ~*** *adv* en palabras; ***in ~e povere*** *adv* hablando claro, hablando en plata (*coloq*); ***in poche ~e*** *adv* en pocas palabras; ***in una ~*** *adv* en una palabra; ***libertà di ~*** *f* libertad de expresión; ***mettere le ~e in bocca a q*** poner u-c en boca de alg; ***non avere ~e*** no tener palabras, faltar las palabras; ***non spiccicare ~*** no decir ni mu; ***prendere q in ~*** tomarle la palabra a alg; ***restare senza ~e*** quedarse sin habla; ***ricercare le ~e*** medir las palabras; ***rimangiarsi la ~*** comerse sus palabras, retractarse; ***rivolgere la ~ a q*** dirigir la palabra a alg; ***sante ~e!*** ¡santa palabra!; ***scambio di ~e*** *m* cambio de impresiones; ***togliere a q la ~ di bocca*** quitarle a alg la palabra de la boca; ***venire a ~e con q*** cruzar palabras con alg; **~ccia** (*pl* **-ce**) *f* palabrota, taco *m*; **~io, -a** (*m pl* **-ai**) *adj/s* parlanchín, -ina, charlatán, -ana

parole [pa'rɔl] *f inv ling* habla *f*

paroli|ere, -a *m/f* (*canciones*) letrista; **~na** *f* palabrita; ***devo dirti una ~*** *te he de decir unas palabritas*

parolone (*var.* **parolona** *f*) *m* (*palabra muy larga*) palabro

paron|imo *m ling* parónimo; **~omasia** *f ling* paronomasia

parossi|smo *m* paroxismo; **~stico, -a** (*m pl* **-ci**) *adj* paroxístico, -a; **~tono, -a** *adj/m ling* paroxítono, -a

parotite *f med* parotiditis *inv*, paperas *fpl coloq*

parquet [par'kɛ] *m inv* parqué *m*, parquet *m*

parricid|a *m/f* parricida; **~io** (*pl* **-di**) *m* parricidio

parrocchetto *m* 1. *zool* cotorra *f*, papagayo; 2. *nav* perico, juanete

parrocchia *f relig tamb. fig* parroquia; **~le** *adj* parroquial; **~no, -a** *m/f* parroquiano, -a, feligrés, -esa

parroco (*pl* **-ci**) *m* párroco

parruc|ca *f* peluca; **~chiere, -a** *m/f* peluquero, -a; **~chino** *m* peluquín, bisoñé; **~cone** *m desp* carcamal

parsi..., parso V. **parere**

parsimoni|a *f* parsimonia; **~oso, -a** *adj* parsimonioso, -a

partaccia (*pl* **-ce**) *f* papelón *m*

parte *f* 1. parte; ***stare dalle ~i di Recanati*** *vivir cerca de Recanati*; 2. *teat tamb. fig* papel *m* ◊ ***~ ... ~*** en parte ... en parte, una parte ... otra parte, algunos/unos ... otros...; ***~i del discorso*** partes de la oración; ***~i molli*** partes blandas; ***a ~*** *adv* aparte, por separado; *teat* aparte (*m*); ***da ~ di*** *prep* de parte de; ***da una ~... dall'altra*** por una parte ... por otra, por un lado ... por otro; ***da/per ~ mia*** *adv* por mi parte, por lo que a mí respecta; ***essere ~ in causa*** ser parte en la causa; ***essere dalla ~ del torto*** estar equivocado; ***fare la ~ di*** *teat* hacer el papel de; ***fare le ~i*** hacer las partes/el reparto; ***fare/esse-***

re ~ di formar parte de; ***in ~*** *adv* en parte; ***in/da ogni ~*** *adv* por todas partes; ***lasciare da ~*** dejar de lado; ***non sapere da che ~ voltarsi*** no saber qué hacer/a quién dirigirse; ***per ~ di*** *prep* por parte de; ***prendere (viva) ~ a qc*** tomar parte (activa) en u-c, participar (activamente) en u-c; ***senza aver ~ in causa*** *adv* sin comerlo ni beberlo

parteciplante *adj/s* participante; **~are** ‹*esc*› **1.** *vt* participar, comunicar; **2.** *vi* ‹*avere*› 1. participar (**a** en); ***~ a un affare*** *participar en un negocio*; 2. (*compartir*) participar (**di** de); ***l'uomo partecipa della condizione animale*** *el hombre participa de la condición animal*; **~azione** *f* 1. participación (**a** en), intervención (**a** en); 2. comunicación, anuncio *m*; (*defunción*) esquela; 3. *econ* participación; ***~ agli utili*** *participación en los beneficios*; **~e** *adj* partícipe (**di** de)

parteggialnte *m/f* partidario, -a; **~re** *vi* ‹*avere*› ser partidario (**per** de)

partenolgenesi *f inv biol* partenogénesis; **~peo, -a** *adj/s* 1. *hist* partenopeo, -a; 2. napolitano, -a

partenza *f* salida, partida; ***punto di ~*** *punto de partida*; ***linea di ~*** *línea de salida*; ***lingua di ~*** *lengua de partida*; ***il treno è in ~*** *el tren está a punto de salir*; *auto* arranque *m*; *sport* salida ◊ ***falsa ~*** *sport* salida nula

parterre [par'tɛr] *m inv* 1. parterre *m*; 2. *teat* platea *f*

particella *f* 1. *ling/fís* partícula; 2. *jur* parcela; 3. *mús* particella ◊ ***~ catastale*** unidad catastral; **~re** *adj* parcelario, -a, catastral

participilale *adj ling* participial; **~o** (*pl* **-pi**) *m ling* participio

partịcola *f relig* fragmento de hostia *m*; forma

particolarle 1. *adj* particular; **2.** *m* particular, detalle, pormenor ◊ ***in ~*** *adv* en particular; ***scendere in ~i/nei ~i*** entrar en detalles; **~eggiare** *vt/i* ‹*avere*› particularizar, detallar, pormenorizar; **~ismo** *m* particularismo; **~ista** *m/f* particularista; **~istico, -a** (*m pl* **-ci**) *adj* particularista; **~ità** *f inv* 1. particularidad *f*; 2. particular *m*, detalle *m*

partigianlerịa *f* parcialidad, arbitrariedad; **~o, -a 1.** *adj* 1. partidario, -a, favorable; *pol* partidista, faccioso, -a; 2. *hist* partisano, -a; **2.** *m/f* 1. partidario, -a; 2. *hist* partisano, -a

partire *vi* 1. salir, partir, marcharse; ***~ per l'Italia*** *salir para/hacia Italia*; *auto* arrancar; *sport* salir, arrancar; 2. partir, empezar; ***~ da un'idea*** *partir de una idea*; 3. *coloq* cascarse, estropearse (*estánd*) ◊ ***~ in quarta*** salir disparado, salir a escape; ***~ per la tangente*** salirse por la tangente; ***~ per le vacanze*** salir de vacaciones; ***a ~ da*** *prep* a partir de

partita *f* 1. *sport* partido *m* (!); (*juego*) partida; ***fare una ~ a carte, a scacchi*** *jugar una partida de cartas, de ajedrez*; 2. *com* partida, lote *m*; 3. *com* (*anotación*) partida, asiento *m* ◊ ***~ amichevole*** partido amistoso (*m*); ***~ di caccia*** partida de caza; ***~ doppia*** *com* partida doble; ***~ semplice*** *com* partida simple; ***essere della ~*** ser del grupo

partịtico, -a (*m pl* **-ci**) *adj pol* de los partidos; partidista

partitismo *m* partidismo

partitịssima *f sport* partido trascendental *m*, partido del siglo *m* (*irón*)

partitivo, -a *adj/m ling* partitivo, -a

partito *m* 1. *pol* partido; 2. (*matrimonio*) partido; ***essere un buon ~*** *ser un buen partido*; 3. ocasión *f*, oportunidad *f*; partido, provecho; ***trarre ~ da qc*** *sacar provecho de u-c, sacarle partido a u-c*; 4. estado, condición *f*; ***trovarsi a mal ~*** *encontrarse en malas condiciones* ◊ ***per ~ preso*** *adv* a priori, de antemano; ***prendere ~ per q*** tomar partido por alg; **~crazịa** *f pol* partitocracia; **~re** *m* divisor, partidor

partitura *f mús* partitura

partizione *f* partición, división

pa̱rtner *m/f inv* pareja *f*, partner; *com* socio, -a *m/f*; **~ship** ['partnerʃip] *f inv* acuerdo internacional *m*

parto *m med* parto ◊ ***~ a termine*** parto a término; ***~ indolore*** parto sin dolor; ***~ prematuro*** parto prematuro

parto, -a *m/f hist* parto, -a

partorilente *f* parturienta; **~re** ‹*isc*› *vt* 1. parir, dar a luz; 2. ocasionar, acarrear

part time [par 'tajm] **1.** *adj inv* de/a tiempo parcial; **2.** *m inv* trabajo a tiempo parcial *m*

party ['parti] *m inv* fiesta *f*, recepción *f*

parure [pa'ryr] *f inv* 1. conjunto de ropa interior femenina *m*; 2. (*joyas*) aderezo *m*; 3. juego de cama *m*

parvenu [parve'ny] *m inv* advenedizo *m*, nuevo rico *m*

parvenza *f elev* visos *mpl*; ***~ di realtà*** *visos de realidad*; apariencia (*estánd*)

parvi... V. **parere**

parvo, -a *adj elev* parvo, -a; **~virus** *m inv biol* parvovirus

parzialle *adj* parcial; **~ità** *f inv* parcialidad *f*

pa̱scere 1. *vt* 1. (*comer el animal*) pacer; 2. (*llevar al pasto*) apacentar, pastar, pastorear; 3. *tamb. fig* alimentar; **2.** *vi* pacer; **3. ~rsi** alimentarse, nutrirse

pascià *m inv* pachá *m* ◊ ***vivere come un ~*** vivir como un pachá

pasciuto, -a *adj* alimentado, -a, cebado, -a

pascolare ‹*esc*› **1.** *vt* apacentar, pastar, pastorear; **2.** *vi* ‹*avere*› pacer

pa̱scolo *m* 1. pastizal, dehesa, prado, pastos *mpl*; 2. pastoreo

Pasqua *f relig* Pascua ◊ ***essere contento come una ~*** estar como unas pascuas, estar más contento que unas pascuas

pasquale *adj* pascual

Pasquale *m* (*nombre*) Pascual

pasquetta *f coloq* lunes de Pascua *m*

passa: e ~ *adv* y pico; ***trenta e ~*** *treinta y pico*; **~bile** *adj* pasable, aceptable, mediano, -a; **~ggio**

(*pl* **-gi**) *m* 1. (*acción*) paso; 2. (*lugar*) paso; pasaje, pasadizo; 3. *mús* pasaje, trozo; 4. *sport* pase ◊ ***~ a livello*** paso a nivel; ***~ pedonale*** paso de peatones; ***dare/offrire un ~ a q*** ofrecerse a llevar a alg a algún sitio; ***di ~*** *adv* de pasada, de paso; ***dire di ~*** decir de paso, dejar caer; ***essere di ~*** estar de paso; ***vietato il ~*** prohibido el paso

passamanleria *f* pasamanería; **~o** *m* pasamano, trencilla *f*

passamontagna *m inv* pasamontañas

passanastro *m inv* pasacintas

passante 1. *m/f* transeúnte, viandante; **2.** *m* 1. (*cinturón*) trabilla *f*; 2. *transp* corredor, vial

passaporto *m* pasaporte

passare 1. *vi* 1. *tamb. fig* pasar; ***passerò da casa tua/da te*** *pasaré por ti/por tu casa*; ***~ per bello, per/da stupido*** *pasar por guapo, por estúpido*; ***~ inosservato*** *pasar inadvertido*; *estud* aprobar; *estud* pasar (de curso); *mil* ascender; ***~ generale*** *ascender a general*; 2. haber, existir, mediar; **2.** *vt* 1. pasar; ***~ un'ordinazione*** *pasar un pedido*; ***lasciar ~*** *dejar pasar*; 2. adelantar, pasar; aprobar; 3. exceder; 4. *gastr* triturar, hacer papilla ◊ ***~ a nuove nozze*** casarse en segundas nupcias; ***~ i limiti*** propasarse; ***~rla liscia/bella*** salir con bien; ***~rsela bene, male*** pasarlo bien, mal; ***è passato a miglior vita*** ha pasado a mejor vida; ***mi passi...*** (*teléfono*) póngame con...; ***non gliene passa una*** no le deja pasar ni una; ***passamelo*** (*teléfono*) dile que se ponga; ***passo!, passo e chiudo!*** (*radio*) ¡corto!, ¡corto y cierro!; ***per questa volta passi*** por esta vez pase

passata *f* 1. vistazo *m*, ojeada; 2. (*pintura...*) pasada, capa; 3. *gastr* puré *m* ◊ ***~ di patate*** puré de patatas (*m*); ***una ~ di pioggia*** un chaparrón; ***~ di pomodoro*** tomate triturado (*m*); ***dare una ~ al giornale*** echar una ojeada al periódico; ***di ~*** *adv* de pasada

passatempo *m* pasatiempo, entretenimiento

passato, -a 1. *adj* 1. (*anterior*) pasado, -a; 2. pasado, -a, superado, -a, desfasado, -a; 3. (*carne, fruta*) pasado, -a, estropeado, -a; **2.** *m* 1. pasado; 2. *ling* pasado, pretérito; 3. *gastr* puré, crema *f*; ***~ di verdure*** *puré de verduras* ◊ ***~ prossimo*** (*"sono andato/he ido"*) pretérito perfecto; ***~ remoto*** (*"andai/fui"*) pretérito indefinido; **~ia** *f* 1. (*de escalera, de pasillo*) alfombra; 2. *ferroc* pasarela; **~io** (*pl* **-oi**) *m* pasadera *f*, pasadero

passatutto *m inv* pasapurés, chino *m*

passaverdura (*var.* **passaverdure**) *m inv* pasapurés, chino *m*

passeggero, -a 1. *adj* (*transitorio*) pasajero, -a; **2.** *m/f transp* pasajero, -a, viajero, -a ◊ ***~ clandestino*** polizón

passeggilare *vi* ‹*avere*› pasear(se); **~ata** *f* (*acción, lugar*) paseo *m* (!); ***fare una ~*** *dar un paseo*; **~atrice** *f euf* prostituta (*estánd*); **~no** *m* (*niños*) cochecito; **~o** (*pl* **-gi**) *m* (*acción, lugar*) paseo ◊ ***andare a ~*** ir de paseo, salir a pasear; ***portare a ~*** sacar a pasear, sacar de paseo

passe-partout [paspar'tu] *m inv* llave maestra *f*

passera *f* 1. *zool* gorriona; 2. *coloq* chocho *m* (*vulg*), coño *m* (*vulg*)

passeraio (*pl* **-ai**) *m* 1. *zool* gorjeo, algarabía *f*; 2. chismorreo

passerella *f* pasarela

passero *m zool* gorrión, pardal

passerotto *m* gorrioncillo

passi *m inv* pase *m*; **~bile** *adj* 1. susceptible (**di** de); 2. digno, -a (**di** de); **~flora** *f bot* pasionaria, pasiflora

passing-shot [pasin'ʃɔt] *m inv* (*tennis*) passing-shot

passino *m* colador

passionlale *adj* pasional; **~alità** *f inv* pasionalidad *f*; **~e** *f* 1. pasión; 2. afición, pasión; ***ha la ~ del camminare*** *siente pasión por caminar, es muy aficionado a caminar*

passito *adj* (*vino*) de pasas

passivlante *adj ling* pasivo, -a ◊ ***il "si" ~*** *m* el "si" pasivo; **~ità** *f inv* pasividad *f*; **~o, -a 1.** *adj* 1. pasivo, -a; 2. *ling/econ* pasivo, -a; **2.** *m* 1. *ling* (voz) pasiva *f*; 2. *econ* pasivo ◊ ***segnare/registrare al ~*** *tamb. fig* poner en el pasivo

passo *m* 1. (*distancia*) paso; ***è a pochi ~i*** *está a pocos pasos, está cerca*; 2. *mús/lit* fragmento, pasaje, trozo; 3. (*acción; lugar*) paso; *geogr* paso, puerto, collado ◊ ***~ ~/un ~ dopo l'altro*** paso a paso, pasito a paso; ***~ carrabile*** vado permanente; ***~ dell'oca*** *mil* paso de la oca; ***~i da gigante*** pasos de gigante; ***a ~ di lumaca/di tartaruga*** *adv* a paso de tortuga; ***a ~ d'uomo*** *adv* a paso de persona; ***a ~i da gigante*** *adv* a pasos agigantados; ***ad ogni ~*** *adv* a cada paso; ***allungare il ~*** acelerar el paso; ***andare al ~*** marchar al paso; ***aprirsi il ~ tra la gente*** abrirse paso entre la gente; ***cedere il ~*** ceder el paso; ***di buon ~*** *adv* a buen paso, a buena marcha; ***di questo ~*** *adv* a este paso; ***e via di questo ~*** *adv* y así en lo sucesivo; ***fare due/quattro ~i*** dar una vuelta; ***fare il ~ più lungo della gamba*** no medir las fuerzas; ***fare il ~ secondo la gamba*** medir las fuerzas; ***fare un ~ falso*** dar un paso en falso; ***muovere i primi ~i*** dar los primeros pasos, hacer los primeros pinitos; ***segnare il ~*** *mil* marcar el paso; ***seguire i ~i di q*** seguir las huellas de alg; ***senza muovere un ~*** *adv* sin moverse del sitio, sin mover un dedo; ***stare al ~ di q*** ir al paso de alg; ***tenere il ~*** llevar el paso

password ['pasword] *f inv informát* contraseña *f*, clave de acceso *f*

pasta *f* 1. pasta, masa; ***~ di vetro, di legno*** *pasta de vidrio, de madera*; (*hojaldre...*) pasta, masa; 2. (*espaguetis...*) pasta; 3. pastel *m*, dulce *m*, bollo *m*; 4. pasta, calaña (*desp*); ***essere della stessa ~*** *estar hecho(s) de la misma pasta, ser de la misma calaña* ◊ ***~ frolla*** pasta quebrada; ***~ sfoglia*** hojaldre; ***avere le mani in ~*** estar en el ajo; ***essere di ~ frolla*** ser de mantequilla; **~frolla** V. **pasta**

pastasciutta (*pl* **pastasciutte/paste asciutte**) (*var.* **pasta asciutta**) *f* (*espaguetis, macarrones...*) pasta con salsa; **~io, -a** (*m pl* **-ai**) *m/f coloq/irón* aficionado, -a a la pasta, comedor, -a de pasta
pastel|la *f* pasta de rebozar; **~o 1.** *m arte* pastel; **2.** *adj inv* pastel; ***verde ~*** *verde pastel*
pasticca *f* pastilla, tableta
pasticceria *f* 1. pastelería; 2. (*arte*) pastelería, repostería
pasticciare *vt* 1. chapucear; 2. ensuciar, emborronar
pasticciere, -a *m/f* pastelero, -a, repostero, -a
pasticcino *m* pastita *f*, pasta de té *f*
pasticcio (*pl* **-ci**) *m* 1. chapuza *f*, estropicio, churro; 2. embrollo, enredo, lío, fregado; 3. *gastr* lasaña *f* ◊ ***mettersi/cacciarsi nei ~i*** meterse en líos; ***trovarsi nei ~i*** estar metido en un lío; **~ne, -a** *m/f* 1. chapucero, -a; 2. embrollador, -a, liante, -a
pastiche [pas'tiʃ] *m inv* pastiche *m*
pastifi|care ‹*esd*› *vt* fabricar pastas; **~cio** (*pl* **-ci**) *m* fábrica de pastas *f*
pastiglia *f* pastilla, tableta
pastina *f gastr* fideos *mpl*, estrellitas *fpl*; **~ca** *f bot* chirivía
pasto *m* comida *f*; ***fare due ~i al giorno*** *hacer dos comidas al día* ◊ ***a tutto ~*** *adv* a todo pasto, a todo trapo; ***dare in ~ al pubblico*** dar a conocer, poner en conocimiento del público; **~ia** *f* 1. (*animales*) maniota, suelta; 2. atadura, cadena; **~ne** *m* 1. (*animales*) pasta de salvado *f*; 2. amasijo, revuelto
pastor|ale 1. *adj* pastoral; *lit* pastoril; **2.** *f relig/mús* pastoral; **3.** *m relig* báculo, cayado; **~e, -a** *m/f* pastor, -a ◊ ***~ tedesco*** *zool* pastor alemán; **~ella** *f* pastorcilla; *mús/lit* pastorela
pastorizia *f* pastoreo *m*
pastorizza|re *vt tecn* paste(u)rizar; **~zione** *f* paste(u)rización
pastos|ità *f inv* pastosidad *f*; **~o, -a** *adj* pastoso, -a
pastrano *m mil* gabán
pastrocchio (*pl* **-chi**) *m coloq* embrollo, lío, fregado
pastura *f* 1. pastoreo *m*; 2. pastizal *m*, dehesa, prado *m*
patacca *f* 1. (*moneda*) patacón *m*; 2. bagatela, baratija; 3. (*mancha*) lamparón *m*; 4. *desp* (*medallas*) chatarra; **~one** *m* 1. *coloq* (*reloj*) saboneta *f*; 2. *coloq* persona churretosa *f*
patapum! *excl* ¡pataplum!, ¡cataplum!
patat|a *f bot* patata, papa (*Am*) ◊ ***~ bollente*** *fig* patata caliente; ***~ dolce/americana*** *bot* batata; ***sacco di ~e*** *m* (*persona*) saco de patatas; **~aio** (*pl* **-ai**) *m* patatero; **~ina** *f* 1. patata nueva, papa nueva (*Am*); 2. patata frita, papa frita (*Am*)
patatrac! *excl* ¡pataplum!, ¡cataplum!
pâté *m inv* paté *m*
patella *f zool* lapa
patema *m* aflicción *f*, congoja *f*
patena *f relig* patena
patent|ato, -a *adj* 1. titulado, -a; 2. *irón* empedernido, -a, redomado, -a; **~e 1.** *adj* patente, manifiesto, -a; **2.** *f* permiso *m* (!), autorización (!), licencia (!); *auto* permiso de conducir *m* (!), carné de conducir *m* (!); ***avere la ~*** *tener permiso de conducir*; ***prendere la ~*** *sacarse el carnet de conducir* ◊ ***~ a punti*** carné por puntos (*m*); ***~ di guida*** permiso de conducir (*m*), carné de conducir
pater|a *f hist* pátera; **~eccio** (*pl* **-ci**) *m med* panadizo, uñero
patern|ale *adj* paternal; **~alismo** *m* paternalismo; **~alistico, -a** (*m pl* **-ci**) *adj* paternalístico, -a; **~ità** *f inv* 1. paternidad *f*; 2. *adm* datos del padre *mpl*; **~o, -a** *adj* paterno, -a
paternostr|e (*var.* **pater nostre**) *m inv relig* paternóster *m*; **~o** *m* (*rosario*) diez ◊ ***sapere qc come il ~*** saberse u-c de carrerilla
pateti|cità *f inv* patetismo *m*; **~o, -a** (*m pl* **-ci**) *adj* patético, -a
pathos ['patos] *m inv* pathos
patibol|are *adj* patibulario, -a; **~o** *m* patíbulo, cadalso
patimento *m* padecimiento, tribulación *f*
patina *f* 1. *tamb. fig* pátina; 2. *metal* pátina, caspa; 3. (*lengua*) saburra, sarro *m*; **~re** ‹*esd*› *vt metal* patinar; **~tura** *f metal* patinado *m*
patire ‹*isc*› *vt/i* ‹*avere*› padecer, sufrir; ***~ di cuore*** *padecer del corazón*
patito, -a 1. *adj* sufrido, -a; (*cara*) demacrado, -a; **2.** *m/f* fanático, -a, forofo, -a
patogeno, -a *adj* patógeno, -a
patolog|ia (*pl* **-gie**) *f* patología; **~ico, -a** (*m pl* **-ci**) *adj* patológico, -a; **~o, -a** (*m pl* **-gi**) *m/f* patólogo, -a
patos V. **pathos**
patria *f* patria
patriarca *m* patriarca; **~le** *adj* patriarcal; **~to** *m* patriarcado
patrigno *m* padrastro
patrimoni|ale 1. *adj* patrimonial; **2.** *f* impuesto sobre el patrimonio *m*; **~o** (*pl* **-ni**) *m* 1. *tamb. fig* patrimonio; ***~ artistico, culturale*** *patrimonio artístico, cultural*; 2. *coloq* dineral, capital; ***spendere un ~*** *gastarse un dineral*
patrio, -a (*m pl* **-tri**) *adj* patrio, -a; **~ta** *m/f* patriota
patriott|ardo, -a *adj/s desp* patriotero, -a, chovinista; **~ico, -a** (*m pl* **-ci**) *adj* patriótico, -a; **~ismo** *m* patriotismo
patristica *f* patrística
patrizi|ato *m hist* patriciado; **~o, -a** (*m pl* **-zi**) *adj/s hist* patricio, -a
patrocin|are *vt jur tamb. fig* patrocinar; **~atore, -trice** *m/f jur tamb. fig* patrocinador, -a; **~io** (*pl* **-ni**) *m jur tamb. fig* patrocinio
patron|ato *m* patronato; **~imico, -a** (*m pl* **-ci**) *adj/m* patronímico, -a; **~o, -a** *m/f relig* patrono, -a
patta *f* 1. (*tejido*) solapa, tapa; 2. *sport* empate *m*; (*ajedrez*) tablas *fpl*

patteggia|mento *m jur* acuerdo de la pena; **~re** *vt/i ‹avere›* pactar

pattina|ggio (*pl* **-gi**) *m* patinaje ◊ **~ *a rotelle*** patinaje sobre ruedas; **~ *su ghiaccio*** patinaje sobre hielo; **~re** *vi ‹avere›* patinar; *auto* patinar, derrapar; **~tore, -trice** *m/f* patinador, -a

pattino *m sport/tecn* patín ◊ ***~i a rotelle*** patines de ruedas

pattino *m transp* (*a pedales*) patín

pattismo *m pol* pactismo

patto *m* 1. pacto, acuerdo, trato; *dipl* tratado; 2. condición *f* ◊ ****~ Atlantico*** Pacto Atlántico; ***~ di non aggressione*** pacto de no agresión; ***~ di stabilità*** *econ* pacto de estabilidad; ***a ~ che*** *conj* a condición de que; ***a nessun ~*** *adv* bajo ninguna condición; ***a questi ~i non ci sto*** con estas condiciones no acepto; ***non stare ai ~i*** no aceptar tratos; romper un trato; ***tenersi ai ~*** atenerse a lo pactado; ***venire/scendere a ~i con q*** pactar con alg, alcanzar un acuerdo con alg

pattuglia *f* patrulla ◊ ***~ di punta*** avanzadilla; ***~ di ricognizione*** patrulla de reconocimiento; **~re** *vt/i ‹avere›* patrullar; **~tore** *m* patrullero ◊ ***~ veloce*** *nav* patrullera (*f*)

pattui|re *‹isc› vt* pactar, acordar, convenir; **~to, -a** *adj/m* pactado, -a, acordado, -a, convenido, -a; ***pagare il ~*** *pagar lo convenido*

pattum|e *m* basura *f*, desperdicio, desecho; **~iera** *f* 1. cubo de la basura *m*; 2. basurero *m*

pauperi|smo *m* pauperismo; **~zzazione** *f* pauperización

pauperrimo, -a *adj* paupérrimo, -a

paur|a *f* miedo *m*, temor *m* ◊ ***avere ~ che...*** tener miedo de que, temer que; ***avere ~ di (qc/q)*** tenerle miedo (a alg/a u-c), tener miedo (de u-c/de alg); ***da ~*** *adj coloq* de miedo, de bandera, de puta madre (*vulg*); ***da far ~*** *adj* de miedo; ***far ~*** dar miedo; ***far/mettere ~ a q*** dar/meter miedo a alg; ***la ~ fa novanta*** el miedo da alas; ***niente ~!*** *adv* ¡sin miedo!; **~oso, -a** *adj* 1. (*persona*) miedoso, -a, asustadizo, -a, temeroso, -a; 2. (*hecho*) pavoroso, -a, terrible

pausa *f* pausa; descanso *m*, intermedio *m*

pavé *m inv* adoquinado *m*, empedrado *m*

paves|are *vt* empavesar, engalanar; *nav* empavesar; **~e 1.** *adj* de Pavía; **2.** *m/f* habitante de Pavía; **3.** *m mil* pavés

pavido, -a *adj elev* pávido, -a

paviment|are *vt* (*suelo*) pavimentar, solar; (*carretera, calle*) pavimentar, asfaltar; **~azione** *f* 1. pavimentación; 2. (*acción*) pavimentación, asfaltado *m*; **~o** *m* suelo, piso, pavimento

pavone, -a *m/f zool* pavo, -a real, pavón *m*; **~ggiarsi** pavonearse, farolear *vi*

pay per view [pei pər 'vju] *f inv TV* pago por visión *m*

pazien|tare *vi ‹avere›* tener paciencia *vt*; **~te 1.** *adj* paciente; **2.** *m/f med* paciente; **~za** *f* paciencia ◊ ***~!*** ¡paciencia!, ¡qué se le va a hacer!; ***abbi ~!*** ¡ten (un poco de) paciencia!; ***avere la ~ di Giobbe/di un certosino*** tener más paciencia que Job; ***perdere/scappare la ~*** perder la paciencia; ***santa ~!*** ¡santa paciencia!

pazzerello, -a *adj* locuelo, -a; **~ne, -a** *adj/s coloq* locuelo, -a, tarambana(s)

pazzesco, -a (*m pl* **-chi**) *adj coloq* de locos, increíble, bárbaro, -a, alucinante

pazzia *f* 1. *med* locura, demencia; 2. locura, disparate *m*, barbaridad

pazzo, -a 1. *adj* 1. loco, -a, demente, chalado, -a; 2. raro, -a, extravagante; **2.** *m/f* loco, -a, demente; chalado, -a, pirado, -a ◊ ***~ da legare*** loco de atar, loco de remate; ***andare ~ per qc*** volverle loco u-c a alg; ***essere ~ furioso*** ser un loco peligroso

p/c (*per conto*) *abr* por cuenta de

p.c. (*per conoscenza*) *abr* comuníquese también a

PCI (*Partito Comunista Italiano*) *abr/m hist*

PDS (*Partito Democratico della Sinistra (partido democrático de la izquierda)*) *abr/m* ="partido sucesor del PCI"

pecari *m inv zool* pécari *m*, pecarí *m*

pecca *f* defecto *m*, falla

peccaminoso, -a *adj* pecaminoso, -a

peccare *vi ‹avere› relig tamb. fig* pecar; ***~ di presunzione*** *pecar de presunción*; ***~ per troppa bontà*** *pecar de excesiva bondad*

peccato *m* 1. *relig* pecado; 2. pena *f*, lástima *f*; ***che ~!*** *¡qué pena/lástima!*; ***~ che...*** *lástima que...* ◊ ***~ mortale, veniale, originale, capitale*** pecado mortal, venial, original, capital; ***brutto come un ~*** *adj* más feo que un pecado, más feo que Picio; **~re, -trice** *adj/s* pecador, -a

pecchione *m zool* zángano

pece *f* pez

pechin|ese *adj/s* pequinés, -esa ◊ ***cane ~*** *m* perro pequinés; ***~o** Pequín

pecora *f* 1. oveja; 2. *desp* borrego *m* ◊ ***la ~ nera della famiglia*** la oveja negra de la familia

pecoraggine *f* borreguismo *m*, servilismo *m*

pecoraio, -a (*m pl* **-ai**) *m/f* ovejero, -a, pastor, -a

pecorella *f* ovejita, borreguito *m* ◊ ***la ~ smarrita*** la oveja descarriada; ***cielo a ~e*** cielo aborregado

pecorino, -a 1. *m gastr* queso de cabra; **2.** *adj* ovejuno, -a

pecorone *m desp* borrego, calzonazos *inv*

pectina *f quím* pectina

peculato *m jur* peculado

peculi|are *adj* peculiar; **~arità** *f inv* peculiaridad *f*; **~o** (*pl* **-li**) *m jur irón* peculio

pecunia *f jur irón* pecunia; **~rio, -a** (*m pl* **-ri**) *adj* pecuniario, -a

pedaggio (*pl* **-gi**) *m* peaje ◊ ***a ~*** *adv* de peaje

pedagog|ia (*pl* **-gie**) *f* pedagogía; **~ico, -a** (*m pl* **-ci**) *adj* pedagógico, -a; **~o, -a** (*m pl* **-ghi**) *m/f* pedagogo, -a

pedal|are *vi ‹avere›* pedalear; **~ata** *f* 1. (*ritmo*) pedaleo *m*; 2. (*cada impulso*) pedalada; **~e** *m* pedal; ***~ del freno, della frizione*** *pedal del fre-*

no, del embrague; **~iera** *f* 1. juego de pedales *m*; 2. (*bicicleta*) pedalier *m*
pedana *f* 1. peana, tarima; 2. *sport* trampolín *m*; 3. alfombrilla
pedante *adj/s* pedante; **~ria** *f* pedantería; **~sco, -a** (*m pl* **-chi**) *adj* pedantesco, -a
pedata *f* 1. patada, puntapié *m*; 2. huella ◊ ***prendere q a ~e*** emprenderla a patadas con alg; ***seguire le ~e di q*** seguir las huellas de alg
pedemontano, -a *adj* a los pies del monte
pederast|a *m* pederasta; **~ia** *f* pederastia
pedestre *adj* pedestre
pediatr|a *m/f* pediatra; **~ia** *f* pediatría; **~ico, -a** (*m pl* **-ci**) *adj* pediátrico, -a
pedicul|ato, -a *adj/m* pediculado, -a; **~osi** *f inv med* pediculosis
pedicure [pedi'kyr] *m/f inv* pedicuro, -a
pedigree [pedi'gri] *m inv* pedigrí *m*
pediluvio *m* pediluvio
pedina *f* 1. (*juego de las damas*) ficha; 2. *fig* (*persona*) peón *m*; **~re** *vt* (*policía, detective*) seguir, vigilar
pedissequo, -a *adj elev* servil; fiel
pedofilia *f* pedofilia; **~o** *m* pedófilo
pedometro *m* podómetro, cuentapasos *inv*
pedon|ale *adj* peatonal; **~alizzare** *vt* peatonalizar; **~e, -a 1.** *m/f* peatón, -ona, viandante; **2.** *m* (*ajedrez*) peón
peduncolo *m bot* pedúnculo
peeling ['pilin] *m inv* peeling
pegamoide *m/f quím* pegamoide *m*
peggio 1. *adv* peor; ***tacere è ~*** *callar es peor*; **2.** *m/f inv* la peor parte *f*, la peor forma; ***avere la ~*** *llevarse la peor parte* ◊ ***~ che ~/~ che andar di notte*** *adv* peor que peor; ***~ di così si muore*** peor imposible, peor no puede ir; ***cambiare in ~*** cambiar a peor; ***(tanto) ~ per te*** (tanto) peor para ti
peggior|amento *m* empeoramiento, agravamiento; **~are** *vt/i* empeorar; **~ativo, -a 1.** *adj* peyorativo, -a; **2.** *m ling* despectivo; **~e** *adj/s* peor ◊ ***nel ~ dei casi*** *adv* en el peor de los casos
pegno *m* prenda *f*, garantía *f*, fianza *f* ◊ ***in ~*** *adv* en prenda
pelago (*pl* **-ghi**) *m elev* piélago
pelame *m* pelaje, pelo
pelandrone, -a *m/f* holgazán, -ana, gandul, -a, vago, -a
pelapatate *m inv* pelapatatas
pelapolli *m inv desp* pelagatos, pelalanas
pelare *vt* 1. (*fruta*) pelar; (*pelo*) pelar, rapar; (*ave*) desplumar; (*animales*) despellejar, desollar; 2. (*robar*) desplumar ◊ ***fa un freddo che pela*** hace un frío que pela
pelargonio *m bot* pelargonio
pelat|a *f* 1. calva; coronilla; 2. rapadura, rapamiento *m*, pelado *m*; (*aves*) desplumadura; 3. (*robo*) sablazo *m*, clavada; **~o, -a 1.** *adj* (*cabeza*) pelado, -a, rapado, -a, pelón, -ona; **2.** *m* calvo, pelón; **3.** *mpl* (*de bote*) tomates pelados; **~ura** *f* rapadura, pelado *m*
pellaccia (*pl* **-ce**) *f* 1. mal bicho *m*, malvado *m*, mala pécora; 2. (tipo) duro *m*
pellagra *f* pelagra
pellaio (*pl* **-ai**) *m* 1. curtidor; 2. (*vendedor*) peletero
pellame *m* pieles *fpl*, curtidos *mpl*
pelle *f* 1. piel; *zool* piel, pellejo *m*, cuero *m*; *bot* piel; 2. (*vida*) piel, pellejo *m* ◊ ***~ d'uovo*** (*tela*) muselina; ***amici per la ~*** *mpl* amigos del alma; ***avere la ~ dura*** ser duro de pelar; ***avere, far venire la ~ d'oca*** tener, poner la piel de gallina; ***essere ridotto/ridursi ~ ed ossa*** estar, quedarse en los huesos; ***giocarsi la ~*** jugarse el pellejo; ***lasciarci/rimetterci la ~*** dejarse el pellejo/la piel; ***non voler essere nella ~ di q*** no querer estar en el pellejo de alg; ***salvare la ~*** salvar el pellejo
pellegrin|aggio (*pl* **-gi**) *m* peregrinación *f*, peregrinaje, romería *f*; **~o, -a** *m/f* peregrino, -a, romero, -a
pellerossa (*pl* **pellirosse**) *m/f* piel roja
pellet ['pɛllet] *m inv* pellet *m*
pelletica *f gastr coloq/tamb. fig* piltrafa
pellett|eria *f* peletería; **~iere** *m* peletero
pellicano *m zool* pelícano
pellicceria *f* peletería
pelliccia (*pl* **-ce**) *f* 1. *zool* piel; ***cappello di ~*** *gorro de piel*; 2. abrigo de pieles *m*; **~io, -a** (*m pl* **-ai**) *m/f* peletero, -a
pellicola *f* 1. película, cutícula; 2. *foto/cine* película
pellirossa V. **pellerossa**
pelo *m* 1. pelo, cabello; *bot* pelo; (*tejido*) pelo; 2. (*ropa*) piel *f*; 3. (*agua*) superficie *f*; 4. (*poco*) pelo, pizca *f* ◊ ***andare contro ~*** ir a contrapelo; ***avere il ~ al cuore/sullo stomaco*** tener pelos en el corazón; ***cavalcare a ~*** montar a pelo; ***cercare il ~ nell'uovo*** buscarle tres pies al gato; ***non avere ~i sulla lingua*** no tener pelos en la lengua; **~so, -a** *adj* peludo, -a, piloso, -a
peltro *m* peltre
peluche [pe'luʃ] *f inv* peluche *m*, felpa *f*
peluria *f* pelusa, vello *m*
pelvi *f inv* pelvis; **~co, -a** (*m pl* **-ci**) *adj* pelviano, -a
pena *f* 1. pena, castigo *m*; 2. pena, angustia, aflicción; penalidad, sufrimiento *m*; 3. pena, fatiga ◊ ***~ capitale/di morte*** pena capital/de muerte; ***a mala ~/a gran ~*** *adv* a duras penas, a malas penas; ***darsi ~ di*** esforzarse por; ***far ~*** dar pena, dar lástima; ***soffrire le ~e dell'inferno*** pasar las de Caín, ir por la calle de la amargura, pasar un calvario; ***sotto ~ di*** *prep* bajo pena de, so pena de; ***stare in ~ per q*** estar preocupado por alg, sufrir por alg; ***valere la ~ (di fare qc)*** valer la pena (hacer u-c)
penal|e 1. *adj jur* penal; **2.** *f jur* penalización; **~ista** *m/f* penalista; **~ità** *f inv jur* sanción *f*; *sport* penalización *f*
penalizza|re *vt* penalizar; **~zione** *f* penalización
penalty ['pɛnalti] *m/f inv sport* penalti *m*, penalty *m*

penare *vi* ‹*avere*› penar, padecer, sufrir
pencolare ‹*esd*› *vi* ‹*avere*› 1. vacilar, tambalearse; 2. dudar, vacilar
pendaglio (*pl* **-gli**) *m* colgajo
pendenlte *adj* 1. pendiente, inclinado, -a; colgante; 2. pendiente, en curso; *com* pendiente ◊ ***carichi ~i*** *mpl* deberes pendientes; ***la torre ~ di Pisa*** *f* la torre inclinada de Pisa; **~za** *f* 1. pendiente, inclinación, desnivel *m*; 2. *jur* pendencia; 3. *adm* asunto pendiente *m*; cuestión pendiente
pendere *vi* ‹*avere*› 1. pender (**da** de), colgar (**da** de), estar colgado (**da** de); 2. inclinarse, estar inclinado; 3. (*amenazar*) pender, cernerse; tender, inclinarse; ***~ a destra*** *colgar hacia la derecha*
pendice *f* cuesta, pendiente
pendio (*pl* **-dii**) *m* pendiente (!) *f*, inclinación *f*; ***essere in ~*** *estar en pendiente*; cuesta *f*
pendolla *f* péndola; **~are 1.** *adj* pendular; **2.** *adj/s* habitante de una ciudad-dormitorio que trabaja fuera; **~are** ‹*esd*› *vi* ‹*avere*› oscilar; **~ino** *m* 1. (*de zahorí*) péndulo; 2. *transp* tren rápido; **~o** *m* péndulo; *arq* plomada *f*
pendulo, -a *adj elev* péndulo, -a
pene *m med* pene
penetralbile *adj* penetrable; **~bilità** *f inv* penetrabilidad *f*; **~nte** *adj* penetrante; **~re** ‹*esd*› **1.** *vt* penetrar, traspasar; **2.** *vi* ‹*essere/avere*› penetrar, entrar; infiltrarse; **~zione** *f* penetración
penfigo *m med* pénfigo
penicillina *f* penicilina
peninsulare *adj* peninsular
penisola *f* península
penitente *adj/s* penitente
penitenzla *f relig tamb. fig* penitencia; **~iale** *adj* penitencial, expiatorio, -a; **~iario, -a** (*m pl* **-ri**) **1.** *adj* penitenciario, -a, carcelario, -a; **2.** *m* penal, penitenciaría *f*; **~iere** *m relig* penitenciario; **~ieria** *f relig/jur* penitenciaría
pen memory ['pɛn 'mɛmori] *f inv informát* lápiz de memoria *m*
penna 1. *f* 1. *zool* pluma (!); 2. (*escribir*) pluma (!); bolígrafo *m* (!); **2.** *fpl* macarrones *mpl* ◊ ***~ a feltro*** rotulador (*m*); ***~ biro/a sfera*** bolígrafo (*m*); ***~ ottica*** lápiz óptico (*m*); ***~ stilografica*** pluma estilográfica; ***~e nere*** *mil* soldados alpinos (*mpl*); ***restare nella ~*** quedarse en el tintero; **~cchio** (*pl* **-chi**) *m* penacho, plumero; **~rello** *m* (*escribir*) rotulador
pennelllare *vt/i* ‹*avere*› pincelar *vt*, pintar; **~ata** *f* 1. *arte* pincelada, brochazo *m*; 2. (*descripción*) pincelada; **~ificio** (*pl* **-ci**) *m* fábrica de pinceles o brochas *f*; **~o** *m* pincel ◊ ***~ da barba*** brocha de afeitar; ***venire/calzare a ~*** venir como anillo al dedo, venir que ni pintado
pennino *m* plumilla *f*
pennone *m* 1. *hist* pendón, estandarte; 2. *nav* verga *f*
pennuto, -a 1. *adj* plumoso, -a, plumado, -a; **2.** *m* animal de pluma
penny ['pɛnni] *m inv* penique *m*
penombra *f* penumbra
penoso, -a *adj* 1. penoso, -a, lastimoso, -a; 2. (*trabajo*) penoso, -a, cansado, -a
pensalre *vt/i* ‹*avere*› pensar (**a q/qc** en alg/en u-c); ***pensavo di tornare presto*** *pensaba volver pronto*; ***penso che tornerà presto*** *pienso que volverá pronto* ◊ ***~ a tutto*** pensar en todo, estar en todo; ***~rci molto*** pensárselo mucho; ***dare da ~*** dar que pensar; ***pensa che roba!*** ¡imagínate tú!, ¡fíjate tú!; ***pensa e ripensa*** dale más y más vueltas; ***pensandoci bene*** pensándolo bien; ***senza ~rci*** *adv* sin pensar; **~ta** *f* ocurrencia; **~toio** (*pl* **-oi**) *m irón* retiro del mundanal ruido; **~tore, -trice** *m/f* pensador, -a
pensée [pan'se] *f inv bot* pensamiento *m*
pensierlino *m* 1. recuerdo; 2. *estud* (*sencilla*) redacción *f*; **~o** *m* 1. pensamiento; 2. preocupación *f* ◊ ***~ unico*** pensamiento único; ***dare ~i a q tener*** preocupado a alg; ***essere sopra ~*** estar absorto, estar ensimismado; ***stare in ~ per q/qc*** estar preocupado por alg/por u-c; **~oso, -a** *adj* pensativo, -a, caviloso, -a
pensile *adj/m elev* pensil, pénsil
pensilina *f arq* marquesina, tejadillo *m*, porche *m*
pensionalbile *adj* 1. (*persona*) jubilable; 2. (*para la pensión*) cotizable; **~mento** *m* jubilación *f*; **~nte** *m/f* (*que vive en una pensión*) pensionista; **~re** *vt* jubilar; **~to, -a 1.** *adj* jubilado, -a, retirado, -a; **2.** *m/f* pensionista, jubilado, -a; **3.** *m* pensionado, residencia *f*, casa de huéspedes *f*; ***~ per anziani, per studenti*** *residencia de ancianos/de la tercera edad, de estudiantes*
pensione *f* 1. (*cantidad*) pensión, jubilación; 2. pensión; 3. pensión, hostal *m*, casa de huéspedes ◊ ***~ completa*** pensión completa; ***~ di anzianità*** (pensión de) jubilación; ***~ di reversibilità*** pensión de orfandad, pensión de viudedad; ***~ invalidità*** pensión de invalidez; ***andare in ~*** jubilarse; ***mettere in ~*** jubilar; ***mezza ~*** media pensión; ***tenere q a ~*** tener a alg como huésped
pensionistico, -a (*m pl* **-ci**) *adj* de la jubilación
pensoslità *f inv* ensimismamiento *m*; **~o, -a** *adj* pensativo, -a, absorto, -a, ensimismado, -a
pentafonico, -a (*m pl* **-ci**) *adj mús* pentáfono, -a
pentagonlale *adj* pentagonal; **~o** *m* pentágono ◊ ***il *~*** *mil* el Pentágono
pentagramma *m* pentagrama
pentalfa *f mús* pentalfa
pentamero *m* pentámero
pentapartito *m pol* pentapartido
pentathlon (*var.* **pentatlon**) *m* pentatlón
pentatonico, -a (*m pl* **-ci**) *adj mús* pentatónico, -a
pentavalente *adj* pentavalente
Pentecoste *f relig* Pentecostés
pentilmento *m* arrepentimiento; **~rsi** arrepentirse (**di qc** de u-c); **~to, -a 1.** *adj* arrepentido, -a; **2.** *m/f jur* (*terrorista, traficante*) arrepentido, -a
pentola *f* olla ◊ ***~ a pressione*** olla a presión; ***qualcosa bolle in ~*** algo se está cociendo

pentosio (*var.* **pentoso**) *f quím* pentosa

pentotal® (*var.* **pentothal**) *m inv farma* pentotal *m*

penultimo, -a *adj/s* penúltimo, -a

penuria *f* penuria

penzolare ‹*esd*› *vi* ‹*avere*› balancearse, oscilar

penzolo *m* racimo, colgajo

penzoloni *adv* balanceándose

peón, -ona (*pl* **peones**) **1.** *m/f* peón, -ona, jornalero, -a; **2.** *mpl pol* ="masa de parlamentarios de un grupo" *f*

peonia *f bot* peonía, peonia

pepa|re *vt* poner pimienta; **~to, -a** *adj* 1. (*sabor*) picante; 2. punzante, cáustico, -a

pepe *m* 1. *bot* pimentero; 2. *gastr* pimienta *f* (!)

peperon|cino *m* guindilla *f*, chile, ají; **~e** *m* pimiento ◊ ***diventare rosso come un ~*** ponerse colorado como un tomate

pepita *f* (*oro*) pepita

Peppino *m* Pepe

pepsina *f* pepsina

peptico, -a (*m pl* **-ci**) *adj med* péptico, -a

peptidico, -a (*m pl* **-ci**) *adj quím* peptídico, -a

per *prep* 1. (*finalidad*) para; ***è ~ te*** *es para ti*; 2. (*lugar*) por; ***passare ~ Livorno*** *pasar por Livorno*; para; ***partire ~ l'America*** *salir para América*; 3. (*tiempo*) para; ***la cena è ordinata ~ le nove*** *la cena está encargada para las nueve*; durante; ***ha piovuto ~ tutta la notte*** *ha llovido (durante) toda la noche*; 4. (*medio*) por, a través de; ***parlare ~ telefono*** *hablar por teléfono*; ***andare ~ mare*** *ir por mar*; ***spedire ~ posta*** *mandar por correo*; 5. (*causa*) por; ***lo faccio ~ te*** *lo hago por ti*; ***dare la vita ~ la patria*** *dar la vida por la patria*; 6. (*modo*) por; ***chiamare ~ ordine*** *llamar por orden*; ***prendere ~ moglie*** *tomar por mujer*; ***prendere ~ un altro*** *tomar por otro*; ***anno ~ anno*** *año a año*; ***stare ~ fare qc*** *estar a punto de hacer u-c*; 7. *mat* por; ***due ~ due fa quattro*** *dos por dos son cuatro*; ***il venti ~ cento*** *el veinte por ciento* ◊ ***~ caso*** por casualidad; ***~ di più*** además; ***~ esempio*** por ejemplo; ***~ tempo*** temprano

PER (*Price Earnings Ratio*) *abr* PER

pera *f* 1. *bot* pera; 2. *jerga drog* pico *m*, chute *m* ◊ ***farsi una ~*** pegarse un chute, chutarse

peraltro *adv* por otra parte

perbacco! *excl coloq* ¡córcholis!, ¡pardiez!

perben|e **1.** *adj inv* decente *adj*, bien, como Dios manda; **2.** *adv* honradamente, rectamente ◊ ***gente ~*** *f* gente honrada; **~ismo** *m* hipocresía social *f*

perborato *m* perborato

perca *f zool* perca

percalle *m* percal

percento *adv* por ciento

percentual|e **1.** *adj* porcentual; **2.** *f* porcentaje *m* (!), tanto por ciento *m*; **~izzare** *vt* sacar porcentajes/tantos por ciento

percepi|bile *adj* perceptible; **~re** ‹*isc*› *vt* percibir

percett|ibile *adj* perceptible; **~ivo, -a** *adj* perceptivo, -a; **~ore, -trice** *m/f* perceptor, -a

percezione *f* percepción

perché **1.** *adv* 1. (*motivo*) por qué; ***~ l'hai fatto?*** *¿por qué lo has hecho?*; 2. (*finalidad*) para qué; ***~ l'hai fatto?*** *¿para qué lo has hecho?*; 3. por el/la/los/las que; ***non so il motivo ~ non sia venuto*** *no sé el motivo por el que no ha venido*; **2.** *conj* 1. porque; ***non lavoro ~ sono stanco*** *no trabajo porque estoy cansado*; 2. para que; ***lavoro ~ tu possa mangiare*** *trabajo para que tú puedas comer*; 3. (como) para que; ***è troppo forte ~ possa vincerlo*** *es demasiado grande como para que pueda vencerle*; **3.** *m* 1. porqué, motivo, razón *f*; ***non mi ha spiegato il ~*** *no me ha explicado el porqué*; 2. porqué, duda *f* ◊ ***il ~ e il percome*** el cómo y el porqué

perciò *adv* por eso, por ello

percome *m inv coloq* cómo *m* ◊ ***il perché e il ~*** el cómo y el porqué

percorrenza *f transp* recorrido *m*, trayecto *m*

percorrere ‹*corsi; corso*› V. 18 *vt* 1. recorrer; 2. cruzar, atravesar

percorribilità *f inv auto* viabilidad *f*

percors|i... V. **percorrere**; **~o, -a** **1.** *adj* recorrido, -a; **2.** *m* recorrido, trayecto, ruta *f*; **3.** *pp* V. **percorrere**

percossa *f* golpe *m*

percuotere ‹*cuoto; cossi; cosso*› V. 71 *vt* golpear, vapulear, percutir (*tecn*)

percuss|ione *f* percusión ◊ ***a ~*** *adv mús/mil* de percusión; **~ore** *m* percutor, percusor

perdente *adj/s* perdedor, -a

perdere ‹*persi/perdei/perdetti; perso/perduto*› V. 52 *vt/i* ‹*avere*› perder ◊ ***a ~*** *adv* desechable, no retornable; ***non avere nulla da ~*** no tener nada que perder

perdiana! *excl euf* ¡mecachis!

perdifiato: a ~ *adv* a más no poder

perdigiorno *m/f inv* holgazán, -ana, vago, -a

perdinci (*var.* **perdindirindina**) V. **perdiana**

perdio! (*var.* **per Dio!**) *excl* ¡por Dios!

perdita *f* pérdida ◊ ***~e di guadagno, di esercizio*** pérdidas de beneficios, de explotación; ***una ~ irreparabile*** una pérdida irreparabile; ***a ~ d'occhio*** *adv* hasta donde alcanza la vista; ***profitti e ~e*** ganancias y pérdidas

perditempo **1.** *m inv* pérdida de tiempo *f*; **2.** *m/f inv* gandul, -a, vago, -a

perdizione *f* perdición

perdon|abile *adj* perdonable, disculpable; **~are** *vt/i* ‹*avere*› perdonar; **~o** *m* perdón; ***chiedere ~ a q*** *pedir perdón a alg*

perdur|are *vi* 1. ‹*avere/essere*› perdurar, durar; 2. ‹*avere*› insistir, perseverar; **~evole** *adj* perdurable

perdut|amente *adv* perdidamente, locamente; **~o, -a** *adj* perdido, -a, extraviado, -a

peregrin|are *vi* ‹*avere*› vagar, peregrinar; **~azione** *f* vagabundeo *m*, peregrinación; **~o, -a** *adj* peregrino, -a, extravagante

perenn|e *adj bot tamb. fig* perenne; (*nieve*) perpetuo, -a; **~ità** *f inv* perennidad *f*
perentori|età *f inv jur tamb. fig* perentoriedad *f*; **~o, -a** (*m pl* **-ri**) *adj jur tamb. fig* perentorio, -a
perenzione *f jur/adm* prescripción, caducidad
perequa|re ‹-*equo* › *vt* repartir equitativamente; **~zione** *f* reajuste *m*, igualación
peretta *f electr/med* pera
perfett|ibile *adj* perfectible; **~ibilità** *f inv* perfectibilidad *f*; **~ivo, -a** *adj/m ling* perfectivo, -a; **~o, -a 1.** *adj* perfecto, -a; **2.** *m ling* (pretérito) perfecto
perfezion|amento *m* perfeccionamiento; **~are** *vt* perfeccionar; **~e** *f* perfección ◊ ***a ~*** *adv* a la perfección; **~ismo** *m* perfeccionismo; **~ista** *adj/s* perfeccionista
perfidi|a *f* perfidia; **~o, -a** *adj* pérfido, -a
perfino *adv* incluso, aun
perfora|mento *m* perforación *f*; **~nte** *adj* perforante; **~re** *vt* perforar, horadar, agujerear; *tecn* perforar, taladrar, barrenar; **~tore, -trice** *adj/s* perforador, -a; **~trice** *f tecn/informát* perforadora; taladradora; **~zione** *f tecn/med* perforación
performance [per'fɔrmans] *f inv* performance
perfusione *f med* perfusión
pergamena *f* pergamino *m* (!)
pergola *f* pérgola; **~to** *m agric/arq* emparrado
perianzio (*pl* **-zi**) *m bot* perianto, periantio
pericar|dio (*pl* **-di**) *m* pericardio; **~po** (*var.* **pericarpio**) *m* pericarpio
pericola|nte *adj* tambaleante, inestable; **~re** ‹*esd*› *vi* ‹*avere*› tambalearse
pericolo *m* peligro ◊ ***c'è ~ che*** hay peligro de que, hay riesgo de que; ***correre ~*** correr peligro, peligrar; ***fuori ~*** *adv* fuera de peligro
pericolos|ità *f inv* peligrosidad *f*; **~o, -a** *adj* peligroso, -a
peridot|ite *f min* peridotita; **~o** *m min* peridoto
perielio (*pl* **-li**) *m astron* perihelio
periferi|a *f* (*ciudad*) periferia, extrarradio *m*, afueras *fpl*; **~ico, -a** (*m pl* **-ci**) **1.** *adj* periférico, -a; **2.** *f informát* periférico *m*
perifras|i *f inv* perífrasis; **~tico, -a** (*m pl* **-ci**) *adj* perifrástico, -a
perigeo *m astron* perigeo
perilinfa *f med* perilinfa
perimetr|ale *adj* perimétrico, -a; **~o** *m* perímetro
perinatale *adj med* perinatal
perineo *m med* perineo
period|are ‹*esd*› **1.** *vi* ‹*avere*› hacer enunciados/frases; **2.** *m* estilo; **~icità** *f inv* periodicidad *f*; **~ico, -a 1.** *adj* periódico, -a; **2.** *m* periódico, publicación periódica *f*
periodo *m* 1. período, periodo; 2. *ling* frase *f*, período
periodont|ite *f med* periodontitis *inv*; **~o** (*var.* **parodonto, paradenzio**) *m med* periodonto
periostio *m med* periostio
peripatetico, -a (*m pl* **-ci**) *adj/s* peripatético, -a
peripezia 1. *f teat* peripecia; **2.** *fpl* peripecias

periplo *m nav* periplo
perire ‹*sin PP*› ‹*isc*› *v/def* perecer, sucumbir
periscopio (*pl* **-pi**) *m* periscopio
peristal|si *f inv med* perístole *f*; **~tico, -a** *adj* peristáltico, -a
peristilio (*pl* **-li**) *m arq* peristilo
peritale *adj* pericial
perito *m* perito *m/f* ◊ ***~ agrario*** perito agrícola; ***~ industriale*** perito industrial; ***~ settore*** disector
periton|eo *m med* peritoneo; **~ite** *f med* peritonitis *inv*
perituro, -a *adj elev* perecedero, -a
perizia *f* 1. pericia, habilidad; 2. *jur* prueba pericial; **~re** *vt* peritar
perizoma *m* taparrabos *inv*
perla 1. *f* perla; **2.** *adj inv* perla; ***grigio ~*** *gris perla* ◊ ***~ coltivata*** perla cultivada; ***gettar le ~e ai porci*** dar margaritas a los puercos; **~ceo, -a** *adj* perlado, -a, perlino, -a; **~to, -a** *adj* perlado, -a, perlino, -a
perli|fero, -a *adj* perlífero, -a; **~na** *f* perlita
perlocutorio, -a (*perlocutivo, -a*) *adj ling* perlocutivo, -a
perlomeno (*var.* **per lo meno**) *adv* por lo menos, al menos
perlopiù (*var.* **per lo più**) *adv* por lo general; mayormente
perlustra|re *vt* explorar; **~zione** *f* exploración
permalos|ità *f inv* susceptibilidad *f*; **~o, -a** *adj/s* quisquilloso, -a, susceptible, -a, enojadizo, -a
perman|ente 1. *adj* permanente; **2.** *f* (*pelo*) permanente; **~nza** *f* permanencia; estancia; **~re** ‹*mango; masi; masto*› V. 64 *vi* permanecer, perdurar, mantenerse
permanganato *m quím* permanganato
permasi..., permasto V. **permanere**
permea|bile *adj* permeable; **~bilità** *f inv* permeabilidad *f*; **~re** ‹*esd*› *vt* permear
permesso, -a 1. *adj* permitido, -a; **2.** *m adm/mil tamb. fig* permiso; ***chiedere il ~ di fare qc*** *pedir permiso para hacer u-c*; licencia *f*; **3.** *pp* V. **permettere** ◊ ***(è) ~?*** ¿se puede?; ***~ di caccia, di pesca*** permiso de caza, de pesca; ***~di circolazione*** ="permiso para circular por un centro histórico o por una zona de tráfico limitado"; ***~ di lavoro*** permiso de trabajo; ***~ di soggiorno*** permiso de residencia; ***con ~*** *adv* con permiso, con perdón; *jur* con la venia; ***essere in ~*** estar de permiso
permettere ‹*misi; messo*› V. 44 *vt* 1. permitir, autorizar; ***~ a q di fare qc*** *permitir a alg hacer u-c/que haga u-c*; ***permette che mi sieda?*** *¿permite que me siente?, ¿le importa que me siente?*; 2. permitir, tolerar; ***(è) ~?*** *¿se puede?*; ***~rsi il lusso di*** *permitirse el lujo de* ◊ ***come si permette!*** ¡cómo se atreve!
permiano, -a *adj geol* permiano, -a
permissi|bile *adj* permisible; **~onario, -a** (*m pl* **-ri**) *m/f* permisionario, -a; **~vismo** *m* permisividad

f, tolerancia *f*; **~vità** *f inv* permisividad *f*; **~vo, -a** *adj* permisivo, -a, tolerante
permuta *f* permuta, trueque *m*
permutabile *adj* permutable
permutare ‹*esd*› *vt* permutar, trocar; *mat* permutar
permutazione *f mat/ling* permutación
pernacchia *f coloq* pedorreta
pernice *f zool* perdiz
perniciolso, -a *adj* pernicioso, -a, dañino, -a, perjudicial; **~tto** *m zool* perdigón
perno (*var.* **pernio**) *m* perno; (*puerta*) pernio, gozne
pernod® *m inv* pernod *m*
pernottalmento *m* pernoctación *f*; **~re** *vi* ‹*avere*› pernoctar, hacer noche
però *conj* pero, mas (*elev*); sin embargo
pero *m bot* peral (!)
perone (*var.* **perone**) *m med* peroné
peronislmo *m pol/hist* peronismo; **~ta** *adj/s pol/hist* peronista
peronospora *f bot/agric* mildiu *m*, mildeu *m*
peroralre ‹*esd*› **1.** *vt* defender; **~ *una causa*** *defender un caso*; **2.** *vi* ‹*avere*› perorar; **~zione** *f* peroración
perpendlicolare *adj/f* perpendicular; **~icolo: a ~** *adv* perpendicularmente, a plomo
perpetralre ‹*esd*› *vt* perpetrar; **~zione** *f* perpetración
perpetua *f* criada, sirvienta, ama; **~re** ‹*esd*› *vt* perpetuar; **~zione** *f* perpetuación
perpetuità *f inv* perpetuidad *f*
perpetuo, -a *adj* perpetuo, -a
perplesslità *f inv* perplejidad *f*; **~o, -a** *adj* perplejo, -a
perquisilre ‹*isc*› *vt* (*lugar*) registrar; (*persona*) registrar, cachear; **~zione** *f* (*lugar*) registro *m*; (*persona*) registro *m*, cacheo *m* ◊ **~ *domiciliare*** registro domiciliario (*m*); ***mandato di* ~** orden de registro
persecultore, -trice *adj/s* perseguidor, -a; **~torio, -a** (*m pl* **-ri**) *adj* persecutorio, -a; **~zione** *f* persecución; acoso *m*
perseguilbile *adj* perseguible; *jur* perseguible, penable; **~mento** *m* persecución *f*; **~re** *vt* (*objetivo*) perseguir; **~tare** ‹*esd*› *vt* perseguir, acosar; **~tato, -a** *adj/s* perseguido, -a
perseveralnte *adj* perseverante, constante; **~nza** *f* perseverancia, constancia; **~re** ‹*esd*› *vi* ‹*avere*› perseverar
persi... V. **perdere**
Persia *f geogr* Persia; ***~na** *f* persiana; ***~no, -a** *adj/s* persa
persico, -a (*m pl* **-ci**) *adj* pérsico, -a ◊ ***il Golfo* *~** *m* el Golfo Pérsico
persino V. **perfino**
persistenlte *adj* persistente, pertinaz; **~za** *f* persistencia, pertinacia
persistere ‹*persistito*› V. 41 *vi* ‹*avere*› persistir
perso, -a 1. *adj* perdido, -a; ***tempo* ~** *tiempo perdido*; **2.** *pp* V. **perdere** ◊ **~ *per* ~** *adv* perdido por perdido, de perdidos al río
persona *f* persona ◊ **~ *alla mano*** persona accesible; **~ *di fiducia*** persona de confianza; **~ *fisica*** persona física; **~ *giuridica*** persona jurídica; ***di/in* ~** *adv* en persona; ***è la bruttezza in* ~** es la fealdad en persona/personificada; ***presentarsi di* ~** ir en persona, personarse; **~ggio** (*pl* **-gi**) *m cine tamb. fig* personaje
personal *m inv informát* PC *m*, pecé *m*
personale 1. *adj* personal; **2.** *m* 1. personal; 2. *sport* personal; **3.** *f arte* retrospectiva ◊ **~ *avventizio*** personal eventual; **~ *di volo*** personal de vuelo; **~ *qualificato*** *m* personal cualificado
personalilsmo *m* personalismo; **~tà** *f inv* personalidad *f* ◊ ***culto della* ~** *m* culto a la personalidad
personalizzalbile *adj* personalizable; **~re** *vt* personalizar; **~zione** *f* personalización
personalmente *adv* 1. personalmente, en persona; 2. personalmente, por mi/nuestra parte
personificalre ‹*esd*› *vt* personificar, encarnar; **~zione** *f lit* personificación; *fig* personificación, imagen, encarnación
perspicalce *adj* perspicaz, agudo, -a; **~cia** (*pl* **-cie**) *f* perspicacia
persuadere ‹*persuasi; persuaso*› V. 35 *vt* persuadir, convencer ◊ ***si persuada!*** ¡convénzase!
persuaslione *f* persuasión ◊ ***forza di* ~** *f* dotes de persuasión (*fpl*); **~ivo, -a** *adj* persuasivo, -a; **~o** V. **persuadere**; **~ore** (*f* **persuaditrice**) *m/f* persuasor, -a
pertanto *conj* por tanto, así pues ◊ ***non* ~** no por eso
pertica *f* pértiga
pertinlace *adj* pertinaz, persistente, perseverante; **~acia** (*pl* **-cie**) *f* pertinacia, perseverancia, tesón *m*; **~ente** *adj* pertinente; **~enza** *f* pertinencia ◊ ***essere* ~ *di q*** ser competencia de alg
pertosse *f* tos ferina
pertugio (*pl* **-gi**) *m* resquicio, hendidura *f*
perturbalre *vt* perturbar; **~tore, -trice** *adj/s* perturbador, -a; **~zione** *f cient tamb. fig* perturbación
Perù: il ~ *m* (el) Perú ◊ ***valere un* ~** valer un Perú/un Potosí
Perugila Perusa; ***~no, -a** *adj/s* perusino, -a
peruviano, -a *adj/s* peruano, -a
pervadere ‹*vasi; vaso*› V. 35 *vt* (*olores, sentimientos*) invadir
pervenire ‹*vengo; venni; venuto*› V. 86 *vi* llegar ◊ **~ *a destinazione*** llegar a destino
perverslione *f* perversión; **~ità** *f inv* perversidad *f*; **~o, -a** *adj* perverso, -a
pervertilmento *m* pervertimiento (*raro*), perversión *f*, depravación *f*; **~re** *vt* pervertir, corromper; **~to, -a** *adj/s* pervertido, -a, degenerado, -a; **~tore, -trice** *adj/s* perversor, -a
pervicalce *adj* obstinado, -a, terco, -a; **~cia** (*pl* **-cie**) *f* obstinación, terquedad

pervinca *f bot* pervinca, vincapervinca, hierba doncella
p. es. (*per esempio*) *abr* (*por ejemplo*) p. ej.
pesa *f* pesaje *m*
pesalettere *m inv* pesacartas
pesante, -a *adj* pesado, -a; *meteo* pesado, -a, cargado, -a; pesado, -a, cansado, -a, fatigoso, -a; (*persona*) pesado, -a, cargante, pelma; **~zza** *f* pesadez ◊ **~ *di stomaco*** pesadez de estómago; **~ *di testa*** dolor de cabeza
pesare *vt/i ‹avere/essere›* pesar
pesa|ta *f* 1. (*acción*) pesaje *m*; 2. (*cantidad*) pesada; **~ura** *f* pesaje *m*
pesca (*pl* **-sche**) *f* 1. *bot* melocotón *m* (!); 2. pesca ◊ **~ *d'alto mare, subacquea*** pesca de altura, submarina; **~ *duracina*** pavía; **~ *nettarina/noce*** nectarina; **~ggio** (*pl* **-gi**) *m nav* calado; **~ia** *f* pesquera; **~re** *vt tamb. fig* pescar; **~ta** *f* pesca; **~tore, -trice** *adj/s* pescador, -a
pesce *m zool* (*en el agua*) pez; *gastr* pescado ◊ **~ *castagna*** japuta (*f*), palometa (*f reg*); **~ *d'aprile*** (="*día en el que se gastan bromas (como el día de los Inocentes en España, celebrado el 28 de diciembre)*") 1 de abril; ***fare un ~ d'aprile a q*** gastar una inocentada a alg; **~ *rospo*** *zool* rape; **~ *sega*** *zool* pez sierra; **~ *spada*** *zool* pez espada; ***buttarsi a ~ su qc*** abalanzarse sobre u
-c; ***chi dorme non piglia pesci*** quien se duerme ni oye misa ni come carne, camarón que se duerme, se lo lleva la corriente; ***il ~ grosso mangia il piccolo*** el pez grande se come al chico; ***non sapere che ~i prendere/pigliare*** no saber a qué atenerse; ***sano come un ~*** *adj* sano como una manzana; ***sentirsi un ~ fuor d'acqua*** sentirse como pez fuera del agua; **~cane** (*pl* **pescecani/pescicani**) *m zool tamb. fig* tiburón
pescher|eccio, -a (*m pl* **-ci**, *f pl* **-ce**) *adj/m* pesquero, -a; **~ia** *f* pescadería
pescheto *m bot* melocotonar
peschiera *f nav* vivero *m*
Pesci *mpl astron* Piscis *m*
pesciaiolo, -a *m/f* pescadero, -a
pesciera *f gastr* besuguera
pescivendolo, -a *m/f* pescadero, -a; ***vado dal ~*** *voy a la pescadería*
pesco (*pl* **-schi**) *m bot* melocotonero; **~sità** *f inv* abundancia de peces *f*; **~so, -a** *adj* abundante en peces
peseta *f* peseta
pesist|a *m/f* levantador, -a de pesos; **~ica** *f* levantamiento de pesos *m*, halterofilia; **~ico, -a** (*m pl* **-ci**) *adj* halterofílico, -a
peso *m* 1. *fís tamb. fig* peso; *sport* pesa *f*, peso; 2. (*boxeo*) peso; 3. *econ* (*moneda*) peso ◊ **~ *atomico, specifico*** *fís* peso atómico, específico; **~ *lordo, netto*** peso bruto, neto; **~ *massimo, medio, piuma, gallo, mosca*** *sport* (*boxeo*) peso pesado, ligero, pluma, gallo, mosca; ***a ~*** *adv* a peso, al peso; ***a ~ d'oro*** *adj tamb. fig* a peso de oro; ***avere due ~i e due misure*** tener dos varas de medir; ***avere un ~ sulla coscienza*** tener un cargo de conciencia; ***avere un ~ sullo stomaco*** tener un peso en el estómago; ***sollevare di ~*** levantar a peso
pessario (*pl* **-ri**) *m med* pesario
pessim|ismo *m* pesimismo; **~ista** *adj/s* pesimista; **~istico, -a** (*m pl* **-ci**) *adj* pesimista; **~o, -a** *adj* pésimo, -a
pesta|ggio (*pl* **-gi**) *m* paliza *f*, tunda *f*; **~re** *vt* chafar, machacar, prensar; triturar, moler; pegar, vapulear, machacar, pisotear; **~ta** *f* machaqueo *m*; molimiento *m*, paliza, vapuleo *m*; (*pie*) pisotón *m*
peste *f med tamb. fig* peste ◊ ***dire ~ e corna di q*** echar pestes de alg, poner a parir a alg (*coloq*); **~llo** *m* (*mortero*) maza *f*, mano, majadero
pesti|cciare *vt* pisotear; **~cida** *m* pesticida; **~fero, -a** *adj* pestífero, -a
pestilen|za *f* pestilencia; **~ziale** *adj* pestilente
pesto, -a 1. *adj* chafado, -a, machacado, -a; vapuleado, -a, pisoteado, -a; **2.** *m gastr* picadillo ◊ ***buio ~*** *adj* (oscuro) como la boca del lobo; ***occhio ~*** *m* ojo morado/amoratado; **~ne** *m* pisotón
petalo *m bot* pétalo
petardo *m* petardo
petecchia *f med* petequia; **~le** *adj med* petequial
peti|torio, -a (*m pl* **-ri**) *adj jur* petitorio, -a; **~zione** *f* petición, solicitud; *jur* reclamación, demanda
peto *m* pedo; ***fare/tirare un ~*** *tirarse/echarse un pedo*
petrarch|esco, -a (*m pl* **-chi**) *adj* petrarquesco, -a; **~ismo** *m* petrarquismo; **~ista** *adj/s* petrarquista
petrochimic|a V. **petrolchimica**; **~o** V. **petrolchimico**
petrodollari *mpl* petrodólares
petrografia *f* petrografía
petrolchimic|a (*var.* **petrochimica**) *f* petroquímica; **~o, -a** (*m pl* **-ci**) (*var.* **petrochimico**) *adj* petroquímico, -a
petroli|era *f nav* petrolero *m*; **~ere** *m* petrolero; **~ero, -a** *adj* petrolero, -a; **~fero, -a** *adj* petrolífero, -a; **~o** (*pl* **-li**) *m* petróleo ◊ **~ *grezzo*** petróleo crudo
pettazzurro *m zool* pechiazul
pettegol|are ‹*esd*› *vi* ‹*avere*› cotillear, chismorrear, cotorrear; **~ezzo** *m* cotilleo, chismorreo, chisme, habladuría *f*; **~io** (*pl* **-lii**) *m* chismorreo
pettegolo, -a *adj/s* cotilla, chismoso, -a, cotorra *f*
pettina *f quím* pectina; **~re** ‹*esd*› *vt* 1. peinar; 2. *tecn* cardar; **~ta** *f* 1. peinada; 2. *tecn* cardada; **~to, -a 1.** *adj* 1. peinado, -a; 2. *tecn* cardado, -a; **2.** *m tecn* carda *f*, cardado; **~trice** *f* peinadora; **~tura** *f* 1. peinado *m*; 2. *tecn* cardadura, cardado *m*
pettine *m* 1. peine, batidor; peineta *f*; 2. *tecn* carda *f*
petting ['pɛttin] *m inv* lote *m* (*vulg*), magreo *m* (*vulg*)

pettino *m* pechera *f*
pettirosso *m zool* petirrojo
petto *m* 1. *med* pecho; (*pollo, pavo...*) pechuga *f*; 2. (*camisa*) pechera *f*; 3. *mil* peto; 4. *fig* pecho, corazón ◊ ***aprire il ~ a q*** abrir el corazón a alg; ***essere debole di ~*** padecer de los pulmones; ***prendere q per il ~*** coger a alg por el cuello
pettor|ale 1. *adj* pectoral; **2.** *m* 1. pectoral; 2. (*caballo*) cincha *f*; 3. *sport* dorsal; **~ina** *f* peto *m*; **~uto, -a** *adj* 1. (*de pecho prominente*) pechugón, -ona; 2. engreído, -a, altivo, -a
petula|nte *adj* petulante; **~nza** *f* petulancia
petunia *f bot* petunia
peucedano *m bot* peucédano
pezza *f* 1. (*tela*) pieza; 2. parche *m*, remiendo *m*; 3. *zool* mancha, remiendo *m*; 4. *com* documento *m*, justificante *m* ◊ ***trattare come una ~ da piedi*** tratar como a un trapo; **~to, -a** *adj zool* pío, -a, remendado, -a; **~tura** *f* 1. *zool* remiendo *m*; 2. calibre *m*, tamaño *m*; (*por tamaños*) clasificación
pezzente *m/f* pordiosero, -a, mendigo, -a
pezzetto *m* trocito, pedacito
pezzo *m* 1. trozo, pedazo, porción *f*; 2. *mec/mil* pieza *f* (!); 3. (*ropa*) pieza *f* (!), parte *f*; ***vestito a/in due ~i*** *vestido de dos piezas*; 4. (*ajedrez*) pieza *f* (!); 5. *mús/lit* fragmento, trozo; 6. (mucho) tiempo; ***è da un ~ che non ci vedevamo*** *hacía tiempo que no nos veíamos*; (*tiempo*) rato; ***ce n'è per un ~*** *hay para rato*; 7. (*persona*) cacho, pedazo; ***~ d'asino*** *pedazo de burro/de alcornoque*; ***un bel ~ di donna, d'uomo*** *un pedazo de mujer, de hombre, un tío bueno/una tía buena*; 8. (*persona*) pez gordo, figurón ◊ ***~ da novanta*** capo, pez gordo; ***~ di ricambio*** pieza de recambio (*f*); ***~ forte*** *mús/lit* fuerte; ***~ grosso*** pez gordo; ***a ~i e a bocconi*** *adv* a trancas y barrancas, de cualquier manera; ***cadere a/in ~i*** caerse a trozos/pedazos; ***un due ~i*** *m* un biquini; ***essere un ~ di legno*** ser un témpano de hielo; ***fare a ~i/ridurre in ~i*** romper en pedazos, hacer pedazos, hacer añicos; ***un uomo tutto d'un ~*** un hombre entero/de una pieza
pezzuola *f* trapo *m*, harapo *m*
PG (*Procuratore Generale*) *abr* ="Fiscal General del Estado" (*Esp*)
phishing ['fiʃin] *m inv informát* phishing
phone center ['fɔn 'sɛnter] *m inv telec* locutorio *m*
photo finish ['fɔto 'finiʃ] *m inv* photo finish
PI ((*Ministero*) *della Pubblica Istruzione*) *abr* (*Ministerio de Educación*) MEC (*Esp*)
piacente *adj* placentero, -a, agradable
piacere ‹*piaccio; piacqui; piaciuto*› V. 53 **1.** *vi* gustar, agradar (*elev*), placer (*elev*); ***mi piace nuotare, il cinema*** *me gusta nadar, el cine*; **2.** *m* 1. placer, gusto; ***i ~i della tavola*** *los placeres de la mesa*; goce, disfrute; 2. placer, honor, gusto; ***è un ~ per me conoscerLa*** *es para mí un placer/honor conocerle/la*; 3. favor; ***fare un ~ a q*** *hacerle un favor a alg, complacer a alg*; ***fammi il (santo) ~ di*** *hazme el favor de*; ***ma mi faccia il ~!*** *¡hágame el favor!*; 4. placer, voluntad ◊ ***a ~*** *adv* a placer, a voluntad; ***a Dio piacendo*** Dios mediante; ***con ~*** *adv* con mucho gusto; ***far ~*** dar gusto; ***mi fa ~*** me gusta; me hace ilusión; ***per ~*** *adv* por favor; ***piaccia o non piaccia*** guste o no guste, se quiera o no; ***provare ~*** sentir placer, sentir gusto
piacevole *adj* agradable, placentero, -a
piacevolezza *f* 1. placer *m*, gusto *m*, deleite *m*; 2. broma, chanza
piacimento *m* disfrute, goce
piacqui... V. **piacere**
piada *f gastr* torta de pan ácimo
piaga (*pl* **-ghe**) *f* 1. *med* llaga; 2. (*problema*) plaga; **~re** *vt* llagar
piagnisteo *m* lloriqueo, llorera *f*
piagnone, -a *m/f* llorón, -ona, quejica
piagnucol|are ‹*esd*› *vi* ‹*avere*› lloriquear, gimotear; **~io** (*pl* **-iii**) *m* lloriqueo, gimoteo; **~one, -a** *m/f* llorón, -ona, quejica; **~oso, -a** *adj* llorón, -ona, lloroso, -a
pialla *f tecn* (*de carpintero*) cepillo *m*; **~re** *vt tecn* cepillar, acepillar; **~ta** *f tecn* cepilladura, acepilladura; **~trice** *f tecn* cepilladora, acepilladora; **~tura** *f tecn* cepilladura, acepilladura
piana *f* llanura, llano *m*; **~le** *m transp* plataforma *f*, batea *f*
pianeggia|nte *adj* casi plano, -a; **~re 1.** *vt* allanar, nivelar; **2.** *vi* llanear
pianella *f* 1. chinela, chancla; 2. *arq* baldosa
pianerottolo *m arq* rellano, descansillo
pianeta 1. *m astron* planeta; **2.** *f relig* planeta
piangente *adj* lloroso, -a, lagrimoso, -a
piangere ‹*piango; piansi; pianto*› V. 54 *vt/i* ‹*avere*› llorar; ***~ di gioia, di rabbia*** *llorar de alegría, de rabia* ◊ ***~ a calde lacrime*** llorar a lágrima viva/a moco tendido; ***~ a dirotto*** llorar desconsoladamente; ***~ come un vitello*** llorar como una magdalena; ***~ sul latte versato*** llorar cuando es demasiado tarde; ***c'è da ~*** es para echarse a llorar
pianifica|re ‹*esd*› *vt* planificar; **~tore, -trice** *m/f* planificador, -a; **~zione** *f* planificación
pianigiano, -a *m/f* llanero, -a
pianismo *m mús* pianismo
pianissimo *adv mús* pianísimo
pianist|a *m/f* pianista; **~ico, -a** (*m pl* **-ci**) *adj* pianístico, -a
piano, -a 1. *m* 1. *mat* plano; *geogr* llano, llanura *f*; 2. nivel; ***porre sullo stesso ~*** *poner al mismo nivel*; ***di primo, secondo ~*** *de primera, segunda fila*; 3. *arq* (*edificio*) piso, planta *f*, altura *f*; ***abito al primo ~*** *vivo en el primer piso*; 4. plano, croquis; 5. *cine* plano; 6. plan, proyecto; 7. *mús* piano; **1.** *adj* 1. llano, -a; *mat* plano, -a; 2. *ling* llano, -a, paroxítono, -a; 3. fácil, sencillo, -a; 4. (*voz*) bajo, -a; **3.** *adv* 1. despacio; 2. (*voz*) bajo; ◊ ***~ cottura da incasso*** (*cocina*) encimera (*f*); ***~ di attacco*** plan de ataque; ***~ di studi*** plan de estudios; ***~ e liscio*** corriente y molien-

te; ~ ***medio, americano*** *cine* plano medio, americano; ~ ***nobile*** principal; ~ ***quinquennale*** plan quinquenal; ~ ***regolatore*** plan general de ordenación urbana; ~ ***rialzato*** entresuelo; ***andiamo pian*** ~ vayamos por partes; ***chi va piano, va sano e va lontano*** despacito y buena letra, lento pero seguro; ***pian terreno/~ terra*** planta baja (*f*); ***pian(o) ~/pian pianino*** *adv* despacio, despacito; ***primo*** ~ primer plano; **~forte** *m mús* piano ◊ ~ ***a coda, a mezza coda*** piano de cola, de media cola; **~la** *f mús* pianola; **~ro** *m geogr* meseta *f*; **~terra** V. **piano**

piansi... V. **piangere**

piant|a *f bot/med/arq* planta; *adm* plantilla ◊ ***di sana*** ~ *adv* de raíz, de cuajo; ***inventare di sana*** ~ inventar de la nada; ***essere in ~ stabile*** ser fijo; **~aggine** *f bot* llantén *m*, carmel *m*; **~agione** *f* plantación; **~agrane** *m/f inv* pedante *m/f*, pelmazo, -a; **~are** *vt* 1. *agric* plantar; 2. (*estaca...*) clavar; 3. (*abandonar*) plantar, dejar plantado ◊ ***mi si è piantato in casa*** se me ha plantado en casa; ***piantala di...!*** ¡deja ya de...!; ***piantala!*** ¡ya está bien!, ¡corta el rollo! (*coloq*); **~ato, -a** *adj* 1. *agric* plantado, -a; 2. plantado, -a, esbelto, -a, robusto, -a; 3. plantado, -a, inmóvil ◊ ***ben*** ~ bien plantado, de buena planta; **~atore** *m* plantador; **~atrice** *f* sembradora; **~atura** *f* plantación *m*, sembrado *m*

pianterreno V. **piano**

piantina *f* (*ciudad*) plano *m*

pianto 1. *m* llanto, lloro; **2.** *pp* V. **piangere** ◊ ***sciogliersi in*** ~ romper a llorar, anegarse en llanto

pianton|amento *m* (*policía*) vigilancia *f*; **~are** *vt* vigilar; **~e** *m* 1. *bot* plantón; 2. *mil* centinela, plantón ◊ ***stare di*** ~ estar de plantón

pianura *f geogr* llanura, llano *m*, planicie

piastra *f* 1. chapa, plancha, placa; *electr* placa; 2. *econ* piastra

piastrell|a *f* 1. (*suelo*) baldosa; (*pared*) azulejo *m*, baldosín *m*; 2. (*juegos*) tejo *m*; **~aio, -a** (*m pl* **-ai**) *m/f* embaldosador, -a; **~are 1.** *vt* (*suelo*) embaldosar; (*pared*) azulejar, alicatar; **2.** *vi aero/nav* rebotar; **~ista** *m/f* embaldosador, -a

piastrina *f* 1. *biol* plaqueta; 2. *tecn* pletina; 3. (*perro*) chapa; *mil* chapa, placa ◊ ~ ***di riconoscimento*** chapa de identificación

piatta *f nav* patera; **~forma** *f* plataforma ◊ ~ ***continentale*** plataforma continental; ~ ***di lancio*** plataforma de lanzamiento; ~ ***girevole*** *ferroc* plataforma giratoria; ~ ***rivendicativa*** plataforma reivindicativa

piattell|o *m* platillo; *sport* plato; **~zza** *f* mediocridad

piattin|a *f* 1. *electr* pletina; 2. *tecn* vagoneta, carro *m*; **~o** *m* 1. (*de taza, vaso*) plato, platillo, platito; 2. manjar

piatto, -a 1. *adj* 1. plano, -a, chato, -a; 2. hueco, insulso, banal; **2.** *m* plato; ***primo, secondo*** ~ *primer, segundo plato*; ~ ***della bilancia, del giradischi*** *plato de la balanza, del tocadiscos*; **3.** *mpl mús* platillos ◊ ~ ***fondo*** plato hondo/sopero; ~ ***forte*** *fig* plato fuerte; ~ ***piano*** *m* plato llano

piattola *f zool* ladilla

piazza *f* 1. plaza; 2. (*cama*) cuerpo *m*; ***letto a una piazza, a due piazze*** *cama de un cuerpo, de matrimonio* ◊ ~ ***d'armi*** plaza/patio de armas; ***fare ~ pulita di qc*** arramblar con u-c; barrer la casa; ***mettere in*** ~ sacar a la luz pública; ***scendere in*** ~ bajar al ruedo; **~forte** (*pl* **piazzeforti**) *f mil tamb. fig* plaza fuerte; **~le** *m* 1. (*con vistas*) plaza *f*, explanada *f*; 2. *transp* área de servicio *f*; **~mento** *m* (*clasificación*) emplazamiento, posición *f*, puesto; **~re 1.** *vt* 1. (*colocar*) emplazar, apostar; 2. *com* colocar, vender; **2. ~rsi** *sport* clasificarse, colocarse; (*trabajo*) colocarse; **~ta** *f* (*escándalo*) escena, número *m*; ***fare una*** ~ *armar un número, montar una escena*; **~to, -a** *adj* (*trabajo, sport...*) colocado, -a, situado, -a

piazzista *m/f com* corredor, -a, representante

piazzola *f* 1. plazuela, plazoleta, glorieta; *mil* emplazamiento *m*, plataforma; 2. *auto* zona de estacionamiento

picaresco, -a (*m pl* **-chi**) *adj* picaresco, -a

picaro *m* pícaro, buscón

picca (*pl* **-che**) **1.** *f* 1. *mil* pica; 2. resentimiento *m*; pique *m*; **2.** *fpl* (*naipes*) picas; **~nte** *adj* 1. (*sabor*) picante; 2. picante, verde, subido, -a de tono; **~rsi** 1. *coloq* picarse (**con q per qc** con alg por u-c), mosquearse (**con q per qc** con alg por u-c); 2. presumir (**di qc** de u-c); **~to, -a** *adj* picado, -a, mosqueado, -a

picchett|amento (*var.* **picchettaggio**) *m* ="actividad de los piquetes" *f*; **~are** *vt* 1. jalonar, estacar; (*tela*) festonear; 2. (*piquetes en una huelga*) vigilar; **~o** *m* 1. jalón, estaca *f*; 2. (*huelga*) piquete; *mil* piquete, retén

picchia|re 1. *vt* golpear; (*persona*) pegar, zurrar, sacudir; **2.** *vi* 1. golpear, aporrear; 2. *aero* caer en picado ◊ ***picchia e ripicchia*** *adv* dale que te pego; **~ta** *f* 1. (*persona*) golpe *m*, coscorrón *m*; (*puerta*) golpe *m*, llamada; 2. *aero* picado *m* ◊ ***scendere in*** ~ caer en picado; **~tello, -a** *adj/s* alocado, -a, tarambana; **~to, -a** *adj* raro, -a, extravagante; **~tore** *m* matón

picchiett|are *vt* 1. golpetear; *mús* picar; 2. (*superficie de metal*) picar; **~ato** *m mús* picado; **~atura** *f* picado *m*; **~io** (*pl* **-tii**) *m* golpeteo, martilleo

picchio (*pl* **-chi**) *m* 1. golpe; 2. *zool* pájaro carpintero

piccin|eria *f* mezquindad, pequeñez; **~o, -a 1.** *adj* pequeño, -a; *desp* mezquino, -a, grosero, -a; **2.** *m/f* pequeño, -a, niño, -a

picciolato, -a *adj bot* peciolado, -a

picciolo *m bot* peciolo, pecíolo, pezón, rabo (*coloq*)

piccion|aia *f* 1. *arq* palomar *m*; 2. *coloq* buhardilla; 3. *teat/cine irón* gallinero *m*, paraíso *m*; **~cino** *m* 1. *zool* palomino; 2. *irón* (*enamorados*) pichoncito, -a *m/f*, tórtolo, -a *m/f*; **~e** *m zool* pichón ◊ ***prendere due ~i con una fava*** matar dos pájaros de un tiro

picco (*pl* **-chi**) *m geogr* pico ◊ ***andare/colare a ~*** *nav tamb. fig* irse a pique

piccolezza *f* pequeñez; minucia, tontería; exigüidad, escasez ◊ ***~ di mente*** cortedad de miras

piccolo, -a 1. *adj* pequeño, -a, chico, -a; **2.** *m/f* pequeño, -a, niño, -a; *zool* cría *f*, cachorro *m* ◊ ***da ~*** *adv* de pequeño; ***farsi ~*** querer desaparecer, querer que se lo trague a uno la tierra; ***fin da ~*** *adv* desde pequeño; ***in ~*** *adj* en pequeño, en miniatura; ***nel mio ~*** *adv* en lo que yo pueda, en la medida de mis posibilidades

piccoloborghese *adj/s* pequeñoburgués, -esa

piccone *m* (*cavar*) pico

piccoso, -a *adj* quisquilloso, -a, irritable

piccozza *f sport* piolet *m*

pick-up [pik'ap] *m inv* 1. (*tocadiscos*) fonocaptor *m*, pick-up; 2. *auto* pick-up, camioneta *f*

picnic *m inv* pícnic *m*, piquenique (*Am*)

picnico, -a (*m pl* **-ci**) *adj psicol* pícnico, -a

picnometro *m fís/quím* picnómetro

picrico: acido ~ *m quím* ácido pícrico

pidiessino, -a 1. *adj pol* del Partito Democratico della Sinistra (Pds); **2.** *m/f pol* miembro del Pds

pidocchileria *f* tacañería, avaricia; **~o** (*pl* **-chi**) *m* 1. (*pelo*) piojo; 2. (*planta*) pulgón; 3. (*avaro*) piojoso, rácano; **~oso, -a** *adj zool tamb. fig* piojoso, -a

piè *m inv* (*elev*) pie *m* (*estánd*) ◊ ***~ di porco/di capra*** *mec* pie de cabra, palanca (*f*); ***a ~ del monte*** *adv* a pie de monte; ***a ~ di pagina*** *adv* a pie de página; ***ad ogni ~ sospinto*** *adv* (*continuamente*) a cada paso, cada dos por tres; ***saltare a ~ pari*** saltar a pies juntillas

pied-à-terre [pjeda'tɛr] *m inv* 1. (*domicilio ocasional*) estudio *m*; 2. (*para encuentros amorosos*) picadero *m*

pied-de-poule [pjede'pul] *m inv* (*tela*) pie de gallo *m*

piede *m* 1. pie; *zool* pie, pezuña *f*; 2. *lit* pie; 3. (*medida*) pie; 4. (*mesa...*) pie, pata *f* ◊ ***~i piatti*** pies planos; ***a ~i*** *adv* a pie, andando; ***ai ~i di*** *prep* a los pies de; ***avere un ~ nella tomba/nella bara*** tener un pie en la tumba, tener un pie en el otro mundo; ***cadere in ~i*** caer de pie; ***coi ~i di piombo*** *adv* con pies de plomo; ***essere/restare a ~i*** quedarse en la calle; ***fatto coi ~i*** *adj* hecho con los pies; ***in ~i*** *adv* en pie, de pie; ***mettere i ~i in un posto*** poner los pies en un sitio; ***mettere in ~i qc*** poner u-c en pie; ***mettere q sotto i ~i*** humillar a alg; ***mettere un ~ in fallo*** *tamb. fig* dar un paso en falso; ***non stare in ~i*** no tenerse en pie; ***prendere ~*** afianzarse, extenderse; ***puntare i ~i*** empecinarse, obstinarse; ***stare in ~*** estar de pie; ***su due ~i*** *adv* de repente; ***tenere in ~i*** *tamb. fig* tener en pie; ***togliersi dai ~ q*** quitarse de en medio a alg; **~stallo** V. **piedistallo**

piedi|no *m* nota de prensa *f*; **~piatti** *m inv desp* piesplanos; **~stallo** *m arq* pedestal

piedritto *m arq* pie derecho

piega (*pl* **-ghe**) *f* pliegue *m*, doble *m*; ***gonna a ~e*** *falda de tablas*; *geol* plegamiento *m*, pliegue *m*; entresijo *m*; ***le ~e dell'anima*** *los entresijos del alma*; cariz *m*; ***prendere una brutta ~*** *tomar un feo cariz*; **~ciglia** *m inv* rizador de pestañas *m*; **~mento** *m* flexión *f*, plegamiento, doblamiento; *sport* flexión *f*; **~re 1.** *vt* 1. doblar; (*cabeza...*) doblar, inclinar, agachar; 2. domar, someter; ***~ q alla propria volontà*** *someter a alg a su voluntad*; **2.** *vi* 1. doblarse; 2. (*dirección*) doblar, girar; ***~ a destra*** *doblar a la derecha*; **3. ~rsi** 1. (*agacharse*) doblarse, curvarse; 2. plegarse (**a qc** a u-c), acceder (**a qc** a u-c); **~trice** *f tecn* plegadora; **~tura** *f* doblado *m*, pliegue *m*; *sport* flexión; *impr* plegadura, plegado *m*

pieghetta|re *vt* plisar, fruncir; **~tura** *f* plisado *m*, fruncido *m*

pieghevole *adj* 1. flexible; 2. (*mesa...*) plegable; 3. (*carácter*) tornadizo, -a, voluble

pieghevolezza *f* flexibilidad

piemia (*var.* **pioemia**) *f med* piogenia

Piemonte: il ~ *m* el Piamonte; ***~se** *adj/s* piamontés, -esa

piena *f* 1. (*río*) crecida; 2. (*emociones...*) desbordamiento *m*; 3. masa, muchedumbre

pienezza *f* plenitud

pienificare *vt filos* plenificar

pieno, -a 1. *adj* 1. lleno, -a; ***luna ~a*** *luna llena*; 2. (*completo, pletórico*) pleno, -a; 3. (*en medio*) pleno, -a; ***in ~a notte*** *en plena noche*; **2.** *m* 1. lleno; 2. pleno; ***nel ~ dell'estate*** *en pleno verano* ◊ ***~ zeppo*** lleno a rebosar, repleto; (*personas*) abarrotado; ***fare il ~*** *auto* llenar el depósito; ***in ~*** *adv* en pleno; ***sbagliare in ~*** equivocarse de lleno, equivocarse de medio a medio; **~ne** *m teat/cine* llenazo; **~tto, -a** *adj* rellenito, -a

piercing ['pirsin] *m inv* piercing

pierino *m infant* jaimito

pietà *f inv* piedad *f*, compasión *f*, lástima *f* ◊ ***fare ~*** dar lástima; ***muovere q a ~*** ablandar a alg, tocarle el corazón a alg

pietanza *f* pitanza

pietis|mo *m* 1. *hist/relig* pietismo; 2. *desp* beatería *f*; **~ta** *m/f* 1. *hist/relig* pietista; 2. *desp* beato, -a; **~tico, -a** (*m pl* **-ci**) *adj* 1. *hist/relig* pietista; 2. *desp* beato, -a

pietoso, -a *adj* 1. (*caritativo*) piadoso, -a; 2. (*historia, hecho*) conmovedor, -a; 3. penoso, -a, lamentable, horrible

pietra *f* piedra ◊ ***~ dello scandalo*** piedra de escándalo; ***~ di paragone*** piedra de toque; ***~ focaia*** pedernal (*m*); ***~ miliare*** piedra miliar, hito (*m*); ***~ molare*** piedra molar; ***~ pomice*** piedra pómez; ***~e preziose*** piedras preciosas; ***far piangere le ~e*** ablandar las piedras; ***mettere/metterci una ~ sopra*** echar al olvido; ***non lasciar ~ su ~*** no dejar piedra sobre piedra; ***porre la prima ~*** poner la primera piedra; ***scagliare la***

prima ~ tirar la primera piedra; **~ia** *f* cantera, pedrera; **~me** *m* (*montón de piedras*) pedrisco
pietrifica|re ‹esd› *vt* 1. petrificar; 2. (*estupor*) dejar de piedra; **~zione** *f* petrificación
pietrina *f* (*de mechero*) piedra
pietrisco (*pl* **-schi**) *m* grava *f*
pietroso, -a *adj* 1. (*consistencia*) pétreo, -a; 2. (*lugar*) pedregoso, -a
pieve *f relig* parroquia
pifferaio (*pl* **-ai**) *m mús* (*persona*) pífano
piffero *m mús* pífano ◊ ***fare come i ~i in montagna (che andarono a suonare e furono suonati)*** ir por lana y salir trasquilado, salir el tiro por la culata
pigiadiraspatrice *f tecn* (*uva*) lagar *m*
pigiama *m* pijama, piyama (*Am*)
pigia pigia *m inv* muchedumbre *f*
pigiare *vt* 1. apretar, empujar; 2. chafar, estrujar, apretujar; (*uva*) pisar
pigiatura *f* 1. estrujamiento *m*; 2. (*uva*) pisada, pisadura
pigione *f jur* (*cantidad*) alquiler *m*, arrendamiento *m* ◊ ***stare a ~*** vivir de alquiler; ***tenere q a ~*** tener una habitación alquilada a alg
pigliamosche *m inv zool* papamoscas
pigliare *vt coloq* coger (!), agarrar (!), pillar
piglio (*pl* **-gli**) *m* 1. toma *f*, cogida *f*; 2. semblante, gesto, ceño ◊ ***dar di ~*** agarrar, atrapar; *fig* empezar
pigment|azione *f* pigmentación; **~o** *m* pigmento
pigmeo, -a *adj/s tamb. fig* pigmeo, -a
pigna *f* 1. *bot* (*pino*) piña; 2. piña, montón *m*; 3. *arq* frontispicio *m*, frontón *m* ◊ ***avere le ~e in testa*** tener pájaros en la cabeza; **~tta** *f* piñata, olla
pignol|eria *f* 1. pedantería; 2. puntillosidad; **~o, -a** *adj/s* 1. pedante; 2. puntilloso, -a
pignone *m* 1. *mec* piñón; 2. *arq* malecón, espigón
pignora|bile *adj* embargable; **~bilità** *f inv* embargabilidad *f*; **~mento** *m jur* embargo, confiscación *f*; **~re** ‹esd› *vt* embargar, confiscar
pigol|are ‹esd› *vi* ‹avere› *zool* piar; **~io** (*pl* **-lii**) *m* piar, pío pío
pigr|izia *f* pereza; **~o, -a** *adj/s* perezoso, -a, lento, -a, remolón, -ona; vago, -a, holgazán, -ana, haragán, -ana
PIL (*Prodotto Interno Lordo*) *abr/m* (*Producto Interior Bruto*) PIB
pila *f* 1. (*lavabo*) pila; 2. *electr* pila; 3. pila, montón *m*
pilaf *adj inv gastr* (*arroz*) pilaf
pilastro *m* 1. *arq* pilar, columna *f*, pilastra *f*; 2. *fig* pilar, puntal
Pilato *m hist* Pilatos ◊ ***fare come ~*** lavarse las manos como Pilatos
pilatura *f* (*arroz*) monda, descascarillado *m*
piletta *m* cubeta
pillola *f* píldora ◊ ***~ del giorno dopo*** píldora del día siguiente; ***una ~ amara*** una píldora amarga; ***indorare la ~*** dorar la píldora; ***prendere la ~*** (*anticonceptivo*) tomar la píldora
pilone *m arq* machón, pilar
piloro *m med* píloro
pilota 1. *m/f auto/aero* piloto; (*puerto*) práctico; **2.** *adj inv* piloto; ***luce ~*** *luz piloto*; ***impianto ~*** *instalación piloto* ◊ ***~ automatico*** piloto automático; ***~ collaudatore*** piloto de pruebas; **~ggio** (*pl* **-gi**) *m* pilotaje; **~re** *vt* (*tamb. fig*) pilotar, conducir
piluccare *vt* 1. (*uva*) desgranar; picar, comiscar; 2. (*robar*) birlar
PIM (*Piccola e Media Impresa*) *abr/f* (*Pequeña y Mediana Empresa*) PYME
pimento *m* pimentón picante
pimpante *adj coloq* pimpante; animado, -a
pin *m inv* pin *m*
pina V. **pigna**; **~ccia** (*pl* **-cce**) *f nav* pinaza
pinacoteca *f* pinacoteca
pince [pɛns] *f inv* (*vestido, traje*) pinza *f*
pincher [ˈpintʃer] (*var.* **pinscher**) *m zool* (*perro*) pincher
pinco (*pl* **-chi**) *m coloq* papanatas *inv*, estúpido ◊ ****~ Pallino*** Perico de los Palotes
pineta (*var.* **pineto** *m*) *f bot* pinar *m*
ping-pong *m inv* ping-pong
pingu|e *adj* pingüe; **~edine** *f* pinguosidad, obesidad; **~ino** *m zool* pingüino, pájaro bobo
pinna *f* aleta; **~colo** *m arq* pináculo
pinnipede *adj/m* pinnípedo, -a
pino *m bot* pino ◊ ***~ da pinoli*** pino piñonero; ***~ di Aleppo*** pincarrasco; **~lo** *m bot* piñón
pinsapo *m bot* pinsapo
pinscher V. **pincher**
pinta *f* (*medida*) pinta
pinza|re *vt* pellizcar; (*insectos*) picar; **~tura** *f* pellizco *m*; (*insectos*) picadura
pinze *fpl* 1. tenazas, alicates *mpl*; 2. *zool* pinzas; **~tta** *f* (*sellos…*) pinza
pinzochero, -a *m/f desp* beato, -a
pio, -a (*m pl* **pii**) *adj* pío, -a; **~emia** V. **piemia**; **~geno, -a** *adj med* piógeno, -a
piogg|erella *f* llovizna, calabobos *m*; **~ia** (*pl* **-ge**) *f meteo tamb. fig* lluvia ◊ ***~ acida*** lluvia ácida; ***a ~*** *adv* indiscriminado, sin distinción; ***interventi a ~*** *mpl* intervenciones indiscriminadas
piolo *m* estaca *f*, palo; (*tienda de campaña*) piqueta *f* ◊ ***scala a ~i*** *f* escalera de mano; ***starsene piantato come un ~*** estar plantado como un palo
piomb|are 1. *vi* 1. caer; (*con violencia*) caer, abalanzarse; 2. (*aparecer*) dejarse caer, amanecer; **2.** *vt* 1. (*paquete*) precintar, emplomar; 2. *med* empastar; **~atura** *f* 1. *telec* precintado *m*, emplomadura; 2. *med* empaste *m*; **~ifero, -a** *adj* plumbífero, -a; **~ino** *m* 1. *arq/nav* plomada; 2. (*escopeta*) perdigón; 3. *telec* precinto, emplomadura *f*; **~o** *m quím tamb. fig* plomo ◊ ***a ~*** *adv* a plomo; ***cadere di ~*** caer a plomo, caer redondo; ***sollevare di ~*** levantar a peso
pionier|e, -a 1. *m/f* pionero, -a, explorador, -a; *fig* pionero, -a, precursor, -a; **2.** *m mil* zapador; **~i-**

smo *m* exploración *f*; **~istico, -a** (*m pl* **-ci**) *adj* exploratorio, -a
pio pio *onom/m* pío pío
piopp|aia *f bot* chopera; **~eto** *m bot* chopera *f*, chopal; **~o** *m bot* chopo ◊ **~ *bianco*** álamo
piorrea *f med* piorrea
piota *f agric* gleba, terrón *m*
piova|na: acqua ~ *adj* agua de lluvia; **~sco** (*pl* **-schi**) *m* chubasco, tormenta *f*
piovere ‹*piovve; piovuto*› V. 7 **1.** *v/impers* ‹*avere/essere*› llover; **2.** *vi* ‹*essere*› llover, caer (del cielo); ***è piovuto un amico*** *ha caído del cielo un amigo, se ha presentado un amigo* ◊ **~ *a dirotto/a scroscio/a catinelle*** llover a cántaros, caer chuzos de punta; **~ *dal cielo*** caer del cielo; ***piove sul bagnato*** llueve sobre mojado; ***su questo non ci piove*** no hay vuelta de hoja
pioviccicare (*var.* **piovigginare**) ‹*esd*› *v/impers* ‹*essere/avere*› lloviznar, chispear
pioviggine *f* llovizna, calabobos *m*
piovigginoso, -a *adj* lluvioso, -a, chispeante
piovos|ità *f inv* pluviosidad *f*; **~o, -a** *adj* lluvioso, -a
piovra *f* 1. *zool* pulpo gigante *m*; 2. (*persona*) sanguijuela, chupasangre *m*; 3. organización mafiosa
piovve... V. **piovere**
pipa *f* pipa, cachimbo *m*, cachimba (*Am*) ◊ ***fumare la ~*** fumar en pipa; **~ta** *f* (*cantidad, acción*) pipa
pipeline [paiplajn] *f inv* oleoducto *m*
piperazina *f quím* piperacina
pipetta *f* pipeta
pipì 1. *f inv infant* pipí *m*, pis *m*; ***fare (la) ~*** *hacer pipí/pis*; **2.** *m inv infant* pilila *f*
pipiare ‹*pipio*› *vi* ‹*avere*› piar
pipistrello *m zool* murciélago
pipita *f* **1.** *zool* pepita; **2.** *med coloq* padrastro *m*
piqué [pi'ke] *m inv* piqué *m*
pira *f* pira
piragna V. **piranha**
piralide *f zool* piral *m*
piramid|ale *adj* 1. *mat tamb. fig* piramidal; 2. garrafal, colosal; **~e** *f mat tamb. fig* pirámide ◊ ***a ~*** *adv* piramidal
piranha [pi'raɲɲa] *f inv zool* piraña *f*
pirargirite *f min* rosicler *m*
pirat|a 1. *m* pirata; **2.** *adj inv* pirata; ***emittente ~*** *emisora pirata*; ***disco ~*** *disco pirata* ◊ **~ *dell'aria*** pirata aéreo; **~ *della strada*** conductor suicida; **~ *informatico*** pirata informático; ***alla ~a*** *adj* (*pantalones*) pirata; **~eggiare** *vi* ‹*avere*› piratear; **~eria** *f* piratería; **~esco, -a** (*m pl* **-chi**) *adj* pirata
piren|aico, -a (*m pl* **-ci**) *adj* pirenaico, -a; ***~ei: i ~*** *mpl* los Pirineos
piretico, -a *adj* pirético, -a
piretrina *f* piretrina
pirico, -a (*m pl* **-ci**) *adj* pírico, -a ◊ ***polvere ~a*** *f* pólvora
piridina *f* piridina
pirit|e *f min* pirita; **~ico, -a** (*m pl* **-ci**) *adj* piritoso, -a
pirla *m inv* 1. bobo, -a *m/f*, estúpido, -a *m/f*; 2. *sept vulg* pijo *m*, carajo *m*, polla *f*
piroetta *f* pirueta, cabriola; **~re** *vi* ‹*avere*› piruetear, hacer piruetas
pirofil|a *f* fuente pirófila; **~o, -a** *adj* pirófilo, -a
piroforo *m zool* cocuyo
piroga (*pl* **-ghe**) *f* piragua
pirogallolo *m quím* pirogalol
piroman|e *adj/s* pirómano, -a; **~ia** *f* piromanía
piroscafo *m nav* vapor
piroscissione *f tecn* pirolisis *inv*
pirotecnic|a *f* pirotecnia; **~o, -a** (*m pl* **-ci**) *adj/s* pirotécnico, -a
pirrico, -a *adj* pírrico, -a
piscia (*pl* **-sce**) *f vulg* meada, meado *m*; **~re** *vt/i* ‹*avere*› *vulg* mear ◊ **~*rsi addosso/sotto*** *vulg* mearse de miedo; **~*rsi sotto dal ridere*** *vulg* mearse de risa, descojonarse; **~ta** *f vulg* meada ◊ ***fare una ~*** echar una meada; **~toio** (*pl* **-oi**) *m vulg* meadero
piscicolt|ore, -trice *m/f* piscicultor, -a; **~ura** *f* piscicultura
piscina *f* piscina ◊ **~ *coperta*** piscina cubierta; **~ *scoperta*** piscina al aire libre
piscio (*pl* **-sci**) *m vulg* meado
piscione, -a *m/f* meón, -ona
pisello *m* 1. *bot* guisante; 2. *infant* (*pene*) pilila *f*, colita *f*
pisol|are ‹*esd*› *vi* ‹*avere*› *coloq* echar una cabezadita, sestear; **~ino** *m coloq* cabezadita *f*, siestecita *f*, sueñecito ◊ ***schiacciare un ~*** echar una cabezadita, descabezar un sueño
pisside *f* píxide, copón *m*
pissi pissi 1. *onom* pss pss; **2.** *m inv* cuchicheo *m*, bisbiseo *m*
pista *f* pista ◊ **~ *ciclabile*** carril bici (*m*); **~ *da ballo*** pista de baile; **~ *d'atterraggio/di volo*** pista de aterrizaje; **~ *del circo*** pista de circo; **~ *di collaudo*** pista de pruebas; **~ *di decollo/di volo*** pista de despegue; **~ *sonora*** pista sonora; ***seguire le ~e di q*** seguir la pista de alg; **~cchio** (*pl* **-chi**) *m bot* pistacho
pistillo *m bot* pistilo
pistol|a *f mil/tecn* pistola ◊ **~ *a spruzzo*** pistola de pintar; **~ *a tamburo*** revólver; **~ *da segnalazione*** pistola de señales; **~ero** *m* pistolero; **~ettata** *f* pistoletazo *m*
pistone *m mec* pistón, émbolo; *mús* pistón ◊ **~ *d'iniezione*** cilindro de inyección
pitagorico, -a (*m pl* **-ci**) *adj* pitagórico, -a
pitale *m coloq* bacín, orinal
pitcher *m inv sport* (*béisbol*) pitcher *m*
pitoc|care *vt/i* ‹*avere*› mendigar; **~cheria** *f* tacañería, avaricia; **~co, -a** (*m pl* **-chi**) *adj/s* tacaño, -a, avaro, -a
pitone *m zool* pitón, serpiente pitón *f*; **~ssa** *f* (*adivina*) pitonisa, adivina
pittima *f* 1. pítima, emplasto *m*; 2. pesado *m*, pelmazo *m*, lapa *f*

pittogra|fia *f* pictografía; **~fico, -a** (*m pl* **-ci**) *adj* pictográfico, -a; **~mma** *m* pictograma
pittor|e (*f* **pittrice**) *m/f* pintor, -a; **~esco, -a** (*m pl* **-chi**) *adj* pintoresco, -a; **~ico, -a** (*m pl* **-ci**) *adj* pictórico, -a
pittura *f* pintura; **~re** *vt* pintar
pituita *f* pituita; **~rio, -a** (*m pl* **-ri**) *adj* pituitario, -a
più 1. *adv* 1. más; ***è ~ bello di lui*** *es más guapo que él*; ***è ~ bello che intelligente*** *es más guapo que inteligente*; ***è il ~ bello*** *es el más guapo*; ***uno è ~ furbo dell'altro*** *son a cada cual más pillo*; (*sumas*) más; ***due ~ due fa quattro*** *dos más dos son cuatro*; 2. (*en frases negativas*) ya, más; ***non l'ho più visto*** *no lo he vuelto a ver*; ***non ne posso ~*** *(ya) no puedo más*; **2.** *adj inv* más; ***ci vuole ~ tempo*** *hace falta más tiempo*; ***~ persone vengono meglio è*** *cuantas más personas vengan mejor*; **3.** *prep* más, además de; ***sono il padre, il figlio ~ il nonno*** *son el padre, el hijo más el abuelo*; **4.** *m* mayoría *f*, mayor parte *f*; ***il ~ è fatto*** *lo principal ya está hecho*; ***i ~ sono contrari*** *la mayoría es contraria* ◊ ***~ che mai*** *adv* más que nunca; ***~ o meno*** más o menos; ***a ~ non posso*** *adv* a más no poder; ***a ~ tardi*** *adv* hasta luego; ***al ~ presto*** *adv* lo antes posible, cuanto antes; ***al ~ tardi*** *adv* como muy tarde; ***al ~/tutt'al ~*** *adv* todo lo más, como mucho, a lo sumo; ***ancora di ~*** *adv* todavía más, aún más; ***chi ~ chi meno*** quien más quien menos; ***il ~ delle volte*** la mayor parte de las veces, la mayoría de las veces; ***il di ~*** *m* lo sobrante; ***mai ~*** *adv* nunca más; ***molto ~*** *adv* mucho más; ***né ~ né meno*** *adv* ni más ni menos; ***niente (di) ~*** *adv* nada más; ***parlare del ~ e del meno*** hablar de todo un poco; ***per di ~*** *adv* además, por más señas; ***per lo ~*** *adv* al menos; ***qc in ~*** *pron* algo más
piuccheperfetto *m ling* pluscuamperfecto
pium|a *f zool* pluma; **~aggio** (*pl* **-gi**) *m* plumaje; **~ato, -a** *adj* plumado, -a; **~etta** *f bot* plumilla; **~ino** *m* 1. (*cama*) edredón; 2. (*abrigo*) plumífero, plumón; 3. (*para quitar el polvo*) plumero; 4. (*polvos de la cara*) borla *f*; **~one** *m* 1. edredón nórdico; 2. (*abrigo*) plumífero, plumón; **~oso, -a** *adj* plumoso, -a
piuttosto *adv* más bien ◊ ***~ che/~*** *prep* antes que
piva *f* cornamusa, gaita
pivello, -a *m/f coloq* pardillo, -a, novato, -a
pivi|ale *m relig* capa pluvial *f*; **~ere** *m zool* chorlito
pivot [pi'vo] *m inv* pívot *m*
pixel ['piksel] *m inv informát* pixel
pizza *f* 1. pizza; 2. *desp* (*cosa*) lata, rollo *m*, tostón *m*; (*persona*) pesado, -a *m/f*, pelma *m/f*; **~iolo, -a** *m/f* pizzero, -a
pizzeria *f* pizzería
pizzic|agnolo, -a *m/f* charcutero, -a; **~are** ‹*esd*› **1.** *vt* 1. (*garganta*) picar, resquemar; (*insectos*) picar; 2. pellizcar; *mús* puntear; 3. pinchar, azuzar; 4. *coloq* pescar, atrapar; **2.** *vi* picar, escocer; *gastr*, picar; **~ato** *m mús* punteado, pizzicato
pizzicheria *f* charcutería
pizzico (*pl* **-chi**) *m* 1. (*en la piel*) pellizco; (*insecto*) picadura *f*; 2. (*sal...*) pizca *f*, pellizco, punta *f*, presa *f*; *fig* pizca *f*
pizzicore *m* picor, escozor, resquemor; *coloq/fig* gusanillo
pizzicott|are *vt* pellizcar; **~o** *m* pellizco
pizzo *m* 1. (*bordado*) puntilla *f*, encaje; 2. (*barba*) perilla *f*, pera *f*; 3. soborno, mordida *f* (*Am*); ***pagare il ~*** *pagar la mordida*
placare *vt* aplacar, mitigar
placca *f* 1. placa, plancha, lámina; 2. placa, matrícula; 3. ánodo *m*; 4. *med* mancha, erupción; **~ggio** (*pl* **-gi**) *m sport* placaje; **~re** *vt* 1. *sport* placar; 2. *tecn* chapar; ***~ in/d'oro*** *chapar en oro*; **~tura** *f tecn* chapado *m*
placchetta *f arte* bajorrelieve *m*, medalla
placebo *m med* placebo
placenta *f* placenta
placet *m jur* plácet
placid|ità (*var.* **placidezza** *f*) *f inv* placidez *f*; **~o, -a** *adj* plácido, -a
placito *m hist/jur* sentencia *f*
plafond [pla'fɔn] *m inv* 1. *aero* techo *m*; 2. *econ* tope de crédito *m*
plafoniera (*var.* **plafonnier** *m inv*) *f* plafón *m*
plagale *adj mús* plagal
plagi|are *vt* plagiar, copiar; **~ario, -a** (*m pl* **-ri**) *adj/s* plagiario, -a; **~o** (*pl* **-gi**) *m* (*copia*) plagio
plaid [plɛid] *m inv* manta de viaje *f*
plana|re *vi* ‹*avere*› *aero/nav* planear; **~ta** *f aero* planeo *m*
plancia (*pl* **-ce**) *f* 1. puente de mando *m*; 2. *nav* pasarela
plancton *m inv* plancton
planetario, -a (*m pl* **-ri**) *adj/m* planetario, -a
planimetr|ia *f* planimetría; **~ico, -a** (*m pl* **-ci**) *adj* planimétrico, -a; **~o** *m* planímetro
planisfero *m* planisferio
planning ['plɛnnin] *m inv* planning
plantare 1. *adj* plantar; **2.** *m* plantilla ortopédica *f*
plantigrado, -a *adj/s* plantígrado, -a
plasma *m* plasma; **~re** *vt arte tamb. fig* plasmar
plasmod|esma *m biol* plasmodesmo; **~io** *m biol* plasmodio, plasmódium
plastic|a *f* 1. (*material*) plástico *m* (!); 2. *arte* plástica; 3. *med* cirugía plástica; **~ismo** *m* plasticidad *f*; **~ità** *f inv* plasticidad *f*; **~o, -a** (*m pl* **-ci**) **1.** *adj* plástico, -a; **2.** *m* 1. *arq* maqueta *f*; 2. *mil* plástico
plastifica|nte *adj/m quím* plastificante; **~re** ‹*esd*› *vt* plastificar; **~zione** *f* plastificación, plastificado *m*
plastilina *f* plastilina
plastisol *m inv fís/quím* plastisol *m*
platano *m bot* (*árbol*) plátano, banana *f* (*Am*)
platea *f* 1. *teat* platea, patio de butacas *m*; 2. (*público*) galería; ***gli applausi della ~*** *los aplausos de la galería*; **~le** *adj* ostensible, evidente

plateau [pla'to] *m inv* 1. *geogr* meseta *m*, altiplano; 2. *com* (*fruta*) caja *f*
plateresco, -a (*m pl* **-chi**) *adj arte* plateresco, -a
platin|a *f impr* platina; **~are** ‹*esd*› *vt* platinar; **~atura** *f* platinado *m*; **~o, -a 1.** *m quím* platino, platina; **2.** *adj* platino, -a
Platon|e *m* Platón; ***~ico, -a** (*m pl* **-ci**) *adj* platónico, -a
plausibil|e *adj* plausible; **~ità** *f inv* plausibilidad *f*
plauso *m* (*aprobación*) aplauso
play|back ['plεjbεk] *m inv* play-back; **~boy** [plej'bɔj] *m inv* playboy *m*; **~maker** [plej'mejker] *m inv sport* creador de juego *m*
plebaglia *f desp* chusma, morralla
plebe *f hist tamb. fig* plebe; **~ismo** *m* plebeyismo; **~izzazione** *f* plebeyización; **~o, -a** *adj hist tamb. fig* plebeyo, -a
plebiscit|ario, -a (*m pl* **-ri**) *adj* plebiscitario, -a; **~o** *m* plebiscito
pleiade *f lit/quím* pléyade
pleistocen|e *m geol* pleistoceno; **~ico, -a** (*m pl* **-ci**) *adj geol* pleistoceno, -a
plenario, -a (*m pl* **-ri**) **1.** *adj* plenario, -a; **2.** *f* (*parlamento*) pleno *m*
plenilun|are *adj* del plenilunio; **~io** (*pl* **-ni**) *m* plenilunio
plenipotenziario, -a (*m pl* **-ri**) *adj* plenipotenciario, -a
plenum *m inv pol* pleno *m*
pleonas|mo *m ling* pleonasmo; **~tico, -a** (*m pl* **-ci**) *adj ling tamb. fig* pleonástico, -a
plesso *m med* plexo
pletor|a *f med tamb. fig* plétora; **~ico, -a** (*m pl* **-ci**) *adj* pletórico, -a
plettro *m* 1. *mús* plectro, púa; *hist/mús* plectro; 2. (*inspiración*) plectro
pleur|a *f med* pleura; **~ico, -a** (*m pl* **-ci**) *adj* pleural, pleurítico, -a; **~ite** *f* pleuritis *inv*
plexiglas *m inv* plexiglás
PLI (*Partito Liberale Italiano*) *abr/m* ="partido italiano de centro"
plico (*pl* **-chi**) *m adm* plica *f*, pliego
pliocen|e *m geol* plioceno; **~ico, -a** (*m pl* **-ci**) *adj geol* plioceno, -a
plissé *adj inv* plisado, -a *adj*
plissetta|re *vt* plisar; **~to, -a** *adj* plisado, -a
plotone *m mil/sport* pelotón
pluf *onom* plaf
plumbeo, -a *adj metal tamb. fig* plumbeo, -a, plomizo, -a
plural|e *adj/m* plural; ***mettere al ~*** *poner en plural* ◊ **~ *maiestatico*** plural mayestático; **~ismo** *m* pluralismo; **~ista** *m/f* pluralista; **~istico, -a** (*m pl* **-ci**) *adj* pluralista; **~ità** *f inv* pluralidad *f*
pluricellulare *adj* pluricelular
pluridecorato, -a *adj mil* condecorado, -a varias veces
pluridimensionale *adj* pluridimensional, multidimensional
pluridirezionale *adj* multidireccional
pluridisciplinare *adj* multisciplinar
pluriennale *adj* plurianual
plurilingu|e *adj/s* plurilingüe; **~ismo** *m* plurilingüismo
plurimiliardario, -a (*m pl* **-ri**) *adj/s* multimillonario, -a
plurimilionario, -a (*m pl* **-ri**) *adj/s* multimillonario, -a
plurimillenario, -a (*m pl* **-ri**) *adj* milenario, -a
plurimo, -a *adj* múltiple, variado, -a
plurimotore, -trice *adj/m* multimotor, -a
plurinazionale *adj* plurinacional
pluripartitico, -a (*m pl* **-ci**) *adj* pluripartidista, pluralista
pluriraccomandato, -a *m/f coloq* enchufado, -a, enchufista
plurisecolare *adj* multisecular
plurisillabo, -a *adj* plurisílabo, -a
pluristadio *adj inv aero* multifase
pluriuso *adj inv* multiuso
plusvalenza *f econ* plusvalía; **~ore** *m econ/pol* plusvalía *f*
plutocra|te *m* plutócrata; **~tico, -a** (*m pl* **-ci**) *adj* plutocrático, -a; **~zia** *f* plutocracia
plutoni|o *m* plutonio; **~smo** *m geol* plutonismo
pluvi|ale *adj* pluvial; **~ometro** *m* pluviómetro
PM (*Pubblico Ministero*) *abr/m* Fiscalía
pneumatico, -a (*m pl* **-ci**) **1.** *adj* 1. neumático, -a; 2. hinchable; ***materassino ~*** *colchoneta hinchable*; **2.** *m* neumático
pneumococco (*m pl* **-chi**) *m med* neumococo
PNL (*Prodotto Nazionale Lordo*) *abr/m* (*Producto Nacional Bruto*) PNB
po' V. **poco**
PO (*Posta Ordinaria*) *abr/m* correo ordinario
poc'anzi *adv elev* poco antes (*estánd*)
poch|ezza *f* poquedad; **~ino, -a** *adj/adv/m* poquito, -a
poco (*m pl* **-chi**) (*se usa la variante* **po'** *tras el ar un*) *adv/adj/pron/m* poco; ***è ~a cosa*** *es poca cosa, no es nada*; ***è ~ gentile*** *es poco amable*; ***aspetta un po'*** *espera un poco/un momento* ◊ **~ *dopo*** poco después, al poco; **~ *fa*** *adv* hace poco, hace un rato; **~ *male*** no es para tanto; **~ *o nulla*** poco o nada; **~ *prima*** poco antes, un rato antes; ***a ~ a ~*** *adv* poco a poco; ***a dir ~*** *adv* como mínimo; ***accontentarsi di ~*** contentarse con poco; ***ancora un po'*** *adv* un poco más; ***c'è ~ da fare*** no hay nada que hacer; ***come ce ne sono ~i*** como hay pocos; ***da ~*** *adv* desde hace poco; (*persona*) insignificante, mezquino, del montón; ***di lì a ~*** *adv* dentro de poco; ***essere in ~i*** ser poca gente; ***essere un ~ di buono*** ser de alivio, ser un pájaro de cuenta/de cuidado; ***fra ~*** *adv* dentro de poco, dentro de un rato; ***meglio ~ che niente*** más vale eso que nada; ***per ~ che*** *conj* por poco que; ***per ~*** por poco, por los pelos, casi; por poco (dinero), barato; ***un ~/un po' (di)*** un poco (de), algo (de)
podagra *f med* podagra
poder|e *f* finca (!), hacienda (!); **~oso, -a** *adj* poderoso, -a, potente

podestà *m inv* 1. *hist* (*Edad Media*) corregidor *m*; 2. *hist* (*época fascista*) alcalde *m*
podio (*pl* **-di**) *m arq* podio, estrado
podis|mo *m sport* (*carreras atléticas*) pedestrismo; **~ta** *m/f sport* atleta, corredor, -a; marchador, -a; **~tico, -a** (*m pl* **-ci**) *adj sport* pedestre
podo|logo, -a (*m pl* **-gi**) *m/f* podólogo, -a; **~metro** *m* podómetro
poem|a *m* poema ◊ ***è un ~!*** *irón* ¡es un poema!; **~etto** *m* poemita *f*
poesia *f* poesía
poeta, -essa *m/f* poeta *m/f*, poetisa *f*; **~re** *vi* ‹*avere*› escribir en verso, escribir poesías; **~stro, -a** *m/f* poetastro, -a
poetessa V. **poeta**
poetic|a *f* poética; **~ità** *f inv* lirismo *m*; **~izzare** *vt* 1. poetizar; 2. embellecer, adornar; **~o, -a** (*m pl* **-ci**) *adj* poético, -a
poggia|piedi (*var.* **appoggiapiedi**) *m inv* posapié(s), reposapié(s); **~re 1.** *vt* apoyar; **2.** *vi* ‹*avere*› apoyarse, sostenerse; **~testa** *m inv* reposacabezas
poggio (*pl* **-gi**) *m geogr* colina *f*, montículo, altozano; **~lo** *m* balcón
pogrom [pa'grɔm] *m inv* pogromo *m*
poh! [pɔ] *excl* ¡bah!
poi 1. *adv* 1. después, luego; 2. *enf* entonces, bien; ***pensi ~ di venire o no?*** *entonces, ¿piensas venir o no?*; **2.** *m inv* futuro *m*, porvenir *m*; ***pensare al ~*** *pensar en el porvenir* ◊ ***d'ora in ~*** *adv* de ahora en adelante, en lo sucesivo; ***e ~?*** ¿y bien?; ***no e ~ no*** no y no; ***prima o ~*** *adv* antes o después, más pronto o más tarde; ***tanto e ~ tanto*** *adv* más y más
poiana *f zool* cernícalo *m*
poiché *conj* ya que, puesto que, pues
pointer *m inv* (*perro*) póinter *m*
pointillisme *m inv arte* (*pintura*) puntillismo *m*
pois [pwa] *m inv* mota *f*, lunar *m*; ***stoffa a ~*** *tela de/a lunares*
poker *m inv* póquer *m*
pokerista *m/f* jugador, -a de póquer
polac|ca *f* 1. *mús* polonesa; 2. *nav* polacra; **~chino** *m* polaina *f*; **~co, -a** (*m pl* **-chi**) *adj/s* polaco, -a
polare *adj* polar
polarità *f inv* polaridad *f*
polarizza|re *vt fís tamb. fig* polarizar; **~zione** *f fís tamb. fig* polarización
polaroid® *adj/s inv foto/fís* polaroid
polca *f mús* polca
polder *m inv geogr* pólder *m*
pole (*var.* **pole position**) *f inv sport* pole (position)
polemi|ca *f* polémica; **~cità** *f inv* polémica *f*; **~co, -a** (*m pl* **-ci**) *adj* polémico, -a; **~sta** *m/f* polemista; **~zzare** *vi* ‹*avere*› polemizar
polent|a *f* (*masa de harina de maíz hervido*) polenta; **~one, -a** *m/f* 1. persona cachazuda *f*, persona lenta *f*; 2. *desp* ="persona del norte de Italia"
pole position V. **pole**

polesine (*var.* **polesine**) *m geogr* isla fluvial *f* ◊ ***il *~*** el delta del Po
poliammide *f* poliamida
poliandria *f bot tamb. fig* poliandria
policlinica (*var.* **policlinico** *m*) *f med* policlínica, policlínico *m*
policrom|atico, -a (*m pl* **-ci**) *adj* polícromo, -a; **~ia** *f* policromía; **~o, -a** *adj* polícromo, -a
polidattilia, polidattilismo V. **iperdattilia**
polidipsia *f med* polidipsia
poliedr|icità *f inv* 1. *mat* naturaleza poliédrica *f*; 2. versatilidad *f*; **~ico, -a** (*m pl* **-ci**) *adj* 1. *mat* poliédrico, -a; 2. versátil, flexible, polifacético, -a; **~o** *m* poliedro
poliennale *adj* plurianual
poliestere *adj inv/m* poliéster
polietilene *m* polietileno
polifagia (*pl* **-gie**) *f med* polifagia
polifase, -a *adj inv electr* polifásico, -a *adj*
polifoni|a *f* polifonía; **~co, -a** (*m pl* **-ci**) *adj* polifónico, -a; **~smo** *m mús* polifonismo
poligala *f bot* polígala
poligam|ia *f* poligamia; **~ico, -a** (*m pl* **-ci**) *adj* poligámico, -a; **~o, -a** *adj/s* polígamo, -a
poliglotta *adj/s* políglota
poliglottismo *m* poliglotismo
poligon|ale *adj* poligonal; **~ato** *m bot* poligonato; **~o** *m* polígono
poligrafi|a *f* poligrafía; **~ico, -a** (*m pl* **-ci**) *adj* poligráfico, -a; **~o** *m* polígrafo
polimeri|a *f* polimería; **~co, -a** (*m pl* **-ci**) *adj* polimérico, -a
polimerizza|re *vt* polimerizar; **~zione** *f* polimerización
polimero, -a *adj/m* polímero, -a
polimetr|ico, -a (*m pl* **-ci**) (*var.* **polimetro, -a**) *adj lit* polimétrico, -a; **~o** *m* polímetro
polimorf|ismo *m* polimorfismo; **~o, -a** *adj* polimorfo, -a
Polinesia *f geogr* Polinesia; ***~no, -a** *adj/s* polinesio, -a
polinomio (*pl* **-mi**) *m* polinomio
polio *f med* polio; **~mielite** *f med* poliomielitis *inv*
polipo *m zool/med* pólipo
polisem|ia *f* polisemia; **~ico, -a** (*m pl* **-ci**) *adj* polisémico, -a
polisepalo, -a *adj bot* polisépalo, -a
polisillabo, -a *adj* polisílabo, -a
polisindeto *m* polisíndeton
polispasto *m tecn* polispasto
polisportivo, -a *adj* polideportivo, -a
polista *m/f sport* polista
polistirolo *m* poliestireno, poliestirol
politecnico, -a (*m pl* **-ci**) **1.** *adj* politécnico, -a; **2.** *m* instituto politécnico; universidad politécnica
politeis|mo *m* politeísmo; **~ta** *adj/s* politeísta; **~tico, -a** (*m pl* **-ci**) *adj* politeísta
politica *f* política ◊ ***~ dei prezzi*** política de precios; ***~ estera*** política exterior; ***~ interna*** política interior; **~nte** *adj/s desp* político, -a aficionado, -a; **~stro** *m desp* politicastro

politicizza|re *vt* politizar; **~zione** *f* politización
politico, -a (*m pl* **-ci**) *adj/s* político, -a; **~ne, -a** *m/f coloq* pico de oro *m*
politologi|a (*pl* **-gie**) *f* politología; **~o, -a** (*m pl* **-gi**) *m/f* politólogo, -a
politraumatismo *m med* politraumatismo
polittico (*pl* **-ci**) *m arte* políptico
politura V. **pulitura**
poliur|etano *m* poliuretano; **~ia** *f* poliuria
polivalen|te *adj* polivalente; **~za** *f* polivalencia
polivinile *m* polivinilo
polizi|a *f* (*cuerpo*) policía ◊ **~ *giudiziale*** policía judicial; **~ *stradale*** policía de tráfico; **~esco, -a** (*m pl* **-chi**) *adj* policiaco, -a, policíaco, -a, policial; ***romanzo* ~** *novela policíaca*; **~otto, -a 1.** *m/f* (*individuo*) policía; *desp* esbirro, -a; **2.** *adj inv* policía; ***donna, cane* ~** *mujer, perro policía* ◊ **~ *di quartiere*** policía de barrio
polizza *f com* póliza ◊ **~ *di assicurazione*** póliza de seguros
poll|a *f* manantial *m*; **~io** (*pl* **-ai**) *m* 1. pollera *f*, gallinero; 2. (*lugar sucio*) pocilga *f*; **~iolo, -a** *m/f* (*vendedor*) pollero, -a; **~me** *m* aves de corral *fpl*; **~stro** *m* 1. *zool* polluelo; 2. (*ingenuo*) pardillo, pipiolo
polleria *f* pollería
pollice *m* 1. pulgar, dedo gordo; 2. (*medida*) pulgada *f*
Pollicino *m* Pulgarcito
pollicoltura *f* cría de pollos, avicultura
polline *m bot* polen
pollinosi *f inv med* polinosis
pollivendolo, -a *m/f* pollero, -a
poll|o *m* 1. *gastr/zool* pollo; 2. (*ingenuo*) pollino ◊ ***far ridere i ~i*** ser el hazmerreír; **~ne** *m bot* vástago, retoño, rebrote
polluzione *f med/biol* polución
polmon|are *adj* pulmonar; **~e** *m med tamb. fig* pulmón ◊ ***respirare, gridare a pieni ~i*** respirar, gritar a pleno pulmón; **~ite** *f* pulmonía, neumonía
polo *m* 1. *geogr/fís* polo; 2. (*ropa*) polo, niqui; 3. *sport* polo ◊ **~ *nord, sud*** polo norte, sur; ***essere ai ~i opposti*** estar en las antípodas
polonaise [pɔlɔ'nɛz] *f inv mús* polonesa *f*
Poloni|a: la ~ *f* Polonia; ***~o** *m quím* polonio
polpa *f* (*carne*) molla; (*fruta*) pulpa ◊ **~ *dentaria*** pulpa dentaria
polpacci|o (*pl* **-ci**) *m* pantorrilla *f*; **~uto, -a** *adj* pantorrilludo, -a
polpastrello *m med* yema *f*
polpett|a *f gastr* albóndiga; croqueta ◊ ***fare ~e di q*** hacer picadillo a alg; **~one** *m* 1. pastel de carne; 2. *TV* culebrón
polpo *m zool* pulpo; **~so, -a** *adj* (*fruta*) carnoso, -a, pulposo, -a
polputo, -a *adj* (*carne*) carnoso, -a, pulposo, -a
pols|ino *m* (*camisa*) puño; (*botón*) gemelo; **~o** *m* 1. *med* (*parte del cuerpo*) muñeca *f*, pulso; 2. (*ritmo cardiaco*) pulso ◊ ***di* ~** (*persona*) de temple, de fuste; ***tastare/sentire il ~ a q*** tomar el pulso a alg
poltiglia *f gastr* papilla ◊ ***ridurre q in* ~** dejar a alg hecho papilla
poltrire ‹*isc*› *vi* ‹*avere*› holgazanear, haraganear
poltron|a *f* butaca, sillón *m*, poltrona; *teat* butaca; *irón* (*cargo*) poltrona; **~aggine** *f* pereza, vagancia, gandulería; **~e, -a** *adj/s* vago, -a, holgazán, -ana, gandul, -a, perezoso, -a; **~eria** *f* holgazanería, gandulería, poltronería
polvere *f* 1. polvo *m* (!); 2. *quím/mil* pólvora ◊ **~ *da sparo/pirica/nera*** pólvora; ***~i sottili*** material particulado; ***in* ~** *adj* en polvo; ***mangiare/mordere la* ~** morder el polvo; ***ridurre in* ~** convertir en polvo
polveri|era *f mil tamb. fig* polvorín *m*; **~ficio** (*pl* **-ci**) *m* fábrica de armas *f*; **~na** *f med* polvo *m*
polverio (**-rii**) *m* polvareda *f*
polverizza|re *vt* 1. pulverizar; 2. pulverizar, vaporizar; 3. espolvorear; **~tore** *m* 1. *tecn* pulverizador; 2. (*líquido*) pulverizador, vaporizador, atomizador; 3. (*polvo*) espolvoreador; **~zione** *f* 1. pulverización; 2. pulverización, vaporización, nebulización; 3. (*polvo*) espolvoreo *m*
polvero|ne *m tamb. fig* polvareda *f*; **~so, -a** *adj* polvoriento, -a
pomaio (*pl* **-ai**) *m agric* pomar; **~ta** *f* pomada, crema
pomello *m* 1. *med* pómulo; 2. pomo, bola *f*
pomeri|diano, -a *adj* vespertino, -a; **~ggio** (*pl* **-gi**) *m* tarde *f*; ***oggi* ~** *hoy por la tarde*; ***di/il* ~** *por la tarde*
pomice *f* piedra pómez
pomici|are ‹*esd*› *vi* ‹*avere*› *coloq* hacer manitas, darse el lote (*vulg*); **~ata** *f coloq* manitas *fpl*, magreo *m* (*vulg*); **~one** *m coloq* sobón
pomo *m* 1. *elev* manzana *f* (*estánd*); 2. *tecn* pomo ◊ **~ *d'Adamo*** *med* nuez (*f*), bocado de Adán; ***il ~ della discordia*** la manzana de la discordia (*f*); ***il ~ vietato*** la fruta prohibida (*f*)
pomodor|ata *f* tomatazo *m*; **~o** *m* 1. *bot* (*fruto*) tomate; 2. *bot* (*planta*) tomatera *f*
pompa *f* 1. *tecn* bomba (!); *nav* pompa, bombillo *m*; (*coloq*) gasolinera; 2. (*jabón*) pompa; 3. pompa, fasto *m*, lujo *m*; boato *m*, alarde *m* ◊ ***~e funebri*** pompas fúnebres; ***far ~ di qc*** darle bombo a u-c; ***fare ~ di sé*** darse bombo; **~ggio** (*pl* **-gi**) *m* bombeo; **~re** *vt* 1. bombear; 2. (*neumatico, tamb. fig*) hinchar
Pompei Pompeya; ***~ano, -a** *adj/s* pompeyano, -a
pompelmo *m bot* pomelo
pompetta *f tecn* bombilla, bombillo *m*; *med* pera
pompi|ere *m* bombero; **~no** *m vulg* francés, mamada *f*
pompon [pɔm'pɔn] *m inv* pompón *m*
pompos|ità *f inv* pomposidad *f*, fastuosidad *f*; **~o, -a** *adj* pomposo, -a
poncho ['pɔntʃo] (*var.* **poncio**) *m inv* poncho *m*, mulera *f* (*Col*)
ponder|abile *adj* ponderable; **~are** ‹*esd*› *vt/i* ‹*avere*› ponderar; **~atezza** *f* ponderación; **~ato, -a**

adj ponderado, -a, mesurado, -a; **~azione** *f* ponderación, mesura; **~oso, -a** *adj* ponderoso, -a

ponente *m* 1. *geogr* (*oeste*) poniente; 2. (*viento*) poniente

pongo... V. **porre**

ponte *m* 1. puente; 2. *arq* andamio ◊ ~ ***aereo*** puente aéreo; ~ ***di barche/chiatte*** pontón; ~ ***di Capodanno*** puente de Año Nuevo; ~ ***di comando*** puente de mando; ~ ***di volo*** puente volante; ~ ***girevole*** puente giratorio; ~ ***levatoio*** puente levadizo; ~ ***radio*** radioenlace; ~ ***sospeso*** puente colgante; ***fare il*** ~ (*fiesta*) hacer puente; ***gettare un*** ~ tender puentes; ***tagliare i ~i*** romper el diálogo; ***testa di*** ~ *f* cabeza de puente; **~fice** *m* pontífice ◊ ***sommo*** ~ sumo pontífice

ponticello *m* 1. *mús* cejilla *f*; 2. (*gafas*) puente; 3. *electr* puente

pontiere *m mil* pontonero

pontific|ale *adj* pontifical; **~are** ‹*esd*› *vt relig tamb. fig* pontificar; **~ato** *m* pontificado; **~io, -a** (*m pl* **-ci**, *f pl* **-cie**) *adj* pontificio, -a

pontile *m* embarcadero

pontone *m* pontón; **~iere** *m mil* pontonero

pony *m inv* poni *m*, poney *m*; ~ **express** ['pɔni 'ɛkspres] *m inv* (*con moto*) mensajero *m*

ponzare *vt/i* ‹*avere*› elucubrar, cavilar

pool [pul] *m inv econ/biol* pool

pop *adj inv* pop

popart *m inv* pop-art, pop art

popcorn *m inv* palomita (de maíz) *f*

pope *m* pope

popeline (*var.* **popelin** *m inv*) *f inv* popelina *f*, popelín *m*

popò 1. *f inv infant* caca *f*; **2.** *m inv infant* pompis *m*

popola|ccio (*pl* **-ci**) *m* populacho; **~mento** *m* poblamiento; **~no, -a 1.** *adj* (*del pueblo*) popular; **2.** *m/f* hombre del pueblo *m*, mujer del pueblo *f*; **~re** *adj* popular; ***musica*** ~ *música popular*; **~re** ‹*esd*› **1.** *vt* poblar; llenar, abarrotar; **2.** *adj* popular; **~resco, -a** (*m pl* **-chi**) *adj desp* popular, populachero, -a; **~rismo** *m pol* popularismo; **~rità** *f inv* popularidad *f*; **~to, -a** *adj* poblado, -a, populoso, -a; **~zione** *f* (*habitantes*) población

popolino *m desp* vulgo

popolo *m* (*gente*) pueblo, población *f*

popoloso, -a *adj* populoso, -a

poppa *f* 1. *nav* popa; 2. *coloq* teta; **~nte** *m/f* niño, -a de pecho; **~re** *vi* ‹*avere*› mamar; **~ta** *f* (*de mamar*) toma; **~toio** (*pl* **-oi**) *m* tetilla *f*, biberón, tetera *f* (*Am*), mamadera *f* (*Am*)

popper *m inv* (*droga*) popper

populis|mo *m* populismo; **~ta** *adj/s* populista

porca *f agric* camella, camellón *m*; **~io** (*pl* **-ai**) *m* 1. porquero, porquerizo, chanchero (*Am*); 2. (*lugar sucio*) pocilga *f*, cochiquera *f*; 3. lupanar; **~ta** *f* 1. *coloq* jugarreta, mala pasada, faena, putada *vulg*; 2. (*hablando*) gorrinada, cochinada

porcellana *f* porcelana, loza; **~to, -a** *adj* aporcelanado, -a

porcellino *m* 1. cochinillo, cebón, porcino; 2. (*niño*) gorrinete, guarrete ◊ ~ ***d'India*** conejillo de Indias, cuy, cusí (*Am Mer*)

porche|ria *f* 1. (*comida...*) porquería, birria, bodrio *m*; chapuza; 2. (*cosa, acción*) cochinada, guarrada, marranada, chanchada (*Am*); **~tta** *f gastr* lechón asado *m*, cochinillo *m*, tostón *m*

porci|glione *m zool* rascón; **~le** *m tamb. fig* pocilga *f*, porqueriza *f*, cochiquera *f*; **~no, -a** *adj* 1. porcino, -a *m*; 2. *bot* (*seta*) calabaza *f*

porco, -a (*m pl* **-ci**) **1.** *m zool tamb. fig* cerdo, puerco, gorrino, chancho (*Am*); **2.** *adj* maldito, -a, perro, -a, cochino, -a ◊ ~ ***Dio!*** *vulg* ¡me cago en Dios!; ~ ***mondo!*** *vulg* ¡perro mundo!, ¡mundo cruel!; ***~a l'oca!*** *coloq* ¡maldita sea!; ***~a miseria!*** *coloq* ¡mecachis en la mar!; ***piede di*** ~ pie de cabra; **~spino** *m* 1. *zool* puercoespín, erizo; 2. (*persona*) erizo

porfido *m* pórfido

porfiri|a *f med* porfiria; **~na** *f quím* porfirina

porgere ‹*porgo; porsi; porto*› V. 55 *vt* ofrecer, presentar, dar; ~ ***la mano*** *ofrecer/dar/tender la mano*; ofrecer, brindar; ~ ***l'occasione*** *brindar la ocasión* ◊ ~ ***ascolto a q*** prestar atención a alg; ~ ***l'orecchio*** prestar oídos

porno *adj/m inv* porno

pornografi|a *f* pornografía; **~co, -a** (*m pl* **-ci**) *adj* pornográfico, -a

pornoshop [pɔrnoʃ'ʃɔp] *m inv* sex-shop

poro *m* poro

poros|ità *f inv* porosidad *f*; **~o, -a** *adj* poroso, -a

porpor|a *f* púrpura; **~ato, -a** *adj/m* purpurado, -a; **~ina** *f* purpurina; **~ino, -a** *adj* purpurino, -a, purpúreo, -a

porre ‹*pongo; posi; posto*› V. 56 **1.** *vt* poner, meter; situar; *mat tamb. fig* poner, plantear, formular; ~ ***un problema*** *plantear/exponer un problema*; ~ ***una domanda*** *hacer/plantear una pregunta*; (*límite*) poner, fijar; poner, suponer, imaginar; ***poniamo che...*** *pongamos que, supongamos que...*; **2. porsi** ponerse; ~ ***a sedere*** *sentarse*

porro *m* 1. *bot* puerro; 2. *med coloq* verruga *f*

porsi... V. **porgere, porre**

porta *f* puerta; *sport* puerta, portería, meta, arco *m* (*Arg/Ur*); *informát* puerto *m* ◊ ~ ***finestra*** puertaventana; ~ ***scorrevole*** puerta corredera; ~ ***seriale*** *informát* puerto (de) serie; ***a ~e chiuse*** *adv* a puerta cerrada; ***chiudere la ~ in faccia a q*** darle a alg con la puerta en las narices; ***essere alle ~e*** estar a las puertas/en puertas; ***indicare la ~ a q*** enseñarle la puerta a alg; ***mettere q alla ~*** poner a alg de patitas en la calle; ***sbattere la ~*** dar un portazo; ***sbattere la ~ in faccia a q*** darle a alg con la puerta en las narices

portabagagli *m inv* 1. *auto* maletero *m*, portaequipajes; (*superior*) baca *f*, portaequipajes; 2. mozo de estación *m*

portabandiera *m/f inv* 1. abanderado, -a, portaestandarte *m* (*mil*); 2. (*representante*) abanderado, -a *m/f*, adalid *m*
portabiancheria *m inv* cesto de la ropa sucia *m*
portabicchieri *m inv* portavaso(s)
portabile *adj* portátil
portabilità del numero *f inv telec* portabilidad del número *f*
portabottiglie *m inv* botellero *m*
portaburro *m inv* mantequera *f*, mantequillera *f* (*Am*)
portacarte *m inv* cartera *f*
portacatino *m inv* palanganero *m*
portacellulare *m* portamóvil
portacenere *m inv* cenicero *m*
portachiavi *m inv* llavero *m*
portacipria *m inv* polvera *f*
portacontainer (*var.* **portacontainers**, **portacontenitori**) **1.** *adj/f inv* (*barco*) portacontenedores *adj/m inv*; **2.** *adj/m inv* (*camión*) portacontenedores
portadischi *m inv* mueble para discos *m*
portadocumenti *m inv* portafolios
portadolci *m inv* bandeja para dulces *f*
portaelicotteri *m inv* portahelicópteros
portaerei *f inv* porta(a)viones *m inv*
portaferiti *m inv mil* sanitario *m*
portafinestra (*pl* **portefinestre**) *f* puertaventana
portafiori *m inv* florero *m*, jarrón *m*
portafoglio *m inv* cartera *f*; billetera *f* ◊ ***titoli in ~*** valores de cartera
portaformaggi *m inv* quesera *f*
portafortuna *m inv* 1. amuleto *m*; 2. mascota *f*
portafrutta *m inv* frutero *m*
portaghiaccio *m inv* cubitera *f*
portagioie (*var.* **portagioielli**) *m inv* joyero *m*
portalampada (*var.* **portalampade**) *m inv* portalámparas
portale *m arq* (*palacio, iglesia*) portal; *informát* portal
portalettere *m/f inv* cartero, -a
portamatita *m inv* lapicero *m*
portamento *m* porte
portamina *m inv* portaminas
portamissili *adj/s inv* portamisiles
portamonete *m inv* monedero *m*
portantle *adj arq* maestro, -a ◊ ***muro ~*** *m* pared maestra (*f*); **~ina** *f* 1. camilla, parihuela; 2. silla de mano, palanquín *m*; **~ino, -a** *m/f* celador, -a
portaoggetti *m inv* portaobjeto(s)
portaombrelli *m inv* paragüero *m*
portapacchi *m inv* portapaquetes
portapastiglie *m inv* pastillero *m*
portapenne *m inv* portaplumas
portapiatti *m inv* escurridera *f*
portaposate *m inv* portacubiertos, posacubiertos
portare 1. *vt* 1. llevar, conducir; ***~ in tavola*** *sacar a la mesa*; (*a mí, a nosotros*) traer; ***mi porti gli occhiali?*** *¿me traes las gafas?*; 2. (*consecuencia*) traer; ***~ fortuna/bene, sfortuna/male*** *traer buena suerte, traer mala suerte*; 3. (*encima*) llevar; ***~ bene, male gli anni*** *llevar bien, mal los años*; llevar, vestir; ***si veste come porta la moda*** *se viste como manda la moda*; (*bebida*) aguantar; 4. ir, llevar, conducir; ***questa strada porta a Valencia*** *esta carretera va a Valencia*; 5. *auto* conducir; ***~ la macchina*** *llevar/conducir el coche*; 6. (*odio, amor...*) sentir, tener; ***l'amore che ti porto*** *el amor que siento por ti*; **2. ~rsi** 1. acercarse, pasarse, ir *vi*; 2. portarse, comportarse; 3. (*salud*) encontrarse, estar ◊ ***~ avanti*** llevar/sacar adelante; ***~ giù*** bajar; ***~ su*** levantar, alzar, aupar; ***~ via*** llevarse
portaritratti *m inv* portarretratos
portariviste *m inv* revistero *m*
portasapone *m inv* jabonera *f*
portascì *m inv* portaesquís
portasciugamano *m inv* toallero *m*
portascopino *m* (*water*) escobillero
portasigarette *m inv* pitillera *f*, cigarrera *f*
portasigari *m inv* cigarrera *f*
portaspezie *m inv* especiero *m*
portaspilli *m inv* 1. almohadilla *f*, cojinete *m*; 2. (*tubo*) alfiletero *m*
portastuzzicadenti (*var.* **portastecchini**) *m inv* palillero *m*
portata *f* 1. *gastr* plato *m*; 2. *transp* capacidad de carga; 3. *mil* alcance *m*; 4. (*río*) caudal *m*; 5. (*posibilidad*) alcance *m*; 6. alcance *m*, importancia ◊ ***a ~ di mano*** *adv* al alcance de la mano; ***alla ~ di tutti*** *adj* al alcance de todos (los bolsillos)
portatessera *m inv* funda de carnet *f*
portatile *adj* portátil
portato, -a *adj* 1. (*ropa*) usado, -a, de segunda mano; 2. inclinado, -a; ***~ allo studio*** *inclinado al estudio*; ***essere ~ per la filosofia*** *sentir inclinación por la filosofía*; **~re, -trice** *m/f* 1. mensajero, -a; 2. *econ/med* portador, -a ◊ ***al ~*** *adj* al portador
portatovagliolo *m inv* servilletero *m*
portauova *m inv* huevera *f*
portavasi *m inv* macetero *m*, portamacetas
portavivande *m inv* fiambrera *f*, portacomidas
portavoce *m/f inv* portavoz *m/f*
porte-enfant [pɔrtan'fan] *m inv* capazo *m*, moisés
portello *m* (*portón*) portillo; (*armario*) puerta *f*; *nav* portilla *f*, porta *f*
portento *m* portento, prodigio, maravilla *f*; **~so, -a** *adj* portentoso, -a
portfolio *m inv* portfolio *m*
porticlato, -a 1. *adj* porticado, -a; **2.** *m* pórtico, soportal, porche; **~o** (*pl* **-ci**) *m* pórtico, soportal, porche
portierla *f* 1. *auto* puerta; 2. (*de entrada*) persiana; **~e** *m/f* 1. *adm* conserje; 2. *sport* portero, -a, guardameta, arquero (*Arg/Ur*)
portinlaio, -a (*m pl* **-ai**) *m/f* (*casa*) portero, -a; **~eria** *f* portería, conserjería
portland *m inv constr* porlan, pórtland
porto 1. *m* 1. *nav* puerto; 2. porte; 3. (*vino*) oporto; **2.** *pp* V. **porgere** ◊ ***~ d'armi*** licencia de armas (*f*); ***~ abusivo d'armi*** tenencia ilícita de ar-

mas; ~ ***assegnato*** *transp* portes debidos (*mpl*); ~ ***franco*** puerto franco; ***condurre in ~ qc*** *tamb. fig* llevar u-c a puerto; ***franco di ~*** *adj* portes pagados; ***giungere in ~*** *tamb. fig* llegar/arribar a puerto; ***un ~ di pace*** un oasis/remanso de paz

Portogallo: il ~ *m* Portugal

portoghese 1. *adj/s geogr* portugués, -esa; **2.** *m/f* (*actos públicos*) gorrón, -ona

portone *m* portón, portal, portalón

portoric|ano, -a *adj/s* puertorriqueño, -a; ***~o** *m geogr* Puerto Rico

portua|le *adj/m* portuario, -a; **~rio, -a** (*m pl* **-ri**) *adj* portuario, -a

porzione *f* porción, trozo *m*; *gastr* ración

posa *f* 1. puesta, colocación; 2. descanso *m*, reposo *m*; 3. *arte/foto* pose; actitud, gesto *m*, postura; 4. *foto* exposición; 5. *cine* rodaje *m* ◊ ***mettersi in ~*** poner una pose; ***senza ~*** *adv* sin parar, sin descanso; ***teatro di ~*** *m* estudio de cine; **~cenere** *m inv* cenicero *m*; **~re 1.** *vt* 1. posar, apoyar; 2. *elev* aquietar; **2.** *vi* 1. ‹*essere*› apoyarse (**su** en/sobre), reposar (**su** sobre); 2. ‹*avere*› *arte/foto* posar; 3. (*líquido*) reposar; **3. ~rsi** posarse

posat|a *f gastr* cubierto *m*; **~eria** *f* cubertería; **~ezza** *f* 1. calma, sosiego *m*; 2. ponderación; **~o, -a** *adj* tranquilo, -a, sosegado, -a; mesurado, -a, ponderado, -a; **~ura** *f* poso *m*, hez

poscritto *m* posdata *f*

posdomani *adv elev* pasado mañana (*estánd*)

posi... V. **porre**

positiv|a *f foto* positivo *m*; **~ismo** *m* positivismo; **~ista** *m/f* positivista; **~istico, -a** (*m pl* **-ci**) *adj* positivista; **~ità** *f inv* positividad *f*; **~o, -a** *adj/m* positivo, -a

positron|e *m fís* positrón; **~io** *m fís* positronio

posizione *f* posición ◊ ~ ***chiave*** puesto clave; ~ ***d'attenti*** posición de firmes; ***in ~*** *adv* en posición; ***prendere ~*** tomar posición, posicionarse

posologia (*pl* **-gie**) *f* posología

posporre ‹*pongo; posi; posto*› V. 56 *vt* posponer

posposizione *f* posposición, postergación

posse|dere ‹*-siedo*› *vt* poseer; **~imento** *m* (*tierras*) posesión *f*, dominio; colonia *f*; **~itrice** V. **possessore**; **~uto, -a** *adj/s* poseído, -a

possente *adj* potente, poderoso, -a; pujante

possess|ione *f relig* posesión; **~ivo, -a** *adj ling tamb. fig* posesivo, -a; **~o** *m* 1. posesión *f*, dominio; tenencia *f*; 2. posesión *f*, finca *f* ◊ ***essere in ~ di*** estar en posesión de; ***prendere ~ di*** tomar posesión de; ***venire/entrare in ~ di*** entrar en posesión de, hacerse con; **~ore** (*f* **posseditrice**) *m/f* poseedor, -a; **~orio, -a** (*m pl* **-ri**) *adj jur* posesorio, -a

possibil|e *adj/m* posible ◊ ***al più presto ~*** *adv* lo antes posible; ***fare (tutto) il ~*** hacer (todo) lo posible; **~ismo** *m pol* posibilismo; **~ità** *f inv* posibilidad *f*

possidente *m/f* propietario, -a, hacendado, -a, terrateniente

posso... V. **potere**

posta *f* 1. *telec* correo *m* (!); 2. *hist/transp* (*diligencia*) posta; 3. (*juegos*) puesta, apuesta; 4. (*caza*) puesta, apostadero *m* ◊ ~ ***aerea*** correo aéreo (*m*); ~ ***elettronica*** correo electrónico; ~ ***raccomandata*** correo certificado (*m*); ***a bella ~*** *adv* a posta, ex profeso, a sabiendas; ***la ~ del cuore*** (*revista*) consultorio sentimental (*m*); ***mettersi/stare alla ~*** ponerse/estar al acecho; **~giro** *m* giro postal; **~le 1.** *adj* postal; **2.** *m transp* (tren) correo; (vapor) correo; (*autobús*) correo; **~rsi** apostarse; **~zione** *f mil* posición

postbellico, -a (*m pl* **-ci**) *adj* posbélico, -a

postcomunismo *m pol* poscomunismo

postdata|re *vt* posfechar; **~zione** *f* posfechación

postdottora|le *adj estud* postdoctoral; **~to** *m estud* postdoctorado

posteggia|re *vt/i* ‹*avere*› *auto* aparcar; **~tore, -trice** *m/f* guardacoches

posteggio (*pl* **-gi**) *m* 1. *transp* parada *f*; 2. *transp* aparcamiento

postelegrafico, -a (*m pl* **-ci**) *adj* de correos y telégrafos

poster *m inv* póster *m*

postergare *vt* postergar

posteri *mpl* descendientes

posterior|e 1. *adj* posterior; **2.** *m coloq/irón* trasero; **~ità** *f inv* posterioridad *f*

posterità *f inv* posteridad *f*

posticcio, -a (*m pl* **-ci**, *f pl* **-ce**) **1.** *adj* postizo, -a; **2.** *m* tupé

posticino *m coloq* rinconcito; localito

posticipa|re ‹*esd*› *vt* posponer, aplazar, diferir; **~zione** *f* aplazamiento *m*

postier|a *f arq* portillo *m*

postiglione *m* postillón

postilla *f* apostilla, anotación, nota; **~re** *vt* apostillar, anotar

postino, -a *m/f* cartero, -a

post-it® ['pɔstit] *m inv* post-it®

postliminio *m jur* postliminio

postmodern|ismo *m* postmodernidad *f*; **~o, -a** *adj* postmoderno, -a

posto, -a 1. *adj* puesto, -a, colocado, -a; **2.** *m* 1. lugar, sitio; ***non c'è posto*** *no hay sitio*; puesto; (*en locales públicos*) localidad *f*, plaza *f*; 2. ocupación *f*, empleo, trabajo; cargo, plaza *f*; puesto de trabajo; **3.** *pp* V. **porre** ◊ ~ ***barca*** amarre; ~ ***che*** *conj* puesto que, dado que; ~ ***ciò*** aclarado esto; ~ ***di blocco/di controllo*** (puesto de) control, control de carreteras; ~ ***di comando*** puesto de mando; ~ ***di guardia*** puesto de guardia; ~ ***in piedi, a sedere*** *cine/teat* localidad de pie, de asiento; ~ ***macchina*** plaza de aparcamiento; ~ ***telefonico*** cabina telefónica; **~i-letto** (*hospital, hotel*) camas; ***a ~*** en orden; ***al ~ di*** *prep* en lugar de, en vez de; ***avere la testa a ~*** tener la cabeza en su sitio; ***conquistare un ~*** hacerse un lugar al sol; ***da un ~ all'altro*** *adv* de un sitio/lugar a otro; ***essere a ~ con la coscienza*** tener la conciencia tranquila; ***essere a ~*** estar bien colocado; estar en orden; ***essere***

una persona a ~ ser una persona de confianza/como Dios manda; ***fare ~ a q*** hacer sitio a alg; ***fuori ~*** *adv* fuera de su sitio; ***mettere a ~*** arreglar, poner en orden; ***mettere a ~ q*** colocar a alg; ***mettere la testa a ~*** sentar la cabeza; ***mettersi a ~*** colocarse; ***stare al proprio ~*** estar en su puesto; ***sul ~*** *adv* en el mismo lugar, sobre la marcha; ***tenere le mani a ~*** tener las manos quietas

postoperatorio, -a (*m pl* **-ri**) *adj* postoperatorio, -a

postribolo *m* prostíbulo

postromanticismo *m arte/lit* posromanticismo, postromanticismo

postscriptum *m inv correo* scriptum, pos(t)data *f*

postula|nte *adj/s* postulante; **~re** ‹*esd*› *vt* postular; **~to** *m* postulado

postumo, -a 1. *adj* póstumo, -a; **2.** *m* secuela *f*; **3.** *mpl* secuelas *fpl*, consecuencias *fpl*

posturale *adj med* postural

potabil|e *adj* potable; **~ità** *f inv* potabilidad *f*

potabilizza|re *vt* potabilizar; **~zione** *f* potabilización

potare *vt* podar

potass|a *f* potasa; **~io** *m* potasio

pota|toio (*pl* **-oi**) *m* podadera *f*; **~ura** *f* poda

potent|ato *m* potentado; **~e 1.** *adj* potente, vigoroso, -a; potente, poderoso, -a; **2.** *m* poderoso, -a *m/f*

potenza *f* potencia ◊ **~ *fiscale*** caballos fiscales (*mpl*); ***all'ennesima ~*** *adv* a la enésima potencia; ***in ~*** *adv* en potencia; ***le grandi ~e*** las grandes potencias

potenzial|e *adj/m* potencial; **~ità** *f inv* potencialidad *f*; **~mento** *m* potenciación *f*; **~re** *vt* potenciar

potenziometro *m electr* potenciómetro

potere ‹*posso; potei; potuto*› V. 57 **1.** *vi* ‹*avere; seguido de infinitivo, según éste*› poder; ***ha potuto farlo, ma non è potuto venire*** *ha podido hacerlo, pero no ha podido venir*; **2.** *m* poder ◊ **~ *d'acquisto*** poder adquisitivo; **~ *detergente*** poder limpiador; **~ *giudiziario*** poder judicial; **~ *legislativo*** poder legislativo; ***a più non posso*** *adv* a más no poder; ***essere al ~*** estar en el poder; ***in ~ di*** *adj* en poder de; ***non ne posso più*** no puedo más, no aguanto más; ***può darsi che...*** es posible que...; ***il quarto ~*** el cuarto poder; ***si può?*** ¿se puede?

potest|à *f inv* potestad *f*; **~ativo, -a** *adj* potestativo, -a

pot-pourri [pupu'ri] *m inv* popurrí *m*, batiburrillo *m*

pouf [puf] *m inv* puf *m*

pover|accio, -a (*m pl* **-ci**, *f pl* **-ce**) *m/f* pobre hombre *m*, pobre diablo *m*, pobre mujer *f*; **~ino, -a** *adj/s* pobrecito, -a; **~o, -a** *adj/s* pobre, -a ◊ **~ *diavolo*** pobre diablo; **~ *in canna*** pobre como las ratas; **~ *me, te...!*** ¡pobre de mí, de ti...!, ¡ay de mí, de ti...!; **~tà** *f inv* pobreza *f*

pozione *f* poción, brebaje *m*, bebedizo *m*

pozza *f* poza ◊ **~ *di sangue*** charco de sangre (*m*)

pozzanghera *f* charco *m*

pozzetto *m* desagüe

pozzo *m* pozo ◊ **~ *artesiano*** pozo artesiano; **~ *nero*** pozo negro; ***essere un ~ di scienza*** ser un pozo de ciencia; ***un ~ senza fondo*** un pozo sin fondo; **~lana** *f* puzolana

pp. (*pagine*) *abr* (*páginas*) págs.

PPI (*Partito Popolare Italiano*) *abr/m* ="partido italiano de centro"

praghese *adj/s* (*de Praga*) praguense

pragmati|ca *f filos/ling* pragmática; **~co, -a** (*m pl* **-ci**) *adj filos/ling* pragmático, -a; **~smo** *m* pragmatismo; **~sta** *adj/s* pragmatista; **~stico, -a** (*m pl* **-ci**) *adj* pragmatista

pralina *f* almendra garrapiñada

prammatic|a *f jur* pragmática; **~o, -a** (*m pl* **-ci**) *adj jur* pragmático, -a

pranz|are *vi* ‹*avere*› (*al mediodía*) comer *vt/i*, almorzar *vt/i*; **~o** *m* (*al mediodía*) comida *f*, almuerzo; ***all'ora di ~*** *a la hora de comer*; ***dopo ~*** *después de comer* ◊ ***fare ~*** comer

praseodimio *m quím* praseodimio

prasinite *f min* prasiolita

prassi *f inv* 1. costumbre *f*; 2. *filos* praxis, práctica *f*

pratense *adj* pratense

prateria *f* pradera, prado *m*

pratica *f* 1. práctica; 2. *adm* gestión, diligencia, trámite *m*; expediente *m*, dossier *m* ◊ ***in ~*** *adv* en la práctica; ***mettere in ~*** poner en práctica, llevar a la práctica; ***sbrigare una ~*** despachar un asunto; **~bile** *adj* practicable; **~bilità** *f inv* practicabilidad *f*; **~mente** *adj* 1. prácticamente, casi; 2. (*en modo práctico*) prácticamente; **~nte 1.** *adj/s relig* practicante; **2.** *m/f* 1. (*oficina...*) pasante; 2. *desp* aficionado, -a; **~re** ‹*esd*› **1.** *vt* 1. practicar; (*profesión*) ejercer; 2. practicar, ejecutar; aplicar; **~ *uno sconto*** *aplicar un descuento*; 3. frecuentar; **2.** *vi* 1. relacionarse (**con q** con alg) frecuentar *vt*, ser asiduo (**in** de)

praticità *f inv* 1. aplicabilidad *f*; 2. manejabilidad *f*, sencillez *f*

pratico, -a (*m pl* **-ci**) **1.** *adj* 1. práctico, -a; *mec* práctico, -a, manejable, cómodo, -a; 2. experto, -a, conocedor, -a; ***essere ~ di qc*** *ser experto en u-c*; **2.** *m/f* 1. persona práctica *f*; 2. experto, -a, conocedor, -a ◊ ***all'atto ~*** *adv* en la práctica; **~ltura** *f* praticultura

prato *m* prado; (*jardín*) césped; **~lina** *f bot* maya

prav|ità *f inv elev* pravedad *f*; **~o, -a** *adj elev* pravo, -a

prealpino, -a *adj* prealpino, -a

preambolo *m* preámbulo

preannunci|are (*var.* **preannunziare**) *vt* anunciar con antelación; **~o** (*pl* **-ci**) (*var.* **preannunzio**) *m* anuncio previo, preaviso

preavvis|are *vt* avisar con antelación; **~o** *m* preaviso

prebarba *m inv* loción para antes del afeitado *f*

prebellico, -a (*m pl* **-ci**) *adj* prebélico, -a

prebenda *f relig tamb. fig* prebenda; **~to, -a** *adj/m* prebendado, -a
precambriano, -a (*var.* **precambrico, -a**) *adj geol* precámbrico, -a
precampionato *m sport* pretemporada *f*
precanceroso, -a *adj med* precanceroso, -a
precari|ato *m* precariedad *f*; **~età** *f inv* precariedad *f*, inestabilidad *f*; **~o, -a** (*m pl* **-ri**) **1.** *adj* precario, -a, inestable, provisional; (*trabajo, trabajador*) precario, -a, eventual; **2.** *m/f* eventual
precauzion|ale *adj* preventivo, -a; **~e** *f* precaución, cautela
preceden|te 1. *adj* precedente, anterior; **2.** *m* precedente; *jur* antecedente ◊ ***~i penali*** antecedentes penales; ***creare un ~*** sentar un precedente; ***senza ~i*** *adv* sin precedentes; **~za** *f* precedencia; *auto tamb. fig* preferencia, prioridad ◊ ***in ~*** *adv* anteriormente; ***dare la ~*** ceder el paso
precedere *vt* preceder
precessione *f astron* precesión
precettare *vt mil* llamar a filas
precetti|sta *m/f* preceptista; **~stica** *f* preceptiva; **~vo, -a** *adj* preceptivo, -a
precetto *m* 1. *relig/jur* precepto; 2. *mil* llamamiento a filas; **~re, -trice** *m/f* preceptor, -a
precipita|nte *m quím* precipitante; **~re** ‹*esd*› **1.** *vt* 1. lanzar (**da** desde), arrojar (**da** desde); precipitar (**da** desde), despeñar (**da** desde); 2. (*acontecimientos*) precipitar; 3. *quím* precipitar; **2.** *vi* 1. precipitarse, despeñarse; 2. precipitarse, derrumbarse, desplomarse; ***~ in rovina*** *caer en la miseria, arruinarse*; 3. (*acontecimientos*) precipitarse; **3. ~rsi** 1. precipitarse, lanzarse, arrojarse; abalanzarse; 2. (*equivocarse*) precipitarse; 3. ir corriendo; apresurarse; **~to** *m quím/mús* precipitado; **~zione** *f quím/meteo tamb. fig* precipitación
precipitevolissimevolmente *adv irón* aparatosamente
precipitos|amente *adv* atropelladamente; **~o, -a** *adj* 1. impetuoso, -a; 2. atropellado, -a, precipitado, -a
precipizio (*pl* **-zi**) *m* precipicio, barranco, despeñadero ◊ ***a ~*** *adv* a pico
precipuo, -a *adj* primero, -a, principal
precis|are *vt* precisar; **~azione** *f* (*aclaración*) precisión; **~ione** *f* (*exactitud*) precisión ◊ ***per la ~*** *adv* para ser (más) exactos; **~o, -a** *adj* preciso, -a, exacto, -a; ***sono le due ~e*** *son las dos en punto*
preclaro, -a *adj elev* preclaro, -a
precludere ‹*clusi; cluso*› V. 10 *vt* obstruir, obstaculizar
preclus|ione *f* 1. obstrucción; 2. *jur* caducidad; **~o** V. **precludere**
precoc|e *adj* precoz; **~ità** *f inv* precocidad *f*
precognizione *f* precognición
precolombiano, -a *adj* precolombino, -a
preconcetto, -a 1. *adj* preconcebido, -a; **2.** *m* prejuicio, idea preconcebida *f*
preconciliare *adj* preconciliar
preconizza|re *vt* preconizar; **~zione** *f elev* preconización
preconoscenza *f* precognición, clarividencia
precorrere ‹*corsi; corso*› V. 18 *vt* anticiparse, adelantarse; ***non voler ~ gli eventi*** *no querer adelantarse a los acontecimientos*
precorritore, -trice *m/f* precursor, -a
precorsi..., precorso V. **precorrere**
precostituire ‹*isc*› *vt* preconstituir
precotto, -a *adj/m* precocinado, -a
precursore (*f* **precorritrice**) *adj/s* precursor, -a
preda *f* (*captura*) presa ◊ ***essere in ~ a q/a qc*** ser presa de alg/de u-c; **~re** *vt* depredar, saquear; **~tore, -trice** *adj/s* 1. *zool* depredador, -a, predador, -a; 2. (*persona*) saqueador, -a
predecessore, -a *m/f* predecesor, -a
predel|la *f* tarima, estrado *m*; **~ino** *m* estribo
predestina|re *vt* predestinar; **~zione** *f* predestinación
predetermina|re *vt* predeterminar; **~zione** *f* predeterminación
predetto, -a 1. *adj* susodicho, -a, antedicho, -a; **2.** *pp* V. **predire**
predica *f* 1. *relig* sermón *m*, prédica; 2. sermón *m*, perorata, monserga, bronca; ***fare la ~*** *echar un sermón/una bronca*
predicamento *m filos* predicamento
predicare ‹*esd*› *vt/i* ‹*avere*› predicar
predicat|ivo, -a *adj/m ling* predicativo, -a; **~o** *m ling/filos* predicado; **~ore** *m* predicador; **~orio, -a** (*m pl* **-ri**) *adj desp* de predicador, sermoneador, -a
predicazione *f* predicación
predico... V. **predire**
predicozzo *m coloq* regañina *f*
predile|ssi... V. **prediligere**; **~tto, -a 1.** *adj/s* predilecto, -a; **2.** *pp* V. **prediligere**; **~zione** *f* predilección
prediligere ‹*diligo; dilessi; diletto*› V. 22 *vt* preferir
predio (*pl* **-di**) *m elev* predio
predire ‹*dico; dissi; detto*› V. 21 *vt* predecir, vaticinar
predispo|rre ‹*pongo; posi; posto*› V. 56 *vt* predisponer; **~sizione** *f* predisposición; **~sto, -a** *adj* predispuesto, -a
predissi... V. **predire**
predizione *f* predicción, vaticinio *m*
predomin|ante *adj* predominante; **~are** ‹*esd*› *vi* ‹*avere*› predominar; **~io** (*pl* **-ni**) *m* predominio
predone *m* saqueador, bandido
predorsale *adj/f* predorsal
preellenico, -a *adj* prehelénico, -a
preesisten|te *adj* preexistente; **~za** *f* preexistencia
preesistere ‹*sistito*› V. 41 *vi* preexistir
prefabbrica|re ‹*esd*› *vt* prefabricar; **~to, -a** *adj* prefabricado, -a; **~zione** *f* prefabricación
prefatore, -trice *m/f* prologuista
prefazio (*pl* **-zi**) *m relig* prefacio; **~ne** *f* prefacio *m*, introducción

preferenz|a *f* preferencia, predilección; ***non ho ~e*** *no tengo ninguna preferencia* ◊ ***di ~*** *adv* preferentemente, con preferencia; **~iale** *adj* preferente, preferencial

preferi|bile *adj* preferible; **~re** ‹*isc*› *vt* preferir; **~to, -a** *adj/s* preferido, -a, favorito, -a, predilecto, -a

prefett|izio, -a (*m pl* **-zi**) *adj* 1. *hist/relig* del prefecto; 2. *pol* del gobernador civil; **~o** *m* 1. *hist/relig* prefecto; 2. gobernador civil; **~ura** *f* 1. *hist/relig* prefectura; 2. gobierno civil *m*

prefica *f* 1. *hist* plañidera; 2. llorón, -ona *m/f*, quejica

prefiggere ‹*figgo; fissi; fisso*› V. 1 *vt* prefijar

prefigurazione *f* prefiguración

prefinanziamento *m* prefinanciación *f*

prefiss|i... V. **prefiggere**; **~o 1.** *m* 1. *ling* prefijo; 2. *telec* (*teléfono*) código territorial; **2.** *pp* V. **prefiggere**

pregare *vt* 1. rogar, pedir, suplicar; ***ti prego di venire*** *te ruego que vengas*; ***entri, La prego*** *entre, se lo ruego*; ***si prega di...*** *se ruega...*; 2. *relig* rezar, orar; ***~ Iddio*** *rogar a Dios* ◊ ***farsi ~*** hacerse de rogar

pregevole *adj* valioso, -a, preciado, -a

preghiera *f* oración, plegaria, rezo *m* ◊ ***a ~ di/su ~ di*** *adv* a ruegos de

pregiarsi *adm* tener el placer/gusto; ***mi pregio di comunicarLe che...*** *tengo el gusto de comunicarle que...*

pregiat|issimo, -a (*en las cartas; abreviado en* ***Preg.mo***) *adj* muy apreciado, -a; **~o, -a** *adj* preciado, -a, valioso, -a

pregio (*pl* **-gi**) *m* 1. valor, valía *f*, calidad *f*; 2. estima *f*, estimación *f*, consideración *f* ◊ ***tenere in molto/poco ~*** tener en gran/poca estima

pregiudica|re ‹*esd*› *vt* perjudicar, dañar; **~to, -a** *m/f* persona con antecedentes *f*

pregiudizi|ale *adj jur* prejudicial; **~evole** *adj* perjudicial, dañoso, -a; **~o** (*pl* **-zi**) *m* 1. prejuicio; 2. perjuicio, daño

Preg.mo, -a (*Pregiatissimo, -a*) *abr* ="fórmula de tratamiento", distinguido, -a

pregn|ante *adj* lleno, -a/cargado, -a de significado; **~anza** *f* riqueza de significados; **~o, -a** *adj* 1. preñado, -a (**di** de), lleno, -a (**di** de); 2. *zool* (*sólo f*) preñada, embarazada

prego! *excl* 1. ¡por favor!, ¡no más! (*Am*); 2. ¡de nada!; ***-Grazie! --!*** *-¡Gracias! -¡De nada!*

pregustare *vt* acariciar, saborear de antemano

preimpianto *m* preinstalación *f*

preinstallazione *f* preinstalación

preiscritto, -a *adj/s* preinscrito, -a

preiscrivere ‹*scrissi; scritto*› V. 71 **1.** *vt* preinscribir; **2. ~rsi** preinscribirse

preistori|a *f* prehistoria; **~co, -a** (*m pl* **-ci**) *adj* prehistórico, -a

prelat|izio, -a (*m pl* **-zi**) *adj* prelaticio, -a; **~o** *m* prelado; **~ura** *f* prelatura

prelavaggio (*pl* **-gi**) *m* prelavado

prelazione *f* prelación ◊ ***~ di prelazione*** *jur* derecho de tanteo

preleva|mento *m econ* (*dinero*) reintegro, retirada *f*; **~re** *vt* (*dinero*) sacar, retirar; *med* extraer, sacar; ***~ un campione*** *tomar una muestra*; (*personas*) llevarse, sacar por la fuerza; *coloq* pasar (**q** por alg), recoger

prelibato, -a *adj* exquisito, -a, excelente

prelievo *m econ* reintegro, retirada *f*, saca *f*; *med* toma *f* ◊ ***~ fiscale*** retención fiscal (*f*)

preliminare 1. *adj* preliminar, previo, -a; **2.** *m* preliminar, preámbulo

preludere ‹*prelusi; preluso*› V. 10 *vi* ‹*avere*› preludiar

preludi|are *vi* ‹*avere*› *mús* preludiar; **~o** (*pl* **-di**) *m mús tamb. fig* preludio

prelusi..., preluso V. **preludere**

prémaman [prema'mã] (*var.* **pré-maman**) **1.** *adj inv* premamá; **2.** *m inv* vestido premamá *m*

prematrimoniale *adj* prematrimonial

prematuro, -a 1. *adj tamb. fig* prematuro, -a; **2.** *m/f med* prematuro, -a

premedita|re *vt jur tamb. fig* premeditar; **~to, -a** *adj* premeditado, -a, intencionado, -a; **~zione** *f* premeditación

premere 1. *vt* 1. apretar; (*con violencia*) estrujar; (*con el pie*) pisar; ***~ il freno, l'acceleratore*** *pisar el freno, el acelerador*; 2. oprimir, agobiar; **2.** *vi* 1. apretar; 2. *fig* pesar, oprimir *vt*; 3. instar, dar prisa; 4. importar, interesar; 5. (*ser urgente*) urgir, correr prisa

premess|a *f* 1. premisa, condición; *filos* premisa; 2. (*libro*) introducción, advertencia; **~o** V. **premettere**

premestruale *adj* premenstrual

premettere ‹*misi; messo*› V. 44 *vt* 1. anteponer; 2. exponer antes ◊ ***premesso che*** *conj* teniendo en cuenta que, teniendo presente que

premia|re *vt* premiar, galardonar; **~zione** *f* entrega de premios

premier *m inv* (*Gran Bretaña y otros países*) primer ministro *m*, premier *m*

première [pre'mjɛr] *f inv teat* estreno *m*

preminen|te *adj* preeminente; **~za** *f* preeminencia

premio (*pl* **-mi**) *m* premio, recompensa *f*; (*sueldo*) extra, complemento; (*seguro*) prima *f*; (*lotería*) aproximación *f*, pedrea *f* ◊ ***~ d'anzianità*** prima de antigüedad; ***~ d'assicurazione*** prima del seguro (*f*); ***~ di consolazione*** premio de consolación

premisi... V. **premettere**

premistoppa *m inv tecn* empaquetadura *f*

premolare *adj/m* premolar

premoni|tore, -trice *adj* premonitorio, -a; **~zione** *f* premonición

premuni|re ‹*isc*› **1.** *vt* 1. preparar, prevenir, precaver, premunir (*Am*); 2. *mil* fortificar, armar; **2. ~rsi** proveerse (**di/con qc** de u-c); **~zione** *f med* inmunidad

premur|a *f* 1. premura, prisa; 2. premura, cuidado *m*, celo *m*; **~oso, -a** *adj* premuroso, -a, solícito, -a, atento, -a

prenatale *adj* prenatal

prendere ‹*presi; preso*› V. 58 **1.** *vt* 1. coger (*Esp*), agarrar (*Ur/Arg*); sujetar (**con qc** con u-c), prender (**con qc** con u-c); *mil* tomar, conquistar; 2. (*camino*) tomar, coger (*Esp*); (*bebida, comida; palabra...*) tomar; **~ *un caffè*** *tomar un café*; **~ *il sole*** *tomar el sol*; (*sueldo*) cobrar; **~ *un bello stipendio*** *cobrar un buen sueldo*; (*considerar*) tomar; **~ *q sul serio*** *tomar a alg en serio*; **~ *q per uno stupido*** *tomar a alg por estúpido*; 3. coger (*Esp*), agarrar (*Ur/Arg*); recoger; ***prendere i bambini a scuola*** *recoger a los niños en el colegio*; **2.** *vi* 1. ‹*avere*› (*dirección*) tomar, ir; *auto* girar; **~ *a destra*** *girar a la derecha*; 2. *bot* prender, arraigar; (*fuego*) prender, cogerse; (*cola*) endurecerse, secarse; 3. ‹*essere/avere*› (*repentino*) coger (*Esp*), agarrar (*Ur/Arg*), dar; ***gli ha preso la febbre*** *le ha dado la fiebre, ha cogido fiebre*; ***che ti prende?*** *¿qué mosca te ha picado?*; **3. ~rsi** (*sujetarse*) cogerse (*Esp*), agarrarse (*Ur/Arg*), asirse; (*golpes*) liarse; ***~rsi a botte*** *liarse a golpes*; ***~rsi a noia*** *cogerse manía* ◊ ***prendersela (con q)*** enfadarse (con alg)

prendi|sole *m inv* (*de mujer*) camiseta de tirantes *f*; **~tore** *m com* tomador

prenota|re *vt* (*mesa, habitación, vuelo...*) reservar; **~zione** *f* (*mesa, habitación, vuelo...*) reserva

prensile *adj* prensil

preoccupa|nte *adj* preocupante; **~re** ‹*esd*› *vt* preocupar, inquietar; ***non ti ~*** *no te preocupes, descuida*; **~zione** *f* preocupación

preoperatorio, -a *adj med* preoperatorio, -a

preordina|mento *m* preparación *f*, disposición *f*; **~re** ‹*esd*› *vt* preparar, predisponer

prepalatale *adj/f ling* prepalatal

prepara|re *vt* preparar; **~tivi** *mpl* preparativos; **~to, -a 1.** *adj* preparado, -a, dispuesto, -a; **2.** *m* preparado; **~tore, -trice** *adj/s* preparador, -a; **~torio, -a** (*m pl* **-ri**) *adj* preparatorio, -a; **~zione** *f* preparación

prepensionamento *m* jubilación anticipada *f*

preponderan|te *adj* preponderante, predominante; **~za** *f* preponderancia, predominio *m*

preporre ‹*pongo; posi; posto*› V. 56 *vt* 1. (*poner delante*) anteponer; 2. preferir, anteponer

preposi|tivo, -a *adj ling* prepositivo, -a; **~zione** *f ling* preposición ◊ **~ *articolata*** artículo contracto (*m*)

preposto 1. *m* preboste; **2.** *pp* V. **preporre**

prepoten|te 1. *adj* 1. irrefrenable; 2. (*persona*) prepotente; **2.** *m/f* prepotente, déspota, tirano, -a; **~za** *f* 1. prepotencia, tiranía, despotismo *m*; 2. abuso *m*, atropello *m*

prepuzio (*pl* **-zi**) *m* prepucio

preregistra|re *vt TV* pregrabar; **~to, -a** *adj TV* pregrabado, -a, enlatado, -a

prerinascimentale *adj arte/lit* prerrenacentista

preriscaldare *vt* precalentar

prerogativa *f* prerrogativa

preromantic|ismo *m* prerromanticismo; **~o, -a** (*m pl* **-ci**) *adj/s* prerromántico, -a

presa *f* 1. cogida, toma, agarre *m*; *tecn* (*cemento*) fragua; *bot* arraigo *m*; 2. *electr* enchufe *m*, toma; (*agua, gas...*) toma; 3. *gastr* pizca, pellizco *m*; 4. (*de cocina*) cogedor *m*, agarrador *m*; 5. *mil* toma, conquista; 6. *cine* rodaje *m*; 7. (*naipes*) arrastre *m* ◊ **~ *di corrente*** *electr* toma de corriente/luz, tomacorriente (*Am*); **~ *di posizione*** toma de posición; **~ *di possesso*** toma de posesión; **~ *di terra*** *electr* toma de tierra; **~ *in considerazione*** toma en consideración; **~ *in giro*** tomadura de pelo, recochineo (*m*); ***far ~*** (*cemento*) fraguar; ***venire alle ~e con q*** llegar a reñir a alg

presagi|o (*pl* **-gi**) *m* presagio, augurio; **~re** ‹*isc*› *vt* presagiar, presentir

presago, -a (*m pl* **-ghi**) *adj* presago, -a, présago, -a

presalario (*pl* **-ri**) *m* ayuda al estudio *f*, beca *f*

presame *m* cuajo

presbiopia *f* presbicia

presbite *adj/s* présbite, présbita

presbiteri|anesimo *m* presbiterianismo; **~ano, -a** *adj/s* presbiteriano, -a; **~o** (*pl* **-ri**) *m* presbiterio

prescegliere ‹*prescelgo; prescelsi; prescelto*› V. 69 *vt* escoger, seleccionar

prescienza *f* presciencia

prescindere ‹*scissi; scisso*› V. 70 *vt* prescindir ◊ ***a ~ da/prescindendo da*** *prep* prescindiendo de, sin contar con

prescolare (*var.* **prescolastico, -a**) *adj* preescolar

prescritt|ibile *adj* prescriptible; **~o, -a** *adj jur* prescrito, -a

prescrivere ‹*scrissi; scritto*› V. 71 **1.** *vt med* prescribir, recetar; *jur* prescribir; **2. ~rsi** *jur* prescribir *vi*

prescrizione *f* prescripción ◊ ***cadere in ~*** prescribir

preselezion|are *vt* preseleccionar; **~e** *f* preselección

presenta|bile *adj* presentable; **~re** *vt* presentar; **~tore, -trice** *m/f* presentador, -a; **~zione** *f* presentación

presente 1. *adj* presente; **2.** *m/f* presente, asistente; ***i ~i esclusi*** *excluidos los presentes*; **3.** *m* 1. *ling tamb. fig* presente; 2. presente, regalo; **4.** *f adm* presente; ***con la ~ Le comunico che...*** *con la presente le comunico que...* ◊ ***al ~*** *adv* en este momento; ***avere ~ qc/q*** tener presente u-c/a alg; ***tenere ~ qc/q*** tener en cuenta u-c/a alg

presenti|mento *m* presentimiento, presagio, corazonada *f*; **~re** *vt* presentir, presagiar

presenz|a *f* 1. presencia, asistencia; 2. presencia, porte *m* ◊ **~ *di spirito*** presencia de ánimo; ***di ~*** *adv* personalmente; ***in ~ di*** *prep* en presencia de; ***in mia ~*** *adv* en mi presencia; **~iale** *adj* presencial; **~iare** *vt* presenciar

presepio (*pl* **-pi**) (*var.* **presepe**) *m elev* pesebre, establo; *relig* (*en Navidad*) belén, nacimiento, pesebre

preserva|re *vt* preservar, salvaguardar; **~tivo** *m* preservativo; **~zione** *f* preservación

presi... V. **prendere**

preside *m/f* (*instituto*) director, -a (!); (*facultad*) decano, -a (!)

presidente (*f tamb.* **-essa**) *m/f* presidente, -a ◊ ***~ del Consiglio (di Ministri)*** Presidente del Gobierno

presidenz|a *f* (*presidente*) presidencia; (*instituto*) dirección; (*universidad*) decanato *m*; **~iale** *adj* presidencial; **~ialismo** *m* presidencialismo

presidi|are *vt* 1. *mil* presidiar, guarnecer; 2. proteger; **~o** (*pl* **-di**) *m* 1. *mil* presidio, guarnición *f*; 2. protección *f*

presiedere 1. *vt* presidir; **2.** *vi* ‹*avere*› dirigir *vt* (**a qc** u-c), presidir *vt* (**a qc** u-c)

preso V. **prendere**

pressa *f* 1. muchedumbre, gentío *m*; 2. *tecn* prensa

press agent [prɛs'seidʒent] *m/f inv* agente de prensa *m*

pressante *adj* urgente

pressappo|chismo *m* superficialidad *f*, trivialidad *f*, ligereza *f*; **~co** (*var.* **press'a poco**) *adv* más o menos, aproximadamente

pressare *vt* 1. apretar, apisonar; *tecn* prensar; 2. importunar, dar la lata

pressatura *f* prensado *m*

pressione *f fís tamb. fig* presión; *med* tensión; ***avere la ~ alta, bassa*** *tener la tensión alta, baja* ◊ ***fare ~ su q*** presionar a alg, ejercer presión sobre alg

presso 1. *adv* cerca; ***qui ~*** *aquí cerca*; **2.** *prep* 1. cerca de; junto a; ***~ di me, te...*** *junto a mí, ti...; en mi casa, en tu casa...*; 2. en; ***lavorare ~ una ditta seria*** *trabajar en una empresa seria*; entre; ***~ alcuni scrittori si dice questo*** *entre algunos escritores se dice esto*; ante; ***ambasciatore ~ il governo cinese*** *embajador ante el gobierno chino*; correo *c/o*; **3.** *mpl* alrededores, cercanías *fpl*; ***abitare nei ~i della città*** *vivir en los alrededores de la ciudad* ◊ ***a un di ~/a un dipresso*** *adv* más o menos, aproximadamente; **~ché** *adv elev* casi (*estánd*)

pressurizza|re *vt* presurizar; **~zione** *f* presurización

presta|bilire ‹*isc*› *vt* prefijar; **~nome** *m/f inv* testaferro *m/f*; **~nte** *adj* apuesto, -a, guapo, -a; **~nza** *f* prestancia; **~re 1.** *vt* prestar; ***~ aiuto, attenzione*** *prestar ayuda/auxilio, atención*; **2. ~rsi** prestarse (**a qc** a u-c); **~tore, -trice** *m/f* prestamista ◊ ***~ di lavoro/d'opera*** trabajador, -a, empleado, -a; **~voce** *m/f inv cine* doblador, -a; **~zione** *f* prestación ◊ ***~ d'opera*** prestación laboral

prestigiatore, -trice (*var.* **prestidigitatore, -trice**) *m/f* prestidigitador, -a

prestigio (*pl* **-gi**) *m* 1. prestigio; 2. prestidigitación *f*, malabarismo, prestigio (*raro*); **~so, -a** *adj* prestigioso, -a

prestito *m* préstamo; ***dare, prendere in ~*** *dar, tomar prestado* ◊ ***~ a scadenza fissa*** préstamo a plazo fijo; ***~ a vista*** préstamo a la vista; ***accordare un ~*** conceder un préstamo

presto *adv* 1. pronto (!), dentro de poco; 2. rápido (!), rápidamente, aprisa; *mús* presto; 3. pronto (!), temprano ◊ ***~ o tardi*** tarde o temprano; ***a ~*** *adv* hasta pronto; ***al più ~*** *adv* lo antes posible, cuanto antes; ***è ~ detto*** se dice pronto; ***è ~ fatto*** eso está hecho; ***fare ~*** llegar pronto; darse prisa; ***si fa ~ a dire, parlare...*** es muy fácil hablar...

presumere ‹*sunsi; sunto*› V. 6 *vt* 1. presumir, creer, considerar; 2. presumir (**di** de), alardear (**di** de), jactarse (**di** de)

presumibile *adj* presumible

presunsi... V. **presumere**

presunti|vo, -a *adj* presuntivo, -a; **~o, -a 1.** *adj* 1. *jur* presunto, -a 1. *econ* previsto, -a, presupuestado, -a; **2.** *pp* V. **presumere**; **~uoso, -a** *adj* presuntuoso, -a

presunzione *f jur tamb. fig* presunción

presuppo|rre ‹*pongo; posi; posto*› V. 56 *vt* presuponer; **~sizione** *f* presuposición; **~sto, -a 1.** *adj* presupuesto, -a, supuesto, -a; **2.** *m* presupuesto, presuposición *f*, premisa *f*; **3.** *pp* V. **presupposto**

prêt-à-porter [prɛtapor'te] **1.** *adj inv* prêt-à-porter, listo para llevar *adj*; **2.** *m inv* traje de prêt-à-porter *m*

prete *m* (*sacerdote*) cura

pretendente *m/f* pretendiente

pretendere ‹*tesi; teso*› V. 58 *vt* pretender; ***~ di avere ragione*** *pretender tener razón*

pretensione *f* pretensión

pretenzioso, -a *adj* pretencioso, -a

preteri|ntenzionale *adj jur* preterintencional; **~to, -a 1.** *adj elev* pretérito, -a; **2.** *m ling* pretérito; **~zione** *f ling* preterición

pretesa *f* 1. pretensión, exigencia; 2. pretensión, presunción ◊ ***avere molte, poche ~e*** tener muchas, pocas pretensiones

pretesi..., preteso V. **pretendere**

pretesto *m* pretexto, excusa *f*, evasiva *f* ◊ ***col ~ di*** *prep* con la excusa de, so pretexto de

pretor|e *m* 1. juez de 1ª instancia; 2. *hist* pretor; **~iano, -a** *adj/m* pretoriano, -a; **~io, -a** (*m pl* **-ri**) *adj* 1. *jur* de 1ª instancia, del juez de 1ª instancia; 2. *adm* municipal; 3. *hist* pretorio, -a

pretto, -a *adj* puro, -a, castizo, -a

pretura *f* 1. *jur* juzgado de 1ª instancia *m*; 2. *hist* pretura

prevale|nte *adj* preponderante, predominante; **~nza** *f* 1. preponderancia, predominio *m*; 2. *tecn* altura de elevación ◊ ***in ~*** *adv* preferentemente; **~re** ‹*valgo; valsi; valso*› V. 84 *vi* ‹*essere/avere*› prevalecer, preponderar, predominar

prevarica|re ‹*esd*› *vi* ‹*avere*› prevaricar; **~tore, -trice** *adj/s* prevaricador, -a; **~zione** *f* prevaricación

preved|ere ‹*vidi; visto*› V. 85 *vt* prever; **~ibile** *adj* previsible

prevenire ‹*vengo; venni; venuto*› V. 86 *vt* 1. preceder, anteceder; 2. prevenir, precaver; prevenir, advertir, avisar
preventiv|are *vt* presupuestar; **~o, -a 1.** *adj* preventivo, -a; **2.** *m econ* presupuesto
prevenuto, -a *adj* prevenido, -a, receloso, -a
prevenzione *f tamb. fig* prevención
providen|te *adj* previsor, -a; **~za** *f* previsión ◊ ***~ Sociale*** Seguridad Social; **~ziale** *adj* de la Seguridad Social
previdi... V. **prevedere**
previo, -a (*m pl* **-vi**) *adj* previo, -a; ***~ avviso, esame, pagamento*** *previo aviso, examen, pago*
prevision|ale *adj* preventivo, -a, previsor, -a; **~e** *f* previsión
previsto V. **prevedere**
prevosto *m hist* preboste
prezios|ismo *m* preciosismo; **~ista** *adj/s* preciosista; **~ità** *f inv* 1. valor *m*, valía *f*, calidad *f*; utilidad *f*; 2. preciosidad *f*, elegancia *f*; **~o, -a 1.** *adj* 1. valioso, -a, preciado, -a; útil; 2. precioso, -a, elegante, selecto, -a; 3. (*persona*) difícil de ver; **2.** *m* 1. joya *f*, objeto precioso; 2. (*persona*) persona difícil de ver *f* ◊ ***farsi ~*** (*persona*) no dejarse ver
prezzar|e *vt* colocar el precio, marcar; **~io** (*pl* **-ri**) *m* lista de precios *f*, catálogo de precios
prezzemolo *m bot* perejil ◊ ***essere come il ~*** ser como el perejil
prezzo *m* precio ◊ ***~ di costo*** precio de coste; ***~ di favore*** precio de amigo; ***~ di listino*** precio de catálogo; ***~ di vendita*** precio de venta; ***~i popolari*** precios populares; ***a ~ di*** *prep* a costa de; ***a ~ di costo*** *adj* a precio de coste; ***a metà ~*** *adj* a mitad de precio; ***a qualunque ~*** *adv* a cualquier precio; ***non avere ~*** no tener precio; ***pagare qc a caro ~*** resultar cara una cosa; ***tirare sul ~*** regatear; **~lare** ‹*esd*› *vt* 1. *desp* reclutar; 2. *desp* sobornar
PRI (*Partito Repubblicano Italiano*) *abr/m*
prigion|e *f* prisión, cárcel; **~ia** *f* cautividad, cautiverio *m*; **~iero, -a** *adj/s* prisionero, -a
prima 1. *adv* 1. antes (!), anteriormente; primero; ***chi arriva ~*** *quien llegue antes/primero*; 2. (*lugar*) antes; 3. antes, en primer lugar, antes que nada; **2.** *f* 1. *teat/cine* estreno *m* (!); 2. *auto* (*marcha*) primera; 3. *aero/nav* (*clase*) primera; 4. *estud* (*curso*) primero *m*; 5. *sport* primer toque *m*; ***colpire la palla di ~*** *jugar la pelota al primer toque* ◊ ***~ che*** *conj* antes de que; ***~ che posso*** *adv* en cuanto pueda; ***~ del tempo*** antes de hora; ***~ di*** *conj* (*tiempo, lugar*) antes de; ***~ di tutto*** antes que/de nada, ante todo, en primer lugar; ***~ o poi*** *adv* antes o después, tarde o temprano; ***come ~*** *adv* como antes; ***ne so quanto ~*** sé lo mismo que antes, me he quedado igual que estaba; ***quanto ~*** *adv* cuanto antes, lo antes posible; **~rio, -a** (*m pl* **-ri**) **1.** *adj* 1. primario, -a; ***scuola ~a*** *enseñanza primaria*; 2. principal; **2.** *m/f med* jefe, -a de especialidad; **3.** *fpl pol* primarias

primat|e *m* 1. *relig* primado; 2. *zool* primate; **~iccio, -a** (*m pl* **-ci**, *f pl* **-ce**) *adj agric* temprano, -a; **~ista** *m/f* plusmarquista; **~o** *m* 1. primacía *f*, superioridad *f*, liderazgo; 2. *sport* récord, plusmarca *f*
primaver|a *f* 1. *meteo/bot* primavera; ***in ~*** *en primavera*; 2. *irón* abril *m*, primavera; ***una ragazza di diciotto ~e*** *una chica de dieciocho abriles*; **~ile** *adj* primaveral
primaz|ia *f relig* primacía; **~iale** *adj relig* primacial
primeggiare *vi* ‹*avere*› destacar, descollar
prime time [prajm'tajm] *m inv TV* prime time
primipara *adj/f* primeriza
primitiv|ismo *m* primitivismo; **~o, -a** *adj/s* primitivo, -a
primizia *f agric tamb. fig* primicia
primo, -a 1. *adj* primer(o), -a; *mat* primo, -a; **2.** *m/f* primero, -a; ***l'ho saputo per ~*** *lo he sabido el primero*; **3.** *m* 1. (*día*) uno; ***il ~ (di) giugno*** *el uno de junio*; ***il ~ maggio*** *el uno/primero de mayo*; ***il ~ dell'anno*** *Año Nuevo*; 2. primero, primer plato; ***per ~ prenderò gli spaghetti*** *de primero tomaré espaguetis*; **4.** *mpl* principios, inicios; ***ai ~i del mese*** *a principios de mes*; ***sui ~ del Novecento*** *a principios del siglo XX* ◊ ***alla ~a*** *adv* a la primera; ***di prim'ordine*** *adj* de primera; ***sulle ~e/a tutta ~a*** de buenas a primeras
primogenit|o, -a *adj/s* primogénito, -a; **~ura** *f* primogenitura
primordi *mpl* inicios, principios, orígenes; **~ale** *adj* primordial
primula *f bot* primavera
principal|e *adj/s* principal; **~to** *m* principado
principe 1. *m* príncipe; **2.** *adj impr* princeps ◊ ***~ azzurro*** príncipe azul; ***~ ereditario*** príncipe heredero; ***comportarsi da ~*** portarse como un príncipe/como un señor; ***edizione ~*** *f* edición príncipe; **~ssa** *f* princesa
principi|ante *adj/s* principiante, novato, -a; **~are** *vt/i* ‹*avere/essere*› comenzar, empezar; ***ha principiato male in quel lavoro*** *ha empezado mal en aquel trabajo*; ***è principiato il mal tempo*** *ha empezado el mal tiempo*; **~o** (*pl* **-pi**) *m* principio, inicio, comienzo; *cient/filos* principio ◊ ***da ~/al ~*** *adv* al principio; ***(sin) dal ~*** *adv* desde el principio; ***in ~*** *adv* en principio
prior|ato *m* priorato; **~e, -a** *m/f* prior, -a
priorit|à *f inv* prioridad *f*; **~ario, -a** (*m pl* **-ri**) *adj* prioritario, -a
prisma *m* prisma; **~tico, -a** (*m pl* **-ci**) *adj* prismático, -a
pristino, -a *adj elev* prístino, -a
privacy ['prajvasi] *f inv* vida privada *f*, privacidad *f*
privare *vt* privar (**q di qc** a alg de u-c), despojar
privati|sta *m/f* (*estudiante*) libre; **~va** *f* monopolio *m*, exclusiva; **~vo, -a** *adj* privativo, -a
privatizza|re *vt* privatizar; **~zione** *f* privatización
privato, -a 1. *adj* privado, -a, particular; **2.** *m/f* (*persona*) particular ◊ ***in ~*** *adv* en privado
privazione *f* privación

privilegi|are *vt* (*conceder privilegios*) privilegiar; favorecer; **~ato, -a** *adj/s* privilegiado, -a; **~o** (*pl* **-gi**) *m* privilegio, prerrogativa *f*
privo, -a *adj* carente, desprovisto, -a, falto, -a; **~ *di mezzi*** *carente/falto de medios* ◊ ***essere ~ di*** carecer de
pro 1. *prep* pro, en/a favor de; **2.** *m inv* provecho *m*, utilidad *f* ◊ ***a che ~?*** ¿para qué?; ***buon ~ ti faccia!*** *irón* ¡que te aproveche!; ***il ~ e il contro*** el pro y el contra, los pros y los contras
probabil|e *adj* probable; **~ismo** *m filos* probabilismo; **~ità** *f inv* probabilidad *f* ◊ ***con molta, tutta/ogni ~*** *adv* con mucha, toda probabilidad; **~mente** *adj* probablemente, seguramente
probante *adj* probante
probatorio, -a (*m pl* **-ri**) *adj* probatorio, -a
probità *f inv* probidad *f*, honradez *f*
problema *m* problema, dificultad *f*; *mat* problema; **~tica** *f* problemática; **~ticismo** *m filos* problematismo; **~ticità** *f inv* problematicidad *f*; **~tico, -a** (*m pl* **-ci**) *adj* problemático, -a
probo, -a *adj* probo, -a, honrado, -a
proboscid|ati *mpl zool* proboscidios; **~e** *f zool* probóscide, trompa
proboviro *m* 1. *jur* árbitro; 2. *hist* magistrado de trabajo
procacciare *vt* procurar, proveer, conseguir
procace *adj* procaz
procacità *f inv* procacidad *f*
procaina® *f farma* procaína
pro capite *adv* per cápita
procedente *adj* procedente (**da** de)
procedere *vi* 1. ‹*essere*› proceder, avanzar, progresar; (*funcionar*) discurrir, ir, marchar; 2. ‹*avere*› proceder (**da** de), provenir (**da** de); 3. proceder (**in qc** en u-c), avanzar (**in qc** en u-c), progresar (**in qc** en u-c); 4. proceder, conducirse, comportarse; 5. proceder (**a fare qc** hacer u-c), ejecutar *vt*; 6. *jur* proceder (**contro q** contra alg), actuar (**contro q** contra alg)
procedimento *m* procedimiento; proceso, desarrollo; procedimiento, vía *f*
procedura *f jur* procedimiento *m*, vía; *adm* tramitación; **~ *burocratica*** *tramitación burocrática*; **~le** *adj* procedimental, de procedimiento
procellaria *f zool* petrel *m*
processa|re *vt* 1. *jur* procesar, enjuiciar, encausar; 2. *informát* procesar; **~to, -a** *adj jur/informát* procesado, -a
procession|aria *f zool* procesionaria; **~e** *f relig tamb. fig* procesión
processo *m* 1. proceso, evolución *f*; 2. *tecn* proceso; procesamiento; 3. *jur* juicio, pleito, causa *f*; juicio, vista *f*, proceso; procedimiento ◊ ***fare il ~ alle intenzioni*** hacer un juicio de intenciones; ***mettere q sotto ~*** procesar a alg; someter a alg a juicio; **~re** *m informát* procesador
processuale *adj* procesal
procinto: in ~ di *prep* a punto de
procione *m zool* mapache

proclama *m* proclama *f* (!); **~re** *vt* (*rey*) proclamar; (*ley*) proclamar, promulgar ◊ **~ *uno sciopero*** convocar una huelga; **~zione** *f* (*rey*) proclamación; (*ley*) proclamación, promulgación
proclisi *f inv ling* proclisis
proclitico, -a (*m pl* **-ci**) *adj ling* proclítico, -a
proclive *adj elev* proclive (**a** a)
procrastinare ‹*esd*› *vt* retrasar, posponer, diferir
procrea|re *vt* procrear, engendrar; **~zione** *f* procreación ◊ **~ *assistita*** reproducción asistida
procura *f* 1. *jur* poder *m*, autorización; 2. *jur* fiscalía; procuradoría; **~re** *vt* 1. procurar, intentar; **~ *di non fare rumore*** *procurar no hacer ruido*; 2. procurar, facilitar; **~tario, -a** *adj jur* procuratario, -a; **~tore, -trice** *m/f* 1. *jur/com* apoderado, -a, habilitado, -a, representante; 2. *jur* fiscal ◊ **~ *della Repubblica*** fiscal; ****~ Generale*** Fiscal General del Estado, Procuradoría General de la República (*Méx*); **~ *legale*** procurador, representante legal
proda *f* ribera, orilla
prode *adj/s elev* valeroso, -a, esforzado, -a, gallardo; **~zza** *f* 1. valor *m*, gallardía; 2. proeza, hazaña; 3. *coloq* bravata, fanfarronada
prodigal|ità *f inv* prodigalidad *f*, generosidad *f*; **~rsi** prodigarse
prodigio (*pl* **-gi**) **1.** *m* prodigio, portento; **2.** *adj inv* prodigio; ***bambino, -a ~*** *niño, -a prodigio*; **~so, -a** *adj* prodigioso, -a, portentoso, -a
prodigo, -a (*m pl* **-ghi**) *adj/s* 1. pródigo, -a, generoso, -a; 2. *desp* pródigo, -a, derrochador, -a
proditorio, -a (*m pl* **-ri**) *adj* proditorio, -a, traicionero, -a
prodotto, -a 1. *adj* producido, -a, hecho, -a, fabricado, -a; **2.** *m* producto; **3.** *pp* V. **produrre** ◊ ****~ Interno Lordo (PIL)*** Producto Interior Bruto (PIB)
prodromo *m* 1. *med* pródromo, síntoma; *fig* señal *f*, síntoma; 2. *arq* pronaos
produrre ‹*duco; dussi; dotto*› V. 15 **1.** *vt* producir; (*espectáculos*) presentar, estrenar; **2. ~rsi** (*espectáculos*) presentarse, estrenarse ◊ **~ *in serie*** producir en serie; **~ *sulla scena*** estrenar en los escenarios
produttiv|ismo *m econ/pol* productivismo; **~ità** *f inv* productividad *f*; **~o, -a** *adj* productivo, -a
produttore, -trice *adj/s* productor, -a
produzione *f* producción ◊ **~ *a catena*** producción en cadena; **~ *in serie*** producción en serie
proemio (*pl* **-mi**) *m* proemio, introducción *f*
prof *m/f inv coloq* (*profesor*) profe
profan|are *vt* profanar; **~azione** *f* profanación; **~o, -a** *adj/s relig tamb. fig* profano, -a
proferire ‹*isc*› *vt* proferir
professare 1. *vt* profesar; **2. ~rsi** declararse, mostrarse
profession|ale *adj* profesional; **~alità** *f inv* profesionalidad *f*; **~e** *f* profesión, oficio *m*; **~ismo** *m* profesionalismo; **~ista** *m/f* profesional ◊ ***libero ~*** profesional liberal; **~istico, -a** (*m pl* **-ci**) *adj* profesional

professo, -a *adj/s relig* profeso, -a; **~rale** *adj desp* profesoral; **~re, -essa** *m/f* profesor, -a ◊ **~ *a contratto*** profesor contratado; **~ *associato*** profesor titular; **~ *di ruolo*** profesor numerario; **~ *fuori ruolo*** profesor no numerario; **~ *ordinario*** catedrático

profet|a, -essa *m/f* profeta *m*, profetisa *f* ◊ ***nessuno è ~ in patria*** nadie es profeta en su patria; **~ico, -a** (*m pl* **-ci**) *adj* profético, -a; **~izzare** *vt* profetizar

profettizio, -a (*m pl* **-zi**) *adj jur* profecticio, -a

profezia *f* profecía

proficuo, -a *adj* provechoso, -a, beneficioso, -a, proficuo, -a

profil|are 1. *vt* 1. *tecn/arte tamb. fig* perfilar; 2. (*tejido*) guarnecer, orillar; **2. ~rsi** 1. perfilarse, resaltar *vi*; 2. perfilarse, adivinarse; **~ssi** *f inv* profilaxis; **~to, -a 1.** *adj* 1. *tecn/arte* perfilado, -a, delineado, -a; 2. (*tejido*) guarnecido, -a, orillado, -a; **2.** *m arq* vigueta *f*; **~ttico, -a** (*m pl* **-ci**) *adj/m* profiláctico, -a; **~tura** *f* 1. perfiladura, perfilado *m*; 2. (*tejido*) orillado *m*

profilo *m* 1. perfil; 2. (*tejido*) orilla *f*, guarnición *f* ◊ ***di ~*** *adj* de perfil

profiterole [profite'rɔl] *m inv* profiterole *m*; buñuelo de viento *m*

profitt|are *vi* ‹*avere*› aprovechar *vt*, sacar provecho *vt*; **~ *dell'occasione*** *aprovechar la ocasión*; **~atore, -trice** *m/f* aprovechado, -a, explotador, -a; **~evole** *adj* 1. provechoso, -a; 2. aprovechable; **~o** *m* provecho, beneficio, utilidad *f*; *econ* beneficio ◊ ***a ~ di q*** *adv* en beneficio de alg; ***mettere a ~ qc*** sacar provecho de u-c; ***trarre ~ da qc*** sacar provecho de u-c

profondere ‹*fusi; fuso*› V. 37 *vt* 1. repartir, esparcir; 2. (*dinero*) derrochar, dilapidar

profondità *f inv* profundidad *f*; *fig* profundidad *f*, hondura *f* ◊ ***in ~*** *adv* en profundidad

profondo, -a *adj* profundo, -a, hondo, -a

proforma 1. *adv* pro forma; **2.** *m inv* formalidad *f*, trámite *m*

profugo, -a (*m pl* **-ghi**) *adj/s* prófugo, -a

profum|are *vt/i* ‹*avere*› perfumar; **~atamente** *adv* generosamente; **~eria** *f* perfumería; **~iere, -a** *m/f* perfumero, -a, perfumista; **~iero, -a** *adj* perfumero, -a, de perfumería; **~o** *m* 1. perfume; 2. perfume, fragancia *f*, aroma

profus|i... V. **profondere**; **~ione** *f* profusión ◊ ***a ~*** *adv* con profusión; **~o, -a 1.** *adj* profuso, -a; **2.** *pp* V. **profondere**

progeni|e *f inv elev* progenie *f*; **~tore, -trice** *m/f* progenitor, -a

progesterone *m* progesterona *f*

progett|are *vt* 1. *arq* proyectar, diseñar; 2. proyectar, planear; **~azione** *f* proyecto *m*, diseño *m*; **~ista** *m/f* proyectista; **~istico, -a** (*m pl* **-ci**) *adj* proyectista; **~o** *m* proyecto

prognatismo *m* prognatismo

prognosi *f inv med* pronóstico *m* ◊ **~ *riservata*** pronóstico reservado (*m*)

programma *m* programa ◊ ***fuori ~*** *adj* fuera de programa; **~re** *vt* programar; **~tico, -a** (*m pl* **-ci**) *adj* programático, -a; **~tore, -trice** *m/f* programador, -a; **~zione** *f* programación

progredi|re ‹*isc*› *vi* ‹*avere: persona; essere: cosa*› progresar, avanzar; **~to, -a** *adj* avanzado, -a, desarrollado, -a

progressi|one *f* progresión, avance *m*, desarrollo *m* ◊ ***essere in ~*** estar en desarrollo; **~smo** *m* progresismo; **~sta** *adj/s* progresista; **~stico, -a** (*m pl* **-ci**) *adj* progresista; **~vità** *f inv* progresividad *f*; **~vo, -a** *adj* progresivo, -a

progresso *m* progreso

proibi|re ‹*isc*› *vt* prohibir; **~ *a q di fare qc*** *prohibirle a alg que haga u-c*; **~tivo, -a** *adj* prohibitivo, -a; ***prezzo ~*** *precio prohibitivo*

proibizion|e *f* prohibición; **~ismo** *m* prohibicionismo; **~ista** *adj/s* prohibicionista; **~istico, -a** (*m pl* **-ci**) *adj* prohibicionista

proiettare *vt* 1. proyectar, lanzar; 2. *cine/mat* proyectar

proiettile *m* proyectil ◊ ***~i di gomma*** pelotas de goma (*fpl*)

proiettore *m* 1. *cine* proyector; 2. *auto* foco, faro, reflector

proiezione *f* 1. proyección, lanzamiento *m*; 2. *cine/mat* proyección

prolasso *m med* prolapso

prole *f* prole, descendencia

prolegomeni *mpl* prolegómenos

prolessi *f inv* prolepsis

proletari|ato *m* proletariado; **~o, -a** (*m pl* **-ri**) *adj/s* proletario, -a

prolifer|are ‹*esd*› *vi* ‹*avere*› proliferar; **~azione** *f* proliferación; **~o, -a** *adj biol* prolífero, -a, prolífico, -a

prolific|are ‹*esd*› *vi* ‹*avere*› proliferar; procrear; expandirse, extenderse; **~azione** *f* proliferación; procreación; expansión; **~ità** *f inv* fecundidad *f*, fertilidad *m*; **~o, -a** (*m pl* **-ci**) *adj biol tamb. fig* prolífico, -a

proliss|ità *f inv* prolijidad *f*; **~o, -a** *adj* prolijo, -a

prologo (*pl* **-ghi**) *m* prólogo

prolunga (*pl* **-ghe**) *f tecn/electr* alargadera, prolongador *m*; **~mento** *m* alargamiento, prolongación *f*; **~re 1.** *vt* prolongar, alargar; **2. ~rsi** prolongarse; *coloq* (*hablando*) alargarse, enrollarse; **~zione** *f mús* prolongación

prolusione *f estud* lección inaugural, conferencia inaugural

promemoria *m inv* recordatorio *m*

promess|a *f* 1. promesa; 2. (*mujer*) prometida ◊ ***rimangiarsi le ~e*** llamarse uno andana; **~o, -a 1.** *adj/s* prometido, -a; **2.** *pp* V. **promettere**

promettente *adj* prometedor, -a

promettere ‹*misi; messo*› V. 44 *vt* prometer; **~ *di fare qc*** *~ hacer u-c* ◊ ***promette molto*** promete mucho

prominen|te *adj* prominente; **~za** *f* prominencia

promiscu|ità *f inv* promiscuidad *f*; **~o, -a** *adj* (*sexualmente*) promiscuo, -a; (*escuela, matrimonio*) mixto, -a; *ling* (*género*) común
promisi... V. **promettere**
promo *m inv TV* avance *m*; *cine* tráiler *m*; **~ntorio** (*pl* **-ri**) *m* promontorio, cabo
promoss|i... V. **promuovere**; **~o, -a 1.** *adj/s estud* aprobado, -a; admitido, -a; **2.** *pp* V. **promuovere** ◊ ***essere*** **~** aprobar (*vi*)
promotion [pro'mɔʃʃon] *f inv com* promoción *f*
promotore, -trice *adj/s* promotor, -a, impulsor, -a ◊ **~ *della fede*** *relig* promotor de la fe
promozion|ale *adj* promocional; **~e** *f* 1. *com* promoción; (*trabajo*) ascenso *m*; 2. *estud* aprobado *m*, paso de curso *m*
promulga|re *vt* promulgar; **~zione** *f* promulgación
promuovere ‹*mossi; mosso*› V. 47 *vt* 1. promover, promocionar; *estud* aprobar; pasar de curso; *mil* ascender; 2. (*vómito, sudor*) provocar
pronipote *m/f* biznieto, -a
pronome *m* pronombre
pronominal|e *adj* pronominal; **~izzare** *vt ling* pronominalizar
pronostic|are ‹*esd*› *vt* pronosticar, augurar, vaticinar; **~o** (*pl* **-ci**) *m* pronóstico, predicción *f*, vaticinio
prontezza *f* prontitud, presteza, rapidez; soltura, agilidad ◊ **~ *di parola*** soltura de palabra; **~ *di riflessi*** rapidez de reflejos
pronto, -a 1. *adj* 1. preparado, -a (!), listo, -a, dispuesto, -a; 2. rápido, -a, presto, -a (*elev*); **2.** *excl* (*teléfono*) ¡diga!, ¡bueno! (*Mex*) ◊ **~ *per l'uso*** listo para usar; **~ *soccorso*** *med* urgencias (*fpl*); socorrismo; ***~i, via!*** ¡preparados, listos, ya!; ***essere ~ a tutto*** estar dispuesto a todo; ***essere ~ all'ira*** ser propenso a la ira; ***essere ~ per partire*** estar listo para salir
prontuario (*pl* **-ri**) *m* prontuario, vademécum
pronuncia (*pl* **-ce**) *f ling/jur* pronunciación
pronunciamiento *m inv pol* pronunciamiento *m*
pronunciare *vt ling/jur* pronunciar
pronunciato, -a 1. *adj* pronunciado, -a, prominente; marcado, -a; **2.** *m* pronunciamiento, sentencia *f*
pronunzia... V. **pronuncia...**
propagand|a *f* propaganda; **~are** *vt* hacer propaganda (**qc** de u-c); **~ista** *m/f* propagandista; **~istico, -a** (*m pl* **-ci**) *adj* propagandístico, -a
propagare *vt* propagar, difundir, extender
propagatore, -trice *adj/s* propagador, -a
propagazione *f* propagación
propagginа|re ‹*esd*› *vt agric* acodar; **~zione** *f agric* acodo *m*
propaggine *f* 1. *agric* acodo *m*, mugrón *m*; 2. descendencia, prole
propalare *vt* propalar, difundir
propano *m* propano; **~ne** *m quím* propanona *f*
proparossitono, -a *adj/m ling* proparoxítono, -a, esdrújulo, -a
propedeutic|a *f* propedéutica, preparación; **~o, -a** (*m pl* **-ci**) *adj* propedéutico, -a, preparatorio, -a
propellente *adj/m* propulsor, -a
propendere ‹*pendei/pesi; penso*› V. 32a *vi* ‹*avere*› propender (**per** a/hacia), tender (**per** a/hacia); inclinarse (**per** por)
propension|e *f* propensión, tendencia, inclinación; **~o, -a** *adj* propenso, -a, proclive
propergolo *m quím* propergol
propesi..., propenso V. **propendere**
propilene *m* propileno
propinare *vt* (*veneno*) administrar (!); (*cosa desagradable*) endilgar (!)
propinquo, -a *adj elev* propincuo, -a
propizi|are *vt* propiciar; **~atore, -trice** *adj/s* propiciador, -a; **~atorio, -a** (*m pl* **-ri**) *adj* propiciatorio, -a; **~azione** *f* propiciación; **~o, -a** (*m pl* **-zi**) *adj* propicio, -a, favorable
proponente *adj/s* proponente
propongo... V. **proporre**
proponi|bile *adj* proponible; **~mento** *m* propósito, intención *f*, ánimo ◊ ***fare il ~ di qc*** tener el propósito de u-c
proporre ‹*pongo; posi; posto*› V. 56 *vt* proponer
proporzional|e *adj* proporcional; **~ità** *f inv* proporcionalidad *f*; **~re** *vt* proporcionar, adecuar, adaptar; **~to, -a** *adj* (*mesurado*) proporcionado, -a
proporzione *f mat tamb. fig* proporción ◊ ***in ~ a*** *prep* en proporción a
proposi... V. **proporre**; **~to** *m* 1. propósito, intención *f*, proyecto; 2. propósito, asunto, tema ◊ ***a ~ di*** *prep* a propósito de; ***a ~!*** ¡a propósito!, ¡por cierto!; ***a questo ~*** *adv* a este respecto; ***di ~*** *adv* a/de propósito, aposta; ***donna di ~*** *f* mujer resuelta/de carácter; ***venire/capitare a ~*** venir de perlas, venir de perilla(s), venir como anillo al dedo; **~zione** *f* 1. *filos* proposición; 2. *ling* proposición, oración
propost|a *f* propuesta ◊ **~ *di legge*** proposición de ley; ***su ~ di*** *prep* a propuesta de; **~o** V. **proporre**
propriet|à *f inv* propiedad *f* ◊ **~ *intellettuale*** propiedad intelectual; **~ *letteraria*** propiedad literaria, copyright (*m inv*); **~ *pubblica*** propiedad pública; ***vestire, scrivere con ~*** vestir, escribir con propiedad; **~ario, -a** (*m pl* **-ri**) *m/f* propietario, -a, dueño, -a, amo, -a
proprio, -a (*m pl* **-pri**) **1.** *adj* 1. propio, -a (!); 2. (*posesivo, con referencia al sujeto*) su (propio, -a) *sing*, sus (propios, -as) *pl*; ***mangiare il ~ gelato*** *comer su (propio) helado*; **2.** *pron* (*posesivo, con referencia al sujeto*) el suyo propio, la suya propia...; **3.** *adv* 1. precisamente, justamente, mismo *adj*; 2. verdaderamente, realmente; ***sto ~ bene*** *estoy realmente bien*; 3. (*en frases negativas*) en absoluto; ***non ne ho ~ voglia*** *no me apetece nada*; **4.** *m* propio, propiedad *f*; ***perdere il ~*** *perder su propiedad* ◊ **~ *così*** eso mismo, como lo oyes, como suena; ***in ~*** *adj* en propiedad, de su propiedad; personalmente, en persona; (*trabajar...*) por cuenta propia, por su propia cuenta; ***vero e ~*** verdadero

propugna|re *vt* propugnar; **~tore, -trice** *m/f* impulsor, -a, sostenedor, -a
propuls|are *vt* propulsar; **~ione** *f* propulsión ◊ **~ *a getto*** propulsión a chorro; **~ *a razzo*** propulsión a reacción; **~ivo, -a** *adj* propulsor, -a; **~ore, -a** *adj/m* propulsor, -a
prora *f nav* proa
prorettor|ato *m* vicerrectorado; **~e** *m estud* vicerrector
proroga (*pl* **-ghe**) *f* prórroga, aplazamiento *m*; **~bile** *adj* prorrogable; **~re** ‹*esd*› *vt* prorrogar
prorompente *adj* impetuoso, -a
prorompere ‹*ruppi; rotto*› V. 66 *vi* ‹*avere*› prorrumpir
prosa *f* prosa; **~ico, -a** (*m pl* **-ci**) *adj* prosaico, -a; **~pia** *f elev* prosapia, alcurnia; **~tore, -trice** *m/f* prosista
proscenio (*pl* **-ni**) *m teat* proscenio
prosciogliere ‹*sciolgo; sciolsi; sciolto*› V. 12 *vt* liberar, exonerar, dispensar
proscioglimento *m* liberación *f*, exoneración *f*, dispensación *f*
prosciolgo..., prosciolsi..., prosciolto V. **prosciogliere**
prosciuga|mento *m* desecación *f*; (*jamón*) curado; **~re** *vt* desecar; (*jamón*) curar
prosciutto *m* jamón ◊ **~ *cotto*** jamón de York, jamón cocido; **~ *crudo*** jamón serrano
proscritto, -a 1. *adj/s* proscrito, -a, proscripto, -a; **2.** *pp* V. **proscrivere**
proscrivere ‹*scrissi; scritto*› V. 71 *vt* proscribir
proscrizione *f* proscripción
prosecuzione *f* prosecución, continuación
prosegui|mento *m* prosecución *f*, continuación *f* ◊ ***buon ~!*** ¡que vaya bien!; **~re** *vt/i* ‹*avere*› proseguir, continuar
proselit|ismo *m* proselitismo; **~ista** *adj/s* proselitista; **~o, -a** *m/f* prosélito, -a
prosieguo *m adm* continuación *f*
prosindaco (*pl* **-ci**) *m* teniente de alcalde
prosod|ia *f* prosodia; **~ico, -a** *adj* prosódico, -a
prosopopea *f* prosopopeya
prosper|are ‹*esd*› *vi* ‹*avere*› prosperar; **~ità** *f inv* prosperidad *f*; **~o, -a** *adj* próspero, -a; **~oso, -a** *adj* 1. *com* próspero, -a; 2. (*persona*) sano, -a, robusto, -a
prospett|are 1. *vt* exponer, presentar; **2. ~rsi** presentarse, perfilarse; **~ico, -a** (*m pl* **-ci**) *adj* de perspectiva; en perspectiva; **~iva** *f tecn/arte tamb. fig* perspectiva; **~o** *m* 1. *arq* fachada *f*, frontis; 2. *com* tabla *f*, cuadro; 3. perspectiva *f*, vista *f*, panorama; 4. (*publicidad*) prospecto
prospezione *f* prospección
prospiciente *adj* que da (a); ***una casa ~ il lago*** *una casa que da al lago*
prossemica *f ling* proxémica
prossenet|a *m* proxeneta; **~ismo** *m* proxenetismo
prossim|ità *f inv* proximidad *f* ◊ ***in ~ di*** *prep* en las proximidades de; **~o, -a 1.** *adj* próximo, -a, cercano, -a; ***l'anno ~*** *el año que viene, el próximo año/el año próximo*; **2.** *m* prójimo, semejante

prostat|a *f* próstata; **~ismo** *m med* prostatismo; **~ite** *f* prostatitis *inv*
prosterna|rsi prosternarse, postrarse; **~zione** *f* prosternación
prostitu|ire ‹*isc*› *vt* prostituir; **~ta** *f* prostituta; **~to** *m* prostituto; **~zione** *f* prostitución
prostra|re 1. *vt* 1. acostar, tumbar; postrar; 2. postrar, abatir; **2. ~rsi** 1. postrarse, arrodillarse; 2. humillarse; **~zione** *f* postración, abatimiento *m*
protagonis|mo *m* protagonismo; **~ta** *m/f* protagonista
protallo *m bot* protalo, prótalo
protasi *f inv ling* prótasis
proteggere ‹*teggo; tessi; tetto*› V. 43 *vt* proteger, amparar, favorecer, respaldar
proteico, -a (*m pl* **-ci**) *adj* proteico, -a
protein|a *f* proteína; **~ico, -a** (*m pl* **-ci**) *adj quím* proteínico, -a
protendere ‹*tesi; teso*› V. 58 *vt* (*hacia delante*) alargar, extender
proterv|ia *f* (*perversidad*) protervia; **~o, -a** *adj* protervo, -a, perverso, -a
protesi *f inv med/ling* prótesis
protesi... V. **protendere**
protesico, -a (*m pl* **-ci**) *adj* protésico, -a
protesista *m* protésico
proteso V. **protendere**
protessi... V. **proteggere**
protesta *f* 1. protesta, queja, reclamación; 2. protesta, manifestación; **~nte** *adj/s relig* protestante; **~ntesimo** *m relig* protestantismo; **~re 1.** *vt* manifestar, declarar; *jur* protestar; **2.** *vi* protestar, quejarse; **3. ~rsi** declararse, manifestarse; ***~rsi innocente*** *declararse inocente*; **~tario, -a** (*m pl* **-ri**) *adj* contestatario, -a; **~zione** *f raro* protestación
protesto *m jur* protesto
protettivo, -a *adj* protector, -a
protetto, -a 1. *adj/s* protegido, -a; **2.** *pp* V. **proteggere**; **~rato** *m pol* protectorado; **~re, -trice 1.** *adj* protector, -a; **2.** *m/f* protector, -a; **3.** *m* chulo, macarra
protezion|e *f* protección ◊ **~ *civile*** protección civil; **~ismo** *m* proteccionismo; **~ista** *adj/s* proteccionista; **~istico, -a** (*m pl* **-ci**) *adj* proteccionista
proto *m* jefe de tipógrafos
protoattinio *m quím* protoactinio
protocoll|are 1. *adj* protocolario, -a; **2.** *vt* protocolizar; **~o** *m* protocolo ◊ ***carta/formato ~*** papel de oficio; ***numero di ~*** *m* número de registro
protoindustriale *adj* protoindustrial
protomartire *m* protomártir
protombrina *f biol/quím* protombrina
protome *m arte* prótomo, protomo
proton|e *m* protón; **~ico, -a** (*m pl* **-ci**) *adj* protónico, -a
protonotario (*var.* **protonotaro**) *m hist* protonotario
protoplasma *m* protoplasma

protostella *f astron* protoestrella
protọtipo *m tecn tamb. fig* prototipo
protozoo *m* protozoo
protrarre ‹*traggo; trassi; tratto*› V. 81 **1.** *vt* (*tiempo*) alargar, prolongar; **2. ~rsi** prolongarse, durar *vi*
protrattile *adj* protráctil
protrazione *f* (*tiempo*) prolongación, alargamiento *m*
protuberanza *f* protuberancia
proustiano, -a *adj/s* proustiano, -a
proustite *f min* proustita
Prov. (*Provincia*) *abr* (*provincia*) Prov.
prova *f* prueba; *estud* prueba, examen *m*; *teat* ensayo *m* ◊ **~ *del fuoco*** prueba de fuego; **~ *del nove*** *mat tamb. fig* prueba del nueve; ***a ~ di*** *prep* a prueba de; ***a tutta ~*** *adv* a toda prueba, a carta cabal; ***fino a ~ contraria*** *adv* hasta que se demuestre lo contrario; ***mettere qc/q alla ~*** poner u-c/a alg a prueba; ***mettere un abito in ~*** preparar un vestido para probarlo; **~bile** *adj* probable, demostrable; **~re 1.** *vt* 1. probar, experimentar; examinar; ensayar; *gastr* probar; 2. *teat/cine* ensayar; 3. probar, demostrar; documentar; 4. probar, intentar; ***prova a farlo*** *prueba a hacerlo, intenta hacerlo*; 5. (*amor, odio...*) sentir; **2. ~rsi** practicar *vt* (**in qc** u-c), ejercitarse (**in qc** en u-c); **~to, -a** *adj* 1. probado, -a, fiel, seguro, -a; 2. cansado, -a, fatigado, -a
provenilente *adj* proveniente (**da** de), originario, -a (**da** de); **~enza** *f* procedencia, proveniencia, origen *m*; **~re** ‹*vengo; venni; venuto*› V. 86 *vt* provenir (**da** de), proceder (**da** de)
provento *m econ* producto, renta *f*, ingreso
Provenza *f geogr* Provenza; ***~le** *adj/s* provenzal
proverbilale *adj* proverbial; **~o** (*pl* **-bi**) *m* refrán, proverbio, dicho
provettla *f* probeta ◊ ***figlio in ~*** *m* niño probeta; **~o, -a** *adj* 1. experimentado, -a, experto, -a, curtido, -a; 2. *elev* provecto, -a
provincia (*pl* **-ce/-cie**) *f* provincia; **~le 1.** *adj* 1. provincial; 2. *desp* provinciano, -a, paleto, -a; **2.** *m/f* 1. provinciano, -a; 2. *desp* provinciano, -a, paleto, -a; **3.** *f* (*carretera*) provincial; **~lismo** *m* 1. *pol/ling* provincialismo; 2. *desp* provincianismo; **~lità** *f inv* provincianismo *m*
provino *m* 1. *cine* prueba *f*; 2. *com* muestra *f*; 3. *tecn* probeta de ensayo *f*
provocalnte *adj* provocador, -a, provocativo, -a; **~re** ‹*esd*› *vt* provocar; **~tivo, -a** *adj* provocativo, -a; **~tore, -trice** *adj/s* provocador, -a, pendenciero, -a; **~torio, -a** (*m pl* **-ri**) *adj* provocador, -a; **~zione** *f* provocación
provvedlere ‹*vidi; visto*› V. 85 **1.** *vt* proveer, proporcionar, suministrar; **2.** *vi* ‹*avere*› preocuparse (**a** por/de), tomar medidas (**a** para); **3. ~rsi** proveerse (**di** de), aprovisionarse; **~imento** *m* 1. medida preventiva *f*; 2. *jur* providencia *f*; **~itorato** *m* proveeduría *f* ◊ **~ *agli studi*** delegación de educación (*f*); **~itore, -trice** *adj/s* 1. proveedor, -a, abastecedor, -a; 2. *adm* delegado, -a
provvidenlte *adj* providente; **~za** *f* 1. *relig tamb. fig* providencia; 2. *adm* provisión
provvidenzialle *adj* providencial; **~ismo** *m* providencialismo; **~ità** *f inv* oportunidad *f*
provvidi... V. **provvedere**
provvido, -a *adj* próvido, -a, previsor, -a; oportuno, -a
provvigione *f com* comisión
provvisoriletà *f inv* provisionalidad *f*, interinidad *f*; **~o, -a** (*m pl* **-ri**) *adj* (*gobierno, trabajador*) provisional, interino, -a; (*trabajo*) eventual
provvistla *f* 1. provisión, acopio *m*; ***fare ~ di qc*** *hacer acopio de u-c*; 2. provisiones *fpl*, víveres *mpl*; **~o** V. **provvedere**
prozịo, -a (*m pl* **-zii**) *m/f* tío abuelo *m*, tía abuela *f*
prua *f nav* proa
prudenlte *adj* prudente; **~za** *f* prudencia; **~ziale** *adj* prudencial
prụdere ‹*sin pp ni tiempos compuestos*› *v/def* picar
pruderie [pryde'ri] *f inv* gazmoñería *f*, melindre *m*
prugnla *f bot* ciruela ◊ **~ *secca*** ciruela pasa; **~o** *m bot* ciruelo
prụgnolla *f bot* endrina; **~o** *m* 1. *bot* (*arbusto*) endrino; 2. *bot* (*seta*) mohinera *f*, mojardón
prunlaio (*pl* **-ai**) *m* 1. zarzal; 2. berenjenal, lío; **~eto** *m* zarzal; **~o** *m* 1. *bot* endrino; 2. *bot* espina *f*
prurịgine *f med* prurigo *m*; *elev* picazón, picor *m*
pruriginoso, -a *adj med* pruriginoso, -a
prurito *m* 1. prurito, picor, picazón *f*; 2. (*inquietud*) comezón *f*
Prussia: la ~ *f* Prusia; ***~no, -a** *adj/s* prusiano, -a
PS (*Pubblica Sicurezza*) *abr* fuerzas de orden público, policía del estado
ps V. **pss**
PSDI (*Partito Socialista Democratico Italiano*) *abr/m*
pseudolcultura *f* pseudocultura; **~nimo** *m* seudónimo, pseudónimo
PSI (*Partito Socialista Italiano*) *abr/m hist*
psicanalilsi *f inv* psicoanálisis *m/f inv* (!); **~sta** *m/f* psicoanalista; **~tico, -a** (*m pl* **-ci**) *adj* psicoanalítico, -a; **~zzare** *vt* psicoanalizar
psicastenịa V. **psicoastenia**
psiche *f* psique, psiquis *inv*
Psiche *f mitol* Psique
psichedelico, -a (*m pl* **-ci**) *adj* psicodélico, -a
psichiatrla *m/f* psiquiatra; **~ia** *f* psiquiatría; **~ico, -a** (*m pl* **-ci**) *adj* psiquiátrico, -a
psichico, -a (*m pl* **-ci**) *adj* psíquico, -a
psicoanalisi V. **psicanalisi...**
psicoastenịa (*var.* **psicastenịa**) *f med* psicastenia
psicodiagnostica *f* psicodiagnóstico *m*
psicofarmaco (*pl* **-ci**) *m* psicofármaco
psicofisica *f* psicofísica
psicogeno, -a *adj med* psicógeno, -a
psicolinguistla *m/f ling* psicolingüista; **~ica** *f ling* psicolingüística; **~ico, -a** (*m pl* **-ci**) *adj ling* psicolingüístico, -a
psicologlia (*pl* **-gie**) *f* psicología, sicología; **~ico, -a** (*m pl* **-ci**) *adj* psicológico, -a, sicológico, -a; **~o, -a** (*m pl* **-gi**) *m/f* psicólogo, -a, sicólogo, -a

psicometria *f* psicometría
psicomotorio, -a (*m pl* **-ri**) *adj* psicomotorio, -a
psicomotricità *f inv* psicomotricidad *f*
psicopati|a *f* sicopatía; **~co, -a** (*m pl* **-ci**) **1.** *adj* psicopático, -a; **2.** *m/f* psicopático, -a, psicópata
psicopatologia (*pl* **-gie**) *f* psicopatología
psicosi *f inv med tamb. fig* psicosis
psicosomatico, -a (*m pl* **-ci**) *adj* psicosomático, -a
psicoterapi|a *f* psicoterapia; **~ico, -a** (*m pl* **-ci**) *adj* psicoterapéutico, -a, psicoterápico, -a; **~ista** *m/f* psicoterapeuta
psicotico, -a (*m pl* **-ci**) *adj/s* psicótico, -a
psoriasi *f inv* psoriasis
pss (*var.* **pst, ps**) *onom* pss, pst
pst V. **pss**
PT (*Poste e Telegrafi*) *abr* Correos y Telégrafos
pterocle (*var.* **pterocle**) *m zool* ganga *f*
pterodattilo *m* pterodáctilo
ptialina *f med* tialina
puaf *excl* puaf
puah! [pwah] *excl* ¡puaj!
pub [pab] *m inv* pub
pubblica|no *m* publicano; **~re** ‹*esd*› *vt* publicar, divulgar, pregonar; *impr* publicar, editar; **~zione** **1.** *f* publicación; **2.** *fpl* amonestaciones ◊ ***~i matrimoniali*** amonestaciones matrimoniales
pubblici|sta *m/f* publicista, publicitario, -a; **~stica** *f* publicismo *m*; **~stico, -a** (*m pl* **-ci**) *adj* publicitario, -a; **~tà** *f inv* publicidad *f*; ***fare ~ a q/a qc*** *hacer publicidad/propaganda de alg/de u-c*; *TV* anuncios *mpl*, publicidad *f*; **~tario, -a** (*m pl* **-ri**) *adj/s* publicitario, -a; **~zzare** *vt* publicitar
pubblico, -a (*m pl* **-ci**) *adj/m* público, -a ◊ ***in ~*** *adv* en público
pube *m* pubis *inv*
puber|ale *adj* puberal; **~e** *adj/s* púber; **~tà** *f inv* pubertad *f*
pubescente *adj bot* pubescente
pubico, -a (*m pl* **-ci**) *adj* púbico, -a
public relations ['pablik re'lɛʃʃon] *m/f inv* relaciones públicas *m/f*
pudella|ggio (*pl* **-gi**) *m metal* pudelación *f*; **~re** *vt metal* pudelar
pudendo, -a *adj* pudendo, -a
pudibondo, -a *adj* pudibundo, -a
pudic|izia *f* pudicia, pudibundez; **~o, -a** (*m pl* **-ci**) *adj* púdico, -a
pudore *m* 1. pudor, recato, vergüenza *f*; 2. modestia *f*
pudu *m inv zool* pudú *m*, pudu *m*
puericolt|ore, -trice *m/f* puericultor, -a; **~ura** *f* puericultura
pueril|e *adj* pueril, infantil; **~ità** *f inv* puerilidad *f*
puerper|a *f* puérpera; **~ale** *adj* puerperal; **~io** (*pl* **-ri**) *m* puerperio
puf 1. *excl* ¡puf!; **2.** *m inv* V. **pouf**
puffo *m* pitufo
pugil|ato *m* pugilato, boxeo; **~e** *m* púgil, boxeador; **~istico, -a** (*m pl* **-ci**) *adj* pugilístico, -a, boxístico, -a

Pugli|a: la ~ *f geogr* Apulia, Pulla; ***~ese** *adj/s* pullés, -esa
pugna *f elev* pugna
pugnal|are *vi* ‹*avere*› apuñalar, acuchillar; **~ata** *f* puñalada, cuchillada; **~e** *m* puñal
pugnare *vt elev* pugnar
pugno *m* 1. puño; 2. (*golpe*) puñetazo, puñada *f*; 3. (*cantidad*) puñado ◊ ***~ di ferro*** *tamb. fig* mano de hierro; ***di proprio ~*** *adj* de su puño y letra; ***fare a ~i*** liarse a puñetazos; ***mostrare i ~i*** enseñar los dientes; ***restare con un ~ di mosche*** quedarse con dos palmos de narices; ***tenere/stringere in ~*** tener en un puño
puh! [pu] *excl* ¡puf!, !bah!
pula *f bot* cascabillo *m*
pulce *f zool* pulga ◊ ***~ d'acqua*** pulga de agua; ***cercare le ~i a q*** buscarle las pulgas a alg; ***gioco delle ~i*** *m* juego de las pulgas; ***mettere una ~ nell'orecchio*** poner la mosca detrás de la oreja
pulciaio (*pl* **-ai**) *m* pulguera *f*
pulcin|ella *m teat* polichinela, pulchinela; **~o** *m* 1. *zool* polluelo; 2. *sport* alevín; 3. *coloq* (*niño*) polluelo, retoño
pulcioso, -a *adj* pulgoso, -a
puledro, -a *m/f* potro, -a
puleggi|a (*pl* **-ge**) *f tecn* polea; **~o** (*pl* **-gi**) *m bot* poleo
pulimen|tare *vt* pulimentar, pulir, alisar; **~o** *m* pulimento
pulire ‹*isc*› *vt* limpiar (!)
puliscipiedi *m inv* limpiabarros
pulit|a *f* limpieza, limpiadita, pasada; **~amente** *adv* limpiamente; **~o, -a** *adj tamb. fig* limpio, -a (!) ◊ ***farla ~a*** salir con bien, salir bien parado, salir de rositas
pulitrice *f* 1. pulidora, alisadora; 2. *agric* trilladora
pulitura *f* 1. limpieza; 2. *tecn* pulido *m*, alisado *m*
pulizia *f* limpieza (!) ◊ ***~ etnica*** limpieza étnica; ***donna delle ~e*** *f* mujer de la limpieza; ***fare le ~e*** limpiar la casa
pullman *m inv* autocar *m*, autobús *m*, guagua *f* (*Am*)
pullover *m inv* jersey, suéter *m*
pullulare ‹*esd*› *vi* ‹*avere*› pulular
pulmino *m* microbús
pulpito *m* púlpito
pulsante *m* botón, pulsador
pulsar *f inv astron* púlsar *m*
pulsare *vi* ‹*avere*› pulsar, palpitar
pulsatile *adj raro* pulsátil
pulsazione *f* pulsación, latido *m*, palpitación
pulsione *f psicol* pulsión
pulsometro *m* pulsómetro
pulviscolo *m* polvillo
puma *m inv zool* puma *m*
punch [puntʃ] *m inv* ponche *m*
pungente *adj tamb. fig* punzante, hiriente
pungere ‹*pungo; punsi; punto*› V. 39 *vt* 1. pinchar; 2. (*insectos*) picar; 3. (*ofender*) herir, punzar ◊ ***~ q sul vivo*** darle a alg donde más le duele

pungi|glione *m zool* aguijón; **~topo** *m bot* brusco, rusco
pungolare ‹*esc*› *vt tamb. fig* aguijonear
pungolo *m* 1. (*para bueyes*) vergajo; 2. acicate, estímulo
puni|bile *adj* punible, castigable; **~re** ‹*isc*› *vt* castigar; **~tivo, -a** *adj* punitivo, -a; **~zione** *f* castigo *m* ◊ **~ *di seconda*** *sport* libre indirecto (*m*)
punk [pank] *m inv* punk *m*
punsi... V. **pungere**
punta *f* 1. punta; ***terminare a ~*** *terminar en punta*; ***fare la ~ a una matita*** *sacar punta a un lápiz*; 2. *geogr* pico *m*, cima; 3. *geogr* (*costa*) punta; 4. *tecn* (*taladro*) broca; *tecn* clavo *m*; 5. *sport* punta, delantero *m*; 6. pizca, pellizco *m* ◊ **~ *secca*** punta seca; ***avere qc sulla ~ della lingua*** tener u-c en la punta de la lengua; ***avere qc sulla ~ delle dita*** conocer u-c al dedillo; ***cane da ~*** *m* perro de punta; ***di ~*** *adv* de punta; ***in ~ di piedi*** *adv* de puntillas; ***prendere q di ~*** enfrentarse a alg; ***prendere qc di ~*** tomarse u-c a pecho; ***uomo di ~*** *m* puntero; **~le** *m* 1. puntal; 2. (*paraguas...*) contera *f*; 3. *nav* puntal; **~mento** *m mil* puntería *f*; **~re 1.** *vt* 1. apoyar; 2. apuntar; 3. apostar; 4. apuntar, anotar, señalar; 5. echar el ojo; mirar fijamente; **2.** *vi* 1. avanzar, dirigirse; 2. (*fijarse*) centrarse (**su qc** en u-c); 3. confiar (**su qc** en u-c) ◊ **~ *i piedi a terra*** emperrarse en u-c; **~ *tutto su qc*** jugárselo todo a una carta por u-c; **~secca** *f* punta seca; **~spilli** *m inv* almohadilla *f*, cojinete *m*; (*tubo*) alfiletero *m*
puntat|a *f* 1. pinchazo *m*, estocada; 2. *mil/sport* incursión; 3. apuesta; 4. entrega, fascículo *m*; *TV* capítulo *m* ◊ ***a ~e*** *adj* por capítulos; por entregas; **~ore, -trice 1.** *m/f* apostante; **2.** *m mil/informát* puntero
puntazza *f arq* zapata
punteggi|are *vt* puntear; **~atura** *f* 1. *ling* puntuación; 2. (*línea de puntos*) punteado *m*; **~o** (*pl* **-gi**) *m* puntuación *f*, tanteo
puntell|amento *m* apuntalamiento; **~are** *vt* 1. apuntalar; 2. apoyar, fundamentar; **~atura** *f* apuntalamiento *m*; **~o** *m tamb. fig* puntal
punteria *f mil* puntería
punteruolo *m* punzón
puntiforme *adj* puntiforme
puntiglio (*pl* **-gli**) *m* 1. puntillo, pundonor, honrilla *f*; 2. tesón, empeño; **~so, -a** *adj* 1. puntilloso, -a, detallista; 2. tozudo, -a, cabezota
puntillismo *m mús* puntillismo
puntin|a *f* tachuela, clavito *m*; *tecn* (*tocadiscos*) aguja ◊ **~ *(da disegno)*** chincheta; **~ismo** *m arte* (*pintura*) puntillismo; **~o** *m* punto, puntito, mota *f* ◊ ***~i di sospensione*** puntos suspensivos; ***fare qc a ~*** hacer u-c a conciencia, hacer u-c a la perfección; ***mettere i ~i sulle i*** poner los puntos sobre las íes; ***sapere a ~*** saber al dedillo; ***stare a ~*** sentar como anillo al dedo
punto, -a 1. *m* punto; **2.** *adv tosc* nada, en absoluto; **3.** *adj tosc* ningún, -una; **4.** *pp* V. **pungere** ◊ **~ *croce, occhiello, catenella*** punto de cruz, de ojal, de cadeneta; **~ *d'appoggio*** punto de apoyo; **~ *debole*** punto débil/flaco, talón de Aquiles; **~ *di gelo, di cottura, di ebollizione, di fusione*** punto de congelación, de cocción, de ebullición, de fusión; **~ *di partenza*** salida (*f*); *fig* punto de partida; **~ *di riferimento*** punto de referencia; **~ *di ritrovo*** punto de encuentro; **~ *di vendita*** punto de venta, tienda (*f*); **~ *di vista*** punto de vista; **~ *d'onore*** pundonor; **~ *e a capo*** punto y a parte; **~ *e basta!*** *excl* ¡cruz y raya!, ¡hasta aquí podríamos llegar!; **~ *e virgola*** punto y coma; **~ *esclamativo, interrogativo*** signo de admiración, de interrogación; **~ *(fermo)*** *ling* punto (y seguido); **~ *morto*** *mec* punto muerto; **~ *nero*** punto negro, baldón; *med* comedón, espinilla (*f*); **~ *per ~*** *adv* punto por punto; ***~i cardinali*** puntos cardinales; ***~i di sospensione*** puntos suspensivos; ***~i metallici*** (*para papeles*) grapas (*fpl*); ***a questo ~*** *adv* en este punto, a estas alturas; ***a tal ~*** *adv* hasta tal punto; ***ad un certo ~*** *adv* en un momento dado; ***arrivare a buon ~*** llegar en el momento justo; ***dare dei ~i a q*** dar ventaja a alg; ***di ~ in bianco*** *adj* de repente; ***di tutto ~*** *adv* de todo punto, completamente; ***due ~i*** dos puntos; ***essere sul ~ di*** estar a punto de; ***fare ~*** detenerse; ***fare il ~*** *nav* determinar la posición; ***fare il ~ su una questione*** describir el estado de la cuestión; ***fino a un certo ~*** *adv* hasta cierto punto; ***in ~ di morte*** *adv* en punto de muerte, en trance de muerte; ***in ~*** *adv* (*horas*) en punto; ***mettere i ~i sulle i*** poner los puntos sobre las íes; ***vincere ai ~i*** ganar por puntos; **~ne** *m arq* cabrio
puntual|e *adj* puntual; **~ità** *f inv* puntualidad *f*; **~izzare** *vt* puntualizar; **~izzazione** *f* puntualización
puntura *f* 1. pinchazo *m*; (*insecto*) picadura; 2. *med* punción; inyección; ***fare una ~*** *poner una inyección*; 3. (*ofensa*) pulla, puyazo *m*
puntuto, -a *adj* puntiagudo, -a
punzecchia|mento *m* pulla *f*, indirecta *f*; **~re** *vt* pinchar, punzar; **~tura** *f* 1. pinchazo *m*; (*insecto*) picadura; 2. pulla, indirecta
punzon|are *vt tecn* punzonar; **~atrice** *f* punzonadora; **~atura** *f* punzonadura; **~e** *m* punzón, troquel
può, puoi... V. **potere**
pupa *f* 1. muñeca; 2. (*chica*) muñeca, chavala; 3. *zool* pupa
pupattola *f tamb. fig* muñeca
pupazzo *m tamb. fig* muñeco, monigote, fantoche
pupilla *f* 1. *med* pupila; 2. *elev* ojo *m* (*estánd*) ◊ ***amare q come la ~ dei propri occhi*** querer a alg como a la niña de sus ojos; **~re** *adj med/jur* pupilar
pupillo, -a *m/f jur tamb. fig* pupilo, -a
pupillometr|ia *f med* pupilometría; **~o** *m med* pupilómetro

pupo *m* 1. *infant* crío, chiquillo, criatura *f*; 2. ="marioneta de la tradición siciliana" *f*
pur V. **pure**
puramente *adv* 1. puramente; 2. simplemente
purché *conj* (+ *subjuntivo*) con tal de que, siempre que
purchessia *adj inv* cualquiera
pure (*var.* **pur**) **1.** *conj* 1. aun así, con todo; 2. (+ *subjuntivo o gerundio*) aunque; **2.** *adv* 1. también; **~ *io*** *yo también*; 2. *enf* pues, no más (*Am*); ***faccia ~!*** *¡hágalo (pues)/no más!*; ***lascia ~*** *déjalo estar*
purè *m inv* puré *m*
purea *f* puré *m*
purezza *f* pureza
purga (*pl* **-ghe**) *f med/tecn tamb. fig* purga; **~nte** **1.** *adj* purgante; **2.** *m* purgante, purga *f*; **~re** *vt* purgar; (*libro*) expurgar; **~tivo, -a** *adj* purgativo, -a; **~to, -a** *adj* purgado, -a; (*libro*) expurgado, -a; (*estilo*) depurado, -a; **~torio** (*pl* **-ri**) *m relig tamb. fig* purgatorio
purifica|re ‹*esd*› *vt* purificar; **~toio** (*pl* **-oi**) *m relig* purificador; **~tore, -trice** *adj/s* purificador, -a; **~zione** *f* purificación
puris|mo *m* purismo; **~ta** *adj/s* purista; **~tico, -a** (*m pl* **-ci**) *adj* purista
purità *f inv* puridad *f*, pureza *f*
puritan|esimo *m* puritanismo; **~o, -a** *adj/s* puritano, -a
puro, -a *adj* 1. *tamb. fig* puro, -a; 2. puro, -a, mero, -a; ***il ~ necessario*** *lo estrictamente necesario*; ***per ~ caso*** *por pura casualidad*; **~sangue** *adj/s inv* purasangre
purpureo, -a *adj* purpúreo, -a
purtroppo *adv* desgraciadamente, por desgracia
purulen|to, -a *adj* purulento, -a; **~za** *f* purulencia
pus *m inv* pus
pusher ['puʃʃer] *m/f inv jerga drog* camello, -a *m/f*
pusillanim|e *adj/s* pusilánime; **~ità** *f inv* pusilanimidad *f*
pustol|a *f med* pústula; **~oso, -a** *adj med* pustuloso, -a
putacaso (*var.* **puta caso**) *adv* pongamos por caso ◊ **~ *che*** *conj* pongamos por caso que, supongamos que
putativo, -a *adj* putativo, -a
putiferio (*pl* **-ri**) *m* desbarajuste, follón, jaleo, barahúnda *f*; ***fare un ~*** *armar un jaleo*
putipù *m inv merid mús* zambomba *f*
putredine *f* podredumbre
putrefa|re ‹*faccio; feci; fatto*› V. 36 **1.** *vt* pudrir, corromper; **2.** *vi/~rsi* pudrirse, corromperse, descomponerse; **~tto, -a** *adj* putrefacto, -a; **~zione** *f* putrefacción, pudrimiento *m*
putrella *f arq* viga, vigueta de doble T
putrescente *adj* putrescente
putrido, -a *adj* pútrido, -a
putsch [putʃ] *m inv pol* putsch *m*
puttan|a *f vulg* puta, ramera, fulana; **~ata** *f vulg* chorrada, gilipollez; **~esco, -a** (*m pl* **-schi**) *adj vulg* putesco, -a ◊ ***spaghetti alla ~a*** *mpl* ="espaguetis con tomate, anchoas, olivas negras y alcaparras"; **~iere** *m* (*vulg*) putero, putañero
putto *m arte* amorcillo
puzza *f* mal olor *m*, hedor *m*, tufo *m*, peste ◊ ***avere la ~ sotto il naso*** ser un remilgado, ser un tiquismiquis; **~re** *vi* ‹*avere*› 1. apestar, heder, oler mal; ***gli puzza il fiato*** *le huele mal el aliento*; ***~ di cipolla*** *apestar a cebolla*; 2. (*sospechar*) oler mal; ***questa faccenda puzza (di sporco)*** *este asunto me huele mal*
puzzle ['pazel] *m inv* puzzle *m*
puzzo *m* mal olor, hedor, tufo, peste *f*
puzzola *f zool* turón *m*
puzzolente *adj* maloliente, hediondo, -a, apestoso, -a
PVC (*polivinilcloruro*) *abr/m* (*polivinilcloruro*) PVC
pyrex® *m inv* pyrex
P.za (*Piazza*) *abr* (*Plaza*) Pza.

Q

q (*quintale*) *abr* (*quintal*) Q.
QI (*quoziente d'intelligenza*) *abr* (*coeficiente intelectual*) QI
qua **1.** *adv* acá, aquí; ***da cinque anni in ~*** *de cinco años acá/a esta parte*; ***vieni ~!*** *¡ven acá!*; **2.** *onom/m* cuac ◊ ***al di ~ di*** *prep* a este lado de; ***di ~ e di là*** *adv* de acá para allá; ***di ~*** *adv* por acá, por aquí; ***in ~*** *adv* para acá
quacchero, -a (*var.* **quacquero**) *adj/s* cuáquero, -a
quaderno *m* cuaderno, libreta *f*
quadrage|nario, -a (*m pl* **-ri**) *adj/s* cuadragenario, -a; **~simale** *adj* cuadragesimal
quadrangol|are *adj mat/sport* cuadrangular; **~o** *m* cuadrángulo
quadrante *m* 1. *mat/nav/astron* cuadrante; 2. (*reloj*) esfera *f*
quadrare **1.** *vt* cuadrar; **2.** *vi* ‹*avere/essere*› *econ tamb. fig* cuadrar
quadrat|ico, -a (*m pl* **-ci**) *adj mat* cuadrático, -a; **~o, -a** *adj/m* cuadrado, -a ◊ ***(elevare) al ~*** (elevar) al cuadrado; **~one** *m impr* encuadre; **~ura** *f* cuadratura ◊ ***la ~ del cerchio*** la cuadratura del círculo
quadrett|are *vt* cuadricular; **~atura** *f* 1. (*dibujo*) cuadriculado *m*, cuadrícula; 2. (*acción*) cuadriculado *m*; **~o** *m* 1. cuadrito; 2. cuadradito; (*libreta*) cuadrícula *f*; 3. *fig* escena *f*, cuadro
quadricipite *adj/m* cuádriceps
quadricromia *f* cuatricromía
quadridimensionale *adj* cuatridimensional
quadrienn|ale *adj/f* cuatrienal; **~io** (*pl* **-ni**) *m* cuatrienio
quadrifoglio (*pl* **-gli**) *m* trébol de cuatro hojas
quadrifonia *f electrón* cuadrifonía
quadriga (*pl* **-ghe**) *f* cuadriga
quadrigemino, -a *adj* de cuatrillizos
quadriglia *f mús/hist* cuadrilla; **~ti** *mpl* (*juego*) cuatrillo *m*

quadrilatero, -a *adj/m* cuadrilátero, -a
quadrimestr|ale *adj* cuatrimestral; **~e** *m* cuatrimestre
quadrimotore *m aero* cuatrimotor
quadriparti|re ‹*isc*› *vt* dividir en cuatro; **~to, -a 1.** *adj* cuatripartito, -a; **2.** *m* gobierno de cuatro partidos
quadrisillabo, -a *adj/m* cuatrisílabo, -a
quadrivio (*pl* **-vi**) *m* cuadrivio
quadro, -a 1. *adj mat tamb. fig* cuadrado, -a; **2.** *adj inv* marco; ***accordo, legge ~*** *acuerdo, ley marco*; **3.** *m* 1. cuadro; 2. *tecn* cuadro, panel; 3. *fig* marco; ***nel ~ dei nuovi accordi*** *en el marco de los nuevos acuerdos*; **4.** *mpl* (*naipes*) rombos ◊ ~ ***svedese*** *sport* escalera sueca *f*; ***~ clinico*** cuadro clínico; ***~ di distribuzione*** cuadro de distribución; ***~i direttivi, intermedi*** *mpl* cuadros directivos, intermedios; ***a ~i*** *adj* a cuadros
quadrunvirato (*var.* **quadrumvirato**) *m* cuadrunvirato
quadrunviro (*var.* **quadrumviro**) *m* cuadrunviro
quadrupede *adj/s* cuadrúpedo, -a
quadrupl|icare ‹*esd*› *vt* cuadruplicar; **~ice** *adj* cuádruple; **~o, -a** *adj/m* cuádruple
quaggiù *adv* aquí abajo
quaglia *f zool* codorniz ◊ ***re delle ~e*** rey de codornices, polla de agua; **~re** *vt* (*salir bien*) cuajar
qual V. **quale**
qualche (*sólo sing*) algún, -una; ~ ***persona*** *alguna persona*; ~ ***volta*** *a veces*; ***in ~ modo*** *de algún modo*; ***ci sarà un ~ motivo*** *habrá algún motivo* ◊ ~ ***cosa*** V. **qualcosa**; **~duno** V. **qualcuno**
qualcosa *pron inv* (*sólo sing*) algo, alguna cosa; ~ ***di buono, di cattivo, di bello*** *algo bueno, malo, bonito*; ***~ come 20.000 persone*** *algo así como 20.000 personas*; ***è già ~*** *ya es algo*
qualcuno, -a *pron sing* (*persona*) alguien, alguno, -a; ***c'è ~?*** *¿hay alguien?*; ***qualcun altro, qualcun'altra*** *algún otro, alguna otra*; ~ ***di voi*** *alguno de vosotros*; (*cosa*) alguno, -a ◊ ***si crede di essere ~*** se cree que es alguien
quale (*pl* **quali**) **1.** *adj* 1. (*interrogativo*) qué, cuál; ***~ libro preferisci?*** *¿qué libro prefieres?*; ***ha un non so ~ fascino*** *tiene un cierto encanto*; 2. (*exclamativo*) qué; ***~ vergogna!*** *¡qué vergüenza!*; 3. (*relativo*) como; ***è tale e ~ te l'ho descritto*** *es tal como te lo he descrito*; ***è tale e ~ suo padre*** *es tal cual su padre, es clavado a su padre*; **2.** *pron* 1. (*interrogativo*) cuál; ***qual è il tuo libro?*** *¿cuál es tu libro?*; 2. (*relativo*) cual; ***il ~, i ~i, la ~, le ~i*** *el cual, los cuales, la cual, las cuales*; 3. (*por ejemplo*) como; ***grandi attrici, ~i Sofia Loren e Anna Magnani*** *grandes actrices, como S. Loren y A. Magnani*; **3.** *adv* (*en calidad de*) como; ***vi parlo ~ amico*** *os hablo como amigo*
qualifica *f* 1. (*trabajador*) cualificación; 2. *adm* categoría; 3. (*término*) calificativo *m*
qualificabile *adj* calificable
qualificare ‹*esd*› **1.** *vt* 1. (*trabajador*) preparar, cualificar; 2. (*definir*) calificar; **2. ~rsi** 1. *sport* clasificarse; 2. calificarse, definirse
qualificat|ivo, -a *adj* calificativo, -a; **~o, -a** *adj* 1. (*trabajador*) cualificado, -a; preparado, -a, dotado, -a; 2. distinguido, -a; **~ore** *m hist/relig* calificador
qualificazione *f* 1. (*trabajador*) cualificación; 2. *sport* clasificación
qualità *f inv* 1. *com* calidad *f*; ***di buona, cattiva ~*** *de buena, mala calidad*; ***controllo della ~*** *control de calidad*; ***prodotto di ~*** *producto de calidad*; ***di prima ~*** *de primera calidad*; 2. (*característica*) cualidad *f*, atributo *m*; 3. tipo *m*, clase *f*, género *m*, especie *f*; 4. calidad *f*, condición *f*, carácter *m* ◊ ***in ~ di*** *prep* en calidad de, con carácter de
qualitativo, -a *adj* cualitativo, -a
qualora *conj* (+ *subjuntivo*) si, en caso de que
qualsiasi 1. *adj inv* (*sólo sing*) cualquier(a); **2.** *conj* (+ *subjuntivo*) cualquier que; ***~ cosa tu voglia, dimmela*** *cualquier cosa que quieras, dímela*
qualunque 1. *adj inv* 1. (*sólo sing*) cualquier(a); ***a ~ ora del giorno*** *a cualquier hora del día*; ***un libro ~*** *un libro cualquiera*; ***uno ~*** *uno cualquiera*; 2. *desp* cualquiera, del montón, insignificante; ***è una persona ~*** *es una persona del montón*; **2.** *conj* (+ *subjuntivo*) cualquier cosa que ◊ ***l'uomo ~*** *m* el hombre de la calle
qualunquis|mo *m pol tamb. fig* pasotismo, indiferencia *f*; **~ta** *m/f pol tamb. fig* pasota
quando 1. *adv* (*interrogativo*) cuándo; ***da ~?*** *¿desde cuándo?*; **2.** *conj* cuando; ***~ avrò finito le lezioni, andrò in vacanza*** *cuando acabe las clases, me iré de vacaciones*; **3.** *m inv* cuándo ◊ ***~ ... ~*** (*correlativo*) ora ... ora, ya ... ya; ***di ~ in ~*** *adv* de cuando en cuando, de vez en cuando; ***quand'anche*** aun cuando, aunque; ***quand'ecco che...*** cuando hete aquí que...
quantico, -a (*m pl* **-ci**) *adj fís* cuántico, -a
quantifica|re ‹*esd*› *vt* cuantificar; **~tore, -trice** *adj/m* cuantificador, -a; **~zione** *f* cuantificación
quantistico, -a (*m pl* **-ci**) *adj fís* cuántico, -a
quantit|à *f* cantidad ◊ ***in ~*** *adv* en cantidad; **~ativo, -a 1.** *adj* cuantitativo, -a; **2.** *m* cantidad *f*
quanto, -a 1. *m* 1. *fís* cuanto; 2. cuánto; ***il come e il ~*** *el cómo y el cuánto*; **2.** *adj* 1. (*interrogativo, exclamativo*) cuánto, -a; 2. (*relativo*) cuanto, -a, todo lo que; ***compra ~e cartoline vuoi*** *compra todas las postales que quieras, compra cuantas postales quieras*; ***da ~ ho capito*** *por lo que he entendido*; ***tutti ~i*** *todos*; **3.** *pron* 1. (*interrogativo, exclamativo*) cuánto, -a; ***~i ne abbiamo oggi?*** *¿a cuántos estamos?, ¿a cómo estamos hoy? (fecha)*; 2. (*relativo, en pl*) cuantos, -as; ***prendine ~i ne vuoi*** *coge los que quieras, coge cuantos quieras*; 3. (*relativo, neutro*) lo; ***è ~ di peggio si possa immaginare*** *es de lo peor que pueda imaginarse*; **4.** *adv* 1. (*interrogativo, exclamativo*) cuánto; ***~ costa?*** *¿cuánto cuesta?, ¿qué cuesta?*; ***non sai ~ mi dispiace***

no sabes cuánto/lo mucho que lo siento; 2. cuanto; ***vale ~ pesa*** *vale lo que pesa*; ***per ~ io ne sappia*** *por lo que yo sé*; ***per ~ faccia*** *por mucho que haga*; ***per ~ sia bello*** *por muy guapo que sea*; (*en correlación*) como ◊ **~ *a*** *prep* en cuanto a, por lo que respecta a; **~ *mai*** *adv* bastante, mucho; **~ *più ... tanto meno...*** cuanto más ... menos...; **~ *prima*** cuanto antes, lo antes posible; ***a ~ pare*** *adv* por lo que parece; ***in ~ che*** *conj* en cuanto que; ***in ~*** *conj* en cuanto, en cualidad de; ***tanto ... ~*** tanto ... como

quantunque *conj* (+ *subjuntivo*) aunque, a pesar de que, aun cuando

qua qua V. **qua**

quarant|a *adj/m inv* cuarenta; **~ena** *f med tamb. fig* cuarentena ◊ ***mettere in ~*** poner en cuarentena; **~enne** *adj/s* cuarentón, -ona (*desp*); **~esimo, -a 1.** *adj* cuadragésimo, -a; **2.** *m* cuarentavo, cuadragésimo; **~ina** *f* (*cantidad, edad*) cuarentena

quarantott|o *adj/m inv* cuarenta y ocho ◊ ***fare un ~*** armarse la de San Quintín; **~tt'ore** *f inv* bolsa de viaje *f*

Quaresima *f relig* Cuaresma

quaresimale 1. *adj* cuaresmal; **2.** *m* sermón de Cuaresma, cuaresma *f*

quark *m inv fís* quark *m*

quarta *f* 1. *mús/nav* cuarta; 2. *auto* cuarta, directa; 3. *estud* cuarto *m*; **~ *elementare*** *cuarto de primaria* ◊ ***partire in ~*** salir disparado, salir pitando; **~buono** *m* cartabón; **~na** *f med* cuartana

quartetto *m mús* cuarteto

quartiere *m* 1. barrio; 2. *mil* cuartel ◊ **~ *generale*** cuartel general; ***non dare ~*** no dar cuartel

quartin|a *f* 1. *impr* hoja, cuartilla, papel de carta *m*; 2. *lit* cuarteta, redondilla; 3. *correo* bloque de cuatro *m*; **~o** *m* 1. (*medida*) cuartillo; 2. (*cuarta parte*) cuarto; 3. *impr* pliego

quarto, -a *adj/s* cuarto, -a; ***sono le sei e un ~*** *son las seis y cuarto* ◊ **~ *d'ora*** cuarto de hora; ***i ~i di finale*** *mpl* los cuartos de final; ***il ~ d'ora accademico*** el cuarto de hora de cortesía

quarz|ifero, -a *adj* cuarcífero, -a, cuarzoso, -a; **~ite** *f* cuarcita; **~o** *m* cuarzo

quasar *m inv astron* quasar, cuásar

quasi 1. *adv* casi; **~ *~ me ne andrei*** *casi estoy por irme, me parece que me voy*; **2.** *conj* (+ *subjuntivo*) como; ***parla ~ fosse il presidente*** *habla como si fuese el presidente* ◊ **~ ~** casi, casi casi; **~modo** *m relig* cuasimodo

quassù *adv* aquí arriba

quaterna *f* 1. (*en la loto italiana*) cuatro aciertos *mpl*, cuaterna; 2. (*bingo*) línea; 3. (*cosas, personas*) ="grupo de cuatro candidatos" *m*; **~rio, -a** (*m pl* **-ri**) *adj/m* 1. *geol* cuaternario, -a; 2. *lit* cuadrisílabo, -a

quatto, -a *adj* 1. agazapado, -a; 2. callado, -a ◊ **~ ~** a la chita callando

quattordic|enne *adj/s* catorceañero, -a; **~esimo, -a 1.** *adj* (*ordinal*) decimocuarto, -a; **2.** *adj/s* (*parte*) catorceavo, -a ◊ **~ *secolo*** siglo XIV

quattordici *adj/s inv* catorce

quattrino 1. *m hist* (*moneda*) cuarto; **2.** *mpl coloq* cuartos, perras *fpl*, pasta *f* ◊ ***avere un sacco di ~i*** *coloq* tener muchas perras

quattro *adj/s inv* cuatro ◊ ***dirne ~ a q*** cantarle las cuarenta a alg, decirle cuatro cosas a alg; ***farsi in ~ per q*** desvivirse por alg; ***gridare ai ~ venti*** gritar a los cuatro vientos; ***in ~ e quattr'otto*** *adv* en menos que canta un gallo; **~cchi: a ~** (*var.* **quattr'occhi**) *adv* en privado, a solas, cara a cara; **~centesco, -a** (*m pl* **-chi**) *adj* del siglo XV, del cuatrocientos; **~centista** *adj/s* cuatrocentista; **~cento** *adj/s inv* cuatrocientos, -as ◊ ***il *~*** *m* el siglo XV, el cuatrocientos

quechua *adj/s inv* quechua *adj/s*

quegli *pron inv elev* (*sólo sing, sólo sujeto, sólo m, sólo persona*) aquel (*estánd*), aquél (*estánd*)

quegli, quei V. **quello**

quello, -a 1. *adj* (*terminaciones como el ar determinado: quel/quello/quell', quella/quell'; quei/quegli; quelle*) aquel, aquella, aquellos, aquellas; **2.** *pron* (*formas: quello, -a, -i, -e*) aquel, aquella, aquellos, aquellas; (*neutro*) aquello, lo; ***quello che tu dici*** *lo que tú dices* ◊ ***in quel di*** *prep* en los aledaños de; ***tutto ~ che*** *conj* todo lo que, todo aquello que

querc|eto *m* 1. *bot* encinar; 2. *bot* robledal; **~ia** (*pl* **-ce**) *f* 1. *bot* encina; 2. *bot* roble *m* ◊ **~ *comune*** roble (*m*); **~ *da sughero*** alcornoque; ***forte come una ~*** *adj* fuerte como un roble

querela *f jur* querella, demanda ◊ ***sporgere ~ contro q*** interponer una querella contra alg; **~nte** *m/f* querellante, demandante; **~re** *vt jur* demandar (**q** contra alg), querellarse (**q** contra alg); **~to, -a** *m/f jur* querellado, -a, demandado, -a

querelle [ke'rɛl] *f inv* polémica *f*, controversia *f*

quesito *m* problema, cuestión *f*

questi *pron inv elev* (*sólo sing, sólo sujeto, sólo m, sólo persona*) este (*estánd*), éste (*estánd*)

question|are *vi* ‹*avere*› 1. discutir (**con q di qc** con alq sobre u-c); 2. pelearse, discutir; **~ario** (*pl* **-ri**) *m* cuestionario; **~e** *f* 1. cuestión, problema *m*; ***è ~ di un minuto*** *es cuestión de un minuto*; 2. conflicto *m*, discusión ◊ **~ *ardente*** cuestión candente; **~ *di competenza*** *jur* cuestión de competencia; **~ *di fiducia*** *pol* cuestión de confianza; **~ *di principio*** cuestión de principios; **~ *di vita o morte*** cuestión de vida o muerte; **~ *preliminare*** *jur* cuestión previa; ***mettere in ~*** cuestionar, poner en cuestión, poner en duda

questo, -a 1. *adj* (*formas: questo/quest', questa/quest'; questi, queste*) este, esta, estos, estas; ***in ~ momento*** *en este momento*; ***fino a ~ punto*** *hasta este/ese punto*; **2.** *pron* (*formas: questo, questa, questi, queste*) este, esta, estos, estas, éste, ésta, éstos, éstas; (*neutro*) esto ◊ ***~a sì che è bella*** esta sí que es buena; ***e con ~?***

¿y (eso) qué?; ***per*** ~ por eso; **~re** *m* 1. jefe provincial de policía; 2. *hist* cuestor
questua *f* cuestación
questurla *f* 1. jefatura de policía; ***andare in ~*** *ir a comisaría, ir a la policía*; 2. comisaría; 3. *hist* cuestura; **~ino** *m* (*persona*) policía
quetzal *m inv* 1. *zool* quetzal *m*; 2. (*moneda*) quetzal *m*
qui *adv* aquí ◊ ***da ~*** *adv* desde aquí, de aquí; (*lugar*) de aquí; ***di ~ in avanti*** *adv* de aquí en adelante; ***di ~*** *adv* (*dirección*) por aquí; ***eccomi ~*** aquí estoy; ***fuori da ~*** *adv* fuera de aquí
quiche [kiʃ] *f inv gastr* quiche *f*
quiescenlte *adj elev* quiescente; **~za** *f* 1. *jur elev* reposo *m*, inacción; *geol* (*volcán*) inactividad; 2. *adm* jubilación ◊ ***porre ~*** jubilar
quietanza *f* 1. *com* recibo *m*, resguardo *m*, albarán *m*; 2. liquidación, finiquito *m*; **~to, -a** *adj* finiquitado, -a
quietare *vt* aquietar, sosegar, calmar; (*deseo, deuda*) satisfacer
quiete *f* quietud, tranquilidad, paz, sosiego *m*
quietismo *m* quietismo
quieto, -a *adj* 1. quieto, -a, reposado, -a, sosegado, -a; 2. (*persona*) pacífico, -a, tranquilo, -a
quinario, -a (*m pl* **-ri**) *adj/m lit* quinario, -a
quindi *adv* por tanto, por consiguiente, de ahí, así pues
quindiclenne *adj/s* quinceañero, -a; **~ennio** (*pl* **-ni**) *m* quindenio, período de quince años; **~esimo, -a 1.** *adj/s* (*ordinal*) decimoquinto, -a; (*reyes, papas*) quince *inv*; ***Luigi ~*** *Luis XV*; **2.** *m* quinceavo, quinzavo
quindici *adj/m inv* quince
quindicina *f* quincena; **~le** *adj* quincenal
quinquaglenario, -a (*m pl* **-ri**) *adj/s* quincuagenario, -a; **~esimo, -a** *adj elev* quincuagésimo, -a
quinquennlale *adj* quinquenal; **~io** (*pl* **-ni**) *m* quinquenio, lustro
quinta *f* 1. *auto/mús* quinta; 2. *estud* quinto *m*; 3. *teat* bastidor *m* ◊ ***dietro le ~e*** *adv fig* entre bastidores; **~decima** *f mús* quincena; **~le** *m* quintal
quinterno *m impr* cuadernillo
quintessenza *f* quintaesencia, quinta esencia
quintetto *m mús tamb. fig* quinteto
quinto, -a *adj/s* quinto, -a
quintuplicare ‹*esd*› *vt* quintuplicar
quintuplice *adj* quíntuple, quíntuplo, -a
quintuplo, -a 1. *adj* quíntuplo, -a, quíntuple; **2.** *m* quíntuplo
qui pro quo *m inv* equívoco *m*, confusión *f*
quisquilia *f* quisquilla, minucia, tontería
quiz *m inv* concurso *m*
quorum *m inv* quórum
quota *f* 1. parte, porción; cuota, cupo *m*; 2. *econ* cuota, canon *m*; 3. *geogr* altura, cota; *aero* altitud, altura; (*topografía*) cota, acotación ◊ ***~ di partecipazione*** cuota de participación; ***~ di tangenza*** *aero* techo; ***essere a ~ zero*** estar al nivel del mar; ***prendere, perdere ~*** *aero* ganar/tomar, perder altura/altitud; ***tenersi in ~*** *sport* mantener la altura; **~bile** *adj* cotizable; **~re** *vt* 1. *econ* cotizar; 2. valorar, estimar, apreciar; **~zione** *f* 1. *econ* cotización; 2. valoración, estima
quotidiano, -a 1. *adj* cotidiano, -a; **2.** *m* diario, periódico
quoziente *m mat* cociente; (*estadística*) coeficiente, tasa *f* ◊ ***~ di natalità*** tasa de natalidad (*f*); ***~ d'intelligenza*** coeficiente de inteligencia

R

rabarbaro *m* 1. *bot* ruibarbo; 2. *gastr* licor de ruibarbo
rabbercialre *vt* 1. arreglar; (*ropa*) remendar; 2. *desp* apañar; **~tura** *f* 1. arreglo *m*; (*ropa*) remiendo *m*; 2. *desp* apaño *m*
rabbila *f med tamb. fig* rabia ◊ ***fare ~ qc a q*** dar rabia u-c a alg; **~co, -a** (*m pl* **-ci**) *adj med* rábico, -a; **~no** *m relig* rabino; **~oso, -a** *adj med tamb. fig* rabioso, -a
rabbonire ‹*isc*› *vt* aplacar, calmar, aquietar
rabbrividire ‹*isc*› *vi* estremecerse (**a** por/ante), temblar (**a** por/ante)
rabbufflare *vt* 1. alborotar, desordenar; (*pelo*) desgreñar; 2. reñir, reprender; **~o** *m* reprimenda *f*, regañina *f*
rabbuiare *vi* oscurecer, anochecer
rabdomanlte *m* zahorí, radioestesista; **~zia** *f* radioestesia
racc. (*raccomandata*) *abr* (*certificado, carta certificada*) certif.
raccapezzare 1. *vt* reunir, juntar; **2. ~rsi** 1. aclararse (**in** en u-c), caer (**in qc** en u-c)
raccapriccilante *adj* espeluznante, horripilante; **~are** *vi* horrorizarse (**alla vista di qc** de u-c); **~o** (*pl* **-ci**) *m* horror, pavor
raccattalfieno *m inv agric* cosechadora de forraje *f*; **~palle** *m inv* recogepelotas; **~re** *vt* 1. (*del suelo*) recoger; 2. recoger, reunir
racchetta *f* raqueta
racchio, -a (*m pl* **-chi**) *adj/s coloq* (*persona*) feo, -a, fachoso, -a
racchiudere ‹*chiusi; chiuso*› V. 10 *vt* 1. contener; 2. encerrar, implicar
raccoglibriciole *m inv* recogemigas
raccogliere ‹*colgo; colsi; colto*› V. 12 *vt* recoger; *agric* recolectar, cosechar
raccoglimento *m* recogimiento
raccoglitliccio, -a (*m pl* **-ci**, *f pl* **-ce**) **1.** *adj* colecticio, -a; **2.** *m* mezcladillo, revoltillo; **~ore, -trice 1.** *m/f* recopilador, -a; **2.** *m* archivador, carpeta *f*; **3.** *f agric* cosechadora
raccolgo..., raccolsi... V. **raccogliere**
raccoltla *f* 1. (*acción*) recogida; (*cosas*) recopilación, colección; 2. *agric* cosecha; 3. (*personas*) reunión, grupo *m* ◊ ***~ differenziata*** recogida selectiva; **~o, -a 1.** *adj* 1. recogido, -a; (*persona*)

acurrucado, -a; 2. (*persona*) recogido, -a, concentrado, -a; 3. (*lugar*) recogido, -a, tranquilo, -a, recoleto, -a; **2.** *m agric* cosecha *f*; **3.** *pp* V. **raccogliere**

raccomanda|bile *adj* recomendable; **~re 1.** *vt* 1. encomendar (!), confiar (!); 2. recomendar, aconsejar; (*persona*) recomendar; **2. ~rsi** 1. encomendarse (!); ***mi raccomando!*** *¡te/se... lo ruego!, ¡pon/ponga...atención!*; 2. confiar (**a qc** en u-c); **~ta** *f correo* certificado *m* (!), carta certificada; **~tario, -a** (*m pl* **-ri**) *m/f* 1. recomendador, -a; 2. *nav* consignatario, -a; **~to, -a 1.** *adj* 1. recomendado, -a; 2. *correo* certificado, -a; **2.** *m/f* recomendado, -a, enchufado, -a (*coloq*); **~zione** *f* recomendación, enchufe *m* (*coloq*)

raccomodare V. **riaccomodare**

racconciare *vt* arreglar, reparar

raccont|are *vt* (*narrar*) contar ◊ ***~rne delle belle/di tutti i colori*** contar trolas; ***che racconti di bello?*** ¿qué te cuentas?; ***va' a ~rla altrove*** cuéntaselo a tu abuela, a otro perro con ese hueso; **~o** *m* relato, cuento, narración *f*; *lit* novela corta *f*

raccorciare *vt* acortar

raccord|are *vt tecn/auto* enlazar, empalmar; **~o** *m* 1. *transp* enlace, empalme; 2. *tecn* racor, empalme ◊ **~ *a gomito*** *tecn* codo de unión; **~ *a manicotto*** *tecn* manguito; **~ *anulare*** *transp* cinturón de circunvalación

raccosta|mento *m* acercamiento; **~re** *vt* acercar; (*puerta, ventana*) entornar

raccozzare *vt desp* amontonar, apiñar

racem|ico, -a (*m pl* **-ci**) *adj quím* racémico, -a; **~oso, -a** *adj bot* racemoso, -a

rachide *f* 1. *med/bot* raquis *inv*; 2. *zool* (*pluma*) astil *m*

rachideo, -a *adj* raquídeo, -a

rachiti|co, -a (*m pl* **-ci**) *adj med* raquítico, -a; *fig* enclenque, esmirriado, -a; **~smo** *m med* raquitismo

racimolare ‹*esc*› *vt* 1. *agric* racimar; 2. *fig* reunir, juntar

racimolo *m* racimo

racket ['raket] *m inv* sindicato del crimen *m*

rad *m inv* rad *m*; **~a** *f geogr* rada

radar *adj/m inv* radar *m*, rádar *m*

radarista *m/f* radarista

raddensare *vt* condensar, espesar

raddobb|are *vt nav* carenar; **~o** *m nav* carenadura *f*

raddolcire ‹*isc*› *vt tamb. fig* endulzar

raddoppi|amento *m* 1. duplicación *f*; reduplicación *f*; 2. multiplicación *f*; **~ *degli aiuti*** *multiplicación de las ayudas*; **~are 1.** *vt* doblar, duplicar; (*esfuerzos...*) redoblar; **2.** *vi* 1. doblarse, duplicarse; 2. *fig* redoblarse, arreciar; **~o** (*pl* **-pi**) *m* duplicación *f*; *transp* desdoblamiento

raddrizza|mento *m* 1. enderezamiento; 2. corrección *f*; 3. *electr* rectificación *f*; **~re** *vt* enderezar, poner recto; corregir, enmendar; *electr* rectificar; **~tore** *m electr* rectificador; **~trice** *f mec* enderezadora

radente *adj* rasante; ***volo ~*** *vuelo rasante*

radere ‹*rasi; raso*› V. 35 *vt* 1. (*barba*) rasurar, raer, afeitar; 2. (*edificios*) derribar, demoler; (*bosque*) talar ◊ **~ *al suolo*** arrasar

radia|le 1. *adj* radial; **2.** *f transp* (*línea*) radial; **~nte 1.** *adj fís tamb. fig* radiante; **2.** *m fís* radián ◊ ***terapia ~*** *f* radioterapia; **~re** *vt adm* borrar, dar de baja, expulsar; **~ *un avvocato dall'albo*** *dar de baja del colegio de abogados*; **~tore** *m tecn/auto* radiador; **~zione** *f* 1. radiación; 2. baja (**da** de), expulsión (**da** de)

radica *f* 1. (*para pipas*) raíz de brezo; 2. *coloq* raíz

radicale *adj/s* radical; **~ggiare** *vt* radicalizar

radicalismo *m* radicalismo

radicalizza|re *vt* radicalizar; **~zione** *f* radicalización

radicalmente *adv* radicalmente, completamente; de raíz

radicando *m mat* radicando

radicare ‹*esc*› *vi bot tamb. fig* arraigar, radicar, echar raíces

radicazione *f bot* radicación

radicchio (*pl* **-chi**) *m bot* tipo de achicoria

radice *f* raíz ◊ **~ *quadrata*** raíz cuadrada; ***dalla ~*** *adv* de raíz, de cuajo; ***mettere ~i*** echar raíces

radicol|are *adj bot/med* radicular; **~ite** *f med* radiculitis *inv*

radiestesia *f* radiestesia

radio 1. *f inv* 1. radio *f*, transistor *m*; 2. radio *f*, emisora *f*; **2.** *m med/quím* radio; **3.** *adj inv* (de) radio; ***stazione ~*** *emisora de radio*

radioabbonato, -a *m/f* abonado, -a a una radio

radioamatore, -trice *m/f* radioaficionado, -a

radioascoltatore, -trice *m/f* radioyente, radioescucha

radioassistenza *f aero/nav* radiocontrol *m*

radioastronomia *f* radioastronomía

radioattiv|ità *f inv* radiactividad *f*; **~o, -a** *adj* radiactivo, -a

radioaudizione *f* audición de radio

radiobiologia (*pl* **-gie**) *f* radiobiología

radiocentro *m* estación *f*, emisora *f*

radiochirurgia *f med* radiocirugía

radiocollegamento *m* enlace por radio

radiocomand|are *vt* controlar a distancia; accionar por control remoto; **~o** *m* control remoto

radiocomunicazione *f* radiocomunicación

radioconversazione *f* tertulia radiofónica

radiocr|onaca *f* reportaje radiofónico *m*, transmisión radiofónica; **~onista** *m/f* radiorreportero, -a

radiodiff|ondere ‹*fusi; fuso*› V. 37 *vt* difundir por la radio; **~usione** *f* radiodifusión

radiodisturbo *m* interferencia *f*

radiodramma *m* radionovela *f*

radioelettrico, -a (*m pl* **-ci**) *adj* radioeléctrico, -a

radioestes|ia *f* radioestesia; **~ista** *m/f* radioestesista

radiofaro *m aero/nav* radiofaro, radiobaliza *f*

radiofoni|a *f* radiofonía, radiotelefonía; **~co, -a** (*m pl* **-ci**) *adj* radiofónico, -a
radiogoniometri|a *f* radiogoniometría; **~o** *m* radiogoniómetro
radiograf|are *vt* radiografiar; **~ia** *f* radiografía; **~ico, -a** (*m pl* **-ci**) *adj* radiográfico, -a
radiogramm|a *m* 1. radiograma; 2. placa para rayos X *f*; **~ofono** *m ant* radiogramófono, radiogramola *f*
radiointervista *f* entrevista en la radio
radioisotopo *m quím* radioisótopo
radiolario, -a (*m pl* **-ri**) *adj/m* radiolario, -a
radiolina *f* transistor *m*
radiolog|ia (*pl* **-gie**) *f* radiología; **~ico, -a** (*m pl* **-ci**) *adj* radiológico, -a; **~o, -a** (*m pl* **-gi**) *m/f* radiólogo, -a
radioluminescente *adj fís* radioluminiscente
radiomessaggio (*pl* **-gi**) *m* mensaje radiofónico
radiometro *m* radiómetro
radiomobile *f* coche patrulla *m*
radionavigazione *f* radionavegación
radionuclide *m fís* radionúclido
radiopilota *m aero* piloto automático
radioregistratore *m* radiocassette, radiocasete
radioric|evente *adj/m* radiorreceptor, -a; **~vitore** *m* radiorreceptor; **~zione** *f* radiorrecepción
radiorilevamento *m aero* marcación radiogoniométrica *f*
radioscop|ia *f* radioscopia; **~ico, -a** (*m pl* **-ci**) *adj* radioscópico, -a
radiosegnale *m* señal radioeléctrica *f*
radiosità *f inv* esplendor *m*
radioso, -a *adj* radioso, -a, radiante, fulgurante; **~nda** *f inv meteo* radiosonda *m/f*
radiostazione *f* estación de radio
radiosveglia *f* radiodespertador *m*
radiotaxi (*var.* **radiotassì**) *m inv* radiotaxi *m*
radiotecnic|a *f* radiotecnia; **~o, -a** (*m pl* **-ci**) *adj* radiotécnico, -a
radiotelefoni|a *f* radiotelefonía; **~o** *m* radioteléfono
radiotelegrafi|a *f radio* radiotelegrafía; **~co, -a** (*m pl* **-ci**) *adj* radiotelegráfico, -a; **~sta** *m/f* radiotelegrafista
radiotelegramma *m* radiotelegrama
radiotelescopio (*pl* **-pi**) *m* radiotelescopio
radiotelevisi|one *f* radiotelevisión; **~vo, -a** *adj* radiotelevisivo, -a
radioterapia *f* radioterapia
radiotrasmettere ‹*misi; messo*› V. 44 *vt* radiar, transmitir por (la) radio
radiotrasmettitore *m* radiotransmisor
radiotrasmi|ssione *f* radiotransmisión; **~ttente** *adj/f* radioemisor, -a *adj/m*
radioutente *m/f* radioyente
radium *m inv med* rádium
rado, -a *adj* (*pelo, bot*...) ralo, -a, claro, -a; (*tiempo*) raro, -a ◊ ***di ~*** *adv* raramente, de tarde en tarde
radon *m quím* radón
radun|are *vt* reunir, juntar; **~ata** *f* reunión, adunación; **~o** *m* reunión *f*, concentración *f*
radura *f* (*bosque*) calvero *m*, claro *m*, abra (*Am*); (*pelo*) calva, claro *m*
rafano *m bot* rábano
raffa V. **riffa**
raffazzona|mento *m* chapuza *f*, parche, apaño; **~re** *vt* chapucear, parchear; **~tore, -trice** *adj/s* chapucero, -a
raffermi|a *f adm* confirmación; *mil* reenganche *m*; **~are 1.** *vt adm* confirmar, ratificar; **2. ~rsi** 1. (*pan*) ponerse duro; 2. *mil* reengancharse; **~o, -a** *adj* (*pan*) duro, -a
raffia V. **rafia**
raffica *f meteo tamb. fig* ráfaga, racha; *mil* ráfaga
raffigurare *vt* 1. representar, plasmar; 2. simbolizar; 3. reconocer
raffila|re *vt* 1. volver a afilar; 2. (*pelo*) igualar, recortar; **~tura** *f* (*pelo*) recorte *m*, igualación
raffina|mento *m tecn tamb. fig* refinamiento; **~re** *vt tecn tamb. fig* refinar; **~tezza** *f* (*modales*) refinamiento *m*; **~to, -a 1.** *adj* refinado, -a; **2.** *m/f* persona refinada *f*; **~zione** *f tecn* refinación, refinado *m*, refino *m*
raffineria *f tecn* refinería
rafforza|mento *m tamb. fig* reforzamiento, refuerzo, intensificación *f*; **~re** *vt tamb. fig* reforzar, fortalecer
raffredd|amento *m* enfriamiento; **~are 1.** *vt* enfriar; **2. ~rsi** *tamb. fig* enfriarse; *med coloq* resfriarse, constiparse, acatarrarse; **~ore** *m med coloq* resfriado, constipado, catarro ◊ ***prendere un ~*** coger/pescar un constipado, resfriarse
raffrenamento *m raro* refrenamiento
raffront|are *vt* confrontar, cotejar, comparar; **~o** *m* confrontación *f*, cotejo
rafia (*var.* **raffia**) *f bot* rafia
raft *m inv sport* raft *m*
rafting ['raftin] *m inv* rafting
ragade *f med* (*piel*) grieta
raganella *f* 1. *mús* matraca; 2. *zool* rubeta, rana de zarzal
ragazz|a *f* 1. chica, muchacha, joven, moza; 2. chica, novia; ***Maria è la mia ~*** *M. es mi novia* ◊ ***~ madre*** madre soltera; ***~ squillo*** ="prostituta contratada por teléfono"; ***~ tuttofare*** chica para todo; **~aglia** *f desp* chiquillería, muchachada; **~ata** *f* chiquillada, travesura, trastada; **~ino** *m* mozalbete, muchachito; **~o** *m* 1. chico, muchacho, chaval, mozo, pibe (*Arg*), chamaco (*Mex*); 2. *coloq* chico, novio; ***Mario è il mio ~*** *M. es mi novio*; **~one, -a** *m/f* chicarrón, -ona, mocetón, -ona ◊ ***~ di bottega*** aprendiz
raggelare *vt tamb. fig* helar
raggia|nte *adj fís tamb. fig* radiante; **~re** *vt/i* ‹*avere*› 1. emitir radiaciones, irradiar *vt*, radiar *vt*; 2. resplandecer, refulgir; **~to, -a** *adj* radiado, -a
raggiera *f relig* estrellón *m*
raggio (*m pl* **-gi**) *m fís tamb. fig* rayo ◊ ***~ d'azione*** radio de acción; ***~i alfa*** rayos alfa; ***~i X*** rayos X

raggir|are *vt* engañar, engatusar, embaucar; **~o** *m* engaño, engatusamiento
raggiungere ‹*giungo; giunsi; giunto*› V. 39 *vt* 1. alcanzar, dar alcance; 2. alcanzar, obtener
raggiungi|bile *adj* alcanzable; **~mento** *m* consecución *f*, logro
raggiunsi..., raggiunto V. **raggiungere**
raggiustare *vt* arreglar, reparar, ordenar; (*conflicto*) arreglar
raggomitolare ‹*esd*› **1.** *vt* ovillar; **2. ~rsi** acurrucarse, ovillarse
raggranellare *vt coloq* acumular, juntar, arañar
raggrinzare (*var.* **raggrinzire**) ‹*isc*› *vt* (*tela, piel*) arrugar, fruncir
raggrumare *vt* agrumar
raggruppamento *m* agrupamiento, agrupación *f*; reagrupación *f*
raggruppare *vt* agrupar; reagrupar
ragguagli|are *vt* 1. comparar; 2. informar; **~o** (*pl* **-gli**) *m* 1. comparación *f*; 2. información *f*
ragguardevole *adj* (*cantidad*) considerable, elevado, -a; (*persona*) respetable
ragia (*pl* **-ge/-gie**) *f* resina ◊ ***acqua ~*** *f* aguarrás (*m*)
ragià *m inv* rajá
ragiona|mento *m* razonamiento; **~re** *vi* ‹*avere*› razonar; **~to, -a** *adj* razonado, -a, argumentado, -a; **~tore, -trice** *m/f* razonador, -a
ragione *f* razón, motivo *m*; *filos* razón ◊ ***ragion di stato*** razón de estado; ***~ d'una progressione aritmetica, geometrica*** *mat* razón aritmética, geométrica; ***a ~*** *adv* con razón; ***a ~ di*** *prep* a razón de; ***a ragion veduta*** *adv* habiendo considerado los pros y los contras; ***a maggior ~*** *adv* con mayor motivo; ***avere ~*** tener (la) razón, estar en lo cierto; ***dare ~*** dar la razón; ***farsi ~ di qc*** resignarse a u-c; ***in ~ dell'età*** *adv* en atención a la edad; ***non sentire/ascoltare ~*** no atender a razones; ***per ~i di famiglia*** *adv* por razones de familia; ***perdere l'uso/il lume della ~*** perder la razón; ***ridurre q alla ~*** hacer entrar en razón a alg; **~ria** *f* 1. (*ciencia*) contabilidad, contaduría; 2. administración, oficina de contabilidad
ragionevole *adj* razonable
ragionevolezza *f* racionalidad, sensatez
ragioniere, -a *m/f* 1. contable; 2. (*título*) perito mercantil, profesor, -a mercantil
raglan: alla ~ *adj* raglán
ragli|are *vi* ‹*avere*› *zool tamb. fig* rebuznar; **~o** (*pl* **-gli**) *m zool tamb. fig* rebuzno
ragn|atela *f* telaraña, tela de araña; **~o** *m zool* araña *f* (!)
ragtime [rɛg'tajm] *m inv mús* ragtime
ragù *m inv gastr* ="salsa a base de carne y tomate" *f*
RAI (*Radio Audizioni Italiane*) *abr/f* ="radiotelevisión pública italiana"
raid *m inv* incursión aérea *f*, raid *m*
raion V. **rayon**
RAI-TV (*Radio Televisione Italiana*) *abr/f*
rallargare *vt* ensanchar
rallegra|menti *mpl* felicitaciones *fpl*, enhorabuena *f*; **~re 1.** *vt* alegrar, contentar; **2. ~rsi** alegrarse (**con q di/per qc** con alg por u-c), regocijarse (**con q di/per qc** con alg por u-c), congratularse (**con q di/per qc** con alg por u-c)
rallenta|mento *m* 1. desaceleración *f*, disminución *f*; aflojamiento; 2. *cine* cámara lenta *f*; **~re** *vt* desacelerar, disminuir; aflojar; **~tore** *m cine* cámara lenta *f*, ralentí ◊ ***al ~*** *adv* a cámara lenta
rally ['rɛlli] *m inv* rallye *m*, rally *m*
RAM *f inv informát* RAM
ramadan *m inv relig* ramadán
ramaiolo *m* cazo, cucharón
ramanzina *f* rapapolvo *m*, reprimenda
ramare *vt* 1. *metal* cobrear; 2. *agric* sulfatar
ramarro *m zool* lagarto
ramato, -a *adj* 1. (*color*) cobrizo, -a; 2. *metal* cobreado, -a, chapado, -a en cobre
ramazza *f* escobón *m*
rame *m* cobre
ramifica|re ‹*esd*› *vi/~rsi* ‹*avere*› ramificarse; **~zione** *f* ramificación
ramingo, -a (*m pl* **-ghi**) *adj* errante, vagabundo, -a
ramino *m* (*juego*) ramiro
rammaricare ‹*esd*› **1.** *vt* afligir, amargar; **2. ~rsi** lamentarse (**di** de), dolerse (**di** de)
rammarico (*pl* **-chi**) *m* 1. lamento; 2. aflicción *f*
rammend|are *vt* remendar, zurcir; **~atrice** *f* remendona, zurcidora; **~atura** *f* zurcido *m*, remiendo *m*, compostura; **~o** *m* remiendo
rammentare *vt* rememorar, recordar
rammodernare *vt* modernizar, remozar
rammolli|mento *m tamb. fig* ablandamiento, reblandecimiento; **~re** ‹*isc*› *vt tamb. fig* ablandar, reblandecer; **~to, -a** *adj/s* blando, -a, débil
rammorbidire ‹*isc*› *vt* ablandar, reblandecer
ramo *m* 1. *bot* rama *f* (!); 2. rama *f* (!), sección *f*, parte *f*; *cient* rama *f* (!); *geogr* brazo, ramal; *heráld* rama *f* (!); 3. *coloq* ramalazo; ***un ~ di pazzia*** *un ramalazo de locura*
ramoscello *m* rama *f*, ramita *f*
ramoso, -a *adj* ramoso, -a
rampa *f* 1. tramo de escalera *m*, ramal *m*; 2. rampa, cuesta, subida; *aero/med* rampa ◊ ***~ di lancio*** rampa de lanzamiento; **~nte 1.** *adj arq/heráld tamb. fig* rampante; **2.** *m/f coloq* rampante, arribista, trepa
rampicante 1. *adj* trepador, -a; **2.** *m* planta trepadora *f*
rampino *m* gancho; *nav* rastra *f*
rampollo *m* 1. *bot* brote, retoño; 2. vástago, retoño, cachorro
rampon|e *m* 1. *nav* arpón; 2. *sport* crampón; 3. (*zapato*) clavo, taco; **~iere** *m* arponero
rana *f* 1. *zool* rana; 2. *sport* (*natación*) braza ◊ ***~ pescatrice*** *zool* rape (*m*)
rancidezza *f* rancidez, ranciedad
rancido, -a *adj tamb. fig* rancio, -a
rancidume *m* 1. olor a rancio; 2. antigualla *f*
rancio (*pl* **-ci**) *m mil* rancho

rancore *m* rencor ◊ ***serbare ~ contro q*** guardar rencor a alg
randagio, -a (*m pl* **-gi**) *adj* vagabundo, -a, callejero, -a; ***gatto ~*** *gato callejero*
randell|are *vt* apalear; **~ata** *f* paliza, apaleamiento *m*; **~o** *m* garrote, palo, tolete (*Am*)
rango (*pl* **-ghi**) *m mil tamb. fig* rango ◊ ***serrare i ~i*** *tamb. fig* cerrar filas; ***uscire dai ~i*** salirse de madre
ranking ['rɛnkin] *m inv sport* ranking
rannicchiarsi acurrucarse, ovillarse
ranno *m* colada *f*, lejía *f*
rannuvola|mento *m* encapotamiento, oscurecimiento, nublado; **~rsi** ‹*esd*› 1. encapotarse, nublarse; 2. (*enfadarse*) enfurruñarse
ranocchi|a *f zool* rana; **~o** (*pl* **-chi**) *m* 1. *zool* rana *f*; 2. (*niño*) renacuajo; 3. *desp* renacuajo, microbio, enano
rantol|are ‹*esd*› *vi* ‹*avere*› agonizar; **~io** (*pl* **-lii**) *m* estertor
rantolo *m* estertor
ranuncolo *m bot* ranúnculo, botón de oro
rapa *f bot* naba, nabicol *m*
rapac|e 1. *adj zool tamb. fig* rapaz; **2.** *m zool* rapaz *f*; **~ità** *f inv* rapacidad *f*
rapare *vt* rapar, pelar, trasquilar
rapè *adj inv* rapé *adj*
raperonzolo *m bot* rapónchigo
rapid|a *f* (*río*) rápido *m*; **~ità** *f inv* rapidez *f*; **~o, -a 1.** *adj* rápido, -a; **2.** *m transp* rápido
rapimento *m* 1. rapto, secuestro; 2. rapto, arrebato, éxtasis *inv*
rapina *f* robo *m*, atraco *m* ◊ ***~ a mano armata*** atraco a mano armada (*m*); **~re** *vt* atracar, robar, asaltar; **~tore, -trice** *m/f* atracador, -a
rapire ‹*isc*› *vt* secuestrar, raptar
rapitore, -trice *m/f* secuestrador, -a, raptor, -a
rappacifica|re ‹*esd*› *vt* apaciguar, pacificar; **~zione** *f* apaciguamiento *m*, pacificación
rappezz|are *vt* arreglar, reparar, remendar; *desp* apañar, chapucear; **~atura** *f* remiendo *m*; **~o** *m* arreglo, apaño, remiendo
rapport|are *vt* 1. transmitir, comunicar; 2. reproducir; **~atore** *m mat* transportador; **~o** *m* 1. relación *f*, relato; informe, dictamen; *mil* parte *f*; 2. relación *f*; conexión *f*, vínculo; 3. *mec* relación *f*; 4. *mat* proporción *f*, cociente ◊ ***~ di lavoro*** relación profesional (*f*); ***~i intimi/sessuali*** relaciones íntimas/sexuales (*fpl*); ***in ~ a*** *prep* en relación con
rapprendere ‹*presi; preso*› V. 58 *vt/i/~rsi* cuajar
rappresaglia *f* represalia
rappresenta|bile *adj* representable; **~nte** *m/f* 1. representante, delegado, -a, agente; 2. representante, exponente; ***il massimo ~ dell'Umanesimo*** *el máximo exponente del Humanismo* ◊ ***~ di lista*** *pol* apoderado, -a; ***~ farmaceutico*** visitador médico; **~nza** *f com* representación, delegación; **~re** *vt* representar; **~tiva** *f sport* representación, selección; **~tivo, -a** *adj* representativo, -a; **~zione** *f* representación
rappresi..., rappreso V. **rapprendere**
rapsod|ia *f* rapsodia; **~ico, -a** (*m pl* **-ci**) *adj mús* rapsódico, -a; **~o** *m* rapsoda
raptus *m inv psicol* rapto *m*, arrebato *m*
rarefa|re ‹*faccio/fò; feci; fatto*› V. 36a *vt* enrarecer; **~zione** *f* rarefacción, enrarecimiento *m*
rarità *f inv* rareza *f*, curiosidad *f*
raro, -a *adj* 1. raro, -a, extraño, -a, curioso, -a, peregrino, -a; ***terra ~a*** *tierra rara*; 2. raro, -a, escaso, -a, contado, -a; ***~e volte*** *rara vez, contadas veces*
rasa|re *vt* (*barba, pelo*) rasurar, afeitar; (*seto*) recortar, igualar; **~to** *m* (*tejido*) raso; **~tura** *f* rasurado *m*, afeitado *m*
raschia|mento *m* raspado, rascado; *med* raspado ◊ ***~ uterino*** legrado; **~re** *vt* raspar, rascar ◊ ***~rsi la gola*** carraspear; **~toio** (*pl* **-oi**) *m tecn* rascador; **~tura** *f* 1. raspado *m*, rascado *m*, rascadura; 2. raspadura, limadura, viruta
raschietto (*var.* **raschino**) *m tecn* rascador, raedera *f*
raschio (*pl* **-schi**) *m* 1. carraspeo; 2. (*garganta*) irritación *f*, picor
rasent|are *vt* 1. rozar; 2. rozar, frisar, rondar; ***~ la quarantina*** *rondar los cuarenta*; ***~ il ridicolo*** *rozar el ridículo*; **~e** *prep* rozando, a ras de; ***~ la base*** *rozando la base*; ***~ il suolo*** *a ras del suelo*
rasi... V. **radere**
rasiera *f tecn* rasero *m*, raedera
raso, -a 1. *adj* 1. (*cara, cabeza*) rasurado, -a, afeitado, -a; 2. (*campo*) raso, descubierto; 3. (*recipiente*) raso, lleno; **2.** *m* raso; **3.** *pp* V. **radere** ◊ ***fare tabula ~a*** hacer tabla rasa; **~ terra** V. **rasoterra**; **~io** (*pl* **-soi**) *m* navaja de afeitar *f* ◊ ***~ di sicurezza*** maquinilla de afeitar (*f*); **~terra 1.** *adv* a ras de tierra; **2.** *adj inv* mediocre *adj*; **3.** *m inv sport* tiro rasante *m*
raspa *f* raspador *m*, escofina; **~re 1.** *vt* 1. raspar; 2. (*tierra*) escarbar; 3. (*irritar la garganta*) rascar; **2.** *vi* 1. rascar, chirriar; 2. raspar
raspo *m* (*uva*) raspa *f*, grapa *f*, escobajo
rassegna *f* examen *m*, control *m*, revista; (*libro, exposición*) reseña; *mil* revista ◊ ***passare in ~*** *mil tamb. fig* pasar revista; **~re 1.** *vt* presentar; ***~ le dimissioni*** *presentar la dimisión*; (*cargo*) poner a disposición; **2. ~rsi** resignarse; **~zione** *f* resignación
rassserena|mento *m* sosiego, calma *f*; **~re** *vt* serenar, calmar; *meteo* despejar
rassettare 1. *vt* ordenar, arreglar; arreglar, reparar; *econ* reajustar; **2. ~rsi** (*vestirse*) arreglarse
rassicura|re *vt* tranquilizar; **~zione** *f* palabras tranquilizadoras *fpl*
rassoda|nte *adj* (*crema*) reafirmante; **~re** *vt* endurecer; consolidar, fortalecer; (*cuerpo*) reafirmar
rassomiglia|nte *adj* parecido, -a, semejante; **~nza** *f* parecido *m*, semejanza; **~re** *vi/~rsi* ‹*essere/avere*› parecerse (**a** a), asemejarse (**a** a)
rastrell|amento *m agric* rastrillado; *mil* barrido, rastreo, batida *f*; **~are** *vt* 1. *agric* rastrillar; 2. re-

cabar, reunir; 3. *mil* barrer, rastrear, batir; **~ata** *f* 1. rastrillado *m*; 2. (*golpe*) rastrillazo *m*; **~iera** *f* 1. *agric* pesebre *m*; 2. escurreplatos *m inv*, escurridor *m*; 3. (*mueble*) armero *m*; **~o** *m agric* rastrillo, mielga *f*
rata *f com* plazo *m* ◊ ***a ~e*** *adj* a plazos; **~fià** *m inv* ratafia *f*
ratelale *adj* a plazos; **~are** (*var.* **rateizzare**) *vt com* aplazar, prorratear; **~o** *m com* prorrateo
ratifica *f* ratificación
ratificare ‹*esd*› *vt* ratificar
ratificazione *f* ratificación
rattan *m inv* (*muebles*) rattan *m*, ratán *m*
rattizzare *vt* (*fuego, discordia*) atizar
ratto *m* 1. *jur* rapto; 2. *zool* rata *f* ◊ ***~ delle chiaviche*** rata de alcantarilla (*f*)
rattoppalre *vt tamb. fig* remendar, parchear; **~tura** (*var.* **rattoppo** *m*) *f tamb. fig* remiendo *m*, parcheo *m*
rattrappilmento *m* entumecimiento; **~re** ‹*isc*› *vt* entumecer
rattristalnte *adj* entristecedor, -a; **~re** *vt* entristecer, afligir
raucedine *f* ronquera, carraspera
rauco, -a (*m pl* **-chi**) *adj* (*voz*) ronco, -a, tomado, -a, carrasposo, -a
ravanello *m bot* rábano
Ravenna *geogr* Rávena
ravioli *mpl gastr* ravioles, raviolis
ravizzone *m bot* colza *f*
ravvedlersi ‹*vidi; visto*› V. 85 arrepentirse; **~imento** *m* arrepentimiento
ravvialre *vt* ordenar, arreglar; **~ta** *f* arreglo rápido *m*, pasada
ravvicinalmento *m* 1. acercamiento, aproximación *f*; 2. reconciliación *f*; **~re** *vt* 1. acercar, aproximar; 2. reconciliar
ravvidi..., ravvisto V. **ravvedersi**
ravviluppare 1. *vt* envolver, arropar; **2. ~rsi** enmarañarse
ravvisare *vt* reconocer, identificar
ravvivare *vt med* reanimar; (*fuego, fig*) avivar, reavivar
ravvolgere ‹*volgo; volsi; volto*› V. 90 *vt* (*persona*) envolver, arropar; (*objeto*) empaquetar, enrollar
ravvoltolare ‹*esd*› *vt* envolver
rayon (*var.* **raion**) *m inv* rayón *m*
raziocinlante *adj* raciocinante; **~are** *vi* ‹*avere*› raciocinar; **~io** (*pl* **-ni**) *m* raciocinio
razionalle *adj/m* racional; **~ismo** *m* racionalismo; **~ista** *adj/s* racionalista; **~istico, -a** (*m pl* **-ci**) *adj* racionalista; **~ità** *f inv* racionalidad *f*; **~izzare** *vt* racionalizar; **~izzazione** *f* racionalización
razionamento *m* racionamiento
razionare *vt* racionar
razione *f* ración
razza *f* 1. *biol* raza; 2. (*en exclamaciones, preguntas*) clase, rayos *mpl* (*desp*); ***che ~ di regalo!*** *¡vaya un regalo!*; ***che ~ di storia è questa?*** *¿qué rayos es esta historia?*; 3. *zool* raya ◊ ***di ~*** *adj* de raza; ***di ~ pura*** *adj* de pura raza; ***essere di buona ~*** ser de buena cepa; ***fare ~ a sé*** ser una raza aparte
razzia *f* razia, incursión, correría
razziale *adj* racial
razziare ‹*razzio/io*› *vt* saquear
razzislmo *m* racismo; **~ta** *adj/s* racista; **~tico, -a** (*m pl* **-ci**) *adj* racista
razzo *m* cohete; *mil* cohete, misil; **~lare** ‹*esd*› *vi* ‹*avere*› 1. (*tierra*) escarbar; 2. rebuscar, hurgar; ***~ fra le carte*** *rebuscar entre los papeles*
RCA *(responsabilità civile auto) abr/m* seguro de daños a terceros
R.D. (*Regio Decreto*) *abr* (*Real Orden*) R.O.
RDT (*Repubblica Democratica Tedesca*) *abr/f hist* (*República Democrática Alemana*) RDA
re *m inv* 1. *pol* rey *m*; 2. *mús* re ◊ ***i ~ magi*** los Reyes Magos; ***essere più realista del ~*** ser más papista que el papa
reaglente *adj/m quím* reactivo, -a; **~ire** ‹*isc*› *vi* ‹*avere*› reaccionar
reale 1. *adj pol tamb. fig* real; **2.** *m* (*moneda*) real; **3.** *mpl* reyes; ***i ~i di Spagna*** *los reyes de España*
realistla *adj/s* 1. realista, pragmático, -a; *arte* realista; 2. realista, monárquico, -a; **~ico, -a** (*m pl* **-ci**) *adj arte tamb. fig* realista
reality show ['rjaliti 'ʃɔu] *m inv* reality show, programa de telerrealidad *m*
realizzlabile *adj* realizable; **~are** *vt* realizar; **~atore, -trice** *m/f* 1. *cine* realizador, -a, director, -a; 2. *sport* goleador, -a, realizador, -a; **~azione** *f* realización; **~o** *m* 1. *econ* realización *f*; 2. *com* (*venta*) liquidación *f* ◊ ***prezzo di ~*** *m* precio de saldo
realpolitik *f inv pol* realpolitik *f*
realtà *f inv* realidad *f* ◊ ***~ virtuale*** realidad virtual; ***in ~*** *adv* en realidad
reame *m elev* reino (*estánd*)
reato *m jur* delito ◊ ***~ valutario*** delito monetario; ***il fatto non costituisce ~*** el hecho no es constitutivo de delito
reattlivo, -a *adj/m* reactivo, -a; **~ore** *m aero/electr* reactor
reazionlario, -a (*m pl* **-ri**) *adj/s pol* reaccionario, -a; **~e** *f cient/pol tamb. fig* reacción ◊ ***~ a catena*** reacción en cadena; ***a ~*** *adj* de reacción
reboante *adj* rimbombante
rebus *m inv* 1. (*pasatiempo*) jeroglífico *m*; 2. misterio *m*, incógnita *f*
recalcitrare V. **ricalcitrare**
recapitare ‹*esd*› *vt* (*carta, paquete...*) entregar
recapito *m* 1. (*domicilio*) paradero; 2. (*carta, paquete...*) entrega *f*
recare 1. *vt* 1. (*hacia otro*) llevar; (*hacia sí*) traer; 2. causar, ocasionar, producir; ***~ disturbo a q*** *causarle molestias a alg*; **2. ~rsi** ir *vi* (**in/a** a), trasladarse (**in/a** a), pasar (**in/a** por); ***~rsi in città*** *ir a la ciudad*
recedere *vi* ‹*avere*› 1. retractarse (**da qc** de u-c), echarse atrás (**da qc** de u-c); 2. retroceder

recens|ione *f* recensión, reseña; **~ire** ‹*isc*› *vt* (*libro*) reseñar; **~ore, -a** *m/f* recensor, -a
recent|e *adj* reciente ◊ ***di ~*** *adv* recientemente; **~issime** *fpl* (*periódico*) últimas noticias
recepire ‹*isc*› *vt* acoger, recibir; *jur* acoger; ***~ una direttiva*** *acoger una directiva*
reception [re'sɛpʃon] *f inv* (*hotel*) recepción *f*; **~ist** [re'sɛpʃonist] *m/f inv* recepcionista *m/f*
recess|ione *f* recesión; **~ivo, -a** *adj* recesivo, -a; **~o** *m* 1. rincón, escondite; 2. *jur* renuncia *f*
recettività... V. **ricettività...**
recidere ‹*recisi; reciso*› V. 61 *vt* cortar
recidiv|a *f med* recidiva; *jur* reincidencia; **~are** *vi* ‹*avere*› *med* reincidir; **~o, -a** *adj jur* reincidente
recingere ‹*cingo; cinsi; cinto*› V. 11 *vt* rodear, cercar; amurallar; tapiar, vallar
recint|are *vt* cercar, vallar; **~o 1.** *m* 1. recinto; cercado, palenque; 2. (*bolsa*) corro; **2.** *pp* V. **recingere**
recinzione *f* cercado *m*, vallado *m*
recipiente *m* recipiente
reciproc|ità *f inv* reciprocidad *f*; **~o, -a** (*m pl* **-ci**) *adj* recíproco, -a, mutuo, -a
recis|i... V. **recidere**; **~o, -a 1.** *adj* 1. cortado, -a; 2. (*respuesta*) cortante, seco, -a; **2.** *pp* V. **recidere**
recita *f teat* representación
recital ['retʃital] (*var.* **recital**) *m inv* recital *m*
recitare ‹*esd*› **1.** *vt* (*poesía*) recitar; *teat/cine* representar, protagonizar, hacer el papel (**qc** de u-c); **2.** *vi teat/cine* actuar
recitativo, -a *adj/m* recitativo, -a
recitazione *f teat/cine* interpretación, actuación
reclamare *vt/i* ‹*avere*› reclamar
réclame [re'klam] *f inv* publicidad *f* ◊ ***fare ~ a q/qc*** hacer publicidad de alg/de u-c
reclamizzare *vt* dar publicidad, anunciar, publicitar
reclamo *m* reclamación *f*, queja *f*
reclinare *vt* reclinar, recostar
reclus|ione *f* reclusión; **~o, -a** *adj/s* recluso, -a
recluta *f mil* recluta *m* (!); bisoño *m*, novato *m*
reclutamento *m mil tamb. fig* reclutamiento
reclutare ‹*esd*› *vt mil tamb. fig* reclutar
recondito, -a *adj* recóndito, -a
record 1. *m inv* 1. (*marca*) récord *m*; 2. *informát* registro *m*; **2.** *adj inv* (*postpuesto*) récord; **~man** *m inv* recordman *m*; **~woman** [rekord'woman] *f inv* recordwoman *f*
recrimina|re ‹*esd*› *vt* recriminar; **~torio, -a** (*m pl* **-ri**) *adj* recriminatorio, -a; **~zione** *f* recriminación
recrudescenza *f* recrudecimiento *m*
recto *m impr* recto
recuperare ‹*esd*› *vt* (*objetos; salud; tiempo; residuos*) recuperar; (*náufrago*) rescatar; (*delincuente*) rehabilitar
recupero *m* recuperación *f*; ***corso, lezioni di ~*** *curso, clases de recuperación*; (*náufrago*) rescate; (*delincuente*) rehabilitación *f*; *sport* (*tiempo*) (tiempo de) descuento
recusare V. **ricusare**
redarguire ‹*isc*› *vt* amonestar, reprender
redarre V. **redigere**
redassi..., redatto V. **redigere**
redattore, -trice *m/f* redactor, -a
redazion|ale *adj* de (la) redacción; **~e** *f* redacción
redazza *f nav* lampazo *m*
redditi|vità *f inv* rentabilidad *f*; **~zio, -a** (*m pl* **-zi**) *adj* rentable
reddito *m* renta, rédito, producto ◊ ***~ lordo*** renta bruta (*f*); ***~ nazionale*** renta nacional (*f*), producto nacional; ***~ netto*** renta neta (*f*); ***~ pro capite*** renta per cápita (*f*)
redditometro *m* = "medidor de la renta de una persona"
redensi... V. **redimere**
redento, -a 1. *adj* redimido, -a; **2.** *m/f* cristiano, -a; **3.** *pp* V. **redimere**; **~re, -trice** *adj/m* redentor, -a
redenzione *f* redención
redibi|torio, -a (*m pl* **-ri**) *adj* redhibitorio, -a; **~zione** *f jur* redhibición
redigere ‹*redigo; redassi; redatto*› V. 59 *vt* redactar; ***~ i verbali*** *levantar acta, redactar el acta*
redimere ‹*redensi; redento*› V. 60 *vt* redimir (**q da qc** a alg de u-c), liberar
redimibil|e *adj* redimible, amortizable; **~ità** *f inv* redimibilidad *f*
redini *fpl tamb. fig* riendas ◊ ***allentare le ~i*** aflojar las riendas; ***avere le ~i in mano*** llevar las riendas
redivivo, -a *adj* resucitado, -a
redox *adj inv quím* redox
reduce *adj* 1. repatriado, -a (**da** de), retornado, -a (**da** de); ***essere ~ dal fronte*** *haber vuelto del frente*; 2. *med* convaleciente (**da** de); ***~ da una lunga malattia*** *convaleciente de una larga enfermedad*
refe *m* (*torcido*) hilo de coser
referen|dum *m inv* referéndum *m*; **~te 1.** *adj* ponente; **2.** *m ling* referente
referenz|a *f* referencia; ***chiedere, dare ~e*** *pedir, dar referencias*; **~iale** *adj ling* referencial; **~iato, -a** *adj* con buenas referencias
referto *m* parte médico
refettorio (*pl* **-ri**) *m* refectorio
refezione *f* refección
refill ['rɛfil] *m inv* recarga *f*
reflazione *f econ* reflación
reflessiologia *f med* reflexiología
reflex *adj/s inv foto* réflex
refluo, -a *adj* refluyente
refolo *m* ventolera *f*
refrattari|età *f inv* refractabilidad *f*; **~o, -a** (*m pl* **-ri**) *adj* refractario, -a
refriger|ante 1. *adj* refrescante; *tecn* refrigerante; **2.** *m* refrigerante; **~are** ‹*esd*› *vt* refrescar, refrigerar; *tecn* refrigerar; **~atore** *m* refrigerador; **~azione** *f* refrigeración; **~io** (*pl* **-ri**) *m* refrigerio
refurtiva *f* (*robo*) botín *m*
refuso *m impr* errata *f*
regal|are *vt* regalar; **~e** *adj* 1. (*de rey*) real; 2. majestuoso, -a, fastuoso, -a; **~ia** *f* 1. propina; 2. *hist* regalía; **~ità** *f inv* 1. (*del rey*) realeza *f*, ma-

jestad *f*; 2. majestuosidad *f*; **~o** *m* regalo, obsequio; ***dare qc a q in ~*** *regalar u-c a alg*; ***portare in ~*** *llevar como regalo/de regalo*
regata *f nav* regata; **~re** *vi ‹avere› nav* regatear
reggae [ˈrɛgge] *m inv mús* reggae
reggen|te *adj/s* regente; **~za** *f* 1. *pol* regencia; 2. *ling* rección, régimen *m*
reggere *‹reggo; ressi; retto›* V. 43 **1.** *vt* 1. sujetar, sostener, aguantar; 2. *tamb. fig* aguantar, soportar; ***una stoffa che regge l'acqua*** *una tela resistente al agua*; ***~ il vino*** *soportar el vino*; 3. regir, regentar, dirigir; *pol* regir, gobernar; *ling* regir; **2.** *vi* 1. resistir, aguantar; tenerse en pie, resistir; ***è una teoria, un'accusa che non regge*** *es una teoría, una acusación que no se tiene en pie*; 2. durar; **3. ~rsi** 1. sostenerse, tenerse en pie; 2. controlarse, dominarse; 3. *pol* gobernarse, regirse; ***~ a repubblica*** *ser una república* ◊ ***~rsi a galla*** mantenerse a flote
reggetta *f tecn* cinto *m*
reggia (*pl* **-ge**) *f* palacio real *m*; palacio *m*, mansión
reggicalze *m inv* liguero *m*
reggilibro (*var.* **reggilibri**) *m inv* sujetalibros, soportalibros
reggiment|ale *adj* del regimiento; **~o** *m* 1. *pol* (*acción*) gobierno, dirección *f*; 2. *mil* regimiento
reggipetto *m* sujetador, sostén
reggiseno *m* sujetador, sostén
reggitore, -trice *adj/s elev* regidor, -a, gobernante
regia (*pl* **-gie**) *f* dirección, mando *m*; *cine* dirección
regicid|a *m/f* regicida; **~io** (*pl* **-di**) *m* regicidio
regime *m* 1. *pol* régimen; 2. régimen, estatuto; 3. *med* régimen, dieta *f*; ***essere a ~*** *estar a régimen*; 4. *mec* (*motor*) régimen; 5. *cient* (*agua*) régimen, caudal
regina *f* 1. (*pol, ajedrez, naipes*) reina; 2. (*baraja francesa*) dama
reginetta *f* (*clase, concurso*) reina
regio, -a (*m pl* **-gi**) *adj* regio, -a, real
region|ale *adj* regional; **~alismo** *m* regionalismo; **~alista** *adj/s* regionalista; **~e** *f* región; *pol* región, comunidad autónoma (*Esp*) ◊ ***~ a statuto speciale*** *pol* ="región o comunidad autónoma con mayor poder de decisión que las demás"
regista *m/f cine/teat* director, -a
registra|re 1. *vt* 1. *adm* registrar, inscribir, matricular; *com* asentar; 2. registrar, anotar; 3. *tecn* (*sonido, imagen*) grabar; 4. *tecn* (*aparato*) ajustar, calibrar; **2. ~rsi** registrarse; **~tore, -trice 1.** *adj fís* (*barómetro...*) grabador, -a; **2.** *m/f adm raro* registrador, -a; **3.** *m tecn* magnetofón, grabadora *f*, cas(s)et(t)e *m/f*; **~zione** *f* 1. *adm* registro *m*, inscripción, matrícula; *com* asiento *m*; 2. *mús/radio* grabación
registro *m* 1. *estud* cuaderno, libro; registro, matrícula *f*; 2. *adm* registro ◊ ***~ del professore*** cuaderno del profesor; ***~ di classe*** libro de clase
regna|nte 1. *adj* reinante; **2.** *m/f elev* rey *m* (*estánd*), reina *f* (*estánd*); **~re** *vi ‹avere› tamb. fig* reinar
regno *m* 1. (*territorio*) reino; 2. (*duración*) reinado ◊ ****~ Unito*** *geogr* Reino Unido
regola 1. *f* regla; *relig/ling* regla; orden *m*, medida; ***non avere ~ nel mangiare*** *no tener medida con la comida*; **2.** *fpl* (*menstruación*) regla *sing* ◊ ***~ del tre*** regla de tres; ***~e del gioco*** reglas del juego; ***a ~ d'arte*** *adv* como Dios manda, según los cánones; ***con tutte le ~e/in perfetta ~*** *adv* con todas las de la ley; ***di ~*** *adv* normalmente, por lo general; ***essere in ~*** estar en regla; ***fare ~*** ser norma
regolabile *adj* regulable
regolament|are 1. *adj* reglamentario, -a; **2.** *vt* reglamentar; **~azione** *f* reglamentación; **~o** *m* 1. reglamento; *adm* reglamentación *f*, ordenamiento; 2. *tecn* reglaje, ajuste; 3. *com* pago, liquidación *f* ◊ ***~ di conti*** ajuste de cuentas; ***~ interno*** reglamento (de régimen) interno; ***~ scolastico*** ordenamiento escolar
regolar|e *‹esd›* **1.** *vt* 1. regular, ordenar; *tecn* regular, reglar, ajustar; 2. moderar, reducir; **2. ~rsi** 1. comportarse, actuar; 2. controlarse, moderarse; **3.** *adj* regular; en regla, correcto; **~ità** *f inv* regularidad *f*
regolarizza|re *vt* regularizar, normalizar; **~zione** *f* regularización, normalización
regolarmente *adv* regularmente
regolat|a *f coloq* apaño *m*, arreglo rápido *m* ◊ ***datti una ~*** *coloq* compórtate (*estánd*); cálmate (*estánd*), tranqui; **~ezza** *f* medida, moderación; **~o, -a** *adj* 1. regulado, -a, ordenado, -a; 2. moderado, -a, mesurado, -a; **~ore, -trice** *adj/s* regulador, -a
regolazione *f* regulación; *mec* regulación, reglaje *m*
regolo *m* 1. *mat* (*instrumento*) regla; 2. *desp* reyezuelo; 3. *zool* reyezuelo
regredire *‹isc› vt* retroceder; *psicol* regresar
regress|ione *f* regresión, retroceso *m*; **~ivo, -a** *adj* regresivo, -a; **~o** *m* 1. retroceso, decadencia *f*, regresión *f*; 2. *jur* regreso, retroceso
reietto, -a 1. *adj elev* rechazado, -a, repudiado, -a; **2.** *m/f elev* desamparado, -a, desvalido, -a
reifica|re *‹esd› vt* alienar; **~zione** *f* alienación
reimbarco (*pl* **-chi**) *m* reembarque
reimpieg|are *vt* recolocar; **~o** (*pl* **-ghi**) *m* recolocación *f*
reincarna|re *vt* reencarnar; **~zione** *f* reencarnación
reingaggio (*pl* **-gi**) *m sport* nueva contratación *f*
reinnest|are *vt* reinjertar, reimplantar; **~o** *m* reinjerto, reimplante
reinseri|mento *m* reinserción *f*; **~re** *‹isc› vt* reinsertar
reintegra|re *vt* reintegrar; **~zione** *f* reintegro *m*
reinvesti|mento *m* reinversión *f*; **~re** *‹isc› vt* reinvertir
reità *f inv* culpabilidad *f*

reitera|re ‹*reitero*› *vt* reiterar; **~zione** *f* reiteración
relais [re'lɛ] *m inv tecn* relé *m*
relativa *f ling* (frase) relativa; **~mente** *adv* relativamente ◊ **~ *a*** *prep* por lo que respecta a
relativi|smo *m* relativismo; **~sta** *m/f* relativista; **~stico, -a** (*m pl* **-ci**) *adj* relativista; **~tà** *f inv* relatividad *f*; **~zzare** *vt* relativizar
relativo, -a *adj ling tamb. fig* relativo, -a; ***risposta ~a alla domanda*** *respuesta relativa a/en relación con la solicitud*
relatore, -trice *adj/m* ponente; *estud* (*tesina*) director, -a
relax *m inv* relax, relajación *f*
relazione *f* 1. relación; ***~i italo-spagnole*** *relaciones italo-españolas*; 2. relación, informe *m*, memoria; *cient* ponencia ◊ ***~i pubbliche*** relaciones públicas; ***essere in (buone, cattive) ~i con q*** estar en (buenas, malas) relaciones con alg; ***in ~ a*** *prep* con relación a, en lo relativo a
relè V. **relais**
relega|re ‹*esd*› *vt* relegar; **~zione** *f* relegación
religio|ne *f* religión; **~sità** *f inv* religiosidad *f*; **~so, -a** *adj/s* religioso, -a
reliquia *f relig tamb. fig* reliquia; **~rio** (*pl* **-ri**) *m relig* relicario
relitto, -a 1. *adj cient* relicto, -a; **2.** *m* 1. *nav* pecio, restos *mpl*; 2. desecho, piltrafa *f*
remainder *m inv* (*libro*) saldo *m*, resto de edición *m*
remake [ri'mejk] *m inv cine* remake *m*, versión *f*, refrito *m* (*coloq*)
remare *vi* ‹*avere*› remar ◊ **~ *contro*** *tamb. fig* remar/ir contracorriente
remat|a *f* 1. paseo en barca *m*; 2. golpe de remo *m*; **~ore, -trice** *m/f* remero, -a
remiga|nte *adj/f zool* (*pluma*) remera; **~re** ‹*esd*› *vi* ‹*avere*› aletear
reminiscenza *f* reminiscencia
remissi|bile *adj* remisible; **~one** *f jur/relig* remisión; **~vità** *f inv* sumisión *f*, debilidad *f*; **~vo, -a** *adj* remiso, -a, sumiso, -a
remittente *adj med* remitente
remo *m* remo; **~ra** *f zool tamb. fig* rémora; **~to, -a** *adj* remoto, -a
remunerare V. **rimunerare**
rena *f* arena; **~le** *adj med* renal
Renan|ia *f geogr* Renania; ***~o, -a** *adj/s* renano, -a
renard [re'nar] *m inv* (*en peletería*) zorro *m*
rendere ‹*resi; reso*› V. 58 **1.** *vt* 1. (*restituir*) devolver; 2. dar, asignar; **~ *giustizia*** *hacer justicia*; **~ *omaggio a q*** *rendir homenaje a alg*; 3. *econ* rendir, rentar, producir; *fig* rendir, dar buen resultado; ***non rende a scuola*** *no rinde en la escuela*; 4. (+ *adj*) volver, hacer, convertir *vi*; 5. representar, reproducir; expresar; **~ *bene, male*** *expresar bien, mal*; 6. traducir; **2. ~rsi** volverse, hacerse, convertirse ◊ ***~rsi conto di qc*** darse cuenta de u-c
rendez-vous [rande'vu] *m inv* cita *f*, encuentro *m*
rendiconto *m* 1. relato, descripción *f*, narración *f*; 2. balance, rendición de cuentas *f*
rendimento *m fís/tecn/econ tamb. fig* rendimiento
rendita *f* renta ◊ ***vivere di ~*** vivir de renta
rene (*pl* **le reni**) *m* riñón ◊ **~ *artificiale*** riñón artificial; **~lla** *f med* arenilla
renetta *f bot* reineta
reni *fpl* riñonada *f*; ***avere le ~ rotte*** tener la espalda rota; ***spezzarsi le ~*** romperse la espalda, romperse la riñonada
renio *m quím* renio
renitenl|te *adj/s* remiso, -a (**a** a), reacio, -a (**a** a), rebelde (**a** a) ◊ **~ *alla leva*** *mil* insumiso; **~za** *f* renuencia, reluctancia, rebeldía ◊ **~ *alla leva*** *mil* insumisión
renna *f zool* reno *m* (!)
Reno *m geogr* Rin
rentier [ran'tje] *m inv* rentista *m*
rentrée [ran'tre] *f inv* vuelta *f*, regreso *m*, rentrée; *teat* vuelta a los escenarios *f*
reo, -a 1. *adj elev* malvado, -a; **2.** *adj/s* reo, -a, culpable
reostato *m fís* reóstato
reparto *m* sección *f* (!), departamento, división *f*, unidad *f*; **~ *vendite*** *departamento de ventas*; *med* unidad *f* (!), sala *f*; **~ *pedriatico*** *unidad de pediatría*; *mil* destacamento (!)
repêchage [repeʃ'ʃaʒ] *f inv sport* repesca *f*
repellente *adj/m* repelente
repellere ‹*repulsi; repulso*› V. 33 *vi* ‹*avere*› repeler, repugnar
repent|aglio (*pl* **-gli**) *m* peligro, gran riesgo ◊ ***mettere/porre a ~*** poner en peligro/en riesgo; **~e** *adj elev* repentino, -a (*estánd*) ◊ ***di ~*** *adv elev* de repente (*estánd*); **~ino, -a** *adj* repentino, -a
reperi|bile *adj* localizable; *com* disponible; **~mento** *m* localización *f*; **~re** ‹*isc*› *vt* localizar, encontrar
repert|are *vt jur* (*hallazgos*) presentar; **~o** *m* (*arqueología*) hallazgo, descubrimiento; *jur* cuerpo del delito; *med* resultado ◊ **~ *giudiziario*** documento probatorio; **~orio** (*pl* **-ri**) *m* repertorio
replay [re'plɛj] *m inv TV/sport* repetición *f*
replica *f* 1. réplica; ***ubbidire senza ~*** *obedecer sin rechistar*; 2. *teat* reposición; **~re** ‹*esd*› *vt* 1. repetir; *teat* representar de nuevo; 2. (*responder, contradecir*) replicar
reportage [repor'taʒ] *m inv* reportaje *m*
reporter *m inv* reportero *m*, repórter *m*
repressi... V. **reprimere**; **~one** *f* represión; **~vo, -a** *adj* represivo, -a
represso, -a 1. *adj* reprimido, -a; **2.** *pp* V. **reprimere**; **~re** (*f* **reprimitrice**) *adj/s* represor, -a
reprimere ‹*pressi; presso*› V. 34 **1.** *vt* reprimir; **2. ~rsi** reprimirse, contenerse
reprint *m inv* reimpresión *f*
reprobo, -a *adj* réprobo, -a
reprocessing [ri'prosesin] *m inv fís* reprocesado *m*
reprografia V. **riprografia**
repta|nte *adj/s* reptante; **~zione** *f* reptación
repubblica *f* república; **~nesimo** *m* republicanismo; **~no, -a** *adj/s* republicano, -a

repulisti: fare ~ *vi coloq/irón* arramblar con todo, no dejar ni las telarañas
repulsi... V. **repellere**
repulsione *f* repulsión, repugnancia
repulso V. **repellere**
reputa|re *vt* reputar, juzgar, considerar; **~zione** *f* reputación
requie *f inv* tranquilidad *f*, paz *f* ◊ ***senza ~*** sin tregua; **~m** *m relig/mús* réquiem
requirente *adj jur* requirente
requisi|re ‹*isc*› *vt* requisar, confiscar; **~to, -a 1.** *adj* requisado, -a, confiscado, -a; **2.** *m* requisito; **~toria** *f jur* exposición, conclusiones del fiscal *fpl*; **~zione** *f* requisición, confiscación
resa *f mil tamb. fig* rendición ◊ ***~ dei conti*** dación de cuentas; ***~ incondizionata/senza condizioni*** rendición incondicional/sin condiciones
rescindere ‹*rescissi; rescisso*› V. 70 *vt* rescindir
rescissi|one *f* rescisión; **~orio, -a** (*m pl* **-ri**) *adj* rescisorio, -a
reseda *f bot* gualda
reset *m inv* reseteo *m*, reseteado *m*
resetta|ggio (*pl* **-gi**) *m informát* reseteo, reseteado; **~re** *vt informát* resetear
resi... V. **rendere**
residen|ce ['rɛzidɛns] *m inv* aparthotel *m*; **~te** *adj/s* residente; **~za** *f* residencia; **~ziale** *adj* residencial
residu|ale *adj* residual; **~o, -a 1.** *adj* restante; **2.** *m* residuo, resto
resina *f* resina
resinaceo, -a *adj* resinoso, -a
resinoso, -a *adj* resinoso, -a
resisten|te *adj* resistente, robusto, -a, recio, -a; ***~ al fuoco*** *resistente al fuego*; **~za** *f* resistencia ◊ ***la *~*** *hist* la Resistencia
resistere ‹*resistito*› V. 41 *vi* ‹*avere*› resistir
reso V. **rendere**; **~conto** *m* informe, relación *f*; narración *f*, relato
respingente *m* (*tren*) tope
respingere ‹*pingo; pinsi; pinto*› V. 11 *vt* (*enemigo, propuesta*) rechazar; (*regalo*) rehusar, rechazar; *estud* suspender
respira|bile *adj* respirable; **~re** *vt/i* ‹*avere*› *med tamb. fig* respirar; **~tore** *m* (*buzo*) tubo de respiración; *aero* máscara de oxígeno *f*; *med* respirador; **~torio, -a** (*m pl* **-ri**) *adj* respiratorio, -a; **~zione** *f* respiración ◊ ***~ artificiale*** respiración artificial
respiro *m* 1. aliento, respiración *f*; 2. respiro, descanso; ***non avere un minuto di ~*** *no tener ni un minuto de descanso*; *fig* respiro, alivio; *mús* pausa *f*; 3. (*pretensión*) alcance, ambición *f*; ***un'opera di ampio ~*** *una obra de gran alcance/ambiciosa* ◊ ***una cosa da togliere il ~*** una cosa que quita el hipo, una cosa que corta la respiración
responsabil|e *adj/s* responsable; **~ità** *f inv* responsabilidad *f*; **~izzare** *vt* responsabilizar
responso *m* respuesta *f*; *hist* (*oráculo*) responso
ressa *f* gentío *m*, multitud
ressi... V. **reggere**
resta *f* 1. *agric* ristra; 2. *bot* arista; *zool* (*pez*) espina; 3. *mil* ristre *m*; ***con la lancia in ~*** *con la lanza en ristre*; **~nte** *adj/m* restante; **~re** *vi* 1. quedarse, parar, detenerse; ***~ a pranzo*** *quedarse a comer*; permanecer, quedarse; ***~ in piedi*** *quedarse de pie*; ***~ indietro*** *quedarse atrás, retrasarse*; durar; 2. (*sobrar*) restar, quedar; ***non resta altro da fare*** *no hay otra solución*; ***non resta che andarsene*** *no nos queda sino irnos, no nos queda más remedio que irnos*; 3. (*situación*) estar (situado); ***la strada resta nel mezzo della valle*** *la carretera está (situada) en medio del valle*
restaura|nt [restoˈran] *m inv* restaurante *m*, restorán *m* (*coloq*); ; **~re** *vt arte tamb. fig* restaurar; **~tore, -trice** *m/f arte tamb. fig* restaurador, -a; **~zione** *f arte/pol tamb. fig* restauración
restauro *m arte* restauración *f*
restio, -a (*m pl* **-ii**) *adj* remiso, -a, renuente, reacio, -a; ***essere ~ a fare qc*** *ser reacio a hacer u-c*; (*caballo, mula*) terco, -a, tozudo, -a
restitui|re ‹*isc*› *vt* devolver; **~zione** *f* devolución, restitución
resto *m* 1. resto; 2. (*dinero*) vuelta *f*, cambio ◊ ***~i mortali*** restos mortales; ***dare il ~*** dar el cambio, devolver el cambio; ***del ~*** *adv* por lo demás
restringere ‹*restringo; restrinsi; ristretto*› V. 78a **1.** *vt* estrechar; (*ropa*) encoger, estrecharse; (*gastos*) restringir, disminuir; **2. ~rsi** estrecharse; (*ropa*) encoger(se); (*personas*) *raro* apretarse, juntarse; (*gastos*) moderarse
restringimento *m* 1. reducción *f*, limitación *f*; 2. *med* estreñimiento
restrinsi... V. **restringere**
restrittivo, -a *adj* restrictivo, -a
restrizione *f* restricción
resurrezione V. **risurrezione**
resuscitare V. **risuscitare**
reta|ggio (*pl* **-gi**) *m fig* herencia *f*, legado; **~ta** *f zool tamb. fig* redada
rete *f* 1. *nav* red; ***gettare le ~i*** *echar las redes*; *informát/transp* red; ***~ stradale, ferroviaria, telefonica*** *red de carreteras, ferroviaria, telefónica*; 2. trampa; 3. *TV* cadena; 4. *sport* gol *m*, tanto *m* ◊ ***~ a strascico*** red barredera; ***~ del letto*** somier; ***~ locale*** *informát* red local; ***cadere nella ~*** caer en la red; ***tendere la ~*** tender la red
reticella *f* redecilla
reticen|te *adj* reticente; **~za** *f* reticencia
retico, -a (*m pl* **-ci**) *adj/s* rético, -a
reticol|are *adj cient* reticular; **~ato, -a 1.** *adj* cuadriculado, -a; **2.** *m* 1. cuadriculado, cuadrícula *f*; 2. *mil* alambrada *f*; **~atura** *f foto* reticulación; **~o** *m* retículo
retina *f* (*pelo*) redecilla
retina *f med* retina
retinatura *f arq* emparrillado *m*
retino *m impr* retícula *f*
retore *m* rétor; *desp* pedante

retoric|a *f* retórica; *desp* retórica, pedantería; **~o, -a** (*m pl* **-ci**) *adj* retórico, -a; *desp* retórico, -a, pedante
retrattil|e *adj* retráctil; **~o** *m jur* retracto
retribu|ire ‹*isc*› *vt* retribuir, remunerar; **~tivo, -a** *adj* retributivo, -a; **~zione** *f* retribución, remuneración
retrivo, -a *adj/s* retrógrado, -a, reaccionario, -a
rétro [re'tro] *adj inv* retro
retro 1. *adv* detrás; **2.** *m* parte de atrás *f*, revés, reverso; *impr* verso ◊ ***vedi ~*** véase al dorso
retroattiv|ità *f inv* retroactividad *f*; **~o, -a** *adj* retroactivo, -a
retroazione *f* retroacción
retrobottega *m inv* trastienda *f*, rebotica *f*
retrocamera *f* recámara
retrocedere ‹*cessi/cedetti/cedei; ceduto/cesso*› V. 14 **1.** *vi tamb. fig* retroceder; **2.** *vt mil* degradar; *sport* descender
retrocess|ione *f* 1. retroceso *m*; 2. *mil* degradación; 3. *sport* descenso *m*; **~ *in serie B*** *descenso a la segunda división*; **~o** V. **retrocedere**
retrocucina *m/f inv* despensa *f*; trastero *m*
retrodata|re *vt* antedatar; **~zione** *f* antedatación
retrograd|azione *f astron* retrogradación; **~o, -a** *adj/s* retrógrado, -a, reaccionario, -a
retroguardia *f mil tamb. fig* retaguardia
retrogusto *m* regusto, gustillo
retromarcia (*pl* **-ce**) *f auto* marcha atrás
retroscena 1. *f* bastidores *mpl*; **2.** *m inv* 1. *teat* (lo que pasa) entre bastidores; 2. manejos *mpl*, intríngulis
retrospettiv|a *f* retrospectiva; **~o, -a** *adj* retrospectivo, -a
retrostan|te *adj* situado, -a detrás; **~za** *f* recámara
retroterra *m inv* 1. *geogr* (*territorio*) interior *m*; 2. trasfondo *m*, telón de fondo *m*
retrotreno *m auto* eje trasero
retrovendita *f com* retroventa
retrovia *f mil* retaguardia
retrovirale *m med* retroviral
retrovis|ivo, -a *adj* retrovisor, -a; **~ore, -a** *adj/m auto* retrovisor, -a
retta *f* 1. *mat* recta; 2. (*cantidad que se paga*) mensualidad, pensión ◊ ***dare ~ a q*** hacer caso a alg; **~le** *adj med* rectal
rettangol|are *adj* rectangular; **~o, -a** *adj/m* rectángulo, -a
rettifica *f* rectificación, corrección; *mec* rectificación
rettificare ‹*esd*› *vt* rectificar, corregir; *mec/quím* rectificar
rettificatore, -trice *adj/m* rectificador, -a
rettificatrice *f mec* rectificadora
rettificazione *f* rectificación, corrección; *quím* rectificación
rettile *m* 1. *zool* reptil; 2. *desp* reptil, gusano
rettilineo, -a 1. *adj* rectilíneo, -a; **2.** *m transp* recta *f* ◊ **~ *d'arrivo*** recta de llegada (*f*), línea de meta
rettitudine *f* rectitud, honradez
retto, -a 1. *adj mat tamb. fig* recto, -a; **2.** *m med/impr* recto; **3.** *pp* V. **reggere**
rettor|ato *m* rectorado; **~e** (*f raro* **rettrice**) *adj/s* rector, -a ◊ ***il Magnifico *~ dell'università*** *m* el Magnífico Rector de la universidad
rettoscopia *f* rectoscopia
reuma *m* reúma, reuma
reumati|co, -a (*m pl* **-ci**) *adj* reumático, -a; **~smo** *m* reumatismo; **~zzarsi** enfermar de reumatismo *vi*
reumatoide *adj* reumatoide
reumatolog|ia (*pl* **-gie**) *f* reumatología; **~o, -a** (*m pl* **-gi**) *m/f* reumatólogo, -a
Rev. (*Reverendo*) *abr* (*Reverendo*) Rvdo.
revanscismo *m* revanchismo
reverend|issimo, -a *adj* reverendísimo, -a; **~o, -a** *adj/m relig* reverendo, -a
reverenziale *adj* reverencial
reversibil|e *adj* reversible; **~ità** *f inv* reversibilidad *f*
reversione *f biol/jur* reversión
revision|are *vt* revisar; **~e** *f* revisión; **~ismo** *m pol* revisionismo
revisore, -a *m/f* revisor, -a; *impr* corrector, -a
revival [re'vaival] *m inv* revival
reviviscen|te *adj* reviviscente; **~za** *f* reviviscencia
revoca *f* (*orden...*) revocación; (*huelga...*) desconvocatoria
revocabil|e *adj* revocable; **~ità** *f inv* revocabilidad
revocare ‹*esd*› *vt* (*orden...*) revocar; (*huelga...*) desconvocar
revocatorio, -a (*m pl* **-ri**) *adj* revocatorio, -a
revocazione *f* revocación
revolver *m inv* revólver *m*; **~ata** *f* tiro de revólver *m*
revulsivo, -a *adj/m* revulsivo, -a
RFT (*Repubblica Federale Tedesca*) *abr/f* (*República Federal Alemana*) RFA
Rh (*Fattore Rhesus*) *abr* Rh
rhum *m inv* ron *m*
riabilita|re ‹*esd*› *vt med/jur tamb. fig* rehabilitar; **~zione** *f med/jur tamb. fig* rehabilitación
riaccendere ‹*riaccesi; riacceso*› V. 58 *vt* encender de nuevo, volver a encender
riaccomodare ‹*esd*› *vt* volver a arreglar, arreglar de nuevo
riaccompagnare *vt* 1. volver a acompañar, acompañar de nuevo; 2. acompañar de vuelta
riacquist|are *vt* recobrar, recuperar; **~o** *m* recuperación *f*
riaffacciare 1. *vt* volver a asomar, asomar de nuevo; **2. ~rsi** 1. volverse a asomar, asomarse de nuevo; 2. reaparecer
riaffermare *vt* reafirmar
riaffittare *vt* 1. volver a alquilar; 2. *raro* realquilar
riaggancia|re *vt* reenganchar; **~o** (*pl* **-ci**) *m* reenganche
riaggiustare V. **raggiustare**
riallacciare *vt* 1. volver a unir, volver a atar; 2. reanudar, reiniciar

riallargare V. **rallargare**
riallevalmento *m* recría *f*; **~re** *vt* recriar
riallinealmento *m econ* realineamiento, reajuste; **~re** ‹*esd*› *vt* realinear
riallungare *vt* volver a alargar, alargar de nuevo
rialto *m geogr* elevación *f*, promontorio
rialzlamento *m* 1. realce; 2. *econ* subida *f*; **~are** *vt* 1. realzar; 2. *econ* subir; **~ato, -a** *adj* realzado, -a; **~ista** *adj/s* alcista; **~o** *m* 1. *econ* alza *f*; 2. elevación *f*, montículo ◊ ***al ~*** *adv* al alza; ***essere in ~*** *tamb. fig* estar en alza
riammissione *f* readmisión
riandare ‹*vado; andai; andato*› V. 2 **1.** *vt* 1. *elev* (*un lugar*) volver a recorrer (*estánd*); 2. *raro* evocar; **2.** *vi* volver (**a/in** a), retornar (**a/in** a)
rianimalre ‹*esd*› *vt tamb. fig* reanimar; **~zione** *f tamb. fig* reanimación ◊ ***sala di ~*** *f med* sala de reanimación
riannessione *f* nueva anexión, reincorporación
riannodare *vt tamb. fig* reanudar
riapersi..., riaperto V. **riaprire**
riapertura *f* apertura, inauguración; *jur* reapertura; (*herida*) reabertura
riapparilre ‹*appaio/apparisco; apparii/apparvi/apparsi; apparso*› V. 3 *vi* reaparecer; **~zione** *f* reaparición
riaprire ‹*apersi/aprii; aperto*› V. 17 *vt* reabrir, volver a abrir
riarmlamento *m* rearme; **~are** *vt* rearmar; **~o** *m* rearme
riarso, -a *adj* requemado, -a, reseco, -a
riassettlare V. **rassettare**; **~o** *m* reajuste
riassicurlare *vt com* reasegurar; **~azione** *f com* reaseguro *m*
riassorbilmento *m* reabsorción *f*; *med* resorción *f*; **~re** ‹*isc/-sorbo*› *vt* reabsorber; *med* resorber
riassumere ‹*assunsi; assunto*› V. 6 *vt* 1. volver a contratar, contratar de nuevo; readmitir; 2. resumir, sintetizar; compendiar
riassunltivo, -a *adj* sintético, -a, sintetizador, -a, recapitulatorio, -a; **~to 1.** *m* resumen, síntesis *f inv*; compendio; **2.** *pp* V. **riassumere**; **~zione** *f* (*trabajo*) readmisión
riattaccare *vt* 1. atacar de nuevo; 2. (*teléfono*) colgar
riattamento *m* reacondicionamiento
riattare *vt* reacondicionar
riattivalre *vt* reactivar; **~zione** *f* reactivación
riattizzare V. **rattizzare**
riavere ‹*ho, ebbi, avuto*› V. V. introd. **1.** *vt* recuperar; **2. ~rsi** recuperarse, resarcirse; *med tamb. fig* recuperarse, restablecerse
riavuto V. **riavere**
riavvicinalmento *m tamb. fig* acercamiento; **~re** *vt tamb. fig* acercar, aproximar
riavvolgere ‹*volgo; volsi; volto*› V. 90 *vt* rebobinar
riavvolgimento *m* rebobinado
riavvolsi..., riavvolto V. **riavvolgere**
ribadilre ‹*isc*› *vt* 1. (*clavo*) remachar; 2. repetir, hacer hincapié (**qc** en u-c), insistir (**qc** en u-c); **~tura** *f* remache *m*
ribaldleria *f* bellaquería, picardía, ribaldería (*raro*); **~o** *m* bribón, sinvergüenza, ribaldo (*raro*); *mil/hist* ribaldo
ribalta *f* 1. trampilla; 2. *teat* proscenio *m* ◊ ***a ~*** *adv* (*mesa, cama*) abatible; ***venire alla ~*** salir a escena; *fig* salir a la palestra; **~bile** *adj* abatible; ***sedile ~*** *asiento abatible*; **~mento** *m* vuelco; (*gobierno*) caída *f*; **~re 1.** *vt* volcar; (*gobierno*) derribar; **2.** *vi/~rsi* (*vehículo...*) volcar
ribaltone *m pol/econ* vuelco de la situación
ribasslare 1. *vt* bajar, disminuir; *com* rebajar, abaratar; **2.** *vi* bajar, disminuir; **~ista** *adj/s com* bajista; **~o** *m* bajada *f*, disminución *f*, descenso; (*bolsa*) bajada *f*, rebaja *f* (!), abaratamiento ◊ ***essere in ~*** estar en horas bajas; ***giocare al ~*** jugar a la baja; ***vendere a ~ qc*** *com* hacer descuento sobre u-c
ribattere *vt* 1. rebatir, refutar; replicar, contestar, retrucar (*Am*); (*golpe, pelota*) rechazar; 2. insistir (**su** en/sobre); 3. volver a escribir a máquina
ribattezzare *vt relig tamb. fig* rebautizar
ribattino *m tecn* remache, roblón
ribattuta *f* (*golpe*) rechazo *m*; *sport* rechace *m*, remate *m*; (*tenis*) resto *m*
ribelllarsi rebelarse, sublevarse; **~e** *adj/s* rebelde; **~ione** *f* rebelión, sublevación
ribes *m inv* 1. *bot* grosella *f*; 2. *bot* (*planta*) grosellero *m*
ribollilmento *m* 1. hervor; 2. arrebato, excitación *f*; **~re** ‹*esd*› *vt/i* ‹*avere*› *tamb. fig* hervir
ribonucleico, -a (*m pl* **-ci**) *adj* ribonucleico, -a
ribrezzo *m* repulsión *f*, asco
ributtalnte *adj* repulsivo, -a, asqueroso, -a; **~re 1.** *vt* 1. echar de nuevo; expulsar, rechazar; 2. (*vomitar*) arrojar, devolver; **2.** *vi* 1. repeler, repugnar, asquear; 2. *bot* rebrotar; **3. ~rsi** volver a echarse ◊ ***~rsi giù*** hundirse, desanimarse
ricacciare *vt* echar, expulsar; *mil tamb. fig* rechazar
ricadlere ‹*caddi; cadrà; caduto*› V. 8 *vi* 1. volver a caer (**in** en); 2. (*responsabilidad...*) recaer (**su** sobre); **~uta** *f* 1. *med tamb. fig* recaída; 2. repercusión (**di qc su qc** de u-c en u-c)
ricalcare *vt* 1. (*copiar*) calcar, recalcar; 2. (*gorro*) encasquetar
ricalcitralnte *adj* recalcitrante; **~re** ‹*esd*› *vi* ‹*avere*› *zool tamb. fig* recalcitrar
ricamalre *vt tamb. fig* bordar; **~trice** *f* bordadora
ricambilabile *adj* recambiable; **~are** *vt* 1. volver a cambiar; 2. (*saludo, favor*) devolver, corresponder *vi* (**qc** a u-c); **~o** (*pl* **-bi**) *m* 1. recambio, repuesto; *biol* recambio; 2. (*saludo, favor*) devolución *f*
ricamo *m* 1. bordado, labor *f*; 2. filigrana *f*, obra de arte *f*
ricapitolalre ‹*esd*› *vt* recapitular; **~zione** *f* recapitulación
ricarica *f* recarga
ricaricabile *adj* recargable
ricaricare ‹*esd*› *vt* recargar; (*reloj*) volver a dar cuerda

ricatt|are *vt* chantajear; **~atore, -trice** *adj/s* chantajista; **~o** *m* chantaje
ricav|are *vt tamb. fig* extraer (**da** de), obtener; **~ vino dall'uva** *obtener vino de la uva*; **~ dati da un libro** *extraer datos de un libro*; **~ato** *m* 1. *com* beneficio, ganancia *f*; 2. fruto, utilidad *f*; **~o** *m* 1. *min* extracción *f*; 2. fruto, utilidad *f*
ricchezza *f* riqueza
riccio, -a (*m pl* **-ci**, *f pl* **-ce**) **1.** *adj* rizado, -a; **2.** *m* 1. (*pelo*) rizo; 2. *zool* erizo; 3. *bot* erizo, zurrón ◊ **~ di mare** *zool* erizo de mar, equino
ricciolo *m* rizo; bucle, tirabuzón
ricciuto, -a *adj* rizado, -a
ricco, -a (*m pl* **-chi**) *adj/s* rico, -a ◊ **~ sfondato** forrado, riquísimo, ricachón; **~ne, -a** *m/f* ricachón, -ona, ricacho, -a
ricerca (*pl* **-che**) *f* búsqueda, busca; indagación, pesquisa, averiguación; **fare delle ~e su q/qc** *hacer indagaciones sobre alg/u-c*; *cient* investigación ◊ **~ di mercato** estudio de mercado (*m*); **andare alla ~ di qc** ir en busca/búsqueda de u-c; **~re** *vt* 1. volver a buscar; rebuscar; 2. buscar, indagar, investigar ◊ **cerca e ricerca** busca que te busca; **~tezza** *f* afectación, engolamiento *m*; **~to, -a** *adj* 1. buscado, -a; 2. apreciado, -a; 3. elegante; 4. *desp* afectado, -a, engolado, -a; **~tore, -trice** *m/f* investigador, -a; *estud* (*universidad*) profesor, -a investigador, -a
ricetrasmittente *m* receptor-emisor
ricetta *f gastr/med* receta; **~colo** *m* 1. *bot* receptáculo; 2. *desp* nido, cueva *f*, refugio; **un ~ di malviventi** *un nido de delincuentes*; **~re** *vt jur* receptar; **~rio** (*pl* **-ri**) *m* 1. *gastr/med* (*repertorio*) recetario; 2. *med* talonario de recetas; **~tore, -trice** *m/f* receptador, -a, perista (*jerga*); **~zione** *f jur* receptación
ricettiv|ità *f inv* receptividad *f*; **~o, -a** *adj* receptivo, -a
ricevente *adj/s* receptor
ricevere *vt* recibir
ricevi|mento *m* recibimiento, acogida *f*; (*acto*) recepción *f*; **offrire un ~** *dar una recepción*; **~tore, -trice 1.** *adj* receptor, -a; **2.** *m* 1. *adm* recaudador; 2. (*teléfono*) receptor, aparato; **~toria** *f* (*lotería, quiniela*) despacho *m* ◊ **~ postale** estafeta de correos
ricevuta *f* recibo *m* (!) ◊ **~ di ritorno** acuse de recibo (*m*); **~ fiscale** factura/tíquet de compra; **accusare ~** acusar recibo
ricezione *f* recepción
richiam|are 1. *vt* volver a llamar; llamar, reclamar; **~ l'attenzione di q su qc** *reclamar/llamar la atención de alg sobre u-c*; evocar, rememorar; **~ alla realtà** *devolver a la realidad*; **2. ~rsi** 1. referirse; 2. apelar, invocar; **~ata** *f telec* rellamada ◊ **tasto di ~** tecla de rellamada; **~o** *m* 1. llamada *f*, llamado, llamamiento; 2. (*caza, tamb. fig*) reclamo, señuelo; 3. *impr* remisión *f*; 4. *med* dosis de recuerdo *f inv* ◊ **~ all'ordine** llamada al orden (*f*)
richiedente *m/f* solicitante
richiedere ‹*chiesi; chiesto*› V. 9 *vt* 1. volver a pedir; 2. pedir, solicitar; *jur* requerir, instar; reclamar; 3. exigir, requerir, precisar
richiest|a *f* 1. petición, solicitud; **a ~ dell'interessato** *a petición del interesado*; 2. *econ* demanda ◊ **a ~ di** *prep* a petición de; **dietro ~** *adv* previa solicitud; **~o** V. **richiedere**
richiudere ‹*chiusi; chiuso*› V. 10 *vt* volver a cerrar
ricicla|ggio (*pl* **-gi**) *m* reciclaje; *econ* blanqueo; **~re** *vt* reciclar; *econ* blanquear; **~ denaro sporco** *blanquear dinero negro*
ricino *m bot* ricino
ricogni|tore *m* avión de reconocimiento; **~zione** *f* reconocimiento *m*, exploración; *jur* reconocimiento *m*; *jur* (*cadáver, persona*) identificación
ricollegare 1. *vt* 1. volver a unir, volver a conectar; 2. relacionar, unir; **2. ~rsi** 1. volver a conectarse; 2. referirse; 3. relacionarse, tener relación
ricollocare ‹*esd*› *vt* volver a colocar, reponer
ricolm|are *vt* colmar, llenar; **~o, -a** *adj* lleno, -a a rebosar
ricominciare *vt* volver a empezar
ricompar|ire ‹*paio/parisco; parii/parvi/parsi; parso*› V. 3 *vi* reaparecer; **~sa** *f* reaparición
ricompensa *f* recompensa; **~re** *vt* recompensar
ricomposizione *f* recomposición
riconcentrare *vt* reconcentrar
riconcilia|re *vt* reconciliar, apaciguar; **~zione** *f* reconciliación
ricond|otto V. **ricondurre**; **~ucibile** *adj* 1. reconducible; 2. atribuible, achacable; **~urre** ‹*duco; dussi; dotto*› V. 15 *vt* 1. (*volver a conducir*) volver a conducir, volver a llevar; 2. reconducir; **~ all'ordine** *reconducir al orden*; 3. atribuir; **~ un fenomeno a una causa** *atribuir un fenómeno a una causa*
riconferma *f* confirmación; **~re** *vt* confirmar
riconfortare *vt* reconfortar
ricongiungere ‹*giungo; giunse; giunto*› V. 39 *vt* volver a unir, reunir
riconobbi... V. **riconoscere**
riconoscen|te *adj* agradecido, -a, reconocido, -a; **essere ~ a q per qc** *estar agradecido a alg por u-c*; **~za** *f* agradecimiento *m*, gratitud
riconoscere ‹*riconosco; riconobbi; riconosciuto*› V. 16 *vt* reconocer
riconosci|bile *adj* reconocible; **~mento** *m* reconocimiento
riconquista *f* reconquista; **~re** *vt* reconquistar
riconsegna *f* devolución; **~re** *vt* devolver
riconsiderare ‹*esd*› *vt* reconsiderar
riconver|sione *f econ* reconversión; **~tire** ‹*convertii/conversi*› V. 90a *vt* reconvertir
ricopersi..., ricoperto V. **ricoprire**
ricopertura *f* forro *m*, funda; revestimiento *m*
ricopia|re *vt* volver a copiar, transcribir; **~tura** *f* transcripción
ricoprire ‹*coprii/copersi; coperto*› V. 17 *vt* **1.** recubrir, revestir; 2. tapar, cubrir; 3. *adm* (*cargo*) ocupar, desempeñar

ricord|anza *f elev* recordación; **~are** *vt* recordar ◊ ***se ben ricordo*** si no recuerdo mal; **~ino** *m* 1. recuerdo, souvenir; 2. *relig* recordatorio; **~o** *m* recuerdo; ***serbare un buon ~ di q/di qc*** *guardar buen (un) recuerdo de alg/de u-c*

ricorren|te 1. *adj* recurrente; **2.** *m/f jur* recurrente, apelante; **~za** *f* aniversario *m*, conmemoración, celebración

ricorrere ‹*corsi; corso*› V. 18 **1.** *vi* 1. volver, regresar; 2. recurrir (**a q** a alg), acudir; apelar (**a q** a alg); *jur* recurrir; **~ *in appello/in cassazione*** *recurrir en casación, apelar*; 3. (*fiesta, aniversario*) celebrarse; (*hecho, fenómeno*) repetirse; **2.** *vt* (*distancia*) volver a correr

ricorsi... V. **ricorrere**

ricorso 1. *m* 1. petición *f*, solicitud *f*; 2. recurso, apelación *f*; 3. (*hecho*) repetición *f*; **2.** *pp* V. **ricorrere** ◊ **~ *amministrativo*** recurso administrativo; **~ *di revisione*** recurso de revisión; **~ *di riforma*** recurso de reposición; **~ *gerarchico*** recurso de alzada; **~ *in appello*** recurso de apelación; **~ *in cassazione*** recurso de casación; ***fare ~ a q*** recurrir a alg, acudir a alg; ***fare ~ a qc*** recurrir a u-c, echar mano de u-c

ricossi... V. **ricuocere**

ricostitu|ente *adj/m* reconstituyente; **~ire** ‹*isc*› *vt tamb. fig* reconstituir, rehacer; **~zione** *f* reconstitución

ricostru|ire ‹*isc*› *vt* reconstruir; **~zione** *f* reconstrucción

ricott|a *f* requesón *m* ◊ ***di ~*** *adj* (*persona*) blando, blandengue; **~o** V. **ricuocere**

ricover|are ‹*esd*› **1.** *vt* 1. (*hospital*) hospitalizar, ingresar, internar; (*psiquiátrico*) internar; 2. dar refugio, dar cobijo; **2. ~rsi** 1. refugiarse, cobijarse; 2. ingresar en un hospital; **~to, -a** *m/f* 1. *med* paciente; 2. refugiado, -a

ricovero *m* 1. (*hospital*) hospitalización *f*, internamiento, ingreso; (*psiquiátrico*) internamiento; 2. *tamb. fig* asilo ◊ **~ *per anziani*** asilo

ricrea|re *vt* recrear, distraer; **~tivo, -a** *adj* recreativo, -a; **~zione** *f* 1. pausa, descanso *m*; *estud* recreo *m* (!); 2. recreación

ricrebbi... V. **ricrescere**

ricredersi cambiar de idea; ***mi sono ricreduto su di lui*** *he cambiado de idea sobre él*

ricrescere ‹*cresco; crebbi; cresciuto*› V. 16 *vi* volver a crecer

rictus *m inv med* rictus

ricuci|re *vt* recoser, volver a coser; *med* coser; (*apaciguar*) cerrar una herida; **~tura** *f* 1. recosido *m*; 2. *desp* popurrí *m*

ricuocere ‹*cuocio; cossi; cotto*› V. 19 *vt* volver a cocer; *metal* recocer

ricuperare... V. **recuperare...**

ricurvo, -a *adj* curvo, -a, corvado, -a; (*viejo, espalda*) encorvado, -a

ricusa|re *vt* rechazar; *jur* recusar; **~zione** (*var.* **ricusa** *raro*) *f jur* recusación

ridacchiare *vi* ‹*avere*› reír(se) con sorna

ridanciano, -a *adj* risueño, -a

ridare ‹*do; diedi/detti; dato*› V. 20 *vt* 1. volver a dar; 2. devolver, restituir ◊ ***dagli e ridagli*** dale que te pego; **~lla** *f coloq* risa floja

ridda *f* 1. *hist* baile en corro *m*; 2. barullo *m*, tumulto *m*

ridente *adj* risueño, -a, alegre

ridere ‹*risi; riso*› V. 61 **1.** *vi* ‹*avere*› reír, reírse; **2. ~rsi** reírse, burlarse; **3. ~rsela** despreocuparse ◊ ***è da ~*** es para echarse a reír, es de risa; ***far ~*** hacer reír, dar risa; ***far ~ i polli*** ser ridículo, ser el hazmerreír; ***ma non farmi ~!*** ¡no me hagas reír!; ***ride bene chi ride l'ultimo*** quien ríe el último ríe mejor

ridetti... V. **ridare**

ridicol|aggine *f* ridiculez; **~ezza** *f* ridiculez; **~izzare** *vt* ridiculizar; **~o, -a** *adj/m* ridículo, -a ◊ ***mettere/porre in ~ q*** dejar en ridículo a alg; ***restare in ~*** quedar en ridículo, hacer el ridículo

ridiedi... V. **ridare**

ridimensiona|mento *m* 1. (*tamaño*) reestructuración *f*; 2. replanteamiento; **~re** *vt* 1. redimensionar; 2. redimensionar, poner en su justo lugar

ridipingere *vt* repintar

ridire ‹*dico; dissi; detto*› V. 21 *vt* 1. repetir, volver a decir; 2. referir; contar; responder; 3. echar en cara, criticar, objetar ◊ ***non aver nulla da ~*** no tener nada que objetar

ridistribu|ire ‹*isc*› *vt* redistribuir; **~zione** *f* redistribución

ridiventare *vi* volver a convertirse

rido... V. **ridare**

ridomandare *vt* 1. volver a pedir; 2. volver a preguntar

ridonare *vt* 1. volver a dar; 2. devolver, restituir

ridonda|nte *adj* redundante; **~nza** *f* redundancia; **~re** *vi elev* redundar (**di** en)

ridosso *m* abrigo, reparo, defensa *f* ◊ ***a ~ di*** *prep* a espaldas de

ridott|a *f* 1. *mil* reducto *m*; posición; 2. *mec* reductora; **~o, -a 1.** *adj* reducido, -a; **2.** 1. foyer, saloncillo; 2. *mil* reducto; **3.** *pp* V. **ridurre** ◊ ***mal ~*** mal parado

riduc|ente *adj/m quím* reductor, -a; **~ibile** *adj* reducible

ridurre ‹*duco; dussi; dotto*› V. 15 **1.** *vt* 1. reducir, disminuir; acortar, abreviar; *mat/quím* reducir; 2. llevar, conducir; someter, obligar; **~ *un bambino all'obbedienza*** *obligar a un niño a obedecer*; 3. convertir; **2. ~rsi** 1. reducirse; abreviarse; (*estado*) reducirse, quedarse; 2. refugiarse (**in** en)

riduttore, -trice 1. *adj quím* reductor, -a; **2.** *m mec/quím/electr* reductor

riduzione *f* 1. reducción, bajada; reducción, acortamiento *m*; *med/mat/quím* reducción; 2. reducción, sometimiento *m*

riebbi... V. **riavere**

riecco *adv coloq* estar aquí de nuevo; ***rieccomi!*** *¡aquí me tenéis de nuevo!*; ***~la con le sue storie*** *ya está otra vez con sus historias*
riecheggiare 1. *vt* (*sugerir*) recordar; **2.** *vi* 1. (*eco*) resonar, retumbar; 2. (*aparecer*) reflejarse, verse
riedifica|re ‹*esd*› *vt* reedificar; **~zione** *f* reedificación
riedizione *f* reedición
rieduca|re ‹*esd*› *vt* reeducar; *med* rehabilitar; **~zione** *f* reeducación; *med* rehabilitación
rielabora|re ‹*esd*› *vt* reelaborar; **~zione** *f* reelaboración
rieleggere ‹*leggo; lessi; letto*› V. 43 *vt* reelegir
rieleggibile *adj* reelegible
rielessi..., rieletto V. **rieleggere**
rielezione *f* reelección
riemergere ‹*emergo; emersi; emerso*› V. 30 *vi* emerger de nuevo
riempi|mento *m* relleno; *adm* (*impreso*) rellenado; **~re** ‹*riempio; riempii; riempito*› V. 13 *vt* llenar, rellenar; *adm* (*impreso*) rellenar; **~tivo** *m* relleno; (*cosa superflua*) relleno; (*persona*) relleno, bulto, paquete; *ling* coletilla *f*, muletilla *f*
rientr|ante 1. *adj* entrante; **2.** *m mil* entrante; **~anza** *f* 1. entrante *m*, concavidad; 2. *impr* sangrado *m*, sangría; **~are** *vi* 1. volver a entrar; *adm/mil* reingresar; 2. (*a casa*) volver, regresar; 3. (*ropa*) encoger; 4. (*pared*) abombarse; (*río, carretera*) abrirse; 5. estar incluido, entrar; ***ciò non rientra nei miei calcoli*** *esto no entra en mis cálculos* ◊ **~ *in sé*** volver en sí, reponerse
rientro *m* 1. regreso, vuelta a casa *f*; *adm/mil* reingreso; 2. (*ropa*) encogerse, encogimiento; 3. *impr* sangrado, sangría *f*
riepilog|are ‹*esd*› *vt* recapitular; **~o** (*pl* **-ghi**) *m* recapitulación *f*
riera V. **riessere**
riesam|e *m* nuevo examen; **~inare** ‹*esd*› *vt* volver a examinar, reconsiderar
riesco... V. **riuscire**
riesporta|re *vt* reexportar; **~zione** *f* reexportación
riessere ‹*como essere*› V. introd. *vi* volver a estar, estar de nuevo ◊ ***ci risiamo!*** ¡ya estamos en las mismas!
riesumare ‹*esd/-umo*› *vt tamb. fig* exhumar, desenterrar
rievoca|re ‹*esd*› *vt* 1. evocar, recordar; 2. evocar de nuevo; **~tivo, -a** *adj* conmemorativo, -a; **~zione** *f* 1. evocación, recuerdo *m*; 2. conmemoración
rifacimento *m* 1. recomposición *f*, reelaboración *f*; reconstrucción *f*; 2. (*película, libro*) nueva versión *f*, remake
rifare ‹*rifaccio/rifò; rifeci; rifatto*› V. 36a **1.** *vt* 1. (*reconstruir*) rehacer, volver a hacer; (*acciones*) volver a hacer, poner en orden; **~ *il letto*** *hacer la cama*; **~ *la camera*** *arreglar la habitación*; 2. imitar; parodiar; 3. compensar (**di** por), indemnizar (**di** por); **~ *i danni/le spese a q/~ q dei danni/delle spese*** *compensar a alg por los daños, pagarle a alg los gastos*; 4. (*cargos*) volver a elegir; **2. ~rsi** 1. volver a hacerse, volver a ser; 2. *med/econ* restablecerse, recobrarse, reponerse; 3. desquitarse, vengarse; 4. volver a empezar; ***~rsi da zero*** *volver a empezar desde cero* ◊ ***~rsela con q*** vengarse de alg; ***non so da che parte ~rmi*** no sé por dónde empezar/tirar
riferi|mento *m* referencia *f* (!) ◊ ***in/con ~ a*** *prep adm* con referencia a; **~re** ‹*isc*› **1.** *vt* 1. contar, relatar, referir; 2. referir, atribuir; **2.** *vi* presentar un informe, informar; **3. ~rsi** referirse (**a** a), aludir *vi* (**a** a)
riffa *f* (*sorteo*) rifa ◊ ***di ~ o di raffa/di ~e o di raffe*** *adv* sea como sea, con las buenas o con las malas, caiga quien caiga
rifiatare *vi* ‹*avere*› 1. respirar; 2. respirar, aliviarse; 3. (*protestar*) rechistar
rifilare *vt* 1. rehilar; (*borde*) recortar, igualar; 2. (*palabras, golpes*) soltar, endilgar; (*cosas falsas o desagradables*) endosar, endilgar
rifinanziamento *m* refinanciación *f*
rifini|re ‹*isc*› *vi* acabar, rematar; *tecn/arte tamb. fig* perfilar; **~tezza** *f* (*objeto, trabajo*) acabado *m*; **~tura** *f* acabado *m*, remate *m*
rifior|ente *adj bot* reflorescente; **~imento** *m* (re)florecimiento, renacimiento; **~ire** ‹*isc*› *vi* 1. *tamb. fig* reflorecer; 2. enmohecerse, florecerse; **~itura** *f* 1. *tamb. fig* reflorecimiento *m*; 2. enmohecimiento *m*, florecimiento *m*
rifischiare *vt* 1. volver a pitar; 2. *coloq* chivarse, soplar
rifiut|are 1. *vt* rechazar, rehusar; **~ *di fare qc*** *rehusar hacer u-c, negarse a hacer u-c*; **2. ~rsi** negarse; ***~rsi di fare qc*** *negarse a hacer u-c*; **~o 1.** *m* 1. rechazo, negativa *f*; 2. desecho, desperdicio, residuo; **2.** *mpl* (*doméstica*) basura *f* ◊ ***i ~i della società*** la escoria de la sociedad; ***~i radioattivi/nucleari*** desechos radiactivos; ***~i tossici*** residuos tóxicos; ***netto ~*** rechazo absoluto
rifless|ione *f fís tamb. fig* reflexión; **~ivo, -a** *adj ling tamb. fig* reflexivo, -a; **~o, -a 1.** *adj* 1. reflejado, -a; 2. (*respuesta, acto, movimiento*) reflejo, -a; **2.** *m* reflejo; **3.** *pp* V. **riflettere** ◊ **~ *condizionato*** reflejo condicionado; ***di ~*** *adv* de rebote
riflettente *adj fís* reflectante, reflector, -a
riflettere ‹*riflessi; riflesso (1,3)/riflettuto (2)*› V. 62 **1.** *vt fís tamb. fig* reflejar; **2.** *vi* ‹*avere*› reflexionar, recapacitar; **3. ~rsi** reflejarse; (*consecuencias*) repercutir *vi* (**su** en)
riflettore *m* reflector
riflu|ire ‹*isc*› *vi* refluir; **~sso** *m* 1. reflujo; *nav* reflujo, resaca *f*, bajamar *f*; 2. desencanto
rifocillare 1. *vt* dar de comer/beber; **2. ~rsi** (*comer, beber*) reponerse
Rifondazione Comunista *f pol* (*partido político italiano de izquierda*) Refundación Comunista
rifondere ‹*fusi; fuso*› V. 37 *vt* 1. (*metal, obra*) refundir; 2. resarcir, satisfacer
riforestazione *f* reforestación

riforma *f* reforma; **~re** *vt* reformar; **~to, -a** *adj/m* 1. *relig* reformado, -a, protestante; 2. *mil* inútil; **~tore, -trice** *adj/s* reformador, -a; **~torio** (*pl* **-ri**) *m* reformatorio
riformis|mo *m* reformismo; **~ta** *adj/s* reformista; **~tico, -a** (*m pl* **-ci**) *adj* reformista
riforni|mento 1. *m* abastecimiento, aprovisionamiento, avituallamiento; **2.** *mpl* provisiones *fpl*, víveres ◊ ***fare ~ di qc*** hacer provisión de u-c, aprovisionarse de u-c; ***fare ~ di benzina*** repostar, poner gasolina; **~re** ‹*isc*› *vt* abastecer, aprovisionar, proveer
rifrangenza *f fís* refringencia
rifrangere ‹*rifrango; rifransi; rifranto/rifratto*› V. 54 **1.** *vt fís* refractar; **2. ~rsi** 1. romperse; 2. *fís* refractarse
rifrattore, -trice *adj/m* refractor, -a
rifrazione *f* refracción
rifreddo, -a 1. *adj* (*comida*) frío, -a; **2.** *m* plato frío, comida fría *f*
rifriggere ‹*friggo; frissi; fritto*› V. 38 *vt* 1. volver a freír; 2. repetir, copiar, fusilar (*coloq*)
rifritt|o 1. *m gastr tamb. fig* refrito; **2.** *pp* V. **rifriggere**; **~ume** *m desp/tamb. fig* refrito
rifu V. **riessere**
rifuggire *vi* 1. volver a huir; 2. rehuir *vt* (**da** u-c), aborrecer *vt* (**da** u-c), esquivar *vt* (**da** u-c)
rifugi|arsi refugiarse, guarecerse; **~ato, -a** *adj/s* refugiado, -a; **~o** (*pl* **-gi**) *m* 1. refugio, cobijo; *mil* refugio; 2. refugio, amparo
rifulgente *adj elev* refulgente
rifulgere ‹*rifulgo; rifulsi; rifulso*› V. 63 *vi* ‹*essere/avere*› *elev* refulgir
rifusi... V. **rifondere**
rifusione *f metal tamb. fig* refundición
rifuso V. **rifondere**
riga (*pl* **-ghe**) *f* línea; (*ropa, pelo*) raya; (*escritura*) línea, renglón *m*; *mil* fila, línea; *mat* regla; *TV* línea ◊ ***carta a ~e*** *f* papel a rayas (*m*); ***leggere tra le ~e*** leer entre líneas; ***mettere in ~ q*** hacer entrar en vereda a alg; ***mettersi in ~ con q*** ponerse a la altura de alg; ***rimettersi in ~*** volver al redil; ***rompete le ~e!*** *mil* ¡rompan filas!; **~glie** *fpl gastr* menudillos *mpl*, asaduras
rigagnolo *m* arroyo, riachuelo
rigare *vt* 1. rayar; 2. (*lágrimas*) regar, surcar ◊ ***~ diritto*** ir por el camino marcado
rigatt|eria *f* ropa vieja; **~iere** *m* chamarilero, ropavejero
rigatura *f* rayado *m*
rigenera|re ‹*esd*› *vt biol tamb. fig* regenerar; **~tivo, -a** *adj* regenerativo, -a; **~tore, -trice** *adj/m* regenerador, -a; **~zione** *f biol tamb. fig* regeneración
rigermogliare *vi* rebrotar, retoñar
rigett|are *vt* 1. volver a lanzar; 2. *bot* brotar, rebrotar; 3. rechazar; 4. *coloq* (*vomitar*) devolver, arrojar; **~o** *m* 1. *med tamb. fig* rechazo; 2. *bot* brote, rebrote
righello *m* (*regla*) cuadradillo
rigid|ezza *f fís tamb. fig* rigidez; **~ità** *f inv med tamb. fig* rigidez *f*; **~o, -a** *adj tamb. fig* rígido, -a
rigir|are 1. *vt* dar vueltas, girar; **2.** *vi* ‹*avere*› dar vueltas, deambular; **3. ~rsi** darse la vuelta, girarse ◊ ***saperla ~*** saber manejarse; **~o** *m* 1. *tamb. fig* vuelta *f*, rodeo; 2. lío, embrollo
rigo (*pl* **-ghi**) *m* (*escritura*) línea *f*, raya *f*; *mús* línea de pentagrama *f*
rigoglio (*pl* **-gli**) *m bot* frondosidad *f*, lozanía *f*, exuberancia *f*; vigor, energía *f*, fuerza *f*
rigoglioso, -a *adj bot* frondoso, -a, lozano, -a, exuberante; vigoroso, -a, pujante, ufano, -a
rigogolo *m zool* oropéndola *f*
rigonfi|amento *m* hinchazón *f*; abombamiento; **~are 1.** *vt* volver a hinchar; **2.** *vi* hincharse; *gastr* (*masa*) levantarse; **~o, -a** (*m pl* **-fi**) **1.** *adj* hinchado, -a; abombado, -a; **2.** *m* hinchazón *f*; abombamiento
rigor|e *m* 1. rigor; *meteo* rigor, inclemencia *f*; 2. *sport* penalti, penalty, penal (*Arg/Ur*) ◊ ***a ~ di logica*** *adv* en buena lógica; ***a ~ di termini*** *adv* en rigor; ***a stretto ~*** *adv* rigurosamente; ***di ~*** *adv* de rigor; **~ismo** *m* rigorismo; **~ista** *adj/s* rigorista; **~osità** *f inv* rigurosidad *f*; **~oso, -a** *adj* riguroso, -a
rigoverna|re *vt* 1. lavar los platos, fregar; 2. (*animales*) ocuparse (**q** de alg), cuidar (**q** de alg); **~tura** *f* 1. lavado de platos *m*, fregada; 2. agua de la fregada
riguadagnare *vt* volver a ganar; (*tiempo*) recuperar
riguard|are 1. *vt* 1. volver a mirar, remirar; mirar atrás; 2. concernir *vi*, tener que ver *vi*, atañer *vi*, afectar; ***per quel che mi riguarda*** *por lo que a mí respecta, en lo que a mí concierne*; 3. considerar, estimar; 4. guardar, resguardar, preservar; **2. ~rsi** resguardarse, preservarse; cuidarse; **~ata** *f* mirada, vistazo *m*, ojeada ◊ ***dare una ~ a qc*** echar una ojeada a u-c; **~o** *m* 1. cuidado, atención *f*; 2. respeto, consideración *f*; 3. relación *f*; respecto ◊ ***persona di ~*** *f* persona respetable, persona digna de consideración; ***nei ~i di/~ a*** *prep* por lo que respecta a, respecto a; **~oso, -a** *adj* respetuoso, -a, considerado, -a, atento, -a
rigurgitare ‹*esd*› *vt/i* ‹*essere/avere*› regurgitar; desbordarse; ***il fiume ha rigurgitato/l'acqua è rigurgitata*** *el río se ha desbordado/el agua ha regurgitado*
rigurgito *m med* regurgitación *f*; desbordamiento
riho V. **riavere**
rilanci|are *vt* 1. volver a lanzar; (*idea, producto*) relanzar; 2. *sport* despejar; **~o** (*pl* **-ci**) *m* relanzamiento
rilasci|amento *m* 1. aflojamiento; 2. relajación *f*; 3. (*prisionero*) liberación *f*; **~are** *vt* 1. *adm* expedir; *com* entregar; 2. (*prisionero*) liberar, poner en libertad; 3. *med* relajar; **~o** (*pl* **-sci**) *m* 1. *adm* (*documentos*) expedición *f*; *com* entrega *f*; 2. (*prisionero*) liberación *f*, puesta en libertad *f*

◊ ***a ~ prolungato*** *adj* (*fármaco, sustancia...*) de liberación prolongada

rilassa|mento *m med tamb. fig* relajación *f*, relajamiento; **~nte** *adj* relajante; **~re** *vt* relajar; **~tezza** *f* relajo *m*, relajación

rilega|re *vt* 1. volver a atar; 2. (*joyas*) engarzar, engastar; *impr* encuadernar; **~tore, -trice** *m/f impr* encuadernador, -a; **~tura** *f impr* encuadernación

rileggere ‹*leggo; lessi; letto*› V. 43 *vt* releer

rilento: a ~ *adv* despacio, lentamente

rilessi..., riletto V. **rileggere**

rileva|bile *adj* deducible; **~mento** *m* 1. detección *f*, determinación *f*; 2. encuesta *f*, sondeo; 3. *tecn/nav* levantamiento, marcación *f*, trazado; **~nte** *adj* relevante; **~nza** *f* relevancia; **~re 1.** *vt* 1. destacar, realzar; poner de manifiesto; detectar, notar, observar; 2. sondear, encuestar; 3. *tecn* (*topografía*) levantar, deslindar; (*dibujo, molde*) sacar, obtener; (*datos, información*) sacar, extraer, obtener; 4. *com* adquirir; 5. relevar, dar el relevo; 6. recoger, pasar *vi* (**q** por alg); **2.** *vi* (*objeto*) resaltar, sobresalir; **3. ~rsi** *tamb. fig* levantarse; **~to** *m* dique; (*carretera*) terraplén; **~zione** *f* sondeo *m*, encuesta

rilievo *m* 1. *geogr/arte tamb. fig* relieve; 2. *tecn* levantamiento, marcación *f*, trazado; observación *f* ◊ ***alto, basso, mezzo ~*** *m* alto, bajo, medio relieve; ***mettere in ~ qc*** poner de relieve u-c

riloga (*pl* **-ghe**) *f* (*cortinas*) riel *m*

rilucente *adj* reluciente

rilucere ‹*sin pp ni tiempos compuestos*› *v/def* relucir

rilutta|nte *adj* reluctante (**a** a), reacio, -a (**a** a); **~nza** *f* resistencia; *fís* reluctancia; **~re** *vi* ‹*avere*› resistirse (**a fare qc** a hacer u-c), ser reacio (**a fare qc** a hacer u-c)

rima *f* rima ◊ ***~ alternata*** *lit* rima alterna; ***~ baciata*** *lit* rima pareada, pareado (*m*); ***~ incatenata*** *lit* rima cruzada; ***far ~*** *lit* rimar; ***rispondere per le ~e*** devolver la pelota

rimagliare *vt* remallar

rimand|are *vt* 1. volver a enviar; 2. (*dinero, pelota*) devolver; (*regalo*) rechazar; 3. (*persona*) devolver, repatriar; (*paciente*) dar de alta; 4. posponer, aplazar; 5. suspender; ***~ a settembre*** (*obsol*) *suspender para septiembre*; (*candidato*) rechazar; 6. (*hacer referencia*) remitir; **~o** *m* 1. reenvío, nuevo envío; devolución *f*; (*persona*) repatriación *f*; *sport* despeje; 2. aplazamiento, posposición *f*; 3. (*en un texto*) remisión *f* ◊ ***di ~*** *adv* de rebote

rimaneggia|mento *m impr* recomposición *f*; **~re** *vt* reorganizar, reestructurar, cambiar; *impr* recomponer

rimane|nte 1. *adj* restante; **2.** *mpl/fpl* restantes; **3.** *m* remanente, resto; **~nza** *f* resto *m*, remanente *m*; **~re** ‹*rimango; rimasi; rimasto*› V. 64 *vi* 1. quedarse, permanecer, detenerse; (*estados*) quedarse; ***~ meravigliato*** *quedarse asombrado, asombrarse*; 2. quedar, restar; ***rimangono poche persone*** *quedan pocas personas* ◊ ***~ indietro*** *tamb. fig* quedarse atrás; ***~ male*** quedarse mal, dejar mal sabor de boca; ***~rci*** *coloq* palmarla

rimangiare *vt* volver a comer

rimango... V. **rimanere**

rimarcare *vt adm* notar, observar

rimarchevole *adj adm* notable, resaltable

rimarco (*pl* **-chi**) *m* nota *f*, observación *f*, reparo

rimare *vt/i* ‹*avere*› rimar

rimarginare ‹*esd*› *vt/i med tamb. fig* cicatrizar

rimaritare 1. *vt* volver a casar; **2. ~rsi** volverse a casar

rimasi... V. **rimanere**

rimast|icare ‹*esd*› *vt* 1. volver a masticar; *zool* rumiar; 2. rumiar, dar vueltas (**qc** a u-c); *desp* mascullar; **~o** V. **rimanere**

rimasuglio (*pl* **-gli**) *m* restos *mpl*, sobras *fpl*

rimatore, -trice *adj/s* rimador, -a

rimbalz|are *vi* ‹*essere/avere*› 1. rebotar; 2. (*noticia*) esparcirse, correr; **~ello** *m* (*juego*) cabrillas *fpl*; **~o** *m* rebote ◊ ***di ~*** *adv* de rebote, de carambola

rimbambi|mento *m desp* chochez *f*, chochera *f*; **~re** ‹*isc*› *vi desp* chochear; **~to, -a** *adj/s desp* chocho, -a, chocheante

rimbeccare *vt* (*ofensa, golpe, pelota*) devolver

rimbecilli|re ‹*isc*› **1.** *vt* abobar, alelar; **2.** *vi* 1. abobarse, alelarse; 2. chochear; **~to, -a** *adj/s* abobado, -a, alelado, -a; chocho, -a, chocheante

rimbellire ‹*isc*› **1.** *vt* embellecer; **2.** *vi/~rsi* embellecerse

rimbocca|re *vt* arremangar, remangar, arrollar (*Am*) ◊ ***~rsi le maniche*** poner manos a la obra; **~tura** *f* remango *m*, arremango *m*; (*sábana*) rebozo *m*

rimbomb|ante *adj* rimbombante; **~are** *vi* ‹*essere/avere*› retumbar, resonar, rimbombar; **~o** *m* retumbo, estruendo, rimbombo

rimbors|abile *adj* reembolsable, rembolsable; **~are** *vt* reembolsar, rembolsar, devolver; **~o** *m* reembolso, rembolso, devolución *f*

rimbosca|mento *m* reforestación *f*, repoblación forestal *f*; **~re** *vt* reforestar, repoblar

rimboschi|mento *m* reforestación *f*, repoblación forestal *f*; **~re** ‹*isc*› *vt* reforestar, repoblar

rimbrott|are *vt* reprender, regañar; **~o** *m* reprensión *f*, reproche; regañina *f*

rimbruttire ‹*isc*› **1.** *vt* afear de nuevo; **2.** *vi* afearse de nuevo

rimedi|are 1. *vi* ‹*avere*› remediar *vt*, subsanar *vt*, poner remedio (**a** a); **2.** *vt* 1. *coloq* conseguir, obtener, procurar; 2. arreglar, reparar; **~o** (*pl* **-di**) *m* remedio ◊ ***non c'è ~*** no hay remedio, no tiene solución; ***porre ~ a qc*** poner remedio a u-c, remediar u-c; ***spesso è peggio il ~ del male*** a veces es peor el remedio que la enfermedad; **~tare** ‹*esd*› *vt/i* ‹*avere*› volver a meditar

rimembra|nza *f elev* remembranza; **~re** *vt* rememorar

rimescollamento *m* 1. (*acción*) mezcla *f*; 2. turbación *f*, sobresalto *m*; **~are** ‹*esd*› **1.** *vt* 1. mezclar, remover; revolver; (*naipes*) barajar; 2. turbar, sobresaltar; **2. ~rsi** 1. turbarse, sobresaltarse; agitarse; 2. mezclarse, entremezclarse; **~ata** *f* barajada rápida; **~io** (*pl* **-lii**) *m* tumulto, agitación *f*; turbación *f*, sobresalto
rimessla *f* 1. nueva puesta; **~ *in scena*** *nueva puesta en escena*; 2. *sport* (*fútbol...*) saque *m*; (*tenis*) resto *m*; 3. almacenaje *m*, almacenamiento *m*; 4. (*mercancía*) remesa, partida; 5. pérdida; 6. *auto* garaje *m*, cochera; *agric* cobertizo *m*, granero *m*; 7. *bot* brote *m* ◊ **~ *laterale*** (*fútbol...*) saque de banda (*m*); ***vendere a ~*** *com* vender con pérdida; **~o, -a 1.** *adj* 1. puesto, -a de nuevo; (*enfermedad*) restablecido, -a, repuesto, -a; 2. (*pecado, deuda*) perdonado, -a; **2.** *m* (*tela*) dobladillo; **3.** *pp* V. **rimettere**
rimestare 1. *vt* remover, revolver; **2.** *vi* hurgar; ***~ nel passato, nei ricordi*** *hurgar en el pasado, en los recuerdos*
rimettere ‹*misi; messo*› V. 44 **1.** *vt* 1. volver a poner; ***~ a galla*** *sacar a flote, reflotar*; ***~ in scena*** reponer; restablecer, restaurar; 2. confiar (**qc a q** u-c a alg); 3. (*pena, falta*) perdonar; 4. *sport* (*balón*) despejar, chutar; 5. posponer, aplazar; 6. remitir, enviar; (*dinero*) girar, transferir, enviar; 7. *coloq* (*daño, pérdida*) pagar, dejarse; ***~rci di tasca propria*** *tener que pagar de su bolsillo*; 8. *coloq* (*vomitar*) devolver, arrojar; **2. ~rsi** 1. volver a ponerse; 2. (*salud*) restablecerse, reponerse; ***~rsi in salute*** *reponerse*; *meteo* mejorar *vi*; 3. (*confiarse*) remitirse (**a q** a alg)
rimisi... V. **rimettere**
rimmel *m inv* rimmel
rimodernalmento *m* modernización *f*, renovación *f*; **~re** *vt* modernizar, renovar
rimonta *f* 1. *mil/tecn* remonta; 2. *sport* remontada; 3. *min* galería inclinada; **~re 1.** *vt* 1. (*rehacer*) volver a montar; 2. (*río, corriente*) remontar; *sport tamb. fig* remontar; 3. *tecn*/*mil* (*zapato*) remontar; **2.** *vi* 1. volver a montar, volver a subir; 2. remontarse; ***~ al Medioevo*** *remontarse a la Edad Media*
rimorchilare *vt* 1. remolcar; 2. (*persona*) arrastrar; ligar, ligarse; ***~ una ragazza*** *ligarse a una chica/ligar con una chica*; **~atore** *m nav* remolcador; **~o** (*pl* **-chi**) *m* remolque ◊ ***prendere a ~*** llevar a remolque
rimordere ‹*morsi; morso*› V. 45 *vt* 1. volver a morder; 2. (*conciencia*) remorder
rimorsi... V. **rimordere**
rimorso 1. *m* remordimiento; **2.** *pp* V. **rimordere**
rimossi..., rimosso V. **rimuovere**
rimostralnza *f* queja, protesta; **~re 1.** *vt* volver a mostrar; **2.** *vi* ‹*avere*› quejarse, protestar
rimovibile *adj* removible, desplazable
rimozione *f* 1. (*obstáculos, dificultades*) eliminación; 2. *adm* (*cargo*) destitución ◊ ***~ dal grado*** *mil* degradación
rimpallo *m sport* (*balón*) rebote; (*billar*) retruque
rimpastlare *vt* 1. volver a amasar; 2. reajustar; (*gobierno*) remodelar, reajustar; **~o** *m* 1. nueva amasadura *f*; 2. reajuste; (*gobierno*) remodelación *f*, reajuste
rimpatrilare 1. *vt* repatriar; **2.** *vi* repatriar, repatriarse; **~ata** *f coloq* reencuentro *m*, reunión de amigos; **~o** (**-tri**) *m* repatriación *f*
rimpilangere ‹*piango; piansi; pianto*› V. 54 *vt* añorar, recordar; **~anto 1.** *m* añoranza *f*; **2.** *pp* V. **rimpiangere**
rimpiattlare *vt* esconder, ocultar; **~ino** *m* (*juego*) escondite
rimpiazzlare *vt* reemplazar, remplazar; **~o** *m* reemplazo, remplazo, sustitución *f*
rimpiccolire ‹*isc*› **1.** *vt* empequeñecer; **2.** *vi* empequeñecer, empequeñecerse
rimpinguare *vt* 1. engrandecer, enriquecer; 2. enriquecer de nuevo
rimpinzare 1. *vt* embutir, atiborrar; **2. ~rsi** atracarse, atiborrarse
rimpolpare *vt* engordar; enriquecer
rimpossessarsi volver a adueñarse, volver a apoderarse
rimpoverire ‹*isc*› *vt* 1. empobrecer; 2. empobrecer de nuevo
rimproverare ‹*esd*› **1.** *vt* reñir, reprender, amonestar; echar en cara; **2. ~rsi** reprocharse (**di** por), echarse en cara *vt*
rimprovero *m* reproche; *coloq* riña *f*, rapapolvo
rimuginare ‹*esd*› *vt/i* ‹*avere*› rumiar, dar vueltas (**qc** a u-c)
rimuneralre ‹*esd*› *vt* 1. *elev* remunerar, retribuir; 2. (*trabajo*) dar, producir, rendir; **~tivo, -a** *adj* rentable, fructífero, -a; **~torio, -a** *adj* remuneratorio, -a; **~zione** *f* remuneración
rimuovere ‹*muovo; mossi; mosso*› V. 47 **1.** *vt* (*obstáculo*) quitar, apartar; (*dificultad*) eliminar; apartar (**q da qc** a alg de u-c); *adm* (*cargo, puesto*) destituir, apartar; **2. ~rsi** apartarse (**da qc** de u-c)
rinascere ‹*nasco; nacqui; nato*› V. 48 *vi* renacer, volver a nacer
rinascimentlale *adj* renacentista; ***~o** *m* Renacimiento
rinascita *f* renacimiento *m*, resurgimiento *m*; *bot* rebrote *m*
rinato V. **rinascere**
rincagnata *adj* (*nariz*) chata
rincalzlare *vt* apuntalar, reforzar, afianzar; **~o** *m* 1. apuntalamiento, afianzamiento; 2. tropas de reserva *fpl*; *sport* reserva *f*
rincantucciarsi esconderse en un rincón, meterse en un rincón
rincarlare 1. *vt* encarecer; **2.** *vi* encarecerse, subir; **~o** *m* encarecimiento, subida *f*, alza *f* ◊ ***~ della vita*** subida del coste de la vida (*f*); **~tare** *vt* envolver de nuevo
rincasare *vi* volver a casa
rinchiudere ‹*chiusi; chiuso*› V. 10 **1.** *vt* encerrar, recluir; **2. ~rsi** encerrarse, retirarse

rinchiuso, -a 1. *adj* encerrado, -a; ***aria ~a*** *aire enrarecido/viciado*; **2.** *m* local cerrado; **3.** *pp* V. **rinchiudere** ◊ ***sapere di ~*** oler a cerrado
rincitrullire ‹*isc*› *vt* embobar, idiotizar
rincoglionire ‹*isc*› *vt vulg* volver gilipollas, agilipollar
rincollare *vt* volver a encolar
rincominciare *vt* reanudar, volver a empezar
rincontr|are *vt* reencontrar; **~o** *m* reencuentro
rincorare *vt* animar, dar ánimos
rincorbellire ‹*esd*› *vt coloq* atontar, idiotizar
rincorporare ‹*esd*› *vt* reincorporar
rincorrere ‹*corsi; corso*› V. 18 *vt* perseguir
rincorsa *f* (*impulso*) carrerilla ◊ ***prendere la ~*** tomar carrerilla
rincorsi..., rincorso V. **rincorrere**
rincrescere ‹*cresco; crebbi; cresciuto*› V. 16 *v/impers* sentir, disgustar, pesar; ***mi rincresce che...*** *siento que...*
rincrescimento *m* disgusto, molestia *f*, desagrado
rincrudi|mento *m* recrudecimiento; **~re** ‹*isc*› **1.** *vt* agravar, empeorar; **2.** *vi/~rsi* recrudecerse
rincul|are *vi* ‹*avere*› recular; **~o** *m* reculada *f*; *mil* retroceso
rincuorare *elev* V. **rincorare**
rincupire ‹*isc*› *vt/i* 1. oscurecer; 2. volver a oscurecer
rinfacciare *vt* echar en cara, enrostrar (*Am*)
rinfiancare *vt arq tamb. fig* apuntalar, reforzar
rinfocola|mento *m tamb. fig* reavivamiento; **~re** ‹*esd*› *vt tamb. fig* reavivar
rinfoderare ‹*esd*› *vt* 1. (*espada*) volver a enfundar, volver a envainar; 2. (*propuesta, sugerencia*) guardarse, retirar
rinforz|are 1. *vt* reforzar; **2.** *vi/~rsi* reforzarse; **~o 1.** *m* refuerzo, apoyo; **2.** *mpl mil* refuerzos
rinfrancare *vt* tranquilizar, dar seguridad
rinfresc|ante 1. *adj* refrescante; **2.** *m coloq* antiinflamatorio (*med*); **~are 1.** *vt tamb. fig* refrescar; **2.** *vi meteo* refrescar; **~ata** *f* 1. (*lavándose*) refresco *m*, descanso *m*; 2. *meteo* refrescamiento *m*; 3. (*memoria*) repasito *m*, refresco *m*; ***se non ti ricordi, ti darò io una ~*** *si no te acuerdas, te refrescaré la memoria*; 4. (*pintura*) manita, pasada; ***dare una ~ alle pareti*** *dar una manita (de pintura) a las paredes*; **~o** (*pl* **-schi**) *m* refresco, refrigerio
rinfusa: alla ~ *adv* desordenadamente, de cualquier manera, al tuntún
ring [rin] *m inv* 1. *sport* ring, cuadrilátero *m*; 2. *econ* cartel *m*, cártel *m*
ringalluzzire ‹*isc*› *vt* envalentonar, engreír
ringhiare 1. *vi* ‹*avere*› *zool tamb. fig* gruñir; **2.** *vt* gruñir, mascullar
ringhiera *f* barandilla, baranda
ringhio (*pl* **-ghi**) *m* 1. *zool* gruñido; 2. (*persona*) gruñido, refunfuño
ringhioso, -a *adj* 1. *zool* gruñidor, -a; 2. (*persona*) gruñón, -ona
ringiovani|mento *m* rejuvenecimiento; **~re** ‹*isc*› *vt/i* rejuvenecer
ringoiare *vt tamb. fig* volver a tragar(se)
ringrazia|mento *m* agradecimiento; **~re** *vt* agradecer (**q di qc** u-c a alg), dar las gracias (**q di qc** por u-c a alg)
rinite *f* rinitis *inv*
rinnega|mento *m* reniego, abjuración *f*; **~re** *vt* renegar (**da** de), abjurar (**da** de); **~to, -a** *adj/s* renegado, -a
rinnov|amento *m* renovación *f*; **~are** *vt* renovar; **~atore, -trice** *adj/s* renovador, -a; **~azione** *f* renovación; **~ellare** *vt elev* renovar (*estánd*); **~o** *m* renovación *f*
rinoceronte *m zool* rinoceronte
rinoma|nza *f elev* renombre *m*; **~to, -a** *adj* renombrado, -a
rinoplastica *f med* rinoplastia
rinsaldare *vt* consolidar, afianzar
rinsanguare 1. *vt* devolver la energía; **2. ~rsi** *med/econ* restablecerse, reponerse
rinsanire ‹*isc*› *vi* recobrar la razón
rinsavire ‹*isc*› *vi* 1. recobrar la razón; 2. sentar la cabeza
rinsecchire ‹*isc*› *vi* 1. secarse; 2. adelgazar(se), chuparse
rinserrare *vt* volver a cerrar; volver a encerrar
rintanarsi *zool tamb. fig* refugiarse
rintavolare ‹*esd*› *vt* (*comenzar*) volver a entablar
rinterrare *vt geogr* volver a enterrar, volver a aterrar
rintocc|are *vt* (*horas*) sonar; (*campana*) repicar, sonar; **~o** (*pl* **-chi**) *m* (*horas*) toque; (*campana*) repique, toque
rintoppare *vt* volver a toparse *vi* (**q** con alg)
rintracciare *vt* encontrar, localizar, hallar
rintronamento *m* estruendo
rintronare 1. *vi* ‹*essere/avare*› retumbar, resonar, retronar; **2.** *vt* 1. ensordecer, aturdir; 2. turbar, trastornar
rintuzzare *vt* 1. (*espada...*) despuntar; 2. reprimir, sofocar; 3. rebatir, refutar
rinuncia (*pl* **-ce**) (*var.* **rinunzia**) *f* renuncia; **~re** *vi* ‹*avere*› renunciar; **~tario, -a** (*m pl* **-ri**) *adj/s* renunciatario, -a
rinvasa|re *vt* (*de maceta*) trasplantar; **~tura** *f* (*de maceta*) trasplante *m*
rinven|imento *m* 1. descubrimiento, hallazgo; 2. (*flores, setas...*) revenimiento; *metal* revenido, recocido; 3. (*persona*) restablecimiento, volver en sí; **~ire** ‹*vengo; venni; venuto*› V. 86 **1.** *vt* hallar, encontrar; **2.** *vi* 1. (*flores, setas...*) revenir; *metal* revenir, recocer; 2. volver en sí, reponerse, recobrarse
rinverdire ‹*isc*› *vt/i tamb. fig* reverdecer
rinvestire V. **reinvestire**
rinviare *vt* 1. volver a enviar; 2. *sport* chutar, despejar; 3. (*en un texto*) remitir; 4. aplazar, posponer
rinvigori|mento *m* fortalecimiento; **~re** ‹*isc*› **1.** *vt tamb. fig* fortalecer, revitalizar; **2.** *vi* fortalecerse, revitalizarse
rinvilire ‹*isc*› **1.** *vt* abaratar; **2.** *vi/~rsi* abaratarse

rinvio (*pl* **-vii**) *m* 1. nuevo envío; 2. *sport* chute, chut, despeje; 3. (*en un texto*) remisión *f*; 4. aplazamiento
rio, -a (*m pl* **rii**) **1.** *adj* malvado, -a (!), infame (!); **2.** *m* riachuelo (*estánd*) (!), arroyo (*estánd*) (!)
rioccupa|re ‹*esd*› **1.** *vt* volver a ocupar; **2. ~rsi** 1. (*trabajo*) colocarse de nuevo; 2. (*cuestión*) volver a ocuparse; **~zione** *f* 1. (*territorio*) nueva ocupación; 2. nueva ocupación, nuevo trabajo *m*
rion|ale *adj* de barrio, del barrio; **~e** *m* barrio, barriada *f*
riordina|mento *m* reordenación *f*; **~re** ‹*esd*› *vt* reordenar
riordino *m adm* reordenación *f*, reorganización *f*
riorganizza|re *vt* reorganizar; **~zione** *f* reorganización
riottoso, -a *adj* reticente, renuente, reacio, -a
RIP (*Requiescat in Pace*) *abr* RIP
ripagare *vt* 1. volver a pagar; 2. recompensar; indemnizar
ripara|bile *adj* reparable; **~re 1.** *vt* 1. reparar, proteger, resguardar; 2. reparar, arreglar; **2.** *vi* 1. ‹*avere*› ocuparse (**di** de), atender (**di** a); 2. ‹*essere*› refugiarse; **3. ~rsi** refugiarse (**in/a** en); *meteo* resguardarse (**da** de); **~tore, -trice** *adj/s* reparador, -a; **~zione** *f* reparación, arreglo *m*; (*error*) reparación, corrección; *jur* reparación, satisfacción, indemnización; *estud* recuperación
riparlare 1. *vi* ‹*avere*› volver a hablar; ***ne riparleremo!*** *¡ya hablaremos!*; **2. ~rsi** (*reconciliarse*) volver a hablarse
riparo *m* 1. reparo, abrigo, refugio, protección *f*; *mil* defensa *f*, refugio; 2. reparación *f*, remedio, solución *f* ◊ ***correre ai ~i*** correr a buscar refugio; ***non c'è ~*** no tiene remedio, no hay nada que hacer; ***porre ~ a qc*** poner remedio a u-c
riparti|re 1. *vt* partir, dividir; repartir, distribuir; *correo* clasificar; **2.** *vi* volver a partir, salir de nuevo; *auto* volver a ponerse en marcha; **~tore, -trice** *m/f correo* clasificador, -a; **~zione** *f* 1. repartición, distribución; 2. porción, parte
ripass|are 1. *vt* 1. volver a pasar; 2. repasar; revisar; **2.** *vi* volver a pasar (**da q/per q** por alg); **~ata** *f* 1. repaso *m*; 2. *coloq* repaso *m*, reprimenda, bronca; **~o** *m estud* repaso
ripensa|mento *m* 1. reconsideración *f*, reflexión *f*; 2. cambio de opinión *f*; **~re** *vi* ‹*avere*› 1. reflexionar (**a** sobre), meditar (**a** sobre); 2. volver a meditar; 3. cambiar de opinión, pensár(se)lo mejor; ***ci ho ripensato*** *(me) lo he pensado mejor*; 4. recordar *vt* (**a qc/q** u-c/a alg), evocar (**a qc/q** u-c/a alg)
ripercorrere ‹*corsi; corso*› V. 18 *vt* volver a recorrer
ripercuotere ‹*cossi; cosso*› V. 72 **1.** *vt* 1. volver a sacudir; 2. reflejar, repercutir; **2. ~rsi** *tamb. fig* reflejarse, repercutirse
ripercussione *f* repercusión
ripescare *vt* 1. volver a pescar; 2. repescar, recuperar; *coloq/tamb. fig* hallar, encontrar
ripetente *m/f estud* repetidor, -a
ripetere *vt* repetir
ripeti|tivo, -a *adj* repetitivo, -a, reiterativo, -a; **~tore, -trice 1.** *adj* repetidor, -a; **2.** *m/f* repetidor, -a; **3.** *m TV/radio* repetidor; **~zione** *f* 1. repetición; 2. *estud* clase particular
ripiano *m* 1. rellano, escalera *f*; 2. *agric* bancal; 3. *geogr* llano, llanura *f*; 4. (*armario, estantería*) estante, balda *f*, anaquel
ripiantare *vt* replantar
ripicca (*var.* **ripicco**) *f* despecho *m* ◊ ***fare qc per ~*** hacer u-c por despecho
ripicchiare *vt* (*a la puerta*) volver a llamar; insistir
ripidezza *f* empinamiento *m*
ripido, -a *adj* empinado, -a
ripiega|mento *m* 1. pliegue hacia atrás; 2. *mil tamb. fig* repliegue; **~are 1.** *vt* 1. volver a doblar; 2. doblar; **2.** *vi mil tamb. fig* replegarse; **3. ~rsi** doblarse, inclinarse; **~o** (*pl* **-ghi**) *m* excusa *f*, expediente
ripieno, -a 1. *adj* lleno, -a, repleto, -a; *gastr* relleno, -a; **2.** *m gastr* relleno
ripigliare 1. *vt* (*aliento, fuerzas*) recuperar; (*conversación*) reanudar; (*personas*) readmitir; **2.** *vi bot tamb. fig* (*recuperarse*) reverdecer
riplasmare *vt* volver a plasmar; plasmar
ripopola|mento *m* repoblación *f*; **~re** ‹*esd*› *vt* repoblar
riporre ‹*pongo; posi; posto*› V. 56 *vt* volver a poner; (*idea, candidatura*) volver a presentar
riport|are 1. *vt* 1. volver a llevar; traer; 2. devolver, restituir; 3. (*noticia...*) contar, referir; (*texto, cita*) citar, aducir; 4. obtener, conseguir; 5. *mat* llevar; **2. ~rsi** 1. volver atrás *vi* (**a** a), retroceder *vi* (**a** hasta), rememorar *vt* (**a** u-c/a alg); 2. remitirse; 3. trasladarse de nuevo; **~o** *m* 1. *mat/com* suma y sigue, suma anterior *f*; 2. traslado; 3. *econ* doble; 4. (*zapato, ropa*) ribete, volante
riposa|nte *adj* relajante; **~re 1.** *vi* ‹*avere*› 1. descansar (**su** sobre/encima de), reposar (**su** sobre/encima de); 2. estar posado, descansar; **2. ~rsi** descansar *vi*, reposar *vi* ◊ ***riposi in pace*** descanse en paz; **~to, -a** *adj* 1. descansado, -a, reposado, -a; 2. *elev* calmado, -a, sosegado, -a
riposi... V. **riporre**; **~no** *m coloq* descansito; sueñecito
riposo 1. *m* descanso, reposo; ***giornata di ~*** *día de asueto*; *med* reposo; *mil* reserva *f*; *adm* jubilación *f*; *agric* barbecho; **2.** *excl mil/sport* ¡descansen! ◊ ***andare a ~*** *mil* pasar a la reserva; ***buon ~!*** ¡que descanses/descanse...!
ripost|iglio (*pl* **-gli**) *m* trastero, desván; **~o, -a 1.** *adj* (*lugar*) apartado, -a; (*sentido, idea*) secreto, -a, profundo, -a; **2.** *pp* V. **riporre**
riprendere ‹*presi; preso*› V. 58 **1.** *vt* 1. retomar, volver a coger (*Esp*), volver a agarrar (*Am*); 2. recoger, retirar; 3. *mil* reconquistar, retomar; recuperar, recobrar; **~ *quota*** *retomar altura*; **~ *le forze, i sensi*** *recobrar las fuerzas, el sentido*; 4. volver a empezar, reemprender, retomar; (*enfermedad, vicio*) afectar de nuevo; 5. reprender, amonestar, reñir; 6. *cine* filmar; *foto* fotografiar;

7. (*coser*) entrar; **2.** *vi* 1. volver (**a fare qc** a hacer u-c); 2. reponerse, recobrarse, recuperarse; **3. ~rsi** 1. (*salud*) reponerse, recobrarse, recuperarse; 2. (*error*) corregirse, enmendarse

riprensi|bile *adj* reprensible; **~one** *f elev* reprensión

ripresa *f* 1. reanudación, continuación; *sport* reanudación, segunda parte; 2. *med* recuperación; *econ* recuperación, reactivación; *auto* poder de aceleración *m*, reprise *m*, reprís *m*; 3. *cine* filmación, rodaje *m*; *foto* toma; 4. *mús* repetición, reiteración; *ling* estribillo *m*; 5. *tecn* (*sastre*) pinza

ripresentare *vt* volver a presentar

ripresi..., ripreso V. **riprendere**

ripristina|mento *m raro* restablecimiento, reposición *f*; *arq* restauración *f*; **~re** ‹*esd*› *vt* restablecer, reponer, rehacer; *arq* restaurar

ripristino *m* restablecimiento, reposición *f*; *arq* restauración *f*

riprivatizza|re *vt* reprivatizar; **~zione** *f* reprivatización

riprodu|cibile *adj* reproducible; **~rre** ‹*duco; dussi; dotto*› V. 15 **1.** *vt* reproducir; **2. ~rsi** reproducirse, procrear *vi*; **~ttivo, -a** *adj* reproductivo, -a; **~ttore, -trice** *adj/s* reproductor, -a; **~zione** *f* reproducción

riprografia (*var.* **reprografia**) *f* reprografía

ripromettere ‹*misi; messo*› V. 44 **1.** *vt* volver a prometer; **2. ~rsi** 1. esperar, confiar (**qc** en u-c); 2. prometerse

riprova *f* confirmación, comprobación ◊ **a ~** *adv* como confirmación; ***a ~ di*** *prep* en confirmación de; **~re** *vt* 1. volver a probar; (*ropa*) volver a probarse; (*dolor...*) volver a sentir; 2. confirmar, probar; 3. *elev* reprobar, censurar; repudiar, rechazar; (*examen*) suspender; **~zione** *f elev* reprobación, censura; rechazo *m*, repudio *m*

ripubblica|re ‹*esd*› *vt* volver a publicar, reeditar; **~zione** *f* reedición

ripudia|re *vt* repudiar; **~o** (*pl* **-di**) *m* repudio

ripugna|nte *adj* repugnante; **~nza** *f* repugnancia; **~re** *vt* repugnar

ripuli|re ‹*isc*› *vt* 1. volver a limpiar, limpiar; 2. (*robar*) limpiar; **~ta** *f* (*rápida limpieza*) pasada; ***dare una ~ alla giacca*** *dar una pasada a la chaqueta*; **~tura** *f* 1. *tamb. fig* (*acción*) limpieza; 2. (*cosa*) porquería, suciedad

ripuls|a *f elev* repulsa; **~ione** *f* repulsión; **~ivo, -a** *adj* repulsivo, -a

riquadr|are *vt* (*dar forma cuadrada*) cuadrar; **~ato** *m impr* (*periódico*) recuadro; **~o** *m* recuadro; *arq* recuadro

riqualifica|re ‹*esd*› *vt* recalificar; **~zione** *f* recalificación

risacca *f nav* resaca

risaia *f* arrozal *m*

risali|re ‹*salgo; salii; salito*› V. 67 **1.** *vt* 1. volver a subir; 2. (*río*) remontar; **2.** *vi* 1. volver a subir; 2. *econ* encarecerse, subir, aumentar; 3. remontarse (**a** a); volver atrás, rememorar *vt*; **~ta** *f* nueva subida, remonte *m*; *com* subida, aumento *m*

risalt|are 1. *vi* 1. ‹*avere/essere*› volver a saltar; 2. ‹*avere*› *tamb. fig* resaltar, sobresalir; **2.** *vt* volver a saltar; **~o** *m tamb. fig* resalte, resalto, relieve, realce ◊ ***mettere in ~*** poner de relieve, destacar, subrayar

risana|mento *m med tamb. fig* sanación *f*, curación *f*; *arq/geogr* saneamiento; *econ* saneamiento, reflotamiento; **~re 1.** *vt med tamb. fig* sanar, curar; *arq/econ/geogr* sanear; **2.** *vi* sanarse, curarse; **~to, -a** *adj* saneado, -a; **~tore, -trice** *adj/s med tamb. fig* sanador, -a; *arq/econ/geogr* saneador, -a

risap|ere ‹*so, seppi; saputo*› V. 68 *vt* enterarse (**qc** de u-c); **~uto, -a** *adj* notorio, -a, sabido, -a, archisabido, -a

risarci|mento *m* 1. resarcimiento, indemnización *f*; 2. desagravio ◊ **~ *danni*** indemnización por daños y perjuicios (*f*); **~re** ‹*isc*› *vt* 1. resarcir, indemnizar; 2. desagraviar

risata *f* carcajada, risotada ◊ ***morire dalle ~e*** morirse de risa

riscalda|mento *m* 1. *tecn/sport* (*acción*) calentamiento; 2. (*instalación*) calefacción *f* ◊ **~ *centrale*** calefacción central (*f*); **~re 1.** *vt tamb. fig* calentar, caldear; *gastr* recalentar; **2. ~rsi** 1. (*calor*) calentarse; 2. excitarse, calentarse, enfervorizarse; **~tore** *m* calentador

riscatt|are 1. *vt* 1. (*persona*) rescatar; *jur* rescatar, redimir; *fig* redimir; 2. (*cosas*) desempeñar, rescatar; **2. ~rsi** redimirse, rehabilitarse; **~o** *m* (*cautivo*) rescate; *jur* rescate, redención *f*; *relig tamb. fig* redención *f*

rischiar|amento *m* esclarecimiento; *meteo* mejora *f*; **~are 1.** *vt* iluminar, alumbrar; (*color*) aclarar, rebajar; aclarar; ***~ la voce*** *aclarar la voz*; ***~ le idee*** *aclarar las ideas*; **2.** *v/impers meteo* aclararse; **3. ~rsi** *meteo* (*cielo, tiempo...*) aclararse, serenarse, mejorar ◊ ***~rsi in volto*** iluminársele la cara (a alg); **~e 1.** *vt* arriesgar; **2.** *vi* ‹*avere*› correr el riesgo (**di** de), arriesgarse (**di** a)

rischio (*pl* **-schi**) *m* riesgo; peligro ◊ **a ~** *adv* (*paciente, profesión...*) de riesgo; ***a ~ di*** *conj* aun a riesgo de; ***a ~ e pericolo di*** *prep* por cuenta y riesgo de; ***a ~ e pericolo del committente*** *adv* por cuenta y riesgo del remitente; ***c'è il ~ di...*** hay riesgo de (que)...; ***correre il ~*** correr el riesgo; ***mettere in ~*** poner en peligro; **~sità** *f inv* riesgo *m*, peligro *m*, peligrosidad *f*; **~so, -a** *adj* arriesgado, -a, peligroso, -a

risciacqu|are *vt* enjuagar; (*ropa*) aclarar ◊ ***~ i panni in Arno*** ="adecuar el italiano al hablado por los florentinos cultos"; **~ata** *f* 1. enjuague; (*ropa*) aclarado rápido *m*; 2. reprimenda, regañina, sermón *m*; **~atura** *f* 1. enjuague *m*; (*ropa*) aclarado *m*; 2. agua sucia; 3. (*obra mala*) bodrio *m*, refrito *m*; **~o** *m* 1. (*ropa*) enjuague, aclarado; (*lavadora*) aclarado; 2. agua del aclarado *f*; 3. colutorio, elixir bucal

riscont|are *vt com* redescontar; **~o** *m com* redescuento

riscontr|are 1. *vt* 1. comparar, cotejar, colacionar; comprobar, verificar; 2. encontrar (**q** con alg), toparse (**q** con alg); **2.** *vi* corresponderse, coincidir, casar; **~o** *m* 1. comparación *f*, cotejo; comprobación *f*, verificación *f*; 2. correspondencia *f*, coincidencia *f*; 3. respuesta *f*; ***in ~ alla Sua del...*** *en respuesta a su carta del...* ◊ ***mettere a ~*** comparar, colacionar

riscoperta *f* redescubrimiento *m*

riscoss|a *f mil* recuperación, reconquista; (*valores*) recuperación; **~i...** V. **riscuotere**; **~ione** *f* (*sueldo, dinero*) cobro *m*, cobranza, percepción; **~o** V. **riscuotere**

riscotimento *m* despertar brusco

riscrivere ‹*scrissi; scritto*› V. 71 **1.** *vt* reescribir; **2.** *vi* ‹*avere*› (*carta*) contestar

riscrivibile *adj informát* regrabable

riscuotere ‹*scossi; scosso*› V. 72 **1.** *vt* 1. volver a agitar; 2. cobrar, percibir; (*impuestos...*) cobrar, recaudar; 3. (*enérgicamente*) despertar; 4. (*aplausos, admiración...*) obtener, cosechar; **2. ~rsi** despertarse; volver en sí; sobresaltarse

risecchirsi ‹*isc*› resecarse

risecco, -a (*m pl* **-chi**) *adj* reseco, -a

risenti|mento *m* resentimiento; **~re 1.** *vt* 1. volver a sentir; 2. volver a escuchar; 3. sentir, sufrir, experimentar; **2.** *vi* resentirse (**di** de); **3. ~rsi** 1. ofenderse; 2. (*al teléfono*) volver a oírse; ***a risentirci!*** *¡hasta la próxima!, ¡ya hablamos!*; **~to, -a** *adj* 1. dolido, -a, ofendido, -a; 2. *raro* (*color...*) pronunciado, -a, intenso, -a, vivo, -a; pronunciado, -a

riseppi... V. **risapere**

riserb|are *vt* reservar; **~o** *m* reserva *f*, discreción *f* ◊ ***nel più stretto ~*** *adv* con la máxima discreción

riserva *f* 1. reserva; (*caza, pesca*) coto *m*; 2. *com* reserva, provisión; ***vino di ~*** *vino de reserva*; acopio *m*; *auto* reserva; ***si è accesa la ~*** *se ha encendido la (luz de) reserva*; 3. *jur* reserva; 4. reserva, desconfianza, prevención; salvedad; 5. *sport* reserva *m* (!) ◊ ***~ indiana*** reserva india; ***~ marina*** reserva marina; ***~ mentale*** reserva mental; ***~ naturale*** reserva natural; ***essere in ~*** estar/ir en reserva; ***fare ~ di qc*** hacer acopio de u-c; ***senza ~e*** *adv* sin reservas; **~re** *vt* reservar ◊ ***~rsi (la facoltà) di...*** reservarse la posibilidad de...; **~tezza** *f* reserva, discreción; **~to, -a** *adj* reservado, -a; (*secreto*) reservado, -a, confidencial; (*persona*) reservado, -a, callado, -a

riservista *m/f mil* reservista; *sport* reserva

risi... V. **ridere**

risibile *adj* risible, irrisible

risicare V. **rosicare**

risicolo, -a *adj* arrocero, -a

risicolt|ore, -trice *m/f* arrocero, -a; **~ura** *f* cultivo del arroz *m*

risiedere *vi* ‹*avere*› *tamb. fig* residir

risipola *f coloq* erisipela *f* (*med*)

risma *f* 1. (*papel*) resma; 2. *desp* hatajo *m*, puñado *m*, calaña ◊ ***essere della stessa ~*** ser de la misma calaña

riso (*pl (1)* **i risi**, *pl (2)* **le risa**) **1.** *m* 1. *bot* arroz; 2. risa *f* (!); **2.** *pp* V. **ridere**; **3.** V. **risapere** ◊ ***crepare, sganasciarsi, scoppiare, sbellicarsi dalle ~*** caerse, desconyuntarse, desternillarse, troncharse, morirse de risa; ***il ~ fa buon sangue*** la risa es sana

risolare V. **risuolare**

risolsi..., risolto V. **risolvere**

risolut|ezza *f* resolución, decisión, determinación, firmeza; **~ivo, -a** *adj* resolutivo, -a, resolutorio, -a; **~o, -a** *adj* resuelto, -a, resoluto, -a, firme, decidido, -a

risoluzione *f* 1. *jur/mat/mús* resolución; 2. resolución, arrojo *m*, decisión

risolvere ‹*risolsi/risolvei/risolvetti; risolto*› V. 5 **1.** *vt* 1. (*problema*) resolver, solucionar, solventar; (*duda*) resolver, despejar; *jur* (*contrato*) resolver, rescindir; *med/quím/mús* resolver; 2. resolver (**di fare qc** hacer u-c), decidir (**di fare qc** hacer u-c); **2. ~rsi** resolverse, acabar *vi*, terminar *vi*; ***~rsi bene, male*** *resolverse/acabar bien, mal* decidirse (**a** a), resolver *vt* (**a** u-c)

risona|nza *f* 1. *fís* resonancia; 2. *fig* eco *m*, resonancia ◊ ***~ magnetica (nucleare)*** *med* resonancia magnética (nuclear); ***avere ~*** tener eco; **~re** V. **risuonare**; **~tore** *m tecn* resonador

risorgere ‹*sorgo; sorsi; sorto*› V. 54 vi tamb. fig resurgir *vi tamb. fig* resurgir

risorgimento *m* 1. *arte tamb. fig* resurgimiento, renacimiento; 2. *hist* ="período comprendido entre 1800 y 1870, de gestación de la unidad italiana"

risorsa *f econ tamb. fig* recurso *m*; ***le ~e dello Stato*** *los recursos del estado*; ***una persona di ~e*** *una persona de recursos* ◊ ***~e umane*** recursos humanos (*mpl*)

risorsi..., risorto V. **risorgere**

risotto *m gastr* ="plato de arroz poco caldoso y hecho con diferentes ingredientes"

risparmi|are *vt* (*dinero*) ahorrar; *fig* ahorrarse; ***così risparmiamo di andarci*** *así nos ahorramos el ir allí*; (*vida*) perdonar; **~atore, -trice** *m/f* ahorrador, -a; **~o** (*pl* **-mi**) *m* (*acción*) ahorro; (*cantidad guardada*) ahorros *mpl*

rispecchiare *vt tamb. fig* reflejar

rispedi|re ‹*isc*› *vt* reexpedir; **~zione** *f* reexpedición

rispetta|bile *adj* 1. respetable; honrado, -a; 2. *irón* (*grande*) respetable, considerable; **~bilità** *f inv* respetabilidad *f*; **~re** *vt* respetar

rispettivo, -a *adj* respectivo, -a, correspondiente

rispetto *m* respeto ◊ ***~ a*** *prep* respecto a, en lo que atañe a; ***il ~ umano*** el (miedo al) qué dirán; ***con ~ parlando*** *adv* con el debido respeto; ***mancare di ~ verso q*** faltarle al respeto a alg; ***presentare a q i propri ~i*** presentar a alg sus respetos; ***sotto ogni ~*** *adv* bajo todos los puntos de vista, se mire como se mire; **~so, -a** *adj* respetuoso, -a, educado, -a, considerado, -a

risplendente *adj* resplandeciente
risplendere *vi* ‹*essere/avere*› *tamb. fig* resplandecer, relucir
rispolverare *vt* (*sacar del olvido*) desempolvar; **~ *il mio inglese*** *desempolvar mi inglés*
rispondente *adj* correspondiente, proporcionado, -a
rispondere ‹*posi; posto*› V. 49 **1.** *vi* ‹*avere*› 1. responder *vt/i* (!), contestar *vt/i* (!); **~ *di sì, di no*** *responder (que) sí, (que) no*; **~ *a voce, per scritto*** *responder de palabra, por escrito*; **~ *a una lettera, a una domanda*** *responder/contestar una carta, una pregunta*; **~ *al telefono*** *atender una llamada, coger el teléfono*; 2. responder, corresponder(se); ***non risponde alle aspettative*** *no responde a las expectativas*; **2.** *vt* responder, contestar
rispost|a *f* 1. respuesta, contestación; 2. respuesta, reacción ◊ ***in/per ~ a*** *prep* en respuesta a; ***per tutta ~*** *adv* por toda contestación; **~o** V. **rispondere**
rissa *f* pelea, riña, trifulca, reyerta
ristabili|mento *m* restablecimiento; **~re** ‹*isc*› *vt* restablecer
ristagn|are *vi* ‹*avere*› estancarse, empantanarse, restañar; (*sangre*) restañar; (*actividad*) estancarse; **~o** *m* 1. (*de aguas*) estancamiento, rebalsamiento; (*situación*) estancamiento; 2. *raro* (*lugar*) remanso, restaño
ristampa *f impr* reimpresión; **~re** *vt impr* reimprimir
ristato V. **riessere**
ristora|nte *m* restaurante; **~re** *vt* confortar, reconfortar; fortalecer, reponer; **~tore, -trice 1.** *adj* reconfortante; **2.** *m/f gastr* (*propietario*) restaurador, -a
ristoro *m* 1. reposo, descanso; 2. alivio
ristrett|ezza *f* (*tiempo, espacio, dinero*) estrechez, apretura; (*mente*) estrechez, cortedad ◊ ***vivere/trovarsi in ~e economiche*** vivir con estrecheces; **~o, -a 1.** *adj* (*lugar*) estrecho, -a, angosto, -a; (*uno junto a otro*) apretado, -a; (*café, caldo*) corto, -a; (*tiempo*) corto, -a, justo, -a, apretado, -a; (*uso, cantidad*) restringido, -a, limitado, -a; (*mente*) estrecho, -a, corto, -a, mermado, -a; **2.** *pp* V. **restringere**
ristruttura|re *vt* reestructurar; reformar, reacondicionar; **~zione** *f* reestructuración
risucchiare *vt* 1. volver a chupar; 2. absorber, aspirar
risucchio (*pl* **-chi**) *m* torbellino, remolino
risulta|nte *adj/m* resultante; **~re** *vi* 1. (*consecuencia*) resultar (**da** de), derivarse (**da** de); 2. (*ser evidente*) constar, parecer; ***non mi risulta che l'abbiate fatto*** *no me consta que lo hayáis hecho*; **~to** *m* resultado
risuolare *vt* volver a solar
risuonare 1. *vt* volver a sonar; **2.** *vi* ‹*essere/avere*› 1. volver a sonar; 2. *tamb. fig* resonar
risurrezione *f relig tamb. fig* resurrección
risuscitare ‹*esd*› *vt/i tamb. fig* resucitar

risvegli|are *vt* despertar; (*idea, sentimiento*) despertar, resucitar; (*personas*) despertar, incitar; **~o** (*pl* **-gli**) *m tamb. fig* despertar
risvolto *m* 1. (*ropa*) vuelta *f*, solapa *f*; *impr* solapa *f*; 2. cara oculta *f*; 3. implicación *f*, consecuencia *f*; ***~i culturali, politici...*** *implicaciones políticas, culturales...*; aspecto; ***un ~ particolare*** *un aspecto particular*
ritagli|are *vt* recortar; **~o** (*pl* **-gli**) *m* (*periódico*) recorte; (*tela*) retal
ritard|are 1. *vi* ‹*avere*› retrasarse; atrasar; **2.** *vt* retrasar; retardar, ralentizar; aplazar; **~atario, -a** (*m pl* **-ri**) *m/f* rezagado, -a, tardón, -ona (*coloq*); **~ato, -a 1.** *adj* retardado, -a; (*persona*) retrasado, -a; **2.** *m/f* (*mental*) retrasado, -a ◊ ***ad azione ~a*** de efectos retardados; **~o** *m* retraso, demora *f*, tardanza *f*; retardo, ralentización *f*; *med* retraso ◊ ***essere in ~*** ir con retraso; ***giungere in ~*** llegar con retraso
ritegno *m* 1. reparo, inconveniente, problema; 2. medida *f*, contención *f*, control ◊ ***non avere ~ a fare q*** no tener reparos en hacer u-c; ***senza ~*** *adv* sin medida
ritemprare *vt* 1. volver a templar; 2. (*espíritu, carácter*) templar, curtir, forjar
ritenere ‹*tengo; tenni; terrò*› V. 79 *vt* 1. retener, contener; 2. considerar (!), opinar, creer; ***ritengo che sia meglio aspettare*** *opino que es mejor esperar*
ritentiv|a *f* (*memoria*) retentiva, capacidad de retención; **~ità** *f inv* retentividad *f*; **~o, -a** *adj* retentivo, -a
ritenuta *f* retención, contención; *econ* retención ◊ **~ *alla fonte*** retención sobre el sueldo; **~ *d'acconto*** retención a cuenta; **~ *fiscale*** retención fiscal
ritenzione *f med/jur* retención
ritingere ‹*tingo; tinsi; tinto*› V. 11 *vt* reteñir
ritira|re 1. *vt* 1. volver a tirar; 2. (*quitar, apartar*) retirar; **~ *dalla circolazione*** *retirar de la circulación*; (*permiso*) revocar, anular; 3. (*paquete...*) retirar, recoger; **2. ~rsi** 1. (*a casa, a un convento, del trabajo*) retirarse; 2. (*tela*) encoger(se); **~ta** *f* 1. *mil* retirada; 2. *euf/ant* váter *m*, water *m*, servicio *m* ◊ ***battere in ~*** batirse en retirada; **~tezza** *f* retraimiento *m*, timidez; **~to, -a** *adj* (*lugar*) retirado, -a, apartado, -a
ritiro *m* 1. (*documentos, correo...*) retirada *f*, recogida *f*; (*sueldo*) cobro; 2. (*acción*) retiro, apartamiento, separación *f*; (*permiso*) retirada *f*; *econ* (*de la circulación*) retirada *f*; *mil* retirada *f*; *adm* retiro, jubilación *f*; 3. (*lugar*) retiro; 4. *sport* concentración *f* ◊ **~ *spirituale*** (*mpl*) retiro espiritual
ritm|ato, -a *adj* rítmico, -a, de ritmo marcado; **~ica** *f* rítmica; **~ico, -a** (*m pl* **-ci**) *adj* rítmico, -a; **~o** *m* ritmo
rito *m* 1. *relig tamb. fig* rito; 2. *jur* procedimiento ◊ **~ *abbreviato*** *jur* procedimiento abreviado; ***di ~*** acostumbrado, de ley
ritocc|are *vt* 1. volver a tocar; 2. (*repasar*) retocar; **~o** (*pl* **-chi**) *m* retoque

ritorcere ‹*torco; torsi; torto*› V. 80 *vt* 1. retorcer; 2. (*argumento, acusación*) devolver, darle la vuelta (**qc** a u-c)
ritorcitura *f* retorsión
ritorn|are *vi* volver, regresar, retornar ◊ **~ *in sé*** volver en sí; **~ello** *m* 1. estribillo; 2. *desp* cantinela *f*, rollo (*coloq*); **~o** *m* vuelta *f*, regreso, retorno ◊ ***al /nel ~*** *adv* a la vuelta; ***avere qc di ~*** recuperar u-c prestada; ***essere di ~*** estar de vuelta
ritorsi... V. **ritorcere**; **~one** *f* represalia; *jur* retorsión
ritorto, -a 1. *adj* retorcido, -a; (*hilo*) torcido, -a; **2.** *m* hilo torcido; **3.** *pp* V. **ritorcere**
ritradurre ‹*duco; dussi; dotto*› V. 15 *vt* 1. retraducir; 2. volver a traducir
ritrarre ‹*traggo; trassi; tratto*› V. 81 **1.** *vt* 1. retirar, apartar; 2. (*renta, beneficio*) obtener, conseguir; (*ejemplo*) deducir, extraer; 3. *arte* representar, reproducir; **2. ~rsi** retirarse (**da** de)
ritratt|are 1. *vt* 1. volver a tratar; 2. desdecir, desmentir; **2. ~rsi** 1. retratarse, hacerse un retrato; 2. retractarse, desdecirse; echarse atrás; **~azione** *f* retractación; **~ista** *m/f arte* retratista; *lit* costumbrista; **~o 1.** *m arte tamb. fig* retrato; ***~ a figura intera, a mezzo busto, al naturale*** *retrato de cuerpo entero, de medio cuerpo, de tamaño natural*; ***fare il ~*** *retratar*; **2.** *pp* V. **ritrarre**
ritrazione *f med* retracción
ritrosi|a *f* 1. reticencia, renuencia; 2. retraimiento *m*, insociabilidad; **~o, -a** *adj* 1. inverso, -a, contrario, -a; 2. reticente, renuente, remiso, -a; 3. esquivo, -a, huraño, -a, arisco, -a ◊ ***andare a ~*** ir hacia atrás
ritrov|amento *m* hallazgo; invención *f*; **~are 1.** *vt* 1. volver a encontrar; (*salud*) recuperar, recobrar; 2. encontrar, hallar; **2. ~rsi** 1. reencontrarse, volver a encontrarse; *coloq* (*repentino*) encontrarse, verse; ***si è ritrovato con parecchi milioni in tasca*** *se ha encontrado con muchos millones en el bolsillo*; ***si è ritrovato nella miseria*** *se ha visto de repente en la miseria*; 2. encontrarse, sentirse; **~o** *m* 1. (*reunión*) encuentro; 2. lugar de encuentro
ritto, -a *adj* recto, -a, derecho, -a, erguido, -a; ***avere i capelli ~i*** *tener los pelos de punta*
ritual|e *adj/m* ritual; **~ista** *m/f* ritualista
riunifica|re ‹*esd*› *vt* reunificar; **~zione** *f* reunificación
riunione *f* reunión
riunire ‹*isc*› *vt* reunir
riusci|re ‹*riesco*› V. 83 *vi* 1. (*bien, mal...*) salir, resultar, acabar; ***il viaggio riuscì stupendamente*** *el viaje salió estupendamente*; salir bien, tener éxito; ***la festa è riuscita*** *la fiesta ha salido bien*; 2. ser capaz (**a** de), conseguir *vt* (**a** u-c), lograr *vt* (**a** u-c), llegar (**a** a); ***è riuscito a vincere*** *ha conseguido ganar*; ***non riesco a vederlo*** *no consigo verlo*; ***non riesco a capire*** *no lo acabo de comprender*; 3. ser, resultar; ***la festa riesce gradita a tutti*** *la fiesta resulta del agrado de todos*; 4. raro (*calle...*) desembocar, dar, ir a dar; 5. volver a salir; **~ta** *f* (*bueno, malo*) resultado *m*; (*bueno*) éxito *m*
riutilizzare *vt* reutilizar
riva *f geogr* orilla
rivado... V. **riandare**
rivale *adj/s* rival; **~ggiare** *vi* ‹*avere*› rivalizar; **~rsi** 1. volver a valerse, volver a servirse; 2. desquitarse (**su** de), tomarse la revancha (**su** de)
rivalità *f inv* rivalidad *f*
rivalsa *f* compensación, desquite *m*, revancha; *com* resaca
rivaluta|re ‹*esd*› *vt com tamb. fig* revalorizar, revaluar; **~zione** *f com tamb. fig* revalorización, revaluación
rivangare *vt* 1. *agric* recavar, remover; 2. (*pasado*) remover, recordar
rived|ere ‹*vidi; visto*› V. 85 **1.** *vt* 1. volver a ver, volver a encontrar; 2. revisar; releer; **2. ~rsi** volverse a ver; ***ci rivedremo*** *nos volveremos a ver (las caras)*; volverse a encontrar; ***a rivederci!*** *¡hasta la vista!*; **~ibile** *adj* revisable; *mil* declarado provisionalmente inútil
rivela|re *vt* (*secreto*) revelar; **~tore** *m cient* detector; *foto* revelador; **~zione** *f* revelación
rivendere *vt* revender
rivendica|re ‹*esd*› *vt jur tamb. fig* reivindicar; **~tivo, -a** *adj* reivindicativo, -a; **~zione** *f jur tamb. fig* reivindicación
rivendita *f* 1. (*actividad*) reventa; 2. (*lugar*) tienda, comercio *m*
rivenditore, -trice *m/f* revendedor, -a
riverbera|re ‹*esd*› **1.** *vt* reflejar; **2. ~rsi** 1. reflejarse (**su** sobre), reverberar *vi* (**su** sobre); 2. reflejarse (**su** sobre), repercutir (**su** sobre); **~zione** *f* reverberación
riverbero *m* reverbero, reverberación *f* ◊ ***di ~*** *adv* de rebote, indirectamente
riveren|te *adj* reverente; **~za** *f* reverencia
riverire ‹*isc*› *vt* 1. honrar, reverenciar, venerar; 2. (*con respeto*) saludar; ***La riverisco!*** *¡le presento mis respetos!*
riversare *vt* 1. volver a derramar; 2. derramar(se), echar(se); 3. *tecn* regrabar, pasar a otro soporte; (*texto grabado*) dactilografiar
rivesti|mento *m* revestimiento, recubrimiento; **~re 1.** *vt* 1. revestir, recubrir; 2. (*ropa*) llevar (puesto), vestir; 3. (*cargo*) desempeñar; 4. (*importancia*) revestir, tener; **2. ~rsi** 1. volver a vestirse; 2. (*cargo*) revestirse (**di** con)
rivetto *m* remache, roblón
rividi... V. **rivedere**
riviera *f* costa, ribera, litoral *m*; **~sco** (*pl* **-schi**) *m* ribereño, costero
rivinc|ere ‹*vinco; vinsi; vinto*› V. 87 *vt* volver a ganar; **~ita** *f* desquite *m*, revancha ◊ ***riprendersi la ~*** tomarse la revancha
rivinsi..., rivinto V. **rivincere**
rivissi... V. **rivivere**
rivissuto V. **rivivere**

rivist|a *f mil/impr/teat* revista ◊ ***passare in ~ le truppe*** pasar revista a las tropas; **~o** V. **rivedere**

rivitalizzare *vt* revitalizar

rivivere ‹*vissi; vissuto*› V. 88 *vt/i* revivir

rivivifica|re ‹*esd*› *vt* revivificar; **~zione** *f* revivificación

rivo *m elev* (*agua*) arroyo (*estánd*), riachuelo (*estánd*); *elev* (*otros*) río (*estánd*); ***~ di sangue*** *río(s) de sangre*

rivolgere ‹*volgo; volsi; volto*› V. 90 **1.** *vt* 1. girar, dar vueltas (**qc** a u-c); volver a girar; 2. (*apuntar*) dirigir; (*atención*) dirigir, prestar; ***~ la parola a q*** *dirigir la palabra a alg*; **2. ~rsi** volverse a girar; dirigirse (**a q** a alg), recurrir *vi* (**a q** a alg), acudir *vi* (**a q** a alg)

rivolgimento *m* revolución *f*, vuelco

rivolo *m elev* (*agua*) arroyo, riachuelo; *elev* (*otros*) río; ***un ~ d'oro*** *un río de oro*

rivolsi..., rivolto V. **rivolgere**

rivolta *f* revuelta, rebelión, insurrección; **~re 1.** *vt* 1. dar la vuelta, poner al revés; 2. mezclar, dar vueltas; 3. (*estómago*) revolver; repugnar, asquear; **2. ~rsi** 1. darse la vuelta, girarse; 2. rebelarse, sublevarse; 3. mutarse, cambiar; 4. (*estómago*) revolverse

rivoltella *f* revólver *m*; **~ta** *f* tiro de revólver *m*

rivoltol|are ‹*esd*› *vt* revolcar, revolver; **~so, -a** *adj/s* revoltoso, -a, rebelde

rivoluzion|are *vt pol tamb. fig* revolucionar; **~ario, -a** (*m pl* **-ri**) *adj/s tamb. fig* revolucionario, -a; **~e** *f tamb. fig* revolución

rizoma *m bot* rizoma

rizzare 1. *vt* alzar, erguir; (*tienda de campaña, edificio*) levantar; (*vela, bandera*) alzar; **2. ~rsi** erguirse, alzarse, levantarse; (*pelo*) erizarse; ***~rsi i capelli a q dallo spavento*** *ponérsele los pelos de punta a alg por el miedo*

RNA (*acido ribonucleico*) *abr* (*ácido ribonucleico*) RNA

roba *f* 1. cosas *fpl*, objetos *mpl*; ***~ di casa*** *cosas de la casa*; ***~ da mangiare*** *cosas de comer, comestibles*; ***~ di valore*** *objetos de valor*; cosa, algo *pron*, esto *pron*; ***è ~ da ridere*** *es (una) cosa de risa*; asunto *m*; 2. mercancía, material; ***~ da poco*** *mercancía de poco valor*; 3. pertenencias *fpl*, posesiones *fpl*; ***lasciare la propria ~ ai figli*** *dejar sus posesiones a los hijos*; 4. ropa; ***~ di lana*** *ropa de lana*; ***~ da lavare*** *ropa sucia*; 5. *jerga drog* (*material*) droga (*estánd*) ◊ ***che ~!*** ¡vaya (una) cosa!; ***non è ~ per te*** no es pan para tus dientes

robbia *f bot* rubia

robivecchi *m inv* chamarilero *m*, ropavejero *m*

roboante V. **reboante**

robot *m inv* robot *m*, autómata *m*

roboti|ca *f* robótica; **~co, -a** (*m pl* **-ci**) *adj* robótico, -a; **~zzare** *vt* robotizar

robust|ezza *f* robustez, solidez; **~o, -a** *adj* (*persona*) robusto, -a, fornido, -a, fuerte; (*árbol, cosa*) robusto, -a, sólido, -a

rocambolesco, -a (*m pl* **-chi**) *adj* rocambolesco, -a, folletinesco, -a

rocca *f* 1. (*castillo*) fortaleza; 2. *tecn* rueca; **~forte** *f* 1. plaza fuerte, bastión *m*; 2. feudo *m*, bastión *m*

rocchett|aro V. **rockettaro**; **~o** *m* 1. *tecn* (*hilo*) carrete; *cine* carrete, bobina *f*; 2. *relig* roquete

roccia (*pl* **-ce**) *f geol* roca; roca, peña, peñasco *m*, risco *m* ◊ ***~ eruttiva*** roca eruptiva/ígnea; ***~ sedimentaria*** roca sedimentaria; **~tore, -trice** *m/f* escalador, -a

roccioso, -a *adj* rocoso, -a

Rocco *m* Roque

rocke|r ['rɔker] *m/f inv* rockero, -a; **~ttaro, -a** (*var.* **rocchettaro**) *m/f* rockero, -a

roco, -a (*m pl* **-chi**) *adj* ronco, -a; **~cò** *adj/m inv arte* rococó *adj/m*

roda|ggio (*pl* **-gi**) *m auto tamb. fig* rodaje; **~re** *vt auto tamb. fig* rodar

rodere ‹*rosi; roso*› V. 65 **1.** *vt* roer; **2. ~rsi** concomerse, recomerse

rodi|mento *m* 1. roedura *f*; 2. comezón *f*, desazón *f*; **~tore, -trice** *adj/m zool* roedor, -a

rododendro *m bot* rododendro

roga|re *vt jur* (*documento*) escriturar, formalizar, extender; **~toria** *f jur* comisión rogatoria; **~torio, -a** (*m pl* **-ri**) *adj jur* rogatorio, -a; **~zione** *f relig* rogativa

rogna *f* 1. *med* sarna; 2. *fig* lata, engorro *m*

rogno|nata *f gastr* riñonada; **~ne** *m gastr* riñón; **~so, -a** *adj* 1. *med* sarnoso, -a; 2. engorroso, -a, latoso, -a

rogo (*pl* **-ghi**) *m* pira *f*, hoguera *f*; ***condannare al ~*** *condenar a la hoguera*

rom *m inv* ="gitano nómada del sur"

ROM *f inv informát* ROM

Roma Roma ◊ ***~ non fu fatta in un giorno*** no se ganó Zamora en una hora; ***tutte le strade portano/conducono a ~*** todos los caminos llevan a Roma

Romagn|a *f geogr* Romaña; ***~olo, -a** *adj/s* (persona) de la Romaña

romancio, -a (*m pl* **-ci**) *adj/m ling* retorrománico, -a, ladino, -a, romanche

romanesco, -a (*m pl* **-chi**) **1.** *adj* romanesco, -a, romano, -a; **2.** *m ling* dialecto de Roma

Romania: la ~ *f* Rumanía

Romania *f ling* Romania

romanico, -a (*m pl* **-ci**) *adj/m arte* románico, -a

romanist|a *m/f* 1. *ling/hist/jur* romanista; 2. *sport* ="seguidor, -a de la Roma"; **~ica** *f* romanística, filología románica

romanità *f inv* latinidad *f*

romanizza|re *vt* romanizar; **~zione** *f* romanización

romano, -a *adj/s* romano, -a ◊ ***fare alla ~a*** pagar a escote

romanti|cheria *f* cursilería, sensiblería; **~cismo** *m arte/lit* romanticismo; **~co, -a** (*m pl* **-ci**) *adj/s arte/lit* romántico, -a

romanz|a *f mús/lit* romanza; **~are** *vt* novelar; **~esco, -a** (*m pl* **-chi**) *adj tamb. fig* novelesco, -a;

~iere, -a *m/f* novelista; **~o, -a 1.** *m* 1. novela *f* (!); 2. romance, aventura *f*; **2.** *adj* románico, -a; ***filologia ~a*** *filología románica* ◊ ***~ a tesi*** novela de tesis (*f*); ***~ d'appendice*** folletín; ***~ giallo*** novela negra (*f*); ***~ rosa*** novela rosa (*f*)
rombare *vi* ‹*avere*› retumbar, resonar
rombo *m* 1. retumbo (!), estruendo (!); 2. *mat* rombo; 3. *zool* rodaballo (!), rombo (!); 4. *nav* rumbo (!) ◊ ***~ giallo*** *zool* gallo; **~edro** *m* romboedro; **~idale** *adj* romboidal
romeno, -a *adj/s* rumano, -a (!)
rompere ‹*ruppi; rotto*› V. 66 **1.** *vt* 1. romper; 2. *mec* estropear; **2.** 1. (*relación*) romper, cortar; 2. (*río*) desbordarse; 3. *coloq* (*molestar*) dar la lata, dar el coñazo, joder (*vulg*); **3. ~rsi** 1. romperse; 2. estar hasta las narices, estar hasta el moño
rompi|capo *m* 1. rompecabezas *inv*, acertijo, adivinanza *f*; 2. (*preocupación*) quebradero de cabeza; **~collo** *m* tarambana, irresponsable ◊ ***a ~*** *adv* a tumba abierta; **~ghiaccio** (*pl* **-ci**) *m nav* rompehielos *inv*; **~mento** *m* 1. rompimiento, rotura *f*; 2. *coloq* (*fastidio*) lata *f*, coñazo; **~palle** (*var.* **rompiscatole**, **rompitasche**) *m/f inv vulg* (*persona latosa*) coñazo *m*, pelmazo, -a (*coloq*), hinchahuevos (*Am*), hinchapelotas *inv* (*Am*)
roncola (*var.* **ronca**) *f agric* podadera, hocino *m*
ronda *f* ronda ◊ ***fare la ~*** hacer la ronda, patrullar; *fig* (*a una mujer*) rondar, mariposear
rondeau *m inv mús* rondó *m*
rondella *f mec* arandela
rondine *f zool* (*pez, pájaro*) golondrina ◊ ***una ~ non fa primavera*** una golondrina no hace verano
rondò V. **rondeau**
rondone *m zool* vencejo
ronfare *vi* ‹*avere*› 1. roncar fuerte; 2. (*gato*) ronronear
ron ron 1. *onom* ron ron; **2.** *m inv* ronroneo *m*
ronz|are *vi* ‹*avere*› 1. *zool/aero* zumbar; 2. (*a una mujer*) rondar, mariposear; **~ino** *m* rocín, jamelgo; **~io** (*pl* **-zii**) *m zool/aero* zumbido
rosa 1. *f bot* (*flor*) rosa; **2.** *adj/m inv* (*color*) rosa; ***romanzo ~*** *novela rosa* ◊ ***~ canina*** zarzarrosa; ***~ dei venti*** rosa de los vientos; ***non c'è ~ senza spine*** no hay rosa sin espinas; ***non sono tutte ~e e fiori*** no todo son rosas; **~cee** *fpl* rosáceas; **~ceo, -a** *adj* rosáceo, -a; **~io** (*pl* **-ai**) *m* rosal; **~rio** (*pl* **-ri**) *m relig tamb. fig* rosario; **~tello** *m* (*vino*) rosado; **~to, -a 1.** *adj* (*color, vino*) rosado, -a; **2.** *m* (*vino*) rosado
rosbif *m* rosbif, bife (*Arg*)
rosé *adj/m inv* (*vino*) rosado *adj/m*
roseo, -a *adj* 1. róseo, -a, sonrosado, -a; 2. (*bello*) de color de rosa; ***vedere tutto ~*** *verlo todo de color de rosa*
roseto *m* rosaleda *f*
rosetta *f* 1. (*diamante*) roseta; 2. *mec* arandela
rosi... V. **rodere**
rosicare ‹*esd*› *vt* 1. roer; 2. (*dinero*) arañar ◊ ***chi non risica non rosica*** quien algo quiere algo le cuesta
rosicchiare *vt* 1. roer; 2. (*dinero*) arañar
rosmarino *m bot* romero
roso V. **rodere**
rosola|ccio (*pl* **-ci**) *m bot* amapola *f*; **~re** ‹*esd*› *vt gastr* dorar
rosolia *f med* rubéola
rosolio (*pl* **-li**) *m* rosoli, resolí
rosone *m arq* rosetón
rospo *m zool* sapo ◊ ***ingoiare un ~*** tragar quina; ***pesce ~*** *m* rape; ***sputa il rospo!*** ¡desembucha!, ¡confiesa!
rossastro, -a *adj* rojizo, -a
rosseggiare *vi* ‹*avere*› rojear, enrojecer
rosse|tto *m* pintalabios *inv*, barra de labios *f*, carmín ◊ ***~ in stick*** barra de labios (*f*); **~zza** *f raro* rojez
rossiccio, -a (*m pl* **-ci**, *f pl* **-ce**) **1.** *adj* rojizo, -a; **2.** *m* color rojizo
rosso, -a 1. *adj* 1. rojo, -a; (*vino*) tinto; 2. *pol* rojo -a (*desp*), de izquierdas; **2.** *m* 1. (*color*) rojo; 2. tinto, vino tinto; **3.** *m/f* 1. pelirrojo, -a; 2. rojo, -a (*desp*), persona de izquierdas ◊ ***~ come un peperone*** rojo como un tomate; ***~ d'uovo*** yema (de huevo) (*f*); ***diventare ~*** ponerse colorado; ***essere in ~*** *econ* estar en números rojos, estar sobregirado (*Am*); ***far diventar ~*** poner colorado, sacar los colores; ***passare col ~*** *auto* pasar en rojo, saltarse el semáforo en rojo; **~re** *m* 1. enrojecimiento; 2. *tamb. fig* sonrojo, rubor
rosticceria *f* freiduría, asador *m*
rosticc|iere *m/f* ="dueño, -a de una freiduría o asador"; **~o** (*pl* **-ci**) *m metal* cagafierro, escoria *f*
rostr|ato, -a *adj* rostrado, -a; **~o** *m* 1. *zool* rostro, pico; 2. *nav* espolón
rota *f jerga drog* mono *m*
Rota *f jur* Rota
rotabile *adj* carretero, -a; ***strada ~*** *camino carretero*
rotacismo *m ling* rotacismo
rotaia *f* 1. *ferroc* raíl *m*; 2. (*huella de rueda*) surco *m*, carrilada ◊ ***uscire dalle ~e*** salirse del camino, salirse de madre (*coloq*)
rotante *adj* rodante
rotare V. **ruotare**
rotativ|a *f* rotativa; **~o, -a** *adj* rotativo, -a, rotatorio, -a
rotatorio, -a (*m pl* **-ri**) *adj* rotatorio, -a
rotazion|ale *adj cient* rotacional ◊ ***isola ~*** *f auto* rotonda; **~e** *f* rotación
roteare ‹*esd*› **1.** *vt* (*ojos*) girar; **2.** *vi* ‹*avere*› girar, dar vueltas
rotella *f* 1. (*pequeña*) rueda, ruedecilla; 2. *med* rótula ◊ ***gli manca qualche ~*** le falta un tornillo
rotismo *m mec* engranaje
rotocalco (*pl* **-chi**) *m* semanario, revista ilustrada *f*
rotol|amento *m* rodadura *f*; **~ante** *adj* rodante; **~are** ‹*esd*› *vt/i* rodar
rotolo *m* rollo ◊ ***andare a ~i*** arruinarse, hundirse, irse a pique; ***mandare a ~i*** hundir, arruinar, echar a perder

rotond|a *f* plaza redonda; **~eggiare** *vt* (*dar forma redonda*) redondear; **~ità** *f inv* redondez *f*; **~o, -a** *adj* redondo, -a

rotore *m mec* rotor

rotovia *f* funicular de neumáticos *m*

rotta *f* 1. rotura, fractura; 2. *mil* derrota; 3. *nav* rumbo *m*, ruta ◊ ***a ~ di collo*** *adv* a toda pastilla; ***essere in ~ con q*** estar peleado con alg

rottam|are *vt auto* desguazar; **~azione** *f auto* desguace *m*; **~e 1.** *m* 1. (*cosa*) cacharro, cachivache, cascajo; 2. *desp* (*persona*) trapo, cascajo, despojo; **2.** *mpl* (*hierro*) chatarra *f*; (*construcción*) cascotes, escombros

rotto, -a 1. *adj* 1. roto, -a; *mec* estropeado, -a; 2. (*persona*) curtido, -a (**a** en), acostumbrado, -a (**a** a); **2.** *m* roto; **3.** *mpl* (*cantidades*) pico *sing*; ***costa duecento euro e ~i*** *cuesta doscientos euros y pico*; **4.** *pp* V. **rompere** ◊ ***passare per il ~ della cuffia*** (*salir bien librado*) salirse de rositas

rottura *f* 1. rotura, rompimiento *m*; (*negociaciones...*) ruptura; 2. *coloq* (*fastidio*) lata, coñazo *m* (*vulg*) ◊ ***~ di palle*** *vulg* coñazo (*m*), jodienda

rotula *f med* rótula

roulette [ru'lɛt] *f inv* ruleta *f*

roulotte [ru'lɔt] *f inv auto* roulotte *f*, caravana *f*

round [raund] *m inv sport tamb. fig* round *m*, asalto *m*

router ['ruter] *m inv informát* encaminador *m*, enrutador *m*, router *m*

routin|ario, -a [ruti'narjo] (*m pl* **-ri**) (*var.* **rutinario**) *adj* rutinario, -a; **~e** [ru'tin] *f inv* rutina *f*; **~iero, -a** [ruti'njɛro] *adj* rutinario, -a

rovente *adj metal tamb. fig* candente, al rojo (vivo)

rovere *m bot* roble, roble albar

rovereto *m bot* robledal

rovescia: alla ~ *adv* al revés; **~mento** *m* 1. vuelta *f*, giro; 2. (*situación*) vuelco, giro; **~re 1.** *vt* 1. derramar, verter, volcar; 2. invertir, girar, dar la vuelta; 3. derribar, tumbar, volcar; (*gobierno*) derribar; *mil* (*derrotar*) desbaratar; **2. ~rsi** 1. caerse, desplomarse; (*barco*) volcar; (*persona*) dejarse caer; 2. derramarse, verterse; (*tormenta...*) abatirse; 3. abalanzarse, lanzarse a la calle; **~ta** *f sport* (*fútbol*) chilena

rovescio, -a (*m pl* **-sci**) **1.** *adj* vuelto, -a, girado, -a; de espaldas, supino, -a, boca arriba; **2.** *m* 1. revés; (*tela*) envés, vuelta *f*; *impr* verso; 2. revés, desgracia *f*; 3. contrario; ***dire il ~*** *decir lo contrario*; 4. *meteo* chaparrón, aguacero; 5. (*golpe*) revés; *sport* (golpe de) revés; ◊ ***il ~ della medaglia*** la otra cara de la moneda; ***a ~*** *adj* al revés

roveto *m bot* zarzal

rovina 1. *f* (*caída*) desmoronamiento *m*, desplome *m*, hundimiento *m*; ruina, destrucción, perdición; **2.** *fpl* (*restos*) ruinas

rovinare 1. *vt* derruir; arruinar, destruir, echar a perder; **2.** *vi* desmoronarse, desplomarse, hundirse; (*caer desde lo alto*) precipitarse; **3. ~rsi** (*persona*) arruinarse, echarse a perder; (*cosa*) estropearse

rovinoso, -a *adj* ruinoso, -a

rovistare *vt* rebuscar, revolver

rovo *m bot* zarza *f*

rozz|ezza *f* bastedad, tosquedad; **~o, -a** *adj* (*cosa*) basto, -a, tosco, -a, rústico, -a; (*persona*) basto, -a, cazurro, -a, palurdo, -a, zafio, -a

Rrr (*raccomandata con ricevuta di ritorno*) *abr* certificado con acuse de recibo

R&S (*Ricerca e Sviluppo*) *abr econ* (*Investigación y desarrollo*) I+D

RSM (*Repubblica di San Marino*) *abr*

ruandese *adj/s* ruandés, -esa

ruba: andare a ~ *vi* venderse como churros/rosquillas; **~cchiare** *vt/i* ‹*avere*› ratear, sisar; **~cuori** *adj/s inv* rompecorazones; **~re** *vt* robar; ***~ sul peso, sul prezzo*** *engañar en el peso, en el precio* ◊ ***~rsi qc/q con gli occhi*** comerse u-c/a alg con los ojos

rubeola *f med raro* rubéola

ruberia *f* robo *m*

rubicondo, -a *adj* rubicundo, -a

rubidio *m quím* rubidio

rubinetter|ia *f* grifería; **~o** *m* grifo

rubino *m* rubí

rubizzo, -a *adj* lozano, -a, fresco, -a

rublo *m* rublo

rubrica *f* 1. repertorio *m* (!), directorio *m* (!), listín *m* (!); *com* registro *m* (!); 2. (*TV, periódico...*) sección (!); 3. *impr* rúbrica, título *m* ◊ ***~ telefonica*** agenda de teléfonos

ruca *f* 1. *bot* ruca; 2. *zool* oruga

ruchetta *f bot* ruca

rucola *f bot* ruca

rude *adj elev* rudo, -a

ruderi *mpl* 1. escombros, cascotes; 2. restos, despojos

rudezza *f* rudeza

rudiment|ale *adj* rudimentario, -a; **~o 1.** *m* esbozo, rudimento; **2.** *mpl* rudimentos, bases *fpl*

ruffian|ata *f coloq* jugarreta; **~eggiare** *vi* ‹*avere*› rufianear, alcahuetear; **~eria** *f* rufianería; **~o, -a** *m/f* rufián, -ana, alcahuete, -a

ruga (*pl* **-ghe**) *f* (*piel*) arruga

rugbista *m/f* jugador, -a de rugby

rugby ['rɛgbi] *m sport* rugby

ruggine *f* 1. óxido *m*, herrumbre, orín *m*; 2. rencor *m*, resentimiento *m*

rugginoso, -a *adj* oxidado, -a, herrumbroso, -a

ruggire ‹*isc*› *vi* ‹*avere*› *zool tamb. fig* rugir

ruggito *m zool tamb. fig* rugido

rugiada *f meteo* rocío *m*

rugos|ità *f inv* rugosidad *f*; **~o, -a** *adj* rugoso, -a

rull|aggio (*pl* **-gi**) *m* 1. *aero* rodaje; 2. *sport* (*con el pie*) batida *f*; **~re 1.** *vi* ‹*avere*› 1. *aero* (*por la pista*) rodar; 2. (*tambor*) redoblar; 3. *sport* (*con el pie*) batir; **2.** *vt* 1. apisonar, allanar; 2. *metal* cilindrar; **~ta** *f* 1. *aero* rodaje *m*; 2. *sport* (*con el pie*) batida

rullino *m* 1. *foto* carrete, rollo

rullio (*pl* **-lii**) *m mús* (*tambor*) redoble

rullo *m* 1. *mús* redoble; 2. *tecn* cilindro, rodillo ◊ **~ *compressore*** apisonadora (*f*)

rum V. **rhum**

rumba *f* rumba

rumeno V. **romeno**

rumina|nte *adj/s zool* rumiante; **~re** ‹*esd*› *vt zool tamb. fig* rumiar; **~zione** *f* rumia

rumine *m zool* panza *f*

rummy *m inv* (*naipes*) rummy *m*

rumor|e *m* 1. ruido; bullicio, estruendo; 2. (*chisme*) rumor ◊ **~ *ambientale/di fondo*** ruido de fondo; ***fare* ~** hacer/armar ruido; ***tanto* ~ *per nulla*** mucho ruido y pocas nueces, tanto ruido para esto; **~eggiare** *vi* ‹*avere*› hacer ruido; protestar ruidosamente; **~ista** *m/f cine* técnico de efectos sonoros; **~oso, -a** *adj* ruidoso, -a, rumoroso, -a (*elev*); bullicioso, -a, estruendoso, -a

run|a *f* runa; **~ico, -a** (*m pl* **-ci**) *adj* rúnico, -a

ruolo *m* 1. *teat tamb. fig* papel; 2. *adm* plantilla *f*, escalafón; registro, nómina *f* ◊ ***di* ~** *adj* de plantilla, numerario; ***fuori* ~** *adj* contratado, interino; ***insegnante di* ~** profesor numerario

ruot|a *f* rueda; *tecn* (*alfarero*) torno *m*; *relig* (*convento*) torno *m* ◊ **~ *dentata*** rueda dentada; **~ *di poppa*** *nav* codaste; **~ *di prora*** *nav* estrave (*m*); **~ *di scorta*** rueda de repuesto; ***essere l'ultima* ~ *del carro*** ser el último gato/mono, ser un cero a la izquierda; ***fare la* ~** hacer la corte, cortejar; ***succhiare la* ~ *di q*** chupar la rueda; ***ungere le* ~*e*** (*sobornar*) untar el carro; **~are 1.** *vi* ‹*avere*› girar, dar vueltas; **2.** *vt* rodar, girar, voltear; **~ino** *m auto* (*pequeña*) rueda de recambio *f*

rupe *f* roca, risco *m*, peñasco *m*; **~stre** *adj* rupestre

rupia *f* rupia

ruppi... V. **rompere**

rurale 1. *adj* rural; **2.** *m/f* campesino, -a

ruscello *m* arroyo, riachuelo

ruspa *f* excavadora, pala mecánica; **~nte** *adj* 1. (*pollo*) de granja; 2. auténtico, -a, genuino, -a; **~re** *vi* ‹*avere*› (*el pollo*) escarbar

russare *vi* ‹*avere*› roncar

Russia: la ~ *f* Rusia

russo, -a *adj/s* ruso, -a

rustic|ano, -a *adj* rústico, -a, campestre; **~ità** *f inv* rusticidad *f*; **~o, -a** (*m pl* **-ci**) **1.** *adj* rústico, -a, campestre; (*mueble*) rústico, -a; (*persona, modales*) rústico, -a, rudo, -a; **2.** *m arq* armazón *m/f*, estructura *f*

ruta *f bot* ruda; **~cee** *fpl bot* rutáceas

rutenio *m quím* rutenio

rutilante *adj* rutilante

rutinario V. **routinario**

rutt|are *vt* ‹*avere*› eructar; **~o** *m* eructo ◊ ***fare un* ~** echar/soltar un eructo; **~ore** *m electr* ruptor

ruvidezza *f* (*brusquedad*) aspereza

ruvido, -a *adj* (*brusco*) áspero, -a

ruzzare *vi* ‹*avere*› retozar

ruzzo *m coloq* capricho, manía *f*

ruzzol|are ‹*esd*› *vi* (*caer rodando*) rodar; **~ *dalle scale*** *rodar por las escaleras*; **~ata** *f* revolcón *m*, voltereta; **~one** *m* caída *f*, revolcón ◊ ***fare un* ~** arruinarse, quebrar; **~oni** *adv* dando vueltas, dando volteretas; a tumbos

S

s (*secondo*) *abr* (*segundo*) seg.

S (*Sud*) *abr* (*sur*) S

s.a. (*senza anno*) *abr* (*sin año*) s.a.

sabato *m* sábado

sabba *f* aquelarre *m*; **~tico, -a** (*m pl* **-ci**) *adj* sabático, -a

sabbi|a *f* arena ◊ **~*e mobili*** arenas movedizas; ***costruire sulla* ~** edificar sobre arena; ***seminare nella* ~** sembrar en arena; **~atura** *f med* arenación, baño de arena *m*; **~oso, -a** *adj* arenoso, -a; arenisco, -a; ***pietra* ~*a*** *piedra arenisca*

sabota|ggio (*pl* **-gi**) *m* sabotaje; **~re** *vt* sabotear; **~tore, -trice** *m/f* saboteador, -a

S.acc. (*Società in Accomandita*) *abr* Sociedad en comandita

sacca *f* 1. saca, bolsa; *med* bolsa; 2. *geogr* (*río*) remanso *m*; (*mar*) ensenada; 3. *mil* zona cercada ◊ **~ *da viaggio*** bolsa de viaje

saccaride *m quím* sacárido

saccarina *f* sacarina

saccarosio *m* sacarosa *f*

saccata *f* (*cantidad*) saco *m*

saccente *adj/s* sabihondo, -a, sabelotodo *m/f*; **~ria** *f* sabihondez, presunción

saccheggi|are *vt* saquear; (*obra, pensamiento*) plagiar, fusilar (*coloq*); **~atore, -trice** *adj/s* saqueador, -a; (*obra, pensamiento*) plagiario, -a; **~o** (*pl* **-gi**) *m* saqueo; (*obra, pensamiento*) plagio

sacchetto *m* bolsa *f*

sacco (*pl* **-chi**) *m* 1. (*tela*) saco; bolsa *f*; *correo* saca *f*; *med* bolsa *f*; 2. *mil* saqueo; 3. montón, mucho *adv*, muchísimo *adv*; ***un* ~ *di*** *un montón de*; ***mi è piaciuto un* ~** *me ha gustado muchísimo*; 4. *irón* (*estómago*) buche ◊ **~ *a pelo*** saco de dormir; **~ *della spazzatura*** bolsa de la basura; **~ *lacrimale*** bolsa lacrimal; ***un* ~ *di*** *adj coloq* un montón de, una barbaridad de; ***un* ~ *e una sporta*** *adv* a espuertas; ***cogliere q con le mani nel* ~** coger a alg con las manos en la masa; ***colazione al* ~** *f* almuerzo campestre/al aire libre (*m*); ***corsa nei* ~*i*** *f* carrera de sacos; ***mettere q nel* ~** engañar a alg; ***vuotare il* ~** (*confesar*) desahogarse; **~ne** *m* jergón

sacerdo|tale *adj* sacerdotal; **~te, -essa** *m/f* sacerdote *m*, sacerdotisa *f*; **~zio** (*pl* **-zi**) *m* sacerdocio

sacral|e *adj med/relig* sacro, -a; **~izzare** *vt* sacralizar

sacrament|ale *adj* sacramental; **~are** *vt* sacramentar; **~o** *m* sacramento

sacrario (*pl* **-ri**) *m* sagrario
sacrestano V. **sagrestano...**
sacrific|are ‹*esd*› *vt* sacrificar; **~ato, -a** *adj* 1. sacrificado, -a, resignado, -a; 2. desaprovechado, -a, mal aprovechado, -a, echado, -a a perder; **~io** (*pl* **-ci**) (*var.* **sacrifizio**) *m* sacrificio
sacrileg|io (*pl* **-gi**) *m* sacrilegio; **~o, -a** (*m pl* **-ghi**) *adj* sacrílego, -a
sacripante 1. *m* gigante, grandullón; **2.** *excl* ¡demonios!
sacristia V. **sagrestia**
sacro, -a 1. *adj* 1. sagrado, -a, sacro, -a; 2. *med* sacro; **2.** *m med* (hueso) sacro; **~santo, -a** *adj* sacrosanto, -a ◊ ***la verità ~a*** la pura verdad
sadi|co, -a (*m pl* **-ci**) *adj/s* sádico, -a; **~smo** *m* sadismo
sadomasochis|mo *m* sadomasoquismo; **~ta** *adj* sadomasoquista
saetta *f* 1. *elev* (*flecha*) saeta; 2. *tamb. fig* rayo *m*; 3. *arq* puntal *m* ◊ ***essere una ~*** (*ser rápido*) ser una flecha, ser un rayo; **~re** *vt* 1. asaetar, saetar; 2. *sport* chutar, lanzar; **~ *la palla in rete*** *lanzar la pelota a puerta, chutar a puerta*
safari *m inv* safari *m*
saffico, -a (*m pl* **-ci**) *adj* sáfico, -a
saga (*pl* **-ghe**) *f lit* saga
saga|ce *adj* sagaz; **~ia** (*pl* **-cie**) *f* sagacidad; **~ità** *f inv* sagacidad *f*
saggezza *f* sabiduría
saggia|re *vt* probar, ensayar; **~tore, -trice 1.** *m/f* ensayador, -a; **2.** *m tecn* balanza de precisión *f*
saggina *f bot* sorgo *m*, adaza, alcandía
saggio, -a (*m pl* **-gi**) **1.** *adj* sabio, -a, prudente; **2.** *m/f* sabio, -a; **3.** *m* 1. ensayo, prueba *f*; 2. *tamb. fig* muestra *f*; ***un ~ del prodotto*** *una muestra del producto*; 3. *econ* (*nivel*) tasa *f*, tipo; 4. *cient* ensayo, tratado, estudio ◊ ***dare ~ di sé*** dar la medida de uno mismo
saggist|a *m/f* ensayista; **~ica** *f* ensayística, ensayismo *m*; **~ico, -a** (*m pl* **-ci**) *adj* ensayístico, -a
sagittari|a *f bot* sagitaria; ***~o** *m astron* Sagitario
sagoma *f* 1. (*contorno*) línea, perfil *m*, silueta; *com* (*modelo*) plantilla, patrón *m*; *ferroc* gálibo *m*; 2. (*en el tiro al blanco*) blanco *m*; 3. *coloq* tipo gracioso *m*
sagomare ‹*esd*› *vt* delinear, perfilar, modelar
sagomatura *f* delineado *m*, perfilado *m*, modelado *m*
sagra *f* (*fiesta, verbena, mercado*) feria; **~to** *m relig* sagrado
sagrest|ano *m* sacristán; **~ia** *f* sacristía
sagù *m inv bot* sagú
saharian|a *f* sahariana; **~o, -a** *adj/s* sahariano, -a; (*de la República Saharaui*) saharaui
saio (*pl* **sai**) *m* sayo
sakè *m inv* sake *m*, saki *m*
sala *f* 1. sala, cuarto *m*, salón *m*; 2. *bot* espadaña ◊ ***~ da ballo*** salón de baile (*m*); ***~ da pranzo*** comedor (*m*); ***~ d'aspetto*** sala de espera; ***~ operatoria*** quirófano (*m*); ***~ stampa*** sala de prensa; **~ce** *adj* 1. salaz, lujurioso, -a, lascivo, -a; 2. mordaz, sarcástico, -a; **~cità** *f inv* 1. salacidad *f*, lascivia *f*, lujuria *f*; 2. mordacidad *f*, causticidad *f*
salafita *adj/s relig* salafista
salamandra *f zool* salamandra
salame *m* 1. salchichón; 2. pasmarote, bobo; **~lecco** (*pl* **-chi**) *m* zalamería *f*
salamoia *f* salmuera
salar|e *vt* salar; **~iale** *adj* salarial; **~iato, -a** *m/f* asalariado, -a; **~io** (*pl* **-ri**) *m* salario, jornal, sueldo
salass|are *vt* 1. *med* sangrar; 2. (*dinero*) sangrar, exprimir, sablear, pelar; **~o** *m* 1. *med* sangría *f*; 2. (*dinero*) sangría *f*, sablazo
salat|ino *m gastr* saladito; **~o, -a** *adj* 1. salado, -a; 2. caro, -a, salado, -a (*Am Mer*); elevado, -a; ***un conto ~*** *una cuenta elevada*; 3. mordaz, picante; **~ura** *f* saladura, salazón, salado *m*
salciccia *coloq* V. **salsiccia**
salda *f* apresto *m*; **~re** *vt* conectar, unir; *tecn* soldar; *com* saldar; *med* cicatrizar; **~tore** *m tecn* soldador; **~trice** *f tecn* soldador *m*; **~tura** *f* 1. *tecn* soldadura; 2. *med* cicatrización; 3. conexión, unión
saldezza *f* solidez
saldo, -a 1. *adj tamb. fig* sólido, -a, fuerte; **2.** *m com/econ* saldo; **3.** *mpl* rebajas *fpl*, oportunidades *fpl*
sale *m* sal *f* (!) ◊ ***~i da bagno*** sales de baño (*fpl*); ***avere poco ~ in zucca*** tener poco conocimiento; ***restare di ~*** quedarse de piedra; **~siano, -a** *adj/s* salesiano, -a
Salgari *m lit* Salgari
salgemma *m inv* sal gema *f*
salgo... V. **salire**
salicaria *f bot* salicaria
salice *m bot* sauce ◊ ***~ piangente*** sauce llorón
salicil|ato *m quím* salicilato; **~ico, -a** (*m pl* **-ci**) *adj quím* salicílico, -a
salicina *f quím* salicina
salico, -a (*m pl* **-ci**) *adj hist* sálico, -a
saliente 1. *adj* 1. saliente; 2. (*importante*) sobresaliente; **2.** *m* 1. *arq/geogr* saliente; 2. *mil* cuña *f*, punta *f*
saliera *f* salero *m* (!)
salif|ero, -a *adj* salífero, -a, salino, -a; **~icare** ‹*esd*› *vt quím* salificar
salin|a *f* salina; **~ità** *f inv* salinidad *f*; **~o, -a** *adj* salino, -a
salire ‹*salgo; salii; salito*› V. 67 *vt/i* subir (!); ***~ sul treno/in treno*** *subir al tren*; ***~ su un albero*** *subir a un árbol*
saliscendi *m inv* 1. pasador *m*; 2. (*acción*) sube y baja
salita *f* subida (!), cuesta (!), pendiente (!) ◊ ***in ~*** *adj* en pendiente, cuesta arriba
saliva *f* saliva; **~re 1.** *adj* salival; **2.** *vi* ‹*avere*› salivar; **~zione** *f* salivación
salma *f* cadáver *m*; **~stro, -a** *adj* salobre
salmerie *fpl mil* impedimenta *f*
salmista *m* salmista
salmo *m* salmo
salmod|ia *f* salmodia; **~iare** *vi* ‹*avere*› salmodiar

salmon|are *vt* asalmonar, salmonar; **~ato, -a** *adj* salmonado, -a; **~e 1.** *m zool* salmón; **2.** *adj inv* (*color*) salmón
salmonell|a *f med* salmonela; **~osi** *f inv med* salmonelosis
salnitr|o *m* salitre; **~so, -a** *adj* salitroso, -a
salomonico, -a *adj* salomónico, -a
salone *m* salón ◊ **~ *da ballo*** salón de baile; **~ *dell'automobile*** salón del automóvil
saloon [sa'lun] *m inv* salón *m*
salotto *m* 1. (*habitación*) salita *f*, salón; 2. (*reunión*) tertulia *f*, salón; 3. (*muebles*) tresillo
salpare 1. *vi* zarpar, levar anclas, hacerse a la mar; **2.** *vt* zarpar; (*ancla*) izar, levar
sals|a *f* salsa; **~pariglia** *f* zarzaparrilla
salsedine *f* salinidad, salobridad
salsicci|a (*pl* **-ce**) *f* salchicha, longaniza ◊ ***fare ~e di q*** hacer picadillo a alg; **~otto** *m* (*crudo*) salchichón, longaniza *f*
salsiera *f* salsera
salso, -a *adj* salado, -a
salsoiodico, -a (*m pl* **-ci**) *adj* salyodado, -a
saltamartino *m* 1. *zool* grillo; saltamontes *inv*; 2. (*niño*) diablillo, demonio
saltare 1. *vi* ‹*essere/avere*› saltar; ***è saltato dalla finestra*** *ha saltado desde la ventana*; ***ha saltato tutta la sera*** *ha saltado toda la tarde*; **2.** *vt* 1. (*obstáculo*) saltar; (*omitir*) saltarse; ***ho saltato due capitoli*** *me he saltado dos capítulos*; 2. *gastr* saltear ◊ ***far ~*** volar, hacer saltar por los aires
saltatore, -trice *adj/s* saltador, -a
saltell|are *vi* ‹*avere*› brincar, retozar; **~o** *m* brinco, retozo; **~oni** *adv* a saltos, dando saltos, brincando
salterell|are V. **saltellare**; **~o** *m* 1. *mús* saltarelo; 2. (*fuegos artificiales*) triquitraque
salterio (*pl* **-ri**) *m* salterio
saltimbanco (*pl* **-chi**) *m* saltimbanqui
salto *m* 1. salto; 2. visita rápida *f* ◊ **~ *con l'asta*** *sport* salto con pértiga; **~ *in alto*** salto de altura; **~ *in lungo*** salto de longitud; **~ *mortale*** salto mortal, vuelta de campana (*f*); **~ *triplo*** triple salto; ***faccio un ~ a casa tua*** voy a acercarme/pasarme por tu casa, voy a dejarme caer por tu casa; ***fare i ~i mortali*** hacer malabarismos; dar saltos de alegría, echar las campanas al vuelo; ***fare quattro ~i*** echarse unos bailes, mover el esqueleto (*coloq*)
saltuari|età *f inv* intermitencia *f*, discontinuidad *f*, irregularidad *f*; **~o, -a** (*m pl* **-ri**) *adj* intermitente, discontinuo, -a
salubr|e *adj* salubre, saludable; **~ità** *f inv* salubridad *f*
salum|aio, -a (*m pl* **-ai**) *m/f* charcutero, -a; **~eria** *f* charcutería; **~i** *mpl* embutidos; **~iere, -a** *m/f* charcutero, -a; **~ificio** (*pl* **-ci**) *m* fábrica de embutidos *f*
salut|are 1. *adj* saludable; útil, beneficioso, -a; **2.** *vt* 1. (*decir hola*) saludar; 2. (*decir adiós*) despedir, despedirse (**qc** de alg); ***andare a ~ q*** *ir a despedir a alg/despedirse de alg*; 3. dar recuerdos; ***salutami Carlo*** *dale recuerdos a Carlos (de mi parte)*; (*formal*) presentar sus respetos; **~e 1.** *f* salud; **2.** *excl* 1. (*brindis*) ¡a mi/tu... salud!; 2. (*estornudo*) ¡Jesús!, ¡salud!; 3. (*sorpresa*) ¡vaya!, ¡ostras! ◊ ***alla tua, vostra ~*** *excl* a tu/vuestra salud; ***bere/brindare alla ~ di q*** beber/brindar a la salud de alg; ***avere ~ da vendere*** derrochar salud; ***rimetterci la ~*** dejarse la salud; **~o** *m* 1. (*hola*) saludo; 2. (*adiós*) despedida *f*; 3. recuerdo, saludo; ***mandare i ~ a q*** *enviarle recuerdos a alg*; ***(tanti) ~ a Piero*** *recuerdos para Pedro*; ***Le invio distinti ~i/vogliate gradire i più distinti ~i*** *le saluda atentamente*; ***affettuosi, cordiali ~i*** *afectuosamente, cordialmente te/le saluda*
salva *f tamb. fig* salva; ***una ~ di applausi*** *una salva de aplausos* ◊ ***sparare a ~e*** disparar salvas; **~bile** *adj* salvable; **~condotto** *m* salvoconducto; **~danaio** (*pl* **-danai/-danari**) (*var.* **salvadanaro**) *m* hucha *f*, alcancía *f*
Salvador: El ~ *m geogr* El Salvador; ***~egno, -a** *adj/s* salvadoreño, -a
salvagente 1. *adj/m inv* salvavidas; **2.** *m inv auto* isleta peatonal *f*
salvaguard|are *vt* salvaguardar; **~ia** *f* salvaguarda, salvaguardia
salvamento *m* salvamento, salvación *f*
salvapunte *m inv* salvapuntas
salvare *vt* salvar ◊ ***si salvi chi può!*** ¡sálvese quien pueda!
salvaschermo *m inv informát* salvapantallas
salvataggio (*pl* **-gi**) *m* 1. salvamento, rescate; 2. salvación *f*, ayuda *f*; 3. *informát* (*acción*) copia de seguridad *f*
salvatore, -trice *adj/s* salvador, -a
salvavita® *adj/m inv electr* cortacircuitos *adj/m inv*
salvazione *f relig* salvación
salve! *excl* ¡hola!
Salveregina (*var.* **Salve regina**) *f* Salve
salvezza *f relig tamb. fig* salvación
salvi|a *f bot* salvia; **~etta** *f* servilleta (de papel); toallita
salvo, -a 1. *adj* salvo, -a, sano, -a y salvo, -a, ileso, -a, bien parado, -a; ***avere ~a la vita*** *salvar la vida*; **2.** *prep* salvo, excepto ◊ **~ *che*** *conj* salvo que; ***fatto ~ quanto disposto...*** *adm* con excepción hecha de lo dispuesto...; ***mettere in ~*** poner a salvo; ***mettersi in ~*** ponerse a salvo; ***trarre in ~*** poner a salvo; ***uscire in ~*** salir bien parado, salir del paso
samba *m/f inv* samba *f*
sambernardo V. **San Bernardo**
sambuc|a *f* 1. *mús/mil* sambuca; 2. licor de anís *m*; **~o** (*pl* **-chi**) *m bot* saúco
samoiedo, -a *adj/s* samoyedo, -a
samovar *m inv* samovar *m*
san V. **santo**
sana|bile *adj* sanable, curable; **~re 1.** *vt* sanar, curar; **2. ~rsi** sanarse, sanar *vi*, curarse

sanatori|a *f adm* ="actuación del poder que legitima situaciones hasta ese momento ilegales" *m*; **~o** (*pl* **-ri**) *m* sanatorio
San Bernardo (*var.* **sambernardo**) *m* (*perro*) San Bernardo
sancire ‹*isc*› *vt jur* (*ley, uso*) sancionar, ratificar
sanculotto, -a *m/f* sans-coulotte
sandalo *m* 1. *bot* sándalo; 2. sandalia *f*; 3. ="chata de la laguna de Venecia" *f*, barcaza *f*
sandinista *adj/s* sandinista
sandolino *m* piragua *f*
sangue *m* sangre *f* (!) ◊ **~ *blu*** sangre azul; ***a ~ caldo*** *adv* en caliente, a sangre caliente; ***a ~ freddo*** *adv* a sangre fría; ***al ~*** *adj gastr* (*carne*) poco hecho; ***all'ultimo ~*** *adv* a ultranza; ***animale a ~ caldo, freddo*** animal de sangre caliente, de sangre fría; ***avere q il ~ che bolle*** bullirle la sangre a alg, encendérsele la sangre a alg; ***avere qc nel ~*** llevar u-c en la sangre; ***buon ~ non mente*** de tal palo tal astilla; ***farsi il ~ guasto*** hacerse mala sangre; ***guastarsi il ~/farsi il ~ cattivo*** hacerse mala sangre; ***non aver ~ nelle vene*** tener sangre de horchata; ***non esserci buon ~*** tener malas relaciones; ***puro ~*** (*caballo*) pura sangre; ***sputare ~*** sudar sangre; ***sudare ~*** sudar sangre, sudar tinta, echar los hígados; ***voler cavar ~ da una rapa*** pedir peras al olmo; **~misto** *m* mestizo
sanguign|a *f* (*pintura*) sanguina; **~o, -a** *adj* sanguíneo, -a
sanguina|ccio (*pl* **-ci**) *m* 1. morcilla *f*; 2. ="dulce hecho con sangre, chocolate, pasas, etc."; **~re** ‹*esd*› *vi* ‹*avere*› 1. sangrar; 2. (*ofensa*) sangrar, doler; **~ria** *f bot* sanguinaria; **~rio, -a** (*m pl* **-ri**) *adj* sanguinario, -a
sanguinella *f* (*naranja*) sanguina
sanguino|lento, -a *adj* sanguinolento, -a; **~so, -a** *adj* 1. (*manchado*) ensangrentado, -a; 2. (*lucha*) sangriento, -a, cruento, -a, encarnizado, -a; (*situación...*) sangrante, doloroso, -a; *elev* (*persona*) sanguinario, -a
sanguisuga (*pl* **-ghe**) *f zool tamb. fig* sanguijuela
sanit|à *f inv* sanidad *f*, salud *f*; *adm* sanidad *f*; ***Ministero della *~*** *Ministerio de Sanidad*; **~ario, -a** (*m pl* **-ri**) **1.** *adj* sanitario, -a; **2.** *m/f* médico; **3.** *mpl* sanitarios
sano, -a 1. *adj med tamb. fig* sano, -a; **2.** *m/f* persona sana ◊ **~ *come un pesce*** sano como una manzana; **~ *e salvo*** sano y salvo; ***essere ~ di mente*** estar en su sano juicio
sansa *f agric* orujo *m*
sanscrito, -a *adj/m* sánscrito, -a
sansevi<u>e</u>ria *f bot* sansevieria, lengua de suegra (*Am*)
sant' V. **santo**
santabarbara (*pl* **santebarbere**) *f* 1. *nav* santabárbara; 2. (*situación explosiva*) polvorín *m*
santarel|lina (*var.* **santerellina**) *f coloq* mosca muerta, mosquita muerta; **~o, -a** *m/f coloq* beato, -a, mojigato, -a

santifica|re ‹*esd*› *vt* santificar; **~zione** *f* santificación
santino *m* (*de santo*) imagen *f*
santissimo, -a *adj/m* santísimo, -a
santità *f inv* santidad *f* ◊ ***Sua *~*** Su Santidad
santo, -a 1. *adj* (***san*** *ante nombre m empezado por consonante, excepto s- líquida;* ***sant'*** *ante nombre m/f empezado por vocal*) san(to), santa; ***San Francesco, Santo Stefano, Sant'Antonio, Sant'Anna*** *San Francisco, San Esteban, San Antonio, Santa Ana*; ***un sant'uomo*** *un santo varón*; ***tutto il ~ giorno*** *todo el santo día*; ***fammi il ~ piacere di...!*** *¡hazme el favor de...!*; **2.** *m/f* santo, -a; **3.** *m coloq* (*día*) santo ◊ ***avere qualche ~ dalla sua*** tener el santo de cara; ***non ci sono ~i che tengano*** no hay Dios que lo arregle; ***non sapere a che ~ votarsi*** no saber a qué santo encomendarse, no saber con qué carta quedarse; **~ne** *m relig tamb. fig* santón, gurú; **~rale** *m* santoral; **~reggia** (*pl* **-ge**) *f bot* ajedrea
santuario (*pl* **-ri**) *m* santuario
sanzion|are *vt* 1. (*ley, uso*) sancionar, ratificar; 2. sancionar, multar, castigar; **~atore, -trice** *adj/s* sancionador, -a; **~e** *f* 1. (*ley, uso*) sanción, ratificación; 2. (*castigo*) sanción, multa
sapere ‹*so; seppi; saputo*› V. 68 **1.** *vt* saber; **2.** *vi* ‹*avere*› 1. saber; 2. oler; ***la stanza sa di chiuso*** *la habitación huele a cerrado*; (*sentir*) saber; ***questa minestra non sa di nulla*** *esta sopa no sabe a nada*; **3.** *m* saber ◊ **~ *il fatto suo*** saber lo que tiene entre manos; ***~rla lunga*** sabérselas todas, ser más listo que el hambre; ***che ne so!*** ¡y yo qué sé!; ***come hai fatto a saperlo?*** ¿cómo has conseguido enterarte?; ***lo so*** ya lo sé; ***mi sa che...*** me parece que..., me da en la nariz que...; ***non sa fare altro che...*** no sabe hacer más que...; ***non saprei fare senza...*** no sabría/podría pasar sin...; ***non saprei*** no sabría decirlo, no estoy seguro; ***non si sa mai*** nunca se sabe; ***ora si viene a ~ che...*** ahora resulta que, ahora nos enteramos de que...; ***per quanto ne sappia io*** que yo sepa; ***sapere di poco*** no saber a casi nada; *fig* ser insignificante; ***si sa!*** ¡ya se sabe!; ***un non so che*** un no sé qué
sapien|te *adj/s* sabio, -a; **~tone** *adj/s* sabihondo, -a; **~za** *f* sabiduría
sapona|ria *f bot* saponaria, jabonera; **~rio, -a** (*m pl* **-ri**) *adj* jabonero, -a; **~ta** *f* 1. (*agua*) jabonaduras *fpl*; 2. (*espuma*) jabonadura
sapone *m* jabón ◊ **~ *da barba*** jabón de barba; **~ *da bucato*** jabón de lavar; **~ *da toiletta*** jabón de baño; **~ria** *f* jabonería; **~tta** *f* 1. (*para la cara*) pastilla de jabón; 2. *ant* (*reloj*) saboneta
saponier|e *m* jabonero; **~o, -a** *adj* jabonero, -a
saponifi|care ‹*esd*› *vt* saponificar; **~cazione** *f* saponificación; **~cio** (*pl* **-ci**) *m* fábrica de jabón *f*
saponite *f min* saponita
sapor|e *m tamb. fig* sabor, gusto; **~ito, -a** *adj* 1. *gastr* sabroso, -a, apetitoso, -a, gustoso, -a; salado, -a; 2. *irón* (*cuenta*) elevado, -a, caro, -a; 3.

(*sueño*) agradable, placentero, -a; 4. (*historia*) picante; **~oso, -a** *adj gastr* sabroso, -a, gustoso, -a
saprof|ago, -a (*m pl* **-gi**) *adj/s* saprófago, -a; **~ilo, -a** *adj/s* saprófilo, -a
saput|ello, -a *adj/s* sabi(h)ondo, -a, sabelotodo, sabidillo, -a, marisabidilla *f*; **~o, -a** *adj/s desp* sabi(h)ondo, -a, sabidillo, -a
S.A.R. (*Sua Altezza Reale*) *abr* (*Su Alteza Real*) S.A.R.
sarabanda *f mús tamb. fig* zarabanda
saracco (*pl* **-chi**) *m* serrucho
saraceno, -a *adj/s* sarraceno, -a
saracinesca (*pl* **-sche**) *f* persiana metálica, cierre metálico *m*
sarago (*pl* **-ghi**) *m zool* sargo
Saragozza Zaragoza
sarai V. **essere**
saranno V. **essere**
sarcas|mo *m* sarcasmo; **~tico, -a** (*m pl* **-ci**) *adj* sarcástico, -a
sarchia|re *vt agric* escardar, rozar, desbrozar, carpir (*Am*); **~tore, -trice** *m/f* escardador, -a, rozador, -a; **~trice** *f agric* rozadera; **~tura** *f agric* roza, escardadura
sarchio (*pl* **-chi**) *m agric* escardadera *f*
sarcofago (*pl* **-gi/-ghi**) *m* sarcófago
sarcoma *m med* sarcoma; **~toso, -a** *adj med* sarcomatoso, -a
sarda *f zool* sardina
Sardegna: la ~ *f* Cerdeña
sardella *f zool* sardina
sardina *f zool* sardina ◊ ***~e sott'olio*** sardinas en aceite
sardo, -a *adj/s* sardo, -a; **~nico, -a** (*m pl* **-ci**) *adj* sardónico, -a
sarebbe, sarei, saremmo, saremo, saresti V. **essere**
sarglia (*pl* **-ge**) *f* sarga; **~o** V. **sarago**
sarmento *m* sarmiento
sarò V. **essere**
sartia *f nav* jarcia; **~me** *m nav* jarcias *fpl*
sartina *f* modistilla
sarto, -a *m/f* sastre, -a, modisto, -a, costurera *f*; **~ria** *f* sastrería; **~rio, -a** (*m pl* **-ri**) *adj* sartorio, -a ◊ ***muscolo ~*** *m* músculo sartorio, músculo del sastre
sasanide (*var.* **sassanide**) *adj/s hist* sasánida
sassai|a *f* 1. pedregal *m*; 2. dique de piedras *m*; **~ola** *f* pedrea
sassanide V. **sasanide**
sassata *f* pedrada
sassello *m zool* zorzal
sassifraga (*pl* **-ghe**) *f bot* saxífraga
sasso *m* piedra *f*, pedrusco, guijarro ◊ ***cose da far piangere i ~i*** *fpl* cosas que ablandarían hasta a las piedras; ***gettare il ~ e nascondere la mano*** tirar la piedra y esconder la mano; ***restare di ~*** quedarse de piedra
sassofonista *m/f* saxofonista, saxo *m*
sassofono *m* saxofón, saxófono
sassola *f nav* achicador *m*
sassolino *m* piedrecita *f*, china *f*
sassone *adj/s* sajón, -ona
Sassonia: la ~ *f* Sajonia
sassoso, -a *adj* pedregoso, -a
Satana *m* Satanás, Satán
satanasso *m tamb. fig* demonio, diablo
Satanasso *m* Satanás, Satán
satani|co, -a (*m pl* **-ci**) *adj* satánico, -a, demoníaco, -a; **~smo** *m* satanismo
satellit|are *adj telec* por satélite; ***TV ~ televisión por satélite***; **~e 1.** *m astron/tecn/pol* satélite; **2.** *adj inv* satélite
satin [sa'tɛn] *m inv* satén *m*; **~are** *vt* satinar
satira *f* sátira
satire|ggiare *vt/i* ‹*avere*› satirizar; **~sco, -a** (*m pl* **-chi**) *adj* de sátiro
satiri|asi *f inv med* satiriasis; **~co, -a** (*m pl* **-ci**) *adj/s* satírico, -a; **~one** *f bot* satirión
satiro *m mitol tamb. fig* sátiro
satol|lare *vt* hartar, saciar; **~o, -a** *adj* (*lleno*) harto, -a
satrapo *m hist tamb. fig* sátrapa
satura|re ‹*esd*› *vt quím tamb. fig* saturar; **~zione** *f quím tamb. fig* saturación
satureia *f bot* ajedrea
saturn|ale 1. *adj* saturnal; **2.** *mpl* saturnales *fpl*; **~ismo** *m med* saturnismo; ***~o** *m mitol/astron* Saturno
saturo, -a *adj quím tamb. fig* saturado, -a
saudita *adj/s* saudita
sauna *f* sauna
sauro, -a 1. *adj zool* (*caballo*) alazán, -ana; **2.** *m* 1. (*caballo*) alazán; 2. *zool* (*especie*) saurio
savana *f geogr* sabana
savio, -a (*m pl* **-vi**) *adj/s* sabio, -a ◊ ***i sette ~i di Grecia*** *mpl* los siete sabios de Grecia
Savoia *f geogr/hist* Saboya; ***~rdo** *m gastr* ="especie de bizcocho pequeño y alargado"
savoir-faire [sa'vwar 'fɛr] *m inv* don de gentes *m*, savoir-faire
saxofonista... V. **sassofonista...**
sazi|are *vt tamb. fig* saciar, hartar; ***non si sazia di guardarla*** *no se cansa de mirarla*; **~età** *f inv tamb. fig* saciedad *f*, hartazgo *m* ◊ **a ~** *adv* hasta la saciedad; ***fino alla ~*** *adv* hasta la saciedad; en abundancia; **~o, -a** (*m pl* **-zi**) *adj tamb. fig* saciado, -a, harto, -a, ahíto, -a, lleno, -a
sbaciucchi|amento *m* besuqueo, morreo (*coloq*); **~are** *vt* besuquear, morrear (*coloq*); **~one, -a** *m/f* besucón, -ona (*coloq*)
sbadat|aggine *f* despiste *m*, atolondramiento *m*; **~o, -a** *adj* despistado, -a, descuidado, -a, atolondrado, -a
sbadigli|are *vi* ‹*avere*› bostezar; **~o** (*pl* **-gli**) *m* bostezo
sbaf|are *vt* 1. *coloq* devorar, jalar; 2. *desp* comer de gorra, gorronear *vi*; **~ata** *f coloq* comilona de gorra; **~atore, -trice** *m/f* gorrón, -ona, gorrista; **~o: a ~** *adv desp* de gorra, de mogollón
sbagli|are 1. *vt* (*tiro, objetivo*) errar, fallar; (*elección*) equivocarse (**qc** de u-c); **~ *mestiere*** *equi-*

vocarse de profesión; ~ ***numero, treno, strada*** *equivocarse de número, de tren, de calle*; **2.** *vi* equivocarse; ~ ***a leggere, a scrivere*** *equivocarse leyendo, escribiendo*; **3. ~rsi** equivocarse ◊ ***~rla*** *coloq* (*equivocarse*) meter la pata; ***sbagliando s'impara*** se aprende de los errores, equivocándose se aprende; **~o** (*pl* **-gli**) *m* error, equivocación *f*, fallo

sbalestra|re *vt* 1. (*con violencia*) estampar, arrojar; 2. confundir, aturdir, turbar; 3. *adm* (*empleado*) destinar lejos, desplazar; **~to, -a** *adj* descentrado, -a, desplazado, -a, desordenado, -a; (*vida*) desordenado, -a

sball|are 1. *vt* 1. *com* desembalar; 2. *coloq* (*mentiras*) soltar, largar; **2.** *vi* (*excederse*) pasarse; **~ato, -a** *adj coloq* desquiciado, -a, alocado, -a, descontrolado, -a; **~atura** *f* desembalaje *m*; **~o** *m jerga drog* alucine ◊ ***da*** ~ *adj coloq* alucinante, súper, guay

sballotta|mento *m* traqueteo, meneo; **~re** *vt* traquetear, agitar, menear

sbalordi|mento *m* estupor, asombro, pasmo; **~re** ‹*isc*› **1.** *vt* (*golpe, noticia*) aturdir, atontar, embobar; impresionar, asombrar, pasmar; **2.** *vi* asombrarse, pasmarse; **~tivo, -a** *adj* asombroso, -a, pasmoso, -a; **~to, -a** *adj* atónito, -a, embobado, -a, aturdido, -a, pasmado, -a

sbalz|are 1. *vt* 1. lanzar, arrojar, despedir; derribar; echar, destituir; 2. *tecn* repujar; **2.** *vi* 1. saltar; 2. (*precio, temperatura*) cambiar, oscilar; **~atore, -trice** *m/f* repujador, -a; **~o** *m* 1. salto; (*precio, temperatura*) cambio, oscilación *f*; 2. *tecn* repujado

sbancare 1. *vt* (*naipes*) desbancar; arruinar; **2. ~rsi** arruinarse

sbanda|mento *m* 1. *mil tamb. fig* desbandada *f*; 2. *nav* escora *f*; **~re 1.** *vi* ‹*avere*› (*barco*) escorar; *auto* derrapar (**verso** hacia); derivar, inclinarse; **2.** *vt* (*ejército*) desmovilizar, dispersar, disolver; **3. ~rsi** dispersarse, disolverse, desperdigarse; **~ta** *f nav* bandazo *m*; *auto* derrape *m*, derrapaje *m* ◊ ***prendersi una ~ per q*** volverse loco por alg; **~to, -a** *adj* 1. disperso, -a, desperdigado, -a; 2. desorientado, -a, confuso, -a; desarraigado, -a

sbandiera|mento *m* 1. ondeo de banderas; 2. ostentación *f*; **~re** *vt* 1. (*banderas*) hacer ondear; 2. alardear *vi* (**qc** de u-c), ostentar; **~tore, -trice** *m/f* (*fiestas*) abanderado, -a

sbaraccare 1. *vt coloq* quitar de en medio, echar a la calle; **2.** *vi* ‹*avere*› *coloq* largarse, marcharse

sbaragli|are *vt mil* desbaratar, dispersar; *pol* (*manifestación*) disolver; (*humillar*) hacer polvo, machacar; **~o** (*pl* **-gli**) *m mil* desbaratamiento ◊ ***gettarsi/buttarsi/andare allo ~*** ir a la perdición/ruina; ***mandare/condurre allo ~*** llevar a la ruina/perdición

sbarazz|are 1. *vt* desembarazar, librar; ~ ***la scrivania dai libri*** *desembarazar el escritorio de los libros*; ~ ***q da un fastidio*** *librar a alg de una molestia*; **2. ~rsi** desembarazarse (**di** de), librarse (**di** de), deshacerse (**di** de); **~ino, -a** *adj/s coloq* pillo, -a

sbarba|re *vt* 1. (*persona*) afeitar; 2. (*planta*) erradicar, arrancar; (*vicio*) extirpar, erradicar; **~tello** *m* mocoso; **~to, -a** *adj* desbarbado, -a

sbarbicare ‹*esd*› *vt tamb. fig* erradicar, arrancar

sbarc|are 1. *vt* 1. (*pasajeros*) desembarcar; (*mercancías*) descargar; 2. (*tiempo*) pasar; **2.** *vi* desembarcar; **~o** (*pl* **-chi**) *m* 1. (*acción*) desembarco, desembarque; 2. (*lugar*) desembarcadero

sbarr|a *f* (*aduana, paso a nivel, hípica*) barrera; (*palo*) barra, tranca; *sport* barra; *impr* barra; (*cárcel*) barrote *m* ◊ ***essere alla ~*** (*opiniones, personajes*) estar en tela de juicio; ***essere dietro le ~e*** (*en la cárcel*) estar entre rejas; **~amento** *m* bloqueo; **~are** *vt* 1. bloquear, cerrar, obstruir; 2. *banc* (*cheque*) cruzar; 3. (*ojos*) abrir de par en par; **~etta** *f impr* pleca

sbassare *vt* rebajar, disminuir, reducir

sbastire ‹*isc*› *vt* deshilvanar

sbatacchiare 1. *vt* golpear, agitar; **2.** *vi* ‹*avere*› agitarse

sbattere 1. *vt* 1. (*alfombra, tela*) batir, sacudir; (*alas*) batir; golpear, chocar *vi*; *gastr* batir; 2. *adm* desplazar; 3. desmejorar, sentar mal (**qc** a u-c); ***quel colore ti sbatte il viso*** *aquel color te desmejora la cara*; 4. dejar, poner; 5. *vulg* joder (**qc** con alg), follar (**qc** con alg); **2. ~rsi** agitarse; **3. ~rsene** dar igual, importar un bledo *vt* ◊ ~ ***fuori*** *coloq* echar; ~ ***qc/q per terra*** echar u-c/a alg por el suelo; ***andare a ~ contro il muro*** pegársela contra un muro

sbattezzare 1. *vt* descristianizar; **2. ~rsi** descristianizarse, renegar del cristianismo

sbatti|mento *m* golpeo, batimiento, sacudida *f*; **~tore** *m* batidor, batidora *f*; **~uova** *m inv* batidor de huevos *m*

sbattut|a *f* sacudida; **~o, -a** *adj* 1. *gastr* batido, -a; 2. (*cara*) cansado, -a, abatido, -a

sbava|re 1. *vi* ‹*avere*› 1. babear; *coloq* caérsele a alg la baba (**per** por); 2. (*pintura*) difuminarse; **2.** *vt* 1. babosear; 2. *metal* rebabar; **~tura** *f* 1. (*persona*) babeo *m*; (*babosa*) baba; 2. (*color*) difuminación; 3. divagación, vaguedad; 4. defecto *m*, fallo *m*; 5. *metal* rebaba

sbeffeggiare *vt* burlarse (**q** de alg), pitorrearse (**q** de alg)

sbellicarsi descoyuntarse, troncharse ◊ ~ ***dalle risa/dal ridere*** morirse de risa, troncharse de risa

sbendare *vt* desvendar

sberl|a *f* bofetada, bofetón *m*; **~effo** *m* (*gesto de burla*) pedorreta *f*

sbertucciare *vt* 1. arrugar, estropear; 2. maltratar; burlarse (**q** de alg)

sbevazzare *vi* ‹*avere*› *desp* beber como un cosaco

sbiadi|re ‹*isc*› **1.** *vt* descolorar, desvaír; **2.** *vi* empalidecer, desvaírse, deslucirse; descolorarse; **~to, -a** *adj* pálido, -a, deslucido, -a, borroso, -a; descolorido, -a

sbianlcante *adj/m* blanqueador, -a; **~care** *vt/i* blanquear; **~chire** ‹*isc*› **1.** *vt* blanquear; *gastr* escaldar; **2.** *vi* blanquear

sbicchierata *f* (*bebida*) ronda

sbieco, -a (*m pl* **-chi**) **1.** *adj* torcido, -a, sesgado, -a; **2.** *m txtl* bies ◊ ***di ~*** al bies; ***guardare di ~*** mirar de soslayo/de reojo; poner mala cara, mirar mal

sbigottilmento *m* espanto, pavor, terror; asombro, estupor; **~re** ‹*isc*› **1.** *vt* aterrorizar, espantar; **2.** *vi* aterrorizarse, espantarse

sbilancilamento *m* desequilibrio; **~are 1.** *vt* desequilibrar; **2.** *vi* inclinarse (**su** hacia); **~o** (*pl* **-ci**) *m* desequilibrio; *econ* déficit

sbilenco, -a (*m pl* **-chi**) *adj* torcido, -a, encorvado, -a

sbircialre *vt* echar una ojeada (**q/qc** a alg/a u-c), echar un vistazo; **~ta** *f* ojeada, vistazo *m*

sbirro *m desp* esbirro

sbizzarrirsi matar el deseo, satisfacer un antojo

sblocclamento *m tamb. fig* desbloqueo; (*precios...*) descongelación *f*; **~are** *vt tamb. fig* desbloquear; (*precios...*) descongelar; **~o** (*pl* **-chi**) *m* desbloqueo

sbobba *f desp* calducho *m*, mejunje *m*

sboccalre 1. *vi* (*río, calle, fig*) desembocar (**in** en); **2.** *vt* verter; (*botella*) desbocar; **~to, -a** *adj* (*persona*) desbocado, -a, deslenguado, -a, malhablado, -a; (*botella*) desbocado, -a

sboccilare *vi bot* (*flor*) romper, abrirse; **~o** (*pl* **-ci**) *m bot* eclosión *f*

sbocco (*pl* **-chi**) *m* (*río*) desembocadura *f*; (*calle*) salida *f*; ***strada senza ~*** *calle sin salida*; (*mercancía, trabajo*) salida *f*, colocación *f* ◊ ***~ di sangue*** esputo de sangre

sbocconcellare *vt* comiscar, malcomer

sbollentare *vt gastr* escaldar; **~ire** ‹*isc/sbollo*› *vi* 1. ‹*avere*› dejar de hervir; 2. ‹*essere*› calmarse, tranquilizarse

sbornia *f coloq* borrachera, cogorza, mona ◊ ***smaltire la ~*** dormir la mona; **~rsi** emborracharse

sborslare *vt* desembolsar; **~o** *m* desembolso

sboscalmento *m* deforestación *f*, desforestación *f*; **~re** *vt* deforestar, desforestar

sbottlare *vi* romper, echarse; **~ *a piangere*** *romper/echarse a llorar*; **~o** *m* (*risa, llanto*) ataque; **~onare** *vt* desabotonar, desabrochar

sbozzlare *vt* 1. esbozar; 2. *tecn* desbastar; **~o** *m* 1. esbozo; 2. *tecn* desbaste

sbraccialrsi 1. bracear *vi*, gesticular *vi*, agitar los brazos *vt*; 2. remangarse, arremangarse; 3. ajetrearse, desvivirse; **~to, -a** *adj* (*ropa*) sin mangas, desmangado, -a; (*persona*) arremangado, -a, remangado, -a

sbraitare *vi* ‹*avere*› desgañitarse

sbranare *vt* 1. descuartizar; lacerar, desgarrar; 2. destrozar, destruir

sbreccare *vt* (*vaso, plato*) romper por el borde

sbrecciare *vt* romper, resquebrajar

sbrendolare ‹*esd*› *vi* ‹*avere*› *tosc* (*ropa*) caerse a pedazos, caerse a jirones

sbriciolare ‹*esd*› *vt* desmenuzar, desmigar, desmigajar

sbrigalre 1. *vt* (*asunto, correo, persona*) despachar; (*solicitud*) tramitar, cursar; **2. ~rsi** darse prisa, apresurarse, espabilarse; ***~rsi da/di q/qc*** *librarse, desembarazarse de alg/de u-c*; **3. ~rsela** arreglar un asunto, quitarse un problema de encima; **~tivo, -a** *adj* 1. *desp* expeditivo, -a; 2. superficial

sbrigliare *vt tamb. fig* desenfrenar, quitar el freno

sbrinalmento *m* (*nevera*) descongelación *f*, deshielo; *auto* desempañamiento; **~re** *vt* (*nevera*) descongelar, quitar la escarcha; *auto* desempañar; **~tore** *m* (*nevera*) descongelador; *auto* luneta térmica *f*

sbrindellIare *vt* (*tela*) rasgar, desgarrar; **~ato, -a** *adj* (*ropa*) desgarrado, -a, rasgado, -a; (*persona*) harapiento, -a, andrajoso, -a; **~o** *m* jirón, harapo, andrajo

sbroccare *vt agric* limpiar

sbrodollare ‹*esd*› **1.** *vt* 1. ensuciar, pringar; 2. (*discurso*) recargar; **2. ~rsi** (*comiendo o bebiendo*) ensuciarse, mancharse; **~one, -a** *m/f coloq* churretoso, -a, cochino, -a

sbrogliare *vt tamb. fig* desenredar, desembrollar, desenmarañar; *nav* zafar

sbronzla *f coloq* borrachera, cogorza, mona, castaña; **~arsi** *coloq* emborracharse, coger una mona; **~o, -a** *adj/s coloq* borracho, -a

sbruffonlata *f* bravuconada; **~e, -a** *m/f desp* chulo, -a

sbucare *vi* 1. (*animal en la madriguera*) asomar, asomarse; (*de repente*) aparecer; 2. (*calle*) dar; ***la strada sbuca in una piazza*** *la calle da a una plaza*

sbuccialpatate *m inv* pelapatatas; **~re 1.** *vt* (*patata, fruta*) pelar, mondar; (*frutos secos*) descascarillar, descascarar; **2. ~rsi** *med* pelarse, hacer un rasguño, arañarse, excoriarse (*med*); **~tura** *f* peladura, mondadura; *med* rasguño *m*, arañazo *m*

sbudellare *vt* destripar ◊ ***~rsi dalle risate*** desternillarse de risa

sbufflante *adj* (*persona*) resollante; (*ropa*) abombado, -a; **~are** *vi* ‹*avere*› (*persona*) resoplar, resollar; (*animal*) resollar, bufar; *ferroc* echar bocanadas de humo; **~ata** *f* resoplido *m*; **~o** *m* 1. (*persona*) resuello, resoplido; *zool* resuello, bufido; 2. (*aire, humo*) bocanada *f*; 3. (*ropa*) abombamiento ◊ ***a ~*** (*ropa*) abombado

sbullettare *vi* ‹*avere*› desconcharse

sbullonare *vt* desempernar

sburocratizzare *vt* desburocratizar

sbuzzare *vt* destripar

scabbia *f med* sarna, roña

scabinlato *m jur* escabinado; **~o** *m jur* escabino

scabrlezza *f* aspereza; **~o, -a** *adj* áspero, -a; **~osità** *f inv* aspereza *f*; escabrosidad *f*; **~oso, -a** *adj* 1. áspero, -a, rugoso, -a; (*camino*) escabroso, -a; 2. (*persona*) cerril, cerrado, -a; 3. (*problema, cuestión*) espinoso, -a; (*escena*) escabroso, -a

scacchi V. **scacco**; **~era** *f* (*de ajedrez*) tablero *m*; (*juego de damas*) damero *m*; **~ere** *m mil* teatro de operaciones ◊ ***a ~*** *adv* en cuadro; **~sta** *m/f* ajedrecista; **~stico, -a** (*m pl* **-ci**) *adj* ajedrecístico, -a

scaccia|cani *m/f inv* pistola de fogueo *f*; **~mosche** *m inv* espantamoscas; **~pensieri** *m inv* birimbao *m*, trompa de París *f*, trompa gallega *f*; **~re** *vt* expulsar, echar

scacco (*pl* **-chi**) **1.** *m* 1. (*ajedrez*) pieza *f*; 2. (*tablero, vestido*) cuadro; ***stoffa a ~i*** *tela a cuadros*; 3. (*movimiento*) jaque; **2.** *mpl* ajedrez *m*; ***giocare a ~i*** *jugar al ajedrez* ◊ ***~ matto*** jaque mate; ***(dare) ~ al re*** (dar) jaque al rey; ***tenere q in ~*** tener a alg en jaque; **~matto** (*var.* **scacco matto**) *m* jaque mate ◊ ***dare ~ a q*** derrotar a alg

scaddi... V. **scadere**

scadente *adj* (*producto*) malo, -a, de baja calidad, flojo, -a; (*persona*) mediocre, malo, -a

scadenza *f* (*producto, documento*) caducidad; (*deuda, tratado*) vencimiento *m* ◊ ***a lunga, breve ~*** *adv* a largo, corto plazo; **~re** *vt adm* fijar el vencimiento (**qc** de u-c); **~rio** (*pl* **-ri**) *m com* libro de vencimientos

scadere ‹*scaddi; scadrà; scaduto*› V. 8 *vi* 1. decaer, declinar, empeorar; 2. (*letra, tratado*) vencer; (*producto, documento*) caducar; (*plazo*) expirar, cumplirse

scadimento *m* decadencia *f*, declinar

scafandro *m* escafandra *f*

scaffal|are *vt* (*pared*) poner estanterías, cubrir de estanterías; (*libros*) poner en estanterías; **~atura** *f* 1. (*libros*) colocación en estanterías; 2. estanterías *fpl*; **~e** *m* estantería *f*

scafo *m nav* casco; **~ide** *m med* escafoides *inv*

scagionare *vt* exculpar

scaglia *f* 1. *zool* escama; 2. astilla, trozo *m*, fragmento *m*; **~re 1.** *vt* 1. arrojar, lanzar, tirar; estampar, estrellar; (*insulto*) soltar, escupir; 2. (*pescado*) escamar; 3. hacer astillas, hacer añicos; **2. ~rsi** 1. lanzarse (**contro q/addosso a q** contra/sobre alg), arrojarse (**contro q/addosso a q** contra/sobre alg), abalanzarse (**contro q/addosso a q** contra/sobre alg); 2. romperse, hacerse añicos

scagliola *f* 1. escayola; 2. *bot* alpiste *m*

scaglion|amento *m mil tamb. fig* escalonamiento; **~are** *vt mil tamb. fig* escalonar; **~e** *m* 1. *mil* escalón; 2. *geogr* terraza *f*; 3. *zool* colmillo

scaglioso, -a *adj zool* escamoso, -a

scagnozzo *m* 1. *desp* esbirro, sicario; 2. *relig* cura de misa y olla

scala *f* escalera; ***salire le ~e*** *subir la escalera/las escaleras*; *mús/cient* escala; (*póquer*) escalera ◊ ***~ a chiocciola*** escalera de caracol; ***~ a pioli*** escala, escalera de mano; ***~ antiincendio*** escalera de incendios; ***~ di valori*** escala de valores; ***~ mobile*** escalera mecánica; ***~ mobile (dei salari)*** ="subida del sueldo según el coste de la vida", cláusula de revisión salarial; ***~ reale*** (*póquer*) escalera de color; ***~ svedese*** *adv sport* escalera sueca; ***su larga/vasta ~*** *adj* a gran escala; ***su piccola ~*** *adj* a pequeña escala

scalabil|e *adj informát* escalable; **~ità** *f inv informát* escalabilidad *f*

scalandrone *m* 1. *nav* pasarela *f*; 2. *nav* varadero

scalare 1. *adj* gradual; graduado, -a; *fís* escalar; **2.** *m mat* función escalar *f*; **3.** *vt* 1. *sport* escalar; 2. graduar, escalonar; *com* escalonar, fraccionar

scalat|a *f tamb. fig* escalada ◊ ***dare la ~ al potere*** tomar el poder; **~ore, -trice** *m/f sport* escalador, -a

scalcagnato, -a *adj* (*zapato*) gastado, -a, ajado, -a; (*persona*) harapiento, -a, andrajoso, -a

scalciare *vi* ‹*avere*› cocear, tirar coces

scalcina|re *vt* (*pared*) desconchar; **~to, -a** *adj* desconchado, -a; ajado, -a, desaliñado, -a

scaldaacqua (*var.* **scaldacqua**) *m inv* calentador (de agua) *m*

scaldabagno *m inv* calentador (de agua) *m*

scaldabanchi *m/f inv* (*alumno*) calientasillas

scaldaletto *m* calientacamas *inv*, calentador de camas; bolsa de agua *f*

scaldapiedi *m inv* calientapiés

scaldare 1. *vt tamb. fig* calentar, caldear; **2. ~rsi** *tamb. fig* calentarse, caldearse; *sport* calentarse

scaldaseggiole *m/f inv* (*alumno*) calientasillas

scaldata *f* calentamiento *m*, calentón *m* (*coloq*)

scaldavivande *m inv* calientaplatos

scaldino *m* estufilla *f*, braserillo

scaleno, -a *adj mat* escaleno, -a

scaleo *m* escalerilla *f*, escala de tijera *f*

scaletta *f* 1. escalerilla; 2. (*discurso, guión...*) esbozo *m*, croquis *m inv*

scalfi|re ‹*isc*› *vt* arañar; **~ttura** *f* arañazo *m*, rasguño *m*

scalin|ata *f* escalinata; **~o** *m* escalón, peldaño

scalmana *f* 1. *coloq* (*por un resfriado*) mal cuerpo *m*; 2. *irón* entusiasmo *m*, emoción; ***prendersi una ~ per q/qc*** *entusiasmarse con alg/u-c*; **~rsi** agitarse, afanarse; (*hablando*) excitarse, emocionarse; **~to, -a** *adj/s* exaltado, -a

scalmiera (*var.* **scalmo** *m*) *f nav* tolete *m*, escálamo *m*

scalo *m* 1. *nav* varadero; 2. *nav* muelle, embarcadero; 3. *nav/aero* (*parada*) escala *f* ◊ ***~ aereo*** terminal (*f*); ***~ di alaggio*** dique de carenaje, varadero; ***~ merci*** (*mar, tren*) muelle de carga y descarga; ***fare ~*** hacer escala

scalogn|a *f* 1. *coloq* gafe *m*, mala pata; 2. *bot* chalote *m*, escaloña; **~ato, -a** *adj/s* desgraciado, -a, gafado, -a; **~o** *m bot* chalote, escaloña *f*

scalone *m* escalinata *f*

scaloppa (*var.* **scaloppina**) *f* escalope *m*

scalpell|are *vt* escoplear, cincelar; **~ino** *m* cantero, cincelador; **~o** *m* (*piedra, metal*) cincel, puntero; (*madera*) escoplo, formón; (*min, petróleo*) trépano; *med* escalpelo

scalpicci|are *vi* ‹*avere*› trapalear; **~io** (*pl* **-cii**) *m* ruido de pasos

scalpit|are ‹esd› *vi* ‹avere› (*caballo*) patalear, piafar, zapatear; *irón* (*persona*) patalear; **~io** (*pl* **-tii**) *m* pataleo, zapateo

scalpo *m* (*indios*) cabellera *f*; **~re** *m* alboroto, escándalo ◊ ***destare ~*** levantar ampollas

scaltr|ezza *f* astucia, picardía; **~ire** ‹isc› *vt* espabilar, avispar; **~o, -a** *adj* astuto, -a, espabilado, -a, avispado, -a

scalz|acane (*var.* **scalzacani**) *m/f inv coloq/desp* chapucero, -a *m/f*; **~are 1.** *vt* (*pie*) descalzar; 2. *agric* cavar; *arq tamb. fig* socavar; 3. (*puesto*) echar, descabalgar; 4. (*interrogar*) sonsacar; **2. ~rsi** descalzarse, quitarse los zapatos; **~o, -a** *adj* descalzo, -a

scambi|are 1. *vt* 1. confundir (**per** con), tomar (**per** con); 2. cambiar por error, coger por error; 3. cambiar (**con** por), intercambiar (**con** por), trocar (**con** por); (*billete, moneda*) cambiar; (*impresiones*), cambiar; (*palabras, insultos*) cruzar; **2. ~rsi** intercambiarse; (*palabras, insultos*) cruzarse, intercambiarse; **~etto** *m* (*danza*) gambeta *f*, trenzado; **~evole** *adj* recíproco, -a; **~o** (*pl* **-bi**) *m* intercambio, cambio; (*palabras, insultos*) cruce; *ferroc* cambio de agujas ◊ ***libero ~*** *econ* librecambio; **~sta** *m/f* 1. *com* cambista; 2. *ferroc* guardagujas; 3. practicante del intercambio de parejas

scamici|arsi descamisarse, quitarse la camisa; **~to, -a 1.** *adj* descamisado, -a, en mangas de camisa; **2.** *m* pichi

scamorza *f* 1. *gastr* ="queso del sur de Italia" *m*; 2. *fig* blandengue *m*, debilucho *m*

scamosci|are *vt* agamuzar, gamuzar; **~to** *m* piel agamuzada *f*

scampagnata *f* (*al campo*) excursión, escapada

scampana|cciata *f* cencerrada; **~re 1.** *vi* ‹avere› 1. campanear, repicar, echar las campanas al vuelo; *irón* cencerrear; 2. (*ropa*) acampanarse; **2.** *vt* (*ropa*) acampanar; **~ta** *f* (*campanas*) repique *m*; *irón* cencerrada

scampanell|are *vi* ‹avere› tintinear, tintinar; **~ata** *f* campanillazo *m*; **~io** (*pl* **-lii**) *m* tintineo

scampanio (*pl* **-nii**) *m* campaneo, repique, repiqueteo

scampare 1. *vt* (*persona*) librar, salvar; (*cosa*) evitar, esquivar; **2.** *vi* escapar (**a/da** de), escaparse (**a/da** de), salvarse (**a/da** de); refugiarse ◊ ***~rla (bella)*** librarse, salir bien librado, salir con bien; ***Dio ci scampi e liberi!*** ¡que Dios nos ampare!

scampo *m* 1. salvación *f*; refugio; 2. *zool* cigala *f*

scampolo *m* 1. (*tela*) retazo, retal; 2. (*fragmento*) resto, trozo

scanala|re *vt* acanalar, estriar; **~tura** *f* acanaladura, estriado *m*; *arq* (*columna*) canaladura, canal *m/f*

scandagli|are *vt nav tamb. fig* sondear; **~o** (*pl* **-gli**) *m* 1. *nav* sonda *f*, plomada *f*, escandallo; 2. sondeo

scandali|smo *m* afición a los escándalos *f*; **~stico, -a** (*m pl* **-ci**) *adj* escandalizador, -a; **~zzare** *vt* escandalizar

scandalo *m* escándalo ◊ ***fare uno ~*** armar un escándalo; ***gridare allo ~*** poner el grito en el cielo; **~so, -a** *adj* escandaloso, -a

Scandinav|ia: la ~ *f* Escandinavia; ***~o, -a** *adj/s* escandinavo, -a

scandire ‹isc› *vt* (*verso*) escandir; (*pronunciación*) silabear

scanna|re *vt* 1. (*animal*) degollar; (*persona*) degollar, masacrar; 2. exprimir, explotar; **~toio** (*pl* **-oi**) *m* 1. degolladero; 2. *desp* (*local*) cueva de ladrones *f*; **~tura** *f* degüello *m*

scannell|are *vt arq* acanalar, estriar; **~atura** *f arq* acanaladura, estriado *m*; **~o** *m* atril, escritorio

scanner *m inv tecn* escáner *m*; **~izzare** *vt informát* escanear

scanno *m* escaño

scansa|fatiche *m/f inv* vago, -a, holgazán, -ana, manta *m/f* (*coloq*); **~re** *vt* 1. separar, apartar; 2. esquivar, evitar

scansia *f* estantería, aparador *m*

scansione *f* 1. *ling* (*verso*) escansión; silabeo *m*; 2. *tecn* barrido *m*, exploración

scanso: a ~ di *prep* para evitar, en evitación de; ***a ~ di equivoci*** *para evitar equívocos*

scantinato *m* sótano; semisótano

scantonare *vi* ‹avere› 1. doblar la esquina; 2. desviarse, apartarse

scanzonato, -a *adj* despreocupado, -a

scapaccione *m* pescozón

scapato, -a *adj* despreocupado, -a, inconsciente

scapestrat|aggine *f* 1. libertinaje *m*; 2. calaverada; **~o, -a 1.** *adj/s* libertino, -a, vicioso, -a, disoluto, -a; **2.** *m/f* libertino, -a, crápula *m*, calavera *m*

scapicollo: a ~ *adv* a tumba abierta

scapigli|are *vt* desgreñar, desmelenar, despeinar; **~to, -a 1.** *adj* 1. desgreñado, -a, desmelenado, -a, despeinado, -a; 2. *elev* bohemio, -a; libertino, -a, licencioso, -a, disoluto, -a; **2.** *m/f* bohemio, -a; **~tura** *f* 1. libertinaje *m*, desenfreno *m*, desmelenamiento *m*; 2. (=*"movimiento literario italiano decimonónico de tipo bohemio"*) scapigliatura

scapitare ‹esd› *vi* ‹avere› salir perdiendo, perder

scapito *m* perjuicio, daño, detrimento, menoscabo ◊ ***a ~ di*** *prep* a costa de, en perjuicio de; ***vendere a ~*** vender con pérdida

scapola *f* omoplato *m*, omóplato *m*, escápula, paletilla

scapolare 1. *adj med* escapular; **2.** *m relig* escapulario; **3.** *vt* 1. *nav* escapular; 2. (*peligro, daño*) esquivar, evitar

scapolo, -a *adj/m* (*hombre*) soltero, -a

scapolone *m coloq* solterón

scappa|mento *m mec* (*motor*) escape; (*reloj*) escape, disparador; **~re** *vi* 1. escapar(se), huir; ***di qui non si scappa*** *no hay escapatoria*; ir corriendo, apresurarse; ***scappo in ufficio*** *voy corriendo a la oficina*; *sport* escaparse; 2. escaparse; ***gli è scappato di mente*** *se le ha ido de la cabeza*; ***~ la pazienza*** *agotarse la paciencia*;

pasarse, irse; 3. (*no aguantar*) escaparse; ***mi scappa da ridere*** *se me escapa la risa* ◊ ~ ***fuori a dire qc*** saltar/salir con u-c; **~ta** *f* 1. escapada; 2. salida de tono, inconveniencia; **~tella** *f* cana al aire, aventura; **~toia** *f* escapatoria, salida

scappel|lare *vt* 1. quitar el sombrero **~rsi**; 2. quitarse el sombrero, descubrirse; **~ata** *f* saludo con el sombrero *m*; **~otto** *m* pescozón, coscorrón

scappottare *vt auto* descapotar

scarabattola V. **carabattola**

scarabeo *m zool* escarabajo ◊ ~ ***stercoraio*** escarabajo pelotero

scarabocchi|are *vt* garabatear, emborronar, borronear; **~atura** *f* garabateo *m*; **~o** (*pl* **-chi**) *m* 1. garabato, borrón, tachón; 2. *desp* monigote, pintarrajo

scaracchi|are *vi* ‹*avere*› *coloq* echar gargajos; **~o** (*pl* **-chi**) *m coloq* gargajo, escupitajo

scarafaggio (*pl* **-gi**) *m zool* cucaracha *f*

scaramanzia *f* conjuro *m* ◊ ***per*** ~ *adv* para ahuyentar la mala suerte

scaramazza *f* barrueco *m*

scaramuccia (*pl* **-ce**) *f mil tamb. fig* escaramuza

scaraventare *vt* 1. lanzar, arrojar, tirar 1. *adm* (*lejos*) trasladar

scarcassato, -a *adj* destartalado, -a, descuajeringado, -a

scarcera|re ‹*esd*› *vt* excarcelar; **~zione** *f* excarcelación

scardasso *m tecn* carda *f*

scardinare ‹*esd*› *vt* desquiciar; (*razonamiento*) desmontar

scarica *f tamb. fig* descarga; ~ ***elettrica, di pugni, intestinale*** *descarga eléctrica, de palos, intestinal*

scaricabarile: fare a ~ (*var.* **scaricabarili**) *vi* pasar(se) la pelota, pasar(se) el muerto

scaricamento *m* descarga *f*

scaricare ‹*esd*› **1.** *vt* 1. *tamb. fig* descargar, vaciar; 2. abandonar, dejar tirado; **2. ~rsi** 1. descargarse; vaciarse; 2. quitarse (un peso) de encima; relajarse

scaricatore *m* descargador

scarico, -a (*m pl* **-chi**) **1.** *adj* 1. descargado, -a; vacío, -a; 2. *tecn* (*reloj*) sin cuerda; 3. *fig* libre (**di** de); **2.** *m* 1. descarga *f*; vaciado; (*basura, residuos*) vertido; *mec* escape; 2. *com* (*mercancía, dinero*) salida *f*; 3. (*justificación*) descargo ◊ ***~i industriali*** residuos industriales; ***divieto di*** ~ *m* prohibido tirar basuras

scarificare ‹*esd*› *vt med* sajar

scarlattina *f med* escarlatina, escarlata; **~o, -a** *adj/m* escarlata *adj/f*

scarmigliare *vt* despeinar, desgreñar

scarn|ificare ‹*esd*› *vt* descarnar; **~ire** ‹*isc*› *vt* descarnar; **~o, -a** *adj* 1. (*persona*) chupado, -a, demacrado, -a; 2. (*cosa*) descarnado, -a, sobrio, -a

scarola *f bot* escarola

scarpa *f* 1. zapato *m*; 2. (*persona*) asno *m*, inútil *m* ◊ ***fare le ~e a q*** darle una puñalada trapera a alg; ***non essere degno di lustrare le ~e a q*** no llegarle a alg a la suela de los zapatos; **~io, -a** (*m pl* **-ai**) *m/f* zapatero, -a ambulante; **~ta** *f* 1. zapatazo *m*; 2. *geogr* escarpa, escarpadura, escarpe *m*

scarpetta *f* zapatilla ◊ ***fare la*** ~ (*plato*) rebañar

scarpiera *f* (*mueble*) zapatero *m*

scarpin|are ‹*esd*› *vi* ‹*avere*› *coloq* darse una larga caminata; **~ata** *f coloq* larga caminata; **~o** *m* escarpín

scarpone *m* (*montaña, militar*) bota *f*

scarrozza|re **1.** *vt* (*en coche*) pasear; **2.** *vi* ‹*avere*› (*en coche*) pasearse, dar vueltas; **~ta** *f* (*en coche*) vuelta, paseo *m*

scarrucolare ‹*esd*› **1.** *vt* quitar la cuerda de la polea; **2.** *vi* ‹*avere*› deslizarse por la polea

scarse|ggiare *vi* ‹*avere*› escasear; ~ ***di educazione*** *ir escaso de educación, tener poca educación*; **~lla** *f hist* escarcela; **~zza** *f* escasez, penuria

scarsità *f inv* escasez *f*, penuria *f*

scarso, -a *adj* escaso, -a

scartabellare *vt* hojear

scartafaccio (*pl* **-ci**) *m* cartapacio, mamotreto

scartamento *m ferroc* ancho, trocha *f* (*Arg*) ◊ ~ ***largo*** *ferroc* vía ancha (*f*); ~ ***normale*** vía normal (*f*), ancho europeo; ~ ***ridotto*** vía estrecha (*f*); ***a*** ~ ***ridotto*** *adv fig* a pequeña escala

scartare **1.** *vt* 1. desenvolver, desempaquetar, abrir; 2. descartar, desechar; 3. (*naipes*) descartarse (**qc** de u-c); 4. *sport* regatear, driblar; **2.** *vi* desviarse, ladearse

scartata *f* (*caballo*) reparada

scarto *m* 1. descarte, exclusión *f*, rechazo; (*naipes*) descarte; *com* resto, desecho; 2. desviación *f*, ladeo; (*caballo*) reparada *f*; 3. diferencia *f*, distancia *f*, separación *f* ◊ ***~i di magazzino*** restos de almacén

scartocciare *vt* desenvolver; *agric* despinochar

scartoffia *f desp* papelajo *m*

scassa|quindici *m inv* (*juego*) chinos *mpl*; **~re** *vt* 1. desembalar, desempaquetar; 2. *agric* roturar; 3. *coloq* (*romper*) cargarse, hacer polvo

scassina|re *vt* (*cerradura*) forzar, descerrajar; **~tore** *m* ladrón de casas, desvalijador, topista (*jerga*)

scasso *m* 1. *jur* violencia *f*; ***furto con scasso*** *robo con violencia*; 2. *agric* roturación *f*

scatafascio V. **catafascio**

scatarrare *vi* ‹*avere*› gargajear, expectorar (*med*)

scatena|mento *m* desencadenamiento; **~nte** *adj* desencadenante; **~re** **1.** *vt* incitar, azuzar; **2. ~rsi** (*persona*) desenfrenarse, descontrolarse; (*tempestad*) desatarse, desencadenarse

scatola **1.** *f* (*cartón, madera*) caja; ~ ***di fiammiferi*** *caja de cerillas*; (*metal*) lata; ***cibi in*** ~ *alimentos enlatados*; **2.** *fpl euf/coloq* (*cojones*) pelotas, huevos *mpl* (*vulg*) ◊ ~ ***armonica/acustica*** caja de música; ~ ***cranica*** caja craneal; ~ ***del cam-***

bio *auto* caja de cambios; **~ *di derivazione*** *electr* caja de derivación; **~ *nera*** *aero* caja negra; ***~e cinesi*** cajas rusas; ***comprare a ~ chiusa*** comprar con los ojos cerrados; ***rompere le ~e/far girare le ~e*** *coloq* tocar las narices, chinchar, tocar las pelotas (*vulg*)

scatolame *m* 1. conjunto de cajas; 2. latas de conserva *fpl*

scatolare *adj arq* en forma de caja

scatolato *m* lata *f*, producto enlatado

scatoletta *f gastr* lata; **~ *di tonno*** *lata de atún*

scatolificio (*pl* **-ci**) *m* fábrica de cartonajes *f*

scatologi|a (*pl* **-gie**) *f* (*excrementos*) escatología; **~co, -a** (*m pl* **-ci**) *adj* escatológico, -a

scatt|ante *adj* ágil, listo, -a; **~are 1.** *vi* (*mecanismo, muelle*) saltar, dispararse; *sport* esprintar; (*ira*) saltar, estallar, explotar; (*aplauso*) estallar; **2.** *vt* (*una fotografía*) disparar, hacer ◊ **~ *alla partenza*** salir disparado; **~ *in piedi*** ponerse en pie; **~ *sull'attenti*** cuadrarse, ponerse firmes; ***essere pronto a ~*** estar a la que salta; **~ista** *m/f sport* velocista; esprínter; **~o** *m* 1. *mec* resorte, disparador; *foto* disparador; 2. *mec/foto* disparo; 3. (*movimiento*) salto, bote; 4. *sport* esprint; *auto* acelerón; 5. (*teléfono*) paso; 6. (*ira*) estallido, explosión *f*, pronto (*coloq*); 7. subida *f*, aumento ◊ **~ *a vuoto*** disparo fallido; ***a ~i*** *adv* a saltos, a trompicones; ***di ~*** *adv* de repente, de golpe

scaturire ‹*esc*› *vi* 1. manar, brotar; 2. (*originarse*) derivarse

scaval|care *vi* 1. (*caballo*) descabalgar, desmontar; 2. (*obstáculo*) saltar, superar; (*persona*) superar, desbancar; **~re** *vt* excavar; **~tore, -trice 1.** *adj* excavador, -a; **2.** *m* cavador; **~trice** V. **escavatrice**; **~tura** *f* excavación; *agric* cavadura

scavezzacollo *m/f inv* libertino, -a

scavo *m* 1. (*tunel, arqueología*) excavación *f*; 2. (*cuello del vestido*) escote

scazzotta|re *vt coloq* zurrar, dar una azotaina; **~ta** (*var.* **scazzottatura**) *f* zurra, azotaina

sceccario (*pl* **-ri**) *m* chequera *f*

scegliere ‹*scelgo; scelsi; scelto*› V. 69 *vt* elegir, escoger

sceicco (*pl* **-chi**) *m* jeque

scelgo... V. **scegliere**

scellerat|ezza *f* maldad, perversidad, crueldad; **~o, -a** *adj/s* malvado, -a, desalmado, -a, perverso, -a

scellino *m* chelín

scelsi... V. **scegliere**

scelt|a *f* elección, opción ◊ ***a ~*** *adv* a elegir; ***di prima ~*** *adj* de primera calidad, de primerísima calidad; ***di seconda ~*** *adj* de menor calidad; **~o, -a 1.** *adj* (*producto, ambiente*) escogido, -a, selecto, -a; **2.** *pp* V. **scegliere**

scema|re *vt/i* disminuir, menguar; **~ta** *f* (*acción, dicho*) bobada, memez, estupidez

scemenza *f* (*cualidad, acción*) estupidez, memez

scemo, -a *adj/s* bobo, -a, memo, -a, tonto, -a, lelo, -a

scempi|aggine *f* estupidez, memez, simpleza; **~o, -a** (*m pl* **-pi**) **1.** *adj* simple, sencillo, -a; (*consonante*) simple; **2.** *adj/s* bobo, -a, memo, -a, simple, estúpido, -a; **3.** *m* 1. masacre *f*, estrago; 2. tortura *f*, tormento

scena *f* 1. *teat tamb. fig* (*representación*) escena; 2. *teat* (*lugar*) escenario *m*, escena ◊ **~ *madre*** escena principal; ***andare in ~*** (*obra*) ser llevado a los escenarios, representarse; ***avere ~*** *tamb. fig* tener tablas; ***calcare le ~e*** dedicarse al teatro; ***cambiamento di ~*** *m tamb. fig* cambio de escenario; ***colpo di ~*** *m tamb. fig* golpe de efecto (*m*); ***entrare in ~*** *tamb. fig* entrar en escena; ***fare ~ muta*** *tamb. fig* hacer mutis; ***fare ~e*** *coloq* hacer escenas, montar números; ***messa in ~*** *f* puesta en escena, montaje (*m*); ***mettere in ~*** poner en escena, escenificar; ***uscire dalla ~ politica*** salir de la escena política; **~rio** (*pl* **-ri**) *m* 1. *teat* escenario, aparato escénico; *fig* escenario; 2. *teat* guión de la comedia del arte; 3. *cine* escenografía y guión; **~rista** *m/f cine* guionista; **~ta** *f* (*escándalo*) escena, número *m*

scendere ‹*scesi; sceso*› V. 58 *vt/i* bajar ◊ **~ *in basso*** caer bajo

scendiletto *m* alfombrilla *f*

sceneggia|re *vt* escenificar; **~ta** *f coloq* escena, número *m*; **~to** *m TV* serie *f*; **~tore, -trice** *m/f cine/TV* guionista; **~tura** *f cine/TV/radio* escenografía y argumento

scenetta *f* sketch *m*

scenico, -a (*m pl* **-ci**) *adj* escénico, -a

scenografi|a *f* escenografía; **~ico, -a** (*m pl* **-ci**) *adj* escenográfico, -a; **~o, -a** *m/f* escenógrafo, -a

sceriffo *m* 1. sheriff; 2. (*árabe*) jerife

scervella|rsi romperse los cascos (**su/intorno a** con), estrujarse el cerebro (**su/intorno a** con); **~to, -a** *adj/s* descerebrado, -a, inconsciente

scesa *f* bajada

scesi..., sceso V. **scendere**

scespiriano, -a *adj* shakespeariano, -a

scettic|ismo *m* escepticismo; **~o, -a** (*m pl* **-ci**) *adj/s* escéptico, -a

scettro *m* cetro

scevro, -a *adj elev* exento, -a (**di** de), libre (**di** de); **~ *di errori*** *libre de errores*

scheda *f* ficha; *adm* (*elecciones*) papeleta, boleta (*Am*) ◊ **~ *bianca, nulla*** papeleta en blanco, nula; **~ *magnetica*** tarjeta con banda magnética; **~ *perforata*** ficha perforada; **~ *telefonica*** tarjeta telefónica; **~re** *vt* fichar; **~rio** (*pl* **-ri**) *m* fichero; **~to, -a 1.** *adj* (*policía*) fichado, -a; **2.** *m/f* (*policía*) persona fichada; **~tura** *f* fichado *m*

schedina *f* 1. (*boleto*) quiniela; 2. (*boleto*) quiniela hípica; 3. (*boleto*) lotería primitiva

scheggia (*pl* **-ge**) *f* (*madera*) astilla; (*hueso, metal*) esquirla; (*piedra*) lasca; **~re** *vt* astillar; **~tura** *f* rajadura

scheletri|co, -a (*m pl* **-ci**) *adj med tamb. fig* esquelético, -a; **~re** ‹*isc*› **1.** *vt* dejar en los huesos; **2. ~rsi** quedarse en los huesos; **~to, -a** *adj tamb. fig* esquelético, -a

scheletro *m* 1. esqueleto; 2. esqueleto, armazón *m/f*
schema *m* esquema; (*novela, discurso*) boceto, esbozo, guión; *jur* proyecto ◊ ~ ***di legge*** *jur* proyecto de ley
schemati|cità *f inv* esquematicidad *f*; **~co, -a** (*m pl* **-ci**) *adj* esquemático, -a; **~smo** *m* esquematismo; **~zzare** *vt* esquematizar; **~zzazione** *f* esquematización
scherma *f* esgrima ◊ ***tirare di*** ~ practicar la esgrima; **~glia** *f* discusión, debate *m*, polémica; **~re** *vt* 1. (*con una pantalla*) tapar, escudar; 2. *fís* blindar; **~tura** *f* 1. tapado *m*, protección; 2. *fís* blindaje *m*
schermi|dore V. **schermitore**; **~re 1.** *vi* esgrimir; **2.** *vt* cubrir, proteger; **2. ~rsi** escabullirse (**da** de), eludir *vt* (**da** u-c); **~stico, -a** (*m pl* **-ci**) *adj* esgrimístico, -a (*raro*), de la esgrima; **~tore, -trice** *m/f* esgrimidor, -a, esgrimista (*Am Mer*)
schermo *m* 1. *cine/TV* pantalla *f*; ***divi dello*** ~ *estrellas de la pantalla*; 2. refugio, protección *f*; 3. *tecn* pantalla *f*, escudo ◊ ***piccolo, grande*** ~ (*TV, cine*) pequeña, gran pantalla (*f*)
schermograf|are ‹*esd*› *vt med* examinar con rayos X; **~ia** *f med* radioscopia
scherni|re ‹*isc*› *vt* escarnecer, mofarse (**q** de alg); **~itore, -trice** *m/f* escarnecedor, -a, burlador, -a; **~o** *m* escarnio *f*, escarnecimiento, mofa *f*, burla *f*
scherz|are *vi* ‹*avere*› bromear; ***scherzi?*** *¿bromeas?, ¿me estás tomando el pelo?*; ***stavo scherzando*** *estaba bromeando, lo decía de broma*; ***c'è poco da*** ~ *no tiene ninguna gracia*; ***smettila di*** ~ *déjate de bromas/de tonterías*; ***non scherzo*** *lo digo en serio, no es broma*; **~o** *m* broma *f*, burla *f* ◊ ~ ***da prete*** broma de mal gusto, broma pesada (*f*); ~ ***di natura*** fenómeno de la naturaleza; ***~i a parte*** *adv* bromas a parte; ***~i d'acqua, di luce*** juegos de agua, de luz; ***fare uno ~ a q*** gastarle/hacerle una broma a alg; ***nemmeno per*** ~ *adv* ni en broma; ***per*** ~ *adv* en broma; de mentirijillas; ***prendere qc in*** ~ tomar u-c a broma, tomar u-c a risa; ***senza ~i*** *adv* sin bromas; ***stare allo*** ~ seguir la corriente, seguir la broma; **~oso, -a** *adj* (*persona*) bromista; (*persona, animal*) juguetón, -ona; (*dicho*) gracioso, -a, divertido, -a
schettina|ggio (*pl* **-gi**) *m sport* patinaje sobre ruedas; **~re** ‹*esd*› *vi* ‹*avere*› *sport* patinar
schettino *m sport* patín
schiaccia|mento *m* aplastamiento; **~noci** *m inv* cascanueces; **~nte** *adj* aplastante, abrumador, -a; **~patate** *m inv* pasapurés; **~re** *vt* 1. aplastar, chafar; (*con el pie*) pisar; (*patata...*) triturar; (*nueces*) cascar, romper; 2. deformar; 3. aplastar, destruir; 4. rematar, machacar; **~sassi** *m inv* apisonadora *f*; **~ta** *f* 1. (*con el pie*) pisotón *m*; 2. *sport* remate *m*; (*baloncesto*) mate *m*; 3. *gastr* torta plana; **~to, -a** *adj* (*nariz*) chato, -a, achatado, -a; **~tura** *f* aplastamiento *m*

schiaff|are *vt coloq* echar, tirar ◊ ~ ***q dentro*** meter a alg en la cárcel; **~eggiare** *vt* abofetear; **~o** *m* 1. bofetada *f*, bofetón, tortazo, torta *f*; ***mollare uno*** ~ *pegar una torta*; 2. (*humillación*) bofetada *f*, bofetón ◊ ***prendere q a ~i*** liarse a bofetadas con alg, pegarle bofetadas a alg
schiamazz|are *vi* ‹*avere*› (*gallina*) cacarear; (*oca*) graznar; (*personas*) gritar, vociferar; **~o** *m* (*gallina*) cacareo; (*oca*) graznido; (*personas*) griterío, vocerío, algarabía *f*
schiant|are 1. *vt tamb. fig* romper, quebrar, destrozar; **2.** *vi* reventar, morirse; ~ ***dalla fatica*** *reventar/morirse de cansancio*; ~ ***dal dolore*** *morirse de dolor*; **~o** *m* 1. quebranto, rotura *f*; (*ruido*) estallido, estrépito; 2. dolor, punzada *f*; 3. *coloq* maravilla *f*, virguería *f* ◊ ***di*** ~ *adv* de repente
schiappa *f desp* inepto, -a *m/f*, negado, -a *m/f*
schiari|mento *m* (*color, pelo, líquido*) aclaración *f*; aclaramiento, **~re** ‹*isc*› **1.** *vt* (*color, monte*) aclarar; **2.** *vi* (*color, meteo*) aclararse; **3.** *meteo* aclararse, despejarse; aclarar, hacerse de día; **~ta** *f* 1. *meteo* claro *m*; 2. mejora
schiatta *f elev* estirpe; **~re** *vi tamb. fig* explotar, reventar
schiavi|na *f* esclavina; **~smo** *m* esclavismo; **~sta** *adj/s* esclavista; **~tù** *f inv* esclavitud *f*, cautividad *f* ◊ ***ridurre in*** ~ esclavizar; ***vivere, allevare in*** ~ (*animal*) vivir, críar en cautividad
schiavo, -a *adj/s tamb. fig* esclavo, -a; ***braccialetto alla ~a*** *esclava*
schidione *m* asador, espeto
schiena *f* espalda ◊ ***rompersi la*** ~ (*trabajo*) romperse la espalda, deslomarse; **~le** *m* 1. respaldo, espaldar; 2. *mil/hist* (*armadura*) espaldar; 3. *gastr* espinazo; **~ta** *f* golpe dado con la espalda *m*
schiera *f* 1. *mil* tropa; 2. *fig* multitud, muchedumbre ◊ ***case, vilette a*** ~ *fpl* chale(t)s adosados (*mpl*), casas adosadas; **~mento** *m mil tamb. fig* despliegue; **~re 1.** *vt mil tamb. fig* desplegar; **2. ~rsi** *mil* desplegarse; (*opinión*) alinearse; ***~rsi dalla parte di q, contro q*** *alinearse con alg, contra alg*
schiett|ezza *f* 1. pureza; 2. sinceridad; **~o, -a** *adj* 1. puro, -a; 2. sincero, -a
schif|are *vt* asquear, repugnar; **~ezza** *f* asquerosidad, porquería; **~iltoso, -a** *adj* remilgado, -a, melindroso, -a, asqueroso, -a ◊ ***fare lo*** ~ hacer ascos
schifo *m* 1. asco, repugnancia *f*; (*cosa*) porquería *f*, asquerosidad *f*, asco; 2. *nav* esquife ◊ ***che ~!*** ¡qué asco!; ***fare*** ~ dar asco; **~so, -a** *adj* asqueroso, -a, repugnante
schiniere *m mil/hist* espinillera *f*
schiocc|are *vt/i* ‹*avere*› chasquear, restallar; **~ata** *f* chasquido *m*, restallido *m*; **~o** (*pl* **-chi**) *m* chasquido, restallido
schioppe|ttata *f* escopetazo *m*; **~o** *m* escopeta *f*
schiribizzo V. **sghiribizzo**

schiudere ‹*schiusi; schiuso*› V. 10 **1.** *vt* entreabrir; **2. ~rsi** abrirse
schiuma *f* espuma ◊ **~ *da bagno*** gel de baño (*m*); ***avere la ~ alla bocca*** estar rabioso; **~iola** *f* espumadera; **~re** *vt/i* ‹*avere*› espumar; **~rola** V. **schiumaiola**
schiumo|geno, -a 1. *adj* espumógeno, -a; **2.** *m* extintor; **~so, -a** *adj* espumoso, -a
schiusi..., schiuso V. **schiudere**
schiv|are *vt* esquivar, evitar; **~o, -a** *adj* 1. esquivo, -a, huidizo, -a; 2. reacio, -a (**di** a)
schizofren|ia *f* esquizofrenia; **~ico, -a** (*m pl* **-ci**) *adj/s* esquizofrénico, -a
schizoide *adj/s* esquizoide
schizz|are 1. *vt* 1. salpicar; *fig* destilar, echar, escupir; **~ *bile, veleno*** *destilar bilis, veneno*; **~ *rabbia*** *rabiar*; **~ *fuoco dagli occhi*** *echar fuego por los ojos*; 2. ensuciar; 3. esbozar; **2.** *vi* 1. saltar; ***gli occhi schizzano dalla testa/dalle orbite*** *los ojos se salen de las órbitas*; 2. escurrirse, escapar; **~ata** *f* salpicadura, salpicón *m*; **~inoso, -a** *adj/s* remilgado, -a, melindroso, -a, finolis *inv*; **~o** *m* 1. salpicadura *f*; mancha *f*; (*tinta*) borrón; 2. esbozo, bosquejo; croquis *inv*
sci *m inv* (*deporte, instrumento*) esquí *m* ◊ **~ *alpinismo/sci-alpinismo*** esquí de travesía; **~ *alpino*** esquí alpino; **~ *da discesa*** descenso; **~ *da salto*** saltos (*mpl*); **~ *d'acqua*** esquíes acuáticos; **~ *di fondo*** esquí de fondo; **~ *fuori pista*** esquí fuera de pista; **~ *nautico*** esquí náutico; **~ *nordico*** esquí nórdico
scia (*pl* **scie**) *f nav tamb. fig* estela ◊ ***mettersi sulla ~ di q*** seguir los pasos de alg
scià *m inv* sha *m*
sciabola *f* sable *m*
sciabolata *f* sablazo *m*
sciacallo *m zool tamb. fig* chacal
sciacqua|re *vt* enjuagar; **~ta** *f* enjuague *m*; **~tura** *f* enjuagadura; **~ *di piatti*** *agua de lavar los platos*
sciacquio (*pl* **-quii**) *m* 1. enjuague; 2. (*olas*) chapoteo
sciacquo *m* (*boca*) enjuague; **~ne** *m* (*del retrete*) cadena *f*; ***tirare lo ~*** *tirar de la cadena*
sciaguattare 1. *vt tosc* (*ropa*) enjuagar; **2.** *vi tosc* chapotear
sciagura *f* 1. desgracia, infortunio *m*, accidente *m*; 2. mala suerte; **~taggine** *f* maldad, crueldad; **~to, -a** *adj/s* 1. desgraciado, -a, infortunado, -a; 2. desafortunado, -a, inoportuno, -a; 3. malvado, -a, despiadado, -a
scialacqu|are *vt* despilfarrar, derrochar, dilapidar; **~atore, -trice** *adj/s* derrochador, -a, despilfarrador, -a, derrochón, -ona (*coloq*); **~one, -a** *m/f coloq* derrochón, -ona
scialare *vi* ‹*avere*› darse buena vida, regalarse ◊ ***c'è poco da ~*** (*gastos*) no es momento para alegrías
scialbo, -a *adj* 1. pálido, -a, claro, -a, desvaído, -a; 2. (*cosa, persona inexpresivos*) insulso, -a, soso, -a
scialle *m* chal, mantón
scialo *m* pompa *f*, derroche ◊ ***a ~*** *adv* en abundancia
scialuppa *f* chalupa
sciamanismo (*var.* **sciamanesimo**) *m relig* chamanismo
sciamannato, -a *adj* desaliñado, -a, descuidado, -a
sciamano *m* chamán
sciamare *vi* 1. ‹*avere*› *zool* enjambrar; 2. ‹*essere*› salir de estampía
sciame *m zool tamb. fig* enjambre
sciampagn|a *f* champán *m*, champaña *m*; **~otta** *f* botella de champán
sciampo *m coloq* champú
sciancare *vt* baldar, lisiar
sciangai *m inv* juego de los palillos *m*, mikado *m*
sciantosa *f* canzonetista, cantante de cabaret
sciarada *f* charada
sciare ‹*scio*› *vi* ‹*avere*› esquiar
sciarpa *f* 1. bufanda; 2. (*brazo enyesado*) cabestrillo *m*
sciata [ʃi'ata] *f* paseo en esquí *m*
sciatic|a *f med* ciática; **~o, -a** (*m pl* **-ci**) *adj med* ciático, -a
sciatore, -trice [ʃia'tore] *m/f* esquiador, -a
sciattler|ia *f* abandono *m*, desaliño *m*, dejadez; **~ezza** *f* abandono *m*, desaliño *m*, descuido *m*, dejadez; **~o, -a** *adj* descuidado, -a, desaliñado, -a, desastrado, -a, zarrapastroso, -a (*coloq*); **~one, -a** *m/f* perdulario, -a, descuidado, -a
scibile *m* saber; ***i campi dello ~*** *los campos del saber*
sciccheria *f coloq* elegancia (*estánd*), gracia (*estánd*); (*cosa*) monada, gracia; ***la tua collana è una ~*** *tu collar es una monada*
sciccoso, -a *adj* elegante (*estánd*), mono, -a
scientifi|cità *f inv* cientificidad *f*; **~co, -a** (*m pl* **-ci**) *adj* científico, -a; **~smo** *m* cientifismo
scientis|mo *m* cientismo; **~ta** *m/f* cientista
scienz|a *f* ciencia ◊ ***~e esatte*** ciencias exactas; ***~e occulte*** ciencias ocultas; ***avere la ~ infusa*** tener ciencia infusa; **~iato, -a** *m/f* científico, -a (!)
scifozoo *adj/m* escifozoo
sciistico, -a (*m pl* **-ci**) *adj* de(l) esquí
sciita *m/f relig* chiíta
scilinguagnolo *m* locuacidad *f*, palique ◊ ***avere lo ~ sciolto*** hablar por los codos
scillaro *m zool* cigala *f*
scimitarra *f* cimitarra
scimmi|a *f* mono *m*, simio *m*; **~esco, -a** (*m pl* **-chi**) *adj* simiesco, -a; **~ottare** *vt* (*imitar mal*) remedar; **~otto** *m zool* mico, monito
scimpanzé *m inv zool* chimpancé *m*
scimunit|aggine *f* estupidez; **~o, -a** *adj* idiota, bobo, -a, estúpido, -a
scindere ‹*scissi; scisso*› V. 70 *vt* escindir, dividir, partir; *quím* disociar
scintigrafia (*var.* **scintillografia**) *f med* rastreo óseo *m*

scintilla *f* centella, chispa; **~nte** *adj* centelleante; **~re** *vi* ‹*avere*› centellear, chispear; **~zione** *f astron* centelleo *m*
scintillio (*pl* **-lii**) *m* centelleo, destello
scintillografia V. **scintigrafia**
scintoislmo *m* sintoísmo; **~ta** *adj/s* sintoísta
sciò! *excl* (*animales, niños*) ¡fuera!, ¡largo!
scioccare *vt* aturdir, conmocionar
sciocchezza *f* tontería, estupidez, necedad, sandez
sciocco, -a (*m pl* **-chi**) *adj/s* tonto, -a, estúpido, -a, bobo, -a
sciogliere ‹*sciolgo; sciolsi; sciolto*› V. 12 **1.** *vt tamb. fig* (*nudo*) deshacer, desatar, desenredar; ***far ~ la lingua a q*** *aflojarle la lengua a alg, hacer cantar a alg*; (*velas*) desplegar, largar; (*paquete*) desempaquetar, desenvolver; (*pelo*) soltar, deshacer; (*personas, animales*) liberar, soltar; (*en líquidos*) disolver, diluir, desleír; (*hielo, grasa*) derretir, deshacer; (*empresa, sociedad*) disolver; anular, rescindir; (*voto, promesa*) cumplir; (*reunión*) levantar, disolver; (*parlamento*) disolver; (*duda, problema*) resolver, solucionar; (*duda, sospecha*) despejar; (*piernas, músculos*) estirar; (*obligación*) dispensar; ***~ q da un impegno/da un obbligo, da un voto*** *dispensar a alg de una obligación, de un voto*; **2.** 1. **~rsi** liberarse (**da** de); 2. derretirse, deshacerse, fundirse;
scioglilingua *m inv* trabalenguas
scioglimento *m* 1. (*nudo*) desatadura *f*; 2. (*velas*) desplegamiento; 3. (*en líquidos*) disolución *f*, desleimiento; 4. (*hielo, grasa*) derretimiento; 5. (*parlamento, empresa, manifestación, matrimonio*) disolución *f*; 6. (*contrato*) rescisión *f*; 7. (*duda, problema*) resolución *f*; 8. (*voto*) dispensa *f*; 9. desenlace, conclusión *f*, final
sciolgo... V. **sciogliere**
sciolina [ʃio'lina] *f* lubrificante de esquíes *m*
sciolsi... V. **sciogliere**
scioltla *f coloq* diarrea; **~ezza** *f* 1. (*movimiento*) soltura, libertad, movilidad; 2. (*comportamiento*) soltura, desenvoltura, desparpajo *m*; **~o, -a 1.** *adj tamb. fig* suelto, -a, desatado, -a; ***lingua ~a*** *lengua suelta*; **2.** *pp* V. **sciogliere**
scioperalnte *m/f* huelguista; **~re** ‹*esd*› *vi* ‹*avere*› hacer huelga, parar; **~taggine** *f* vagancia, gandulería; **~tezza** *f* vagancia, gandulería; **~to, -a** *adj/s* vago, -a, gandul, -a
scioperistico, -a (*m pl* **-ci**) *adj* huelguístico, -a
sciopero *m* huelga *f*; ***fare ~*** *hacer huelga* ◊ ***~ a oltranza*** huelga indefinida (*f*); ***~ a singhiozzo*** huelga intermitente (*f*); ***~ bianco*** huelga de celo (*f*); ***~ della fame*** huelga de hambre (*f*); ***~ generale*** huelga general (*f*); ***~ selvaggio*** huelga salvaje (*f*); ***fare lo ~*** hacer huelga; ***mettersi in ~*** ponerse/declararse en huelga, ir a la huelga
sciorinare *vt* 1. (*colada*) tender; 2. (*hacer público*) airear, ventilar
sciovia [ʃio'via] *f* telesquí *m*
sciovinislmo *m* chovinismo, chauvinismo; **~ta** *adj/s* chovinista, chauvinista; **~tico, -a** (*m pl* **-ci**) *adj* chovinista, chauvinista
Scipione *m hist* Escipión
scipitlezza *f* sosería; **~o, -a** *adj tamb. fig* insulso, -a, soso, -a, desaborido, -a
scipplare *vt* robar de tirón, tironear; **~atore, -trice** *m/f* tironero, -a; **~o** *m* tirón
scirocco (*pl* **-chi**) *m* siroco
sciropplare *vt* almibarar, confitar; **~o** *m* 1. *med* jarabe; 2. *gastr* almíbar, arrope; **~oso, -a** *adj tamb. fig* almibarado, -a
scisma *m relig tamb. fig* cisma; **~tico, -a** (*m pl* **-ci**) *adj/s* cismático, -a
scissi... V. **scindere**
scissionle *f* escisión; **~ismo** *m pol* escisionismo, inducción a la escisión *f*; **~ista** *adj/s* escisionista
scisso V. **scindere**
scissura *f* 1. grieta, hendidura; 2. división, discordia
scisto *m min* esquisto; **~so, -a** *adj min* esquistoso, -a
sciuplare 1. *vt* 1. estropear (!), gastar, ajar; desperdiciar (!), malgastar, consumir; 2. despilfarrar (!), derrochar; **2. ~rsi** estropearse (!), gastarse, ajarse; (*persona*) demacrarse, desmejorar *vi*, marchitarse; **~io** (*pl* **-pii**) *m* 1. desperdicio, despilfarro, derroche; ***~ di tempo*** *pérdida de tiempo*; 2. destrozo, estropicio; **~one, -a** *adj/s* 1. derrochón, -ona, gastador, -a, despilfarrador, -a, malgastador, -a; 2. destrozón, -ona
sciuscià *m inv hist* (*niño*) limpiabotas
scivolalre ‹*esd*› *vi* 1. resbalar; 2. deslizarse; escurrir(se) (**dalle mani** de las manos); 3. evitar *vt*, rehuir *vt*; ***~ su un tema*** *evitar un tema*; **~ta** *f* resbalón *m*, patinazo *m*
scivolo *m* tobogán, rampa *f*; (*niños*) tobogán
scivolone *m* 1. resbalón, patinazo, traspiés; 2. desliz, patinazo, coladura *f*, metedura de pata *f* ◊ ***fare uno ~*** *tamb. fig* dar un traspiés
scivoloslità *f inv* 1. estado resbaladizo *m*; 2. (*para escurrirse*) habilidad *f*; **~o, -a** *adj* 1. resbaladizo, -a; 2. escurridizo, -a; 3. (*persona*) doble, falso, -a
sclarea *f bot* amaro *m*
sclerolsi *f inv* esclerosis; **~tico, -a** (*m pl* **-ci**) *adj/s* escleroso, -a
scocca *f auto* carrocería; **~re 1.** *vt* 1. (*puñetazo*) lanzar, soltar, largar; (*flecha, tiro*) disparar; (*mirada*) lanzar; (*beso*) dar; 2. (*horas*) tocar; **2.** *vi* 1. (*chispa, trampa*) saltar; 2. (*horas*) sonar
scoccialnte *adj* pesado, -a, latoso, -a, rollista; **~re 1.** *vt coloq* (*molestar*) dar la lata, jorobar; **2. ~rsi** *coloq* (*molestarse*) mosquearse, cabrearse; **~tore, -trice** *m/f coloq* pesado, -a, latoso, -a, pelmazo, -a, incordio *m*; **~tura** *f coloq* lata, matraca
scodare *vt* descolar
scodella *f* escudilla, cuenco *m*, tazón *m*; **~re** *vt* escudillar, servir

scodinzollare ‹*esd*› *vi* ‹*avere*› mover la cola, colear; (*persona*) mover el trasero, contonearse; **~io** (*pl* **-lii**) *m* coleadura *f*, coleo
scoglilera *f* escollera ◊ **~ *corallina*** arrecife (*m*); **~o** (*pl* **-gli**) *m nav tamb. fig* escollo; **~onato, -a** *adj vulg* (*fastidiado*) jodido, -a; **~oso, -a** *adj* lleno, -a de escollos
scoialmento *m* desuello, desolladura *f*, despellejadura *m*; **~re** *vt* desollar, despellejar
scoiattolo *m zool* ardilla *f*
scolalbottiglie *m inv* escurridor de botellas *m*; **~pasta** *m inv* escurridor (de pasta) *m*; **~piatti** *m inv* escurridor *m*, escurreplatos
scolare 1. *adj* escolar; ***età*** **~** *edad escolar*; **2.** *vt* (*pasta, verdura*) escurrir, colar; **3.** *vt* (*líquido*) escurrirse *vi*; **~sca** (*pl* **-sche**) *f* alumnado *m*, grupo escolar *m*; **~tto** *m coloq* escolar, crío ◊ ***arrossire come uno*** **~** ponerse colorado como un escolar
scolarità *f inv* escolaridad *f*
scolarizzalre *vt* escolarizar; **~zione** *f* escolarización
scolaro, -a *m/f* alumno, -a, escolar
scolasticla *f* escolástica; **~o, -a** (*m pl* **-ci**) *adj/m* escolástico, -a
scolatloio (*pl* **-oi**) *m* (*ropa*) escurridero, escurridor; **~ura** *f* escurrimiento *m*
scolio (*pl* **-li**) *m* escolio; **~si** *f inv med* escoliosis
scolitidi *mpl zool* barrenillos
scollalcciato, -a *adj* 1. (*vestido*) escotado, -a; 2. (*novela, comedia...*) atrevido, -a, osado, -a; **~re** *vt* 1. (*vestido*) escotar 1. (*separar*) despegar; **~to, -a** *adj* escotado, -a; **~tura** *f* 1. escotadura, escote *m*; 2. (*separación*) despegue *m*
scollettare *vt agric* descoronar
scollo *m* escote
scolo *m* 1. desagüe, desaguadero; 2. *med coloq* purgaciones *fpl*, blenorragia *f* (*med*)
scolopendra *f zool* escolopendra
Scolopi *mpl relig* Escolapios
scolorlare 1. *vt* descolorir, descolorar; **2.** *vi/~rsi* descolorirse, descolorarse; **~imento** *m* descoloramiento, descolorimiento, decoloración *f*; **~ina** *f* borratinta *m*; **~ire 1.** *vt* descolorir, descolorar; (*persona*) hacer palidecer; **2.** *vt/~rsi* descolorirse, descolorarse; (*persona*) palidecer
scolplare *vt* exculpar; **~ire** ‹*isc*› *vt* esculpir; (*nombre*) grabar; fijar, grabar; **~ *qc nella memoria*** *grabar u-c en la memoria*
scolta *f* centinela *m* ◊ ***fare la*** **~** estar de guardia
scombinlare *vt* desordenar, revolver; (*plan*) desbaratar, estropear; **~ato, -a** *adj* confuso, -a, incoherente
scombro *m zool* caballa *f*
scombussollamento *m* trastorno, contratiempo; trastorno, turbación *f*, convulsión *f*; **~are** ‹*esd*› *vt* (*plan*) trastornar, estropear; (*persona*) trastornar, turbar; **~io** (*pl* **-lii**) *m* trastorno
scommessa *f* 1. apuesta, polla (*Am*); 2. *fig* apuesta, reto *m*, desafío *m*
scommettere ‹*misi; messo*› V. 44 *vt* apostar
scommettitore, -trice *m/f* apostante
scommisi... V. **scommettere**
scomodlare 1. *vt* incomodar, molestar; **2.** *vi* ‹*avere*› venir mal, molestar, incomodar; ***se non ti scomoda*** *si no te importa*; **3.** molestarse (**a** en), tomarse la molestia (**a** de); **~ità** *f inv* incomodidad *f*, molestia *f*; **~o, -a 1.** *adj* 1. incómodo, -a, molesto, -a, fastidioso, -a; 2. (*estar*) incómodo, a disgusto; **2.** *m* incomodidad *f*, molestia *f* ◊ ***tornare*** **~ *qc*** venir mal u-c, molestar u-c
scompaginare ‹*esd*› *vt* desbaratar, desordenar, descomponer; *impr* desencuadernar, descuadernar
scompagnalre *vt* desaparear; **~to, -a** *adj* desapareado, -a, suelto, -a, sin pareja
scomparire ‹*isc*› *vi* desaparecer
scomparsla *f* desaparición; **~o, -a 1.** *adj* desaparecido, -a; **2.** *m/f euf* desaparecido, -a, difunto, -a
scompartlimento *m ferroc* compartimiento; *nav* cabina *f*; **~o** *m* (*armario*) estante, anaquel
scompenslare *vt* descompensar, desequilibrar; *med* descompensar; **~ato, -a** *adj med* descompensado, -a; **~o** *m* descompensación *f*, desequilibrio; *med* descompensación *f*
scompiglilare *vt* desordenar, desbaratar; **~ *i capelli*** *desgreñar el pelo*; (*persona*) turbar, trastornar; **~o** (*pl* **-gli**) *m* desorden, desbarajuste, desarreglo; confusión *f*, desconcierto
scompisciarsi *coloq* mearse (*vulg*) ◊ **~ *dalle risate*** mearse de risa
scomponilbile *adj* descomponible; **~mento** *m* descomposición *f*
scomporre ‹*pongo; posi; posto*› V. 56 *vt* descomponer
scomposizione *f* descomposición, división
scompostlezza *f* descompostura, descortesía, descaro *m*; **~o, -a 1.** *adj* descompuesto, -a; (*pelo*) desarreglado, -a, revuelto, -a; (*persona*) descompuesto, -a, descortés, descarado, -a; (*estilo*) deslavazado, -a; **2.** *pp* V. **scomporre**
scomunica *f relig* excomunión
scomunicare ‹*esd*› *vt relig* excomulgar
sconcatenato, -a *adj* inconexo, -a
sconcertlare *vt* 1. desordenar, desbaratar; 2. desconcertar, turbar; **~o** *m* 1. desorden; 2. desconcierto, turbación *f*
sconcezza *f* deformidad
sconcio, -a (*m pl* **-ci**, *f pl* **-ce**) **1.** *adj* 1. deforme; 2. indecente, obsceno, -a; **2.** *m* 1. desaguisado, desastre; 2. indecencia *f*, obscenidad *f*
sconclusionato, -a *adj* (*cosa*) inconexo, -a, incongruente, deshilvanado, -a; (*persona*) indeciso, -a, irresoluto, -a
sconcordanza *f* disconcordancia
scondito, -a *adj gastr* desabrido, -a, soso, -a
sconfesslare *vt* (*ideas*) renegar (**qc** de u-c), retractarse (**qc** de u-c); (*declaraciones*) desautorizar, desmentir; **~ione** *f* (*ideas*) abjuración; (*declaraciones*) desmentido *m*
sconficcare *vt* desclavar
sconfiggere ‹*figgo; fissi; fitto*› V. 38 *vt mil tamb. fig* derrotar

sconfin|are *vi* ‹*avere*› 1. penetrar, pasar la frontera; 2. excederse, pasarse; **~ato, -a** *adj* ilimitado, -a, inmenso, -a, infinito, -a
sconfissi... V. **sconfiggere**
sconfitt|a *f mil tamb. fig* derrota; **~o** V. **sconfiggere**
sconfort|ante *adj* desconsolador, -a; **~are** *vt* desalentar, desanimar; **~o** *m* desconsuelo, desánimo, abatimiento
scongela|mento *m* descongelación *f*; *econ* descongelación *f*, desbloqueo; **~re** *vt* descongelar; descongelar, desbloquear; **~zione** *f* descongelación
scongiur|are *vt* 1. conjurar, exorcizar; 2. instar, rogar, suplicar; **~ *q di non fare qc*** *instar a alg para que no haga u-c*; **~o** *m* conjuro, exorcismo
sconness|ione *f* inconexión, incoherencia; **~o, -a 1.** *adj* 1. inconexo, -a, incoherente; 2. desconectado, -a; **2.** *pp* V. **sconnettere**; **~ura** *f* 1. inconexión, incoherencia; 2. (*punto*) grieta, hendidura
sconnettere ‹*sconnettei/sconnessi; sconnesso*› V. 62 *vt* desconectar, desunir, separar
sconosciuto, -a *adj/s* desconocido, -a
sconquass|are *vt* 1. desvencijar, desencajar; 2. indisponer, trastornar; **~o** *m* desorden, desbarajuste; ruina *f*, perdición *f*, desastre
sconsacrare *vt* desacralizar
sconsiderat|ezza *f* 1. desconsideración; 2. imprudencia, irreflexión; **~o, -a** *adj* 1. desconsiderado, -a; 2. imprudente, irreflexivo, -a, impulsivo, -a
sconsiglia|bile *adj* desaconsejable; **~re** *vt* desaconsejar; ***ti sconsiglio di farlo*** *te desaconsejo que lo hagas*; **~to, -a** *adj raro* incauto, -a, imprudente
sconsola|re *vt* afligir, apesadumbrar; **~to, -a** *adj* desconsolado, -a, afligido, -a, desolado, -a
sconta|re *vt* 1. (*precio*) descontar, rebajar; (*letra*) descontar; 2. (*culpa, pecado*) expiar, pagar; ***gliela farò ~!*** *¡me las pagará!*; (*años de cárcel*) pasar; **~to: dare per ~** *vt* dar por descontado, dar por sentado
scontent|are *vt* descontentar, disgustar, desagradar; **~ezza** *f* desagrado *m*, disgusto *m*; **~o, -a 1.** *adj* descontento, -a, disgustado, -a, quejoso, -a; **2.** *m* descontento
sconto *m* (*precio*) descuento, rebaja *f*; (*letra*) descuento ◊ **~ *fiscale*** deducción fiscal (*f*)
scontrare 1. *vt* (*persona*) encontrar; **2. ~rsi** chocar *vi* (**con** contra), colisionar *vi* (**con** contra), topar *vi* (**con** contra); encontrarse, enfrentarse
scontrino *m* ticket/tique de compra, comprobante de compra, resguardo
scontro *m transp* choque, colisión *f*; *mil tamb. fig* choque, enfrentamiento; **~sità** *f inv* antipatía *f*; **~so, -a** *adj* huraño, -a, arisco, -a
sconvenien|te *adj* inconveniente, inoportuno, -a; **~za** *f* inconveniencia, inoportunidad
sconvolgente *adj* estremecedor, -a
sconvolgere ‹*volgo; volsi; volto*› V. 90 *vt* estremecer, trastocar, turbar
sconvolgimento *m* estremecimiento, revuelo, turbación *f*
sconvolsi..., sconvolto V. **sconvolgere**
scoop [skup] *m inv* exclusiva *f*; noticia bomba *f*
scoordina|mento *m* descoordinación *f*; **~zione** *f* descoordinación
scooter ['skuter] *m inv* scooter *m/f*
scopa *f* (*barrer; juego*) escoba ◊ **~ *a frange*** mopa; **~io** (*pl* **-ai**) *m* escobero; **~re** *vt* 1. barrer; 2. *vulg* joder, follar, chingar, echar un polvo
scopat|a *f* 1. barrido *m*; escobazo *m*, escobada; 2. polvo *m*, jodienda; ***farsi una ~*** *echar un polvo*; **~ore, -trice** *adj/s vulg* follador, -a; **~ura** *f* (*acción*) barrido *m*; (*cosa*) barredura
scoperchiare *vt* destapar
scopersi... V. **scoprire**
scopert|a *f* descubrimiento *m*, hallazgo *m*; **~o, -a 1.** *adj* 1. (*terreno, terraza*) descubierto, -a, al aire libre; (*brazo*) desnudo, -a; (*cabeza*) descubierto, -a; 2. *com* descubierto, -a; **2.** *m* 1. descampado; 2. *com* descubierto; **3.** *pp* V. **scoprire** ◊ ***allo ~*** *adv* al aire libre; ***a viso ~/a fronte ~a*** *adv* francamente; ***essere ~ di...*** *com* tener un descubierto de...
scopeto *m bot* escobar
scopetta (*var.* **scopetto** *m*) *f* escobilla
scopiazza|re *vt desp* remedar, copiar; **~tura** *f desp* remedo *m*, refrito *m*
scopiera *f* armario de las escobas *m*
scopino *m* escobilla *f*
scopo *m* fin, finalidad *f*, objetivo ◊ ***allo ~ di*** *prep* con/al objeto de, a fin de; ***a quale ~?*** ¿con qué finalidad?, ¿para qué?; ***a ~ di lucro*** *adj* con fines lucrativos
scoppiare *vi* explotar, estallar; (*llanto, risa*) prorrumpir (**a/in** a/en), romper (**a/in** a/en), estallar (**a/in** a/en); **~ *a ridere*** *romper a reír*; **~ *in pianto*** *prorrumpir en llantos*; **~ *in lacrime/a piangere*** *echarse a llorar, romper a llorar*; (*fatiga, comida*) reventar; **~ *dal caldo*** *morirse de calor*; **~ *di salute*** *rebosar salud*; (*guerra, epidemia*) declararse, estallar
scoppiett|are *vi* ‹*avere*› (*leña*) crepitar, chisporrotear; retumbar, resonar; **~io** (*pl* **-tii**) *m* (*leña*) crepitación *f*, chisporroteo
scoppio (*pl* **-pi**) *m tamb. fig* explosión *f*, estallido ◊ ***a ~ ritardato*** *adj tamb. fig* de efectos retardados
scopri|mento *m* (*acción*) descubrimiento; **~re** ‹*scoprii/scopersi; scoperto*› V. 17 **1.** *vt* 1. descubrir, hallar; 2. descubrir, destapar; (*lápida*) descubrir; 3. (*secreto*) revelar; **2. ~rsi** 1. desabrigarse, desarroparse; 2. descubrirse; **~tore, -trice** *adj/s* descubridor, -a
scoraggia|mento *m* desánimo, desaliento, descorazonamiento; **~nte** *adj* desalentador, -a, desmoralizador, -a, descorazonador, -a; **~re** *vt* desanimar, desmoralizar, desalentar, amilanar

scoramento *m elev* descorazonamiento, desesperanza *f*
scorbut|ico, -a (*m pl* **-ci**) *adj* 1. *med* escorbútico, -a; 2. arisco, -a, huraño, -a; **~o** *m med* escorbuto
scorcia|mento *m* acortamiento; **~re** *vt* acortar; *arte* escorzar, representar en escorzo; **~toia** *f tamb. fig* atajo *m*, desecho *m* (*Am*)
scorcio (*pl* **-ci**) *m* 1. *arte* escorzo; 2. (*tiempo*) final, fin; ***sullo ~ del secolo*** *al final del siglo, en el cambio de siglo*; ***~ di estate*** *final del verano* ◊ ***di ~*** *adj arte* de escorzo; *fig* de pasada
scordare *vt* 1. olvidar; 2. *mús* destemplar
scoreggia (*pl* **-ge**) (*var.* **scorreggia**) *f vulg* pedo *m*, cuesco *m*; **~re** (*var.* **scorreggiare**) *vi* ‹avere› *vulg* tirarse pedos, peer, pedorrear
scorfano *m* 1. *zool* cabracho, gallineta *f*, escorpena *f*; 2. *desp* (*persona fea*) adefesio, feto ◊ ***~ nero*** (*pez*) rascacio
scorgere ‹*scorgo; scorsi; scorto*› V. 55 *vt* vislumbrar, divisar, columbrar, entrever; adivinar, percibir
scoria *f metal* escoria ◊ ***~ nucleare/~e radioattive*** residuos nucleares (*mpl*)
scorifica|re ‹*esd*› *vt metal* bogar; **~zione** *f metal* escorificación
scorn|abecco *m bot* cornicabra *f*; **~are** *vt* descornar; burlar, ridiculizar; **~o** *m* ridículo, vergüenza *f*, bochorno
scorpacciata *f* comilona, atracón *m*, panzada ◊ ***farsi una ~*** darse una atracón
scorpena (*var.* **scorpena**) *f* escorpena, escorpera
scorpione *m zool* escorpión, alacrán
Scorpione *m astron* Escorpio
scorrazzare 1. *vi* ‹avere› corretear; discurrir (**tra** por), transitar (**tra** por); **2.** *vt* recorrer
scorreggia... V. **scoreggia...**
scorrere ‹*scorsi; scorso*› V. 18 **1.** *vi* (*río, tráfico*) discurrir, fluir; (*lágrimas*) correr, fluir; (*tiempo*) discurrir, pasar; **2.** *vt* 1. hojear; 2. *mil* saquear
scorreria *f* correría, incursión
scorrett|ezza *f* (*error, grosería*) incorrección; **~o, -a** *adj* 1. incorrecto, -a, equivocado, -a; 2. incorrecto, -a, maleducado, -a ◊ ***politicamente ~*** políticamente incorrecto
scorrevole *adj* 1. corredizo, -a, corredero, -a; 2. (*líquido*) fluido, -a; (*estilo*) fluido, -a, ágil
scorrevolezza *f* fluidez
scorri|banda *f* escurribanda, correría; **~mento** *m* (*agua, tráfico*) flujo; (*sobre superficies*) deslizamiento; *fís* corrimiento, deslizamiento; *informát* desplazamiento
scorsa *f* hojeada
scorsi... V. **scorrere, scorgere**
scorso, -a 1. *adj* anterior, pasado, -a, último, -a; ***l'anno ~*** *el año pasado*; **2.** *m raro* descuido, desliz, error; **3.** *pp* V. **scorrere**; **~io** (*m pl* **-oi**)**: nodo ~** *adj* nudo corredizo
scorta 1. *f* 1. *mil* escolta; convoy *m*; 2. reserva, provisión; repuesto *m*; ***ruota di ~*** *rueda de repuesto*; **2.** *fpl* provisiones, existencias, stock *m* ◊ ***sulla ~ di*** *prep* sobre la base de; **~re** *vt* escoltar
scortecciare *vt* (*árbol*) descortezar; (*alcornoque*) descorchar; (*pared*) desconchar
scortes|e *adj* descortés, grosero, -a, maleducado, -a; **~ia** *f* descortesía, grosería; mala educación
scortica|mento *m* desuello; **~re** ‹*esd*› *vt* desollar, despellejar; *med* excoriar; **~tura** *f* desuello *m*, desolladura, despellejadura; *med* excoriación
scorto V. **scorgere**
scorz|a *f* (*árbol, frutos secos*) corteza; (*fruta, serpiente*) piel ◊ ***essere di ~ dura*** ser duro de pelar; **~onera** *f bot* escorzonera
scosceso, -a *adj* empinado, -a; escarpado, -a, abrupto, -a
scossa *f* 1. sacudida; *electr* sacudida, descarga; 2. (*terremoto*) temblor *m*, sacudida; 3. (*impresión*) golpe *m*, shock *m*
scossi... V. **scuocere**
scossi..., scosso V. **scuotere**
scosso, -a *adj* sacudido, -a, agitado, -a; **~ne** *m* fuerte sacudida *f*
scosta|nte *adj* repelente, antipático, -a; **~re 1.** *vt* 1. alejar, apartar, separar; 2. evitar, rehuir; **2. ~rsi** alejarse (**da** de), apartarse (**da** de)
scostumat|ezza *f* disipación, libertinaje *m*; **~o, -a** *adj/s* libertino, -a, disipado, -a
scotch [skɔtʃ] *m inv* 1. whisky *m*, güisqui *m*; 2. celo *m*, cinta adhesiva *f*
scotennare *vt* (*cerdo*) despellejar; (*indios*) quitar la cabellera
scotimento *m* sacudida *f*
scotolare ‹*esd*› *vt* (*cáñamo*) tascar
scotomizzare *vt psicol* escotomizar
scotta *f nav* escota; **~nte** *adj* 1. abrasador, -a; 2. urgente, acuciante; **~re 1.** *vt* 1. quemar, abrasar; *gastr* escaldar; 2. herir, zaherir; **2.** *vi* 1. *tamb. fig* quemar, abrasar; ***questi soldi scottano*** *este dinero quema*; 2. (*situación delicada*) arder; ***è una questione che scotta*** *es una cuestión de palpitante actualidad*; ***la situazione politica scotta*** *la situación política está que arde*; **3. ~rsi**; 2. quemarse; 2. *fig* escaldarse, salir malparado; **~ta** *f gastr* escaldadura; **~tura** *f* 1. quemadura; 2. mal trago *m*, decepción
scotto 1. *m* (*cuenta*) escote; **2.** *pp* V. **scuocere** ◊ ***pagare lo ~*** pagar el escote
scout [skaut] *adj/s inv* scout *adj/s*, escultista *adj/s*; **~ismo** *m* escultismo, movimiento scout; **~istico, -a** (*m pl* **-ci**) *adj* escultista, scout
scovare *vt* 1. sacar de la madriguera; 2. descubrir, hallar
scovolino *m* escobilla *f*
scovolo *m* escobillón
Scozia: la ~ *f* Escocia
scozzese *adj/s* escocés, -esa; ***doccia, gonna ~*** *ducha, falda ~a*
screanzato, -a *adj* malcriado, -a, maleducado, -a
scredit|amento *m* descrédito; **~are** ‹*esd*› *vt* desacreditar, difamar, desprestigiar; **~o** *m* descrédito, desprestigio
screma|re *vt* descremar, desnatar; **~trice** *f* desnatadora; **~tura** *f* descremado *m*

screpola|re ‹*esd*› **1.** *vt* agrietar, resquebrajar; **2.** *vi/~rsi* ‹*avere*› agrietarse, resquebrajarse, cuartearse; **~tura** *f* agrietamiento *m*, resquebrajamiento *m*

screzia|re *vt* jaspear; **~o** (*pl* **-zi**) *m* jaspeado

scriba *m* escriba

scribacchia|re *vt desp* borronear, emborronar, garabatear; **~no** *m desp* chupatintas *inv*

scricchiola|re ‹*esd*› *vi* ‹*avere*› (*pan*) crujir; (*silla, mec*) chirriar; (*matrimonio, gobierno*) hacer aguas; **~io** (*pl* **-lii**) *m* (*pan*) crujido; (*silla, mec*) chirrido; (*matrimonio, gobierno*) naufragio

scricciolo *m* 1. *zool* troglodita, carrizo; 2. (*persona diminuta*) pajarito

scrigno *m* escriño, cofre

scriminatura *f* (*pelo*) raya, crencha

scrissi... V. **scrivere**

scriteriato, -a *adj* insensato, -a

scritta *f* 1. *com* letrero *m*; (*lápida*) inscripción, leyenda; 2. *hist/jur* contrato escrito *m*

scritto, -a 1. *adj/m* escrito, -a; **2.** *pp* V. **scrivere** ◊ ***per ~*** *adv* por escrito; **~io** (*pl* **-oi**) *m* (*mueble*) escritorio; **~re, -trice** *m/f* escritor, -a

scrittura 1. *f* 1. escritura; 2. *jur* (*documento*) escritura; *teat/cine* contrato *m*; **2.** *fpl com* libro de contabilidad *m* ◊ ***le Sacre *~e*** las Sagradas Escrituras; **~le** *adj* escriturario, -a; **~re** *vt* escriturar; **~zione** *f* escrituración (*Am*), el escriturar *m*

scrivan|ia *f* (*mesa*) escritorio *m*; **~o** *m* escribano, amanuense

scrivente *m/f adm* abajo firmante, infrascrito, -a

scrivere ‹*scrissi; scritto*› V. 71 *vt* escribir

scrocca|re *vt coloq* gorronear, sablear; (*sueldo*) chupar del bote; **~tore, -trice** *m/f coloq* gorrón, -ona, sablista

scrocco (*pl* **-chi**) *m coloq* sablazo ◊ ***a/di ~*** *adv* de gorra, de mogollón; **~ne, -a** *m/f coloq* gorrón, -ona, sablista

scrofa *f zool tamb. fig* cerda, puerca, marrana

scrofo|la (*var.* **scrofula**) *f med* escrófula; **~osi** *f inv med* escrófula *f*

scrolla|mento *m* sacudida *f*; **~re** *vt* sacudir, agitar; ***~ il capo*** *cabecear, decir que no con la cabeza*; ***~ le spalle*** *encogerse de hombros* ◊ ***~rsi qc di dosso*** sacudirse u-c de encima; **~ta** *f* sacudida ◊ ***~ di spalle*** encogimiento de hombros (*m*); **~tura** *f raro* sacudidura, sacudimiento *m*

scrollo *m* sacudida *f*

scroscia|re *vi* ‹*avere/essere*› 1. (*agua*) caer con estrépito, bramar; 2. (*aplausos*) llover; **~o** (*pl* **-sci**) *m* 1. (*agua*) estrépito, estruendo; 2. (*aplausos*) lluvia *f*

scrostare *vt med* descostrar; *arq* desconchar

scroto *m med* escroto

scrupol|o *m* escrúpulo ◊ ***farsi ~ di qc*** tener escrúpulos de/en hacer u-c; ***senza ~i*** *adv* sin escrúpulos; **~osità** *f inv* escrupulosidad *f*; **~oso, -a** *adj* escrupuloso, -a

scruta|re *vt* escrutar, escudriñar; **~tore, -trice** *m/f* escrutador, -a

scrutin|are *vt* 1. *pol* escrutar, hacer el escrutinio/recuento; 2. *estud* evaluar; **~atore, -trice** *m/f* escrutador, -a; **~io** (*pl* **-ni**) *m* 1. *pol* (*votos*) escrutinio, recuento; 2. *estud* evaluación *f*

scuci|re *vt* 1. descoser; 2. *coloq* (*dinero*) soltar, aflojar; **~to, -a** *adj* 1. descosido, -a; 2. *coloq* (*incoherente*) deslavazado, -a; **~tura** *f* descosido *m*

scuderia *f* 1. cuadra, caballeriza; *mil* remonta; 2. *auto* escudería

scudetto *m sport* título de campeón de liga

scudiero *m* escudero

scudiscia|ta *f* latigazo *m*, golpe de fusta *m*; **~o** *m* fusta *f*

scudo *m* escudo ◊ ***~ umano*** escudo humano; ***farsi ~di/con qc*** escudarse en u-c; ***portare q sugli ~i*** aclamar a alg

scuffi|a *f* 1. *coloq* (*enamoramiento*) chaladura; 2. *coloq* (*borrachera*) mona, cogorza; 3. *nav* vuelco *m* ◊ ***fare ~*** *nav* volcar, zozobrar; **~na** *f tecn* escofina; **~nare** *vt tecn* escofinar

scugnizzo *m* (*de Nápoles*) golfillo, arrapiezo

sculaccia|re *vt* (*en el trasero*) azotar, zurrar; **~ata** *f* (*en el trasero*) azotaina, zurra; **~one** *m* azotazo

sculetta|re *vi* ‹*avere*› contonearse; **~io** (*pl* **-tii**) *m* contoneo

scultore, -trice *m/f* escultor, -a; **~o, -a** (*var.* **scultorio**) *adj* 1. escultórico, -a; 2. (*cuerpo, belleza*) escultural

scultura *f* escultura

scuocere ‹*scuocio; scossi; scotto*› V. 19 *vi/~rsi gastr* pasarse (de cocción)

scuoiamento V. **scoiamento...**

scuola *f* escuela; (*edificio*) escuela, colegio *m*; ***andare a ~*** *ir al colegio, ir a clase* ◊ ***~ dell'obbligo*** enseñanza obligatoria; ***~ elementare*** enseñanza primaria; ***~ guida*** autoescuela; ***~ materna*** preescolar; ***~ secondaria di I grado media/secondaria inferiore*** (*hist*) primer ciclo de la ESO (enseñanza secundaria obligatoria) (*m Esp*); ***~ secondaria di II grado superior/secondaria superiore*** (*hist*) segundo ciclo de la ESO (dos cursos: hasta 16 años) y bachillerato (dos cursos: entre 16 y 18/19 años) (*Esp*); ***~ parificata*** colegio homologado (*m Esp*); ***~ serale*** enseñanza nocturna

scuolabus (*var.* **scuolabus**) *m inv* autobús escolar *m*

scuotere ‹*scossi; scosso*› V. 72 *vt* agitar, sacudir, zarandear

scuotimento V. **scotimento**

scure *f* hacha; **~tto** *m* postigo

scurire ‹*isc*› **1.** *vt* oscurecer; **2.** *vi/~rsi* oscurecerse

scuro, -a 1. *adj* oscuro, -a; **2.** *m* 1. oscuridad *f*; 2. (*vestido*) oscuro; 3. (*ventana*) postigo

scurril|e *adj* grosero, -a, vulgar; **~ità** *f inv* grosería *f*, vulgaridad *f*

scusa *f* 1. excusa, pretexto *m*; 2. perdón *m*, disculpa ◊ ***chiedere ~*** pedir perdón, excusarse, disculparse; **~bile** *adj* excusable, disculpable; **~nte** *f* excusa, justificación; **~re** *vt* excusar, disculpar; ***scusi/mi scusi*** *perdone, disculpe, lo siento, per-*

dón; ***scusa/scusami*** *perdona, disculpa, lo siento, perdón*; ***mi scusi per il disturbo*** *perdone (por) la molestia*; perdonar

SCV (*Stato della Città del Vaticano*) *abr*

s.d. (*senza data*) *abr* (*sin año*) s.a.

sdebitarsi ‹*esd*› *com tamb. fig* desendeudarse, desempeñarse

sdegn|are 1. *vt* desdeñar, despreciar; dignarse; ***non ~ di rispondere*** *no dignarse responder*; **2. ~rsi** indignarse (**con/contro q** con alg), enojarse (**con/contro q** con alg), irritarse (**con/contro q** con alg); **~o** *m* 1. enfado, enojo, irritación *f*; 2. *elev* desdén, desprecio; **~osità** *f inv* desdén *m*, altanería *f*; **~oso, -a** *adj* desdeñoso, -a

sdent|are *vt* mellar, desdentar (*raro*); **~to, -a** *adj/s* desdentado, -a

sdilinqui|mento *m* 1. desmayo, desvanecimiento; 2. melosidad *f*, melindre; **~rsi** 1. desmayarse, desfallecer; 2. enternecerse, languidecer *vi*

sdogana|mento *m* despacho de aduanas, pago de los aranceles; **~re** *vt* pagar los aranceles, despachar en la aduana

sdolcinat|ezza *f* empalago *m*, melindre *m*, zalamería; **~o, -a** *adj* empalagoso, -a, acaramelado, -a, almibarado, -a; **~ura** *f* zalamería

sdoppia|mento *m* desdoblamiento; **~re** *vt* desdoblar

sdorare *vt raro* (*quitar el dorado*) desdorar

sdrai|a *f* tumbona, hamaca; **~are 1.** *vt* tumbar, acostar, tender; **2. ~rsi** tumbarse, tenderse; **~o** (*pl* **-ai**)**: sedia a ~** *m* tumbona *f*, reposera *f* (*Arg*)

sdrammatizzare *vt* desdramatizar

sdrogarsi (*droga*) desintoxicarse, desengancharse (*coloq*)

sdrucciol|are ‹*esd*› *vi* ‹*avere/essere*› resbalar; *auto* derrapar; **~evole** *adj tamb. fig* resbaladizo, -a; **~o, -a** *adj ling* esdrújulo, -a; **~one** *m* resbalón; **~oni** *adv* resbalando; **~oso, -a** *adj* resbaladizo, -a

sdruci|re ‹*isc*› *vt* rasgar, desgarrar; descoser; **~tura** *f* desgarrón *m*; descosido *m*

se 1. *conj* si; ***~ glielo dirai, lo farà*** *si se lo dices, lo hará*; **2.** *m inv* 1. condición *f*; 2. vacilación *f*, duda *f*; **3.** *pron* (*ante otro pron*) se; ***se lo porta*** *se lo lleva* ◊ ***~ ben ricordo*** si no recuerdo mal; ***~ non*** *conj* si no; ***~ solo l'avessi saputo!*** ¡si por lo menos lo hubiera sabido!; ***come ~*** como si; ***come ~ non lo sapesse!*** ¡como si no lo supiera!

sé (*var.* **se**) *pron* (*tónico reflexivo*) sí; ***~ stesso/medesimo*** *sí mismo, él/ella mismo, -a*; ***pensa solo a ~ (stesso, -a)*** *piensa sólo en él/ella/en sí mismo, -a*; ◊ ***chi fa per ~ fa per tre*** quien se ayuda Dios le ayuda; ***da ~*** *adv* por sí mismo, por su cuenta, solo; ***di per ~*** *adv* de por sí, en sí mismo, -a; ***dire fra ~ e ~*** decir para sus adentros, decir entre dientes; ***è un uomo che si è fatto da ~*** es un hombre que se ha hecho a sí mismo; ***essere fuori/uscire di ~*** estar fuera de sí; ***fra ~/dentro di ~*** para sus adentros; ***un caso a ~ m*** un caso a parte, un caso particular; ***va da ~ che...*** está claro que, no hay duda de que

SE (*sudest*) *abr* (*sudeste*) SE

S.E. (*Sua Eccellenza*) *abr* (*Su Excelencia*) S.E.

sebaceo, -a *adj* sebáceo, -a

sebbene *conj* (+ *subjuntivo*) aunque, si bien

sebo *m* sebo

seborrea *f* seborrea

sec. (*secondo*) *abr* (*segundo*) seg.

secante *adj/f mat* secante

secca *f* seca, encalladero *m*, alfaque *m* ◊ ***in ~*** *adj* (*río*) seco; **~nte** *adj* molesto, -a, incordiante; **~re 1.** *vt* 1. secar; 2. (*molestar*) incordiar, jorobar, dar la lata; **2.** *vi* secarse, marchitarse; **3. ~rsi** 1. secarse; 2. aburrirse (**di** de), hartarse (**di** de); ***si è seccato di aspettare*** *se ha hartado de esperar*; molestarse, mosquearse (*coloq*)

seccat|ore, -trice *m/f* pesado, -a, latoso, -a, pelma; **~ura** *f* lata, tabarra; molestia, incordio *m*

secchezza *f* sequedad

secchi|a *f* 1. cubo *m*, pozal *m*; 2. *colop/desp* empollón, -ona *m/f*; **~ello** *m* cubo; **~o** (*pl* **-chi**) *m* cubo ◊ ***~ della spazzatura/dell'immondizia*** cubo de la basura; **~one, -a 1.** *m/f colop/desp* empollón, -ona; **2.** *m metal* cucharón

secco, -a (*m pl* **-chi**) **1.** *adj* seco, -a; ***vino ~, fichi ~i*** *vino seco, higos secos*; **2.** *m* aridez *f*, sequía *f* ◊ ***fare ~ q*** dejar tieso/seco a alg; ***lavatura a ~ f*** lavado en seco (*m*); ***rimanere in ~*** quedarse en la calle; ***tirare in/a ~*** *nav* varar

secent|esco, -a (*m pl* **-chi**) *adj* del siglo diecisiete; **~ista** *m/f* autor, artista del siglo diecisiete

secernere (*sólo 3ª sing y pl de los tiempos simples*) *v/def biol* secretar

secession|e *f* secesión; **~ismo** *m* secesionismo; **~ista** *adj/s* secesionista

seco *pron elev* consigo (*estánd*)

secolare *adj* 1. secular, centenario, -a; 2. secular, seglar, lego, -a, laico, -a

secolarizza|re *vt* secularizar; **~zione** *f* secularización

secolo *m* siglo ◊ ***il ~ dei lumi*** el siglo de las luces; ***per tutti i ~i dei ~i*** *adv* por los siglos de los siglos; ***rinunciare al ~*** renunciar a la vida mundana

seconda *f* 1. (*curso*) segundo *m*; 2. *auto* (*marcha*) segunda; 3. *transp* (*clase*) segunda ◊ ***a ~ di*** *prep* según; ***agire a ~ dei casi*** actuar según los casos; ***navigare a ~*** navegar al favor del viento, seguir la corriente; ***tutto gli va a ~*** todo le va viento en popa; **~mento** *m* 1. apoyo; 2. *med* expulsión de la placenta *f*; **~re** *vt* secundar, apoyar, favorecer

secondar|iamente *adv* 1. secundariamente; 2. en segundo lugar; **~io, -a** (*m pl* **-ri**) *adj* secundario, -a

secondino *m* funcionario de prisiones; *desp* carcelero

secondo, -a 1. *adj* segundo, -a; **2.** *m* (*tiempo, orden, plato*) segundo; **3.** *prep* según, de acuerdo con, conforme a, con arreglo a; ***~ l'uso*** *se-*

gún la costumbre; ~ ***me, te*** *en mi, tu opinión*; ***vieni con noi?*** ~ *¿vienes con nosotros? depende*; **4.** *conj* según, de acuerdo con lo que; ~ ***quanto mi hanno detto*** *según me han dicho, por lo que me han dicho*; **~genito, -a** *adj/s* segundogénito, -a

secrétaire [sekre'tɛr] *m inv* secreter *m*

secretore, -trice *adj* secretorio, -a, secretor, -a

secrezione *f* secreción

sedano *m bot* apio

sedare *vt* sedar, calmar

sedativo, -a 1. *adj* sedante, sedativo, -a; **2.** *m med* sedante

sede *f com/pol/relig* sede; *adm* residencia, domicilio *m*; *adm* (*funcionario*) destino *m*; ***cambiare*** ~ *cambiar de destino*; *med* foco *m* ◊ ~ ***centrale*** sede central; ~ ***sociale*** domicilio social (*m*); ~ ***vacante*** *adm* puesto vacante (*m*), vacante; ***in*** ~ ***di*** *prep adm* durante, durante la sesión de; ***in*** ~ ***referente*** *pol* en ponencia; ***Santa *~*** Santa Sede

sedentari|età *f inv* sedentarismo *m*; **~o, -a** (*m pl* **-ri**) *adj/s* sedentario, -a

sedere ‹*siedo*› V. 73 **1.** *vi* sentarse; **2. ~rsi** sentarse; **3.** *m* trasero, pandero (*coloq*), culo (*coloq*) ◊ ***e mettersi a*** ~ sentarse, tomar asieto; ***prendere q a calci nel*** ~ tratar a alg a patadas; ***stare a*** ~ estar sentado

sedia *f* silla ◊ ~ ***a dondolo*** mecedora; ~ ***a rotelle*** silla de ruedas; ~ ***a sdraio*** tumbona, hamaca; ~ ***elettrica*** silla eléctrica; ~ ***viennese*** silla de rejilla

sedicenne *adj/s* (persona) de dieciséis años

sedicente *adj* supuesto, -a, presunto, -a, pretendido, -a

sedicesimo, -a 1. *adj/s* (*ordinal*) decimosexto, -a, dieciséis; ***Luigi XVI*** *Luis XVI (dieciséis)*; **2.** *m* (*parte*) dieciseisavo

sedici *adj/m inv* dieciséis

sedile *m* asiento ◊ ~ ***ribaltabile*** asiento abatible

sediment|are *vi* ‹*avere/essere*› sedimentarse; **~ario, -a** (*m pl* **-ri**) *adj* sedimentario, -a; **~azione** *f* sedimentación; **~o** *m* sedimento, poso, concho (*Am*); *geol* sedimento

sedizio|ne *f* sedición; **~so, -a** *adj/s* sedicioso, -a

sedotto V. **sedurre**

seducente *adj* seductor, -a, halagüeño, -a

sedurre ‹*duco; dussi; dotto*› V. 15 *vt* 1. seducir; 2. camelar, cautivar, embaucar, hechizar

seduta *f* sesión; ***aprire, chiudere/togliere la*** ~ *abrir, levantar la sesión* ◊ ~ ***plenaria*** (*parlamento*) pleno (*m*); ~ ***stante*** *adm* durante la sesión; *adm* acto seguido

seduttore, -trice *adj/s* seductor, -a

seduzione *f* seducción

S.E. e O. (*salvo errori e omissioni*) *abr* (*salvo error u omisión*) S.E.u O., s.e.u o.

sefardita *adj/s* sefardita, sefardí

sega (*pl* **-ghe**) *f* 1. sierra; 2. *vulg* paja ◊ ~ ***a mano*** sierra de mano; ~ ***ad arco*** sierra de arco; ~ ***circolare*** sierra circular; ~ ***meccanica*** sierra mecánica; ***farsi una*** ~ *vulg* hacerse una paja, meneársela

segabile *adj* segable, segadero, -a

segale (*var.* **segala**) *f bot* centeno *m* ◊ ~ ***cornuta*** corzuelo (*m*)

segaligno, -a *adj* enjuto, -a, espigado, -a

segare *vt* 1. serrar (!); (*cuello, vena*) cortar (!); 2. *jerga estud* catear

segatrice *f* sierra eléctrica, aserradora, serradora

segatura *f* 1. (*acción*) aserrado *m*; 2. (*producto*) serrín *m*, aserrín *m*, serraduras *fpl*, aserraduras *fpl*

seggio (*pl* **-gi**) *m* 1. *pol* escaño; 2. *elev* asiento (*estánd*), silla *f* (*estánd*); 3. cátedra *f*, trono ◊ ~ ***elettorale*** colegio electoral

seggiola *f* silla

seggiolino *m* sillita *f*; silla plegable *f*; *aero* asiento ◊ ~ ***eiettabile*** asiento eyectable

seggiolone *m* 1. silla alta de niño *f*; 2. sillón, butaca *f*

seggiovia *f* telesilla *m*

segheria *f* serrería, aserradero *m*

seghett|ato, -a *adj* dentado, -a, dentellado, -a; **~o** *m* serrucho

segment|are *vt* segmentar; **~azione** *f* segmentación; **~o** *m* segmento

segnal|amento *m auto* señalización *f*; **~re 1.** *vt* 1. (*hacer notar*) señalar, indicar; 2. (*poner señales*) señalizar; **2. ~rsi** señalarse, distinguirse, hacerse notar; **~to, -a** *adj raro* señalado, -a, ilustre; **~tore, -trice** *adj/m* señalador, -a, indicador, -a, avisador, -a; **~zione** *f* 1. señalización, señales *fpl*; ***bandiera, pistola di*** ~ *bandera, pistola de señales*; 2. indicación, referencia, información; recomendación

segnale *m* señal *f* (!) ◊ ~ ***d'allarme*** señal de alarma (*f*); ~ ***orario*** señales horarias (*fpl*); ~ ***stradale*** señal de tráfico (*f*)

segnaletica *f* señalización, señales *fpl*

segnalibro *m* (*libro*) marca *f*, señal *f*

segnaposto *m* (*indicando la persona que ocupa el sitio*) cartel, letrero

segnapunti *m inv sport* marcador *m*, tanteador *m*

segnare 1. *vt* 1. señalar, indicar; señalar, marcar; anotar, escribir; 2. *sport* marcar, anotar; **2. ~rsi** santiguarse ◊ ~ ***a debito*** adeudar, anotar; ~ ***qc a dito*** señalar a alg con el dedo; ~ ***il passo*** marcar el paso; ~ ***le carte*** marcar las cartas

segnat|o, -a *adj tamb. fig* (*cara, destino*) marcado, -a; **~ura** *f* 1. marcaje *m*, marcado *m*; señalización; 2. *sport* (*goles*) marcaje *m*, anotación; 3. *impr/relig* signatura

segnavia *m inv* (*senderismo, alpinismo*) marca *f*

segno *m* 1. signo, indicio, señal *f*; *med* síntoma; 2. (*físico*) signo, marca *f*, señal *f*; 3. signo, señal *f*, demostración *f*; 4. signo, seña *f*, señal *f*; 5. *cient/astr* signo; 6. rastro, huella *f*; 7. blanco, objetivo ◊ ~ ***meno, più*** *mat* signo menos, más; ***~i dello Zodiaco*** signos del Zodiaco; ***~i di interpunzione*** *ling* puntuación (*f*); ***a tal*** ~ ***che*** *conj* de tal manera que; ***avere la testa a*** ~ tener la cabeza en su sitio; ***colpire/dare nel ~*** dar en el blanco; *fig* dar en el clavo; ***fare ~ di sì, di no*** hacer señas de que sí, de que no; ***farsi il ~ della croce*** hacer la señal de la cruz, santiguarse; ***in ~ di*** *prep* en señal de; ***non dare ~i di vita*** no dar señales de vida; ***tiro a ~*** *m* tiro al blanco

sego (*pl* **-ghi**) *m* sebo; **~so, -a** *adj raro* seboso, -a

segrega|mento *m* (*discriminación*) segregación *f*; **~re** ‹*esd*› *vt* (*apartar*) segregar

segregazion|e *f* segregación, discriminación ◊ ***~ razziale*** segregación racial; **~ismo** *m* segregacionismo

segreta *f* calabozo *m*, celda; *relig* secreta

segretari|ato *m* secretariado; **~o, -a** (*m pl* **-ri**) *m/f* secretario, -a

segrete|ria *f* secretaría ◊ ***~ telefonica*** contestador automático; **~zza** *f* secreto *m*, confidencialidad

segreto, -a *adj/m* secreto, -a ◊ ***~ di confessione*** secreto de confesión; ***~ di Pulcinella*** secreto a voces; ***~ professionale*** secreto profesional; ***in ~*** *adv* en secreto; ***in gran ~*** *adv* con gran sigilo; ***nel ~ del cuore*** *adv* en el fondo de su corazón, en lo más profundo de su corazón

seguace *m/f* (*idea, doctrina*) seguidor, -a, secuaz

seguente *adj/s* siguiente, próximo, -a

segugio (*pl* **-gi**) *m zool tamb. fig* sabueso

seguire 1. *vt* (*ir detrás*) seguir; **2.** *vi* 1. (*venir detrás*) seguir; seguir, continuar; 2. producirse, derivarse; 3. suceder, ocurrir, pasar

seguitare ‹*esd*› **1.** *vt* 1. seguir, continuar, proseguir; 2. seguir, rastrear, seguir el rastro; **2. ~rsi** seguir, continuar; ***seguita a piovere*** *sigue lloviendo*

seguito *m* 1. séquito, cortejo; seguidores *mpl*, fieles *mpl*; 2. (*influencia*) predicamento; 3. sucesión *f*, serie *f*; 4. continuación *f*; 5. rastreo, búsqueda *f* ◊ ***dare ~ a qc*** *adm* dar respuesta a u-c; ***di ~*** *adv* seguido, todo seguido; ***e così di ~*** *adv* y así en adelante; ***in ~*** *adv* a continuación; ***in ~ a/a ~ di*** *prep* a consecuencia de

sei 1. *adj/s inv* seis; **2.** V. **essere**

Seicelle (*var.* **Seychelles**) *fpl geogr* las Seychelles

seicent|esco V. **secentesco**; **~o 1.** *adj/s inv* seiscientos, -as; **2.** *f inv auto* seiscientos *m inv* ◊ ***il *~*** *m* el siglo XVII

SELA (*Sistema Economico Latino Americano*) *abr/m* (*Sistema Económico Latino Americano*) SELA

selce *f* sílex *m*, pedernal *m*; (*pavimento*) adoquín *m*

selcia|re *vt* adoquinar, empedrar; **~to** *m* adoquinado, empedrado; **~tore** *m constr* empedrador

seleni|o *m quím* selenio; **~oso** *adj quím* selenitoso; **~ta** *m/f* selenita; **~te** *f min* selenita

selettiv|ità *f inv tecn* selectividad *f*; **~o, -a** *adj tecn* selectivo, -a

selettore *m tecn* selector

selezion|amento *m* selección *f*; **~are** *vt* seleccionar; **~atore, -trice 1.** *adj/s* seleccionador, -a; **2.** *m/f sport* seleccionador, -a; **~atrice** *f tecn* seleccionadora; **~e** *f* selección ◊ ***~ naturale*** selección natural

self-service [sɛlf'sɛrvis] *m inv* self-service, autoservicio *m*

sella *f* (*caballo*) silla; (*bicicleta, moto*) sillín *m*; **~io** (*pl* **-ai**) *m* guarnicionero; **~re** *vt* ensillar (!)

sellino *m* (*bicicleta, moto*) sillín

seltz *m inv* seltz, sifón *m*

selva *f* 1. bosque *m*, selva; 2. (*gran cantidad*) montaña, montón *m*

selvaggi|na *f* caza, salvajina; **~o, -a** (*m pl* **-gi**) *adj/s* salvaje

selvati|chezza *f* salvajismo *m*, rudeza; **~co, -a** (*m pl* **-ci**) **1.** *adj* 1. *bot* silvestre; *zool* salvaje; 2. montaraz, rústico, -a, cerril; **2.** *m* 1. olor a monte, sabor a monte; 2. (*caza*) animal ◊ ***puzzare di ~*** ser más de pueblo que las cabras/que las amapolas

selvicolt|ore, -trice *m/f* silvicultor, -a; **~ura** *f* silvicultura

selz V. **seltz**

sema *m ling* sema

semaforo *m* semáforo

se mai V. **semmai**

semanti|ca *f ling* semántica; **~co, -a** (*m pl* **-ci**) *adj ling* semántico, -a; **~zzare** *vt* semantizar

semasiologi|a (*pl* **-gie**) *f ling* semasiología; **~co, -a** (*m pl* **-ci**) *adj ling* semasiológico, -a

sembian|te *m elev* (*apariencia*) semblante; **~za** *f* (*apariencia*) semblanza

sembrare *v/impers* parecer (!); ***sembra incredibile*** *parece increíble, parece mentira*

seme *m* 1. *bot* semilla *f*; 2. (*zool, hombre*) semen; 3. germen, causa *f*, origen; 4. (*baraja*) palo

semente *f* simiente, semilla

semenza *f* 1. simiente, semilla; 2. causa, origen *m*; 3. tachuela; **~io** (*pl* **-ai**) *m* semillero, sementera *f*

semestr|ale *adj* semestral; **~e** *m* semestre

semiaddormentato, -a *adj* semidormido, -a

semiaperto, -a *adj* semiabierto, -a

semiasse *m mec* semieje, palier

semibiscroma *f mús* semifusa

semibreve *f mús* semibreve

semicerchio (*pl* **-chi**) *m* semicírculo

semichiuso, -a *adj* entornado, -a, entreabierto, -a

semicircol|are *adj* semicircular; **~o** *m* semicírculo

semicirconferenza *f* semicircunferencia

semiconduttore, -trice *adj/m* semiconductor, -a

semiconsonante *f ling* semiconsonante

semiconvitto *m* seminternado

semicoperto, -a *adj* semicubierto, -a

semicroma *f mús* semicorchea

semidio (*f* **semidea**) *m* semidiós, semidiosa *f*

semifinal|e *f sport* semifinal; **~ista** *m/f* semifinalista

semifreddo, -a *adj/m* semifrío, -a

semigrasso, -a *adj* semigraso, -a

semilavorato, -a *adj/m* semielaborado, -a, semiacabado, -a

semilunio (*pl* **-ni**) *m* semilunio

semiminima *f mús* negra

semina *f agric* siembra

seminagione *f elev* siembra (*estánd*)
seminale *adj* seminal
seminar|e ‹esd› *vt* 1. *agric tamb. fig* sembrar; 2. *sport* dejar clavado; **~io** (*pl* **-ri**) *m relig/estud* seminario; **~ista** *m* seminarista
seminativo, -a *adj/m* labrantío, -a
seminato, -a 1. *adj* 1. *agric* sembrado, -a; ***campo ~ a girasoli*** *campo sembrado de girasoles*; 2. sembrado, -a (**di** de), repleto, -a (**di** de); **2.** *m agric* sembrado ◊ ***uscire dal ~*** salirse del rebaño; **~re, -trice** *m/f* sembrador, -a
seminatrice *f tecn* sembradora
seminfermità *f inv* afección parcial *f*
seminterrato *m* semisótano
seminudo, -a *adj* semidesnudo, -a
semiolog|ia (*pl* **-gie**) *f* semiología; **~o, -a** (*m pl* **-gi**) *m/f* semiólogo, -a
semioscur|ità *f inv* semioscuridad *f*; **~o, -a** *adj* semioscuro, -a
semiotica *f* semiótica
semipieno, -a *adj* semilleno, -a
semiretta *f* semirrecta
semirimorchio *m* semiremolque
semisfer|a *f* semiesfera; **~ico, -a** (*m pl* **-ci**) *adj* semiesférico, -a
semita *adj/s* semita
semitappa *f* media etapa
semiti|co, -a (*m pl* **-ci**) *adj* semítico, -a; **~sta** *m/f* semitista
semitono *m mús* semitono
semiufficiale *adj* semioficial, oficioso, -a
semivivo, -a *adj elev* semivivo, -a
semivocale *f ling* semivocal
semmai (*var.* **se mai**) **1.** *conj* (+ *subjuntivo*) en caso de que; **2.** *adv* si acaso, si por una de esas
semol|a *f* sémola; **~ino** *m gastr* sémola *f*
semovente *adj/m* semoviente
sempiterno, -a *adj elev* sempiterno, -a
semplice *adj tamb. fig* simple
sempliciо|ne, -a *adj/s* simplón, -ona, pánfilo, -a; **~tto, -a** *adj/s* inocente, simple, bobo, -a, pazguato, -a
semplici|smo *m* simplismo; **~stico, -a** (*m pl* **-ci**) *adj* simplista; **~tà** *f inv tamb. fig* simplicidad *f*
semplifica|re ‹esd› *vt* simplificar; **~zione** *f* simplificación
sempre *adv* 1. siempre; 2. todavía, aún; ***parla ~ lui*** *habla todavía él, continúa hablando él*; ***abita ~ a Ivrea*** *vive todavía en Ivrea, continúa viviendo en Ivrea*; 3. de todas formas, aun así ◊ ***~ che*** *conj* (+ *subjuntivo*) siempre que; ***~ più*** *adv* cada vez más; ***da ~*** *adv* desde siempre; ***per ~*** *adv* para siempre; ***una volta per ~*** *adv* de una vez por todas; **~verde** *adj/s* perennifolio, -a; **~vivo** *m bot* siempreviva *f*
Sempronio *m* zutano ◊ ***Tizio, Caio e ~*** fulano, mengano y zutano
sena *f bot* sen
senape *f* mostaza
senato *m* senado ◊ ***~ accademico*** (*universidad*) consejo de gobierno (*Esp*), consejo superior (*Arg*); **~re, -trice** *m/f* senador, -a; **~riale** *adj* senatorial
senechis|mo *m filos* senequismo; **~ta** *adj/s* senequista
Senegal: il ~ *m* el Senegal
senegalese *adj/s* senegalés, -esa
senescenza *f* senescencia
senese *adj/s* sienés, -esa
senil|e *adj* senil; **~ità** *f inv* senilidad *f*, senectud *f*
senior *adj/s inv* senior *adj/s*
Senna *f geogr* Sena *m* (!)
senno *m* juicio, sensatez *f*, prudencia *f* ◊ ***uscire di ~/perdere il ~*** perder el juicio
sennò (*var.* **se no**) *conj* si no
sennonché (*var.* **senonché**) *conj* (*pero*) de no ser porque
seno *m* 1. *med* seno, pecho; 2. *elev* seno, corazón; ***nutrire un sentimento in ~*** *albergar un sentimento en el corazón*; 3. *geogr* ensenada *f* ◊ ***in ~ a/nel ~ di*** *prep* en el seno de
se no V. **sennò**
Senofonte *m hist* Jenofonte
senonché V. **sennonché**
sensale *m* corredor, agente, intermediario
sensat|ezza *f* sensatez, prudencia; **~o, -a** *adj/s* sensato, -a, prudente
sensazional|e *adj* sensacional; **~ismo** *m* sensacionalismo; (*prensa*) sensacionalismo, amarillismo; **~istico, -a** (*m pl* **-ci**) *adj* sensacionalista; (*prensa*) sensacionalista, amarillo, -a, amarillista
sensazione *f* sensación ◊ ***fare ~*** causar sensación
senseria *f* corretaje *m*, intermediación
sensibil|e *adj* sensible; **~ità** *f inv* sensibilidad *f*; **~izzare** *vt* sensibilizar
sensitiv|a *f bot* sensitiva; **~ità** *f inv* sensibilidad *f*; **~o, -a** *adj* 1. sensitivo, -a; 2. sensible, emotivo, -a
senso 1. *m* 1. sentido; ***i cinque sensi*** *los cinco sentidos*; 2. sensación *f*; ***provare un ~ di stanchezza*** *tener una sensación de cansancio*; 3. sentido, significado; 4. *transp* sentido, dirección *f*; **2.** *mpl* 1. sentidos; ***reprimere i ~i*** *reprimir los sentidos*; 2. (*consciencia*) conocimiento *m*; ***perdere i ~i*** *perder el conocimiento* ◊ ***~ comune*** sentido común; ***~ della misura*** sentido de la medida; ***~ dell'umorismo*** sentido del humor; ***~ di colpa*** complejo de culpa, remordimientos (*mpl*); ***~ figurato*** sentido figurado; ***~ unico*** *transp* dirección única (*f*); ***~ vietato*** *transp* dirección prohibida (*f*); ***a ~*** *adv* por el sentido; ***a doppio ~*** *adj* de doble sentido; ***ai ~i di*** *prep adm* de conformidad con; ***avere il sesto ~*** tener un sexto sentido; ***buon ~*** sentido común; ***doppio ~*** doble sentido; ***in questo ~*** *adv* en este sentido, en ese sentido; ***in un certo ~*** *adv* en cierta medida, en cierto modo; ***nel ~ della lunghezza, della larghezza*** *adv* a lo largo, a lo ancho; ***non aver ~*** no tener sentido
sensor|e *m tecn* sensor; **~iale** *adj* sensorial; **~io, -a** (*m pl* **-ri**) *adj* sensorio, -a

sensual|e *adj* sensual; **~ismo** *m* sensualismo; **~ità** *f inv* sensualidad *f*

sentenz|a *f* 1. *jur* sentencia, fallo *m*; 2. sentencia, máxima, dicho *m* ◊ **~ *di assoluzione, di condanna*** sentencia absolutoria, condenatoria; **~ *passata in giudicato*** sentencia firme; ***sputare ~e*** *desp* hablar de forma pedante; **~iare** *vt/i* ‹avere› sentenciar; **~ioso, -a** *adj* sentencioso, -a

sentiero *m* sendero, senda *f*

sentimental|e *adj* sentimental; **~ismo** *m* sentimentalismo, sensiblería *f* (*desp*); **~ista** *m/f* sentimental, sensiblero, -a (*desp*); **~ità** *f inv* sentimentalismo *m*

sentimento *m* sentimiento; *fig* sentimiento, consciencia *f*, sentido ◊ **~ *di sé*** respeto por uno mismo, propia consideración (*f*)

sentin|a *f nav tamb. fig* sentina; **~ella** *f* centinela *m* (!) ◊ ***fare la ~*** montar guardia

sentire 1. *vt* 1. (*oído*) oír (!); 2. (*olfato*) sentir, oler; 3. (*gusto*) probar, gustar; 4. (*tacto*) sentir, tocar; 5. (*sensación, sentimiento*) sentir; **~ *freddo, caldo*** *sentir frío, calor*; **2.** *vi* 1. (*olfato*) *tamb. fig* oler (**di** a); 2. saber (**di** a); **3. ~rsi** sentirse; ***~rsi bene*** *sentirse bien*; encontrarse ◊ ***senta!, senti!*** ¡oiga!, ¡oye!; ***mi sentirà!*** ¡me va a oír!; ***~rsi morire*** creerse morir; ***non me la sento (di fare qc)*** no me siento capaz (de hacer u-c), no me siento con fuerzas (para hacer u-c)

sentito, -a *adj* 1. oído, -a; 2. sentido, -a, sincero, -a ◊ ***per ~ dire*** *adv* por rumores, de oídas

sentore *m* 1. olor; 2. indicio, rumor ◊ ***avere ~ di qc*** llegar rumores de u-c

senza 1. *prep* sin; **~ *di me, ~ di te*** *sin mí, sin ti*; ***vuoi il caffè con il latte o ~?*** *¿quieres el café con o sin leche?*; **2.** *adv* sin *prep*; ***rimanere ~*** *quedarse sin u-c*; ***esserne ~*** *estar sin u-c* (*generalmente dinero*); **3.** *conj* (+ *infinitivo*) sin; ***farlo ~ fare attenzione*** *hacerlo sin poner atención* ◊ **~ *che*** *conj* (+ *subjuntivo*) sin que; **~ *far niente*** sin hacer nada, sin dar ni golpe; ***fare ~ qc/q*** seguir/proceder sin tener en cuenta u-c/a alg; ***senz'altro*** *adv* desde luego, por supuesto; **~dio** *m/f inv* ateo, -a; **~patria** *m/f inv* 1. apátrida *m/f*; 2. *desp* traidor, -a *m/f*, vendepatrias; **~tetto** *m/f inv* sin techo

sepalo *m bot* sépalo

separa|bile *adj* separable; **~re** *vt* separar

separat|amente *adv* 1. apartadamente; 2. por separado; **~ismo** *m* separatismo; **~ista** *adj/s* separatista; **~istico, -a** (*m pl* **-ci**) *adj* separatista; **~o, -a** *adj/s* separado, -a; **~ore** *m tecn* separador

separazione *f* separación ◊ **~ *consensuale*** separación por mutuo acuerdo; **~ *dei beni*** separación de bienes; **~ *dei poteri*** *pol* separación de poderes

separé [sepa'rɛ] *m inv* (*local público*) reservado *m*

sepiolite *f* espuma de mar

sepolcr|ale *adj* sepulcral; **~o** *m* sepulcro

sepolt|o, -a *adj* enterrado, -a, sepultado, -a; **~ura** *f* sepultura

seppelli|mento *m* entierro, funeral, sepelio; **~re** ‹*seppellito/sepolto*› V. 74 ‹*isc*› *vt* enterrar

seppi... V. **sapere**

seppia *f zool* sepia, jibia

seppure (*var.* **se pure**) *conj* (+ *subjuntivo*) aunque, si bien

se pure V. **seppure**

sequela *f* secuela

sequenz|a *f* secuencia; **~iale** *adj* secuencial

sequestr|are *vt* 1. *jur* (*bienes*) secuestrar, embargar, decomisar; 2. (*personas*) secuestrar; **~o** *m jur* (*bienes*) secuestro, incautación *f*, decomiso ◊ **~ *di persona*** secuestro, rapto

sera *f* (*última parte*) tarde; (*hasta la hora de dormir*) noche ◊ ***buona ~!*** ¡buenas tardes!; ¡buenas noches!; ***ieri ~*** *adv* anoche; ***sul far della ~/verso ~*** al anochecer

serafi|co, -a (*m pl* **-ci**) *adj* seráfico, -a; **~no** *m* serafín

serale *adj* vespertino, -a; *estud* nocturno, -a

serata *f* velada ◊ **~ *di gala*** noche de gala

serba|re 1. *vt* (*reservar, custodiar*) guardar; (*promesa*) mantener; **2. ~rsi** mantenerse; reservarse; **~toio** (*pl* **-oi**) *m* depósito, tanque

Serbia: la ~ *f geogr* Serbia ◊ **~ *e Montenegro*** Serbia y Montenegro

serbo, -a *adj/s* serbio, -a

serbo: tenere in ~ *vi* reservar, guardar

serbocroato, -a *adj/s* serbocroata

seren|ata *f* serenata; **~issimo, -a** *adj* (*título*) serenísimo, -a ◊ ***la *~a*** *hist* (*la República de Venecia*) la Serenísima; **~ità** *f inv* serenidad *f*; **~o, -a 1.** *adj meteo tamb. fig* sereno, -a, despejado, -a; **2.** *m meteo* buen tiempo; aire libre, sereno, serena *f*; ***dormire al ~*** *dormir a la serena/al sereno/a la luna de Valencia*

sergente 1. *m* 1. *mil* sargento; 2. (*persona autoritaria*) sargento *m/f*; ***sua moglie è un ~*** *su mujer es un(a) sargento*; 3. *tecn* (*prensa*) cárcel; **2.** *mpl impr* comillas bajas *fpl*

serial *m inv TV* serie *f*, serial *m*; **~ killer** *m inv* asesino en serie *m*

seriazione *f econ* seriación

serico, -a (*m pl* **-ci**) *adj* sedero, -a, de la seda

sericoltura *f* sericicultura, sericultura

serie *f inv* serie *f*; *sport* liga *f*, campeonato *m*; ***campionato di ~ A*** *liga de 1ª división*; **~tà** *f inv* seriedad *f*

serigrafia *f* serigrafía

serio, -a (*m pl* **-ri**) *adj* serio, -a ◊ ***sul ~*** *adv* en serio; ***fare sul ~*** hablar en serio, hacer sin bromas; ***prendere sul ~*** tomar en serio

sermone *m relig tamb. fig* sermón

serotino, -a *adj bot* tardío, -a

serpaio (*pl* **-ai**) *m* nido de serpientes

serpe *f* serpiente, culebra ◊ ***scaldarsi/allevarsi una ~ in seno*** cría cuervos y te sacarán los ojos

serpeggia|mento *m* serpenteo; **~nte** *adj* serpenteante, serpeante, sinuoso, -a; **~re** *vi* ‹*avere*› 1. serpentear, serpear; 2. insinuarse, entreverse

serpent|aria *f bot* serpentaria; **~e** *m* serpiente *f* (!), culebra *f* ◊ **~ *a sonagli*** serpiente de cascabel; **~ *dagli occhiali*** cobra (*f*); **~ *marino/di mare*** (*noticia falsa*) serpiente de verano (*f*); **~ina** *f* 1. *min* serpentina; 2. *quím* serpentín *m*; 3. *mil/hist* serpentín *m*; **~ino, -a 1.** *adj zool* serpentino, -a; **2.** *m min* serpentín, serpentina *f* ◊ ***lingua ~a*** *f* lengua serpentina/viperina; **~one** *m* bordillo central

serpigine *f med* serpigo *m*

serra *f* 1. *agric* invernadero *m*; 2. *geogr* sierra ◊ ***effetto ~*** *m* efecto invernadero; ***essere un fiore di ~*** *fig* ser una flor de invernadero, ser de mírame y no me toques

serradadi *m inv* llave inglesa *f*

serrafila|a 1. *m/f inv* zaguero, -a *m/f*; **2.** *f nav* última nave; **~o** *m electr* borne

serraglio (*pl* **-gli**) *m* 1. exposición de fieras *f*; 2. harén, serrallo

serramanico: coltello a ~ *m* navaja *f*

serrame *m* cierre, cerradura *f*

serramento *m* cerramiento

serranda *f* cierre *m*, persiana metálica

serrare *vt* 1. cerrar; (*puño*) apretar, cerrar; 2. (*enemigo*) perseguir, pisar los talones; 3. (*ritmo*) acelerar ◊ ***il pianto/la commozione gli serrava la gola*** la emoción le ponía un nudo en la garganta

serra serra *m inv* gentío *m*, muchedumbre *f*

serrat|a *f* cierre patronal *m*; **~e** *m inv sport* sprint final *m*; **~o, -a** *adj* (*tejido*) tupido, -a; (*fila*) apretado, -a; (*razonamiento*) cerrado, -a, conciso, -a; (*ritmo*) veloz, acelerado, -a; **~ura** *f* cerradura, cierre *m* ◊ **~ *a scatto*** cerradura de golpe; **~ *di sicurezza*** cierre de seguridad (*m*)

serva *f desp* sirvienta, criada, chacha

servente *m mil* sirviente, asistente; **~se** *m lit* serventesio

server *m inv informát* servidor *m*

servibile *adj* servible

servigio (*pl* **-gi**) *m* favor; ***rendere un grande ~ a q*** *hacer un gran favor a alg*; (*patria, sociedad*) servicio; ***i ~i resi alla patria*** *los servicios prestados a la patria*

servil|e *adj* servil, sumiso, -a; **~ismo** *m* servilismo; **~ità** *f inv* servilismo *m*

servire 1. *vt* 1. servir; (*cliente*) servir, atender; ***in che cosa posso servirLa?*** *¿en qué puedo servirle?*; 2. *sport* pasar, centrar la pelota; **2.** *vi* 1. (*ser útil*) servir; ***non serve a niente*** *no sirve para nada*; 2. *coloq* necesitar, hacer falta; ***mi serve una macchina nuova*** *necesito un coche nuevo*; 3. (*prestar servicio*) servir; (*la mesa*) trabajar, servir; 4. *sport* (*tenis*) servir; **3. ~rsi** 1. (*utilizar*) servirse (**di** de); servirse (**di** de), aprovecharse (**di** de); 2. (*habitualmente*) proveerse (**di** de); ◊ ***ora lo servo io*** *irón* ahora le voy a dar su merecido, ahora se va a enterar

servito, -a 1. *adj* (*comida*) servido, -a, listo, -a; **2.** *m tosc* servicio, cubierto; **~re, -a** *m/f tamb. fig* servidor, -a

servitù *f inv* 1. esclavitud *f*, servitud *f* (*raro*); 2. (*criados*) servidumbre *f*; 3. *jur* servidumbre *f* ◊ **~ *di passaggio*** *jur* servidumbre de paso

servizi|evole *adj* servicial; **~o** (*pl* **-zi**) **1.** *m* 1. servicio, trabajo doméstico; 2. *adm/mil/com* servicio; 3. *TV/radio* reportaje; 4. favor; 5. (*mesa*) servicio, juego; 6. *sport* (*tenis*) servicio, saque; **2.** *mpl* servicios ◊ **~ *civile*** prestación social sustitutoria (*f*); **~ *da tavola*** servicio de mesa; **~ *militare*** servicio militar; ***essere al ~ di*** estar al servicio de; ***essere di ~/in ~, fuori ~*** estar de servicio, fuera de servicio

servo, -a *m/f tamb. fig* (*esclavo*) siervo, -a; *desp* siervo, -a, criado, -a; **~assistito, -a** *adj mec* servoasistido, -a; **~comando** *m mec* servocomando; **~freno** *m mec* servofreno; **~meccanismo** *m* servomecanismo; **~motore** *m mec* servomotor; **~sterzo** *m* dirección asistida *f*, servodirección *f*

sesamo *m bot* sésamo ◊ ***apriti, ~!*** ¡ábrete, sésamo!

sessagenario, -a (*m pl* **-ri**) *adj/s elev* sexagenario, -a

sessant|a *adj/m inv* sesenta; **~enario** (*pl* **-ri**) *m* sexagésimo aniversario; **~enne** *m/f* persona de sesenta años, sesentón, -ona (*coloq*); **~ennio** (*pl* **-ni**) *m* período de sesenta años; **~esimo, -a 1.** *adj* (*ordinal*) sexagésimo, -a; **2.** *m* (*parte*) sesentavo; **~ina** *f* 1. (*cosas, personas*) conjunto de sesenta *m*; (*aproximado*) unos/unas sesenta; 2. (*años*) sesenta; ***essere sulla ~*** *rondar los sesenta*

sessantott|ino, -a *m/f* ="persona que ha vivido el mayo del 68 o que sigue sus postulados"; **~o** *m inv hist/pol* sesenta y ocho

sessennio (*pl* **-ni**) *m elev* sexenio

sessile *adj bot* sésil

sessione *f jur/pol* sesión

sessis|mo *m* sexismo; **~ta** *adj/s* sexista

sesso *m* sexo ◊ ***discutere sul ~ degli angeli*** hablar del sexo de los ángeles

sessual|e *adj* sexual; **~ità** *f inv* sexualidad *f*; **~to, -a** *adj* sexuado, -a

sessuolog|ia (*pl* **-gie**) *f* sexología (!); **~o, -a** (*m pl* **-gi**) *m/f* sexólogo, -a (!)

sesta *f relig/mús* sexta; **~nte** *m* sextante

sesterzio (*pl* **-zi**) *m* sestercio

sestetto *m mús* sexteto

sestier|e *m* (*en Venecia*) barrio; **~na** *f* 1. *lit* sextina; 2. *mús* sextillo *m*, seisillo *m*

sesto, -a 1. *adj* (*ordinal*) sexto, -a; **2.** *m/f* (*orden*) sexto, -a; **3.** *m* 1. (*parte*) sexto; 2. *arq* (*de arco*) curvatura *f*; ***arco a tutto ~, a ~ acuto*** *arco de medio punto, ojival*; 3. orden ◊ ***rimettersi in ~*** volver a la normalidad

set *m inv* 1. *cine* plató *m*; 2. *sport* (*tenis*) set *m*; 3. juego *m*, conjunto *m*, set *m*

seta *f* seda (!)

setaccia|re *vt* cerner, tamizar; (*policía*) rastrear, peinar; **~tura** (*var.* **stacciatura** *reg*) *f* cernidura, tamizado *m*; **~o** (*pl* **-ci**) *m* cedazo, tamiz

setaceo, -a *adj* sedoso, -a

setaiolo *m* sedero
setale *m nav* sedal
sete *f tamb. fig* sed; ***avere ~*** *tener sed*; ***appagare/togliere la ~*** *apagar/quitar la sed*; **~ria** *f* sedería
setificio (*pl* **-ci**) *m* fábrica de seda *f*
setola *f* 1. *zool* cerda, seda; 2. *impr* cepillo *m*, escobilla
setoloso, -a *adj zool* cerdoso, -a
setoso, -a *adj* sedoso, -a
setta *f* secta
settant|a *adj/m inv* setenta; **~enne** *m/f* persona de setenta años, septuagenario (*elev*), setentón, -ona (*coloq*); **~ennio** (*pl* **-ni**) *m* período de setenta años; **~esimo, -a** *adj/s* septuagésimo, -a; **~ina** *f* 1. (*cosas, personas*) grupo de setenta *m*; (*aproximado*) unos/unas setenta *m/f*; 2. (*años*) unos/unas setenta *pl*; ***essere sulla ~*** *rondar los setenta*
settari|o, -a (*m pl* **-ri**) *adj/s* sectario, -a; **~smo** *m* sectarismo
sette 1. *adj inv* siete; **2.** *m inv* 1. siete; 2. siete *m*, desgarro *m*; ***farsi un ~ nei pantaloni*** *hacerse un siete en el pantalón* ◊ ***~ e mezzo*** (*juego*) siete y medio
settebello *m* (*juego de la escoba*) siete de oros
settecent|esco, -a (*m pl* **-chi**) *adj* dieciochesco, -a; **~ista** *m/f* artista o autor del siglo XVIII; **~o** *adj/s inv* setecientos, -as ◊ ***il *~*** *m* el siglo XVIII
settembre *m* septiembre
settenario (*pl* **-ri**) *m lit* heptasílabo, septenario
settenn|ale *adj* 1. de cada siete años; 2. que dura siete años; **~e** *m/f* persona de siete años; **~io** (*pl* **-ni**) *m* septenio
settentrion|ale *adj/s* septentrional, norteño, -a; **~alismo** *m* septentrionalismo; **~e** *m* septentrión
setticemia *f med* septicemia
settico, -a (*m pl* **-ci**) *adj* séptico, -a
settima *f mús* séptima
settimana *f* semana ◊ ***~ bianca*** semana blanca; ***~ corta*** semana inglesa; ***~ santa*** semana santa; **~le 1.** *adj* semanal; **2.** *m* (*prensa*) semanario
settimino, -a 1. *adj/s* sietemesino, -a; **2.** *m mús* septimino
settimo, -a *adj/s* séptimo, -a
setto *m med* tabique ◊ ***~ nasale*** tabique nasal
settor|e, -trice 1. *m* 1. *mat/com/mil* sector; 2. sector, campo; **2.** *adj/s med* disector, -a; ***perito ~*** *disector*; **~iale** *adj* sectorial; **~ialismo** *m* particularismo
settrice *adj/f mat* sectriz
settuag|enario, -a (*m pl* **-ri**) *adj/s elev* septuagenario, -a; **~esimo, -a** *adj/m elev* septuagésimo, -a
sever|ità *f inv* severidad *f*; **~o, -a** *adj* severo, -a
sevizi|are *vt* maltratar, violar; **~atore, -trice** *m/f* autor, -a de malos tratos; violador, -a; **~e** *fpl* malos tratos *mpl*
sevo *m* sebo
sex appeal [sɛksa'pil] *m inv* sex appeal, atractivo *m*
sex shop [sɛk'ʃɔp] *m inv* sex-shop
sex symbol [sɛk'simbol] *m/f inv* sex symbol
sexy ['sɛksi] *adj inv* sexy
Seychelles [seiʃ'ʃɛl] V. **Seicelle**
sezion|ale *adj* de la sección; **~amento** *m* seccionamiento; **~are** *vt* seccionar; **~e** *f mat/med tamb. fig* sección; *jur* sala; *adm* sección, negociado *m* ◊ ***~ elettorale*** sección electoral
sfaccend|are *vi* ‹*avere*› afanarse, estar atareado; **~to, -a** *adj/s* 1. parado, -a; 2. *desp* vago, -a, gandul, -a
sfaccett|are *vt* 1. *metal* tallar; 2. (*tema*) sacar punta; **~tura** *f* 1. *metal* (*acción*) talla; 2. (*cara*) faceta
sfacchin|are *vi* ‹*avere*› afanarse, trabajar como un negro; **~ta** *f coloq* tute *m*, paliza
sfacciat|aggine *f* descaro *m*, desfachatez, desvergüenza, cara dura; **~o, -a 1.** *adj* 1. (*persona*) descarado, -a, atrevido, -a, impertinente; 2. (*ropa*) llamativo, -a, descocado, -a; **2.** *m/f* caradura, fresco, -a, sinvergüenza
sfaccio V. **sfare**
sfacelo *m tamb. fig* descomposición *f*, desintegración *f*, ruina *f*
sfagiolare *vi coloq* molar, caer bien, ir
sfald|are 1. *vt min* exfoliar; **2. ~rsi** 1. *min* exfoliarse; 2. disgregarse, desintegrarse; **~tura** *f min* exfoliación
sfalsare *vt* esquivar, desviar
sfamare *vt* dar de comer
sfare ‹*sfaccio/sfo; sfeci; sfatto*› V. 36a *vt* deshacer
sfarfall|amento *m* 1. mariposeo, revoloteo; 2. *cine/TV/electr* parpadeo; **~are** *vi* ‹*avere*› 1. mariposear, revolotear; 2. *cine/TV/electr* parpadear; **~io** (*pl* **-lii**) *m cine/TV/electr* parpadeo; **~one** *m coloq* metedura de pata *f*, patinazo
sfarinare *vt* moler, pulverizar
sfarzo *m* boato, pompa *f*, lujo; **~sità** *f inv* pomposidad *f*, ostentación *f*; **~so, -a** *adj* pomposo, -a, ostentoso, -a
sfasa|mento *m* 1. *electr tamb. fig* desfase; 2. confusión *f*, desorientación *f*; **~tura** *f electr* desfase *m*
sfascia|carrozze *m inv* chatarrero *m*; **~mento** *m* destrozo, desvencijamiento, descacharramiento; **~re** *vt* 1. quitar los pañales; desvendar; 2. destrozar, desvencijar, romper; **~tura** *f* ="acción de quitar los pañales o las vendas"
sfascio (*pl* **-sci**) *m* derrumbe, ruina *f*, desastre
sfatare *vt* (*habladuría*) desmontar, desacreditar
sfaticato, -a *adj/s* vago, -a, gandul, -a
sfatto, -a 1. *adj* deshecho, -a; *gastr* demasiado cocido, -a; (*fruta*) pasado, -a; (*persona*) gordo, -a, fondón, -ona (*coloq*); **2.** *pp* V. **sfare**
sfavill|are *vi* ‹*avere*› centellear; **~io** (*pl* **-lii**) *m* centelleo
sfavor|e: a ~ di *prep* en perjuicio de; **~evole** *adj* desfavorable, adverso, -a; **~ire** ‹*isc*› *vt* desfavorecer
sfebbrare *vi* pasar/irse la fiebre
sfeci... V. **sfare**

sfegat|arsi ‹*esd*› afanarse (**per** por), empeñarse (**per** en), echar los hígados (**per** por); **~ato, -a** *adj/s* fanático, -a, apasionado, -a

sfenoide *m med* esfenoides *inv*

sfera *f tamb. fig* esfera

sferic|ità *f inv* esfericidad *f*; **~o, -a** (*m pl* **-ci**) *adj* esférico, -a

sferist<u>e</u>rio (*pl* **-ri**) *m* frontón, trinquete, cancha *f*

sferoid|ale *adj* esferoidal; **~e** *m* esferoide

sferraglia|mento *m* chirrido; **~re** *vi* ‹*avere*› chirriar, rechinar

sferrare *vt* 1. (*caballo*) desherrar; 2. desencadenar, liberar; 3. (*golpe, tiro*) soltar, lanzar; desencadenar; **~** ***l'offensiva*** *desencadenar la ofensiva*

sferruzzare *vi* ‹*avere*› hacer punto, hacer calceta, tricotar

sferza *f* 1. látigo *m*, azote *m*; 2. *fig* azote *m*; **~re** *vt* 1. azotar, fustigar; 2. *fig* fustigar, hostigar; **~ta** *f* latigazo *m*, azote *m*

sfiammare *vt* desinflamar

sfiancare *vt* 1. romper los lados (**qc** de u-c); (*traje*) entallar; 2. derrengar, deslomar, desriñonar

sfiata|mento *m* exhalación *f*; **~re 1.** *vi* ‹*avere*› exhalar, despedir; **2. ~rsi** 1. *mús* desafinarse, destemplarse; 2. *coloq* desgañitarse; **~toio** (*pl* **-oi**) *m* respiradero

sfiato *m* respiradero

sfibbiare *vt* deshebillar, desabrochar

sfibra|mento *m* deshebramiento; **~re** *vt* 1. deshebrar; 2. derrengar, extenuar

sfida *f* 1. (*duelo*) desafío *m*; 2. *fig* desafío *m*, reto *m*; **~nte 1.** *adj* desafiante; **2.** *m/f* retador, -a; **~re** *vt* desafiar, retar ◊ ***sfido io!/sfido!*** *coloq* ¡claro!, ¡seguro!

sfiducia (*pl* **-cie**) *f* desconfianza, recelo *m*; **~re 1.** *vt* retirar la confianza; **2. ~rsi** perder la confianza

sfiga (*pl* **-ghe**) *f coloq* mala pata, gafe *m* ◊ ***portare*** **~** ser gafe, traer mala suerte; **~to, -a** *adj/s coloq* malapata *inv*, gafe

sfigurare 1. *vt tamb. fig* desfigurar; **2.** *vi* ‹*avere*› desentonar, quedar mal

sfilacciare *vt* deshilachar

sfilare 1. *vt* 1. (*aguja*) desenhebrar; (*tejido*) deshilar; (*collar*) desensartar; 2. (*ropa*) quitar; **2.** *vi* desfilar; **3. ~rsi** (*tejido*) deshilacharse; (*media*) hacerse una carrera; (*collar*) desensartarse

sfilat|a *f* desfile *m* ◊ **~** ***di moda*** pase de modelos (*m*), desfile de moda (*m*); **~ino** *m centr coloq* (*pan*) barra *f*; **~o** *m* (*bordado*) vainica *f*

sfilza *f* ristra, sarta

sfinge *f* esfinge

sfini|mento *m* agotamiento; **~re** *vt* agotar, reventar, dejar exhausto; **~tezza** *f* agotamiento *m*; **~to, -a** *adj* exhausto, -a, agotado, -a, reventado, -a

sfintere *m med* esfínter

sfior|are *vt* rozar; (*tema*) tocar de refilón; (*éxito*) acariciar; **~ire** ‹*isc*› *vi* 1. *bot* perder la flor; 2. marchitarse, ajarse

sfitt|are *vt* desalquilar, desarrendar; **~ire** ‹*isc*› *vt* aclarar, hacer menos espeso; **~o, -a** *adj* desalquilado, -a, desarrendado, -a

sfizio (*pl* **-zi**) *m* capricho; ***togliersi, levarsi lo*** **~** *quitarse el capricho* ◊ ***per*** **~** *adv* por capricho

sfo V. **sfare**

sfoca|re ‹*sfoco/sfuoco*› *vt* desenfocar; **~to, -a** *adj* desenfocado, -a; **~tura** *f* desenfoque *m*

sfoci|are *vi* ‹*essere/avere*› *geogr tamb. fig* desembocar (**in** en); **~o** (*pl* **-ci**) *m* 1. *geogr* desembocadura *f*, delta; 2. salida *f*, solución *f*; ***situazione senza*** **~** *situación sin salida*

sfodera|bile *adj* desenfundable; **~re** *vt* 1. (*espada*) desenvainar, desenfundar; 2. (*sofá*) desenfundar; (*ropa*) quitar el forro; **~to, -a** *adj* sin forro

sfogare 1. *vt* desahogar, desatar; **2.** *vi* escaparse, salir; **3. ~rsi** desahogarse, explayarse; **~*rsi a correre*** *desahogarse corriendo* ◊ **~*rsi su q*** desahogarse en alg, hacerle pagar a alg los platos rotos

sfoggi|are 1. *vt* lucir, alardear *vi* (**qc** de u-c), fardar *vi* (*coloq*) (**qc** de u-c); **2.** *vi* ‹*avere*› lucirse, alardear, presumir; hacer ostentación (**di** de); **~o** (*pl* **-gi**) *m* alarde, ostentación *f*

sfoglia *f gastr* lámina, hoja, capa ◊ ***pasta*** **~** *m gastr* (masa de) hojaldre; **~re 1.** *vt* 1. (*flor*) deshojar; 2. (*libro...*) hojear; **2. ~rsi** 1. deshojarse; 2. *metal* laminarse; **~ta** *f* 1. *gastr* torta de hojaldre; 2. hojeada, vistazo *m*; ***dare una*** **~** *echar una hojeada*; **~tura** *f* deshoje *m*

sfogo (*pl* **-ghi**) *m* 1. (*gas, líquido*) escape, salida *f*; 2. *geogr* desembocadura *f*; 3. desahogo, desfogue ◊ ***dare*** **~** ***a qc*** dar rienda suelta a u-c

sfolgor|amento *m* coruscación *f*; **~are** ‹*esd*› *vi* ‹*avere*› fulgurar; **~<u>i</u>o** (*pl* **-rii**) *m* fulguración *f*, fulgor

sfolla|gente *m inv* porra *f*; **~mento** *m* desalojo; **~re** *vt* desalojar, evacuar; **~to, -a** *adj/s* (*guerra, catástrofe*) refugiado, -a

sfoltire ‹*isc*› *vt* aclarar, hacer menos espeso

sfonda|mento *m* desfondamiento; **~re** *vt* desfondar; (*cráneo*) hundir; (*zapatos*) gastar, romper; (*puerta*) echar abajo; *mil* (*frente*) romper; **~to, -a** *adj* 1. desfondado, -a; hundido, -a; 2. sin fondo, insaciable

sfondo *m* 1. (*pintura*) fondo; 2. *teat* foro; 3. *fig* escenario, trasfondo; **~ne** *m coloq* metedura de pata *f*

sforbicia|re ‹*esd*› *vt* tijeretear; **~ta** *f* tijeretazo *m*

sforma|re *vt* deformar; *gastr* sacar del molde; **~to** *m gastr* (*verdura, carne*) pastel

sforn|are *vt* 1. sacar del horno; 2. producir, sacar; ***l'università sforna tanti laureati*** *la universidad produce muchos licenciados*; **~ire** ‹*isc*› *vt* desabastecer; **~ito, -a** *adj com* desabastecido, -a, poco surtido, -a; desprovisto, -a (**di** de), carente (**di** de), falto, -a (**di** de)

sfortuna *f* mala suerte, desgracia, desventura ◊ ***portare*** **~** traer mala suerte; **~to, -a** *adj* desgraciado, -a, desventurado, -a

sforz|are 1. *vt* forzar; **2. ~rsi** esforzarse (**a/di** por/para/en); **~*rsi di ricordare qc*** *esforzarse pa-*

ra recordar u-c; **~*rsi di sorridere*** *esforzarse en/por sonreír*; **~ato, -a** *adj* (*sonrisa*) forzado, -a, falso, -a; (*interpretación*) forzado, -a; **~o** *m* esfuerzo ◊ ***bello ~!*** *irón* ¡no te habrás matado!; ***fare tutti gli ~i per q*** hacer todo lo posible por alg

sfottere *vt* 1. *coloq* tomar el pelo, chotearse (**q** de alg); 2. (*fastidiar*) jorobar; ***non ~!*** *¡no jorobes!*

sfottimento *m* 1. *coloq* choteo, cachondeo; 2. *coloq* (*molestia*) lata *f*, incordio, gaita *f*

sfottitore, -trice *m/f coloq* guasón, -ona; puñetero, -a

sfottò *m inv coloq* pitorreo *m*

sfracellare *vt* destrozar, aplastar

sfrangia|re *vt* desflecar; **~tura** *f* desflecado *m*

sfratarsi *relig* colgar los hábitos

sfratt|are 1. *vt jur* desahuciar; **2.** *vi* ‹*avere*› desalojar, marcharse; **~o** *m jur* desahucio

sfrecciare *vi* pasar como una flecha/como una exhalación

sfrega|mento *m* frote, frotamiento; (*pared*) roce; **~re** *vt* frotar; (*pared*) rozar

sfregi|are *vt* arañar; (*cara*) desfigurar; **~o** (*pl* **-gi**) *m* 1. cicatriz *f*; (*cara*) arañazo; (*obra de arte*) daño; 2. mancilla *f*, deshonra *f*

sfrena|re 1. *vt* (*sentimientos*) desenfrenar, dar rienda suelta; **2. ~rsi** (*persona*) desenfrenarse, desbocarse; **~tezza** *f* desenfreno *m*, libertinaje *m*; **~to, -a** *adj tamb. fig* desenfrenado, -a, desbocado, -a

sfrigolare ‹*esd*› *vi* ‹*avere*› (*aceite*) chirriar

sfronda|mento *m agric* escamonda *f*, poda *f*; (*escrito*) pulido; **~re** *vt agric* escamondar, podar; (*escrito*) pulir; **~tura** *f agric* desbroce *m*, desbrozo *m*

sfronta|tezza *f* descaro *m*, insolencia; **~to, -a** *adj* descarado, -a, insolente, chulo, -a, carota

sfrutta|mento *m agric/min tamb. fig* explotación *f*; **~re** *vt agric/min tamb. fig* explotar; **~tore, -trice** *adj/s agric/min tamb. fig* explotador, -a

sfugg|ente *adj* escurridizo, -a, huidizo, -a; **~evole** *adj* 1. fugaz, pasajero, -a; 2. vago, -a, confuso, -a; **~ire 1.** *vt* eludir, rehuir, evitar; **2.** *vi* 1. escapar (**a qc** de u-c); 2. (*caer*) escaparse, escurrirse; (*hablando*) escaparse; ***mi è sfuggita una parolaccia*** *se me ha escapado una palabrota*; 3. (*no darse cuenta*) pasar por alto, escaparse; ***mi è sfuggito quel particolare*** *se me ha escapado ese detalle/he pasado por alto ese detalle*; pasarse, olvidar; **~ita: di ~** *adv* 1. de pasada, de refilón; 2. deprisa

sfum|are 1. *vt arte tamb. fig* difuminar; **2. ~rsi** *arte tamb. fig* difuminarse; (*niebla*) disiparse; **~ato, -a 1.** *adj* 1. (*color*) difuminado, -a; 2. vago, -a, impreciso, -a; **2.** *m* difuminado, sombreado; **~atura** *f* 1. (*color*) difuminado *m*, matización; 2. matiz *m*, sombra; **~ino** *m arte* difumino, esfumino

sfuocare... V. **sfocare...**

sfuriata *f* rapapolvo *m*, bronca, chaparrón *m*

sfuso, -a *adj* 1. (*manteca*) fundido, -a; 2. a granel, suelto, -a

sg. (*seguente*) *abr* (*siguiente*) s., sig.

sgabell|arsela *coloq* quitarse de encima; **~o** *m* taburete, banqueta *f*, escabel

sgabuzzino *m* trastero

sgambett|are 1. *vt* zancadillear; **2.** *vi* ‹*avere*› patalear; corretear; **~o** *m* zancadilla *f* ◊ ***fare lo ~ a q*** *tamb. fig* poner/echar la zancadilla a alg

sganasciare 1. *vt* romper la mandíbula; **2. ~rsi** desternillarse

sganciare 1. *vt* desenganchar; (*dinero*) soltar, aflojar; **2. ~rsi** librarse (**da q** de alg), desembarazarse

sgangherare ‹*esd*› **1.** *vt* (*puerta*) desquiciar; descerrajar, forzar; **2. ~rsi** *tamb. fig* desternillarse

sgarbat|ezza (*var.* **sgarbataggine**) *f* descortesía, grosería, falta de cortesía; **~o, -a** *adj* descortés, grosero, -a, maleducado, -a

sgarbo (*var.* **sgarberia** *f*) *m* descortesía *f*, desplante, desaire

sgargiante *adj* (*color*) fuerte, llamativo, -a

sgarr|are *vi* ‹*avere*› (*persona, reloj*) fallar; **~o** *m* fallo, error

sgarzino *m* (*dibujo*) rascador

sgattaiolare ‹*esd*› *vi* ‹*avere*› escabullirse, escurrir el bulto

sgel|are 1. *vt* deshelar, fundir; **2. ~rsi** deshelarse, fundirse; **~o** *m* deshielo

sghembo, -a *adj* torcido, -a, sesgado, -a

sgherro *m* esbirro

sghiacciare V. **sgelare**

sghignazza|re *vi* ‹*avere*› carcajearse; **~ta** *f* carcajada

sghimbescio: a/di ~ *adv* de lado, torcido

sghiribizzo *m coloq* (*idea*) antojo, capricho

sgobb|are *vi* ‹*avere*› *estud coloq* empollar; trabajar como un negro; **~ata** *f estud coloq* empollada; **~one, -a** *m/f estud coloq* empollón, -ona

sgocciola|re ‹*esd*› **1.** *vt* (*recipiente*) escurrir; (*líquido*) hacer gotear; **2.** *vi* 1. ‹*avere*› escurrir, escurrirse; 2. ‹*essere*› gotear, chorrear; **~toio** (*pl* **-oi**) *m* escurridero; escurreplatos

sgoccioli: essere agli ~ *vi* estar en las últimas

sgocciolio (*pl* **-lii**) *m* goteo

sgolarsi desgañitarse

sgomberare (*var.* **sgombrare**) ‹*esd*› *vt* (*habitación, casa*) desocupar, desalojar, vaciar; (*calle, mesa*) despejar; (*personas*) evacuar, desalojar

sgombero (*var.* **sgombro**) *m* (*casa*) desalojo; (*ciudad, zona, edificio*) evacuación *f*

sgombr|aneve *m inv* quitanieves; **~are** V. **sgomberare**; **~o, -a 1.** *adj* libre, despejado, -a; desalojado; **2.** *m zool* caballa *f*

sgoment|are *vt* aturdir, turbar, azorar; **~o, -a 1.** *adj* aturdido, -a, turbado, -a; asustado, -a; **2.** *m* turbación *f*, desasosiego, azoramiento

sgominare ‹*esd*› *vt* derrotar, desbaratar

sgomitolare ‹*esd*› *vt* desenmarañar, desovillar

sgomma|re 1. *vt* desencolar; **2.** *vi* ‹*avere*› *auto* salir derrapando; **~to, -a** *adj* 1. (*carta*) despega-

do, -a, sin goma; 2. *auto* sin neumáticos; con los neumáticos gastados
sgonfia|mento *m* deshinchadura *f*; *med* desinflamación *f*; **~re** *vt tamb. fig* deshinchar, desinflar; *med* desinflamar; **~to, -a** (*var.* **sgonfio**) *adj* deshinchado, -a, desinflado, -a; *med* desinflamado, -a
sgorbi|a *f tecn* gubia; **~are** *vt* garabatear, emborronar; **~o** (*pl* **-bi**) *m* 1. (*mancha*) borrón; (*palabra*) garabato; 2. *desp* (*cosa*) birria *f*, bodrio
sgorgare 1. *vi* brotar (**da** de), manar; **2.** *vt* desatascar
sgozza|mento *m* degüello, degollación *f*; **~re** *vt* degollar
sgrad|evole *adj* desagradable; **~ito, -a** *adj* 1. desagradecido, -a; 2. no deseado, -a, mal recibido, -a
sgraffi|gnare *vt coloq* (*robar*) birlar, chorizar; **~o** (*pl* **-fi**) *m* arañazo, rasguño
sgrammatica|re ‹*esd*› *vi* ‹*avere*› ="hablar o escribir con errores gramaticales"; **~to, -a** *adj* ="que habla o escribe mal"; ="lleno, -a de errores gramaticales"; **~tura** *f* error de gramática *m*
sgrana|mento *m* desgrane; **~re** *vt* desgranar
sgranchire ‹*esd*› *vt* estirar, desentumecer
sgranocchiare *vt coloq* picotear, mordisquear, comiscar
sgrassa|re *vt* (*caldo, piel*) desgrasar, desengrasar; **~tore, -trice** *adj/m* desengrasante
sgrav|are 1. *vt tamb. fig* aligerar, aliviar; **2. ~rsi** 1. quitarse de encima *vt* (**di/da qc** u-c), librarse (**di/da qc** de u-c); 2. dar a luz, parir (*coloq*); **~io** (*pl* **-vi**) *m* descarga *f*, aligeramiento, liberación *f*; *econ* desgravación *f* ◊ **~ *fiscale*** desgravación fiscal (*f*)
sgrazia|re *vt* desagraciar, ajar, estropear; **~to, -a** *adj* desgarbado, -a, desangelado, -a
sgretola|mento *m* resquebrajamiento, agrietamiento; **~re** ‹*esd*› *vt* 1. resquebrajar, agrietar; 2. minar; **~ *le idee altrui*** *minar las ideas de los demás*
sgrida|re *vt* regañar, reprender; **~ta** *f* regañina, reprimenda, rapapolvo *m*
sgrondare 1. *vt* (*recipiente*) escurrir, vaciar; chorrear; **2.** *vi* chorrear; escurrir, escurrirse
sgrossa|re *vt* desbastar; **~tura** *f* desbaste *m*
sgrovigliare *vt tamb. fig* desenmarañar, desovillar
sguaiat|aggine *f* grosería, mala educación, ordinariez; **~o, -a** *adj* ordinario, -a, grosero, -a, maleducado, -a; basto, -a, vulgar
sguainare ‹*sguaino*› *vt* desenvainar, desenfundar
sgualci|re ‹*isc*› *vt* arrugar; **~to, -a** *adj* arrugado, -a
sgualdrina *f desp* mujerzuela, barragana, pelandusca, buscona
sguancio (*pl* **-ci**) *m arq* derrame, alféizar
sguardo *m* mirada *f*, vista *f*; ***abbassare, alzare, tenere lo ~*** *bajar, alzar, mantener la mirada*; (*rápido*) vistazo *f*, mirada *f*, ojeada *f*; ***dare uno ~*** *echar un vistazo/una mirada/una ojeada*
sguarni|re *vt mil* desguarnecer; **~to, -a** *adj* desguarnecido, -a
sguattero, -a *m/f* pinche, friegaplatos *inv*
sguazzare *vi* ‹*avere*› 1. chapotear; 2. estar a gusto ◊ **~ *nell'abbondanza*** *adv* nadar en la abundancia
sguinzagliare *vt* soltar la correa; (*perros, esbirros*) soltar, lanzar, azuzar
sgusciare 1. *vt* (*huevo*) descascarar; (*guisante, judía*) desgranar, pelar; **2.** *vi* 1. salir del cascarón; 2. escaparse, escurrirse
shaker ['ʃeker] *m inv* coctelera *f*
shampoo ['ʃampo] *m inv* champú *m*
sherry ['ʃɛrri] *m inv* (*vino*) jerez
shoccare [ʃok'kare] V. **scioccare**
shock [ʃɔk] *m inv* shock *m*
shopping ['ʃɔppin] *m inv* compras *fpl*, comprar *m* ◊ ***fare ~*** ir de compras; **~ center** ['ʃɔppin 'sɛnter] *m inv* centro comercial *m*
short [ʃɔrt] *m inv* spot publicitario *m*
shorts [ʃɔrt] *mpl* pantalones cortos
show [ʃɔ] *m inv* show *m*, espectáculo *m*; **~girl** [ʃo'gɛrl] *f inv* showgirl; **~man** [ʃo'men] *m inv* 1. showman; 2. *desp* exhibicionista *m*, numerero *m*
shuttle ['ʃattel] *m inv* lanzadera espacial *f*, transbordador espacial
si 1. *pron* (*adopta la forma* ***se*** *ante otro pronombre*) 1. (*reflexivo, recíproco*) se; ***Lia ~ lava*** *Lia se lava*; ***i ragazzi ~ picchiano*** *los chicos se pegan*; ***il romanzo, se l'è letto in due notti*** *la novela, se la ha leído en dos días*; 2. (*impersonal, pasivo*) se; ***da qui non ~ vede niente*** *desde aquí no se ve nada*; ***cercasi appartamento*** *se busca piso*; ***cerco lavoro, ma non lo si trova così facilmente*** *busco trabajo, pero no se encuentra tan fácilmente*; **2.** *m mús* si
sì *adv* 1. sí; ***dire di ~*** *decir que sí*; ***credo di ~*** *creo que sí*; ***questa ~ (che) è bella!*** *¡esta sí que es buena!*; 2. *elev* tan, así de; ***è ~ bello*** *es tan hermoso*
sia *conj* **1.** *conj* (*correlativa*) ya, bien; **2.** V. **essere** ◊ **~ ... ~** o ... o, bien ... bien, tanto ... como; **~ ... che** *conj* tanto ... como; **~ *che gli piaccia, ~ che non gli piaccia*** tanto si le gusta como si no, le guste o no
SIAE (*Società Italiana Autori ed Editori*) *abr/f* (*Sociedad General de Autores y Editores*) ="SGAE" (*Esp*)
siamese *adj/s* siamés, -esa
siamo, siano, siate V. **essere**
sibarit|a *m/f* sibarita; **~ico, -a** (*m pl* **-ci**) *adj* sibarítico, -a, sibarita
Siberia: la ~ *f* Siberia; ***~no, -a** *adj/s* siberiano, -a
sibila|nte *adj/f ling* sibilante; **~re** ‹*esd*› *vi* ‹*avere*› (*viento...*) silbar
sibill|a *f hist* sibila; **~ino, -a** *adj hist tamb. fig* sibilino, -a
sibilo *m* silbido, silbo
sic *adv* sic
sicario (*pl* **-ri**) *m* sicario
sicché (+ *indicativo*) *conj* 1. (*consecutivo*) por lo que; 2. (*interrogativo*) y bien

siccità *f inv* sequía *f*; aridez *f*, sequedad *f*
siccome *conj* (+ *indicativo*) como, ya que, puesto que; **~ *piove non esco*** *como llueve no salgo*
Sicilia: la ~ *f* Sicilia; ***~no, -a** *adj/s* siciliano, -a
sicomoro *m bot* sicomoro, sicómoro
sicumera *f* petulancia, presunción
sicur|a *f* (*armas de fuego*) seguro *m*; **~amente** *adv* sin duda (!), a buen seguro (!), de fijo (!); **~ezza** *f* seguridad ◊ **~ *di sé*** seguridad en sí mismo; **~ *stradale*** seguridad vial; ***nella ~ che*** con la seguridad de que, confiando en que; ***pubblica ~*** seguridad pública, seguridad ciudadana; ***Pubblica *~*** Fuerzas de Seguridad (*fpl*), fuerzas del orden (*fpl*); **~o, -a** *adj/m* seguro, -a ◊ ***andare sul ~*** ir sobre seguro; ***essere ~*** estar seguro; ***essere ~ di sé*** estar seguro de sí mismo; ***mettere al ~*** poner en lugar seguro, poner a buen recaudo
SID (*Servizio Informazioni Difesa*) *abr/m* ="servicio secreto del ejército italiano"
siderale (*var.* **sidereo, -a**) *adj* sideral, sidéreo, -a
siderurg|ia (*sólo sing*) *f* siderurgia; **~ico, -a** (*m pl* **-ci**) **1.** *adj* siderúrgico, -a; **2.** *m/f* trabajador, -a de la siderurgia
sidro *m* sidra *f* (!)
Siena *geogr* Siena
siepe *f* seto *m*
siero *m* (*med, leche*) suero; **~positivo, -a** *adj/s med* seropositivo, -a; **~sità** *f inv* serosidad *f*; **~so, -a** *adj* seroso, -a
sierra *f geogr* sierra
siesta *f* siesta ◊ ***fare la ~*** dormir/hacer la siesta
siete V. **essere**
siffatto, -a *adj* semejante, tal
sifilide *f med* sífilis *inv*
sifilitico, -a (*m pl* **-ci**) *adj/s med* sifilítico, -a
sifone *m* sifón
Sig. (*signore*) *abr* (*señor*) Sr.
sigar|aio, -a (*m pl* **-ai**) *m/f* cigarrero, -a; **~etta** *f* cigarrillo *m* (!), cigarro *m* (!)
sigaro *m* (*tabaco*) puro, cigarro, cigarro puro
Sigg. (*signori*) *abr* (*señores*) Srs.
sigill|are *vt* sellar, precintar; **~atura** *f* sellado *m*, precintado *m*; **~o** *m* sello, precinto; *jur* precinto ◊ **~ *sacramentale*** secreto de confesión; ***apporre i ~i*** *jur* precintar; ***avere il ~ alle labbra*** tener los labios cosidos
sigla *f* 1. sigla; 2. firma; 3. *TV/radio* cabecera, sintonía ◊ **~ *musicale*** *TV/radio* sintonía; **~re** *vt* firmar, rubricar; **~rio** (*pl* **-ri**) *m* lista de siglas *f*; **~tura** *f* rúbrica con las iniciales
sigma *m/f* sigma *f*
Sig.na (*signorina*) *abr* (*señorita*) Srta.
significa|nte 1. *adj* significativo, -a, elocuente; **2.** *m ling* significante; **~re** ‹*esd*› *vt* 1. significar, querer decir; significar, suponer; **~ *molto per me*** *significar mucho para mí*; 2. *elev* (*decir*) significar, manifestar; **~tivo, -a** *adj* significativo, -a; **~to** *m* significado
signor|e, -a *m/f* señor, -a; ***il signor Contini, il signor dottore*** *el señor Contini, el señor doctor* ◊ ***~i e ~e*** señoras y señores; ***benedetto sia il ~!*** *irón* ¡alabado sea Dios!, ¡dichosos los ojos!; ***egregio ~*** distinguido señor, muy señor mío; ***gentile ~*** distinguido señor; ***la Nostra *~a, il Nostro *~*** *relig* Nuestra Señora, Nuestro Señor; **~eggiare 1.** *vt* señorear; **2.** *vi* ‹*avere*› dominar, mandar; **~ia** *f* señorío *m*, dominio *m*; *hist* señoría ◊ ***Sua *~*** *adm* Su Señoría
signoril|e *adj* señorial; **~ità** *f inv* señorío *m*, distinción *f*
signorin|a *f* señorita; **~o** *m* señorito
signornò *adv mil* no señor
signoro|ne, -a *m/f* señorón, -ona; **~tto** *m* cacique
signorsì *adv mil* sí señor, a la orden
Sig.ra (*signora*) *abr* (*señora*) Sra.
sii V. **essere**
silenzi|are *vt mec* silenciar; **~atore** *m mec* silenciador; **~o** (*pl* **-zi**) *m* silencio ◊ ***fare ~*** imponer silencio, hacer callar; ***il ~ è d'oro*** al buen callar le llaman Sancho; ***passare q sotto ~*** ignorar a alg, hacerle el vacío a alg; ***ridurre q al ~*** silenciar a alg; **~oso, -a** *adj* silencioso, -a
silfide *f mitol tamb. fig* sílfide
silfo *m mitol* silfo
silhouette [silu'ɛt] *f inv* silueta *f*
silicato *m* silicato
silice *m* sílice
silici|co, -a (*m pl* **-ci**) *adj* silícico, -a; **~o** *m* silicio
silico|nato, -a *adj* siliconado, -a; **~ne** *m* silicona *f*; **~si** *f inv med* silicosis
siliquastro *m bot* ciclamor
sillab|a *f* sílaba ◊ ***non dire una ~*** no decir (ni una) palabra, no decir ni pío; **~are** ‹*esd*› *vt* silabear, silabar; **~ario** (*pl* **-ri**) *m* silabario; **~azione** *f* silabación; **~ico, -a** (*m pl* **-ci**) *adj* silábico, -a
sillogis|mo *m* silogismo; **~tico, -a** (*m pl* **-ci**) *adj* silogístico, -a
silo *m agric/mil* silo
silo-... V. **xilo-...**
silura|mento *m* torpedeo; **~nte** *adj/f nav* lanzatorpedos; **~re** *vt* 1. *mil tamb. fig* torpedear; 2. *mil/pol* destituir
siluro *m* 1. torpedo; 2. *zool* siluro
silver goal ['silvər gɔl] *m inv sport* gol de plata
silvestre *adj* silvestre
silvicol|o, -a *adj* silvícola; **~tore** V. **selvicoltore**
sima *f arq* sima
simbio|si *f inv* simbiosis; **~tico, -a** (*m pl* **-ci**) *adj* simbiótico, -a
simboleggiare *vt* simbolizar
simboli|ca *f* simbología; **~cità** *f inv* simbolismo *m*; **~co, -a** (*m pl* **-ci**) *adj* simbólico, -a; **~smo** *m* simbolismo; **~sta** *adj/s* simbolista; **~zzare** *vt* simbolizar
simbolo *m* símbolo
simil|are *adj* similar; **~e 1.** *adj* similar, parecido, -a, semejante; ***è ~ a suo nonno*** *es parecido a su abuelo*; semejante, tal; ***non posso accettare una cosa ~*** *no puedo aceptar semejante cosa/una cosa parecida/tal cosa*; **2.** *m/f* semejante

m, prójimo *m* ◊ ***ogni ~ ama il suo ~*** cada oveja con su pareja
similitudine *f lit* símil *m*, comparación
similoro *m inv metal* similor *m*
similpelle *f inv* polipiel *m*, skay *m*
simmetri|a *f* simetría; **~co, -a** (*m pl* **-ci**) *adj* simétrico, -a
simoni|a *f* simonía; **~iaco, -a** (*m pl* **-ci**) *adj/m* simoníaco, -a, simoniaco, -a
simpati|a *f* simpatía ◊ ***avere ~ per q/qc*** sentir simpatía por alg/u-c; ***prendere q in ~*** cogerle simpatía a alg; ***scoppio per ~*** *m* explosión por simpatía (*f*); **~co, -a** (*m pl* **-ci**) **1.** *adj* simpático, -a; **2.** *m/f* persona simpática *f*; **3.** *m med* simpático
simpatizza|nte *adj/s* simpatizante; **~re** *vi* ‹*avere*› simpatizar (**con/per** con/por)
simplex *m inv* (*teléfono*) línea individual *f*
simposio (*pl* **-si**) *m* simposio
simulacro *m* (*imagen*) simulacro
simula|re ‹*esd*› *vt* simular, fingir; **~tore, -trice 1.** *m/f* simulador, -a, farsante; **2.** *m mec* simulador ◊ ***~ di volo*** simulador de vuelo; **~zione** *f* simulación
simultane|ità *f inv* simultaneidad *f*; **~o, -a** *adj* simultáneo, -a
simun *m inv* simún *m*
sinagoga (*pl* **-ghe**) *f* sinagoga
sinalefe *f lit* sinalefa
sinapsi *f inv med* sinapsis
sincer|arsi cerciorarse, asegurarse; **~ità** *f inv* sinceridad *f*, franqueza *f* ◊ ***con tutta ~*** *adv* con toda franqueza; **~o, -a** *adj* sincero, -a, franco, -a
sinché *raro* V. **finché**
sincop|are ‹*esd*› *vt* sincopar; **~ato, -a** *adj mús* sincopado, -a; **~e** *f* 1. *mús* síncopa; 2. *med* síncope *m* (!); 3. *ling* síncopa, síncope *m* (!)
sincreti|co, -a *adj* sincrético, -a; **~smo** *m* sincretismo
sincroni|a *f* sincronía; **~co, -a** (*m pl* **-ci**) *adj* sincrónico, -a; **~smo** *m* sincronismo
sincronizza|re *vt* sincronizar; **~tore** *m tecn* sincronizador; **~zione** *f* sincronización
sincrono, -a *adj* sincronizado, -a, simultáneo, -a
sindacabile *adj* controlable, fiscalizable
sindacale *adj* sindical
sindacali|smo *m* sindicalismo; **~sta** *m/f* sindicalista; **~stico, -a** (*m pl* **-ci**) *adj* sindical; **~zzare** *vt* organizar como sindicato; **~zzazione** *f* organización como sindicato
sindacare ‹*esd*› *vt* 1. (*afiliar*) sindicar; 2. *adm* controlar, examinar, fiscalizar; 3. *econ* sindicar
sindacato *m* 1. (*trabajadores*) sindicato; 2. *econ* cartel, consorcio ◊ ***~ dei datori di lavoro*** organización patronal (*f*); ***~ giallo/~ di comodo*** sindicato amarillo/vertical
sindaco (*f* **-chessa** (*irón*)) *m* 1. *adm* alcalde, alcaldesa *f*; 2. *econ* síndico ◊ ***~ aggiunto*** alcalde pedáneo
sindone *f* mortaja, sudario *m* ◊ ***la Sacra *~e*** la Sábana Santa
sindrome *f* síndrome *m* ◊ ***~ da immunodeficienza acquisita (Aids)*** síndrome de inmunodeficiencia adquirida (SIDA) (*m*); ***~ da astinenza*** síndrome de abstinencia (*m*)
sinecura *f relig* sinecura
sinedrio *m hist* sinedrio, sanedrín
sineresi *f inv* sinéresis
sinergia (*pl* **-gie**) *f* sinergia
sinfoni|a *f* sinfonía; **~co, -a** (*m pl* **-ci**) *adj* sinfónico, -a
singalese *adj/s* cingalés, -esa
singhiozz|are *vi* ‹*avere*› 1. sollozar; 2. *med* hipar, tener hipo; **~o** *m* 1. sollozo; 2. *med* hipo; ***avere il ~*** *tener hipo* ◊ ***a ~i*** *adv* a tirones, a tumbos, a saltos; ***lavorare a ~*** trabajar a ratos
single ['singol] *m/f inv* soltero, -a
singolar|e 1. *adj* 1. singular, curioso, -a, raro, -a; único, -a; 2. *ling* singular; **2.** *m* 1. singular; 2. *sport* individual; 3. *telec* (*teléfono*) línea individual *f*; **~ità** *f inv* singularidad *f*
singolo, -a *adj* individual, simple; ***le ~e persone/ogni ~a persona*** *cada persona por separado*; ***camera ~a*** *habitación individual*
singulto V. **singhiozzo**
sinibbio (*pl* **-bi**) *m tosc meteo* ventisca *f*
siniscalco (*pl* **-chi**) *m hist* senescal
sinistr|a *f* (*lado, mano, pol*) izquierda; *nav* babor *m* ◊ ***a ~*** *adv* a la izquierda; ***tenere la ~*** circular por la izquierda; **~are** *vt* damnificar, devastar; **~ato, -a** *adj/s* siniestrado, -a, damnificado, -a; **~o, -a 1.** *adj* 1. izquierdo, -a; (*mano, pierna*) izquierdo, -a, zurdo, -a; 2. siniestro, -a; adverso, -a; amenazador, -a; **2.** *m* 1. (*accidente*) siniestro; 2. (*tiro, golpe*) zurdazo ◊ ***colpire di ~*** golpear con la izquierda/la zurda; **~oide** *adj/s desp* izquierdoso, -a; **~orso, -a** *adj* 1. *cient* sinistrorso, -a; 2. *fís* levógiro, -a; 3. *pol* izquierdoso, -a
sino V. **fino**
sinod|iale *adj relig* sinodal, sinódico, -a; **~ico, -a** (*m pl* **-ci**) *adj astron* sinódico, -a; **~o** *m relig* sínodo
sinolog|ia (*pl* **-gie**) *f* sinología; **~o, -a** (*m pl* **-gi**) *m/f* sinólogo, -a
sinonim|ia *f* sinonimia; **~o, -a** *adj/m* sinónimo, -a
sinora V. **finora**
sinossi *f inv* sinopsis
sinottico, -a (*m pl* **-ci**) *adj* sinóptico, -a
sinovi|a *f med* sinovia; **~ale** *adj med* sinovial; **~te** *f med* sinovitis *inv*
sintagma *m* sintagma; **~tico, -a** (*m pl* **-ci**) *adj* sintagmático, -a
sintantoché *elev* V. **finché**
sintassi *f inv* sintaxis
sintattico, -a (*m pl* **-ci**) *adj* sintáctico, -a
sinterizza|re *vt metal* sinterizar; **~zione** *f metal* sinterización
sintesi *f inv* síntesis
sinteti|co, -a (*m pl* **-ci**) *adj* sintético, -a; **~smo** *m* sintetismo; **~zzatore** *m mús* sintetizador

sintom|atico, -a (*m pl* **-ci**) *adj* sintomático, -a; **~atologia** (*pl* **-gie**) *f* sintomatología; **~o** *m med tamb. fig* síntoma
sintonia *f radio tamb. fig* sintonía
sintonizza|re *vt radio tamb. fig* sintonizar; **~tore** *m fís* sintonizador; **~zione** *f* sintonización
sinuos|ità *f inv* sinuosidad *f*; **~o, -a** *adj* sinuoso, -a
sinusite *f med* sinusitis *inv*
sinusoid|ale *adj mat* sinusoidal; **~e** *f mat* sinusoide
sionis|mo *m* sionismo; **~ta** *m/f* sionista; **~tico, -a** (*m pl* **-ci**) *adj* sionístico, -a
SIP (*Società Italiana per l'Esercizio delle Telecomunicazioni*) *abr/f hist* ="antigua compañía telefónica estatal italiana"
sipario (*pl* **-ri**) *m teat* telón ◊ **~ *di ferro*** *hist* telón de acero; ***calare il ~*** *tamb. fig* bajar el telón
siren|a *f mitol/tecn* sirena; **~idi** (*var.* **sireni**) *mpl zool* sirenios
Siria: la ~ *f* Siria; ***~co, -a** (*m pl* **-ci**) *adj/s hist* siriaco, -a; ***~no, -a** *adj/s* sirio, -a
siringa (*pl* **-ghe**) *f* jeringuilla, jeringa; **~re** *vt med* jeringar
sirte *f* sirte
serventese *m lit* serventesio
sisal *f inv* sisal *m*
sisma *m* seísmo
SISMI (*Servizio per l'Informazione e la Sicurezza Militare*) *abr/m* ="servicio secreto del ejército italiano"
sismic|ità *f inv* sismicidad *f*; **~o, -a** (*m pl* **-ci**) *adj* sísmico, -a
sismo *m* seísmo
sismograf|ia *f* sismografía; **~ico, -a** (*m pl* **-ci**) *adj* sismográfico, -a; **~o** *m* sismógrafo
sismogramma *m* sismograma
sismolog|ia (*pl* **-gie**) *f* sismología; **~o, -a** (*m pl* **-gi**) *m/f* sismólogo, -a
sissignore *adv* sí señor, a sus órdenes, para servirle
sistema *m* sistema ◊ **~ *di vita*** modo de vida; ***cambiare ~*** *fig* cambiar de estrategia; **~re 1.** *vt* 1. ordenar, arreglar, poner en orden; *irón* (*castigar*) arreglar; ***se non vieni ti sistemo io*** *si no vienes te voy a arreglar yo*; 2. solucionar, resolver; 3. alojar, hospedar; 4. (*trabajo*) colocar, emplear; casar; **2. ~rsi** 1. hospedarse, alojarse; encontrar alojamiento; 2. (*trabajo*) colocarse; casarse; **~tica** *f biol* sistemática; **~ticità** *f inv* sistematicidad *f*; **~tico, -a** (*m pl* **-ci**) *adj* sistemático, -a; **~tizzare** *vt* sistematizar; **~tizzazione** *f* sistematización; **~zione** *f* 1. ordenación; arreglo *m*, solución; 2. (*trabajo*) colocación; casamiento *m*; 3. alojamiento *m*, hospedaje *m*
sistemi|co, -a (*m pl* **-ci**) *adj* sistémico, -a; **~sta** *m/f informát* sistemista
sistol|la *f* manguera; **~e** *f lit/med* sístole
sitibondo, -a *adj elev/tamb. fig* sediento, -a, ávido, -a
sit-in (*var.* **sit in**) *m inv pol* sentada *f*

sito, -a 1. *adj* sito, -a (**in** en); **2.** *m* 1. *elev* sitio, lugar; 2. *informát* página (web) *f*, sitio; ***un ~ Internet*** *una página de Internet*, una página web
situa|re ‹*esd*› *vt* situar, colocar, emplazar, ubicar; **~zione** *f tamb. fig* situación, posición
Siviglia Sevilla; ***~no, -a** *adj/s* sevillano, -a
skai® *m inv* skay® *m*
skat|eboard ['skejtbord] *m inv* monopatín *m*; **~ing** ['skejtin] *m inv* 1. *sport* patinaje *m*; patinaje sobre hielo *m*; 2. *tecn* skating
sketch [skɛtʃ] *m inv* sketch
skilift ['skilift] *m inv* telesquí *m*
skinhead [ski'nɛd] *m/f inv* cabeza rapada *m/f*, skinhead *m/f*
skipass [ski'pas] *m inv* (*esquiadores*) forfait *m*
skunk [skank] *m inv zool* mofeta *f*
slabbra|re 1. *vt* mellar, descantillar; (*tejido*) deshilachar; (*herida*) desgarrar; **2.** *vi* rebosar, desbordarse; **~tura** *f* desgarro *m*, herida
slacciare *vt* desatar, desanudar, desenlazar; (*ropa*) desabrochar
slalom *m inv sport* slalom, eslalon, eslálom
slalomista *m/f sport* corredor, -a de slalom
slanci|arsi abalanzarse (**contro** sobre), arremeter (**contro** contra); **~ato, -a** *adj* 1. arrojado, -a, lanzado, -a; 2. (*persona*) esbelto, -a, espigado, -a; **~o** (*pl* **-ci**) *m* 1. salto; lanzamiento; *sport* arrancada *f*; 2. arranque, arrebato; ***uno ~ di entusiasmo*** *un arrebato de entusiasmo* ◊ ***agire di ~*** actuar impulsivamente; ***prendere (lo) ~*** tomar carrerilla
slang *m inv* jerga *f*, argot
slarg|are *vt* ensanchar; **~o** (*pl* **-ghi**) *m* ensanche
slatta|mento *m* destete; **~re** *vt* destetar
slavato, -a *adj* descolorido, -a, difuminado, -a
slavina *f* alud *m*, avalancha
slavis|mo *m* eslavismo; **~tica** *f* eslavística
slavo, -a *adj/s* eslavo, -a; ***~nia** *f geogr* Eslavonia
sleal|e *adj* desleal; **~tà** *f inv* deslealtad *f*
slega|re *vt* desatar, desliar, soltar; **~to, -a** *adj* 1. desatado, -a; *impr* desencuadernado, -a; 2. incoherente, inconexo, -a
slip *m inv* slip *m*, eslip *m*
slitta *f* trineo *m*; **~mento** *m* deslizamiento; **~re** *vi* ‹*avere/essere*› 1. deslizarse; *auto* patinar; (*persona*) resbalar; 2. *econ* bajar, depreciarse; 3. desviarse, alejarse
slittino *m* (*tipo de trineo*) tobogán
slogan *m inv* eslogan *m*
slogare *vt med* dislocar
slogatura (*var.* **slogamento** *m raro*) *f med* dislocación, luxación
sloggiare *vt* desalojar, echar
slombarsi desriñonarse, derrengarse
slot machine [zlɔtmaʃ'ʃin] *f inv* tragaperras, máquina tragaperras *m*
Slovac|chia: la ~ *f* Eslovaquia; ***~o, -a** (*m pl* **-chi**) *adj/s* eslovaco, -a
Sloven|ia: la ~ *f* Eslovenia; ***~o, -a** *adj/s* esloveno, -a
slow [zlo] *m inv* baile lento *m*

smaccato, -a *adj* 1. avergonzado, -a; 2. empalagoso, -a
smacchia|re *vt* quitar las manchas; **~tore** *m* quitamanchas *inv*
smacco (*pl* **-chi**) *m* humillación *f*, vergüenza *f*
smaglia|nte *adj* brillante, deslumbrante; **~re 1.** *vt* desmallar; (*media*) romper, hacer una carrera; **2. ~rsi** (*media*) romperse, hacerse una carrera; (*piel*) estriarse; **~tura** *f* (*media*) carrera; (*piel*) estría
smagnetizzare *vt* desimantar
smagrire ‹*isc*› *vt* adelgazar, enflaquecer
smaliziato, -a *adj* despabilado, -a
smaltare *vt* esmaltar
smalti|mento *m* 1. digestión *f*; 2. (*eliminación*) evacuación *f*; ~ ***del traffico*** *evacuación del tráfico*; ~ ***dei rifiuti*** *recogida de las basuras*; ~ ***delle acque*** *evacuación de las aguas*; **~re** ‹*isc*› *vt* 1. digerir; 2. *com* liquidar; 3. (*aguas*) desaguar; **~toio** (*pl* **-oi**) *m* desagüe, desaguadero
smalto *m* esmalte ◊ ~ ***per unghie*** esmalte de uñas
smancer<u>**i**</u>**a** *f* zalamería, remilgo *m*, melindre *m*
sm<u>**a**</u>**nia** *f* 1. desasosiego *m*, inquietud; 2. deseo *m*, anhelo *m*
smaniare *vi* ‹*avere*› agitarse; desvariar, delirar; desear *vt* (**di fare qc** hacer u-c), anhelar *vt* (**di fare qc** hacer u-c)
smanierato, -a *adj* desgarbado, -a
smanioso, -a *adj* agitado, -a, desasosegado, -a; ansioso, -a, anhelante; ***essere ~ di fare qc*** *estar ansioso por hacer u-c*
smantellare *vt* desmantelar; *constr* demoler, derruir; *mec* desguazar
smarcarsi *sport* desmarcarse
smargiass|ata *f* fanfarronada, bravata, bravuconería; **~o** *m* fanfarrón, bravucón
smarrimento *m* 1. pérdida *f*, extravío; 2. desmayo, desvanecimiento
smarrire ‹*isc*› **1.** *vt* perder, extraviar; ~ ***i sensi, la ragione*** *perder el sentido, la razón*; **2. ~rsi** perderse, extraviarse; turbarse, perder el ánimo
smarrona|re *vi* ‹*avere*› *coloq* meter la pata *vt*; **~ta** *f coloq* burrada, animalada
smascellarsi desternillarse
smaschera|mento *m tamb. fig* desenmascaramiento; **~re** *vt tamb. fig* desenmascarar; **~tore, -trice** *adj/s* desenmascarador, -a
smash [zmaʃ] *m inv* (*tenis*) smash *m*, mate *m*
smaterializzare *vt* desmaterializar
smazzata *f* reparto de todas las cartas *m*
SME (*Sistema Monetario Europeo*) *abr/m* (*Sistema Monetario Europeo*) SME
smelare V. **smielare**
smembra|mento *m* desmembramiento, disgregación *f*; **~re** *vt* desmembrar, disgregar
smemorat|ezza *f* falta de memoria; **~o, -a** *adj/s* desmemoriado, -a; olvidadizo, -a
smenti|re ‹*isc*› **1.** *vt* desmentir; *jur* desdecir; **2. ~rsi** retractarse, desdecirse ◊ ***non ~rsi mai*** no dar nunca marcha atrás, no dar nunca su brazo a torcer; **~ta** *f* desmentido *m*, mentís *m*
smerald|ino, -a *adj* esmeraldino, -a; **~o** *m* esmeralda *f* (!)
smerci|are *vt* vender, despachar; **~o** (*pl* **-ci**) *m* venta *f*
smerdare *vt vulg* llenar de mierda, enmierdar
smeriglia|re *vt* esmerilar; **~to, -a** *adj* esmerilado, -a; **~trice** *f* esmeriladora; **~tura** *f* esmerilado *m*
smeriglio (*pl* **-gli**) *m* 1. *tecn* esmeril; 2. *zool* (*ave*) alcotán; 3. *zool* (*pez*) marrajo
smerl|are *vt* festonear; **~o** *m* festón
sm<u>**e**</u>**ttere** ‹*misi; messo*› V. 44 **1.** *vt* abandonar, dejar; ~ ***gli studi*** *dejar los estudios*; interrumpir, detener, suspender; **2.** *vi* dejar (**di** de); ~ ***di fumare*** *dejar de fumar* ◊ ***smettila!*** *coloq* ¡ya está bien!, ¡basta ya!
smezzare *vt* 1. partir en dos; 2. consumir hasta la mitad
smidollato, -a *adj* (*débil*) muelle, flojo, -a
smiela|re *vt* (*colmena*) brescar, castrar; **~tore** *m* (*colmena*) castrador
smilitarizza|re *vt* desmilitarizar; **~zione** *f* desmilitarización
smilzo, -a *adj* delgaducho, -a, esmirriado, -a, estirado, -a
sminare *vt mil* limpiar de minas, quitar las minas, desminar
sminuire ‹*isc*› *vt* disminuir, aminorar
sminuzza|mento *m* desmenuzamiento; **~re** *vt* 1. desmigajar, desmenuzar; 2. contar con pelos y señales
smisi... V. **smettere**
smista|mento *m correo* clasificación *f* ◊ ***stazione di ~*** *f ferroc* estación de maniobra; **~re** *vt* 1. *correo* clasificar; 2. *ferroc* formar un convoy ◊ ***~ il pallone*** *sport* pasar el balón
smisurato, -a *adj* desmesurado, -a, enorme, descomunal
smitizza|re *vt* desmitificar; **~zione** *f* desmitificación
smobili|are *vt* desamueblar; **~ato, -a** *adj* desamueblado, -a, sin muebles; **~tare** ‹*esd*› *vt* desmovilizar; **~tazione** *f* desmovilización; **~zzo** *m econ* desinversión *f*
smoccola|re ‹*esd*› **1.** *vt* (*vela*) despabilar; **2.** *vi coloq* blasfemar, decir palabrotas *vt*; **~toio** (*pl* **-oi**) *m* despabiladeras *fpl*
smodato, -a *adj* desmedido, -a, desorbitado, -a, desaforado, -a
smoderat|ezza *f* inmoderación; **~o, -a** *adj* inmoderado, -a
smog *m inv* smog, esmog
smoking [ˈzmɔkin] *m inv* smoking *m*, esmoquin *m*
smonta|bile *adj* desmontable; **~ggio** (*pl* **-gi**) *m* desmontaje; **~re** *vt* 1. *tamb. fig* desmontar; 2. *transp* bajar, apear; **2.** *vi* desmontar (**da** de), bajar (**da** de); **3. ~rsi** desanimarse
smorfi|a *f* 1. mueca, mohín *m*; gesto *m*; 2. melindre *m*, zalamería; **~oso, -a** *adj* zalamero, -a, melindroso, -a, remilgado, -a
smorto, -a *adj* pálido, -a, apagado, -a; ***faccia ~a*** *cara pálida, blanquecina*

smorza|mento *m* 1. (*fuego*) extinción *f*; 2. atenuación; **~re** *vt tamb. fig* atenuar, amortiguar; **~ta** *f sport* (*tenis*) dejada; **~tore** *m mús* sordina *f*

smossi..., smosso V. **smuovere**

smotta|mento *m geol* (*terreno*) corrimiento; **~re** *vi geol* (*terreno*) ceder

Sms (*Short Message Service*) *abr telec* SMS

smungere ‹*smungo; smunsi; smunto*› V. 39 *vt* (*personas*) exprimir; **~ *i cittadini con le tasse*** *exprimir a los ciudadanos con los impuestos*

smunto, -a 1. *adj* chupado, -a, escuálido, -a, demacrado, -a; **2.** *pp* V. **smungere**

smuovere ‹*muovo; mossi; mosso*› V. 47 **1.** *vt* mover, desplazar; disuadir (**q da qc** a alg de u-c); conmover, ablandar; *agric* remover, arar; **2. ~rsi** moverse, desplazarse; disuadirse; cambiar de idea

smussa|re 1. *vt* 1. redondear; (*filo*) embotar; (*cristal*) biselar; 2. (*discusión...*) limar, quitar hierro; **2. ~rsi** embotarse; **~tura** *f* embotadura

snack-bar *m inv* snack-bar

snatura|re *vt* (*corromper*) desnaturalizar; *fig* desnaturalizar, desvirtuar; **~to, -a** *adj* (*padre, hijo*) desnaturalizado, -a

snazionalizza|re *vt* desnacionalizar; **~zione** *f* desnacionalización

snebbiare *vt* quitar la niebla ◊ **~ *il cervello, la mente di q*** aclararle a alg las ideas

snel|lezza *f* esbeltez, agilidad; **~ire** ‹*isc*› *vt* 1. hacer esbelto; 2. (*facilitar*) agilizar; **~o, -a** *adj* esbelto, -a, espigado, -a; ágil, ligero, -a; (*estilo*) sobrio, -a

snerva|nte *adj* enervante; **~re** *vt* enervar; **~tezza** *f* enervación; **~tore, -trice** *adj* enervador, -a

snidare *vt* desanidar

sniffa|re *vt* (*droga*) esnifar; **~ta** *f* (*droga*) esnifada

snob *adj/s inv* esnob *adj/s*, cursi *adj/s*, afectado, -a *adj/s*

snobbare *vt* desdeñar, despreciar

snobismo *m* esnobismo, cursilería *f*

snocciolare ‹*esd*› *vt* 1. (*fruta*) deshuesar; 2. (*mentiras*) ensartar; 3. *coloq* (*dinero*) soltar, aflojar

snod|abile *adj* desanudable; **~are** *vt* desanudar, desatar; aflojar, soltar; (*lengua*) soltar; **~o** *m* 1. *mec* articulación *f*; 2. (*autopista*) salida *f*

snudare *vt* (*espada*) desenvainar

SO (*sudovest*) *abr* (*sudoeste*) SO

so V. **sapere**

soav|e *adj* suave, agradable, delicado, -a; **~ità** *f inv* suavidad *f*, dulzura *f*, delicadeza *f*

sobbalz|are *vi* ‹*avere*› 1. *auto* dar saltos, dar tumbos; 2. sobresaltarse; **~o** *m* 1. *auto* salto, bote, tumbo; 2. sobresalto, vuelco

sobbarcare 1. *vt* cargar (**q a/di qc** a alg con u-c), embarcar (**q a/di qc** a alg en u-c), endilgar (**q a/di qc** a alg u-c); **~ *q a/di un lavoro*** *cargar a alg con un trabajo, embarcar a alg en un trabajo*; **2. ~rsi** (*asumir*) embarcarse (**a/di qc** en u-c), cargar (**a/di qc** con u-c); **~ *a/di una spesa eccessiva*** *embarcarse en un gasto excesivo*

sobborgo (*pl* **-ghi**) *m* suburbio, arrabal

sobilla|re *vt* soliviantar, instigar; **~tore, -trice** *adj/s* instigador, -a

sobri|età *f inv* sobriedad *f*; **~o, -a** (*m pl* **-bri**) *adj* sobrio, -a

soc. (*società*) *abr* (*sociedad*) soc.

socchiudere ‹*chiusi; chiuso*› V. 10 *vt* (*puerta...; ojos*) juntar, entornar, entreabrir

soccombere *vi* sucumbir ◊ **~ *in giudizio*** *jur* perder un juicio

soccorrere ‹*corsi; corso*› V. 18 *vt* socorrer, auxiliar

soccorritore, -trice *adj/s* auxiliador, -a

soccorso 1. *m* socorro, auxilio, asistencia *f*; **2.** *pp* V. **soccorrere** ◊ ***correre in ~ di q*** correr en auxilio de alg; ***pronto ~*** primeros auxilios (*mpl*); (*lugar*) urgencias (*fpl*)

soccoscio (*pl* **-sci**) *m gastr* (*carne*) tapa *f*

sociabil|e *adj elev* sociable; **~ità** *f inv elev* sociabilidad *f*

socialdemocra|tico, -a (*m pl* **-ci**) *adj/s* socialdemócrata; **~zia** *f* socialdemocracia

sociale *adj* social

sociali|smo *m* socialismo; **~sta** *adj/s* socialista; **~tà** *f inv* sociabilidad *f*

socializza|re *vt* socializar; **~zione** *f* socialización

società *f inv* 1. sociedad *f*; 2. sociedad *f*, asociación *f* ◊ **~ *a responsabilità limitata (S.r.l.)*** sociedad limitada (S.L.); **~ *del benessere*** sociedad del bienestar; **~ *fantasma*** sociedad fantasma; **~ *finanziaria*** sociedad financiera; **~ *in accomandita*** sociedad en comandita; **~ *letteraria*** asociación literaria; **~ *mercantile*** sociedad mercantil; **~ *per azioni (S.p.A.)*** sociedad anónima (S.A.); **~ *protettrice di animali*** sociedad protectora de animales; **~ *sportiva*** sociedad deportiva

socievole *adj* sociable

socievolezza *f* sociabilidad

socio, -a (*pl* **-ci, -cie**) *m/f* socio, -a; **~culturale** *adj* sociocultural; **~economico, -a** (*m pl* **-ci**) *adj* socioeconómico, -a; **~linguistica** *f* sociolingüística

sociologia (*pl* **-gie**) *f* sociología; **~ico, -a** (*m pl* **-ci**) *adj* sociológico, -a; **~o, -a** (*m pl* **-gi**) *m/f* sociólogo, -a

socratico, -a *adj* socrático, -a

soda *f* soda; *quím* soda, sosa ◊ **~ *caustica*** sosa cáustica

sodalizio (*pl* **-zi**) *m* sociedad *f*, agrupación *f*; hermandad *f*

soddisfa|cente *adj* satisfactorio, -a; **~re** ‹*faccio/fò/fo; feci; fatto*› V. 36a *vt/i* ‹*avere*› satisfacer *vt*; **~ *(a) una richiesta*** *satisfacer una solicitud*; **~ *(a) un debito*** *satisfacer una deuda*; **~ *(a) certe premesse*** *satisfacer determinadas premisas*; contentar *vt*; **~ *(a)i gusti di q*** *contentar los gustos de alg*; **~tto, -a 1.** *adj* satisfecho, -a, pagado, -a, ufano, -a; contento, -a; **2.** *pp* V. **soddisfare**; **~zione** *f* satisfacción ◊ ***con mia grande ~*** *adv* con gran satisfacción; ***dare, prendere ~ di un'offesa*** dar, recibir satisfacción de una ofensa

soddisfeci..., soddisfò/soddisfo V. **soddisfare**

sodio *m* sodio
sodo, -a 1. *adj* duro, -a; ***uova ~e*** *huevos duros*; (*argumento*) sólido, -a; **2.** *adv* duro; ***lavorare, studiare ~*** *trabajar, estudiar duro*; ***dormire ~*** *dormir profundamente* ◊ ***darle ~e*** dar candela; ***prenderle ~e*** recibir muchos palos; ***venire al ~*** ir al grano
sodomi|a *f* sodomía; **~ta** *m* sodomita
sodomizza|re *vt* sodomizar; **~zione** *f* sodomización
sofà *m inv* sofá *m*
sofferen|te *adj* afecto, -a (**di qc** de u-c), aquejado, -a (**di qc** de u-c); ***essere ~ di fegato*** *sufrir del hígado*; **~za** *f* 1. sufrimiento *m*, padecimiento *m*; 2. *econ* morosidad ◊ ***in ~*** *adj com* pendiente de cobro
soffermare 1. *vt* detener; **2. ~rsi** detenerse, pararse; ***~ su un aspetto concreto*** *detenerse en un aspecto concreto*; ***~ a parlare*** *pararse a hablar*
soffersi..., sofferto V. **soffrire**
soffiare 1. *vt* 1. soplar; *tecn* (*vidrio*) soplar; 2. (*robar*) birlar, soplar; (*ficha de las damas*) comer; 3. soplar, chivar; (*espiar*) husmear; **2.** *vi* soplar; bufar
soffia|ta *f* 1. soplido *m*; 2. *coloq* chivatazo *m*, soplo *m*; **~tore, -trice** *m/f tecn* (*vidrio*) soplador, -a; **~tura** *f tecn* (*vidrio*) soplado *m*, sopladura
soffice *adj* blando, -a, mullido, -a, esponjoso, -a
soffietto *m* 1. fuelle; *agric* aventador; 2. *impr* artículo propagandístico
soffio (*pl* **-fi**) *m* soplo, hálito, resuello; (*aire*) soplo; *med* soplo ◊ ***in un ~*** *adv* en un soplo; **~ne** *m* 1. fuelle; 2. *geol* fumarola *f*
soffitt|a *f* buhardilla, desván *m*, altillo *m*; **~o** *m* techo
soffoca|mento *m* 1. (*revuelta*) sofocamiento; 2. sofoco, ahogo; **~nte** *adj* sofocante, asfixiante; **~re** ‹*esc*› **1.** *vt* 1. (*matar*) sofocar, ahogar; 2. (*fuego*) sofocar, apagar; (*sentimiento*) reprimir, refrenar; **2.** *vi/~rsi* ahogarse, asfixiarse; **~zione** *f* 1. (*revuelta*) sofocamiento *m*; 2. sofoco *m*, ahogo *m*
soffriggere ‹*friggo; frissi; fritto*› V. 38 *vt* sofreír
soffrire ‹*soffersi; sofferto*› V. 17 *vt/i* ‹*avere*› sufrir, padecer; ***~ la fame, il freddo*** *pasar hambre, frío*; ***~ di cuore*** *sufrir de corazón*
soffrissi... V. **soffriggere**
soffritto 1. *m* sofrito; **2.** *pp* V. **soffriggere**
soffuso, -a *adj* (*luz*) difuso, -a
sofisma *m* sofisma
sofista *m/f* sofista
sofistica|re ‹*esc*› **1.** *vt* sofisticar, adulterar, falsificar; **2.** *vi* ‹*avere*› cavilar; **~to, -a** *adj* 1. *tecn tamb. fig* sofisticado, -a; 2. falsificado, -a; **~tore, -trice** *m/f* falsificador, -a, adulterador, -a; **~zione** *f* adulteración, falsificación
sofistico, -a (*m pl* **-ci**) **1.** *adj* 1. *filos* sofístico, -a; 2. pedante; **2.** *adj/s* remilgado, -a, zalamero, -a
soft *adj inv* suave *adj*
soft-core *adj inv* (de porno) blando *adj*
software ['sɔftwɛr] *m inv* software
soggett|ista *m/f cine/TV* guionista
soggettiv|ismo *m* subjetivismo; **~ità** *f inv* subjetividad *f*; **~o, -a** *adj* 1. subjetivo, -a; 2. *ling* de(l) sujeto; ***proposizione ~a*** *oración de sujeto*
soggetto, -a 1. *adj* sujeto, -a, sometido, -a; *med* propenso, -a; **2.** *m* 1. tema, argumento; *mús* tema, motivo; (*biblioteca*) materia *f*; ***catalogo per ~i*** *catálogo por materias*; 2. *ling/filos/jur* sujeto; individuo, paciente; *desp* sujeto, tipo, individuo; 3. *cine/teat* guión; 4. *teat* improvisación *f* ◊ ***a ~*** *adv teat* improvisado
soggezione *f* 1. (*dependencia*) sometimiento *m*; 2. rubor *m*, turbación; ***ispirare ~*** *inspirar respeto*
sogghign|are *vi* ‹*avere*› reír maliciosamente; **~o** *m* risa maliciosa *f*
soggiacen|te *adj* subyacente; **~re** ‹*giaccio; giacqui; giaciuto*› V. 53 *vi* ‹*avere/essere*› subyacer
soggiogare *vt* subyugar, sojuzgar, esclavizar
soggiorn|are *vi* ‹*avere*› (*en un lugar*) demorarse, detenerse; **~o** *m* 1. (*tiempo*) estancia *f*, permanencia *f*; 2. (*lugar*) residencia *f*, morada *f*; ***località di ~*** *lugar de residencia*; 3. cuarto de estar, sala de estar *f*
soggiungere ‹*giungo; giunsi; giunto*› V. 39 *vt* (*hablando*) añadir
sogli|a *f tamb. fig* umbral *m*; **~o** (*pl* **-gli**) **1.** *m* solio; **2.** V. **solere** ◊ ***~ pontificio*** solio pontificio
sogliola *f zool* lenguado *m*
sogna|nte *adj* 1. soñador, -a; 2. idílico, -a, de ensueño; **~re 1.** *vt* soñar *vi* (**qc** con alg); ***ho sognato il nonno/mi sono sognato il nonno*** *he soñado con el abuelo*; soñar, imaginar; ***me lo sarò sognato*** *lo habré soñado/me lo habré imaginado*; **2.** *vi tamb. fig* soñar ◊ ***non se lo sogna nemmeno*** se lo puede quitar de la cabeza; **~tore, -trice** *m/f* soñador, -a
sogno *m tamb. fig* (*visión durmiendo*) sueño; ***fare un ~*** *tener un sueño* ◊ ***~i d'oro!*** ¡que duermas con los angelitos!; ***neanche per ~*** *adv* ni soñarlo, ni hablar, ni pensarlo
soia *f bot* soja
soirée [swa're] *f inv* velada *f*
sol *m inv* 1. (*moneda*) sol *m*; 2. *mús/quím* sol *m*
solaio (*pl* **-ai**) *m* 1. suelo, entablado; 2. desván, buhardilla *f*
solar|e *adj* solar; **~io** (*pl* **-ri**) (*var.* **solarium** *m inv*) *m* solárium; **~ium** *m inv* solarium; **~izzare** *vt* solarizar
solatio, -a (*m pl* **-tii**) **1.** *adj* soleado, -a; **2.** *m* solana *f*
solcare *vt agric/nav tamb. fig* surcar
solco (*pl* **-chi**) *m* 1. *agric/nav tamb. fig* surco; 2. (*cuerpo*) arruga *f*
solcometro *m nav* corredera *f*
soldat|esca *f desp* soldadesca; **~esco, -a** (*m pl* **-chi**) *adj desp* soldadesco, -a, cuartelero, -a; **~essa** *f* 1. mujer soldado; 2. *irón* sargento *m*; **~ino** *m* soldado de juguete; **~o** *m* soldado ◊ ***~ di ventura*** soldado de fortuna, aventurero; ***~ sempli-***

ce soldado raso; ***andare*** ~ ir al servicio militar; ***fare il*** ~ cumplir/hacer el servicio militar

soldo 1. *mpl* dinero *sing*; ***avere molti ~i*** *tener mucho dinero*; **2.** *m* 1. *hist* (*moneda*) sueldo; *fig* cuarto, duro, perra *f*; 2. (*sueldo*) soldada *f* ◊ ***da quattro ~i*** *adj desp* de tres al cuarto, de chicha y nabo; ***essere al ~ di q*** estar a sueldo de alg; ***essere alto quanto un ~ di cacio*** ser un retaco, ser bajito; ***essere senza un ~/non avere neanche un*** ~ no tener ni un duro, estar sin blanca; ***non valere un ~ (bucato)*** no valer ni una perra gorda; ***quattro ~i*** *mpl desp* cuatro perras (*fpl*), cuatro chavos

sole *m* sol ◊ ~ ***di mezzanotte*** sol de medianoche; ~ ***levante, calante*** sol naciente, poniente; ***essere chiaro come il*** ~ estar claro como la luz del sol; ***prendere il*** ~ tomar el sol; ***vedere il ~ a scacchi*** *irón* estar entre rejas

solecismo *m* solecismo

soleggi|are *vt* solear; **~ato, -a** *adj* soleado, -a

solenn|e *adj tamb. irón* solemne; ***è un ~ bugiardo*** *es un solemne mentiroso*; **~ità** *f inv* solemnidad *f*; **~izzare** *vt* solemnizar

solere ‹*soglio; solei; solito*› V. 74a **1.** *v/def* soler, acostumbrar; **2.** *v/impers* soler; ***come si suol dire*** *como se suele decir*

solerte *adj* competente, diligente

solerzia *f* competencia, diligencia

soletta *f* plantilla

solfa *f* 1. *mús* solfa; 2. cantinela, rollo *m*, murga; ***sempre la stessa ~!*** *¡siempre el mismo rollo!*

solfara *f* azufrera

solfat|ara *f geol* solfatara, fumarola; **~o** *m* sulfato

solfeggi|are *vt/i* ‹*avere*› *mús* solfear; **~o** (*pl* **-gi**) *m mús* solfeo

solfidrico, -a (*m pl* **-ci**) *adj* sulfhídrico, -a

solfito *m* sulfito

solfor|are ‹*esd*› *vt agric* sulfatar; *quím* sulfurar, azufrar; **~atrice** *f agric* sulfatadora; **~azione** *f agric* azufrado *m*; **~ico, -a** (*m pl* **-ci**) *adj* sulfúrico, -a; ***acido ~*** *ácido sulfúrico*; **~oso, -a** *adj* sulfuroso, -a

solfuro *m* sulfuro

solidale *adj jur tamb. fig* solidario, -a

solidari|età *f inv jur tamb. fig* solidaridad *f*; **~zzare** *vi* ‹*avere*› *jur tamb. fig* solidarizarse

solidifica|re ‹*esd*› *vt* solidificar; **~zione** *f* solidificación

solidità *f inv tamb. fig* solidez *f*, consistencia *f*

solido, -a 1. *adj tamb. fig* sólido, -a, consistente; **2.** *m mat/fís* sólido

soliloquio (*pl* **-qui**) *m* soliloquio, monólogo

solista *adj/s* solista

solitario, -a (*m pl* **-ri**) **1.** *adj* solitario, -a; **2.** *m* (*persona, naipes, diamante*) solitario; ***fare un*** ~ *hacer un solitario*

solito, -a 1. *adj* habitual, acostumbrado, -a, corriente; **2.** *m* costumbre *f* ◊ ***come al*** ~ *adv* como de costumbre, como siempre; ***di*** ~ *adv* normalmente, de ordinario; ***è peggio del*** ~ es peor que de costumbre; ***essere ~ (di) fare qc*** soler hacer u-c, acostumbrar hacer u-c

solitudine *f* soledad

sollazz|are *vt* divertir, entretener, solazar; **~o** *m* diversión *f*, entretenimiento, distracción *f*, solaz

sollecit|are ‹*esd*› *vt* instar, apremiar, acuciar; estimular, aguijonear; (*paso*) acelerar; *fís* solicitar; **~azione** *f* instancia, apremio *m*; ***lettera di ~*** *carta de apremio*; instigamiento *m*; *fís* solicitación; **~o, -a 1.** *adj* solícito, -a, presto, -a, rápido, -a; **2.** *m* solicitud *f*, solicitación *f*; apremio; **~udine** *f* solicitud, diligencia

solleone *m* canícula *f*

solletica|mento *m* cosquilleo; **~re** ‹*esd*› *vt* 1. hacer cosquillas, cosquillear; 2. estimular, azuzar

solletico (*pl* **-chi**) *m* cosquilleo, cosquillas *fpl* ◊ ***fare il ~ a q*** hacer cosquillas a alg

solleva|mento *m* levantamiento, elevación *f* ◊ ~ ***pesi*** *sport* halterofilia (*f*), levantamiento de pesos/pesas; **~re 1.** *vt* 1. levantar, elevar, alzar; (*cabeza, ojos*) alzar, levantar; 2. (*oración*) elevar; 3. (*miseria...*) sacar (**da** de); consolar, confortar; 4. levantar, sublevar; (*jaleo, disputa*) provocar; **2. ~rsi** 1. levantarse, alzarse; (*en el aire*) elevarse; 2. aliviarse, sentir alivio; 3. sublevarse, levantarse, rebelarse; **~to, -a** *adj* aliviado, -a, reconfortado, -a; **~tore, -trice 1.** *m/f* levantador, -a; **2.** *m mec* elevador ◊ ~ ***di pesi*** levantador de pesos; **~zione** *f* sublevación, levantamiento *m*

sollievo *m* alivio

sollucchero: andare in ~ *vi* caérsele la baba a alg

solo, -a 1. *adj* solo, -a; **2.** *adv* sólo, solo, únicamente; **3.** *conj* (*aunque*) sólo, solo, únicamente; **4.** *m* 1. *mús* (*persona*) solista *m/f*; 2. *mús* (*pieza*) solo ◊ ~ ***che*** *conj* sólo que; ***a*** ~ *m mús* solo; ***da*** ~ *adv* solo, por sí solo; sin ayuda; ***da ~ a*** ~ *adv* a solas, en privado; ***essersi fatto da*** ~ haberse hecho a sí mismo; ***fare da*** ~ actuar por su cuenta; ***meglio ~i che male accompagnati*** más vale solo que mal acompañado; ***non ~ ... ma anche*** no sólo ... sino también; ***parlare da*** ~ hablar solo; ***vivere (da)*** ~ vivir solo

solstizi|ale *adj* solsticial; **~o** (*pl* **-zi**) *m* solsticio

soltanto *adv* sólo, solo, únicamente, solamente

solubil|e *adj quím tamb. fig* soluble; **~ità** *f inv quím tamb. fig* solubilidad *f*

soluzione *f quím/mat tamb. fig* solución ◊ ~ ***di continuità*** solución de continuidad; ***pagare in un'unica*** ~ *com* pagar en una sola vez

solven|te *adj quím/com* solvente; **~za** *f quím/com* solvencia

solvibil|e *adj com* solvente; **~ità** *f inv com* solvencia *f*

soma *f* carga

Somalia: la ~ *f geogr* Somalia

somalo, -a *adj/s geogr* somalo, -a

somaro, -a 1. *m/f zool tamb. fig* burro, -a, asno *m*, borrico, -a; **2.** *adj* (*incompetente*) borrico, -a, burro, -a ◊ ***lavorare come un*** ~ trabajar como un burro

somatico, -a (*m pl* **-ci**) *adj* somático, -a

somiglia|nte *adj* parecido, -a; **~nza** *f* parecido *m*, semejanza, similitud; **~re 1.** *vt/i* parecerse, asemejarse, semejar *vi*; **2. ~rsi** parecerse
somma *f* 1. suma, cantidad; cuenta, importe *m*, total *m*; *mat* suma; 2. conclusión ◊ ***fare la*** ~ hacer la suma; ***tirare le ~e*** hacer la suma; sacar conclusiones; **~re** *vt* sumar, añadir; *mat* sumar; **~rio, -a** (*m pl* **-ri**) **1.** *adj* 1. *jur* sumario, -a; 2. somero, -a, superficial; **2.** *m* compendio; resumen; **~to: tutto** ~ *adv* en suma, en definitiva
sommergere ‹*mergo; mersi; merso*› V. 30 *vt* sumergir
sommergibile *adj/m* sumergible
sommers|i... V. **sommergere**; **~ione** *f* sumersión; **~o, -a 1.** *adj* sumergido, -a; **2.** *pp* V. **sommergere**
sommesso, -a *adj* sumiso, -a, dócil
sommier [sɔ'mje] *m inv* somier *m*
somministra|re *vt* suministrar, proporcionar; abastecer; *med/relig* administrar; **~tore, -trice** *adj/s* suministrador, -a; **~zione** *f* suministración, suministro *m*, abastecimiento *m*; *med/relig* administración
sommissione *f* sumisión
sommità *f inv* 1. *geogr* cima *f*; 2. (*perfección*) cima *f*, grado sumo *m*, apogeo *m*
sommo, -a 1. *adj* sumo, -a, máximo, -a; **2.** *m* colmo, máximo
sommoscapo *m arq* sumoscapo
sommossa *f* levantamiento *m*, revuelta, sublevación
sommozzatore *m* submarinista, hombre rana
sonagli|era *f* (*ganado*) cascabeles *mpl*; **~o** (*pl* **-gli**) *m* cascabel
sonar *m inv* sonar *m*, sónar *m*
sonare V. **suonare**
sonat|a *f* 1. *mús* sonata; 2. *coloq* lío *m*, embrollo *m*; **~ina** *f mús* sonatina; **~ore** V. **suonatore**
sonda *f tecn/med* sonda ◊ ~ ***spaziale*** sonda espacial; **~ggio** (*pl* **-gi**) *m geol* sondeo, perforación; *med* sondeo, exploración *f*; (*estadística*) sondeo, encuesta *f*; **~re** *vt* 1. *nav/geol/med* sondar; 2. (*opinión*) sondear, pulsar, tantear; **~tore** *m* sondista
soneria (*var.* **suoneria**) *f mec* (*reloj, teléfono*) timbre *m*; (*teléfono móvil*) melodía
sonetto *m lit* soneto
sonnacchioso, -a *adj* somnoliento, -a, adormilado, -a
sonnambul|ismo *m* sonambulismo; **~o, -a** *adj/s* sonámbulo, -a
sonnecchiare *vi* ‹*avere*› *tamb. fig* dormitar
sonnellino *m* sueñecito, cabezada *f* ◊ ***schiacciare un*** ~ echar una cabezadita, descabezar un sueño, quedarse traspuesto
sonnifero, -a *adj/m* somnífero, -a
sonno *m* (*dormir*) sueño ◊ ~ ***pesante*** sueño pesado; ***avere*** ~ tener sueño; ***morire di ~/cascare dal*** ~ morirse de sueño/caerse de sueño; ***prendere*** ~ entrar sueño, adormecerse
sonnolen|to, -a *adj* somnoliento, -a; **~za** *f* somnolencia, sopor *m*
sono V. **essere**
sonorità *f inv* sonoridad *f*
sonorizza|re *vt cine/ling* sonorizar; **~zione** *f cine/ling* sonorización
sonoro, -a 1. *adj* sonoro, -a; ***cinema*** ~ *cine sonoro*; **2.** *m* 1. (cine) sonoro; 2. *cine* banda sonora *f*
sontuos|ità *f inv* suntuosidad *f*; **~o, -a** *adj* suntuoso, -a
soperchieria V. **soverchieria**
sopire ‹*isc*› *vt* calmar, aquietar
sopor|e *m* sopor, modorra *f*; **~ifero, -a** *adj* soporífero, -a
soppalco (*pl* **-chi**) *m* altillo
sopperire *vi* ‹*avere*› hacer frente, asumir; ~ ***alle spese, alle necessità di q*** *hacer frente a los gastos, a las necesidades de alg*
soppesare *vt tamb. fig* sopesar, ponderar
soppianta|mento *m raro* suplantación *f*; **~re** *vt* suplantar
soppiatto: di ~ *adv* a hurtadillas, a escondidas
sopporta|bile *adj* soportable, llevadero, -a; **~re** *vt* (*pesos, personas*) soportar, aguantar; (*pérdida*) soportar, sufrir; (*males*) soportar, sufrir, padecer; **~zione** *f* aguante *m*; paciencia
soppressata *f gastr* ="tipo de embutido"
soppressi..., soppresso V. **sopprimere**
soppressione *f* supresión
soppressore *m tecn* supresor
sopprimere ‹*pressi; presso*› V. 34 *vt* suprimir
sopra 1. *prep* sobre, encima de; **è** ~ ***la trentina*** *está sobre los treinta, ronda los treinta*; **2.** *adv* arriba; encima; **3.** *m inv* la parte de arriba *f*; **4.** *adj inv* de arriba; ***il cassetto*** ~ *el cajón de arriba* ◊ ***al di*** ~ ***di*** *prep* por encima de; ***come detto*** ~ *adv* como se ha dicho anteriormente; ***di cui*** ~ *adv* para lo cual véase más arriba; ***passarci*** ~ pasar por alto, ignorar; ***qui*** ~ *adv* aquí arriba; ***vedi*** ~ véase más arriba
soprabito *m* sobretodo, abrigo de entretiempo
sopracciglio (*pl* **le sopracciglia**) *m* ceja *f*
sopraccitato, -a *adj* citado, -a más arriba
sopraccoperta *f* sobrecubierta
sopraddetto, -a *adj* susodicho, -a
sopraeleva|re V. **soprelevare**; **~ta** V. **soprelevata**; **~zione** V. **soprelevazione**
sopraffaccio/sopraffò V. **sopraffare**
sopraffare ‹*faccio/fò; feci; fatto*› V. 36a *vt* oprimir, subyugar; vencer, derrotar, superar
sopraffatto V. **sopraffare**
sopraffazione *f* atropello *m*, tropelía
sopraffeci... V. **sopraffare**
sopraffi|lare *vt* sobrehilar; **~no, -a** *adj* superfino, -a, refinado, -a
sopraggitto *m* pespunte
sopraggiungere ‹*giungo; giunsi; giunto*› V. 30 **1.** *vt* (*enfermedad, lluvia*) sorprender, coger de sorpresa; alcanzar, atrapar; **2.** *vi* llegar de repente; suceder de repente

sopraggiunta: per ~ *adv* por añadidura
sopraintendere V. **soprintendere**
sopralluogo (*pl* **-ghi**) (*var.* **sopraluogo**) *m jur* inspección *f*
soprammanica *f* (*ropa*) manguito *m*
soprammobile *m* adorno
sopranazionale V. **soprannazionale**
soprannaturale *adj* sobrenatural, paranormal
soprannazionale (*var.* **sovranazionale**, **sopranazionale**) *adj* supranacional
soprannom|e *m* sobrenombre, apodo, mote, alias; **~inare** ‹*esd*› *vt* apodar
soprannumer|ario, -a (*m pl* **-ri**) *adj adm* supernumerario, -a; **~o: in ~** *adj* (*funcionario*) supernumerario, -a
soprano (*raro en f*) **1.** *m mús* soprano *m/f* (!); ***il ~ Maria Callas*** *la soprano María Callas*; **2.** *adj inv mús* soprano
soprappaga (*pl* **-ghe**) *f* sobresueldo *m*, extra *m*, gratificación
soprappasso V. **sovrappasso**
soprappensiero (*var.* **sopra pensiero**) *adv* distraídamente, sin poner atención
soprappiù V. **sovrappiù**
soprapprezzo V. **sovrapprezzo**
soprapprofitto (*var.* **sovrapprofitto**, **sopraprofitto**) *m* beneficio extra
soprascarpa *f* chanclo *m*
soprassalto *m* sobresalto ◊ ***di ~*** *adv* con un sobresalto
soprassata V. **soppressata**
soprassedere ‹*-siedo*› *vi* ‹*avere*› aplazar *vt* (**a qc** u-c), diferir *vt* (**a qc** u-c)
soprastante V. **sovrastante**
soprattacco (*pl* **-chi**) *m* (*zapato*) tapa *f*
soprattassa (*var.* **sovrattassa**) *f* sobretasa; **~re** *vt* poner una sobretasa
soprattutto *adv* sobre todo, especialmente
sopravvaluta|re (*var.* **sopravalutare**) ‹*esd*› *vt* sobrevalorar; **~zione** (*var.* **sopravalutazione**) *f* sobrevaloración
sopravven|ire ‹*vengo; venni; venuto*› V. 86 *vi* llegar de repente; sobrevenir, suceder de repente; **~to 1.** *m* 1. *nav* barlovento; 2. ventaja *f*, superioridad *f*; **2.** *adv* a barlovento ◊ ***prendere il ~ su q*** tomar la delantera sobre alg, alcanzar el predominio sobre alg
sopravvissuto, -a 1. *adj/s* superviviente; **2.** *pp* V. **sopravvivere**
sopravvivenza *f* supervivencia
sopravvivere ‹*vissi; vissuto*› V. 88 *vi* sobrevivir
sopreleva|re (*var.* **sopraelevare**) *vt* realzar; *arq* sobrealzar, añadir alturas; **~ta** (*var.* **sopraelevata**) *f* 1. *auto* carretera elevada; 2. *ferroc* vía elevada; **~zione** (*var.* **sopraelevazione**) *f* realce *m*, elevación; *arq* sobrealzado *m*
soprintenden|te *m/f* superintendente; **~za** *f* superintendencia
soprintendere (*var.* **sopraintendere**, **sovraintendere**) ‹*intesi; inteso*› V. 58 *vi* ‹*avere*› dirigir *vt* (**a qc** u-c), supervisar *vt* (**a qc** u-c), estar al mando (**a qc** de u-c)
sopruso *m* atropello, cacicada *f*
soqquadro: mettere a ~ *vt* poner patas arriba
sorba *f bot* serba
sorbettiera *f* garapiñera; **~o** *m* sorbete
sorbire ‹*isc*› *vt* 1. sorber; 2. (*soportar*) tragar, aguantar
sorbo *m bot* serbal
sorbola *f bot* serba
sorcio (*pl* **-ci**) *m* ratón ◊ ***far vedere i ~i verdi a q*** dejar a alg viendo visiones, dejar pasmado
sordaggine *f raro* sordera
sordi|dezza *f tamb. fig* sordidez; **~do, -a** *adj tamb. fig* sórdido, -a; **~na** *f mús* sordina ◊ ***in ~*** *adv* a la sordina, en sordina; **~tà** *f inv* sordera *f*
sordo, -a *adj/s tamb. fig* sordo, -a ◊ ***~ come una campana*** sordo como una tapia; ***essere ~ da un orecchio*** ser sordo de un oído; ***fare il ~*** hacerse el sordo; ***non c'è peggior ~ di chi non vuol sentire*** no hay peor sordo que el que no quiere oír; ***parlare/cantare ai ~i*** hablar para sordos
sordomut|ismo *m* sordomudez *f*; **~o, -a** *adj/s* sordomudo, -a
sorella *f* hermana; **~stra** *f* hermanastra
sorgente *f* 1. (*agua*) manantial *m*, nacimiento *m*, fuente; 2. *fís* fuente; **~ *di luce, di calore*** *fuente de luz, de calor*; 3. fuente, origen *m* ◊ ***dalla ~ alla foce*** desde el nacimiento hasta la desembocadura
sorgere ‹*sorgo; sorsi; sorto*› V. 55 *vi* 1. (*sol*) salir, despuntar; 2. (*montaña, castillo*) erigirse, elevarse; 3. *elev* (*personas*) levantarse, alzarse; 4. (*agua*) surgir, brotar, manar; 5. (*causa*) surgir, originarse
sorgivo, -a *adj* de manantial; ***acqua ~a*** *agua de manantial*
sorgo (*pl* **-ghi**) *m bot* sorgo
sormonta|bile *adj* superable; **~re** *vt* (*dificultad*) superar; (*límite, cauce*) rebasar
sornione, -a *adj* 1. indiferente, indolente; 2. socarrón, -ona
sorpass|are *vt tamb. fig* sobrepasar, superar, exceder; (*límite*) rebasar, superar; *auto* adelantar, pasar; **~ato, -a 1.** *adj* superado, -a, anticuado, -a; **2.** *m/f* anticuado, -a; **~o** *m auto* adelantamiento ◊ ***divieto di ~*** *m* prohibido adelantar; ***fare un ~*** efectuar un adelantamiento, adelantar
sorprendente *adj* sorprendente, chocante
sorprendere ‹*presi; preso*› V. 58 *vt* sorprender
sorpresa *f* sorpresa ◊ ***di ~*** *adv* por sorpresa; ***fare una ~*** dar una sorpresa
sorpresi... V. **sorprendere**
sorpreso, -a 1. *adj* sorprendido, -a, asombrado, -a; **2.** *pp* V. **sorprendere**
sorreggere ‹*reggo; ressi; retto*› V. 43 *vt* 1. sostener, aguantar; 2. consolar, confortar
sorridente *adj* sonriente, risueño, -a

sorridere ‹*risi; riso*› V. 61 *vi* ‹*avere*› *tamb. fig* sonreír

sorriso 1. *m* sonrisa *f*; **2.** *pp* V. **sorridere**

sorsata *f* trago *m*

sorseggiare *vt* beber a sorbos

sorsi... V. **sorgere**

sorso *m* sorbo, trago ◊ ***a ~ a ~*** *adv* a sorbos; ***in un ~*** *adv* de un trago

sorta *f* suerte, clase, tipo *m*, género *m* ◊ ***d'ogni ~*** *adj* de todo tipo, de toda clase, toda suerte de; ***non ... di ~*** no ... de ningún tipo, no ... de ninguna clase; ***senza ... di ~*** *prep* sin ningún tipo de..., sin ninguna clase de...

sorte *f* suerte, fortuna ◊ ***buona, cattiva ~*** buena, mala suerte; ***rimettere alla ~*** echar a suerte; ***tirare/estrarre a ~*** echar a suertes; ***toccare in ~*** tocar en suerte

sorteggi|are *vt* sortear, rifar; **~o** (*pl* **-gi**) *m* sorteo

sortil|egio (*pl* **-gi**) *m* sortilegio, hechizo; **~re** *vi* 1. (*por sorteo*) salir; ***è sortito il mio numero*** *ha salido mi número*; 2. *centr coloq* (*fuera*) salir; ***è sortito poco fa*** *ha salido hace un rato*; **~ta** *f* 1. *mil* salida; 2. *teat* entrada en escena; 3. salida, ocurrencia, gracia

sorto V. **sorgere**

sorveglia|nte *m/f* vigilante; **~nza** *f* vigilancia; **~re** *vt* vigilar

sorvolare *vt* sobrevolar

SOS *abr/m* SOS

sosia *m/f inv* sosias, doble *m/f*

sospendere ‹*pesi; peso*› V. 58 *vt* suspender

sospens|ione *f* suspensión; **~ivo, -a** *adj* suspensivo, -a; **~orio, -a** (*m pl* **-ri**) *adj/m* suspensorio, -a

sospesi... V. **sospendere**

sospeso, -a 1. *adj* suspendido, -a; **2.** *pp* V. **sospendere** ◊ ***in ~*** *adj* en suspenso

sospett|are 1. *vt* 1. sospechar *vi* (**q** de alg); 2. (*imaginar*) sospechar; vislumbrar, barruntar; **2.** *vi* 1. sospechar (**di q** de alg); 2. recelar (**di q** de alg), desconfiar (**di q** de alg); **~ato, -a** *adj/s* sospechoso, -a; ***la cerchia dei ~i si allarga*** *el círculo de los sospechosos se amplía*; **~o, -a 1.** *adj* sospechoso, -a; **2.** *m/f* (*persona*) sospechoso, -a; **3.** *m* sospecha *f* (!), indicio, atisbo ◊ ***essere al di sopra di ogni ~*** estar fuera de toda duda, no haber sombra de duda sobre alg; **~osità** *f inv* recelo *m*, suspicacia *f*; **~oso, -a** *adj* receloso, -a, desconfiado, -a, suspicaz

sospingere ‹*pingo; pinsi; pinto*› V. 11 *vt* 1. empujar, arrastrar; 2. incitar, azuzar

sospir|are *vi* ‹*avere*› suspirar; **~o** *m* suspiro

sosta *f* 1. parada; *auto* estacionamiento *m*; 2. *com* almacenaje *m* ◊ ***~ limitata*** *auto* estacionamiento limitado (*m*); ***diritti di ~*** *mpl com* derechos de almacenaje; ***divieto di ~*** *m auto* prohibido estacionar

sostantiv|are *vt* sustantivar; **~o, -a** *adj/m* sustantivo, -a

sostanz|a *f* sustancia ◊ ***in ~*** *adv* en sustancia, en suma; **~iale** *adj* sustancial; **~ioso, -a** *adj* 1. *gastr* sustancioso, -a, jugoso, -a; 2. (*contenido*) sustancioso, -a, enjundioso, -a

sostare *vi* ‹*avere*› (*movimiento*) detenerse, pararse, parar; (*tiempo*) parar; *auto* estacionar

sostegno *m tamb. fig* sostén, apoyo

sostenere ‹*tengo; tenni; terrò*› V. 79 **1.** *vt* 1. sostener, aguantar, sujetar; (*candidatura*) apoyar, sostener, propugnar; (*idea*) sostener; 2. (*gastos, consecuencias*) sostener, soportar, asumir; (*persona*) aguantar, soportar; 3. (*conversación*) mantener; (*examen, prueba*) hacer, realizar; 4. *teat* (*papel*) representar; **2. ~rsi** *tamb. fig* sostenerse, mantenerse

sosteni|bile *adj* sostenible, defendible; **~mento** *m* sustento, alimento; **~tore, -trice 1.** *m/f* partidario, -a, defensor, -a; **2.** *adj* 1. partidario, -a, defensor, -a; 2. benefactor, -a; ***socio ~*** *socio benefactor*

sostenta|mento *m* sustentamiento, sostenimiento; sustento, alimento; **~re** *vt* sustentar

sostenut|ezza *f* 1. (*actitud*) reserva, distancia; 2. (*estilo*) refinamiento *m*; 3. (*precios*) contención; **~o, -a** *adj* (*actitud*) frío, -a, distante, reservado, -a; (*estilo*) refinado, -a, elevado, -a; (*precio*) contenido, -a; *mús* sostenido, -a

sostitu|ibile *adj* sustituible; **~ire** ‹*isc*› *vt* sustituir, reemplazar; **~tivo, -a** *adj* sustitutivo, -a; **~to, -a** *m/f* sustituto, -a; **~zione** *f* sustitución ◊ ***in ~ di*** *prep* en sustitución de

sostrato *m geol/ling* substrato

sottabito *m* combinación *f*, enagua(s) *f(pl)*, saya *f*

sottaceto (*var.* **sott'aceto**) **1.** *adv/adj inv* en vinagre; **2.** *mpl* verduras en vinagre *fpl*

sottana *f* enagua, refajo *m*; falda; *relig* sotana ◊ ***essere sempre attaccato alla ~ della mamma*** estar siempre pegado a las faldas de su mamá

sottecchi: di ~ *adv* con disimulo, a hurtadillas

sotterfugio (*pl* **-gi**) *m* subterfugio, triquiñuela *f*, artimaña *f* ◊ ***di ~*** *adv* a escondidas

sotterramento *m* soterramiento, enterramiento

sotterran|ea *f* ferrocarril subterráneo *m*; **~o, -a** *adj/m* subterráneo, -a

sotterrare *vt* soterrar, enterrar; (*muerto*) enterrar, sepultar

sottigliezza 1. *f* 1. delgadez; 2. sutileza, agudeza, ingenio; **2.** *fpl* sutilezas, rodeos *mpl*, cavilaciones

sottil|e *adj* 1. delgado, -a, fino, -a; (*figura, piernas*) esbelto, -a; 2. (*mente*) sutil, agudo, -a; (*vista*) agudo, -a; (*razonamiento*) sutil, abstruso, -a, complicado, -a ◊ ***andare per il ~*** pararse en minucias, perder el tiempo en sutilezas; **~izzare** *vt/i* ‹*avere*› sutilizar *vt*, perderse en detalles

sottinsù: da ~ (*var.* **sott'in su**) *adv* de abajo arriba

sottintendere ‹*tesi; teso*› V. 58 *vt* sobrentender, sobreentender; ***si sottintende che...*** *se sobreentiende que..., queda claro que ...*

sottinteso, -a 1. *adj/m* sobrentendido, -a, sobreentendido, -a; **2.** *pp* V. **sottintendere**

sotto 1. *prep* bajo, debajo de; **~ *il monte*** *debajo de la montaña, a los pies de la montaña*; **~ *questo aspetto*** *bajo esta perspectiva*; ***due gradi ~ zero*** *dos grados bajo cero*; **2.** abajo; ***più ~*** *más abajo*; ***le stanze di ~*** *las habitaciones de abajo*; debajo; **3.** *adj inv* de abajo, inferior *adj*; **4.** *m inv* la parte de abajo *f* ◊ **~ ~** en el fondo; ***farsela ~*** *coloq* mearse (*vulg*), cagarse (*vulg*); ***farsi ~*** avanzar con decisión; ***mettere ~*** someter; ***mettersi ~*** poner manos a la obra; ***vedi ~*** véase más abajo

sottoalimenta|to, -a *adj* subalimentado, -a; **~zione** *f* malnutrición

sottoascella *f* sobaquera

sottobanco *adv* bajo manga

sottobicchiere *m inv* posavasos

sottobosco (*pl* **-schi**) *m* 1. sotobosque; 2. ="conjunto de personas que en provecho propio viven al margen de una actividad"

sottobottiglia *m inv* salvamanteles

sottobraccio *adv* del brazo

sottocchio *adv* a la vista

sottoccupato, -a *adj* subempleado, -a

sottochiave *adv* bajo llave

sottocipria *m* base de maquillaje *f*

sottoclasse *f* subclase

sottocoda *f* baticola

sottocommissione *f* subcomisión

sottocoperta 1. *f nav* cubierta baja; **2.** *adv nav* bajo cubierta

sottocoppa *m inv* salvamanteles

sottocosto *adv* por debajo del precio de coste

sottocultura *f* subcultura

sottocutaneo, -a *adj* subcutáneo, -a

sottoesporre ‹*pongo; posi; posto*› V. 56 *vt foto* subexponer

sottofondo *m* 1. *mús/TV/cine* música de fondo *f*; 2. *arq* cimiento

sottogamba *adv* a la ligera ◊ ***prendere ~*** tomar a la ligera, minusvalorar

sottogenere *m* subgénero

sottogonna *f* enaguas *fpl*

sottogruppo *m* subgrupo

sottolinea|re ‹*esd*› *vt* subrayar; **~tura** *f* subrayado *m*

sottolinguale *adj med* sublingual

sottolio (*var.* **sott'olio**) *adv/adj inv* en aceite

sottomano *adv* 1. al alcance de la mano, a tiro; 2. bajo manga, a hurtadillas

sottomarino, -a *adj/m* submarino, -a

sottomesso, -a *adj* sumiso, -a, dócil

sottomettere ‹*misi; messo*› V. 44 *vt* someter, subyugar, sojuzgar

sottomissione *f* sumisión, sometimiento *m*

sottomultiplo, -a *adj/m mat* submúltiplo, -a

sottooccupazione *f* subempleo *m*

sottopassaggio (*pl* **-gi**) *m* paso subterráneo

sottoporre ‹*pongo; posi; posto*› V. 56 *vt* 1. (*persona*) someter, sojuzgar; 2. (*prueba, operación*) someter; 3. (*propuesta*) someter, presentar

sottoprodotto *m* subproducto

sottoproletariato *m* subproletariado, lumpen

sottordine *m* suborden ◊ ***in ~*** *adv* en un segundo plano

sottoregno *m zool* subreino

sottoscala *m inv* hueco bajo la escalera *m*

sottoscrissi... V. **sottoscrivere**

sottoscritto, -a 1. *m/f adm* abajo firmante, infrascrito, -a; ***la ~a*** *la abajo firmante*; **2.** *pp* V. **sottoscrivere**; **~re, -trice** *m/f adm* suscriptor, -a, firmante

sottoscrivere ‹*scrissi; scritto*› V. 71 *vt* subscribir, firmar; **~ *un abbonamento*** *suscribirse (a), abonarse (a)*; (*apoyar*) suscribir; (*acciones*) adquirir

sottoscrizione *f* suscripción, recogida de firmas; suscripción popular, recogida de fondos; (*revista*) suscripción; (*acciones*) adquisición

sottosegretari|ato *m* subsecretaría *f*; **~o, -a** (*m pl* **-ri**) *m/f* subsecretario, -a

sottosopra 1. *adv* 1. al revés; 2. en desorden, patas arriba (*coloq*); **2.** *adj inv* (*persona*) alterado, -a *adj*, turbado, -a *adj*

sottospecie *f inv* subespecie *f*

sottostare *vi* 1. estar sometido (**a q/qc** a alg/a u-c); 2. afrontar *vt*, someterse (**a una prova** a una prueba)

sottosterzante *adj auto* subdirigido, -a

sottosuolo *m* subsuelo; *arq* subterráneo

sottosviluppato, -a *adj* subdesarrollado, -a; **~o** *m* subdesarrollo

sottotenente *m* subteniente, alférez

sottoterra 1. *adv* bajo tierra; **2.** *m inv raro* subterráneo *m*

sottotetto *m* desván, buhardilla *f*

sottotitola|re ‹*esd*› *vt cine/impr* subtitular; **~to, -a** *adj* subtitulado, -a

sottotitolo *m cine/impr* subtítulo

sottovaluta|re ‹*esd/-valuto*› *vt* infravalorar, minusvalorar, subestimar; **~zione** *f* infravaloración, minusvaloración

sottovaso *m* plato de maceta

sottovento 1. *adv nav* a sotavento; **2.** *m nav* sotavento

sottoveste *f* combinación, enagua(s) *f(pl)*, saya

sottovoce *adv* en voz baja

sottovuoto *adv/adj inv* envasado, -a al vacío *adj/adv*

sottraendo *m mat* substraendo

sottrarre ‹*traggo; trassi; tratto*› V. 81 *vt* substraer, quitar, apartar; substraer, robar; *mat* substraer, restar

sottrazione *f* substracción, robo *m*; *mat* substracción, resta

sottufficiale *m* suboficial

soufflé *m inv* souflé *m*

souvenir [suve'nir] *m inv* souvenir *m*, recuerdo *m*

sovente *adv elev* a menudo (*estánd*)

soverchia|re *vt* oprimir, tiranizar; **~ria** (*var.* **soperchieria**) *f* 1. opresión, tiranía; 2. cacicada, abuso *m*; **~o, -a** (*m pl* **-chi**) *adj elev* excesivo, -a (*estánd*)

soviet *m inv hist* soviet *m*; **~ico, -a** (*m pl* **-ci**) *adj hist* soviético, -a

sovrabbondalnte *adj* superabundante; **~nza** *f* sobreabundancia, superabundancia; **~re** *vi* ‹*avere/essere*› abundar, ser muy abundante
sovraccaricare ‹*esd*› *vt* sobrecargar, recargar
sovraccarico, -a (*m pl* **-chi**) **1.** *adj* 1. (*peso*) sobrecargado, -a; 2. (*estilo*) recargado, -a; **2.** *m* 1. (*peso*) sobrecarga *f*; 2. (*estilo*) recargamiento
sovraesporre ‹*pongo; posi; posto*› V. 56 *vt foto* sobreexponer
sovraffaticarsi derrengarse, deslomarse
sovraffollato, -a *adj* abarrotado, -a
sovraffusione *f fís* sobrefusión
sovraintendere V. **soprintendere**
sovralimentazione *f mec* sobrealimentación
sovranlazionale V. **soprannazionale**; **~ità** *f inv* soberanía *f*; **~o, -a 1.** *adj* soberano, -a; **2.** *m/f* soberano, -a, monarca *m*
sovrappasso (*var.* **soprappasso**) *m* paso peatonal elevado, pasarela *f*
sovrappiù *m inv* cosa extra *f*; añadido *m*, propina *f*
sovrappopolalto, -a *adj* superpoblado, -a; **~zione** *f* superpoblación
sovrapporre ‹*pongo; posi; posto*› V. 56 *vt* 1. superponer, sobreponer; 2. (*dar preferencia*) anteponer
sovrapposizione *f* superposición, sobreposición
sovrapprezzo (*var.* **soprapprezzo**, **sopraprezzo**) *m* sobreprecio
sovrapproduzione *f* superproducción
sovrapprofitto V. **soprapprofitto**
sovrascorrimento *m geol* corrimiento
sovrastare *vi* ‹*essere/avere*› 1. estar encima; 2. cernerse, ser inminente
sovrasterzante *adj auto* subdirigido, -a
sovrastruttura *f* superestructura
sovrattassa V. **soprattassa**
sovreccitazione *f* sobreexcitación
sovresporre V. **sovrasporre**
sovrumano, -a *adj* sobrehumano, -a
sovvenire ‹*vengo; venni; venuto*› V. 86 *vt elev* socorrer (*estánd*)
sovvenzionlare *vt* subvencionar; **~e** *f* subvención
sovversivo, -a *adj/s* subversivo, -a
sovvertilmento *m* subversión *f*, trastorno; **~re** *vt* subvertir, trastornar, perturbar; **~tore, -trice** *adj/s* subversivo, -a
sozzleria *f* guarrería, porquería; **~o, -a** *adj* 1. sucio, -a, asqueroso, -a, inmundo, -a; 2. degenerado, -a, ruin; **~ume** *m* suciedad *f*, porquería *f*
spaccallegna *m inv* leñador *m*; **~pietre** *m inv* picapedrero *m*, cantero *m*; **~re** *vt* (*piedra...*) romper, partir, quebrar; (*leña*) partir, cortar; **~sassi** *m inv tosc bot* cornicabra *f*
spaccatla *f* 1. (*piedra...*) rotura, partición; (*leña*) corte *m*; 2. (*robo*) alunizaje *m*; **~o, -a 1.** *adj* 1. (*objeto, labio*) partido, -a, roto, -a; 2. (*parecido*) igualito, clavado; ***è il ritratto ~ di suo nonno*** *es el vivo retrato de su abuelo*; **2.** *m* corte, sección vertical *f*; **~ura** *f* 1. hendidura, fisura; 2. (*acción*) resquebrajamiento *m*, quiebra; 3. ruptura, división
spacchettare *vt* desempaquetar
spaccialre *vt* 1. vender, despachar, expender; (*droga*) vender, pasar; 2. (*moneda falsa*) colocar, poner en circulación; 3. *coloq/tamb. fig* desahuciar; 4. (*matar*) despachar, liquidar; **~to, -a** *adj med coloq* desahuciado, -a; acabado, -a, arruinado, -a ◊ ***essere bell'e ~*** estar acabado, estar perdido; **~tore, -trice** *m/f* 1. falsificador, -a de moneda falsa; 2. (*droga*) camello, -a, traficante
spaccio (*pl* **-ci**) *m* 1. despacho, venta *f*; venta *f*, salida *f*; ***questa merce ha molto ~*** *este producto tiene mucha venta*; (*droga*) trapicheo; 2. tienda *f*, ultramarinos *inv*, almacén (*Am*)
spacco (*pl* **-chi**) *m* rotura *f*, rompimiento; (*ropa*) roto; (*falda*) corte; **~nata** *f coloq* fanfarronada, chulería, bravata, bravuconada; **~ne, -a** *m/f* fanfarrón, -ona, chulo, -a, bravucón, -ona
space shuttle ['spejs 'ʃatel] *m inv* transbordador espacial *m*
spada *f* espada ◊ ***~ di Damocle*** espada de Damocles; ***chi di ~ ferisce, di ~ perisce*** quien a hierro mata, a hierro muere; ***difendere a ~ tratta*** defender a capa y espada; **~ccino** *m* espadachín
spadilno *m* espadín; **~sta** *m/f* esgrimidor, -a de espada
spadone *m* espadón
spadroneggiare *vi* ‹*avere*› *desp* creerse el amo, hacer de amo
spaesato, -a *adj* (*persona*) desplazado, -a, incómodo, -a
spaghettlata *f coloq* ="comida a base de espaguetis" *m*; **~i** *mpl* espaguetis; **~ini** *mpl* fideos largos
spaginare ‹*esd*› *vt impr* descompaginar
spaglilare *vt* desembalar, quitar la paja; **~o: a ~** *adv agric* al voleo
Spagna: la ~ *f* España
spagnollesco, -a (*m pl* **-chi**) *adj desp* altivo, -a, altanero, -a; **~etta** *f* 1. *arq* falleba; 2. rollo de hilo *m*; **~ismo** *m* españolismo; **~o, -a** *adj/s* español, -a
spago (*pl* **-ghi**) *m* 1. cordel, cuerda *f*; 2. *coloq* (*miedo*) canguelo ◊ ***dare ~ a q*** dar cuerda a alg
spaialre *vt* desparejar, descabalar; **~to, -a** *adj* (*zapato...*) desparejado, -a, suelto, -a
spalalncare *vt* abrir de par en par; **~re** *vt* quitar con la pala
spalla *f* 1. *med* hombro *m* (!); *zool* paletilla, espaldilla; 2. *geogr* pendiente, cuesta, repecho *m*; (*montaña*) falda; 3. *impr* hombro *m*; 4. contrafuerte *m*, machón *m* ◊ ***alle ~e di*** *prep* (*detrás; sin saberlo*) a espaldas de; a expensas de, a costa de; ***alzare le ~e/stringersi nelle ~e*** encogerse de hombros; ***avere settanta, ottanta... anni sulle ~e*** tener setenta, ochenta... años a sus espaldas; ***avere buone ~e*** *tamb. fig* tener buenas espaldas; ***avere la famiglia sulle ~e*** tener la familia a sus espaldas; ***avere le ~e larghe*** *fig* tener las espaldas cubiertas; ***con le ~e al muro*** *adv* contra la pared, entre la espada y

la pared; ***mangiare alle ~ di q*** comer la sopa boba; ***prendersi qc sulle ~e*** hacerse cargo de u-c; ***ridere alle ~ di q*** reírse de alg a sus espaldas; ***stringersi nelle ~e*** encogerse de hombros; ***vivere alle ~e di q*** vivir a costa de alg; ***volgere le ~e a q*** *tamb. fig* volverle la espalda a alg; **~ta** *f* 1. empujón *m*, empellón *m*; 2. encogimiento de hombros *m*

spalle|ggiare *vt* respaldar, apoyar; **~tta** *f* parapeto *m*, pretil *m*, dique *m*

spalli|era *f* (*silla*) respaldo *m*, espaldar *m*; (*cama*) cabecera; *agric* espaldar *m*, espaldera; *sport* espalderas *fpl*; **~na** *f* (*ropa*) hombrera; *mil* charretera

spallucce: fare ~ *vi* encogerse de hombros

spalma|re *vt* untar, embadurnar; **~tura** *f* untura

spalto 1. *m mil* escarpa *f*; **2.** *mpl sport* gradas *fpl*, graderío *m*

spam *m inv informát* correo basura *m*, spam

spampanare ‹*esd*› *vt agric* despampanar

spancia|re *vi* ‹*avere*› (*agua*) darse un barrigazo; **~ta** *f* 1. barrigazo *m*; 2. comilona

spandere ‹*spansi; spanto*› V. 54 *vt* extender, esparcir; (*líquido*) verter; (*perfume, luz*) difundir, emitir; (*noticia*) difundir, expandir

spanna *f* (*medida*) palmo *m* ◊ ***essere alto una ~*** ser un retaco, ser bajito

spannocchiare *vt agric* despinochar

spansi..., spanto V. **spandere**

spaparacchiarsi desperezarse

spaparanzarsi *coloq* repantigarse

spappolare ‹*esd*› *vt* triturar, despachurrar

sparagnino, -a *adj/s* tacaño, -a, agarrado, -a, roñoso, -a

sparare 1. *vt* disparar; (*golpes*) dar, soltar; (*balón*) disparar, lanzar, chutar; (*mentiras*) soltar, decir; **2.** *vi* disparar, tirar; *TV* deslumbrar *vt* ◊ ***~rle grosse*** decirlas bien gordas, desbarrar; ***~rsi un colpo*** pegarse un tiro; ***~ in rete/a rete*** *sport* rematar (a puerta)

sparat|a *f* 1. (*arma*) descarga; *sport* trallazo *m*; 2. fanfarronada, bravuconada; disparate *m*; **~o, -a 1.** *adj* (*rápido*) disparado, -a, lanzado, -a; **2.** *m* (*camisa*) pechera *f* ◊ ***partire tutto ~*** salir a la carrera, salir disparado; **~ore, -trice** *m/f* tirador, -a; *sport* rematador, -a; **~oria** *f* tiroteo *m*

sparecchiare *vt* 1. quitar la mesa; 2. *coloq* devorar, jalar

spareggio (*pl* **-gi**) *m* 1. *com* desequilibrio, déficit; 2. *sport* desempate

spargere ‹*spargo; sparsi; sparso*› V. 75 *vt* (*cosas, semillas*) esparcir, diseminar; (*personas, animales*) desperdigar; (*líquidos*) derramar, desparramar, verter; (*luz, calor, noticia*) difundir

spargimento *m* diseminación *f*, esparcimiento; (*líquidos*) derramamiento; ***~ di sangue*** *derramamiento de sangre*; (*luz, noticia*) difusión *f*

spari|re ‹*isc*› *vi* desaparecer; **~zione** *f* desaparición

sparlare *vi* ‹*avere*› criticar *vt*, murmurar, despellejar *vt*, hablar mal

sparo *m* disparo, tiro

sparpaglia|mento *m* diseminación *f*, desparramamiento; **~re** *vt* desperdigar, diseminar, desparramar

sparsi... V. **spargere**

sparso, -a 1. *adj* desparramado, -a, esparcido, -a, suelto, -a; ***capelli ~i*** *pelo suelto*; **2.** *pp* V. **spargere**

spartano, -a *adj/s hist tamb. fig* espartano, -a

sparti|acque *m inv geogr* divisoria de aguas *f*; **~neve** *m inv* quitanieves; **~re** ‹*isc*› *vt* dividir, repartir ◊ ***non avere niente da ~ con q/con qc*** no querer saber nada de alg/de u-c; **~to** *m mús* partitura *f*; **2.** *adj inv auto* divisorio, -a *adj*; **~traffico 1.** *m inv auto* (*seto, muro*) mediana *f*; ***banchina ~*** *mediana*; raya de separación *f*; ***linea ~*** *raya divisoria, raya de separación*; **~zione** *f* reparto *m*, división

sparto *m bot* esparto

sparuto, -a *adj* escuálido, -a, esmirriado, -a

sparviere (*var.* **sparviero**) *m bot* gavilán

spasima|nte *m irón* cortejador, galán, pretendiente; **~re** ‹*esd*› *vi* ‹*avere*› gemir, quejarse; sufrir; (*de amor*) derretirse, suspirar

spasimo *m* espasmo, pasmo; sufrimiento

spasmo *m med* espasmo, convulsión *f*; **~dico, -a** (*m pl* **-ci**) *adj* espasmódico, -a; **~litico, -a** (*m pl* **-ci**) *adj/m* espasmolítico, -a

spassare 1. *vt* entretener, distraer; **2. ~rsela** pasárselo en grande, pasárselo bomba

spassionato, -a *adj* desapasionado, -a

spasso *m* entretenimiento, distracción *f* ◊ ***andare a ~*** ir de paseo, salir a dar una vuelta; ***mandare q a ~*** mandar a alg a paseo; ***per ~*** *adv* por diversión; ***portare a ~*** llevar a pasear, sacar de paseo; ***prendersi ~ di q*** divertirse a costa de alg; **~so, -a** *adj* entretenido, -a, distraído, -a

spastico, -a (*m pl* **-ci**) *adj* 1. espasmódico, -a; 2. patoso, -a, torpe

spata *f bot* espata

spato *m min* espato; **~la** *f* espátula

spauracchio (*pl* **-chi**) *m* 1. *agric* espantapájaros *inv*; 2. (*que causa miedo*) coco, ogro

spaurire ‹*isc*› *vt* asustar

spavald|eria *f* bravuconería, chulería, jactancia; **~o, -a** *adj/s* bravucón, -ona, chulo, -a, jactancioso, -a

spavent|apasseri *m inv agric tamb. fig* espantapájaros, espantajo *m*; **~are** *vt* asustar, espantar, horrorizar; **~evole** *adj* espantable

spavento *m* 1. espanto, terror, miedo; ***fare/mettere/incutere ~*** *causar/infundir terror, espantar*; horror, espanto; 2. susto, sobresalto; **~so, -a** *adj* 1. espantoso, -a, horrible; 2. (*increíble*) tremendo, -a, alucinante

spazia|le *adj* espacial; ***navicella, volo, era ~*** *nave, vuelo, era espacial*; **~re 1.** *vi* ‹*avere*› (*mirada, pájaro*) vagar; **2.** *vt* espaciar; **~tore, -trice** *adj impr* espaciador, -a

spazieggiare *vt impr* espaciar

spazientire *vi/~rsi* impacientarse

spazio (*pl* **-zi**) *m* espacio ◊ ***~ aereo*** espacio aéreo

spazioslità *f inv* espaciosidad *f*, capacidad *f*, cabida *f*; **~o, -a** *adj* espacioso, -a, amplio, -a
spazzalcamino *m* deshollinador; **~forno** *m* barredero; **~neve** *m inv* quitanieves; **~re** *vt* 1. barrer; 2. zamparse, tragar, devorar; **~trice** *f* barredera; **~tura 1.** *f* 1. (*acción*) barrido *m*; 2. basura; **2.** *adj inv* (*pospuesto y a menudo tras guión*) basura; ***tv-spazzatura*** *televisión basura, telebasura*
spazzino, -a *m/f* barrendero, -a
spazzola *f* (*pelo, zapatos*) cepillo *m*; *electr* escobilla; *auto* (*limpiaparabrisas*) escobilla
spazzolare ‹*esd*› *vt* 1. cepillar; 2. *coloq* ventilarse, zamparse
spazzolalta *f* cepillado *m*; **~tura** *f* cepillado *m*
spazzolino *m* cepillo ◊ ***~ da denti*** cepillo de dientes; ***~ da unghie*** cepillo de uñas
spazzolone *m* escobillón
speaker ['spiker] *m inv TV* presentador *m*; *radio* locutor *m*; *pol* portavoz *m*
specchilarsi 1. mirarse al espejo; seguir el ejemplo (**in q** de alg), imitar *vt* (**in q** a alg); 2. reflejarse; ***~ sull'acqua*** *reflejarse en el agua*; **~era** *f* espejo de cuerpo entero *m*; cómoda con espejo; **~etto** *m* 1. espejito; 2. espejuelo, señuelo, reclamo; 3. (*resumen*) cuadro, esquema ◊ ***~ retrovisore*** *auto* espejo retrovisor; **~o** (*pl* **-chi**) *m* 1. espejo; 2. cuadro, esquema ◊ ***~ a mano*** espejito, espejo de mano; ***arrampicarsi sugli ~i*** agarrarse a un clavo ardiendo; ***farsi ~ di q*** mirarse en alg, tener a alg como ejemplo; ***il mare è uno ~*** el mar es una balsa de aceite; ***tenere la casa come uno ~*** tener la casa como los chorros del oro
special ['spɛtʃal] *m inv TV* especial *m*
speciale *adj* especial
specialilsta *m/f* especialista; **~stico, -a** (*m pl* **-ci**) *adj* especializado, -a
specialità *f inv* especialidad *f*
specializzalre *vt* especializar; **~to, -a** *adj* especializado, -a; **~zione** *f* especialización
specie 1. *f inv* especie *f*; **2.** *adv* especialmente, en especial ◊ ***d'ogni ~*** *adj* de todas clases; ***fare ~*** causar estupor; ***in ~*** *adj* especialmente, en especial
specifica *f* nota, lista, detalle *m*
specificare ‹*esd*› *vt* especificar, detallar
specificazione *f* especificación
specifico, -a (*m pl* **-ci**) *adj/m* específico, -a
specioso, -a *adj* especioso, -a
speck [spɛk] *m* ="jamón ahumado típico del Alto Adigio" *m*
specularlre ‹*esd*› **1.** *vi* ‹*avere*› *filos/com tamb. fig* especular; **2.** *adj* especular; **~tivo, -a** *adj filos/com tamb. fig* especulativo, -a; **~tore, -trice** *m/f com* especulador, -a; **~zione** *f filos/com tamb. fig* especulación
spedalità *f inv* admisión de enfermos *f*
spedilre ‹*isc*› *vt* (*objeto*) mandar (!), enviar, expedir; (*persona*) enviar, mandar; **~to, -a** *adj* 1. expedito, -a; 2. *coloq* desahuciado, -a; **~tore** *m/f* expedidor, -a; *transp* consignador, -a
spedizionle *f* expedición, envío *m*; ***spese di ~*** *gastos de envío, portes*; *cient/mil* expedición; **~iere** *m* consignatario
speed *m inv* (*droga*) espid
spegnere ‹*spengo; spensi; spento*› V. 76 **1.** *vt* (*fuego...*) apagar, extinguir; *electr/mec* apagar; (*sed*) calmar, aplacar; **2. ~rsi** (*fuego...*) apagarse, extinguirse; *electr/mec* apagarse; (*morir*) extinguirse
spegnitoio *m* matacandelas *inv*
spelacchialre *vt* rapar, trasquilar; **~to, -a** *adj* pelón, -ona
spelare *vt* pelar; *electr* (*cable*) pelar
speleologlia (*pl* **-gie**) *f* espeleología; **~o, -a** (*m pl* **-gi**) *m/f* espeleólogo, -a
spellalre *vt* (*animal*) despellejar, desollar; *coloq* (*piel*) pelar, arañar; **~tura** *f* despellejamiento *m*; arañazo *m*, excoriación (*med*)
spelonca *f* 1. cueva, gruta, antro *m*; 2. *desp* antro *m*, tugurio *m*
spelta *f bot* farro *m*
spendaccione, -a *m/f* derrochador, -a, malgastador, -a
spendere ‹*spesi; speso*› V. 58 *vt tamb. fig* gastar; ***~ troppi soldi*** *gastar demasiado dinero*; ***~ troppo tempo nel fare qc*** *gastar demasiado tiempo para hacer u-c* ◊ ***~ e spandere*** gastar sin control, derrochar; ***~ quattro parole per q*** hablar en favor de alg; ***chi più spende meno spende*** lo barato sale caro
spendereccio, -a (*m pl* **-ci**, *f pl* **-ce**) *adj* (*persona*) gastador, -a, derrochador, -a, manirroto, -a; (*vida*) caro, -a, costoso, -a, a todo tren
spengere *tosc* V. **spegnere**
spengo... V. **spegnere**
spennalcchiare (*var.* **spennare**) *vt tamb. fig* desplumar; **~re** *vt tamb. fig* desplumar
spennellalre *vt* pincelar; **~ta** (*var.* **spennellatura**) *f* pincelada
spensi... V. **spegnere**
spensieratlezza *f* despreocupación, ligereza; **~o, -a** *adj* despreocupado, -a
spento, -a 1. *adj tamb. fig* apagado, -a; **2.** *pp* V. **spegnere**
spenzolare ‹*esd*› *vt/i* ‹*avere*› pender, colgar
sperabile *adj* esperable; deseable ◊ ***è ~ che*** es de esperar que, es deseable que
speranzla *f* esperanza; ***avere/nutrire ~ in q/qc*** *cifrar sus esperanzas en alg/u-c* ◊ ***chi di ~ vive, di ~ muore*** quien espera, desespera; **~oso, -a** *adj* esperanzado, -a
sperare 1. *vt* (*esperanza*) esperar; ***spero di no*** *espero que no*; ***spero di poter vivere abbastanza*** *espero que pueda vivir lo suficiente*; ***spero che non succeda nulla*** *espero que no pase nada*; **2.** *vi* ‹*avere*› confiar (**in qc** en u-c)
sperdersi ‹*spersi/sperdei; sperso/sperduto*› V. 52 perderse, extraviarse
sperduto, -a *adj* (*lejano*) perdido, -a

sperequalto, -a *adj* desigual, desnivelado, -a; **~zione** *f* desigualdad, desequilibrio *m*
spergiurlare *vi* ‹*avere*› perjurar; **~o, -a 1.** *adj/s* perjuro, -a; **2.** *m* perjurio
spericolato, -a *adj* temerario, -a
sperimentlale *adj* experimental; **~alismo** *m* experimentalismo; **~are** *vt tamb. fig* experimentar; **~ato, -a** *adj* experimentado, -a, ducho, -a; **~atore, -trice** *m/f* experimentador, -a; **~azione** *f* experimentación
sperma *m* esperma *m/f*; **~tico, -a** (*m pl* **-ci**) *adj* espermático, -a
spermatolzoide *m* espermatozoide; **~zoo** *m* espermatozoo
spermicida *adj/m* espermicida
spermiogramma *m* espermiograma
speronalre *vt nav* embestir con el espolón, dar un espolonazo; **~ta** *f* espolonazo *m*; **~to, -a** *adj* 1. *zool* dotado, -a de espolones; 2. *arq* dotado, -a de contrafuertes
sperone *m* 1. (*caballo*) espuela *f*; 2. *nav/bot* espolón; 3. *arq* contrafuerte; **~lla** *f bot* espuela de caballero
sperperare ‹*esd*› *vt* derrochar, malgastar, despilfarrar
sperpero *m* derroche, despilfarro
spersi..., sperso V. **sperdersi**
spersonalizzare *vt* despersonalizar
sperticato, -a *adj* enorme, desmesurado, -a; (*elogio*) excesivo, -a, desmesurado, -a
spesa *f* 1. gasto *m*; ***piccola, grande ~*** *gasto pequeño, grande*; 2. compra; ***fare la ~*** *hacer la compra* ◊ ***~e d'esercizio/di gestione*** gastos corrientes (*mpl*); ***~e legali*** gastos deducibles (*mpl*); ***~e processuali*** *jur* costas judiciales; ***a ~e di*** *prep* a expensas de; ***andare a fare ~e*** ir de compras; ***borsa della ~*** *f* bolsa de la compra; ***con ~e, senza ~e*** *adv com* con gastos, sin gastos; ***fare la ~*** hacer la compra; ***imparare qc a proprie ~e*** sufrir u-c en sus propias carnes; ***lavorare per le ~e*** trabajar a cambio de comida y alojamiento; ***meno le ~e, più le ~e*** *adv com* descontando los gastos, más gastos; ***non badare a ~e*** no reparar en gastos; **~re** *vt* (*persona*) mantener; (*cosa*) costear
spesi..., speso V. **spendere**
spesso, -a 1. *adj* 1. espeso, -a, denso, -a; (*bosque*) espeso, -a, tupido, -a; 2. (*pared...*) grueso, -a; 3. frecuente; ***~e volte*** *numerosas veces*; **2.** *adv* a menudo; **~re** *m* 1. espesor, grosor; 2. *fig* profundidad *f*, calado
spettabile *adj* respetable ◊ ***~ ditta (Spett. Ditta)*** (*en cartas dirigidas a empresas*) muy señores míos (Muy Sres. míos)
spettacollare *adj* espectacular; **~o** *m* 1. *tamb. fig* espectáculo; 2. sesión *f*; ***primo, secondo, ultimo ~*** *primera, segunda, última sesión* ◊ ***dare ~ (di sé)*** dar un espectáculo, montar un número; **~oso, -a** *adj* aparatoso, -a, espectacular; sensacional, grandioso, -a

spettanza *f* 1. competencia, incumbencia; ***di mia ~*** *de mi competencia*; 2. honorarios *mpl*
spettare *vi* competer (**a q** a alg), incumbir (**a q** a alg), tocar (**a q** a alg); (*suma*) pertenecer, corresponder ◊ ***per quel che spetta a*** por lo que respecta a
spettatore, -trice *adj/s* espectador, -a
spettegolare ‹*esd*› *vi* ‹*avere*› cotillear, chismorrear
spettinare ‹*esd*› *vt* despeinar
spettrale *adj* espectral
spettro *m tamb. fig* espectro; **~fotometro** *m fís* espectrofotómetro; **~grafo** *m fís* espectógrafo; **~metro** *m fís* espectrómetro
spezie *fpl* especias; **~ria** *f* especiería, droguería
spezzalre *vt* (*brazo, rama*) romper, partir, quebrar; (*dividir en partes*) segmentar; **~tino** *m* estofado, guiso de carne; **~to, -a 1.** *adj* 1. *med* roto, -a, fracturado, -a; 2. (*horario*) partido, -a; **2.** *m* 1. (*traje*) combinado; 2. *teat* terma *f*
spezzettalmento *m* troceado, fragmentación *f*; *agric* parcelación excesiva *f*, minifundismo; **~re** *vt* trocear, desmenuzar, despedazar
spezzone *m* 1. *cine* secuencia *f*; 2. *mil* bomba de fragmentación *f*
spia *f* 1. espía *m/f* (!); *desp* espía *m/f*, chivato, -a *m/f*, soplón, -ona *m/f*; 2. *tecn* chivato *m*, testigo *m*, indicador *m*; 3. indicio *m*, señal; 4. (*puerta*) mirilla
spiaccicare ‹*esd*› *vt* chafar, aplastar
spiaccio... V. **spiacere**
spiacente *adj* disgustado, -a; ***sono ~ di non poterti accompagnare*** *siento no poder acompañarte*
spiacere ‹*spiaccio; spiacque, spiaciuto*› V. 53 *vi* disgustar, molestar
spiacevole *adj* molesto, -a, desagradable
spiacque... V. **spiacere**
spiaggia (*pl* **-ge**) *f* playa; ***andare in ~*** *ir a la playa*; ***divertirsi sulla spiaggia*** *pasarlo bien en la playa* ◊ ***lettura da ~*** *f* lectura de verano; ***tipo da ~*** *m* tipo raro
spianalmento *m* allanamiento, nivelación *f*; **~re** *vt* 1. (*terreno*) allanar, aplanar, alisar, nivelar; (*pasta*) extender; 2. (*edificio*) demoler, derruir; 3. (*fusil*) apuntar; 4. (*traje*) asentar; **~ta** *f* 1. (*acción*) allanamiento *m*, igualación, nivelación; 2. (*superficie*) explanada ◊ ****~ delle Moschee*** *geogr* Explanada de las Mezquitas; **~trice** *f tecn* apisonadora
spiano: a tutto ~ *adv* a todo pasto, a toda pastilla
spiantalre *vt* 1. arruinar; 2. *raro* arrancar; **~to, -a 1.** *adj* arruinado, -a; **2.** *m/f* pobretón, -ona, pelagatos *m inv*
spiare *vt* espiar
spiata *f* delación
spiattellare *vt coloq* espetar, echar en cara
spiazzo *m* explanada *f*, claro
spiccalre 1. *vt* 1. (*fruta*) coger; (*flor, cabeza*) arrancar; 2. *jur/com* (*orden, letra*) emitir; 3. (*sílabas, palabras*) separar; 4. (*salto*) dar, pegar; **2.** *vi* des-

tacar, sobresalir, resaltar; **~to, -a** *adj* pronunciado, -a, marcado, -a; notable, elevado, -a

spicchio (*pl* **-chi**) *m* (*fruta*) gajo; (*ajo*) diente; (*tarta...*) porción *f* ◊ **~ *sferico*** *mat* huso esférico

spiccia|re 1. *vt* (*asunto*) despachar, ventilar; (*cliente*) despachar, atender; **2. ~rsi** darse prisa, apresurarse; **~tivo, -a** *adj* expeditivo, -a

spiccica|re ‹*esd*› **1.** *vt* despegar; **2. ~rsi** *coloq* librarse (**da** de), desembarazarse (**da** de); **~to, -a** *adj* clavado, -a, idéntico, -a; ***è la madre ~a*** *es clavado a su madre*

spiccio, -a (*m pl* **-ci**, *f pl* **-ce**) *adj* expeditivo, -a ◊ ***andare per le ~e*** ir sin rodeos, no irse por las ramas

spicciola|re ‹*esd*› *vt* (*dinero en cantidades menores*) cambiar; **~ta: alla ~** *adv* (*personas*) pocos cada vez, poco a poco

spicciolo, -a 1. *adj* (*dinero*) suelto, -a; **2.** *mpl* calderilla *f*, suelto *m* ◊ ***moneta ~a*** *f* calderilla

spicco: fare ~ *vi* resaltar

spider ['spajder] *m/f inv auto* descapotable *m*

spidocchiare *vt* despiojar

spiedino *m gastr* (*instrumento*) broqueta *f*, brocheta *f*; (*alimento*) pincho, pinchito; **~o** *m* 1. *gastr* (*palo*) asador, espiedo (*Arg*); 2. *mil* jabalina *f*, venablo

spiega|bile *adj* explicable; **~mento** *m mil tamb. fig* despliegue; **~re** *vt* 1. explicar; 2. desplegar, extender; *mil tamb. fig* desplegar; **~to, -a** *adj* desplegado, -a; ***bandiera ~a*** *bandera desplegada*; **~zione** *f* explicación; **~zzare** *vt* arrugar

spietato, -a *adj* despiadado, -a

spifferare ‹*esd*› *vt coloq* pregonar; decir a la cara, espetar

spiffero *m coloq* (*por una rendija*) corriente de aire *f*

spiga (*pl* **-ghe**) *f bot* espiga; **~to, -a** *adj bot* espigado, -a

spighetta *f* (*cinta, bot*) espiguilla

spigliat|ezza *f* desenvoltura, desparpajo *m*; **~o, -a** *adj* desenvuelto, -a

spignattare *vi* ‹*avere*› *coloq* estar entre los pucheros

spigo (*pl* **-ghi**) *m bot* espliego, lavanda *f*

spigola *f zool* lubina, róbalo *m*

spigolare ‹*esd*› *vt* 1. *agric* espigar; 2. rebuscar

spigolatore, -trice *m/f* 1. *agric* espigador, -a; 2. curioso, -a, coleccionista

spigolatura 1. *f agric* espigueo *m*, rebusca; **2.** *fpl* curiosidades, notas

spigolo *m mat* arista *f*; *arq* esquina *f*; ángulo ◊ ***smussare gli ~i*** limar asperezas

spigoloso, -a *adj* 1. anguloso, -a; 2. (*antipático*) arisco, -a

spilla *f* (*joya*) broche *m*; (*corbata*) alfiler *m*; **~re** *vt* 1. (*con alfiler*) prender, enganchar; 2. (*dinero*) sisar, sangrar; (*información*) sonsacar; 3. (*tonel*) sangrar

spillo *m* alfiler ◊ **~ *di sicurezza*** imperdible; ***colpo di ~*** *m* (*provocación*) pulla (*f*), puyazo; **~ne** *m* alfiler de sombrero, agujón, espetón

spilluzzicare ‹*esd*› *vt* comiscar, picar

spilorceria *f* tacañería, cicatería

spilorcio, -a (*m pl* **-ci**, *f pl* **-ce**) *adj/m* tacaño, -a, cicatero, -a, agarrado, -a

spilungone *adj* larguirucho, -a

spina *f* 1. *bot* espina; (*animal*) púa; (*pez*) espina, raspa; 2. cruz, castigo *m*; ***quel ragazzo è la mia ~*** *aquel chico es mi cruz*; 3. *electr* enchufe *m*, clavija; 4. *mec* chaveta; 5. (*tonel*) espita; ***birra alla ~*** *cerveza de barril*; 6. *arq* (*circo romano*) espina ◊ **~ *dorsale*** espina dorsal; **~ *nel fianco*** espina clavada; ***avere una ~ nel cuore*** tener una espinita clavada en el corazón; ***staccare la ~*** *fig* desconectar; ***stare sulle ~e*** estar en ascuas; **~cio** (*pl* **-ci**) **1.** *m bot* espinaca *f* (!); **2.** *mpl gastr* espinacas *fpl* (!); **~le** *adj* espinal; **~to, -a** *adj* espinado, -a

spinel|lare *vi coloq* emporrarse; **~atore, -trice** *adj/s coloq* porrero, -a; **~o** *m* 1. *jerga drog* porro, canuto; 2. *min* espinela *f*

spineto *m bot* espinar

spinetta *f mús* espineta

spingere ‹*spingo; spinsi; spinto*› V. 11 *vt/i tamb. fig* empujar; **~ *l'acceleratore*** *apretar el acelerador*; **~ *lo sguardo lontano*** *dirigir la mirada lejos, dejar ir la mirada*

spino *m* 1. *bot* espino; 2. *bot* endrino ◊ **~ *bianco*** *bot* majuelo; **~so, -a** *adj bot tamb. fig* (*espinoso*) espinoso, -a; **~tto** *m mec* perno, cruceta *f*

spinsi... V. **spingere**

spinta *f* 1. empuje *m*, impulso *m*, fuerza; *fís* empuje; 2. empujón *m*, empellón *m*; 3. (*ayuda*) empujón *m*, empujoncito *m*

spintarella *f* (*recomendación*) enchufe *m*

spinterogeno *m mec* delco

spinto, -a 1. *adj* 1. inclinado, -a (**verso qc** hacia u-c); dispuesto, -a (**a fare qc** a hacer u-c); incitado, -a; 2. excesivo, -a, exagerado, -a; (*chiste*) verde, subido, -a de tono; 3. avanzado, -a; **2.** *pp* V. **spingere**; **~ne** *m* 1. empujón, empellón; 2. (*recomendación*) enchufe

spion|aggio (*pl* **-gi**) *m* espionaje; **~cino** *m* (*puerta*) mirilla *f*; **~e, -a** *m/f desp* chivato, -a, soplón, -ona; **~istico, -a** (*m pl* **-ci**) *adj* del espionaje

spiovente 1. *adj* colgante, pendiente; *sport* (*balón*) bombeado, -a; **2.** *m arq* (*tejado*) vertiente *f*

spiovere ‹*spiovve*› V. 7 **1.** *v/impers* ‹*essere/avere*› *meteo* escampar; **2.** *vi* ‹*essere*› (*agua*) escurrirse, correr; (*cabello*) caer, recaer

spira *f mat/electr/zool* espira

spira|glio (*pl* **-gli**) *m* respiradero; rendija *f*, abertura *f*; (*luz*) rayo, hilo; (*aire*) bocanada *f*; (*esperanza*) atisbo; **~le 1.** *adj* espiral; **2.** *f* 1. *mat* espiral; 2. *med* (*dispositivo intrauterino*) DIU *m*; **~re 1.** *vi* 1. ‹*avere*› (*viento*) soplar; 2. (*olor*) desprenderse, despedirse; 3. ‹*essere*› (*plazo*) expirar, acabar; (*morir*) expirar; **2.** *vt* (*olor, fig*) exhalar, emanar ◊ ***non spira buon vento*** *fig* se avecina una tormenta

spirea *f bot* filipéndula

spirillo *m biol* espirilo
spiritato, -a *adj* excitado, -a, agitado, -a
spiritico, -a (*m pl* **-ci**) *adj* espiritista; ***seduta ~a*** *sesión de espiritismo*
spiritis|mo *m* espiritismo; **~ta** *m/f* espiritista; **~tico, -a** (*m pl* **-ci**) *adj* espiritista
spirito *m* 1. espíritu; ***~ di carità, di giustizia*** *espíritu de caridad, de justicia*; 2. ingenio, agudeza *f*, chispa *f*, gracia *f*; ***una battuta di ~*** *un chiste gracioso, una historia graciosa*; 3. (*alcohol*) espíritu; 4. *ling* espíritu ◊ ***~ aspro, dolce*** *ling* espíritu áspero, suave; ***~ di corpo*** corporativismo; ***~ di patata*** poca gracia (*f*), poco sentido del humor; ***~ di squadra*** espíritu de equipo; ***lo *~ Santo*** el Espíritu Santo; ***per opera e virtù dello *~ Santo*** *adv* por obra y gracia del Espíritu Santo, por arte de birlibirloque (*coloq*); ***esalare lo ~*** exhalar el espíritu; ***fare dello ~*** ser gracioso, contar chistes
spiritos|aggine *f* agudeza, gracia, ingenio *m*; **~o, -a** *adj/s* gracioso, -a, divertido, -a, saleroso, -a
spiritua|le *adj* espiritual; **~ità** *f inv* espiritualidad *f*
spiritualizza|re *vt* espiritualizar; **~zione** *f* espiritualización
spiroidale *adj* espiroidal
spirometro *m med* espirómetro
spiumare *vt tamb. fig* desplumar, pelar
spizzic|are ‹*esd*› *vt* comiscar, picar, picotear; **~o: a ~** (*var.* **spizzichi**) *adv* poco a poco, poquito a poco
splendente *adj elev* esplendente, esplendoroso, -a
splendere *vi* ‹*avere/essere*› resplandecer, brillar
splendid|ezza *f* 1. esplendor *m*, magnificencia; 2. esplendidez, generosidad; **~o, -a 1.** *adj* 1. espléndido, -a, magnífico, -a; 2. espléndido, -a, generoso, -a; **2.** *m/f* espléndido, -a, generoso, -a
splendore *m* 1. resplandor, brillo, fulgor; esplendor, brillantez *f*, magnificencia *f*; 2. esplendidez *f*, generosidad *f*
spocchia *f* vanidad, jactancia
spodestare *vt* desposeer (**da qc** de u-c)
spoetizzare *vt* despoetizar
spoglia 1. *f* 1. *elev* vestimenta; 2. piel de la muda; **2.** *fpl elev* (*cadáver*) despojos *mpl*, restos *mpl* ◊ ***le ~e mortali*** los restos mortales (*mpl*); ***sotto mentite ~e*** *adv* bajo falsa apariencia; **~re 1.** *vt* desnudar, desvestir; (*robar*) despojar, expoliar; *ling* (*texto*) vaciar; (*correspondencia*) examinar, escrutar; **2. ~rsi** 1. desnudarse; *zool* (*piel*) mudar *vt*; 2. *tamb. fig* despojarse (**di qc** de u-c), desprenderse (**di qc** de u-c)
spogliarel|lista *f* bailarina de strip-tease; **~o** *m* strip-tease *inv*, estriptis *inv*
spogliatoio (*pl* **-oi**) *m* vestuario
spoglio, -a (*m pl* **-gli**) **1.** *adj* (*bot, adornos*) desnudo, -a, pelado, -a; desprovisto, -a, libre; ***~ di pregiudizi*** *libre de prejuicios*; **2.** *m* 1. escrutinio, selección *f*; 2. (*texto*) despojo, vaciado; 3. *correo* clasificación *f*
spola *f* 1. *tecn* canilla; 2. *tecn* lanzadera ◊ ***fare la ~*** ir de un sitio a otro; ***gioco di ~*** *m sport* cambio continuo de juego, juego por ambas bandas
spoletta *f* 1. *tecn* canilla; 2. *mil* espoleta
spoliticizzare *vt* despolitizar
spollonare *vt agric* despampanar, despimpollar
spolmonarsi desgañitarse
spolpare *vt* 1. descarnar; 2. (*dinero*) pelar, desplumar
spolver|are ‹*esd*› *vt* 1. desempolvar, despolvorear, quitar el polvo; 2. (*comida*) ventilarse, jalarse; **~ata** *f* 1. desempolvadura, despolvoreo *m*; 2. *gastr* espolvoreo *m*; **~atura** *f* 1. desempolvadura, despolvoreo *m*; 2. *gastr* espolvoreo *m*; **~ino** *m* guardapolvo; **~izzare** *vt* 1. pulverizar; 2. *gastr* espolvorear
spond|a *f geogr* orilla, ribera; (*cama, billar*) lado *m*; **~eo** *m lit* espondeo; **~ilite** *f med* espondilitis *inv*
sponsali *mpl* esponsales, desposorios
sponsor *m inv* patrocinador, -a *m/f*, sponsor *m*
sponsorizza|re *vt* patrocinar, promocionar; **~zione** *f* patrocinio *m*, promoción
spontane|ità *f inv* espontaneidad *f*; **~o, -a** *adj* espontáneo, -a
spopola|mento *m* despoblamiento; **~re** ‹*esd*› **1.** *vt* despoblar; **2.** *vi* ‹*avere*› *coloq* (*triunfar*) arrasar
spora *f bot* espora
sporadic|ità *f inv* ocasionalidad *f*, poca frecuencia *f*; **~o, -a** (*m pl* **-ci**) *adj* esporádico, -a
sporangio (*pl* **-gi**) *m bot* esporangio
sporca|ccione, -a *adj/s* 1. guarro, -a, cochino, -a; 2. (*obsceno*) cerdo, -a, verde (*coloq*); ***un vecchio ~*** *un viejo verde*; **~re** *vt tamb. fig* ensuciar, manchar
sporcizia *f* suciedad
sporco, -a (*m pl* **-chi**) *adj tamb. fig* sucio, -a; ***avere la lingua ~a*** *tener la lengua pastosa* ◊ ***farla ~a*** *coloq* hacer una cochinada
sporgen|te *adj* prominente, saliente; **~za** *f* prominencia, saliente *m*
sporgere ‹*sporgo; sporsi; sporto*› V. 55 **1.** *vt* asomar; **2.** *vi* sobresalir, asomar; **3. ~rsi** asomarse ◊ ***~ querela*** *jur* presentar una querella, querellarse
sporidio *m bot* esporidio
sporogenesi *f inv biol* esporogénesis
sport *m inv* deporte *m*; ***fare dello ~*** *hacer deporte* ◊ ***fare qc per ~*** hacer u-c por deporte
sporta *f* bolsa de la compra
sportel|lista *m/f adm* empleado, -a de ventanilla; **~o** *m* 1. *auto* puerta *f*; *ferroc* portezuela *f*; 2. *adm* ventanilla *f* ◊ ***~ automatico*** cajero automático; ***~ unico*** *adm* ventanilla única (*f*)
sportivo, -a 1. *adj* deportivo, -a; **2.** *m/f* deportista
sporto V. **sporgere**
sposa *f* 1. esposa; 2. (*día de la boda*) novia; ***abito/vestito da ~*** *vestido/traje de novia* ◊ ***andare ~*** casarse; ***promessa ~*** novia; **~lizio** (*pl* **-zi**) *m* boda *f*, casamiento, matrimonio; **~re 1.** *vt* 1. casarse (**q** con alg); 2. (*sacerdote, juez...*) casar (**q con q** a alg con alg); **2. ~rsi** casarse (**con q** con alg); **~to, -a** *adj/s* casado, -a

sposino, -a *m/f* recién casado, -a

sposo *m* esposo; (*día de la boda*) novio; ***abito da ~*** *traje de novio* ◊ ***andare ~*** casarse; ***novelli ~i*** recién casados; ***promesso ~*** novio

spossa|mento *m* cansancio, debilidad *f*, agotamiento; **~re** *vt* debilitar, cansar, aplatanar; **~tezza** *f* cansancio *m*, debilidad, agotamiento *m*

spossessare *vt* desposeer (**q di qc** a alg de u-c), despojar (**q di qc** a alg de u-c)

sposta|mento *m* desplazamiento, traslado; **~re 1.** *vt* 1. (*mueble*...) mover, correr, desplazar, trasladar; 2. (*fecha*) cambiar, aplazar; 3. *adm* trasladar; 4. (*trastornar*) descolocar, trastornar; **2. ~rsi** 1. moverse, correrse, apartarse; 2. desplazarse, trasladarse; **~to, -a** *adj/s* desplazado, -a, marginado, -a

spot *m inv* spot *m*, espot *m*, anuncio *m*

spranga (*pl* **-ghe**) *f* tranca, barra, aldaba; **~re** *vt* atrancar, trancar

spray *m inv* spray *m*, espray *m*

sprazzo *m* 1. (*líquido*) salpicadura *f*; (*luz*) destello; 2. destello, atisbo

sprec|are 1. *vt* derrochar, malgastar; (*oportunidad, balón*) desaprovechar; **2. ~rsi** perder el tiempo; **~o** (*pl* **-chi**) *m* derroche, dispendio; **~one, -a** *adj/s* derrochón, -ona, malgastador, -a, manirroto, -a

spregevole *adj* despreciable, ruin, rastrero, -a

spregiativo, -a 1. *adj* despectivo, -a; *ling* despectivo, -a; **2.** *m ling* peyorativo

spregio (*pl* **-gi**) *m* desprecio

spregiudicat|ezza *f* 1. falta de prejuicios; 2. falta de escrúpulos; 3. temeridad; **~o, -a 1.** *adj* 1. sin prejuicios; 2. sin escrúpulos; **2.** *m/f* 1. persona sin prejuicios *f*; 2. persona sin escrúpulos *f*

spremere *vt tamb. fig* exprimir

spremiagrumi (*var.* **spremilimoni**) *m inv* (*cítricos*) exprimidor *m*; **~frutta** *m inv* exprimidor *m*; **~toio** (*pl* **-oi**) *m* exprimidor; **~tura** *f* estrujamiento *m*

spremuta *f* (*cítricos*) zumo *m*

spretarsi colgar los hábitos

sprezz|ante *adj* despectivo, -a, desdeñoso, -a; **~o** *m* desprecio

sprigionare *vt* 1. excarcelar; 2. exhalar, emanar, desprender

sprimacciare *vt* mullir, esponjar

sprint *m inv* sprint

sprizzare 1. *vi* borbotar; **2.** *vt* manar; (*alegría*) rebosar, exhalar

sprofonda|mento *m* (*terreno, casa*) hundimiento; **~re 1.** *vi* hundirse; (*estudio, trabajo*) sumirse (**in** en), enfrascarse (**in** en); **2.** *vt* hundir; **3. ~rsi** hundirse; ***~rsi nella poltrona*** *hundirse en el sofá*; (*estudio, trabajo*) sumirse (**in** en), sumergirse (**in** en)

sproloquio (*pl* **-qui**) *m* vaniloquio, discurso grandilocuente

spron|are *vt* (*caballo, tamb. fig*) espolear; **~e** *m* 1. (*caballo*) espuela *f*; 2. estímulo, acicate; 3. (*camisa*) espalda *f*, canesú ◊ ***~ di cavaliere*** *bot* espuela de caballero (*f*); ***a spron battuto*** *adv* a todo correr; ***dar di ~*** dar de espuela, espolear

sproporzion|ato, -a *adj* desproporcionado, -a; **~e** *f* desproporción

spropositl|ato, -a *adj* 1. disparatado, -a; 2. desproporcionado, -a, enorme; **~o** *m* 1. despropósito, disparate, dislate; 2. *coloq* (*gran cantidad*) barbaridad *f* ◊ ***a ~*** *adv* sin ton ni son

sprovvedut|ezza *f* 1. inadvertencia, falta de prevención; 2. ingenuidad; **~o, -a** *adj* inculto, -a, ignorante; incauto, -a, ingenuo, -a

sprovvisto, -a *adj* desprovisto, -a (**di** de), desabastecido, -a (**di** de), desguarnecido, -a (**di** de) ◊ ***cogliere q alla ~a*** coger a alg desprevenido (*Esp*), sorprender a alg

spruzza|biancheria *m inv* rociador *m*; vaporizador para ropa *m*; **~re** *vt* (*líquido*) rociar, asperjar; salpicar (**q** a alg), mojar (**q** a alg); **~ta** *f* 1. rociada; salpicadura; 2. *meteo* llovizna; **~tore** *m* pulverizador, atomizador; *auto* surtidor

spruzzo *m* 1. salpicadura *f*, rociado; 2. *meteo* chubasco

spudorat|ezza *f* desvergüenza, descoco *m*, impudor *m*; **~o, -a** *adj/s* desvergonzado, -a, descocado, -a

spugn|a *f* (*zool, baño*) esponja ◊ ***bere come una ~*** beber como una esponja; ***gettare la ~*** (*abandonar*) tirar la toalla; **~etta** *f* mojasellos *m inv*; **~osità** *f inv* esponjosidad *f*; **~oso, -a** *adj* esponjoso, -a

spulciare *vt* 1. espulgar; 2. examinar

spuma *f* 1. espuma; 2. refresco *m*, limonada; 3. *gastr* mousse; **~nte** *m* vino espumoso; **~re** *vi* ‹*avere*› espumar, levantar espuma *vt*

spumeggia|nte *adj* 1. espumoso, -a; 2. picante, atrevido, -a; **~re** *vi* ‹*avere*› espumar, levantar espuma

spumo|ne *m* helado esponjoso; **~so, -a** *adj* espumoso, -a

spunta|re 1. *vt* 1. (*lápiz*...) despuntar; (*pelo*) cortar las puntas; 2. (*dificultad*) superar; (*cuenta, lista*) comprobar, verificar; **2.** *vi* asomar, aparecer, salir; *bot* brotar, despuntar; (*diente, sol*) salir; **3. ~rsi** 1. despuntarse; 2. (*rabia*) atenuarse ◊ ***~ il giorno*** amanecer; ***~rla*** salirse con la suya; ***da dove spunti?*** *coloq* ¿de dónde sales?; **~tura** *f* despunte *m*

spuntino *m gastr* tentempié, puntal (*Am*), piscolabis *inv*, refrigerio

spunto *m* 1. motivo; excusa *f*, pretexto; 2. inicio, principio; *auto* arranque, salida *f*; *sport* sprint, arrancada *f*; *mús* arranque; 3. *teat* apunte; **~ne** *m* 1. (*roca*) saliente, punta *f*; 2. pincho, espina *f*; 3. *mil/hist* alabarda *f*

spunzone *m tosc* codazo

spurg|are *vt* desatascar; *med* expectorar; **~o** (*pl* **-ghi**) *m* desatascamiento; expurgación *f*, limpieza *f*, *med* expectoración *f*

spurio, -a (*m pl* **-ri**) *adj* espurio, -a

sputacchi|are *vi* ‹*avere*› escupir; **~era** *f* escupidera; **~o** (*pl* **-chi**) *m* escupitajo, escupitazo, gargajo
sputare 1. *vt tamb. fig* escupir; **2.** *vi* ‹*avere*› escupir ◊ **~ *su q*** escupirle a alg a la cara
sputasentenze *m/f* pedante, sabihondo, -a, sabiondo, -a
sputo *m* escupitazo, escupitajo, salivazo, salivajo ◊ ***appiccicato con lo ~*** *coloq* cogido con alfileres
sputtanare *vt vulg* poner a parir, poner de vuelta y media (*coloq*), poner a caer de un burro (*coloq*)
squadr|a *f* 1. *mat* escuadra; 2. brigada, cuadrilla, grupo *m*; *mil* compañía; *sport* equipo *m* ◊ **~ *mobile*** patrulla móvil; **~are** *vt* 1. (*cosas*) cuadrar, escuadrar; 2. (*personas*) examinar, calibrar; **~iglia** *f nav/aero* escuadrilla; **~ista** *m pol/hist* escuadrista; **~one** *m mil* escuadrón
squagliare *vt* derretir, deshacer ◊ ***~rsela*** esfumarse, escabullirse, largarse
squalifica *f sport* descalificación
squalificare ‹*esd*› *vt* descalificar
squallid|ezza *raro* V. **squallore**; **~o, -a** *adj* 1. (*lugar*) mísero, -a, sórdido, -a, triste; 2. insulso, -a, soso, -a; gris, monótono, -a; 3. infame, innoble, abyecto, -a; 4. *elev* escuálido, -a (*estánd*) (!)
squallore *m* 1. tristeza, desolación; 2. insulsez *f*, monotonía *f*; 3. abyección *f*, sordidez *f*, infamia *f*
squalo *m zool* escualo
squam|a *f zool* escama; **~are** *vt* escamar; **~oso, -a** *adj* escamoso, -a
squarcia|gola: a ~ *adv* a grito pelado; **~re** *vt* rasgar, desgarrar, lacerar
squarcio (*pl* **-ci**) *m* desgarro, desgarrón; *med* desgarro
squarta|re *vt* descuartizar; **~tore, -trice** *m/f* descuartizador, -a, destripador, -a ◊ ***Jack lo ~*** Jack el destripador
squash [skwɔʃ] *m inv* squash
squassare *vt* sacudir
squattrinato, -a *adj/s* pobretón, -ona
squilibr|are *vt* desequilibrar; **~ato, -a** *adj/s* desequilibrado, -a, perturbado, -a; **~io** (*pl* **-bri**) *m tamb. fig* desequilibrio
squilla *f* campanilla; *agric* esquila, cencerro *m*; **~nte** *adj* (*sonido*) agudo, -a, estridente; (*color*) vivo, -a; **~re** *vi* ‹*essere/avere*› (*teléfono, timbre*) sonar; (*voz*) resonar
squillo *m* timbrazo ◊ ***casa ~*** *f* casa de citas; ***ragazza ~*** *f* ="prostituta contratada por teléfono"
squinternato, -a *adj* 1. *impr* desencuadernado, -a, descompuesto, -a; 2. alocado, -a, pirado, -a
squisit|ezza *f* exquisitez, refinamiento *m*; **~o, -a** *adj* exquisito, -a
squittire ‹*isc*› *vi* ‹*avere*› *zool* gañir
sradica|mento *m* desarraigo, erradicación *f*; **~re** ‹*esd*› *vt* desarraigar, erradicar, descuajar; (*vicio*) erradicar
sragionare *vi* ‹*avere*› desvariar
sregola|tezza *f* 1. desorden *m*; 2. desarreglo *m*, disipación, exceso *m*; **~to, -a** *adj* 1. desordenado, -a; 2. disoluto, -a, disipado, -a; **~zione** *f med* desajuste *m*
srotolare ‹*esd*› *vt* desenrollar
ss. (*seguenti*) *abr* (*siguientes*) ss.
sst (*var.* **st**) *onom* pst
stabbio (*pl* **-bi**) *m agric* redil, aprisco; **~lo** *m* porqueriza *f*
stabile 1. *adj* estable; **2.** *m arq* inmueble, bien inmueble; **3.** *m/f* compañía estable *f*
stabili|mento *m* (*acción, lugar*) establecimiento; **~re** ‹*isc*› **1.** *vt* establecer; (*residencia*) fijar; **2. ~rsi** establecerse, instalarse; **~tà** *f inv* estabilidad *f*
stabilizza|re *vt* estabilizar; **~tore, -trice** *adj/m* estabilizador, -a; **~zione** *f* estabilización
stacanovismo *m pol/econ tamb. fig* estajanovismo, stajanovismo
stacca|bile *adj* separable; **~re 1.** *vt* 1. separar; (*sello*) despegar; (*cuadro*) descolgar; (*clavo, hoja, flor...*) arrancar; desenganchar, desensillar; (*vagón*) desenganchar; *sport* distanciar; *mús* picar, desligar; (*sílabas, palabras*) separar; 2. *com* (*letra*) emitir, librar; (*cheque*) extender; **2.** *vi* 1. destacar, resaltar; 2. *coloq* (*acabar de trabajar*) desconectar; **3. ~rsi** 1. separarse, alejarse; distanciarse, apartarse; 2. (*botón*) soltarse, descoserse; **~to, -a** *adj/m mús* picado, -a
staccia|re *vt* cerner, tamizar; **~tura** V. **setacciatura**
staccionata *f* empalizada, estacada, valla
stacco (*pl* **-chi**) *m* 1. separación *f*, corte; 2. (*color, sonido*) contraste; 3. pausa *f*; **~ *pubblicitario*** *pausa publicitaria* ◊ ***fare ~*** resaltar, destacar
stadera *f* (*balanza*) romana
stadio (*pl* **-di**) *m* 1. (*sport, medida*) estadio; 2. *astron* (*cohete*) fase *f*
staff *m inv* staff; **~a** *f* 1. (*montar*) estribo *m*; 2. (*pantalón*) trabilla; *sport* garfio *m*; 3. *tecn* abrazadera, mordaza; *arq* grapa ◊ ***perdere le ~e*** perder los estribos; ***tenere il piede in due ~e*** jugar con dos barajas
staffett|a *f* 1. *sport* carrera de relevos (!); 2. *hist* estafeta, correo *m*; **~ista** *m/f sport* relevista
staffile *m* látigo
stafilococco (*pl* **-chi**) *m biol* estafilococo
stage [stejdʒ] *m inv* stage *m*, curso de formación *m*
stagflazione *f econ* stagflación
staggio (*pl* **-gi**) *m* 1. *agric* varal; 2. *sport* paralela *f*
stagion|ale 1. *adj* estacional; **2.** *m/f* temporero, -a; **~are 1.** *vt* 1. (*vino*) envejecer, añejar; (*jamón, queso*) curar; (*madera*) secar; **2. ~rsi** (*vino*) envejecerse; (*jamón, queso*) curarse; (*leña*) secarse; **~ato, -a** *adj* 1. (*vino*) añejo, -a; (*queso, jamón*) curado, -a; (*madera*) seco, -a; 2. *irón* maduro, -a, machucho, -a (*coloq*); **~e** *f* 1. *meteo* estación; 2. (*teatro, turismo...*) temporada ◊ **~ *lirica*** temporada de conciertos; ***alta, bassa ~*** temporada alta, baja; ***mezza ~*** entretiempo (*m*)

stagliarsi (*fondo*) recortarse; ~ ***all'orizzonte*** *recortarse en el horizonte*
stagnalio (*pl* **-ai**) *m* estañador, hojalatero; **~nte** *adj* (*agua, actividad*) estancado, -a; **~re 1.** *vt* 1. *metal* estañar; 2. (*sangre*) restañar; **3.** *vi* (*agua*) estancarse, remansarse; *econ* estancarse, paralizarse; (*sangre*) restañar(se); **~zione** *f com* estancamiento *m*
stagnino V. **stagnaio**
stagno, -a 1. *adj nav tamb. fig* estanco, -a; **2.** *m* 1. estanque, charca *f*; 2. *quím* estaño; **~la** *f* papel de aluminio *m*, papel de plata *m*
staio (*pl (1)* **le staia**, *pl (2)* **gli stai**) *m* 1. (*medida*) celemín; 2. (*recipiente*) celemín
stalagmite *f* estalagmita
stalattite *f* estalactita
stalinis|mo *m* estalinismo; **~ta** *adj/s* estalinista
stalla *f* establo *m*, cuadra ◊ ***chiudere/serrare la ~ quando sono scappati i buoi*** a buenas horas mangas verdes
stallia *f nav* estadía
stalliere *m* mozo de cuadra
stallo *m* 1. (*coro, parlamento*) asiento; 2. bloqueo, parón, paro; **~ne** *m* semental
stamani (*var.* **stamane**) *adv* esta mañana
stamattina *adv* esta mañana
stambecco (*pl* **-chi**) *m zool* cabra montés *f*
stamberga (*pl* **-ghe**) *f* cuchitril *m*, cuartucho *m*
stambugio (*pl* **-gi**) *m* cuchitril, cubículo
stame *m* (*bot, lana, hilo*) estambre
stampa *f* 1. *impr* imprenta; 2. *period* prensa; 3. (*reputación*) prensa; ***avere buona, cattiva ~*** *tener buena, mala prensa*; 4. *foto* impresión; *tecn* (*tejidos*) estampación ◊ ~ ***gialla*** prensa amarilla, prensa sensacionalista; ~ ***rosa*** prensa rosa, prensa del corazón; **~ggio** (*pl* **-gi**) *m tecn* moldeo, moldeado; **~nte** *f informát* impresora ◊ ~ ***a getto di inchiostro*** impresora de chorro de tinta; ~ ***a margherita*** impresora de margarita; ~ ***ad aghi*** impresora de agujas, impresora matricial; ~ ***laser*** impresora láser; **~re** *vt impr* (*libro, billetes*) imprimir; *arte* grabar; *tecn* (*tejido*) estampar; (*metal, plástico*) moldear; *foto* impresionar; (*huella*) dejar, grabar; (*mentiras*) soltar, largar, endosar ◊ ~ ***figli*** parir como una coneja; **~tello** *m adm* mayúscula *f* ◊ ***scrivere in/a ~*** escribir con/en mayúsculas; **~to, -a 1.** *adj impr/electr* impreso, -a; ***circuito ~*** *circuito impreso*; *tecn* (*tejido*) estampado, -a; **2.** *m* 1. publicación *f*, opúsculo; 2. *adm* instancia *f*; **3.** *mpl correo* impresos; **~tore, -trice** *m/f* tipógrafo, -a; **~trice** *f cine* máquina de sobreimprimir; **~tura** *f impr* impresión; *tecn* estampación
stampella *f* 1. muleta; 2. (*ropa*) percha, colgador *m* ◊ ***reggersi sulle ~e*** pasar un mal momento
stamperia *f* (*lugar*) tipografía, imprenta
stampiglia *f* (*cuño*) estampilla; **~re** *vt* estampillar; **~tura** *f* estampillado *m*
stampo *m* 1. *gastr/tecn* molde; 2. calaña *f*, ralea *f* ◊ ***di vecchio ~*** *adj* chapado, -a a la antigua
stanare *vt* 1. *tamb. fig* sacar de la madriguera; 2. destapar, desvelar
stanca *f* (*río*) nivel máximo de crecida *m*; (*mar*) nivel máximo de la marea *m*; **~re** *vt tamb. fig* cansar
stanchezza *f* cansancio *m*
stanco, -a (*m pl* **-chi**) *adj* 1. (*fatigado*) cansado, -a; *fig* cansado, -a (**di** de), harto, -a (**di** de); 2. (*imaginación...*) agotado, -a; *agric* agotado, -a, exhausto, -a ◊ ~ ***morto*** reventado, rendido, molido
stand *m inv com* stand *m*, caseta *f*
standard *adj/m inv* estándar *adj/m*, standard *adj/m*
standardizza|re *vt* estandarizar; **~zione** *f* estandarización
standing ['standin] *m inv* standing; ~ **ovation** ['standin o'vaʃon] *f inv* ovación cerrada *f*
standista *m/f* encargado, -a de un stand
stanga (*pl* **-ghe**) *f* 1. barra, listón *m*, tranca; (*carro*) vara alcándara; 2. *coloq* (*persona delgada*) palo *m*; **~re** *vt* 1. (*puerta*) atrancar; 2. golpear, vapulear, apalear; abrumar, exprimir; *jerga estud* catear; **~ta** *f* 1. trancazo *m*, varapalo *m*; 2. *fig* palo *m*, golpe *m*, hachazo *m*; 3. ="fuerte aumento de impuestos" *m*; 4. *sport* (*fútbol*) chut *m*, disparo *m*
stanghetta *f* (*puerta*) pestillo *m*, cerrojo *m*, pasador *m*; (*gafas*) patilla, varilla; *mús* barra de compás
stanotte *adj* esta noche
stant|e *prep raro* teniendo en cuenta ◊ ***a sé ~*** *adj* separado, solo; **~io, -a** (*m pl* **-ii**) *adj gastr tamb. fig* rancio, -a; **~uffo** *m mec* émbolo, pistón
stanza *f* 1. habitación, cuarto *m*, pieza; 2. *lit* estancia (!) ◊ ~ ***dei bottoni*** centro de decisión (*m*); ***essere di ~*** *mil* estar estacionado
stanzia|mento *m econ* partida *f* ◊ ***~i di impegno*** *mpl* partidas comprometidas (*fpl*); **~re 1.** *vt com* consignar, asignar, destinar; **2. ~rsi** instalarse
stanzino *m* cuartito
stappare *vt* destapar, descorchar
star *f inv cine* estrella *f*
stare ‹*sto; stetti; stato*› V. 77 **1.** *vi* 1. (*estado, situación*) estar, encontrarse; ***come stai?*** *¿cómo estás?*; ~ ***bene, male*** *estar/encontrarse bien, mal*; ~ ***seduto, in piedi, fermo*** *estar sentado, de pie, quieto*; ***le cose stanno così*** *las cosas están así, la situación es esta*; ***sta' tranquillo*** *estate tranquilo*; 2. estar, vivir; ***sta con un amico*** *vive con un amigo, está con un amigo*; 3. (*costar*) estar; ***a quanto sta la carne?*** *¿a cuánto está la carne?*; 4. depender, tocar; ***sta a te decidere*** *depende de ti la decisión, te toca decidir*; 5. consistir, radicar; ***in questo sta il merito*** *en eso consiste el mérito*; 6. caber; ***non sta in sé dall'allegria*** *no cabe en sí de gozo*; 7. (*en varias perífrasis*) estar; ***sta piovendo*** *está lloviendo*; ***sta studiando*** *está estudiando*; ***stanno a studiare*** *están estudiando*; ***stiamo a vedere cosa succede*** *esperemos a ver qué pasa*; ~ ***per fare qc*** *estar a punto de hacer u-c*; ***sta-***

vo per uscire *estaba a punto de salir, iba a salir*; 8. atenerse; **~ *ai fatti*** *atenerse a los hechos*; 9. (*ropa*) sentar, ir; ***ti sta bene quel cappello*** *te sienta bien aquel sombrero*; **2. ~rci** 1. caber, entrar; ***la macchina in questo posto non ci sta*** *el coche en este sitio no cabe*; 2. estar de acuerdo; ***dice di andare in campagna e io ci sto*** *propone ir al campo y yo estoy de acuerdo* ◊ **~ *poco bene*** encontrarse mal

starlet *f inv* estarlet *f*

starna *f zool* perdiz pardilla; **~zzare** *vi* ‹*avere*› *zool tamb. fig* alborotarse

starnut|ire (*var.* **starnutare**) ‹*isc*› *vi* ‹*avere*› estornudar; **~o** *m* estornudo

starter *m inv auto* estárter *m*, starter *m*

stasare *vt* desatascar

stasera *adv* esta tarde; esta noche

stasi *f inv* 1. *med* estasis; 2. *econ* estancamiento *m*, parón *m*

statal|e 1. *adj* estatal, del estado; **2.** *m/f* funcionario, -a público, -a; **3.** *f* carretera nacional; **~ismo** *m* estatalismo

statalizza|re *vt* nacionalizar; **~zione** *f* nacionalización

static|a *f* estática; **~ità** *f inv* estaticidad *f*; **~o, -a** (*m pl* **-ci**) *adj* estático, -a

statino *m estud* papeleta (de examen) *f*

statist|a *m/f* estadista; **~ica** *f* estadística; **~ico, -a** (*m pl* **-ci**) *adj* estadístico, -a

stativo 1. *m* (*microscopio*) soporte, pie; **2.** *adj ling* estativo

stato 1. *m* estado; **2.** *pp* V. **essere, stare** ◊ **~ *civile/di famiglia*** *adm* estado civil; **~ *d'animo*** estado de ánimo; **~ *d'assedio*** estado de sitio; **~ *d'emergenza*** estado de emergencia; **~ *maggiore*** *mil tamb. fig* estado mayor, plana mayor (*f*); ***gli *~i Uniti d'America*** los Estados Unidos de América; ***essere in ~ di accusa*** estar en situación de acusado; ***essere in ~ interessante*** estar en cinta, encontrarse en estado de buena esperanza; ***vivere allo ~ selvaggio*** vivir en estado salvaje

statua *f* estatua; **~ria** *f* estatuaria; **~rio, -a** (*m pl* **-ri**) *adj* estatuario, -a

statuire *vt adm* estatuir

statunitense *adj/s* estadounidense, norteamericano, -a

statura *f* estatura, altura

status *m inv* status ◊ **~ *giuridico*** estatuto jurídico

statut|ario, -a (*m pl* **-ri**) *adj* estatutario, -a; **~o** *m jur/pol* estatuto ◊ ***lo ~ di un'associazione, di una società...*** los estatutos de una asociación, de una sociedad... (*mpl*); **~ *regionale*** estatuto de autonomía; **~ *dei lavoratori*** estatuto de los trabajadores (*Esp*)

stavolta *adv coloq* esta vez (*estánd*)

stazion|amento *m* estacionamiento; **~are** *vi* ‹*avere*› estacionar; **~ario, -a** (*m pl* **-ri**) *adj* estacionario, -a; **~e** *f transp* estación ◊ **~ *balneare*** (*mar*) balneario (*m*); **~ *di servizio*** estación de servicio, gasolinera; **~ *di transito*** *ferroc* estación de paso; **~ *ferroviaria*** estación; **~ *marittima*** estación marítima; **~ *meteorologica*** estación meteorológica; **~ *orbitale*** estación orbital; **~ *spaziale*** estación espacial; **~ *termale*** localidad termal (*m*)

stazza *f nav* arqueo *m*, registro *m*, tonelaje *m*; **~re** *vt nav* arquear

st.civ. (*stato civile*) *abr* estado civil

stearina *f quím* estearina

steatite *f* esteatita

steatoma *m med* esteatoma

stecca *f* 1. (*paraguas, abanico*) varilla; 2. (*billar*) taco *m*; 3. (*cigarrillos*) cartón *m*; 4. *mús* gallo *m*; (*billar*) pifia; **~re 1.** *vt* 1. *med* entablillar; 2. *gastr* mechar; 3. (*terreno*) vallar, cercar; **2.** *vi mús* desafinar, soltar un gallo *vt*; (*billar*) pifiar; **~to** *m* cerca *f*, empalizada *f*, valla *f*, palenque; *hist* palenque

stecchetto: a ~ *adv* a dos velas

stecchi|era *f* (*billar*) taquera; **~no** *m* palillo, mondadientes; **~re** ‹*isc*› *vt* matar, dejar tieso (*coloq*); **~to, -a** *adj* seco, -a, chupado, -a, escuchimizado, -a ◊ ***morto*** **~** muerto en el acto

stecco (*pl* **-chi**) *m* ramita seca *f*; palito ◊ ***essere magro come uno*** **~** estar más flaco que un palillo

Stefania *f* Estefanía

stegola *f agric* esteva, mancera

stele *f inv arte* estela *f*

stell|a *f* estrella ◊ **~ *di mare*** *zool* estrella de mar; **~ *cadente*** *astron* estrella fugaz; **~ *filante*** (*papel*) serpentina; ***buona, cattiva*** **~** buena, mala estrella; ***portare q alle ~e*** poner a alg por las nubes; ***i prezzi sono saliti alle ~e*** los precios están por las nubes; ***vedere le ~e*** *tamb. fig* ver las estrellas; **~are** *adj* estelar; **~aria** *f bot* estelaria; **~ato, -a** *adj* estrellado, -a; **~etta 1.** *f impr* asterisco *m*; **2.** *fpl mil* estrellas, galones *mpl*; **~ina 1.** *f* 1. estrellita; 2. starlet, estrella promesa; 3. *coloq* cariño *m*, cielito *m*; **2.** *fpl* estrellitas

stelo *m bot* tallo ◊ **~ *dello stantuffo*** *mec* vástago del émbolo

stemma *m* 1. *heráld* (*familia*) blasones *mpl*, armas *fpl*, escudo de armas; (*institución, país*) escudo; 2. *heráld* árbol genealógico; 3. (*filología*) estema

stemperare ‹*esd*› *vt* 1. diluir, desleír; 2. *metal* destemplar; 3. despuntar

stempiarsi pelarse las sienes

stempratura *f* destemple *m*

stendardo *m* estandarte, enseña *f*, bandera *f*

stendere ‹*stesi; steso*› V. 58 **1.** *vt* 1. extender, alargar; 2. (*ropa*) tender; 3. (*sobre una superficie*) extender; (*mantel*) poner; 4. tender, acostar; (*persona*) tumbar, derribar; 5. *adm* redactar; (*acta*) levantar; **~ *il verbale*** *levantar acta*; 6. *coloq* dejar pasmado, alucinar; **2. ~rsi** 1. extenderse; 2. echarse, tumbarse, recostarse

stendi|biancheria *m inv* (*objeto*) tendedero *m*; **~toio** (*pl* **-oi**) *m* (*objeto, local*) tendedero

stenodattilograf|ia *f* taquimecanografía; **~o, -a** *m/f* taquimecanógrafo, -a

stenograf|are ‹esd› *vt* estenografiar, taquigrafiar; **~ia** *f* estenografía, taquigrafía; **~ico, -a** (*m pl* **-ci**) *adj* estenográfico, -a, taquigráfico, -a; **~o, -a** *m/f* estenógrafo, -a, taquígrafo, -a
stenogramma *m* 1. texto taquigrafiado; 2. signo taquigráfico
stenoscritto *m* texto taquigrafiado
stenosi *f inv med* estenosis
stenotipista *m/f* estenotipista
stent|are 1. *vi* ‹avere› 1. esforzarse; **~ *a fare q*** *esforzarse en hacer u-c*; 2. malvivir, padecer; **2.** *vt* costar esfuerzo, sudar; **~ *il pane*** *ganarse el pan con esfuerzo*; **~to, -a** *adj* (*trabajo*) sacrificado, -a, duro, -a; (*sonrisa, palabras*) forzado, -a
stenterello *m* (*persona*) espantajo
stento *m* esfuerzo, sacrificio ◊ ***a ~*** *adv* a duras penas, apenas; **~reo, -a** *adj* estentóreo, -a
steppa *f geogr* estepa
steppico, -a (*m pl* **-ci**) *adj* estepario, -a
stepposo, -a *adj* estepario, -a
sterco (*pl* **-chi**) *m* estiércol
stereo 1. *adj inv* estéreo *adj*; **2.** *m inv* equipo de música *m*, cadena de música *f*
stereofoni|a *f* estereofonía; **~co, -a** (*m pl* **-ci**) *adj* estereofónico, -a
stereoscopio (*pl* **-pi**) *m* estereoscopio
stereotip|are ‹esd› *vt impr tamb. fig* estereotipar; **~to, -a** *adj impr tamb. fig* estereotipado, -a
stereotipia *f impr* estereotipia
stereotipo *m* estereotipo, cliché
steril|e *adj tamb. fig* estéril; **~ità** *f inv tamb. fig* esterilidad *f*
sterilizz|are *vt* esterilizar; *gastr* pasteurizar, pasterizar; **~tore, -trice** *adj/m* esterilizador, -a; **~zione** *f* esterilización; *gastr* pasteurización, pasterización
sterlina *f* libra esterlina
stermin|are ‹esd› *vt* exterminar; **~ato, -a** *adj* inmenso, -a, inconmensurable; **~atore, -trice** *adj/s* exterminador, -a; **~io** (*pl* **-ni**) *m* 1. exterminio; 2. *coloq* montón, mogollón; ***uno ~ di gente*** *un mogollón de gente*
sterno *m med* esternón
sternutire... V. **starnutare...**
steroide *adj/m quím* esteroide
sterpa|glia *f* maleza, broza; **~aia** *f* zarzal *m*; **~aio** *m* breñal, zarzal, fraga *f*; **~o** *m* 1. *bot* rama seca *f*; 2. *bot* zarza *f*; **~oso, -a** *adj* breñoso, -a
sterr|are *vt* excavar; **~tore, -trice** *m/f* excavador, -a
stertore *m med* estertor
sterz|are *vt/i* ‹avere› *auto* virar *vi*, girar *vi*, doblar *vi*; **~ata** *f* 1. *auto* viraje *m*, giro *m*; 2. cambio de idea *m*; **~o** *m* 1. *auto* dirección *f*; 2. *auto* volante
stesi..., steso V. **stendere**
stessere *vt* destejer
stesso, -a *adj/pron* mismo, -a; ***è la ~a persona*** *es la misma persona*; ***lo farò io ~*** *lo haré yo mismo*; ***lo farò lo ~*** *lo haré de todas formas*; ***è lo ~, è la ~a*** *es el mismo, es la misma (persona)* ◊ ***è lo ~/fa lo ~*** (*neutro*) es lo mismo, da igual; ***la ~a identica cosa*** exactamente lo mismo
stesura *f* (*escrito*) redacción
stetoscopio (*pl* **-pi**) *m* estetoscopio
stetti... V. **stare**
steward ['stiward] *m inv aero* auxiliar de vuelo *m*
stia *f agric* jaula, gallinero *m*
stiancia (*pl* **-ce**) *f bot* ñisñil *m*
stick *m inv* (*cosmética, farmacia*) barra *f*
stigma *m bot/zool tamb. fig* estigma
stigmate *fpl relig tamb. fig* estigmas *mpl*
stigmatizzare *vt* estigmatizar
stilare *vt adm* extender, redactar, estilar (*raro*)
stilé *adj inv* elegante *adj*
stile *m tamb. fig* estilo ◊ ***avere ~*** tener estilo, tener clase; ***in grande ~*** *adv* a lo grande; **~tto** *m* estilete
stilist|a *m/f* 1. estilista, diseñador, -a, modisto, -a; 2. *lit* estilista; **~ica** *f* estilística; **~ico, -a** (*m pl* **-ci**) *adj* estilístico, -a
stilizz|are *vt* estilizar; **~zione** *f* estilización
stillare 1. *vt* gotear, destilar; **2.** *vi* gotear
stilliberista *m/f* nadador, -a de estilo libre
stillicidio (*pl* **-di**) *m tamb. fig* goteo
stilo *m* 1. estilete; 2. *hist* (*escritura*) estilo; 3. *bot* estilo
stilografic|a *f* estilográfica; **~o, -a** (*m pl* **-ci**) *adj* estilográfico, -a
stima *f* 1. estima, consideración, aprecio *m*, estimación; 2. estimación, evaluación, tasación ◊ ***avere ~ di q*** sentir aprecio por alg; ***fare la ~ di qc*** hacer la tasación de u-c; **~bile** *adj* 1. estimable, apreciable; 2. *com* tasable; **~re 1.** *vt* 1. estimar, apreciar; 2. *com* estimar, tasar; 3. estimar, considerar; **2. ~rsi** considerarse; *desp* creerse; ***~rsi furbo*** *creerse muy listo*; **~tore, -trice** *m/f* tasador, -a
stimmate V. **stigmate**
stimol|ante *adj/m* estimulante; **~are** ‹esd› *vt* estimular; **~azione** *f* estimulación; **~o** *m* estímulo
stinco (*pl* **-chi**) *m med* espinilla *f*, tibia *f* ◊ ***non essere uno ~ di santo*** no ser trigo limpio, no ser un santo
stingere ‹stingo; stinsi; stinto› V. 11 *vt/i* ‹essere/avere› desteñir
stipare *vt* amontonar, apelotonar
stipendi|are *vt* contratar; **~ato, -a** *adj/s* asalariado, -a; **~o** (*pl* **-di**) *m* sueldo, salario, paga *f*; ***aumento di ~*** *aumento de sueldo, subida salarial* ◊ ***~ lordo*** sueldo bruto; ***~ netto*** sueldo neto
stipite *m arq* jamba *f*;
stipul|are ‹esd› *vt* estipular; **~zione** *f* estipulación
stira|calzoni *m inv* galán de noche *m*; **~cchiare 1.** *vt* (*sueldo, dinero; piernas*) estirar; (*precio*) regatear; **2.** *vi* ‹avere› *coloq* apretarse el cinturón; **3. ~rsi** desperezarse; **~mento** *m* 1. *tecn* planchado; 2. *med* estiramiento, distensión *f*; **~re** *vt* 1. estirar, alargar; 2. planchar; **~tore, -trice** *m/f* planchador, -a; **~trice** *f tecn* plancha; **~tura** *f* planchado *m*
stiro *m* planchado ◊ ***ferro da ~*** plancha *f*

stirpe *f* estirpe, familia, linaje *m*; estirpe, progenie, descendencia
stitichezza *f coloq* estreñimiento *m*
stitico, -a (*m pl* **-ci**) *adj/s* 1. *coloq* estreñido, -a; 2. *coloq* tacaño, -a, agarrado, -a
stiva *f* 1. *nav* bodega; 2. *agric* esteva, mancera; **~ggio** (*pl* **-gi**) *m nav* estiba *f*
stival|e *m* bota *f* ◊ ***~i da pioggia*** katiuskas (*fpl*), botas de lluvia (*fpl*); ***...dei miei ~i*** *adj desp* ...de mis pecados, ...de las narices; **~etto** *m* botín
stivare *vt nav* estibar
stivatore *m nav* estibador
stizz|a *f* berrinche *m*, enfado *m*; rabia; **~ire** ‹*isc*› **1.** *vt* enfadar, atufar; **2. ~rsi** enfurruñarse, enfadarse, atufarse; **~oso, -a** *adj* 1. (*persona*) enojadizo, -a, irascible, -a, cascarrabias *inv*; 2. (*cosas*) enojoso, -a, fastidioso, -a, engorroso, -a
sto V. **stare**
stoccafisso *m gastr* bacalao salado; **~ggio** (*pl* **-gi**) *m* almacenaje, estocaje; **~ta** *f* 1. (*espada...*) estocada; *sport* (*esgrima*) estocada; 2. *sport* (*fútbol...*) disparo a puerta *m*; 3. indirecta, puya
stocco *m* estoque
Stoccolma Estocolmo
stock *m inv* stock *m*, existencias *fpl*
stoffa *f* 1. tela, tejido *m*; paño *m*; 2. *fig* madera; ***avere la ~ del filosofo*** *tener madera de filósofo* ◊ ***avere della ~*** tener aptitudes
stoic|ismo *m* estoicismo; **~o, -a** (*m pl* **-ci**) *adj/s* estoico, -a
stoino *m* felpudo
stola *f* estola
stolid|ezza *f elev* estolidez; **~ità** *f inv elev* estolidez *f*; **~o, -a** *adj/s* estólido, -a, necio, -a
stolt|ezza *f* estulticia, necedad, estupidez; **~o, -a** *adj/s* estulto, -a, necio, -a
stoma *m bot* estoma
stomacal|e *adj/m* estomacal; **~re** ‹*esd*› **1.** *vt tamb. fig* asquear, dar náuseas; **2. ~rsi** *tamb. fig* revolverse las tripas, sentir náuseas
stomachevole *adj* nauseabundo, -a, repugnante
stomaco (*pl* **-ci/-chi**) *m* estómago ◊ ***a ~ vuoto*** *adv* con el estómago vacío, en ayunas; ***avere q sullo ~*** estar de alg hasta las narices, tener a alg atravesado; ***avere qc sullo ~*** haber sentado mal u-c; ***dare di ~*** vomitar; ***rivoltare lo ~ a q*** *tamb. fig* revolverle las tripas a alg
stomatite *f med* estomatitis *inv*
stona|re **1.** *vt mús* desafinar *vi*, desentonar *vt*; **2.** *vi* ‹*avere*› *mús* desentonar; (*color...*) desentonar, chirriar; **~to, -a** *adj mús* (*instrumento*) desafinado, -a; (*voz*) desafinado, -a, desentonado, -a; (*color...*) chillón, -ona, que desentona; **~tura** *f* 1. desafinación, disonancia; 2. (*inconveniencia*) salida de tono
stop **1.** *m inv* 1. *auto* luz de freno *f*; 2. *auto* (*señales*) stop *m* (*Esp*), alto *m* (*Am*); 3. *telec* (*telégrafo*) stop *m*; **2.** *excl* ¡alto!
stopp|a *f* estopa; **~are** *vt* 1. parar, detener; 2. (*con estopa*) obstruir, taponar; **~ata** *f sport* parada; **~er** *m sport* stopper; **~ie** *fpl agric* rastrojos *mpl*; **~ino** *m* mecha *f*, pábilo, pabilo; **~oso, -a** *adj* estropajoso, -a
storcere ‹*storco; storsi; storto*› V. 80 **1.** *vt* retorcer, torcer; ***~ la bocca/il naso/le labbra*** *torcer el gesto*; **2. ~rsi** 1. *elev* retorcerse; ***~rsi per il dolore*** *retorcerse de dolor*; 2. torcerse; ***~rsi un braccio*** *torcerse un brazo*
stordi|mento *m* aturdimiento; **~re** ‹*isc*› *vt* aturdir; **~to, -a** *adj/s* atolondrado, -a, despistado, -a
storia *f* historia; ***~ medioevale, moderna*** *historia medieval, moderna*; *desp* historia, cuento *m*, romance *m*; ***è la solita ~*** *es el cuento/la historia de siempre*; ***è una ~ che non finisce mai*** *es el cuento de nunca acabar*; ***quante ~e!*** *¡cuántos romances!*
storic|izzare *vt* ="considerar desde el punto de vista histórico"; **~o, -a** (*m pl* **-ci**) **1.** *adj* histórico, -a; **2.** *m/f* historiador, -a
storiograf|ia *f* historiografía; **~ico, -a** (*m pl* **-ci**) *adj* historiográfico, -a; **~o, -a** *m/f* historiógrafo, -a
storione *m zool* esturión
storm|ire ‹*isc*› *vi* ‹*avere*› (*hojas*) susurrar; **~o** *m* 1. (*aves*) bandada *f*; 2. *aero* escuadrilla *f* ◊ ***suonare a ~*** tocar a arrebato
storn|are *vt* 1. (*peligro*) esquivar; 2. disuadir (**q da qc** a alg de u-c); 3. *econ* hacer un contrasiento; **~o** *m zool* estornino
storpi|are *vt* 1. *med* lisiar, tullir; 2. (*lengua*) chapurrear; 3. (*palabras, sílabas*) comerse; **~atura** *f* 1. *med* lisiadura, tullimiento *m*; 2. (*lengua*) chapurreo *m*; **~o, -a** (*m pl* **-pi**) *adj/s* lisiado, -a, tullido, -a
storsi... V. **storcere**
stort|a *f* 1. *med* torcedura, esguince *m*; 2. *quím* retorta; **~o, -a 1.** *adj* 1. torcido, -a; 2. equivocado, -a; **2.** *pp* V. **storcere**; **~ura** *f* absurdo *m*, contrasentido *m*
stoviglie *fpl* vajilla *f*; ***lavare le ~*** *lavar los platos*
strabi|co, -a (*m pl* **-ci**) *adj/s* bizco, -a, estrábico, -a; **~liare 1.** *vt* anonadar, apabullar; **2.** *vi* pasmarse, asombrarse; **~smo** *m* estrabismo
strabuzzare: ~ gli occhi poner los ojos en blanco
stracarico, -a (*m pl* **-ci**) *adj* sobrecargado, -a
straccia|re *vt* rasgar, desgarrar, romper; **~tella** *f* 1. *gastr* sopa con huevo deshilachado y queso rayado; 2. *gastr* (*helado*) stracciatella; **~to, -a** *adj* 1. rasgado, -a; 2. *coloq* (*precio*) tirado, -a, baratísimo, -a
straccio, -a (*m pl* **-ci**, *f pl* **-ce**) **1.** *adj* viejo, -a, de desecho; ***roba ~a*** *cosas de deshecho*; **2.** *m* trapo; ***~ per la polvere*** *trapo para quitar el polvo*; ***~ per i pavimenti*** *bayeta*; **3.** *mpl coloq* (*pertenencias*) trastos; ***prendi i tuoi ~i e vattene*** *coge tus trastos y lárgate* ◊ ***ridurre uno ~*** dejar hecho un guiñapo; ***sentirsi uno ~*** sentirse como un trapo; ***uno ~ di...*** un miserable...; ***non avere uno ~ di vestito*** no tener ni un miserable vestido; **~ne, -a** *m/f* andrajoso, -a, harapiento, -a
straccivendolo, -a *m/f* trapero, -a

stracco, -a (*m pl* **-chi**) *adj* reventado, -a, molido, -a, rendido, -a
stracossi... V. **stracuocere**
stracotto, -a 1. *adj* 1. pasado, -a, demasiado cocido, -a; 2. colado, -a (**di** por), locamente enamorado, -a (**di** de); **2.** *pp* V. **stracuocere**
stracuocere ‹*cuocio; cossi; cotto*› V. 10 *vt* recocer, cocer demasiado
strada *f* 1. carretera; 2. calle; 3. *fig* camino *m*, vía ◊ **~ *a scorrimento veloce*** vía rápida; **~ *a senso unico*** calle de una dirección; **~ *facendo*** *adv* por el camino, a medida que se avanza; **~ *ferrata*** ferrocarril (*m*); **~ *maestra*** camino real (*m*); carretera principal; **~ *senza uscita*** calle sin salida; ***andare fuori* ~** salirse de la carretera; ***andare per la propria* ~** seguir su propio camino, ir a la suya; ***divorare la* ~** devorar los quilómetros; ***essere su una cattiva* ~** ir por mal camino; ***fare* ~** abrir camino; ***farsi* ~** *tamb. fig* abrirse camino, abrirse paso; ***mettere q in mezzo alla* ~** poner a alg de patitas en la calle; ***mettersi in* ~** ponerse en camino; ***spianare la* ~ *a q*** allanarle el camino a alg; ***tagliare la* ~ *a q*** cerrarle el paso a alg; ***tenere (bene) la* ~** *auto* agarrarse (bien) al firme; ***trovarsi sulla* ~** (*estar sin recursos*) encontrarse en la calle; ***trovarsi sulla* ~ *giusta*** ir por el buen camino; ***tutte le ~e portano a Roma*** todos los caminos llevan a Roma; **~le** *adj* viario, -a, vial, de carretera(s); **~rio** (*pl* **-ri**) *m* callejero, guía urbana *f*
stradi|na *f* callejuela, calleja; **~no** *m* peón caminero; **~olo** *m biol* estradiol; **~vario** (*pl* **-ri**) *m mús* stradivarius *inv*, estradivarius *inv*
stradone *m* avenida *f*
strafal|cione, -a 1. *m/f* chapucero, -a; **2.** *m* (*error*) barbaridad *f*, salvajada *f*; **~re** ‹*faccio/fò; feci; fatto*› V. 36a *vi* ‹*avere*› llevar demasiados asuntos entre manos; **~tto, -a 1.** *adj* (*fruta*) pasado, -a; **2.** *pp* V. **strafare**
straforo: di ~ *adv* a escondidas
strafottente *adj/s* displicente, arrogante, insolente
strafottenza *f* displicencia, arrogancia, insolencia
strafottere: a ~ *adv vulg* a mansalva (*estánd*), por un tubo (*coloq*)
strafottersi *vulg* traérsela floja, importar un carajo; ***me ne strafotto*** *me la trae floja, me la suda*
strage *f* estrago *m*, matanza; *estud irón* escabechina ◊ ***fare* ~** causar estragos
stragrande *adj* enorme, inmenso, -a
stralci|are *vt* (*nombre...*) eliminar, borrar; *com* liquidar; **~o** (*pl* **-ci**) *m* 1. eliminación *f*, cancelación *f*; *com* liquidación *f*, cancelación *f*; 2. (*de un texto*) extracto ◊ ***vendere a* ~** *com* liquidar
strale *f elev* saeta
stralun|are: ~ gli occhi *vi* abrir los ojos de par en par, poner ojos como platos; **~to, -a** *adj* (*ojo*) abierto, -a del todo; (*persona*) anonadado, -a
stramaledire ‹*dico; dissi; detto*› V. 21 *vt coloq* blasfemar, soltar sapos y culebras
stramazz|are *vi* desplomarse, derrumbarse, caer en redondo; **è *stramazzato a terra*** *se ha desplomado en el suelo*; **~o** *m raro* batacazo
stramber|ia *f* disparate *m*, chaladura; **~o, -a** *adj* disparatado, -a, estrafalario, -a, estrambótico, -a, raro, -a; **~otto** *m lit* estrambote
strame *m* (*para el ganado*) paja *f*
stramonio (*pl* **-ni**) *m bot* estramonio
strampalato, -a *adj* (*idea...*) descabellado, -a; (*persona*) extravagante, raro, -a
stranezza *f* extrañeza, rareza
strangol|amento *m tamb. fig* estrangulamiento, estrangulación *f*; **~re** ‹*esd*› *vt tamb. fig* estrangular; **~tore, -trice** *m/f* estrangulador, -a
straniamento *m* extrañamiento
straniero, -a *adj/s* extranjero, -a
stranito, -a *adj* confuso, -a, aturullado, -a
strano, -a *adj* extraño, -a
straordinario, -a (*m pl* **-ri**) **1.** *adj* extraordinario, -a; **2.** *m* paga extra *f* ◊ ***fare gli ~i*** hacer horas extras
straorzare *vi* ‹*avere*› *nav* guiñar
strapagare *vt* pagar demasiado (**qc** por u-c)
strapazz|are *vt tamb. fig* maltratar; **~ata** *f* 1. reprimenda, sermón *m*; 2. (*trabajo*) paliza; **~ato, -a** *adj* de perros *inv*; ***vita ~a*** *vida de perros* ◊ ***uova ~e*** *fpl gastr* huevos revueltos (*mpl*); **~o** *m* (*trabajo*) ajetreo, paliza *f* ◊ **da ~** *adj desp* de tres al cuarto, de pacotilla
strapieno, -a *adj* lleno, -a a rebosar
strapiomb|are *vi* ‹*avere/essere*› inclinarse, estar inclinado; **~o** *m* saledizo; *geogr* tajo ◊ **a ~** *adv* a pico
strappal|acrime *adj inv* lacrimógeno, -a; **~re 1.** *vt* arrancar; **~ *le lacrime, gli applausi*** *arrancar lágrimas, aplausos*; **2. ~rsi** romperse, rasgarse; **~ta** *f* tirón *m*, estirón *m*
strappo *m* 1. estirón, tirón; 2. (*tela*) desgarrón, roto; *med* desgarro; 3. excepción *f*; ***fare uno ~ alla regola*** *hacer una excepción a la regla*; 4. *sport* (*halterofilia*) arrancada *f*; (*ciclismo*) arrancada *f*, tirón ◊ **a ~i** *adv* a tirones, a ratos; ***dare uno* ~** romper los contactos; ***dormire a ~i*** dormir a tirones
strapuntino *m* (*asiento plegable*) traspontín, traspuntín
straricco, -a (*m pl* **-chi**) *adj* riquísimo, -a
straripare *vi* ‹*avere/essere*› desbordarse, rebosar
strascicare ‹*esd*› **1.** *vt* arrastrar; **2.** *vi* ‹*avere*› arrastrarse ◊ **~ *le parole*** arrastrar las palabras
strascico (*pl* **-chi**) *m* 1. arrastre; 2. (*vestido*) cola *f*; 3. séquito, cortejo; 4. secuelas *fpl*, consecuencias *fpl* ◊ **a ~** *adv* (*pesca, red*) de arrastre
strasciconi *adv* a rastras
strass *m inv min* zirconita *f*
stratagemma *m* estratagema *f* (!), treta *f*, ardid
strateg|a (*pl* **-ghi**) *m mil tamb. fig* estratega; **~ia** (*pl* **-gie**) *f* estrategia; **~ico, -a** (*m pl* **-ci**) *adj* estratégico, -a; **~o** (*pl* **-ghi**) *m hist* estratego
stratifica|re ‹*esd*› *vt* estratificar; **~zione** *f* estratificación

strato *m meteo/geol tamb. fig* estrato; *gastr* capa *f*
stratosfer|a *f* estratosfera; **~ico, -a** (*m pl* **-ci**) *adj* estratosférico, -a
strattonlare *vt* dar empujones, empujar; **~e** *m* tirón
stravacca|rsi *coloq* despatarrarse; **~to, -a** *adj* despatarrado, -a
stravagan|te *adj* extravagante, estrafalario, -a; **~za** *f* extravagancia
stravasarsi *med* extravasarse
stravecchio, -a (*m pl* **-chi**) *adj* viejísimo, -a; *gastr* añejo, -a
stravedere ‹*vidi; visto/veduto*› V. 85 *vt/i* ‹*avere*› ver mal, equivocarse al mirar ◊ ~ ***per q*** tener ojos sólo para alg
stravincere ‹*vinco; vinsi; vinto*› V. 87 *vt* ganar con ventaja, ganar de calle
stravizio (*pl* **-zi**) *m* exceso, desenfreno
stravolgere ‹*volgo; volsi; volto*› V. 90 *vt* (*cara, ojos*) desencajar; trastornar, turbar; ***il dolore gli stravolse la mente*** *el dolor le trastornó la mente*
strazi|ante *adj* desgarrador, -a; **~are** *vt* 1. torturar, atormentar; 2. desgarrar ◊ ~ ***l'anima*** romper el alma; ~ ***le orecchie*** *irón* hacer daño a los oídos; **~o** (*pl* **-zi**) *m tamb. fig* tormento, tortura *f* ◊ ***fare ~ di q*** torturar a alg; ***fare ~ di qc*** derrochar u-c, estropear u-c
strega (*pl* **-ghe**) *f* bruja; **~re** *vt* embrujar, hechizar
stregone *m* 1. brujo, hechicero; 2. curandero; **~ria** *f* 1. brujería, hechicería; 2. embrujo *m*, hechizo *m*, maleficio *m*
stregua: alla ~ di *prep* según, siguiendo; ***alla stessa ~*** *del mismo modo*
strem|are *vt* extenuar, agotar; **~o** *m* extenuación *f*, agotamiento
strenna *f* aguinaldo *m*
strenuo, -a *adj* estrenuo, -a; esforzado, -a, trabajador, -a
strepit|are ‹*esd*› *vi* ‹*avere*› alborotar, armar estrépito; **~io** (*pl* **-tii**) *m* barullo, estrépito; **~o** *m* estrépito, estruendo, fragor; **~oso, -a** *adj tamb. fig* estrepitoso, -a
strepto|cocco *m biol* estreptococo; **~micina** *f* estreptomicina
stress *m inv* estrés ◊ ***essere sotto ~*** estar sometido a estrés; **~ante** *adj* estresante; **~are** *vt* estresar
strett|a *f* 1. apretón *m*; 2. sobresalto *m*, estremecimiento *m*, vuelco *m*; ***sentire una ~ al cuore*** *dar un vuelco el corazón*; 3. apretura *f*, estrechez; 4. apogeo *m*, máximo *m*; conclusión, final; 5. *geogr* garganta, desfiladero *m* ◊ ~ ***creditizia*** *econ* reducción del crédito; ~ ***di mano*** apretón de manos (*m*); ***essere alla ~ finale*** estar en las últimas; ***essere, mettere alle ~*** estar, poner contra las cuerdas; ***venire alle ~e*** llegar el momento de la verdad; **~ezza 1.** *f* estrechez, apretura; (*tiempo*) apuro *m*; **2.** *fpl* (*dinero*) estrecheces, apuros *mpl*, escasez *f*; **~o, -a 1.** *adj* 1. estrecho, -a; 2. (*pariente*) próximo, -a, allegado, -a; (*amigo*) íntimo, -a; 3. (*disciplina*) estricto, -a; 4. *ling* (*vocal, lengua*) cerrado, -a; **2.** *m geogr* estrecho; ***lo ~ di Gibilterra*** *el estrecho de Gibraltar*; **3.** *pp* V. **stringere** ◊ ***lo ~ necessario*** lo estrictamente necesario; **~oia** *f* 1. (*carretera*) estrechamiento *m*; 2. (*dificultad*) apuro *m*, aprieto *m*
stria *f med/arq* estría; **~re** *vt* estriar; **~to, -a** *adj* estriado, -a; **~tura** *f* estriado *m*; acanaladura
stricnina *f* estricnina
stridente *adj* (*sonido*) estridente; (*color*) estridente, chillón, -ona
stridere (*sin pp*) *v/def* 1. (*persona, animal*) chillar; 2. crujir, chirriar, crepitar, rechinar; (*puerta, rueda*) chirriar; (*viento*) silbar; 3. (*desentonar*) chirriar, no pegar; ***il colore dell'armadio stride*** *el color del armario chirría*
stridio (*pl* **-dii**) *m* 1. (*persona*) chillido, chillería *f*; 2. (*cosa*) chirrido
strido (*pl* **le strida**) *m* chillido; **~re** *m* 1. (*cosa*) chirrido; 2. (*persona*) chillido; 3. (*dientes*) rechinar, dentera *f*
stridulo, -a *adj* estridente, chirriante
striglia *f* almohaza, rascadera; **~re** *vt* almohazar; **~ta** *f* 1. cepillado con la almohaza *m*; 2. rapapolvo *m*, regañina
strill|are *vi* ‹*avere*› chillar, vocear, desgañitarse; berrear; **~ata** *f* grito *m*, chillido *m*; berrido *m*; **~o** *m* grito, chillido; **~one, -a** *m/f* 1. *com* (*vendedor de periódicos*) vocero, -a, canillita (*Am*); 2. chillón, -ona, vocinglero, -a
striminzito, -a *adj* 1. (*persona*) escuchimizado, -a, chupado, -a; 2. (*ropa*) miserable
strimpellare *vt mús coloq* aporrear
stringa (*pl* **-ghe**) *f* (*zapato, paquete*) cordón *m*; **~re** *vt* anudar, acordonar; **~to, -a** *adj* conciso, -a
stringere ‹*stringo; strinsi; stretto*› V. 78 **1.** *vt* 1. apretar, estrechar; ~ ***la mano a q*** *estrecharle la mano a alg*; ~ ***q tra le braccia*** *estrechar a alg entre los brazos*; 2. (*pacto*) establecer, firmar; (*amistad*) amistad; 3. *med* estreñir; 4. (*vestido*) estrechar; restringir, ajustar; 5. resumir, sintetizar; 6. acelerar; adelantar; **2.** *vi* apremiar; **3. ~rsi** apretarse ◊ ***stringi, stringi*** en resumidas cuentas
striptease ['striptiz] *m inv* estriptis
striscia (*pl* **-sce**) *f* tira, lista, cinta; (*en la tela*) raya; (*tebeo*) tira; *jerga drog* (*cocaína*) raya ◊ ***~e pedonali*** paso de cebra (*m*); ***a ~e*** *adj* a rayas; **~nte** *adj* 1. *zool tamb. fig* rastrero, -a; 2. *econ* recurrente; **~re 1.** *vt* (*pies*) arrastrar; rozar; **2.** *vi* 1. reptar; arrastrarse; 2. rozar *vt* (**contro qc** u-c), pasar rozando (**contro qc** en u-c); **3. ~rsi** 1. restregarse; 2. adular *vt*, halagar *vt*; **~ta** *f* 1. arrastre *m*; roce *m*; *zool* reptar *m*; 2. rastro *m*
striscio (*pl* **-sci**) *m med* frotis *inv* ◊ ***di ~*** *adv* de refilón; **~ne** *m* pancarta *f* ◊ ~ ***d'arrivo*** pancarta de llegada (*f*), pancarta de meta (*f*)
stritola|mento *m* trituración *f*; **~re** ‹*esd*› *vt* 1. triturar; 2. (*derrotar*) machacar

strizza|cervelli *m inv irón* (*psiquiatra*) comecocos; **~re** *vt* (*ropa*) escurrir; (*limón...*) exprimir
strobilo *m bot/zool* estróbilo
strofa (*pl* **-e**) (*var.* **strofe**) *f lit* estrofa
strofina|ccio (*pl* **-ci**) *m* trapo; bayeta *f* ◊ ***trattare q come uno ~*** tratar a alg como a un trapo; **~re** *vt* frotar; **~ta** *f* restregón *m*
strolaga *f zool* colimbo *m*
strombazzare *vt* pregonar
strombettata *f* trompetazo *m*
Stromboli *geogr* Estrómboli
stronca|mento *m* destroncamiento; **~re** *vt* 1. (*árbol*) destroncar; (*brazo...*) arrancar; 2. (*matar*) llevarse; ***il male lo ha stroncato*** *el mal se lo ha llevado*; (*esperanzas, ilusiones*) frustrar, cortar; (*revuelta*) sofocar, reprimir; 3. (*crítica*) echar por el suelo, poner de vuelta y media; **~tura** *f* crítica feroz, crítica demoledora
stronz|ata *f* 1. *vulg* (*acción*) cabronada; 2. (*dicho*) gilipollez; **~io** *m quím* estroncio; **~o, -a 1.** *m/f vulg* cabrón, -ona, mamón, -ona, capullo, -a, gilipollas *inv*; **2.** *m vulg* zurullo, cagallón (*reg*)
stropicciare *vt* frotar, refregar
stroppo *m nav* estrobo
strozza *f* gaznate *m*, garguero *m*, gollete *m*; **~mento** *m* estrangulamiento; **~re 1.** *vt* 1. estrangular; ahogar; 2. obstruir, taponar; 3. (*préstamo*) ahogar, exprimir; **2. ~rsi** 1. atragantarse; 2. ahorcarse, colgarse; **~to, -a** *adj* 1. (*voz*) ahogado, -a, apagado, -a; 2. *med* (*hernia*) estrangulado, -a; **~tura** *f* 1. estrangulamiento *m*; 2. (*conducto, carretera...*) estrechamiento *m*
strozzin|aggio (*pl* **-gi**) *m* usura *f*; **~o, -a** *m/f* usurero, -a
struccare *vt* desmaquillar
struggere ‹*struggo; strussi; strutto*› V. 25 *vt* 1. derretir, fundir; 2. concomer, consumir; ***un dubbio lo strugge*** *una duda le concome*
struggimento *m* desvelo, celo, preocupación *f*
strument|ale *adj* instrumental; **~alizzare** *vt* instrumentalizar; **~are** *vt mús* instrumentar; **~ario** (*pl* **-ri**) *m* instrumental; **~azione** *f* instrumentación; **~ista** *m/f* 1. *mús* instrumentista; 2. *tecn* proyectista, diseñador, -a industrial; **~o** *m mús/tecn tamb. fig* instrumento ◊ ***~i ad arco, a corda, a fiato, a percussione*** instrumentos de arco, de cuerda, de viento, de percusión
strusciare 1. *vt* frotar, rozar; **2. ~rsi** 1. refregarse, frotarse; 2. adular (**a q** a alg), halagar (**a q** a alg)
strussi... V. **struggere**
strutto 1. *m* manteca *f*; **2.** *pp* V. **struggere**
struttura *f* estructura; **~le** *adj* estructural; **~lismo** *m* estructuralismo; **~lista** *adj/s* estructuralista; **~re** *vt* estructurar; **~zione** *f* estructuración
struzzo *m zool* avestruz *f* ◊ ***fare la politica dello ~/fare come lo ~*** esconder la cabeza debajo del ala
stucca|re *vt* 1. enmasillar, estucar; 2. (*comida*) saciar, llenar; 3. cansar, aburrir; **~tore, -trice** *m/f* escayolista; **~tura** *f* estucado *m*
stucchevole *adj* 1. (*comida*) *tamb. fig* empalagoso, -a; 2. engorroso, -a, pesado, -a; aburrido, -a, tedioso, -a
stucco (*pl* **-chi**) *m* estuco, masilla *f*, escayola *f*; (*adorno*) estuco, escayola *f* ◊ ***rimanere/restare di ~*** quedarse de piedra
studente, -essa *m/f* estudiante; **~sco, -a** (*m pl* **-chi**) *adj* estudiantil
studiacchiare *vt/i* ‹*avere*› estudiar con desgana
studiare 1. *vt/i* estudiar; **2.** *vi/~rsi* ‹*essere*› intentar *vt* (**di fare qc** hacer u-c), esforzarse (**di fare qc** por hacer u-c); **3. ~rsi** estudiarse, examinarse
studio (*pl* **-di**) *m* 1. (*acción; tratado, proyecto*) estudio; 2. (*lugar*) estudio, despacho; *TV/cine/radio* estudio ◊ ***~ legale*** bufete, despacho de abogado(s); ***~ medico*** consulta (*f*); ***essere allo ~*** estar en estudio; **~so, -a 1.** *adj* estudioso, -a; **2.** *m/f* experto, -a, estudioso, -a, especialista
stufa *f* estufa, radiador *m*; **~re 1.** *vt* 1. calentar, caldear; *gastr* rehogar, cocer a fuego lento; 2. cansar, hartar; **2. ~rsi** hartarse (**di** de), cansarse (**di** de); aburrirse; **~to** *m gastr* estofado, guisado
stufo, -a *adj* harto, -a (**di** de), cansado, -a (**di** de); aburrido, -a
stunt-man ['stantmen] *m inv cine* doble *m*, especialista *m*
stuoia *f* estera
stuolo *m* (*gente*) multitud *f*, legión *f*, nube *f*, turba *f*
stupefa|cente *adj/s* 1. (*droga*) estupefaciente; 2. increíble, alucinante; **~re** ‹*faccio/fò; feci; fatto*› V. 36a *vt* pasmar, anonadar, impresionar; **~tto, -a** *adj* estupefacto, -a, patidifuso, -a, pasmado, -a
stupendo, -a *adj* estupendo, -a, magnífico, -a
stupid|aggine *f* estupidez; **~ità** *f inv* estupidez *f*, necedad *f*; **~o, -a** *adj/s* estúpido, -a
stupire ‹*isc*› *vt* sorprender, asombrar
stupore *m* estupor, estupefacción *f*, asombro, pasmo
stupr|are *vt* estuprar; **~o** *m* estupro
stura *f* (*recipiente*) destapado *m*, destape *m* ◊ ***dare la ~ a qc*** dar rienda suelta a u-c; **~lavandini** (*var.* **sturalavandino** *m*) *m inv* desatascador *m*; **~re** *vt* (*botella*) destapar, abrir; (*lavabo*) desatascar, desembozar
stuzzica|denti *m inv* (*dientes*) palillo *m*, mondadientes *m*; **~re** *vt* 1. hurgar, escarbar; 2. molestar, dar la lata, pinchar (*coloq*); 3. incitar; (*apetito*) despertar, abrir; (*curiosidad*) despertar
su 1. *prep* 1. (*lugar*) sobre, encima de; ***sul tavolo*** *encima de la mesa, sobre la mesa*; ***cadde ~ di noi una pioggia di pietre*** *cayó sobre nosotros una lluvia de piedras*; en; ***sul lago, sul mare*** *en el lago, en el mar*; (*dirección*) a; ***salire sul treno*** *subir al tren*; 2. (*tema*) sobre, acerca de; ***discutere ~ un argomento*** *discutir sobre un tema*; 3. (*tiempo, edad*) alrededor de, sobre; ***un uomo sulla sessantina*** *un hombre sobre los sesenta*; en; ***sul momento*** *en ese momento*; 4. (*cantidad aproximada*) alrededor de, sobre; **co-**

sta sui cinquanta euro *costa (sobre) unos cinquenta euros/alrededor de unos cinquenta euros;* 5. (*modo*) por, sobre, a; ***~ misura*** *a medida;* ***~ ordinazione*** *por encargo;* ***due ~ tre*** *dos de cada tres;* ***sull'esempio di*** *siguiendo el ejemplo de;* ***fare errori ~ errori*** *hacer un error detrás de otro;* ***giurare ~ q/qc*** *jurar por alg/u-c;* **2.** *adv* (*situación*) arriba, encima; *tamb. fig* (*dirección*) hacia arriba; ***dai mille euro in ~*** *de mil euros para arriba;* **3.** *excl* ¡arriba!, ¡vamos!, ¡ánimo! ◊ ***~ per giù*** más o menos, aproximadamente; ***andare ~ e giù*** ir arriba y abajo; ***non andare né ~ né giù*** no tragar

suadente, -a *adj elev* suasorio, -a, persuasivo, -a

subacqueo, -a 1. *adj* submarino, -a; ***sport ~i*** *deportes subacuáticos;* **2.** *m/f* submarinista

subaffittlare *vt* subarrendar, realquilar; **~o** *m* subarriendo; **~uario, -a** (*m pl* **-ri**) *m/f* subarrendatario, -a

subalpino, -a *adj* prealpino, -a

subalterno, -a *adj/s* subalterno, -a

subatomico, -a (*m pl* **-ci**) *adj* subatómico, -a

subbuglio (*pl* **-gli**) *m* alboroto, tumulto

subconscio, -a (*m pl* **-sci**) *adj/m psicol* subconsciente

subcosciente *adj/m psicol* subconsciente

subcultura *f* subcultura

subdelegare ‹*esd*› *vt* subdelegar

subdolo, -a *adj* falso, -a, engañoso, -a, pérfido, -a

subduzione *f geol* subducción

subentrare *vi* 1. sustituir (**q in qc** a alg en u-c), suceder (**q in qc** a alg en u-c); 2. aparecer, suceder; ***sono subentrate difficoltà*** *han surgido dificultades*

suberificazione *f bot* suberificación

subinquilino, -a *m/f* subinquilino, -a

subire ‹*isc*› *vt* sufrir (!), padecer (!); *med* sufrir (!), someterse (**qc** a u-c) (!); ***~ un'operazione*** *operarse, someterse a una operación*

subissare *vt* hundir, arruinar

subitaneo, -a *adj* súbito, -a, repentino, -a

subito, -a 1. *adv* enseguida, en seguida, al momento; ***vengo ~*** *voy enseguida, ya voy;* **2.** inmediatamente, ya; ***~ prima, dopo*** *justo antes, después;* **3.** *adj elev* súbito, -a ◊ ***in un ~*** *adv* en un momento, en un santiamén

sublimalre 1. *vt psicol/quím tamb. fig* sublimar; **2.** *vi quím* sublimarse; **~to** *m quím* sublimado, solimán (*coloq*); **~zione** *f psicol/quím tamb. fig* sublimación

sublime *adj* sublime

subliminale *adj* subliminal

sublimità *f inv* sublimidad *f*

sublocalre *vt* subarrendar, realquilar; **~tario, -a** (*m pl* **-ri**) *m/f* subarrendatario, -a; **~zione** *f* subarriendo *m*

subnormale *adj/s* subnormal

subodorare *vt* presentir, sospechar

subordinalre ‹*esd*› *vt* subordinar; **~to, -a** *adj/s* subordinado, -a; **~zione** *f* subordinación

subornalre *vt jur* sobornar, cohechar; **~zione** *f jur* soborno *m*, cohecho *m*

subroutine [subru'tin] *f inv informát* subrutina *f*

substrato *m biol* substrato

subtropicale *adj* subtropical

subumano, -a *adj* inhumano, -a

suburblano, -a *adj* suburbano, -a; **~io** (*pl* **-bi**) *m* suburbio

succedaneo, -a *adj/m* sucedáneo, -a

succedere ‹*successi/succedei, (2) tamb. succedetti; successo, (2) tamb. succeduto*› V. 14 *vi* 1. suceder, ocurrir, pasar, acontecer; 2. (*sustituir*) suceder; (*venir después*) suceder, seguir

succeditrice V. **successore**

successi... V. **succedere**; **~one** *f* sucesión, serie; *jur* sucesión; **~vo, -a** *adj* sucesivo, -a, siguiente

successo 1. *m* éxito (!); **2.** *pp* V. **succedere**; **~re** (*f* **succeditrice**) *adj/s* sucesor, -a; **~rio, -a** (*m pl* **-ri**) *adj jur* sucesorio, -a

succhilare *vt* chupar, succionar ◊ ***~ la ruota*** *sport* chupar rueda; **~ello** *m tecn* barrena *f*; **~o** (*pl* **-chi**) *m* chupada *f*; **~one, -a** *m/f* chupón, -ona, gorrón, -ona; **~otto** *m* chupete

succiacapre *m inv zool* chotacabras

succinto, -a *adj* sucinto, -a

succitato, -a *adj* aludido, -a, citado, -a antes

succo (*pl* **-chi**) *m med tamb. fig* jugo; (*fruta*) jugo, zumo ◊ ***~ gastrico*** jugo gástrico; **~so, -a** *adj tamb. fig* jugoso, -a

succubo, -a (*var.* **succube**) *adj/s* súcubo, -a

succulento, -a *adj* suculento, -a

succursale *f* sucursal, filial, delegación

sud *m inv* sur; ***a ~ (di)*** *al sur (de)*

Sudafrica: il ~ *m* Sudáfrica; ***~no, -a** *adj/s* sudafricano, -a

sudamericano, -a *adj/s* sudamericano, -a

sudanese *adj* sudanés, -esa

sudarle *vt/i* ‹*avere*› sudar; **~io** (*pl* **-ri**) *m* sudario

sudatla *f* sudada ◊ ***fare una ~*** darse/pegarse una sudata; **~iccio, -a** (*m pl* **-ci**, *f pl* **-ce**) *adj* sudoroso, -a, sudado, -a; **~o, -a** *adj* 1. sudado, -a; 2. sudado, -a, trabajado, -a ◊ ***~ fradicio*** empapado

suddetto, -a *adj* susodicho, -a, mencionado, -a

sudditlanza *f* condición de súbdito; vasallaje *m*; **~o, -a** *m/f* súbdito, -a

suddividere ‹*divisi; diviso*› V. 61 *vt* subdividir

suddivisione *f* subdivisión

suddiviso V. **suddividere**

sudest *m inv* sudeste

sudiceria *f* suciedad, porquería

sudicio, -a (*m pl* **-ci**, *f pl* **-cie/-ce**) *adj tamb. fig* sucio, -a

sudicione, -a *adj/s* 1. guarro, -a, puerco, -a, cochino, -a; 2. (*obsceno*) guarro, -a, verde (*coloq*)

sudiciume *m* suciedad *f*, porquería *f*, roña *f*

sudista *adj/s* sudista

sudorle *m* sudor; **~iparo, -a** *adj* sudoríparo, -a

sudovest *m inv* sudoeste

sudtirolese *adj/s* surtirolés, -esa

sufficien|te *adj* suficiente ◊ ***fare il ~, la ~*** darse aires de suficiencia; **~za** *f* suficiencia; *desp* suficiencia, presunción; *estud* suficiente *m*, aprobado *m* ◊ ***a ~*** *adv* suficiente
suffisso *m ling* sufijo
suffrag|are *vt elev* sufragar; **~io** (*pl* **-gi**) *m* sufragio ◊ ***~ limitato*** sufragio restringido; ***~ universale*** sufragio universal; **~ista** *m/f hist* sufragista
suffumi|care ‹*esd*› *vt* fumigar, sahumar; **~gio** (*pl* **-gi**) *m* fumigación *f*, sahumerio
suggell|are *vt tamb. fig* sellar; **~o** *m* 1. *elev* sello, sigilo; 2. señal *f*, prueba *f*
suggeri|mento *m* sugerencia *f*; **~re** ‹*isc*› *vt* 1. sugerir; 2. *teat* apuntar; **~tore, -trice** *m/f teat* apuntador, -a
suggestion|abile *adj* sugestionable; **~are** *vt* sugestionar; **~e** *f* sugestión
suggestivo, -a *adj* sugestivo, -a
sughera *f bot* alcornoque *m*
sughereto *m bot* alcornocal
sughero *m bot* corcho
sugheroso, -a *adj* corchoso, -a
sugna *f* (*cerdo*) manteca, enjundia
sugo (*pl* **-ghi**) *m* 1. (*fruta, verdura*) jugo, zumo; (*carne...*) jugo; 2. (*pasta*) salsa de tomate *f*; 3. (*esencia*) sustancia *f*, enjundia *f* ◊ ***non c'è ~*** no tiene sustancia
sugos|ità *f inv* jugosidad *f*; **~o, -a** *adj* jugoso, -a
suicid|a *adj/s* suicida; **~arsi** suicidarse; **~io** (*pl* **-di**) *m* suicidio
suino, -a 1. *adj* porcino, -a; **2.** *m* cerdo
suite [swit] *f inv* suite *f*
sulfamidico, -a (*m pl* **-ci**) **1.** *adj* sulfamídico, -a; **2.** *m* sulfamida *f* (!)
sulfureo, -a *adj* sulfúreo, -a
sultan|ato *m* sultanato; **~ina** *f* (*uva*) sultana; **~o, -a** *m/f* sultán, -ana ◊ ***fare una vita da ~/fare la vita del ~*** vivir como un maharajá
summit ['summit, 'sammit] *m inv pol* cumbre *f*
sunto *m* resumen
suntuario, -a *adj adm* suntuario, -a
suo, -a (*pl* **suoi, sue**) *adj* 1. (*de él, de ella*) su *sing*, sus *pl*; ***il ~ cane, le ~e cravatte*** *su perro, sus corbatas*; ***~ padre, ~a nonna*** *su padre, su abuela*; ***le ~e zie, i suoi nonni*** *sus tías, sus abuelas*; 2. suyo, -a, -os, -as; ***è un amico ~*** *es un amigo suyo*; ***le scarpe sono sue*** *los zapatos son suyos*; **2.** *pron* suyo, -a, -os, -as ◊ ***essere dalla ~a*** estar de su parte; ***i suoi*** (*familia*) los suyos; ***il ~*** el suyo; lo suyo; ***ne ha fatta una delle ~e*** ha hecho una de las suyas; ***vuole dire la ~a*** quiere decir su opinión
Suo, -a (*pl* **Suoi, Sue**) *adj* 1. (*de usted*) su *sing*, sus *pl*; 2. (*de usted*) suyo, -a, -os, -as; **2.** *pron* (*de usted*) suyo, -a, -os, -as ◊ ***la ~a del due marzo*** su carta del dos de marzo
suocero, -a *m/f* suegro, -a
suoi V. **suo**
suol|a *f* suela ◊ ***mezze ~e*** medias suelas; **~are** V. **solare**; **~o** *m* suelo ◊ ***radere al ~*** arrasar
suon|are 1. *vt mús* (*instrumento, pieza*) tocar; (*timbre, campana*) tocar; (*las horas, el reloj*) dar; **2.** *vi* 1. ‹*avere*› (*teléfono, despertador...*) sonar; llamar (a la puerta); ***ha suonato il campanello*** *ha sonado el timbre*; ***hanno suonato*** *han llamado (a la puerta)*; 2. *mús* tocar; ***il chitarrista ha suonato molto bene*** *el guitarrista ha tocado muy bien*; (*campana*) tocar; 3. ‹*essere*› (*horas, toques de campana*) sonar; 4. (*causar una impresión*) sonar; ***questo verso non suona bene*** *este verso no suena bien* ◊ ***~ q/~rle a q*** dar una zurra a alg, zurrarle a alg; ***~rla a q*** cantarle a alg las cuarenta; *coloq* liar a alg, meter a alg en un lío; **~ato, -a** *adj* 1. (*años*) cumplido, -a; (*horas*) pasado, -a; ***è mezzanotte ~a*** *son pasadas las doce de la noche*; 2. *sport tamb. fig* (*boxeador*) sonado, -a; **~atore, -trice** *m/f* músico, -a ◊ ***buonanotte, ~i!*** *coloq* ¡apaga y vámonos!; **~eria** V. **suoneria**; **~o** *m* sonido ◊ ***a suon di fischi, di legnate*** *adv* con una lluvia de silbidos, de golpes; ***al ~ di/a suon di*** *prep* al son de
suora *f* monja; (*ante nombre propio*) sor, hermana; ***suor Maria, Agata*** *sor María, Ágata*
super *adj/f inv* (*gasolina*) súper
superabbondanza *f* superabundancia
superaffollato, -a *adj* abarrotado, -a
superalimentazione *f* sobrealimentación
superallenamento *m* sobreentrenamiento
superamento *m* superación *f*, *auto* adelantamiento
superare ‹*esd*› *vt* superar; *auto* adelantar; *estud* aprobar
superato, -a *adj* superado, -a, anticuado, -a, obsoleto, -a
superb|ia *f* soberbia; **~o, -a** *adj* 1. soberbio, -a, altanero, -a, engreído, -a; 2. orgulloso, -a (**di q/qc** de alg/de u-c); 3. soberbio, -a, magnífico, -a
supercarcere *m* cárcel de máxima seguridad *f*
superconduttività *f inv fís* superconductividad *f*; **~ttore** *m fís* superconductor; **~zione** *f fís* superconducción
superdonna *f irón* superwoman
superdotato, -a *adj/s* superdotado, -a
superfamiglia *f cient* superfamilia
superficial|e *adj tamb. fig* superficial; **~ità** *f inv* superficialidad *f*; **~e** (*pl* **-ci**) *f* superficie
superflu|idità *f inv fís* superfluidad *f*, **~o, -a** *adj* superfluo, -a
su per giù V. **suppergiù**
Super-io (*var.* **super-io**) *m inv psicol* superyó
superior|a *adj/f relig* superiora; **~e 1.** *adj* superior; **2.** *m mil/relig* superior; **~ità** *f inv* superioridad *f*
superla|tivo, -a *adj/m* superlativo, -a; **~voro** *m* trabajo excesivo
supermercato (*var.* **supermarket**) *m* supermercado
superpotenza *f pol* superpotencia
supersonico, -a (*m pl* **-ci**) *adj* supersónico, -a
superstite *adj/s* superviviente
superstizio|ne *f* superstición; **~so, -a** *adj/s* supersticioso, -a

superstra|da *f* autovía; **~to** *m ling* superestrato
superuomo *m* 1. *filos* superhombre; 2. *irón* superhombre, supermán
supervis|ione *f* supervisión; **~ore, -a** *m/f* supervisor, -a
supino, -a *adj* 1. supino, -a, boca arriba *inv*; 2. supino, -a; ***ignoranza ~a*** *ignorancia supina*
suppellettile *f* 1. objeto *m*, utensilio *m*; ***le ~i di casa*** *los enseres domésticos*; 2. (*arquelogía*) resto *m*, hallazgo *m*
suppergiù (*var.* **su per giù**) *adv coloq* poco más o menos
supplement|are *adj* suplementario, -a, adicional; **~o** *m* suplemento
supplen|te *adj/s* suplente, sustituto, -a; **~za** *f* suplencia, sustitución
suppletivo, -a *adj* supletorio, -a; *ling* supletivo, -a
supplica *f* súplica; **~nte** *adj/s* suplicante; **~re** ‹*esd*› *vt* suplicar, implorar
supplichevole *adj* suplicante, implorante
supplire ‹*isc*› **1.** *vt* (*profesor*) suplir, sustituir; **2.** *vi* ‹*avere*› suplir *vt* (**a una qualità** una cualidad)
supplizio (*pl* **-zi**) *m* suplicio
supporre ‹*pongo; posi; posto*› V. 56 *vt* suponer
supporto *m* soporte, apoyo; *informát/tecn* soporte
suppos|itorio (*pl* **-ri**) *m med* supositorio; **~zione** *f* suposición
supposta *f med* supositorio *m*
suppurare *vi* ‹*avere/essere*› supurar
suppurazione *f* supuración
suprem|azia *f* supremacía; **~o, -a** *adj* supremo, -a
surclassare *vt sport tamb. fig* sobrepasar, superar
surf *m inv* surf; **~ing** ['surfin] *m inv* surfing; **~ista** *m/f* surfista
surgela|mento *m* congelación *f*; **~re** *vt gastr* congelar; **~to, -a** *adj/m gastr* congelado, -a
surmenage [syrmen'naz, surme'naz]*m inv* surmenage, agotamiento
suro *m zool* jurel
surplus *m inv econ* excedente *m*
surreale *adj* irreal
surrealis|mo *m arte/lit* surrealismo; **~ta** *adj/s arte/lit* surrealista; **~tico, -a** (*m pl* **-ci**) *adj arte/lit* surrealista, -a
surrenale *adj med* suprarrenal
surrettizio, -a (*m pl* **-zi**) *adj* subrepticio, -a
surrezione *f jur* subrepción
surriscalda|mento *m* recalentamiento; **~re** *vt* recalentar
surroga|re *vt* subrogar; **~to** *m* sucedáneo
suscettibil|e *adj/s* susceptible; **~ità** *f inv* susceptibilidad *f*
suscitare ‹*esd*› *vt* suscitar
susin|a *f bot* ciruela; **~o** *m bot* ciruelo
suspense ['saspens, sys'pans] *f inv* suspense *m*, intriga *f*
suspicione: legittima ~ *f jur* legítima sospecha
susseg|uente *adj* subsiguiente; **~ire** *vt* subseguir, seguir, venir después
sussidi|ario, -a (*m pl* **-ri**) *adj* subsidiario, -a; **~o** (*pl* **-di**) *m* 1. subsidio; 2. ayuda *f*; ***con il ~ di q*** *con la ayuda de alg*; 3. material; ***~i bibliografici*** *material bibliográfico*; ***~i didattici*** *materiales didácticos, medios didácticos*; ***~i audiovisivi*** *materiales audiovisuales*
sussiego (*pl* **-ghi**) *m* suficiencia *f*, afectación *f*
sussisten|te *adj* subsistente; **~za** *f* subsistencia
sussistere ‹*sussistito*› V. 41 *vi* subsistir
sussult|are *vi* ‹*avere*› sobresaltarse, azorarse, estremecerse; **~o** *m* sobresalto, estremecimiento, azoramiento
sussurr|are *vt* susurrar; **~o** *m* susurro
sutura *f med* sutura; **~re** *vt med* suturar
suvvia! *excl* ¡vamos!, ¡ea!
suzione *f* succión
svaccarsi 1. *coloq* (*cansarse*) entrar el muermo, entrar pereza (*estánd*); 2. *coloq sept* despatarrarse
svag|are *vt* distraer, entretener; **~o** (*pl* **-ghi**) *m* distracción *f*, entretenimiento
svaligia|re *vt* desvalijar; **~tore, -trice** *m/f* desvalijador, -a
svaluta|re ‹*esd/-uto*› *vt* 1. *econ* devaluar, depreciar; 2. menospreciar, minusvalorar; **~zione** *f econ* devaluación, depreciación
svani|re ‹*isc*› *vi* desvanecerse, desaparecer; (*ilusiones...*) desvanecerse, esfumarse; **~to, -a** *adj desp* abobado, -a, atontado, -a; *desp* (*por vejez*) chocho, -a
svantaggi|ato, -a *adj* desfavorecido, -a ◊ ***essere ~ rispetto a q*** estar en desventaja con alg; **~o** (*pl* **-gi**) *m* desventaja *f* ◊ ***a ~ di q*** *adv* en detrimento de alg; ***partire in ~*** salir con desventaja; **~oso, -a** *adj* desventajoso, -a, desfavorable
svaporare *vi* 1. (*líquidos*) evaporarse, disiparse; 2. (*sentimientos*) disiparse, desvanecerse
svariato, -a *adj* variado, -a
svarione *m* despropósito, burrada *f*
svasare *vt* 1. *bot* trasplantar; 2. (*falda*) alargar
svastica *f* esvástica, cruz gamada
svecchia|mento *m* 1. rejuvenecimiento; 2. puesta al día *f*; **~re** *vt* rejuvenecer, poner al día
svedese 1. *adj* sueco, -a; **2.** *m/f* sueco, -a; **3.** *m* cerilla de seguridad *f*
svegli|a *f* 1. (reloj) despertador *m*; 2. hora de despertarse; *mil* diana; **~are** *vt* 1. despertar; 2. despabilar, espabilar; **~o, -a** (*m pl* **-gli**) *adj* despierto, -a; (*listo*) despierto, -a, despabilado, -a, espabilado, -a
svelare *vt* desvelar
svellere ‹*velsi; velto*› V. 26 *vt elev* arrancar (*estánd*), desarraigar (*estánd*)
svelt|ezza *f* 1. soltura, agilidad; 2. listeza, inteligencia; 3. esbeltez; **~ire** ‹*isc*› **1.** *vt* 1. (*tráfico*) agilizar; 2. (*persona*) despertar, despabilar, avispar; 3. (*figura*) estilizar, realzar; **2. ~rsi** despabilarse, avisparse; **~o, -a 1.** *adj* 1. rápido, -a, despierto, -a, ágil; 2. esbelto, -a; **2.** *pp* V. **svellere** ◊ ***alla ~a*** *adv* rápido, rápidamente

svenare 1. *vt* 1. cortar las venas; 2. arruinar, hundir; **2. ~rsi** 1. cortarse las venas; 2. desvivirse (**per** por)
svendere *vt com* liquidar, rematar
svendita *f com* liquidación, remate *m* ◊ **~ *di fine stagione*** liquidación por fin de temporada
svenevole *adj* zalamero, -a, melindroso, -a
sveni|mento *m* desmayo, desvanecimiento; **~re** ‹*vengo; venni; venuto*› V. 86 *vi* desmayarse
sventa|gliare *vt* 1. abanicar; 2. desplegar en abanico; **~re** *vt* (*conjura*) desvelar, destapar, malograr; (*peligro*) conjurar; **~tezza** *f* atolondramiento *m*; **~to, -a 1.** *adj* alocado, -a, atolondrado, -a; **2.** *m/f* atolondrado, -a, bala perdida (*coloq*)
sventola *f* 1. (*fuego*) soplillo *m*; 2. tortazo *m*, soplamocos *m inv*
sventolare ‹*esd*› **1.** *vt* (*bandera, pañuelo*) agitar; (*fuego*) avivar; **2.** *vi* ondear
sventolio (*pl* **-lii**) *m* ondeo, ondear
sventra|mento *m* 1. destripamiento; 2. (*barrio*) demolición *f*; **~re** *vt* destripar, despanzurrar; (*un barrio*) demoler; **~tore, -trice** *adj/s* destripador, -a
sventura *f* desventura; **~to, -a** *adj/s* desventurado, -a
sverginare ‹*esd*› *vt* desvirgar, desflorar
svergogna|re *vt* avergonzar, abochornar; **~to, -a** *adj/s* desvergonzado, -a, sinvergüenza
sverna|mento *m zool* invernación *f*; **~re** *vi* ‹*avere*› invernar
svestire *vt* desvestir, desnudar
svettare *vt agric* desmochar
Svev|ia *f* Suabia, Suebia; ***~o, -a** *adj/s* suabo, -a, suebo, -a
Svezia: la ~ *f* Suecia
svezza|mento *m* (*bebé*) destete; **~re** *vt* 1. quitar un vicio, deshabituar; 2. (*bebé*) destetar
svia|mento *m* 1. desviación *f*, desvío; 2. *ferroc* descarrilamiento; **~re 1.** *vt* desviar; esquivar; distraer; **2. ~rsi** desviarse, descarriarse
svicolare ‹*esd*› *vi* ‹*essere/avere*› dar esquinazo, escabullirse
svignarsela *coloq* escabullirse, escaquearse, dar esquinazo
svigorire ‹*isc*› *vt* debilitar
svili|mento *m* envilecimiento; **~re** ‹*isc*› *vt* envilecer
sviluppa|re 1. *vt* 1. desenrollar, desplegar; 2. *econ tamb. fig* desarrollar; 3. *foto* revelar; **2. ~rsi** desarrollarse, formarse; *econ* desarrollarse, progresar *vi*; evolucionar; **~o** *m* 1. desarrollo; evolución *f*; 2. *foto* revelado ◊ **~ *sostenibile*** desarrollo sostenible
svincola|mento *m raro* desvinculación *f*; **~re** ‹*esd*› *vt* desvincular, desligar; *com* rescatar
svincolo *m* 1. *com* rescate; 2. (*autopista*) salida *f*; (*entre carreteras*) enlace
svisare *vt* tergiversar, alterar, desvirtuar
svisceral|re ‹*esd*› *vt* desentrañar, estudiar a fondo; **~to, -a** *adj* apasionado, -a, vehemente
svista *f* despiste *m*, descuido *m*, distracción
svita|re *vt* desatornillar, destornillar, desenroscar; **~to, -a** *adj* 1. destornillado, -a; 2. (*loco*) chalado, -a
Svizzer|a: la ~ *f* Suiza; ***~o, -a** *adj/s* suizo, -a
svogliat|ezza *f* desgana; desidia; **~o, -a** *adj/s* desganado, -a; perezoso, -a
svolazz|are *vi* ‹*avere*› *tamb. fig* revolotear; **~o 1.** *m* 1. *tamb. fig* revoloteo; 2. (*en la firma*) rúbrica *f*; **2.** *mpl* florituras *fpl*
svolgere ‹*svolgo; svolsi; svolto*› V. 90 *vt* desarrollar
svolgimento *m* desarrollo
svolsi... V. **svolgere**
svolt|a *f* 1. giro *m*, vuelta; (*curva*) revuelta; 2. giro en redondo *m*, cambio sustancial *m*; momento clave *m*; **~are 1.** *vt* desempaquetar; **2.** *vi* ‹*avere*› girar; **~ *a sinistra*** *girar a la izquierda*; **~o** V. **svolgere**
svuota|mento *m* vaciado; **~re** *vt* vaciar
swing [swin] *m inv sport/mús* swing

T

t (*tonnellata*) *abr* (*tonelada*) t
tab. (*tabella*) *abr* tabla
tabaccaio, -a (*m pl* **-ai**) **1.** *m/f* estanquero, -a; **2.** *m* estanco; ***vado dal ~*** *voy al estanco*
tabacch|eria *f* estanco *m*, cigarrería (*Arg/Ur*); **~iera** *f* tabaquera; **~ino** *m* tabacalero; ***vado dal ~*** voy al estanco
tabacco (*pl* **-chi**) *m* tabaco ◊ **~ *biondo*** tabaco rubio; **~ *da fiuto/da naso*** rapé; **~ *da pipa*** tabaco de pipa; **~ *scuro*** tabaco negro; **~ *trinciato*** (tabaco de) picadura
tabagismo *m med* tabaquismo
tabarro *m* tabardo
tabe *f med* tabes *inv* ◊ **~ *dorsale*** tabes dorsal
tabell|a *f* tabla; **~ *dei prezzi*** *tabla de precios* ◊ **~ *di marcia*** *sport* hoja de ruta; **~one** *m* (*anuncios...*) tablón ◊ **~ *elettronico*** *sport* marcador
tabernacolo *m* tabernáculo
tabloid *m inv impr* tabloide *m*; **~e** *m med* tableta *f*; sello
tabù *adj/m inv* tabú *adj/m*
tabula rasa: fare ~ *vi* hacer tabla rasa, hacer borrón y cuenta nueva
tabulare ‹*esd*› *vt* tabular
tabulato *m informát* (*impreso*) listado; **~re** *m tecn* tabulador
tabulatrice *f informát* tabuladora
TAC (*Tomografia Assiale Computerizzata*) *abr/f* (*Tomografía Axial Computerizada*) TAC *m*
tac *onom/m* tac
tacca *f* muesca, mella ◊ ***di mezza ~*** *adj* de mediana estatura, bajito, -a; ***una mezza ~*** un mediocre *m*, una medianía
taccagn|eria *f* tacañería, avaricia; **~o, -a** *adj/s* tacaño, -a, avaro, -a, roñoso, -a
tacchett|are *vi* ‹*avere*› taconear; **~io** (*pl* **-tii**) *m* taconeo; **~o** *m* (*fino*) tacón; *sport* taco

tacchino, -a *m/f zool* pavo, -a
taccia (*pl* **-ce**) *f* (mala) fama; ***avere la ~ di bugiardo*** *tener fama de mentiroso*; **~re** *vt* tachar, tildar; ***~ q di traditore*** *tachar a alg de traidor*
taccio... V. **tacere**
tacco (*pl* **-chi**) *m* tacón ◊ ***~i a spillo*** tacones de aguja; ***~i alti*** tacones altos; ***battere/alzare il ~*** poner pies en polvorosa, salir por piernas
taccuino *m* libreta *f*, bloc
tacere ‹*taccio; tacqui; taciuto*› V. 53 *vt/i* ‹*avere*› callar ◊ ***chi tace acconsente*** quien calla otorga; ***far ~*** acallar; ***mettere a ~ q*** hacer callar a alg
tachi|cardia *f med* taquicardia; **~metro** *m* taquímetro
tacit|amente *adv* calladamente; **~are** ‹*esd*› *vt com tamb. fig* acallar; **~o, -a** *adj* tácito, -a
taciturn|ità *f inv* taciturnidad *f*; **~o, -a** *adj* taciturno, -a
tacqui... V. **tacere**
tafanario (*pl* **-ri**) *m irón* trasero
tafano *m zool* tábano
tafferuglio (*pl* **-gli**) *m* tumulto, alboroto, batahola *f*
taffettà *m inv* tafetán *m*
tagiko, -a *adj/s geogr* tayiko, -a
Tagiskistan: il ~ *m geogr* Tayikistán
taglia *f* 1. (*ropa*) talla; 2. estatura; complexión; 3. recompensa; ***mettere una ~ su q*** *ofrecer una recompensa por alg*; **~borse** *m/f inv* ratero, -a *m/f*, carterista *m/f*; **~boschi** *m inv* leñador *m*; **~carte** *m inv* cortapapeles; abrecartas; **~ferro** *m* cortafrío; **~fuoco** *m inv* cortafuego *m*, cortafuegos; **~legna** *m inv* leñador *m*; **~mare** *m inv nav* tajamar; **~ndo** *m com* cupón; **~pasta** *m inv* cortapasta; **~pietre** *m inv* picapedrero *m*
tagliare 1. *vt* cortar; (*diamante, arte*) tallar; **2.** *vi* (*camino*) cortar, atajar; ***~ diritto*** *ir por el camino más corto*
tagliasigari *m inv* cortapuros
tagliatelle *fpl* tallarines *mpl*
tagliat|o, -a *adj* cortado, -a; ***capelli ~i corti*** *pelo corto*; **~ore, -trice** *m/f* cortador, -a; **~ura** *f* corte *m*
tagliaunghie *m inv* cortauñas
tagliavetri *m inv* cortacristales
taglie|ggiare *vt* (*cargar de tributos*) tallar; **~nte** *adj* 1. cortante, afilado, -a; 2. mordaz, incisivo, -a
taglier|e *m* tajo de cocina; **~ina** *f tecn* cizalla; **~ini** V. **tagliolini**
taglio (*pl* **-gli**) *m* corte; (*cuchillo...*) filo; (*libro*) canto ◊ ***~ cesareo*** *med* cesárea (*f*); ***banconote di piccolo, grosso ~*** *fpl* billetes pequeños, grandes (*mpl*); ***dare un ~ al passato*** cortar con el pasado; **~la** *f* (*trampa*) cepo *m*; **~lini** *mpl* tallarines
tagliuzzare *vt* desmenuzar
taiga *f geogr* taiga
tailleur [taˈjɛr] *m inv* traje sastre *m*
tal V. **tale**
talaltro, -a *pron* otro, -a ◊ ***talvolta ... ~a*** unas veces ... otras; ***taluno ... ~*** uno ... otro
talamo *m med/bot tamb. fig* tálamo
talar|e *adj* talar; **~i** *mpl mitol* talares
talassemia *f med* talasemia
talassoterapia *f* talasoterapia
talché *conj elev* de manera que (*estánd*), por lo que (*estánd*)
talco (*pl* **-chi**) *m* talco
tale (*como adj ante consonante a veces* **tal**) **1.** *adj* 1. (*demostrativo*) tal, semejante; ***non vale servirsi di ~i mezzi*** *no es lícito valerse de tales/semejantes medios*; ***ha ~i ricchezze da non dover lavorare*** *tiene tales riquezas como para no tener que trabajar*; 2. (*indefinido*) tal, cierto; ***ti ha telefonato un ~ Benigni*** *te ha llamado un tal Benigni*; ***la tale persona*** *tal persona/la persona tal*; **2.** *pron* alguien *sing*, fulano *m* (*desp*), persona *f*; ***un ~ ti vuole al telefono*** *alguien te llama por teléfono, un fulano pregunta por ti* ◊ ***~(i) ... ~(i)*** tal(es) ... cual(es); ***il tal dei ~i*** fulano de tal; ***tale (e) quale*** *conj* igual que, clavado a; ***la sua faccia è ~ (e) quale la tua*** su cara es clavada a la tuya
talea *f agric* esqueje *m*
talebano (*var.* **taliban**, **taleban**) *adj/m* talibán
talento *m* 1. talento, ingenio; ***un giovane di ~*** *un joven con talento*; ***avere del ~*** *tener talento*; 2. (*moneda*) talento
Talete *m filos* Tales
taliban V. **talebano**
talismano *m* talismán
tallero *m* tálero
tallio *m quím* talio
tallire ‹*isc*› *vi* ‹*essere/avere*› *bot* grillarse, tallecer
tallo *m bot* tallo, grillo
tallon|are *vt* 1. pisar los talones; 2. *sport* (*rugby*) taconear; **~cino** *m* cupón, vale; **~e** *m* 1. *med* talón; 2. (*cuchillo...*) mango, empuñadura *f*; 3. (*neumático*) flanco; 4. *econ* patrón ◊ ***~ aureo*** *econ* patrón oro; ***~ d'Achille*** *mitol tamb. fig* talón de Aquiles
talmente: ~ ... che/da *adv* tan ... que; ***è ~ difficile che nessuno lo può risolvere*** *es tan difícil que nadie lo puede resolver*; ***è ~ stupido da credere tutto ciò che gli dicono*** *es tan estúpido que se cree todo lo que le dicen*
talora *adv* a veces
talpa *f zool/mec tamb. fig* topo *m*
taluno, -a 1. *pron* alguno, -a; **2.** *adj pl* algunos, -as, ciertos, -as ◊ ***~ ... talaltro*** uno ... el otro
talvolta *adv* a veces
tamari|ndo *m bot* tamarindo; **~sco** (*pl* **-schi**) *m bot* tamarisco
tamarro *m* (*mal gusto*) hortera, macarra
tambarello *m zool* melva *f*
tamburato, -a 1. *adj* chapado, -a; **2.** *m* chapa de madera *f*
tambureggia|mento *m* tamboreo; *mil* (*metralleta*) tableteo; **~re** *vi* ‹*avere*› *mús* tocar el tambor; *mil* (*metralleta*) tabletear
tamburell|are *vi* ‹*avere*› *mús* tamborilear; **~o** *m mús* pandereta *f*, pandero

tamburino *m mús* tamboril

tamburo *m mús/tecn/mil* tambor; *arq* cimborrio; (*reloj*) cubo ◊ ***a ~ battente*** *adv* en caliente, en seguida

tamerice *f bot* tamarisco *m*

Tamigi *m geogr* Támesis

tampon|amento *m* 1. taponamiento, obstrucción *f*; 2. *auto* (*por detrás*) embestida *f*, colisión *f*, choque *f*, alcance ◊ ***~ a catena*** colisión múltiple; **~are** *vt* 1. taponar, tapar; 2. *auto* (*por detrás*) embestir *vi*, chocar *vi*, colisionar, alcanzar; **~e** *m* 1. (*med, regla*) tampón; 2. (*cuño*) tampón, almohadilla *f*; 3. *auto* parachoques

tamtam (*var.* **tam-tam**) *m inv* tamtam *m*

tana *f* 1. *zool* madriguera, cubil *m*; 2. (*refugio*) guarida, madriguera; 3. *desp* cuchitril *m*, cuartucho *m*

tandem *m inv* tándem *m*

tanfo *m* tufo, hedor

tanga *m inv* tanga *m*

tangen|te **1.** *adj mat* tangente; **2.** *f* 1. *mat* tangente; 2. comisión ilegal, mordida (*Méx*); soborno; **~tista** (*var.* **tangentiere, -a**) *m/f* extorsionista; **~za** *f mat* tangencia; **~ziale** *adj* tangencial

tanghero *m desp* cazurro, paleto, tarugo

tangibile *adj* tangible

tango (*pl* **-ghi**) *m mús* tango

tanica *f* (*combustible*) tanque *m*, lata

tank *m inv mil* tanque *m*

tanni|co, -a (*m pl* **-ci**) *adj quím* tánico, -a; **~no** *m quím* tanino

tant|ino *pron* (*indefinido, sólo sing*) poquito; ***un ~*** *un poquito*; **~o, -a 1.** *adj* 1. (*gran cantidad*) mucho, -a; ***l'ho detto ~e volte*** *lo he dicho muchas veces*; ***c'è ~a miseria al mondo*** *hay mucha miseria en el mundo;* (*en correlación con* **che/da**) tanto, -a; ***possiede ~e case che non sa dove dormire*** *posee tantas casas que no sabe dónde dormir*; ***ho ~i soldi da non saper come spenderli*** *tengo tanto dinero que no sé cómo gastarlo*; 2. mucho, -a, demasiado, -a; ***duemila euro per questo mobile sono ~i*** *dos mil euros por este mueble son muchos*; 3. (*en correlación con* **quanto**) tanto, otro tanto; 4. (*precedido de* **ogni**) tanto, -a, equis *inv*; ***ogni ~i mesi*** *cada tantos meses/cada equis meses*; **2.** *pron* 1. (*gran cantidad*) mucho, -a, bastante; ***non so quanto pane voglia, ma certamente è tanto*** *no sé cuánto pan quiere, pero seguro que es mucho*; 2. (*en correlación con* **quanto**) tanto, -a; ***bevo ~e birre quante ne voglio*** *bebo tantas cervezas como quiero*; **3.** *pron pl* (*personas*) muchos, -as; ***~i ne sono convinti*** *muchos están convencidos de ello*; **4.** *pron sing* tanto; ***costa un ~ al mese*** *cuesta un tanto al mes*; **5.** *adv* 1. (*comparaciones*) tan; ***è ~ giovane quanto te*** *es tan joven como tú*; ***è ~ sciocco da credere tutto ciò che gli dicono*** *es tan tonto que se cree todo lo que le dicen*; 2. tanto; ***se non fumasse ~!*** *¡si no fumase tanto!*; mucho; ***mi piace ~*** *me gusta mucho*; 3. (*con adj: así de*) tan, muy; ***~ bello, alto, presto*** *tan bonito, alto, pronto*; ***è ~ grande*** *es muy grande*; 4. (*en correlación con* **quanto**) tanto, otro tanto ◊ ***~ ... che*** *conj* de manera que; ***tant'è vero che*** *conj* mira si es verdad que...; ***~ è lo stesso*** total es lo mismo; ***~ e poi ~*** mucho más; ***~ meglio*** *adv* tanto mejor; ***~ meno*** *adv* mucho menos; ***~ per cominciare*** *adv* de entrada; ***~ per parlare*** *adv* simplemente; ***~ più che*** *adv* y más teniendo en cuenta que; ***~ più, ~ meno*** *adv* tanto más, tanto menos; ***~i/~e quanti/e*** tantos/as como; ***da ~*** *adv* desde hace mucho tiempo; ***di ~ in ~*** *adv* de vez en cuando; ***due volte ~*** *adv* dos veces eso; ***ogni ~*** de vez en cuando, a veces

taois|mo *m relig* taoísmo; **~ta** *m/f relig* taoísta; **~tico, -a** (*m pl* **-ci**) *adj relig* taoístico, -a

tapino, -a *adj/s* mísero, -a, mezquino, -a, pobre

tapioca *f gastr* tapioca

tapiro *m zool* tapir, beorí (*Am*)

tappa *f* etapa ◊ ***a ~e*** *adj* por etapas; ***bruciare le ~e*** quemar etapas; **~buchi** *m/f inv fig* tapaagujeros; **~re** *vt* (*botella*) taponar, poner el tapón; (*agujero, rendija*) tapar; **~rella** *f* persiana

tappeto *m* 1. (*suelo*) alfombra *f*; 2. (*muebles*) tapete; 3. *sport* (*boxeo*) cuadrilátero, lona *f* ◊ ***~ erboso*** césped; ***~ verde*** (*juego*) tapete verde; ***andare al ~*** *sport* caer a la lona; ***mettere qc sul ~*** poner u-c sobre el tapete

tappezz|are *vt* tapizar; **~eria** *f* tapicería; **~iere, -a** *m/f* tapicero, -a

tappo *m* 1. tapón; 2. *irón* (*persona*) tapón, retaco ◊ ***~ a corona*** tapón de chapa; ***~ a vite*** tapón de rosca

tara *f med/com* tara ◊ ***fare la ~ a un racconto*** creerse la mitad (de u-c)

tarà (*var.* **tarattà**) *onom/m* tarará, tararí

tarallo *m gastr* rosquilla *f*

tarantella *f mús* tarantela

Taranto *geogr* Tarento

tarantola *f zool* tarántula

tarare *vt* 1. *com* tarar; 2. *mec* reglar

tarato, -a *adj/s med* tarado, -a

tarattà V. **tarà**

taratura *f tecn* tarado *m*

tarchiato, -a *adj* (*persona*) robusto, -a, fornido, -a

tardare *vi* 1. ‹avere› llegar tarde; retrasarse, demorarse; 2. ‹essere› tardar; ***~ a rispondere, ad arrivare*** *tardar en responder, en llegar*

tardi *adv* tarde ◊ ***a più ~*** *adv* hasta luego; ***al più ~*** *adv* como muy tarde, a más tardar; ***chi ~ arriva, male alloggia*** quien se fue a Sevilla, perdió su silla; ***far(e) ~*** llegar tarde; ***meglio ~ che mai*** más vale tarde que nunca; ***si è fatto ~*** se ha hecho tarde; ***sul ~*** *adv* a última hora (de la tarde); ***tirar(e) ~*** quedarse hasta tarde; **~grado, -a** *adj/s* tardígrado, -a; **~vo, -a** *adj* 1. *bot* *tamb. fig* tardío, -a; 2. (*persona*) retrasado, -a

tardo, -a *adj* 1. tardío, -a; ***~ gotico*** *gótico tardío*; ***a ~a età*** *de edad avanzada*; 2. (*tonto*) lento, -a, lerdo, -a; **~na** *f irón* (*mujer vieja*) loro *m*; **~ne, -a** *adj/s coloq* lerdo, -a, bobo, -a

targa (*pl* **-ghe**) *f* 1. (*casa, calle...*) placa; matrícula; 2. *mil/hist* adarga; **~re** *vt auto* poner la matrícula; ***una macchina targata CT632GL*** *un coche con número de matrícula CT632GL*

targhetta *f* chapa, plaquita

tariffa *f* tarifa; **~re** *vt* tarifar; **~rio** (*pl* **-ri**) *m* lista de tarifas *f*

tarliare 1. *vt* (*madera*) carcomer; (*tejido*) apolillar; **2.** *vi/~rsi* (*madera*) carcomerse; (*tejido*) apolillarse; **~atura** *f* carcoma; **~o** *m* 1. (*madera*) carcoma *f*; 2. remordimiento

tarma *f zool* polilla; **~re 1.** *vt* apolillar; **2.** *vi/~rsi* apolillarse

tarocco (*pl* **-chi**) *m* tarot

tarpare *vt* (*alas, plumas*) alicortar, cortar ◊ **~ *le ali a/di q*** cortarle las alas a alg

tarsia *f* marquetería, taracea; **~o** *m med* tarso

tartagliamento *m* tartamudeo; **~are** *vi ‹avere›* tartamudear; **~one, -a** *m/f* tartamudo, -a

tartana *f nav/hist* tartana

tartarico, -a (*m pl* **-ci**) *adj quím* tartárico, -a; **~o, -a 1.** *adj gastr/geogr* tártaro, -a; **2.** *m* 1. (*tonel*) tártaro; 2. (*dientes*) tártaro, sarro; **3.** *m/f geogr* tártaro, -a; **~uga** (*pl* **-ghe**) *f zool tamb. fig* tortuga

tartassare *vt* (*persona*) maltratar; *mús* (*instrumento*) aporrear; (*lengua*) destrozar

tartina *f gastr* canapé *m*

tartufiare *vt* trufar; **~o** *m* 1. *bot* trufa *f*; 2. *raro* fisgón ◊ **~ *bianco*** turma (*f*), criadilla de tierra (*f*); **~ *nero*** trufa (*f*)

tasca (*pl* **-sche**) *f* 1. bolsillo *m* (!); 2. *med* bolsa, saco *m* ◊ **~ *del nero*** *zool* bolsa de tinta (de la sepia); ***averne le ~e piene*** *euf/coloq* estar hasta las narices; ***conoscere come le proprie ~e*** conocer como la palma de su mano; ***non mi entra nulla in ~*** no consigo ganar ni un duro; ***rompere le ~e a q*** *coloq* darle la tabarra a alg; **~bile 1.** *adj* de bolsillo; **2.** *m* libro de bolsillo; **~pane** *m* bolsa de excursión *f*; *mil* morral

taschino *m* (*camisa, maleta...*) bolsillo

tassa *f* tasa, impuesto *m* ◊ **~ *di circolazione*** impuesto de circulación; **~ *di soggiorno*** impuesto de turismo (*m*); ***~e scolastiche*** tasas académicas; ***esente da ~e*** *adj* libre de impuestos; ***soggetto a ~e*** *m* sujeto a impuestos; **~bile** *adj* imponible; **~metro** *m* taxímetro; **~re** *vt econ* gravar; **~tivo, -a** *adj* taxativo, -a; **~zione** *f* tributación, imposición

tassello *m* 1. (*madera*) taco, tarugo; 2. (*melón, queso...*) porción de prueba *f*

tassì V. **taxi**

tassidermia *f* taxidermia; **~ista** *m/f* taxidermista

tassista *m/f* taxista

tasso *m* 1. tasa *f* (!); **~ *di mortalità, di natalità*** *tasa de mortalidad, de natalidad*; **~ *alcolico*** *tasa de alcoholemia*; *econ* tipo; **~ *d'interesse, di sconto*** *tipo de interés, de descuento*; 2. *bot* tejo; 3. *zool* tejón; 4. (*yunque*) tas; **~barbasso** *m bot* gordolobo; **~diacee** *fpl bot* taxodiáceas

tassonomia *f* taxonomía; **~co, -a** (*m pl* **-ci**) *adj* taxonómico, -a

tastare *vt* tocar, palpar

tasteggiare *vt mús* teclear; **~o** *m* tecleo

tastiera *f mús/informát/tecn* teclado *m* (!)

tasto *m* 1. palpamiento, tocamiento; *med* tacto, tactación *f*; 2. prueba *f*; *gastr* degustación *f*, cata *f*; 3. *mús/informát/tecn* tecla *f*; *mús* (*cuerda*) traste; 4. tema, punto, asunto; ***toccare un ~ delicato*** *tocar un punto delicado* ◊ **~ *invio*** *informát* tecla de intro (*f*); **~ *spaziatore*** *informát* espaciador; **~ni** *adv* a tientas

tattica *f* táctica; **~o, -a** (*m pl* **-ci**) *adj/m* táctico, -a

tattile *adj* táctil

tatto *m med tamb. fig* tacto

tatuaggio (*pl* **-gi**) *m* tatuaje; **~re** *‹esd›* *vt* tatuar

taumaturgia *f* taumaturgia; **~o** (*pl* **-ghi/-gi**) *m* taumaturgo

taurino, -a *adj* taurino, -a

tauromachia *f* tauromaquia

tautologia (*pl* **-gie**) *f* tautología

taverna *f* taberna, figón *m*, tasca; **~iere, -a** *m/f* tabernero, -a

tavola *f* 1. mesa; ***apparecchiare, sparecchiare la ~*** *poner, quitar la mesa*; ***mettere q a ~*** *sentar a alg a la mesa*; 2. tabla, tablón *m* (!); 3. *arte* tabla; *impr* ilustración; 4. (*lista*) tabla, cuadro *m* ◊ **~ *a vela*** tabla de surf; **~ *allungabile*** mesa alargable; **~ *calda*** cafetería; **~ *da stiro*** tabla de planchar; **~ *dei negoziati*** mesa de negociaciones; **~ *di salvezza*** tabla de salvación; **~ *numerica*** tabla numérica; **~ *reale*** backgammon (*m*); **~ *rotonda*** mesa redonda; ***a ~!*** ¡a comer!, ¡a la mesa!; ***calcare le ~e*** pisar las tablas; ***mettere le carte in ~*** poner las cartas sobre la mesa

tavolame *m arq* tablazón *f*

tavolata *f* mesa, comensales *mpl*; **~o** *m* 1. tablado; 2. *geogr* meseta *f*, altiplanicie *f*

tavoletta *f* tablilla; *gastr* (*chocolate...*) tableta ◊ ***andare a ~*** *coloq* ir a toda pastilla, pisar a fondo el acelerador

tavoliere *m* 1. (*juego*) tablero; (*billar*) tapete; 2. *geogr* llanura *f*

tavolino *m* 1. mesita *f*, mesilla *f*; 2. *tecn* (*microscopio*) platina *f* ◊ ***a ~*** *adv* sobre el papel; *sport* en los despachos, fuera del campo de juego

tavolo *m* mesa *f* ◊ **~ *da gioco*** mesa de juego; **~ *di cucina*** mesa de cocina (*f*); **~ *operatorio*** mesa de operaciones (*f*)

tavolozza *f arte* (*pintura*) paleta

taxi (*var.* **tassì**) *m inv* taxi *m* ◊ **~ *aereo*** aerotaxi

tazza *f* 1. taza; 2. *coloq* taza del váter ◊ **~ *da caffè*** (*uso*) taza de café; **~ *di caffè*** (*contenido*) taza de café

tazzina *f* taza, tacita; ***una ~ di caffè*** *una de café*

te *pron* 1. (+ *otro pron*) te; **~ *lo pago*** *te lo pago*; 2. ti; ***seguono ~*** *te siguen a ti*; tú; ***secondo ~ è così?*** *¿según tú/en tu opinión es así?*; ***tra me***

e ~ *entre tú y yo*; ***lavora quanto ~*** *trabaja tanto como tú*; ***farò come ~*** *haré como tú*; tu casa; ***vengo da ~*** *voy a tu casa* ◊ ***con ~*** contigo
tè *m inv* té *m*
tea: rosa ~ *f* rosa de té
team [tim] *m inv* equipo *m*; *sport* team, equipo *m*
teatr|ale *adj* teatral; **~alità** *f inv* teatralidad *f*; **~o** *m* 1. teatro; ***andare a ~*** *ir al teatro*; 2. *fig* teatro, escenario; ***il teatro della battaglia*** *el teatro de la batalla* ◊ ***~ anatomico*** *med* anfiteatro anatómico; ***~ di posa*** *cine* estudio
teca *f bot/relig* teca
tecnica *f* técnica
tecnici|smo *m* tecnicismo; **~tà** *f inv* tecnicidad *f*; **~zzare** *vt* tecnificar
tecnico, -a (*m pl* **-ci**) *adj/s* técnico, -a ◊ ***~ del suono*** técnico de sonido
tecnicolor *m inv* tecnicolor *m*
tecnificare ‹*esd*› *vt* tecnificar
tecnocra|te *m/f* tecnócrata; **~zia** *f* tecnocracia
tecnologi|a (*pl* **-gie**) *f* tecnología; **~co, -a** (*m pl* **-ci**) *adj* tecnológico, -a
teco *pron elev* contigo (*estánd*)
teda *f* tea ◊ ***~ nuziale*** teas maritales (*fpl*)
tedesco, -a (*m pl* **-chi**) *adj/s* alemán, -ana
tediare *vt* tediar, aburrir; fastidiar, molestar
tedio (*pl* **-di**) *m* tedio, aburrimiento; molestia *f*; **~so, -a** *adj* tedioso, -a, aburrido, -a; fastidioso, -a, molesto, -a
teen-ager [ti'nejdʒer] *m/f inv* teenager, quinceañero, -a
teflon (*var.* **-flon**) *m inv* teflón *m*
tegam|e *m* cazuela llana *f*, sartén con asas *f*; **~ino** *m* cazoleta *f*
teglia *f* tortera
tegola *f* teja ◊ ***~ in testa*** sorpresa desagradable, mazazo (*m*)
tegumento *m biol* tegumento
tei|era *f* tetera; **~na** *f quím* teína; **~smo** *m* teísmo
tek *m inv* (*madera*) teca *f*
tel. (*telefono*) *abr* (*teléfono*) tel., teléf., tfno.
tela *f* 1. tela; *arte* tela, cuadro *m*; 2. *teat* telón *m* ◊ ***~ cerata*** hule (*m*); ***~ da/di sacco*** tela de saco; ***~ olona*** lona; ***calare la ~*** *tamb. fig* caer el telón; **~io** (*pl* **-ai**) *m* 1. *tecn* telar; 2. *auto* chasis *inv*, bastidor; 3. marco, cuadro; 4. *impr* rama *f*; 5. *teat* telar ◊ ***~ da ricamo*** bastidor, tambor
tele *f inv coloq* tele *f*
teleabbonato, -a *m/f* abonado, -a a una cadena de televisión
teleacquist|are *vt/i* ‹*avere*› comprar por internet, telecomprar; **~o** *m* telecompra *f*
telearma (*pl* **-i**) *f* arma teledirigida
teleascoltatore, -trice *m/f TV* televidente, telescucha, teleoyente
telecamera *f* cámara de televisión
telecomand|are *vt* teledirigir; **~o** *m* mando a distancia, telemando
telecomunicazione *f* telecomunicación
telecontrollo *m* telecontrol
telecopia|trice *f* telefax *m*, fax *m*; **~tura** *f* sistema del fax *m*
telecronaca *f* reportaje televisivo *m*
telecronista *m/f* reportero, -a de televisión
telediffusione *f* teledifusión
telefax *m inv* telefax *m*, fax *m*
teleferica *f* teleférico *m*
telefilm *m inv* telefilme *m*, telefilm *m*
telefon|are ‹*esd*› **1.** *vi* ‹*avere*› llamar por teléfono, telefonear; **2.** *vt* comunicar por teléfono; **~ata** *f* llamada (telefónica), llamado *m* (*Am*); ***fare una ~ a q*** *llamar por teléfono a alg* ◊ ***~ in teleselezione*** por selección directa; ***~ internazionale*** llamada internacional; ***~ interurbana*** llamada interurbana; ***~ urbana*** llamada urbana; **~ia** *f telec* telefonía ◊ ***~ mobile/cellulare*** telefonía móvil; **~ico, -a** (*m pl* **-ci**) *adj* telefónico, -a; **~ino** *m coloq* teléfono móvil, móvil; **~ista** *m/f* telefonista; **~o** *m* teléfono; ***squillare il ~*** *sonar el teléfono*; ***il ~ è libero, è occupato*** *el teléfono da línea, está ocupado* ◊ ***~ a gettoni*** *hist* teléfono de monedas; ***~ a scheda magnetica*** teléfono de tarjeta; ***~ a tastiera*** teléfono de teclado; ***~ amico*** teléfono de la esperanza; ***~ azzurro*** teléfono del menor; ***~ cellulare*** teléfono móvil; ***~ pubblico*** teléfono público; ***~ rosso*** *pol tamb. fig* teléfono rojo; ***~ senza fili*** teléfono inalámbrico
telefoto *f inv* telefoto *f*; **~grafia** *f* telefotografía
telegenico, -a (*m pl* **-ci**) *adj* telegénico, -a
telegiornale *m* telediario
telegraf|are ‹*esd*› *vt/i* ‹*avere*› telegrafiar; **~ia** *f* telegrafía; **~ico, -a** (*m pl* **-ci**) *adj* telegráfico, -a; **~ista** *m/f* telegrafista; **~o** *m* telégrafo
telegramma *m* telegrama
teleguida *f inv* 1. teledirección *f*; 2. mando a distancia *m*; **~re** *vt* teledirigir
telelavoratore, -trice *m/f* teletrabajador, -a
telelibera *f* emisora de televisión privada
telemetro *m tecn* telémetro
telenovela *f TV* telenovela, culebrón *m* (*coloq*)
teleobiettivo *m* teleobjetivo
teleologia (*pl* **-gie**) *f* teleología
teleosteo, -a *adj/m zool* teleósteo, -a
telepati|a *f* telepatía; **~co, -a** (*m pl* **-ci**) *adj* telepático, -a
teleprocessing [tele'prosesin] *m inv* transmisión de datos por cable *f*
telequiz *m inv* concurso de televisión *m*
teleradiotrasmettere ‹*misi; messo*› V. 44 *vt* transmitir por radio y televisión
teleria *f* tienda de telas
teleriscaldamento *m* calefacción a distancia *f*
teleromanzo *m* telenovela *f*
teleschermo *m* pantalla de televisión *f*
telescopi|co, -a (*m pl* **-ci**) *adj* telescópico, -a; **~o** (*pl* **-pi**) *m* telescopio
telescrivente *f* teletipo *m*
teleselezione *f* (*teléfono*) selección directa, discado directo *m* (*Am*)

telespettatore, -trice *m/f* telespectador, -a, televidente
teletex *m inv informát* teletex
teletext *m inv TV* teletexto *m*
teletrasm|ettere ‹*misi; messo*› V. 44 *vt* televisar, retransmitir por televisión; **~issione** *f* retransmisión televisiva; **~ittente** *f* estación de televisión
teleutente *m/f* televidente
televideo *m inv TV* teletexto *m*
televis|ione *f* 1. (*sistema, red*) televisión; 2. (*aparato*) televisión, televisor *m*; ***guardare la ~*** *ver la televisión* ◊ ***~ a circuito chiuso*** circuito cerrado de televisión (*m*); ***~ a colori*** televisión en color; ***~ ad alta definizione*** televisión de alta definición; ***~ digitale*** televisión digital; ***~ privata, pubblica*** televisión privada, pública; ***~ spazzatura*** telebasura; ***~ via cavo*** televisión por cable; **~ivo, -a** *adj* televisivo, -a; **~ore** *m* televisor
telex *m inv* télex
tellurico, -a (*m pl* **-ci**) *adj* telúrico, -a
telo *m* (*trozo rectangular*) tela *f* ◊ ***~ da spiaggia*** toalla de playa (*f*); ***~ da tenda*** lona de tienda (*f*); **~ne** *m* 1. lona *f*; 2. *teat* (*vertical*) telón
tema 1. *m* 1. tema, argumento; ***andare fuori ~*** *salirse del tema*; *ling* tema; 2. *ling* raíz *f*, desinencia *f*; 3. *estud* redacción *f*; **2.** *f elev* pavor *m*
tematic|a *f* temática; **~o, -a** (*m pl* **-ci**) *adj* temático, -a
temer|arietà *f inv* temeridad *f*; **~ario, -a** (*m pl* **-ri**) *adj/s* temerario, -a; **~e** *vt/i* ‹*avere*› temer; ***temo di non poter venire*** *temo no poder venir, temo que no pueda venir*; **~ità** *f inv* temeridad *f*
temibile *adj* temible
temolo *m zool* timo, tímalo
tempera *f arte* témpera, pintura al temple; **~matite** *m inv* sacapuntas; **~mento** *m* 1. temperamento, genio, carácter; 2. moderación *f*, atenuación *f*; **~nte** *adj/s* temperante; **~nza** *f* temperancia, templanza; **~re** ‹*esd*› *vt* 1. templar, temperar, atenuar; 2. *metal* templar; 3. (*lápiz*) afilar, sacar punta; **~to, -a** *adj* 1. (*temperatura*) templado, -a, moderado, -a; 2. *metal* templado, -a; 3. *fig* moderado, -a; **~tura** *f* temperatura
temperi|e *f inv* 1. *raro* (*clima*) temperie *f*; 2. clima *m*, ambiente *m*; ***la ~ romantica*** *el clima romántico/del Romanticismo*; **~no** *m* 1. cortaplumas *inv*; 2. sacapuntas *inv*
tempest|a *f* 1. *meteo* tormenta, tempestad; 2. lluvia, alud *m*; ***una ~ di fischi*** *una lluvia de pitidos* ◊ ***una ~ in un bicchier d'acqua*** una tormenta en un vaso de agua; **~are 1.** *vt* 1. aporrear, dar golpes; 2. acosar, abrumar; **2.** *v/impers* haber tormenta; **~ività** *f inv* rapidez *f*, urgencia *f*; **~ivo, -a** *adj* 1. tempestivo, -a, oportuno, -a; 2. rápido, -a; **~oso, -a** *adj meteo tamb. fig* tempestuoso, -a, tormentoso, -a, borrascoso, -a
tempia *f med* sien
tempio (*pl* **templi**) *m* templo

tempis|mo *m* oportunismo; **~ta** *m/f* 1. cronometrador, -a; 2. oportunista, tiempista (*Arg*)
tempo *m* 1. tiempo; 2. *mús* tempo, compás; 3. *cine/teat* parte *f*; ***primo, secondo ~*** *primera, segunda parte* ◊ ***~ da lupi*** tiempo de perros; ***~ fa*** *adv* hace tiempo, tiempo ha (*elev*); ***~ libero*** tiempo libre; ***~ perso*** tiempo perdido; ***~i supplementari*** *sport* prórroga (*f*); ***a ~ debito*** *adv* a su debido tiempo; ***a ~ di valzer*** *adv mús* a ritmo de vals; ***a ~ e luogo*** *adv* en su momento, a su debido tiempo; ***a ~ perso*** *adv* a ratos muertos/perdidos; ***a ~ pieno*** *adj* a tiempo completo; ***a mezzo ~/a ~ parziale*** *adj* a tiempo parcial; ***a suo ~*** *adv* en su momento, en su día; a su debido tiempo; ***ai miei ~i*** *adv* en mis tiempos; ***al ~ dei ~i/nella notte dei ~i*** *adv* en la noche de los tiempos; ***al ~ dei romani*** *adv* en tiempo de los romanos; ***allo stesso ~*** *adv* a la vez; ***ammazzare il ~*** matar el tiempo, pasar el rato; ***andare a ~*** *mús* llevar el compás; ***andare fuori ~*** *mús* ir desacompasado; ***a quel ~/a quei ~i*** en aquel entonces; ***bel, cattivo ~*** buen, mal tiempo; ***chi ha ~ non aspetti ~*** más vale llegar a tiempo que rondar un año; ***col ~*** *adv* con el tiempo, al correr del tiempo; ***con i ~i che corrono*** *adv* en los tiempos que corren; ***dare ~ al ~*** dar tiempo al tiempo; ***darsi al bel ~*** dedicarse a la buena vida; ***fare il bello e il cattivo ~*** llevar la voz cantante; ***ha fatto il suo ~*** ha pasado ya su hora; ***il ~ è denaro*** el tiempo es oro; ***il ~ guarisce tutti i mali*** el tiempo todo lo cura; ***in ~*** *adv* a tiempo; ***in quel tempo/in quei ~i*** *adv* en aquel entonces; ***per ~*** *adv* temprano, pronto; ***prendere ~*** tomarse su tiempo, tomárselo con calma; ***prima del ~*** antes de hora; ***segnare/battere il ~*** *mús* marcar el compás; ***senza perdere ~*** *adv* sin perder tiempo; ***un ~*** *adv* antiguamente, antaño; **~ra** *fpl* témporas
temporal|e 1. *adj* temporal; **2.** *m med/meteo* temporal; **~esco, -a** (*m pl* **-chi**) *adj* borrascoso, -a; **~ità** *f inv* temporalidad *f*
temporaneo, -a *adj* temporal
temporeggia|mento *f* contemporización; **~re** *vi* ‹*avere*› ganar tiempo; **~tore, -trice** *adj/s* contemporizador, -a
temporizzatore *m tecn* temporizador
tempra *f* 1. *tecn tamb. fig* temple *m*; 2. (*voz*) timbre *m*; **~re** *vt tecn tamb. fig* templar
tenac|e *adj* tenaz, perseverante; **~ia** (*pl* **-cie**) *f* tenacidad, perseverancia; **~ità** *f inv fís* tenacidad *f*, resistencia *f*
tenaglia 1. *f zool* (*crustáceos*) pinza; **2.** *fpl tecn* tenazas
tenda *f* 1. cortina; 2. (*de tienda*) toldo *m*; 3. tienda (de campaña) ◊ ***~ ad ossigeno*** cámara de oxígeno; ***~ alla veneziana*** veneciana, persiana veneciana; ***~ da campeggio*** tienda de campaña; **~ggi** *mpl* cortinaje *m*, cortinajes, cortinas *fpl*

tendenz|a *f* tendencia; **~iale** *adj* tendencial; **~iosità** *f inv* tendenciosidad *f*; **~ioso, -a** *adj* tendencioso, -a

tender *m inv* ténder *m*

tendere ‹*tesi; teso*› V. 58 **1.** *vt* 1. tensar, estirar; **~ *l'orecchio*** *poner atención*; 2. (*red, trampa*) tender; 3. (*mano*) tender, ofrecer; **2.** *vi* 1. tender (**a** a), propender (**a** a); 2. tender (**a** a), aspirar (**a** a)

tendina *f* (*ventana*) visillo *m*, cortina

tendine *m med* tendón

tendinite *f med* tendinitis *inv*

tenditore *m mec* tensor

tendo|ne *m* (*tienda*) toldo; (*circo*) carpa *f*; **~poli** *f inv* campamento de emergencia *m*

tenebre *fpl* tinieblas, oscuridad *f*

tenebris|mo *m* (*pintura*) tenebrismo; **~ta** *adj/s* (*pintura*) tenebrista

tenebros|ità *f inv* tenebrosidad *f*; **~o, -a** (*m pl* **-ci**) *adj* tenebroso, -a

tenente *m mil* teniente ◊ **~ *colonnello*** teniente coronel; **~ *di vascello*** teniente de navío; **~ *generale*** teniente general

tenere ‹*tengo; tenni; terrò*› V. 79 **1.** *vt* 1. sujetar (!), tener sujeto (!); 2. mantener, tener; ***la malattia lo tiene a letto*** *la enfermedad lo (man)tiene en cama*; (*palabra, secreto*) mantener; (*sitio*) guardar; 3. contener; 4. (*cargo, posición*) ocupar; 5. (*conferencia...*) dar, impartir; 6. (*actitud*) mantener, adoptar; **2.** *vi* 1. resistir, aguantar; 2. dar importancia (**a qc** a u-c), mostrar interés (**a qc** por u-c); **3. ~rci** tener interés (**a qc** en u-c), estar interesado (**a qc** en u-c); ***ci tengo molto a conoscere i tuoi genitori*** *me gustaría/interesaría mucho conocer a tus padres*; **4. ~rsi** 1. sujetarse, agarrarse; 2. mantenerse, estar *vi* ◊ **~ *per q*** apoyar a alg; ***essere tenuto a qc*** sentirse en la obligación de u-c

tenerezza *f* ternura

tenero, -a *adj tamb. fig* tierno, -a

tengo... V. **tenere**

tenia *f* tenia, solitaria (*coloq*)

tenni... V. **tenere**

tennis *m inv* tenis ◊ **~ *da tavolo*** tenis de mesa; **~ta** *m/f* tenista; **~tico, -a** (*m pl* **-ci**) *adj* tenístico, -a

tenore 1. *adj inv* tenor; ***sassofono ~*** *saxo tenor*; **2.** *m* 1. comportamiento; 2. (*escrito, discurso*) contenido; tenor, tono; 3. *mús* tenor ◊ **~ *di vita*** tren de vida

tensio|attivo, -a *adj fís/quím* tensoactivo, -a; **~ne** *f* tensión ◊ **~ *arteriosa*** tensión arterial; ***alta, bassa ~*** alta, baja tensión

tensore *m mat* tensor

tenta|bile *adj* (*que se puede intentar*) intentable ◊ ***tentare il ~*** intentarlo todo, tocar todas las teclas; **~colo** *m zool tamb. fig* tentáculo; **~re** *vt* 1. (*terreno...*) tentar, probar; 2. tentar, incitar; 3. (*+ sustantivo*) intentar, probar; **~ *una dieta*** *probar una dieta*; (*+ verbo*) intentar (**di**), tratar (**di** de); **~ *di fuggire*** *intentar huir, tratar de huir*

tentat|ivo *m* tentativa *f* (!), intento; **~ore, -trice** *adj/s* tentador, -a

tentazione *f* tentación

tentenn|a *m/f inv* indeciso, -a; **~amento** *m* duda *f*, titubeo, indecisión *f*; **~are 1.** *vt* mover, menear; **~ *il capo*** *cabecear*; **2.** *vi* ‹*avere*› 1. tambalearse, moverse; 2. vacilar, titubear; **~io** (*pl* **-ni**) *m* 1. tambaleo, oscilación *f*; 2. indecisión *f*, titubeo

tentoni (*var.* **tentone**) *adv* 1. a tientas; 2. (*aleatoriamente*) a voleo

tenu|e *adj* 1. tenue; 2. (*intestino*) delgado, -a; **~ità** *f inv* tenuidad *f*

tenuta *f* 1. mantenimiento *m*, contención; 2. (*recipiente*) estanqueidad; 3. capacidad; 4. *agric* finca; 5. ropa; **~ *sportiva*** *ropa deportiva*; *mil* uniforme *m*; 6. resistencia, aguante *m*; 7. *com* teneduría ◊ **~ *di fatica/da lavoro*** *raro* mono de trabajo (*m*); **~ *di strada*** adherencia al firme; ***a ~ d'acqua*** *adj* impermeable; ***a ~ stagna*** *adj* estanco, hermético; ***alta ~*** uniforme de gala (*m*); **~rio, -a** (*m pl* **-ri**) *m/f* propietario, -a de un garito, propietario, -a de una casa de juego, propietario, -a de un prostíbulo

teocra|tico, -a (*m pl* **-ci**) *adj* teocrático, -a; **~zia** *f* teocracia

teodolite *m* teodolito

teolog|ale *adj* teologal; **~ia** (*pl* **-gie**) *f* teología; **~ico, -a** (*m pl* **-ci**) *adj* teológico, -a; **~o, -a** (*m pl* **-gi**) *m/f* teólogo, -a

teore|ma *m* teorema; **~tico, -a** (*m pl* **-ci**) *adj filos* teorético, -a

teori|a *f* teoría ◊ ***in ~*** *adv* en teoría; **~co, -a** (*m pl* **-ci**) *adj* teórico, -a; **~zzare** *vt/i* ‹*avere*› teorizar

teosofi|a *f* teosofía; **~co, -a** (*m pl* **-ci**) *adj* teosófico, -a

tepalo *m bot* tépalo

tepore *m* tibieza *f*

teppa *f* hampa, bajos fondos *mpl*

teppaglia *f desp* hampa

teppis|mo *m* 1. delincuencia *f*, hampa *f*; 2. gamberrismo, vandalismo; **~ta** *m/f* 1. delincuente, hampón, -ona; 2. gamberro, -a, vándalo, -a

tequila *f inv* tequila

terapeut|a *m/f* terapeuta; **~ica** *f med* terapéutica; **~ico, -a** (*m pl* **-ci**) *adj* terapéutico, -a

terapi|a *f* terapia ◊ **~ *d'urto*** terapia de choque; **~ *intensiva*** cuidados intensivos (*mpl*); **~ista** *m/f* terapeuta

terebinto *m bot* cornicabra *f*, terebinto

tergere ‹*tergo; tersi; terso*› V. 30 *vt elev* limpiar (*estánd*)

tergi|cristallo *m auto* limpiaparabrisas *inv*; **~lunotto** *m auto* limpiaparabrisas trasero *inv*; **~versare** *vi* ‹*avere*› contemporizar, dar largas (*coloq*)

tergo (*pl* **-ghi**) *m* 1. *elev* espalda *f* (*estánd*); 2. reverso ◊ ***a ~*** *adv* detrás, en el reverso; ***vedi a ~*** véase detrás, véase en el dorso

termale *adj* termal

terme *fpl* balneario *m* (!); *hist* termas

termico, -a (*m pl* **-ci**) *adj* térmico, -a

terminal *m inv transp* terminal *f*
terminale 1. *adj* final; *med* terminal; **2.** *m* 1. *electr/informát* terminal; 2. *transp* terminal *f* (!)
terminare ‹*esd*› *vt/i* ‹*avere*› terminar
terminazione *f* final *m*, conclusión; terminación, extremo *m*; *ling* terminación
termine *m* 1. (*lugar*) límite, extremo; 2. (*tiempo*) plazo; ***nel ~ di dieci giorni*** *en el plazo de diez días*; ***~ di consegna*** *plazo de entrega*; final, acabamiento; 3. *ling* término; ***~ legale, tecnico*** *término legal, técnico* ◊ ***a ~i di legge*** *adv* con arreglo a la ley; ***a breve, medio, lungo ~*** *adv* a breve, medio, largo plazo; ***a rigor di ~i*** *adv* en rigor; ***aver(e) ~*** tener fin; ***essere in buoni ~i con q*** *raro* estar en buenos términos con alg; ***in altri ~i*** *adv* en otros términos; ***porre ~*** poner fin; ***portare/condurre a ~*** llevar a cabo; ***ridurre ai minimi ~i*** reducir a la mínima expresión; ***rimanere nei ~i*** estar dentro de los límites; ***senza mezzi ~i*** *adv* sin medias tintas, a las claras; ***volgere al ~/essere al ~*** estar a punto de acabar
terminismo *m filos* terminismo
terminologia (*pl* **-gie**) *f* terminología
termitaio (*pl* **-ai**) *m zool* termitero
termite *f zool* termita
termodinamico, -a *adj/f* termodinámico, -a
termoelettrico, -a (*m pl* **-ci**) *adj* termoeléctrico, -a
termoforo *m* almohadilla eléctrica *f*
termogenesi *f inv* termogénesis
termoisolante *adj/m* termoaislante
termometro *m* termómetro ◊ ***~ a massima, a minima*** termómetro de máxima, de mínima
termonucleare *adj* termonuclear
termoreattore *m* termorreactor
termos V. **thermos**
termosifone *m* 1. termosifón; calefacción por caldera *f*; 2. radiador
termostatico, -a (*m pl* **-ci**) *adj* termostático, -a
termostato *m* termostato
termotecnica *f* termotecnia
termoterapia *f* termoterapia
terna *f* terna; **~rio, -a** (*m pl* **-ri**) *adj* ternario, -a
terno *m* 1. *impr* terno; 2. (*loto italiana*) acierto de tres números ◊ ***~ al lotto*** golpe de suerte inesperado
terra *f* tierra ◊ ***~ di nessuno*** tierra de nadie; ***~ promessa*** tierra prometida, tierra de promisión; ***andare per ~*** ir por tierra; ***cadere a/per ~*** caer(se) al suelo; ***essere a ~*** *fig* estar por los suelos, estar hecho polvo; ***gettare a ~*** echar por tierra; ***mancare la ~ sotto i piedi*** faltar la tierra bajo los pies; ***mettere a ~*** *electr* conectar la toma de tierra; ***prendere/toccare ~*** *aero* tomar tierra, tocar tierra; ***raso ~*** *adv* a ras de tierra; ***sbattere qc/q per ~*** echar u-c/a alg por tierra; **~cotta** *f* terracota, barro cocido *m*; **~cqueo, -a** *adj* terráqueo, -a; **~ferma** *f* tierra firme; **~glia** *f* loza; **~micina** *f* terramicina; **~pieno** *m* terraplén; **~queo** V. **terracqueo**
terrazz|a *f* terraza; **~ino** *m* balcón; **~o** *m* terraza *f*; *agric* terraza *f*, bancal; *arq* terrazo
terremot|ato, -a *adj/s* damnificado, -a por un terremoto; **~o** *m* terremoto
terreno, -a 1. *adj* terreno, -a; *relig* terrenal; **2.** *m* terreno; suelo ◊ ***~ di gioco*** terreno de juego, cancha; ***~ fabbricabile*** terreno edificable; ***~ minato*** campo minado; ***~ neutro*** terreno neutral; *sport* campo neutral; ***a (pian) ~*** *adv* a nivel de calle; ***guadagnare, perdere ~*** ganar, perder terreno; ***preparare il ~*** *tamb. fig* preparar/allanar el terreno; ***rimanere/restare sul ~*** morir en el campo de batalla; ***tastare il ~*** sondear el terreno
terreo, -a *adj* térreo, -a
terrestre *adj/s* terrestre
terribile *adj* terrible
terriccio (*pl* **-ci**) *m* mantillo, humus
terricolo, -a *adj* terrícola
terriero, -a *adj* agrario, -a
terrifica|nte *adj* aterrador, -a, terrorífico, -a, espeluznante; **~re** ‹*esd*› *vt* aterrar, aterrorizar
terrigno, -a *adj* terroso, -a
terrina *f* terrina
territori|ale *adj* territorial; **~alità** *f inv* territorialidad *f*; **~o** (*pl* **-ri**) *m* territorio
terrò... V. **tenere**
terrone *m/f desp* (*persona del sur de Italia*) destripaterrones
terrore *m* terror
terroris|mo *m* terrorismo; **~ta** *m/f* terrorista; **~tico, -a** (*m pl* **-ci**) *adj* terrorista
terrorizzare *vt* aterrorizar
terroso, -a *adj* terroso, -a
tersezza *f* tersura
tersi... V. **tergere**
terso, -a 1. *adj* terso, -a; **2.** *pp* V. **tergere**
terza *f* 1. *auto* (*marcha*) tercera; 2. *mús* tercera; 3. *estud* (*curso*) tercero *m*; **~na** *f med* terciana; **~rolo** *m nav* tercerol; **~ruolo** *m mil* tercerola *f*
terzetto *m mús tamb. fig* terceto, trío
terziario, -a (*m pl* **-ri**) *adj/m geol/relig/econ* terciario, -a
terziglio (*pl* **-gli**) *m* (*juego*) tresillo
terz|ina *f* 1. *lit* terceto *m*; 2. *mús* tresillo *m*; **~ino** *m sport* defensa, zaguero
terzo, -a 1. *adj* tercero, -a; **2.** *m* (*parte*) tercio; **3.** *m/f* (*orden*) tercero, -a; **4.** *mpl jur tamb. fig* terceros; **~genito, -a** *adj/s* nacido, -a en tercer lugar
terzomondis|mo *m* tercermundismo; **~ta** *adj* tercermundista
terzultimo, -a *adj/s* antepenúltimo, -a
tesa *f* 1. (*sombrero*) ala; 2. caza con red; **~re** *vt nav* tesar; **~urizzare** *vt/i* ‹*avere*› atesorar, acumular, acaparar
teschio (*pl* **-schi**) *m* calavera *f*
tesi 1. *f inv* tesis; **2.** V. **tendere** ◊ ***~ di dottorato di ricerca*** tesis doctoral; ***~ di laurea*** tesis de licenciatura, tesina (*coloq*); **~na** *f estud* trabajo *m*

teso, -a 1. *adj* 1. (*cosa, músculo*) estirado, -a, tenso, -a, tensado, -a, tirante; 2. (*nervios*) tenso, -a; 3. tendido, -a; ***braccia, mani ~e*** *brazos tendidos, manos tendidas*; 4. tendente, dirigido, -a; ***misura ~a al miglioramento della situazione*** *medida tendente a la mejora de la situación*; **2.** *pp* V. **tendere**

tesor|eggiare *vt* atesorar, acumular; **~eria** *f* tesorería; **~iere, -a** *m/f* tesorero, -a; **~o** *m tamb. fig* tesoro; ***mio figlio è un ~*** *mi hijo es un tesoro/un sol* ◊ **~ *mio*** mi vida, amor mío/mi amor, cielito mío

tessera *f* 1. carné *m*, carnet *m*, tarjeta; ***munirsi dell'apposita ~*** *sacarse el correspondiente carnet*; cartilla; 2. *arte* tesela; 3. (*dominó*) ficha ◊ **~ *annonaria*** cartilla de racionamiento; **~ *d'abbonamento*** abono (*m*)

tesserare ‹esd› *vt* 1. dotar de carnet; *pol* afiliar; *sport* federar; 2. racionar

tesserato, -a *adj/s pol* afiliado, -a; *sport* federado, -a

tessere *vt* 1. tejer; 2. urdir, tramar

tessile *adj* textil

tessitor|e, -trice (*f tamb. coloq* **-tora**) *m/f* 1. tejedor, -a; 2. maquinador, -a; **~ia** *f* tejeduría

tessitrice *f tecn* tejedora

tessitura *f* 1. (*acción*) tejido *m*; 2. *mús* tesitura; 3. (*novela...*) trama; 4. *tecn* textura

tessuto *m* 1. (*tela, med*) tejido; 2. embrollo, trama *f* ◊ **~ *a maglia*** tejido de punto

test *m inv* test ◊ ***blind ~/~ cieco*** test ciego

testa *f* cabeza; (*moneda*) cara ◊ **~ *d'aglio*** cabeza de ajos; **~ *di cazzo*** *vulg* capullo (*m*), gilipollas (*m inv*); **~ *di ponte*** *mil* cabeza de puente; **~ *di rapa/di cavolo*** *euf* cabeza de chorlito, berzotas (*inv*); **~ *di turco*** cabeza de turco (*m*); **~ *dura, quadra*** cabeza dura, cuadrada; **~ *rasata*** cabeza rapada (*m*); **~ *vuota/sventata*** *adv* cabeza hueca, tarambana(s) (*m/f inv*), vivalavirgen (*m*); ***a ~ nuda*** *adj* con la cabeza descubierta; ***(due, tre...) a ~*** (dos, tres...) por barba; ***abbassare/chinare la ~*** *tamb. fig* agachar la cabeza; ***avere la ~ sulle spalle*** tener la cabeza sobre los hombros; ***camminare a ~ alta*** ir con la cabeza (bien) alta; ***cosa ti salta in ~?*** ¿pero qué demonios se te ocurre?; ***dare alla ~*** subirse a la cabeza (*vino, éxito*); ***essere in ~a/alla ~ di*** estar en cabeza/a la cabeza de; ***far ~ o croce*** echar a cara o cruz; ***fare di ~ propria*** actuar por su cuenta, ir por libre; ***in ~ al treno*** *adv* en la cabeza del tren; ***in ~ alla classifica*** *adv* a la cabeza de la clasificación; ***mal di ~*** *m* dolor de cabeza; ***avere mal di ~*** doler la cabeza, tener dolor de cabeza; ***mettere la ~ a partito*** sentar la cabeza; ***mettersi/ficcarsi qc in ~ a q*** metérsele u-c en la cabeza a alg; ***passare qc per la ~ a q*** pasársele a alg u-c por la cabeza; ***perdere la ~*** perder la cabeza; ***rompere la ~ a q*** romperle la cabeza a alg; ***ronzare per la ~/nella ~*** rondar por la cabeza; ***sbattere la ~ contro il muro*** darse de cabezazos contra la pared; ***stare con la ~ fra le nuvole*** estar en las nubes; ***tagliare la ~ al toro*** cortar por lo sano; **~*coda*** *m inv auto* trompo *m*

testament|ario, -a (*m pl* **-ri**) *adj* testamentario, -a; **~o** *m* testamento

testante *m/f jur* testador, -a

testard|aggine *f* tozudez, obstinación, cabezonería, terquedad; **~o, -a** *adj/s* tozudo, -a, cabezota, terco, -a

testare *vi* ‹avere› 1. *jur* (*hacer testamento*) testar; 2. probar, chequear

testat|a *f* 1. (*golpe*) cabezazo *m*; 2. (*cama*) cabecera; 3. *mec* (*cilindro*) culata; 4. (*periódico*) cabecera ◊ **~ *nucleare*** cabeza nuclear; **~ore, -trice** *m/f* testador, -a

teste *m/f jur* testigo

testé *adv elev* hace un momento (*esténd*)

testicol|are *adj* testicular; **~o** *m* testículo

testiera *f* 1. (*caballo*) testera; 2. (*cama*) cabecera; (*sillón*) respaldo *m*; 3. (*pelucas*) fraustina

testimon|e 1. *m/f jur* testigo (!); **2.** *m sport* testigo (!) ◊ **~ *a carico, a discarico*** testigo de cargo, de descargo; **~ *di Geova*** testigo de Jehová; **~ *oculare, auricolare*** testigo ocular, de oídas; **~iale** *adj* testimonial; **~ianza** *f* testimonio *m* (!) ◊ **~ *falsa*** falso testimonio (*m*); ***rendere ~*** dar fe; **~iare** *vt/i* ‹avere› testimoniar, declarar; **~ *il falso*** *declarar en falso*; **~io** V. **testimone**

testina *f tecn* cabezal *m*

testo *m* 1. texto; 2. *gastr* molde ◊ **~ *con traduzione a fronte*** edición bilingüe (*f*); ***questo non fa ~*** eso no sirve/no cuenta; ***fuori ~*** *adj* fuera del texto; **~ne, -a** *m/f* 1. cabezota, terco, -a, tozudo, -a; 2. (*de gran cabeza*) cabezón *m*, cabezota *f*

testual|e *adj* textual; **~ità** *f inv ling* textualidad

testuggine *f zool* tortuga, galápago *m*

testur|a *f* tesitura; **~izzare** (*var.* **texturizzare**) *vt tecn* texturizar

tetano *m med* tétano, tétanos

tetra-brik® *m inv* tetra-brik®

tetracordo *m mús* tetracordio

tetraedro *m geom* tetraedro

tetraggine *f* lobreguez

tetragono *m geom* tetrágono

tetralogia (*pl* **-gie**) *f* tetralogía

tetrapak® *m inv* tetrabrik® *m*

tetro, -a (*m pl* **-ci**) *adj* tétrico, -a, lóbrego, -a, lúgubre

tetta *f* teta; **~rella** *f* tetina; chupete *m*

tetto *m* tejado; *auto/geol* techo; *econ tamb. fig* techo, tope ◊ **~ *domestico*** hogar, techo familiar; **~ia** *f* marquesina, porche *m*, tinglado *m*, cobertizo *m*; **~na** *f coloq* tetuda, pechugona

tettonic|a *f* tectónica; **~o, -a** (*m pl* **-ci**) *adj geol* tectónico, -a

tettuccio (*pl* **-ci**) *m auto* techo ◊ **~ *apribile*** techo practicable; **~ *scorrevole*** techo corredizo

teurgia (*pl* **-gie**) *f* teurgia; **~o** (*pl* **-ghi**) *m* teúrgo

teutonico, -a (*m pl* **-ci**) **1.** *adj* teutón, -ona, teutónico, -a; **2.** *m/f* teutón, -ona
Tevere *m geogr* Tíber
texano, -a *adj/s* tejano, -a
texturizzare V. **testurizzare**
TG (*var.* **Tg**) (*Telegiornale*) *abr/m* (*Telediario*) TD
the [tɛ] V. **tè**
thermos ['tɛrmos] *m inv* termo *m*
ti *pron* (*átono*) te; ~ ***amo*** *te quiero*
tiara *f* tiara
tibia *f* tibia
tic 1. *onom* tic; **2.** *m inv* tic *m*
ticchett|are *vi* ‹*avere*› repiquetear; **~io** (*pl* **-tii**) *m* repiqueteo; taconeo
ticchio (*pl* **-chi**) *m* 1. capricho, antojo; 2. (*marmol, fruta*) mancha *f*
ticket ['tiket] *m inv* 1. tíquet *m*, tique *m*; resguardo de apuesta hípica *m*; 2. ="aportación del asegurado al comprar medicinas con receta" *f*
tic tac *onom* tic tac
tiepidezza *f* tibieza
tiepido, -a *adj* 1. (*temperatura*) tibio, -a, templado, -a; 2. (*persona, actitud, aplausos...*) tibio, -a
tifare *vi* ‹*avere*› *sport coloq* ser forofo/hincha; ~ ***per Barcelona*** *ser (hincha) del Barça*
tifico, -a (*m pl* **-ci**) *adj med* tífico, -a
tifo *m* 1. *med* tifus; 2. *sport* afición *f*, pasión *f*; ***fare il ~ per il Valencia*** *ser (forofo) del Valencia*; **~ide** (*var.* **tifoideo, -a**) *adj* tifoideo, -a; **~ne** *m* tifón
tifos|eria *f sport* hinchada, afición; **~o, -a** *adj/s* 1. *med* tifoideo, -a; 2. *sport tamb. fig* aficionado, -a, hincha, forofo, -a
tight [tajt] *m inv* chaqué *m*
tiglio (*pl* **-gli**) *m bot* tilo
tiglioso, -a *adj* fibroso, -a
tign|a *f med tamb. fig* tiña; **~ola** *f zool* polilla; **~oso, -a** *adj med tamb. fig* tiñoso, -a
tigr|ato, -a *adj* atigrado, -a; **~e** *f zool* tigre *m* (!), tigresa *f*; **~otto** *m* cría del tigre *f*
tilde *m/f inv* tilde *f*
tilt *m inv* tilt, falta *f* ◊ ***andare in*** ~ *tamb. fig* bloquearse
timballo *m* 1. *mús* timbal, tímpano; 2. *gastr* timbal
timbr|are *vt* timbrar, sellar; cuñar; **~atura** *f* timbrado *m*, sellado *m*; **~ificio** (*pl* **-ci**) *m* fábrica de cuños o sellos *f*; **~o** *m* 1. *adm* sello, cuño, estampilla *f*; ***mettere il*** ~ *poner el cuño*; 2. *mús tamb. fig* timbre ◊ ~ ***a secco*** timbre en seco
timer ['tajmer] *m inv* temporizador *m*
timid|ezza *f* timidez; **~o, -a** *adj/s* tímido, -a
timo *m* 1. *bot* tomillo; 2. *med* timo
timon|e *m* timón; **~iere, -a** *m/f* timonel
timor|ato, -a *adj* timorato, -a; **~e** *m* temor, miedo ◊ ~ ***di Dio*** temor de Dios; **~oso, -a** *adj* temeroso, -a
Timoteo *m* Timoteo

timpan|ista *m/f mús* timbalero, -a; **~o** *m* 1. *mús* tímpano, timbal; 2. *arq/med* tímpano ◊ ***essere duro di ~i*** *coloq* ser duro de oído
tina *f* tina, cuba
tinca *f zool* tenca
tinello *m* comedor; salita *f*; *hist* (*criados*) tinelo
tingere ‹*tingo; tinsi; tinto*› V. 11 *vt* 1. teñir, tintar; ***~rsi i capelli*** *teñirse el pelo*; 2. ensuciar
tino *m* tina *f*, cuba *f*
tinozza *f* 1. (*ancha y baja*) cuba, tina; 2. lebrillo *m*, tinaja; bañera
tinsi... V. **tingere**
tinta 1. *f* color *m*, tinta; **2.** *fpl* tintas ◊ ***calcare/esagerare le ~e*** cargar las tintas; ***dare una mano di ~ a qc*** dar una mano de pintura a u-c; ***in/a ~ unita*** *adj* de color liso; ***mezza*** ~ media tinta; ***vedere tutto a ~e fosche*** verlo todo de color negro, verlo todo negro
tintarella *f* bronceado *m*
tinteggi|are *vt* colorear, pintar; **~tura** *f* tinte *m*, pintura
tintinn|are *vi* ‹*essere/avere*› tintinear, tintinar; **~io** (*pl* **-nii**) *m* tintineo
tinto V. **tingere**; **~re, -a** *m/f* tintorero, -a; **~ria** *f* tintorería, tinte *m*
tintura *f* tintura, tinte *m*
tipaccio, -a *m/f* tipejo, -a
tipic|ità *f inv* tipicidad *f*, tipismo *m*; **~o, -a** (*m pl* **-ci**) *adj* típico, -a
tipizzare (*var.* **tipicizzare**) *vt* tipificar
tipo, -a 1. *m* (*clase*) tipo; **2.** *m/f* (*persona*) tipo, -a, tío, -a, individuo, -a; ***un bel ~!*** *¡menudo individuo!, ¡vaya pieza!*; **3.** *adj inv* (*pospuesto*) tipo; ***una famiglia*** ~ *una familia tipo*
tipograf|ia *f* tipografía; **~ico, -a** (*m pl* **-ci**) *adj* tipográfico, -a; **~o, -a** *m/f* tipógrafo, -a
tipologi|a (*pl* **-gie**) *f* tipología; **~co, -a** (*m pl* **-ci**) *adj* tipológico, -a
TIR (*Trasporti Internazionali su Strada*) *abr/m* (*Transporte Internacional por Carretera*) TIR
tiraggio (*pl* **-gi**) *m* (*chimenea*) tiro
tiralinee *m inv* tiralíneas
tiranneggiare *vt* tiranizar
tiranni|a *f* tiranía; **~cida** *adj/s* tiranicida; **~cidio** (*pl* **-di**) *m* tiranicidio; **~co, -a** (*m pl* **-ci**) *adj* tiránico, -a
tirannide *f* tiranía
tiranno, -a *m/f* tirano, -a
tirante *adj/m* tirante
tirapiedi *m/f inv desp* estirachaquetas, lameculos
tirapugni *m inv* puño americano *m*, puño de hierro *m*
tirare 1. *vt* 1. (*cuerda...*) estirar, tensar; 2. tirar, estirar *vi* (**qc** de u-c); (*cortina*) correr, descorrer; 3. tirar, lanzar, arrojar; ~ ***calci*** *dar patadas, cocear*; disparar, tirar; 4. sacar, extraer; 5. (*línea*) trazar; 6. *impr* imprimir; ~ ***le bozze*** *echar las galeradas*; **2.** *vi* 1. tirar, seguir, ir; 2. tirar, tender, propender; 3. (*viento*) soplar; 4. (*ropa*) apretar; 5. (*chimenea*) tirar; 6. tirar, disparar; *sport* chutar, disparar; **3. ~rsi** tirarse; echarse ◊ ~ ***avanti***

avanzar, proceder; *fig* ir tirando; ~ ***diritto*** *tamb. fig* ir derecho; ~ ***fuori*** sacar; *fig* sacar a relucir; ~ ***indietro*** retroceder; ***tirar su i figli*** sacar adelante a los hijos; ~ ***sul prezzo*** regatear; ***~rsi su*** animarse; *fig* echarse atrás

tirastivali *m inv* tirabotas

tirat|a *f* 1. estirón *m*, tirón *m*; 2. (*pipa, cigarro*) calada; 3. trecho *m*; tirón *m*; ***fare in una ~*** *hacer de un tirón, hacer en una sentada*; 4. discurso *m*; invectiva ◊ ***una ~ d'orecchie*** un tirón de orejas (*m*); **~o, -a** *adj* 1. estirado, -a, tensado, -a; (*cara, expresión*) tenso, -a; 2. estirado, -a, agarrado, -a, tacaño, -a; 3. (*sonrisa*) forzado, -a; **~ore, -trice** *m/f* tirador, -a; **~ura** *f impr* tirada

tirchiler|ia *f* tacañería, roñosería; **~o, -a** (*m pl* **-chi**) *adj/s* tacaño, -a, roñoso, -a, agarrado, -a

tiremmolla *m inv* tira y afloja; (*precio*) regateo *m*

tiritera *f* pesadez, rollo *m* (*coloq*)

tiro *m* 1. *mil/sport* tiro, disparo; (*objeto*) lanzamiento; (*dados*) tirada *f*; 2. (*caballos*) tiro; 3. jugarreta *f*, mala pasada *f* ◊ ~ ***a segno*** tiro al blanco; ~ ***al piattello*** tiro al plato; ~ ***al piccione*** tiro de pichón; ~ ***con l'arco*** tiro con arco; ~ ***di punizione*** tiro de castigo; ~ ***mancino*** jugarreta (*f*), mala pasada (*f*); ***a ~*** *adv* a tiro; ***a un ~ di schioppo*** *adv* a un tiro de piedra; ***essere a ~*** estar a tiro; ***giocare un brutto ~ a q*** hacerle/jugarle una mala pasada a alg

tirocin|ante *adj/s* aprendiz, -a; **~io** (*pl* **-ni**) *m* aprendizaje; prácticas *fpl*

tiroide *f med* tiroides; **~o, -a** *adj med* tiroideo, -a

tirol|ese *adj/s* tirolés, -esa; ***~o** *m* Tirol

tirrenico, -a (*m pl* **-ci**) *adj geogr* tirrénico, -a

tisana *f* tisana

tisi *f inv med* tisis; **~co, -a** (*m pl* **-ci**) *adj/s med* tísico, -a

titan|ico, -a (*m pl* **-ci**) *adj* titánico, -a; **~io** *m quím* titanio; **~o** *m mitol tamb. fig* titán

titilla|mento *m* cosquilleo; **~re** *vt* hacer cosquillas

titola|re 1. *adj/s* titular; **2.** *vt* 1. titular, intitular; 2. *quím* titular, valorar; **~rità** *f inv* titularidad *f*, **~to, -a 1.** *adj quím* titulado, -a; **2.** *m/f* noble; **~zione** *f quím/impr* titulación

titolo 1. *m* 1. título; título, apelativo; *impr* titular; 2. *econ* título, valor; 3. *quím* título, grado; 4. *metal* ley *f*; **2.** *mpl adm* méritos; ***i ~i del candidato*** *los méritos del candidato* ◊ ~ ***d'apertura*** *impr* titular de primer página, titular de apertura; ~ ***di preferenza*** *adm* mérito preferencial; ~ ***di studio*** *adm* titulación (*f*), título; ***~i di Stato*** *econ* títulos del Estado; ***~i di testa*** *cine/TV* títulos de crédito; ***a ~ di curiosità*** *adv* a título de curiosidad; ***a ~ d'informazione*** *adv* a título informativo; ***a ~ gratuito*** *adv* a título gratuito; ***a ~ orientativo*** a título orientativo; ***a ~ personale*** *adv* a título personal

tituba|nte *adj* titubeante, indeciso, -a, vacilante; **~nza** *f* titubeo *m*, indecisión, vacilación; **~re** *vi* ‹*avere*› titubear, vacilar

tivù (*var.* **tivvù**) *f inv coloq* tele *f*

tizio, -a (*m pl* **-zi**) *m/f* (*desconocido*) fulano, -a, tipo, -a (*desp*), tío, -a (*desp*); ***ha telefonato un ~/una ~a*** *ha llamado un fulano/ha llamado fulana (!)*; (*conocido*) fulano, -a de tal ◊ ***~, Caio e Sempronio** Fulano, Mengano y Zutano

tizzone *m* tizón

tmesi *f inv lit* tmesis

to'! *excl* ¡toma!, ¡coge!, ¡mira! ◊ ***~, prenditi questa!*** ¡(toma) chúpate esa!

toast [tɔst] *m inv* sandwich *m*, emparedado *m*

toboga *m inv* tobogán *m*

tocca|bile *adj* 1. tocable; 2. *fig* tangible, palpable; **~nte** *adj* conmovedor, -a; **~re 1.** *vt* 1. tocar; (*edades*) rozar, rondar; ~ ***la sessantina*** *rondar/frisar los sesenta*; 2. afectar, conmover; 3. afectar, atañer, concernir; ***questo mi tocca da vicino*** *esto me atañe de cerca*; 4. (*tema*) tocar, tratar; **2.** *vi* 1. tocar, corresponder; ~ ***a te*** *te toca (a ti)*; ***tocca a te parlare*** *te corresponde hablar a ti*; 2. *nav* hacer pie ◊ ~ ***con mano*** tocar con sus propias manos, asegurarse; ***a chi tocca tocca*** a quien le toca la paga; **~sana** *m inv* mano de santo *m*; ***questa medicina è un ~*** *esta medicina es mano de santo*; **~ta** *f mús* tocata ◊ ***~e fuga*** *mús tamb. fig* tocata y fuga; **~to, -a** *adj sport tamb. fig* tocado, -a; ***è un po' ~*** *está un poco tocado*

tocco, -a (*m pl* **-chi**) **1.** *adj coloq* tocado, -a, ido, -a, pirado, -a; **2.** *m* 1. toque, golpecito; (*campana*) toque, campanada *f*; 2. *arte* retoque, pincelada *f*; ***dare gli ultimi ~i*** *dar los últimos retoques*; *fig* toque; 3. *tosc* (*de la tarde*) una *f*; 4. trozo, pedazo, cacho; 5. birrete, bonete ◊ ***un ~ d'uomo*** *raro* un pedazo de hombre, un tío bueno (*vulg*); ***un bel ~ di ragazza*** un pedazo de mujer, una tía buena (*vulg*)

toeletta V. **toilette**

toga (*pl* **-ghe**) *f* toga

togato, -a *adj* togado, -a

togliere ‹*tolgo; tolsi; tolto*› V. 12 *vt* quitar ◊ ~ ***di mezzo*** quitar de en medio; ***ciò non toglie che...*** eso no quita que...

toilette [twa'lɛt] (*var.* **toletta**) *f* 1. servicio *m*, baño *m*; ***andare alla ~*** *ir al servicio, ir al baño*; 2. (*mueble*) tocador *m* ◊ ***fare la ~*** arreglarse, acicalarse

tolda *f nav/hist* toldilla, alcázar *m*

toletta V. **toeletta**

tolgo... V. **togliere**

tollera|bile *adj* tolerable; **~bilità** *f inv* tolerabilidad *f*, **~nte** *adj* tolerante; **~nza** *f* tolerancia ◊ ***~ zero*** *f* tolerancia cero; **~re** ‹*esd*› *vt* tolerar

Tolomeo *m* Tolomeo, Ptolomeo

tolsi... V. **togliere**

tolto, -a 1. *adj* excepto *prep*, con excepción de *prep*; ***~e le ultime pagine*** *excepto las últimas páginas*; **2.** *pp* V. **togliere**

tomaia *f* (*zapato*) empeine *m*

tomba *f* tumba ◊ ***essere una ~*** ser una tumba; **~le** *adj* sepulcral; **~rolo** *m centr* ladrón de tumbas

tombino *m* alcantarilla *f*

tombola *f* 1. (*juego*) tómbola; 2. batacazo *m*, caída

tombolo *m* 1. caída *f*, voltereta *f*; 2. cojín de canapé; 3. almohadilla del encaje de bolillos *f*; 4. *irón* (*persona gorda*) bola *f*, tonel

tomismo *m filos* tomismo

tomo *m* 1. tomo; 2. *coloq* tipo, individuo; **~grafia** *f* tomografía ◊ **~ *assiale computerizzata (TAC)*** *med* tomografía axial computerizada (TAC)

tonaca *f* túnica ◊ ***gettare la ~ alle ortiche*** colgar los hábitos

tonal|e *adj* tonal; **~ità** *f inv* tonalidad *f*

tonante *adj* tonante

tonar|e V. **tuonare**; **~ium** *m inv mús/relig* tonario *m*

tond|eggiante *adj* redondeado, -a; **~ino** *m* salvamanteles *inv*; posavasos *inv*; **~o, -a 1.** *adj* redondo, -a; **2.** *m* redondel ◊ ***dire chiaro e ~*** decir sin rodeos, cantarlas claras; ***girare in ~*** girar en redondo

tonema *m ling* tonema

toner *m inv* tóner

tonfete *onom* plof, cataplum

tonfo *m* 1. ="ruido de la zambullida"; 2. (*fracaso*) batacazo ◊ ***fare un ~*** zambullirse

tonic|a *f mús/ling* tónica; **~o, -a** (*m pl* **-ci**) **1.** *adj mús/ling/med* tónico, -a; **2.** *m med* tónico

tonificare ‹*esd*› *vt* tonificar

tonnar|a *f* almadraba; **~otto** *m* (*pescador*) atunero

tonnell|aggio (*pl* **-gi**) *m* tonelaje; **~ta** *f* tonelada

tonnetto *m zool* albacora *f*

tonnina *f gastr* mojama

tonno *m zool* atún ◊ **~ *rosso*** atún rojo

tono *m* tono ◊ ***dare il ~*** dar el tono; ***darsi un ~*** darse tono; ***fuori ~*** *adj* fuera de tono; ***rispondere a ~*** dar una respuesta a tono, responder con las mismas; ***sentirsi in ~*** sentirse a tono

tonsill|a *f med* amígdala, tonsila ◊ ***avere le ~e*** tener amígdalas; **~ectomia** *f med* tonsilectomía, operación de amígdalas; **~ite** *f med* amigdalitis *inv*

tonsura *f* tonsura; **~ndo, -a** *adj/m* tonsurando, -a; **~re** *vt* tonsurar

tonto, -a *adj/s* tonto, -a, bobo, -a, estúpido, -a

topaia *f* 1. ratonera; 2. *desp* cuchitril *m*, tugurio *m*

topazio (*pl* **-zi**) *m* topacio

topesco, -a (*m pl* **-chi**) *adj* ratonero, -a, ratonil

topic|a *f* 1. *lit* tópica; 2. *coloq* metedura de pata, plancha; **~ida** *adj/m* raticida, matarratas *inv*; **~o, -a** (*m pl* **-ci**) *adj* tópico, -a

topless *m inv* topless

topo *m zool* rata *f* (!); ratón (!) ◊ **~ *d'albergo*** ladrón de hoteles; **~ *d'appartamento*** ladrón de casas, **~ *d'auto*** descuidero de coches, ladrón de coches; **~ *di biblioteca*** ratón de biblioteca; **~ *di fogna/di chiavica*** rata de alcantarilla (*f*)

topografi|a *f* topografía; **~ico, -a** (*m pl* **-ci**) *adj* topográfico, -a; **~o, -a** *m/f* topógrafo, -a

topolino *m* ratón

Topolino *m* Micky Mouse

topologi|a (*pl* **-gie**) *f* topología; **~co, -a** (*m pl* **-ci**) *adj* topológico, -a

toponimi|a *f* toponimia; **~ico, -a** (*m pl* **-ci**) *adj* toponímico, -a; **~o** *m* topónimo

toporagno *m zool* musaraña *f*

topp|a *f* 1. cerradura; ojo de la cerradura *m*; 2. parche *m*, remiendo *m*; *desp* parche *m*, pegote *m*; **~o** *m* troncón

torace *m med* tórax

toracico, -a (*m pl* **-ci**) *adj med* torácico, -a

toracotomia *f med* toracotomía

torba *f min* turba

torbidezza *f* turbiedad

torbido, -a *adj* turbio, -a

torbiera *f min* turbera, turbal *m*

torcere ‹*torco; torsi; torto*› V. 80 *vt* retorcer; torcer

torchi|are *vt* 1. (*olivas, uva*) prensar, estrujar; 2. (*persona*) presionar; **~o** (*pl* **-chi**) *m tecn/impr* prensa ◊ ***essere sotto il ~*** *impr* estar en prensa; ***mettere q sotto ~*** apretarle las tuercas a alg

torcia (*pl* **-ce**) *f* antorcha

torcicollo *m med* tortícolis *f inv*

tordo *m zool* tordo, zorzal

toreare *vi* ‹*avere*› torear *vt/i*

torello *m* becerro, novillo

torero *m* torero, diestro

torin|ese *adj/s* turinés; ***~o** Turín

torio *m quím* torio

torlo V. **tuorlo**

torma *f* (*personas*) multitud, muchedumbre; (*animales*) manada; **~lina** *f min* turmalina

torment|a *f* tormenta; **~are** *vt* atormentar, afligir; **~atore, -trice** *adj/s* atormentador, -a; **~o** *m tamb. fig* tormento; **~oso, -a** *adj* tormentoso, -a

tornа|conto *m* beneficio, ganancia *f*; **~do** *m inv meteo* tornado *m*; **~nte** *m* revuelta *f*, curva cerrada *f*; **~re** *vi* 1. volver, retornar; **~ *a casa/~rsene a ~*** *volver a casa*; 2. (*convertirse*) volverse, volver a ser; **~ *giovane*** *volver a ser joven*; 3. resultar; **~ *utile*** *resultar útil*; (*cuenta*) cuadrar; ***il conto torna*** *la cuenta cuadra/sale* ◊ **~ *a fare qc*** volver a hacer u-c; **~ *a proposito*** venir que ni pintado, venir como anillo al dedo; **~ *in sé*** volver en sí; **~ *indietro*** volver atrás, retroceder; **~sole** *m* tornasol; **~ta** *f* reunión, sesión

tornel|are *vi* ‹*avere*› (*torneo*) tornear; **~lla** (*var.* **tornello** *m*) *f* (*puerta*) torniquete *m*; **~o** *m* torneo

tornio (*pl* **-ni**) *m tecn* torno

tornire ‹*isc*› *vt tecn tamb. fig* tornear

tornit|ore, -trice *m/f* tornero, -a; **~ura** *f* 1. *tecn* (*acción*) torneado *m*; 2. tornería

torno: levarsi di ~ quitarse de en medio, ahuecar el ala (*coloq*) ◊ ***in quel ~ di tempo*** *adv* en aquella época, en aquellos momentos

toro *m zool* toro ◊ ***prendere il ~ per le corna*** coger/agarrar el toro por los cuernos

Toro *m astron* Tauro

torpedine *f zool/mil* torpedo *m*

torpedinier|a *f mil* (*barco*) torpedero *m*; **~e** *m mil* (*marino*) torpedero
torpedone *m* autocar, autobús
torpid|ezza *f* torpor *m*, entumecimiento *m*; **~o, -a** *adj* 1. tórpido, -a; 2. perezoso, -a
torpore *m* 1. *med* torpor, entumecimiento; 2. pereza *f*
torrazzo *m* torreón
torre *f arq/tecn* torre; (*ajedrez*) torre ◊ **~ *campanaria*** campanario (*m*); **~ *d'avorio*** torre de marfil; **~ *di Babele*** torre de Babel; **~ *di controllo*** torre de control; **~ *di perforazione*** torre de perforación; **~fare** ‹*faccio/fò; feci; fatto*› V. 36a *vt* torrefactar; **~fatto, -a** *adj/m* torrefacto, -a; **~fazione** *f* 1. (*acción*) torrefacción; 2. (*lugar*) tostadero de café *m*; **~ggiare** *vi* ‹*avere*› sobresalir
torren|te *m geogr tamb. fig* torrente; **~tismo** *m sport* barranquismo; **~ziale** *adj* torrencial
torretta *f mil/tecn* torreta
torrido, -a *adj* tórrido, -a
torriere *m elev* torrero
torrione *m* torreón
torrone *m gastr* turrón
torsi... V. **torcere**; **~one** *f* torsión
torso *m* 1. *med/arte* torso; 2. (*fruta*) troncho
torsolo *m* (*fruta*) troncho; (*tallo*) raspa *f* ◊ ***non star lì come un ~!*** ¡no te quedes ahí como un pasmarote!
torta *f* tarta *m* (!), pastel *m* (!)
tortel|lini *mpl* (*pasta rellena de queso y carne, verduras...*) tortellini(s); **~oni** *mpl* tortellini(s) grandes
tortiera *f* tartera
tortiglione *m* 1. objeto en forma de espiral; 2. *gastr* ="macarrón rayado en forma de espiral"
tortino *m* tartaleta *f*
torto, -a 1. *adj* torcido, -a; **2.** *m* 1. ofensa *f*, injuria *f*; 2. falta *f*, error; **3.** *pp* V. **torcere** ◊ ***a ~*** *adv* injustamente; ***avere ~*** estar equivocado; ***dare ~ a q*** llevar la contraria a alg, contradecir a alg; ***non ha tutti i ~i*** algo de razón no le falta; **~ra** *f zool* tórtola
tortuos|ità *f inv* tortuosidad *f*; **~o, -a** *adj* tortuoso, -a
tortura *f* tortura, tormento *m*; **~re** *vt* torturar, atormentar
torv|isco *m bot* (*Daphne gnidium*) matagallinas *f inv*; **~o, -a** *adj* (*malcarado*) torvo, -a
tosa|erba *m inv* cortacésped *m*; **~re** *vt* 1. esquilar, trasquilar, pelar; *irón* (*pelo*) pelar, trasquilar; 2. (*seto*) atusar; 3. (*contribuyente*) esquilmar, dejar pelado; **~tore, -trice** *m/f* trasquilador, -a, esquilador, -a; **~tura** *f* esquila, trasquila, trasquilado *m*
Toscan|a: la ~ *f* Toscana; ***~o, -a 1.** *adj/s* toscano, -a; **2.** *m* ="tipo de puro hecho con tabaco muy oscuro"
tosone *m* toisón ◊ ***~ d'oro*** Toisón de oro
tosse *f* tos ◊ **~ *canina*** tos ferina
tossicchiare *vi* ‹*avere*› carraspear
tossicità *f inv* toxicidad *f*
tossico, -a (*m pl* **-ci**) *adj/m* tóxico, -a
tossicodipenden|te *adj/s* drogadicto, -a, drogodependiente; **~za** *f* drogodependencia, drogadicción
tossicologi|a (*pl* **-gie**) *f* toxicología; **~o, -a** (*m pl* **-gi**) *m/f* toxicólogo, -a
tossicoman|e *adj/s* toxicómano, -a; **~ia** *f* toxicomanía
tossina *f* toxina
tossire ‹*tosso/-isc-*› *vi* ‹*avere*› toser
tosta|pane *m inv* tostador *m*, tostadora *f*; **~re** *vt* tostar; **~tura** *f* tostadura, tueste *m*
tosto, -a 1. *adj* 1. duro, -a; ***faccia ~a*** *cara dura*; 2. difícil; **2.** *adv elev* pronto (*estánd*)
tot *adj/pron inv* 1. (*impreciso*) tal; ***ne riparleremo il giorno ~*** *volveremos a hablar de ello el día tal*; 2. (*impreciso*) tanto, -a, equis *inv*; ***guadagna ~ e spende ~*** *gana tanto y gasta tanto;* ***ogni ~ mesi*** *cada equis meses*
totale *adj/m* total
totalit|à *f inv* totalidad *f*; **~ario, -a** (*m pl* **-ri**) *adj* totalitario, -a; **~arismo** *m* totalitarismo
totalizza|re *vt* totalizar; **~tore** *m sport* totalizador
totano *m zool* pota *f*
totem *m inv* tótem *m*
totip *m inv* quiniela hípica *f*
totocalcio (*pl* **-ci**) *m* (*fútbol*) ="quiniela" *f*; ***vincere al ~*** *ganar en las quinielas*
toupet [tu'pɛ] (*var.* **tupè**, **tuppè**) *m inv tamb. fig* tupé *m*
tournée [tur'ne] *f inv* tournée *f*, gira *f*
tovagli|a *f* mantel *m* (!); **~olo** *m* servilleta *f*
tozzo, -a 1. *adj* rechoncho, -a, achaparrado, -a; **2.** *m* trozo, cacho; (*pan*) mendrugo
TPL (*var.* **t.p.l.**) (*Tonnellata Portata Lorda*) *abr* (*Tonelada de Registro Bruto*) TRB
tr. (*tratta*) *abr* letra
tra (*var.* **fra**) *prep* 1. entre; ***~ l'altro*** *entre otras cosas*; ***~ di noi*** *entre nosotros*; ***~ sé e sé*** *para sí, pasa sus adentros*; ***~ una cosa e l'altra*** *entre unas cosas y otras*; 2. (*tiempo, distancia*) dentro de; ***~ poco*** *dentro de poco*; ***~ breve*** *en breve*
traballa|mento *m* tambaleo; **~re** *vi* ‹*avere*› tambalearse
trabeazione *f arq* entablamento *m*, cornisamento *m*
trabiccolo *m* 1. (*calentador de camas*) tumbilla *f*; 2. *auto desp* cacharro, cafetera *f*
traboc|cante *adj* desbordante; **~care** *vi* 1. ‹*essere*› (*líquido*) desbordarse, salirse; 2. ‹*avere*› (*recipiente*) rebosar, desbordarse; **~chetto 1.** *m* (*en el suelo*) trampa *f*, *fig* trampa *f*, encerrona *f*; ***tendere un ~ a q*** *tenderle una trampa a alg*; **2.** *adj inv* (*pospuesto*) trampa; ***domanda ~*** *pregunta capciosa*; **~co** (*pl* **-chi**) *m* 1. (*sangre*) derramamiento; 2. *mil/hist* trabuco
tracagnotto, -a *adj/s* rechoncho, -a
tracannare *vt* engullir, tragar
traccia (*pl* **-ce**) *f* 1. huella; rastro *m*, indicio *m*; vestigio *m*; 2. esbozo *m*, bosquejo *m*; 3. *electr* tra-

za; 4. (*disco, CD...*) corte *m*; **~bilità** *f inv* (*producto alimenticio*) trazabilidad *f*; **~mento** *m* trazado, marcaje; **~nte** *m fís/quím* trazador; **~re** *vt* 1. trazar, marcar; 2. esbozar
trachea *f med* tráquea
tracheale *adj med* traqueal
tracheotomia *f med* traqueotomía
tracoll|a *f* bandolera ◊ ***a ~*** *adv* en bandolera; **~are** *vi* 1. inclinarse, vencerse; 2. (*arruinarse*) caer; **~o** *m* 1. caída *f*; 2. (*problema*) trastorno
tracoma *m med* tracoma
tracotan|te *adj* arrogante, jactancioso, -a, insolente; **~za** *f* arrogancia, insolencia
tradimento *m* traición *f* (!) ◊ ***a ~*** *adv* a traición; ***alto ~*** alta traición (*f*)
tradire ‹*isc*› *vt tamb. fig* traicionar; ***se la memoria non mi tradisce*** *si la memoria no me engaña/falla*
traditore, -trice *adj/s* traidor, -a
tradizion|ale *adj* tradicional; **~alismo** *m* tradicionalismo; **~alista** *adj/s* tradicionalista; **~e** *f* tradición
tradott|a *f* tren militar *m*; **~o** V. **tradurre**
tradu|cibile *adj* traducible; **~rre** ‹*duco; dussi; dotto*› V. 15 *vt* 1. traducir; ***~ in italiano*** *traducir al italiano;* ***~ dall'italiano allo spagnolo*** *traducir del italiano al español*; 2. *jur* (*detenido*) conducir ◊ ***~ in atto*** realizar; ***~ in parole povere*** explicar sin rodeos; **~ttore, -trice** *m/f* traductor, -a; **~zione** *f* 1. traducción; 2. *jur* (*detenido*) conducción ◊ ***~ consecutiva*** traducción consecutiva; ***~ simultanea*** traducción simultánea
traente *m/f econ* girador, -a, librador, -a
trafelato, -a *adj* resollante, jadeante
traffi|cante *m/f* traficante; **~care** ‹*esd*› *vi* ‹*avere*› traficar (**in** con), comerciar; **~chino, -a** *adj/s* trapicheador, -a, trafagón, -ona; **~co** (*pl* **-ci**) *m* tráfico ◊ ***~ marittimo, aereo*** tráfico marítimo, aéreo; ***~ stradale*** tránsito rodado; **~cone, -a** *m/f desp* especulador, -a, aprovechado, -a, trafagón, -ona
trafiggere ‹*figgo; fissi; fitto*› V. 38 *vt* atravesar
trafil|a *f* 1. *tecn* hilera; 2. *adm* papeleo *m*, tramitación; **~are** *vt tecn* trefilar; **~eria** *f tecn* trefilería; **~etto** *m impr* (*periódico*) suelto
trafissi... V. **trafiggere**
trafitt|a *f* punzada, pinchazo *m*; **~o** V. **trafiggere**
trafor|are *vt* perforar; **~o** *m* perforación *f*; *transp* túnel
trafuga|mento *m* escamoteo, hurto; **~re** *vt* escamotear, hurtar
tragedia *f* tragedia
traggo... V. **trarre**
traghett|are *vt* barquear, pasar a la otra orilla; **~atore, -trice** *m/f* barquero, -a; **~o** *m* 1. *nav* (*acción*) barqueo; 2. *nav* transbordador, ferry
tragicità *f inv* dramatismo *m*
tragico, -a (*m pl* **-ci**) *adj/s* trágico, -a; **~mico, -a** (*m pl* **-ci**) *adj* tragicómico, -a; **~mmedia** *f* tragicomedia
tragitto *m* trayecto, recorrido, trecho
traguard|are *vt* mirar de reojo; **~o** *m* 1. *sport tamb. fig* meta *f*; 2. *mil* mira *f* ◊ ***tagliare il ~*** *sport* cruzar la meta
Traiano *m hist* Trajano
traiettoria *f mil* trayectoria
trailer ['trɛjler] *m inv transp/cine* tráiler *m*
traina *f* curricán *m*; ***pesca alla/a ~*** *pesca al curricán*
trainare *vt* remolcar
trainer ['trejner] *m inv* entrenador *m*
traino *m* remolque; *nav* rastra *f*
tralasciare *vt* 1. (*estudios...*) suspender, abandonar; 2. dejar de lado, omitir, descuidar
tralcio (*pl* **-ci**) *m agric* sarmiento, pámpano
traliccio (*pl* **-ci**) *m* 1. (*tela*) dril, terliz; 2. torre de alta tensión *f*
tralice: in ~ *adj* al sesgo, en diagonal
traligna|mento *m* degeneración *f*, degradación *f*; **~re** *vi* ‹*avere/essere*› degenerar, degradarse
tralucere (*sin pp ni tiempos compuestos*) *v/def* 1. (*objeto*) tra(n)slucirse; 2. (*sentimiento*) reflejarse, entreverse
tram *m inv* tranvía *m* ◊ ***attaccati al ~!*** *coloq* ¡arréglatelas!, ¡búscate la vida!
trama *f* 1. (*tejido*) trama; 2. trama, intriga, maquinación; **~glio** (*pl* **-gli**) *m nav* chinchorro; **~ndare** *vt* transmitir, legar; **~re** *vt* 1. (*tejido*) tramar; 2. tramar, maquinar, urdir
trambusto *m* jaleo, revuelo
tramenio (*pl* **-nii**) *m elev* trajín, trasiego
tramest|are *vt* remover, mezclar; revolver; **~io** (*pl* **-tii**) *m* jaleo, revuelo; trajín
tramezz|are *vt* 1. interponer; intercalar; 2. *arq* tabicar; **~ino** *m gastr* sandwich, emparedado; **~o** *m arq* tabique, pared medianera *f*
tramite 1. *m* trámite; mediación *f*; **2.** *prep* por medio de, a través de; ***ottenere qc ~ un amico*** *conseguir u-c por medio de un amigo*
tramoggia (*pl* **-ge**) *f* tolva
tramont|ana *f* (*norte, viento*) tramontana ◊ ***perdere la ~*** perder el norte; **~are** *vi* 1. ponerse el sol; 2. declinar, decaer; **~o** *m* 1. puesta de sol *f*, atardecer, ocaso; 2. ocaso, declive
tramorti|mento *m* desfallecimiento; **~re** ‹*isc*› *vi* desfallecer
trampoli|eri *mpl zool* zancudas *fpl*; **~no** *m sport tamb. fig* trampolín
trampolo *m* zanco
tramutare *vt* 1. trasegar; 2. *elev* mutar
tramvai V. **tram**
trance [trans] *f inv* trance *m*
tranche [tranʃ] *f inv fig* parte *f*, porción *f*
trancia (*pl* **-ce**) *f* 1. *tecn* cizalla; 2. *gastr* rodaja; rebanada; loncha; **~re** *vt* 1. *tecn* cizallar; 2. *gastr* rebanar; **~trice** *f tecn* cizalla
tranello *m* trampa *f*
trangugiare *vt* engullir, devorar, tragar
tranne *prep* excepto, salvo
tranquill|ante *m* tranquilizante; **~are** *vt elev* tranquilizar (*estánd*), calmar (*estánd*); **~ità** *f inv* tranquilidad *f*

tranquillizza|nte *adj* tranquilizante; **~re** *vt* tranquilizar
tranquillo, -a *adj* tranquilo, -a; ***stia ~!*** *¡cálmese!*
transalpino, -a *adj* transalpino, -a
transaminasi *f inv* transaminasa *f*
transatlantico, -a (*m pl* **-ci**) *adj/m* transatlántico, -a
transatto V. **transigere**
transazion|ale *adj* transaccional; **~e** *f* transacción
transcodificazione (*var.* **transcodifica**) *f informát* transcodificación
transcontinentale *adj* transcontinental
transenna *f* barrera, valla; **~re** *vt* vallar
transessuale *adj/s* transexual
transetto *m arq* crucero
transeunte *adj elev* transeúnte
transfert *m inv med/tecn* transferencia *f*
transfuga (*m pl* **-ghi**, *f pl* **-ghe**) *m/f* 1. desertor, -a; 2. *pol* tránsfuga
transiberiano, -a *adj/m* transiberiano, -a
transigere ‹*transatto*› V. 32 *vt/i* ‹*avere*› transigir
transistor (*var.* **transistore** *m*) *m inv* transistor *m*
transita|bile *adj* transitable; **~re** ‹*esd*› *vi* transitar; **~rio** (*pl* **-ri**) *m* agente de aduanas
transitivo, -a *adj ling* transitivo, -a
transito *m* tránsito ◊ ***in ~*** *adj* en tránsito; **~rio, -a** (*m pl* **-ri**) *adj* transitorio, -a
transizione *f* transición
transmediterraneo, -a *adj* transmediterráneo, -a
transmutare V. **trasmutare**
transoceanico, -a (*m pl* **-ci**) *adj* transoceánico, -a
transpadano, -a *adj* transpadano, -a
transuma|nza *f* trashumancia; **~re** *vi* ‹*avere*› trashumar
transustanziazione (*var.* **transubstanziazione**) *f* transubstanciación
trantran (*var.* **tran tran**) *m inv* rutina *f*, monotonía *f*
tranvai V. **tram**
tranvi|a *f* tranvía *m* (!); **~ario, -a** (*m pl* **-ri**) *adj* tranviario, -a; **~ere** *m* tranviario, conductor de tranvías
trapana|re ‹*esd*› *vt tecn* taladrar, barrenar; *med* trepanar; **~zione** *f tecn* taladrado *m*, barrenado *m*; *med* trepanación
trapano *m tecn* taladro, taladradora *f*; (*manual*) barrena *f*, berbiquí; *med* trépano
trapass|are **1.** *vt* traspasar, atravesar; **2.** *vi* 1. (*morir*) fallecer; 2. *elev* atravesar (*estánd*), pasar (*estánd*); 3. *raro* (*herencia*) pasar, transmitirse; **~ato** **1.** *m ling* pretérito; **2.** *mpl elev* difuntos ◊ ***~ prossimo*** pretérito pluscuamperfecto; ***~ remoto*** pretérito anterior; ***congiuntivo ~*** *m* pretérito pluscuamperfecto de subjuntivo; **~o** *m* 1. (*acción*) paso; 2. *elev* traspaso, óbito
trapelare *vi* 1. rezumar (**da** de), filtrarse (**da** de); 2. (*saberse*) tra(n)scender (**da** de)
trapezi|o (*pl* **-zi**) *m* trapecio; **~sta** *m/f* trapecista
trapezoid|ale *adj* trapezoidal; **~e** *f* trapezoide
trapiant|are *vt bot/med* trasplantar; **~o** *m bot/med* trasplante
trappa *f* monasterio trapense *m*
trappista *m* monje trapense
trappola *f* trampa; ***~ per topi*** *ratonera* ◊ ***cadere nella ~*** caer en la trampa; ***tendere una ~*** tender una trampa
trappolone, -a *m/f* tramposo, -a, liante
trapunt|a *f* edredón *m*; **~are** *vt* pespuntar, pespuntear; coser; **~o, -a** **1.** *adj* 1. pespunteado, -a; cosido, -a; 2. lleno, -a, plagado, -a; **2.** *m* pespunte
trarre ‹*traggo; trassi; tratto*› V. 81 *vt* 1. sacar; ***~ profitto da q/qc*** *sacar provecho de alg/de u-c*; ***~ conclusioni*** *sacar conclusiones*; obtener; 2. llevar, conducir; 3. *com* (*letra*) emitir, girar
trasali|mento *m* sobresalto; **~re** ‹*isc*› *vi* ‹*essere/avere*› sobresaltarse
trasandato, -a *adj* desarreglado, -a, desaliñado, -a
trasbord|are *vt/i* ‹*avere*› transbordar; **~o** *m* transbordo
trascegliere ‹*scelgo; scelsi; scelto*› V. 69 *vt* seleccionar, entresacar
trascenden|tale *adj* tra(n)scendental; **~te** *adj* tra(n)scendente; **~za** *f* tra(n)scendencia
trascendere ‹*scesi; sceso*› V. 58 *vt/i* ‹*essere/avere*› tra(n)scender
trascina|mento *m* arrastre; **~re** ‹*esd*› *vt tamb. fig* arrastrar
trascorrere ‹*corsi; corso*› V. 18 *vt/i* transcurrir
trascorso **1.** *m* transcurso; **2.** *pp* V. **trascorrere**
trascrivere ‹*scrissi; scritto*› V. 71 *vt* transcribir
trascrizione *f* transcripción
trascura|bile *adj* desdeñable, irrelevante; **~re** *vt* 1. descuidar, desatender; 2. omitir, ignorar; **~tezza** *f* negligencia, desidia, abandono *m*
trasecolare ‹*esd*› *vi* ‹*essere/avere*› pasmarse, asombrarse
trasferi|bile *adj* transferible; **~mento** *m adm* traslado; *jur* traspaso; *econ* transferencia *f*; **~re** ‹*isc*› **1.** *vt* trasladar; *adm* trasladar; *jur* traspasar; *econ* transferir; **2.** **~rsi** trasladarse, mudarse
trasferta *f* 1. viaje de trabajo *m*; 2. dieta; 3. *sport* partido en campo contrario *m*
trasfigura|re *vt* transfigurar; **~zione** *f* transfiguración
trasfondere ‹*fusi; fuso*› V. 37 *vt* 1. infundir, provocar; 2. *raro* (*líquidos*) transfundir
trasforma|bile *adj* convertible, transformable; **~re** *vt* transformar; **~tore** *m electr* transformador; **~zione** *f* transformación
trasformis|mo *m teat/pol* transformismo; **~ta** *m/f teat/pol* transformista
trasfusi... V. **trasfondere**; **~one** *f* transfusión
trasfuso V. **trasfondere**
trasgredi|re ‹*isc*› *vt/i* ‹*avere*› transgredir *vt*, infringir *vt*; ***~ un ordine/a un ordine*** *transgredir una orden*; **~trice** V. **trasgressore**
trasgress|ione *f* transgresión; **~ore** (*f* **trasgreditrice**) *adj/s* transgresor, -a, infractor, -a
trasla|to *m ling* tra(n)slación *f*; **~zione** *f* traslación, traslado *m*

traslitterazione *f* transliteración
traslocare 1. *vt* trasladar; **2.** *vi* ‹avere› (*cambiar de casa*) trasladarse, mudarse; **~o** (*pl* **-chi**) *m* traslado, mudanza *f*
traslucido, -a *adj* translúcido, -a
trasmettere ‹*misi; messo*› V. 44 *vt* transmitir
trasmettitore, -trice *adj/m* transmisor, -a
trasmigrare *vi* ‹*essere/avere*› transmigrar; **~zione** *f* transmigración
trasmisi... V. **trasmettere**
trasmissibile *adj* transmisible; **~one** *f* transmisión
trasmittente 1. *adj/s* transmisor, -a; **2.** *f* emisora
trasmodare *vi* ‹*avere*› excederse
trasmutabile *adj elev* transmutable; **~re** (*var.* **transmutare**) *vt* transmutar; **~zione** *f cient/lit* transmutación
trasognare *vi* ‹*avere*› fantasear; **~to, -a** *adj* embobado, -a, embelesado, -a; asombrado, -a
trasparente 1. *adj* transparente; **2.** *m tecn* transparencia *f*; **~ire** ‹*paio/parisco; parii/parsi/parvi; parso*› V. 3 *vi* 1. transparentar; 2. vislumbrarse, entreverse
traspirare *vi* ‹*avere*› 1. transpirar; 2. vislumbrar, entrever; **~zione** *f* transpiración
trasporre ‹*pongo; posi; posto*› V. 56 *vt* transponer, trasladar; *mús* transportar
trasportabile *adj* transportable; **~are** *vt* transportar; **~atore, -trice 1.** *m/f* transportista; **2.** *m* transportador ◊ **~ *di nastro*** cinta transportadora *f*; **~ino** *m vet* transportín; **~o** *m* 1. transporte; ***mezzi di ~*** *medios de transporte*; 2. arrebato, arranque
trasposizione *f* transposición
trassato V. **trattario**
trassi... V. **trarre**
trastullare 1. *vt* divertir, entretener; **2. ~rsi** 1. divertirse, entretenerse, jugar; 2. perder el tiempo; **~o** *m* juego, entretenimiento; (*de la suerte*) capricho
trasudare *vt/i* trasudar, exudar; rezumar; **~zione** *f* trasudación
trasversale *adj* tra(n)sversal
trasvolare 1. *vt* sobrevolar; **2.** *vi fig* pasar por encima; **~ *su un argomento*** *tocar superficialmente un tema*; **~ta** *f* travesía aérea
tratta *f* 1. (*comercio*) trata; 2. *com* letra ◊ **~ *dei negri*** trata de negros; **~ *delle bianche*** trata de blancas; **~bile** *adj* 1. (*precio...*) tratable, negociable; 2. tratable, afable; **~mento** *m* 1. tratamiento, trato; 2. *med/tecn* tratamiento
trattare *vt/i* ‹*avere*› tratar; **~ *q come (se fosse) un pazzo*** *tratar a alg de loco/como a un loco*; **~io** (*mpl* **-ri**)**, -a** *adj/s banc* librado, -a, girado, -a
trattatista *m/f* tratadista; **~iva** *f* negociación; **~o** *m cient/pol* tratado
trattazione *f* 1. (*tema*) tratamiento *m* (!), desarrollo *m*; 2. tratado *m*, disertación
tratteggiare *vt* (*escritura*) rasguear; *arte tamb. fig* esbozar; **~o** (*pl* **-gi**) *m* (*escritura*) rasgueo; *arte tamb. fig* esbozo

trattenere ‹*tengo; tenni; terrò*› V. 79 *vt* retener; entretener ◊ ***~rsi dal fare qc*** abstenerse de hacer u-c; **~imento** *m* entretenimiento; **~uta** *f* (*sueldo*) retención
trattino *m impr* guión
tratto 1. *m* 1. trazo, línea *f*, raya *f*; 2. trato, comportamiento; impulso, arranque; 3. trozo, fragmento; (*distancia*) trecho, tramo; (*tiempo*) momento, lapso; **2.** *mpl* rasgos; **~ *occidentali*** *rasgos occidentales*; **3.** *pp* V. **trarre** ◊ ***a ~i*** a intervalos; ***a grandi ~i*** *adv* a grandes rasgos; ***ad un ~*** *adv* de repente
trattore (*f* **trattrice**) **1.** *m agric* tractor; **2.** *m/f* posadero, -a; dueño, -a de un restaurante; **~ia** *f* casa de comidas, restaurante casero *m*; **~ista** *m/f* tractorista
tratturo *m* (*ganado*) cañada *f*, vía pecuaria
trauma *m* trauma
traumatico, -a (*m pl* **-ci**) *adj* traumático, -a; **~smo** *m* traumatismo; **~zzare** *vt* traumatizar
traumatologo, -a (*m pl* **-gi**) *m/f* traumatólogo, -a
travagliare *vt* atormentar, afligir, angustiar; fatigar; **~o** (*pl* **-gli**) *m* afán, angustia *f*, pena *f*; dolor, daño ◊ **~ *(del parto)*** dolores del parto
travasare *vt* 1. trasegar, transvasar; 2. transmitir, plasmar; **~o** *m* 1. trasiego, transvase; 2. *med* derrame
travatura *f* viguería, envigado *m*
trave *f* viga
travedere ‹*vidi; visto*› V. 85 *vi* ‹*avere*› ofuscarse; **~ *per l'odio*** *estar ofuscado por el odio*
traveggole: avere le ~ *vi* (*confundirse, equivocarse*) ver visiones
traveller's cheque ['traveler 'ʃɛk] *m inv* cheque de viaje *m*
traversa *f* 1. *arq* travesaño *m*, traviesa; *ferroc* traviesa; *sport* larguero *m*; (*silla...*) barrote *m*; 2. bocacalle, cruce *m*; **~are** *vt* atravesar, cruzar; **~ata** *f* travesía; **~ia 1.** *f meteo* travesía; **2.** *fpl* adversidades, reveses *mpl*; **~ina** *f* traviesa, vía de tren; **~o, -a 1.** *adj* tra(n)sversal; ***via ~a*** *vía transversal, bocacalle*; **2.** *m* través ◊ ***andare di ~*** atragantarse; ***di ~*** *adv* de través; ***guardare di ~*** mirar de reojo; **~one** *m sport* ="pase largo y alto paralelo a la portería"
travertino *m min* travertino
travesti *m inv teat* travesti *m*, travestí *m*; **~imento** *m* disfraz; **~ire** *vt* disfrazar; **~ito** *m* travesti, travestí
traviamento *m* extravío, perversión *f*, corrupción *f*; **~re** ‹*-vio*› **1.** *vt* pervertir, corromper; **2. ~rsi** descarriarse, pervertirse
travicello *m* vigueta *f*, listón
travidi... V. **travedere**
travisamento *m* tergiversación *f*, falseamiento; **~re** *vt* tergiversar, falsear
travisto V. **travedere**
travolgente *adj* arrebatador, -a
travolgere ‹*volgo; volsi; volto*› V. 90 *vt* 1. arrollar; 2. (*pasión*) trastocar, arrastrar, arrebatar

trazione *f* tracción ◊ **~ *a vapore*** tracción de vapor; **~ *animale*** tracción animal; **~ *meccanica*** tracción mecánica; **~ *sulle quattro ruote*** tracción a las cuatro ruedas; ***a ~ anteriore, posteriore*** *adj* de tracción anterior, trasera

tre *adj/s inv* tres

trealberi *m inv* velero de tres palos *m*

trebbia *f* 1. *agric* (*instrumento*) trillo *m*; 2. *agric* (*acción*) trilla; **~re** *vt agric* trillar; **~tore, -trice** *m/f* trillador, -a; **~trice** *f mec* trilladora; **~tura** *f agric* trilla, trilladura

trebisonda: perdere la ~ *vi* perder los estribos

treccia (*pl* **-ce**) *f* trenza, coleta

trecent|esco, -a (*m pl* **-chi**) *adj* del siglo XIV; **~ista** *m/f* autor, -a o artista del siglo XIV; **~o** *adj/s inv* trescientos, -as ◊ ***il *~*** *m* el siglo XIV

tredicenne 1. *adj* de trece años; **2.** *m/f* persona de trece años *f*

tredicesimo, -a 1. *adj* 1. (*orden*) decimotercero, -a; 2. (*parte*) treceavo, -a; **2.** *m* (*parte*) treceavo; **3.** *m/f* (*orden*) decimotercero, -a; (*reyes, papas*) trece *inv*; ***Leone XIII*** *León XIII*; **4.** *f* paga extra de Navidad

tredici *adj/m inv* trece

trefolo *m tecn* cordón

tregenda *f* aquelarre *m*

tregua *f mil tamb. fig* tregua

trekking ['trɛkkin] *m inv* trekking, senderismo *m*

trema|nte *adj* tembloroso, -a; **~re** *vi* ‹*avere*› temblar; **~rella** *f coloq* tembleque *m*

tremebondo, -a *adj elev* tremebundo, -a

tremend|ismo *m* tremendismo; **~ista** *adj/s* tremendista; **~o, -a** *adj* tremendo, -a

trementina *f* trementina

tremito *m* temblor, tembleque

tremol|are ‹*esd*› *vi* ‹*avere*› (*flor*) temblar, estremecerse; (*llama, luz...*) parpadear; **~io** (*pl* **-lii**) *m coloq* temblor, tembleque; **~o** *m mús* trémolo

tremore *m* 1. escalofrío; 2. (*agitación*) trepidación *f*

tremulo, -a 1. *adj* trémulo, -a; **2.** *m mús* trémolo

trend *m inv econ* trend, evolución de la economía *f*

treno *m* tren; ***salire sul treno*** *subir al tren* ◊ **~ *accelerato/locale*** tren regional; **~ *di laminazione*** tren de laminación; **~ *di vita*** tren de vida; **~ *diretto*** tren expreso; **~ *merci*** tren de mercancías; **~ *rapido*** *obsol* tren rápido; **~ *viaggiatori*** tren de pasajeros; ***perdere il treno*** *tamb. fig* perder el tren

trenta *adj/s inv* treinta ◊ **~ *e lode*** *m estud* (*universidad*) matrícula de honor (*f*)

trentenn|ale 1. *adj* 1. que dura treinta años; 2. que pasa cada treinta años; **2.** *m* trigésimo aniversario; **~e** *m/f* treintañero, -a; **~io** (*pl* **-ni**) *m* período de treinta años

trentesimo, -a 1. *adj* 1. trigésimo, -a; 2. (*parte*) treintavo, -a; **2.** *m* treintavo

trentin|a *f* treintena; **~o, -a** *adj/s* de Trento

trepida|nte *adj* trepidante; **~re** ‹*esd*› *vi* ‹*avere*› trepidar, temblar; **~zione** *f* trepidación

trepido, -a *adj elev* trémulo, -a

treppiede (*var.* **treppiedi**) *m* (*fuego*) trébedes *fpl*; *foto* trípode

trequarti *m inv* 1. chaquetón *m*, gabán *m*; 2. *med* trocar *m*

tresca (*pl* **-sche**) *f* lío *m*, embrollo *m*; (*amoroso*) lío *m*, aventura; **~re** *vi* ‹*avere*› 1. intrigar, conspirar; 2. (*relación*) tener una aventura

trespolo *m* caballete, trípode

triade *f* tríada

trial ['trajal] *m inv* trial *m*

triangol|are *adj* triangular; **~azione** *f* triangulación; **~o** *m* triángulo ◊ **~ *equilatero*** triángulo equilátero; **~ *isoscele*** triángulo isósceles; **~ *rettangolo*** triángulo rectángulo; **~ *scaleno*** triángulo escaleno

triassico, -a (*m pl* **-ci**) (*var.* **triasico**) *adj/m* triásico, -a

tribale *adj* tribal

triboelettricità *f inv* triboelectricidad *f*

tribola|re 1. *vt* atribular, atormentar; **2.** *vi* ‹*avere*› sufrir; **~zione** *f* tribulación

tribolo *m bot* abrojo

tribologia *f mec* tribología

tribordo *m nav* estribor

tribù *f inv* tribu *f* ◊ **~ *urbane*** tribus urbanas

tribun|a *f* tribuna; **~ale** *m* tribunal ◊ **~ *amministrativo regionale (TAR)*** ="tribunal administrativo regional", tribunal superior de justicia (*Esp*); **~ *dei/per i minori/minorenni*** tribunal de menores; **~o** *m* 1. *hist* tribuno; 2. *desp* demagogo

tribut|are *vt* tributar, rendir; **~ario, -a** (*m pl* **-ri**) *adj econ/geogr* tributario, -a; **~o** *m econ tamb. fig* tributo

tric *onom* tris

tricheco (*pl* **-chi**) *m zool* morsa *f*

trichin|a *f zool* triquina; **~osi** *f inv med* triquinosis

triciclo *m* triciclo

tricipite 1. *adj elev* tricípite; **2.** *adj/m med* tríceps *inv*

tricloruro *m quím* tricloruro

tricolore 1. *adj* tricolor; **2.** *m* bandera tricolor *f*; bandera italiana *f*

tricorno *m* tricornio

tricromia *f* tricromía

trident|e *m* 1. *mitol* tridente; 2. *agric* horca *f*; **~ino, -a** *adj hist* tridentino, -a

tridimensionale *adj* tridimensional

triduo *m relig* triduo, ternario

trielina *f quím* tricloroetileno *m*

trienn|ale *adj* trienal; **~io** (*pl* **-ni**) *m* trienio

triestino, -a *adj/s* triestino, -a

trifase *adj inv electr* trifásico, -a *adj*

trifoglio (*pl* **-gli**) *m bot* trébol

trifolato, -a *adj* trufado, -a

triforcarsi trifurcarse

trigemino, -a *adj* 1. (*parto*) triple; 2. (*niño*) trillizo, -a

triglia *f zool* salmonete *m*

trigone *m zool* (*pez*) pastinaca *f*

trigonometri|a *f mat* trigonometría; **~co, -a** (*m pl* **-ci**) *adj mat* trigonométrico, -a
trilaterale *adj* trilateral
trilingue *adj* trilingüe
trilione *m* trillón
trill|are *vi* ‹avere› *zool/mús* trinar; **~o** *m zool/mús* trino
trilobato, -a *adj* trilobulado, -a
trilogia (*pl* **-gie**) *f* trilogía
trimarano *m nav* trimarán
trimensile *adj* trimensual
trimestr|ale *adj* trimestral; **~e** *m* trimestre
trimotore, -trice *adj/m* trimotor, -a
trina *f* encaje *m*, puntilla; **~ia** *f* encajera
trinca *f nav* trinca; **~re** *vt* 1. *coloq* (*beber*) chupar, soplar; 2. *nav* trincar
trincea *f mil* trinchera
trincera|mento *m* atrincheramiento; **~re** *vt* atrincherar
trincetto *m* trinchete, chaira *f*
trinchetto *m nav* trinquete
tricia|nte *m* trinchante; **~pollo** (*var.* **trinciapolli**) *m inv* trinchador para aves *m*; **~re** *vt* trinchar; **~to** *m* (*tabaco*) picadura *f*; **~tura** *f* trinchado *m*
trinit|à *f inv* trinidad *f*; **~ario, -a** *adj/m* trinitario, -a
trino, -a *adj* trino, -a; **~mio** (*pl* **-mi**) *m mat* trinomio
trio (*pl* **trii**) *m* trío
trionfa|le *adj* triunfal; **~lismo** *m* triunfalismo; **~lista** *adj/s* triunfalista; **~nte** *adj* triunfante, victorioso, -a; **~re** *vi* ‹avere› triunfar; **~tore, -trice** *adj/s* triunfador, -a
trionfo *m* 1. triunfo, victoria *f*; 2. (*naipes*) figura *f* ◊ ***portare in ~*** llevar en triunfo
trip *m inv jerga drog* viaje *m*, colocón *m*, flipe *m*
tripart|ire ‹isc› *vt* tripartir, dividir en tres; **~itico, -a** (*m pl* **-ci**) *adj pol* de tres partidos; **~ito, -a 1.** *adj* tripartito, -a; **2.** *m* gobierno tripartito; **~izione** *f* tripartición
tripletta *f* tripleta
triplicare ‹esd› *vt* triplicar
triplice *adj* triple, triplo, -a
triplo, -a *adj/m* triple, triplo, -a
tripode *m* trípode
tripp|a *f* 1. *gastr* callos *mpl*; 2. tripa, panza, barriga; **~eria** *f* casquería, mondonguería; **~one, -a** *m/f* tripón, -ona, barrigudo, -a
tripudi|are *vi* ‹avere› tripudiar; **~o** (*pl* **-di**) *m* tripudio
triregno *m* tiara papal *f*
trisavolo, -a *m/f* tatarabuelo, -a
trisillabo, -a *adj/m* trisílabo, -a
triste *adj* triste; **~zza** *f* tristeza
tristo, -a *adj* malvado, -a, malévolo, -a; miserable, mezquino, -a
trita|carne *m inv* picadora *f*; **~re** *vt* triturar; *gastr* picar, triturar; **~tutto** *m inv* picadora *f*, trituradora *f*
tritio *m quím* tritio
trito, -a *adj* 1. triturado, -a; 2. (*ropa*) gastado, -a, raído, -a; 3. (*muy visto*) trillado, -a ◊ ***~ e ritrito*** sabido y resabido, repetido hasta la saciedad; **~ne** *m mitol/zool* tritón
trittico (*pl* **-ci**) *m* tríptico
trittongo (*pl* **-ghi**) *m* triptongo
tritume *m* migajas *fpl*, migas *fpl*; (*madera, hierro*) virutas *fpl*
triturare *vt* triturar
triunvirato (*var.* **triumvirato**) *m hist* triunvirato
triunviro (*var.* **triumviro**) *m* triunviro
trivalente *adj* trivalente
trivella *f* barrena; **~re** *vt* barrenar; **~zione** *f* barrenado *m*
trivia|le *adj* trivial; **~lità** *f inv* trivialidad *f*
trivio (*pl* **-vi**) *m* (*caminos; estud*) trivio
trocantere *m med* trocánter
trofeo *m* trofeo
troglodit|a *m/f tamb. fig* troglodita; **~ico, -a** (*m pl* **-ci**) *adj* troglodítico, -a, troglodita
trogolo *m* 1. pileta *f*, batea *f* (*Am*); 2. artesa *f*; 3. comedero
troica *f* troica
trolley ['trɔllej] *m inv* trole *m*; **~bus** ['trɔllejbus] *m inv* trolebús *m*
tromba *f* 1. *mús* trompeta; *med/zool* trompa; *auto* bocina, claxon *m*; 2. *meteo* tromba ◊ ***~ d'aria*** tornado (*m*); ***~ degli stivali*** caña; ***~ delle scale*** hueco de la escalera (*m*); ***~ d'Eustachio*** trompa de Eustaquio; ***~ marina*** manga, tromba marina; ***~ uterina/di Falloppio*** trompa de Falopio; **~re** *vt* 1. *jerga estud* (*suspender*) catear, cargarse; 2. *vulg* tirarse (**q** a alg), follar (**q** con alg)
trombetti|ere *m mil* corneta, trompeta; **~sta** *m/f mús* trompetista
trombon|e *m* 1. *mús* trombón; 2. *mil* trabuco; 3. *desp* histrión; fanfarrón ◊ ***~ a pistoni*** trombón de pistones; ***~ a tiro*** trombón de varas; **~ista** *m/f* trombón *m*
trombosi *f inv med* trombosis
tronca|mento *m* truncamiento; *ling* apócope *f*; **~re** *vt tamb. fig* truncar; *ling* apocopar
tronco, -a 1. *adj* 1. truncado, -a, quebrado, -a; 2. *ling* apocopado, -a; 3. *ling* agudo, -a; ***parole ~e*** *palabras agudas*; 4. truncado, -a, interrumpido, -a; ***cono ~*** *cono truncado*; **2.** *m* tronco ◊ ***in ~*** *adj* fulminante, de golpe, de sopetón; ***lasciare q in ~*** dejar plantado a alg; ***licenziamento in ~*** *m* despido fulminante; **~ne** *m* tocón, troncón
troneggiare *vi* ‹avere› reinar, figurar
tronfio, -a (*m pl* **-fi**) *adj* altivo, -a, engreído, -a; ampuloso, -a
trono *m* trono
tropic|ale *adj* tropical; **~o** (*pl* **-ci**) *m astron/geogr* trópico ◊ ***~ del Cancro, del Capricorno*** *astron* trópico de Cáncer, de Capricornio
tropismo *m biol* tropismo
tropo *m ling/mús* tropo; **~pausa** *f geogr* tropopausa; **~sfera** *f* troposfera

troppo, -a 1. *adj* demasiado, -a; **2.** *pron* 1. demasiado, -a; 2. (*en sing con valor neutro*) demasiado, demasiadas cosas *fpl*; **è ~** *es demasiado*; ***ho ~ da fare*** *tengo demasiadas cosas que hacer*; 3. (*en pl*) demasiadas personas; ***siamo in ~i*** *somos demasiados*; **3.** *adv* demasiado; **4.** *m* mucho ◊ ***di ~*** *adv* en exceso; ***il ~ stroppia*** lo mucho cansa

trota *f zool* trucha ◊ ***~ salmonata*** trucha asalmonada

trottalre *vi* ‹*avere*› trotar; **~tore, -trice** *adj/m* trotón, -ona

trotterellare *vi* 1. ‹*avere*› (*a pasos cortos*) trotar; 2. ‹*essere*› corretear

trotto *m* trote ◊ ***al ~*** *adv* al trote

trottola *f* peonza, trompo *m*

trottolino, -a *m/f coloq* diablillo, -a, demonio *m*

trotzkislmo *m pol* trotskismo; **~ta** *adj/s* trotzkista

trovadore V. **trovatore**

trovadorico, -a (*m pl* **-ci**) *adj* trovadoresco, -a

trovare 1. *vt* encontrar, hallar; ***~ un libro raro*** *encontrar un libro raro*; ***~ q simpatico*** *encontrar a alg simpático*; ***andare a ~ q*** *ir a ver a alg*; **2. ~rsi** encontrarse; ***~ bene*** *encontrarse bien*

trovarobe *m/f inv teat/cine* accesorista

trovatla *f* 1. hallazgo *m*; buena idea; 2. ocurrencia; **~ello, -a** *m/f* niño, -a abandonado, -a, expósito, -a, inclusero, -a; **~ore** *m* trovador

troviero *m* trovero

truccalre 1. *vt* 1. trucar; *sport* amañar; (*naipes*) marcar; 2. *teat* caracterizar; 3. maquillar, pintar (*coloq*); **2. ~rsi** 1. maquillarse, pintarse (*coloq*); 2. caracterizarse (**da** de); disfrazarse (**da** de); **~tore, -trice** *m/f* maquillador, -a; **~tura** *f* maquillaje *m*; disfraz *m*

trucco (*pl* **-chi**) *m* 1. maquillaje; 2. truco, martingala *f*; *cine* truco, trucaje

truce *adj* feroz, fiero, -a

trucidare *vt* asesinar, masacrar

truciolo *m* viruta *f*

truculenlto, -a *adj* truculento, -a; **~za** *f* truculencia

truffa *f* estafa, fraude *m*, timo *m*; engaño *m*; **~ldino, -a** *adj/s* timador, -a; embrollón, -ona; **~re** *vt* estafar, timar; **~tore, -trice** *m/f* estafador, -a, timador, -a

truppa *f* tropa

trust [trast] *m inv econ* trust *m*

tsunami *f inv* tsunami *m* (!)

tu *pron* tú, vos (*Arg*) ◊ ***dare del ~*** tutear, tratar de tú; ***parlare a ~ per ~*** hablar de tú a tú

tuareg *adj/s inv* tuareg *adj/s*

tuba *f* 1. *mús* tuba; 2. *med* trompa ◊ ***~ uterina*** *med* trompa de Falopio (*m*); ***legatura/chiusura delle ~e*** *med* ligadura de trompas; **~re** *vi* ‹*avere*› arrullar; **~tura** (*var.* **tubazione**) *f* tubería

tubercollare *adj med/bot* tuberculoso, -a; **~o** *m med/bot* tubérculo; **~osario** (*pl* **-ri**) *m* sanatorio de tuberculosos; **~osi** *f inv med* tuberculosis; **~oso, -a** *adj/s med* tuberculoso, -a

tubero *m bot* tubérculo

tuberosa *f bot* tuberosa, nardo *m*

tubetto *m* (*crema, pastillas*) tubo

tubo *m* tubo ◊ ***~ di saggio*** tubo de ensayo; ***~ di scappamento*** tubo de escape; ***~ di scarico*** desagüe; ***~ digerente*** tubo digestivo; ***~ fluorescente*** tubo fluorescente; ***non capire un ~*** *coloq* no entender ni jota; **~lare** *adj* tubular

tufflare 1. *vt* zambullir, capuzar; **2. ~rsi** 1. zambullirse; 2. lanzarse (**in** a), darse (**in un vizio** a un vicio); **~ista** *m/f sport* saltador, -a de trampolín; **~o** *m* 1. zambullida *f*, chapuzón; 2. salto de trampolín; 3. sobresalto, excitación *f* ◊ ***gettarsi a ~*** lanzarse en picado

tufo *m min* tufo, toba *f*

tugurio (*pl* **-ri**) *m* tugurio, antro

tuia *f bot* tuya

tulipano *m bot* tulipán

tulle *m inv* tul *m*

tumefalre ‹*faccio/fò; feci; fatto*› V. 36a *vt* inflamar, hinchar; **~tto, -a** *adj* tumefacto, -a; **~zione** *f* (*hinchazón*) tumefacción

tumido, -a *adj* (*hinchado*) túmido, -a

tumorlale *adj* tumoral; **~e** *m* tumor

tumullare ‹*esd*› *vt* sepultar, enterrar; **~azione** *f* sepelio *m*, entierro *m*; **~o** *m* túmulo

tumultlo *m* tumulto, alboroto; **~uare** ‹*esd*› *vi* ‹*avere*› alborotar; **~uoso, -a** *adj* tumultuoso, -a, tumultuario, -a

tundra *f* tundra

tungsteno *m min* tungsteno

tunica *f* túnica

Tunisi (*ciudad*) Túnez

Tunisia: la ~ *f* (*país*) Túnez

tunisino, -a *adj/s* tunecino, -a

tunnel *m inv* túnel *m* ◊ ***fare (un) ~*** *sport* hacer el túnel

tuo, -a (*pl* **tuoi, tue**) **1.** *adj* 1. tu *sing*, tus *pl*; ***il ~ cavallo, i tuoi giocattoli*** *tu caballo, tus juguetes*; ***~ padre, ~a zia, ~a nonna*** *tu padre, tu tía, tu abuela*; ***i tuoi genitori, le ~e zie, i tuoi nonni*** *tus padres, tus tías, tus abuelos*; 2. (*después del nombre o como atributo*) tuyo, -a, -os, -as; ***è amico ~*** *es amigo tuyo*; ***la tavola è ~a*** *la mesa es tuya*; **2.** *pron* tuyo, -a, -os, -as ◊ ***hai fatto già una delle ~e*** ya has hecho una de las tuyas; ***i tuoi*** (*familia*) los tuyos; ***perché non dici la ~a?*** ¿por qué no dices tu opinión?; ***siamo dalla ~a*** estamos de tu parte; ***ti tieni sempre sulle ~e*** sigues manteniéndote en tus trece

tuonlare 1. *v/impers* ‹*avere/essere*› *meteo* tronar; **2.** *vi* ‹*avere*› tronar, retumbar; **~o** *m* trueno

tuorlo *m* (*huevo*) yema *f*

tupè (*var.* **tuppè**) V. **toupet**

turacciolo *m* (*botella*) tapón

turare *vt* 1. tapar, taponar; 2. (*fallo*) tapar, esconder; (*deuda*) tapar

turba *f* 1. *med* turbación, excitación; perturbación; 2. turba, multitud; **~mento** *m med tamb. fig* perturbación *f*, trastorno, alteración *f*; turbación *f*, excitación *f*; **~nte** *m* turbante; **~re 1.** *vt* 1. turbar, molestar; 2. turbar, alterar, trastocar; 3. turbar, inquietar, excitar; **2. ~rsi** turbarse, alterarse; **~tiva** *f* perturbación, traba; **~tore, -trice** *m/f* perturbador, -a

turbina *f* turbina; **~re** ‹*esd*› *vi* ‹*avere*› *tamb. fig* arremolinarse

turbine *m* 1. torbellino, remolino; 2. torbellino, muchedumbre *f*

turbinoso, -a *adj* turbulento, -a, vertiginoso, -a

turbo *adj/m inv mec* turbo ◊ ***mettere il ~*** *fig* poner el turbo; **~alternatore** *m* turboalternador; **~compressore** *m* turbocompresor; **~elica** *f* turbohélice, turbopropulsor *m*; **~getto** *m* turborreactor; **~lento, -a** *adj* turbulento, -a; **~lenza** *f* turbulencia; **~nave** *f* nave turbopropulsada; **~reattore** V. **turbogetto**

turchese 1. *f min* turquesa; **2.** *m* (*color*) turquesa; **3.** *adj inv* (*pospuesto*) turquesa

Turchia: la ~ *f* Turquía

turchin|etto *m* añil, índigo; **~o, -a** *adj* turquí

turco, -a (*m pl* **-chi**) *adj/s* turco, -a ◊ ***fumare, bestemmiare come un ~*** fumar, blasfemar/hablar como un carretero; **~manno, -a** *adj/s* turcomano, -a

turgescen|te *adj* turgente; **~za** *f* turgencia

turgido, -a *adj* turgente, túrgido, -a

turgore *m* turgencia *f*

turibolo *m relig* turíbulo, incensario

turis|mo *m* turismo ◊ ***~ sessuale*** turismo sexual; **~ta** *m/f* turista; **~tico, -a** (*m pl* **-ci**) *adj* turístico, -a

turlupina|re *vt* embaucar, engañar; **~tura** *f* embaucamiento *m*, engaño *m*

turn|ista *m/f* trabajador, -a por turnos; **~o** *m* turno; ***~ di giorno, di notte*** *turno de día, de noche*; ***cambio di ~*** *cambio de turno, relevo*; guardia *f*; ***farmacia di ~*** *farmacia de guardia*; *sport* vuelta *f* ◊ ***a ~*** *adv* por turno, por turnos; ***essere di ~*** estar de guardia; ***fare a ~*** proceder por turno

turpe *adj* infame (!), innoble (!)

turpiloquio (*pl* **-qui**) *m* lenguaje soez; **~tudine** *f* indecencia, obscenidad

turrito, -a *adj elev* torreado, -a

tuta *f* (*trabajo*) mono *m*; (*niños*) pelele *m*; *sport* chándal *m* ◊ ***~ mimetica*** uniforme de camuflaje (*m*); ***~ spaziale*** traje espacial (*m*); ***~ sportiva*** chándal (*m*)

tutela *f* tutela, protección, defensa ◊ ***~ del consumatore*** defensa del consumidor; ***~ del paesaggio*** protección del paisaje; **~re 1.** *adj* tutelar; **2.** *vt* tutelar, proteger

tutor ['tjutor] *m/f inv estud* tutor, -a; **~aggio** (*pl* **-gi**) *m estud* tutorización *f*, tutoría *f*; **~ato** *m estud* tutoría *f*; **~e** (*f* **tutrice**) *m* tutor; **~ing** ['tjutorin] *m inv estud* tutorización *f*, tutoría; **~io, -a** (*m pl* **-ri**) *adj jur* tutelar

tutrice V. **tutore**

tuttavia *conj* sin embargo (!), no obstante (!)

tutto, -a *adj/pron/adv/m* todo, -a; ***~ ciò*** *todo esto*; ***~e le ragazze*** *todas las chicas* ◊ ***tutt'al più*** *adv* como mucho, todo lo más; ***tutt'altro che chiaro*** *adj* nada claro, todo menos claro; ***~i e due/tutt'e due, ~e e due/tutt'e due*** los dos, las dos; ***~i quanti*** todos; ***dopo ~*** *adv* después de todo, a fin de cuentas, al fin y al cabo; ***in ~*** *adv* en total; ***prima di ~*** *adv* antes que nada; ***rischiare/tentare il ~ per ~*** jugárselo todo a una carta, jugarse el todo por el todo

tuttofare 1. *adj inv* para todo; ***ragazza ~*** *chica para todo*; **2.** *m/f inv* empleado, -a del hogar, sirviente, -a

tuttora *adv* todavía, aún hoy

tutù *m inv* tutú

tv [ti'vu] *f inv coloq* tele *f*

twist [twist] *m inv* twist

tzigano V. **zigano**

U

u *m/f inv* (*letra*) u *f* ◊ ***inversione a U*** *f auto* cambio de dirección

ubbia *f* prejuicio *m*, superstición

ubbidi|ente *adj* obediente; **~enza** *f* obediencia; **~re** ‹*isc*› *vi* ‹*avere*› obedecer *vt* (!); ***~ ai genitori*** *obedecer a los padres*

ubertoso, -a *adj elev* ubérrimo, -a, fecundo, -a

ubica|re ‹*esd*› *vt* ubicar, emplazar, situar; **~zione** *f* ubicación, emplazamiento *m*

ubiqu|ità *f inv* ubicuidad *f*; **~o, -a** *adj* ubicuo, -a

ubria|care 1. *vt* 1. emborrachar; 2. marear, aturdir; **2. ~rsi** emborracharse; **~catura** *f* 1. borrachera; 2. borrachera, entusiasmo *m*, excitación; **~chezza** *f* embriaguez, borrachera

ubriaco, -a (*m pl* **-chi**) **1.** *adj* 1. borracho, -a, bebido, -a, ebrio, -a; 2. ebrio, -a (**di** de), excitado, -a (**di** por); ***~ di felicità*** *ebrio de felicidad*; ***~ di gioia*** *loco de alegría*; ***essere ~ d'amore*** *estar colado*; ***essere ~ di sonno, di stanchezza*** *morirse de sueño, de cansancio*; mareado, -a (**di** por), aturdido, -a (**di** por); **2.** *m/f* borracho, -a ◊ ***~ fradicio*** borracho como una cuba, borracho perdido; **~ne, -a** *m/f* borracho, -a, borrachín, -ina, beodo, -a

uccella|gione *f* 1. (*con ave de presa*) caza de aves; cetrería; 2. (*aves cazadas*) piezas cobradas *fpl*; **~me** *m* aves cazadas *fpl*; **~re 1.** *vt* ‹*avere*› pajarear, cazar aves; **2.** *vt elev* engañar (*esténd*); **~tore, -trice** *m/f* pajarero, -a, cazador, -a de aves

uccelliera *f* pajarera

uccello *m* 1. pájaro, ave *f*; 2. *vulg* (*pene*) nabo, polla *f*, pito ◊ ***~ da preda*** ave de presa (*f*); ***~ da rapina*** ave de rapiña (*f*); ***~ del malaugurio*** pájaro/ave de mal agüero; ***~ del paradiso*** ave del paraíso; ***~ di passo*** ave de paso (*f*); ***~ da richiamo*** señuelo, reclamo; ***~ di S. Maria*** martín pescador; ***~ mosca*** colibrí, picaflor; ***~i stazionari*** aves no migratorias (*fpl*); ***diventare/farsi uccel di bosco*** echarse al monte

uccidere ‹*uccisi; ucciso*› V. 61 **1.** *vt* matar, ultimar (*Am*); **2. ~rsi** matarse; suicidarse

ucciditrice V. **uccisore**
uccisi... V. **uccidere**; **~one** *f* matanza
ucciso V. **uccidere**; **~re** (*f* **ucciditrice**) *m/f* asesino, -a
Ucraina: l'~ (*var.* **Ucraina**) *f* Ucrania
ucraino, -a (*var.* **ucraino**) *adj/s* ucraniano, -a
udibile *adj* audible, oíble, perceptible; **~ità** *f inv* audibilidad *f*
udienza *f* audiencia ◊ ***dare ~*** dar audiencia
udinese *adj/s* (persona) de Údine
udire ‹*odo; udirò/udrò; oda*› V. 82 *vt* oír
udito *m* oído ◊ ***duro d'~*** *adj* duro de oído
uditofono *m* audífono
uditore, -trice *m/f* 1. oyente; 2. auditor, -a; 3. *estud* oyente; **~io** (*pl* **-ri**) *m* auditorio
UE (*Unione Europea*) *abr* (*Unión Europea*) UE
UEFA (*unione europea delle federazioni di calcio*) *abr/f* (*Unión Europea de Fútbol Asociación*) UEFA
UEO (*Unione Europea Occidentale*) *abr/f* (*Unión Europea Occidental*) UEO
UEP (*Unione Europea dei Pagamenti*) *abr* (*Unión Europea de Pagos*) UEP
uffa! (*var.* **uf!**, **uff!**) *excl* ¡uf!
ufficiale 1. *adj* oficial; **2.** *m/f adm/mil* oficial, -a ◊ ***~ di stato civile*** jefe del Registro Civil; ***~ giudiziario*** alguacil, ujier; ***pubblico ~*** funcionario público; **~ista** *m/f pol* oficialista; **~ità** *f inv adm/mil* oficialidad *f*; **~izzare** *vt* oficializar
ufficio (*pl* **-ci**) *m* 1. despacho (!); 2. oficina *f* (!); departamento; ***~ contabilità, del personale, vendite*** *departamento de contabilidad, de personal, de ventas*; 3. puesto, cargo; 4. *relig* oficio; 5. *jur* oficio ◊ ***~ di collocamento*** oficina de empleo (*f*); ***~ informazioni*** oficina de información (*f*); ***~ postale*** oficina postal (*f*); ***~ stampa*** gabinete de prensa; ***buoni ~i*** buenos oficios; ***d'~*** *adv* de oficio; ***reato perseguibile d'~*** *m* delito perseguible de oficio; **~sità** (*var.* **officiosità**) *f inv* oficiosidad *f*; **~so, -a** *adj* oficioso, -a, extraoficial
ufo: a ~ *adv* de gorra; ***vivere a ~*** *vivir de gorra, vivir a costa de los demás*
Ufo (*var.* **UFO**) *m inv* OVNI *m*, ovni *m*
ufologia *f* ufología; **~o, -a** (*m pl* **-gi**) *m/f* ufólogo, -a
ugello *m* 1. *mec* boquilla *f*; 2. (*horno*) tobera *f*
uggia (*pl* **-ge**) *f* 1. molestia, estorbo *m*; 2. aburrimiento *m* ◊ ***avere in ~*** detestar; ***prendere in ~*** coger manía; ***venire in ~*** cansar, aburrir
uggiolare ‹*esd*› *vi* ‹*avere*› aullar; **~so, -a** *adj* 1. molesto, -a; 2. aburrido, -a
ugola *f med* úvula, campanilla (*coloq*) ◊ ***bagnarsi l'~*** remojar el gaznate
ugonotto, -a *adj/s* hugonote
uguagliamento *m* igualación *f*; **~nza** *f* igualdad; **~re** *vt* igualar
uguale 1. *adj/adv* igual; ***è ~*** *es igual, da igual*; ***due più due ~ quattro*** *dos más dos igual a cuatro*; **2.** *mpl* iguales, pares; **~mente** *adv* 1. igualmente, del mismo modo; 2. igualmente, de todos modos
uh! [u] *excl* ¡huy!
uhi! [ui] *excl* ¡huy!, ¡ay!
uhm! [m, um] *excl* ¡hum!, ¡uf!
UIL (*Unione Italiana del Lavoro*) *abr/f* ="sindicato italiano socialista"
UIT (*Unione Internazionale per le Telecomunicazioni*) *abr/f* (*Unión Internacional de Telecomunicaciones*) UIT
ulcera *f* úlcera; **~are** ‹*esd*› *vt* ulcerar; **~ativo, -a** *adj* ulcerativo, -a; **~azione** *f* ulceración; **~oso, -a** *adj* ulceroso, -a
Ulisse *m* Ulises
uliva V. **oliva**
Ulivo *m pol* ="coalición de partidos de centro-izquierda"
ulna *f med* cúbito *m*
ulteriore *adj* ulterior, posterior
ultimare ‹*esd*› *vt* ultimar; **~tivo, -a** *adj* perentorio, -a; **~tum** *m inv* ultimátum *m*; **~zione** *f* ultimación, acabamiento *m*
ultimissima *f* ultimísima hora
ultimo, -a 1. *adj* último, -a; ***all'~a moda*** *a la última (moda)*; ***all'~ momento*** *en el último momento*; **2.** *m/f* 1. último, -a; 2. último día; ***l'~ del mese*** *el último día del mes*; **3.** *m* final ◊ ***all'~*** *adv* a lo último, al final; ***da ~*** *adv* por fin, por último; ***essere agli ~i*** estar en las últimas; ***fino all'~*** *adv* hasta el final; ***gli ~i saranno i primi*** los últimos serán los primeros; ***in ~*** *adv* al final; ***la sai l'ultima?*** ¿sabes la última?; ***per ~/sull'~*** *adv* por último; **~genito, -a** *adj/s* nacido el último *m*, nacida la última *f*
ultrà (*var.* **ultra**) *adj/s inv sport/pol* ultra *adj/s*
ultracentenario, -a (*m pl* **-ri**) *adj* centenario, -a
ultracorto, -a *adj* ultracorto, -a
ultraismo *m* ultraísmo
ultraleggero *m* ultraligero
ultramoderno, -a *adj* ultramoderno, -a
ultrapiatto, -a *adj* extraplano, -a
ultrarapido, -a *adj* ultrarrápido, -a
ultrarosso, -a *adj* ultrarrojo, -a
ultrasonico, -a (*m pl* **-ci**) *adj* ultrasónico, -a
ultrasuono *m* ultrasonido
ultraterreno, -a *adj* ultraterreno, -a, sobrenatural
ultravioletto, -a *adj* ultravioleta
ululare ‹*esd*› *vi* ‹*avere*› aullar; **~to** *m* (*lobo, viento*) aullido
ululo *m* aullido
umanarsi *relig* humanarse; **~zione** *f relig* humanación
umanesimo *m hist* humanismo
umanista *m/f* humanista; **~ico, -a** (*m pl* **-ci**) *adj* humanístico, -a; ***studi ~i*** *estudios humanísticos*; ***materie ~e*** *disciplinas humanas, materias humanistas* (*Am*)
umanità *f inv* humanidad *f*; **~ario, -a** (*m pl* **-ri**) *adj* humanitario, -a
umanizzare *vt* humanizar; **~zione** *f* humanización

umano, -a *adj/m* humano, -a
Umbria: l'~ *f* Umbría
umbro, -a *adj/s* umbro, -a
umetta|re *vt* humectar; **~zione** *f* humectación
umidiccio, -a (*m pl* **-ci**, *f pl* **-ce**) *adj* algo húmedo, -a
umidifica|re ‹*esd*› *vt* humidificar; **~tore** *m* humidificador
umidità *f inv* humedad *f*
umido, -a 1. *adj* húmedo, -a; **2.** *m* 1. humedad *f*; 2. *gastr* guiso; ***coniglio in ~*** *guiso de conejo*
umificazione *f* conversión en humus
umile *adj* humilde
umilia|re *vt* humillar; **~tore, -trice** *adj/s* humillador, -a; **~zione** *f* humillación
umiltà *f inv* humildad *f*
umo V. **humus**
umor|e *m med tamb. fig* humor; ***essere di buon ~*** *estar de buen humor*; ***essere di cattivo ~*** *estar de mal humor, estar malhumorado* ◊ ***essere di ~ nero*** estar de muy mal humor; **~ismo** *m* humor ◊ ***senso dell'~*** *m* sentido del humor; **~ista** *m/f* humorista; **~istico, -a** (*m pl* **-ci**) *adj* humorístico, -a
un, un', una V. **uno**
unanim|e *adj* unánime; **~ità** *f inv* unanimidad *f* ◊ ***all'~*** *adv* por unanimidad
una tantum *adj adm* una tantum
uncin|are *vt* 1. dar forma de gancho; 2. enganchar, aferrar; *sport* empalmar; **~ato, -a** *adj* en forma de gancho, ganchudo, -a ◊ ***croce ~a*** *f* cruz gamada; **~etto** *m* ganchillo ◊ ***lavorare all'~*** hacer ganchillo; **~o** *m* 1. gancho, garfio; 2. excusa *f*, pretexto
undecimo, -a *adj elev* undécimo, -a, decimoprimero, -a, onceno, -a
under ['ander] *adj inv sport* sub; ***gli under-21*** *los sub-21*
undic|enne 1. *adj* de once años; **2.** *m/f* onceañero, -a, niño, -a de once años; **~esimo, -a 1.** *adj* 1. (*orden*) undécimo, -a, decimoprimero, -a, onceno, -a; 2. (*parte*) onceavo, -a; **2.** *m/f* undécimo, -a; **3.** *m* (*parte*) onceavo
undici 1. *adj inv* once; **2.** *m/f inv* once; *sport* (*equipo*) once; ***l'~ italiano/azurro*** *el once italiano*
UNESCO (*Organizzazione delle Nazioni Unite per l'Educazione, la Scienza e la Cultura*) *abr/f* (*Organización de las Naciones Unidas para la Educación, la Ciencia y la Cultura*) UNESCO
ungere ‹*ungo; unsi; unto*› V. 39 **1.** *vt* 1. untar, embadurnar; engrasar; 2. ensuciar, pringar; 3. *relig* ungir; 4. (*sobornar*) untar; adular; **2. ~rsi** 1. untarse, embadurnarse; 2. ensuciarse
ungher|ese *adj/s* húngaro, -a; ***~ia: l'~*** *f* Hungría
unghi|a *f* 1. (*persona, gato...*) uña; (*caballo...*) pezuña; (*león...*) garra, zarpa; 2. (*ancla*) uña ◊ ***~ cavallina*** *bot* uña de caballo; ***avere le ~e lunghe*** *fig* tener las uñas afiladas; ***cadere tra le ~e di q*** caer en las garras de alg; ***tirar(e) fuori le ~e*** enseñar las uñas; **~ata** *f* arañazo *m*, uñada, uñetazo *m*; zarpazo *m*; **~olo** *m* (*gato*) uña *f*
ungueale *adj med* ungular
unguento *m* ungüento
ungulato, -a *adj/m zool* ungulado, -a
unicamerale *adj* unicameral
UNICEF (*Fondo Internazionale per l'Infanzia delle Nazioni Unite*) *abr/f* (*Fondo Internacional de las Naciones Unidas para la Infancia*) UNICEF
unicellulare *adj* unicelular
unic|ità *f inv* unicidad *f*; **~o, -a** (*m pl* **-ci**) *adj/s* único, -a; ***è l'~a (cosa) che puoi fare*** *es lo único que puedes hacer*
unicolore *adj* unicolor
unicorno *m mitol* unicornio
unicum *m inv* ejemplar único *m*
unidimensionale *adj* unidimensional
unidirezionale *adj* unidireccional
unifamiliare *adj* unifamiliar
unifica|re ‹*esd*› *vt* unificar; **~tore, -trice** *adj/s* unificador, -a; **~zione** *f* unificación
uniform|are *vt* (*igualar*) uniformar; **~e 1.** *adj* uniforme; **2.** *f* uniforme *m* (!) ◊ ***alta ~*** *f* uniforme de gala (*m*); **~ità** *f inv* uniformidad *f*
unigenito, -a *adj* unigénito, -a
unilaterale *adj* unilateral
uninominale *adj* uninominal
union|e *f* unión ◊ ***~ doganale*** unión aduanera; ****~ Europea (UE)*** Unión Europea (UE); ***~ monetaria*** unión monetaria; ***l'~ fa la forza*** la unión hace la fuerza; **~ismo** *m pol/econ* unionismo
unipersonale *adj* unipersonal
unipolare *adj* unipolar
unire ‹*isc*› *vt* unir
unisessuale *adj* unisexual
unisex (*var.* **unisex**) *adj/m inv* unisex
unisono, -a *adj/m* unísono, -a ◊ ***all'~*** *adv* al unísono
unità *f inv* unidad *f* ◊ ***~ monetaria*** unidad monetaria
unitari|età *f inv* unidad *f*, unicidad *f*; **~o, -a** (*m pl* **-ri**) *adj* unitario, -a; **~smo** *m* unitarismo
unito, -a *adj* unido, -a; adjunto, -a
univalve *adj* univalvo, -a
universal|e *adj* universal; **~ismo** *m* universalismo; **~ità** *f inv* universalidad *f*
universit|à *f inv* universidad *f*; **~ario, -a** (*m pl* **-ri**) *adj/s* universitario, -a
universo *m astron tamb. fig* universo
univoc|ità *f inv* univocidad *f*; **~o, -a** (*m pl* **-ci**) *adj* unívoco, -a
uno, -a 1. *ar* (*masculino:* **uno** *ante s líquida, z, gn, sce, sci, ps;* **un** *ante otras consonantes y vocal; femenino:* **una** *ante consonante;* **un'** *ante vocal; sin formas propias de pl*) un, una; **2.** *pron* uno, una; **3.** *m* (*número; calificación*) uno; **4.** *f* (*hora*) una; ***è l'~a*** *es la una*; una cosa, algo; ***me ne è capitata ~a veramente incredibile*** *me ha pasado una cosa realmente increíble* ◊ ***~ alla/per volta*** uno cada vez, uno detrás de otro; ***a ~ a ~*** *adv* de uno en uno, uno a uno; ***l'un l'al-***

tro el uno al otro; ***gli ~i e gli altri*** los unos y los otros; ***marciare in fila per ~*** ir en fila de a uno, ir en fila india; ***non ~*** ni uno; ***ora ve ne racconto ~a*** ahora os cuento una buena
unsi... V. **ungere**
untatura *f raro* untura
unticciio, -a (*m pl* **-ci**, *f pl* **-ce**) *adj* pringoso, -a, grasiento, -a, mugriento, -a
unto, -a 1. *adj* untado, -a, embadurnado, -a; engrasado, -a; **2.** *m* 1. grasa *f*, pringue, mugre *f*; 2. *relig* ungido, elegido; **3.** *pp* V. **ungere**
untume *m* mugre *f*, pringue
untuoslità *f inv* 1. untuosidad *f*; 2. zalamería *f*, hipocresía *f*; **~o, -a** *adj* 1. untuoso, -a, grasiento, -a, pringoso, -a; 2. zalamero, -a, hipócrita
unzione *f* unción ◊ ***estrema ~/~ degli infermi*** extremaunción, unción de enfermos
uomo (*pl* **uomini**) *m* hombre ◊ ***~ a mare!*** ¡hombre al agua!; ***~ avvisato mezzo salvato*** hombre prevenido vale por dos; ***~ d'affari*** hombre de negocios; ***l'~ della strada*** el hombre de la calle; ***~ di stoppa*** *coloq* calzonazos (*m inv*); ***~ forte*** *pol tamb. fig* hombre fuerte; ***~ rana*** hombre rana; ***~-sandwich*** hombre anuncio; ***l'~ propone e Dio dispone*** el hombre propone y Dios dispone; ***brav'~/buon'~*** buen hombre; ***come un sol ~*** como un solo hombre, todos a una; ***per soli ~i*** *adj* sólo para hombres; ***pover'~*** pobre hombre; ***un sant'~*** un santo varón
uopo *m elev* necesidad *f* (*estánd*) ◊ ***all'~*** *adv adm* al efecto, en caso necesario; ***essere d'~*** ser de necesidad, ser necesario; ***fare all'~*** venir al caso
uosa *f* polaina
uovo (*pl* **le uova**) *m* huevo; ***bianco, rosso d'~*** *clara, yema de huevo* ◊ ***~ à la coque/bazzotto*** huevo pasado por agua; ***~ all'ostrica*** ="yema cruda con limón y sal" (*f*); ***l'~ di Colombo*** el huevo de Colón; ***~ sodo*** huevo duro; ***~a affogate/in camicia*** *fpl* huevos escalfados (*mpl*); ***~a fritte*** *fpl* huevos fritos (*mpl*); ***~a al tegamino*** huevos al plato; ***~a strapazzate*** huevos revueltos; ***rompere le ~a nel paniere a q*** desbaratarle los planes a alg; ***meglio un ~ oggi che una gallina domani*** más vale pájaro en mano que ciento volando
uperizzazione *f* uperización
uppercut ['apperkat] *m inv sport* (*boxeo*) gancho *m*
up-to-date [apto'deit] *adj inv* actualizado, -a *adj*, al día
UPU (*Unione Postale Universale*) *abr/f* (*Unión Postal Universal*) UPU
upupa *f* abubilla
uragano *m* huracán
urango (*pl* **-ghi**) *m zool* orangután
uranilfero, -a *adj* uranífero, -a; **~o** *m quím* uranio ◊ ***~ arricchito*** uranio enriquecido
urbanesimo *m* urbanismo
urbanistla *m/f* urbanista; **~ica** *f* urbanística; **~ico, -a** (*m pl* **-ci**) *adj* urbanístico, -a
urbanità *f inv* urbanidad *f*, educación *f*
urbanizzalre *vt* 1. urbanizar, educar; 2. *arq* urbanizar; **~zione** *f arq* urbanización
urbano, -a *adj* urbano, -a
urbe *f elev* urbe ◊ ***l'*~*** (*Roma*) la Urbe
urea *f* urea
uremia *f med* uremia
uretano, -a *adj/m quím* uretano, -a
uretere *m* uréter
uretra *f med* uretra; **~le** *adj* uretral
urgenlte *adj* urgente; **~za** *f* urgencia; prisa ◊ ***fare ~ a q*** darle/meterle prisa a alg; ***in caso di ~*** *adv* en caso de urgencia
urgere 1. *vt/def* instar, apremiar; **2.** *vi/def* urgir
urì (*var.* **uri**) *f inv* hurí *f*
urico, -a (*m pl* **-ci**) *adj* úrico, -a
urina... V. **orina...**
URL (*Uniform Resource Locator*) *abr/f informát* URL, dirección *f*
urlalre 1. *vi* ‹avere› (*lobo...*) aullar; (*león*) rugir; (*persona*) chillar, gritar, aullar; **2.** *vt* gritar; cantar a grito pelado; **~tore, -trice** *adj* aullador, -a
urlio (*pl* **-lii**) *m* griterío
urlo (*pl (1)* **gli urli**, *pl (2)* **le urla**) *m* 1. *zool* (*lobo*) aullido; (*león*) rugido; 2. (*persona*) chillido, grito, alarido; (*viento*) fragor, ruido; **~ne, -a** *m/f* chillón, -ona, gritón, -ona
urna *f* urna ◊ ***andare alle ~e*** ir a las urnas
uro *m zool* uro
urogallo *m zool* urogallo
urogenitale *adj* urogenital, genitourinario, -a
urologlia (*pl* **-gie**) *f* urología; **~o, -a** (*m pl* **-gi**) *m/f* urólogo, -a
urrà! *excl* ¡hurra!
URSS (*Unione delle Repubbliche Socialiste Sovietiche*) *abr/f hist* (*Unión de Repúblicas Socialistas Soviéticas*) U.R.S.S.
urtante 1. *adj* antipático, -a, desagradable; **2.** *m* (*mina*) detonador de contacto
urtare 1. *vt* golpear (!), chocar *vi* (**q/qc** contra alg/contra u-c) (!); molestar; **2.** *vi* chocar (**contro** con/contra) (!); ***~ contro difficoltà insormontabili*** *chocar con dificultades insuperables*; **3. ~rsi** 1. chocar *vi*; 2. discutir *vi*; pelearse; 3. enfadarse
urtica V. **ortica**
urto *m* 1. choque, trompazo, encontronazo; *transp* choque, colisión *f*; *mil* choque, encuentro, acometida *f*; 2. contraste, oposición *f* ◊ ***essere/mettersi in ~ con q*** estar a la greña con alg; ***prendere in ~ q*** cogerle manía a alg
urubù *m inv zool* zamuro *m*
uruguaiano, -a *adj/s* uruguayo, -a; ***~y: l'~** *m* (el) Uruguay
u.s. (*ultimo scorso*) *abr* (*próximo pasado*) ppdo.
USA (*Stati Uniti d'America*) *abr/mpl* (*Estados Unidos*) EE.UU.
usabile *adj* usable
usa e getta *adj inv* desechable *adj*, de usar y tirar

usanza *f* usanza, uso *m*, costumbre ◊ ***all'~*** *adv* a la usanza; ***prendere l'~ di fare qc*** adquirir la costumbre de hacer u-c

usare 1. *vt* 1. usar; (*poder, derecho*) ejercer, hacer uso (**qc** de u-c); 2. usar, emplear; ***~ l'inganno*** *usar el engaño*; ***~ prudenza*** *usar la prudencia*; ***~ la testa*** *usar la cabeza*; 3. acostumbrar (**qc** a u-c), tener por costumbre; ***uso uscire le mattine*** *acostumbro (a) salir por las mañanas*; **2.** *vi* 1. usar *vt* (**di qc** u-c), ejercer *vt* (**di qc** u-c), valerse (**di qc** de u-c); 2. usar *vt* (**di qc** u-c), emplear *vt* (**di qc** u-c); 3. usarse, estar de moda; **3.** *v/impers* usarse, acostumbrarse; ***in questo paese (si) usa così*** *en este país se acostumbra a hacer así*

usato, -a 1. *adj* 1. usado, -a, gastado, -a; 2. acostumbrado, -a, habitual; **2.** *m* 1. acostumbrado, habitual; ***secondo l'~*** *según la costumbre, como es habitual*; 2. cosas de segunda mano *fpl*; ***mercato dell'~*** *mercado de segunda mano*

uscente *adj* saliente; *adm* saliente, cesante

uscilere, -a *m/f* ujier *m*; **~o** (*pl* **-sci**) *m* puerta *f*, entrada *f*; umbral ◊ ***essere a ~ e bottega*** estar puerta con puerta; ***prendere/infilare l'~*** enfilar la puerta; ***trovarsi tra l'~ e il muro*** estar entre la espada y la pared; **~re** ‹*esco*› V. 83 *vi* 1. salir (**da** di); ***~ da teatro, dal cinema*** *salir del teatro, del cine*; ***~ di casa*** *salir de casa*; ***~ con q*** *salir con alg*; ***~ sui giornali*** *salir en los periódicos*; ***~rsene con una battuta simpatica*** *salir con una historia divertida*; 2. (*líquido, gas*) salirse, escaparse; 3. *ling* acabar; ***~ in vocale*** *acabar en vocal*; **~ta** *f* 1. salida; 2. (*líquido, gas*) escape *m*, fuga; 3. *com* salida, gasto *m*; 4. *ling* terminación, desinencia; 5. salida, humorada, chiste *m* ◊ ***~ di sicurezza*** salida de emergencia; ***libera ~*** *mil* permiso de salida (*m*)

usignolo *m zool* ruiseñor

usitato, -a *adj elev* usual (*estánd*), habitual (*estánd*)

USL (*Unità Sanitaria Locale*) *abr/f* ="organismo que gestiona la sanidad en una zona del territorio, hoy sustituida por la ASL"

uso *m* 1. uso; (*derecho*) ejercicio; 2. uso, costumbre *f*, hábito ◊ ***~ della ragione*** uso de razón; ***~ pelle*** similpiel; ***~i e costumi*** usos y costumbres; ***ad ~ delle scuole*** *adj* para uso escolar; ***con ~ cucina*** *adj* con derecho a cocina; ***fare ~ della parola*** hacer uso de la palabra; ***fuori ~*** *adv* en desuso; ***in ~*** *adv* en uso; ***per ~ esterno*** *adj* de uso externo; ***per più ~i*** *adj* para varios usos

ussaro (*var.* **ussero**) *m mil* húsar

usta *f* (*caza*) rastro *m*

ustionlare *vt med* quemar; **~ato, -a** *adj/s* quemado, -a ◊ ***grande ~*** gran quemado; **~e** *f med* quemadura

ustorio, -a (*m pl* **-ri**) *adj* ustorio, -a

usualle *adj* usual, corriente; **~rio, -a** (*m pl* **-ri**) *m/f jur* usuario, -a

usucapilone *f jur* usucapión; **~re** *vi/def jur* usucapir

usufruire ‹*isc*› *vi* ‹*avere*› disfrutar (**di** de), gozar (**di** de), beneficiarse (**di** de); *jur* usufructuar (**di** de)

usufruttlo *m jur* usufructo; **~uario, -a** (*m pl* **-ri**) *adj/s* usufructurario, -a

usura *f* 1. desgaste *m*; ***guerra di ~*** *guerra de desgaste*; 2. usura; ***dare denaro a ~*** *prestar dinero con usura* ◊ ***ricompensare a usura*** devolver con creces; **~io, -a** (*m pl* **-ai**) *m/f* usurero, -a; **~rio, -a** (*m pl* **-ri**) *adj* usurario, -a, usurero, -a

usurpalre *vt* usurpar; **~tore, -trice** *adj/s* usurpador, -a; **~zione** *f* usurpación

utensille (*var.* **utensile**) *m* utensilio, herramienta *f*, útil; ***~i di cucina*** *enseres de cocina, cacharros de cocina* ◊ ***macchina ~*** *f* utensilio (*m*), herramienta (*f*); **~ria** *f* 1. utensilios *mpl*, herramientas *fpl*, utillaje *m*; 2. (*sección*) mantenimiento *m*

utente *m/f* (*TV, teléfono, carretera...*) usuario, -a

utenza *f* 1. uso *m*, utilización; 2. usuarios *mpl*; *TV/radio* audiencia

uterlino, -a *adj* uterino, -a; ***fratello ~*** *hermano uterino*; **~o** *m med* útero ◊ ***~ in affitto*** útero de alquiler

utile 1. *adj* útil; **2.** *m* utilidad *f*, provecho, beneficio, ventaja *f*; *econ* beneficio, ganancia *f* ◊ ***~ lordo*** beneficio bruto; ***~ netto*** beneficio neto; ***rendersi ~*** ofrecerse, ayudar, colaborar

utilità *f inv* utilidad *f*

utilitarila *f auto* utilitario *m*; **~o, -a** (*m pl* **-ri**) *adj/s* utilitario, -a

utilitarislmo *m* utilitarismo; **~ta** *adj/s* utilitarista; **~tico, -a** (*m pl* **-ci**) *adj* utilitarista

utility [u'tiliti] *f inv informát* utilidad *f*

utilizzlabile *adj* utilizable; **~are** *vt* utilizar, usar; **~azione** *f* utilización, uso *m*; explotación; **~o** *m adm* utilización *f*

utopila *f* utopía; **~co, -a** (*m pl* **-ci**) *adj* utópico, -a; **~sta** *m/f* utopista

uva *f* uva; ***~ nera, bianca, da tavola*** *uva negra, blanca, de mesa* ◊ ***~ passa*** pasa; ***~ spina*** uva crespa; **~ceo, -a** *adj* uval

uvetta *f* (*sin hueso*) pasa

uvulare *adj med/ling* uvular

uxoricidla *adj/s* uxoricida; **~io** (*pl* **-di**) *m* uxoricidio

uzzolo *m coloq* capricho, antojo

V

v. (*1. vedi, 2. verso*) *abr* 1. (*véase*) v.; 2. (*verso*) v.

va V. **andare**

vacanlte *adj* vacante; **~za 1.** *f* 1. vacaciones *fpl*; ***andare, essere in ~*** *ir, estar de vacaciones*; ***un mese di ~*** *un mes de vacaciones*; ***domani è ~*** *mañana es fiesta*; 2. vacante; **2.** *fpl* vacaciones; ***~e natalizie, pasquali, estive*** *vacaciones de Navidad, de Pascua, de verano* ◊ ***fare ~*** hacer fiesta, cogerse vacaciones

vacca (*pl* **-che**) *f* 1. *zool* vaca; 2. *desp* (*persona gorda*) vaca, barril *m*; 3. *vulg* puta, fulana ◊ ***andare in ~*** irse a la porra, irse al garete; ***tempo/pe-***

***riodo di ~e grasse, magre** m* tiempo/periodo de vacas gordas, flacas; **~io, -a** (*m pl* **-ai**) (*var.* **vaccaro**) *m/f* vaquero, -a

vacche|ria *f* vaquería; **~tta** *f* vaqueta

vaccina *f* 1. vaca; 2. carne de vaca; 3. estiércol de vaca *m*; **~re** *vt* vacunar; **~zione** *f* vacunación

vaccinico, -a (*m pl* **-ci**) *adj* de la vacuna

vaccino, -a 1. *adj zool* vacuno, -a; **2.** *m med* vacuna *f* (!)

vacilla|mento *m* 1. vacilación *f*, tambaleo; 2. (*duda*) vacilación *f*, titubeo; **~re** *vi* ‹*avere*› 1. vacilar, tambalearse; fluctuar, oscilar; 2. (*dudar*) vacilar, titubear

vacuità *f inv* vacuidad *f*, vaciedad *f*

vacuo, -a 1. *adj* vacuo, -a, vacío, -a; **2.** *m raro* vacío; **~metro** *m tecn* vacuómetro

vada, vadano V. **andare**

vademecum *m inv* vademécum *m*

vado V. **andare**

va e vieni *m inv* ir y venir, va y viene, trasiego *m*, trajín *m*

vaffanculo! *excl vulg* ¡vete a tomar por culo!, ¡vete a la mierda!

vagabond|aggine *f* vagancia, gandulería; **~aggio** (*pl* **-gi**) *m* vagabundeo; **~are** *vi* ‹*avere*› 1. vagabundear; 2. gandulear, zanganear; **~o, -a** *adj/s* vagabundo, -a

vagare *vi* ‹*avere*› vagar, errar

vaghe|ggiare *vt* 1. deleitarse (**qc** con u-c), admirar, contemplar; 2. añorar, anhelar; ***~ la gloria, il successo*** *anhelar la gloria, el éxito*; **~zza** *f* vaguedad, imprecisión

vagin|a *f* vagina; **~ale** *adj* vaginal; **~ismo** *m med* vaginismo

vagire ‹*isc*› *vi* ‹*avere*› (*bebés*) gimotear, llorar

vagito 1. *m* vagido; **2.** *mpl* (*inicios*) balbuceos, albores

vaglia *m inv correo* giro *m* ◊ **~ *postale*** giro postal; ~ ***telegrafico*** giro telegráfico; **~re** *vt* 1. cerner, cribar, tamizar; 2. examinar, analizar; **~tura** *f* cribado *m*, tamizado *m*

vaglio (*pl* **-gli**) *m* 1. criba *f*, tamiz; 2. examen, análisis *inv*

vago, -a (*m pl* **-ghi**) **1.** *adj* 1. vago, -a, impreciso, -a; *elev* anhelante, deseoso, -a; 2. *med* vago, -a; **2.** *m med* (*nervio*) vago

vagolare ‹*esd*› *vi* ‹*avere*› vagar, errar

vagon|cino *m* vagoneta *f*; **~e** *m ferroc* vagón, coche ◊ ~ ***letto*** coche cama; ~ ***ristorante*** vagón restaurante

vai V. **andare**

vainiglia V. **vaniglia**

vaiolo *m med* viruela *f* (!); **~so, -a** *adj/s* varioloso, -a, virolento, -a

val. (*valuta*) *abr* divisa

valanga (*pl* **-ghe**) *f* avalancha, alud *m*

valchiria *f* valquiria

valdese *adj/s* valdense

valdostano, -a *adj/s* (persona) del Valle de Aosta

valent|e *adj* 1. eficiente, hábil; 2. *ant* valioso, -a; **~ia** *f* valentía, valor *m*; **~uomo** *m* hombre de valía

Valenza (*var.* **Valencia**) *geogr* Valencia

valenza *f* 1. *quím/ling* valencia; 2. valor *m*, alcance *m*; ***la ~ politica di un accordo*** *el alcance político de un acuerdo*

valenzano, -a (*var.* **valenziano, valenciano**) *adj/s* valenciano, -a

valere ‹*valgo; valsi; valso*› V. 84 **1.** *vi* 1. valer; ***questa persona vale molto*** *esta persona vale mucho*; ***non ~ un ficosecco*** *no valer un pimiento*; 2. (*precio*) valer, costar; **2.** *vt* 1. (*precio*) valer, costar; 2. valer, suponer; (*premio, castigo*) reportar, acarrear; **3. ~rsi** valerse (**di** de), servirse (**di** de) ◊ ***far ~*** hacer valer

valeriana *f bot* valeriana

valevole *adj sport* puntuable (**per** para), valedero, -a (**per** para);

valgo, -a (*m pl* **-ghi**) **1.** *adj med* valgo, -a, valgus; **2.** V. **valere**

valica|bile *adj* franqueable; **~re** ‹*esd*› *vt* pasar, franquear, atravesar

valico (*pl* **-chi**) *m* (*montaña*) paso, puerto

valid|are ‹*esd*› *vt* verificar; **~ità** *f inv* validez *f*; **~o, -a** *adj* 1. válido, -a, valioso, -a; 2. robusto, -a, fuerte; 3. (*ayuda*) eficaz; 4. *jur* válido, -a

valig|eria *f* tienda de maletas; (*conjunto de maletas*) maletería; **~etta** *f* maletín *m*; **~ia** (*pl* **-gie/-ge**) *f* maleta ◊ ~ ***diplomatica*** *f* valija diplomática; ***fare le ~e*** hacer las maletas

vallata *f* valle *m*, vaguada

valle *f* valle *m* (!) ◊ **a ~** *adv* aguas abajo

vallett|a *f TV* azafata; **~o** *m hist* paje

valligiano, -a 1. *adj* del valle; **2.** *m/f* habitante de un valle *m*

vallivo, -a *adj* de la cuenca fluvial

vallo *m mil* empalizada *f*, muro; **~ne, -a 1.** *m geogr* desfiladero, garganta *f*; **2.** *adj/s* valón, -ona

valore *m* 1. *com/econ/mat tamb. fig* valor; 2. valía *f*; ***un medico di ~*** *un médico de valía* ◊ ~ ***aggiunto*** valor añadido; ~ ***nominale*** valor nominal; ***~i bollati*** pólizas (*fpl*)

valorizza|re *vt com tamb. fig* revalorizar; **~zione** *f* revalorización

valoroso, -a *adj* valeroso, -a, valiente, -a, esforzado, -a

valsi…, valso V. **valere**

valuta *f econ* divisa, moneda; ~ ***nazionale, estera*** *divisa nacional, extranjera*; ~ ***forte*** *moneda fuerte*; **~re** *vt com tamb. fig* valorar; **~rio, -a** (*m pl* **-ri**) *adj* monetario, -a; **~tivo, -a** *adj* valorativo, -a, estimativo, -a; **~zione** *f* valoración, estimación; *estud* evaluación

valva *f bot/zool* valva

valvola *f* válvula ◊ ~ ***di scarico*** válvula de escape; ~ ***di sicurezza*** válvula de seguridad; ~ ***mitrale*** válvula mitral; ~ ***tricuspide*** válvula tricúspide

valzer *m inv* vals *m*

vamp *f inv* (*mujer*) vampiresa *f*, mujer fatal *f*

vampa *f* llamarada; **~ta** *f* llamarada; (*calor, ira...*) ola

vampiro *m* 1. *zool/mitol* vampiro; 2. *desp* vampiro, sanguijuela *f*

vanadio *m quím* vanadio

vanaglori|a *f* vanagloria, presunción; **~arsi** vanagloriarse (**di** de), presumir (**di** de); **~oso, -a** *adj* vanaglorioso, -a, presuntuoso, -a, jactancioso, -a

vandal|ico, -a (*m pl* **-ci**) *adj* vandálico, -a; **~ismo** *m* vandalismo; **~o, -a** *adj/s hist tamb. fig* vándalo, -a

vaneggia|mento *m* delirio, desvarío, devaneo; **~re** *vi* ‹*avere*› delirar, desvariar

vanesio, -a (*m pl* **-si**) *adj* fatuo, -a, vanidoso, -a

vanga (*pl* **-ghe**) *f* pala; **~re** *vt* cavar; **~ta** *f* 1. palada; 2. (*golpe*) palazo *m*; **~tore, -trice** *m/f* cavador, -a

Vangelo *m* Evangelio

vanificare ‹*esd*› *vt* frustrar, malograr, abortar

vaniglia *f bot/gastr* vainilla; **~to, -a** *adj* con vainilla

vanillina *f quím* vanilina

vaniloquio (*pl* **-qui**) *m* vaniloquio

vanit|à *f inv* vanidad *f*; **~oso, -a** *adj* vanidoso, -a

vanno V. **andare**

vano, -a 1. *adj* (*intento, promesa...*) vano, -a, inútil, baldío, -a; (*persona*) vano, -a, huero, -a, fatuo, -a; **2.** *m* 1. habitación *f*, cuarto; 2. (*escalera*) vano, hueco; 3. (*puerta, ventana*) alféizar

vantaggio (*pl* **-gi**) *m* 1. ventaja *f* (!); (*beneficio*) provecho; *sport* ventaja *f* (!); 2. *impr* galera *f* ◊ ***a mio ~*** *adv* en mi beneficio, en mi provecho; ***avere ~*** llevar ventaja, llevar la delantera; ***trarre ~ da qc*** sacar provecho de u-c; **~so, -a** *adj* ventajoso, -a, provechoso, -a

vantare 1. *vt* 1. exagerar, magnificar; 2. alegar, aducir; **2. ~rsi** presumir *vi* (**di** de), jactarse (**di** de), vanagloriarse (**di** de), fanfarronear *vi* (**di** de)

vanteria *f* fanfarronería, jactancia

vanto *m* 1. jactancia *f*; alarde, ostentación *f*; 2. mérito; 3. orgullo ◊ ***menar ~*** hacer ostentación

vanvera: a ~ *adv* sin ton ni son, sin tino, a lo loco

vapor|e *m* 1. vapor; 2. *transp* vapor, barco de vapor ◊ ***~ acqueo*** vapor de agua; ***a tutto ~*** *adv* a todo gas; ***cucinare al ~*** cocer al vapor; **~ella** *f* vaporeta, vaporetta; **~etto** *m* barca pequeña de vapor *f*, golondrina *f* (*reg*); (*Venecia*) vaporetto; **~iera** *f ferroc* máquina de vapor

vaporizza|re 1. *vt* vaporizar; **2.** *vi/~rsi* evaporarse; **~tore** *m* vaporizador; **~zione** *f* vaporización

vaporos|ità *f inv* vaporosidad *f*; **~o, -a** *adj* vaporoso, -a

varare *vt* 1. *nav* botar; 2. *pol* (*ley*) aprobar; *teat* estrenar

varc|are *vt tamb. fig* franquear, atravesar; **~o** (*pl* **-chi**) *m geogr* paso, puerto ◊ ***aspettare q al ~*** tenderle una emboscada a alg

varechina (*var.* **varecchina**) *f* lejía

variabil|e 1. *adj* variable; **2.** *f mat* variable; **~ità** *f inv* variabilidad *f*

variante *adj/f* variante

variare ‹*vario*› *vt/i* ‹*avere: persona; essere: cosa*› variar

variato, -a *adj* variado, -a; **~re** *m tecn* variador

variazione *f cient/mús tamb. fig* variación

varice *f med* variz, varice; **~lla** *f med* varicela

varicoso, -a *adj med* varicoso, -a

variegat|o, -a *adj* variopinto, -a, abigarrado, -a; **~ura** *f* abigarramiento *m*

varietà 1. *f inv* variedad *f*; **2.** *m inv teat* variétés *fpl*, variedades *fpl*

variété V. **varietà (2)**

vario, -a (*m pl* **-ri**) **1.** *adj* vario, -a, diverso, -a, variado, -a; *meteo* variable; **2.** *adj/pron pl* (*indefinido*) varios, -as ◊ ***~e ed eventuali*** *adm* ruegos y preguntas; **~metro** *m tecn* variómetro; **~pinto, -a** *adj* variopinto, -a, abigarrado, -a

varo *m nav* botadura *f*

Varsavia Varsovia

vasaio (*pl* **-ai**) *m* alfarero

vasca (*pl* **-sche**) *f* bañera; (*fuente*) pila; piscina ◊ ***~ da bagno*** bañera; ***fare la/una ~*** = "pasear por la calle principal"

vascello *m* buque, navío

vascolare *adj* vascular

vasectomia *f* vasectomía

vaselina *f* vaselina

vasell|ame *m* vajilla *f*; **~ina** V. **vaselina**

vaso *m* 1. jarrón (!); maceta *f* (!); 2. *gastr* tarro (!); 3. *coloq* taza (del váter) *f* (!); 4. *med/fís* vaso ◊ ***~ da fiori*** jarrón, florero; maceta (*f*), tiesto; ***~ da notte*** orinal; ***il ~ di Pandora*** la caja de Pandora (*f*); ***~i comunicanti*** vasos comunicantes; **~costrittore, -trice** *adj/m* vasoconstrictor, -a; **~dilatatore, -trice** *adj/m* vasodilatador, -a

vassall|aggio (*pl* **-gi**) *m hist tamb. fig* vasallaje; **~o, -a** *adj/s hist tamb. fig* vasallo, -a

vassoio (*pl* **-oi**) *m* bandeja *f*

vast|ità *f inv* vastedad *f*, amplitud *f*; **~o, -a** *adj* vasto, -a, inmenso, -a, grande; ***di ~a cultura, di ~e proporzioni*** *de vasta cultura, de vastas proporciones*; ***di ~a portata*** *de enorme alcance*; ***su ~a scala*** *a gran escala*

vate *m elev* vate

vaticano, -a *adj/m* vaticano, -a

Vaticano *m* Vaticano ◊ ***Città del *~*** Ciudad del Vaticano

vaticin|are ‹*esd/-cino*› *vt* vaticinar, pronosticar; **~atore, -trice** *adj/s* vaticinador, -a; **~io** (*pl* **-ni**) *m* vaticinio, pronóstico

vattelapesca! *excl coloq* ¡vete tú a saber!

vaudeville [vod'vil] *m inv teat* vodevil *m*

ve *pron* (*seguido de otro pron*) os; ***ve lo dico*** *os lo digo*

ve'! *excl* 1. ¡cuidado!; 2. ¡vaya!, ¡pues!

V.E. (*Vostra Eccellenza*) *abr* (*Vuestra Excelencia*) V.E.

vecchi|aia *f* vejez; **~ardo, -a** *m/f* vejete *m*, viejecito, -a; **~etto, -a** *m/f* viejecito, -a, vejete *m*; **~ezza** *f raro* vejez; **~o, -a** (*m pl* **-chi**) **1.** *adj* 1. viejo, -a; ***una ~a storia*** *una vieja historia*; ***~i amici*** *viejos amigos*; 2. (*edad*) mayor; ***è il più ~ dei***

fratelli es el hermano mayor; ***è più ~ di lei di due anni*** es dos años mayor que ella; **2.** *m/f* viejo, -a, anciano, -a; **~ume** *m* 1. *desp* trastos viejos *mpl*; 2. *desp* ideas anticuadas *fpl*
veccia (*pl* **-ce**) *f bot* algarroba
vece *f adm* vez ◊ ***fare le ~i di q*** hacer las veces de alg; ***firma del padre o di chi ne fa le ~i*** firma del padre o tutor; ***in ~ di*** *prep* en lugar de; ***in ~ tua*** *adv* en tu lugar
vedente *m/f* vidente ◊ ***non ~*** *euf* invidente
vedere ‹*vedo; vidi; visto/veduto*› V. 85 **1.** *vt* ver; **2. ~rsi** verse; ***ci vediamo ogni giorno*** *nos vemos cada día*; ***si vide perduto*** *se vio perdido*; **3.** *m* ver, entender ◊ ***~ nero*** verlo todo negro; ***~rsela brutta*** *coloq* pasarlas canutas; ***a mio modo di ~*** *adv* a mi modo de ver, en mi opinión; ***avere qc a che ~ con q/qc*** tener u-c que ver con alg/u-c; ***chi s'è visto, s'è visto*** si te he visto no me acuerdo; ***dare a ~*** enseñar, mostrar; ***è una cosa da ~*** es una cosa digna de verse; ***far ~*** enseñar, mostrar; ***farsi ~ dal medico*** hacerse examinar por el médico, ir al medico; ***non ~rci chiaro in una faccenda*** no ver claro un asunto; ***non ~rci più dalla fame*** estar muerto de hambre; ***non ci vede più dalla rabbia*** está que echa chispas, está que trina; ***non poter ~ q*** no poder ver a alg, caer mal alg; ***si vede che…*** está visto que…, se conoce que…; ***sta' a ~*** espera y verás; ***stare a ~*** estar al tanto; ***te lo faccio ~ io*** *coloq* ahora te vas a enterar; ***perché, vedi, io gli voglio bene*** porque, sabes/mira, yo le quiero; ***vedi sopra (v.s.)*** véase más arriba; ***vediamo un po'*** vamos a ver, veamos; ***vedremo…*** ya veremos…; ***vuoi ~ che…*** *coloq* quieres ver tú que…
vedetta *f* 1. (*lugar*) atalaya, vigía; 2. (*persona*) vigía *m* (!)
vedette [ve'dɛt] *f inv* vedette *f*
vedova *adj/f* viuda; ***Lia Perugi ~ Calvi*** *Lia Perugi, viuda de Calvi*
vedovanza *f* viudedad
vedovella *f bot* viuda
vedovile *adj* de viudedad; ***pensione ~*** *pensión de viudedad*; de viudo, -a
vedovo, -a *adj/m* viudo, -a
veduta 1. *f* vista; ***stanza con ~ sul lago*** *habitación con vistas al lago*; ***~ aerea*** *vista aérea*; **2.** *fpl* miras; ***persona di larghe ~e*** *persona de largas miras*
veemente *adj* vehemente
veemenza *f* vehemencia
vegetalle *adj/m* vegetal; **~re** ‹*esd*› *vi* ‹*avere*› *bot tamb. fig* vegetar; **~riano, -a** *adj/s* vegetariano, -a; **~tivo, -a** *adj* vegetativo, -a; **~zione** *f* vegetación
vegeto, -a *adj* 1. *bot* exuberante, lozano, -a; 2. (*persona*) fuerte, sano, -a, robusto, -a
vegetominerale *adj* vegetomineral
veggente *m/f* vidente, adivino, -a
veglia *f* 1. (*acción*) vela; ***fare la ~ ad un malato*** *acompañar a un enfermo*; 2. vigilia; ***stare tra il sonno e la ~*** *estar entre el sueño y la vigilia* ◊ ***~ danzante*** velada con baile; ***~ funebre*** velatorio (*m*); **~rdo, -a** *m/f* anciano, -a venerable; **~re** *vt/i* ‹*avere*› velar
veglione *m* gran velada con baile *f* ◊ ***~ di carnevale*** baile de carnaval; ***~ di Capodanno*** cotillón, fiesta de nochevieja (*f*)
veicollare ‹*esd*› *vt* vehicular; **~are** *adj* 1. (*lengua*) vehicular; 2. (*tráfico*) rodado, -a; **~o** *m* vehículo
vela *f nav* vela; ***barca a ~*** *barco de vela* ◊ ***a gonfie ~e*** *adv* a toda vela, a todo trapo; viento en popa, sobre ruedas; ***ammainare le ~e*** (*abandonar*) tirar la toalla; ***sciogliere le ~e*** largar las velas; ***spiegare le ~e*** desplegar las velas
velaccilno *m nav* sobrejuanete; **~o** (*pl* **-ci**) *m nav* juanete
velame *m* velamen
velare 1. *adj med/ling* velar; **2.** *vt* velar; tapar, ocultar; **3. ~rsi** velarse; ofuscarse, apagarse
velatlo, -a *adj* velado, -a; tapado, -a; tenue; **~ura** *f* 1. velado *m*; 2. capa fina; 3. *foto* velado *m*, ofuscamiento *m*; 4. *nav* velamen *m*
veleggialre *vi* ‹*avere*› *nav* navegar a vela; *aero* planear; **~tore** *m* 1. *nav* velero; 2. *aero* planeador
velenifero, -a *adj elev* (*tóxico*) venenífero, -a
veleno *m biol tamb. fig* veneno ◊ ***schizzare ~ (da tutti i pori)*** destilar veneno (por todos los poros); ***sputare ~*** echar sapos y culebras
velenoslità *f inv* venenosidad *f*, toxicidad *f*; **~o, -a** *adj* venenoso, -a
veletta *f* velete *m*
velico, -a (*m pl* **-ci**) *adj* de la vela, velero, -a
veliero *m nav* velero
velina *f* 1. papel de cebolla *m*, papel de seda *m*; 2. *TV* starlet ◊ ***carta ~*** *f* papel cebolla (*m*), papel de seda (*m*)
velislmo *m sport* vela *f*; **~ta** *m/f sport* regatista
velivolo 1. *adj elev* velívolo; **2.** *m* aeronave *f*, aeromóvil; avión
velleitlà *f inv* veleidad *f*; **~ario, -a** (*m pl* **-ri**) *adj* veleidoso, -a; **~arismo** *m* veleidosidad *f*
vello *m* vellón, vellocino; (*piel*) zalea *f* ◊ ***il ~ d'oro*** *mitol* el vellocino de oro
vellutlare *vt* aterciopelar; **~ato, -a** *adj* (*tejido, vino, tacto*) aterciopelado, -a; **~ino** *m* velludillo; tira de terciopelo *f*; **~o** *m* terciopelo ◊ ***~ a coste*** pana (*f*); ***~ di cotone*** velludillo; ***camminare sul ~*** ser un camino de rosas, tenerlo fácil
velo *m* 1. velo; 2. (*película, pátina*) capa *f* ◊ ***~ da sposa*** velo de novia; ***~ palatino*** velo del paladar; ***prendere, deporre il ~*** (*monja*) tomar, colgar el velo; ***stendere un ~ pietoso su qc*** correr un tupido velo sobre u-c
veloce *adj* veloz, rápido, -a
velocipedle *m* velocípedo; *irón* (*bicicleta*) velocípedo; **~istico, -a** (*m pl* **-ci**) *adj* ciclístico, -a
velocista *m/f sport* velocista
velocità *f inv* velocidad *f*; ***gara di ~*** *prueba de velocidad*; *auto* velocidad *f*, marcha *f* ◊ ***~ di cro-***

ciera velocidad de crucero; ***a tutta ~*** *adv* a toda velocidad
velodromo *m* velódromo
velours [ve'lur] *m inv* velludillo *m*, terciopelo *m*
veltro *m* galgo
vena *f med/min tamb. fig* vena ◊ ***~ cava*** *med* vena cava; ***~ poetica*** vena poética; ***~ porta*** *med* vena porta; ***essere in ~*** estar en vena
venal|le *adj* 1. venal, vendible; 2. *desp* venal, corruptible; **~ità** *f inv* venalidad *f*
venare *vt* vetear, jaspear
venat|o, -a *adj* veteado, -a, jaspeado, -a; **~orio, -a** (*m pl* **-ri**) *adj* venatorio, -a; **~ura** *f* veta
vendemmia *f* vendimia; **~re** *vt/i* ‹*avere*› vendimiar; **~tore, -trice** *m/f* vendimiador, -a
vendere 1. *vt* vender; **2. ~rsi** 1. *desp* venderse; prostituirse; 2. *com tamb. fig* venderse; ***~rsi bene*** *venderse bien, tener buena venta* ◊ ***averne da ~*** tener para dar y vender; ***saper ~ la propria merce*** saber venderse; ***te la vendo come l'ho comprata*** te lo digo tal como me lo han contado
vendetta *f* venganza; ***ricevere ~*** *ser vengado* ◊ ***la ~ di Dio*** el castigo de Dios (*m*)
vendibile *adj* vendible
vendica|re ‹*esd*› **1.** *vt* vengar (**qc su q** u-c en alg); **2. ~rsi** vengarse (**su q di qc** en alg de u-c/de alg por u-c); **~tivo, -a** *adj* vengativo, -a; **~tore, -trice** *adj/s* vengador, -a
vendifumo *m/f inv* vendehúmos
vendita *f* venta ◊ ***~ al dettaglio/al minuto*** venta al detalle/al pormenor; ***~ all'ingrosso*** venta al por mayor; ***~ di fine stagione*** liquidación de/por fin de temporada; ***~ fallimentare*** venta por quiebra; ***~ per corrispondenza*** venta por correo; ***~ porta a porta*** venta puerta a puerta/a domicilio; ***essere in ~*** estar en venta, estar a la venta
venditore, -trice *m/f* vendedor, -a ◊ ***~ al dettaglio/al minuto*** detallista, minorista; ***~ all'ingrosso*** mayorista; ***~ ambulante*** vendedor ambulante
venduto, -a *adj* 1. vendido, -a; 2. *desp* vendido, -a, traidor, -a
venefic|io (*pl* **-ci**) *m* veneficio; **~o, -a** (*m pl* **-ci**) *adj* venéfico, -a
venera|bile *adj* venerable; **~bilità** *f inv* venerabilidad *f*; **~ndo, -a** *adj* venerando, -a, venerable; **~re** ‹*esd*› *vt* venerar; **~zione** *f* veneración
venerdì *m inv* viernes ◊ ****~ Santo*** Viernes Santo; ***gli manca qualche/un ~*** *raro* le falta algún/un tornillo; ***~17*** *(día de mala suerte)* viernes 13
Venere *f astron/mitol* Venus
venereo, -a *adj* venéreo, -a
veneto, -a *adj/s* véneto, -a, del Véneto
Venezia Venecia; ***~na** *f* (*persiana*) veneciana; ***~no, -a** *adj/m* veneciano, -a
Venezuela: il ~ *f* Venezuela; ***~no, -a** *adj/s* venezolano, -a
venia *f* venia; **~le** *adj* venial; ***peccato ~*** *pecado venial*
venire ‹*vengo; venni; venuto*› V. 86 **1.** *vi* 1. venir; ***~ da Padova*** *venir de Padua*; ***andare e ~*** *ir y venir*; 2. (*hacia el interlocutor*) ir; ***vieni a casa mia? sì, ci vengo*** *¿vienes a mi casa? sí, voy*; 3. llegar; 4. (*foto, plato...*) salir, resultar; ***viene bene in fotografia*** *sale bien en las fotografías*; ***com'è venuto il lavoro?*** *¿cómo ha salido el trabajo?*; (*ropa*) venir, sentar; ***mi viene stretto*** *me aprieta*; (*precio*) costar, resultar; (a) ***quanto viene?*** *¿por cuánto resulta? ¿por cuánto sale?*; 5. caer; ***Pasqua viene sempre di domenica*** *Pascua siempre cae en domingo*; 6. *vulg* (*eyacular*) correrse; **2.** *v/aux* 1. (*seguido de un gerundio*) ir, estar; ***viene dicendo queste cose*** *va diciendo estas cosas*; 2. (*en frases pasivas; sólo tiempos simples*) ser; ***i suoi articoli vengono letti da tutti*** *sus artículos son leídos por todos*; ***mi venne detto di tacere*** *se me dijo que callara*; **3. ~rsene** venirse; irse ◊ ***~ a sapere*** enterarse, saber; ***~ avanti*** adelantarse; ***~ fuori*** resultar; ser descubierto, salir a la luz; ***viene fuori con certe idee!*** ¡sale con cada cosa!; ***~ giù*** caer; ***~ incontro a q*** ir al encuentro de alg; ***~ meno*** faltar; (*persona*) desmayarse; ***~ su*** subir, aumentar; crecer (*persona*); ***~ via*** despegarse; largarse, esfumarse; ***~rne fuori*** salir del atolladero, salir del apuro; ***cosa ti viene in mente?*** ¿qué te pasa por la cabeza?; ***mi è venuta un'idea*** se me ha ocurrido una idea; ***mi viene da...*** me dan ganas de..., me entran ganas de...
venoso, -a *adj* venoso, -a
ventaglio (*pl* **-gli**) *m* abanico
ventata *f* 1. *meteo* ventolera, racha, ráfaga; 2. (*impulso*) racha
ventenn|ale 1. *adj* 1. que dura veinte años; 2. que se celebra cada veinte años; **2.** *m* vigésimo aniversario; **~e 1.** *adj* de veinte años; **2.** *m/f* persona de veinte años; **~io** (*pl* **-ni**) *m* período de veinte años
ventesimo, -a 1. *adj* 1. (*orden*) vigésimo, -a; 2. (*parte*) veinteavo, -a, veintésimo, -a; **2.** *m* veinteavo, veintésimo
venti *adj/m inv* veinte
ventila|bro *m agric* aventadora *f*; **~re** ‹*esd*› *vt* 1. *agric* aventar; 2. (*habitación*) ventilar, airear, orear; 3. (*idea*) exponer, presentar, lanzar; **~to, -a** *adj* ventilado, -a, aireado, -a; **~tore** *m* 1. ventilador; 2. *agric* aventador; **~zione** *f med/tecn* ventilación
ventina *f* veintena
ventiquattrore (*var.* **ventiquattr'ore**) *f inv* maletín *m*, portafolios *m inv*
vento *m* viento ◊ ***~ di prora*** viento de proa; ***~i di fronda*** vientos de revuelta, vientos de guerra; ***chi semina ~ raccoglie tempeste*** quien siembra vientos recoge tempestades; ***c'è ~*** hace aire; ***navigare col ~ in poppa*** *tamb. fig* ir viento en popa; ***parlare al ~*** hablar con la pared; ***spargere/gridare ai quattro ~i*** publicar a los cuatro vientos; ***tira ~*** sopla aire
ventola *f* 1. (*fuego*) soplillo *m*; 2. *mec* pulsor *m*

ventos|a *f med/zool/tecn* ventosa; **~ità** *f inv* ventosidad *f*; **~o, -a** *adj* ventoso, -a
ventrale *adj* ventral
ventre *m* vientre, barriga *f* ◊ **~ *a terra*** *adv* boca abajo; ***correre ~ a terra*** (*caballo*) correr a galope tendido; **~sca** (*pl* **-sche**) *f* 1. *gastr* ventresca de atún, ventrecha de atún; 2. *tosc gastr* bacón *m*
ventricol|are *adj* ventricular; **~o** *m* ventrículo
ventriera *f* ventrera, faja
ventriglio (*pl* **-gli**) *m zool* molleja *f*
ventriloqu|io (*pl* **-qui**) *m* ventriloquia *f*; **~o, -a** *adj/s* ventrílocuo, -a
ventur|a *f* ventura, suerte ◊ ***alla ~*** *adv* a la ventura; **~o, -a** *adj* venidero, -a, próximo, -a; **~oso, -a** *adj elev* venturoso, -a
venusiano, -a *adj/s* venusiano, -a
venust|à *f inv elev* venustez *f*, venustidad *f*; **~o, -a** *adj elev* venusto, -a
venut|a *f* venida; **~o, -a 1.** *adj* venido, -a, llegado, -a; **2.** *m/f* llegado, -a ◊ ***il primo ~*** *m* el primero que llega; ***non essere il primo ~*** no ser un recién llegado, no chuparse el dedo
ver. (*versamento*) *abr* ingreso
vera *f sept* alianza, anillo de bodas *m*
verac|e *adj* veraz; **~ità** *f inv* veracidad *f*
veramente *adv* 1. realmente; 2. sinceramente, a decir verdad
veranda *f arq* galería
verbal|e 1. *adj* verbal; **2.** *m adm* acta; ***redigere il ~*** *levantar acta* ◊ ***mettere a ~*** poner en acta, hacer constar en acta; **~ismo** *m* verbalismo; **~izzare** *vt* verbalizar; **~izzazione** *f* verbalización
verbasco (*pl* **-schi**) *m bot* gordolobo
verbena *f bot* verbena
verbo *m ling/relig* verbo
verbos|ità *f inv* verbosidad *f*, verborrea *f*; **~o, -a** *adj* verboso, -a, locuaz
verd|astro, -a *adj* verdusco, -a; **~zzurro, -a** *adj/m* verde azulado, -a; (*ojos*) garzo
verde 1. *adj* verde; **2.** *m* (*color*) verde; **~ *oliva, bottiglia, mare*** *verde oliva, botella, mar*; *bot* verde, verdor, verdura *f*; **3.** *adj/s pol* (*ecologista*) verde ◊ ***essere al ~*** estar sin blanca; ***passare col ~*** (*semáforo*) pasar en verde; ***restare al ~*** quedarse sin blanca, quedarse a dos velas
verdeggia|nte *adj* verdoso, -a, verdusco, -a; **~re** *vi* ‹*avere*› verdear
verdemare *adj/m inv* verdemar
verderame *m inv* cardenillo *m*, verdín *m*
verdesca *f zool* tintorera, tiburón azul *m*
verdetto *m* veredicto, fallo; *sport tamb. fig* decisión *f*
verdezza *f* verdor *m*
verdiccio, -a (*m pl* **-ci**, *f pl* **-ce**) *adj* verdoso, -a, verdusco, -a
verdigno, -a *adj* verdusco, -a
verdognolo, -a *adj* aceitunado, -a, verdusco, -a
verdolino, -a *adj* verdoso, -a
verdone *m* 1. verdinegro; 2. *zool* cañamero, verderol, verderón

verdura *f bot/gastr* verdura, hortaliza
verecond|ia *f* verecundia, pudor *m*; **~o, -a** *adj* verecundo, -a, púdico, -a
verga (*pl* **-ghe**) *f* 1. verga, vara; azote *m*; (*zahorí, mago*) varita; 2. *nav* verga; 3. *metal* barra, lingote *m*; 4. *coloq* (*pene*) verga, cipote *m*; **~re** *vt* 1. (*papel*) rayar, pautar; (*tela*) varetear; 2. (*carta*) escribir
vergat|ina *f* papel vergé *m*, papel vergueteado *m*; **~ino** *m* tela vareteada *f*; **~o, -a** *adj* vergé, vergueteado, -a; **~ura** *f* (*papel*) vergueteado *m*; (*tela*) vareteado *m*
verginale *adj* virginal
vergine *adj/s* virgen; ***foresta ~*** *selva virgen*
Vergine *f* 1. *astrol* Virgo; 2. *relig* Virgen
vergineo V. **virgineo**
verginità *f inv* virginidad *f*
vergogn|a 1. *f* vergüenza; **2.** *fpl coloq* vergüenzas ◊ ***~!*** ¡qué vergüenza!; ***avere ~ di/provare ~ per q/qc*** avergonzarse de alg/de u-c; ***è una ~*** es una vergüenza; ***morire dalla ~*** caérsele (a alg) la cara de la vergüenza; **~arsi** avergonzarse (**di** de); **~oso, -a** *adj* (*deplorable; tímido*) vergonzoso, -a
veridic|ità *f inv* veracidad *f*; **~o, -a** (*m pl* **-ci**) *adj* verídico, -a
veridittorio, -a (*m pl* **-ri**) *adj* veridictorio, -a
veridizione *f* veridicción
verifica *f* verificación, comprobación
verificabil|e *adj* verificable; **~ità** *f inv* verificabilidad *f*
verificare ‹*esd*› **1.** *vt* verificar, comprobar; **2. ~rsi** 1. verificarse, comprobarse; 2. suceder, ocurrir
verificatore, -trice *adj/s* verificador, -a
verificazione *f* verificación, comprobación
veris|mo *m arte tamb. fig* realismo; **~ta** *adj/s arte* realista; **~tico, -a** (*m pl* **-ci**) *adj arte* realista
verità *f inv* verdad *f* ◊ ***una ~ sacrosanta*** una verdad como un templo, una verdad como un puño; ***in ~*** *adv* en verdad, la verdad; ***la pura (e semplice) ~*** la pura verdad
veritiero, -a *adj* verídico, -a, sincero, -a
verme *m* 1. *zool* gusano, lombriz *f*; 2. *desp* gusano, sabandija *f* ◊ **~ *solitario*** tenia (*f*), solitaria (*f*); ***nudo come un ~*** *adj* en cueros, completamente desnudo; más pobre que las ratas
vermi|celli *mpl gastr* espaguetis agujereados; **~colare** *adj* vermicular; **~culite** *f min* vermiculita; **~forme** *adj* vermiforme; **~fugo, -a** (*m pl* **-ghi**) *adj/m* vermífugo, -a, vermicida; **~glio, -a** (*m pl* **-gli**) *adj/m* bermejo, -a; **~noso, -a** *adj* agusanado, -a
vermut (*var.* **vermouth**) *m inv* vermut *m*, vermú *m*
vernaccia (*pl* **-ce**) *f* garnacha
vernacolo, -a 1. *adj* vernáculo, -a; **2.** *m* lengua vernácula *f*
vernice *f* 1. barniz *m*, laca; pintura; (*piel*) charol *m*; 2. (*apariencia*) pátina, capa ◊ **~ *fresca*** recién pintado

vernicia|re *vt* barnizar; pintar; (*piel*) acharolar ◊ **~ *a smalto*** esmaltar; **~ *a spruzzo*** barnizar a pistola; **~tore, -trice 1.** *m/f* barnizador, -a, pintor, -a; **2.** *m tecn* pistola (de barnizar) *f*; **~tura** *f* 1. barnizado *m*; pintura; 2. fachada, apariencia ◊ **~ *a spruzzo*** pintura a pistola, gotelé (*m*)

verniero *m tecn* vernier, nonio

vernissage [vɛrnis'saʒ] *m inv* inauguración de una exposición *f*

vero, -a 1. *adj* verdadero, -a, cierto, -a, real, verdad *f*; ***è incredibile ma ~*** *es increíble pero verdad/pero cierto*; ***è un fatto ~*** *es un hecho real*; **2.** *m* 1. verdad *f*; 2. *arte* natural; ***dipingere dal ~*** *pintar del natural* ◊ ***~?*** ¿verdad?, ¿a que sí?, ¿no?; ***~ e proprio*** puro y simple; ***a dire il ~*** *adv* a decir verdad; ***non mi par ~!*** ¡parece mentira!; ***se non è ~ è ben trovato*** si no es cierto está bien traído; ***tant'è ~ che...*** mira si es verdad que...

veronica *f relig* verónica

verosimi|glianza *f* verosimilitud; **~le** *adj* verosímil

verricello *m* cabrestante

verro *m* verraco

verruc|a *f* verruga; **~oso, -a** *adj* verrugoso, -a

versaccio (*pl* **-ci**) *m* mueca *f*

versaiolo *m* coplero, coplista

versamento *m* 1. *banc* ingreso, imposición *f*; pago, desembolso; 2. *med* derrame

versante *m geogr tamb. fig* vertiente *f*

versare 1. *vt* 1. (*líquido*) verter, derramar; 2. *banc* ingresar; pagar; **2.** *vi* (*situación*) encontrarse; ***~ in cattive condizioni*** *encontrarse en malas condiciones*; **3. ~rsi** verterse, derramarse

versati|le *adj* versátil; **~ità** *f inv* versatilidad *f*

versato, -a *adj* versado, -a, ducho, -a

verseggiare *vi* ‹*avere*› versificar, versear (*coloq*)

verseggiatore, -trice *m/f* versificador, -a, versista

versetto *m relig* versículo

versifica|re ‹*esd*› *vt/i* ‹*avere*› versificar; **~tore, -trice** *m/f* versificador, -a; **~zione** *f* versificación

versione *f* versión; *ling* versión, traducción; *cine/mús* versión

verso 1. *prep* (*lugar, tiempo*) hacia; ***andare ~ un posto*** *ir hacia un sitio*; ***veniva ~ di noi*** *venía hacia nosotros*; ***~ sera*** *a última hora de la tarde*; ***~ mezzanotte*** *alrededor de la medianoche, hacia las doce*; ***~ luglio*** *hacia julio, allá por julio*; **2.** *m* 1. *lit* verso; 2. *zool* (*pájaros*) canto; (*otros animales*) sonido, voz *f*; (*persona*) grito; 3. (*voz*) dejo; gesto; paso, andar; 4. forma *f*, modo; ***non c'è ~ di farlo entrare*** *no hay forma de hacerle entrar*; 5. dirección *f*, camino; lado; 6. (*tipogr, medalla*) verso, vuelta *f* ◊ ***~i sciolti*** *lit* versos libres, versos blancos; ***per un ~ o per l'altro*** *adv* por un lado o por otro; ***prendere q per il ~ sbagliato*** tratar a alg de forma equivocada, no saber cómo tratar a alg; ***prendere q per il suo ~*** saber tratar a alg, saber por donde respira alg; **~io** (*pl* **-oi**) *m agric* vertedera *f*

vertebra *f* vértebra; **~le** *adj* vertebral; **~to, -a** *adj/m* vertebrado, -a

vertenza *f* controversia, cuestión pendiente

vertere (*sin pp ni tiempos compuestos*) *v/def* versar (**su** sobre), tratar (**su** sobre)

vertica|le *adj/f* vertical ◊ ***fare la ~*** hacer el pino; **~ità** *f inv* verticalidad *f*

vertice *m mat* vértice; *geogr tamb. fig* cima *f*; *pol* cumbre *f*; ***incontro al ~*** *encuentro en la cumbre*

vertigine *f med* vértigo *m*, mareo *m* ◊ ***avere le ~i*** tener vértigo; ***cosa da far venire le ~i*** *f* cosa de vértigo; ***dare le ~i*** dar vértigo

vertiginoso, -a *adj* vertiginoso, -a

verz|a *f bot* berza; **~iere** *m elev* vergel; **~ino** *m* bot brasil; **~otto: cavolo ~** *m* berza *f*; **~ura** *f elev* verdura, verdor *m*

vescia (*pl* **-sce**) *f bot* pedo de lobo *m*, bejín *m*

vescic|a *f* 1. *zool/med* vejiga; 2. *med* (*piel*) vejiga-vesícula, ampolla; **~ante, -a** (*var.* **vescicatorio, -a**) *adj/m* vejigatorio, -a; **~olare** *adj* vesicular

vescovado *m* episcopado, obispado

vescovile *adj* episcopal

vescovo *m* obispo

vespa *f zool* avispa ◊ ***vitino di ~*** *m* cintura de avispa *(f)*

Vespa® f (*moto*) Vespa®

vespaio (*pl* **-ai**) *m zool tamb. fig* avispero ◊ ***suscitare un ~*** alborotar el gallinero

vespasiano *m ant* urinario

vespertino, -a *adj* vespertino, -a

vespino *m* vespino

vespro *m* 1. atardecer; 2. *relig* víspera *f* (!)

vessa|re *vt* vejar; **~tore, -trice** *adj/s* vejador, -a; **~torio, -a** (*m pl* **-ri**) *adj* vejatorio, -a

vessazione *f* vejación

vessillifero *m* portaestandarte, abanderado

vessillo *m* bandera *f*, estandarte

vestaglia *f* bata, batín *m*

vestale *f hist* vestal

veste 1. *f* 1. vestido *m*; 2. revestimiento *m*; 3. forma, aspecto *m*; **2.** *fpl* ropa *f*; ***~i femminili, maschili*** *ropa de mujer, de hombre* ◊ ***~ da camera*** salto de cama (*m*); ***~ talare*** vestido talar (*m*), hábito (*m*), sotana; ***~ tipografica*** forma tipográfica; ***in ~ di*** *prep* bajo forma de; (*cargos*) en calidad de

vestiari|o (*pl* **-ri**) *m* (*ropa*) vestuario; **~sta** *m/f teat* encargado, -a del guardarropa

vestibolo *m arq* vestíbulo, atrio, zaguán

vestigio (*pl* **le vestigia**) *m* vestigio

vestimento *m elev* vestimenta *f*

vestire 1. *vt* vestir (**q** a alg); (*prendas*) vestir, llevar; sentar, caer; **2.** *vi* vestir; **3. ~rsi** vestirse; ***si veste da Valentino*** *se viste con ropa de Valentino*; ***~rsi a festa, di bianco*** *vestirse de fiesta, de blanco*

vestito *m* 1. traje; ***farsi fare un ~*** *hacerse un traje, encargar un traje*; (*mujer*) vestido; 2. vestuario, indumentaria *f*

Vesuvio *m geogr* Vesubio

veterano, -a *adj/s* veterano, -a

veterinari|a *f* veterinaria; **~o, -a** (*m pl* **-ri**) *adj/s* veterinario, -a

veto *m* veto; ***porre il proprio ~ a qc/q*** *vetar u-c/a alg*

vetrai|o (*pl* **-ai**) *m* vidriero; cristalero; **~ta** *f* vidriera; **~to, -a** *adj* vidriado, -a

vetreria *f* vidriería; cristalería

vetrifica|re ‹*esd*› **1.** *vt* vitrificar; **2.** *vi/~rsi* vitrificarse; **~zione** *f* vitrificación

vetrin|a *f* 1. *com* escaparate *m* 2. (*mueble*) vitrina; **~ista** *m/f* escaparatista; **~istica** *f* escaparatismo *m*; **~o** *m* (*microscopio*) cubreobjeto

vetriolo *m* vitriolo

vetro *m* vidrio; (*ventana...*) vidrio, cristal ◊ ***~i atermici*** *auto* cristales ahumados; ***essere di ~*** ser de mírame y no me toques; **~so, -a** *adj* vidrioso, -a

vetta *f geogr tamb. fig* cima, cumbre

vettor|e, -trice 1. *m* 1. *mat/fís* vector; 2. *com* vector, transportista; **2.** *adj* 1. porteador, -a; 2. *mat* vector; **~iale** *adj* vectorial

vettovagli|amento *m* avituallamiento, abastecimiento; **~are** *vt* avituallar, abastecer; **~e** *fpl* vituallas, víveres *mpl*, provisiones

vettur|a *f auto* coche *m*, automóvil *m*; *ferroc* coche *m*, vagón *m*; (*de caballos*) coche *m*, carroza ◊ **~ *ristorante*** vagón restaurante (*m*); **~ *verde*** vehículo ecológico (*m*); **~ale** *m* cochero; **~ino** *m* cochero

vetust|à *f inv elev* vetustez *f*; **~o, -a** *adj elev* vetusto, -a

vezzeggia|mento *m* mimo, arrumaco; **~re 1.** *vt* mimar; **2.** *vi* ‹*avere*› hacerse el mimoso, dejarse mimar; **~tivo, -a 1.** *adj* mimoso, -a; afectuoso, -a; *ling* apreciativo, -a; **2.** *m ling* apreciativo, hipocorístico

vezzo 1. *m* 1. hábito, vicio; 2. mimo, arrumaco, carantoña *f*; 3. collar; **2.** *mpl* 1. zalamerías *fpl*, melindres; 2. gracia *f*, encanto *m*; **~sità** *f inv* gracia *f*, encanto *m*, donaire *m*; **~so, -a** *adj* 1. gracioso, -a, encantador, -a, donoso, -a (*elev*); 2. afectado, -a, cursi

vi (*átono*) *pron* 1. (*personal*) os; **~ *dico*** *os digo*; 2. *elev* (*adverbial de lugar*) (allí); ***conosci Roma? Io ~ sono stato due volte*** *¿conoces Roma? Yo he estado (allí) dos veces*; ***non mi piace il mare, ma ~ dovrò andare quest'estate*** *no me gusta el mar, pero tendré que ir (allí) este verano*; 3. (*complemento*) (en ello), (a ello); ***per te quest'affare è chiaro, ma io non ~ vedo la soluzione*** *para ti el problema está claro, pero yo no le veo la solución*

via 1. *f tamb. fig* vía; camino *m*; carretera; (*seguido del nombre*) calle; **~ *Garibaldi*** *calle Garibaldi*; *med/jur* vía; **2.** *excl* 1. ¡ánimo!, ¡vamos!; 2. *sport* ¡ya!; 3. ¡largo!, ¡fuera!; **4.** *m inv* salida *f*, señal de salida *f* ◊ **~ *comunale, provinciale, nazionale*** carretera comarcal, provincial, nacional; **~ *d'uscita*** salida, escapatoria; ***~ Lattea*** Vía Lactea; **~ *libera*** vía libre; **~ ~ *che*** *conj* a medida que; ***~e respiratorie*** vías respiratorias; ***andare ~*** irse; (*fiebre*) desaparecer; ***andare per ~ mare*** ir por mar; ***dar(e) ~ libera*** dar luz verde; ***dare il ~*** *sport* dar la salida; *fig* empezar, comenzar; ***e così ~/e ~ dicendo*** *adv* y así sucesivamente; ***esser(e) ~*** estar fuera, haber salido; ***essere in ~ di guarigione*** estar en vías de curación; ***mandare ~*** echar; ***passare/trascendere a ~e di fatto*** pasar de las palabras a los hechos, recurrir a medios expeditivos; ***per ~ di*** *conj* a causa de, por causa de; ***per ~ di padre*** *adv* por parte de padre; ***per ~ orale*** *adv* por vía oral; ***per ~ privata/confidenziale*** *adv* confidencialmente; ***per ~e traverse*** *adv* con malas artes, con artimañas; ***pronti, attenti, ~!*** ¡preparados, listos, ya!; ***va' ~!*** ¡lárgate!, ¡fuera de aquí!; ***venire ~*** (*mancha*) irse

viabil|e *adj* viable; **~ista** *m/f* técnico, -a en viabilidad; **~istico, -a** (*m pl* **-ci**) *adj* de la viabilidad; **~ità** *f inv* viabilidad *f*

via crucis ['via 'krutʃis] *f* 1. *relig* vía crucis *m inv*; 2. (*tormento*) vía crucis *m inv*, calvario *m*

viadotto *m* viaducto, puente

viaggi|are 1. *vi* ‹*avere*› viajar; **2.** *vt* recorrer; **~atore, -trice 1.** *adj* viajero, -a; **2.** *m/f* viajero, -a; *aero/nav* pasajero, -a; **~o** (*pl* **-gi**) *m* viaje; ***fare un ~ in Sicilia*** *hacer un viaje a Sicilia*; ***ci vorranno tre ~i per portare tutto*** *harán falta tres viajes para llevarlo todo* ◊ ***buon ~!*** ¡buen viaje!; ***essere in ~*** estar de viaje; ***fare un ~ e due servizi*** matar dos pájaros de un tiro

viale *m* avenida *f*, paseo; alameda *f*

viandante *m/f* viandante, caminante

viario, -a (*m pl* **-ri**) *adj* viario, -a

viatico (*pl* **-ci**) *m relig* viático

viavai *m inv* vaivén *m*, ir y venir, trajín *m*, trasiego *m*

vipera *f* 1. *zool* víbora; 2. (*mala persona*) víbora, vípera

vibrafono *m* vibráfono

vibrante *adj/f ling* vibrante

vibrare 1. *vt* vibrar; **2.** *vi* ‹*avere*› *fís tamb. fig* vibrar

vibratile *adj* vibrátil

vibrato, -a 1. *adj* (*protesta*) enérgico, -a; **2.** *m mús* vibrato; **~re, -trice** *adj/m* vibrador, -a; **~rio, -a** (*m pl* **-ri**) *adj* vibratorio, -a

vibrazione *f* vibración

vibrione *m biol* vibrión

vicari|ale *adj* vicarial; **~ato** *m* vicariato, vicaría *f*; **~o, -a** (*m pl* **-ri**) *adj/m* vicario, -a

vice *m/f inv* suplente *m/f*, sustituto, -a *m/f*; **~ammiraglio** (*pl* **-gli**) *m* vicealmirante; **~campione, -a** *adj/s sport* subcampeón, -ona; **~cancelliere** *m* vicecanciller; **~capo** *m* vicejefe; **~console** *m* vicecónsul; **~direttore, -trice** *m/f* subdirector, -a; **~ispettore, -trice** *m/f* subinspector, -a

vicend|a *f* 1. sucesión, discurrir *m*; 2. suceso *m*, caso *m*, hecho *m*; 3. *agric* rotación ◊ **a ~** *adv* recíprocamente, uno(s) a otro(s); **~evole** *adj* recíproco, -a, mutuo, -a

vicepresiden|te (*f raro* **-essa**) *m/f* vicepresidente, -a; **~za** *f* vicepresidencia

viceré (*f* **viceregina**) *m/f* virrey, virreina *f*
vicereame *m* virreinato, virreino
vicesegretario, -a *m/f* vicesecretario, -a
vicesindaco (*pl* **-ci**) *m* teniente de alcalde
viceversa 1. *adv* viceversa; al revés; **2.** *conj coloq* en cambio (*estánd*)
vichingo, -a (*m pl* **-ghi**) *adj/s* vikingo, -a
vicinalle *adj ferroc* de cercanías; **~nza 1.** *f* cercanía, proximidad; **2.** *fpl* cercanías, proximidades, alrededores *mpl*; **~to** *m* vecindario
vicino, -a 1. *adj* cercano, -a, próximo, -a; (*pariente*) cercano, -a, afín, allegado, -a; cercano, -a, parecido, -a; **2.** *adv* cerca; **3.** *m/f* vecino, -a ◊ **~ *a*** *prep* cerca de; junto a; **~ *di casa*** vecino, -a; ***ci sono stato* ~** he estado cerca, casi lo consigo; ***da* ~** *adv* de cerca; ***essere* ~ *a fare qc*** estar a punto de hacer u-c
vicissitudini *fpl* vicisitudes
vico (*pl* **-chi**) *m obsol* (*seguido del nombre*) callejón
vicolo *m* callejón ◊ **~ *cieco*** callejón sin salida
video *adj/m inv* vídeo, video (*Am*)
videocamera *f* cámara de vídeo
videocassetta *f* cinta de vídeo
videocellulare *m* videomóvil
videocitofono *m* videoportero
videoclip *m inv* videoclip *m*
videocontrollo *m* videocontrol
videodisco (*pl* **-schi**) *m* videodisco
videofono *m* videoportero
videogame [video'gejm] V. **videogioco**
videogioco (*pl* **-chi**) *m* videojuego
video on demand *m inv* video a la carta, video por demanda, video on demand
videoregistraltore *m* vídeo, video (*Am*); **~zione** *f* grabación en vídeo
videoriproduttore *m* reproductor de vídeo
videoschermo *m* pantalla de ordenador *f*, videopantalla *f*
videoteca *f* videoteca
videotel V. **videotex**
videotelefono *m* videoteléfono
videoterminale *f* terminal de vídeo
videotezione *f* legalización, visado *m*
vidimare ‹*esd*› *vt* legalizar, visar
viella *f mús ant* zanfoña, zanfona
Viennla Viena; ***~ese** *adj/s* vienés, -esa
viepiù *adv elev* cada véz más (*estánd*)
vietlare *vt* prohibir; **~ *a q di fare qc*** *prohibir a alg hacer u-c*; ***nulla vieta che...*** *nada prohíbe/impide que...*; **~ato, -a** *adj* prohibido, -a; **~ *fumare*** *prohibido fumar*; **~ *l'ingresso*** *prohibida la entrada*
vietnamita *adj/s* vietnamita
vieto, -a *adj desp* caduco, -a, rancio, -a
vigente *adj* vigente
vigenza *f* vigencia
vigere (*solo 3ª sing y pl; sin pp*) *v/def* estar vigente, estar en vigor
vigilalnte 1. *adj* vigilante, atento, -a; **2.** *m* 1. vigilante; 2. (*pl -es*) guardia jurado, vigilante jurado; **~nza** *f* vigilancia; **~re** ‹*esd*› *vt/i* ‹*avere*› vigilar; **~to, -a** *adj* vigilado, -a; **~tore, -trice** *adj/s* vigilante
vigile 1. *adj* vigilante, atento, -a; **2.** *m/f* guardia, policía ◊ **~ *del fuoco*** bombero; **~ *urbano*** policía municipal, guardia urbano
vigilia *f* vigilia, víspera; *relig* vigilia ◊ ***alla* ~ *di*** *prep* en vísperas de; ***fare* ~** comer de vigilia
vigliaclcata *f* jugarreta, mala pasada, gorrinada; **~cheria** *f* cobardía; **~co, -a** (*m pl* **-chi**) *adj/s* cobarde
vigna *f* viña; **~iolo** *m* viñador
vigneto *m* viñedo
vignettla *f impr* viñeta, ilustración; **~ista** *m/f* ilustrador, -a; caricaturista
vigogna *f zool* vicuña
vigorle *m* vigor ◊ ***essere, entrare in* ~** *jur* estar, entrar en vigor; ***riprendere* ~** recobrar fuerzas; **~ia** *f* vigor *m*, fuerza, fortaleza; **~osità** *f inv* vigorosidad *f*, fortaleza *f*; **~oso, -a** *adj* vigoroso, -a
vile 1. *adj* 1. vil, bajo, -a, despreciable; 2. cobarde; **2.** *m/f* cobarde
vilipendere ‹*pesi; peso*› V. 58 *vt* vilipendiar, injuriar, zaherir
vilipendio (*pl* **-di**) *m* vilipendio, injuria *f*
villa *f* (*señorial*) villa; chalet *m*; **~ggio** (*pl* **-gi**) *m* pueblo; poblado ◊ **~ *globale*** aldea global (*f*); **~ *residenziale*** ciudad dormitorio; **~ *turistico*** población turística (*f*)
villanlata *f* villanía, bajeza; **~ia** *f* villanía, grosería, vulgaridad; **~o, -a 1.** *adj* grosero, -a, zafio, -a, vulgar; **2.** *m/f* aldeano, -a, pueblerino, -a; *desp* villano, -a, patán, -ana; **~zone** *adj* cazurro, -a, grosero, -a, zafio, -a
villeggialnte *m/f* veraneante; **~re** *vi* ‹*avere*› veranear; **~tura** *f* 1. veraneo *m*; vacaciones *fpl*; 2. lugar de veraneo *m*, residencia de verano
villetta *f* chalet *m* ◊ ***~e a schiera*** chale(t)s adosados (*mpl*), adosados (*mpl*), casas adosadas
villino *m* chalecito; pequeña villa *f*
villo *m* vello
villoslità *f inv* vellosidad *f*; **~o, -a** *adj* velloso, -a, velludo, -a
viltà *f inv* 1. vileza *f*, bajeza *f*, ruindad *f*; 2. cobardía *f*
viluppo *m tamb. fig* enredo, maraña *f*
vimine *m* mimbre; ***mobili di ~i*** *muebles de mimbre*
vinalccia (*pl* **-ce**) *f* orujo *m*, hollejo *m*; **~io, -a** (*m pl* **-ai**) *m/f* vinatero, -a; **~rio, -a** (*m pl* **-ri**) *adj* vinario, -a, vinatero, -a
vinca *f bot* pervinca
vincaia V. **vincheto**
vincere ‹*vinco; vinsi; vinto*› V. 87 **1.** *vt* (*guerra, elecciones*) vencer, ganar; **~ *il nemico*** *vencer al enemigo*; (*premio, carrera, partido*) ganar (!); **~ *il premio*** *ganar/llevarse el premio*; (*dificultad*) vencer, superar; **~ *in bontà*** *superar a alg en bondad*; **2.** *vi* vencer, ganar; **3. ~rsi** dominarse, controlarse

vincetossico *m bot* onaballo
vincheto (*var.* **vincaia** *f*) *m bot* mimbrera *f*
vincibile *adj* vencible
vincita *f* 1. *sport* victoria, triunfo *m*; 2. (*cantidad*) premio *m*
vincitore, -trice *adj/s* vencedor, -a, ganador, -a
vinco (*pl* **-chi**) *m* mimbre
vincola|nte *adj* vinculante; **~re** ‹*esd*› *vt* 1. atar, ligar; 2. vincular; **~to, -a** *adj* vinculado, -a
vincolo *m jur tamb. fig* vínculo
vinello *m* vinillo
vinico, -a *adj* vínico, -a; **~lo, -a** *adj* vinícola
vinificazione *f* vinificación
vinile *m quím* vinilo
vinilpelle *f* skay *m*
vino *m* vino ◊ **~ *abboccato*** vino abocado; **~ *bianco*** vino blanco; **~ *chinato*** vino quinado; **~ *da dessert*** vino de postre; **~ *da pasto*** vino de mesa; **~ *da tavola*** vino de mesa; **~ *frizzante*** vino espumoso; **~ *rosé*** vino rosado/clarete; **~ *rosso/nero*** vino tinto; ***smaltire il* ~** dormir el vino; **~so, -a** *adj* (*color*) vinoso, -a
vinsi... V. **vincere**
vinto, -a 1. *adj/s* vencido, -a; **~ *dalla stanchezza*** *vencido por el cansancio*; **2.** *pp* V. **vincere** ◊ ***darla ~a a q*** ceder ante alg; ***darsi per* ~** darse por vencido
viola 1. *f* 1. *bot* viola, violeta; 2. *mús* viola; **2.** *adj/m inv* (*color*) violeta ◊ **~ *da gamba*** *mús* viola da gamba; **~ *del pensiero*** *bot* pensamiento (*m*); **~ *d'amore*** *mús* vihuela
violacciocca *f* alhelí *m*
violace|e *fpl bot* violáceas; **~o, -a** *adj* violáceo, -a
violare *vt jur* (*ley, promesa, persona*) violar; (*morada, domicilio*) allanar; (*tumba, iglesia*) profanar
violatore, -trice *adj/s* (*ley, promesa, persona*) violador, -a; (*tumba, iglesia*) profanador, -a
violazione *f jur* (*ley, promesa, persona*) violación; (*tumba, iglesia*) profanación ◊ **~ *di domicilio*** allanamiento de morada (*m*)
violent|are *vt* forzar; (*persona, especialmente mujer*) violar, forzar; **~atore, -trice** *adj/s* violador, -a; **~emente** *adj* violentamente, por la fuerza; **~o, -a** *adj/s* violento, -a
violenza *f* violencia ◊ **~ *carnale*** (*delito*) violación; ***far ~ a una donna*** violar a una mujer; ***usare ~ a q*** usar la violencia contra alg
violett|a *f bot* violeta; **~o, -a** *adj/m* (*color*) violeta
violin|ista *m/f* violinista; **~istico, -a** (*m pl* **-ci**) *adj* 1. de(l) violín; 2. de(l) violinista; **~o** *m* violín
violista *m/f* músico de viola; vihuelista
violoncell|ista *m/f* violonchelista, violoncelista; **~o** *m* violonchelo, violoncelo
violone *m mús ant* violón
viottolo (*var.* **viottola** *f*) *m* sendero, senda *f*, vereda *f*
vip (*Very Important Person*) *m/f inv* VIP
vipera *f* 1. *zool* víbora; 2. (*persona*) vípera, víbora; ***avere una lingua da* ~** *tener una lengua viperina*
viperino, -a *adj zool tamb. fig* viperino, -a
viraggio (*pl* **-gi**) *m tecn/foto tamb. fig* viraje; *transp* viraje, virada *f*
virago (*pl* **viragini**) *f* marimacho *m*, mujerona
virale *adj med* viral
virare *vi* ‹*avere*› virar
virata *f transp* viraje *m*, virada
virgineo, -a *adj elev* virgíneo, -a, virginal
virgola *f impr* coma ◊ **~ *mobile*** *informát/mat* coma flotante
virgolette *f impr* comillas ◊ **~ *a sergente*/~ *uncinate*** comillas bajas; ***tra* ~** *adj* entre comillas; ***mettere tra* ~** poner entre comillas, entrecomillar
virgulto *m* 1. *bot* yema *f*, brote; 2. *elev* vástago
viril|e *adj* viril, varonil; **~ismo** *m med* virilismo; **~ità** *f inv* virilidad *f*; **~izzarsi** virilizarse
virolog|ia (*pl* **-gie**) *f* virología; **~o, -a** (*m pl* **-gi**) *m/f* virólogo, -a
virosi *f inv med* virosis
virtù *f inv* virtud *f* ◊ ***in ~ di*** *prep* en virtud de; ***per ~ dello Spirito Santo*** *adv* por obra y gracia del Espíritu Santo
virtual banking ['virtwal 'bɛnkin] *m inv* banco virtual *m*
virtuale *adj* virtual
virtuos|ismo *m* virtuosismo; **~o, -a** *adj/s* virtuoso, -a
virulen|to, -a *adj med tamb. fig* virulento, -a; **~za** *f med tamb. fig* virulencia
virus *m inv* virus
visagista *m/f* (*de cara*) maquillador, -a
vis-à-vis *adv* vis-à-vis, cara a cara
viscerale *adj* visceral
viscere (*pl (1-2)* **le viscere/i visceri**, *pl (3)* **le viscere**) **1.** *m* víscera *f* (!); **2.** *mpl* (*animal sacrificado*) vísceras *fpl*, tripas *fpl*, entrañas *fpl*; **3.** *fpl* vientre ◊ **~*e mie!*** ¡hijo de mis entrañas!; ***strappare le ~e*** sacar las entrañas
vischio (*pl* **-schi**) *m bot* muérdago; **~sità** *f inv* viscosidad *f*; **~so, -a** *adj* viscoso, -a
viscidità *f inv* viscosidad *f*
viscido, -a *adj* 1. viscoso, -a; resbaladizo, -a; 2. hipócrita
visconte, -essa *m/f* vizconde, -esa
viscos|a *f* viscosa; **~ità** *f inv* viscosidad *f*; **~o, -a** *adj* viscoso, -a
visibil|e *adj* visible; **~ilio** *m coloq* (*gente, cosas*) montón ◊ ***andare in* ~** estar exultante, entusiasmarse; **~ilità** *f inv tamb. fig* visibilidad *f*
visiera *f* (*sombrero, casco*) visera
visigot|ico, -a (*m pl* **-ci**) *adj* visigótico, -a; **~o, -a** *adj/s* visigodo, -a
vision|are *vt cine* visionar; **~ario, -a** (*m pl* **-ri**) *adj/s* visionario, -a; **~e** *f* 1. visión; 2. *cine/foto* visionado *m*; 3. (*análisis*) examen *m* ◊ ***prendere ~ di qc*** examinar u-c; ***prima* ~** *cine* estreno (*m*); ***seconda* ~** *cine* reestreno (*m*), reposición
visir *m inv* visir *m*
visita *f* visita (!) ◊ **~ *di controllo*** chequeo (*m*); **~ *di dovere*** visita de cumplido; **~ *doganale*** ins-

pección aduanera; **~ *fiscale*** inspección fiscal; **~ *medica*** visita médica, reconocimiento (*m*); ***andare in ~ da q*** ir de visita a casa de alg; ***in ~ ufficiale*** *adv* de visita oficial; ***marcare ~*** *mil* declararse enfermo
visitare ‹*esd*› *vt* visitar; *med* visitar, examinar, reconocer
visitatore, -trice *m/f* visitante, visita *f*
visitazione *f relig* visitación
visiting professor ['vizitim pro'fɛssor] *m/f inv* profesor visitante *m*
visivo, -a *adj* visual; ***campo ~, memoria ~a*** *campo, memoria visual*
viso *m* cara *f*, rostro ◊ ***a ~ aperto*** *adv* a cara descubierta, sin tapujos; ***dire qc sul ~ a q*** decir u-c a alg a la cara; ***fare buon ~ a cattivo gioco*** poner a mal tiempo buena cara; ***fare il ~ lungo*** poner caras largas; **~ne** *m zool* visón; **~re** *m foto* visor
vispo, -a *adj* avispado, -a, vivo, -a, despierto, -a
vissi... V. **vivere**
vissuto 1. *m psicol* vivencia *f*; **2.** *pp* V. **vivere**
vista *f* vista; ***una camera con ~ sul mare*** *una habitación con vistas al mar* ◊ **~ *buona*** buena vista; **~ *debole, stanca*** vista débil, cansada; ***a ~*** *adv com* a la vista; ***a prima ~*** *adv* a primera vista; ***avere in ~*** (*proyecto*) tener a la vista; ***avere la ~ corta*** ser corto de vista; ***avere la ~ lunga*** *tamb. fig* tener buena vista; ***conoscere q di ~*** conocer a alg de vista; ***essere molto in ~*** ser conocido, ser popular; ***fin dove si spinge la ~*** *adv* hasta donde alcanza la vista; ***in ~ di*** *prep* a la vista de; ***navigare a ~*** *fig* conducir de oído; ***non perdere di ~*** no perder de vista; **~re** *vt adm* visar
visto, -a 1. *adj* visto, -a; ***ben, mal ~*** *bien, mal visto*; **2.** *m adm* visto bueno; *dipl* visado, visa *f* (*Am*); *impr* imprímase; **3.** *pp* V. **vedere** ◊ **~ *che*** *conj* visto que, dado que, en vista de que; ***mai ~*** *adv* nunca visto
vistos|ità *f inv* vistosidad *f*; **~o, -a** *adj* 1. vistoso, -a, llamativo, -a; 2. considerable, ingente
visuale 1. *adj* visual; **2.** *f* vista, panorama *m*; perspectiva
visualizza|re *vt* visualizar; **~zione** *f* visualización
vita *f* 1. vida; 2. cintura ◊ **~ *da cani*** vida de perros; **~ *di vespa*** cintura de avispa; ***a ~*** *adv* de por vida, para toda la vida, a perpetuidad; ***avere salva la ~*** salvar la vida; ***dovere la ~ a q*** deberle la vida a alg; ***essere in ~*** estar vivo, estar con vida; ***essere in fin di ~*** estar al borde de la muerte, estar entre la vida y la muerte; ***fare la bella ~*** darse la gran vida; ***fra la ~ e la morte*** entre la vida y la muerte; ***guadagnarsi la ~*** ganarse la vida; ***mai in ~ mia*** *adv* en toda mi vida; ***ne va della ~*** está en juego la vida; ***non dare segni di ~*** no dar señales de vida; ***passare a miglior ~*** pasar a mejor vida; ***passare la ~*** pasar la vida; ***questione di ~ o di morte*** cuestión de vida o muerte; ***rendere la ~ difficile a q*** hacerle la vida imposible a alg; ***richiamare q in ~*** devolver a la vida a alg, resucitar a alg; ***se ti è cara la ~*** si en algo estimas tu vida
vita|le *adj* vital; **~ità** *f inv* vitalidad *f*; **~izio, -a** (*m pl* **-zi**) **1.** *adj* vitalicio, -a; **2.** *m* renta vitalicia *f*
vitamin|a *f* vitamina; **~ico, -a** (*m pl* **-ci**) *adj* vitamínico, -a; **~izzare** *vt* vitaminar; **~izzato, -a** *adj* vitaminado, -a
vitando, -a *adj raro* vitando, -a
vite *f* 1. *agric* vid; 2. *tecn* tornillo *m*; rosca; 3. *aero* tirabuzón *m* ◊ **~ *perpetua/senza fine*** tornillo sin fin; ***a ~*** *adj* de tornillo, enroscado
vitello, -a 1. *m/f zool* ternero, -a, becerro, -a; **2.** *m* 1. *gastr* ternera *f*; 2. (*piel*) becerro, vitela *f*; 3. *biol* vitelo; **~ne** *m* 1. *zool* novillo; 2. vago, holgazán
viticcio (*pl* **-ci**) *m* 1. *bot* zarcillo; 2. *arq* caulículo; 3. candelabro de pared
viticol|o, -a *adj* vitícola; **~tore, -trice** (*var.* **viticultore, -trice**) *m/f* viticultor, -a; **~tura** (*var.* **viticultura**) *f* viticultura
vitigno *m agric* vid *f*
vitiligine *f med* vitíligo
vitreo, -a *adj* vítreo, -a
vitroceramica *f* vitrocerámica
vittim|a *f* víctima; **~ario** *m hist* victimario; **~ismo** *m* victimismo
vitto *m* manutención *f*, comida *f* ◊ **~ *e alloggio*** comida y alojamiento
vittori|a *f* victoria, triunfo *m* ◊ **~ *di Pirro*** victoria pírrica; ***cantar(e) ~*** cantar victoria; **~oso, -a** *adj* victorioso, -a
vituper|abile *adj* vituperable; **~are** ‹*esd*› *vt* vituperar; **~io** (*pl* **-ri**) *m* 1. vituperio, improperio, injuria *f*; 2. *raro* deshonor, deshonra *f*; ***essere il ~ della famiglia*** *ser la deshonra de la familia*
viuzza *f* calleja, callejuela
viva! *excl* ¡viva(n)!; **~ *il re!*** *¡viva el rey!*; **~ *gli sposi!*** *¡vivan los novios!*
vivacchiare *vi* ‹*avere*› ir tirando; vivir a salto de mata
vivace *adj* vivaz; *mús* vivace
vivaci|tà *f inv* vivacidad *f*; **~zzare** *vt* vivificar; avivar, animar
vivai|o (*pl* **-ai**) *m* (*agric, peces, fig*) vivero, criadero; **~sta** *m/f* viverista
vivanda *f* vianda, manjar *m*
viven|te *adj/s* viviente; **~za** *f jur* vivencia
vivere ‹*vissi; vissuto*› V. 88 *vt/i* vivir ◊ ***stare sul chi vive*** estar con el alma en vilo
viveri *mpl* víveres, vituallas *fpl*
viveur [vi'vɛr] *m inv* vividor *m*; vivales, frescales
vivezza *f* viveza, vivacidad
vivido, -a *adj elev* vívido, -a
vivifica|nte *adj* vivificante, vivificador, -a; **~re** ‹*esd*› *vt* vivificar; **~zione** *f* vivificación
viviparo, -a *adj/s* vivíparo, -a
vivisezione *f* vivisección
vivo, -a 1. *adj biol tamb. fig* vivo, -a; cordial; ***vivissimi auguri*** *mi más cordial felicitación*; **2.** *mpl* seres vivos ◊ **~ *e vegeto*** vivito y coleando; ***al ~*** *adj* al vivo; ***dal ~*** *adv TV/radio* en directo;

farsi ~ aparecer, dejarse ver; ***toccare sul ~/pungere sul ~*** dar en lo vivo

vizia|re *vt* 1. *jur tamb. fig* viciar; 2. (*niños*) consentir, malcriar; **~to, -a** *adj* (*niño*) consentido, -a

vizio (*pl* **-zi**) *m* 1. vicio; 2. *jur/tecn* vicio, defecto; **~so, -a** *adj/s* vicioso, -a

vizzo, -a *adj* mustio, -a

V.le (*Viale*) *abr* (*Paseo*) Pº

vocabolario (*pl* **-ri**) *m* vocabulario

vocabolo *m* vocablo

vocale *adj/f ling/mús* vocal

vocali|co, -a (*m pl* **-ci**) *adj* vocálico, -a; **~smo** *m* vocalismo

vocalist ['vɔkalist] *m/f inv mús* vocalista *m*

vocalizz|are *vt/i* ‹*avere*› vocalizar; **~azione** *f* vocalización; **~o** *m mús* vocalización *f*

vocativo, -a *adj/m ling* vocativo, -a

vocazione *f* vocación

voce *f* voz; ***~ acuta, argentina, smorzata, roca*** *voz aguda, argentina, empañada/opaca, ronca/tomada*; ***alzare, abbassare la ~*** *levantar, bajar la voz* ◊ ***la ~ della coscienza*** la voz de la conciencia; ***~i bianche*** *mús* voces blancas; ***~i di corridoio*** habladurías (*fpl*); ***a bassa ~*** *adv* en voz baja; ***a mezza ~*** *adv* a media voz; ***a viva ~*** *adv* de viva voz; ***ad alta ~*** *adv* en voz alta; ***avere ~ in capitolo*** tener voz en capítulo, llevar la voz cantante; ***circolare la ~*** circular la voz; ***dare sulla ~ a q*** hacer callar a alg; ***parlare sotto ~*** hablar entre dientes; ***portare la ~*** llevar la voz cantante; ***sotto ~*** *adv* en voz baja; ***viva ~*** *m* (*del móvil*) altavoz

vocia|re 1. *vi* ‹*avere*› gritar, desgañitarse; **2.** *m* griterío, estruendo; **~tore, -trice** *m/f* voceador, -a

vociferare ‹*esd*› *vi* ‹*avere*› vociferar

vocio (*m pl* **-cii**) *m* murmullo, rumor, parloteo

vodka *f inv* vodka *m/f*

voga (*pl* **-ghe**) *f nav tamb. fig* boga ◊ ***essere in ~*** estar en boga; **~re** *vi* ‹*avere*› *nav* bogar, remar; **~ta** *f* bogada; **~tore, -trice** *m/f* bogador, -a, remero, -a

voglia *f* 1. deseo *m*, gana; 2. (*embarazo, lunar*) antojo *m* ◊ ***avere ~ di qc*** tener ganas de u-c, apetecer u-c, provocar u-c (*Ven/Col*); ***avere una ~ matta di qc*** tener unas ganas locas de u-c; ***di buona ~*** *adv* de buena gana; ***fare qc contro ~*** hacer u-c a la fuerza; ***morire dalla ~*** morirse de ganas

voglio... V. **volere**

voglioso, -a *adj* deseoso, -a

voi *pron inv* 1. vosotros, -as; 2. ustedes

Voi *pron inv* 1. ustedes; 2. *centromerid ant* usted, vos ◊ ***dare del ~*** tratar de vos

voialtri, -e *pron pl enf* vosotros, -as (*estánd*)

vol. (*volume*) *abr* (*volumen*) vol.

voland|a *f tecn* volandera; **~iero, -a** *adj nav* volandero, -a

volano *m mec* volante

volant [vo'lan] *m inv* volante *m*

volante 1. *adj* volante, volador, -a; **2.** *m mec* volante

volantin|aggio (*pl* **-gi**) *m* distribución de octavillas *f*; **~are 1.** *vt* difundir, hacer propaganda (**qc** de u-c); **2.** *vi* ‹*avere*› repartir octavillas *vt*; **~o** *m* octavilla *f*

volare *vi* ‹*avere: duración; essere: acción*› volar

volata *f* 1. vuelo *m*; 2. *zool* bandada; 3. escapada, carrera; *sport* (*ciclismo*) esprint *m*; 4. *min* voladura; 5. *mil* (*cañón*) caña

volatil|e 1. *adj* volátil; **2.** *m* pájaro, ave *f*; **~ità** *f inv* volatilidad *f*

volatilizza|re *vt* volatilizar; **~zione** *f* volatilización

vol-au-vent [volo'van] *m inv* volován *m*

volent|e: ~ o nolente *adv* de grado o por fuerza; **~eroso, -a** *adj* voluntarioso, -a; **~ieri** *adv* 1. de buen grado; 2. (*como respuesta*) claro, por supuesto

volere ‹*voglio; volli; voluto*› V. 89 **1.** *vt* 1. querer; ***che vuoi che faccia?*** *¿qué quieres que haga?*; ***vorrei un pacchetto di sigarette*** *quisiera/querría un paquete de tabaco*; 2. buscar; ***c'è uno che ti vuole*** *hay una persona que te busca*; llamar; ***ti vogliono al telefono*** *te llaman por teléfono*; 3. pretender; insinuar; ***c'è chi vuole che sia tutta una messinscena*** *hay quien insinúa que es todo un montaje*; 4. exigir, requerir; ***questo verbo vuole il congiuntivo*** *este verbo requiere el subjuntivo*; **2. *~rci*** hacer falta, ser necesario; ***qui ci vuole un po' d'ordine*** *aquí hace falta un poco de orden*; ***qui ci vogliono due come te*** *aquí hacen falta dos como tú*; ***quanto ci vuole per andare a Madrid?*** *¿cuánto se tarda en ir a Madrid?*; **3.** *m* querer, voluntad *f* ◊ ***~ bene*** querer, amar; ***~ dire*** querer decir, significar; ***~ male*** odiar; ***~rne a q*** tomarla con alg; ***a mio ~*** *adv* a mi gusto; ***ce n'è voluto*** ha hecho falta Dios y ayuda; ***ci vuol altro*** no es eso lo que hace falta; ***come e quando vuoi*** cómo y cuándo quieras; ***come vuoi, quando vuoi*** como quieras, cuando quieras; ***Dio voglia che...*** Dios quiera que...; ***non volermene*** no la tomes conmigo; ***senza ~*** *adv* sin querer; ***volesse il cielo!*** ¡ojalá!; ***vuoi ... vuoi*** tanto ... como

volgar|e 1. *adj* 1. vulgar, ordinario, -a, chabacano, -a; 2. *ling* vulgar; **2.** *m ling* romance ◊ ***in ~*** *adv* en romance; **~ismo** *m ling* vulgarismo; **~ità** *f inv* vulgaridad *f*, ordinariez *f*; **~izzare** *vt* 1. *ling* vulgarizar, romancear; 2. *cient* vulgarizar; **~izzatore, -trice** *m/f* divulgador, -a, vulgarizador, -a

volgata V. **vulgata**

volgere ‹*volgo; volsi; volto*› V. 90 **1.** *vt* volver, girar; ***~ gli occhi*** *volver los ojos/la vista*; ***~ il pensiero a qc*** *dirigir el pensamiento a u-c*; cambiar, convertir; ***~ le cose serie in burla*** *convertir las cosas serias en burla*; **2.** *vi* 1. girar, dar la vuelta; 2. acercarse, aproximarse; ***~ al termine*** *acercarse al final*; (*color*) tender, tirar; **3. ~rsi** 1. volverse, girarse; ***~rsi verso q*** *volverse hacia alg*; ***~rsi a destra, a sinistra*** *volverse a la derecha,*

a la izquierda; 2. tender; **4.** *m* discurrir, paso; ***con il ~ degli anni*** *con el paso de los años*
volgo (*pl* **-ghi**) *m* vulgo
voliera *f* pajarera
volitivo, -a *adj* volitivo, -a
volizione *f* volición
volli... V. **volere**
volo *m* vuelo ◊ ~ ***a vela*** vuelo a vela; ~ ***charter*** vuelo chárter; ~ ***planato, radente*** vuelo planeado, rasante; ***a ~ d'uccello*** *adv* a vista de pájaro; ***al ~*** *adv* al vuelo; ***alzarsi in/spiccare il ~*** elevarse, alzar/levantar el vuelo; ***prendere/acchiappare al ~*** coger al vuelo
volontà *f inv* voluntad *f* ◊ ***a ~*** *adv* a voluntad, a placer; ***buona ~*** buena voluntad; ***le ultime ~*** las últimas voluntades
volontarilato *m* voluntariado; **~età** *f inv* voluntariedad *f*; **~o, -a** (*m pl* **-ri**) *adj/s* voluntario, -a; **~smo** *m* voluntarismo
volpacchiotto *m zool* cría de zorro *f*
volpe *f* 1. *zool* (*macho*) zorro *m*, raposo *m*; (*hembra*) zorra (*tamb. desp*), raposa; 2. piel de zorro; 3. (*persona lista*) zorro *m* ◊ ~ ***argentata*** zorro azul (*m*); ***la ~ perde il pelo ma non il vizio*** aunque la mona se vista de seda mona se queda, la cabra siempre tira al monte; ***vecchia ~*** zorro viejo (*m*), viejo zorro (*m*), perro viejo
volpino, -a *adj* vulpino, -a, zorruno, -a
volponla *f fig* lagartona, pájara; **~e** *m fig* (viejo) zorro
volsi... V. **volgere**
volt *m inv electr* voltio *m*
volta *f* 1. vez; 2. vez, turno *m*; 3. vuelta, giro *m*; *aero* rizo *m*; 4. *impr* reverso *m*, vuelta *arq/astr/med* bóveda ◊ ~ ***a botte*** *arq* bóveda de de cañón; ~ ***a crociera*** *arq* bóveda de arista/de crucería; ~ ***celeste*** *astron* bóveda celeste; ~ ***cranica*** *med* bóveda craneal; ~ ***per ~*** *adv* caso por caso; ***a ~*** *adj arq* abovedado; ***a ~e*** *adv* a veces; ***a mia, sua...*** ~ *adv* a mi, su... vez; ***alla ~ di*** *prep* en dirección a; ***ancora una ~*** *adv* una vez más; ***c'era una ~...*** (*cuentos*) érase una vez...; ***certe ~e, delle ~e*** *adv* a veces; ***che sia la prima e l'ultima ~ che...*** que sea la primera y la última vez que...; ***di ~ in ~*** *adv* cada vez; ***il più delle ~e*** *adv* las más de las veces, la mayoría de las veces; ***ogni cosa a sua ~*** cada cosa a su tiempo; ***qualche ~*** *adv* alguna vez, algunas veces, a veces; ***te lo dico per l'ultima ~*** te lo digo por última vez; ***tutto in una ~*** todo de una vez, todo de golpe; ***un po' alla ~*** un poco cada vez; ***una ~*** *adv* en aquellos tiempos, en aquella época; ***una ~ per tutte*** *adv* de una vez por todas; ***una ~ sola*** *adv* sólo una vez; ***una ~ tanto*** *adv* de vez en cuando, alguna vez; ***una buona ~*** *adv* de una vez; ***un'altra ~*** *adv* otra vez; ***uno per ~*** uno cada vez, uno detrás de otro; **~faccia** *m inv* 1. cambio de chaqueta *m*; 2. traición *f*, puñalada trapera *f*; **~gabbana** *m/f inv* chaquetero, -a *m/f*, camaleón *m*, veleta *m/f*; **~ggio** (*pl* **-gi**) *m* voltaje

voltailco, -a (*m pl* **-ci**) *adj* voltaico, -a; **~smo** *m* voltaísmo
voltametro *m* voltámetro
voltare 1. *vt* girar, volver; (*página*) pasar, girar; (*esquina*) doblar; **2.** *vi* girar, dar la vuelta; ~ ***a destra*** *girar a la derecha*; **3. ~rsi** 1. girarse, volverse, darse la vuelta; 2. *meteo* girar; ***il tempo si è voltato a levante*** *el tiempo ha girado a levante* ◊ ***~rsi e rivoltarsi nel letto*** dar vueltas en la cama; ***non sapere da che parte ~rsi*** no saber hacia donde tirar
voltastomaco (*pl* **-chi**) *m* náuseas *fpl*, asco; ***mi viene il ~*** *me entran náuseas*
volteggilare *vi* ‹*avere*› girar, revolotear; *sport* voltear; **~o** *m* volteo
voltmetro (*var.* **voltimetro**) *m* voltímetro
volto 1. *m* 1. cara *f*, rostro; 2. apariencia *f*, cara *f*; **2.** *pp* V. **volgere**
voltollare ‹*esd*› *vt* girar, rodar; **~ino** *m zool* polluela *f*
voltura *f* 1. *jur* registro de un traspaso *m*; 2. *com* transferencia; 3. (*teléfono, gas...*) cambio de nombre *m*; ***fare la ~ della luce*** *cambiar de nombre el contrato de la luz*
volubille *adj* voluble, tornadizo, -a; **~ità** *f inv* volubilidad *f*, inconstancia *f*
volume *m* volumen; **~trico, -a** (*m pl* **-ci**) *adj* volumétrico, -a
voluminoslità *f inv* voluminosidad *f*; **~o, -a** *adj* voluminoso, -a
voluta *f* espiral; *arq* voluta
voluttà *f inv* voluptuosidad *f*
voluttulario, -a (*m pl* **-ri**) *adj* voluptuoso, -a; **~osità** *f inv* voluptuosidad *f*; **~oso, -a** *adj* voluptuoso, -a
vomere *m* 1. *agric* reja del arado *f*; 2. *med* vómer
vomica *f med* vómica
vomitlare ‹*esd*› *vt/i* ‹*avere*› vomitar ◊ ~ ***anche l'anima, le budella*** echar las tripas; ***mi viene da ~*** me entran ganas de vomitar; **~atorio, -a** (*m pl* **-ri**) (*var.* **vomitivo, -a**, **vomitativo, -a**) *adj* vomitivo, -a, vomitorio, -a; **~o** *m* vómito
vongola *f zool* almeja, chirla
voracle *adj* voraz; **~ità** *f inv* voracidad *f*
voragine *f* remolino *m*, vorágine
vortice *m* 1. remolino, torbellino, vórtice; (*danza*) frenesí; 2. ajetreo, agitación *f*
vorticoso, -a *adj* 1. vortiginoso, -a, arremolinado, -a; (*danza*) frenético, -a; 2. ajetreado, -a, agitado, -a
vostro, -a 1. *adj/pron* 1. (*de vosotros*) vuestro, -a; ***il ~ cane, le ~e amiche*** *vuestro perro, vuestras amigas*; ***~a madre, ~ cugino, i ~i nonni*** *vuestra madre, vuestro primo, vuestros abuelos*; vuestra opinión; ***vogliamo sentire la ~a*** *queremos oír vuestra opinión*; vuestra carta; ***la ~a del tre aprile*** *vuestra carta del tres de abril*; vuestra parte; ***sono dalla ~a*** *estoy de vuestra parte*; 2. (*de ustedes*) suyos, suyas, sus; **2.** *pron mpl* (*partidarios*) vuestros; ***è uno dei ~i*** *es uno de los vuestros*; **3.** *pron fpl* vuestras; ***ne avete già fat-***

ta una delle ~e *ya habéis hecho una de las vuestras*

Vostro, -a (*forma de cortesía*) **1.** *adj* (*antepuesto*) sus; (*pospuesto*) suyo, -a, -os, -as; **2.** *pron* suyo, -a, -os, -as

vota|nte *m/f* votante; **~re 1.** *vt/i* ‹*avere*› votar; **~ *per/a favore di, contro q/qc*** *votar por/a favor de alg/u-c, en contra de alg/u-c*; **2. ~rsi** *relig* encomendarse (**a** a), hacer votos (**a** a); darse, dedicarse; **~ *al lavoro*** *darse al trabajo*; **~zione** *f* 1. *jur* votación; 2. *estud* notas *fpl*, calificaciones *fpl* ◊ **~ *per alzata di mano*** votación a mano alzada; ***passare alle ~i*** pasar a la votación

votivo, -a *adj* votivo, -a

voto *m* 1. *jur* voto; 2. *relig* voto, promesa *f*; 3. *estud* nota *f* (!), calificación *f* (!) ◊ **~ *di castità, di povertà*** voto de castidad, de pobreza; **~ *di fiducia, di sfiducia*** voto de confianza, de censura; **~ *di preferenza, di lista*** votación en listas abiertas, en listas cerradas (*f*); **~ *plurimo*** voto plural; ***essere promosso a pieni ~i*** *estud* aprobar con las máximas calificaciones; ***pronunciare i ~*** *relig* pronunciar los votos

voyeur [vwa'jør , vwa'jer] *m inv* voyeur *m*, mirón *m*

v.r. (*vedi retro*) *abr* véase al dorso

v.s. (*vedi sopra*) *abr* véase más arriba

V.S. (*Vostra Santità*) *abr* (*Vuestra Santidad*) V.S.

vs. (*var.* **Vs.**) (*vostro*) *abr* (*su=de ustedes*) V.

vudù *m inv* vudú *m*

vulcani|co, -a (*m pl* **-ci**) *adj geol tamb. fig* volcánico, -a; **~smo** *m* vulcanismo; **~te** *f min* vulcanita, ebonita

vulcanizza|re *vt* vulcanizar; **~zione** *f* vulcanización

vulcano *m geol tamb. fig* volcán ◊ ***essere seduto su un ~*** estar sobre un volcán; **~logia** (*pl* **-gie**) *f* vulcanología

Vulgata *f relig* Vulgata

vulnera|bile *adj* vulnerable; **~bilità** *f inv* vulnerabilidad *f*; **~re** ‹*esd*› *vt* vulnerar

vulva *f* vulva

vuot|are *vt* vaciar; **~o, -a 1.** *adj* vacío, -a; **2.** *m* 1. *fís tamb. fig* vacío; 2. hueco, agujero; 3. (*vacío*) envase, casco ◊ **~ *d'aria*** *aero* bache; **~ *a perdere*** envase desechable; **~ *a rendere*** envase retornable; ***cadere nel ~*** caer en saco roto; ***colmare un ~*** llenar un hueco/un vacío; ***parlare a ~*** hablar sin fundamento; ***sotto ~ (spinto)*** *adj* al vacío

vv. (*versi*) *abr* (*versos*) vs.

W

wafer ['vafer] *m inv* barquillo *m*, waffe *m* (*Am*)

wagneriano, -a [vagne'rjano] *adj/s* wagneriano, -a

wagon-lit [vagon'li] *m inv ferroc* coche cama *m*

wagon-restaurant [vagonresto'ran] *m inv ferroc* vagón restaurante *m*

walkie-talkie ['wɔlki 'tɔlki] *m inv* walkie-talkie, transmisor-receptor portátil *m*

walkman ['wɔlkmen] *m inv* walkman

wash-and-wear [wɔʃʃen'wɛar] *adj inv* (*ropa*) de lavar y poner, inarrugable *adj*

water-closet [vater'klɔzet] *m inv* water *m*, váter *m*

waterpolista [vaterpo'lista] *m/f sport* waterpolista

water proof [wɔter'pruf] *adj inv* (*tejido*) impermeable *adj*

watt [vat] *m inv* vatio *m*, watt; **~ora** [vat'tora] *m inv* vatio-hora *m*

wc (*water closet (gabinetto)*) *abr* (*water, váter*) wc

web *m inv* web *f* (!)

web design [webde'zajn] *m inv* diseño (de páginas) web *m*

web designer [webde'zajner] *m/f* diseñador, -a (de páginas) web

weber ['vɛber] *m inv* wéber *m*

web page [web'peidʒ] *m inv* página web *m*

week-end [wi'kɛnd] (*var.* **weekend**) *m inv* fin de semana *m*

west [wɛst] *m inv* (*americano*) oeste *m*; **~ern** ['wɛstern] *m inv cine* western, película del oeste *f*, película de vaqueros *f* ◊ **~ *all'italiana*** spaghetti-western

whisky ['wiski] *m inv* whisky *m*, güisqui *m*

windsurf [wind'sɛrf] *m inv* 1. (*actividad*) windsurf, windsurfing; 2. (*tabla*) tabla de vela *f*

wireless ['wajreles] *adj inv informát* inalámbrico, -a *adj*, sin hilos, wireless

wolframio [vol'framjo] *m* wólfram, wolframio

word processing ['wɔrd pros'sɛsin] *m inv informát* procesamiento de textos *m*

word processor ['wɔrd pros'sesor] *m inv informát* procesador de textos *m*

wow! [wau] *excl* (*entusiasmo, alegría*) ¡guau!

würstel ['vurstel] *m inv* salchicha de Frankfurt *f*

WWW ['vu'vu'vu] (*World Wide Web*) *abr* WWW

X

x [iks] *m/f inv* (*equis*) x *f inv* ◊ ***avere le gambe a ~*** ser patizambo, tener las piernas torcidas; ***il signor X*** el señor X

xeno *m quím* xenón; **~fobia** *f* xenofobia; **~fobo, -a** *adj/s* xenófobo, -a; **~trapianto** *m med* xenotransplante

xeres *m inv* (*vino*) jerez *m*

xero|copia *f* xerocopia; **~filo, -a** *adj/m* xerófilo, -a; **~fito, -a** *adj/m* xerófito, -a, xerofítico, -a

xeroftalmia *f med* xeroftalmía, xeroftalmia

xerogra|fia *f* xerografía; **~co, -a** (*m pl* **-ci**) *adj* xerográfico, -a

xifoide *adj/f med* xifoide; **~o, -a** *adj med* xifoideo, -a

xilofago, -a (*m pl* **-gi**) *adj/s* xilófago, -a

xilofon|ista *m/f* xilofonista; **~o** *m* xilófono

xilogra|fia *f* xilografía; **~o** *m* xilógrafo

Y

yacht [jɔt] *m inv* yate *m*; **~ing** ['jɔttin] *m inv sport* vela *f*; **~sman** ['jɔtsmen] (*f* **yachtswoman**) *m/f inv* regatista *m/f*
yak [jak] *m inv zool* yak *m*, yac *m*
yankee ['jɛnki] *adj/s inv* yanqui *adj/s*
yard [jard] *f inv* yarda *f*
yen [jɛn] *m inv* yen *m*
yeti ['jɛti] *m inv* yeti
yoga ['jɔga] *m inv* yoga *m*
yogin ['jɔgin] (*var.* **yoghin**) *m inv* yogui *m*
yogurt ['jɔgurt] *m inv* yogur *m*; **~iera** ['jogurtjera] *f* yogurtera
yo-yo [jo'jɔ] *m inv* yoyó *m*
ypsilon ['ipsilon] V. **ipsilon**
yucca ['jukka] *f bot* yuca, mandioca
yuppi|e ['juppi] *m/f inv* yupi *m/f*, yuppie *m/f*; **~smo** [jup'pismo] *m* yupismo

Z

zacchera *f* cazcarria, salpicadura
zaff *onom* zas
zaffata *f* 1. vaharada; 2. salpicadura
zafferan|ato, -a *adj* azafranado, -a; **~o** *m bot/gastr* azafrán
zaffiro *m* zafiro
zafra *f inv* zafra *f*
Zagabria Zagreb
zagara *f bot* azahar *m*
zaino *m* mochila *f*; *mil* macuto, mochila *f*
zampa *f zool* pata; (*fieras*) garra, zarpa; *irón* (*persona*) zarpa; (*mueble*) pata ◊ ***~e di astrakan*** garras de astracán; ***~e di gallina*** pata de gallo; (*escritura*) garabatos (*mpl*); ***a quattro ~e*** *adv* a cuatro patas, a gatas; **~ta** *f* 1. patada; (*mulo, caballo...*) coz; 2. pisada, huella
zampett|are *vi ‹avere› coloq* corretear; **~o** *m gastr* mano *f*
zampill|are *vi ‹essere/avere›* manar, brotar; **~io** (*pl* **-iii**) *m* chorreo; **~o** *m* chorro
zampino *m* patita *f* ◊ ***mettere lo ~ in qc*** meter las narices en u-c
zampogna *f mús* gaita; zampoña; **~ro** *m* gaitero
zampone *m gastr* ="mano de cerdo rellena" *f*
zana *f* cesta de mimbre; cuna de mimbre
zangola *f* mantequera
zanna *f zool* colmillo *m* ◊ ***mostrare le ~e*** enseñar los dientes
zanzar|a *f* 1. *zool* mosquito *m*; 2. (*persona*) mosca, moscón *m*, pesado *m*; **~iera** *f* mosquitera
zappa *f* 1. *agric* azada; 2. *mil* zapa ◊ ***darsi/tirarsi la ~ sui piedi*** echar piedras a su propio tejado; **~re** *vt* 1. cavar, labrar, zapar; 2. (*instrumento*) aporrear; ***~ il pianoforte*** *aporrear el piano*; **~ta** *f* azadonazo *m*; **~terra** *m/f* 1. labrador, -a; 2. *desp* destripaterrones *inv*; **~tore, -trice 1.** *adj* cavador, -a; **2.** *m/f agric* cavador, -a; labrador, -a; **3.** *adj/m mil* zapador, gastador; **4.** *f agric* rozadera; **~tura** *f* labranza
zappetta *f agric* escarda
zapping ['dzɛppin] *m inv* zápping ◊ ***fare lo ~*** hacer zápping
zappone *m agric* azadón, zapapico
zar *m inv* zar *m*
zari|na *f* zarina; **~smo** *m pol* zarismo; **~sta** *adj/s* zarista
zattera *f* balsa, almadia
zavorra *f nav tamb. fig* lastre *m*; **~re** *vt nav tamb. fig* lastrar
zazzera *f desp* greña; melena
zazzeruto, -a *adj* melenudo, -a, desgreñado, -a
zebra *f zool* cebra; **~to, -a** *adj* cebrado, -a
zebù *m inv zool* cebú *m*
zecca *f* 1. ceca, casa de la moneda; 2. *zool* garrapata, caparra (*reg*)
zecchino *m* cequí
zefiro (*var.* **zeffiro**) *m elev* céfiro
zel|ante *adj* celoso, -a, diligente; **~o** *m* celo, cuidado
zen *adj/m inv* zen
zenit *m astron* cénit; **~ale** *adj* cenital
zenzero *m bot* jengibre
zeolite *f min* zeolita
zeppa *f* 1. cuña, calzo *m*; 2. *impr* regleta; 3. (*remedio*) parche *m*, arreglo *m*
zeppelin *m inv aero* zépelin *m*, zeppelín
zeppo, -a *adj coloq* lleno, -a ◊ ***pieno ~*** lleno hasta los topes, abarrotado
zerbino *m* felpudo; **~tto** *m* petimetre
zero *adj/m inv* cero *adj/m* ◊ ***~ assoluto*** cero absoluto; ***essere ridotto a ~*** estar en la miseria; ***essere uno ~*** ser un cero a la izquierda; ***rapare a ~*** pelar al cero, pelar al rape; ***sparare a ~*** *fig* tirar a matar, tirar con bala
zeugma *m lit* zeugma
zia *f* tía
zibaldone *m* 1. *elev* cuaderno, diario; 2. *desp* potpourri, mezcladillo
zibellino *m zool* marta cebellina *f*
zibetto *m* 1. *zool* gato de algalia; 2. (*sustancia*) algalia *f*
zigano, -a *adj/s* zíngaro, -a
zigomo *m* pómulo
zigote (*var.* **zigoto**) *m bot* zigote, cigoto
zigrinare *vt* (*piel*) chagrinar; (*moneda*) cerrillar
zigzag (*var.* **zig-zag**) *m inv* zigzag; **~amento** *m* zigzagueo; **~are** *vi ‹avere›* zigzaguear, hacer eses
zimarra *f* zamarra
zimbello *m* 1. (*caza, fig*) señuelo; 2. hazmerreír
zinca|re *vt* cincar, galvanizar; **~tura** *f* cincado *m*, galvanizado *m*
zinco (*pl* **-chi**) *m* cinc, zinc
zingaresco, -a (*m pl* **-chi**) *adj* gitano, -a
zingaro, -a *m/f* gitano, -a
zinzino *m* (*comida, fig*) pizca *f*, migaja *f*; (*líquido*) sorbito

zio (*pl* **zii**) *m* tío
zip *m inv* cremallera *f*
zircon|e *m min* circón, zircón; **~io** *m* circonio, zirconio
zitell|a *adj/f* soltera; *desp* solterona; **~one** *m* solterón
zitt|ire ‹*isc*› **1.** *vt* (*público*) silbar, pitar, abroncar; **2.** *vi* ‹*avere*› (*público*) silbar, pitar; **~o, -a 1.** *adj* callado, -a; **2.** *excl* ¡chitón!, ¡calla! ◊ ***sta ~!*** ¡cállate!
zizzania *f bot tamb. fig* cizaña ◊ ***mettere/spargere/seminare ~*** sembrar cizaña
zoccolare ‹*esd*› *vi* ‹*avere*› caminar ruidosamente, taconear
zoccolo *m* 1. zueco; chanclo, almadreña *f*; 2. *zool* pezuña *f*, casco; 3. *arq* zócalo, rodapié; (*columna, monumento*) pedestal; 4. *geol* plataforma continental *f*; 5. *desp* (*ignorante*) tarugo, burro
zodiacale *adj* zodiacal
zodiaco *m* zodiaco, zodíaco
zolfa|nello *m* cerilla de cocina *f*; **~tara** V. **solfatara**
zolfo *m quím* azufre
zoll|a *f agric* terrón *m*, gleba; **~etta** *f* (*azúcar*) terrón *m*
zombie *m inv tamb. fig* zombi *m*, zombie *m*
zona *f* zona ◊ **~ *blu*** zona azul, zona ORA; **~ *calda*** zona caliente, punto caliente (*m*); **~ *di libero scambio*** zona de libre cambio; **~ *denuclearizzata*** zona desnuclearizada; **~ *depressa*** área deprimida; **~ *d'influenza*** zona de influencia; **~ *di rispetto*** zona de protección urbanística; **~ *euro*** zona euro; **~ *franca*** zona franca; **~ *industriale*** zona industrial, polígono industrial (*m*); **~ *residenziale*** zona residencial; **~ *smilitarizzata*** zona desmilitarizada; **~ *verde*** zona verde
zonzo: andare a ~ *vi* callejear, deambular
zoo *m inv* zoo *m*; **~filia** *f psicol* zoofilia; **~filo, -a** *adj/m* zoófilo, -a; **~fito** *m* zoófito; **~latra** *m/f* zoólatra
zoolog|ia (*pl* **-gie**) *f* zoología; **~ico, -a** (*m pl* **-ci**) *adj* zoológico, -a; **~o, -a** (*m pl* **-gi**) *m/f* zoólogo, -a
zoom [dzum] *m inv foto* zoom
zoonosi *f inv* zoonosis
zooplancton *m inv* zooplancton *m*
zoospora *f* zoospora
zootecn|ia *f* zootecnia; **~ico, -a** (*m pl* **-ci**) *adj* zootécnico, -a
zootossina *f* zootoxina
zoppica|mento *m raro* claudicación *f*, cojera *f*; **~nte** *adj* cojeante, renqueante; *lit* (*verso*) cojo, -a; **~re** ‹*esd*› *vi* ‹*avere*› 1. cojear, renquear; (*mueble*) cojear; 2. flaquear; **~ *in matematica*** *ir flojo/fallar en matemáticas* ◊ ***zoppica da quel piede*** (*persona*) cojea en ese tema; (*argumento*) no se tiene en pie; **~tura** *f* cojera, renquera
zoppiconi *adv* cojeando
zoppo, -a 1. *adj* cojo, -a, renqueante; (*mueble*) cojo, -a; (*razonamiento*) cojo, -a; **2.** *m/f* cojo, -a ◊ ***andare a ~ galletto*** ir a la pata coja
zoroastrismo *m relig* zoroastrismo
zoticaggine (*var.* **zotichezza**) *f* tosquedad, zafiedad, patanería, grosería
zotico, -a (*m pl* **-ci**) *adj/s* paleto, -a, zopenco, -a, animal
Ztl *abr* (*Zona a traffico limitato*) zona con limitación de tráfico
zuavo, -a *adj/m* zuavo, -a
zucca f 1. bot calabaza; 2. irón (cabeza) melón m, coco m, chola, cholla; ~ta f coloq cabezazo m
zuccher|are ‹*esd*› *vt* azucarar, endulzar; **~ato, -a** *adj tamb. fig* azucarado, -a; **~iera** *f* azucarera, azucarero *m*; **~ificio** (*pl* **-ci**) *m* (*fábrica*) azucarera *f*; **~ino, -a 1.** *adj* azucarado, -a; **2.** *m* 1. azucarillo, terrón (de azúcar); 2. propina *f*; 3. *irón* perita en dulce *f*
zucchero *m* azúcar ◊ **~ *a velo*** azúcar glacé; **~ *greggio*** azúcar moreno; **~ *in polvere*** azúcar en polvo; **~ *in zollette*** azúcar en terrones
zuccheroso, -a *adj* 1. azucarado, -a; 2. *fig* almibarado, -a, melifluo, -a
zucchetto *m relig* solideo
zucchina (*var.* **zucchino** *m*) *f bot* calabacín *m*
zuccon|aggine *f* cabezonería, testarudez; **~e, -a 1.** *adj* (*ignorante*) zoquete, duro, -a de mollera; **2.** *m* (*de gran cabeza*) cabezón, cabezota; **3.** *m/f* 1. (*obstinado*) cabezón, -ona *m/f*, testarudo, -a *m/f*, cabezota; 2. (*ignorante*) pedazo de alcornoque *m*, zoquete *m*, burro, -a *m/f*
zuffa *f* pelea, altercado *m*, refriega; discusión, riña
zufolare ‹*esd*› **1.** *vi* ‹*avere*› tocar la chirimía; silbar, tocar el pito; **2.** *vt* (*tararear*) silbar
zufolo *m mús* caramillo, chirimía *f*
zulù *adj/s inv* zulú *adj/s*
zuma|re (*var.* **zoomare**) *vt/i* ‹*avere*› *cine/TV* hacer (un) zoom; **~ta** (*var.* **zoomata**) *f cine/TV* zoom *m*
zupp|a *f* 1. *gastr* sopa; **~ *di pesce, di verdura*** *sopa de pescado, de verdura*; 2. mezcladillo *m*, batiburrillo *m*; **~iera** *f* sopera; **~o, -a** *adj* empapado, -a, bañado, -a
Zurigo Zúrich
zuzzurellone, -a (*var.* **zuzzerellone, -a**) *m/f coloq* niño, -a grande, persona juguetona *f*

DICCIONARIO ITALIANO

INDICE

PREFAZIONE

La tendenza attuale della lessicografia ci rivela che gli utenti dei dizionari preferiscono sempre più opere più complete dei dizionari tascabili; per questo, la Casa Editrice Herder presenta il suo *Dizionario compatto italiano*, per la cui elaborazione sono state osservate le esigenze metodologiche della lessicografia moderna:

1. **Attualità e rappresentatività del lessico:** il vocabolario registrato nel ***Dizionario compatto*** si è basato su moltissime fonti e per questo motivo il lettore troverà nell'opera parole che finora non sono state registrate in nessun dizionario spagnolo/italiano come, per esempio, termini del linguaggio scientifico, sportivo, informatico, musicale, ecc.
   Allo stesso tempo, questo dizionario comprende il lessico appartenente ai diversi livelli comunicativi, dal più raffinato al più colloquiale e volgare; inoltre è ricco di voci gergali o di termini specialistici.

2. **Indicazioni grammaticali:** si indica la forma femminile di tutti gli aggettivi e sostantivi o i plurali irregolari, cosa che non suole registrarsi in molti dizionari. Si indica inoltre la coniugazione dei verbi mediante cifre che rinviano ai paradigmi di coniugazione corrispondenti e presenti nella *Introduzione*.

3. **Uso contestuale delle parole:** ci sono molte indicazioni per l'uso delle parole nel loro contesto, come composti, posizioni frequenti, locuzioni, frasi stereotipate e specialmente la reggenza della preposizione dei sostantivi, aggettivi o verbi.

4. **Abbreviazioni:** si indicano le abbreviazioni e le sigle usuali in ambedue le lingue con una traduzione e, secondo i casi, con una spiegazione.

5. **Americanismi:** il ***Dizionario compatto*** presenta un'abbondante selezione di americanismi, più di qualsiasi altro dizionario della stessa ampiezza.

Si raccomanda all'utente dell'opera di leggere attentamente le istruzioni delle seguenti pagine, giacché solo così potrà fruire di tutte le possibilità che gli offre il dizionario.

Saremo grati a chi vorrà segnalarci eventuali mancanze ed errori.

Günther Haensch *Editorial Herder*

Alle nostre famiglie
Ai nostri lettori

PROLOGO DEGLI AUTORI

Il successo ottenuto dal primo Diccionario Herder ci ha spinti ad intraprendere una nuova impresa con un'edizione completamente rinnovata, con cui continuiamo ad offrire ai nostri studenti ed ai nostri utenti un lessico in continua evoluzione, specialmente per quel che riguarda il mondo scientifico e tecnologico. Ci siamo dedicati a questo lavoro con la stessa accuratezza e impegno della prima volta; il frutto è l'edizione che il lettore ha davanti a sé, molto più ampia per il numero di entrate e notevolmente arricchita rispetto alla fraseologia, il tutto aggiornato secondo le attuali tendenze lessicografiche e con le correzioni delle inevitabili distrazioni.

Una volta ancora vogliamo esprimere la nostra gratitudine alle persone che ebbero fiducia in noi per la prima edizione: all'infaticabile Prof. Günther Haensch, alla Prof.ssa María Teresa Echenique e alla Casa Editrice Herder. Un altro ringraziamento va diretto ai nostri giovani ricercatori, Teresa Grau e Riccardo Cinotti e alla Lettrice Viviana Trevi, per la loro collaborazione nella correzione delle bozze; per ultimo al dottor Freddy Pansini, traduttore in pensione del Parlamento Europeo in Lussemburgo, il quale è stato, senza dubbio alcuno, il nostro più meticoloso lettore del primo dizionario, manifestandoci la sua ammirazione e offrendo la sua collaborazione disinteressata al suggerirci un rilevante numero di americanismi che, per la capacità di questo dizionario, abbiamo potuto incorporare solo in una minima parte.

Per ultimo, non vogliamo dimenticarci delle nostre famiglie, figli e nipoti, per la loro pazienza, comprensione ed affetto.

Cesáreo Calvo Rigual - Anna Giordano Gramegna

Universitat de València

INTRODUZIONE

I. GUIDA ALLA CONSULTAZIONE

I.1. Ordine alfabetico

I vocaboli o lemmi di ambedue le parti del dizionario appaiono in rigoroso ordine alfabetico.

I *lemmi composti* formati da vari elementi seguono l'ordine alfabetico come se fossero un lemma semplice: per esempio, **mass media** funzionerà come se fosse il vocabolo **massmedia.**

Nella parte *spagnolo-italiano*, secondo le norme della Real Academia Española, sono state annullate, come lettere autonome, la **ch** e la **ll**, per cui i vocaboli che cominciano con queste consonanti si cercheranno rispettivamente nell'ordine alfabetico della **c** e della **l**.

L'utente italiano dovrà tener presente l'esistenza della lettera **ñ**, propria dello spagnolo, che segue la lettera **n**.

I.2. Lemmi e sub-lemmi

Per ragioni di spazio si sono raggruppati vocaboli formalmente simili, sempre contraddistinti dal carattere tipografico nero, in un unico blocco, nel quale appaiono, dopo il lemma principale che fa da guida, in una serie di sub-lemmi. La **tilde** (~) sostituisce un lemma completo o la parte dello stesso che appare prima della linea di separazione (|). Per es.:

alquil|able *adj* affittabile; **~ador, -a** *adj* noleggiatore, -trice; **~ar** *vt* affittare, appigionare (casa); *auto* noleggiare ◊ ***se alquila*** affittasi, appigionasi
falli|bile *adj* falible; **~bilità** *f inv* falibilidad *f*; **~co, -a** (*m pl* **-ci**) *adj* fálico, -a; **~mentare** *adj* 1. de quiebra, por quiebra; 2. desastroso, -a, catastrófico, -a, de quiebra

Si è usata la tilde anche all'interno degli articoli, sostituendo, in questo caso, il lemma guida:

alta *f* [...] ? ***~s y bajas*** *com* carico e scarico; ***darse de ~ como trabajador autónomo*** iscriversi come lavoratore autonomo; iscriversi a (*adm*); ***dar de ~ del hospital*** dimettere (dall'ospedale) (*med*), dalla cassa malattia (*med*)
accendere ‹*accesi; acceso*› V. 58 **1.** *vt* 1. (*fuego, cigarrillo...*) encender; ~ ***la luce*** *encender la luz*; *electr* encender, enchufar; 2. encender, enardecer, inflamar; ~ ***una zuffa*** *provocar una pelea*; 3. *com* abrir, inscribir; ~ ***un conto corrente*** *abrir una cuenta corriente*; ~ ***un'ipoteca*** *inscribir una hipoteca* [...]

Il segno ***~** indica che il lemma guida ripetuto, oppure la parte dello stesso che appare prima della linea di separazione (|), deve scriversi con la maiuscola o viceversa, in modo contrario a quello del lemma iniziale: Per es.:

Donostia *f geogr* San Sebastián; ***~rra** *adj/s* (persona) di San Sebastian
asunto *m* faccenda *f*; tema, argomento; *com* affare; (cartas) oggetto ◊ ***Ministerio de *~s Exteriores*** Ministero degli Affari Esteri

Abissin|ia *f geogr* Abisinia; ***~o, -a** *adj/s* abisinio, -a
babb|o *m tosc* papá ◊ ***~ *Natale*** Papá Noel

L'uso di una virgola o di una virgola più un trattino nel lemma indica la forma maschile e femminile dello stesso vocabolo (in questo caso la differenza, se esiste, si ripete anche negli equivalenti):

musicólogo, -a *m/f* musicologo, -a
cugino, -a *m/f* primo, -a

Se un lemma presenta varianti formali, queste si troveranno dopo il lemma, in neretto e tra parentesi, precedute dall'abbreviazione *var.*:

pelma (*var.* **pelmazo**) *adj/s coloq* pesante, scocciante, palloso, -a, pizza *f*
cripto (*var.* **cripton**) *m quím* criptón

Se una parte della parola (all'interno dell'articolo) è tra parentesi ciò sta a indicare che ha una doppia forma:

derecha 1. *f pol* destra; 2. *adj* destra ◊ ***a la ~*** a destra; ***ser de ~(s)*** essere di destra
bua *f infant* pupa; ***far(si) la ~*** *hacer(se) pupa*; ***avere la ~ al pancino*** *tener pupa en la barriguita*

La struttura dei sub-lemmi è identica a quella del lemma guida.

I.3. Struttura degli articoli del dizionario

Ogni articolo del dizionario comprende tutti o parte dei seguenti elementi:

- il *lemma* (*vocabolo* o *esponente*), che appare in nero;
- nella parte *italiano-spagnolo*, in alcuni casi, l'informazione sulla vocale accentata (accento non grafico) sottolineandola (V. I.4);
- delle volte, la trascrizione fonetica del lemma secondo l'Alfabeto Fonetico Internazionale;
- nei verbi irregolari e in alcuni regolari un po' speciali, rinvio, per mezzo di numeri in carattere corsivo, ai modelli di *coniugazione* che si trovano in questa introduzione, oltre a una minima indicazione di paradigma, il tutto fra virgolette (‹ ›);
- indicazione, in carattere corsivo, della *qualifica grammaticale* del vocabolo (sostantivo, verbo transitivo, aggettivo, ecc.);
- nella parte *italiano-spagnolo*, indicazione dell'ausiliare dei verbi intransitivi quando questo è *avere* o quando c'è l'uso del doppio ausiliare;
- indicazioni, in carattere corsivo, del campo a cui appartiene un determinato lemma o equivalenza come, per es., medicina o astronomia;
- indicazioni, in carattere corsivo, sul *livello stilistico* dei lemmi, quando non corrispondono al livello standard;
- l'*equivalenza o le equivalenze* del lemma nella lingua meta, sempre in carattere tondo;
- molto spesso, in carattere corsivo e tra parentesi, sfumature di significato delle equivalenze in un contesto determinato;
- molto spesso, *forme di flessione e reggenza* del vocabolo, *contesti usuali* ed *esempi*;
- molto spesso, *locuzioni, modi di dire* e *proverbi*, ordinati alfabeticamente.

Quando una parola appartiene a più di una qualifica grammaticale (o un uso transitivo, intransitivo o riflessivo del verbo), queste saranno indicate separatamente da numeri in neretto. Quando nello stesso uso della parola ci sono significati diversi, questi saranno indicati da numeri in tondo; quelle accezioni in cui ci sono differenze semantiche minime, saranno divise soltanto da un punto e virgola. Per es.:

abono *m* 1. (*revista*) abbonamento; 2. *econ* accreditamento; 3. *agric* fertilizzante, concime; 4. *com* abbono
farmac|éutico, -a 1. *m/f* farmacista; **2.** *adj* farmaceutico, -a
frond|a *f* 1. *bot* follaje *m*, fronda, frondosidad; 2. oposición; revuelta
affine 1. *adj* afín, similar; **2.** *m* (*familia*) afín, allegado

I.4. Pronunzia

Nella parte *italiano-spagnolo* sono state date le informazioni fonetiche sulla sede dell'accento tonico, giacché in italiano sono accentati graficamente solamente i polisillabi tronchi e qualche monosillabo; dovuto a ciò, è stato sottolineato l'accento nei casi seguenti:

– in quelle parole che, pur essendo identiche graficamente alle equivalenze spagnole, hanno una sede diversa per l'accento; per esempio:

diatriba *f* diatriba, invectiva
democrazia *f* democracia

– in tutte quelle parole sdrucciole, in cui la sede dell'accento non sia chiaramente ed immediatamente deducibile (ciò è abbastanza frequente in molti infiniti della seconda coniugazione); per esempio:

bonifica *f agric tamb. fig* saneamiento *m*
devolvere ‹*devolvei/devolvetti; devoluto*› V. 5 *vt jur* transferir, traspasar

– in tutte quelle parole piane che terminano in due vocali in iato e che non sono incluse nei gruppi precedenti; per esempio:

brusio (*pl* **-sii**) *m* rumor, murmullo

In ambedue le parti si offre la trascrizione fonetica (con i segni dell'Alfabeto Fonetico Internazionale) di tutte le parole la cui pronuncia non sia immediatamente deducibile dalla loro forma grafica. Si tratta quasi sempre di parole straniere. La pronuncia offerta non è quella della lingua di origine, bensì della lingua d'arrivo (spagnolo o italiano):

hall [χol] *m* vestibolo, hall *f inv*
hall [ɔl] *f inv* hall *m* (!), recibidor *m*, entrada *f*

Nella parte spagnolo-italiano, quando un equivalente ha una pronuncia diversa da quella del lemma spagnolo o non sia deducibile dalla sua grafia, apparirà seguito da un asterisco. La pronuncia esatta di questo equivalente si troverà generalmente nella parte italiano-spagnolo.

club *m* club* *m inv*

In ogni caso, si ricorda all'utente che nell'Introduzione c'è una descrizione minuziosa della pronunzia nelle due lingue.

I.5. Segni di alcune qualifiche grammaticali

I.5.1. Sostantivi ed aggettivi

Il genere grammaticale di tutti i sostantivi si indica mediante le abbreviazioni *m* e *f* (per il singolare), *mpl* e *fpl* (per il plurale). Si indica il genere delle equivalenze soltanto quando non corrisponde al genere del lemma. Quando a un lemma corrisponde più di una qualifica grammaticale, per es., aggettivo e sostantivo, si indica con le abbreviazioni *adj/m* (aggettivo e sostantivo maschile), *adj/f* (aggettivo e sostantivo femminile) e *adj/s* (aggettivo e sostantivo maschile o femminile).

In ambedue le parti si indicano i pochi plurali irregolari o con cambio di accento dei sostantivi, dopo la forma del singolare. Per es.:

origen (*pl* **orígenes**) *m* origine *f*; origine *f*, fonte *f*, genesi *f inv*; origine *f*, nascita *f*, cuna *f*, provenienza *f*
orden (*pl* **órdenes**) **1.** *m* ordine; *cient/arq* ordine; **2.** *f* ordine *m*
bue (*pl* **buoi**) *m* 1. *zool* buey; 2. (*persona*) burro, zopenco [...]
braccio (*pl (1-2)* **le braccia**) *m* 1. brazo; 2. (*medida*) braza; 3. ala; *geogr* brazo; (*grúa, lámpara, balanza*) brazo [...]

Alcuni sostantivi plurali hanno un significato diverso da quello della forma singolare; questi appariranno nello stesso articolo della forma singolare, preceduti dal corrispondente numero in neretto e con l'indicazione *mpl* o *fpl*, secondo il loro genere, maschile o femminile.

memorila 1. *f* 1. memoria; 2. ricordo *m*; 3. relazione; **2.** *fpl* memorie, autobiografia *f*
denaro 1. *m* 1. *econ* dinero; 2. *hist* denario; **2.** *mpl* (*naipes*) oros ◊ ~ ***contante*** dinero contante (y sonante); ~ ***scottante, sporco*** dinero caliente, sucio; ~ ***spicciolo*** dinero suelto

Per la formazione dei plurali regolari rinviamo all'introduzione grammaticale.

I.5.2. Verbi

In ambedue le parti del dizionario è stato segnalato, in carattere corsivo e tra virgolette basse, un paradigma minimo utile, come memorandum, al lettore che possiede già una certa dimestichezza con lo spagnolo o con l'italiano. A queste forme segue un numero che rinvia al modello di coniugazione (per maggiori informazioni si consulti la parte grammaticale dell'introduzione). Per es.:

poder ‹*puedo; podré; pude; pudiendo*› V. 31 [...]
alludere ‹*allusi; alluso*› V. 10 *vi* ‹*avere*› aludir (**a** a), referirse (**a** a)

Nella parte *italiano-spagnolo*, oltre ai verbi irregolari, si indicano le caratteristiche di alcuni verbi che possono essere molto utili all'utente spagnolo: i verbi sdruccioli della prima coniugazione e i verbi della terza coniugazione che, in alcune forme prendono l'infisso *isc* (per una maggiore informazione si veda l'introduzione grammaticale), che saranno indicate rispettivamente con le abbreviazioni *esd* e *isc*, tra virgolette (‹...›):

aborri|re ‹*isc*› *vt/i* ‹*avere*› aborrecer, detestar
adopera|re ‹*esd*› **1.** *vt* usar, utilizar; (*gafas, sombrero*) llevar, usar, gastar [...]

Un altro elemento utile indicato nella parte italiano-spagnolo è l'ausiliare dei verbi intransitivi, quando questo non è *essere*:

brave|ggiare *vi* ‹*avere*› fanfarronear
abort|ire ‹*isc*› *vi* ‹*avere, fig essere*› abortar

In tutti i verbi, sia italiani, sia spagnoli si indica se sono transitivi, intransitivi o impersonali, mediante le abbreviazioni *vt, vi, v/impers.* Non si usa nessuna abbreviazione per i verbi pronominali facilmente deducibili: questi appaiono dentro del corrispondente verbo transitivo o intransitivo, con un numero in neretto seguito dalla terminazione in carattere anche neretto **~se** (spagnolo) e **~rsi** (italiano).

arraigar ‹*arraigué*› **1.** *vi* radicare, attecchire; **2.** *vt jur* garantire, ipotecare; **3. ~se** consolidarsi; domiciliarsi
barda|re 1. *vt* poner la barda; *agric* arrear; **2. ~rsi** *irón* engalanarse, acicalarse

Si sono tradotti soltanto quei verbi pronominali che presentano qualche differenza di significato rispetto al corrispondente verbo transitivo. Per es.:

batir 1. *vt* battere; sbattere; frullare; (*nata*) montare; sconfiggere, abbattere; **2. ~se** combattere *vi*; battersi
crogiola|re ‹*esd*› **1.** *vt gastr* cocer a fuego lento; *tecn* (*vidrio*) templar; **2. ~rsi** deleitarse; **~ *nei ricordi*** *deleitarse en/con los recuerdos*

Come si è indicato al punto 1.3., gli usi transitivo, intransitivo o impersonale di uno stesso verbo sono separati da cifre in neretto, ma ciò non accade quando a due o più usi della lingua meta corrispondono uno o più equivalenze che possiedono le stesse sfumature. Per es:

blanque|ar *vt/i* imbiancare; imbianchire; biancheggiare
conteggi|are *vt/i* ‹*avere*› contar, computar

Quando esistono differenze tra il lemma guida e le equivalenze, se ne indicherà la differenza.

picote|ar 1. *vt/i* 1. *zool* beccare; 2. mangiucchiare; **2. ~se** bisticciare *vi*
contendere ‹*tesi; teso*› V. 58 *vt/i* ‹*avere*› contender, luchar *vi*, altercar *vi*

Si è cercato di riportare il maggior numero di costruzioni tipiche (o reggenze) dei verbi; queste si indicano dopo le equivalenze, tra parentesi, con la forma della lingua di partenza in grassetto e della lingua meta in carattere tondo. Per es.:

pensa|r ‹*pienso*› V. 5a *vt/i* pensare (**en** a); immaginare, credere
dissua|dere ‹*dissuasi; dissuaso*› V. 35 *vt* disuadir (**q da qc** a alg de u-c)

Nonostante ciò, nella maggior parte dei casi di coincidenza tra lo spagnolo e l'italiano, allo scopo di risparmiare spazio, si è omessa la reggenza.

I.6. Modi di dire, locuzioni, ecc.

Alcune espressioni sono formate da parole che si usano solo in queste. Questi modi di dire o locuzioni avverbiali si sono introdotti in ordine alfabetico dopo la parola seguita da due punti e dall'espressione completa in neretto:

macha|martillo: a ~ *adv* 1. in modo saldo, fortemente; 2. in modo sbrigativo
disparte: in ~ *adv* aparte, de lado, al margen; ***lasciare/mettere in ~*** *dejar de lado, relegar* ◊ ***tenere q in ~*** mantener a alg al margen

Il resto delle espressioni appaiono sotto un lemma che generalmente corrisponde al primo sostantivo, al primo verbo o al primo aggettivo che inizia l'espressione. In alcuni casi, però, si è preferito introdurre l'espressione sotto la parola píù significativa di essa o, a volte, si è introdotta una stessa espressione sotto i lemmi più importanti dell'espressione.

I.7 Nomi propri

Nel corpo del dizionario si sono inclusi alcuni nomi propri, applicando un doppio criterio. Da una parte, si sono introdotti i nomi che hanno un interesse specifico per relazioni culturali, linguistiche, storiche o sociologiche tra le due lingue, specialmente quando si presentano differenze formali; dall'altra, si sono inclusi quei nomi che fanno parte di espressioni o modi di dire abituali in una delle due lingue e che, proprio per questo, appaiono sotto questo nome proprio.

I.8. Sigle e abbreviazioni

Nel corpo del dizionario sono state incluse le sigle e abbreviazioni più frequenti nelle due lingue, che perciò si troveranno al loro posto seguendo l'ordine alfabetico.

I.9. Ambito semantico d'uso del vocabolo

Dopo le qualifiche grammaticali di ogni lemma guida appaiono, abbreviate (si può consultare la lista completa qui acclusa) *le indicazioni di tipo lessico-semantico* d'uso del vocabolo. Queste indicazioni (geografiche, stilistiche, ecc.) non hanno un valore assoluto, ma stabiliscono alcune restrizioni d'uso.

maneja|bilidad *f* 1. *auto* manovrabilità *inv*; 2. *tecn tamb. fig* maneggevolezza; 3. *tamb. fig* docilità *inv*
fondo 1. *m* 1. fondo; *teat* foro; *sport* fondo; (*líquidos, café*) poso; 2. finca *f*, propiedad *f*, terreno; fundo; 3. *econ* fondo; **2.** *mpl* restos, fondos; **3.** *adj* hondo, -a, profundo, -a

In questo dizionario si usano le seguenti qualifiche specifiche:

I.9.1. Qualifiche geografiche

Queste qualifiche indicano il luogo d'uso di una parola o espressione, per es. solo in Spagna o in un paese latinoamericano. È opportuno ricordare che, rispettando i limiti di spazio, si sono incluse, insieme alle parole usuali nei paesi ispanofoni, delle parole o espressioni tipiche solo dell'America Latina, specialmente nella parte *spagnolo-italiano.* La qualifica *Am* significa che si tratta di un termine o espressione di uso generale in tutti i paesi latinoamericani, nella maggior parte di essi o in un gruppo più o meno numeroso.

Nella parte *italiano-spagnolo* sono stati inclusi alcuni regionalismi italiani (indicati con le qualifiche *centr, centromerid, merid, sett, tosc*) abbastanza diffusi o conosciuti in tutto il territorio italiano e sono stati omessi quelli circoscritti a una sola zona del territorio italiano. Tra le equivalenze spagnole si è cercato di tener presente gli americanismi più diffusi, che sono indicati dall'abbreviazione *Am*.

I.9.2. Qualifiche specialistiche

Queste qualifiche indicano che la parola di cui si tratta o una sua accezione appartengono a una determinata specialità o campo come, per es., agricoltura, sport, informatica o mitologia.

I.9.3. Qualifiche stilistiche

La maggior parte delle parole di questo dizionario appartengono al *livello standard* della lingua, cioè non hanno una qualifica stilistica speciale. Altre parole, invece, appaiono marcate dalle relative abbreviazioni.

Le qualifiche di questo tipo applicate nel dizionario sono le seguenti: *elev* (indica che una parola appartiene a uno stile più elevato: linguaggio letterario o poetico oppure molto formale), *cient* (parola propria del linguaggio scientifico), *ant* (parola arcaica o uso arcaico di una parola), *coloq* (parola o espressione di tipo chiaramente colloquiale che può usarsi secondo i parlanti e le situazioni), *vulg* (parola o espressione considerata volgare, poco educata o tabù), *euf* (parola sostitutiva di una volgare). Altre qualifiche riflettono un atteggiamento da parte del parlante: *desp* (peggiorativo), *irón* (ironia), *enf* (linguaggio enfatico).

Ci sono qualifiche che indicano l'appartenenza di una parola alla lingua di determinati gruppi: *jerga* (parola o espressione di un gergo come quello della delinquenza o della droga, come quello propriamente giovanile, ecc.; si indica volta per volta questa circostanza: *jerga delinq, jerga estud...*), *infan* (parola o espressione propria del linguaggio infantile).

I.9.4. Altre delimitazioni lessico-semantiche

Molte parole della lingua di partenza possiedono diverse traduzioni (equivalenze) nella lingua meta secondo il contesto in cui si usano. Per definire meglio il rapporto tra le equivalenze e i relativi contesti, si indicano tra parentesi, prima delle equivalenze, le spiegazioni opportune in carattere corsivo:

picar ‹*piqué*› **1.** *vt* 1. (*insectos, taur...*) pungere; 2. (*pájaro*) beccare; (*comida*) spizzicare; 3. *gastr* tritare; triturare, sminuzzare; 4. *tecn* punzonare, traforare, punteggiare; (*pared*) picchiettare; 5. provocare, irritare; **2.** *vi* 1. *med* prudere; 2. (*pez*) abboccare; *fig*

cadere nel tranello, cascare; 3. (*sol, garganta, picante...*) bruciare, pizzicare; 4. *aero* scendere in picchiata; 5. *mús* granire [...]
imboccIare 1. *vt* 1. (*alimentar*) embocar; 2. (*personas*) instruir, aleccionar; 3. *mús* embocar; 4. *auto* (*calle, carretera*) embocar, enfilar, coger; **2.** *vi* dar, desembocar; ***la strada imbocca nella piazza*** *la carretera desemboca en la plaza/da a la plaza*

Si è usata la qualifica *estánd* per indicare un uso standard nell'equivalenza di una parola dalla lingua di partenza, alla lingua meta. Quando un lemma e la sua equivalenza non hanno nessuna qualifica appartengono allo stesso livello stilistico od allo stesso campo.

I.10. Falsi amici e differenze di genere

Sono indicate con il segno **(!)** due tipi di equivalenti: da una parte i *falsi amici* (lemmi dalla forma molto simile a parole della lingua meta dal significato molto diverso) e dall'altra quegli equivalenti di forma identica o quasi identica al lemma ma con genere (maschile o femminile) diverso:

crin (*pl* ***crines***) *f* crine *m* (!)
merluzo *m fig* baccalà *inv* (!)
baccanale *f* bacanal *m* (!)
beato, -a 1. *adj* feliz (!), dichoso, -a (!) [...]

I.11. Le equivalenze

In molti casi non esiste un'equivalenza esatta tra le due lingue. Il caso estremo si trova nelle parole caratteristiche di una cultura o inesistenti nell'altra; in questi casi si dà una definizione nella lingua meta tra virgolette e preceduta dal segno (=). Per es.:

mudéjar *adj/s* 1. ="moro sotto il dominio cristiano spagnolo"; 2. *arch* ="arte di ispirazione islamica sviluppatasi nella Spagna cristiana dall'XI al XVI secolo"
lambrusco *m gastr* ="vino tinto espumoso de Emilia"

I.12. Raccomandazioni per un uso conveniente del dizionario

Questo dizionario comprende due parti: *italiano-spagnolo* e *spagnolo-italiano*; si consiglia in molti casi di consultare ambedue le parti. La parte *spagnolo-italiano*, per esempio, ci dà le equivalenze italiane delle parole spagnole; se si desidera una maggior informazione sulle equivalenze italiane (fonetica, morfologia, ecc.) è conveniente che si cerchi la voce corrispondente della parte *italiano-spagnolo*. Lo stesso consiglio vale quando la lingua di partenza è l'italiano.

Si prega l'utente di non consultare unicamente la parte iniziale della voce (il lemma e la sua prima equivalenza), ma tutta la voce corrispondente al detto lemma e che, in caso di dubbio, ricorra alle nozioni fonetiche e grammaticali accluse in questa introduzione. Una buona lettura eviterà l'interferenza dei "falsi amici" esistenti tra le due lingue ed un uso proficuo di quest'opera.

II. INTRODUZIONE ALLA GRAMMATICA SPAGNOLA[1]

Di Salvador Pons Bordería, dell'Universitat de València.

Questo compendio grammaticale è una breve descrizione della lingua spagnola a scopo contrastivo, che non fa le veci né di una grammatica descrittiva né di una grammatica contrastiva. L'utente è consigliato di consultare le seguenti pubblicazioni per trovarne una descrizione più dettagliata.

Tra i diversi materiali che sono stati utilizzati nella redazione di questa introduzione, la cui impronta non è difficile da scoprire, bisogna sottolinearne due: il *Curso de lengua italiana*, di Manuel Carrera Díaz, Barcelona, Ariel, 1984, dato il suo carattere contrastivo, e la *Gramática española*, di J. Alcina Franch e J.M. Blecua, Barcelona, Ariel, 1975.

II.1. Fonologia e ortografia

A. Osservazioni sulla corrispondenza tra suono e grafia

Lo schema seguente riflette il rapporto tra i fonemi della lingua spagnola e la loro scrittura. Nella colonna riferita alla pronunzia si danno delle indicazioni basiche che si completeranno nelle sezioni 1, 2 e 3:

FONEMI	GRAFIE	PRONUNZIA
[a]	<a>	simile al fonema italiano
[e]	<e>	si trova tra la e chiusa italiana e quella aperta
[i]	<i>	simile al suono italiano
[ɔ]	<o>	si trova tra la o chiusa italiana e quella aperta
[u]	<u>	simile al suono italiano
[p]	<p>	simile al suono italiano
[b]	<b>	pronunzia spesso fricativa
[t]	<t>	simile al suono italiano
[d]	<d>	pronunzia spesso fricativa
[k]	<c^{a,o,u}> <k> <qu^{e,i}>	simile al suono italiano. Il digramma <qu> si pronunzia [k] e non [kw]
[g]	<g ^{a,o,u,}> <gu^{e,i}>	pronunzia spesso fricativa. Il digramma <gu> si pronunzia [g] e non [gw]
[s]	<s>	si può pronunziare in modo simile al suono italiano

1. Vorrei ringraziare Anna Giordano Gramegna e Cesáreo Calvo Rigual, i cui contributi hanno migliorato questa introduzione, le cui inesattezze non corrispondono ad altri che all'autore.

FONEMI	GRAFIE	PRONUNZIA
[θ]	<z> <c^{e,i}>	come in inglese *thick*, *thin*. Fricativa, non affricata
[f]	<f>	simile al suono italiano
[tʃ]	<ch>	simile al suono italiano
[χ]	<j a,e,i,o,u> <g e,i>	suono velare sordo, come la *chi* del greco antico o la *ch* del tedesco
[m]	<m>	simile al suono italiano
[n]	<n>	simile al suono italiano
[ɲ]	<ñ>	simile al suono italiano nel digramma <gn>, ma sempre semplice
[l]	<l>	simile al suono italiano
[ʎ]	<ll>	simile al suono italiano nel trigramma <gli>, ma sempre semplice
[r]	<r>	simile al suono italiano
[r̄]	<-rr-> tra vocali <r> altre posizioni	pronunzia più rinforzata del suono precedente.

Su queste equivalenze approssimative, le seguenti osservazioni tentano di fornire delle indicazioni supplementari. Non si dimentichi però, che queste regole si applicano a una lingua idealizzata, lo standard colto, e che le differenze dovute alle variazioni geografiche e sociali sono spesso significative.

1. Vocali

Anche se il trasferimento del sistema eptavocalico italiano non crea speciali problemi, l'italofono terrà conto delle differenze foniche tra tutti e due i sistemi vocalici.

L'impostazione della vocale a è leggermente più avanzata (cioè, il suono è più palatale) di quella italiana, più velare.

Dal punto di vista acustico, le vocali spagnole e ed o sono leggermente più aperte delle vocali italiane chiuse [e, o] e non tanto quanto quelle aperte [ɛ, ɔ]. Nonostante ciò, i suoni spagnoli vanno paragonati ai suoni italiani chiusi.

La durata delle vocali spagnole è più breve di quella delle vocali italiane, che variano secondo la posizione (cfr. b**o**te -vocale allungata- ~ b**o**tte -vocale breve-).

2. Dittonghi e trittonghi

L'unione tra una semivocale ([i], [u]) o una semiconsonante ([j], [w]) e una vocale forma un dittongo. La rappresentazione grafica delle semivocali e delle semiconsonanti si fa mediante i grafemi <i, u> e qualche volta <y>. *Caigo*, *causa*, *cien*, *cuento*, *voy*.

I dittonghi spagnoli sono ascendenti (semiconsonante più vocale: ia, ie, io, ua, ue, uo, ui, uy, iu) o discendenti (vocale più semivocale: ai, ay, au, ei, ey, eu, oi, oy, ou). L'unione tra una <u> e una <i> non permette di conoscere a priori se si deve pronunziare un dittongo o un iato. In questi casi, si ritiene corretta la pronunzia di un dittongo ascendente (*jesuita* [jeswjta] e non [jesujta]), anche se questa regola non si segue in molte regioni della Spagna.

L'unione tra una semiconsonante, una vocale e una semivocale all'interno di una sillaba è chiamata trittongo. *Averiguáis, averigüéis.*

3. Consonanti

Le consonanti occlusive sonore [b, d, g] sono occlusive soltanto in due occasioni: in posizione iniziale assoluta e precedute da una consonante nasale (m, n, ñ). Nelle altre posizioni la pronunzia è fricativa, cioè più mite che nelle equivalenti italiane.

In posizione intervocalica la pronunzia di questi suoni diventa più soave ancora. Questa tendenza porta alla scomparsa del suono, e si verifica oggigiorno in alcune delle occorrenze della -d- e, in pronunzie dialettali, con la -b- e con la -g-.

È ammesso, ma soltanto in Spagna, ommettere il suono [d] nei participi dei verbi della prima coniugazione, e perciò i participi <acabado>, <terminado> si possono pronunziare [akabao] [terminao]. Nonostante ciò, data l'impopolarità di questa pronuncia nei ceti sociali più colti, si raccomanda di non sopprimere questo suono in nessuna posizione e di pronunziarlo in modo fricativo. Le diverse circostanze comunicative saranno la guida più adatta alla pronunzia della d.

Il suono [g] si può rappresentare sia con la grafia semplice <g> che con il digramma <gu>. Si ricordi che, a differenza dell'italiano, in questo caso la grafia <u> non corrisponde a nessun suono. Nel caso in cui la combinazione grafematica <gu> dovesse corrispondere alla combinazione fonetica [gu] si metterebbe sopra la <u> una dieresi, il che si dà soltanto nelle combinazioni <güe, güi>: *pingüe, pingüino*.

La grafia <s> si può articolare in due modi diversi, dipendenti dalla distribuzione geografica. In tutta l'America ispanofona e nel Sud della Penisola Iberica (comprese le Isole Canarie) la s ha un'articolazione dentale, simile a quella italiana. Nel Centro e nel Nord della Spagna il suono è più sibilante, dovuto alla posizione della lingua nell'articolare il suono (alveolare e non dentale).

La pronunzia delle <s> in posizione finale sia della sillaba sua della parola crea dei problemi agli italofoni, i quali allungano spesso questo suono oltre a quanto non lo si faccia in spagnolo; si badi dunque a non esagerarne troppo la pronuncia.

Il suono interdentale sordo [θ] non esiste in italiano. Si pronunzia collocando la lingua tra i denti e lasciando scorrere l'aria. Questo suono è fricativo; non si deve riprodurre l'articolazione italiana dei grafemi italiani <z> o <zz>.

Un altro fonema spagnolo non esistente in italiano è [χ]. La sua pronunzia è simile a un'aspirazione, come quella dell'inglese <house> [haus], ma sorda; l'aria non vibra tra le corde vocali e quindi è più forte.

Non esiste in spagnolo un fonema [v] corrispondente al grafema <v>. Questa grafia verrà letta come [b] fricativa. La pronunzia ultracorretta [v] si considera affettata.

Anche se l'articolazione del fonema palatale sordo [tʃ] è praticamente identica in tutt'e due le lingue, c'è una leggera differenza fonetica: il suono italiano ha un'articolazione leggermente anteriore rispetto a quello spagnolo, producendosi così una sfumatura nella pronunzia di ogni suono nelle due lingue.

Il suono laterale palatale [λ] sparisce ogni giorno di più nel dominio ispanofono, sostituito dal suono palatale centrale sonoro [y]. Comunque, la pronunzia della grafia <ll> all'italiana non è scorretta, dato che il fonema è ancora presente nella memoria passiva degli ispanofoni.

In diverse regioni dell'America ispanofona, il suono [λ] è diventato un suono palatale sonoro affricato [z] o sordo [s], simile ai suoni italiani. Chiamasi *yeísmo* questo fenomeno e caratterizza il parlato di alcuni paesi (l'Argentina o l'Uruguay, per esempio).

I fonemi vibranti, [r] e [r̄] corrispondono al fonema italiano [r]. In posizione iniziale (grafema <r>) e in posizione intervocalica (grafema <rr>) la pronunzia è rafforzata, realizzata mediante due, tre o quattro approssimazioni della lingua sugli alveoli. Nelle altre posizioni (grafema <r>) la pronunzia è tenue, simile a quella del suono italiano. L'italofono dovrebbe fare una speciale attenzione alle diverse articolazioni del suono in posizione iniziale, dato che in italiano questo è tenue e in spagnolo è invece rafforzato (cfr. it. ['róma] ~ sp. ['r̄óma]).

4. Intonazione

L'intonazione è uno dei tratti più distintivi tra l'italiano e lo spagnolo. Oltre al fatto che l'altezza musicale è in italiano maggiore di quanto non lo sia in spagnolo, i modelli intonativi sono diversi. Lo spagnolo non oscilla tanto quanto l'italiano, dovuto al fatto che l'altezza tonale si mantiene stabile dalla prima sillaba tonica del gruppo fino all'ultima. L'assenza delle consonanti doppie e dell'allungamento delle vocali sono altri fattori che aumentano la differenza d'intonazione tra le due lingue.

5. Pronunzia dei forestierismi

La lingua spagnola tende all'adattamento fonetico delle parole di origine straniera. Parole come *meeting, chauffeur* o *violino* si sono incorporate nel vocabolario spagnolo come *mítin, chófer* o *violín*. Si ricordi che, in casi simili, l'italiano cerca di riprodurre la pronunzia originaria.

Una speciale attenzione si deve fare alla pronunzia dei nomi propi, soprattutto a quelli storici, giacché l'accento spesso diverge, anche se la forma è simile (*Perícles ~ Péricle*; *Eléna ~Élena*; *David ~ Dávide*).

L'ispanizzazione dei forestierismi può subire percorsi diversi nella Spagna e nell'America ispanofona. In alcuni casi si verificano processi di adattamento che spingono fino in fondo le possibilità del sistema fonetico spagnolo; così *bistec* diventa *bife* in Argentina. In altri casi, però, la differenza si trova nel fatto che in una nazione si adatta la forma straniera e in un'altra questa viene sostituita da una creazione lessicale: *ingl. computer arg. computador(a), sp. ordenador.*

6. Punteggiatura

In spagnolo si segna l'inizio e la fine delle interrogazioni e delle esclamazioni mediante gli appositi segni *¿* e *¡*. La frontiera di queste orazioni si stabilisce dunque a destra e a sinistra (*¿?* e *¡!*).

B. Regole per la divisione grafica delle sillabe

Le poche divergenze esistenti in questo punto tra l'italiano e lo spagnolo si possono elencare così:

Ambedue le lingue tendono alle sillabe che finiscono in vocale. Nello spagnolo, la divisione grafica delle parole rispetta questa regola anche nei casi delle grafie doppie (*ca-rro, ca-lle,*). Le scarse eccezioni si devono piuttosto a ragioni etimologiche (*nos-o-tros, vos-o-tros, des-ha-cer, des-en-ca-jar*).

La divergenza contrastiva più importante si dà nei casi di s- iniziale di gruppo consonantico. Lo spagnolo riflette la pronunzia reale della sillaba nella scrittura, aggruppando la s- impura alla sillaba precedente (cfr. it. *no-stro* ~ sp. *nues-tro*, it. *di-strug-ge-re* ~ sp. *des-tru-ir*).

Si segue nello spagnolo una regola grafica secondo la quale non è elegante l'isolamento di una vocale alla fine della riga, per cui si raggruppa la suddetta vocale insieme al resto della parola, all'inizio della seguente riga:

scorretto:	a-gradable
corretto:	agradable

C. Regole di accentazione

Lo spagnolo non adopera che un solo segno grafico per indicare l'accento: l'accento acuto detto anche chiuso (´). Non essendoci vocali aperte e chiuse, i segni grafici del accento grave (`) e di quello circonflesso (^) non appartengono al sistema grafico attuale della lingua.

L'accento grafico in spagnolo serve soltanto a distinguere la sillaba tonica da quelle atone all'interno di una parola. E' così esclusa la funzione supplementare di segnare l'apertura o chiusura delle vocali, come in italiano.

Due grandi principi regolano l'accentazione grafica della lingua spagnola:

1. La posizione dell'accento: l'accento grafico riflette l'accento fonematico. Secondo questa regola le parole sono

– acute: accento fonematico sull'ultima sillaba. L'accento grafico si mette sulle parole che terminano in vocale, -n o -s

  – *tentempié, canción, perdéis,*[2] *dieciséis*

– gravi: accento fonematico sulla penultima sillaba. L'accento grafico si mette sulle parole che terminano in consonante, tranne -n o -s.

  – *cárcel, álbum, Héctor,*

– sdrucciole e bisdrucciole: accento fonematico sulla terzultima sillaba. L'accento grafico si mette sempre:

  – *cómputo, síndico, acabárasenos, dádnoslos*

2. Il carattere vocalico di i e di u. Dato che le grafie <i> e <u> rappresentano sia le vocali che le semivocali o le semiconsonanti, l'ortografia spagnola ne distingue il carattere vocalico tramite l'accento. Così parole come

  – *Baúl, caída, leído*

si accentano, il che vuol dire che la pronunzia dei segni grafici <i,u> è quella di una vocale, escludendo così i dubbi sull'esistenza di un dittongo.

La regola 2 è più forte della regola 1 cioè, si deve applicare anche se le parole su indicate non dovrebbero accentuarsi secondo le regole del n° 1 (acuta che termina in consonante -l nel primo caso, tronca finita in vocale nei casi secondo e terzo).

Secondo una terza regola, le coppie omografe accenteranno uno dei loro membri per evitare la confusione (accento diacritico). Questa regola non esclude le parole monosillabiche, le quali non si accentano in nessun altro caso (dato che non pongono dei dubbi sulla loro pronunzia):

– *el* (articolo) ~ *él* (pron. pers)
– *mi* (possessivo) ~ *mí* (pron atono).
– *tu* (possessivo) ~ *tú* (pron pers)
– *te* (pron atono) ~ *té* (bevanda)
– *si* (cong. condiz.) ~ *sí* (particella affermazione)

2. Si ricordi che, nei casi di dittongo, i segni grafici <i> e <u> non rappresentano la vocale, per cui la parola, essendo acuta e finendo in -s, si deve accentuare.

3. Alle volte si distingue l'uso pronominale di éste, ése, aquél da quello aggettivale (Dame este libro pero no aquél) tramite l'accento, anche se non è più obbligatorio.

– *se* (pron. impers) ~ *sé* (verbo *sapere*)
– *que* (cong), *cual, quien* (relativi) ~ *qué, cuál, quién* (pron interrogativi)
– como (avv) ~ cómo (pron. int)
– cuanto (avv) ~ cuánto (pron. int)[3]

II.2. Morfologia

II.2.1. L'articolo

In spagnolo, come in italiano, ci sono due articoli: quello determinativo e quello indeterminativo. È di interesse contrastivo il fatto che in spagnolo la forma dell'articolo non si accorci secondo il contesto fonico, per cui il paradigma spagnolo è abbastanza più semplice di quello italiano.

Nonostante ciò, l'articolo forma in pochi casi delle preposizioni articolate. Questi casi verranno elencati sotto.

A. L'articolo determinativo

Paradigma:

	MASCHILE	**FEMMINILE**
SINGOLARE	el	la
PLURALE	los	las

Osservazioni:

L'unica variazione formale che subisce l'articolo determinativo si dà nei contesti in cui la parola alla quale si unisce l'articolo è femminile e comincia per a tonica. In questi casi, la forma femmile dell'articolo va sostituita da quella maschile:

El águila, el agua

Questa regola si segue anche quando la parola inizia per h-:

El hada, el hacha[4]

L'unione dell'articolo e della preposizione dà luogo alla preposizione articolata in due casi: a + art. determinativo maschile e de + art. determinativo maschile:

– *Vamos al campo, venimos del campo (*a el, *de el)*

Etimologicamente, l'articolo determinativo proviene dal pronome latino ILLE; l'uso odierno ne serba alcuni relitti, che si riflettono dal punto di vista contrastivo nel fatto che nello spagnolo l'articolo si adopera in casi in cui l'italiano usa il pronome o un relativo:

Los de la noche ~ Quelli della notte
El que se levanta tarde... ~ Chi dorme...
El blanco y el negro ~ Quello bianco e quello nero

4. Eccezioni: i nomi delle lettere a e h (la a, la hache) e i nomi di donne, che nel parlato informale si accompagnano con l'articolo (la Ángela, la Águeda).

Le differenze nell'uso dell'articolo determinativo vanno oltre lo spazio di questa introduzione, benché alcune tra le più comuni si trovino in questo elenco:

a) Il possessivo spagnolo non richiede l'articolo
Mi libro, tu coche, su casa.

b) I nomi di nazioni e i nomi propri non sono quasi mai preceduti dall'articolo
España, Argentina, Zanzíbar, Petrarca, Cervantes, Manzoni.

c) Non si usa l'articolo davanti all'oggetto diretto di verbi quali *comer, tomar, beber*
Beber agua, cenar pizza, tomar gambas al ajillo

d) L'articolo si usa davanti ai giorni della settimana
– El domingo nos fuimos a la playa

B. L'articolo indeterminativo

Paradigma:

	MASCHILE	FEMMINILE
SINGOLARE	un	una
PLURALE	unos	unas

Osservazioni:

Lo spagnolo, contrariamente a quanto succede nell'italiano e nel francese, possiede delle forme proprie per l'articolo indeterminativo, tanto nel singolare quanto nel plurale.

L'articolo indeterminativo non serve, però, a esprimere il partitivo. Gli usi partitivi dell'italiano si traducono in spagnolo con la forma Ø:
Beber Ø agua, hacer Ø daño

C. L'articolo neutro lo

È questa una forma atona e di genere neutro che compare nei contesti seguenti:

a) Lo + aggettivo qualificativo:
lo bueno; lo malo
No sabes lo bueno que es; ¡lo fuertes que eran!

b) Lo + possessivo:
lo mío; lo tuyo; lo suyo

c) Lo + or. relativa:
lo que te dije; me ha mentido, lo cual me enfada

d) Lo + S.prep intestato da de:
lo de ayer; lo de siempre

e) Modo di dire a lo:
bigote a lo Clark Gable

L'aggettivo sostantivato che si accorda con l'articolo neutro prende la forma maschile singolare.

II.2.2. Il sostantivo

A. Numero

1. Regola generale: per formare il plurale di un sostantivo singolare, si aggiunge alla forma singolare il suffisso -s se la parola termina in vocale atona, e -es se la parola termina in consonante o in vocale tonica (tranne -é):
   Casas, consonantes, dados, fes, minués
   ángeles, relojes, dieces, síes, noes.

Questa regola, pur essendo semplice, ha delle difficoltà in alcuni casi:

a) I nomi che al maschile terminano in a tonica hanno il plurale in -s e in -es:
   *papás, mamás, sofás (*papaes, *mamaes, *sofaes), aes*

b) I forestierismi offrono dei gruppi consonantici alieni alla struttura della lingua spagnola. I risultati sono diversi:
   *clubs ~ clubes; récords ~ *récordes; *estándars ~ estándares; slips ~ * slipes*
   zigzags ~ ?zigzagues
   *gourmets ~ *gourmetes, soviets ~ * sovietes*
   *superávits ~ *superávis*
   boicots; complots; argot; vermuts; debuts
   yogures ~ yogurs; sándwiches, filmes, stands, tests, trusts.

c) I latinismi presentano anche dei dubbi nei ceti sociali più colti: la scelta è tra il plurale latino e quello spagnolo:
   los curricula ~ los currículos, los corpora ~ los corpus

Dato che la norma in questo punto non è totalmente stabilita, si consiglia l'utente di questo dizionario di costruire il plurale delle parole problematiche partendo sempre dalle regole generali.

2. Rimangono invariati i sostantivi non acuti che terminano in -s, quelli che terminano in -x e i cognomi in -z.
   martes, fénix, González
3. I nomi composti prendono la desinenza del plurale soltanto nell'ultimo elemento del composto:
   montepíos; salvoconductos; agridulces.

anche se nei casi in cui l'unione tra gli elementi del composto non si è ancora lessicalizzata, soltanto il primo elemento del composto prende la desinenza del plurale:
   cualesquiera; quienesquiera; bombas de mano; ojos de buey

Non sempre, però, la formazione del plurale è definitiva. In pochi casi, la norma offre due soluzioni:
   guardias civiles ~ guardiaciviles

4. I sostantivi che indicano un oggetto formato da due o più elementi non hanno che una forma, sempre in plurale:
   gafas, pantalones, esposas (=manette), calzoncillos, grilletes.

È la creazione di un singolare analogico, inesistente:
   **gafa, *alicate*

B. Genere

1. Regola generale: il femminile si forma tramite l'aggiunzione del suffisso -a alla forma maschile o mediante la sostituzione della terminazione maschile con il suffisso del femminile:

señor ~ señora
niño ~ niña; pariente ~ parienta

I sostantivi che terminano al maschile in -a sono generalmente femminili; ci sono poche eccezioni:

poeta; profeta

Anche se queste forme coincidono con quelle italiane, si badi a non riprodurre il genere delle forme italiane *il pilota* (esp. *el/la piloto*), *la guardia* (esp. *el/la guardia*), *la recluta* (esp. *el/la recluta*) e *la spia* (sp. *el/la espía*).

a) Alcune parole aggiungono i suffissi -esa, -isa, -ina, e -triz per formarne il femminile:

abad ~ abadesa; barón ~baronesa
poeta ~poetisa; profeta ~ profetisa
tigre ~ tigresa; conde ~condesa; marqués ~ marquesa
actor ~actriz; emperador ~ emperatriz

b) L'alternanza tra maschile e femminile può dare luogo a delle specializzazioni secondo le quali si esprime:

– Lo strumento e l'utente
la trompeta ~ el trompeta; la batería ~ el batería
– l'utente (maschile o femminile) e la macchina o luogo di lavoro
(el) verdulero ~ la verdulera; encuadernador ~ encuadernadora
– L'albero (maschile) e il frutto (femminile):
naranjo ~ naranja, manzano ~ manzana
– Differenza nella grandezza di un oggetto. In questi casi, la forma femminile designa generalmente un oggetto più grande di quello designato dal maschile:
huerto ~ huerta; saco ~ saca; bolso ~ bolsa
– Due significati diversi:
el cometa ~ la cometa; el frente ~ la frente

2. Il genere si indica anche con l'articolo. In questi casi, il sostantivo rimane invariato.

a) Nomi, per lo più di professione, che terminano in -a e in -ista:
(el/la) dentista, alpinista, pacifista, víctima, idiota

b) Alcuni sostantivi che terminano in -o, in -e e in consonante:
(el/la) reo, cónyuge, consorte, huésped, mártir

3. La differenza dovuta al genere si può incorporare al significato delle parole. Si formano così delle coppie eteronome maschile-femminile, specie se rispecchiano una differenza sessuale tra maschio e femmina:

hombre ~ mujer; toro ~ vaca; caballo ~ yegua.

4. L'indicazione del genere non si trova nel sostantivo, ma nell'articolo ed eventualmente nell'aggettivo con cui concorda:

a) Realtà sessuate:

Qui si trovano la maggioranza dei nomi di animali. Nei casi in cui si vuole esprimere il genere, si possono aggiungere gli aggettivi *macho/ hembra*:

gorila (macho/hembra), araña (macho/hembra)

b) Realtà non sessuate:

una idea acertada, un deseo incumplido

5. I nomi propri segnano diversi procedimenti per formare il femminile:

a) Il genere è incorporato nel nome

José, Juan, Ana, María

b) Si crea una variante femminile da un nome maschile, o una variante maschile da un nome femminile:

Juan ~ Juana, Agustín ~ Agustina
María José ~ José María

c) Il genere del nome varia secondo la distribuzione geografica:

Trinidad, Sacramento (femminili in Spagna, maschili in alcuni paesi dell'America ispanofona).

6. Si badi a questi nomi dal genere divergente in tutt'e due le lingue:

a) Nomi di luogo:

los Alpes; los Apeninos
el valle del Guadalquivir; el Sena; el Guadiana

b) Sostantivi che, per cause etimologiche, sono diventati femminili in spagnolo e maschili in italiano:

la leche, la sangre, la frente

II.2.3. L'aggettivo

A. Plurale

Il morfema di numero si aggiunge dopo il morfema di genere. Il singolare si segna tramite il morfema Ø e il plurale mediante i suffissi -s o -es, secondo le stesse regole che reggono per il sostantivo.

I morfemi di genere e di numero permettono di classificare gli aggettivi spagnoli in due gruppi: quelli che hanno quattro terminazioni (Ø/-o, -a, -es/-os, -as) e quelli che ne hanno due (Ø, -es).

blanco, blanca, blancos, blancas ~ verde, verdes

Anche se la corrispondenza tra lo spagnolo e l'italiano in questo punto è grande, ci sono delle differenze contrastive da segnalare:

a) La stragrande maggioranza dei gentilizi spagnoli appartiene al gruppo degli aggettivi di quattro terminazioni; quell italiani invece, non ne offrono che due:

inglés, inglesa, ingleses, inglesas ~ inglese, inglesi

b) Altre dissimetrie contrastive:

– It. 4 terminazioni ~ sp. due:

arabo ~ arabe; caldo ~ caliente; allegro ~ alegre

– Sp. quattro terminazioni ~ it. due:

femenino ~ femminile; fino ~ fine; burgués ~ borghese

B. Genere

Gli aggettivi che terminano al maschile in -o, -dor, -tor, -ón, -ín e -án, e la maggioranza dei gentilizi, formano il femminile in -a:

bueno ~ buena, malo ~ mala, blanco ~ blanca
senador ~senadora
actor ~ actora
matón ~ matona
saltarín ~ saltarina
alazán ~ alazana
inglés ~ inglesa

Nel gruppo degli aggettivi invariabili per quanto riguarda il genere si trovano:

a) Gli aggettivi che terminano in consonante, -a, -i e alcuni tra quelli che finiscono in -e:

(un hombre/ una mujer) feliz, capaz
(un golpe/ un arma) homicida
(un hombre/ una mujer) cursi
(un hombre/ una mujer) valiente

b) I comparativi sintetici provenienti dal latino:

(un hombre/ una mujer) mayor, menor

C. Formazione del comparativo e del superlativo

1. L'aggettivo in grado positivo esprime l'esistenza di una qualità senza valutazione quantitativa:

El café está bueno

2. L'aggettivo in grado comparativo esprime il grado in cui un oggetto possiede una qualità a confronto con un altro oggetto. Il comparativo esprime:

a) Uguaglianza, tramite i morfemi discontinui *tan...como, igual de...que*:

El café está ***tan*** *bueno* ***como*** *el té*
El café está ***igual de*** *bueno* ***que*** *el té*

b) Minoranza, mediante il morfema *menos...que*

Juan es ***menos*** *listo* ***que*** *María*

c) Superiorità, grazie al morfema *más...que*

El chocolate está ***más*** *bueno* ***que*** *el café*

3. L'aggettivo superlativo attribuisce al sostantivo il massimo di una qualità. Il superlativo assoluto si forma sinteticamente mediante l'aggiunzione del morfema -ísimo all'aggettivo in grado positivo

*El café está buen****ísimo***

e analiticamente per mezzo dell'espressione muy + agg. positivo:

El café está ***muy*** *bueno*

Il superlativo relativo stabilisce la possessione massima di una qualità su un insieme ristretto di individui. Si crea anteponendo all'aggettivo in grado positivo la formula el más e posponendoci la preposizione de:

Este café es ***el más*** *caro* ***de*** *toda la ciudad*

Osservazioni:

1. Come altre lingue romanze, lo spagnolo serba relitti del comparativo e del superlativo latino, che formano delle serie comparative e superlative:

POSITIVO	COMPARATIVO	SUPERLATIVO
bueno	mejor	óptimo
malo	peor	pésimo
grande	mayor	máximo
pequeño	menor	mínimo
Ø	superior	supremo
Ø	inferior	ínfimo

Queste forme stanno per perdere nel parlato quotidiano il loro valore comparativo e superlativo e sono sostituite dalle forme analogiche formate dagli aggettivi in grado positivo (*óptimo* è sostituito da *buenísimo*, *pésimo*, da *malísimo*; *máximo*, dalla forma *el más grande*; *mínimo*, da *el más pequeño*, e così via).

2. Il rotacismo latino che crea superlativi in -RIMUS ha lasciato alcune tracce nelle voci dotte *pulquérrimo*, *acérrimo*, *celebérrimo*, *libérrimo*, *paupérrrimo*.

3. Nel parlato, le forme analitiche del comparativo e del superlativo perdono forza di fronte alle creazioni sintetiche formate mediante l'aggiunzione dei prefissi super-, e ultra-. Questi suffissi continuano ad avere una tendenza verso una formazione sintetica che si trova nella lingua popolare nelle formazioni prefissali re-, requete- e archi-:
   Reguapa, requeteguapa, archisimpática

Súper- è il morfema più usato nel parlato giovanile odierno:
El café está superbueno, es una chica supersimpática

II.2.4. I dimostrativi

A. Aggettivi dimostrativi

Il sistema deittico dello spagnolo si articola intorno a tre gradi: nel primo si esprime ciò che è vicino a chi parla, nel secondo ciò che non è né vicino né lontano da chi parla e nel terzo ciò che è lontano da chi parla. Questo sistema è simile a quello del toscano letterario (*questo~codesto~quello*).

Paradigma:

		– LONTANO	± LONTANO	+ LONTANO
SINGOLARE	Maschile Femminile	este esta	ese esa	aquel aquella
PLURALE	Maschile Femminile	estos estas	esos esas	aquellos aquellas

B. Pronomi dimostrativi

Paradigma:

		– LONTANO	± LONTANO	+ LONTANO
SINGOLARE	Maschile Femminile	este esta	ese esa	aquel aquella
PLURALE	Maschile Femminile	estos estas	esos esas	aquellos aquellas
NEUTRO		esto	eso	aquello

Osservazioni:

1. Aggettivo e pronome si distinguono per la presenza (agg.) o assenza (pronome) di un sostantivo.
   Esta camisa no me gusta; prefiero esta

2. Fino a poco tempo fa si consigliava di inserire un accento diacritico sui pronomi, allo scopo di differenziarli dagli aggettivi. Questa regola, pur non essendo obbligatoria oggi, si trova spesso nel linguaggio scritto:

*Esta camisa no me gusta; prefiero **é**sta.*

3. Il pronome presenta le forme neutre *esto*, *eso* e *aquello*, la cui traduzione in italiano oscilla tra le forme *ciò* e *questo (qua, là)*.

4. Morfologicamente, la differenza più importante tra il sistema dei dimostrativi italiano e quello spagnolo si trova nel secondo grado di deissi (*ese*), tra i valori dei dimostrativi italiani *questo* e *quello*. Spesso la traduzione degli usi italiani di *quello* si fa tramite la forma spagnola *ese*:

Che ne sai, di Paolo? Di quel tizio non voglio saperne nulla (de ese tipo...)

anche se non è sempre così:

In quei tempi...= en aquellos tiempos...

5. Dal punto di vista contrastivo, si ricordi che l'articolo spagnolo presenta un uso pronominale che l'italofono esprimerebbe mediante il dimostrativo:

Quelli che vengono = los que vienen
No me gustan los tuyos; me gustan los míos = non mi piacciono quelli tuoi; mi piacciono quelli miei.

6. I pronomi equivalenti alle forme italiane *questi* e *quegli* sono *este* e *aquel*:

Me gustan el chico rubio y el moreno. Este (el moreno) es atractivo pero aquel (el rubio) tampoco está nada mal.

II.2.5. I possessivi

Paradigma:

		UNA COSA POSSEDUTA		PIÙ DI UNA COSA POSSEDUTA	
		ANTEP	POSPOSTO	ANTEP	POSPOSTO
		Masc/Fem	Masc/Fem	Masc/Fem	Masc/Fem
SINGOLARE	1ª pers	mi	mío, -a	mis	míos, -as
	2ª pers	tu	tuyo, -a	tus	tuyos, -as
	3ª pers	su	suyo, -a	sus	suyos, -as
PLURALE	1ª pers	nuestro, -a	nuestro, -a	nuestros, -as	nuestros, -as
	2ª pers	vuestro, -a	vuestro, -a	vuestros, -as	vuestros, -as
	3ª pers	su	suyo, -a	sus	suyos, -as

Osservazioni:

1. Il paradigma dei possessivi rimane invariato sia per gli aggettivi sia per i pronomi. Tutte le forme pronominali possono diventare aggettivi, ma soltanto le forme aggettive posposte (e quindi toniche) possono funzionare come pronomi.

Mi coche; tu casa; su libro
A propuesta (mía, tuya, suya), se aprobó la moción
Este libro es suyo

2. Le forme toniche si sostantivano tramite l'aggiunzione dell'articolo determinativo:
   El mío, la tuya, lo suyo, los nuestros, las vuestras, las suyas
   Vino con treinta de los suyos

L'italiano richiede per le frasi equivalenti il dimostrativo o il neutro ciò.

3. Si faccia attenzione alla differenza tra l'italiano e lo spagnolo per quanto riguarda la costruzione del possessivo: l'italiano richiede lo schema art+poss+sostantivo (tranne eccezioni). Lo spagnolo invece prende gli schemi possessivo+sostantivo / art+sostantivo+possessivo (usi aggettivali) o adopera quello art+possessivo (uso pronominale).

4. L'omofonia tra la forma atona di terza persona maschile e quella femminile crea in castigliano una certa ambiguità; per questo si adopera spesso, soprattutto nel parlato, la struttura analitica art+sost+ de+ pron.pers:
   Sus libros > los libros de él/de ella

L'ambiguità si estende anche alle forme di cortesia, giacché non esiste in spagnolo la distinzione ortografica dell'italiano tra maiuscole e minuscole (*it.* la sua lettera / la Sua lettera ~ *cast.* su carta).

II.2.6. Il pronome personale

A. Paradigma

PERSONA			CASI RETTI			CASI OBLIQUI
			SOGG.	OD	OI	
SINGOL.	Prima		yo	me	me	Prep+ mí/ contigo
	Seconda		tú	te	te	Prep+ ti/ contigo
	Terza	maschile	él	lo	le	Prep+ él
		femminile	ella	la	le	Prep+ ella
		riflessivo		se	se	Prep+ sí/ consigo
PLURALE	Prima		nosotros	nos	nos	Prep+ nosotros, -as
	Seconda		vosotros	os	os	Prep+ vosotros, -as
	Terza	maschile	ellos	los	les	Prep+ ellos
		femminile	ellas	las	les	Prep+ ellas
		riflessivo		se	se	Prep+ sí/ consigo

Osservazioni:

1. Il pronome soggetto di terza persona *ello* è un arcaismo che non appartiene più al lessico attivo degli ispanofoni, anche se rimane nella loro coscienza linguistica.

Prende come anaforico un complemento, spesso lungo, non determinato:

El problema de los puestos de trabajo *no se puede mejorar ¿para qué hablar de* ***ello****?*

2. In spagnolo esistono le stesse tendenze alla duplicazione dell'oggetto che avvengono in italiano, ma le preferenze sono diverse. In spagnolo è corretta, e obbligatoria, la duplicazione dell'OI mediante l'espressione simultanea del complemento e del pronome:

A mí me *gusta*

Alle volte il pronome non concorda più con il complemento:

No ***le*** *tenía miedo* ***a las balas***

L'italofono deve evitare la trasposizione della struttura italiana *A me piace* nello spagnolo (**A mí gusta*).

La duplicazione dell'OD è invece meno generale. Mantenendosi sulle generali, la duplicazione si dà con i pronomi tonici preceduti dalla preposizione a:

Me *ha visto* ***a mí*** ~ **Ha visto a mí,* ma *Me ha visto*

oppure nei casi in cui l'OD non è determinato:

Él ***casi todo*** *se* ***lo*** *compra en el supermercado*

La duplicazione dell'OD determinato, straordinariamente frequente nel parlato informale italiano, è ritenuta "strana" dall'ispanofono peninsolare

*??? ¿****Lo*** *sabes,* ***que Juan ya ha venido****?*

anche se è frequente nel parlato dell'America ispanofona:

Lo *cogieron* ***a Juan***

B. Pronomi e altre forme di cortesia

La prima persona *noi* ha il cosiddetto plurale maiestatico (*Nos*), utilizzato soltanto nei casi in cui il re si riferisce a sé stesso.

Per quanto riguarda la seconda persona, le forme di cortesia sono *usted* (abbreviato *Vd.*) per la seconda persona singolare e *ustedes* (abbreviato *Vds.*) per la seconda persona plurale.

L'uso di queste forme diventa sempre più ristretto per causa della concorrenza tra questi e i pronomi *tú* e *vosotros*. In effetti, la società spagnola attuale è più reticente ad adoperare i pronomi di cortesia di quanto non lo sia quella italiana. Nonostante ciò, l'utente è consigliato di utilizzare le forme di cortesia quando non sia sicuro dell'adeguatezza dell'uso del *tú* in una situazione comunicativa determinata.

Per la terza persona si adoperano preferentemente le forme Señor + cognome oppure Don + Nome

Don Francisco, Señor Roca

Si badi a non utilizzare il trattamento *don* accanto al nome di un prete. Per questi c'è la formula padre + nome/ cognome; per le suore, invece, si adopera la formula sor + nome:

El padre Juan ; el padre Escolano ~ *Sor María Teresa*

C. *Leísmo, laísmo* e *loísmo*

Il sistema dei pronomi subisce un mutamento nello spagnolo parlato nella Penisola Iberica (non nell'America ispanofona) per cui si perde l'opposizione casuale OD ~ OI. Le forme lo, la e le si confondono, il che dà luogo ai seguenti processi:

a) *Leísmo*: il pronome OI le si utilizza al posto del pronome OD lo:

Le *he visto* invece di ***Lo*** *he visto*

Il *leísmo* è oggi di norma nei casi in cui l'antecedente è un complemento maschile di persona al singolare, ma soltanto in Spagna. I due esempi suddetti sono corretti in Spagna -anzi, il secondo è più usato- ma soltanto il secondo lo è in America.

b) *Laísmo*: il pron femminile OD la si mette al posto del pronome OI le:

La mandaba flores* invece di ***Le mandaba flores*

Questo fenomeno è volgare e scorretto.

c) *Loísmo*: il pronome maschile OD lo si mette al posto del pronome OI le:

Lo doy una bofetada* invece di ***Le doy una bofetada*

Questo fenomeno è anche scorretto.

La ragione di questo mutamento sarebbe dovuta all'influsso degli altri paradigmi pronominali, dove la terminazione in -e è propria del maschile, quella in -a propria del femminile e quella in -o propria del neutro. Così si produrrebbe un riassetto delle forme atone di oggetto attorno al genere e non attorno al caso. L'italofono è consigliato di seguire le forme del paradigma fino a quando la sua competenza non gli permetta di utilizzare il *leísmo* con esattezza grammaticale.

D. Il *voseo*

È invece specifico dell'America ispanofona il fenomeno del *voseo*. Questo fenomeno, le cui realizzazioni vanno ben oltre questa introduzione, consiste nell'uso del pronome *vos* al posto di *tú*:

¿Vos venís, Juan?

Anche se nelle sue origini *vos* era un pronome di cortesia, nell'uso odierno è un sinonimo della forma *tú*.

L'accordo del pronome si fa con delle forme verbali speciali (cfr. sopra *venís* invece di *vienes*) la cui distribuzione varia a seconda dell'area geografica, e la cui forma si dovrà consultare su una grammatica.

II.2.7. Pronomi relativi

Paradigma:

FUNZIONE SINTATTICA	Singolare		Plurale	
	Maschile	Femminile	Maschile	Femminile
Soggetto	EL QUE	LA QUE	LOS QUE	LAS QUE
	QUE/ QUIEN(ES)			
Oggetto Diretto	A+ (QUE/ QUIEN(ES)/EL QUE)			
Genitivo	CUYO	CUYA	CUYOS	CUYAS
Ogg. Ind/ C.circost	Prep + QUE/ Prep + QUIEN			
Qualsiasi funzione	el cual	la cual	los cuales	las cuales

Osservazioni:

1. La preposizione a si mette davanti all'OD quando il complemento si presenta individualizzato, e sempre se l'OD è una persona. Questa struttura rispecchia delle strutture simili nei dialetti meridionali italiani.

2. La forma el que serve a generalizzare un soggetto qualsiasi, ed è spesso equivalente della forma chi. Questa forma varia per quanto riguarda il numero e il genere (*el que, la que, los que, las que*).
   El que quiera, que se vaya (=Chi vuole andare via, se ne vada)
3. Spesso equivalente alla forma el que, il relativo quien è divergente riguardo alla forma italiana, giacché il relativo spagnolo ha un suffisso per il plurale:
   *Vendrán **quienes** quieran (Verrà **chi** vorrà/ verranno coloro che vorranno)*

4. Anche se la forma cuyo è obbligatoria nel linguaggio scritto e nei registri linguistici più alti, il parlato ha sostituito questa forma con delle espressioni analitiche quale que su,[5] o evitando il caso genitivo:
   *Es un profesor **que sus** clases no hay quien las entienda*
   Este profesor es que sus clases no hay quien las entienda (Nominativus pendens)

5. Altri relativi, tradizionalmente avverbiali, sono donde e cuanto. L'espressione di luogo si può fare anche attraverso la costruzione prep de + el cual senza variazioni stilistiche relevanti:
   *El lugar **de donde** viene ~ el lugar **del cual** viene*
   *La conclusión **de cuanto** me dices ~ la conclusión **de lo que** me dices*

II.2.8. Pronomi interrogativi

Paradigma:

Che?	*¿Qué?*
Che cosa?	*¿Qué?*
Chi?	*¿Quién?*
Quale?	*¿Cuál?, ¿Qué?*
Come?	*¿Cómo?*
Quanto?	*¿Cuánto?*
Dove?	*¿Dónde?*
Quando?	*¿Cuándo?*

In questo elenco bisogna distinguere i relativi veri e propri dagli avverbi *cómo, dónde* e *cuándo*.

L'accentazione diacritica permette di distinguere gli usi relativi da quelli interrogativi, il che è utile specie nel caso delle proposizioni di OD introdotte da verbi che esprimono dubbio, incertezza e sim., che in spagnolo si considerano interrogative indirette:

*No sé **quién** habrá hecho esto*
*Ignoro **dónde** está ni **cuándo** volverá.*

Tra le costruzioni asimmetriche, la formula italiana *Come hai fatto a + infinito?* equivale all'espressione spagnola *¿Cómo has (podido) + infinito/ participio?*:

Come hai fatto a indovinarlo? = ¿Cómo lo has podido adivinar?
Come hai fatto a sapere? = ¿Cómo lo has sabido?

II.2.9. Il verbo

Per la coniugazione dei verbi, sia nel caso degli ausiliari sia di quelli regolari o irregolari, si terrà conto delle seguenti avvertenze:

5. Questa forma è però totalmente colloquiale.

1. Il nome dei tempi verbali è scritto in spagnolo affinché ci si renda conto delle differenti terminologie grammaticali.

2. Il **pretérito imperfecto de subjuntivo** (imperfetto congiuntivo) può prendere delle forme in -ra o in -se, senza differenze significative. Le circostanze in cui tutte e due le forme si utilizzano in modo diverso sono scarse e rispecchiano di solito le origini etimologiche:
   *Quisiera pedirle un favor (*Quisiese pedirle un favor)*

3. Il *Futuro de Subjuntivo (semplice e composto)* è una forma arcaica che soltanto si usa nel linguaggio giuridico.

4. Le forme di cortesia hanno l'accordo con la terza persona, al singolare e al plurale (*usted* -abbreviato *Vd.*- / *ustedes* -abbreviato *Vds.*-).

A. Coniugazione dei verbi ausiliari

I verbi ausiliari in spagnolo sono: ser (usato nelle costruzioni passive) e haber (che si adopera per costruire i tempi composti).

È di interesse contrastivo segnare che il verbo ser non si utilizza in nessun caso per costruire i tempi composti, compresi quelli dello stesso ser.

1. HABER

a) Tempi semplici

Gerundio: habiendo   Participio: habido

Indicativo				Condicional
Presente	Imperfecto	Pretérito indefinido	Futuro imperfecto	
he	había	hube	habré	habría
has	habías	hubiste	habrás	habrías
ha	había	hubo	habrá	habría
hemos	habíamos	hubimos	habremos	habríamos
habéis	habíais	hubisteis	habréis	habríais
han	habían	hubieron	habrán	habrían

Subjuntivo			Imperativo
Presente	Imperfecto	Futuro imperfecto	
haya	hubiera/hubiese	hubiere	
hayas	hubieras/hubieses	hubieres	he
haya	hubiera/hubiese	hubiere	haya
hayamos	hubiéramos/hubiésemos	hubiéremos	hayamos
hayáis	hubierais/hubieseis	hubiereis	habed
hayan	hubieran/hubiesen	hubieren	hayan

b) Tempi composti

La struttura dei tempi composti è ausiliare + participio del verbo principale. Il participio rimane invariato. I tempi composti e quelli semplici si possono accoppiare in modo simmetrico:

presente	pretérito perfecto (indic./subj.)
pretérito imperfecto	pretérito pluscuamperfecto (indic./subj.)
pretérito indefinido	pretérito anterior
futuro imperfecto	futuro perfecto (indic./subj.)
condicional simple	condicional compuesto

Indicativo:

Pret. perfecto:	{he/ has/ha/hemos/habéis/han} habido
Pret. pluscuamperfecto:	{había/habías/había/habíamos/habíais/habían} habido
Pret. anterior:	{hube/hubiste/hubo/hubimos/hubisteis/hubieron} habido
Futuro perfecto:	{habré/habrás/habrá/habremos/habréis/habrán} habido
Condicional compuesto:	{habría/ habrías /habría /habríamos /habríais /habrían} habido

Subjuntivo:

Pret. perfecto:	{haya/hayas/haya/hayamos/hayáis/hayan} habido
Pret. pluscuamperfecto:	{hubiera/hubieras/hubiera/hubiéramos/hubierais/hubieran} habido, oppure: {hubiese/hubieses/hubiese/hubiésemos/hubieseis/hubiesen} habido
Futuro perfecto:	{hubiere/hubieres/hubiere/hubiéremos/hubiereis /hubieren} habido

2. SER

a) Tempi semplici

Gerundio: siendo Participio: sido

Indicativo				Condicional
Presente	Imperfecto	Pretérito indefinido	Futuro imperfecto	
soy	era	fui	seré	sería
eres	eras	fuiste	serás	serías
es	era	fue	será	sería
somos	éramos	fuimos	seremos	seríamos
sois	erais	fuisteis	seréis	seríais
son	eran	fueron	serán	serían

Subjuntivo			Imperativo
Presente	Imperfecto	Futuro imperfecto	
sea seas sea seamos seáis sean	fuera/fuese fueras/fueses fuera/fuese fuéramos/fuésemos fuerais/fueseis fueran/fuesen	fuere fueres fuere fuéremos fuereis fueren	 sé sea seamos sed sean

b) Tempi composti

Indicativo:
Pret. perfecto: {he/ has/ha/hemos/habéis/han} sido
Pret. pluscuamperfecto: {había/habías/había/habíamos/habíais/habían} sido
Pret. anterior: {hube/hubiste/hubo/hubimos/hubisteis/hubieron} sido
Futuro perfecto: {habré/habrás/habrá/habremos/habréis/habrán} sido
Condicional compuesto: {habría/ habrías /habría /habríamos /habríais /habrían} sido

Subjuntivo:
Pret. perfecto: {haya/hayas/haya/hayamos/hayáis/hayan} sido
Pret. pluscuamperfecto: {hubiera/hubieras/hubiera/hubiéramos/hubierais/hubieran} sido, oppure: {hubiese/hubieses/hubiese/hubiésemos/hubieseis/hubiesen} sido
Futuro perfecto: {hubiere/hubieres/hubiere/hubiéremos/hubiereis /hubieren} sido

B. Coniugazione dei verbi regolari

In spagnolo come in italiano ci sono tre coniugazioni, distribuite in questo modo:
Prima: verbi che terminano in -ar
Seconda: verbi che terminano in -er
Terza: verbi che terminano in -ir

Nella terza coniugazione non esistono verbi che abbiano forme con l'infisso -isc-.

Le forme della coniugazione sono le seguenti:

1. Prima coniugazione

a) Tempi semplici

Gerundio: amando Participio: amado

Indicativo				Condicional
Presente	Imperfecto	Pretérito indefinido	Futuro imperfecto	
amo amas ama amamos amáis aman	amaba amabas amaba amábamos amabais amaban	amé amaste amó amamos amasteis amaron	amaré amarás amará amaremos amaréis amarán	amaría amarías amaría amaríamos amaríais amarían

Subjuntivo			Imperativo
Presente	Imperfecto	Futuro imperfecto	
ame ames ame amemos améis amen	amara/amase amaras/amases amara/amase amáramos/amásemos amarais/amaseis amaran/amasen	amare amares amare amáremos amareis amaren	 ame ame amemos amad amen

b) Tempi composti

Indicativo:

Pret. perfecto:	{he/ has/ha/hemos/habéis/han} amado
Pret. pluscuamperfecto:	{había/habías/había/habíamos/habíais/habían} amado
Pret. anterior:	{hube/hubiste/hubo/hubimos/hubisteis/hubieron} amado
Futuro perfecto:	{habré/habrás/habrá/habremos/habréis/habrán} amado
Condicional compuesto:	{habría/ habrías /habría /habríamos /habríais /habrían} amado

Subjuntivo:

Pret. perfecto:	{haya/hayas/haya/hayamos/hayáis/hayan} amado
Pret. pluscuamperfecto:	{hubiera/hubieras/hubiera/hubiéramos/hubierais/hubieran} amado, oppure: {hubiese/hubieses/hubiese/hubiésemos/hubieseis/hubiesen} amado
Futuro perfecto:	{hubiere/hubieres/hubiere/hubiéremos/hubiereis /hubieren} amado

2. Seconda coniugazione

a) Tempi semplici

Gerundio: temiendo   Participio: temido

Indicativo				Condicional
Presente	Imperfecto	Pretérito indefinido	Futuro imperfecto	
temo	temía	temí	temeré	temería
temes	temías	temiste	temerás	temerías
teme	temía	temió	temerá	temería
tememos	temíamos	temimos	temeremos	temeríamos
teméis	temíais	temisteis	temeréis	temeríais
temen	temían	temieron	temerán	temerían

Subjuntivo			Imperativo
Presente	Imperfecto	Futuro imperfecto	
tema	temiera/temiese	temiere	
temas	temieras/temieses	temieres	teme
tema	temiera/temiese	temiere	tema
temamos	temiéramos/temiésemos	temiéremos	temamos
temáis	temierais/temieseis	temiereis	temed
teman	temieran/temiesen	temieren	teman

b) Tempi composti

Indicativo:
Pret. perfecto: {he/ has/ha/hemos/habéis/han} temido
Pret. pluscuamperfecto: {había/habías/había/habíamos/habíais/habían} temido
Pret. anterior: {hube/hubiste/hubo/hubimos/hubisteis/hubieron} temido
Futuro perfecto: {habré/habrás/habrá/habremos/habréis/habrán} temido
Condicional compuesto: {habría/ habrías /habría /habríamos /habríais /habrían} temido

Subjuntivo:
Pret. perfecto: {haya/hayas/haya/hayamos/hayáis/hayan} temido
Pret. pluscuamperfecto: {hubiera/hubieras/hubiera/hubiéramos/hubierais/hubieran}temido, oppure:
{hubiese/hubieses/hubiese/hubiésemos/hubieseis/hubiesen} temido
Futuro perfecto: {hubiere/hubieres/hubiere/hubiéremos/hubiereis /hubieren} temido

3. Terza coniugazione

a) Tempi semplici

Gerundio: viviendo Participio: vivido

Indicativo				Condicional
Presente	Imperfecto	Pretérito indefinido	Futuro imperfecto	
vivo	vivía	viví	viviré	viviría
vives	vivías	viviste	vivirás	vivirías
vive	vivía	vivió	vivirá	viviría
vivimos	vivíamos	vivimos	viviremos	viviríamos
vivís	vivíais	vivisteis	viviréis	viviríais
viven	vivían	vivieron	vivirán	vivirían

Subjuntivo			Imperativo
Presente	Imperfecto	Futuro imperfecto	
viva	viviera/viviese	viviere	
vivas	vivieras/vivieses	vivieres	vive
viva	viviera/viviese	viviere	viva
vivamos	viviéramos/viviésemos	viviéremos	vivamos
viváis	vivierais/vivieseis	viviereis	vivid
vivan	vivieran/viviesen	vivieren	vivan

b) Tempi composti

Indicativo:
Pret. perfecto: {he/ has/ha/hemos/habéis/han} vivido
Pret. pluscuamperfecto: {había/habías/había/habíamos/habíais/habían} vivido
Pret. anterior: {hube/hubiste/hubo/hubimos/hubisteis/hubieron} vivido
Futuro perfecto: {habré/habrás/habrá/habremos/habréis/habrán} vivido
Condicional compuesto: {habría/ habrías /habría /habríamos /habríais /habrían} vivido

Subjuntivo:
Pret. perfecto: {haya/hayas/haya/hayamos/hayáis/hayan} vivido
Pret. pluscuamperfecto: {hubiera/hubieras/hubiera/hubiéramos/hubierais/hubieran} vivido, oppure:
{hubiese/hubieses/hubiese/hubiésemos/hubieseis/hubiesen} vivido
Futuro perfecto: {hubiere/hubieres/hubiere/hubiéremos/hubiereis/hubieren} vivido

C. Il passivo

La voce passiva si forma sinteticamente e perifrasticamente.

La costruzione perifrastica si forma con il verbo ser come ausiliare più il participio del verbo. Dopo la forma verbale si esprime di solito l'agente, introdotto dalla preposizione por:

Juan es amado (por María)

La costruzione sintetica si forma con la particella se passivante più la forma attiva del verbo:

Se ama a Juan

In questa costruzione l'agente resta sottinteso, per cui ci si aggiunge una sfumatura di impersonalità.

La costruzione con se è molto più usata della costruzione perifrastica, tanto nel registro formale quanto nel parlato.

II.2.10. I verbi irregolari

A. Mutamenti ortografici

VERBI IN		DIVENTA	DAVANTI A	NELLE FORME SEGUENTI
-car (*sacar*)	c	qu	e	Cong. presente (*saque, saques*, ecc.) e 1ª persona singolare del passato remoto (*saqué*)
-gar (*pagar*)	g	gu	e	Cong. presente (*pague, pagues*, ecc.) e 1ª persona singolare del passato remoto (*pagué*)
-zar (*cazar*)	z	c	e	Cong. presente (*cace, caces*, ecc.) e 1ª persona singolare del passato remoto (*cacé*)
-cer, -cir (*vencer, zurcir*)	c	z	a, o	1ª persona singolare indicativo presente (*venzo, zurzo*) e le forme del congiuntivo presente (*venza, venzas*, ecc., oppure *zurza, zurzas*, ecc.)
-ger, -gir (*escoger, dirigir*)	g	j	a, o	1ª persona singolare indicativo presente (*escojo, dirijo*) e le forme del congiuntivo presente (*escoja, escojas*, ecc., oppure *dirijas*, ecc.)
-guir (*distinguir*)	gu	g	a, o	1ª persona singolare indicativo Presente (*distingo*) e le forme del congiuntivo presente (*distinga, distingas*, ecc.)

VERBI IN		DIVENTA	DAVANTI A	NELLE FORME SEGUENTI
-quir (*delinquir*)	qu	c	a, o	1ª persona singolare indicativo presente (*delinco*) e le forme del congiuntivo presente (*delinca, delincas,* ecc.)
-guar (*averiguar*)	gu	gü	e	tutte le forme del congiuntivo presente (*averigüe, averigües*, ecc.)

B. Mutamenti dell'accentazione (e dittongamenti)

1. cambiar		**2. enviar**	
Presente		Presente	
Indicativo	Subjuntivo	Indicativo	Subjuntivo
cambio	cambie	envío	envíe
cambias	cambies	envías	envíes
cambia	cambie	envía	envíe
cambiamos	cambiemos	enviamos	enviemos
cambiáis	cambiéis	enviáis	enviéis
cambian	cambien	envían	envíen

3. evacuar		**4. continuar**	
Presente		Presente	
Indicativo	Subjuntivo	Indicativo	Subjuntivo
evacuo	evacue	continúo	continúe
evacuas	evacues	continúas	continúes
evacua	evacue	continúa	continúe
evacuamos	evacuemos	continuamos	continuemos
evacuáis	evacuéis	continuáis	continuéis
evacuan	evacuen	continúan	continúen

5. a) cerrar		b) errar	
Presente		Presente	
Indicativo	Subjuntivo	Indicativo	Subjuntivo
cierro	cierre	yerro	yerre
cierras	cierres	yerras	yerres
cierra	cierre	yerra	yerre
cerramos	cerremos	erramos	erremos
cerráis	cerréis	erráis	erréis
cierran	cierren	yerran	yerren

6. tender	
Presente	
Indicativo	Subjuntivo
tiendo	tienda
tiendes	tiendas
tiende	tienda
tendemos	tendamos
tendéis	tendáis
tienden	tiendan

7. a) discernir		b) adquirir	
Presente		Presente	
Indicativo	Subjuntivo	Indicativo	Subjuntivo
discierno	discierna	adquiero	adquiera
disciernes	disciernas	adquieres	adquieras
discierne	discierna	adquiere	adquiera
discernimos	discernamos	adquirimos	adquiramos
discernís	discernáis	adquirís	adquiráis
disciernen	disciernan	adquieren	adquieran

8. a) contar		**b) jugar**	
Presente		Presente	
Indicativo	Subjuntivo	Indicativo	Subjuntivo
cuento	cuente	juego	juegue
cuentas	cuentes	juegas	juegues
cuenta	cuente	juega	juegue
contamos	contemos	jugamos	juguemos
contáis	contéis	jugáis	juguéis
cuentan	cuenten	juegan	jueguen

9. a) mover		**b) oler**	
Presente		Presente	
Indicativo	Subjuntivo	Indicativo	Subjuntivo
muevo	mueva	huelo	huela
mueves	muevas	hueles	huelas
mueve	mueva	huele	huela
movemos	movamos	olemos	olamos
movéis	mováis	oléis	oláis
mueven	muevan	huelen	huelan

10. sentir		Gerundio: sintiendo
Presente		
Indicativo	Subjuntivo	Pretérito indefinido
siento	sienta	sentí
sientes	sientas	sentiste
siente	sienta	sintió
sentimos	sintamos	sentimos
sentís	sintáis	sentisteis
sienten	sientan	sintieron

11. dormir		Gerundio: durmiendo
Presente		
Indicativo	Subjuntivo	Pretérito indefinido
duermo	duerma	dormí
duermes	duermas	dormiste
duerme	duerma	durmió
dormimos	durmamos	dormimos
dormís	durmáis	dormisteis
duermen	duerman	durmieron

12. pedir		Gerundio: pidiendo
Presente		
Indicativo	Subjuntivo	Pretérito indefinido
pido	pida	pedí
pides	pidas	pediste
pide	pida	pidió
pedimos	pidamos	pedimos
pedís	pidáis	pedisteis
piden	pidan	pidieron

13. a) crecer		**b) lucir**	
Presente		Presente	
Indicativo	Subjuntivo	Indicativo	Subjuntivo
crezco	crezca	luzco	luzca
creces	crezcas	luces	luzcas
crece	crezca	luce	luzca
crecemos	crezcamos	lucimos	luzcamos
crecéis	crezcáis	lucís	luzcáis
crecen	crezcan	lucen	luzcan

14. huir		Gerundio: huyendo	
Presente			
Indicativo	Subjuntivo	Pretérito indefinido	Imperativo
huyo	huya	huí	
huyes	huyas	huíste	huye
huye	huya	huyó	huya
huímos	huyamos	huímos	huyamos
huís	huyáis	huísteis	huid
huyen	huyan	huyeron	huyan

C. Altre irregolarità[6]

15. abrir	Participio: abierto	16. asir
Pretérito indefinido		Presente indicativo
abrí		asgo
abriste		ases
abrió		ase
abrimos		asimos
abristeis		asís
abrieron		asen

17. andar	
Pretérito perfecto	Pretérito imperfecto Subjuntivo
anduve	anduviera/anduviese
anduviste	anduvieras/anduvieses
anduvo	anduviera/anduviese
anduvimos	anduviéramos/andiviésemos
anduvisteis	anduvierais/anduvieseis
anduvieron	anduvieran/anduviesen

6. Si elencano soltanto le forme irregolari. Le altre forme si coniugano come le forme regolari delle loro coniugazioni.

18. caber		
Presente indicativo	Pretérito perfecto	Futuro imperfecto
quepo	cupe	cabré
cabes	cupiste	cabrás
cabe	cupo	cabrá
cabemos	cupimos	cabremos
cabéis	cupisteis	cabréis
caben	cupieron	cabrán

19. caer	Gerundio: cayendo
Presente indicativo	Pretérito perfecto
caigo	caí
caes	caíste
cae	cayó
caemos	caímos
caéis	caísteis
caen	cayeron

20. conducir		**21. creer** Gerundio: creyendo Participio: creído
Presente indicativo	Pretérito perfecto	Pretérito perfecto
conduzco	conduje	creí
conduces	condujiste	creíste
conduce	condujo	creyó
conducimos	condujimos	creímos
conducís	condujisteis	creísteis
conducen	condujeron	creyeron

22. dar			
Indicativo	Subjuntivo	Pretérito indefinido	Imperativo
doy	dé	di	
das	des	diste	da
da	dé	dio	dé
damos	demos	dimos	demos
dais	deis	disteis	dad
dan	den	dieron	den

23. decir	Gerundio: diciendo		Participio: dicho
Presente indicativo	Pretérito indefinido	Futuro imperfecto	Imperativo
digo	dije	diré	
dices	dijiste	dirás	dí
dice	dijo	dirá	diga
decimos	dijimos	diremos	digamos
decís	dijisteis	diréis	decid
dicen	dijeron	dirán	digan

24. escribir
Participio: escrito

25. hacer	Participio: hecho		
Presente indicativo	Pretérito indefinido	Futuro imperfecto	Imperativo
hago	hice	haré	
haces	hiciste	harás	haz
hace	hizo	hará	haga
hacemos	hicimos	haremos	hagamos
hacéis	hicisteis	haréis	haced
hacen	hicieron	harán	hagan

26. imprimir
Participio: impreso

28. ir	Gerundio: yendo		
Presente indicativo	Presente subjuntivo	Pretérito imperfecto	Pretérito indefinido
voy	vaya	iba	fui
vas	vayas	ibas	fuiste
va	vaya	iba	fue
vamos	vayamos	íbamos	fuimos
vais	vayáis	íbais	fuisteis
van	vayan	iban	fueron
Imperativo: ve, vaya, vamos, id, vayan			

29. morir		**30. oír**	
Gerundio: muriendo	Parficipio: muerto		
Pres. Indic.	Pret. Indefinido	Pres. Indic.	Pret. Indefinido
muero	morí	oigo	oí
mueres	moriste	oyes	oíste
muere	murió	oye	oyó
morimos	morimos	oímos	oímos
morís	moristeis	oís	oísteis
mueren	murieron	oyen	oyeron

31. poder		Gerundio: pudiendo
Pres. Indic.	Pret. Indefinido	Fut. Imperf.
puedo	pude	podré
puedes	pudiste	podrás
puede	pudo	podrá
podemos	pudimos	podremos
podéis	pudisteis	podréis
pueden	pudieron	podrán

32. poner	Participio: puesto		
Pres. Indic.	Pret. Indefinido	Fut. Imperfecto	Imperativo
pongo	puse	pondré	
pones	pusiste	pondrás	pon
pone	puso	pondrá	ponga
ponemos	pusimos	pondremos	pongamos
ponéis	pusisteis	pondréis	poned
ponen	pusieron	pondrán	pongan

33. querer		
Pres. Indic.	Pret. Indefinido	Fut. Imperf.
quiero	quise	querré
quieres	quisiste	querrás
quiere	quiso	querrá
queremos	quisimos	querremos
queréis	quisisteis	querréis
quieren	quisieron	querrán

34. reír	Gerundio: riendo	Participio: reído
Pres. Indic.	Pres. Subjuntivo	Pret. Indefi.
río	ría	reí
ríes	rías	reíste
ríe	ría	rió
reímos	riamos	reímos
reís	riáis	reísteis
ríen	rían	rieron

35. roer		
Pres. Indic.	Pres. subjuntivo	Pret. Indefi.
roo/ roigo/royo	roa/ roiga/ roya	roí
roes	roas	roíste
roe	roa/roiga/roya	royó
roemos	roamos	roímos
roéis	roáis	roísteis
roen	roan	royeron

36. romper
Participio: roto (corromper > corrompido)

37. saber			
Presente indicativo	Presente subjuntivo	Pretérito indefinido	Futuro imperfecto
sé	sepa	supe	sabré
sabes	sepas	supiste	sabrás
sabe	sepa	supo	sabrá
sabemos	sepamos	supimos	sabremos
sabéis	sepáis	supisteis	sabréis
saben	sepan	supieron	sabrán

38. salir		
Pres. indicativo	Fut. imperfecto	Imperativo
salgo	saldré	
sales	saldrás	sal
sale	saldrá	salga
salimos	saldremos	salgamos
salís	saldréis	salid
salen	saldrán	salgan

39. traer		**40. valer**	
Gerundio: trayendo	Parficipio: traído		
Pres. Indicativo	Pret. Indefinido	Pres. Indicativo	Fut. imperfecto
traigo	traje	valgo	valdré
traes	trajiste	vales	valdrás
trae	trajo	vale	valdrá
traemos	trajimos	valemos	valdremos
traéis	trajisteis	valéis	valdréis
traen	trajeron	valen	valdrán

41. venir	Gerundio: viniendo		
Pres. indicativo	Pret. indefinido	Fut. imperfecto	Imperativo
vengo	vine	vendré	
vienes	viniste	vendrás	ven
viene	vino	vendrá	venga
venimos	vinimos	vendremos	vengamos
venís	vinisteis	vendréis	venid
vienen	vinieron	vendrán	vengan

42. ver	Gerundio: viendo	Participio: visto
Pres. indicativo	Pret. indefinido	Pret. imperf.
veo	vi	veía
ves	viste	veías
ve	vio	veía
vemos	vimos	veíamos
veis	visteis	veíais
ven	vieron	veían

43. volver	Participio: vuelto
Pres. indicativo	
vuelvo	
vuelves	
vuelve	
volvemos	
volvéis	
vuelven	

44. yacer		
Pres. indicativo	Pres. subjuntivo	Imperativo
yazco/ yazgo/ yago	yazca/ yazga/ yaga	
yaces	yazcas/ yazgas/ yagas	yaz, yace
yace	yaga	yazca, yazga, yaga
yacemos	yazcamos/yazgamos/ yagamos	yazcamos, yazgamos, yagamos
yacéis	yazcáis/ yazgáis/ yagáis	yazcan, yazgan, yagan
yacen	yazcan/ yazgan/ yagan	yazcan, yazgan, yagan

II.2.11. I numerali

A. Cardinal

0	cero
1	un, uno, una
2	dos
3	tres
4	cuatro
5	cinco
6	seis
7	siete
8	ocho
9	nueve
10	diez
11	once
12	doce
13	trece
14	catorce
15	quince
16	dieciséis
17	diecisiete
18	dieciocho
19	diecinueve
20	veinte
21	veintiuno
22	veintidós
23	veintitrés
24	veinticuatro
25	veinticinco
26	veintiséis
27	veintisiete
28	veintiocho
29	veintinueve
30	treinta
40	cuarenta
50	cincuenta
60	sesenta
70	setenta
80	ochenta
90	noventa
100	cien, ciento
110	ciento diez
300	trescientos
400	cuatrocientos
500	quinientos
600	seiscientos
700	setecientos
800	ochocientos
900	novecientos
1 000	mil

B. Ordinali

1º	primero
2º	segundo
3º	tercero
4º	cuarto
5º	quinto
6º	sexto
7º	séptimo
8º	octavo
9º	noveno/ *(raro)* nono
10º	décimo
11º	undécimo
12º	duodécimo
13º	decimotercero
14º	decimocuarto
15º	decimoquinto
16º	decimosexto
17º	decimoséptimo
18º	decimoctavo
19º	decimonoveno
20º	vigésimo
21º	vigésimo primero
30º	trigésimo
40º	cuadragésimo
50º	quincuagésimo
60º	sexagésimo
70º	septuagésimo
80º	octogésimo
90º	nonagésimo
100º	centésimo
1 000º	milésimo
1 000 000º	millonésimo

Osservazioni:

Il tratto che permette di individuare gli ordinali dai numerali è diverso da quello italiano (lo spagnolo usa º invece di °).

Cardinal *(Cont.)*

1 001	mil uno
1 100	mil cien
2 000	dos mil
3 000	tres mil
10 000	diez mil
100 000	cien mil
200 000	doscientos mil
500 000	quinientos mil (o medio millón de...)
1.000.000	un millón
2.000.000	dos millones
1.000.000.000	mil millones
1.000.000.000.000	un billón
1.000.000.000.000.000.000	un trillón

Per il sostantivo italiano *miliardo* è stata introdotta recentemente la forma *millardo*, anche se è di uso poco frequente. Si consiglia di tradurre le quantità in *miliardi* a *millones* oppure a *billones*.

Un prodotto interno lordo di mille miliardi di lire = Un PIB de un billón de liras.

III. ABBREVIAZIONI

abreviatura	*abr*	abbreviazione
adjetivo	*adj*	aggettivo
adjetivo y sustantivo	*adj/s*	aggettivo e sostantivo
administración, lenguaje administrativo	*adm*	amministrazione, linguaggio amministrativo
adverbio	*adv*	avverbio
aeronáutica, aviación	*aero*	aeronautica, aviazione
agricultura	*agric*	agricoltura
alguien	*alg*	qualcuno
americanismo	*Am*	americanismo
Centroamérica	*Am Cent*	America centrale
Sudamérica	*Am Mer*	America del Sud
Andalucía	*And*	Andalusia
anticuado	*ant*	antiquato
artículo	*ar*	articolo
Argentina	*Arg*	Argentina
arquitectura	*arq*	architettura
bellas artes	*arte*	belle arti
astrología	*astrol*	astrologia
astronomía	*astron*	astronomia
automovilismo	*auto*	automobilismo
banca	*banc*	banca
biología	*biol*	biologia
Bolivia	*Bol*	Bolivia
botánica	*bot*	botanica
Italia central	*centr*	Italia centrale
Italia centromeridional	*centromerid*	Italia centromeridionale
Chile	*Chile*	Cile
lenguaje científico	*cient*	linguaggio scientifico
cinematografia	*cine*	cinematografia
Colombia	*Col*	Colombia
coloquial	*coloq*	colloquiale
comercio	*com*	commercio
conjunción	*conj*	congiunzione
construcción	*constr*	edilizia
correos	*correo*	poste
Costa Rica	*CR*	Costa Rica
Cuba	*Cuba*	Cuba
despectivo	*desp*	dispregiativo
diplomacia	*dipl*	diplomazia
economía	*econ*	economia
Ecuador	*Ecu*	Ecuador
electricidad	*electr*	elettricità
electrónica, técnica del sonido	*electrón*	elettronica, tecnica del suono
elevado	*elev*	elevato
enfático	*enf*	enfatico
verbo esdrújulo de la 1.ª conj.	‹*esd*›	verbo sdrucciolo della 1ª coniug.
España	*Esp*	Spagna
estándar	*estánd*	standard

estudios	*estud*	studi
eufemístico	*euf*	eufemistico
exclamación, interjección	*excl*	esclamazione, interiezione
femenino	*f*	femminile
farmacia	*farma*	farmacia
ferrocarril	*ferroc*	ferrrovie
figurado	*fig*	figurato
filosofía	*filos*	filosofia
física	*fís*	fisica
fotografía	*foto*	fotografia
femenino plural	*fpl*	femminile plurale
gastronomía, comidas, bebidas	*gastr*	gastronomia, cibi, bevande
geografía	*geogr*	geografia
geología	*geol*	geologia
geometría	*geom*	geometria
Guatemala	*Guat*	Guatemala
heráldica	*heráld*	araldica
historia, voz histórica	*hist*	storia, voce storica
Honduras	*Hond*	Honduras
humorístico	*hum*	umoristico
imprenta, tipografía	*impr*	stampa, tipografia
industria	*indus*	industria
lenguaje infantil	*infant*	linguaggio infantile
informática	*informát*	informatica
invariable	*inv*	invariabile
irónico	*irón*	ironico
verbo incoativo de la 3.ª conj.	*‹isc›*	verbo incoativo della 3ª coniug.
palabra usada en varias jergas	*jerga*	parola usata in diversi gerghi
jerga de delincuentes	*jerga delinc*	gergo dei delinquenti
jerga de drogadictos y narcotraficantes	*jerga drog*	gergo dei drogati e dei trafficanti di droga
jerga estudiantil	*jerga estud*	gergo studentesco
jerga militar	*jerga mil*	gergo militaresco
derecho, lenguaje jurídico	*jur*	diritto, linguaggio giuridico
lingüística, gramática	*ling*	linguistica, grammatica
literatura, métrica, retórica	*lit*	letteratura, metrica, retorica
masculino	*m*	maschile
matemáticas	*mat*	matematica
mecánica	*mec*	meccanica
medicina, anatomía	*med*	medicina, anatomia
Italia meridional	*merid*	Italia meridionale
metalurgia, metales	*metal*	metallurgia, metalli
meteorología	*meteo*	meteorologia
México	*Méx*	Messico
militar	*mil*	militare
mineralogía, minerales	*min*	mineralogia, minerali
mitología	*mitol*	mitologia
masculino plural	*mpl*	maschile plurale
música	*mús*	musica
navegación, marítimo	*nav*	navigazione, marittimo
Nicaragua	*Nic*	Nicaragua

obsoleto	*obsol*	obsoleto
onomatopeya	*onom*	onomatopea
periodismo	*period*	giornalismo
Perú	*Perú*	Perù
plural	*pl*	plurale
política	*pol*	politica
participio pasado	*pp*	participio passato
Puerto Rico	*PR*	Portorico
preposición	*prep*	preposizione
pronombre	*pron*	pronome
psicología	*psicol*	psicologia
alguien	*q*	qualcuno
alguna cosa	*qc*	qualcosa
química	*quím*	chimica
radiodifusión	*radio*	radiodiffusione
raro	*raro*	raro
República Dominicana	*RD*	Repubblica Dominicana
regional	*reg*	regionale
religión, iglesia	*relig*	religione, chiesa
Italia septentrional	*sept*	Italia settentrionale
singular	*sing*	singolare
deporte	*sport*	sport
también	*tamb.*	anche
tauromaquia	*taur*	tauromachia
teatro	*teat*	teatro
tecnología	*tecn*	tecnologia
telecomunicaciones	*telec*	telecomunicazioni
Toscana	*tosc*	Toscana
transporte	*transp*	trasporti
televisión	*TV*	televisione
textil, ropa	*txtl*	tessile, abbigliamento
una cosa	*u-c*	qualcosa
Uruguay	*Ur*	Uruguay
véase	*V.*	vedi
verbo auxiliar	*v/aux*	verbo ausiliare
verbo defectivo	*v/def*	verbo difettivo
verbo impersonal	*v/impers*	verbo impersonale
Venezuela	*Ven*	Venezuela
veterinaria	*vet*	veterinaria
verbo intransitivo	*vi*	verbo intransitivo
verbo transitivo	*vt*	verbo transitivo
verbo transitivo e intransitivo	*vt/i*	verbo transitivo e intransitivo
vulgar, grosero	*vulg*	volgare
zoología	*zool*	zoologia

II

SPAGNOLO - ITALIANO
ESPAÑOL - ITALIANO

A

a *prep* 1. (*lugar*) a, in; ***~ la derecha/a la izquierda*** *a destra/a sinistra*; ***ir ~ Francia*** *andare in Francia*; ***ir ~ París*** *andare a Parigi*; ***ir ~l campo*** *andare in campagna*; ***ir ~l monte*** *andare in montagna*; ***ir ~l mar*** *andare al mare*; ***ir ~ la playa*** *andare al mare*; ***ir ~ la escuela*** *andare a scuola*; ***ir ~ comer*** *andare a mangiare*; ***ir ~l teatro*** *andare a teatro*; ***ir ~ la iglesia*** *andare in chiesa*; ***sentarse ~ la mesa*** *sedersi a tavola*; 2. (*tiempo*) a; ***~ las cinco*** *alle cinque*; ***~l mediodía*** *a mezzogiorno*; ***Valencia, ~ 22 de julio*** *Valenza, 22 luglio*; 3. (*modo, medio*) a, in; ***~ pie*** *a piedi*; ***~l contado*** *in contanti*; ***pintar ~l óleo*** *dipingere a olio*; 4. (*precio*) a; ***~ mil euros cada una*** *a mille euro l'una*; 5. (*con valor imperativo o exhortativo*) a; ***¡~ comer!*** *a mangiare!*; ***¡~ la cama!*** *a letto!*; 6. (*verbos, adjetivos, sustantivos + a*); ***empezar ~*** *cominciare a*; ***dispuesto ~*** *disposto a*; ***miedo ~ la muerte*** *paura della morte*; 7. (*complemento directo*); ***he visto ~ Luis*** *ho visto Luigi* ◊ ***~ la orilla del mar*** (*lugar*) in riva al mare; ***~ medida que*** a mano a mano che; ***poco ~ poco*** a poco a poco

A. *abr* 1. (*año*) a (anno); 2. (*aprobado*) promosso/sufficiente

AA *abr* 1. (*Aerolíneas Argentinas*) Linee aeree argentine; 2. (*Alcohólicos Anónimos*) Alcolisti anonimi

AA.EE. (*Asuntos Exteriores (Ministerio de)*) *mpl* M.A.E., Affari Esteri (Ministero degli).

AA.RR. (*Altezas Reales*) *abr* A.R., (*Altezza Reale*)

AA.VV. (*Autores Varios*) *abr* AA.VV., (*Autori Vari*)

abacial *adj* abbaziale, badiale (*elev*)

ábaco *m* pallottoliere; *arq* abaco

abad *m* abate; **~ejo** *m zool* (*Pollachius pollachius*) merluzzo giallo; (*Gadus morhua*) baccalà (fresco), merluzzo; **~esa** *f* badessa; **~ía** *f* abbazia

abajo *adv* giù; sotto; abbasso ◊ ***cuesta ~*** in discesa; ***de arriba ~*** dall'alto in basso; ***el ~ firmante*** il sottoscritto; ***echar ~*** buttare giù, demolire, abbattere; ***escaleras ~*** giù per le scale; ***irse ~*** venire giù, crollare; ***¡~ la tiranía!*** abbasso la tirannide!

abalanzar ‹*abalancé*› **1.** *vt* equilibrare, bilanciare; **2. ~se** precipitarsi; ***~se hacia la salida*** *precipitarsi verso l'uscita*; ***~se sobre alg*** *avventarsi, scagliarsi contro q*

abalear *vt Am* sparare *vi*; *agric* vagliare; **~o** *m Am* sparatoria *f*, spari *mpl*

abalizar ‹*abalicé*› *vt nav* segnalare con boe

abalorio *m* conterie *fpl*

abanderado, -a *m/f* portabandiera; **~r** *vt nav* iscrivere una nave

abandonado, -a 1. *adj/s* abbandonato, -a (estar); **2.** *adj* sciatto, -a, trascurato, -a (ser); **~ar 1.** *vt* abbandonare, lasciare; *fig* trascurare; **2. ~se** abbandonarsi, cedere *vi*; **~o** *m* rinuncia *f*; abbandono; *sport* abbandono, ritiro; trascuratezza *f*, negligenza *f*

abanicar ‹*abaniqué*› **1.** *vt* far vento col ventaglio *vi*; **2. ~se** farsi vento col ventaglio; **~co** *m* ventaglio; *am* ventilatore; **~queo** *m* sventolamento

abanto, -a *adj taur* stordito, -a, confuso, -a, timoroso, -a

abaratamiento *m* ribasso, calo, diminuzione *f*; **~r 1.** *vt* ribassare, calare, abbassare; **2. ~se** ribassare *vi*, calare *vi*

abarca (*var.* **albarca**) *f* ="(specie di) sandalo greggio" *m*; *desp/coloq* ciabatta; **~r** ‹*abarqué*› *vt* abbracciare, comprendere ◊ ***quien mucho abarca poco aprieta*** chi troppo abbraccia nulla stringe

abarquillar 1. *vt tecn* incurvare, arcuare, imbarcare; **2. ~se** *tecn* incurvarsi, arcuarsi, imbarcarsi

abarraganarse vivere in concubinaggio *vi*

abarrancadero *m* pantano; *fig* imbroglio; **~ar** ‹*abarranqué*› **1.** *vt* incagliare; **2. ~se** *nav* incagliare *vi*; **3.** *fig* impantanarsi

abarrotado, -a *adj* colmo, -a, pieno, -a zeppo, -a; affollato, -a; **~ar 1.** *vt* riempire, colmare; **2. ~se** *am* deprezzarsi; **~e 1.** *m nav* ="piccolo collo che serve da zeppa per la stiva"; *am* accumulo, accumulazione *f*; **2.** *mpl* commestibili; *Méx* viveri

abastecedor, -a *adj/s* fornitore, -trice; **~ecer** ‹*abastezco*› V. 13a **1.** *vt* fornire, somministrare, rifornire (**de** di); **2. ~se** fornirsi (**de** di); **~ecimiento** *m* rifornimento; approvvigionamento; **~ero** *m Am* fornitore; *Chile* ="fornitore di carne all'ingrosso"; **~o** *m* fornitura *f*, rifornimento ◊ ***mercado de ~(s)*** mercati generali; ***no dar ~*** *fig* non farcela; ***dar ~o*** provvedere sufficientemente

abatanar *vt tecn* follare

abate *m elev* Abbé; *hist* abate

abatible *adj* ribaltabile; **~do, -a** *adj fig* abbattuto, -a, prostrato, -a, avvilito, -a, depresso, -a; **~dor** *m* congelatore ◊ ***~ de temperatura/ congelador rápido*** abbattitore; **~miento** *m fig* abbattimento, prostrazione *f*, avvilimento, depressione *f*; abbattimento; **~r 1.** *vt* abbattere, atterrare; ***~ un árbol*** *abbattere un albero*; ***~ un animal*** *abbattere un animale*; *fig* distruggere, abbattere, umiliare; indebolire; **2.** *vi nav* deviare la rotta di una nave; **3. ~se** abbattersi, deprimersi; scendere *vi*; *fig* cedere *vi* ◊ ***~ las velas*** *mar* calare le vele

abdicación *f* abdicazione; **~ar** ‹*abdiqué*› *vt* abdicare *vi*; *fig* rinunciare *vi*

abdomen *m* addome; **~inal** *adj* addominale

abducción *f* abduzione; **~tor** *adj/m* abduttore

abecé *m* Abc, abbicci *inv*, alfabeto; **~edario** *m* abbecedario, sillabario

abedul *m bot* betulla *f*, betula *f*

abeja *f zool* ◊ ***~ obrera*** ape operaia; ***~ reina*** ape regina; **~arrón** *m zool* calabrone; **~aruco** *m zool* gruccione; **~ón** *m zool* fuco, pecchione; **~orro**

m zool fig (*vespa crabro*) calabrone ◊ ~ ***sanjuanero*** *zool* maggiolino (*melolontha, melolontha*); ***ser un*** ~ *fig* essere noioso
aberchale V. **abertzale**
aberenjenado, -a *adj* color melanzana, violaceo, -a
aberra|ción *f* aberrazione; *fig* smarrimento *m*; **~nte** *adj* aberrante
abertura *f* apertura; spaccatura; *geogr* seno di mare *m*, insenatura; *fig* franchezza, schiettezza
abertzale (*var.* **aberchale**) *adj/s* nazionalista basco
abet|al *m* abetaia *f*, abetina *f*; **~o** *m bot* abete ◊ ~ ***blanco*** abete bianco; ~ ***rojo*** abete rosso
Abg. (*Abogado*) *abr* Avv. (*avvocato*)
abiert|amente *adv* apertamente, sinceramente, con schiettezza; **~o, -a** *adj* aperto, -a, spazioso, -a, scoperto, -a, disteso, -a; *fig* sincero, -a, schietto, -a; comprensivo, -a ◊ ~ ***de par en par*** spalancato
abigarra|do, -a *adj* screziato, -a, multicolore, variopinto, -a; **~miento** *m* screziatura *f*; *fig* miscuglio
abige|ato *m jur* abigeato; **~o** *m jur* abigeo
abiótico, -a *adj biol* abiotico, -a
abisal *adj* abissale
Abisini|a *f geogr* Abissinia; **~o, -a** *adj/s* abissino, -a
abism|ado, -a *adj* inabissato, -a, affondato, -a ◊ ~ ***en sus pensamientos*** assorto nei suoi pensieri; **~al** *adj* abissale; **~ar 1.** *vt* inabissare, sommergere; **2. ~se** immergersi; *am* stupirsi; **~o** *m* abisso
Abjasia *f geogr* Abkhasia
abjur|ación *f* abiura; **~ar** *vt/i* abiurare, rinnegare
ablación *f geogr/fís/jur* ablazione, estirpazione; *geogr/fís/jur* ablazione
abland|amiento *m* (*a. fig*) rammollimento, intenerimento; **~ar 1.** *vt* rammollire; temprare; ammorbidire; **2.** *fig* addolcire, intenerire; **3. ~se** *fig* intenerirsi; **~e** *m Arg auto* rodaggio
ablativo *adj/m* ablativo
ablución *f* abluzione
abnega|ción *f* abnegazione; **~do, -a** *adj* abnegato, -a
abob|ado, -a 1. *adj/s* istupidito, -a, intontito, -a, ingrullito, -a; **2.** *adj* (*sorpresa*) sbalordito, -a; **~amiento** *m* istupidimento, balordaggine *f*, stupefazione *f*; **~ar** *vt* istupidire; (*sorpresa*) sbalordire
aboc|ado, -a *adj* 1. (*vino*) abboccato; 2. destinato, -a; ~ ***a perder*** *destinato a perdere*; **~amiento** *m* abboccamento; **~ar** ‹*aboqué*› **1.** *vt* abboccare *vi*; **2.** *vi nav* imboccare
abochorn|ado, -a *adj* soffocato dal caldo, -a; *fig* vergognoso, -a, umiliato, -a; **~ar 1.** *vt* soffocare dal caldo; *fig* svergognare, umiliare; **2. ~se** vergognarsi, arrossire *vi*; *agric* (*plantas*) seccare *vi*
abocinado, -a *adj* a trombone *adv*; *arq* rampante
abofetear *vt* schiaffeggiare
aboga|cía *f* avvocatura; **~desco, -a** *adj* avvocatesco, -a; **~dil** *adj* avvocatesco, -a; **~do, -a** *m/f* avvocato, avvocatessa *f* (*desp*), avvocata *f*; protettore, -trice, patrono, -a ◊ ~ ***de oficio, del Estado*** avvocato d'ufficio, dello Stato; ~ ***del diablo*** avvocato del diavolo; **~r** ‹*abogué*› *vi* intercedere
abolengo *m* lignaggio ◊ ***de rancio*** ~ di antica stirpe
aboli|ción *f* abolizione; **~cionismo** *m* abolizionismo; **~cionista** *adj/s* abolizionista; **~r** ‹*se usa sólo en las formas en que la desinencia comienza con la vocal i*› *vt/def* abolire
aboll|ado, -a *adj* ammaccato, -a; **~adura** *f* ammaccatura; **~ar** *vt* ammaccare; **~onar** *vi* (*figuras*) modellare a sbalzi
abomb|ado, -a *adj* piegato, -a ad arco, convesso, -a; *am fig* stordito, -a, scemo, -a; **~amiento** *m* rigonfiamento, rigonfio, pancia *f*, imbarcatura *f*, sbuffo; **~ar 1.** *vt* piegare ad arco, gonfiare, riempire; **2. ~se** *am fig* gonfiarsi; *am* ubriacarsi, marcire *vi*
abomin|able *adj* abominevole, odioso, -a, obbrobrioso, -a; ***el*** ~ ***hombre de las nieves*** *l'abominevole uomo delle nevi*; **~ación** *f* abominazione, abominio *m*; **~ar** *vt* abominare, aborrire
abon|ado, -a 1. *adj/s* abbonato, -a; **2.** *adj agric* concimato, -a; **~anzar** ‹*abonancé*› *vi* abbonacciare; **~ar 1.** *vt* 1. (*periódico*) abbonare; 2. (*fiador*) accreditare; 3. *agric* concimare; 4. *com* pagare; *com* detrarre da una somma; **2. ~se** abbonarsi; **~aré** *m com* pagherò *inv*; **~o** *m* 1. (*revista*) abbonamento; 2. *econ* accreditamento; 3. *agric* fertilizzante, concime; 4. *com* abbono
abord|able *adj* abbordabile; **~aje** *m* abbordaggio, arrembaggio; ***¡al ~!*** *all'abbordaggio!, all'arrembaggio*; **~ar** *vt nav fig* abbordare; *nav* ormeggiarsi
aborigen (*pl* **aborígenes**) *adj/s* aborigene, aborigeno, -a
aborrascarse *elev* turbarsi il tempo; *fig* inquietarsi
aborrec|er ‹*aborrezco*› V. 13a *vt* aborrire, detestare; infastidire; *zool* abbandonare il nido; **~ible** *adj* odioso, -a; **~imiento** *m* aborrimento; avversione *f*, fastidio
aborreg|ado, -a 1. *adj meteo* (*cielo*) a pecorelle *adv/adj*; **2.** *adj/s desp/fig* pecora *f*; **~ar** ‹*aborregué*› *vt desp/fig* impecorire *vt/i*
abort|amiento *m fig* aborto, fallimento; **~ar 1.** *vi* abortire; *fig* fallire; **2.** *vt* bloccare, interrompere; far fallire; **~ista** *adj/s* abortista; **~ivo, -a** *adj/m* abortivo, -a; **~o** *m med* aborto; *fig* fallimento, aborto; **~ón** *m* animale abortito; pelle di feto d'agnello *f*
abot|agar (*var.* **abotargar**) ‹*abotagué*› **1.** *vt* gonfiare, tumefare; **2. ~se** gonfiarsi, tumefarsi; **~onar 1.** *vt* abbottonare; **2.** *vi bot* germogliare
aboved|ado, -a *adj arq* a volta; **~ar** *vt arq* coprire a volta

abra *f* piccola insenatura; (*montaña*) gola; crepaccio *m*; *Col.* anta; *am* radura
abracadabra *m* abracadabra
abras|ador, -a *adj* ardente, cocente; *fig* ardente; **~ar 1.** *vt/i* bruciare, scottare *vi*; corrodere; **2. ~se** bruciarsi; *fig* infiammarsi; **~ión** *f* abrasione; **~ivo, -a** *adj/m* abrasivo, -a
abraz|adera *f tecn* ghiera; anello o cerchietto metallico *m*; *impr* graffa; **~ar** ‹*abracé*› **1.** *vt* abbracciare, cingere; *fig* comprendere; **2. ~se** abbracciarsi, avvinghiarsi, stringersi; **~o** *m* abbraccio ◊ **~ *del oso*** il bacio di Giuda
abre|botellas *m inv* apribottiglie; **~cartas** *m inv* tagliacarte
ábrego *m geogr* libeccio, africo (*elev*)
abrelatas *m inv* apriscatole
abrev|adero *m* abbeveratoio; **~amiento** *m* abbeveraggio; **~ar** *vt* abbeverare; *tecn* irrigare; (*pieles*) mettere a bagno
abrevi|ación *f* abbreviazione; **~ador, -a** *adj/s* abbreviativo, -a; **~aduría** *f* 1. ufficio dei brevi *m*; 2. carica d'abbreviatore; **~amiento** *m* abbreviamento; **~ar** ‹*abrevio*› V. 1 *vt* 1. abbreviare; 2. ridurre; 3. *coloq/fig* sbrigarsi; **~atura** *f* abbreviatura
abridor *m* apritore; apribottiglie *inv*; *agric* frutta spiccace *f*
abrig|ado, -a *adj* coperto, -a; (*lugar*) riparato, -a; **~ar** ‹*abrigué*› *vt* coprire; riparare, proteggere ◊ **~ *malas intenciones*** covare/nascondere cattive intenzioni; **~o** *m* (*ropa*) cappotto; riparo, rifugio ◊ ***al* ~ *de*** sotto la protezione di; al riparo da; ***de* ~** che ripara/che riscalda, caldo, -a , pesante
abril *m* aprile; *fig* primavera *f*; ***una niña de dieciocho* ~** *una ragazza che ha diciotto primavere*; **~eño, -a** *adj* aprilino, -a
abrillant|ado *m* lucidatura *f*; **~ador, -a 1.** *m* (*persona*) lapidario; brunitoio (objeto), brunitore (persona); **2.** *adj/m* (*líquido*) brillantante; **~ar** *vt* sfaccettare; lucidare (a specchio); *fig* far brillare
abrir ‹*abierto*› V. 15 **1.** *vt/i* aprire; incidere *vt*; sfogliare un libro; **2. ~se** aprirsi; estendersi; (*con q*) confidarsi; *jerga* svignarsela, squagliarsela ◊ **~ *camino*** fare strada; **~ *la marcha*** aprire la marcia; **~ *la mano*** *fig* essere generoso; **~ *los ojos*** *tamb. fig* aprire gli occhi; **¡~ *filas!*** rompete le righe!; **~ *paso*** far largo; ***a medio* ~** socchiuso, mezzo aperto; ***en un* ~ *y cerrar de ojos*** in un batter d'occhio; **~*se la muñeca*** avere uno stiramento al polso; ***¡ábrete tierra!*** Muoio dalla vergogna!
abroch|ador *m* allacciabottoni *inv*; **~ar** *vt* abbottonare; agganciare; allacciare; *am fig* castigare
abrog|ación *f* abrogazione; **~ar** ‹*abrogué*› *vt jur* abrogare, abolire; **~atorio, -a** *adj jur* abrogativo, -a, abrogatorio, -a
abrojo 1. *m bot* cardo selvatico; tribolo; **2.** *mpl* pene *fpl*, dolori
abroncar ‹*abronqué*› *vt* zittire
abrótano *m* abrotano
abrucés, -esa *adj geogr* abruzzese
abrum|ador, -a *adj* opprimente, pesante, schiacciante; **~ar** *vt* opprimere, pesare *vi*, annientare; *fig* soffocare, opprimere
abrupto, -a *adj* scosceso, -a, ripido, -a
Abruzos *mpl geogr* Abruzzo *m*
ABS *abr/m* ABS
absceso *m* ascesso, tumore
abscis|a *m mat* ascissa; **~ión** *f cient* asportazione, escissione; *fig* taglio *m*
absent|a *f bot* assenzio *m*; **~ismo** *m* assenteismo; **~ista** *m/f* assenteista
absidal *adj* absidale
ábside *m* abside *f*
absolución *f filos/relig* assoluzione, perdono *m*
absolut|ismo *m* assolutismo; **~ista** *adj/s* assolutista; **~o, -a** *adj* assoluto, -a; ***en* ~*o*** *in modo assoluto*; *assolutamente, affatto*; **~orio, -a** *adj* assolutorio, -a
absolver ‹*absuelvo; absuelto*› V. 43 *vt* assolvere, perdonare
absorb|encia *f* assorbimento *m*; **~ente** *adj/m* assorbente; **~er** *vt* assorbire; consumare
absorción *f* assorbimento *m*
absorto, -a *adj* assorto, -a, attonito, -a
abstemio, -a *adj/s* astemio, -a
abstenci|ón *f* astensione; **~onismo** *m* astensionismo; **~onista** *adj/s* astensionista
abstenerse astenersi (**de** da)
absterger ‹*absterjo*› *vt med* astergere
abstinencia *f* astinenza; ***día de* ~** *giorno di digiuno*; ***síndrome de* ~** *sindrome da astinenza*
abstr|acción *f* astrazione ◊ **~ *hecha de*** ad eccezione di; **~accionismo** *m arte* astrattismo; **~act** ['abstract] *m* abstract *inv*; **~acto, -a** *adj* astratto, -a; **~aer** ‹*traigo; traje; trayendo*› V. 39 **1.** *vt* astrarre; **2. ~se** astrarsi; **~aído** *m/f* assorto; **~uso, -a** *adj* astruso, -a, complicato, -a
absuelvo V. **absolver**
absurd|idad *f* assurdità *inv*; **~o, -a** *adj/m* assurdo, -a ◊ ***reducción al* ~** *filos* dimostrazione per assurdo
abubilla *f zool* upupa, bubbola
abuch|ear *vt* fischiare; **~eo** *m* fischi *mpl*
abuel|a *f* nonna; **~o** *m* nonno
abulense *adj/s* (q o qc) di Avila
abulia *f* abulia
abúlico, -a *adj/s* abulico, -a
abult|ado, -a *adj* gonfio, -a, gonfiato, -a; voluminoso, -a; protuberante; **~ar 1.** *vi* (*espacio*) occupare; *fig* esagerare; **2.** *vt* gonfiare
abund|amiento *m* abbondanza *f* ◊ ***a (o para) mayor* ~*amiento*** per di più, inoltre; **~ancia** *f* abbondanza; **~ante** *adj* abbondante; **~ar** *vi* abbondare; **~oso, -a** *adj elev* abbondante
¡abur! *excl coloq* (*hoy raro*) arrivederci!
aburgues|amiento *m* imborghesimento; **~ar 1.** *vt* imborghesire; **2. ~se** imborghesirsi
aburr|ido, -a *adj* annoiato, -a, seccato, -a; (*persona*) noioso, -a; **~imiento** *m* noia *f*, tedio; fastidio; **~ir** *vt* annoiare, infastidire, seccare

abus|ar *vi* abusare; **~ivamente** *adv* abusivamente, con abuso; **~ivo, -a** *adj* abusivo, -a; **~o** *m* abuso ◊ ***~s deshonestos*** molestia sessuale; **~ón, -ona** *adj/m* scroccone, -a

abyección *f* abbiezione

abyecto, -a *adj* abbietto, -a, vile

a/c. (*a cuenta*) *abr* in anticipo

a.C. (*antes de Cristo, años de Cristo*) *abr* a.C. (*avanti Cristo*)

acá *adv* qua; *am* qui; ***para ~*** *in qua*; ***de cinco años ~*** *da cinque anni in qua*; ***de ~ para allá*** *di qua e di là*

acab|ado, -a 1. *adj* finito, -a, terminato, -a; distrutto, -a, esaurito, -a; rifinito, -a; **2.** *m* rifinitura *f* ◊ ***estar ~*** essere un uomo finito; **~alladero** *m* scuderia *f*; **~amiento** *m elev* fine *f*, termine; **~ar 1.** *vt/i* finire, terminare; **2.** *vi* 1. (*con*) distruggere *vt*, esaurire *vt*, uccidere *vt*;; 2. *Ecu.* (*di q*) sparlare; **3.** *vt tecn* rifinire; **4. ~se** finire *vi*, terminare *vi*; ***acaba de salir*** *è appena uscito*; ***~ por*** *finire per*; ***no acabo de comprender*** *non riesco a capire*; ***¡acabáramos!*** *finalmente!*; ***no acaba de gustarme*** *non mi piace del tutto*; ***es cosa de nunca ~*** *è una cosa che non finisce mai*; ***¡acaba ya!*** *smettila! finiscila!*; ***se acabó lo que se daba*** *è finita la pacchia!*; ***¡es el acabóse!*** *è la fine!; è la fine del mondo! (positivo)*

acacia *f bot* acacia

academia *f* 1. accademia; 2. scuola privata

académicamente *adv* accademicamente

academici|smo (*var.* **academismo**) *m desp* accademismo; **~sta** *adj/s* accademista

académico, -a *adj/s* accademico, -a

academismo V. **academicismo**

acae|cer ‹*sólo se usa en el infinit. y en las terceras personas de sing. y pl.*› V. 13a *vi elev* accadere, succedere, avvenire; **~imiento** *m* avvenimento, evento

acall|amiento *m* appagamento; **~ar 1.** *vt* far tacere, calmare; **2. ~se** tacere, calmarsi

acalor|ado, -a *adj* accalorato, -a, accaldato, -a; *fig* infiammato, -a, eccitato, -a; **~amiento** *m* accaloramento, impeto, eccitazione *f*; **~ar 1.** *vt* riscaldare, eccitare; adirare; **2. ~se** accalorarsi, eccitarsi, adirarsi

acamp|ada *f* accampamento *m*, campeggio *m* ◊ ***ir de ~*** andare in campeggio; **~anar** *vt/~se* scampanare; **~ar** *vi* campeggiare, accampare

acan|alado, -a *adj* scanalato, -a; incanalato, -a; striato, -a; (*punto*) a coste *adv*; **~aladura** *f* incanalatura; scanalatura, striatura; **~alar** *vt* incanalare; scanalare, striare

acant|ilado, -a 1. *m* scarpata *f*, dirupo; scogliera *f*; **2.** *adj* scosceso, -a; incagliato, -a, dragato, -a; **~ilar** *vt nav* incagliare *vt/i*, dragare; **~o** *m bot/arq* acanto; **~onamiento** *m mil* accantonamento, acquartieramento; **~onar** *vt mil* accantonare, acquartierare

acapar|ador, -a *adj/s* accaparratore, -trice; **~amiento** *m* accaparramento; **~ar** *vt* accaparrare

acápite *m Am* alinea *f*, comma (*jur*)

acaramel|ado, -a *adj/s* caramellato, -a; sdolcinato, -a, lezioso, -a (*fig*); **~ar 1.** *vt* caramellare; **2. ~se** *fig* divenire dolce e mellifluo *vi*

acarici|ador, -a *adj/s* accarezzatore, -trice; **~ar** ‹*acaricio*› V. 1 *vt* accarezzare; *fig* (*éxito*) sfiorare, accarezzare; **~da** *adj/m* acaricida

ácaro *m zool* acaro

acarr|eador *m* carrettiere; **~ear** *vt* trasportare; *fig* cagionare, provocare; **~eo** *m* trasporto, carreggio; *com* spesa di porto *f* ◊ ***tierra de ~o*** *agric* terreno alluvionale

acartonado, -a *adj* incartapecorito, -a

acas|ito *adv Méx* qui vicino; **~o 1.** *m* caso, imprevisto; **2.** *adv* casualmente, forse, per caso, a caso; ***~ per caso***; ***por si ~...*** *nel caso che...*; ***si ~*** *per caso, forse, caso mai*

acat|amiento *m* rispetto, sottomissione *f*, obbedienza *f*; **~ar** *vt* 1. rispettare, sottomettersi, obbedire *vi*; 2. *Am* accorgersi, osservare; **~arrar 1.** *vt Am* importunare; **2. ~se** raffreddarsi; accatarrarsi; ***estar acatarrado*** *essere raffreddato / avere un po' di catarro*; **~ólico, -a** *adj* acattolico, -a

acaud|alado, -a *adj* ricco, -a, agiato, -a, benestante; **~alar** *vt* arricchire, accumulare; **~illar** *vt* condurre, comandare

acaulo, -a *adj bot* acaule

acceder *vi* accedere, consentire; condiscendere

acces|ibilidad *f* accessibilità *inv*; **~ible** *adj* accessibile; **~ión** *f* adesione, accessione; *med* (*de fiebre*) accesso *m*; **~o** *m* accesso, adito, entrata *f*; *med* accesso, attacco; (*carnal*) congiungimento; *informát* accesso; ***exámenes de ~*** *esami di ammissione*; **~orio, -a 1.** *adj* accessorio, -a, secondario, -a, accidentale; **2.** *m* accessorio, guarnizione *f*; **3.** *mpl auto* optionals

accident|ado, -a *adj* accidentato, -a; movimentato, -a; **~al** *adj* accidentale, casuale, fortuito, -a; **~alidad** *f* accidentalità *inv*; **~arse** subire un incidente *vi*; **~e** *m* (*auto*) incidente; (*med*) complicazione *f*; (*mus/ling/geogr*) accidente; sciagura *f*, disgrazia *f*; accidente, evento, caso ◊ ***~ de circulación*** incidente stradale/di circolazione; ***~ de trabajo*** infortunio sul lavoro; ***contra ~s*** anti-infortuni; ***por ~*** per caso

acción *f* azione, operazione, atto *m*; gesto *m*, movimento *m*; *ling* azione, intreccio *m*, favola; *com* azione, titolo *m*, partecipazione; *mil* combattimento *m* ◊ ***cámaras, ¡~!*** *cine* motore, azione!, ciac, si gira!; ***~ de gracias*** ringraziamento

accion|amiento *m* azionamento; **~ar 1.** *vi* gesticolare; **2.** *vt* azionare, mettere in azione; **~ariado** *m econ* azionariato; **~arial** *adj econ* azionario, -a; **~ista** *m/f* azionista

acebo *m bot* agrifoglio, alloro spinoso; *coloq* pungitopo; **~uche** *m bot* oleastro, olivo selvatico

acech|anza V. **asechanza**; **~ar** *vt* appostare, insidiare; **~o** *m* agguato ◊ ***al ~*** in agguato

acecinar 1. *vt* (*la carne*) salare, affumicare, salare; **2. ~se** dimagrire *vi*, rinsecchire *vi*

acedlera *f bot* acetosa, erba brusca; **~o, -a 1.** *adj* acido, -a, agro, -a; aspro, -a e sgradevole; **2.** *m* succo di frutto agro

acefalia *f med/zool* acefalia

acéfalo, -a 1. *adj* acefalo, -a *m*; **2.** *m* acefalo, lamellibranchio

aceitlar *vt* inoliare, ungere d'olio; **~e** *m* olio ◊ ***en ~*** sott'olio; ***perder ~*** *coloq/fig* essere un finocchio, essere un omosessuale; **~era** *f* ampolla dell'olio; oliera; (*de máquinas*) oliatore *m*; **~ería** *f* negozio d'olio *m*, industria olearia; **~ero, -a 1.** *adj/m* oleario, -a *adj*; **2.** *m* venditore d'olio, industriale oleario; *bot* albero delle Antille dal legno duro e giallo per mobili

aceitoso, -a *adj* oleoso, -a

aceitunla *f* oliva; **~ado, -a** *adj* olivastro, -a; di colore bruno verdognolo; **~ero, -a 1.** *m/f* raccoglitore, -trice; venditore, -trice di olive; **2.** *adj* oleario, -a; **~o** *m* **1.** *Am* olivo americano; *Esp. jerga delinc* guardia civile ="carabiniere spagnolo" *m/f*; **2.** *am* olivastro *adj*

acelerlación *f* accelerazione, acceleramento *m*; fretta, premura ◊ ***(auto) poder de ~*** ripresa; **~ado, -a** *adj* accelerato, -a; **~ador, -a 1.** *m auto* acceleratore; **2.** *adj* acceleratore, -trice; **~amiento** *m* acceleramento; **~ar 1.** *vt* accelerare; affrettare; **2.** *vi* affrettarsi, sbrigarsi; **~ón** *m* accelerata *f*

acelga *f bot* bietola ◊ ***cara de ~*** faccia verdognola/smorta

acelular *adj biol* acellulare

acémila *f* bestia da soma; *fig* asino *m*, somaro *m*

acendrlado, -a *adj* raffinato, -a, depurato, -a; *fig* puro, -a, purificato, -a, disinteressato, -a; **~ar** *vt* raffinare, depurare, purificare

acentlo *m* accento; modulazione *f*, espressione *f* ◊ ***~ grave, agudo, circunflejo*** accento grave/aperto, acuto/chiuso, circonflesso; ***(fig) poner el ~ en u-c*** accentuare qc; **~uación** *f* accentazione; *fig* accentuazione; **~uar** ‹*acentúo*› V. 4 **1.** *vt* accentare; *fig* accentuare; **2. ~se** accentuarsi, aggravarsi

acepción *f* accezione, senso *m*, significato *m*; *raro* (*persona*) preferenza

acepillladora *f tecn* piallatrice; **~adura** *f tecn* piallata, piallatura; **~ar** V. **cepillar**

aceptlabilidad *f* accettabilità *inv*; **~able** *adj* accettabile; **~ación** *f* accettazione; approvazione, consenso *m*; accoglienza ◊ ***índice de ~*** indice di gradimento; **~ante** *adj/s* accettante; **~ar** *vt* accettare, ricevere; ammettere; *com/jur* accettare; **~o, -a** *adj* accetto, -a, gradito, -a; **~or** *m quím* accettore

acequia *f* canale d'irrigazione *m*; *Perú* ruscello *m*

acerla *f* marciapiede *m*; marciapiede *m*, fila di case che fiancheggiano la via; *arq* rivestimento di un muro *m*, pietra di rivestimento di un muro *m* ◊ ***de la otra ~ /de la ~ de enfrente*** *coloq/fig* dell'altra sponda, omosessuale, di idee contrarie; **~ación** *f metal* acciaiatura; **~ado, -a** *adj* acciaiato, -a; duro, -a, saldo, -a, forte; *fig* mordace, caustico, -a; **~ar** *vt* acciaiare; *fig* rinvigorire, fortificare; *arq* lastricare

acerbo, -a *adj* acerbo, -a, aspro, -a; *fig* amaro, -a, crudele, duro, -a

acerca: ~ de *prep* circa, rispetto a, con riferimento a, riguardo a; **~miento** *m* avvicinamento, accostamento; **~r** ‹*acerqué*› **1.** *vt* avvicinare, accostare, approssimare; *auto* (*a q*) dare un passaggio *vi*; **2. ~se** avvicinarsi, accostarsi

acería (*var.* **acerería**) *f* acciaieria

acerico *m* cuscinetto; (*coser*) puntaspilli

acero 1. *m* acciaio; *fig* arma bianca *f*; **2.** *mpl* armi di buona tempra *fpl* ◊ ***~ fundido*** acciaio fuso; ***tener buenos ~s*** *coloq* avere un buon appetito; **~la** *f bot* lazzeruola, azzeruola; **~lo** *m bot* lazzeruolo, azzeruolo

acérrimo, -a *adj* acerrimo, -a; *fig* acerrimo, -a, veemente, fierissimo, -a

acerrojar *vt* chiudere con catenaccio o chiavistello

acertlado, -a *adj* azzeccato, -a, imbroccato, -a, colto, -a nel segno; opportuno, -a; **~ante** *adj/s* (*juego*) vincente; **~ar** ‹*acierto*› V. 5a *vt/i* indovinare *vt*, imbroccare *vt*, azzeccare *vt*; ***~ la quiniela*** *vincere al totocalcio*; riuscire (a) *vi*; ***~ a encontrar*** *riuscire ad incontrare*; *agric* svilupparsi bene ◊ ***~ al blanco*** colpire il bersaglio; **~ijo** *m* indovinello; enigma

acervo *m* mucchio, cumulo; *jur* acervo, patrimonio; *fig* bagaglio

acescencia *f quím* acescenza

acetlábulo *m* (*arqueología romana*) acetabolo; **~ato** *m quím* acetato

acético, -a *adj quím* acetico, -a

acetilleno *m quím* acetilene; **~o** *m quím* acetile

acetolcelulosa *f* acetilcellulosa; **~na** *f quím* acetone *m*; **~sa** *f bot* acetosa; **~silla** *f bot* alleluia

achabacanamiento *m* grossolanità *f inv*

achaclable *adj* attribuibile; **~ar** ‹*achaqué*› V. *vt* attribuire *vi*, imputare *vi*; **~oso, -a** *adj* acciaccoso, -a, pieno, -a di acciacchi, malaticcio, -a

achaflanar *vt* smussare, arrotondare

¡achalay! *excl Arg* bello!

achampanado, -a (*var.* **achampañado**) *adj* simile allo champagne

achantar 1. *vt* intimorire, spaventare; **2. ~se** rannicchiarsi, nascondersi per paura, abbattersi

achaparrado, -a *adj* tozzo, -a, pesante; (*persona*) tarchiato, -a

achaque *m* acciacco; *coloq* mestruazioni *fpl*; *fig* affare; *fig* pretesto, scusa *f*; *jur* multa *f*, denuncia *f*

acharollado, -a *adj* verniciato, -a, lucido, -a; **~ar** *vt* verniciare

achatlamiento *m* appiattimento, schiacciamento; **~ar** *vt* schiacciare, appiattire, comprimere

achiclador, -a 1. *adj* riduttore,-trice; **2.** *m nav* gottazza *f*, sassola *f*; **~adura** *f* riduzione, rimpicciolimento *m*; **~ar** ‹*achiqué*› **1.** *vt* rimpicciolire, ridurre; *nav* aggottare, sgottare; *fig* umiliare; **2. ~se** rimpicciolirsi, ridursi; *fig* perdersi d'animo

achicharr|adero *m fig* forno; **~ar** *vt* bruciacchiare, tostare; *fig* molestare; *Chile* umiliare
achichincle *m Méx* lecchino, leccapiedi *inv*
achicoria *f bot* cicoria
achinado, -a *adj* simile a un cinese ◊ ***ojos ~s*** occhi di taglio orientale
¡achis! *excl* ecciù!, eccì!, etciù!
achisp|ado, -a *adj* brillo, -a; **~arse** ubriacarsi (leggermente)
achocolatado, -a *adj* simile alla cioccolata
acholar 1. *vt Am* svergognare; **2. ~se** *am* vergognarsi
achuch|ar *vt* spingere, aizzare; palpare ◊ ***la vida está muy achuchada*** *coloq* la vita è difficile; **~ón** *m* spintone, urtone; *coloq* palpata *f*
achulado, -a *adj coloq* con modi da sbruffone, da bullo
achuras *fpl Arg/Ur* frattaglie
aciago, -a *adj* infausto, -a, funesto, -a, disgraziato, -a, nefasto, -a
aciano 1. *m bot* fiordaliso, centaurea *f*; **2.** *mpl bot* erica *f*
acíbar *m* áloe *m/f*, aloe *m/f*; *fig* amarezza *f*, dispiacere
acibarar *vt* rendere amaro (qc) con àloe; *fig* amareggiare, rattristare
acicalar 1. *vt* pulire, brunire, lucidare; acconciare, adornare, abbellire; *arq* intonacare; **2. ~se** *fig* adornarsi, acconciarsi
acicate *m* sperone a punta; *fig* stimolo, sprone
acíclico, -a *adj* aciclico, -a
acicular 1. *adj bot* aghiforme; **2.** *f* aghifoglia
acidez *f* acidità *inv*, acidezza; **~ *de estómago*** bruciore di stomaco
acidia *f* accidia (*elev*), pigrizia (*estánd*), svogliatezza (*estánd*)
acidific|ación *f* acidificazione; **~ar** ‹*acidifiqué*› *vt quím* acidificare
acidioso, -a *adj ant* accidioso, -a
ácido, -a 1. *m quím* acido; **2.** *adj* acido, -a, agro, -a, acre
acidul|ante *adj/m quím* acidulante; **~ar** *vt* acidulare
acídulo, -a *adj* acidulo, -a, agretto, -a
acierto *m* riuscita *f*, successo; abilità *f inv*, destrezza *f*
ácimo *adj* azzimo
acimut (*var.* **azimut** *raro*) *m astron* azimut; **~al** (*var.* **azimutal** *raro*) *adj* azimutale
acitrón *m* cedro candito
aclam|ación *f* acclamazione; applauso *m* ◊ ***por ~*** per acclamazione; **~ar** *vt* acclamare, applaudire; proclamare
aclar|ación *f* chiarimento *m*, spiegazione, delucidazione; **~ado** *m* risciacquo, risciacquatura *f*, chiarificazione *f*; **~ar** *vt* chiarire, chiarificare, spiegare; (*colada*) risciacquare; (*pelo*) schiarire; (*meteo*) schiarire, spuntare il giorno; rasserenare; **~atorio, -a** *adj* chiarificatore, -trice, esplicativo, -a; **~eo** *m agric* diradamento
aclimat|ación *f* acclimatazione, adattamento *m*; **~ar 1.** *vt* acclimatare; **2. ~se** acclimatarsi, adattarsi, assuefarsi
acmé *m/f med* acme
acné *m med* acne *f*
ACNUR (*Alto Comisionado de las Naciones Unidas para los Refugiados*) *abr/f* IRO (*Organizzazione Internazionale per i Rifugiati*)
acobardar 1. *vt* scoraggiare, avvilire, intimidire, intimorire; **2. ~se** scoraggiarsi, deprimersi
acocear *vt* tirare calci *vi*, prendere a calci; *fig* insultare, offendere
acod|ar 1. *vt* piegare (qc) a forma di gomito; *agric* propagginare; **2. ~se** appoggiarsi sui gomiti; **~o** *m agric* propaggine *f*; *arq* modanatura *f*, rilievo, chiave *f*
acog|edor, -a *adj* accogliente, piacevole; **~er** ‹*acojo*› **1.** *vt* accogliere, ospitare; accettare, ricevere; *fig* proteggere; **2. ~se** rifugiarsi, ripararsi, ricoverarsi; *fig* appigliarsi; *jur* far uso *vi* (**de** di), far valere (un derecho) *vt*; **~ida** *f* accoglienza, ricevimento *m*; ospitalità *inv*; asilo *m*, rifugio *m*; *fig* protezione; *fig* accettazione; **~imiento** *m jur* affido; **~ollar** *vt agric* (*lechugas*) formare a palla; *agric* riparare (le piante) dalle intemperie; *agric* accestire *vi*; **~otar** *vt* accoppare, uccidere colpendo la nuca; *fig* intimorire
acojo V. **acoger**; **~nado, -a** *adj vulg* sconvolto, -a (*estánd*), spaventato, -a (*estánd*) ◊ ***estar ~*** *coloq/fig* farsela sotto; **~namiento** *m* cacarella, strizza *f*; **~nante** *adj vulg* impressionante (*estánd*), allucinante (*estánd*), da sballo (*jerga*); **~nar** *vt vulg* (*a q*) far venire la cacarella/strizza *vi*; (*q*) impressionare (*estánd*); **~ne: de ~** *adv vulg* impressionante *adj* (*estánd*), da sballo (*jerga*)
acolch|ado, -a *adj* trapuntato, -a; imbottito, -a; *elev/fig* comodo, -a; **~ar** *vt* 1. imbottire, ovattare; 2. *nav* torcere; **~onar 1.** *vt Am* imbottire, ovattare; **2. ~se** *Hond* schiacciarsi, comprimersi
acólito *m* accolito; *relig* chierichetto; *fig* seguace
acoll|arar *vt* accollare; **~onar** V. **acojonar**
acomet|edor, -a *adj/s* assalitore, -trice, aggressore *m*, aggreditrice *f*; **~er 1.** *vt* assalire, aggredire, investire; **2.** *vi arq* sboccare *vt*; **~ida** *f* aggressione, assalto *m*, investimento *m*; *arq* punto di sbocco *m*; **~ividad** *f* aggressività *inv*
acomod|able *adj* accomodabile, adattabile, conciliabile (*fig*); **~ación** *f* collocazione; accomodamento *m*; **~adizo, -a** *adj* contentabile, adattabile, conciliabile; **~ado, -a** *adj* accomodato, -a, aggiustato, -a; (*persona*) agiato, -a, ricco, -a; adeguato, -a, appropriato, -a; (*trabajo*) occupato, -a, collocato, -a ◊ ***precios ~s*** prezzi modici; **~ador, -a** *m/f cine/teat* maschera *f*, lucciola *f*; accomodatore, -trice, aggiustatore, -trice; **~amiento** *m* adattamento, conciliazione *f*; **~ar** *vt* accomodare, aggiustare; collocare, sistemare; applicare, adattare; provvedere *vi*, somministrare, fornire *vi*; **~aticio** V. **acomodadizo**

acompañ|amiento *m* accompagnamento (*tamb. mus*); *gastr* contorno; **~ante 1.** *adj* accompagnante; **2.** *m/f* accompagnatore *m*, accompagnatrice *f*; **~ar** *vt* accompagnare; unire, accludere; appaiare due cose ◊ ***le acompaño en el sentimiento*** condoglianze; ***¿te acompaño?*** ti accompagno?, vuoi un passaggio? (*en coche*)

acompas|ado, -a *adj* compassato, -a, misurato, -a, ponderato, -a; pacato, -a; *mús* cadenzato, -a; **~ar** (*var.* **compasar**) *vt* compassare, misurare col compasso

acomplej|ado, -a *adj* complessato, -a; **~ar 1.** *vt psicol* rendere complessato; turbare, disorientare; **2. ~se** sentirsi complessato

acomunarse accomunarsi, unirsi, associarsi; allearsi; mettersi alla pari

acondicion|ado, -a *adj* condizionato, -a; preparato, -a, disposto, -a; **~ador, -a** *m/f tecn* condizionatore, -trice ◊ **~ *de aire*** apparecchio di aria condizionata, condizionatore d'aria; **~amiento** *m* condizionamento; **~ar** *vt tecn* condizionare; preparare, disporre; convertire, trasformare

aconfesional *adj* aconfessionale; **~idad** *f* aconfessionalità *inv*

acongojar *vt* angosciare, affannare, travagliare

acónito *m bot* aconito

aconsej|able *adj* consigliabile; **~ar 1.** *vt* consigliare, suggerire *vi*; **2. ~se** consigliarsi, consultarsi

acontec|er ‹*sólo se usa en el infinit. y en las terceras personas de sing. y pl.*› V. 13a *vi elev* succedere, accadere, avvenire; **~imiento** *m* avvenimento, successo, evento ◊ ***feliz*** ~ lieto/fausto evento

acopi|ar ‹*acopio*› V. 1 *vt* unire, ammucchiare; far provvista (di) *vi*; accaparrare, monopolizzare; **~o** *m* ammasso, provvista *f*, riserva *f*, abbondanza *f* ◊ ***hacer ~ (de)*** far riserva (di)

acopl|ado, -a 1. *adj* accoppiato, -a, unito, -a; *tecn* combaciato, -a; appaiato, -a; adattato, -a; **2.** *m Arg auto* rimorchio; **~amiento** *m* accoppiamento, unione *f*; collegamento; **~ar 1.** *vt* accoppiare, unire; combaciare; appaiare; collegare, adattare; **2. ~se** adattarsi; *coloq* affezionarsi; (*sexo*) appaiarsi, accoppiarsi; **~e** *m tecn* accoppiatore; *Col* accoppiamento

acoquinar 1. *vt* demoralizzare, scoraggiare; intimorire, turbare; **2. ~se** scoraggiarsi, intimorirsi

acoraz|ado, -a 1. *adj* corazzato, -a, blindato, -a; **2.** *m nav* corazzata *f*; **~ar** ‹*acoracé*› *vt* corazzare, blindare

acorcharse *agric fig* inaridire *vi*, disseccarsi; (*fruta*) incatorzolire *vi*

acord|ado, -a *adj jur* decretato, -a; *jur* stabilito, -a, accordato, -a; *mús* intonato, -a;; **~ar** ‹*acuerdo*› V. 8a **1.** *vt jur* decretare, deliberare, concordare; stabilire, accordare; *mús* accordare; armonizzare; **2. ~se** accordarsi, mettersi d'accordo; ricordarsi; ***¡acuérdate de él!*** *ricordati di lui!*; ***si mal no me acuerdo*** *se non ricordo male* ◊ ***si te he visto, no me acuerdo*** chi s'è visto, s'è visto; **~e 1.** *adj* concorde, conforme; **2.** *m mús* accordo; **~eón** *m* fisarmonica *f*; **~eonista** *m/f* suonatore, -trice di fisarmonica; **~onamiento** *m* 1. (*una fila de gente, una zona*) isolamento; 2. (*con cordones*) allacciatura *f*; 3. (*monedas o medallas*) orlatura *f*; **~onar** *vt* 1. stringere, allacciare; 2. *mil* circondare, isolare con truppe; 3. (*monedas, medallas*) fare l'orlatura

acorral|amiento *m* accerchiamento; **~ar 1.** *vt* (*t. fig*) accerchiare; rinchiudere il bestiame; *fig* intimidire, isolare; **2. ~se** sfuggire alla giustizia *vi*

acort|amiento *m* accorciamento, raccorciamento; *astron* ="differenza tra la distanza reale di un pianeta dal sole o dalla terra e la stessa distanza proiettata sull'eclittica" *f*; **~ar 1.** *vt* accorciare, raccorciare, ridurre, restringere; **2. ~se** intimorirsi, ammutolire *vi*

acos|ado, -a *adj* combattuto, -a; **~ar** *vt* inseguire, perseguitare; (*hombre, mujer*) molestare sessualmente; vessare, tartassare, importunare; **~ *a preguntas*** *stringere a domande*; **~o** *m* inseguimento, persecuzione *f* ◊ **~ *en el trabajo/laboral*** mobbing; **~ *sexual*** molestia sessuale

acost|ar ‹*acuesto*› **1.** *vt* 1. coricare, distendere, sdraiare; 2. accostare, avvicinare, approssimare; *nav* approdare *vi*; **2. ~se**; coricarsi, andare a letto *vi*; adagiarsi; inclinarsi; *fig* (*con q*) andare a letto; *Am* partorire *vi*; **~umbrado, -a** *adj* abituato, -a, avvezzato, -a, avvezzo, -a; **~umbrar** *vt* abituare, avvezzare, avere l'abitudine *vi* (**a** di)

acot|ación *f* nota, postilla; delimitazione; *teat* didascalia; *geogr* quota; *agric* potatura a corona; **~ar** *vt* annotare, postillare; delimitare; fissare; *agric* segnare le quote; *agric* potare un albero a corona

ACPV (*Acció Cultural del País Valencià*) *abr* ="Azione Culturale del Paese Valenzano, Associazione Culturale nazionalista di sinistra"

ácrata *adj/s* anarchico, -a

acre 1. *adj* acre, agro, -a, aspro, -a; *fig* pungente, mordace; **2.** *m* acro

acre|centar ‹*acreciento*› V. 5a **1.** *vt* accrescere, aumentare, ingrandire; **2. ~se** migliorare *vi*; aumentare *vi*; **~cer** ‹*crezco*› V. 13a V. **acrecentar**

acred|itación *f dipl tamb. fig* accreditamento *m*; **~itado, -a** *adj* accreditato, -a, garantito, -a, autenticato, -a, legalizzato, -a; **~itar 1.** *vt* accreditare, garantire; *jur* autenticare, legalizzare; *com* accreditare, segnare a credito; **2. ~se** acquistare fama o stima *vi*, farsi un nome

acreedor, -a 1. *adj/s* creditore, -trice; **2.** *adj fig* degno, -a (**de** di), meritevole (**de** di)

acribillar *vt* crivellare, bucare come un crivello; *fig* assillare ◊ **~ *a balazos*** crivellare il corpo di pallottole

acrílico, -a *adj/m* acrilico, -a

acrimin|ación *f* accusa, imputazione; **~ar** *vt* accusare, incolpare, incriminare

acrimon|ia *f fig* acrimonia, acredine; **~ioso, -a** *adj* acrimonioso, -a

acriollarse *Am* creolizzarsi

acriso|lado, -a *adj* puro, -a, integro, -a, senza macchia; **~ar** *vt* fondere nel crogiolo; *fig* purificare; *fig* appurare
acristal|ado, -a *adj* provvisto di vetri, invetriato, -a; **~ar** *vt* invetriare, chiudere con vetri
acrític|a *f* acrisia; **~ico, -a** *adj* acritico, -a
acritud V. **acrimonia**
acrobacia *f* acrobazia
acróbata *m/f* acrobata, funambolo, -a
acrobático, -a *adj* acrobatico, -a
acrobatismo *m* acrobatismo
acrom|ático, -a *adj* acromatico, -a; **~atismo** *m* acromatismo, apocromatismo; *med* acromatopsia *f*; **~atopsia** *f med* acromatopsia
acronía *f* acronia
acrónimo *m ling* acronimo
acrópolis *f inv* acropoli
acróstico, -a *adj/m* acrostico, -a *m*
acta 1. *f* documento *m*, atto *m*, certificato *m*, estratto *m*; relazione; verbale *m*; **2.** *fpl* atti *mpl*; *estud* verbali *mpl*; registri *mpl*; vita di santi *f* ◊ ***hacer constar en*** ~ mettere a verbale; ***levantar*** ~ redigere il verbale; **~ncial** *adj* attanziale; **~nte** *m/f ling* attante
acti|nia *f zool* attinia, anemone di mare *m*; **~tud** *f* atteggiamento *m*, modo di comportarsi *m*; attitudine, disposizione d'animo; *tecn* assetto *m*
activ|ación *f* attivazione; **~ar** *vt* attivare, mettere in azione; **~idad** *f* attività *inv*, operosità *inv*; **~ismo** *m* attivismo; **~ista** *adj/s* attivista; **~o, -a 1.** *adj* attivo, -a, operoso, -a, alacre, diligente; **2.** *m com* attivo
acto *m* atto, azione *f*, gesto, movimento; celebrazione *f*, cerimonia *f*; assemblea *f*, seduta *f*; *teat* atto; *jur* contratto, atto ◊ ~ ***seguido/continuo*** seduta stante, immediatamente/subito dopo; ***en el*** ~ subito, issofatto; ~ ***de presencia*** atto di presenza; **~r** *m* attore; *jur* attore; **~ra** *f jur* accusatrice, querelante
actriz *f cine/teat* attrice
actuación (*pl* **actuaciones**) **1.** *f* condotta, attuazione; *jur* procedura, esecuzione di atti giudiziari; *teat* recitazione; **2.** *fpl jur* pratica
actual *adj* attuale; presente; *filos* reale; **~idad** *f* attualità *inv* ◊ ***en la*** ~ attualmente, adesso; **~ismo** *m geol/psicol* attualismo; **~ista** *adj* attualista
actualiz|ación *f* aggiornamento *m*, ammodernamento *m*, rinnovo *m*; **~ar** ‹*actualicé*› *vt* attualizzare, rinnovare; aggiornare
actualmente *adv* attualmente; modernamente
actuante *adj/s* attuatore, -trice *m/f*
actuar ‹*actúo*› V. 4 **1.** *vi* agire, comportarsi; operare, procedere (- a); *teat* recitare; **2.** *vt* realizzare; **~ial** *adj* attuariale; **~io, -a** *m jur* attuario, -a
acuache *m Méx coloq/desp* commilitone, compagno di avventure
acuarel|a *f* acquerello *m*; **~ista** *adj/s* acquerellista
acuario *m* acquario
Acuario *m astrol* Acquario
acuartel|amiento *m* acquartieramento; **~ar** *vt* acquartierare
acuático, -a *adj* acquatico, -a
acuchill|ado, -a 1. *adj* accoltellato, -a, pugnalato, -a; *fig* esperto, -a, navigato, -a; **2.** *m tecn* accoltellato; **~ador** *m* accoltellatore; spadaccino; **~ar** *vt* accoltellare, pugnalare
acuci|a *f* brama, ansia, assillo *m*; diligenza; **~ante** *adj/s* assillante; **~ar** ‹*acucio*› V. 1 *vt* sollecitare; bramare, assillare; **~oso, -a** *adj* urgente, premuroso, -a; bramoso, -a, ansioso, -a
acudir *vi* accorrere, andare, dirigersi; rivolgersi, ricorrere; andare in aiuto; rispondere (subito a una chiamata)
acueducto *m* acquedotto
ácueo, -a *adj* acqueo, -a
acuerdo *m* decisione *f*, risoluzione *f*; parere, consiglio; accordo, convenzione *f* ◊ ~ ***marco*** accordo quadro; ***(estar, ponerse) de*** ~ (essere, mettersi) d'accordo
acuesto V. **acostar**
acuicultura *f* acquicoltura
acuífero, -a *adj* acquifero, -a
acular *vt coloq* spingere indietro, rinculare
acullá *adv* colà, lassù, laggiù ◊ ***acá y*** ~ qua e là
acultur|ación *f* acculturamento *m*; **~ar** *vt* acculturare
acuminado, -a (*var.* **acumíneo, -a**, **acuminoso, -a**) *adj* acuminato, -a, appuntito, -a
acumul|able *adj* accumulabile; **~ación** *f* accumulazione, accumulo *m*; **~ador, -a 1.** *m tecn* accumulatore; **2.** *adj* accumulatore, -trice; **~ar** *vt* accumulare, ammucchiare; **~ativo, -a** *adj* cumulativo, -a
acunar *vt* cullare
acuñ|ación *f* coniazione, coniatura; **~ador, -a** *adj/s* coniatore,-trice; **~ar** *vt tamb. fig* (*monedas*) coniare; incuneare
acuos|idad *f* acquosità *inv*; **~o, -a** *adj* acquoso, -a
acupunt|or, -a *m/f* agopuntore, -trice; **~ura** *f* agopuntura
acure *m Ven* cavia *f*
acurr|arse *Cuba* imitare gli andalusi *vi*; **~ucarse** ‹*acurruqué*› accoccolarsi, rannicchiarsi, raggomitolarsi
acus|ación *f* accusa, imputazione; **~ado, -a 1.** *adj/s* accusato, -a, imputato, -a; **2.** *adj* chiaro, -a, evidente, -a, spiccato, -a; **~ador, -a** *adj/s* accusatore, -trice; **~ar** *vt* accusare, imputare; denunziare; notare ◊ ~ ***recibo*** dichiarare o dare la ricevuta
acusat|ivo *m* accusativo; **~orio, -a** *adj* accusatorio, -a ◊ ***acto*** ~ *m* atto d'accusa
acuse *m* ricevuta *f*; (*naipes*) accusa *f* ◊ ~ ***de recibo*** (*correo*) ricevuta di ritorno
acusica (*var.* **acusón**) *adj/m coloq* spione
acústic|a *f* acustica; **~o, -a** *adj* acustico, -a
acutángulo *adj* acutangolo
acutí *m Am zool* aguti
adagio *m* adagio, massima *f*; *mús* adagio
adalid 1. *m* condottiero, capitano, capo; **2.** *m/f* leader* *inv*
adamantino, -a *adj* adamantino, -a

adamasc|ado, -a *adj* damascato, -a; **~ar** ‹*adamasqué*› *vt* damascare
adami|smo *m hist/relig* adamismo; **~ta** *adj/s hist/relig* adamita
adamítico, -a *adj hist/relig* adamitico, -a
Adán *m* Adamo; *coloq/fig* (*con minúscula*) uomo sciatto ◊ ***nuez de ~*** pomo di Adamo
adapt|abilidad *f* adattabilità *inv*; **~able** *adj* adattabile; **~ación** *f* adattamento *m*; **~ar 1.** *vt* adattare, aggiustare; **2. ~se** adattarsi, accomodarsi, adeguarsi
adaraja *f arq* addentellato *m*
adarce *m* crosta salina *f*
adarga *f mil* scudo di cuoio ovale *m*; **~rse** proteggersi con lo scudo
adarme *m* ="peso antico equivalente a meno di 2 grammi"; *fig* briciola *f*, briciolo
adarv|ar *vt* 1. proteggere; 2. stordire; **~e** *m mil* ="cammino dietro i merli di una fortezza"; muro di una fortezza; *fig* difesa *f*
adaza *f bot* saggina
a.d.C. (*antes de Cristo*) *abr* a.C. (*avanti Cristo*)
addenda V. **adenda**
adecentar *vt* ripulire
adecua|ción *f* adequazione, adeguamento *m*; **~damente** *adv* adeguatamente; **~do, -a** *adj* adeguato, -a, adatto, -a, appropriato, -a; **~r** *vt* adeguare, adattare, aggiustare
adefesio *m elev* sproposito; *coloq* (*persona, animal*) spauracchio, mostro; (*mujer*) befana *f*; (*cosa*) cosa mostruosa *f*
adelant|ado, -a 1. *adj* anticipato, -a, avanzato, -a; precoce; imprudente; **2.** *m hist* governatore di una provincia di frontiera ◊ ***(pagar) por ~*** (*adv*) (pagare) in anticipo; **~amiento** *m* anticipazione *f*, progresso; *auto* sorpasso; **~ar 1.** *vt/i* anticipare; accelerare *vt*; mettere avanti *vt*; *auto* sorpassare *vt*; **2.** *vi* progredire; andare avanti; migliorare; **~e** *adv/excl* avanti ◊ ***pasar ~*** passare oltre; ***en ~*** per l'innanzi; ***de hoy en ~*** da adesso in poi; ***¡~!*** *coloq* coraggio!, forza!, avanti!; **~o** *m* (*pago*) anticipo; progresso, miglioramento
adelfa *f bot* oleandro *m*
adelgaz|amiento *m* dimagrimento; assottigliamento; **~ante** *adj/s* dimagrante; **~ar** ‹*adelgacé*› **1.** *vt/i* assottigliare; dimagrire; **2. ~se** dimagrire *vi*
ademán (*pl* **ademanes**) **1.** *m* gesto, atteggiamento; **2.** *mpl* modi, maniere *fpl* ◊ ***hacer ~ de*** far segno di; **~ás** *adv* inoltre, oltre a ciò, per di più ◊ ***~ de*** (*prep*) oltre a
ADENA (*Asociación para la Defensa de la Naturaleza*) *abr* = "Associazione in Difesa della Natura"
adenda (*var.* **addenda**) *f* addenda
adenitis *f inv med* adenite *f*
adenófora *f bot* adenofora
adenoideo, -a *adj med* adonoideo, -a ◊ ***vegetaciones ~s*** (*med*) adenoidi
adenoma *m med* adenoma
adenosis *f inv med* adenosi
adenotomía *f med* adenotomia
adensar V. **condensar**
adentellar *vt arq* addentellare; *fig* mordere
adentr|arse entrare *vi*, penetrare *vi*; *fig* approfondire lo studio (**en** di); **~o 1.** *adv* dentro, nell'interno; **2.** *mpl* interno *m* ◊ ***tierra ~*** entroterra; ***mar ~*** in alto mare; ***en sus ~s*** nel suo interno; ***para sus ~s*** tra sé e sé
adepto *m* adepto, iniziato; affiliato; partigiano
aderez|ar ‹*aderecé*› **1.** *vt* preparare; acconciare, abbigliare; *gastr* condire; (*telas*) manganare; (*pieles*) conciare; **2. ~se** abbellirsi, adornarsi; **~o** *m* ornamento, acconciatura *f*; *gastr* condimento; (*tejido*) manganatura *f*; (*tejido*) concia *f* ◊ ***medio ~*** parure di orecchini e spilla
adeud|ar 1. *vt* (*dinero*) dovere; *com* addebitare, caricare in conto; **2. ~se** imparentarsi; **~o** *m* debito; dazio doganale; *com* dare, addebito
adher|encia *f* aderenza, legame *m*, attaccamento *m*; **~ente** *adj* aderente; unito, -a; **~ir** ‹*adhiero; adhirió; adhiriendo*› V. 10 **1.** *vi* aderire; **2.** *vt* unire, attaccare; **3. ~se** aderire *vi*
adhes|ión *f* adesione, aderenza; *fig* adesione; **~ividad** *f* adesività *inv*; **~ivo, -a** *adj/m* adesivo, -a, collante
adhiero V. **adherir**
ad hoc [a'dok] *adj inv* ad hoc
adicción *f* (*drogas*) dipendenza
adición *f mat* addizione, somma; aggiunta; *jur* addizione
adicion|al *adj* addizionale; **~ar** *vt* addizionare, sommare; aggiungere; allegare
adict|ivo, -a *adj* stupefacente; **~o, -a 1.** *adj* attaccato, -a; **2.** *adj/s* seguace; (*drogas*) (tossico)dipendente
adiestr|ador, -a *adj/s* addestratore, -trice, allenatore, -trice; **~amiento** *m* addestramento, ammaestramento, allenamento; pratica *f*; **~ar** *vt* addestrare, ammaestrare, allenare; istruire
Adigio *m geogr* Adige
adinerado, -a *adj* danaroso, -a, ricco, -a, facoltoso, -a
adiós 1. *excl* arrivederci, ciao; (*a usted*) arrivederla; (*para siempre*) addio!; *coloq/fig* addio!; **2.** *m* arrivederci; addio ◊ ***~ mi dinero*** addio ai miei soldi!; ***~, muy buenas*** *desp* addio!; ***y ~ muy buenas*** *desp* addio e per sempre!
adipos|idad *f* adiposità *inv*, obesità *inv*; **~o, -a** *adj* adiposo, -a
adir *vt jur* adire
adit|amento *m* aggiunta *f*; **~ivo, -a 1.** *m* additivo; **2.** *adj* aggiuntivo, -a
adivin|able *adj* indovinabile; **~ación** *f* predizione; **~anza** *f* indovinello *m*; **~ar** *vt* indovinare; predire, presagire; **~atorio, -a** *adj* divinatorio, -a; **~o, -a** *m/f* indovino, -a; astrologo, -a; mago, -a
adjetiv|ación *f* aggettivazione; **~al** *adj* aggettivale; **~ar** *vt* aggettivare; **~o** *m ling* aggettivo
adjudic|ación *f* aggiudicazione; **~ado, -a** *adj* assegnato, -a; **~ar** ‹*adjudiqué*› *vt* aggiudicare;

~atario, -a *adj/s* aggiudicatario, -a; concessionario, -a
adjunt|ar *vt* allegare, accludere; **~ía** *f ant* ="posto di professore associato" *m*; **~o, -a** *adj* aggiunto, -a, unito, -a; *adm/informát* allegato, -a ◊ ***profesor ~*** *ant* (*universidad*) professore associato; ***~ le envío...*** le invio in allegato...
adlátere *m/f desp* accompagnante
administr|ación *f* amministrazione; direzione; gerenza; gestione, amministrazione; **~ador, -a** *m/f* amministratore, -trice; ***~apostólico*** *amministratore apostolico*; **~ar** *vt* amministrare, dirigere; somministrare; *Am* dare l'olio santo al malato ◊ ***~ una paliza*** *irón* dare una bastonata; **~ativo, -a 1.** *adj* amministrativo, -a; **2.** *m/f* impiegato, -a; ***auxiliar ~*** *impiegato esecutivo*; ***oficial ~*** *impiegato di concetto*
admir|able *adj* ammirevole; stupendo, -a, meraviglioso, -a; **~ación** *f* ammirazione, meraviglia; stupore *m*, sorpresa ◊ ***signo de ~*** punto esclamativo; **~ador, -a** *adj/s* ammiratore, -trice; **~ar 1.** *vt* ammirare, stimare; meravigliare, stupire; **2. ~se** stupirsi, meravigliarsi
admis|ible *adj* ammissibile, accettabile; **~ión** *f* ammissione, accettazione
admit|ido, -a *adj/s* ammesso, -a promosso, -a; **~ir** *vt* ammettere, riconoscere, accettare, permettere; introdurre
admonición *f* ammonizione, avvertimento *m*
ADN (*Ácido desoxírribonucleico*) *abr/m* DNA, ADN (*Acido deossiribonucleico*)
adob|ar *vt* addobbare; *gastr fig* marinare; *tecn* conciare le pelli; adattare i ferri agli zoccoli dei cavalli; *fig* adornare; **~e** *m arq* mattone crudo, mattone di fango essiccato all'aria, adobe; *arq* malta *f*; **~o** *m* addobbamento; *gastr* marinata *f*, salamoia *f*; (*pieles*) concia *f*
adocen|ado *adj* dozzinale, ordinario; **~arse** inzotichirsi
adoctrin|amiento *m* addottrinamento; **~ar** *vt* addottrinare, istruire
adolecer ‹*adolezco*› V. 13a **1.** *vi* soffrire; peccare; **2. ~se** condolersi (**de** di)
adolesc|encia *f* adolescenza; **~ente** *adj/s* adolescente
adolorado V. **dolorido**
adonde *adv* dove, ove, nel luogo in cui ◊ ***~ quieras*** dove vuoi
¿adónde? *adv* dove?
Adonis *m mitol* Adone
adop|ción *f* adozione; **~tar** *vt* adottare; seguire; prendere; **~tivo, -a** *adj* adottivo, -a
adoqu|ín *m* selce *f*; *coloq/fig* testa di rapa *f*; **~inado** *m* selciato; **~inar** *vt* selciare; lastricare
ador|able *adj* adorabile; **~ación** *f* adorazione; **~ador, -a** *adj/s* adoratore, -trice; **~ar** *vt/i* adorare *vt*; amare intensamente *vt*; pregare *vt*; **~atorio** *m Am* altarino
adorm|ecedor, -a *adj* addormentatore, -trice; soporifero, -a; calmante, sonnifero, -a; **~ecer** ‹*adormezco*› V. 13a **1.** *vt* addormentare; calmare, attutire; assopire; **2. ~se** addormentarsi; intorpidirsi, aggranchirsi ◊ ***~se en un vicio o deleite*** abbandonarsi a un vizio o a un piacere; **~idera** *f bot* papavero da oppio *m*; **~ilado, -a** *adj* sonnacchioso, -a; **~ilarse** (*var.* **adormitarse**) appisolarsi
adorn|ar *vt* adornare, abbellire, ornare; decorare; **~o** *m* adorno, ornamento, fregio ◊ ***clases de ~*** lezioni di musica, ricamo, ecc.
ados|ado, -a *adj* addossato, -a ◊ ***chalés ~s*** villette a schiera; **~ar** *vt* addossare, appoggiare col dorso
adquir|ente (*var.* **adquiriente**) *adj/s* acquirente, compratore, -trice; **~idor, -a** *adj/s* acquisitore, -trice, acquirente; **~ir** ‹*adquiero*› V. 7b *vt* acquistare, acquisire, ottenere
adquis|ición *f* acquisizione, acquisto *m* ◊ ***oferta pública de ~*** offerta pubblica d'acquisto (OPA); **~itivo** *adj* acquisitivo ◊ ***poder ~*** potere d'acquisto
adrede *adv* apposta, deliberatamente, volutamente
adrenalina *f med* adrenalina
Adriático 1. *m* Adriatico; **2.** *adj* adriatico, -a
adriático, -a *adj geogr* adriatico, -a; ***el mar Adriático*** *il mare Adriatico*
adrizar ‹*adricé*› *vt nav* raddrizzare, drizzare
adscr|ibir ‹*adscrito*› V. 25 *vt* ascrivere, iscrivere; assegnare; **~ipción** *f* iscrizione; assegnazione; **~ito, -a** *adj* ascritto, -a, iscritto, -a
adsorb|ente *adj/m fís/quím* adsorbente; **~er** *vt fís* assorbire
adsorción *f fís/quím* adsorbimento *m*
adstrato *m ling* adstrato
aduan|a *f* dogana ◊ ***derechos de ~*** dazio; **~ero, -a 1.** *m* doganiere; **2.** *adj* doganale
aduc|ción *f* adduzione; **~ir** ‹*aduzco; aduje; aduciendo*› V. 20 *vt* addurre; aggiungere; *jur* allegare; **~tor** *adj/m med* adduttore
adueñarse appropriarsi (**de** di), impadronirsi (**de** di), impossessarsi (**de** di)
aduje V. **aducir**
adul|ación *f* adulazione; **~ador, -a** *adj/s* adulatore, -trice; *desp* lecchino, -a, leccapiedi; **~ar** *vt* adulare, lusingare, lisciare; **~atorio, -a** *adj* adulatorio, -a; **~ón** *Am* V. **adulador**
adulter|ación *f* adulterazione, alterazione, falsificazione; **~ado, -a** *adj* artefatto, -a; **~ador, -a** *adj/s* sofisticatore, -trice; **~ar** *vt* adulterare, alterare, falsificare; **~ino, -a** *adj* adulterino, -a; **~io** *m* adulterio
adúltero, -a *adj/s* adultero, -a
adulto, -a *adj/s* adulto, -a
adulz|ar ‹*adulcé*› *vt* addolcire; (*metales*) temperare; **~orar** V. **endulzar**
adumbr|ación *f* (*pintura*) ombreggiamento *m*; **~ar** *vt* (*pintura*) ombreggiare
adun|ación *f raro* radunata; **~ar** *vt elev* adunare, radunare (*estánd*), riunire (*estánd*); **~co, -a** *adj* adunco, -a, curvo, -a

adusto, -a *adj* adusto, -a, inaridito, -a, arido, -a; *fig* adusto, -a

aduzco V. **aducir**

adven|edizo, -a *adj/s* forestiero, -a, straniero, -a; *desp* nuovo, -a ricco, -a; novizio, -a; **~imiento** *m* avvento, venuta *f*; **~ir** ‹*vengo, vienes; vendré; vine; viniendo*› V. 41 *vi* avvenire, succedere, occorrere; venire, arrivare

advent|icio, -a *adj* avventizio, -a, casuale; **~ismo** *m relig* avventismo; **~ista** *adj/s* avventista

adverar *vt jur* asseverare, certificare

adverbi|al *adj* avverbiale; **~o** *m* avverbio

advers|ario, -a *m/f* avversario, -a, nemico, -a, antagonista; **~ativo, -a** *adj ling* avversativo, -a; **~idad** *f* avversità *inv*, inimicizia; disgrazia; **~o, -a** *adj* contrario, -a, sfavorevole, avverso

advert|encia *f* avvertenza, avvertimento *m*, osservazione; **~idamente** *adv* attentamente, accortamente; **~ido, -a** *adj* esperto, -a; **~ir** ‹*advierto; advirtió; advirtiendo*› V. 10 *vt* avvertire, osservare; avvisare, consigliare

adviento *m relig elev* avvento

advocación *f relig* invocazione

adyac|encia *f* adiacenza, vicinanza; **~ente** *adj* adiacente, limitrofo, -a

AEB (*Asociación Española de la Banca*) *abr* ="Associazione Bancaria Spagnola"

aedo *m elev* aedo, cantore

AELC (*Asociación Europea de Libre comercio*) *abr* EFTA (*Associazione Europea di Libero Scambio*)

AEN(OR) (*Asociación Española de Normalización y Certificación*) *abr/f* ="Associazione Spagnola di Normalizzazione (di misure, strumenti, e sim.)"

AEPE (*Asociación Europea de Profesores de Español*) *abr* ="Associazione Europea Professori di Spagnolo"

aeración *f med* aerazione, ventilazione

aéreo, -a *adj* aereo, -a

aerícola *adj* aericolo, -a; **~fero, -a** *adj* aerifero, -a

aerific|ación *f* aerificazione; **~ar** ‹*aerifiqué*› *vt* aerificare

aeriforme *adj* aeriforme

aerobic *m* aerobica *f*

aeróbico, -a *adj* aerobico, -a

aerobio *adj/m biol* aerobio; **~sis** *f inv* aerobiosi

aerobús *m inv* aerobus, airbus

aeroclub *m* aeroclub

aerodeslizador *m* hovercraft

aerodin|ámica *f* aerodinamica; **~amicidad** *f* aerodinamicità *inv*; **~ámico, -a** *adj* aerodinamico, -a

aeródromo *m* aerodromo

aeroespacial *adj* aerospaziale

aerof|agia *f med* aerofagia; **~aro** *m aero* aerofaro; **~ísica** *f* aerofisica; **~obia** *f* aerofobia; **~otografía** *f* aerofotogramma *m*

aerografía *f tecn* aerografia

aerógrafo *m tecn* aerografo

aerograma *m* aerogramma

aerol|ínea *f* aerolinea, aviolinea; **~ito** *m* aerolito

aerom|ancia *f* aeromanzia; **~arítimo, -a** *adj* aeromarittimo, -a; **~etría** *f* aerometria

aerómetro *m* aerometro

aeromo|delismo *m* aeromodellismo; **~to** *m* aeromoto

aeromóvil *m* aeromobile, velivolo

aeromoza *f Am* hostess* *inv*

aeron|auta *m/f* aeronauta; **~áutica** *f* aeronautica; **~áutico, -a** *adj* aeronautico, -a; **~aval** *adj* aeronavale; **~ave** *f* aeronave; **~avegación** *f* aeronavigazione

aeroplano *m* aeroplano

aeropuerto *m* aeroporto

aerosfera *f* aerosfera

aerosol *m* aerosol

aerost|ación *f* aerostazione; **~ática** *f* aerostatica; **~ático, -a** *adj* aerostatico, -a; **~ato** *m* aerostato, mongolfiera *f*

aerotaxi *m* aerotaxi, taxi aéreo

aerotécnic|a *f* aerotecnica; **~o, -a** *adj* aerotecnico, -a

aeroterapia *f* aeroterapia

aerotermodinámica *f* aerotermodinamica

aerotransport|ado, -a *adj* aerotrasportato, -a; **~es** *mpl* aerotrasporti

aerovía *f* aerovia

a/f. (*a favor*) *abr* a favore

afab|ilidad *f* affabilità *inv*, gentilezza; **~le** *adj* affabile; gentile

afam|ado, -a *adj* famoso, -a, celebre; **~ar** *vt* rendere celebre

afán (*pl* **afanes**) **1.** *m* ansia *f*, desiderio ardente; impegno, fervore, zelo; fatica *f*; **2.** *mpl* travagli, pene *fpl*

afan|ar 1. *vt/i* lavorare con impegno, con affanno *vi*; affannare *vt*; *jerga* rubare *vt*; **2. ~se** impegnarsi (**en** a), affannarsi (**en** a); **~oso, -a** *adj* faticoso, -a; affannoso, -a

afantasmado, -a *adj coloq* vanitoso, -a, presuntuoso, -a

afasia *f med* afasia

afásico, -a *adj* afasico, -a

afear *vt* imbruttire; *fig* vituperare

afecc|ión *f med* affezione, malattia; impressione; **~ionado, -a** *adj* affezionato, -a (**a u-c** a qc); **~ionarse** affezionarsi (**a alg** a q)

afecta|ble *adj* impressionabile, suscettibile; **~ción** *f* affettazione, artificio *m*; **~do, -a** *adj* affettato, -a, (estilo) artificioso; addolorato, -a, impressionato, -a; ***estar afectado*** *essere impressionato*; *med* colpito, -a; *jur* gravato, -a; destinato, -a; **~r** *vt* affettare, simulare, ostentare; impressionare, colpire, addolorare; *jur* gravare, ipotecare; *med* colpire, danneggiare; interessare, riguardare, coinvolgere

afectísimo, -a *adj* affezionatissimo, -a

afectiv|idad *f* affettività *inv*; **~o, -a** *adj* affettivo, -a, sensitivo, -a

afecto 1. *m* affetto, amore; *med* affezione *f*; (*pintura*) espressione *f*, vivezza *f*; **2.** *adj* affetto, -a, gravato, -a, soggetto, -a

afectuos|idad *f* affettuosità *inv*; **~o, -a** *adj* affettuoso, -a

afeita|da *f Am* rasatura; **~do, -a 1.** *adj* 1. raso, -a, rasato, -a; sbarbato, -a; 2. abbigliato, -a, imbellettato, -a; **2.** *m* 1. rasatura *f*; 2. *taur* ="mozzatura delle corna del toro" *f*; **~dora** *f* rasoio elettrico *m*; **~r 1.** *vt* radere, sbarbare; abbellire, abbigliare; *vet* tosare; *agric* ritagliare le piante di un giardino; **2. ~se** farsi la barba ◊ **~ *un toro*** limare le corna al toro da corrida

afeite 1. *m* abbellimento; **2.** *mpl* insieme di cosmetici *m*, trucco *m*

afelpado, -a *adj* felpato, -a; **~ar** *vt* rivestire/foderare con felpa

afemin|ación *f* effeminatezza; **~ado** *adj/m* effeminato, lezioso; **~amiento** *m* effeminatezza *f*; **~ar** *vt* effeminare

aferente *adj med/jur* afferente

aféresis *f inv ling* aferesi

aferr|ado, -a *adj* afferrato, -a, assicurato, -a; *fig* ostinato, -a, fisso, -a; **~ar 1.** *vt* afferrare, acciuffare; *nav* piegare e fissare le vele; ormeggiare, ancorare; **2. ~se** afferrarsi, aggrapparsi; *fig* ostinarsi, incaparbirsi

affaire *m* affaire

affmo. V. **afmo.**

Afganistán *m geogr* Afganistan

afgano, -a *adj/s* afgano, -a

afianz|amiento *m* rafforzamento, consolidamento; *com* avallo; **~ar** ‹*afiancé*› *vt* consolidare, assicurare, fissare; *com/jur* garantire, avallare

afiche *m Am* cartello, manifesto

afición *f* simpatia, affetto *m*, propensione, inclinazione; *sport* tifo *m*; *taur* amore *m*, passione; *taur* fan *inv*; hobby *m inv*, passione; *sport* tifosi *mpl*

aficion|ado, -a *adj/s* dilettante; (*fútbol*) tifoso, -a; (*toros, ópera*) appassionato, -a; **~ar 1.** *vt* affezionare; **2. ~se** affezionarsi, appassionarsi

afijo *m ling* affisso

afilacuchillos *m inv* affilacoltelli

afilad|era *f* cote; **~o, -a** *adj* affilato, -a, tagliente; sottile, delicato, -a, affilato, -a; **~or** *m* (*persona*) arrotino; affilatoio, affilatrice *f*; **~ora** *f tecn* molatrice; **~ura** *f* affilatura, arrotatura

afila|lápices *m inv* temperamatite, temperalapis, temperino; **~miento** *m* affilamento; **~r 1.** *vt* affilare, arrotare; *Arg* innamorare, corteggiare; **2. ~se** assottigliarsi, dimagrire *vi*

afile *m Arg* corteggiamento, corte *f*

afili|ación *f* affiliazione, ascrizione, associazione; **~ado, -a** *adj/s* affiliato, -a, iscritto, -a, associato, -a, tesserato, -a; **~ar** ‹*afilio*› V. 1 *vt* affiliare, iscrivere, associare

afiligranado, -a *adj* filigranato, -a; fino, -a, delicato, -a

áfilo, -a *adj bot* afillo, -a

afilón *m* affilatoio, acciaiolo

afín 1. *adj* affine, simile; vicino, -a, attiguo, -a; **2.** *m* parente per affinità

afina|ción *f metal* affinazione; *mús* accordatura; **~do** *m* affinazione *f*; **~dor, -a** *m/f mús* (*persona*) accordatore, -trice; affinatore *m*; chiave per accordare *f*; **~miento** *m* affinamento, dirozzamento; **~r** *vt fig* perfezionare, affinare, ingentilire; *mús* accordare; *impr* rifilare la legatura dei libri; assottigliare, affinare; *metal* affinare

afincar ‹*afinqué*› **1.** *vt/i* comprare terreni; **2. ~se** stabilirsi

afinidad *f* affinità *inv*, somiglianza; parentela

afino *m metal* affinazione *f*

afirm|ación *f* affermazione; consolidamento *m*; **~ar** *vt* affermare, ratificare; consolidare; assicurarsi; *Arag* contrattare un operaio; **~ativa** *f* affermazione, asserzione; **~ativo, -a** *adj* affermativo, -a, asseverativo, -a

aflautado, -a *adj* flautato, -a

aflicción *f* afflizione, pena, tristezza, tribolazione

aflict|ivo, -a *adj* afflittivo, -a, affliggente; **~o** V. **afligido**

aflig|ido, -a *adj* afflitto, -a, addolorato, -a; **~ir** ‹*aflijo*› *vt* affliggere, addolorare, abbattere, tormentare

afloj|amiento *m* allentamento, rallentamento; indebolimento; **~ar 1.** *vt* allentare, rallentare; **2.** *vi* indebolire, mitigare, scemare; *fig* mollare ◊ **~ *la mosca*** mollare il denaro; ***tira y afloja*** tira e molla

aflor|amiento *m* affioramento; **~ar 1.** *vi* affiorare, emergere, spuntare; **2.** *vt* (*harina*) stacciare

afluen|cia *f* affluenza, afflusso *m*; abbondanza; facondia; **~te 1.** *m* affluente; **2.** *adj* affluente; loquace, facondo, -a

aflu|ir ‹*fluyo; fluyó; fluyendo*› V. 14 *vi* affluire; accorrere; sfociare; **~jo** *m med* afflusso

afmo., -a (*var.* **affmo.**) (*afectísimo, -a*) *abr* affezionatamente

afofado V. **fofo**

afollar ‹*afuello*› V. 8a **1.** *vt* soffiare con il mantice; pieghettare a mantice; **2. ~se** gonfiarsi delle pareti

afondar 1. *vt/i* affondare; **2. ~se** colare a picco *vi*

afonía *f* afonia

afónico, -a *adj med* afonico, -a; *med/ling* afono, -a

áfono, -a *adj ling* afono, -a

afor|ado, -a *adj/s* privilegiato, -a; *hist* privilegiato dai *fueros*; **~ar** *vt* 1. (*teatro*) nascondere le quinte; 2. misurare la capacità di una corrente d'acqua; 3. *com* stimare, periziare; 4. calcolare la capacità di un locale; 5. dare o prendere a censo un podere

aforismo *m* aforisma

aforístico, -a *adj* aforistico, -a

aforo *m* 1. (*lugar*) capacità *f inv*; 2. valutazione *f*, estimo, cubatura *f*

afortunado, -a *adj* fortunato, -a, felice

afrances|ado, -a *adj* infrancesato, -a, infranciosato, -a, gallicizzato, -a; **~amiento** *m* l'infrancesarsi, l'infranciosarsi; **~ar** *vt* infrancesare

afrecho *m Am* crusca *f*

afrenta *f* affronto *m*, oltraggio *m*, offesa, insulto *m*; infamia, vergogna; **~r 1.** *vt* oltraggiare, insultare; svergognare, infamare; **2. ~se** vergognarsi

Africa *f geogr* Africa

africlado, -a *adj ling* affricato, -a; **~ano, -a** *adj/s* africano, -a
áfrico *m elev* africo, libeccio (*estánd*)
afriklaans *adj inv ling* afrikaans; **~ander** *m/f* afrikaner; **~aner** *m/f* afrikaner
afrolamericano, -a *adj/s* afroamericano, -a, negroamericano, -a; **~asiático, -a** *adj/s* afroasiatico, -a; **~cubano, -a** *adj/s* afrocubano, -a; **~disíaco, -a** *adj/m* afrodisiaco, -a
Afrodita *f mitol* Afrodite
afrontar *vt* affrontare; mettere a fronte a fronte; confrontare
afta *f med* afta
after-shave [after'sejf] *m* dopobarba *inv*
after sun [after'sun] *m inv* doposole
aftoso, -a *adj* aftoso, -a
afuera 1. *adv* fuori; *¡~! fuori!, via di qua!*; **2.** *fpl* dintorni *mpl*
afuste *m mil* affusto
agachlado, -a *adj* chino, -a, chinato, -a; **~ar 1.** *vt* chinare, curvare; **2. ~se** piegarsi, abbassarsi, accovacciarsi; *Am* cedere *vi*, sottomettersi, rassegnarsi
agallla *f* gallozzola; branchia dei pesci; tempia degli uccelli; *Am* astuzia, cupidigia; *med* amigdala, angina ◊ ***tener ~s*** aver coraggio, fegato; **~udo, -a** *adj Am* audace, valoroso, -a; astuto, -a, avido, -a
agamia *f* agamia, celibato *m*
ágamo, -a *adj bot* agamico, -a
agamuzar ‹*agamucé*› *vt* scamosciare
ágape *m* agape *f*
agárico *m bot* agarico
agarrlada *f coloq* discussione, lite; **~adera** *f* manico *m*; *fig* appiglio *m*; appoggio *m*; **~adero** V. **agarradera**; **~ado, -a 1.** *adj* afferrato, -a; ***baile ~*** *ballo liscio*; **2.** *adj/s* tirchio, -a, spilorcio, -a; **~ador** *m* presa *f*; **~ar 1.** *vt* afferrare, acciuffare; cogliere, prendere; ottenere; **2. ~se** afferrarsi, attaccarsi, appigliarsi; venire alle mani *vi* ◊ ***~la*** ubriacarsi; ***~se a un clavo ardiendo*** *fig* trovare un appiglio qualsiasi, arrampicarsi sugli specchi/sui vetri; **~e** *m* stretta *f*; *auto* presa *f*, aderenza *f*; **~ón** *m* stretta *f*
agarrotlamiento *m* irrigidimento; **~ar 1.** *vt* stringere; pigiare, opprimere, soffocare; strangolare con la garrotta; **2. ~se** irrigidirsi; *auto* grippare, -arsi
agasajlar *vt* festeggiare, accogliere festosamente, ossequiare; **~o** *m* accoglienza festosa *f*, ossequio, regalo
ágata *f min* agata
agavanzla *f* rosa silvestre; **~o** *m* frutto del rosaio, rosaio
ágave *m bot* agave
agavillar *vt agric* accovonare; *fig* formare squadre di gente
agazapar 1. *vt* acchiappare; arrestare; **2. ~se** acquattarsi, nascondersi
agencia *f* agenzia; rappresentanza; succursale; *Am* casa di prestiti su pegno ◊ ***~ de viajes*** agenzia viaggi; **~r** ‹*agencio*› V. 1 **1.** *vt* far pratiche, sollecitare, procurare; **2. ~se** procurarsi; ingegnarsi (**para** per)
agenda *f* agenda, taccuino *m*; ordine del giorno *m*
agente *adj/s* agente; ***complemento ~*** *complemento d'agente*; ***~ de prensa*** *press agent* inv*
agérato *m bot* agerato
agermanarse intedescarsi; affiliarsi a una società losca
agigantar *vt* ingigantire
ágil *adj* agile, snello, -a, leggero, -a
agililidad *f* agilità *inv*, snellezza, leggerezza, destrezza; **~pollar** *vt* rincoglionire; **~tar** V. **agilizar**
agilizlación *f* agevolazione; **~ar** ‹*agilicé*› *vt* facilitare, sveltire, agevolare; *adm* (*una práctica*) sbrigare
agio *m com* aggio; **~taje** *m com* aggiotaggio; **~tista** *m/f com* aggiotatore, -trice
agitlable *adj* agitabile; **~ación** *f* agitazione, eccitazione, inquietudine; **~ado, -a** *adj* 1. agitato, -a, inquieto, -a, smanioso, -a, spiritato, -a; 2. ondoso, -a, vorticoso, -a; **~ador, -a** *adj/s* agitatore, -trice
agitanlado, -a *adj* zingaresco, -a, simile a un gitano, -a; **~arse** prendere il fare dei gitani *vi*
agitar 1. *vt* agitare, scuotere, rimuovere; **2. ~se** agitarsi, inquietarsi, turbarsi
agitato *m mús* agitato
aglomerlación *f* agglomerazione; cumulo *m*; affollamento *m*; **~ado, -a 1.** *adj* agglomerato, -a, conglomerato, -a; **2.** *m* agglomerato; bricchetta *f*; **~ante** *adj/m* agglomerante; **~ar** *vt* agglomerare, conglomerare; ammucchiare
aglutinlación *f med/ling* agglutinazione; agglutinamento *m*; **~ante** *adj/m* agglutinante; **~ar** *vt* agglutinare
agnlación *f jur* agnazione; **~ado** *adj jur* agnato; **~ición** *f elev* agnizione; **~osticismo** *m filos* agnosticismo; **~óstico, -a** *adj/s* agnostico, -a
agobilado, -a *adj* angosciato, -a, stressato, -a; **~ador, -a** *adj* opprimente, faticoso, -a, pesante; **~ar** ‹*agobio*› V. 1 *vt* curvare, piegare, inclinare (el cuerpo); stancare, affaticare, spossare; *fig* abbattere, angosciare; **~o** *m* piegatura *f*, curvatura *f*; stanchezza *f*, oppressione *f*; *fig* angoscia *f*, stress, abbattimento ◊ ***¡qué ~!*** Che noia!
agolplamiento *m* affollamento, agglomeramento; ressa *f*, folla *f*; **~arse** affollarsi, accalcarsi, giungere di colpo *vi*; *fig* accavallarsi
agonlal 1. *adj* agonale, agonistico, -a; **2.** *mpl* agonali; **~ía** *f* agonia; angustia, angoscia; *fig* ansia, brama
agónico, -a *adj* agonico, -a
agonístico, -a *adj* agonistico, -a
agonizlante 1. *adj/s* agonizzante, moribondo, -a; **2.** *m* 1. religioso che assiste i morenti; 2. padrino del laureando; **~ar** ‹*agonicé*› *vi* agonizzare; estinguersi
ágora *f* agora, piazza; assemblea

agora|fobia *f med* agorafobia; **~r** ‹*agüero*› V. 8a *vt* predire, pronosticare, presagire
agorero, -a *adj/s* indovino, -a, divinatore, -trice, astrologo, -a; uccello di/del mal augurio, presago, -a di disgrazie ◊ ***ave ~a*** uccello di/del mal augurio
agorgojarse *agric* bacarsi
agost|amiento *m agric* disseccamento; **~ar 1.** *vt* seccare, appassire; arare in agosto per estirpare le erbacce; **2.** *vi* pascolare in campi di stoppie; **~ero** *m* bracciante (contrattato per la raccolta dei cereali); **~o** *m* agosto ◊ ***hacer su ~*** fare un buon affare
agot|ado, -a *adj* esaurito, -a; **~ador, -a** *adj* faticoso, -a, spossante, stancante; **~amiento** *m* esaurimento; *med* esaurimento, spossatezza *f*; prosciugamento; **~ar** *vt* esaurire; *med* indebolire, esaurire; prosciugare
agraci|ado, -a *adj* grazioso, -a, pieno, -a di garbo, leggiadro, -a; premiato, -a; **~ar** ‹*agracio*› V. 1 *vt* dare, concedere, elargire; aggraziare, abbellire
agrad|able *adj* gradevole, piacevole; grato, -a; **~ar** *vi* piacere, compiacere; **~ecer** ‹*agradezco*› V. 13a *vt* ringraziare, essere grato *vi*, essere riconoscente *vi*, essere obbligato *vi*; **~ecido, -a** *adj* riconoscente; ***estar ~ a alg por u-c*** *essere riconoscente a q per qc*; gradito, -a; grato, -a; **~ecimiento** *m* ringraziamento; gratitudine *f*, riconoscenza *f*; **~o** *m* piacere, gusto, soddisfazione *f*; cortesia *f*, gentilezza *f* ◊ ***es de mi ~*** mi piace; mi compiace
agram|ar *vt tecn* maciullare; **~atical** *adj ling* agrammaticale
agrand|amiento *m* ingrandimento; **~ar** *vt* ingrandire, aumentare, ampliare
agrario, -a *adj* agrario, -a
agrav|ación *f* aggravamento *m*, peggioramento *m*; *jur* aggravio *m*; **~amiento** V. **agravación**; **~ante** *adj* aggravante; **~ar** *vt* aggravare; peggiorare
agravi|ar ‹*agravio*› V. 1 *vt* offendere, insultare, oltraggiare; pregiudicare; *jur* appellarsi contro una sentenza; **~o** *m* offesa *f*, insulto, oltraggio; danno, pregiudizio
agraz *m* agresto; (*zumo*) agrestata *f*; *fig* amarezza *f*, dispiacere ◊ ***en ~*** in erba
agredir *vt/def* aggredire, assalire
agreg|ación *f* aggregazione, aggiunta, unione; **~ado, -a 1.** *adj* aggregato, -a, aggiunto, -a, unito, -a; **2.** *m* complesso, insieme; *dipl* addetto; bracciante, colono; **~ar** ‹*agregué*› *vt* aggregare, aggiungere, unire; ascrivere
agres|ión *f* aggressione, assalto *m*; **~ividad** *f* aggressività *inv*; **~ivo, -a** *adj* aggressivo, -a; **~or, -a** *adj/s* aggressore *m*, aggreditrice *f*, assalitore, -trice
agreste *adj* agreste, rustico, -a, selvatico, -a; *fig* rozzo, -a, grossolano, -a, rude
agri|ado, -a *adj* inacidito, -a, inasprito, -a; aspro, -a; **~ar** ‹*agrio*› V. 1 *vt* inacidire, rendere aspro; *fig* irritare, amareggiare
agrícola *adj* agricolo, -a
agricult|or, -a *m* agricoltore, contadino, -a; **~ura** *f* agricoltura
agridulce *adj* agrodolce
agriet|amiento *m* screpolatura *f*; **~ar 1.** *vt* screpolare; fendere, spaccare trasversalmente; **2. ~se** fendersi, spaccarsi; (*labios*) screpolarsi
agrillarse germinare *vi*, tallire *vi*
agrimens|or *m* agrimensore; **~ura** *f* agrimensura
agringarse *Am* (*gringo*) somigliare ad uno straniero *vi*
agrio 1. *adj* agro, -a, acre, acerbo, -a, aspro, -a; disgustato, -a; (*pintura*) stonato, -a; *metal* fragile, crudo; **2.** *mpl* agrumi
agro, -a *adj/m* agro, -a; **~alimentario, -a** *adj* agroalimentare
Agrón. (*Agrónomo*) *abr*
agronomía *f* agronomia
agrónomo, -a *adj/m* agronomo, -a; ***ingeniero ~*** *dottore in agraria*
agropecuario, -a *adj* agricolo, -a e pastorizio, -a
agrotur|ismo *m* agriturismo; **~ista** *m/f* agriturista; **~ístico, -a** *adj* agrituristico, -a
agrumar *vt* raggrumare, appallottolare
agrup|ación *f* raggruppamento *m*, gruppo *m*; associazione; **~amiento** *m* raggruppamento; **~ar 1.** *vt* raggruppare, aggruppare; **2. ~se** raggrupparsi
agua 1. *f* acqua; pioggia; *nav* falla; **2.** *fpl* sorgente *f*; *nav* correnti *mpl*; *nav* marea *f*, scia *f*, direzione *f*; riflesso *m*; **3.** *fpl* orina *f* ◊ ***~ abajo*** a valle; ***~ arriba*** a monte; ***~ de azahar*** acqua di fior d'arancio; ***~ con gas*** acqua gassata/frizzante; ***~ sin gas*** acqua naturale; ***~ delgada*** acqua sottile; ***~ fuerte*** acquaforte; ***~ de lluvia*** acqua piovana; ***~ mansa*** *fig* acqua cheta; ***el ~ clara y el chocolate espeso*** patti chiari, amicizia lunga; ***~ pasada no mueve molino*** acqua passata non macina più; ***¡~ va!*** *Am* attenzione!; ***ahogarse en un vaso de ~*** affogare in un bicchier d'acqua; ***estar con el ~ al cuello*** avere l'acqua alla gola; ***hacérsele (a alg) la boca ~*** venire (a q) l'acquolina in bocca; ***llevar el ~ a su molino*** tirare l'acqua al proprio mulino; ***~s bautismales*** battesimo; ***estar entre dos ~s*** stare fra due acque; ***romper ~s*** (*parto*) rompersi le acque; ***~s mayores*** deiezioni; ***~s menores*** orina; ***~s residuales*** acque di scarico
aguacate *m bot* avocado
aguacero *m* acquazzone
aguach|amar *vt* irrigare soverchiamente; **~irle** *m* vinello di scarto; brodaglia *f*; *fig* sciocchezza *f*
aguad|a *f* 1. posto d'acqua *m*, bacino di deposito d'acqua, vasca di deposito d'acqua, specchio d'acqua; *zool* abbeveratoio; 2. (*pintura*) guazzo *m*; 3. *min* inondazione nelle miniere; 4. tinta per velare le pareti troppo bianche; **~eras** *fpl agric* portasecchi d'acqua o altri liquidi *m inv*, portabarili d'acqua o altri liquidi *m inv*; **~or** *m* acquaiolo
aguafiestas *m/f inv* guastafeste

aguafuerte *m* acquaforte

aguaje *m* marea *f*, corrente impetuosa *f*; scia *f*; *Am fig* sgridata *f*

aguamanil *m* brocca *f*, catinella *f*; lavamano

aguamarina *f min* acquamarina

aguamiel *f* idromele *m*

aguanieve *f* nevischio *m*

aguant|aderas *fpl Am* pazienza *f*; **~ar 1.** *vt* sostenere; trattenere; *tamb. fig* sopportare, tollerare, resistere *vi*; **2.** *vi* durare; **3. ~se** accontentarsi (**con** di); contenersi, reprimersi ◊ ***¡aguanta!*** forza!, resisti!, coraggio!; **~ *una broma*** stare allo scherzo; ***¡aguántate!*** arrangiati!; **~e** *m* pazienza *f*, tolleranza *f*, fortezza *f*, vigore; costanza *f*

aguar ‹*agüe; agüé*› *vt* annacquare; *tamb. fig* guastare ◊ **~ *la fiesta*** guastare la festa

aguard|ar *vt* aspettare, attendere; concedere tempo *vi*; **~entoso, -a** *adj* spiritoso, -a; ***bebida ~a*** *bevanda molto alcolica*; ***voz ~*** *voce ronca*; **~iente** *m* acquavite *f*; grappa *f*; spirito di vino

aguarrás *m* acqua ragia *f*

aguasal *f* salamoia

aguat|ar *vt* imbottire di cotone o di bambagia; **~ero** V. **aguador**

aguazo *m* guazzo

agud|eza *f* acutezza, finezza; *fig* acume *m*, perspicacia, spirito *m*; arguzia, frizzo *m*, spiritosità *inv*; **~ización** *f med* aggravamento *m*; **~izarse** ‹*agudicé*› *med* aggravarsi; **~o, -a** *adj* acuto, -a, sottile, tagliente; penetrante; *fig* arguto, -a, fine, perspicace; mordente, pungente, mordace; *ling* tronco, -a

agüero *m* presagio, pronostico, augurio ◊ ***ser un pájaro de mal ~*** essere un uccello di malaugurio o di cattivo augurio

aguerr|ido, -a *adj* agguerrito, -a; **~ir** *vt/def* agguerrire

aguij|ada *f agric* pungolo *m*; **~ar 1.** *vi* stimolare, pungere, spronare; **2. ~se** sbrigarsi, spicciarsi; **~ón** *m* aculeo, pungiglione; pungolo; *fig* stimolo; **~onazo** *m* puntura *f*; **~onear** *vt* spronare, stimolare; *fig* incoraggiare

águila *f* 1. *zool* aquila; 2. moneta d'oro di Carlo V; moneta d'oro messicana; moneta d'oro degli Stati Uniti; 3. *Am* aquilone *m* ◊ **~ *explayada*** *arald* aquila ad ali spiegate; **~ *plasmada*** *arald* aquila ad ali chiuse; ***ser un ~*** *fig* essere un genio

aguileño, -a *adj* (*nariz*) aquilino, -a

aguilucho *m zool* aquilotto; *jerga* ladro

aguinaldo *m* 1. regalo; strenna *f*; 2. *Arg* (*paga*) tredicesima *f*; 3. canzone natalizia *f*

aguj|a *f* 1. ago *m*; 2. ferro da calze *m*; uncinetto *m*; 3. lancetta dell'orologio; 4. bussola; 5. punta per giradischi; 6. *zool* aguglia; 7. *ferroc* scambio *m*; 8. germoglio *m*; **~erear** *vt* bucare, forare, perforare; **~ero** *m* buco, foro; fabbricante d'aghi; **~eta 1.** *f* stringa, cordoncino da scarpe *m*; **2.** *fpl* fitte, dolori (muscolari) *mpl*; **~ón** *m* spillone

agusanar *vt* bacare *vt/i*, inverminire *vi*

agustin|iano, -a *adj relig* agostiniano, -a; **~o, -a** *adj/m* agostiniano, -a

agutí *m zool* aguti

aguz|amiento *m* assottigliamento; **~anieve** *m zool* cutrettola *f*; **~ar** ‹*agucé*› *vt* aguzzare, affilare; *fig* stimolare, eccitare ◊ **~ *el ingenio*** aguzzare l'ingegno; **~ *el oído*** aguzzare le orecchie

¡ah! *excl* ah!

aherrojar *vt* ammanettare, incatenare; *fig* soggiogare

ahí *adv* lì, là ◊ ***desde ~*** da lì; ***hasta ~*** fino lì; ***por ~*** giù di lì; **~ *lo tienes*** eccolo lì; **~ *me las den todas*** me ne infischio, me ne sbatto

ahij|ado *m* figlioccio; figlio adottivo; **~ar** *vt* adottare; fare da padrino o madrina (a) *vi*; *bot* germogliare *vi*; (*algo a alg*) appioppare, affibbiare

ahincado, -a *adj* efficace, veemente

ahínco *m* impegno, vigore

ahitarse rimpinzarsi, inzepparsi

ahíto, -a 1. *m* sazietà *f*, indigestione *f*; **2.** *adj* sazio, -a, zeppo, -a

ahog|ado, -a *adj* affogato, -a, annegato, -a; soffocato, -a; strangolato, -a; *auto* ingolfato, -a; **~amiento** *m* 1. affogamento, annegamento; 2. *mec* ingolfamento; **~ar** ‹*ahogué*› **1.** *vt/i* affogare, annegare; soffocare; strangolare; **2. ~se** affogarsi, annegarsi; soffocarsi; strangolarsi; *auto* ingolfarsi ◊ **~ *al rey (ajedrez)*** mettere in stallo il re; ***~se en un vaso de agua*** affogare in un bicchier d'acqua; **~o** *m* affanno, angoscia *f*; soffocamento; oppressione *f*

ahondar *vt/i* affondare; approfondire *vt*; scavare *vt*; penetrare *vi*; *fig* investigare *vt*, approfondire *vt*

ahora *adv* ora, adesso, in questo momento ◊ **~ *bien*** ebbene; ***por ~*** per adesso, per ora; **~ *mismo*** proprio adesso; ***hasta ~*** finora

ahorc|ado, -a *adj/s* impiccato, -a; **~amiento** *m* impiccagione *f*; **~ar** ‹*ahorqué*› **1.** *vt* impiccare; **2. ~se** impiccarsi (**de** a); ***~se de un árbol*** *impiccarsi a un albero*

ahorita *adv Am* proprio adesso; subito

ahormar *vt* mettere in forma; *taur* ="far sì che il toro si collochi in posizione per dargli la stoccata"

ahorr|ador, -a *adj/s* risparmiatore, -trice, economo, -a; **~ar** *vt* risparmiare, economizzare; **~o** *m* risparmio, economia *f* ◊ ***Caja de ~s*** Cassa di risparmio

ahoy|adura *f agric* affossamento *m*, affossatura; **~ar** *vt agric* scavare, affossare

ahuec|amiento *m* incavatura *f*; **~ar** ‹*ahuequé*› **1.** *vt* scavare; svuotare; *agric* dissodare; rendere soffice; **2. ~se** inorgoglirsi ◊ **~ *el ala*** levarsi di torno, smammare, andarsene

ahuevado, -a *adj* a forma d'uovo

ahum|ado, -a *adj* affumicato, -a, affumato, -a; *fig* ubriaco, -a; **~ar** ‹*ahúmo*› *vt* affumicare, affumare

ahusarse ‹*ahúso*› affusolarsi; assottigliarsi

ahuyentar 1. *vt* scacciare; mettere in fuga; spaventare; **2. ~se** fuggire *vi*

AI (*Amnistía Internacional*) *abr* Amnesty International
AIE (*Agencia Internacional de la Energía*) *abr/f* AIE (*Agenzia Internazionale per l'Energia*)
AIEA (*var.* **OIEA**) (*Agencia/Organismo Internacional de Energía Atómica*) *abr* AIEA (*Agenzia Internazionale per l'Energia Atomica*)
aína (*var.* **aínas**) *adv ant* presto; facilmente; per poco
aínde *adv ant* avanti
AIP (*Acuerdo intereuropeo de Pagos*) *abr* UEP (*Unione Europea dei Pagamenti*)
airlado, -a *adj* adirato, -a, incollerito, -a, irritato, -a; *fig* depravato, -a; vizioso, -a; **~ar 1.** *vt* adirare, irritare; **2. ~se** incollerirsi, adirarsi, arrabbiarsi; **~bag** ['erbag] *m auto* airbag *inv*; **~bus** ['erbus] *m* airbus *inv*
aire 1. *m* aria *f*; corrente d'aria *f*; *mús* aria; aspetto, espressione *f*; **2.** *mpl* arie *fpl*; presunzione *f*, boria *f* ◊ ***al ~ libre*** all'aperto; ***cambiar de ~s*** cambiare aria; ***coger ~*** raffreddarsi; ***darse, tener buen ~*** essere abile in qc; ***darse ~*** sbrigarsi; ***disparar al ~*** sparare in aria; ***hablar al ~*** parlare al muro; ***hacer ~*** fare vento; ***mantenerse de ~*** campare d'aria; ***mudar de ~s*** cambiar aria; ***tener un ~ a alguien*** somigliarsi a q; ***tener ~s de grandeza*** darsi delle arie; ***tomar el ~*** prendere una boccata d'aria; ***vivir del ~*** campare d'aria
airealción *f* aerazione; **~do, -a** *adj* arioso, -a, ventilato, -a; **~r** *vt* **1.** arieggiare, ventilare; *fig* diffondere, divulgare; **2.** prendere aria *vi*
airón *m zool* airone
airoso, -a *adj* arioso, -a, arieggiato, -a; *fig* garbato, -a, leggiadro, -a, elegante ◊ ***salir, quedar ~*** risultare vincitore
aislalble *adj* isolabile; separabile; **~cionismo** *m* isolazionismo; **~cionista 1.** *adj/s* isolazionista; **2.** *adj* isolazionistico, -a; **~do, -a** *adj* isolato, -a; **~dor** *m* isolatore; **~miento** *m* isolamento ◊ ***celda de ~*** cella di segregazione, isolamento; **~nte** *adj/m* isolante; **~r 1.** *vt* isolare, appartare, separare; **2. ~se** isolarsi
¡aj! *excl* ih!
Ajaccio *geogr* Aiaccio
ajado, -a *adj* rugoso, -a, raggrinzito, -a, sgualcito, -a; (*rostro*) avvizzito, -a, intristito, -a; (*flor*) appassito, -a
ajamliento *m* avvizzimento; **~onarse** *fig* diventare più grassa *vi*; *fig* arrotondarsi
ajar 1. *vt* raggrinzire, sgualcire, invecchiare, sciupare; **2. ~se** (*persona, flor*) sciuparsi, avvizzirsi; **~dinar** *vt* fare giardini *vi*
ajedrea *f bot* santoreggia, satureia
ajedreclista *m/f* scacchista; **~ístico, -a** *adj* scacchistico, -a
ajedrez *m* scacchi *mpl* ◊ ***jugar al ~*** giocare agli scacchi; **~ado, -a** *adj* a scacchi *adv*, a scacchiera *adv*
ajenjo *m bot* assenzio; vèrmut, vermouth
ajeno, -a *adj* altrui, d'altri; estraneo, -a (**de** a); libero, -a (**de** di/da); privo, -a (**de** di); alieno, -a (**de** da); diverso,-a, differente ◊ ***lo ~*** le cose altrui
ajetrelado, -a *adj* indaffarato, -a, vorticoso, -a; **~arse** affaticarsi, affannarsi; **~o** *m* lavoro affannoso; strapazzo; traffico; trambusto
ají *m Am* peperoncino rosso ◊ ***ponerse como un ~*** diventare rosso come un peperone, arrossire violentemente
ajiaceite V. **ajoaceite**
ajiaco *m Am gastr* ="salsa con ají"; ="specie di stufato brodoso di legumi e carne con ají"
ajilimoje (*var.* **ajilimójili**) **1.** *m gastr* ="salsa piccante con aglio" *f*; **2.** *mpl fig* accessori, ammennicoli
ajillo *m* aglietto ◊ ***al ~*** *gastr* fritto con aglio
ajimez *m* finestra bifora *f*
ajo *m* aglio ◊ ***cabeza de ~ s*** testa d'aglio; ***diente de ~*** spicchio d'aglio; ***andar, estar en el ~*** far parte di qc, essere informato di qc; ***oler a ~*** sapere d'aglio; ***quien se pica ~s come*** chi ha la coda di paglia se la bruci; **~aceite** *m gastr* agliata *f*; *gastr* maionese con l'aglio *f*; **~rca** *f* braccialetto o cerchietto metallico per polsi e caviglie *m*
ajuar *m* corredo ◊ **~ *de novia*** corredo da sposa
ajustlado, -a *adj* aggiustato, -a, regolato, -a, adattato, -a; giusto, -a; (*vestido*) aderente, attillato, -a; **~ador, -a** *adj/s* aggiustatore, -trice; bustino *m*; **~ar 1.** *vt* regolare; aderire, stringere; adattare, adeguare; pattuire, mettersi d'accordo; (*presupuesto*) rivedere; impiegare; *impr* impaginare; **2. ~se** adattarsi ◊ **~ *a cero*** azzerare; **~ *cuentas*** regolare i conti; **~e** *m* regolamento, adattamento; accordo, patto; *impr* impaginazione *f* ◊ **~ *a cero*** azzeramento; **~ *de cuentas*** *jerga* regolamento dei conti; ***carta de ~*** *TV* monoscopio
ajusticiar ‹*ajusticio*› V. 1 *vt* giustiziare
ala 1. *f* ala; fianco *m*; aletta; *nav* pala; *bot* elenio *m*; (*sombrero*) tesa; **2.** *fpl* audacia *f* ◊ **~ *delta*** (*sport*) deltaplano; ***ahuecar el ~*** fuggire, scappare; ***cortar las ~s (a alg)*** *fig* tarpare le ali (a q); ***dar ~s (a alg)*** *fig* incoraggiare (q)
Alá *m* Allah
alablanza *f* lode, elogio *m*; *elev* encomio *m* ◊ ***en ~ de*** in lode di; **~ar 1.** *vt* lodare, elogiare; *elev* encomiare; **2. ~se** vantarsi, gloriarsi
alabardla *f* alabarda; lancia; **~ero** *m* alabardiere; *teat* clacchista *m/f*
alabastro *m* alabastro
álabe *m* dente di ruota; pala del molino *f*; tegola della grondaia *f*
alabeado, -a *adj* curvato, -a, storto, -a
alábega *f bot* basilico *m*
alacena *f* armadio a muro *m*; (*cocina*) dispensa
alacrlán *m zool* scorpione; **~idad** *f* alacrità *inv*
aladelta *m sport* deltaplano

ALADI (*Asociación Latinoamericana de Integración*) *abr* ALADI (Associazione Latinoamericana di Integrazione)
alado, -a *adj* alato, -a
alajú *m gastr* panpepato
ALALC (*Asociación Latinoamericana de Libre Comercio*) *abr* ALALC, LAFTA (*Associazione Latinoamericana di Libero Scambio*)
alamar *m* alamaro
alambi|car ‹*alambiqué*› *vt* lambiccare, distillare (*tamb. fig*); esaminare accuratamente, ponderare; *fig* sottilizzare; **~que** *m* alambicco
alambr|ada *f* reticolato *m*; **~ar** *vt* cingere con fil di ferro; munire di rete metallica
alambre *m* filo metallico ◊ **~ *de púas*** filo spinato; **~ra** *f* rete metallica; moscaiola, zanzariera
alameda *f* viale *m*; *bot* pioppeto *m*
álamo *m bot* pioppo
alan|cear *vt* ferire con lancia; **~o, -a** *adj/m* alano, -a
alarde *m mil* parata *f*; elenco dei soldati; ispezione *f*; visita del giudice ai detenuti *f*; esame delle cause in corso nei tribunali; *fig* ostentazione *f*, vanto ◊ ***hacer* ~ *de*** presumere di; **~ar** *vi* presumere, vantarsi; **~o** *m* pompa *f*, vanto
alarga|dera *f* prolunga; *quím* tubo di vetro di prolunga *m*; **~miento** *m* allungamento, prolungamento; **~r** ‹*alargué*› **1.** *vt* allungare, prolungare; *nav* lasciar scorrere; **2. ~se** allontanarsi; crescere; *nav* cambiare di direzione il vento verso poppa *vi*
alarido *m* grido, urlo ◊ ***dar* ~*s*** urlare, lanciare urli
alarm|a *f* allarme *m*; spavento *m*; **~ante** *adj* allarmante; **~ar** *vt* allarmare; spaventare; chiamare alle armi; **~ismo** *m* allarmismo; **~ista** *adj/s* allarmista
alavés, -esa *adj/s* alavese, (q o qc) di Alava
alazán *m* cavallo color cannella
alba *f* alba; *relig* camice *m* ◊ ***al rayar el* ~** allo spuntar del giorno
albac|ea *m jur* esecutore testamentario; **~eteño, -a** *adj/s* (q o qc) di Albacete; **~ora** *f* fiorone *m*; *zool* tonnetto *m*
albada *f mús* mattinata
albahaca *f bot* basilico *m*
albaicín *m* ="rione gitano alla periferia di Granada"
albanés, -esa *adj/s* albanese
Albania *f geogr* Albania
albañ|al (*var.* **albañar**) *m* fogna *f*, cloaca *f*; **~il** *m* muratore; **~ilería** *f* arte muraria
albar *adj agric elev* bianco, -a (*estánd*); **~án** *m* 1. ricevuta *f*; quietanza *f*; 2. *reg* appigionasi; **~ca** (*var.* **abarca**) *f* ="sandalo rustico di cuoio o di gomma" *m*, li scarpune *mpl* (*reg*)
albard|a *f* basto *m*, barda ◊ **~ *sobre* ~** *coloq* ridondanza; **~ar** *vt* sellare; lardellare la carne; **~illa** *f* bastina; pastella da frittura; fettina di lardo; **~ón** *m* sella (dei mandriani andalusi) *f*
albaricoque *m bot* albicocca *f*; **~ro** *m bot* albicocco
albatros *m inv zool* albatro *m*
albayalde *m* biacca *f*
albedrío *m* volontà *f inv* arbitrio ◊ ***a su* ~** a sua volontà; ***libre* ~** libero arbitrio
albéitar *m ant* veterinario
alber|ca *f* serbatoio idrico *m*; maceratoio per lino o canapa *m*; *Am Cent/Méx* piscina ◊ ***estar en* ~** *arq* essere ancora senza tetto; **~gar** ‹*albergué*› *vt* albergare; alloggiare, ospitare; **~gue** *m elev* albergo, asilo; rifugio ◊ **~ *juvenil*** ostello della gioventù
albin|ismo *m med* albinismo; **~o, -a** *adj/s* albino, -a
albo, -a *adj elev* albo, -a, bianco, -a (*estánd*)
albóndiga *f gastr* polpetta
albondiguilla *f* caccola ◊ ***hacer* ~*s*** *coloq/irón* fare polpette
albor *m* albore; alba ◊ ***los* ~*es de la vida*** l'infanzia, la gioventù; **~ada** *f mús* serenata mattutina; *mil* sveglia; **~ear** *vi* spuntare l'alba; **~noz** *m* vestaglia (casa) *f*, accappatoio (baño); burnus (árabe)
alborot|adizo, -a *adj* turbulento, -a, irrequieto, -a; **~ado, -a** *adj* eccitato, -a, turbato, -a; **~ador, -a** *adj/s* agitatore, -trice, provocatore, -trice; **~ar** *vt* agitare, provocare, mettere in subbuglio; **~o** *m* confusione *f*, subbuglio, tumulto; chiasso, baccano
alboroz|ar ‹*alborocé*› **1.** *vt* allietare; **2. ~se** giubilare; **~o** *m* gioia *f*, giubilo, allegria *f*
albricias 1. *fpl* ="mancia (a chi porta buone nuove)"; *tecn* sfiatatoio negli stampi dei fonditori *m*; **2.** *excl* meraviglioso!
albufera *f* (*litoral*) laguna; Albufera di Valenza
álbum *m* album
albumen *m* albume
albúmina *f* albumina
albur *m* 1. *zool* alborella *f*; 2. ="le prime due carte del banchiere in un gioco d'azzardo" *fpl*; 3. *Méx* frase a doppio senso *f* ◊ ***al* ~** a casaccio; **~no** *m bot* alburno
alcaba|la *f* gabella; dazio *m*; *Ven* controllo di Polizia Stradale *m*; **~ero** *m hist* gabelliere
alcachofa *f bot* carciofo *m*; *Am* schiaffo *m*; *fig* (*ducha*) cipolla
alcahuete, -a *m/f* ruffiano, -a, mezzano, -a; pettegolo, -a, spia *f*; *teat* telone *m*; **~ar** *vi* ruffianeggiare, pettegolare
alcaide *m hist/mil* governatore; *ant* (*cárcel*) direttore; **~sa** *f ant* moglie del governatore
alcald|e *m* sindaco ◊ **~ *pedáneo*** sindaco aggiunto; ***teniente de*** **~** vicesindaco; **~esa** *f* 1. sindaco *m*, sindachessa (*irón*), sindaca (*raro*); 2. moglie del sindaco; **~ía** *f* municipio *m*, comune *m*
álcali *mpl quím* alcali
alcalin|idad *f* alcalinità *inv*; **~o, -a** *adj quím* alcalino, -a
alcaloide *m* alcaloide
alcanc|e 1. *m* portata *f*; conseguimento, raggiungimento; importanza *f*; *auto* collisione *f*, tamponamento; *mil* gittata *f*; **2.** *mpl* intelligenza *f* ◊ ***de corto, medio, largo* ~** di corta, media, lun-

ga gittata; ***al ~ de*** a portata di; ***dar ~ (a alg)*** raggiungere (q); **~ía** *f* salvadanaio *m*; (*juego de jinetes*) sfera d'argilla vuota; *mil* pentola piena di materiale infiammabile; *Am* cassetta delle elemosine

alcandía *f* saggina

alcanfor *m* canfora *f*; **~ado, -a** *adj* canforato, -a

alcantarilla *f* fogna, chiavica; **~do** *m* fognatura *f*, smaltitoio; **~r** *vt* costruire fognature

alcanz|able *adj* raggiungibile; **~adizo, -a** *adj* facilmente raggiungibile; **~ar** ‹*alcancé*› *vt* raggiungere, arrivare *vi*; cogliere; afferrare il senso; bastare *vi*; riuscire *vi*

alcaparr|a *f bot* cappero *m*; **~ón** *m bot* frutto del cappero

alcarr|eño, -a *adj/s geogr* (q o qc) dell'Alcarria; **~ia** *f* ="terreno alto e generalmente sterile" *m*

alcatraz *m* cartoccio; *bot* aro; *Am zool* sula *f*

alcaucil *m And/Am* carciofo

alcayata *f* gancio *m*, chiodo a uncino *m*

alcazaba *f* fortezza

alcázar *m* castello, palazzo reale; *nav* tolda *f*

alce *m zool* alce

alción *m zool* martin pescatore

alcista *adj/s* rialzista

alcoba *f elev* alcova , camera da letto (*estánd*)

alcoh|ol *m* spirito, alcol; **~olemia** *f med* alcolemia ◊ ***control de ~*** controllo del tasso alcolico; **~ólico, -a 1.** *adj* alcolico, -a; **2.** *adj/s* alcolizzato, -a, alcolista; **~olímetro** *m* alcolimetro; **~olismo** *m* alcolismo; **~olizado, -a** *adj/s* alcolizzato, -a; **~olizar** ‹*alcoholicé*› *vt* alcolizzare

alcor *m elev* collina *f* (*estánd*), colle (*tamb. estánd*); **~nocal** *m* sughereto; **~noque** *m* sughera *f*, quercia da sughero *f* ◊ ***pedazo de ~*** *coloq/fig* zuccone, tanghero

alcotán *m zool* lodolaio

alcoyano, -a *adj/s* (q o qc) di Alcoy (Alicante) ◊ ***tener más ~ que el Alcoyano*** non perdersi mai d'animo

alcurnia *f* prosapia, lignaggio *m*, stirpe

alcuza *f* orciolo *m*; *Am* oliera

aldab|a *f* battente *m*; anello per legare il cavallo *m*; spranga ◊ ***tener buenas ~s*** avere raccomandazioni; **~ón** *m* maniglia del baule *f*; grosso battente; **~onazo** *m* forte busso o picchio alla porta; *fig* spintone

alde|a *f* villaggio *m*; **~no, -a** *adj/s* campagnuolo, -a, contadino, -a

aldehído *m quím* aldeide *f*

aldorta *f zool* nitticora

alea|ción *f quím* lega; **~r** *vt quím/metal* allegare; **~torio, -a** *adj* aleatorio, -a, incerto, -a, dubbio, -a

aleccion|ador, -a *adj* istruttivo, -a; **~amiento** *m* ammonizione *f*; **~ar** *vt* istruire, addestrare; ammonire

aledaño, -a 1. *adj* adiacente, limitrofo, -a; **2.** *mpl* dintorni

aleg|ación *f* allegazione; *jur* allegato *m*; **~ar** ‹*alegué*› **1.** *vt* allegare, addurre; *jur* perorare; **2.** *vi* *Am* altercare, protestare; **~ata** *f Méx* discussione, controversia; **~ato** *m* allegato; **~oría** *f* allegoria; **~órico, -a** *adj* allegorico, -a

alegr|ar 1. *vt* rallegrare, allegrare; *taur* eccitare il toro; *nav* allentare un cavo, alleggerire la nave; **2. ~se** rallegrarsi (**de** di); **~e** *adj* allegro, -a, lieto, -a, contento, -a, felice; ardito, -a; licenzioso, -a; *fig* brillo, -a ◊ ***mujer de vida ~*** donna di vita, donna di facili costumi; **~eto** *m mús* allegretto; **~ía 1.** *f* allegria, gioia, giubilo *m* (*elev*); **2.** *fpl* ="canti e balli andalusi" *mpl*; **~o** *m mús* allegro; **~ón** *m* forte allegria *f*

alej|ado, -a *adj* lontano, -a, discosto, -a, remoto, -a (**de** da); **~amiento** *m* allontanamento, separazione *f* ◊ ***orden de ~*** diffida *f*

Alejandría *f geogr* Alessandria

alejar 1. *vt* allontanare, separare; **2. ~se** allontanarsi, separarsi, ritirarsi (**de** da)

alel|ado, -a *adj* istupidito, -a, rimbecillito, -a; **~arse** rimbecillire *vi*, rimbambire *vi*; **~í** V. **alhelí**; **~uya 1.** *excl* alleluia; **2.** *m* (*tiempo*) Pasqua; **3.** *f* dolce pasquale *m*; *impr* foglietti stampati *mpl*; *fig* poesiola *f*; *bot* acetosella *f*

alemán, -ana *adj/s* tedesco, -a

Alemania *f geogr* Germania

alemánico, -a *adj hist/ling* alemanno, -a

alent|ado, -a *adj* incoraggiato, -a, animato, -a; coraggioso, -a; **~ador, -a** *adj* incoraggiante, animatore, -trice; **~ar** ‹*aliento*› V. 5a **1.** *vt* incoraggiare, animare; **2.** *vi* respirare; *Am* partorire; **3. ~se** *Am* guarire *vi*

alerce *m bot* larice

alergeno (*var.* **alérgeno**) *m med* allergene

alergia *f med* allergia

alérgico, -a *adj* allergico, -a

alergista *m/f med* allergologo, -a

alergo|logía *f med* allergologia; **~ógico, -a** *adj med* allergologico, -a

alergólogo, -a *m/f med* allergologo, -a

alero *m* 1. gronda *f*; 2. parafango; (*baloncesto*) ala *f* ◊ ***estar en el ~*** essere in aria

alerón *m* alettone

alert|a 1. *f* allarme *m*; **2.** *adv/excl* all'erta ◊ ***estar en ~*** stare all'erta; **~ar** *vt* mettere in guardia; dare l'allarme *vi*; **~o, -a** *adj* vigile, attento, -a

aleta *f* aletta; (*peces, natación*) pinna; **~da** *f* colpo d'ala *m*

aletarg|amiento *m* letargo; **~ar** ‹*aletargué*› **1.** *vt* causare letargo *vi*; **2. ~se** cadere in letargo *vi*, assopirsi

aletazo *m* forte colpo d'ala; *Am* schiaffo, pugno

aletea|r *vi* aleggiare, scuotere le ali; *fig* ricuperare le forze, rimettersi; **~o** *m* movimento d'ali; primi voli *mpl*

alev|e V. **alevoso**; **~illa** *f* farfallina bianca notturna; **~ín** *m zool* avannotto; *fig* principiante

alevos|ía *f* slealtà *inv*, tradimento *m*, perfidia; **~o, -a** *adj/s* sleale, traditore, -trice, perfido, -a

alexia *f med* alessia

alfa *f* alfa

alfab|ético, -a *adj* alfabetico, -a; **~etización** *f* alfabetizzazione; **~etizar** ‹*alfabeticé*› *vt* alfabetizzare; **~eto** *m* alfabeto
alfajor *m gastr* panpepato
alfalfa *f* erba da foraggio; erba medica, erba Spagna
alfanje *m* scimitarra *f*; *zool* pesce spada
alfanumérico, -a *adj informát* alfanumerico, -a
alfaque *m* secca *f*, banco di sabbia
alfarer|ía *f* arte e negozio m del vasaio; **~o** *m* vasaio
alféizar *m arq* vano di una porta o finestra; davanzale
alfeñique *m* ="caramella allungata di zucchero" *f*; *fig* persona fragile *f*
alférez *m mil* alfiere; sottotenente; portabandiera *inv*
alfil *m* (*ajedrez*) alfiere; **~er** *m* spillo; spilla *f* ◊ **~ *de sombrero*** spillone; **~ *imperdible*** spillo/a di sicurezza; ***no cabe ni un* ~** essere pieno zeppo; ***estar prendido con ~es*** *fig* essere appiccicato con lo sputo; **~etero** *m* agoraio
alfombr|a *f* tappeto *m*; **~ar** *vt* coprire con tappeti; **~illa** *f* tappetino *m*, scendiletto *m*; *med* rosolia
alfor|fón *m* grano saraceno; **~ja** *f* bisaccia; **~jón** *m bot* grano ◊ **~** grano saraceno
alga *f bot* alga; **~lia** *f* zibetto *m*; *med* catetere *m*, sonda
algara|bía *f* ="arabo parlato anticamente dagli spagnoli" *m*; *fig* lingua inintelligibile; *fig* chiasso *m*, schiamazzo *m*; **~da** *f* scorreria a cavallo; *fig* chiasso *m*
algarrob|a *f bot* carruba; **~o** *m bot* carrubo
algazara *f hist* grido di guerra dei Mori *m*; chiasso *m*, baccano *m*
álgebra *f* algebra
algebraico, -a *adj* algebrico, -a
algébrico, -a *adj* algebrico, -a
álgido, -a *adj* algido, -a; *fig* culminante
algo 1. *pron* qualche cosa, qualcosa; **2.** *adv* alquanto, un poco, un po'; **3.** *m* qualcosa, non so che ◊ **~ *es* ~** è già qualcosa/meglio di niente; **~ *bueno, malo, bonito...*** qualcosa di buono, di cattivo, di bello...
algod|ón *m* cotone; bambagia *f* ◊ ***criarse entre ~es*** crescere nella bambagia; **~onar** *vt* imbottire di bambagia, ovattare; (*pelo*) cotonare; **~onero, -a 1.** *adj* cotoniero, -a; **2.** *m* cotoniere; **~onoso, -a** *adj* cotonoso, -a
algoritmo *m* algoritmo
alguacil *m* ufficiale giudiziario; usciere; *ant* poliziotto, sbirro; *ant* governatore civile e penale; **~illo** *m taur* ="ciascuno dei due impiegati che precedono la squadriglia dei toreri nella corrida"
alguien *pron sing* qualcuno, qualcheduno
algún, alguno, -a 1. *adj* qualche; (*negativo*) nessuno, -a; certo, -a; **2.** *pron* qualcuno, qualcheduno ◊ **~ *que otro*** qualche, alcuni, alquanti; ***de/en modo* ~** in nessun modo
alhaja *f* gioiello *m*, gioia ◊ ***ser una* ~** essere una bellezza, un amore, un gioiello; ***¡menuda ~!*** bel tipo!, bel soggetto!; **~r** *vt* ornare, adornare
alharaca *f irón* moina, chiasso *m*, storia
alhelí *m bot* violaciocca *f*
alheña *f bot* ligustro *m*
alhóndiga *f ant* magazzino di cereali *m*; mercato *m*
alhucema *f bot* spigo *m*, lavanda
aliado, -a *adj/m* alleato, -a
aliaga *f bot* ginestra spinosa
alianza *f* **1.** alleanza; lega; unione; **2.** (*anillo*) fede
aliarse allearsi, unirsi
alias 1. *adv* altrimenti detto; **2.** *m* soprannome
alicaído, -a *adj* di uccello malato; *fig* debole, fiacco, -a; decaduto, -a, avvilito, -a, triste
alicant|e *m* vipera cornuta *f*; *Am* serpe *f*; **~ina** *f* astuzia, inganno *m*; **~ino, -a** *adj/s* alicantino, -a, (q o qc) di Alicante
alicat|ado, -a 1. *adj* piastrellato, -a; **2.** *m* rivestimento di piastrelle; **~ar** *vt* rivestire di piastrelle; **~es** *mpl* pinze *fpl*
Alicia *f* Alice
aliciente *m* incentivo, stimolo, attrattiva *f*
alicortar *vt* tarpare
alícuota *adj/f* aliquota, proporzionale
alien|able *adj* alienabile; **~ación** *f* alienazione; **~ado, -a** *adj* alienato, -a, pazzo, -a; **~ar** *vt* alienare; **~ígena** *adj/s* alieno, -a, extraterrestre; **~ista** *adj/s med* alienista
aliento *m* alito, fiato, respiro; *fig* animo, coraggio ◊ **~ *vital*** spirito vitale, soffio vitale; ***de un* ~** tutto d'un fiato; ***cobrar* ~** pigliar fiato
aligátor *m zool* alligatore
aliger|amiento *m* alleggerimento; **~ar** *vt* alleggerire, alleviare; *nav* allibare; *fig* sbrigarsi, accelerare
aligustre *m bot* ligustro
alij|ar 1. *m* terreno incolto; **2.** *vt* allibare; scaricare merce di contrabbando; **~o** *m* spedizione di merce di contrabbando; deposito segreto
alimañ|a *f* animale nocivo (alla selvaggina) *m*; **~ero** *m* (*alimañas*) cacciatore di animali nocivi
aliment|ación *f* alimentazione ◊ **~ *forzosa*** alimentazione forzata; **~ador, -a 1.** *adj* alimentatore, -trice; **2.** *m* alimentatore; **~ar** *vt* alimentare, nutrire; mantenere; fomentare; *jur* passare gli alimenti; **~ario, -a** *adj* alimentario, -a; **~icio, -a** *adj* alimentare; alimentario, -a; **~o** *m* alimento, cibo; fomento; *jur* pensione alimentaria *f* ◊ ***ser de mucho* ~** essere molto nutritivo
alimoche *m Esp zool* avvoltoio normalmente bianco e con ali nere
alimón *m taur* ="maneggio contemporaneo della cappa fra due toreri" ◊ ***al* ~** *adv* contemporaneamente, insieme
alindar V. **deslindar**
aline|ación *f* allineamento *m*; *sport* formazione; **~ado, -a** *adj* allineato, -a ◊ ***los países no ~s*** i paesi non allineati; **~amiento** *m* allineamento; **~ar** *vt* allineare

aliñ|ar *vt* condire; ornare; **~o** *m gastr* condimento; ornamento
alioli V. **ajoaceite**
alisa|do *m* levigazione *f*, pulitura *f*; **~dor, -a** *adj/m* pulitore,-trice, lisciatore,-trice, lustratore,-trice; **~dora** *f* pulitrice; **~dura** *f* lisciatura, pulitura, brunitura, limatura; **~duras** *fpl* schegge, trucioli *mpl*; **~miento** *m* lisciamento; **~r** *vt* lisciare, pulimentare, spianare
alisio *adj/m* aliseo ◊ ***vientos ~s*** venti alisei
aliso *m bot* ontano, alno
alist|amiento *m mil* arruolamento, reclutamento; **~ar 1.** *vt mil* arruolare, reclutare; iscrivere; *Am* preparare; **2. ~se** *Am* prepararsi per uscire; *mil* arruolarsi
aliteración *f ling* allitterazione; paronomasia
alivi|ar ‹*alivio*› V. 1 *vt* alleviare, mitigare, calmare, alleggerire; *fig* rubare; **~o** *m* conforto, sollievo; alleggerimento ◊ ***~ de luto*** mezzo lutto; ***ser de ~*** *fig* essere tremendo
alj|aba *f* faretra; **~ama** *f* ="riunione di Arabi o Ebrei"; sinagoga; moschea; **~ibe** *m* cisterna *f*; deposito d'acqua, pozzo; **~ófar** *m* perla irregolare *f*; *fig* gocce di rugiada *fpl*
allá *adv* là, lì, colà, ivi ◊ ***~ arriba*** lassù; ***~ abajo*** laggiù; ***más ~*** più in là, oltre; ***muy ~*** molto in là; ***por ~*** per di là; ***no muy ~*** non molto buono; ***~ por julio*** verso luglio; ***~ ellos*** fatti loro; ***~ él*** fatti suoi; ***algo hasta ~*** qualcosa di gran valore; ***¡~ voy!*** vengo subito; ***no ser muy (hasta) ~*** non essere un granché; ***el más ~*** *m* l'aldilà
allan|amiento *m* appianamento, spianamento; eliminazione di ostacoli *f* ◊ ***~ de morada*** *jur* violazione di domicilio; **~ar 1.** *vt* appianare, spianare; eliminare ostacoli; pacificare; *jur* violare un domicilio; superare difficoltà; **2. ~se** sottomettersi, cedere *vi vt*; trattare alla pari una persona
alleg|ado, -a *adj/s* vicino, -a, prossimo, -a; parente, congiunto, -a; alleato, -a; **~ar** ‹*allegué*› *vt* raccogliere, riunire; ammucchiare
allende *prep elev* oltre (*estánd*), al di là di (*estánd*), dall'altra parte di (*estánd*)
allí *adv* lì, in quel luogo; allora
alma *f* anima, spirito *m*; *elev* alma; persona ◊ ***~ de cántaro*** insensibile; ***~ de Dios*** anima benedetta; ***~ en pena*** anima in pena; ***~ mía*** tesoro mio; ***con toda su ~*** con tutto il cuore; ***ni un ~*** neanche un cane; ***amigos del ~*** amici per la pelle; ***agradecer en el ~*** ringraziare con tutto il cuore; ***arrancar el ~*** strappare l'anima; ***caérsele (a alg) el ~ a los pies*** cascare le braccia (a q); ***estar con el ~ en un hilo*** stare con l'anima in bilico; ***ir como ~ que lleva el diablo*** fuggire precipitosamente; ***llegar (u-c) al ~*** colpire profondamente (qc); ***no había ~ viviente*** non c'era un'anima viva; ***no poder con su ~*** essere stanco morto, non farcela più
almac|én *m* magazzino; *impr* cassa di caratteri *f*; *Am* negozio di commestibili; *nav* cisterna *f*; **~enaje** *m* immagazzinamento, stoccaggio ◊ ***derecho de ~*** diritti di sosta; **~enamiento** *m* immagazzinamento; *informát* archiviazione *f*; **~enar** *vt* immagazzinare; accumulare; *informát* archiviare, memorizzare; **~enero** *m* magazziniere; *Am* negoziante di commestibili; **~enista** *m/f* proprietario, -a o commesso, -a di un magazzino
almáciga *f* mastice *m*
almadía *f* zattera; canotto indiano *m*
almadr|aba *f* tonnara; pesca del tonno; **~eña** *f* zoccolo *m*; caloscia di legno
almagre *m* ocra *f*; *fig* marchio
almanaque *m* almanacco, calendario
almazar|a *f* frantoio *m*; **~ero** *m* frantoiano
almeja *f zool* vongola
almena *f arq* merlo *m*; **~do, -a** *adj arq* merlato, -a
almendr|a *f bot* mandorla ◊ ***~ garrapiñadas*** ="mandorle (abbrustolite) candite/glassate"; **~ada** *f* crema di mandorle, latte di mandorle *m*; **~ado** *m* mandorlato; **~al** *m bot* mandorleto; **~ero** *m* mandorlicoltore; **~o** *m bot* mandorlo; **~uco** *m bot* mandorla fresca *f*
almeriense *adj/s* (q o qc) di Almeria
almiar *m* pagliaio
almíbar *m* sciroppo
almibar|ado, -a *adj* sciroppato, -a; *fig* sdolcinato, -a, mellifluo, -a; **~ar** *vt* sciroppare
almid|ón *m* amido; **~onar** *vt* inamidare
alminar *m* minareto
almirant|azgo *m* ammiragliato; **~e** *m* ammiraglio
almirez *m* (*cocina*) mortaio
almizcl|ado, -a *adj zool* muschiato, -a; **~e** *m bot* muschio
almogávar *m hist* mugavero
almohada *f* cuscino *m*, guanciale *m* ◊ ***consultar con la ~*** dormici sopra; **~adilla** *f* 1. cuscinetto *m*; ***~ eléctrica*** *termoforo*; (*cuños*) tampone *m*; 2. *informát* (*signo #*) canceletto *m*; **~adón** *m* cuscino
almohaza *f* striglia; **~r** ‹*almohacé*› *vt* strigliare
almoneda *f ant* asta pubblica
almorrana *f coloq* emorroide
almorta *f bot* cicerchia
almorzar ‹*almuerzo*› V. 8a *vt/i* pranzare; fare una seconda colazione *vi*
almuecín *m relig* muezzin, muezzino
almuédano *m relig* muezzin, mezzino
almuerzo *m* pranzo; *raro* seconda colazione *f*; (*media mañana*) ="spuntino", panino ◊ ***~ de trabajo*** colazione di lavoro
alocado, -a 1. *adj* strambo, -a, sventato, -a; **2.** *m* mattoide, pazzoide
alocu|ción *f* allocuzione, discorso *m*; **~tivo, -a** *adj ling* allocutivo, -a; **~torio, -a** *adj ling* allocutivo, -a
aloe (*var.* **áloe**) *m* aloe, aloè
aloético, -a *adj* aloetico, -a
alófono *m ling* allofono
alógeno, -a *adj* allogeno, -a
aloj|amiento *m* alloggio; alloggiamento; *mil* acquartieramento; **~ar** *vt* alloggiare, albergare, ospitare; *mil* acquartierare
alondra *f zool* allodola

aloplatía *f med* allopatia; **~ecia** *f med* alopecia
alosa *f zool* alosa
alotroplía *f quím* allotropia; **~o** *m ling/quím* allotropo
alpaca *f zool* alpaca *m*; *metal* alpacca
alpargata 1. *f* ciabatta; **2.** *fpl Esp* espadrilles
alpechín *m* morchia *f*
Alpes *mpl* Alpi *fpl*
alpestre *adj* alpestre, alpino, -a
alpinlismo *m* alpinismo; **~ista** *m/f* alpinista; **~o, -a** *adj* alpino, -a
alpiste *m bot* scagliola *f*; mangime per uccelli
alquería *f* podere *m*, cascina, masseria, fattoria, casa colonica
alquillable *adj* affittabile; **~ador, -a** *adj* noleggiatore, -trice; **~ar** *vt* affittare, appigionare (casa); *auto* noleggiare ◊ ***se alquila*** affittasi, appigionasi; **~er** *m* (*casa*) affitto; *auto* autonoleggio; (*precio*) nolo, fitto, pigione *f* ◊ ***de ~*** da noleggio
alquimia *f* alchimia
alquímico, -a *adj* alchimistico, -a
alquilmista *m/f* alchimista; **~trán** *m* catrame; **~tranar** *vt* incatramare
alrededor 1. *adv/prep* intorno (**de** a), attorno (**de** a); circa, all'incirca; **~ *de cinco años*** *circa cinque anni*; **2.** *mpl* dintorni; vicinanze *fpl*
Alsacia *f geogr* Alsazia
alsaciano, -a *adj/s* alsaziano, -a
alta *f* 1. entrata in servizio, assunzione; 2. *med* certificato di guarigione *m*; 3. iscrizione, documento di apertura di uno stabilimento industriale *m*; 4. danza antica ◊ ***~s y bajas*** *com* carico e scarico; ***darse de ~ como trabajador autónomo*** iscriversi come lavoratore autonomo; ***dar de ~ del hospital*** dimettere (dall'ospedale) (*med*), dalla cassa malattia (*med*); iscriversi a (*adm*); **~misa** *f bot* artemisia
altanlería *f* 1. alterigia, arroganza; 2. volo alto *m*; caccia coi falchi; **~ero, -a** *adj* altero, -a, arrogante, altezzoso, -a; **~os** *adj/mpl nav* brezze di mare e di terra *fpl*
altar *m* altare; *elev* ara *f* ◊ ***llevar a una mujer al ~*** condurre una donna all'altare
altavoz *m* altoparlante
altea *f bot* altea
alteralbilidad *f* alterabilità *inv*; **~ble** *adj* alterabile; **~ción** *f* alterazione, turbamento *m*; sussulto *m*; alterco *m*, eccitazione; **~dizo, -a** *adj* mutevole; **~r** *vt* alterare; turbare, perturbare; eccitare, inquietare
altercIación *f* alterco *m*, disputa; **~ado** *m* alterco, disputa *f*, litigio; **~ador, -a** *m/f* altercatore, -trice; attaccabrighe; altercante, contendente; **~ar** ‹*alterqué*› *vi* altercare, contendere, litigare
alternlación *f* alternazione, avvicendamento *m*; alternativa; **~adamente** *adv* alternativamente; **~ador** *m tecn* alternatore; **~ancia** *f* alternanza; **~ar** *vi* alternare; agire alternativamente; *coloq* bazzicare; esercitare la prostituzione in un bar/club ◊ ***~ con alg*** trattare q; **~ativa** *f* alternativa, scelta; dilemma *m* ◊ ***tomar la ~*** *taur* ricevere il battesimo di torero; **~ativo, -a** *adj* alternativo, -a
alternle *m* rapporto dell' entraîneuse con clienti ◊ ***bar de ~*** ="bar squillo", club equivoco; **~o, -a** *adj* alterno, -a, alternato, -a ◊ ***corriente ~*** corrente alterna/alternata
alteza *f* altezza; elevazione, eccellenza ◊ ****~ real*** Altezza reale
altilbajo 1. *m* oscillazione *f*, cambiamento; (*esgrima*) fendente; **2.** *mpl* irregolarità di un terreno *f*; *fig* alti e bassi, vicissitudini (della vita) *fpl*; **~llo** *m* soppalco; *Am* soffitta *f*, parte superiore di un armadio *f*
altimletría *f* altimetria; **~étrico, -a** *adj* altimetrico, -a
altímetro, -a 1. *adj* altimetrico, -a; **2.** *m* altimetro
altipampa *f Am* altopiano *m*
altiplanlicie *f geogr* altopiano *m*, altipiano *m*, tavolato *m*; **~o** *m Am* altopiano
altísimo *adj* altissimo ◊ ***el *~*** Dio, l'Altissimo
altisonlancia *f* altisonanza; **~ante** *adj* altisonante; pomposo, -a
altitud *f* altezza, elevazione; *geogr* altitudine, quota
altivlez *f* alterigia, arroganza, alterezza; **~o, -a** *adj* altero, -a, altezzoso, -a; superbo, -a, arrogante
alto, -a 1. *adj* alto, -a, elevato, -a; *fig* superiore, eccellente; difficile, enorme, profondo, -a; **2.** *excl mil* alt; **3.** *adv* forte; **4.** *m* alto, fermata *f*, pausa *f*; **5.** *mpl* le parti superiori *fpl* ◊ ***~a costura*** alta moda; ***~a fidelidad*** alta fedeltà; ***~os estudios*** studi superiori; ***a ~as horas de la noche*** a notte avanzata; ***un metro de ~*** alto un metro; ***pasar por ~*** chiudere un occhio, passarci sopra; ***por todo lo ~*** con lusso , con sfarzo
Alto Adigio *m geogr* Alto Adige
altolparlante *m Am* altoparlante; **~rrelieve** *m* altorilievo; **~zano** *m* poggio, collinetta *f*; *Am* atrio di una chiesa
altramuz *m bot* lupino
altrulismo *m* altruismo; **~ista** *adj/s* altruista
altura 1. *f* altezza, elevazione; altitud, quota; altura, sommità *inv*, cima; statura; **2.** *fpl fig* cielo *m* ◊ ***pesca de ~*** pesca d'alto mare; ***a estas ~s*** a questo punto; ***no estar a la ~*** non essere all'altezza; ***perder ~*** perdere quota; ***tomar/ganar ~*** elevarsi, prender quota
alubia *f bot* fagiolo *m*
alucinlación *f* allucinazione; abbaglio *m*; **~ador, -a** *adj* allucinatore, -trice, lusingatore, -trice; **~ante** *adj* allucinante, pazzesco, -a; eccezionale; **~ar 1.** *vt* allucinare, abbagliare; lusingare, illudere; **2.** *vi* stupirsi; **~e** *m* sballo; **~ógeno, -a** *adj/m* allucinogeno, -a
alud *m* (*nieve*) valanga *f*; frana *f*; **~ido, -a** *adj* alluso, -a; suddetto, -a, succitato, -a ◊ ***darse por ~*** sentirsi alluso; **~ir** *vi* alludere, fare allusione, riferirsi
alumbrlado, -a 1. *adj* illuminato, -a; messo, -a alla luce; **2.** *m* illuminazione *f*; **3.** *adj/s fig* (persona)

della setta degli illuminati *f* ◊ ~ ***público*** illuminazione stradale; **~amiento** *m* 1. *electr* illuminazione *f*; 2. parto, nascita *f*; **~ar 1.** *vt* 1. illuminare, rischiarare; 2. dare alla luce, partorire; scoprire una sorgente o un filone; *fig* istruire; **2.** *vi* ardere; **~e** *m* allume; **~era** *f* allumiera

alúmina *f min* allumina

aluminio *m* alluminio

alumn|ado *m* scolaresca *f*, gli studenti *fpl*; **~o, -a** *m/f* alunno, -a, scolaro, -a, studente,-essa

alun|amiento *m* allunamento; **~ar** *vi* allunare; **~izaje** *m* 1. *aero* allunaggio; 2. *jerga delinc* spaccata *f*, furto con scasso ◊ ~ ***suave*** allunaggio soffice, morbido; **~izar** ‹*alunicé*› *vi* allunare

alus|ión *f* allusione, cenno *m* ◊ ***hacer ~ a*** fare allusione a; **~ivo, -a** *adj* allusivo, -a

aluvi|al *adj* alluviale; **~ión** *m* alluvione *f*, inondazione *f*; **~ional** *adj* alluvionale

alveario *m* cavità esterna dell'orecchio *f inv*

álveo *m* alveo, letto del fiume

alveolar *adj med/ling* alveolare

alvéolo (*var.* **alveolo**) *m med/bot* alveolo, celletta *f*

alza *f com* rialzo *m*, aumento *m*, rincaro *m*; *tecn/mil* alzo *m*; rialzo *m*; **~cuello** *m* collare dei preti; gorgiera *f*; **~da** *f zool* garrese *m*; altezza; *jur* appello *m*; **~do, -a 1.** *adj* fraudolento, -a; *Am* orgoglioso, -a, ribelle; **2.** *m* bancarottiere; somma fissa *f*; *arq* disegno frontale di un edificio o macchina ◊ ~ ***en armas*** *Am* guerrigliero; **~miento** *m* 1. innalzamento; 2. sommossa *f*; 3. bancarotta *f*; 4. spinta nell'asta pubblica *f*; **~paño** *m* reggitende *inv*; **~r** ‹*alcé*› **1.** *vt* alzare, sollevare; rizzare, erigere; costruire; **2. ~se** *com* fallire dolosamente *vi*; scappare con oggetti e denaro altrui *vi*; ribellarsi; alzarsi; *jur* ricorrere in appello *vi*

alzheimer *m med* alzheimer*

AM (*Modulación de Amplitud*) *abr* AM (*Modulazione di Ampiezza*)

ama *f* padrona, proprietaria; padrona di casa, massaia; perpetua ◊ ~ ***de cría*** balia; ~ ***de llaves*** governante; ~ ***seca*** balia asciutta; **~bilidad** *f* gentilezza, cortesia, affabilità *inv*; **~ble** *adj* gentile, cortese, affabile

Amadís *m* Amadigi

amadrinar *vt* 1. fare da madrina (a) *vi*; 2. appaiare bestie da tiro

amaestr|ado, -a *adj* ammaestrato, -a, addestrato, -a; furbo, -a; **~amiento** *m* ammaestramento, addestramento; **~ar** *vt* ammaestrare, addestrare; insegnare *vi*

amag|ar ‹*amagué*› *vt* minacciare; manifestarsi i sintomi di una malattia; dar o far segno (di) *vi* ◊ ~ ***y no dar*** ="gioco infantile consistente nel minacciare di colpire con la mano"; **~o** *m* minaccia *f*; finta *f*; segno; sintomo di malattia

amainar *vt/i* ammainare; (*viento*) diminuire *vi*, scemare *vi*; *fig* moderarsi, cedere *vi*

amalgam|a *f quím* amalgama *m*; *fig* miscuglio *m*; **~ar** *vt* amalgamare; *fig* mescolare; **~iento** *m* amalgazione *f*

amamantar *vt* allattare; *fig* educarsi (in), alimentarsi (di)

amanceb|ado, -a *adj* unito, -a in concubinaggio; **~amiento** *m* concubinaggio; **~arse** vivere in concubinaggio *vi*

amanecer ‹*amanezca*› V. 13a **1.** *vi* albeggiare, spuntare il giorno; destarsi, svegliarsi; far giorno in un luogo; *fig* apparire al mattino q; **2.** *m* alba *f*, aurora *f* ◊ ***al ~*** sul far del giorno; ***amaneció lloviendo*** pioveva di buon mattino

amaner|ado, -a *adj* manierato, -a, affettato, -a; **~amiento** *m* ammanieramento, affettazione *f*, artificiosità *f inv*; **~ar** *vt* ammanierare

amanit|a *f bot* amanita; **~ina** *f quím* amanitina

amanojar *vt* far manopoli *vi*

amans|ador, -a *adj/s* ammansatore, -trice, addomesticatore, -trice; *Am* domatore, -trice di cavalli; **~ar** *vt* ammansare, addomesticare; domare; calmare

amant|ar *vt coloq* ammantare; **~e** *adj/s* amante; *nav* amante; **~illo** *m nav* amantiglio

amanuense *m* amanuense, scrivano, copista

amanzanar *vt Arg* lottizzare

amañ|ar 1. *vt* rassettare, accomodare; preparare (qc) con astuzia; *sport* truccare; **2. ~se** cavarsela; adattarsi; **~o 1.** *m* abilità *f*, destrezza *f*, garbo; astuzia *f*; **2.** *mpl* raggiri; utensili/arnesi di un mestiere

amapola *f bot* papavero *m*; rosolaccio *m*

amar *vt* amare, voler bene (a) *vi*

amara|je *m aero* ammarraggio; **~nto** *m bot* amaranto; **~r** *vt aero* ammarrare

amarg|ar ‹*amargué*› **1.** *vt* amareggiare; disgustare, affliggere; **2.** *vi* essere amaro; **~o, -a 1.** *adj/m* amaro, -a; **2.** *adj* disgustoso, -a, triste, doloroso, -a ◊ ***lo ~*** l'amarezza; **~or** V. **amargura**; **~ura** *f* amarezza; *fig* tristezza, disgusto *m*

amaricado (*var.* **amariconado**) *adj desp* effeminato (*estánd*); lisciato (*estánd*), agghindato (*estánd*)

amarilis *f inv bot* amarilli

amarill|ear *vi* tendere al giallo; ingiallire; **~ento, -a** *adj* giallastro, -a, giallognolo, -a; **~ez** *f* giallore *m*, pallore *m*; **~ismo** *m period* sensazionalismo; **~ista** *adj/s period* sensazionalistico, -a; **~o, -a 1.** *adj/m* giallo, -a; **2.** *adj* pallido, -a; (*prensa*) sensazionalistico, -a

amaro *m bot* sclarea *f*

amarr|a 1. *f nav* amarra, gomena, cavo *m*; **2.** *fpl* ormeggi *mpl* ◊ ***tener fuertes ~s*** avere raccomandazioni; **~adero** *m* palo d'ormeggio; **~ado, -a 1.** *adj* ormeggiato, -a; **2.** *adj/s Am* tirchio, -a; **~aje** *m* tassa d'ormeggio *f*; **~ar** *vt* ormeggiare; *Am* legare; *fig* fare una sgobbata prima degli esami; *Col* ubriacarsi; **~si** truffare al gioco *vi*; **~e** *m* 1. ormeggio, ammarraggio; 2. posto barca

amartel|lado, -a *adj* innamorato, -a cotto, -a; **~amiento** *m* innamoramento; **~ar 1.** *vt* amare perdutamente; **2. ~se** invaghirsi
amartillar *vt* martellare, battere
amas|adera *f* madia; trogolo da muratore *m*; **~ador, -a** *adj/s* impastatore, -trice; **~adora** *f* impastatrice; **~adura** *f* impastatura; **~ar** *vt* impastare; *fig* ordire; **~ijo** *m* pasta *f*, pastone; *fig* pasticcio, miscuglio; *fig* insieme
amateur [ama'ter] *adj/s* amatoriale, dilettantistico, -a, dilettante; *teat* filodrammatico, -a; **~ismo** *m* dilettantismo
amatista *f min* ametista
amatorio, -a *adj* amatorio, -a
amaz|acotado, -a *adj* compatto, -a, pesante; *fig* noioso, -a ◊ ***libro ~*** mattone; **~ona** *f* amazzone
Amaz|onas *m geogr* Amazzoni *fpl* ◊ ***el (Río) ~*** il Rio delle Amazzoni; **~onia** *f geogr* Amazzonia
amaz|ónico, -a *adj/s* amazzonico, -a, amazonio, -a, dell' Ammazzonia; **~onio, -a** *adj geogr* amazzonio, -a
ambages *mpl* circonlocuzioni *fpl*, ambagi ◊ ***sin ~*** chiaramente, senza tante storie (*coloq*)
ámbar *m min* ambra *f*
ambarin|a *f bot* ambretta, abelmosco *m*; **~o, -a** *adj* ambrato, -a
ambas V. **ambos**
Amberes *geogr* Anversa
ambic|ión *f* ambizione; **~ionar** *vt* ambire; **~ioso, -a** *adj* ambizioso, -a; bramoso, -a
ambidextro, -a (*var.* **ambidiestro**) *adj/s* ambidestro, -a
ambient|ación *f* ambientazione; **~ador** *m* deodorante per la casa; **~al** *adj* ambientale; **~alismo** *m* naturismo; **~ar 1.** *vt* ambientare; **2. ~se** ambientarsi; **~e 1.** *m* 1. ambiente; *Am* vano; 2. animazione *f*, vita *f*; 3. (*pintura*) rilievo prospettico; **2.** *adj* circondante, ambiente ◊ ***el medio ~*** l'ambiente
ambigüedad *f* ambiguità *inv*, equivoco *m*
ambiguo, -a *adj* ambiguo, -a, incerto, -a
ámbito *m* ambito, giro, circuito
ambiv|alencia *f* ambivalenza; **~alente** *adj* ambivalente
ambla|dura: paso de ~ *m* ambio, passo equestre; **~r** *vi* ancheggiare
ambo *m* ambo; *Am* completo di pantalone e gilè
ambón *m relig* ambone
ambos, -as 1. *adj* ambedue, entrambi, -e (+ art); **2.** *pron* ambedue, entrambi, -e
ambros|ía *f mitol/bot* ambrosia; **~íaco, -a** *adj* delizioso, -a, paradisiaco, -a; **~iano, -a** *adj* ambrosiano, -a; milanese
Ambrosio *m* Ambrogio
ambul|ancia *f* ambulanza; ospedale mobile *m*; **~ante** *adj* ambulante, girovago, -a ◊ ***~ de correos*** servizio postale ambulante; **~atorio** *m* ambulatorio
AME (*Acuerdo Monetario Europeo*) *abr/m* AME (*Accordo Monetario Europeo*)

ameb|a *f zool* ameba; **~eo** *adj/m mús elev* amebeo
amedrentar *vt* spaventare, impaurire, intimorire
amelga *f agric* porca; **~r** ‹*amelgué*› *vt agric* solcare
amelo *m bot* amello, astro; **~nado, -a** *adj* fatto, -a a forma di melone; *fig* innamorato, -a cotto, -a
amén 1. *excl* amen, così sia; **2.** *m* amen; **3.** *adv* inoltre, per di più; tranne ◊ ***~ de*** oltre a
amenaz|a *f* minaccia; **~ador, -a** *adj* minaccioso, -a, minatorio, -a, sinistro, -a; **~ante** *adj* minaccioso, -a; **~ar** ‹*amenacé*› *vt* minacciare; presagire
amenguar ‹*amengüe; amengüé*› *vt/i* diminuire, scemare; *fig* diffamare *vt*
ameni|dad *f* amenità *inv*, piacevolezza; **~zar** ‹*amenicé*› *vt* rendere ameno, allietare, allegrare
ameno, -a *adj* ameno, -a, piacevole; lieto, -a; **~rrea** *f med* amenorrea
amento *m bot* amento
amerengado, -a *adj* simile alla meringa; *fig* sdolcinato, -a, stucchevole
América *f* America
american|a *f Esp* giacca da uomo; **~ada** *f desp* americanata; **~ismo** *m* americanismo; **~ista** *adj/s* americanista; **~ización** *f* americanizzazione; **~izar** ‹*americanicé*› *vt* americanizzare; **~o, -a** *adj/s* americano, -a
Américo *m* Amerigo
ameriz|aje V. **amaraje**; **~ar** ‹*americé*› *vi* ammarare
ametrall|ador *m mil* mitragliere; **~adora** *f* mitragliatrice; **~amiento** *m* mitragliamento; **~ar** *vt* mitragliare
ametropia *f med* ametropia
amianto *m* amianto
amiba V. **ameba**
amicísimo, -a *adj* amicissimo, -a
amida *f quím* ammide
amig|a *adj/f* amica, amante; **~able** *adj* amichevole ◊ ***~ componedor*** conciliatore; **~acho** *m* compagnone
amígdala *f med* tonsilla, amigdala
amigdalitis *f inv* tonsillite *f*
amigo *adj/m* amico; amante ◊ ***tener cara de pocos ~s*** essere un orso; ***~ del alma*** amico per la pelle, amico intimo; **~te** *m* amicone
amigu|ismo *m* favoritismo; **~to** *m coloq/desp* amichetto
amila|mina *f quím* amilammina; **~nar** *vt* intimorire, scoraggiare
amin|a *f quím* ammina; **~oácido** *m quím* amminoacido
aminor|ación *f* minorazione; **~ar** *vt* minorare, rallentare
amist|ad *f* amicizia; *lit* amistà *inv*; **~ar 1.** *vt* amicare; riconciliare; **2. ~se** amicarsi con q; **~oso, -a** *adj* amichevole
amito *m relig* amitto
amn|esia *f* amnesia; **~ésico, -a** *adj/s* affetto, -a da amnesia, in stato d'amnesia; **~iótico, -a** *adj* am-

niotico, -a; **~istía** *f* amnistia, indulto *m*; **~istiar** ‹*amnistío*› V. 2 *vt* amnistiare

amo *m* padrone, proprietario; capo ◊ ***hacerse el ~*** diventare il padrone; ***ser el ~ del cotarro*** essere chi comanda; ***el ojo del ~ engorda el caballo*** l'occhio del padrone ingrassa il cavallo

amodorr|ado, -a *adj* assonnato, -a, insonnolito, -a; **~amiento** *m* assopimento, sonnolenza *f*; **~ar 1.** *vt* salare e seccare carne o pesce; **2. ~se** 1. risecchirsi, incartapecorirsi; 2. assopirsi, dormicchiare *vi*

amoj|amado, -a *adj* salato, -a e disseccato, -a; *fig* magro, -a, asciutto, -a, incartapecorito, -a; **~onar** *vt* delimitare con cippi (una proprietà)

amol|adora *f* molatrice; **~adura** *f* molatura; **~ar** *vt raro* affilare, arrotare; *fig* infastidire, annoiare; **~dar 1.** *vt* modellare, adattare; **2. ~se** adattarsi

amon|edar *vt* monetare, coniare; **~estación** (*pl* **amonestaciones**) **1.** *f* ammonizione, avvertimento *m*; *sport* ammonizione; **2.** *fpl* pubblicazioni matrimoniali; **~estar** *vt* 1. ammonire, consigliare; 2. esporre le pubblicazioni matrimoniali *vi*; 3. *sport* ammonire; **~iacal** *adj quím* ammoniacale, ammoniaco, -a; **~íaco, -a** (*var.* **amoniaco**) *adj/m* ammoniaco, -a *adj*; ammoniaca *f*; **~io** *m quím* ammonio

amontillado *adj/m* (vino) simile al Montilla

amonton|amiento *m* ammucchiamento, accumulazione *f*; **~ar 1.** *vt* ammucchiare, accumulare; **2. ~se** *fig* irritarsi

amor *m* amore ◊ ***~ con ~ se paga*** amore con amore si paga; ***al ~ de la lumbre*** accanto al fuoco, accanto al camino; ***con/de mil ~es*** di tutto cuore; ***en ~ y compaña*** d'amore e d'accordo; ***desgraciado en el juego, afortunado en ~es*** sfortunato al gioco, fortunato in amore; ***por ~ al arte*** gratis et amore Dei; ***hacer el ~ (a alg)*** fare la corte a q; ***hacer el ~ (con alg)*** fare l'amore (con q)

amoral *adj* amorale; **~idad** *f* amoralità *inv*; **~ismo** *m* amoralismo

amorat|ado, -a *adj* illividito, -a; livido, -a, paonazzo, -a; violaceo, -a; **~arse** illividire

amorcillo *m arte* Cupido, putto, amorino

amordazar ‹*amordacé*› *vt* imbavagliare; *fig* impedire (a q) di parlare

amorfo, -a *adj* amorfo, -a

amorío (*var.* **amoríos** *mpl*) *m* amoretto

amoroso, -a *adj* amoroso, -a, affettuoso, -a, tenero, -a, dolce

amorr|ar 1. *vi* chinare il capo; *nav* beccheggiare; **2. ~se** imbronciarsi; avvicinare la bocca *vi*; **~onar** *vt nav* mettere la bandiera in derno *vi*

amort|ajar *vt* (*mortaja*) avvolgere la salma nel lenzuolo funebre; **~ecer** ‹*amortezco*› V. 13a *vt/i* ammortire, attutire; tramortire; **~ecimiento** *m* tramortimento, svenimento

amortigua|ción *f* attutimento *m*; attenuazione; **~dor, -a 1.** *adj/m tecn* ammortizzatore, -trice; **2.** *adj* attenuante; mitigatore, -trice; **~r** ‹*amortigüe; amortigüé*› *vt tecn* ammortizzare; attenuare; attutire

amortiz|able *adj* ammortizzabile, estinguibile; **~ación** *f* ammortizzazione; **~ar** ‹*amorticé*› *vt com* ammortare, ammortizzare, liquidare (una deuda)

amos|carse V. **amostazarse**; **~tazarse** ‹*amostacé*› irritarsi, far venire la senape al naso *vi*, stizzirsi

amotin|ado, -a *adj/s* ammutinato, -a, insorto, -a; **~amiento** *m* ammutinamento; **~ar 1.** *vt* ammutinare; agitare; **2. ~se** ammutinarsi

amovible *adj jur tamb. fig* amovibile

AMPA (*Asociación de Madres y Padres de Alumnos*) *abr/f* A.Ge. (*Associazione Genitori*)

ampar|ar 1. *vt* proteggere, difendere; **2. ~se** difendersi; ripararsi, rifugiarsi; **~o** *m* difesa *f*, protezione *f*, aiuto; riparo, rifugio

amper|aje *m fís* amperaggio; **~ímetro** *m* amperometro; **~io** *m fís* ampère* *inv*

amplexo *m elev* amplesso

ampli|able *adj* estendibile (**a** a); **~ación** *f* ampliamento *m*, amplificazione; foto ingrandimento *m*; **~amente** *adv* ampiamente, largamente; **~ar** ‹*amplío*› V. 2 *vt* ampliare, amplificare; *foto* ingrandire

amplific|ación *f* amplificazione; **~ador, -a** *adj/m* amplificatore, -trice; **~ar** ‹*amplifiqué*› *vt* amplificare

amplio, -a *adj* ampio, -a, vasto, -a, spazioso, -a

amplitud *f* ampiezza, vastità *inv*; *astron* amplitudine ◊ ***~ de horizontes*** mente di grande ampiezza

ampo *m elev* candore; fiocco di neve; **~lla** *f* ampolla; *farma* fiala; (*agua*) bolla; (*piel*) bollicina, vescichetta; *Chile* lampadina (elettrica)

ampulos|idad *f* ampollosità *inv*; **~o, -a** *adj* ampolloso, -a

amput|able *adj med* asportabile; **~ación** *f* amputazione; **~ar** *vt* amputare; mutilare

amuebl|ado, -a *adj* ammobiliato, -a; **~amiento** *m* arredamento; **~ar** *vt* ammobiliare, arredare

amuleto *m* amuleto

amurall|ado, -a *adj* muragliato, -a, cinto, -a di mura; **~ar** *vt* cintare, cingere, recingere

anab|aptista *adj/s* anabattista; **~olizante** *adj/m* anabolizzante

anac|oluto *m ling* anacoluto; **~onda** *f zool* anaconda *m*; **~oreta** *m* anacoreta

anacr|ónico, -a *adj* anacronistico, -a; **~onismo** *m* anacronismo

ánade *m/f* anitra *f*, anatra *f*

anadiplosis *f inv ling* anadiplosi

anaerobio, -a 1. *m* anaerobio; **2.** *adj* anaerobico, -a

anáfora *f ling* anafora

anaforesis *f inv quím* anaforesi

anagnórisis *f inv elev* agnizione *f*

anagrama *m* anagramma

anal *adj med* anale

analepsi|a *f med* analessi *inv*; **~s** *f inv* analessi

anales *mpl* annali

analfabe|tismo *m* analfabetismo; **~eto, -a** *adj/s* analfabeta
analgésico, -a *adj/m* analgesico, -a
análisis *m inv* analisi *f*
analista *m/f* 1. analista; 2. *hist* annalista ◊ **~ *financiero*** analista finanziario
analítico, -a *adj* analitico, -a
analiz|ador, -a *adj/s* analizzatore, -trice; **~ar** ‹*analicé*› *vt* analizzare
analogía *f* analogia
analógico, -a *adj* analogico, -a
análogo, -a *adj* analogo, -a
anamnes|ia *f filos* anamnesi *inv*; **~is** *f inv med* anamnesi
ananás *m Arg/Ur* ananas, ananasso
anaquel *m* palchetto, ripiano
anaranjado, -a *adj* arancione, aranciato, -a
anarquía *f* anarchia
anárquico, -a *adj* anarchico, -a
anarquis|mo *m* anarchismo; **~ta** *adj/s* anarchico, -a
anatem|a *m* anatema; **~izar** (*var.* **anatematizar**) ‹*anatemicé*› *vt* anatemizzare
anatomía *f* anatomia
anatómico, -a *adj* anatomico, -a
anatomista *adj/s* anatomista
anatomizar ‹*anatomicé*› *vt med* anatomizzare
Anaxágoras *m* Anassagora
Anaxímenes *m* Anassimene
anca *f* (*equinos*) anca, groppa; ◊ ***~s de rana*** *gastr* cosce di rana; ***ir a las ~s*** montare in groppa; ***no sufrir ~s*** non lasciarsi montare, non sopportare insulti (*fig*)
ancestr|al *adj* ancestrale, atavico, -a; **~os** *mpl* avo
anch|o, -a **1.** *m* larghezza *f*, ampiezza *f*; vastità *f inv*; *ferroc* scartamento; **2.** *adj* largo, -a, ampio, -a, spazioso, -a ◊ ***a sus ~as*** a suo agio; ***ponerse muy ~*** sentirsi orgoglioso; ***todo a lo ~ de la carretera*** per tutta la strada; ***venir ~ (a alg u-c)*** essere eccessivo (qc) per le possibilità (di q); ***quedarse tan ~*** restare completamente tranquillo; **~oa** *f zool* acciuga, alice; *gastr* acciuga salata, alice in salamoia; **~ura** *f* ampiezza, larghezza; vastità *inv*; **~uroso, -a** *adj* molto spazioso, -a
ancian|ato *m* anzianato; **~idad** *f* anzianità *inv*; vecchiaia; **~o, -a** *adj/s* anziano, -a, vecchio, -a; vegliardo, -a
ancl|a *f nav* ancora ◊ ***echar ~s*** ancorarsi; ***levar ~s*** salpare; **~je** *m* ancoraggio, ormeggio; diritto di ancoraggio; **~r** *vt* ancorare, ormeggiare
anconetano, -a *adj/s geogr* anconetano, -a
áncora *f* (*reloj*) ancora; *fig* tavola di salvezza; *nav elev* ancora
ancoraje *m nav* diritto d'ancoraggio
¡anda! (*var.* **¡ándele!** *Am*) *excl* va'!, ma va'!, coraggio!, forza!
andad|a *f ant* pane senza mollica *m*; *Am* andatura; passeggiata ◊ ***volver a las ~s*** ripetere gli stessi errori/falli; **~era** *f* girello *m*; **~o, -a** **1.** *adj* andato, -a; frequentato, -a; logoro, -a; usuale; **2.** *m Am* andatura *f* ◊ ***desandar lo ~*** rifare il cammino, tornare indietro; **~or, -a** **1.** *adj/s* camminatore, -trice; bighellone, -a, girandolone, -a; **2.** *m* 1. (*niños*) girello; 2. (*mayores*) deambulatore; **~ores** *mpl* (*niños*) redinelle di sicurezza *fpl*, dande *fpl*; **~ura** *f* andatura
Andalucía *f geogr* Andalusia
andaluz, -a *adj/s* andaluso, -a; **~ada** *f* spacconata, fanfaronata
andami|aje V. **andamio**; **~o** *m arq* impalcatura *f*; tribuna *f*, palco
andana *f* fila, filare *m*; *nav* andana ◊ ***llamarse uno ~*** *coloq* rimangiarsi le promesse, fare lo gnorri; **~da** *f nav* bordata; *taur* tribuna dell'arena; *fig* rabbuffo *m*, sfuriata
¡andando! *excl* cammina!, muoviti!
andante *adj mús* andante ◊ ***caballero ~*** cavaliere errante
andanza *f* caso *m*, successo *m*; avventura
andar ‹*anduve; anduviera o anduviese*› V. 17 **1.** *m* andatura *f*; **2.** *vi* andare, camminare, muoversi ◊ ***~ bien de salud*** stare bene; ***~ muy ocupado*** essere molto occupato/impegnato; ***~ triste, alegre*** essere triste, allegro; ***~ a gatas*** andare a carponi; ***~ tras u-c/alg*** andare dietro qc/q; ***~ con cuidado*** stare attento; ***~ el tiempo*** con il passare del tempo; ***~ en pleitos*** stare con cause varie; ***~ en los veinte*** avere quasi vent'anni; ***~ todo el pueblo*** percorrere tutto il paese; ***~ con bromas*** scherzare; ***de tanto ~ alguna vez ha de cuajar*** *Am* a furia di battere...; ***~se por las ramas*** menar il can per l'aia; ***todo se andará*** tutto arriva; ***¡Anda y que te zurzan!*** Va' a farti fottere!; **~iego, -a** (*var.* **andarín**) *adj/s* girandolone, -a; ramingo, -a
andas *fpl* barella *f*, lettiga *f*, portantina *f* ◊ ***en ~ y volandas*** rapidamente, al volo
¡ándele! V. **¡anda!**
andén *m ferroc/nav* banchina *f*; marciapiede; passaggio pedonale
Andes *mpl geogr* Ande *fpl*
andino, -a *adj/s* andino, -a
andorga *f coloq* pancia
Andorra *f geogr* Andorra
andorrano, -a *adj/s* andorrano, -a
andrajo *m* cencio, straccio (*tamb. fig*); **~so, -a** *adj* cencioso, -a, straccione, -a
Andrea *f* Andreina
Andrés *m* Andrea
andrógino, -a *adj/m* androgino, -a
andro|ide *m* androide; **~logía** *f med* andrologia; **~pausa** *f med* (*hombre*) andropausa; **~páusico** *adj* andropausico
andurriales *mpl* luoghi poco accessibili/fuori mano
anduve V. **andar**
anea *f bot* stiancia, sala, biodo *m* ◊ ***silla de ~*** sedia di paglia
aneblarse *raro* annebbiare
ANECA (*Agencia Nacional de Evaluación de la Calidad y Acreditación*) *abr* ="Agenzia Nazionale

per la Valutazione della Qualità e per l'Abilitazione"
anécdota *f* aneddoto *m*
anecdótico, -a *adj* aneddotico, -a
anegar ‹*anegué*› **1.** *vt/i* annegare, affogare; allagare, inondare; **2. ~se** annegare *vi*; annegarsi ◊ ***~se en llanto*** piangere a dirotto
anejo V. **anexo**
anemia *f* anemia
anémico, -a *adj* anemico, -a
anemómetro *m* anemometro
anémona (*var.* **anemona**, **anemone**) *f bot* anemone *m*
anest|esia *f* anestesia; **~esiar** ‹*anestesio*› V. 1 *vt* anestetizzare; **~ésico, -a** *adj* anestetico, -a; **~esista** *adj/s* anestesista
anex|ar *vt* aggregare; **~ión** *f* annessione; **~ionar** *vt* annettere; unire; **~ionismo** *m* annessionismo; **~ionista** *adj/s* annessionista; **~o, -a 1.** *adj* annesso, -a; **2.** *m* frazione di un comune *f*; chiesa dipendente da un'altra *f* ◊ ***llevar ~*** portare incorporato, comprendere
anfeta *f coloq* anfa; **~mina** *f* amfetamina; **~mínico, -a** *adj med* anfetaminico, -a
anfib|io *adj/m* anfibio; **~ología** *f* anfibologia
anfiteatro *m* anfiteatro
anfitrión, -ona *m/f* anfitrione *m*
ánfora 1. *f* anfora; *Am* urna di votazione; **2.** *fpl relig* vasi crismali *mpl*
anfract|o, -a *adj* anfratto, -a; **~uosidad** *f* anfrattuosità *inv*, anfratto *m*; **~uoso, -a** *adj* anfrattuoso, -a
angarillas *fpl* barella *f*; basto a cestoni *m*
ángel *m* 1. angelo, angiolo (*ant*); 2. *fig* grazia *f* ◊ ***~ custodio, de la guarda*** angelo custode; ***~ de tinieblas*** angelo delle tenebre, Lucifero, il diavolo; ***~ patudo*** angelo con le corna; ***¡que duermas con los ~s!*** Sogni d'oro!; ***eres un ~*** *fig* sei un angelo/un tesoro; ***¡Angela Maria!*** perdiana!, ah!; ***cabello de ~*** *gastr* (filamenti di) polpa di zucca
Ángel *m* Angelo
angélica *f bot* angelica; *relig* Exultet *m*, ="canto del sabato santo" *m*
angelical *adj* angelicale, angelico, -a
angélico, -a *adj* angelico, -a
angelito *m* angioletto; *fig* bimbetto ◊ ***estar con los ~s*** dormire tranquillamente; ***¡que duermas con los ~s!*** Sogni d'oro!
angelote *m* bambino pasciuto; *fig* angelo
ángelus *m relig* angelus
angevino, -a *adj/s hist* angioino, -a
angina *f med* angina ◊ ***~ de pecho*** angina pectoris
angli|canismo *m* anglicanismo; **~cano, -a** *adj/s* anglicano, -a; **~cismo** *m* anglicismo; **~sta** *adj/s* anglista
anglística *f* anglistica
anglo|americanismo *m ling* americanismo; **~americano, -a** *adj/s* angloamericano, -a
angló|filo, -a *adj/s* anglofilo, -a; **~fobo, -a** *adj/s* anglofobo, -a; **~fono, -a** *adj/s* anglofono, -a
anglosajón, -ona *adj/s* anglosassone
Angora *f* Angora ◊ ***lana de ~*** lana d'angora
angost|o, -a *adj* angusto, -a, ristretto, -a; **~ura** *f* strettezza; passaggio angusto *m*
anguila *f zool* anguilla; ***~ ahumada*** *anguilla affumicata*; *nav* trave
angula *f zool* avvannotto d'anguilla *m*; **~ción** *f* angolazione; **~r** *adj* angolare
ángulo *m* angolo; canto, cantone; spigolo
anguloso, -a *adj* angoloso, -a
angust|ia *f* angoscia, angustia, afflizione; **~iado, -a** *adj* angosciato, -a, afflitto, -a, travagliato, -a; pusillanime; **~iar** ‹*angustio*› V. 1 *vt* angosciare, affliggere, travagliare, tormentare; **~ioso, -a** *adj* angoscioso, -a, angustioso, -a
anhel|ante *adj* anelante, ansante; ansioso, -a; **~ar 1.** *vt* anelare; bramare; **2.** *vi* ansare; **~o** *m* anelito; ansia *f*; brama *f*; **~oso, -a** *adj* bramoso, -a, ansioso, -a; ansante; avido, -a
anhídrido *m* anidride *f*
anhidrita *f* anidrite
anid|ación *f* annidamento *m*; **~ar 1.** *vi* annidare; **2.** *vt* accogliere, ricoverare
anili|das *fpl quím* anilidi *mpl*; **~na** *f quím* anilina
anill|a 1. *f* anello per tende *m*, cerchietto *m*; **2.** *fpl sport* anelli *mpl*; **~amiento** *m* (*de animales*) anellatura *f*; **~ar** *vt* inanellare; guernire di anelli; **~o** *m* anello; cerchio; *zool* segmento circolare; *arq* modanatura circolare *f*; *taur* arena ◊ ***~ de boda*** fede; ***el ~ del Pescador*** il suggello pontificio; ***caérsele (a alg) los ~s*** *fig* vergognarsi di fare un lavoro; ***venir (una cosa) como ~ al dedo*** venire a pennello/a proposito (qc)
ánima *f* anima ◊ ***toque de ~s*** suono di campane; ***en mi ~*** sull'anima mia
anim|ación *f* animazione, movimento *m*; **~ado, -a** *adj* animato, -a; frequentato, -a; allegro, -a; incoraggiato, -a ◊ ***dibujos ~s*** cartoni animati; **~ador, -a** *adj/s* animatore, -trice; **~adversión** *f* animavversione; inimicizia
animal *m* animale; *fig* stupido, bestione ◊ ***~ de bellota*** *tamb. fig* maiale, zotico; **~ada** *f* bestialità *inv*; **~ejo** *m* animaluccio; **~idad** *f* animalità *inv*
animar 1. *vt* animare; incoraggiare; **2. ~se** osare *vi*
anímico, -a *adj* animico, -a
animismo *m* animismo
ánimo *m* animo; coraggio, forza *f*; intenzione, proponimento ◊ ***¡~!*** *excl* coraggio!, forza!
animos|idad *f* animosità *inv*; animavversione; **~o, -a** *adj* animoso, -a; coraggioso, -a
aniñ|ado, -a *adj* infantile, puerile; **~amiento** *m* infantilismo; **~arse** fare il bambino/la bambina *vi*
Anio *m geogr* Aniene, Teverone
aniquil|ación V. **aniquilamiento**; **~ador, -a** *adj* distruttore, -trice, distruttivo, -a; **~amiento** *m* annichilamento, annichilazione *f*, annientamento; **~ar** *vt* annichilare, annichilire, annullare, distruggere

anís *m* anice *f* ◊ ***un grano de ~*** *fig* una bazzeccola

anis|ado, -a *adj* all'anisetta *adv*; **~ete** *m* anisetta *f*

aniversario, -a *adj/m* anniversario, -a

Anjú *m geogr/hist* Angiò

ano *m* ano

anoche *adv* ieri sera; ieri notte; **~cer** ‹*anochezca*› V. 13a **1.** *vi* annottare, farsi notte *v/impers*; arrivare di notte; **2.** *m* crepuscolo, sera *f* ◊ ***al ~*** all'imbrunire, al tramonto

anodino, -a 1. *adj* insignificante, inefficace; **2.** *m med* anodino, calmante

ánodo *m fís* anodo

anomalía *f* anomalia, irregolarità *inv*

anómalo, -a *adj* anomalo, -a, irregolare

anon|adación V. **anonadamiento; ~adado, -a** *adj* stralunato, -a; **~adamiento** *m* annientamento, abbattimento; **~adar** *vt* annientare, annichilire; *fig* abbattere; allibire; **~imato** *m* anonimato; **~imia** *f lit* anonimia

anónimo, -a *adj/m* anonimo, -a

anorak *m* giacca a vento impermeabile *f*

anorexia *f med* anoressia

anoréxico, -a *adj/s* anoressico, -a

anormal *adj* anormale; **~idad** *f* anormalità *inv*

anot|ación *f* annotazione, nota, appunto *m*; chiosa, postilla; **~ador, -a** *adj/s* chiosatore,-trice; **~ar** *vt* annotare, appuntare; chiosare, postillare

anovul|ación *f med* anovulazione; **~atorio, -a** *adj/m med* anovulatorio, -a

anquilos|amiento *m tamb. fig* anchilosi *f*; **~arse** anchilosarsi; **~is** *f inv* anchilosi

Anquises *m hist* Anchise

ánsar *m* oca *f*

anseático, -a *adj geogr/hist* anseatico, -a

ansia *f* ansia, affanno *m*, ansietà *inv*; brama; angoscia; **~r** ‹*ansío*› V. 2 *vt* bramare, agognare

ansiedad *f* ansietà *inv*; brama; *med* ambascia

ansio|lítico, -a *adj/m* ansiolitico, -a; **~so, -a** *adj* ansioso, -a; bramoso, -a

anta *f zool* alce *m*; *arq* anta, pilastro *m*

antag|ónico, -a *adj* antagonistico, -a; contrario, -a, opposto, -a; **~onismo** *m* antagonismo; opposizione *f*, rivalità *f inv*; **~onista** *adj/s* antagonista; rivale, avverso, -a

antaño *adv elev* anticamente, una volta; l'anno scorso

antártico, -a *adj/m* antartico, -a

Antártida *f* Antartide

ante 1. *m zool* alce; *zool* dante; *gastr* antipasto; **2.** *prep* davanti (**de** a), dinanzi (**de** a) ◊ ***piel de ~*** pelle di camoscio; **~ *todo*** innanzi tutto, prima di tutto; **~anoche** *adv* l'altra sera, due notti fa; **~ayer** *adv* l'altro ieri, ieri l'altro; **~brazo** *m* avambraccio

antec|edente *adj/m* antecedente; precedente ◊ ***estar en ~s*** essere al corrente di qc, conoscere l'antefatto; ***tener ~s penales*** avere la fedina penale macchiata/sporca; **~eder** *vt* prevenire; **~esor, -a** *adj/s* predecessore, -a, antecessore, -a; antenato, -a

ante|datación *f* retrodatazione; **~datar** *vt* retrodatare, antidatare; **~dicho, -a** *adj* suddetto, -a, predetto, -a, anzidetto, -a; **~diluviano, -a** *adj* antidiluviano, -a

antelación *f* anticipazione, anteriorità *inv*, precedenza ◊ ***con ~*** in anticipo

ante|mano: de ~ *adv* anticipatamente; **~eridiano, -a** *adj* antimeridiano, -a

anten|a *f* antenna ◊ ***~ parabólica*** antenna parabolica; **~ista** *m/f* antennista

anteoj|eras *fpl* paraocchi dei cavalli *mpl*; **~o 1.** *m* cannocchiale; **2.** *mpl* binocolo *m*

ante|pasado *m* antenato, avo; **~pecho** *m* parapetto, davanzale; **~penúltimo, -a** *adj* terzultimo, -a; **~poner** ‹*pongo; pondré; puse; puesto*› V. 32 *vt* anteporre, premettere; preferire; **~portada** *f impr* guardia, occhiello *m*; **~proyecto** *m jur* disegno, abbozzo di progetto ◊ **~ *de ley*** disegno di legge; **~puesto, -a** *adj* anteposto, -a; preferito, -a

anter|a *f bot* antera; **~idio** *m bot* anteridio

anterior *adj* anteriore, precedente, antecedente; **~idad** *f* anteriorità *inv*, precedenza; **~mente** *adv* prima, in precedenza ◊ ***como se ha dicho ~*** come detto sopra

antes *adv* prima, avanti; precedente ◊ ***cuanto ~*** *adv* quanto prima, al più presto; **~ *(bien)*** *adv* al contrario, anzi; **~ *de*** *prep* prima di; **~ *de nada*** *prep* anzitutto, prima di tutto; **~ *de que*** *conj* prima che

antesala *f* anticamera

antetítulo *m impr* occhiello

antevíspera *f* antivigilia

anti|abortista *adj/s* antiabortista; **~aéreo, -a** *adj* antiaereo, -a; **~arrugas** *adj inv* (*piel*) antirughe; antipiega; **~atómico, -a** *adj* antiatomico, -a; **~baby** [anti'bejbi] *adj/m* anticoncezionale; **~bacteriano, -a** *adj* antibatterico, -a; **~balas** *adj inv* antiproiettile; ***chaleco, cristal ~*** *giubbotto, vetro*; **~biótico, -a** *adj/m* antibiotico, -a; **~bloqueo** *adj inv* antiloccante; **~cancerígeno, -a** *adj* anticancerogeno, -a; **~canceroso, -a** *adj* anticancerogeno, -a; **~carcoma** *adj inv* antitarlo; **~caries** *adj inv* anticarie; **~carro** *adj mil* anticarro; **~caspa** *adj inv* antiforfora; **~celulítico, -a** *adj* anticellulite; **~choque** *adj inv* antiurto; **~ciclón** *m meteo* anticiclone

anticip|ación *f* anticipazione, anticipo *m*; *ling* anticipazione, prolessi *inv*; **~adamente** *adv* anticipatamente; **~ar 1.** *vt* anticipare; pagare prima di tempo; prevenire; **2. ~se** arrivare prima *vi* (**a** di); **~o** *m* anticipo, anticipazione *f*; (*dinero*) anticipo

anticlerical *adj/s* anticlericale; **~ismo** *m* anticlericalismo

anticomun|ismo *m* anticomunismo; **~ista** *adj/s* anticomunista

anticonceptivo, -a *adj/m* anticoncezionale

anticonform|ismo *m* anticonformismo; **~ista** *adj/s* anticonformista, anticonformistico, -a

anticongelante *adj/m auto* anticongelante, antigelo
anticonstitucional *adj* anticostituzionale
anticontaminante *adj/m* antinquinante
anticorrosión *adj inv* antiruggine
anticorrupción *f* anticorruzione
anticriptogámico, -a *adj bot* anticrittogamico, -a
anticristo *m relig* anticristo
anticua|do, -a *adj* antiquato, -a; **~rio** *m* antiquario
anticuchos *mpl Perú gastr* spiedini
anticuerpo *m med* anticorpo
antidem|ócrata *m/f* antidemocratico, -a; **~ocrático, -a** *adj* antidemocratico, -a
antideportivo, -a *adj* antisportivo, -a
antidepresivo, -a *adj* antidepressivo, -a
antideslizante *adj* antisdrucciolevole, antislittante; *auto* antiderapante
antidisturbios *adj inv* antidisordini
antidopaje *adj inv* antidoping ◊ ***control ~*** controllo antidoping
antidóping [anti'dopin] *adj inv* antidoping ◊ ***control ~*** controllo antidoping
antídoto *m* antidoto, contravveleno
antidroga *adj inv* antidroga
antiempañamiento *m* antiappannante
antier *adv Am* l'altro ieri, altrieri
antiespasmódico, -a *adj/m med* antispasmodico, -a, antispastico, -a
antiestático, -a *adj* antistatico, -a
antieuropeísmo *m* antieuropeismo
antifascista *adj/s* antifascista
antifaz *m* maschera *f*; fazzoletto, velo per coprire il volto
antífona *f* antifona
antigás *adj inv* antigas
antígeno *m biol* antigene
antiglobalización *f* antiglobalizzazione
antigripal *adj* antinfluenzale
antigualla *f* anticaglia
antiguamente *adv* anticamente, un tempo
antigubernamental, -a *adj* antigovernativo, -a
antigüedad *f* antichità *inv*; *adm* anzianità (di servizio) *inv* ◊ ***tienda de ~es*** negozio di antiquariato
antiguo, -a *adj* antico, -a; vecchio, -a; anziano, -a; veterano, -a ◊ ***a la ~a (usanza)*** all'antica (usanza); ***de ~*** *adv* da molto tempo
antihéroe *m* antieroe
antihigiénico, -a *adj* anti(i)gienico, -a
antihistamínico, -a *adj/m farma* antistaminico, -a
antiincendios *adj inv* antincendio
antiinflamatorio *adj/m farma/med* rinfrescante
antillano, -a *adj/s* antillano, -a, antigliano, -a, delle Antille
Antillas *fpl* Antille
antílope *m zool* antilope *f*
antimilitarismo *m* antimilitarismo
antimisil *adj mil* antimissile
antimonárquico, -a *adj/s* antimonarchico, -a
antimonio *m min* antimonio
antinatural *adj* antinaturale
antineurálgico, -a *adj* antinevralgico, -a
antinfla|cionista *adj econ* antiinflattivo, -a; **~matorio, -a** *adj farma* antinfiammatorio, -a
antiniebla *adj inv auto* antinebbia, fendinebbia
antinomia *f* antinomia
antinómico, -a *adj* antinomico, -a
antinuclear *adj* antinucleare
antioxidante *adj/m* antiossidante, antiruggine
antipapa *m* antipapa
antipar|asitario, -a *adj/m* antiparassitario, -a; **~ásito** (*var.* **antiparásita**) *adj/m* antiparassita
antipatía *f* antipatia, avversione
antipático, -a *adj/s* antipatico, -a
antipatizar ‹antipaticé› *vi Am* sentire antipatia per q
antipir|atería *f* antipirateria; **~ético, -a** *adj/m* antipiretico, -a
antípoda *m* antipode ◊ ***estar en los ~s*** *tamb. fig* essere agli antipodi
antipol|illa *adj inv* antitarmico; **~ución** *f* antinquinamento *m*, antismog *m inv*
antiprohibicionismo *m* antiproibizionismo
antipsiquiatría *f* antipsichiatria
antirrábico, -a *adj* antirabbico, -a
antirre|flectante *adj* antiriflesso; **~flejo, -a** *adj* antiriflesso, -a; **~glamentario, -a** *adj* antiregolamentare; **~umático, -a** *adj/m* antireumatico, -a
antirrobo *adj/m* antifurto
antisarro *adj inv* antitartaro
antisemit|a *adj/s* antisemita; **~ismo** *m* antisemitismo
antiséptico, -a *adj/m* antisettico, -a
antisísmico, -a *adj* antisismico, -a
antisocial *adj* antisociale
antispam *adj inv informát* antispam
antisudoral *adj* antisudorifero, -a
antitérmico, -a *adj/m* antitermico, -a
antiterrorista *adj* antiterroristico, -a
antítesis *f inv* antitesi
antitetánico, -a *adj/f med* antitetanico, -a
antitético, -a *adj* antitetico, -a
antitóxico, -a *adj/m* antitossico, -a
antivaho *adj inv* antiappannante
antoj|adizo, -a *adj* capriccioso, -a, volubile; **~arse** venir voglia *vi* ◊ ***hacer (alg) lo que se le antoja*** *coloq* far ciò che (uno) vuole; **~o 1.** *m* voglia *f*, desiderio; capriccio, ghiribizzo; **2.** *mpl* (*embarazo*) voglie *fpl* ◊ ***a su ~*** a sua volontà, come gli/le pare e piace
antología *f* antologia
antónimo *m* antonimo
antonomasia *f* antonomasia ◊ ***por ~*** per antonomasia
antorcha *f* fiaccola, torcia
antracita *f min* antracite
ántrax *m med* antrace
antro *m* antro, spelonca *f*; *desp/fig* tugurio
antro|pocentrismo *m* antroponcentrismo; **~pofagia** *f* antropofagia; **~pófago, -a** *adj/s* antropofago, -a; **~pogénesis** *f inv* antropogenesi;

~poide *m* antropoide; **~pología** *f* antropologia; **~pólogo, -a** *m/f* antropologo, -a; **~pometría** *f* antropometria; **~pomorfismo** *m* antropomorfismo; **~pomorfo, -a** *adj* antropomorfo, -a
antruejo V. **carnaval**
anua|l *adj* annuale, annuo, -a; **~lidad** *f* annualità *inv*; **~rio** *m* annuario
anub|arrado, -a *adj* rannuvolato, -a, nuvoloso, -a; con nubi; **~larse** rannuvolarsi
anudar 1. *vt* annodare, fare nodi *vi*; legare, allacciare; *fig* riannodare, riprendere; **2. ~se** bloccarsi lo sviluppo organico ◊ ***~se la voz*** venire un nodo alla gola
anuencia *f* annuenza, assenso *m*; permesso *m*
anulación *f* annullamento *m*, cancellazione, revoca; **~ar 1.** *vt* annullare, cancellare, revocare; screditare; **2.** *adj* anulare
anunci|ación *f* annuncio *m*; *relig* (*Virgen*) Annunziazione; **~ador, -a** *adj/s* nunzio, -a; annunciatore, -trice; **~ar** ‹*anuncio*› V. 1 *vt* annunciare, pronosticare; (*film*) pubblicizzare; **~o** *m* annuncio, avviso; *TV* spot pubblicitario; pronostico ◊ ***~ por palabras*** inserzione, annuncio economico; ***~ luminoso*** insegna luminosa
anur|ia *f med* anuria; **~o** *m zool* anuro
anverso *m* (*medalla*) diritto; *impr* bianca *f*
anzuelo *m* amo; *fig* esca *f* ◊ ***morder, tragar/tragarse el ~, caer/picar en el ~*** *fig* cadere in un inganno, abboccare all'amo; ***echar el ~*** *tamb. fig* gettare l'amo
añad|a *f* (*meteo, vino*) annata; **~ido, -a 1.** *adj* aggiunto, -a; **2.** *m* posticcio, aggiunta *f*; **~idura** *f* aggiunta; giunta ◊ ***por ~*** *adv* per giunta; **~ir** *vt* aggiungere; incorporare; aumentare
añej|ar *vt* far invecchiare, stagionare; **~o, -a** *adj* stagionato, -a, vecchio, -a
añi|cos *mpl* cocci; schegge *fpl*; briciole *fpl* ◊ ***hacer ~*** rompere in mille pezzi; ***hecho ~*** *fig* stanco morto; **~l** *m* anile; *bot* indaco
año *m* anno; annata *f* ◊ ***¡Feliz *~ Nuevo!*** Buon Anno!; ***~s de servicio*** anzianità nel lavoro; ***entrado en ~s*** in là con gli anni, in età avanzata; ***estar de buen ~*** essere grasso e arzillo; **~jo** *m* agnellino o vitellino; **~ranza** *f* nostalgia; **~rar** *vt* avere nostalgia (di) *vi*; **~so, -a** *adj* annoso, -a, vecchio, -a
añublo *m agric* carbonchio, golpe, carbone
aoristo *m ling* aoristo
aorta *f med* aorta
aostano, -a *adj/s geogr* aostano, -a
aov|ado, -a *adj* ovale; **~ar** *vi* deporre le uova *vt*; **~illarse** V. **acurrucarse**
APA (*Asociación de Padres de Alumnos*) *abr/f* A.Ge. (*Associazione Genitori*)
apabull|amiento *m* annichilazione *f*, annientamento; **~ante** *adj* strabiliante; **~ar** *vt coloq* maltrattare, annientare, schiacciare
apacentar ‹*apaciento*› V. 5a *vt* pascolare, pascere; alimentare
apache *m/f* apache; *fig* teppista, malfattore, -trice
apaci|bilidad *f* mitezza, calma; **~ble** *adj* mite, calmo, -a, tranquillo, -a, pacifico, -a; *meteo* mite, gradevole; **~ento** V. **apacentar**; **~guamiento** *m* rappacificazione *f*; **~guar** ‹*apacigüe; apacigüé*› *vt* riconciliare, rappacificare; calmare
apadrinar *vt* fare da padrino (a) *vi*; *fig* promuovere, proteggere, patrocinare
apag|ado, -a *adj* spento, -a, smorzato, -a; estinto, -a; *fig* smorto, -a, languido, -a ◊ ***ruido ~*** rumore smorzato; **~ar** ‹*apagué*› **1.** *vt* spegnere, smorzare; estinguere; *arte/mús* calmare; *mús/arte* smorzare; **2. ~se** spegnersi ◊ ***apaga y vámonos*** finiamola!; addio!; **~ón** *m tecn* black-out *inv*; ***ha habido un ~*** *è andata via la luce*
apaisado, -a *adj foto* oblungo, -a
apalabrar *vt* dare la parola (a) *vi*; impegnarsi sulla parola; trattare (un affare) verbalmente
apalanc|ado, -a *adj* pantofolaio, -a; conservatore; -trice; **~ar** ‹*apalanqué*› *vt* muovere con leva; puntellare
apale|amiento V. **apaleo**; **~ar** *vt* bastonare; (*alfombras...*) sbattere; (*trigo*) ventilare ◊ ***~ oro, dinero, plata*** nuotare nell'abbondanza; **~o** *m* bastonatura *f*; *agric* ventilamento; sbattimento
apañ|ado, -a *adj* adatto, -a, appropriato, -a; abile, ingegnoso, -a; aggiustato, -a, conciato, -a ◊ ***estar ~*** essere conciato per le feste, essere bell'e fritto; **~ar 1.** *vt* coprire; rammendare; pigliare; racimolare; **2. ~se** cavarsela, arrangiarsi ◊ ***¡apáñatela!*** *coloq* arriangiati!; ***se apaña muy bien*** *coloq* se la cava molto bene; **~o** *m* accomodatura *f* ◊ ***buscarse un ~*** cercarsi un amante
apara|dor *m* buffè, buffet, credenza *f*; scansia *f*; **~to** *m* 1. apparecchio, congegno; 2. allestimento; 3. decorazione *f*; 4. pompa *f*; 5. strumenti *mpl*; 6. *med* apparato ◊ ***~ del partido*** apparato del partito; ***estar al ~*** essere al telefono/all'apparecchio; **~tosamente** *adv* precipitevolissimevolmente; **~toso, -a** *adj* vistoso, -a, appariscente, pomposo, -a, che dà nell'occhio; (*accidente*) impressionante
aparc|amiento (*var.* **aparcadero**) *m Esp* parcheggio; **~ar** ‹*aparqué*› *vt/i auto* parcheggiare; *mil* parcare; **~ería** *f agric* mezzadria; **~ero** *m* mezzadro
apare|amiento *m* appaiamento, appaiatura *f*; **~ar 1.** *vt* appaiare, accoppiare; pareggiare; **2. ~se** accoppiarsi; **~cer** ‹*aparezco*› V. 13a *vi* apparire, comparire; *coloq* farsi vivo ◊ **~cido, -a 1.** *adj* apparso, -a; **2.** *m* fantasma, spettro
aparej|ado, -a *adj* apparecchiato, -a ◊ ***traer ~*** comportare, implicare; **~ador, -a 1.** *adj/s* preparatore,-trice; **2.** *m/f* (*profesión*) geometra; **~ar** *vt* apparecchiare, preparare; (*caballos*) bardare; *nav* attrezzare, armare; **~o 1.** *m* apparecchio, preparazione *f*; (*caballos*) bardatura *f*; *nav* attrezzatura *f*; *arq* disposizione *f*, piano; **2.** *mpl* attrezzi, arnesi
aparent|ar *vt* mostrare; fingere; dimostrare; ***no aparenta 80 años*** *non dimostra 80 anni*; **~e**

adj apparente; finto, -a; appariscente; **~emente** *adv* in apparenza, apparentemente

apari|ción *f* apparizione; fantasma *m*, spettro *m*; **~encia** *f teat ant* apparenza, aspetto *m*; sembianza; fondale *m* ◊ ***en*** ~ in apparenza; ***sólo de*** ~ solo di vista; ***las ~s engañan*** l'apparenza inganna; ***cubrir las ~s*** salvare le apparenze

apart|adamente *adv* separatamente; **~adero** *m ferroc* binario morto; luogo separato per vari usi; **~adizo, -a 1.** *adj* ritroso, -a; **2.** *m* retrostanza *f*; **~ado, -a 1.** *adj* separato, -a, appartato, -a; lontano, -a, ritirato, -a; **2.** *m* stanza riservata *f*; *jur* comma ◊ ~ ***de correos*** casella postale; **~amento** *m* studio; **~amiento** *m* separazione *f*, divisione *f*, allontanamento; *Am* appartamento, casa *f*; **~ar** *vt* appartare, separare, dividere; allontanare; dissuadere; *jur* desistere ◊ ***¡apártate!*** scostati!; **~e 1.** *adv* a parte, da parte; separatamente; **2.** *m teat* a parte, fra sé; **3.** *adj* speciale ◊ ~ ***esto*** tralasciando ciò; ***bromas*** ~ a parte gli scherzi; ***punto y*** ~ *ling* punto e a capo

apart|heid [apar'χejd] *m inv hist* apartheid; **~otel** *m* residence, casa albergo *f*

apasion|ado, -a *adj* appassionato, -a (**de** di); dedito, -a (**de** a), affezionato, -a (**de** a); **~amiento** *m* appassionamento; **~ante** *adj* appassionante; **~ar 1.** *vt* appassionare, destare passione *vi*; **2. ~se** appassionarsi (**por** a), affezionarsi (**por** a)

apatía *f* apatia; indolenza, abbandono *m*

apático, -a *adj* apatico, -a; indolente

apátrida *adj/s* apolide

Apdo. (*Apartado (de Correos)*) *abr* CP (*Casella Postale*)

apea|dero *m* sedile o banco (per montare o scendere dal cavallo); *transp* luogo di sosta, fermata *f*; **~r 1.** *vt* 1. scendere; 2. (*vehiculo*) calzare; 3. dissuadere q (da); **2. ~se** scendere *vi* ◊ ***~se del burro*** piegarsi, cedere

apechugar ‹*apechugué*› *vi* sbattere con il petto (**con** contro); *coloq* sopportare *vt*; resistere (con a)

apedazar ‹*apedacé*› *vt* appezzare

apedrear 1. *vt* tirare sassi; (*pena*) lapidare; **2.** *vi* grandinare; **3. ~se** *agric* soffrire per la grandine *vi*

apeg|ado, -a *adj* affezionato, -a; *coloq* attaccato, -a; **~arse** affezionarsi, attaccarsi; **~o** *m* attaccamento, affetto

apel|able *adj jur* appellabile; **~ación** *f jur* appello *m*; chiamata, richiamo *m*; **~ante** *adj/s jur* appellante, ricorrente; **~ar** *vi jur* appellare, ricorrere in appello; **~ativo 1.** *adj* appellativo; **2.** *m* soprannome

apellid|ar 1. *vt* nominare; convocare; acclamare; denominare; **2. ~se** chiamarsi, nomarsi (*elev*); **~o** *m* cognome; casato

apelmaz|ado, -a *adj* schiacciato, -a, compresso, -a, indurito, -a; **~ar** ‹*apelmacé*› *vt* schiacciare, comprimere, indurire

apeloton|amiento *m* agglomeramento, agglomerazione *f*; **~ar 1.** *vt* agglomerare; **2. ~se** agglomerarsi; aggrumarsi; indurirsi

apen|ar *vt* **1.** affliggere; deprimere; **2.** *Am* vergognarsi; **~as** *adv* non appena; appena, a stento, con difficoltà; quasi; **~car** ‹*apenqué*› V. **apechugar**

apéndice *m* appendice *f*; aggiunta *f* ◊ ~ ***vermiforme*** appendice vermiforme

apendicitis *f inv med* appendicite *f*

apenínico, -a *adj geogr* appenninico, -a

Apeninos *mpl geogr* Appennini

apensionarse *Am* affliggersi; affannarsi

aperci|bimiento *m* avvertenza *f*; *jur* citazione *f*, ammonimento; **~bir 1.** *vt* avvisare, avvertire; ammonire; *jur* comunicare; **2. ~se** rendersi conto (**de** di)

apergaminarse incartapecorirsi

aperitivo *m* aperitivo

apero 1. *mpl agric* utensili, attrezzi; **2.** *m* 1. *ant* ovile, stalla *f*; 2. *Am* bardatura *f*

aperrear *vt* aizzare i cani contro q *vi*; *fig* finire, stancare di lavoro ◊ ***vida aperreada*** vita da cani

apertur|a *f* apertura; inaugurazione; **~ismo** *m* aperturismo; **~ista** *adj/s* aperturista

apesadumbr|ado, -a *adj* dolente; **~ar** *vt* rattristare, affliggere

apest|ado, -a *adj* 1. pieno, -a (di), carico, -a (di); 2. appestato, -a, con la peste addosso; **~ar 1.** *vi* puzzare; **2.** *vt* riempire; *med* contagiare; *fig* seccare; **~oso, -a** *adj* pestifero, -a, fetido, -a

apetec|er ‹*apetezco*› V. 13a *vt* desiderare, aver voglia di *vi*; bramare; **~ible** *adj* appetitoso, -a; desiderabile

apetencia *f* appetenza; desiderio *m*

apetito *m* appetito, voglia *f* ◊ ***abrir el*** ~ stuzzicare l'appetito; **~so, -a** *adj* appetitoso, -a, saporito, -a; (*persona*) attraente

apiadarse impietosirsi, aver pietà *vi* (**de** di), sentir pietà *vi* (**de** verso/di)

apical *adj* apicale

ápice *m ling* apice; cima *f*, vetta *f*, sommità *f inv* ◊ ***ni un*** ~ neanche una punta

apicult|or, -a *m/f* apicultore, -trice; **~ura** *f* apicultura

apil|able *adj* impilabile; **~amiento** *m* accatastamento; **~ar** *vt* ammucchiare, accumulare; impilare

apiñ|ado, -a *adj* a forma di pigna; affollato, -a; **~ar 1.** *vt* affollare, ammassare; **2. ~se** accalcarsi

apio *m bot* sedano; **~lar** *vt* impastoiare; *coloq* acchiappare; *jerga* accoppare, far fuori

apiparse *coloq* abbuffarsi

apisona|dora *f tecn* cilindratrice, spianatrice; **~namiento** *m* costipazione *f*; **~nar** *vt* spianare

aplac|amiento *m* appagamento; **~ar** ‹*aplaqué*› *vt* placare, calmare, acquietare; rabbonire

aplanar *vt* appianare, spianare; *coloq* abbattere, allibire ◊ ~ ***las calles*** *Am* gironzolare

aplast|amiento *m* appiattimento, schiacciamento, schiacciatura *f*, acciaccatura *f*; **~ante** *adj* schiacciante, opprimente ◊ ***mayoría ~*** maggioranza schiacciante; **~ar** *vt* schiacciare; opprimere; *fig* abbattere, sbigottire; sconfiggere

aplatanarse *coloq* abbandonarsi, impigrirsi, impoltronirsi; *Am* ambientarsi

aplau|dir *vt* applaudire, battere le mani *vi*; approvare; **~so** *m* applauso, approvazione *f*, elogio

aplaz|able *adj* differibile; **~amiento** *m* differimento, proroga *f*, rinvio; **~ar** ‹*aplacé*› *vt* rimandare, differire, prorogare; *Am* essere bocciato (pasivo); bocciare (activo)

aplic|abilidad *f* applicabilità *inv*; praticità *inv*; **~able** *adj* applicabile; **~ación** *f* applicazione; assiduità *inv*; **~ado, -a** *adj* applicato, -a; diligente; **~ar** ‹*apliqué*› **1.** *vt* applicare, apporre; attribuire; destinare; **2. ~se** dedicarsi, applicarsi

aplique *m* applique* *inv*

aplom|ado, -a *adj* messo, -a a piombo; prudente, disinvolto, -a, sicuro, -a di sé; plumbeo, -a; **~ar 1.** *vt* appesantire; *arq* verificare se le pareti cadono a piombo *vi*; costruire verticalmente *vi*; **2. ~se** precipitarsi; appesantirsi; acquistare sicurezza *vi*; **~o** *m* padronanza di sé *f*, sicurezza *f*

apnea *f med* apnea

apocado, -a *adj* timido, -a, imbarazzato, -a; misero, -a

apocal|ipsis *m inv* apocalisse; **~íptico, -a** *adj* apocalittico, -a

apocamiento *m fig* abbattimento, timidezza *f*

apocarse scoraggiarsi

apocopar *vt ling* apocopare, troncare

apócope *f ling* apocope, troncamento *m*

apócrifo, -a *adj* apocrifo, -a, falso, -a, spurio, -a

apod|ar *vt* soprannominare; **~erado, -a 1.** *m jur* procuratore, -trice, mandatario, -a; *pol* rappresentante di lista; **2.** *adj* munito, -a di procura; **~erar 1.** *vt jur* conferire procura; **2. ~se** impossessarsi, impadronirsi; **~íctico, -a** *adj filos* apodittico, -a; **~o** *m* soprannome, nomignolo

apódosis *f inv ling* apodosi

apofonía *f ling* apofonia

apogeo *m astron* apogeo; *fig* sommità *f inv*, sommo, apice ◊ ***estar en su ~*** *coloq* trovarsi nel momento magico

apolil|lado, -a *adj* roso, -a dalle tarme, tarlato, -a; *fig* antiquato, -a; **~arse** (*madera, tejido*) tarlarsi; (*tejido*) tarmarsi; *fig* restare antiquato

apolíneo, -a *adj* apollineo, -a, di Apollo

apoliticismo *m* apoliticità *f inv*

apolítico, -a *adj* apolitico, -a

Apolo *m mitol* Apollo

apolog|eta *m/f* apologeta; **~ética** *f* apologetica; **~ético, -a** *adj* apologetico, -a; **~ía** *f* apologia, elogio *m*, panegirico *m*; **~ista** *adj/s* apologista

apólogo *m* apologo

apoltronarse impoltronirsi

apopl|ejía *f med* apoplessia; **~éjico, -a** *adj med* apoplettico, -a; **~ético, -a** *adj/s* apoplettico, -a

apoquinar *vt vulg* mollare (dinero) (*coloq*); pagare contro voglia (*estánd*)

aporcar ‹*aporqué*› *vt agric* rincalzare

aporcelanado, -a *adj* porcellanato, -a

aporrear *vt* bastonare, picchiare ◊ ***~ el piano*** strimpellare il pianoforte

aport|ación *f* contributo *m*; apporto *m*; **~adera** *f agric* bigoncia; **~ar** *vt* contribuire *vi*, apportare; causare; **~e** *m* contributo; quota *f*, apporto; **~illar** *vt* aprire una breccia *vi*

aposent|ar *vt* alloggiare; **~o** *m* appartamento; stanza *f*, camera *f*; alloggio; *mil* alloggiamento; *teat ant* palco

aposi|ción *f ling* apposizione; **~tivo, -a** *adj* appositivo, -a

apósito *m* fasciatura *f*, bendaggio

apost|a *adv* apposta; **~adamente** *adv* apposta, a bella posta, appositamente; **~adero** *m* posta *f*; **~ante** *m/f* puntatore, -trice, scommettitore, -trice; **~ar** ‹*1. apuesto; 2. aposto*› **1.** *vt* 1. scommettere; competere *vi*; 2. appostare, mettersi in agguato; **2. ~se** scommettere *vt* ◊ ***¿qué te apuestas a que hoy llueve?*** che scommetti che oggi piove?; ***~ por un caballo*** scommettere, puntare su un cavallo; **~asía** *f* apostasia

apóstata *m/f* apostata

apostatar *vi* apostatare (**de** da)

apostilla *f* postilla, chiosa, nota; **~r** *vt* postillare, chiosare, annotare

apóstol *m* apostolo

apostolado *m* apostolato

apostólico, -a *adj* apostolico, -a

apostrofar *vt* apostrofare; redarguire

apóstrof|e *m/f* apostrofe *f*; **~o** *m ling* apostrofo

apostura *f* garbo *m*, leggiadria

apoteosis *f inv* apoteosi, glorificazione

apoya|brazos *m inv* bracciolo *m*; **~dura** *f mús* appoggiatura; **~r 1.** *vt* appoggiare; sostenere; basarsi; *fig* favorire, proteggere; **2. ~se** appoggiarsi (**en/sobre** su/sopra); **~tura** *f mús* appoggiatura

apoyo *m* appoggio, sostegno; protezione *f*

aprec|iable *adj* apprezzabile, stimabile; pregevole; **~ación** *f* valutazione, stima; **~ado, -a** *adj* benvoluto, -a; ricercato, -a; **~ar** ‹*aprecio*› V. 1 *vt* valutare, stimare; apprezzare, pregiare; riconoscere; **~ativo, -a** *adj/m ling* vezzeggiativo, -a; **~o** *m com* valutazione *f*, estimo; stima *f*, considerazione *f*

aprehen|der *vt* afferrare; catturare; *fig* cogliere, captare; *jur* sequestrare; **~sión** *f* cattura, arresto *m*; sequestro *m*; *fig* V. aprensión

apremi|ante *adj* incalzante, impellente, urgente, assillante; **~ar** ‹*apremio*› V. 1 **1.** *vt* incalzare, spingere; *jur* intimare, ordinare; **2.** *vi* stringere, urgere; **~o** *m* premura *f*, fretta *f*; sollecitazione *f*; *jur* intimazione *f*, ordine

aprend|er *vt* imparare, apprendere ◊ ***~ de memoria*** imparare a memoria; **~iz, -a** *m/f* apprendista, principiante, garzone *m*; **~izaje** *m* tirocinio, apprendistato

aprens|ión *f* apprensione, timore *m*; **~ivo, -a** *adj* apprensivo, -a, impressionabile

apres|ador, -a *adj/s* accalappiatore, -trice; **~amiento** *m* accalappiamento, cattura *f*; **~ar** *vt* afferrare, accalappiare; *nav* catturare

après-ski [apres'ki] *m inv* doposci

aprest|ar *vt* apprestare, preparare; (*tejidos*) apprettare; **~o** *m* preparazione *f*, apprestamento, preparativo; (*tejidos*) appretto

apresur|adamente *adv* frettolosamente, in fretta e furia; **~ado, -a** *adj* frettoloso, -a; **~amiento** *m* fretta *f*, premura *f*; acceleramento; **~ar 1.** *vt* accelerare, affrettare, sollecitare; **2. ~se** affrettarsi, sbrigarsi

apret|ado, -a *adj* stretto, -a, premuto, -a; fitto, -a; *fig* tirchio, -a; (*dinero*) in strettezze; **~ar** *vt* stringere, premere, opprimere; incalzare, sollecitare, affrettare, accelerare; forzare; esigere; restringere ◊ ***~se el cinturón*** *tamb. fig* stringere la cinghia; **~ón** *m* stretta (di mano) *f*; **~ujar** *vt* stringere fortemente, pigiare; **~ujón** *m* forte stretta *f*; **~ura** *f* oppressione; affollamento *m*; urgenza; strettezza, angustia

aprieto *m* strettezza *f*; oppressione *f*; difficoltà *f inv* ◊ ***estar en un ~*** trovarsi nei guai/in difficoltà

a priori *adv* a priori, per partito preso

aprisa *adv* presto, in fretta, rapidamente, alla svelta

aprisco *m* stalla *f*, ovile

aprisionar *vt* imprigionare, ammanettare; *fig* legare, vincolare

aprob|ación *f* approvazione, consenso *m*; **~ado, -a 1.** *adj* approvato, -a; *estud* promosso, -a; **2.** *m* promozione *f*, sufficienza *f*; **~ar** ‹*apruebo*› V. 8a *vt* approvare, consentire; (*pasivo*) essere promosso; (*activo*) promuovere; (*concurso, examen*) superare; **~atorio, -a** *adj* approvativo, -a

aprontar *vt* preparare, allestire; consegnare, anticipare

apropi|ación *f* appropriazione; **~adamente** *adv* convenientemente, in modo adatto; **~ado, -a** *adj* adatto, -a, conveniente, idoneo, -a; **~ar** ‹*apropio*› V. 1 **1.** *vt* appropriare; attribuire; adattare; **2. ~se** appropriarsi, impadronirsi

apropincuarse *coloq/irón* avvicinarsi

aprovech|able *adj* utilizzabile, profittevole; **~adamente** *adv* con profitto; **~ado, -a** *adj* approfittato, -a; diligente; economo, -a; *desp* interessato, -a; **~ador, -a** *adj/s* sfruttatore,-trice; **~amiento** *m* utilizzazione *f*, sfruttamento, profitto; **~ar 1.** *vt* approfittare (di) *vi*, utilizzare; **2.** *vi* servire; progredire; **3. ~se** sfruttare *vt*, approfittarsi (di) *vi* ◊ ***¡que aproveche!*** buon appetito!

aprovision|amiento *m* fornitura *f*; **~ar** *vt* rifornire, provvedere

aproxima|ción *f* approssimazione; avvicinamento *m*; **~damente** *adv* approssimativamente; **~do, -a** *adj* approssimato, -a; approssimativo, -a; **~r** *vt* avvicinare, approssimare, accostare; **~tivo, -a** *adj* approssimativo, -a

apruebo V. **aprobar**

áptero, -a *adj/m zool* attero, -a, senza ali

aptitud *f* attitudine, idoneità *inv*, capacità *inv* ◊ ***~ de/para la playa*** balneabilità; ***certificado de ~ pedagógica*** abilitazione all'insegnamento

apto, -a *adj* atto, -a, idoneo, -a; adatto, -a; permesso, -a ◊ ***~ para menores*** permesso ai minorenni

apuest|a *f* scommessa; **~amente** *adv* ordinatamente; **~o, -a** *adj* apposto, -a; prestante, di bella presenza

Apulia *f geogr* Puglia

apunt|ación *f* appunto *m*, annotazione; *mús* scrittura dell'opera; **~ado, -a** *adj* notato, -a; appuntato, -a; aguzzato, -a; aguzzo, -a; **~ador, -a** *adj/s* appuntatore, -trice; *teat* suggeritore, -trice; **~alamiento** *m* puntellamento, puntellatura *f*, rincalzo; **~alar** *vt* puntellare; **~amiento** *m* imbeccata *f*; **~ar 1.** *vt* 1. appuntare; aguzzare; 2. puntare; dirigersi; 3. indicare; segnare; annotare; 4. imbastire; 5. puntare al gioco *vi*; 6. *teat* suggerire; **2.** *vi* spuntare; **3. ~se** 1. iscriversi; 2. starci *vi*, essere d'accordo *vi*; **~e 1.** *m* appunto, annotazione *f*, nota *f*; schizzo; *teat* suggeritore; copione; punto; **2.** *mpl* appunti

apuntillar *vt* accoppare

apuñalar (*var.* **apuñalear** *Am*) *vt* pugnalare, accoltellare

apur|ación *f* verifica, chiarimento *m*; **~adamente** *adv* frettolosamente; esattamente; **~ado, -a** *adj* bisognoso, -a; appurato, -a, esatto, -a; assillato, -a; **~ar 1.** *vt* verificare, appurare; purificare; esaurire; obbligare; sbrigare; infastidire; **2. ~se** affliggersi, preoccuparsi; *Am* sbrigarsi, affrettarsi ◊ ***no te apures*** non ti preoccupare; ***¡Apúrate!*** Sbrigati!; **~o** *m* strettezza *f*; angustia *f*; penuria *f* ◊ ***en caso de ~*** se ti trovi nei guai; ***estar en ~s/en un ~*** trovarsi nei guai; ***sacar de ~s/de un ~*** togliere dai guai

aquaplaning [aqwa'planin] *m inv auto/aero* aquaplaning

aquej|ado, -a *adj* afflitto, -a, sofferente ◊ ***estar ~ de*** soffrire di; **~ar** *vt* addolorare, affliggere; tormentare

aquel *adj* quel, quell', quello ◊ ***en ~ entonces*** in quei tempi

aquél *pron* quello, colui ◊ ***no es guapa, pero tiene un ~*** non è bella, ma ha un nonsoché

aquelarre *m* tregenda *f*; conciliabolo

aquella *adj* quella, quell'

aquélla *pron* quella, colei

aquellas *adj* quelle

aquéllas *pron* quelle, coloro

aquello *pron* quello, ciò; **~s, -as** *adj* quei, quegli

aquéllos, -as *pron* quelli, coloro

aquende *adv elev* di qua

aquenio *m bot* achenio

aquerenciarse affezionarsi, attaccarsi (animales)

aquí *adv* qui; in questo luogo/tempo/caso (tiempo) ◊ ***de ~ a*** fra, tra; ***de ~ para allí*** da qui e da là; ***por ~*** di qui/qua; ***¡largo de ~!*** fuori da qui!; ***~ estoy*** eccomi qui

aquiesc|encia *f* acquiescenza, consenso *m*; **~ente** *adj* acquiescente
aquietar *vt* quietare, calmare, tranquillizzare
aquifolio *m bot* agrifoglio
aquilat|ación *f* caratura; **~ar** *vt* caratare; apprezzare, ponderare
Aquiles *m* Achille ◊ ***talón de ~*** tallone d'Achille, punto debole
aquilino, -a *adj* aquilino, -a
aquilón *m* (*viento*) aquilone
Aquisgrán *geogr* Aquisgrana
ara *f* ara (*elev*), altare *m* ◊ ***en ~s de*** *prep* in onore di
árabe *adj/s* arabo, -a
arabesco, -a 1. *adj* arabico, -a; **2.** *m* arabesco
Arabia *f geogr* Arabia
arábico, -a (*var.* **arábigo, -a**) *adj* arabico, -a, arabo, -a
arabista *m/f* arabista
arácnido, -a *adj/m* aracnide
arad|a *f agric* aratura; terra arata; **~o** *m agric* aratro; **~or** *m zool* acaro
Aragón *m geogr* Aragona *f*
arag|onés, -esa 1. *adj/s* aragonese; **2.** *f* specie d'uva; **~onito** *m min* aragonite *f*
arancel *m* tariffa *f*, tassa *f*
arándano *m bot* mirtillo ◊ ***~ rojo*** mirtillo rosso
arandela *f* anello *m*, disco *m*, cerchietto *m*, rondella; candelabro da parete *m*
araña *f zool* ragno *m*; lampadario a bracci *m*; **~r** *vt* graffiare; *fig* racimolare, rubacchiare; **~zo** *m* graffio; scalfittura *f*
arar 1. *vt agric* arare; **2.** *m bot* larice africano
arbitr|aje *m jur* arbitrato; *com* arbitraggio; **~al** *adj* arbitrale; **~ar** *vt* arbitrare; *jur* sottoporre ad arbitro; **~ariedad** *f* arbitrarietà *inv*; arbitrio *m*; **~ario, -a** *adj* arbitrario, -a; **~arse** arrangiarsi; **~io** *m* arbitrio; volontà *f inv*; facoltà *f inv*; ricorso; imposta *f* ◊ ***estar al ~ de alg*** dipendere da q
árbitro *m* arbitro ◊ ***ser el ~ de la situación*** essere l'arbitro della situazione
árbol *m bot fig* albero; *tecn* albero o asse motore; *impr* spalla del carattere *f* ◊ ***~ de Navidad*** albero di Natale; ***~ frutal*** albero da frutta; ***~ genealógico*** albero genealogico; ***~ de levas*** *mec* albero a camme/di distribuzione
arbol|ado, -a 1. *adj* alberato, -a; **2.** *m* albereto, albereta; **~adura** *f nav* alberatura; **~ar** *vt nav* alberare; inalberare; appoggiare; **~eda** *f* albereto *m*, albereta
arbóreo, -a *adj* arboreo, -a
arborescente *adj* arborescente
arboricul|tor, -a *m/f* arboricoltore, -trice; **~tura** *f* arboricoltura
arbotante *m arq* arco a puntello
arbusto *m* arbusto
arca 1. *f* arca, cassa; cassone *m*; cassaforte; *tecn* forno *m*; **2.** *fpl com* depositi delle banche *mpl* ◊ ***~ de agua*** serbatoio; ***~ de Noé*** arca di Noè; ***~s del Estado*** Tesoro (dello Stato); **~buz** *m* archibugio; **~da** *f* 1. *arq* arcata; occhio del ponte *m*; 2. conato di vomito *m*
árcade *adj/s geogr/lit* arcade
arcádico, -a *adj geogr/lit* arcadico, -a
arcadio, -a *adj/s geogr* arcade
arcaduz *m* tubo, canale; bindolo della noria; *fig* inganno, stratagemma, raggiro
arcai|cidad *f* arcaicità *inv*; **~o, -a** *adj* arcaico, -a; antiquato, -a
arcaísmo *m* arcaismo; arcaicità *f inv*
arcaiz|ante *adj* arcaizzante, arcaicizzante; **~ar** ‹*arcaicé*› *vi* arcaizzare
arcángel *m* arcangelo
arcano, -a 1. *adj* arcano, -a, misterioso, -a; **2.** *m* mistero, arcano
arce *m bot* acero; **~diano** *m* arcidiacono; **~do** *m bot* acereto
arcén *m* margine; corsia di emergenza *f*; sponda *f*; bordo di un pozzo
archi|diácono *m relig* arcidiacono; **~diócesis** *f inv* archidiocesi; **~duque** *m* arciduca; **~duquesa** *f* arciduchessa; **~fonema** *m ling* arcifonema; **~piélago** *m* arcipelago; **~sabido, -a** *adj* risaputo, -a
archiv|ador, -a 1. *adj/s* archivista; **2.** *m* (*mueble*) archivio; **~amiento** *m* archiviazione; **~ar** *vt* archiviare; **~ero, -a** *m/f* archivista; **~ística** *f* archivistica; **~o** *m* archivio; **~olta** *f arq* archivolto *m*
arcill|a *f* argilla, creta; **~oso, -a** *adj* argilloso, -a
arcipreste *m* arciprete
arco *m* arco; *mús* archetto; *Arg/Ur* (*fútbol*) porta *f* ◊ ***~ de medio punto*** arco a tutto sesto; ***~ de todo punto*** arco a sesto acuto; ***~ de herradura*** arco arabo; ***~ iris, de San Martín*** arcobaleno; ***~ superciliar*** arco delle sopracciglia; ***~ voltaico*** arco voltaico
arcón *m* cassone
arder *vi* ardere, bruciare, incendiarsi; *elev* splendere; scottare ◊ ***está la cosa que arde*** è una questione che scotta; ***está que arde*** è furioso; ***agarrarse a un clavo ardiendo*** *fig* afferrarsi a un (ultimo) appiglio, afferrarsi a ogni pretesto; *fig* arrampicarsi sugli specchi/sui vetri
ardid 1. *adj ant* astuto; **2.** *m* stratagemma, inganno
ardiente *adj* ardente; *fig* fervido, -a, fervente, appassionato, -a; infocato, -a
ardilla *f* 1. *zool* scoiattolo *m*; 2. *fig* svelto, -a *adj*
ardite *m ant* ="moneta di poco valore" *f* ◊ ***no vale un ~*** non vale un quattrino; ***me importa un ~*** non me ne importa un ficosecco
ardor *m* ardore, bruciore; arsura *f*; fervore, impeto ◊ ***~ de estómago*** bruciore di stomaco; **~osamente** *adv* fervidamente, vigorosamente; **~oso, -a** *adj* fervido, -a, vigoroso, -a, focoso, -a
arduo, -a *adj* arduo, -a, faticoso, -a, difficile
área *f* area, superficie; area, zona; *agric* ara ◊ ***fuera del ~*** fuoriarea
arena 1. *f* sabbia, arena; anfiteatro *m*, arena; **2.** *fpl med* renella *f* ◊ ***una de cal y otra de ~*** un colpo al cerchio e uno alla botte; ***~s movedizas***

sabbie mobili; ***saltar a la ~*** scendere in piazza; ***sembrar en la ~*** pestar l'acqua nel mortaio; **~ción** *f* sabbiatura; **~l** *m* arenile; **~miento** *m* insabbiamento; **~r** *vt* insabbiare; fregare con sabbia

arenga *f* arringa, discorso *m*; *irón* predica; *Am* alterco *m*; **~r** ‹*arengué*› *vt* arringare, concionare

arenil|la *f* sabbietta, polvere; *ant* polvere per asciugare; *med* renella; **~sco, -a 1.** *adj* arenoso, -a, sabbioso, -a; **2.** *f* arenaria

arenque *m zool* aringa *f*; ***~ ahumado*** *aringa affumicata*

areola (*var.* **aréola**) *f med* areola

areó|metro *m* areometro; **~pago** *m* areopago; **~stilo** *adj arq* areostilo

arepa *f Am* focaccina di granoturco

aret|e *m* boccola *f*; **~ino, -a** *adj/s* aretino, -a, di Arezzo

argamasa *f* calcina, malta

árgano *m* argano

Argel *geogr* Algeri; **~ia** *f geogr* Algeria

argelino, -a *adj/s* algerino, -a

argentar, argentario, argento V. **platear, platero, plata**

argénteo, -a *adj* argenteo, -a

argentífero, -a *adj* argentifero, -a

Argentina *f geogr* Argentina

argentin|ismo *m* argentinismo; **~o, -a** *adj/s* argentino, -a

argivo, -a *adj/s* argivo, di Argo

argolla *f* grosso anello di ferro *m*; collare di ferro *m*; *ant* collare femminile *m*; *Am* anello di fidanzamento *m*, fede

argón *m quím* argon, argo

argonauta *m* argonauta

argot *m* gergo

argucia *f* arguzia; acume *m*, sottigliezza

argüende *m Méx* pettegolezzo; chiasso, baccano

argüir ‹*arguyo; arguyó; arguyendo*› V. 14 **1.** *vt* arguire, argomentare; **2.** *vi* discutere

argument|ación *f* argomentazione; **~ado, -a** *adj* ragionato, -a; **~ar** *vi* argomentare *vt/i*, arguire *vt*; **~ista** *m/f* soggettista; **~o** *m* argomento, tema, soggetto; ragionamento; sommario

arguy|ente *adj* argomentatore, -trice; **~o** V. **argüir**

aria *f mús* aria

Ariadna *f* Arianna ◊ ***el hilo de ~*** il filo di Arianna

aridez *f* aridità *inv*, siccità *inv*

árido, -a 1. *adj* arido, -a, secco, -a, asciutto, -a; sterile; noioso, -a; **2.** *mpl* aridi

Aries *m astrol* Ariete

ariet|a *f mús* arietta; **~e** *m mil* ariete

arimez *m arq* avancorpo

ario, -a *adj/s* (*de Ario*) ariano, -a; ario, -a

arisco, -a *adj* aspro, -a, scontroso, -a, intrattabile

arist|a *f* arista, resta; spigolo *m*; **~ocracia** *f* aristocrazia; **~ócrata** *m/f* aristocratico, -a; **~ocrático, -a** *adj* aristocratico, -a, distinto, -a

Aristóteles *m* Aristotele

aristot|élico, -a *adj* aristotelico, -a; **~elismo** *m* aristotelismo

aritmétic|a *f* aritmetica; **~o, -a** *adj* aritmetico, -a

Arlequín *m* Arlecchino; *fig* buffone

arlequin|ada *f* buffonata; **~esco, -a** *adj* arlecchinesco, -a

arma (**armi**) **1.** *f* arma; **2.** *fpl* armatura *f*; truppe; *heráld* stemma *m*; mezzi *mpl* ◊ ***~ de dos filos*** *tamb. fig* arma a doppio taglio; ***~ de fuego, ~ blanca*** arma da fuoco, arma bianca; ***una persona de ~s tomar*** persona ardita/spavalda; **~ble** *adj* componibile; **~da** *f hist* armata; squadra navale; flotta da guerra ◊ ***la *~ Invencible*** *hist* l'Invincibile Armata; **~día** *f* zattera; **~dillo** *m zool* armadillo; **~dor, -a** *m/f* armatore; **~dura** *f* armatura; scheletro *m*

armament|ismo *m* armamentismo; **~ista** *adj* degli armamenti ◊ ***carrera ~*** corsa agli armamenti; **~o** *m* armamento; *nav* attrezzatura *f*

armar *vt* armare; montare; provvedere (a) *vi*; applicare; ordire; *fig* provocare, causare ◊ ***~ bronca*** scatenare/accendere una zuffa; ***~ un escándalo*** fare uno scandalo; ***~se la gorda/la de Dios es Cristo*** succedere un putiferio; ***~se de paciencia*** armarsi di pazienza; **~io** *m* armadio, stipo ◊ ***~ empotrado*** armadio a muro; ***~ rinconero*** armadio d'angolo; ***~ ropero*** guardaroba; ***salir del ~*** *fig* coming out, fare outing

armatoste *m* macchina f o mobile ingombrante; *fig* persona corpulenta e torpida *f*

armazón *m/f* armatura *f*, scheletro *m*, intelaiatura *f*

armella *f tecn* anello *m*, ghiera, vite a occhiello

Armenia *f geogr* Armenia

armenio, -a *adj/s* armeno, -a

armer|ía *f* armeria; fabbrica d'armi; **~o** *m* armiere; artificiere; rastrelliera per le armi *f*

armiño *m zool* ermellino

armisticio *m* armistizio

armón *m mil* avantreno

armonía *f* armonia; proporzione; accordo *m*

armónic|a *f mús* armonica; **~o, -a** *adj* armonico, -a

armonio (*var.* **armonium**) *m mús* armonio, armonium; **~so, -a** *adj* armonioso, -a

armoniz|ación *f* armonizzazione ◊ ***~ fiscal*** armonizzazione fiscale; **~ar** ‹*armonicé*› *vt* armonizzare; accordare

armuelle *m bot* bietolone

arnés (*pl* **arneses**) **1.** *m* arnese; armatura *f*; **2.** *mpl* attrezzi, utensili

árnica *f bot* arnica

Arno *m geogr* Arno

aro *m* cerchio; anello; (*joya*) orecchino ad anello ◊ ***pasar por el ~*** cedere, ubbidire controvoglia; **~ma 1.** *m* aroma, profumo, fragranza *f*; **2.** *f bot* mimosa, gaggia; **~mar** V. **aromatizar**

arom|aterapia *f* aromaterapia; **~ático, -a** *adj* aromatico, -a; **~atizar** (*var.* **aromar**) ‹*aromaticé*› *vt* aromatizzare

arp|a *f mús* arpa; **~ar** *vt* graffiare; lacerare; **~egiar** ‹*arpegio*› V. 1 *vi mús* arpeggiare; **~egio** *m mús* arpeggio; **~ía** *f mitol* arpia; *fig* strega, arpia; **~ista** *m/f mús* arpista; **~ón** *m* arpione

arpon|ar (*var.* **arponear**) *vt* arpionare, arponare; **~ero** *m* ramponiere

arque|ar **1.** *vt* 1. inarcare; 2. battere la lana; 3. *nav* stazzare; **2.** *vi* sentir nausea; **~o** *m* 1. inarcamento; 2. battitura della lana *f*; 3. *nav* stazza *f*; 4. *com* controllo cassa

arqueo|logía *f* archeologia; **~ógico, -a** *adj* archeologico, -a

arqueólogo, -a *m/f* archeologo, -a

arquero *m* 1. arciere; 2. cassiere, tesoriere; 3. *Arg/Ur* (*fútbol*) portiere

arquetipo *m* archetipo, modello

arqui|banco *m* cassapanca *f*; **~llo** *m mús* archetto

Arquímedes *m* Archimede

arquitec|to, -a *m/f* architetto, architetta *f*; **~tónico, -a** *adj* architettonico, -a; **~tura** *f* architettura

arquitrabe *m arq* architrave

arquivolta *f arq* archivolto *m*

arrabal **1.** *m* sobborgo; **2.** *mpl* dintorni; **~ero, -a** *adj* di sobborgo; *fig* ordinario, -a, rozzo, -a, volgare

arracimarse farsi a grappolo

arraig|ado, -a **1.** *adj* radicato, -a, attecchito, -a; **2.** *m/f* possidente; *nav* legatura *f*; **~ar** ‹*arraigué*› **1.** *vi* radicare, attecchire; **2.** *vt jur* garantire, ipotecare; **3.** **~se** consolidarsi; domiciliarsi; **~o** *m* stabilità *f inv*; radici *fpl*; beni *mpl*, proprietà *fpl*

arramblar *vt* far piazza pulita (**con** di), far man bassa (**con** di), fare repulisti (**con** di)

arranc|ada *f* messa in moto, partenza, spinta; *sport* strappo *m*; **~adero** *m* punto di partenza; **~ador, -a** **1.** *adj/s* strappatore, -trice; **2.** *m mec* avviatore; **3.** *f agric* raccoglitrice; **~adura** (*var.* **arrancamiento** *m*) *f* strappatura, strappamento *m*, strappo *m*; sradicamento *m*; **~ar** ‹*arranqué*› **1.** *vt* strappare, svellere; sradicare; **2.** *vi* 1. mettersi in marcia, partire di corsa; 2. provenire, procedere; 3. cominciare; 4. sputare; **3.** **~se** andarsene; *Am* rovinarsi

arranque *m* 1. slancio; strappo; sradicamento; 2. impeto; energia *f*; 3. battuta *f*, uscita *f*; 4. *fig* punto di inizio di qc; 5. *auto* messa in moto *f*; **~ra** *f Am* povertà *inv*, miseria

arrapiezo (*var.* **arrapo**) *m* 1. cencio, straccio; 2. (*muchacho*) monello, scugnizzo; omiciattolo

arras *fpl* caparra *f*; *jur* contraddote *f*; **~ar** *vt* spianare; distruggere, radere al suolo; *fig* spopolare, avere grande successo *vi*, essere di cassetta (film) *vi* ◊ ***~se los ojos de lágrimas*** gonfiarsi di lacrime

arrastr|adera *f nav* ala del trinchetto; **~adero** *m* sentiero; **~adizo, -a** *adj* trascinabile; **~ado, -a** **1.** *adj* trascinato; cencioso, -a, miserabile; **2.** *m/f* picaro, -a, birbone, -a, furfante; miserabile; **~ar** **1.** *vt* trascinare; travolgere; strascicare; strisciare; (*naipes*) far presa *vi*; **2.** **~se** *desp* strisciare; umiliarsi; **~e** *m* trascinamento, strascichio; trasporto; (*naipes*) presa *f*; (*minas*) mulino ◊ ***material de ~*** detriti; ***estar para el ~*** essere stanco morto/sfinito

arrayán *m bot* mirto

¡arre! *excl* arri!

¡arrea! *excl coloq* caspita!; spicciati!

¡arreando! *excl coloq* alla svelta!, muoviti!, sbrigati!

arrear *vt* stimolare, frustare il bestiame; bardare ◊ ***~ una torta*** *vulg* mollare uno schiaffo (*coloq*)

arrebañar *vt* ripulire, far piazza pulita *vi*

arrebat|ado, -a *adj* strappato, -a; precipitoso, -a; violento, -a, furibondo, -a; (*rostro*) acceso, -a; **~ador, -a** *adj* rapitore, -trice; travolgente; affascinante; **~amiento** *m* concitazione *f*, ebbrezza *f*; **~ar** **1.** *vt* strappare; travolgere; affascinare, attrarre; **2.** **~se** infuriarsi, esaltarsi; bruciacchiarsi; seccarsi; **~o** *m* furore, furia *f*, rapimento, estasi *f inv*; impeto

arrebol *m* (*cielo*) rosso; rossetto; **~ar** *vt* arrossare; imbellettare

arrech|ar *vi Am* (*chica*) entrare in calore; **~o, -a** *adj* libidinoso, -a

arreciar ‹*arrecio*› V. 1 *vi* rafforzarsi, aumentare

arrecife *m* strada selciata *f*; *nav* bassofondo roccioso

arredrar **1.** *vt* far indietreggiare; allontanare; intimorire; **2.** **~se** retrocedere *vi*; *fig* spaventarsi

arregl|ado, -a *adj* regolato, -a; ordinato, -a; adornato, -a; ben vestito, -a ◊ ***estar ~*** *irón* essere ben combinato; **~ador, -a** *adj* accomodatore, -trice, acconciatore, -trice; **~ar** **1.** *vt* regolare; aggiustare; preparare; pattuire; combinare; **2.** **~se** prepararsi, aggiustarsi ◊ ***¡ya te arreglaré yo a ti!*** T'aggiusto io!; ***estoy bien arreglado*** sono ben conciato per le feste; ***~ cuentas*** fare/regolare i conti; ***~árselas*** arrangiarsi; vedersela; **~ista** *m/f mús* arrangiatore, -trice; **~o** *m* assetto, ordine, riparazione *f*, accordo; *mús* arrangiamento ◊ ***con ~ a*** secondo; ***esto no tiene ~*** non c'è niente da fare, è impossibile da risolvere; ***~ de pies*** pedicure

arrejuntarse *coloq* mettersi (**con alg** con q)

arrellanarse sdraiarsi

arremang|ado, -a *adj* sbracciato, -a; **~ar** ‹*arremangué*› **1.** *vt* rimboccare; **2.** **~se** *fig* rimboccarsi; decidersi (a); **~o** *m* rimboccatura *f*

arremet|er *vt* assalire, aggredire; slanciarsi; urtare; **~ida** *f* assalto *m*, aggressione; slancio *m*

arremolin|ado, -a *adj* vorticoso, -a; **~arse** affollarsi, riunirsi

arrend|able *adj* affittabile; **~ador, -a** *adj/s* locatore, -trice; **~ajo** *m zool* ghiandaia *f*; **~amiento** *m* affitto; pigione *f*, fitto; **~ar** ‹*arriendo*› V. 5a *vt* 1. *com/jur* affittare; 2. (*caballería*) legare per le briglie; (*caballos*) addomesticare ◊ ***no le arriendo las ganancias*** non lo/la invidio; **~atario, -a** *adj/s* locatario, -a, (af)fittuario, -a; (*compañía*) appaltatore, -trice

arreo **1.** *m* ornamento; **2.** *mpl* (*caballería*) bardatura *f*; attrezzi

arrepent|ido, -a *adj/s* pentito, -a; *Esp* terrorista/trafficante pentito, -a; **~imiento** *m* pentimento, contrizione *f*; (*pintura*) correzione visibile *f*; **~irse** ‹*arrepiento; arrepintió; arrepintiendo*› V. 10 pentirsi

arrest|ar 1. *vt* arrestare, imprigionare; **2. ~se** decidersi, osare *vi*; **~o 1.** *m* arresto; **2.** *mpl* audacia *f*, valore *m* ◊ **~ *domiciliario*** arresto domiciliare

arriad|a: ~ de la bandera *f* ammainabandiera *m inv*; **~o: ~ de la bandera** *m* ammainabandiera *inv*

arrian|ismo *m relig* arianesimo; **~o, -a** *adj/s* ariano, -a

arriar ‹*arrío*› V. 2 *vt nav* (*velas*) ammainare, calare; abbassare; *nav* allentare; inondare

arriate (*var.* **arriata** *f*) *m* aiuola *f*; passaggio

arrib|a 1. *adv* sopra, su, di sopra, in alto; all'insù; **2.** *prep* sopra, su ◊ ***ir cuesta*** **~** andare all'insù, salire; ***venir u-c de*** **~** venire qc dall'alto; ***aguas*** **~** a monte; ***de*** **~** ***abajo*** dall'alto in basso; ***de 50 años para*** **~** da 50 anni in su; ***el*** **~** ***mencionado*** il suddetto; ***manos*** **~** mani in alto; ***más*** **~** più in su; ***por*** **~** verso l'alto; ***¡~!*** *excl* viva!; **~ada** (*var.* **arribaje** *m*) *f* approdo *m*, arrivo *m*; *nav* bordata ◊ ***~ada forzosa*** approdo di fortuna; **~ar** *vi nav* approdare; arrivare; *coloq* rimettersi; *coloq* raggiungere la meta; *nav* andare alla deriva; **~eño, -a** *adj/s Am* persona di terre alte; **~ismo** *m* arrivismo; **~ista** *adj/s* arrivista, arrampicatore, -trice sociale; **~o** V. **llegada**

arrie|ndo V. **arrendamiento**; **~ro** *m* mulattiere; **~sgado, -a** *adj* rischioso, -a, pericoloso, -a; temerario, -a; arrischiato, -a; **~sgar** ‹*arriesgué*› **1.** *vt* rischiare (di) *vi*, azzardare, avventurarsi; **2. ~se** rischiare *vi* (**a** di), avventurarsi

arrim|adizo, -a 1. *adj* appoggiabile; **2.** *adj/s fig* leccapiedi *inv*, adulatore, -trice; **~ar 1.** *vt* avvicinare, accostare; appoggiare; *fig* abbandonare; *fig* picchiare; isolare; **2. ~se** appoggiarsi; unirsi; *fig* leccare *vt*, lusingare *vt* ◊ **~ *el hombro*** collaborare, aiutare in un lavoro, sforzarsi; **~ *el ascua a su sardina*** tirare l'acqua al proprio mulino; ***~se al sol que más calienta*** ="essere opportunista, adattarsi opportunisticamente a varie situazioni; **~o** *m* avvicinamento; appoggio, sostegno; protezione *f*; *arq* muro divisorio

arrincon|amiento *m* ritiro; isolamento; **~ar 1.** *vt* isolare, ritirare; mettere in un angolo, in un cantuccio; abbandonare q; *fig* mettere alle strette; **2. ~se** *coloq* appartarsi, rincantucciarsi

arriscado, -a *adj* arrischiato, -a; dirupato, -a; temerario, -a; *Am* altezzoso, -a

arritmia *f med* aritmia

arrítmico, -a *adj* aritmico, -a, irregolare

arrivista V. **arribista**

arrob|a *f* ="misura di capacità e peso variabile secondo i luoghi (Castiglia:11,5 Kg)"; *informát* chiocciola; **~ado, -a** *adj* estasiato, -a, incantato, -a, affascinato, -a; **~ador, -a** *adj elev* affascinante, fascinatore, trice; **~amiento** *m* fascinazione *f*, estasi *f inv*; **~ar 1.** *vt* estasiare, affascinare; **2. ~se** alienarsi; **~o** V. **arrobamiento**

arrocero, -a 1. *adj* risicolo, -a; **2.** *m* risicoltore

arrodalado, -a *adj* alberato, -a

arrodillarse inginocchiarsi

arrog|ación *f jur* arrogazione; adozione; **~ancia** *f* arroganza; **~ante** *adj* arrogante; altero, -a; prode, valoroso, -a; aitante, gagliardo, -a; **~arse** ‹*arrogué*› arrogarsi, attribuirsi; adottare *vt*

arroj|adizo, -a *adj* scagliabile; **~ado, -a** *adj* slanciato, -a, scagliato, -a; intrepido, -a, audace; **~ar 1.** *vt* scagliare, lanciare, scaraventare; scacciare; *com* dare; *bot* germogliare *vi*; vomitare; **2. ~se** gettarsi, precipitarsi; **~o** *m* audacia *f*, valore

arroll|ador, -a *adj* travolgente; **~ar** *vt* 1. travolgere; sconfiggere; assalire; investire; 2. arrotolare; 3. *Am* cullare, rimboccare

arrop|ado, -a *adj* protetto, -a, coperto, -a; *fig* raccomandato, -a, ammanicato, -a; **~ar 1.** *vt* coprire; **2. ~se** coprirsi, imbacuccarsi, vestirsi pesante; *coloq/fig* premunirsi; **~e** *m* sciroppo, miele cotto

arrostrar 1. *vt* affrontare; **2.** *vi* resistere; affrontare; **3. ~se** azzuffarsi

arroy|arse *agric* (*plantas*) arrugginirsi; **~o** *m geogr* ruscello; rigagnolo; *fig* strada *f*, fango ◊ ***poner/plantar en el*** **~** sfrattare, licenziare; ***sacar del*** **~** raccogliere/prendere dalla strada

arroz *m* riso; **~al** *m* risaia *f*

arruga *f* ruga, grinza; **~do, -a** *adj* rugoso, -a, corrugato, -a, grinzoso, -a; (*ropa, piel*) aggrinzito, -a; **~miento** *m* corrugamento; **~r** ‹*arrugué*› **1.** *vt* corrugare; aggrinzire; (*ceño*) aggrottare; **2. ~se** aggrinzirsi

arruin|ado, -a *adj* malandato, -a, finito, -a, spacciato, -a, spiantato, -a; **~ar 1.** *vt* rovinare; danneggiare; guastare; distruggere; devastare; **2. ~se** impoverirsi, andare in rovina *vi*

arrull|ador, -a *adj* carezzevole, allettevole; melodioso, -a; **~ar** *vt* (*palomos*) tubare *vi*; *fig* addormentare un bimbo con ninna-nanna; *fig* lusingare; *fig* assopire; **~o** *m* (*palomos*) il tubare; soave canto, sussurro

arrum|aco *m* moina *f*, vezzo; **~ar** *vt nav* stivare; annuvolarsi; **~azón** *m nav* stivaggio; nuvolaglia *f*; **~bar** *vt* scartare; isolare

arsenal *m* arsenale; *fig* deposito

arsénico *m* arsenico

art. (*art.º*) *abr* art. (*artículo*)

arta *f bot* piantaggine

arte (*fpl* **artes**) *m/f* arte *f*; professione *f*; abilità *f*; astuzia *f*; apparecchio da pesca *m* ◊ ***bellas ~s*** belle arti; ***no ser (no tener) ni*** **~** ***ni parte (en u-c)*** non avere né arte, né parte (in qc); ***por*** **~** ***de magia, de birlibirloque*** *coloq* per opera (e virtù) dello Spirito Santo

artefacto *m* dispositivo, congegno; artefatto; bomba *f*

artemisa *f bot* artemisia

arteria *f med* arteria; via di comunicazione

artería *f* scaltrezza, astuzia, malizia

arterial *adj* arteriale
arterio|sclerosis *f inv* arteriosclerosi; **~so, -a** *adj* arterioso, -a
artero, -a *adj* scaltro, -a, astuto, -a, malizioso, -a
artesa *f* madia
artesan|ado *m* artigianato; **~al** *adj* artigianale; **~ía** *f* artigianato *m*; **~o** *m* artigiano
artesiano, -a *adj* artesiano, -a
artesonado *m* soffitto a cassettoni/in legno scolpito
ártico, -a *adj geogr* artico, -a
Ártico *m* Artide *f*
articul|ación *f* articolazione; giuntura; *ling* articolazione, pronuncia; *bot* nodo *m*; **~ado, -a 1.** *adj* articolato, -a; **2.** *m zool* artropodo; *jur* articoli *mpl*, prove *fpl*; **~ar** *vt* articolare; unire, congiungere; pronunciare; **~atorio, -a** *adj* articolare; **~ista** *m/f* articolista
artículo *m* articolo; *jur* articolo, paragrafo, comma
artífice *m* artefice; autore
artifici|al *adj* artificiale; **~ero** *m* artificiere; **~o** *m* artificio; meccanismo; *fig* stratagemma; **~osidad** *f* artificiosità *inv*; **~oso, -a** *adj* artificioso, -a
artiga *f agric* dissodamento *m*; terra dissodata; **~r** ‹artigué› *vt agric* dissodare
artill|ar *vt* munire di artiglierie; **~ería** *f* armamento *m*; artiglieria ◊ **~ *pesada*** artiglieria pesante; **~ero** *m* artigliere; *sport* cannoniere
artilugio *m* ordigno, congegno
artimaña 1. *f* trappola; *fig* insidia; **2.** *fpl* male arti
artimón *m nav* artimone
artista *m/f* artista ◊ **~ *de calle*** artista di strada
artístico, -a *adj* artistico, -a
artolas *fpl* basto con sedili laterali *m*
artr|ítico, -a *adj med* artritico, -a; **~itis** *f inv med* artrite *f*; **~ópodo** *adj/m zool* artropodo; **~osis** *f inv med* artrosi
arveja *f bot* veccia; *Am* pisello *m*
arvícola *f zool* arvicola
arzobisp|ado *m* arcivescovado; **~al** *adj* arcivescovile; **~o** *m* arcivescovo
arzón *m* arcione
as (*pl* **ases**) *m* (*moneda*) asse; (*juegos-sport*) asso ◊ ***ser un* ~** essere un asso
asa *f* 1. (*taza, cacerola...*) manico *m*; 2. linfa; *bot* assafetida; **~do, -a 1.** *adj* arrostito, -a; **2.** *m* arrosto; *Arg* barbecue*; **~dor** *m* spiedo; graticola *f* ◊ ***poner /echar toda la carne en el* ~** *fig* giocare tutte le proprie carte; sparare tutte le proprie cartucce; **~dura** *f* frattaglie *fpl*, rigaglie *fpl*
asaetear (*var.* **asaetar**) *vt* saettare; importunare
asafétida *f bot/med* assafetida
asalari|ado, -a *adj* salariato, -a; **~ar** ‹asalario› V. 1 *vt* salariare; retribuire con un salario
asalmon|ado, -a *adj* color salmone; **~ar** *vt* salmonare
asalt|ador, -a *adj/s* assaltatore, -trice, assalitore, -trice, aggressore/aggreditrice; **~ar** *vt* assaltare, assalire, aggredire; **~o** *m* assalto, aggressione *f*; attacco
asamble|a *f* assemblea; riunione; **~ario, -a** *adj* assembleare; **~ísmo** *m* assemblearismo
asar *vt* arrostire
asaz *adv elev* assai (*estánd*), abbastanza (*estánd*)
asbesto *m min* asbesto
ascáride *f* ascaride *m*
ascend|encia *f* ascendenza; **~ente** *adj* ascendente; **~er** ‹asciendo› V. 6 *vi* ascendere, salire; ammontare; **~iente 1.** *adj* ascendente; **2.** *m fig* ascendente, predominio; antenato; ascendente, influsso
ascens|ión *f* ascensione; ascesa, salita; **~ional** *adj* ascensionale; **~o** *m* promozione *f*; **~or** *m* ascensore; **~orista** *m/f* ascensorista
ascesis *f inv* ascesi
asceta *m* asceta
ascétic|a *f* ascetica; **~o, -a** *adj* ascetico, -a
ascetismo *m* ascetismo
asciendo V. **ascender**
asco *m* schifo, nausea *f*; ribrezzo ◊ ***dar* ~** far schifo; ***estar hecho un* ~** essere uno schifo (por la suciedad), essere sudicio; ***hacer* ~s** fare lo schifiltoso/lo schizzinoso; ***¡qué* ~!** che schifo!; **~miceto** *adj/m bot* ascomiceto
ascua *f* brace ◊ ***arrimar el* ~ *a su sardina*** tirare l'acqua al proprio mulino; ***estar en* ~s** essere sulle braci/sulle spine
ase|ado, -a *adj* pulito, -a; accurato, -a, assettato, -a; **~ar** *vt* pulire; assettare; abbellire
asech|anza *f* insidia, tranello *m*, agguato *m*; **~ar** *vt* insidiare, tendere un agguato; **~o** V. **asechanza**
asedi|ar ‹asedio› V. 1 *vt* assediare; *fig* importunare; **~o** *m* assedio
asegur|able *adj* assicurabile; **~ado, -a** *adj/s* assicurato, -a; garantito, -a; affermato, -a; **~ador, -a** *adj/s* assicuratore, -trice; **~amiento** *m* assicurazione *f*; certezza *f*; garanzia *f*; **~ar** *vt* assicurare; garantire; affermare; premunire; rassicurare
asemejarse assomigliarsi, rassomigliarsi
asenso *m* consenso, consentimento, approvazione *f*
asenta|deras *fpl* natiche; **~do, -a** *adj* situato, -a, collocato, -a; **~miento** *m* insediamento; collocamento; **~r** *vt* collocare, mettere a posto; fissare; contrattare all'ingrosso; fondare; assestare; *com* registrare; far constare
asenti|miento V. **asenso**; **~r** ‹asiento; asintió; asintiendo› V. 10 *vi* assentire, consentire
aseo *m* 1. pulizia *f*, eleganza *f*, accuratezza *f*; 2. secondo bagno, bagno di servizio
asepsia *f med* asepsi *inv*
aséptico, -a *adj* asettico, -a
asequi|bilidad *f* modicità *inv*; **~ble** *adj* accessibile
aserción *f* asserzione, affermazione
aserr|adero *m* segheria *f*; **~ado** *m* segatura *f*; **~adora** *f* segatrice; **~aduras** *fpl* segatura *f*; **~ín** *m* segatura *f*
asert|ivo, -a *adj* assertivo, -a, assertorio, -a; **~o** *m* asserzione *f*

asertor, -a *m/f* assertore *m*
asertorio *adj jur* assertorio, assertivo
asesin|ar *vt* assassinare; **~ato** *m* assassinio; **~o, -a 1.** *adj* assassino; **2.** *m/f* assassino, -a ◊ ***célula ~a*** cellula killer; **~ *a sueldo*** killer, sicario, -a; **~ *en serie*** serial killer*
asesor, -a *adj/s* consulente, consigliere, -a ◊ **~ *comercial, fiscal, industrial, legal*** consulente commerciale, fiscale, industriale, legale; **~amiento** *m* consulenza *f*, consulta *f*; consiglio; **~ar** *vt* consigliare, informare; fornire consulenza *vi*; **~ía** *f* ufficio/studio di consulenza *m*
asestar *vt* assestare; puntare (arma); colpire
aseveración *f* asseverazione, affermazione, asseveranza; **~ar** *vt* asseverare, affermare, assicurare; **~ativo, -a** *adj* asseverativo, -a
asexua|do, -a *adj* asessuato, -a; **~l** *adj bot/zool* asessuale
asfalt|ado *m* asfaltatura *f*, pavimentazione *f*; **~ar** *vt* asfaltare; **~o** *m* asfalto, bitume ◊ ***jungla de ~*** *fig* giungla
asfixia *f* asfissia; **~dor** V. **asfixiante**; **~nte** (*var.* **asfixiador**) *adj* asfissiante, afoso, -a, soffocante; **~r** ‹*asfixio*› V. 1 **1.** *vt* asfissiare, soffocare; **2. ~se** asfissiare *vi*
así *adv* così, in tal modo; altrettanto, ugualmente; tanto ◊ **~ *como*** così come, tanto quanto; **~ *mismo*** così, anche; **~ ~** così così; **~ *como*** non appena; comunque; facilmente; **~ *es*** è così; **~ *no más*** *Am* così facilmente; ***ni* ~** neanche così; neanche un briciolo; **~ *que*** *conj* cosicché
Asia *f* Asia
asiático, -a *adj/s* asiatico, -a
asidero *m* manico; *fig* appiglio
asidu|idad *f* assiduità *inv*, frequenza; **~o, -a** *adj* assiduo, -a, costante
asie|nto *m* 1. sedile, sedia *f*, poltrona *f*, panchina *f*; scanno; seggio; 2. sede *f*; 3. fondo, base *f*; 4. stabilità *f inv*, permanenza *f*; 5. registrazione *f* ◊ ***tomar* ~** accomodarsi, sedersi; **~rro** V. **aserrar**
asign|ación *f* assegnazione, aggiudicazione; stipendio *m*; **~ar** *vt* assegnare, attribuire, destinare; **~atura** *f estud* materia
asil|ado, -a *adj/s pol* rifugiato, -a; ricoverato, -a; **~ar** *vt* dar asilo; ricoverare; **~o** *m* asilo, ricovero, rifugio; ospizio ◊ **~ *de ancianos*** ospizio; **~ *de huérfanos*** orfanotrofio; **~ *nocturno*** dormitorio pubblico; pensionato; **~ *político*** asilo politico
asilvestrar *vt/~se* inselvatichire *vt/vi*
asim|etría *f* asimmetria; **~étrico, -a** *adj* asimmetrico, -a
asimil|able *adj* assimilabile; **~ación** *f* assimilazione; **~ar** *vt* assimilare; **~ativo, -a** *adj* assimilativo, -a
asimismo V. **así**
asincr|onía *f* asincronia; **~ónico, -a** *adj* asincrono, -a, asincronico, -a; **~onismo** *m* asincronismo
asíndeton *m ling* asindeto
asintió V. **asentir**
asíntota *f mat* asintoto *m*
asir ‹*asgo*› V. 16 *vt elev* prendere (*estánd*), afferrare (*estánd*); acchiappare (*estánd*); *bot* attecchire *vi*
Asiria *f geogr/hist* Assiria
asirio, -a *adj/s* assiro, -a
asist|encia *f* assistenza; soccorso *m*; presenza, frequenza; *sport* assist *m* ◊ **~ *a clase*** frequenza alle lezioni; **~ *en carretera*** assistenza su strada; **~ *social*** assistenza sociale; ***certificado de* ~** attestato di frequenza; **~encial** *adj* assistenziale; **~encialismo** *m* assistenzialismo; **~enta** *f* donna di servizio, collaboratrice familiare, domestica; **~ente** *adj/s* assistente, aiutante; *mil* attendente ◊ **~ *social*** assistente sociale; **~ir 1.** *vt* assistere; soccorrere, aiutare; curare; **2.** *vi* frequentare *vt*, assistere ◊ **~ *a clase*** frequentare le lezioni
asma *f med* asma
asmático, -a *adj* asmatico, -a
asna *f zool fig* asina; **~l** *adj* asinino, -a
asne|ría *f* asinità *inv*; **~ro** *m* asinaio
asno *m zool fig* asino, somaro, ciuco
asoci|ación *f* associazione; società *inv*, compagnia ◊ **~ *de ideas*** associazione d'idee; **~ado, -a 1.** *adj* associato, -a; **2.** *m/f* socio, -a; compagno, -a ◊ ***profesor* ~** (*universidad*) professore a contratto; **~al** *adj/s* asociale; **~ar** ‹*asocio*› V. 1 *vt* associare, unire; **~ativo, -a** *adj* associativo, -a
asol|ador, -a *adj* devastatore, -trice; **~amiento** *m* devastazione *f*, distruzione *f*; **~ar** ‹*1. asuelo; 2. asolo*› V. 8a *vt* 1. distruggere, devastare; 2. *agric* seccarsi la raccolta
asomar 1. *vt* sporgere; **2.** *vi* spuntare; **3. ~se** affacciarsi
asombr|adizo, -a *adj* pauroso, -a; ombroso, -a; **~ado, -a** *adj* sorpreso, -a; **~ar 1.** *vt* meravigliare, stupire; oscurare; spaventare; **2. ~se** meravigliarsi, stupirsi; **~o** *m* meraviglia *f*, stupore, sorpresa *f*; paura *f*; **~oso, -a** *adj* meraviglioso, -a, stupendo, -a
asomo *m* indizio, sintomo ◊ ***ni por* ~** neanche per sogno
ason|ancia *f ling* assonanza; consonanza, armonia; **~ante** *adj* assonante
asordar *vt* assordare
aspa *f* aspa, aspo *m*; ala; **~do** *m* abbindolamento; **~r** *vt* innaspare, annaspare; inchiodare in croce; mortificare ◊ ***que me aspen si lo entiendo*** mi venga un accidente se ci capisco qualcosa; **~*se a gritos*** contorcersi di rabbia o dolore; **~viento 1.** *m* agitazione *f*; **2.** *mpl* smanie *fpl*, mosse *fpl* ◊ ***hacer* ~ *s*** fare mosse
aspecto *m* aspetto, apparenza *f* ◊ ***al primer* ~** a prima vista; ***mal/buen* ~** cattivo/bell'aspetto
asper|eza *f* asprezza, ruvidezza; scabrosità *inv* ◊ ***limar ~s*** versare acqua sul fuoco; **~jar** *vt* aspergere, spruzzare
áspero, -a *adj* aspro, -a, acerbo, -a; ruvido, -a; scabro, -a; brusco, -a; *fig* sgradevole

aspers|ión *f* aspersione, spruzzatura; **~or** *m* spruzzatore; **~orio** *m* aspersorio
aspérula *f bot* asperella
áspid *m zool* aspide
aspillera *f* feritoia
aspir|ación *f* aspirazione; **~ador, -a** *adj/m* aspiratore, -trice; **~adora** *f* aspirapolvere *m inv*; **~ante** *adj/s* aspirante; **~ar 1.** *vt* aspirare; **2.** *vi* aspirare
aspirina® *f* aspirina
asque|ado, -a *adj* schifato, -a; **~ar 1.** *vi* fare schifo, avere schifo; **2.** *vt* rovinare; **~rosidad** *f* schifezza, schifo *m*; **~roso, -a** *adj* schifoso, -a, immondo, -a, nauseabondo, -a; (*persona*) schifiltoso, -a
asta *f* asta, lancia, picca; *taur* corno *m* ◊ ***a media ~*** a mezz'asta
astenia *f med* astenia
asténico, -a *adj* astenico, -a
áster *m bot* aster
aster|isco *m* asterisco; **~oide** *adj/m* asteroide
astigm|ático, -a *adj/s* astigmatico, -a; **~atismo** *m med* astigmatismo
astil *m* (*herramientas*) manico; (*flecha*) stecca *f*, asticciuola *f*; (*balanza*) braccio; *zool* rachide *f*
astill|a *f* scheggia ◊ ***de tal palo tal ~*** tale padre, tale figlio; ***sacar ~*** trarre profitto; **~ar** *vt* scheggiare; **~ero** *m* cantiere navale; rastrelliera *f*
astracán *m* astracan ◊ ***garras de ~*** zampe di astracan
astracanada *f teat* farsa, opera grottesca
astral *adj* astrale
astring|ente *adj/m* astringente; **~ir** ‹*astrinjo*› *vt* astringere; *fig* costringere
astro *m* astro; **~física** *f* astrofisica; **~logía** *f* astrologia; **~lógico, -a** *adj* astrologico, -a
astrólogo *m* astrologo
astronauta astronauta
astronáutic|a *f* astronautica; **~o, -a** *adj* astronautico, -a
astronave *f* astronave
astronomía *f* astronomia
astronómico, -a *adj* astronomico, -a
astrónomo, -a *m/f* astronomo, -a
astroso, -a *adj* infausto, -a; cencioso, -a; vile
astucia *f* astuzia, malizia, scaltrezza; inganno *m*
asturiano, -a *adj/s* asturiano, -a
Asturias *f geogr* Asturie *fpl*
astuto, -a *adj* astuto, -a, scaltro, -a, furbo, -a
asue|lo V. **asolar**; **~to** *m* vacanza di un giorno o mezza giornata *f* ◊ ***día de ~*** giorno di riposo; ***darse ~*** darsi riposo
asumir *vt* assumere
Asunción *f relig* Assunzione; Assunta
asunto *m* faccenda *f*; tema, argomento; *com* affare; (*cartas*) oggetto ◊ ***Ministerio de *~s Exteriores*** Ministero degli Affari Esteri; ***meterse en sus ~s*** pensare agli affari propri; ***(no) es ~ tuyo*** (non) sono affari/fatti tuoi; ***tomar parte en el ~*** intervenire
asust|adizo, -a *adj* pauroso, -a; **~ar 1.** *vt* spaventare, impaurire, intimorire; **2. ~se** spaventarsi
AT (*Antiguo Testamento*) *abr* A.T. (*Antico Testamento*)
A.T. *abr* 1. (*Antiguo Testamento*) A.T. (Antico Testamento); 2. (*Alta Tensión*) A.T. (Alta Tensione)
atabal *m mús* timballo, timpano; **~ear** *vi* tambureIlare; (*caballo*) scalpitare
atac|able *adj* attaccabile; **~ado, -a** *adj* attaccato, -a; pusillanime; spilorcio, -a; **~ante** *adj/s* attaccante; **~ar** ‹*ataqué*› **1.** *vt* attaccare; aggredire; *quím* intaccare, corrodere; **2. ~se** *Méx* fare una scorpacciata; farsi una bevuta
atad|o, -a 1. *adj* legato, -a; impacciato, -a; **2.** *m* fardello; **~ura** *f* legatura; legaccio *m*; *fig* legame *m*
ataj|ar 1. *vt* prendere una scorciatoia; interrompere; bloccare; accorciare; *Arg/Ur/Perú* prendere al volo; **2. ~se** vergognarsi; **~o** *m* (*camino*) scorciatoia *f*; branco; taglio; ostacolo ◊ ***echar por el ~*** *fig* andare per le spicce
atalaya 1. *f mil* vedetta, torre di vigilanza; **2.** *m mil ant* sentinella *f*; **~r** *vt* vigilare, spiare
atañer *vi/def* concernere *vt*, riguardare *vt* ◊ ***por lo que atañe a*** per quel che riguarda, rispetto a, riguardo a
ataque *m* attacco, assalto, aggressione *f*; *med* accesso; alterco
atar 1. *vt* legare, annodare; immobilizzare; **2. ~se** legarsi; obbligarsi ◊ ***~ de pies y manos a alg*** legarsi mani e piedi a q; ***~ los perros con longanizas*** legare la vigna con salsicce; **~antado, -a** *adj* stordito, -a; con il ballo di San Vito; **~azana** *f* cantiere *m*, arsenale navale *m*; **~decer** ‹*atardezca*› V. 13a **1.** *vi/imp* farsi sera, scendere la sera; **2.** *m* sera *f*, crepuscolo, tramonto ◊ ***al ~*** al tramonto
atare|ado, -a *adj* indaffarato, -a, affaccendato, -a; **~arse** lavorare molto *vi*, affaticarsi ◊ ***estar atareado*** essere molto occupato/affaccendato
atasc|adero *m* fangaia *f*; *fig* ginepraio; **~ar** ‹*atasqué*› **1.** *vt* turare, ostruire; *fig* ostacolare; **2. ~se** ostruirsi; *fig* impappinarsi; arenarsi; **~o** *m* intoppo; ostacolo; ostruzione *f*; (*tráfico*) ingorgo, imbottigliamento
ataúd *m* bara *f*, feretro
ataviar ‹*atavío*› V. 2 *vt* abbigliare, acconciare
atávico, -a *adj* atavico, -a
atavío 1. *m* abbigliamento, acconciatura *f*; **2.** *mpl* ornamenti
atavismo *m* atavismo
ateísmo *m* ateismo
atem|orizar ‹*atemoricé*› *vt* intimorire, impaurire; **~perar** *vt* moderare, adattare
atena|cear V. **atenazar**; **~zamiento** *m* addentatura *f*; **~zar** (*var.* **atenacear**) ‹*atenacé*› *vt* attanagliare
atención *f* attenzione; cortesia, riguardo *m* ◊ ***¡~!*** attenzione!; ***~ médica*** assistenza sanitaria; ***toque de ~*** chiamata all'ordine; ***llamar la ~*** attirare l'attenzione; suscitare l'interesse; *estud* rim-

proverare; ***prestar ~*** fare, prestare attenzione; ***en ~ a*** *prep* tenendo conto di

atender *vt* 1. attendere, aspettare; 2. curare; 3. ascoltare; fare attenzione a *vi*, fare caso a *vi*; seguire; 4. servire, occuparsi di *vi*; *impr* fare la collazione *vi* ◊ ***~ una llamada telefónica*** rispondere al telefono

atene|o, -a 1. *m* ateneo; **2.** *adj/s elev* ateniese; **~rse** ‹*tengo; tendré; tuve*› attenersi, regolarsi

ateniense *adj/s* ateniese

atent|ado *m* attentato ◊ ***cometer un ~*** compiere un attentato; **~amente** *adv* 1. attentamente, con attenzione; 2. gentilmente, cortesemente ◊ ***~ le saluda*** distinti saluti; **~ar** ‹*atiento*› V. 5a *vi* attentare (**contra** a); **~o, -a** *adj* 1. attento, -a; 2. gentile, cortese

atenu|ación *f* attenuazione; **~ante** *adj/f* attenuante; **~ar** ‹*atenúo*› V. 4 *vt* attenuare; diminuire

ateo, -a *adj/s* ateo, -a

aterciopel|ado, -a *adj* vellutato, -a; **~ar** *vt* vellutare

ateri|do, -a *adj* intirizzito, -a; **~miento** *m* assideramento; **~rse** intirizzirsi

atérmico, -a *adj* atermico, -a

aterr|ador, -a *adj* terrificante; **~amiento** *m* interramento; **~ar** ‹*1. atierro; 2. aterro; 3. atierro*› V. 1 3 5a **1.** *vt* atterrare, abbattere; **2.** atterrire, impaurire; **3.** *vi aero/nav* atterrare; **~izaje** *m aero* atterraggio; *nav* approdo ◊ ***~ forzoso*** atterraggio forzato; **~izar** ‹*aterricé*› *vi* atterrare; **~orizado, -a** *adj* esterrefatto, -a; **~orizar** ‹*aterroricé*› *vt* terrorizzare, atterrire

atesor|amiento *m com* tesaurizzazione *f*; **~ar** *vt* tesaurizzare, tesoreggiare

atest|ación *f* attestazione, attestato *m*; *jur* deposizione; **~ado, -a 1.** *m* attestato, certificato; **2.** *adj* riempito, -a, zeppo, -a, gremito, -a; **~ar** ‹*1. atiesto; 2. atesto*› V. 1. 5a *vt* 1. riempire, gremire; 2. *jur* attestare, testificare; **~iguación** *f* attestazione; **~iguar** ‹*atestigüe; atestigüé*› *vt* testimoniare, testificare, certificare, dichiarare

atezar ‹*atecé*› *vt* annerire, abbronzare

atiborrar *vt* inzeppare; (*comida*) rimpinzare

ático, -a 1. *adj* attico, -a, elegante; ateniese; **2.** *m arq* attico ◊ ***sal ~a*** sale attico, fine arguzia

atiendo V. **atender**

atiesto V. **atestar**

atigrado, -a *adj* tigrato, -a

atild|amiento *m* 1. *ling* apposizione di accenti *f*, tilde *f*, dieresi *f inv*; 2. ornamento; critica *f*; **~ar 1.** *vt ling* apporre accenti/tilde/dieresi; criticare; **2. ~se** adornarsi

atin|ado, -a *adj* azzeccato, -a; abile; **~ar** *vt/i* accertare *vt*, dare nel segno *vi*, imbroccare *vt*

ating|encia *f* connessione, relazione; **~ente** *adj* relativo, -a (**a/con** a), connesso, -a

atípico, -a *adj* atipico, -a

atiplar *vi mús* falseggiare, cantare in falsetto

atisb|ar *vt* spiare; intravedere; **~o** *m* indizio, sospetto

atiz|ador, -a 1. *adj/s* attizzatore, -trice; **2.** *m* frantoiano; **~ar** ‹*aticé*› *vt* attizzare; *fig* mollare ◊ ***se atizó tres copas de coñac*** *coloq* si scolò tre cognac; ***me aticé un plato de paella*** mi divorai un piatto di paella (*estánd*), mi fregai un piatto di paella; ***¡atiza!*** caspita!

atlante *m arq* atlante

atlántico, -a *adj* atlantico, -a

Atlántico *m geogr* Atlantico

Atlas *m mitol* Atlante

atlas *m* atlante

atleta *m* atleta

atlético, -a *adj* atletico, -a

atletismo *m* atletica *f*, atletismo

atmósfera *f* atmosfera

atmosférico, -a *adj* atmosferico, -a

atocha *f bot* sparto *m*, alfa; **~l** *m* campo di sparto

atocinado, -a *adj* lardoso, -a, grasso, -a

atolladero *m* fangaia *f*

atolón *m* atollo

atolondr|ado, -a *adj* stordito, -a; intontito, -a; sbadato, -a; **~amiento** *m* stordimento, stupore; **~ar** *vt* stordire, stupefare

atómico, -a *adj* atomico, -a

atomiz|ación *f quím* atomizzazione; **~ador** *m tecn* atomizzatore, nebulizzatore; spruzzatore, vaporizzatore; **~ar** ‹*atomicé*› *vt* atomizzare, nebulizzare; polverizzare

átomo *m* atomo

aton|al *adj mús* atonale; **~ía** *f* atonia; **~icidad** *f ling* atonia

atónito, -a *adj* attonito, -a, sbalordito, -a, sorpreso, -a

átono, -a *adj ling* atono, -a

atont|ado, -a *adj* stordito, -a, sbalordito, -a; **~amiento** *m* intontimento, istupidimento; **~ar** *vt* stordire, sbalordire, istupidire

atorment|ado, -a *adj* combattuto, -a; **~ador, -a** *adj/s* tormentatore, -trice; aguzzino, -a; **~ar** *vt* tormentare, torturare

atornillar *vt* avvitare

atorrlante *adj/s Arg* vagabondo, -a, fannullone, -a; **~ar** *vi Am* vagare, sbafare

atortolar *vt coloq* stordire, intontire

atosig|amiento *m* avvelenamento, intossicazione *f*; *fig* pressione *f*; **~ar** ‹*atosigué*› *vt* non dar tregua a *vi*, fare pressione su *vi*; avvelenare, intossicare

atrabiliario, -a *adj* bilioso, -a, irascibile; *med* atrabiliare

atrac|ada *f Am* scorpacciata; **~adero** *m nav* ormeggio; **~ador, -a** *adj/s* rapinatore, -trice; **~ar** ‹*atraqué*› **1.** *vt* rapinare, assaltare; **2.** *vt/i nav* attraccare, ormeggiare; **3. ~se** rimpinzarsi; **~ción** (*pl* **atracciones**) **1.** *f* attrazione; *jur* preferenza; **2.** *fpl* giostre ◊ ***parque de ~ones*** luna park; **~o** *m* rapina *f*, assalto; **~ón** *m* scorpacciata *f* ◊ ***darse un ~*** *coloq* fare una scorpacciata; **~tivo, -a 1.** *adj* attraente; **2.** *m* attrattiva *f*, fascino

atraer ‹*traigo; traje; trayendo*› V. 39 *vt* attrarre, attirare; cattivarsi; lusingare

atragantarse andare di traverso/in croce *vi*; *coloq/fig* (*hablando*) incepparsi ◊ ***~le una persona a alg*** *coloq/fig* essere antipatica una persona a q, non sopportare q
atrancar ‹*atranqué*› *vt* (*puerta*) sprangare; ostruire, otturare
atrapa|moscas *m inv* acchiappamosche; **~r** *vt* acchiappare, pigliare, prendere al volo; intrappolare; *fig* accalappiare
atraque *m nav* ormeggio
atrás *adv* dietro, indietro, di dietro ◊ ***¡~!*** *excl* indietro!; ***por ~*** da dietro; ***tiempo ~*** tempo addietro; ***echarse ~*** ritrattarsi; ***volverse ~*** girarsi, voltarsi indietro
atras|ado, -a *adj* arretrato, -a, ritardato, -a; **~ar 1.** *vi* ritardare, andare indietro; **2.** *vt* (*reloj*) mettere indietro; **3. ~se** restare indietro *vi*; andare indietro *vi*; **~o 1.** *m* ritardo; *com* mora *f*; **2.** *mpl* arretrati
atraves|ado, -a *adj* attraversato, -a; trafitto, -a; messo, -a di traverso; strabico, -a; *fig* maligno, -a ◊ ***tener ~ a alg*** sentire antipatia per q; **~ar 1.** *vt* attraversare; trapassare, trafiggere (con un puñal); penetrare; mettere di traverso; **2. ~se** mettersi di traverso, andare di traverso *vi* ◊ ***~se en el camino de alg*** mettere a q il bastone fra le ruote
atrayente *adj* attrattivo, -a
atrecho *m Am* scorciatoia *f*
atrev|erse osare *vt*, azzardarsi (**a** a); mancare di riguardo *vi* (**con** verso); affrontare *vt*; **~ido, -a 1.** *adj* osato, -a; pericoloso, -a; indecoroso, -a; **2.** *adj/s* audace, ardito, -a, coraggioso, -a; impertinente, sfacciato, -a; **~imiento** *m* coraggio, audacia *f*; impertinenza *f*; sfacciataggine *f*
atrezo *m teat* attrezzatura di scena *f*
atribu|ción *f* attribuzione; facoltà *inv*, prerogativa; **~ible** *adj* attribuibile; **~ir** ‹*atribuyo; atribuyó; atribuyendo*› V. 14 *vt* attribuire; imputare; conferire; **~lar** *vt* tormentare, affliggere; **~tivo, -a** *adj* attributivo, -a; **~to** *m* attributo, dote *f*, qualità *f inv*
atrición *f relig* attrizione, contrizione
atril *m* leggio
atrincher|amiento *m* trinceramento; **~ar 1.** *vt* trincerare; **2. ~se** barricarsi
atrio *m* atrio, vestibolo, ingresso
atrito, -a *adj* attrito, -a, contrito, -a, pentito, -a
atro|cidad *f* atrocità *inv*, crudeltà *inv*; *fig* enormità *inv*; **~fia** *f* atrofia; **~fiarse** atrofizzarsi
atron|ador, -a *adj* assordante; **~ar** *vt* assordare, intronare; stordire; *taur* ="uccidere un toro con una stoccata alla cervice"
atropell|adamente *adv* precipitosamente, disordinatamente; **~ado, -a** *adj* precipitoso, -a; (*coche,...*) investito, -a, travolto, -a; *fig* calpestato, -a, maltrattato, -a; **~ador, -a** *adj/s* investitore, -trice; **~ar 1.** *vt* (*coche,...*) investire, travolgere; *fig* calpestare, oltraggiare; **2. ~se** precipitarsi; **~o** *m* tumulto, assalto; (*coche,...*) investimento; oltraggio; prepotenza *f*
atroz *adj* atroce, crudele; enorme; **~mente** *adv* atrocemente
ATS (*Ayudante Técnico Sanitario*) *abr/m/f* (*Assistente Tecnico Sanitario*) paramedico, infermiere, -a
atto. (*f* **atta.**) (*atento, atenta le saluda*) *abr* Distinti saluti
atuendo *m* abbigliamento; pompa *f*
atuf|ar 1. *vt* intossicare; *fig* stizzire; **2. ~se** (*vino...*) inacidirsi; stizzirsi; *Ecu/Bol* stordirsi, intontirsi; **~o** *m* stizza *f*, broncio
atún *m zool* tonno
atunero *m* tonnarotto
aturd|ido, -a *adj* stordito, -a, sbalordito, -a; **~imiento** *m* stordimento; capogiro; **~ir** *vt* stordire, sbalordire; assordare
aturullar (*var.* **aturrullar**) *vt* stordire, confondere
atusar 1. *vt* (*plantas*) tosare; (*barba, bigotes*) lisciarsi; **2. ~se** agghindarsi
audacia *f* audacia, ardire *m*
audaz *adj* audace, ardito, -a, baldanzoso, -a
audi|bilidad *f* udibilità *inv*; **~ble** *adj* udibile; **~ción** *f* audizione, concerto *m*, recital *m/inv*; *jur* interrogatorio *m*; **~encia** *f* udienza; tribunale *m*; *TV* audience *inv*, ascolto *m* ◊ ***índice de ~*** *TV* indice di ascolto; ***dar ~*** dare udienza
audífono *m Am* radio cuffia *f*; *med* audioprotesi *f inv*
audio *adj/m* audio ◊ ***señal de ~*** *f* segnale audio
audiófono *m* apparecchio acustico, audioprotesi *f inv*
audiofrecuencia *f* audiofrequenza
audiovisual *adj* audiovisivo, -a
audit|ivo, -a *adj* uditivo, -a; **~or** *m* auditore; giudice; *com* auditor *inv*; **~oría** *f* auditorato *m*; *com* auditing *m inv*, revisione dei conti; **~orio** *m* uditorio
auge *m* auge, apogeo ◊ ***estar en ~*** essere in auge
Augsburgo *m* 1. *geogr* Augusta *f*; 2. *hist* Asburgo
augur *m* augure, indovino; **~al** *adj* augurale; **~ar** *vt* pronosticare, predire; **~io** *m* presagio, pronostico
augusto, -a *adj* augusto, -a
Augusto *m* Augusto
aula *f* aula; classe; *elev* sala di una reggia; **~rio** *m* edificio adibito ad aule
áulico, -a *adj* aulico, -a, cortigiano, -a
aull|ador, -a *adj* urlatore, -trice; **~ar** ‹*aúllo*› *vi* (*lobo, perro...*) ululare; *fig* urlare; **~ido** *m* (*lobo, perro...*) ululato; *fig* urlo
aument|ar *vt/i* aumentare, ampliare, crescere; ingrandire; **~ativo, -a** *adj* aumentativo, -a, accrescitivo, -a; **~o** *m* aumento, accrescimento; (*lente*) ingrandimento; (*precios*) rincaro
aun *conj* anche, pure; perfino, persino ◊ ***ni ~*** nemmeno, neppure; ***~ cuando*** anche se; ***~ así*** nonostante; sebbene, quantunque
aún *adv* ancora ◊ ***~ más*** ancora di più
aunar ‹*aúno*› *vt* adunare, unire; unificare

aunque *conj* sebbene, benché, quantunque, nonostante (+ subj.); anche se (+ind.)
¡aupa! (*var.* **¡aúpa!**) *excl* op là! ◊ ***de*** ~ incredibile, fantastico
aupair *adv/adj inv* alla pari, au pair
aupar ‹*aúpo*› *vt* sollevare, prendere in braccio
aura *f elev* aura, zeffiro *m*; *med* aura; *zool* (*cathartes aura*) avvoltoio collorosso o avvoltoio tacchino *m*
áureo, -a *adj* aureo, -a
aureola *f* aureola; *raro* nimbo *m*; **~do, -a** *adj* nimbato, -a
aurícula *f med* orecchietta, auricola
auricular 1. *adj* auricolare; **2.** *m* (*música*) cuffia *f*; (*teléfono*) cornetta *f*
aurífero, -a *adj* aurifero, -a
auriga *m hist* auriga
aurora *f* aurora ◊ ~ ***boreal*** aurora boreale
auscult|ación *f med* auscultazione; **~ar** *vt med* auscultare
ausen|cia *f* assenza; mancanza ◊ ***brillar por su*** ~ non esserci; mancare; **~tarse** assentarsi; **~te** *adj/s* assente
auspic|iar ‹*auspicio*› V. 1 *vt* auspicare; **~io** *m* auspicio, pronostico, presagio; protezione *f*, appoggio ◊ ***bajo los ~s de*** sotto gli auspici di
auster|idad *f* austerità *inv*; **~o, -a** *adj* austero, -a
austral *adj* australe
Australia *f geogr* Australia
australiano, -a *adj/s* australiano, -a
Austria *f geogr* Austria
austriaco, -a *adj/s* austriaco, -a
austro *m* austro; **~húngaro, -a** *adj* astroungarico, -a
autarquía *f* autarchia
autárquico, -a *adj* autarchico, -a
auténtica *f jur* autentica
autentic|ación *f jur* autenticazione; **~ar** ‹*autentiqué*› *vt jur* autenticare, legalizzare; **~idad** *f* autenticità *inv*
auténtico, -a *adj* autentico, -a, legalizzato, -a; legittimo, -a ◊ ***es un tío*** ~ è un vero uomo
autil|lo *m zool* assiolo; **~smo** *m med* autismo; **~sta** *adj/s med* autistico, -a; autista
auto *m* 1. *jur* ordinanza giudiziaria *f*, atto, decreto; 2. automobile *f*, auto *f* ◊ ~ ***de prueba*** richiesta di nuove prove; ~ ***de sobreseimiento*** sentenza di non luogo a procedere; ~ ***sacramental*** *teat* ="sacra rappresentazione in un atto"; **~adhesivo, -a** *adj* autoadesivo, -a; **~ayuda** *f* autoaiuto *m*; **~biografía** *f* autobiografia; **~biográfico, -a** *adj* autobiografico, -a; **~bomba** *f* autopompa; **~bombo** *m* (*universidad*) difesa del proprio curriculum in un concorso *f*; **~bronceador, -a** *adj/m* autoabbronzante; **~bús** *m* autobus *inv*; **~car** *m* pullman *inv*; corriera *f*; autocarro; **~caravana** *f* camper *m inv*; **~choque** *m* autoscontro; **~cine** *m* autocinema *inv*, cineparco *inv*, drive-in *inv*; **~clave** *f* autoclave; **~columna** *f mil* autocolonna; **~conciencia** *f* autocoscienza; **~control** *m* autocontrollo; **~cracia** *f* autocrazia
autócrata *adj/s* autocrate, despota
autocrític|a *f* autocritica; **~o, -a** *adj* autocritico, -a
autóctono, -a *adj* autoctono, -a
autodefensa *f* autodifesa
autodestructor, -a *adj* autodistruttivo, -a
autodeterminación *f* autodeterminazione, autodecisione
autodidacta *adj/s* autodidatta
autodidáctico, -a *adj* autodidattico, -a
autodirigido, -a *adj* autoguidato, -a, autocomandato, -a
autodominio *m* autodisciplina
autódromo *m* autodromo
autoempleo *m* autoimpiego
autoencendido *m* autoaccensione *f*
autoescuela *f* autoscuola, scuola guida
autoestop (*var.* **autostop**) *m* autostop *inv* ◊ ***hacer*** ~ fare l'~; **~ista** *m/f* autostoppista
autoexploración *f med* autopalpazione
autofinancia|ción *f* autofinanziamento *m*; **~rse** autofinanziarsi
autógeno, -a *adj* autogeno, -a
autogesti|ón *f* autogestione; **~onado, -a** *adj* autogestito, -a; **~onar** *vt* autogestire; **~onario, -a** *adj* autogestito, -a
autogiro *m* autogiro
autogobierno *m* autogoverno
autogol *m sport* autorete *f*, autogol
autografía *f* autografia
autógrafo *m* autografo
autoinducción *f* autoinduzione
autoinstall|able *adj informát* autoinstallabile; **~ación** *f* autoinstallazione
autolavado *m* autolavaggio
autolimpiante *adj* autopulente
autoliquidación *f* autoliquidazione
automarginarse autoemarginarsi
autómata *m* automa, robot *inv*
automático, -a *adj* automatico, -a
automati|smo *m* automatismo; **~zación** *f* automazione, automaticizzazione; **~zar** ‹*automaticé*› *vt* automatizzare, automaticizzare
automedicación *f* automedicazione
automot|or *m ferroc* littorina *f*; **~riz** *adj/f* automotrice
automóvil *adj/m* automobile *adj/f*
automovil|ismo *m* automobilismo; **~ista** *m/f* automobilista; **~ístico, -a** *adj* automobilistico, -a
automutilación *f* automutilazione
auton|omía *f* autonomia; *pol/adm* regione autonoma; **~ómico, -a** *adj* autonomico, -a, delle regioni; **~omismo** *m pol* autonomismo
autónomo, -a *adj* autonomo, -a
autopista *f* autostrada
autopsia *f med* autopsia
autor, -a *m/f* autore, -trice; *jur* causante; *teat ant* capocomico, -a; **~ebobinado** *m* riavvolgimento automatico; **~ía** *f* proprietà letteraria/artisti-

ca *inv*; *teat* impiego di capocomico *m*; **~idad** *f* autorità *inv*; potere *m*, forza

autorit|ario, -a *adj* autoritario, -a; **~arismo** *m* autoritarismo

autoriz|ación *f* autorizzazione; *jur* vidimazione, legalizzazione; **~ado, -a** *adj* autorizzato, -a; autorevole; **~ar** ‹*autoricé*› *vt* autorizzare; dare facoltà *vi*, conferire autorità *vi*; approvare; vidimare, legalizzare

autorr|adio *f* autoradio; **~egulación** *f* autoregolazione; **~etrato** *m* autoritratto

autoservicio *m* self-service *inv*, autoservizio; *auto* officina meccanica *f*

autostop V. **autoestop**

autosufici|encia *f* autosufficienza; **~ente** *adj* autosufficiente

autosugesti|ón *f med* autosuggestione; **~onarse** autosuggestionarsi

autovía *f* superstrada

autumnal *adj elev* autunnale

auxili|ador, -a *adj/s* soccorritore, -trice; **~ar 1.** *adj* ausiliare, ausiliario, -a; **2.** *m/f* (*vuelo*) assistente; **3.** *vt* aiutare, soccorrere, assistere ◊ **~ *de servicio (de un centro docente)*** collaboratore scolastico, bidello (*ant*); **~o** *m* ausilio, aiuto, soccorso ◊ **¡~!** *excl* aiuto!

a/v. (*a vista*) *abr* a vista

aval *m com* avallo; **~ancha** *f* valanga; *fig* folla; **~ar** *vt com* avallare, garantire; **~ista** *adj/s* avallante; **~orar** *vt* avvalorare; *fig* incoraggiare; **~úo** *m com/jur* valutazione *f*

avancarga *f mil* avancarica

avance *m* avanzata *f*; avanzamento; anticipazione *f*; *com* bilancio, preventivo; *cine* prossimamente; *cine* trailer; *radio/TV* edizione straordinaria *f*

avantrén *m mil* avantreno

avanz|ada *f mil* avanguardia; **~adilla** *f mil fig* avanguardia; **~ado, -a** *adj* avanzato, -a; **~ar** ‹*avancé*› **1.** *vi* avanzare, andare avanti; *fig* progredire; **2.** *vt* spostare in avanti; **~o** *m com* bilancio, preventivo

avar|icia *f* avarizia; cupidigia; **~icioso, -a** (*var.* **avariento, -a**) *adj* avaro, -a; cupido, -a; **~o, -a** *adj/s* avaro, -a, tirchio, -a, spilorcio, -a

avasall|ador, -a *adj/s* dominatore, -trice; soggiogatore, -trice; **~amiento** *m* soggiogamento; vassallaggio; **~ar** *vt* soggiogare, dominare; sottomettere

avatares *mpl* vicissitudini (della vita) *fpl*, casi (della vita)

Avda. (*Avenida*) *abr* Corso

ave *f* uccello *m*; volatile *m* ◊ **~ *acuática*** uccello acquatico; **~ *de corral*** volatile; **~ *de mal augurio*** uccello di malaugurio; **~ *de paso*** uccello migratore; **~ *de rapiña*** uccello da rapina

AVE (*Alta Velocidad Española*) *abr/m ferroc* ="TGV spagnolo", treno super rapido

avechucho *m fig* uccellaccio, spauracchio

avecin|ar 1. *vt* avvicinare; **2. ~se** 1. avvicinarsi; 2. domiciliarsi; **~damiento** *m* presa di domicilio *f*; **~dar 1.** *vt* iscrivere; **2. ~se** domiciliarsi

avefría *f zool* pavoncella, vanello *m*; *fig* persona insipida

avejentar *vt* invecchiare

avellan|a *f bot* nocciola; **~ado, -a** *adj* (color) nocciola *inv*; **~ador** *m tecn* alesatore; **~al** V. **avellanar**; **~ar 1.** *m bot* noccioleto; **2.** *vt tecn* alesare; **~o** *m bot* nocciolo

avemaria *f* avemmaria ◊ **¡~!** Madonna Santa!; **¡~ *Purísima!*** ="forma di saluto del clero nei paesi"; ***al*** **~** al tramonto; ***en un*** **~** in un batter d'occhio

avena *f bot* avena, biada; **~do, -a** *adj* lunatico, -a; **~miento** *m agric* drenaggio; **~r** *vt agric* drenare

avenencia *f* accordo *m*, armonia ◊ ***en buena*** **~** di buon accordo

aveni|da *f* 1. viale *m*, corso *m*; 2. alluvione *m*; 3. *fig* abbondanza; **~do, -a** *adj* ◊ ***bien, mal*** **~** concorde, discorde; **~r** ‹*vengo, vienes; vendré; vine; viniendo*› V. 41 **1.** *vt* concordare, accordare; **2.** *vi* 1. armonizzare; 2. succedere; **3. ~se** mettersi d'accordo, andare d'accordo *vi*; adattarsi; corrispondere *vi*

avent|ador *adj/m agric* ventilatore; soffietto; ventilabro; **~adora** *f agric* ventilabro *m*; **~ajado, -a** *adj* avvantaggiato, -a, progredito, -a; notevole, superiore alla media; *mil ant* soldato scelto; **~ajar 1.** *vt* sorpassare, superare; anteporre; **2. ~se** emergere *vi*, primeggiare *vi*; **~ar** ‹*aviento*› V. 5a **1.** *vt agric* ventilare, vagliare; *fig* cacciare; **2. ~se** gonfiarsi; *fig* scappare *vi*, svignarsela; **~ón** *m Méx* spintone; passaggio ◊ ***dame un*** **~** dammi un passaggio (in macchina)

aventur|a *f* avventura; caso *m*, evento *m*; **~ado, -a** *adj* azzardoso, -a; **~ar** *vt* avventurare, azzardare; **~ero, -a 1.** *adj/s* avventuriero/e, -a; imbroglione, -a; **2.** *m* soldato di ventura, mercenario; venditore avventizio; **~ismo** (*var.* **aventurerismo**) *m* avventurismo; **~ar** ‹*avergüenzo; avergoncé*› V. 8a **1.** *vt* svergognare; **2. ~se** vergognarsi

avería *f* 1. *com* avaria; 2. pollaio *m*

aver|iado, -a *adj* avariato, -a, guasto, -a; **~rse** avariarse, guastarsi

averigua|ción *f* verifica; indagine, ricerca; **~miento** *m* verificazione *f*; **~r** ‹*averigüe; averigüé*› *vt* verificare, indagare, ricercare, investigare; chiarire

Averno *m* Averno; *elev* inferno

Averroes *m* Averroè

averroí|smo *m* averroismo; **~sta** *adj/s* averroista

averrugado, -a *adj* verrucoso, -a

aversión *f* avversione, ripugnanza, antipatia

avestruz *f zool* struzzo *m*; *fig* selvaggio, -a *m/f*

avetoro *m zool* tarabuso

avez|ado, -a *adj* avvezzo, -a, abituato, -a; **~ar** ‹*avecé*› *vt* avvezzare, abituare

avia|ción *f* aviazione; **~do, -a** *adj* avviato, -a, incamminato, -a; preparato, -a ◊ ***estar aviado(s)*** *irón* star fresco (freschi); **~dor** *m* aviatore

avergonz|ado 1. *adj* V. aviario; **2.** *vt* 1. avviare; 2. *coloq* preparare; 3. *Am* (*a un labrador, minero, ...*) fare un prestito *vi*; **~r** ‹*avío*› V. 2 *vt* 1. avviare, incamminare; 2. preparare; 3. cominciare; 4. abbigliare; **~rio, -a** *adj zool* aviario, -a
Avicena *m* Avicenna
avícola *adj* avicolo, -a
avicul|tor, -a *adj/s* avicoltore, -trice; **~tura** *f* avicoltura
avidez *f* avidità *inv*, cupidigia
ávido, -a *adj* avido, -a, cupido, -a, ingordo, -a
aviejar V. **avejentar**
aviento V. **aventar**
avieso, -a *adj* storto, -a; *fig* cattivo, -a, maligno, -a, subdolo, -a
avifauna *f* avifauna
avilantarse divenire insolente *vi*
avinagr|ado, -a *adj* inacidito, -a; inasprito, -a; amareggiato, -a; **~arse** inacidirsi; inasprirsi; amareggiarsi
avine V. **avenir**
Aviñón *m geogr* Avignone
avío 1. *m* avviamento, avvio; preparazione *f*; provvista; **2.** *mpl* arnesi, strumenti
avión *m* aeroplano, aereo; *zool* tipo di rondone ◊ **~ *a chorro*** aerogetto; **~ *nodriza*** aerocisterna; **~ *de bombardeo*** bombardiere; **~ *de caza*** caccia; **~ *de reacción*** aereo a reazione; **~ *torpedo*** aerosiluro
avioneta *f* aeroplano da turismo *m*
aviónica *f* avionica
avis|ado, -a *adj* avvisato, -a, avvertito, -a; sagace, accorto, -a; **~ador, -a 1.** *m/f* messaggero, -a; avvisatore *m*; **2.** *adj* avvisatore, trice ◊ **~ *acústico*** segnalatore acustico; **~ar** *vt* avvisare, avvertire; prevenire; **~o** *m* avviso, annunzio; comunicazione *f*; consiglio; attenzione *f* ◊ ***estar sobre* ~** stare all'erta, in guardia, sull'avviso
avisp|a *f zool* vespa; **~ado, -a** *adj* sveglio, -a, vispo, -a; guardingo, -a; stimolato, -a; scaltrito, -a; **~ar** *vt* svegliare, scaltrire; stimolare, spronare; **~ero** *m* vespaio; *fig* impiccio, ginepraio; **~ón** *m* vespone, calabrone
avist|amiento *m* avvistamento; **~ar** *vt* scorgere, avvistare
avitaminosis *f inv* avitaminosi
avitual|lamiento *m* vettovagliamento; **~ar** *vt* vettovagliare, rifornire di viveri
avivar 1. *vt* avvivare, ravvivare; animare; (*fuego*) attizzare; **2.** *vi* rianimarsi, rinvigorirsi; *Am* svegliarsi; scaltrirsi
avizor, -a *adj* scrutatore, -trice ◊ ***ojo* ~** occhio scrutatore; **~ar** *vt* scrutare, spiare, vigilare
avoc|ación *f jur* avocazione; **~ar** ‹*avoqué*› *vt jur* avocare
avulsión *f med* avulsione, estirpazione
avutarda *f zool* ottarda
axial (*var.* **axil**) *adj* dell'asse
axila *f* ascella; **~r** *adj* ascellare
axio|logía *f* assiologia; **~ma** *m* assioma; **~mático, -a** *adj* assiomatico, -a

¡ay! 1. *excl* ahi!; **2.** *m* gemito, sospiro ◊ ***¡~ de mí, de ti, vosotros...!*** povero me!, te/poveri voi...!; ***guai a me!, a te, guai a voi...!***; ***¡~de mí!*** ahimè; ***¡~ qué bonito!*** oh, che bello!; ***estar en un* ~** essere in un continuo lamento
aya *f* balia; governante
Ayatolá *m* Ayatollah
ayer 1. *adv* ieri; **2.** *m* passato ◊ **~ *por la mañana*** ieri mattina; **~ *por la noche*** ieri sera/notte
ayo, -a *m/f* aio, -a
Ayte. (*Ayudante*) *abr* Assistente
Ayto. (*Ayuntamiento*) *abr* comune, municipio
ayuda *f* aiuto *m*, soccorso *m*, ausilio *m*; appoggio *m* ◊ **~ *de cámara*** *m* maestro/valletto di camera; **~ *humanitaria*** aiuto umanitario; **~nte** *adj/s* aiutante, assistente; *adm* assistente ◊ **~ *universitario*** assistente universitario; **~ *de realización*** aiuto regista; **~ntía** *f* assistentato *m*; **~r** *vt* aiutare, soccorrere; cooperare ◊ **~ *a bien morir*** assistere un morto; **~ *a/en misa*** servire messa
ayun|ador, -a *adj/s* digiunatore, -trice; **~ar** *vi* digiunare; **~as: en ~** *adv* a digiuno ◊ ***quedarse en* ~** *euf* non capire niente; **~o** *m* digiuno; **~tamiento** *m* 1. (*de una ciudad*) municipio, Comune; 2. congiungimento, unione *f*
azabache *m* giavazzo; *zool* cincia dal capo nero *f*
azad|a *f agric* zappa; **~ón** *m agric* zappone; **~onazo** *m* zappata *f*
azafata *f* hostess; *TV* velina, valletta; **~ate** *m* cestino; **~rán** *m* zafferano; **~ranado, -a** *adj* zafferanato, -a
azahar *m bot* fior d'arancio
azalea *f bot* azalea
azar *m* caso, accidente; caso; azzardo; disgrazia *f* ◊ ***al* ~** a casaccio; ***por* ~** per caso; ***juegos de* ~** giochi d'azzardo; **~arse** vergognarsi; turbarsi; **~olla** *f bot* lazzeruola; **~oso, -a** *adj* azzardato, -a, rischioso, -a
Azerbaiyán *m geogr* Azerbajdzan, Azerbaigian
azerbaiyano, -a *adj/s* azerbaigiano, -a
ázimo *adj* azzimo ◊ ***pan* ~** pane azzimo
azimut *m astron* azimut; **~al** V. **acimutal**
aznacho (*var.* **aznallo**) *m bot* pino rosso
azoado, -a *adj* azotato, -a
azoe *m* azoto
azofaifa V. **azufaifa**
azog|ar ‹*azogué*› **1.** *vt* coprire di amalgama; **2. ~se** intossicarsi coi vapori di mercurio; *fig* agitarsi; **~ue** *m* 1. mercurio; 2. (*plaza*) mercato
azor *m zool* astore delle Asturie, sparviero; **~ado, -a** *adj* impacciato, -a (!); **~amiento** *m* spavento, sussulto; **~ar** *vt* agitare, impaurire
Azores: Las ~ *fpl geogr* Le isole Azzorre
azot|acalles *m* scioperato, girellone; **~aina** *f* bastonata, staffilatura, dose di frustate; **~ar** *vt* frustare, flagellare; sferzare, picchiar forte; **~azo** *m* frustata *f*; sculaccione; **~e** *m* flagello; frusta *f*, sferza *f*; frustata *f*; *fig* calamità *f inv*, disastro ◊ ***Atila el* ~ *de Dios*** Attila, il flagello di Dio

azotea *f* tetto a terrazza *m* ◊ ***estar mal de la ~*** essere matto
azteca *adj/s* azteco, -a
azúcar *m* zucchero ◊ **~ *moreno/de caña*** zucchero greggio/scuro, di canna
azucar|ado, -a *adj* zuccherato, -a; addolcito, -a, dolce, zuccherino, -a; *fig* mellifluo, -a; **~ar 1.** *vt* zuccherare, inzuccherare; addolcire; *fig* indorare la pillola; **2. ~se** *Am* cristallizzarsi; **~era** *f* zuccheriera; (*fábrica*) zuccherificio *m*; **~ero 1.** *m* zuccheriera *f*; **2.** *adj* dello zucchero; **~illo** *m* zuccherino
azucena *f bot* giglio *m*
azud *m* azuda *f*, presa d'acqua *f*; noria *f*; **~a** V. **azud**
azuela *f* (*carpintería*) ascia
azufaif|a *f bot* giuggiola; **~o** *m bot* giuggiolo
azufr|ado, -a 1. *adj* solforato, -a; solforoso, -a; **2.** *m* solforazione *f*; **~ador, -a 1.** *adj/m* solforatore, -trice; **2.** *m* solforatoio; **~adora** *f agric* solforatrice; **~ar** *vt* solfare, solforare; **~e** *m* zolfo; **~era** *f* solfara, solfatara
azul *adj/m* azzurro, blu ◊ **~ *cielo*** celeste; **~ *marino*** blu marino; **~ado, -a** *adj* azzurrino, -a, azzurognolo, -a
azulej|ar *vt* rivestire con mattonelle; **~o** *m* mattonella *f*, piastrella *f*
azulete *m* azzurretto per la biancheria
azulgrana *adj/m sport* (giocatore) della squadra di calcio del Barcelona, del Barça
azumbre *m/f* = "misura di capacità (l. 2,016)" *f*
azur *adj/m heráld* azzurro cupo
azuz|ar ‹*azucé*› *vt* aizzare, incitare; irritare; **~ón, -ona** *adj/s* pettegolo, -a

B

bab|a *f* bava ◊ ***caérsele (a alg) la ~*** *coloq* andare in sollucchero (q); ***tener mala ~*** *coloq* essere malvagio/perfido est (*estánd*); **~ear** *vi* sbavare
babel *m/f fig* babele *f*
Babele *f* Babele
babeo *m* sbavatura *f*
babero *m* bavaglino; *desp/jerga* bavoso
Babia: en ~ *adv* ◊ ***estar en ~*** *coloq* stare con la testa fra le nuvole, essere distratto
babieca *adj/m* babbeo
babilla *f* (*carnicería*) coscia (di bovini); rotula
babilónico, -a *adj* babilonico, -a, babilonese
babilonio, -a *adj* babilonese, babilonico, -a
bable *m* dialetto asturiano
babor *m nav* babordo
babos|a *f zool* lumaca; **~ear** *vt* sbavare; **~o, -a** *adj* 1. bavoso, -a; 2. (*niño*) moccioso, -a; 3. *Am* sciocco, -a ◊ ***viejo ~*** vecchio sporcaccione
babucha *f* babbuccia, pantofola
babuino *m* babbuino

baby ['bejbi] *m* 1. grembiulino; 2. bimbo ◊ ***(am) ~ fútbol*** calcetto; **~ boom** [bejbi'bum] *m* baby-boom
BAC *abr* 1. Biblioteca de Autores Catalanes; 2. Biblioteca de Autores Cristianos
baca *f* 1. *auto* portabagagli *m*; 2. *bot* bacca; 3. *ant* imperiale *m*
bacal|adilla *f* merlango *m*; **~ao** *m* baccalà, stoccafisso (seco), merluzzo ◊ ***cortar el ~*** *fig* comandare; ***te conozco ~ aunque vayas disfrazado*** ti conosco mascherina
bacán *m* 1. *Am* torta di granoturco *f*; 2. *Arg coloq* pappone; uomo ricco; capo
bacan|al *f* baccanale *m*, orgia; **~te** *f* baccante
bacará *m* baccarà, macao
bache *m* buca *f*; vuoto d'aria; *fig* depressione *f*, fase depressiva *f*, periodo nero; *econ* buco; **~ar** *vt* spianare buche
bachiller, -a *adj/m* diplomato, -a di liceo; *ant* baccelliere; *irón* saputello, -a; **~a** *f* chiacchierona; **~ato** *m* 1. liceo; 2. diploma di liceo
bacía *f* bacinella da barbiere; bacile *m*
bacil|ar V. **vacilar**; **~iforme** *adj* bacilliforme; **~o** *m med* bacillo
bacín *m* 1. vaso da notte, pitale (*ant*); 2. cassetta delle elemosine *f*; 3. *fig* meschino
bacin|a *f relig* cassetta delle elemosine; **~ero** *m* sacrestano questuante
backgammon *m* backgammon *inv*
background *m* background *inv*
Baco *m mitol* Bacco
bacón *m* bacon, ventresca *f*, pancetta affumicata *f*
bacteri|a *f med* batterio *m*, bacterio *m*; **~ano, -a** (*var.* **bacterial**) *adj* batterico, -a; **~cida** *adj* battericida; **~ología** *f* batteriologia; **~ológico, -a** *adj* batteriologico, -a; **~ólogo, -a** *m/f* batteriologo, -a
báculo *m* bastone ◊ **~ *pastoral*** *relig* pastorale
badaj|o *m* batacchio, battaglio; *fig* sciocco, babbeo; *euf/coloq* banana *f*; **~ocense** (*var.* **badajoceño, -a**) *adj/s* (q o qc) di Badajoz; **~uelo** *m* batacchietto
badana *f* bazzana ◊ ***zurrar (a alg) la ~*** dare una bastonata (a q); **~s** *m* gonzo
badén *m* cunetta *f*; borro
badil (*var.* **badila** *f*) *m* paletta del focolare *f*
BAE (*Biblioteca de Autores Españoles*) *abr* "Biblioteca di Autori Spagnoli"
bafle (*var.* **baffle**) *m tecn* cassa acustica *f*
bagaj|e *m* bagaglio ◊ **~ *militar*** treno; **~tela** *f* bagatella
bagual *adj Am* fiero, -a, indomito, -a
¡bah! *excl* bah!
bahía *f geogr* baia, insenatura
bail|able *adj* ballabile; **~adero** *m* balera *f*; **~ador, -a** *m/f* 1. ballerino, -a di flamenco; 2. *jerga delinc* ladro, -a; **~ar** *vi* 1. ballare, danzare; 2. *jerga delinc* rubare ◊ **~ *al son que le tocan*** adattarsi alle circostanze; ***otro que bien baila*** *coloq* un altro uguale; ***¡qué me quiten lo bailao!*** *coloq* chi ha avuto, ha avuto, chi ha dato, ha da-

to; **~arín** *m* ballerino; **~arina** *f* ballerina; **~e** *m* ballo, danza *f* ◊ **~ *de disfraces*** ballo in maschera; **~ *de etiqueta*** ballo in abito da sera; **~ *de salón*** ballo liscio;**~ón, -ona** *adj/s* amante del ballo; **~ongo** *m* ballo da poco; **~otear** *vi* ballonzolare; **~oteo** *m* ballonzolo

baja *f* 1. *com* ribasso *m*; 2. *meteo* abbassamento *m*; 3. diminuzione, riduzione, calo *m*; 4. *mil* perdita; 5. cessazione; 6. (*trabajo*) congedo *m* ◊ **~ *médica*** certificato di malattia; ***dar de ~*** mettere in cassa malattia (*med*); rilasciare un certificato di malattia (*med*); espellere da (*adm*); disdire (*servicio*); congedare (*mil*); ***darse de ~*** cessare, dimettersi, uscire; ***estar de ~ por maternidad*** essere in maternità; ***8 meses de ~*** 8 mesi di congedo

bajá *m* pascià

baja|da *f* discesa; pendio *m*; calata, abbassamento *m*; *arq* grondaia; **~mar** *f* bassa marea, riflusso *m*; **~nte** *m/f* (*agua, gas...*) tubo (per condutture) *m*, tubatura di scarico *f*; **~r 1.** *vi* scendere, discendere; calare, diminuire; **2.** *vt* abbassare, ribassare; metter giù; calare, diminuire; **3. ~se** inchinarsi ◊ **~ *la cabeza*** chinare/abbassare il capo; **~ *los humos (a alg)*** *fig* umiliare (q); **~*se del burro*** cedere, arrendersi

baje|l *m* battello, nave *f*; **~ro, -a** *adj* inferiore, di sotto; **~za** *f* bassezza, viltà *inv* ◊ **~ *de nacimiento*** umiltà di nascita

bajío *m nav* bassofondo; *Am* terreno *basso*

bajista *adj/s com* ribassista; *mus* bassista

bajo, -a 1. *adj* basso, -a; inferiore; (*cabeza*) chino, -a, chinato, -a; *fig* umile, volgare; *mús* grave, tono basso; **2.** *m mús* basso; sottano *reg*; **3.** *mpl* parte inferiore *f*; pianterreno *m*; bassifondi; **4.** *adv/prep* sotto ◊ ***piso ~*** pianterreno; **~ *sospecha*** in sospetto; **~ *cero*** sotto zero; **~ *techado*** al coperto; ***en voz ~a*** a bassa voce; ***por lo ~*** sotto sotto, di nascosto; ***hablar ~*** parlare sottovoce

bajón *m* forte diminuizione *f*; deperimento rapido ◊ ***dar un ~*** deperire

bajorrelieve *m* bassorilievo

bakelita (*var.* **baquelita**) *f* bachelite

bala *f* proiettile *m*, pallottola, cartuccia; *com* balla, collo *m* ◊ **~*s de fogueo*** cartucce da salva; ***como una ~*** come un lampo; **~cear** *Am* V. **balear**; **~da** *f* ballata; **~dí** *adj* futile, dappoco; **~drón, -ona** *adj/m* smargiasso, spaccone, gradasso

balanc|e *m* 1. *com* bilancio; 2. dondolio, oscillazione *f*; *nav* rullio; **~ear 1.** *vi* bilanciare; *nav* rullare; dondolare; **2.** *vt* equilibrare; **3. ~se** dondolarsi; **~eo** *m* dondolio, rullio; **~ín** *m* sedia a dondolo *f*; altalena *f*; bilancino; (*acróbatas*) bilanciere; manovella *f*; *nav* mantiglio

balandr|a *f nav* cútter *m inv*; **~o** *m nav* iole *f*

balanza *f* bilancia ◊ **~ *de cruz*** bilancia a fulcro; **~ *de pagos*** bilancia dei pagamenti; **~ *romana*** stadera

Balanza *f astrol raro* Libra

balar *vi* belare*

balasto *m* ballast* *inv*, massicciata *f*

balata *f* ballata; *Ven* albero da gomma *m*

balaustrada *f* balaustra, balaustrata

balazo *m* sparo

balbuc|ear *vi* balbettare; **~eo** *m* balbettio; *med* balbuzie *f*; **~iente** *adj/s* balbuziente; **~ir** *vi/def* balbettare

Balcanes *mpl geogr* Balcani

balcánico, -a *adj/s* balcanico, -a

balcaniz|ación *f pol* balcanizzazione; **~ar** ‹*balcanicé*› *vt* balcanizzare

balcón *m* balcone; terrazzino; belvedere

balda *f* ripiano *m*; **~do, -a** *adj* paralitico, -a; **~quín** *m* baldacchino; **~r 1.** *vt med* paralizzare; lasciare malconcio; **2. ~se** rattrappirsi

balde *m* bugliolo; *Am* secchio ◊ ***de ~*** *adv* gratis; ***en ~*** *adv* inutilmente/invano; **~ar** *vt nav* lavare/sciacquare il ponte col bugliolo; **~o** *m nav* lavaggio/sciacquatura f col bugliolo

baldío, -a *adj* vano, -a, inutile; (*terreno*) sterile

baldón *m* oltraggio; vergogna *f*; obbrobrio

baldos|a *f* mattonella, mattone *m*; *mús* baldosa; **~ín** *m* piastrella *f*, mattonella *f*

baldragas *m* (*hombre*) bietolone, baccalà

balear 1. *adj geogr* baleare; **2.** *vt Am* fucilare; scroccare; **3. ~se** *Am* prendersi a revolverate

Baleares *fpl* (Isole) Baleari

balido *m* belato; belio (*elev*)

balí|n *m* pallino; **~stica** *f mil* balistica; **~stico, -a** *adj* balistico, -a, missilistico, -a

baliza *f nav* boa

balle|na *f* 1. *zool* balena; 2. (*corsé*) stecca; **~ato** *m* balenotto; **~ero, -a 1.** *adj* baleniero, -a; **2.** *m* baleniere; *nav* (nave) baleniera *f*

ballest|a 1. *f* balestra; **2.** *fpl tecn* balestre; **~ero** *m* balestriere

ballet [ba'le] *m* balletto

balneario 1. *adj* balneare; **2.** *m* stabilimento balneare, terme *fpl*

balompié V. **fútbol**

balón *m* 1. pallone; 2. *cient* matraccio

balon|azo *m* pallonata *f*, pallata *f*; **~cestista** *m/f* cestista; **~cesto** *m sport* pallacanestro *f*, basket; **~mano** *m sport* pallamano *f*; **~volea** *m sport* pallavolo *f*

balota *f* ballotta; **~je** *m* ballottaggio; **~r** *vi* ballottare

balsa *f* 1. deposito d'acqua *m*, bacino *m*; stagno *m*; piccola piscina; 2. *nav* zattera ◊ ***estar como una ~ de aceite*** stare calmo come l'olio, essere una tavola

balsámico, -a *adj* balsamico, -a

balsamina *f* balsamina

bálsamo *m* balsamo

báltico, -a *adj* baltico, -a

Báltico *m* Baltico

baluarte *m* baluardo, bastione

balumba *f* ="mucchio di cose disordinate" *m*, casino *m*; *Am* baccano *m*

bamba *f mús* bamba; **~lear** *vt* dondolare; **~lina** *f teat* ="decorazione superiore del palcoscenico"

bambollear *vi* dondolare, barcollare; **~eo** *m* dondolio, barcollamento
bambú *m* bambù
banal *adj* banale, volgare, insignificante; **~idad** *f* trivialità *inv*, sciocchezza; **~izar** ‹*banalicé*› *vt* banalizzare
banan|a *f Am* banana; **~al** *m Am* bananeto; **~ero, -a** *adj* bananiero, -a ◊ ***república ~a*** *irón* repubblica delle banane; **~o** *m* banano
banast|a *f* paniere (di vimini o di canne) *m*; **~o** *m* paniere grande e rotondo
banca *f com* banca; *Am* panca; (*juego*) banco *m* ◊ ***~ electrónica*** banca elettronica, home banking*, ebank*; ***~ ética*** banca etica; **~l** *m agric* spianata *f*; *agric* ripiano in un pendio; **~rio, -a** *adj com* bancario, -a; **~rrota** *f com* bancarotta
banco *m* 1. *com* banca *f*; 2. (*asiento*) banco, panchina *f*; banco; 3. *nav* banco, bassofondo ◊ ***~ de esperma, de órganos, de sangre*** *med* banca del seme, degli organi, di sangue; ***~ de escuela*** banco di scuola; ***~ de carpintero*** banco da falegname; ***~ virtual*** virtual banking*
banda *f* banda, striscia; tracolla; *mús/cine/tecn* banda; banda armata; *sport* linea; *nav* banda, fianco *m*; *Am auto* cinghia ◊ ***~ horaria de mayor audiencia*** *TV* prime time*, prima serata, orario di maggior ascolto; ***~ sonora*** colonna sonora; ***~se en banda*** *sport* negarsi assolutamente a qc; ***coger por ~ a alg*** prendere da parte q; ***saque de ~*** *sport* rimessa laterale; **~da** *f* stormo *m*; **~zo** *m nav tamb. fig* sbandata *f*; *tecn* déparage* *inv*
bande|ja *f* vassoio *m* ◊ ***servir en ~ de plata*** servire di tutto punto; **~ra** *f* bandiera, vessillo *m*, stendardo *m*; *mil* truppa, compagnia ◊ ***~ a media asta*** bandiera a mezz'asta; ***a ~s desplegadas*** a bandiere spiegate; ***~ de conveniencia*** bandiera ombra; ***dejar bien alta la ~*** portare alta la bandiera; ***jurar la ~*** prestar giuramento militare; **~ría** *f* bando *m*, fazione; **~rilla** *f* 1. *taur* banderilla*, banderiglia; 2. *gastr* spiedino *m* ◊ ***~ de fuego*** banderilla con petardo; ***poner las ~ (a alg)*** *fig* pungere, punzecchiare, irritare (q); **~rillear** *vt taur* piantare le banderillas* al toro; **~rillero** *m taur* banderillero*; **~rín** *m mil* guida *f*; guidone ◊ ***~ de enganche*** ufficio di reclutamento; **~rola** *f* banderuola
bandid|aje *m* brigantaggio; **~o** *m* bandito, brigante, malandrino
bando *m* 1. bando, editto; 2. fazione *f* ◊ ***echar un ~*** bandire un'ordinanza; ***del otro ~*** *euf* dell'altra sponda, omosessuale; **~la** *f mús* mandola; **~lera** *f* tracolla; *mil* sciarpa; donna del bandito ◊ ***en ~*** *adv* a tracolla; **~lerismo** *m* brigantaggio; **~lero** *m* bandito, brigante; **~lín** *m mús* mandolino
bandurria *f mús* ="piccola chitarra a 12 corde"
banjo *m mús* banjo, bangio
banner *m* banner
banque|ro, -a *m/f* banchiere; (*juego*) tiene il banco; **~ta** *f* banchetto *m*, sgabello *m*; *Méx* marciapiede *m*; **~te** *m* banchetto, convito ◊ ***darse un ~*** farsi un banchetto; farsi un'abbuffata (*enf*); **~tear** *vi* banchettare
banquill|o *m* banco degli imputati; *sport* panchina *f*; panca *f*; **~sa** *f* banchisa
bantú *adj/s* bantu
bañ|adera *Am* V. **bañera**; **~dero** *m* ="stagno dove si bagnano gli animali silvestri"; **~do** *m Am* palude *f*; **~dor** *m* costume da bagno; **~r 1.** *vt* bagnare; immergere; *arte* velare; fare il bagno (a q) *vi*; **2. ~se** bagnarsi; (*bañera, mar*) farsi il bagno; immergersi
bañer|a *f* vasca da bagno; *desp/fig* bagnarola, rottame *m*; **~o** *m* bagnino
bañista *m/f* bagnante
baño *m* bagno; *fig* infarinatura *f*; *arte* velatura *f* ◊ ***~ de arena*** sabbiatura; ***~ de sangre*** lago/pozza di sangue; ***~ (de) María*** bagnomaria; ***~s termales*** bagni termali
baobab *m* baobab
baptist|a *adj relig* battista; **~erio** *m* battistero
baquelita *f* bachelite
baquet|a *f* bacchetta ◊ ***a la ~*** *adv* a bacchetta; **~azo** *m* colpo di bacchetta ◊ ***a ~ limpio*** a colpi (di bastone); **~eado, -a** *adj* battuto, -a, sferzato, -a; *fig* maltrattato, -a; *fig* indurito, -a (por la vida); **~ear** *vt* battere, sferzare; *fig* indurire; *fig* stancare; **~eo** *m* battimento, battitura *f*
baquiano, -a *adj Am* esperto, -a, pratico, -a
báquico, -a *adj* bacchico, -a
bar *m* bar, caffè
barahúnda *f* baraonda
baraja *f* mazzo di carte *m*; baruffa ◊ ***jugar con dos ~s*** tenere il piede in due staffe; ***romper la ~*** rompere un accordo; **~da** *f* rimescolata; **~r 1.** *vt* (*naipes*) mescolare, mischiare; trattare, discutere; **2.** *vi* baruffare; **3.** *~selas* cavarsela ◊ ***~ una posibilidad*** pensare a una possibilità
barand|a *f* **1.** 1. ringhiera, parapetto *m*, balaustrata; 2. bordo della tavola da biliardo *m*; **2.** *jerga mil* capo *m*; **~illa** *f* ringhiera, balaustra, parapetto *m*
barat|ija *f* bagattella, cianfrusaglia; **~illo** *m* cianfrusaglie *fpl*, paccottiglia *f*; mercatino; **~o, -a** *adj* a buon mercato, economico, -a ◊ ***lo ~ sale caro*** chi più spende, meno spende
báratro *m* baratro; *elev* inferno
baratura *f* basso prezzo *m*
baraúnda V. **barahúnda**
barba 1. *f* barba; mento *m*; **2.** *m teat* uomo anziano ◊ ***~ capruna, del monte, del capuchino*** *bot* barba di becco, di bosco, di cappuccino; ***~ cerrada, corrida*** barba folta, fluente; ***~s de chivo*** barba del capro; ***en las ~s de alg*** in faccia/in barba a q; ***por ~*** a testa; ***hacer(se) la ~*** fare/(farsi) la barba, radere/(radersi; **~cana** *f mil* feritoia; barbacane *m*, contrafforte *m*; **~coa** *f* barbecue *inv*, grigliata; **~do** *m bot* barbatella *f*, rampollo
barbar *vi* spuntare la barba; *zool* nascere le api; *agric* barbicare; **~idad** *f* barbarie, barbarità *inv*;

atrocità *inv*, crudeltà *inv*; assurdità *inv*, sciocchezza, cavolata, sproposito *m* ◊ ***¡qué ~!*** Che bestialità!; Roba da matti!; ***una ~ de...*** un sacco di...; **~ie** *f* barbarie; crudeltà *inv*; inciviltà *inv*; **~ismo** *m* barbarismo
bárbaro, -a 1. *adj/s* barbaro, -a; **2.** *adj* crudele; incivile; *fig* pazzesco, -a, incredibile; *fig* eccezionale, stupendo, -a; **3.** *adv* stupendamente ◊ ***¡qué ~!*** che animale!
Barbarroja *m hist* Barbarossa
barbe|lar *vt Méx fig* leccare, lisciare; **~cho** *m agric* maggese; **~ría** *f* negozio/bottega del barbiere *m/f*; **~ril** *adj* del barbiere; **~ro** *m* barbiere
barbi|lampiño *adj* imberbe; **~lla** *f* mento *m*; **~túrico, -a** *adj/m* barbiturico, -a
barbo *m zool* barbio ◊ ***~ de mar*** triglia (*f*); **~quejo** *m* sottogola *inv*; **~tar** (*var.* **barbotear**) *vt/i* borbottare, brontolare; **~teo** *m* brontolio
barbudo, -a 1. *adj* barbuto, -a; **2.** *m* ="classe di pesci" *f*
bárbula *f* barbula
barbullar *vi* farfugliare; barbugliare
barca 1. *f* barca; **2.** *fpl* giostre con barche ◊ ***~ de pasaje*** traghetto; **~da** *f* barcata; **~je** *m* prezzo del traghetto; **~rola** *f mús* barcarola; **~za** *f* chiatta
Barcelona *f geogr* Barcellona
barcelonés, -esa *adj/s* barcellonese
barco *m* nave *f*; battello; imbarcazione *f* ◊ ***~ de vela, de vapor, de recreo*** barca a vela, a vapore, da diporto; ***~ de guerra, cisterna, nodriza, mercante*** nave da guerra, cisterna, sussidiaria, da carico/mercantile
bard|a *f* barda; **~ana** *f bot* bardana, lappa; **~o** *m elev* bardo
baremo *m* punteggio; valutazione *f*, libro contabile (*com*)
barés, -esa *adj/s* barese
bari|o *m min* bario; **~sta** *m Am* barista, barman; **~ta** *f quím* barite
barítono *m mús* baritono
barlovento *m nav* sopravvento
barman *m* barman, barista
Barna. (*Barcelona*) *abr*
barniz *m* vernice *f*; *fig* infarinatura *f*; **~ado, -a 1.** *adj* verniciato, -a; **2.** *m* verniciatura *f*; **~ador, -a** *m/f* verniciatore, -trice; **~ar** ‹*barnicé*› *vt* verniciare
baro *m* bar; **~métrico, -a** *adj* barometrico, -a
baró|metro *m* barometro; **~n** *m* barone
baron|esa *f* baronessa; **~ía** *f* baronia, baronaggio *m*
baroscopio *m* baroscopio
baróstato *m* barostato
barque|ar *vt* traghettare; **~o** *m* traghetto; **~ro** *m* barcaiolo
barqui|chuelo, -a *m/f* barchetta *f*; **~lla** *f* navicella dell'aerostato; *nav* tavoletta del solcometro; **~llero, -a** *m/f* cialdonaio, -a; **~llo** *m gastr* cialda friabile *f*
barquín *m* mantice da fucina
barquinazo *m* scossa *f*, sobbalzo
barquitos *mpl* (*juego*) battaglia navale *f*
barra *f* 1. sbarra, barra, stanga; (*tienda, bar*) banco *m*, bancone *m*; 2. (*metal*) lingotto *m*; 3. *nav* sbarra ◊ ***~ americana*** bar all'americana; ***chica de ~ americana*** entraîneuse*; ="ragazza squillo"; ***sin parar en ~s*** senza fermarsi davanti agli ostacoli; ***tomar u-c en la ~*** prendere qc al banco; ***~ de labios*** rossetto; ***~ de pan*** filone/filoncino (di pane); ***~ libre*** consumazione gratuita; ***~ de chocolate*** tavoletta di cioccolata; **~bás** *m* barabba, malvivente; **~ca** *f* baracca; ="casetta rustica tipica di Valenza e Murcia con il tetto spiovente di paglia e canne"; *Am* capannone *m*; **~cón** *m* baraccone; **~do, -a** *adj* sbarrato, -a; **~gana** *f desp* sgualdrina, puttana; *desp* concubina; **~ncal** *m* luogo scosceso; **~nco** *m* burrone, precipizio; balza *f*; *fig* intoppo; **~nquismo** *m* torrentismo
barre|dera *f* spazzatrice; *nav* rete a strascico; **~dero** *m* spazzaforno; **~dura 1.** *f* scopatura; **2.** *fpl* spazzatura *f*
barrena *f* trapano *m*, trivella ◊ ***entrar en ~*** *aero* scendere verticalmente; **~do, -a** *adj* matto, -a, lunatico, -a; **~r** *vt* trapanare, trivellare, perforare; *fig* frustrare i piani di q; trasgredire una legge
barrendero, -a *m/f* netturbino, -a, spazzino, -a, operatore, -trice ecologico, -a *adm*
barreni|eve *m* spazzaneve *inv*, spartineve *inv*; **~llo** *m zool* scolitide
barreno *m* perforatrice *f*; foro da mina
barreño *m* catino, bacino
barrer *vt* scopare; spazzare; *fig* portarsi via tutto, trascinare, spazzare ◊ ***~ para dentro/casa*** tirare l'acqua al proprio mulino; **~a** *f* barriera, steccato *m*, cancellata; *taur* parapetto *m*; (*plaza de toros*) ="assito e prima fila nell'arena"; *fig* ostacolo *m*, difficoltà *inv* ◊ ***~ del sonido*** muro del suono; ***ver los toros desde la ~*** *fig* osservare dall'alto
barretina *f* capricapo tipico del contadino catalano
barri|ada *f* sobborgo *m*, rione *m*; **~al** *Am* V. **barrizal**; **~ca** *f* piccola botte; **~cada** *f* barricata; **~do, -a 1.** *adj* scopato, -a; **2.** *m* spazzata *f*, scopata *f*; *tecn* esplorazione *f*, analisi *f*; *cine* carrellata *f*, panoramica veloce *f* ◊ ***dar un ~*** dare una scopata; ***servir lo mismo para un ~ que para un fregado*** essere un tuttofare
barrig|a *f* pancia, ventre *m* ◊ ***echar ~*** mettere/far pancia; ***rascarse/tocarse la ~*** grattarsi la pancia; **~azo** *m* spanciata *f*, panciata *f*; **~ón, -ona** (*var.* **barrigudo, -a**) *adj* panciuto, -a, pancione, -a; **~udo, -a** *adj/s* pancione, -a, trippone, -a; **~uera** *f* (*caballos*) ventriera, panciera
barril *m* barile, botte *f*, anfora *f*, orcio, giara *f*; **~ería** *f* 1. bottega del bottaio; 2. barilame *m*; **~ero** *m* bottaio, barilaio; **~ete** *m* 1. barilotto; 2. (*arma*) tamburo; 3. *nav* nodo; 4. *zool* granchio marino

barrio *m* rione, quartiere, borgo; sobborgo ◊ ***el otro ~*** *euf* l'altro mondo; ***~ chino*** bassifondi, rione della prostituzione; ***~ de chabolas*** bidonville, baraccopoli; **~bajero, -a** *adj/s* (persona) dei bassifondi; **~bajos** *mpl* bassifondi

barrit|ar *vi* (*elefante*) barrire; **~o** *m* barrito

barrizal *m* fangaia *f*, pantano

barro *m* 1. fango, melma *f*, loto; argilla *f*, creta *f*; 2. pustoletta *f*; (*animales*) tumoretto ◊ ***~ cocido*** terracotta; ***arrastrarse por el ~*** infangarsi, coprirsi di fango; **~co, -a** *adj/m* barocco, -a; **~quismo** *m* barocchismo; **~so, -a** *adj* fangoso, -a, pantanoso, -a; **~te** *m* sbarra grossa *f*, spranga *f*

barrul|eco *m* scaramazza *f*; **~ntar** *vt* presentire, prevedere; sospettare; **~nto** *m* presentimento, presagio; indizio

bartola: a la ~ *adv* ◊ ***tumbarse a la ~*** stare in panciolle

bártulos *mpl* arnesi; il necessario *m* ◊ ***liar los ~*** far fagotto; ***preparar los ~*** preparare il necessario

barullo *m* garbuglio, confusione *f*; imbroglio; casino (*coloq*), casotto (*coloq*)

basa *f* base, basamento *m*; **~l** *adj* basale

basáltico, -a *adj* basaltico, -a

basalto *m min* basalto

basamento *m* basamento

basar *vt* basare; fondare, appoggiare

basca 1. *fpl* nausea *f*; **2.** *f* 1. accesso *m*, attacco *m*; capriccio *m*; 2. *jerga* compagnia, gente

báscula *f* bilancia

bascular *vi* oscillare

base *f tamb. fig* base; appoggio *m*, sostegno *m*; *mat/quím* base; *sport* base ◊ ***~ de datos*** *informát* database*, base di dati; ***~ imponible*** l'imponibile; ***~ naval, aérea*** base navale, aerea; ***a ~ de*** *prep* a base di; a forza di; ***sobre la ~ de*** in base a, sulla base di; ***pasarlo a ~ de bien*** passarsela molto bene

basic ['bejsik] *m* basic; **~idad** *f* basicità *inv*

básico, -a *adj* basico, -a; fondamentale; basale; basilare ◊ ***educación general ~a (EGB)*** *ant* (*actualmente V. ESO*) scuola dell'obbligo, (scuola elementare e media inferiore)

basilar *adj med* basilare

basílica *f* basilica

basilical *adj* basilicale; **~es** *fpl* libri basilici *mpl*

basilisco *m zool* basilisco ◊ ***estar hecho un ~*** essere furioso

basket-ball ['basketbol] *m* pallacanestro *f*

basta *f* imbastitura; impuntitura; **~nte 1.** *adj* sufficiente; **2.** *adv* abbastanza, a sufficienza ◊ ***dejar ~ que desear*** lasciare a desiderare; **~r 1.** *vi* bastare; **2. ~se** essere sufficiente ◊ ***¡basta!*** basta!; ***basta de charlas, ruidos...*** basta con le chiacchiere, rumori...

bastard|ear 1. *vi* degenerare; **2.** *vt* falsificare; **~eo** V. **bastardía**; **~ía** *f* bastardaggine; degenerazione; alterazione; **~illa** *f impr* corsivo *m*; **~o, -a** *adj/s* bastardo, -a; degenerato, -a

bastear *vt* imbastire; **~dad** *f* rozzezza; **~za** V. **bastedad**

bastidor *m* telaio; *teat* quinta *f* ◊ ***entre ~es*** dietro le quinte; **~lla** *f* orlatura ◊ ***la *~*** *hist* la Bastiglia; **~mento** *m* bastimento, nave *f*; *mil* vettovaglie *fpl*; **~ón** *m* bastione, baluardo

basto, -a 1. *adj* grossolano, -a, rozzo, -a; **2.** *m* basto; **3.** *mpl* (*naipes*) bastoni ◊ ***el ~*** l'asso di bastoni

bastón *m* bastone; palo ◊ ***empuñar el ~*** assumere il comando; ***dar ~*** agitare il vino con un palo

baston|ada *f* bastonata; **~azo** V. **bastonada**; **~cillo** *m* cono; **~era** *f* portaombrelli *m*

basur|a *f* immondizia, spazzatura; sudiciume *m*; *fig* porcheria; **~ero, -a** *m/f* 1. (*persona*) spazzino, -a, netturbino, -a; 2. (*casa*) pattumiera *f*; (*calle*) cassonetto *m*

bata *f* vestaglia; camice *m*; **~cazo** *m* stramazzo, stramazzone, colpo forte; *Arg/Chile* colpo (di fortuna); **~hola** *f* baccano *m*, tafferuglio *m*

batall|a *f* battaglia, combattimento *m*; *fig* lotta ◊ ***~ campal*** battaglia campale; ***~ de flores*** battaglia di fiori; ***caballo de ~*** cavallo di battaglia; ***dar ~*** dare battaglia; ***traje de ~*** roba resistente/da battaglia; **~ador, -a** *adj/s* battagliero, -a, combattivo, -a; **~ar** *vi* battagliare, guerreggiare, combattere, lottare; *fig* disputare, gareggiare; **~ón** *m* battaglione; squadrone

batán *m ant* gualchiera *f*; follone tessile ad acqua

batan|ar *vt* gualcare, follare; **~ear** *vt* picchiare; **~ero** *m* gualchieraio, folloniere

batasuno, -a *adj/s* (*Herri Batasuna, coalición política vasca independentista*) membro di HB

batata *f bot* batata, patata dolce/americana; *Am* timidezza, vergogna

bate *m Am sport* mazza *f*; **~a** *f* 1. vassoio di legno *m*; 2. *Am* trogolo *m*, mastello *m*; *transp* pianale *m*; **~ador** *m sport* battitore; **~ar** *vi Am* colpire con la mazza

batel *m* battello; **~ero** *m* battelliere

batería 1. *f* batteria; *teat* fila di luci del proscenio; *mús/electr* batteria; **2.** *m/f* (*persona*) batterista ◊ ***~ de cocina*** batteria da cucina; ***en ~*** in batteria; ***aparcar en ~*** parcheggiare a pettine/a spina di pesce

bati|borrillo (*var.* **batiburrillo**) *m* guazzabuglio, pot-pourri* *inv*; **~cola** *f* sottocoda *m* ◊ ***ser de la ~ floja*** *Perú coloq/fig* (*mujer*) essere leggera; ***tener la ~ floja*** *Perú coloq* avere la diarrea

batida *f* battuta; *Am* retata

batider|a *f* (*albañiles*) marra; **~os** *mpl nav* alettoni di rullio, rinforzi

batido, -a 1. *adj* 1. battuto, -a; 2. frequentato, -a; 3. (*huevos*) sbattuto, -a; **2.** *adj/s* (*fruta, café...*) frullato, -a, frappé; **3.** *m* pasta per dolci *f*; **~r** *m* 1. esploratore; 2. battitore; 3. battistrada; 4. *Arg coloq* traditore; **~ra** *f* frullatore *m*

batiente *m* battente; *nav* frangente

batimiento *m* sbattimento

batín *m* vestaglia *f*; giacca da casa *f*

batir 1. *vt* battere; sbattere; frullare; (*nata*) montare; sconfiggere, abbattere; **2. ~se** combattere *vi*; battersi
batista *f* battista
batracio *adj/m zool* batrace
Batuecas: estar en las ~ *vi coloq* stare nelle/sulle nuvole, stare fra le nuvole
batuque *m Am* baccano
baturr|ada *f* villania; **~illo** *m* guazzabuglio; **~o, -a** *m/f* contadino, -a aragonese; *fig* testardo, -a
batuta *f* battuta; (*director de orquesta*) bacchetta ◊ ***llevar la ~*** avere il bastone del comando
baúl *m* baule; *coloq/fig* ventre; *Am* (*coche*) baule, bagagliaio ◊ ***llenar el ~*** farsi una scorpacciata, panciata
bauprés *m nav* bompresso
bautis|mal *adj* battesimale; **~mo** *m* battesimo ◊ ***romper el ~*** *coloq* rompere la testa
bautista *m* battezzatore ◊ ***el B~*** San Giovanni Battista
bautiz|ar ‹*bauticé*› *vt* battezzare; *fig* annacquare; **~o** *m* battesimo
bauxita *f min* baussite, bauxite
bávaro, -a *adj/s* bavaro, -a, bavarese
Baviera *f geogr* Baviera
bay|a *f* bacca; **~eta** *f* straccio *m*, strofinaccio *m*, panno *m*; **~o 1.** *adj* (cavallo) dal mantello bianco isabella; **2.** *m* crisalide del baco *f*; **~oco** *m* baiocco
bayoneta *f* baionetta ◊ ***a la ~*** *mil* alla baionetta; **~zo** *m* colpo di baionetta
baza *f* (*naipes*) bazza ◊ ***(no dejar) meter ~*** (non lasciar) parlare, intervenire; **~r** *m* bazar
bazo, -a 1. *m med* milza *f*; **2.** *adj* bruno giallastro, -a; **~fia** *f* porcheria; schifezza; cibo/mangiare schifoso *m*, sbobba (*jerga*)
bazuca (*var.* **bazooka**) *f* bazooka *m*, bazuca *m*
BB.AA. (*Buenos Aires*) *abr*
BBVA (*Banco Bilbao Vizcaya Argentaria*) *abr/m*
BCHS (*Banco Central Hispano Santander*) *abr/m*
BCN (*Barcelona*) *abr*
be *onom* bè
beat|a *f* beata, devota; *desp* beghina, pinzochera, bigotta; **~ería** *f* bigotteria, bigottismo *m*; **~ificación** *f* beatificazione; **~ificar** ‹*beatifiqué*› *vt* beatificare; **~ífico, -a** *adj* beatifico, -a; **~itud** *f* beatitudine ◊ ***con ~*** beatamente; **~o, -a 1.** *adj* beato, -a; felice, contento, -a; **2.** *adj/s desp* bigotto, -a, baciapile
bebe, -a *m/f Arg/Ur/Chile/Perú* bebé *m*
bebé *m* bebé *inv*
bebe|dero, -a 1. *m* abbeveratoio; beccuccio; **2.** *adj raro* bevibile; **~dizo, -a 1.** *adj* bevibile, potabile; **2.** *m* filtro, pozione *f*; **~dor, -a** *adj/s* bevitore, -trice; beone, -a; **~r** *vt* bere; brindare *vi* ◊ ***~ como un cosaco*** bere come una spugna, sbevazzare
bebi|ble *adj* bevibile; **~da** *f* bevanda; bibita; pozione ◊ ***~ refrescante*** bibita; ***~s alcohólicas*** bevande alcoliche; ***darse a la ~*** darsi al bere; **~do, -a** *adj* bevuto, -a ◊ ***estar ~*** essere ubriaco

beborrotear *vi* bevicchiare
beca *f estud* borsa di studio; *estud ant* becca, sciarpa; *ant* mantellina della cappa ◊ ***~ salario*** presalario, assegno di studio; **~da** (*var.* **becacina**) *f zool* beccaccia; **~do, -a** *adj/s Am* borsista; **~figo** *m* beccafico
becar ‹*bequé*› *vt* concedere una borsa di studio; **~io, -a** *m/f* borsista
becerr|a *f* vitella; **~ada** *f taur* corrida con torelli; **~o** *m* 1. vitello; torello; 2. *fig* ricchezze *fpl* ◊ ***~ marino*** vitello marino, foca; ***~ de oro*** *relig* vitello d'oro
bechamel (*var.* **besamel, besamela**) *f* besciamella
becuadro *m mús* bequadro
bedel, -a *m/f* (*escuela*) bidello, -a
beduino, -a *adj/s* beduino, -a
BEE (*Banco Exterior de España*) *abr/m*
bef|a *f* beffa, burla; **~ar 1.** *vi zool* allungare il muso; **2.** *vt* beffare, beffeggiare, ingannare; **3. ~se** beffarsi; **~o, -a 1.** *m zool* muso; *zool* specie di micco; **2.** *adj* sciancato, -a
begonia *f bot* begonia
beguina *f* beghina
behaviorismo (*var.* **behaviourismo**) *m psicol* comportamentismo
BEI (*Banco Europeo de Inversiones (UE)*) *abr* BEI/*m* (*Banca Europea per gli Investimenti*)
beicon *m* bacon
beige [beis] (*var.* **beis**) *adj/m inv* beige
béisbol *m* baseball* *inv*
bejlín *m* 1. *bot* vescia *f*; 2. *fig* permaloso; **~uco** *m Am bot* liana *f*
belar *vi* belare
Belcebú *m* Belzebù
belda|d *f* beltà *inv*, bellezza; **~r** *vt* inforcare
Belén *geogr* Betlemme
belén *m* presepio; *fig* confusione *f*, guaio ◊ ***estar en ~*** essere distratto; ***meterse en ~enes*** mettersi nei guai
beleño *m bot* giusquiamo
belesa *f bot* erba di Sant'Antonio
belfo *m zool* muso, grugno, grifo, labbro
belga *adj/s* belga
Bélgica *f* Belgio *m*
beli|cismo *m* bellicismo; **~ista** *adj/s* bellicista
bélico, -a *adj* bellico, -a
belicos|idad *f* bellicosità *inv*; **~o, -a** *adj* bellicoso, -a
beliger|ancia *f* belligeranza ◊ ***dar ~*** riconoscere belligeranza; **~ante** *adj* belligerante
belígero, -a *adj* belligero, -a
bella|cada *f* canagliata; **~co, -a** *adj/s* canaglia, vile, vigliacco, -a; mascalzone, -a, briccone, -a; furbo, -a, scaltro, -a; **~dona** *f bot* belladonna; **~quería** *f* bricconata, vigliaccheria
belleza *f* bellezza
bello, -a *adj* bello, -a; leggiadro, -a; avvenente ◊ ***el ~ sexo*** il bel sesso; **~ta** *f bot* ghianda
belunés, -esa *adj/s* bellunese
Beluno *geogr* Belluno

belvedere *m* belvedere
bemol *m mús* bemolle; ◊ ***tener ~*** essere difficile; ***tiene ~es (esto de que...)*** questa è proprio buona!, questa è bella!, oh, bella!
benc|eno *m quím* benzene, benzolo; **~ina** *f Chile quím* benzina
bend|ecir ‹*digo, dices; dije; diré; dicho*› V. 24 *vt* benedire; consacrare; **~ición** *f* benedizione; **~ito, -a 1.** *adj* benedetto, -a; santo, -a; felice; **2.** *m/f* bonaccione, -a, un pezzo di pane; **3.** *m* preghiera *f*
bened|ícite *m* benedicite; **~ictino, -a** *adj/s* benedettino, -a
Benedicto *m* Benedetto
benef|actor, -a *adj/s* benefattore, -trice; **~icencia** *f* beneficenza; **~iciado, -a** *adj/s* beneficiato, -a; favorito, -a; **~iciar** ‹*beneficio*› V. 1 **1.** *vt* beneficiare; favorire; *Am* macellare; **2.** *vi* scontare effetti; fruttare; godere un usufrutto; **3. ~se** approfittare di *vi* ◊ ***~se de la amnistía*** godere dell'amnistia; **~iciario, -a** *adj/s jur* beneficiario, -a; **~icio** *m* 1. beneficio; utile, guadagno, profitto; vantaggio; *com* cessione di crediti con sconto *f*; 2. *Am* vendita di carne macellata *f* ◊ ***~ de inventario*** *jur* beneficio d'inventario; ***~ eclesiástico*** beneficio ecclesiastico; ***~ bruto, neto*** guadagno lordo, netto; ***en ~ de*** a vantaggio/profitto/favore di; ***participación en los ~s*** partecipazione agli utili; **~icioso, -a** *adj* vantaggioso, -a, utile, proficuo, -a
benéfico, -a *adj* benefico, -a
Benemérita *f* (*Guardia Civil = "Carabinieri"*) ="benemerita", l'arma benemerita
benemérito, -a *adj* benemerito, -a
beneplácito *m* beneplacito
benevol|encia *f* benevolenza; **~ente** *adj* benevolente
benévolo, -a *adj* benevolo, -a
bengal|a *f* bengala ◊ ***luz de ~*** fuoco di bengala; **~í** *adj/s* bengalese; **~ina** *f* mussolina
benign|idad *f* benignità *inv*; **~o, -a** *adj* benigno, -a, benevolo, -a
Benito *m* Benedetto
benj|amín, -ina *m/f fig* beniamino, -a; **~uí** *m quím* benzoino, benzoe
benzol *m quím* benzolo
beocio, -a *adj/s* beota
beodo, -a *adj/s* beone, -a, ubriacone, -a
beorí *m Am zool* tapiro
bequista *adj/s Am* borsista
berberecho *m zool* cuore di mare, arsella *f*, cuore edule, vongoletta *f*
Berbería *f hist* Barberia
berberisco, -a (*var.* **bereber**) *adj/s* berbero, -a
berbiquí *m* trapano
bereber V. **berberisco**
berenjena *f* melanzana; **~l** *m* orto di melanzane ◊ ***meterse en un ~*** *fig* mettersi in un ginepraio
bergamasco, -a *adj/s* bergamasco, -a
Bergamo *geogr* Bergamo
bergamot|a *f bot* (*pera*) bergamotta; *bot* (*lima*) bergamotto *m*; **~e** (*var.* **bergamoto**) *m* bergamotto
bergant|e *m* furfante, brigante; **~ín** *m nav* brigantino
beriberi *m med* beriberi
berili|o *m quím* berillio; **~o** *m min* berillo
Berlín *geogr* Berlino
berlin|a *f* berlina ◊ ***en ~*** in/alla berlina; **~és, -esa** *adj/s* berlinese
berm|ejo, -a *adj* vermiglio, -a, rosso, -a; **~ellón** *m ant* vermiglione, cinabro; **~udas** *mpl* bermuda *inv*
Bermudas *fpl geogr* Isole Bermude
berr|ear *vi zool* muggire; strillare, urlare; **~ido** *m zool* muggito; strillo, urlo; **~inche** *m* stizza *f*, bizza *f*; **~inchoso, -a** *adj* stizzoso, -a, permaloso, -a
berro *m bot* crescione, nasturzio; **~cal** *m* terreno roccioso; **~queña** *f* (pietra) granitica
berrueco *m* pietra granitica dentata *f*; *med* tumoretto dell'iride
berz|a *f* (cavolo) verza ◊ ***estar en ~*** essere in erba; **~otas** *m inv coloq/fig* rapa *f*, testa di cavolo *f*
besal|amano *ant* ="biglietto di invito, comunicazione ufficiale (B.L.M.)" V. **saluda**; **~manos** *m* baciamano
besamel, besamela V. **bechamel**
besana *f* aratura a solchi paralleli; primo solco *m*; misura agraria (ca. 2.187)
besar 1. *vt* baciare; *fig* lambire; **2. ~se** baciarsi; *fig* urtare *vi* ◊ ***llegar y ~ el santo*** ottenere qc immediatamente; ***~ el suelo*** cadere bocconi; ***~ la tierra que otro pisa*** baciare la terra dove qc passa
beso *m* bacio ◊ ***~ de Judas*** bacio di Giuda; ***comerse a ~ s (a alg)*** coprire, mangiare di baci (q); **~tear** *vt Am* sbaciucchiare
bestia 1. *f* bestia, animale *m*; **2.** *m coloq/fig* animale, bestia *f* ◊ ***a lo ~*** con durezza, da animale; ***~ de carga*** bestia da soma; ***ser una mala ~*** essere una brutta bestia; **~l** *adj* bestiale; *fig* smisurato, -a, eccezionale; incredibile, tremendo, -a; **~lidad** *f* bestialità *inv*; **~rio** *m* bestiario
best-seller [bes'seler] *m inv* best seller
besu|cón, -ona *adj/s* sbaciucchione, -a; **~go** *m zool* (*pagellus acarne*) pagello; *fig* baccalà ◊ ***ojos de ~*** occhi di bove, occhi di pesce lesso; ***ya te veo ~...*** Ti conosco mascherina!; ***cara de ~*** faccia da baccalà; **~guera** *f* pesciera; **~quear** *vt* sbaciucchiare; **~queo** *m* sbaciucchio, sbaciucchiamento
beta *f* beta; **~bloqueante** *adj/m* betabloccante
Bética *f geogr/hist* Betica, Andalusia
bético, -a *adj/s* betico, -a, andaluso, -a
betónica *f* bettonica
betún *m* bitume, asfalto; lucido da scarpe ◊ ***darse ~*** darsi delle arie; ***quedar/dejar a la altura del ~*** fare/far fare una pessima figura
BEX (*Banco Exterior de España*) *abr/m*
bianual *adj* bienne

biauricular *adj* biauricolare
bibe|lot *m* ninnolo, gingillo; **~rón** *m* biberon
biblia *f* bibbia
bíblico, -a *adj* biblico, -a
bibliobús *m* bibliobus *inv*
bibliófilo, -a *adj/s* bibliofilo, -a
bibliogr|afía *f* bibliografia; **~áfico, -a** *adj* bibliografico, -a
bibliógrafo, -a *adj/s* bibliografo
bibliómano, -a *m/f* bibliomane
bibliote|ca *f* biblioteca; **~rio, -a** *m/f* bibliotecario, -a
biblioteconomía *f* biblioteconomia
bicameral *adj pol* bicamerale
bicarb|onato *m quím* bicarbonato; **~uro** *m quím* bicarburo
bicéfalo, -a *adj* bicefalo, -a
bicentenario, -a *adj/m* bicentenario, -a
bíceps *m med* bicipite
bich|a *f euf/coloq* serpe; **~arraco** *m desp* animalaccio; **~o** *m* animale; animaluccio ◊ ***mal ~*** individuo malvagio, disgraziato; ***~ raro*** strano tipo, mosca bianca; ***todo ~ viviente*** ogni essere vivente; **~ola** *f Méx euf/vulg* cacchio *m*
bici (*var.* **bicicleta**) *f coloq* bici, bicicletta ◊ ***~ de caballero*** bicicletta da uomo; ***~ de carrera*** bicicletta da corsa; ***~ de montaña*** mountain bike*; **~clo** *m* biciclo; **~líndrico, -a** *adj* bicilindrico
bicípite *adj* bicipite
bicoca *f* bazzecola, baga(t)tella ◊ ***¡menuda ~!*** Che bazza!, E' proprio una bazza!
bicolor *adj* bicolore
bicóncavo, -a *adj* biconcavo, -a
biconvexo, -a *adj* biconvesso, -a
bicornio *m* (*sombrero*) bicorno
bicrom|ato *m quím* bicromato; **~ía** *f impr* bicromia
bicuadrado, -a *adj mat* biquadratico, -a
BID (*Banco Interamericano de Desarrollo*) *abr/m* (*Banca Interamericana per lo sviluppo*) BID
bidé (*var.* **bidet**) *m* bidé *inv*
bidi|mensional *adj* bidimensionale; **~reccional** *adj* bidirezionale
bidón *m* bidone, latta *f*
bidonville [bidom'bil] *m* bidonville* *f*, baraccopoli *f inv*
biel|a *f tecn* biella; **~da** *f agric* bidente *m*, forca; tridente *m*; **~dar** (*var.* **beldar**) ‹*bieldo*› V. 5a *vt agric* spagliare col bidente; **~do** *m agric* bidente, zappa a due denti *f*
Bielorrusia *f* Bielorussia
bielorruso, -a *adj/s* bielorusso, -a
bien (*pl* **bienes**) **1.** *m* 1. bene; utilità *f inv*, beneficio; **2.** *mpl* beni, ricchezze *fpl*, proprietà *fpl*; **3.** *adj* perbene, dabbene, ricco, -a; **4.** *adv/conj* bene ◊ ***~es gananciales*** comunione dei beni; ***~es parafernales, raíces, muebles*** beni parafernali, immobili, mobili; ***gente ~*** gente perbene; ***gente/hombre de ~*** gente/uomo dabbene; ***niños ~*** figli di papà; ***ahora ~*** or dunque, orbene; ***más ~*** piuttosto, anzi; ***antes ~*** anzi; ***~ ...~*** sia...sia; ***si ~*** sebbene; ***¿y ~?*** ebbene?; ***~ que mal*** bene o male; ***¡~ por la (cocinera)!*** viva (la cuoca)!; ***No vengas mañana. Está ~*** Non venire domani. Va bene!; ***¡qué ~!*** che bello!; **~al** *adj* biennale
bienamado, -a *adj* benamato
bienandanza *f* fortuna; caso fortunato *m*
bienaventur|ado, -a *adj* beato, -a; fortunato, -a; **~anza 1.** *f* beatitudine, fortuna; **2.** *fpl* beatitudini
bienestar *m* benessere
bienhablado, -a *adj/s* benparlante
bienhechor, -a *adj/s* benefattore, -trice
bienintencionado, -a *adj* benintenzionato, -a
bienio *m* biennio
bienpensante *m/f* benpensante
bienquerer 1. *m* benevolenza *f*; affetto; **2.** *vt* voler bene (a) *vi*
bienvenid|a *f* benvenuto *m*; **~o, -a** *adj* benvenuto, -a
bienvivir *vi* vivere bene
bies (*pl* **bieses**) *m* sbieco ◊ ***al ~*** di sbieco
bifásico, -a *adj cient* bifase
bife (*var.* **biftec, bifstec**) *m Arg* fetta di carne *f*, bistecca *f*
bífido, -a *adj cient* bifido, -a ◊ ***espina ~a*** spina bifida
bifo|cal *adj* bifocale; **~ra** *adj/f arq* bifora; **~rme** *adj* biforme
bifronte *adj* bifronte
biftec, bifstec V. **bife**
bifurc|ación *f* biforcazione; **~arse** ‹*bifurqué*› *vi* biforcarsi, bipartirsi, diramarsi
biga *f hist* biga; *elev* pariglia; **~mia** *f* bigamia
bígamo, -a *adj/s* bigamo, -a
bigardo, -a *adj/s* dissoluto, -a; vagabondo, -a; svergognato, -a
big bang [big'ban] *m astron* big bang
bignè [bi'ɲe] *m* bignè *inv*
bigornia *f tecn* incudine
bigot|e 1. *m tamb. fig* baffo; *ant* mustacchio; *metal* bocca del forno *f*; **2.** *mpl metal* fiamme, infiltrazioni di metallo ◊ ***de ~*** *adv* formidabile, stupendo; ***jugarse el ~*** *coloq* mangiare giocarsi la camicia; ***mover el ~*** *coloq* mangiare; ***tener ~s*** *coloq* essere risoluto, stupendo; **~udo, -a 1.** *adj* baffuto, -a; **2.** *m zool* basettino, mustacchino
bigudí *m* bigodino
bikini V. **biquini**
bilabia|do, -a *adj bot* bilabiato, -a; **~l** *adj ling* bilabiale
bilateral *adj* bilaterale; **~idad** *f* bilateralità *inv*; **~ismo** *m pol* bilateralismo
bilbaíno, -a *adj/s* (q o qc)) di Bilbao
biliar *adj* biliare
bilingü|e *adj* bilingue; **~ismo** *m* bilinguismo
bilioso, -a *adj* bilioso, -a; *fig* collerico, -a
bilis *f inv* bile *f*, fiele *m*; *fig* collera ◊ ***tragar ~*** *coloq* ingoiare bile, sputare bile, mangiare veleno; ***revolverle o alterarle (a alg) la ~*** far sputare bile (a qc), muovere la bile (di qc)
bill|a *f* bilia, biglia; **~ar** *m* biliardo ◊ ***mesa de ~*** tavolo da biliardo

billete *m* biglietto; *banc* banconota *f* ◊ **~ *de ida y vuelta*** *transp* biglietto di andata e ritorno; **~ra** (*var.* **billetero** *m*) *f* portafoglio *m*
billón *m Esp* un milione di milioni
bilongo *m Cuba* malocchio
bimembre *adj* bimembre, bimembro, -a
bimensual *adj* bimensile
bimestr|al *adj* bimestrale; **~e** *m* bimestre
bimetalismo *m econ* bimetallismo
bimotor *adj/m* bimotore
binar|io, -a *adj* binario, -a; **~ismo** *m ling* binarismo
bingo *m* tombola *f*; bingo; locale da gioco ◊ ***jugar al*** **~** giocare alla tombola (en casa), giocare al bingo; ***¡~!*** *excl* Premio!, Ha fatto tombola!
binocular 1. *adj* binoculare; **2.** *m* lente binoculare *f*
binóculos *mpl* binocolo *m*
binomio *m* binomio
bio|activo, -a *adj* bioattivo, -a; **~cenosis** *f inv biol* biocenosi; **~chip** *m electr* biochip; **~cida** *adj biol* biocida; **~cultivo** *m* biocoltivazione *f*; **~degradable** *adj* biodegradabile; **~dinámico, -a** *adj quím/agric* biodinamico, -a; **~diversidad** *f* biodiversità *inv*
biofísic|a *f* biofisica; **~o, -a** *adj/s* biofisico, -a
biogénesis *f inv* biogenesi
biogenético, -a *adj* biogenetico, -a
biógeno, -a *adj biol* biogeno, -a
biogr|afía *f* biografia; **~afiado, -a** *adj/s* biografato, -a; **~afiar** ‹*biografío*› V. 2 *vt* biografare; **~áfico, -a** *adj* biografico, -a
biógrafo, -a *m/f* biografo, -a
biol|ogía *f* biologia; **~ógico, -a** *adj* biologico, -a
biólogo, -a *m/f* biologo, -a
biomasa *f* biomassa
biombo *m* paravento, separé
biomedicina *f med* biomedicina
biónico, -a *adj/s* bionico, -a
biopolímero *m biol* biopolimero
biopsia *f* biopsia
bioquímic|a *f* biochimica; **~o, -a** *adj/s* biochimico, a
biorr|egión *f* bioregione; **~itmo** *m* bioritmo
biosensor *m med* biosensore
biosfera *f* biosfera
biosíntesis *f inv* biosintesi
biosintético, -a *adj quím* biosintetico, -a
biotécnica *f* biotecnica
bioterrorismo *m* bioterrorismo
biotina *f quím* biotina
biotopo *m* biotopo
bióxido *m quím* biossido
bip *m* bip
BIP (*Banco Internacional de Pagos*) *abr* BRI *m* (*Banca dei Regolamenti Internazionali*) *f*
bipart|ición *f* bipartizione; **~idismo** *m pol* bipartitismo; **~idista** *adj* bipartitico, -a; **~ido, -a** *adj/m* bipartito, -a
bípede (*var.* **bípedo, -a**) *adj/s* bipede
bipla|no *m* biplano; **~za** *adj/s* biposto *inv*
bipolar *adj* bipolare; **~idad** *f* bipolarità *inv*; **~ización** *f* bipolarizzazione

biquini (*var.* **bikini**) *m* bikini, bichini *inv*, due pezzi
BIRD (*Banco Internacional de Reconstrucción y Desarrollo*) *abr* BIRD *m* (*Banca Internazionale per la Ricostruzione e lo Sviluppo*) *f*
birdwatching [ber'wotʃin] *m* bird watching *inv*
birimbao *m* scacciapensieri *inv*
birla *f Arg* birillo *m*; **~r** *vt* truffare; *coloq* fregare, soffiare; tirare un secondo colpo ai birilli; abbattere d'un colpo
birlibirloque: por arte de ~ *adv* ◊ ***por arte de*** **~** per opera (e virtù) dello Spirito Santo
Birmania *f geogr* Birmania
birmano, -a *adj/s* birmano, -a
birome *f Arg* biro *inv*, penna a sfera
birreactor *adj/m* bireattore
birrefring|encia *f fís* birifrangenza; **~ente** *adj fís* birifrangente
birret|a *f* berretto ecclesiastico *m*; **~e** *m* (*con la toga*) tocco; berretta *f*
birri|a 1. *f coloq/desp* sgorbio *m*; *fig* porcheria; **2.** *m/f desp* (*persona*) racchio, -a, cozza (mujer) *f*; **~ondo, -a** *adj Méx fig* caldo, -a ◊ ***es una ~a/un ~o*** è una donna calda/sempre in calore/un uomo sempre in calore; **~oso, -a** *adj/s* storpio *m*, schifoso, -a *adj*
bis *excl/m* bis ◊ ***pedir el*** **~** chiedere il bis; **~abuelo, -a** *m/f* bisnonno, -a, bisavolo, -a; **~agra** *f tamb. fig* cardine *m*; *tecn/pol* cerniera; (*zapatero*) bussetto *m*; **~ar** *vt teat* bissare
bisbis|ear (*var.* **bisbisar**) *vi* bisbigliare, borbottare; **~eo** *m* bisbiglio
bisc|ote *m* fetta (di pane) biscottata *f*, pane biscottato; **~uit** V. **bizcocho**; **~úter** *m Esp ant* automobile biposto *f*
bisec|ar ‹*bisequé*› *vt* bisecare; **~ción** *f* bisezione; **~tor** (*f* **bisectriz**) *adj/f geom* bisettore, -trice
bisel *m* taglio a scancio; smussatura *f*; **~ar** *vt* tagliare a scancio, smussare
bisemanal *adj* bisettimanale
bisexual *adj/s* bisessuale, bisex *inv*; **~idad** *f* bisessualità *inv*
bisiesto *adj* bisestile
bisílabo, -a *adj/m* bisillabo, -a
bismuto *m min* bismuto
bisnieto, -a *m/f* pronipote
biso *m* bisso; **~jo, -a** *adj/s* guercio, -a; **~nte** *m zool* bisonte; **~ñé** *m* parrucchino; **~ño, -a** *adj/m* recluta *f*; *fig* inesperto, -a, novizio, -a
bisté (*var.* **bistec**) *m* fettina (di carne) *f*
bistrot [bis'tro] *m* bistrò *inv*
bisturí *m* bisturi
bisulf|ato *m quím* bisolfato; **~ito** *m quím* bisolfito; **~uro** *m quím* bisolfuro
bisunto, -a *adj* bisunto, -a
bisutería *f* bigiotteria
bit *m informát* bit *inv*; **~ácora** *f nav* chiesuola della bussola; *informát* blog *inv* ◊ ***cuaderno de*** **~** *nav* diario di bordo
bíter *m* bitter *inv* ◊ **~ *sin alcohol*** bitter analcolico
bitonal *adj* bitonale

bituminoso, -a *adj* bituminoso, -a
biunívoco, -a *adj* biunivoco, -a
bivallente *adj quím* bivalente; **~vo, -a** *adj* bivalve
Bizancio *geogr* Bisanzio
bizantinlismo *m* bizantinismo; **~o, -a** *adj/s hist tamb. fig* bizantino, -a
bizarrlía *f* gagliardia, valore *m*; **~o, -a** *adj mil* valoroso, -a, gagliardo, -a; bizzarro, -a
bizco, -a *adj* guercio, -a, bircio, -a; **~cho** *m* 1. *gastr* pan di spagna; biscotto, galletta *f*; 2. porcellana *f*, ceramica *f* ◊ **~ *borracho*** pan di spagna o biscotti bagnati con liquore
bizma *f med* empiastro *m*, cataplasma *m*
bizquear *vi* essere guercio, -a, bircio, -a
bla bla bla *m* bla bla bla
blanca *f* 1. *mús* minima; 2. *fig* denaro *m*, quattrini *mpl*; 3. *fig* (*droga*) cocaina; 4. *mil* congedo *m*; 5. bianca; *ant* moneta di rame e argento ◊ ***trata de ~as*** tratta delle bianche; ***no tener ~, estar sin ~*** essere al verde
Blancanieves *f* Biancaneve
blanco, -a 1. *adj* bianco, -a; **2.** *adj/m* codardo, -a; **3.** *m* 1. bianco; 2. bersaglio; *fig* centro dell'attenzione; 3. *zool* neo bianco; 4. *teat* intervallo; 5. *impr* bianca *f* ◊ ***carta ~a*** carta bianca; ***en ~*** in bianco; ***no distinguir lo ~ de lo negro*** non capire nulla, non distinguere bianco da nero; ***quedarse en ~*** restare tabula rasa; *elect* andare in tilt; ***~ de España*** bianco di Spagna; ***~ de plomo*** biacca; ***~ de la uña*** bugia, macchietta bianca dell'unghia; ***dar en el ~*** colpire il bersaglio, dare nel segno; ***bandera ~a*** bandiera bianca; ***~ y negro*** café con gelato cremoso; misto di cognac ed anisette; ***parecerse en el ~ de los ojos / en el ~ de la uña*** *irón* non assomigliarsi affatto; **~r** *m elev* bianchezza *f*
blanculra *f* bianchezza; **~zco, -a** *adj* biancastro, -a, bianchiccio, -a
blandlengue *adj desp* molle, blando, -a; *coloq/desp* (*hombre*) mellifluo; **~enguería** *f desp* mollezza, debolezza; **~ir** *vt* brandire; **~o, -a** *adj* molle, morbido, -a, tenero, -a, soffice; duttile, malleabile; indulgente, debole; mite; *mús* bemollato; *ling* molle; **~ura** *f* morbidezza, soavità *inv*, mitezza; lusinga; agio *m*, comodità *inv*
blanquelador, -a *adj/m* sbiancante; **~ar** *vt/i* imbiancare; imbianchire; biancheggiare ◊ ***~ el dinero sucio*** riciclare il denaro sporco; **~cino, -a** (*var.* **blanquizco, -a**, **blanquinoso, -a**) *adj* bianchiccio, -a, biancoso, -a; **~o** *m* imbiancatura *f*, imbianchimento, biancheggiamento; (*dinero*) riciclaggio; **~te** *m* bianchetto; (*afeite*) belletto
blanquillo, -a *adj* (*trigo, azúcar*) bianco, -a; **~negro, -a** *adj* bianconero, -a; **~noso** V. **blanquecino**; **~zco** V. **blanquecino**
Blas *m* Biagio ◊ ***lo dijo ~, punto redondo*** ha parlato l'oracolo/lo Spirito Santo
blasfemlar *vi* bestemmiare; maledire; **~ia** *f* bestemmia; maledizione; **~o, -a** *adj/s* blasfemo, -a
blasón *m* blasone; stemma; araldica *f*; *fig* onore
blasonlado, -a *adj* blasonato, -a; **~ar 1.** *vt* ostentare; **2.** *vi* gloriarsi, presumere (**de** di)
bledo *m bot* bietola *f* ◊ ***me importa un ~*** *coloq* non me ne importa un accidente/un fico secco, non me ne frega niente *coloq*; ***no vale un ~*** *coloq* non vale un cavolo
blefaroplastia *f med* blefaroplastica
blenda *f min* blenda
blenorrlagia *f* blenorragia, blenorrea, gonorrea, scolo *m* (*coloq*); **~ágico, -a** *adj* blenorragico, -a; **~ea** *f med* blenorrea
blindlado, -a *adj* blindato, -a, corazzato, -a; ***carro, coche ~*** *carro blindato, auto blindata*; **~aje** *m mil* blindaggio, riparo; **~ar** *vt* blindare, corazzare
blister *m* blister
bloc *m* (*papel*) bloc-notes, block-notes* *inv*, blocco; **~aje** *m tecn* bloccaggio; **~ao** *m mil* ridotta *f*
blog *m* blog; **~ger** ['bloger] *m/f* blogger* *inv*; **~ista** *m/f* blogger* *inv*
blonda *f* 1. *ant* blonda, merletto *m*, bionda; orlo a pizzo *m*; 2. foglio di carta pizzo *m*
bloque *m* blocco, masso; *pol* blocco, coalizione *f*, gruppo ◊ ***~ de viviendas*** palazzo; isolato di case; ***~ de papel*** block-notes; ***en ~ tutto insieme, in blocco*** tutto insieme, in blocco; **~ar** *vt* bloccare; chiudere; assediare; *impr* sostituire una lettera mancante; **~o** *m* blocco, assedio, isolamento, embargo
bluff *m* bluff *inv*
blúmer *m* slip; *Am Cent/Cuba* mutandina *f*
blusla *f* blusa, camicetta; camiciotto *m*; **~ón** *m* camiciola *f*, camiciotto
bluyín *m Am* (pantalón) vaquero
BN (*Biblioteca Nacional*) *abr*
BO (*Boletín Oficial*) *abr* B.U. (*Bollettino Ufficiale*)
boa *f zool* boa *m*
boardilla V. **buhardilla**
boato *m* fasto, pompa *f*
bob *m* bob; **~ada** *f* sciocchezza; **~alicón, -ona** (*var.* **bobarrón, -a**) *adj/s* grullo, -a, babbeo, -a, sciocco, -a; **~ería** *f* balordaggine
bóbilis: de ~, ~ *adv* gratis et amore Dei
bobina *f* bobina, rocchetto *m*; **~r** *vt* avvolgere; *tecn* incannare
bobo, -a 1. *adj* sciocco, -a, stupido, -a, scemo, -a; **2.** *m teat* buffo, ingenuo ◊ ***pájaro ~*** pinguino; ***punto ~*** maglia rasata (al diritto); ***a lo ~o*** sciocco; **~tar** *vi* sprizzare
boca *f* bocca ◊ ***~ abajo*** bocconi; ***~ arriba*** supino, a pancia in su; ***~ del estómago*** bocca dello stomaco; ***~ del rio, de la calle*** bocca o sbocco del fiume, della strada; ***~ de oreja a oreja*** bocca (grande) come un forno; ***~ de riego*** bocca d'irrigazione; ***~ de verdades*** bocca della verità; ***a ~ de jarro/a bocajarro*** a bruciapelo; ***a pedir de ~*** a volontà; ***blando, duro de ~*** tenero, duro di bocca; ***como ~ de lobo*** come in gola al lupo; ***con la ~ abierta*** a bocca aperta; ***con la ~ chica/pequeña*** a mezza bocca; ***de ~/boqui-***

lla a parole/a chiacchiere; ***en ~ cerrada no entran moscas*** in bocca chiusa non entran mosche; ***andar de ~ en ~*** essere sulla bocca di tutti; ***callar la ~*** tacere, star zitto; ***cerrar la ~ (a alg)*** tappare/chiudere/cucire la bocca (a q); ***hacerse la ~ agua*** venire l'acquolina in bocca; ***meterse en la ~ del lobo*** finire nella tana del lupo; ***no decir esta ~ es mía /no abrir la ~*** non aprire bocca; ***quitar u-c (a alg) de la ~*** togliere la parola di bocca (a q); ***quitarse (un alimento) de la ~*** togliersi il pane di bocca; **~calle** *f* traversa; **~dillo** *m gastr* panino imbottito; *impr* fumetto, nuvoletta *f* ◊ *Col gastr* ="dolce tipico a base de guaiava"; **~do** *m* boccone; morso ◊ ***~ de Adán*** pomo d'Adamo; ***con el ~ en la boca*** con il boccone in bocca; ***dar un ~*** dare un morso; ***no probar ~*** non toccar cibo; ***tomar un ~*** mangiare un boccone; ***un buen ~*** *coloq* (*persona*) un bel pezzo di; **~jarro: a ~** *adv* a bruciapelo; **~l** *m fís* barattolo, vaso in vetro; **~manga** *f* apertura della manica

bocana *f* imboccatura; **~da** *f* boccata; (*humo*) sbuffo *m*; (*viento*) folata

bocat|a *m coloq* panino (imbottito); **~ería** *f* paninoteca, panineria

bocaza 1. *f desp* boccaccia; **2.** *m/f* V. **bocazas**; **~s** (*var.* **bocaza**) *m/f inv* ciarlone, -a, chiacchierone, -a

bocel|l *m* cordone; **~ra** *f fig* baffo *m*; **~ras** V. **bocaza(s)**; **~to** *m* bozzetto, modello

bocha 1. *f* boccia; **2.** *fpl* (gioco delle) bocce; **~r** *vt Ven* respingere

bochinche *m Am* baccano, chiasso; **~ar** *vi Am* far baruffa, baruffare

bochorno *m* afa *f*; *fig* vergogna *f*; **~so, -a** *adj* afoso, -a, soffocante; *fig* vergognoso, -a

bocina *f auto* clacson *m*; tromba; **~zo** *m* colpo di clacson

bocio *m* gozzo

boda *f* nozze *fpl*, sposalizio *m* ◊ ***anillo de ~*** fede; ***vestido de ~*** abito da sposa; ***~s de oro, plata, diamante*** nozze d'oro, d'argento, di diamante; ***las ~s de Camacho*** banchetto gratuito

bodeg|a *f* cantina; osteria; produzione vinaria locale; (*casa*) dispensa; *nav* stiva; *Am* negozio di commestibili *m*; **~ón** *m* osteria *f*, taverna *f*; *fig* natura morta *f*; **~uero, -a** *m/f* oste, -essa

bodijo *m* nozze povere *fpl*

bodo|que 1. *m mil ant* palla di creta *f*; grumo; batuffolo; **2.** *adj* zotico, -a, villano, -a; **~rrio** *m* nozze di lusso *fpl*

bodrio *m desp* brodaglia *f*, broda *f*; *gastr* ripieno della "morcilla"; *fig* porcheria, schifezza ◊ ***¡vaya ~ de película!*** questo film è una schifezza

body ['bodi] *m* body *inv*; **~ building** ['bodi 'bwildin] *m* body building *inv*

BOE (*Boletín Oficial del Estado*) *abr/m* (*GU*) ="Gazzetta Ufficiale"

bóer *adj/s* boero, -a

bofe *m* polmone ◊ ***echar los ~s*** rimetterci un'ala di polmone/i polmoni; **~tada** *f* schiaffo *m*; *fig* affronto *m* ◊ ***dar una ~ a alg*** *fig* fare un affronto a q; umiliare; **~tón** *m* ceffone; *teat* macchina girevole *f*; *ant* periatto

bofia *f jerga delinc* madama

boga *f zool* boga; voga ◊ ***estar en ~*** essere di moda, in voga; **~da** *f* vogata; **~dor, -a** *m/f* vogatore, -trice; **~r** ‹*boqué*› **1.** *vi* vogare, remare; **2.** *vt metal* scorificare; **~vante** *m zool* astice

bogí (*var.* **bogie**) *m tecn* carrello

bogotano, -a *adj/s* bogotano, -a, di Bogotà

bohardilla V. **buhardilla**

Bohemia *f geogr* Boemia

bohemia *f* bohème *inv*

bohemio, -a *adj/s* (*artista*) bohémien, -bohémienne *inv*; boemo, -a; zingaro, -a

bohío *m Am* capanna *f*

bohordo *m* giavellotto; *bot* stelo

boicot *m* boicottaggio; **~ear** *vt* boicottare; **~eo** *m* boicottaggio

boina *f* basco *m*, berretto *m*

boira *f reg* nebbia

boiserie [bwase'ri] *f* boiserie

boj *m bot* bosso, bossolo; *tecn* bisegolo; **~a** *f bot* abrotano *m*; **~e** *m* carrello; **~iganga** *f teat ant* ="piccola compagnia itinerante di comici"; **~o** *m* perimetro di un'isola, costa *f*; *Am* pacco

bol *m* ciotola *f*; terrina *f*; **~a** *f* 1. palla; globo *m*, sfera; pallottola; *tecn* cuscinetto a sfera *m*; 2. *fig* frottola *f*; 3. *euf/vulg* mammella (*coloq*) ◊ ***~ de nieve*** palla di neve; ***dejar que ruede la ~*** lasciar correre; ***no dar pie con ~*** non azzeccarne una; **~ada** *f* colpo di palla *m*; *Am* occasione; scherzo *m*; **~ado** *m* zuccherino; *Am* affare; avventura amorosa *f*

bolchev|ique *adj/s* bolscevico, -a; **~ismo** *m* bolscevismo

bold|ina *f farma* boldina; **~o** *m bot* boldo

bole|adoras *fpl Arg/Ur* (*arma*) ="corda tripartita con palle agli estremi"; **~ar 1.** *vt* cacciare con boleadoras; *Am* giocare un brutto tiro a q; **2.** *vi* giocherellare al bigliardo; **~o** *m* tiro di palla e luogo dove si gioca; **~ra** *f* bowling* *inv*; **~ro** *m* (*música-chaqueta*) bolero; *Am* (*sombrero*) cilindro

balet|a *f* bolletta; scontrino *m*; *Am* scheda elettorale; **~ería** *f Am* biglietteria; **~ín** *m* bollettino; cedola *f*, scheda *f*; polizza *f* ◊ ****~ Oficial*** Gazzetta Ufficiale; ***~ meteorológico, médico... bollettino meteorologico, medico...*** bollettino meteorologico, medico...; **~o** *m Am* biglietto

boli *m coloq* biro *f*; **~che** *m* pallina *f*; boccino; bowling;* legno tornito; *raro* (*juego infantil*) bilboquet;* *Am* bettola *f*, negoziuccio; (*pesca*) sciabica *f*; **~chero** *m* gestore del bowling

bólido *m astron* bolide

bolígrafo *m* biro *f*, penna a sfera *f*

bolillo *m* fuso, fusello; legno affusolato; *Méx* panino ◊ ***encaje de ~*** pizzo/merletto al tombolo, pizzo a fuselli

bolina *f nav* bolina; *fig* chiasso *m*, tumulto *m* ◊ ***ir de ~ mar*** andare di bolina
bolista *adj/s Méx* rivoluzionario, -a, agitatore, -trice
bolívar *m Ven* (*moneda*) bolivar
Bolivia *f geogr* Bolivia
boliviano, -a *adj/s* boliviano, -a
boll|era *f vulg* lesbica (*estánd*), biche; **~ería** *f* forno-pasticceria *m*; **~o** *m* 1. *gastr* brioche* *f*; *gastr* panino al latte; 2. ammaccatura *f*; *fig* bernoccolo; *fig* casino; (*traje*) sgonfio ◊ ***no estar el horno para ~s*** non essere il momento opportuno; ***~ de relieve*** sbalzo su metalli
bolo 1. *m* birillo; tombolo; *teat* tournée *f*; attore dal ruolo fisso; *coloq/fig* ignorante; *med* bolo; **2.** *mpl* bowling *m inv*
Bolonia *f geogr* Bologna
bolonio *m* ="studente del Collegio Spagnolo di Bologna"; scemo
boloñés, -esa *adj/s* bolognese
bols|a *f* 1. borsa; sacco *m*; sacchetto *m*; *fig* tasca; 2. *com* borsa ◊ ***~ de trabajo*** ="graduatoria di collocamento"; ***estar en la ~ de trabajo*** essere in attesa di collocamento, essere in graduatoria di collocamento; ***~ para/de la basura*** sacchetto per la pattumiera/per l'immondizia; ***~ de plástico, de hielo, del agua*** borsa di plastica, da ghiaccio, dell'acqua; ***~ de viaje*** borsa di studio; ***¡la ~ o la vida!*** O la borsa o la vita!; ***~ de mercancías, de valores*** *com* borsa merci, valori; ***bajar, subir la ~*** *com* scendere, salire la borsa, i titoli; ***jugar a la ~*** *com* giocare in borsa; **~illo** *m* tasca *f*, taschino; borsellino ◊ ***de ~*** tascabile; ***reloj de ~*** orologio da tasca; ***al alcance de todos los ~s*** alla portata di tutti; ***llenarse los ~s*** *desp/fig* arricchirsi (rapidamente), diventare ricco (rapidamente); ***meterse, tener (a alg) en el ~*** conquistare/dominare (q); ***no echarse nada en el ~*** *coloq* non venirne nulla in tasca; ***rascarse el ~*** dare soldi controvoglia/malvolentieri; **~ín** *m com* borsino; **~ista** *m/f com* borsista; **~o** *m* borsetta *f*, borsa *f*; *nav* pancia *f*, borsa *f*
bomba 1. *f tecn* pompa; *mús* pompa; *mil fig* bomba; *Am* bugia, frottola; **2.** *adv* molto bene, super ◊ ***~ de mano, atómica, de hidrógeno, de cobalto...*** bomba a mano, atomica, H/all'idrogeno, al cobalto...; ***~ de tiempo*** bomba (a) tempo; ***caer (u-c) como una ~*** essere (qc) una doccia fredda; ***estar echando ~s*** essere molto caldeggiato; ***pasarlo ~*** divertirsi molto/un sacco; ***a prueba de ~*** a prova di bomba; ***~ de calor*** pompa di calore; **~cho** *adj* ◊ ***pantalones ~s*** *mpl* pantaloni alla zuava; **~rda** *f mús/mil* bombarda; **~rdear** *vt* bombardare; **~rdeo** *m* bombardamento ◊ ***apuntarse a un ~*** partecipare a tutto, essere sempre disposto/preparato (a partecipare); **~rdero, -a 1.** *m aero* bombardiere; **2.** *adj* bombardiero, -a; **~rdino** *m mús* flicorno baritono, bombardino; **~zo** *m* scoppio di bomba; *fig* bomba *f*
bombe|ar 1. *vt* pompare; *fig* elogiare; *Arg* esplorare; *Arg* spiare; *Col* licenziare; *Hond* nascondere; **2.** *vi* darsi delle arie; **~o** *m* pompaggio; **~r** *m* bomber *inv*; **~ro** *m* pompiere, vigile del fuoco; *mil* mortaio ◊ ***tener ideas de ~*** avere idee strampalate
bombi|lla *f* lampadina elettrica; pompetta; *nav* fanaletto *m*; **~llo** *m* pompetta *f*; pompa portatile *f*; *Col* lampadina *f*
bombín *m* bombetta *f*; (*bici*) pompa *f*
bombo *m mús* grancassa *f*; urna sferica *f*; (*lavadora*) cestello; propaganda *f*; elogio ◊ ***a ~ y platillo*** battendo la grancassa; ***dar mucho ~*** fare molta propaganda; ***darse ~*** vantarsi; ***hacerle un ~ (a una mujer)*** metterla incinta; ***tener la cabeza como un ~*** avere la testa che scoppia
bombón *m* cioccolatino, dolce; *fig* bijou* *inv*; *reg* caffé con latte condensato
bombon|a *f* (*gas*) bombola; damigiana; **~era** *f* bomboniera
bonachón, -ona *adj/s* bonaccione, -a
bonaerense *adj/s* bonaerense, di Buenos Aires
bonanza *f* bonaccia; prosperità *inv*
bondad *f* bontà; mitezza ◊ ***tenga la ~ de...*** abbia la bontà di...; **~oso, -a** *adj* buono, -a; mite
bonete *m* berretta *f*; tocco
bongo *m Am* (tipo di) canoa *f*
bongó *m Am mús* bongos *mpl*
bonhomía *f elev* mitezza, dolcezza
boniato *m Am bot* batata *f*, patata americana/dolce *f*
bonific|ación *f* bonifica; *com* bonificazione, sconto *m*; **~ar** ‹*bonifiqué*› *vt* bonificare; *com* abbuonare
bonit|amente *adv* soavemente, bellamente; **~o, -a 1.** *adj* bello, -a, grazioso, -a; buono, -a; **2.** *m zool* palamita *f* ◊ ***~ del Norte*** tonno bianco
bono *m com* buono ◊ ***~ del tesoro*** buono del Tesoro; **~loto** *f* una delle attuali lotterie spagnole
bonsai *m* bonsai *inv*
bonzo *m* bonzo
boñig|a *f* bovina, escremento bovino *m*; **~o** *m* bovina *f*, escremento bovino
boom *m* boom* *inv*; **~erang** [bume'ran] *m* boomerang* *inv*
boque|ada *f* boccheggiamento *m* ◊ ***dar las ~s*** boccheggiare; **~ar** *vi* aprire la bocca; boccheggiare; agonizzare; **~ra** *f* bocca, bocchello *m*, bocchetta; *med coloq* febbre alle labbra, boccarola; **~ras** *m inv jerga delinc* ="guardia carceraria" *f*, carceriere; **~rón** *m zool* alice *f*, acciuga *f*
boquete *m* breccia *f*
boqui|abierto, -a *adj* a bocca aperta; **~flojo, -a** *adj Méx* pettegolo, -a; **~lla** *f* (*cigarrillos*) bocchino *m*; (*riego*) bocca; *mús* bocchetta, bocchino *m* ◊ ***de ~*** a parole
borac|ífero, -a *adj* boracifero; **~ita** *f min* boracite
borato *m quím* borato
bórax *m* borace

borbol|la *f* bollicina; **~ar** (*var.* **borbollear**) *vi* gorgogliare; **~ón** *m* gorgoglio ◊ ***a ~ones*** gorgogliando
Borbones *mpl* Borboni
borbónico, -a *adj/s* borbonico, -a
borbot|ar (*var.* **borbotear**) *vi* gorgogliare; **~eo** *m* gorgoglìo; **~ón** *m* gorgoglio, fiotto ◊ ***a ~ones*** a fiotti, a scatti
borceguí *m* stivaletto
borda *f* 1. *nav* parapetto *m*, bordo *m*; 2. (*Pirineo*) capanna di pastori ◊ ***echar/tirar por la ~*** mandare a picco; ***fuera (de) ~*** *adj mar* fuoribordo (*m*); **~da** *f nav* bordata; **~do, -a 1.** *adj* ricamato, -a; *fig* perfetto, -a; **2.** *m* ricamo; **~dora** *f* ricamatrice; **~r** *vt* ricamare; *fig* indovinare, fare alla perfezione
borde 1. *m* bordo; orlo, margine; **2.** *adj/m* bastardo, -a, carogna *f*, stronzo, -a ◊ ***al ~ de*** *prep* sul punto di, in punto di; ***al ~ del campo*** *sport* a bordocampo; ***al ~ del mar*** *prep* in riva al mare; **~ar** *vt* bordeggiare; **~lés, -esa** *adj/s* bordolese, di Bordeaux
bordillo *m* bordo del marciapiede; (*spartitraffico*) serpentone
bordo *m nav* bordo ◊ ***de alto ~*** *tamb. fig* d'alto bordo; ***a ~ de*** *prep* a bordo di; ***fuera de ~*** *adj* fuoribordo
bordón *m* bordone; sostegno; *mús* ritornello
boreal *adj* boreale
bóreas *m* borea, vento del nord
Borgoña *f geogr* Borgogna
borgoñón, -ona *adj/s* borgognone, -a
bórico *adj* borico
Borja *hist* Borgia
borla *f* 1. nappa; piumino *m*; 2. *bot* amaranto *m* ◊ ***tomar la ~*** laurearsi; **~rse** *Am* laurearsi
borne *m electr* vite della spina *f*; *electr* bottone; **~ar** *vt* allineare (con la vista); *nav* girare
boro *m quím* boro; **~na** *f* granoturco *m*; miglio *m*; torta di granoturco; *Am* briciola di pane; **~talco®** *m* borotalco
borra *f* borra
borrach|a *f* borraccia; **~era** *f* ubriacatura, sbornia; ubriachezza; **~ín, -ina** *m/f coloq* ubriacone, -a; **~o, -a** *adj/s* ubriaco, -a, ebbro, -a; *fig* ebbro, -a, esaltato, -a ◊ ***bizcocho ~*** (*licor*) dolce al liquore/inzuppato; ***ni ~*** neanche per sogno, neanche per idea
borrad|or, -a 1. *adj* cancellatore, -trice; **2.** *m* brutta copia *f*; *com* brogliaccio; *Am* gomma per cancellare *f*; **~ura** *f* cancellatura
borraj|a *f bot* borragine ◊ ***quedarse (u-c) en aguas de ~*** non farsi nulla (di qc); **~ear** *vt raro* scarabocchiare
borrar 1. *vt* cancellare; macchiare lo scritto; sbiadire; **2. ~se** cancellarsi; abbandonare *vt*, uscire *vi*
borrasc|a *f* burrasca, tempesta; **~oso, -a** *adj* burrascoso, -a, tempestoso, -a
borratinta *m* scolorina *f*
borre|gada *f jerga estud* festa della matricola; **~go** *m* agnellone; *fig* (*personas*) pecora *f*, pecorone; *jerga estud* matricola *f*; *Méx* balla *f*, frottola *f*; **~guero, -a** (*var.* **borreguil**) *adj* relativo all'agnellone o pecora ◊ ***cielo ~guero*** cielo a pecorelle; **~guillo** *m* (*tejido*) agnellina *f*; **~guismo** *m desp* gregarismo, pecoraggine *f*
borri|ca *f* asina; *fig* asina, donna ignorante; **~cada** *f fig* asinata; branco d'asini *m*; **~co, -a** *m/f zool tamb. fig* asino, -a, somaro, -a, ciuco, -a; cavalletto da falegname *m*; **~quero** *m* asinaio; **~quete** *m* cavalletto
borrón *m* sgorbio, scarabocchio; macchia *f*; schizzo; difetto ◊ ***¡~ y cuenta nueva!*** giriamo pagina!
borronear *vt* scarabocchiare
borroso, -a *adj* confuso, -a; sbiadito, -a; *desp/fig* torbido, -a
bosc|aje *m* boscaglia *f*; *arte* paesaggio ricco di alberi; **~osidad** *f* boscosità *inv*; **~oso, -a** *adj* boscoso, -a
Bósforo *m geogr* Bosforo
Bosnia-Herzegovina *f* Bosnia-Erzegovina
bosnio, -a *adj/s* bosniaco, -a
bosque *m* bosco; **~jar** *vt* abbozzare, fare uno schizzo; **~jo** *m* abbozzo, schizzo; idea generale *f*
bosquimán, -ana *adj/s* boscimano, -a
bostez|ar ‹*bostecé*› *vi* sbadigliare; **~o** *m* sbadiglio
bota *f* 1. stivale *m*; (*montaña*) scarpone *m*; 2. otre *m* ◊ ***~s de montar, de media caña*** stivaloni/stivali alla scudiera, fino al polpaccio; ***morir con las ~s puestas*** *fig* morire lottando; ***ponerse las ~s*** *coloq* arricchirsi; godersela; **~dura** *f nav* varo *m*, varamento *m*; **~fumeiro** *m relig* turibolo, incensiere; *fig* adulazione *f*; **~na** *f* toppa; *Méx* spuntino *m*; *Am* guaina per gli sproni dei galli
botánic|a *f* botanica; **~o, -a** *adj/s* botanico, -a
botar 1. *vt nav* varare; *Am* licenziare; gettare; **2.** *vi* sbottare; (*pelota*) rimbalzare; saltare; (*animales*) scalciare; **3. ~se** imbizzarrire *vi* ◊ ***está que bota*** è furioso/a, sta montando in furia; **~ate** *adj/m* sventato, -a, stordito, -a; *Am* sprecone, -a; **~el** *m arq* contrafforte, pilastro
botavara *f nav* boma
bote *m* 1. barattolo, vasetto; 2. *nav* scialuppa *f*, gommone; 3. sbalzo, scatto ◊ ***¡para el ~!*** per la mancia; ***tonto del ~*** scemo, deficiente; ***chupar del ~*** *fig* scroccare; ***tener (a alg) en el ~*** *coloq* dominare (q); ***~ salvavidas*** canotto di salvataggio; ***de ~ en ~*** pieno zeppo di gente; ***~ de carnero*** scalciata; ***~ de humo*** (candelotto) lacrimogeno, (bomba) lacrimogena; **~lla** *f* bottiglia; **~llazo** *m* colpo di bottiglia; **~llero** *m* scaffaletto portabottiglie, bottigliera *f*; negoziante di bottiglie; bottigliere
botel|lín *m* bottiglietta *f*; **~ón** *m* bottiglione; *fig* ="raduno di giovani, fino a notte tarda in luoghi pubblici per bere bevande per lo più alcoliche e bere insieme"
botica *f* farmacia; **~rio, -a** *m/f* farmacista

botij|a *f* brocca, caraffa; *Cuba* lattiera ◊ ***estar hecho una ~/un ~o*** *coloq* essere un piagnucolone; *coloq* essere cicciottello; **~as** *mpl Ur* bambini; **~o** *m* anfora *f*; **~ón, -ona** *adj Méx* bombolo
botín *m* 1. bottino; 2. (*zapato*) stivaletto
botiquín *m* armadietto dei medicinali; astuccio per medicinali di pronto soccorso; *Ven* taverna *f*
botón *m* bottone; *bot* gemma *f*, bocciuolo; (*puerta*) pomo; ◊ ***~ de fuego*** *med* cauterio; ***~ de oro*** ranuncolo
boton|adura *f* abbottonatura; **~es** *m inv* fattorino, boy
botulismo *m* botulismo
bou *m* (*red, barco*) paranza *f*; **~levard** [bule'var] *m* boulevard, viale ◊ ***de ~*** *teat* di rivista; **~tade** [bu'tad] *f* boutade *inv*; **~tique** [bu'tik] *f* boutique *inv*
bóveda *f* soffitto *m*; volta; cripta ◊ ***~ de/por arista, de cañón*** volta a crociera, a botte; ***~ celeste*** firmamento; ***~ palatina*** volta del palato; ***~ craneal*** volta cranica
bovino, -a *adj* bovino, -a
box *m* box *inv*
boxe|ador, -a *m/f* pugile; **~ar** *vi* praticare il pugilato; **~o** *m sport* pugilato, boxe* *f*
bóxer *m* boxer *inv*
boxístico, -a *adj* pugilistico, -a
boy|a *f nav* boa; sughero della rete da pesca *m*; **~ada** *f* mandra di buoi; **~ante 1.** *adj* galleggiante; fortunato, -a, prospero, -a; **2.** *m taur* toro bravo; **~ar** *vi Am* galleggiare; **~ero** *m* bovaro, bifolco, buttero, mandriano; **~-scout** ['boj es'cawt] *m* boy-scout *inv*
boz|al *m* museruola *f*; *Am* capestro, cavezza *f*; **~o** *m* lanugine *f*; capestro
brac|eada *f* bracciata; sbracciata; **~ear** *vi* sbracciarsi; nuotare a bracciate; *nav* bracciare; **~ero** *m* 1. (*trabajador*) bracciante; 2. giavellotto; 3. (*persona*) lanciatore ◊ ***del ~*** *adv coloq* a braccetto; **~o** *adj/m zool* bracco *m*
brag|a 1. *f tecn* braca; **2.** *fpl* mutandine; pantaloncini *mpl*; *ant* brache ◊ ***en ~s*** in brache; ***quedarse en ~s*** restare al verde, restare pulito; ***estar hecho una ~*** *vulg* essere/diventare uno straccio (*coloq*); **~ado, -a** *adj fig* malintenzionato, -a; deciso, -a; **~azas** *m inv desp/fig* uomo debole, (uomo) senza carattere; **~uero** *m* 1. cinto erniario; 2. *nav/mil* imbraca *f*
braguet|a *f* brachetta; **~azo** *m* ◊ ***dar un ~*** *colop/desp* attaccare il cappello (al chiodo); **~ero** *m* donnaiolo
braguita *m* pannolino ◊ ***~ pañal*** pannolino mutandina; **~s** *fpl* mutandine
brah|mán *adj/m* brahmano, bramano; **~manismo** *m* brahmanesimo, bramanesimo, brahmanismo, bramanismo
braille *adj/m* braille; ***escritura ~*** *scrittura braille*
bram|a *f* (*animales*) bramito *m*; periodo degli amori *m*; **~ante** *m* spago; **~ar** *vi* bramire; muggire; ululare; *fig* fremere
bramido *m* bramito; muggito; ululato; *fig* mugghio
brandy ['brandi] *m* brandy* *inv*
bran|quia *f zool* branchia; **~l** *adj* branchiale
braqui|al *adj* brachiale; **~céfalo, -a** *adj/m* brachicefalo, -a; **~uro** *adj/m zool* brachiuro
bras|a *f* brace; bragia ◊ ***a la ~*** alla brace; **~erillo** *m* scaldino; **~ero** *m* braciere
Brasil *m geogr* Brasile
brasil *m bot* verzino, brasile; **~eño, -a** (*var.* **brasilero, -a** *Am*, **brasileiro, -a**) *adj/s* brasiliano, -a
brav|ata *f* bravata, smargiassata; **~ear** *vi* bravare; **~eza** *f* bravura; valore *m*; (*viento*...) furore *m*; **~ío, -a** *adj* feroce, indomito, -a; *bot fig* spinoso, -a; *fig* brutale; **~o, -a 1.** *adj* valoroso, -a, bravo, -a; eccellente; fiero, -a, selvaggio, -a; infuriato, -a; (*patatas*) piccante; **2.** *m* guappo, bravo; *Cuba* imbroglione ◊ ***¡~!*** bravo!; ***por/a la(s) ~a(s)*** alla brava; **~ucón, -ona** *adj/s* fanfarone, spaccone; **~uconada** *f* fanfaronata; **~uconería** *f* spavalderia, millanteria; smargiassata; **~ura** *f* fierezza, valore *m*; bravata
braz|a *f* (*m. 1,67*) braccio *m*; *sport* braccio *m*, corda del pennone; *sport* rana ◊ ***a ~*** a rana; **~ada** *f* sbracciata; (*hierba*) bracciata; **~ado** *m* bracciata *f*; **~al** *m* bracciale; **~alete** *m* braccialetto; (*t. arma*) bracciale; **~o** *m* 1. braccio (-ia *fpl*; -i *mpl*); 2. (*animales*) zampa *f*; 3. (*butaca*) bracci(u)olo; 4. ramo; *fig* forza *f* ◊ ***a ~*** a mano; ***a ~ partido*** duramente; ***al ~*** sul braccio; ***del ~*** a braccetto; ***en ~s*** in braccio; ***con los ~s abiertos, cruzados*** a braccia aperte, incrociate; ***faltan ~s*** mancano braccia/manca mano d'opera; ***cruzarse de ~s*** incrociare le braccia; ***echarse en ~s de alg*** *fig* gettarsi in braccio a q; ***no dar su ~ a torcer*** *fig* non cedere; ***ser el ~ derecho*** *fig* essere il braccio destro; ***~ de mar, de tierra*** braccio di mare, di terra; ***~ gitano*** ="rotolo di pan di Spagna ripieno di crema, panna o gelato"
brea *f* catrame *m*; tela catramata; *nav* impasto per calafatare *m*; **~k** ['brejk] *m* break *inv*
brebaje *m* beveraggio; *desp* pozione *f*
brecha *f* breccia; *med* ferita; *fig* effetto *m* ◊ ***abrir ~*** fare breccia; ***estar en la ~*** stare sulla breccia
brécol *m bot* broccolo
brega *f* briga; zuffa; *fig* burla; **~r** ‹*bregué*› *vi* 1. litigare, azzuffarsi; 2. sfacchinare, faticare
breñ|a *f* sterpaglia; **~oso, -a** *adj* sterposo, -a
bresca *f* favo di miele *m*; **~r** ‹*bresqué*› *vt* smelare
Bretaña *f geogr* Bretagna
bretón, -ona *adj/s* bretone
brev|a *f bot* fiorone *m*; *fig* buon affare *m* ◊ ***más blando que una ~*** *fig* molto remissivo; ***no me caerá esa ~*** *fig* non avrò questa fortuna; **~al** *m bot* (*árbol*) fico (che dà i fioroni); **~e 1.** *adj* breve, corto, -a; **2.** *f mús* breve; **3.** *m dipl* breve ◊ ***en ~*** fra poco, in breve; **~edad** *f* brevità *inv*; **~iario** *m* breviario; compendio
brez|al *m bot* ericaia *f*; **~o** *m bot* erica *f*
bribón, -ona *adj/s* briccone, -a, birba *f*, birbone, -a
bribon|ada *f* bricconata; **~ería** *f* birboneria; **~zuelo, -a** *adj/s* bricconcello, -a, birba *f*

bricolaje *m* bricolage *inv*, fai da te *inv*
brid|a *f* briglia; *tecn* ghiera ◊ ***a la ~*** a briglia sciolta; ***a toda ~*** a tutta briglia; **~ge** [britʃ] *m* bridge
briga|da 1. *f mil* brigata; squadra; **2.** *m mil* (*hombre y mujer*) brigadiere ◊ ***~ social*** polizia politica fascista; ****~s Internacionales*** Brigate Internazionali; ****~s Rojas*** (*Italia*)) Brigate Rosse; **~dier** *m hist* generale di brigata; **~tista** *m/f* membro di brigata *m*
brik (*var.* **tetra-brik@**) *m* brik *inv*, tetra-brik *inv*
brill|ante 1. *adj* brillante; brillante, splendente; **2.** *m* brillante; **~antez** *f* fulgore *m*, splendore *m*; **~antina** *f* brillantina; **~ar** *vi* brillare, splendere; luccicare; *fig* brillare, emergere, spiccare; **~o** *m* lucidità *f inv*, lustro, splendore; *fig* spicco ◊ ***~ de labios*** lucidalabbra
brinc|ar ‹*brinqué*› *vi* saltare, balzare; balzellare; *fig* piccarsi ◊ ***estar (alg) que brinca*** essere (q) furioso; **~o** *m* salto, balzo ◊ ***dar, pegar un ~*** spiccare, fare un salto; ***darle/pegarle un ~ el corazón*** *coloq* avere un sobbalzo, sobbalzare
brind|ar 1. *vi* brindare, bere alla salute (di); **2.** *vt* offrire, porgere; **3. ~se** offrirsi; **~is** *m* **1.** brindisi; **2.** *geogr* *~ Brindisi
brío *m* brio, vivacità *f inv*; garbo
briófita *f* briofita
briofito, -a *adj bot* briofita
brionia *f bot* brionia
bríos: ¡voto a ~! *excl* giuraddio!
brioso, -a *adj* brioso, -a
briozoo *adj/m zool* briozoo
briqueta *f constr* mattonella, bricchetta
brisa 1. *f meteo* brezza; *Am* appetito *m*; **2.** *fpl* venti alisei *mpl*
brisca *f* briscola
británico, -a *adj/s* britannico, -a
brizna *f* filamento *m*, filo *m*
broca *f* 1. (*taladro*) punta; 2. spoletta; 3. (*zapatos*) brocca; **~do** *m* broccato; **~l** *m* 1. orlo, bordo; 2. sponda di un pozzo *f*; 3. *constr* canaletta di bordo (in conglomerato) *f*; **~tel** *m* broccatello
broch|a *f* pennello *m* ◊ ***pintor de ~ gorda*** imbianchino; *fig* artista da strapazzo; **~azo** *m* pennellata *f*; **~e** *m* spilla *f*; fermaglio ◊ ***~ final*** conclusione finale; **~eta** *f* spiedino *m*
bróculi *m* broccolo, cavolo broccolo ◊ ***se hierve el ~...*** si bollono i broccoli...
broker ['broker] *m* broker *inv*
brom|a *f* 1. scherzo *m*; burla; 2. *zool* bruma, teredine ◊ ***~ pesada*** scherzo di cattivo gusto, scherzo da prete; ***de ~*** per scherzo; ***~s aparte*** scherzi a parte; ***déjate de ~s*** smettila di scherzare; ***estar de ~*** aver voglia di scherzare; ***no estar para ~s*** *coloq* non aver voglia di scherzare; ***¡Hasta ahí podían llegar las ~s!*** *coloq* Ci mancherebbe altro!; ***tomar a/en ~*** prendere in scherzo; **~ear** *vi* scherzare; **~ista** *adj/s* burlone, -a; scherzoso, -a; **~o** *m quím* bromo; *bot* (tipo di) gramigna *f*; **~uro** *m quím* bromuro
bronca *f* alterco *m*, rissa; predica, sgridata ◊ ***armar una ~*** fare/accendere una zuffa; ***buscar ~*** cercare rogne/guai; ***echar una ~ (a alg)*** sgridare (q), fare una predica/sgridata (a q)
bronce *m* bronzo; **~ado, -a 1.** *adj* 1. abbronzato, -a, bronzeo, -a; 2. bronzato, -a; **2.** *m* 1. abbronzatura *f*; 2. bronzatura *f*; **~ador, -a** *adj/m* abbronzante; **~ar** *vt* 1. abbronzare; 2. bronzare
brónceo, -a *adj* bronzeo
broncíneo, -a *adj* bronzeo, -a
broncista *m* bronzista
bronco, -a *adj* rauco, -a; aspro, -a; duro, -a, aspro, -a; **~dilatador, -a** *adj/m med* broncodilatatore, -trice; **~neumonía** *f* broncopolmonite
bronquial *adj* bronchiale; **~os** *mpl med* bronchi
bronquítico, -a *adj/s* bronchitico, -a
bronquitis *f inv* bronchite *f*
broquel *m ant* brocchiere; *fig* difesa *f*
bróquil *m* broccolo
brot|adura *f* buttata; **~ar** *vi bot* germogliare; *bot tamb. fig* germinare, spuntare; scaturire; apparire; **~e** *m bot* germoglio, rampollo; *fig* germe, radice *f*
broza *f* sterpaglia, ciarpame *m*; pattume *m*; *fig* fumo *m*
brucellosis *f inv* brucellosi; **~s: de ~** *adv* ◊ ***caer/echarse de ~*** cadere/buttarsi bocconi/a bocca in giù
bruja *f* 1. strega; 2. *fig* spauracchio *m* ◊ ***~ buena*** fata
Brujas *geogr* Bruges
brujería *f* stregoneria, maleficio *m*; magia
brujo *m* stregone, mago
brújula *f nav* bussola; ago magnetico *m* ◊ ***perder la ~*** *tamb. fig* perdere la bussola
brujulear *vt* sondare, indagare; (*naipes*) succhiellare
brum|a *f* nebbia, bruma, foschia; **~oso, -a** *adj* brumoso, -a, nebbioso, -a
bruñ|ido, -a 1. *adj* brunito, -a, lucido, -a; **2.** *m* brunitura *f*; **~idor, -a** *adj/s* brunitore, -trice; **~ir** ‹*bruñó*› *vt* brunire, lucidare; *Am* seccare
brusco, -a *adj* brusco, -a, aspro, -a
Bruselas *geogr* Bruxelles
brusquedad *f* asprezza, bruschezza
brut|al *adj* brutale; bruto; **~alidad** *f* brutalità *inv*; crudeltà *inv*; stoltezza; **~o, -a 1.** *adj* 1. bestiale, brutale; 2. villano, -a; 3. (*peso, dinero*) lordo, -a; **2.** *m* bestia *f*, bruto ◊ ***a lo ~o*** violentemente; ***en ~o*** grezzo; lordo
bruza *f* brusca, bruschino *m*
bu *m* babau; **~ba** (*var.* **búa**) *f infant* pustoletta; bubbone *m*; **~bón** *m* bubbone; **~bónico, -a** *adj* bubbonico, -a
bucal *adj* boccale
bucanero *m* bucaniere
búcaro *m* bucchero
bucelador, -a *m/f* palombaro, -a; **~ar** *vi* nuotare o lavorare da palombaro; **~o** *m* immersione *f*

buch|aca *f coloq* tasca; **~e** *m zool* gozzo; *fig* stomaco; sorsata *f* ◊ ***guardar/tener (u-c) en el ~*** *fig* avere un segreto/nascondere qualcosa; ***sacar el ~ (a alg)*** *fig* strappare un segreto (a q)
bucle *m* buccolo
bucólic|a *f* bucolica; **~o, -a** *adj/s* bucolico, -a
Buda *m* Budda
buddismo *m* buddismo
budín *m* budino
budión *m* donzella *f*
budista *adj/s* buddista
BUE (*Buenos Aires*) *abr*
buen V. **bueno**; **~amente** *adv* bonariamente; facilmente ◊ ***como ~ puedas*** così come puoi; **~aventura** *f* sorte; felicità *inv*; **~azo, -a** *adj/s* bonaccione, -a; **~o, -a 1.** *adj* buono, -a; atto, -a, utile; bello, -a; sano, -a; **2.** *m* bonaccione, pezzo di pane ◊ ***¡*~!*** Bene!, D'accordo!; ***¡eso sí que está/estaría ~!*** questa sì che è/sarebbe bella!; ***está ~ si...*** sta fresco se...; ***lo ~ es*** il bello è; ***¡qué ~ sería que...!*** sarebbe bello che...!; ***a la ~a de Dios*** alla buona; ***¡~a la he hecho!*** L'ho fatta bella/grossa!; ***¡*~as!*** *coloq* buongiorno, buonasera; ***de ~as a primeras*** di primo acchito, alla prima; ***por las ~as*** con le buone; ***¡estaríamos ~s!*** staremmo freschi!; ***dar una ~a a alg*** darne tante a q; ***estar ~a, -o (mujer/hombre)*** *coloq* essere bona/una figa *f*, essere un figo/fusto *m*; ***estar de ~as*** essere in buona/di buon umore
buey *m* bue, bove ◊ ***~ de buey*** occhio di bue
bufa *f reg coloq* sbornia
búfalo *m/f* bufalo, -a; *Méx* bisonte
bufanda *f* sciarpa; *jerga* (*funcionarios*) paga extraufficiale
bufar 1. *vi* sbuffare; soffiare; fremere; **2. ~se** gonfiarsi ◊ ***estar (alg) que bufa*** essere furioso (q)
bufé (*var.* **buffet, bufé libre**) *m* servizio a buffet *inv*, self-service *inv*
bufete *m* scrivania *f*; studio legale
buffet [bu'fe] V. **bufé**
bufido *m* sbuffo; soffio
bufo, -a 1. *adj* buffo, -a, comico, -a; **2.** *m teat* buffo ◊ ***obra ~*** *teat* opera buffa
bufón, -ona *m/f* buffone, -a, pagliaccio, -a
bufon|ada *f* buffonata; burla; **~earse** burlarsi (**de** di), beffarsi (**de** di); **~ería** *f* buffoneria; **~esco, -a** *adj* buffonesco, -a
bug *m* bug *inv*; **~anvilla** *f bot* buganvillea
buhardilla (*var.* **bohardilla**, **boardilla**) *f* mansarda, soffitta
búho *m* gufo ◊ ***~ nival*** gufo delle nevi; ***~ real*** gufo reale; ***~ chico*** gufo comune; ***búhobus/buhobús*** *coloq* autobús nocturno
buhoner|ía *f* merceria; **~o** *m* merciaio ambulante
buitre *m zool tamb. fig* avvoltoio ◊ ***gran ~ de las Indias*** condor
buj|arrón (*var.* **bujarra**) *m jerga* finocchio, omosessuale attivo, gay attivo; **~e** *m tecn* bronzina *f*; **~ía** *f* 1. candela; 2. candeliere *m*; 3. *auto* candela
bula *f* bolla ◊ ***~ de la Santa Cruzada*** ="dispensa papale dal magro per gli spagnoli"
bulbo *m bot/med* bulbo; **~so, -a** *adj* bulboso, -a
bule|rías *fpl* ="canto e ballo andaluso" *m*; **~var** *m* viale, corso
Bulgaria *f geogr* Bulgaria
búlgaro, -a *adj/s* bulgaro, -a
bulla *f* chiasso *m*, putiferio *m*; *coloq* casino *m*; calca ◊ ***meter ~*** far casino/putiferio; intralciare un affare; **~nguero, -a** *adj/s* tumultuoso, -a, casinista
bulldog [bul'dog] *m* bulldog *inv*
bulli|cio *m* frastuono, chiasso, rumore; **~cioso, -a** *adj* rumoroso, -a; turbolento, -a; **~dor, -a** *adj* irrequieto, -a, vivace; **~r** ‹*bulló, bulleron*› *vt* bollire; agitarsi
bullón *m* borchia *f*
bulo *m* frottola *f*; notizia allarmistica *f*
bulto *m com* collo, balla *f*; *med* gonfiore; volume; pacco; *Am* cartella *f* ◊ ***a ~*** a occhio; ***escurrir el ~*** *fig* svignarsela, eludere qc; ***hacer ~*** far volume; ***ir de ~*** *fig* fare da comparsa; ***ser de ~*** *fig* essere palese
bumerang [bume'ran] (*var.* **bumerán**) *m* bumerang *inv*
bungalow [bunga'lob, bunga'lo] (*var.* **bungaló**) *m* bungalow* *inv*
buñuelo *m* ="frittellina (dolce) di S. Giuseppe" *f*; *fig* pasticcio
BUP (*Bachillerato Unificado Polivalente*) *abr/m Esp hist* scuola media superiore, liceo (*Liceo Unificato Polivalente*)
buque *m* nave *f*, bastimento ◊ ***~ de transporte*** nave da trasporto V. **barco**
buqué *m* (*vino*) bouquet *inv*
burbuj|a *f* bolla ◊ ***~ inmobiliaria*** *econ* bolla immobiliare; **~ear** *vi* gorgogliare; **~eo** *m* gorgoglio
burdégano *m zool* bardotto
burdel *m* bordello, casino
Burdeos 1. *geogr* Bordeaux; **2.** *m* (vino di) Bordeaux
burdeos *adj/m* (color) bordò, bordeaux
burdo, -a *adj* rozzo, -a; greggio, -a
burel|ar *vi Am* divertirsi; **~o** *m* spasso, divertimento
burgalés, -esa *adj/s* burgalese, di Burgos
burgomaestre *m* borgomastro
burgués, -esa *adj/s* borghese
burguesía *f* borghesia
buril *m tecn* bulino; **~adura** *f* bulinatura; **~ar** *vt* bulinare, incidere
burla *f* burla, scherzo *m*, beffa; **~dero** *m taur* ="pezzo di steccato per proteggersi dall'inseguimento del toro"; **~dor, -a 1.** *m* seduttore; burlone; canzonatore; **2.** *adj* canzonatorio, -a, beffardo, -a; **~r 1.** *vt* ingannare, prendere in giro; *fig* schivare, ingannare; **2. ~se** beffarsi (**de** di), burlarsi (**de** di), prendere in giro *vt*
burle|sco, -a *adj* burlesco, -a, giocoso, -a; beffardo, -a; **~te** *m* (*puertas, ventanas...*) guarnizione *f*
burlón, -ona *adj/s* burlone, -a
buró *m* bureau

burocracia *f* burocrazia
burócrata *m/f* burocrate
burocrático, -a *adj* burocratico, -a
burocratiz|ación *f* burocratizzazione; **~ar** ‹*burocraticé*› *vt* burocratizzare
burr|a *f zool tamb. fig* asina, somara ◊ ***vender la ~ (a alg)*** prendere in giro facendo credere qc; **~ada** *f* sciocchezza; sbaglio *m*; bestialità *inv*; *zool* mandra di asini ◊ ***una ~*** un'esagerazione, una follia; **~ez** *f* asinità *inv*; **~icie** *f* asinità *inv*; **~o** *m zool* asino, somaro, ciuco; cavalletto; (*naipes*) asino ◊ ***~ de carga*** *tamb. fig* bestia da soma; ***apearse del ~*** cedere alla fine; ***hacer el ~*** essere una bestia, fare sciocchezze; ***no ver tres en un ~*** non vederci un tubo, non vedere più in là del proprio naso; ***trabajar como un ~*** lavorare come una bestia/un mulo
bursátil *adj com* borsistico, -a
bus *m* bus *inv*
busca 1. *f* ricerca; **2.** *m* (dispositivo) cercapersone ◊ ***ir a la ~*** andare alla ricerca; **~bullas** *m/f inv Méx* attaccabrighe; **~do, -a** *adj* ricercato; **~dor, -a** *adj/s* cercatore, -trice; **~personas** *m inv* cercapersone; **~r** ‹*busqué*› *vt* cercare; *Am* provocare ◊ ***~ tres pies al gato*** cercare il pelo nell'uovo; ***~ una aguja en un pajar*** cercare un ago nel pagliaio; ***~ con el candil*** cercare con il lanternino; ***~se la vida*** arrangiarsi; **~vidas** *m/f inv* ficcanaso
buscón, -ona 1. *adj/s* borsaiolo, -a, picaro, -a; **2.** *f* sgualdrina
busilis *m* nocciolo, busillis
búsqueda *f* ricerca, indagine
bustier *m* bustier* *inv*
busto *m* busto
buta|ca *f* poltrona ◊ ***~ de mimbre*** poltrona di vimini; **~no** *m* butano
buten: de ~ *adv* ◊ ***de ~*** *jerga* stupendo, meraviglioso (*adv/adj*)
butifarra *f* 1. *gastr* ="salsicciotto catalano" *m*; *Perú gastr* panino d'insalata e prosciutto *m*; 2. *fig* calze poco aderenti *fpl*
butírico, -a *adj quím* butirrico, -a
butr|ón *m* 1. *nav* bertuello; *jerga delinc* (*robo*) buco; 2. *nav* rete fissa a corrente *f*; **~onero, -a** *m/f* scassinatore, -trice col metodo della banda del buco
buz|amiento *m* (*terreno*) inclinazione *f*; **~o** *m* palombaro; **~ón** *m* cassetta della posta *f*, buca delle lettere *f*; **~onear** *vt* distribuire la pubblicità nella cassetta della posta
BV (*Banco de Valencia*) *abr*
by-pass [baj'pas] *m med/tecn* by-pass *inv*
byte [bajt] *m informát* byte *inv*

C

c. (*circa*) *abr*
c/ *abr* 1. (*calle*) via; 2. (*cuenta*) c. (cuenta)
¡ca! *excl* macché!
CA *abr* c.a.
cabal *adj* giusto, -a, esatto, -a, preciso, -a, completo, -a; *fig* serio, -a, onesto, -a, assennato, -a ◊ ***estar uno en sus ~es*** essere assennato, avere senno
cábala 1. *f* cabala; **2.** *fpl* congetture, calcoli *mpl* ◊ ***hacer ~s*** fare congetture
cabal|gada *f* cavalcata; **~adura** *f* cavalcatura; **~amiento** *m geol* piano di scorrimento; **~ar** ‹*cabalgué*› **1.** *vt* cavalcare; montare; **2.** *vi* andare a cavallo; **~ata** *f* cavalcata
cabalista *m/f* cabalista
cabalístico, -a *adj* cabalistico, -a
caballa *f zool* sgombro *m*; **~da** *f* mandria di cavalli; **~je** *m* 1. *mec* cavalli (del motore) *mpl*; 2. (*animales*) monta *f*; **~r** *adj* equino, cavallino
caballe|resco, -a *adj* cavalleresco, -a ◊ ***literatura ~*** letteratura cavalleresca; **~ría** *f* 1. *zool* bestia da soma; 2. *mil* cavalleria; **~riza** *f* scuderia; **~rizo** *m* cavallerizzo; **~ro, -a 1.** *m* cavaliere; signore, gentiluomo; **2.** *adj* cavaliera ◊ ***~ andante*** cavaliere errante; ***perspectiva ~a*** *geom* prospettiva cavaliera; ***peluquería de ~os*** parrucchiere da uomo; **~rosidad** *f* cortesia, gentilezza; **~roso, -a** *adj* cortese, gentile; **~te** *m arte* cavalletto; *mec* cavalletto; *tecn* cavaliere; *agric* cavalletto a treppiede; *med* osso del naso
caballi|sta *m/f* intenditore, -trice o mercante di cavalli; **~to 1.** *m* cavallino; **2.** *mpl* giostra (con cavalli) *f* ◊ ***~ del diablo*** libellula; ***~ de mar*** *zool* cavalluccio marino; ***hacer un ~ (con la moto)*** fare un'impennata con la moto
caballo *m* 1. *zool fig* cavallo; 2. *jerga* (*droga*) eroina *f* ◊ ***~ de batalla*** *tamb. fig* cavallo di battaglia; ***~ de carreras*** cavallo da corsa; ***~ de Frisia*** cavallo di Frisia; ***~ de madera*** cavallo a dondolo; ***~ de montar*** cavallo da sella; ***~ de refresco*** cavallo da posta; ***~ de silla*** cavallo da sella; ***~ de tiro*** cavallo da tiro; ***~ de vapor*** cavallo-vapore; ***a ~*** *adv* a cavallo; ***a ~ de*** *prep fig* a cavallo di; ***fiebre/medicina de ~*** febbre/medicina da cavallo; ***a mata ~*** a spron battuto; ***a ~ regalado no le mires el diente*** a caval donato non si guarda in bocca; ***montar a ~*** montare a cavallo
caballuno, -a *adj desp* cavallino, -a, equino, -a; (*cara, dientes, etc.*) da cavallo
cabalmente *adv* assennatamente, con assennatezza
cabaña *f* 1. capanna; 2. gregge *m*, mandria, numero di capi *m*
cabaret [kaba're] (*var.* **cabaré**) *m* cabaret *inv*, caffè-concerto; night-club*
cabe *prep elev* presso, vicino a
cabe|cear *vi* scuotere/scrollare il capo; *transp* beccheggiare; **~eo** *m* scrollata di capo *f*; *transp* beccheggio; **~era** *f* 1. (*cama*) testiera, testata; 2. posto d'onore *m*; 3. capezzale *m*; 4. *impr tamb. fig* testata; 5. *TV* sigla di una trasmissione ◊ ***médico de ~*** medico di famiglia (della mu-

tua), medico di base (della mutua); **~ero** *m* (*cama*) testiera *f*; **~illa** *m/f* capobanda; caporione *m* (*irón*), capoccia *m* (*irón*)

cabel|lera *f* chioma, capigliatura; *astron* chioma ◊ **~ *de indios*** scalpo; **~o** *m* capello; capelli *mpl*, capigliatura *f* ◊ **~ *de ángel*** *gastr* ="crema di fili dolci di zucca"; **~udo, -a** *adj* capelluto, -a ◊ ***cuero*** **~** cuoio capelluto

caber ‹*quepo; cupe; cabré*› V. 18 *vi* 1. starci, entrarci; passare; poter darsi; 2. spettare, toccare ◊ ***aquí caben muchas personas*** qui ci stanno molte persone; ***este sillón no cabe por la puerta*** questa poltrona non passa dalla porta; ***cabe la posibilidad de que llegue a tiempo*** può darsi che arrivi in tempo; ***no cabe en sí de gozo/de alegría*** non sta in sé dalla gioia; ***no caber (u-c) en la cabeza (a alg)*** non entrare in capo (a q qc)/non riuscire a capire (q qc); ***no me cabe duda*** non c'è dubbio; ***me cabe el honor de presentarte*** ho/mi spetta l'onore di presentarti; ***meterse (alg u-c) por donde le quepa*** *euf/vulg* mettersi (q qc) in quel posto

cabestr|illo *m* 1. capestro, cavezza *f*; 2. *med* benda per appoggiare il braccio *f* ◊ ***llevar el brazo en*** **~** avere il braccio (legato) al collo; **~o** *m* capestro

cabez|a *f f* 1. testa, capo *m*; 2. *fig* testa, capocchia; *fig* capacità *inv*; 3. *tecn* testata; *tecn tamb. fig* (*viga*) estremità *inv*; *tecn* (*grabación*) testina ◊ **~ *abajo/arriba*** *adv* bocconi/supino; **~ *atómica*** testata atomica; **~ *cuadrada*** testa quadra; **~ *de ajo*** testa d'aglio; **~ *de chorlito*** testa di rapa/di cavolo; **~ *de ganado*** capo di bestiame; **~ *de lista*** capolista; **~ *de partido*** *adm* capoluogo; **~ *de puente*** *mil* testa di ponte; **~ *de serie*** *sport* testa di serie; **~ *de turco*** *fig* testa di turco; **~ *dura*** testa dura; **~ *hueca*** testa vuota; **~ *nuclear*** testata nucleare; **~ *rapada*** testa rasata; ***agachar la*** **~** *tamb. fig* abbassare/chinare la testa; ***calentarle la*** **~ *a alg*** *fig* montare/riempire la testa a qc; ***darse con la*** **~ *en la pared*** *fig* sbattere la testa/il capo contro il muro; ***doler la*** **~** avere mal di testa; ***en la*** **~ *del tren*** in testa al treno; ***ir con la*** **~ *(bien) alta*** andare/camminare a testa alta; ***ir de*** **~** ammattire, affannarsi; *tamb. fig* lambiccarsi il cervello; ***juego de*** **~** gioco di testa; ***levantar*** **~** (*económicamente*) rifarsi; (*salud*) rimettersi; ***metérsele una cosa (a alg) en la*** **~** mettersi/ficcarsi qualcosa in testa/in capo (a q); ***no atreverse a levantar la*** **~** non azzardarsi a fiatare; ***pasarle una cosa por la*** **~ *(a alg)*** *fig* passare (qc) per la testa/il capo ; ***perder la*** **~** *fig* perdere la testa; ***romperse la*** **~** *fig* scervellarsi; ***sentar la*** **~** mettere la testa a partito/a posto; ***sin pies ni*** **~** senza né capo né coda; ***subirse a la*** **~ *(u-c)*** dare alla testa (qc), montarsi la testa; ***tener la*** **~ *encima de los hombros*** avere la testa sulle spalle; ***tener la*** **~ *llena de pájaros*** avere dei grilli per la testa; ***tocar a tanto por*** **~** toccare un tanto a testa; ***traer de*** **~** fare impazzire; **~ada** *f* colpo di testa *m*; scossa di testa; testata ◊ ***echar una ~adita*** fare un pisolino; ***dar ~s*** sonnecchiare; **~al** *m* 1. guanciale; (*cama*) capezzale; 2. *tecn* testina *f*; **~azo** *m* testata *f*; *sport* colpo di testa; **~o** *m raro* collina *f*; **~ón, -ona 1.** *m/f* testone, -a; **2.** *adj fig* testardo, -a; **~onada** *f* 1. testardaggine, caparbietà *inv*; 2. colpo di testa *m*; **~onería** *f* testardaggine, caparbietà *inv*; **~ota** *adj/s* testardo, -a, caparbio, -a; **~udo, -a 1.** *adj/m* testone; **2.** *m teat* ="figura di nano con testone"

cabi|da *f* capacità *inv*, capienza; *fig* posto *m*, spazio *m* ◊ ***aquí no hay*** **~ *para 100 personas*** qui non c'è posto/spazio per 100 persone; **~la** (*var.* **kabila**, **cábila**, **kábila**) *f* cabila, tribù; **~ldear** *vi* intrigare; **~ldo** *m* 1. comune; 2. *relig* capitolo; 3. *pol* governo regionale (delle Canarie) ◊ ****~ Insular Canario*** Governo Regionale delle Canarie

cabin|a *f* cabina; **~era** *f Col* hostess *inv*

cabizbajo, -a *adj* 1. a capo chino *adv*; 2. mortificato, -a

cable *m* cavo; *nav* gomena *f* ◊ **~ *módem/módem de cable*** cable modem; ***televisión por*** **~** televisione via cavo; ***cruzársele (a alg) los ~s*** perdere il filo, perdere la bussola; ***echar un*** **~ *a alg*** *fig* dare una mano a q; **~ado** *m tecn* cablaggio; **~ar** *vt tecn* cablare; **~grafiar** ‹*grafío*› V. 2 *vt* cablare; **~grama** *m* cablogramma

cabo *m* 1. capo, estremità *f inv*; 2. *geogr* capo, promontorio; 3. *mil* caporale; 4. *nav* cavo, gomena *f* ◊ ***al*** **~** alla fine; ***al*** **~ *de*** dopo; ***al fin y al*** **~** dopo tutto; alla fin fine, in fin dei conti; ***de*** **~ *a rabo*** da cima a fondo; ***estar al*** **~ *de algo*** essere già informato/al corrente di qc; ***llevar a*** **~ *una cosa*** portare a termine qc; ***no dejar*** **~ *suelto*** non lasciare nulla in sospeso; ***atar/reunir/juntar ~s*** riunire dati, riflettere; **~ *de guardia*** *mil* caporale di giornata; **~taje** *m* cabotaggio

Cabo Verde *m* Capo Verde

caboverdiano, -a *adj geogr* capoverdiano, -a

cabra *f* capra ◊ **~ *hispánica o montés*** stambecco; ***estar como una*** **~** *coloq* essere pazzo da legare; ***la*** **~ *siempre tira al monte*** il lupo perde il pelo ma non il vizio; **~cho** *m zool* scorfano; **~higo** *m* caprifico

cabre|ar 1. *vt* far incavolare (*coloq*), far incazzare (*vulg*); **2. ~se** incavolarsi (*coloq*), incazzarsi (*vulg*) ◊ ***estar cabreado*** essere incazzato (*vulg*), essere incavolato (*coloq*); **~o** *m* arrabbiatura *f*, incavolatura *f*, incazzatura *f* (*vulg*), giramento di scatole; **~riza** *f* caprareccia; **~rizo, -a 1.** *m/f* capraio, -a; **2.** *adj* caprino, -a; **~ro, -a** *m/f* capraio, -a; **~stante** *m nav* argano

cabri|a *f nav* capra; **~llas** *fpl* rimbalzello *m*

cabrío, -a *adj* caprino, -a ◊ ***macho*** **~** capro, caprone

cabrio *m arq* puntone; **~la** *f* capriola; **~lé** *m* cabriolet *inv*, cabriolè *inv*
cabrit|illa *f* pelle di capretto ◊ ***guantes, zapatos de ~*** guanti, scarpe di capretto; **~illo** *m* capretto; **~o** *m* capretto; *fig* cornuto; *coloq* puttaniere
cabrón, -ona 1. *m* 1. *zool* capro; 2. *coloq* cornuto; **2.** *m/f coloq* stronzo, -a (*vulg*), testa di cazzo (*vulg*), idiota ◊ ***¡la muy ~ona!*** Che stronza!
cabronada *f coloq* fregatura, inculata (*vulg*)
cabruno, -a *adj* caprino, -a
caca *f euf/infant* cacca; *fig* porcheria ◊ ***hacer ~*** *infant* fare la cacca; **~huete** (*var.* **cacahuate** *Méx*) *m* nocciolina americana o del Brasile *f*, arachide (fruto) *f*; **~o** *m bot* cacao; *Esp fig* confusione *f*, chiasso, casino (*coloq*) ◊ ***se armó un ~*** scoppiò un casino; **~otal** *m* piantagione di cacao *f*
cacar|ear *vi* (*gallina*) chiocciare, fare coccodè; (*gallo*) chicchiriare, fare chicchirichì; *fig* strombazzare; **~eo** *m* coccodè (gallina), chicchiriata (gallo) *f*; *fig* strombazzata *f*, vanteria *f*
cacatúa *f zool* cacatua *m*; *fig desp.* befana
cacería *f* partita di caccia
cacerola *f* casseruola; **~da** *f* cacerolada
cacha 1. *f* ="ciascuna delle due parti di un manico di coltello, corno, osso, ecc"; **2.** *fpl* natiche ◊ ***hasta las ~s*** fino all'ultimo; ***un ~s*** un fusto/un tipo ben piazzato/un tipo muscoloso/un figo; **~co** *m Am* bellimbusto, ganimede; damerino; **~lote** *m zool* capidoglio, capodoglio; **~pera** *f vulg* lesbica
cacharr|azo *m coloq* colpo ◊ ***pegarse un ~*** darsi un colpo; **~ería** *f* negozio di stoviglie *m*; **~ero, -a** *m/f* venditore, -trice di stoviglie; stovigliaio, -a, vasaio, -a; **~o 1.** *m* 1. vaso di terracotta; 2. recipiente; 3. *fig* catorcio, oggetto vecchio e malridotto; **2.** *mpl* aggeggi, cianfrusaglie *fpl* ◊ ***este coche es un ~*** questa macchina è un catorcio/un rottame/una caffettiera
cachas *adj/m jerga* figo, uomo ben fatto, uomo muscoloso
cachaz|a *f* 1. flemma; 2. *Am* acquavite di canna da zucchero; **~udo, -a** *adj* flemmatico, -a
caché 1. *m* (*pago*) cachet* *inv*; cachet *inv*; **2.** *adj informát* cache* *inv*
cachear *vt* perquisire
Cachemir *m geogr* Kashmir,* Cascimir
cachemira (*var.* **cachemira** *m*) *f* cachemire* *m inv*
cacheo *m* perquisizione *f*
cachet *m* cachet;* **~ada** *f Am* schiaffo *m*; **~e** *m* schiaffo, manrovescio; **~ero** *m taur* ="pugnale per dare il colpo di grazia al toro, e la persona che lo dà"
cachi|camo *m Am zool* armadillo; **~cán** *m* 1. *ant* gastaldo; 2. *fig* uomo astuto; **~mba** *f* 1. pipa; 2. *Arg* pozza d'acqua sorgiva; **~mbo** *m* pipa *f*; **~polla** *f zool* efemera, effimera; **~porra** *f* manganello *m*; **~vache** *m desp* rottame, ciarpame
cacho *m* 1. pezzo, tozzo; fetta *f*; 2. *Arg/Ur/Par* (*plátanos*) casco; 3. *Am* (*animales*) corno; 4. *zool* cavedano ◊ ***un ~ de pan*** un tozzo di pane
cachond|earse *coloq* prendere in giro *vt*, burlarsi (**de** di); **~eo** *m* burla *f*, beffa *f*; baldoria *f* ◊ ***tomársela a ~*** prenderla sul ridere; **~ez** *f vulg* fregola; **~o, -a** *adj* 1. *vulg* (*estar*) eccitato, -a (*estánd*); *vulg* (*estar*) essere in fregola; 2. *coloq/fig* (*ser*) spiritoso, -a, allegro, -a, molto divertente
cachorro, -a *m/f* cucciolo, -a
cachupín (*var.* **gachupín**) *m Am Cent/Méx desp* spagnolo
caci|cada *f* sopruso *m*, angheria, prepotenza da signorotto; **~que** *m Am* cacicco, cacico; signorotto; **~quil** *adj* arbitrario, -a, dispotico, -a; **~quismo** *m* signoreggiamento (*ant*); sistema in cui predominano i signorotti; prepotenza del signorotto
caco *m coloq* ladro; **~fonía** *f* cacofonia; **~fónico, -a** *adj ling* cacofonico, -a
cacto (*var.* **cactus**) *m bot* cactus *inv*
cacum|en (*pl* **cacúmenes**) *m* acume, perspicacia *f*; **~inal** *adj ling* cacuminale
CAD (*Computer Aided Design - Diseño asistido por ordenador*) *abr/m informát* CAD (*Computer Aided Design*)
cada 1. *adj* ogni; **2.** *m bot* ginepro ◊ ***~ cual, ~ uno*** ciascuno, ognuno; ***~ día*** ogni giorno, tutti i giorni; ***~ dos por tres*** in continuazione; ***~ vez que*** ogni volta che; **~lso** *m* 1. palco; 2. patibolo; **~rzo** *m* bava *f*
cadáver *m* cadavere; *elev* salma *f*
cadavérico, -a *adj* cadaverico, -a
caden|a *f* 1. catena; 2. *TV* canale *m*, rete, network *m inv* ◊ ***~ de alta fidelidad*** stereo; ***~ de montaje*** catena di montaggio/di lavorazione; ***~ del frío*** catena del freddo; ***~ del perro*** guinzaglio; ***~ del reloj*** catena dell'orologio/cinturino; ***~ humana*** catena umana; ***~ montañosa*** catena montuosa; ***~ perpetua*** ergastolo; ***~ sin fin*** catena perpetua; ***~s antideslizantes (para la nieve)*** catene antisdrucciolevoli, da neve; ***en ~*** a catena; ***tirar de la ~*** tirare l'acqua; **~cia** *f* cadenza; **~cioso, -a** *adj* cadenzato, -a, armonioso, -a; **~eta** *f* catenella
cadera *f* fianco *m*, anca
cadete *m* cadetto; *Am* garzone
cadí *m* cadì
Cádiz *geogr* Cadice
cadmio *m metal* cadmio
caduc|ar ‹*caduqué*› *vi* scadere; *jur* prescriversi; decadere; **~eo** *m* caduceo; **~idad** *f* scadenza; *jur* caducità *inv* ◊ ***~ de la instancia*** perenzione; **~o, -a** *adj bot* caduco, -a; *fig* decrepito, -a, vecchio, -a ◊ ***hojas ~as*** foglie caduche
cae|dizo, -a *adj* cadente, cascante ◊ ***frutos ~s*** frutti cascaticci; **~r** ‹*caigo; caí, cayó; caiga; cayendo*› V. 19 **1.** *vi zool* cadere, cascare; **2. ~se** cadere *vi*, cascare *vi*, piombare *vi* ◊ ***~ a la calle*** dare sulla strada; ***~ bien una persona (a***

alg) essere simpatica una persona (a q); **~ *bien/mal un vestido*** stare/cadere bene/male un abito; **~ *de bruces*** cadere bocconi; **~ *de cabeza*** cadere a testa in giù; **~ *de espaldas*** cadere all'indietro; **~ *de perlas*** venire a puntino; **~ *de pie*** cadere in piedi/ritti; **~ *de/por su propio peso*** essere evidente; **~ *el gordo (en la lotería)*** vincere il primo premio (della lotteria); **~ *el pelo*** cadere i capelli; **~ *en desgracia*** cadere in disgrazia; **~ *en desuso*** cadere in disuso; **~ *enfermo*** cadere ammalato; **~ *en falta*** cadere/incorrere in fallo; **~ *en la cuenta*** rendersi conto di; **~ *en la trampa*** *tamb. fig* cadere nella trappola; **~ *en suerte*** toccare in sorte; **~ *mal una persona (a alg)*** essere antipatica una persona (a q); **~ *muy bajo*** cadere in basso, disonorarsi; **~ *redondo*** stramazzare al suolo; ***~se a pedazos*** cascare a pezzi; ***~se de risa*** morire dalle risate; ***~se de sueño*** cascare dal sonno; ***~se de viejo (algo)*** cascare a pezzi per la vecchiaia (qc); ***~se redondo*** stramazzare al suolo; ***~sele a uno el alma a los pies*** cascare le braccia a q; ***~sele a uno la baba*** *fig* andare in solluchero; ***~sele a uno la cara de vergüenza*** morire, nascondersi dalla vergogna; ***al ~ la tarde*** al cader del giorno/al tramonto; ***¡ahora caigo!*** adesso capisco!; ***caiga quien caiga*** caschi/cascasse il mondo; ***estar al ~*** stare per arrivare

café *m* 1. caffè *inv*; 2. caffè *inv*, bar *inv* ◊ **~ *cargado*** caffè ristretto; **~ *con leche*** caffellatte; **~ *concierto*** caffè concerto; **~ *cortado*** caffè macchiato; **~ *del tiempo*** caffè freddo; **~ *largo*** caffè lungo; **~ *solo*** caffè (espresso)

cafe|ína *f* caffeina; **~tal** *m* piantagione di caffè *f*; **~tera** *f* caffettiera; **~tería** *f* caffè *m*, bar *m*; caffetteria (hotel); **~tero, -a 1.** *adj* caffeario, -a; **2.** *m/f* caffettiere, -a; **~tín** *m* caffeuccio; **~to** *m* pianta del caffè *f*

cafre *adj/s* cafro, -a; *fig* barbaro, -a, selvaggio, -a, crudele

caftán *m* caffettano

caga|chín *m* capinera *f*; **~da** *f vulg* cacata; **~dero** *m vulg* cacatoio, cesso; **~do, -a** *adj/s vulg* cacasotto *m/f*, fifone, -a (*estánd*) ◊ ***estar ~*** cacarsi sotto/farsela addosso dalla paura, avere la cacarella addosso; **~fierro** *m indus* rosticcio, scoria di carbone *f*; **~jón** (*var.* **cagallón** *reg*) *m vulg* stronzo ◊ **~ *de caballo*** pallotta di cavallo; **~lera** *f vulg* cacarella, diarrea; **~llón** V. **cagajón**; **~r** ‹*cagué*› **1.** *vt/i vulg* cacare; **2. ~se** farsela addosso, cacarsi sotto ◊ ***~se en alg*** *vulg* maledire q/ bestemmiare/ sputare su q; ***¡me cago en Dios!/en diez, en la hostia, en la puñeta, en mi suerte (euf)*** *vulg* porco Dio!, Dio cane!, cazzo!, vaffanculo; ***me cago en tus muertos i mortacci tuoi!*** *vulg* i mortacci tuoi! li mortacci tua/reg (*reg*); ***cagando hostias/leches*** *vulg* a tutta birra (*coloq*), a tutto gas (*coloq*)

cagarr|ia *f bot* spugnola; **~uta** *f* pallina di sterco

cagatintas *m inv desp/fig* impiegatuccio *m*

cagón, -ona *adj/s* cacone, -a; *fig* fifone, -a, cacasotto

cagueta (*var.* **caguetas** *m/f*) **1.** *f* cacarella; **2.** *adj/s* cacone, -a, vile, codardo, -a, cacasotto

CAICYT (*Comisión Asesora de Investigación Científica y Técnica*) *abr* = "Commissione di Controllo delle Ricerche"

caíd|a *f* caduta, cascata; calata ◊ **~ *de aguas*** cascata, caduta/salto d'acqua; **~ *del Gobierno*** caduta del Governo; **~ *de la hoja*** caduta delle foglie; **~ *de la libra*** calata della libbra; **~ *del pelo*** caduta dei capelli; **~ *de los precios*** calo dei prezzi; **~ *de tensión*** caduta di tensione; ***a la ~ del sol/de la tarde*** al calar del sole/del giorno, sul far della sera; **~o, -a 1.** *adj* caduto, -a, cascato, -a; **2.** *mpl mil* caduti ◊ ***huelga de brazos ~s*** sciopero a braccia incrociate

caigo V. **caer**

caimán *m zool* caimano

Caín *m* Caino ◊ ***pasar las de ~*** passarsela molto male, passarne di tutti i colori

Cairo: El ~ *m geogr* Il Cairo

cairota *adj/s* cairota

caj|a *f* 1. cassa, scatola; 2. *mús ant* grancassa; 3. *com/tipogr* cassa ◊ **~ *acústica*** cassa acustica; **~ *alta, baja*** *impr* maiuscola, minuscola; **~ *craneal*** scatola cranica; **~ *de ahorros*** cassa di risparmio; **~ *de cartón*** scatola di cartone; **~ *de caudales*** cassaforte; **~ *de cerillas*** scatola di fiammiferi/cerini; **~ *de distribución*** *mar* cassetto di distribuzione; **~ *de madera*** cassa di legno; **~ *de muertos*** cassa da morto; **~ *de música*** carillon; **~ *de Pandora*** scatola/vaso di Pandora; **~ *de pensiones*** cassa pensioni; **~ *de reclutamiento/de reclutas*** *mil* ufficio del Distretto Militare; **~ *de resonancia*** cassa di risonanza; **~ *de seguridad*** cassetta di sicurezza; **~ *fuerte*** cassaforte; **~ *negra*** *aero* scatola nera; **~ *postal de ahorros*** cassa postale; **~ *registradora*** registratore di cassa; **~ *rural*** cassa rurale; **~ *tonta*** *coloq* televisione; **~ *torácica*** cassa toracica; ***~s rusas*** scatole cinesi; ***echar (a alg) con ~s destempladas*** scacciare (q) in malo modo; **~ero, -a** *m/f* cassiere, -a ◊ **~ *automático*** sportello automatico, bancomat; **~ *permanente*** cassa continua; **~eta** *f Méx* barattolo per dolci *m*; *Arg vulg* passera, fica; **~etilla** *f* (*cigarrillos*) pacchetto *m*; **~etín** *m* 1. scatolino; scompartimento; 2. anello di serratura; 3. timbro; dicitura timbrata *f*; 4. *impr* scompartimento della cassa; **~ón** *m* cassetto, tiretto; *arq* cassonetto ◊ **~ *de sastre*** *fig* guazzabuglio; ***ser de ~ (algo)*** essere naturale/essere molto evidente (qc); **~onera** *f* cassettiera

cal *f* calce; calcare *m* ◊ **~ *muerta*** calce spenta; **~ *viva*** calce viva; ***agua con cal*** acqua calcarea/che contiene calcare; ***cerrado a ~ y canto*** chiuso a sette chiavi; ***dar una de ~ y otra de arena*** dare un colpo al cerchio e uno alla botte; **~a** *f* 1. *geogr/nav* cala; 2. (*melón, queso, ...*) tassello *m*, assaggio *m*; 3. *bot* calla

cala|acear *vt coloq* respingere, bocciare; **~acín** *m bot* zucchino, zucchina *f*; *fig* zuccone; **~aza** *f bot fig* zucca ◊ **~ *vinatera*** zucca da vino/lagenaria; ***dar ~s*** respingere un pretendente; *bocciare agli esami jerga estud*; **~azate** *m* ="dolce tipico a base di zucca"; **~obos** *m coloq* pioggerella *f* (*estánd*), pioviggine *f* (*estánd*), acquerugiola *f* (*estánd*); **~ozo** *m* cella *f*; segreta *f*; **~rés, -esa** *adj/s* calabrese

Calabria *f geogr* Calabria

calad|a *f* 1. bagnata; 2. *aero* volo rapido *m*; 3. (*cigarrillo*) boccata, tirata; **~ero** *m nav* fondale di pesca; **~o, -a 1.** *adj* inzuppato, -a; (*tela*) traforato, -a; **2.** *m* pescaggio; profondità *f inv* ◊ ***estar ~ hasta los huesos*** essere bagnato fradicio

calafate *m nav* calafato; **~ado** *m nav* calafataggio; **~ar** *vt* calafatare

calamar *m zool* calamaro

calambre *m* crampo ◊ **~ *del escribiente*** crampo degli scrivani

calambur *m* freddura *f*; gioco di parole

calami|dad *f* calamità *inv*; disgrazia; *fig* disastro *m*; **~na** *f min* calamina; **~ta** *f* 1. *min* calamita; 2. bussola; **~toso, -a** *adj* calamitoso, -a

cálamo *m bot elev/fig* calamo

calandr|ado *m tecn* calandratura *f*; **~ar** *vt tecn* calandrare; **~ia** *f* 1. *zool/impr/tecn* calandra; argano a torno *m*; 2. *fig* finto malato *m*

calaña *f desp* risma ◊ ***gente de mala ~*** malviventi; ***ser de la misma ~*** essere della stessa risma/stoffa

calar 1. *vt* 1. bagnare, inzuppare; 2. (*alimentos*) tassellare, assaggiare; 3. *mil* inastare la baionetta; *mil* impugnare; 4. (*sombrero*) calcarsi; 5. *fig* penetrare, approfondire; 6. traforare; 7. *coloq/fig* capire le intenzioni (di); **2.** *vi nav* calare; **3. ~se** inzupparsi, bagnarsi ◊ ***~se el coche*** spegnersi il motore; ***~se hasta los huesos*** bagnarsi fino al midollo/alle midolla

calavera 1. *f* teschio *m*; **2.** *m fig* scapestrato; **~da** *f* scapestrataggine

calcado, -a 1. *m* calco; **2.** *adj* calcato, -a, ricalcato, -a; *fig* copiato, -a, imitato, -a

calcáneo *m med* (*hueso*) calcagno

calcañar *m* calcagno, tallone

calcar ‹*calqué*› *vt* ricalcare; calcare; *fig* copiare, imitare; **~a** *f* calcara

calcáreo, -a *adj* calcareo, -a

calce *m* 1. *Méx* calce *f*; 2. cuneo ◊ ***dar ~*** *Arg* dare un'opportunità; ***firmar al ~*** firmare in calce; **~donia** *f min* calcedonio *m*; ***~donia** *f geogr* Calcedonia; **~donio, -a** *adj/s* calcedone

calcet|a *f raro* calza da donna ◊ ***hacer ~*** lavorare a maglia; **~ería** *f* maglieria; **~ero, -a** *m/f* magliaio, -a; **~ín** *m* calzino ◊ **~ *con suela antideslizante*** slipper* (*inv*)

cálcico, -a *adj* calcico, -a

calcific|ación *f* calcificazione; **~ar** ‹*calcifiqué*› *vt* calcificare

calcin|ación (*var.* **calcinamiento** *m*) *f* calcinatura, calcinazione; **~ador, -a** *adj* calcinatorio, -a; **~amiento** V. **calcinación**; **~ar** *vt* calcinare

calcio *m min* calcio

calcita *f min* calcite

calco *m* calco ◊ ***papel de ~*** carta carbone/copiativa; **~grafía** *f* calcografia; **~manía** *f* decalcomania, calcomania; **~pirita** *f min* calcopirite

calcul|able *adj* calcolabile; **~ador, -a** *adj/s* calcolatore, -trice; **~adora** *f* calcolatrice; **~ar** *vt* calcolare; valutare; **~atorio, -a** *adj* del calcolo; **~ista** *m* calcolista

cálculo *m mat* calcolo; computo; *med* calcolo

cald|a 1. *f tecn* calda; **2.** *fpl* terme; **~ear** *vt* riscaldare, scaldare; **~eo, -a 1.** *adj/s* caldeo, -a; **2.** *adj* (*lengua*) caldaico, -a

calder|a *f* 1. caldaia; 2. *mús* cassa del timpano; 3. *Am* bricco *m* ◊ **~ *de vapor*** caldaia a vapore; ***las ~s de Pero Botero*** *fig* l'inferno; **~ada** *f* paiolata; **~ería** *f* caldareria; **~ero** *m* calderaio; **~illa** *f* 1. spiccioli *mpl*; 2. *relig* acquasantiera; **~o** *m* 1. paiolo; caldaio; 2. ="riso semibrodoso in brodo di pesce e verdure"

calderón *m* 1. *mat ant* ="segno per indicare le migliaia"; 2. *mús* corona *f*; 3. *impr* ="segno per indicare il paragrafo"

caldo *m* 1. brodo; 2. vino; olio... ◊ **~ *corto*** *gastr* court buillon;* **~ *de cultivo*** *biol fig* brodo di coltura; **~ *gallego*** ="specie di minestrone con carne"; ***hacerle el ~ gordo (a alg)*** *fig* favoreggiare (q); ***los ~s de Rioja*** i vini della Rioja; ***poner a ~ a alg*** rimproverare duramente q, fare una lavata di capo a q; **~so, -a** *adj* brodoso, -a

calducho *m desp* brodaglia *f*

calé 1. *adj/s And* gitano, -a; **2.** *m Col/Ecu ant* (*moneda*) un quarto di reale

caledoniano, -a *adj geol* caledoniano, -a

calefacción *f* riscaldamento *m*; *fís* calefazione ◊ **~ *centralizada, individual*** riscaldamento centrale, autonomo

caleidoscopio V. **calidoscopio**

calendario *m* calendario ◊ **~ *escolar*** calendario scolastico; **~ *laboral*** calendario lavorativo; **~ *de pared, de taco*** calendario da parete/da muro, a fogli mobili; ***hacer ~s*** *fig* almanaccare

calendas *fpl hist* calende

caléndula *f bot* calendula

calent|ador, -a 1. *m* 1. scaldabagno; calefattore; (*cama*) scaldino; 2. scaldamuscoli *inv*; **2.** *adj* riscaldatore, -trice ◊ **~ *eléctrico, de gas*** scaldabagno elettrico/boiler, scaldabagno a gas; **~amiento** *m* riscaldamento; **~ar** ‹*caliento*› *vt* 1. riscaldare, scaldare; 2. animare, eccitare; *fig/irón* riscaldare ◊ **~ *la cabeza, las orejas*** *fig* riempire la testa, le orecchie; ***arrimarse al sol que más calienta*** ="essere sempre vicino al potere", accostarsi sempre al potere; **~ito, -a** *adj* 1. calduccio, -a; 2. appena fatto, -a ◊ ***noticia ~a*** notizia fresca/calda, calda; **~ón 1.** *m tamb. fig* riscaldamento immediato ed eccessivo; **2.** *m/f Arg* colle-

rico, -a; **3.** *adj* (*sexualmente*) eccitato, -a, caldo, -a, focoso, -a; **~ura** *f* febbre; **~uriento, -a** *adj* febbricitante; *fig* focoso, -a; esaltato, -a
caler|a *f* 1. cava di pietra calcare; 2. calcara, fornace da calce; **~o** *m* calcinaio
cales|a *f* calesse *m*; **~itas** *fpl Arg* cavalli da giostra *mpl*
calet|a *f* piccola cala; *Am* piccola imbarcazione; **~re** *m coloq* senno, giudizio
calibr|ación *f* 1. calibrazione; 2. *bot* calibratura; **~ador, -a 1.** *adj/s* calibratore, -trice; **2.** *m* calibratoio, calibratore; calibro; **~ar** *vt* calibrare; *fig* calibrare, valutare; **~e** *m* calibro
calic|anto *m* muratura *f*; **~ata** *f* sondaggio *m*
caliche *m geol* caliche; *indus* (*cerámica*) scagliatura (a causa di cacinelli)
calidad *f* qualità *inv* ◊ ***control de ~*** controllo della qualità; ***en ~ de*** in qualità, in veste di, come...
cálido, -a *adj* caldo, -a; caloroso, -a, cordiale
calidoscopio (*var.* **caleidoscopio**) *m* caleidoscopio
calient|acamas *m inv* scaldaletto *m*; **~piés** *m inv* scaldapiedi; **~platos** *m inv* scaldavivande; **~pollas** *f inv vulg* (ar)rizzacazzi, strangolacazzi *f*; **~sillas** *m/f inv* scaldaseggiole
calient|e *adj* 1. caldo, -a; 2. *fig* eccitato, -a, focoso, -a; *fig* arrabbiato, -a ◊ ***¡~!*** fuoco!; ***~ de cascos*** testa calda; ***en ~*** a tamburo battente, a caldo, immediatamente; ***estar ~ con alg*** essere arrabbiato con q.; ***estar ~*** *vulg* essere in calore; ***ande yo ~ y ríase la gente*** chi mostra gode, chi vede crepa; chi se ne frega!; **~o** V. **calentar**
califa *m* califfo; **~to** *m* califfato
calific|able *adj* qualificabile; **~ación** *f* 1. qualificazione; qualifica; 2. *estud* voto *m*; **~ado, -a** *adj* qualificato, -a; autorevole; **~ador, -a** *adj/s* qualificatore,-trice, esaminatore, -trice; inquirente ◊ ***tribunal ~*** commissione esaminatrice; **~ar** ‹*califiqué*› **1.** *vt* 1. qualificare; definire; 2. dare, mettere il voto; **2. ~se** qualificarsi; **~ativo, -a** *adj* qualificativo, -a
calígine *f* caligine, foschia
caliginoso, -a *adj* caliginoso, -a
caligr|afía *f* calligrafia; **~áfico, -a** *adj* calligrafico, -a
calimocho *m* ="miscuglio di vino rosso ed una bibita di cola"
calina *f meteo* caligine, foschia
calipso *m mús* calipso
caliqueño *m* sigaro scadente ◊ ***echar un ~*** *vulg* fare una chiavata, chiavare
cáliz *m* 1. calice; 2. *bot* calice ◊ ***apurar el ~ hasta las heces*** bere il calice fino alla feccia; ***beber el ~ de la amargura*** bere al calice dell'amarezza
caliz|a *f geol* calcare *m*; **~o, -a** *adj* calcare, calcareo, -a ◊ ***piedra ~a*** pietra calcare; ***terreno ~*** terreno calcareo
callad|a *f* silenzio *m* ◊ ***dar la ~ por respuesta*** rispondere col silenzio; ***a las/de ~s*** silenziosamente; **~amente** *adv* tacitamente, in silenzio; segretamente, alla chetichella; **~ito, -a** *adj/excl* zitto, -a; silenzio!; **~o, -a** *adj* silenzioso, -a; taciturno, -a; riservato, -a
callampa 1. *f Am* fungo *m*; *Chile/Ecu* capanna, casa misera; *Chile vulg* glande *m*; **2.** *fpl* quartiere povero *m*
calland|ico *adv coloq* zitto zitto; **~o: a la chita ~** *adv* ◊ ***a la chita ~*** alla chetichella, zitto zitto
callar 1. *vt* tacere; far tacere; **2.** *vi* far silenzio, star zitto; **3. ~se** tacere *vi* ◊ ***~ a alg*** far tacere q; ***¡Calla!*** taci!, sta' zitto!; ***al buen ~ llaman Sancho*** il silenzio è d'oro; ***hablar por no ~*** parlare a vanvera, parlare perché si ha la bocca; ***quien calla otorga*** chi tace acconsente; ***~se el pico*** star zitto, chiudere il becco
call center ['kol 'senter] *m* call center
calle *f* 1. via, strada; 2. *sport* corsia; 3. fila della scacchiera ◊ ***gente/hombre de la ~*** gente/uomo della strada; ***abrir ~*** fare spazio; ***dejar en la ~, echar a la ~, poner de patitas en la ~*** lasciare in mezzo alla strada, cacciare/lasciare sulla strada; ***echar por la ~ de en medio*** andare per la propria strada; ***echarse a la ~*** ribellarsi, ammutinarsi; ***hacer la ~/ganar de ~*** battere la strada; ***ir ~ abajo/~ arriba*** andare giù/su per la via; ***llevar/traer por la ~ de la amargura*** far passare le pene dell'inferno; ***llevarse a alg de ~*** far impazzire q; ***no pisar la ~*** non mettere mai un piede fuori casa; ***quedarse en la ~*** trovarsi sulla strada, ridursi sul lastrico; **~ja** V. **callejuela**; **~jear** *vi* gironzolare, girovagare, andare a zonzo; **~jeo** *m* il girandolare; **~jero, -a 1.** *adj/s* girellone, -a, girandolone, -a; **2.** *m* stradario; elenco telefonico per vie ◊ ***gato ~*** gatto randagio; **~jón** *m* 1. vicolo; 2. *fig* affare imbrogliato ◊ ***~ sin salida*** vicolo cieco; **~juela** *f* viuzza, stradina
calli|cida *m* callifugo; **~sta** *m/f* callista
callo 1. *m med* callo; **2.** *mpl* ="(piatto a base di) trippa" *f* ◊ ***dar el ~*** lavorare duro; ***ser un ~*** essere una racchia, essere una cozza (*reg*); **~sidad** *f* callosità *inv*; **~so, -a** *adj* calloso, -a
calma *f* 1. calma, quiete; 2. *nav* bonaccia ◊ ***~ chicha*** calma assoluta; ***¡~!*** Calma!; ***con ~*** con calma; ***en ~*** calmo, sereno; ***perder la ~*** perdere la pazienza; **~nte** *adj/m* calmante; **~r** *vt* calmare; alleviare
calmo, -a *adj* calmo, -a, quieto, -a; **~so, -a** *adj* pacifico, -a, tranquillo, -a; flemmatico, -a
caló *m* ="lingua dei gitani spagnoli"; *Esp (siglo XIX)/Méx/Am Cent* gergo della malavita
calor *m* 1. caldo; 2. *fís* calore; 3. *fig* calore, fervore, zelo; 4. *fig* (*sexual*) calore ◊ ***~ negro*** riscaldamento elettrico; ***entrar en ~*** riscaldarsi; ***golpe de ~*** colpo di calore; ***hace ~*** fa caldo; ***morirse de ~*** morire dal caldo; ***no dar ni frío ni ~*** non fare né caldo né freddo; **~ía** *f fís* caloria
calórico, -a *adj* calorico, -a
calorífi|ero *m* calorifero; **~ico, -a** *adj* calorifico, -a; **~ugo, -a** *adj* incombustibile
calorímetro *m* calorimetro

calostro *m* colostro
caloyo *m* agnello o capretto appena nato
calumni|a *f* calunnia; **~ador, -a** *adj/s* calunniatore, -trice; **~ar** ‹*calumnio*› V. 1 *vt* calunniare; **~oso, -a** *adj* calunnioso, -a
calurosa|mente *adv* caldamente; ***recomendar ~*** *raccomandare caldamente*; **~o, -a** *adj* caloroso, -a; caldo, -a ◊ ***un día ~*** una giornata calda; ***una acogida ~a*** *fig* un'accoglienza calorosa
calv|a *f* testa pelata; parte pelata; **~ario** *m hist fig* calvario; Via crucis *f*; **~ero** *m* radura *f*; **~icie** *f* calvizie
calvin|ismo *m* calvinismo; **~ista** *adj/s* calvinista
calvo, -a 1. *adj/m* calvo, -a; **2.** *adj* pelato, -a, spelato, -a; brullo, -a ◊ ***la ocasión la pintan ~a*** bisogna prendere la fortuna per il ciuffo/la palla al balzo; ***ni tanto ni tan ~*** né troppo, né troppo poco
calz|a 1. *f ant* calza; **2.** *fpl ant* brache; **~ada** *f* carreggiata; *ant* via, strada; **~ado 1.** *m* calzatura *f*, scarpa *f*; **2.** *adj* calzato, -a ◊ ***fábrica de ~*** calzaturificio; **~ador** *m* 1. calzatoio; 2. *Arg* portapenne ◊ ***entrar una cosa con ~*** entrare a malapena/a stento; **~ar** ‹*calcé*› **1.** *vt* 1. calzare; 2. *impr* livellare; **2. ~se** calzarsi ◊ ***~se a alg*** *fig* maneggiare q, ottenere qc da q; **~o** *m nav* calzuolo, cuneo, bietta *f*; *sport* blocco di partenza; **~ón** *m* calzoni *mpl*, brache *fpl*; pantaloni *mpl* ◊ ***llevar, ponerse los ~ones*** *irón* portare le brache; **~onazos** *m coloq/desp* minchione, imbecille, pecorone; **~oncillos** *mpl* mutande (da uomo) *fpl*; slip *inv*
cama *f* letto *m* ◊ ***~ abatible*** letto ribaltabile; ***~ de cuerpo y medio*** letto a una piazza e mezza; ***~ de matrimonio*** letto matrimoniale; ***~ de un cuerpo*** letto a un posto/a una piazza; ***~ plegable*** branda, letto pieghevole; ***~ solar*** lettino solare; ***~ turca*** letto alla turca; ***caer en ~*** mettersi a letto, ammalarsi; ***dar vueltas en la ~*** rigirarsi nel letto; ***estar en ~/guardar ~*** essere ammalato; ***hacer ~ redonda*** fare un'ammucchiata; ***hacerle la ~ a alg*** fare le scarpe a q/lavorare sott'acqua; ***irse a la ~ con alg*** andare a letto con q; ***irse a la ~/meterse en la ~*** andare a letto , coricarsi; ***saltar de la ~*** balzare dal letto; **~da** *f* (*aves*) covata; (*mamíferos*) figliata; *fig* (*hijos*) covata, nidiata; *fig* banda (de ladrones); **~feo** *m* cammeo; **~l** *m* 1. *Perú/Bol/Ecu* macello; 2. capestro; 3. *reg* gamba del pantalone *f*
camaleón *m zool* camaleonte; **~ico, -a** *adj fig* camaleontico, -a
cámara 1. *f ant* camera; *foto/cine/med* camera; *pol/tecn* camera; **2.** *m/f* (*persona*) cameraman,* (cine)operatore ◊ ***(ayuda, maestro, médico) de ~*** (valletto, maestro, medico) di camera, di corte; ***~ acorazada*** camera blindata; ***~ alta*** camera alta, Senato; ***~ baja*** camera bassa, camera dei deputati; ***~ cinematográfica, de cine*** cinepresa; ***~ de aire*** camera d'aria; ***~ de burbujas*** *med* camera a bolle; ***~ de comercio*** camera di commercio; ***~ de descompresión*** camera di decompressione; ***~ de gas*** camera a gas; ***~ de video*** videocamera; ***~ fotográfica*** macchina fotografica; ***~ frigorífica*** cella frigorifera; ***~ mortuoria*** camera ardente; ***~ obscura*** camera oscura; ***a ~ lenta*** al rallentatore; ***música de ~*** musica da camera; ***chupar cámara*** *coloq/fig* essere sempre in primissimo piano
camarad|a *m pol* (*fascista*) camerata; *pol* (*partidos de izquierda*) compagno; commilitone; compagno; **~ería** *f* cameratismo *m*
camarer|a *f* 1. (*persona*) cameriera; *ant* dama della regina; 2. carrello *m*; **~o** *m* cameriere
camarilla *f* 1. *hist* camarilla; 2. cricca, combriccola, conventicola; 3. *pol desp* lobby*, chiesuola politica
camarín *m* 1. *teat* camerino; 2. *relig* cappelletta *f*; cappella del tesoro *f*; 3. *ant* gabinetto
camarista *f hist* camerista *m*; prima dama della regina
camarlengo *m* camerlengo
camaró|grafo, -a *m/f Am cine* cameraman* *inv*; **~n** *m zool* gamberetto ◊ ***~ que se duerme se lo lleva la corriente*** chi dorme non piglia pesci
camarote *m nav* cabina *f*
camastro *m* paglericcio
cambalache *m* scambio/baratto di poco valore
cambi|able *adj* cambiabile, mutabile; **~adiscos** *m inv* cambiadischi; **~ante 1.** *adj* cambiante, cangiante; **2.** *mpl* colori cangianti; **~ar** ‹*cambio*› V. 1 *vt/i* cambiare; mutare; scambiare *vt* ◊ ***~ de aires*** *fig* cambiare aria; ***~ de casa, de coche*** cambiare casa, cambiare macchina; ***~ de chaqueta, de camisa*** *fig* voltare casacca; ***~ un disco por un libro*** scambiare un disco con un libro; **~ario, -a** *adj econ* cambiario, -a; **~azo** *m* scambio fraudolento ◊ ***dar el ~*** ingannare nello scambio; **~o** *m* 1. cambio, cambiamento; 2. *com* scambio; 3. (*dinero suelto*) spiccioli *mpl*; 4. resto ◊ ***~ de marchas*** *auto* cambio; ***~ de nombre*** *jur* voltura; ***~ de vía*** *transp* scambio, deviatoio; ***a ~ (de)*** in cambio (di); ***a las primeras de ~*** senza indugio, subito; ***dar el ~*** dare il resto; ***en ~*** invece; ***letra de ~*** cambiale; ***libre ~*** libero scambio; **~sta** *m/f* cambista, cambiavalute *inv*
Camboya *f geogr* Cambogia
camboyano, -a *adj/s* cambogiano, -a
cambriano, -a (*var.* **cambrico, -a**) *adj geol* cambriano, -a
cambur *m Am* (varietà di) banano
camel|ar 1. *vt* corteggiare, sedurre; lusingare; **2. ~se** lisciare il pelo *vi*, accarezzare *vt*; **~ia** *f bot* camelia
camell|a *f agric* porca; **~ero** *m* cammelliere; **~o, -a** *m/f* 1. *zool* cammello, -a; 2. (*droga*) spacciatore, -trice, trafficante, pusher *inv*; **~ón** *m agric* porca *f*
camelo *m* inganno, tranello; lusinga *f* ◊ ***dar el ~ a alg*** ingannare q
camer|aman *m* cameraman* *inv*; **~ino** *m teat* camerino; **~o, -a** *adj* di letto a una piazza

camill|a *f med* barella ◊ ***mesa ~*** ="tavolo rotondo atto a mettervi sotto un braciere"; **~ero, -a** *m/f* barelliere, -a

camin|ante *m/f* viandante; camminante; **~ar** *vi* camminare; marciare; andare; **~ata** *f* camminata; passeggiata; **~ero, -a** *adj* stradale ◊ ***peón ~*** cantoniere; **~o** *m* cammino; strada *f*, via *f*; tragitto; sentiero ◊ ***~ de cabras*** *fig* cammino accidentato; ***~ de herradura*** mulattiera; ***~ de Santiago*** via lattea; via di pellegrinaggio per Santiago; ***~ trillado*** *fig* cammino battuto; ***~ vecinal*** strada vicinale; ***abrirse ~*** *fig* aprirsi il cammino; ***cruzarse en el ~ (de alg)*** *fig* tagliare il cammino (a q); ***estar de ~*** essere in cammino; ***este es el ~ para Soria*** questa è la strada per Soria; ***hay un largo ~ hasta casa*** c'è un lungo tragitto fino a casa; ***ir por/llevar buen/mal ~*** essere sulla buona/cattiva strada; ***ir/venir de ~*** passare da; ***llevar ~ de*** *fig* avere l'aspetto di; ***ponerse en ~*** mettersi in cammino; ***por el ~*** strada facendo; ***por ese ~*** per quella strada; ***quedarse a mitad de ~*** *fig* restare a metà strada; ***voy de ~ a la escuela*** vado verso la scuola

camión *m* camion ◊ ***~ articulado*** autoarticolato; ***~ cisterna*** autocisterna; ***~ con remolque*** autotreno; ***~ de basura*** autoimmondizie; ***~ de bomberos*** autoincendio; ***~ de mudanzas*** autocarro per traslochi; ***~ frigorífero*** camion frigo/frigorifero; ***estar como un ~*** *coloq* essere uno schianto, essere bona (mujer), essere un fusto/un figo/uno schianto (hombre)

camion|ero, -a *m/f* camionista; **~eta** *f* camioncino *m*; *mil* camionetta

camis|a *f* camicia ◊ ***~ azul*** (*falangista español*) camicia azzurra; ***~ de fuerza*** camicia di forza; ***~ negra*** (*fascista italiano*) camicia nera; ***~ parda*** (*nazi, fascista alemán*) camicia bruna; ***~ verde*** (*de la "Lega Nord"-Italia; Francia, Méjico*) camicia verde; ***~ vieja*** falangista veterano; ***cambiar de ~*** voltare casacca/gabbana; ***dejar a alguien en ~/sin la ~*** ridurre in camicia, ridurre in miseria; ***en mangas de ~*** in maniche di camicia; ***meterse en ~s de once varas*** ficcare il naso negli affari altrui; ***no llegarle a alguien la ~ al cuerpo*** essere mezzo morto di paura; ***quedarse en ~*** *fig* rimanere, ridursi in camicia; **~ería** *f* camiceria; **~ero, -a** *m/f* camiciaio, -a ◊ ***blusa ~a*** camicetta; ***traje ~*** chemisier;* **~eta** *f* (*con mangas*) maglietta; (*sin mangas*) canottiera; *sport* maglia ◊ ***llevar la ~*** essere primo in classifica; **~ola** *f* pettino *m*; **~ón** *m* camicia da notte *f*

camita *adj/s* camita

camorr|a *f* briga, lite; (*mafia*) camorra ◊ ***armar, buscar ~*** attaccare, cercare briga; **~ista** *m/f* attaccabrighe, piantagrane

camote *m* 1. *Am bot* batata *f*; 2. *Am* (*amor*) cotta *f*; 3. *Am* (*mentira*) frottola *f*; 4. *Am* (*chichón*) bernoccolo

campal *adj* campale

campamento *m* accampamento; campeggio

campana *f* 1. *mús/relig* campana; 2. camino *m*; 3. cappa della cucina ◊ ***~ de buzo*** campana da palombaro; ***doblar las ~s*** suonare le campane a morto; ***echar las ~s al vuelo*** *tamb. fig* suonare a distesa; ***oir ~s (y no saber dónde)*** sentirne qc (e non sapere dove); ***repicar las ~s*** suonare a distesa; **~da** *f* tocco di campana *m*; *fig* scandalo *m* ◊ ***dar la ~*** fare colpo; **~rio** *m* campanile ◊ ***de ~*** *fig* campanilista

campanel|ar *vi* scampanare; **~o** *m* scampanio; **~ro** *m* campanaro

campanill|a *f* campanello *m*; campanella; *med* ugola; *bot* campanella; fiocchetto *m* ◊ ***ser de (muchas) ~s*** essere di alto rango; **~azo** *m* scampanellata *f*; **~ero** *m* sonatore di campanelli

campano, -a *adj geogr* campano, -a

campante *adj coloq* felice e contento, -a, baldanzoso, -a, soddisfatto, -a

campanu|do, -a *adj* gonfio, -a, ampolloso, -a; fatto, -a a campana; **~la** *f bot* campanula

campaña *f* campagna ◊ ***~ agrícola*** campagna agricola; ***~ de propaganda, de promoción*** campagna di pubblicità, promozionale; ***~ electoral, de prensa, informativa*** campagna elettorale, di stampa, d'informazione; ***~ puerta a puerta*** canvassing,* propaganda porta a porta; ***tienda de ~*** tenda da campeggio

campar *vi* emergere ◊ ***~ por sus respetos*** agire con prepotenza

campe|ador *m hist* guerriero prode ◊ ***el Cid ~ (Rodrigo Díaz de Vivar)***; **~ar** *vi mil* combattere in campo aperto; campeggiare, emergere

campech|anía (*var.* **campechanería**) *f* familiarità *inv*; **~ano, -a** *adj* gioviale, alla buona; **~e** *m Méx geogr* Campeche

campeón, -ona *m/f* campione, -essa

campeonato *m* campionato ◊ ***de ~*** *coloq* fuoriclasse; eccezionale

cámper *m* camper *inv*

campero, -a **1.** *adj* campestre; **2.** *m* guardia campestre; *Col auto* jeep* *f*, fuoristrada *m/f*

campesin|ado *m* contadini *mpl*; **~o, -a** **1.** *m/f* contadino, -a; **2.** *adj* rurale, campestre

campestre *adj* campestre

camping ['kampin] *m* camping *inv*, campeggio ◊ ***ir de ~*** andare in campeggio

campiña *f* campagna, terra coltivata

campista *m/f* campeggiatore, -trice, campeggista **raro**; *Am* mandriano

campo *m* campagna *f*; campo; terreno coltivato; *fig* settore, campo; *mil/tecn* campo ◊ ***~ de acogida*** campo di accoglienza; ***~ de concentración*** campo di concentramento; ***~ de deportes*** campo sportivo; ***~ de fútbol*** stadio; ***a ~ raso*** all'aperto; ***a ~ traviesa, ~ a través*** attraverso i campi; ***dejar el ~ libre*** lasciare libero il campo; ***ir de ~*** andare in campagna/a fare una scampagnata; **~santo** *m* camposanto, cimitero

CAMPSA (*Compañía Arrendataria del Monopolio de Petróleos, sociedad anónima*) *abr ant* ="Agenzia Generale Petroli, società anonima"

campus *m inv* campus, città universitaria *f*
camufl|aje *m* camuffamento ◊ ***uniforme de ~*** tuta mimetica; **~ar** *vt* camuffare, mascherare
Can *m astron* Cane
can *m* 1. (*Khan*) can; 2. (*arma*) cane; **~a** *f* capello bianco *m* ◊ ***echar una ~ al aire*** divertirsi ogni tanto; fare una scappatella ogni tanto; ***peinar ~s*** essere vecchio
Canadá *m geogr* Canada
canadiense 1. *adj/s* canadese; **2.** *f* canadienne *inv*
canal *m* 1. canale; 2. stretto, passo, canale; 3. *arq* grondaia *f*; *arq* scanalatura *f*; 4. *telec* rete *f*, canale ◊ ***~ temático*** canale tematico; ***en ~*** dall'alto al basso; ***abrir en ~*** sventrare, squartare; **~adura** *f arq* scanalatura
canaliz|ación *f* canalizzazione; **~ar** ‹*canalicé*› *vt* canalizzare; incanalare
canall|a 1. *f* marmaglia; **2.** *m elev* canaglia *f* (*estánd*), mascalzone, -a *m/f* (*estánd*); **~ada** *f* canagliata; **~esco, -a** *adj* canagliesco, -a
canalón (*pl* **canalones**) **1.** *m* grondaia *f*; **2.** *mpl gastr raro* cannelloni
canana *f* cartucciera a cintola
canapé *m* 1. (*mueble*) canapè; 2. *gastr* tartina *f*
Canarias *fpl geogr* Le (isole) Canarie
canario, -a 1. *adj/s geogr* canario, -a; **2.** *m/f zool* canarino (maschio o femmina) *m*; **3.** *m* (*danza*) canario; *Chile* chi dà mance generose
canast|a *f* canestra, cesta, canestro *m*; *sport* canestro *m*; (*naipes*) canasta ◊ ***hacer ~*** fare, realizzare un canestro; **~illa** *f* 1. cestella del corredo del neonato; 2. cestino da lavoro *m*; **~o** *m* canestro, corbello ◊ ***¡~s!*** *excl* capperi!
cáncamo *m* chiodo a occhiello
cancán *m* 1. (*baile*) cancan; 2. sottogonna *f*
cancel *m* bussola della porta *f*; *ant* vetrata *f*; paravento; cancelletto; **~a** *f* cancello *m*; **~ación** *f* cancellazione, annullamento *m*; **~ar** *vt* cancellare, annullare ◊ ***~ una reserva*** annullare una prenotazione; ***~ un vuelo*** cancellare un volo
cáncer *m astrol/med* cancro
cancer|bero *m fig/hum* Cerbero; **~ígeno, -a** *adj* cancerogeno, -a; **~ización** *f med* cancerizzazione; **~ología** *f* cancerologia; **~ólogo, -a** *m/f* cancerologo, -a; **~oso, -a** *adj* canceroso, -a
cancha *f Am* sferisterio *m*; campo *m*, terreno di gioco *m*; spianata ◊ ***¡~!*** largo!; ***dar ~ a alg*** concedere vantaggio a q; ***estar en su ~*** *Am* trovarsi a suo agio
canciller *m* cancelliere; *Am* ministro degli Affari Esteri; (*Alemania, Austria*) primo ministro; (*universidades privadas o extranjeras*) rettore; **~ía** *f* cancelleria
canción *f* canzone ◊ ***~ de cuna*** ninna nanna; ***es la misma/otra ~*** è la solita/un'altra musica
cancionero *m* canzoniere
candado *m* lucchetto
candeal *adj* ◊ ***trigo, pan ~*** grano/frumento bianco, pane buffetto
candel|a *f raro* candela ◊ ***arrear, arrimar, atizar, sacudir ~ a alg*** *coloq* dare una bastonata a q; ***en ~*** in pericolo; **~abro** *m* candelabro; **~aria** *f* candelora; **~ero** *m* candeliere ◊ ***estar en ~*** essere sulla cresta dell'onda
candente *adj* incandescente; *fig* d'attualità, di grande attualità o interesse
candid|ato, -a *m/f* candidato, -a; **~atura** *f* candidatura; **~ez** *f* candidezza, candore *m*; ingenuità *inv*; semplicità *inv*; **~iasis** *f inv med* candidiasi, candidosi
cándido, -a *adj* candido, -a; ingenuo, -a; *desp* sempliciotto, -a
candil *m* lucerna *f*, lume a mano ◊ ***ni buscado con ~*** neanche a farlo apposta; **~eja 1.** *f* lumino *m*; **2.** *fpl teat* luci della ribalta, lampade del proscenio
candong|a *f* 1. beffa; 2. *zool* mula da tiro; **~o, -a** *adj/s* furbo, -a, astuto, -a; adulatore, -trice, pieno, -a di moine; scansafatiche; **~uear** *vi* fare l'indolente/lo scansafatiche
candor *m* candore, candidezza *f*; ingenuità *f inv*; semplicità *f inv*; **~oso, -a** *adj* ingenuo, -a
canel|a *f* cannella ◊ ***¡es ~ fina!*** è uno zucchero!; **~o 1.** *m* albero della cannella; **2.** *adj* color cannella ◊ ***hacer el ~*** fare la parte dell'imbecille; **~ones** (*var.* **caneloni**, **canelonis**) *mpl gastr* cannelloni
canesú *m* sprone, carré
cangilón *m* cucchiaia della draga *f*; secchio
cangrejo *m zool* granchio ◊ ***ir para atrás como los ~s*** andare indietro come i granchi/i gamberi
canguelo (*var.* **canguis** *m*) *m coloq* fifa *f*
cangüeso *m* ghiozzo
canguro 1. *m* 1. *zool* canguro; 2. (*ropa*) K-way* *inv*; **2.** *m/f Esp* baby-sitter* *inv*
caníbal *adj/m* cannibale; *filos/lit fig* (*escritor,...*) cannibale
canibalismo *m* cannibalismo
canica *f* biglia; *bot* cannella selvatica
caniche *m zool* barboncino
canicie *f* canizie
canícula *f* canicola
canicular *adj* canicolare
canijo, -a *adj* debole, infermiccio, -a
canill|a *f* 1. stinco *m*; osso lungo di gamba o di braccio *m*; osso dell'ala degli uccelli *m*; (*barril*) cannella; 2. *tecn* bobina, spola; **~ita** *f Am* (*periódicos*) strillone *m*
canino, -a 1. *adj* canino, -a; **2.** *m* (*diente*) canino
canje *m* cambio; *com* scambio, cambio, permuta *f*; *mil* scambio ◊ ***oferta de ~*** offerta di scambio; ***precio de ~*** prezzo di cambio; **~able** *adj* cambiabile, permutabile, scambiabile; **~ar** *vt* cambiare; *com* scambiare, permutare, cambiare; *mil* scambiare
cannabis [ka'nabis] *m inv* (*droga*) canapa indiana *f*, cannabis *f inv*
cano, -a *adj* canuto, -a, bianco, -a; vecchio, -a; **~a** *f nav* canoa, canotto *m*; *nav* scialuppa
canódromo *m* cinodromo

canon (*pl* **cánones**) **1.** *m* canone; regola *f*; *jur* canone, quota *f*; *impr* gran ~ carattere di 24 punti; *mús/relig* canone; **2.** *mpl* diritto canonico *m*; **~ical** *adj* canonicale; **~icato** *m* canonicato

canón|ico, -a *adj* canonico, -a; **~iga** *f coloq* pisolino *m*, siesta (prima di mangiare); **~igo** *m* canonico

canon|ista *adj* canonista; **~ización** *f* canonizzazione; **~izar** ‹*canonicé*› *vt* canonizzare; *fig* esaltare; **~jía** *f* canonicato *m*

canoro, -a *adj* canoro, -a, melodioso, -a

canoso, -a *adj* canuto, -a

canotié (*var.* **canotier**) *m* (*sombrero*) paglietta *f*

cans|ado, -a *adj* (estar) stanco, -a, affaticato, -a, spossato, -a; sciupato, -a; *fig* (ser) noioso, -a, pesante; **~ancio** *m* stanchezza *f*, spossatezza *f*; **~ar** *vt* stancare, affaticare, spossare; esaurire; *fig* annoiare, infastidire; **~era** *f* noia, fastidio *m*; **~ino, -a** *adj* affaticato, -a, spossato, -a; (*animal*) spossato, -a ◊ ***de manera ~a*** faticosamente, in modo affaticato

cantábile *adj/m mús* cantabile

cantable *adj* cantabile

Cantabria *f geogr* Cantabria

cantábrico, -a *adj* cantabrico, -a ◊ ***(mar) *~*** (mare) Cantabrico

cántabro, -a *adj/s* cantabro, -a

cantador (*var.* **cantaor**) *m And* cantante di flamenco

cantamañanas *m/f inv* ballista *m/f*, pallonaro, -a *m/f* (*reg*)

cantante *adj/s* cantante

cantaor V. **cantador**

cantar 1. *vt/i* cantare; *fig* suonare; *irón* confessare; (*naipes*) accusare; **2.** *vi* (*rueda, puerta...*) cigolare; *coloq* puzzare; **3.** *m* canto, cantare, canzone *f* ◊ ***~las claras, ~ la cartilla, ~ las cuarenta*** dirle chiare e tonde/dirne di tutti i colori; ***en menos que canta un gallo*** in un batter d'occhio/d'ali; ***es otro ~*** è un'altra musica, è un altro paio di maniche; ***le cantan los pies*** gli puzzano i piedi

Cantar *m* cantico ◊ ***el *~ de los Cantares*** il Cantico dei Cantici

cántara *f* brocca, anfora; cantaro *m*

cantarela *f mús* cantino *m*

cantárida *f zool* cantaride

cantarín, -ina *adj* canterino, -a

cántaro *m* cantaro; brocca *f*, anfora *f*, orcio ◊ ***llover a ~s*** piovere a catinelle; ***tanto va el ~ a la fuente hasta que se rompe*** tanto va la gatta al lardo che ci lascia lo zampino

cantata *f* cantata

cantatriz *f* cantatrice

cantautor, -a *m/f* cantautore, -trice

cante *m And* canto (jondo, flamenco)

canter|a *f* cava di marmo; **~ano** *m* canterano; **~ía** *f* arte dello scalpellino; **~o** *m* scalpellino, spaccapietre

cántic|a *f lit* cantica; **~co** *m* cantico

cantid|ad *f* quantità *inv*; somma; **~ga** (*var.* **cántiga**) *f lit* cantico *m*, inno *m*, cantiga

cantilena (*var.* **cantinela**) *f tamb. fig* cantilena; filastrocca

cantimplora *f* borraccia

cantin|a 1. *f* osteria; cantina; **2.** *fpl Méx* bisacce; **~ela** V. **cantilena**; **~ero, -a** *m/f* cantiniere, -a

canto *m* 1. *mús* canto; 2. bordo; spigolo, angolo, punta *f*; (*libro*) taglio; costa *f*, pezzo; spessore ◊ ***~ de pan*** cantuccio di pane; ***~ rodado*** ciottolo; ***darse con un ~ en el pecho/en los dientes*** cantare alleluia; ***de cal y ~*** in muratura; ***por el ~ de un duro*** per un pelo

cantón *m geogr* cantone; *mil* accantonamento

canton|al *adj* cantonale; **~era** *f* (*mueble*) cantoniera; *impr* fregio angolare *m*

cantor, -a 1. *m/f* cantore *m*, cantatrice *f*; **2.** *adj* canoro, -a; **~al** *m relig* cantorino

cantorral *m* terreno sassoso

canturre|ar *vt/i* canticchiare, canterellare; **~o** *m* canterellio

cánula *f* cannuccia; *med* cannula

canut|ero *m* agoraio; *Am* asticciola della penna *f*; **~illo** *m gastr* tessuto a coste; cannolo/rotolo di pasta sfoglia ripieno; **~o** *m* 1. tubo, cerbottana *f*; 2. (*droga*) spinello, canna *f*; 3. *Am* agoraio ◊ ***no saber hacer la o con un ~*** non saper fare neanche le aste, una o con un bicchiere; ***pasarlas ~as*** vedersela brutta

canzonetista *f* canzonettista, sciantosa, chanteuse

caña 1. *f* 1. canna; 2. (*bota*) gambale *m*; 3. birra alla spina; (*medida de cerveza o vino*) boccale/bicchiere *m*; 4. osso del braccio o gamba; *gastr* osso midollo *m*; **2.** *fpl* giostra con lancio di canne *f* ◊ ***~ de azúcar*** canna da zucchero; ***~ de pesca*** canna da pesca; ***dar/meter ~*** picchiare, bastonare; *auto* accelerare, dar gas; **~da** *f* passaggio *m*, passo *m*, varco *m*; *agric* tratturo *m*; *Am* ruscello *m*; **~mazo** *m* stoppa di canapa *f*; canovaccio; **~melar** *m* piantagione di canna da zucchero *f*; **~mero** *m zool* verdone; **~miel** *f* canna da zucchero

cáñamo *m* canapa *f*; *Am* spago ◊ ***~ índico*** canapa indiana

cañamón *m* canapuccia *f*

cañaveral (*var.* **cañar**) *m* canneto

cañazo *m* cannata *f* ◊ ***dar ~ a alg*** *coloq/fig* colpire q

cañería *f* tubatura; tubazione

cañí *adj/s* gitano, -a; guappo, bullo

cañiz|al (*var.* **cañizar**) *m* canneto; **~o** *m* canniccio, graticcio

caño *m* tubo; condotto dell'acqua; *nav* canale

cañón 1. *m mil* cannone; canna *f*; *geogr* Canyon* *inv*, gola di montagna *f*; cannoncino *m*; penna d'oca *f*; **2.** *adj inv coloq* (*estar*) fantastico, a, stupendo, a ◊ ***~ de nieve*** cannone sparafiocchi o sparaneve; ***carne de ~*** *fig* carne da cannone; ***estar al pie del ~*** stare all'erta, stare attento/accorto

cañon|azo *m sport* cannonata *f*; **~eo** *m* cannoneggiamento; **~ero 1.** *m nav* cannoniera *f*; **2.** *adj mil* cannoniere, -a

cañut|ero *m* agoraio; **~illo** *m* 1. *min* giaietto; 2. *txtl* canutiglia *f* ◊ ***de ~*** *agric* innesto a marza; **~o** *m* cannello

caoba (*var.* **caobo** *m*) *adj/f* mogano *m*

caolín *m min* caolino

caos *m inv* caos, disordine *m*

caótico, -a *adj* caotico, -a

CAP (*Certificado de Aptitud Pedagógica*) *abr/m* Abilitazione all'insegnamento

cap.° (*var.* **cap.**) (*capítulo*) *abr* cap. (*capitolo*)

capa *f* 1. (*ropa*) cappa, mantello *m*; 2. strato *m*, manto *m*; 3. involucro *m*; 4. (*sociedad*) ceto *m*; 5. *nav* cappa ◊ ***~ de ozono*** *nav* fascia di ozono; ***~s desfavorecidas*** fasce deboli; ***a la ~*** alla cappa; ***bajo/(so) ~ de*** sotto l'apparenza di; ***bajo la ~ del cielo*** al mondo; ***comedia de ~ y espada*** *teatr* commedia di cappa e spada; ***andar/estar de ~ caída*** essere giù di corda; ***defender a ~ y espada*** difendere a spada tratta; ***hacer de su ~ un sayo*** fare a propria volontà; **~cete** *m* cappelletto; **~cho** *m* 1. corbello, cesto, sporta *f*; 2. *bot* pianta cannacea *f*; 3. *zool* succiacapre

capaci|dad *f* capienza; *jur fig* capacità *inv*; abilità *inv*; **~tación** *f* abilitazione; **~tado, -a** *adj* abilitato, -a ◊ ***estar ~ para hacer u-c*** essere in grado di fare qc; **~tar** *vt* abilitare (**para** a)

capad|or, -a *adj/s* castratore, -trice; **~ura** *f* 1. castrazione, castratura; capponatura; 2. foglia di tabacco di bassa qualità

capar *vt zool* castrare; evirare; **~azón** *m* 1. carcassa *f*; 2. coperta *f*

caparr|a *f* 1. *jur* caparra; 2. *Arg bot* cappero *m*; 3. *Arg zool tamb. fig* zecca; **~ón** *m bot* gemma *f*; **~osa** *f quím* copparosa

capataz *m* caposquadra; *agric* gastaldo; assistente agronomo

capaz *adj* capace; capiente, capace, spazioso, -a, ampio, -a; capace, esperto, -a; atto, a, idoneo, a; *Am* (*persona*) possibile, facile; **~o** *m* 1. cesta *f*, paniere; 2. porte-enfant* *inv*

capcios|idad *f* capziosità *inv*; **~o, -a** *adj* capzioso, -a

capea *f taur* ="inganno fatto al toro con la cappa"" *m*; corrida di amateurs con torelli; *fig* temporaggiamento *m*, il temporeggiare; **~r** *vt* 1. *taur* ="aizzare il toro con la cappa"; 2. *nav* cappeggiare; *fig* scansare, schivare, temporeggiare; *fig* cavarsela ◊ ***~ el temporal*** far fronte alle difficoltà, cavarsela

capela: a ~ *adv mús* a cappella

capell|án *m* cappellano ◊ ***~ castrense*** cappellano militare; **~anía** *f* cappellania

capelo *m* cappello cardinalizio; *Am* tocco

capeo V. **capea**

Caperucita Roja *f* Cappuccetto Rosso *m*

caperuza *f* cappuccio *m*

capi|bara *m Arg zool* capibara *inv*; **~cúa** *adj/m* numero bifronte

capilar *adj* capillare; **~idad** *f* capillarità *inv*

capilla *f* cappella; *desp/fig* combriccola, chiesuola politica, cricca; *mil* altare portatile *m*; *mús* cappella; *impr* foglio sciolto *m* ◊ ***~ ardiente*** cappella mortuaria; ***estar en ~*** *fig* essere alla vigilia di qc

capirot|azo *m* buffetto; **~e** *m* ="cappuccio per le processioni di Pasqua"; ="tocco con mozzetta per universitari" ◊ ***tonto de ~*** scemone, scioccone

capisayo *m irón* tonaca *f*, saio

capit|ación *f jur* capitazione

capital 1. *f* (*Estado*) capitale; (*provincia*) capoluogo *m*; **2.** *m* capitale, patrimonio; **3.** *adj* capitale; principale ◊ ***letra ~*** *impr* lettera maiuscola; ***pena ~*** pena capitale; **~ino, -a** *adj/s Am irón* abitante della capitale ◊ ***es un ~*** è di città/della capitale; **~ismo** *m* capitalismo; **~ista** *adj/s* capitalista; **~izar** ‹*capitalicé*› *vt* capitalizzare

capitán, -ana *m/f* capitano *m*, comandante *m*; capitano di lungo corso *m* ◊ ***~ de corbeta, fragata, de alto bordo o de navío, de buque o barco oceánico*** capitano di corvetta, fregata, vascello, di lungo corso

capitan|a *f nav irón* capitana; **~ear** *vt* capitanare; **~ía** *f* (*oficina*) capitaneria; capitanato *m*

capitel *m arq* capitello

capitol|ino, -a *adj* capitolino, -a; **~io** *m* acropoli *f*

Capitolio *m* Campidoglio

capitoné *adj* imbottito, -a, capitonné *inv*

capitoste *m* caporione, capoccia

capítula *f relig* capitolo *m*

capitul|ación (*pl* **capitulaciones**) **1.** *f* capitolazione; **2.** *fpl* capitolato matrimoniale *m*; **~ado** *m* capitolato; **~ar 1.** *vi* capitolare; **2.** *adj/m* capitolare

capítulo 1. *m* capitolo; *TV* puntata *f*, episodio; **2.** *mpl* capitolato matrimoniale *m* ◊ ***llamar/traer a ~*** chiamare alla resa dei conti, chiamare all'ordine; ***ser/merecer ~ aparte*** essere un'altra questione

capó (*var.* **capot**) *m auto* capote* capotta *f*; *inv*, cofano, cappotta *f*

capo *m* boss (*desp*), capomafia, pezzo da novanta

capón 1. *m zool* cappone; colpo di nocche; **2.** *adj/m* castrato

caporal *m* caposquadra

capot [ka'po] V. **capó**; **~a** *f auto* capote* *inv*, cappotta ◊ ***~ dura*** tettuccio rigido, hard top;* **~ar** *vi transp* cappottare, ribaltarsi

capote *m* poncho; *mil* cappotto; *taur* cappa *f* ◊ ***decir (alg) una cosa para su ~*** parlare (q) fra sé; ***echar un ~ a alg*** *fig* interrompere apposta il discorso di q (per aiutarlo); dare una mano a q; **~ar** V. **capear**; **~ra** *f Am* attaccapanni *m*

capricho *m* capriccio; fantasia *f*; **~so, -a** *adj* capriccioso, -a; bizzarro, -a

Capricornio *m astron* Capricorno

cápsula *f* capsula; involucro *m*; *bot* capsula, ricettacolo *m*; *tecn* capsula

capsuladora *f* capsulatrice

capt|ación *f TV/psicol* captazione; conquista; **~ar** *vt* captare; cattivarsi, procurarsi
captura *f* cattura; arresto *m*; **~r** *vt* catturare; arrestare
capuch|a *f* cappuccio *m*; *impr* accento circonflesso *m*; **~ino, -a 1.** *adj/m relig* cappuccino; **2.** *m gastr* cappuccino, cappuccio; *zool* (*mono*) cappuccino; **3.** *f bot* cappuccina; *bot* (*seta*) agarico portentoso *m*, cicalotto *m*; **~ón** *m* cappuccione, cappuccio; mantello con cappuccio da sera; domino corto
capullo *m bot* bocciolo, boccio; (*gusano de seda*) bozzolo; *med vulg* cappella *f*; prepuzio; *fig/vulg* testa di cavolo/cazzo, pirla, stronzo
capuzar ‹*capucé*› *vt* tuffare; *nav* sommergere da prora
caquexia *f med* cachessia
caqui *m bot* cachi *inv*; color cachi *adj/m*; uniforme militare *f*
cara *f* 1. faccia, volto *m*, viso *m*; *fig* aspetto *m*, cera; 2. *zool* muso *m*; 3. facciata, faccia, superficie ◊ **~ *a* ~** faccia a faccia; **~ *de ángel*** viso d'angelo; **~ *de Pascua*** faccia allegra; **~ *de perro/de pocos amigos*** faccia rabbiosa/minacciosa/torva/scura; **~ *dura*** faccia tosta/di bronzo; **~ *vista*** (muratura) faccia a vista; ***a* ~ *o cruz*** a testa e croce; ***buena, mala* ~** buona, cattiva cera; ***caérsele la* ~ *de vergüenza*** morire dalla vergogna; ***dar la* ~** *fig* mostrare la faccia, fronteggiare; ***echar en* ~** rinfacciare; ***no tener* ~** non aver il coraggio; ***plantar* ~** sfidare; ***poner* ~ *de circunstancias*** stare in tono; ***poner buena/mala* ~** far un buon/cattivo viso; ***por la* ~** gratis et amore Dei; ***por su* ~ *bonita*** *irón* perché è bello, -a; ***romper/partir la* ~ *a alg*** rompere il muso a q; ***salvar la* ~** salvare la faccia; ***tener mucha* ~** avere la faccia di bronzo; **~ba** *f coloq* colmo *m* ◊ ***¡Es la* ~!** E' il colmo!; **~bela** *f nav* caravella; **~bina** *f* carabina; *fig* candela ◊ ***ser la* ~ *de Ambrosio*** essere un buono a nulla/non servire a niente; **~binero** *m mil* guardia di finanza *f*; *zool* (tipo di) gambero rosso scuro
cárabo *m nav/zool* carabo
Caracalla *m hist* Caracalla
caracalla *f hist* (*vestido*) caracalla
caracha *f* rogna, tigna
caracol *m* 1. *zool* lumaca *f*; conchiglia *f*; 2. chiocciola *f*; 3. (*pelo*) tirabaci *inv*, ricciolo ◊ ***¡~es!*** *excl* perbacco!, caspita!; ***escalera de* ~** scala a chiocciola; **~a** *f zool* buccino *m*, tritone *m*; chiocciola; conchiglia; **~ada** *f* piatto di lumache *m*; **~ear** *vi* (*caballo*) caracollare, volteggiare; **~eo** *m* caracollo
carácter *m* 1. carattere; 2. indole *f*, temperamento; 3. scrittura *f*; carattere, tipo ◊ ***con* ~ *de*** in qualità di
caracter|ística *f* caratteristica; **~ístico, -a 1.** *adj* caratteristico, -a; **2.** *m/f teat* caratterista; **~ización** *f* caratterizzazione; *teat* travestimento *m*; trucco *m*; **~izar** ‹*caractericé*› **1.** *vt* caratterizzare, distinguere; *teat* caratterizzare, rappresentare (il ruolo di); **2. ~se** truccarsi; travestirsi; **~ología** *f* caratterologia; **~ológico, -a** *adj* caratterologico, -a
caracú *m Am Mer gastr* osso midollo
caradura *m/f* faccia tosta *f*, sfacciato, -a, faccia di bronzo *f*
caraj|illo *m* caffè corretto con cognac/liquore; **~o** *m vulg* cazzo ◊ ***¡~!*** *excl vulg* cazzo!; ***irse, mandar al* ~** *vulg* andarsene, mandare al diavolo/a quel paese (estand); a farsi fottere; ***no me importa un* ~** *vulg* non me ne importa un cazzo
¡caramba! *excl* accidenti!, caspita!, diamine! ◊ ***¡qué ~!*** e che caspita/diamine!
carámbano *m meteo* ghiacciolo
carambola *f* carambola ◊ ***por* ~** di rimbalzo, indirettamente
caramelizar ‹*caramelicé*› *vt* caramellare; **~o** *m* caramella *f*; (*azúcar*) caramello ◊ **~ *de palo*** leccalecca; ***a punto de* ~** *tamb. fig* allo stato di caramello
caramillo *m* 1. *mús* (*pastoriles*) cennamella *f*, zampogna *f*, bombarda *f*, piffero; 2. pettegolezzo; lite *f*; 3. *coloq* baccano, casino
carantoña 1. *fpl* moine; **2.** *f coloq* vecchia vestita come una maschera
carapacho *m* guscio; conchiglia *f*; carcassa *f*
caraqueño, -a *adj/s* di Caracas
carátula *f* maschera; *teat fig* farsa; (*disco, libros*) copertina
caravan|a *f* 1. carovana; 2. *transp* roulotte* *inv*, caravan *inv*, camper* *inv*; **~ero, -a** *adj/s* carovaniere, -a, carovaniero, -a; **~ing** [kara'banin] *m* caravaning
¡caray! *excl coloq* cavolo!, caspita!, accidenti!
carbohidrato *m quím* carboidrato
carbón *m* carbone ◊ **~ *de palo o vegetal*** carbone vegetale/di legna; **~ *de piedra o mineral*** carbon fossile; ***papel* ~** carta carbone
carbon|ada *f* 1. carbonata; 2. ="piatto di carne a la brace" *m*; *Am* ="piatto di carne, mais, zucca, patate, riso e frutta" *m*; **~ado** *m min* carbonado; **~ario, -a** *adj/s hist* carbonaro, -a; **~ato** *m quím* carbonato; **~cillo** *m* (*dibujo*) carboncino; **~era** *f* carbonaia; *nav* carbonera; **~ería** *f* negozio del carbonaio *m*; **~ero, -a 1.** *m/f* carbonaio, -a, carboniere, -a; **2.** *m zool* cinciallegra *f*, cingallegra *f*, perlina *f*; **3.** *f bot* russula maggiore, moreleto *m*; **4.** *adj* carboniero, -a ◊ **~ *garrapinos*** *zool* cincia mora
carbónico, -a *adj* carbonico, -a
carbonífero, -a *adj* carbonifero, -a
carbonilla *f* carbonella
carboniz|ación *f* carbonizzazione; **~ar** ‹*carbonicé*› *vt* carbonizzare
carbono *m quím* carbonio
carbunclo (*var.* **carbunco**) *m agric* carbonchio; *med* antrace; *min* rubino
carbúnculo *m med* carbonchio; rubino
carbur|ación *f* carburazione; **~ador** *m* carburatore; **~ante** *adj/m* carburante; **~ar** *vt* carburare ◊

no ~ *fig* non carburare, non essere in forma; **~o** *m quím* carburo

carca *adj/s pol coloq/desp* retrogrado, -a, reazionario, -a

carcaj *m* faretra *f*; **~ada** *f* risata; sghignazzata ◊ ***reír a ~s*** ridere a crepapelle; **~earse** sghignazzare

carcamal *m coloq/desp* vecchio rimbambito/decrepito

carcasa *f* carcassa; bomba d'artificio

cárcel (*fpl* **cárceles**) *f* 1. (*edificio*) carcere *m*; carcere *m*, prigione, galera; 2. *tecn* morsa da falegname

carcel|ario, -a *adj* carcerario, -a; **~ero, -a 1.** *m/f* carceriere, -a; **2.** *adj* carcerario, -a

carcin|ogénesis *f inv med* carcinogenesi; **~ógeno, -a** *adj/s med* cancerogeno, -a; **~oma** *m med* carcinoma

carcom|a *f zool* tarlo *m*; *fig* rodimento *m*; **~er** *vt* tarlare; *fig* corrodere, consumare

Card. (*Cardenal*) *abr* Card. (*Cardinale*)

card|a *f* 1. *tecn* cardatura; (*máquina*) cardo *m*, scardasso *m*; 2. *fig* rimprovero *m* ◊ ***dar una ~*** *fig* dare/fare una strapazzata; ***ser de la misma ~*** *desp/fig* essere della stessa lana; **~da** *f* pettinata; **~do** *m* cardatura *f*; **~dor, -a** *m/f* cardatore, -trice; **~dura** *f* pettinatura; **~momo** *m bot* cardamomo verde

cardán *m tecn* cardano, giunto cardanico

cardánico, -a *adj mec* cardanico, -a

cardar *vt* cardare

cardenal *m* 1. *relig* cardinale; 2. livido; 3. *zool* cardinale; **~ato** *m* cardinalato; **~icio, -a** *adj* cardinalizio, -a

cardenillo *m* verderame

cárdeno, -a 1. *adj* violaceo, -a, paonazzo, -a; **2.** *m taur* toro bianco e nero

cardíaco, -a (*var.* **cardiaco**) *adj* cardiaco, -a

cárdigan *m* cardigan *inv*

cardinal *adj* cardinale

cardio|cirugía *f* cardiochirurgia; **~cirujano, -a** *m/f* cardiochirurgo *m*; **~grama** *m* cardiogramma; **~logía** *f* cardiologia

cardiólogo, -a *adj/s* cardiologo *m*

cardiop|atía *f* cardiopatia; **~ático, -a** *adj med* cardiopatico, -a

cardiorrespiratorio, -a *adj* cardiopolmonare

cardiovascular *adj* cardiovascolare

carditis *f inv med* cardite *f*

cardizal *m bot* cardeto

cardo *m bot* cardo ◊ ***ser un ~*** *fig* essere una cozza, essere una racchia; essere brutta e selvaggia

carear 1. *vt* mettere a confronto; **2. ~se** confrontarsi; *jur* mettere a confronto, fare un confronto

carecer ‹*carezco*› V. 13a *vi* mancare (**de** di), essere privo (**de** di)

caren|a *f nav* carenaggio *m*; carenatura; **~do** *m nav* carenaggio, carenatura *f*; **~dura** *f* raddobbo *m*; **~r** *vt* carenare

carencia *f* carenza; mancanza, scarsezza, penuria; **~l** *adj med* carenziale

carente *adj* carente (**de** di), privo (**de** di), mancante (**de** di)

careo *m* 1. *jur* confronto; faccia a faccia; 2. nomadismo pastorale

carero, -a *adj coloq* carestoso, -a

carestía *f* carestia, scarsezza, penuria

caret|a *f* 1. maschera; 2. *telec* sigla ◊ ***quitar/arrancar la ~ a alg*** smascherare q; **~o** *m* muso

carey *m zool* caretta *f*, tartaruga caretta *f*

carga *f* 1. carica; 2. carico *m*; *informát* caricamento *m*; 3. soma; peso; 4. *jur* gravame, onere; 5. *fig* carico *m*, peso *m*, preoccupazione; 6. *com* carico ◊ ***~ de profundidad*** bomba di profondità; ***~ eléctrica*** carica elettrica, carico elettrico; ***burro de ~*** bestia da soma; ***volver a la ~*** tornare alla carica; **~dero** *m* scalo merci; *arq* architrave *f*; **~do, -a** *adj* carico, -a; *meteo* pesante, afoso, -a; forte ◊ ***~ de años*** vecchio; ***~ de espaldas/de hombros*** curvo, un po' gobbo; ***café ~*** caffè ristretto/forte; **~dor, -a 1.** *adj/m* caricatore, -trice; **2.** *m/f* scaricatore, -trice, caricatore, -trice; facchino, -a; **~mento** *m* carico; **~nte** *adj* pesante, noioso, -a; **~r** ‹*cargué*› **1.** *vt* 1. caricare; 2. *com* addebitare; 3. imputare, attribuire; 4. *coloq/fig* annoiare, stancare; 5. *Am* portare; **2.** *vi* (*tempestad, viento*) volgersi; assumersi, addossarsi; rubare *vt*; *ling* ricadere; pesare; insistere; **3. ~se** curvarsi; *meteo* rannuvolarsi; caricarsi; ◊ ***~ con el mochuelo*** pagare la pena; ***~se a alg*** accoppare q, far fuori q; *jerga estud* bocciare/fregare agli esami; ***~se algo*** rompere qc

cargo *m* 1. carico, peso; 2. incarico, impiego; *pol* carica *f*; *com fig* addebito; *jur* imputazione *f*, accusa *f* ◊ ***~ de conciencia*** carico di coscienza; ***estar a ~ de*** essere a carico di, dipendere da; ***hacerse ~ de*** farsi carico di; ***testigo de ~*** testimone d'accusa; ***antiguedad en el ~*** anzianità di servizio; ***vacante del ~*** vacanza del seggio

carguero, -a 1. *m* nave da carico *f*, nave da trasporto merci *f*; **2.** *adj/s* caricatore, -trice; **3.** *adj/m Arg* bestia da soma *f*

caria|contecido, -a *adj* turbato, -a, preoccupato, -a; **~do, -a** *adj* cariato, -a; **~r** ‹*cario*› V. 1 *vt* cariare

cariátide *f arq* cariatide

caribe 1. *adj/m* 1. *ling* caribo; *fig* selvaggio, -a; **2.** *adj* mar ~ mare Caribico; **3.** *m geogr* *~ Caribi *mpl*, Caraibi *mpl*; **~ño, -a** *adj/s* caribo, -a

caribú *m zool* caribù

caricatur|a *f* caricatura; **~esco, -a** *adj* caricaturale; **~ista** *m/f* caricaturista; **~izar** ‹*caricaturicé*› *vt* caricaturare; ridicolizzare

carici|a *f* carezza; moina; **~osamente** *adv* carezzevolmente, affettuosamente, soavemente

caridad *f* carità *inv*; elemosina ◊ ***implorar la ~*** chiedere l'elemosina

caries *f inv med/agric* carie

carilla *f* faccia di un foglio; **~ón** *m* carillon *inv*
cariñlito *m* coccola *f*; **~o 1.** *m* affetto; tenerezza *f*, delicatezza *f*; **2.** *excl/m* caro, tesoro, amore; **~oso, -a** *adj* affettuoso, -a, tenero, -a
carioca 1. *adj/s* carioca, di Rio de Janeiro; **2.** *f* (*baile*) carioca
carismla *m relig fig* carisma; **~ático, -a** *adj* carismatico, -a
caritativo, -a *adj* caritatevole
cariz *m* aspetto
carllanca 1. *excl/m inv* collare dentato *m*; **2.** *fpl fig* astuzia *f*; **~inga** *f aero/nav* carlinga; **~ista** *adj/s pol/hist* carlista, partigiano di Don Carlo di Borbone
carmelita (*var.* **carmelitano**) *adj/s relig* carmelita, carmelitano, -a
Carmelo *m* Carmelo ◊ ***monte ~*** monte Carmelo
carmen (*pl* **cármenes**) *m* 1. *lit* carme; 2. *And* villa di campagna *f* ◊ ***Virgen del *~*** Vergine del Carmine/Carmelo; ***~** Carmela
carmesí *adj/m* cremisi *inv*
carmín *m* rossetto; *quím* carminio
carnada *f* esca (per pesca o caccia); *fig* trappola
carnal *adj* carnale; sensuale; (*pariente*) di primo grado, carnale ◊ ***acto ~*** copulazione; **~idad** *f* carnalità *inv*, sensualità *inv*
carnaval *m* carnevale; **~ada** *f desp* carnevalata; **~esco, -a** *adj* carnevalesco, -a
carnaza *f* 1. carnaccia; 2. *desp/fig* carnaccia
carne *f* carne; (*fruta*) polpa ◊ ***~ a la parrilla*** carne alla griglia; ***~ en su punto*** carne cotta al punto giusto; ***~ hervida/cocida*** lesso; ***~ muy hecha*** carne ben cotta; ***~ picada, ahumada*** carne tritata, affumicata; ***~ poco hecha*** carne al sangue; ***de ~ y hueso*** in carne ed ossa; ***echar ~*** ingrassare; ***en ~ viva*** in carne viva; ***en ~s vivas*** nudo; ***no ser ni ~ ni pescado*** non essere né carne né pesce; ***poner la ~ de gallina*** far venire la pelle d'oca; ***poner toda la ~ en el asador*** sparare tutte le proprie cartucce
carné V. **carnet**
carnear *vt* macellare
cárneo, -a *adj* carneo, -a
carnero *m* 1. *zool* montone; 2. carnaio, ossario; 3. *Am fig* pecorone
carnestolendas *fpl* ultimi tre giorni di carnevale *mpl*
carnet [kar'ne] (*var.* **carné**) *m* tessera *f*, carta *f* ◊ ***~ de conducir*** patente (di guida); ***~ de identidad (electrónico)*** carta d'identità (elettronica); ***~ por puntos*** patente a punti
carnicerlía *f* 1. macelleria, beccheria; 2. *fig* carneficina; **~o, -a 1.** *m/f* macellaio, -a; **2.** *adj* carnivoro, -a
carnívoro, -a *adj* carnivoro, -a
carnoslidad *f* carnosità *inv*; **~o, -a** *adj* carnoso, -a; polposo, -a
caro, -a *adj* (*precio*) caro, -a; *elev/irón* caro, -a; **~lingio, -a** *adj/s* carolingio, -a; **~ta** *m/f* sfrontato, -a; **~teno** *m quím* carotene
carótida *f med* carotide
carozo *m* 1. torsolo della pannocchia; *Am* nocciolo/osso di frutta/oliva; 2. *tecn* tutolo
carpa *f* 1. *zool* carpa; 2. *bot* racimolo d'uva *m*; 3. *Am* tenda da campagna; telo *m*; *Esp* tendone da circo *m*; bancarella; **~nta** *f coloq* fame da lupi
Cárpatos *mpl geogr* Carpazi
carpelo *m bot* carpello, foglia ovariale *f*
carpeta *f* cartellina; cartella da scrivania; *informát* cartella; **~zo** *m* colpo di cartella ◊ ***dar ~*** archiviare/sospendere una pratica
carpinterlía *f* 1. falegnameria; 2. materiale in legno *m*, serramenti *mpl* ◊ ***~ metálica*** serramenti in metallo; **~o** *m* falegname ◊ ***pájaro ~*** *zool* picchio
carpir *vt Am agric* sarchiare
carpo *m med* carpo
carracla *f* 1. *nav ant* caracca; 2. *fig* carcassa; 3. *zool* ghiandaia marina; 4. *mús* raganella; **~o, -a** *adj/s* vecchio, -a, acciaccoso, -a
Carracuca *m* ◊ ***estar más perdido que ~*** trovarsi in condizioni disastrose
carrasca *f bot* leccio *m*, elce *m/f*; **~l** *m bot* lecceto; *Am* ghiareto
carrasplear *vi* (*garganta*) raschiare la gola, fare il raschio; **~eo** *m* (*garganta*) raschio; **~era** *f* raucedine; **~oso, -a** *adj* rauco, -a cronico, -a
carrerla *f* 1. corsa; 2. strada; 3. *estud* corso di studi *m*; 4. (*árboles*) fila; 5. (*medias*) smagliatura; 6. (*profesión*) carriera; 7. (*taxi*) percorso *m* ◊ ***~ de relevos*** *sport* staffetta; ***a la ~*** in fretta e furia; ***hacer ~*** *fig* fare strada; ***hacer la ~*** *euf* battere il marciapiede; **~illa** *f* corserella; *mús* scala rapida ◊ ***de ~*** tutto di seguito; a memoria; **~o** *m* carrettiere; **~ón** *m* carriera brillante *f*, molta strada *f*
carreta *f agric* carretta; **~da** *f* carrettata
carrete *m foto* rullino; rocchetto, bobina *f*; **~ra** *f* strada ◊ ***~ y manta*** *coloq* viaggio a piedi; **~ro, -a 1.** *m* carrettiere; **2.** *adj* rotabile
carretill *adj* carrabile, carrozzabile; **~lla** *f* carrello *m*; carriola; (*niños*) girello *m* ◊ ***~ elevadora*** carrello elevatore; **~llero** *m* carriolante
carretón *m* carrettone; carretto; carrucola *f*
carrilcoche *m irón* carrozza *f*; **~el** *m Col/Ven* valigetta *f*, borsa da viaggio *f*; **~l** *m* 1. corsia *f*; carreggiata *f*; 2. (*tranvía*) rotaia *f*; (*tren*) binario; 3. *agric* solco; **~llo** *m* ganascia *f*; guancia *f* ◊ ***comer a dos ~s*** mangiare a due ganasce; **~to** *m* carrello; *aero* carrello bortabagagli ◊ ***~ de ruedas*** sedia a rotelle; **~zo** *m bot* giunco palustre, canna di palude *f* ◊ ***~ de las Pampas*** ginerio
carro *m* 1. carro; 2. carrello; 3. *Am* automobile *f* ◊ ***~** *astron* Carro; ***~ armado*** carro armato, carrarmato *coloq*; ***¡Eh, eh..., para el ~ !*** Ehi, fermati!/calma!; ***no apearse del ~*** non cedere; ***poner el ~ delante de las mulas*** *fig* mettere il carro davanti ai buoi; ***subirse al ~*** unirsi al gruppo; ***tirar del ~*** *fig* mandare avanti la baracca da soli; ***untar el ~*** *fig* ungere le ruote; **~cería** *f auto* carrozzeria; **~cero** *m* carrozziere;

~matero *m* carrettiere; **~mato** *m* carro, carriaggio
carroñ|a *f* carogna; **~ero, -a** *adj* che si alimenta di carogne; *fig* carognesco, -a
carroza 1. *f* carrozza, cocchio *m*; **2.** *m fig* matusa (*raro*), vecchio, geronte
carru|aje *m* carrozza *f*, vettura *f*; **~sel** *m* carosello; giostra *f*
cárstico, -a *adj geol* carsico, -a
carta *f* 1. lettera, missiva; 2. carta (da gioco); 3. *jur* carta, statuto *m*, certificato *m*; 4. *geogr/econ* carta ◊ **~ *blanca, de crédito*** carta bianca, di credito; **~ *bomba*** bomba-carta; **~ *certificada, urgente, con valor declarado*** lettera raccomandata, espresso, lettera assicurata; **~ *credencial*** lettera credenziale; **~ *de ajuste*** *TV* monoscopio, immagine di prova televisiva; **~ *de felicitación*** lettera di congratulazioni; **~ *de marear*** carta di navigazione; **~ *de pago*** quietanza, ricevuta; **~ *verde*** carta verde; ***a ~ cabal*** a tutta prova; ***despachar una ~*** spedire una lettera; ***echar las ~s*** fare le carte, predire; ***poner las ~s boca arriba*** mettere le carte in tavola; ***tamaño ~*** formato americano; ***tomar ~s en un asunto*** intervenire in un affare; **~bón** *m* quartabuono; **~genero, -a** *adj/s* (q o qc) di Cartagena; **~ginense** (*var.* **cartaginés, -esa**) *adj/s* cartaginese; di Cartagine
cártamo *m* zafferanone coltivato
cartapacio *m* scartafaccio; cartella *f*
cartearse carteggiare *vi*
cártel *m econ* cartello ◊ ***el ~ de Medellín*** il cartello di Medellín
cartel *m* cartello; manifesto; *cine/teat* cartellone ◊ **~ *de desafío*** cartello di sfida; ***de ~*** di fama; ***se prohíbe fijar ~es*** divieto d'affissione; ***tener ~*** tenere il cartellone; **~era** *f* 1. bacheca; 2. *cine/teat* locandina; pagina degli spettacoli; **~ero, -a** *m/f* attacchino, -a; **~ista** *m/f* 1. *arte* cartellonista; 2. *pol* cartellista
carteo *m* carteggio
cárter *m* carter *inv*
carter|a *f* 1. portafoglio *m*; 2. cartella ◊ **~ *de clientes*** portafoglio clienti; **~ *de mano*** cartella; ***ministro sin ~*** ministro senza portafoglio; ***saca la ~*** *coloq* tira fuori il portafoglio, metti mano al portafoglio; ***valores en ~*** titoli in portafoglio; **~ía** *f* posta (rurale); **~ista** *m/f* borsaiolo, -a; **~o** *m/f* postino, -a
cartesiano, -a *adj* cartesiano, -a
cartilaginoso, -a *adj* cartilaginoso, -a
cartílago *m* cartilagine *f*
cartilla *f* 1. *banc* libretto bancario *m*; 2. *estud* sillabario *m*; 3. *mil* tessera; 4. libretto *m* ◊ **~ *de la Seguridad Social*** libretto della mutua; **~ *escolar*** libretto dell'alunno; pagella; ***leerle (a alg) la ~*** fare una lavata di capo (a q); ***saberse la ~*** *coloq/desp* essere ben informato, saper bene la lezione
cartogr|afía *f* cartografia; **~áfico, -a** *adj* cartografico, -a
cartógrafo *m/f* cartografo, -a
cartograma *m* cartogramma
cartoman|cia *f* cartomanzia; **~ántico, -a** *adj/s* cartomante
cartón *m* cartone; (*cigarrillos*) stecca *f* ◊ **~ *piedra*** cartapesta
cartoné: en ~ *adj* incartonato, -a
cartonería *f* fabbrica di cartoni
cartuch|era *f* cartucciera; **~o** *m* 1. *mil/tecn* cartuccia *f*; 2. cartoccio ◊ **~ *de fogueo*** cartuccia da salva; **~ *de tinta*** cartuccia di inchiostro; ***quemar el último ~*** sparare l'ultima cartuccia
cartuj|a *f* certosa, monastero certosino *m*; **~o** *m relig tamb. fig* certosino
cartulina *f* cartoncino *m*
carúncula *f med/zool/bot* caruncola
casa *f* 1. casa; appartamento *m*; 2. dinastia; 3. succursale ◊ **~ *consistorial*** comun, municipio; **~ *cuna*** asilo nido; **~ *de campo*** casa di campagna; **~ *de citas/de lenocinio/de placer/de tolerancia*** casino, casa squillo/di appuntamenti/di lenocinio/di tolleranza; **~ *de comidas*** osteria, trattoria; **~ *de empeños*** Monte dei pegni; **~ *de huéspedes*** pensione; **~ *de la moneda*** zecca; **~ *de locos*** manicomio; **~ *de tócame Roque*** casa disordinata, casotto; **~ *solariega*** casa avita; ***echar/tirar la ~ por la ventana*** gettare i quattrini dalla finestra; ***en ~ del herrero cuchillo de palo*** in casa del ciabattino le scarpe son sfondate; ***estás en tu ~*** *coloq* come se fosse casa tua; ***mujer de su ~*** (una vera) casalinga; ***no parar en ~*** non stare mai a/in casa; ***ser (alg) muy de ~*** fare (q) vita di casa; essere un pantofolaio (hombre)
casaca *f* casacca, giubba militare ◊ ***cambiar la/de ~*** voltar casacca
casación *f jur* cassazione ◊ ***recurso de ~*** ricorso per cassazione
casad|ero, -a *adj* maritabile ◊ ***una chica ~a*** una ragazza da marito; **~o, -a** *adj* sposato, -a, coniugato, -a ◊ ***recién ~s*** novelli sposi, sposini
casam|ata *f* casamatta; **~entero, -a** *adj/s* mediatore, -trice di matrimoni; **~iento** *m* matrimonio, nozze *fpl*, sposalizio
casar 1. *vt* 1. sposare; 2. *jur* cassare; **2. ~se** sposarsi; accordarsi, accoppiarsi; **3.** *m* casale ◊ **~ *por la iglesia, por lo civil*** sposarsi in chiesa, in comune; ***~se por poderes*** sposarsi per procura; ***no ~se con nadie*** non lasciarsi influenzare da nessuno, non parteggiare per nessuno; essere indipendente da tutti
cascab|el *m* 1. sonaglio; 2. *fig* diavoletto, folletto ◊ ***de ~ gordo*** rozzo; ***poner el ~ al gato*** averne il coraggio, azzardarsi a fare qc; ***serpiente de ~*** serpente a sonagli; **~elada** *f coloq* baggianata; *ant* ="festa popolare con rumori di sonagli simile ai Mammuthones della Sardegna"; **~elear 1.** *vt* lusingare, illudere; **2.** *vi coloq* agire alla leggera, scuotere i sonagli; **~eleo** *m* rumore di sonagli; cicaleccio; **~illo** *m* lolla *f*, loppa *f*, pula *f*

cascad|a *f* cascata; **~o, -a** *adj* sfinito, -a, sciupato, -a
cascaj|al (*var.* **cascajar**) *m* ghiareto, pietrisco; **~o** *m* 1. coccio; 2. frutta secca *f*; frutti secchi *mpl*; 3. ghiareto ◊ ***estar hecho un ~*** essere un rottame/diventare uno straccio
cascanueces *m inv* schiaccianoci
cascar ‹*casqué*› **1.** *vt* schiacciare, pestare, spaccare; *fig* bastonare; *fig* riprendere; **2.** *vi fig* chiacchierare; *fig* affannarsi; crepare ◊ ***~rla*** *coloq* crepare; ***~sela*** *vulg* farsi una sega
cáscara *f* guscio *m*, buccia, corteccia ◊ ***¡~s!*** caspita!; ***ser de la ~ amarga*** *pol desp* estremista *ant*; *desp* (*sexo*) finocchio, frocio
cascarón *m* guscio d'uovo ◊ ***recién salido del ~*** moccioso
cascarrabias *m inv* brontolone, -a, bisbetico, -a; stizzoso, -a, irascibile
casco *m* 1. *mil* casco, elmo; 2. (*botellas...*) vuoto; 3. cuffia stereofonica *f*, auricolare; 4. (*algo roto*) coccio; 5. *nav* scafo; 6. *fig* testa *f* ◊ ***~ antiguo*** (*ciudad*) centro storico; ***~s azules*** caschi blu; ***calentarse, romperse los ~s*** lambiccarsi il cervello, scervellarsi; ***ligero de ~s*** testa vuota; **~te** *m* rottame; calcinaccio
casei|ficación *f* caseificazione; **~ína** *f* caseina; **~río** *m* cascina *f*, fattoria *f*; casale, gruppo di case; **~ro, -a 1.** *m/f* padrone, -a di casa; **2.** *adj* casalingo, -a; attaccato, -a alla casa; (*comida*) casereccio, -a; **~rón** *m* casona *f*; casone
caset|a *f* 1. casetta; 2. casotto *m*, casello *m*; **~e** [ka'set] (*var.* **cassette**) *m/f* 1. *mús* cassetta *f*; 2. (*aparato*) registratore *m*, mangianastri *m inv*; **~ón** *m arq* cassettone
cash flow [kas'flow] *m econ* cash flow
casi *adv* quasi, circa, più o meno ◊ ***~ ~*** *coloq* quasi quasi; ***¡~ nada!*** Come se niente fosse!; Hai detto niente!; **~a** *f bot* cassia
casill|a *f* 1. cella; 2. casello *m*, casotto *m*; 3. casella; 4. riquadro *m* ◊ ***~ postal/de correos*** *Am* casella postale; ***sacar/salir de sus ~s*** far perdere la pazienza/uscire dai gangheri; **~ero** *m* casellario
casino *m* 1. circolo; 2. (*juego*) casinò *inv*
casiterita *f min* cassiterite
caso *m* caso; fatto, successo ◊ ***~ de conciencia*** caso di coscienza; ***dado el ~*** dato, posto il caso; ***el ~ es que*** il fatto è che; ***en ~ de que*** caso mai, nel caso che; ***en el peor de los ~s*** mal che vada; ***en todo ~*** in ogni caso; ***hay ~s y ~s*** dipende dai casi/ci sono casi e casi; ***ir al ~*** arrivare al quid; ***no hacer ~*** non far caso; ***ser un ~ perdido*** essere un caso patologico; ***venir/hacer al ~*** fare al caso; **~rio** *m desp* sposalizio, matrimonio
casp|a *f* (*pelo*) forfora; (*piel*) squametta; *metal* patina; **~era** *f* pettine fitto *m*
Caspio *adj/m* (Mar) Caspio
¡cáspita! *excl ant* caspita!
casposo, -a *adj* forforoso, -a, pieno, -a di forfora
casque|ría *f* macelleria di sole frattaglie; **~te** *m* caschetto; calotta *f*, cuffia *f* ◊ ***~ esférico*** *mat* calotta sferica; ***~ polar*** *geogr* calotta polare
casquij|o *m reg* ghiaia *f*, pietrisco; **~llo** *m* ghiera *f*, anello metallico; (*armas*) bossolo; **~vano, -a** *adj* frivolo, -a, leggero, -a ◊ ***mujer ~a*** civetta
cassette V. **casete**
casta *f* razza (*tamb. zool*), schiatta, stirpe; specie *inv* ◊ ***cruzar las ~s*** incrociare le razze; ***de ~ le viene el galgo*** tale il padre, tale il figlio
castañ|a *f* castagna; (*pelo*) crocchia; *coloq/fig* colpo *m*, pugno *m*; *coloq/fig* sbronza ◊ ***~ pilonga*** castagna secca; ***dar la ~ a alg*** beffare, ingannare qc; ***sacarle a alg las ~s del fuego*** cavar la castagna dal fuoco per q; ***tener ~s*** *euf/coloq* avere le spalle quadrate; ***toma ~*** *coloq* Ben ti sta!, Beccati questa!; **~ar** (*var.* **castañal**) *m* castagneto; **~ero, -a** *m/f* caldarrostaio, -a; **~etas** *fpl* castagnette; **~etazo** *m* 1. scoppio delle castagne sul fuoco; 2. schioccata *f*; **~etear** *vi* 1. battere i denti; 2. suonare le nacchere; 3. scricchiolare le ossa; **~o, -a 1.** *adj* castano, -a; **2.** *m bot* castagno ◊ ***~ de Indias*** castagno d'India/ippocastano; ***pasar de ~ oscuro*** oltrepassare i limiti, esagerare; **~uela** *f* nacchera ◊ ***estar como unas ~s*** essere molto allegro
castellan|ismo *m* castiglianismo; **~ista** *adj/s* difensore del castigliano o di ciò che è castigliano; **~izar** ‹*castellanicé*› *vt* castiglianizzare; **~o, -a 1.** *adj/s* castigliano, -a, di Castiglia; **2.** *m/f hist* castellano, -a; **~ohablante** *adj/s* castigliano-parlante, ispanofono, -a
casti|cismo *m* purismo; **~dad** *f* castità *inv*
castig|able *adj* punibile; **~ador, -a** *adj/s* castigatore, -trice; **~ar** ‹*castigué*› *vt* castigare, punire; mortificare; **~o** *m* castigo, punizione *f*
Castilla *f geogr* Castiglia ◊ ***¡ancha es ~!*** Viva la libertà!
castill|ejo *m* castelletto; **~ete** *m* castelletto; **~o** *m* castello ◊ ***~ de fuego(s)*** fuochi artificiali/macchina pirotecnica; ***hacer ~s de naipes*** fare un castello di carte; ***hacer ~s en el aire*** far castelli in aria
casting ['kastin] *m* casting *inv*
castizo, -a *adj* puro, -a, genuino, -a, di razza, tipico , -a
casto, -a *adj* casto, -a, puro, -a; pudico, -a; **~r** *m zool* castoro; **~rina** *f txtl/quím* castorino *m*, castoro *m*
castr|ación *f* castrazione ◊ ***complejo de ~*** complesso di castrazione; **~ado** *m mús* castrato; **~ador, -a** *adj/s* castratore, -trice; **~adura** *f* castratura, capponatura; **~ar** *vt* castrare, evirare; *bot* smelare; *fig* snervare; **~ense** *adj* castrense; **~ista** *adj/s* castrista
casual| *adj* casuale, fortuito, -a, accidentale; **~idad** *f* caso *m*, casualità *inv*; **~ismo** *m filos* casualismo
casu|ca *f* casupola; **~cha** *f* bicocca, casupola, catapecchia

casu|lismo *m filos* dottrina casistica *f*, casuistica; **~ística** *f* casistica; **~ístico, -a** *adj* casistico, -a; **~lla** *f relig* pianeta

cata *f* assaggiatura; assaggio *m*; ricerca; **~bólico, -a** *adj* catabolico, -a; **~bolismo** *m* catabolismo; **~clismo** *m* cataclisma; **~cresis** *f inv* catacresi; **~cumbas** *fpl* catacombe; **~dióptrico, -a** *adj* catadiottrico, -a

catad|or, -a *m/f* assaggiatore, -trice; (*restaurante*) sommelier* *inv*; **~ura** *f desp/fig* aspetto *m*; assaggio *m*, degustazione

catafalco *m* catafalco

catal|án, -ana 1. *adj/s* catalano, -a; **2.** *m* (*lengua*) catalano; **~anismo** *m* catalanismo; **~anista** *m/f* catalanista, partidario del catalano e di ciò che è catalano; **~anohablante** (*var.* **catalanoparlante**) *adj/s* catalanoparlante

cataléctico, -a *adj med/ling* catalettico, -a

catalejo *m* cannocchiale

catalepsia *f* catalessi, catalessia (*raro*)

catálisis *f inv quím* catalisi

catalítico, -a 1. *adj/f* catalitico, -a *adj*; **2.** *f* stufa a gas catalitica

cataliz|ador, -a *adj/m* catalizzatore, -trice; **~ar** ‹*catalicé*› *vt* catalizzare

catalog|ación *f* catalogazione, registrazione; **~ar** ‹*catalogué*› *vt* catalogare, registrare; classificare, considerare

catálogo *m* catalogo, elenco, lista *f*

Cataluña *f geogr* Catalogna

catamarán *m* 1. *nav.* (*vela, motor*) catamarano 2. *nav.* catamaran, catimaron

cataplasma *f* cataplasma *m*

cataplines *mpl euf* palle *fpl*, scatole *fpl*

¡cataplum! *onom* patapum!

catapulta *f* catapulta; **~r** *vt* catapultare

catar *vt* assaggiare; saggiare; *fig* provare; *bot* smelare ◊ ***lo verás pero no lo catarás*** vedere e non toccare (è una cosa da crepare), si vede ma non si tocca; **~ata** *f geogr/med* cateratta

cátaro, -a *adj/s* cataro, -a

catarr|al *adj* catarrale; **~o** *m* catarro

catarsis *f inv* catarsi

catastr|al *adj* del catasto; **~o** *m* catasto

catástrofe *f* catastrofe; disastro *m*

catastrófico, -a *adj* catastrofico, -a

catastrofis|mo *m* catastrofismo; **~ta** *m/f* cassandra *f*

catavino *m* (tipo di) mestolo, tazza o coppa per assaggiare i vini; **~s** *m* assaggiatore, perito in vini; *fig* ubriacone

cátchup *m* ketchup *inv*

cate *m jerga estud* bocciatura *f*; colpo, schiaffo; **~ar** *vt jerga estud/ant* fregare agli esami, trombare; *Am* V. catar

catecismo *m* catechismo

catecúmeno, -a *m/f* catecumeno, -a

cátedra *f* cattedra ◊ ***poner/sentar ~*** montare in cattedra

catedral *f* cattedrale

catedrático, -a 1. *m/f* (*universidad*) professore ordinario, professore (universitario) titolare di cattedra; (*instituto*) titolare di cattedra; **2.** *f ant* moglie del titolare di cattedra

cátedro *m jerga estud* professore ordinario

categ|oría *f* categoria; classe, condizione; **~órico, -a** *adj* categorico, -a; **~orización** *f* categorizzazione

catenaccio *m sport* catenaccio

catequesis (*var.* **catequismo** *m*) *f inv* catechesi

catequi|sta *m/f* catechista; **~zar** ‹*catequicé*› *vt* catechizzare; *fig* persuadere

cátering ['katerin] *m* catering *inv*

caterpillar® [kater'pilar] *m* caterpillar *inv*

caterva *f* caterva, mucchio *m*

catéter *m med* catetere, sonda *f*

cateto, -a 1. *m geom* cateto; **2.** *m/f coloq/desp* campagnolo, -a, zotico, -a; *coloq/desp* imbranato, -a

catino *m metal* catino; *ant* terrina *f*

catión *m fís* catione

catire, -a *adj Ven* biondo, -a

cátodo *m fís* catodo

catoli|cidad *f* cattolicità *inv*; **~ismo** *m* cattolicesimo

católico, -a *adj/s* cattolico, -a ◊ ***no estar muy ~*** non star bene; non essere buono

catorce 1. *m* (*card*) quattordici *inv*; **2.** *adj* (*ord*) quattordicesimo, -a ◊ ***nos vemos a las ~*** ci vediamo alle quattordici; **~añero, -a** *m/f* quattordicenne; **~avo, -a** *adj/m* quattordicesimo, -a

catre *m* branda *f*; *Arg* zattera *f*; **~cillo** *m* seggiolina pieghevole *f*

cátsup *m gastr* ketchup *inv*, salsa rubra *f*

cauce *m* alveo, letto del fiume; canale; *fig* via *f*, procedimento ◊ ***volver las aguas a su ~*** tornare tutto a posto

cauch|ero *m* chi lavora il caucciù; **~o** *m bot* caucciù; **~utar** *vt* gommare

cauci|ón *f* cautela; *jur* cauzione; **~onar** *vt jur* garantire; premunire

caudal 1. *m econ* capitale; patrimonio; *geogr* portata *f*, volume d'acqua; *tecn* portata *f*; **2.** *adj* ricco, a, abbondante; principale; *med* caudale; **~oso, -a** *adj* abbondante, copioso, -a, ricco, -a

caudato, -a *adj lit* caudato, -a

caudill|o *m* duce, condottiero; *Esp/Am* dittatore ◊ ***el *~*** *hist* Franco; **~no, -a** *adj* caudino, -a

caulículo *m arq* viticcio

causa *f* causa, cagione, motivo *m*; *jur* causa, processo *m* ◊ ***a/por~ de*** a /per causa di; ***con conocimiento de ~*** con cognizione di causa; ***dar la ~ por conclusa*** dare per chiuso il processo; ***hacer ~ común*** far causa comune; **~l** *adj* causale; **~lidad** *f filos* causalità *inv*; causa; **~nte 1.** *adj* responsabile, che causa, che induce; scatenante, provocatore -trice; **2.** *m/f* autore, -trice, fattore *m*; **~r** *vt* causare, motivare, cagionare; originare; **~tivo, -a** *adj* causativo, -a

causticidad *f quím* causticità *inv*

cáustico, -a *adj/m* caustico, -a; *fig* mordace

cautel|a *f* cautela, precauzione; **~lar 1.** *vt* cautelare, difendere; **2.** *adj* cautelare; **~loso, -a** *adj* cauto, -a, prudente, circospetto, -a; **~rio** *m* cauterio; cauterizzazione *f*

cauteriz|ación *f* cauterizzazione; **~ar** ‹*cautericé*› *vt* cauterizzare

cautiv|ador, -a *adj* affascinante, attraente; **~ar** *vt* 1. *fig* affascinare, attrarre, sedurre; 2. imprigionare, incarcerare, arrestare; **~erio** (*var.* **cautividad** *f*) *m* cattività *f* (*lit*), prigionia *f*, schiavitù *f*; **~o, -a 1.** *adj/s lit* prigioniero, -a, schiavo, -a; **2.** *adj* vincolato, -a, protetto, -a

cauto, -a *adj* cauto, -a, prudente, accorto, -a

cava 1. *f* 1. *med* vena cava; 2. *tecn* scavo *m*, escavazione; 3. (*vino*) cantina; **2.** *m* (*bebida*) spumante; **~dor, -a** *m/f* scavatore, -trice; **~dura** *f* scavatura; **~r 1.** *vt* scavare, zappare; *Ecu* raccogliere patate; **2.** *vi* approfondire; *ant* pensare ◊ **~ *su fosa*** scavarsi la fossa con le proprie mani; **~tina** *f mús* cavatina

cavern|a *f* caverna, grotta, antro *m*; *med* cavità *inv* ◊ ***la* ~** *pol coloq/desp* la destra; **~ícola** *adj/s* troglodita; *fig* retrogrado, -a; **~oso, -a** *adj* cavernoso, -a

caviar *m* caviale

cavidad *f* cavità *inv*, vuoto *m*

cavil|ación *f* cavillazione; **~ar** *vi* cavillare, arzigogolare, fantasticare; **~osidad** *f* cavillosità *inv*; **~oso, -a** *adj* cavilloso, -a, capzioso, -a

cayado *m* bastone da pastore; *relig* pastorale

cayendo, cayó V. **caer**

Cayo *m* Caio

cayo *m* cayo, arcipelago; ***~os de Florida*** *Cayos della Florida*

cayuco *m Am* piccola canoa *f*; *desp/fig* testone

caza *f* caccia; cacciagione ◊ **~ *de brujas*** caccia alle streghe; **~ *mayor, menor*** alta, bassa caccia; ***andar (ir) a (la) ~ de*** andare a caccia di; ***dar ~*** dare la caccia; ***levantar la ~*** *coloq/fig* scoprire le tombe; **~-autógrafos** (*var.* **cazaautógrafos, caza autógrafos**) *m/f inv* cercatore, -trice di autografi *m/f*; **~be** *m Am* torta di yucca *f*; **~bombardero** *m aero* cacciabombardiere; **~dor, -a** *adj/s* 1. cacciatore, -trice; 2. *mil* cacciatore ◊ **~ *furtivo*** cacciatore di frodo; **~ *de recompensas*** cacciatore di ricompense; **~ *de talentos*** talent scout;* **~dora 1.** *f* giubbotto *m*; giacca alla cacciatora; **2.** *adj/f* (*persona*) cacciatrice; **~dotes** *m inv* cacciatore di dote; **~lla** *f* acquavite di Cazalla; **~mariposas** *m inv* acchiappafarfalle; **~minas** *m inv* dragamine, cercamine; **~moscas** *m inv* acchiappamosche; **~r** ‹*cacé*› *vt* cacciare, andare a caccia (di) *vi*; pigliare ◊ ***~las al vuelo*** prenderla al volo; **~-submarinos** (*var.* **cazasubmarinos, caza submarinos**) *m inv nav* cacciasommergibili; **~torpedero** *m* cacciatorpediniere

cazcarrias *fpl* zacchere

cazo *m* 1. tegame, tegamino; 2. mestolo; **~leta** *f* 1. tegamino *m*; 2. ricettacolo *m*

cazón *m zool* palombo

cazuela *f* 1. casseruola, tegame *m*; fricassea; 2. *teat ant* galleria riservata alle donne

cazurro, -a *adj/s* orso *m*; furbo, -a, volpone, -a; rozzo, -a

cazuz *f bot* edera

c/c. (*Cuenta corriente*) *abr* c/c (*Conto corrente*)

CC *abr* c.c.

CCI (*Cámara Internacional de Comercio*) *abr* ICC (*Camera di Commercio Internazionale*)

CC.OO. (*Comisiones obreras*) *fpl* Commissioni operaie (sindacato di sinistra)

CCOO (*Comisiones Obreras*) *abr* ="Sindacato di sinistra corrispondente alla CGIL"

CD *abr/m* 1. (*Club Deportivo*) Club Sportivo; 2. (*Cuerpo Diplomático*) CD (Corpo Diplomatico); 3. (*Compact Disc*) CD (Compact Disc)

CD-ROM *abr/m* CD-ROM

CDS (*Centro Democrático y Social*) *abr/m* ="antico partito di centro"

CE (*Comunidad Europea*) *abr* CE (Comunità Europea)

ceba *f zool* alimento da ingrasso *m*; biada; *fig* alimentazione del forno; **~da** *f bot* orzo *m* ◊ **~ *perlada*** orzo perlato; **~dura** *f zool* ingrasso *m*, alimentazione; **~r 1.** *vt zool* cibare, ingrassare; *tecn* alimentare; *fig* fomentare; **2. ~se** far presa *vi* (**con** contro), accanirsi, infervorarsi

cebellina V. **marta**

cebo *m* (*pesca*) esca *f*; *fig* alimento; (*arma*) capsula *f*

ceboll|a *f* cipolla ◊ ***papel* ~** carta velina; **~ar** *m* orto di cipolle, cipollaio; **~eta** *f* 1. *bot* cipolletta; 2. *euf/vulg* cacchio; **~ino** *m bot* pianta giovane *f*; cipollino; *fig* zuccone ◊ ***mandar a alg a escardar ~s*** mandare q a farsi friggere; **~ón** *m* cipollone

cebón, -ona 1. *adj* animale ingrassato; **2.** *m* porcellino

cebra *f zool* zebra; **~do, -a** *adj* zebrato, -a

cebú *m zool* zebù *inv*

ceca *f* zecca ◊ ***ir de *~ en Meca /de la *~ a la Meca*** andar di qua e di là

CECA (*Confederación Española de Cajas de Ahorros*) *abr/f* ACRI (*Associazione fra le Casse di Risparmio spagnole*)

cecelar *vi And* pronunciare la s come c; **~o** *m* pronuncia della s come c *f*

cecina *f* carne secca

CEDA (*Confederación Española de Derechas Autónomas*) *abr/f* ="coalizione spagnola politica di destra, 1933-1936"

cedazo *m* setaccio

cede|nte *adj/s jur* cedente; **~r 1.** *vt* cedere, dare, trasmettere; **2.** *vi* cedere, sottomettersi; *meteo* diminuire

cedilla *f ling* cediglia

cedro *m bot* cedro

cédula *f* cedola

CEE *abr/f* CEE

cefal|ea *f med* cefalea, emicrania; **~ópodo** *adj/m* cefalopodo

céfiro *m* zeffiro
ceg|amiento *m* otturazione *f*, accecamento; **~ar** ‹*ciego; cegué*› V. 5a *vt* 1. accecare; 2. *fig* offuscare; 3. otturare ◊ ***a ~*** pazzamente; **~ato, -a** *adj* miope; **~uera** (*var.* **ceguedad**) *f* cecità *inv*; accecamento *m*; *fig* offuscamento *m*
CEI (*Comunidad de Estados Independientes*) *abr/f* CSI (*Comunità di Stati Indipendenti*)
cej|a *f* 1. sopracciglio *m*; 2. ciglio *m*, margine *m*; 3. *mús* ponticello *m* ◊ ***arquear/levantar las ~s*** inarcare/alzare le ciglia; ***con las ~s fruncidas*** accigliato, -a; ***estar/ponerse hasta las ~s*** averne fin sugli occhi/sopra i capelli; ***fruncir las ~s*** aggrottare le sopracciglia; ***meterse, ponerse, tener entre ~ y ~*** ficcarsi in capo/testa; ***tener (a alg) entre ~ y ~*** avercela con q; **~ar** *vi* indietreggiare; cedere, diminuire; **~ijunto, -a** *adj* con sopracciglia congiunte e folte; accigliato, -a; **~illa** *f mús* ponticello *m*
celad|a *f mil* celata ◊ ***caer en la ~*** cadere nel trabocchetto; **~or, -a 1.** *adj/s* vigile, custode, guardiano, -a; **2.** *m/f med* barelliere, -a
celaje 1. *m* 1. finestrino, abbaino; 2. presagio; **2.** *mpl elev* nembi, nuvolette sfumate dell'aurora o tramonto *fpl*
celar *vt* 1. vigilare; 2. celare; 3. zelare
celd|a *f* cella ◊ ***~ caliente*** *metal* cella calda; **~illa** *f* celletta; cellula
celebérrimo, -a *adj* celeberrimo, -a
celebr|ación *f* celebrazione; **~ante** *adj/s* celebrante; **~ar** *vt* celebrare, festeggiare; lodare, applaudire; compiacersi (di), essere lieto (di) *vi* ◊ ***~ misa*** dire messa; ***~ la sesión*** tenere la seduta
célebre *adj* celebre, famoso, -a
celebridad *f* celebrità *inv*, fama; solennità *inv*, pompa
celemín *m* (Castilla) 4,625 litri; *agric* 537 mq
celentéreo, -a *adj/m* celenterato, -a
celeridad *f* celerità *inv*, rapidità *inv*
celest|a *f mús* celesta; **~e** *adj* celeste
celestial|al *adj* celestiale, paradisiaco, -a; *fig* delizioso, -a, squisito, -a; **~na** *f* mezzana; *min* celestina; **~no** *m* celestino
celíaco, -a *adj/s* celiaco, -a
celiaquía *f med* celiachia
celibato *m* celibato
célibe *adj* celibe
cellisca *f* nevischio *m*
celo 1. *m* 1. zelo, fervore; cura *f*, premura *f*; 2. *zool* calore, fregola *f*; 3. nastro adesivo, scotch* *inv*; **2.** *mpl* gelosia *f* ◊ ***dar ~s*** destare gelosia; **~fán** *m* cellofan *inv*, cellophane
celos|ía *f* persiana, gelosia (ventana); **~o, -a** *adj* 1. geloso, -a; 2. zelante
celta *adj/s* celta
céltico, -a *adj* celtico, -a
célula *f* cellula
celular *adj* cellulare
celulitis *f inv* cellulite *f*
celulo|ide *m* celluloide *f*; **~sa** *f* cellulosa
cement|ación *f metal* cementazione; **~ar** *vt metal* cementare; **~erio** *m* cimitero, camposanto ◊ ***irse al ~*** *coloq* andarsene all'altro mondo; **~o** *m* cemento ◊ ***~ armado, artificial*** cemento armato, artificiale; ***~ de asbesto*** cemento amianto, fibrocemento; ***~ de caucho*** mastice/colla per gomma; ***~ de escoria, de fraguado lento, dental...*** cemento di altoforno, a presa lenta, dentario...
cena *f* cena
cenáculo *m* cenacolo
cenador *m arq* pergolato; (*persona*) mangione
cenag|al *m* fangaia *f*, pantano; *fig* ginepraio, pasticcio; **~oso, -a** *adj* fangoso, -a, melmoso, -a
cenar *vt/i* cenare
cenceño, -a *adj* magro, -a
cencerr|ada *f* scampanacciata, scampanata; **~ear** *vi* suonare con sonagli; *fig* strimpellare; *fig* sbattere; **~o** *m* sonaglio; campano ◊ ***a ~s tapados*** alla chetichella; ***estar como un ~*** essere matto da legare
cenefa *f* bordo *m*, gallone *m*; *arq* battiscopa *m*
cenetista *m/f* del sindacato anarchico CNT
cenicero *m* portacenere *inv*, posacenere *inv*
Cenicienta *f* Cenerentola
ceniciento, -a *adj* cenerognolo, -a
cenit *m* zenit; **~al** *adj* zenitale
ceniz|a *f* 1. cenere; 2. *bot* oidio *m* ◊ ***las ~s*** le ceneri; ***reducir a ~s*** ridurre in cenere; **~o** *m* 1. *coloq/fig* iettatore; 2. *bot* chenopodio bianco
cenob|io *m biol/relig* cenobio; **~ita** *m/f relig* cenobita; **~ítico, -a** *adj* cenobitico, -a
cenozoico, -a *adj geol* cenozoico, -a
cens|al 1. *adj* censuale; **2.** *m* censo, tributo; **~ar** *vt* censire; **~o** *m* censimento; *jur* censo; **~or** *m/f* censore *m*; *adm* verificatore, -trice
censura *f* censura; **~ble** *adj* censurabile; **~r** *vt* censurare; *fig* censurare, biasimare, criticare
centa|uro *m mitol* centauro; **~vo** *m* centesimo
centell|a *f* 1. scintilla; *meteo* saetta, fulmine *m*; 2. *bot* calta palustre, farferugine ◊ ***echar rayos y ~s*** essere furibondo, schizzare veleno; **~eante** *adj* scintillante; **~ear** *vi* scintillare, sfavillare; lampeggiare; **~eo** *m* scintillio, luccichio, sfavillio; lampeggiamento; *astron* scintillazione *f*; *informát* sfarfallamento
centena *f* centinaio (~aia fpl) *m*; **~r** *m* centinaio; *bot* campo di segale; **~rio, -a** *adj/m* centenario, -a
centeno *m bot* segale *f*, segala *f*
centesimal *adj* centesimale
centésimo, -a *adj/m* centesimo, -a
centígrado, -a *adj* centigrado, -a
centigramo *m* centigrammo
centilitro *m* centilitro
centímetro *m* centimetro
céntimo, -a *adj/m* centesimo, -a ◊ ***no ganar, no valer un ~*** non guadagnare, non valere (neanche) un centesimo
centinela *m mil* sentinella *f*, piantone ◊ ***estar de ~*** essere di sentinella

centolla (*var.* **centollo** *m*) *f zool* grancevola
centón *m* centone
centrado *m* centratura *f*
central *adj/f* centrale ◊ ~ ***de inteligencia*** *f* intelligence service* (*m/ingl/inv*); ~ ***hidráulica, hidroeléctrica, térmica*** centrale idroelettrica, elettrica, termoelettrica; ~ ***sindical*** confederazione sindacale; **~ismo** *m* centralismo; **~ista 1.** *adj/s* centralista; **2.** *m/f* telefonista; **~ita** (*var.* **centralilla** *Ecu/Cuba*) *f* (*teléfono*) centralino *m*
centraliz|ación *f* centralizzazione; accentramento *m*; **~ador, -a** *adj* accentratore, -trice; **~ar** ‹*centralicé*› *vt* centralizzare, accentrare
centrar *vt* centrare ◊ ***~rse en algo*** fermare l'attenzione su qc
céntrico, -a *adj* centrico, -a; centrale ◊ ***piso*** ~ appartamento del centro
centrifug|ado *m* centrifugazione *f*; **~adora** (*var.* **centrífuga**) *f* centrifuga; **~ar** ‹*centrifugué*› *vt* centrifugare
centrífugo, -a *adj* centrifugo, -a
centrípeto, -a *adj* centripeto, -a
centris|mo *m pol* centrismo; **~ta** *adj/s pol* centrista
centro *m* centro; mezzo ◊ ~ ***comercial*** shopping center,* centro commerciale; ~ ***de dirección*** centro direzionale; ~ ***de gravedad*** centro di gravità/baricentro; ~ ***de investigación*** centro di ricerca; ~ ***de primera acogida/permanencia temporal*** centro di prima accoglienza/di permanenza temporanea; ~ ***de Procesos de Datos*** centro elaborazione dati; ~ ***hospitalario*** centro ospedaliero
Centroamérica *m* America Centrale *f*
centro|americano, -a *adj/s* (q o qc) dell'America Centrale; **~bárico, -a** *adj* baricentrico, -a; **~campista** *m/f* (*fútbol*) centrocampista; **~derecha** *m pol* centrodestra; **~europeo, -a** *adj/s* centroeuropeo, -a, dell'Europa centrale; **~izquierda** *m pol* centrosinistra; **~sfera** *f biol* centrosfera; **~soma** *m biol* centrosoma
centuplicar ‹*centupliqué*› *vt* centuplicare
céntuplo, -a *adj/m* centuplo, -a
centur|ia *f* centuria; **~ión** *m hist* centurione
ceñ|ido, -a *adj* cinto, -a; aderente, attillato, -a; *fig* circoscritto, -a; **~ir** ‹*ciño; ciñó; ciñendo*› V. 12 **1.** *vt* cingere, circondare; stringere; **2. ~se** attenersi; adattarsi; **~o** *m* 1. cipiglio; 2. cerchio; 3. aspetto ◊ ***fruncir/arrugar el*** ~ aggrottare le sopracciglia; **~udo, -a** *adj* accigliato, -a, corrucciato, -a
CEOE (*Confederación Española de Organizaciones Empresariales*) *abr/m* ="Confederazione Generale dell'Industria Spagnola, equivalente alla Confindustria italiana"
cepa *f* ceppa, ceppo *m*; *bot* vite; *raro* ceppo *m*, lignaggio *m* ◊ ***ser de buena*** ~ essere di buona razza; ***ser de pura*** ~ essere autentico
CEPAL (*Comisión Económica para América Latina*) *abr* ="Comitato Economico per l'America Latina"
CEPALC (*Comisión Económica para América Latina y el Caribe*) *abr* ="Comitato Economico per l'America Latina e i Caribi"
cepill|ado, -a 1. *m* 1. spazzolatura *f*; 2. (*madera, metal*) piallatura *f*; **2.** *adj* 1. piallato, -a; 2. spazzolato, -a; **~adora** *f* piallatrice; **~adura** *f* piallata, piallatura; **~ar 1.** *vt* 1. spazzolare; 2. (*madera, metal*) piallare; 3. *fig* pulire; far piazza pulita; *Am fig* lisciare, adulare; **2. ~se** 1. *vulg* chiavarsi (**a alg** q), scoparsi (**a alg** q); 2. *jerga estud* fregare agli esami (*coloq*); 3. *coloq* far fuori; **~o** *m* 1. spazzola *f*; 2. (*madera, metal*) pialla *f*; 3. *tecn/relig* cassetta delle elemosine *f* ◊ ~ ***de dientes*** spazzolino (da denti); ~ ***limpiabarabrisas racchetta f, spazzola*** *auto* racchetta/spazzola
cepo *m* 1. ceppo; *metal* toppo; 2. (*animales*) trappola *f*; **~rro** *m* ceppo da ardere; *fig* testa di legno *f*
CEPSA (*Compañía Española de Petroleos*) *abr* Compagnia Spagnola Petroli
CEPYME (*Confederación Española de la Pequeña y Mediana Empresa*) *abr/f* ="Confederazione Spagnola della Piccola e Media Industria"
cequí *m* zecchino
cera *f* cera; (*depilación*) ceretta ◊ ~ ***de los oídos*** cerume; ***no hay más ~ que la que arde*** ="questo è quello che c'è"; ***sacar la*** ~ (*suelo*) tirare la cera
cerámic|a *f* ceramica; **~o, -a** *adj* ceramico, -a
ceramista *m/f* ceramista
cerasta (*var.* **cerastas** *f*, **ceraste** *m*) *f* ceraste *m*, cerasta
cerbatana *f* cerbottana ◊ ***hablar por*** ~ parlare per bocca d'altri
cerca 1. *f* muro di cinta *m*, recinzione, steccato *m*; **2.** *mpl arte* primo piano *m*; **3.** *adv* vicino ◊ ~ ***de*** vicino a; circa, quasi; presso; ***de*** ~ da vicino; **~do** *m* recinto; **~nía 1.** *f* vicinanza, prossimità *inv*; **2.** *fpl* dintorni *mpl*, circondario *m* ◊ ***tren de ~s*** treno locale; **~no, -a** *adj* prossimo, -a, vicino, -a; **~r** ‹*cerqué*› *vt* recintare; accerchiare, circondare, cingere; assediare; (*persona*) aggirare
cercén: a ~ *adv* ◊ ***a*** ~ tutto intorno
cercenar *vt* ritagliare, accorciare; *electr* squadrare un segnale
cerceta *f zool* alzavola, alzagola (*reg*); marzaiola
cercha *f tecn* centina, centinatura, arco *m*; *tecn* capriata
cerciorar 1. *vt* assicurare, convincere; **2. ~se** sincerarsi (**de** di), toccare con la mano *vt*
cerco *m* 1. cinta *f*, siepe *f*; 2. *mil fig* assedio; 3. alone; 4. *tecn* cerchio
cerda *f* crine *m*; setola; *zool fig* scrofa ◊ ***ganado de*** ~ bestiame suino; **~da** *f vulg* carognata (*coloq*), brutto tiro *m* (*estánd*)
Cerdeña *f geogr* Sardegna
cerdo, -a 1. *m zool* maiale, porco; suino; **2.** *m/f coloq/fig* maiale, -a, porco, -a; **~so, -a** *adj* setoloso, -a, ispido, -a
cereal *m* cereale; **~icultura** *f* cerealicoltura; **~ista** *adj* cerealicolo, -a; **~ístico, -a** *adj* granicolo, -a

cerebelo *m med* cervelletto, cerebello *ant*

cerebr|al *adj* cerebrale; **~alismo** *m* cerebralismo, cerebralità *f inv*; **~o** *m med/tecn tamb. fig* cervello ◊ **~ *electrónico*** cervello elettronico; ***(fuga) de ~s*** fuga dei cervelli

ceremoni|a *f* cerimonia; solennità *inv* ◊ ***traje, maestro de ~s*** abito da cerimonia, maestro di cerimonia; **~al** *adj/m* cerimoniale; **~oso, -a** *adj* cerimonioso, -a, complimentoso, -a

céreo, -a *adj* cereo, -a

crer|ía *f* cereria; **~o, -a** *m/f* ceraiolo, -a

cerez|a *f bot* ciliegia ◊ **~ *picota*** *graffione*; **~o** *m bot* ciliegio

ceril|la *f* 1. cerino *m*, fiammifero *m*; 2. candelina; 3. cerume *m*; **~o** *m* candelina *f*

cerne|dor *m* setaccio; **~r** ‹*cierno*› V. 6 **1.** *vt* 1. setacciare, crivellare, stacciare; 2. scrutare; discernere; **2.** *vi bot* allegare; **3. ~se** 1. dondolarsi; 2. librarsi; 3. sovrastare *vi* (**sobre** su)

cernícalo *m zool* gheppio, falco; *fig* bruto, animale ◊ ***coger un ~*** prendere una sbornia

cernidura *f* setacciatura

cero *m* zero ◊ **~ *absoluto*** zero assoluto; ***hora ~*** ora zero; ***pelar al ~*** tagliare i capelli a zero; ***ser un ~ a la izquierda*** non valere uno zero, essere uno zero; ***zona ~*** ground* zero; **~so, -a** *adj* ceroso, -a; **~tato** *m quím* cerotato; **~tina** *f quím* cerotene *m*

cerquita *adv* molto vicino

cerrad|o, -a 1. *adj* chiuso, -a; compatto, -a; *meteo* (*cielo*) coperto, carico; *fig* chiuso, -a, impenetrabile; *fig* ottuso, -a, duro, -a; *ling* chiuso, -a, stretto, -a; **2.** *m* terreno con vegetazione fitta ◊ ***a puerta ~a*** *jur* a porte chiuse; ***con los ojos ~os*** ad occhi chiusi; ***en boca ~a no entran moscas*** in bocca chiusa non entran mosche; ***oler a ~*** puzzare di chiuso; **~ura** *f* serratura; toppa ◊ **~ *de golpe/inglesa*** serratura a scatto/a cilindro

cerraj|a *f bot* crespigno *m*; **~ería** *f* negozio di ferramenta *m*; **~ero** *m* fabbro (ferraio); chiavaio

cerramiento *m* serramento

cerrar ‹*cierro*› V. 5a **1.** *vt* chiudere, serrare; occultare; concludere; **2. ~se** chiudersi; stringersi ◊ **~ *con llave*** chiudere a chiave; **~ *un acuerdo*** concludere, accordarsi; ***~se en banda*** negarsi assolutamente

cerrazón *f* chiusura; oscurità *inv*

cerril *adj* ostinato, -a; villano, -a; (*animal*) selvatico, -a; (*terreno*) scabroso, -a; **~llar** *vt* zigrinare

cerro *m geogr* monte, colle; collo o dorso degli animali; ◊ ***en ~*** a ridosso; ***irse por los ~s de Úbeda*** allontanarsi/uscire dall'argomento; **~jo** *m* chiavistello, catenaccio ◊ ***echar el ~*** chiudere a chiave; tirare il catenaccio

certamen (*pl* **certámenes**) *m* concorso, gara *f*; *lit* certame

certe|ro, -a *adj* giusto, -a, indovinato, -a; **~za** *f* certezza, sicurezza

certidumbre *f* certezza, sicurezza

certif. (*certificado*) *abr* racc. (*raccomandata*)

certific|ación *f* certificazione; certificato *m*; **~ado, -a** *adj/m* certificato, -a, attestato, -a ◊ **~ *de asistencia*** attestato di frequenza; **~ *de empadronamiento, de antecedentes penales*** certificato di residenza, certificato/fedina penale; **~ *de trabajo*** scheda di servizio; ***carta ~a*** lettera raccomandata; **~ar** ‹*certifiqué*› *vt* certificare, attestare; autenticare; *fig* garantire

cerumen (*pl* **cerúmenes**) *m* cerume

cerus|a *f quím* cerussa; **~ita** *f min* cerussite

cerva|l *adj* cervino ◊ ***miedo ~*** paura tremenda/da morire; **~tillo** *m* cerbiatto; **~to** *m zool* cerbiatto

cerve|cería *f* birreria; **~cero, -a 1.** *m* birraio, -a; **2.** *m/f* bevitore, -trice di birra; **3.** *adj* birrario, -a ◊ ***industria ~a*** birrificio; **~za** *f* birra ◊ **~ *de barril*** birra alla spina; **~ *negra, rubia*** birra scura, chiara/bionda

cervi|cal *adj* cervicale; **~citis** *f inv med* cervicite *f*; **~no, -a** *adj* cervino, -a

cérvix *f* cervice (uterina), collo dell'utero *m*

cerviz *f* cervice; collottola, nuca ◊ ***de dura ~*** di dura cervice; ***doblar la ~*** piegare la cervice

cesa|ción *f* cessazione; **~nte** *adj/s* cessante; *pol* uscente; **~ntía** *f* cessazione; licenziamento *m*; **~r 1.** *vt* cessare; *pol* destituire; **2.** *vi* smettere (**de** di), desistere (**de** da)

César *m* Cesare

cesáre|a *f med* taglio cesareo *m*; **~o, -a** *adj* cesareo, -a

cese *m* cessazione *f*, sospensione *f*

cesible *adj* cedibile

CESID (*Centro Superior de Información de la Defensa, actualmente CSI*) *abr/m* (*Comitato Esecutivo per i Servizi di Informazione e di Sicurezza*) ="SISMI"

cesión *f* cessione, rinunzia

cesionario, -a *adj* cessionario, -a

césped *m* tappeto erboso, erba *f*; prato

cest|a *f* cesta, canestro *m*, cestello *m*, paniere *m*; *sport* canestro *m* ◊ **~ *de la compra*** borsa della spesa; ***llevar la ~*** *coloq/fig* reggere la candela/il moccolo; **~ería** *f* fabbrica di ceste; **~ero, -a** *m/f* cestaio, -a; **~o** *m* cesto, paniere; *sport* canestro

cesura *f* cesura

cetáceo, -a *adj/m* cetaceo, -a

cetilo *m quím* cetile

cetoni|a *f zool* cetonia; **~uria** *f med* acetonuria

cetrer|ía *f* falconeria; **~o** *m* falconiere

cetrino, -a *adj* olivastro, -a; *fig* adusto, -a

cetro *m* scettro ◊ ***empuñar el ~*** tenere in mano lo scettro

CEU (*Centro de Estudios Universitarios*) *abr/m* ="Centro Studi Universitari, università cattolica"

ceugma (*var.* **zeugma**, **zeuma**) *f* zeugma *m*

ceutí 1. *adj/s* di Ceuta; **2.** *m* ="moneta marocchina" *f*

Cf. (*Confer (compárese)*) *abr* cfr. (*Confronta*)

CFI (*Corporación Financiera Internacional*) *abr* IFC (*Società Finanziaria Internazionale*)

cfr. (*confer, compárese*) *abr* cfr. (*confronta*)
cg (*centígramo*) *abr* cg (*centigrammo*)
CGF (*Coordinadora de Grupos Feministas*) *abr* ="Coordinatrice Gruppi Femministi"
CGPJ (*Consejo General del Poder Judicial*) *abr* CSM (*Consiglio Superiore della Magistratura*)
CGT (*Confederación General del Trabajo*) *abr/f* ="Confederazione Generale del Lavoro (Sindacato anarchico)"
chabacan|ería *f* volgarità *inv*, grossolanità *inv*; **~o, -a** *adj* volgare, grossolano, -a; *Méx* tipo di albicocco ◊ ***ciruela ~a*** ciliegia susina
chabol|a *f* baracca; *jerga delinc* buiosa, cella (*estánd*); **~ismo** *m* baraccamento; habitat di una baraccopoli/bidonville; **~ista** *m/f* baraccato, -a
chacal *m zool* sciacallo; **~ín** *m Hond zool* gambero; *Am* bimbo
chacarero *m Am* agricoltore, contadino
chacha *f coloq* domestica; bambinaia; **~chá** (*var.* **chá-chá-chá**) *m* cha cha cha
cháchara *f* 1. chiacchiera; 2. *Méx* bagattella, cianfrusaglia
chacharear *vi* chiacchierare, ciarlare
chachi 1. *adj* jerga stupendo, -a; buono, -a; **2.** *adv* stupendamente
chacho jerga *m/f coloq* ragazzo, -a
chacin|a *f* carne salata; **~ería** *f* salumeria, pizzicheria
chacolí *m* ="vino aspro basco e di Santander"; **~lotear** *vi* chiocciare
chacón *m zool* ="ramarro filippino"
chacona *f* ="composizione poetica e musicale antica spagnola"
chacot|a *f* chiasso *m*, baldoria; burla ◊ ***tomar a ~ algo*** prendere in scherzo qc; **~ero, -a** (*var.* **chacotón, -ona**) *adj/s* burlone, -a
chacra *f* podere *m*, masseria, fattoria
Chad *m* Ciad
chadiano, -a *adj/s geogr* ciadiano, -a
chaf|lado, -a *adj* pesto, -a; **~ar** *vt* schiacciare; pestare; pigiare; *fig* abbattere, schiacciare; **~arrinón** *m coloq* grossa macchia *f* ◊ ***echar un ~*** macchiare l'onore/il buon nome di q
chaflán *m* angolo; smussatura *f*; ugnatura *f*
chagrinar *vt* zigrinare
chaira *f* trincetto *m*
chaise longue [tʃes'lon] *f* dormosa, chaise longue *inv*
chal *m* scialle; **~ado, -a** *adj* alienato, -a, pazzo, -a; innamorato, -a cotto, -a; **~adura** *f* stramberia; (*amor*) cotta; **~án** *m* cozzone; *Am* domatore di cavalli; **~ana** *f nav* piccola chiatta; **~anear 1.** *vi* trafficare; **2. ~se** perdere la testa *vi*; prendersi una cotta
chalé (*var.* **chalet**) *m* villino, villetta *f*
chale *m/f coloq* immigrante cinese; **~co** *m* (*traje*) gilè; giubbotto salvagente; **~t** V. **chalé**
chalina *f* cravatta alla lavallière; * *Am* scialle *m*
challenger ['tʃalenyer] *m/f sport* challenger *inv*
chalote *m bot* scalogna *f*
chalupa *f* scialuppa; *Méx* canoa

chamaco, -a *m/f Méx* ragazzo, -a
chamán *m* sciamano
chamanismo *m relig* sciamanesimo, sciamanismo
chamaril|lear *vi* barattare; **~ero, -a** *m/f* rigattiere, -a
chamba *f coloq* fortuna, sorte; *Méx* lavoro *m*, guadagno *m*
chambel|lán *m* ciambellano; **~rgo** *m ant* cappello floscio
chambón, -ona 1. *adj/s irón* fortunato, -a; **2.** *m* schiappa *f*
chambra *f* (*traje regional*) corpetto da donna *m*
chamil|co *m Am bot* stramonio ◊ ***dar ~*** affascinare; **~zo** *m* capanna *f*, *coloq* tugurio
champ|án (*var.* **champaña** *f*, **champagne**) *m* champagne* *inv*, sciampagna; *coloq* (*no francés*) spumante m; *nav* chiatta *f*; **~iñón** *m* fungo coltivato, champignon* *inv*; **~ú** *m* shampoo* *inv*, sciampo
chamul|lar *vi coloq/desp* masticare; parlare; **~scar** ‹*chamusqué*› *vt* bruciacchiare; **~squina** *f* bruciacchiatura; bruciaticcio *m*; *fig* lite ◊ ***oler a ~*** *coloq/fig* esserci puzzo di...
chance [tʃans] *f* chance *inv*, probabilità di riuscita *inv*; **~ar** *vi* scherzare; **~ro, -a** *adj* burlone, -a, spiritoso, -a
chanch|ada *f Am* tiro mancino *m*, canagliata; **~ero, -a** *m/f Am* salumiere, -a; **~o, -a 1.** *m/f Am zool* porco *m*, maiale *m*; scrofa *f*; *gastr* maiale *m*; *fig* (*persona*) porco *m*, maiale *m*; scrofa *f*; **2.** *adj* sporco, -a , sudicio, -a
chanchul|lero, -a *adj/s* imbroglione, -a; **~o** *m* imbroglio, intrallazzo, raggiro
chancl|a *f* ciabatta; pianella ◊ ***estar hecho una ~*** *coloq* diventare una (vecchia) ciabatta; **~eta** *f* ciabatta; **~etear** *vi* ciabattare; **~o** *m* 1. zoccolo; 2. caloscia *f*
chancro *m agric/med* cancro
chandal *m* tuta sportiva *f*
chang|a *f Am* occasione; servizio di facchino *m*; mancia; *Arg/Ur* lavoretto *m* ◊ ***hacer una ~*** fare un affaretto; **~ador** *m Am* facchino; **~o, -a 1.** *adj/m Méx/PR/RD* burlone, -a; *Chile* inutile e noioso, -a; *Hond* (persona) di buon gusto, elegante; **2.** *m/f Arg/Bol* ragazzo, -a; **~uito** *m Arg aero* carrello (portabagagli)
chanquete *m zool* bianchetto
chant|aje *m* ricatto; **~ajear** *vt* ricattare; **~ajista** *m/f* ricattatore, -trice; **~ar** *vt* piantare, ficcare; *Chile* schiaffare; *Am* indossare, mettersi; *Am fig* dirne di tutti i colori; **~illí 1.** *adj/m gastr* chantilly* *adj/f*; **2.** *m* (*encaje*) chantilly;* **~re** *m ant* maestro di cappella
chanza *f* burla, scherzo *m*
¡chao! *excl Arg coloq* ciao, arrivederci
chapa *f* 1. piastrina, targhetta; gettone *m*; 2. lastra, lamina; 3. *Am* serratura; 4. *Am auto* targa ◊ ***~ de identidad*** piastrina di riconoscimento; ***hombre de ~*** uomo serio; **~do, -a 1.** *m tecn* placcatura *f*, rivestimento, laminazione *f*; **2.** *adj* placcato, -a, rivestito, -a, laminato, -a ◊ ***~ a la***

antigua *fig* tagliato all'antica; **~ *en oro*** placcato oro; **~pote** *m Esp* chapapote, macchia di petrolio che raggiunge la costa *f*, marea nera *f* (*euf*); **~r** *vt tecn* placcare, laminare, rivestire; *fig* sbattere, schiaffare; *jerga* chiudere, rinchiudere

chaparr|a *f* leccio *m*; **~ada** *f* acquazzone *m*; **~al** *m bot* lecceto; **~o, -a** *adj* tozzo, -a; **~ón** *m* acquazzone ◊ ***aguantar el ~*** sopportare la sfuriata

chapel|ado V. **chapado**; **~ro** *m vulg* battone; **~tón** *m Am desp* spagnolo; **~tonada** *f fig* noviziato *m*; *Am med* malessere da acclimatazione oraria, (sindrome da) jetlag *m inv*

chapi|sta *m auto* carrozziere; **~tel** *m arq* cuspide di torre *f*; *arq* capitello

¡chapó! *excl* tanto di cappello!, ◊ ***hacer ~*** far fuori

chapot|ear *vi* diguazzare; **~eo** *m* diguazzamento

chapuc|ear *vt/i* pasticciare, acciarpare, raffazzonare; **~ería** *f* abborracciatura; **~ero, -a** *adj/s* pasticcione, -a

chapul *m Col* libellula *f*; **~ín** (*var.* **chapulete**) *m* 1. *Méx* cavalletta *f*; 2. *Méx* bimbo

chapurr|ear (*var.* **chapurrar**) *vt* storpiare una lingua, masticare una lingua; **~eo** *m* parlata storpiata *f*

chapuz|a *f* pasticcio *m*; raffazzonatura ◊ ***hacer una ~*** fare un pasticcio, una porcheria; **~ar** ‹*chapucé*› *vt* tuffare; **~ón** *m* tuffo ◊ ***darse un ~*** tuffarsi, farsi un tuffo

chaqué *m* tight* *inv*

chaque|ño, -a *adj/s* di Chaco; **~ta** *f* giacca ◊ ***cambiar de ~*** *fig* voltare, mutare casacca; **~teo** *m* camaleontismo; **~tero, -a** *adj/s* voltafaccia *inv*; **~tilla** *f* giacchino *m*; giacchetta; **~tón** *m* giaccone

charada *f* sciarada

charamusca *f* legna minuta

charanga *f* fanfara

charca *f* stagno *m*, palude; **~l** *m* terreno pieno di pozze

charco *m* pozzanghera *f* ◊ ***cruzar el ~*** attraversare il mare; andarsene in America *Esp coloq*; ***el ~*** *coloq* l'Oceano Atlantico

charcuter|ía *f* pizzicheria, salumeria; salumi *mpl*; **~o, -a** *m/f* salumaio, -a, pizzicagnolo, -a

Charito: ser más popular que la ~ *vi coloq* essere più conosciuto della bettonica

charla *f* 1. chiacchiere *fpl*, ciarla, ciancia; 2. conferenza; **~dor, -a** *adj/s* chiacchierone, -a; **~duría** *f* murmurazione, pettegolezzo *m*; **~r** *vi* ciarlare, chiacchierare; conversare

charlat|án, -ana *m/f* ciarlatano, -a; **~anería** *f* ciarlataneria

charlestón *m* charleston* *inv*

charlot|ada *f* buffonata; **~ear** *vi* cicalare; **~eo** *m* cicaleccio

charnego, -a *m/f* cafone, -a, terrone, -a, immigrante del Sud in Catalogna

charol *m* vernice *f*, cuoio verniciato ◊ ***darse ~*** darsi delle arie, presumere; **~ar** *vt* verniciare, laccare

charpa *f mil* bandoliera; *med* benda reggibraccio

charqui *m Am* carne secca *f*

charrán *m* briccone

charranada *f* bricconata, canagliata

charretera *f mil* spallina; giarrettiera

charro, -a 1. *m/f* contadino, -a di Salamanca; *Méx* contadino, -a tipico, -a messicano, -a; **2.** *adj* rozzo, -a, cafone, -a; (*vestidos*) chiassoso, -a

charrúa *adj/s Arg* uruguaiano, -a

chárter *adj/m* charter* *inv*

chasca *f* tralci *mpl*, rami potati *mpl*; *Am* capelli arruffati *mpl*; **~r** ‹*chasqué*› *vt/i* 1. (*dedos*) schioccare; 2. (*madera*) screpolarsi; 3. inghiottire *vt*; **~rrillo** *m* barzelletta *f*

chasco *m* burla *f*, beffa *f*; delusione *f*, fiasco *f* ◊ ***llevarse un ~*** far fiasco, prendere una fregatura

chasis *m inv auto* telaio ◊ ***quedarse en el ~*** *fig* essere ridotto uno scheletro, essere pelle ed ossa

chasquear 1. *vt* 1. beffare, dare una fregatura (alg) *vi*; 2. (*dedos, lengua...*) schioccare; **2.** *vi* scricchiolare

chasqui *adj/s Am* messaggero; **~do** *m* schiocco, crepitio

chat *m* chat line* *f*; **~a** *f* 1. *Am nav* chiatta; 2. *coloq* (*persona*) tesoro *m*, gioia; 3. *med* padella

chatarr|a *f* ferri vecchi *mpl*, rottami di ferro *mpl*; **~ero, -a** (*var.* **chatarrista**) *m/f* ferravecchio

chatear *vi* 1. farsi un bicchiere; 2. *informát* chattare; **~o** *m* 1. l'andare a farsi un bicchiere; 2. *informát* chat-line* ◊ ***irse de ~*** andare a farsi un bicchiere

chato, -a 1. *adj* piatto, -a, schiacciato, -a; (*nariz*) camuso, rincagnato; insignificante; **2.** *adj/s coloq* tesoro, caro, -a; **3.** *m* bicchiere largo e basso ◊ ***dejar ~ a alg*** lasciare di stucco q; ***un ~ de vino*** un bicchierino di vino

chatón *m* gemma preziosa incastonata *f*

chaucha *f Arg* fagiolino *m*; *Chile* patata novella

chauvin|ismo [tʃovi'nismo] *m* sciovinismo; **~ista** [tʃovi'nista] *adj/s* sciovinista

chaval, -a *m/f* ragazzo, -a

chaveta *f* perno *m*, bullone *m*; *fig* testa, senno *m* ◊ ***perder la ~*** perdere la testa, il senno

chavo *m* ="moneta di poco valore" *f*; *fig* centesimo ◊ ***no tener un ~*** non avere un centesimo

chazar ‹*chacé*› *vt* bloccare la palla; segnare il punto d'arresto

¡che! *excl Arg/Ur coloq* (*come il xe valenzano e il ció veneto*) dai! ◊ ***¡~!, no te enojes*** dai! non arrabbiarti!; ***no puedo, ¡~!*** non posso, oh!

chec|a (*var.* **cheka**) *f hist* ghepeu (G.P.U.); *hist* camera di tortura; **~o, -a** *adj/s* ceco, -a, della Repubblica Ceca; **~oslovaco, -a** *adj/s hist* cecoslovacco, -a

Checoslovaquia *f geogr/hist* Cecoslovacchia

chef *m* chef*

cheka V. **checa**

cheli 1. *m* ="gergo giovanile madrileno"; **2.** *m/f* caro, -a
chelín *m* scellino
chelo *m mús* cello
chenca *f* 1. *Am Cent* cicca; 2. *Hond* lucertola senza coda
chepa 1. *f coloq* gobba; **2.** *m/f* gobbo, -a
cheque *m* assegno ◊ ~ ***cruzado, intransferible, al portador, en blanco, sin fondos*** assegno sbarrato, non trasferibile, al portatore, in bianco, a vuoto/scoperto; ~ ***de ayuda social/ayuda social*** assegno sociale; ~ ***de gasolina*** buono benzina; ~ ***de viaje*** traveller's chèque,* assegno turistico; ~ ***escolar*** buono scuola; **~ar** *vt med* fare un check-up* *vi*; **~o** *m med* visita di controllo *f*, check-up* *inv*; **~ra** *f* libretto degli assegni *m*
Chequia *f* Repubblica Ceca
chévere *adj/excl/inv Am* stupendo, -a
chic *adj inv* chic*
chica *f* 1. ragazza; 2. domestica; 3. *Méx* moneta d'argento; 4. *Cuba* ="ballo afrocubano" *m* ◊ ~ ***para todo*** ragazza tuttofare
chican|e *f* chicane *inv*; **~ear** *vi* cavillare; **~ero, -a** *adj* puntiglioso, -a; **~o, -a** *adj/s* (statunitense) di origine messicana
chicarrón, -ona *m/f coloq* ragazzone, -a
chicha *f* 1. *infant* ciccia; 2. *Am* grappa (di frutta diversa secondo i paesi) ◊ ***calma*** ~ calma totale; ***de ~ y nabo*** da quattro soldi; ***no ser alg ni ~ ni limonada*** non essere proprio nulla; ***sacarle la ~ a alg*** *Ur/Ven fig* far lavorare senza respiro; ***tener pocas*** ~ *fig* aver poca carne addosso, non aver forza; **~rra** *f* cicala; chiacchierone, -a *m/f*, ciarliero, -a; cicalino *m* ◊ ***cantar la*** ~ fare molto caldo
chicharr|o *m* 1. *gastr* cicciolo; 2. *zool* sugarello; **~ón, -ona 1.** *adj/s Cuba* pettegolo, -a; **2.** *m gastr* cicciolo; carne bruciacchiata *f*; *fig* pezzo di carbone
chiche *m* 1. *Am* mammella *f*; 2. *Am* gingillo, giocattolo; **~ría** *f Am* negozio di bibite e liquori *m*, bar *m*; **~ro, -a** *m/f Am* venditore, -trice ambulante di chicha*
chichi *m euf/vulg* passera *f*; **~sbeo** *m hist* cicisbeo
chichón *m* bernoccolo
chichonera *f ant* berretto imbottito *m*; *sport* casco imbottito *m*
chicle *m* chewing-gum* *inv*, gomma da masticare *f*; **~r** *m mec/auto* ugello, getto
chico, -a 1. *adj* piccolo, -a; **2.** *m* bambino, ragazzo; ragazzo, boyfriend* ◊ ~ ***de los recados*** fattorino; fig l'ultima ruota del carro; ***¡~!*** (*sorpresa*) To'!; ***a lo*** ~ come un maschio; ***como ~ con zapatos nuevos*** contento come una Pasqua; ***dejar ~ a alg*** superare/lasciare indietro q; **~ria** *f* cicoria
chiffon [ʃi'fon] *m* chiffon *inv*; **~ier** [sifo'njer] *m* chiffonier, cassettiera *f*
chifla *f* fischio *m*; **~do, -a** *adj/s* mattoide, squilibrato, -a, maniaco, -a; **~dura** *f* fissazione, mania; **~r 1.** *vt* 1. fischiare; 2. *fig* far diventar matto; 3. trincare; 4. *tecn* raspare pelli; **2. ~se** diventar matto *vi*; perdere la testa *vi*
chiflón *m* arietta *f*, corrente d'aria *f*
chihuahua *m zool* chihuahua
chiita V. **shií**
chilaba *f* tunica dei mori
Chile *m geogr* Cile ◊ ***~** *gastr* peperoncino piccante
chile *m* peperoncino; **~no, -a 1.** *adj/s* cileno, -a; **2.** *f sport* rovescio *m*
chili *m* salsa a base di peperoncino piccante *f*; **~ndrina** *f* bazzecola, bagattella; arguzia, scherzo *m*
chill|ar *vi* (*persona*) strillare; stridere; cinguettare; **~ería** *f* grida *fpl*, baccano *m*; stridio *m*; cinguettio *m*; **~ido** *m* (*persona*) strillo; cinguettio; strido; **~ón, -ona 1.** *m/f* strillone, -a; **2.** *m tecn* bulletta *f*; **3.** *adj* (*t. color*) stridente; stonato, -a
chilote *m Méx* ="bevanda a base di succo d'agave e peperoncino" *f*
chimenea *f* camino *m*; focolare *m*; ciminiera ◊ ~ ***de ventilación*** colonna di ventilazione; *teat* colonna dei contrappesi
chimichurri *m Arg* ="pesto per carni"
chimpancé *m* scimpanzé
China *f geogr* Cina
china 1. *f* 1. sassolino *m*; 2. ostacolo *m*, difficoltà *inv*; 3. *coloq* denaro *m*; 4. porcellana; 5. tessuto cinese *m*; 6. gioco del ripiglino *m*; 7. *Am* domestica, bambinaia; amante; 8. *bot* specie di salsapariglia; 9. ventaglio *m*; **2.** *adj/f* cinese ◊ ***echar (a la)*** ~ tirare a sorte; ***tocarle a uno la*** ~ toccargli la cattiva sorte
chinch|ar scocciare (*coloq*); rompere le scatole/l'anima; *vt vulg* seccare (*estánd*), molestare (*estánd*); **~e** *f zool* cimice; (*persona*) mosca; *tecn* puntina da disegno ◊ ***caer (morir) como ~s*** morire come le mosche; **~eta** *f* puntina da disegno; **~illa** *f zool* cincilgia; **~ón** *m* grappa di Chinchón *f*
chinchorr|ero, -a *adj/s* pettegolo, -a, scocciante; **~o** *m nav* scialuppa *f*; *nav* tramaglio; amaca *f*
chinchoso, -a *adj coloq* noioso, -a, seccante, scocciante
chinchulines *mpl Am gastr* trippa *f*
chiné *adj/m* (tessuto) a fiori
chinel|a *f* pianella; soprascarpa; **~sco, -a** *adj* cinese
chinga *f* 1. *Am* mozzicone *m*; 2. *Ven* sbornia; 3. *CR* (*juego*) mancia; 4. *zool* puzzola; **~r** ‹*chingué*› **1.** *vt* trincare; **2.** *vi Am vulg* 1. scopare; 2. rompere le palle/i coglioni
chingue *m* puzzola *f*
chino, -a *adj/s* 1. cinese; 2. *coloq* tesoro, caro, -a; 3. *Am* mulatto, -a; *Am* ragazzo, -a ◊ ***colador*** ~ colino; ***engañar como a un*** ~ ingannare facilmente; ***jugar a los ~s*** giocare alla morra; ***esto es ~ para mí*** questo è arabo per me
chip *m tecn* chip* *inv*; **~én** *f* vita , movimento *m* ◊ ***de ~*** *adj/adv coloq* stupendamente, stupendo; **~irón** *m zool* calamaretto; **~ote** *m Méx* ber-

noccolo; *Am* manata *f*; *euf/vulg* verga *f*, cippa *f reg*
Chipre *geogr* Cipro
chipriota *adj/s* cipriota
chiquelar *vt Am* coccolare; **~o** *m Am* coccola *f*; **~ro** *m* porcile; ovile; stalla dell'arena *f*
chiquillla *f* bambina, ragazza; **~ada** *f* ragazzata, bambinata; **~ería** *f* ragazzume *m*; *desp* ragazzaglia; **~o** *m* bambino, ragazzo ◊ ***no seas ~*** non fare il bambino
chiquitlín, -ina (*var.* **chiquirritín**) *adj* piccolino, -a; **~o, -a** *adj* piccolo, -a ◊ ***no andarse con/en ~as*** andare per le spicce
chirilbita *f* 1. favilla; 2. *bot* margherita ◊ ***echar ~s*** mandare scintille; **~gota** *f* facezia, battuta; **~mbolo** *m* arnese; **~mía** *f* ="specie di flauto" *m*, zufolo *m*; **~moya** *f Am* cerimolia *m*, cherimolia, frutto dell'Annona cherimola; **~moyo** *m* anona *f*; **~nguito** *m* 1. ="chiosco con tavolini all'aperto"; 2. piccola impresa *f*, piccolo affare; **~pa** *f* caso *m*, sorte, colpo di fortuna *m* ◊ ***de ~*** per caso; **~vía** *f bot* pastinaca
chirlla *f zool* vongola; **~e 1.** *adj* insipido, -a, scipito, -a; **2.** *m* escremento ovino/caprino
chirona *f coloq* carcere *m* (*esténd*), galera (*esténd*)
chirrilante *adj* stridulo, -a, acre; **~ar** ‹*chirrío*› V. 2 *vi* stridere, cigolare; (*persona*) strillare; (*cigarra*) frinire; (*aceite*) grillare; *fig* stonare; **~do** *m* cigolio, stridio; (*pájaros*) cinguettio; (*aceite*) friggio
chisme 1. *m* pettegolezzo, mormorazione *f*; chiacchiera *f*; *coloq* aggeggio *m*; **2.** *mpl coloq* arnesi; **~ar** V. **chismorrear**
chismolrrear *vi* pettegolare, mormorare, blaterare (*desp*); **~rreo** *m* pettegolezzo; **~so, -a** *adj* pettegolo, -a
chispa *f* scintilla, favilla; gocciolina; briciolo, -a *m/f*; *fig* arguzia; *coloq* sbronza ◊ ***~ eléctrica*** scintilla elettrica; ***echar ~s*** essere furioso, fare lampi e fulmini; ***ni ~*** assolutamente nulla, neanche l'ombra; ***no tener ~*** non aver grazia; **~zo** *m* scintilla forte *f*; *fig* scintilla *f*; *raro* chiacchiera *f*
chispelante *adj* scintillante; *fig* brillante; **~ar** *vi* mandare scintille; brillare; *meteo* pioviccicare
chispo, -a *adj euf/coloq* brillo, -a; **~rrotear** *vi* scoppiettare, crepitare; **~rroteo** *m* crepitio, scoppiettio
chistlar *vi* dire qualcosa ◊ ***sin ~*** senza aprire bocca; **~e** *m* barzelletta *f*; spiritosaggine *f* ◊ ***de ~*** ridicolo, -a; ***hacer ~ (de algo)*** prendere sul ridere (qc); ***tener ~ (algo)*** essere spiritosa (qc); **~era** *f* (*sombrero*) cilindro *m*; **~oso, -a** *adj* spiritoso, -a; buffo, -a
chita *f* astragalo *m* ◊ ***a la ~ callando*** alla chetichella, quatto quatto
¡chito! *excl* zitto!
¡chitón! *excl* zitto, acqua in bocca
chiva *f zool* capretta; *Am* (*barba*) pizzo *m*; **~r 1.** *vt Am* molestare, seccare; **2. ~se** fare la spione *vi*; **~tazo** *m* soffiata *f*; **~to, -a 1.** *m/f* 1. spia *f*, spione, -a; 2. *zool* capretto, -a; **2.** *m* spia *f*
chivera *f Am* (*barba*) pizzo *m*
chivo *m zool* capro, becco; *fig* chi paga la pena, capro espiatorio ◊ ***~ expiatorio*** capro espiatorio
choc *m* choc* *inv*, shock* *inv*; **~ante** *adj* sorprendente, scioccante, impressionante; **~ar** ‹*choqué*› **1.** *vi* urtare, sbattere, scontrarsi; litigare; indispettire *vt/i*; sorprendere *vt*; **2.** *vt* scontrare, toccare ◊ ***~ por detrás*** *auto* tamponare
chocarrerlía *f* buffonata, volgarità *inv*; **~o, -a** *adj* villano, -a, buffone, -a
chocha *f zool* beccaccia
chochelante *adj* rimbambito, -a, rimbecillito, -a; **~ar** *vi coloq* dar numeri, essere rimbecillito; **~z** (*var.* **chochera**) *f* rimbambimento *m*, rimbecillimento *m*
chocho, -a 1. *adj* rimbambito, -a, rimbecillito, -a; **2.** *m* 1. *bot* lupino; 2. *vulg* passera *f*, fica *f*; **3.** *mpl* chicche *fpl*
choclo *m* 1. *Am bot* pannocchia di mais tenero *f*; 2. zoccolo
choco *m* seppietta *f*
chocolatle *m* cioccolata *f*; (*pastilla*) cioccolato; *jerga drog* hashish, fumo; **~era** *f* cioccolatiera ◊ ***ese coche es una ~*** questa macchina è una caffettiera, un catorcio; **~ero, -a 1.** *m/f* cioccolataio, -a; **2.** *f* cioccolatiera; **~ina** *f* cioccolatino *m*
chófer (*var.* **chofer**) *m* autista
chollla (*var.* **chola**) *f coloq* giudizio *m*; testa; **~o** *m* bazza *f*, filone
cholo, -a *adj/s* meticcio, -a
chomba (*var.* **chompa**) *f Am* pullover *m*, giacca di lana ; **~mba** *f Arg/Chile/Par* ="vestito corto, largo e scollato" *m*
chonco, -a 1. *adj* monco, -a; **2.** *m* moncone
chop *m Arg* bicchiere di birra; **~era** (*var.* **chopal**, **chopalera** *f*) *m* pioppeto, pioppaia *f*; **~ería** *f Arg* birreria; **~o** *m* pioppo; *mil* schioppo
choque *m* 1. urto, tamponamento, scontro, collisione *f*; 2. *med* choc* *inv*, shock *inv*; 3. *fig* scaramuccia *f* ◊ ***~ de trenes*** scontro ferroviario; ***~ múltiple*** tamponamento a catena
chorar *vt coloq* fregare, rubare (*esténd*)
chorbla *f coloq* ragazza; **~o** *m coloq* tipo
choricelar (*var.* **chorizar**) *vt coloq* fregare, rubare (*esténd*); **~ro, -a** *m/f* salumiere, -a, fabbricante di salumi
chorizo *m* ="salame e salsicciotto tipico spagnolo"; *coloq* ladro (da strapazzo), borsaiolo
chorlla *f* 1. *zool* grossa starna; 2. testa; **~ito** *m zool* piviere ◊ ***cabeza de ~*** testa vuota, sventata; **~o** *m min* tormalina *f*
choro *m* 1. *coloq* ladruncolo; 2. *Chile* cozza *f*, mitilo
chorra 1. *f vulg* cazzo *m*, minchia; *fig/vulg* fortuna, culo *m*; **2.** *m* pirla, cretino ◊ ***tener ~*** *vulg* avere culo; **~da** *f coloq* cazzata, puttanata, cretinata
chorrelar *vi* gocciolare, sgocciolare; **~o** *m* sgocciolio, zampillio; **~ra** *f* jabot* *m inv*
chorrillo *m* getto continuo

chorro *m* 1. getto, zampillo; 2. *arq* gettata *f* ◊ ~ ***de voz*** potenza/volume di voce; ***a*** ~ a garganella; ***a ~s*** copiosamente, abbondantemente; ***avión a*** ~ aerogetto; ***como los ~s del oro*** lucido come uno specchio; ***llover a ~s*** piovere a catinelle

chota *m/f jerga delinc* grima *f*, spia *f* (*estánd*), confidente (*estánd*); **~cabras** *m/f inv zool* caprimulgo *m*, nottolone *m*, succiacapre *m inv*

chotelarse *vulg* sfottere *vt*, prendere in giro *vt*, burlarsi (**de** di); **~o** *m coloq* casino; burla *f* (*estánd*), presa in giro *f* (*estánd*) ◊ ***tomar a*** ~ prendere sul ridere

chotis *m inv* ="ballo madrileno" ◊ ***ser más agarrado que un*** ~ essere tirchio (da morire)

choto *m* vitello o capretto lattone

chotuno *adj* lattone ◊ ***oler a*** ~ puzzare di becco

chovinlismo *m* sciovinismo; **~ista** *adj* sciovinnista; campanilista

choza *f* capanna; tugurio *m*

christmas *m* bigliettino natalizio, auguri di Natale *mpl*

chubaslco *m* acquazzone; burrasca *f*; **~coso, -a** *adj* burrascoso, -a; **~quero** *m* K-way* *inv*; *euf* guanto, preservativo

chuchle *f infant* chicca; **~ería** *f* 1. bagattella; 2. *gastr* chicca; cibo appetitoso *m*; **~o** *m* 1. *coloq* cane; 2. *Am* frusta *f*; 3. *Am* brivido; febbre intermittente *f*; **~umeco, -a** *adj* tirchio, -a; **~urrío, -a** *adj coloq* appassito, -a, marcito, -a; sciupato, -a, malridotto, -a

chufa *f* 1. *bot* (*horchata española*) cipero dolce *m*, dolcichini *mpl*, babbagigi *m*; 2. *reg de Valencia euf/coloq* pene *m* (*estánd*), uccello ◊ ***echar ~s*** *coloq* far bravate

chullada *f* presunzione, spacconata; cosa carina/divertente, meraviglia ◊ ***¡qué ~!*** *coloq* che meraviglia!; **~apo** V. **chulo**; **~ear 1.** *vt* burlarsi (**de** di), sfottere, prendere in giro; **2.** *vi/~se* presumere, fare il guappo/bullo; **~ería** *f* 1. *coloq* grazia, eleganza; 2. *coloq/desp* baldanza, spavalderia; *Méx desp* spacconata; **~esco, -a** *adj coloq* disinvolto, -a, spavaldo, -a; **~eta** *f* 1. costoletta; braciola; 2. *jerga estud* bigino (*reg*), bigliettino (per copiare agli esami) *m*; **~o, -a 1.** *adj/s* guappo *m*, bullo *m*, spaccone, -a; sfrontato, -a, spavaldo, -a; **2.** *adj* grazioso, -a, bello, -a; **3.** *m* protettore di prostitute, magnaccia (*reg*), pappone; *taur* aiutante del torero

chumblera *f bot* fico d'India *m*; **~o** *m* fico ◊ ***higo*** ~ fico d'India

chuminlada *f coloq* cretinata, cazzata (*vulg*), puttanata (*vulg*); **~o** *m vulg* passera *f*, fica *f*

chungla *f coloq* scherzo *m*, burla ◊ ***de, en*** ~ per scherzo; ***estar de*** ~ aver voglia di scherzare; **~o, -a** *adj coloq* malridotto, -a; triste; povero, -a, misero, -a; adulterato, -a; **~uearse** burlarsi (**de** di), prendere in giro *vt*

chupa *f ant* giubba; *jerga* giubbotto di pelle *m* ◊ ***poner a alg como ~ de dómine*** insultarlo/rimproverarlo severamente; **~-chup®** (*var.* **chupachups**, **chupachup(s)**) *m* lecca lecca; **~cirios** *m/f coloq/desp* bigotto, -a; **~da** *f* succhiata; *coloq* ciucciata; **~do, -a** *adj* 1. smunto, -a, molto magro, -a; 2. *Am* ubriaco, -a; 3. *coloq* molto facile ◊ ***este examen está*** ~ questo esame è molto facile/come bere un bicchier d'acqua; ***se ha quedado*** ~ è pelle e ossa; **~r 1.** *vt* succhiare; *coloq* ciucciare; assorbire; bere molto; *Am* ubriacarsi; **2. ~se** consumarsi; dimagrire *vi*; *fig* sorbirsi ◊ ~ ***del bote*** vivere da parassita; essere uno scroccone; ***~se los dedos*** leccarsi i baffi; ***¡chúpate ésa!*** to'! prendi e porta a casa!; ***no ~se el dedo*** non essere nato adesso; **~sangre** *m* piovra *f*; **~tintas** *m inv* scribacchino

chupete *m* ciuccetto, succhiotto, tettarella *f* ◊ ***ser de*** ~ essere squisito; **~ar** *vt* succhiare; **~o** *m* succhiamento

chupinazo *m sport coloq* cannonata *f*

chupóln *m* scroccone; succhione; **~ptero, -a** *adj/s* scroccone, -a

churrlasco *m Arg* ="carne di manzo alla brace" *f*; **~etoso, -a** *adj* pataccone, -a

churrliguueresco, -a *adj arq* barocco, -a spagnolo, -a; *fig* lambiccato, -a, artificioso, -a; **~iguerismo** *m* ="movimento artistico barocco spagnolo"

churrlo *m* 1. *gastr* ="ciambella f o bastoncino dolce fritto simile alla zeppola"; 2. *fig* pasticcio, schifezza *f*; 3. ovino di lana ordinaria; 4. *Col* fusto, bell'uomo, figo; 5. *reg de Valencia* castiglianoparlante della zona montagnosa di Valenza; **~usco** *m* pezzo di pane bruciacchiato o troppo cotto

churumbel *m git* bambino, bimbo; **~a** *f Am* ="cannuccia metallica per sorbire il mate"; *mús* specie di flauto

chusco, -a 1. *m* pezzo di pane secco; pane militare; **2.** *adj* scherzoso, -a; sorprendente; *Col* grazioso, -a, carino, -a

chusma *f* ciurma; *desp* ciurmaglia, gentaglia

chusquero 1. *adj desp* militare che proviene dalla gavetta; **2.** *m* soldato semplice

chut *m sport* tiro; **~a** (*var.* **chutona**) *f jerga drog* siringa, spada; **~ar 1.** *vi* (*fútbol*) calciare *vt*, tirare un calcio; **2. ~se** *jerga drog* bucarsi, farsi una pera ◊ ***¡chuta!*** *sport* tira!; ***va che chuta*** va che è un piacere, è già fin troppo; **~e** *m* 1. *Am* pungiglione; 2. *jerga drog* pera *f*, buco; **~ona** V. **chuta**

chuzo *m mil* picca *f*; bastone con punta metallica; *Am* frusta *f* ◊ ***aunque caigan ~s de punta*** a qualsiasi costo; ***caer, llover, nevar ~s*** piovere, nevicare molto forte

Cia. (*Compañía*) *abr* C.ia (*Compagnia*)

cianamida *f quím* ciannamide

cianhídrico, -a *adj quím* cianidrico, -a

cianita *f min* cianite

cianosis *f inv* cianosi

cianótico, -a *adj* cianotico, -a

cianurlación *f* cianurazione; *metal* cementazione liquida; **~o** *m quím* cianuro

ciátic|a *f med* sciatica; **~o, -a** *adj* sciatico, -a
Cibeles *f mitol* Cibele
cibelina V. **marta**
ciber|espacio *m* ciberspazio; **~nauta** *m/f* cibernauta; **~nética** *f* cibernetica
ciborio *m* coppa *f*; *arq* ciborio
cicatel|ar *vi* lesinare, tirare sul prezzo; **~ría** *f* spilorceria, tirchieria; **~ro, -a** *adj* spilorcio, -a, tirchio, -a
cicatricial *adj* cicatriziale
cicatriz *f* cicatrice; **~ación** *f* cicatrizzazione; **~ante** *adj/m* cicatrizzante; **~ar** ‹*cicatricé*› *vt/i* cicatrizzare
Cicerón *m* Cicerone
cicerón *m* cicerone, oratore
cicerone *m/f* cicerone *m*, guida *f*
cicla|men (*pl* **ciclámenes**) (*var.* **ciclamino**) *adj/m bot* ciclamino; **~mor** *m bot* siliquastro, albero di Giuda
cíclico, -a *adj* ciclico, -a
ciclis|mo *m* ciclismo; **~ta** *adj/s* ciclista
ciclístico, -a *adj* ciclistico, -a
ciclo *m* ciclo; periodo; **~cross** (*var.* **ciclo-cross**) *m sport* ciclocross; **~ide** *adj/m* cicloide; **~motor** *m* ciclomotore, motorino
ciclón *m meteo* ciclone, uragano; **~ico, -a** *adj* ciclonico, -a
cíclope *m* ciclope
ciclópeo, -a *adj* ciclopico, -a
ciclosporina *f med* ciclosporina
ciclostatic *f* cyclette*
ciclostil (*var.* **ciclostilo**) *m* ciclostile; **~ar** *vt* ciclostilare; **~o** *m* ciclostile
ciclotrón *m fís* ciclotrone
cicloturismo *m* cicloturismo
cicut|a *f* cicuta; **~ina** *f quím* conina, coniina
cid *m* duce, condottiero ◊ ***el *~ Campeador*** *lit* Rodrigo Díaz de Vivar
cidr|a *f* cedro *m*; **~al** *m* cedreto; **~o** *m* cedro
ciego, -a *adj/s* cieco, -a ◊ ***~ de nacimiento*** cieco dalla nascita; ***a ~s*** alla cieca; all'impazzata; ***estar ~ de pasión*** essere accecato dalla passione; ***obediencia ~a*** ubbidienza totale
cielín (*var.* **cielito**) *m* 1. tesoro, stella *f*; 2. *Arg* ="danza di gauchos" *f* ◊ ***los ~s*** ="lotteria dell'Organizzazioe Nazionale dei Ciechi"
cielo *m* 1. cielo; paradiso; Dio; 2. *arq* soffitto ◊ ***~ de la boca*** palato; ***~ raso*** soffitto, controsoffitto; ***~ único*** *aero* cielo unico; ***¡~s!*** Santo Cielo!; ***a ~ abierto*** a cielo aperto; ***al que al ~ escupe a la cara le cae*** chi sputa in cielo in faccia gli viene; ***clamar al ~*** essere scandaloso; ***en el ~*** in paradiso; ***ganar el ~*** acquistare il cielo; ***irse el santo al ~*** perdere il filo del discorso; ***remover el ~ y la tierra*** fare il diavolo a quattro; ***tocar el ~ con las manos*** toccare il cielo con un dito; ***ver el ~ abierto*** vedere/scorgere una via di scampo
ciempiés *m inv zool* millepiedi
cien V. **ciento**
ciénaga *f* fangaia
ciencia *f* scienza ◊ ***~ ficción*** fantascienza; ***~ infusa*** scienza infusa; ***~s de la educación*** pedagogia; ***~s económicas y empresariales*** economia e commercio; ***~s exactas, ocultas,...*** scienze esatte, occulte,...; ***a ~ cierta*** in modo sicuro
cieno *m* melma *f*, fango, loto
cientificidad *f* scientificità *inv*
científico, -a 1. *adj* scientifico, -a; **2.** *m/f* scienziato, -a
cientifismo *m* scientifismo
cientis|mo *m filos* scientismo; **~ta** *adj/s* scientista
ciento *adj/m inv* 1. (*card*) cento *inv*; 2. (*ord*) centesimo, -a; 3. *coloq/fig* gabinetto ◊ ***~ y la madre*** moltissimi; ***andarse con cien ojos*** stare molto attento; ***cien liras, hombres ...*** cento lire, uomini...; ***por ~*** per cento
ciern|e *m bot* allegazione *f* ◊ ***en ~s*** in erba, in fiore, in gestazione; **~o** V. **cerner**
cierr|e *m* 1. chiusura *f*; 2. serratura *f*; 3. serranda *f* ◊ ***~ de aceite*** tenuta d'olio; ***~ en fundido*** *cine* dissolvenza; ***~ metálico*** saracinesca; ***~ patronal*** serrata; ***~ relámpago*** *Am* chiusura lampo; **~o** V. **cerrar**
cierto, -a *adj* certo, -a, sicuro, -a, vero, -a ◊ ***~ lugar, día*** un certo luogo, giorno; ***estar en lo ~*** aver ragione; ***por ~*** a proposito
ciervo *m zool* cervo ◊ ***~ volante*** *zool* cervo volante
cierzo *m meteo* tramontana *f*
cifosis *f inv med* cifosi
cifra *f* cifra; numero *m* ◊ ***~ de negocios*** fatturato, volume d'affari; ***en ~*** in cifra; **~r** *vt* cifrare, codificare
cigala *f* (*Nephrops norvegicus*) scampo *m*
cigarr|a *f zool* cicala; **~al** *m* ="casa di campagna per villeggiatura nei pressi di Toledo" *f*; **~era** *f* 1. (*persona*) sigaraia; 2. portasigari *m inv*, portasigarette *m inv*; **~ería** *f* 1. *Am* tabaccaio, -a *m/f*, tabacchino, -a *m/f*; 2. manifattura dei tabacchi; tabaccheria; **~ero, -a** *m/f* sigaraio, -a; **~illo** *m* sigaretta *f*; **~o** *m* sigaro; *Am* sigaretta *f*; **~ón** *m zool* cavalletta *f*, locusta migratrice
cigoñal *m tecn* mazzacavallo; *tecn ant* cicogna *f*
cigüeña *f zool/tecn* cicogna *f* ◊ ***~ negra*** cicogna nera; **~l** *m tecn* albero a gomito
cilantro *m bot* coriandolo
ciliado, -a *adj* a spazzola ◊ ***epitelio ~*** epitelio ciliato
cilicio *m* cilicio; *mil* copertone
cilindra|da *f tecn* cilindrata; **~dora** *f* cilindratoio *m*; spianatrice a rullo, cilindratrice; **~r** *vt* cilindrare, rullare
cilíndrico, -a *adj* cilindrico, -a
cilindro *m* cilindro; *impr/aero* cilindro, rullo; *Arg* cappello a staio ◊ ***~ de inyección*** pistone d'iniezione; ***~ impresor*** cilindro stampatore; ***~ prensador*** rullo pressore
cilio *m biol* ciglio
cima *f* cima, vetta, vertice *m* ◊ ***dar ~*** terminare; **~cio** *m arq* cimasa *f*; **~rrón, -ona 1.** *adj Am* sel-

vaggio, -a; *Am* silvestre; **2.** *m nav* marinaio fannullone

cimbal|ero, -a *m/f* cembalista; **~ista** *m/f* cembalista

címbalo *m mús ant* cembalo; campanella *f*

cimborrio *m arq* tiburio

cimbr|a *f arq* centina; **~ar** *vt arq* centinare, flettere; curvare, piegare; **~earse** curvarsi

ciment|ación *f* costruzione delle fondazioni ◊ ~ ***de hormigón, por pilotes*** fondazioni in calcestruzzo, su pali; **~ar** *vt* gettare le fondamenta, costruire le fondazioni; *fig* cementare

cimiento 1. *m* fondamento, radice *f*; **2.** *mpl* fondamenta *fpl*, fondazioni *fpl*

cimitarra *f mil* scimitarra

cinabrio *m min* cinabro

cinc *m metal* zinco; **~ado** *m* zincatura *f*; **~ar** ‹*cinqué*› *vt* zincare

cincel *m* scalpello, bulino; cesello; **~ado** *m* cesellatura *f*; **~ador** *m* cesellatore; scalpellino; **~adura** *f* cesellatura; **~ar** *vt* cesellare; scolpire

cincha *f* cinghia

cinco *adj/m* 1. (*card*) cinque *inv adj*; 2. (*ord*) quinto, -a ◊ ***estar sin ~/no tener ni ~*** essere al verde, non avere neanche un centesimo

cincuent|a 1. *adj/m inv* (*card*) cinquanta *inv*; **2.** *adj* (*ord*) cinquantesimo, -a; **~ena** *f* cinquantina; **~enario, -a** *adj/m* cinquantenario, -a, cinquantennale; **~ón, -ona** *adj/s coloq/desp* cinquantenne

cine *m* cinema *inv*, cinematografo ◊ ~ ***"X"*** cinema a luci rosse; ~ ***de arte y ensayo*** cinema d'essai; ~ ***de barrio*** cinema di rione; ~ ***de estreno*** cinema di prima visione; ~ ***de reestreno*** cinema di seconda visione; ~ ***de sesión continua*** spettacolo continuato; ~ ***mudo, sonoro, negro*** cinema muto, sonoro, poliziesco; ***actor de*** ~ attore cinematografico; ***de*** ~ stupendo; ***ir al*** ~ andare al cinema; **~asta** *m/f* cineasta ◊ ***cámara de*** ~ cinepresa; **~club** *m* cineclub

cinéfilo, -a *m/f* cinefilo, -a

cinefórum *m* cineforum

cinegenética *f* (*caza, pesca*) cinegenetica

cinegétic|a *f* (*caza, pesca*) cinegetica; **~o, -a** *adj* cinegenetico, -a

cinelandia *f* cinelandia

cinemascope *m* cinemascope

cinemática *f* cinematica

cinemato|grafía *f* cinematografia; **~grafiar** ‹*grafío*› V. 2 *vt* cinematografare; **~gráfico, -a** *adj* cinematografico, -a

cinematógrafo *m* cinematografo, cinema *inv*

cinerama *m* cinerama

cinerario, -a *adj* cinerario, -a; cinereo, -a

cinéreo, -a *adj* cinereo, -a

cinesiterapia *f med* c(h)inesiterapia

cinétic|a *f* cinetica; **~o, -a** *adj* cinetico, -a

cingalés, -esa 1. *adj/s* singalese, cingalese; **2.** *m* (*lengua*) singalese, cingalese

cíng|aro, -a *adj/s* zingaro, -a; **~ulo** *m relig elev* cingolo

cínico, -a *adj/s* cinico, -a

cinismo *m* cinismo

cint|a *f* nastro *m*; striscia, fascia; *arq* lista, listello *m* ◊ ~ ***adhesiva (am ~ pegante)*** scotch;* ~ ***aislante, magnética, métrica,...*** nastro isolante, magnetico, metrico,...; ~ ***cinematográfica*** film, pellicola; ~ ***de algodón*** fettuccia; ~ ***de vídeo*** *videocassetta*; ~ ***elástica*** nastro elastico; ~ ***impresora*** nastro inchiostrato; ~ ***perforada*** banda perforata; ~ ***transportadora*** nastro trasportatore, convogliatore a nastro; **~o** *m* cinto, cintura *f*; cintola *f*; *tecn* reggetta *f* ◊ ***al*** ~ alla cintola; **~ura** *f* vita; cintura; cintola; *arq* cintura ◊ ***con el pelo hasta la*** ~ con i capelli fino alla vita; ***meter en*** ~ tenere a freno; **~urón** *m* cinghia *f*; cinturone; cintura *f*; *fig* zona *f* ◊ ~ ***de castidad, salvavidas*** cintura di castità, di sicurezza; ~ ***de circunvalación*** raccordo anulare, circonvallazione tangenziale; ~ ***de lastre*** cinghia coi pesi; ~ ***de seguridad*** cintura di sicurezza; ~ ***verde, industrial*** zona/cintura verde, industriale; ***apretarse el*** ~ *fig* tirare la cinghia

ciño, ciñó V. **ceñir**

cipo *m* cippo; **~te** *m Am* sciocco; grossetto; *euf/vulg* verga *f*

cipr|és *m bot* cipresso; **~esal** *m* cipresseto; **~esillo** *m bot* abrotano femmina

CIR *abr* CAR (*Esp*)

circense *adj* circense

circo *m* circo ◊ ~ ***glaciar*** circo glaciale

circón (*var.* **zircón**) *m min* zircone

circon|io (*var.* **zirconio**) *m quím* zirconio; **~ita** (*var.* **zirconita**) *f* strass *m inv*

circu|ir ‹*circuyo; circuyó; circuyendo*› V. 14 *vt* circuire, aggirare; **~ito** *m* circuito; giro ◊ ~ ***cerrado, de relé, hidráulico*** circuito chiuso/loop, a relè, oleodinamico; ~ ***de televisión*** circuito televisivo; ~ ***impreso, integrado*** circuito stampato, integrato; ***corto*** ~ corto circuito

circul|ación *f* circolazione; traffico *m*, circolazione ◊ ***en*** ~ in circolazione; ***permiso de*** ~ libretto di circolazione; ***retirar/hacer desaparecer de la*** ~ togliere/levare/far sparire dalla circolazione; **~ar 1.** *vi* circolare, girare; **2.** *adj/f* circolare; **~aridad** *f* circolarità *inv*; **~atorio, -a** *adj* circolatorio, -a

círculo *m* circolo, associazione *f*, club; circonferenza *f*, cerchio, circolo ◊ ~ ***polar*** circolo polare; ~ ***vicioso*** circolo vizioso

circunci|dar *vt* circoncidere; **~sión** *f* circoncisione; **~so** *adj* (*hombre*) circonciso

circund|ante *adj* circondante; **~ar** *vt elev* circondare

circunferencia *f* circonferenza

circunflejo, -a *adj* circonflesso, -a

circunlo|cución *f* circonlocuzione, perifrasi *inv*, circollocuzione (*ant*); **~quio** *m* giro di parole, circollocuzione

circunnaveg|ación *f* circumnavigazione; **~ante** *adj/s* circumnavigatore, -trice; **~ar** ‹*circunnavegué*› *vt* circumnavigare

circunscri|bir ‹*cicunscrito*› V. 25 *vt* circoscrivere, limitare; **~pción** *f* circoscrizione, comprensorio *m*; **~to, -a** (*var.* **circunscripto**) *adj* circoscritto, -a

circunspec|ción *f* circospezione; **~to, -a** *adj* circospetto, -a

circunstan|cia *f* circostanza; situazione, congiuntura ◊ ***yo soy yo y mis ~s*** sono fatto così; questa è la mia situazione; **~ciado, -a** *adj* circostanziato, -a; **~cial 1.** *adj* circostanziale, circonstanziale; **2.** *adj/m ling* circonstanziale, circostanziale; **~ciar** ‹*circunstancio*› V. 1 *vt* circostanziare; **~te** *adj* circostante

circunv|alación *f* circonvallazione; **~olución** *f* circonvoluzione

ciré *m* incerata *f*; tessuto cirè/cerato

cirílico, -a *adj* cirillico, -a

cirio *m* cero ◊ **~ *pascual*** cero pasquale; ***montar un ~*** *fig* piantare un casino

cirro *m meteo/zool* cirro; **~sis** *f inv med* cirrosi

ciruela *f bot* susina, prugna ◊ **~ *claudia*** prugna claudia; **~ *pasa*** prugna secca; **~o** *m bot* prugno; *euf/vulg* membro virile (*estánd*), banana *f*

ciru|gía *f* chirurgia ◊ **~ *dental, estética*** chirurgia dentaria, plastica; **~jano, -a** *adj/s* chirurgo

cisalpino, -a *adj geogr* cisalpino, -a

cisc|a *f bot* carice; **~ar** ‹*cisqué*› **1.** *vt* insudiciare; **2.** **~se** *euf/vulg* cacarsi sotto ◊ ***me cisco en tu padre, en tu madre...*** sputo su tuo padre, su tua madre,..., maledico tuo padre, tua madre, ...; **~o** *m* carbonella *f*; *fig* baccano ◊ ***estar hecho ~*** essere distrutto/uno straccio; ***hacer ~*** frantumare, fare a pezzi, distruggere

cism|a *m* scisma; **~ático, -a** *adj* scismatico, -a; **~ontano, -a** *adj* cismontano, -a

cisne *m zool* cigno ◊ ***canto del ~*** canto del cigno

cispadano, -a *adj geogr* cispadano, -a

cister|ciense *adj/m* cistercense; **~na** *f* cisterna

cistitis *f inv med* cistite *f*

cisura *f* incisione

cita *f* appuntamento *m*; *jur elev* citazione ◊ ***casa de ~s*** casa squillo/di appuntamenti, casino; **~ *a ciegas*** appuntamento al buio; **~ción** *f* citazione; **~do, -a** *adj* prenominato, -a, suddetto, -a; *jur* citato, -a; **~r 1.** *vt* 1. *jur elev* citare; 2. dare appuntamento *vi*; 3. *taur* provocare il toro; **2. ~se** darsi appuntamento

cítara *f mús* cetra; *lit* lira

citatorio, -a *adj* citatorio, -a

citerior *adj* citeriore

cito|genética *f* citogenetica; **~logía** *f med* citologia; **~lógico, -a** *adj biol* citologico, -a; **~plasma** *m* citoplasma

citrato *m* citrato

cítrico, -a 1. *adj* citrico, -a; **2.** *mpl* agrumi ◊ ***mal seco de los ~s*** mal secco degli agrumi

citricultura *f* agrumicoltura

CiU (*Convergencia i Unió*) *abr/m* ="Convergenza e Unione (partito centrista e nazionalista catalano)"

ciudad *f* città *inv* ◊ **~ *dormitorio*** città dormitorio; **~ *jardín*** città giardino; ***en la ~*** in città; **~anía** *f* cittadinanza; nazionalità *inv*; **~ano, -a** *adj/s* cittadino, -a ◊ **~ *de a pie*** cittadino qualsiasi; **~ela** *f* cittadella

cívico, -a *adj* civico, -a

civil *adj jur* civile; civico, -a; urbano, -a ◊ ***casarse por lo ~*** sposarsi civilmente; ***de ~*** in borghese; ***guardia ~*** ="carabiniere"; **~ista** *adj/s jur* civilista; **~ización** *f* civiltà *inv*, cultura; civilizzazione; **~izadamente** *adv* civilmente; **~izar** ‹*civilicé*› *vt* incivilire; **~mente** *adv* civilmente

civismo *m* civismo

ciza|lla 1. *f tecn* cesoia, trancia; **2.** *fpl metal* forbici da lattoniere; **~ña** *f fig* zizzania; *bot* loglio *m* ◊ ***embrar ~*** spargere/provocare zizzania; **~ñero, -a** *adj/s* mettimale

cl (*centilitro*) *abr* cl (*centilitro*)

clac 1. *m inv* gibus; feluca *f*; **2.** *f teat* claque*

cladodio *m bot* fillocladio

clamar *vt/i* invocare *vt*, pregare *vt*, chiedere *vi* ◊ **~ *al cielo*** *fig* essere scandaloso; **~ *en el desierto*** predicare al deserto

clámide *f hist* clamide

clamidia *f med* clamidia

clamor *m* clamore; lamento; **~eo** *m* clamore insistente; **~oso, -a** *adj* clamoroso, -a

clan (*pl* **clanes**) *m* clan

clandestin|idad *f* clandestinità *inv*; **~o, -a** *adj/s* clandestino, -a

claque [klak] *f* claque* *inv*; **~ta** *f cine* ciac *m*

clara 1. *f* 1. *gastr* albume d'uovo *m*, bianco d'uovo *m*; 2. calvizie *inv*; 3. *meteo coloq* schiarita; 4. birra con gassosa; 5. *agric* diradamento *m*; **2.** *fpl* luci dell'alba ◊ ***siembra ~*** *agric* semina rada; **~boya** *f* lucernario *m*, abbaino *m*

clare|ar 1. *vt/i* schiarire, rischiarare; **2.** *vi* albeggiare, farsi giorno; **~te** *adj/m* chiaretto

claridad (*pl* **claridades**) **1.** *f* chiarezza; (*luz*) chiarore *m*; *relig* splendore *m*; **2.** *fpl* verità *f inv*

clarific|ación *f* chiarificazione; **~ador, -a 1.** *adj* chiarificatore, -trice; **2.** *f Cuba* (recipiente) chiarificatore *m*; **~ar** ‹*clarifiqué*› *vt* chiarificare, depurare; chiarire

clarín *m* 1. *mús/mil* cornetta *f*; *mús* chiarina *f*, chiarino; *ant* clarino; 2. (*persona*) clarinista

clarinet|e *m* 1. *mús* clarinetto, clarino; 2. clarinettista *m/f*; **~ista** *m/f* clarinettista

clarión *m* gesso da lavagna

clarisa *f relig* clarissa

clarivid|encia *f* chiaroveggenza; **~ente** *adj/s* chiaroveggente

claro, -a 1. *adj* chiaro, -a, luminoso, -a; rado, -a; illustre; **2.** *adv/excl* chiaramente; **3.** *m arq* lucernario, abbaino; spiazzo, radura *f*; *impr* vuoto; (*bosque*) vuoto; *arte* chiaroscuro ◊ ***¡~!*** Certo!, Naturalmente!; ***a las ~s*** apertamente; ***cantarlas, decirlas ~s*** cantarla, dirla chiara; ***el agua ~a y el chocolate espeso*** patti chiari amicizia lunga; ***hablar ~*** parlar chiaro e tondo; ***lo lleva/tiene ~ si...*** si sbaglia se...; ***más ~ agua***

più chiaro di così si muore; ***pasar la noche de ~ en ~*** passare tutta la notte in veglia; ***poner/dejar en ~*** *coloq* mettere in chiaro; ***vestir de ~*** vestire di chiaro; **~r** *m* chiarore; **~scuro** *adj/m* chiaroscuro

clase *f* classe, categoria, tipo *m*; ceto *m*, classe; qualità *inv*; *estud* lezione; *transp* classe; corso *m* ◊ ***~ turista*** classe turistica, economy class; ***¿Qué ~ de...?*** Che razza di...?; ***dar ~*** 1. fare lezione, 2. prendere lezioni; ***de toda ~*** d'ogni sorta; ***hoy no hay ~*** oggi non c'è lezione; ***las ~s pasivas*** i pensionati

clasic|ismo *m* classicismo; **~ista** *adj/s* classicista

clásico, -a 1. *adj/m* classico, -a; **2.** *adj* caratteristico, -a

clasific|ación *f* classificazione; graduatoria, classifica; **~ador, -a** *adj/m* classificatore, -trice; *agric* pezzatore *m*; **~ar** ‹*clasifiqué*› *vt* classificare, smistare

clasis|mo *m* classismo; **~ta** *adj* classista

claudic|ación *f tamb. fig* claudicazione; zoppicamento *m*; **~ante** *adj* claudicante; **~ar** ‹*claudiqué*› *vi tamb. fig* claudicare; zoppicare

claustral *adj/s relig* claustrale; (*universidad*) ="membro del collegio accademico"

claustro *m arq* chiostro; *elev* claustro; (*universidad*) ="collegio accademico" ◊ ***~ materno*** *elev* grembo materno; **~fobia** *f* claustrofobia; **~fóbico, -a** *adj* claustrofobico, -a

cláusula *f jur/mús* clausola; termine *m*, clausola, condizione

clausura *f relig* clausura; chiusura; **~r** *vt* chiudere

clava *f* clava; **~da** *f* chiavata (*coloq*), pelata; **~do, -a 1.** *adj* inchiodato, -a; *fig* identico, -a, spiccicato, -a (*reg*); **2.** *m* chiodatura *f* ◊ ***dejar ~ a alg*** piantare q; lasciare di pietra q; **~r** *vt tecn tamb. fig* inchiodare; piantare, ficcare; *coloq/fig* fregare ◊ ***~ los ojos en alg*** piantare gli occhi addosso a q; ***~ una multa*** appioppare una multa; ***~se una espina*** pungersi con una spina; **~rio, -a** (*var.* **clavero, -a**) *m/f relig* confrate *m* (*elev/ant*), confratello *m*, consorella *f*; *ant* chiavaio *m*; **~zón** *f* chiodatura

clave 1. *f arq/mús* chiave; **2.** *m mús* (*instrumento*) clavicembalo ◊ ***~ de acceso*** *informát* password, chiave di accesso; ***en ~*** in chiave; ***palabra ~*** parola chiave; **~cinista** *m/f* clavicembalista, cembalista; **~l** *m bot* garofano; **~llina** (*var.* **clavelina**) *f bot* garofano selvatico/di bosco *m*; **~ro, -a** V. **clavario**

clavetelado, -a *adj* chiodato, -a; **~ar** *vt* guernire di borchie

clavi|cémbalo *m mús* clavicembalo; **~cordio** *m mús* clavicord(i)o

clavícula *f med* clavicola

clavicular *adj* clavicolare

clavija *f* 1. *electr* spina; cavicchio *m*, perno *m*, caviglia; 2. *mús* bischero *m* ◊ ***apretar las ~s a alg*** *fig* mettere alle strette q

clavo *m* 1. *tecn* chiodo; 2. chiodo, idea fissa *f*; 3. *bot/gastr* chiodo di garofano; 4. (*pies*) callo ◊ ***agarrarse a/de un ~ ardiendo*** *fig* attaccarsi ai rasoi; ***clavarse un ~ en la cabeza*** *fig* ficcarsi un chiodo in testa; ***dar en el ~*** *fig* dar nel segno; ***estar sin un ~*** *fig* essere al verde; ***remachar el ~*** *fig* ribadire il chiodo; ***ser un ~*** *fig* essere puntualissimo; ***un ~ saca otro ~*** *fig* chiodo scaccia chiodo

claxon *m inv auto* clacson

clembuterol *m* clembuterolo

clemen|cia *f* clemenza; **~te** *adj* clemente; **~tina** *f* mandarancio *m*, clementina

clep|sidra *f* clessidra; **~tomanía** *f* cleptomania; **~tómano, -a** *adj/s* cleptomane

clerecía *f* clericato *m*, chiericato *m*; il clero *m* ◊ ***mester de ~*** *lit* ="poesía spagnola erudita del sec. XIII"

clerical *adj* clericale; **~ismo** *m* clericalismo

clérigo *m relig* chierico

clero *m* clero

clic *m* clic; **~able** *adj* cliccabile; **~ar** ‹*cliqué*› *vi* cliccare

cliché *m* cliché*; *foto* negativo

cliente, -a *m/f* cliente ◊ ***~ fiel, habitual*** cliente affezionato, regolare; **~la** *f* clientela; **~lar** *adj* clientelare; **~lismo** *m pol desp* clientelismo

clima *m* clima; **~térico, -a** *adj* climaterico, -a; **~terio** *m* climaterio

climático, -a *adj* climatico, -a

climatiz|ación *f* climatizzazione; condizionamento dell'aria *m*; **~ador** *m* climatizzatore, condizionatore d'aria; **~ar** ‹*climaticé*› *vt* climatizzare

climato|logía *f* climatologia; **~lógico, -a** *adj* climatologico, -a

climatólogo, -a *m/f* climatologo, -a

climatoterapía *f* climatoterapia

clímax *m* climax

clínic|a *f* clinica; **~o, -a 1.** *adj* clinico, -a; **2.** *m/f* medico ◊ ***hospital ~*** clinica universitaria

clip (*pl* **clips**) *m* 1. clip *inv*, fermaglio, graffa *f*; 2. *cine* clip *inv*, videoclip *inv*

clique|able *adj* cliccabile; **~ar** *vt Am informát* cliccare

clisé *m* cliché* *inv*, stereotipo; negativo

clistel (*var.* **clister**) *m* clistere

Clitemnestra *f lit* Clitennestra

clitori|ctomía *f* clitoridectomia; **~diano, -a** *adj* clitorideo, -a

clítoris *m inv* clitoride *m/f*

Clitumno *m mitol* Clitunno

cloaca *f* cloaca

clo clo clo *onom* coccodè

clon (*pl* **clones**) *m biol* clone; **~ación** *f biol* clonazione; **~ar** *vt biol* clonare

clónico, -a *adj* clonico, -a

cloque|ar *vi* chiocciare; **~o** *m* voce chioccia *f*

clora|ción *f quím* clorazione; **~l** *m quím* cloralio; **~to** *m quím* clorato

clorhídrico, -a *adj quím* cloridrico, -a

clorita *f min* clorite

cloro *m quím* cloro; **~fila** *f bot* clorofilla; **~fílico, -a** *adj* clorofilliano, -a; **~fluorocarbono** *m* (*CFC*)

clorofluorocarburo; **~formizar** ‹*cloroformicé*› *vt* cloroformizzare; **~formo** *m quím* cloroformio; **~sis** *f inv med* clorosi
clorurlar *vt quím* clorurare; **~o** *m quím* cloruro
clown *m* clown* *inv*, pagliaccio
club [klub] *m* club* *inv*, circolo ◊ **~ *nocturno*** night club*
cluecla *f zool* chioccia; **~o, -a** *adj* debole
cm (*centímetro*) *abr* cm (*centimetro*)
CNT (*Confederación Nacional del Trabajo*) *abr/f* ="Confederazione Nazionale del Lavoro. (sindacato anarchico)"
c/o *abr* presso
coaccilón *f* coazione; **~onar** *vt* forzare, costringere
coactivo, -a *adj* coattivo, -a
coadjutor, -a *adj/s* coadiutore, -trice; **~ía** *f* coadiutoria, coadiutorato *m*
coadyutor *m* coadiutore
coadyuvlante *adj/m* coadiuvante; **~ar** *vt* coadiuvare
coagullación *f* coagulazione, accagliamento *m*; *metal* consolidamento *m*; **~ante** *adj/m* coagulante; **~ar 1.** *vt* coagulare, cagliare; **2. ~se** coagularsi; (*leche*) cagliarsi
coágulo *m* coagulo, grumo
coalescencia *f elev* coalescenza
coalición *f* coalizione, lega ◊ **~ *gubernamental*** coalizione di governo
coaliglado, -a *adj* alleato, -a; **~arse** allearsi, coalizzare
coartlada *f jur* alibi *m inv*; **~ar** *vt* coartare, forzare
coautor, -a *m/f* coautore, -trice
coba *f coloq* burla ◊ ***dar* ~** adulare
cobalto *m min* cobalto; **~terapia** *f med* cobaltoterapia
cobardle *adj* codardo, -a, vigliacco, -a, pusillanime; **~ía** *f* vigliaccheria, viltà *inv*, pusillanimità *inv*
cobayla *m/f zool tamb. fig* cavia *f*; **~o** *m zool* cavia *f*
cobertlera *f* 1. *ant* coperchio *m*; 2. *fig* mezzana; 3. *agric* copertura protettrice ◊ ***pluma* ~** penna tettrice; **~izo** *m* tettoia *f*; gronda *f*; **~or** *m* coperta *f*; **~ura** *f* copertura ◊ ***no hay* ~** *telec* non c'è campo
cobijla *f zool* penna tettrice; *arq* tegola; *Am Cent* coperta; **~ar** *vt* coprire, occultare; proteggere, dar asilo *vi*, ospitare, rifugiare; **~o** *m tamb. fig* rifugio, riparo
cobista *m/f coloq* adulatore, -trice
cobla *f lit* cobbola
cobol *m informát* cobol *inv*
cobra *f zool* cobra *m*; **~dor** *m/f* esattore, -trice; *transp* bigliettaio, -a; **~nza** *f* riscossione, incasso *m*; **~r 1.** *vt* 1. riscuotere, incassare, percepire; 2. prendere; ritirare; (*caza*) portare il bottino; **2. ~se** rinvenire *vi* ◊ ***~se el favor*** farsi pagare; ***¿se puede cobrar?*** Posso pagare?; ***Vas a cobrar*** *coloq/fig* Guarda che le prendi
cobre 1. *m* rame; **2.** *mpl mús* ottoni; **~ado, -a** *adj* ramato, -a; **~ar** *vt* ramare
cobrizo, -a *adj* color rame, rossastro, -a
cobro *m* incasso, riscossione *f* ◊ **~ *revertido*** pagamento a carico del destinatario; ***poner recibos al* ~** presentare ricevute (per l'incasso) alla cassa
coca *f bot* coca; *gastr* pizzetta; *coloq* (*droga*) coca, cocaina (*estánd*); **~-cola** *f* coca-cola; **~ína** *f* cocaina; **~inomanía** *f* cocainomania; **~inómano, -a** *m/f* cocainomane
cocción *f* cottura
cóccix *m med* coccige
cocelar *vi* tirar calci; **~r** ‹*cuezo*› V. 9a **1.** *vt* cuocere, cucinare; bollire; **2. ~se** tramare *vt*, tessere *vt* ◊ ***algo se está cociendo*** qualcosa bolle in pentola; ***estar por* ~** essere immaturo
cochambrle *f* luridume *m*; rottame *m*; **~oso, -a** *adj coloq* lurido, -a, sudicio, -a; *fig* sconquassato, -a
cochano *m Ven* pezzo d'oro grezzo
coche *m* 1. automobile *f*, macchina *f*, auto *f*, vettura *f*; 2. pullman *inv*; 3. carrozza *f*; vagone; 4. furgone ◊ **~ *cama, restaurante*** vagone letto/carrozza letti, ristorante; **~ *celular, fúnebre*** furgone cellulare, carro funebre; **~ *de alquiler, de carreras*** macchina/vettura da noleggio, da corsa; **~ *de línea*** pullman; **~ *ecológico*** ecovettura; **~ *utilitario*** (macchina) utilitaria; ***en el* ~ *de S. Fernando/Francisco (un ratito a pie y otro andando)*** con la carrozza di S. Francesco; **~ar** *vi* inebetire; **~cito** *m* (*enfermos*) carrozzella a rotelle *f*; (*bebé*) carrozzella *f*, carrozzina *f*; (*sillita bebé*) passeggino; **~ra** *f* box *inv*, garage* *inv*; **~ro** *m* cocchiere, vetturino
cochinla *f zool* scrofa; *fig* maiala; **~ada** *f* porcheria; fregatura, carognata; **~illa** *f zool* cocciniglia ◊ **~ *de San Antón*** coccinella, maggiolino; **~illo** *m* porchetta *f*; **~o, -a 1.** *m/f zool* maiale, -a, porco, -a; **2.** *m* suino; **3.** *adj/s fig* sporcaccione, -a, maiale, -a ◊ **~ *montés*** cinghiale; ***cuatro ~as pesetas*** quattro soldi miserabili
cochiquera (*var.* **cochitril** *m*) *f* porcile *m*
cocido, -a 1. *adj* cotto, -a, lesso, -a; **2.** *m* ="brodo di carne, salsicce speciali, prosciutto crudo, ceci e verdure"
cociente *m mat/psicol* quoziente ◊ **~ *intelectual*** quoziente d'intelligenza
cocinla *f* cucina ◊ **~ *de gas, de leña, económica*** cucina a gas, a legna, economica; **~ar** *vt tamb. fig* cucinare; **~ero, -a** *m/f* cuoco, -a ◊ ***haber sido* ~ *antes que fraile*** sapere qualcosa per esperienza; **~illa 1.** *f* fornello *m*; **2.** *m desp/fig* uomo casalingo
cocker *m* cocker *inv*
cóclea *f* coclea
coco *m* 1. *bot/biol* cocco; 2. *coloq* testa *f*, zucca *f*, cervello; 3. *coloq* lupo mannaro; *fig* spauracchio ◊ ***comer el* ~** fare il lavaggio del cervello; ***comerse el* ~** preoccuparsi, rimuginare; ***hacer ~s*** fare moine; ***¡que viene el ~!*** che viene il lupo mannaro!; ***romperse el* ~** scervellarsi; **~drilo** *m zool* coccodrillo ◊ ***lágrimas de* ~** *fig* lacrime di

coccodrillo; **~liche** *m Arg* italospagnolo degli immigranti; italiano; **~tero** *m bot* (*palma*) cocco
cóctel (*var.* **coctel**) *m* cocktail* *inv*, coctel *inv* ◊ ~ ***molotov*** bottiglia molotov
coctelera *f* shaker* *inv*
cocuyo *m* 1. *zool* piroforo; 2. *bot* ="albero cubano", cocuyo
cód. *abr* 1. (*códice*) codice; 2. (*código*) cod. (codice)
coda *f mús/lit* coda; **~ste** *m nav* ruota di poppa *f*; **~zo** *m* gomitata *f*
codelar 1. *vi* 1. fare a gomitate, gomitare; 2. *Am* scroccare *vt*; **2. ~se** trattare *vt*; **~cisión** *f* codecisione; **~ína** *f med* codeina; **~ra** *f* gomitiera; **~udor, -a** *adj/s* condebitore, -trice
códice *m* codice
codicia *f* cupidigia, brama; *sport/taur* impeto *m*, veemenza; **~ble** *adj* desiderabile; **~r** ‹*codicio*› V. 1 *vt* bramare, desiderare
codicilo *m jur* codicillo
codicioso, -a *adj* cupido, -a, avido, -a, bramoso, -a
codificlación *f* codificazione; **~ador, -a** *adj* codificatore, -trice; **~ar** ‹*codifiqué*› *vt jur* codificare
código *m* codice ◊ ~ ***de barras*** codice a barre; ~ ***de circulación, de señales, postal*** codice stradale, di segnalazione, (di avviamento) postale; ***(de) ~ abierto*** *adj/m* open source,* (di) codice aperto; ~ ***de procedimiento penal*** codice di procedura penale; ~ ***territorial*** prefisso telefonico
codirector, -a *m/f* codirettore, -trice; (*tesis*) correlatore
codo *m* gomito ◊ ~ ***a*** ~ uno accanto all'altro, fianco a fianco; ~ ***del tenista*** *med* gomito del tennista; ***alzar/empinar el*** ~ alzare il gomito; ***dar con el*** ~ dare una gomitata; ***estar metido hasta los ~s*** esserci dentro dalla testa ai piedi; ***hablar por los ~s*** essere chiacchierone, -a; ***romperse/dejarse (alg) los ~s*** ammazzarsi (q) di lavoro; **~rniz** *f zool* quaglia
COE (*Comité Olímpico Español*) *abr/m* CONI (*Comitato Olimpico Nazionale Italiano*)
coedilción *f* coedizione; **~tar** *vt* coeditare; **~tor, -a** *m/f* coeditore, -trice
coeducación *f* coeducazione
coeficiente *m* coefficiente
coerclión *f jur* coercizione; **~itivo, -a** *adj jur* coercitivo, -a
coetáneo, -a *adj/s* coetaneo, -a
coevo, -a *adj* coevo, -a
coexistlencia *f* coesistenza; **~ente** *adj* coesistente; **~ir** *vi* coesistere
cofa *f nav* coffa
cofia *f* cuffia
cofinanciación *f* cofinanziamento *m*
cofradle *m/f* confratello *m*, consorella *f*; **~ía** *f* confraternita; *irón* banda
cofre *m* scrigno; baule, cofano
cogeldero, -a 1. *m* manico; **2.** *adj* facile da cogliere/prendere; **~dor** *m* paletta *f*; **~r** ‹*cojo*› **1.** *vt* prendere *vt*; cogliere, raccogliere; pigliare, afferrare, acchiappare; **2.** *vi* prendere; *coloq* entrarci, starci; **3.** *vt/i Arg/Ur/Chile/Perú vulg* scopare, chiavare ◊ ~ ***al vuelo*** *fig* prendere al volo; ~ ***con pinzas*** pigliare coi guanti; ~ ***de la mano*** prendere per la mano; ~ ***de nuevas*** giungere nuova; ~ ***desprevenido, en flagrante/in fraganti*** cogliere di sorpresa, in flagrante; ~ ***la marcha de*** prendere l'abitudine di; ***~la con alg*** prendersela con q; **~stión** *f econ* cogestione
cogida *f* cornata; *taur* raccolta; *jerga* infezione venerea
cogitalbundo, -a *adj elev* cogitabondo, -a; **~ción** *f filos* cogitazione
cognlición *f* cognizione; **~oscitivo, -a** *adj* conoscitivo, -a
cogollo *m* 1. (*ensalada*) cuore; *bot* germoglio; 2. *fig* crema *f*, fior fiore; 3. *Arg zool* grossa cicala *f*
cogorza *f coloq* ciucca *reg*, scuffia, sbronza (*e-stánd*)
cogotlazo *m* scapaccione; **~e** *m* nuca *f*, collottola *f*
cogotudo, -a *adj* di gran collottola; arricchito, -a; *Am* altezzoso, -a
cogulla *f* cocolla
cohabitlación *f pol tamb. fig* coabitazione; **~ar** *vi* coabitare, convivere
cohechlar *vt jur* subornare, corrompere; **~o** *m jur* subornazione *f*, corruzione *f* ◊ ***labor de*** ~ *agric* lavorazione superficiale del terreno
cohereldero, -a *m/f* coerede; **~ncia** *f* coerenza; *fís* coesione; **~nte** *adj* coerente
coheslión *f* coesione; **~or** *m electr* coesore; (*teléfono*) coherer* *inv*
cohete *m* razzo; *aero* missile ◊ ~ ***antiaéreo, nuclear*** missile contraereo, nucleare; ~ ***de tres etapas*** missile tristadio; ~ ***teledirigido*** missile teleguidato; **~ría** *f* stabilimento pirotecnico *m*; **~ro, -a** *m/f* pirotecnico, -a
cohibilción *f* repressione, freno *m*; **~do, -a** *adj* represso, -a; imbarazzato, -a; **~r** *vt* reprimere; imbarazzare; frenare
cohombro *m bot* cetriolo
COI (*Comité Olímpico Internacional*) *abr/m* CIO (*Comitato Internazionale Olimpico*)
coima *f raro* concubina; *Am* bustarella
coincidlencia *f* coincidenza; **~ir** *vi* 1. coincidere; 2. coincidere, collimare, corrispondere
coinquilino *m* coinquilino
cointeresado, -a *adj* cointeressato, -a
coipo *m zool* nutria *f*, castorino
coito *m* coito
coitus *m* coito ◊ ~ ***interruptus*** coito interrotto
cojelante *adj* zoppicante; **~ar** *vi* zoppicare ◊ ***cojea en geografía*** zoppica/è deboluccio in geografia; ***de qué pie cojea*** da che piede zoppica, conoscere il punto debole di q; **~ra** *f* zoppicatura
cojín *m* cuscino ◊ ~ ***de aire*** *aero* cuscino ad aria
cojinete *m* cuscinetto; *tecn* cuscinetto, bronzina *f* ◊ ~ ***de bolas, de rodillo*** *tecn* cuscinetto a sfere
cojitranco, -a *adj* zoppaccio, -a

cojo, -a *adj/s* zoppo, -a ◊ ***ir a la pata ~a*** andare zoppiconi; andare a zoppo galletto
cojo V. **coger**
cojón *m* coglione; *euf* palla *f*; *Perú* (*lucha de gallos*) arena *f* ◊ ***¡~es!*** *vulg* cazzo!; ***por ~es*** *vulg* per forza; ***ser de ~ones*** *vulg* essere da sballo; ***tener ~ones alg*** *vulg* essere terribile q, avere le spalle quadrate q; ***tener ~ones la cosa*** *vulg* è una cosa da incazzarsi; ***no me toques los ~es*** *vulg* non rompermi le palle/i coglioni; ***¡Tócate los ~es!/¡Manda ~es!*** *irón/coloq* E' il colmo dei colmi! (*estánd*)
cojonudo, -a *adj coloq/vulg* figo *adj/m*, da sballo, stupendo, -a (*estánd*); di carattere (*estánd*), cazzuto, -a
cojuelo, -a *adj* zoppetto, -a
cok *m* coke *inv*
col *f bot* cavolo *m*; *bot* cavolo cappuccio *m*; verza ◊ ***~ lombarda*** cavolo nero; ***~es de Bruselas*** cavoletti di Bruxelles; **~a** *f* 1. coda; *fig* coda, strascico *m*; 2. (*tecn, droga*) colla, adesivo *m*; 3. *mús* coda ◊ ***~ de caballo*** coda di cavallo; (*pelo*) coda di cavallo; ***hacer ~*** fare la coda, mettersi in coda; ***traer ~*** avere strascico, non finire qui
colabor|ación *f* collaborazione; **~acionismo** *m* collaborazionismo; **~acionista** *adj/s pol* collaborazionista; **~ador, -a** *adj/s* collaboratore, -trice; **~ar** *vi* collaborare
colac|ión *f relig/jur/impr* collazione; *ant* spuntino *m*, merendina ◊ ***traer/sacar a ~*** tirare in ballo; ***venir a ~*** arrivare/giungere a proposito; **~ionar** *vt* collazionare
colad|a *f* bucato *m*; *metal* colata ◊ ***echar a la ~ u-c*** mettere qc con la roba da lavare; ***salir u-c a (con) la ~*** venire i nodi al pettine; **~era** *f* colatoio *m*; **~ero** *m* colatoio; *jerga estud* luogo dove si passa/si è promossi facilmente; **~o, -a** *adj fig* innamorato, -a ◊ ***estar ~ por alg*** essere innamorato cotto di q; **~or** *m* colino; **~ora** *f* lavandaia; **~ura** *f* colatura; *fig* scivolone *m*
colágeno *m* collageno
colaps|ar 1. *vt med* collassare; paralizzare; **2.** *vi* avere un collasso; crollare; **3. ~se** *fig* paralizzarsi; **~o** *m med* collasso; *fig* blocco, collasso
colar 1. *vt* colare, filtrare; passare di nascosto; **2. ~se** ficcarsi; infiltrarsi, introdursi ◊ ***esto no cuela*** *fig* questo non attacca
colateral *adj* collaterale
colbertismo *m econ* colbertismo
colch|a *f* sopraccoperta, sovraccoperta, sopra coperta, copriletto *m*; **~ón** *m* materasso; **~onería** *f* negozio di materassi *m*; **~onero, -a** *adj/s* materassaio, -a; **~oneta** *f* materassino *m*
cole *m infant* scuola *f*
colea|dura *f* scodinzolio *m*; **~r** *vi zool* scodinzolare, menare la coda; *fig* durare, trascinarsi ◊ ***vivito y coleando*** vivo e vegeto
colección *f* collezione; *med* accumulo *m*
coleccion|able *adj* a fascicoli, a dispense; **~ar** *vt* far collezione (di) *vi*, collezionare; **~ismo** *m* collezionismo; **~ista** *adj/s* collezionista
colecta *f* colletta; **~r** *vt* collettare
colecti|cio, -a *adj* raccogliticcio, -a; **~vidad** *f* collettività *inv*; **~vismo** *m econ* collettivismo; **~vista** *adj/s* collettivista; **~vizar** ‹*colectivicé*› *vt* collettivizzare; **~vo, -a 1.** *adj* collettivo, -a; **2.** *m* collettivo, équipe* *inv*; *Arg/Ur* autobus *inv*
colector *adj/m* collettore
colédoco *m med* coledoco
colega *m/f* collega; *jerga* amico, -a; **~tario, -a** *adj/s jur* collegatario, -a
colegi|ación *f* iscrizione; **~adamente** *adv* collegialmente; **~ado, -a** *adj/s* iscritto a un albo professionale; *sport* arbitro; **~al, -a** *adj/s* collegiale; **~arse** iscriversi in un collegio professionale o nell'albo dell'ordine; **~ata** *f relig* collegiata; **~o** *m* scuola elementare e media *f*; collegio; ordine ◊ ***~ electoral*** collegio elettorale; ***~ mayor*** residenza universitaria; ***~ de médicos*** ordine dei medici; ***~ universitario*** residenza universitaria, residence* universitario, casa dello studente; **~r** ‹*colijo; coligió; coligiendo*› V. 12 *vt* inferire, dedurre, supporre; raccogliere
colelitiasis *f inv med* colelitiasi
colemia *f med* colemia
colénquima *m bot* collenchima
coleo *m* scodinzolio
coleóptero *adj/m* coleottero
cólera 1. *m med* colera; **2.** *f* collera, ira, furia ◊ ***montar en ~*** montare in collera
colérico, -a *adj* collerico, -a, iracondo, -a; *med* coleroso, -a
colesterol (*var.* **colesterina** *f*) *m* colesterolo, colesterina *f* ◊ ***~ bueno, malo*** colesterolo buono, cattivo
colet|a *f* 1. (*pelo*) treccia; (*pelo*) codino *m*; 2. poscritto *m* ◊ ***cortarse la ~*** *taur fig* abbandonare l'arte; **~azo** *m* colpo di coda; *fig* ultimo tentativo; **~illa** *f* postilla, poscritto *m*; **~o** *m* l'interno dell'animo o del corpo ◊ ***decir (alg) para su ~*** dire fra sé e sé; ***echarse u-c al ~*** *coloq* mettersi qc in corpo; ingoiare un libro
colga|dero, -a 1. *m* gancio, uncino; **2.** *adj agric coloq* da appendere; **~do, -a** *adj* appeso, -a ◊ ***dejar ~ a alg*** piantare q, bidonare q; ***estar ~*** (*droga*) stare impasticcato/fatto; (*dinero*) essere al verde; **~dor** *m* gruccia *f*; appendino; **~duras** *fpl* paramenti *mpl*, addobbi *mpl*, cortinaggi *mpl*; **~jo** *m desp* (*piel*) brandello; cencio pendente, brandello; **~nte 1.** *m* ciondolo; **2.** *adj* pendente; **~r** ‹*cuelgo; colgué*› V. 8a **1.** *vt* 1. appendere; 2. impiccare; 3. (*teléfono*) attaccare; 4. affibbiare, appioppare; 5. *estud* bocciare; **2.** *vi* pendere ◊ ***~ una cosa a alg*** affibbiare una cosa a q; ***~ los hábitos*** lasciare, deporre l'abito
colibacilosis *f inv med* colibacillosi
colibrí *m zool* colibrì, uccello mosca
cólico *m med* colica *f*
coliflor *f bot* cavolfiore *m*

coliforme *adj biol/med* coliforme
coligación *f* lega, alleanza; **~arse** ‹*coligué*› allearsi
coligió, colijo V. **colegir**
colilla *f* cicca, mozzicone *m*; **~ero, -a** *m/f* ciccaiolo, -a
colimación *f fís* collimazione; **~ar** *vt* collimare; **~bo** *m zool* colimbo, strolaga *f*
colín 1. *m* 1. *mús* piano a coda ridotto; 2. *gastr* grissino; **2.** *adj* codimozzo
colina *f* collina, colle *m*; **~abo** *m bot* cavolo rapa; **~dante** *adj* limitrofo, -a, confinante; **~dar** *vi* confinare
colirio *m med* collirio
colirrojo *m zool* codirosso
coliseo *m Perú* (*lucha de gallos*) arena *f*
Coliseo *m* Colosseo
colisión *f* collisione, scontro *m*, urto *m*
colisionar *vi* scontrarsi, fare uno scontro
colista *adj/s sport* l'ultimo della classifica, di coda
colitla *f* codina; *euf* (*niño*) pisello; **~is** *f inv med* colite *f*
colla 1. *f* squadra di operai; **2.** *adj/m Am* meticcio; indiano; **~da** *f nav* vento persistente *m*; passo di montagna *m*; **~do** *m* colle, collina *f*; passo; **~ge** [ko'laʃ] *m* collage *inv*
collar *m* (*joya*) collana *f*; (*perro*) collare; *fig* cerchio, anello ◊ **~ *de perlas*** collana di perle; **~ín** *m relig* collare; *med* minerva *f*, collare ortopedico, collare cervicale, collarino; *arq* collarino; **~ino** *m arq* collarino
colleja *f bot* silene rigonfia; scapaccione *m*, scoppola (*reg*), scapellotto *m*; **~ra 1.** *f* collare *m*; *fig* catena di forzati; **2.** *fpl Chile* gemelli da camicia *mpl*
collie ['koli] *adj/s* collie
colmaldo, -a 1. *adj* colmo, -a; abbondante; **2.** *m Esp/reg* taverna *f*; negozio di alimentari; **~r** *vt* colmare, riempire
colmenla *f* alveare *m*, arnia; *coloq/fig* ="case popolari" *fpl*; **~ar** *m* apiario; **~ero, -a** *m/f* apicultore, -trice, apicoltore, -trice; **~illa** *f bot* morchella
colmillo *m* dente canino; (*animal*) zanna *f* ◊ ***enseñar los ~s*** mostrare i denti; ***escupir por el ~*** fare lo spaccone; ***tener el (los) ~(s) retorcido(s)*** essere una vecchia volpe
colmo, -a 1. *adj* colmo, -a, pieno, -a zeppo, -a; **2.** *m* colmo, sommo, grado massimo ◊ ***para ~*** per giunta, per di più; ***ser el ~*** essere il colmo (dei colmi)
colocación *f* collocamento *m*; collocazione, situazione; lavoro *m*; *ling* collocazione; **~ado, -a** *adj/s* 1. situato, -a, collocato, -a; 2. *coloq* drogato, -a, fatto, -a; **~ar** ‹*coloqué*› **1.** *vt* collocare, situare; impiegare; *fig* piazzare; **2. ~se** collocarsi, sistemarsi; trovar impiego/collocamento *vi*; *coloq* drogarsi, farsi, avere un trip *vi*; **~ón** *m jerga drog* trip, viaggio
coloflón *m* 1. *impr* colophon,* colofone; 2. *fig* conclusione; **~onia** *f* colofonia

coloidlal *adj* colloidale; **~e** *adj/m quím* colloide
Colombia *f geogr* Colombia
colombiano, -a *adj/s* colombiano, -a
colombicultlor, -a *adj/s* colombicoltore, -trice; **~ura** *f* colombicoltura
colombino, -a *adj/s* colombiano, -a ◊ ***biblioteca ~a*** biblioteca di Siviglia
colombio *m quím* columbio
colombófilo, -a *adj/s* colombofilo, -a
Colón *m* ◊ ***Cristóbal ~*** *hist* Cristoforo Colombo
colon *m med/ling* colon; **~ia** *f* 1. acqua di Colonia, profumo *m*; 2. colonia ◊ ***echarse ~*** mettersi il profumo; **~iaje** *m Am* epoca coloniale *f*, periodo/regime coloniale
colonlial *adj* coloniale; **~ialismo** *m* colonialismo; **~ialista** *adj* colonialista; **~ización** *f* colonizzazione; **~izador, -a** *adj/s* colonizzatore, -trice; **~izar** ‹*colonicé*› *vt* colonizzare; **~o** *m* colono; **~oscopia** *f med* colonoscopia
coloquilal *adj* colloquiale; **~alismo** *m* colloquialismo; **~o** *m* colloquio, conversazione *f*
color (*pl* **colores**) *m* colore; (*cara*) colorito ◊ ***de ~*** (*persona*) di razza negra, di colore; ***de ~ de rosa*** (color di) rosa; ***de/en ~*** a colori; ***escalera de ~*** scala reale; ***ponerse de mil ~es*** diventare di tutti i colori; ***sacarle a alg los ~es*** svergognare q; ***salirle (a alg) los ~es*** diventar rosso, vergognarsi (q); ***so ~ de*** sotto colore di; ***subido de ~*** piccante; ***tomar ~*** prendere colore; **~ación** *f* colorazione, tinta; **~ado, -a** *adj* colorato, -a, colorito, -a ◊ ***poner ~ a alg*** far diventar rosso~q/far arrossire q; **~adote** *adj coloq* bello colorito; **~ante** *adj/m* colorante; **~ar** *vt* colorare, colorire; **~atura** *f mús* coloratura
colorelar 1. *vt* colorare, colorire; **2.** *vi* prendere colore; **~te** *m* fard *inv*
colorildo *m arte* colorito; colore; **~metría** *f fís* colorimetria; **~nes** *mpl* colori vivaci; **~smo** *m* colorismo; **~sta 1.** *m/f* colorista; **2.** *adj* coloristico, -a
coloslal *adj* colossale, gigantesco, -a; *fig* straordinario, -a, fenomenale; **~o** *m* colosso
colposcopia *f med* colposcopia
cólquico *m bot* colchico, freddolina *f*
columlbino, -a *adj* colombino, -a; **~brar** *vt* scorgere, discernere; intravedere
columnla *f arq/med/mil* colonna; *impr* colonna, trafiletto *m*; colonna, pilastro *m* ◊ **~ *vertebral*** spina dorsale; ***en ~*** in colonna; ***quinta ~*** quinta colonna; **~ar** *vt* colonnare; **~ata** *f* colonnato *m*; **~ista** *m/f* columnist,* articolista
columpliar ‹*columpio*› V. 1 *vt* dondolare; **~io** *m* altalena *f*
coluslión *f jur* collusione; **~orio** *adj jur* collusivo
colutorio *m* collutorio, risciacquo
colza *f bot* (*brassica napus oleifera*) ravizzone *m*; (*brassica napus arvensis*) colza
coma 1. *f ling* virgola; **2.** *m med* coma; *mús* comma ◊ ***punto y ~*** punto e virgola; ***sin faltar una ~*** dettagliatamente

comadr|e *f* comare; **~ear** *vi* pettegolare; **~eja** *f zool* donnola; **~eo** *m* pettegolio, pettegolare; **~ona** *f* levatrice, ostetrica; *fig* pettegola

comanche *adj/s hist* indigena del Texas o Nuovo Messico

comand|ancia *f* comando *m*; giurisdizione, edificio *m* o carica di comandante; **~ante** *m/f* comandante; *mil* maggiore *m*; **~ar** *vt mil* comandare; **~ita** *f com* accomandita; *coloq* combriccola ◊ ***sociedad en ~*** società in accomandita; **~itario, -a** *adj/s com* accomandante; (*socio gerente*) accomandatario, -a ◊ ***sociedad ~a*** società in accomandita; **~o** *m* comando; *mil* commando

comarca *f Esp* comarca, zona, territorio *m*; **~l** *adj* territoriale, di zona; **~no, -a** *adj* vicino, -a

comatoso, -a *adj med* comatoso, -a

comba *f* curvatura; *sport* corda ◊ ***coger (la) ~*** *coloq* prendere l'abitudine di; ***perder ~*** *coloq* perdere l'opportunità; ***no perder(se) ~*** *coloq/fig* non perdersi nulla; **~r** *vt* curvare, torcere

combat|e *m* combattimento, battaglia *f* ◊ ***dejar fuera de ~*** mettere K.O./Knock out*/fuori combattimento; **~iente** *adj/s* combattente; **~ir 1.** *vi* combattere, guerreggiare, lottare; **2.** *vt tamb. fig* combattere, attaccare; **~ividad** *f* combattività *inv*; aggressività *inv*; **~ivo, -a** *adj* combattivo, -a; aggressivo, -a

combin|ación *f* 1. combinazione; 2. (*lencería*) sottoveste; 3. *transp* coincidenza; **~ada** *f sport* combinata; **~ado** *m* 1. cocktail* *inv*; 2. insieme; **~ar** *vt* combinare; *fig* mettersi d'accordo ◊ ***el negro combina con todo*** il nero va bene con tutto; **~atoria** *f mat* combinazione; **~atorio, -a** *adj* combinatorio, -a

combu|rente *adj/m fís* comburente; **~stibilidad** *f* combustibilità *inv*; **~stible** *adj/m* combustibile; **~stión** *f* combustione

come|cocos *m coloq* strizzacervelli; *coloq* rompiscatole; **~curas** *m/f inv* mangiapreti; **~dero 1.** *m* mangiatoia *f*; (*pájaros*) beccatoio; **2.** *adj* mangiabile

comed|ia *f* commedia ◊ ***~ de capa y espada, de enredo*** commedia di cappa e spada, d'intreccio; ***hacer la ~*** fare/recitare la commedia; **~iante, -a** *m/f desp/fig* commediante

comedi|do, -a *adj* prudente, moderato, -a; cortese; **~miento** *m* prudenza *f*, moderazione *f*; cortesia *f*; **~ógrafo, -a** *m/f* commediografo, -a; **~rse** ‹*mido; midió; midiendo*› V. 12 contenersi, moderarsi; **~scos** *m inv* mangiadischi

comedón *m* foruncoletto

comedor, -a 1. *m* 1. (*casa*) sala da pranzo *f*; 2. mensa *f*; **2.** *adj/s* mangione, -a ◊ ***~ universitario*** mensa universitaria

comedura *f coloq* ◊ ***~ de coco*** lavaggio di cervello

comején *m* termita *f*

comendador *m* commendatore

comensal 1. *m/f* commensale; **2.** *m biol* commensale

comentar *vt* commentare; parlare di *vi*; **~io** *m* commento ◊ ***sin ~s*** no comment; ***sin más ~s*** senza dire altro; **~ista** *m/f* commentatore, -trice; *radio/TV* cronista

comenzar ‹*comienzo; comencé; comience*› V. 5a *vt/i* cominciare, iniziare

comer 1. *vt/i* mangiare; pranzare; **2. ~se** mangiarsi ◊ ***~ caliente*** mangiare qc di caldo; ***~ con los ojos*** mangiare con gli occhi; ***~ de gorra*** mangiare il pane ad ufo, mangiare a scrocco; ***~ el coco a alg*** fare il lavaggio del cervello a q; ***~se el mundo*** sentirsi/essere il padrone del mondo; ***~se las uñas, los codos*** mangiarsi le mani, il fegato; ***~se unos a otros*** mangiarsi vivi; ***¿cuándo hemos comido juntos/en el mismo plato?*** *irón* quando abbiamo mangiato insieme/nello stesso piatto?; ***dar de ~*** dare da mangiare; ***después de ~*** dopo pranzo; ***echar de ~ aparte*** *irón* trattare con i guanti; ***está para ~sela/selo*** è da mangiarsela/selo con gli occhi; ***no come ni deja ~*** non mangia né lascia mangiare; ***ser de buen ~*** aver un buon appetito, essere una buona forchetta; ***sin ~lo ni beberlo*** senza aver parte in causa; ***tener que ~*** aver da mangiare

comerci|abilidad *f* commerciabilità *inv*; **~al** *adj* commerciale; **~alizable** *adj* commerciabile; **~alización** *f* commercializzazione, introduzione; **~alizar** ‹*comercialicé*› *vt* commercializzare; **~ante** *m/f* commerciante, negoziante; mercante ◊ ***~ al por mayor, al por menor*** commerciante all'ingrosso, al minuto; **~ar** ‹*comercio*› V. 1 *vi* commerciare, negoziare; trafficare; **~o** *m* 1. commercio; traffico; 2. negozio, bottega *f* ◊ ***~ exterior, de importación y exportación*** commercio estero, d'importazione e d'esportazione; ***dependiente de ~*** commesso; ***viajante de ~*** commesso viaggiatore

comestible 1. *adj* commestibile, mangiabile; **2.** *m* alimento ◊ ***tienda de ~s*** *raro* negozio di alimentari

comet|a 1. *m astron* cometa *f*; **2.** *f* aquilone *m*, cervo volante *m* (*fig*); **~er** *vt* commissionare, dare un incarico, commettere; *com* commettere, ordinare; **~ido** *m* 1. commissione *f*, incarico, ordine; 2. impegno, obbligo ◊ ***cumplir con su ~*** assolvere il proprio impegno

comezón *f* prurito *m*; *fig* voglia, capriccio *m*

comible *adj coloq* mangiabile

cómic (*var.* **cómix** *inv*) *m* fumetto, comic *inv*

comici|al *adj med* comiziale; **~idad** *f* comicità *inv*; **~ios** *mpl* comizi, assemblea *f*

cómico, -a 1. *adj* comico, -a, buffo, -a; **2.** *m/f* comico, -a

comid|a *f* 1. cibo *m*, alimento *m*; 2. pranzo *m* ◊ ***~ de coco*** lavaggio del cervello; ***~ de negozio*** colazione di lavoro; ***dar una ~*** offrire un pranzo; ***ganarse la ~*** guadagnarsi il pane; ***la ~ está en la mesa*** (A tavola) il pranzo è pronto; **~illa** *f coloq* mormorazione, pettegolezzo *m* ◊ ***ser la ~ del pueblo*** essere la favola del paese; **~ió,**

comido V. **comedirse**; **~o, -a** *adj* mangiato, -a ◊ ***es pan ~*** *fig* è facilissimo; ***estar ~*** aver mangiato; ***lo ~ por lo servido*** lavorare per le spese

comienzo *m* principio, inizio ◊ ***al ~/en un ~*** al principio, all'inizio; ***dar ~*** cominciare, iniziare; ***desde el/un ~*** dall'inizio, dal principio

comi|lla *f ling* virgoletta ◊ ***~s simples*** virgolette semplici; ***~ dobles*** virgolette uncinate/a sergente/a caporale; **~lón, -ona** *adj/s* mangione, -a; **~lona** *f coloq* mangiata; pranzone *m*; abbuffata (*desp*); **~no** *m bot* cumino ◊ ***no me importa un ~*** non me ne importa un fico secco; ***no vale un ~*** non vale un soldo; **~quita** *f Am* fumetto *m*

comis|aría *f* questura; commissariato *m*; **~ario, -a** *m/f* commissario, -a ◊ ***~ europeo*** commissario europeo; **~car** ‹*comisqué*› *vt* sgranocchiare, piluccare

comis|ión *f* 1. commissione, mandato *m*; 2. commissione, comitato *m*, delegazione; 3. *com* commissione, provvigione ◊ ***~ones Obreras*** Commissioni operaie, ="Sindacato spagnolo d'ispirazione comunista"; ***en ~ de servicio*** comandato, -a; ***trabajar a ~*** lavorare a provvigione; **~ionado, -a** *adj/s* incaricato, -a, commissionario, -a; **~ionar** *vt* commissionare, incaricare; **~ionista** *m/f* commissionario, -a

comiso *m jur* confisca *f*; **~rio, -a** *adj jur* commissorio, -a

comistrajo *m* imbratto

comisura *f* commessura

comit|é *m* comitato ◊ ***~ de empresa*** consiglio di fabbrica; ***~ de redacción*** comitato di redazione, Cdr; **~ente** *adj/s* committente; **~iva** *f* comitiva; compagnia

cómitre *m nav tamb. fig* aguzzino

cómix V. **cómic**

como 1. *adv*; ***es bajo ~ yo*** *è basso come me*; **2.** *m* come; ***el como*** *il come*; **3.** *conj* siccome; ***~ llueve, no salgo*** *siccome piove, non esco*; non appena; ***~ llegue a casa, te llamo*** *non appena arrivo a casa, ti chiamo*; se; ***~ no cambies, me enfado*** *se non cambi, mi arrabbio* ◊ ***~ si tal cosa*** come se niente fosse; ***así ~*** così come; ***tanto ~*** così come, tanto come

cómo 1. *adv* come; **2.** *excl* come!, come mai!; ***¡cómo llueve!*** *come piove!* ◊ ***¿~ no?*** come no?; ***¿a ~...?*** a quanto...?; ***¿a ~ estamos hoy?*** quanti ne abbiamo oggi?; **~da** *f* comò *m inv*, cassettone *m*; **~damente** *adv* con comodo

como|dato *m* comodato; **~didad** *f* comodità *inv*; agio *m* ◊ ***pensar en sus ~es*** fare il proprio comodo; **~dín** *m* 1. comò; 2. (*naipes*) matta *f*, jolly* *inv*; 3. *sport fig* jolly* *inv*; 4. *fig* pretesto, scusa *f*

cómodo, -a *adj* comodo, -a, agevole; conveniente ◊ ***póngase ~*** si accomodi

comodón, -ona *adj/s* comodone, -a

comodoro *m nav* commodoro

comoquiera *adv* comunque, in qualsiasi modo ◊ ***~ que*** siccome; ***~ que sea*** comunque sia

compac|idad *f* compattezza; **~tar 1.** *vt* compattare; **2. ~se** diventare compatto *vi*

compact disc ['kompak 'disk] (*var.* **compact**) *m* compact disc *inv*, compact *inv*, CD

compacto, -a *adj* compatto, -a

compadecer ‹*compadezco*› V. 13a **1.** *vt* compatire, aver compassione di *vi*; **2. ~se** *elev* aver compassione di, andare d'accordo *vi* (**de** di)

compadr|e *m* compare; compagno; *Am* gradasso, spaccone; **~eo** *m desp* amicizia *f*; **~ito, -a** (*var.* **compadrón, -ona**) **1.** *m Arg/Ur* fanfarone; **2.** *adj Arg/Ur* vistoso, -a, appariscente

compagin|ación *f impr* impaginazione; **~ar 1.** *vt* impaginare, compaginare; *fig* conciliare, armonizzare; **2. ~se** corrispondersi

compañ|erismo *m* cameratismo; **~ero, -a** *adj/s* compagno, -a, camerata; collega ◊ ***~ de armas*** commilitone; ***~ sentimental*** compagno sentimentale; **~ía** *f* compagnia, comitiva; accompagnamento *m*; *com/nav/aero* compagnia; *relig* compagnia ◊ ***animal de ~*** animale da compagnia; ***en ~ de*** in compagnia di, insieme a/con; ***señorita de ~*** dama di compagnia

compar|able *adj* comparabile, paragonabile; **~ación** *f ling* paragone *m*, comparazione, confronto *m* ◊ ***en ~*** in comparazione, in paragone; ***no tener ~*** non esserci confronto; ***sin ~*** senza paragone; **~ar** *vt* comparare, paragonare, confrontare; **~atista** *adj/s* comparatista; **~ativista** *m/f* comparatista; **~ativo, -a** *adj* comparativo, -a

compare|cencia *f jur* comparizione, comparsa; **~cer** ‹*comparezco*› V. 13a *vi jur* comparire; **~ciente** *adj jur* comparente

comparsa *f* 1. *teat/cine fig* comparsa; 2. (*fiestas*) mascherata, sfilata in maschera

comparti|mentación *f* compartimentazione; **~mentar** *vt* suddividere in compartimenti; **~miento** (*var.* **compartimento**) *m transp* scompartimento; compartimento, parte *f* ◊ ***~ estanco*** *nav fig* compartimento stagno; **~r** *vt* 1. spartire, dividere, compartire (*elev*); 2. avere in comune

compás *m* 1. *tecn* compasso; 2. *mús* battuta *f*, tempo; ritmo ◊ ***~ de espera*** battuta d'arresto; ***a ~*** a battuta; ***ir a ~*** andare a tempo; ***llevar el ~*** *tamb. fig* dirigere, comandare; ***marcar el ~*** battere il tempo

compas|ado, -a *adj* compassato, -a; **~ar** V. **acompasar**

compasión *f* compassione, pietà *inv*

compasivo, -a *adj* compassionevole, pietoso, -a

compati|bilidad *f* compatibilità *inv*; **~bilizar** ‹*compatibilicé*› *vt* rendere compatibile; **~ble 1.** *adj* compatibile; **2.** *m* computer PC

compatriota *m/f* compatriota

compeler *vt elev* costringere (*estánd*), obbligare (*estánd*)

compendi|ar ‹*compendio*› V. 1 *vt* compendiare, riassumere; **~o** *m* compendio, riassunto, sommario; **~oso, -a** *adj* compendioso, -a

compenetr|ación *f* compenetrazione; **~arse** compenetrarsi; coincidere *vi*, identificarsi

compens|ación *f* compensazione; compenso *m*, indennizzo *m*, risarcimento *m* ◊ ***cámara de ~*** *com* stanza di compensazione; ***en ~*** in compenso; **~ador, -a** *adj* compensatore, -trice; **~ar** *vt* compensare; risarcire, indennizzare; **~atorio, -a** *adj* compensativo, -a

compete|ncia *f* competenza, perizia; *ling* competenza; *com* concorrenza; *jur* competenza, incombenza ◊ ***hacer la ~*** fare la concorrenza; **~nte** *adj* competente, atto, -a; esperto, -a; **~r** *vi* competere, spettare, riguardare

competi|ción *f* competizione ◊ ***deporte de ~*** sport agonistico; **~dor, -a** *m/f* competitore, -trice, rivale; *com* concorrente; **~r** ‹*compito; compitió; compitiendo*› V. 12 *vi* competere, gareggiare, concorrere; **~tividad** *f* competitività *inv*; **~tivo, -a** *adj* competitivo, -a, concorrenziale

compil|ación *f* compilazione; **~ador, -a 1.** *adj/m* compilatore, -trice; **2.** *m informát* compilatore; **~ar** *vt* compilare

compinche *m coloq/desp* commilitone, compagno di avventure; *coloq* camerata

compitió, compito V. **competir**

compla|cencia *f* compiacenza, compiacimento *m*; gentilezza, cortesia; **~er** ‹*complazco*› V. 13a **1.** *vt* compiacere, soddisfare; **2. ~se** rallegrarsi, degnarsi; **~ido, -a** *adj* compiaciuto, -a; contento, -a; **~iente** *adj tamb. desp* compiacente

comple|jidad *f* complessità *inv*; **~o, -a 1.** *adj* complicato, -a, complesso, -a; *mat/ling* complesso, -a; **2.** *m* complesso ◊ ***~ de castración, Edipo, inferioridad*** *psicol* complesso di castrazione, d'Edipo, d'inferiorità; ***~ residencial*** *arq* complesso/zona residenziale

complement|ación *f* integrazione; **~ar** *vt* completare; **~ario, -a** *adj* complementare; **~o** *m* 1. (*atuendo*) accessorio; 2. complemento ◊ ***~ directo, indirecto, circunstancial*** complemento oggetto/diretto, di termine/indiretto, circostanziale/indiretto; ***de ~*** *mil* di complemento

complet|amente *adv* completamente, appieno, ben bene, di tutto punto; **~ar** *vt* completare; **~ivo, -a** *adj* completivo, -a ◊ ***oración ~a*** frase/proposizione completiva; **~o, -a 1.** *adj* completo, -a, esauriente; pieno, -a; **2.** *m* pieno ◊ ***al ~*** al completo; ***por ~*** per intero

complexión *f* complessione, costituzione

complic|ación *f* complicazione; **~ado, -a** *adj* complicato, -a, difficile; **~ar** ‹*compliqué*› *vt* complicare ◊ ***~ la existencia, la vida*** complicare la vita

cómplice *adj/s* complice

complicidad *f* complicità *inv*

complot [kom'plo] (*var.* **compló**) *m* complotto, congiura *f*

complutense *adj* ="complutense", di Alcalá de Henares ◊ ***universidad ~*** ="una delle università di Madrid (prima Università Centrale di Madrid)"

compon|edor, -a 1. *m impr* compositoio; **2.** *adj/s jur* componitore, -trice; **~encial** *adj* componenziale; **~enda** *f* accordo *m*, transazione; *ant* tassa; **~ente** *adj/m* componente; **~er** ‹*pongo; pondré; puse; puesto*› V. 32 **1.** *vt* 1. comporre; 2. aggiustare, riparare; 3. preparare; 4. *impr* comporre; **2. ~se** comporsi; accordarsi ◊ ***~érselas*** arrangiarsi; ***¡allá te las compongas¡*** arrangiati!; ***compuesta y sin novio*** *irón* sedotta e abbandonata

comporta|mental *adj psicol* comportamentale; **~miento** *m* comportamento, condotta *f*; **~r 1.** *vt* comportare; **2. ~se** comportarsi, agire *vi*

compos|ición *f* 1. composizione; 2. *mús* composizione; 3. *ling* tema *m*, composizione; 4. aggiustatura, riparazione ◊ ***hacer/formar (alg) su ~ de lugar*** riflettere/meditare su qc; **~itivo, -a** *adj* compositivo, -a; **~itor, -a** *m/f* compositore, -trice

compost *m* composta *f*; **~elano, -a** *adj/s* compostelano, -a, di Santiago de Compostela; **~ura** *f* 1. composizione; 2. compostezza, modestia; 3. riparazione, aggiustatura; 4. rammendo *m*, lavoro di cucito da sartina *m*

compot|a *f gastr* composta, marmellata; **~era** *f* compostiera

compra *f* acquisto *m*; compera, spesa ◊ ***cesta de la ~*** borsa della spesa; ***hacer la ~*** fare la spesa; ***ir de ~s*** andare a far spese; **~ble** *adj* acquistabile; **~dor, -a** *m/f* acquirente; compratore, -trice; **~r** *vt* comprare, comperare, acquistare ◊ ***~ a plazos*** comprare a rate; ***~ por internet/telecomprar*** teleacquistare; **~venta** *f* compravendita; *Perú* monte pio/di pietà *m*, fondo pensione *m*

compren|der *vt* 1. comprendere, intendere, capire; 2. comprendere, includere, abbracciare ◊ ***¿comprendes?*** *coloq* capisci?; ***¡comprendido!*** *coloq* ho capito!; ***compréndelo*** *coloq* cerca di capirmi; ***como tú comprendrás*** *coloq* come capirai; **~dido, -a** *adj* compreso, -a; ***sentirse ~*** *sentirsi compreso*; **~sible** *adj* comprensibile; **~sión** *f* comprensione, intendimento *m*; **~sivo, -a** *adj* comprensivo, -a

compres|a *f* (*mujer*) assorbente igienico *m*; *med* garza; **~ión** *f* compressione; **~or 1.** *m* compressore; **2.** *adj* compressore *m*, compremitrice *f*

comprim|ible *adj* coercibile; **~ido, -a 1.** *m med* compressa *f*, pastiglia *f*, pillola *f*, confetto; **2.** *adj* compresso, -a; **~ir** *vt tamb. fig* comprimere; premere, opprimere

comprob|abilidad *f* accertabilità *inv*; **~ación** *f* comprovazione, verifica; **~ante 1.** *adj* giustificativo, -a; **2.** *m* prova *f*, documento giustificativo; ricevuta *f*; **~ar** ‹*compruebo*› V. 8a *vt* comprovare, provare; verificare

comprome|tedor, -a *adj* compromettente; **~ter 1.** *vt* compromettere; obbligare; **2. ~se** impegnarsi, compromettersi; (*novios*) fidanzarsi; **~tido, -a** *adj* 1. compromesso, -a, impegnato, -a; 2. fidanzato, -a ◊ ***estar ~ con alg*** essere fidanzato/a con q; ***estar ~*** essere compromesso

compromi|sario, -a 1. *adj/s jur* delegato, -a; **2.** *m/f* compromissario *m*; **~so** *m* compromesso, accordo, impegno; imbarazzo, difficoltà *f inv* ◊ ***sin ~*** senza obbligazioni; senza impegno; **~sorio, -a** *adj jur* compromissorio, -a

compu|erta *f* chiusa; sportello *m*; **~esto, -a** *adj/m* composto, -a ◊ ***~a y sin novio*** *irón* sedotta e abbandonata

compuls|a *f adm* autenticazione; **~ar** *vt adm* autenticare; **~ión** *f psicol* compulsione; compulsione, coazione, costrizione; **~ivo, -a** *adj* compulsivo, -a

compun|ción *f* compunzione; **~gido, -a** *adj* compunto, -a, mortificato, -a; **~gir** ‹*compunjo*› *vt* affliggere, rattristare, compungere

comput|ación *f* 1. computo *m*; 2. *informát* computazione; **~ador, -a** *adj/s* computatore, -trice; **~adora** *f Am* computer* *inv*, elaboratore elettronico *m*; **~adorizado, -a** (*var.* **computerizado, -a**) *adj informát* computerizzato, -a; **~ar** *vt* computare, calcolare; **~arizar** (*var.* **computerizar**) ‹*computaricé*› *vt informát* computerizzare

computerizado, computerizar V. **computadorizado, computarizar**

cómputo *m* computo, calcolo

comulg|ante *adj/s* comunicante; **~ar** ‹*comulgué*› *vi relig* comunicarsi ◊ ***~ con ruedas de molino*** *coloq* berle grosse; **~atorio** *m relig* balaustrata *f*

común 1. *adj* comune; abituale, corrente; **2.** *m* comune, comunità *f inv* ◊ ***el ~ de las gentes*** la maggior parte della gente; ***en ~*** in comune; ***por lo ~*** di solito, generalmente

comun|a *f econ/pol* comune; *Am* comune *m* ◊ ***vivir en una ~*** vivere in una comune; **~al** *adj* comunale; **~ero** *m* 1. *pol* comunardo; 2. *hist* appartenente alle Comunità di Castiglia

comunic|able *adj* comunicabile; **~ación** *f* comunicazione ◊ ***buenas ~ones*** buoni mezzi pubblici; buone vie di comunicazione; **~ado, -a 1.** *adj* comunicato, -a; **2.** *m* comunicato; **~ante** *adj* comunicante; **~ar** ‹*comuniqué*› *vt* comunicare; **~ativo, -a** *adj* comunicativo, -a; affabile

comuni|dad *f* comunità *inv* ◊ ***~ de vecinos*** abitanti di un quartiere o di un condominio; ****~ Económica Europea*** C.E.E./Comunità Economica; ***gastos de ~*** spese di condominio; **~ón** *f relig* comunione ◊ ***~ de bienes*** comunione dei beni; ***primera ~*** prima comunione; **~smo** *m* comunismo; **~sta** *adj/s* comunista; **~tario, -a** *adj/s* comunitario, -a

con *prep* con ◊ ***~ que, ~ tal que*** purché, basta che; ***~ salir a las seis es suficiente*** uscendo/uscire alle sei, è più che sufficiente; ***~ ser su madre no lo aguanta*** sebbene sia/con tutto che è sua madre, non lo sopporta; ***¿Quién es Usted para conmigo?*** Chi è Lei verso di me?; ***para ~*** verso

conat|ivo, -a *adj ling* conativo, -a; **~o** *m* conato, tentativo, impulso

concaten|ación *f* 1. *tecn* concatenamento *m*; 2. *biol* concatenazione; **~ar** *vt* concatenare

concavidad *f* concavità *inv*

cóncavo, -a *adj* concavo, -a

conce|bible *adj* concepibile; **~bir** ‹*concibo; concibió; concibiendo*› V. 12 *vt* concepire; **~der** *vt* concedere; ammettere

conce|jal *m/f* consigliere; *adm* assessore; **~alía** *f* 1. sede del consiglio regionale; 2. carica di consigliere; **~o** *m* consiglio; *adm* giunta comunale *f*

concentr|ación *f* concentrazione; *mil* concentramento *m*; *sport* ritiro *m*; **~ado, -a 1.** *m* concentrato; **2.** *adj* concentrato, -a; **~ador, -a** *adj* accentratore, -trice; **~ar** *vt* concentrare; **~icidad** *f* concentricità *inv*

concéntrico, -a *adj* concentrico, -a

concep|ción *f* concezione ◊ ***la Inmaculada ~*** l'Immacolata Concezione; **~tismo** *m lit* concettismo; **~tista** *adj/s lit* concettista; **~to** *m* concetto; opinione *f* ◊ ***en ~ de*** a titolo di; ***tener un alto ~ de*** avere un'alta opinione di

conceptu|al *adj* concettuale; **~alismo** *m filos* concettualismo; **~alización** *f* concettualizzazione; **~ar** ‹*conceptúo*› V. 4 *vt* giudicare; **~oso, -a** *adj* concettoso, -a

concern|iente *adj* concernente, attinente; **~ir** ‹*concierne*› V. 7a *v/def* concernere *vt*, riguardare *vt*

concert|ación *f* concertazione ◊ ***~ social*** concertazione sociale; **~ado, -a** *adj* concertato, -a; **~ador, -a** *adj* concertatore, -trice; **~ar** *vt* concertare

concert|ina *f mús* concertina; **~ino** *m mús* primo violino; *mús* concertino; **~ista** *m/f mús* concertista; **~ístico, -a** *adj* concertistico, -a; **~o** [kon't-ʃerto] *m mús* concerto ◊ ***~ grosso*** *mús* concerto grosso

conces|ión *f* concessione; **~ionario, -a** *adj/s* concessionario, -a; **~ivo, -a** *adj* concessivo, -a

concha *f* 1. conchiglia; guscio *m*; 2. *Am vulg* fica, passera; 3. *teat* buca del suggeritore ◊ ***~ de peregrino*** *zool* capasanta; ***meterse (alg) en su ~*** rinchiudersi nel guscio; ***tener más ~s que un galápago*** essere un volpone/una volpona; **~barse** *coloq* associarsi, mettersi d'accordo

concho *m* 1. *Am* feccia *f*, sedimento, residuo; 2. *RD* taxi o pulmino pubblico; 3. *euf* cacchio

concibió, concibo V. **concebir**

conciencia *f* coscienza ◊ ***a/en ~*** con/in coscienza; ***de ~*** di coscienza; ***examen de ~*** esame di coscienza; ***remorder la ~*** aver un peso sulla coscienza; ***tener mala ~*** avere la coscienza sporca; **~r** ‹*conciencio*› V. 1 **1.** *vt* responsabilizzare; **2. ~se** prendere coscienza *vi*, rendersi conto

concienzudo, -a *adj* coscienzioso, -a

concierne V. **concernir**

concierto *m* 1. *mús* concerto; 2. *econ* accordo, concerto

concili|able *adj* conciliabile; **~ábulo** *m* conciliabolo; **~ación** *f* conciliazione; **~ador, -a** *adj* conciliatore, -trice; **~ar** ‹*concilio*› V. 1 **1.** *vt* conciliare, riconciliare; **2.** *adj* conciliare ◊ **~ *el sueño*** conciliare il sonno; **~ativo, -a** *adj* conciliativo, -a (*raro*); **~atorio, -a** *adj* conciliatorio, -a; **~o** *m relig tamb. fig* concilio

concisǀión *f* concisione; **~o, -a** *adj* conciso, -a

concitǀación *f* concitazione; **~ar** *vt* concitare

conciudadano, -a *m/f* concittadino, -a; connazionale

cónclave *m relig* conclave

concluǀir ‹*concluyo; concluyó; concluyendo*› V. 14 **1.** *vt/i* concludere; finire, terminare; **2.** *vt* dedurre; **~sión** *f* conclusione; fine ◊ ***en*** **~** insomma, in conclusione; **~sivo, -a** *adj* conclusivo, -a; **~yente** *adj* concludente

concomerse struggersi

concomitǀancia *f* concomitanza; **~ante** *adj* concomitante

concordǀancia *f* concordanza; **~ar** ‹*concuerdo*› V. 8a *vt/i* concordare, mettere d'accordo *vt*; *ling* concordare; **~atario, -a** *adj* concordatario, -a; **~ato** *m* concordato; **~e** *adj* concorde; **~ia** *f* concordia; *jur* accordo *m*

concreción *f* concrezione

concretǀar 1. *vt* concretare; ridurre; **2. ~se** concretarsi; **~o, -a** *adj* concreto, -a; *tecn* denso, -a; *ling/mús* concreto, -a ◊ ***en*** **~** in concreto

concubina *f* concubina; **~to** *m* concubinato

concuerdo V. **concordar**

conculcar ‹*conculqué*› *vt* conculcare

concupiscǀencia *f* concupiscenza; **~ente** *adj* concupiscente; **~ible** *adj psicol* concupiscibile

concurrǀencia *f* (*acreedores, hechos*) concorso *m*; (*personas*) afflusso *m*, affluenza; **~ente 1.** *adj/s* concorrente; **2.** *adj* 1. *mat* concorrente; 2. convenuto, -a; **~ido, -a** *adj* frequentato, -a; affollato, -a; **~ir** *vi* 1. *mat/adm* concorrere; 2. assistere, intervenire; 3. convenire; 4. contribuire

concursǀante *adj/s* concorrente; **~ar 1.** *vi* concorrere; **2.** *vt* 1. *jur* dichiarare in fallimento; 2. *adm* (*concurso*) bandire; **~o** *m adm* concorso; quiz, gioco a premi; (*hechos*) coincidenza *f*; affluenza *f* ◊ **~ *de acreedores*** concorso di creditori; **~*-oposición*** concorso; **~ *subasta*** gara d'appalto

concusiǀón *f jur* concussione; **~onario, -a** *adj* concussionario, -a

condǀado *m* contea *f*; **~al** *adj* comitale; **~e** *m* conte

condecorǀación *f mil* decorazione; onorificenza; **~ar** *vt* decorare

condena *f* condanna; **~ble** *adj* condannabile; **~ción** *f* condanna; **~do, -a** *adj/s* condannato, -a; *fig* maledetto, -a, indemoniato, -a ◊ ***como un*** **~** tremendamente; **~r 1.** *vt* condannare; **2. ~se** *relig fig* dannarsi

condensǀable *adj* condensabile; **~ación** *f* condensazione, addensamento *m*; **~ado, -a 1.** *adj* condensato, -a; **2.** *m* condensa *f*; **~ador, -a 1.** *adj* condensatore, -trice; **2.** *m electr* condensatore; **~amiento** *m* addensamento; **~ar** *vt* condensare, addensare

condesa *f* contessa

condescendǀencia *f* condiscendenza; **~er** ‹*condesciendo*› V. 6 *vi* accondiscendere (**en** a); **~iente** *adj* condiscendente

condestable *adj mil/hist* contestabile, conestabile

condiciǀón *f* 1. condizione, stato *m*; 2. ceto *m*; 3. natura, carattere *m*, qualità *inv*; 4. patto *m* ◊ **~ *de necesidad*** stato di bisogno; **~ *previa*** condizione preliminare; **~ *resolutoria, imposible*** condizione risolutiva, impossibile; ***a*** **~ *de que*** a patto che, sempre che; ***de*** **~** di ceto elevato; ***en ~s*** in condizioni idonee, in ottime condizioni; ***en*** **~ *de*** in qualità di; ***sin ~ones*** a nessuna condizione; **~ionado, -a** *adj* condizionato, -a; **~ional 1.** *adj/m ling* condizionale; **2.** *f jur* condizionale; **~ionamiento** *m* condizionamento; **~ionante** *adj* condizionante; **~ionar** *vt* condizionare

cóndilo *m med* condilo

condiloma *m med* condiloma

condimentǀación *f* condimento *m*; **~ar** *vt* condire; **~o** *m* condimento

condiscípulo, -a *m/f* condiscepolo, -a

condolǀencia *f* condoglianza; **~erse** condolersi, rammaricarsi

condominio *m* 1. *jur* condominio; 2. *Am/reg* appartamento in condominio

condón *m* preservativo

condonǀable *adj* condonabile; **~ación** *f* condonazione, condono *m*; *jur* condono *m*; **~ar** *vt* condonare

cóndor *m zool* condor

condotiero *m hist ant* condottiere

condriǀoma *m biol* condrioma; **~soma** *m biol* condriosoma

conduǀcción *f* conduzione; trasporto *m*; **~cente** *adj* conducente; **~cir** ‹*conduzco; conduje; conduciendo*› V. 20 **1.** *vt* portare, trasportare, condurre; *fís/TV/auto tamb. fig* condurre; *auto* guidare; **2. ~se** comportarsi, procedere *vi* ◊ **~ *un vehículo*** guidare un veicolo

conducta *f* condotta, comportamento *m* ◊ ***certificado de buena*** **~** certificato di buona condotta; ***mala*** **~** cattivo comportamento/cattiva condotta; **~ncia** *f* conduttanza

conductiǀbilidad *f* conduttività *inv*, conducibilità *inv*; **~smo** *m* behaviorismo, comportamentismo; **~sta** *m/f* behaviorista, behavioristico, -a; **~vo, -a** *adj* conduttivo, -a, conduttore, -trice

conducto *m* condotto, conduttura *f* ◊ ***por*** **~ *de*** per mezzo di; **~r, -a 1.** *adj/m* conduttore, -trice; **2.** *adj/s transp* autista, conducente, guidatore, -trice; *TV/radio* conduttore, -trice; **3.** *m tecn* convogliatore ◊ **~ *suicida*** pirata della strada

conduje V. **conducir**

condumio *m elev* companatico; *irón/coloq* mangiare

conectǀado, -a *adj* connesso, -a, collegato, -a; **~ador** *m electr* connettore; inseritore; **~ar 1.** *vt* connettere, collegare; (*boxeo*) colpire nel segno/in pieno, dare un colpo; **2.** *vi* comunicare; **~or** *m* connettore

conej|a *f zool coloq* coniglia ◊ ***ser una ~*** essere una coniglia; **~ar** *m* conigliera *f*;; **~era** *f* conigliera; tana; **~illo** *m* coniglietto ◊ ***~ de Indias*** cavia; **~o** *m* 1. *zool* coniglio; 2. *euf/vulg* passera *f*, fica *f* ◊ ***risita de ~*** sorriso forzato

conex|ión *f* connessione, collegamento *m*, allacciamento *m*; *fig* legame *m*, vincolo *m*; **~ionar** *vt* connettere; **~o, -a** *adj* connesso, -a

confabul|ación *f* confabulazione, complotto *m*; **~ar 1.** *vi* confabulare, tramare; **2. ~se** associarsi, cospirare *vi*

confal|ón *m elev/fig* gonfalone; **~oniero** *m* gonfaloniere

confecc|ión *f* confezione ◊ ***tienda de ~es*** negozio di abbigliamento

confeccion|ador, -a *adj/s* 1. confezionista, confezionatore, -trice; 2. *impr* impaginatore, -trice; **~ar** *vt* 1. confezionare, fare; 2. *impr* impaginare; **~ista** *m/f* confezionatore, -trice, confezionista

confeder|ación *f* confederazione, federazione; **~ado, -a** *adj/s* confederato, -a; **~al** *adj* confederale; **~arse** confederarsi, federarsi; **~ativo, -a** *adj* confederativo, -a

confer|encia *f* 1. conferenza; 2. telefonata interurbana ◊ ***~ de prensa*** conferenza stampa; ***~ en la cumbre*** summit; ***~ episcopal*** conferenza episcopale; ***~ por la paz*** conferenza per la pace; ***dar una ~*** tenere/fare una conferenza; ***póngame una ~ con...*** vorrei una telefonata interurbana con...; **~enciante** (*var.* **conferencista** *Am*) *m/f* conferenziere, -a; **~enciar** ‹*conferencio*› V. 1 *vi* dibattere *vt*, discutere *vt/i*; **~encista** V. **conferenciante**; **~ir** ‹*confiero; confirió*› V. 5a *vt* conferire, concedere

confes|ar ‹*confieso*› V. 5a *vt/i* confessare *vt*, confessarsi ◊ ***~ de plano*** confessare completamente; **~ión** *f* confessione; fede ◊ ***en ~*** in segreto; **~ional** *adj* confessionale; **~ionalidad** *f* confessionalità *inv*; **~ionario** (*var.* **confesonario**) *m* confessionale; **~o, -a** *adj/s* confesso, -a; **~or** *m* confessore

confeti *m* coriandoli *mpl*

confi|able *adj* fidato, -a, degno, -a di fiducia; **~ado, -a** *adj* fiducioso, -a, credulo, -a; **~anza** *f* fiducia; confidenza, famigliarità *inv* ◊ ***~ en sí mismo*** fiducia in se stesso; ***de ~*** di fiducia; ***en ~*** in confidenza; ***la ~ da asco*** ="l'eccesso di confidenza è brutta cosa"; ***lleno de ~*** speranzoso; ***tener ~ en alg*** aver fiducia di q/condifare in q; **~ar** ‹*confío*› V. 2 **1.** *vi* confidare (**en** in), aver fiducia (**en** di); **2.** *vt* confidare; **3. ~se** fidarsi (**en** di) affidarsi (**en** a)

confiden|cia *f* confidenza; **~cial** *adj* riservato, -a; **~cialidad** *f* confidenzialità *inv*; **~te** *adj/s* confidente

confie|ro V. **conferir**; **~so** V. **confesar**

configur|ación *f informát* configurazione; **~ar** *vt informát* configurare

confín 1. *m elev* confine; **2.** *adj* confinante

confin|ado, -a *adj/s* confinato, -a; **~amiento** *m* 1. *jur* confino, relegazione *f*; 2. delimitazione *f*; 3. *fís* confinamento; **~ar 1.** *vi* confinare, essere limitrofo; **2.** *vt* confinare

confirió V. **conferir**

confirm|ación *f* 1. conferma; 2. *relig* cresima; **~ando, -a** *m/f relig* cresimando, -a; **~ar** *vt* 1. confermare, assicurare; 2. *relig* cresimare; **~atorio, -a** *adj jur* confermativo, -a

confisc|ación *f* confisca; **~ar** ‹*confisqué*› *vt* confiscare

confit|ado, -a *adj* candito, -a; **~ar** *vt gastr* candire; *fig* addolcire; **~e** *m gastr* confetto; *jerga* confidente (della polizia), spia *f*

confíteor *m* confiteor

confiter|ía *f* pasticceria; **~o, -a** *m/f* pasticciere, -a

confitura *f* confettura, marmellata

conflagr|ación *f* conflagrazione; **~ar** *vt* conflagrare, incendiare

conflict|ividad *f* conflittualità *inv*; **~ivo, -a** *adj* conflittuale; **~o** *m* conflitto; contrasto ◊ ***~ bélico*** conflitto bellico; ***~ laboral*** conflittualità contrattuale, controversia salariale

conflu|encia *f* confluenza; **~ente** *adj* confluente; **~ir** ‹*confluyo; confluyó; confluyendo*› V. 14 *vi* confluire; affluire

conform|ación *f* conformazione; **~ar 1.** *vt* conformare, trattare, formare; *banc* (*cheque*) vistare; **2. ~se** (ac)contentarsi (**con** di), rassegnarsi (**con** a); conformarsi, adattarsi ◊ ***de buen/mal ~*** facile/difficile da (ac)contentare; **~e** *adj* conforme; simile ◊ ***~ a derecho*** *adv* a norma di legge; ***cobrarás ~ a tu trabajo*** guadagnerai secondo il tuo lavoro; ***estar ~*** essere d'accordo; ***ser ~ a la ley*** essere conforme alla legge; **~idad** *f* conformità *inv* ◊ ***en/de ~ con*** *prep* in conformità a; **~ismo** *m* conformismo; **~ista** *adj/s* conformista

confort *m* confort, comodità *f inv*, agio; **~able** *adj* confortevole, comodo, -a; confortante; **~ador, -a** *adj* confortatore, -trice; **~ante** *adj* confortante; **~ar** *vt* confortare, incoraggiare; rinvigorire, confortare

confratern|idad *f* fraternità *inv*; **~izar** ‹*confraternicé*› *vi* fraternizzare

confront|ación *f* raffronto *m*, confronto *m*; *jur* confronto *m*; collazione; **~ar** *vt* confrontare, comparare; collazionare; affrontare

confucianismo *m* confucianesimo

confulgencia *f* fulgore *m*

confund|ido, -a *adj* combattuto, -a, impacciato, -a, confuso, -a; **~ir 1.** *vt* confondere; confondere, turbare; **2. ~se** confondersi; confondersi, sbagliare/sbagliarsi *vi/~si*, impappinarsi

confus|ión *f* confusione, caos *m*; turbamento *m* ◊ ***para evitar ~es*** a scanso d'equivoci; **~ionismo** *m* confusionismo; **~o, -a** *adj* confuso, -a, oscuro, -a; turbato, -a

confut|able *adj* confutabile; **~ación** *f* confutazione; **~ar** *vt elev* confutare, oppugnare
congel|ación *f* congelamento *m*; *med* congelamento *m*, congelazione; (*comida*) congelamento *m*, surgelazione; **~ado, -a** *adj/s* congelato, -a; *gastr* congelato, -a, surgelato, -a ◊ **~ *de imagen*** fermo immagine; **~ador** *m* congelatore, freezer* *inv* ◊ **~ *rápido*** abbattitore (di temperatura); **~ar** *vt gastr* congelare, surgelare; congelare, gelare, ghiacciare; *econ* bloccare, congelare ◊ **~ *la imagen*** fermare l'immagine cine/TV
congénere *adj/s* congenere, consimile
congenial|al *adj* congeniale; **~ar** ‹*congenio*› V. 1 *vi* andare d'accordo, concordare
congénito, -a *adj* congenito, -a, connaturale
congest|ión *f* congestione; **~ionar 1.** *vt* congestionare; **2. ~se** congestionarsi, affollarsi
conglomer|ación *f* (*acción*) conglomeramento *m*; conglomerato *m*; **~ado** *m geol/tecn* conglomerato; *fig* raggruppamento, conglomerato; **~ar** *vt* conglomerare
congoja *f* angoscia, afflizione, angustia
congoleño, -a (*var.* **congolés, -esa**) *adj/s* congolese
congosto *m* gola *f*, passo
congra|ciarse cattivarsi, conquistarsi ◊ **~ *con alg*** entrare nelle grazie di q.; **~tulación** *f* congratulazione, rallegramento *m*; **~tularse** congratularsi
congreg|ación *f relig* congregazione, congrega, confraternita; *fig* congrega; **~ante** *m/f* congregazionista; **~ar** ‹*congregué*› *vt* congregare; riunire
congres|ista *m/f* congressista; **~o** *m pol* congresso; *cient* convegno, congresso ◊ ***~ de los diputados*** Camera dei Deputati; **~ual** *adj* congressuale
congrio *m zool* grongo, congro
congru|encia *f* congruenza, coerenza; *mat* congruenza; **~ente** *adj* congruente; **~o, -a 1.** *f* congrua; **2.** *adj* congruente, coerente
cónic|a *f* conica; **~o, -a 1.** *adj* conico, -a; **2.** *f mat* conica
conidio *m bot* conidio
coníferas *fpl bot* conifere
conjetura *f* congettura, supposizione, ipotesi *inv*; **~r** *vt* congetturare; ipotizzare
conjug|ación *f cient/ling tamb. fig* coniugazione; **~ar** ‹*conjugué*› *vt* coniugare
conjun|ción *f astron/ling* congiunzione; **~tamente** *adv* insieme (**con** a/con), congiuntamente; **~tiva** *f* congiuntiva; **~tival** *adj* congiuntivale; **~tivitis** *f inv med* congiuntivite *f*; **~tivo, -a 1.** *adj* congiuntivo, -a; *biol* connettivo, -a; **2.** *adj/m ling* congiuntivo; **3.** *f med* congiuntiva; **~to, -a 1.** *adj* congiunto, -a, unito, -a; **2.** *m* 1. *mat fig* insieme; 2. completo; 3. *mús* complesso, gruppo ◊ **~ *de traje y chaqueta*** completo a giacca; **~ *musical*** complesso musicale; ***en*** **~** nel complesso, nell'insieme
conjur|a (*var.* **conjuración**) *f* congiura, cospirazione; **~ado, -a** *adj/s* congiurato, -a; **~ar 1.** *vi* congiurare, cospirare; **2.** *vt* scongiurare; **~o** *m* scongiuro; supplica *f*
conmemor|able *adj* commemorabile; **~ación** *f* commemorazione; **~ar** *vt* commemorare; **~ativo, -a** *adj* commemorativo, -a
conmensur|able *adj* commensurabile; **~ar** *vt* commisurare
conmigo *pron* con me
conmilitón *m* commilitone
conmin|ación *f* comminazione; **~ar** *vt jur* comminare; **~atorio, -a** *adj* comminatorio, -a
conmiseración *f* commiserazione
conmoc|ión *f* commozione ◊ **~ *cerebral*** commozione cerebrale; **~ionar** *vt* commuovere
conmov|edor, -a *adj* commovente; **~er** ‹*muevo*› V. 9a *vt* commuovere
conmut|able *adj* commutabile; **~ación** *f jur/ling/tecn* commutazione; conversione, permuta, scambio *m*; **~ador 1.** *adj* commutatore, -trice, convertitore, -trice; commutante; **2.** *m tecn* commutatore, invertitore, interruttore, cambiatensione *inv*; **~ar** *vt tecn* commutare; convertire, permutare, scambiare; **~ativo, -a** *adj* commutativo, -a; **~atriz** *f* commutatrice
connatural *adj* connaturale, connaturato, -a; **~izar** ‹*connaturalicé*› *vt* connaturare
conniv|encia *f* connivenza; **~ente** *adj* connivente
connot|ación *f* connotazione; **~ado, -a 1.** *adj Am* (*persona*) distinto, -a, eminente; **2.** *m raro* connotazione; **~ar** *vt* connotare
connubio *m elev* connubio
cono *m geom/bot* cono ◊ **~ *de deyección*** cono di deiezione; **~ *de sombra*** cono d'ombra
conoc|edor, -a *adj/s* conoscitore, -trice; intenditore, -trice; consapevole; **~er** ‹*conozco*› V. 13a **1.** *vt* conoscere; sapere, capire; vedere, riconoscere; **2.** *vi* ◊ **~ *de/en u-c*** *jur* giudicare qc; ***dar a*** **~** ***far conoscere***; ***se conoce que*** si vede che; **~ible** *adj* conoscibile; **~ido, -a 1.** *adj coloq/hum* noto, -a, famoso, -a; conosciuto, -a; **2.** *m/f* conoscente ◊ ***muy ~ en su casa (a las horas de comer)*** *irón/coloq* mai visto né sentito nominare (in vita mia); **~imiento 1.** *m* 1. conoscenza *f*; intelligenza *f*, giudizio, senno; 2. *com/nav* polizza *f*; 3. *com/nav* documento di riconoscimento; **2.** *mpl* conoscenze *fpl* ◊ ***con ~ de causa*** con cognizione di causa; ***estar (alg) en su pleno ~*** essere (q) perfettamente cosciente/conscio; ***estar sin ~*** essere senza conoscenza/essere incosciente; ***no tener ~*** essere un incosciente; ***perder, recobrar el ~*** perdere, riprendere conoscenza; ***venir en ~*** venire a conoscenza
conoid|al *adj* conoidale; **~e** *m geom* conoide
conop|eo *m relig* conopeo, velo ciborio; **~ial** *adj arq* (*arco*) molto ribassato
conque *conj* dunque, quindi, perciò ◊ **~ *¡esas tenemos!*** *coloq/desp* Ah, così stanno i fatti/le cose?

conquista *f* conquista; **~dor, -a** *adj/s* conquistatore, -trice; **~r** *vt* conquistare; ottenere
consabido, -a *adj* noto, -a, risaputo, -a; consaputo, -a (*elev*)
consagr|ación *f* consacrazione; **~ado, -a** *adj* dedito, -a; **~ar 1.** *vt* consacrare; **2. ~se** dedicarsi
consan|guíneo, -a *adj/s* consanguineo, -a; **~guinidad** (*var.* **consanguineidad**) *f* consanguineità *inv*
concien|cia *f* coscienza; consapevolezza; **~te** *adj med* cosciente; *psicol* conscio, -a, consapevole
conscrip|ción *f Arg mil* coscrizione, arruolamento *m*; **~to** *adj/m Am Mer/Méx* coscritto ◊ ***padre ~*** *hist* padre coscritto
consec|ución *f* conseguimento *m*; **~uencia** *f* conseguenza; coerenza; risultato *m*; *fig* strascico *m* ◊ ***a ~ de*** *conj* in/per conseguenza di; ***en ~*** *adv* pertanto; ***sacar en ~*** trarre/cavare la conclusione; **~uente 1.** *adj* conseguente; coerente; **2.** *m mat* conseguente; **~utiva** *f* consecutiva; **~utivo, -a** *adj* consecutivo, -a
consegui|ble *adj* ottenibile; **~do, -a** *adj* felice; **~r** ‹*sigo; siguió; siga; siguiendo*› V. 12 *vt* ottenere, raggiungere, conseguire
conse|ja *f* favola, leggenda; **~ería** *f adm* consiglio *m*, assessorato *m* ◊ ***~ de Medio Ambiente*** Assessorato regionale alla Gestione Ambientale, Assessorato regionale della Difesa dell'Ambiente, Assessorato regionale all'Ambiente e all'Ecologia; **~ero, -a** *adj/s* consigliere *m/f*, consigliere, -a; **~o** *m* 1. consiglio, suggerimento; 2. *adm* consiglio, giunta *f* ◊ ****~ de administración*** Consiglio d'amministrazione; ***~ de Estado*** consiglio di stato; ****~ Superior de Investigaciones Científicas (CSIC)*** Consiglio Nazionale delle Ricerche (CNR)
consen|ciente *adj raro* acconsenziente; **~so** *m* consenso; **~sual** *adj jur* consensuale
consenti|do, -a *adj* consentito, -a; (*niño*) viziato, -a; (*hombre*) compiacente, condiscendente; **~dor, -a** *adj/s* consentitore, -trice; condiscendente; **~miento** *m* consenso, consentimento; **~r** ‹*siento; sintió; sintiendo*› V. 10 *vt* consentire, approvare, accondiscendere *vi*, permettere; (*niños*) viziare, essere permissivo (**a** con)
conserje *m/f* (*finca*) portiere, -a; custode; **~ría** *f* portineria; (*edificio público*) reception* *inv*
conserva *f* conserva ◊ ***navegar en ~*** *nav* navigare di conserva/in convoglio; **~ble** *adj* conservabile; **~ción** *f* conservazione; manutenzione; **~dor, -a** *adj/s* conservatore, -trice; **~durismo** *m pol* conservatorismo; **~nte** *adj/m* conservativo, -a; **~r** *vt* conservare; **~tivo, -a** *adj* conservativo, -a; **~torio, -a 1.** *m* conservatorio; **2.** *adj* conservativo, -a
conserver|a *f* conservificio *m*; **~o, -a** *adj* conserviero, -a
consider|able *adj* considerevole, notevole, rispettabile; **~ación** *f* considerazione; stima, rispetto *m*; ◊ ***en ~ de que*** considerato che; ***por ~ a*** per rispetto a; ***ser de ~*** essere importante/grande; ***tener, tomar en ~*** avere, prendere in considerazione; **~ado, -a** *adj* considerato, -a ◊ ***una persona ~a*** una persona rispettosa/educata; **~andos** *mpl jur* motivazioni *fpl*; **~ar** *vt* considerare, stimare, giudicare; trattare con rispetto
consigna *f* 1. *mil* ordine *m*; 2. (*estaciones*) deposito bagagli *m*; **~ción** *f transp* consegna; *com* stanziamento *m*; **~dor, -a** *adj* speditore, -trice; **~r** *vt* consegnare; depositare; *jur* registrare; destinare; **~tario, -a** *adj/s* consegnatario, -a, spedizioniere, -a; destinatario, -a
consigo *pron* con sé
consiguiente *adj* conseguente ◊ ***por ~*** *conj* in conseguenza, pertanto; **~mente** *adv* conseguentemente
consiguió V. **conseguir**
consintiente *adj/s* consenziente
consist|encia *f* consistenza, compattezza; solidità *inv*; **~ente** *adj* consistente; **~ir** *vi* consistere (**en** in); **~orial** *adj relig* concistoriale; **~orio** *m relig* concistoro; municipio
consocio, -a *m/f* consocio, -a, consociato, -a
consola *f* console* *inv*, consolle* *inv*; **~ción** *f* consolazione; conforto *m*; **~dor, -a 1.** *adj* consolatore, -trice; **2.** *m* (*sexo*) vibratore; **~r** ‹*consuelo*› V. 8a *vt* consolare, confortare
consolid|ación *f* consolidazione, consolidamento *m*; **~ar 1.** *vt* consolidare, stabilizzare; **2. ~se** *jur* consolidarsi
consomé *m* consommé *inv*
conson|ancia *f lit/mús* consonanza ◊ ***en ~*** in consonanza; **~ante** *adj/f* consonante; **~ántico, -a** *adj* consonantico, -a; **~antismo** *m ling* consonantismo
consor|cio *m* consorzio; **~te** *m/f jur* consorte; coniuge
conspicuo, -a *adj* cospicuo, -a, illustre
conspir|ación *f* cospirazione, congiura, complotto *m*; **~ador, -a** *adj/s* cospiratore, -trice, congiurato, -a; **~ar** *vi* cospirare; complottare
constan|cia *f* 1. costanza, perseveranza; 2. certezza, prova ◊ ***tener ~ de u-c*** essere a conoscenza di qc; **~te 1.** *adj* costante, perseverante; stabile; **2.** *f mat/fís* costante; *med* funzione
constar *vi* constare ◊ ***consta de*** consiste di, è costituito da; ***consta en acta*** è messo a verbale; ***me consta que*** mi consta che, so che, risulta che
constat|ación *f* co(n)statazione; **~ar** *vt* constatare; accertare
Constatinopla *f geogr* Costantinopoli
constel|ación *f* costellazione; **~ar** *vt* costellare
constern|ación *f* costernazione; **~ar** *vt* costernare, avvilire
constip|ado, -a 1. *adj* raffreddato, -a; **2.** *m* raffreddore; **~arse** raffreddarsi, prendersi il raffreddore
constitu|ción *f* costituzione, struttura; *jur* costituzione; **~cional** *adj* costituzionale; **~cionalidad** *f* costituzionalità *inv*; **~ir** ‹*constituyo; constituyó; constituyendo*› V. 14 **1.** *vt* costituire, com-

porre; stabilire; **2. ~se** *jur* costituirsi; **~tivo, -a** *adj* costitutivo, -a; **~yente** *adj/m* costituente
constreñ|imiento *m* costringimento; **~ir** ‹*constriño; constriñó; constriñendo*› V. 12 *vt* 1. costringere, obbligare; 2. *med* opprimere, stringere
constri|cción *f* costrizione; *med* oppressione, costrizione; **~ctivo, -a** *adj* costrittivo, -a; **~ctor, -a** *adj* costrittore, -trice; **~ño** V. **constreñir**
constru|cción *f* 1. costruzione; 2. edificio *m*, fabbricato *m* ◊ ***sector de la ~*** settore edile; **~ctivismo** *m arte* costruttivismo; **~ctivista** *adj/s arte* costruttivista; **~ctivo, -a** *adj* costruttivo, -a; **~ctor, -a** *adj/s* costruttore, -trice, fabbricante, imprenditore, -trice; costruttore edile ◊ ***empresa ~a*** società costruttrice; **~ir** ‹*construyo; construyó; construyendo*› V. 14 *vt tamb. fig* costruire
consubstancial V. **consubstancial**; **~idad** V. **consubstancialidad**
consuegro, -a *m/f* consuocero, -a
consuel|da *f* (*symphytum officinale*) consolida maggiore, erba del cardinale; consolida; **~o** *m* consolazione *f*, conforto; gioia *f* ◊ ***la Virgen del *~*** *relig* la Consolata; ***mal de muchos ~ de tontos*** mal comune mezzo gaudio
consuetudinario, -a *adj* consuetudinario, -a
cónsul *m/f* console *m* ◊ ***~ general*** console generale
consula|do *m* consolato; **~r** *adj* consolare
consulta *f* 1. (*sala*) consultazione; 2. *med* (*lugar*) consultorio *m*; 3. *med* consulto *m*; visita medica; 4. *adm/tecn* consulenza; **~r** *vt* consultare ◊ ***~ con la almohada*** dormirci su (e riflettere)
consultivo, -a *adj* consultivo, -a
consultor, -a *adj/s* consultore, -trice; *adm/jur* consulente; **~ía** *f* consulenza, (impresa di) consulenza aziendale; **~io** *m* consultorio; *med* ambulatorio, consultorio ◊ ***~ de planificación familiar*** consultorio familiare
consuma|ción *f* consumazione ◊ ***la ~ de los siglos*** *relig* la consumazione dei secoli; **~do, -a** *adj* consumato, -a; perfetto, -a ◊ ***hechos ~s*** fatto compiuto; **~r** *vt jur* consumare, compiere ◊ ***~ el matrimonio*** consumare il matrimonio
consumi|ción *f* consumazione; consumo *m*, logoramento *m* ◊ ***pagar la ~*** pagare la consumazione; **~do, -a** *adj* consumato, -a, logoro, -a; (*persona*) consunto, -a, macilento, -a; **~dor, -a** *adj/s* consumatore, -trice ◊ ***a gusto del ~*** al gusto del cliente; **~r 1.** *vt* consumare; consumare, logorare, sciupare; *jur* consumare; **2. ~se** *fig* struggersi, estenuarsi; consumarsi; **~smo** *m* consumismo; **~sta** *adj* consumista; consumistico, -a ◊ ***sociedad ~*** società consumistica
consumo 1. *m* consumo; **2.** *mpl* dazio comunale *m*, tributaria *f*
consun|ción *f* consunzione; **~o: de ~** *adv* d'accordo; **~tivo, -a** *adj* consuntivo, -a
consustancial (*var.* **consubstancial**) *adj* consustanziale; **~idad** (*var.* **consubstancialidad**) *f* consustanzialità *inv*

conta|bilidad *f* contabilità *inv*; ragioneria; **~bilizar** ‹*contabilicé*› *vt* contabilizzare, computare; **~ble 1.** *adj* contabile, numerabile; narrabile; **2.** *m/f* ragioniere, -a, contabile
contact|ar *vi* prendere contatto, entrare in contatto, contattare; **~o** *m* contatto ◊ ***lentes de ~*** lenti a contatto
contad|o, -a 1. *adj* contato, -a; raro, -a; **2.** *m com* contante *m* ◊ ***al ~*** in contanti; ***nos vemos en ~as ocasiones*** ci vediamo in rare/poche occasioni; **~or, -a 1.** *adj/s* contatore, -trice; **2.** *m* (*persona*) contabile; (*aparato*) contatore; **~uría** *f* 1. ragioneria, contabilità *inv*; 2. biglietteria, sportello prenotazioni *m* ◊ ***~ municipal*** ufficio contabilità municipale, ufficio ragioneria municipale
contagi|ar ‹*contagio*› V. 1 *vt med* contagiare, infettare (*tamb. fig*); **~o** *m med* contagio, infezione *f*; *fig* contaminazione *f*, infezione; **~oso, -a** *adj* contagioso, -a
container *m* container* *inv*; **~ización** *f com* containerizzazione
contamin|ación *f* contaminazione, inquinamento *m* ◊ ***~ atmosférica*** contaminazione dell'atmosfera, inquinamento atmosferico; ***~ lumínica*** inquinamento luminoso; **~ador, -a** *adj* contaminatore, -trice; **~ante** *adj/m* contaminante, inquinante; **~ar** *vt* contaminare, inquinare; *fig* contaminare, corrompere
contante *adj* contante ◊ ***~ y sonante*** contante immediato
contar ‹*cuento*› V. 8a **1.** *vt* 1. *mat* contare, calcolare; 2. raccontare, narrare; **2.** *vi* 1. contare; 2. pensare ◊ ***(para) qué te voy a ~/(para) qué te (lo) cuento*** che altro vuoi che ti dica; ***~ con alg*** contare su q; ***¿a mí qué me cuentas?*** (proprio) a me lo vieni a dire?; ***¿qué (te) cuentas?*** che racconti di bello?; ***a ~ desde hoy*** da oggi, dalla data odierna; ***cuéntaselo a tu abuela/a tu tía*** va' a raccontarla altrove; ***me lo vas a ~ a mí/qué me vas a ~/ a quien se los vas a ~*** lo dici (proprio) a me?; ***no ~ con la huéspeda*** non contare con l'oste; ***no ~ con que*** non pensare che; ***ya me contarás*** mi dirai poi (come sono andate le cose)
contempl|ación *f* contemplazione; considerazione ◊ ***en ~ a*** in considerazione a; ***sin ~es*** senza remore; **~ar 1.** *vt/i* contemplare; **2.** *vt* considerare; **~ativo, -a** *adj* contemplativo, -a
contempor|aneidad *f* contemporaneità *inv*; **~áneo, -a** *adj* contemporaneo, -a; (*personas*) della stessa epoca, coevo, -a, contemporaneo, -a; **~ización** *f* temporeggiamento *m*; **~izador, -a** *adj/s* temporeggiatore, -trice; **~izar** ‹*contemporicé*› *vi* temporeggiare
conten|ción *f* contenimento *m*; (*salarios, gastos*) moderazione, contenimento *m*; *jur* contesa; **~cioso, -a** *adj jur* contenzioso, -a ◊ ***~ administrativo*** contenzioso amministrativo; **~der** *vt* contendere, battibeccare; **~diente** *adj/s* contendente; **~edor, -a 1.** *m* contenitore; contai-

ner* *inv*; **2.** *adj* contenitore, -trice ◊ **~ *de basura*** cassonetto; **~er** ‹*tengo; tendré; tuve*› **1.** *vt* contenere, comprendere; **2. ~se** contenersi, reprimersi; **~ido, -a 1.** *adj* contenuto, -a, moderato, -a, misurato, -a; **2.** *m* contenuto

content|adizo, -a *adj* facilmente contentabile, facile da contentare; **~ar 1.** *vt* accontentare, soddisfare; **2. ~se** accontentarsi (**con** di); **~o, -a 1.** *adj* contento, -a, lieto, -a, allegro, -a; **2.** *m* allegria *f*, gioia *f*, contentezza *f* ◊ ***quedarse tan ~s*** *adv irón* restare tranquilli; ***que es un ~*** che è una bellezza

conteo *m* conteggio

contera *f* puntale *m* ◊ ***por ~*** *adv* per giunta, come colmo dei colmi

conterráneo, -a *adj/s* conterraneo, -a

contertulio, -a *m/f* assiduo, -a di un gruppo o riunione

contest|able *adj* contestabile; **~ación** *f* 1. risposta; 2. *pol/jur* contestazione ◊ ***en ~ a*** in risposta a; ***esperando su ~*** in attesa di una Sua risposta; **~ador** *m* ◊ **~ *telefónico*** segreteria telefonica; **~ar 1.** *vt/i* rispondere *vi*; **2.** *vt jur* contestare, impugnare; **~atario, -a** *adj/s* contestatore, -trice; **~e** *adj jur* conteste

context|o *m* contesto ◊ ***fuera de ~*** fuori contesto; **~ual** *adj* contestuale; **~ualizar** ‹*contestualicé*› *vt* contestualizzare; **~ura** *f* 1. *tamb. fig* tramato *m*; 2. *tecn* tessitura ◊ **~ *moral*** qualità morale

contiend|a *f* contesa, diverbio *m*, alterco *m*; **~o** V. **contender**

contigo *pron* con te

contigüidad *f* contiguità *inv*

contiguo, -a *adj* contiguo, -a, adiacente

continen|cia *f* continenza; **~tal** *adj* continentale; **~te 1.** *adj* contenente; **2.** *m geogr* continente; *fig* sembiante; contenitore

contingen|cia *f* contingenza; rischio *m*; **~tación** *f econ* contingentamento *m*; **~tar** *vt* contingentare; **~te** *adj/m econ/mil/filos* contingente

continu|ación *f* continuazione, proseguimento *m* ◊ ***a ~*** *adv* di seguito; **~ador, -a** *adj/s* continuatore, -trice; **~amente** *adv* di continuo; **~ar** ‹*continúo*› V. 4 *vt/i* continuare, proseguire; durare *vi* ◊ ***continúa lloviendo*** continua a piovere; **~ativo, -a** *adj* continuativo, -a; **~idad** *f* continuità *inv*; **~ismo** *m* continuismo; **~o, -a 1.** *adj* continuo, -a, ininterrotto, -a; **2.** *m* continuo ◊ ***bajo ~*** *mús* basso continuo; ***de ~*** di continuo; ***papel ~*** carta in rotolo

contone|ar 1. *vt* contornare, sagomare; **2. ~se** dimenarsi; sculettare *vi*; dinoccolarsi; **~o** *m* dimenio; sculettio; andatura dinoccolata *f*

contorno 1. *m* contorno; **2.** *mpl* dintorni

contors|ión *f* contorsione; **~ionarse** contorcersi; **~ionista** *m/f* contorsionista

contra 1. *prep/adv/m* contro; **2.** *f* difficoltà *inv* ◊ ***darse con la cabeza ~ la pared*** sbattere la testa contro il muro; ***el pro y el ~*** il pro e il contro; ***en ~*** contro; ***llevar, hacer la ~*** contraddire, opporsi

contra|acusación *f* contraccusa; **~almirante** *m mil* contrammiraglio; **~análisis** *m inv* contranalisi; **~atacar** ‹*contraataqué*› *vi* contrattaccare; **~ataque** *m mil* contrattacco; **~bajo** *m* 1. *mús* contrabbasso; 2. (*músico*) contrabassista *m/f*; **~balancear** *vt* controbilanciare; **~bandista** *m/f* contrabbandiere, -a; **~bando** *m* contrabbando; **~batería** *f* controbatteria; **~batir** *vt* controbattere; **~campo** *m cine* controcampo; **~cción** *f* contrazione; **~cepción** *f med* contraccezione; **~ceptivo, -a** *adj/m* contraccettivo, -a, anticoncezionale; **~chapado** *m* legno compensato; **~corriente** *f* controcorrente ◊ ***a ~*** *adv* controcorrente

contráctil *adj* contrattile

contract|o, -a *adj* contratto, -a; rattrappito, -a ◊ ***artículo ~*** preposizione articolata; **~ual** *adj* contrattuale; **~ura** *f med* contrattura ◊ **~ *muscular*** contrattura muscolare

contracu|bierta *f* 1. *impr* controcopertina; 2. *nav* controcoperta; **~ltura** *f* controcultura; **~ltural** *adj* controculturale

contrad|ecir ‹*digo, dices; dije; diré; dicho*› V. 24 *vt/i* contraddire; **~icción** *f* contraddizione; **~ictor, -a** *m/f* contraddittore, -trice; **~ictorio, -a** *adj* contraddittorio, -a

contraer ‹*traigo; traje; trayendo*› V. 39 **1.** *vt* contrarre, stringere; **2. ~se** restringersi; contrarsi

contraespionaje *m* controspionaggio

contraexamen (*pl* **contraexámenes**) *m* controesame

contrafagot *m* 1. *mús* controfagotto; 2. (*músico*) controfagottista *m/f*

contrafigura *f teat/cine* controfigura

contrafuerte *m* contrafforte; **~erza** *f* controforza; **~ga** *f mús* controfuga

contragolpe *m* contraccolpo; *sport* contropiede

contrahecho, -a *adj* contraffatto, -a, spurio, -a

contrahilo *m* contraffilo

contraído, -a *adj* contratto, -a, rattrappito, -a

contraindic|ación *f med* controindicazione; **~ar** ‹*contraindiqué*› *vt med* controindicare

contralto 1. *m/f mús* contralto *m*; **2.** *adj* contralto

contraluz *f* controluce ◊ ***a ~*** *adv* in controluce

contrama|estre *m nav* nostromo; capofabbrica; **~no: a ~** *adv* contromano ◊; **~rcha** *f mil/tecn* contrammarcia, contromarcia (*ant*)

contraofe|nsiva *f* controffensiva; **~rta** *f com* controfferta

contraorden (*pl* **contraórdenes**) *f* contrordine *m*

contrapartida *f com* contropartita ◊ ***en ~*** in contropartita

contrapel|o: a ~ *adv* a contropelo; **~so** *m* contrappeso, zavorra *f*

contrapié *m sport* contropiede ◊ ***a ~*** in contropiede

contrapla|cado *adj/m* (*madera*) compensato; **~no** *m cine/TV* contropiano

contrapo|ner ‹*pongo; pondré; puse; puesto*› V. 32 *vt* contrapporre; **~sición** *f* contrapposizione
contraprestación *f jur* controprestazione
contrapro|ducente *adj* controproducente; **~posición** *f* controproposta; **~yecto** *m* controprogetto
contraprueba *f* controprova
contrapue|rta *f* contrapporta; **~sto, -a** *adj* contrapposto, -a, in contrasto *inv*
contrapun|tístico, -a *adj mús* contrappuntistico, -a; **~to** *m mús* contrappunto
contrari|a *f* contrario *m* ◊ ***llevar la ~*** contraddire; **~ar** ‹*contrarío*› V. 2 *vt* contrariare, dispiacere, irritare; **~edad** *f* contrarietà *inv*, intoppo *m*; antipatia; **~o, -a 1.** *adj* contrario, -a, opposto, -a; nocivo, -a, sfavorevole; **2.** *m* avversario ◊ ***al, por el, por lo ~*** al contrario, all'opposto, invece; ***antes, al ~*** anzi; ***de lo ~*** in caso contrario; ***en ~*** contro; ***llevar la ~*** fare/dire il contrario
contrarr|eembolso (*var.* **contrarrembolso**) *m/adv com* contrassegno; **~eforma** *f* controriforma; **~eloj** *adj inv* cronometrato, -a *adj*; **~estar** *vt* opporre, neutralizzare
contrarrevolu|ción *f* controrivoluzione; **~cionario, -a** *adj/s* controrivoluzionario, -a
contrasentido *m* controsenso
contraseña *f* parola d'ordine; contromarca; *informát* password* *inv*; **~r** *vt* contrassegnare
contrasiento: hacer un ~ *vi* stornare
contrast|ar 1. *vi* contrastare; contrastare, discordare; **2.** *vt tecn* tarare; *fig* verificare; **~e** *m* contrasto, discordanza *f*
contrata *f* appalto *m*; contratto *m*; **~ción** *f* contrattazione; commercio *m*; **~do, -a** *adj/s* assunto, -a, avventizio, -a; **~nte** *adj/s* contrattante, contrattatore, -trice; **~r** *vt* contrattare
contrate|cho *m* controsoffitto; **~nor** *m mús* controtenore
contratiempo *m* contrattempo
contratista *m/f* appaltatore, -trice; imprenditore, -trice
contrato *m* contratto ◊ ***~ de compraventa, consensual, de retrovendendo, temporal*** contratto di compravendita, consensuale, di retrovendita, a termine/a durata determinata/a tempo determinato; **~rpedero** *m nav* cacciatorpediniere
contratuerca *f* controdado
contravalor *m* controvalore
contraven|ción *f* contravvenzione; **~eno** *m* controveleno, antidoto, contravveleno (*ant*); **~ir** ‹*vengo, vienes; vendré; vine; viniendo*› V. 41 *vi* contravvenire; **~tana** *f* controfinestra; **~tor, -a** *adj/s* contravventore, -trice
contrayente 1. *adj/s* contraente; **2.** *mpl* futuri sposi
contreras *m/f inv coloq* bastian contrario (*reg*)
contrib|ución *f* contribuzione; *jur* contributo *m*, imposta, tassa; concorso (en u-c) *m* ◊ ***~ territorial*** imposta fondiaria; **~uir** ‹*construyo; construyó; construyendo*› V. 14 *vi* contribuire; **~utivo, -a** *adj* contributivo, -a; **~uyente** *m/f* contribuente
contrición *f* contrizione
contrincante *adj/s* contendente, avversario, -a
contristar *vt elev* contristare, rattristare, affliggere
contrito, -a *adj* contrito, -a, pentito, -a, compunto, -a
control *m* controllo; revisione *f* ◊ ***~ de natalidad*** controllo delle nascite; ***~ presupuestario, visual...*** controllo budgetario, visivo...; ***~ remoto*** controllo remoto, comando a distanza; ***todo bajo ~*** tutto sotto controllo; **~able** *adj* sindacabile; **~ador, -a** *m* controllore ◊ ***~ aéreo*** controllore di volo; **~ar 1.** *vt* controllare, verificare, ispezionare; controllare, regolare; **2. ~se** controllarsi
controver|sia *f* controversia, disputa; **~tible** *adj* controvertibile; **~tido, -a** *adj* controverso, -a, discutibile; **~tir** *vi* controvertere, discutere
contubernio *m* contubernio
contum|acia *f* contumacia; **~az** *adj jur* contumace, latitante; ribelle
contundente *adj* contundente; *fig* convincente, schiacciante
contus|ión *f* contusione, ammaccatura ◊ ***~ con desgarro*** ferita lacero-contusa; **~o, -a** *adj* contuso, -a
contuve V. **contener**
conurbación *f* conurbarzione
convalec|encia *f* convalescenza; **~er** ‹*convalezco*› V. 13a *vi* essere convalescente; **~iente** *adj/s* convalescente
convalid|ación *f jur* convalida; **~ar** *vt* convalidare, validare; (*títulos*) omologare
convec|ción *f* convezione; **~tor** *m* convettore, termoconvettore
convenc|er ‹*venzo*› *vt* convincere, persuadere; **~ido, -a** *adj* convinto, -a, certo, -a; **~imiento** *m* convincimento, convinzione *f* ◊ ***llegar al ~ de que*** giungere alla convinzione che; ***tener el ~ de que*** essere convinto che; **~ión** *f* convenzione, patto *m*; assemblea, congresso *m*
convencional *adj* convenzionale; **~idad** *f* convenzionalità *inv*; **~ismo** *m* convenzionalismo
conveni|do, -a *adj* convenuto, -a, pattuito, -a; **~encia** *f* convenienza; utilità *inv*, profitto *m* ◊ ***matrimonio de ~*** matrimonio di convenienza; **~ente** *adj* conveniente, opportuno, -a, adatto, -a; *com* a buon mercato; **~entemente** *adv* ammodo; **~o** *m* accordo, patto; contratto, convenzione *f*; trattato ◊ ***~ colectivo*** contratto collettivo; ***~ marco*** accordo quadro; convenzione; **~r** ‹*vengo, vienes; vendré; vine; viniendo*› V. 41 *vi* convenire *vt*, concordare *vt*, pattuire; essere d'accordo; essere opportuno/conveniente
convent|illo *m Am* casa operaia con cortile *f*; **~o** *m* convento; **~ual** *adj/s* conventuale
converg|encia *f* convergenza; **~ente** *adj* convergente; **~er** (*var.* **convergir**) ‹*converjo*› *vi* convergere

conversǀación *f* conversazione ◊ ***dejar caer en la ~*** dire di passaggio; ***sacar la ~*** metter fuori il discorso; ***trabar ~*** attaccare discorso; **~ador, -a** *adj/s* conversatore, -trice; **~ar** *vi* conversare, chiacchierare, parlare; trattare *vt/i*; **~ión** *f relig/econ* conversione; trasformazione; **~o, -a 1.** *adj* converso, -a; **2.** *m/f relig* convertito, -a

convertiǀbilidad *f* convertibilità *inv*; **~ble 1.** *adj* convertibile, trasformabile; **2.** *adj/m auto* decapottabile; **~dor** *adj/m tecn* convertitore ◊ ***~ catalítico*** marmitta catalitica; **~r** ‹*convierto; convirtió; convirtiendo*› V. 10 *vt* convertire, trasformare; *relig* convertire

convexǀidad *f* convessità *inv*; **~o, -a** *adj* convesso, -a

convicǀción *f* convinzione, convincimento *m*; convinzione, persuasione; **~to, -a 1.** *m/f* recluso, -a, carcerato, -a; reo, -a; **2.** *adj elev/raro* convinto, -a

convidǀado, -a *adj elev* convitato, -a, invitato, -a; commensale ◊ ***el *~ de piedra*** *lit* il Convitato di pietra; **~ar** *vt* invitare

convierto V. **convertir**

convincente *adj* convincente

convirtió V. **convertir**

convite *m* banchetto, convito (*elev*)

conviviǀal *adj* conviviale; **~encia** *f* convivenza; **~ir** *vi* convivere, coabitare

convocǀación *f* convocazione; **~ar** ‹*convoqué*› *vt* convocare, citare; (*huelga*) indire; (*concurso*) bandire; **~atoria** *f* convocazione, citazione; (*universidad*) appello d'esami *m* ◊ ***primera, segunda ~*** prima, seconda convocazione

convoy *m mil/transp* convoglio; scorta *f*; *coloq* seguito ◊ ***~ de mesa*** oliera

convulsǀión *f med* convulsione; *geol* scossa di terremoto, convulsione (tellurica); **~ivo, -a** *adj* convulsivo, -a; **~o, -a** *adj* convulso, -a

conyugal *adj* coniugale

cónyuge *m/f adm* coniuge

coñǀa *f vulg* burla, beffa ◊ ***dar la ~ a alg*** *coloq* prendere in giro q, sfottere q; ***¿estás de ~ ?*** *vulg* Vuoi sfottere?; ***ni de ~*** neanche per scherzo; **~ac** *m* cognac *inv*; **~azo** *m euf/coloq* pizza *f*, mattone (libro, film); *euf/coloq* rottura di scatole/di palle *f* ◊ ***dar el ~*** *euf/coloq* rompere le palle/le scatole; **~o** *m vulg* fica *f*, passera *f* ◊ ***¡~!*** *excl coloq* cazzo! (*vulg*); ***estar (una mujer) hasta el mismísimo ~*** *coloq* averne fin sopra i capelli, averne (un hombre) piene le palle; ***¡Qué ~...!*** *coloq* Che cazzo...! (*vulg*)

cooperǀación *f* cooperazione; **~ador, -a** *adj/s* cooperatore, -trice; **~ante** *adj/s* cooperatore, -trice; **~ar** *vi* cooperare, collaborare, coadiuvare; **~ativa** *f* cooperativa; **~ativismo** *m* cooperativismo, cooperazione *f*; **~ativista** *m/f* cooperatore, -trice; **~ativo, -a** *adj* cooperativo, -a

coordenada *f mat* coordinata ◊ ***~s cartesianas, geográficas, terrestres*** coordinate cartesiane, geografiche, terrestri

coordinǀable *adj* coordinable; **~ación** *f* coordinazione; **~ador, -a** *adj/s* coordinatore, -trice; **~ar** *vt* coordinare

copa 1. *f* 1. *sport* coppa; 2. coppa, bicchiere *m*; ciotola; 3. *bot* chioma; **2.** *fpl* (*naipes*) coppe ◊ ***~ del Rey*** ="coppa Italia"; ***irse de ~s*** andar (in giro) a bere qualcosa; ***sombrero de ~*** cilindro; **~l** *m* copale; **~r** *vt* 1. *fig* conquistare, occupare, prendere; 2. *mil* accerchiare

copartǀicipación *f* compartecipazione, cointeressenza; **~ícipe** *adj/s* compartecipe

copazo *m* bicchierone

copear *vi coloq* andare in giro a bere

Copenhague *geogr* Copenaghen

copeo *m coloq* giro di coppe piene ◊ ***ir de ~*** andare in giro a bere

copernicano, -a *adj* copernicano, -a

copero *m* coppiere

copetǀe *m* 1. ciuffo; 2. cima *f* ◊ ***de alto ~*** di alta classe; **~ín** *m Am* coctail* *inv*; bicchierino di liquore; **~udo, -a** *adj raro* borioso, -a, altezzoso, -a

copia *f* 1. copia, esemplare; 2. *elev* copia, abbondanza; 3. *foto* copia ◊ ***~ de seguridad*** *informát* copia di sicurezza/backup; **~do** *m* copiatura *f*; **~dora** *f* fotocopiatrice; copiatrice; **~monas** *m/f inv* pappagallo *m*; **~nte, -a** *adj/s* copiatore, -trice, copione, -a; **~r** ‹*copio*› V. 1 *vt* copiare, riprodurre, imitare

copichuela *f coloq* cicchetto *m*, bicchierino *m*, grappino *m*

copiloto *m/f* copilota

copión, -ona *adj/s coloq* copione, -a; *cine/TV* copia *f*

copioso, -a *adj* copioso, -a, abbondante

copistǀa *m/f* copista, amanuense; **~ería** *f* copisteria

coplǀa 1. *f lit/mús* cobbola, cobla; **2.** *fpl* versi *mpl* ◊ ***~ de arte mayor*** strofa di 8 versi dodecasillabi; ***~ de arte menor*** strofa di versi corti intercalati con lunghi; ***~s de ciegos*** canzoni di ciechi mendicanti; ***andar en ~s*** essere sulla bocca di tutti; **~ero, -a** (*var.* **coplista**) *m/f* versaiolo, -a; poetastro, -a

copo *m* 1. fiocco di neve; 2. conocchia *f*, pennecchio; 3. (*pesca*) sacco ◊ ***~s de avena*** fiocchi di avena

copón *m relig* pisside *f*, ciborio ◊ ***del ~*** *vulg* incredibile, enorme

copra *f bot* copra

coproducción *f* coproduzione

coprófago, -a *m/f* coprofago, -a

copropieǀdad *f* comproprietà *inv*; **~tario, -a** *adj/s* co(m)proprietario, -a

coprotagonista *adj/s* coprotagonista

copto, -a 1. *adj/s* copto, -a; **2.** *m* (*lengua*) copto

copudo, -a *adj* frondoso, -a

cópula *f cient/ling* copula

copulaǀción *f* copulazione; **~r** *vi* copulare; **~tivo, -a** *adj* copulativo, -a

copyright ['kopirajt] *m* copyright, proprietà letteraria *f inv*
coque *m* coc *inv*, coke *inv*; **~facción** *f tecn* cokificazione
coquet|ear *vi* fare la civetta, civettare; **~eo** (*var.* **coquetería** *f*) *m* civetteria *f*; **~o, -a 1.** *f* 1. (*mujer*) civetta; 2. (*mueble*) toilette* *inv*; **2.** *m* civettuolo; **~ón, -ona 1.** *adj* civettuolo, -a, grazioso, -a; **2.** *m* civettone
coquito *m Am* (*planta*) palma da olio; (*fruto*) piccolo cocco (della palma da olio), frutto della palma da olio
coracero *m mil* corazziere
coracoides *m inv* (*hueso*) coracoide
coraj|e *m* 1. coraggio, valore; 2. rabbia *f*, collera *f*; **~ina** *f coloq* impeto d'ira *m*; **~udo, -a** *adj* 1. collerico, -a; 2. coraggioso, -a
coral 1. *adj* corale; **2.** corallo; **3.** *f* 1. *mús* coro *m*; 2. *Am zool* serpente corallo *m* ◊ ***fino como un ~*** furbacchione, volpone; **~ífero, -a** *adj* corallifero, -a; **~ino, -a** *adj* corallino, -a
coramina® *f* coramina
coram populo *adv* coram populo
Corán *m* Corano
coraza *f* corazza
corazón (*pl* **corazones**) **1.** *m* cuore; *fig* centro; amore; **2.** *mpl* (*naipes*) cuori ◊ ***arrancar/partir, encoger, latir el ~*** strappare, stringere, battere il cuore; ***blando de ~*** tenero di cuore; ***brincarle /dar un vuelco el ~*** sentire un tuffo al cuore; ***con el ~ en la mano*** col cuore in mano; ***de mi ~*** caro mio/cara mia, tesoro mio, anima mia; ***de (todo) ~*** di cuore; ***hacer de tripas ~*** tirare avanti; ***no tener ~*** non aver cuore; ***ojos que no ven ~ que no siente*** lontano dagli occhi, lontano dal cuore; ***partir (o romper) el ~ a alg*** spezzare il cuore a q; ***prensa del ~*** stampa rosa; ***tener el ~ en un puño*** sentirsi stringere il cuore
corazonada *f* 1. presentimento *m*; 2. impulso di generosità *m*
corbat|a *f* 1. cravatta; 2. *mil* nastro *m*, insegna; 3. *sport* cravatta; **~ín** *m* cravattino
corbeta *f nav* corvetta
Córcega *f geogr* Corsica
corcel *m ant/elev* corsiere; corsiero
corche|a *f mús* croma; **~ro, -a** *adj* di sughero; **~te** *m* 1. gancetto; 2. *impr* parentesi quadra *f*, **~tera** *f* cucitrice (*Am*)
corcho 1. *m bot* sughero; turacciolo; **2.** *excl euf* cacchio! ◊ ***de ~*** *desp/fig* di pietra
¡córcholis! *excl* caspita!, accidenti!
corchoso, -a *adj* sugheroso, -a
corcova *f* gobba, gibbosità *inv*; **~do, -a** *adj* gobbo, -a, gibboso, -a
corda|da *f* cordata; **~dos** *mpl zool* cordati; **~je** *m* cordame; **~l 1.** *m mús* cavigliere; **2.** *adj* di dente del giudizio
cordel *m* spago, cordicella *f* ◊ ***a ~*** *adv* a rettifilo; **~ería** *f* corderia; **~ero, -a** *m/f* cordaio, -a
corder|a *f* agnella; *fig* agnello *m*, donna mansueta; **~illo** *m* agnellino (e sua pelle); **~o** *m* agnello; *fig* agnello, uomo mansueto ◊ ****~ de Dios*** Agnello di Dio; ***~ lechal abbacchio*** *gastr* (*reg*); ***aquí está la madre del ~*** questo è il nocciolo della questione
cordial 1. *adj* cordiale, affettuoso, -a; **2.** *m* (*licor, caldo*) cordiale; *gastr* dolcetto di marzapane; **~idad** *f* cordialità *inv*
cordillera *f* cordigliera
Córdoba 1. *geogr* Cordova; **2.** *m Nic* (*moneda*) cordova
cordobán *m* cordovano, cuoio marocchino
cordobés, -esa *adj/s* cordovano, -a, di Cordova
cordón (*pl* **cordones**) **1.** *m* cordone; *relig* cingolo; **2.** *mpl* 1. (*zapatos*) stringhe *fpl*; 2. *mil* cordoni ◊ ***~ litoral*** cordone litoraneo; ***~ sanitario*** cordone sanitario; ***~ umbilical*** cordone ombelicale; ***en ~*** *auto* in colonna
cordon|cillo *m* cordoncino ◊ ***punto de ~*** punto a cordoncino; **~ería** *f* passamaneria
cordura *f* senno *m*, buonsenso *m*, prudenza
Corea *f geogr* Corea
corea|no, -a *adj/s* coreano, -a; **~r** *vi* gridare in coro, manifestare qc in coro
coreogr|afía *f* coreografia; **~áfico, -a** *adj* coreografico, -a
coreógrafo, -a *m/f* coreografo, -a
coriáceo, -a *adj* coriaceo, -a
coribante *m hist* coribante
corifeo *m* corifeo
corimbo *m bot* corimbo
corin|dón *m min* corindone; **~tio, -a** *adj* corinzio, -a
corista *m/f* corista
coriza *f* corizza, rinite
cormorán *m zool* cormorano
cornad|a *f* cornata; **~ura** *f* cornatura
cornal *m* (*bueyes*) correggia *f*; **~ina** *f min* cornalina, corniola
cornam|enta *f* corna *fpl*; **~usa** *f mús* cornamusa
córnea *f* cornea
cornea|l *adj med* corneale; **~r** *vt* dar cornate *vi*
cornej|a *f zool* cornacchia; **~o** *m bot* corniolo
córneo, -a *adj* corneo, -a
córner *m* corner *inv*, calcio d'angolo
cornet|a 1. *f mús* cornetta; *mús ant* cornetto *m*; *mil* tromba; **2.** *m mil/mús* (*persona*) tromba *m/f*, cornetta *m/f*; cornettista *m/f* ◊ ***a toque de ~*** a suon di tromba; **~ín** *m mús* cornetta minore *f*; **~ista** *m/f* cornettista
cornezuelo *m bot* segale cornuta *f*
corni|cabra *f bot* terebinto *m*, scornabecco *m*, spaccasassi *m inv*; **~ola** *f* corniola
cornisa *f arq* cornice; **~mento** *m arq* trabeazione *f*, cornice *f*, cornicione
corniveleto *adj taur* con le corna all'insù
corno *m* cornista
cornu|copia *f mitol* (*vaso*) cornucopia; specchiera con candelabri; **~do, -a** *adj coloq* cornuto, -a ◊ ***~ y apaleado*** cornuto e bastonato

cornúpeta 1. *adj/m* (animale) con le corna; **2.** *m fig* cornuto
coro *m* coro; *elev* (*viento de N-O*) coro ◊ ***a ~ a coro*** *adv* a coro; **~grafía** *f geogr* corografia; **~ides** *f med* coroide
corola *f* corolla; **~rio** *m* corollario
corona *f* corona ◊ ***~ imperial*** *bot* corona imperiale; ***~ solar*** *astron* corona solare; ***ceñir la ~*** cingere la corona; **~ción** *f* incoronazione; (*de una obra*) coronamento *m*; **~l** *adj med* coronale; **~miento** *m* coronamento; **~r** *vt* 1. incoronare, coronare; 2. *fig/hum* fare le corna *vi*; **~ria** *f* ruota corona; **~rio, -a** *adj* coronario, -a; **~riografía** *f med* coronarografia
coronel, -a *m/f* 1. *mil* colonnello *f*; 2. *zool* colubro liscio *m*
coronilla *f* chierica; cocuzzolo *m* ◊ ***andar/ir/bailar de ~*** diventar pazzo (dietro qc); ***estar hasta la ~*** averne fin sopra i capelli/la testa; ***traer/llevar de ~*** far diventar pazzo q
coroplastia *f tecn* coroplastica
corp|achón *m coloq* corpaccione; **~iño** *m* (*traje*) corpetto; bustino
corpor|ación *f* corporazione ◊ ***la docta ~*** la Real Academia Española; **~al 1.** *adj* corporale; **2.** *m(pl) relig* corporale,-i; **~ativismo** *m pol* corporativismo; **~ativista** *adj* corporativistico, -a; **~ativo, -a** *adj* corporativo, -a; **~eidad** *f* corporeità *inv*; **~eizar** ‹*corporeicé*› *vt* corporizzare
corpóreo, -a *adj* corporeo, -a
corpul|encia *f* corpulenza; **~ento, -a** *adj* corpulento, -a
Corpus Christi (*var.* **Corpus**) *m* Corpus Domini
corpuscular *adj* corpuscolare
corpúsculo *m* corpuscolo
corral *m* cortile; stalla *f*, recinto per bestiame; *Esp teat ant* teatro all'aperto in un patio; *nav* pescaia *f*; *Cuba/Ven* (*niños*) box; *Cuba/Ven* aia cintata *f* ◊ ***sentirse como gallina en ~ ajeno*** sentirsi a disagio/fuori posto; ***hacer ~es*** marinare la scuola, bigiare (*reg*), far sega (*reg*); **~ito** *m Am* box *inv*
correa *f* cinghia, cintura; correggia ◊ ***~ de piel*** cintura di pelle; ***~ de transmisión*** *mec* cinghia di trasmissione; ***tener ~*** *coloq* aver pazienza; **~je** *m* correggiame
correcalles *m inv* (*juego infantil*) salto alla cavallina
corrección *f* 1. correzione, emendamento *m*; *tecn* rettifica, correzione; 2. correttezza
correccional *adj/m* riformatorio, casa di rieducazione *f*, casa di correzione *f*
correct|ivo, -a *adj* correttivo, -a; **~o, -a** *adj* corretto, -a, esatto, -a, preciso, -a; **~or, -a** *adj/s* correttore, -trice
corred|era *f* scanalatura; *mec* slitta, cursore *m*; *nav* solcometro *m* ◊ ***puertas de ~*** porte scorrevoli; **~ero, -a** *adj* scorrevole; **~izo, -a** *adj* scorrevole; **~or, -a 1.** *adj/s sport/zool* corridore, -trice; **2.** *m* 1. *arq* corridoio; 2. *com* agente di borsa, mediatore, -trice, sensale; rappresentante ◊ ***~ humanitario*** corridoio umanitario; ***~ (vial)*** passante; **~uría** *f* agenzia commerciale
correferente *adj/m ling* coreferente
correg|ible *adj* correggibile; **~idor** *m hist ant* correggitore; *ant* alcalde, podestà *inv*; **~ir** ‹*regir; rigió; rigiendo*› V. 12 *vt* correggere, emendare; riprendere
correhuela *f bot* correggiola, centinodia
correla|ción *f* correlazione; **~cionar** *vt* correlare; **~tivo, -a** *adj* correlativo, -a
correligionario, -a *adj/s* correligionario, -a
corremundos *m/f inv coloq* giramondo
correo *m* posta *f*; corrispondenza; corriere, messaggero, -a ◊ ***~ electrónico, basura*** *informát* posta elettronica, spam/e-mail spazzatura; ***a vuelta de ~*** a giro posta; ***apartado de ~s*** casella postale; ***buzón de ~s*** cassetta della posta; ***echar al ~*** imbucare; ***lista de ~s*** fermo posta; ***oficina de ~s*** ufficio postale; ***tren ~*** treno postale; **~so, -a** *adj* flessibile; gommoso, -a
correr 1. *vt* correre; **2.** *vi* correre; scorrere; trascorrere; percorrere; spostare; **3. ~se** spostarsi; esagerare *vi*; spargersi; spassarsela; *vulg* (*sexual*) sborrare *vi*, venire *vi*; ◊ ***~ con u-c*** assumerne le spese, occuparsi di qc; ***~ la clase*** marinare la scuola, bigiare (*reg*), far sega (*reg*); ***~ la cortina*** tirare la tenda; ***~ la mesa*** spostare il tavolo; ***~ peligro*** correre pericolo; ***~ tras alg*** inseguire q; ***~la*** correre la cavallina; ***a todo ~*** a tutta velocità; corriendo di corsa; ***dejar ~*** lasciar correre; **~ía** *f* scorreria, scorribanda
correspond|encia *f* corrispondenza; connessione; **~er 1.** *vi* corrispondere, toccare; contraccambiare, corrispondere; **2. ~se** corrispondersi; **~ido, -a** *adj* corrisposto, -a; **~iente** *adj/s* corrispondente, rispettivo, -a; corrispondente, afferente (*jur*), pertinente
correspons|able *adj* corresponsabile; **~al** *m/f* corrispondente ◊ ***~ de guerra*** corrispondente di guerra
corret|aje *m com* mediazione *f*, senseria *f*; *com* provvigione *f*; **~ear** *vi* andare a zonzo, girovagare, scorrazzare
correv|eidile *m/f coloq* pettegolo, -a; mezzano, -a; **~erás** *m ant* ="giocattolo a molla"
corrid|a *f* 1. corsa; 2. *taur* corrida; 3. *euf/vulg* (*sexual*) lo sborrare *m*, orgasmo *m* (*estánd*) ◊ ***de ~*** tutto di seguito; **~o, -a** *adj* spostato, -a; *fig* esperto, -a, navigato, -a, sperimentato, -a; corso, -a ◊ ***estar ~*** restare umiliato
corriente 1. *f* corrente; **2.** *adj* usuale, corrente ◊ ***...de los ~s*** del corrente mese; ***~ alterna*** corrente alternata; ***~ y moliente*** piano e liscio; ***al ~*** al corrente; ***contra ~*** contro corrente; ***dejarse llevar por la ~*** seguire la corrente; ***ir, navegar contra la ~*** andare contro corrente; ***llevarle/seguirle la ~ (a alg)*** non contraddire q, lasciarlo dire; ***toma de ~*** presa di corrente; **~mente** *adv* correntemente
corrig|endo, -a *adj/s* corrigendo, -a; **~ió, corrije** V. **corregir**

corrillo *m* crocchio, capannello
corrimiento *m geol* sovrascorrimento, frana *f*; scorrimento
corro *m* crocchio, circolo; *infant* girotondo; recinto; *pol* girotondo ◊ ***hacer ~*** fare spazio; ***hacer ~ aparte*** separarsi
corrobo|rante *adj* corroborante; **~ar** *vt* corroborare; appoggiare, rinforzare
corroer ‹*roo; royó*› V. 35 *vt* corrodere, consumare
corromp|er 1. *vt* corrompere, alterare, putrefare; pervertire, viziare; **2. ~se** *fig* corrompersi; andare a male *vi*; **~ido, -a** *adj* marcio, -a, guasto, -a
corroncho, -a *adj Ven* tardo, -a, lento, -a; *Hond* aspero, -a, rugoso, -a
corros|ión *f* corrosione; **~ivo, -a** *adj/m* corrosivo, -a
corrup|ción *f* corruzione; **~tela** *f* corruttela; **~tibilidad** *f* corruttibilità *inv*; *cient* decomponibilità *inv*; **~tible** *adj* corrompibile, corruttibile; **~to, -a** *adj* corrotto, -a; **~tor, -a** *adj/s* corruttore, -trice
corrusco *m* tozzo di pane
corsario, -a *adj/m* corsaro, -a; predatore, -trice ◊ ***pantalón ~*** pantaloni alla pirata
corsé *m* 1. corsetto, bustino; 2. *fig* limiti *mpl*
corseter|ía *f* corsetteria, negozio di abbigliamento intimo femminile *m*; **~o, -a** *m/f* corsettiere, -a
corso, -a 1. *adj/s* corso, -a, della Corsica; **2.** *m nav* corso
corta *f agric* taglio *m*; **~alambres** *m inv* tagliaferro; **~césped** *m* tosaerba *inv*, tagliaerba *inv*; **~cigarros** *m inv* tagliasigari; **~circuitos** *m inv* salvavita; **~cristales** *m inv* tagliavetri
corta|da *f* fetta; *Am* taglio *m*; *Arg/Bol/Ur* scorciatoia; *Arg* vicolo *m*; **~dera** *f* tagliaferro *m*; **~dillo** *m* pasticcino ripieno; *raro* bicchierino cilindrico ◊ ***azúcar ~*** zucchero in zollette; **~do, -a 1.** *adj* 1. tagliato, -a; tagliato, -a, interrotto, -a; 2. (*leche*) cagliato; 3. imbarazzato, -a, turbato, -a; **2.** *m* caffè macchiato ◊ ***quedarse ~*** rimanere senza parole; **~dora 1.** *adj* tagliente; **2.** *f* tagliatrice; *agric* trinciatrice; **~dura** *f* 1. tagliata, ritaglio *m*; taglio *m*, incisione; 2. passo fra montagne *m*
corta|fiambres *m inv* affettatrice *f*; **~frío** (*var.* **cortafríos** *inv*) *m* scalpello a freddo, tagliaferro *inv*; **~fuego** (*var.* **cortafuegos** *inv*) *m* tagliafuoco *inv*; **~nte** *adj* tagliente, reciso, -a, frizzante
corta|papeles *m inv* tagliacarte; **~pasta** *m* tagliapasta; **~pisas** *fpl fig* difficoltà *inv*, limitazioni; **~plumas** *m inv* temperino, temperamatite; **~puros** *m inv* spuntasigari; **~r 1.** *vt* tagliare; interrompere; (*naipes*) alzare; separare; ritagliare; *fig* mettere in imbarazzo; *mil* tagliar fuori; **2.** *vi* essere tagliente; **3. ~se** impappinarsi, confondersi; screpolarsi; ◊ ***~ el bacalao*** comandare; ***~ las alas*** tarpare le ali; ***~ por lo sano*** troncare alla radice; ***~se la leche*** cagliarsi il latte; ***~se la comunicación*** cadere la linea; ***ni pincha ni corta*** non conta nulla; ***no se corta un pelo*** non ha nessuna vergogna/paura; ***no te cortes*** non essere timido/non aver paura; **~uñas** *m inv* tagliaunghie; **~viento** *m mil/nav* tagliavento; *mec* paravento
corte 1. *m* 1. (*cuchillo*) taglio, filo; 2. taglio, ferita *f*; 3. (*traje*) taglio, fattura *f*; 4. interruzione *f*; **2.** *f* corte; *jur* corte ◊ ****~ de cuentas*** Corte dei Conti; ***~ de mangas*** *vulg* gesto dell'ombrello; ****~ Penal Internacional*** Corte Penale Internazionale, CPI; ***~ redondo*** lacerto, girello; ***dar ~*** mettere in imbarazzo; ***dar un ~*** dare una risposta secca; ***de/al ~*** (*helado*) al taglio; ***hacer la ~*** fare la corte; ***las *~s*** il Parlamento; *Am* Tribunale Supremo; **~dad** *f* brevità *inv*, cortezza (*elev*); *fig* cortezza di mente, scarsezza d'ingegno
corte|jador *m* spasimante, corteggiatore; **~ar** *vt* corteggiare; **~o** *m* 1. corteggiamento, corte *f*; 2. corteo, seguito
cortés *adj* gentile, cortese
cortes|ano, -a *adj/s* cortigiano, -a; **~ía** *f* gentilezza, cortesia
corteza *f* (*bot, pan*) corteccia; (*fruta*) buccia; (*queso*) scorza; (*geogr, pan*) crosta ◊ ***~ terrestre*** crosta terrestre
cortic|al *adj* corticale; **~oide** *m biol/quím* corticoide; **~otrofina** *f biol* corticotrofina; **~otropina** *f biol* corticotropina
cortijo *m And* podere, cascina *f*, fattoria *f*
cortina *f* tenda; *fig* cortina ◊ ***~ de humo, de niebla*** cortina di fumo, di nebbia; ***¡corramos una ~!*** lasciamo stare/perdere!; **~je** *m* cortinaggio
cortisona *f* cortisone *m*
corto, -a 1. *adj* corto, -a; scarso, -a, breve; **2.** *m cine* cortometraggio ◊ ***~ de alcances, de vista*** corto di mente, di vista; ***a ~ plazo*** a breve scadenza; ***a la ~a o a la larga*** prima o poi; ***de ~*** di corto; ***ni ~ ni perezoso*** senza indugi, sicuro di sè; ***quedarse ~*** mancare ancora; non averne a sufficienza; **~circuito** *m electr* cortocircuito; **~metraje** *m cine* cortometraggio; *cine* promo, prossimamente
cortón *m zool* grillotalpa
coruscación *f* sfavillio *m*, sfolgoramento *m*
corva *f med* poplite *m*, parte posteriore del ginocchio; **~do, -a** *adj* ricurvo, -a
corvejón *m zool* garretto
corvina *f* bocca d'oro
corvo, -a 1. *adj* curvo, -a, arcuato, -a; **2.** *m zool* corvo, corvina *f*
corz|o, -a *m/f zool* capriolo; **~uelo** *m bot* segale cornuta *f*
cosa *f* cosa ◊ ***~ de*** circa; ***~ de guasa, de risa*** roba da ridere; ***~ fina*** qualcosa di stupendo; ***~ mala*** qualcosa di tremendo, qualcosa di incredibile; ***~s de comer, de beber*** cose da mangiare/da bere; ***¡habrá ~ igual!*** sará possibile?; ***¡vaya una cosa!*** (Che) bella cosa!; ***a ~ hecha*** a fatto compiuto; ***como quien no quiere la ~*** senza volerlo; ***como si tal ~*** come niente fosse; ***decirle (a uno) cuatro ~s (bien dichas)*** dirgliene quattro; ***hacer cositas*** *euf* (*sexo*) pomiciare; ***meter ~s en la cabeza a alg*** riempire la

testa a q; ***no ser ~ del otro jueves/del otro mundo*** non essere un granché; ***no ser la ~ para menos*** non essere da meno; ***poner las ~s en su punto*** mettere i puntini sulle i; ***salir bien las ~s*** andare/riuscire bene le cose; ***ser ~ de ver*** essere una cosa da vedere; **~co, -a** *adj/s* cosacco, -a; *mil* cosacco ◊ ***beber como un ~*** bere come una spugna

coscoja *f bot* leccio *m*; foglia secca; **~l** *m bot* macchia *f*

coscorrón (*var.* **cosque**) *m* picchiata in testa *f*

cosech|a *f agric* raccolta, raccolto *m*; mietitura ◊ ***de su ~*** farina del suo sacco; **~adora** *f tecn* raccoglitrice, mietitrebbia, mietitrebbiatrice; **~ar** *vt* far la raccolta; mietere; **~ero** *m* proprietario agricolo

cosedora 1. *adj/s* cucitore, -trice; **2.** *f* macchina da cucire

coseno *m mat* coseno

coser *vt* cucire ◊ ***máquina de ~*** macchina da cucire; ***ser (u-c) ~ y cantar*** essere (qc) molto facile

cosido, -a 1. *adj* cucito, -a; attaccato, -a; **2.** *m* cucitura *f*

cosificar ‹*cosifiqué*› *vt* oggettivare

cosmétic|a *f* cosmetica; **~o, -a** *adj/m* cosmetico, -a

cósmico, -a *adj* cosmico, -a

cosmo|grafía *f* cosmografia; **~logía** *f* cosmologia; **~nauta** *m/f* cosmonauta; **~náutica** *f* cosmonautica; **~náutico, -a** *adj* cosmonautico, -a; **~nave** *f* cosmonave, astronave

cosmópolis *f inv* cosmopoli

cosmopolita *adj/s* cosmopolita

cosmos *m* cosmo

cosmovisión *f* cosmovisione

coso *m* 1. piazza *f*; *reg* corso; 2. *Arg* coso

cospel *m Arg* gettone telefonico

cosque V. **coscorrón**

cosquill|as *fpl* solletico *m* ◊ ***buscarle (a alg) las ~*** stuzzicare, provocare (q); ***hacer ~s*** fare il solletico; **~ear** *vt* solleticare, fare il solletico *vi*; **~eo** *m* formicolio; solleticamento; **~oso, -a** *adj* permaloso, -a

costa *f* 1. *geogr* costa; 2. costo *m* ◊ ***a ~ de*** a costo di; ***a toda ~*** a ogni costo; ***condenar en ~s*** condannare alle spese

Costa de Marfil *f* Costa d'Avorio

costa|do *m* lato, fianco ◊ ***noble por los cuatro ~s*** di gran nobiltà; ***por los cuatro ~s*** da tutte le parti; **~l** *m* sacco grande ◊ ***ser harina de otro ~*** essere farina di un altro sacco; **~lero** *m reg* facchino; **~r** ‹*cuesto*› V. 8a *vi* costare ◊ ***~ cara*** *fig* costare caro, -a, costare lacrime e sangue; ***~ un huevo/un ojo de la cara*** costare un occhio della testa, costare un capitale; ***cueste lo que cueste*** costi quel che costi, a qualsiasi costo; **~rricense** *adj/s* costaricense, costaricano, -a

coste *m* costo, spesa *f*, importo ◊ ***~ de la vida*** carovita, costo della vita; ***de bajo ~*** basso costo; **~ar** *vt* pagare, spesare; *geogr* costeggiare; **~ño, -a** *adj/s* costiero, -a; **~ro, -a 1.** *adj* costiero, -a; **2.** *m arq* muro laterale

costilla 1. *f med* costola; *cient/tecn* costa; *fig* moglie; *arq fig* costolone *m*; *gastr* costata, costatina; **2.** *fpl coloq* schiena *f* ◊ ***~s de cerdo*** costatine di maiale; ***medir, moler las ~s*** rompere le costole

costo *m* costo, spesa *f*, importo; *jerga drog* marijuana *f* ◊ ***~ de la vida*** carovita; **~so, -a** *adj* costoso, -a, gravoso, -a

costr|a *f* crosta; *tecn* incrostazione, crosta ◊ ***~ láctea/de leche*** crosta lattea, lattime; **~ada** *f* crostata; **~oso, -a** *adj* crostoso, -a

costumbr|e *f* abitudine, consuetudine, costume *m*, usanza; prassi *inv* ◊ ***de ~*** di solito/d'uso; ***fuerza de la ~*** forza dell'abitudine; ***novela de ~*** *lit* romanzo ritrattistico; **~ismo** *m lit* letteratura ritrattistica *f*; **~ista** *adj/s* ritrattista

costur|a *f* 1. cucitura; 2. cucito *m* ◊ ***alta ~*** alta moda; ***sentar las ~s a alg*** *fig* spianare le costure a q; **~ar** *vt Am* cucire; **~era** *f* sartina; **~ero** *m* cestino o mobile da lavoro; **~ón** *m coloq* cicatrice (grande) *f*

cota *f* 1. quota; 2. *mil* cotta (di maglia, d'arme); **~na** *f tecn* incastro *m*; (*instrumento*) scalpello *m*; **~ngente** *f mat* cotangente; **~rro** *m*; *ant* ="albergo per vagabondi e pellegrini" ◊ ***alborotar el ~*** stuzzicare il vespaio; ***ser el amo del ~ /dirigir el ~*** esserne il caporione/il capoccia

cotej|ar *vt* confrontare, comparare; *tecn* collazionare; **~o** *m* confronto, raffronto, comparazione *f*; *tecn* collazione *f*

coterráneo, -a *adj/s* conterraneo, -a

cotidiano, -a *adj* quotidiano, -a

cotiledón *m bot* cotiledone

cotill|a 1. *adj/s* pettegolo, -a; **2.** *m ant* busto; **~ear** *vi* pettegolare; **~eo** *m coloq* pettegolezzo; **~ero, -a** *adj/s coloq/desp* pettegolo, -a; **~ón** *m* veglione di Capodanno

cotitular *adj* cointestato, -a ◊ ***libreta/cuenta ~*** *banc* libretto/conto cointestato

cotiz|able *adj* quotabile; **~ación** *f econ* quotazione; *adm* contributo *m* ◊ ***~ones de la Seguridad Social*** contributi della Previdenza sociale; **~ador** *m* estimatore; **~ar** ‹*coticé*› **1.** *vt econ* pagare (i contributi della Previdenza sociale); **2. ~se** quotare *vt*; *arte* farsi pagare molto

coto *m* 1. terreno delimitato; 2. riserva di caccia o pesca *f*; 3. *adm* quota *f*; 4. *fig* limite; 5. convenzione *f*; 6. *Am* gozzo ◊ ***poner ~ (a algo)*** mettere limiti a qc, impedire qc

cotorr|a 1. *f* 1. *zool* parrocchetto *m*; 2. *zool* gazza ladra; 3. *coloq/desp* chiacchierone, -a; **2.** *adj Méx* bella, interessante; **~ear** *vi* chiacchierare, spettegolare; **~eo** *m coloq/desp* chiacchierio; **~era** *f* 1. *zool* pappagallo femmina *m*; 2. *fig* chiacchierone, -a

cotu|fa *f reg* leccornia ◊ ***pedir ~s (en el golfo)*** voler cavar sangue da una rapa, chiedere l'impossibile; **~rno** *m* coturno ◊ ***de alto ~*** di alto ceto

COU (*Curso de Orientación Universitaria*) *abr/m Esp hist* (*Corso di Orientamento Universitario*) ="corso accademico propedeutico a cavallo tra il liceo e l'università"
covach|la *f* covile *m*, covo *m*; **~uela** *f desp* bugigattolo *m*; botteguccia
cow-boy [kao'boj] *m* cow-boy
coxal *adj cient* dell'anca ◊ ***hueso ~*** osso iliaco
coxis *f inv* coccige *m* (!)
coy *m nav* branda *f*; **~ote** *m* 1. *Am zool* coyote; 2. *fig* sciacallo, guida per immigranti clandestini (Méx-USA) *f*; **~unda** *f* correggia; *elev/fig* sommissione; *elev/fig* legame matrimoniale *m*; **~untura** *f* giuntura, articolazione; *econ* congiuntura ◊ ***hablar por las ~s*** parlare troppo; **~untural** *adj* congiunturale
coz (*pl* **coces**) *f* 1. calcio *m*, pedata; 2. (*agua-arma*) rinculo *m*; 3. *fig* calcio (in bocca) ◊ ***soltar una ~*** rispondere duramente/aspramente; ***tirar ~s*** tirare calci
CP (*Código Postal*) *abr* CAP (*Codice di Avviamento Postale*)
CPI *abr* CPI
CPU *abr/f* CPU
crabrón *m zool* calabrone
crac *m econ* crac *inv*, fallimento, crack *inv*; (*droga*) crack *inv*
cracking ['krakin] *m tecn* cracking *inv*
crampón *m* rampone
craneal *adj* cranico, -a
cráneo *m* cranio ◊ ***ir de ~*** impazzire
crápula 1. *m* crapulone; **2.** *f* crapula, libertinaggio *m*
craqueo *m informát* cracking*
crascitar *vi* gracchiare
craso, -a *adj elev* grasso, -a; crasso, -a, madornale ◊ ***~ error*** errore madornale
cráter *m* cratere
cratón *m geol* cratone
crawl [krol] *m sport* stile libero, crawl* *inv*
crea|ción *f* creazione, creato *m*; fondazione; **~cionismo** *m* creazionismo; **~dor, -a** *adj/s* creatore, -trice ◊ ***El *~*** Dio, il Creatore; **~r** *vt* creare, inventare, fondare, generare; **~tina** *f quím/biol* creatina; **~tividad** *f* creatività *inv*; **~tivo, -a** *adj* creativo, -a
crece|pelo *m* lozione anticalvizie *f*; **~r** ‹*crezco*› V. 13a *vi* crescere, aumentare; **~s** *mpl* aumento *m*; vantaggio *m*; giunta *f* ◊ ***con ~*** più del dovuto
creci|da *f* (*río*) piena, crescita; aumento *m*; **~do, -a 1.** *adj* cresciuto, -a; grande; **2.** *m tecn* aumento; **~ente 1.** *adj* crescente; **2.** *f* 1. lievito *m*; 2. (*río*) piena; **3.** *m* falce di luna *f*; **~miento** *m* crescita *f*; cresciuta *f*, aumento, incremento ◊ ***~ demográfico*** incremento demografico
credencia *f raro* mensola; *relig* credenza; **~l** *adj/f* credenziale ◊ ***cartas ~es*** lettere credenziali
credi|bilidad *f* credibilità *inv*; **~ticio, -a** *adj* creditizio, -a
crédito *m* 1. credito; 2. *cine* titolo di testa o di coda ◊ ***~ a bajo interés*** credito agevolato; ***~ hipotecario*** mutuo ipotecario, mutuo casa; ***~s*** (*estudiantes*) credits, crediti; ***dar ~ (a alg)*** dare credito (a q); ***dar a ~*** dare a credito; ***digno de ~*** degno di credito
credo *m* credo ◊ ***en un ~*** in un credo
credulidad *f* credulità *inv*
crédulo, -a *adj* credulo, -a
creede|rlas *fpl* ◊ ***tener buenas/malas ~*** essere/non essere credulone; **~o, -a** *adj* credibile
creencia *f* credenza, fede; religione
creer ‹*creo; creyó; creyendo*› V. 21 **1.** *vt/i* credere; **2.** *vt* pensare, opinare, supporre; **3. ~se** credere *vi* ◊ ***~ en Dios*** credere in Dio; ***¡qué te crees tú /se cree usted eso)!*** Ma fammi/mi faccia il favore!; ***¡ya lo creo!*** certamente!, ci credo bene!; ***¿qué se cree/te crees...?*** Chi crede/credi d'essere?; ***dar en ~*** cominciare a credere; ***eso no te lo crees ni tú*** nemmeno tu ci credi, dalla a credere ad altri; ***no (te) creas/ no (te) vayas a ~*** ma, non è proprio così, ma, non star lì a credere
creí|ble *adj* credibile; **~do, -a** *adj/s* presuntuoso, -a
crema *f* crema; panna; *fig* fior fiore *m*, crema ◊ ***~ catalana*** crème caramel; ***~ pastelera*** crema pasticciera; **~ción** *f* cremazione; **~llera** *f* 1. cerniera lampo; 2. *transp* cremagliera; **~tística** *f econ* crematistica; **~tístico, -a** *adj* crematistico, -a; **~torio** *adj/m* crematorio
crème *f* crème ◊ ***la ~ de la ~*** la crème della società, il fior fiore
crémor *m quím* cremore
cremos|idad *f* cremosità *inv*; **~o, -a** *adj* cremoso, -a
crencha *f* scriminatura, divisa
crepé *m* crêpe, crespo
crêpe [krep] *f gastr* crêpe *inv*
crepit|ación *f* crepitazione, crepito *m*; (*fuego*) crepitio *m*, scoppiettio *m*; **~áculo** *m mús* (*instrumento*) crepitacolo; **~ar** *vi* crepitare; (*fuego*) scoppiettare
crepuscular *adj* crepuscolare; **~ismo** *m lit* crepuscolarismo
crepúsculo *m* crepuscolo
cresa *f* uovo d'ape *m*; larva
crescendo [kre'ʃendo] *m mús* crescendo *inv*
creso *m elev* creso; **~l** *m quím* cresolo
cresp|o, -a *adj* crespo, -a, increspato, -a, arricciato, -a; *fig* irritato, -a; **~ón** *m* crespo
crest|a *f* cresta; ciuffo ◊ ***alzar la ~*** alzare la cresta; ***~ de gallo*** *bot/med* cresta di gallo; ***dar (a alg) en la ~*** far abbassare la cresta (a q); ***estar en la ~ de la ola*** *fig* essere sulla cresta dell'onda; **~ería** *f arq* cresta; *arq* merlatura
creta *f* creta
cretá|ceo, -a *adj* cretaceo, -a; **~cico, -a** *adj geol* cretaceo, -a
cretense *adj/s* cretese
cretin|ada *f* cretinata; **~ismo** *m med* cretinismo; **~o, -a** *adj/s* cretino, -a
cretona *f* cretonne* *inv*
crey|ente *adj/s* credente; **~ó** V. **creer**

crezco V. **crecer**
cría *f* 1. allevamento *m*; 2. lattante *m*; 3. bambina; 4. *zool* cucciolo *m*
criad|a 1. *f* cameriera, domestica, colf *inv*, collaboratrice domestica; **2.** *adj* educata, allevata ◊ ***salir la ~ respondona*** andare male qc, non andar bene qc; **~ero** *m* vivaio; *min* giacimento; **~illa** *f zool/gastr* ="testicolo di animale macellato" *m*; *bot* tartufo *m*; *reg bot* patatina; **~o 1.** *m* cameriere, domestico; **2.** *adj* educato, allevato; **~or, -a 1.** *adj/s* allevatore, -trice; creatore, -trice; **2.** *m* Creatore, Dio
crianza *f* 1. allattamento *m*; 2. allevamento *m*; 3. creanza, educazione
criar ‹*crío*› V. 2 **1.** *vt* 1. produrre, generare; 2. allevare; 3. allattare; 4. istruire, educare; **2. ~se** crescere *vi* ◊ ***Dios los cría y ellos se juntan*** Dio li fa e poi li accoppia
criatura *f* creatura ◊ ***¡~!*** povera creatura!; ***ser una ~*** essere un bambino
criba *f* crivello *m*, vaglio *m*; **~do, -a 1.** *adj* vagliato, -a; **2.** *m agric* (*cereales*) vagliatura *f*; *tamb. fig* cernita *f*, selezione; *agric* mondatura *f*, pulitura; **~r** *vt agric* vagliare; *tamb. fig* cernere
cricoides *adj/m med* cricoide *adj/f* (!)
crimen (*pl* **crímenes**) *m* delitto ◊ ***~ contra la humanidad*** crimine contro l'umanità
criminal *adj/s* criminale, delinquente; **~idad** *f* criminalità *inv* ◊ ***~ infantil*** babycriminalità; **~ista** *adj/s* criminalista, penalista; **~izar** ‹*criminalicé*› *vt* criminalizzare
crimin|ología *f* criminologia; **~ólogo, -a** *m/f* criminologo, criminologa *f*; **~oso, -a** *adj* criminoso, -a
crin (*pl* **crines**) *f* crine *m* (!); **~olina** *f* crinolina
crío *m* bambino
criocirugía *f* criochirurgia
criogenia *f fís* criogenia
criollo, -a 1. *adj/s* creolo, -a; nativo, -a, vernacolo, -a; **2.** *m* (*lengua*) creolo
cripta *f arq/bot/med* cripta
críptico, -a *adj* criptico, -a
criptó|gamo, -a *adj bot* crittogamo, -a; **~n** *m quím* cripton; **~nimo** *m* criptonimo
criquet *m* cricket *inv*
crisálida *f zool* crisalide
crisantemo *m bot* crisantemo
crisis *f inv* crisi *inv*
crism|a 1. *m/f relig* crisma *m*; **2.** *f fig* testa ◊ ***romper la ~ (a alg)*** rompere la testa (a q); **~ón** *m* crisma
crisol *m* crogiolo
crisp|ación *f* irritazione, irritamento *m*; **~ar 1.** *vt* contrarre, raggrinzare; esasperare; **2. ~se** irritarsi; contrarsi ◊ ***~ los nervios*** irritare, far venire i nervi
cristal *m* cristallo; vetro ◊ ***gafas con ~es de espejo*** occhiali a specchio; ***~ de roca*** cristallo di rocca; ***~ líquido*** cristallo liquido; ***limpiar los ~es*** pulire i vetri; ***todo depende del color del cristal con que se mire*** tutto dipende da come si vede; **~era** *f* cristalliera; **~ería** *f* cristalleria; **~ero** *m* vetraio; **~ino, -a 1.** *adj* cristallino, -a, puro, -a, limpido, -a; **2.** *m med* cristallino; **~izable** *adj* cristalizzabile; **~ización** *f* cristallizzazione; **~izar** ‹*cristalicé*› *vt* 1. cristallizzare; 2. (*suelo*) lucidare a piombo
cristian|dad *f* cristianità *inv*; **~ismo** *m* cristianesimo; cristianità *f inv*; **~ización** *f* cristianizzazione; **~izar** ‹*cristianicé*› *vt* cristianizzare; **~o, -a** *adj/s* cristiano, -a ◊ ***~ nuevo, viejo*** cristiano convertito/d'antica stirpe; ***hablar en ~*** parlare spagnolo; in modo cristiano
Cristo *m* Cristo; crocifisso ◊ ***armarse la de Dios es ~*** *coloq* nascere un putiferio; ***donde ~ perdió el gorro/dio las tres voces*** *coloq* in capo al mondo; ***hecho un ~*** come un povero disgraziato; ***ni ~ que lo fundó*** *coloq* neanche un cavolo, assolutamente nulla; ***sentar/pegar como a un ~ un par de pistolas*** *coloq* stare malissimo
criterio *m* criterio, giudizio
crítica *f* critica
critica|ble *adj* criticabile; **~r** ‹*critiqué*› *vt* criticare; giudicare
criticismo *m filos* criticismo
crítico, -a *adj/m* critico, -a ◊ ***días ~s*** *euf* giorni delle mestruazioni
criticón, -ona *adj/s* criticone, -a
Cro. (*Caballero*) *abr* Cav. (*Cavaliere*)
Croacia *f* Croazia
croar *vi* gracidare
croata *adj/s* croato, -a, della Croazia
crocante *adj/m gastr* croccante
croissant [krua'san] V. **cruasán**
croissanterie [kruasante'ri] (*var.* **croissantería** *coloq*) *f* pasticceria, bar o negozio dove si vendono o si fanno cornetti/croissant*
crol *sport* V. **crawl**
crom|ado, -a *adj* cromato, -a; **~ar** *vt tecn* cromare; **~ático, -a** *adj* cromatico, -a; **~atismo** *m* cromatismo; **~ía** *f elev* cromia
crómico, -a *adj quím* cromico, -a
crominancia *f TV* crominanza
cromo *m* 1. *metal* cromo; 2. *infant* figurina *f* ◊ ***estar hecho un ~*** essere troppo truccato (*irón*); essere molto aggiustato; **~plasto** *m bot* cromoplasto; **~rno** *m mús* cromorno; **~soma** *m biol* cromosoma; **~sómico, -a** *adj biol* cromosomico, -a; **~tipia** *f* cromotipia
crónica *f* cronaca ◊ ***~ negra, rosa*** *period/TV* cronaca nera, rosa
cronicidad *f* cronicità *inv*
crónico, -a *adj* cronico, -a
cronista *m/f* cronista
crono *m sport* crono; **~escalada** *f sport* cronoscalata; **~logía** *f* cronologia; **~lógico, -a** *adj* cronologico, -a; **~metrador, -a** *m/f* cronometrista, tempista; **~metraje** *m* cronometraggio; **~metrar** *vt* cronometrare
cronó|metro *m* cronometro; **~topo** *m* cronotopo
croqueta *f* polpetta, crocchetta

croquis *m inv* schizzo, abbozzo; studio
cross [kros] *m sport* cross
crótalo 1. *m zool* crotalo, serpente a sonagli; **2.** *mpl mús elev* nacchere *fpl*
crotón *m bot* (*Croton tiglium*) crotontiglio; *bot* (*Codiaeum variegatum*) croton
croupier V. **crupier**
cruasán *m* cornetto, croissant* *inv*
cruce *m tamb. fig* incrocio, crocevia; ◊ ***luces de ~ auto*** luci d'incrocio; **~ro 1.** *m* 1. *nav* (*viaje*) crociera *f*; 2. *nav* (*buque*) incrociatore; 3. *tecn* traversa *f*; **2.** *adj* a crociera *adv* ◊ ***arco ~*** *arq* arco a crociera; ***velocidad de ~*** velocità di crociera; **~ta** *f* 1. *nav* crocetta; 2. (*bordado*) incrociatura; 3. *telec* braccio trasversale *m*
crucial *adj* 1. cruciale; 2. fatto a croce
crucífero, -a *adj/s bot* crocifero, -a
crucifilcado, -a *adj* crocifisso, -a; **~car** ‹*crucifiqué*› *vt* crocifiggere; **~jo** *m* crocifisso; **~xión** *f* crocifissione
cruciforme *adj* crociforme
crucigramla *m* cruciverba; *fig* enigma; **~ista** *m/f* cruciverbista
cruda *f Méx* sbornia
crudellísimo, -a *adj* crudelissimo, -a; **~za** *f* crudezza; crudezza, asprezza, rudezza
crudo, -a 1. *adj* crudo, -a; crudo, -a, crudele; *meteo* rigido, -a; **2.** *m* (*petróleo*) grezzo, crudo
cruel *adj* crudele, spietato, -a; atroce, forte; **~dad** *f* crudeltà *inv*, spietatezza, ferocia
cruento, -a *adj* cruento, -a, sanguinoso, -a
crujlía *f arq* intercapedine; *nav* ringhiera ◊ ***pasar ~*** soffrire la pena delle verghe; **~ido** *m* scricchiolio, scoppiettio; (*tela*) fruscio; **~iente** *adj* 1. scricchiolante; 2. *gastr* rosticcioso, -a, croccante; **~ir** *vi* scricchiolare, scoppiettare; frusciare
crup *m med* crup, difterite *f*; **~ier** (*var.* **croupier**) *m* croupier* *inv*
crural *adj med* crurale
crustáceo, -a *adj/s* crostaceo, -a
cruz (*pl* **cruces**) *f* croce; *fig* croce, tormento *m* ◊ ***~ y raya*** punto e basta; ***cara o ~*** testa o croce; ***hacerse ~es*** *fig* farsi il segno della croce/restare sbigottito; **~ada** *f* crociata; campagna; **~ado, -a 1.** *adj* incrociato, -a, attraversato, -a; **2.** *m* crociato; **~ar** ‹*crucé*› **1.** *vt zool/bot* incrociare; attraversare, percorrere; **2. ~se** incontrarsi, incrociarsi ◊ ***~sele los cables (a alg)*** perdere il filo, perdere (q) la bussola; perdere il controllo
CSCE (*Conferencia de Seguridad y Cooperación Europeas*) *abr* CSCE (*Conferenza per la Sicurezza e Cooperazone Europea*)
CSI *abr/m* 1. (*Centro Superior de Inteligencia*) ="SISMI (Comitato Esecutivo per i Servizi di Informazione e di Sicurezza)"; 2. (*Central sindical independiente*) ="Centrale sindacale indipendente (sindacato di destra)"
CSIC (*Consejo Superior de Investigaciones Científicas*) *abr/m* CNR (*Consiglio Nazionale delle Ricerche*)
CSIF (*Confederación de Sindicatos Independientes de Funcionarios*) *abr/m* ="Confederazione Sindacati Autonomi Funzionari. (Sindacato di destra)"
CSN (*Consejo de Seguridad Nuclear*) *abr* (*Comitato Nazionale per l'Energia Nucleare*) ="CNEN"
CSP (*Cuerpo Superior de Policía*) *abr* ="Corpo Superiore di Polizia"
cta. (*cuenta*) *abr* (*conto*) c.
cte. (*corriente*) *abr* corrente
CTNE (*Compañía Telefónica Nacional de España*) *abr ant* SIP (*Società Telefonica Nazionale*)
Ctra. (*carretera*) *abr* strada
cuac *onom* qua; **~o** *m Méx* cavallo
cuadernla *f nav* costa; **~illo** *m* quinterno; **~o** *m* quaderno; registro, libro; diario
cuadra *f* 1. stalla; 2. scuderia; **~dillo** *m* quadrello, righello
cuadrado, -a 1. *m* quadrato; **2.** *adj* quadrato, -a; *fig* perfetto, -a ◊ ***al ~*** al quadrato; ***cabeza ~a*** testa quadra
cuadraglenario, -a *adj* quadragenario, -a; **~esimal** *adj* quadragesimale, quaresimale; **~ésimo** *adj/m* quadragesimo
cuadrangular *adj* quadrangolare
cuadrángulo *m* quadrangolo
cuadrante *m* quadrante
cuadrar 1. *vt* quadrare, squadrare; **2.** *vi* quadrare, coincidere, convincere; **3. ~se** *mil* mettersi sull'attenti; irrigidirsi, far resistenza *vi*
cuadrático, -a *adj* quadratico, -a
cuadratura *f* quadratura ◊ ***~ del círculo*** quadratura del cerchio
cuádriceps *adj/m* quadricipite
cuadrícula *f* quadrettatura
cuadricullado, -a *adj/m* quadrettato, -a; reticolato, -a; **~ar 1.** *adj* quadrettato, -a, reticolare; **2.** *vt* quadrettare, reticolare
cuadrienlal *adj* quadriennale; **~io** *m* quadriennio
cuadrifonía *f electrón* quadrifonia
cuadriga *f hist* quadriga
cuadrilátero, -a *adj/m* quadrilatero, -a
cuadrilla *f* 1. *tecn/taur/jur* quadriglia; *aero/mil/nav* squadriglia; 2. (*baile*) quadriglia ◊ ***en ~*** *desp* in gruppo
cuadrisílabo, -a *adj/m* quaternario, -a
cuadrivio *m* quadrivio
cuadro *m* 1. quadro, quadrato; 2. *arte* quadro; 3. telaio; cornice *f* ◊ ***~ clínico*** quadro clinico; ***~ de distribución*** quadro di distribuzione; ***~ de mando*** pannello dei comandi; ***a ~s*** a quadri; ***en ~*** in quadro; ***estar en ~*** restare in pochi; ***un acto y cuatro ~s*** *teat* un atto e quattro quadri
cuadrunvirlato *m* quadrunvirato; **~o** *m* quadrunviro
cuadrúpedo, -a *adj* quadrupede
cuádruple (*var.* **cuádruplo**) *adj* quadruplo, -a
cuadruplicIado, -a *adj/m* quadruplicato, -a ◊ ***por ~*** per quadruplicato; **~ar** ‹*cuadrupliqué*› *vt* quadruplicare

cuaima *f Ven* ="serpente velenoso" *m*; *fig* scaltro, -a *m/f*

cuaj|ada *f* cagliata, caglio *m*; **~ado, -a** *adj* cagliato, -a, quagliato, -a, rappreso, -a; **~adura** *f* cagliatura; **~aleche** (*var.* **cuajaleches** *inv*) *m bot* caglio; **~ar 1.** *vt* cagliare, quagliare, coagulare; **2.** *vi tamb. fig* quagliare, coagularsi; **~arón** *m* grumo, coagulo; **~o** *m* caglio, presame; *zool* abomaso; *fig* flemma *f* ◊ ***de ~*** dalla radice

cual (*pl* **cuales**) **1.** *adj/pron* quale, qual; **2.** *adv* come, quale ◊ ***a/de los, las ~es*** ai, dei, dai quali, alle, delle, dalle quali; ***cada ~ tiene sus problemas*** ognuno ha i suoi problemi; ***por lo ~*** per cui, per la qual cosa; ***sin, con, por el/la ~*** senza, con, per il/la quale; ***son a ~ más embustero*** sono uno più furbo dell'altro; ***tal ~*** tale e quale

cuál (*pl* **cuáles**) *adj/pron* quale ◊ ***no sé de cuál libro hablas*** non so di quale libro parli

cualidad *f* qualità *inv*; requisito *m*; dote, pregio *m*

cualific|ación *f* qualificazione, qualifica; **~ado, -a** *adj* qualificato, -a; **~ar** ‹*cualifiqué*› *vt* qualificare

cualitativo, -a *adj* qualitativo, -a

cualquier, cualquiera (*pl* **cualesquiera**) **1.** *adj* qualunque, qualsiasi; **2.** *pron* chiunque ◊ ***¡~a le dice nada!*** E chi ha il coraggio di dirgli qualcosa!; ***¡~a lo diría!*** Chi lo direbbe!; ***a ~er hora del día*** a qualsiasi/qualunque ora del giorno; ***un libro ~a*** un libro qualsiasi; ***un, una ~a*** uno, una qualunque

cuan, cuán V. **cuanto**

cuando 1. *adv* quando; **2.** *conj* se, poiché; anche se ◊ ***~ más, tardará cinco días*** tutt'al più tarderà cinque giorni; ***~ menos, le habrá costado medio millón*** Gli/le sarà costato almeno mezzo milione; ***~ quieras*** quando vuoi; ***~ tú lo dices...*** se tu lo dici; ***aun ~ lo supiese*** anche se lo sapessi; ***de ~ en ~*** di quando in quando; ***eso me pasó ~ niño*** questo mi accadde da bambino

cuándo *m/adv* quando ◊ ***¿De ~ acá...?*** Da quando in qua...?; ***el cómo y el ~*** il come e il quando

cuantía *f* quantità *inv*, valore *m*

cuántico, -a (*var.* **quántico**) *adj* quantistico, -a

cuantidad *f mat* quantità *inv*

cuantific|ación *f* quantificazione; **~ador** *m* quantificatore; **~ar** ‹*cuantifiqué*› *vt* quantificare

cuantioso, -a *adj* grande, abbondante

cuantitativo, -a *adj* quantitativo, -a

cuanto, -a 1. *adj/adv/prep* quanto, -a; **2.** *pron/pl* tutti coloro che, tutti quelli che; tutti i, tutte le; quanto; **3.** *m fís* quanto ◊ ***~ (a, que)*** in quanto (a, che); ***~ antes*** al più presto; ***~ más*** tanto più; ***tanto...~ ...*** tanto... quanto...; ***te llamaré en ~ llegue*** ti chiamerò appena arriverò (sarò arrivato); ***unos ~s*** alcuni; ***vale ~ pesa*** vale quanto pesa

cuánto, -a *adj/adv/pron* quanto, -a ◊ ***¡cuán difícil es contentar a todos!*** Come/quanto è difficile accontentare tutti!; ***¡Cuánta gente!*** Quanta gente!; ***¿a cuántos estamos?*** Quanti ne abbiamo oggi?

cuáquer|es (*var.* **cuáquers**) *mpl Arg/Par* fiocchi d'avena; **~o, -a** *adj/s relig* quacchero, -a, quacquero, -a

cuarcífero, -a *adj* quarzifero, -a

cuarcita *f geol* quarzite

cuarent|a 1. *adj/m inv* (*card*) quaranta *inv*; **2.** *adj* (*ord*) quarantesimo, -a ◊ ***cantar (a alg) las ~*** dirne quattro (a q); **~avo** *m* quarantesimo; **~ena** *f* quarantina; *relig* quaresima; *med tamb. fig* quarantena; **~ón, -ona** *adj/s desp* quarantenne (*estánd*)

cuaresma *f relig* quaresima; **~l** *adj relig* quaresimale

cuarta *f mat* quarto *m*; *mús/nav/auto* quarta; *jur* quarta parte; **~na** *f med* quartana

cuartear 1. *vt* 1. dividere in quattro parti; fare a pezzi; 2. fare zig-zag; **2.** *vi taur* fare lo scarto; **3.** **~se** 1. screpolarsi, fendersi; 2. *Méx fig* fare marcia indietro

cuartel *m mil* caserma *f*; *nav/mil tamb. fig* quartiere; *elev* rifugio ◊ ***~ general*** *tamb. fig* quartiere generale; ***no dar ~*** non dare quartiere, non concedere tregua; ***sin ~*** senza quartiere, senza un attimo di tregua; *mil* (non) dare quartiere; **~ada** (*var.* **cuartelazo** *m*) *f* ammutinamento *m*; **~ero, -a** (*var.* **cuartelesco**, **cuartelario**) *adj* da caserma, soldatesco, -a

cuarteo *m* crepa *f*; *taur* scarto

cuarter|illo *m coloq* caserma *f* ◊ ***dar ~ a alg*** agevolare/aiutare q; **~ón, -ona 1.** *adj/s* 1. *Am* ="di meticcio, -a spagnolo, -a e meticcio, -a indiano, -a"; 2. ="meticcio, -a di bianco, -a e mulatto, -a"; 3. pannello; **2.** *m* imposta *f*

cuartet|a *f lit/mús* quartina; **~o** *m mús/lit* quartetto

cuartill|a *f* mezzo foglio *m*; *impr* cartella; **~o** *m* ="0,504 litri di latte"; ="1,156 litri di aridi"

cuarto, -a 1. *adj/m mat* quarto, -a; **2.** *m* stanza *f*, camera *f*, abitazione *f*; **3.** *mpl* quattrini, denaro *m*, soldi ◊ ***~ de aseo, de dormir, de costura, de estar*** bagno di servizio, stanza da letto, stanza da lavoro, soggiorno; ***~ de banderas*** sala delle bandiere; ***~s de final*** quarti di finale; ***de tres al ~*** da niente; ***saber (alg) con quién se gasta (o se juega) los ~s*** sapere (q) con chi si tratta; ***tener cuatro ~s*** avere quattro soldi; ***un ~*** un soldo

cuartucho *m desp* bugigattolo, stanzuccia *f*

cuarzo *m* quarzo ◊ ***lámpara de ~*** lampada al quarzo; ***reloj de ~*** orologio al quarzo; **~so, -a** *adj* quarzifero, -a

cuásar *m mat* quasar

cuasi V. **casi**; **~contrato** *m jur* quasi contratto; **~delito** *m jur* quasi delitto; **~modo** *m* quasimodo, domenica in Albis *f*

cuate *adj Méx coloq* gemello, -a; *Méx* compagno, -a

cuaterna *f* quaterna; **~rio, -a** *adj/m* quaternario, -a

cuatrero *m* ladro di bestiame

cuatri|cromía *f* quadricromia; **~dimensional** *adj* quadridimensionale

cuatrien|al *adj* quadriennale; **~io** *m* quadriennio

cuatrill|izo, -a *adj/s* ognuno dei quattro gemelli/delle quattro gemelle; **~o** *m* quadrigliati *mpl*

cuatrimestr|al *adj* quadrimestrale; **~e** *m* quadrimestre

cuatrimotor *m aero* quadrimotore

cuatripartit|a *f* quadripartizione; **~o, -a** *adj* quadripartito, -a

cuatrisílabo, -a *adj/m* quadrisillabo, -a

cuatro 1. *adj/m* (*card*) quattro *inv*; (*ord*) quarto, -a; **2.** *m mús* composizione a quattro voci *f* ◊ ***el ~ de oros*** il quattro di danari; ***más de ~*** molti; **~centista** *m/f* quattrocentista; **~cientos, -as** *adj/m* (*card*) quattrocento *inv*; (*ord*) quattrocentesimo, -a

Cuba *f geogr* Cuba

cuba *f* (*de madera*) botte; *tecn* tino *m*; *tecn* vasca, vaschetta, contenitore *m*; *quím* cella ◊ ***~ de fermentación*** tino di fermentazione; ***estar como una ~*** essere ubriaco fradicio; **~libre** *m* cuba libre *inv*; **~no, -a** *adj/s* cubano, -a; **~ta** *m Esp coloq* cuba libre *inv*

cube|ro *m* bottaio ◊ ***a ojo de buen ~*** ad occhio e croce; **~rtería** *f* servizio di posate *m*, posate *fpl*; **~ta** *f* vaschetta, piletta

cubic|ación *f mat* cubatura; **~ar** ‹*cubiqué*› *vt mat* elevare al cubo

cúbico, -a *adj* cubico, -a

cubículo *m* cubicolo

cubiert|a *f* coperta; *impr* copertina; *auto* copertone *m*; *arq* copertura; *nav* coperta; **~o, -a 1.** *adj* coperto, -a; **2.** *m* (*restaurante*) coperto; posata/e *f(pl)*; coperto ◊ ***(ponerse) a ~*** (mettersi) al coperto

cubil *m* covo, tana *f*, covile; **~ete** *m* bussolotto; **~ote** *m metal* cubilotto

cubis|mo *m arte* cubismo; **~ta** *adj/s arte* cubista

cubitera *f* (secchiello) portaghiaccio *m inv*

cúbito *adj med* cubito

cubito *m gastr* dado da brodo; cubetto

cubo *m* 1. *geom* cubo; 2. *tecn* mozzo, dado; secchio ◊ ***~ del agua*** secchio dell'acqua; ***~ de la basura*** pattumiera; ***al ~*** al cubo

cubre *m* copriletto *inv*; **~cadena** *m* copricatena; **~cama** *m* copriletto *inv*; **~corsé** *m* copribusto *inv*; **~fuego** *m* coprifuoco *inv*; **~juntas** *m inv mec* coprigiunto; **~mantel** *m* coprimacchia *inv*; *relig* copritovaglia *inv*; **~nuca** *f mil* coprinuca *m inv*; **~objeto** *m* vetrino; **~rradiador** *m* mascherina *f*

cubrir ‹*cubierto*› V. 15 **1.** *vt* 1. coprire; 2. occultare, nascondere; 3. *mil* coprire; **2. ~se** coprirsi

cuca *f* 1. *zool coloq* scarafaggio *m*; 2. *coloq* peseta; 3. *euf/coloq* (*sexo*) uccello *m*; **~monas** *fpl coloq* moine

cucañ|a *f* cuccagna; **~ero, -a** *adj/s* scroccone, -a, scroccatore, -trice

cucaracha *f zool* scarafaggio; *mús* cucaracha*

cucarda *f* coccarda

cuchar|a *f* cucchiaio *m*; *tecn* cucchiaia ◊ ***~ de pastor*** fiordaliso ovoide; ***de ~*** *mil* della gavetta; ***entregar la ~*** *fig* crepare, dare l'anima al signore; ***meter la ~*** *coloq* mettersi in mezzo; **~ada** *f* cucchiaiata; **~adita** *f* cucchiaino *m*; **~ero** *m* 1. fabbricante di cucchiai; 2. sbarra appendicucchiai *f*; **~illa** (*var.* **cucharita**) *f* cucchiaino *m*; **~ón** *m* cucchiaione

cuché *adj* ◊ ***papel ~*** carta satinata

cuchiche|ar *vi* bisbigliare; **~o** *m* bisbiglio

cuchi-cuchi *excl* tesoro bello, amor mio, tesoruccio (di mamma, mio, di babbo,...)

cuchill|a *f* 1. lama; 2. mannaia, scure ◊ ***~ de afeitar*** lametta da barba; **~ada** *f* coltellata; taglio *m*; **~ería** *f* coltelleria; **~ero** *m* 1. *tecn* staffa *f*, ghiera *f*; 2. (*persona*) coltellinaio; 3. *fig* attaccabrighe *inv*; **~o** *m* coltello

cuchipanda *f coloq* baldoria

cuchitril *m* porcile; *fig* bugigattolo

cuchufleta *f* facezia

cucli|llas: en ~ *adv* ◊ ***estar en ~*** stare coccoloni; **~o** *m zool* cuculo

cuco, -a 1. *adj* lindo, -a, grazioso, -a; furbacchione, -a; **2.** *m* 1. *zool* (*pájaro*) cuculo; 2. *zool* bruco

cucú *m* cucù

cucúrbita *f bot/quím* cucurbita

cucurbitáceo, -a *adj/f bot* cucurbitaceo, -a

cucurucho *m* 1. cartoccio; 2. (*helado*) cono; 3. mitra *f*

cueceleches *m inv* (bollitore) scaldalatte

cuelg|a *f* penzolo *m*; **~o** V. **colgar**

cuello *m med tamb. fig* collo; colletto ◊ ***~ cisne*** collo dolce vita; ***~ de pajarita*** colletto a punte piegate; ***~ de pico*** scollo a punta; ***coger por el ~*** prendere per il collo; ***con la soga al ~*** con la corda al collo; ***salirse/escaparse por el ~ de la camisa*** essere una stecca

cuelo V. **colar**

cuenc|a *f* 1. (*ojos*) orbita; 2. bacino *m*, conca; **~o** *m* 1. (*lavar*) catino; 2. (*comer*) ciotola *f*; 3. conca *f*

cuenta *f adm* conto *m*; *mat* calcolo *m*, computo *m* ◊ ***~ al revés*** conteggio alla rovescia; ***~ corriente*** conto corrente; ***~ naranja*** *banc* conto arancione; ***a tener en ~*** da tener da conto; ***ajustar ~s*** regolare, fare i conti; ***caer en la ~*** rendersi conto; ***cargar en ~*** mettere in/sul conto; ***dar ~*** dare, render conto; ***dar la ~*** dare il conto; ***de ~*** d'importanza; ***echar ~s*** fare i conti; ***echar la ~*** fare il calcolo; ***en resumidas ~s*** insomma; ***entrar en las ~s de alg*** entrare nei calcoli di q; ***estar fuera, salir de ~*** aver superato la data presunta del parto; ***pájaro de ~*** brutto tipo, tipo pericoloso; ***poner en la ~*** mettere a carico; ***por su ~ y riesgo*** a suo rischio e pericolo; **~correntista** *m/f com* correntista; **~cuentos** *m/f inv* novellatore, -trice *m/f*; **~gotas** *m inv farma* contagocce; **~kilómetros** (*var.* **cuentaquilómetros**) *m inv auto* contachilo-

metri; **~pasos** *m inv* contapassi, pedometro *m*; **~rrevoluciones** *m inv mec* contagiri
cuentista *m/f* novelliere, -a; *coloq/fig* ballista
cuento *m* racconto, fiaba *f*, storia *f*, novella *f*; *coloq/fig* frottola *f*, balla *f*; *desp* pettegolezzo ◊ **~ *de viejas*** fiaba; ***dejarse de ~s*** andare al fondo della questione/venire al sodo; sbrigarsi; ***el ~ de la lechera*** un'illusione; ***el ~ de nunca acabar*** una storia che non finisce mai; ***no querer ~s con alg*** non voler storie con q; ***no venir a ~*** non venire al caso; ***tener mucho ~*** avere molte storie; ***traer a ~*** tirare in ballo; ***venir con ~s*** venire con storie; ***vivir del cuento*** vivere di espedienti
cuerd|a *f* corda, fune; *mús/med* corda; *sport/tecn* corda ◊ **~ *floja*** corda dei funamboli; ***~s vocales*** corde vocali; ***aflojar, apretar la ~*** mollare/stringere la corda; ***bajo ~*** di nascosto; ***dar ~ a alg*** dar corda a q; ***dar ~ al reloj*** dar corda all'orologio/caricare l'orologio; ***estar en la ~ floja*** stare sulla corda; ***tocar la ~ sensible*** toccare la corda sensibile; **~o, -a** *adj* saggio, -a, assennato, -a
cuern|a *f zool* corna *fpl*; bicchiere di corno *m*; *mús* trombetta di corno; **~o** *m* 1. *zool* corno (corna fpl); 2. *mús* corno (corni pl) ◊ ***asir/coger (algo) por los ~s*** andare alla radice di un problema; ***echar/mandar al ~*** mandare al diavolo; ***irse al ~*** andarsene al diavolo; ***levantar sobre los ~s de la luna*** portare al settimo cielo; ***poner los ~s*** fare le corna; ***no valer un ~*** non valere un corno; ***romperse/partirse los ~s*** rompersi la testa; ***saber/oler (u-c, a alg) a cuerno quemado*** puzzare (qc a q); ***¡Un ~!*** Un corno!; ***ver los ~s al toro*** vedere il pericolo
cuero *m* 1. pelle *f*, cuoio; 2. otre *f* ◊ **~ *cabelludo*** cuoio capelluto; ***dejar, quedar en ~s*** spogliare, rovinarsi; ***en ~s (vivos)*** nudo
cuerp|azo *m* carrozzeria *f*; **~o** *m* corpo ◊ **~ *a ~*** a corpo a corpo; **~ *diplómatico, del delito, militar, legislativo, químico*** corpo diplomatico, del delitto, militare, legislativo, chimico; ***a ~ de rey*** come un re/un pascià; ***a ~ descubierto*** a corpo nudo; ***dar con el ~ en tierra*** cadere a/per terra; ***de ~ presente*** presente il cadavere; ***en ~ y alma*** anima e corpo; ***fotografía de ~ entero, de medio ~*** fotografia di tutta la persona, a mezzo busto; ***hacer de(l) ~*** *coloq* andare di corpo; ***pedir u-c el ~*** avere molta voglia di qc; ***revolver el ~*** venire il voltastomaco; ***tener, tomar ~*** avere, prender corpo
cuerv|a *f reg* (*bebida*) ="sangría con pezzi di frutta"; **~o** *m zool* corvo ◊ ***cría ~s y te sacarán los ojos*** allevare la serpe in seno
cuesco *m* 1. nocciolo; 2. *vulg* scorreggia *f*; 3. pugno; 4. *Col/Ven* palma *f*
cuesta *f* 1. pendice, pendio *m*; 2. salita; 3. discesa ◊ **~ *arriba, abajo*** in salita, in discesa; ***a ~s*** sulle/a spalle; ***caérsele la casa a ~s/encima*** non sopportare di stare in casa; ***hacérsele a alg ~ arriba (u-c)*** diventare difficile, pesante (qc per q); ***la ~ de enero*** le penurie del mese di gennaio; **~ción** *f* questua, colletta
cuestión *f* questione, problema *m* ◊ **~ *candente, de competencia, de confianza, previa*** questione scottante, di competenza, di fiducia, preliminare; ***en ~ de*** in materia di; ***en ~ de quince días*** in circa quindici giorni; ***esa es otra ~*** questo è un altro fatto; ***la ~ es pasar el rato*** l'importante/il caso è passare il tempo; ***la ~ es que*** il fatto/caso è che; ***sería ~ de*** sarebbe opportuno, meglio; ***una ~ personal*** un problema personale
cuestion|able *adj* discutibile, questionabile (*raro*); **~ar** *vt/i* mettere in discussione *vt*, discutere; **~ario** *m* questionario ◊ **~ *de aptitudes*** questionario attitudinale
cuesto V. **costar**; **~r** *m hist* questore
cuestura *f* questura
cuete *m* 1. *Am* revolver, pistola *f*; 2. *Méx* ubriaco
cueva *f* grotta, caverna, spelonca; *fig* covo *m* ◊ **~ *de ladrones*** covo di ladri
cuévano *m* corbello; gerla *f*
cuezo V. **cocer**
cuico, -a *adj Am* di altra regione, forestiero, -a
cuidad|o, -a 1. *m* 1. cura; 2. attenzione; diligenza; precauzione; **2.** *adj* accurato, -a ◊ ***~s intensivos*** terapia intensiva; reparto di rianimazione; ***¡~ con el perro!*** attenti/attenzione al cane!; ***¡~!*** attento!, attenzione!; ***¡pierda usted ~!*** ¡non si preoccupi!; ***andar con ~*** andare con precauzione; ***enfermo de ~*** malato grave; ***estar al ~ de*** avere in custodia; essere sotto la custodia di; ***tener ~*** fare attenzione; ***tener sin ~*** non preoccupare; ***una persona de ~*** persona poco raccomandabile; **~dor, -a** *m/f* badante (*adm*); **~dora** *f Méx* bambinaia; **~doso, -a** *adj* meticoloso, -a, minuzioso, -a, attento, -a; **~r 1.** *vi* curare *vt*, aver cura (**de** di); **2.** *vt* vigilare, custodire
cuita *f* dolore *m*, pena, travaglio *m*; **~do, -a** *adj elev* infelice, sventurato, -a
cula|da *f coloq* culata; **~ta** *f* culatta; *auto/mec* testata del cilindro ◊ ***salir el tiro por la ~*** riuscire al rovescio; **~tazo** *m* rinculo; colpo di culatta
culé *adj* del Club di Calcio del Barcelona
culebr|a *f* serpe, biscia; **~ear** *vi* serpeggiare; **~ón** *m* 1. serial *inv*, telenovela *f*, sceneggiato a puntate, teleromanzo; 2. *fig* volpone; 3. *med coloq* fuoco di sant'Antonio
culer|a *f* toppa; **~o, -a** *m/f jerga drog* (tipo di) corriere della droga, mula
culinario, -a *adj* culinario, -a
culito *m coloq* pochino, dito (*fig*)
culmen (*pl* **cúlmenes**) *m* colmo; ***alcanzar el ~ de la felicidad*** *raggiungere il colmo della felicità*
culmin|ación *f* culminazione; **~ante** *adj* culminante; **~ar** *vi* culminare
culo *m* 1. *coloq* culo (*vulg*), sedere (*estánd*); *med* ano; 2. *fig* fondo ◊ **~ *de mal asiento*** persona mutevole/volubile/incostante; **~ *de mondo*** in capo al mondo; **~ *de pollo*** cucitura malfatta

(*estánd*); ~ ***de saco*** vicolo cieco; ~ ***de vaso*** culo/fondo di bicchiere; ***caerse de*** ~ cadere di spalle; ***con el ~ al aire*** con il culo all'aria; ***con el ~ prieto*** con la paura/cacarella addosso; ***con el ~ a rastras a terra*** con le chiappe per terra; ***confundir el ~ con las témporas*** non capire un cavolo; ***dar por el ~ a alg*** metterla nel culo a q, inculare q (*tamb. fig*); ***lamer el ~ (a alg)*** leccare il culo a q; ***mandar a tomar por el ~*** mandare a fare in culo; ***mover el*** ~ smuoversi; ***perder el*** ~ dare via il culo; **~mbio** *m cient* coulomb *inv*

culón, -ona *m/f coloq* culone, -a

culotte [ku'lot] *f* (*de mujer*) culotte*

culpa *f* colpa; responsabilità ◊ ***echar, tener la ~*** dare, aver la colpa; **~bilidad** *f* colpevolezza; **~bilizar** ‹*culpabilicé*› *vt* colpevolizzare; **~ble** *adj* colpevole, reo, -a; **~do, -a** *adj* accusato, -a, imputato, -a, incolpato, -a; **~r** *vt* 1. accusare, imputare; 2. tacciare

culposo, -a *adj* colposo, -a

culteran|ismo *m lit* culteranesimo; **~o, -a** *adj/m lit* culterano, -a

cultismo *m* cultismo

cultiv|able *adj* coltivabile; **~ado, -a** *adj* coltivato, -a, colto, -a, civile; **~ador, -a** *adj/s* 1. coltivatore, -trice; 2. *arte/lit* cultore, -trice; **~ar** *vt* coltivare; **~o** *m agric* coltivazione *f*, coltura *f* ◊ ~ ***biológico*** coltivazione biologica; ***caldo de*** ~ brodo di coltura; *fig* terreno adatto

culto, -a 1. *adj* colto, -a; educato, -a; **2.** *m* culto ◊ ***rendir*** ~ rendere omaggio

cultura *f* 1. cultura, istruzione; civiltà *inv*; 2. *agric* coltura, coltivazione; **~l** *adj* culturale

culturi|smo *m sport* culturismo; **~sta** *adj/s* culturista; **~zar** ‹*culturicé*› *vt* dar cultura a *vi*

cumbia *f Col* ="ballo popolare" *m*

cumbre *f* 1. cima, vetta, culmine *m*; 2. *pol* vertice *m*, incontro al vertice *m*, summit *m inv*; **~ra** *f* comignolo *m*

cúmplase *m jur* exequatur *inv* visto

cumpleaños *m* compleanno

cumpli|dero, -a *adj* da compiersi, con scadenza; **~do, -a 1.** *adj* compiuto, -a; completo, -a, perfetto, -a; cerimonioso, -a, cortese, gentile; comodo, -a; **2.** *m* complimento ◊ ***20 años ~s*** 20 anni compiuti; ***una persona ~a*** una persona gentile/cortese; **~dor, -a** *adj* puntuale, esatto, -a; (*persona*) serio, -a; **~mentar** *vt* 1. *jur* eseguire; 2. *jur* completare; 3. congratularsi ◊ ~ ***un expediente*** compilare/eseguire una pratica; **~mentero, -a** *adj* complimentoso, -a, cerimonioso, -a; **~miento** *m* 1. compimento; 2. complimento, omaggio ◊ ***por*** ~ per pura cortesia; **~r 1.** *vt* compire, compiere, eseguire, adempiere; **2.** *vi* 1. scadere; 2. comportarsi con gentilezza; 3. restituire una visita/una gentilezza; 4. finire il servizio militare; compiersi ◊ ***por*** ~ per cortesia

cúmulo *m* 1. *astron* cumulo; 2. *fig* cumulo, mucchio, sacco

cuna *f* culla; *elev/fig* cuna ◊ ***de ~ humilde*** di umile famiglia; ***desde la*** ~ fin dall'infanzia; dalla culla

cundir *vi* 1. rendere molto; 2. (*pánico*) spargersi, estendersi, diffondersi

cunear *vt* cullare, dondolare

cuneiforme *adj* cuneiforme

cuneta *f* cunetta (carretera), fosso *m*

cunícola, -a *adj* cunicolo, -a

cuña *f* 1. zeppa; conio *m*, cuneo *m*; 2. *impr* cuneo *m*, zeppa; 3. *sport* spazzaneve *m*; 4. *TV* spot *m*, annuncio *m* ◊ ***de ~*** *sport* a spazzaneve; ***meter*** ~ mettere zizzania; **~do, -a** *m/f* cognato, -a; **~r** *vt* bollare, timbrare, improntare

cuño *m* 1. timbro; 2. (*moneda*) conio ◊ ***de nuevo*** ~ di nuovo conio

cuota *f* quota

cupé *m* coupé* *inv* ◊ ~ ***descapotable*** spider*

cupe V. **caber**

Cupido *m mitol* Cupido

cupl|é *m mús* couplet* *inv*; **~etista** *m/f* cantante di couplet

cupo *m* contingente; quota *f* ◊ ***excedente de ~*** *mil* fuori contingente di leva

cupón *m* 1. tagliando, buono, cedola *f*, coupon *inv*; 2. biglietto della lotteria dei ciechi

cuponazo *m* biglietto vincente (della lotteria)

cúprico, -a *adj* cuprico, -a

cúpula *f* 1. cupola, volta; 2. *nav* torre girevole; 3. *fig* dirigenti *mpl*

cura 1. *m relig* sacerdote, prete; **2.** *f hum* cura ◊ ***este*** ~ io stesso; ***ponerse en*** ~ mettersi in cura; **~ble** *adj* curabile; **~çao** V. **curasao**; **~ción** *f* cura, guarigione

curad|o, -a *adj* 1. curato, -a; 2. stagionato, -a, essiccato, -a, conservato, -a ◊ ***estar ~ de espanto*** non meravigliarsi più di nulla; **~or, -a** *adj/s* curatore, -trice; **~uría** *f* curatela

curander|ismo *m* fattucchieria *f*; **~o, -a** *m/f* fattucchiere, -a

curar 1. *vt* 1. curare, medicare; 2. (*alimentos*) conservare; 3. (*alimentos, madera*) stagionare; **2.** *vi* guarire, risanare; **3. ~se** curarsi, preoccuparsi ◊ ***~se en salud*** prevenire il male; **~e** *m* curaro

curasao (*var.* **curaçao**) *m* curaçao, curassò

curat|ela *f* curatela; **~ivo, -a** *adj* curativo, -a; **~o** *m* curato; parrocchia *f*

cúrcuma *f bot* curcuma

curcusilla *f zool coloq* codrione *m* (*estánd*), codione *m* (*estánd*)

curd|a *f coloq* sbornia; **~o, -a** *adj/s* curdo, -a

curí *m Col zool* cavia *f*

curia *f* curia; **~l** *adj* curiale; **~ra** *f Am nav* canotto *m*

curios|ear *vi* curiosare; **~idad** *f* curiosità *inv*; rarità *inv*; **~o, -a 1.** *adj* strano, -a, raro, -a; **2.** *m/f* curiosa, ficcanaso *inv*

curr|ante *m/f coloq* lavoratore, -trice, operaio, -a; **~ar** *vi coloq* sgobbare; **~e** V. **curro**

curri|cán *m* traina *f* ◊ ***pesca al*** ~ pesca a/alla traina; **~cular** *adj* curricolare

currículo (*var.* **currículum**) *m* curriculum
curriculum vitae *m* curriculum (vitae)
curro (*var.* **curre**) *m coloq/desp* lavoro, fatica *f*
curruca *f zool* capinera
curry ['kurri] *m* curry
curs|ado, -a *adj* abituato, -a, versato, -a; **~ar** *vt* 1. *estud* frequentare, seguire un corso; 2. dar corso (a) *vi*, sbrigare
cursi *adj/s* snob *inv*; **~lería** *f* snobismo *m*; **~llista** *m/f* corsista; **~llo** *m* corso breve; ciclo di conferenze
cursiv|a *f* corsivo *m*; **~o, -a** *adj* corsivo, -a ◊ ***en ~a*** in corsivo
curso *m* corso ◊ ***dar ~*** dar corso; ***de ~ legal*** in corso; ***en ~*** in corso; **~r** *m* 1. *mec* corsoio, cursore; 2. *informát* cursore
curt|ido, -a 1. *adj* 1. conciato, -a; 2. indurito, -a, incallito, -a, assuefatto, -a; **2.** *m* conciatura *f*; **~idor, -a** *m* conciatore, -trice; **~ir** *vt* 1. *tecn* conciare; 2. *fig* indurire, incallire, tostare
curv|a *f* curva ◊ ***~ de nivel*** curva di livello; **~ar** *vt* curvare, piegare; **~atura** *f* curvatura; **~ilíneo, -a** *adj* curvilineo, -a; **~o, -a** *adj* curvo, -a
cuscús (*var.* **kuskús**, **cuzcuz**) *m gastr* cuscus, cous-cous
cusí *m Am Mer* porcellino d'India
cúspide *f* cuspide
custodi|a *f* 1. custodia, cura; 2. *relig* tabernacolo *m*; ostensorio *m* ◊ ***~ compartida*** *jur* affidamento congiunto; **~ar** ‹*custodio*› V. 1 *vt* custodire, vigilare; **~o** *adj/s* custode, guardiano ◊ ***el ángel ~*** l'angelo custode
cutáneo, -a *adj* cutaneo, -a
cúter *m* cutter *inv*
cutícula *f* cuticola, pellicola
cutis *m inv* cute *f* (!), epidermide *f*, pelle del viso *f*
cutre *adj* 1. *coloq* misero, -a, meschino, -a; avaro, -a; 2. *coloq* squallido, -a, decadente, vecchio, -a; pacchiano, -a
cuy *m Am* cavia *f*
cuyo (*f* **cuya**, *mpl* **cuyos**, *fpl* **cuyas**) *pron/m elev* 1. cui *inv*; 2. di cui; 3. a cui ◊ ***¿cúyos son estos campos?*** *ant* di chi sono questi campi; ***el abogado ~a dirección escribiste...*** l'avvocato di cui scrivesti l'indirizzo/il cui indirizzo scrivesti...; ***el amigo, ~a hija/~o hijo/~as hijas/~os hijos conoces...*** l'amico, la cui figlia/il cui figlio/le cui figlie/i cui figli conosci...; ***las personas a ~a bondad me refiero...*** le persone alla cui bontà mi riferisco...;
CV *abr* 1. (*Caballo de Vapor*) CV (Cavallo vapore); 2. (*Comunidad Valenciana*) Regione di Valenza
cyber|café *m informát* cybercafe,* cybercaffè; **~espacio** *m* cyberspazio

D

D. (*Don*) *abr* (*Signor*) Sig.
Dª (*Doña*) *abr* (*Signora*) Sig.ra
dable *adj* possibile
dabute (*var.* **dabuten**, **dabuti**) *adj/inv jerga* stupendo, -a, fantastico, -a
da capo *adv/m mús* da capo
dacio, -a *adj/s hist* dacio, -a, della Dacia
dación *f jur* consegna, cessione ◊ ***~ en pago*** dazione in pagamento
dactilar *adj elev* digitale
dáctilo *m lit* dattilo
dactilo|grafía *f elev* dattilografia; **~grafiar** ‹*grafío*› V. 2 *vt* dattilografare, scrivere a macchina; (*texto grabado*) riversare; **~gráfico, -a** *adj* dattilografico, -a
dactilógrafo, -a *m/f* dattilografo, -a
dactiloscopia *f* dattiloscopia
dada|ísmo *m arte/lit* dadaismo; **~ísta** *adj/s arte/lit* dadaista
dádiva *f* dono *m*, regalo *m*, presente *m*
dadivos|idad *f* generosità *inv*, prodigalità *inv*; **~o, -a** *adj* generoso, -a, prodigo, -a
dado, -a 1. *m* dado; cubo; **2.** *adj* dato, -a ◊ ***~ que*** visto/posto/dato che, giacché; nel caso che; ***jugar a los ~s*** giocare ai dadi; **~r, -a 1.** *m/f* datore, -trice; **2.** *m fís* donatore
daga *f hist* daga
daguerrotipo *m foto* dagherrotipo
daiquiri *m Cuba* (*cocktail*) daiquiri
dal (*decalitro*) *abr* (*decalitro*) dal
dalia *f bot* dalia
dalla (*var.* **dalle** *m*) *f Arag agric* falce fienaia; **~r** *vt agric* falciare (il fieno)
Dalmacia *f geogr* Dalmazia
dálmata *adj/s* dalmata
dalt|oniano, -a *adj/s* daltonico, -a; **~ónico, -a** *adj/s* daltonico, -a; **~onismo** *m* daltonismo
dam (*decámetro*) *abr* (*dam*) decametro
dama *f* 1. dama, signora; 2. *teat* attrice; 3. (*naipes, ajedrez*) regina ◊ ***~ de compañía, de honor ...*** dama di compagnia, d'onore...; ***ir a la ~*** andare a dama; ***jugar a las ~s*** giocare a dama; **~juana** *f* damigiana; **~sco** *m* damasco
damasquin|ado, -a 1. *adj* damascato, -a; **2.** *m* (*tejido*) damascatura *f*; damaschinatura *f*; **~ador, -a** *m* damaschinatore, -trice; **~ar** *vt* damaschinare
dame|ro *m* scacchiera *f*; **~sana** *f Am* damigiana
damisela *f* 1. damigella, signorina; 2. *irón/desp* prostituta; 3. *irón* (*hombre*) damerino *m*, dama
damnific|ado, -a *adj* danneggiato, -a, sinistrato, -a; **~ar** ‹*damnifiqué*› *vt* danneggiare, sinistrare
dandi (*var.* **dandy**) *m* damerino
danés, danesa 1. *adj/s* danese; **2.** *m* (*perro*) alano
danone® *m* yogurt (della marca) Danone; (*genérico*) yogurt ◊ ***un cuerpo ~*** *irón* un corpo in forma/sano/atletico
dant|esco, -a *adj* dantesco, -a; **~ista** *m/f* dantista
danubiano, -a *adj* danubiano, -a
Danubio *m* Danubio
danza *f* danza, ballo *m* ◊ ***en ~*** in ballo; **~dor, -a** *adj/s* danzante; **~nte** *adj/s* 1. danzante; 2. *fig* persona iperattiva *f*; 3. *coloq/desp* ficcanaso *m/f inv*; **~r** ‹*dancé*› *vi* 1. danzare, ballare; 2. *fig* agi-

tarsi, andare di qua e di là; **~rín, -ina** *m/f* ballerino, -a

dañ|ado, -a *adj* 1. cattivo, -a; 2. danneggiato, -a, guastato, -a; **~ar 1.** *vt* danneggiare, ledere, nuocere *vi*, sciupare; *ant* condannare; **2. ~se** ammalarsi; guastarsi; **~ino, -a** *adj* nocivo, -a, dannoso, -a, pernicioso, -a, lesivo, -a; **~o** *m* danno, male, razo pregiudizio ◊ ***~s personales, materiales, colaterales*** danni personali, materiali, collaterali; ***hacer(se) ~*** fare(farsi) male; ***pago de ~s y perjuicios*** risarcimento danni; **~oso, -a** *adj* dannoso, -a, nocivo, -a

dar ‹*doy, das...; di, diste, dio...*› V. 23 **1.** *vt* dare; **2. ~se** 1. darsi, dedicarsi; 2. succedere; prodursi; 3. risultare facile; 4. colpirsi ◊ ***~ a conocer*** far conoscere; ***~ a entender*** far capire; ***~ con u-c*** imbattersi in qc; ***~ de comer*** dare da mangiare; ***~ de lleno en*** sbattere contro, colpire; ***~ de sí*** cedere; rendere; ***~ en el suelo*** cadere per terra; ***~ ganas*** venire voglia; ***~ guerra*** dar fastidio, non lasciare in pace; ***~ gusto*** far piacere; ***~ la cara*** mostrare la faccia; ***~ la lata*** seccare , scocciare; ***~ la salida*** dare il via; ***~ largas*** portarla per le lunghe; ***~ lengua*** far lezione di lingua; far l'esame di lingua,; ***~ palos de ciego*** *fig* andare alla cieca/a tastoni; ***~ por ahí*** venir voglia; ***~ por bien empleado (u-c)*** considerare ben occupato/speso (qc),; ***~ por hecho*** sottindere; ***~ por u-c*** prendere l'abitudine di qc; considerare qc; ***~ que decir*** dar motivo di mormorare; ***~ risa*** far ridere; ***~ un paseo*** fare una passeggiata; ***~ un plantón*** fare/tirare un bidone; ***~se por contento*** accontentarsi; ***~se por vencido*** darsi per vinto; ***~selas de u-c*** fare qc, vantarsi di qc; ***¡Ahí me las den todas!*** Chi se ne frega!; ***¡dale!*** dagli!; e dai!; ***¡qué más da!*** che importa?!; ***donde las dan las toman*** chi la fa l'aspetti; ***la puerta da a la calle*** la porta dà sulla strada; ***me da igual*** per me è lo stesso; ***no ~ para más*** non poter fare di piú; ***no ~ una*** non indovinarne una; ***no ~se por aludido*** fare orecchio da mercante

dardo *m* dardo, giavellotto; frecciata *f*

Darío *m* Dario

dársena *f* darsena

darwin|ismo *m* darwinismo, darvinismo; **~ista** *adj/s* darwinista, darvinista

data *f* data; **~ble** *adj* databile; **~ción** *f* datazione

datáfono *m* dataphone *inv*

datar *vt* datare

dátil 1. *m bot* dattero; **2.** *mpl coloq* le dita *fpl*

datilera *f* palma da datteri

dativo, -a 1. *adj/m ling* dativo; **2.** *adj jur* dativo, -a ◊ ***~ de interés, ético*** dativo di interesse, etico

dato *m* dato, fatto, elemento

dB (*decibelio*) *abr* (*decibel*) db

d.C. (*después de Cristo*) *abr* (*dopo Cristo*) d.C.

dcha. (*derecha*) *abr* destra

d.d.C. (*después de Cristo*) *abr* (*dopo Cristo*) d.C.

Ddo. (*duplicado*) *abr* duplicato

de *prep* 1. di; 2. da ◊ ***~ haberlo sabido*** se l'avessi saputo; ***~ mañana, noche*** di mattina, di sera, di notte; ***~ memoria*** a memoria; ***~ oro, madera, plata*** d'oro, di legno, d'argento; ***~... a...*** da...a...; ***¡ay de mí!*** ahimè!; ***¡pobre ~ mí!*** povero me!; ***ir ~ Sevilla a Roma*** andare da Siviglia a Roma; ***la casa ~ Juan*** la casa di Giovanni; ***la ciudad ~ Sevilla*** la città di Siviglia; ***máquina ~ coser, escribir*** macchina da cucire, da scrivere; ***salir ~ casa*** uscire di/da casa; ***traje ~ noche*** vestito da sera

dé V. **dar**

dealer ['diler] *m/f* 1. *econ* dealer *inv*; 2. *jerga delinc* (*droga*) pusher *inv*, peddler *inv*

deambul|ación *f* deambulazione; **~ar** *vi* deambulare, girovagare; **~atorio, -a** *adj* deambulatorio, -a

deán *m* decano

debacle *f* débâcle *inv*

debajo *adv/prep* sotto; da basso, di sotto ◊ ***~ de*** sotto; ***por ~*** dal di sotto

debat|e *m pol* dibattito; controversia *f*, discussione *f*; **~ir** *vt* dibattere, discutere

debe *m com* dare ◊ ***~ y haber*** dare e avere

debel|lación *f* debellamento *m*; **~ar** *vt* debellare

deber 1. *m* dovere, obbligo; *estud* compito; **2.** *vt* dovere ◊ ***~ de*** dovere; ***cumplir con su ~*** compi(e)re/fare il proprio dovere; ***debe de haber llegado ya a Roma*** deve/dovrebbe essere già arrivato a Roma

debid|amente *adv* dovutamente, debitamente; **~o, -a** *adj* dovuto, -a ◊ ***~ a*** dovuto a, a causa di; ***a su ~ tiempo*** a tempo debito; ***come es ~*** come di dovere

débil *adj* debole, fiacco, -a ◊ ***~ mental*** *med* labile di mente

debil|idad *f* debolezza, fiacchezza; debilità *inv* ◊ ***~ mental*** labilità di mente; **~tación** *f* indebolimento *m*; **~tamiento** *m* affievolimento, affiochimento, debilitazione *f*, indebolimento; **~tar** *vt* indebolire, debilitare

debilucho *m* scamorza *f*

debitar *vt com* addebitare

débito *m com* debito, addebitamento ◊ ***~ conyugal*** debito coniugale

debut [de'but, de'bu] (*var.* **debú**) *m* debutto, esordio; **~ante** *adj/s* debuttante, esordiente; **~ar** *vi* debuttare, esordire

década *f* decade

decade|ncia *f* decadenza; **~nte** *adj* decadente; **~ntismo** *m lit* decadentismo; **~ntista** *adj/s lit* decadentista

decaedro *m* decaedro

decaer ‹*caigo; caí, cayó; caiga; cayendo*› V. 19 *vi* 1. decadere, venir meno; peggiorare; 2. *nav* deviare

decágono *m geom* decagono

decagramo *m* decagramma, -mo

decaído, -a *adj* depresso, -a

decaimiento *m* decadimento, decadenza *f*

décalage [deka'laʒ] *m inv* décalage

decalcificación *f geol* decalcificazione
decalcomanía *f* decalcomania
decalitro *m* decalitro
decál|logo *m* decalogo; **~metro** *m* decametro
decan|ato *m* decanato ◊ **~ *de un cuerpo*** decanato di un corpo; **~ *de una facultad*** (*universidad*) consiglio di presidenza di una facoltà...; **~o, -a** *m/f* 1. decano; 2. (*universidad*) preside
decant|ación *f* decantazione; **~ar** *vt cient fig* decantare
decap|ado *m tecn* decapaggio; **~ar** *vt tecn* decapare
decapit|ación *f* decapitazione; **~ar** *vt* decapitare
decasílabo *adj/m* decasillabo
decatlón (*var.* **decat(h)lon**) *m sport* decat(h)lon
deceler|ación *f* decelerazione; **~ar** *vt* decelerare
decena *f* decina; **~l** *adj* decennale; **~rio, -a 1.** *adj* decennale; **2.** *m* ="filza di dieci grani del rosario" *f*
decencia *f* decenza, decoro *m*
decenio *m* decennio
decente *adj* decente; decoroso, -a
decenvir|ato *m* decemvirato; **~o** *m* decemviro
decep|ción *f* delusione; inganno *m*; **~cionar** *vt* deludere; ingannare
deceso *m Am* decesso, morte *f*
dechado *m* 1. *fig* modello, esempio; 2. campione di ricamo ◊ ***un ~ de virtudes*** un modello d'ogni virtù
decib|el (*var.* **decibelio**) *m* decibel; **~le** *adj raro* dicibile, che si può dire
decid|ido, -a *adj* deciso, -a; risoluto, -a; **~ir 1.** *vt* decidere; scegliere; risolvere; indurre; **2. ~se** decidersi
decigramo *m* decigrammo
decilitro *m* decilitro
décima *f* 1. *mat/lit/mús* decima; 2. (*fiebre*) decimo *m*
decimal *adj* decimale
decímetro *m* decimetro
décimo, -a 1. *adj/m* decimo; **2.** *m* ="decima parte di un biglietto di lotteria" *f*
decimonónico, -a *adj* 1. del secolo diciannovesimo; 2. antiquato, -a
decir ‹*digo, dices; dije; diré; dicho*› V. 24 **1.** *m* detto, sentenza *f*; dire; **2.** *vt* dire ◊ **~ *a alg cuántas son tres por dos*** cantarla chiara a q; **~ *para sí*** dire fra sé; **~ *por* ~** tanto per dire; **~ *que no, que sí*** dire di no, di sí; ***¡cualquiera diría!*** chi lo direbbe!; ***¡Diga!*** (*teléfono*) Pronto!; ***¡haberlo dicho!*** potevi dirlo!; ***¡no me diga!*** ma davvero?; ***al ~ de alg*** secondo q; ***como quien dice/como si dijéramos*** come dire; ***como quien no dice nada*** come niente fosse; ***dígase lo que se quiera*** checché si dica; ***dime con quién andas y te diré quién eres*** dimmi con chi vai e ti dirò chi sei; ***el qué dirán*** i commenti della gente; ***es ~*** cioè; ***mejor dicho*** per meglio dire; ***ni que ~ tiene que...*** non parliamo poi...; ***no irás a ~me ...*** non mi verrai a dire...; ***que me lo digan a mí*** che vengano a dirlo a me; ***sin ~ esta boca es mía*** senza dir parola
decis|ión *f* 1. decisione, risoluzione; fermezza; 2. *jur* sentenza; **~ivo, -a** *adj* decisivo, -a; **~orio, -a** *adj* decisivo, -a; *jur* decisorio, -a
declam|ación *f* declamazione; recitazione; **~ador, -a** *m/f* declamatore, -trice; **~ar** *vt/i* declamare; recitare; **~atorio, -a** *adj* declamatorio, -a
declar|ación *f* dichiarazione ◊ **~ *amistosa de accidente*** *auto* constatazione amichevole; **~ *de impuestos/de la renta*** dichiarazione dei redditi; **~ *jurada*** declaratoria/dichiarazione giurata; ***prestar* ~** prestare/rilasciare una dichiarazione; **~ante** *adj/s jur* dichiarante; **~ar 1.** *vt* dichiarare, manifestare; *jur* deporre; esporre; **2. ~se** confessarsi, dichiararsi; prodursi; (*amor*) dichiararsi; **~ativo, -a** *adj* dichiarativo, -a; **~atorio, -a** *adj* dichiarativo, -a; *jur* declaratorio, -a
declin|able *adj* declinabile; **~ación** *f* declinazione ◊ **~ *magnética*** *geogr* declinazione magnetica; **~ar** *vt/i* declinare; **~atoria** *f jur* declinatoria, eccezione declinatoria; **~atorio, -a 1.** *adj* declinatorio, -a; **2.** *m* bussola topografica *f*
decliv|e *m* declivio, pendio; **~idad** *f* pendenza
decoc|ción *f* decozione; decotto *m*; **~to** *m* decotto
decodific|ación *f* decodificazione, decodifica; **~ador, -a 1.** *m TV* decodificatore, decoder *inv*; **2.** *adj* decodificatore, -trice; **~ar** ‹*decodifiqué*› *vt* decodificare
decolar *vi Am* decollare
decolor|ación *f* decolorazione; **~ante** *adj/m* decolorante; **~ar** *vt* decolorare
decomis|ar *vt* confiscare; sequestrare; **~o** *m* confisca *f*; sequestro
deconstruc|ción *f filos/lit* decostruzione; **~tivista** *adj/s* decostruttivista, seguace o difensore del decostruzionismo/decostruttivismo
decor|ación *f* decorazione; arredamento *m*; **~ado, -a 1.** *m* scenografia *f*, scenario; **2.** *adj* decorato, -a; **~ador, -a** *m/f* decoratore, -trice; **~ar** *vt* decorare, ornare; **~ativo, -a** *adj* decorativo, -a; **~o** *m* decoro, dignità *f inv*, onore ◊ ***guardar el ~*** serbare il decoro; **~oso, -a** *adj* decoroso, -a, decente
decorticación *f bot/med* decorticazione
decrec|er ‹*crezco*› V. 13a *vi* diminuire, decrescere, scemare, calare; **~iente** *adj* decrescente, calante; **~imiento** *m* decrescenza *f*, calo
decremento *m* decremento
decrépito, -a *adj* decrepito, -a
decrepitud *f* decrepitezza, decrepitudine
decrescendo [decre'ʃendo] *m mús* decrescendo
decret|ar *vt* decretare, deliberare, ordinare; **~azo** *m* decretone; **~o** *m* decreto, risoluzione *f*, decisione *f* ◊ **~ *ley,* ~ *relàmpago*** decreto legge, decreto catenaccio
decúbito *m med* decubito
decuplicar ‹*decupliqué*› *vt* decuplicare
décuplo, -a *adj/m* decuplo, -a
decurso *m elev* (*tiempo*) decorso

decusado, -a *adj* decussato, -a
dedada *f* ditata
dedal *m* ditale
dédalo *m mitol* labirinto
Dédalo *m mitol* Dedalo
dedic|ación *f* dedicazione; dedizione; impegno *m* ◊ **~ *exclusiva*** tempo pieno; **~ *parcial*** part time *inv*; **~ar** ‹*dediqué*› **1.** *vt* dedicare; consacrare; **2. ~se** dedicarsi, applicarsi; **~atoria** *f* dedica; **~atorio, -a** *adj* dedicatorio, -a
dedil *m* ditale di pelle o altra materia
dedillo *m* ditino ◊ ***saber al ~*** sapere a menadito, sulla punta delle dita
dedo *m* dito ◊ **~ *índice, medio, anular, meñique*** dito indice, medio, anulare, mignolo; **~ *pulgar/gordo*** dito pollice (mano); alluce (pie); ***a dos ~s de*** a un passo da; ***chuparse los ~s*** leccarsi i baffi; ***no chuparse el ~/chuparse los ~s*** non essere nato ieri; ***no mover un ~ (por alg/uc)*** non muovere un dito (per q/qc); ***poner el ~ en la llaga*** mettere il dito sulla piaga; ***señalar con el ~*** mostrare a dito; ***tener dos ~s de frente*** aver poco cervello; ***viajar a ~*** fare autostop, viaggiare in autostop
deduc|ción *f* deduzione; *com* detrazione; derivazione; illazione ◊ **~ *fiscal*** detrazione/deduzione fiscale; **~ible** *adj* deducibile; **~ir** ‹*deduzco; deduje; deduciendo*› V. 20 *vt* 1. dedurre; 2. detrarre, scontare; 3. *jur* allegare; **~tivo, -a** *adj* deduttivo, -a
deduje, deduzco V. **deducir**
defec|ación *f med/quím* defecazione; **~ar** ‹*defequé*› *vt/i med/quím* defecare; **~ción** *f* defezione
defect|ible *adj* defettibile; **~ivo, -a** *adj* difettivo, -a; **~o** *m* difetto; imperfezione ◊ ***en ~ de*** in mancanza di; ***por ~ de forma*** per errore di procedura; ***por ~*** per difetto; *informát* di default; **~uoso, -a** *adj* difettoso, -a; imperfetto, -a ◊ ***funcionamiento ~*** cattivo funzionamento
defend|er 1. *vt* difendere, proteggere; **2. ~se** cavarsela (**en** con/in); **~ible** *adj* difendibile, sostenibile
defenestr|ación *f* defenestrazione; **~ar** *vt* defenestrare
defens|a *f* 1. difesa; protezione; *jur/mil/sport* difesa; 2. avvocato difensore *m* ◊ ***legítima ~*** legittima difesa; **~iva: *ponerse/estar a la ~*** mantenersi sulla difensiva; **~ivo, -a** *adj* defensionale, difensivo, -a; **~or, -a** *m/f* difensore, -a; protettore, -trice ◊ **~ *del pueblo*** difensore civico
defer|encia *f* deferenza, rispetto *m*; **~ente** *adj* 1. deferente, rispettoso, -a; 2. *astron/med* deferente; **~ir** *vi* deferire
defici|encia *f* deficienza, difetto *m*; **~ente 1.** *adj* deficiente; insufficiente; **2.** *m/f* minorato, -a ◊ **~ *mental*** minorato psichico
déficit *m* deficit, disavanzo ◊ **~ *exterior*** deficit con l'estero; **~ *presupuestario*** deficit/disavanzo del bilancio preventivo; ***arrojar un ~*** presentare un deficit
deficitario, -a *adj* deficitario, -a, in deficit

defiendo V. **defender**
defin|ible *adj* definibile; **~ición** (*pl* **definiciones**) **1.** *f* definizione; decisione; delimitazione; **2.** *fpl* statuto *m* ◊ ***de alta ~*** ad alta definizione; **~idor, -a** *adj* definitore, -trice; **~ir** *vt* definire; determinare; *arte* rifinire; **~itivo, -a** *adj* definitivo, -a, conclusivo, -a; **~itorio, -a** *adj* definitore, -trice
defirió V. **deferir**
defla|ción *f econ* deflazione; **~ionario, -a** *adj* deflazionistico, -a; **~ionista** *adj* deflazionistico, -a; **~tar** *vt econ* deflazionare
deflagr|ación *f cient* deflagrazione; **~ar** *vi* deflagrare
defle|ctor *m auto* deflettore; **~xión** *f fís tamb. fig* deflessione
defoli|ación *f* defogliazione; **~ante** *adj/m* defogliante
deforest|ación *f* diboscamento *m*, deforestazione; **~ar** *vt* diboscare
deform|ación *f* deformazione; **~ar** *vt* deformare; **~e** *adj* deforme; **~idad** *f* deformità *inv*
defraud|ación *f* defraudazione, frode; *fig* frustrazione; turbamento *m* ◊ **~ *de impuestos*** frode fiscale; **~ador, -a** *m/f* defraudatore, -trice; **~ar** *vt* defraudare, frodare; *fig* deludere
defunción *f* decesso *m*, morte ◊ ***partida de ~*** atto/certificato di morte
degener|ación *f* degenerazione; perversione; **~ado, -a** *adj/s* degenerato, -a, pervertito, -a; **~ar** *vi* degenerare; pervertirsi; **~ativo, -a** *adj* degenerativo, -a
deglu|ción *f* deglutizione; **~tir** *vt* deglutire, inghiottire
degoll|ación *f* sgozzamento *m*; **~adero** *m* scannatoio; **~ar** *vt* sgozzare, scannare; *fig* assassinare; **~ina** *f* carneficina
degrad|able *adj quím* degradabile; **~ación** *f fís tamb. fig* degradazione; *tecn* degrado *m*; *arte* digradazione; **~ante** *adj* degradante; **~ar** *vt* degradare; *arte* digradare *vi*
degüello *m* decapitazione *f*, sgozzatura *f*, scannatura *f* ◊ ***entrar a ~*** mettere a ferro e fuoco; ***tirar a ~*** perseguitare a morte
degust|ación *f* degustazione; assaggio *m*; **~ar** *vt* degustare, assaggiare
dehesa *f* prateria, pascolo *m*
dehisc|encia *f bot/med* deiscenza; **~ente** *adj bot/med* deiscente
deíctico, -a *adj ling* deittico, -a
deidad *f* deità *inv*, divinità *inv*
deific|ación *f* deificazione, divinizzazione; glorificazione; **~ar** ‹*deifiqué*› *vt* deificare, divinizzare
deís|mo *m* deismo; **~ta** *adj/s* deista
deixis *f inv ling* deissi
dejación *f jur* abbandono *m*, rinuncia
dejad|a *f* (*tennis*) drop shot *m inv*; **~ez** *f* abbandono *m*, pigrizia, negligenza; **~o, -a** *adj* pigro, -a, trasandato, -a; abbattuto, -a
dejar 1. *vt* lasciare; abbandonare; smettere; prestare; **2. ~se** lasciarsi andare, abbandonarsi; avvilirsi; farsi ◊ **~ *caer*** dire come se niente fosse;

~ ***estar/correr*** lasciar stare/perdere; ~ ***seco/en el sitio (a alg)*** lasciare di pietra (q); **~*se de cuentos*** venire al sodo, sbrigarsi; **~*se llevar*** lasciarsi trasportare; **~*se ver*** farsi vedere; ***¡déjate de tonterías!*** smettila di fare/di dire sciocchezze!; ***no ~se ensillar*** non lasciarsi dominare
déjà-vu [de'ʒa 'vy] *m* déjà-vu*
deje (*var.* **dejo**) *m* 1. accento regionale; 2. sapore, gusto finale; sensazione *f*
delación *f* delazione
delant|al *m* grembiule; **~e** *adv* davanti; avanti ◊ ~ ***de*** *prep* davanti a, dinanzi a; **~era** *f* parte anteriore; davanti *m inv*; facciata; vantaggio *m*; prima fila; *euf/coloq* seno abbondante *m* ◊ ***coger/tomar la*** ~ sorpassare, anticiparsi; ***ir por*** ~ essere i primi; ***llevar la*** ~ essere in vantaggio; **~ero, -a 1.** *adj* anteriore; **2.** *m sport* (*ala, centrattacco*) attaccante, punta *f*
delat|ar *vt* denunziare; rivelare; **~or, -a** *adj/s* delatore, -trice
delco® *m auto/electr* spinterogeno
del credere *m com* del credere
delect|able *adj elev/raro* dilettevole; **~ación** *f elev* dilettazione; **~ar** *vt* deliziare
deleg|ación *f* delegazione; delega; ufficio *m*; succursale ◊ ****~ de Hacienda*** Intendenza di Finanza; ****~ de Trabajo*** Ufficio del Lavoro; ***por*** ~ per delega; **~ado, -a** *adj/s* delegato, -a; rappresentante ◊ ****~ de Hacienda*** Intendente di Finanza; **~ar** ‹*delegué*› *vt* delegare, deputare, autorizzare
deleit|able *adj* dilettevole; **~ación** *f* diletto *m*; **~ar** *vt* dilettare; divertire; **~e** *m* diletto, piacere; **~oso, -a** *adj* dilettevole, piacevole
deletéreo, -a *adj* deleterio, -a
deletre|ar *f* compitare; **~o** *m* compitazione *f*
deleznable *adj* fragile; effimero, -a, vano, -a
delfín *m zool/hist* delfino
delgad|ez *f* magrezza, snellezza; sottigliezza; **~o, -a** *adj* magro, -a, snello, -a; sottile; **~ucho, -a** *adj* magrolino, -a, delicatuccio, -a
deliber|ación *f* deliberazione, delibera, risoluzione; **~ar 1.** *vt/i* deliberare; **2.** *vt* disporre ◊ ***~ por mayoría*** deliberare a maggioranza
delicad|eza *f* delicatezza, finezza; gentilezza; soavità *inv* ◊ ***por*** ~ per delicatezza; **~o, -a** *adj* delicato, -a; gentile; debole, malaticcio, -a; fragile; sensibile; esigente ◊ ***asunto*** ~ affare imbarazzante; ***manjar*** ~ cibo squisito; ***rostro*** ~ viso bello/dolce
delici|a *f* delizia, gioia; **~oso, -a** *adj* delizioso, -a, squisito, -a
delictivo, -a *adj* delittuoso, -a
delicuescencia *f quím tamb. fig* deliquescenza
delimit|ación *f* delimitazione; **~ar** *vt* delimitare, limitare
delincuen|cia *f* delinquenza; **~te** *adj/s* delinquente
deline|ación *f* tracciato *m*, delineamento *m*; **~ante 1.** *adj* delineante; **2.** *m* disegnatore, -trice; **~ar** *vt* delineare, disegnare
delinquir ‹*delinco*› *vi* delinquere
deliquio *m* deliquio
delir|ante *adj* delirante; **~ar** *vi* delirare; farneticare; **~io** *m* delirio; esaltazione *f* ◊ ***~s de grandeza*** delirio di grandezza
delírium trémens *m inv* delirium tremens
delito *m* delitto, crimine, reato ◊ ~ ***fiscal, monetario*** reato fiscale, valutario; ~ ***de lesa majestad*** delitto di lesa maestà; ***cometer un*** ~ commettere un delitto, commettere un reato (*jur*); ***tener*** ~ ***(u-c)*** *coloq* essere grave
delt|a 1. *f ling* delta; **2.** *m* 1. *geogr* delta; 2. *tecn* triangolo ◊ ***ala*** ~ (ala) a delta; **~oides** *adj/m med/geom* deltoide
demacr|ación *f* dimagrimento *m*; **~ado, -a** *adj* sciupato, -a; **~arse** dimagrire *vi*
demag|ogia *f* demagogia; **~ógico, -a** *adj* demagogico, -a; **~ogo** *m/f* demagogo, -a
demanda *f* richiesta, istanza, domanda; *jur* petizione, querela ◊ ~ ***conjunta, de reembolso, interior*** domanda congiunta, di rimborso, interna; ***contestar la*** ~ impugnare; ***en*** ~ ***de*** in cerca di; **~do, -a** *adj/s jur* querelato, -a; **~nte 1.** *adj/s* richiedente; **2.** *m jur* attore, querelante; **~r** *vt* chiedere, richiedere; *jur* citare, querelare, convenire in giudizio
demanial *adj jur* demaniale
demaquillador V. **desmaquillador**
demarc|ación *f* demarcazione; territorio demarcato *m*; **~ar** ‹*demarqué*› *vt* demarcare, delimitare; *nav* marcare
demás *adj/pron inv* altro, -a ◊ ***estar*** ~ essere di troppo; ***lo*** ~ il resto; ***los*** ~ gli altri; ***por*** ~ invano; ***por lo*** ~ in quanto al resto; ***y*** ~ eccetera
demas|ía *f* eccesso *m*; sfacciataggine; arbitrio *m* ◊ ***en*** ~ eccessivamente; **~iado, -a 1.** *adj* troppo, -a, eccessivo, -a; **2.** *adv* troppo; **~ié** *adv jerga* troppo
demediar ‹*demedio*› V. 1 *vt* dimezzare
demen|cia *f* demenza, pazzia; **~cial** *adj* demenziale; **~te** *adj/s* demente, pazzo, -a
demérito *m* demerito
democracia *f* democrazia
demócrata *adjs* democratico, -a
democratacristiano, -a *adj/s* democristiano, -a
democrático, -a *adj* democratico, -a
democratiz|ación *f* democratizzazione; **~ar** ‹*democraticé*› *vt* democratizzare
democristiano, -a *adj/s* democristiano, -a
demodé *adj* demodé *inv*
demodular *vt* demodulare
demogr|afía *f* demografia; **~áfico, -a** *adj* demografico, -a
demol|edor, -a *adj/s* demolitore, -trice; **~er** ‹*muelo*› V. 9a *vt* demolire, abbattere; **~ición** *f* demolizione
demon|etización *f* demonetizzazione; **~íaco, -a** (*var.* **demoniaco**) *adj* demoniaco, -a; indemoniato, -a; **~io** *m* demonio, diavolo ◊ ***¡qué ~s!*** diavolo!, per diavolo!; ***este huevo sabe a ~s*** quest'uovo è pessimo/puzza da morire; ***llevar-***

se a alg los ~s avere q un diavolo per capello; ***tener el ~ en el cuerpo*** avere il diavolo in corpo; **~ización** *f* demonizzazione

¡demontre! *excl euf* diavolo

demora *f* ritardo *m*; dilazione; *jur* mora ◊ ***sin ~*** senza indugio; **~r 1.** *vt/i* rimandare, rinviare; tardare, ritardare; trattenersi; **2. ~se** tardare (**en** a)

demoscopia *f* demoscopia

Demóstenes *m hist* Demostene

demostr|able *adj* dimostrabile; **~ación** *f* dimostrazione, prova; manifestazione; **~ar** ‹*demuestro*› V. 8a *vt* dimostrare, provare; manifestare, dimostrare; mostrare; **~ativo, -a** *adj* dimostrativo, -a

demudar 1. *vt* mutare, alterare; **2. ~se** turbarsi, diventare di tutti i colori *vi*, cambiar colore *vi*

denario, -a 1. *m hist* denaro; **2.** *adj* decimale

denatalidad *f* denatalità *inv*

deneg|ación *f* diniego *m*, rifiuto *m*, denegazione (*elev*); *jur* ricusazione, ricusa ◊ ***~ de auxilio*** mancato soccorso, omissione di soccorso; **~ar** ‹*deniego; denegué*› V. 5a *vt* denegare, respingere; *jur* rifiutare, denegare, ricusare

dengl|oso, -a *adj* schifiltoso, -a, schizzinoso, -a; **~ue** *m* 1. affettazione *f*; smorfia *f*, smanceria *f* 2. *med* dengue *f inv* ◊ ***hacer ~s*** fare smorfie/smancerie

denigr|ación *f* denigrazione; **~ar** *vt* denigrare; calunniare

denodado, -a *adj* audace, coraggioso, -a, valoroso, -a

denomin|ación *f* denominazione ◊ ***~ de origen*** denominazione d'origine controllata/(DOC); **~ador** *m mat* denominatore ◊ ***máximo común ~*** massimo comune denominatore; **~ar** *vt* denominare, intitolare; **~ativo, -a** *adj* denominativo, -a

denostar ‹*denuesto*› V. 8a *vt* insultare, ingiuriare, oltraggiare

denot|ación *f* denotazione; **~ar** *vt* denotare, significare, indicare; **~ativo, -a** *adj* denotativo, -a

dens|idad *f* densità *inv*; **~ificar** ‹*densifiqué*› *vt* rendere denso; **~ímetro** *m fís* densimetro; **~o, -a** *adj* denso, -a; compatto, -a; spesso, -a; fitto, -a; confuso, -a; *Méx* antipatico, -a

denta|do, -a *adj* dentato, -a; **~dura** *f* dentatura ◊ ***~ postiza*** dentiera; **~l 1.** *adj* dentale; **2.** *f ling* dentale; **3.** *m agric* dentale; **~r** ‹*diento*› V. 5a *vt/i* mettere i denti; **~rio, -a** *adj* dentario, -a

dentell|ada *f* dentata, morso *m* ◊ ***a ~s*** a morsi; **~ado** *m* dentellatura *f*; **~ar** *vi* battere i denti; **~ear** *vt* azzannare; **~ón** *m arq* dentello

dentera *f* (*dientes*) stridore *m*; *fig* invidia

denti|ción *f* dentizione; **~culado** *m* dentellatura *f*

dentículo *m arq* dentello; **~frico, -a** *adj/m* dentifricio, -a

dentista *m/f* dentista

dentón, -a 1. *m zool* (*pez*) dentice; **2.** *adj* (*persona*) dentone, -a

dentro *adv/prep* dentro; entro ◊ ***~ de una hora*** fra/tra un'ora; ***~ del armario*** nell'armadio, dentro l'armadio; ***hacia ~*** in dentro; ***por ~*** di dentro; dentro di sé

denud|ación *f geol/med* denudazione; **~ar** *vt geol/med* denudare

denue|do *m elev* coraggio, valore, ardire; **~sto** *m elev* insulto, ingiuria *f*, oltraggio

denuncia *f* denuncia, accusa; notificazione; **~nte, -a** (*var.* **denunciador, -ra**) *adj/s* denunciante; *jur* querelante; **~r** ‹*denuncio*› V. 1 *vt* denunciare, denunziare; accusare

deontol|ogía *f* deontologia; **~lógico, -a** *adj* deontologico, -a

D.E.P. (*Descanse en Paz*) *abr* (*Riposi in pace*) R.I.P.

deparar *vt* offrire, dare, concedere; (*destino*) riservare ◊ ***¡Dios te la depare buena!*** Che Dio te la mandi buona!

departament|al *adj* dipartimentale; **~o** *m* 1. dipartimento, istituto (universidad); 2. *adm* reparto, sezione *f*; compartimento; 3. *Am* appartamento

departir *vi elev* conversare

depauper|ación *f* depauperazione, depauperamento *m* (*econ*); **~ar** *vt* depauperare, indebolire

depend|encia 1. *f* 1. dipendenza, subordinazione; succursale; 2. dipendenti *mpl*; 3. (*droga*) dipendenza; **2.** *fpl* annessi *mpl*; **~er** *vi* dipendere (**de** da); **~iente, -a 1.** *m/f* (*tienda*) commesso, -a; **2.** *adj* dipendente

depil|ación *f* depilazione; **~ador, -a** *adj/s* (macchina) depilatrice; **~ar** *vt* depilare; **~atorio, -a** *adj/m* depilatorio, -a

deplor|able *adj* deplorevole; **~ar** *vt* deplorare; lamentare; pentirsi

depon|ente *adj/s ling* deponente; **~er** ‹*pongo; puse; pondré; puesto*› V. 32 **1.** *vt* 1. deporre; 2. destituire, dimettere; **2.** *vi* evacuare (le feci) ◊ ***~ en un pleito*** deporre in una causa

deport|ación *f* deportazione; **~ado, -a** *adj/s* deportato, -a; **~ar** *vt* deportare; **~e** *m* sport *inv*; diporto ◊ ***~ de interior*** sport al coperto; ***~s de invierno*** sport invernali; ***por ~*** per sport; **~ista** *adj/s* sportivo, -a; **~ivo, -a** *adj* sportivo, -a

deposi|ción *f jur* deposizione, testimonianza; destituzione; *med* defecazione; **~tador, -a** (*var.* **depositante**) *adj/s* depositante; **~tar** *vt* depositare, versare (*com*); consegnare, affidare; **~taría** *f* deposito *m*; tesoreria; **~tario, -a** *adj/s* depositario, -a, consegnatario, -a ◊ ***~ de la fe pública*** notaio

depósito *m* 1. *com* deposito; 2. (*agua, gasolina*) serbatoio; 3. obitorio ◊ ***~ de aduana*** deposito doganale

deprav|ación *f* depravazione; **~ado, -a** *adj/s* depravato, -a, degenere; **~ar** *vt* depravare, corrompere, pervertire

depre 1. *f med coloq* depressione; **2.** *adj* depresso, -a, abbattuto, -a, triste

depreca|ble *adj* deprecabile; **~ción** *f elev* deprecazione; supplica; **~r** ‹*deprequé*› *vt elev* deprecare; supplicare; **~tivo, -a** *adj/m ling* deprecativo, -a; **~torio, -a** *adj* deprecatorio, -a

deprecilación *f* deprezzamento *m*, svalutazione; **~arse** deprezzarsi, svalutarsi

depredlación *f* depredazione, saccheggio *m*; **~ador, -a** *adj/s* depredatore, -trice; **~ar** *vt* depredare, saccheggiare

depreslión *f med/geol* depressione; **~ionario, -a** *adj* depressionario, -a; **~ivo, -a** *adj* depressivo, -a; **~or, -a** *adj/m* depressivo, -a, deprimente ◊ **~ *lingual*** *med* abbassalingua

deprimlente *adj* deprimente; depressivo, -a; **~ido, -a** *adj* depresso, -a ◊ ***regiones ~as*** aree depresse; **~ir** *vt med* deprimere; *fig* deprimere, avvilire

deprisa *adv* in fretta ◊ **~ *y corriendo*** in fretta e furia

depto. (*departamento*) *abr* dipartimento

depuesto V. **deponer**

depurlación *f tecn* depurazione; *fig* epurazione; **~ador, -a** *adj/f tecn* depuratore *adj/m*; *fig* epuratore, -trice; **~ar** *vt tecn* depurare, purificare; *fig* epurare; **~ativo, -a** *adj* depurativo, -a

depuse V. **deponer**

dequeísmo *m ling* ="l'uso sgrammaticato di "de que""

derby (*var.* **derbi**) *m* derby

derechla 1. *f pol* destra; **2.** *adj* destra ◊ ***a la ~*** a destra; ***ser de ~(s)*** essere di destra; **~azo** *m sport* diretto, colpo dato con la destra; *taur* ="passaggio della muleta fatto con la destra"; **~ismo** *m* destrismo; **~ista** *adj/s pol* persona di destra; **~izar** ‹*derechicé*› *vt pol* spostare a destra; **~o, -a 1.** *adj* 1. destro, -a; 2. dritto, -a, retto, -a, diritto, -a; **2.** *m jur/sport* diritto; **3.** *mpl* diritti, tassa *f*, dazio *m* ◊ **~ *al pataleo*** diritto a sfogarsi/a protestare; **~ *de pernada*** diritto alla prima notte; **~ *de timbre*** tassa di bollo; ***~s de aduana*** dazio; ***~s de autor*** diritti d'autore; ***~s humanos*** diritti umani; ***~s pasivos*** pensione statale; ***~s reales*** tasse di trasmissione di beni; ***¡no hay ~!*** Non è giusto!; ***conforme a ~*** a norma di legge; ***de ~*** di diritto; ***de pleno ~*** a pieno titolo, con tutti i diritti; ***doctor en ~*** dottore in legge; ***estar (alg) en su ~*** aver (q) il diritto; ***Facultad de *~*** Facoltà di Legge e Giurisprudenza; ***todo ~*** tutto dritto/diritto; **~ura** *f elev* rettitudine ◊ ***en ~*** direttamente

deriva *f nav tamb. fig* deriva ◊ ***ir a la ~*** andare alla deriva; **~ción** *f* derivazione; **~da** *f mat* derivata; **~do, -a** *adj/m ling* derivato, -a; **~r 1.** *vi* derivare (**de** da), discendere (**de** da); *nav* deviare; **2.** *vt* derivare; *fig* dedurre

dermaltitis *f inv med* dermatite *f*; **~tofito** (*var.* **dermatófito**) *m med* dermatofita *f* (!); **~tología** *f* dermatologia; **~tológico, -a** *adj* dermatologico, -a; **~tólogo, -a** *adj* dermatologo, -a

dermis *f inv* derma *m* (!)

dermoprotector, -a *adj/m* dermoprotettore, -trice

deroglable *adj* derogabile; **~ación** *f* derogazione, deroga; diminuzione; **~ar** ‹*derogué*› *vt* derogare, abolire; diminuire; **~atorio, -a** *adj* derogatorio, -a, derogativo, -a

derramla *f* ripartizione di contributi; spesa straordinaria; **~amiento** *m* spargimento; dispersione *f*; **~ar 1.** *vt* spargere, versare; ripartire i contributi; divulgare; **2. ~se** versarsi, spargersi; sfociare *vi*; **~e** *m* spargimento; perdita *f*; *med* emorragia *f*; *arq* sguancio

derraplaje *m* sbandata *f*, dérapage *inv*; **~ar** *vi* 1. *auto* pattinare, sbandare, sdrucciolare; 2. *Méx* perdere la testa, morire (d'amore), essere innamorato cotto, -a; **~e** *m* sbandata *f*

dereldor V. **alrededor**; **~ngar** ‹*derriengo; derrengué*› V. 5a *vt* slombare, sfiancare; **~timiento** *m* fusione *f*; *fig* struggimento amoroso; **~tir** ‹*derrito; derritió; derritiendo*› V. 12 **1.** *vt* fondere, liquefare, sciogliere; **2. ~se** *fig* innamorarsi pazzamente, struggersi; *coloq* squagliarsi

derriblar 1. *vt* abbattere, demolire; *pol* rovesciare; **2. ~se** crollare *vi*; **~o 1.** *m* demolizione *f*, abbattimento; crollo; **2.** *mpl* macerie *fpl*

derrick *m tecn* derrick *inv*

derritió, derrito V. **derretir**

derrocar ‹*derroqué*› *vt* precipitare, demolire, abbattere; rovesciare; cacciare

derrochlador, -a (*var.* **derrochón, -ona**) *adj/s* scialacquatore, -trice, scialacquone, -a, sciupone, -a, sprecone, -a; **~ar** *vt* scialacquare, sperperare ◊ **~ *salud*** scoppiare di salute; **~e** *m* sperpero, spreco; **~ón** V. **derrochador**

derrotla *f* sconfitta, disfatta; *nav* rotta, rombo *m*; **~ar 1.** *vt* sconfiggere, vincere; distruggere; **2. ~se** *nav* uscir di rotta *vi*; **~e** *m taur* ="cornata dal basso all'alto" *f*; **~ero** *m* direzione *f*, verso; **~ismo** *m* disfattismo; **~ista** *adj/s* disfattista

derruir ‹*huyo; huí, huyó; huya; huyendo*› V. 14 *vt* demolire, distruggere

derrumbladero *m* precipizio, burrone; **~amiento** *m* caduta *f*, franamento; **~ar 1.** *vt* abbattere, far crollare; **2. ~se** *tamb. fig* crollare *vi*; **~e** *m tamb. fig* crollo

derviche *m* dervis *inv*

desabastecler ‹*abastezco*› V. 13a *vt* sprovvedere (**de** di); **~ido, -a** *adj* sprovvisto, -a; **~imiento** *m* mancanza (**de** di), assenza (**de** di)

desaborido, -a *adj coloq* insipido, -a, scipito, -a

desabotonar *vt* sbottonare

desabrido, -a *adj* sgradevole; uggioso, -a; brusco, -a

desabriglado, -a *adj* scoperto, -a, spogliato, -a; sprotetto, -a; **~ar** ‹*desabrigué*› *vt* spogliare

desabrochar *vt* sbottonare; aprire

desacatlar *vt* disubbidire *vi*, ribellarsi, mancare di rispetto *vi*; **~o** (*var.* **desacatamiento**) *m* irriverenza *f*; mancanza di rispetto *f*; insubordinazione *f*, insulto ◊ ***~o a la autoridad*** resistenza a pubblico ufficiale

desacelerlación *f* decelerazione, rallentamento *m*; **~ar** *vt/i auto* rallentare

desacert|ado, -a *adj* sbagliato, -a, errato, -a; erroneo, -a; **~ar** ‹*desacierto*› V. 5a *vt* sbagliare, errare
desacidificar ‹*desacidifiqué*› *vt quím* disacidare
desacierto *m* errore, sbaglio; sciocchezza *f*
desacomodado, -a *adj* disagiato, -a; disagevole
desacompasado, -a *adj* fuori tempo *inv* ◊ ***ir ~*** andare fuori tempo
desaconsej|able *adj* sconsigliabile; **~ado, -a** *adj* sconsigliato, -a; **~ar** *vt* sconsigliare, dissuadere
desacoplar *vt* spaiare; separare
desacord|ar *vi* stonare; dissonare; **~e** *adj* dissonante
desacostumbr|ado, -a *adj* disabituato, -a; insolito, -a, inusitato, -a; **~ar 1.** *vt* disabituare; **2. ~se** disabituarsi, perdere l'abitudine (**a** di)
desacotar *vt* liberare una bandita
desacraliz|ación *f* desacralizzazione; **~ar** ‹*desacralicé*› *vt* desacralizzare, dissacrare; *fig* dissacrare
desacredit|ado, -a *adj* screditato, -a; **~ar 1.** *vt* screditare; **2. ~se** screditarsi, perdere la stima (di q) *vi*
desactiv|ación *f* disinnesco *m*; **~ar** *vt* disattivare, disinnescare
desacuerdo *m* disaccordo, discordanza *f* ◊ ***estar en ~*** non essere d'accordo
desafec|ción *f* disimpegno *m*; **~to, -a 1.** *adj* contrario, -a; disaffezionato, -a; **2.** *m* disaffezione *f*, malvolere
desafi|ante *adj* spavaldo, -a (*fig*); *sport* sfidante; **~ar** ‹*desafío*› V. 2 *vt* sfidare
desaficionar *vt* disamorare (**de u-c** da qc), disaffezionare; **~se** disaffezionarsi
desafin|ación *f* stonatura; **~ar 1.** *vi mús tamb. fig* stonare; **2.** *vt telec* mettere fuori sintonia; *mús* disaccordare
desafío *m* sfida *f*
desafor|ado, -a *adj* 1. smisurato, -a; straordinario, -a; pazzo, -a; 2. illegale; **~tunado, -a** *adj* sfortunato, -a
desafuero *m jur* violazione della legge *f*; privazione di diritti *f*; prepotenza *f*, abuso
desagraciar ‹*desagracio*› V. 1 *vt* sgraziare; deturpare
desagrad|able *adj* sgradevole; disgustoso, -a; **~ar** *vi* spiacere; disgustare; **~ecido, -a** *adj/s* ingrato, -a; **~ecimiento** *m* ingratitudine *f*; **~o** *m* dispiacere, disgusto
desagravi|ar ‹*desagravio*› V. 1 *vt* riparare un oltraggio; risarcire; **~io** *m* riparazione di un oltraggio *f*; risarcimento
desagua|dero *m* canale di scolo, smaltitoio; *tamb. fig* sbocco; **~r** ‹*desagüe; desagüé*› **1.** *vt* prosciugare; evacuare; **2.** *vi* sboccare
desagüe *m* 1. prosciugamento; 2. *tamb. fig* sbocco, foce *f*; 3. canale di scolo
desaguisado, -a 1. *m* insulto, offesa *f*; **2.** *adj* ingiusto, -a, illegale
desahog|ado, -a *adj* 1. ampio, -a, spazioso, -a; 2. (*persona*) agiato, -a; 3. liberato, -a; sfacciato, -a; **~ar** ‹*desahogué*› **1.** *vt* allargare; alleviare; **2. ~se** sfogarsi; liberarsi; **~o** *m* 1. sfogo; sollievo; 2. disinvoltura *f*; agiatezza *f*
desahuci|ado, -a *adj/s* (*casa*) sfrattato, -a; (*enfermo*) dato, -a per morto, -a, spacciato, -a *coloq*; **~ar** ‹*desahucio*› V. 1 *vt* togliere la speranza *vi*; spacciare; (*casa*) sfrattare; **~o** *m* (*casa*) sfratto
desair|ado, -a *adj* disprezzato, -a; (*tono*) umiliante; sgraziato, -a; **~ar** *vt* disprezzare, umiliare; **~e** *m* sgarbo, disprezzo; trascuratezza *f*
desajust|ar *vt* scompigliare, scomporre; **~e** *m* 1. disaccordo; 2. *tecn/med* sregolazione *f*
desal|ación *f* dissalazione; (*agua*) desalinizzazione; **~ado, -a** *adj* 1. dissalato, -a; 2. *elev/fig* affannato, -a; **~adora** *f tecn* dissalatore *m*; **~ar** *vt* 1. dissalare; 2. togliere le ali
desal|entador, -a *adj* scoraggiante, avvilente; **~entar** ‹*desaliento*› *vt fig* scoraggiare; **~iento** *m* scoraggiamento, avvilimento
desaliniz|ación *f* desalinizzazione; **~ar** ‹*desalinicé*› *vt* desalinizzare
desaliñ|ado, -a *adj* sciatto, -a, trasandato, -a, arruffato, -a; **~amiento** *m* incompostezza *f*; **~ar** *vt* sciupare, disordinare; **~o** *m* trascuratezza *f*, disordine *f*, sciatteria *f*
desalmado, -a *adj/s* crudele, inumano, -a
desaloj|ar *vt* sgombrare; sfrattare, scacciare; **~o** *m* sfratto
desalquil|ado, -a *adj* sfitto, -a; **~ar** *vt* sfittare
desamarrar *vt* disormeggiare
desambientado, -a *adj* disambientato, -a ◊ ***sentirse ~*** sentirsi disambientato
desambiguamiento *m* disambiguamento
desamor *m* disamore
desampar|ado, -a *adj* 1. abbandonato, -a; indifeso, -a, sprotetto, -a; 2. *fig* derelitto, -a, indigente; **~ar** *vt* abbandonare; lasciare indifeso; **~o** *m* abbandono; *jur* rinunzia *f*
desamueblado, -a *adj* non ammobiliato, -a, senza mobili
desandar ‹*anduve*› V. 17 *vt* rifare il cammino, retrocedere *vi*
desangelado, -a *adj* insipido, -a, sgraziato, -a
desangra|miento *m* dissanguamento; **~r** *vt* dissanguare; prosciugare; *fig* smungere
desanidar *vt* snidare
desanim|ado, -a *adj* disanimato, -a, scoraggiato, -a; **~ar** *vt* disanimare, scoraggiare
desánimo *m* scoraggiamento, demoralizzazione *f*, sconforto
desanud|able *adj* snodabile; **~ar** *vt* snodare, slacciare, slegare
desapacible *adj* sgradevole; molesto, -a
desapare|ado, -a *adj* scompagnato, -a; **~ar** *vt* scompagnare
desaparec|er ‹*desaparezco*› V. 13a *vi* scomparire, sparire; **~ido, -a** *adj/s* scomparso, -a; *pol* desaparecido, -a
desaparición *f* scomparsa
desapasionado, -a *adj* spassionato, -a

desapeg|arse disaffezionare; **~o** *m* disinteressamento, indifferenza *f*; disaffezione *f*
desapercibido, -a *adj* inavvertito, -a; sprovveduto, -a ◊ ***pasar ~*** passare inosservato
desapetencia *f* disappetenza
desaplic|ación *f* disapplicazione, negligenza; **~ado, -a** *adj* svogliato, -a, negligente
desapolillarse *coloq/fig* sgranchirsi le gambe, uscire a prendere aria *vi*
desapren|der *vt* disimparare; **~sión** *f* mancanza di apprensione; noncuranza; scrupoli *mpl*; **~sivo, -a** *adj* indifferente, noncurante; senza scrupoli
desaprob|ación *f* disapprovazione; **~ar** ‹*desapruebo*› V. 8a *vt* disapprovare
desaprovech|ado, -a *adj* sprecato, -a; trascurato, -a; negligente; **~ar** *vt* non profittare (di) *vi* (!); sprecare; perdere il tempo
desarbolar *vt nav* disalberare
desarm|ar *vt* disarmare; *tamb. fig* smontare; **~e** *m mil/nav* disarmo; smontaggio ◊ ***~ nuclear*** disarmo nucleare
desarraig|ar ‹*desarraigué*› *vt* sradicare, svellere; esiliare; **~o** *m* sradicamento, spaesamento; indifferenza *f*
desarregl|ado, -a *adj* sregolato, -a; disordinato, -a; **~ar** *vt* disordinare, scompigliare; **~o** *m* disordine, scompiglio; sregolatezza *f*
desarrendar ‹*desarriendo*› V. 5a *vt* sfittare
desarroll|ado, -a *adj* sviluppato, -a; **~ar 1.** *vt* sviluppare, svolgere; aumentare; **2. ~se** svilupparsi, crescere *vi*; **~o** *m* sviluppo, svolgimento; crescita *f*, aumento ◊ ***en vías de ~*** in via di sviluppo; ***plan de ~*** piano di sviluppo
desarroparse scoprirsi
desarrugar ‹*desarrugué*› *vt* spianare le grinze; *fig* distendersi
desarticul|ación *f* disarticolazione, smantellamento *m* ◊ ***~ de una banda de ladrones, terroristas,...*** smantellamento di una banda di ladri, terroristi,...; **~ar** *vt* disarticolare, smantellare
desas|eado, -a *adj* disordinato, -a, sudicio, -a; **~irse** disfarsi (**de** di); **~nar** *vt* dirozzare, ingentilire
desaso|segar ‹*desasosiego; desasogué*› V. 5a *vt* inquietare; **~siego** *m* inquietudine *f*
desastr|ado, -a *adj* disgraziato, -a, infausto, -a; sciatto, -a; **~e** *m tamb. fig* disastro; **~oso, -a** *adj* disastroso, -a, infausto, -a
desat|adura *f* scioglimento *m*; **~ar 1.** *vt* slegare, sciogliere; *fig* chiarire; **2. ~se** 1. sfogarsi; 2. (*cuerda*) snodarsi; 3. (*tormenta*) scatenarsi
desatasc|ador *m* sturalavandino; **~amiento** *m* spurgo; **~ar** ‹*desatasqué*› *vt* sturare, stasare; *fig* liberare
desaten|ción *f* disattenzione, distrazione; scortesia; **~der** ‹*desatiendo*› V. 6 *vt* non prestar attenzione *vi*, distrarsi; trascurare; disubbidire *vi*; **~to, -a** *adj* disattento, -a, distratto, -a; scortese
desatesoramiento *m* detesaurizzazione *f*
desatin|ado, -a *adj* 1. sbagliato, -a; 2. insensato, -a; 3. stordito, -a ◊ ***ir ~*** essere fuori strada; **~ar** *vi* sbagliare; dire insensatezze; far pazzie; **~o** *m* sbaglio; sproposito; pazzia *f*
desatornillar *vt* svitare
desatra|car ‹*desatraqué*› *vt/i nav* disormeggiare; **~ncar** ‹*desatranqué*› *vt* togliere la sbarra (da una porta); sturare
desautoriz|ación *f* disautorizzazione; discredito *m*; **~ar** ‹*desautoricé*› *vt* disautorare, spodestare, screditare; disautorizzare, smentire
desaven|encia *f* dissenso *m*; discordia; **~ido, -a** *adj* inimicato, -a; non armonizzato, -a ◊ ***matrimonio ~*** coppia in rotta; **~ir** ‹*vengo, vienes; vendré; vine; viniendo*› V. 41 **1.** *vt* inimicare; mettere in discordia; **2. ~se** inimicarsi; **~tajado, -a** *adj* inferiore; arretrato, -a
desayun|ar 1. *vt/i* far colazione *vi*; **2. ~se** venire a conoscenza *vi* (**con/de** di), essere informato *vi* (**de** di); **~o** *m* colazione *f*
desaz|ón *f* inquietudine, disgusto *m*; **~onado, -a** *adj* inquieto, -a; disgustato, -a; **~onar** *vt* inquietare, disgustare
desbancar ‹*desbanqué*› *vt* (*juego*) sbancare; superare
desbandada *f* sbandamento *m* ◊ ***a la ~*** alla rinfusa
desbarajust|ar *vt* scompigliare, mettere a soqquadro; **~e** *m* disordine, scompiglio
desbarat|amiento *m* sbaraglio, aborto; **~ar 1.** *vt* scompigliare, guastare; *mil* sbaragliare, far fallire; **2.** *vi* spropositare
desbarbado, -a 1. *adj coloq* sbarbato, -a; *tecn* sbarbato, -a; **2.** *m* sbarbatura *f*
desbarr|ancar ‹*debarranqué*› *vt Méx* cadere in un precipizio/una scarpata *vi*; *fig* andare giù; **~ar** *vi* 1. *fig* delirare, dire spropositi; 2. svignarsela; 3. sbagliare
desbast|ado *m* digrossamento; **~amiento** *m* incivilimento; **~ar** *vt* digrossare, sgrossare; *fig* dirozzare, raffinare; **~e** *m* digrossamento, sgrossatura *f*; dirozzamento
desbloque|ar *vt* (*precios, salario*) sbloccare, scongelare; sbloccare; **~o** *m* sblocco
desboc|ado, -a *adj* sboccato, -a; **~ar** ‹*desboqué*› *vt/i* sboccare
desbord|amiento *m* traboccamento; (*río*) straripamento; **~ante** *adj* traboccante; **~ar 1.** *vi* traboccare; (*río*) straripare; **2.** *vt* oltrepassare
desbriznar *vt* sminuzzare; togliere i fili *vi*
desbro|ce (*var.* **desbrozo**, **desbrozamiento**) *m agric* decespugliamento, sfrondatura *f*; **~zador** *adj/m agric* decespugliatore; **~zar** ‹*desbrocé*› *vt agric* decespugliare, sfrondare; **~zo** V. **desbroce**
desburocratizar ‹*desburocraticé*› *vt* deburocratizzare
descabalar *vt* spaiare
descabalgar ‹*descabalgué*› **1.** *vi* scavalcare, smontare da cavallo; **2.** *vt fig* smontare, sgonfiare
descabell|ado, -a *adj* scapigliato, -a; strampalato, -a, illogico, -a, assurdo, -a; **~ar** *vt taur* ="ucci-

dere il toro con una stoccata alla nuca"; scapigliare; **~o** *m taur* stoccata alla nuca *f*

descabezar ‹*descabecé*› *vt* mozzare; decapitare ◊ **~ *un sueño*** fare, schiacciare un sonnellino

descacharr|amiento *m* sfasciamento; **~ante** *adj coloq* da ridere a crepapelle

descafein|ado, -a *adj* decaffeinato, -a; *fig* leggero, -a, insipido, -a; **~ar** *vt tamb. fig* decaffeinizzare

descalabr|ado, -a *adj* malconcio, -a; danneggiato, -a; **~ar** *vt* ferire alla testa; danneggiare; far male *vi*; **~o** *m* disastro, sconfitta *f*, contrattempo

descalcific|ación *f* decalcificazione; **~ador** *m* decalcificatore; **~ar** ‹*decalcifiqué*› *vt* decalcificare

descalific|ación *f* dequalificazione; *sport* squalifica; **~ar** ‹*descalifiqué*› *vt* squalificare

descalz|ar ‹*descalcé*› *vt* (**zapato**) scalzare; togliere la zeppa; **~o, -a** *adj* scalzo, -a

descamin|ado, -a *adj* fuori cammino; sviato, -a ◊ ***ir ~*** *fig* essere fuori cammino/strada; **~sado, -a 1.** *adj* senza camicia; pezzente; **2.** *mpl Arg pol/hist* descamisados, operai sostenitori di Perón; **~sar** *vt Am* mandare in rovina; *fig* pelare

descampado, -a 1. *adj* libero, -a, scoperto, -a; **2.** *m* spiazzo, terreno (libero, scoperto) ◊ ***en ~*** all'aperto

descans|ar 1. *vi* 1. riposare; calmarsi; dormire; 2. appoggiarsi; pesare; basarsi; **2.** *vt* aiutare ◊ ***¡descanse en paz!*** riposi in pace!; ***¡descansen!*** *mil* riposo!; **~illo** *m* pianerottolo; **~o** *m* 1. riposo; sollievo; 2. base *f*; 3. *teat/cine* intervallo; 4. pianerottolo

descantillar *vt* slabbrare

descapitalizar ‹*descapitalicé*› *vt* decapitalizzare

descapot|able *adj/m* decappottabile, cabriolet *inv*; **~ar** *vt* decappottare

descar|ado, -a *adj* sfacciato, -a; **~arse** avere la faccia tosta di dire o di fare qc *vi*

descarg|a *f* 1. scarico *m*; 2. scarica ◊ ***~ de mercancías*** scarico merci; ***~ eléctrica*** scarica elettrica; ***tubo de ~*** tubo di scarico; **~adero** *m* scalo; **~ador, -a** *adj/s* scaricatore, -trice; **~ar** ‹*descargué*› **1.** *vt* 1. scaricare; 2. (*arma*) sparare; **2.** *vi* sboccare; **3. ~se** sfogarsi; **~o** *m* 1. scarico; 2. *com/jur* discarico; discolpa *f* ◊ ***testigo de ~*** *jur* testimone a discarico

descarn|ado, -a *adj* scarnato, -a; (*persona, discurso, ...*) scarno, -a; **~ar** *vt* 1. scarnare; *tamb. fig* scarnificare, scarnire; 2. spogliare ◊ ***~se (uno) por alg*** *coloq* spogliarsi (q) a favore di q

descaro *m* sfacciataggine *f*, sfrontatezza *f*

descarril|ado, -a *adj* smarrito, -a; traviato, -a; fuorviato, -a ◊ ***oveja ~*** pecorella smarrita; **~arse** smarrirsi; traviarsi

descarril|amiento (*var.* **descarriladura** *f*) *m transp* deragliamento; sviamento; **~ar** *vi transp* deragliare, uscire dalle rotaie/dai binari; sviare

descart|ar 1. *vt* scartare; respingere, rifiutare; **2. ~se** (*naipes*) scartare *vt*; *raro* scusarsi; **~e** *m* scarto; *raro* scusa *f*

Descartes *m* Cartesio

descascarar *vt* sgusciare; sbucciare

descascarill|ado *m* brillatura *f*, pilatura *f*; **~ar** *vt* sbucciare; scortecciare

descast|ado, -a *adj* snaturato, -a, freddo, -a con la famiglia; **~ar** *vt* distruggere una razza

descend|encia *f* discendenza, prole; stirpe; **~ente** *adj* discendente deda; **~er** ‹*desciendo*› V. 6 **1.** *vi* discendere; scendere; cadere; derivare; **2.** *vt* metter giù; **~iente** *m/f* discendente; **~imiento** *arte/relig m* discesa *f*; deposizione *f*

descenso *m* 1. discesa *f*; abbassamento; 2. *com* ribasso, calo

descentr|ado, -a *adj* 1. decentrato, -a; 2. fuori ambiente; **~alización** *f* decentramento *m*; decentralizzazione, devolution*; **~alizar** ‹*descentralicé*› *vt* decentrare, decentralizzare; **~ar** *vt* decentrare

descerebr|ado, -a *adj/s fig* scervellato, -a; *med* decerebrato, -a; **~ar** *vt med* decerebrare

descerrajar *vt* 1. scassinare una serratura; 2. sparare

desciendo V. **descender**

descifr|able *adj* decifrabile; **~amiento** *m* decifrazione *f*, deciframento; **~ar** *vt* decifrare

descimbrar *vt arq* togliere la centina

desclas|amiento *m* declassamento (!); dequalificazione *f*; **~ar** *vt* declassare; **~ificación** *f pol* declassificazione (dei segreti di stato) (!)

desclavar *vt* schiodare; smontare una gemma

descoc|ado, -a *adj coloq* sfacciato, -a; spudorato, -a; **~arse** ‹*descoqué*› mostrarsi sfacciato; **~o** *m* sfacciataggine *f*, spudoratezza *f*

descodific|ación *f* decodifica, decodificazione; **~ador** *m* decodificatore; **~ar** ‹*descodifiqué*› *vt* decodificare

descojon|ante *adj coloq/vulg* da far morire dalle risate (*coloq*); **~arse** *vulg* pisciarsi addosso dalle risate

descolar *vt* scodare

descolg|ado, -a *adj* staccato, -a; isolato, -a, out *inv*, fuori dal giro; **~ar** ‹*descolgué*› **1.** *vt* staccare, calare; **2. ~se** 1. lasciarsi cadere; discendere *vi*; 2. apparire improvvisamente *vi*; 3. fare un'uscita *vi*

descollar ‹*descuello*› V. 8a *vi* emergere, risaltare, prevalere

descolocar ‹*descoloqué*› *vt* 1. *fig* sconcertare; 2. cambiare di luogo

descoloniz|ación *f* decolonizzazione (!); **~ar** ‹*descolonicé*› *vt* decolonizzare

descolor|ación *f* decolorazione; **~amiento** *m* scolorimento; **~ar** (*var.* **descolorir**) *vt* scolorire, stingere; **~ido, -a** *adj* scolorito, -a, stinto, -a; **~imiento** *m* scolorimento; **~ir** V. **descolorar**

descomedi|do, -a *adj* ineducato, -a; eccessivo, -a, esagerato, -a; **~miento** *m* eccesso; scortesia *f*; **~rse** ‹*mido; midió; midiendo*› V. 12 eccedere *vi*; mancare di riguardo *vi*

descompaginar *vt* spaginare

descompens|ación *f* scompenso *m*; **~ado, -a** *adj* scompensato, -a

descompo|ner ‹*pongo; pondré; puse; puesto*› V. 32 *vt* scomporre, disordinare; *fig* indisporre; irritare; corrompere; **~nible** *adj* decomponibile, disgregabile, scomponibile; **~sición** *f* scomposizione; alterazione; putrefazione; **~stura** *f* scomponimento *m*; incompostezza, sguaiataggine

descompr|esión *f* decompressione; **~imir** *vt* decomprimere

descompuesto, -a *adj* scomposto, -a; alterato, -a; putrefatto, -a; (*vientre*) con diarrea

descomunal *adj* inaudito, -a, enorme, madornale

desconcentr|ación *f econ* deconcentrazione; **~ar** *vt* deconcentrare

desconcert|ado, -a *adj* sconcertato, -a, turbato, -a, stupito, -a, confuso, -a; **~ar** ‹*desconcierto*› V. 5a *vt* sconcertare, confondere, turbare; scompigliare

desconchar *vt arq* scrostare; stonacare

desconcierto *m* sconcerto; scompiglio, disordine

desconectar *vt* sconnettere; *electr tamb. fig* staccare (la spina); isolare

desconexión *f* spegnimento *m*, sconnessione

desconfi|ado, -a *adj/s* **1.** (*persona*) diffidente, sospettoso, -a; **2.** diffidato, -a *adj/pp*; **~anza** *f* sfiducia, diffidenza; **~ar** ‹*desconfío*› V. 2 *vi* diffidare (**de** di)

descongel|ación *f* scongelazione; *econ* scongelamento *m*; **~ador** *m* sbrinatore; **~ar** *vt* scongelare

descongest|ión *f* decongestione; sgombro *m*; **~ionar** *vt* decongestionare, sgombrare; decongestionare

descono|cer ‹*conozco*› V. 13a *vt* ignorare; non riconoscere; **~ido, -a** *adj* 1. (*ser*) sconosciuto, -a; 2. (*estar*) distinto, -a, diverso, -a; **~imiento** *m* ignoranza *f*

desconsider|ación *f* sconsiderazione; **~ado, -a** *adj* sconsiderato, -a

desconsol|ación V. **desconsuelo**; **~adamente** *adv* ◊ ***llorar*** ~ piangere a dirotto; **~ado, -a** *adj* sconsolato, -a; desolato, -a, afflitto, -a; **~ador, -a** *adj* desolante, sconfortante

desconsuelo *m* sconforto, desolazione *f*

descontado, -a *adj* scontato, -a ◊ ***dar por*** ~ dare per cosa fatta; ***por*** ~ senza dubbio, certo

descontamin|ación *f* disinquinamento *m*, decontaminazione; **~ar** *vt* decontaminare, disinquinare

descontar ‹*cuento*› V. 8a *vt* scontare

descontent|adizo, -a *adj* incontentabile; **~ar** *vt* scontentare, disgustare; **~o, -a 1.** *adj* scontento, -a, insoddisfatto, -a; **2.** *m* dispiacere; malcontento, insoddisfazione *f*

descontextualiz|ación *f* decontestualizzazione; **~ar** ‹*descontextualicé*› *vt* decontestualizzare

descontrol *m* perdita del controllo *f*; **~ado, -a** *adj* sballato, -a; **~ar 1.** *vt* metter fuori controllo; far perdere il controllo *vi*; **2. ~se** perdere il controllo *vi*

desconvocatoria (*var.*) **desconvoc|ación** *f* revoca; **~ar** ‹*desconvoqué*› *vt* revocare

descoordinación *f* scoordinazione; scoordinamento *m*

descoque *coloq* V. **descoco**

descorazon|ador, -a *adj* desolante, scoraggiante; **~amiento** *m* scoraggiamento, scoramento; **~ar** *vt* scoraggiare, avvilire

descorch|ador *m* 1. scortecciatore di sughero; 2. cavatappi; **~ar** *vt* 1. *agric* scortecciare il sughero; 2. stappare, sturare

descornar *vt* scornare

descoronar *vt agric* scollettare

descorrer 1. *vi* scorrere; **2.** *vt* 1. ricorrere; 2. tirare la tenda

descort|és *adj* scortese, sgarbato, -a; **~esía** *f* scortesia, sgarbatezza; **~ezar** ‹*descortecé*› *vt* scortecciare; *fig* dirozzare

descos|er 1. *vt* scucire; **2. ~se** 1. scucirsi; 2. *fig/raro* dire un segreto *vi*; 3. *vulg* scoreggiare *vi*; **~ido, -a 1.** *adj* 1. scucito, -a; 2. indiscreto, -a; 3. disordinato, -a; **2.** *m* scucitura *f* ◊ ***como un ~*** *coloq* molto; ***estudiar, reír como un*** ~ studiare, ridere come un matto

descostrar *vt* scrostare

descoyunt|ado, -a *adj* dinoccolato, -a; **~amiento** *m* slogamento, lussazione *f*; **~ar 1.** *vt* slogare, lussare; *fig* scomporre; **2. ~se** slogarsi ◊ ***~se de risa*** crepare/sbellicarsi dalle risa

descrédito *m* discredito

descreído, -a *adj/s* incredulo, -a, miscredente

descreimiento *m* incredulità *f inv*

descrem|ado *m* scrematura *f*; **~ar** *vt* scremare

describir ‹*descrito*› V. 25 *vt* descrivere; disegnare

descrip|ción *f* 1. descrizione; 2. *jur* inventario; **~tible** *adj* descrivibile; **~tivo, -a** *adj* descrittivo, -a; **~tor, -a** *adj/m* descrittore, trice

descris|mar 1. *vt coloq/fig* rompere la testa *vi*; **2. ~se** *coloq/fig* scervellarsi; **~tianizar** ‹*decristianicé*› *vt* sbattezzare; **~tianizarse** sbattezzare

descrito V. **describir**

descuadernar *vt* scompaginare

descuajar *vt* 1. squagliare; liquefare; 2. *agric* sradicare

descuajering|ado, -a *adj* scarcassato, -a; **~ar** ‹*descuajeringué*› *vt* disfare; spappolare ◊ ***~se de risa*** crepare dalle risa/dal ridere, scompisciarsi dalle risate

descuartiz|ador, -a *m/f* squartatore, -trice; **~ar** ‹*descuarticé*› *vt* squartare

descubiert|a *f mil/nav* ricognizione, esplorazione; **~o, -a 1.** *adj* scoperto, -a; **2.** *m com* scoperto, deficit ◊ ***al*** ~ allo scoperto; ***en*** ~ *com* scoperto, a vuoto

descubri|dor, -a *m/f* scopritore, -trice; *mil* esploratore, -trice; **~miento** *m* scoperta *f*, rinvenimento; **~r** ‹*descubierto*› V. 15 **1.** *vt* scoprire; **2. ~se** scoprirsi; togliersi il cappello

descuel|go V. **descolgar**; **~llo** V. **descollar**; **~nto** *m* sconto; detrazione *f*

descuid|ado, -a *adj* trascurato, -a; negligente, noncurante; (*aspecto*) sciatto, -a; sprovveduto, -a; **~ar 1.** *vt* 1. trascurare; 2. distrarre; 3. non preoccupare; **2. ~se** distrarsi; non stare attento *vi* ◊ ***descuida*** non ti preoccupare; **~ero, -a** *m/f* ◊ ***~ de coches*** topo d'auto; **~o** *m* 1. distrazione *f*; 2. dimenticanza *f*; 3. negligenza *f*; 4. trascuratezza *f* ◊ ***por ~*** per caso

desde *prep* da ◊ ***~ entonces*** da allora; ***~ hace años*** da anni; ***~ luego*** naturalmente; ***~ niño*** fin da bambino; ***~ que*** da quando; ***~ un principio*** sin/fin dal principio; ***~ ya*** già da adesso

desdecir ‹*digo; dije; diré; dicho*› V. 24 **1.** *vt* disdire, ritrattare, smentire; **2. ~se** contraddirsi

desdén *m* disdegno, sdegno ◊ ***al ~*** con trascuratezza

desdent|ado, -a 1. *adj* sdentato, -a; **2.** *mpl zool* maldentati; **~ar** *vt raro* sdentare

desdeñ|able *adj* spregevole; **~ar** *vt* disprezzare, disdegnare; **~oso, -a** *adj* sdegnoso, -a

desdibujar|se *vt* sfumarsi, svanire vi

desdicha *f* sfortuna, disgrazia; miseria ◊ ***por ~*** sfortunatamente; **~do, -a** *adj* sfortunato, -a, sventurato, -a; disgraziato, -a; misero, -a

desdobl|amiento *m* sdoppiamento; **~ar** *vt* sdoppiare; distendere; **~e** *m* sdoppiamento

desdor|ar *vt* sdorare; **~o** *m* disdoro, disonore

desdramatizar ‹*desdramaticé*› *vt* sdrammatizzare

dese|able *adj* desiderabile; **~ar** *vt* 1. desiderare; 2. augurare, auspicare ◊ ***dejar bastante que ~*** lasciare a desiderare

desec|ación *f* disseccazione; essiccazione; **~ar** ‹*desequé*› *vt* disseccare; essiccare

desech|able *adj* a perdere, usa e getta; **~ar** *vt* 1. scartare; 2. rifiutare; 3. scacciare; **~o** *m* 1. rifiuto, scarto, scoria *f*; 2. *fig* disprezzo; 3. *Am* scorciatoia *f*

deseducativo, -a *adj* diseducativo, -a

desellar *vt* dissigillare, dissuggellare

desembal|aje *m* sballatura *f*, sballo, sballamento; **~alar** *vt com* sballare

desembaraz|ado, -a *adj* sbarazzato, -a, libero, -a; *fig* disinvolto, -a; **~ar** ‹*desambaracé*› *vt elev* sbarazzare, sgombrare; disoccupare; liberare (**de** da); **~o** *m elev* disinvoltura *f*, spigliatezza *f*

desembarc|adero *m* sbarcatoio; **~ar** ‹*desembarqué*› *vt/i* sbarcare; scendere; **~o** (*var.* **desembarque**) *m* sbarco

desembarg|ar ‹*desembargué*› *vt jur* togliere il sequestro; **~o** *m* dissequestro

desembarque V. **desembarco**

desemboc|adura *f* sbocco *m*; foce; **~ar** ‹*desemboqué*› *vi* sboccare; sfociare

desembols|ar *vt* sborsare; **~o** *m* sborso, versamento; spesa *f*

desemboque *m raro* sbocco

desembozar ‹*desembocé*› *vt* 1. sturare; 2. smascherare

desembra|gar ‹*desembragué*› *vt mec* staccare/disinnestare la frizione; **~gue** *m mec* stacco/disinnesto della frizione

desembrollar *vt coloq* sbrogliare; *coloq* sciogliere

desembuchar *vt* vuotare il gozzo; *coloq/fig* vuotare il sacco

desemejar *vt* dissomigliare (**de** da)

desempacho *m* disinvoltura *f*

desempañ|amiento *m* sbrinamento; **~ar** *vt* disappannare

desempapelar *vt* scartare, scartocciare; togliere la carta da parati

desempaquetar *vt* disfare un pacchetto, spacchettare

desempat|ar *vt/i* fare lo spareggio *vi*; *pol* fare il ballottaggio *vi*; **~e** *m* spareggio; *pol* ballottaggio

desempedrar *vt* disselciare

desempeñ|ar 1. *vt* 1. disimpegnare; 2. rappresentare, svolgere; **2. ~se** disimpegnarsi, cavarsela; **~o** *m* disimpegno; esercizio

desempernar *vt* sbullonare

desemple|ado, -a *adj/s* disoccupato, -a; **~o** *m* 1. disoccupazione *f*; 2. indennità *f inv* o assegno di disoccupazione

desempolv|adura *f* spolveratura; **~ar** *vt* spolverare; *fig* metter fuori, tirar fuori

desenamorarse disamorarsi

desencaden|amiento *m* scatenamento; **~ante** 1. *adj* scatenante 2. *m* motivo, scatenamento; **~ar** *vt* provocare; scatenare

desencajar 1. *vt* slogare; strappare; scassinare; **2. ~se** alterarsi, impallidire *vi* ◊ ***ojos desencajados*** occhi sbarrati

desencall|amiento *m* disincaglio; **~ar** *vt nav* disincagliare

desencaminado, -a *adj* fuori strada ◊ ***(no) ir/andar ~*** *fig* (non) essere fuori strada

desencant|ar *vt* disincantare; disilludere; **~o** *m pol* riflusso; delusione *f*

desencarcelar *vt* scarcerare

desenchufar *vt* disinnestare; (*la spina, il ferro da stiro...*) staccare

desencolar *vt* sgommare

desencorvar *vt* raddrizzare

desencuadernar *vt* squadernare

desendeudarse sdebitarsi

desenfad|ado, -a *adj* disinvolto, -a; spigliato, -a; **~o** *m* disinvoltura *f*, spigliatezza *f*

desenfo|cado, -a *adj* sfocato, -a; **~car** ‹*desenfoqué*› *vt* sfocare; **~que** *m* sfocatura *f*

desenfren|ar *vt* sfrenare; scatenare; **~o** *m* sfrenatezza *f*

desenfund|able *adj* sfoderabile; **~ar** *vt* sfoderare, sguainare

desenganchar 1. *vt* sganciare; staccare; **2. ~se** (*droga*) disintossicarsi, uscire dal giro; sganciarsi; staccarsi

desengañ|ar *vt* disingannare; disilludere; **~o** *m* disinganno; disillusione *f*

desengras|ante *adj/m* sgrassatore, -trice; **~ar** *vt* sgrassare

desenhebrar *vt* sfilare

desenla|ce *m* 1. *fig* scioglimento, epilogo, finale; 2. slegamento; **~zar** ‹*desenlacé*› *vt* slacciare

desenmarañar *vt* districare; sbrogliare, sgrovigliare; *fig* chiarire

desenmascar|ador, -a *adj/s* smascheratore, -trice; **~amiento** *m* smascheramento; **~ar** *vt* smascherare
desenraizar ‹*desenraicé*› *vt agric tamb. fig* sradicare
desenredar *vt* sciogliere; districare; (*pelo*) lisciare
desenrollar *vt* sviluppare; svolgere
desenroscar ‹*desenrosqué*› *vt* svitare; stendere
desensartar *vt* sfilare; **~se** sfilare
desensibiliz|ación *f med* desensibilizzazione; **~ar** ‹*desensibilicé*› *vt* desensibilizzare
desensillar *vt* staccare
desentend|erse ‹*desentiendo*› V. 6 disinteressarsi (**de** di), non occuparsi (**de** di); fare orecchi da mercante *vi* ◊ **~ido, -a** *m* gnorri ***hacerse el ~*** fare l'indiano/lo gnorri; fare orecchi da mercante
desenterrar *vt* esumare, dissotterrare
desentonar 1. *vi* stonare; **2.** *vt* umiliare
desentrañar *vt* sventrare; *fig* decifrare
desentrenado, -a *adj* disabituato, -a; non allenato, -a
desentumec|er ‹*desentumezco*› V. 13a *vt* sgranchire; stirare ◊ ***~ las piernas*** sgranchire le gambe; **~imiento** *m* stiramento
desenvainar *vt* sguainare, sfoderare
desenvol|tura *f* disinvoltura, spigliatezza; **~ver** ‹*vuelvo; vuelto*› V. 43 **1.** *vt* svolgere; **2. ~se** svilupparsi; districarsi; *fig* cavarsela
desenvuelto, -a *adj* disinvolto, -a, spigliato, -a
deseo *m* desiderio; voglia *f*; speranza *f* ◊ ***arder en ~s de/por*** bramare; ***venir en ~ de*** desiderare; venire la voglia di; **~so, -a** *adj* desideroso, -a; *enf* bramoso, -a, ansioso, -a
desequilibr|ado, -a *adj/s* squilibrato, -a; **~ar** *vt* squilibrare; **~io** *m* squilibrio
deser|ción *f* diserzione; abbandono *m*; **~tar** *vi* 1. *mil* disertare; 2. *jur* abbandonare un appello
desértico, -a *adj* desertico, -a
desertización *f* desertificazione
desertor *m* disertore
desescolarizar ‹*desescolaricé*› *vt* descolarizzare
desesper|ación *f* disperazione; **~ado, -a** *adj* disperato, -a ◊ ***a la ~a*** alla disperata; **~ante** *adj* disperante; esasperante; **~anza** *f* scoramento *m*; **~anzar** ‹*desesperancé*› *vt* togliere la speranza; **~ar** *vt/i* disperare; esasperare; **~o** *m* disperazione *f*
desespinar *vt* spinare, togliere le spine
desestabiliz|ación *f* destabilizzazione; **~ar** ‹*desestabilicé*› *vt* destabilizzare
desestima *f* disistima; **~ción** *f jur* diniego *m*; disprezzo *m*; negazione; rifiuto *m*; **~r** *vt* rigettare, respingere, rifiutare, ricusare; **~torio, -a** *adj* di rigetto
desestructurar *vt* destrutturare
desfachatez *f* sfacciataggine
desfalc|ar ‹*desfalqué*› *vt com* defalcare; scavalcare; **~o** defalco, ammanco, falcidia *f jur*
desfallec|er ‹*desfallezco*› V. 13a **1.** *vi* svenire; **2.** *vt* indebolire; **~imiento** *m* svenimento; indebolimento
desfas|ado, -a *adj* sfasato, -a; *fig* di idee antiquate, antiquato, -a; **~aje** *m tecn* sfasamento; **~ar** *vt* sfasare; **~e** *m* gap *inv* ◊ ***~ tecnológico, generacional*** gap tecnologico, generazionale
desfavor|able *adj* sfavorevole; **~ecer** ‹*desfavorezco*› V. 13a *vt* sfavorire, non favorire; **~ecido, -a** *adj* svantaggiato, -a, disagiato, -a, sguarnito, -a, sprovvisto, -a
desfibrilador *m med* defibrilattore (cardiaco)
desfigur|ación *f* deformazione, alterazione; **~ador, -a** *adj/s* deturpatore, -trice; **~ar** *vt* sfigurare; alterare; **~o** *m Méx* sciocchezza *f*, fesseria *f* ◊ ***no hagas/no digas ~s*** non fare/dire schiocchezze
desfil|achar *vt* sfilacciare; **~adero** *m* passo, gola *f*; **~ar** *vi* sfilare; *fig* passare; **~e** *m* sfilata *f*
desflec|ado *m* sfrangiatura *f*; **~ar** ‹*desflequé*› *vt* sfrangiare
desflor|ación *f med* deflorazione; sfioramento *m*; **~ar** *vt med* deflorare; sfiorare; **~ecer** ‹*desflorezco*› V. 13a *vi* sfiorire
desfo|lgar ‹*desfogué*› *vt/i* sfogare; **~gue** *m* sfogo; sfiato
desfoli|ación *f bot* defoliazione; **~ante** *adj/m agric* defogliante, defoliante; **~ar** ‹*desfolio*› V. 1 *vt bot* defoliare
desfond|amiento *m* sfondamento; **~ar** *vt* 1. sfondare; 2. *agric* arare profondo
desforest|ación *f* deforestazione; **~ar** *vt* deforestare
desgaire *m* noncuranza *f*, indifferenza *f* ◊ ***al ~*** con (apparente) trascuratezza
desgaj|ar *vt* strappare; separare; **~e** (*var.* **desgajamiento**) *m* separazione *f*; rottura *f*, danno
desgana *f* inappetenza; svogliatezza; **~do, -a** *adj/s* 1. inappetente, disappetente; 2. pigro, -a; **~rse** 1. perdere l'appetito *vi*; 2. stufarsi
desgañitarse sgolarsi, sfiatarsi
desgarbado, -a *adj* sgarbato, -a, sgraziato, -a
desgarr|ado *adj* 1. lacerato, -a, stracciato, -a; 2. *fig* sfacciato, -a; **~ador, -a** *adj* straziante, lacerante; **~ar** *vt* lacerare, stracciare; sbranare; *fig* straziare; **~o** *m* strappo; *fig* sfacciataggine *f*, **~ón** *m* strappo
desgasific|ación *f* degassificazione; **~ar** ‹*desgasifiqué*› *vt* degassificare
desgast|ar *vt* consumare, logorare, sciupare; indebolire; **~e** *m* consumo, deterioramento; *fig* deperimento
desglos|ar *vt* 1. separare, suddividere; 2. togliere le chiose; **~e** *m* 1. *cine* découpage* *inv*; 2. distacco, separazione *f*, suddivisione *f*
desgobierno *m* sgoverno
desgracia *f* disgrazia; sfortuna ◊ ***caer en ~*** cadere in disgrazia; ***las ~s nunca vienen solas*** le disgrazie non vengono mai sole; ***por ~*** purtroppo, sfortunatamente; **~damente** *adv* purtroppo; **~do, -a** *adj/s* disgraziato, -a, sfortuna-

to, -a; **~r** ‹*desgracio*› V. 1 **1.** *vt* storpiare, rovinare; **2. ~se** 1. sciuparsi, guastarsi; 2. fallire *vi*
desgran|ar *vt* sgranare; **~e** *m* sgranamento
desgrasar *vt* sgrassare
desgrav|able *adj adm* deducibile; **~ación** *f* sgravio *m* ◊ **~ *fiscal*** sgravio/deduzione fiscale; **~ar** *vt* sgravare
desgreñ|ado, -a *adj* scapigliato, -a, scarmigliato, -a; **~ar** *vt* spettinare; arruffare
desguace *m* smantellamento; demolizione *f*
desguachipado, -a *adj Am* trasandato, -a
desguarnecer ‹*desguarnezco*› V. 13a *vt mil* sguarnire; sprovvedere
desguaz|ador, -a *adj/s* demolitore, -trice; **~ar** ‹*desguacé*› *vt* smantellare, demolire
déshabillé [dezabi'je] *adj* déshabillé* *inv*
deshabitado, -a *adj* disabitato, -a
deshabituar ‹*deshabitúo*› V. 4 *vt* disabituare
deshacer ‹*hago; haré; hice, hizo; hecho*› V. 26 **1.** *vt* 1. disfare; distruggere, rovinare; 2. fondere; 3. sconfiggere; **2. ~se** struggersi; estenuarsi; svanire *vi*; disfarsi ◊ ***~se en elogios*** esaltare con lodi
desharrapado, -a *adj* cencioso, -a
deshebillar *vt* sfibbiare
deshebramiento *m* sfibramento
deshechiz|ado, -a *adj* disincantato, -a; **~ar** ‹*deshechicé*› *vt* disincantare
deshecho, -a 1. *pp* (*deshacer*) disfatto, -a; **2.** *adj* disfatto, -a, rotto, -a, distrutto, -a (*tamb. fig*); **3.** *m Am* scorciatoia *f* ◊ ***tempestad ~a*** tempesta violenta
deshelar ‹*deshielo*› V. 5a **1.** *vt* sgelare; **2.** *vi* sgelare, sciogliersi
desherb|ado *m agric* diserbatura *f*; **~ar** ‹*deshierbo*› V. 5a *vt* diserbare
deshered|ación *f* diseredazione; **~amiento** *m* diseredazione *f*; **~ar** *vt* diseredare
desherrar *vt* sferrare
deshidrat|ación *f* disidratazione; **~ar** *vt* disidratare
deshielo *m* disgelo, sgelo
deshila|char *vt* sfilacciare; **~r** *vt* sfilare
deshilvan|ado, -a *adj* 1. sbastito, -a; 2. *fig* sconclusionato, -a; **~ar** *vt* sbastire
deshinch|ado, -a *adj* sgonfio, -a; **~adura** *f* sgonfiatura, sgonfiamento *m*; **~amiento** *m* sgonfiamento; **~ar** *vt* sgonfiare
deshoj|ar *vt* sfogliare ◊ **~ *la margarita*** sfogliare una margherita; **~e** *m* sfogliatura *f*
deshollin|ador *m* 1. (*persona*) spazzacamino; 2. spazzola per il camino *f*; **~ar** *vt* spazzare il camino
deshonest|idad *f* disonestà *inv*; impudicizia; **~o, -a** *adj* disonesto, -a; impudico, -a
deshonor *m* disonore
deshonr|a *f* disonore *m*; infamia; **~ar** *vt* disonorare, infamare; **~oso, -a** *adj* disonorevole, indecoroso, -a
deshora *f* ora indebita ◊ ***a ~(s)*** inopportunamente
deshuesar *vt* disossare
deshuman|ización *f* disumanizzazione; **~izar** ‹*deshumanicé*› *vt* disumanizzare; **~o, -a** *adj* disumano, -a
deshumedecer ‹*deshumedezco*› V. 13a *vt* disumidire
desidera|ta *f* desiderata *mpl*; **~tivo, -a** *adj* desiderativo, -a
desidi|a *f* negligenza, inerzia, pigrizia; **~oso, -a** *adj* pigro, -a, accidioso, -a
desierto, -a 1. *adj* deserto, -a, disabitato, -a; **2.** *m* deserto ◊ ***predicar/clamar en el ~*** predicare al deserto; ***quedar ~*** andare deserto
design *m* design* *inv*
designa|ción *f* designazione; **~r** *vt* designare, proporre; progettare
designio *m* proposito, progetto ◊ ***los ~s del Señor...*** le vie del Signore...
desigual *adj* ineguale, disuguale; ineguale, disuguale, diverso, -a; **~ar 1.** *vt* disuguagliare; **2. ~se** differenziarsi; emergere *vi*; **~dad** *f* disuguaglianza
desilus|ión *f* delusione, disillusione; **~ionar** *vt* deludere, disilludere
desimantar *vt* smagnetizzare
desincentiv|ar *vt* disincentivare; **~o** *m* disincentivo
desincrust|ante *adj/m* disincrostante; **~ar** *vt* disincrostare
desinencia *f ling* desinenza
desinfec|ción *f* disinfezione; **~tante** *adj/m* disinfettante; **~tar** *vt* disinfettare
desinfla|ción *f econ* disinflazione; **~do** *m* (*neumático*) sgonfiamento
desinflam|ación *f* sgonfiamento *m*; **~ar** *vt* disinfiammare
desinflar *vt* sgonfiare
desinform|ación *f* disinformazione; **~ar** *vt* disinformare
desinhib|ición *f* disinibizione; **~ido, -a** *adj/s* disinibito, -a; **~ir** *vt* disinibire
desinsect|ación *f* disinfestazione; **~ar** *vt* disinfestare
desintegr|ación *f* disintegrazione; **~ador, -a** *adj/m* disintegratore, -trice; **~ar** *vt* disintegrare
desinterés *m* disinteresse
desinteres|ado, -a *adj/s* disinteressato, -a; **~arse** disinteressarsi (**de/por** di)
desintoxic|ación *f* disintossicazione; **~ar** ‹*desintoxiqué*› *vt* disintossicare
desinversión *f* disinvestimento *m*
desisti|miento *m* desistenza *f*; **~r** *vi* desistere (**de** da); smettere (**de** di)
deslava|do, -a *adj* slavato, -a; **~dura** *f* dilavamento *m*; **~zado, -a** *adj* insulso, -a
desleal *adj* sleale; **~tad** *f* slealtà *inv*
desleído, -a *adj* diluito, -a, sciolto, -a
desleimiento *m* diluizione *f*, scioglimento
desleír ‹*deslío; deslió*› V. 34 *vt* diluire, sciogliere, stemperare
deslenguado, -a *adj/s* sboccato, -a; linguacciuto, -a

desliar ‹*deslío*› V. 2 *vt* slegare, slacciare

desliera V. **desleír**

desliga|dura *f* slegatura; **~r** ‹*desligué*› *vt* slegare; sciogliere; *relig* svincolare; *fig* dispensare; *mús* staccare

deslind|ar *vt* delimitare; separare; **~e** *m* delimitazione *f*; limite

desliz *m* 1. scivolone; 2. *fig* fallo, errore involontario; **~able** *adj* sdrucciolevole; **~amiento** *m* sdrucciolone; slittamento; **~ar** ‹*deslicé*› **1.** *vi* sdrucciolare, scivolare, slittare; **2.** *vt* far correre; **3. ~se** guizzare *vi*; svignarsela

deslocaliz|ación *f* delocalizzazione, dislocazione; **~ar** ‹*deslocalicé*› *vt* delocalizzare

deslomarse sfiancarsi; sfacchinare *vi*

desluci|do, -a *adj* sbiadito, -a; scialbo, -a; mal riuscito, -a; **~miento** *m* mancanza di splendore *f*; **~r** ‹*luzco*› V. 13b *vt* togliere lustro *vi*; sbiadire

deslumbr|ador, -a *adj* abbagliante; **~amiento** *m* abbaglio, abbagliamento; offuscamento; **~ante** *adj* abbagliante, smagliante; **~ar** *vt* abbagliare; offuscare

deslustrar *vt* 1. dislustrare; 2. (*vidrio*) smerigliare; 3. *fig* denigrare

desmadejado, -a *adj* dinoccolato, -a

desmadr|ado, -a *adj* 1. *coloq* scalmanato, -a, incontrollato, -a, esagitato, -a; 2. privo, -a di madre; **~arse** scalmanarsi, perdere il controllo *vi*, dare i numeri *vi*; **~e** *m coloq* caos *inv*, disordine

desmallar *vt* smagliare

desmán *m* 1. eccesso; disordine; abuso; 2. *zool* desman *inv*

desmandarse 1. eccedere *vi*, mancare di rispetto *vi*; 2. appartarsi

desmangado, -a *adj* sbracciato, -a

desmano: a ~ *adv* fuori mano; **~tado, -a** *adj* maldestro, -a, inetto, -a; tardo, -a

desmantel|amiento *m* smantellamento, demolizione *f* ; **~ar** *vt* smantellare, demolire

desmañado, -a *adj* inabile, goffo, -a

desmaquill|ador *m* (*ojos, cara*) detergente (da strucco); **~arse** struccarsi

desmarcar ‹*desmarqué*› **1.** *vt* staccare; **2. ~se** smarcarsi, dissentire *vi* (**de** da)

desmaterializar ‹*desmaterialicé*› *vt* smaterializzare

desmay|ado, -a *adj* svenuto, -a; pallido, -a, smorto, -a; debole; **~arse** svenire *vi*; scoraggiarsi; **~o** *m* svenimento, deliquio

desmed|ido, -a *adj* smisurato, -a, esagerato, -a; **~irse** ‹*mido; midió; midiendo*› V. 12 esagerare *vi*, eccedere *vi*

desmedr|ar *vt/i* deteriorare, peggiorare; decadere *vi*; **~o** *m* peggioramento, decadenza *f*; calo

desmejorar *vt* deteriorare; sciupare

desmelen|ado, -a *adj* spettinato, -a, scapigliato, -a; **~amiento** *m* scapigliatura *f*; **~ar** *vt* scapigliare

desmembr|ación (*var.* **desmembramiento** *m*) *f* smembramento *m*; **~ar** ‹*desmiembro*› V. 5a *vt* smembrare

desmemori|ado, -a *adj* smemorato, -a; **~arse** scordarsi, dimenticarsi

desment|ida (*var.* **desmentido** *m*) *f* smentita; **~ir** ‹*desmiento; desmintió; desmintiendo*› V. 10 *vt* smentire

desmenuz|amiento *m* sminuzzamento; **~ar** ‹*desmenucé*› *vt* spezzettare, sbriciolare; *fig* fare a pezzetti

desmerec|edor, -a *adj* immeritevole; **~er** ‹*merezco*› V. 13a *vt/i* non meritare *vt*; demeritare; sfigurare *vi*; **~imiento** *m* demerito

desmesura *f* eccesso *m*; **~do, -a** *adj* smisurato, -a, eccessivo, -a; esagerato, -a; sfacciato, -a; **~rse** eccedere *vi*

desmie|mbro V. **desmembrar**; **~nto** V. **desmentir**

desmigar (*var.* **desmigajar**) ‹*desmigué*› *vt* sbriciolare, sminuzzare

desmilitariz|ación *f* smilitarizzazione (!); **~ar** ‹*desmilitaricé*› *vt* smilitarizzare (!)

desminar *vt* sminare

desmineralizar ‹*desmineralicé*› *vt* demineralizzare

desmintió V. **desmentir**

desmirriado, -a *adj/s* rachitico, -a, magro, -a

desmistific|ación *f* demistificazione (!); **~ar** ‹*desmistifiqué*› *vt* demistificare (!)

desmitific|ación *f* demitizzazione (!), smitizzazione; **~ar** ‹*desmitifiqué*› *vt* demitizzare (!), smitizzare

desmoch|ar *vt* mozzare; *agric* potare; **~e** *m* mozzatura *f*; *agric* potatura *f*; **~eo** *m* rami potati *mpl*

desmonetiz|ación *f com* demonetizzazione (!), deprezzamento della moneta *m*; **~ar** ‹*desmoneticé*› *vt* demonetizzare

desmont|able *adj* smontabile; **~aje** *m* smontaggio; **~ar 1.** *vi* scendere/smontare da cavallo; appiedarsi; **2.** *vt* 1. smontare; 2. *tamb. fig* disarmare; 3. (*terreno*) spianare; 4. *agric* diboscare; **~e** *m* 1. diboscamento; 2. terreno diboscato o spianato

desmoraliz|ación *f* demoralizzazione (!); scoramento *m*; **~ador, -a** *adj* demoralizzante; scoraggiante; **~ante** *adj* avvilente; **~ar** ‹*desmoralicé*› *vt* demoralizzare; scoraggiare, avvilire

desmorona|miento *m* franamento; caduta *f*; **~rse** disfarsi, dissolversi

desmotiv|ación *f* demotivazione (!); **~ar** *vt* demotivare (!)

desmoviliz|ación *f mil* smobilitazione; **~ar** ‹*desmovilicé*› *vt mil* smobilitare

desmultiplic|ación *f mec* demoltiplicazione, riduzione; **~adora** *f* demoltiplicatore *m*; **~ar** ‹*desmultipliqué*› *vt* demoltiplicare

desnacionaliz|ación *f pol/econ* snazionalizzazione, denazionalizzazione; *econ* riprivatizzazione; **~ar** ‹*desnacionalicé*› *vt* snazionalizzare, denazionalizzare, riprivatizzare

desnat|adora *f* scrematrice; **~ar** *vt* scremare

desnaturaliz|ación *f* snazionalizzazione; snaturamento *m*; *quím* denaturazione; **~ar** ‹*desnaturalicé*› *vt* snaturare; *quím* denaturare

desnicotinizar ‹*desnicotinicé*› *vt* denicotinizzare

desnivel *m* dislivello; **~ado, -a** *adj* sperequato, -a; **~ar** *vt* produrre dislivello

desnucar ‹*desnuqué*› *vt* rompere il collo *vi*

desnucleariz|ación *f* denuclearizzazione; **~ar** ‹*desnuclearicé*› *vt* denuclearizzare

desnud|amiento *m* denudamento, denudazione *f*; **~ar 1.** *vt* denudare, spogliare; **2. ~se** spogliarsi ◊ **~ *un santo para vestir a otro*** scoprire un altare per ricoprirne un altro; **~ez** *f* nudità *inv*; schiettezza; **~ismo** *m* nudismo; **~ista** *m/f* nudista; **~o, -a 1.** *adj* nudo, -a, ignudo, -a; *fig* spoglio, -a, privo, -a; *fig* schietto, -a; **2.** *m arte* nudo ◊ **~ *como Dios lo trajo al mundo*** nudo come mamma l'ha fatto, nudo come un verme; ***poner al* ~** mettere a nudo; ***verdad ~a*** verità nuda e cruda

desnutr|ición *f* denutrizione; **~ido, -a** *adj* denutrito, -a (!), macilento, -a

desobed|ecer ‹*obedezco*› V. 13a *vt* disobbedire *vt/i*, disubbidire *vt/i*; **~iencia** *f* disubbidienza; **~iente** *adj* disubbidiente

desocup|ación *f* disoccupazione; **~ado, -a** *adj* disoccupato, -a, sfaccendato, -a; **~ar 1.** *vt* disoccupare, sgomberare, vuotare; **2. ~se** sbarazzarsi (**de** di)

desodor|ante *adj/m* deodorante (!); **~izar** (*var.* **desodorar**) ‹*desodoricé*› *vt* deodorare (!)

desoír ‹*oigo, oyes; oí, oyó; oyendo*› V. 30 *vt* non ascoltare, non badare *vi*

desojarse *fig* cavarsi gli occhi, rovinarsi la vista

desol|ación *f* desolazione; **~ado, -a** *adj* desolato, -a, sconsolato, -a; **~ador, -a** *adj* desolatore, -trice; **~ar 1.** *vt* devastare; desolare, sconsolare; **2. ~se** desolarsi, affliggersi

desoll|adura *f* scuoiamento *m*; **~ar** *vt* scuoiare, scorticare; pelare ◊ **~ *vivo (a alg)*** mangiarsi (q) vivo

desorbit|ado, -a *adj* smisurato, -a, esagerato, -a ◊ ***con ojos ~s*** con occhi fuori dalle orbite; **~ar** *vt* esagerare

desorden (*pl* **desórdenes**) *m* disordine ◊ ***en* ~** in disordine; **~ado, -a** *adj* disordinato, -a; **~ar** *vt* disordinare

desorejado, -a *adj* vile

desorganiz|ación *f* disorganizzazione; **~ar** ‹*desorganicé*› *vt* disorganizzare

desorient|ación *f* disorientamento *m*; **~arse** disorientarsi ◊ ***estar desorientado*** *fig* sentirsi spaesato/confuso/smarrito/disorientato

desov|ar ‹*deshuevo*› V. 8a *vi zool* deporre le uova; **~e** *m* deposizione delle uova *f*; fregola *f*; **~illar** *vt* sgomitolare; *fig* sgrovigliare; animare

desoxid|ación *f* disossidazione; **~ante** *adj* disossidante; **~ar** *vt* disossidare

desoxigenar *vt* disossidare

desoxirribonucleico *adj* (*ácido*) desossiribonucleico

despabil|aderas *fpl* smoccolatoie; **~do, -a** *adj* 1. *fig* sveglio, -a, intelligente; 2. smoccolato, -a; **~r 1.** *vt* 1. svegliare, sveltire; 2. (*vela*) smoccolare; **2. ~se** svegliarsi, sveltirsi

despach|aderas *fpl coloq* agilità/sbrigatività negli affari *f inv* ◊ ***tener buenas* ~** essere sbrigativo; **~ar 1.** *vt* 1. sbrigare; 2. (*correo*) spedire; 3. licenziare (a alg); 4. vendere; 5. servire (a alg); 6. *coloq* far fuori; 7. *Am aero* (*bagaje*) fare il check-in; **2. ~se** sfogarsi; sbrigarsi; **~o** *m* 1. *adm* spaccio, disbrigo; 2. (*lugar*) ufficio, studio; 3. (*comunicaciones*) dispaccio, telegramma; 4. (*ventas*) spaccio, vendita *f*

despachurrar *vt coloq* schiacciare, spappolare; disfare; *coloq* sbalordire, sconcertare

despac|io *adv* adagio, piano piano; lentamente; a bassa voce; **~to** *adv* pian pianino ◊ **~ *y buena letra*** pian pianino; chi va piano va sano e va lontano

despagado, -a *adj* deluso, -a ◊ ***quedarse* ~** restare deluso, disilluso

despampan|ante *adj* attraente, vistoso, -a, appariscente; **~ar** *vt agric* spampanare, spollonare

despanzurrar *vt* sventrare, spappolare

desparej|ado, -a *adj* spaiato, -a; **~ar** *vt* spaiare; **~o, -a** *adj* dispari *inv*; disuguale

desparpajo *m* 1. disinvoltura *f*, spigliatezza *f*, faccia tosta *f*; 2. *Am* disordine

desparram|ado, -a *adj* sparso, -a; sparpagliato, -a; **~amiento** *m* sparpagliamento; **~ar** *vt* spargere, versare; sparpagliare; *fig* dissipare; sprecare

despatarr|ado, -a *adj coloq* a gambe aperte; a bocca aperta ◊ ***quedarse* ~** restare a pancia all'aria, a gambe larghe; restare a bocca aperta; **~arse** stravaccarsi, cadere a gambe all'aria (*coloq*)

despavorido, -a *adj* spaurito, -a, sbigottito, -a

despech|ar *vt* indispettire, indignare; **~o** *m* dispetto, indignazione *f* ◊ ***a ~ de*** a dispetto di, malgrado; ***por* ~** per dispetto

despechug|ado, -a *adj coloq* con il collo sbottonato e aperto; **~arse** *coloq* sbottonarsi fino al petto

despectivo, -a *adj/m* spregiativo, -a, dispregiativo, -a (*ling*)

despedazar ‹*despedacé*› *vt* spezzettare, spezzare; *fig* lacerare, straziare

desped|ida *f* commiato *m*, congedo *m*; licenza; festa d'addio; saluto *m* ◊ **~ *de soltero/soltera*** festa d'addio al celibato/nubilato; ***dar la* ~** salutare; dare l'addio; **~ir** ‹*pido; pidió; pidiendo*› V. 12 **1.** *vt* 1. salutare; congedare; 2. (*trabajo*) licenziare; 3. lanciare, tirare; 4. diffondere; mandar fuori; **2. ~se** 1. salutare *vt*, congedarsi; 2. dire addio *vi* ◊ ***salir despedido*** essere lanciato in fuori

despeg|able *adj* staccabile; **~ado, -a** *adj* staccato, -a, scollato, -a; (*persona*) freddo, -a; **~ar** ‹*despegué*› **1.** *vt* staccare, scollare; allontanare; **2.** *vi aero* decollare; **~o** *m* indifferenza *f*, disinteresse; **~ue** *m aero* decollo

despeinar *vt* spettinare ◊ ***sin ~se*** *sport* come se niente fosse, molto facilmente

despej|ado, -a *adj* 1. sgombro, -a; (*espacio*) ampio, -a, spazioso, -a; 2. sereno, -a; sveglio, -a; **~ar 1.** *vt* 1. sgombrare; sfollare; 2. *mat* risolvere; **2.** **~se** *meteo* schiarirsi, rasserenarsi; svegliarsi; sfebbrarsi; **~e** *m sport* rinvio della palla; **~o** *m* 1. sgombro; 2. spigliatezza *f*

despellej|adura *m* scoiamento, scorticatura *f*; **~amiento** *m* spellatura *f*; **~ar** *vt* 1. spellare, scorticare; 2. *fig* parlar male di *vi*; *desp/fig* spellare, sputtanare

despelot|arse *vulg* spogliarsi (*esténd*); **~e** *m* 1. *coloq/vulg* nudo (*esténd*); 2. stramberia (*esténd*)

despelu|char *coloq* V. **despeluzar**; **~zar** ‹*despelucé*› *vt* 1. (*pelo*) scapigliare, scarmigliare; drizzare i capelli; 2. spelacchiare; **~znante** *adj* terrificante

despenaliz|ación *f jur* depenalizzazione; **~ar** ‹*despenalicé*› *vt* depenalizzare (!)

despens|a *f* 1. dispensa; 2. *Am* negozio di alimentari *m*; **~ero** *m* dispensiere

despeñ|adero *m* precipizio, burrone; **~ar** *vt* precipitare, buttar giú

despepitarse 1. strillare *vi*; 2. affannarsi; *coloq* andare pazzo per qc *vi*

desperdici|ar ‹*desperdicio*› V. 1 *vt* sprecare, sciupare; perdere; **~o** *m* sciupio, spreco; avanzo, scarto ◊ ***no tener ~*** essere completo/perfetto

desperdigar ‹*desperdigué*› *vt* spargere

desperezar ‹*desperecé*› **1.** *vt* sgranchire; sprigrire; **2.** **~se** sgranchirsi; spigrirsi

desperfecto *m* 1. guasto; 2. difetto

despersonalizar ‹*despersonalicé*› *vt* spersonalizzare

despert|ador *m* sveglia *f*; *fig* avviso; **~ar** ‹*despierto*› V. 5a **1.** *vt* svegliare, destare; *fig* suscitare, stimolare; **2.** **~se** svegliarsi; scaltrirsi; **3.** *m tamb. fig* lo svegliarsi

despiadado, -a *adj* spietato, -a, inumano, -a, crudele

despidió V. **despedir**

despido *m* licenziamento

despierto, -a *adj* 1. (*estar*) sveglio, -a, desto, -a; 2. (*ser*) furbo, -a, astuto, -a ◊ ***soñar ~*** sognare ad occhi aperti

despilfarr|ado, -a *adj* sciupone, -a; cencioso, -a; **~ador, -a** *adj/s* scialacquatore, -trice; sciupone, -a; **~ar** *vt* scialacquare, sperperare; sciupare; **~o** *m* sciupio, sperpero

despimpollar *vt agric* spollonare

despinochar *vt agric* spannocchiare

despiojar *vt* 1. spidocchiare; 2. *fig* togliere dalla miseria

despist|ado, -a *adj* distratto, -a, disorientato, -a; **~aje** *m med* dépistage *inv*; **~ar** **1.** *vt* 1. distrarre, disorientare; sviare; 2. *tecn* depistare; **2.** **~se** distrarsi; perdersi, andar fuori strada *vi*; **~e** *m* distrazione *f*; confusione *f*

desplant|ar *vt* svellere, sradicare; **~e** *m* 1. ="frase *f* o gesto arrogante o provocatorio"; 2. (*danza*) posizione irregolare *f*; 3. *taur* voltata di spalle *f* ◊ ***hacer un ~ a alg*** essere arrogante con q

desplaz|able *adj* rimovibile; **~ado, -a** *adj/s* spostato, -a; spostato, -a, disadatto, -a; **~amiento** *m* spostamento, dislocamento; **~ar** ‹*desplacé*› **1.** *vt* spostare; sostituire; **2.** **~se** spostarsi

despleg|able **1.** *adj* ◊ ***menú ~*** *informát* menù a tendina; **2.** *m* dépliant* inv; **~amiento** *m* scioglimento; **~ar** ‹*desplegué*› *vt* spiegare, distendere; *mil* stendere; sviluppare ◊ ***~ las velas*** *nav* spiegare le vele al vento

despliegue *m* spiegamento

desplom|ar **1.** *vt* far cadere; **2.** **~se** precipitare *vi*; crollare *vi*; **~e** (*var.* **desplomo**) *m* strapiombo; crollo

desplum|adura *f* pelata; **~ar** *vt tamb. fig* spennare, pelare

despobl|ación (*var.* **despoblamiento** *m*) *f* spopolamento *m*; **~ar** ‹*pueblo*› V. 8a *vt* spopolare

despoetizar ‹*despoeticé*› *vt* spoetizzare

despoj|ar *vt* 1. spogliare, privare; 2. *jur* espropriare; **~o** **1.** *m* spo(g)liazione *f*; bottino, presa *f*; **2.** *mpl* 1. *gastr* rigaglie *fpl*, frattaglie *fpl*; *tamb. fig* avanzi; 2. spoglie mortali *fpl*

despolariz|ación *f* depolarizzazione (!); **~ar** ‹*despolaricé*› *vt* depolarizzare (!)

despolitiz|ación *f* depoliticizzazione (!), spoliticizzazione; **~ar** ‹*despoliticé*› *vt* depoliticizzare (!)

despolvor|ear *vt* spolverare; *Am* spolverizzare; **~eo** *m* spolverata *f*, spolveratura *f*

desportillado, -a *adj* con l'orlo scheggiato/sbeccato

despos|ado, -a **1.** *adj* 1. *elev* sposato, -a; 2. ammanettato, -a; **2.** *m elev* sposo ◊ ***los recién ~s*** i novelli sposi; **~arse** *elev* sposarsi; **~eer** ‹*desposeyó*› *vt* spogliare; spossessare; **~orios** *mpl* sponsali

déspota *m/f* despota

despótico, -a *adj* dispotico, -a

despotismo *m* 1. dispotismo; 2. prepotenza *f* ◊ ***~ ilustrado*** dispotismo illuminato

despotricar ‹*despotriqué*› *vi* parlare a vanvera (**de** di), brontolare; parlar male (**de** di)

despreci|able *adj* spregevole; **~ar** ‹*desprecio*› V. 1 *vt* disprezzare; **~ativo, -a** *adj* dispregiativo, -a; **~o** *m* disprezzo; disdegno

desprend|er **1.** *vt* staccare; emanare; **2.** **~se** 1. separarsi (**de** da); privarsi (**de** di), rinunciare *vi* (**de** a); 2. dedursi, emanare (**de** da); **~ido, -a** *adj* disinteressato, -a; generoso, -a, splendido, -a; **~imiento** *m* 1. distacco; 2. *geogr* franamento; frana *f*; (*peligro*) caduta massi *f*; 3. generosità *f inv*, disinteresse; 4. *cient* scarica *f*; 5. *relig* deposizione *f* ◊ ***~ de retina*** distacco della retina

despreocup|ación *f* spensieratezza, indifferenza; **~ado, -a** *adj/s* spensierato, -a, indifferente; **~arse** non preoccuparsi; non darsi pensiero

desprestigi|ar ‹*desprestigio*› V. 1 *vt* screditare, esautorare; **~o** *m* scredito

despresurización *f* depressurizzazione (!)

desprevenido, -a *adj* impreparato, -a; sprovvisto, -a ◊ ***coger (a alg) ~*** cogliere (q) alla sprovvista

desproporc|ión *f* sproporzione; **~ionado, -a** *adj* sproporzionato, -a

despropósito *m* sproposito, errore

desprovleer ‹*veo; vi, viste, vio; viendo; visto*› V. 42 *vt* sprovvedere, privare *vi* (**de** di); **~isto, -a** *adj* sprovvisto, -a, privo, -a (**de** di)

después 1. *adv* dopo, poi; **2.** *prep* dopo; **3.** *m* dopo ◊ **~ *de mí, ti, él...*** dopo di me, te, lui...; **~ *de todo*** dopo tutto; *Am* ***hasta*** **~** a dopo, a piú tardi

despuesito *adv Méx* fra poco/pochino

despuntlar *vt/i* spuntare; sorgere *vi*; *bot* germogliare *vi*, spuntare *vi*; *fig* emergere *vi*; **~e** *m* 1. spuntatura *f*; 2. *Am* legna minuta *f*

desquicilado, -a *adj* fuori di sè, sconvolto, -a; **~ar** ‹*desquicio*› V. 1 **1.** *vt* scardinare, sgangherare; *fig* far uscire dai gangheri; turbare; sconquassare; **2. ~se** *fig* perdere l'uso della ragione *vi*, impazzire *vi*

desquitlarse rifarsi; risarcirsi; prendere la rivincita *vi*; vendicarsi; **~e** *m* risarcimento; rivincita *f*; vendetta *f*

desratizlación *f* derattizzazione; **~ar** ‹*desraticé*› *vt* derattizzare (!)

desregullación *f* deregolamentazione, deregolazione; **~ar** *vt* deregolamentare

desriñonar *vt* slombare, sfiancare

desrizar ‹*desricé*› *vt* stirare (el pelo)

destaclado, -a *adj* importante, famoso, -a; **~amento** *m mil* distaccamento; **~ar** ‹*destaqué*› **1.** *vt* 1. (*pintura*) mettere in risalto; 2. *mil* distaccare; **2.** *vi* emergere, risaltare (**sobre** su)

destajlista *m/f* cottimista; **~o** *m* cottimo ◊ ***a*** **~** *tamb. fig* a cottimo

destaplado *m* stura *f*; **~ar 1.** *vt* stappare; scoprire, scoperchiare; **2. ~se** confidarsi con q; **~e** *m* 1. scoperchiamento; 2. *cine/teat* nudo erotico o pornografico; 3. *fig* liberalizzazione dei costumi *f*; *desp* libertinaggio

destapiado, -a 1. *adj* non recinto, -a; **2.** *m* terreno aperto

destaponar *vt* stappare, sturare

destartalado, -a *adj* disordinato, -a; sconquassato, -a

destejer *vt* stessere, disfare un tessuto

destelllar *vi* brillare, rifulgere; **~o** *m* raggio, brillo, scintillio, sprazzo di luce

destempllado, -a *adj mús* stonato, -a, discordante; scomposto, -a; indisposto, -a; stemprato, -a; **~anza** *f* 1. eccesso d'ira *m*; intemperanza; sregolatezza; 2. indisposizione; **~ar 1.** *vt* alterare; stemprare; irritare; **2.** *vi mús* scordare, stonare; **~e** *m* dissonanza *f*, stonatura *f*, stempratura *f*

destensar *vt* distendere

desteñir ‹*tiño; tiñó; tiñendo*› V. 12 *vt/i* stingere

desternillarse ◊ **~ *(de risa)*** crepare vi/smascellarsi dalle risa/dal ridere

desterrlado, -a *adj/s* esiliato, -a; confinato, -a; **~ar** ‹*destierro*› V. 5a *vt* 1. esiliare, bandire; confinare; 2. allontanare

destetlar *vt* svezzare; *fig* ="far sì che i figli se la cavino da soli"; **~e** *m* svezzamento

destielmpo: a ~ *adv* intempestivamente, in modo intempestivo/inopportuno; **~rro** *m* esilio; confino; *fig* luogo solitario

destillación *f* distillazione ◊ **~ *fraccionada, destructiva*** distillazione frazionata, distruttiva; **~ador, -a 1.** *adj* distillatore, -trice; **2.** *m* alambicco, distillatoio; (*persona*) distillatore, -trice; **~ar 1.** *vt* distillare; filtrare; **2.** *vi* stillare, gocciolare; **~ería** *f* distilleria

destinlar *vt* destinare, assegnare; **~atario, -a** *adj/s* destinatario, -a; **~o** *m* 1. destino, fato; fatalità *f inv*; 2. destinazione *f*; sede (di lavoro) *f*; destino ◊ ***con* ~ *a*** con sede di lavoro a; ***llegar a su* ~** giungere a destinazione/destino; ***vuelo con* ~ *a*** volo per

destiño, destiñó V. **desteñir**

destitlución *f* destituzione; **~uir** ‹*destituyo; destituyó; destituyendo*› V. 14 *vt* destituire, deporre

destornillllado, -a *adj* svitato, -a; **~ador** *m* cacciavite *inv*; **~ar 1.** *vt* svitare; **2. ~se** parlare a vanvera *vi*

destrenzar ‹*destrencé*› *vt* disfare una treccia

destreza *f* destrezza, abilità *inv*

destriplador, -a *adj/s* sventratore, -trice, squartatore, -trice ◊ ***Jack el* *~** Jack lo squartatore; **~ar** *vt* 1. sventrare, sbudellare; squartare; 2. *desp/fig* rovinare, mandare all'aria; **~aterrones** *m inv desp* terrone, cafone, bracciante

destronlamiento *m* detronizzazione *f*, deposizione *f*; **~ar** *vt* detronizzare, deporre dal trono

destronclamiento *m* stroncamento; **~ar** ‹*destronqué*› *vt* stroncare; troncare; rovinare; interrompere

destronización *f* detronizzazione

destrozlar ‹*destrocé*› **1.** *vt* rompere; stracciare; distruggere; *mil* sbaragliare; **2. ~se** rovinarsi, distruggersi; **~o** *m* rottura *f*; sciupio; danno ◊ ***causar* ~*s*** V. destrozar; **~ón, -ona** *adj/s* sciupone, -a; rompitutto

destrucción *f* distruzione, rovina

destructlivo, -a *adj* distruttivo, -a; **~or, -a 1.** *adj/s* distruttore, -trice, distruggitore, -trice; **2.** *m nav* cacciatorpediniere *inv*

destruir ‹*destruyo; destruyó; destruyendo*› V. 14 *vt* distruggere, rovinare; annientare

desuelllo *m* 1. scorticamento; 2. *fig* sfacciataggine *f*; **~lo** V. **desolar**; **~to, -a** *adj elev* antiquato, -a, disusato, -a, desueto, -a

desulfurar *vt* desolforare

desunilón *f* disunione; discordia; **~r** *vt* disunire, separare; seminare zizzania *vi*

desuslado, -a *adj* disusato, -a; inusitato, -a, insolito, -a; **~o** *m* disuso ◊ ***caer en* ~** cadere in disuso; essere fuori moda; ***dejar en* ~** smettere di usare

desvaíldo, -a *adj* sbiadito, -a; scialbo, -a; affilato, -a; **~r** *vt* sbiadire; **~rse** sbiadire

desvalido, -a *adj* abbandonato, -a, derelitto, -a

desvalijlador, -a *m/f* scassinatore, -trice, svaligiatore, -trice; **~ar** *vt* svaligiare; *coloq* spennacchiare

desvalimiento *m* abbandono

desvalor|ar *vt Am* screditare; **~ización** *f* svalutazione; **~izar** ‹*desvaloricé*› *vt* svalutare
desván *m* soffitta *f*, abbaino
desvanec|edor *m foto* ="apparecchio per sfumare i contorni di una fotografia"; **~er** ‹*desvanezco*› V. 13a **1.** *vt* attenuare; **2.** *vi* svanire; **3.** **~se** 1. dissiparsi; affievolirsi; 2. svenire *vi*; **~imiento** *m* attenuazione *f*, sparizione *f*; svenimento; *tecn/foto* fading, evanescenza *f*
desvar|ar *vt nav* disincagliare; **~iado, -a** *adj* delirante, folle; **~iar** ‹*desvarío*› V. 2 *vi* delirare, spropositare; **~ío** *m* delirio, sproposito; follia *f*, capriccio
desvedar *vt* ="revocare una proibizione/un divieto di caccia o pesca"
desvel|ar **1.** *vt* 1. tenere sveglio; 2. svelare; **2.** **~se** 1. affannarsi, struggersi; 2. svegliarsi; **~o** *m* 1. insonnia *f*; 2. zelo, cura *f*; 3. struggimento
desvencij|amiento *m* sfasciamento; **~ar** *vt* sfasciare, scassare, sconquassare; *fig* dinoccolare
desvendar *vt* sfasciare, sbendare
desventaj|a *f* svantaggio *m*, pregiudizio *m*, danno *m*; *fig* handicap *m inv*; **~oso, -a** *adj* svantaggioso, -a, dannoso, -a
desventura *f* sfortuna, disgrazia, sventura; **~do, -a** *adj* sventurato, -a, sfortunato, -a, disgraziato, -a; infelice; avaro, -a
desver|gonzado, -a *adj/s* svergognato, -a, sfacciato, -a, insolente; **~gonzarse** ‹*desvergüenzo; desvergoncé*› V. 8a osare *vi*; insolentire *vi*; **~güenza** *f* sfacciataggine, insolenza
desvestir ‹*visto; vistió; vistiendo*› V. 12 *vt* svestire, spogliare
desvia|ción *f* deviazione, deviamento *m*; sviamento *m*; **~cionismo** *m pol* deviazionismo (!); **~cionista** **1.** *adj pol* deviazionistico, -a (!); **2.** *m/f* deviazionista; **~dor** *m tecn* deviatore (!); **~r** ‹*desvío*› V. 2 *vt* deviare (!), sviare; separare, allontanare; *fig* traviare
desvincul|ación *f* svincolamento *m*, svincolo *m*; **~ar** *vt* svincolare; liberare
desvío *m* 1. deviazione *f*, sviamento; 2. freddezza *f*; 3. *transp* scambio
desvir|gar ‹*desvirgué*› *vt* deflorare; **~tuar** ‹*desvirtúo*› V. 4 *vt* debilitare, annullare, scalzare; evaporare
desvitalizar ‹*devitalicé*› *vt* devitalizzare
desvivirse struggersi, farsi in quattro (**por** per); bramare *vt*
detall|adamente *adv* minuziosamente, dettagliatamente; **~ar** **1.** *vt* descrivere minuziosamente; dettagliare; **2.** *vi* vendere al minuto/al dettaglio; **~e** *m* 1. dettaglio, particolare; 2. conto, relazione *f*; 3. *fig* regalino, atto di cortesia ◊ ***vender al ~*** vendere al minuto/al dettaglio; **~ista** **1.** *adj* minuzioso, -a, meticoloso, -a; **2.** *m/f com* venditore, -trice al dettaglio
detección *f* rilevamento *m*, individuazione; *med* diagnosi *inv*
detect|ar *vt* scoprire, rivelare; **~ive** *m/f* detective *inv*, investigatore, -trice privato, -a; **~or** **1.** *m tecn* detector *inv*; **2.** *adj* rivelatore, -trice ◊ ***~ de metales*** metal detector *inv*
deten|ción *f* 1. detenzione, arresto *m*, carcerazione; 2. il ritenere *m*, ritenzione; 3. indugio *m*; **~er** ‹*tengo; tendré; tuve*› **1.** *vt* 1. fermare, detenere; trattenere; 2. arrestare, detenere; **2.** **~se** ritardare *vi*, intrattenersi; **~go** V. **detener**; **~idamente** *adv* distesamente, minutamente; **~ido, -a** *adj/s* detenuto, -a, arrestato, -a; imbarazzato, -a; **~imiento** *m* detenzione *f*; cura *f*, diligenza *f*
detent|ación *f jur* detenzione generalmente indebita; **~ador** *m jur* detentore; **~ar** *vt jur* ="detenere/avere in possesso generalmente in modo illegale"
detergente **1.** *adj* detergente; **2.** *m* detersivo
deterior|able *adj* deteriorabile, deperibile; **~ante** *adj* deturpatore, -trice; **~ar** *vt* deteriorare, guastare, logorare; **~o** *m* deterioramento
determin|ación *f* determinazione, risoluzione; risolutezza; **~ado, -a** *adj* 1. determinato, -a; 2. risoluto, -a; *ling* determinativo **~ante** **1.** *m jur/mat* determinante; **2.** *adj* decisivo, -a, determinante; *ling* determinativo, -a; **~ar** *vt* determinare, fissare, stabilire; *jur* sentenziare; definire; provocare, determinare; determinare, decidere; **~ativo, -a** *adj* 1. *ling* determinativo, -a; 2. risolutivo, -a; **~ismo** *m filos* determinismo; **~ista** *adj/s filos* determinista
deters|ivo, -a *adj* detersivo, -a; **~orio, -a** *adj* detersivo, -a
detest|able *adj* detestabile; **~ar** *vt* detestare, odiare, aborrire
deton|ación *f* detonazione; **~ador** *m* detonatore; **~ante** **1.** *adj* detonante; **2.** *m* detonatore; *fig* causa *f*; **~ar** *vt/i* esplodere, detonare
detracción *f* detrazione
detract|ar *vt raro* diffamare; **~or, -a** *adj/s* diffamatore, -trice
detraer ‹*traigo; traje; trayendo*› V. 39 *vt* 1. detrarre, sottrarre; 2. diffamare
detrás **1.** *adv* dietro, di dietro; **2.** *prep* dietro ◊ ***~ de*** dietro; ***~ de él/ella/nosotros...*** dietro di lui/lei/noi...; ***por ~*** dietro, di dietro
detrimento *m* detrimento, scapito, danno ◊ ***en ~ de*** a scapito/danno di
detrítico, -a *adj geol* detritico, -a
detrito (*var.* **detritus**) *m* detrito
detumescencia *f med* detumescenza
deturpar *vt elev* deturpare (*estánd*)
detuve V. **detener**
deuce [djus] *m* (*tennis*) deuce *inv*
deud|a *f* debito *m* ◊ ***~ pública, exterior, flotante*** debito pubblico, esterno, fluttuante; ***contraer ~s*** contrarre debiti; ***estar en ~ con alg*** essere in debito con q; **~o, -a** *m/f* parente; **~or, -a** *adj/s* debitore, -trice
deus ex machina ['dews eks 'makina] *m* deus ex machina
deut|erio *m quím* deuterio; **~ón** *m quím* deutone

devalu|ación *f* svalutazione; deprezzamento *m*; **~ar** ‹*devalúo*› V. 4 *vt* svalutare, deprezzare

devan|adera *f* 1. arcolaio *m*, aspo *m*, dipanatoio *m*; 2. *tecn* guidacavi *m inv*, ripartitore *m*, aspo *m*; 3. *teat* scenario girevole *m* ◊ ***estar como unas ~s*** essere matto/a; **~ado, -a 1.** *adj* dipanato, -a; **2.** *m electr* bobina *f*; (*acción*) avvolgimento; **~ador, -a 1.** *m* dipanino; **2.** *adj* dipanatore, -trice; **~adora** *f* dipanatoio *m*, orditoio *m*; **~ar** *vt* dipanare ◊ ***~se los sesos*** *fig* lambiccarsi il cervello

devane|ar *vi* vaneggiare, delirare; **~o** *m* vaneggiamento, delirio; flirt *inv*; perditempo *inv*

devasta|ción *f* devastazione; **~dor, -a** *adj/s* devastatore, -trice; **~r** *vt* devastare; distruggere

develar *vt elev* svelare (*estánd*)

devengar ‹*devengué*› *vt* 1. guadagnare; 2. *com* produrre, fruttare

devenir ‹*vengo, vienes; vendré; vine; viniendo*› V. 41 **1.** *vi filos* divenire; **2.** *m elev* divenire (*estánd*)

deverbal (*var.* **deverbativo**) *adj/s ling* deverbale; deverbativo, -a

devoci|ón *f* devozione; *relig* preghiera ◊ ***no ser santo de su ~*** non essere il suo prediletto; **~onario** *m* libro di preghiere

devol|ución *f* restituzione, resa; **~ver** ‹*vuelvo; vuelto*› V. 43 **1.** *vt* 1. restituire; 2. contraccambiare; 3. vomitare; **2. ~se** *Am* tornare *vi*

devón *m* (*pesca*) esca artificiale *f*

devoniano, -a (*var.* **devónico**) *adj geol* devoniano, -a, devonico, -a

devor|ador, -a *adj/s* divoratore, -trice; **~ar** *vt* divorare; distruggere

devoto, -a *adj/s* devoto, -a, fedele

dextr|ina *f quím* destrina; **~ógiro, -a** *adj fís* destrogiro, -a; *tecn* destrorso, -a; **~oglucosa** *f* destrosio *m*, glucosio *m*

deyección *f* deiezione

d/f (*días fecha*) *abr* giorni data

D.F. (*Distrito Federal*) *abr* Distretto Federale

Dg (*decagramo*) *abr* (*decagrammo*) dag

dg (*decigramo*) *abr* (*decigrammo*) dg

DGT (*Dirección General de Tráfico*) *abr/f Esp* (*Azienda Nazionale Autonoma delle Strade*) ANAS

di V. **dar**

día *m* giorno, dì (*elev*); giornata *f*; tempo ◊ ***~ de ayuno, de difuntos*** giorno di digiuno, dei morti; ***~ de campo*** scampagnata; ***~ de huelga, hábil/laborable, lectivo*** giorno di sciopero, di lavoro/feriale, di lezione; ***~ de los Inocentes (28 de diciembre)*** ="il pesce d'aprile (il primo aprile)"; ***~ de mi, tu... santo*** onomastico o compleanno; ***~ de Reyes*** la Befana; ***~ de Todos los Santos*** Ognissanti; ***~ feo*** *meteo tamb. fig* brutta giornata; ***¡cualquier ~!*** *irón* domani!; ***a ~s*** secondo i giorni; ***a tantos ~s fecha/vista*** a tanti giorni data; ***al otro ~*** il giorno dopo; ***buen, mal ~*** bella, brutta giornata; ***buenos ~s*** buon giorno; ***como del ~ a la noche*** quanto tra il giorno e la notte/tra il cielo e la terra; da un giorno all'altro; ***de ~ y de noche*** giorno e notte; ***el ~ de mañana*** il domani; ***el mejor ~/el ~ menos pensado*** quando uno meno se l'aspetta; ***en cuatro ~s*** in pochi giorni; ***en su ~*** a suo tempo; ***estar, tener al ~*** tenersi, tenere al corrente, aggiornarsi; aggiornare; ***hay más ~s que longanizas*** *coloq* c'è (molto) tempo!; ***hoy en ~*** oggigiorno; ***mañana será otro ~*** domani si vedrá, domani è un altro giorno; ***no pasar los ~s (por alg)*** non passare il tempo (per q); ***no tener más que el ~ y la noche*** essere povero in canna; ***ser cosa de ~s*** manca poco (tempo); ***tal ~ como hoy*** precisamente oggi; ***tener los ~s contados*** avere i giorni contati; ***tener un ~ negro*** avere una brutta giornata; ***vivir al ~*** vivere alla giornata; ***ya es de ~*** è già spuntato il giorno

diab|etes *f med* diabete *m* (!); **~ético, -a** *adj/s* diabetico, -a

diabla *f* 1. diavola, diavolessa; 2. *teat* ="batteria di luci fra le quinte"; 3. *tecn* carretto a due ruote ◊ ***a la ~*** alla carlona; **~l** *m Méx* un sacco, un mucchio

diable|ro *m* folloniere; **~sa** *f* diavolessa

diabli|llo *m* diavoletto; **~to** *m* diavoletto, folletto; *Chile* ="gioco di ragazzi"

diablo *m* 1. diavolo, demonio; 2. *tecn* follone ◊ ***¡(Qué) ~(s)!*** (Che) diavolo!, Che cavolo!; ***¡Un ~!*** Un corno!; ***abogado del ~*** avvocato del diavolo; ***anda el ~ suelto*** il diavolo ci ha messo la coda; ***irse, mandar al ~*** andarsene, mandare al diavolo; ***tener el ~ en el cuerpo*** avere il diavolo in corpo; ***un pobre ~*** un povero diavolo

diablura *f* diavoleria

diabólico, -a *adj* diabolico, -a

diábolo *m* diabolo

diaconato *m* diaconato, diaconia *f*

diácono *m/f relig* diacono

diacr|ítico, -a *adj ling* diacritico, -a; **~onía** *f ling* diacronia; **~ónico, -a** *adj* diacronico, -a

diacústica *f fís* diacustica

díada *f* diade

diadema *f* 1. (*joya*) diadema; 2. (*adorno*) cerchietto per i capelli *m*; 3. (*deporte*) corona; **~do, -a** *adj heráld* diademato, -a

diafanidad *f* diafanità *inv*, trasparenza

diáf|ano, -a *adj* diafano, -a, trasparente; **~isis** *f inv med* diafisi

diafonía *f mús* diafonia

diafragma *m* diaframma; **~r** *vt tecn* diaframmare

diagnos|is *f inv cient* diagnosi; **~ticar** ‹*diagnostiqué*› *vt* diagnosticare

diagnóstico, -a 1. *m* diagnosi *f*; *inv* **2.** *adj* diagnostico, -a ◊ ***hacer el ~*** fare la diagnosi, diagnosticare

diagonal *adj/f* diagonale

diagrama *m* diagramma

dial *m* quadrante (di strumento)

dialectal *adj* dialettale; **~ismo** *m* dialettalismo, dialettismo

dialéctic|a *f filos* dialettica; **~o, -a** *adj* dialettico, -a

dialecto *m* dialetto; **~logía** *f* dialettologia

dialectólogo, -a *m/f* dialettologo, -a
dialefa *f lit* dialefe
dialilpétalo, -a *adj* dialipetalo, -a; **~sépalo, -a** *adj* dialisepalo, -a
diálisis *f inv quím* dialisi
dializlador *m quím/med* dializzatore; **~ar** ‹*dialicé*› *vt* dializzare
dialoglante *adj/s* dialogante, aperto, -a al dialogo; **~ar** ‹*dialogué*› *vt/i* dialogare
dialógico, -a *adj* dialogico, -a
dialogismo *m* dialogismo
diálogo *m* dialogo ◊ ***es un ~ de besugos*** è un dialogo da imbecilli; ***es un ~ de sordos*** è come parlare ai sordi
diamantle *m* diamante; brillante ◊ ***~ en bruto*** *fig* diamante grezzo; **~ífero, -a** *adj* diamantifero, -a; **~ino, -a** *adj* diamantino, -a; *fig* adamantino, -a
diametral *adj* diametrale
diámetro *m geom* diametro
diana *f* 1. *mil* sveglia; 2. *mitol* *~ Diana
¡dianche! (*var.* **¡diantre!**) *excl euf* diamine!
diandro *adj bot* diandro
diapasón *m mús* diapason; corista ◊ ***bajar, subir el ~*** *coloq* abbassare, alzare il tono di voce
diapositiva *f foto* diapositiva
diarilero, -a (*var.* **diarero**) *m/f Am* giornalaio, -a; **~o, -a 1.** *adj* giornaliero, -a, quotidiano, -a; **2.** *m* 1. giornale; gazzetta *f*; diario; 2. *com* libro giornale; 3. spesa giornaliera di una casa *f* ◊ ***~ de a bordo/de navegación*** libro di bordo; ***~ hablado*** giornale radio; ***a ~*** tutti i giorni, giornalmente; ***de/para ~*** di tutti i giorni; **~smo** *m Am* giornalismo
diarrela *f med* diarrea; **~ico, -a** *adj* diarroico, -a
diásporla *f hist* diaspora; **~o** *m min* diasporo
diástlilo *m arq* diastilo; **~ole** *f med/ling* diastole
diátesis *f inv med/ling* diatesi
diatonía *f* diatonia
diatriba *f* diatriba
dibujlante *adj/s* disegnatore, -trice; **~ar 1.** *vt* disegnare; tracciare; **2. ~se** delinearsi; apparire *vi*; **~o** *m* disegno ◊ ***~ artístico, lineal/técnico*** disegno artistico, tecnico; ***~ del natural*** ritratto dal vero; ***~ robot*** identikit; ***~s animados*** cartoni animati
dicasterio *m relig* dicastero
dicción *f* dizione
diccionarlio *m* dizionario; **~ista** *m/f* dizionarista
dice V. **decir**
dicha *f* fortuna, felicità *inv*, piacere *m* ◊ ***a, por ~*** per fortuna; ***persona de ~*** persona fortunata; **~rachero, -a** *adj/s* chiacchierone, -a; **~racho** *m desp* battuta *f*, arguzia *f*, motto
dicho *m* detto, motto, arguzia *f* ◊ ***~ y hecho*** detto fatto; ***del ~ al hecho hay mucho trecho*** tra il dire e il fare c'è di mezzo il mare; ***lo ~, ~*** ogni promessa è debito; ***mejor ~*** per meglio dire; ***tomarse los ~s*** richiedere le pubblicazioni matrimoniali; **~so, -a** *adj* felice; contento, -a ◊ ***¡~ trabajo!*** benedetto lavoro!; ***¡~s los ojos!*** beato chi ti vede!; ***ese ~ vicio*** quel benedetto vizio; ***éste es el ~ coche*** questa è la famosa macchina
diciembre *m* dicembre
diciendo V. **decir**
dicotiledóneo, -a *adj/s bot* dicotiledone
dicotlomía *f* dicotomia; **~ómico, -a** *adj* dicotomico, -a
dictadlo 1. *m* 1. dettato; dettatura *f*; 2. qualità *f inv*, titolo; **2.** *mpl* precetti, dettami; **~or, -a** *m/f* dittatore, -trice; **~ura** *f* dittatura
dictáfono® *m* dittafono
dictamlen (*pl* **dictámenes**) *m* giudizio, opinione *f*; parere, verdetto; **~inar** *vi* emettere un giudizio/parere/verdetto
dictar *vt* dettare
dictatorial *adj* dittatoriale
dicterio *m elev* ingiuria *f*, insulto (estánd)
didáctlica *f* didattica; **~ico, -a** *adj* didattico; **~ilo, -a** *adj* didattilo, -a
didascálico, -a *adj* didascalico, -a
diecinueve *adj/m inv* 1. (*card*) diciannove; 2. (*ord*) diciannovesimo, -a
dieciochlesco, -a *adj* settecentesco, -a; **~o** *adj/m inv* 1. (*card*) diciotto *inv*; 2. (*ord*) diciottesimo, -a
dieciséis *adj/m inv* 1. (*card*) sedici *inv*; 2. (*ord*) sedicesimo, -a
diecisiete *adj/m inv* 1. (*card*) diciassette *inv*; 2. (*ord*) diciassettesimo, -a
diedro *adj/m* diedro
diégesis *f inv* diegesi
diente *m* 1. dente; 2. *arq* addentellato ◊ ***~ de ajo*** spicchio d'aglio; ***~ de león*** *bot* dente di leone; ***~s de embustero*** denti radi; ***~s de leche*** denti da latte; ***a caballo regalado no le mires el ~*** a caval donato non si guarda in bocca; ***alargársele los ~s*** bramare; ***armado hasta los ~s*** armato fino ai denti; ***crujirle/rechinarle a alg los ~s*** scricchiolare, stridere i denti a q; ***dar ~ con ~*** battere i denti; ***enseñar los ~s*** digrignare/mostrare i denti; ***poner (a alg) los ~s largos*** far venire l'acquolina in bocca (a q); ***tener buen ~*** essere una buona forchetta; aver un buon appetito
diera, dieron V. **dar**
diéresis *f inv* dieresi
diesel *adj/m* diesel *inv*; **~ización** *f* dieselizzazione
diesis *f inv mús* diesis *m*
diestrla *f* (*mano, pol*) destra; **~o, -a 1.** *adj* destro, -a; abile, esperto, -a; scaltro, -a; **2.** *m* 1. torero; 2. cavezza *f* ◊ ***a ~ y siniestro*** *adv* a casaccio
dieta 1. *f* 1. dieta, regime *m*; 2. *pol* assemblea parlamentare; 3. digiuno *m*; **2.** *fpl* trasferta *f* ◊ ***estar a ~*** essere a dieta; **~rio** *m* 1. cronaca *f*; 2. agenda *f*
dietéticla *f* dietetica, dietologia; **~o, -a** *adj* dietetico, -a
dietista *m/f* dietista
diez (*mpl* **dieces**) **1.** *adj/m inv* 1. (*card*) dieci *inv*; 2. (*ord*) decimo, -a; **2.** *m* 1. grano (intervallato) del rosario; 2. mistero (del rosario) ◊ ***hacer las ~ de últimas*** (*naipes*) avere l'ultima mano

diezm|ar *vt* decimare; **~ilímetro** *m* decimillimetro; **~o** *m hist* decima *f*
difam|ación *f* diffamazione; **~ador, -a** *adj/s* diffamatore, -trice; **~ar** *vt* diffamare, screditare, denigrare; **~atorio, -a** *adj* diffamatorio, -a
diferencia *f* 1. differenza; diversità *inv*; 2. *mat* resto *m*, differenza; 3. dissenso *m* ◊ ***a ~ de*** a differenza di; ***con (mucha) ~*** molto; **~ble** *adj* differenziabile; **~ción** *f* differenziazione; **~l 1.** *adj* differenziale; **2.** *m tecn fig* differenziale; **3.** *f mat* differenziale *m*; **~r** ‹*diferencio*› V. 1 **1.** *vt* differenziare, distinguere; **2.** *vi* discordare
diferente *adj* differente (**de** da), diverso, -a (**de** da), distinto, -a (**de** da)
diferi|do *m TV/radio* differita *f* ◊ ***en ~*** in differita; **~r** (*difiero; difirió; difiriendo*) V. 10 *vt/i* differire (**de** da)
difícil *adj* difficile, complicato, -a; sgradevole; (**personas**) permaloso, -a, esigente
dificult|ad *f* difficoltà *inv*; **~ar** *vt* difficoltare, ostacolare; **~oso, -a** *adj* difficoltoso, -a; difficile, faticoso, -a
difiero, difirió V. **diferir**
difrac|ción *f fís* diffrazione; **~tar** *vt/~se fís* diffrangere
dift|eria *f med* difterite; **~érico, -a** *adj* difterico, -a
difumin|ación *f* sbavatura; **~ado** *m* sfumatura *f*; *TV* appannamento dell'immagine; **~ar** *vt* sfumare; **~o** *m* sfumino
difundir *vt* diffondere; spargere; emanare; divulgare
difunto, -a 1. *adj/s* defunto, -a, morto, -a; **2.** *m* cadavere
difus|ión *f* diffusione; divulgazione; **~ivo, -a** *adj* diffusivo, -a; **~o, -a** *adj* diffuso, -a; prolisso, -a; **~or, -a 1.** *m tecn* diffusore; **2.** *adj* diffusore, -diffonditrice
diga V. **decir**
diger|ible *adj* digeribile; **~ir** ‹*digiero; digirió; dirigiendo*› V. 10 *vt* digerire
digest|ibilidad *f* digeribilità; **~ible** *adj* digeribile; **~ión** *f* digestione; **~ivo, -a** *adj/m* digestivo, -a; *med* digestivo, -a, digerente; **~o** *m jur* digesto
digiero, digirió V. **digerir**
digit|ación *f mús* digitazione; **~al** *adj* digitale ◊ ***cámara ~*** fotocámera digitale; ***fotografía ~*** fotografia digitale; ***televisión ~*** televisione digitale; **~alina** *f quím* digitalina; **~alizar** ‹*digitalicé*› *vt* digitalizzare; **~ar** *vt Am* digitare; **~ígrado, -a** *adj zool* digitigrado, -a
dígito *m informát/mat* digit *inv*, cifra *f* ◊ ***~ binario*** binary digit
digl|osia *f* diglossia; **~ósico, -a** *adj* diglossico, -a
dign|ación *f* degnazione; **~arse** + *inf* degnarsi (di); **~atario** *m* dignitario; **~idad** *f* dignità; decoro *m*; **~ificar** ‹*dignifiqué*› *vt* dignificare; **~o, -a** *adj* degno (**de** di); meritevole (**de** di)
digo V. **decir**
digre|sión *f* digressione; **~sivo, -a** *adj* digressivo, -a
dije *m* ciondolo; *fig/ant* gioiello, gioia *f*
dijo V. **decir**
dilacerar *vt med elev* lacerare, dilacerare, sbranare
dilación *f* dilazione, indugio *m* ◊ ***sin ~*** senza indugio
dilapid|ación *f* dilapidazione; **~ador, -a** *m/f* dilapidatore, -trice; **~ar** *vt* dilapidare, sperperare
dilat|abilidad *f* dilatabilità *inv*; **~able** *adj* dilatabile; **~ación** *f* dilatazione; **~ador** *m* dilatatore; **~ar 1.** *vt* dilatare; prolungare; **2. ~se** estendersi; dilungarsi; **~orio, -a 1.** *adj* dilatorio, -a; **2.** *fpl* dilazioni
dilecto, -a *adj elev* diletto, -a, caro, -a
dilema *m* dilemma
díler *m/f jerga drog* dealer, spacciatore, -trice all'ingrosso
dilet|ante *adj/s* dilettante; **~antismo** *m* dilettantismo
dilig|encia *f* 1. diligenza, cura, accuratezza; 2. *adm* pratica; 3. *jur* esecuzione giudiziaria; 4. *transp* diligenza ◊ ***hacer una ~*** sbrigare una pratica; **~ente** *adj* diligente
dilu|cidación *f* dilucidazione, chiarimento *m*; **~idar** *vt* dilucidare, chiarire; **~ión** *f* diluizione
diluir ‹*diluyo; diluyó; diluyendo*› V. 14 *vt* diluire; sciogliere
diluv|ial *adj geol* diluviale; **~iar** ‹*diluvio*› V. 1 *vi* diluviare; **~io** *m* diluvio
diluyente *adj/m* diluente
dimanar *vi* emanare, procedere (**de** da)
dimens|ión *f* dimensione; **~ional** *adj* dimensionale; **~ionar** *vt* dimensionare
dimes: andar en ~ y diretes *vi* 1. fare pettegolezzi; 2. dire sciocchezze, parlare a vanvera
diminut|ivo, -a *adj/m* diminutivo, -a; **~o, -a** *adj* minuto, -a, piccolo, -a
dimis|ión *f* dimissione ◊ ***presentar la ~*** presentare le dimissioni; **~ionario, -a** *adj/s* dimissionario, -a; **~orias** *fpl relig* lettere dimissorie
dimitir *vi* dimettersi (**de** da), rinunziare (**de** a)
dimorfismo *m biol/geol* dimorfismo
dimos V. **dar**
din *m foto* din *inv*, dine *inv*
Dinamarca *f geogr* Danimarca
dinamarqués, -esa *adj/s* danese
dinámica *f* dinamica
dinamicidad *f* dinamicità
dinámico, -a 1. *adj* dinamico, -a; **2.** *f fís tamb. fig* dinamica
dinamismo *m* dinamismo
dinamit|a *f* dinamite; **~ar** *vt* dinamitare; **~ero, -a** *adj/s* dinamitardo, -a
dinamizar ‹*dinamicé*› *vt* dinamizzare
dinamo (*var.* **dínamo**) *f fís* dinamo; **~eléctrico, -a** *adj* dinamoelettrico, -a
dinamómetro *m* dinamometro
dinastía *f* dinastia
dinástico, -a *adj* dinastico, -a
diner|al *m* sacco di denaro ◊ ***gastar un ~*** spendere un patrimonio; **~illo** *m* piccola somma di denaro *f*, un po' di soldi; **~o** *m* denaro, danaro;

soldi *mpl*, quattrini *mpl*; *ant* moneta *f* ◊ ~ ***caliente*** denaro scottante; ~ ***contante/contante y sonante/efectivo*** denaro contante; ~ ***de bolsillo*** argent de poche,* pocket money;* ~ ***sucio*** denaro sporco; ~ ***suelto*** spiccioli; ***de*** ~ ricco; ***ir escaso de*** ~ essere a corto di denaro

dinosaurio *m zool tamb. fig* dinosauro

dintel *m arq* architrave

dio V. **dar**

diocesano, -a *adj* diocesano, -a

diócesis *f inv* diocesi

diodo (*var.* **díodo**) *m electr* diodo

diodón *m zool* diodonte

dioico, -a *adj bot/zool* dioico, -a

dionea *f bot* dionea

dionisíaco, -a (*var.* **dionisiaco**) *adj* dionisiaco, -a

Dioniso *m* 1. *mitol* Dionisio, Bacco; 2. (*nombre*) Dionigi

dioptría *f* diottria

dióptric|a *f* diottrica; **~o, -a** *adj* diottrico, -a

diorita *f min* diorite

Dios *m relig* Dio, Iddio ◊ ~ ***aprieta pero no ahoga*** Dio manda il freddo secondo i panni; ~ ***dirá/proveerá*** Dio deciderà; ~ ***los cría y ellos se juntan*** Dio li fa e poi li accoppia; ~ ***mediante*** se Dio vuole; ***¡~ nos coja confesados!*** Dio ce ne scampi e liberi!; ***¡~ sabe!*** Chissà!; Dio sa quando!; ***¡A ~!*** Addio!; ***¡alabado sea ~!*** Dio sia lodato!; ***¡bendito sea ~!*** grazie a Dio!; ***¡Ay, ~!*** Santo Cielo!; ***¡Vaya por Dios!*** Santo Cielo!, Guarda che roba!; ***¡vive ~!, ¡voto a ~*** Per Dio!, Dio buono!...; ***a ~ rogando y con el mazo dando*** chi s'aiuta Iddio l'aiuta, aiutati che il ciel ti aiuta; ***a la buena de ~*** alla buona; ***anda con ~*** Dio ti guardi; ***armarse la de ~ (es Cristo)*** succedere un'ira di Dio; ***como ~ manda*** come Dio comanda; ***costar u-c ~ y ayuda*** costare molto lavoro qc; ***estar de ~ u-c*** ="essere il suo destino"; ***por el amor de ~*** per amor di Dio; ***que venga ~ y lo vea*** *irón/coloq* che venga Dio ad ammetterlo/vediamo se Dio è testimone...; ***vete con ~*** va' con Dio

dios (*pl* **dioses**) *m* dio (pagano); **~a** *f* dea

dioxina *f quím* diossina

diplococo *m biol* diplococco

diplofase *f bot* diplofase

diploide *adj* diploide

diploma *m* diploma ◊ ~ ***universitario*** diploma di laurea breve; **~cia** *f* diplomazia; **~do, -a** *adj/s* diplomato, -a; **~r** *vt* licenziare; **~rse** diplomarsi

diplomátic|a *f* diplomatica; **~o, -a** *adj/s* diplomatico, -a

diplomatura *f* laurea breve, laurea di primo livello

dipolo *m cient/radio* dipolo

díptl|ero, -a *adj/s* dittero, -a; **~ico** *m arte/lit* dittico

diptong|ación *f* dittongazione; **~ar** ‹*diptongué*› *vt/i ling* dittongare; **~o** *m ling* dittongo

diput|ación *f* deputazione ◊ ****~ provincial*** ="Consiglio/Giunta Provinciale"; **~ado, -a** *m/f* deputato, -a ◊ ~ ***a Cortes*** deputato al Parlamento; **~ar** *vt elev* deputare; destinare

dique *m* diga *f*; argine ◊ ~ ***de contención*** sbarramento; ~ ***seco, flotante*** bacino di carenaggio, galleggiante

diré V. **decir**

direcc|ión *f* 1. (*órgano*) direzione; 2. (*correo*) indirizzo *m*; 3. *auto* sterzo *m* ◊ ~ ***asistida*** *auto* servosterzo; ***ayudante de ~*** *cine* aiuto regista; ***centro de ~*** centro direzionale; **~onal 1.** *adj* direzionale; **2.** *f Am auto* freccia

direct|a *f auto* quarta; **~iva** *f* direttiva; giunta direttiva, direttivo *m*; **~ividad** *f telec* direttività *inv*; **~ivo, -a 1.** *adj* direttivo, -a; **2.** *m/f* dirigente; **3.** *f* direttrice ◊ ***el ~*** i dirigenti

directo, -a *adj/m* ◊ ***complemento ~*** complemento oggetto diretto; ***en ~*** *TV/radio* in diretta; ***poner/meter la ~a*** mettere/ingranare la quarta; ***tren ~*** treno diretto; **~r, -a 1.** *adj/s* direttore, -trice; **2.** *f adm* direttiva; **3.** *fpl* direttrici, direttive ◊ ~ ***adjunto*** aiuto regista; ~ ***de cine, de teatro*** regista; ****~ de Escuela (Superior) Universitaria*** Preside; ****~ de Instituto*** Preside *obs*, Dirigente Scolastico; **~ral** *adj* direttoriale; **~rio, -a 1.** *m* direttorio; rubrica *f*, guida *f*; **2.** *adj* direttivo, -a

dirig|encia *f Am* dirigenza; **~ente** *adj/s* dirigente; **~ible** *adj/m* dirigibile; **~ir** ‹*dirijo*› *vt* 1. dirigere; 2. indirizzare; rivolgere; 3. condurre, guidare ◊ ~ ***el cotarro*** comandare; fare e disfare; ***~se a alg*** rivolgersi a q; ***no ~ la palabra a alg*** non rivolgere la parola a q; **~ismo** *m econ* dirigismo; **~ista** *adj* dirigista; dirigistico, -a

dirim|ente *adj* dirimente; **~ir** *vt* dirimere; metter fine (a)

disca|do *m* ◊ ~ ***directo*** *Am* teleselezione *f*; **~l** *adj med* discale; **~nto** (*var.* **discante**) *m mús* discanto

discapac|idad *f* menomazione; **~itado, -a** *adj/s* menomato, -a; *coloq/desp* handicappato, -a

discar ‹*disqué*› *vt Am* (*teléfono*) fare il numero *vi*

discente *adj/s* discente

discern|imiento *m* discernimento, giudizio, senno; **~ir** ‹*discierno*› V. 7a *vt* discernere, distinguere; *jur* incaricare

disciplina *f* disciplina; **~do, -a** *adj* disciplinato, -a; **~nte** *m* disciplinato, -a, flagellante; **~r 1.** *vt* 1. disciplinare; 2. insegnare, correggere; 3. flagellare; **2.** *adj* disciplinare; **~rio, -a** *adj* disciplinare

discípulo, -a *m/f* discepolo, -a

disc-jockey *m* disc-jockey

disco 1. *m* disco; **2.** *f coloq* discoteca ◊ ~ ***compacto/compact disc*** compact disc *inv*; ~ ***de estacionamiento*** disco orario; ~ ***de larga duración (LP)*** disco a 33 giri (LP); ~ ***duro*** disco rigido/fisso; ~ ***intervertebral*** disco intervertebrale; ~ ***pub/bar*** discobar, pub

discóbolo, -a *m/f* discobolo, -a

discogr|afía *f* discografia; **~áfico, -a** *adj* discografico, -a

discoidal (*var.* **discoideo**) *adj* discoidale, discoide

díscolo, -a *adj* discolo, -a, indocile, ribelle

disconcordancia *f* sconcordanza

disconform|e *adj* discorde; **~idad** *f* disaccordo *m*

discontinu|idad *f* discontinuità, saltuarietà; **~o, -a** *adj* discontinuo, -a; intermittente

discord|ancia *f* 1. *mús* discordanza, dissonanza; 2. disaccordo *m*; **~ante** *adj* discordante; **~ar** ‹*discuerdo*› V. 8a *vi* 1. discordare; 2. *mús* dissonare, stonare; **~e** *adj* 1. discorde; 2. *mús* dissonante, stonato, -a; **~ia** *f* discordia, dissenso *m* ◊ ***la manzana de la ~*** il pomo della discordia; ***ser tercero en ~*** essere il terzo litigante

discote|ca *f* discoteca; **~quero, -a** *adj/s* (tipo, -a) da discoteca, discotecaro, -a (*reg*)

discreci|ón *f* discrezione, riserbo *m*; arguzia ◊ ***a ~*** a discrezione; **~onal** *adj* discrezionale ◊ ***parada ~*** fermata facoltativa; ***servicio ~*** servizio privato; **~onalidad** *f* discrezionalità *inv*

discrep|ancia *f* discrepanza, dissenso *m*; **~ante** *adj* discorde; **~ar** *vi* discrepare, discordare (**de** da)

discreto, -a *adj* discreto, -a; prudente, saggio, -a; arguto, -a

discrimin|ación *f* discriminazione; **~ador, -a 1.** *adj* discriminatore, -trice; **2.** *m tecn* discriminatore; **~ante** *adj/f* discrimine, discriminante; **~ar** *vt* discriminare; **~atorio, -a** *adj* discriminatorio, -a

disculpa *f* discolpa, scusa; **~ble** *adj* scusabile; **~r 1.** *vt* discolpare, scusare, scagionare; perdonare; **2. ~se** scusarsi, chiedere scusa *vi* ◊ ***¡Disculpe!*** Scusi!, Pardon!

discurrir 1. *vi* 1. riflettere (**sobre** su), ragionare (**sobre** di), discutere (**sobre** di),; 2. (*líquido*) scorrere; 3. (*tiempo*) trascorrere; 4. *elev* vagare, gironzolare; **2.** *vt* ideare, escogitare

discurs|ista *m/f* ciarlone, -a; **~ivo, -a** *adj* discorsivo, -a; riflessivo, -a, ragionatore, -trice; **~o** *m* discorso; conversazione *f*, conferenza *f*; ragionamento, riflessione *f*; *lit* scritto, trattato; *ling* discorso

discusión *f* discussione; disputa, dibattito *m* ◊ ***no hay ~ posible*** non c'è nulla da discutere

discut|ible *adj* discutibile; **~ir** *vt/i* discutere; dibattere; contraddire; (*precio*) contrattare

disecar ‹*disequé*› *vt* 1. *biol/med* dissecare, sezionare; 2. (*animal*) imbalsamare

disecci|ón *f* dissezione, autopsia; **~onar** *vt* dissecare

disector, -a *m/f* dissettore *m*

disemin|ación *f* disseminazione; **~ador, -a** *adj/s* disseminatore, -trice; **~ar** *vt* disseminare, spargere

disens|ión *f* dissensione, discordia; **~o** *m* dissidio

disent|ería *f med* dissenteria; **~imiento** *m* dissentimento, dissenso; **~ir** ‹*siento*› *vi* dissentire, discordare ◊ ***~ de alg*** dissentire da q

diseñ|ador, -a *m/f* (*moda*) stilista; designer *inv* ◊ ***~ de páginas web*** web designer; **~ar** *vt* disegnare; **~o** *m* disegno; schizzo; design *inv*, disegno industriale ◊ ***droga de ~*** droga sintetica; ***~ de interiores*** architettura d'interni, interior design; ***~ (de páginas) web*** web design; ***~ exclusivo*** modello esclusivo

disert|ación *f* dissertazione; **~ar** *vi* dissertare

disfasia *f med* disfasia

disforme *adj* disforme, difforme

disfraz *m* travestimento; maschera *f*; simulazione *f*; **~ar** ‹*disfracé*› *vt* travestire, mascherare; *mil* camuffare; *fig* dissimulare, nascondere

disfrut|able *adj* godibile; **~ar 1.** *vt* godere; **2.** *vi* fruire, godere (**de** di); **~e** *m* godimento, fruizione *f*

disfunción *f med tamb. fig* disfunzione

disgrafía (*var.* **disgrafia**) *f med/psicol* disgrafia

disgreg|ación *f* disgregazione; **~ador, -a** *adj* disgregatore, -trice; **~ar** ‹*disgregué*› *vt* disgregare; disgiungere (**de** da)

disgust|ado, -a *adj* dispiaciuto, -a, disgustato, -a, irritato, -a, triste; **~ar** *vt* disgustare, dispiacere *vi*; infastidire; **~o** *m* dispiacere, disgusto, dolore; noia *f* ◊ ***a ~*** controvoglia; ***darle un ~ a alg*** dare un dispiacere a q; ***sentirse a ~*** sentirsi a disagio; **~oso, -a** *adj raro* disgustoso, -a; spiacevole

disid|encia *f* dissidenza; disaccordo *m*; **~ente** *adj/s* dissidente; **~ir** *vi* dissentire

disim|etría *f* dissimmetria; **~étrico, -a** *adj* dissimmetrico, -a

disímil *adj* dissimile

disimilación *f ling* dissimilazione

disimilitud *f* dissomiglianza

disimul|ación *f* dissimulazione; **~ado, -a** *adj/s* dissimulato, -a; (*persona*) dissimulatore, -trice ◊ ***hacerse el/la ~*** fare lo gnorri, far finta di niente; **~ador, -a** *adj* dissimulatore, -trice; **~ar 1.** *vt* dissimulare, occultare; perdonare; mascherare; **2.** *vi* fare lo gnorri, far finta (di); **~o** *m* dissimulazione *f*

disip|ación *f* dissipazione, dissipamento *m*; (*conducta*) dissipatezza; **~ado, -a** *adj* dissipato, -a; scapestrato, -a; **~ador, -a** *adj/s* dissipatore, -trice, dissipato, -a; **~ar 1.** *vt* dissipare; sperperare; **2. ~se** evaporare *vi*, volatizzarsi

diskette [dis'kete, dis'ket] (*var.* **diskete** , **disquet(e)**) *m* diskette *inv*, dischetto, floppy disk *inv*

dislate *m* sproposito

dislexia *f med* dislessia

disléxico, -a *adj/s* dislessico, -a

disloc|ación *f* dislocazione; *med* slogatura, lussazione; **~ar** ‹*disloqué*› *vt* spostare; *med* slogare

dismenorrea *f med* dismenorrea

dismin|ución *f* diminuzione, calo *m*; **~uido, -a** *adj/s* minorato, -a; *desp* handicappato, -a ◊ ***~ físico, psíquico*** minorato fisico, psichico; **~uir** ‹*disminuyo; disminuyó; disminuyendo*› V. 14 *vt/i* diminuire, calare

disne|a *f med* dispnea; **~ico, -a** *adj med* dispnoico, -a

disoci|able *adj* dissociabile; **~ación** *f* dissociazione; **~ar** ‹*disocio*› V. 1 *vt* dissociare

disolu|bilidad *f* dissolubilità *inv*; **~ble** *adj quím* solubile; dissolubile; **~ción** *f* 1. dissoluzione, scioglimento *m*; 2. *quím* soluzione; 3. *elev* (*conducta*) dissolutezza; **~to, -a** *adj/s* dissoluto, -a, licenzioso, -a

disol|vente 1. *adj* dissolvente; **2.** *m* solvente; **~er** ‹*disuelvo; disuelto*› V. 43 *vt* 1. dissolvere, sciogliere; 2. risolvere; 3. dissipare
dison|ancia *f* dissonanza, stonatura; **~ante** *adj* dissonante; discorde; **~ar** ‹*sueno*› V. 8a *vi* dissonare, stonare
dispar *adj* disuguale, differente; **~ado: salir ~** *vi* partire in quarta; **~ador, -a 1.** *adj/s* sparatore, -trice, tiratore, -trice; **2.** *m* 1. (*arma*) grilletto; 2. *foto* pulsante di scatto; 3. *nav* affondatoio; 4. (*reloj*) scappamento ◊ **~ *automático*** scatto automatico; **~ar 1.** *vt* sparare, tirare; scagliare; **2.** *vi* 1. *foto* scattare; 2. *fig* spararle grosse; **3. ~se** scattare *vi*; fuggire precipitosamente *vi*, partire in quarta *vi*; (*precios*) aumentare molto *vi*
disparat|ado, -a *adj* 1. insensato, -a, assurdo, -a; 2. enorme, smisurato, -a, spropositato, -a ◊ **~ar** *vi* fare/dire/scrivere spropositi; **~e** *m* sproposito; stramberia ◊ ***hacer un ~*** fare una pazzia; ***¡qué ~!*** che pazzia!; ***un ~*** moltissimo
disparidad *f* disparità
disparo *m* sparo
dispendio *m* dispendio, spreco; **~so, -a** *adj* dispendioso, -a, costoso, -a
dispensa *f* dispensa, esenzione; **~ble** *adj* dispensabile; **~ción** *f* largizione, proscioglimento *m*; **~do, -a** *adj* esente (**de u-c** da qc); **~dor, -a** *adj/s* dispensatore, -trice, largitore, -trice; **~r** *vt* dispensare, esonerare (**de** da); concedere; perdonare; **~rio** *m* dispensario
dispepsia *f med* dispepsia
dispéptico, -a *adj med* dispeptico, -a
dispers|ar *vt* disperdere, spargere; *mil* sbaragliare ◊ **~ *una manifestación*** sciogliere una manifestazione; **~ión** *f* dispersione; **~ivo, -a** *adj* dispersivo, -a; **~o, -a** *adj* disperso, -a
displ|asia *f med* displasia; **~ásico, -a** *adj med* displasico, -a, displastico, -a
display [dis'plej] *m informát* display *inv*, schermo
displic|encia *f* freddezza, indifferenza, svogliatezza; disgusto *m*; **~ente** *adj* freddo, -a, indifferente, svogliato, -a; sprezzante
dispon|er ‹*pongo; pondré; puse; puesto*› V. 32 **1.** *vt* disporre, ordinare, preparare; **2.** *vi* disporre (**de** di); **3. ~se** disporsi ◊ ***~se a hacer u-c*** disporsi a fare qc; **~ibilidad** *f* disponibilità *inv*; **~ible** *adj* disponibile ◊ ***fondos ~*** *com* fondi disponibili
dispos|ición *f* 1. disposizione, ordine *m*, collocazione; 2. inclinazione, tendenza, attitudine; voglia ◊ ***estar/poner a la ~ de*** essere/mettere a disposizione di; **~itivo** *m* dispositivo
dispuesto, -a *adj* 1. disposto, -a, preparato, -a, pronto, -a; 2. attivo, -a ◊ ***bien , mal ~*** ben, mal disposto; ***la comida está ~a*** il pranzo è pronto/la cena è pronta
disputa *f* disputa, diverbio *m* ◊ ***sin ~*** non soggetto a disputa; **~ble** *adj* disputabile; **~r** *vt/i* disputare (**de/sobre** di/su), discutere (**de/sobre** di/su), dibattere (**de/sobre** di/su); disputare *vt* ◊ ***~se un puesto, un premio*** disputarsi un posto, un premio
disque|ría *f Am* negozio di dischi *m*; **~t(e)** V. **diskette**
disquis|ición *f* disquisizione; **~itivo, -a** *adj* disquisitore, -trice
distancia *f* 1. distanza; allontanamento *m*; 2. differenza; 3. *fig* freddezza ◊ ***guardar las ~s*** mantenere le distanze; **~miento** *m fig* raffreddamento; allontanamento; **~r** ‹*distancio*› V. 1 *vt* allontanare, distanziare
distante *adj* distante, lontano, -a; remoto, -a
distar *vi* distare (**de** di)
disten|der ‹*tiendo*› V. 6 *vt* distendere; *med* stirare, strappare; **~sión** *f* stiramento *m*; **~sivo, -a** *adj* distensivo, -a
dístico *m lit* distico
distinción *f* 1. distinzione; garbo *m*, cortesia, signorilità *inv*; 2. differenza ◊ **~ *honorífica*** distinzione onorifica; ***a ~ de*** a differenza di; ***hacer ~ con alg*** fare differenza con q; trattare in modo diverso q
distingo *m* eccezione *f* ◊ ***no hacer ~s*** non fare differenza
distingui|do, -a *adj* 1. distinto, -a; 2. egregio, -a, illustre, insigne; fine; **~r** ‹*distingo*› **1.** *vt* distinguere, differenziare; scorgere; caratterizzare; contrassegnare; **2. ~se** segnalarsi, emergere *vi*, eccellere *vi* ◊ ***no ~ lo blanco de lo negro*** mancare di discernimento
distint|ivo, -a 1. *adj* caratteristico, -a; **2.** *m* distintivo; **~o, -a** *adj* 1. distinto, -a, diverso, -a; 2. *elev* chiaro, -a, visibile
distors|ión *f med/tecn* distorsione; **~ionar** *vt* distorcere
distra|cción *f* distrazione; svago *m*; **~er** ‹*traigo; traje; trayendo*› V. 39 *vt* 1. distrarre, distogliere; 2. divertire, ricreare; **~ído, -a 1.** *adj/s* distratto, -a; svagato, -a; *Am* cencioso, -a; **2.** *adj* divertente ◊ ***hacerse el ~*** fare l'indiano
distribu|ción *f* distribuzione; ripartizione; **~idor, -a** *adj/s* distributore, -trice; **~idora** *f* distributore *m* ◊ **~ *cinematográfica*** distributore cinematografico; **~ir** ‹*distribuyo; distribuyó; distribuyendo*› V. 14 *vt* 1. distribuire, ripartire, dividere; 2. *impr* scomporre la composizione; **~tivo, -a** *adj* distributivo, -a
distrito *m* distretto, circoscrizione *f* ◊ **~ *electoral*** distretto elettorale; **~ *postal*** codice d'avviamento postale
distrofia *f med* distrofia
disturb|ar *vt* disturbare; turbare, alterare; **~io** *m* tumulto, disordine; alterazione *f*; turbamento; *TV/radio* interferenza *f* ◊ ***~s políticos*** disordini politici
disuadir *vt* dissuadere (**de** da)
disuas|ión *f* dissuasione; **~ivo, -a** (*var.* **disuasorio, -a**) *adj* dissuasivo, -a
disuelto, disuelvo V. **disolver**
disyun|ción *f* 1. disgiunzione; 2. *tecn* disinserimento *m*; **~tiva** *f* alternativa; **~tivo, -a** *adj* dis-

giuntivo, -a; **~tor** *m electr* disgiuntore, interruttore
ditir|ámbico, -a *adj* ditirambico, -a; **~ambo** *m* 1. *lit* ditirambo; 2. *fig* adulazione *f*
DIU *abr/m med* (*dispositivo intrauterino*) IUD (dispositivo intrauterino), Iud, spirale *f*
diuca 1. *f Am* diuca comune; **2.** *m fig* alunno prediletto
diur|esis *f inv* diuresi; **~ético, -a** *adj/m* diuretico, -a; **~no, -a** *adj/m* diurno, -a
diva *f* diva
divag|ación *f* divagazione; **~ador, -a** *adj* digressivo, -a; **~ar** ‹*divagué*› *vi* divagare
diván *m* 1. (*mueble*) divano; 2. *hist/lit* divano
diverg|encia *f* divergenza; discrepanza; **~ente** *adj* divergente; discrepante; **~ir** ‹*diverjo*› *vi* divergere (**de** da); discordare (**de** da)
divers|idad *f* diversità *inv*, differenza; varietà *inv*; **~ificación** *f* diversificazione; **~ificar** ‹*diversifiqué*› *vt* diversificare; **~ión** *f* diversione; divertimento *m*, svago *m*, passatempo *m*; spettacolo *m*; **~o, -a 1.** *adj* diverso, -a (**de** da), differente (**de** da); **2.** *pl adj/pron* vari, -ie, diversi, -e
divert|ido, -a *adj* divertente, allegro, -a; *Am* brillo, -a; **~mento** *m* divertimento; **~miento** *m elev* divertimento; **~r 1.** *vt* divertire, ricreare; **2. ~se** divertirsi
divid|endo *m* dividendo; **~ir** *vt mat* dividere; dividere, separare; distribuire
divierto V. **divertir**
divieso *m* foruncolo
divin|idad *f* divinità; *fig* cosa divina; **~ización** *f* divinizzazione, deificazione; apoteosi *inv*; **~izar** ‹*divinicé*› *vt* divinizzare, deificare; **~o, -a** *adj* divino, -a; eccelso, -a ◊ ***lo pasé ~ con él*** mi sono divertito molto con lui; mi divertii molto con lui
divirtió V. **divertir**
divisa *f* 1. *com* divisa, valuta; 2. fregio *m*, distintivo *m*, insegna; 3. *heráld* motto *m*; 4. *taur* laccio *m* ◊ ***tráfico de ~s*** traffico di valuta; **~r** *vt* scorgere, percepire, intravedere
divisi|bilidad *f* divisibilità *inv*; **~ble** *adj* divisibile; **~ón** *f mat/mil* divisione; divisione, ripartizione; separazione; *ling* lineetta, trattino (di divisione) *m* ◊ ***de primera ~*** *sport* di serie A; **~onal** *adj* divisionale; **~onismo** *m arte* divisionismo
divismo *m* divismo
divisor, -a *adj/s* divisore *adj/m*, dividitrice *adj/f* ◊ ***máximo común ~*** *mat* massimo comune divisore; **~ia** *f* divisorio *m* ◊ ***~ de aguas*** spartiacque; **~io, -a** *adj* divisorio, -a
divo, -a 1. *adj* (*poesía*) divino, -a; **2.** *m/f* (*cantante*) divo, -a
divorci|ado, -a *adj/s* divorziato, -a; **~ar** ‹*divorcio*› V. 1 **1.** *vt* concedere il divorzio; **2. ~se** divorziare *vi*; **~o** *m* divorzio; **~sta** *adj/s* divorzista
divulg|ación *f* divulgazione; **~ador, -a** *adj/s* divulgatore, -trice; **~ar** ‹*divulgué*› *vt* divulgare, diffondere; **~ativo, -a** *adj* divulgativo, -a
diyambo *m lit* digiambo
Djibouti [ji'buti] *m* Gibuti

Dl (*decalitro*) *abr* (*decalitro*) dal
dl (*decilitro*) *abr* (*decilitro*) dl
dm (*decímetro*) *abr* (*decimetro*) dm
Dm (*decámetro*) *abr* (*decametro*) dam
Dn. (*Don*) *abr* (*Signor*) Sig.
DNA (*Ácido desoxirribonucleico*) *abr/m* (*Acido deossiribonucleico*) ADN, DNA
DNI (*Documento Nacional de Identidad*) *abr/m* carta d'identità
do *m mús* do; *ant/elev* ove ◊ ***~ de pecho*** do di petto
dóberman (*var.* **dóbermann**) *m* dobermann
dobla|dillo *m* orlo; **~do, -a 1.** *adj* 1. raddoppiato, -a; 2. piegato, -a; (*persona*) tozzo, -a; (*terreno*) accidentato, -a; *fig* doppio, -a; **2.** *m* 1. raddoppiamento; accoppiatura *f*; 2. *tecn* placcatura *f*; incamiciatura *f*; **~dor, -a** *m/f cine* doppiatore, -trice; **~dura** *f* piega, piegatura; doppiezza; **~je** *m cine* doppiaggio; **~miento** *m* piegamento; **~r 1.** *vt* 1. raddoppiare; 2. piegare, inchinare; 3. *cine/nav/sport* doppiare; 4. *teat* sostenere due ruoli; 5. *taur* cadere ferito a morte il toro *vi*; **2.** *vi* girare, voltare; **3. ~se** piegarsi; sottomettersi ◊ ***~ a la derecha, a la izquierda*** girare a destra, a sinistra; ***~ la cabeza*** piegare la testa; ***~ la esquina*** girare/voltare l'angolo; ***~ las campanas*** suonare le campane a morto
doble 1. *adj* 1. doppio, -a; duplice; 2. falso, -a; 3. resistente; **2.** *m* 1. *teat/sport* doppio; 2. *com* deporto; 3. piega *f*; 4. controfigura *f*; sosia; 5. *Chile* doppio litro; **3.** *adv* doppiamente ◊ ***un ~ de cerveza*** 1/3 di litro di birra; **~gar** ‹*doblegué*› **1.** *vt* curvare; soggiogare, sottomettere, piegare; **2. ~se** *fig* sottomettersi; **~te** *m* 1. *fís* dipolo; 2. doppia *f*; **~z** *f* piega, piegatura; *fig* doppiezza, ipocrisia
doblista *m/f* giocatore di doppio maschile *m*, giocatrice di doppio femminile *f*
doblón *m* doblone, doppione
DOC (*Denominación de Origen Controlada*) *abr* (*Denominazione di Origine Controllata*) DOC
doce *adj/m inv* (*card*) dodici *inv*; (*ord*) dodicesimo, -a ◊ ***Luis XII*** Luigi dodicesimo; **~añero, -a** *m/f coloq* dodicenne; **~añista** *adj/s* ="fautore o difensore della Costituzione spagnola del 1812"; **~avo, -a** *adj* dodicesimo, -a; **~na** *f* dozzina ◊ ***~ de fraile*** *irón* tredici pezzi; ***a ~s*** a dozzine; ***meterse en ~*** *ant* fare il ficcanaso
docen|cia *f* docenza; **~te 1.** *adj/s* docente; **2.** *m/f* docente, insegnante, maestro, -a, professore, -essa
dócil *adj* 1. docile, obbediente; 2. (*materia*) duttile
docilidad *f* 1. docilità; 2. (*materia*) duttilità
dócilmente *adv* docilmente
dock [dok] *m* (*puerto*) dock *inv*
docto, -a *adj/s* dotto, -a, erudito, -a; **~r, -a** *m/f* 1. dottore, -essa; 2. medico, dottore, -essa ◊ ****~ en Derecho*** Dottore in Giurisprudenza; **~rado** *m* dottorato di ricerca; **~ral** *adj* dottorale; **~rando, -a** *m/f* dottorando, -a; **~rarse** diventare dottore *vi*, addottorarsi

doctrina *f* dottrina, scienza; insegnamento *m*; *Am* parrocchia; **~l** *adj* dottrinale; **~rio, -a** *adj* dottrinario, -a
document|ación *f* documentazione, prova; documenti *mpl*; **~al 1.** *adj* documentale; **2.** *m cine/TV* documentario; **~alista** *m/f* documentarista; **~ar** *vt* documentare, provare; informare; **~o** *m* documento; prova *f* ◊ **~ *de identidad*** documento/tessera d'identità; **~ *nacional de identidad*** carta d'identità;
dode|caedro *m* dodecaedro; **~cafonía** *f* dodecafonia; **~cafonismo** *m mús* dodecafonia *f*; **~cágono** *m* dodecagono; **~casílabo, -a** *adj/m* dodecasillabo, -a
dodotis® *m inv* (*niños*) pannolino (assorbente della marca Dodotis)
dogal| *m* cappio; capestro ◊ ***estar con el ~ al cuello*** avere il cappio al collo; **~resa** *f* dogaressa
dogm|a *m* dogma, domma; **~ática** *f* dogmatica; **~ático, -a** *adj* dogmatico, -a; **~atismo** *m* dogmatismo; **~atizar** ‹*dogmaticé*› *vi* dogmatizzare
dogo *adj/m* alano
dola *coloq* (*juego infantil*) V. **pídola**
dólar *m* dollaro
dolarización *f* dollarizzazione
dolce far niente ['doltʃe far 'njente] *m elev* dolce far niente
dolce vita ['doltʃe 'bita] *f elev* dolcevita
dole|ncia *f* malattia; acciacco *m*; **~r** ‹*duelo*› V. 9a *vi* 1. dolere; 2. dispiacere; pentirsi, lamentarsi ◊ ***ahí duele*** hai/ha... messo il dito sulla piaga; ***estar dolido*** essere addolorato
doliente *adj* 1. dolente; ammalato, -a; 2. afflitto, -a
dolina *f* dolina
dolmen (*pl* **dólemenes**) *m* dolmen
dolo *m jur* dolo, frode *f*; **~mía** (*var.* **dolomita**) *f min* dolomia; dolomite
dolor *m* dolore, duolo (*elev*); pena *f*, angoscia *f* ◊ **~ *de cabeza*** preoccupazione; **~ *de corazón*** pentimento; ***estar (una mujer) con ~es*** avere (una donna) i dolori; ***¡qué ~!*** che pena!; che peccato!; **~ido, -a** *adj* 1. pieno di dolori; sofferente; 2. addolorato, -a, afflitto, -a
Dolorosa: La ~ *f* 1. *relig* La Madonna Addolorata; 2. *fig/irón* il conto
doloroso, -a *adj* doloroso, -a
doloso, -a *adj jur* doloso, -a, fraudolento, -a
doma *f* domatura; **~ble** *adj* domabile; **~dor, -a** *adj/s* domatore, -trice; **~r** *vt* domare; addomesticare; ammansire
doméstica *adj/f* domestica, cameriera
domestic|able *adj* addomesticabile; **~ar** ‹*domestiqué*› *vt* addomesticare
doméstico, -a 1. *adj* domestico, -a; **2.** *m* 1. domestico, cameriere; 2. *sport* gregario
domestiquez (*var.* **domestiqueza**) *f raro* domestichezza
domicili|ación *f com/jur* domiciliazione ◊ **~ *bancaria*** domiciliazione bancaria; conto bancario; **~ado, -a** *adj com/jur* domiciliato, -a; residente; **~ar** ‹*domicilio*› V. 1 **1.** *vt com/jur* domiciliare *vt*; **2. ~se** domiciliarsi, fissare il domicilio; **~ario, -a** *adj* domiciliare; **~o** *m* domicilio, residenza *f*; *com* sede *f*, domicilio; casa *f* ◊ ***sin ~ fijo*** senza fissa dimora
domin|ación *f* dominazione; dominio *m*; **~ador, -a** *adj/s* dominatore, -trice; **~ante 1.** *adj cient/foto/cine* dominante; predominante; **2.** *adj/s* dominatore, -trice; **3.** *f mús* dominante; **~ar** *vt* 1. dominare; dominare, reprimere; 2. (*idioma*) dominare, conoscere a fondo
dómine *m desp* maestro; pedante ◊ ***poner como chupa de ~*** dare una lavata di capo
doming|o *m* domenica *f* (!) ◊ **~ *de Ramos, de Resurrección*** domenica delle Palme, di Pasqua; ***~** Domenico; ***hacer ~*** far festa; **~uero, -a 1.** *adj* della domenica; **2.** *m/f desp* guidatore, -trice della domenica; **~uillo** *m fig* pupazzo; (*juego*) misirizzi *inv*
dominic|al *adj* domenicale; *jur* dominicale; **~ano, -a** *adj/s* domenicano, -a; **~o, -a** *adj/s relig* domenicano, -a
dominio *m* dominio, possedimento; dominio, padronanza *f* ◊ **~ *de sí mismo*** dominio di sé; ***de(l) ~ público*** di dominio pubblico
dominó (*var.* **dómino**) *m* domino
don *m* 1. dono, regalo; 2. grazia *f*, garbo, abilità *f inv*; 3. (*delante de un nombre de persona del clero*) don; 4. (*delante de un nombre de persona*) signor ◊ **~ *de palabra*** facilità di parola; ***tener ~ de gentes*** avere savoir-faire; ***ser un ~ nadie*** non essere nessuno
dona|ción *f* donazione; **~dor, -a** *adj/s elev* donatore, -trice, donante; **~ire** *m* garbo, grazia *f*; leggiadria *f*; arguzia *f*; **~nte** *adj/s* donante, donatore, -trice ◊ **~ *de sangre, de órganos*** donatore di sangue, di organi; **~r** *vt* regalare, donare
donat|ario, -a *adj jur* donatario, -a; **~ivo** *m* donativo
doncel 1. *m elev* donzello; paggio; adolescente; **2.** *adj* dolce ◊ ***vino ~*** vino dolce
doncell|a *f* 1. donzella, giovinetta; 2. cameriera; damigella; 3. *zool* donzella; **~ez** *f* verginità *inv*
donde 1. *adv* dove, ove; **2.** *pron* in/da/verso cui; *ant* quando
dónde *adv* dove ***¿~ estás?*** *dove sei?*; ***¿por ~ se pasa?*** *da dove si va/si passa?*
dondequiera *adv* ovunque, dovunque; dappertutto
dondiego *m* ◊ **~ *de día, de noche*** *inv bot* bella di giorno, di notte
donjuán (*var.* **don Juan**) *m* dongiovanni *inv*
donjuanismo *m* gallismo
donos|idad (*var.* **donosura** *elev*) *f* gentilezza, leggiadria; arguzia; **~o, -a** *adj* gentile, leggiadro, -a; arguto, -a, spiritoso, -a ◊ ***¡~a ocurrencia!*** *irón* bella trovata!
Donostia *f geogr* San Sebastián; ***~rra** *adj/s* (q o qc) di San Sebastian
Don Quijote *m* Don Chisciotte

doña *f* (*delante de nombre de persona*) signora; *ant* donna
dopaldo, -a *adj* dopato, -a, drogato, -a; **~je** *m* doping *inv*; **~nte** *adj med* dopante; **~r** *vt sport tamb. fig* dopare; drogare
doping ['dopin] *m sport* doping; drogaggio
doquier, doquierra V. **dondequiera**
doradla *f zool* orata; *Cuba* mosca velenosa; **~o, -a 1.** *adj* dorato, -a; aureo, -a, felice; **2.** *m* 1. *tecn* doratura *f*; 2. *zool* leccia *f*, lampuca *f*, cantaluzzo; **3.** *mpl* dorature *fpl* ◊ ***el *~*** l'Eldorado; **~or, -a** *m/f* doratore, -trice; **~ura** *f* doratura
dorar *vt* dorare, indorare ◊ **~ *la píldora*** *fig* indorare la pillola
dórico, -a *adj hist/arq/mús* dorico, -a
doríforla *f zool* dorifora; **~o** *m hist* doriforo
dormidla *f* dormita; **~ero** (*var.* **dormidera** *f*) **1.** *m* sonnifero; **2.** *f bot* papavero *m* ◊ ***tener buenas ~as*** essere dormiglione; **~o, -a 1.** *pp* dormito; **2.** *adj* addormentato, -a ◊ ***estar ~*** essere addormentato; ***quedarse ~*** addormentarsi
dormilón, -ona *adj/s* dormiglione, -a; poltrone, -a, fannullone, -a
dormir 1. *vi* dormire; **2.** *vt* addormentare; **3. ~se** addormentarsi ◊ **~ *a pierna suelta*** dormire tra due guanciali; **~ *con alg*** vivere con q; ***irse a ~ con las gallinas*** andare a letto presto; **~ *de un tirón*** dormire tutto un sonno; **~ *la mona*** digerire la sbornia; **~ *la siesta*** fare la siesta/un pisolino; ***ir a ~ con alg*** andarsene a dormire con q
dormitlar *vi* dormicchiare, sonnecchiare; **~orio** *m* camera da letto *f*; (*colectivo*) dormitorio
dorslal 1. *adj* dorsale; **2.** *m sport/med* pettorale; **~o** *m* dorso
dos *adj/m inv* 1. (*card*) due *inv*; 2. (*ord*) secondo, -a ◊ ***cada ~ por tres*** spesso; ***de ~ en ~*** a due a due; ***en un ~ por tres*** in un batter d'occhio; ***las ~*** tutte e due, tutt'e due; ***los ~*** tutti e due, tutt'e due
doscientos, -as *adj/m* 1. (*card*) duecento *inv*; 2. (*ord*) duecentesimo, -a
dosel *m* baldacchino
dosificlación *f* dosaggio *m*; **~ador** *m* dosatore; **~ar** ‹*dosifiqué*› *vt* dosare
dosimetría *f fís/med* dosimetria
dosis *f inv* dosi
dossier *m* dossier *inv*
dotalción *f* 1. dotazione; 2. *mil* equipaggio *m*; **~l** *adj jur* dotale; **~r** *vt* dotare (**de** di) ◊ ***bien dotado*** *fig* ben provvisto
dote *m/f* dote *f*
dovela *f arq* concio *m*
doxología *f relig* dossologia
doy V. **dar**
dozavo, -a *adj/m* dodicesimo, -a
D.P. (*Distrito Postal*) *abr* (*Codice di Avviamento Postale*) CAP
dpto. (*departamento*) *abr* dipartimento
Dr. (*Doctor*) *abr* (*Dottor*) Dott.
Dra. (*Doctora*) *abr* (*Dottoressa*) Dott.ssa
dracma *m* dramma (*ant*), dracma
draconiano, -a *adj* draconiano, -a
DRAE (*Diccionario de la Real Academia Española*) *abr/m*
draga *f* draga; **~do** *m* dragaggio; **~minas** *m inv nav* dragamine; **~r** ‹*dragué*› *vt* dragare, scavare
drago *m bot* (*Canarias*) drago; **~mán** *m* dragomanno, interprete
dragón *m zool* (*reptil*) drago, dragone; (*pez*) dragone; *mil/nav* dragone
dragoncillo *m bot* dragoncello
dralón® (*var.* dralon) *m* dralon *m inv*
drama *m* dramma
dramáticla *f* drammatica; **~o, -a** *adj* drammatico, -a
dramatismo *m* drammaticità *f inv*
dramatizar ‹*dramaticé*› *vt* drammatizzare
dramaturglia *f* drammaturgia; **~o, -a** *m/f* drammaturgo, -a
dramón *m cine/teat desp* melodramma
drapelado *m* drappeggio; **~ar** *vt* drappeggiare
drástico, -a *adj* drastico, -a
drenalje *m* drenaggio; **~r** *vt agric/med* drenare
dríade *f* driade
driblar *vt sport* dribblare, scartare; **~ing** ['driblin] *m sport* dribbling *inv*, dribblaggio
dril *m* traliccio
drive *m sport* drive, dritto; **~r** *m informát/sport* driver *inv*
droga *f* droga; **~dicción** *f* tossicomania, tossicodipendenza; **~dicto, -a** *adj/s* tossicodipendente, tossicomane; **~r** ‹*drogué*› *vt* drogare; **~ta** *m/f jerga drog* tossicomane, drogato, -a
drogodependlencia V. **drogadicción**; **~iente** *adj/s* tossicodipendente
droguerlía *f* drogheria; **~o, -a** *m/f* droghiere, -a
dromedario *m zool* dromedario
drop *m* (*rugby*) drop, drop-goal; (*fútbol*) drop, candela *f*; (*tennis*) drop-shot, smorzata *f*
dual 1. *adj ling* duale; **2.** *m* duale; **~idad** *f* dualità *inv*; **~ismo** *m filos/relig* dualismo; **~ista** *adj filos/relig* dualista
dubitlación *f ling* dubitazione; **~ativo, -a** *adj* dubitativo, -a
Dublín *m* Dublino
dublinés, -esa *adj* dublinese
ducado *m* (*moneda y dominio*) ducato
ducal *adj* ducale
duchla *f* doccia ◊ **~ *de teléfono*** doccia a telefono; **~ *fría*** *tamb. fig* doccia fredda; ***darse una ~*** farsi una doccia; **~arse** farsi la doccia; **~o, -a** *adj* abile, destro, -a
dúctil *adj tamb. fig* duttile; *fig* malleabile
ductilidad *f* duttilità *inv*
dudla *f* dubbio *m*; perplessità *inv* ◊ ***desatar la ~*** far venire il dubbio; ***estar fuera de ~*** essere fuori dubbio; ***la ~ ofende*** il dubbio offende; ***no caber ~*** non esserci dubbio; ***sin ~*** senza dubbio; ***sin sombra de ~*** senza (ombra di) dubbio; **~ar** *vi* dubitare (**de** di) ◊ ***lo dudo*** ne dubito; **~oso, -a** *adj* dubbio, -a, dubbioso, -a, improbabile, incerto, -a

duel|a *f* doga; **~ista** *m/f ant* duellista; **~o** *m* 1. duello; 2. lutto; corteo funebre; 3. afflizione *f* ◊ ***los ~s con pan son menos*** col pane tutti i guai son dolci
duende *m* folletto, spirito; diavoletto ◊ ***tener ~*** avere il genio addosso
dueñ|a *f* padrona di casa, proprietaria; signora; *ant* governante; **~o** *m* padrone, proprietario; signore ◊ ***hacerse ~ de u-c*** diventare padrone di qc; ***ser ~ de sí mismo*** essere padrone di sé; ***ser muy ~ de hacer...*** essere padronissimo di fare...
duermevela *m* dormiveglia
duermo V. **dormir**
duet|ista *m/f mús* duettista; **~o** *m* duetto
dulcamara *f* dulcamara
dulce 1. *adj/m* dolce; **2.** *mpl* dolci, dolciumi ◊ ***~ de membrillo*** cotognata; ***a nadie le amarga un ~*** il bello piace a tutti; **~dumbre** *f* dolcezza
dulcémele *m mús* dolcemele
dulcificar ‹*dulcifiqué*› *vt* addolcire, dolcificare; *fig* mitigare
Dulcinea *f* Dulcinea
dulía *f* dulia
dulz|aina *f mús* dulciana, dolzaina, dulzaina, dolciana; **~ón, -ona** (*var.* **dulzarrón, -a**) *adj desp* dolciastro, -a; **~or** *m* dolciore, dolcezza *f*; **~ura** *f* 1. dolcezza; 2. dolcezza, tenerezza, soavità *inv*
dumping [ˈdumpin] *m com* dumping *inv*
duna *f* duna ◊ ***~ móvil*** duna mobile
dundo, -a *adj Am Cent/Méx* sciocco, -a, stupido, -a
dúo *m mús* duo, duetto
duodécimo, -a *adj* dodicesimo, -a
duodeno *m med* duodeno
dúpl|ex *m* 1. (*teléfono*) duplex; 2. *arq* villetta *f* o appartamento a due piani
dúplica *f jur* duplica
duplica|ción *f* duplicazione; **~do, -a 1.** *adj* duplicato, -a, doppio, -a; **2.** *m* copia *f* ◊ ***por ~*** in duplice copia; **~dor** *m tecn* duplicatore; **~r** ‹*dupliqué*› *vt* duplicare, raddoppiare
dúplice *adj elev* duplice
duplicidad *f* duplicità *inv*; doppiezza
duplo, -a *adj raro* doppio, -a
duque *m* duca ◊ ***gran ~*** arciduca; *zool* gufo reale; **~sa** *f* duchessa
dura|ble *adj* durevole; **~ción** *f* durata; **~dero, -a** *adj* durevole, durabile; duraturo, -a; **~luminio** *m* duralluminio; **~madre** (*var.* **duramáter**) *f* duramadre; **~men** (*pl* **duraménes**) *m bot* durame
durante *prep* durante
durar *vi* durare; restare
durativo, -a *adj/s ling* durativo, -a
durazno *m* (*melocotón, albaricoque, uva...*) (frutta) duracina *f*; pesco noce, nettarina *f*
dureza *f* 1. durezza; 2. *med* callosità *inv*
durm|iendo V. **dormir**; **~ente 1.** *adj* dormente; **2.** *m tecn* trave di sostegno *f* ◊ ***La Bella ~*** La Bella Addormentata
duro, -a 1. *adj* duro, -a; resistente, forte; rigido, -a; **2.** *adv* forte, fortemente; **3.** *m ant* moneta da 5 pesete *f* ◊ ***~ de oído*** duro d'orecchi; ***¡lo que faltaba para el ~!*** quello che ci mancava!; ***a ~*** a 5 pesete; ***cara ~a*** faccia tosta; ***estar a las ~s y a las maduras*** ="bisogna saperci stare col buono e col cattivo tempo"; ***huevo ~*** uovo sodo; ***pegarle ~*** darci dentro; ***regalar ~s a 4 pesetas*** regalare qc per la tua bella faccia; ***ser ~ de pelar*** essere un osso duro
dux *m hist* (*Venecia*) doge
DVD *m* DVD *inv*

E

e (*delante de i o hi*) *conj* e; ***Pedro e Ignacio*** *Pietro e Ignazio*; ***padre e hijo*** *padre e figlio*
E (*este*) *abr* (*est*) E
¡ea! *excl* ecco!; suvvia!
ebanist|a *m* ebanista; **~ería** *f* ebanisteria
ébano *m* ebano
ebonita *f* ebanite, vulcanite
e-book [iˈbuk] *m* e-book, libro elettronico
ebri|edad *f* ebbrezza; **~o, -a** *adj elev* ebbro, -a, ubriaco, -a
ebull|ición *f* ebollizione, bollore *m*; **~ómetro** (*var.* **ebulloscopio**) *m* ebullioscopio
ebúrneo, -a *adj* eburneo, -a
eccehomo *m* 1. *arte* ecce homo; 2. *fig* un povero cristo, persona malconcia *f*
eccema *m med* eczema; **~toso, -a** *adj* eczematoso, -a
ecdótico, -a 1. *adj* ecdotico; **2.** *f lit* ecdotica
ECG (*Electrocardiograma*) *abr* (*Elettrocardiogramma*) ECG
echad|a *f Méx* sbruffonata, spacconata, fanfaronata; **~o, -a** *adj* 1. cacciato, -a; 2. gettato, -a, lanciato, -a ◊ ***~ para adelante*** spavaldo, ardito; ***estar ~*** essere coricato; **~or** *adj/s Méx* 1. sbruffone, spaccone, fanfarone; 2. cameriere (di un bar) ◊ ***~ de cartas*** cartomante
echar 1. *vt* 1. gettare, buttare; lanciare; 2. cacciare; 3. (*del trabajo*) licenziare; **2.** *vi* germogliare, buttare, spuntare; **3. ~se** coricarsi; stendersi, buttarsi sul letto; ◊ *Am* ***~ a la suerte*** rimettere alla sorte; ***~ a lo sucio*** buttare nei panni sporchi; ***~ a perder*** rovinare, sciupare; ***~ a suerte*** sorteggiare; ***~ abajo*** buttar giù; far crollare; ***~ de comer, de beber*** dar da mangiare, da bere; ***~ de menos, en falta*** sentir la mancanza di; ***~ el cerrojo*** tirare il catenaccio; chiudere a chiave; ***~ la buena ventura*** leggere la mano/la fortuna; ***~ la vista encima*** buttare/mettere gli occhi addosso; ***~ la zancadilla*** fare lo sgambetto; ***~ pestes*** sparlare; ***~ por la derecha*** prendere a destra; ***~ una mano*** dar una mano; ***~lo todo a rodar*** mandar tutto all'aria; ***~se a correr*** mettersi a correre; ***~se a reír*** scoppiare a ridere; ***~se en brazos de*** buttarsi nelle braccia di; ***~se novio*** farsi il fidanzato, fidanzarsi; ***~se sus cuentas*** farsi i propri calcoli; ***~se un trago*** buttar giù un sorso; ***~sela de*** presumere/vantarsi

di; ***¿qué edad me echas?*** quanti anni mi dai?; ***no ~se nada al bolsillo*** non mettersi niente in tasca

echarpe *m* sciarpa; (*hombros*) scialle

echazón *f nav* alleggerimento della nave *m*

eclampsia *f med* eclampsia

eclecticismo *m* eclettismo, eclettícismo

ecléctico, -a *adj* eclettico, -a

eclesiástico, -a 1. *adj/m* ecclesiastico, -a; **2.** *m* prete, sacerdote

eclips|ar 1. *vt* eclissare; oscurare; **2. ~se** eclissarsi, sparire; **~e** *m* eclissi *f*, eclisse *f*

eclíptico, -a *adj* eclittico, -a

eclisa *f transp* morsa/ganascia (delle rotaie)

eclosión *f* sboccio *m*; nascita, comparsa, boom *m inv*, scoppio *m*

eco *m* **1.** eco (echi *mpl*) *m/f*; **2.** *f coloq* eco, ecografia ◊ ***tener ~*** aver risonanza; suscitare un'eco; **~bus** *m* ecobus *inv*; **~casa** *f* ecocasa; **~etiqueta** *f* ecolabel, marchio ecologico; **~grafía** *f med* ecografia

ecógrafo *m med* ecografo

ecol|ogía *f* ecologia; **~ógico, -a** *adj* ecologico, -a; **~ogismo** *m* ecologismo; **~ogista** *adj/s* ecologista; **~ogizar** ‹*ecologicé*› *vt* ecologizzare

ecólogo, -a *m/f* ecologo, -a

ecómetr|a *m/f* ecometrista; **~o** *m* ecometro

econom|ato *m* economato; **~ía** *f* economia ◊ ***~ de mercado, sumergida, de escala...*** economia di mercato o capitalistica, sommersa, di scala...; ***nueva ~*** new economy

económico, -a *adj* economico, -a

economista *adj/s* economista

economiz|ador, -a *adj/s* economizzatore, -trice; **~ar** ‹*economicé*› *vt* economizzare, risparmiare

ecónomo, -a 1. *adj/s rel adj* economo, -a; 2. Méx gerente

ecosistema *m* ecosistema

ecotasa *f* ecotassa

ecotoxicología *f* ecotossicologia

ectopia *f med* ectopia

ectropión *m med* ectropion *inv*

ECTS (*Sistema Europeo de Transferencia de Créditos*) *abr* ECTS (*Sistema europeo di trasferimento dei crediti*)

ecu (*Unidad de cambio Europeo*) *abr/m hist* (*Unità Monetaria Europea*) ecu *inv*

ecua|ción *f mat* equazione *inv*; **~dor** *m* equatore ◊ ***paso del ~*** terzo anno universitario

Ecuador *m geogr* Ecuador, Repubblica dell'Equatore *f*

ecualiz|ación *f* equalizzazione; **~ador** *m tecn* equalizzatore

ecuánime *adj* equanime

ecuanimidad *f* equanimità *inv*, bontà *inv*

ecuatori|al *adj/m* equatoriale; **~ano, -a** *adj/s* ecuadoriano, -a

ecuestre *adj* equestre

ecum|énico, -a *adj* ecumenico, -a; **~enismo** *m* ecumenismo

eczema *m med* eczema; **~toso, -a** *adj* eczematoso, -a

ed. (*edición*) *abr* (*edizione*) ed.

edad *f* età *inv* ◊ ***~ de jubilación*** età pensionabile; ***~ del pavo*** età della pubertà/dell'adolescenza; ***~ media*** medioevo; ***~ temprana*** età giovanile; ***de corta ~*** di pochi anni; ***en mi tierna ~*** nella mia prima infanzia; ***mayor, menor de ~*** maggiorenne, minorenne; ***tercera ~*** terza età; ***una persona de ~*** una persona d'età

edecán *m* aiutante di campo

edelweiss [edel'bajs] *f inv* edelweiss

edema *m med* edema

edén *m* eden, paradiso terrestre

edic|ión *f* edizione ◊ ***~ de textos*** editing; ***~ príncipe/princeps*** edizione principe, editio princeps; **~to** *m* editto; manifesto

edific|able *adj* edificabile; **~ación** *f* edificazione; fabbrica, edificio *m*; **~ador, -a** *adj/s* edificatore, -trice; **~ante** *adj* edificante; **~ar** ‹*edifiqué*› *vt* edificare, costruire, fabbricare; **~io** *m* edificio, complesso, costruzione *f*

edil *m* consigliere comunale

edípico, -a *adj psicol* edipico, -a, di Edipo

edit|ar *vt* pubblicare, stampare; **~ing** ['editin] *m* editing *inv*, edición *f*; **~or, -a** *adj/s* editore, -trice; editor *m/f*, curatore *m/f*

editorial 1. *adj* editoriale; **2.** *f* casa editrice; **3.** *m* editoriale, articolo di fondo; **~ista** *m/f* editorialista

edredón *m* 1. piumino; *ant* trapunta *f*; 2. *zool* edredone

educa|bilidad *f* educabilità *inv*; **~ción** *f* educazione; creanza, urbanità *inv* ◊ ***obra sindical de ~ y descanso*** *ant* ente nazionale assistenza lavoratori (E.N.A.L.); **~do, -a** *adj* educato, -a; **~dor, -a** *m/f* educatore, -trice; **~ndo, -a** *adj/s* educando, -a; **~r** ‹*eduqué*› *vt* educare; **~tivo, -a** *adj* educativo, -a

educción *f elev* eduzione

educir ‹*eduzco; eduje; educiendo*› V. 20 *vt elev* edurre

edulcor|ante *m* edulcorante, dolcificante; **~ar** *vt* edulcorare

EE (*Euskadiko Ezquerra*) *abr* ="partito nazionalista basco di sinistra"

EEG (*Electroencefalograma*) *abr/m* EEG (*Elettroencefalogramma*)

EE.UU. (*Estados Unidos (de Norteamérica)*) *abr/mpl* USA (*Stati Uniti (di America)*)

efebo *m* efebo

efect|ismo *m arte* effettismo; **~ista** *adj* effettistico, -a, vistoso, -a, di effetto; **~ivamente** *adv* effettivamente, infatti, in effetti; **~ividad** *f* effettività *inv* ◊ ***~ de la pena*** *jur* effettività della pena; **~ivo, -a 1.** *adj* effettivo, -a, autentico, -a; **2.** *m* denaro contante ◊ ***~ metálico*** moneta contante; ***en ~*** in contanti; ***hacer ~*** realizzare, mandare a effetto; **~o** *m* effetto ◊ ***~ comerciable, impagado, pignorado*** effetto commerciabile, non pagato, pignorato; ***~ dominó*** effetto do-

mino; ~ ***sorpresa*** effetto sorpresa; ***~s especiales*** effetti speciali; ***~s timbrados*** valori bollati; ***a ~s de*** agli effetti di; ***al*** ~ all'uopo, a tal fine; ***causar*** ~ fare effetto; ***en*** ~ in effetti, infatti, difatti; ***llevar a*** ~ mandare a effetto; ***surtir*** ~ sortire/avere effetto; **~uar** ‹*efectúo*› V. 4 *vt* effettuare, eseguire
efélide *f* efelide
efeméride *f* effemeride, efemeride
eferente *adj med/psicol* efferente
efervesc|encia *f* effervescenza; bollore *m*, agitazione; **~ente** *adj* effervescente
eficacia *f* efficacia
eficaz *adj* efficace, attivo, -a
efici|encia *f* efficienza; **~ente** *adj* efficiente
efigie *f elev* effigie, immagine
efímer|a *f* effimera; **~o, -a** *adj* effimero, -a
eflorescencia *f quím* efflorescenza, fioritura; **~ente** *adj* efflorescente
efluente *m* effluente
efluvio *m tamb. fig* effluvio, emanazione *f*
efus|ión *f cient tamb. fig* effusione, espansione; **~ividad** *f* effusione; **~ivo, -a** *adj* effusivo, -a
EGB (*Educación General Básica*) *abr/f Esp hist* ="Scuola Elementare e Scuola Media Inferiore"
égida *f* egida; protezione, riparo *m* ◊ ***bajo la ~ de*** sotto l'egida di
egipcio, -a *adj/s* egiziano, -a, dell'Egitto; list egizio, -a ◊ ***arte*** ~ arte egizia
Egipto *m geogr* Egitto
egiptología *f* egittologia
egiptólogo, -a *m/f* egittologo, -a
égira *f* egira
eglefino *m zool* (*pez*) eglefino
égloga *f lit* egloga
ego *m psicol* ego
egocéntrico, -a *adj* egocentrico, -a
egocentrismo *m* egocentrismo
egoís|mo *m* egoismo; **~ta** *adj/s* egoista
ególatra *m/f* egolatra
egolatría *f* egolatria
egotismo *m psicol* egotismo
egregio, -a *adj* egregio, -a, insigne, illustre
egres|ar *vi Am* uscire dalla scuola o università, terminare gli studi; **~o** *m* 1. *com* uscita *f*, passivo; 2. *Am* fine degli studi *f*, uscita dal centro di studi *f*
¡eh! ['e] *excl* ehi!, eh!, ah!, oh!; ***¡Eh, niño que vas a tropezar!*** *Ehi, bambino che inciampi!*; ***¡Eh, qué susto!*** *Ah/oh, che spavento!*; ***Has llegado un poco tarde, ¿eh?*** *sei arrivato un po' tardi, eh?*
ej. (*ejemplo*) *abr* (*esempio*) es.
eje *m* asse ◊ ***partir por el ~ a alg*** rovinare q
ejecu|ción *f* esecuzione ◊ ***poner en*** ~ dare esecuzione; **~tar** *vt* 1. eseguire, effettuare; 2. *jur* giustiziare; *jur* esecutare; **~tivo, -a 1.** *adj* esecutivo, -a; **2.** *m/f* dirigente, manager *inv*; **3.** *m pol* potere esecutivo, governo; **~tor, -a** *adj/s* esecutore, -trice; **~toria** *f jur* sentenza esecutoria; **~torio, -a** *adj jur* esecutorio, -a

¡ejem! *excl* ehm!
ejemplar 1. *adj* esemplare; **2.** *m* esemplare, copia *f*; **~idad** *f* esemplarità
ejemplificar ‹*ejemplifiqué*› *vt* esemplificare
ejemplo *m* esempio ◊ ***a ~ de alg*** sull'esempio di q, dietro l'esempio di; ***dar*** ~ dare esempio; ***por*** ~ per esempio
ejerc|er ‹*ejerzo*› *vt/i* praticare, esercitare ◊ ***un médico que no ejerce*** un medico che non esercita; **~icio** *m* esercizio; esercitazione *f* ◊ ***~s espirituales*** *relig* esercizi spirituali; ***en*** ~ in esercizio; ***en el ~ de sus funciones*** nell'esercizio delle sue funzioni; **~iente** *adj* esercente
ejercit|ación *f* esercitazione; **~ar** *vt* esercitare
ejército *m* esercito
ejido *m* campo/terreno limitrofo collettivo con paese o città
ejote *m Méx* fagiolino verde
el *ar* il, l', lo ~ ***libro*** il libro; ~ ***árbol*** l'albero; ~ ***estudiante*** lo studente; ~ ***agua*** l'acqua; ~ ***que*** chi, colui che
él *pron* 1. egli; 2. lui; 3. esso (*bur*) ◊ ***a ~ no le importa*** a lui non importa; ***¡pobre de ~!*** povero lui!; ***también/ni*** ~ anche/neanche lui
elabor|ación *f* elaborazione; **~ador, -a** *adj/s* elaboratore, -trice; **~ar** *vt* elaborare
elastic|idad *f* elasticità *inv*; **~izado, -a** *adj* elasticizzato, -a
elástico, -a 1. *m* elastico; **2.** *adj* elastico, -a, flessibile
¡ele! *excl* ecco!
e-learning ['i 'lernin] *m* e-learning
eléboro *m bot* elleboro
elección (*pl* **elecciones**) **1.** *f* elezione, scelta; **2.** *fpl pol* elezioni
elect|ivo, -a *adj* elettivo, -a; **~o, -a** *adj* eletto, -a; scelto, -a; **~or, -a 1.** *adj/s* elettore, -trice; **2.** *m hist* principe elettore; **~orado** *m* elettorato; **~oral** *adj* elettorale; **~oralismo** *m pol* elettoralismo
electric|idad *f* elettricità *inv*; **~sta** *adj/s* elettricista
eléctrico, -a *adj* elettrico, -a
electrific|ación *f* elettrificazione; **~ar** ‹*electrifiqué*› *vt* elettrificare
electriz|able *adj* elettrizzabile; **~ación** *f* elettrizzazione; **~ar** ‹*electricé*› *vt* elettrizzare; *fig* elettrizzare, esaltare
electro *m* elettro
electroacústic|a *f* elettroacustica; **~o, -a** *adj* elettroacustico, -a
electrocardiograma *m med* elettrocardiogramma
electrochoque *m med* elettroshock
electrocoagulación *f med* elettrocoagulazione
electrocu|ción *f* elettrocuzione; **~tar** *vt* mandare alla sedia elettrica ◊ ***morir electrocutado*** morire per elettrocuzione
electrodinámic|a *f* elettrodinamica; **~o, -a 1.** *adj fís* elettrodinamico, -a; **2.** *f fís* elettrodinamica
electrodo *m* elettrodo; **~méstico** *m* elettrodomestico
electroencefalograma *m* elettroencefalogramma

electroestimulación *f* elettrostimolazione
electrofísica *f* elettrofisica
electroforesis *f inv quím* elettroforesi
electróforo *m* elettroforo
electrógeno, -a 1. *adj* elettrogeno, -a; **2.** *m* elettrogeno
electroimán *m* elettrocalamita *f*, elettromagnete
electrólisis *f inv* elettrolisi
electrolítico, -a *adj* elettrolitico, -a
electrólito (*var.* **electrolito**) *m* elettrolito
electrolizar ‹*electrolicé*› *vt quím* elettrolizzare
electromagnético, -a *adj* elettromagnetico, -a
electromecánic|a *f* elettromeccanica; **~o, -a** *adj* elettromeccanico, -a
electrón *m* elettrone
electrónic|a *f* elettronica; **~o, -a** *adj* elettronico, -a
electroquímico, -a *adj* elettrochimico, -a
electroscopio *m* elettroscopio
electrotecnia *f* elettrotecnica
electrotécnico, -a *adj* elettrotecnico, -a
electroterapia *f* elettroterapia
electrotipia *f* elettrotipia
electrotrén *m* elettrotreno
electroválvula *f* elettrovalvola
elefant|e *m zool* elefante ◊ ***memoria de ~*** memoria da elefante; **~iasis** *f inv* elefantiasi; **~ino, -a** *adj* elefantesco, -a
eleganc|ia *f* eleganza; leggiadria; **~te** *adj* elegante
elegía *f lit/mús* elegia
elegíaco, -a (*var.* **elegiaco, -a**) *adj* elegiaco, -a
elegi|ble *adj* eleggibile; **~r** ‹*elijo, eligió; eligiendo*› V. 12 *vt* 1. *pol* eleggere; 2. scegliere, eleggere
element|al *adj* 1. elementare; basico, -a, fondamentale; 2. ovvio, -a, evidente; **~o 1.** *m* elemento; **2.** *mpl* elementi; mezzi; **3.** *m/f desp* tipo, -a, individuo, -a, tizio, -a ◊ **~ *transuraniano*** *quím* elemento transuranico; ***~s de juicio*** elementi di giudizio; ***estar (alg) en su ~*** essere, trovarsi (q) nel proprio elemento/a proprio agio
Elena *f* Elena
elenco *m* 1. elenco, lista *f*; 2. cast *inv*, attori di uno spettacolo *mpl*
elepé *m mús* (*disco*) ellepi *inv*, LP *inv*
eleva|ción *f* elevazione; aumento *m*; *geogr* sommità *inv*; altezza ◊ **~ *de sentimientos*** elevatezza di sentimenti; **~dor, -a 1.** *adj/m* elevatore, -trice; **2.** *m Am* ascensore, montacarichi; **~dorista** *m/f Am* ascensorista; **~lunas** *m inv auto* alzacristalli; **~r 1.** *vt* elevare; alzare, aumentare; innalzare; **2. ~se** elevarsi; salire *vi*; estasiarsi
elidir *vt ling* elidere
eligió, elije V. **elegir**
elimin|able *adj* eliminabile; **~ación** *f* eliminazione; **~ar** *vt* eliminare; **~atoria** *f* eliminatoria; **~atorio, -a** *adj* eliminatorio, -a
elips|e *f geom* ellisse; **~is** *f inv ling* ellissi; **~oidal** *adj* elissoidale; **~oide** *m* elissoide
elíptico, -a *adj* ellittico, -a
elíseo (*var.* **elisio**) *adj* elisio, -a, eliso, -a ◊ ***campos ~s*** campi elisi
elisión *f ling* elisione
élite *f* élite* *inv*
elit|ismo *m* elitarismo; **~sta** *adj/s* 1. *desp* elitario, -a, elitistico, -a; 2. (*persona*) elitista
élitro *m zool* elitra *f*
elixir *m* elisir *inv*
ell|a 1. *pron* essa; lei; *adm* ella *ant*; **2.** *pron/pl* esse; loro ◊ ***allí fue ~*** qui venne il buono!; ***también/ni ~*** anche/neanche lei; **~o 1.** *pron* ciò; questo, quello; **2.** *pron/pl* essi, loro ◊ **~ *es que*** il caso è che; ***¡a ~s!*** dagli!, addosso!; ***estar en ~*** occuparsi dell'affare; ***para ~*** a questo fine; ***por ~*** perciò
elocu|ción *f* elocuzione; **~encia** *f* eloquenza; **~ente** *adj* eloquente
elogi|able *adj* lodevole, degno, -a di elogio; **~ar** ‹*elogio*› V. 1 *vt* elogiare, lodare, encomiare; **~o** *m* elogio, lode *f*; **~oso, -a** *adj* elogiativo, -a, laudatorio, -a
elongación *f astron/fís* elongazione
elote *m Méx bot/gastr* pannocchia tenera *f*
elucid|ación *f* dilucidazione, delucidazione, spiegazione; **~ar** *vt* dilucidare, delucidare, spiegare
elucubr|ación *f* elucubrazione; **~ar** *vt* elucubrare
eludir *vt* eludere, evitare
elus|ión *f jur* elusione; **~ivo, -a** *adj* elusivo, -a
elzeviri|ano, -a *adj impr* elzeviriano, -a; **~o** *m* elzeviro
e-mail [i'mejl] *m* posta elettronica *f*, e-mail* *inv*
eman|ación *f cient* emanazione, esalazione; effluvio *m*; **~ar** *vt/i* emanare; procedere *vi*
emancip|ación *f* emancipazione; **~ar** *vt* emancipare
embadurnar *vt* spalmare, ungere; *arte* imbrattare
embajad|a *f adm* ambasciata; messaggio *m*; **~or, -a** *m/f* ambasciatore, -trice
embala|do *m* impagliatura *f*; **~dor, -a** *adj/s* imballatore, -trice, incassatore, -trice, impagliatore, -trice; **~dora** *f* imballatrice; **~je** *m* imballaggio; imballatura *f* ◊ ***gastos de ~*** spese d'imballaggio; **~miento** *m* imballo, imballaggio; *auto* imballatura *f*; **~r 1.** *vt com* imballare; **2. ~se** *sport fig* partire in quarta *vi*; *mec tamb fig* essere su di giri *vi*, imballarsi
embaldos|ado, -a 1. *adj* ammattonato, -a; **2.** *m* ammattonatura *f*; **~ador, -a** *m/f* piastrellaio, -a, piastrellista; **~ar** *vt* piastrellare, pavimentare con mattonelle, ammattonare
embalsam|ación *f* imbalsamazione; **~ador, -a** *m/f* imbalsamatore, -trice; **~amiento** *m* imbalsamazione *f*; **~ar** *vt* 1. imbalsamare; 2. *elev* profumare
embalse *m* bacino, stagno artificiale; ristagno d'acqua
embancarse 1. *nav* arenarsi; 2. *metal* incrostarsi
embanderar *vt* imbandierare
embaraz|ada *adj* incinta; **~ar** ‹*embaracé*› *vt* 1. mettere incinta; 2. *fig* imbarazzare, impacciare, ostacolare; **~o** *m* 1. gravidanza *f*; 2. *fig* impiccio,

difficoltà *f inv*; **~oso, -a** *adj* imbarazzante, incomodo, -a

embarc|ación *f* imbarcazione; barca; **~adero** *m* imbarcadero, imbarcatoio; **~ar** ‹*embarqué*› **1.** *vt* imbarcare; caricare; **2. ~se** imbarcarsi; *fig* imbarcarsi, coinvolgersi, impegnarsi; **~o** *m* imbarco

embarg|abilidad *f* pignorabilità *inv*; **~able** *adj* pignorabile; **~ar** ‹*embargué*› *vt jur* sequestrare, pignorare; *fig* assorbire, occupare; *raro* estasiare; *raro* imbarazzare; **~o** *m jur* sequestro, pignoramento; *nav* embargo ◊ ***sin ~*** nonostante, malgrado ciò, tuttavia

embarque *m* imbarco ◊ ***tarjeta de ~*** *aero/nav* carta d'imbarco

embarr|ada *f Am* sproposito *m*; **~ancadura** *f* incaglio *m*; **~ancamiento** *m* arenamento; **~ancar** ‹*embarranqué*› *vi/~se* incagliare *vi*, arenarsi; impantanarsi; **~ar 1.** *vt* infangare; *Méx coloq/desp* implicare, coinvolgere; **2.** *vi Am* fare uno sproposito ◊ *Méx fig* ***~ la mano*** *euf* ungere

embarull|ador, -a *adj/s* arruffone, -a, pasticcione, -a; imbroglione, -a; **~ar 1.** *vt* arruffare, confondere, ingarbugliare; **2. ~se** ingarbugliarsi, confondersi

embast|ar *vt* 1. (*cosido*) imbastire; 2. (*caballería*) imbastare; **~e** *m* imbastitura *f*

embate *m nav* ondata *f*; assalto, attacco, scontro

embauca|dor, -a *adj/s* abbindolatore, -trice, imbroglione, -a; **~miento** *m* raggiro, abbindolamento; **~r** ‹*embauqué*› *vt* abbindolare, gabbare, raggirare; sedurre

embebe|cerse restare affascinato/incantato, -a *vi*; **~r 1.** *vt* assorbire; **2. ~se** imbeversi; restringersi; *fig* impregnarsi, imbeversi

embeles|ado, -a *adj* trasognato, -a, incantato, -a; **~ar** *vt* affascinare, incantare; **~o** *m* fascino, incanto, estasi *f inv*

embellec|edor *m* 1. guarnizione *f*, elemento decorativo; 2. *auto* coprimozzo, coppa (per ruota) *f*; **~er** ‹*embellezco*› V. 13a *vt* abbellire; **~imiento** *m* abbellimento

embest|ida *f* attacco *m*, scontro *m*, investimento *m*; **~ir** ‹*embisto; embistió; embistiendo*› V. 12 *vt* assalire, investire, attaccare

embetunar *vt* bitumare, bituminare

emblem|a *m* emblema; simbolo; **~ático, -a** *adj/f* emblematico, -a

embobaldo, -a *adj* sbalordito, -a, trasognato, -a; **~miento** *m* sbalordimento, stupore; **~r** *vt* sbalordire, intontire, stordire

embobe|cer ‹*embobezco*› V. 13a V. **embobar**

emboc|ado *adj* (*vino*) abboccato; **~adura** *f* imboccatura, abboccatura; *mús* imboccatura; *zool* morsa del freno; *fig* attitudine; **~ar** ‹*emboqué*› *vt* imboccare; infilare; trangugiare; *mús* imboccare

emboll|ado *m* 1. *teat* particina *f*; *fig* pasticcio; 2. *taur* ="toro con le punte delle corna rivestite da palle"; *taur* ="nelle feste popolari, toro con le corna ricoperte da materiale ardente" ◊ ***meter un ~*** spacciare una frottola; ***meterle (a alg) en un ~*** mettere (q) in un pasticcio; **~ador** *m Am* lustrascarpe; **~ar** *vt* 1. *taur* ="munire di palle le punte delle corna dei tori"; 2. *Am* lucidare le scarpe

embolia *f med* embolia

émbolo *m med* embolo; *mec* stantuffo, pistone

embols|ar *vt* 1. riscuotere, incassare; 2. *mil* circondare, accerchiare; **~o** *m* incasso, riscossione *f*

emboque *m* imbocco

emboquill|ado 1. *adj* (*cigarrillo*) con filtro; **2.** *m* la messa del bocchino alle sigarette *f*; **~ar** *vt* mettere il bocchino alle sigarette

emborr|achar 1. *vt* ubriacare; *elev* inebriare; stordire; **2. ~se** ubriacarsi; *tecn* ="mescolarsi i colori di un tessuto bagnato"; **~onar** *vt* scarabocchiare, sgorbiare

embosc|ada *f* imboscata, agguato *m* ◊ ***caer en una ~*** cadere in un'imboscata; **~ado, -a** *adj/s* imboscato, -a; **~arse** ‹*embosqué*› imboscarsi

embosquecer ‹*embosquezco*› V. 13a *vi* imboschire

embot|ado, -a *adj* 1. *tecn* spuntato, -a, smussato, -a; 2. ottuso, -a; **~adura** (*var.* **embotamiento** *m*) *f* 1. spuntatura, smussatura; 2. stordimento *m*, testa vuota/stordita; **~amiento** *m* ottundimento; **~ar 1.** *vt* 1. *tecn* spuntare, smussare; 2. ottundere; indebolire; **2. ~se** sentire la testa vuota *vi*; stordirsi

embotell|ado, -a 1. *adj* imbottigliato, -a; **2.** *m* imbottigliamento ◊ ***discurso ~*** *fig* discorso studiato; **~ador, -a** *adj/s* imbottigliatore, -trice; **~adora** *f* imbottigliatrice; **~amiento** *m* 1. imbottigliamento; 2. (*tráfico*) ingorgo; **~ar** *vt* imbottigliare

emboz|ar ‹*embocé*› **1.** *vt* mascherare, palliare; **2. ~se** imbacuccarsi; **~o** *m* 1. bavero; 2. rimboccatura del lenzuolo *f*; 3. dissimulazione *f*, mascheramento

embra|gar ‹*embragué*› *vt* 1. imbracare; 2. *mec* innestare la frizione; **~gue** *m* 1. *auto* frizione *f*; 2. imbracatura *f*

embrav|ecer ‹*embravezco*› V. 13a **1.** *vt* irritare, inferocire; **2.** *vi bot* irrobustirsi; **3. ~se** infuriarsi; **~ecimiento** *m* ira *f*, furore

embrazar ‹*embracé*› *vt* imbracciare

embrear *vt* impeciare, calafatare

embria|gador, -a *adj* inebriante; **~gar** ‹*embriagué*› **1.** *vt* ubriacare; *elev/fig* inebriare; **2. ~se** ubriacarsi; *fig* estasiarsi; **~guez** *f elev* ebbrezza; ubriacatura (*estánd*), sbornia (*estánd*)

embridar *vt* imbrigliare

embrio|genia *f biol* embriogenesi *inv*, embriogenia; **~logía** *f biol* embriologia

embrión *m* embrione

embrionario, -a *adj tamb. fig* embrionario, -a, embrionale

embrocar ‹*embroqué*› *vt* 1. travasare; 2. *Am* capovolgere

embrollador, -a *m/f* pasticcione, -a; **~ar** *vt* imbrogliare, ingarbugliare; **~o** *m* imbroglio; inganno; pasticcio; **~ón, -ona** *adj/s* imbroglione, -a

embromar *vt* minchionare *coloq*

embrujar *vt* stregare; **~o** *m* incantesimo, magia *f*

embrutecer ‹*embrutezco*› V. 13a **1.** *vt* abbrutire; **2. ~se** abbrutire *vi*, abbrutirsi; **~imiento** *m* abbrutimento

embuchado, -a 1. *adj/m* insaccato, -a; **2.** *adj* trangugiato, -a, ingozzato, -a; **3.** *m* inganno; **~ar** *vt tamb. fig* insaccare; (*aves*) ingozzare; trangugiare

embudo *m* imbuto

embuste 1. *m* bugia *f*, frottola *f*; **2.** *mpl* gioielli falsi; **~ro, -a** *adj/s* bugiardo, -a; *fig* imbroglione, -a

embutido, -a 1. *adj* insaccato, -a; **2.** *m* salame; **3.** *mpl* salumi, insaccati; **~ir** *vt* imbottire; (*carne*) insaccare; *coloq/fig* trangugiare; *tecn* intarsiare

emergencia *f* emergenza ◊ **de ~** (*freno, situación, etc.*) d'emergenza; ***salida de ~*** uscita di sicurezza; **~ente** *adj* emergente; **~er** ‹*emerjo*› *vi* emergere; spuntare, derivare

emérito, -a *adj/s* emerito, -a

emersión *f astron* emersione

emético, -a *adj med* emetico, -a

emigración *f* emigrazione; **~ado, -a** *adj/s* emigrato, -a, immigrato, -a; **~ante** *adj/s* emigrante; **~ar** *vi* emigrare; **~atorio, -a** *adj* emigratorio, -a

emiliano, -a *adj/s* emiliano, -a

Emilia-Romaña *f* Emilia-Romagna

eminencia *f* eminenza, elevazione; eccellenza, elevatezza; *relig* eminenza ◊ **~ *gris*** eminenza grigia; **~te** *adj* eminente; **~tísimo, -a** *adj* eminentissimo, -a

emir *m* emiro; **~ato** *m* emirato

emisario, -a 1. *adj* emissario, -a; **2.** *m/f pol/tecn* emissario, -a; **~ión** *f* emissione; **~or, -a** *adj/s* emittente ◊ ***centro ~*** *TV/radio* (stazione) emittente; **~ora** *f TV/radio* emittente

emitir *vt* 1. emettere; (*opinión*) esprimere; 2. *TV/radio* trasmettere, mandare/mettere in onda; 3. *jur* emanare

emoción *f* emozione, commozione, turbamento *m*; **~onal** *adj* emotivo, -a; **~onante** *adj* emozionante; appassionante; **~onar** *vt* emozionare, commuovere, turbare

emoliente *adj/m med* emolliente

emolumentos *mpl* emolumenti; onorari

emotividad *f* emotività *inv*; **~o, -a** *adj* emotivo, -a

empacadora *f* impaccatrice; **~ar** ‹*empaqué*› **1.** *vt* impaccare, impacchettare; **2.** *vi Am* fare le valigie; **3. ~se** ostinarsi, incaparbire *vi*

empachar 1. *vt* impacciare, imbarazzare, disturbare; **2.** *vi med* causare indigestione; dar nausea; **3. ~se** 1. confondersi, impappinarsi; 2. avere l'indigestione *vi*; **~o** *m* 1. *med* indigestione *f*; 2. imbarazzo, vergogna *f*

empadrado, -a *adj* troppo attaccato, -a al padre o ai genitori; **~onado, -a** *adj* iscritto, -a al censo, censito, -a; **~onamiento** *m* iscrizione nel censo *f*, censimento; **~onar** *vt* iscrivere nel censo, censire

empajador, -a *adj/s* impagliatore, -trice; **~amiento** *m* impagliatura *f*; **~ar** *vt* impagliare

empalagar ‹*empalagué*› *vt* nauseare; ripugnare; disgustare; **~o** *m* nausea *f*, disgusto; **~oso, -a** *adj* nauseante, stucchevole, stomachevole

empalar *vt hist* impalare

empalidecer ‹*empalidezco*› V. 13a *vt/i* impallidire

empalizada *f* palizzata, steccato *m*

empalmar 1. *vt* unire, congiungere, raccordare; **2.** *vi transp* fare coincidenza; coincidere ◊ ***~la*** attaccare bottone; ***estar empalmado*** *vulg* averlo duro; **~e** *m* 1. unione *f*, giuntura *f*, innesto; 2. *transp* coincidenza *f*

empanada 1. *adj* impanata; **2.** *f* 1. *gastr* focaccia o frittella ripiena; 2. *fig* confusione; **~dilla** *f* frittella ripiena; **~r** *vt* impanare

empanelar *vt tecn* pannellare

empantanar 1. *vt* 1. inondare; 2. *fig* bloccare, piantare in asso; **2. ~se** 1. inondarsi; 2. *fig* arenarsi, bloccarsi

empañamiento *m* appannamento; **~ar 1.** *vt* 1. (*cristales*) appannare; 2. (*niños*) fasciare; 3. *fig* macchiare; **2. ~se** appannarsi

empapado, -a *adj* bagnato, -a fradicio, -a, sudato, -a fradicio, -a, zuppo, -a, intriso, -a; **~ar 1.** *vt* inzuppare, imbevere; assorbire; **2. ~se** imbeversi, impregnarsi ◊ ***¡para que te empapes!*** *coloq* friggiti!; impara!

empapelado *m* carta da parati *f*; **~ador** *m* tappezziere; **~ar** *vt* 1. (*paredes*) tappezzare (con carta da parati); incartare; 2. *jur coloq* processare

empaque *m* 1. impacco, imballo; 2. *Am* aspetto, aria *f*; 3. *Am tecn* guarnizione *f*; **~tado, -a 1.** *m* imballo, impacchettatura *f*; **2.** *adj* impacchettato, -a, imballato, -a; **~tador, -a** *adj/s* imballatore, -trice, impacchettatore, -trice; **~tadora** *f* confezionatrice, imballatrice; **~tadura** *f tecn* premistoppa *m*; **~tar** *vt* imballare, impacchettare

emparedado 1. *m* tramezzino, toast *inv*; **2.** *adj* 1. *jerga delinc* recluso, -a; 2. murato, -a; **~ar** *vt* murare

emparejamiento *m* appaiatura *f*, appaiamento, abbinamento, accoppiamento; **~ar 1.** *vt* accoppiare; appaiare; livellare; (*puertas*) socchiudere; **2. ~se** accoppiarsi

emparentado, -a *adj* imparentato, -a; **~ar** *vi* imparentarsi

emparrado *m* pergolato; **~ar** *vt* appioppare

emparrillado *m arq* retinatura *f*, intelaiatura di fondazione *f*; *tecn* reticolo; **~ar** *vt* arrostire sulla graticola

empastar *vt* 1. impastare; 2. *med* (*diente*) otturare; **~e** *m* 1. impasto; 2. *med* otturazione *f*; 3. *tecn* impastamento; **~elar** *vt impr* scomporre

empat|ar *vi* **1.** pareggiare; **2.** *Am* unire, congiungere; **~e** *m* pareggio ◊ **~ *a cero*** zero a zero
empavesar *vt nav* pavesare
empecatado, -a *adj* discolo, -a, scavezzacollo *inv*; dannato, -a, maledetto, -a
empecin|ado, -a *adj* ostinato, -a; **~ar 1.** *vt* impeciare; **2. ~se** ostinarsi (**en** a)
empedern|ido, -a *adj* insensibile, crudele; incorreggibile ◊ ***fumador* ~** fumatore incallito; **~irse** divenire insensibile/crudele *vi*
empedr|ado, -a *adj/m* selciato, -a, lastricato, -a; **~ador** *m* selciatore; **~ar** *vt* selciare, lastricare
empeine *m* 1. collo del piede; 2. (*zapato*) tomaia *f*; 3. *med* impetigine *f*; pube, regione pubica *f*
empellón *m* spinta *f*, spintone ◊ ***a ~ones*** a spintoni
empelotarse 1. svestirsi, spogliarsi; 2. *coloq* incasinarsi; 3. *Am* incapricciarsi, perdere la testa per q, prendersi una cotta per q
empenachar *vt* impennacchiare
empenta *f reg* sicurezza, personalità *inv*
empeñ|ar 1. *vt* 1. impegnare, dare in pegno; 2. *mil/sport* impegnare; **2. ~se** impegnarsi (**en** a); ostinarsi (**en** a) **~o** *m* 1. pegno; 2. impegno, obbligo ◊ ***casa de ~s*** monte di pietà/dei pegni, casa di pegno; ***estudiar con* ~** studiare con impegno
empeor|amiento *m* peggioramento; **~ar** *vt/i* peggiorare
empequeñecer ‹*empequeñezco*› V. 13a *vt/i* impiccolire, rimpicciolire; diminuire; screditare
empera|dor *m* 1. imperatore; 2. *zool* pesce spada; **~triz** *f* imperatrice
emperejilarse *desp* agghindarsi, infronzolirsi
emperezar ‹*emperecé*› **1.** *vi* impigrire; **2.** *vt* ritardare; **3. ~se** impigrirsi
emperifollar *vt desp* infronzolare, agghindare
empernar *vt* imperniare
empero *conj elev* tuttavia; però (*estánd*), ma (*estánd*)
emperrarse 1. incaponirsi (**en** a), incaparbirsi (**en** a) 2. infuriarsi
empezar ‹*empiezo; empecé; empiece*› V. 5a *vt/i* cominciare, iniziare ◊ ***empezó diciendo*** cominciò a dire; ***empieza y no acaba*** comincia e non (la) finisce mai; ***para* ~** tanto per cominciare; ***por algo se empieza*** da qualcosa si deve cominciare, per lo meno si comincia
empiedro V. **empedrar**
empin|ado, -a *adj* 1. alzato, -a; 2. *fig* dritto, -a, eretto, -a; (*pendiente*) ripido, -a; **~amiento** *m* impennata *f*, ripidezza *f*; **~ar 1.** *vt* alzare, sollevare, drizzare, sollevare; **2. ~se** alzarsi; (*caballo*) impennarsi; elevarsi ◊ **~ *el codo*** *fig* alzare il gomito
empingorot|ado, -a *adj coloq/desp* borioso, -a, altero, -a; *coloq/desp* importante; **~ar** *vt* innalzare
empiñonado *m* pasticcino con pinoli
empiparse *Am* rimpinzarsi
empíreo, -a *adj/m* empireo, -a
empireumático, -a *adj med* empireumatico, -a
empiria *f filos* empiria
empírico, -a *adj* empirico, -a
empiri|smo *m* empirismo; **~sta** *adj/s* empiristico, -a, empirico, -a
empitonar *vt taur* cogliere con una cornata
empizarrado *m* tetto di ardesia
emplast|ar *vt med tamb. fig* impiastrare, impiastricciare; *fig* ostacolare; **~o** *m med tamb. fig* impiastro
emplaz|amiento *m* 1. situazione *f*, collocazione *f*, ubicazione *f*; 2. *jur* citazione *f*; **~ar** ‹*emplacé*› *vt* 1. *jur* citare; 2. collocare, situare, ubicare
emple|ada *f* impiegata ◊ ***~a del hogar*** collaboratrice familiare, domestica; **~ado, -a** *adj/m* impiegato, -a ◊ **~ *del hogar*** collaboratore familiare, domestico; **~ador, -a** *m/f* datore/datrice di lavoro; **~ar** *vt* impiegare, occupare ◊ ***~se a fondo*** impegnarsi molto; ***dar por bien empleado*** ne vale/valeva la pena; ***te está bien empleado*** ben ti sta; **~o** *m* impiego, occupazione *f*; uso ◊ **~ *comunitario*** *Esp* impiego comunitario
emplom|ador *m* saldatore; **~adura** *f* piombino *m*, piombatura; **~ar** *vt* impiombare; saldare; piombare, sigillare; *Am* (*dientes*) otturare
emplumar 1. *vi* impiumare; *Am* svignarsela; **2.** *vt* impiumare; *Am* bastonare
empobrec|er ‹*empobrezco*› V. 13a **1.** *vt* impoverire; **2. ~se** impoverire *vi*, diventar povero *vi*; **~imiento** *m* impoverimento
empoll|ación *f* cova; **~ada** *f* sgobbata; **~adura** *f* covata; **~ar 1.** *vt* covare le uova; **2.** *vi* 1. produrre larve l'arnia; 2. *estud* sgobbare; **~ón, -ona** *adj/s estud coloq* sgobbone, -a, secchione, -a
empolvar 1. *vt* impolverare; **2. ~se** 1. incipriarsi; 2. *jerga drog* sniffare *vt*
emponzoñ|amiento *m* avvelenamento; **~ar** *vt* avvelenare, intossicare
emporio *m* emporio
emporrarse *coloq* fumare spinelli *vi*, spinellare *vi*
empotr|able *adj* da incasso; **~ado, -a** *adj* murato, -a ◊ ***armario* ~** armadio a muro; **~ar** *vt* incassare
empozar ‹*empocé*› *vt* appozzare
emprend|edor, -a *adj* intraprendente; **~er** *vt* intraprendere ◊ ***~la con alg*** prendersela con q
empreñar *vt* impregnare
empresa *f* impresa, azienda, ditta ◊ **~ *fantasma*** ditta fantasma; **~riado** *m* imprenditoria *f*; **~rial** *adj* imprenditoriale ◊ ***Diplomado en ~es*** Diplomato (universitario) in Economia Aziendale; **~rio, -a** *m/f* (*teatro*) impresario, -a; (*industria*) imprenditore, -trice
empréstito *m econ* prestito statale
empuj|ar *vt* spingere; premere; *fig* indurre, spingere; **~e** *m* spinta *f*; sforzo; *fig* impulso, impeto ◊ ***persona de* ~** persona con iniziativa; **~ón** *m* spintone; progresso rapido ◊ ***a ~ones*** a forza di spinte
empuñ|adura *f* impugnatura, elsa; **~ar** *vt* impugnare; afferrare, stringere

EMT (*Empresa Municipal de Transportes*) *abr/f* ="Ente Municipale dei Trasporti Pubblici"
emú *m* emù *inv*
emul|ación *f* emulazione; **~ador, -a** *adjs* emulatore, -trice; **~ar** *vt* emulare
émulo, -a *adj/s* emulo, -a
emuls|ión *f* emulsione; **~ionante** *adj/m* emulsionante; **~ionar** *vt* emulsionare; **~ivo, -a** *adj/m* emulsionante; **~or, -a** *adj/m* emulsionatore, -trice
en *prep* in; su; a ◊ **~ *1992*** nel 1992; **~ *el, la, los, las*** nel, nello, nell', nella, nei, negli, nelle; **~ *espiral,* ~ *ángulo*** a spirale, a angolo; **~ *fin*** infine; **~ *seguida*** subito; **~ *serio*** sul serio; **~ *todas partes*** dappertutto; ***creer* ~ *Dios*** credere in Dio; ***creer, pensar* ~** credere, pensare a; ***está* ~ *la mesa*** è sul tavolo; ***estar* ~ *casa*** stare in/a casa; ***vivir* ~ *Valencia*** abitare a Valenza
enagua (*var.* **enaguas** *fpl*) *f* sottana, sottoveste; sottogonna
enajen|able *adj* alienabile; **~ación** *f med/jur* alienazione; *econ* compravendita ◊ **~ *mental*** alienazione mentale; **~ado, -a** *adj* alienato, -a; **~ar 1.** *vt* alienare; vendere; **2. ~se** alienarsi; allontanarsi
enálage *f ling* enallage
enaltecer ‹*enaltezco*› V. 13a *vt* esaltare
enamor|adizo, -a *adj* facile a innamorarsi; **~ado, -a** *adj/s* innamorato, -a; **~amiento** *m* innamoramento; **~ar 1.** *vt* innamorare; conquistare, sedurre; **2. ~se** innamorarsi, invaghirsi; **~iscarse** (*var.* **enamoricarse**) *desp* innamoracchiarsi
enan|ismo *m* nanismo; **~o, -a** *adj/s* nano, -a; *coloq* bambino, -a, moccioso, -a
enarbolar *vt* inalberare; alzare
enarcar ‹*enarqué*› *vt* inarcare, curvare ◊ **~ *las cejas*** inarcare le ciglia
enardecer ‹*enardezco*› V. 13a *vt* avvivare, eccitare, infiammare, accendere
enarenar 1. *vt* spargere di arena; **2. ~se** arenarsi, incagliare *vi*
enarmónico, -a *adj mús* enarmonico, -a
encabalgamiento *m lit* enjambement
encabestrar *vt* incavezzare, incapestrare
encabez|ado *m impr* testata *f*; **~amiento** *m* intestazione *f*; **~ar** ‹*encabecé*› *vt* 1. intestare, intitolare; 2. capitanare, dirigere
encabr|itarse impennarsi; *fig* arrabbiarsi, incavolarsi; *aero* cabrare *vi*; **~onar** *vt coloq* incavolare
encaden|ación *f* incatenamento *m*; concatenazione; **~ado, -a** *adj* incatenato, -a; concatenato, -a; *fig* legato, -a ◊ ***estrofa* ~*a*** strofa concatenata; **~amiento** *m* incatenamento; **~ar** *vt tamb. fig* incatenare; concatenare; *fig* collegare
encaja|dor *m* incassatore; **~dura** *f tecn* incastro *m*, calettatura; **~r 1.** *vt tecn* incastrare, calettare; far combaciare; *tamb. fig* incassare; mollare; **2.** *vi* coincidere, venire a proposito, andar bene; **3. ~se** intromettersi, infilarsi
encaje *m* 1. *tecn* incastro; 2. (*tela*) merletto, pizzo, trina *f*; 3. (*madera-metal*) intarsio ◊ **~ *de bolillos*** pizzo a tombolo, pizzo a fuselli; *fig* lavoro di precisione; **~ra** *f* merlettaia; **~ro, -a** *m/f* trinaio, -a
encajo|namiento *m* incassamento, imballo; **~nar** *vt* incassare, imballare; mettere alle strette; **~so, -a** *adj/s Méx* scroccone, -a
encalad|o *m* imbiancatura *f*; **~or, -a** *adj/s* imbianchino; **~ura** *f* imbiancatura
encalar *vt* 1. imbiancare; 2. ficcare, introdurre
encalla|dero *m* bassofondo, secca *f*; banco; *fig* incaglio; **~dura** *f* incaglio *m*, arenamento *m*; **~r** *vi* incagliare, arenarsi
encallecer ‹*encallezco*› V. 13a *vi* incallire; indurirsi
encam|ado, -a *adj* degente; **~ar** *vt* **1.** 1. coricare; 2. *agric* allettare, abbattere; **2.** 1. ammalarsi; 2. *agric* allettarsi, abbattersi
encamin|ador *m* router *inv*; **~ar** *vt* incamminare, avviare, dirigere
encamis|ado *m* incamiciatura *f*; **~ar** *vt* incamiciare
encanarse 1. soffocare *vi*; 2. incagliarsi, bloccarsi
encandecer ‹*encandezco*› V. 13a *vt* arroventare
encandi|lamiento *m tamb. fig* abbagliamento; **~ar 1.** *vt* abbagliare; allucinare, lasciare a bocca aperta; **2. ~se** restare a bocca aperta *vi*; brillare gli occhi *vi*
encan|ecer ‹*encanezco*› V. 13a *vi* incanutire; invecchiare; **~ijarse** deperire *vi*, indebolirsi, dimagrire *vi*
encant|ado, -a *adj* incantato, -a, ammaliato, -a; imbambolato, -a, attonito, -a ◊ **~ *de conocerle*** molto piacere, lieto di conoscerla; ***palacio* ~** palazzo incantato; **~ador, -a 1.** *adj/s* incantatore, -trice; affascinante, incantevole; **2.** *m* stregone, mago; **3.** *f* strega, maliarda; **~amiento** *m* incantesimo; fascino, incanto ◊ ***por arte de* ~** come per incanto/incantamento; **~ar** *vt* incantare; ammaliare, affascinare; **~o** *m* incantamento, malia *f*; incanto, meraviglia *f*, bellezza *f* ◊ ***este chico es un* ~** questo ragazzo è una meraviglia/un incanto
encañizado *m* incannicciata *f*
encañonar *vt* 1. puntare un'arma *vi*; 2. incanalare; 3. stirare a cannoncini
encapar *vt* incappare
encapot|amiento *m* annuvolamento, rannuvolamento; **~arse** 1. imbronciarsi; 2. (*cielo*) rannuvolarsi; 3. incappottarsi
encapricharse incapricciarsi
encapsul|ado *m* incapsulamento; **~ar** *vt* incapsulare
encapuch|ado, -a *adj* incappucciato, -a; **~ar** *vt* incappucciare
encapullado, -a *adj* in boccio
encar|ado, -a *adj* ◊ ***bien, mal* ~** di bella, brutta faccia; **~amar 1.** *vt* mettere in alto; **2. ~se** arrampicarsi, inerpicarsi; **~ar 1.** *vt* mettere di fronte; *fig* fronteggiare; **2. ~se** trovarsi, mettersi di fronte; scontrarsi; affrontare *vi*
encarcel|amiento *m* carcerazione, imprigionamento, incarceramento; **~ar** *vt* incarcerare, arrestare, imprigionare

encarec|er ‹*encarezco*› V. 13a **1.** *vt/i* (*precio*) rincarare; **2.** *vt* raccomandare; **~idamente** *adv* caldamente, vivamente; **~imiento** *m* 1. rincaro; 2. interessamento

encarg|ado, -a *adj/s* incaricato, -a ◊ **~ *de curso*** professore/docente incaricato; **~ *de negocios*** incaricato d'affari; **~ar** ‹*encargué*› **1.** *vt* incaricare, ordinare; *com* richiedere; **2. ~se** incaricarsi, occuparsi (**de** di), assumere *vt*; **~o** *m* incarico; *com* commissione *f*, ordinazione *f* ◊ ***de/sobre* ~** su ordinazione; su misura

encariñarse affezionarsi (**con** a)

encarn|ación *f* incarnazione; rappresentazione; *arte* color carne *m*; **~ado, -a** *adj* incarnato, -a, rosso, -a; *arte* color carne; **~adura** *f* cicatrizzazione; **~ar 1.** *vt* incarnare, personificare, rappresentare; incarnare; **2.** *vi* cicatrizzarsi; prendere; **3. ~se** incarnarsi

encarniz|ado, -a *adj* accanito, -a, inferocito, -a; cruento, -a, sanguinoso, -a; **~amiento** *m* accanimento; crudeltà *f inv*; **~arse** ‹*encarnicé*› accanirsi, incrudelire *vi*

encaro *m* punteria *f*, mira *f*

encarril|amiento *m* avviamento; **~ar** *vt* avviare, incamminare; mettere in carreggiata ◊ **~se** *tamb. fig* rimettersi in carreggiata

encart|ar *vt jur* proscrivere; (*naipes*) incartare; *impr* inserire un incarto; **~e** *m* 1. *impr* incarto; 2. (*naipes*) l'incartare/~arsi

encartonar *vt* incartonare

encartuchar *vt Am* accartocciare

encasill|ado, -a 1. *adj* incasellato, -a; **2.** *m* 1. casellario; 2. *tamb. fig* incasellamento; **~amiento** *m* classificazione *f*; qualifica *f*; **~ar** *vt* incasellare; *fig* classificare

encasquetar *vt* calcare; ficcare in testa

encasquillarse incepparsi, incastrarsi la pallottola

encastill|ado, -a *adj* superbo, -a, altero, -a; **~arse** trincerarsi; ostinarsi

encastr|ar *vt tecn* incastrare, incassare; **~e** *m* incastro, incasso

encausar *vt* querelare; *jur* processare

encáustico 1. *adj arte* encaustico, -a; **2.** *m* encausto; ***pintura a* ~** pittura ad encausto

encauz|amiento *m* arginamento, avvio, incanalamento; **~ar** ‹*encaucé*› *vt* incanalare; avviare; arginare; *fig* dirigere, indirizzare

encebollado, -a *adj/m* stufato, -a con cipolle

encef|álico, -a *adj* encefalico, -a; **~alitis** *f inv med* encefalite *f*

encéfalo *m* encefalo

encefalo|grama *m* encefalogramma; **~patía** *f med* encefalopatia ◊ **~ *espongiforme bovina*** encefalopatia spongiforme bovina

encel|ado, -a *adj* 1. ingelosito, -a; 2. *zool* in fregola; **~ar** *vt* 1. ingelosire; 2. attrarre; 3. *taur* provocare

encenag|ado, -a *adj* infangato, -a; **~arse** ‹*encenagué*› infangarsi; *fig* abbrutirsi

encend|edor *m* 1. accendisigari, accendisigaro, accendino (*coloq*); 2. accenditore; **~er** ‹*enciendo*› V. 6 **1.** *vt* accendere; incendiare; *fig* incitare, infiammare; **2. ~se** ardere *vi*; arrossire *vi*; **~ido, -a 1.** *adj* acceso, -a; **2.** *m* accensione *f*; **~imiento** *m* 1. accensione *f*, accendimento; 2. *fig* rossore

encer|ado, -a 1. *adj* incerato, -a; **2.** *m* 1. tela incerata *f*; 2. inceratura *f*; **~dora** *f* lucidatrice; **~miento** *m* inceratura *f*; **~r** *vt* incerare; (*suelo*) lucidare

encerr|ar ‹*encierro*› V. 5a *vt* rinchiudere; ingabbiare; incarcerare, imprigionare; contenere; immobilizzare ◊ **~se en sí mismo** *fig* rinchiudersi in se stesso; **~izarse** ‹*encerricé*› incaponirsi, ostinarsi; **~ona** *f* 1. ritiro *m*; *fig* imboscata, trabocchetto *m*; 2. *estud coloq Esp* ="ultima prova di un concorso docente"; 3. corrida privata

encest|ar *vt* ◊ **~ *(la pelota)*** (*baloncesto*) far canestro (*vi*); **~e** *m* (*baloncesto*) tiro a canestro, far canestro

enchap|ado *m* impiallacciatura *f*; **~ar** V. **chapar**

encharca|miento *m* accumulo d'acqua; retenzione d'acqua *f*; **~r** ‹*encharqué*› *vt* inondare, accumulare d'acqua, impregnare d'acqua; *fig* infangare

enchavetar *vt tecn* fissare con chiavetta, inchiavettare

enchil|adas *fpl Méx* ="pizzette sottili di mais ripiene di cipolla, formaggio, ecc."; **~ar** *vt Am gastr* ="condire con peperoncino rosso"; *Am* punzecchiare, seccare; **~arse** *Méx* infuriarsi, incavolarsi

enchironar *vt coloq* mettere in galera

enchuf|able 1. *adj* (modulo) inseribile; 2. *m* plug-in; **~ado, -a** 1. *adj* acceso, -a; attaccato, -a, innestato, -a; 2. *fig* raccomandato, -a; **~ar 1.** *vt* 1. accendere; attaccare, innestare, inserire; 2. *fig* raccomandare; **2. ~se** collocarsi per raccomandazione; **~e** *m* 1. *electr/tecn* spina *f*, spinotto; *electr* presa *f*; 2. *fig* raccomandazione *f*; **~ismo** *m coloq/desp* favoritismo; **~ista** *m/f* pluriraccomandato, -a

encía *f* gengiva

encíclica *f* enciclica

encicloped|ia *f* enciclopedia; **~édico, -a** *adj* enciclopedico, -a; **~edismo** *m* enciclopedismo

enciendo V. **encender**

encierro *m* 1. chiusura *f*; ritiro; 2. prigione *f*, cella *f*; 3. *pol* serrata *f*; 4. *taur* stalla dell'arena *f*; 5. *taur* corsa con i tori *f*

encim|a 1. *adv* sopra; addosso; su; per giunta, inoltre, per di più; oltre; **2.** *prep* sopra, su; oltre ◊ **~ *de la mesa*** sul tavolo, sopra il tavolo; **~ *de llegar tarde...*** oltre ad arrivar tardi...; **~ *de que le hacen trabajar...*** oltre a farlo lavorare; ***de* ~** di sopra; ***estar* ~ *de alg*** stare addosso a q; ***echarse* ~** buttarsi addosso; ***estar* ~ *de u-c*** star dietro a qc; ***le quitaron todo y* ~ *le pegaron*** gli tolsero tutto e inoltre/per giunta/per di più lo bastonarono; ***limpiar la casa por* ~** pulire la casa appena appena; ***mirar por* ~ *del hombro*** guardare dall'alto in basso; ***por* ~** su, sopra; superficialmente; ***por ~ de todo*** più di tutto; al di sopra di tutto; ***por ~ de sus posibilidades*** oltre le/al di sopra delle loro/sue possibilità; ***quitarse de ~*** togliersi, levarsi d'addosso; ***venirse ~*** cadere addosso; **~era** *f* 1. (*cocina*) piano di cottura (da incasso) *m*; 2. piano di un mobile *m*; **~ero, -a** *adj* sovrastante, di sopra; **~oso, -a** *adj/s* 1. *Méx* (bambino, -a) capriccioso,-a/appiccicoso, -a; 2. (*adulto*) appiccicoso, -a, importuno, -a

encina *f bot* (*quercus ilex*) leccio *m*; (*nombre común de las fagáceas*) quercia; **~r** *m* lecceto; querceto

encinta *adj inv* incinta; **~do, -a 1.** *adj* ornato, -a di nastri; **2.** *m* bordo del marciapiede

enclaustrar *vt* 1. chiudere in un chiostro; 2. nascondere

enclav|ado, -a *adj* 1. incassato, -a, incastrato, -a; 2. incluso, -a, compreso, -a; 3. inchiodato, -a; **~e** *m* enclave *f inv*; **~ijar** *vt* incavigliare, incavicchiare; imperniare; *jerga* stringere

enclenque *adj* rachitico, -a, malaticcio, -a

enclític|a *f* enclitica; **~o, -a** *adj* enclitico, -a

encofr|ado *m* armatura *f*; modano; **~ar** *vt* armare; sagomare; ricoprire di legno

encoger ‹*encojo*› **1.** *vt* restringere; stringere, contrarre; **2. ~se** restringersi; *fig* scoraggiarsi, avvilirsi, accasciarsi ◊ ***~se de hombros*** scrollare le spalle, fare spallucce; **~ido, -a** *adj* ristretto, -a; contratto, -a; *fig* timido, -a, impaurito, -a; **~imiento** *m* 1. restringimento; contrazione *f*; 2. *psicol* scoraggiamento

encol|ado, -a 1. *adj* incollato, -a; **2.** *m* 1. incollatura *f*; 2. (*vino*) chiarificazione *f*; **~dura** *f* incollatura, incollaggio *m*; **~r** *vt* 1. incollare; 2. (*vino*) chiarificare

encolerizar ‹*encolericé*› *vt* incollerire, adirare

encomendar 1. *vt* incaricare, affidare; **2. ~se** raccomandarsi

encomi|able *adj* encomiabile, degno di elogio/lode; **~ar** ‹*encomio*› V. 1 *vt* encomiare, elogiare, lodare; **~ástico, -a** *adj* encomiastico, -a

encomiend|a *f ant* commenda; incarico *m*; raccomandazione; *Am* pacco postale *m*; **~o** V. **encomendar**

encomio *m* encomio

encon|ar 1. *vt med* infettare; inasprire, esasperare; **2. ~se** inimicarsi; sentir rimorso *vi*; **~o** *m* rancore, avversione *f*, astio; **~oso, -a** *adj* irritabile, collerico, -a, astioso, -a

encontr|adizo, -a *adj* ◊ ***hacerse el ~*** ="fingere di incontrare per caso chi si cerca"; **~ado, -a** *adj* contrario, -a, opposto, -a; **~ar** ‹*encuentro*› V. 8a **1.** *vt* incontrare, trovare; ritrovare, rinvenire; **2. ~se** trovarsi, incontrarsi ◊ ***~selo hecho*** *fig* avere tutto fatto; ***ha encontrado la horma de su zapato*** ha trovato chi fa per lui/lei; **~onazo** *m* urto, scontro

encoñarse *vulg* appiccicarsi a una donna (*estánd*), prendere una cotta *vi* (*estánd*), infigarsi (*vulg/reg*)

encopetado, -a *adj* altezzoso, -a, borioso, -a; di alto ceto

encorajinarse incollerirsi, infuriarsi

encordadura *f* incordatura

encorna|do *adj* ◊ ***bien, mal ~*** *taur* ben, mal cornato; **~dura** *f* cornatura; **~r** *vt* incornare; *vulg* cornificare q

encorralar *vt* chiudere (il bestiame) nei recinti

encorsetado, -a *adj tamb. fig* rigido, -a

encorva|do, -a *adj* sbilenco, -a, ingobbito, -a, ricurvo, -a; **~dura** *f* curvatura; **~miento** *m* curvamento; **~r** *vt* curvare, incurvare

encostrar *vt* incrostare

encrasar *vt* ingrassare

encresp|ado, -a 1. *adj* increspato, -a, arricciato, -a; *fig* difficile; **2.** *m* increspatura *f*; **~ar 1.** *vt* increspare, arricciare; **2. ~se** agitarsi, incresparsi; *fig* complicarsi; innervosirsi

encriptar *vt informát* criptare

encrucijada *f* 1. incrocio *m*, crocevia *m*; *fig* dilemma *m*; 2. agguato *m*

encuadern|ación *f* rilegatura; **~ador, -a** *m/f* rilegatore, -trice; **~ar** *vt* rilegare

encuadr|amiento *m* inquadramento; **~ar** *vt foto* inquadrare; incorniciare; **~e** *m* 1. inquadratura, centratura; squadratura; 2. *impr* quadratone

encubiert|a *f* frode; **~o, -a** *adj* occulto, -a, nascosto, -a, coperto, -a

encubri|dor, -a *m/f* 1. ricettatore, -trice; complice; 2. mezzano, -a; **~miento** *m* ricettazione *f*; occultamento; **~r** ‹*encubierto*› V. 15 *vt* occultare, nascondere, celare; *jur* ricettare

encuentro *m* incontro; *pol* riunione *f*; convegno ◊ ***ir, salir al ~ (de alg)*** andare/correre incontro (a q)

encuesta *f* inchiesta, indagine, sondaggio *m* ◊ ***~ demoscópica*** indagine demoscopica, sondaggio; **~dor, -a** *m/f* intervistatore, -trice; **~r** *vt/i* fare un'inchiesta *vi*; intervistare *vt*

encular *vt vulg* inculare

encumbr|ado, -a *adj* alto, -a, elevato, -a, eminente; **~amiento** *m* innalzamento, elevazione *f*, esaltazione *f*; **~ar** *vt* elevare, innalzare, esaltare

encurt|ido, -a 1. *adj* sottaceto; **2.** *mpl* (*alcaparras, pepinillos, etc.*) sottaceti; **~ir** *vt* mettere sott'aceto/sottaceto

ende: por ~ *conj* pertanto, quindi, perciò

endeble *adj* debole, fiacco, -a; **~z** *f* debolezza, fiacchezza

endecaedro *m geom* endecaedro

endecágono *m geom* endecagono

endecasílabo, -a *adj/m* endecasillabo, -a

endecha *f lit* poesia funebre, pianto *m*

endemia *f med* endemia

endémico, -a *adj med* endemico, -a

endemoniado, -a *adj/s* indemoniato, -a; ossesso, -a, perverso, -a; tremendo, -a

endentecer ‹*endentezco*› V. 13a *vi* mettere i denti

enderez|ado, -a *adj* raddrizzato, -a; indirizzato, -a; propizio, -a; **~adora** *f* raddrizzatrice; **~ar** ‹*enderecé*› **1.** *vt* raddrizzare; *fig* correggere; indirizzare, dirigere; **2. ~se** raddrizzarsi; avviarsi

ENDESA (*Empresa Nacional de Electricidad Sociedad*) *abr/f* ENEL Spa (*Ente Nazionale per l'Energia Elettrica*)
endeuda|do, -a *adj* indebitato, -a; **~miento** *m* indebitamento ◊ **~ *exterior*** debito pubblico con l'estero; **~rse** indebitarsi, coprirsi di debiti
endiablado, -a *adj* indiavolato, -a; pessimo, -a; perverso, -a
endíadis V. **hendíadis**
endibia (*var.* **endivia**) *f bot* indivia
endilg|amiento *m* addossamento; **~ar** ‹*endilgué*› *vt* addossare, affibbiare; *coloq* appioppare, mollare
endios|amiento *m* orgoglio, alterigia *f*; estasi *f inv*; **~ar 1.** *vt* deificare, divinizzare; **2. ~se** insuperbirsi
endivia V. **endibia**
endo|cardio *m med* endocardio; **~carpio** *m bot* endocarpo; **~crino, -a** *adj/s med* endocrino, -a; **~crinología** *f* endocrinologia; **~crinólogo, -a** *m/f* endocrinologo, -a; **~fásico, -a** *adj* endofasico, -a; **~gamia** *f* 1. *biol* endogamia; 2. *fig* (*en el trabajo*) endogamia; **~gámico, -a** *adj biol tamb. fig* endogamico, -a; **~génesis** *f inv cient* endogenesi
endógeno, -a *adj* endogeno, -a
endometritis *f inv med* endometrite *f*
endomingado, -a *adj desp* vestito,-a con abiti festivi, agghindato, -a
endos|able *adj com* girabile; **~amiento** *m* addossamento; **~ante** *adj/s banc* avallante; **~ar** *vt* 1. *com* girare; 2. *fig* affibbiare; **~atario, -a** *adj/s com* giratario, -a
endoscopi|a *f med* endoscopia; **~o** *m* endoscopio
endósmosis (*var.* **endosmosis**) *f inv cient* endosmosi
endotelio *m med* endotelio
endovenoso, -a *adj* endovenoso, -a
endrin|a *f bot* prugnola, susina selvatica; **~o** *m bot* prugnolo, susino selvatico
endulz|amiento *m* addolcimento; **~ar** ‹*endulcé*› *vt* 1. addolcire; *fig* mitigare, lenire; 2. *arte* sfumare, attenuare
endurec|er ‹*endurezco*› V. 13a **1.** *vt* indurire; *fig* indurire, irrobustire, temprare; **2. ~se** incrudelire *vi*; **~imiento** *m* indurimento; durezza *f*
enduro *m* enduro
enea V. **anea**
enebr|al *m bot* ginepraio; **~o** *m* ginepro
eneldo *m bot* aneto
enem|a *m* 1. *med* clistere, enteroclisma, clisma; 2. *med* enema; **~igo, -a** *adj/s* nemico, -a, avversario, -a; avverso, -a ◊ ***el *~ (malo)*** *euf* il Nemico; ***pasarse al ~*** *tamb. fig* passare al nemico; **~istad** *f* inimicizia, avversione; **~istar** *vt* inimicare
energ|ético, -a *adj* energetico, -a; **~ía** *f* energia, vigore *m*, forza ◊ **~ *solar, eólica, cinética, nuclear ...*** energia solare, eolica, cinetica, atomica...
enérgico, -a *adj* energico, -a, vigoroso, -a
energúmeno *m* energumeno
enero *m* gennaio
enerv|ación *f* snervamento *m*, snervatezza, spossamento *m*; **~ador, -a** *adj* snervatore, -trice; **~ante** *adj* snervante, spossante; **~ar** *vt* snervare, spossare
enésimo, -a *adj* ennesimo, -a
enfad|adizo, -a *adj* irritabile, permaloso, -a; **~ar 1.** *vt* far arrabbiare; **2. ~se** arrabbiarsi; **~o** *m* arrabbiatura *f*, sdegno, stizza *f*; **~oso, -a** *adj* sgradevole, molesto, -a, seccante
enfangar ‹*enfangué*› **1.** *vt* infangare, insozzare; *fig* infamare; **2. ~se** *tamb. fig* infangarsi
enfant terrible [an'fan teribl] *m* enfant terrible*
enfard|adora *f* imballatrice; **~ar** *vt* imballare, impaccare
énfasis *f inv* enfasi ◊ ***hacer/poner ~ en u-c, dar ~ a u-c*** dare (particolare) enfasi a qc
enfático, -a *adj* enfatico, -a
enfatizar ‹*enfaticé*› *vt* enfatizzare
enferm|ar 1. *vi* ammalarsi; **2.** *vt* far ammalare; **~edad** *f* malattia; infermità *inv*; **~ería** *f* infermeria; **~ero, -a** *m/f* infermiere, -a; **~izo, -a** *adj* malaticcio, -a, infermiccio, -a, cagionevole; malato, -a di mente; **~o, -a** *adj/s* malato, -a, ammalato, -a ◊ ***poner ~ a alg*** *coloq/fig* esasperare q; **~ucho, -a** *adj* malaticcio, -a
enfervorizar ‹*enfervoricé*› *vt* infervorare, entusiasmare, eccitare
enfilar *vt* allineare; (*perlas, vía*) infilare ◊ ***tener enfilado a alg*** avere q sullo stomaco, stare q sullo stomaco
enfisema *m med* enfisema
enfiteu|sis *f inv jur* enfiteusi; **~ta** *m/f jur* enfiteuta
enfitéutico, -a *adj* enfiteutico, -a
enflaquec|er ‹*enflaquezco*› V. 13a *vi* dimagrire; spossarsi, indebolirsi; **~imiento** *m* dimagrimento; spossamento, indebolimento
enfocar ‹*enfoqué*› *vt foto* mettere a fuoco; *fig* mettere a fuoco, precisare, impostare ◊ **~ *un problema*** *fig* mettere a fuoco, impostare/puntualizzare un problema/una questione
enfoque *m foto* messa a fuoco *f*; *fig* messa a fuoco *f*, precisazione *f*
enfrascarse ‹*enfrasqué*› *fig* concentrarsi, immergersi
enfrenar *vt* imbrigliare
enfrent|amiento *m* scontro, confronto; **~ar 1.** *vt* affrontare; mettere di fronte, opporre; **2. ~se** affrontare; trovarsi di fronte (**con** a) *vi*; fronteggiare *vt*; **~e** *adv* di fronte, dirimpetto
enfria|dor, -a *adj/s* refrigeratore, -trice; **~miento** *m* raffreddamento; **~r** ‹*enfrío*› V. 2 **1.** *vt* raffreddare; *fig* intiepidire, attenuare; **2. ~se** raffreddarsi
enfundar *vt* infoderare, mettere nel fodero
enfurec|er ‹*enfurezco*› V. 13a *vt* irritare, infuriare; **~imiento** *m* furia *f*, furore
enfurruñ|arse stizzirsi; *meteo tamb. fig* rannuvolarsi; **~o** *m* stizza *f*, rannuvolamento
engalanar *vt* adornare, abbellire, agghindare

engallarse ingalluzzire *vi*, ingalluzzirsi
enganch|ado, -a *adj* agganciato, -a; drogato, -a; (*secta*) iniziato, -a; **~ar 1.** *vt* 1. agganciare; attaccare, appendere; 2. *mil* arruolare, ingaggiare; 3. *taur* infilzare; **2. ~se** 1. agganciarsi; 2. *mil* arruolarsi; 3. attaccarsi alla droga; **~e** *m* 1. agganciamento, aggancio; 2. *mil* arruolamento; 3. *taur* cornata *f*; 4. uncino; **~ón** *m* strappo
engaña|bobos 1. *m/f inv* (*persona*) gabbamondo; **2.** *m* fregatura *f*; **~dizo, -a** *adj* sempliciotto, -a; **~dor, -a 1.** *adj/s* ingannatore, -trice; **2.** *adj* ingannevole; **~r 1.** *vt* ingannare; truffare; ingannare, fare uno scherzo, distrarre; ingannare, illudere; **2. ~se** sbagliare *vi*, ingannarsi
engañifa *f coloq* tranello *m*
engaño 1. *m* inganno; errore; 2. *taur* muleta del torero *f* ◊ ***llamarse a ~*** lamentarsi, trovare scuse; **~so, -a** *adj* ingannevole
engar|ce *m* concatenamento; *tecn* incastonatura *f*; **~zar** ‹*engarcé*› *vt* incastonare; infilzare
engast|ar *vt* incastonare; infilzare; **~e** *m* 1. incastonatura *f*; 2. (*pieza*) castone
engatillar *vt* 1. *tecn* aggraffare; 2. *jerga* acciuffare, acchiappare
engatus|ador, -a *adj/s* raggiratore, -trice, abbindolatore, -trice; **~amiento** *m* raggiro, abbindolamento; **~ar** *vt* abbindolare, raggirare
engavillar *vt agric* accovonare
engendr|ar *vt* generare, procreare; causare, originare; **~o** *m* feto; *desp/fig* mostro, aborto
englobar *vt* includere, comprendere
engoll|ado, -a *adj* 1. *hist* con gorgiera; 2. enfatico, -a; presuntuoso, -a; **~amiento** *m* enfasi *f*; presunzione *f*
engolfarse *nav* addentrarsi; *fig* ingolfarsi
engolosinar 1. *vt* ingolosire; allettare; **2. ~se** ingolosirsi
engom|ado, -a *adj* gommato, -a; incerato, -a; *Am fig* agghindato, -a; **~adura** *f* ingommatura; **~ar** *vt* ingommare, gommare; **~inar** *vt* mettere la gommina (ai capelli)
engord|ar *vt/i* 1. (*cuerpo*) ingrassare; ingrossare; 2. *fig* arricchirsi; **~e** *m* (*cuerpo*) ingrassamento; ingrossamento
engorro *m coloq* scocciatura *f*, fastidio, disturbo; **~so, -a** *adj coloq* fastidioso, -a, noioso, -a, imbarazzante
engoznar *vt* incardinare
engran|aje *m mec* ingranaggio; ingranamento; **~ar** *vt/i* ingranare
engrande|cer ‹*engrandezco*› V. 13a *vt* dignificare, elevare; ingrandire, aumentare; **~imiento** *m* 1. *fig* elevazione *f*; 2. ingrandimento, aumento
engrapadora *f Am* cucitrice
engras|ador, -a *adj/s* ingrassatore, -trice; **~ar** *vt* 1. ingrassare, ungere, lubrificare; 2. *agric* concimare; 3. *coloq/fig* ungere; **~e** *m* 1. *mec* ingrassaggio; ingrassamento, lubrificazione *f*; 2. *agric* ingrasso ◊ ***lavado y ~*** lavaggio e ingrassaggio
engre|ído, -a *adj* superbo, -a, arrogante; **~imiento** *m* orgoglio, boria *f*; **~ír** ‹*engrío; engrió*› V. 34 **1.** *vt* inorgoglire *vt*; **2. ~se** inorgoglirsi, diventare arrogante *vi*
engrosar ‹*engrueso*› V. 8a *vt/i* ingrossare; aumentare
engrud|ar *vt* impastare, incollare; **~ización** *f txtl/tecn* imbozzimatura; **~o** *m* colla d'amido *f*; *txtl* bozzima *f*
enguantado, -a *adj* inguantato, -a
enguarrar *vt coloq* sporcare, insudiciare
enguatar *vt* imbottire di cotone o di bambagia, ovattare
enguijarrar *vt* selciare, acciottolare
enguirnaldar *vt* inghirlandare
engullir ‹*engulló, engulleron*› *vt coloq* inghiottire, trangugiare
engurruñar (*var.* **engurruñir**) *vt* (*cara, ceño*) corrugare, aggrottare; increspare
enharin|ado *m* infarinatura *f*; **~ar** *vt* infarinare
enhebrar *vt* infilare; *fig* snocciolare
enhiesto, -a *adj elev* eretto, -a; diritto, -a, slanciato, -a
enhora|buena (*var.* **en hora buena**) *f* congratulazione, rallegramento *m* ◊ ***¡~!*** *excl* Auguri!, Complimenti!; ***darle la ~ a alg*** congratularsi con q, fare gli auguri a q; ***estar de ~*** essere/trovarsi in un momento felice/propizio; **~mala** *adv ant* in brutta ora ◊ ***¡Idos enhoramala!*** *excl* andate in malora!
enhornar *vt* infornare, mettere al forno
enigm|a *m* enigma; **~ático, -a** *adj* enigmatico, -a
enjabon|ado (*var.* **enjabonamiento**) *m* insaponatura *f*; insaponamento; **~ar** *vt* insaponare; *coloq/fig* lisciare, ungere
enjaezar ‹*enjaecé*› *vt* sellare; mettere i finimenti ai cavalli
enjalbeg|adura (*var.* **enjalbegado**, **enjalbegue**, **enjalbiego**) *f* imbiancatura; **~ar** ‹*enjalbegué*› *vt* imbiancare
enjalma *f* basto *m*
enjambr|ar 1. *vi* sciamare; *fig* moltiplicarsi; **2.** *vt* rinchiudere uno sciame; **~e** *m tamb. fig* sciame
enjarciar ‹*enjarcio*› V. 1 *vt nav* munire di sartie
enjaular *vt* ingabbiare; *coloq/fig* ingabbiare, mettere in gabbia, imprigionare
enjoyar *vt* 1. ingioiellare; adornare; 2. *tecn* incastonare
enjuag|adura *f* sciacquatura; **~ar** ‹*enjuagué*› *vt* sciacquare, risciacquare; **~ue** *m* sciacquata *f*, risciacquo; *coloq/fig* pasticcio; *coloq/desp* miscuglio
enjugar ‹*enjugué*› **1.** *vt* asciugare; *fig* estinguere; **2. ~se** dimagrire *vi*
enjuici|amiento *m jur* giudizio, processo ◊ ***ley de ~ criminal*** legge di giudizio penale; **~ar** ‹*enjuicio*› V. 1 *vt jur* giudicare, processare, istruire una causa *vi*
enjundi|a *f* 1. grasso di pollo *m*; sugna; 2. *fig* vigore *m*, brio *m*; 3. *fig* sostanza, nocciolo *m*, succo *m*; **~oso, -a** *adj* sostanzioso, -a, succoso, -a
enjuto, -a 1. *adj* asciutto, -a, secco, -a, magro, -a; **2.** *mpl* stipa *f*

enlace *m* 1. allacciamento, vincolo; 2. matrimonio, nozze *fpl*; 3. *transp* coincidenza *f*; 4. *pol fig* intermediario; 5. *informát* link *inv*
enladrill|ado, -a *adj* ammattonato, -a; **~ar** *vt* ammattonare
enlagunarse allagarsi
enlat|ado, -a 1. *adj* inscatolato, -a, in lattina; preconfezionato, -a; *TV* preregistrato, -a; **2.** *m* inscatolamento; **~ar** *vt* inscatolare
enlaz|amiento *m* (*trenes*) coincidenza *f*; collegamento, connessione *f*; accalappiamento; **~ar** ‹*enlacé*› **1.** *vt* allacciare, legare; collegare, connettere; cogliere al laccio; **2.** *vi transp* avere la coincidenza; **3. ~se** sposarsi; imparentarsi
enloquec|edor, -a *adj/s* turbatore, -trice, sconvolgente; **~er** ‹*enloquezco*› V. 13a **1.** *vt* far impazzire, far ammattire; **2.** *vi* impazzire, ammattire; andare pazzo per qc; **~imiento** *m* impazzimento, follia *f*
enlos|ado, -a *adj/m* lastricato, -a; **~ar** *vt* lastricare
enluc|ido, -a 1. *adj* imbiancato, -a, intonacato, -a; **2.** *m* intonaco; **~ir** ‹*enluzco; enlucí; enluciendo*› V. 13b *vt* intonacare, imbiancare
enlut|ado, -a *adj* vestito, -a a lutto; **~ar** *vt* vestire a lutto; *fig* rattristare
enmadrado, -a *adj* troppo attaccato, -a alla madre; *coloq/desp* mammone *m*
enmall|ar *vt* (*pesca*) ammagliare; **~e** *m* (*pesca*) imbrocco ◊ ***red de ~*** rete da posta/da imbrocco
enmarañ|amiento *m* aggrovigliamento; **~ar 1.** *vt* arruffare, aggrovigliare; *fig* intricare, ingarbugliare; **2. ~se** *nav* addentrarsi in alto mare
enmarcar ‹*enmarqué*› *vt* incorniciare
enmascar|ado, -a 1. *adj* mascherato, -a; **2.** *m/f* maschera *f*, persona in maschera *f*; **~amiento** *m* mascheramento; **~ar** *vt* mascherare
enmasillar *vt* stuccare
enmendar ‹*enmiendo*› V. 5a *vt* 1. emendare, correggere; 2. *nav* correggere la rotta ◊ **~ *la plana a alg*** trovare difetti in ciò che ha fatto q; fare qc meglio dell'altra persona
enmerdar *vt vulg* coprire di merda; insudiciare, sporcare, insozzare
enmienda *f jur* emendamento *m*; correzione
enmierdado, -a *adj vulg* (essere) nella merda
enmohec|erse ‹*enmohezco*› V. 13a ammuffire *vi*; arrugginirsi; **~imiento** *m* ammuffimento; arrugginimento
enmoquetar *vt* mettere la moquette, rivestire di moquette *vi*
enmudec|er ‹*enmudezco*› V. 13a *vt/i* ammutire, ammutolire, far tacere *vt*; tacere *vi*; **~imiento** *m* l'ammutolire
enmugrecer ‹*enmugrezco*› V. 13a *vt* coprire di sudiciume
ennegrec|er ‹*ennegrezco*› V. 13a **1.** *vt* annerire, oscurare; **2. ~se** oscurarsi; **~imiento** *m* annerimento
ennoblec|er ‹*ennoblezco*› V. 13a *vt* nobilitare; adornare; dignificare; **~imiento** *m* nobilitazione *f*, nobilitamento
enoj|adizo, -a *adj* permaloso, -a, collerico, -a, irascibile; **~ar 1.** *vt* far arrabbiare, far adirare, irritare, infuriare; **2. ~se** arrabbiarsi, adirarsi, incollerire *vi*, andare in collera *vi*; **~o** *m* collera *f*, irritazione *f*, sdegno; broncio; **~oso, -a** *adj* sgradevole, fastidioso, -a, noioso, -a
enolog|ía *f* enologia; **~ógico, -a** *adj* enologico, -a
enólogo *m* enologo
enorgullec|er ‹*enorgullezco*› V. 13a *vt* inorgoglire; insuperbire; **~imiento** *m* insuperbimento
enorm|e *adj* enorme, smisurato, -a; **~idad** *f* enormità *inv*; sproposito *m*
enoteca *f* enoteca
enqueridarse *Méx* vivere in concubinaggio
enqui|ciar ‹*enquicio*› V. 1 *vt* incardinare; *fig* mettere qc a posto; **~ridión** *m* enchiridio
enquist|amiento *m med* incistamento; **~arse** *med* incistarsi
enraiz|amiento *m biol tamb. fig* radicazione *f*; **~ar** ‹*enraízo; enraicé*› *vi* radicare, attecchire
enram|ada *f* infrascato *m*, ingraticciata; **~ar** *vi* metter rami
enrancil|amiento *m* irrancidimento; **~arse** irrancidire *vi*
enrarec|er ‹*enrarezco*› V. 13a **1.** *vt* rarefare; scarseggiare; **2. ~se** rarefarsi; **~ido, -a** *adj* rarefatto, -a; **~imiento** *m* rarefazione *f*
enred|adera *f* pianta rampicante; *bot* convolvolo *m*; **~ador, -a** *adj/s* pettegolo, -a, arruffone, -a, imbroglione, -a; **~ar 1.** *vt* imbrogliare, ingarbugliare; spargere zizzania; trattenere; **2. ~se** impigliarsi; *coloq* mettersi con q; **~o** *m* 1. *lit* intreccio; 2. imbroglio, garbuglio; pasticcio; monelleria *f*; 3. relazione amorosa *f*; **~oso, -a** *adj* imbrogliato, -a; complicato, -a, intricato, -a
enrej|ado *m* cancellata *f*; graticolato; **~ar** *vt* chiudere con cancelli
enrevesado, -a *adj* difficile, oscuro, -a
enriquec|er ‹*enriquezco*› V. 13a **1.** *vt/i* arricchire; ingrandire; **2. ~se** arricchirsi; **~imiento** *m* arricchimento
enriscado, -a *adj* roccioso, -a, scosceso, -a
enrocar ‹*enroqué*› *vt* (*ajedrez*) arroccare
enrojec|er ‹*enrojezco*› V. 13a *vi/~se* arrossire; tingersi di rosso; **~imiento** *m* arrossimento, rossore
enrol|amiento *m mil* arruolamento; **~arse** *mil* arruolarsi
enrolll|able *adj* avvolgibile; **~ado, -a** *adj* (*trabajos*) impegnato, -a, occupato, -a; *fig* emarginato, -a; **~ar 1.** *vt* arrotolare, avvolgere; **2. ~se** 1. *coloq/fig* farla lunga *vi*, essere palloso *vi*, dilungarsi; 2. mettersi con q
enronquecer ‹*enronquezco*› V. 13a **1.** *vt* arrochire; **2.** *vi* divenire rauco
enroque *m* (*ajedrez*) arroccamento
enrosc|adura *f* attorcigliamento *m*; **~amiento** *m* attorcigliamento; **~ar** ‹*enrosqué*› **1.** *vt* avvitare; avvolgere; **2. ~se** arrotolarsi, avvolgersi
enrostrar *vt Am* rinfacciare

enrubiar ‹*enrubio*› V. 1 *vt* imbiondire; **~se** imbiondire *vi*
enrutador *m informát* router *inv*
ensacar ‹*ensaqué*› *vt* insaccare
ensaimada *f* 1. *gastr* ="brioche"; 2. *gastr* ="ciambella di Maiorca, tipo brioche, di varia grandezza"
ensaladla *f* insalata; *fig* miscuglio *m* ◊ **~ *rusa*** insalata russa; **~era** *f* insalatiera; **~illa** *f* insalatina ◊ **~ *rusa*** insalata russa
ensalivar *vt* insalivare
ensalmlador, -a *m/f* fattucchiere, -a; **~ar** *vt* curare per arte magica; **~o** *m* fattura *f*, parola magica *f*, preghiera *f* ◊ ***como por ~*** per opera dello Spirito Santo
ensalzlador, -a *adj* esaltatore, -trice; **~amiento** *m* esaltazione *f*, elogio; **~ar** ‹*ensalcé*› *vt* esaltare, elogiare
ensamblladura (*var.* **ensamblaje** *m*, **ensamble**) *f* assemblaggio *m*, montaggio *m*; incastratura; **~ar** *vt* incastrare, addentellare; (*metal*) assemblare
ensanchlamiento *m* allargamento; **~ar** *vt* allargare; **~e** *m* allargamento, estensione *f* ◊ ***zona de ~*** zona di estensione
ensangrentar ‹*ensangriento*› V. 5a **1.** *vt* insanguinare; **2. ~se** *fig* eccitarsi, infuriarsi
ensañlamiento *m* accanimento; **~ar 1.** *vt* irritare, infuriare; **2. ~se** accanirsi, inferocirsi
ensartar *vt* infilare; infilzare; *fig* snocciolare
ensaylador, -a *m/f* saggiatore, -trice; **~ar** *vt* saggiare; provare, sperimentare; *cine/teat* fare le prove *vi*; **~ismo** *m* saggistica *f*; **~ista** *m/f lit* saggista; **~ística** *f* saggistica; **~ístico, -a** *adj* saggistico, -a; **~o** *m* 1. saggio; 2. saggiatura *f*; 3. *cine/teat* prova *f* ◊ **~ *general*** *cine/teat* prova generale
enseguida (*var.* **en seguida**) *adv* subito
ensenada *f geogr* insenatura
enseña *f* insegna, stendardo *m*; **~do, -a** *adj* istruito, -a; educato, -a, ammaestrato, -a, abituato, -a; **~nza** *f* insegnamento *m*; istruzione; esempio *m*, lezione ◊ **~ *primaria, secundaria, media, superior*** scuola elementare, secondaria/media inferiore, secondaria/media superiore; istruzione superiore; **~r 1.** *vt* 1. insegnare, istruire; 2. mostrare, indicare; **2. ~se** abituarsi ◊ **~ *los dientes, las uñas*** mostrare i denti, tirar fuori le unghie
enseñorelamiento *m* l'insignorirsi; **~arse** insignorirsi, impadronirsi
enseres *mpl* mobili, attrezzi, utensili, attrezzi
ENSIDESA (*Empresa Nacional Siderúrgica Sociedad Anónima*) *abr* ="Finsider" (*Società Finanziaria Siderurgica*)
ensiforme *adj bot* ensiforme
ensillaje *m* insilamento, insilaggio; **~ar** *vt* insilare
ensillar *vt* sellare, insellare ◊ ***no dejarse ~*** non lasciarsi dominare
ensimismaldo, -a *adj* 1. assorto, -a, astratto, -a; 2. *Am* pieno, -a di sé, inorgoglito, -a; **~miento** *m* estasi *f inv*; **~rse** 1. astrarsi; 2. *Am* gonfiarsi, ingorgoglirsi
ensoberbecerse ‹*ensoberbezco*› V. 13a 1. insuperbirsi; 2. *nav* agitarsi
ensombrecer ‹*ensombrezco*› V. 13a **1.** *vt* adombrare, oscurare; **2. ~se** rattristarsi
ensoñación *f* incanto *m*, sogno *m*
ensordecledor, -a *adj* assordante; **~er** ‹*ensordezco*› V. 13a *vt* assordare; insordire; **~imiento** *m* assordamento
ensortijaldo, -a *adj* 1. inanellato, -a; 2. (*pelo*) arricciato, -a; **~miento** *m* anellatura *f*; **~r** *vt* inanellare, arricciare; *zool* anellare
ensucilamiento *m* imbrattamento; **~ar** ‹*ensucio*› V. 1 **1.** *vt* insudiciare, imbrattare, sporcare; *tamb. fig* macchiare; **2. ~se** insudiciarsi, sporcarsi; macchiarsi
ensueño *m* sogno; illusione *f* ◊ ***de ~*** meraviglioso
entablaldo *m* tavolato, assito; pavimento di legno; **~dura** *f* intavolatura; **~mento** *m* trabeazione *f*; **~r 1.** *vt* 1. intavolare; 2. (*ajedrez*) pareggiare; 3. *Am* abituare il bestiame a stare in mandra; **2. ~se** 1. stabilirsi il vento; 2. disobbedire il cavallo *vi*
entablillar *vt med* steccare
entallador, -a *m/f* intagliatore, -trice; **~adura** (*var.* **entallamiento** *m*) *f* intagliatura, intaglio *m*; *tecn* calettatura *f*, calettamento; **~ar** *vt* intagliare; scolpire; (*vestido*) attillare; *tecn* calettare; **~ecer** ‹*entallezco*› V. 13a *vi agric* tallire
entarimlado *m* pavimento di legno; **~ar** *vt* fare/collocare pavimenti di legno
ente *m filos/adm* ente; *desp* essere; **~co, -a** *adj elev* rachitico, -a, malaticcio, -a; **~lequia** *f filos* entelechia; *fig* illusione
entendlederas *fpl* comprendonio *m* ◊ ***tener malas ~*** essere duro di comprendonio; **~edor, -a** *adj/s* intenditore, -trice ◊ ***a buen ~ con pocas palabras basta*** a buon intenditor poche parole; **~er** ‹*entiendo*› V. 6 **1.** *vt* 1. capire, comprendere, intendere; 2. interpretare; stimare, pensare; conoscere; **2.** *vi* intendersi; **3. ~se** intendersi (**de**/di) sapere *vt*; mettersi/andare d'accordo *vi*; **4.** *m* opinione *f*, giudizio ◊ **~ *de música,...*** intendersi di musica,...; **~ *en*** avere a carico; ***a mi ~*** a mio parere; ***dar a ~*** far capire; ***no ~se con u-c*** non capirci niente; **~ido, -a 1.** *adj* inteso, -a; **2.** *adj/s* esperto, -a, intenditore, -trice ◊ ***¿entiendes?, ¿entendido?*** *coloq* Capisci? (Hai) capito?; ***entenderselas*** *coloq* vedersela; ***¡entendido!*** capito!; ***entiéndelo/entiéndeme*** cerchi/cerca di capirmi; ***no darse por ~*** fare l'indiano; far finta di non capire; ***para ~nos, para que me entiendas*** per capirci bene, per chiarire le cose; ***tengo ~*** mi sembra di sapere; **~imiento** *m* intendimento, intelligenza *f*; giudizio, ragione *f*; accordo ◊ ***haber buen ~*** andare d'accordo
entenebrecer ‹*entenebrezco*› V. 13a *vt* oscurare, offuscare, ottenebrare

enterado, -a 1. *adj* informato, -a; **2.** *adj/s* dotto, -a, esperto, -a, erudito, -a; *desp* borioso, -a

enteral *adj med* enterale; **~gia** *f med* enteralgia

enteramente *adv* completamente

enterar 1. *vt* informare, mettere al corrente; **2. ~se** venire a sapere *vt*; capire *vt*, comprendere *vt*

entereza *f* fermezza, determinazione; integrità *inv*, rettitudine; *elev* interezza

enterizo, -a *adj* d'un solo pezzo; intero, -a ◊ ***columna ~a*** colonna monolitica

enterne|cedor, -a *adj* commovente; **~er** ‹*enternezco*› V. 13a *vt* commuovere; intenerire; **~imiento** *m* tenerezza *f*; intenerimento

entero, -a 1. *adj* intero, -a; completo, -a; retto, -a, integro, -a; *Am* identico, -a; **2.** *m* 1. *mat* intero; 2. *Am com* versamento di denaro ◊ ***por ~*** completamente, interamente, del tutto

enterr|ador *m* seppellitore, becchino; **~amiento** *m* seppellimento, sepoltura *f*; sotterramento; **~ar** ‹*entierro*› V. 5a *vt* seppellire; sotterrare ◊ ***~se en vida*** seppellirsi a vita

entib|lación *f arq/min* puntellamento *m*, puntellatura; **~ar** *vt arq/min* puntellare; basare; **~iar** ‹*entibio*› V. 1 **1.** *vt* intiepidire; **2. ~se** *tamb. fig* raffreddarsi

entidad *f* 1. *filos* entità *inv*; ente *m*, essere *m*; 2. importanza, valore *m* ◊ ***~ de crédito*** istituto di credito

entie|ndo V. **entender**; **~rro** *m* funerale, corteo funebre; seppellimento ◊ ***~ de la sardina*** ="festa di carnevale nel giorno delle Sacre Ceneri"

entimema *m filos* entimema

entint|ado *m* inchiostrazione *f*; **~ar** *vt impr* macchiare/tingere d'inchiostro

entold|ado, -a 1. *m* padiglione; attendamento; **2.** *adj* coperto, -ta di tende; **~ar 1.** *vt* coprire di tende; *fig* annuvolarsi; **2. ~se** inorgoglire *vi*

entom|ología *f* entomologia; **~ólogo, -a** *m/f* entomologo, -a

entona|ción *f* intonazione; **~do, -a** *adj* intonato, -a; **~r 1.** *vt/i* intonare; essere intonato *vi*; **2. ~se** rinvigorire *vi*; inorgoglire *vi*

entonces *adv* allora; in tal caso, dunque ◊ ***en aquel ~*** in quel mentre; ***por aquel ~*** in quel tempo

entonelar *vt* imbottare

entonte|cer ‹*entontezco*› V. 13a **1.** *vt* intontire, stordire; **2.** *vi* inebetire, incretinire; **~imiento** *m* stordimento

entorchado *m* 1. *mil* grillotti *mpl*; 2. canutiglia *f*

entorn|ar *vt* socchiudere; **~o** *m* ambiente, luogo circostante; intorno (*raro*) ◊ ***nuestro ~*** ciò che ci circonda

entorpe|cer ‹*entorpezco*› V. 13a *vt* 1. intorpidire, impigrire; 2. rallentare; ostacolare, turbare; 3. intontire; **~imiento** *m* intorpidimento; rallentamento; ostacolo

entrad|a *f* entrata, accesso *m*, ingresso *m*; atrio *m*; *mús/sport* entrata; *cine/teat* biglietto *m*; anticipo *m*, entrata; rendita; *informát* input *m inv*, entrata; (*pelo*) calvizie incipiente della fronte/dell'attaccatura dei capelli; *fig* possibilità ◊ ***~s y salidas*** entrate e uscite; ***dar ~ a alg*** permettere l'accesso a q; ***de ~*** tanto per cominciare; ***no dar ~*** non dare la possibilità; **~illa** *f* occhietto *m*, cappello *m*; **~o, -a** *adj* entrato, -a ◊ ***~ en años*** d'età avanzata; ***~a la noche*** a notte inoltrata

entram|ado *m* 1. *arq* intelaiatura *f*; 2. *lit tamb. fig* trama *f*; **~bos, -as** *adj/pron* entrambi, -e, ambedue; **~par 1.** *vt coloq* intrappolare; indebitare; **2. ~se** *coloq* indebitarsi

entrante 1. *adj/s* entrante; **2.** *m gastr* antipasto

entraña 1. *f med* viscere *m*; **2.** *fpl fig* viscere ◊ ***¡Hijo de mis ~s!*** *excl* Viscere mie!; ***hombre sin ~s*** uomo senza scrupoli; ***la ~ de la cuestión*** nocciolo della questione; ***madre sin ~s*** madre snaturata; ***sacar las ~*** strappare l'anima; **~ble** *adj* caro, -a, intimo, -a; vero, -a, profondo, -a; **~r 1.** *vt* contenere, occultare; **2. ~se** 1. addentrarsi; 2. amarsi molto

entrar 1. *vi* entrare; *fig* rientrare; cominciare; venire *vt*; prendere; **2.** *vt* metter dentro; **3. ~se** introdursi ◊ ***~ en campo, en guerra, en escena*** entrare in campo, in guerra, in scena; ***~ en cólera*** montare in collera; ***~ en la Universidad*** iscriversi all'Università; ***~ en razón*** cominciare a ragionare; ***a ese no hay por dónde ~le*** non si sa da dove prenderlo; ***aquel hombre no me entra*** quell'uomo non mi va (a genio); ***eso no entra en mis cálculos*** ciò non rientra nei miei calcoli; ***me ha entrado frío, sueño*** mi è venuto freddo, sonno; ***no ~ ni salir en u-c*** non aver niente a che vedere con qc; ***no me entra la geometría*** non mi entra in testa/va la geometria; ***por un oído le entra y por otro le sale*** da un orecchio gli entra e dall'altro gli esce

entre *prep* fra, tra ◊ ***~ ellos, nosotros...*** fra di loro, di noi...; ***~ tanto*** frattanto, nel frattempo; ***lo cogimos ~ cuatro*** lo prendemmo in quattro; **~abrir** ‹*entreabierto*› V. 15 *vt* socchiudere; **~acto** *m teat* intervallo, intermezzo; **~cano, -a** *adj* brizzolato, -a; **~cejo** *m* cipiglio ◊ ***arrugar/fruncir el ~*** aggrottare le ciglia/fare il cipiglio; **~claro, -a** *adj* a chiaroscuro *adv*; **~comillar** *vt* mettere fra virgolette; **~cortado, -a** *adj* intermittente, discontinuo, -a; **~cot** (*var.* **entrecote**, **entrecó**, **entrêcote**) *m* bistecca *f*, costata *f*; braciola *f*; **~cruzar** ‹*entrecrucé*› *vt* intrecciare; **~cubierta** *f nav* spazio fra coperte *m*; **~dicho** *m jur/relig* interdetto ◊ ***estar/poner en ~*** essere, mettere in dubbio; **~dós** *m* tramezzo

entreg|a *f com* consegna; dispensa, fascicolo *m* ◊ ***~ a domicilio*** consegna a domicilio; ***~ contra reembolso*** consegna contrassegno/pagamento alla consegna; ***~ libre de gastos*** consegna franco di spese; ***plazo de ~*** termine di consegna; ***publicación por ~s*** pubblicazione a fascicoli; **~ador, -a** *adj/s* portatore, -trice; **~ar** ‹*entregué*› **1.** *vt* consegnare; mettere nelle mani, dare; recapitare; **2. ~se** arrendersi; dedicarsi; abbandonarsi, darsi ◊ ***~la*** *jerga* crepare; **~uismo** *m* disfattismo

entrelazar ‹*entrelacé*› *vt* intrecciare

entrelínea *f* interlinea ◊ ***por las ~s*** tra le righe
entremedias *adv* framezzo, in mezzo; frattanto
entremés (*pl* **entremeses**) **1.** *m teat* intermezzo; *teat* farsa *f*; **2.** *mpl gastr* antipasto *m*
entremet|erse intromettersi, interporsi; **~ido, -a** *adj/s* ficcanaso, intrigante
entremezclar *vt* mischiare, mescolare
entren|ador, -a *m/f* 1. *sport* allenatore, -trice; 2. *aero* (*persona*) addestratore, -trice; apparecchio scuola *m*; **~amiento** *m* allenamento, training *inv*; addestramento; **~ar** *vt sport* allenare; *aero* addestrare
entreoír ‹*oigo, oyes; oí, oyó; oyendo*› V. 30 *vt* udire confusamente
entrepaño *m* 1. *arq* parete *f*; 2. pannello, riquadro; scansia *f*
entrepierna 1. *f* faccia interna delle cosce; **2.** *mpl* (*pantalones*) rinforzi ◊ ***pasarse (u-c o alg) por la ~*** *coloq/desp* fregarsene (di qc o q)
entrepiso *m arq ant* ="piano intermedio (alto) tra il pianoterra ed il 1° piano"
entrepuente *m nav* coperta *f*
entresaca *f* diradamento *m*; **~r** ‹*entresaqué*› *vt* trascegliere, selezionare; *bot* diradare
entresaque *m* diradamento
entresijo *m* 1. piega *f*, giravolta *f*, anfratto; sinuosità *f inv*, tortuosità *f inv*; *fig* raggiro; 2. *med* mesentere
entresuelo *m* piano rialzato, mezzanino, piano ammezzato
entresurco *m agric* porca *f*
entretanto *adv* frattanto, nel mentre, nel frattempo
entretejer *vt* intessere; *fig* inserire, intercalare
entretela *f* canapina ◊ ***querer a alg más que a sus ~s*** volergli/volerle un bene dell'anima
entreten|er ‹*tengo, tienes; tuve; tendré*› **1.** *vt* trattenere, intrattenere; **2. ~se** trattenersi, intrattenersi, passare il tempo *vi*; indugiare *vi*, attardarsi; **~ida** *f* amante; **~ido, -a** *adj* divertente; spiritoso, -a, arguto, -a; pesante ◊ ***un trabajo ~*** un lavoro pesante/faticoso; **~imiento** *m* 1. passatempo; divertimento; trattenimento; 2. *tecn* manutenzione *f*
entretiempo *m* mezza stagione *f* ◊ ***abrigo de ~*** soprabito
entrev|er ‹*veo; vi; viste, vio; viendo; visto*› V. 42 *vt* intravedere, intuire; **~erado, -a** *adj* mescolato, -a, confuso, -a ◊ ***tocino ~*** lardo con vene di magro; **~ero** *m Am* confusione *f*, miscuglio; **~erse** tralucere *vi*, trasparire *vi*, serpeggiare *vi*; **~ía** *f transp* interbinario *m*
entrevista *f* intervista; colloquio *m*; **~dor, -a** *m/f* intervistatore, -trice; **~r 1.** *vt* intervistare; **2. ~se** avere una intervista *vi*
entristec|edor, -a *adj* rattristante; **~er** ‹*entristezco*› V. 13a **1.** *vt* rattristare; **2.** *vt/i* intristire, immalinconire
entromet|erse intromettersi, interporsi; **~ido, -a** *adj* intruso, -a; indiscreto, -a
entromparse *Am* imbronciarsi
entronar *vt* intronizzare
entroncar ‹*entronqué*› *vt/i* imparentare; *transp* coincidere, raccordare
entroniz|ación *f* intronizzazione; **~ar** ‹*entronicé*› *vt* intronizzare; *fig* esaltare
entronque *m* parentado; *transp* coincidenza *f*
entropía *f* entropia
entubar *vt* intubare
entuchar *vt Méx* sedurre (un uomo)
entuerto *m elev* torto, offesa *f*
entumec|erse tumefarsi; *fig* gonfiarsi; **~imiento** *m* tumefazione *f*
enturbi|amiento *m* intorbidamento; **~ar** ‹*enturbio*› V. 1 *vt* intorbidare; *fig* turbare
entusias|mar *vt* entusiasmare; **~mo** *m* entusiasmo, esaltazione *f*; **~ta** *adj/s* entusiasta
entusiástico, -a *adj* entusiastico, -a
enuclelación *f med* enucleazione; **~ar** *vt* enucleare
énula *f bot* enula
enumer|ación *f* enumerazione; **~ar** *vt* enumerare
enunci|ación *f* enunciazione; **~ado, -a** *adj/m* enunciato, -a; **~ar** ‹*enuncio*› V. 1 *vt* enunciare; **~ativo, -a** *adj* enunciativo, -a
enuresis *f inv med* enuresi
envainar *vt* inguainare
envalenton|amiento *m* baldanza *f*; **~ar** *vt* imbaldanzire
envanec|er ‹*envanezco*› V. 13a *vi/~se* invanire *vi*; **~imiento** *m* invanimento, infatuazione *f*
envar|amiento *m* intorpidimento; **~arse** intorpidirsi
envas|ador *m* imbottatoio; **~adora** *f* macchina confezionatrice; **~ar** *vt* conservare in recipienti; imbottigliare; inscatolare; imbottare; invasare; **~e** *m* 1. recipiente, contenitore; 2. vuoto; 3. (*acción*) imbottamento, inscatolamento, imbottigliamento ◊ **~ *desechable, retornable*** vuoto a perdere, a rendere
envejec|er ‹*envejezco*› V. 13a *vt/i* invecchiare; **~ido, -a** *adj* invecchiato, -a; **~imiento** *m* invecchiamento
envenen|amiento *m* avvelenamento; **~ar** *vt* avvelenare, intossicare
envergadura *f* ampiezza della vela o di ali spiegate; *fig* importanza
enverjado *m* cancellata *f*, inferriata *f*
envés *m* rovescio
envia|do, -a *adj/s* inviato, -a ◊ **~ *especial, extraordinario*** inviato speciale, straordinario; **~r** ‹*envío*› V. 2 *vt* inviare, mandare; spedire
enviciar ‹*envicio*› V. 1 **1.** *vt* viziare; **2.** *vi bot* gettare troppo; **3. ~se** viziarsi, incapricciarsi, darsi; sciuparsi
envidi|a *f* invidia; **~able** *adj* invidiabile; **~ar** ‹*envidio*› V. 1 *vt* invidiare ◊ ***no tener nada que ~/tener poco que ~*** non aver nulla da invidiare; **~oso, -a** *adj* invidioso, -a
envigado *m arq* travatura *f*
envilec|edor, -a *adj* avvilente; **~er** ‹*envilezco*› V. 13a *vt* avvilire, degradare, umiliare; *com* de-

prezzare; **~imiento** *m* avvilimento, degradazione *f*, umiliazione *f*; *com* deprezzamento
envío *m* invio; spedizione *f*
enviscar ‹*envisqué*› *vt* impaniare, invischiare
envite *m* (*juegos de azar*) scommessa *f*; offerta *f*; spinta *f*; *taur* ="provocazione/chiamata del toro" *f*
enviudar *vi* restare vedovo, -a
envolt|orio *m* involto, fagotto, pacco; **~ura** *f* involucro *m*; *electr* avvolgimento *m* ◊ ***las ~s*** le fasce
envolv|ente *adj* avvolgente; *mil* manovra avvolgente; **~er** ‹*vuelvo; vuelto*› V. 43 *vt* avvolgere, ravvolgere; *fig* coinvolgere; circondare; fasciare; incartare; *mil* aggirare; **~imiento** *m* avvolgimento, aggiramento
enyes|ado, -a 1. *adj* ingessato, -a; **2.** *m* ingessatura *f*; **~ar** *vt* ingessare
enyugar ‹*enyugué*› *vt* aggiogare, accollare, accoppiare
enzarzar ‹*enzarcé*› **1.** *vt* 1. *tamb. fig* far litigare, aizzare; 2. *bot* imprunare; **2. ~se** 1. mettersi nei rovi; 2. *fig* cacciarsi in un ginepraio; litigare *vi*; attaccar zuffa/lite/discorso *vi*
enzim|a *m/f* enzima *m*; **~ático, -a** *adj biol* enzimatico, -a; **~ología** *f biol* enzimologia; **~opatía** *f med* enzimopatia
eoceno, -a 1. *m geol* eocene; **2.** *adj* eocenico, -a
eólico, -a *adj geol* eolico, -a
eón *m filos/geol* eone
eonismo *m elev* eonismo
epanadiplosis *f inv lit* epanadiplosi
epanalepsis *f inv lit* epanalessi
e.p.d. (*en paz descanse*) *abr* (*riposi in pace*) RIP
epeira *f zool* epeira, ragno crociato *m*
epéndimo *m med* ependima *f* (!)
epéntesis *f inv ling* epentesi
épica *f* epica
epicarpio (*var.* **epicarpo**) *m bot* epicarpio
epice|dio (*var.* **epiceyo**) *m* epicedio, canto funebre; **~no** *adj ling* (*nombre*) epiceno; **~ntro** *m* epicentro; **~yo** V. **epicedio**
epiciclo *m astron* epiciclo
épico, -a *adj lit* epico, -a
epicondilitis *f inv med* epicondilite *f*
epicureísmo *m filos* epicureismo
epicúreo, -a *adj filos* epicureo, -a
epid|emia *f* epidemia; **~émico, -a** *adj* epidemico, -a; **~emiología** *f med* epidemiologia; **~érmico, -a** *adj* epidermico, -a; **~ermis** *f inv* epidermide *f*; **~iascopio** (*var.* **epidiáscopo**) *m fís* epidiascopio; **~ural** *adj med* epidurale
Epifanía *f* Epifania
epífisis *f inv med* epifisi
epifito, -a (*var.* **epífito**) *adj bot* epifito, -a
epifonema *m* epifonema
epífrasis *f inv* epifrasi
epigastrio *m med* epigastrio
epiglotis *f inv* epiglottide *f*
epígono *m lit* epigono
epígrafe *m* epigrafe *f* (!)
epigrafía *f* epigrafia
epigráfico, -a *adj* epigrafico, -a
epigrafista *m/f* epigrafista
epigram|a *m* epigramma; **~ático, -a** *adj* epigrammatico, -a
epil|epsia *f med* epilessia; **~éptico, -a** *adj/s med* epilettico, -a
epílogo *m* epilogo
episcop|ado *m* episcopato; vescovato; **~al** *adj* episcopale
episódico, -a *adj* episodico, -a
episodio *m* episodio
epistaxis *f inv med* epistassi
epistemología *f* epistemologia
epístola *f lit/relig* epistola; lettera
epistolar *adj* epistolare; **~io** *m* epistolario
epístrofe *f ling* epistrofe
epita|fio *m* epitaffio; **~lamio** *m* epitalamio; canto nuziale
epitelio *m* epitelio
epíte|ma *f med* epitema, epittima; **~to** *m* epiteto
epítim|a *m* 1. *med* epitema, epittima; 2. sollievo; **~o** *m biol* (*Cuscuta Epithymum*) epitimo
epítome *m* epitome *f* (!); compendio
época *f* epoca; era, periodo *m*, età *inv* ◊ ***hacer ~*** fare epoca
epodo *m* epodo
epónimo, -a *adj/m* eponimo, -a
epopeya *f lit* epopea
equiángulo, -a *adj/m* equiangolo, -a
equidad *f* equità *inv*; moderazione
equidist|ancia *f* equidistanza; **~ante** *adj* equidistante
equilátero *adj* equilatero
equilibr|ado, -a *adj* equilibrato, -a; equanime, prudente; **~ar** *vt* equilibrare; **~io** *m* equilibrio ◊ ***en ~*** in equilibrio; **~ismo** *m* equilibrismo, giochi di equilibrio; **~ista** *m/f* equilibrista, funambolo, -a
equimosis *f inv med* ecchimosi
equino, -a 1. *adj zool* equino, -a; **2.** *m* 1. echino, riccio di mare; 2. *arq* echino ◊ ***pie ~*** piede equino; **~ccio** *m astron* equinozio; **~coco** *m zool* echinococco; **~dermo** *adj/m zool* echinoderma
equip|aje *m* bagaglio ◊ ***~ de mano*** bagaglio a mano; ***facturación del ~*** check-in; **~amiento** *m* mobilio, corredo, arredo, equipaggiamento, arredamento ◊ ***~ urbano*** arredo urbano; **~ar** *vt* attrezzare, equipaggiare, munire, dotare; *nav* equipaggiare; **~aración** *f* equiparazione, pareggiamento *m*, parificazione; **~arar** *vt* equiparare, comparare; **~o** *m* équipe* *f inv*, gruppo di lavoro; squadra *f*; equipaggiamento; *aero/nav* equipaggio; (*novia*) corredo; attrezzatura *f* ◊ ***~ de esquí*** attrezzatura *f* da sci; ***~ estéreo*** impianto stereo(fonico); ***~ para la radio*** equipaggiamento radio; ***un ~ de científicos*** un'équipe/un gruppo di scientifici
equipol|encia *f* equipollenza, equivalenza; **~ente** *adj* equipollente
equis *f inv* ics
equita|ción *f* equitazione; **~tivo, -a** *adj* equo, -a, equitativo, -a (*elev*)

equivallencia *f* equivalenza; **~ente 1.** *adj* equivalente; **2.** *m ling/mat* equivalenza *f*, equivalente; **~er** ‹*valgo; valdré*› V. 40 *vi* equivalere
equivoclación *f* errore *m*, sbaglio *m*; **~ado, -a** *adj* erroneo, -a, sbagliato, -a ◊ ***estar ~*** sbagliare, errare; **~ar** ‹*equivoqué*› **1.** *vt* confondere, sbagliare, equivocare *vi*; far sbagliare; **2. ~se** sbagliarsi, confondersi, errare *vi*
equívoco, -a *adj/m* equivoco, -a
era *f* **1.** era, epoca, età *inv*; **2.** *agric* aia; **3.** spiazzo *m*; **~rio** *m* erario, fisco
ERC (*Esquerra Republicana de Catalunya*) *abr* ="Sinistra Repubblicana della Catalogna"
erección *f* erezione
eréctil *adj* erettile
erecto, -a *adj* eretto, -a, dritto, -a
eremlita *m* eremita; **~ítico, -a** *adj* eremitico, -a; **~itorio** *m* eremitaggio
eres V. **ser**
ergio (*var.* **erg**) *m fís* erg(on)
ergo *conj* ergo
ergógrafo *m* ergometro
ergología *f* ergologia
ergonlomía *f* ergonomia; **~ómico, -a** *adj* ergonomico
ergotlina *f quím* ergotina; **~ismo** *m* 1. *med* ergotismo; 2. *filos* eristica *f*
erguildo, -a *adj* eretto, -a; erto, -a, altezzoso, -a; **~r** ‹*yergo; irguió; irguiendo*› V. 10; 12 **1.** *vt* alzare, ergere, rizzare; **2. ~se** insuperbirsi
erial 1. *adj* incolto, -a; **2.** *m* deserto, terreno incolto, steppa *f*, brughiera *f*
erigir ‹*erijo*› *vt* erigere, edificare, elevare; *fig* erigere, costituire, istituire, fondare ◊ ***~se en juez*** erigersi a giudice
erisipela *f med* risipola, erisipela
erístico, -a *adj filos/lit* eristico, -a
eritema *m med* eritema
erizlado, -a *adj* irto, -a, ispido, -a ◊ ***camino ~ de obstáculos*** cammino irto di ostacoli; **~ar** ‹*ericé*› **1.** *vt* rizzare, sollevare; **2. ~se** rizzarsi, mettersi sulla difensiva; (*pelo*) arricciarsi; **~o** *m zool tamb. fig* riccio, porcospino; *bot* riccio ◊ ***~ de mar*** riccio di mare
ermita *f* eremo *m*, romitaggio *m*; **~ño** *m* 1. eremita, romito; 2. *zool* (*cangrejo*) Bernardo l'eremita, paguro
eroglación *f* erogazione; **~ar** ‹*erogué*› *vt* erogare
erógeno, -a *adj* erogeno, -a
eros *m inv* eros
erosilón *f* erosione; **~onar** *vt* erodere; **~vo, -a** *adj* erosivo, -a
erótico, -a *adj* erotico, -a
erotilsmo *m* erotismo; **~zar** ‹*eroticé*› *vt* erotizzare
errabundo, -a *adj* errabondo, -a
erradiclación *f* estirpazione; **~ar** ‹*erradiqué*› *vt* sradicare, estirpare
errado, -a *adj* sbagliato, -a, errato, -a
errante *adj* errante, vagante
errar ‹*yerro*› V. 5b **1.** *vt* errare, sbagliare; **2.** *vi* errare, vagare ◊ ***~ el tiro*** mancare il bersaglio
errata *f* errore *m* ◊ ***~ de imprenta*** errore di stampa; ***fe de ~s*** errata corrige
erre *f* erre ◊ ***~ que ~*** *coloq* dagli e dagli
erróneo, -a *adj* erroneo, -a, errato, -a, sbagliato, -a
error *m* errore, sbaglio; fallo, colpa *f* ◊ ***~ de bulto*** grave errore
ertzlaina *m/f* poliziotto, -a basco, -a; **~anza** (*var.* **ertzaintza**, **ertzantza**) *f* polizia basca
erubesclencia *f elev* erubescenza; **~ente** *adj elev* erubescente
eructlación *f* eruttazione; **~ar** *vi* eruttare; **~o** *m* rutto
erudilción *f* erudizione; **~to, -a** *adj/s* erudito, -a ◊ ***~ a la violeta*** erudito all'acqua di rose
erupIción *f* eruzione; **~cionar** *vt Col* eruttare; **~tivo, -a** *adj* eruttivo, -a
esbeltlez *f* snellezza, eleganza; **~o, -a** *adj* snello, -a, slanciato, -a
esbirro *m* sbirro, poliziotto
esbozlar ‹*esbocé*› *vt* abbozzare, sbozzare; **~o** *m* abbozzo, schizzo; (*contrato*) bozza *f*
escabechlar *vt* 1. *gastr* marinare; 2. *coloq/fig* trucidare; 3. *jerga estud* bocciare; **~e** *m gastr* (tipo di) marinata *f*; **~ina** *f jerga estud* macello *m*, carneficina
escabel *m* sgabello; *fig* appoggio
escabinlado *m jur* scabinato, giuria mista *f*; **~o** *m jur* scabino, membro di una giuria mista
escabroslidad *f* scabrosità *inv*, asprezza; *fig* scabrosità *inv* **~o, -a** *adj* scabroso, -a, scabro, -a, aspro, -a; *fig* scabroso, -a
escabullirse svignarsela, squagliarsela; guizzare *vi*
escachlarrar *vt* ridurre in rottame/in cocci, fare a pezzi; *fig* mandare all'aria; **~ifollar** (*var.* **escachifullar**) *vt coloq* pestare, schiacciare, calpestare
escafandra (*var.* **escafandro** *m*) *f* scafandro *m*
escafoides *adj med* scafoide
escala *f* 1. scala; 2. *aero/nav* scalo *m* ◊ ***en/a gran ~*** su vasta/larga scala; ***hacer ~*** fare scalo; **~bilidad** *f* scalabilità *inv*; **~ble** *adj* scalabile; **~da** *f* scalata; *mil* escalation; **~dor, -a** *m/f* scalatore, -trice; **~fón** *m* ruolo, graduatoria *f*
escálamo *m* scalmiera *f*
escalar 1. *vt* scalare, dare la scalata *vi*; **2.** *m* passo angusto; **3.** *adj fís* scalare
escaldlado, -a *adj* scottato, -a; **~adura** *f* scottatura; **~ar 1.** *vt* scottare; **2. ~se** (*piel*) irritarsi ◊ ***salir escaldado*** *fig* restare scottato
escaleno *adj geom/med* scaleno
escalerla *f* scala ◊ ***~ de caracol, de tijera, mecánica, de mano*** scala a chiocciola, a libro, mobile, a pioli; ***~ monumental*** scalinata; ***gente de ~s para abajo*** servitù; subalterni; ***tramo de ~*** rampa; **~illa** *f* scaletta; *aero/nav* scala aerea
escaléxtric *m* 1. sopraelevata *f*, raccordo anulare sopraelevato; 2. (*juego*) scalextric® (pista di macchinine telecomandate)
escalflado, -a *adj* affogato, -a ◊ ***huevos ~s*** uova affogate/in camicia; **~ar** *vt* (*huevos*) affogare

escali|bada (*var.* **escalivada**) *f gastr* (*Cataluña*) ="peperoni, melanzane, pomodori e cipolle al forno, condite con olio, sale, (aglio)"; **~nata** *f* scalinata, gradinata

escalo *m* scalata *f*; **~friante** *adj* tremendo, -a, spaventoso, -a, orrendo, -a, tremebondo, -a; **~frío** *m* brivido

escalón *m* 1. scalino, gradino; grado; 2. *mil* scaglione ◊ ***en ~ones*** a scale

escalona|miento *m* scaglionamento; **~r** *vt* scaglionare; graduare

escalonia (*var.* **escaloña**) *f bot* scalogna

escalop|e *m gastr* carne impanata *f*; **~ín** *m* cotoletta *f*

escalpelo *m med* scalpello

escama *f* (*animales*) squama; (*jabón*) scaglia; **~do, -a** *adj* diffidente; scottato, -a ◊ ***estar ~*** essere scottato; **~r 1.** *vt* squamare; *fig* insospettire; **2. ~se** diventare diffidente *vi*

escamonda *f* sfrondamento *m*; **~r** *vt* sfrondare

escamoso, -a *adj* squamoso, -a

escamote|ador, -a 1. *m/f* prestigiatore, -trice; **2.** *adj* lesto, -a di mano; **~ar** *vt* far sparire, sottrarre, trafugare; **~o** *m* sparizione *f*, trafugamento

escampar *vi* 1. smettere di piovere; 2. *raro* sgombrare

escanci|ador, -a 1. *m* 1. (*utensilio*) mescitore; 2. *ant* coppiere; **2.** *adj/s ant* miscelatore, -trice; **~ar** ‹*escancio*› V. 1 *vt* versare il vino; mescere

escandalera *f coloq* scandalo *m*, chiasso *m*

escandaliz|ador, -a *adj* scandalistico, -a; **~ar** ‹*escandalicé*› *vt* scandalizzare

escandallo *m* scandaglio; *com* calmiere

escándalo *m* scandalo; chiasso ◊ ***de ~*** incredibile; ***piedra de ~*** pietra dello scandalo

escandalos|a *f nav* controranda ◊ ***echar la ~*** dare una lavata di capo; **~o, -a** *adj* scandaloso, -a; tumultuoso, -a

Escandinavia *f* Scandinavia

escandinavo, -a *adj/s* scandinavo, -a

escandir *vt lit* scandire

escane|ado *m informát* scansione *f*; **~ar** *vt informát* passare per lo scanner, scannare, scannerizzare

escáner *m tecn* scanner *inv*

escansión *f ling* scansione

escaño *m pol* seggio; scanno

escapa|da *f* scappata, fuga; **~r 1.** *vi* scappare, sfuggire; **2.** *vt* liberare, scampare; **3. ~se** scappare *vi*, fuggire *vi* ◊ ***~ de milagro*** scamparla per miracolo; ***dejar ~*** far scappare

escaparat|e *m* vetrina *f*; **~ismo** *m* vetrinistica *f*; **~ista** *m/f* vetrinista

escapatoria *f* fuga, evasione; *fig* scappatoia, pretesto *m*

escape *m* 1. fuga *f*, perdita *f*; 2. *auto/mec* scappamento; valvola di sicurezza *f* ◊ ***a ~*** in fretta e furia; ***no haber ~*** non esserci scappatoia/scappo; ***tubo de ~*** tubo di scappamento

escápula *f med* scapola

escapular *vt* scapolare; **~io** *m relig* scapolare

escaquearse *coloq* svignarsela, squagliarsela; liberarsi da un lavoro

escara *f med* escara, crosta; **~bajo** *m zool* scarabeo; *auto* maggiolino; *fig* scarabocchio ◊ ***~ de la patata*** dorifora; ***~ pelotero*** scarabeo stercoraio; **~mujo** *m bot* rosa canina/selvatica *f*; **~muza** *f* scaramuccia; **~pela** *f* coccarda

escarb|ador *m* raspa *f*; **~ar** *vt* frugare; raspare, razzolare; *fig* indagare, frugare

escarc|ela *f* 1. scarsella; 2. cuffia; **~eo 1.** *m* (*mar*) maretta *f*; **2.** *mpl* tentativi, caracolli; *fig* divagazioni *fpl*

escarcha *f* brina; **~r 1.** *vt/i meteo* brinare; **2.** *vt gastr* brillantare

escard|adera *f agric* sarchio *m*, marra; **~ador, -a** *m/f* sarchiatore, -trice; **~adura** *f* sarchiatura; **~ar** *vt* sarchiare; *fig* espurgare ◊ ***mandar a ~ cebollinos*** mandare a farsi friggere; **~illo** *m agric* sarchio; scintillio

escarificar ‹*escarifiqué*› *vt agric/constr/med* scarificare

escarlat|a 1. *adj* scarlatto, -a; **2.** *f med* scarlattina; **~ina** *f med* scarlattina

escarm|entar ‹*escarmiento*› V. 5a **1.** *vt* castigare, punire, dare una buona lezione; **2.** *vi* imparare la lezione; **~iento** *m* castigo, punizione *f*, lezione *f*

escarnec|edor, -a *adj/s* derisore, derisorio, -a, dileggiatore, -trice, schernitore, -trice, beffeggiatore, -trice, motteggiatore, -trice; **~er** ‹*escarnezco*› V. 13a *vt* schernire; **~imiento** (*var.* **escarnio**) *m* scherno, ludibrio, canzonatura *f* ◊ ***cantigas de ~*** *lit* cantigas di scherno

escarola *f bot* scarola, indivia

escarpa *f* scarpata; **~do, -a** *adj* scosceso, -a, a pendio; **~dura** *f* scarpata, declivio *m*; **~r** *vt* 1. *arte* sbozzare con lo scalpello; 2. (*terreno*) scarpare

escarpi|a *f* gancio *m*, chiodo a uncino *m*; **~ador** *m* chiodo ad anello; **~dor** *m* pettine rado

escarpín *m* sopraccalza *f*; *ant* scarpino

escas|ear 1. *vi* scarseggiare; mancare; **2.** *vt* segare a scancio/di sbieco; **~ez** *f* scarsità *inv*, scarsezza; carestia; strettezza ◊ ***vivir con ~eces*** vivere nelle strettezze/in ristretezze; **~o, -a** *adj* scarso, -a; ridotto, -a, limitato, -a ◊ ***dos quilos ~s*** quasi due chili

escatimar *vt* lesinare, misurare; stiracchiare sul prezzo

escatol|ogía *f* 1. (*muerte*) escatologia; 2. (*excrementos*) scatologia; **~ógico, -a** *adj* 1. (*muerte*) escatologico, -a; 2. scatologico, -a, scurrile

escavadora *f* escavatore *m*, escavatrice

escay (*var.* **eskay, eskái**) *m* (*cuero*) skai; **~ola** *f* (*polvo*) scagliola, gesso *m*; (*molde*) stucco *m*; **~olar** *vt med* ingessare; **~olista** *m/f* stuccatore, -trice

escena *f* scena; scenario *m* ◊ ***hacer/dar una ~*** fare una scenata/una scena madre; ***poner/entrar en ~*** mettere/entrare in scena; ***puesta en ~*** messinscena; **~rio 1.** *m* palcoscenico; *tamb. fig* scenario, apparato scenico; sfondo; **2.** *mpl* teatri ◊ ***~ giratorio*** scenario girevole

escénico, -a *adj* scenico, -a
escenificlación *f* sceneggiatura; **~ar** ‹*escenifiqué*› *vt* sceneggiare; mettere in scena
escenogrlafía *f* scenografia; **~áfico, -a** *adj* scenografico, -a
escenógrafo, -a *m/f* scenografo, -a
escepticismo *m* scetticismo
escéptico, -a *adj/s* scettico, -a
escifozoo *adj/mpl* scifozoo
escindir *vt* scindere
Escipión *m* Scipione
escisilón *f* scissione; **~onismo** *m pol* scissionismo; **~onista** *adj/s* scissionista
esclarecledor, -a *adj tamb. fig* chiarificatore, -trice; rischiarante; **~er** ‹*esclarezco*› V. 13a **1.** *vt* illuminare, rischiarare; *fig* chiarire; **2.** *vi* 1. (*tiempo*) schiarire, albeggiare; 2. nobilitare; **~ido, -a** *adj* illustre, chiaro, -a, insigne; **~imiento** *m* chiarimento, spiegazione *f*; schiarimento
esclavla *f* braccialetto alla schiava *m*; **~ina** *f* mantelletta, mantellina; **~ismo** *m pol/hist* schiavismo; **~ista** *adj/s* schiavista; **~itud** *f* schiavitù, servitù; **~ización** *f* asservimento *m*; **~izar** ‹*esclavicé*› *vt* ridurre in schiavitù; soggiogare, sottomettere; **~o, -a 1.** *adj/s* schiavo, -a; **2.** *adj* schiavo, -a, sottomesso, -a, dominato, -a, soggetto, -a
esclerlosis *f inv med* sclerosi; **~oso, -a** *adj bot* sclerotico, -a; **~ótico, -a** *adj med tamb. fig* sclerotico, -a
esclusa *f tecn* chiusa
escoba *f* scopa; *bot* saggina; **~da** *f* scopata, colpo di scopa *m*; **~jo** *m* raspo dell'uva; **~r** *m* scopeto; **~zo** *m fig* scopata *f*, colpo di scopa
escobero *adj/m* scopaio ◊ ***armario*** **~** armadio per le scope
escobillla *f* scopetto *m*; *electr* spazzola; (*water*) scopino *m*; (*pipa*) scovolino *m*; *bot* erica, cardo selvatico *m*; **~ero** *m* (*water*) portascopino; **~ón** *m* ramazza *f*; (*arma*) scovolo
escobón *m* granata *f*; scopa per soffitti *f*; scopino
escocledura *f* bruciore *m*, bruciatura; **~er** ‹*escuezo*› V. 9a **1.** *vi* bruciare; *fig* pungere, seccare; **2.** **~se** irritarsi; *fig* rammaricarsi, dolersi; **~és, -esa** *adj/s* scozzese
Escocia *f geogr* Scozia
escoda *f constr* mazzuolo *m*, rullo dentato *m*
escofina *f tecn* raspa, scuffina; **~r** *vt* raspare, limare, scuffinare
escogler ‹*escojo*› *vt* scegliere, eleggere; **~ido, -a** *pp/adj* scelto, -a, eletto, -a
escolalnía *f* ="scolaresca di chierici"; ="coro di bambini" *m*; **~no, -a** *adj* ="collegiale preparato per il culto e per il canto"; **~pio, -a** *adj/s relig* scolopio, -a
escolar 1. *adj* scolastico, -a; **2.** *m/f* scolaro, -a; **~idad** *f* scolarità *inv* ◊ **~ *obligatoria*** scuola dell'obbligo
escolarizlación *f* scolarizzazione; **~ar** ‹*escolaricé*› *vt* scolarizzare
escolásticla *f filos* scolastica; **~o, -a** *adj/s* scolastico, -a
escolio *m* chiosa *f*, annotazione *f*, scolio; **~sis** *f inv med* scoliosi
escolllera *f* diga, frangiflutti *m inv*, frangionde *m*; **~o** *m* scoglio
escolopendra *f* 1. *zool* scolopendra, millepiedi *m inv*; 2. *bot* lingua cervina
escolta *f mil* scorta; accompagnamento *m*; **~r** *vt* scortare; accompagnare
escombrlar *vt* spazzare, sgombrare; *agric* mondare; **~era** *f* luogo per le macerie *m*; **~o 1.** *mpl constr* macerie *fpl*, calcinacci; **2.** *m* 1. *zool* (*pez*) sgombro; 2. scarto
escondler *vt* nascondere, occultare, celare; **~idas: a ~** *adv* di nascosto; **~ite** *m* nascondiglio ◊ ***jugar al*** **~** giocare a nascondino/rimpiattino; **~rijo** *m* nascondiglio
escoñar *vt vulg* scassare (*estánd*)
escopeta *f* schioppo *m*, fucile *m* ◊ **~ *de aire comprimido*** fucile ad aria compressa; **~ *de cañones recortados*** lupara, fucile (da caccia) a canne mozze; **~zo** *m* schioppettata *f*
escopetelar *vt* tirare schioppettate *vi*; **~o** *m* sparatoria *f*
escopllear *vt* scalpellare; **~o** *m* scalpello
escora *f* 1. *nav* lunghezza dello scafo; 2. *nav* sbandamento della nave *m*; **~r** *vt* sbandare
escorblútico, -a *adj med* scorbutico, -a; **~uto** *m med* scorbuto
escorchar *vt* scorticare
escoria *f geol/metal tamb. fig* scoria; **~ción, escoriar** V. **excoriación, excoriar**; **~l** *m* luogo sparso di scorie ◊ ***El*** ***~** *geogr* L'Escoriale/L'Escuriale (Madrid)
escorificación *f metal* scorificazione
escorpina (*var.* **escorpera**, **escorpa**, **escorpena**) *f zool* scorpena, scorfano *m*
Escorpio *m astron* Scorpione
escorpión *m zool* scorpione
escorzlar ‹*escorcé*› *vt arte* scorciare; **~o** *m arte* scorcio; **~onera** *f bot* scorzonera
escota *f nav* scotta; **~do, -a 1.** *adj* scollato, -a; **2.** *m* scollo; **~dura** *f* scollatura; **~r** *vt* 1. scollare; 2. *com* pagare lo scotto *vi*
escote *m* 1. scollo, scollatura *f*, décolleté* *inv*; 2. *com* scotto ◊ ***a*** **~** a scotto
escotillla *f nav* boccaporto *m*; **~ón** *m* (*escenario*) botola *f*; *taur* portello ◊ ***por el*** **~** per arte di magia
escotomizar ‹*escotomicé*› *vt psicol* scotomizzare
escozor *m* bruciore; *fig* ardore, umiliazione *f*
escriba *m* scriba; **~nía** *f* ufficio dell'ufficiale giudiziario *m*; notariato *m*; servizio da scrittoio *m*; **~no** *m hist* notaio; ufficiale giudiziario
escribilente *m/f* scrivano, -a, amanuense, copista; **~r** ‹*escrito*› V. 25 *vt* scrivere ◊ **~ *a mano*** scrivere a mano; **~ *a máquina*** battere a macchina; scrivere a macchina; ***máquina de*** **~** macchina da scrivere
escriño *m* scrigno, cofano

escrito, -a 1. *m* scritto; **2.** *pp* scritto, -a ◊ ***por ~*** per (i)scritto; **~r, -a** *m/f* scrittore, -trice; **~rio** *m* (*mueble*) scrivania *f*, scrittoio; desktop* (calculator) *inv*, scrivania elettronica *f*; *ant* studio, ufficio

escritura *f* scrittura; calligrafia, carattere *m*; (*casa*) *jur* rogito *m* ◊ **~ *pública*** atto notarile; ***Sagrada**** **~ Sacra Scrittura; **~ción** *f Am* scritturazione; **~r** *vt jur* rogare un atto notarile, autenticare per atto notariale; *teat* scritturare; **~rio, -a** *adj* scritturale; notariale

escrófula *f med* scrofola, scrofolosi *inv*, scrofula

escroto *m med* scroto

escrupulizar ‹*escrupolicé*› *vi* avere scrupoli (**en** di)

escrúpulo *m* scrupolo

escrupulos|idad *f* scrupolosità *inv*; **~o, -a** *adj* scrupoloso, -a

escrut|ador, -a *adj* scrutatore, -trice; **~ar** *vt* (*votos*) scrutare; scrutare, indagare; **~inio** *m* scrutinio; verifica *f*

escuadr|a *f mil/sport* squadra; (*instrumento*) squadra; **~ar** *vt* squadrare; **~illa** *f* squadriglia; **~ista** *m pol/hist* squadrista; **~ón** *m* squadrone; squadra *f* ◊ **~ *de la muerte*** squadrone della morte

escualidez *f* squallidezza

escuálido, -a 1. *adj* squallido, -a, macilento, -a; **2.** *mpl zool* squaliformi

escualo *m zool* squalo

escucha 1. *f* ascolto *m*; **2.** *m/f* spione, -a ◊ **~ *telefónica*** intercettazione telefonica; ***a la ~*** in ascolto; **~r** *vt* 1. ascoltare; 2. origliare; 3. ubbidire

escuchimizado, -a *adj* striminzito, -a

escud|ar 1. *vt* proteggere, difendere; **2. ~se** ripararsi, farsi forte, trincerarsi, farsi scudo ◊; **~ería** *f* scuderia; **~ero** *m* scudiero; *tecn* scudaio

escudilla *f* scodella; **~r** *vt* scodellare

escudo *m* scudo ◊ **~ *de armas*** stemma; **~ *humano*** scudo umano

escudriñ|ador, -a *adj/s* ficcanaso *inv*, curioso, -a; scrutatore, -trice; **~ar** *vt* scrutare; indagare

escuela *f* scuola ◊ ***~ *de Comercio*** Istituto di Ragioneria; ***~ *Normal*** Istituto Magistrale Universitario; ***~ *Politécnica*** Politecnico; ***~ *Técnica Superior de Ingenieros*** Facoltà di Ingegneria; **~ *de párvulos*** asilo; **~ *especial*** scuola speciale; **~ *maternal*** scuola materna; **~ *nocturna*** scuola serale; **~ *primaria*** scuola elementare; ***crear ~*** fare scuola

escueto, -a *adj* schietto, -a, nudo, -a, chiaro, -a

escuezo V. **escocer**

esculpir *vt* scolpire; incidere

escult|ismo *m* scoutismo; **~ista** *adj/s* scout *inv*, scoutistico, -a

escultor, -a *m/f* scultore, -trice

escultórico, -a *adj* scultoreo, -a, scultorio, -a

escultura *f* scultura; **~l** *adj* sculturale

escupi|dera *f* sputacchiera; *Am* orinale *m*; **~dero** *m* sputacchiera *f*; *desp/fig* luogo dove si sputa; **~r** *vt* sputare; espettorare; sputacchiare; *fig* sputare, vomitare, gettare ◊ **~ *a la cara*** sputare/sputacchiare in faccia; **~tajo** (*var.* **escupitazo**) *m* sputacchio

escurreplatos *m inv* scolapiatti

escurribanda *f* scorribanda

escurrid|era *f* portapiatti *m inv*; **~ero** *m* scolatoio, sgocciolatoio; **~izo, -a** *adj* sdrucciolevole, scivoloso, -a; *fig* guizzante, sfuggente; **~o, -a** *adj* liscio, -a; scolato, -a, sgocciolato, -a; **~or, -a** *m/f* 1. scolatoio *m*; 2. scolapasta *m inv*; **~uras** *fpl* sgoccioli *mpl*

escurrimiento *m* scolatura *f*

escurrir 1. *vt* (*pasta, verdura*) scolare; (*ropa*) strizzare; **2.** *vi* scivolare; sgocciolare; **3. ~se** 1. scivolare; 2. *coloq* esagerare *vi*, eccedere *vi*; 3. svignarsela ◊ **~ *el bulto*** *fig* scansare/sfuggire una fatica/un problema

esdrújulo, -a *adj* sdrucciolo, -a

ese *f* esse ◊ ***hacer ~s*** fare zig-zag

ese (*f* **esa**, *fpl* **esos**, *mpl* **esas**) *adj/pron m/f* codesto, -a; V. **aquel** ◊ ***¡a ese!*** dagli addosso!, piglialo!; ***ni por esas*** in nessun modo

ése, ésa (*f* **ésa**, *mpl* **ésos**, *fpl* **ésas**) *m/f inv desp* codesto/codesta, codesti/codeste *mpl/fpl* (*reg*); V. **aquél**

esencia *f* essenza ◊ ***en ~*** in essenza; ***la quinta ~*** la quintessenza; **~l** *adj* essenziale, necessario, -a, capitale

esfenoides *m inv med* sfenoide

esfera *f astron/mat tamb. fig* sfera; quadrante dell'orologio *m* ◊ ***las altas ~s*** *fig* le alte sfere

esfericidad *f* sfericità *inv*

esférico, -a *adj* sferico, -a

esferoid|al *adj* sferoidale; **~e** *m* sferoide

esfinge *f* sfinge

esfínter *m med* sfintere

esforz|ado, -a *adj elev* prode, valoroso, -a; **~ar** ‹*esfuerzo; esforcé*› V. 8a **1.** *vt* forzare; **2. ~se** sforzarsi (**en/por** a/per)

esfuerzo *m* sforzo; vigore, coraggio

esfum|ado *m arte* sfumatura *f*, chiaroscuro; **~ar 1.** *vt arte* sfumare; **2. ~se** sparire *vi*; **~ino** *m arte* sfumino

esgrim|a *f* scherma; **~idor, -a** *m/f* schermidore, -a; **~ir** *vt tamb. fig* schermire; brandire; **~ista** *m/f Am* schermidore, -a

esguince *m med* storta *f*, distorsione *f*; scarto

eskái, eskay V. **escay**

eslab|ón *m* 1. anello di catena; acciarino; 3. *zool* scorpione nero; **~onar** *vt* concatenare, collegare

eslalon (*var.* **eslálom**) *m sport* slalom

eslav|ismo *m* slavismo; **~ística** *f* slavistica; **~o, -a** *adj/s* slavo, -a

Eslavonia *f geogr* Slavonia

eslip *m* slip *inv*

eslogan (*pl* **eslóganes**) *m* slogan *inv*

eslora *f nav* lunghezza dello scafo

eslovaco, -a *adj/s* slovacco, -a

Eslov|aquia *f geogr* Slovacchia; **~enia** *f geogr* Slovenia

esloveno, -a *adj/s* sloveno, -a

esmalt|ar *vt tecn* smaltare; smaltare, adornare, tempestare; **~e** *m* smalto ◊ **~ *para uñas*** smalto per le unghie
esmer|ado, -a *adj* accurato, -a, fine, diligente; **~alda 1.** *f* smeraldo *m*; **2.** *adj* (color verde) smeraldo, -a ◊ **~ *oriental*** corindone; **~aldino, -a** *adj* smeraldino, -a; **~arse** mettere ogni cura *vi*, impegnarsi, sforzarsi (**en** a)
esmeril *m* smeriglio ◊ ***papel (de)* ~** carta vetrata; **~ado, -a 1.** *adj* smerigliato, -a; **2.** *m* smerigliatura *f*; **~adora** *f tecn* smerigliatrice; **~ar** *vt* smerigliare
esmero *m* cura *f*, accuratezza *f*, precisione *f*; delicatezza *f*
esmirriado, -a *adj* allampanato, -a
esmog *m* smog
esmoquin *m* smoking* *inv*
esnif|ada *f jerga drog* sniffata; **~ar** *f jerga drog* sniffare
esnob *adj/s* snob *inv*; **~ismo** *m* snobismo
eso *pron* ciò; *desp* codesto *m*, codesta cosa *f* ◊ **~ *mismo*** proprio così; ***¡a ~!*** dagli addosso!, acchiappalo!; ***¿Cómo es ~?*** Come mai?; ***¿Y ~ qué?*** E con questo?; ***a ~ de las tres*** verso le tre; ***aun con ~*** nonostante ciò; ***en ~*** in quel mentre; ***lejos de ~*** lungi da ciò; ***por ~ mismo*** proprio per questo
ESO *abr/f Esp* (*Enseñanza Secundaria Obligatoria*) ="scuola media inferiore", scuola secondaria di primo grado o dell'obbligo
esófago *m* esofago
esot|érico, -a *adj* esoterico, -a; **~erismo** *m filos* esoterismo
espabil|aderas *fpl* (*velas*) smoccolatoio *m*; **~do, -a** *adj/s* sveglio, -a, furbo, -a; **~r 1.** *vt fig* svegliare; smoccolare; **2. ~se** svegliarsi, sbrigarsi
espaci|ado, -a 1. *adj* separato, -a; **2.** *m impr* spazio; **~ador** *m* tasto spaziatore, barra spaziatrice *f*; **~al** *adj* spaziale; **~ar** ‹*espacio*› V. 1 **1.** *vt impr* spazieggiare, separare, distanziare; **2. ~se** dilungarsi, estendersi; **~o** *m* spazio; (*tiempo*) lasso ◊ **~ *interplanetario*** spazio interplanetario; **~osidad** *f* spaziosità *inv*; **~oso, -a** *adj* 1. spazioso, -a, ampio, -a, largo, -a; 2. tardo, -a
espad|a 1. *f* 1. spada; 2. *mat* saetta; **2.** *m taur* torero principale ◊ **~ *blanca, negra*** spada normale, fioretto; **~ *de Damocles*** spada di Damocle; **~ *de dos filos*** arma a doppio taglio; ***ceñir, desnudar la* ~** cingere, sguainare la spada; ***hallarse entre la ~ y la pared*** essere tra l'incudine e il martello/tra l'uscio e il muro; ***primer* ~** *taur* torero principale; *fig*. persona principale **~achín** *m* spadaccino; **~aña** *f bot* sala, biodo *m*; campanile a ventola; **~ín** *m* spadino; **~ón** *m* 1. (*arma*) spadone; 2. *fig* pesce/pezzo grosso; 3. eunuco
espaguetis *mpl* spaghetti
espald|a *f* schiena ◊ ***a ~s*** a/sulle spalle; ***a ~s de alg*** alle spalle di q; ***caerse de ~s*** cadere di spalle/all'indietro; ***cargado de ~s*** curvo, un po' gobbo; ***donde la ~ pierde su honesto nombre*** nelle natiche; ***echarse u-c a las ~s*** non preoccuparsene; ***las ~s*** *euf* la parte posteriore, il di dietro; ***por la* ~** a tradimento; ***tener buenas ~s*** *tamb. fig* avere buone spalle; ***tirar, tumbar de ~s*** intontire; ***volver las ~s*** voltare le spalle; **~r** *m* schienale; schienale, schiena (dell'animale) *f*; **~razo** *m* manata sulla schiena *f*; *hist* accollata *f*
espalderas *fpl sport* spalliera *f*
espaldilla *f med* scapola; spalla di animale
espant|able *adj* spaventevole; **~ada** *f* adombramento *m*; **~adizo, -a** *adj* timido, -a, pauroso, -a; **~ajo** (*var.* **espantapájaros**) *m* spauracchio, spaventapasseri *inv*; **~amoscas** *m inv* scacciamosche; **~ar 1.** *vt* 1. spaventare; 2. scacciare; **2. ~se** impaurirsi; **~o** *m* spavento ◊ ***estar curado de ~(s)*** essere inalterabile/immutabile/impassibile, non alterarsi; ***de* ~** da paura; **~oso, -a** *adj* spaventoso, -a
España *f geogr* Spagna
español, -a *adj/s* spagnolo, -a; **~ada** *f desp* spagnolata; **~ismo** *m tamb. desp* spagnolismo, ispanismo; **~izar** ‹*españolicé*› *vt* spagnolizzare
espara|drapo *m* cerotto; **~ván** *m* 1. *zool* sparviere; 2. *med* formella *f*; **~vel** *m nav* rete da lancio *f*
esparc|idor, -a *adj/s* disseminatore, -trice; **~imiento** *m* 1. spargimento; 2. svago; **~ir** ‹*esparzo*› **1.** *vt* 1. spargere; 2. allietare; **2. ~se** spargersi; svagarsi, divertirsi
espárrago *m bot* asparago ◊ **~ *triguero*** asparago selvatico; ***mandar a freír ~s*** mandare a farsi friggere; ***vete a freír ~s*** va' a farti friggere
esparra|guera *f* asparageto *m*, asparagiaia; **~ncarse** *coloq* spalancare le gambe *vi*
espartano, -a *adj/s* spartano, -a
esparte|ría *f* arte f e negozio m dello sparto; **~ro, -a** *m/f* venditore, -trice o lavoratore, -trice dello sparto
esparto *m bot* sparto
espasm|o *m* spasimo, spasmo (*med*); **~ódico, -a** *adj* spasmodico, -a; **~olítico, -a** *adj/m* spasmolitico, -a
espástico, -a *adj* spastico, -a
espat|a *f bot* spata; **~arrarse** restare a gambe aperte *vi*; *fig* restare a bocca aperta *vi*; **~o** *m min* spato, calcite *f*
espátula *f* 1. spatola; 2. *zool* (*anas clypeata*) mestalono *m*; (*Platalea leucorodia*) spatola
especia *f gastr* spezie *fpl*
especial *adj* speciale; singolare, particolare; adatto, -a ◊ ***en* ~** specialmente, specie; **~idad** *f* specialità *inv*; singolarità *inv*, particolarità *inv*; specializzazione; **~ista** *adj/s* specialista; **~ización** *f* specializzazione; **~izarse** ‹*especialicé*› specializzarsi (**en** in); **~mente** *adv* soprattutto, specie, in specie
especiar ‹*especio*› V. 1 *vt* drogare
especie *f* 1. specie *inv*; classe; qualità *inv*, sorta; 2. frottola, balla; *elev* notizia; *sport* finta ◊ ***bajo ~ de*** sotto specie di; ***pagar en* ~** pagare in natura; ***una ~ de*** una specie di; **~ría** *f* drogheria; *ant*

spezieria; **~ro, -a 1.** *m/f* droghiere, -a; **2.** *m* 1. portaspezie *inv*; 2. *ant* farmacista, speziale

especific|ación *f* specificazione, individuazione; **~ar** ‹*especifiqué*› *vt* specificare, spiegare, determinare

específico, -a *adj/m* specifico, -a

espécimen (*pl* **especímenes**) *m* esemplare; saggio, campione, mostra *f*

especioso, -a *adj elev* specioso, -a

espect|acular *adj* spettacolare, spettacoloso, -a; **~áculo** *m* spettacolo; **~ador, -a** *m/f* spettatore, -trice

espectr|al *adj* spettrale; **~o** *m cient tamb. fig* spettro; spettro, ombra *f*, fantasma; **~ofotómetro** *m fís* spettrofotometro; **~ógrafo** *m fís* spettrografo; **~ómetro** *m fís* spettrometro

especul|ación *f* speculazione; **~ador, -a** *adj/s* speculatore, -trice; **~ar 1.** *vi* speculare; **2.** *adj* speculare; **~ativo, -a** *adj* speculativo, -a

espej|ismo *m tamb. fig* miraggio, illusione *f*; **~o** *m* specchio; *informát* mirror *inv* ◊ **~ *retrovisor*** specchietto retrovisore; ***mirarse en ese*** **~** farsi specchio di q/qc; **~uelo 1.** *m* 1. gesso cristallizzato; 2. specchietto; **2.** *mpl Méx* (*ant/Esp*) occhiali

espele|ología *f* speleologia; **~ólogo, -a** *m/f* speleologo, -a

espeluzn|ante *adj* raccapricciante; **~ar** *vt* raccapricciare

espera *f* attesa; calma, pazienza; *jur* dilazione ◊ ***a la, en*** **~** ***de*** in attesa di; ***a la*** **~** (*caza*) in appostamento; ***sala de*** **~** sala d'attesa; **~ble** *adj* sperabile

esperanto *m* esperanto

esperanza *f* speranza ◊ ***dar ~s*** dare speranza; ***(en estado) de buena*** **~** in stato interessante/incinta; ***vivir de ~s*** vivere di speranza; **~do, -a** *adj* speranzoso, -a; **~dor, -a** *adj* promettente, ricco, -a di belle speranze

esperar 1. *vt* aspettare, attendere; **2.** *vt/i* sperare ◊ **~ *a alg*** aspettare q; ***de aquí te espero*** *coloq* incredibile, fenomenale; ***era de*** **~** c'era da aspettarselo; ***espera sentado*** aspetta, aspetta, che la morte si avvicina; ***espero que no ocurra nada*** spero che non succeda nulla; ***quien espera, desespera*** chi di speranza vive, di speranza muore

esperm|a *m/f* sperma *m*; **~aticida** V. **espermicida**; **~ático, -a** *adj* spermatico, -a; **~atozoide** (*var.* **espermatozoo**) *m* spermatozoo; **~icida** *adj/m* spermicida; **~iograma** *m* spermiogramma

esperpéntico, -a *adj* 1. assurdo, -a; 2. *teat* dell'assurdo; **~ento** *m* 1. spauracchio; 2. sproposito, assurdo

espes|amiento *m* ingrossamento; ispessimento; **~ante** *adj/m* addensante; **~ar** *vt* ispessire, addensare; infoltire; **~o, -a** *adj* (*líquido, niebla*) spesso, -a, denso, -a; folto, -a; grosso, -a, massiccio, -a ◊ ***bosque*** **~** bosco folto; **~or** *m* spessore; densità *f inv*; **~ura** *f* spessezza, densità *inv*; foltezza; *fig* boscaglia

espet|ar *vt* infilzare; trafiggere; *fig* infilzare, spiattellare; **~o** *m* (*Asturias, Galicia*) spiedo; **~ón** *m* 1. stocco, spiedo; attizzatoio; 2. spillone; 3. *zool* aguglia *f*

espía *m/f* spia *f*!

espiantar *vi Arg jerga* fuggire; rubare

espiar ‹*espío*› V. 2 *vt* spiare; *nav* alare

espich|ar *vt jerga* morire, crepare; *Am* schiacciare; **~e** *m* 1. punteruolo, punzone; 2. *nav* zeppa *f*

espid *m* (*droga*) speed

espiedo *m Arg* spiedo

espiga *f bot tamb. fig* spiga; piolo *m*; *agric* cavicchio *m*; codolo *m*; **~do, -a** *adj agric* spigato, -a; *fig* alto, -a, slanciato, -a, snello, -a; **~dor, -a** *m/f* spigolatore, -trice; **~r** ‹*espigué*› **1.** *vt agric* spigolare; *fig* racimolare; **2.** *vi agric* spigare; **3. ~se** crescere *vi*

espigón *m* 1. *nav* pontile, diga *f*, muraglione; 2. pungolo; codolo; 3. *bot* spiga spinosa *f*

espigueo *m agric* spigolatura *f*

espina *f* 1. *bot/arq/med tamb. fig* spina; 2. *zool* spina, aculeo *m*; 3. scheggia ◊ **~ *dorsal*** spina dorsale; ***a*** **~** ***de pez*** a spina di pesce/spinapesce; ***dar mala*** **~** preoccupare, insospettire; ***sacarse una*** **~** togliersi una spina; **~cas** *fpl bot* spinaci *mpl*; **~l** *adj* spinale; **~r** *m* prunaio, spineto; **~zo** *m zool* spina dorsale *f* ◊ ***doblar el*** **~** piegare la testa; piegare il groppone

espinel|a *f lit* decima; *min* spinello *m*; **~ta** *f mús* spinetta

espinil|la *f* 1. *med* (*pierna*) stinco *m*; 2. (*piel*) foruncoletto *m* ◊ ***como una patada en la*** **~** come un calcio negli stinchi; **~ta** *f* spina ◊ ***tener una*** **~** ***clavada en el corazón*** avere una spina nel cuore

espino 1. *m bot* biancospino; **2.** *adj* spino ◊ ***de*** **~** di ferro spinato; **~so, -a** *adj* spinoso, -a; *fig* scabroso, -a, arduo, -a

espionaje *m* spionaggio

espira *f* spira; **~l 1.** *adj* spirale; **2.** *f med* spirale, IUD *m*; **~r 1.** *vi* espirare; respirare; soffiare, spirare; **2.** *vt* emanare; infondere

espirillo *m biol* spirillo; **~tismo** *m* spiritismo; **~tista 1.** *adj* spiritistico, -a; **2.** *m/f* spiritista

espíritu *m* spirito; anima *f*; coraggio, vivacità *f inv* ◊ ****~ Santo*** Spirito Santo; ***exhalar el*** **~** esalare l'ultimo spirito; ***levantar el*** **~** sollevare lo spirito; ***pobre de*** **~** povero di spirito

espiritual *adj* spirituale; **~idad** *f* spiritualità *inv*; **~ización** *f* spiritualizzazione; **~izar** ‹*espiritualicé*› *vt* spiritualizzare

espiroidal *adj* spiroidale

espirómetro *m med* spirometro

espita *f* 1. *tecn* rubinetto *m*, chiave di botte; 2. (*medida*) palmo *m* ◊ ***abrir la*** **~** *fig* aprire il rubinetto

esplend|ente *adj elev* splendente; **~idez** *f* splendore *m*, larghezza, sfarzo *m*, lusso *m*

espléndido, -a *adj* splendido, -a, generoso, -a; *elev* splendente
esplendor *m* splendore; lusso, lustro; **~oso, -a** *adj* splendente
espliego *m bot* spigo, lavanda *f*
espolle|ar *vt* spronare; *fig* spronare, stimolare; **~eta** *f* spoletta; **~ón** *m* 1. sprone; 2. *nav* rostro, sperone; 3. *constr* muraglione, diga *f*; *arq* contrafforte; 4. *med* gelone del piede; ◊ ***tener ~es*** *fig* essere vecchio; **~onazo** *m* speronata *f*
espolvore|ador *m* polverizzatore; **~ar** *vt* 1. *Am* polverizzare; 2. spolverizzare, spolverare; **~o** *m* spolverata *f*, spolveratura *f*, polverizzazione *f*
espond|eo *m lit* spondeo; **~ilitis** *f inv med* spondilite *f*
esponj|a *f* spugna ◊ ***pasar la ~*** *fig* dare un colpo di spugna; ***ser una ~*** bere come una spugna; ***tirar la ~*** *fig* gettare la spugna; **~amiento** (*var.* **esponjadura** *f*) *m* ammorbidimento; sprimacciata *f*; **~ar 1.** *vt* rendere soffice, ammorbidire; sprimacciare; **2. ~se** gonfiarsi; invanire *vi*; **~osidad** *f* spugnosità *inv*, morbidezza; **~oso, -a** *adj* spugnoso, -a; soffice
esponsales *mpl elev* sponsali, fidanzamento *m*
esponsoriz|ación *f* sponsorizzazione; **~ar** ‹*esponsoricé*› *vt* sponsorizzare
espontane|arse confidarsi; **~idad** *f* spontaneità *inv*
espontáneo, -a *adj/s* spontaneo, -a; *taur* volontario, -a
espor|a *f biol* spora; **~ádico, -a** *adj* sporadico, -a; **~angio** *m bot* sporangio; **~idio** *m bot* sporidio; **~ogénesis** *f inv biol* sporogenesi
esportillo *m* sporta *f*, cesto di sparto
esposa 1. *f* 1. sposa; moglie; 2. *Am* anello episcopale *m*; **2.** *fpl* manette; **~do, -a** *adj* 1. ammanettato, -a; 2. sposato, -a; **~r** *vt* ammanettare
esposo *m* sposo; marito
espot *m* spot *inv*
espray *m* spray *inv*
esprint *m* volata *f*, scatto; **~ar** *vi* scattare
esprínter *m/f* scattista
espuela *f* sperone *m*, sprone *m*; *fig* sprone *m*, stimolo *m* ◊ **~ *de caballero*** *bot* speronella, sprone di cavaliere; ***dar de ~*** dar di sprone; ***poner ~s*** spronare
espuerta *f* cesto di sparto *m*; sporta ◊ ***a ~s*** a bizzeffe, un sacco e una sporta
espulgar ‹*espulgué*› *vt* spulciare
espuma *f* 1. schiuma, spuma; 2. *nav* magnesite; *min* sepiolite ◊ **~ *moldeadora, de afeitar*** schiuma modellante, da barba; ***tela de ~*** spugna; **~dera** *f* schiumaiola; **~jear** *vi* schiumare, sbavare; **~r** *vt/i* schiumare; **~rajo** *m* bava schiumosa *f*
espumógeno, -a *adj* schiumogeno, -a
espumoso, -a *adj* spumoso, -a, spumeggiante
espurio, -a *adj* spurio, -a, illegittimo, -a; falso, -a, adulterato, -a
esput|ar *vt* sputare, espettorare; **~o** *m* sputo
esqueje *m agric* talea *f*
esquel|a *f* annunzio *m*, partecipazione ◊ **~ *mortuoria*** necrologio; **~ético, -a** *adj* scheletrico, -a; **~eto** *m* scheletro; *fig* armatura *f* ◊ ***mover/menear el ~*** *coloq* ballare
esquema *m* schema; disegno, progetto; **~ticidad** *f* schematicità *inv*
esquemático, -a *adj* schematico, -a
esquemat|ismo *m filos* schematismo; **~ización** *f* schematizzazione; **~izar** ‹*esquematicé*› *vt* schematizzare
esquí *m* sci *inv* ◊ **~ *alpino, de fondo, fuera de pista, náutico*** sci alpino, di fondo, fuori pista, nautico; **~ *de travesía*** sci alpino
esquia|dor, -a *m/f* sciatore, -trice; **~r** ‹*esquío*› V. 2 *vi* sciare
esquicio *m arte* schizzo, abbozzo
esquife *m* 1. *nav* schifo; 2. *arq* volta a schifo *f*
esquila *f* 1. campanaccio *m*, squilla; 2. tosatura; 3. *zool* squilla; **~ador, -a** *m/f* tosatore, -trice; **~ar 1.** *vt* tosare; **2.** *vi* suonare il campanaccio; **~eo** *m* tosatura *f*; **~mar** *vt* isterilire il terreno; impoverire
esquimal *adj/s* eschimese, esquimese
esquin|a *f tamb. fig* spigolo *m*; angolo *m*, canto *m*, cantone *m* ◊ ***de ~*** ad angolo; ***doblar la ~*** girare (al)l'angolo; ***hacer ~ ....*** fare angolo con..; ***jugar a las 4 ~s*** giocare ai 4 cantoni; **~ado, -a** *adj* angoloso, -a; **~azo** *m* 1. cantonata *f*; 2. *Am* serenata *f* ◊ ***dar ~*** piantare in asso, fare un bidone; **~era** *f* cantonale, cantoniera
esquirla *f* scheggia d'osso
esquirol *m Esp desp* crumiro
esquisto *m min* scisto; **~so, -a** *adj* scistoso, -a
esquite *m Méx* popcorn
esquiv|ar *vt* schivare, evitare, scansare; **~ez** *f elev* freddezza, sgarbatezza; ritrosia; **~o, -a** *adj elev* schivo, -a, sdegnoso, -a; ritroso, -a
esquizo|frenia *f med* schizofrenia; **~frénico, -a** *adj* schizofrenico, -a; **~ide** *adj* schizoide
está V. **estar**
estabili|dad *f* 1. stabilità *inv*; fermezza; 2. *auto* tenuta di strada, stabilità *inv*; **~zación** *f* stabilizzazione, consolidazione; **~zador, -a** *adj/s* stabilizzatore, -trice; **~zar** ‹*estabilicé*› *vt* stabilizzare, consolidare
estable *adj* stabile, fermo, -a, fisso, -a; costante; **~cer** ‹*establezco*› V. 13a **1.** *vt* stabilire, fondare; ordinare, decretare; affermare; **2. ~se** stabilirsi; **~cimiento** *m* stabilimento; *com* impresa *f*, negozio; insediamento
establo *m* stalla *f*
estaca *f* palo *m*, piolo *m*, bastone *m*; *agric* magliolo *m*; **~da** *f* staccionata; steccato *m* ◊ ***dejar a alg en la ~*** piantare in asso q; abbandonarlo alla sua sorte; **~r** ‹*estaqué*› *vt* picchettare; **~zo** *m* colpo di bastone, bastonata *f*; *fig* colpo
estación *f* 1. *meteo* stagione; 2. *transp/relig* stazione ◊ **~ *de servicio*** stazione di servizio; **~ *espacial, emisora*** stazione spaziale, emittente; **~ *invernal, marítima, ...*** stazione alpina, marina, ...

estacional|l *adj* stagionale; **~miento** *m* parcheggio; sosta *f*, stazionamento; **~r 1.** *vt/i* parcheggiare; sostare *vi*; **2. ~se** fermarsi, arrestarsi; **~rio, -a** *adj* stazionario, -a
estadía *f* 1. *nav* stallia; 2. *Am* permanenza
estadio *m* 1. *sport* stadio; 2. fase *f*, stadio
estadista *m/f* statista
estadístic|a *f* statistica; **~o, -a** *adj* statistico, -a
estado *m* 1. stato, condizione *f*; 2. *pol/econ/jur* stato; *mil* stato ◊ ***~s Unidos**; **~ de alarma, de sitio*** *pol/mil* stato d'emergenza, d'assedio; ***en ~ de merecer*** maritabile; ***en buen, mal ~*** in buone, cattive condizioni; ***estar en ~ (de buena esperanza)*** essere in stato interessante/incinta; ***golpe de ~*** colpo di stato; (*Hispanoamérica*) golpe; **~unidense** (*var.* **estadunidense**) *adj/s* statunitense
estafa *f* truffa, frode; **~dor, -a** *m/f* truffatore, -trice; **~r** *vt* truffare, ingannare, imbrogliare
estafeta *f* staffetta ◊ ***~ de correos*** ricevitoria postale
estafilococo *m* stafilococco
estajanovismo (*var.* **stajanovismo**) *m pol/econ tamb. fig* stacanovismo
estala|ctita *f* stalattite; **~gmita** *f* stalagmite
estalin|ismo *m pol/hist* stalinismo; **~ista** *adj/s* stalinista
estall|ar *vi* scoppiare, esplodere; **~ido** *m* scoppio, esplosione *f*
estambre *m* stame
Estambul Istanbul
estamento *m jur* categoria *f*, corpo; *pol* stamento
estamp|a *f* stampa, incisione, figura; aspetto *m*, sembiante *m*; *relig* figurina ◊ ***dar a la ~*** dare alle stampe; mandare in stampa; ***la viva ~*** la viva immagine; **~ación** *f* stampatura, stampa; **~ado, -a 1.** *adj* stampato, -a; **2.** *m tecn* stampaggio; (*tela*) disegno; **~ar** *vt* 1. stampare, imprimere; lasciar impresso; 2. scagliare; **~ía: de ~** *adv* precipitosamente
estampi|do *m* scoppio; **~lla** *f* stampiglia, timbro *m*; *Am* marca da bollo; *Am* francobollo *m*; **~llar** *vt* stampigliare; **~ta** *f* ◊ ***el timo de la ~*** ="truffa con scambio di soldi per pezzi di giornale"
estanc|ado, -a *adj* stagnante; **~amiento** *m* ristagno, stagnazione *f*; **~ar** ‹*estanqué*› *vt* 1. *tamb. fig* ristagnare, arrestare il corso *vi*; 2. monopolizzare
estanci|a *f* 1. soggiorno *m*, permanenza; 2. *arq/lit* stanza; *Am* fattoria; **~ero** *m Am* padrone della fattoria
estanco, -a 1. *m* tabaccheria *f*; monopolio; **2.** *adj* stagno, -a; impermeabile ◊ ***compartimentos ~s*** compartimenti stagni; ***voy al ~*** vado dal tabaccaio
estándar *adj/m* standard
estandariz|ación (*var.* **estandardización**) *f* standardizzazione; **~ar** (*var.* **estandardizar**) ‹*estandar(d)icé*› *vt* standardizzare
estandarte *m* stendardo
estanque *m* stagno; serbatoio d'acqua; **~idad** *f* tenuta; **~ro, -a** *m/f* tabaccaio, -a, tabacchino, -a
estante 1. *m* ripiano; **2.** *adj* stabile, fisso, -a; **~ría** *f* scaffale *m*, scansia
estañ|ador *m* stagnaio; **~ar** *vt* stagnare; saldare; **~o** *m* stagno
estaquilla *f* chiodo di legno *m*; chiodo lungo *m*
estar ‹*estoy, estás; estuve*› *vi* 1. stare; 2. essere ◊ ***~ a 25 de abril*** essere il 25 aprile; ***~ a matar*** essere nemici, odiarsi; ***~ a oscuras*** essere all'oscuro; ***~ alegre, triste...*** essere allegro, triste...; ***~ con alg*** essere d'accordo con q; vivere con q; ***~ de broma*** star scherzando; ***~ de más*** essere superfluo, avanzare; ***~ en antecedentes*** essere al corrente; ***~ en ascuas*** stare sulle spine; ***~ en lo cierto*** avere ragione; ***~ en que...*** credere che...; ***~ en todo*** pensare a tutto; ***~ para llegar*** star per arrivare/essere sul punto di arrivare; ***~ sobre u-c/alg*** preoccuparsi di qc/q; ***~ tras u-c*** andar dietro qc; ***¡Le está bien empleado!*** *irón* Gli sta bene!; ***¿A cómo estamos?*** Quanti ne abbiamo?; ***¿Cómo estás?*** Come stai?; ***¿Dónde está Luis?*** Dov'è Luigi?; ***¿estamos?*** Ci siamo capiti/intesi?; ***cuarto de ~*** soggiorno; ***dejar ~*** lasciar stare; ***el sombrero te está bien*** il cappello ti sta bene; ***en Sevilla están a 40 grados*** a Siviglia ci sono 40 gradi; ***está al caer (u-c)*** sta per succedere (qc); ***está al caer alg*** sta per venire q; ***está en casa*** è a casa; ***está erre que erre*** è testardo, insiste; ***está estudiando, leyendo*** sta studiando, leggendo; ***está que bota*** sta per sbottare; ***la carne está a 15 euros el kilo*** la carne viene 15 euro al chilo; ***la fruta está para recoger*** la frutta è pronta per essere raccolta; ***la fruta está por recoger*** la frutta è da raccogliere; ***la vida está por las nubes*** la vita è carissima; ***no ~ para bromas*** non aver voglia di scherzare; ***no está*** non c'è; ***ya estoy bueno*** sto già bene
estaribel *m jerga* gattabuia *f* (*euf*), galera *f*, gabbia *f* (*euf*)
estarlet *f* starlet *inv*
estárter *m auto* starter *inv*
estasis *f inv* stasi
estatal *adj* statale; **~ismo** *m* statalismo; **~izar** ‹*estatalicé*› *vt* statalizzare; nazionalizzare
estatequieto *m Méx jerga delinc* pugnalata *f*
estática *f* statica
estaticidad *f* staticità *inv*
estático, -a 1. *adj* statico, -a; immobile; **2.** *f fís* statica
estatismo *m* statalismo
estatua *f* statua; **~ria** *f* statuaria, scultura; **~rio, -a** *adj* statuario, -a
estatui|lla *f* figurina; **~r** ‹*estatuyo; estatuyó; estatuyendo*› V. 14 *vt* statuire, stabilire
estatura *f* statura, taglia, altezza
estatus *m inv* status

estatut|ario, -a *adj* statutario, -a; **~o** *m* statuto; costituzione *f*; regime giuridico ◊ **~ *de autonomía*** statuto regionale; ***los ~s*** lo statuto

este *m geogr* est *inv*, levante, oriente

este (*f* **esta**, *mpl* **estos**, *fpl* **estas**) *adj/m/f* questo/questa, questi/queste *mpl/fpl* ◊ ***a todas ~as*** dopo tutto

éste (*f* **ésta**, *mpl* **éstos**, *pl* **éstas**) *m/f/pron* questo/questa, questi/queste *mpl/fpl*

esté V. **estar**

estea|rina *f quím* stearina; **~tita** *f* steatite; **~toma** *m med* steatoma

Estefanía *f* Stefania

estela *f* 1. *nav* scia; 2. *arq* stele, cippo *m*; **~r** *adj* stellare; **~ria** *f bot* stellaria

estema *m* (*filología*) stemma

esten|ografía *f* stenografia; **~ografiar** ‹*grafío*› V. 2 *vt* stenografare; **~ográfico, -a** *adj* stenografico, -a; **~ógrafo, -a** *m/f* stenografo, -a

estenosis *f inv med* stenosi

estenotipista *m/f* stenotipista

estentóreo, -a *adj* stentoreo, -a, tonante

estepa *f geog* steppa; *bot* cisto *m*; **~rio, -a** *adj* steppico, -a

éster *m quím* estere

estera *f* stuoia ◊ ***dar o recibir más palos que una ~*** *coloq* dare o ricevere molte bastonate

estercol|ar *vt* concimare; **~ero** *m* letamaio

estéreo *adj/m* stereo, stereofonico *adj*

estereo|fonía *f* stereofonia; **~fónico, -a** *adj* stereofonico, -a; **~scopio** *m med* stereoscopio; **~tipado, -a** *adj* stereotipato, -a; **~tipar** *vt impr* stereotipare; **~tipia** *f impr* stereotipia; **~tipo** *m* stereotipo

estéril *adj* sterile, infecondo, -a

esterili|dad *f* sterilità *inv*; **~zación** *f* sterilizzazione; **~zador, -a** *adj/m* sterilizzatore, -trice; **~zar** ‹*esterilicé*› *vt* sterilizzare

esterilla *f* stuoina; canovaccio *m*

esterlina *adj/f* sterlina ◊ ***libra ~*** sterlina

esternón *m med* sterno

estero *m* estuario; *Am* palude *f*; *Chile* ruscello; **~ide** *adj/m med* steroide

estertor *m* rantolo, stertore

esteta *m/f* esteta

estética *f* estetica

esteticista *m/f* estetista, esthéticienne* *f inv*

estético, -a *adj* estetico, -a

estetoscopio *m med* stetoscopio

esteva *f agric* stiva, stegola

Esther [es'ter] *f* Ester

esthéticienne [esteti'θjen, esteti'sjen] *f* estetista

estiaje *m* magra (dei corsi d'acqua) *f*

estiba *f nav* stivaggio *m*; **~dor, -a** *adj/m* stivatore, -trice; **~r** *vt nav* stivare; pressare

estiércol *m* sterco, escremento

estigma *m* 1. *elev* stigma; marchio; 2. *relig* stigmate *f*; **~tizar** ‹*estigmaticé*› *vt* stigmatizzare; bollare, biasimare

estil|ar 1. *vi* essere solito, solere; **2.** *vt jur* stilare, redigere; **3. ~se** essere di moda *vi*, usarsi; **~ete** *m* stiletto, pugnale; *med* sonda *f*; **~ista** *m/f* stilista; **~ística** *f* stilistica; **~ístico, -a** *adj* estilistico, -a; **~ización** *f* stilizzazione; **~izar** ‹*estilicé*› *vt* stilizzare; *fig* dar stile *vi*; **~o** *m* 1. (*lit, mús....*) stile; 2. *bot* stilo ◊ **~ *informal*** casual; ***a(l) ~ de*** allo/(secondo lo) stile di; di stile; ***por el ~ de*** simile a; ***por ese ~*** più o meno così; ***u-c por el ~*** qualcosa del genere

estilográfic|a *f* penna stilografica; **~o, -a** *adj* stilografico, -a

estilógrafo *m Am* penna stilografica *f*

estima *f* stima, considerazione; *nav/com* stima, valutazione ◊ ***tener en mucha/poca ~ (a alg)*** avere molta/poca stima di q; **~ble** *adj* stimabile; **~ción** *f elev* estimazione; stima; *com* estimo *m*, stima; **~do, -a** *adj* egregio, -a, benvoluto, -a, caro, -a; ****~ Sr. Borghi*** *Egr. Sig. Borghi*; **~r** *vt* stimare, apprezzare; credere, giudicare; *com* stimare; **~tivo, -a** *adj* valutativo, -a; **~torio, -a** *adj jur* estimatorio, -a

estimul|ación *f* stimolazione; **~ante** *adj* stimolante; **~ar** *vt* stimolare, incitare, spronare

estímulo *m* stimolo, incitamento

estío *m elev* estate *f* (*estánd*), stagione estiva *f*

estipendio *m* stipendio, salario

estipul|ación *f jur* stipulazione, convegno *m*, obbligazione; clausola; **~ar** *vt* stipulare, convenire, obbligarsi a

estira|chaquetas *m/f inv* tirapiedi; **~do, -a** *adj* 1. stirato, -a, teso, -a; 2. borioso, -a, altezzoso, -a; 3. tirchio, -a; **~miento** *m* stiramento; **~mientos** *mpl sport,* stretching *m inv*; **~r** *vt* 1. tirare, tendere; 2. stiracchiare ◊ **~ *la pata*** tirare le cuoia , crepare, tirare il calzino; **~ *las piernas*** sgranchire/stiracchiare le gambe

estirón *m* strappo, strappata *f*, tirata *f* ◊ ***dar un ~*** crescere in fretta/di colpo

estirpe *f* stirpe; schiatta, razza

estiv|al *adj* estivo, -a; **~o, -a** *adj elev* estivo, -a

esto *pron* ciò, questa cosa, questo ◊ ***en ~*** in questo/quel momento

estoc|ada *f* stoccata; **~aje** *m* stoccaggio

Estocolmo Stoccolma

estofa *f* 1. *fig* specie *inv*, classe, genere *m*; 2. *ant* stoffa ◊ ***de baja ~*** di basso livello; **~do** *m* 1. *gastr* stufato; 2. *tecn* stuccatura *f*; dipinto; **~r** *vt* brasare

estoic|ismo *m* stoicismo; **~o, -a** *adj* stoico, -a; forte, impassibile

estol|a *f* stola; **~idez** *f elev* stolidezza, stolidità *inv*

estólido, -a *adj* stolido, -a, stolto, -a

estoma *m bot* stoma; **~cal** *adj/m* stomacale; **~gar** ‹*estomagué*› *vt* stomacare, nauseare

estómago *m* stomaco ◊ ***tener el ~ en los talones*** avere una fame da lupo; ***tener (a alg) sentado en el ~ (en la boca del ~)*** *desp* avere (q) sullo stomaco

estomatitis *f inv med* stomatite *f*

Estonia *f geogr* Estonia

estonio, -a *adj/s* estone

estop|a *f* stoppa ◊ ***arrear/sacudir ~*** dare una bastonata; **~ín** *m* (*explosivo*) stoppino
estoque *m* 1. stocco; 2. *bot* gladiolo ◊ ***bastón de ~*** bastone da stocco
estor *m* tenda a pacchetto steccato *f*
estorb|ar *vt* disturbare, dar fastidio *vi*, molestare; impedire, ostacolare; **~o** *m* disturbo; ostacolo
estornino *m zool* stornello, storno
estornud|ar *vi* starnutire, starnutare; **~o** *m* starnuto
estoy V. **estar**
estrábico, -a *adj* strabico, -a
estrabismo *m* strabismo
estrad|iol *m biol* stradiolo; **~ivario** *m mús* stradivario; **~o 1.** *m* predella *f*, palco, podio; **2.** *mpl jur* tribunale *m*, sala delle udienze *f*
estrafalario, -a *adj* stravagante, strambo, -a, bizzarro, -a
estrag|ar ‹*estragué*› *vt* guastare, corrompere, danneggiare; fare strage *vi*; **~o** *m* strage *f*, danno, rovina *f* ◊ ***hacer ~s*** fare una strage; **~ón** *m bot* dragoncello, artemisia *f*
estramb|ote *m lit* strambotto; **~ótico, -a** *adj* strambo, -a, strano, -a, bizzarro, -a
estramonio *m bot* stramonio
estrangul *m* ancia *f*; **~ación** *f* strangolamento *m*; **~ador, -a** *m/f* strangolatore, -trice; **~amiento** *m* strangolatura *f*, strozzamento; **~ar** *vt* strangolare, strozzare
estraper|lista *m/f* incettatore, -trice; **~o** *m* mercato nero, incetta *f*
estratagema *f* stratagemma *m* (!)
estrateg|a *m/f* stratega; **~gia** *f* strategia
estratégico, -a *adj* strategico, -a
estratific|ación *f* stratificazione; **~ar** ‹*estratifiqué*› *vt* stratificare
estrato *m* strato; **~sfera** *f* stratosfera; **~sférico, -a** *adj* stratosferico, -a
estrave *m nav* ruota di prora *f*
estraza *f* straccio *m*, cencio *m* ◊ ***papel de ~*** carta straccia
estrech|amiento *m* strettoia *f*, strozzatura *f*; **~ar 1.** *vt* stringere; unire; diminuire, restringere; costringere; **2. ~se** stringersi, restringersi ◊ ***~ la mano*** stringere la mano; **~ez** *f* strettezza; *fig* ristrettezza, scarsezza; **~o, -a 1.** *adj* stretto, -a; angusto, -a; (*traje*) attillato, -a; intimo, -a; rigido, -a, austero, -a; **2.** *m geogr* stretto ◊ ***~ de miras*** ristretto di vedute; ***hacerse la/ser una ~a*** fare la ritrosa/essere troppo seria; ***pasarlas ~s*** *coloq* vivere nelle ristrettezze, essere/navigare in cattive acque; **~ura** *f* stretta; strettezza
estregar ‹*estriego*› *vt* strofinare
estrella *f* stella; *fig* sorte, destino *m* ◊ ***~ de mar, polar, fugaz*** stella marina, polare, cadente; ***en ~*** a (forma di) stella; ***ver las ~s*** *tamb. fig* vedere le stelle; **~do, -a** *adj* 1. stellato, -a; 2. infranto, -a ◊ ***huevos ~s*** uova fritte; **~r 1.** *vt* 1. infrangere; scagliare, scaraventare; cospargere; 2. buttare in padella un uovo, friggere un uovo; **2. ~se** sbattere *vi*, schiantarsi, urtare *vi*; **~zgo** *m* star system *inv*
estrell|ita *f* stellina; **~tas** *fpl* pastina *f*, stelline
estrellón *m* raggiera *f*
estremec|edor, -a *adj* sconvolgente, commovente; pauroso, -a; **~er** ‹*estremezco*› V. 13a **1.** *vt* sconvolgere, commuovere, turbare; scuotere; **2. ~se** rabbrividire *vi*; **~imiento** *m* turbamento, tremito, brivido, sussulto
estren|a (*var.* **estrenas** *fpl*) *f* strenna; **~ar 1.** *vt* inaugurare, usare per la prima volta; iniziare, cominciare; *cine/teat* esordire *vi*, debuttare *vi*; **2. ~se** esordire *vi*; **~o** *m cine/teat* prima *f*, debutto; inaugurazione *f*, inizio, primo uso ◊ ***cine de ~*** cinema di prima visione; ***ir de ~*** essere a nuovo; ***riguroso ~*** la prima
estrenuo, -a *adj* strenuo, -a
estreñ|ido, -a *adj* 1. *med* stitico, -a; 2. *fig* tirchio, -a; **~miento** *m med* stitichezza *f*, restringimento; **~r** ‹*estriño; estriñó; estriñendo*› V. 12 *vt* restringere
estrépito *m* strepito; ostentazione *f*
estrepitoso, -a *adj* strepitoso, -a
estrepto|coco *m* streptococco; **~micina** *f* streptomicina
estrés *m* stress *inv*
estres|ante *adj* stressante; **~ar** *vt* stressare
estría *f* 1. stria; 2. (*piel*) smagliatura, stria gravidica; 3. *arq* scannellatura
estriar ‹*estrío*› V. 2 *vt* 1. striare; 2. *arq* scanalare, scannellare
estrib|ación (*var.* **estribaciones** *fpl*) *f geogr* contrafforte *m*; **~ar** *vi* basarsi, appoggiarsi (**en** su); consistere (**en** in); fondarsi (**en** in/su); **~illo** *m* 1. *mús* ritornello; 2. *lit* intercalare; **~o** *m* 1. staffa *f*; 2. predellino, staffa *f*; 3. *arq* contrafforte, staffa *f*; 4. (*oído*) staffa *f* ◊ ***estar con un pie en el ~*** essere con il piede nella staffa; ***estar sobre los ~s*** stare all'erta; ***la del ~*** *Méx* (*de una ronda*) ultimo bicchiere di vino, cerveza, ecc.; ***perder los ~s*** perdere le staffe; **~or** *m nav* tribordo
estricnina *f quím* stricnina
estricto, -a *adj* stretto, -a; rigoroso, -a, esatto, -a
estrid|encia *f* stridore *m*, stridio *m*; **~ente** *adj* stridente; **~or** *m elev* stridore
estrídulo, -a *adj* fesso, -a
estriego V. **estregar**
estriño, estriñó V. **estreñir**
estriptis *m inv* strip-tease* *m*, spogliarello
estro *m arte/zool* estro
estróbilo *m bot/zool* strobilo
estrobo *m nav* stroppo
estrofa *f lit* strofa, strofe *inv*
estrógeno, -a *adj/m med* estrogeno, -a
Estrómboli *m geogr* Stromboli
estroncio *m quím* stronzio
estropajo *m* strofinaccio; paglietta *f*; *fig* cencio; **~so, -a** *adj* stopposo, -a; (*persona*) cencioso, -a ◊ ***lengua ~a*** lingua pastosa

estropelado, -a *adj* storpio, -a; rotto, -a, guasto, -a; **~ar** *vt* guastare, sciupare, rompere; storpiare; devastare
estropicio *m* fracasso; baccano, chiasso; pasticcio, casino (*coloq*)
estructura *f* struttura; **~ción** *f* strutturazione, disposizione; **~l** *adj* strutturale; **~lismo** *m* strutturalismo; **~lista** *adj/s* strutturalista; **~r** *vt* strutturare, disporre
estruendo *m tamb. fig* strepito, fragore, frastuono; scoppio; *fig* baccano; **~so, -a** *adj* rumoroso, -a, strepitoso, -a; pomposo, -a
estrujlamiento *m* pigiatura *f*, spremitura *f*; **~ar** *vt* spremere; pigiare, comprimere; *fig* stringere, opprimere
estuario *m* estuario
estuclado, -a 1. *adj* stuccato, -a; **2.** *m* stuccatura *f*; **~ar** ‹*estuqué*› *vt* stuccare
estuche *m* 1. astuccio; involto; 2. *fig* tesoro
estuco *m* stucco
estudianltado *m* studenti *mpl*; **~te** *m/f* studente *m*, studentessa *f*; **~til** *adj* studentesco, -a; **~tina** *f Esp* ="complesso musicale universitario ambulante e in abiti goliardici antichi" *m*, estudiantina
estudilar ‹*estudio*› V. 1 *vt* studiare; *arte* copiare dal vero; **~o** *m* 1. studio; 2. *arte/cine* studio; 3. studio, monolocale ◊ ***dar ~s a alg*** mantenere agli studi q; ***estar en ~*** essere allo studio; ***tener ~s*** avere un titolo di studio; **~oso, -a** *adj/s* studioso, -a
estufla *f* 1. stufa; 2. *Am agric* serra; 3. essiccatoio *m*; *ant* sudatorio *m*; **~illa** *f* 1. manicotto *m*; 2. scaldino *m*; braciere *m*
estultlicia *f elev* stoltezza; **~o, -a** *adj/s elev* stolto, -a
estupefaclción *f* stupefazione, stupore *m*; **~iente** *adj/m* stupefacente; **~to, -a** *adj* stupefatto, -a, attonito, -a
estupendo, -a *adj* stupendo, -a, meraviglioso, -a ◊ ***¡~!*** *excl.* stupendo!
estupidez *f* stupidità *inv*, stupidaggine
estúpido, -a *adj* stupido, -a, scemo, -a
estupor *m* stupore, sorpresa *f*, sbalordimento
estuprlar *vt* stuprare; **~o** *m* stupro
esturión *m zool* storione
estuve, estuviera V. **estar**
esvástica *f* svastica
ETA (*Euzkadi ta Azkatasuna*) *abr/f* ="organizzazione terroristica basca"
etanol *m quím* etanolo
etapa *f* (*tamb. sport*) tappa ◊ ***por ~s*** a tappe
etarra *adj/s* appartenente all'ETA
etc. (*etcétera*) *abr* (*eccetera*) ecc.
etcétera (*var.* **etc.**) *m* eccetera, ecc.
éter *m* etere
etéreo, -a *adj* etereo, -a
eternlidad *f* eternità *inv*; **~izable** *adj* eternabile; **~izar** ‹*eternicé*› **1.** *vt* 1. eternare; immortalare; 2. eternizzare; **2. ~se** *fig* eternizzarsi; **~o, -a** *adj* eterno, -a
éticla *f* etica; **~o, -a** *adj* etico, -a, morale; *ling* etico
etílico, -a *adj* etilico, -a
etilismo *m* etilismo
étimo *m* etimo; radice *f*, tema
etimollogía *f* etimologia; **~ógico, -a** *adj* etimologico, -a; **~ogista** *m/f* etimologista
etimólogo, -a *m/f* etimologo, -a
etiología *f* etiologia, eziologia
etíope *adj/s* etiope, dell'Etiopia
Etiopía *f* Etiopia
etiqueta *f* etichetta ◊ ***traje de ~*** abito da cerimonia; **~dora** *f* etichettatrice; **~r** *vt* etichettare
etnia *f* etnia
étnico, -a *adj* etnico, -a, razziale
etnolgrafía *f* etnografia; **~logía** *f* etnologia; **~lógico, -a** *adj* etnologico, -a
etología *f* etologia
etrusco, -a *adj/s* etrusco, -a
ETS (*Escuela Técnica Superior*) *abr* ="Scuola Tecnica Superiore (Facoltà di Ingegneria e di Architettura)"
E.U. (*Escuela Universitaria*) *abr* Scuola Universitaria
eucalipto *m bot* eucalipto
Eucaristía *f relig* Eucaristia, Eucarestia
eucarístico, -a *adj relig* eucaristico, -a
eudemonlismo (*var.* **eudaimonismo**) *m filos* eudemonismo; **~ista** *adj filos* eudemonistico, -a
eudiómetro *m cient* eudiometro
eufemlismo *m* eufemismo, eufemia *f*; **~ístico, -a** *adj* eufemistico, -a
eufonía *f* eufonia
eufónico, -a *adj* eufonico, -a
euforia *f* euforia
eufórico, -a *adj* euforico, -a
euforizante *adj/m* euforizzante
eugenlesia *f med* eugenetica; **~ésico, -a** *adj* eugenetico, -a
eunuco *m* eunuco
¡eureka! *excl* eureka!
euritmia *f elev* euritmia
euro *m* euro *inv*; **~cámara** *f* eurocamera; **~centrismo** *m pol* eurocentrismo; **~centrista** *adj/s pol* eurocentrista; **~cheque** *m* eurochèque *inv*; **~comunismo** *m pol* eurocomunismo
Eurolcopa *f hist sport* Coppa delle Coppe; **~cuerpo** *m mil* Eurocorpo
euroldiputado, -a *m/f* eurodeputato, -a; **~dólar** *m* eurodollaro; **~mediterráneo, -a** *adj* euromediterraneo, -a; **~misil** *m* euromissile
Europla *f* Europa
europelísmo *m* europeismo; **~ísta 1.** *m/f* europeista; **2.** *adj* europeistico, -a; **~izar** ‹*europeicé*› *vt* europeizzare; **~o, -a** *adj/s* europeo, -a
eurovisión *f* eurovisione
eurozona *f* area euro
éuscaro (*var.* **eusquera**, **euskera**) *m* (*lengua*) basco
Euskadi *m* Paesi Baschi *mpl*
eutanlasia *f med* eutanasia; **~ásico, -a** *adj* eutanasico, -a

EUTI (*Escuela Universitaria de Traductores e Intérpretes*) *abr/f* SSLMIT (*Scuola Superiore di Lingue Moderne per Interpreti e Traduttori*)
eutrofización *f cient* eutrofizzazione
evacualción *f* evacuazione; **~r** *vt* 1. evacuare; 2. *jur* sbrigare; **~torio, -a 1.** *adj* evacuativo, -a; **2.** *m* orinatoio pubblico
evadir 1. *vt* 1. evadere, evitare, eludere; 2. *com* (*divisas, capitales*) evadere, esportare; **2. ~se** evadere *vi*
evalualción *f* 1. *com* valutazione, accertamento *m*; stima, tassazione; 2. *estud* valutazione, giudizio *m*; **~dor, -a** *adj/s jur* perito in valutazione; **~r** ‹*evalúo*› V. 4 *vt* valutare, stimare
evanesclencia *f* evanescenza; **~ente** *adj* evanescente
evanglélico, -a *adj* evangelico, -a; **~elio** *m* vangelo, evangelo (*elev*); **~elista 1.** *adj/s relig* vangelista, evangelista; **2.** *m Méx* scrivano, chi scriveva le lettere per q; **~elización** *f* evangelizzazione; **~elizar** ‹*evangelicé*› *vt* evangelizzare
evaporlable *adj* evaporabile; **~ación** *f* evaporazione; **~ar 1.** *vt/i* evaporare; **2. ~se** squagliarsela, sparire *vi*; **~izar** ‹*evaporicé*› *vt* vaporizzare
evaslión *f* evasione, fuga ◊ **~ *de capitales*** fuga dei capitali; **~ *de impuestos*** evasione fiscale; **~iva** *f* pretesto *m*, elusione; **~ivo, -a** *adj* evasivo, -a; **~or, -a** *m/f com* evasore *m*, evaditrice *f*
evección *f astron* evezione
evento *m elev* evento, avvenimento (*estánd*), successo (*estánd*)
eventual *adj* eventuale, possibile, probabile; provvisorio, -a, precario, -a ◊ ***trabajo* ~** lavoro precario; **~idad** *f* eventualità *inv*, caso *m*; **~mente** *adv* eventualmente
eversión *f* eversione, distruzione; *med* eversione
evicción *f jur* evizione
evidencia *f* evidenza ◊ ***en* ~** in evidenza; ***poner, quedar en* ~** mettere, mettersi in evidenza; **~r** *f* mettere in evidenza, far notare, porre in risalto, sottolineare
evidente *adj* evidente, chiaro, -a, manifesto, -a
eviscerar *vt med* eviscerare
evitlable *adj* evitabile; **~ación** *f* elusione; **~ar** *vt* evitare; scansare; impedire
eviterno, -a *adj* sempiterno, -a
evoclación *f* evocazione; **~ador, -a** *adj* evocatore, -trice; **~ar** ‹*evoqué*› *vt* evocare; ricordare
evolucilón (*pl* **evoluciones**) **1.** *f* evoluzione, sviluppo *m*; **2.** *fpl mil* evoluzioni; **~onar** *vi* 1. svilupparsi, cambiare modo di vita, condotta, ecc.; 2. *cient* evolversi; 3. *mil* fare evoluzioni; **~onismo** *m cient* evoluzionismo; **~onista** *adj/s* 1. evoluzionista *m/f*; 2. evoluzionistico, -a *adj*
evolutivo, -a *adj* evolutivo, -a
ex *m/f inv coloq* ex ◊ ***ex-marido, ex-mujer*** ex marito, ex moglie
ex abrupto *adv* ex abrupto, all'improvviso
exacción *f* esazione
exacerblación *f* esacerbazione; **~ar** *vt* esacerbare, irritare
exactlamente *adv* esattamente, appunto ◊ **~ *lo mismo*** la stessa identica cosa; **~itud** *f* esattezza, precisione; **~o, -a 1.** *adj* esatto, -a, preciso, -a, puntuale; **2.** *adv* esatto, esattamente; **~or** *m com* esattore
ex aequo [ek'sekwo] *adv* ex aequo, a pari merito
exagerlación *f* esagerazione; **~ar** *vt* esagerare
exaltlación *f* esaltazione; elevazione; **~ado, -a 1.** *adj/s* esaltato, -a; **2.** *adj raro* eccessivo, -a; **~ar 1.** *vt* esaltare, elevare; **2. ~se** esaltarsi, accalorarsi
examen (*pl* **exámenes**) *m* 1. esame; 2. analisi *f inv* ◊ **~ *de conciencia*** esame di coscienza; **~ *de testigos*** esame dei testimoni; **~ *escrito, oral, de grado, de selectividad*** esame scritto, orale, di laurea, d'ammissione all'Università; ***pasar/aprobar el* ~** passare/superare l'esame, essere promosso all'esame; ***suspender el* ~** essere bocciato all'esame
examinlador, -a *m/f* esaminatore, -trice; **~ando, -a** *m/f* esaminando, -a, candidato, -a; **~ar 1.** *vt* esaminare; interrogare; **2. ~se** esaminarsi (**de** di/in), fare/dare gli esami
exangüe *adj* esangue, dissanguato, -a; sfinito, -a, esanime
exánime *adj elev* esanime
exantemla *m med* esantema; **~ático, -a** *adj med* esantematico, -a
exarca *m relig* esarca; **~do** *m relig* esarcato
exasperlación *f* esasperazione; **~ante** *adj* esasperante; **~ar 1.** *vt* esasperare, inasprire, esacerbare; **2. ~se** irritarsi, adirarsi
Exc.ª (*Excelencia*) *abr* (*Eccellenza*) Ecc.
excandecencia *f* escandescenza
excarcellación *f* scarcerazione; **~ar** *vt* scarcerare
ex cáthedra *adv* ex cathedra, cattedraticamente
excavalción *f arte* scavo *m*, escavazione; **~dor, -a** *m/f* scavatore, -trice, sterratore, -trice; **~dora** *f tecn* scavatrice; **~r** *vt* 1. scavare; 2. *agric* scalzare
excedlencia *f* 1. eccedenza; 2. *jur* aspettativa ◊ ***estar en* ~** essere in aspettativa; essere commissionato, -a; **~ente 1.** *adj* eccedente; eccessivo, -a; **2.** *adj/s jur* in aspettativa *adv*; **3.** *m* eccedenza *f*, surplus *inv* ◊ **~ *laboral*** personale in esubero; **~er 1.** *vt/i* eccedere, sorpassare; **2. ~se** oltrepassare i limiti *vi*, esagerare *vi*
excelenlcia *f* eccellenza ◊ ***por* ~** per eccellenza; **~te** *adj* eccellente; **~tísimo, -a** *adj* eccellentissimo, -a ◊ ***Excmo. Señor*** Ecc.mo Signore/Signor
excelslitud *f elev* altezza, sublimità *inv*; **~o, -a** *adj* eccelso, -a, eminente, sublime
excéntrica *f mec* eccentrico *m*
excentricidad *f* eccentricità *inv*
excéntrico, -a *adj* eccentrico, -a, stravagante
excepcilón *f* eccezione ◊ ***a* ~ *de*** eccetto, tranne; **~onal** *adj* eccezionale, straordinario, -a
exceptlo *prep* eccetto, salvo, tranne, fuorché; **~uar** ‹*exceptúo*› V. 4 *vt* eccettuare, escludere
exceslivo, -a *adj* eccessivo, -a, esagerato, -a; **~o** *m* eccesso, esagerazione *f* ◊ ***en* ~** in eccesso

excipiente *m* eccipiente
excita|bilidad *f* eccitabilità *inv*; **~ble** *adj* eccitabile; **~ción** *f* eccitazione; **~dor, -a 1.** *f electr* eccitatrice; **2.** *m electr/mec* eccitatore; **3.** *adj/s* eccitatore, -trice; **~nte** *adj/m* eccitante; **~r** *vt* eccitare; eccitare, accalorare
exclam|ación *f* esclamazione; **~ar** *vt* esclamare; **~ativo, -a** *adj/s* esclamativo, -a
excluir ‹*excluyo; excluyó; excluyendo*› V. 14 *vt* escludere; scartare
exclus|ión *f* esclusione; **~iva** *f com* esclusiva; **~ive** *adv* escluso, -a *adj*; **~ividad** *f* esclusività *inv*; **~ivismo** *m* esclusivismo; **~ivista** *adj/s* 1. esclusivista *m/f*; 2. esclusivistico, -a *adj*; **~ivo, -a 1.** *adj* esclusivo, -a; unico, -a; **2.** *f* esclusiva; **~o, -a** *adj* escluso, -a, eccettuato, -a
excluyente *adj* esclusorio, -a
Excma. (*Excelentísima*) *abr* (*Illustrissima*) Ill.ma
Excmo. (*Excelentísimo*) *abr* (*Eccelentissimo*) Ecc.mo ◊ ***Excmo. Señor*** ~ Signore; Ill.mo Signor
Excmo. Sr. (*Excelentísimo Señor*) *abr* (*Illustrissimo Signore*) Ill.mo Sig., Ecc. mo Sig.
excogitar *vt elev* escogitare
excomulgar ‹*excomulgué*› *vt* scomunicare
excomunión *f relig* scomunica
excori|ación (*var.* **escoriación**) *f* escoriazione; **~ar** (*var.* **escoriar**) ‹*excorio*› V. 1 *vt* escoriare; spellare, scorticare
excre|cencia (*var.* **excrescencia**) *f* escrescenza, carnosità *inv*; **~ción** *f* escrezione; **~mento** *m* escremento, sterco; **~scencia** V. **excrecencia**; **~torio, -a** *adj* escretorio, -a, escretivo, -a
exculp|ación *f* discolpa; **~ar** *vt* scolpare
excursi|ón *f* 1. gita; 2. *meteo* escursione; **~onismo** *m* escursionismo; **~onista** *adj/s* escursionista
excusa *f* scusa; pretesto *m*; *jur* discarico *m*, eccezione ◊ ***pedir ~s*** chiedere scusa; **~ble** *adj* scusabile; **~do, -a 1.** *pp* scusato, -a; **2.** *adj* inutile, superfluo, -a; **3.** *m Am/Esp-ant* ritirata *f* ◊ ***es ~ decir que*** è superfluo dire che; **~r 1.** *vt* 1. scusare, scolpare, perdonare; 2. evitare; esentare; **2. ~se** scusarsi, chiedere scusa *vi*
execra|ble *adj* esecrabile; **~ción** *f* esecrazione; imprecazione; **~ndo, -a** *adj* esecrando, -a; **~r** *vt elev* esecrare, maledire, detestare
exégesis (*var.* **exegesis**) *f inv* esegesi
exen|ción *f* esenzione, dispensa; **~tar** *vt* esentare, dispensare; **~to, -a** *adj* esente, libero, -a; *arq* isolato, -a ◊ **~ *del servicio militar*** militesente
exequátur *m inv jur* exequatur
exequias *fpl elev* esequie
exfoli|ación *f* 1. *med* esfoliazione; 2. *min* sfaldatura; **~ar** *f* 1. *med* esfoliare; 2. *min* sfaldare
exhal|ación *f* 1. esalazione; 2. *fig* fulmine *m*; **~ar** *vt/i* esalare; emanare
exhaust|ividad *f* completezza; **~ivo, -a** *adj* esauriente, esaustivo, -a; **~o, -a** *adj* esausto, -a, esaurito, -a
exhibi|ción *f* esibizione; presentazione; esposizione, mostra; **~cionismo** *m* esibizionismo; **~cionista** *adj/s* esibizionista; **~r** *vt* esibire; mostrare; *jur* esibire, presentare
exhort|ación *f* esortazione; ammonimento *m*, avvertimento *m*; **~ar** *vt* esortare; ammonire; **~atorio, -a** *adj* esortatorio, -a; **~o** *m jur* rogatoria *f*
exhum|ación *f* esumazione; **~ar** *vt* esumare
exig|encia *f* esigenza, pretesa; **~ente** *adj* esigente, pretenzioso, -a; **~ible** *adj* esigibile; **~idero, -a** *adj* esigibile; **~ir** ‹*exijo*› *vt* esigere; richiedere, pretendere
exigüidad *f* esiguità *inv*, tenuità *inv*, piccolezza
exiguo, -a *adj elev* esiguo, -a; piccolo, -a, tenue
exili|ado, -a (*var.* **exilado**) *adj/s* esiliato, -a; **~ar** ‹*exilio*› V. 1 *vt* esiliare, bandire; **~o** *m* esilio
exim|ente *adj/f* esimente; **~io, -a** *adj* esimio, -a, eccellente; **~ir** *vt* esimere, esentare, dispensare; assolvere, liberare
exina *f bot* esina
existencia 1. *f* esistenza, vita; **2.** *fpl com* merci non vendute, esistenze in magazzino; **~l** *adj* esistenziale; **~lismo** *m filos* esistenzialismo; **~lista** *adj/s filos* esistenzialista
existente *adj* esistente, vivo, -a
existir *vi* esistere
exitazo *m* successone
éxito *m* 1. successo, trionfo; 2. esito, risultato
exitoso, -a *adj* gettonato, -a
ex libris *adv* ex libris
ex novo *adv* ex novo, daccapo
éxodo *m* esodo, emigrazione *f*
exog|amia *f* esogamia; **~ámico, -a** *adj* esogamico, -a
exoner|ación *f* dispensa, esonero *m*; esenzione; rimozione; **~ar** *vt* esonerare (**de** da), esentare (**de** da), dispensare (**de** da); licenziare (**de** da)
exorbit|ancia *f* esorbitanza, eccesso *m*; **~ante** *adj* esorbitante, eccessivo, -a, esagerato, -a
exorci|smo *m* esorcismo, scongiuro; **~sta** *m/f* esorcista; **~zar** ‹*exorcicé*› *vt* esorcizzare
exordio *m* esordio, inizio
exornar *vt* adornare, esornare
exósmosis (*var.* **exosmosis**) *f inv fís* esosmosi
exótico, -a *adj* esotico, -a
exotismo *m* esotismo
expandir *vt* espandere; estendere, diffondere
expansi|bilidad *f fís* espansibilità *inv*; **~ón** *f* 1. espansione; 2. ricreazione; **~onarse** *fig* sfogarsi, confidarsi; **~onismo** *m* espansionismo; **~onista** *adj/s* espansionista; **~vo, -a** *adj* 1. espansivo, -a; 2. espansivo, -a, affettuoso, -a, comunicativo, -a
expatri|ación *f* espatrio *m*, emigrazione; **~arse** espatriare *vi*, emigrare *vi*
expect|ación *f* aspettazione, attesa; **~ante** *adj* aspettante; **~ativa** *f* aspettativa ◊ ***estar a la ~*** essere/stare in aspettativa
expector|ación *f meol* espettorazione; **~ante** *adj/m med* espettorante; **~ar** *vi meol* espettorare
expedi|ción *f* spedizione; **~cionario, -a 1.** *adj* spedizionario, -a; **2.** *m/f* spedizioniere, -a; **~cione-**

ro *m com* spedizioniere; **~dor, -a** *m/f* speditore, -trice

expedient|ar *vt* istruire un processo/un'inchiesta *vi*; **~e** *m* 1. espediente, stratagemma; 2. *jur* processo, inchiesta *f*; pratica *f* ◊ **~ *académico*** certificato voti; libretto universitario; ***cubrir el ~*** fare il minimo (sforzo)

expedir ‹*pido, pidió; pidiendo*› V. 12 *vt* spedire, inviare; dare corso *vi*, sbrigare ◊ **~ *un certificado, el carnet de conducir*** rilasciare un certificato, la patente

expedit|ivo, -a *adj* speditivo, -a, sbrigativo, -a; **~o, -a** *adj* spedito, -a, svelto, -a

expeler *vt* espellere

expended|or, -a *m/f* spenditore, -trice, venditore, -trice ◊ **~ *de moneda falsa*** spacciatore, -trice di moneta falsa; **~uría** *f* spaccio *m*, vendita al minuto

expender *vt* vendere; spacciare

expensas *fpl* spese ◊ ***a ~ de*** *prep* a spese di, alle spalle di

experiencia *f* esperienza; esperimento *m* ◊ **~ *piloto*** esperienza pilota

experiment|ación *f* esperimento *m*, sperimentazione; **~ado, -a** *adj* sperimentato, -a, esperto, -a; **~ador, -a** *adj/s* sperimentatore, -trice; **~al** *adj* sperimentale; **~alismo** *m* sperimentalismo; **~ar** *vt* sperimentare, provare; soffrire, subire; notare, presentare; **~o** *m* esperimento

experto, -a 1. *adj* esperto, -a, pratico, -a, destro, -a, abile; **2.** *m/f* perito *m*

expia|ción *f* espiazione; penitenza; **~r** ‹*expío*› V. 2 *vt* espiare; **~torio, -a** *adj* espiatorio, -a

expidió, expido V. **expedir**

expir|ación *f* lo spirare *m*; **~ar** *vi* 1. spirare, morire; 2. scadere, spirare ◊ **~ *el plazo*** spirare/scadere il termine

explan|ación *f* spianamento *m*; chiarimento *m*; **~ada** *f* spiazzo *m*, spianata; **~ar** *vt* spianare; spiegare

explayar 1. *vt* allargare, estendere; **2. ~se** 1. estendersi; 2. sfogarsi, confidarsi

expletivo, -a *adj* espletivo, -a, pleonastico, -a

explic|able *adj* spiegabile; **~ación** *f* spiegazione; soluzione; **~ar** ‹*expliqué*› *vt* spiegare; giustificare; comunicare; insegnare; **~ativo, -a** *adj* esplicativo, -a; **~itar** *vt* esplicitare

explícito, -a *adj* esplicito, -a, chiaro, -a

explor|ación *f* esplorazione; ricognizione; **~ador, -a** *m/f* esploratore, -trice; boy-scout *inv*; **~ar** *vt* esplorare; riconoscere; **~atorio, -a** *adj* esploratorio, -a

explos|ión *f* esplosione, scoppio *m* ◊ **~ *de júbilo*** esplosione di gioia; ***hacer ~*** esplodere; **~ionar** *vt/vi* esplodere; **~ivo, -a** *adj/m* esplosivo, -a

explot|able *adj* sfruttabile, utilizzabile; **~ación** *f* 1. sfruttamento *m*; 2. impianto industriale ◊ **~ *didáctica de un texto*** sfruttamento didattico di un testo/testuale; **~ador, -a** *m/f* sfruttatore, -trice; **~ar 1.** *vt* 1. sfruttare; approfittare di *vi*; 2. *agric* coltivare; 3. *tecn* esercire; **2.** *vi* scoppiare, esplodere

expoli|ación *f* espogliazione, spoliazione; **~ar** ‹*expolio*› V. 1 *vt* spogliare

expolición *f lit* ripetizione

expolio 1. *m* espogliazione *f*; **2.** *mpl hist* spoglie *fpl*

expon|encial *adj mat* esponenziale; **~ente** *adj/m mat* esponente; **~er** ‹*pongo; pondré; puse; puesto*› V. 32 *vt* 1. esporre; manifestare; interpretare; 2. mettere in pericolo

export|able *adj* esportabile; **~ación** *f* esportazione; **~ador, -a** *adj/s* esportatore, -trice; **~ar** *vt* esportare

expos|ición *f* 1. esposizione, mostra; relazione, esposizione; 2. orientazione; 3. *foto* esposizione ◊ **~ *de la denuncia*** *jur* esposto-denuncia; **~ímetro** *m* esposimetro; **~itivo, -a** *adj* espositivo, -a

expósito, -a *adj/s* trovatello, -a

expositor, -a *adj/s* espositore, -trice

exprés 1. *m* (*café*) espresso; **2.** *adj* espresso, -a

expresa|do, -a *adj* suddetto, -a; **~r** *vt* esprimere, manifestare

expresi|ón *f* espressione; manifestazione ◊ ***reducir a la mínima ~*** ridurre al minimo; **~onismo** *m arte* espressionismo; **~onista** *adj/s arte* espressionista; **~vidad** *f* espressività *inv*; **~vo, -a** *adj* espressivo, -a

expreso, -a 1. *adj* espresso, -a; chiaro, evidente; **2.** *m transp* direttissimo; corriere straordinario

exprim|idor (*var.* **exprimidora** *f*) *m* spremitoio; **~ir** *vt* spremere; strizzare

ex profeso *adv* ex professo, a bella posta

expropi|ación *f* espropriazione; **~ar** ‹*expropio*› V. 1 *vt* espropriare

expuesto, -a *adj* esposto, -a

expugn|ación *f mil* espugnazione; **~ar** *vt* espugnare

expuls|ado, -a *adj* espulso, -a; **~ar** *vt* espellere; **~ión** *f* espulsione

expurg|ación *f* espurgazione, spurgo *m*; **~ar** ‹*expurgué*› *vt* espurgare, purgare

expuse V. **exponer**

exquisit|ez *f* squisitezza; **~o, -a** *adj* squisito, -a

extasiarse estasiarsi, andare in estasi *vi*

éxtasis *f inv* 1. estasi, rapimento *m*; 2. (*droga*) ecstasy

extático, -a *adj* estatico, -a, in estasi; profondo, -a

extemporáneo, -a *adj* inopportuno, -a, intempestivo, -a

extender ‹*tiendo*› V. 6 **1.** *vt* 1. estendere; spargere; stendere, distendere; **2. ~se** propagarsi, diffondersi; scrivere *vt*, stilare *vt*; dilungarsi

extens|ible *adj* estensibile; **~ión** *f* estensione, ampiezza, durata; **~ivo, -a** *adj* estensivo, -a; **~o, -a** *adj* esteso, -a, ampio, -a; **~or** *adj/m* estensore

extenua|ción *f* estenuazione; *elev* attenuazione; **~nte** *adj* estenuante; **~r** ‹*extenúo*› V. 4 *vt* estenuare, esaurire, indebolire; **~tivo, -a** *adj* estenuante

exterior 1. *adj/m* esteriore, esterno, -a; estero; **2.** *m* aspetto ◊ ***comercio ~*** commercio estero; ***Ministerio de Asuntos *~es*** Ministero degli Affari Esteri; ***rodar en ~es*** girare in esterni; ***salir para el ~*** partire per l'estero; **~idad** *f* esteriorità *inv*; **~izar** ‹*exterioricé*› *vt* esteriorizzare, manifestare

extermin|ación V. **exterminio**; **~ador, -a** *adj/s* sterminatore, -trice; **~ar** *vt* sterminare, distruggere, annichilare; devastare; **~io** *m* sterminio, distruzione *f*; devastazione *f*

externali|dades *fpl econ* esternalità *f inv*; **~zar** ‹*externalicé*› *vt* esternalizzare

externo, -a 1. *adj* esterno, -a; **2.** *m* alunno esterno

extiendo V. **extender**

extinción *f* estinzione

extinguir ‹*extingo*› *vt* estinguere; spegnere ◊ ***a ~*** ad esaurimento

extinto, -a *adj* estinto, -a, spento, -a; *Am* morto, -a, defunto, -a; **~r** *m* estintore

extirpa|ble *adj* estirpabile; **~ción** *f* estirpazione; **~r** *vt* estirpare, sradicare

extorsi|ón *f* estorsione; **~onar** *vt* estorcere, carpire; **~onista** *m/f* tangentista, tangentiere *m*

extra 1. *adj inv* straordinario, -a, supplementare, extra *inv*; **2.** *m* straordinario, paga straordinaria *f*; **3.** extra; **4.** *cine* comparsa *f*; **5.** *impr* supplemento; *impr* numero speciale; **6.** (*prefijo*) extra; **~cción** *f* estrazione; **~comunitario, -a** *adj/s* extracomunitario, -a; **~conyugal** *adj* extraconiugale

extract|a *f jur* estratto *m*; **~ar** *vt* riassumere, compendiare; **~o** *m* estratto, riassunto; sommario ◊ ***~ de cuentas*** *banc* estratto conto; **~or, -a** *adj/m* estrattore, -trice; aspiratore, -trice

extradi|ción *f* estradizione; **~tar** *vt* estradare

extradós *m aero/arq* estradosso

extraer ‹*traigo; traje; trayendo*› V. 39 *vt* 1. estrarre; cavar fuori; strappare; 2. riassumere

extraescolar *adj* extrascolastico, -a, parascolastico, -a ◊ ***actividades ~es*** attività extrascolastiche

extraíble *adj* asportabile

extrajudicial *adj* extragiudiziale

extralegal *adj* extralegale

extralimitarse eccedere *vi*, abusare *vi*

extramatrimonial *adj* extraconiugale

extramuros *adv/adj inv* fuori delle mura, in periferia

extranje|ría *f* condizione di straniero ◊ ***ley de ~*** legge sull'immigrazione; **~rismo** *m* 1. forestierismo; 2. *ling* barbarismo, forestierismo; 3. esterofilia *f*; **~ro, -a 1.** *adj/s* straniero, -a; **2.** *adj* estero, -a; **3.** *m* estero ◊ ***ir al ~*** andare all'estero

extranjis: de ~ *adv coloq* di nascosto

extraña|miento *m* straniamento; **~ar 1.** *vt* 1. bandire, esiliare; 2. estraniare; **2.** *vi* parere strano *vi*; stupire; **3.** sentire la mancanza (di) *vi*, aver nostalgia (di) *vi*; **~eza** *f* 1. stranezza, stupore *m*; 2. allontanamento *m*; **~o, -a 1.** *adj* strano, -a, stravagante; **2.** *m/f* estraneo, -a, forestiero, -a ◊ ***cuerpo ~*** corpo estraneo; ***es ~ que*** è strano che

extraoficial *adj* ufficioso, -a

extraordinario, -a 1. *adj/m* straordinario, -a; **2.** *f* tredicesima (o quattordicesima in Spagna)

extraparlamentario, -a *adj* extraparlamentare

extraplano, -a *adj* ultrapiatto, -a, extrapiatto, -a

extrapola|ción *f* extrapolazione; **~ar** *vt* estrapolare

extrarradio *m* dintorni *mpl*

extrasensorial *adj* extrasensoriale

extrasístole *f med* estrasistole

extraterrestre *adj/s* extraterrestre

extraterritorial *adj* extraterritoriale; **~idad** *f jur* extraterritorialità *inv*

extratextual *adj* extratestuale; **~idad** *f* extratestualità *inv*

extrauterino, -a *adj med* extrauterino, -a

extravagan|cia *f* stravaganza; **~te** *adj/s* stravagante, strambo, -a, bizzarro, -a

extravasarse *med* stravasarsi

extraver|sión *f* estroversione; **~tido, -a** *adj/s* estroverso, -a

extraviar ‹*extravío*› V. 2 **1.** *vt* 1. smarrire; 2. fuorviare; **2. ~se** traviarsi; smarrirsi

extravío *m* 1. smarrimento; disguido; 2. traviamento

extremado, -a *adj* grandissimo, -a, eccessivo, -a, enorme

Extremadura *f geogr* Estremadura

extremar 1. *vt* spingere agli estremi, estremizzare; **2. ~se** sforzarsi ◊ ***~ las precauciones*** prendere le dovute precauzioni

extremaunción *f* estrema unzione, olio santo *m*

extremi|dad 1. *f* estremità *inv*; **2.** *fpl med* estremità, arti *mpl*; **~smo** *m pol* estremismo; **~sta** *adj/s pol* estremista

extremo, -a 1. *adj* estremo, -a; ultimo, -a; forte, intenso, -a; **2.** *m* estremità *f inv* ◊ ***de un ~ a otro*** da un estremo all'altro; ***en último ~*** in ultima istanza; ***el ~ derecho/izquierdo*** (*fútbol*) l'ala destra/sinistra; **~so, -a** *adj* eccessivo, -a, esagerato, -a; espansivo, -a

extrínseco, -a *adj* estrinseco, -a

extro|versión *f* estroversione; **~vertido, -a** *adj* estroverso, -a

extrusión *f tecn* estrusione

exuber|ancia *f* esuberanza; **~ante** *adj* esuberante

exud|ación *f* essudazione; **~ar** *vi* trasudare

exult|ación *f* esultazione, esultanza; **~ante** *adj* esultante; **~ar** *vi* esultare

ex voto (*var.* **exvoto**) *m* ex voto *inv*

eyacul|ación *f* eiaculazione; **~ar** *vi* eiaculare; **~atorio, -a** *adj* eiaculatorio, -a

eyección *f* eiezione

eyect|able *adj* eiettabile; **~ivo, -a** *adj ling/med* eiettivo, -a; **~or** *m tecn* eiettore

eyeliner ['eye 'lajner] (*var.* **eye-liner**) *m* eye-liner* *inv*

F

fa *m mús* fa ◊ ***ni fu ni ~*** (non mi fa) né caldo, né freddo
fabada *f* (*Asturias*) ="minestra di fagioli"
fábrica *f* 1. fabbrica; 2. materiale murario *m*; 3. *relig* fabbriceria ◊ ***precio de ~*** prezzo di fabbrica
fabric|ación *f* fabbricazione; **~ante** *m/f* fabbricante; produttore, -trice; **~ar** ‹*fabriqué*› *vt* 1. fabbricare; costruire, edificare; 2. *fig* fabbricare, ordire, macchinare
fabril *adj* fabbrile; industriale
fábula *f* 1. favola, fiaba; *lit* favola, intreccio *m*; 2. mito ◊ ***ser la ~ del pueblo*** essere la favola del paese
fabul|ar *vt/i* tramare *vt*; **~ista** *m/f* favolista; **~ística** *f* favolistica; **~oso, -a** *adj* favoloso, -a; incredibile
faca *f* roncola, roncolo *m*
facci|ón (*pl* **facciones**) **1.** *f* fazione, partito *m*; **2.** *fpl* fattezze; **~oso, -a** *adj* fazioso, -a; insorto, -a, sovversivo, -a
faceta *f* 1. faccetta; 2. *tecn* sfaccettatura; 3. *fig* aspetto *m*; **~da** *f Méx desp* spiritosità *inv*
faceto, -a *adj Méx irón* spiritoso, -a
facha 1. *f* 1. aspetto *m*, sembiante *m*; 2. spauracchio *m*; 3. sgorbio *m*; **2.** *m/f pol desp* fascista ◊ ***ponerse en ~*** disporsi a un'azione; **~da** *f* facciata; apparenza; frontespizio *m*
fachend|a 1. *f* vanità; vanitoso; **2.** *m/f* vanitoso, -a; **~oso, -a** *adj* presuntuoso, -a, vanitoso, -a
fachoso, -a *adj* 1. goffo, -a, ridicolo, -a; 2. *Méx desp* manierato, -a, lezioso, -a
facial *adj* facciale
fácil *adj* facile; probabile; docile, maneggevole ◊ ***una mujer ~*** una donna leggera
facili|dad *f* facilità *inv*; facilitazione, agevolazione ◊ ***dar ~es*** *com* dare agevolazioni/comodità di pagamento; **~tación** *f* facilitazione; **~tar** *vt* facilitare; dare, fornire, procurare; *adm* snellire
fácilmente *adv* facilmente
facilón, -ona *adj/s coloq* facilone, -a
facilonería *f* faciloneria
facineroso, -a *adj* facinoroso, -a
facistol *m relig* leggio del coro
facón *m Arg* ="coltello grande appuntito"
facsímil (*var.* **facsímile**) *m* 1. facsimile; 2. fax, telefax
factibil|idad *f* agibilità *inv*; **~le** *adj* fattibile, possibile
fáctico, -a *adj* fattuale, effettivo, -a ◊ ***poderes ~s*** poteri reali
factor *m* 1. *cient* fattore; 2. fattore, agente; 3. (*ferrocarriles*) gestore (di stazione); **~ía** *f* fabbrica; azienda; **~ial** *adj mat* fattoriale
factótum *m* factotum *inv*
factual *adj* fattuale
factura *f* 1. *com* fattura; 2. esecuzione; **~ción** *f* fatturazione; *econ* fatturato *m*; **~r** *vt* 1. *aero* (*bagaje*) fare il check-in; 2. fatturare; spedire
facult|ad *f* facoltà *inv*, attitudine, diritto *m*; *med* forza; *estud* facoltà *inv* ◊ ****~ de Filosofía y Letras, de Derecho, de Económicas*** Facoltà di Lettere e Filosofia, di Giurisprudenza, di Economia e Commercio; **~ar** *vt* dare facoltà *vi*, autorizzare; **~ativo, -a 1.** *adj* facoltativo, -a, opzionale; libero, -a; **2.** *m/f* medico
facund|ia *f* facondia, eloquenza; **~o, -a** *adj* facondo, -a, eloquente
fading ['fadin] *m electr* fading *inv*
fado *m* ="canzone popolare portoghese" *f*, fado
faena *f* 1. lavoro *m*, fatica; faticata, lavoraccio *m*; faccenda; 2. *taur* ="opera del torero" ◊ ***las ~s de la casa*** le faccende domestiche; ***mala ~*** brutto tiro; ***metido en ~*** impegnato in un lavoro; **~r 1.** *vt* macellare e preparare la carne; **2.** *vi* 1. lavorare; 2. pescare
fagocit|ar *vt biol* fagocitare; **~o** *m biol* fagocito
fagot 1. *m mús* (*instrumento*) fagotto; **2.** *m/f* (*persona*) fagottista
FAI (*Federación Anarquista Ibérica*) *abr/f*
faisán *m zool* fagiano
faj|a *f* 1. fascia, striscia; zona; 2. (*ropa*) ventriera, panciera; 3. *mec* nastro *m*, banda; **~ar 1.** *vt* 1. fasciare; 2. assalire; bastonare; **2. ~se** 1. azzuffarsi; 2. impegnarsi ◊ ***~le al trabajo*** *Méx* impegnarsi a fondo in un lavoro; **~ín** *m* banda *f*; **~ina** *f* 1. *agric* covone *m*, fascina; 2. *mil* ordine di corvé *m*; **~o** *m* 1. fascio; pacchetto; 2. *Méx* sorso (di tequila) ◊ ***~ de billetes*** pacchetto di banconote
falacia *f* fallacia, inganno *m*
falang|e *f med/pol* falange ◊ ****~*** *pol* Falange; **~ista** *m/f pol* falangista
falaz *adj* fallace; falso, -a, finto, -a
falbalá *m* falpalà *inv*
falcar ‹*falqué*› *vt* calzare
fald|a *f* 1. gonna; sottana; 2. falda ◊ ***~ pantalón*** gonna pantalone; ***asunto de ~s*** affare/faccenda di donne; ***cosido a las ~s de su madre*** attaccato alle falde di sua madre; ***tener en la ~*** tenere in grembo; **~ero, -a** *adj coloq/desp* attaccato alle gonne ◊ ***perrito ~*** cagnolino da compagnia; **~illero** *m coloq/desp* pettegolone; **~ón** *m* 1. (*chaqueta, camisa*) lembo, falda *f*; 2. *arq* spiovente, falda *f*; **~riquera** V. **faltriquera**
falena *f* falena
falibil|idad *f elev* fallibilità *inv*; **~le** *adj* fallibile
fálico, -a *adj elev* fallico, -a
falla *f* 1. *cient* falla; fenditura, breccia; 2. *Am* fallo *m*, panna (*tecn*); 3. cuffia; 4. ="monumento di legno e cartapesta (V. **Fallas**)"; **~r 1.** *vt* 1. errare, sbagliare; 2. assegnare un premio *vi*; **2.** *vi* 1. *jur* decidere *vt*, dare la sentenza; 2. fallire, venir meno
Fallas *fpl* ="a Valenza (Spagna), monumenti grotteschi di legno e cartapesta esposti al pubblico

per le strade, durante vari giorni e che si bruciano, a mezzanotte, il 19 marzo, giorno di San Giuseppe"; ="i giorni festivi della settimana di San Giuseppe" *mpl*

falleba *f* spagnoletta

falle|cer ‹ *fallezco*› V. 13a *vi* morire; **~imiento** *m* morte *f*, decesso

fallero, -a *adj/s* contradaiolo, -a delle Fallas di Valenza

fallido, -a *adj* mancato, -a, frustrato, -a; *com* inesigibile

fallo *m* 1. fallo; errore, sbaglio; 2. *jur* sentenza *f*, verdetto, giudicato; 3. (*naipes*) mancanza di un seme *f* ◊ **~ *cardíaco*** attacco cardiaco; ***echar el ~*** dare il verdetto, sentenziare

falo *m* fallo ◊ **~ *hediondo/impúdico*** (*hongo*) phallus impudicus

falo|cracia *f elev/desp* fallocrazia, maschilismo *m*

falócrata *m elev/desp* fallocrate, maschilista

falocrático, -a *adj elev/desp* fallocratico, -a

fals|ario, -a *adj/s* falsario, -a; **~eamiento** *m* travisamento, inquinamento, addomesticamento; **~ear 1.** *vt* 1. falsare; falsificare, adulterare; 2. *arq* deviare; 3. *mús* stonare; **2.** *vi* indebolirsi; **~edad** *f* falsità *inv*, ipocrisia; **~ete** *m mús* falsetto; **~ía** *f* falsità *inv*, slealtà *inv*, doppiezza

falsific|ación *f* falsificazione; **~ador, -a** *adj/s* falsificatore, -trice; **~ar** ‹*falsifiqué*› *vt* falsificare

falsilla *f* falsariga

falso, -a *adj* falso, -a, finto, -a; fasullo, -a; debole ◊ **~ *techo*** controsoffitto; **~ *testimonio*** testimonianza falsa; ***edificar en ~*** edificare senza base; ***jurar en ~*** giurare il falso

falt|a *f* 1. mancanza, assenza; 2. fallo *m*, errore *m*; *sport* fallo *m* ◊ **~ *de confianza*** mancanza di fiducia; **~ *de medios, de educación*** mancanza di mezzi, di educazione; **~ *de pruebas*** insufficienza di prove; ***a ~ de pan, buenas son tortas*** in mancanza di cavalli, gli asini trottano; ***a las diez ~s te borran*** dopo dieci assenze ti eliminano; ***aquí hace ~ un poco de orden*** qui ci vuole un po' d'ordine; ***caer en ~*** cadere in fallo; ***echar en ~*** sentire la mancanza; ***hacer ~ alg/u-c*** sentire la mancanza di q/qc; sentire il bisogno di q/qc; ***me hace ~ mucha ayuda*** mi occorre molto aiuto, ho bisogno di molto aiuto; ***poner ~s a alg*** *coloq* trovare difetti a; ***sin ~*** sicuro, senza fallo; ***todo hace ~*** tutto serve; ***una ~ de ortografía*** un errore di ortografia; **~ar** *vi* 1. mancare; venir meno; 2. fallire ◊ **~ *a clase*** essere assente in classe/a lezione; **~ *a la palabra, al respeto*** mancare di parola, di rispetto; **~ *poco ...*** mancare poco; ***¡No faltaría más!*** Ci mancherebbe altro!; ***falta por saber, ver*** bisogna ancora sapere, vedere; ***lo que me faltaba por oír/ver*** quello che ci mancava; ***por si faltaba u-c ...*** come se fosse poco...; **~o, -a** *adj* privo, -a (**de** di), mancante (**de** di), manchevole (**de** di); **~ón, -ona** *adj* irrispettoso, -a

faltriquera (*var.* **faldriquera**) *f* 1. tasca; borsa da cintola (*ant*); 2. *teat* palchetto di proscenio *m* ◊ ***rascarse la ~*** mettere mano alla borsa (controvoglia); ***tener a alg en la ~*** avere q in proprio potere

falúa *f* feluca

fama *f* fama, reputazione ◊ ***de ~*** famoso; ***es ~*** è fama, si dice

famélico, -a *adj* famelico, -a

familia *f* famiglia; parentela; stirpe, discendenza ◊ **~ *amplia, mononuclear, monoparental/spezzata*** famiglia allargata, mononucleare, monoparentale; ***cabeza de ~*** capofamiglia; ***de buena ~*** di famiglia benestante; ***en ~*** in famiglia; ***ser ~ de alg*** essere parente/famigliare di q; **~r** *adj/s* familiare, famigliare; *ant* famiglio; **~ridad** *f* familiarità *inv*, dimestichezza, confidenza; **~rizar** ‹*familiaricé*› **1.** *vt* familiarizzare, abituare; **2. ~se** familiarizzarsi (**con alg** con q), prendere familiarità (**con alg** con q)

famoso, -a 1. *adj* famoso, -a, celebre, illustre, rinomato, -a; **2.** *m/f* personaggio popolare *m*, persona famosa *f*

fámulo, -a *m/f* servo, -a, domestico, -a, famiglio *m*

fan (*pl* **fans**) *m/f* fan *inv*; **~al** *m nav* fanale, faro; campana di vetro *f*

fanático, -a *adj* fanatico, -a; entusiasta

fanat|ismo *m* fanatismo; **~izar** ‹*fanaticé*› *vt* fanatizzare

fandango *m* 1. (*baile*) fandango; 2. *coloq/fig* chiasso, casino

fané *adj coloq* antiquato, -a

fane|ca *f zool* merluzzetto bruno *m*; **~ga** *f* 1. ="are 64,596" *fpl*; 2. ="litri 55,5" *mpl*; **~rógama** *f bot* fanerogama; **~rógamo, -a** *adj* fanerogamico, -a

fanfarr|ia *f mús* fanfara; **~ón, -ona** *adj/s desp* fanfarone, -a, spaccone, -a, smargiasso, -a, gradasso, -a; **~onada** (*var.* **fanfarronería**) *f* fanfaronata, sparata; **~onear** *vi* vantarsi (**de** di), presumere (**de** di); **~onería** *f* millanteria, vanteria, fanfaronata

fang|al (*var.* **fangar**) *m* fangaia *f*; **~o** *m* fango, limo, melma *f*; **~oso, -a** *adj* fangoso, -a, melmoso, -a; **~oterapia** *f med* fangoterapia

fantas|ear *vi* fantasticare; sognare; vantarsi; **~eo** *m* fantasticheria *f*; **~ía** *f* fantasia; invenzione, finzione; *mús* fantasia ◊ ***traje, collar de ~*** abito, collana fantasia; **~ioso, -a** *adj* fantasioso, -a; capriccioso, -a, presuntuoso, -a

fantasm|a *m* fantasma, spettro; chimera *f*; *coloq/fig* tipo da spiaggia, fanfarone, -a *m/f*, presuntuoso, -a *m/f*; **~ada** *f* fanfaronata; **~agoría** *f* fantasmagoria; **~agórico, -a** *adj* fantasmagorico, -a; **~al** *adj* fantasmatico, -a; **~ático, -a** *adj psicol* fantasmatico, -a; **~ón, -ona** *adj/s coloq* tipo da spiaggia; presuntuoso, -a

fantástico, -a 1. *adj* fantastico, -a; irreale, chimerico, -a; **2.** *adv* fantastico, stupendo

fantoch|ada *f desp* pagliacciata, buffonata; **~e** *m* pupazzo, fantoccio; *fig* pagliaccio, buffone

FAO (*Organización de las Naciones Unidas para la Agricultura y la Alimentación*) *abr/f* FAO (*Organizzazione per l'Alimentazione e l'Agricoltura*)
faquir *m* fachiro
FAR (*Fuerza de acción rápida*) *abr* ="gruppo militare di intervento speciale"
farad *m fís* farad *inv*
faralá *m* volante, falpalà
farallón *m* faraglione
farándula *f* (*baile*) farandola; *teat* arte e ambiente dei comici; *fig* frottola
farandulero, -a *adj/s* imbroglione, -a; commediante
faraón *m* faraone
faraona *f* faraona
faraónico, -a *adj tamb. desp* faraonico, -a
fard|a *f* (*madera*) caletta; V. **fardo**; **~ada** *f* spacconata; **~ar** *vi coloq* sfoggiare un vestito; vantarsi, darsi delle arie ◊ ***bien fardado*** *coloq* ben vestito, molto elegante e vistoso; **~el** *m* fardello, bisaccia *f*; fagotto; *fig* straccione; **~o** *m* 1. balla *f*, collo; 2. *fig* ciccione; *fig* stupido; **~ón, -ona** *adj/s* ben vestito, -a, vistoso, -a; presuntuoso, -a, pieno, - di arie
fárfara *f bot* farfaro *m*; panno dell'uovo *m* ◊ ***en ~*** in erba
farfull|a 1. *f coloq* balbuzie; **2.** *m* balbuziente; **~adamente** *adv* in fretta e furia, disordinatamente; **~ar** *vt* 1. balbettare; mormorare; 2. raffazzonare; **~ero, -a** *adj/s* 1. raffazzonatore, -trice; 2. balbuziente
farináceo, -a *adj* farinaceo, -a
faring|e *f med* faringe; **~itis** *f inv med* faringite *f*
fariña *f Am* farina di tapioca ◊ ***las ~s*** *reg* pappetta di farina di mais
faris|aico, -a *adj* farisaico, -a, ipocrita; **~eo** *m* fariseo; ipocrita; *fig* allampanato
farlopa *f jerga drog* neve
farmac|éutico, -a 1. *m/f* farmacista; **2.** *adj* farmaceutico, -a; **~ia** *f* farmacia
fármaco *m* farmaco, medicina *f*
farmaco|logía *f* farmacologia; **~pea** *f* farmacopea; **~vigilancia** *f* farmacovigilanza
faro *m nav* faro; *transp* fanale, faro ◊ ***~ antideslumbrante, de niebla, de retroceso, deslumbrante*** faro anabbagliante, fendinebbia, di retromarcia, abbagliante
farol *m* 1. lampione, lanterna *f*, fanale; 2. *fig* balla *f*; *fig* (*naipes*) bluff *inv*; 3. *taur* gioco di cappa ◊ ***¡Adelante con los ~es!*** Coraggio!, Avanti!; ***marcarse un ~*** bluffare, raccontare balle; **~a** *f* lampione *m*; **~ear** *vi* pavoneggiarsi (**de** di), vantarsi (**de** di); bluffare; **~ero 1.** *m* lampionaio; **2.** *adj/s* spaccone *m*, borioso, -a; *fig* bluffatore, -trice; **~illo** *m* lampioncino; *bot* campanula *f* ◊ ***~ rojo*** *hum* fanalino di coda
farra *f* 1. *zool* coregono *m*, lavarello *m*; 2. *coloq* baldoria ◊ ***estar de ~*** essere di festa, fare baldoria
fárrago *m* farragine *f*
farragoso, -a *adj* farraginoso, -a
farraguista *adj/s* confusionario, -a
farrear *vi Am* far baldoria
farrista *adj/s Am* buontempone, -a
farro *m bot* farro; *bot* orzo pulito mezzo macinato
fars|a *f teat tamb. fig* farsa; **~ante** *m/f teat tamb. fig* commediante; **~eto** *m* farsetto
fas: por ~ o por nefas *adv* giustificatamente o no; a torto o a ragione
fasc. (*fascículo*) *abr* fasc. (*fascicolo*)
fasces *fpl hist* (*Roma*) fasci *mpl*
fascículo *m* fascicolo; opuscolo
fascin|ación *f* fascino *m*; malia; **~ante** *adj* affascinante; **~ar** *vt* affascinare, incantare; sedurre
fasci|o *m* fascio; **~smo** *m* fascismo; **~sta** *adj/s* fascista; **~stoide** *adj* fascistoide; **~stón, -ona** *adj/s* fascistone, -a
fase *f* fase ◊ ***en ~*** in fase
fastidi|ado, -a *adj* rovinato, -a ◊ ***estar ~*** star male; **~ar** ‹*fastidio*› V. 1 **1.** *vt* infastidire, molestare, annoiare; danneggiare; **2. ~se** infastidirsi; guastarsi; sopportare *vt* ◊ ***no (me) fastidies*** *coloq* (*asombro*) Ma dai, smettila!, Ma dai, fammi il favore!; ***¿no te fastidia?*** (*rechazo*) che roba!, roba da pazzi!; ***¡para que te fastidies!*** friggiti!, arrangiati!; **~o** *m* fastidio, noia *f*, grana *f*; **~oso, -a** *adj* fastidioso, -a, molesto, -a, noioso, -a
fasto, -a 1. *m* fasto, pompa *f*, lusso; **2.** *mpl* fasti, effemeridi *fpl*; **3.** *adj* fausto, -a, fasto, -a (*elev*), propizio, -a
fastuos|idad *f* pomposità *inv*; **~o, -a** *adj* fastoso, -a, pomposo, -a, sontuoso, -a
fatal 1. *adj* fatale; inevitabile; funesto, -a, mortale; pessimo, -a; **2.** *adv coloq* malissimo ◊ ***pasarlo ~*** star male; non divertirsi affatto; **~idad** *f* fatalità *inv*; sfortuna; **~ismo** *m* fatalismo; **~ista** *adj* fatalista
fático, -a *adj ling* fatico, -a
fatídico, -a *adj* fatidico, -a
fatig|a *f* fatica, sforzo *m*; stanchezza; *tecn* fatica; *med* asma; travaglio *m*; **~ante** *adj raro* affaticante; **~ar** ‹*fatigué*› *vt* affaticare, stancare; travagliare; **~oso, -a** *adj* faticoso, -a, pesante, grave
fatu|idad *f* fatuità *inv*; **~o, -a** *adj* fatuo, -a, frivolo, -a, sciocco, -a; presuntuoso, -a
fauces *fpl* fauci
faun|a *f tamb. fig* fauna; **~o** *m mitol* fauno; *Am* animale
fausto, -a 1. *adj* fausto, -a, favorevole, propizio, -a; **2.** *m elev* fasto, lusso
fautor, -a *m/f* fautore, -trice
fauvismo [fo'bismo] *m arte* fauvismo
favor *m* favore, aiuto; protezione *f*, privilegio ◊ ***a ~*** con il favore; ***a, en ~ de*** a, in favore di; ***por ~*** per piacere/per favore; ***tener a alg en su ~*** godere del favore di q; ***billete, trato de ~*** biglietto gratuito, trattamento di favore; **~able** *adj* favorevole, propizio, -a
favorec|edor, -a *adj* favorevole; *desp* favoreggiatore, -trice; **~er** ‹*favorezco*› V. 13a *vt* favoreg-

giare, proteggere; favorire, aiutare, facilitare; **~ido, -a** *adj* favorito, -a ◊ ***salir poco, muy ~*** *foto* venir(e) male, bene

favorit|a *f* favorita; **~ismo** *m* favoritismo, nepotismo; **~o, -a** *adj/s* preferito, -a, favorito, -a, prediletto, -a

fax (*pl* **faxes/fax**) *m* fax *inv*; **~ear** *vt* faxare, trasmettere via fax

fayuca *f* 1. *Méx* merce di contrabbando; 2. *Méx* vendita ambulante

faz (*pl* **faces**) *f elev* faccia; viso *m*; diritto *m* ◊ ***barrer de la ~ de la tierra*** far sparire dalla faccia della terra

FC *abr* 1. (*Ferrocarril*) Ferrovia; 2. (*Fútbol Club*) Club di Calcio

fdo. (*firmado*) *abr* f.to (*firmato*)

fe *f jur/relig* fede; credenza, fiducia; *jur* certificato *m* ◊ ***~ de erratas*** *impr* errata-corrige; ***~ de vida*** *jur* certificato di esistenza in vita; ***a ~ mía*** in fede mia; ***dar ~*** far fede, attestare; ***de buena, mala ~*** in buona fede, in malafede; ***hacer profesión de ~*** fare atto di fede

fealdad *f* bruttezza

febrero *m* febbraio

febricitante *adj med* febbricitante, febbrile

febrícula *f med* febbricola

febrífugo, -a *adj/m* febbrifugo, -a

febril *adj med* febbrile, febbricitante

fecal *adj* fecale

fecha *f* data; momento *m*, ora ◊ ***~ tope/límite*** data limite; ***a (tantos) días ~*** a (tanti) giorni (dalla) data; ***a estas ~s*** in questo momento; finora; ***hasta la ~*** finora; **~dor** *m* datario; **~r** *vt* datare, mettere la data

fechoría *f* malefatta; danno *m*, disastro *m*

fécula *f* fecola, amido *m*

fecund|able *adj* fecondabile; **~ación** *f* fecondazione; **~ar** *vt* fecondare, infertilire, fertilizzare; **~idad** *f* fecondità *inv*, fertilità *inv*; **~izar** ‹*fecundicé*› *vt agric* fertilizzare; **~o, -a** *adj* fecondo, -a, fertile

fedayín (*var.* **fedayn**) *m* fedain *inv*, fed(d)ayn *inv*

federa|ción *f* federazione; **~l** *adj* federale; federativo, -a; **~lismo** *m pol* federalismo; **~lista 1.** *adj/s* federalista; **2.** *adj* federalistico, -a; **~r** *vt* federare; **~tivo, -a** *adj* federativo, -a

feedback ['fidbak] *m electrón/mec tamb. fig* feedback *inv*, feed-back *inv*

feeling ['filin] *m* feeling *inv*

fehaciente *adj jur* fededegno, -a; esauriente

feisito, -a *adj Méx coloq* bruttino, -a

fela|ción (*var.* **fellatio**) *f* fellatio; **~tor** (*f* **felatriz**) *m/f* fellatore, -trice

feldespato *m min* feldspato

feldmariscal *m* feldmaresciallo

feliciano *m vulg* chiavata *f* ◊ ***echar un ~*** *vulg* fare una trombatina, fare una scopata

felicidad (*pl* **felicidades**) **1.** *f* felicità *inv*, contentezza, allegria; **2.** *fpl* auguri *mpl*; **3.** *excl* auguri!

felicit|ación *f* congratulazione, rallegramento *m*; **~ar 1.** *vt* congratularsi con q/di, rallegrarsi di, fare gli auguri a *vi*; **2. ~se** congratularsi (**por** con q/di), rallegrarsi (**por** di), fare gli auguri *vi*

feligr|és, -esa *m/f* parrocchiano, -a; **~esía** *f* 1. parrocchia; 2. parrocchiani *mpl*

felino, -a *adj/m zool* felino, -a

felipista *adj/s pol/hist* partidario, -a di Felipe González

feliz *adj* felice, beato, -a; fortunato, -a, opportuno, -a

fellatio V. **felación**

felonía *f elev* fellonía, tradimento *m*

felp|a *f* 1. felpa; 2. *coloq/fig* bastonata; **~ear** *vt Am* bastonare; **~illa** *f* ciniglia; **~udo, -a 1.** *adj* felpato, -a; **2.** *m* 1. zerbino *inv*, puliscipiedi, stuoino; 2. *vulg* passera *f*, fica *f*, topa *f*

femeinidad V. **feminidad**

femen|il *adj elev* femminile; **~ino, -a** *adj/m* femminile; femminino, -a (*elev*) ◊ ***el eterno ~*** l'eterno femminino; **~tido, -a** *adj elev* falso, -a, sleale; spergiuro, -a

femini|dad (*var.* **femeinidad**) *f* femminilità *inv*; **~smo** *m* femminismo; **~sta** *adj/s* femminista; **~zación** *f* femminilizzazione

femoral *adj med* femorale

fémur *m med* femore

fenece|r ‹*fenezco*› V. 13a **1.** *vt* finire, terminare; **2.** *vi elev* spirare; **~imiento** *m elev* fine *f*, termine; morte *f*

fenicio *adj/s hist* fenicio, -a, della Fenicia

fenil|amina *f quím* fenilammina; **~o** *m quím* fenile

fénix *m mitol/bot* fenice

fenol *m quím* fenolo

fenomen|al 1. *adj* fenomenale, stupendo, -a, eccezionale; **2.** *adv* benissimo ◊ ***¡~!*** Benissimo!, Fantastico!; **~ismo** *m filos* fenomenismo, fenomenalismo

fenómeno 1. *m* fenomeno; mostro; **2.** *adj* stupendo, -a, eccezionale; **3.** *adv* molto (bene) ◊ ***pasarlo ~*** divertirsi molto

fenomenología *f filos* fenomenologia

fenotipo *m biol* fenotipo

feo, -a 1. *adj* brutto, -a; **2.** *m* sgarbo; *fig* brutta cera *f* ◊ ***dejar ~*** far fare brutta figura; ***hacer un ~ a alg*** offendere q, comportarsi male con q; ***una ~a costumbre*** un brutto vizio

FEOGA (*Fondo Europeo de Orientación y Garantía Agrícola*) *abr/m* FEOGA (*Fondo Europeo di Orientamento e Garanzia Agricola*)

feote, -a *adj* bruttone, -a

feracidad *f* feracità *inv*

feral *adj* ferale

feraz *adj* ferace, fertile

féretro *m* feretro

feria *f* 1. *com* fiera; 2. luna park *m*; 3. *Méx* spiccioli *mpl*; *Méx* resto *m* ◊ ***~ de muestras*** fiera campionaria; **~do, -a** *adj* festivo, -a; **~l 1.** *adj* di fiera; **2.** *m* fiera *f*; area della fiera *f*; **~nte** *adj/s*

fierista, mercante di fiera *ant*; **~r** ‹*ferio*› V. 1 **1.** *vt* comprare; **2.** *vi raro* far festa
ferino, -a *adj* ferino, -a ◊ ***tos ~a*** tosse canina
fermata *f* fermata
fermentlación *f* fermentazione; **~ar 1.** *vi tecn fig* fermentare; **2.** *vt* fermentare, far fermentare; **~o** *m* fermento; *fig* agitazione *f*
fermilo *m quím* fermio; **~ón** *m fís* fermione
ferocidad *f* ferocia, ferocità *inv*
ferodo® *m tecn* ferodo
feromona *f biol* feromone *m*
feroz *adj* feroce, fiero, -a, crudele, spietato, -a
ferrarés, -esa *adj/s* ferrarese
férreo, -a *adj* ferreo, -a; duro, -a, saldo, -a, rigido, -a
ferrería *f* ferriera
ferreterlía *f* ferramenta *inv*, negozio di ferramenta e affini *m*; **~o, -a** *m/f* negoziante di ferramenta
férrico, -a *adj quím* ferrico, -a
ferrolbús *m Am* elettromotrice *f*; **~carril** *m* ferrovia *f*, strada ferrata *f* ◊ ***~es de vía estrecha/ancha*** ferrovie a scartamento ridotto/aumentato; ***los ~s*** le ferrovie; **~carrilero, -a** *adj/m* ferroviario, -a; **~so, -a** *adj* ferroso, -a; **~viario, -a 1.** *adj* ferroviario, -a; **2.** *m* ferroviere
ferruginoso, -a *adj* ferruginoso, -a
ferry ['ferri 'bot] (*var.* **ferry boat**) *m* ferry-boat* *inv*; traghetto
fértil *adj* fertile, produttivo, -a; fecondo, -a
fertililidad *f* fertilità *inv*, feracità *inv*; **~zante** *adj/m* fertilizzante; **~zar** ‹*fertilicé*› *vt agric* fertilizzare, concimare; (*mujer*) fecondare
férula *f bot/med* ferula ◊ ***estar bajo la ~ de alg*** *fig* essere soggetto a q
ferviente *adj* fervente
fervor *m* fervore, ardore, zelo; **~ín** *m relig* fervorino; **~oso, -a** *adj* fervoroso, -a
festejlar *vt/i* 1. festeggiare, celebrare; 2. corteggiare (*reg*); **~o** *m* festeggiamento; festa popolare *f*
festero, -a *m/f* festaiolo, -a
festín *m* festino; banchetto
festivlal *m* festival *inv*; **~idad** *f* festività *inv*, festa; **~o, -a** *adj* festivo, -a, festoso, -a; allegro, -a
festón *m* ghirlanda *f*; festone
festonear *vt* festonare; *arq* dentellare
festorro *m coloq* gran(de) festa *f*
FET (*Falange Española Tradicionalista*) *abr* ="Falange Tradizionalista Spagnola"
fetal *adj med* fetale
fetén 1. *adj inv coloq* stupendo, -a, eccezionale; autentico, -a, vero, -a; **2.** *adv coloq* molto bene
fetichle *m* feticcio; **~ismo** *m* feticismo; **~ista** *adj/s* feticista
fetidez *f* fetore *m*, puzza
fétido, -a *adj* fetido, -a
feto *m* feto
fettuccini [fetu'tʃini] *mpl gastr* tagliatelle *fpl*, fettuccine *fpl*
feudlal *adj* feudale; **~alismo** *m hist* feudalesimo; **~atario, -a** *adj/s hist* feudatario, -a; vassallo *m*; **~o** *m tamb. fig* feudo; tributo feudale
fez (*pl* **feces**) *m* fez, berretto marocchino
FF.AA. (*Fuerzas Armadas*) *abr* FF.AA.(*Forze Armate*)
FF.CC. (*ferrocarriles*) *abr* FFSS (*Ferrovie dello stato, ora Trenitalia*)
fiablilidad *f* affidabilità *inv*; **~le** *adj* affidabile, degno, -a di fiducia
fiaca *f Arg* fiacca
fiado, -a *adj* fidato, -a, fido, -a ◊ ***al ~*** a credito; ***comprar, vender ~*** comprare, vendere a credito; **~r, -a 1.** *m/f com* garante; **2.** *m* fermaglio; chiavistello; congegno di sicurezza ◊ ***salir ~*** farsi garante
fiambre *m* salumi *mpl*; *fig* notizia vecchia *f*; *coloq* cadavere; **~ra** *f* portavivande *m inv*; **~ría** *f Arg* salumeria
fianza *f com* garanzia, caparra; *jur* cauzione ◊ ***bajo ~*** su cauzione
fiar ‹*fío*› V. 2 **1.** *vt* garantire; vendere a credito; confidare, affidare; **2. ~se** fidarsi (**de** di), aver fiducia *vi* (**de** in) ◊ ***no ~se ni de su sombra*** non fidarsi nemmeno della propria madre, non fidarsi nemmeno di se stessi
fiasco *m elev* fiasco, insuccesso
fiato *m mús* fiato
fibra *f tamb. fig* fibra ◊ ***~ de vidrio*** fibra di vetro; ***tejido de ~*** tessuto sintetico
fibrilalción *f med* fibrillazione; **~r** *vi* fibrillare
fibrolblasto *m biol* fibroblasto; **~cemento®** *m* fibrocemento; **~ma** *m med* fibroma; **~sis** *f inv med* fibrosi *inv*; **~so, -a** *adj* fibroso, -a
fíbula *f* (*arqueología*) fibula, fibbia
ficción *f* finzione; invenzione ◊ ***ciencia-~*** fantascienza; ***literatura de ~*** letteratura di finzione
ficcional *adj* finzionale, fizionale; **~idad** *f lit* finzionalità *inv*, fizionalità *inv*
ficha *f* 1. (*teléfono*) gettone *m*; 2. (*juego*) fiche* *inv*; 3. (*dama*) pedina; 4. (*técnica*) scheda; 5. (*trabajo*) cartellino *m*; tessera; 6. *Méx fig* mascalzone *m*, birbone *m*, volpone *m*; **~do, -a** *adj* schedato, -a ◊ ***~ como comunista, fascista, terrorista*** schedato come comunista, fascista, terrorista; ***tener ~ a alg*** avercela con q; **~je** *m* 1. *sport* ingaggio; 2. schedatura *f*; **~r 1.** *vt* 1. schedare; 2. (*trabajo*) timbrare il cartellino; 3. *sport* ingaggiare, comprare; 4. (*dominó*) collocare una tessera; **2.** *vi sport* essere ingaggiato
fichero *m* schedario, casellario
ficticio, -a *adj* fittizio, -a, finto, -a, simulato, -a
ficus *m* ficus *inv*
fideldigno, -a *adj* fededegno, -a (*elev*), autorevole, attendibile; **~icomiso** *m jur* fedecommesso; **~ísmo** *m filos* fideismo
fidelidad *f* fedeltà *inv*; **~zación** *f* fidelizzazione; **~zar** ‹*fidelicé*› *vt* fidelizzare
fideo 1. *m* 1. *gastr* spaghetto; 2. *fig* spaghetto, persona magrissima *f*; **2.** *mpl gastr* (*para sopa*) spaghettini rotti; fili d'oro

fiduciario, -a *adj/s com/jur* fiduciario, -a
fiebre *f med tamb. fig* febbre ◊ **~ *del heno, amarilla, reumática,...*** febbre da fieno, gialla, reumatica,...
fiel 1. *adj* fedele; leale; **2.** *m hist* doganiere, daziere; **3.** *mpl relig* fedeli; **~ato** *m* dazio comunale; **~tro** *m* feltro
fier|a *f* fiera, belva ◊ ***hecho una ~*** furioso; ***ser una ~ para el trabajo*** essere un animale da lavoro; **~ecilla** *f* bisbetica ◊ ***la ~ domada*** la bisbetica domata; **~eza** *f* fierezza; crudeltà *inv*; **~o, -a** *adj* fiero, -a, feroce; terribile, tremendo, -a; bruttissimo, -a ◊ ***hacer ~s*** fare bravate; ***no es el león tan ~ como lo pintan*** non è così esagerato come dicono
fierro *m* 1. *Am* ferro; 2. *Méx* coltello, pugnale ◊ ***~ de marcar*** ferro da marcatura
fiesta *f* 1. festa; celebrazione; 2. divertimento *m*, allegria; scherzo *m* ◊ ***~ movible/móvil, fija*** festa mobile, fissa; ***~ nacional/brava/de los toros*** spettacolo delle corride; ***~s de guardar*** feste di precetto; ***aguar la ~*** guastare la festa; ***el perro le hace ~s*** il cane gli/le fa le feste; ***estar de ~*** essere allegri; ***guardar las ~s*** santificare le feste; ***no estar para ~s*** non aver voglia di scherzare; ***tengamos la ~ en paz*** lasciamo le cose in pace
FIFA (*Federación Internacional Fútbol Asociación*) *abr/f* FIFA (*Federazione Internazionale del calcio*)
fifiriche (*var.* **fifí**) **1.** *adj Am* rachitico, -a; **2.** *m Am* damerino
figón *m* bettola *f*, taverna *f*
figonero, -a *m/f* taverniere, -a
figulino, -a *adj/f* fittile
figura *f* figura; forma; illustrazione; immagine ◊ ***~ de donaire*** *teat* servo arguto e spiritoso; ***~ decorativa*** *fig/irón* personaggio decorativo; **~ción** *f arte/teat* figurazione; immaginazione; **~do, -a** *adj* figurato, -a; **~nte, -a** *m/f teat* comparsa *f*; **~r 1.** *vt/i* figurare; fingere; **2. ~se** figurarsi ◊ ***¡Figúrate!*** Figurati!; ***¡figúrese Ud.!*** Si figuri!; **~tivo, -a** *adj* figurativo, -a
figurilla *f* 1. figurina; 2. persona minuta
figurín *m* figurino; damerino
figurinista *m/f* figurinista
figurita *f* figurina
figurón *m desp* pallone gonfiato, uomo borioso ◊ ***comedia de ~*** *teat* commedia barocca spagnola con il servo arguto e spiritoso (*gracioso*)
fija *f* bandella ◊ ***esa es la ~*** questa è la buona; **~ción** *f psicol* fissazione; *quím* fissaggio *m*; *sport* (*esquí*) aggancio/attacco; **~do, -a 1.** *adj* fissato, -a; **2.** *m foto* fissaggio; **~dor, -a 1.** *m* 1. *arte/foto* fissatore; 2. (*pelo*) lacca *f*; **2.** *adj* fissatore, -trice; **~r 1.** *vt* 1. fissare; attaccare, appiccicare; conficcare; 2. stabilire; 3. prestare attenzione *vi*; **2. ~se** badare *vi* (**en** a), riflettere *vi* (**en** su) ◊ ***~ carteles*** affiggere manifesti; ***~ la mirada*** fissare lo sguardo; ***~ la residencia*** stabilire la residenza; ***~ una cita*** fissare un appuntamento; ***~se en alg*** fissare q, fissare gli occhi su q; ***¡Fíjate bien!*** Presta attenzione!, Sta' attento!
fijeza *f* fissità *inv*; sicurezza; fermezza
Fiji *fpl* Figi
fijo, -a *adj* fisso, -a, fissato, -a, stabile, fermo, -a ◊ ***de ~ a móvil*** fisso-mobile; ***de ~*** sicuramente; ***precio, sueldo ~*** prezzo, stipendio fisso; ***teléfono ~*** telefono fisso
fila *f* 1. fila; *mil* linea, fila; 2. *fig* antipatia ◊ ***cerrar (las) ~s*** serrare le file; ***en ~, en ~ india*** in fila, in fila indiana; ***en primera ~*** in prima fila; ***formar ~s*** allinearsi; ***¡Rompan ~s!*** Rompete le righe!; **~do** *adj mús* filato
filamento *m* filamento; **~so, -a** *adj* filamentoso, -a
filantr|opía *f* filantropia; **~ópico, -a** *adj* filantropico, -a
filántropo *m* filantropo
filar *vt* 1. *nav* filare; 2. *jerga* guardare; **~ia** *f zool/med* filaria; **~iasis** *f inv med* filariasi
filarm|onía *f* passione per la musica; **~ónico, -a** *adj* filarmonico, -a
filat|elia *f* filatelia, filatelica; **~élico, -a** *adj* filatelico, -a, filatelista; **~elista** *adj* filatelico, -a
filete *m* 1. *tecn* filetto; 2. *gastr* fettina di carne *f* ◊ ***darse el ~*** *vulg* farsi una bella scopata/trombata; **~ado** *m tecn* filettatura *f*; **~ar** *vt* filettare
filfa *f coloq* frottola, bugia
filiación *f* 1. filiazione; 2. *mil* matricola; 3. provenienza
filial *adj/f* filiale
filibustero *m* filibustiere; ribelle
filiforme *adj* filiforme
filigrana *f* filigrana ◊ ***papel de ~*** carta filigranata
filipéndula *f bot* filipendula, spirea
filípica *f* filippica
Filipinas *fpl geogr* Le Filippine
filipino, -a *adj/s* filippino, -a
filisteo, -a *adj/s* filisteo, -a; *fig* uomo corpulento *m*
film V. **filme**; **~ación** *f* ripresa cinematografica o televisiva; **~adora** *f Am* cinepresa; **~ar** *vt* filmare; **~e** (*var.* **film**) *m* film *inv* ◊ ***~ de culto*** film culto, film-culto
fílmico, -a *adj* filmico, -a
filmina *f* filmina
filmo|grafía *f* filmografia; **~logía** *f* filmologia; **~teca** *f* cineteca, filmoteca (*raro*)
filo *m* filo, taglio del coltello ◊ ***~ del viento*** filo del vento; ***al ~ de la media noche*** a mezzanotte in punto; ***arma de dos ~s/de doble ~*** arma a doppio taglio; ***darse un ~ a la lengua*** sparlare di q; **~americano, -a** *adj/s* filoamericano, -a; **~cladio** *m bot* cladofillo, fillocladio; **~comunista** *adj/s pol* filocomunista; **~génesis** *f inv biol* filogenesi
filol|ogía *f* filologia ◊ ***~ románica*** filologia romanza; **~ógico, -a** *adj* filologico, -a
filólogo, -a *m/f* filologo, -a
filomanía *f bot* fillomania
filón *m geol tamb. fig* filone; *fig* affare importante

filosof|al *adj* filosofale; **~ar** *vi* filosofare; *desp* filosofeggiare; **~ía** *f* filosofia; *coloq/fig* filosofia, stoicismo *m* ◊ ***tomarse las cosas con ~*** prendersi le cose/la vita con filosofia
filosófico, -a *adj* filosofico, -a
filósofo, -a 1. *m/f* filosofo, -a; **2.** *adj* filosofico, -a
filotaxis *f inv bot* fillotassi
filoxera *f zool/bot* fillossera
filtr|ación *f* filtrazione; **~ar 1.** *vt/i* filtrare; **2. ~se** filtrarsi; sparire *vi*, sfumare *vi*; **~o** *m* filtro
fimosis *f inv med* fimosi
fin *m* 1. fine *f*, termine; 2. fine *f*, scopo, meta *f* ◊ ***~ lucrativo*** scopo di lucro; ***a ~ de*** allo scopo di, al fine di; ***a ~ de cuentas*** bene o male; ***a ~ de mes*** a fine mese; ***al ~ de que*** affinché, perché; ***al ~ te veo*** alla fine/finalmente ti vedo; ***al ~ y al cabo*** in fin dei conti, alla fin fine; ***dar ~*** mettere fine, finire; ***el ~ de semana*** il fine settimana; ***el ~ del mundo*** la fine del mondo; ***el ~ justifica los medios*** il fine giustifica i mezzi; ***en ~*** infine, insomma; ***por ~*** finalmente; ***sin ~*** infinito; **~ado** *m* morto, defunto
final 1. *adj* finale; **2.** *m lit/sport* finale, fine *f*; **3.** *f ling/sport* finale ◊ ***~ a cuatro*** (*basket*) Final Four; ***el ~ de un drama*** il finale di un dramma; ***ganar la ~*** *sport* vincere la finale; **~idad** *f* finalità *inv*; **~ísima** *f* finalissima; **~ista** *m/f* finalista; **~ización** *f* completamento *m*; **~izar** ‹*finalicé*› *vt/i* finire, terminare; finalizzare *vt*, portare a termine *vt*; **~mente** *adv* alla fine, infine
financi|ación (*var.* **financiamiento**) *f* finanziamento *m*; **~ador, -a** *adj/s* finanziatore, -trice; **~amiento** V. **financiación**; **~ar** ‹*financio*› V. 1 *vt* finanziare, sovvenzionare; **~ero, -a 1.** *adj* finanziario, -a; **2.** *m/f* finanziere, -a
finanzas *fpl* finanze
finca *f* 1. edificio *m*, palazzo *m*, casa; 2. fondo *m*, podere *m*, fattoria, masseria ◊ ***~ rústica, urbana*** fondo rustico, urbano
finés, -esa *adj/s* finnico, -a; finlandese
fineza *f* finezza, delicatezza; gentilezza, cortesia
fingi|do, -a *adj* finto, -a, falso, -a; **~miento** *m* finzione *f*, fingimento; **~r** ‹*finjo*› **1.** *vi* fingere, simulare; **2. ~se** fingersi
finiquit|ado, -a *adj* quietanzato, -a; **~o** *m jur* quietanza *f*; *com* scarico
finito, -a *adj elev* finito, -a
finlandés, -esa *adj/s* finlandese
Finlandia *f* Finlandia
fínnico, -a *adj* finnico, -a
fino, -a *adj* 1. fino, -a, sottile; 2. fine, delicato, -a, squisito, -a; 3. (*persona*) fine, gentile, cortese; 4. astuto, -a, sagace ◊ ***por lo ~*** dei buoni/delle buone; **~lis** *adj/s inv irón* snob, schizzinoso, -a, sofisticato, -a
finta *f* finta
finura *f tecn* finezza; *fig* squisitezza, delicatezza; (*persona*) finezza, gentilezza, cortesia
fiordo *m geogr* fiordo
firma *f* firma; *com* ditta, azienda ◊ ***~ electrónica/digital*** firma elettronica/digitale; ***~ por poder, procuración*** firma per delega, procura; ***de ~*** firmato, griffato; ***levar, tener la ~ de alg*** avere la firma per q; **~mento** *m* firmamento; **~nte** *m/f* firmante; firmatario, -a ◊ ***el/la abajo ~*** il/la sottoscritto, -a; **~r 1.** *vt* firmare; **2. ~se** firmare *vi* ◊ ***~ en blanco*** firmare in bianco; **~tario, -a** *m/f* firmatario, -a
firme 1. *adj* fermo, -a, forte, sicuro, -a; *com* fermo, -a, sostenuto, -a; costante; **2.** *m* terreno; asfalto ◊ ***¡~s!*** *mil* Attenti!; ***de ~*** duramente; ***en ~*** *com* inderogabilmente; ***estar en lo ~*** avere ragione; **~za** *f* fermezza, stabilità *inv*; fermezza, risolutezza
fiscal 1. *adj* fiscale; duro, -a, rigoroso, -a; **2.** *m/f jur* procuratore; *ant* avvocato, procuratore fiscale, pubblico ministero ◊ ***~ de tasas*** intendente di finanza; ***~ general del Estado*** Procuratore generale (dello Stato); **~ía** *f* procura ◊ ****~ general*** Procura generale; **~idad** *f* fiscalità *inv*; **~ismo** *m econ* fiscalismo; **~izable** *adj* sindacabile; **~ización** *f* fiscalismo *m*; **~izar** ‹*fiscalicé*› *vt jur* fiscalizzare; *fig* fiscaleggiare
fisco *m* fisco, erario pubblico ◊ ***engañar al ~*** evadere il fisco; **~rno** *m mús* flicorno
fisg|a *f* 1. *nav* fiocina; 2. burla; **~ar** ‹*fisgué*› *vt* 1. *coloq* curiosare; 2. beffare; 3. *nav* fiocinare; **~ón, -ona** *adj/s* curiosone, -a, ficcanaso; beffeggiatore, -trice
fisgone|ar *vt* curiosare; **~o** *m* curiosaggine *f*, il curiosare
fisible *adj fís* fissibile
física *f* fisica
físico, -a 1. *adj/s* fisico, -a; **2.** *m* fisico, aspetto, costituzione
fisicoquímico, -a *adj/s* fisicochimico, -a
fisiogn|omía *f psicol* fisiognomonia, fisiognomica; **~ómica** *f* fisiognomica
fisiol|ogía *f* fisiologia; **~ógico, -a** *adj* fisiologico, -a
fisiólogo, -a *m/f* fisiologo, -a
fisión *f fís* fissione
fisionomía, fisionomista V. **fisonomía, fisonomista**
fisioterap|euta *f* fisioterapista; **~ia** *f* fisioterapia
fisonom|ía (*var.* **fisionomía**) *f* fisionomia, fisonomia; **~ista** (*var.* **fisionomista**) *adj/s* fisionomista, fisonomista
fístula *f* 1. *med* fistola; 2. *mús* fistola, siringa
fisura *f* 1. *med* fistola; *med* (*hueso*) fissura; 2. *min* spaccatura, fenditura ◊ ***~s anales*** *med* fistole anali
fitó|fago, -a *adj zool* fitofago, -a; **~grafo, -a** *adj bot* fitografo, -a
fito|hormona *f biol* fitormone *m*; **~lacáceo, -a** *adj bot* fitolaccaceo, -a; **~logía** *f bot* fitologia; **~patología** *f* fitopatologia; **~patólogo, -a** *adj/s* fitopatologo, -a; **~plancton** *m bot* fitoplancton; **~terapia** *f med* fitoterapia
fixing ['fiksin] *m econ* fixing* *inv*
flabelo *m* flabello
flaccidez (*var.* **flacidez**) *f* flaccidezza

fláccido, -a *adj* flaccido, -a, floscio, -a
flaco, -a 1. *adj* magro, -a; floscio, -a; debole; **2.** *m* punto debole ◊ **~ *de memoria*** debole di memoria; ***a perro ~ todos son pulgas*** a muro basso ognuno ci si appoggia, chi nasce afflitto muore sconsolato; ***vacas ~s*** vacche magre, carestia
flacucho, -a *adj coloq/desp* deboluccio, -a
flagelación *f* flagellazione
Flagelados *mpl biol* Flagellati
flagelante *adj/s* flagellante; disciplinato, -a
flagelar *vt* flagellare, sferzare, fustigare
flagelo *m cient tamb. fig* flagello; calamità *f inv*, rovina *f*
flagrante *adj* flagrante ◊ ***en ~*** in flagrante, sul fatto
flamante *adj* fiammante; lucente
flambear *vt gastr* fiammeggiare
flamboyant [flambo'yan] *adj arq/arte* flamboyant* *inv*
flame|ante *adj* fiammeggiante; **~ar 1.** *vt/i* fiammeggiare; **2.** *vi* sventolare, ondeggiare
flamenco, -a 1. *adj/s* fiammingo, -a, delle Fiandre; **2.** *adj* 1. zingaresco, -a; 2. provocante; robusto, -a e roseo, -a; 3. *Am* magro, -a; **3.** *m* 1. *zool* fiammingo, fenicottero; 2. *mús* flamenco ◊ ***huevos a la ~a*** *gastr* uova al piatto e infornate con salumi e verdure
flámula *f* 1. *nav* fiamma; 2. *bot* fiammola
flan (*pl* **flanes**) *m* budino; crème caramel* *f* ◊ ***estar como un ~*** essere molto agitato
flanco *m elev* fianco
Flandes *m geogr* Le Fiandre *fpl*
flanera *f* stampo per budini *m*
flanquear *vt* fiancheggiare; affiancare
flaque|ar *vi* infiacchirsi, indebolirsi, venir meno; cedere; **~za** *f* 1. debolezza; magrezza; *fig* fragilità *inv*; 2. (*esgrima*) ="terzo debole della spada" *m*
flash [flas] *m* (*foto, diario, droga*) flash* *inv*; **~back** ['flasbak] *m* flask-back* *inv*
flato *m med* flato; *Am* malumore
flatulen|cia *f* flatulenza; **~to, -a** *adj* flatulento, -a
flaut|a 1. *f mús* flauto *m*; **2.** *m/f* (*músico*) flautista ◊ **~ *travesera, dulce*** flauto traverso, dolce; ***sonó la ~ por casualidad*** indovinò per puro caso; **~illo** *m mús* flautino; *mús* piffero; **~ín** *m mús* flautino, ottavino; **~ista** *m/f* flautista
flebitis *f inv med* flebite *f*
flebo|grafía *f med* flebografia; **~tomía** *f* flebotomia
flecha *f* 1. freccia; dardo *m*, saetta; strale *m*; 2. *auto ant* freccia, indicatore di direzione *m*; **~r 1.** *vt* frecciare; ferire con una frecciata; innamorare; **2.** *vi* scoccare la freccia; **~zo** *m fig* (*amor*) colpo di fulmine; frecciata *f*
flechero *m ant* arciere; fabbricante di frecce
flechilla *f Arg bot* erba da foraggio
fleco 1. *m* 1. frangia *f*; orlo sfrangiato; 2. (*pelo*) frangetta *f*; **2.** *mpl fig* (*negociación*) code *fpl*
flector, -a *adj ling/mat* flesso, -a ◊ ***momento ~*** momento flettore/flettante
fleje *m* molla *f*; nastro di ferro
flema *f med tamb. fig* flemma
flemático, -a *adj* flemmatico, -a
flemón *m med* flemmone
flequillo *m* frangetta *f*
fleta|dor *m* noleggiatore; **~mento** *m* nolo, noleggio
fletán *m zool* (*pez*) ippoglosso, halibut* *inv*
fletante *m nav* noleggiante
fletar *vt Am nav* noleggiare; *fig* mollare
flete *m Am nav* nolo, noleggio
flex® *m* materasso a molle; *fig* letto
flexi|bilidad *f* flessibilità *inv*; adattabilità *inv* ◊ **~ *de plantilla*** flessibilità degli organici; **~bilización** *f* (*laboral*) flessibilità *inv* ◊ **~ *de plantilla*** flessibilità degli organici; **~bilizar** ‹*flexibilicé*› *vt* flessibilizzare, rendere flessibile ◊ **~ *el trabajo*** flessibilizzare il lavoro; **~ble** *adj* flessibile; adattabile; **~ón** *f ling/sport* flessione; piegamento *m*; **~onar** *vt tecn* flettere, piegare; **~vo, -a** *adj* flessivo, -a
flexo *m* lampada da tavolo a snodo *f*; **~r** *adj* flessore, flessivo ◊ ***músculo ~*** muscolo flessore
flipado, -a *adj* 1. *coloq* sorpreso, -a; 2. assorto, -a; 3. drogato, -a, flippato, -a
flipe *m* (*droga*) trip *inv*
flipper ['fliper] *m* flipper* *inv*, biliardino elettrico
flirt ['flert] *m* flirt* *inv*; **~ear** *vi* flirtare, amoreggiare; **~eo** *m* amorazzo, flirt *inv*
floj|ear *vi* diventare/essere debole, diminuire, indebolire; **~edad** (*var.* **floquera** *coloq*) *f* 1. fiacca, fiacchezza, debolezza; pigrizia, svogliatezza; 2. *tecn* allentamento *m*; **~era** *f* fiacca; **~o, -a** *adj* 1. floscio, -a, molle; debole, fiacco, -a; 2. svogliato, -a, negligente; 3. mediocre, scadente ◊ ***me la trae ~a*** *vulg* me ne sbatto, me ne frego
floquera V. **flojedad**
flor *f* 1. *bot fig* fiore *m*; 2. *fig* complimento *m*, galanteria; 3. perfezione; verginità *inv* ◊ **~ *de azahar*** fior d'arancio; **~ *de estufa*** *tamb. fig* fiore di serra; **~ *de la edad, de la juventud*** fiore degli anni, della gioventù; ***a ~ de agua o de tierra*** a fior d'acqua o di terra; ***a ~ de piel*** a fior di pelle; ***almendro en ~*** mandorlo in fiore; ***dar en la ~*** prendere la mania/il vizio; ***decir, echar ~s*** fare complimenti; ***la ~ de la canela/la ~ y nata*** il fior fiore; ***nacer con una ~ en el culo*** *fig* avere culo, nascere con la camicia
flora *f* flora; **~ción** *f* fioritura; **~l** *adj* florale; floreale ◊ ***estilo ~*** stile floreale; ***juegos ~es*** giochi florali
florear *vi* 1. infiorare; 2. *mús* arpeggiare sulla chitarra; 3. (*esgrima*) far vibrare la spada
flore|cer ‹*florezco*› V. 13a *vi* fiorire, germogliare; prosperare; esistere; **~iente** *adj* fiorente; prospero, -a, florido, -a; **~illa** *f* fiorellino *m*; **~imiento** *m* fioritura *f*
Florencia Firenze
florentino, -a *adj* fiorentino, -a
floreo *m* 1. *fig* fioritura *f*; 2. complimento; 3. *mús* arpeggio sulla chitarra; ="passo di danza spagnola"; 4. (*esgrima*) il vibrar della spada

florero *m* vaso da fiori, portafiori *inv* ◊ ***estar de ~*** *irón* essere un soprammobile, servire da ornamento
florescencia *f* efflorescenza; fioritura
floresta *f* foresta, selva; *fig* collezione
florete *m* fioretto; **~ar** *vt* fiorettare
floretista *m/f* fiorettista
floricult|or, -a *adj/s* floricoltore, -trice, floricultore, -trice, fioricultore, -trice; **~ura** *f* floricoltura, floricultura, fioricultura
florido, -a *adj* 1. fiorito, -a; 2. scelto, -a; 3. *med/mús tamb. fig* florido, -a
florilegio *m* florilegio
florín *m econ* fiorino
floripondio *m desp* fronzolo
florist|a *m/f* fioraio, -a, fiorista; **~ería** *f* fioreria, negozio di fiori *m*
floritura *f fig* fioritura
flota *f* flotta ◊ ***~ pesquera*** flotta peschereccia; **~bilidad** *f* galleggiabilità *inv*; **~ble** *adj* galleggiabile ◊ ***río ~*** fiume flottabile; **~ción** *f* galleggiamento *m*; fluttuazione, ondeggiamento *m*; *cient* flottazione; **~dor, -a 1.** *m* salvagente; **2.** *adj/m* galleggiante; **~nte** *adj* galleggiante; *com* fluttuante; **~r** *vi* galleggiare; *fig* ondeggiare
flote *m* galleggiamento ◊ ***a ~*** a galla; ***salir a ~*** *tamb. fig* risalire a galla
flotilla *f* flottiglia
fluctua|ción *f* fluttuazione; **~nte** *adj* fluttuante, oscillante; instabile, irresoluto, -a; **~r** *vi* fluttuare, oscillare; vacillare
fluencia *f med/ling* fluenza
fluid|amente *adv* correntemente; **~ez** *f* fluidità *inv*, scorrevolezza; fluidezza; **~ificar** ‹*fluidifiqué*› *vt elev* fluidificare; **~o, -a 1.** *adj* fluido, -a, scorrevole; **2.** *m fís* fluido
fluir ‹*fluyo; fluyó; fluyendo*› V. 14 *vi* fluire, scorrere
flujo *m cient tamb. fig* flusso; getto, afflusso
flúor *m* fluoro
fluor|ación (*var.* **fluorización**) *f med* fluorizzazione; **~escencia** *f* fluorescenza; **~escente** *adj* fluorescente
fluorhídrico *adj* (*ácido*) fluoridrico
fluorita *f min* fluorite
fluorización V. **fluoración**
fluoruro *m quím* fluoruro
fluvial *adj* fluviale
flux *m* 1. (*naipes*) napoletana *f*; (*naipes*) combinazione dello stesso seme *f*; 2. *Am* (*vestito*) completo a tre pezzi; **~ión** *f cient* flussione
FM (*Modulación de Frecuencia*) *abr/f* FM (*Modulazione di frequenza*)
FMI (*Fondo Monetario Internacional*) *abr/m* FMI (*Fondo Monetario Internazionale*)
FN (*Fuerza Nueva*) *abr* ="Forza Nuova, partito di estrema destra"
FNMT (*Fábrica Nacional de Moneda y Timbre*) *abr Esp* IPZS (*Istituto Poligrafico e Zecca dello Stato*)
f.o.b. (*precio franco a bordo*) *abr* FOB (*Franco Bordo*)
fobia *f psicol* fobia
foca *f* 1. *zool* foca; 2. *desp/fig* (*mujer*) vacca; **~l** *adj cient* focale; **~lizar** ‹*focalicé*› *vt* focalizzare
foco *m* 1. *cient tamb. fig* foco; 2. *electr* spot *inv*, faretto; 3. *med tamb. fig* focolaio; 4. *Am* lampadina *f*; 5. focolare, centro
focus *m* focus *inv*
fofo, -a *adj* molle, spugnoso, -a
fogata *f* fiammata, falò *m*
fogón *m* focolare; cucina *f* ◊ ***~ de la caldera*** focolare della caldaia
fogon|azo *m* fiammata *f*; **~ero** *m* fochista
fogos|idad *f* focosità *inv*, impeto *m*; **~o, -a** *adj* focoso, -a, ardente, impetuoso, -a
fogue|ar 1. *vt* 1. pulire a fuoco un'arma; 2. *fig* indurire; **2.** *vi* sparare; **~o** *m* 1. *fig* indurimento; 2. pulizia a fuoco di un'arma *f* ◊ ***de ~*** a salva
foie-gras [fwa'gras] *m gastr* paté *inv*
foja *f* 1. *zool* folaga; 2. foglio *m*
folcl|ore (*var.* **folclor**, **folklor(e)**) *m* folclore, folklore; **~órico, -a** *adj* folclorico, -a, folklorico, -a ◊ ***cantante ~*** cantante di canzoni tradizionali spagnole (andaluse); **~orista** (*var.* **folklorista**) *m* folclorista, folklorista; **~orístico, -a** (*var.* **folklorístico**) *adj* folcloristico, -a, folkloristico, -a
folía 1. *fpl mús* follie; **2.** *f ant* follia
folia|ción *f* 1. *bot* fogliazione; 2. *impr* foliazione; **~r** ‹*folio*› V. 1 **1.** *vi bot* fogliare; **2.** *vt* numerare i fogli
folículo *m* follicolo
folio *m* foglio ◊ ***de/a ~*** enorme; ***in ~*** *impr* in folio
folkl|or(e) V. **folclore**; **~órico** V. **folclórico**; **~orista** V. **folclorista**; **~orístico** V. **folclorístico**
folla|da (*var.* **follá**) *f vulg* chiavata, scopata, trombata ◊ ***mala ~*** *vulg* cattiva idea (*estánd*); sfiga; **~dor, -a** *adj/s vulg* scopatore, -trice; **~je** *m* 1. fogliame, frascame; 2. ornamento di fronde; *fig* fogliame, fiorettatura *f*; **~pavas** *adj/m inv* idiota, imbecille, deficiente; **~r 1.** *vt/i vulg* trombare; **2. ~se** *vulg* tirare/mollare un peto
folletín *m* appendice di giornale *f*; romanzo d'appendice; **~inesco, -a** *adj desp* rocambolesco, -a; **~inista** *adj/s* appendicista; **~o** *m* opuscolo, dépliant* *inv*; *pol* volantino
follón 1. *m* 1. *coloq* casino, casotto, putiferio; 2. peto silenzioso, scoreggia silenziosa *f*; 3. razzo luminoso; **2.** *adj ant* vigliacco, furfante
follonero, -a *adj/s coloq* casinista, casinaro, -a
foment|ador, -a *adj/s* fomentatore, -trice; **~ar** *vt* 1. fomentare, istigare, stimolare; 2. patrocinare; 3. (*gallina*) covare; 4. scaldare; **~o** *m* 1. fomento, stimolo; 2. *adm* patrocinio; 3. *med* fomento ◊ ***Ministerio de ~*** Ministero delle Infrastrutture e dei Trasporti
fon (*pl* **fones**) *m fís* fon *inv*, phon* *inv*
fona|ción *f ling/med* fonazione; **~torio, -a** *adj ling/med* fonatorio, -a
fonda *f* locanda, pensione
fonde|adero *m nav* ormeggio; **~ar 1.** *vt/i nav* ormeggiare; **2.** *vt tecn tamb. fig* scandagliare; **3.**

~se *Am* arricchirsi; **~ro, -a** *m/f Am desp* oste, -essa

fondillos *mpl* (*pantalones*) fondelli

fondista 1. *adj/s sport* fondista; **2.** *m/f* 1. oste *m*, ostessa *f*; 2. (*periódico*) fondista

fondo *m* 1. fondo; 2. profondità *f inv*; 3. *Am* sottoveste *f* ◊ ****~ Monetario Internacional*** Fondo Monetario Internazionale; ***~ abierto, cerrado, ético, verde*** *banc* fondo aperto, chiuso, etico, verde; ***~ de amortización, de inversión*** *banc* fondo di ammortamento, d'investimento; ***~ de pensiones*** *adm* fondo pensione; ***~ perdido, de reptiles*** *adm* fondo perduto, nero; ***~s públicos*** fondi pubblici; ***a ~*** a fondo; ***bajos ~s*** bassifondi; ***caja de doble ~*** cassa a doppio fondo; ***carrera, esquí de ~*** gara, sci di fondo; ***dar ~*** dare fondo/gettare l'ancora; ***de ~*** di fondo; ***echar a ~*** mandare a picco; ***en el ~ de la sala*** in fondo alla sala; ***en el ~*** in fondo; ***escaso/mal de ~s*** male a denaro; ***los ~s de un barco*** la carena di una nave; ***medio ~*** sottogonna; *sport* mezzo fondo; ***una casa de poca fachada y mucho ~*** una casa con poca facciata e molta profondità/molto profonda

fondón, -ona *adj coloq* culone, -a

fondue [fon'dy, fon'di] *f gastr* fondue* *inv*

fonem|a *m ling* fonema; **~ática** *f ling* fonematica

fonétic|a *f ling* fonetica; **~o, -a** *adj* fonetico, -a

foniatría *f med* foniatria

fónico, -a *adj* fonico, -a

fono V. **fon**; **~absorbente** *adj* fonoassorbente; **~captor** *m* pick-up* *inv*

fonógrafo *m* fonografo, grammofono

fonograma *m* fonogramma

fonología *f ling* fonologia

fonológico, -a *adj* fonologico, -a

fonólogo *m* fonologo

fonómetro *m* fonometro

fontana *f elev* fontana; **~r** *m* fonte *f*, sorgente *f*

fontane|lla *f med* fontanella; **~ría** *f* 1. mestiere dell'idraulico o fontaniere *m*; 2. impianto idraulico *m*; **~ro, -a** *m/f tecn* idraulico; *fig* idraulico, spia *f*

footing ['futin] *m sport* footing* *inv*

foque *m* fiocco

forajido, -a *adj/s* bandito, -a

foral *adj* relativo a los fueros

foramen (*pl* **forámenes**) *m* forame

foraminíferos *mpl* foraminiferi

foráneo, -a *adj elev* foraneo, -a

forastero, -a *adj/s* forestiero, -a; estraneo, -a

forceje|ar *vi* dibattersi, lottare *vi*; **~o** *m* sforzo; lotta *f*

fórceps *m med* forcipe

forense *adj/s* forense ◊ ***médico ~*** medico forense

forestal *adj* forestale

forfait [for'fe] *m* 1. forfait *inv*; 2. *sport* skipass giornaliero

forja *f* fucina; ferriera; *arte* fucinatura; **~do, -a 1.** *adj metal* fucinato, -a; foggiato, -a, modellato, -a; **2.** *m arq* ossatura (di un tramezzo) *f*; **~dor, -a** *adj/s* fabbro; *fig* costruttore, -trice, autore, -trice; **~r** *vt metal tamb. fig* fucinare, forgiare; *tamb. fig* foggiare, modellare; *elev/fig* fabbricare, creare, inventare

forma 1. *f* 1. forma, figura; 2. *tecn* forma, stampo *m*; *impr* formato *m*; **2.** *fpl* forme, apparenze ◊ ***cubrir/guardar las ~s*** mantenere le apparenze; ***dar ~*** dar forma; ***de ~ que*** in modo che; ***de cualquier ~ /de todas ~s*** comunque, in ogni modo; ***en debida ~*** in debita forma; ***estar en ~*** essere in forma; ***no hay ~ de*** non c'è verso di; **~ción** *f* formazione ◊ ***~ del personal*** addestramento/istruzione del personale; ***(diplomatura) de la Escuela Universitaria de *~ del Profesorado*** Diploma Universitario (o Laurea breve) di Magistero; ***Instituto de ~ profesional*** Istituto professionale; ***Técnico Superior de Formación Profesional*** Tecnico Superiore (IFTS); ***Técnico de Formación Profesional*** Tecnico Professionale

formal *adj* formale; *fig* serio, -a, onesto, -a ◊ ***una declaración ~*** una dichiarazione formale/esplicita; ***una persona ~*** una persona seria; **~dehído** *m* formaldeide; **~idad** *f* 1. formalità *inv*, serietà *inv*; 2. *jur* formalità *inv*, modalità *inv*; **~ina** *f* formalina; **~ismo** *m* formalismo; **~ista 1.** *adj/s* formalista; **2.** *adj* formalistico, -a; **~izar** ‹*formalicé*› **1.** *vt jur/filos* formalizzare; **2. ~se** diventare formale *vi*; offendersi, scandalizzarsi

formar 1. *vt* formare; *mil* formare, allineare; **2.** *vi* figurare, far parte; **3. ~se** formarsi; prodursi, svilupparsi

format|ear *vt informát* formattare; **~eo** *m informát* formattazione *f*; **~ivo, -a** *adj* formativo, -a ◊ ***Ciclo ~ grado superior*** Ciclo di Formazione Tecnico-Professionale Superiore (FIS); ***Ciclo ~ grado medio*** Ciclo di Formazione professionale; **~o** *m* 1. formato; 2. *informát* formattazione *f*

formiato *m quím* formiato

formica *f* formica

fórmico, -a *adj* formico, -a

formidable *adj* formidabile, straordinario, -a

formol *m quím* formolo, formalina *f*

formón *m* scalpello da legno

fórmula *f cient/sport* formula ◊ ***carrera de ~ 1*** corsa di formula 1

formula|ción *f* formulazione; **~r** *vt* 1. formulare; 2. formulare, esprimere, manifestare; 3. fare ricette; **~rio, -a 1.** *m* 1. formulario; 2. ricettario; **2.** *adj* formulario, -a

formulismo *m* eccesso di formule

fornic|ación *f* fornicazione; **~ador, -a** *adj/s* fornicatore, -trice; **~ar** ‹*forniqué*› *vi* fornicare

fornido, -a *adj* membruto, -a, robusto, -a

foro *m* 1. *hist* foro, piazza *f*; 2. *jur* foro; 3. *adm* canone; 4. *teat* fondo ◊ ***telón de ~*** fondale; **~fo, -a** *m/f sport* tifoso, -a; appassionato, -a, entusiasta; (*cantante, actor, ...*) fan *inv*

FORPPA (*Fondo de Ordenación y Regulación de Producciones y Precios Agrarios*) *abr/m* ="Fondo di Regolamento per la Produzione e Prezzi Agrari"

forr|ado, -a *adj* foderato, -a; ricoperto, -a ◊ **~ *de dinero*** ricco sfondato; **~aje** *m* foraggio; *fig* farragine *f*; **~ajear** *vt/i* pascolare; **~ajero, -a** *adj* foraggero, -a; **~ar 1.** *vt* foderare; ricoprire; **2. ~se** *coloq* arricchirsi, far soldi *vi*; **~o** *m* 1. fodera *f*; 2. copertina (di libro) *f*; 3. fasciame; 4. *Am euf* guanto, preservativo ◊ ***ni por el ~*** *coloq* neanche per idea; ***pasarse u-c por el ~ (de los cojones)*** *vulg* pulirsi il culo con qc

fortachón, -ona *adj* robusto, -a, membruto, -a

fortale|cer ‹*fortalezco*› V. 13a *vt* fortificare, rafforzare; **~cimiento** *m* invigorimento, rafforzamento; **~za** *f* fortezza, vigore *m*, forza; *mil* fortezza, forte *m*

forte *adj mús* forte; **~piano** *m mús* forte-piano

fortific|ación *f* fortificazione; **~ar** ‹*fortifiqué*› *vt* fortificare

fortín *m mil* fortino

fortísimo (*var.* **fortissimo**) *adv mús* fortissimo

fortuito, -a *adj* fortuito, -a, casuale

fortuna *f* fortuna ◊ ***correr ~*** *nav* subire la tempesta; ***de ~*** di fortuna; ***por ~*** per fortuna; ***probar ~*** tentare fortuna

forúnculo *m med* foruncolo

forz|ado, -a *adj* forzato, -a, sforzato, -a, costretto, -a ◊ ***alegría ~a*** allegria forzata; ***trabajos ~s*** lavori forzati; **~ar** ‹*fuerzo; forcé*› *vt* forzare; sforzare; violentare; costringere ◊ ***~ a una persona*** violentare una persona; ***~ la cerradura*** forzare la serratura; ***~ la voz*** sforzare la voce; **~osa** *f* (*juego dama*) mossa obbligata; **~oso, -a** *adj* forzoso, -a; inevitabile ◊ ***de curso ~*** *com* a corso forzoso; ***traslado ~*** trasferimento forzato; **~udo, -a** *adj* forzuto, -a, forte

fosa *f* fossa, fosso *m* ◊ ***~ común, séptica*** fossa comune, settica; ***~ tectónica*** *geol* fossa tettonica; ***~s nasales*** fosse nasali

fosfat|ado, -a *adj* fosfatico, -a ◊ ***abono ~*** concime fosfatico; **~ina** *vi* ◊ ***estar hecho ~*** *coloq/fig* essere a pezzi; ***hacer ~*** *coloq/fig* fare a pezzi; **~o** *m quím* fosfato

fosforesc|encia *f* fosfoscerenza; **~ente** *adj* fosforescente

fosfórico, -a *adj quím* fosforico, -a ◊ ***ácido ~*** acido fosforico

fósforo *m* 1. *min* fosforo; 2. cerino, fiammifero

fósil 1. *adj* fossile; **2.** *m* 1. fossile; 2. *fig* antiquato, -a ◊ ***~ viviente*** fossile vivente

fosilizarse ‹*fosilicé*› fossilizzarsi

foso *m* 1. fosso, fossato; 2. *teat/auto* fossa *f*

foto *f* fotografia, foto *inv* ◊ ***hacer una ~*** *coloq* (*una mujer*) mostrare le gambe o le cosce; **~calco** *m* fotocalcografia *f*; **~célula** *f* fotocellula; **~composición** *f impr* fotocomposizione; **~compositora** *f* compositrice

fotocopia *f* fotocopia; **~dora** *f* fotocopiatrice; **~r** ‹*fotocopio*› V. 1 *vt* fotocopiare

fotoeléctrico, -a *adj* fotoelettrico, -a

fotofobia *f* fotofobia

fotog|enia *f* fotogenia; **~énico, -a** *adj* fotogenico, -a

fotograbado *m impr* fotoincisione *f*; **~r** *m* fotoincisore

fotograf|ía *f* fotografia ◊ ***~ de contraluz, en color*** fotografia a controluce, a colori; ***(una mujer) hacer una ~*** *coloq/fig* mostrare le gambe o le cosce; **~iar** ‹*grafío*› V. 2 *vt* fotografare

fotográfico, -a *adj* fotografico, -a

fotógrafo, -a *m/f* fotografo, -a

fotograma *m* fotogramma

fotólisis (*var.* **fotolisis**) *f inv quím* fotolisi

fotomatón® *m* 1. cabina per foto automatica *f*; 2. foto automatica *f*

fotomecánico, -a *adj/f foto* fotomeccanico, -a

fotómetro *m fís* fotometro

fotomodelo *f* fotomodella

fotomontaje *m foto* fotomontaggio

fotón *m fís* fotone

fotonovela *f* fotoromanzo *m*

fotoprotec|ción *f* fotoprotezione; **~tor, -a** *adj* fotoprotettore, -trice

foto robot *f* identikit *m inv*

fotosensible *adj* fotosensibile

fotosfera *f astron* fotosfera

fotosíntesis *f inv bot* fotosintesi

fototipia *f impr* fototipia

foulard [fu'lar] *m* foulard *inv*

foyer [fwa'yer] *m* ridotto

foz (*pl* **foces**) *m* chiusa *f*

FP (*Formación Profesional*) *abr/f* = "Formazione Professionale"

frac *m* frac *inv*

fracas|ado, -a *adj/s* fallito, -a, frustrato, -a; rovinato, -a; **~ar** *vi* fallire, andare a male, frustrarsi; **~o** *m* fiasco, insuccesso, fallimento ◊ ***~ amoroso*** delusione amorosa; ***~ escolar*** abbandono scolastico; ***la fiesta fue un ~*** la festa fu/è stata un fiasco

fracc|ión *f mat* frazione; parte; **~ionamiento** *m* frazionamento; **~ionar** *vt* frazionare; **~ionario, -a** *adj* frazionario, -a

fractal *adj mat* frattale

fractura *f* frattura; **~r** *vt* fratturare

fraga *f* 1. sterpaio *m*; 2. *bot* lampone *m*; **~ncia** *f* fragranza, profumo *m*; **~nte** *adj* 1. fragrante, odoroso, -a; 2. flagrante ◊ ***en ~*** in flagrante; **~nti** *adv* flagrante ◊ ***coger/agarrar in ~*** cogliere in flagrante, prendere in castagna, cogliere sul fatto; **~ta** *f nav* fregata

frágil *adj* fragile; debole

fragilidad *f* fragilità *inv*; debolezza

fragment|ación *f* frammentazione; **~ar** *vt* frammentare, spezzettare, dividere; **~ario, -a** *adj* frammentario, -a; **~o** *m* 1. frammento; 2. *arte/lit/ling* brano

fragor *m* fragore, strepito; **~oso, -a** *adj* fragoroso, -a, strepitoso, -a

frago|sidad *f* asprezza di terreno; **~o, -a** *adj* aspro, -a, scabroso, -a

fragua *f* fucina; **~dor, -a** *adj/s fig* orditore, -trice; **~r** ‹*fragüe; fragüé*› **1.** *vt* 1. *tecn* fucinare; 2. *fig* ordire, macchinare; **2.** *vi* far presa

frail|e *m* 1. frate, monaco; 2. *bot/impr* frate; **~ero, -a** *adj* fratesco, -a; **~uno, -a** *adj* fratesco, -a

frambues|a *f bot* (*fruto*) lampone *m*; **~o** *m* (*planta*) lampone

francachela *f* festino *m*

francamente *adv* francamente; liberamente; a viso scoperto

francés, -esa 1. *adj/s* francese; **2.** *m euf/vulg* pompino, bocchino ◊ ***(tortilla) a la ~a*** *gastr* omelette *inv*; ***a la ~a*** (*estilo*) alla francese; ***irse/despedirse a la ~*** *coloq* andarsene all'inglese, filarsela

francesismo *m* francesismo

franchute *adj/s desp* francioso, -a (*ant/irón*)

Francia *f geogr* Francia

francio *m quím* francio

franciscano, -a *adj/s relig* francescano, -a

Francisco, -a *m/f* Francesco, -a

francisco, -a *adj/s relig* francescano, -a

francmasón, -ona *m/f* frammassone, -a

franco, -a 1. *adj* franco, -a, sincero, -a, leale; chiaro, -a; libero, -a; **2.** *m* (*pueblo y moneda*) franco ◊ ***~ fábrica*** franco di dazio; ***puerto ~*** porto franco

francofilia *f* gallofilia

francófilo, -a *adj/s* francofilo, -a

francófo|bo, -a *adj/s* francofobo, -a; **~no, -a** *adj/s* francofono, -a

Franconia *f geogr* Franconia

franconio, -a *adj/s* francone

francotirador, -a *m/f* cecchino *m*, franco tiratore, -trice

franela *f* flanella

frangible *adj* frangibile

franja *f* fascia, gallone *m* ◊ ***~ azul, roja, …*** (*calidad*) fascia blu, rossa, …

Frankfurt *f* würstel* *m inv* ◊ ***salchicha de ~*** würstel

franque|able *adj* valicabile; **~adora** *f* affrancatrice; **~ar 1.** *vt* aprire il passo, sgombrare; attraversare, passare; liberare, esimere; (*correo*) affrancare; **2. ~se** confidarsi ◊ ***~ el río*** attraversare il fiume; **~o** *m correo* affrancatura *f*; affrancamento; *jur* affrancazione *f*; **~za** *f* 1. franchezza, sincerità *inv*, lealtà *inv*; 2. liberalità *inv*

franquici|a *f* 1. *econ* (*empresa*) franchising* *m inv*; 2. (*pago*) franchigia; **~smo** *m pol* franchismo; **~sta** *adj/s pol/hist* franchista

FRAP (*Frente Revolucionario Antifascista y Patriótico*) *abr/m* ="gruppo terroristico di estrema sinistra"

frasco *m* ampolla *f*, boccetta *f*; flacone, bottiglia *f* ◊ ***~ de perfume*** boccetta di profumo

frase *f* 1. *ling* frase, locuzione; 2. *mús* frase; **~ar** *vi mús* fraseggiare; **~o** *m* fraseggio; **~ología** *f ling* fraseologia

fraternal *adj* fraterno, -a, fraternale

fraterni|dad *f* fraternità *inv*; **~zar** ‹*fraternicé*› *vi* fraternizzare

fraterno, -a *adj* fraterno, -a

fratricid|a *adj/s* fratricida; **~io** *m* fratricidio

fraud|e *m* frode *f*, truffa *f*, inganno, fraude (*ant*); **~ulencia** *f* fraudolenza, frodolenza (*ant*); **~ulento, -a** *adj* fraudolento, -a, doloso, -a, frodolento, -a/e (*ant*)

fraustina *f* testiera

fray *m* fra, fra', frà ◊ ***~ Luis*** fra' Luigi

frazada *f Am* coltre, coperta di lana

freak [frik] *adj/s* freak* *inv*, fricchettone, -a (*coloq*)

freático, -a *adj geol* freatico, -a

frecuen|cia *f* frequenza ◊ ***~ modulada*** *radio* modulazione di frequenza; ***corriente de alta, baja ~*** *electr* corrente ad alta, bassa frequenza; **~tación** *f* frequentazione; **~tador, -a** *adj/s* frequentatore, -trice; **~tar** *vt* frequentare; **~te** *adj* frequente

freelance ['frilans] (*var.* **free lance**, **free-lance**) *m/f* freelance* *inv*

freg|ada *f Méx* scalogna (*coloq*), sfiga (*coloq*), sfortuna; **~adero** *m* lavandino, acquaio; **~ado** *m* 1. fregata *f*; 2. *coloq* imbroglio, pasticcio ◊ ***meterse en un ~*** mettersi/ficcarsi in un (bel) pasticcio/imbroglio; **~ador** strofinaccio; V. **fregadero**; **~ar** ‹*friego; fregué*› V. 5a *vt* fregare, lavare; strofinare; rigovernare (la casa); *Am* seccare, molestare; **~ona** *f* 1. *desp* (*persona*) sguattera; 2. spazzolone per lavare il pavimento *m*, mocio *m*

frei|dora *f* friggitrice; **~uría** *f* friggitoria

freír ‹*frío; frito/freído*› V. 34 *vt* friggere; *fig* ammazzare ◊ ***al ~ será el reír*** vedremo come va a finire; ***mandar a ~ espárragos/monos/chongos*** mandare a farsi friggere

fréjol *m reg bot* fagiolo

frena|do *m tecn* frenatura *f*; *mec* frenaggio; **~r** *vt tecn fig* frenare; **~zo** *m* frenata *f*

frenesí *m* frenesia *f*; delirio

frenético, -a *adj* frenetico, -a

frenillo *m* 1. *med* frenulo; 2. museruola *f*; 3. *Am* spago della cometa ◊ ***no tener ~*** *coloq/fig* avere lo scilinguagnolo sciolto

freno *m tecn fig* freno ◊ ***~ antibloqueo*** freno antibloccaggio; ***morder (tascar) el ~*** mordere il freno

frente 1. *f* 1. *med* fronte; 2. *fig* viso *m*, sembiante *m*; 3. *geol/min* fronte; **2.** *m* 1. *arq* facciata *f*; 2. *impr fig* frontespizio; 3. *mil/meteo* fronte ◊ ***~ a ~*** a fronte a fronte; ***~ único*** fronte comune; ***arrugar la ~*** corrugare la fronte; ***con la ~ alta*** *fig* a fronte alta; ***de ~*** *adv* di fronte, dirimpetto; ***en ~ de/ ~ a*** *prep* di fronte a, dirimpetto a; ***estar al ~ de*** essere a capo di, dirigere; ***hacer ~*** far fronte; ***ir al ~*** andare al fronte; ***llevarlo escrito en la ~*** portarlo scritto in fronte; ***poner ~ a ~*** mettere a fronte

fresa 1. *f* 1. *bot* fragola; 2. *tecn* fresa; **2.** *adj/f tecn* fresatrice; **~do** *m tecn* fresatura *f*; **~dor** *m* fresatore; **~dora** *f tecn* fresatrice; **~l** *m bot* fragoleto; **~r** *vt tecn* fresare

fresca *f* fresco *m*, frescura ◊ ***soltar cuatro ~s a alg*** *coloq/fig* dirne quattro a q; **~chón, -ona** *adj/s* 1. sano, -a, fresco, -a; 2. *coloq/hum* (*mujer*) bella tonda e rosea; **~les** *m/f inv coloq/hum* faccia tosta *f*

fresco, -a 1. *adj* fresco, -a; (*persona*) sfacciato, -a; **2.** *m* 1. fresco, frescura *f*; 2. *Am* bibita *f* ◊ ***estar ~*** *coloq/fig* star fresco; ***pintura al ~*** *arte* affresco; ***quedar/estar al ~*** *coloq/fig* restare, stare al fresco; ***quedarse tan ~*** *coloq* restare impassibile, come se niente fosse; **~r** *m* 1. frescura *f*; 2. *arte* colorito

frescura *f* 1. freschezza; 2. *fig* disinvoltura; *fig* sfacciataggine, impertinenza; *fig* negligenza; 3. *fig* serenità *inv* ◊ ***contestar una ~*** rispondere a una impertinenza; ***cosa hecha con ~*** cosa fatta con negligenza; ***expresarse con ~*** esprimersi con disinvoltura o con sfacciataggine; ***la ~ de sus carnes*** la freschezza delle sue carni

fresn|eda *f bot* frassineto *m*; **~o** *m bot* frassino

fresón *m bot* fragolone

fresquilera *f* moscaiola; **~ero, -a** *m/f* pescivendolo, -a; **~ista** *m/f* affreschista, freschista

freudiano, -a *adj/s med* freudiano, -a

freza *f zool* fregola dei pesci; **~r** ‹*frecé*› *vi* 1. (*peces*) andare in fregola; 2. (*gusanos de seda*) mangiare la foglia; 3. (*animales*) espellere le feci, defecare

fría V. **freír**

friab|ilidad *f* friabilità *inv*; **~le** *adj* friabile

frialdad *f* freddezza; *fig* indifferenza, autocontrollo *m*

fríamente *adv* freddamente

frica|ndó *m gastr* fricandò; **~sé** *m* fricassea *f*

fricativo, -a *adj ling* fricativo, -a

fricci|ón *f* 1. frizione; 2. *mec* attrito *m*, frizione; **~onar** *vt* frizionare, sfregare

friega *f* 1. massaggio *m*, frizione; 2. *coloq/fig* busse *fpl*; 3. *Am* seccatura; **~platos** *m/f inv* lavapiatti, sguattero, -a *m/f*

friego V. **fregar**

frigidez *f elev* frigidità *inv*, frigidezza

frígido, -a *adj* frigido, -a, freddo, -a

frigorífico, -a 1. *m* frigorifero, frigo; camera fredda *f*; **2.** *adj* frigorifico, -a

fríjol (*var.* **frijol**) *m bot* fagiolo

frío, -a *adj/m* freddo, -a ◊ ***coger ~*** prendere un colpo di freddo; ***dejar ~*** lasciare indifferente; ***en ~*** a freddo; ***no dar ni calor ni ~*** non fare né caldo, né freddo; ***quedarse ~*** restare indifferente; gelarsi; ***un jarro de agua ~a*** una doccia (d'acqua) fredda

frío, frió V. **freír**

friole|nto, -a *adj Am* freddoloso, -a; **~ra** *f* bagattella; *irón* bellezza ◊ ***cuesta la ~ de*** costa la bellezza di; **~ro, -a** *adj* freddoloso, -a

frisar 1. *vi* rasentare *vt*, toccare *vt*; andare d'accordo; **2.** *vt* 1. frisare; 2. *tecn* accotonare; 3. *nav* calafatare ◊ ***~ en los 50 años*** sfiorare i 50 anni

Frisia *f geogr/hist* Frisia

friso *m arq* fregio

frisón, -ona *adj/s* frisone, -a

frita|da *f gastr* frittura; **~do** *m metal/quím* sinterizzazione *f*; (*cerámica*) cottura *f*; **~nga** *f desp* frittura grassa; **~r** *vt Am* friggere

frito, -a 1. *adj* fritto, -a; **2.** *m* frittura *f* ◊ ***estar ~*** essere bell'e fritto; ***tener ~ a alg*** sfinire q, portare al colmo dell'esasperazione q

fritura *f* frittura, fritto *m*

Friul *m geogr* Friuli

friulano, -a *adj/s* friulano, -a

frivolidad *f* frivolezza, vacuità *inv*

frívolo, -a *adj* frivolo, -a, leggero, -a, superficiale; (*cosa*) futile

fronda 1. *f* fronda, frasca; foglia di felce; **2.** *fpl* frondosità *f inv*

frondos|idad *f* frondosità *inv*; **~o, -a** *adj* frondoso, -a

frontal 1. *adj/m* frontale; **2.** *m* 1. *arq* trave orizzontale *f*; 2. *arq* paliotto dell'altare

fronte|ra *f* frontiera; **~rizo, -a** *adj* di frontiera, confinante, limitrofo, -a; **~ro, -a** *adj* di fronte, dirimpetto

frontis *m inv arq* facciata *f*, frontespizio; **~picio** *m* frontespizio

frontón *m* 1. sferisterio e parte per il "juego de la pelota"; 2. *arq* frontone

frot|ación (*var.* **frotamiento** *m*) *f* 1. sfregamento *m*, strofinamento *m*; 2. *mec* fregata; **~ar** *vt* 1. sfregare, strofinare; 2. *tecn* fare attrito ◊ ***~se las manos*** strofinarsi le mani; ***~sela*** *vulg* farsi una sega, menarsela; **~e** *m* sfregamento; **~is** *m inv med* striscio

frottola *f mús* frottola

fruct|ífero, -a *adj* fruttifero, -a, fruttuoso, -a (*fig*); **~ificar** ‹*fructifiqué*› *vi* fruttificare; **~osa** *f* fruttosio *m*; **~uoso, -a** *adj elev* fruttuoso, -a

frufrú (*var.* **fru-fru**) *m* fru fru, fruscio ◊ ***el ~ de la seda*** il fru fru/fruscio della seta

frugal *adj* frugale; **~idad** *f* frugalità *inv*

frui|ción *f* fruizione, godimento *m*; **~r** ‹*fruyo; fruyó; fruyendo*› V. 14 *vi* fruire (**de** di), godere (**de** di)

frument|ario, -a *adj* frumentario, -a; **~icio, -a** *adj* frumentaceo, -a

frunc|e *m* piega *f*, drappeggio; **~imiento** *m* raggrinzamento; (*cara*) cipiglio; **~ir** ‹*frunzo*› **1.** *vt* raggrinzare, increspare; (*vestido*) drappeggiare; (*cara, ceño*) corrugare, aggrottare; **2. ~se** simulare verecondia *vi*

fruslería *f* inezia, bazzecola, bagattella

frustr|ación *f psicol* frustrazione; **~ar 1.** *vt* frustrare, deludere; mandare all'aria; **2. ~se** andare all'aria/a picco *vi*

fruta *f* (*colectivo*) frutta; frutto *m* ◊ ***~ del tiempo*** frutta di stagione; ***~ prohibida*** frutto proibito; ***~ seca, confitada, escarchada...*** frutta secca,

sciroppata, candita...; **~l 1.** *adj* fruttifero, -a; **2.** *m* albero fruttifero, albero da frutta
frute|ría *f* negozio di frutta *m*, frutteria; **~ro, -a 1.** *adj* da frutta; **2.** *m/f* (*persona*) fruttivendolo, -a; **3.** *m* fruttiera *f*
frútice *m bot* frutice
frutícola *f* frutticolo *m*
fruticult|or *m/f* frutticultore, -trice, frutticoltore, -trice; **~ura** *f* frutticoltura
frutilla *f Am* fragola
fruto *m bot tamb. fig* frutto ◊ ***~s secos*** frutta secca; ***sacar ~*** *fig* trarre frutto
¡fu! 1. *excl* puah!; **2.** *m* sbuffo del gatto ◊ ***hacer ~*** scappare; ***ni ~ ni fa*** né caldo, né freddo; così cosà, comme si comme ça*
fuco *m bot* fuco
fucsi|a *f bot* fucsia; **~na** *f quím* fucsina
fue, fuera, fuese V. **ser**
fuego *m* fuoco; incendio; *fig* ardore, bruciore; *mil* fuoco ◊ ***~ de San Antón*** *med coloq* fuoco di Sant'Antonio; ***~ fatuo*** fuoco fatuo; ***~s artificiales*** fuochi artificiali; ***¡~!*** Fuoco!; ***a ~ lento*** a fuoco lento/dolce; ***arma de ~*** arma da fuoco; ***atizar el ~*** soffiare sul fuoco; ***~ de Santelmo*** *meteo* fuoco di S. Elmo; ***echar ~ por los ojos*** avere il fuoco negli occhi; ***entre dos ~s*** tra due fuochi; ***jugar con ~*** scherzare col fuoco; ***prender ~ a u-c*** dar fuoco a qc; ***romper el ~*** aprire il fuoco
fueguino, -a *adj/s* fuegino, -a, della Terra del Fuoco
fuelle *m* 1. mantice, soffietto; 2. (*vestido*) grinza *f*; 3. *fig* soffione
fuel-oil (*var.* **fuel** *coloq*) *m quím* nafta *f*
fuente *f* 1. *tamb. fig* fonte; sorgente; 2. *arq* fontana; 3. piatto da portata *m*; 4. *impr/informát* fonte *m* ◊ ***~ bautismal*** fonte battesimale (*m*); ***~ para el horno*** teglia
fuer: a ~ de *prep* in qualità di, a titolo di ◊
fuera 1. *adv* fuori; **2.** *prep* fuori di; fuori da; oltre a/che; eccetto, tranne ◊ ***~ de banda*** *sport* fallo laterale; ***~ de campo*** *cine* fuoricampo; ***~ de combate*** fuori combattimento; ***~ de juego*** fuorigioco; ***~ de la maleta*** fuori dalla valigia; ***~ de serie*** fuoriserie; ***~ de texto*** fuori testo; ***~ de tiempo, de uso, lugar*** fuori tempo, uso, luogo; ***¡~ de aquí!*** fuori da qui!; ***¡~!*** *excl* Via!; ***estar ~ de sí*** essere fuori di sé; ***por ~*** da fuori; **~borda** *m nav* fuoribordo
fuero 1. *m* 1. *jur* (*lugar*) giurisdizione *f*; 2. *jur* corpo di leggi, statuto; **2.** *mpl fig* superbia *f*, arroganza *f*
fuerte 1. *adj* forte; resistente; robusto, -a; *fig* tremendo, -a, pazzesco, -a; *econ* forte, pesante; **2.** *m* forte; **3.** *adv* forte
fuerz|a *f cient/mil* forza; forza, vigore *m*, energia; potere *m*, potenza, autorità *inv*; virtù, potenza ◊ ****~s Armadas*** Forze Armate; ***~ pública*** forza pubblica; ***~ bruta*** forza bruta; ***~s vivas*** forze vitali; ***a ~ de*** a forza di; ***a ~ de insistir*** a forza d'insistere; ***a la ~ (ahorcan)*** per forza; ***cobrar ~s*** riprendere le forze; ***hacer ~ a alg*** far forza a q; ***la ~ de la costumbre*** la forza dell'abitudine; ***por la ~*** con la forza; ***sacar ~s de flaqueza*** fare di necessità virtù; **~o** V. **forzar**
fuete *m Am* frusta *f*
fuga *f* fuga ◊ ***~ de cerebros*** fuga di cervelli; ***poner en ~*** porre, mettere in fuga; ***punto de ~*** *arte* punto di fuga; **~cidad** *f* fugacità *inv*; **~rse** ‹*fugué*› fuggire *vi* (**de** da), scappare *vi* (**de** da), evadere *vi* (**de** da); **~to** *adj/m mús* fugato; **~z** *adj* fugace, effimero, -a
fugitivo, -a 1. *adj/s* fuggitivo, -a; **2.** *adj* fugace
fui, fuimos V. **ir, ser**
fulan|a *f* prostituta, puttana, battona; **~o, -a** *m/f* tizio, -a, tale ◊ ***~o, Mengano y Zutano*** Tizio, Caio e Sempronio
fular *m* sciarpetta di seta *f*
fulcro *m tecn* fulcro
fulero, -a 1. *adj coloq* grossolano, -a; **2.** *m* pasticcione; *reg* V. fullero
fulgente *adj elev* fulgente, splendente
fúlgido, -a *adj* fulgido, -a
fulgor *m* fulgore, splendore
fulgur|ación *f* folgorazione, sfolgorio *m*; **~ante** *adj* sfolgorante; **~ar** *vi elev* folgorare, risplendere, brillare; **~ita** *f min* folgorite; **~oso, -a** *adj* fulgido, -a, brillante
fuliginoso, -a *adj* fuligginoso, -a
full [ful] *m* (*naipes*) full *inv*; **~ería** *f* arte di barare; imbroglio *m*; **~ero, -a** *adj/s* 1. imbroglione, -a; 2. (*juego*) baro
fulmin|ante *adj/m* fulminante; **~ar** *vt* fulminare; **~ato** *m quím* fulminato
fulmíneo, -a *adj* fulmineo, -a
fumad|a *f* fumata; **~ero** *m* stanza fumatori *f*, reparto fumatori; **~or, -a** *adj/s* fumatore, -trice
fumar 1. *vt/i* fumare; **2. ~se** 1. fumarsi; 2. *coloq/fig* sciupare *vt*, sprecare *vt*; **~ada** *f* 1. fumata; 2. carica di pipa; **~ia** *f bot* fumaria; **~ola** *f geol* solfatara; nube di fumo
fumata 1. *f relig* fumata; **2.** *m jerga drog* canna *f*, spinello; *jerga drog* cannato, -a ◊ ***~ blanca*** *relig* fumata bianca
fumig|ación *f* fumigazione; **~ar** ‹*fumigué*› *vt* suffumicare; **~atorio, -a** *adj* fumigante, fumigatorio, -a
fumista *m/f* fumista
fumívoro, -a *adj* fumivoro, -a
fumógeno, -a *adj* fumogeno, -a
funambulismo *m* funambolismo
funámbulo, -a *m/f* funambolo, -a
función *f* 1. funzione; cerimonia; 2. *teat* spettacolo *m*, rappresentazione ◊ ***en ~ones*** in funzione
funcional|l *adj* funzionale; **~lismo** *m* funzionalismo; **~lizar** ‹*funcionalicé*› *vt* funzionalizzare; **~miento** *m* funzionamento; **~r** *vi* funzionare; **~rio, -a** *adj/s* funzionario, -a; dipendente statale di ruolo ◊ ***~ de carrera, interino*** funzionario di ruolo, non di ruolo/interino
funda *f* 1. (*butaca, paraguas...*) fodera; 2. (*almohadón*) federa; 3. (*arma*) fodero *m*; 4. (*dientes*)

capsula; 5. *euf/coloq* guanto *m*, preservativo *m*; **~ción** *f* fondazione; **~do, -a** *adj* fondato, -a, con base; **~dor, -a** *adj/s* fondatore, -trice

fundament|ación *f* motivazione; **~al** *adj* fondamentale; **~alismo** *m relig* fondamentalismo, integrismo ◊ **~ *islámico*** integralismo islamico; **~alista** *adj/s relig* integrista, fondamentalista; **~ar** *vt* 1. fondamentare, gettare le fondamenta; 2. *fig* basare; **~o** *m* fondamento, base *f* ◊ ***sin ~*** *fig* privo di fondamento

fund|ar *vt* fondare; edificare; *fig* basare; **~ente** *adj* fondente; **~ible** *adj* fondibile; **~ición** *f* 1. fusione; 2. (*lugar*) fonderia; 3. *impr* assortimento di un tipo *m*; **~ido** *m cine* dissolvenza *f*; **~idor, -a** *m/f* fonditore, -trice; **~ir** *vt tecn tamb. fig* fondere; **~o** *m jur* fondo rustico

fúnebre *adj* funebre

funeral| **1.** *adj* funerario, -a, funebre; **2.** *m* funerale; **~la: a la ~** *adv/adj* ◊ ***a la ~*** *mil* armi in posizione di lutto; ***ojo a la ~*** occhio pesto; **~ria** *f* pompe funebri *fpl*; **~rio, -a** *adj* funerario, -a

funesto, -a *adj* funesto, -a; triste, disgraziato, -a

fungi|ble *adj* fungibile; **~cida** *adj/m agric/farma* fungicida

funicular *adj/m* funicolare *f* ◊ **~ *de neumáticos*** rotovia

furcia *f coloq/desp* battona, prostituta

furg|ón *m* furgone; bagagliaio; carrozza postale *f* ◊ **~ *de cola*** vagone di coda, fanalino di coda (*fig*); **~oneta** *f auto* furgoncino *m*

furi|a *f* furia ◊ ***estar hecho una ~*** essere molto furioso; **~bundo, -a** *adj* furibondo, -a, furioso, -a; **~oso, -a** *adj* furioso, -a; enorme ◊ ***loco ~*** pazzo furioso

furor *m* furore ◊ ***hacer ~*** far furore, furoreggiare

furriel (*var.* **furrier**) *m mil* furiere

furtivo, -a *adj/s* furtivo, -a

furúnculo *m med* foruncolo

fusa *f mús* biscroma

fuselaje *m aero* fusoliera *f*

fusible **1.** *adj tecn* fusibile; **2.** *m electr* fusibile

fusiforme *adj* fusiforme

fusil *m* fucile ◊ **~ *de repetición, de aire comprimido*** fucile a ripetizione, ad aria compressa; **~amiento** *m* fucilazione *f*; **~ar** *vt* 1. fucilare; *fig* ammazzare; 2. *elev/fig* saccheggiare; **~ería** *f* fucileria; **~ero** **1.** *m* fuciliere; **2.** *adj* di fucile

fusión *f* fusione ◊ **~ *fría, nuclear*** fusione fredda, nucleare

fusion|ar **1.** *vt* unire; **2.** **~se** *econ* fondersi; **~ismo** *m econ/pol* fusionismo

fusta *f* 1. frusta; 2. *bot* ramoscello *m*; 3. *nav ant* fusta

fustán *m* fustagno

fuste *m* 1. *bot/arq tamb. fig* fusto; *bot* tronco; 2. *fig* valore, entità *f inv* ◊ ***el ~ de un discurso*** il nerbo/l'ossatura di un discorso; ***hombre de ~*** uomo di carattere, di polso

fustig|ación *f* fustigazione; **~ador, -a** *m/f* fustigatore, -trice; **~ar** ‹*fustigué*› *vt* 1. fustigare, frustare; 2. *fig* censurare

futbito *m* calcetto

fútbol *m* calcio

futbol|ín *m* calcio-balilla, flipper *inv* (*ant*); **~ista** *m/f* calciatore, -trice; **~ístico, -a** *adj* calcistico, -a ◊ ***mercado ~*** calciomercato

fútbol-sala *m* calcetto

futesa *f elev* fesseria, sciocchezza

fútil *adj* futile

futilidad *f* futilità *inv*

futur|a *f* 1. *jur* diritto di successione *m*; 2. fidanzata; **~ismo** *m arte/lit* futurismo; **~ista** *adj/s* futurista; **~o, -a** *adj* futuro, -a; **~ología** *f* futurologia; **~ólogo, -a** *m/f* futurologo, -a

G

gabacho, -a *adj/s* 1. *coloq* ="nativo, -a di alcuni paesi dei Pirenei"; 2. *desp* francioso, -a (*ant/irón*)

gabán *m* gabbano, pastrano

gabardina *f* 1. impermeabile *m*; 2. (*tejido*) gabardine; 3. *euf/coloq* preservativo *m*

gabarr|a *f nav* gabarra, chiatta; **~o** *m* 1. *zool* (*enfermedad*) formella *f*; 2. *zool* calabrone; 3. difetto nel tessuto; 4. *geol* nodulo

gabela *f hist* gabella, tributo *m*, imposta

gabinete *m* 1. laboratorio, gabinetto, sala *f*; 2. *pol* ministero, gabinetto; *ant* gabinetto, salottino

gacela *f zool* gazzella

gacet|a *f impr tamb. fig* gazzetta, bollettino *m*; **~ero, -a** *m/f* (*venta*) giornalaio, -a; *hist* giornalista; **~illa** *f* cronaca di giornale; *impr tamb. fig* gazzettino *m*, bollettino *m*

gachapazo *m* colpo, bella caduta *f*

gachas *fpl* 1. *gastr* ="pappetta di farina, acqua, latte e miele" *f*; 2. *coloq* poltiglia *f*; **~migas** *fpl gastr* ="pappetta di farina o briciole di pane fritto" *f*

gachí *f coloq* ragazza

gacho, -a *adj* piegato, -a, abbassato, -a, inclinato, -a, basso, -a ◊ ***andar a ~s*** andare gattoni; ***con la cabeza ~a*** con la testa china

gachó **1.** *m coloq* tipo, uomo; **2.** *excl* accidenti, capita

gachupín, -ina *m/f Méx coloq/desp* spagnolo, -a

gadget ['gadyet] *m* gadget *inv*

gaditano, -a *adj/s* gaditano, -a, di Cadice

gafa **1.** *f* uncino *m*; grappa; *nav* gaffa; **2.** *fpl* occhiali *mpl* ◊ **~*s de sol*** occhiali da sole; **~do, -a** *adj* sfigato *coloq*, scalognato, -a, sfortunato, -a; **~r** *vt* 1. *coloq* portare iella *vi*; 2. arroncigliare; aggiustare con grappe

gafe *adj/s* iettatore, -trice ◊ ***ser ~*** portare iella

gafo, -a *adj* 1. rattrappito, -a; 2. lebbroso, -a; **~tas** *m/f inv Esp coloq* quattrocchi

gafudo, -a *adj/s* occhialuto, -a

gag *m* gag *inv*

gagá *adj inv* vecchio rimbambito

gait|a *f mús* zampogna ◊ **~ *gallega*** *mús* cornamusa; ***¡Qué ~!*** *coloq* Che noia!, Che scocciatura!; ***estirar la ~*** *coloq* allungare il collo; ***ser una ~*** *coloq* essere un cataplasma; ***templar ~s*** *coloq* ammansare; **~ero, -a 1.** *m/f mús* zampognaro, -a; **2.** *adj* chiassoso, -a, allegro, -a, buffo, -a; (*color*) sgargiante

gajes *mpl* 1. stipendio *m*, paga *f*; 2. *irón* noie *fpl*, problemi, guai ◊ ***~ del oficio*** inconvenienti del mestiere, guai del mestiere *coloq*

gajo *m* 1. (*naranja, mandarina*) spicchio; 2. (*uva, cerezas...*) racimolo, ciocchetta *f*; 3. (*árbol...*) ramo

gal *m fís* gal *inv* ◊ ***GAL (Grupos antiterroristas de liberación)*** *pol* ="Gruppo paramilitare contro l'ETA"; **~a** *f* ornamento *m*; gala; *fig* bellezza, lustro *m* ◊ ***~ de Francia*** *bot* balsamina; ***de ~*** di gala; ***hacer ~ de*** far gala di; ***tener a ~ (u-c)*** gloriarsi (di qc), vantarsi (di qc)

galáctico, -a *adj* galattico, -a

galactita *f min* galattite

galactosa *f* galattosio *m*

galaico, -a *adj/s* galaico, -a, galiziano, -a, gallego, -a

galalita *f* galalite

galán *m* 1. *teat* amoroso, innamorato; 2. latin lover *inv* ◊ ***~ de noche*** portabiti

galano, -a *adj* bello, -a, leggiadro, -a, garbato, -a, elegante

galante *adj* galante, gentile; *mús* galante; **~ador** *m* cascamorto; **~ar** *vt* corteggiare, far la corte *vi*; *fig* adulare; **~o** *m* corteggiamento; *fig* adulazione *f*; **~ría** *f* galanteria; eleganza, finezza

galanura *f* eleganza, leggiadria, garbo *m*, grazia

galápago *m* 1. *zool* testuggine *f*, tartaruga marina *f*; 2. *Am* sella *f*

galard|ón *m* premio, ricompensa *f*, guiderdone; **~onar** *vt* premiare, ricompensare

galaxia *f* galassia ◊ ***guerra de las ~s*** guerre stellari

galbana *f coloq* pigrizia, fiacca

galeaza *f nav ant* galeazza

galena *f min* galena

galénico, -a *adj farma* galenico, -a

galeno, -a 1. *m* medico; **2.** *adj nav* soave

galeón *m nav* galeone

galeot|a *f nav ant* galeotta; **~e** *m hist tamb. fig* galeotto

galera *f* 1. *nav* galea, galera; 2. (*cárcel, castigo*) galera; 3. *impr* vantaggio *m*; 4. *zool* pannocchia, canocchia (*reg*); **~da** *f impr* bozza, composizione di un vantaggio ◊ ***echar una ~*** tirare una bozza

galería 1. *f* 1. *arq* tunnel *m inv*; 2. *arte/arq/mil* galleria; 3. *arq* balconata; **2.** *fpl* ="grandi magazzini" *mpl*

galerista *m/f* gallerista

galerna *f nav* ="vento di nord-ovest del Cantabrico" *m*

Gales *m geogr* Galles ◊ ***príncipe de ~*** (*traje y tejido*) principe di Galles

galés, -esa *adj/s* gallese

galg|a *f* 1. *zool* ="formica gialla velocissima"; 2. *med* rogna; 3. *tecn* freno del carro *m*; **~o, -a** *m/f zool* levriere (maschio o femmina), veltro *m* ◊ ***¡échale un ~!*** acchiappalo, se puoi!

Galia *f geogr* Gallia

gálibo *m* 1. *ferroc* sagoma di carico *f*; 2. *ferroc* portico di protezione; *constr* altezza della sagoma *f*

Galicia *f geogr* Galizia

galicismo *m* gallicismo, francesismo

gálico, -a *adj* gallico, -a

galimatías *m inv* ="guazzabuglio di parole o di idee" *m*; *coloq* casino *m*, casotto *m*; confusione *f*

galio *m quím* gallio

galla|dura *f* gallatura

gallar *vt* gallare; **~dear** *vi* braveggiare; *elev* bravare; **~dete** *m* gagliardetto; **~día** *f* gagliardia, valore *m*, prodezza; **~do, -a** *adj* gagliardo, -a, prode, ardito, -a, forte

galle|ar 1. *vi* 1. *fig* fare il galletto, alzare la cresta; 2. *metal* fare bolle; **2.** *vt zool* coprire; **~go, -a** *adj/s* 1. gallego, -a, galiziano, -a; galaico, -a *elev*; 2. *Arg coloq* spagnolo, -a; **~ra** *f Am* ="circo per la lotta dei galli" *m*; **~ta** *f* 1. galletta, biscotto *m*; 2. schiaffo *m*; 3. *Méx* forza, vigore *m* ◊ ***a toda ~*** *coloq* a tutta birra; **~tazo** *m coloq* schiaffone ◊ ***dar el ~*** *coloq* andare a sbattere (contro); **~tera** *f* 1. biscottiera; 2. *constr* impastatrice; **~tería** *f* (*fábrica*) biscottificio *m*; biscotteria

gallin|a 1. *f zool* gallina; **2.** *m coloq/fig* coniglio, fifone ◊ ***~ ciega*** mosca/gatta cieca; ***~ de Guinea*** faraona; ***~ de los huevos de oro*** gallina dalle uova d'oro; ***carne de ~*** pelle d'oca; ***como ~ en corral ajeno*** come un pesce fuor d'acqua; ***más puta que las ~s*** *desp/vulg* bagascia, puttanaccia, troia; **~áceo, -a** *adj/s* gallinaceo, -a; **~aza** *f* pollina; **~azo** *m zool* (*cathartes aura*) ="avvoltoio americano"

galline|ro 1. *m* 1. pollaio; 2. *teat* piccionaia *f*, loggione; **2.** *adj* di galline; **~ta** *f* 1. *zool* (*fulica atra*) folaga; *zool* (*scolapax rusticola*) beccaccia; *Am zool* faraona; 2. *zool* (*pez*) scorfano di fondale o bastardo *m*

gallipavo *m* 1. *zool* tacchino, gallinaccio; 2. *mús* stecca *f*

gallito *m zool tamb. fig* galletto

gallo *m* 1. *zool tamb. fig* (*ave*) gallo; 2. *zool* pesce San Pietro; 3. *coloq* uomo maturo; *Am* uomo forte e coraggioso; 4. *mús* stecca *f*; 5. sputo ◊ ***..otro ~ cantara (a alg)*** sarebbe (stato) ben diverso (per q); ***~ silvestre*** gallo cedrone; ***alzar, bajar el ~*** alzare, abbassare la cresta; ***en menos que canta un ~*** in meno di un amen; ***patas de ~*** zampe di gallina; ***soltar un ~*** *mús* prendere una stecca

gallón *m* (*carne*) girello, lacerto

galo, -a *adj* gallo, -a, delle Gallie; **~cha** *f* (*nieve, agua*) zoccolo *m*

galón *m* (*cinta y medida*) gallone

galonear *vt* gallonare

galop|ada *f* galoppata; **~ante** *adj* galoppante; **~ar** *vi* galoppare; **~e** *m* galoppo ◊ ***a/al ~*** al galoppo; ***a ~ tendido*** molto velocemente, di gran fretta

galopín *m coloq* monello; *coloq* birbone

galpón *m Am Mer* capannone, baraccone

galvánico, -a *adj fís/med* galvanico, -a

galvaniz|ación *f metal* galvanizzazione; **~ado** *m metal* zincatura *f*; **~ar** ‹*galvanicé*› *vt metal* galvanizzare

galvanómetro *m electr* galvanometro

galvanopl|astia *f metal* galvanoplastica; **~ástico, -a** *adj* galvanoplastico, -a

galvanotipia *f* galvanotipia

gama *f* 1. *zool* daina; 2. *mús* gamma; **~do, -a** *adj* gammato, -a

gamba *f zool* gamberetto *m*

gamberr|ada *f* bricconaggine, mascalzonata; **~ismo** *m* teppismo; **~o, -a** *adj* teppista, teddy boy *m*; *coloq/hum* briccone, -a, mascalzone, -a

gambeta *f* 1. (*danza*) scambietto *m*; 2. *Am* sgambetto *m*; finta

gambito *m* (*ajedrez*) gambetto

gambusino *m* pesciolino

gameto *m biol* gamete; **~génesis** *f inv biol* gametogenesi

gamín *m Col* monello, ragazzo di strada

gamma *adj/f* gamma; **~globulina** (*var.* **gamma globulina**) *f biol* gammaglobulina

gamo *m zool* daino; **~nal** *m* 1. prato di asfodeli; 2. *Am pol* cacicco, signorotto; **~pétalo, -a** *adj bot* gamopetalo, -a; **~sépalo, -a** *adj bot* gamosepalo, -a

gamusino *m* mostro mostruoso (animale immaginario), orco

gamuza *f* 1. *zool* camoscio *m*; 2. pelle scamosciata; panno scamosciato *m*; **~r** ‹*gamucé*› *vt* scamosciare

gana 1. *f* voglia; **2.** *fpl* voglia *f*; ***tener ~s de u-c*** *avere voglia di qc* ◊ ***(no) me da la ~ de*** (non) ne ho voglia, (non) voglio; ***~s locas*** voglia pazza; ***darle a uno la (real o realísima) ~*** non averne proprio voglia; ***de buena ~*** volentieri, di buona voglia; ***de mala ~*** di mala voglia, malvolentieri; ***estudiar de buena ~*** studiare con/di buona lena; ***llover con ~*** piovere ben bene; ***morirse de ~s (por)*** morire dalla voglia (di); ***ni ~s*** neanche la voglia; ***quedarse con las ~s*** rimanere con la voglia; ***tener ~s a alg*** sentire antipatia per q; ***tener ~s de u-c*** avere voglia di qc; ***venir en ~s*** venir voglia

ganad|ería *f* allevamento del bestiame *m*; (*animales*) bestiame *m* ◊ ***~ ecológica*** bioallevamento; **~ero, -a 1.** *adj* del bestiame; **2.** *m/f* allevatore, trice; **~o** *m* bestiame ◊ ***~ caballar*** bestiame equino; ***~ de cerda*** bestiame porcino o suino; ***~ lanar/ovejuno*** bestiame ovino; ***~ mayor*** buoi, cavalli...; ***~ menor*** pecore, capre...; ***~ vacuno*** bestiame bovino/vaccino; **~or, -a** *adj/s* vincitore, -trice

ganancia *f* guadagno *m*; *com* beneficio *m*, utile *m*, profitto *m* ◊ ***no le arriendo la(s) ~*** non l'invidio; **~l** *adj* lucrativo, -a ◊ ***bienes ~es*** *mpl jur* beni comuni, comunione di beni (*f*)

ganancioso, -a *adj* lucroso, -a, lucrativo, -a ◊ ***salir ~*** concludere un affare con beneficio

ganapán *m desp* facchino, cafone; selvaggio

ganar *vt* 1. (*sueldo, dinero*) guadagnare; 2. (*premio, batalla...*) vincere; 3. ottenere, conquistare; superare; migliorare *vi* ◊ ***~ terreno*** guadagnare terreno, avanzare; migliorare; ***salir ganando en u-c*** trarre beneficio da qc

ganchi|llo *m* 1. (*aguja*) uncinetto; 2. lavoro fatto all'uncinetto; **~tos** *mpl gastr* (specie di) salatini a forma di gancio

gancho *m* 1. (*aguja*) gancio, uncino; 2. *fig* mezzano; 3. (*boxeo*) uppercut* *inv* ◊ ***echar el ~ a alg*** acchiappare q, attirare q; ***tener ~*** essere attraente, essere affascinante

ganchudo, -a *adj* uncinato, -a

gandío, -a *adj Am* (*gula*) ghiottone, -a

gandul, -a *adj* fannullone, -a, pigro, -a, poltrone, scansafatiche *inv*; **~a** *f* sedia a sdraio; **~ear** *vi* oziare, vagabondare; **~ería** *f* pigrizia, poltronaggine, fannullaggine

gandumbas *adj/s inv* fannullone, -a

ganga *f* 1. bazza, occasione, buon affare *m*; 2. *min* ganga; 3. *zool* pterocle *m*

ganglio *m med* ganglio; **~nar** *adj med* gangliare

gangoso, -a 1. *adj* nasale; **2.** *adj/s* sdolcinato, -a

gangren|a *f med* gangrena, cancrena; *fig* cancro *m*; **~arse** *med* incancrenire *vi*; **~oso, -a** *adj* gangrenoso, -a, cancrenoso, -a

gángster ['ganster] (*var.* **gánster**) *m* gangster *inv*

gangsterismo [ganste'rismo] *m* gangsterismo

ganguelar *vi* parlare col naso; **~o** *m* gorgia *f*, il parlare in gola

ganoso, -a *adj* voglioso, -a

gans|ada *f* stupidaggine, sciocchezza; **~o** *m zool tamb. fig* oca *f* ◊ ***hablar por boca de ~*** ripetere a pappagallo; ***hacer el ~*** fare lo stupido

gánster V. **gángster**

ganzúa *f* 1. grimaldello *m*; 2. ladro esperto *m*; *fig* ="persona abile nel cavare segreti altrui"

gañán *m* garzone agricolo; uomo rude

gañi|do *m* (*perros*) guaito; **~r** ‹*gañó*› *vi* (*perros*) guaire; (*pájaros*) gracidare

gañote *m* gorgozzole

gap *m* gap *inv*

GAR (*Grupos antiterroristas rurales*) *abr/mpl Esp hist* ="Gruppo antiterrorista della Guardia Civile spagnola"

garabat|ear *vt/i* scarabocchiare; **~eo** *m* scarabocchiatura *f*; **~o 1.** *m* scarabocchio, sgorbio; **2.** *mpl* gesticolazione *f*

garaj|e *m* garage* *inv*; autorimessa *f*, officina di riparazione *f*; **~ista** *m/f* garagista

garant|e *adj/s* garante; **~ía** *f* garanzia; *jur* pegno *m* ◊ ***~s constitucionales*** garanzie costituzionali; ***ofrecer ~s*** dare/prestare garanzia, garantire; **~izar** ‹*garanticé*› *vt* garantire

garañón *m zool* stallone

garapiñ|a *f* granita, sorbetto *m*; *Am* bibita di ananas; **~ar** *vt* 1. (*con azúcar*) candire; 2. far granire un liquido ◊ ***almendras ~s*** mandorle (abbrustolite) candite; **~era** *f* sorbettiera

garbanzo *m bot* cece ◊ ***el ~ negro de la familia*** la pecora nera della famiglia; ***ganarse los ~s*** guadagnarsi il pane

garbeo *m coloq* giro, passeggiata *f* ◊ ***darse un ~*** farsi un giretto/una passeggiata

garbill|ar *vt* 1. *agric* vagliare il grano; 2. *min* passare al crivello; **~o** *m* vaglio, crivello

garbo *m* garbo, grazia *f*; **~so, -a** *adj* 1. garbato, -a; 2. generoso, -a

garceta *f* (*venado*) palco *m*

gardenia *f bot* gardenia, cardenia

garduña *f* 1. *zool* faina; 2. *fig* ladra

garete: al ~ *adv* ◊ ***irse al ~*** *nav* andare alla deriva; *fig* andare all'aria

garfio *m* uncino, gancio

gargaj|ear *vi vulg* sputacchiare; **~o** *m vulg* sputacchio, sputo; **~oso, -a** *adj vulg* che sputa spesso

gargant|a *f* 1. *med/geogr tamb. fig* gola; 2. collo *m*; 3. collo del piede *m* ◊ ***dolor de ~*** mal di gola; ***tener (a alg) atravesado en la ~*** sentire antipatia (per q); ***tener (hacerse) un nudo en la ~*** avere un nodo alla gola; **~illa** *f* collanina girocollo

gárgara *f* gargarismo *m* ◊ ***hacer ~s*** *med* fare gargarismi; ***mandar a alg a hacer ~s*** *coloq* mandare q a farsi benedire, mandare q a farsi friggere

gargari|smo *m* gargarismo; **~zar** ‹*gargaricé*› *vi* gargarizzare

gárgola *f* 1. *arq* cannella di fontana; gronda del tetto; 2. *bot* capsula di lino

garguero *m coloq* gorgozzule, strozza *f*

garibaldino, -a *adj hist* garibaldino, -a

garit|a *f* garitta, guardiola; cabina; **~o** *m* 1. bisca *f*; guadagno della bisca; 2. *jerga* baretto

garlito *m* 1. (*pesca*) nassa *f*; 2. trappola *f*; trabocchetto ◊ ***caer en el ~*** cadere nella trappola; ***coger en el ~*** cogliere in flagrante; far cadere nella trappola

garlopa *f tecn* piallone *m*

garnacha *f* 1. *bot* (*uva, vino*) vernaccia; 2. toga

garra *f* artiglio *m*; *fig* mano; (*pieles*) zampa ◊ ***~s de astrakan*** zampe di astrakan; ***caer en las ~s de alg*** cadere nelle grinfie di q; ***echar la ~ a u-c*** mettere le unghie addosso a qc; ***ponerse las mejores ~s*** *Méx* mettersi di (gran) gala; ***tener ~*** avere grinta

garraf|a *f* damigiana; *tecn* tanica; **~al** *adj* 1. madornale; 2. *bot* duracino, -a ◊ ***error ~*** errore madornale; **~ón** *m* damigiana grande *f*; *tecn* tanica *f*

garraleta *f Méx* (*mujer*) racchia, cozza

garrapat|a *f zool* zecca; **~ear** *vt/i* scarabocchiare; **~o** *m* scarabocchio

garrapiñada: almendra ~ pralina

garrido, -a *adj* bello, -a, ben piantato, -a, elegante

garrocha *f* 1. asta (munita di arpione); *taur* picca; 2. *sport* asta

garrofó(n) *m reg* (*Valencia*) fagioli bianchi di Spagna *mpl*, fagioloni freschi *mpl*

garrot|azo *m* bastonata *f*; **~e** *m* 1. randello, mazza *f*; 2. *jur ant* garrotta *f*; 3. *med* torsione di una legatura *f* ◊ ***~ vil*** garrotta; ***dar ~*** garrottare; **~illo** *m med ant* difterite *f*; **~ín** *m* ="danza popolare della fine del XIX secolo" *f*

garru|cha *f* carrucola; **~lería** *f* garrulità *inv*, cicaleccio *m*

gárrulo, -a *adj/s zool tamb. fig* garrulo, -a

garrulo, -a *adj/s* pacchiano, -a, cafone, -a

garúa *f Am* pioviggine, pioggerella

garz|a *f zool* garza, airone *m*; **~o, -a 1.** *adj* glauco, -a, verde-azzurro, -a; **2.** *m bot* agarico; **~ón** *m* 1. *Ven/Cuba zool* airone; 2. *ant* garzone, giovane; *Chile* cameriere

gas *m* gas *inv* ◊ ***~ de alumbrado*** gas illuminante; ***~ de butano*** gas butano; ***~ de efecto invernadero/~ invernadero*** gas (di) serra; ***~ de escape*** gas di scappamento; ***~ hilarante*** gas esilarante; ***~ lacrimógeno*** gas lacrimogeno; ***~es intestinales*** flatulenze (*fpl*); ***a todo ~*** *adv* a tutta birra/a tutto gas; ***agua con ~*** *f* acqua gassata; ***agua sin ~*** *f* acqua naturale; ***dar/meter ~*** *coloq* dare il gas, accelerare; **~a** *f* garza

Gascuña *f geogr* Guascogna

gase|ar *vt* gassare, gasare, uccidere col gas; **~iforme** *adj* gasiforme; **~oducto** V. **gasoducto**; **~osa** *f* gassosa, gazzosa, gazosa; **~oso, -a** *adj* gassoso, -a, gazoso, -a

gasific|ación *f* gasificazione, gassificazione; **~ar** ‹*gasifiqué*› *vt* gassificare; gassare

gasista *m* gasista, gassista

gasoducto (*var.* **gaseoducto**) *m* gasdotto

gasógeno *m* gasogeno, gassogeno

gasoil (*var.* **gasóleo**) *m* gasolio, nafta *f*

gasolin|a *f* benzina ◊ ***~ sin plomo*** benzina verde, benzina senza piombo; ***echar ~*** *auto* fare benzina; *coloq/fig* bere un bicchiere (di liquore, vino,...); **~era** *f* 1. stazione di servizio; benzinaio *m*; ***ir a la ~*** *andare dal benzinaio*; 2. lancia a motore (a benzina); **~ero, -a** *m/f coloq* benzinaio, -a

gasómetro *m* gassometro, gazometro

gast|ado, -a *adj* 1. (*dinero*) speso, -a; 2. consumato, -a, sciupato, -a, logoro, -a, consunto, -a; (*persona*) invecchiato, -a; (*política...*) bruciato, -a; **~dor, -a 1.** *adj/s* sciupone, -a, spendaccione, -a; **2.** *m mil* soldato zappatore; **~r** *vt* 1. (*dinero...*) spendere; 2. (*tiempo, juventud...*) sciupare, sprecare; (*traje...*) consumare, logorare; 3. (*gafas, sombrero...*) usare, adoperare ◊ ***~ bromas*** fare scherzi; ***~las*** *fig* giocare, comportarsi

gasterópodo *adj/m zool* gasteropodo

gasto 1. *m* spesa *f*; dispendio; consumo; **2.** *mpl* spese *fpl* ◊ ***correr con los ~s*** pagare le spese;

hacer el ~ fare le spese; **~so, -a** *adj/s raro* spendaccione, -a
gastrectomía *f med* gastrectomia
gástrico, -a *adj* gastrico, -a
gastritis *f inv med* gastrite *f*
gastro|duodenal *adj med* gastroduodenale; **~endoscopia** (*var.* **gastroscopia**) *f med* gastroscopia; **~endoscopio** (*var.* **gastroscopio**) *m med* gastroscopio; **~enterítico, -a** *adj* gastroenterico, -a; **~enteritis** *f inv* gastroenterite *f*; **~intestinal** *adj* gastrointestinale; **~nomía** *f* gastronomia; **~nómico, -a** *adj* gastronomico, -a
gastrónomo, -a *m/f* gastronomo, -a
gastropatía *f med* gastropatia
gastroscopia, gastroscopio V. **gastroendoscopia, gastroendoscopio**
gata *f zool* gatta ◊ ***a ~s*** *adv* carponi, gattoni
gatel|ado, -a *adj* (*ojos*) gatteggiante; venato, -a, striato, -a; **~ar 1.** *vi* 1. andare gattoni; 2. arrampicarsi; **2.** *vt coloq* rubacchiare; **~ra 1.** *f* 1. gattaiola; 2. *Am* erbivendola; 3. *nav* cubia, occhio di catena *m*; **2.** *m/f raro* birbante; **~way** ['gejtwej] *m inv informát* gateway
gatill|azo *m* (*arma*) colpo del cane ◊ ***dar ~*** uscir male; *coloq/fig* (*sexo*) fare cilecca, fare catenaccio; **~o** *m* 1. (*arma*) grilletto; 2. tenaglie da dentista *fpl*; 3. *tecn* grappa *f* ◊ ***~ nuclear*** *mil* grilletto nucleare
gato *m* 1. *zool* gatto; 2. *mec* cric *inv*; 3. *mil* gatto; 4. *tecn* morsa *f*; 5. *coloq* madrileno; 6. *euf/coloq* borsaiolo; 7. *euf/coloq* furbacchione; 8. *Arg* ="danza con canto" *f* ◊ ***~ de algalia*** zibetto; ***~ de Angora*** gatto d'Angora; ***~ de siete/nueve colas*** *fig* gatto a sette/nove code, frusta; ***~ escaldado del agua fría huye*** gatto scottato dall'acqua calda ha paura di quella fredda; ***~ montés*** gatto selvatico/montese; ***~ siamés*** gatto siamese; ***~ viejo*** gattone; ***aquí hay ~ encerrado*** (qui) gatta ci cova; ***buscarle tres pies al ~*** cercare il pelo nell'uovo; ***cuatro ~s*** quattro gatti; ***dar ~ por liebre*** spacciare lucciole per lanterne; ***de noche todos los ~s son pardos*** al buio tutti i gatti son bigi; ***lavarse a lo ~*** lavarsi come i gatti; ***llevar(se) el ~ al agua*** attaccare il campanello al collo del gatto; ***tener siete vidas como los ~s*** avere sette spiriti, vite come i gatti
GATT (*Acuerdo general sobre aranceles aduaneros y comercio*) *abr/m* G.A.T.T. (Accordo Generale sulle Tariffe e sul Commercio)
gatu|no, -a *adj* gattesco, -a; **~ña** *f bot* bonaga, ononide
gaucho, -a *adj/m* 1. gaucho, -a; 2. *Arg* astuto, -a; 3. *Arg* rozzo, -a
gaveta *f* 1. ="cassetto scorrevole di scrivania" *m*; 2. *nav* gavetta, gavettino *m*
gavia *f* 1. gabbia per matti; 2. *nav* (*vela*) gabbia; (*plataforma*) coffa
gavilán *m zool tamb. fig* sparviero, sparviere; *fig* astore
gavilla *f* 1. *agric* fascina, covone *m*; 2. *Am fig* banda di delinquenti; **~dora** *f tecn/agric* mietilegatrice
gaviota *f zool* gabbiano *m*
gavota *f mús ant* gavotta
gay [gej] *adj/m* gay *inv*
gayo, -a *adj elev* gaio, -a; **~la** *f coloq* (*sexo*) sega
gazap|era *f* 1. tana di conigli; 2. *fig* covo di delinquenti *m*; **~o** *m* 1. coniglietto; 2. *fig* volpone; 3. frottola *f*, balla *f*; 4. sbaglio
gazmoñ|ería *f desp* bigotteria; **~o, -a** *adj desp* bigotto, -a
gaznate *m* 1. gola *f*, strozza *f*; 2. *gastr* cannoncino fritto
gazpacho *m gastr* ◊ ***~ andaluz*** ="zuppa fredda di verdure passate o triturate"; ***~ manchego*** ="specie di pizza cotta al forno, spezzettata e cucinata in brodo di cacciagione"
gazuza *f* 1. *coloq* fame; 2. *Am* baccano *m*
Gb (*var.* **GB**) (*Gbyte*) *abr* Gb, GB
GC *abr/f* 1. *Esp geogr* Gran Canaria; 2. *Esp mil* (*Guardia Civil*) Guardia Civile
geiger *adj/m inv* geiger* ◊ ***contador ~*** contatore geiger
géiser (*var.* **géyser**) *m* geyser* *inv*
gel *m* gel *inv* ◊ ***~ de baño*** bagnoschiuma, schiuma da bagno (*f*)
gelatin|a *f* gelatina; **~oso, -a** *adj* gelatinoso, -a
gélido, -a *adj elev* gelido, -a
gelific|ación *f* gelificazione; **~ar** ‹*gelifiqué*› *vt* gelificare
gema *f min/bot/biol* gemma; **~ción** *f biol* gemmazione
gemel|ar *adj* bigemino, -a; ***parto ~*** *parto bigemino*; **~o, -a 1.** *adj/s* gemello, -a; **2.** *mpl* 1. binocolo *m*; 2. (*camisa*) gemelli
gemido *m* gemito, lamento
gemin|ación *f ling* geminazione; **~ado, -a** *adj ling* geminato, -a
Géminis *m inv astron* Gemelli *mpl*
gemir ‹*gimo; gimió; gimiendo*› V. 12 *vi* 1. gemere, lamentarsi; 2. (*animal*) guaire; 3. (*objetos*) cigolare
gemología *f min* gemmologia
gemólogo, -a *m/f* gemmologo, -a
gen (*pl* **genes**) (*var.* **gene**) *m biol* gene; **~ciana** *f bot* genziana
gendarme *m tamb. fig* gendarme; **~ría** *f* gendarmeria
gene V. **gen**
genea|logía *f* genealogia; **~ógico, -a** *adj* genealogico, -a; **~ogista** *m/f* genealogista
generac|ión *f* generazione ◊ ***~ espontánea*** generazione spontanea; ***de ~ en ~*** di generazione in generazione; **~ional** *adj* generazionale
generador, -a *adj/s* generatore, -trice
general 1. *adj* generale; comune, usuale; **2.** *m mil/relig* generale ◊ ***~ de brigada*** generale di brigata; ***~ de división*** generale di divisione; ***~ en jefe*** generale di corpo d'armata; ***de modo ~*** in generale; ***por lo/en ~*** generalmente, in ge-

nere, in genere; **~a** *f* 1. generala, generalessa; 2. moglie del generale ◊ ***tocar la ~*** suonare l'adunata; **~ato** *m* generalato; **~idad** *f* 1. generalità *inv*; 2. (*Generalitat en Cataluña, Valencia*) governo regionale *m*; **~ista** *adj* generico, -a; *TV* generalista; **~ización** *f* generalizzazione; **~izar** ‹*generalicé*› *vt* generalizzare

generar *vt elev* generare, produrre, far sorgere

generat|ivismo *m ling* generativismo; **~ivista** *adj/s ling* generativista; **~ivo, -a** *adj* generativo, -a; **~riz** *adj/f geom* generatrice

genérico, -a 1. *adj* generico, -a; **2.** *adj/s cine/TV* (attore) generico *adj/m*, (attrice) generica *adj/f*; **3.** *m med* generico; **4.** *mpl cine/TV* titoli di coda

género 1. *m* 1. genere, qualità *f inv*, specie *f inv*; 2. *mus/ling/lit* genere; 3. *com* merce *f*; **2.** *mpl com* articoli, ◊ ***~ chico*** *teat* opere brevi e leggere; ***~s de lujo*** articoli di lusso; ***de ~*** (*pintura*) di costumi; ***ser del ~ bobo/tonto*** essere una sciocchezza

generos|idad *f* generosità *inv*; magnanimità *inv*; prodezza; **~o, -a** *adj* generoso, -a; magnanimo, -a, nobile; prode; abbondante

genésico, -a *adj* genetico, -a

génesis *f inv* genesi

Génesis *m relig* Genesi

genétic|a *f* genetica; **~o, -a** *adj* genetico, -a

genetista *m/f* genetista

genial 1. *adj* geniale; forte, bello, -a; **2.** *adv* stupendamente, meravigliosamente; **~idad** *f* genialità *inv*; stravaganza

génico, -a *adj biol* genico, -a ◊ ***terapia ~a*** terapia genica

genio *m* 1. *arte/mitol* genio; talento; 2. carattere, temperamento ◊ ***~ pronto/vivo*** temperamento irascibile; ***corto de ~*** *adj* corto di mente; ***estar de mal ~*** essere di cattivo umore; ***tener mal ~*** avere un cattivo carattere, avere un caratteraccio

genit|al 1. *adj* genitale; **2.** *mpl med* genitali; **~ivo** *adj/m* genitivo; **~or, -a** *adj/s elev* genitore, -trice; **~ourinario, -a** *adj med* urogenitale

geno|cidio *m* genocidio; **~ma** *m biol* genoma

genómica *adj/f cient* genomica

genotipo *m biol* genotipo

Génova *f geogr* Genova

genovés, -esa *adj/s* 1. *geogr* genovese; 2. *ant* banchiere

gente 1. *f* gente; stirpe, popolo *m*; *mil* soldati *mpl*; famiglia; **2.** *fpl* genti; *relig* gentili ◊ ***~ bien/guapa*** jet-set *m inv*; ***~ de bien*** gente onesta/per bene; ***~ de cuidado*** gente pericolosa; ***~ de escaleras abajo*** gente di servizio; ***~ de medio pelo*** gente dappoco; ***~ de paz*** gente pacifica; ***~ menuda*** bambini; ***ande yo caliente y ríase la ~*** parli pure la gente; ***ser (mucha) ~*** essere importante; ***ser buena ~*** essere delle brave persone; **~cilla** *f* genterella, gentucola

gentil 1. *adj* gentile, leggiadro, -a, cortese; **2.** *m hist* gentile, pagano ◊ ***¡~ disparate!*** *irón* Bella cosa!, Bello sproposito!; ***~ hombre*** gentiluomo; **~eza** *f* gentilezza, garbo *m*, grazia, leggiadria; **~hombre** *m* gentiluomo; **~icio, -a** *adj/m* gentilizio, -a

gentío *m* folla *f*, moltitudine *f*, ressa *f*, calca *f*

gentleman *m* gentleman* *inv*

gentuza *f desp* gentaglia

genuflex|ión *f* genuflessione; **~o, -a** *adj tamb. fig* genuflesso, -a

genuino, -a *adj* genuino, -a, puro, -a, autentico, -a

GEO (*Grupos Especiales Operativos*) *abr/m* ="Gruppo di intervento speciale (della polizia)"; membro del GEO

geocéntrico, -a *adj astron* geocentrico, -a

geocentrismo *m astron* geocentrismo

geod|a *f geol* geode *m*; **~esia** *f* geodesia; **~ésico, -a** *adj* geodetico, -a; **~inámica** *f* geodinamica; **~inámico, -a** *adj* geodinamico, -a

geofísic|a *f* geofisica; **~o, -a** *adj* geofisico, -a

geografía *f* geografia

geográfico, -a *adj* geografico, -a

geógrafo, -a *m/f* geografo, -a

geoide *m geogr* geoide

geolingüística *f* geolinguistica

geología *f* geologia

geológico,-a *adj* geologico, -a

geólogo, -a *m/f* geologo, -a

geomagnetismo *m fís* geomagnetismo

geometría *f* geometria

geométrico, -a *adj* geometrico, -a

geomorfología *f* geomorfologia

geopolític|a *f* geopolitica; **~o, -a** *adj/s* geopolitico, -a

geoquímica *f* geochimica

Georgia *f geogr* (*Caucaso, USA*) Georgia

georgiano, -a *adj/s* (*Caucaso, USA*) georgiano, -a

geórgico, -a *adj* georgico, -a ◊ ***las *~as*** *lit* le Georgiche

geosfera *f* geosfera

geotécnica *f geol* geotecnica

geotérmic|a *f geol* geotermica; **~o, -a** *adj geol* geotermico, -a

geotrópico, -a *adj biol* geotropico, -a

geotropismo *m biol* geotropismo

geranio *m bot* geranio

geren|cia *f* gestione, gerenza; **~te** *m/f* direttore, -trice, gerente, gestore, -trice; (*universidad*) direttore amministrativo

geriatr|a *adj/s med* geriatra; **~ía** *f med* geriatria

geriátrico, -a 1. *adj* geriatrico, -a; **2.** *m* ospedale geriatrico

gerifalte *m* 1. *zool* girifalco; 2. *mil* falconetto; 3. *fig* pesce grosso ◊ ***vivir como un ~*** vivere come un pascià

germanía *f* 1. *hist* (*Valencia, s. XVI*) corporazione (delle arti); 2. *ant* gergo della malavita *m*

germánico, -a *adj* germanico, -a, germano, -a; tedesco, -a

german|io *m quím* germanio; **~ismo** *m* germanismo, germanesimo; **~ista** *m/f* germanista; **~ís-**

tica *f* germanistica; **~o, -a** *adj/s* germano, -a, germanico, -a; tedesco, -a; **~ófilo, -a** *adj/s* germanofilo, -a; **~ófobo, -a** *adj/s* germanofobo, -a

germen (*pl* **gérmenes**) *m* germe, embrione; *fig* origine *f* ◊ ~ ***de trigo*** germe di grano

germicida *adj/m* germicida

germina|ción *f bot* germinazione, germogliamento *m*; **~l** *adj/m* germinale; **~r** *vi* germinare, germogliare; **~tivo, -a** *adj* germinativo, -a

geront|ología *f med* gerontologia; **~ólogo, -a** *m/f med* gerontologo, -a

gerundense *adj/s* (q o qc) di Gerona

gerundi|o *m ling* gerundio; **~vo** *m ling* gerundivo

gesta *f* gesta *fpl* ◊ ***cantar de*** ~ *m* chanson de geste (*f*), canzone di gesta (*f raro*); **~ción** *f* gestazione ◊ ***en*** ~ in gestazione; **~lt** *f psicol* gestalt* *inv*; **~nte** *f* gestante; **~r** *vt* essere in gestazione *vi*; **~torio, -a** *adj* gestatorio, -a

gestear V. **gesticular**

gesticul|ación *f* gesticolazione; **~ar** *vi* gesticolare

gestión *f* gestione ◊ ***hacer ~es*** fare pratiche

gestionar *vt adm* fare pratiche; *jur* seguire delle cause

gesto *m* gesto; smorfia *f* ◊ ***torcer el*** ~ fare una smorfia; **~r, -a** *adj/s* amministratore, -trice; gerente, gestore, direttore, -trice; **~ría** *f* ="agenzia/di consulenza amministrativa"

gestual *adj* gestuale

géyser V. **geiser**

giba *f* 1. gobba; *med* gibbo *m*; 2. *fig* fastidio *m*, noia

gibelino, -a *adj/s hist* ghibellino, -a

gibón *m* gibbone

gibos|idad *f* gibbosità *inv*, gibbo *m*; **~o, -a** *adj* gobbo, -a, gibboso, -a

Gibraltar *f geogr* Gibilterra

giga 1. *f mús* (*danza e instrumento*) giga; **2.** *f inv informát* (*gigabyte*) giga

gigant|e 1. *adj/s* gigante; **2.** *m* colosso ◊ ~ ***con los pies de barro*** colosso dai piedi d'argilla; **~esco, -a** *adj* gigantesco, -a; **~ismo** *m med tamb. fig* gigantismo; **~ón, -ona** (*mpl* **gigantones**) **1.** *adj/s* gigantone, -a; **2.** *mpl teat* pupazzi giganti

gigoló [yigo'lo] *m* gigolò *inv*

gil *m Am coloq* necio, tonto

gilipoll|as (*var.* **gilí**, **gilipuertas**, **gili**) *m/f inv coloq/vulg* coglione, -a, testa di cazzo *f*; cretino, -a (*estánd*), balordo, -a (*estánd*); **~ez** *f vulg* coglioneria, cazzata

gilipuertas V. **gilipollas**

gillette® [yi'let] *f* gillette

gimió V. **gemir**

gimnas|ia *f* ginnastica ◊ ***confundir la*** ~ ***con la magnesia*** prendere fischi per fiaschi, prendere lucciole per lanterne; **~io** *m* 1. *sport* palestra *f*; 2. *estud* (*liceo*) ginnasio; **~ta** *m/f sport* ginnasta

gimnástico, -a 1. *adj* ginnastico, -a; **2.** *f* ginnástica

gimo V. **gemir**

gimotear *vi desp* piagnucolare, frignare; **~o** *m desp* piagnucolio, frignio

gin [yin] *m* gin *inv*; **~cana** (*var.* **gymkhana**) *f sport* gincana; **~ebra** *f* (*licor*) gin *m inv*

Ginebra *f geogr* Ginevra

ginebrino, -a *adj/s* ginevrino, -a

gineceo *m bot/hist* gineceo

ginecol|ogía *f med* ginecologia; **~ógico, -a** *adj* ginecologico, -a

ginecólogo, -a *m/f* ginecologo, -a

gineta V. **jineta**

gingiv|al *adj* gengivale; **~itis** *f inv med* gengivite *f*

gira *f teat* tournée*; giro *m* ◊ ***estar de*** ~ essere in tournée; **~ble** *adj* girabile; ***letra*** ~ *cambiale* ~; **~dor, -a** *adj/s com* traente; **~lda** *f* banderuola, girotta ◊ ~ ***de Sevilla*** ="campanile della cattedrale di Siviglia" (*m*)

girándula *f* girandola

girar 1. *vi* girare; **2.** *vt com* spiccare, emettere ◊ ~ ***una letra*** *com* spiccare/emettere una tratta

girasol *m* 1. *bot* girasole; 2. *fig* adulatore

giratorio, -a *adj* girevole; ***puerta ~a*** *porta girevole*; giratorio, -a; ***sentido*** ~ *senso giratorio*

giro *m* 1. giro; 2. *com* tratta *f*, effetto; vaglia *inv*; 3. *fig* indirizzo ◊ ~ ***a la vista*** tratta a vista; ~ ***bancario*** effetto bancario; ~ ***de negocios*** giro di affari; ~ ***negociable*** effetto negoziabile; ~ ***postal, telegráfico*** vaglia postale, telegrafico; **~la** *f arq* navata dell'abside; **~scopio** *m* giroscopio

giróvago, -a *adj elev/fig* girovago, -a, errante

gitan|ada *f* 1. azione da zingari; 2. moina; **~ería** *f* 1. lusinga, adulazione; 2. frotta di zingari; **~esco, -a** *adj* zingaresco, -a; **~ismo** *m* 1. modi zingareschi *mpl*; vita zingaresca *f*; 2. parola di origine zingara *f*; **~o, -a** *adj/s* 1. gitano, -a, zingaro, -a spagnolo, -a; 2. adulatore, -trice, seduttore, -trice

glabro, -a *adj* glabro, -a

glacia|ción *f geol* glaciazione; **~l** *adj* glaciale, gelido, -a; **~r** *m* ghiacciaio; **~rio, -a** *adj geol* glaciale

gladia|dor *m hist* gladiatore; **~torio, -a** *adj* gladiatorio, -a

gladiolo (*var.* **gladíolo**) *m bot* gladiolo

glande *m med/bot* glande

glándula *f* ghiandola ◊ ~ ***endocrina*** ghiandola endocrina; ~ ***exocrina*** ghiandola esocrina; ~ ***sebácea*** ghiandola sebacea

glandul|ar *adj med* ghiandolare; **~oso, -a** *adj* ghianduloso, -a

glas *adj* (*azúcar*) a velo *adv*; **~é 1.** *adj* glacé *inv*, glassato, -a; **2.** *m gastr* glassa *f*; **~ear** *vt* glassare

glásnost (*var.* **glasnost**) *f pol* glasnost

glauco, -a *adj* glauco, -a, verdemare *inv*; **~ma** *m med* glaucoma

gleba *f* 1. *hist* gleba; 2. *agric* zolla

glicérido *m* gliceride

glicerina *f* glicerina

glícido *m* glucide

glicin|a *f* 1. *bot* glicine *m*; 2. *quím* glicina, glicocolla; **~ia** *f bot* glicine *m*
glicocola *f quím* glicocolla, glicina
glicógeno *m* glicogeno
glicol *m quím* glicol, glicole
glioma *m med* glioma
global ['global] *adj/s inv* global ◊ ***no ~*** no global
global *adj* globale, complessivo, -a, totale; **~idad** *f* globalità *inv*; **~ismo** *m psicol/pol* globalismo; *econ* globalizzazione *f*; **~ización** *f econ* globalizzazione; **~izar** ‹*globalicé*› *vt* considerare globalmente
globo *m* 1. *geogr* globo; 2. (*juguete*) globo, sfera *f*, palla *f*, palloncino; 3. (*tebeo*) fumetto; 4. *euf* boccia *f*, poppa *f*, caciotta *f*; 5. balla *f*, sbronza *f* ◊ ***~ del ojo*** globo oculare; ***~ sonda/piloto*** pallone pilota, sonda (*f*); ***~ terráqueo/terrestre*** globo terrestre; ***en ~*** *coloq* in massa
globul|ar *adj* globulare; **~lina** *f quím* globulina
glóbulo *m* globulo
gloria 1. *f* gloria, onore *m*, fama; *fig* piacere *m*; **2.** *m relig* Gloria ◊ ***estar en la ~*** gongolare di gioia; ***que en ~ esté*** Che Dio l'abbia in gloria; ***saberle a ~ u-c*** andar matto per qc; ***sin pena ni ~*** senza infamia e senza lode, mediocremente; **~rse** ‹*glorío*› V. 2 gloriarsi (**de** di), vantarsi (**de** di)
glorieta *f* 1. piazza con giardinetto; 2. piazzola di un giardino; 3. gloriette *inv*
glorific|ación *f* glorificazione; **~ador, -a** *adj elev* glorificatore, -trice; **~ar** ‹*glorifiqué*› *vt* glorificare, esaltare
glorioso, -a *adj* glorioso, -a, illustre; beato, -a
glosa *f* glossa, chiosa, postilla; variazione; **~dor, -a** *adj/s* chiosatore, -trice, glossatore, -trice; **~r** *vt* chiosare, glossare, annotare; **~rio** *m* glossario
glosem|a *m ling* glossema; **~ática** *f ling* glossematica
glositis *f inv med* glossite *f*
glosopeda *f med* (*animales*) afta epizootica
glotis *f inv med* glottide *f*
glotología *f ling raro* glottologia, linguistica
glotón, -ona *adj* ghiottone, -a, goloso, -a
glotonería *f* ghiottoneria, golosità *inv*
glucagón *m biol* glucagon
glucemia *f med* glicemia
glucémico, -a *adj* glicemico, -a
glucin|a *f quím* glucina; **~io** *m quím* glucinio
glucosa *f* glucosio *m*
glucósido *m quím* glucoside, glicoside
glucosuria *f med* glicosuria
glutam|ato *m quím* glutammato; **~ina** *f* glutammina
gluteína *f* glutenina
gluten (*pl* **glútenes**) *m* glutine
glúteo, -a *adj/m* gluteo, -a
glutinoso, -a *adj* glutinoso, -a
GMT (*Hora aparente de Greenwich*) *abr/f* G.M.T. (Tempo Medio di Greenwich) *m*, T.M.G. (Tempo Medio di Greenwich) *m*
gneis *m inv min* gneis
gnómico, -a *adj* gnomico, -a
gnomo *m* gnomo; **~n** *m* gnomone
gnos|eología *f* gnoseologia; **~is** *f inv filos/relig* gnosi
gnosticismo *m filos/relig* gnosticismo
gnóstico, -a *adj filos/relig* gnostico, -a
goal [gol] *m sport* goal *inv*, rete *f*
gobelino *m* gobelin* *inv*
gobern|ación *f* governo *m* ◊ ***ministerio de la ~*** *m hist* ministero dell'Interno; **~ador, -a** *m/f* governatore, -trice ◊ ***~ civil*** *hist* prefetto; **~alle** *m nav* timone, governo; **~anta** *f* governante; **~ante** *adj/s* governante; **~ar** ‹*gobierno*› V. 5a *vt/i* governare, reggere *vt*, dirigere *vt*; dirigere *vt*, condurre *vt*; *fig* dominare *vt*
gobierno *m* governo; mantenimento, amministrazione *f*; *nav* timone ◊ ***~ a la sombra*** governo ombra; ***~ autonómico*** *Esp* governo regionale autonomo; ***~ civil*** *hist* prefettura; ***~ militar*** comando militare; ***mirar contra el ~*** *coloq* essere guercio, guardare di sbieco; ***para ~ de alg*** per (tua, sua...) norma; ***Presidente del *~*** Capo del Governo; Presidente del Consiglio, Primo Ministro; ***servir de ~*** servire di norma
goce *m* 1. piacere, godimento, diletto; 2. *jur* usufrutto, godimento
gocho, -a *m/f reg coloq* maiale, -a
godo, -a 1. *adj* gotico, -a; **2.** *m* 1. *hist* goto; 2. *Am desp* spagnolo, -a; *desp* (*Canarias*) spagnolo, -a continentale
gofra|do *m tecn* goffratura *f*; **~r** *vt tecn* goffrare
gogó: à ~ *adv* a gogó
gol *m sport* gol, rete *f* ◊ ***meter/marcar un ~*** fare un goal/gol, segnare una rete, andare in goal
gola *f* 1. *med/mil* gola; 2. (*cuello*) gorgiera; 3. *arq* modanatura a S
gole|ada *f sport* goleada *inv*, goleata; **~ador** *m* goleador *inv*, cannoniere; **~ar** *vi* segnare molti goal; **~ta** *f nav* goletta
golf *m sport* golf; **~a** *f coloq/desp* sgualdrina; **~ería** *f* monelleria, ragazzata; bricconata, birbonata; **~illo, -a** *m/f* monello, -a; **~ista** *m/f* giocatore, -trice di golf; **~ístico, -a** *adj* golfistico, -a; **~o, -a 1.** *m geogr* golfo; **2.** *adj/m* briccone, mascalzone, -a, birbante
goliárdico, -a (*var.* **goliardesco**) *adj hist* goliardico, -a
goliardo *m* goliardo
Goliat *m* Golia
goll|ería *f* ghiottoneria, golosità *inv*; *fig* delicatezza; **~te** *m* gola *f*, strozza *f* ◊ ***estar hasta el ~*** *coloq* averne fin sopra gli occhi; **~tero, -a** *m/f Méx* scroccone, -a
golondrin|a *f zool* (*pájaro, pez*) rondine ◊ ***una ~ no hace verano*** una rondine non fa primavera; **~o** *m* 1. *med coloq* foruncolo nell'ascella; 2. *zool* rondinella *f*
golosin|a *f* 1. cibo ghiotto *m*, cibo appetitoso *m*; chicca, caramella; 2. golosità *inv*; **~o, -a** *adj* goloso, -a, ghiotto, -a
golpazo *m* gran colpo, picchiata *f*

golpe *m* 1. colpo, percossa *f*, botta *f*; 2. *pol* (*en Am/Esp*) golpe *inv*; 3. *agric* buca *f* ◊ **~ *bajo*** colpo basso; **~ *de ariete*** colpo d'ariete; **~ *de efecto*** colpo a effetto, gioco d'effetto, scena d'effetto; **~ *de Estado*** colpo di Stato; **~ *de fortuna*** colpo di fortuna; **~ *de gracia*** colpo di grazia; **~ *de mano*** colpo di mano; **~ *de pecho*** mea culpa; **~ *de tos*** colpo di tosse; **~ *de vista*** colpo di vista; ***acusar el ~ alg*** accusare il colpo; ***dar el ~*** fare colpo; ***de ~ (y porrazo)*** di colpo, tutto d'un colpo; ***no dar ~*** fare il fannullone, battere la fiacca; essere un fannullone; **~ar** *vt* colpire, battere, picchiare; **~o** (*var.* **golpeadura** *f*) *m* battitura *f*; **~tazo** *m coloq* colpo forte e violento; **~tear** *vt/i* picchiettare; **~teo** *m* picchio

golpista *m/f pol* golpista

goma *f* 1. gomma; 2. elastico *m*; 3. *euf* guanto *m*, preservativo *m* (*estánd*) ◊ **~ *arábiga*** gomma arabica; **~ *de borrar*** gomma (da cancellare); **~ *de mascar*** gomma americana; **~ *elástica*** gomma elastica/caucciù; **~ *espuma*** gommapiuma; **~ *laca*** gomma lacca; ***sujeto con una ~ adj*** stretto con un elastico; **~espuma** *f* gommapiuma

gomífero, -a *adj* gommifero, -a

gomin|a *f* (*pelo*) gommina; **~ola** *f* (*caramelo*) giuggiola

gomos|idad *f* gommosità *inv*; **~is** *f inv bot* gommosi; **~o, -a 1.** *adj* gommoso, -a; **2.** *adj/m* damerino

gónada *f med* gonade

góndola *f nav* gondola ◊ ***de ~*** a gondola

gondolero *m* gondoliere

gonfal|ón *m hist* gonfalone; **~onero** (*var.* **gonfaloniero**) *m* gonfaloniere

gong *m* gong *inv*

gongor|ismo *m lit* (stile letterario) di Góngora, gongorismo; **~ista** *m/f lit* gongorista

gonidio *m bot* gonidio

goniómetro *m* goniometro

gonococ|cia *med* V. **gonorrea**; **~o** *m med* gonococco

gonorre|a *f med* gonorrea, blenorragia; **~ico, -a** *adj* blenorragico, -a

gordiano *adj* gordiano ◊ ***nudo ~*** nodo gordiano

gordinflón, -ona *adj/s* ciccione, -a

gordo, -a 1. *adj* 1. grasso, -a (!); 2. grosso, -a (!); ***hilo ~ filo grosso, spesso***; ***ocurrir u-c ~ succedere qualcosa di grosso***; ***pez ~ pezzo grosso***; spesso, -a; **2.** *m* 1. ="primo premio della lotteria"; 2. *Am* grasso (della carne) ◊ ***armarse la ~a*** succedere un putiferio; ***caer ~*** *coloq* essere antipatico; ***esta sí que es gorda*** questa sì che è grossa/bella; ***hacer la vista ~a*** far finta di non vedere, chiudere un occhio; ***tocar el ~ a alg*** *m* vincere il primo premio della lotteria; *tamb. fig* vincere un terno al lotto; **~lobo** *m bot* verbasco, tassobarbasso

gordura *f* 1. grassezza, corpulenza; 2. grasso *m*

gorgojo *m* 1. *zool* gorgoglione; 2. *coloq/hum* (*persona diminuta*) pulce *f*

gorgona *f mitol* gorgone

gorgorit|ear *vi* gorgheggiare; **~o** *m* gorgheggio

gorgote|ar *vi* gorgogliare; **~o** *m* gorgogliamento

gorguera *f* gorgiera

gorigori *m coloq/hum* canto lugubre, nenia funebre *f*

gorila *m* 1. *zool* gorilla *inv*; 2. guardia del corpo *f*; buttafuori *inv*

gorj|a *f* gorgia, gola ◊ ***estar de ~*** essere allegro; **~al** *m* gorgiera *f*; **~ear 1.** *vi* gorgheggiare; **2. ~se** balbettare *vi*; **~eo** *m* gorgheggio; (*niño*) balbettio

gorra 1. *f* berretto *m*; cuffia; **2.** *m* scroccone ◊ ***de ~*** a scrocco; ***pasar la ~*** chiedere l'elemosina; ***pegar la ~*** scroccare; **~zo** *m* cappellata *f*

gorrin|ada *f* porcata; vigliaccata; **~ería** *f* porcheria; **~ete** *m* porcellino; **~o, -a** *adj/m zool tamb. fig* maiale, -a, porco, -a

gorrión *m zool* passero, passerotto

gorriona *f zool* passera, femmina del passero

gorrista *m/f* sbafatore, -trice, scroccone, -a

gorro *m* berretto ◊ ***estar hasta el ~*** averne fin sopra i capelli; ***poner el ~ a alg*** mettere in ridicolo q; fare le corna a q

gorrón, -ona 1. *adj/s coloq* scroccone, -a; **2.** *m* 1. uomo vizioso; 2. *mec* perno

gorrona *f* 1. prostituta; 2. scroccona

gorrone|ar *vt/i* scroccare *vt*; **~ría** *f* scroccheria; tirchieria

gota 1. *f* 1. goccia, stilla; 2. *med* gotta; **2.** *fpl* (*licor, leche*) goccio *m* ◊ **~ *a ~ a*** *adv* goccia a goccia; **~ *a ~*** *m med* fleboclisi (*f inv*), flebo (*f*); **~ *fría*** *meteo* ="massa d'aria isolata prodotta dalla corrente a getto"; ***cuatro ~s*** quattro gocce; ***la ~ de agua que colma la medida/el vaso*** la goccia che fa traboccare il vaso; ***ni ~*** niente, neanche una goccia; ***parecerse como dos ~s de agua*** somigliarsi come due gocce d'acqua; ***sudar la ~ gorda*** sudare sette camicie

gote|ar *vi* 1. gocciolare, stillare; 2. dare o ricevere a poco a poco; **~lé** *m* tinteggiatura a rullo *f*; **~o** *m* gocciolio; **~ra 1.** *f* 1. gocciolatura; macchia d'umidità, perdita d'acqua; fessura; 2. *arq* gocciolatoio *m*, grondaia; **2.** *fpl* 1. acciacchi *mpl*; 2. *Am* dintorni *mpl*; **~ro** *m med* fleboclisi *f inv*; *Am* contagocce *inv*; **~rón** *m* 1. gocciolone; 2. *arq* goccia *f*; 3. *arq* grondaia *f*

gótico, -a *adj/s* gotico, -a ◊ **~ *flámigero*** gotico fiammeggiante; **~ *florido*** gotico fiorito

gotoso, -a *adj med* gottoso, -a

gouache V. **guache**

gozal|da *f* piacere *m*, goduria (*hum*), godimento *m*; **~r** ‹*gocé*› **1.** *vt/i* godere (**de** di); **2. ~se** compiacersi, godere *vi*

gozne *m* ganghero, cerniera *f*

gozo 1. *m* piacere, godimento, gioia *f*, allegria *f*; **2.** *mpl lit* laudi alla Vergine *fpl*; **~so, -a** *adj* gioioso, -a, allegro, -a, contento, -a

G.p. (*Giro postal*) *abr com* P.O. (Vaglia Postale)

gr (*gramo*) *abr/m* g, gr (*grammo*)

grab|ación *f* registrazione; **~ado** *m* incisione *f*; **~ *al agua fuerte*** *incisione all'acqua forte*; intaglio; ~ ***en cobre, en madera*** *intaglio su rame, su legno*; **~ador, -a 1.** *m/f* incisore, -a, intagliatore, -trice; **2.** *f Am* registratore a nastro *m* ◊ ***~a DVD/CD*** registratore DVD/CD; **~ar** *vt mús/cine* registrare; incidere; intagliare; *fig* imprimere, stampare

gracejo *m* arguzia *f*, grazia *f*, vivacità *f inv*

gracia *f* grazia; gentilezza; bontà *inv*, favore *m*; *jur* grazia ◊ ***~s a*** *prep* grazie a; ***¡~s!*** Grazie!; ***¡Qué ~!*** Che bello!, Che simpatico!; ***¡Vaya ~!*** Bella cosa!; ***¡y ~s!*** e devi dire pure grazie...; ***caer en ~*** essere nelle grazie; ***dar en la ~ de u-c*** prendere la mania di qc; ***dar las ~s*** ringraziare; ***en ~ a*** *prep elev* grazie a; ***en ~ de Dios*** *adj* in grazia di Dio; ***hacer ~ de*** fare il favore/la grazia di; ***hacer ~*** piacere, essere simpatico; far ridere; ***hacer otra ~ de las suyas*** farne un'altra delle sue/farne un'altra delle belle; ***muchas ~s*** grazie mille; ***reírle la(s) ~(s) a alg*** esaltare q, elogiare q; ***tener ~*** essere spiritoso/divertente, far ridere

grácil *adj* gracile, debole, delicato, -a

gracilidad *f* gracilità *inv*, delicatezza

gracios|idad *f* grazia, bellezza; **~o, -a 1.** *adj* 1. divertente; ***un chiste ~*** *una barzelletta divertente*; 2. grazioso, -a, piacevole, bello, -a; 3. gratuito, -a; **2.** *m teat* comico, buffone ◊ ***¡Qué ~!*** Che bello!; *irón* Che spiritoso!; ***estaría ~*** sarebbe bello; ***lo ~ es que*** il bello/il buffo è che

grada 1. *f* 1. gradino *m*; 2. *relig* grata; 3. *agric* erpice *m*; **2.** *fpl* gradinata *f*; **~ción** *f* gradazione; **~r** *vt agric* erpicare

grader|ía *f* gradinata; **~o** *m* (*estadio, plaza de toros*) gradinata *f*

grado *m* 1. grado; 2. piacere ◊ ***de (buen) ~*** *adv* volentieri; ***de mal ~*** *adv* malvolentieri; ***en ~ sumo*** *adv* in sommo grado; ***en tal ~*** *adv* tanto che; ***por ~s*** *adv* a grado a grado; ***salón de ~s*** ="specie di sala o aula magna per la difesa/discussione delle tesi di dottorato o tesine"

gradu|able *adj* graduabile; **~ación** *f mús/foto/geol tamb. fig* gradazione (!); (*alcohol, gafas*) gradazione (!); *mil* graduazione (!); **~ado, -a 1.** *adj* graduato, -a; **2.** *adj/s* laureato, -a o diplomato, -a universitario, -a; ◊ ***~ en ESO*** *Esp* licenza di scuola media obbligatoria (fino a 16 anni); ***~ escolar*** *Esp hist* licenza (di scuola) media; **~ador** *m* goniometro; **~al** *adj* graduale; **~alidad** *f* gradualità *inv*; **~almente** *adv* gradualmente, gradatamente; **~ar** ‹*gradúo*› V. 4 **1.** *vt* graduare; classificare; *mil* promuovere; **2. ~se** laurearsi o diplomarsi all'Università

grafema *m ling* grafema

graffiti [gra'fiti] (*var.* **grafito** *m*) *m(pl)* graffito *m*, graffiti

grafía *f* grafia

gráfic|a *f* (*dibujo*) grafica; grafico *m*; **~o** *adj/m* grafico

grafila (*var.* **gráfilo** *m*, **gráfila**) *f* granitura

grafio *f* graffio

grafista *m/f* grafico, -a

grafito *m* 1. *min* grafite *f*; 2. graffito

grafol|ogía *f* grafologia; **~ógico, -a** *adj* grafologico, -a

grafólogo, -a *m/f* grafologo, -a

gragea *f med* pillola

grajo (*var.* **graja** *f*) *m zool tamb. fig* cornacchia *f*

grama *f bot* gramigna

gramática *f* grammatica ◊ ***~ histórica*** grammatica storica; ***~ parda*** *coloq* furberia

gramatica|l *adj* grammaticale; **~lización** *f* grammaticalizzazione

gramático, -a *adj/s* grammatico, -a

gramíne|a (*var.* **gramínácea**) *f bot* graminacea; **~o, -a** *adj* graminaceo, -a

gramo *m* grammo

gramófono® *m* grammofono

gramola® *f* antico grammofono *m*

gran *adj* gran, grand', grande; ***~ libro, cosa, señor*** *gran libro, cosa, signore*; ***~ hombre*** *grand'uomo*; ***~ acción*** *grande azione, grand'azione* ◊ ***~ angular*** *foto* grandangolare; ***~ español*** (*noble*) grande spagnolo; **~a** *f* 1. *bot* granitura; 2. *zool* grana, cocciniglia; 3. (*color*) grana; **~ada** *f* 1. *mil* granata; 2. *bot* melagrana, granata

Granada *f geogr* Granata

granad|ero *m hist* granatiere; **~ino, -a 1.** *adj/s* granatino, -a, di Granata; **2.** *f* (*zumo*) granatina; **3.** *m* ="canto andaluso"; **~o, -a 1.** *adj* granito, -a, maturo, -a; **2.** *m bot* melograno, granato ◊ ***lo más ~*** il fior fiore

granar *vi bot* granire; **~io, -a** *adj* granario, -a

granate *m* granata *f*, granato

granazón *f* granitura

Gran Bretaña *f geogr* Gran Bretagna ◊ ***hijo de la ~*** *desp/euf* figlio di mignotta

grande 1. *adj* grande, gran, grand'; **2.** *m* grande, nobile ◊ ****~ de España*** Grande di Spagna; ***a lo ~*** in grande; ***estar ~ (u-c)*** essere grande (qc); ***venir ~ (u-c) a alg*** essere (qc) troppo per q; **~za** *f* grandezza, nobiltà *inv*

grandilocuen|cia *f* magniloquenza, grandiloquenza; **~te** *adj* grandiloquente, magniloquente, grandiloquo, -a

grandios|idad *f* grandiosità *inv*; **~o, -a** *adj* grandioso, -a

grandullón, -ona *m/f coloq* grandiglione, -a

grane|ar *vt agric* seminare a spaglio; **~l: a ~** *adv* a mucchi ◊ ***vender a ~*** vendere ad occhio; vendere merce sfusa; **~ro** *m* granaio

granítico, -a *adj* granitico, -a

granito *m* 1. *geol* granito; 2. granello

graniz|ada *f* 1. *meteo* grandinata; 2. *Am* granita; **~ado** *m* granita *f*; **~ar** ‹*granicé*› *v/impers* grandinare; **~o** *m* 1. *meteo* grandine *f*; 2. *med* nubecola/nubicola dell'occhio *f*

granj|a *f* 1. fattoria, podere *m*, masseria; 2. allevamento avicolo o avicunicolo *m* ◊ ***~ escuela*** scuola in fattoria; **~earse** acquistarsi, cattivarsi; **~ero, -a** *m/f* imprenditore, -trice agricolo, -a; massaio, -a

grano *m* 1. (*arena*) grano, granello; 2. *med* brufolo, bollicina *f*, foruncolo, pustoletta *f*; 3. (*café, arroz, trigo*...) chicco; (*uva*) acino; 4. (*superficie*) grana *f* ◊ **~s del Paraíso** *bot* semi di amomo; **aportar un ~ de arena** apportare un granello di sabbia; **no ser (u-c) ~ de anís** non essere (qc) cosa dappoco; **vayamos al ~** veniamo/andiamo al fatto/al sodo/al fondo della questione

granuj|a *m/f* mascalzone, -a, svergognato, -a, lazzarone, -a; **~ada** *f* canagliata; **~ería** *f* furfanteria, mascalzonata; **~iento, -a** *adj* granuloso, -a; **~illa** *m/f* birbantello, -a, birba

granul|ación *f* granulazione; **~ado, -a 1.** *adj* granulato, -a; **2.** *m farma* preparato in granuli, medicina in granuli *f*; **~ar 1.** *adj* granulare; **2.** *vt* granulare

gránulo *m cient* granulo

granulo|cito *m biol* granulocito, granulocita; **~ma** *f med* granuloma; **~sidad** *f* granulosità *inv*; **~so, -a** *adj* granuloso, -a

granvás (*var.* **granvas**) V. **método**

granzas *fpl* 1. *agric* mondiglie; 2. (*yeso*) scorie

grao *m reg* porto

grapa *f* grappa, graffa, graffetta; **~dora** *f* cucitrice, graffatrice; **~r** *vt* cucire, graffare

GRAPO (*Grupos de Resistencia Antifascista Primero de Octubre*) *abr/m pol* ="Gruppo terrorista di estrema sinistra"

gras|a 1. *f* grasso *m*; *fig* unto *m*; **2.** *fpl metal* scorie; **~era** *f* leccarda; **~iento, -a** *adj* 1. unto, -a, untuoso, -a; 2. *fig* sudicio, -a, untuoso, -a; **~o, -a 1.** *adj* grasso, -a, adiposo, -a; **2.** *m* grassezza *f*; **~oso, -a** *adj* untuoso, -a

gratific|ación *f* gratificazione, gratifica; *com* buonuscita; **~ante** *adj* gratificante; **~ar** ‹*gratifiqué*› *vt* 1. gratificare; 2. far piacere *vi*

gratin|ado *m* gratin; **~ar** *vt* gratinare

gratis *adj/adv* gratis, gratuitamente

gratitud *f* gratitudine, riconoscenza

grato, -a *adj* grato, -a, gradito, -a, gradevole, piacevole ◊ **estar ~** *Am* essere grato; **me es ~ comunicarle...** è per me un piacere comunicarle...; **persona non ~a** persona non grata

gratui|dad *f* gratuità *inv*; **~to, -a** *adj* gratuito, -a

grava *f min* ghiaia; **~ble** *adj* gravabile; **~men** (*pl* **gravámenes**) *m jur* gravame; **~r** *vt jur tamb. fig* gravare; pesare

grave 1. *adj* 1. grave; **estar ~** *essere grave*; (*asunto*) grave, importante, difficile, serio, -a; grave, pesante; 2. *ling* (*acento*) grave; *mús* (*sonido*) grave, basso, -a; **2.** *m fís* grave; **~dad** *f* gravità *inv*; serietà *inv*, importanza

gravidez *f elev* gravidanza (*estánd*)

grávido, -a *adj elev* gravido, -a (*estánd*)

gravill|a *f constr/min* ghiaia; **~metría** *f fís* gravimetria

gravit|ación *f* gravitazione; **~acional** *adj fís* gravitazionale; **~ar** *vi* gravitare, pesare

gravos|idad *f* onerosità *inv*; **~o, -a** *adj* gravoso, -a, oneroso, -a

grazn|ar *vi* gracchiare, gracidare; **~ido** *m* 1. (*pájaro*) gracchiata *f*, gracchiamento, gracchio; (*ranas*) gracidio; 2. *fig* gracchio

greca *f arq/txtl/arte* greca

Grecia *f geogr* Grecia

grecismo *m* grecismo

greco V. **griego**; **~rromano, -a** *adj* greco-romano, -a (!)

gred|a *f* creta, argilla; **~oso, -a** *adj* argilloso, -a, cretoso, -a

green keeper [grin'kiper] *m sport* (*golf*) greenkeeper* *inv* (!)

greg|al *m meteo* grecale, greco; **~rio, -a** *adj/m sport tamb. fig* gregario, -a; **~rismo** *m* gregarismo

gregoriano, -a *adj* gregoriano, -a

greguería 1. *f* chiasso *m*, baccano *m*, cagnara; **2.** *fpl lit* ="brevi composizioni letterarie di Ramón Gómez de la Serna"

gregüescos *mpl* ="calzoni molto larghi (S.XVI-XVII)"

grelos *mpl bot* (*Galicia, León*) foglie tenere di rapa *fpl*

gremi|al *adj* corporativo, -a; **~alismo** *m* corporativismo; **~o** *m* 1. corporazione *f*; corpo; 2. *Arg* sindacato

greñ|a *f* chioma scarmigliata; zazzera ◊ **andar a la ~** prendersi per i capelli; **~udo, -a** *adj* capellone, -a

gres (*pl* **greses**) *m* gres *inv*; **~ca** *f coloq* zuffa, baruffa; rissa

grey *f elev* gregge *m* (*estánd/elev*)

Grial *m* Graal

griego, -a 1. *adj/s* greco, -a; **2.** *m* 1. (*idioma*) greco; 2. copula anale *f* ◊ **hablar (en) ~** *fig* parlare arabo

grieta *f* 1. *arq* crepa, fenditura, fessura; 2. *med* ragade; **~rse** screpolarsi, fendersi

grif|a *f* 1. marijuana, erba; 2. *impr* corsivo *m*; **~ería** *f* 1. rubinetteria; 2. negozio di rubinetteria *m*, fabbrica di rubinetteria; **~o** *m* 1. rubinetto; 2. *mitol* grifone

grill *m* grill *inv*; **~ado, -a** *adj coloq/fig* matto, -a; **~arse** *bot* tallire *vi*; **~ete** *m* (*presos*) ceppo; **~o 1.** *m* 1. *zool* grillo; 2. *bot* tallo; **2.** *mpl* (*presos*) ceppi ◊ **~ cebollero/real/topo** grillotalpa; **tener la cabeza como una olla de ~s** avere la testa che scoppia

grima *f* irritazione, fastidio *m* ◊ **dar ~** irritare, dar fastidio

grimpeur [grim'per] *m sport* grimpeur *inv*

grímpola *f nav* gagliardetto *m*

gringo, -a *adj/s Am desp* straniero, -a; *Am coloq/desp* yankee*

gripa *Am* V. **gripe**; **~je** *m mec* grippaggio; **~l** *adj med* influenzale; **~r 1.** *vt mec* grippare; **2. ~se** grippare

gripe *f med* influenza ◊ **~ aviar** influenza aviaria

griposo, -a *adj med* influenzato, -a

gris 1. *adj* grigio, -a; **2.** *m* 1. vento gelido; freddo intenso; 2. *zool* scoiattolo siberiano; 3. *ant* (*franquismo*) poliziotto; **~áceo, -a** *adj* grigiastro, -a; **~alla** *f arte* grisaille* *inv*; **~ín** V. **rosquilleta**;

~ón, -ona *adj/s* grigione, -a; **~ú** *m* grisù *inv*; **~ura** *f elev* grigiore *m*

grit|ar 1. *vi* gridare, strillare, urlare; sbraitare, schiamazzare; **2.** *vt* fischiare, disapprovare; gridare; **~erío** (*var.* **gritería** *f*) *m* (*personas*) vocio, schiamazzo; (*animales*) gazzarra *f*, cagnara *f*; **~o** *m* grido, urlo, strillo ◊ ***a ~ pelado/a ~s*** a squarciagola, a più non posso; ***estar en un ~*** gridare di dolore; ***pedir a ~s algo*** avere bisogno urgente di qc; ***poner el ~ en el cielo*** fare uno scandalo; ***(ser el) último ~*** (essere l') ultimo grido; **~ón, -ona** *adj/s* gridone, -a, urlone, -a, strillone, -a

gro *m* gros-grain* *inv*; **~gui** (*var.* **groggy**) *adj inv tamb. fig* (*boxeo*) tramortito, -a, stordito, -a, knockout*, kappaò*

grosel|la *f bot* ribes *m inv*; **~ero** *m* (*pianta*) ribes *inv*

groser|ía *f* villania, scortesia, volgarità *inv*; **~o, -a** *adj/s* villano, -a, grossolano, -a, scortese

gros-grain *m* (*cinta*) gros-grain* *inv*

grosor *m* spessore, grossezza *f*

grosso modo ['groso 'modo] *adv* grossomodo, grosso modo

grosura 1. *f* grassezza, grasso *m*; **2.** *fpl* frattaglie

grotesco, -a *adj* grottesco, -a; ridicolo, -a, stravagante

grúa *f* 1. *cine/constr* gru *inv*; 2. *auto* carro attrezzi *m*

grues|a *f* (*medida*) grossa; **~o, -a 1.** *adj* 1. grosso, -a, spesso, -a; (*persona*) grosso, -a, corpulento, -a, voluminoso, -a, grande; 2. (*inteligencia*) ottuso, -a; **2.** *m* 1. spessore, grossezza *f*; 2. *mil* grosso, parte principale *f* ◊ ***en ~*** all'ingrosso; ***sal ~a*** sale grosso

grulla *f zool* gru *inv*

grumete *m nav* mozzo

grumo *m* 1. (*harina, sangre...*) grumo, coagulo; mucchio; 2. *bot* germoglio; **~so, -a** *adj* grumoso, -a

gruñ|ido *m* (*cerdo*) grugnito; (*perro*) ringhio; (*persona*) brontolio, mugugno; **~idor, -a** *adj* ringhioso, -a; **~ir** ‹*gruñó*› *vi* (*cerdo*) grugnire; (*perro*) ringhiare; (*persona*) brontolare; **~ón, -ona** *adj/s coloq* brontolone, -a

grup|a *f* groppa, anca ◊ ***ir a la ~ de*** stare in groppa a; ***volver ~s*** tornare indietro; **~era** *f* groppiera; **~eto** *m mús* gruppetto; **~o** *m* gruppo ◊ ***~ sanguíneo*** *biol* gruppo sanguigno; **~úsculo** *m pol desp* gruppuscolo

gruta *f* grotta, caverna, spelonca, antro *m*

gruyère [gru'yer] *m* groviera *m inv/f*

guaca|mayo *m zool* ara *f*; **~mole** *m Am cent gastr* ="insalata o salsa cremosa a base di avocado, cipolla, pomodori e piccante" *f*

guache [gwaʃ, gwas, 'gwatʃe] (*var.* **gouache**) *m arte* (*pintura*) guazzo

guache *m Am* villano, zoticone

guadaña *f* falce fienaia; **~dora** *f* falciatrice

guagua 1. *f Ant/Canarias transp* pullman *m inv*, corriera; **2.** *m/f Chile* bebé ◊ ***de ~*** *coloq* gratis; **~rear** *vi Méx* chiacchierare

guaj|a *m* birbante, lazzarone, canaglia; **~e** *adj/s Am Cent* tonto, -a; **~iro, -a** *m/f Cuba* contadino, -a, bianco, -a cubano, -a; **~olote** *m* 1. *Am Cent* tacchino; 2. *Méx* sciocco; **~olotón, -ona** *adj Méx* stupido, -a, sciocco, -a

guald|a *f bot* reseda, reseda dei tintori; **~o, -a** *adj elev* giallo, -a; **~rapa** *f* gualdrappa

guan|aco *m* 1. *zool* guanaco; 2. *Am* scemo; **~o** *m* guano

guant|ada (*var.* **guantazo** *m*) *f coloq* schiaffo *m*; **~e** *m* guanto ◊ ***arrojar el ~*** gettare il guanto; ***echarle el ~ a alg*** acchiappare q, ghermire q; ***poner a alg más suave que un ~*** ammansare q, calmare q; ***recoger el ~*** raccogliere il guanto; **~era** *f* 1. *auto* cassetto del cruscotto *m*; 2. (*mujer*) guantaia; **~ería** *f* guanteria; **~ero, -a** *m/f* guantaio, -a

guap|eras *adj/m coloq/desp* ganimede *m inv*, bellimbusto *m*, gagà *m inv*; **~etón** belloccio *adj/m* bellimbusto; **~etona** *adj/f coloq* donna avvenente, bona; **~eza** *f* risolutezza, coraggio *m*; spavalderia; **~o, -a 1.** *adj/s* 1. bello, -a; 2. *Am* coraggioso, -a; galante; **2.** *m desp* guappo, bullo

guaraches *mpl Méx* sandali rozzi

guaraní *adj/s* guaranì

guarda 1. *m* guardia *f*, custode, guardiano; **2.** *f* 1. vigilanza, custodia, tutela; 2. *impr* guardia; **3.** *mpl* congegni della serratura ◊ ***~ forestal*** guardia forestale (*f*); ***~ jurado*** guardia giurata (*f*); ***el ángel de la ~*** l'angelo custode; **~barrera** *m/f ferroc* guardabarriere *inv*; **~barros** *m inv auto* parafango *m*; **~bosque** (*var.* **guardabosques**) *m/f* guardiaboschi *inv*; **~brisas** *m inv* 1. *auto* parabrezza; 2. (*candela*) calotta della bugia *f*; **~cadena** *f* carter *m inv*; **~coches** *m/f inv* posteggiatore, -trice *m/f*; **~costas** *m/f inv* guardacoste, guardiacoste; **~espaldas** *m/f inv* guardia del corpo *f*; **~frenos** (*var.* **guardafreno**) *m/f inv* guardafreni; **~gujas** *m/f inv ferroc* guardascambi; **~infante** *m hist* (*moda*) gabbia *f*; **~mano** *m* (*arma*) guardia *f*; **~meta** *m/f sport* portiere *m*; **~muebles** *m inv* magazzino per mobili *m*, deposito per mobili *m*; **~polvo** *m* camice, spolverino

guardar *vt* 1. conservare, custodire, serbare; ***el mar guarda tesoros*** *il mare serba tesori*; 2. vigilare, sorvegliare; 3. osservare, adempiere, mantenere; 4. proteggere, riparare; ***~ del frío*** *proteggere dal freddo*; 5. *informát* salvare ◊ ***~ cama*** stare a letto; ***~ las distancias*** mantenere le distanze; ***~ silencio*** stare in silenzio, tacere; ***~se de hacer u-c*** guardarsi dal fare qc; ***~sela a alg*** giurarla a q; ***(fiesta) de ~*** *relig* (festa) da osservare

guardar|raíl *m* guardrail *inv*, guardavia *inv*; **~opa** (*var.* **guardarropas**) *m* 1. guardaroba *inv*; 2. *teat* guardarobiere; **~opía** *f* guardaroba *m inv* ◊ ***de ~*** falso; **~uedas** *m inv* paracarro *m*

guardasellos *m inv hist ant* guardasigilli

guardavía *m* cantoniere *inv*, guardavia *inv*

guardería *f* asilo infantile *m*, asilo nido *m*
guardia 1. *f* guardia, sorveglianza, custodia, difesa; **2.** *m* 1. (*persona*) guardia *f*; 2. *mil* picchetto di guardia ◊ ~ ***civil*** *Esp* ="carabiniere"; ***bajar la*** ~ abbassare la guardia; ***estar de*** ~ *m* essere di guardia, essere di turno; ***estar en*** ~ essere in guardia; ***ser de la vieja*** ~ essere della vecchia guardia; **~marina** *m* guardiamarina *inv*
guardián, -ana *m/f* guardiano, -a, custode
guardilla *f* soffitta, mansarda, abbaino *m*
guarecer ‹*guarezco*› V. 13a **1.** *vt* proteggere, mettere al sicuro; **2. ~se** ripararsi, rifugiarsi
guarilcha *f Am* donnicciola; **~da** *f zool tamb. fig* tana, covo *m*; *fig* rifugio *m*; **~smo** *m* cifra *f*, numero
guarnecler ‹*guarnezco*› V. 13a *vt* 1. guarnire; adornare; 2. fornire, provvedere; 3. *mil* essere di guarnigione *vi*; **~ido, -a 1.** *pp* guarnito, -a, corredato, -a; **2.** *m* guarnitura *f*
guarniclión *f* 1. *gastr* contorno *m*; 2. guarnizione, ornamento *m*; 3. *mil* guarnigione; 4. (*piedras*) castone *m*; **~ionería** *f* selleria; **~ionero** *m* sellaio
guarrlada *f* 1. porcheria; indecenza; 2. *coloq/fig* canagliata, brutto tiro *m*; **~ear** *vt/i coloq* insudiciare, macchiare, sporcare; **~eras** *adj/s* sporcaccione, -a, maiale, -a; **~ería** *f* indecenza, porcheria; **~o, -a** *adj/s zool tamb. fig* maiale, -a, porco, -a
guasla *f* ironia, burla; *coloq* balordaggine ◊ ***déjate de*** ~ smettila di scherzare; ***estar de*** ~ aver voglia di scherzare; **~earse** prendere in giro *vt* (**de alg/u-c** q/qc), burlarsi (**de alg/u-c** di q/qc); **~ón, -ona** *adj/s* burlone, -a
guatla *f* ovatta, bambagia; **~eado, -a** *adj* trapunto, -a
Guatemala *m geogr* Guatemala ◊ ***salir de ~ y entrar en Guatepeor*** cadere dalla padella nella/alla brace
guatemalteco, -a *adj/s* guatemalteco, -a
guateque *m* festa da ballo *f*, cocktail(-party)* *inv*
guatiné *m* tessuto trapunto
¡guau! *excl/onom* wow!*
guau guau *onom* bau bau
guay 1. *adj infant* bello, -a, forte; **2.** *adv* benissimo, Ok*
guayabla *f* 1. *Am bot* guaiava; 2. *Am fig* (*mentira*) frottola ◊ ***ser hijo de la*** ~ *Méx* essere figlio di puttana; **~era** *f Cuba* giacchino di tela *m*, camiciola di tela; **~o** *m* 1. *Am bot* (*árbol*) guaiavo; 2. *Col coloq/fig* malessere (dopo la sbornia)
guayaco *m Am bot* guaiaco; **~l** *m quím* guaiacolo
gubernalmental *adj* governativo, -a; **~tivo, -a** *adj* governativo, -a, governatoriale
gubia *f tecn* sgorbia
guedeja *f* chioma; ciuffo *m*; (*león*) criniera
güelfo, -a *adj/s hist ant* (*Italia*) guelfo, -a
guepardo *m zool* ghepardo
güero, -a *adj Méx* biondo, -a
guerrla *f* guerra ◊ ~ ***atómica*** guerra atomica; ~ ***bacteriológica*** guerra batteriologica; ~ ***civil*** guerra civile; ~ ***de las galaxias*** guerra stellare; ~ ***de precios*** guerra tariffaria; ~ ***fría*** guerra fredda; ~ ***relámpago*** guerra lampo; ~ ***sin cuartel*** guerra senza quartiere; ***dar*** ~ dare del filo da torcere, dar fastidio; far arrabbiare; **~ear** *vi* guerreggiare; **~era** *f mil* casacca, giubba; **~ero, -a** *adj/s* guerriero, -a; **~illa** *f* guerriglia; **~illero, -a** *m/f* guerrigliero, -a
gueto *m pol/relig tamb. fig* ghetto
guía 1. *m* (*museos, turismo...*) guida *f*, cicerone; **2.** *f* 1. guida, norma, direzione; guida, manuale *m*; 2. *agric* guida per l'innesto; 3. *mec* guida; 4. *jur/com* lasciapassare doganale *m*, lettera di vettura; **3.** *fpl* redini ◊ ~ ***de ferrocarriles*** orario ferroviario; ~ ***telefónica*** elenco telefonico
guiar ‹*guío*› V. 2 **1.** *vt* guidare, condurre, dirigere; **2. ~se** orientarsi, regolarsi
guija *f* 1. *constr* ciottolo *m*, sasso *m*; 2. *bot* cicerchia; **~rro** *m* ciottolo, sasso; **~rroso, -a** *adj* sassoso, -a, ghiaioso, -a
guijo *m* ghiaia *f*; **~so, -a** *adj* ghiaioso, -a
guillado, -a *adj coloq* andato, -a, fuori di testa
guillotina *f* 1. (*pena, aparato*) ghigliottina; 2. macchina tagliacarte ◊ **de** ~ a ghigliottina; **~r** *vt* ghigliottinare
guindla *f* 1. *bot* amarena; 2. *nav* ="altezza massima dell'alberatura"; **~ar** *vt* 1. *nav* ghindare; 2. *fig/irón* impiccare; 3. *jerga* fregare; **~e** *m* furto, truffa *f*; **~illa 1.** *f bot* peperoncino piccante *m*; **2.** *m hist jerga* guardia *f*; **~o** *m bot* (*planta*) amareno ◊ ***caerse de un*** ~ *desp/fig* cadere dal nido; **~ola** *f nav* ponte volante *m*; **~ón, -ona** *adj* ladro, -a
Guinea *f geogr* Guinea
guinea *f* (*moneda*) ghinea
guinjla (*var.* **guínjol** *m*) *f bot* giuggiola; **~o** (*var.* **guinjolero**) *m bot* (*árbol*) giuggiolo
guiñalda *f* 1. ammicco *m*; 2. *nav* straorzata; **~po** *m* cencio, straccio ◊ ***dejar (a alg) hecho un ~/poner (a alg) como un*** ~ ridurre (q) uno straccio/un cencio; **~r** *vi nav* straorzare ◊ ~ ***el ojo a alg*** *vt* strizzare l'occhio a q, ammiccare a q (*vi*), fare l'occhiolino a q (*vi*)
guiño *m* cenno con l'occhio, ammicco; **~l** *m* 1. burattino; 2. teatro di marionette
guión *m* 1. *cine/teat* copione, sceneggiatura *f*, script *inv*; 2. (*discurso...*) schema; 3. *ling* trattino; 4. *relig* stendardo
guionista *m/f cine* sceneggiatore, -trice
guipar *vt jerga* scorgere (*estánd*), accorgersi (*estánd*) (**de alg/u-c** di q/qc), capire (*estánd*)
guipur *m* (*encaje*) guipure* *f inv*
guipuzcoano, -a *adj/s* di Guipúzcoa
guiri *m/f jerga* straniero, -a; **~gay** *m* gergo; garbuglio
guirlache *m* croccante
guirnalda *f* ghirlanda
guisa *f* guisa, modo *m*, maniera ◊ ***a ~ de*** a guisa di; ***de tal*** ~ in/di tal guisa; **~do, -a 1.** *m* stufa-

to, fricassea *f*; **2.** *pp* cucinato, -a ◊ ***estar (alg) mal*** ~ *coloq/fig* essere (q) di malumore; **~nte** *m bot* pisello; **~r** *vt* 1. cucinare, preparare il mangiare; 2. *fig* preparare, tramare ◊ ***yo me lo guiso y yo me lo como*** *coloq* ="faccio tutto da me/fischia e se ne infischia"
guiso *m* piatto, intingolo
güisquería (*var.* **whiskería**) *f* 1. bar/pub specializzato in whisky* *m inv*; 2. bar equivoco *m inv*
guita *f* 1. spago *m* (*estánd*); 2. *jerga* quattrini *mpl* (*coloq*)
guitarr|a 1. *f mús* chitarra; **2.** *m/f mús* chitarrista; **~ero, -a** *m/f* fabbricante di chitarre; venditore, -trice di chitarre; **~ista** *m/f mús* chitarrista
güito *m* 1. cappello; 2. (*fruta: albaricoque,...*) nocciolo
gula *f* gola, golosità *inv*
gurrumino, -a *adj Méx* bambino, -a
gurú *m* guru *inv*
gusan|illo *m* vermicello, bacherozzolo ◊ ***matar el*** ~ prendere il cicchetto mattutino; **~o** *m zool tamb. fig* verme; baco, bruco; *Cuba desp* verme ◊ ~ ***de luz*** lucciola (*f*); ~ ***de seda*** baco da seta; ***el ~/gusanillo de la conciencia*** il tarlo del rimorso
gusarapo *m* vermiciattolo; animaluccio
gusta|ción *f raro* degustazione; **~r 1.** *vi* piacere (**de u-c** qc); **2.** *vt* gustare, assaporare; assaggiare ◊ ***¿(usted) gusta?*** vuole assaggiare?; ***para lo que guste usted mandar*** a sua completa disposizione, ai suoi ordini; **~tivo, -a** *adj* gustativo, -a; **~zo** *m coloq* piacere immenso ◊ ***darse el ~ (de u-c)*** togliersi il gusto (di qc), togliersi il capriccio (di qc)
gusti|llo *m* retrogusto; bocca buona *f*; **~rrinín** *m coloq* piacere
gusto *m* 1. gusto; gusto, sapore; 2. piacere, diletto ◊ ***al*** ~ di gusto; ***con mucho*** ~ con molto piacere; ***dar ~ a alg*** far piacere a q, compiacere q; ***darse el ~ (de u-c)*** togliersi il gusto (di qc); ***de buen, mal*** ~ di buon, cattivo gusto; ***despacharse a*** ~ sfogarsi a volontà; ***estar a*** ~ stare a (suo/proprio) agio, stare bene, stare con piacere; ***sobre ~s no hay nada escrito*** de gustibus (non est disputandum), sui gusti non si discute, è questione di gusti; ***tanto/mucho*** ~ molto piacere; ***tomar (el) ~ a u-c*** prendere gusto a qc; **~so, -a** *adj* gustoso, -a, saporito, -a
guta|gamba *f bot* gommagutta; **~percha** *f* guttaperca
gutural *adj/f ling* gutturale; **~ización** *f ling* gutturalizzazione
Gv (*Gran velocidad*) *abr* G.V. (Gran Velocità)
gymkhana [yim'kana] V. **gincana**

H

¡ha! *excl* ha!, ah!
Ha (*Hectárea*) *abr/f* ha *m* (*Ettaro*)
ha V. **haber**
haba *f* 1. *bot/gastr* fava; 2. ="sorpresa del dolce tipico della Befana"; 3. *fig* gonfiore *m* ◊ ***en todas partes cuecen ~s*** tutto il mondo è paese; ***son ~s contadas*** è chiaro lampante, non c'è altro da dire
Habana: La ~ *f geogr* L'Avana
habaner|a *f mús* (*danza, canción*) habanera; **~o, -a** *adj/s* avanese
habano *m* sigaro cubano, avana
habeas corpus ['abeas 'korpus] *m inv* 1. *jur* habeas corpus *excl*; 2. *fig* (*piropo*) che corpo!
haber ‹*he; hube; haya*› **1.** *v/aux* avere; ***he sido buena*** *sono stata buona*; ***he estudiado mucho*** *ho studiato molto*; **2.** *v/impers* esserci; ***hay una chica extranjera*** *c'è una ragazza straniera*; ***hay libros interesantes*** *ci sono libri interessanti*; ***hubo una desgracia*** *ci fu una disgrazia*; ***había poca gana de trabajar*** *c'era poca voglia di lavorare*; ***algo habrá*** *qualcosa ci sarà*; ***habrá premios*** *ci saranno premi*; **3.** *vt* avere; **4.** *m* avere; **5.** *mpl* ricchezze *fpl*, beni, patrimonio *m* ◊ ~ ***de*** dovere; ~ ***que*** essere necessario; ***cinco años ha*** *ant* cinque anni or sono; ***como hay pocos*** come pochi; ***es de lo que no hay*** è dei (delle) peggiori; ***no ~ (u-c/alg) como...*** non esserci (qc/q) come...; ***no hay para tanto*** non è così importante, non è così esagerato; ***no hay por donde cogerlo*** non si sa da dove cominciare
habichuela *f bot* fagiolo *m*
habiente causa *m/f jur* avente causa
hábil *adj* abile; atto, -a, idoneo, -a ◊ ***día ~*** *m* giorno feriale, giorno lavorativo
habilid|ad *f* 1. abilità *inv*, capacità *inv*; 2. idoneità *inv*, attitudine; **~oso, -a** *adj* ingegnoso, -a
habilit|ación *f* abilitazione; **~ado, -a 1.** *adj* abilitato, -a; *jur* autorizzato, -a; **2.** *m/f jur* delegato, -a; *jur* concessionario, -a; **~ador, -a** *adj* abilitante; **~ar** *vt jur/com* abilitare, conferire una procura *vi*; rendere adatto
habitab|ilidad *f* abitabilità *inv* ◊ ***certificado de ~*** *m* autorizzazione di abitabilità (*f*); **~le** *adj* abitabile
habitación *f* stanza, camera; ***un piso de 3 ~ones*** *un appartamento di 3 stanze*; ***la ~ del hotel es pequeña*** *la camera dell'albergo/hotel è piccola*; abitazione ◊ ~ ***doble*** camera doppia; ~ ***individual*** camera singola
habitáculo *m* abitacolo
habitante *m/f* abitante
habitar *vt/i* abitare
hábitat *m biol* habitat *inv*
hábito *m* 1. abitudine *f*; 2. *relig* abito ◊ ***colgar los ~s*** abbandonare/lasciare l'abito; ***el ~ no hace el monje*** l'abito non fa il monaco; ***tomar el*** ~ prendere/vestire l'abito
habitua|ción *f med* assuefazione; **~l** *adj* abituale, solito, -a; **~r** ‹*habitúo*› V. 4 *vt* abituare; *med* assuefare, avvezzare
habla *f* parlata, linguaggio *m*, lingua; ***país de ~ española*** *paese di lingua spagnola*; *ling* paro-

le *inv* ◊ ***al*** ~ (*teléfono*) pronto; ***estar/ponerse al*** ~ mettersi in contatto; ***perder el*** ~ perdere la favella; ***quedarse sin*** ~ restare senza parole; **~da** *f Arg/Méx* pettegolezzo *m*; **~do, -a** *pp/adj* parlato, -a ◊ ***bien*** ~ corretto di linguaggio; ***mal*** ~ sboccato; **~dor, -a** *adj* chiacchierone, -a; *desp* pettegolo, -a; **~duría** *f* pettegolezzo *m*, chiacchiera; **~nte** *adj/s* parlante; **~r** *vt/i* parlare; ~ ***bien, mal, claro*** *parlare bene, male, chiaro*; chiacchierare *vi*, conversare *vi* ◊ ~ ***consigo mismo*** parlare da solo, parlare tra sé (e sé); ~ ***en cristiano*** parlare in modo comprensibile; ***dar que*** ~ far parlare; ***echar a*** ~ cominciare a parlare; ***mira quien habla*** da che pulpito viene la predica!; ***ni*** ~ neanche a parlarne; ***quien mucho habla mucho yerra*** chi molto parla, spesso falla

hablilla *f* pettegolezzo *m*, chiacchiera

hacedero, -a *adj* fattibile; **~or, -a** *adj* facitore, -trice ◊ ***el sumo*** *~ il sommo Fattore

hacendado, -a *adj/s* possidente terriero, -a, proprietario, -a terriero, -a; *Arg* latifondista; allevatore, -trice di bestiame *m*; **~ero, -a 1.** *adj* laborioso, -a; **2.** *m Am* proprietario; **~oso, -a** *adj* laborioso, -a, attivo, -a

hacer ‹*hago; haré; hice-hizo; hecho*› V. 26 **1.** *vt* fare; eseguire; produrre; costruire; contenere; (*tiempo*) compiere; **2.** *vi* fare; ~ ***de árbitro*** *fare l'arbitro, fare da arbitro*; ~ ***de malo*** *fare la parte del cattivo*; **3. ~se** diventare, divenire; ***~se médico*** *diventare medico*; risultare; farsi, rendersi; fare; ◊ ~ ***como que...*** far finta di...; ~ ***el amor*** fare (al)l'amore; ~ ***el caldo gordo a alg*** leccare q; ~ ***la cama a alg*** fare le scarpe a q; ~ ***la vida imposible a alg*** fare la vita impossibile a q; ~ ***lo que debe*** fare il proprio dovere; ~ ***por/para cercare di*** cercare di; ~ ***presente*** ricordare; ~ ***una buena*** farla bella; ~ ***una de las suyas*** farne delle sue; ~ ***y deshacer*** fare e disfare; ***~la*** farla; ***~se a*** abituarsi a; ***~se a la mar*** imbarcarsi; ***~se allá, atrás*** farsi più in là, indietro; ***~se con alg*** conquistare q; riuscire a trovare q; ***~se con u-c*** riuscire ad ottenere q; ***~se de nuevas*** far finta di non sapere; ***~se el gracioso, el interesante, el sueco*** fare lo spiritoso, l'interessante, l'indiano; ***~se encima*** farsela addosso; ***~se ilusiones*** illudersi; ***~se pis*** farsi la pipì (addosso); ***~se un lío*** confondersi; ***¡Qué le vamos a ~!*** Che possiamo fare/farci?; ***a medio*** ~ non finito, incompleto; ***dar que*** ~ dar da fare; ***hace poco*** poco fa; ***hace un mes que no le veo*** è da un mese che non lo vedo; ***te hacía en Barcelona*** ti credevo/facevo a Barcellona

hacha *f* 1. *tecn* ascia, scure; 2. torcia, fiaccola; cero *m* ◊ ~ ***de guerra*** ascia di guerra; ***arder el*** ~ scoppiare una lite, far baruffa; ***ser un*** ~ essere un asso; **~zo** *m* colpo d'ascia, asciata *f*; *econ* stangata *f*

hache *f* acca ◊ ***llámale*** ~ chiamalo come vuoi; ***por*** ~ ***o por be*** in un modo o nell'altro; **~mita** *adj/s* hascemita; **~ro** *m* 1. candelabro; 2. (*persona*) boscaiolo

hachís (*var.* **haschish**, **haxix**) *m* hashish *inv*, erba *f*

hachón *m* cero

hacia *prep* verso

hacienda *f* 1. podere *m*; 2. *com/jur* finanza; fortuna; 3. *Arg* bestiame *m* ◊ ~ ***pública*** finanza pubblica; ***Delegación de*** *~ *f* Intendenza di Finanza; ***Ministerio de*** *~ *m* Ministero delle Finanze

hacina *f* catasta; **~miento** *m* ammucchiamento, ammassamento; **~r** *vt* ammucchiare; accatastare

hackelar [χake'ar] *vt informát* hackerare; **~r** ['χaker] *m/f informát* hacker* *inv*

hada *f* fata ◊ ***cuento de ~s*** racconto di fate; **~o** *m mitol* fato, destino

hafnio *m quím* afnio

haga V. **hacer**

hagiografía *f* agiografia

hagiográfico, -a *adj* agiografico, -a

hago V. **hacer**

haiga *m coloq/hum* macchinone, macchina di lusso *f*

Haití *geogr* Haiti

haitiano, -a *adj/s* haitiano, -a

¡hala! *excl coloq* (*ánimo*) dai!, orsù!; (*molestia*) via! ◊ ***¡~, ~!*** avanti!, dai, dai!

halagador, -a *adj* lusinghiero, -a, lusingatore, -trice *adj/s*; **~ar** ‹*halagué*› *vt* lusingare; adulare, accarezzare; **~o** *m* lusinga *f*; adulazione *f*, carezza *f*; **~üeño, -a** *adj* lusinghiero, -a; attraente, seducente

halar *vt* 1. *nav* alare, tirare l'alzaia; 2. *Am* tirare

halcón *m zool* falco, falcone, falchetto

halconero *m* falconiere

halda *f* falda; **~da** *f* grembialata

¡hale! V. **¡hala!**

halibut *m zool* (*pez*) halibut *inv*, ippoglosso

hálito *m elev* alito, fiato, respiro; soffio

halitosis *f inv med* alitosi

hall [χol] *m* vestibolo, hall *f inv*; **~ar 1.** *vt* 1. trovare, incontrare, rinvenire, scoprire; 2. osservare; **2. ~se** stare *vi*; trovarsi ◊ ***bien*** ~ *coloq* ben trovato; **~azgo** *m* scoperta *f*, invenzione *f*; ritrovamento

halo *m* alone; *fig* aureola *f*

halófita *f bot* alofita; **~geno, -a** *adj/m* alogeno, -a

halterofilia *f sport* sollevamento pesi *m*; **~ílico, -a** *adj* pesistico, -a

hamaca *f* 1. amaca; *Arg/Ur/Guat* sedia a sdraio, sedia a dondolo; 2. (*niños*) sdraietta; **~r** ‹*hamaqué*› *vt Am* dondolare

hambre *f* fame ◊ ~ ***canina*** *med* fame canina; *fig* fame da lupi; ***juntarse el*** ~ ***con las ganas de comer*** Dio li fa e loro si accoppiano, coincidere due persone; ***más listo que el*** ~ un furbo di tre cotte; ***matar de*** ~ ammazzare di fame; ***muerto de*** ~ *tamb. fig* morto di fame; ***pasar*** ~ soffrire la fame; ***tiene un*** ~ ***que no ve*** ha una fame da morire; **~ar 1.** *vt* affamare; **2.** *vi* passar fame

hambriento, -a *adj* affamato, -a; *fig* bramoso, -a (**de** di)

hambru|na *f coloq* fame, il problema della fame *m*; **~sia** *f Méx coloq* fame

Hamburgo *geogr* Amburgo

hamburgués, -esa *adj/s* amburghese

hamburgues|a *f gastr* svizzera, hamburger* *m inv*; **~ería** *f* burghy* *m inv*; (*a la italiana*) paninoteca

hampl|a *f* malavita; **~esco, -a** *adj* malavitoso, -a; **~ón, -ona** *adj/s* malvivente

hámster ['χamster] *m zool* criceto, hamster *inv*

han V. **haber**

handicap ['χandikap] *m sport* handicap* *inv*, ostacolo

hangar *m aero* hangar* *inv*, aviorimessa *f*

Haníbal *m hist* Annibale

hanseático, -a [χanse'atiko] *adj* anseatico, -a

happening ['χapenin] *m* happening* *inv*

haraglán, -ana *adj/s* scansafatiche *inv*, fannullone, -a; **~anear** *vi* oziare; **~anería** *f* poltroneria, pigrizia

harapiento, -a *adj* straccione, -a, lacero, -a, cencioso, -a; **~o** *m* cencio, straccio, brandello

haraquiri (*var.* **harakiri**) *m* harakiri

haras *m Arg* rimonta dei cavalli *f*

hardware ['χarwer] *m informát* hardware* *inv*

haré V. **hacer**; **~n** (*var.* **harem**) *m* harem *inv*

haría V. **hacer**

harin|a *f* 1. *gastr* farina; 2. polvere; (*drogas*) polvere ◊ ***estar metido en ~*** essere già impegnato in qc; ***hacerse ~*** ridursi in poltiglia, spappolarsi; ***meterse en ~*** *coloq* impegnarsi a fondo in qc; ***ser ~ de otro costal*** essere un altro paio di maniche; **~ero, -a** *adj* da farina; **~oso, -a** *adj* farinoso, -a

harnero *m* setaccio, crivello

hart|ar 1. *vt* saziare; *fig* annoiare, stancare; **2. ~se** *coloq* saziarsi; *coloq/fig* stufarsi; **~azgo** *m* sazietà *f inv*; scorpacciata *f* ◊ ***darse un ~*** farsi una scorpacciata, farsi una grande mangiata; **~o, -a 1.** *adj* 1. sazio, -a, satollo, -a; 2. stufo, -a, stanco, -a; ***estar ~ de u-c*** *essere stufo di qc*; **2.** *adv* abbastanza; fin troppo; **~ura** *f* sazietà *inv*; abbondanza

has V. **haber**

hasta 1. *prep* fino (a), sino (a); ***~ las cinco*** *fino/sino alle cinque*; **2.** *adv* perfino, persino; ***~ te quiere*** *persino/perfino ti ama*; **3.** *conj* finché, fino a che ◊ ***~ luego*** arrivederci; a più tardi; ***~ mañana*** a domani

hastiar ‹*hastío*› V. 2 *vt* tediare, annoiare, infastidire

hastío *m* tedio, noia *f*, fastidio

hatajo (*var.* **atajo**) *m* branco; *coloq/desp* branco, mucchio

hatillo *m* fardello

hato *m* 1. fagotto, fardello; corredo; 2. (*animales*) gregge; 3. (*muchos*) mucchio; ***un ~ de mentiras*** *un mucchio di bugie*; branco; ***un ~ de sinvergüenzas*** *un branco di gentaglia* ◊ ***andar con el ~ a cuestas*** portarsi la casa addosso come le chiocciole; ***liar el ~*** fare fagotto; ***menear el ~ a alg*** dare una bastonata a q

haxix V. **hachís**

hay V. **haber**; **~a** *f* 1. *bot* faggio *m*; 2. V. **haber**

Haya: La ~ *geogr* L'Aia

hayedo (*var.* **hayal**) *m bot* faggeto

hayuco *m bot* faggina *f*, faggiola *f*

haz (*pl* **haces**) **1.** *m* 1. fascio; 2. *mil* drappello; **2.** *f* 1. *elev* viso *m*, volto *m*; 2. superficie *f*; **3.** *mpl pol/hist* fasci littori; **4.** V. **hacer**; **~aña** *f* prodezza, gesta *fpl*, impresa eroica; **~merreír** *m* zimbello

HB (*Herri Batasuna*) *abr/m* = "Partito radicale nazionalista basco"

he 1. *v/def elev* ecco *adv*; ***heme aquí*** *eccomi qui*; ***hele aquí*** *eccolo qui*; **2.** V. **hacer**

heavy ['χebi] **1.** *adj mús* heavy*; ***heavy metal*** *heavy metal*; **2.** *m/f* metallaro, -a

hebdomadario *m elev* ebdomadario, settimanale

hebilla *f* fibbia

hebra *f* fibra; filo *m*; *bot* pistillo *m* ◊ ***pegar la ~*** attaccare bottone; ***perder la ~*** perdere il filo del discorso; **~ico, -a** *adj* ebraico, -a, israelita, giudeo, -a; **~ísmo** *m* ebraismo; **~ísta** *m/f* ebraista

hebreo, -a 1. *adj/s* ebreo, -a, israelita, giudeo, -a; **2.** *m* 1. lingua ebraica *f*, ebraico; 2. *desp* usuraio

hebroso, -a *adj* fibroso, -a

hecatombe *f elev* ecatombe; carneficina

hechicer|ía *f* fattucchieria, stregoneria; **~o, -a 1.** *adj* attraente, affascinante, ammaliatore, -trice, maliardo, -a; **2.** *m/f* fattucchiere, -a, stregone, -a, mago, -a

hechiz|ar ‹*hechicé*› *vt* stregare; *fig* stregare, ammaliare, incantare, sedurre; **~o, -a 1.** *m* 1. incantesimo, malia *f*, sortilegio, stregoneria *f*; 2. filtro magico, fattura *f*; *fig* fascino; **2.** *adj raro* posticcio, -a, finto, -a

hecho, -a 1. *m* fatto, azione *f*, atto; cosa *f*; ***~s consumados*** *cose fatte*; **2.** *adj* fatto, -a, maturo, -a; ***bien, mal ~*** *ben, mal fatto* ◊ ***~ de armas*** fatto d'arme; ***¡Bien ~!*** Ben fatto!; ***¡eso está ~!*** è cosa fatta!; ***a lo ~ pecho*** il fatto è fatto; ***de ~*** difatti, infatti; ***el ~ es que*** il fatto sta che/il fatto è che; ***está ~ un demonio, un león*** è diventato/sembra un demonio, un leone; ***estar ~ a todo*** adattarsi a tutto; ***hombre ~*** uomo fatto; ***ropa ~a*** roba confezionata; ***ya está ~*** è fatta!

hechura *f* fattura, lavorazione; confezione; forma, opera

hectárea *f* ettaro *m*

hecto|gramo *m* ettogrammo; **~litro** *m* ettolitro

hectómetro *m* ettometro

heder ‹*hiedo*› V. 6 *vi* puzzare; *fig* stancare, seccare

hediondo, -a *adj* puzzolente, fetido, -a, fetente; *fig* noioso, -a, seccante; *desp/fig* ripugnante, schifoso, -a

hedon|ismo *m filos* edonismo; **~ista** *m/f filos* edonista; **~ístico, -a** *adj* edonistico, -a
hedor *m* fetore, puzza *f*
hegem|onía *f* egemonia; **~ónico, -a** *adj* egemonico, -a; **~onismo** *m* egemonismo; **~onizar** ‹*hegemonicé*› *vt* egemonizzare
hégira (*var.* **héjira**) *f* egira
helada *f meteo* gelata ◊ ***caer una ~*** *meteo* fare una gelata
helader|a *f* 1. *Arg* ghiacciaia; 2. (*helados*) gelatiera; **~ía** *f* gelateria; **~o, -a 1.** *m/f* gelataio, -a; **2.** *m Am* frigorifero, frigo
heladizo, -a *adj* facile a gelarsi
helado, -a 1. *m* gelato; **~ *de corte*** *pezzi duri, gelato al taglio*; **~ *de crema*** *gelato al cucchiaio*; **2.** *adj* gelato, -a, ghiacciato, -a, gelido, -a; *fig* attonito, -a, gelato, -a ◊ ***dejar ~*** *fig* lasciare di stucco; **~ra** *f* gelatiera
helanca® *f* filanca
helar ‹*hielo*› V. 5a *vt* gelare, ghiacciare; congelare
helech|al *m bot* felceta *f*; **~o** *m bot* felce *f*
helénico, -a *adj/s* ellenico, -a, greco, -a
helenio *m bot* elenio
helenis|mo *m* ellenismo; **~ta** *m/f* ellenista, grecista
helenístico, -a *adj* ellenistico, -a
heleniz|ante *adj* ellenizzante; **~ar** ‹*helenicé*› *vt* ellenizzare
heleno, -a *adj/s* elleno, -a
hélice *f nav/aero* elica, elice
helicoid|al *adj* elicoidale; **~e 1.** *adj bot* elicoide; **2.** *m mat* elicoide
Helicón *m mitol/geogr* Elicona *f*
helicón *m mús* elicone
helicóptero *m aero* elicottero
helio *m quím* elio; **~céntrico, -a** *adj astron* eliocentrico, -a; **~grabado** *m impr* eliografia *f*, elioincisione *f*; **~grafía** *f impr* eliografia; **~scopio** *m astron* elioscopio
helióstato *m fís* eliostato
helioterapia *f med* elioterapia
heliotro|pina *f quím* eliotropina; **~po** (*var.* **heliótropo**) *m bot* eliotropio
helipuerto *m aero* eliporto, eliscalo
helor *m* gelo
helvético, -a *adj/s* elvetico, -a
hemático, -a *adj med* ematico, -a
hematíes *mpl med* emazie *fpl*
hematocrito *m med* ematocrito
hematólogo, -a *m/f med* ematologo, -a
hematoma *m med* ematoma
hematuria *f med* ematuria
hembr|a *f* 1. *zool* femmina; 2. donna; *irón/coloq* femmina; **~ero, -a** *adj* chi fa solo figlie femmine; **~illa** *f tecn* femminella
hemeroteca *f* emeroteca
hemiciclo *m* emiciclo
hemipl|ejía (*var.* **hemiplejia**) *f med* emiplegia; **~éjico, -a** *adj/s med* emiplegico, -a
hemisf|érico, -a *adj* emisferico, -a; **~erio** *m* emisfero
hemistiquio *m lit* emistichio
hemocultivo *m med* emocoltura *f*, emocultura *f*
hemodiálisis *f inv med* emodialisi
hemof|ilia *f med* emofilia; **~ílico, -a** *adj/s med* emofiliaco, -a
hemoglobina *f biol* emoglobina
hemorr|agia *f med* emorragia ◊ **~ *cerebral*** emorragia cerebrale; **~oide** *f(pl) med* emorroide
hemos V. **haber**; **~tático, -a** *adj med* emostatico, -a
hemotórax *m med* emotorace
henal *m* fienile
henchir ‹*hincho; hinchió; hinchiendo*› V. 12 *vi* riempire; gonfiare
hender ‹*hiendo*› V. 6 *vt* fendere, spaccare; attraversare, aprirsi passo
hendíadis (*var.* **endíadis**) *f inv ling* endiadi
hendidura *f* fenditura, apertura, spaccatura, fessura
henequén *m* agave tessile
henna [ˈχena] (*var.* **hena**) *f bot* (*tinte*) henna *inv*
heno *m* fieno
heparina *f med* eparina
hepátic|a *f bot* epatica; **~o, -a** *adj* epatico, -a
hepatitis *f inv med* epatite *f*
hepta|edro *m* eptaedro, ettaedro; **~gonal** *adj* ettagonale; **~sílabo, -a** *adj/m* eptasillabo, -a, settenario, -a; **~teuco** *m relig* eptateuco
heráldic|a *f* araldica; **~o, -a** *adj* araldico, -a
heraldo *m* araldo
herb|áceo, -a *adj* erbaceo, -a; **~aje 1.** *m* foraggio; **2.** *mpl* erbaggi; **~ario, -a** *adj/m* erbario, -a; **~icida** *adj/m quím* erbicida; **~ívoro, -a** *adj/s* erbivoro, -a; **~olario 1.** *m/f* (*persona*) erborista; **2.** *m* erbario; (*tienda*) erboristeria *f*; **~oristería** *f* erboristeria; **~oso, -a** *adj* erboso, -a
hercúleo, -a *adj* erculeo, -a
Hércules *m* Ercole
hered|ad *f* azienda agricola, podere *m*; **~ado, -a** *adj/s jur* possidente, erede; **~ar** *vt* ereditare; **~ero, -a** *adj/s* erede; **~itario, -a** *adj* ereditario, -a
herej|e *m/f tamb. fig* eretico, -a; **~ía** *f relig tamb. fig* eresia
herencia *f* eredità *inv* ◊ ***adir la ~*** adire un'eredità; ***repudiar la ~*** rifiutare un'eredità
heresiarca *m* eresiarca
herético, -a *adj* eretico, -a
herid|a *f* ferita; *fig* ferita, offesa, oltraggio *m* ◊ ***respirar por la ~*** essere risentito; ***tocarle (a alg) en la ~*** mettere il dito nella piaga; **~o, -a** *adj/s* ferito, -a; **~or, -a** *m/f* feritore, -trice
herimiento *m raro* ferimento
herir ‹*hiero; hirió; hiriendo*› V. 10 *vt* ferire; (*la vista*) colpire, offendere; *ling* cadere; *mús* suonare ◊ **~ *de muerte*** ferire a morte
hermafrodi|ta *adj/s* ermafrodito, -a; **~tismo** *m* ermafroditismo
herman|amiento *m* (*localidades*) gemellaggio; **~ar** *vt* (*localidades*) gemellare; accordare, unire; **~astro, -a** *m/f* fratellastro *m*, sorellastra *f*; **~dad** *f*

1. fratellanza, fraternità *inv*; 2. associazione, corpo *m*, arte (*hist*); *relig* congregazione, confraternita; **~o, -a** *m/f* 1. fratello *m* (!), sorella *f* (!); 2. *relig* frate *m* (!), suora *f* (!) ◊ ***~, -a de leche*** fratello, sorella di latte; ***~o, -a político, -a*** cognato, -a; ***primo, -a ~, -a*** cugino, -a (di primo grado); ***ser alg una hermanita de la caridad*** *irón/coloq* essere uno spirito caritatevole

hermenéutica *f* ermeneutica

hermético, -a *adj* ermetico, -a; *fig* chiuso, -a, impenetrabile

hermetismo *m* ermetismo; *fig* oscurità *f inv*, ermetismo

hermoslear *vt* abbellire; **~o, -a** *adj* 1. bello, -a; leggiadro, -a, avvenente; 2. *coloq* bello, -a grande; **~ote, -a** *adj* belloccio, -a; **~ura** *f* bellezza; avvenenza, grazia

hernia *f med* ernia ◊ ***~ discal/de disco*** ernia del disco; **~do, -a** *adj* erniato, -a; **~rio, -a** *adj* erniario, -a; **~rse** venire un'ernia *vi* ◊ ***no vayas a herniarte*** *coloq/irón* che non ti venga un'ernia, non ti sforzare troppo

héroe *m* eroe; *fig* protagonista

heroiclidad *f* eroicità *inv*; **~o, -a** *adj* eroico, -a

heroína *f* 1. eroina; *fig* protagonista; 2. (*droga*) eroina

heroinómano, -a *adj/s* eroinomane

heroísmo *m* eroismo, valore, prodezza *f*

herpels *m inv med* herpes, erpete ◊ ***~ zóster*** herpes zoster; **~tismo** *m med* erpetismo; **~tología** *f zool* erpetologia

herraldlor *m* maniscalco; **~dura** *f* ferro di cavallo *m* ◊ ***arco de ~*** *m arq* arco moresco, arco a ferro di cavallo; ***mostrar las ~s*** *coloq* darsela a gambe; tirare calci; **~je** *m* guarnizioni di ferro *fpl*; ferramenti *mpl*, attrezzi *mpl*; **~mienta** *f* 1. ferri del mestiere *mpl*, utensili *mpl*; 2. *euf* arma; 3. *euf* (*sexo*) arnese *m*; 4. ◊ ***barra de ~*** *informát* barra degli strumenti; **~r** ‹*hierro*› V. 5a *vt* ferrare

herrelra *f zool* (*pez*) mormora; **~ría** *f* 1. fucina del fabbro; 2. mestiere del fabbro *m*; **~rillo** *m zool* (*pájaro*) cinciallegra *f*; **~ro** *m* fabbro ferraio; **~te** *m* ferretto; punta metallica (delle stringhe) *f*

herrumbrle *f* 1. ruggine; 2. sapore ferruginoso *m*; **~oso, -a** *adj* rugginoso, -a

hertz ['erθ] (*var.* **hertzio, hercio**) *m fís* hertz* *inv*

hervildero *m* gorgoglio; *fig* brulichio, il pullulare; **~do, -a 1.** *m gastr* verdura lessa *f*; **2.** *adj* bollito, -a, lesso, -a; **~dor** *m* bollitore; **~r** ‹*hiervo; hirvió; hirviendo*› V. 10 **1.** *vt* far bollire, bollire; **2.** *vi* bollire; *fig* fervere, ardere; abbondare ◊ ***~ la sangre*** fremere; ***romper a ~*** cominciare a bollire

hervor *m* bollore; ardore, fervore, focosità *f inv* ◊ ***dar un ~*** bollire brevemente; ***faltarle a alg un ~*** mancare a q una rotella; ***levantar el ~*** cominciare a bollire

hesperidio *m bot* esperidio

hetaira *f elev* prostituta; *hist* cortigiana

heterolcigoto, -a *adj* eterozigote; **~doxia** *f* eterodossia; **~doxo, -a** *adj* eterodosso, -a; **~gameto** *m biol* eterogamete (!); **~geneidad** *f* eterogeneità *inv*; **~géneo, -a** *adj* eterogeneo, -a; **~nimia** *f ling* eteronimia

heterónimo *m ling* eteronimo

heteroplastia *f med* eteroplastica

heterosexual *adj/s* eterosessuale; **~idad** *f* eterosessualità *inv*

heterotaxia *f biol* eterotassia

heterotrófico, -a *adj biol* eterotrofico, -a

hético, -a *adj med tamb. fig* tisico, -a, etico, -a

hexalcordo (*var.* **hexacordio**) *m mús* esacordo; **~edro** *m geom* esaedro; **~gonal** *adj* esagonale

hexálgono *m* esagono; **~metro** *m lit* esametro

hexavalente *adj quím* esavalente

hez (*pl* **heces**) **1.** *f* feccia, posatura; **2.** *fpl* feci, escrementi *mpl* ◊ ***hasta las ~s*** fino in fondo

Hg (*Hectogramo*) *abr* hg (Ettogrammo)

hiatlal *adj med* iatale; **~o** *m ling/med* iato ◊ ***hernia de ~*** ernia iatale

hibernlación *f cient* ibernazione; **~ar** *vt/i* ibernare

hibiscus *m inv bot* ibisco

hibridación *f bot* ibridazione

híbrido, -a *adj* ibrido, -a

hibridoma *m biol* ibridoma

hice, hiciera V. **hacer**

hidallgo 1. *m* hidalgo/idalgo, cavaliere, nobiluomo, gentiluomo; **2.** *adj* nobile; **~guía** *f* nobiltà *inv*; magnanimità *inv*, generosità *inv*

hidra *f tamb. fig* idra

hidrácido *m quím* idracido

hidracina *f quím* idracina

hidratlación *f* idratazione; **~ante** *adj* idratante; **~ar** *vt* idratare; **~o** *adj/m quím* idrato ◊ ***~ de carbono*** carboidrato

hidráulicla *f* idraulica; **~o, -a** *adj* idraulico, -a

hídrico, -a *adj* idrico, -a

hidrolavión *m aero* idrovolante; **~biología** *f biol* idrobiologia; **~carburo** *m quím* idrocarburo; **~cefalia** *f med* idrocefalia; **~cele** *m med* idrocele; **~cultura** *f bot* idrocoltura, idrocultura; **~dinámica** *f mec* idrodinamica; **~dinámico, -a** *adj mec* idrodinamico, -a; **~eléctrico, -a** *adj electr* idroelettrico, -a

hidrófilo, -a *adj* idrofilo, -a

hidrofobia *f* 1. idrofobia, idrorepellenza; 2. *med* rabbia, idrofobia

hidrófobo, -a *adj* 1. idrofobo, -a; 2. rabbioso, -a, idrofobo, -a

hidrofoil *m* aliscafo

hidrófugo, -a *adj* idrofugo, -a, idrorepellente

hidrogenar *vt* idrogenare

hidrógeno *m* idrogeno

hidrografía *f geogr* idrografia

hidrolasa *f biol/quím* idrolasi

hidrólisis *f inv quím* idrolisi

hidromasaje *m* idromassaggio

hidromel (*var.* **hidromiel**) *m* idromele

hidrómetro *m fís* idrometro

hidropesía *f med* idropisia
hidroplano *m* idroplano, aliscafo
hidroquinona *f quím* idrochinone *m*
hidrosfera *f* idrosfera
hidrosoluble *adj* idrosolubile
hidrostático, -a 1. *adj* idrostatico, -a; **2.** *f mec* idrostatica
hidroterapia *f med* idroterapia
hidróxido *m quím* idrossido
hiedo V. **heder**
hiedra (*var.* **yedra**) *f bot* edera
hiel *f* 1. fiele *m*, bile; 2. *fig* amarezza, dispiacere *m* ◊ ***echar (sudar) la ~*** sudar sangue; ***no tener ~*** non avere fiele; **~o** *m* ghiaccio; ***cubito de ~*** *cubetto di ghiaccio*; ***el ~ de la nevera*** *il ghiaccio del frigorifero*; *meteo tamb. fig* gelo; *fig* freddezza *f* ◊ ***~ seco*** ghiaccio secco, neve carbonica; ***de ~*** *tamb. fig* di ghiaccio; ***romper el ~*** rompere il ghiaccio
hiena *f zool tamb. fig* iena
hiendo V. **hender**
hierático, -a 1. *adj* ieratico, -a; solenne, grave; **2.** *m* (*escritura*) ieratico
hierba (*var.* **yerba**) **1.** *f bot* erba; **2.** *fpl* 1. filtro *m*, pozione *f*; 2. (*animales*) anni *mpl* ◊ ***en ~*** in erba; ***mala ~*** malerba; ***mala ~ nunca muere*** l'erba grama non muore mai; ***segarle (a alg) la ~ bajo lo pies/segar la ~ bajo lo pies (de alg)*** fare le scarpe a q; ***ver/sentir crecer la ~*** fiutare qc, essere perspicace; **~buena** *f bot/gastr* menta; **~jo** *m desp* erbaccia *f*; **~luisa** (*var.* **yerbaluisa**) *f* limoncina, cedronella
hiero V. **herir**
hierro 1. *m* 1. *quím tamb. fig* ferro; 2. marca a fuoco *f*; 3. *euf* (*arma*) spada *f*; **2.** *mpl* ferri ◊ ***~ colado/fundido*** ferro fuso, ghisa; ***~ dulce, forjado...*** ferro dolce, battuto...; ***machacar en ~ frío*** sforzarsi invano; ***quien a ~ mata, a ~ muere*** chi di spada ferisce, di spada perisce; ***quitar ~*** gettare/buttare acqua sul fuoco
hiervo V. **hervir**
hi-fi (*Alta fidelidad*) *abr/f* hi-fi (*Alta Fedeltà*)
higa *f* 1. ="gesto infantile fatto con il pugno come amuleto" *m*; 2. fiche *fpl* (*ant*), gesto volgare fatto con il pollice tra l'indice e il medio *m* ◊ ***no importarle (a alg u-c) una ~*** non importare (a q qc) un fico secco; **~dillo** *m gastr* (*pollo, conejo,...*) fegatino
hígado *m med/gastr* fegato ◊ ***echar los ~s*** sudar sangue; ***ser alg un ~*** *Méx* essere un rompipalle; ***tener ~*** aver fegato
higiene *f* igiene
higiénico, -a *adj* igienico, -a
higienista *m/f* igienista
higienizar ‹*higienicé*› *vt* rendere igienico; (*lugar*) risanare, bonificare
higo *m bot* fico ◊ ***~ chumbo*** fico d'India; ***de ~s a brevas*** a ogni morte di papa; ***hecho un ~*** malridotto, malconcio; ***me importa un ~/no se me da un ~*** non me ne importa un fico (secco)
higrómetro *m* igrometro
higrosclópico, -a *adj fís* igroscopico, -a; **~opio** *m fís* igroscopio
higuera *f* (*árbol*) fico *m* ◊ ***estar en la ~*** vivere nelle nuvole
hijastro, -a *m/f* figliastro, -a
hijo, -a *m/f* 1. figlio, -a; 2. (*apreciativo*) figliolo, -a ◊ ****~o del Hombre*** Figlio dell'Uomo; ***~a política*** nuora; ***~o político*** genero; ***~o, -a de papá*** *desp* figlio, -a di papà; ***~o, -a de perra/de (la gran) puta/de la (gran) chingada*** *vulg* figlio, -a di un cane/di puttana; ***~o, -a de su madre/de su padre*** *coloq* figlio, -a di sua madre/di suo padre; ***¡Cuidado ~o, -a!*** Attenzione figlio mio/figlia mia!; ***cualquier ~ de vecino*** *coloq* qualsiasi persona; ***el ~ de mi madre (o de mi padre)*** *coloq* chi parla, cioè io; **~puta** (*f* **hijaputa**) *m/f vulg* figlio, -a di puttana
hijuela *f* derivazione; ramificazione; *jur* porzione ereditaria; **~o** *m bot* rampollo
hila 1. *f raro* fila; **2.** *fpl* filaccia *f* ◊ ***irse a la ~*** mettersi in fila; **~cha** (*var.* **hilacho** *m*) *f desp* filaccia
hilad|a *f* fila, linea; **~o, -a** *adj/m* filato, -a; **~or, -a 1.** *m/f* filatore *m*, filatrice *f*; **2.** *f mec* filatrice
hilander|a *f* filandaia; **~ía** *f* filanda; **~o** *m/f* filandiere *m*, filandaia *f*
hilar *vt* filare; *fig* ragionare ◊ ***~ fino/delgado*** *fig* essere meticoloso; **~ante** *adj* esilarante, ilare; **~idad** *f elev* ilarità *inv*
hilatura *f* filatura
hilaza *f* filaccia ◊ ***descubrir la ~*** mostrare la corda
hilera *f* fila, linea
hilo *m* filo ◊ ***~ bramante/de empalomar*** spago; ***~ musical*** filodiffusione; ***al ~ de*** in rapporto a; di fronte; dritto; ***estar pendiente de un ~*** essere attaccato a un filo; ***perder el ~*** perdere il filo del discorso; ***un ~ de voz un filo di voce***
hilv|án *m* 1. imbastitura *f*; 2. filo per imbastire; **~anar** *vt* imbastire; *fig* abbozzare
himalayo, -a *adj/s* himalaiano, -a, himalayano, -a
himen (*pl* **hímenes**) *m med* imene; **~eo** *m elev* imeneo; **~óptero** *adj/m zool* imenottero
himno *m* inno; **~dia** *f mús/relig* innodia
hincalpié *m* appoggio sul piede ◊ ***hacer ~ en u-c*** insistere su qc, mettere in risalto qc; **~r** ‹*hinqué*› **1.** *vt* conficcare, ficcare; **2. ~se** ficcarsi, conficcarsi ◊ ***~ el diente*** addentare; ***~la*** *coloq* lavorare; *coloq* crepare; *coloq* cedere; ***~se de rodillas*** inginocchiarsi, mettersi in ginocchio
hincha 1. *m/f sport* tifoso, -a; fan *inv*, appassionato, -a; **2.** *f* antipatia, odio *m*; **~ble** *adj* gonfiabile; ***colchoneta ~*** *materassino gonfiabile*; pneumatico, -a; ***lancha ~*** *canotto pneumatico*; **~da** *f* tifosi *mpl*, tifoseria; *Am* fan *mpl*; **~do, -a** *adj* gonfio, -a, ampolloso, -a (*elev*); presuntuoso, -a, borioso, -a; **~huevos** *m Arg vulg* rompicoglioni, rompipalle; **~pelotas** *m/f inv Am euf/vulg* rompipalle; **~r 1.** *vt* 1. gonfiare; 2. *fig* esagerare; **2. ~se** 1. gonfiarsi, tumefarsi; 2. insuperbire *vi*; **~zón** *f* 1. *med* gonfiore *m*; *tecn* rigonfiamento *m*; 2. *fig* gonfiezza; vanità *inv*, boria

hindú *adj/s* 1. (*India*) indiano, -a; 2. *relig* indù
hinduismo *m relig* induismo
hiniesta *f bot* ginestra
hinojo *m* 1. *bot* finocchio; 2. *ant* ginocchio ◊ ***postrarse de ~s*** *ant* inginocchiarsi
hiogloso, -a *adj med* ioglosso, -a
hioideo, -a *adj* ioide, ioideo, -a
hipálage *f lit* ipallage
hipar *vi* 1. avere il singhiozzo; 2. singhiozzare
híper *m coloq* iper, ipermercato
hiperactivo, -a *adj/s* iperattivo, -a
hipérb|aton *m inv lit* iperbato; **~ola** *f mat* iperbole; **~ole** *f lit* iperbole
hiperbólico, -a *adj* iperbolico, -a
hipercalórico, -a *adj* ipercalorico, -a
hipercolesterolemia *f med* ipercolesterolemia
hiperexplotado V. **superexplotado**
hiperglucemia *f med* iperglicemia
hipermercado *m* ipermercato
hipermétrope *adj/s med* ipermetrope
hipermetropía *f med* ipermetropia
hiperónimo *m ling* iperonimo
hiperovulación *f med* iperovulazione
hiperplasia *f med* iperplasia
hiperprotegido, -a *adj* iperprotetto, -a
hipersensible *adj* ipersensibile
hipertens|ión *f med* ipertensione; **~o, -a** *adj/s* iperteso, -a
hipertexto *m informát* ipertesto
hipertrofia *f biol* ipertrofia; **~rse** *biol* ipertrofizzarsi
hípic|a *f* ippica, equitazione; **~o, -a** *adj* ippico, -a
hipi|do *m* singhiozzo; singulto; **~smo** *m sport* ippica *f*
hipn|osis *f inv med* ipnosi; **~ótico, -a** *adj/m* ipnotico, -a; **~otismo** *m* ipnotismo; **~otización** *f* ipnotizzazione; **~otizador, -a** *m/f* ipnotizzatore, -trice; **~otizar** ‹*hipnoticé*› *vt* ipnotizzare
hipo *m med* singhiozzo ◊ ***u-c que quita el ~*** qc da far spavento; ***quitar el ~*** spaventare; stupire; ***tener ~ con alg*** sentire antipatia per q
hipocalórico, -a *adj* ipocalorico, -a
hipocampo *m zool/med* ippocampo
hipocondría *f* ipocondria; **~co, -a** (*var.* **hipocondriaco, -a**) *adj/s* ipocondriaco, -a
hipocóndrico, -a *adj* ipocondrico, -a
hipocorístico, -a *adj/m ling* ipocoristico, -a
hipocrático, -a *adj* ippocratico, -a
hipocresía *f* ipocrisia
hipócrita *adj/s* ipocrita
hipodérmico, -a *adj med* ipodermico, -a
hipódromo *m* ippodromo
hipófisis *f inv med* ipofisi
hipogeo *m* ipogeo
hipoglucemia *f med* ipoglicemia
hipogrifo *m mitol* ippogrifo
hipopótamo *m zool* ippopotamo
hipóstasis *f inv lit* ipostasi
hipotálamo *m med* ipotalamo
hipoteca *f* ipoteca, mutuo *m*; **~r** ‹*hipotequé*› *vt* ipotecare; **~rio, -a** *adj* ipotecario, -a ◊ ***crédito ~*** *banc* mutuo ipotecario
hipotens|ión *f med* ipotensione; **~o, -a** *adj/s med* ipoteso, -a
hipotenusa *f geom* ipotenusa
hipótesis *f inv* ipotesi
hipotético, -a *adj* ipotetico, -a
hipotonía *f med* ipotonia
hippy [ˈχipi] (*var.* **hippie**) *adj/s* hippie* *inv*, hippy* *inv*
hiriente *adj* pungente; offensivo, -a
hirió V. **herir**
hirsuto, -a *adj tamb. fig* irsuto, -a
hirviente *adj* bollente
hirvió V. **hervir**
hisopear (*var.* **hisopar**) *vt* aspergere; **~o** *m* 1. *bot* issopo; 2. *relig* aspersorio
hispalense *adj/s* ispalense, sivigliano, -a
hispánico, -a *adj* ispanico, -a, spagnolo, -a
hispan|idad *f* ispanità *inv*; **~ismo** *m* ispanismo; **~ista** *m/f* ispanista; **~ística** *f* ispanistica; **~o, -a 1.** *adj/s* ispano, -a, spagnolo, -a; (*de habla española*) ispano-americano; **2.** *adj* ispanico, -a
Hispanoamérica *f* 1. (*general*) America Latina; 2. (*de habla española*) Ispanoamerica
hispanoamericano, -a *adj/s* 1. (*general*) latinoamericano, -a; 2. (*de habla española*) ispanoamericano, -a
hispanohablante *adj/s* ispanofono, -a
híspido, -a *adj* ispido, -a, irsuto, -a
histerectomía *f med* isterectomia
histeria *f* isteria, isterismo *m*
histérico, -a *adj* isterico, -a
histerismo *m* isterismo
histología *f med* istologia
historia *f* 1. *cient* storia; ***~ medieval, moderna, sagrada...*** *storia medioevale, moderna, sacra...*; 2. storia; favola; frottola ◊ ***dejarse de ~s*** smetterla con queste storie; ***haber pasado (u-c) a la ~*** essere (una cosa) già morta e sepolta; ***~ clínica*** cartella clinica; ***la ~ de siempre*** la solita storia; ***pasar a la ~*** passare alla storia; **~dor, -a** *m/f* storico, -a, storiografo, -a; **~l** *m* storia *f*; curriculum *inv*; resoconto ◊ ***~ médico*** cartella clinica; **~r** ‹*historio/historío*› V. 2 *vt* istoriare, adornare; narrare la storia
histórico, -a *adj* storico, -a; reale
historieta *f* racconto a fumetti *m*; storiella
historio|grafía *f* storiografia; **~gráfico, -a** *adj* storiografico, -a
historiógrafo, -a *m/f* storiografo, -a, storico, -a
histrión, -ona *m/f lit* istrione, -essa; buffone, -a; **~ico, -a** *adj* istrionico, -a, istrionesco, -a
hitita *adj/s* ittita
hitleriano, -a [ˈχitlerjano] *adj hist* hitleriano, -a
hito, -a 1. *m tamb. fig* pietra miliare *f*; ***ser un ~ en la historia de la canción*** *essere la pietra miliare nella storia della canzone*; cippo, pilastro; **2.** *adj* contiguo, -a, attiguo, -a ◊ ***a ~/de ~/ de ~ en ~*** fissamente; ***dar en el ~*** cogliere nel segno; ***jugar a dos ~s*** *fig* tenere il piede in due staffe
hizo V. **hacer**

Hl (*Hectolitro*) *abr* hl (Ettolitro)
Hnos (*Hermanos*) *abr* F.lli (Fratelli)
hobby ['χobi] *m* hobby* *inv*, passatempo
hocico *m zool tamb. fig* muso; ceffo, grugno ◊ ***caer (darse) de ~s*** cadere bocconi; sbattere col muso a terra; ***meter el ~*** ficcare il naso; ***torcer el ~*** torcere il muso
hocino *m agric* roncola *f*
hockey ['χokej] *m sport* hockey* *inv* ◊ ***~ sobre hielo*** hockey su ghiaccio; ***~ sobre hierba*** hockey su prato; ***~ sobre patines/ruedas*** hockey su pista/a rotelle
hogaño *adv elev* quest'anno (*estánd*), attualmente (*estánd*)
hogar *m* focolare, camino; *fig* casa *f*, focolare; famiglia *f*; **~eño, -a** *adj* amante della casa e della famiglia
hogaza *f* focaccia; ="pane a forma di focaccia tipo pane toscano" *m*
hoguera *f* 1. falò *m inv*, fiammata; 2. rogo *m*; ***morir en la ~*** *morire sul rogo*
hoja *f bot* foglia; (*flor*) petalo *m*; (*papel*) foglio *m*; (*metal*) lamina; (*pasta*) sfoglia; (*cuchillo*) lama; (*puerta, ventana...*) imposta, anta ◊ ***~ de afeitar*** lametta da barba; ***~ de servicios*** *adm* foglio di servizio; ***~ volante*** foglio volante; ***~ de vida*** *Am* curriculum vitae; ***no hay vuelta de ~*** non c'è dubbio alcuno; ***pasar la ~ de un libro*** sfogliare il libro, girare il foglio del libro; ***volver la ~*** girare pagina; **~lata** *f* latta stagnata; **~latería** *f* lattoneria; **~latero** *m* lattoniere, stagnino; **~ldre** *m* pasta sfoglia *f*; sfogliata *f*; **~rasca** *f* 1. *bot* fogliame caduto *m*; 2. *desp/fig* ciarpame *m*, ciarpume *m*
hoje|ada *f* sfogliata, scorsa ◊ ***echar una hojeada*** dare una sfogliata; **~ar** *vt* (*libro...*) sfogliare
hojuela *f bot* fogliuzza; *gastr* crespella; *metal* squametta ◊ ***miel sobre ~s*** *coloq/fig* meglio ancora
¡hola! *excl* 1. (*saludo*) ciao!, salve!; 2. (*sorpresa*) oh, perbacco!
Holanda *f geogr* Olanda ◊ ***tela de ~*** *f* tela d'Olanda, olandina, fiandra
holandés, -esa *adj/s* olandese
holandilla *f* tela da fodere
holding ['χoldin] *m com* finanziaria *f*, holding* *f inv*
holga|do, -a *adj* ampio, -a, largo, -a, comodo, -a ◊ ***estar ~ de tiempo*** avere abbastanza tempo, avanzare tempo a q; ***vida ~a*** vita agiata; **~nza** *f* ozio *m*, riposo *m*; **~r** ‹*huelgo; holgué*› V. 8a *vi* 1. oziare, riposare; 2. essere superfluo, essere inutile; ***huelga decir que...*** *è superfluo dire che...*; **~zán, -ana** *adj/s* poltrone, -a, pigro, -a, fannullone, -a; **~zanear** *vi* oziare; **~zanería** *f* poltroneria, pigrizia
holgorio *m elev* baldoria *f*
holgura *f* 1. ampiezza, larghezza; 2. comodità *inv*, agiatezza; 3. ="vuoto fra oggetti" *m*
holístico, -a *adj biol* olistico, -a
hol|lar ‹*huello*› V. 8a *vt* calcare; pestare, pigiare; *fig* schiacciare; **~ejo** *m* buccia *f*; **~ín** *m* fuliggine *f*

hollywoodiense [χolibu'djano] (*var.* **hollywoodiano, -a**) *adj/s* hollywoodiano, -a*
holocausto *m elev* olocausto
holoceno *m geol* olocene (!)
hologra|fía *f fís/foto* olografia; **~ma** *m fís/foto* ologramma
holoturia *f zool* oloturia
holter ['χolter] *m med* holter* *inv*
hombre *m* 1. uomo; 2. *coloq* marito ◊ ***~ de bien*** uomo per bene; ***~ de negocios*** uomo d'affari; ***~ hecho y derecho/todo un ~*** un uomo vero e proprio; ***~ prevenido vale por dos*** uomo avvisato mezzo salvato; ***¡~ al agua!*** Uomo a/in mare!; ***¡~!*** oh!; ***¡~, si quieres...!*** Insomma, se vuoi...!, se vuoi...!; ***¡Anda, ~!*** Ma fammi il favore!, ma va'!; ***¡Pero, ~!*** Ma, insomma!; ***de ~ a ~*** fra di noi (dos hombres); ***buen ~*** brav'uomo; ***pobre ~*** pover'uomo; ***ser ~ al agua*** perdersi; **~-anuncio** *m* uomo sandwich; **~ar** *vi* darsi arie da uomo; *Méx* comportarsi da uomo; competere; **~cillo** *m* ometto, omiciattolo, omuncolo; **~ra** *f* spallina; **~-rana** *m* uomo rana
hombr|ía *f* 1. valore *m*, coraggio *m*; 2. *euf/coloq* maschilità *inv*, membro virile *m* ◊ ***~ de bien*** ***onestà***; **~o** *m med/impr* spalla ◊ ***(colgado) al ~*** (appeso) alla spalla; ***a ~s*** sulle spalle, a spalle; ***arrimar el ~*** lavorare/aiutare alacremente; ***cargado de ~s*** con le spalle curve; ***encogerse de ~s*** alzare le spalle, stringersi nelle spalle; ***mirar por encima del ~*** guardare dall'alto in basso; ***sacar a ~s*** portare sulle spalle; **~uno, -a** *adj* virile, mascolino, -a
homenaje *m* omaggio; onore ◊ ***en ~ a*** in omaggio a, in onore di; alla memoria di; **~ado, -a** *adj/s* festeggiato, -a, onorato, -a; **~ar** *vt* onorare, festeggiare, rendere omaggio a *vi*
homeópata *adj/s med* omeopata
homeopatía *f med* omeopatia
homeopático, -a *adj* omeopatico, -a
homeostático, -a *adj biol* omeostatico, -a
home page ['χompejtχ] *f inv informát* home page* *inv*
homérico, -a *adj* omerico, -a
homicid|a *adj/s* omicida; **~io** *m* omicidio
homilía *f* omelia
homínido *m* ominide
hominoide *adj zool* ominoide
homo|cigótico, -a *adj* omozigotico, -a; **~cigoto** (*var.* **homozigoto**) *adj* omozigote
homófobo *m/f* omofobo, -a
homofonía *f ling/mús* omofonia
homófono, -a *adj/m ling* omofono, -a
homogenei|dad *f* omogeneità *inv*; **~zación** *f* omogeneizzazione; **~zar** ‹*homogeneicé*› *vt* omogeneizzare
homogéneo, -a *adj* omogeneo, -a
homógrafo, -a *adj/m* omografo, -a
homolog|ación *f* omologazione; *jur* inserimento in organico *m*; **~ar** ‹*homologué*› *vt* omologare
homólogo, -a *adj* omologo, -a ◊ ***sus ~s*** i suoi pari grado

homonimia *f ling* omonimia
homónimo, -a *adj* omonimo, -a
homóptero, -a *adj* omottero, -a
homosexual *adj/s* omosessuale; **~idad** *f* omosessualità *inv*
homúnculo *m raro* omuncolo
hondla *f* fionda; **~ear** *vi nav* scandagliare, sondare; **~ero** *m mil* fromboliere; **~o, -a 1.** *adj/m* fondo; **2.** *adj* profondo, -a; *fig* recondito, -a; **~onada** *f* avvallamento *m*
hondura *f* profondità *inv* ◊ ***meterse en ~s*** approfondire
Honduras *m geogr* Honduras
hondureño, -a *adj/s* onduregno, -a
honestlidad *f* pudore *m*, verecondia; onestà *inv*; **~o, -a** *adj* 1. onesto, -a, probo, -a, retto, -a; 2. casto, -a, puro, -a; 3. decoroso, -a, conveniente
hongo *m* 1. *bot/med* fungo; 2. (*sombrero*) bombetta *f* ◊ ***como ~s*** *coloq* in abbondanza; ***más solo que un ~*** solo come un cane
honor *m* onore ◊ ***en ~ a la verdad*** ad onor del vero, a dire il vero; ***hacer ~ a*** fare onore a; ***hacer los ~s*** fare gli onori; ***matrícula de ~*** trenta e lode, trenta cum laude; **~abilidad** *f* onorevolezza, onorabilità *inv*; **~able 1.** *adj* onorevole, dignitoso, -a; **2.** *adj/s* (*tratamiento dado a los Presidentes de Baleares, Cataluña, Valencia y a personalidades oficiales extranjeras*) ="onorevole"; **~ario, -a 1.** *adj/s* onorario, -a; **2.** *mpl* (*pago*) onorari; **~ífico, -a** *adj* onorifico, -a
honoris causa *adj inv* honoris causa, ad honorem ◊ ***doctor ~*** dottore honoris causa, dottore ad honorem
honra *f* onore *m*; riputazione, fama, onestà *inv* ◊ ***~s fúnebres*** onoranze funebri, esequie; ***a mucha ~!*** onorato (di qc)!; ***tener a mucha ~*** sentirsi onorato di; **~dez** *f* onestà *inv*, rettitudine, probità *inv*; **~do, -a** *adj* onesto, -a, retto, -a, probo, -a; **~r 1.** *vt* onorare, glorificare; **2. ~se** compiacersi, reputarsi onorato
honrilla *f coloq* amor proprio *m*; puntiglio *m* ◊ ***la negra ~*** il falso amor proprio
honroso, -a *adj* onorevole, dignitoso, -a
¡hop! [χop] *excl* op là!
hopla *f ant* tunica talare; *ant* saio dei giustiziati *m*; **~o** *m* 1. *zool* (*zorro, oveja*) coda (lanosa) *f*; 2. *bot* verbasco, barabasso
hoquis: de ~ *adv coloq* gratis
hora *f* ora; tempo *m*, momento *m* ◊ ***~ pico*** *Am* ore di punta; ***~s punta*** ore di punta; ***¡A buena(s) ~(s)!/¡A buenas horas, mangas verdes!*** *irón* Alla buon'ora!; ***¿Qué ~ es?*** Che ora è?, Che ore sono?; ***~ avanzada*** tardi; ***a 50 kms por ~*** *irón* a 50 km all'ora; ***a estas ~s*** a quest'ora; ***a todas ~s*** sempre; ***a última ~*** alla fine; ***altas ~s de la noche*** a notte avanzata, a tarda notte; ***con la ~ pegada al culo*** *fig/vulg* all'ultimo momento; ***dar las ~s*** suonare le ore, battere le ore; ***dar/pedir ~*** fissare un appuntamento; ***de ~ en ~*** di ora in ora; ***en ~*** in ora; ***en mala ~*** *excl* maledizione!; ***hacer ~s extras*** fare gli straordinari; ***las ~s muertas*** molto tempo, tempo perso; ***no ver la ~ de*** non veder l'ora di...; ***por ~s*** ad ore; ***tener ~*** avere appuntamento; **~ciano, -a** *adj* oraziano, -a; **~dar** *vt* forare, perforare; **~rio 1.** *m* orario; **2.** *adj* orario, -a ◊ ***~ de atención*** *estud* orario di ricevimento; ***~ de atención al público*** orario sportelli, orario di apertura o di chiusura; ***~ de visita*** (*méd., museos, etc....*) orario di visita
horca *f* forca; *agric* bidente *m*, tridente *m* ◊ ***(señores) de ~s y cuchillo*** *ant* (signori) assoluti; ***pasar por las ~s caudinas*** passare per le forche caudine; **~dura** *f bot* forcella
horcajadas: a ~ *adv* a cavalcioni, a cavallo
horchatla *f gastr* orzata di dolcichini; **~ería** *f* ="bar dove si servono orzate e bibite varie" *m*; **~ero, -a** *m/f* 1. fabbricante di orzate; 2. venditore, -trice e fabbricante di rinfreschi
horcón *m* forcone
horda *f tamb. fig* orda
horizontlal *adj* orizzontale; **~e** *m* orizzonte ◊ ***de ~ estrecho/limitado*** *fig* di orizzonte limitato
horma *f* 1. forma; stampo *m*; 2. (*zapato*) pianta; 2. muricciolo *m* ◊ ***has encontrado la ~ de tu zapato*** hai trovato chi fa per te
hormigla *f zool tamb. fig* formica ◊ ***~ blanca*** formica bianca; ***~ león*** formicaleone; **~ón** *m constr* calcestruzzo, beton ◊ ***~ armado*** cemento armato, calcestruzzo armato; **~onado** *m constr* betonaggio; **~onera** *f tecn* autobetoniera; **~uear** *vi* brulicare, formicolare; **~ueo** *m* (*animales, personas*) brulichio, formicolio; (*brazos, manos, ...*) formicolio; **~uero, -a 1.** *m zool tamb. fig* formicaio; **2.** *adj* delle formiche ◊ ***oso ~*** formichiere; **~uillo** *m* 1. solletico; 2. (*obreros*) catena *f*; 3. *zool* formella *f*; **~uita** *f irón/coloq* economo, -a *m/f*
hormona *f med* ormone *m* (!); **~l** *adj* ormonale
hornalcina *f* nicchia; **~da** *f* infornata, fornata
hornelar *vt* cuocere al forno; **~ro, -a** *m/f* fornaio, -a, panettiere, -a
hornillo *m* fornello; ***~ de gas, de carbon, eléctrico...*** *fornello a gas, a carbone, elettrico...*
horno *m* forno; fornace *f* ◊ ***~ autolimpiante*** forno autopulente; ***~ crematorio*** forno crematorio; ***alto ~*** alto forno, fonderia; ***no estar el ~ para bollos*** non essere il momento buono; ***recién sacado del ~*** *coloq/fig* fresco, fresco, appena fatto
horóscopo *m* oroscopo
horqueta *f* 1. *agric* forcella; 2. *Arg* ansa di fiume
horquilla *f* 1. (*pelo*) forcina; 2. *tecn* forcella; 3. *agric* forchino *m*
horrendo, -a *adj* orrendo, -a, orrido, -a, orribile, -a; brutto, -a da morire
hórreo *m* granaio (rialzato)
horrible *adj* orribile, orrendo, -a, orrido, -a
hórrido, -a *adj* orrido, -a
horripilante *adj* orripilante, raccapricciante

horror 1. *m* orrore, raccapriccio, terrore, panico; **2.** *mpl* 1. brutte cose o brutte parole *fpl*; 2. enormità *f inv*; **3.** *adv fig* moltissimo, un capitale; ***me ha costado ~es*** *mi è costato moltissimo/lacrime e sangue/un capitale* ◊ ***es un ~*** è tremendo; è orrendo; ***dar ~*** spaventare, dar panico; ***¡Qué ~!*** Che spavento!; **~izar** ‹*horroricé*› **1.** *vt* spaventare, dar panico *vi*; **2. ~se** inorridire *vi*, spaventarsi, sentir panico *vi*; **~oso, -a** *adj* orribile, orrendo, -a

hortaliza *f* ortaggio *m*, verdura

hortelano, -a 1. *m/f* ortolano, -a; **2.** *m zool* ortolano ◊ ***el perro del ~ (ni come, ni deja comer)*** il cane dell'ortolano (non mangia, né lascia mangiare)

hortens|e *adj* ortense, orticolo, -a; **~ia** *f bot* ortensia

horter|a 1. *adj desp* dozzinale, volgare, pacchiano, -a; **2.** *f* ciotola di legno; **3.** *m* 1. *coloq* burino, -a, pacchiano, -a; 2. *ant* commesso; **~ismo** (*var.* **horterez** *f*) *m* pacchianeria *f*

hortícola *adj* orticolo, -a

horticult|or *m* orticoltore, orticultore; **~ura** *f* orticoltura, orticultura

hortofrut|ícola *adj* ortofrutticolo, -a; **~icultura** *f* ortofrutticoltura

hosanna [o'sana] *m* osanna *inv*

hosco, -a *adj* fosco, -a, scuro, -a; *fig* accigliato, -a

hosped|aje *m* 1. alloggio; 2. prezzo dell'albergo; **~ar 1.** *vt* ospitare, dare ospitalità *vi*; albergare, alloggiare; **2. ~se** ospitarsi, alloggiare *vi*; **~ería** *f* albergo *m*; locanda, pensione; (*universitaria*) foresteria; **~ero, -a** *m/f* affittacamere

hospici|ano, -a *adj/s* trovatello, -a; **~o** *m* ospizio; (*ancianos*) asilo, ricovero

hospital *m* ospedale ◊ ***~ de día*** day* hospital; **~ario, -a** *adj* ospitale ◊ ***orden ~*** ordine ospedaliero; **~idad** *f* 1. ospitalità *inv*, accoglienza; 2. permanenza in ospedale; **~ización** *f* ricovero (in ospedale) *m*; **~izar** ‹*hospitalicé*› *vt med* ricoverare (in ospedale)

hosquedad *f* avversione, astio *m*

hostal *m* locanda *f*, pensione *f*

hostellero, -a *m/f* locandiere, -a, padrone, -a della pensione; **~ría** *f* locanda; *ant* osteria

¡hosti! (*var.* **osti**) *excl euf* cazzo (*vulg*), ostrega (*reg*)

hostia 1. *f* 1. *relig* ostia; 2. *gastr* pan di ostia *m*; 3. *vulg* schiaffo *m* (*estánd*), ceffone *m* (*estánd*); colpo *m* (*estánd*); ***darle una ~ a alg*** *dare uno schiaffone a q, mollare una sberla a q*; **2.** *excl vulg* cazzo! ◊ ***¡es la ~!*** *vulg* è il colmo! (*estánd*); ***mala ~*** *vulg* cattivo umore (*estánd*); ***tener mala ~*** *vulg* essere uno, -a stronzo, -a

hostigar ‹*hostigué*› *vt* fustigare, sferzare; molestare, perseguitare

hostil *adj* ostile; **~idad** *f* ostilità *inv*; **~izar** ‹*hostilicé*› *vt* osteggiare, combattere

hosting ['χostin] *m informát* hosting*

hotel *m* albergo, hotel; **~ero, -a 1.** *m/f* albergatore, -trice; **2.** *adj* alberghiero, -a; **~ito** *m* alberghetto

hotentote 1. *m* (*lengua*) ottentotto; **2.** *adj/s* ottentotto, -a

hot pants ['χot 'pants] *mpl* hot pants*

hovercraft ['χoberkraft] *m* hovercraft* *inv*

hoy *adv* oggi ◊ ***~ en día*** oggigiorno; ***~ por ~*** per il momento, per adesso; ***de ~ a mañana*** da un momento all'altro; ***de ~ en adelante*** da oggi in avanti; ***por ~*** per oggi; ***que es para ~*** *coloq* sbrigati

hoya *f* 1. fosso *m*, buca; 2. fossa, sepoltura ◊ ***plantar a ~*** *agric* piantare a buca; **~da** *f* bassura

hoyo *m* fosso, buca *f*, fossa *f*; sepoltura *f* ◊ ***el muerto al ~ y el vivo al bollo*** chi muore giace e chi vive si dà pace

hoyuelo *m* fossetta *f*

hoz (*pl* **hoces**) *f* 1. falce; 2. *geogr* gola; **~ar** ‹*hocé*› *vt/i* grufolare

hube, hubiera, hubo V. **haber**

hucha *f* salvadanaio *m*

hueco, -a 1. *adj* 1. vuoto, -a; *fig* vuoto, -a, vano, -a; 2. (*lana...*) soffice; **2.** *m* 1. buco, cavità *f inv*; 2. (*tiempo*) intervallo; un po' di tempo ◊ ***el ~ de la escalera*** la tromba delle scale; ***hacer ~*** fare spazio; ***llenar un ~*** colmare un vuoto; **~grabado** *m* calcografia *f*

huele V. **oler**; **~lillo, -a** *adj Méx* impiccione, -a

huélfago *m vet* bolsaggine *f*

huelg|a *f* sciopero *m* ◊ ***~ de brazos caídos*** ="incrociare le braccia"; ***~ de celo*** sciopero bianco; ***~ de hambre...*** sciopero della fame; ***~ general*** sciopero generale; ***~ intermitente*** sciopero a singhiozzo; ***declararse en ~*** mettersi in sciopero; ***ir a la ~*** fare sciopero; **~o** V. **holgar**; **~uista** *m/f* scioperante; **~uístico, -a** *adj* scioperistico, -a

huell|a *f* 1. orma, traccia; impronta; 2. piano dello scalino *m* ◊ ***~s digitales/dactilares*** impronte digitali; ***perder las ~s*** perdere le tracce; ***seguir las ~s*** seguire la traccia; **~o** V. **hollar**

huelo V. **oler**

huerco, -a *m/f Méx* bambino, -a, ragazzino, -a

huérfano, -a 1. *adj/s* orfano, -a; **2.** *adj fig* privo, -a di protezione

huero, -a *adj* vuoto, -a, vano, -a

huert|a *f* 1. orto *m*; 2. ="zona ortofrutticola molto fertile"; ***la ~ valenciana, de Murcia...*** *la zona ortofrutticola valenzana, di Murcia...*; **~ano, -a** *m/f* ="abitante di una zona ortofrutticola"; **~ero, -a** *m/f Am* ortolano, -a; **~o** *m* orto; frutteto ◊ ***llevar al ~ (a alg)*** *fig* sedurre (q); ingannare (q)

hues|a *f elev* fossa, sepultura; **~o** *m* 1. *med/gastr* (*mpl ossi, fpl ossa*) osso; ***el perro comió los ~s del pollo*** *il cane mangiò gli ossi del pollo*; ***me duelen los huesos*** *mi fanno male le ossa*; 2. *bot* nocciolo, osso; ***los ~s de la fruta*** *gli ossi/noccioli della frutta*; 3. *estud* osso duro ◊ ***calado hasta los ~s*** *adj* bagnato fradicio; ***dar con sus ~s*** andare finire in/a; ***estar en los ~s*** essere pelle ed ossa; ***~s de santo*** *gastr* marzapane tipico di Ognissanti; ***la sin ~*** *f* la lingua; ***moler-***

le los ~s a alg rompere le ossa a q; ***tener los ~s molidos*** avere le ossa rotte; **~oso, -a** *adj* osseo, -a
huésped *m* 1. ospite; 2. albergatore; padrone di casa ◊ ***casa de ~es*** *f* pensione; ***no contar con la ~a*** fare i conti senza l'oste
hueste 1. *f ant/elev* esercito *m*; *elev* truppa; **2.** *fpl elev* seguaci *mpl*
huesudo, -a *adj* ossuto, -a
hueva *f(pl)* 1. (*peces*) (massa di) uova; 2. *gastr* bottarga; **~zos** *m coloq/vulg* coglione
huevelra *f* portauova *m inv*; **~ro, -a** *m/f* venditore, -trice di uova
huevo *m* 1. (*fpl uova*) uovo; ***una docena de ~s*** *una dozzina di uova*; 2. *vulg/coloq* coglione ◊ ***~ al plato*** uovo al tegamino, uovo all'occhio di bue; ***~ batido*** uovo sbattuto; ***~ duro*** uovo sodo; ***~ pasado por agua*** uovo à la coque; ***~ revuelto*** uovo strapazzato; ***~s fritos*** uova fritte; ***costar un ~*** *coloq/vulg* costare un occhio (della testa) (*coloq*), costare l'osso del collo (*coloq*); ***el ~ de Colón*** l'uovo di Colombo; ***estar hasta los ~s*** *coloq/vulg* averne le palle piene, avere le palle rotte; ***ir pisando ~s*** *coloq* camminare sulle uova; ***tocarle los ~s a alg*** *coloq/vulg* rompere i coglioni a q
huevón, -ona *adj Am vulg* (*persona*) coglione, -a
hugonote *adj/s hist* ugonotto, -a
huidla *f* fuga; **~izo, -a** *adj* fuggevole, fugace
huir ‹*huyo; huí, huyó; huya; huyendo*› V. 14 **1.** *vi* fuggire, scappare; **2.** *vt* fuggire, evitare
huisachero *m coloq/desp* leguleio
hule *m* 1. tela cerata *f*; 2. *Méx bot* caucciù *inv*
hullla *f* carbon fossile *m* ◊ ***~ blanca*** carbone bianco; **~ero, -a** *adj* carbonifero, -a
¡hum! *excl* uhm!
humanlación *f relig* umanazione; **~arse** *relig* farsi uomo; **~idad** (*pl* **humanidades**) **1.** *f* 1. umanità *inv*, genere umano *m*, natura umana; 2. umanità *inv*, fragilità *inv*, sensibilità *inv*; **2.** *fpl* scienze umanistiche; **~ismo** *m lit* umanesimo; **~ista** *m/f lit* umanista; letterato, -a; **~ístico, -a** *adj* umanistico, -a; ***estudios ~os*** *studi umanistici*; **~itario, -a** *adj* umano, -a, umanitario, -a; **~ización** *f* umanizzazione; **~izar** ‹*humanicé*› **1.** *vt* umanizzare, rendere umano; **2. ~se** umanizzarsi, ingentilirsi; **~o, -a 1.** *adj* umano, -a; compassionevole; **2.** *m* umano, essere umano
humarada (*var.* **humareda**) *f* fumata
humelar *vi* fumeggiare; fumare
humectalción *f* umettazione; **~r** *vt* umettare, inumidire
humedald *f* umidità *inv*; **~l** *m* terreno paludoso
humedecler ‹*humedezco*› V. 13a *vt* inumidire; **~imiento** *m* inumidimento
húmedo, -a *adj* umido, -a
humeral *adj/m relig/med* omerale
húmero *m* 1. *med* omero; 2. canna fumaria *f*
humidificlador, -a *adj/m* umidificatore, -trice; **~ar** ‹*humidifiqué*› *vt* umidificare
humildlad *f* 1. umiltà *inv*; modestia; 2. soggezione; **~e** *adj* 1. umile; modesto, -a; 2. rispettoso, -a
humilllación *f* umiliazione; **~adero** *m* ="altarino all'ingresso di un paese"; **~ante** *adj* umiliante; deprimente; **~ar** *vt* umiliare; chinare, abbassare
humita *f Am* ="pasta di mais fresco"
humo 1. *m* fumo; vapore, esalazione *f*; **2.** *mpl* boria *f*, fumo, -i *m(pl)*, arie *fpl* ◊ ***bajar los ~s a alg*** umiliare q; ***convertir(se) en ~*** *fig* mandare in fumo, convertirsi in fumo; ***echar ~*** essere furioso; ***subírsele (a alg) los ~s*** montarsi la testa, insuperbirsi; ***tener muchos ~s*** darsi molte arie
humor *m* 1. *med* umore, linfa *f*; 2. umorismo, comicità *f inv* ◊ ***~ negro*** umore tetro; ***buen ~*** buon umore; ***mal ~*** malumore; ***sentido del ~*** senso dell'umorismo; **~ada** *f* battuta, facezia, uscita; **~ado, -a** *adj* disposto, -a ◊ ***bien, mal ~*** di buon umore, di malumore; **~ismo** *m* umorismo, comicità *f inv*; **~ista** *adj/s* umorista; **~ístico, -a** *adj* umoristico, -a
humoso, -a *adj* fumoso, -a
humus *m inv agric* humus, umo *m* (*raro*)
hundildo, -a *adj* affondato, -a; *fig* rovinato, -a; *fig* depresso, -a, giù di morale; **~miento** *m* affondamento; sprofondamento; crollo ◊ ***~ de tierra*** sprofondamento del terreno; **~r 1.** *vt* (*barco*) affondare; immergere; **2. ~se** affondare *vi*; *fig* crollare *vi*, sprofondare *vi*
húngaro, -a *adj/s* ungherese; *hist* ungaro, -a
Hungría *f geogr* Ungheria
huracán *m* uragano, ciclone
huraño, -a *adj* scontroso, -a, selvaggio, -a, orso *m*
hurgar ‹*hurgué*› *vt* frugare; smuovere, rimuovere
hurgonear *vt* rimestare, rovistare
hurí (*pl* **huríes**) *f relig* urì *inv*, uri *inv*
hurón *m* 1. *zool* furetto; 2. *fig* orso
huronear *vt/i* curiosare, frugare *vi*
¡hurra! *excl* urrà!
hurtadillas: a ~ *adv* di nascosto, alla chetichella
hurtar 1. *vt* rubare; **2.** *vi* nascondere; **3. ~se** nascondersi, occultarsi
hurto *m* furto, latrocinio, appropriazione *f*; plagio
húsar *m mil* ussaro
husillo *m* 1. *tecn* perno della morsa; 2. canale di scolo
husmelar *vt* 1. fiutare, annusare; 2. curiosare; **~o** *m* annuso, fiuto
huso *m* fuso ◊ ***~ horario*** *geogr* fuso orario
¡huy! *excl* hui!
huyo, huyó V. **huir**
Hz (*hertz*) *abr* Hz (hertz)

I

I+D *m econ* (*Investigación y desarrollo*) R&S (Ricerca e Sviluppo) *f*

IAE (*Impuesto de Actividades Económicas*) *abr/m Esp ant* ="IRPEF (Imposta sul Reddito delle Persone Fisiche -ex IRPEG-)" *f*
ib. (*ibídem*) *abr* ib. (ibídem)
iba V. **ir**
Iberia *f geogr* Iberia
ibérico, -a *adj* iberico, -a
ibero, -a 1. *adj* iberico, -a; **2.** *mpl hist* iberi
Iberoamérica *f geogr* America Latina
iberoamericano, -a *adj/s* ibero-americano, -a, latino-americano, -a
IBI (*Impuesto sobre Bienes Inmuebles*) *abr/m Esp* ="Ici (Imposta Comunale sugli Immobili)" *f*
ibicenco, -a *adj/s* (q o qc) di Ibiza
ibíd. (*ibídem*) *abr* ib. (ibidem)
ibis *m inv zool* ibis
icé V. **izar**
iceberg [iθe'ber] *m* iceberg* *inv* ◊ ***la punta del ~*** *tamb. fig* la punta del ~
ICEX (*Instituto Español de Comercio Exterior*) *abr/m Esp* Istituto Spagnolo per il Commercio Estero
ICI (*Instituto de Cooperación Iberoamericana*) *abr/m Esp* ="Istituto per la Cooperazione Iberoamericana"
ICONA (*Instituto para la Conservación de la Naturaleza*) *abr/m hist* ="Istituto per la Difesa della Natura"
icónico, -a *adj* iconico, -a
icono *m arte/informát* icona *f* (!); **~clasta 1.** *adj* iconoclastico, -a; **2.** *m/f* iconoclasta, iconoclaste; **~grafía** *f* iconografia; **~latría** *f relig* iconolatria; **~scopio** *m TV* iconoscopio
icor *m med* liquame
ictericia *f med* itterizia
ictérico, -a *adj med* itterico, -a
ictícola, -a *adj* ittico, -a
ictiollogía *f* ittiologia; **~lógico, -a** *adj* ittiologico, -a; **~sis** *f inv med* ictiosi
ictus *m med/lit/mús* ictus *inv*
id. (*idem*) *abr* id. (idem)
ida *f* 1. andata; 2. *sport* girone d'andata *m*; 3. impulso *m*, impeto *m*; *sport* attacco *m* ◊ ***billete de ~ y vuelta*** biglietto di andata e ritorno
idea *f* idea; opinione; intenzione ◊ ***~ fija*** idea fissa; ***~ ligera, remota*** idea vaga, imprecisa; ***formarse/hacerse una ~*** farsi un'idea; ***hacerse a la ~*** abituarsi; ***llevar ~ de u-c*** avere l'intenzione di fare qc; ***mala ~*** cattiva intenzione; ***no tener ni la más remota ~*** non avere la più pallida idea; **~ción** *f* ideazione; **~l 1.** *adj/m* ideale; **2.** *adv coloq* stupendamente, molto bene; **~lismo** *m* idealismo; **~lista** *adj/s* idealista; **~lizar** ‹*idealicé*› *vt* idealizzare, sublimare; **~r** *vt* ideare, concepire; inventare; **~rio** *m* linea ideologica *f*, sistema ideologico
ídem *pron* idem
idéntico, -a *adj* identico, -a; uguale
identildad *f* identità *inv* ◊ ***carné de ~*** *m* carta d'identità; **~ficable** *adj* identificabile; **~ficación** *f* identificazione; **~ficar** ‹*identifiqué*› **1.** *vt* identificare; **2. ~se** 1. identificarsi; 2. coincidere *vi* (**con** con)
ideogrláfico, -a *adj* ideografico, -a; **~ama** *m* ideogramma
ideollogía *f* ideologia; **~ógico, -a** *adj* ideologico, -a
ideólogo, -a *m/f* ideologo, -a
idílico, -a *adj* idillico, -a, idilliaco, -a
idilio *m* idillio
idiolcia *f med tamb. fig* idiozia; **~lecto** *m ling* idioletto
idiomla *m* idioma, lingua *f*; linguaggio; **~ático, -a** *adj* idiomatico, -a
idiosincrlasia *f* 1. indole, carattere *m*; 2. *med* idiosincrasia; **~ásico, -a** *adj* 1. di carattere, di indole; 2. *med* idiosincrasico, -a
idiotla *adj/s* idiota, imbecille, stupido, -a; **~ez** *f* idiozia, imbecillità *inv*; **~ismo** *m ling* idiotismo; **~izar** ‹*idioticé*› *vt* rimbecillire
ido, -a 1. *pp* andato, -a; **2.** *adj fig* (*bebida*) sbronzo, -a; (*droga*) fatto, -a; *coloq* fuori di sé
idólatra *adj/s* idolatra; fanatico, -a
idolatrlar *vt* idolatrare; adorare; **~ía** *f* idolatria; adorazione
idolátrico, -a *adj* idolatrico, -a
ídolo *m* idolo
idoneidad *f* idoneità; attitudine, capacità *inv* ◊ ***pruebas de ~*** esami di idoneità
idóneo, -a *adj* idoneo, -a (**para** per); abile (**para** a), atto, -a (**para** a)
idus *mpl hist* idi *mpl/fpl*
IEE (*Instituto Español de Emigración*) *abr/m Esp* ="Istituto Spagnolo per gli Emigrati"
IEP (*Impuesto Extraordinario sobre el Patrimonio*) *abr/m Esp* ="Imposta complementare sul Patrimonio" *f*
IES (*Instituto de Enseñanza Secundaria*) *abr/m Esp* ="scuola media inferiore e superiore", liceo
IFP *m Esp* (*Instituto de Formación Profesional*) P Istituto Professionale
iglesila *f* chiesa ◊ ***~ parroquial*** parrocchia; **~ero, -a** *adj Am desp* bigotto, -a
iglú *m* iglù *inv*, igloo* *inv*, iglò *inv*
ignaro, -a *adj* ignaro, -a
ignavlia *f elev* ignavia, accidia, indolenza, pigrizia; **~o, -a** *adj/s* ignavo, -a, indolente
ígneo, -a *adj elev* igneo, -a
ignición *f* ignizione, combustione
ignífugo, -a *adj* ignifugo, -a
ignominlia *f* ignominia, infamia; **~ioso, -a** *adj* ignominioso, -a
ignoralncia *f* ignoranza; inconsapevolezza ◊ ***~ crasa, supina*** ignoranza crassa, supina; **~nte 1.** *adj/s* ignorante; **2.** *adj* ignaro, -a (**de** di), inconsapevole (**de** di); **~r** *vt* ignorare
ignoto, -a *adj elev* ignoto, -a
igual 1. *adj* uguale, eguale; costante; pari *inv*; **2.** *adv* forse; **3.** *m/f* pari; **4.** *mpl* 1. biglietti del lotto dei ciechi; 2. *Esp coloq/hum* coppia della guardia civile ◊ ***al ~ que*** alla pari di, come; ***dar ~*** fare lo stesso; ***de ~ a ~*** da pari a pari, alla pari; ***es***

~ è uguale, fa lo stesso; ***por*** ~ in modo uguale; ***si, ~ que...*** se, allo stesso modo che...; ***sin*** ~ senza pari; **~a** *f* 1. patto *m*, convegno *m*; 2. *tecn* livella; **~ación** *f* 1. uguagliamento *m*; 2. *tecn/com* pareggiamento *m*, patto *m*, conguaglio *m*; **~ado, -a** *pp/adj* pari *adj inv*; *Méx* irrispettoso, -a; **~ar** *vt* uguagliare; *tecn* pareggiare; equiparare; (*superficie*) livellare, spianare; **~dad** *f* uguaglianza, parità *inv* ◊ ***~ de oportunidades, derechos...*** parità di opportunità, dei diritti...

igualita|rio, -a *adj* ugualitario, -a; *fig* paritario, -a; **~rismo** *m* egualitarismo

igualmente *adv* 1. ugualmente; 2. altrettanto ◊ ***gracias,*** ~ grazie altrettanto

iguana *f zool* iguana

ijada *f* 1. fianco *m*; 2. *med* dolore al fianco *m*; **~r** *m med/zool* fianco

ikastola *f* scuola dove si insegna la lingua basca

ikebana *m* ikebana, arte floreale

ikurriña *m* bandiera ufficiale del Paese Basco

ilación *f filos* illazione

ilativo, -a *adj ling* illativo, -a

ilegal *adj* illegale; **~idad** *f* illegalità *inv*; **~izar** ‹*ilegalicé*› *vt* rendere/dichiarare illegale

ilegible *adj* illeggibile

ilegitim|ar *vt* rendere/dichiarare illegittimo; **~idad** *f* illegittimità *inv*

ilegítimo, -a *adj* illegittimo, -a

íleo *m med* ileo

ileocecal (*var.* **ileo-cecal**) *adj med* ileocecale

íleon *m med* ileo

ileso, -a *adj* illeso, -a; indenne

iletrado, -a *adj/s* illetterato, -a

ilíaco, -a *adj med* iliaco, -a

Ilíada *f lit* Iliade

ilícito, -a *adj* illecito, -a

ilicitud *f* illiceità *inv* (!)

ilimitado, -a *adj* illimitato, -a, infinito, -a

ilión *m med* ilio, ileo

Ilmo., -a (*Ilustrísimo, -a*) *abr* Ill.mo, Ill.ma (Illustrissimo, -a); Egr. (Egregio, -a). **V. Ilustrísimo**

ilocalizable *adj* introvabile, irreperibile

ilocu|ción *f ling* illocuzione; **~tivo, -a** *adj ling* illocutivo, -a; **~torio, -a** *adj ling* illocutorio, -a

ilógico, -a *adj* illogico, -a

ilumina|ción *f* illuminazione; **~do, -a** *adj/s* illuminato, -a; **~dor, -a 1.** *adj* illuminante; **2.** *m/f arte/impr* miniatore, -trice, miniaturista; **~r** *vt* 1. illuminare; rischiarare; 2. *arte* miniare

ilus|ión *f* 1. illusione; errore *m*, inganno *m*; 2. attenzione, interesse *m*, piacere *m*; 3. impazienza, ansia ◊ ***hacer ~ (algo a alg)*** essere come un sogno (qc per q), far piacere (qc a q); ***hacerse ~s*** farsi illusioni; **~ionar 1.** *vt* illudere; **2. ~se** illudersi, farsi illusioni; **~ionismo** *m* illusionismo; **~ionista** *m/f* illusionista; **~o, -a** *adj/s* illuso, -a; **~orio, -a** *adj* illusorio, -a, fallace

ilustra|ción *f* 1. (*dibujo, figura*) illustrazione; 2. cultura ◊ ****~*** *filos/lit* Illuminismo; **~do, -a 1.** *m/f filos/lit* illuminista; **2.** *adj* 1. (*con ilustraciones*) illustrato, -a; 2. colto, -a, istruito, -a; **~dor, -a** *adj/s* illustratore, -trice, vignettista; **~r** *vt* 1. illustrare, ornare; 2. istruire; *relig* illuminare; **~tivo, -a** *adj* illustrativo, -a

ilustre *adj* illustre, insigne, celebre

Ilustrísimo, -a *adj* (*profesor, abogado, doctor...*) Illustrissimo, -a; ***Ilmo. Sr....*** *Ill.mo Signor(e)...*; (*catedrático universidad*) Chiarissimo, -a; ***Ilmo. Sr....*** *Chiar.mo Signor(e)*; Egregio, -a; ***Ilmo. Sr....*** *Egregio Signor(e)...*

imagen (*pl* **imágenes**) *f* 1. immagine, figura, effigie, simbolo *m*; 2. *ling* metafora ◊ ***~ borrosa, doble, virtual*** immagine sfocata, sdoppiata, virtuale; ***~ pública*** immagine pubblica; ***a ~ y semejanza de*** a immagine e somiglianza di; ***congelado de ~*** *m cine/TV* fermoimmagine; ***quedarse para vestir ~es*** restare nubile/zitella; ***ser la viva ~ de*** essere l'immagine vivente di

imagin|able *adj* immaginabile; **~ación** *f* immaginazione, invenzione, fantasia ◊ ***pasársele (algo a alg) por la ~*** passare per la testa (qc a q); **~ar 1.** *vt* immaginare; inventare; supporre; **2. ~se** figurarsi, immaginarsi ◊ ***ni ~lo*** neanche per sogno; **~aria 1.** *m mil* sentinella notturna *f*; **2.** *f mil* guardia di riserva; **~ario, -a** *adj/s* immaginario, -a, fantastico, -a, illusorio, -a; *mat* immaginario, -a; **~ativa** *f* immaginativa, inventiva; **~ativo, -a** *adj* immaginativo, -a; **~ero, -a** *m/f arte* madonnaio, -a

imán *m* 1. calamita *f*, magnete; 2. *fig* attrattiva *f*, fascino; 3. *relig* imano

imana|ción V. **imantación**; **~r** V. **imantar**

imanta|ción (*var.* **imanación**) *f* calamitazione; *fís* magnetizzazione; **~do** *m* calamitazione *f*; **~r** (*var.* **imanar**) *vt* calamitare; *fís* magnetizzare

imbat|ible *adj* imbattibile, insuperabile; **~ido, -a** *adj* imbattuto, -a, insuperato, -a

imbécil *adj/s* imbecille, idiota, stupido, -a

imbecilidad *f* imbecillità *inv*

imberbe *adj* imberbe

imbibición *f* imbibizione

imbornal *m nav* ombrinale

imborrable *adj tamb. fig* incancellabile

imbricación *f tamb. fig* imbricato *m*

imbuir ‹*imbuyo; imbuyó; imbuyendo*› V. 14 **1.** *vt/i* infondere, imbevere *vi*; **2. ~se** imbeversi (**de** di)

imit|able *adj* imitabile; **~ación** *f* imitazione; copia, plagio *m*; **~ador, -a** *adj/s* imitatore, -trice, contraffattore, -trice; **~ar** *vt* imitare; copiare, plagiare; **~ativo, -a** *adj* imitativo, -a

impacien|cia *f* impazienza; **~tar 1.** *vt* far perdere la pazienza *vi*, impazientire; **2. ~se** impazientirsi; **~te** *adj/s* impaziente

impact|ar *vt* colpire, impressionare, causare impatto *vi*; **~o** *m tamb. fig* impatto, urto, colpo ◊ ***~ ambiental*** impatto ambientale

impag|able *adj* impagabile; **~ado, -a** *pp/adj banc* insoluto, -a

impalpable *adj* impalpabile

impar *adj* dispari *inv*, impari *inv*; **~able** *adj* inarrestabile; *sport* imparabile
imparcial *adj* imparziale; equanime, neutrale; **~idad** *f* imparzialità *inv*, equanimità *inv*
impartir *vt* impartire
impasibilidad *f* impassibilità *inv*; **~ble** *adj* impassibile, insensibile
impasse [im'pas] *m* impasse* *f inv*
impavidez *f* intrepidezza
impávido, -a *adj/s* impavido, -a, intrepido, -a
impecabilidad *f* impeccabilità *inv*; **~ble** *adj* 1. impeccabile; 2. incensurabile
impedancia *f electr/fís* impedenza; **~ido, -a** *adj/s* invalido, -a, paralitico, -a; **~iencia** *f fís* impedenza; **~imenta** *f mil* impedimenti *mpl*, salmerie *fpl*; **~imento** *m* impedimento, ostacolo ◊ **~ *dirimente*** *jur* impedimento dirimente; **~ *impediente*** *jur* impedimento impediente; **~ir** ‹*impido; impidió; impidiendo*› V. 12 *vt* impedire, ostacolare
impelente *adj* impellente, imperioso, -a; **~r** *vt* spingere, incitare
impenetrabilidad *f* impenetrabilità *inv*; **~ble** *adj* impenetrabile; incomprensibile
impenitente *adj* impenitente; incorreggibile, incallito, -a
impensable *adj* impensabile; **~do, -a** *adj* impensato, -a, inatteso, -a
imperar *vi* imperare, dominare; **~tivo, -a** *adj/m ling/filos* imperativo, -a
imperceptible *adj* impercettibile
imperdible 1. *adj* imperdibile; **2.** *m* spillo di sicurezza; **~onable** *adj* imperdonabile
imperecedero, -a *adj* imperituro, -a, immortale
imperfección *f* imperfezione, difetto *m*; **~to, -a 1.** *adj/m ling* imperfetto, -a; **2.** *adj* incompiuto, -a
imperial 1. *adj* imperiale; **2.** *f transp* imperial *m*; **~ismo** *m* imperialismo; **~ista** *adj/s* imperialista
impericia *f* inesperienza
imperio 1. *m* impero; **2.** *adj inv* impero; **~so, -a** *adj* imperioso, -a; impellente
impermeabilidad *f* impermeabilità *inv*; **~bilización** *f* impermeabilizzazione; **~bilizante** *adj/m* impermeabilizzante; **~bilizar** ‹*impermeabilicé*› *vt* impermeabilizzare, rendere impermeabile; **~ble** *adj/m* impermeabile
impermutabilidad *f* impermutabilità *inv*; **~ble** *adj* impermutabile
impersonal *adj* impersonale
impertérrito, -a *adj* imperterrito, -a, impassibile
impertinencia *f* (*palabras*) impertinenza; (*actitud*) sfacciataggine, insolenza; **~te 1.** *adj* impertinente; sfacciato, -a, insolente; **2.** *mpl* occhialetti/occhialini da signora
imperturbabilidad *f* imperturbabilità *inv*, impassibilità *inv*; **~ble** *adj* imperturbabile, impassibile
impétigo *m med* impetigine *f*
impetración *f elev* impetrazione; **~r** *vt elev* impetrare
ímpetu *m* impeto, slancio

impetuosamente *adv* impetuosamente, d'impeto; **~idad** *f* impetuosità *inv*; **~o, -a** *adj* impetuoso, -a, focoso, -a
impidió, impido V. **impedir**
impiedad *f* empietà *inv*; crudeltà *inv*
impío, -a *adj* 1. empio, -a; 2. *raro* crudele
implacabilidad *f* implacabilità *inv*; **~ble** *adj* implacabile, inesorabile
implantación *f* 1. instaurazione; 2. *cient* implantazione; 3. *biol* impianto *m*; **~ar** *vt* 1. instaurare, stabilire; 2. *cient* realizzare un impianto *vi*; **~e** *m med* impianto, inserimento; **~ *de un marcapaso*** *impianto di un pacemaker*
implementación *f* (*t. infórm*) implementazione; **~ar** *vt* implementare; **~o** *m* 1. *ling* complemento oggetto; 2. strumento
implicación *f* implicazione; **~r** ‹*impliqué*› *vt* implicare; coinvolgere ◊ ***esto no implica...*** ciò non osta...
implícito, -a *adj* implicito, -a
imploración *f* implorazione; **~nte** *adj* implorante, supplichevole; **~r** *vt* implorare, supplicare
implosión *f fís/ling* implosione; **~ivo, -a** *adj/f ling* implosivo, -a
implume *adj* implume; **~vio** *m arq/hist* impluvio
impolítico, -a *adj* impolitico, -a; **~uto, -a** *adj* immacolato, -a, puro, -a
imponderabilidad *f* imponderabilità *inv*; **~able** *adj/m* imponderabile
imponente *adj* imponente, grandioso, -a; ***chica/o ~*** *ragazza/o fantastica/o*; **~r** ‹*pongo; pondré; puse; puesto*› V. 32 **1.** *vt* imporre; *com* depositare; **2.** *vi* infondere rispetto o paura; **3. ~se** 1. imporsi; farsi rispettare; 2. informarsi, istruirsi ◊ **~ *un giro*** *correo* fare/mandare un vaglia (postale)
impongo V. **imponer**
imponible *adj* imponibile, tassabile
impopular *adj* impopolare; **~idad** *f* impopolarità *inv*
importación *f* importazione; **~ador, -a** *adj/s* importatore, -trice; **~ancia** *f* importanza ◊ ***dar ~*** dare importanza; ***darse ~*** darsi importanza; ***de ~*** *adj* importante; **~ante** *adj* importante; ***lo ~ es que*** *l'importante è che*; considerevole; influente ◊; **~ar 1.** *vi* importare; ***lo que importa es que*** *ciò che importa è che*; ***¿te importa que pase a verlo?*** *posso andare a trovarlo?*; *com* ammontare; **2.** *vt* importare ◊ ***me importa un bledo*** non me ne frega un cavolo; **~e** *m* importo, totale, somma *f*
importunar *vt* importunare, disturbare, seccare; **~idad** *f* importunità *inv*; **~o, -a** *adj* inopportuno, -a; importuno, -a, seccante, noioso, -a
imposibilidad *f* impossibilità *inv*; **~bilitado, -a** *adj* impossibilitato, -a (**para** a); **~bilitar** *vt* impossibilitare, rendere impossibile; **~ble 1.** *adj/m* impossibile; **2.** *adj* insopportabile; ***estar, ponerse ~*** *essere insopportabile* ◊ ***hacer la vida ~ a q*** rendere la vita difficile a q; ***hacer lo ~*** fare l'impossibile; ***parece ~*** sembra impossibile; **~ción**

f 1. imposizione, comando *m*; *jur* ingiunzione; 2. *com* imposizione, tassazione; *com* versamento *m*; 3. *relig* imposizione; **~tivo, -a** *adj* impositivo, -a

imposta *f arq* imposta; **~ción** *f mús* impostazione; **~r** *vt mús* impostare

impostor, -a *adj/s* impostore, -a, imbroglione, -a

impostura *f* impostura, menzogna, frode

impoten|cia *f* impotenza, incapacità *inv* ◊ **~ *sexual*** impotenza sessuale; **~te** *adj/s* impotente (**para** per), incapace (**para** di); (*sexo*) impotente

impractica|bilidad *f* impraticabilità *inv*; **~ble** *adj* impraticabile

impreca|ción *f* imprecazione, maledizione; **~r** ‹*impequé*› *vi* imprecare

imprecis|ión *f* imprecisione; **~o, -a** *adj* impreciso, -a

impredecible *adj* imprevedibile

impregna|ción *f* impregnazione; **~do, -a** *adj* impregnato, -a (**de** di), inzuppato, -a (**de** di); **~r** *vt* impregnare (**de** di), inzuppare (**de** di), imbevere (**de** di)

impremedit|ación *f* impremeditazione; **~ado, -a** *adj* impremeditado, -a

imprenta *f* 1. (*actividad*) stampa; 2. (*lugar*) tipografia ◊ ***dar a la ~*** dare alla stampa; ***libertad de ~*** libertà di stampa; ***pie de ~*** marca tipografica; ***prueba de ~*** bozza (di stampa)

impres|cindible *adj* imprescindibile; **~riptible** *adj* imprescrittibile

impresentable *adj* impresentabile

impresi|ón *f* 1. impressione; impronta, segno *m*; 2. *impr* impressione, stampa ◊ ***buena, mala ~*** buona, cattiva impressione; ***cambiar ~es*** scambiare impressioni/opinioni; ***causar la ~ de*** dare l'impressione di; **~onable** *adj* impressionabile, sensibile; **~onante** *adj* impressionante; **~onar 1.** *vt* impressionare; **2.** *vi* far impressione; **~onismo** *m arte* impressionismo; **~onista** *adj/s* impressionista

impreso *m* 1. *adm* modulo; ***rellenar un ~*** *compilare un modulo*; 2. stampato; **~r** *m* impressore, stampatore, tipografo; **~ra** *f* 1. *informát* stampante; *impr* stampatrice; 2. (*persona*) stampatrice, tipografa ◊ **~ *de chorro (de tinta)*** stampante a getto o d'inchiostro; **~ *de margarita*** stampante a margherita; **~ *láser*** stampante laser; **~ *matricial*** stampante ad aghi

imprevi|sible *adj* imprevedibile; **~sión** *f* imprevisione; **~sor, -a** *adj/s* imprevidente; **~sto, -a 1.** *adj/m* imprevisto, -a; **2.** *mpl* spese impreviste *fpl*

imprim|ación *f* (*pintura*) imprimitura; **~ar** *vt* (*pintura*) mesticare, dare la mano di fondo *vi*; **~átur** *m* imprimatur *inv*; **~ir** ‹*impreso*› V. 27 *vt impr* stampare; *impr tamb. fig* imprimere

improba|bilidad *f* improbabilità *inv*; **~ble** *adj* improbabile

ímprobo, -a *adj* 1. *elev* improbo, -a; eccessivo, -a; 2. malvagio, -a, disonesto, -a

improceden|cia *f jur* infondatezza; **~te** *adj jur* infondato, -a; inadeguato, -a

improductiv|idad *f* improduttività *inv*; **~o, -a** *adj* improduttivo, -a, sterile, infruttifero, -a

impronta *f* impronta

impronunciable *adj* impronunziabile

improperio 1. *m* improperio, vituperio; **2.** *mpl relig* improperi

impropi|edad *f* improprietà *inv*; **~o, -a** *adj* improprio, -a; inadatto, -a, non appropriato, -a

improrrogable *adj* improrogabile

improvis|ación *f* improvvisazione; **~ado, -a** *adj* improvvisato, -a; *teat* a soggetto; **~ador, -a** *m/f* improvvisatore, -trice; **~amente** *adv* improvvisamente, all'improvviso, di punto in bianco; **~ar** *vt* improvvisare; **~o, -a** *adj* improvviso, -a, imprevisto, -a ◊ ***de/al ~*** all'improvviso, improvvisamente

impruden|cia *f* imprudenza, sconsideratezza; scortesia ◊ **~ *temeraria*** imprudenza temeraria; **~te** *adj* imprudente, incauto, -a; scortese

impúber *adj/s elev* impubere

impuden|cia *f* impudenza; **~te** *adj* impudente

impudicia (*var.* **impudicicia**) *f* impudicizia

impúdico, -a *adj* impudico, -a, immorale

impu|dor *m* spudoratezza *f*; **~esto, -a 1.** *m adm* imposta *f*, tassa *f*; **2.** *pp/adj* imposto, -a ◊ **~ *de circulación*** bollo auto; **~ *de lujo*** tassa/imposta sui beni di lusso; **~ *sobre el patrimonio*** imposta patrimoniale; **~ *sobre el rendimiento de capital*** imposta sul reddito del capitale; **~ *sobre el valor añadido (IVA)*** imposta sul valore aggiunto (IVA); **~ *sobre la renta*** imposta sul reddito; **~ *sobre los beneficios de las sociedades*** imposta sugli utili delle società; ***~s municipales*** tasse comunali; ***recaudador de ~s*** esattore delle imposte

impugn|able *adj* impugnabile; **~ación** *f* impugnazione; **~ar** *vt* impugnare

impuls|ar *vt tecn* impulsare; spingere, dare un impulso *vi*; **~ión** *f tecn tamb. fig* impulsione; **~ividad** *f* impulsività *inv*; **~ivo, -a** *adj* impulsivo, -a, focoso, -a; **~o** *m* impulso, spinta *f* ◊ ***tomar ~*** prendere slancio; **~or, -a** *adj/s electr* impulsatore, -trice; *tecn* avviatore *m*; *tecn tamb. fig* propulsore *m*

impun|e *adj* impune, impunito, -a; **~idad** *f* impunità *inv*; **~tual** *adj* non puntuale

impur|eza *f* impurità *inv*, impurezza; **~o, -a** *adj* impuro, -a; contaminato, -a

impuse V. **imponer**

imputa|bilidad *f* imputabilità *inv*; **~ble** *adj* imputabile; **~ción** *f* imputazione; **~r** *vt* imputare, attribuire, addebitare; *jur* imputare, ascrivere

inabordable *adj* inabbordabile, inaccessibile

inacaba|ble *adj* interminabile; **~do, -a** *adj* incompiuto, -a

inaccesi|bilidad *f* inaccessibilità *inv*; **~ble** *adj* inaccessibile

inacción *f* inazione, inerzia

inacepta|bilidad *f* inaccettabilità *inv*, inammissibilità *inv*; **~ble** *adj* inaccettabile

inactiv|idad *f* inattività *inv*, inoperosità *inv*, inerzia; **~o, -a** *adj* inattivo, -a, inerte, pigro, -a

inadapta|bilidad *f* inadattabilità *inv*; *psicol* disadattamento *m*; **~ble** *adj* inadattabile; **~ción** *f* disadattamento *m*; **~do, -a** *adj* inadatto, -a, inadeguato, -a; *psicol* disadattato, -a

inadecua|ción *f* inadeguatezza; **~do, -a** *adj* inadatto, -a, inadeguato, -a

inadmisi|bilidad *f* inammissibilità *inv*; **~ble** *adj* inammissibile

inadvert|encia *f* inavvertenza, sbadataggine, distrazione; **~ido, -a** *adj* 1. inavvertito, -a; 2. distratto, -a ◊ ***estar* ~** essere distratto; ***pasar* ~** passare inavvertito; ***pillar* ~** cogliere di sorpresa

inagotable *adj* inesauribile, instancabile

inaguantable *adj* insopportabile, insoffribile

inalámbrico, -a *adj/m electr* senza fili; (teléfono) cordless *inv; informát* wireless *inv*

inalcanzable *adj* irraggiungibile

inalienable *adj* inalienabile

inaltera|bilidad *f* inalterabilità *inv*; **~ble** *adj* inalterabile

inamovi|ble *adj* inamovibile; **~lidad** *f jur* inamovibilità *inv*

inan|e *adj* inane; **~ición** *f med* inanizione; **~imado, -a** *adj* inanimato, -a

inánime *f* esanime

inapelable *adj jur* inappellabile

inapeten|cia *adj* inappetenza; **~te** *adj* inappetente

inaplazable *adj* improrogabile, indifferibile

inaplica|bilidad *f* inapplicabilità *inv*; **~ble** *adj* inapplicabile

inapreciable *adj* inapprezzabile

inaprensible *adj* inafferrabile

inarmónico, -a *adj* disarmonico, -a

inarrugable *adj* ingualcibile

inasequible *adj* inaccessibile, irraggiungibile ◊ ***~ al desaliento*** che non si scoraggia facilmente

inastillable *adj* che non si scheggia ◊ ***vidrio* ~** vetro di sicurezza

inatacable *adj* inattaccabile; *quím* incorrodibile

inaudi|ble *adj* inaudibile; **~to, -a** *adj* inaudito, -a, incredibile

inaugur|ación *f* inaugurazione; **~al** *adj* inaugurale; **~ar** *vt* inaugurare

INB (*Instituto Nacional de Bachillerato*) *abr/m Esp hist* ="Liceo"

inca 1. *adj/s* inca; **2.** *adj* incaico, -a; **~ico, -a** *adj* incaico, -a, degli Incas

incalculable *adj* incalcolabile

incalificable *adj* inqualificabile

incandescen|cia *f* incandescenza; **~te** *adj* incandescente

incansable *adj* instancabile

incapa|cidad *f* incapacità *inv*, inabilità *inv*; *jur/med* incapacità *inv*; **~citación** *f jur* inabilitazione; **~citado, -a** *adj/s* 1. inabile, incapace; 2. handicappato, -a ◊ ***estar* ~ *para*** non essere in grado di; **~citar** *vt* inabilitare; **~z** *adj* incapace, inetto, -a; *jur* incapace

incardinar *vt elev* incardinare

incaut|ación *f* sequestro *m*, incameramento *m*; **~arse** confiscare *vt* (**de u-c** qc), incamerare *vt* (**de u-c** qc); **~o, -a** *adj* incauto, -a, imprudente

incendi|ar ‹*incendio*› V. 1 *vt* incendiare, bruciare; **~ario, -a** *adj/s* incendiario, -a; **~o** *m* 1. incendio; 2. *fig* passione ardente *f*

incens|ación *f* incensamento *m*; **~ar** *vt relig tamb. fig* incensare; **~ario** *m* incensiere, turibolo; **~urable** *adj* incensurabile, ineccepibile

incentiv|ación *f* incentivazione; **~ar** *vt* incentivare; **~o** *m* incentivo, stimolo ◊ **~ *fiscal*** incentivo fiscale

incertidumbre *f* incertezza

incesante *adj* incessante

incest|o *m* incesto; **~uoso, -a** *adj* incestuoso, -a

inciden|cia *f geom tamb. fig* incidenza; **~tal** *adj ling/jur tamb. fig* incidentale; **~te** *adj/m* incidente

incidir 1. *vt cient* incidere; **2.** *vi* incidere ◊ **~ *en una falta*** cadere in fallo

incienso *m relig tamb. fig* incenso

incierto, -a *adj* incerto, -a, dubbioso, -a; falso, -a; impreciso, -a, vago, -a

incinera|ción *f* incinerazione; **~dor** *m* inceneritore; **~dora** *f* inceneritore *m*; **~r** *vt quím* incinerare; (*cadáver*) cremare

incipiente *adj* incipiente

incis|ión *f* incisione, taglio *m*; **~ivo, -a 1.** *adj* incisivo, -a; **2.** *m* (*diente*) incisivo; **~o, -a 1.** *pp/adj arte/med* inciso, -a; **2.** *m ling* inciso; **~orio, -a** *adj med* incisorio, -a

incita|ción *f* incitamento *m*, stimolo *m*; **~dor, -a** *adj* incitatore, -trice; **~r** *vt* incitare, invitare, stimolare, spronare

incivil *adj/s* incivile, barbaro, -a; screanzato, -a, incivile; **~idad** *f* inciviltà *inv*; **~izado, -a** *adj* incivile

inclasificable *adj* inclassificabile

inclemen|cia *f* inclemenza, rigore *m*; **~te** *adj* inclemente

inclina|ción *f cient tamb. fig* inclinazione; propensione; **~do, -a** *pp/adj* inclinato, pendente; chinato, -a; portato, -a, incline; ***inclinado al estudio*** ~ *allo studio*; **~r 1.** *vt* inclinare; chinare, piegare; *fig* persuadere; **2. ~se** propendere *vi* (**hacia** per), essere incline *vi* (**hacia** per)

ínclito, -a *adj* inclito, -a, illustre, glorioso, -a

inclu|ido, -a *pp/adj* compreso, -a; ***todo* ~** *tutto compreso*; comprensivo, -a; ***precio con IVA* ~** *prezzo comprensivo di IVA*; **~ir** ‹*incluyo; incluyó; incluyendo*› V. 14 *vt* includere; *adm* accludere

inclus|a *f raro m*, orfanotrofio, brefotrofio *m*; **~ero, -a** *m/f raro* trovatello, -a; **~ión** *f* inclusione; *jur* inserimento *m*; **~ive** (*var.* **inclusivo**) *adv* compreso, incluso; **~o, -a 1.** *adj* incluso, -a, accluso, -a; **2.** *adv* persino, perfino

incoa|r *vt jur* incoare, incominciare; **~tivo, -a** *adj ling* incoativo, -a

incobrable *adj* inesigibile
incoercible *adj elev* incoercibile
incógnit|a *f mat tamb. fig* incognita; **~o, -a** *adj/m* incognito, -a ◊ ***de ~*** in incognito
incoheren|cia *f* incoerenza; **~te** *adj* incoerente, incongruente
incoloro, -a *adj* incolore, incoloro, -a
incólume *adj* incolume
incolumidad *f* incolumità *inv*
incombustible *adj* incombustibile
incomestible *adj* immangiabile
incomible *adj* immangiabile
incomo|dar 1. *vt* incomodare, disturbare, importunare; **2. ~se** incomodarsi; inquietarsi; **~didad** *f* incomodità *inv*, disagio *m*; molestia; (*salud*) acciacco *m*
incómodo, -a *adj* incomodo, -a, scomodo, -a, disagevole; molesto, -a, fastidioso, -a ◊ ***sentirse/estar ~*** sentirsi/essere a disagio
incompa|rable *adj* incomparabile, impareggiabile; **~recencia** *f jur* mancata comparizione; **~tibilidad** *f* incompatibilità *inv*; **~tible** *adj* incompatibile
incompeten|cia *f* incompetenza; **~te** *adj/s* incompetente
incompleto, -a *adj* incompleto, -a, incompiuto, -a
incompren|dido, -a *adj* incompreso, -a; **~sibilidad** *f* incomprensibilità *inv*; **~sible** *adj* incomprensibile; **~sión** *f* incomprensione
incompresibilidad *f fís* incompressibilità *inv*
incomprobable *adj* incomprovabile
incomunic|abilidad *f* incomunicabilità *inv*; **~able** *adj* incomunicabile; **~ación** *f* isolamento *m*; *jur* segregazione; **~ado, -a** *adj* isolato, -a; *jur* segregato, -a; **~ar** ‹*incomuniqué*› *vt* isolare; segregare
incon|cebible *adj* inconcepibile; **~iliable** *adj* inconciliabile; **~luso, -a** *adj elev* incompiuto, -a
incondicional *adj* incondizionato, -a, assoluto, -a ◊ ***rendición ~*** resa incondizionata, resa a discrezione
inconex|ión *f* sconnessione, sconnessura; **~o, -a** *adj* sconnesso, -a, incoerente
inconfesable *adj* inconfessabile
inconformis|mo *m* non conformismo, nonconformismo, anticonformismo; **~ta** *m/f* nonconformista, anticonformista
inconfundible *adj* inconfondibile
incongru|encia *f* incongruenza, incoerenza; **~ente** *adj* incongruente, incoerente; **~o, -a** *adj* incongruo, -a
inconmensurable *adj* incommensurabile
inconmovible *adj* inalterabile, impassibile
inconmutable *adj* incommutabile; immutabile
inconscien|cia *f* incoscienza; **~te 1.** *adj* incosciente, inconscio, -a; **2.** *m psicol* inconscio; *psicol* subconscio
inconsecuen|cia *f* inconseguenza; incoerenza; **~te** *adj* inconseguente, incoerente
inconsisten|cia *f* inconsistenza; **~te** *adj* inconsistente
inconsolable *adj* inconsolabile
inconstan|cia *f* inconstanza, volubilità *inv*; **~te** *adj/s* inconstante, volubile
inconstitucional *adj* incostituzionale
inconsulto, -a *adj* inconsulto, -a
inconsútil *adj relig elev* inconsutile
inconta|ble *adj elev* innumerevole; **~minado, -a** *adj* incontaminato, -a, puro, -a
inconte|nible *adj* incontenibile, irrefrenabile; **~stable** *adj* incontestabile, incontrastabile, incontestato, -a, incontrastato, -a
incontinencia *f* incontinenza
incontrastable *adj* incontrastabile; *jur* inoppugnabile
incontrola|ble *adj* incontrollabile; **~do, -a** *adj* incontrollato, -a
incontrovertible *adj* incontrovertibile
inconven|cible *adj* inconvincibile; **~iencia** *f* inconvenienza, sconvenienza; **~iente 1.** *adj/m* inconveniente; **2.** *adj* sconveniente
incoordinación *f* scoordinamento *m*, scoordinazione; *med* incoordinazione
incordi|ante *adj* seccante, molesto, -a; **~ar** ‹*incordio*› V. 1 *vt* molestare, infastidire; **~o** *m coloq* molestia *f*, seccatura *f*
incorpor|ación *f* incorporazione, annessione; *jur* assunzione; **~ar 1.** *vt* incorporare, aggiungere, unire; *mil* incorporare; **2. ~se** 1. (*cama*) sedersi, alzarsi; 2. entrare *vi* (**a** in), integrarsi (**a** in); **~eidad** *f* incorporeità *inv*
incorpóreo, -a *adj* incorporeo, -a
incorrec|ción *f* incorrezione, errore *m*; scorrettezza, incorrettezza; **~to, -a** *adj* incorretto, -a, scorretto, -a
incorregible *adj* incorreggibile
incorrupt|ible *adj* incorruttibile; integro, -a; **~o, -a** *adj* incorrotto, -a
incred|ibilidad *f* incredibilità *inv*; **~ulidad** *f* incredulità *inv*, miscredenza
incrédulo, -a *adj* incredulo, -a, miscredente
increíble *adj* incredibile
increment|ar *vt* incrementare, aumentare; sviluppare; **~o** *m* incremento, aumento; *ling* incremento
increpar *vt* rimproverare, riprendere, sgridare
in crescendo [inkreˈtʃendo] *adv* in crescendo
incrimin|ación *f* incriminazione, imputazione; **~ar** *vt* incriminare
incruento, -a *adj* incruento, -a
incrust|ación *f* incrostazione; **~ar** *vt* incrostare; *fig* ficcare
incuba|ción *f* incubazione; **~dora** *f* incubatrice; **~r** *vt* incubare; *zool* covare
incuestiona|bilidad *f* inoppugnabilità *inv*; **~ble** *adj* indiscutibile
inculcar ‹*inculqué*› *vt* inculcare
inculpa|ción *f* accusa, incolpamento *m*; **~do, -a** *adj/s* accusato, -a, incolpato, -a; **~r** *vt* incolpare, accusare
incult|o, -a *adj* incolto, -a; ignorante ◊ ***estilo ~*** stile trascurato; **~ura** *f* incultura; ignoranza

incumb|encia *f* incombenza; competenza ◊ ***no es de mi ~*** non è di mia competenza; **~ir** *vi* spettare, incombere, competere

incumpli|dor, -a *adj* inadempiente; **~miento** *m* inadempimento, inadempienza *f*, mancata esecuzione *f*; **~r** *vt* non compiere

incunable *m impr* incunabolo

incur|able *adj* incurabile; **~ia** *f* incuria, negligenza

incurrir *vi* incorrere

incursión *f mil* incursione, scorreria ◊ ***~ aérea*** raid

indaga|ción *f* investigazione, indagine; **~dor, -a** *adj/s* indagatore, -trice; **~r** ‹*indagué*› *vt* indagare, investigare

indebido, -a *adj* indebito, -a, illecito, -a

indecen|cia *f* indecenza; **~te** *adj* indecente, indecoroso, -a

indecible *adj* indicibile

indecis|ión *f* indecisione; **~o, -a** *adj* indeciso, -a, titubante; incerto, -a

indeclinable *adj* indeclinabile

indecoroso, -a *adj* indecoroso, -a, indecente

indefectible *adj* indefettibile

indefens|ión *f* mancanza di difesa; **~o, -a** *adj* indifeso, -a

indefini|ble *adj* indefinibile; **~do, -a 1.** *adj/m* indefinito, -a; **2.** *adj* illimitato, -a ◊ ***adjetivo, pronombre ~*** *ling* aggettivo, pronome indefinito; ***pretérito ~*** *ling* passato remoto

indeformable *adj* indeformabile

indehiscente *adj bot* indeiscente

indeleble *adj* indelebile

indelica|deza *f* indelicatezza; **~do, -a** *adj* indelicato, -a

indemn|e *adj* indenne, illeso, -a, incolume; **~idad** *f jur* indennità *inv*; **~ización** *f* indennizzo *m*, risarcimento *m*; **~izar** ‹*indemnicé*› *vt* indennizzare, risarcire

independ|encia *f* indipendenza ◊ ***con ~ de*** indipendentemente da; **~entismo** *m pol* indipendentismo; **~entista** *m/f pol* indipendentista; **~iente** *adj* indipendente; **~izado, -a** *adj* indipendente, emancipato, -a; **~izarse** ‹*independicé*› rendersi indipendente, emanciparsi

inderoga|bilidad *f* inderogabilità *inv*; **~ble** *adj* inderogabile

indescifrable *adj* indecifrabile

indescriptible *adj* indescrivibile

indeseable *adj/s* indesiderabile

indesmallable *adj* indemagliabile

indestructi|bilidad *f* indistruttibilità *inv*; **~ble** *adj* indistruttibile

indetermin|able *adj* indeterminabile; **~ación** *f* indeterminatezza, irresolutezza; **~ado, -a** *adj* indeterminato, -a; *ling* (*artículo*) indeterminativo, -a

indexa|ción *f econ/informát* indicizzazione; **~r** *vt econ/informát* indicizzare

India *f geogr* India

indiada *f raro* moltitudine di indiani

indian|ismo *m* indianismo; **~o, -a 1.** *adj/s* indiano, -a; **2.** *adj/s* arricchito, -a in America; **3.** *f* (*tejido*) indiana

indica|ción *f* indicazione; **~do, -a** *pp/adj* indicato, -a, appropriato, -a ◊ ***ser el más ~ para*** essere la persona più indicata per; **~dor, -a** *adj/s* indicatore, -trice; **~r** ‹*indiqué*› *vt* indicare; dire, suggerire; manifestare; **~tivo, -a 1.** *adj/m ling/tec* indicativo; **2.** *adj* indicativo, -a

índice *m* indice; *com* tasso, indice

indici|ario, -a *adj jur* indiziario, -a; **~o** *m* indizio, traccia *f*, sintomo

índico, -a *adj geogr* indico, -a

indiferen|cia *f* indifferenza; **~te** *adj* indifferente; freddo, -a, apatico, -a; **~temente** *adv* indistintamente

indígena *adj/s* indigeno, -a

indigen|cia *f* indigenza; **~te** *adj/s* indigente

indigest|arse 1. fare un'indigestione *vi*; 2. diventare antipatico *vi*; **~ión** *f med tamb. fig* indigestione; **~o, -a** *adj* 1. indigesto, -a; 2. *fig* molesto, -a, pesante; 3. *fig* disordinato, -a

indign|ación *f* indignazione; **~ante** *adj* indignante; **~ar 1.** *vt* indignare; **2. ~se** indignarsi, sdegnarsi; **~idad** *f* indegnità *inv*; **~o, -a** *adj* indegno, -a; spregevole, iniquo, -a

índigo *m* indaco

indio, -a 1. *adj/s* indiano, -a; (*América Central y del Sur*) indio, -a; **2.** *m quím* indio ◊ ***en fila ~a*** in fila indiana; ***hacer el ~*** fare lo scemo

indirect|a *f* allusione, insinuazione ◊ ***coger una ~*** capire l'antifona; ***soltar una ~*** fare un'allusione; **~o, -a** *adj* indiretto, -a

indisciplina *f* indisciplina; **~do, -a** *adj/s* indisciplinato, -a

indiscre|ción *f* indiscrezione, indelicatezza; **~to, -a** *adj* indiscreto, -a, indelicato, -a

indiscriminado, -a *adj* indiscriminato, -a

indiscutible *adj* indiscutibile

indisolu|bilidad *f* indissolubilità *inv*; **~ble** *adj* indissolubile

indispensable *adj* indispensabile, assolutamente necessario, -a

indispo|ner ‹*pongo; pondré; puse; puesto*› V. 32 **1.** *vt* indisporre, irritare; **2. ~se** 1. sentirsi indisposto, sentirsi male; 2. irritarsi; **~sición** *f* indisposizione

indispuesto, -a *adj* indisposto, -a; *med* (*mujer*) indisposta

indistint|amente *adv* indistintamente; **~o, -a** *adj* indistinto, -a

individuación *f* individuazione

individual *adj* individuale; singolo, -a, unipersonale; ***habitación ~*** *camera singola*; singolare, personale; **~idad** *f* individualità *inv*; **~ismo** *m* individualismo; **~ista** *adj/s* individualista; **~ización** *f* individualizzazione; **~izar** ‹*individualicé*› *vt* individualizzare

individuar *vt* individuare

individuo *m* individuo; membro; *desp* tipo ◊ ***¡menudo ~!*** *desp* bel tipo! (*irón*)

indivis|ibilidad *f* indivisibilità *inv*; **~ible** *adj* indivisible; **~o, -a** *adj* indiviso, -a
indización *f* indicizzazione
INDO (*Instituto Nacional de Denominación de Origen*) *abr/m Esp* ="INDICOD (Istituto Nazionale per la Diffusione della Codifica dei Prodotti) "
indochino, -a *adj/s geogr* indocinese
indócil *adj* indocile
indocilidad *f* indocilità *inv*
indocto, -a *adj* indotto, -a
indocumentado, -a 1. *adj* privo, -a di documenti; **2.** *m/f desp* ignorante, un/una dappoco *inv*
indoeuropeo, -a *adj/s* indoeuropeo, -a
indol *m quím* indolo
índole *f* indole, natura, carattere *m*; indole, tendenza
indolen|cia *f* indolenza; **~te** *adj/s* indolente
indoloro, -a *adj* indolore, indoloro, -a
indomable *adj* indomabile
indómito, -a *adj elev* indomito, -a, fiero, -a
Indonesia *f geogr* Indonesia
indonesio, -a *adj/s* indonesiano, -a
indoor [in'dor] *adj inv sport* indoor
Indostán *m* Indostan
indostánico, -a *adj/s* indostano, -a
induc|ción *f* 1. *filos/fís* induzione; 2. *jur* istigazione ◊ ***cocina de ~*** cucina di induzione; **~ido, -a** *adj/m* indotto, -a; **~ir** ‹*induzco; induje; induciendo*› V. 20 *vt* 1. *filos/fís* indurre, istigare; 2. *jur* indurre; **~tivo, -a** *adj* induttivo, -a; **~tor, -a 1.** *adj* induttore, -trice; **2.** *m fís* induttore; **3.** *m/f* istigatore, -trice
indudable *adj* indubbio, -a, indubitabile
induje V. **inducir**
indulgen|cia *f* indulgenza, clemenza ◊ ***~ plenaria*** indulgenza plenaria; **~te** *adj* indulgente, clemente, benevolo, -a
indult|ar *vt* concedere l'indulto *vi*, condonare; **~o** *m* indulto, condono
indument|aria *f* vestiti *mpl*, abbigliamento *m*; **~o** *m* indumento
industria *f* 1. industria; ***~ bélica, pesada...*** *industria bellica, pesante...*; 2. industria, abilità *inv*, destrezza; **~l** *adj/s* industriale; **~lismo** *m* industrialismo; **~lización** *f* industrializzazione; **~lizar** ‹*industrialicé*› *vt* industrializzare
industrioso, -a *adj* industrioso, -a, ingegnoso, -a, laborioso, -a
induzco V. **inducir**
INE (*Instituto nacional de Estadística*) *abr/m Esp* ="ISTAT (Istituto Nazionale di Statistica)"
inedia *f elev* inedia
inédito, -a *adj/m* inedito, -a
INEF (*Instituto Nacional de Educación Física*) *abr/m Esp* ="ISEF (Istituto Superiore di Educazione Fisica)" *hist*; Facolta di Scienze motorie
inefable *adj* ineffabile
inefica|cia *f* inefficacia; **~z** *adj* inefficace
ineficien|cia *f* inefficienza; **~te** *adj* inefficiente
inelegi|bilidad *f* ineleggibilità *inv*; **~ble** *adj* ineleggibile
inelu|ctable *adj* ineluttabile; **~dible** *adj* ineluttabile, inevitabile; inelusibile (*elev*)
INEM (*Instituto Nacional de Empleo*) *abr/m Esp* ="ISFOL (Istituto Nazionale per la formazione professionale dei Lavoratori)"
inenarrable *adj* inenarrabile, indescrivibile
inencontrable *adj* introvabile
inept|itud *f* inettitudine; **~o, -a** *adj/s* inetto, -a, incapace
inequívoco, -a *adj* inequivocabile, indubbio, -a
inercia *f* inerzia
inerme *adj elev* inerme
inerte *adj* 1. *fís/quím tamb. fig* inerte; 2. inoperoso, -a, ozioso, -a
Inés *f* Ines, Agnese
inescrutable *adj* inscrutabile
inespe|cífico, -a *adj* aspecifico, -a; **~rable** *adj* insperabile; **~rado, -a** *adj* inatteso, -a, inaspettato, -a, insperato, -a
inesta|bilidad *f* instabilità *inv*; **~ble** *adj* instabile; *meteo* variabile
inestimable *adj* inestimabile
inevita|bilidad *f* ineluttabilità *inv*; **~ble** *adj* inevitabile
inexact|itud *f* inesattezza; **~o, -a** *adj* inesatto, -a
inexcusable *adj* inescusabile
inexisten|cia *f* inesistenza; **~te** *adj* inesistente
inexora|bilidad *f* inesorabilità *inv*; **~ble** *adj* inesorabile, spietato, -a
inexper|iencia *f* inesperienza; **~to, -a** *adj/s* inesperto, -a
inexplic|able *adj* inesplicabile, inspiegabile; **~ado, -a** *adj* inesplicato, -a
inexplor|able *adj* inesplorabile; **~ado, -a** *adj* inesplorato, -a
inexpres|able *adj* inesprimibile; **~ivo, -a** *adj* inespressivo, -a
inexpugnable *adj* inespugnabile
inextinguible *adj* inestinguibile
inextirpable *adj* inestirpabile
inextricable *adj* inestricabile
infali|bilidad *f* infallibilità *inv*; **~ble** *adj* infallibile
infam|ación *f* diffamazione; **~ante** *adj* infamante; **~ar** *vt* infamare, diffamare; **~atorio, -a** *adj* infamatorio, -a; **~e** *adj/s* infame, ignobile; **~ia** *f* infamia, ignominia; infamità *inv*
infancia *f* infanzia
infant|a *f hist* infanta; infante; **~e, -a 1.** *adj/s hist* infante, -a; **2.** *m mil* fante; **~ería** *f mil* fanteria
infanti|cida *adj/s* infanticida; **~cidio** *m* infanticidio; **~l** *adj* infantile, puerile; **~lidad** *f* infantilità *inv*; **~lismo** *m med* infantilismo
infarto *m med* infarto ◊ ***~ cardíaco, del miocardio*** infarto cardiaco, del miocardio
infatigable *adj* infaticabile, instancabile
infatua|do, -a *adj* infatuato, -a; **~rse** infatuare
infausto, -a *adj* infausto, -a, funesto, -a, nefasto, -a
infec|ción *f* infezione; **~cioso, -a** *adj* infettivo, -a; **~tado, -a** *adj* infetto, -a, contagiato, -a; **~tar** *vt*

infettare, contaminare; *ling* contaminare; **~to, -a** *adj* infetto, -a

feli|cidad *f* infelicità *inv*; **~z** *adj/s* infelice, disgraziato, -a, sventurato, -a; *desp* disgraziato, -a

inferencia *f filos* inferenza

inferi|or *adj/s* inferiore; **~oridad** *f* inferiorità *inv*

inferir ‹*infiero; infirió; infiriendo*› V. 10 *vt* inferire; dedurre

infern|áculo *juego* V. **rayuela**; **~al** *adj* infernale, demoniaco, -a; *fig* orribile, infernale

infest|ación *f* infestazione; **~ante** *adj* infestante; **~ar** *vt* infettare, contaminare; *fig* infestare, danneggiare

infibulación *f* infibulazione

inficionar *vt raro* infettare, contaminare, contagiare; *fig* corrompere

infidelidad *f* infedeltà *inv*; *raro* infedeli *mpl*

infiel *adj/s* 1. infedele, sleale; 2. *relig* infedele; 3. inesatto, -a

infiern|illo *m* fornello ad alcol; **~o** *m relig tamb. fig* inferno ◊ ***mandar al*** **~** mandare all'inferno; ***¡Vete al ~!*** Vattene all'inferno!

infiero V. **inferir**

infijo *m ling* infisso

infiltra|ción *f* infiltrazione; **~do, -a** *adj/s* infiltrato, -a; **~r 1.** *vt* infondere; *pol* infiltrare; **2. ~se** penetrare *vi*, infiltrarsi

ínfimo, -a *adj* infimo, -a

infinidad *f* infinità *inv*

infinit|esimal *adj* infinitesimale; **~ésimo, -a** *adj* infinitesimo, -a; **~ivo** *adj/m ling* infinito (!); **~o, -a 1.** *adj/m* infinito, -a; **2.** *adj* illimitato, -a; **~ud** *f* infinità *inv*

infirió V. **inferir**

infla|ción *f* 1. *com* inflazione; 2. gonfiamento *m*; *fig* esagerazione; **~onario, -a** *adj* inflazionistico, -a; **~onismo** *m econ* inflazionismo; **~onista** *adj/s econ* inflazionista, inflazionistico, -a

inflado *m auto* gonfiamento

inflama|ble *adj* infiammabile; **~ción** *f* 1. *med* infiammazione; 2. *fig* accensione; **~do, -a** *pp/adj tamb. fig* infiammato; *fig* concitato, -a; **~r 1.** *vt tamb. fig* infiammare; accendere; **2. ~se** *tamb. fig* infiammarsi, ardere *vi*; **~torio, -a** *adj med* infiammatorio, -a, flogistico, -a

inflar 1. *vt* gonfiare; *fig* esagerare; **2. ~se** gonfiarsi; *fig* insuperbire *vi*, gonfiarsi

inflexi|bilidad *f* inflessibilità *inv*; **~ble** *adj* inflessibile, rigido, -a; severo, -a; **~ón** *f fís/ling* inflessione; *ling* cadenza; flessione

infligir ‹*inflijo*› *vt* infliggere

inflorescencia *f bot* infiorescenza

influencia *f* influenza, incidenza; autorità *inv* ◊ ***zona de*** **~** zona d'influenza; **~ble** *adj* influenzabile; **~r** ‹*influencio*› V. 1 *vt* influenzare

influir ‹*influyo; influyó; influyendo*› V. 14 *vi* influire (**sobre/en** in), incidere (**sobre/en** in); *fig* influenzare *vt* (**sobre/en** qc), influire (**sobre/en** su)

influjo *m* influsso, influenza *f*

influyente *adj* influente; autorevole

infolio *m impr* in folio

informa|ción *f* informazione, notizia, ragguaglio *m*; *cient* informazione ◊ **~ *meteorológica*** previsioni del tempo, bollettino meteorologico; **~dor, -a** *adj/s* informatore, -trice; giornalista; **~l 1.** *adj/s* informale; **2.** *adj* informale, che manca alla parola, non serio, -a; **3.** *m/f arte* informale ◊ ***vestir*** **~** vestire casual; **~lidad** *f* mancanza di serietà, mancanza di formalità; **~lismo** *m* (*pintura*) arte informalista *f*; **~nte** *adj/s* informatore, -trice; **~r 1.** *vt* informare; **2.** *vi* 1. *filos* dare forma sostanziale; 2. *jur* fare/pronunciare arringhe

informátic|a *f* informatica; **~o, -a** *adj/s* informatico, -a

informativo, -a 1. *adj* informativo, -a; **2.** *m* 1. notiziario; 2. *TV* telegiornale; 3. *radio* giornale radio

informatiza|ción *f* informatizzazione; **~r** ‹*informaticé*› *vt* informatizzare

informe 1. *m* informazione; relazione *f*, rapporto; *jur* arringa *f*; **2.** *adj* informe, amorfo, -a

infortun|ado, -a *adj* sfortunato, -a, disgraziato, -a, sventurato, -a; **~io** *m elev* infortunio, disgrazia *f*, sciagura *f*

infrac|ción *f med/jur* infrazione; **~tor, -a** *adj/s jur* trasgressore *adj/m*, trasgreditrice *adj/f*

infraestructura *f* infrastruttura ◊ ***Ministerio de*** **~** *Am* Ministero delle Infrastrutture (e dei Trasporti)

in fraganti *adv* in flagrante

infrahumano, -a *adj* disumano, -a

infrangible *adj elev* infrangibile

infranqueable *adj* insuperabile

infrarrojo, -a *adj/m fís* infrarosso, -a

infrascrito, -a *adj* infrascritto, -a, sottoscritto, -a

infrasonido *m fís* infrasuono

infrautilización *f* bassa utilizzazione

infravalor|ación *f* sottovalutazione; **~ar** *vt* sottovalutare

infrecuen|cia *f* infrequenza; **~te** *adj* infrequente

infringir ‹*infrinjo*› *vt* infrangere, violare, trasgredire

infruct|ífero, -a *adj* infruttifero, -a; **~uosidad** *f* infruttuosità *inv*; **~uoso, -a** *adj* infruttuoso, -a, sterile

infrutescencia *f bot* infruttescenza

ínfula 1. *f* infula; **2.** *fpl* arie, boria *f*, presunzione *f* ◊ ***darse ~s*** darsi arie

infumable *adj* 1. infumabile; 2. *coloq* inaccettabile; ***esa propuesta es*** **~** *quella proposta è inaccettabile*

infund|ado, -a *adj* infondato, -a; **~io** *m* frottola *f*, balla *f*, panzana *f*; **~ir** *vt* infondere, comunicare

infus|ión *f* tisana, infusione, infuso *m*; **~ *de manzanilla*** *infuso/infusione di camomilla*; **~o, -a** *adj* infuso, -a ◊ ***ciencia ~a*** *irón* scienza infusa

ingeni|ar ‹*ingenio*› V. 1 **1.** *vt* inventare; **2. ~se** ingegnarsi, industriarsi, arrangiarsi; **3.** ~selas *coloq* cavarsela; **~ería** *f* ingegneria ◊ **~ *genética*** ingegneria genetica; **~ero, -a** *m/f* ingegnere ◊

~ ***agrónomo*** ="Dottore in Agraria"; ~ ***de caminos, canales y puertos*** ingegnere civile; ~ ***de montes, de sonido, químico, militar...*** ingegnere forestale, del suono, chimico, militare...; **~o** *m* 1. ingegno; persona d'ingegno *f*; 2. intelligenza *f*, talento, genio; 3. *tecn* congegno, apparecchio, strumento; 4. *Am* zuccherificio; piantagione di canna da zucchero *f* ◊ ***aguzar el*** ~ aguzzare l'ingegno; **~osidad** *f* ingegnosità *inv*; **~oso, -a** *adj* ingegnoso, -a; abile; geniale
ingente *adj* ingente, rilevante
ingenu|idad *f* ingenuità *inv*, semplicità *inv*, candore *m*; **~o, -a** *adj* ingenuo, -a, semplice, candido, -a
inger|encia *f* ingerenza; **~ir** ‹*ingiero; ingirió; ingiriendo*› V. 10 **1.** *vt* ingerire, inghiottire; **2. ~se** intromettersi, immischiarsi, ingerirsi
ingestión *f* ingestione
Inglaterra *f geogr* Inghilterra
ingle *f med* inguine *m* (!)
inglés, -esa 1. *adj/s* 1. inglese; 2. *raro* creditore, -trice; **2.** *m* (pratica sessuale) masochista *f*
ingobernal|bilidad *f* ingovernabilità *inv*; **~ble** *adj* ingovernabile
ingrat|itud *f* ingratitudine; **~o, -a** *adj* ingrato, -a
ingravidez *f* leggerezza; *astron tamb. fig* imponderabilità *inv*
ingrediente *m* ingrediente
ingres|ar 1. *vi* 1. entrare; 2. (*hospital*) ricoverarsi; **2.** *vt* 1. *banc* versare, depositare; 2. (*hospital*) ricoverare; **~o 1.** *m* ingresso, entrata *f*; *com* versamento; *estud* ammissione *f*; **2.** *mpl* entrate *fpl*
inguinal *adj* inguinale
ingurgitar *vt med* ingurgitare, inghiottire
inhábil *adj/s* 1. incapace, inabile; 2. (*día*) non lavorativo
inhabil|idad *f* inabilità *inv*; incapacità *inv*; **~tación** *f* inabilitazione; **~tar** *vt* inabilitare; disabilitare
inhabit|able *adj* inabitabile; **~ado, -a** *adj* disabitato, -a, spopolato, -a, inabitato, -a (*elev*); **~ual** *adj* inconsueto, -a
inhal|ación *f* inalazione; **~ador** *m* inalatore; **~ar** *vt* inalare, aspirare
inhallable *adj* introvabile
inheren|cia *f* inerenza; **~te** *adj* inerente
inhibi|ción *f* inibizione, divieto *m*; **~do, -a** *pp/adj* inibito, -a; **~dor, -a** *adj/s* inibitore, -trice; **~r 1.** *vt jur* inibire, impedire, proibire; **2. ~se** astenersi (**de** da); **~torio, -a** *adj jur* inibitorio, -a
inhóspito, -a *adj* inospitale, inospite
inhuma|ción *f* inumazione, seppellimento *m*; **~no, -a** *adj* inumano, -a, crudele, spietato, -a; **~r** *vt* inumare, seppellire
INI (*Instituto Nacional de Industria*) *abr/m Esp hist* Istituto Nazionale per l'Industria
inicia|ción *f* iniziazione; **~do, -a** *adj/s* iniziato, -a; **~dor, -a** *adj* iniziatore, -trice
inicial *adj/f* iniziale; **~ización** *f informát* inizializzazione; **~izar** ‹*inicialicé*› *vt informát* inizializzare; *informát* formattare (un disco)
iniciar ‹*inicio*› V. 1 *vt* iniziare, cominciare; istruire
iniciático, -a *adj* iniziatico, -a
iniciativa *f* iniziativa
inicio *m* inizio, principio; *informát* avvio
inicuo, -a *adj* iniquo, -a, ingiusto, -a, malvagio, -a
inigualable *adj* incomparabile, impareggiabile
inimaginable *adj* inimmaginabile
inimitable *adj* inimitabile
ininflamable *adj* ininfiammabile
ininteligible *adj* inintelligibile
ininterrumpido, -a *adj* ininterrotto, -a, continuo, -a
iniquidad *f* iniquità *inv*, malvagità *inv*
injer|encia *f* ingerenza, intromissione; **~irse** ingerire, inframmettersi; **~tar** *vt agric* innestare; **~to** *m agric* innesto; *med* innesto, trapianto ◊ ~ ***inglés*** *agric* innesto a spacco; ~ ***por aproximación*** *agric* innesto per approccio/per approssimazione; ~ ***por escudete*** *agric* innesto a gemma/a occhio
injur|ia *f* ingiuria, insulto *m*, oltraggio *m*; **~iar** ‹*injurio*› V. 1 *vt* 1. ingiuriare, insultare, oltraggiare; 2. danneggiare; **~ioso, -a** *adj* ingiurioso, -a, oltraggioso, -a
injusti|cia *f* ingiustizia; **~ficable** *adj* ingiustificabile; **~ficado, -a** *adj* ingiustificato, -a
injusto, -a *adj* ingiusto, -a
INLE (*Instituto Nacional del libro Español*) *abr/m* ="Istituto Nazionale del Libro Spagnolo"
inmaculado, -a *adj* immacolato, -a, puro, -a, illibato, -a ◊ ***la *~a Concepción*** *relig* l'Immacolata Concezione
inmadur|ez *f* immaturità *inv*; **~o, -a** *adj* immaturo, -a
inmanen|cia *f filos* immanenza; **~te** *adj filos* immanente
inmaterial *adj* immateriale
inmedia|ciones *fpl* dintorni *mpl*; **~tamente** *adv* immediatamente, subito; **~tez** *f* immediatezza; **~to, -a** *adj* immediato, -a ◊ ***de*** ~ subito
inmejorable *adj* eccellente, ottimo, -a, impareggiabile
inmemorial (*var.* **inmemorable**) *adj* immemorabile, ◊ ***desde tiempo(s) inmemorial(es)*** *coloq* da tempi immemori(ali)
inmens|idad *f* immensità *inv*; **~o, -a** *adj* immenso, -a, illimitato, -a, enorme; **~urable** *adj* immensurabile, smisurato, -a
inmerecido, -a *adj* immeritato, -a, ingiusto, -a
inmers|ión *f* immersione; **~o, -a** *adj* immerso, -a
inmigr|ación *f* immigrazione; **~ante** *adj/s* immigrante; **~ar** *vi* immigrare; **~atorio, -a** *adj* immigratorio, -a
inminen|cia *f* imminenza, prossimità *inv*; **~te** *adj* imminente
inmiscuirse ‹*inmiscuyo; inmiscuyó: inmiscuyendo*› V. 14 immischiarsi
inmobiliario, -a *adj* immobiliare
inmoder|ación *f* immoderazione, smoderatezza, intemperanza; **~ado, -a** *adj* immoderato, -a, smoderato, -a, intemperante

inmodest|ia *f* immodestia; **~o, -a** *adj* immodesto, -a
inmol|ación *f* immolazione; **~ar** *vt elev* immolare
inmoral *adj* immorale; **~idad** *f* immoralità *inv*
inmortal *adj* immortale; **~idad** *f* immortalità *inv*; **~izar** ‹*inmortalicé*› *vt* immortalare, perpetuare
inmotivado, -a *adj* immotivato, -a
inmoto, -a *adj elev* immoto, -a
inmóvil *adj* immobile
inmovil|idad *f* immobilità *inv*; **~smo** *m* immobilismo; **~sta** *adj/s* immobilista; **~zación** *f* immobilizzazione; **~zar** ‹*inmovilicé*› *vt med/com* immobilizzare
inmueble *adj/m* immobile ◊ ***bienes ~s*** beni immobili
inmund|icia *f* immondizia, spazzatura, sudiciume *m*; *fig* immondezza; **~o, -a** *adj* immondo, -a, schifoso, -a
inmune *adj* immune (**a** da); esente (**a** da)
inmun|idad *f med/jur* immunità *inv*; **~tario, -a** *adj med/biol* immunitario, -a; **~zación** *f med/biol* immunizzazione; **~zar** ‹*inmunicé*› *vt med tamb. fig* immunizzare
inmunode|ficiencia *f med* immunodeficienza; **~presión** *f med/biol* immunosoppressione; **~presor** *adj/m med* immunodepressore
inmuno|logía *f* immunologia; **~ógico, -a** *adj med* immunologico, -a
inmuta|bilidad *f* immutabilità *inv*; **~ble** *adj* immutabile, inalterabile; **~rse** impressionarsi, alterarsi
innat|o, -a *adj* innato, -a; **~ural** *adj* innaturale
innecesario, -a *adj* non necessario, -a
innegable *adj* innegabile
innegociable *adj* intrattabile
innoble *adj* ignobile, vile; plebeo, -a
innocuo, innocuidad V. **inocuo, inocuidad**
innombrable *adj* innominabile
innov|ación *f* innovazione, innovamento *m*, novità *inv*; **~ador, -a** *adj/s* innovatore, -trice; **~ar** *vt* innovare; **~ativo, -a** *adj* innovativo, -a
innumerable *adj* innumerevole, innumerabile (*elev*)
innúmero, -a *adj elev* innumerabile
inobedien|cia *f* disobbedienza; **~te** *adj* disobbediente
inobservancia *f* inosservanza, disapplicazione
inocen|cia *f* 1. innocenza, candore *m*, semplicità *inv*; 2. incolpevolezza; **~tada** *f* 1. *coloq* ingenuità *inv*; 2. *coloq* ="scherzo che si fa il 28 dicembre come il pesce d'aprile italiano" *m*; **~te** *adj/s* 1. innocente, ingenuo, -a; sempliciotto, -a; vittima di uno scherzo/inocentada *f*; 2. incolpevole; **~tón, -ona** *adj/s* scemone, -a, ingenuo, -a
inocuidad (*var.* **innocuidad** *raro*) *f* innocuità *inv*
inocul|ación *f* inoculazione; **~ar** *vt* inoculare; *med* contagiare
inocuo, -a (*var.* **innocuo** *raro*) *adj* innocuo, -a, inoffensivo, -a
inodoro, -a 1. *adj* inodoro, -a; **2.** *m* water (close)* *inv*
inofensivo, -a *adj* inoffensivo, -a, innocuo, -a
inoficioso, -a *adj jur* inofficioso, -a
inolvidable *adj* indimenticabile
inopera|ble *adj* inoperabile; **~nte** *adj* inoperante
inopia *f coloq* inopia ◊ ***estar en la ~*** *coloq* vivere fra le nuvole
inopin|able *adj* inopinabile, imprevedibile; **~ado, -a** *adj* inopinato, -a, impensato, -a
inoportun|idad *f* inopportunità *inv*; **~o, -a** *adj* inopportuno, -a, intempestivo, -a, sconveniente
inorgánico, -a *adj* inorganico, -a
inoxidable *adj* inossidabile
input ['imput] *m econ/informát* input *inv*
inquebrantable *adj* infrangibile; *fig* incrollabile
inquiero V. **inquirir**
inquiet|ador, -a *adj* inquietante; **~ante** *adj* inquietante; **~ar** *vt* inquietare, preoccupare; **~o, -a** *adj* inquieto, -a, agitato, -a; irrequieto, -a; **~ud** *f* inquietudine, agitazione, ansia
inquilino, -a *m/f* inquilino, -a
inquina *f* avversione, odio *m* ◊ ***tenerle ~ a alg*** sentir antipatia verso q; **~r** *vt* macchiare
inquirir ‹*inquiero*› V. 7b *vt* inquisire, indagare, investigare
inquisi|ción *f* indagine, ricerca ◊ ***la *~*** *relig* l'Inquisizione; **~dor, -a** *adj/m* inquisitore, -trice, investigatore, -trice; **~tivo, -a** *adj* inquisitivo, -a; **~torial** *adj* inquisitorio, -a; **~torio, -a** *adj* inquisitorio, -a, inquirente
inri *m* scherno, ludibrio; *fig* colmo ◊ ***para más ~*** per giunta, per colmo di sventura; ***poner el ~*** svergognare
insacia|bilidad *f* insaziabilità *inv*; **~ble** *adj* insaziabile
insacular *vt* imbussolare
insaliv|ación *f* insalivazione; **~ar** *vt* insalivare
insalubr|e *adj* insalubre, malsano, -a; **~idad** *f* insalubrità *inv*
INSALUD [in'salud] (*Instituto Nacional de la Salud*) *abr/m* ="INAM (Istituto Nazionale per l'Assicurazione contro le malattie)"
insalvable *adj* insalvabile
insan|able *adj* insanabile, incurabile; **~ia** *f* 1. malsano, -a; *elev* insania, demenza; **~o, -a** *adj* 2. *elev* insano, -a, demente
insatisf|acción *f* insoddisfazione; **~echo, -a** *adj* insoddisfatto, -a
insatura|ble *adj* insaturabile; **~do, -a** *adj quím* insaturo, -a
inscri|bir ‹*inscrito*› V. 25 *vt* iscrivere, registrare; *mat* inscrivere; **~pción** *f* iscrizione; **~to, -a** *adj/s* iscritto, -a ◊ ***nuevo ~*** neoiscritto
insect|ario *m cient* insettario; **~icida** *adj/m* insetticida; **~ívoro, -a** *adj zool* insettivoro, -a; **~o** *m* insetto
insegur|idad *f* insicurezza; **~o, -a** *adj* insicuro, -a
insemin|ación *f biol* inseminazione ◊ **~ *artificial*** inseminazione articiale; **~ar** *vt biol* inseminare
insensat|ez *f* insensatezza, stoltezza; **~o, -a** *adj/s* insensato, -a, stolto, -a

insensi|bilidad *f* insensibilità *inv*; **~bilizar** ‹*insensibilicé*› *vt* desensibilizzare; **~ble** *adj* 1. insensibile; 2. impercettibile
inseparable *adj* inseparabile, indivisibile
insepulto, -a *adj* insepolto, -a
inserción *f* inserzione; *impr* inserzione, annuncio *m*
INSERSO [in'serso] *abr/m Esp* (*Instituto Nacional de Servicios Sociales*) ="IPA (Istituto di Previdenza e Assistenza)"
insert|ar *vt* inserire; **~o** *m* inserto
inservible *adj* inservibile
insider [in'sajder] *m com* insider *inv* ◊ ***insider trading*** *com* insider trading*
insidi|a *f* insidia, agguato *m*; **~oso, -a** *adj* insidioso, -a
insign|e *adj* insigne, celebre, illustre; **~ia** *f* insegna, stemma *m*, stendardo *m*; (*solapa*) distintivo *m* ◊ ***buque*** **~** *nav* nave ammiraglia, l'ammiraglia
insignifican|cia *f* piccolezza, banalità *inv*; **~te** *adj* insignificante; futile
insincer|idad *f* insincerità *inv*; **~o, -a** *adj* insincero, -a
insinua|ción *f jur/ling tamb. fig* insinuazione; **~nte** *adj* insinuante; **~r 1.** *vt* insinuare; **2. ~se** insinuarsi; cattivarsi
insipidez *f* insipidità *inv*, insipidezza
insípido, -a *adj* insipido, -a; *fig* insipido, -a, insulso, -a ◊ ***diabetes ~a*** *med* diabete insipido
insist|encia *f* insistenza, persistenza; **~ente** *adj* insistente, persistente; ostinato, -a; **~ir** *vi* insistere (**en** in/a); persistere (**en** in), ostinarsi (**en** a)
ínsito, -a *adj elev* insito, -a
in situ *adv* in situ ◊ ***tumor*** **~** *med* tumore in situ
insobornable *adj* incorruttibile
insocia|bilidad *f* insociabilità *inv*, insocievolezza; **~ble** *adj* insociabile, insocievole
insolación *f* insolazione
insolen|cia *f* insolenza, arroganza, sfacciataggine; **~tarse** insolentirsi; **~te** *adj/s* insolente, arrogante
insolidar|idad *f* mancanza di solidarietà; **~o, -a** *adj/s* non solidale
insólito, -a *adj* insolito, -a, inconsueto, -a, inusitato, -a
insolu|bilidad *f* insolubilità *inv*, insolvibilità *inv*; **~ble** *adj* 1. *quím* insolubile; 2. (*sin solución*) insolubile, insolvibile, irresolubile; **~to, -a** *adj* insoluto, -a
insolven|cia *f* insolvenza; **~te** *adj/s* insolvente
insomn|e *adj elev* insonne; **~io** *m* insonnia *f* (!)
insondable *adj* insondabile, inesplorabile, impenetrabile
insonor|ización *f* insonorizzazione; **~izar** ‹*insonoricé*› *vt* insonorizzare; **~o, -a** *adj* non sonoro, -a, insonoro, -a
insoportable *adj* insopportabile, insoffribile
insospechado, -a *adj* insospettabile
insostenible *adj* insostenibile
inspec|ción *f* ispezione; **~cionar** *vt* ispezionare; **~tor, -a** *adj/s* ispettore, -trice

inspira|ción *f* 1. ispirazione, estro *m*; 2. *med* inspirazione; **~do, -a** *adj* ispirato, -a, estroso, -a; **~dor, -a** *adj* ispiratore, -trice; **~r 1.** *vt* ispirare, suscitare, suggerire; **2.** *vi med* inspirare, aspirare; **3. ~se** ispirarsi (**en** a)
INSS (*Instituto Nacional de la Seguridad Social*) *abr/m Esp* ="INPS (Istituto Nazionale Previdenza Sociale)"
instala|ción *f* 1. impianto *m*, installazione; **~ *eléctrica*** *impianto elettrico*; **~ *de un programa*** *installazione di un programma (informát)*; 2. insediamento *m*; **~dor, -a** *adj/s* installatore, -trice; **~r 1.** *vt* installare; insediare; (*rey*) intronizzare; **2. ~se** stabilirsi
instancia *f jur/filos* istanza; *estud/adm* domanda ◊ ***en última*** **~** come ultimo rimedio
instantáne|a *f foto* istantanea; **~o, -a** *adj* 1. istantaneo, -a; 2. improvviso, -a
instante 1. *m* istante, attimo, momento; **2.** *m/f jur* instante, richiedente ◊ ***a cada*** **~** ogni momento; ***al*** **~** all'istante, immediatamente; ***en este mismo*** **~** in questo stesso momento; ***en un*** **~** in un attimo; ***por ~s*** da un momento all'altro
instar 1. *vt* insistere *vi*, instare *vi*; **2.** *vi* urgere
instaur|ación *f* instaurazione; **~ador, -a** *adj* instauratore, -trice; **~ar** *vt* instaurare; restaurare
instig|ación *f jur tamb. fig* istigazione; incitamento *m*; **~ador, -a** *adj/s* istigatore, -trice; **~amiento** *m* sollecitazione *f*; **~ar** ‹*instigué*› *vt* istigare, stimolare, incitare
instilación *f med* instillazione; **~ar** *vt* 1. (*líquido*) instillare; 2. *fig* insinuare, infondere
instint|ivo, -a *adj* istintivo, -a; **~o** *m* istinto; impulso
institu|ción *f* istituzione, fondazione; *jur/pol* istituzione; costituzione; **~cional** *adj* istituzionale; **~cionalización** *f* istituzionalizzazione; **~cionalizar** ‹*institucionalicé*› *vt* istituzionalizzare; **~ir** ‹*instituyo; instituyó; istituyendo*› V. 14 *vt* istituire, fondare; *jur* istituire, costituire; **~tivo, -a** *adj* istitutivo, -a; **~to** *m* istituto; corporazione *f*; *estud* liceo ◊ **~ *de belleza*** istituto di bellezza; **~ *de enseñanza secundaria (IES)*** liceo; istituto tecnico; **~triz** *f* istitutrice
instruc|ción *f* 1. istruzione; cultura; 2. *jur* istruzione; 3. (*orden*) instrucción; **~tivo, -a** *adj* istruttivo, -a; **~tor, -a** *adj/s* istruttore, -trice
instrui|do, -a *adj* istruito, -a, colto, -a, dotto, -a; **~r** ‹*instruyo; instruyó; instruyendo*› V. 14 *vt* istruire; *jur/estud* insegnare, informare
instrument|ación *f mús/tecn* strumentazione; **~al 1.** *adj* strumentale; **2.** *m* strumentario; *mús* strumenti *mpl*; **~alización** *f* strumentalizzazione; **~alizar** ‹*instrumentalicé*› *vt* strumentalizzare; **~ar** *vt mús* strumentare; **~ista** *adj/s mús* strumentista; **~o** *m* 1. *mús/tecn tamb. fig* strumento; **~ *de viento, de arco, de percusión, de cuerda*** *strumento a fiato, ad arco, a percussione, a corda*; 2. *fig* mezzo, strumento; 3. *euf/coloq* arnese

insubordin|ación *f* insubordinazione; **~ado, -a** *adj/s* insubordinato, -a, indisciplinato, -a; **~arse** ribellarsi, ammutinarsi

insubsisten|cia *f* insussistenza; **~te** *adj* insussistente

insubstancial *adj* non sostanziale

insuficien|cia *f* insufficienza; scarsità *inv*; **~te** *adj* insufficiente; scarso, -a

insufrible *adj* insoffribile, insopportabile

insul|ar *adj* insulare; **~ina** *f med* insulina

insuls|ez *f* insulsità *inv*, insulsaggine; **~o, -a** *adj* insulso, -a, sciocco, -a

insult|ante *adj* insultante, oltraggioso, -a; **~ar** *vt* insultare, oltraggiare; **~o** *m* insulto, ingiuria *f*, oltraggio

insumergible *adj* insommergibile

insumis|ión *f jur/mil* renitenza alla leva (militare e civile); **~o, -a** *adj/s jur/mil* renitente alla leva (militare e civile)

insuperable *adj* insuperabile, insormontabile

insurgente *adj/s* insorto, -a, ribelle

insurrec|ción *f* insurrezione, rivolta, ribellione; **~cional** *adj* insurrezionale; **~cionarse** insorgere *vi*, ribellarsi, ammutinarsi; **~to, -a** *adj/s* insorto, -a, ribelle, rivoluzionario, -a

insustituible *adj* insostituibile

intachable *adj* incensurabile, impeccabile, ineccepibile

intacto, -a *adj* intatto, -a; puro, -a, integro, -a; irresoluto, -a

intangible *adj* intangibile

integérrimo, -a *adj* integerrimo, -a

integr|ación *f* integrazione; **~ador, -a** *adj* integrativo, -a; **~al 1.** *adj* integrale; **2.** *f* 1. *mat* integrale *m*; 2. *mús* opera completa; **~ar** *vt* integrare; reintegrare; **~idad** *f* integrità *inv*; **~ismo** *m pol/relig* integralismo, fondamentalismo ◊ **~ *islámico*** integralismo islamico; **~ista** *adj/s pol/relig* integralista, fondamentalista

íntegro, -a *adj* 1. integro, -a, completo, -a; 2. integro, -a, onesto, -a

intelect|ivo, -a *adj* intellettivo, -a; **~o** *m* intelletto, mente *f*; intelligenza *f*; **~ual** *adj/s* intellettuale; **~ualidad** *f* intellettualità *inv*; **~ualismo** *m filos* intellettualismo

inteligen|cia *f* 1. intelligenza, intelletto *m*, ingegno *m*; 2. abilità *inv*, capacità *inv*; 3. intesa, corrispondenza; 4. comprensione; 5. *mil* intelligence* *m inv*; **~te** *adj* intelligente; sveglio, -a; abile

inteligible *adj* intelligibile

intemerata: la ~ *f coloq* le cose più incredibili *fpl*

intemper|ancia *f* intemperanza; **~ante** *adj* intemperante; **~ie** *f* intemperie *fpl* ◊ ***a la ~*** alle intemperie; **~ismo** *m geol* degradazione meteorica *f*

intempestivo, -a *adj* intempestivo, -a, inopportuno, -a

intenci|ón *f* intenzione; proposito *m*, disegno *m* ◊ ***buena, mala ~*** buona, cattiva intenzione; ***segunda ~*** *coloq* doppiezza, falsità; **~onado, -a** *adj* intenzionato, -a ◊ ***bien, mal ~*** bene, male intenzionato; **~onal** *adj* intenzionale, premeditato, -a

intenden|cia *f mil* intendenza; **~te** *m/f* intendente; *Arg/Chile* sindaco *m*

intensi|dad *f* intensità *inv*; forza; **~ficación** *f* intensificazione; **~ficar** ‹*intensifiqué*› *vt* intensificare; **~vo, -a** *adj* intensivo, -a ◊ ***cuidados ~s*** *med* terapia intensiva; ***cultivo ~*** *agric* coltura intensiva

intenso, -a *adj* intenso, -a, forte, vivo, -a

intent|ar *vt* tentare, cercare, procurare; ***lo intento*** *ci provo, cerco di farlo*; **~o** *m* tentativo; intenzione *f*, proposito ◊ ***de ~*** apposta; **~ona** *f pol* tentativo fallito *m*

interac|ción *f cient* interazione; **~cionar** *vi* interagire; **~tivo, -a** *adj* interattivo, -a; **~tuar** *vi* interagire

intercadencia *f* 1. irregolarità *inv*; 2. *med* aritmia

intercalar 1. *adj* intercalare; **2.** *vt* intercalare

intercambi|able *adj com* interscambiabile; sostituibile, scambiabile; **~ar** ‹*intercambio*› V. 1 **1.** *vt* scambiare, interscambiare; **2. ~se** scambiare, scambiarsi; **~o** *m* scambio; *com* interscambio

interceder *vi* intercedere (**por** per), intervenire (**por** in favore di)

intercept|ación *f* intercettazione; **~ar** *vt* intercettare

interces|ión *f* intercessione; **~or, -a** *adj/s* intercessore, -a

intercity [inter'θiti] *adj/m transp* intercity* *inv*

intercomunic|ación *f* intercomunicazione; **~ado, -a** *adj* intercomunicante; **~ador** *m telec* intercomunicante

interconexión *f* interconnessione

interconfesional *adj* interconfessionale

intercontinental *adj* intercontinentale

intercooler [inter'kuler] *m auto* intercooler *inv*

intercostal *adj med* intercostale

intercurrente *adj med* intercorrente

interdepend|encia *f* interdipendenza; **~iente** *adj* interdipendente

interdic|ción *f jur* interdizione; **~to, -a** *adj/m jur* interdetto, -a

interdigital *adj med* interdigitale

interdisciplinario, -a (*var.* **interdisciplinar**) *adj* interdisciplinare

interés *m* 1. interesse, profitto, beneficio; 2. interesse, inclinazione *f* ◊ ***~ compuesto*** *com* interesse composto; ***~ legal*** *com* interesse legale; ***~es creados*** interessi reciproci; ***~es nacionales*** interessi nazionali; ***dativo de ~*** *ling* dativo di interesse; ***devengar ~es*** *com* fruttare, produrre; ***sentir ~*** mostrare interesse; ***tipo de ~*** *com* tasso di interesse

interesa|do, -a *adj/s* interessato, -a; **~nte** *adj* 1. interessante; 2. (*persona*) attraente, interessante ◊ ***hacerse el ~*** fare l'interessante, rendersi interessante; **~r 1.** *vt* interessare; **2.** *vi* concernere *vt*, riguardare *vt*; importare, interessare; **3. ~se** occuparsi (**por** di), prendersi cura (**por** di)

interfacultativo, -a *adj* (*universidad*) interfacoltà *inv*
interfaz (*var.* **interface**) *f informát* interfaccia *m/f*
interfecto, -a *adj/s jur* interessato, -a, implicato, -a
interfer|encia *f fís/ling* interferenza; **~ir** ‹*interfiero; interfirió; interfiriendo*› V. 10 *vi* interferire; **~ón** *m quím* interferone
interfoliar 1. *adj bot* interfogliaceo, -a; **2.** *vt* interfogliare
interfono *m* interfono; (*puerta*) citofono
ínterin *m* 1. interim *inv*, intervallo; 2. *jur* interinato ◊ ***en el ~*** *adv* frattanto, nel frattempo, intanto
interin|idad *f* interinato *m*; **~o, -a 1.** *adj* interino, -a, interinale, provvisorio, -a; **2.** *m/f* incaricato ◊ ***profesor ~*** professore incaricato ad interim, interino
interior (*pl* **interiores**) **1.** *adj/m fig* (*vida*) interiore; interno, -a; ***energía, región ~*** *energia, regione interna*; interiore; **2.** *m(pl) Ven/Col* slip *inv*; **3.** *mpl gastr* interiora *fpl* ◊ ***el ~ de una región*** l'interno/il retroterra di una regione; ***el ~ derecho/izquierdo*** (*fútbol*) la mezzala destra/sinistra; ***comercio ~*** commercio interno; ***deuda ~*** debito interno; ***en ~es*** *cine* in interni; ***Ministerio del *~*** Ministero degli Interni; **~idades** *fpl* intimità *inv*, cose private ◊ ***meterse en ~es*** occuparsi degli affari altrui; **~ismo** *m* architettura d'interni *f*; **~ista** *m/f* arredatore, -trice
interjección *f ling* interiezione, esclamazione
interlínea *f impr* interlinea
interlinea|l *adj* interlineare; **~r** *vt* interlineare
interlocutor, -a *m/f* interlocutore, -trice; **~io, -a** *adj/m jur* interlocutorio, -a
interlu|dio *m mús* interludio; **~nio** *m astron* interlunio
intermedi|ario, -a *adj/s* intermediario, -a; **~o, -a 1.** *m teat* intermezzo; intervallo, spazio; **2.** *adj* intermedio, -a
interminable *adj* interminabile
intermit|encia *f* intermittenza; **~ente 1.** *adj* intermittente; **2.** *m auto* freccia *f*, indicatore di direzione
internación *f Am* degenza
internacional *adj/f pol* internazionale; **~ismo** *m* internazionalismo; **~izar** ‹*internacionalicé*› *vt* internazionalizzare
internado *m* (*alumnos*) convittori *mpl*; (*lugar*) convitto
internamiento *m* internamento, ricovero
internar 1. *vt* internare; (*hospital*) ricoverare; **2. ~se** internarsi; addentrarsi, penetrare *vi*
internauta *m/f* internauta
internet *m/f* internet *f inv*
internista *adj/s med* internista
interno, -a *adj/s* interno, -a
interpela|ción *f pol* interpellanza; **~nte** *adj/s* interpellante; **~r** *vt* interpellare, rivolgere un'interpellanza *vi*
interplanetario, -a *adj* interplanetario, -a
interpola|ción *f lit/jur* interpolazione; **~r** *vt* interpolare, inserire, intercalare
interponer ‹*pongo; pondré; puse; puesto*› V. 32 *vt* interporre, frapporre, intromettere
interposición *f* interposizione ◊ ***fuerza de ~*** *mil* forza d'interposizione
interpretación *f* interpretazione
interpretar *vt* interpretare; **~iado** *m* interpretariato
intérprete *m/f* interprete
interre|gional *adj* interregionale; **~gno** *m pol* interregno
interroga|ción *f* 1. interrogazione, domanda; 2. *ling* punto interrogativo *m*; **~ante 1.** *m* incognita *f*; **2.** *adj* interrogante; *ling* interrogativo, -a; **~ar** ‹*interrogué*› *vt* interrogare; domandare *vi*; **~ativo, -a** *adj* interrogativo, -a; **~atorio** *m* interrogatorio
interrumpir *vt* interrompere
interrup|ción *f* interruzione; **~tor** *m electr* interruttore
intersecar ‹*intersequé*› *vt geom* intersecare
intersección *f geom* intersezione
intersticio *m* interstizio
intertextual *adj* intertestuale; **~idad** *f* intertestualità *inv*
intertrigo (*var.* **intértrigo**) *m med* intertrigine *f*
interurbano, -a *adj* interurbano, -a
intervalo *m* intervallo
interven|ción *f* intervento *m*; **~cionismo** *m pol* interventismo; *com* intervenzionismo; **~cionista** *m/f pol/med* interventista; **~ir** ‹*vengo, vienes; vendré; vine; viniendo*› V. 41 **1.** *vi* 1. intervenire; interporsi, intromettersi; 2. succedere, capitare, accadere; **2.** *vt* 1. *med* operare; 2. *jur* controllare; 3. *com* pagare; **~tor, -a** *m/f* 1. curatore, -trice; 2. *pol* scrutatore, -trice
interviú (*var.* **interview**) *f* intervista
intervocálico, -a *adj ling* intervocalico, -a
interzona|l *adj* interzonale, interzone *inv*; **~s** *adj inv sport* interzone *inv*
intestado, -a *adj/s jur* intestato, -a
intestin|al *adj* intestinale; **~o, -a 1.** *adj* intestino, -a; **2.** *m med* intestino ◊ ***~ ciego*** *med* intestino cieco; ***~ delgado*** *med* intestino tenue; ***~ grueso*** *med* intestino crasso; ***lucha ~a*** *f* guerra intestina
intifada *f pol/relig* intifada, intifadah
intima|ción *f* intimazione; **~r 1.** *vt jur* intimare; **2.** *vi* diventare amici o intimi; **~torio, -a** *adj* intimatore, -trice
intimid|ación *f* intimidazione; **~ad** *f* intimità *inv*, confidenza, familiarità *inv*; **~ar** *vt* intimorire, intimidire, minacciare
intimi|smo *m arte/lit/relig* intimismo; **~sta** *adj/s* intimista
íntimo, -a *adj* intimo, -a
intina *f bot* intina
intitular *vt* intitolare
intocable *adj/s* intoccabile

intoler|able *adj* intollerabile, insopportabile; **~ancia** *f* intolleranza; **~ante** *adj/s* intollerante, intransigente

intonso, -a *adj* (*pelo, libro*) intonso, -a

intoxic|ación *f* intossicazione; **~ar** ‹*intoxiqué*› *vt* intossicare; avvelenare

intracomunitario, -a *adj/s* (*UE*) intracomunitario, -a

intradós *m arq* intradosso

intraducible *adj* intraducibile

intragable *adj* immangiabile

intramu|ndo *m filos* intramondo; **~ros** *adv* nelle mura della città; **~scular** *adj med* intramuscolare

intranet *m/f* intranet *f inv*

intranquil|idad *f* inquietudine; **~izar** ‹*intranquilicé*› *vt* inquietare; **~o, -a** *adj* inquieto, -a, preoccupato, -a, turbato, -a

intranscedental V. **intrascedental**

intransferible *adj banc* intrasferibile, non trasferibile

intransig|encia *f* intransigenza; **~ente** *adj* intransigente, intollerante

intransit|able *adj* intransitabile; **~ivo, -a** *adj ling* intransitivo, -a

intrascenden|cia *f* irrilevanza; **~tal** *adj* intrascendentale; **~te** *adj* intrascendentale, intrascendente

intratable *adj* (*persona*) intrattabile, brusco, -a; *med* intrattabile

intrauterino, -a *adj med* intrauterino, -a

intravenoso, -a *adj* endovenoso, -a, intravenoso, -a

intredós *m arq* intradosso

intrepidez *f* intrepidezza

intrépido, -a *adj* intrepido, -a, audace, coraggioso, -a

intricado V. **intrincado**

intriga *f* intrigo *m* (!), imbroglio *m*, groviglio *m*; *lit/cine* trama, intreccio *m*, intrigo *m* ◊ ***comedia de ~*** *cine/teat* commedia di intrigo intreccio; **~nte** *adj/s* intrigante; **~r** ‹*intrigué*› **1.** *vi* intrigare, raggirare; **2.** *vt* incuriosire, intrigare

intrincado, -a (*var.* **intricado**) *adj* intricato, -a

intríngulis *m inv coloq* mistero *m*, ragione occulta *f*

intrínseco, -a *adj* intrinseco, -a; intimo, -a

introduc|ción *f* introduzione; *lit* esordio *m*, introduzione; *mús* preludio *m*, introduzione; **~ir** ‹*introduzco; introduje; introduciendo*› V. 20 **1.** *vt* introdurre; diffondere; **2. ~se** introdursi; **~tivo, -a** *adj* introduttivo, -a; **~tor, -a** *m/f* introduttore, -trice ◊ ***~ de embajadores*** introduttore di ambasciatori; **~torio, -a** *adj* introduttivo, -a

introduje, introduzco V. **introducir**

introito *m relig tamb. fig* introito

intromisión *f* intromissione, ingerenza

introspec|ción *f* introspezione; **~tivo, -a** *adj* introspettivo, -a

introver|sión *f* introversione, introspezione; **~o, -a** *adj* introverso, -a, introspettivo, -a

introvertido, -a *adj/s* introverso, -a

intrus|ión *f* intrusione; **~o, -a** *adj/s* intruso, -a

intui|ble *adj* intuibile; **~ción** *f filos/relig* intuizione; intuito *m*, percezione; **~r** ‹*intuyo; intuyó; intuyendo*› V. 14 *vt* intuire; **~tivo, -a** *adj/s* intuitivo, -a

intumescencia *f* intumescenza, tumefazione

inund|ación *f* inondazione, alluvione *m*, allagamento *m*; **~ar** *vt* inondare, allagare; *fig* invadere

inurbano, -a *adj/s* inurbano, -a

inusitado, -a *adj elev* inusitato, -a, insolito, -a

inútil *adj/s coloq* inutile ◊ ***ser un ~*** essere un buono a nulla

inutil|idad *f* inutilità *inv*; **~zable** *adj* inutilizzabile, inservibile; **~zación** *f* inutilizzazione; **~zar** ‹*inutilicé*› *vt* inutilizzare, rendere inservibile, mettere fuori uso

invadir *vt* invadere, occupare

invaginar *vt biol/med tamb. fig* invaginare

invalid|ación *f transp* (*billete*) obliterazione; **~ar** *vt* invalidare, annullare; **~ez** *f* invalidità *inv*

inválido, -a *adj/s* invalido, -a; nullo, -a

invar® *m metal* invar *inv*

invaria|bilidad *f* invariabilità *inv*; **~ble** *adj* invariabile; **~do, -a** *adj* invariato, -a; **~nte** *adj mat/jur* invariante

invas|ión *f* invasione, irruzione; **~or, -a** *adj/s* invasore *adj/m*, invaditrice *adj/f*

invectiva *f* invettiva, diatriba, filippica

invenc|ible *adj* invincibile; insuperabile; **~ión** *f ling/relig tamb. fig* invenzione

invendible *adj* invendibile

inventar *vt* inventare; creare, immaginare; **~iar** ‹*inventarío*› V. 2 *vt* inventariare, fare l'inventario *vi*; **~io** *m* inventario

inventiv|a *f* inventiva; **~o, -a** *adj* inventivo, -a

invento *m* invenzione *f*; *irón/coloq* scoperta *f*; **~r, -a** *adj/s* inventore, -trice

inverecund|ia *f elev* inverecondia; **~o, -a** *adj elev* inverecondo, -a

inverna|ción *f zool* svernamento *m*; **~da** *f* invernata, inverno *m*; **~dero** *m agric* serra *f* ◊ ***efecto ~*** effetto serra; **~l** *adj* invernale; **~r** *vi* svernare

inveros|ímil *adj* 1. inverosimile; 2. indifferente; **~imilitud** *f* inverosimiglianza

invers|ión *f* 1. *com* investimento *m*; 2. inversione, capovolgimento *m*; **~ionista** *adj/s* investitore, -trice; **~o, -a** *adj* inverso, -a, contrario, -a ◊ ***a la ~a*** all'inversa; ***traducción ~a*** traduzione inversa; **~or, -a 1.** *m tecn* invertitore; **2.** *adj/s com* investitore, -trice

invertebrado, -a *adj/m* invertebrato, -a

inverti|do, -a 1. *adj* rovesciato, -a, capovolto, -a; *ling/quím* invertito, -a; *com* investito, -a; **2.** *m* invertito, omosessuale; **~r** ‹*invierto; invirtió; invirtiendo*› V. 10 *vt* 1. capovolgere, rovesciare; 2. *com* (*dinero*) investire

investidura *f* investitura

investig|ación *f* ricerca, indagine, investigazione ◊ ***~ científica*** ricerca scientifica; **~ador, -a** *m/f* investigatore, -trice; *cient* ricercatore, -trice ◊ **~ *privado*** investigatore privato, detective;* **~ar** ‹*investigué*› *vt* investigare, indagare; *cient* fare una ricerca

investir ‹*visto; vistió; vistiendo*› V. 12 *vt* investire

inveterado, -a *adj* inveterato, -a, incallito, -a, radicato, -a

invia|bilidad *f* impossibilità *inv*, impraticabilità *inv*; **~ble** *adj* impossibile, impraticabile

invicto, -a *adj* invitto, -a, invincibile

invidente *m/f* non vedente, cieco, -a

invierno *m* inverno

invierto V. **invertir**

inviola|bilidad *f* inviolabilità *inv*; **~ble** *adj* inviolabile; sacro, -a

invirtió V. **invertir**

invisi|bilidad *f* invisibilità *inv*; **~ble** *adj* invisibile; impercettibile

invistió, invisto V. **investir**

invita|ción *f* 1. invito *m*; 2. biglietto d'invito *m*; **~do, -a** *adj/s* invitato, -a; **~r** *vt* invitare ◊ **~ *al sueño*** conciliare il sonno

in vitro *adj inv biol* in vitro

invoc|ación *f* invocazione; preghiera; **~ar** ‹*invoqué*› *vt* invocare

involuci|ón *f* involuzione; **~onista** *adj* involutivo, -a

involucr|ar *vt* coinvolgere; mischiare, confondere; **~o** (*var.* **invólucro**) *m bot* involucro

involuntario, -a *adj* involontario, -a, casuale

involutivo, -a *adj* involutivo, -a

invulnera|bilidad *f* invulnerabilità *inv*; **~ble** *adj* invulnerabile

inyec|ción *f med* iniezione, puntura; *mec* iniezione ◊ ***poner una*** **~** fare una puntura, fare un'iniezione; **~table 1.** *adj* iniettabile; **2.** *m farma* fiala iniettabile *f*; **~tar** *vt* iniettare; **~tor** *m* iniettore

ión *m fís/quím* ione

iónico, -a *adj quím/fís* ionico, -a

ionio, -a *adj/m* ionio, -a

ioniza|ción *f fís/quím* ionizzazione; **~dor** *m fís/quím* ionizzatore; **~r** ‹*ionicé*› *vt fís/quím* ionizzare

ionosfera *f meteo* ionosfera

iot|a *f ling* iota *m/f inv*; **~ización** (*var.* **iotacismo**) *f ling* iotacismo *m*

IPC (*Índice de precios al consumo*) *abr/m* Indice dei prezzi al consumo

ipecacuana *f bot* ipecacuana

iperita *f quím* iprite

ípsilon (*var.* **ipsilón**, **ypsilón**) *f* ipsilon *m/f*

ipso facto *adv* ipso facto

ir ‹*voy; fui; vaya; yendo*› V. 28 **1.** *vi* andare; **~ *comprendiendo, comiendo...*** *cominciare a capire, a mangiare...*; ***iba a salir*** *stavo per uscire*; ***el camino que va a Barcelona*** *la strada che porta a Barcellona*; ***no te va hacer estas tonterías*** *non ti si addicono queste sciocchezze*; **2. ~se** andarsene ◊ **~ *a lo suyo*** *coloq* pensare solo a se stesso; **~ *con cuidado*** fare attenzione; **~ *de caza, de paseo*** andare a caccia, a passeggio; **~ *de culo*** *coloq/vulg* avere un casino da fare, non farcela proprio; **~ *de mal en peor*** andare di male in peggio; **~ *de viaje*** fare un viaggio; **~ *en serio/de veras*** fare sul serio; **~ *por agua, por vino, por fresas*** andare per acqua, per vino, per fragole; **~ *y venir*** andare e venire, andirivieni; **~*se abajo*** *constr tamb. fig* crollare; **~*se al cuerno*** andarsene al diavolo; **~*se de juerga*** andare a far baldoria, andare a divertirsi; **~*se de la boca/de la lengua*** farsi scappare qc di bocca, parlare, dire un segreto; **~*se de la cabeza*** perdere la testa; **~*se defendiendo*** cavarsela, arrangiarsi; ***írsele a alg el santo al cielo*** perdere il filo del discorso; **~*se por los cerros de Úbeda*** menare il can per l'aia; saltare di palo in frasca; ***¡¿Quién va?!*** Chi va là!; ***¡Allá va!*** Ma va là!; ***¡Dónde va a parar!*** Non c'è paragone!; ***¡qué le vamos a hacer!*** Che possiamo fare/farci?; ***Qué va!*** *coloq* Macché!; ***¡Vaya pregunta!*** Che (razza di) domanda!; ***¡Vaya tío/a!*** *coloq* Caspita, che uomo/donna!; *desp* che razza d'uomo/di donna!; ***¡Vaya!*** *excl* Accidenti!; ***¡Voy!*** Vengo!; ***¿Cómo te va?/¿Cómo va eso?*** *coloq* Come va (la vita)?; ***a eso voy*** voglio parlare proprio di questo; ***a mí ni me va ni me viene*** non me ne importa niente; ***ahora voy*** adesso vengo; ***¡apaga y vámonos!*** *coloq* buonanotte sonatori!; ***no vaya a ser que...*** non succeda che...; ***vete a saber*** chissà; ***y vas que chutas*** e puoi dire anche grazie

ira *f* ira, collera, furia, rabbia

iracund|ia *f* iracondia; **~o, -a** *adj* iracondo, -a

Irak *m geogr* Iraq

Irán *m geogr* Iran, Persia *f* (*ant*)

iraní *adj/s* iraniano, -a

iraquí *adj/s* iracheno, -a

irasci|bilidad *f* irascibilità *inv*; **~ble** *adj* irascibile, collerico, -a

irga, irgo, irgue... V. **erguir**

iridáceo, -a *adj bot* gigliaceo, -a

iridio *m quím* iridio

iridiscen|cia *f* iridescenza; **~te** *adj* iridescente

iridología *f med* iridologia

iris *m inv* 1. *med* iride *f*; 2. *bot* giaggiolo ◊ ***arco*** **~** arcobaleno; ***hacer un*** **~** *Méx* fare l'occhiolino a q

irisa|ción *f tecn* iridazione; iridescenza; **~do, -a** *adj* iridato, -a; **~r** *vt* iridare

Irlanda *f geogr* Irlanda

irlandés, -esa *adj/s* irlandese ◊ ***café*** **~** irish coffee *inv*

ironía *f* ironia

irónico, -a *adj* ironico, -a

ironizar ‹*ironicé*› *vi* ironizzare

IRPF (*Impuesto sobre la Renta de las Personas Físicas*) *abr/m* ="IRPEF (Imposta sul Reddito delle Persone Fisiche)" *f ant*, IRE

irracional *adj filos/mat* irrazionale; illogico, -a; **~idad** *f* irrazionalità *inv*; **~ismo** *m* irrazionalismo; **~ista 1.** *m/f* irrazionalista; **2.** *adj* irrazionalistico, -a

irradia|ción *f* irradiazione; **~r** ‹*irradio*› V. 1 *vt* irradiare

irrazonable *adj* irragionevole
irreal *adj* irreale; immaginario, -a; **~idad** *f* irrealtà *inv*; **~ismo** *m arte* irrealismo; **~izable** *adj* irrealizzabile
irrebatible *adj* irrefutabile
irreconciliable *adj* irreconciliabile
irreconocible *adj* irriconoscibile
irrecuperable *adj* irrecuperabile
irrecusable *adj* irrecusabile
irredent|ismo *m pol* irredentismo; **~o, -a** *adj* irredento, -a
irredimible *adj* irredimibile
irreducible (*var.* **irreductible**) *adj* irriducibile
irreemplazable *adj* insostituibile
irreflex|ión *f* irriflessione, leggerezza; **~ividad** *f* irriflessività *inv*; **~ivo, -a** *adj* irriflessivo, -a, sbadato, -a, sventato, -a
irrefrenable *adj* irrefrenabile
irrefutable *adj* irrefutabile
irregular *adj* irregolare; anomalo, -a; illegale; **~idad** *f* irregolarità *inv*
irrelevan|cia *f* irrilevanza; **~te** *adj* irrilevante
irreligioso, -a *adj* irreligioso, -a; irriverente
irremediable *adj* irrimediabile
irremisible *adj* irremissibile, imperdonabile
irremovible *adj* irremovibile
irrenunciable *adj* irrinunciabile
irreparable *adj* irreparabile, irrimediabile
irrepetible *adj* irripetibile
irreprensible (*var.* **irreprehensible**) *adj* irreprensibile, incensurabile
irreprochable *adj* irreprensibile, incensurabile
irrescindible *adj* inscindibile
irresistible *adj* irresistibile
irresol|uble *adj* irresolubile, insolubile; **~ción** *f* irresolutezza; **~to, -a** (*var.* **irresuelto**) *adj* irresoluto, -a, indeciso, -a
irrespetuoso, -a *adj* irrispettoso, -a
irrespirable *adj* irrespirabile
irresponsa|bilidad *f* irresponsabilità *inv*, incoscienza; **~ble** *adj/s* irresponsabile, incosciente
irresuelto V. **irresoluto**
irreveren|cia *f* irriverenza, insolenza; **~te** *adj* irriverente, insolente
irreversi|bilidad *f* irreversibilità *inv*; **~ble** *adj* irreversibile
irrevoca|bilidad *f* irrevocabilità *inv*; **~ble** *adj* irrevocabile
irriga|ción *f med/agric* irrigazione; **~dor** *m med/agric* irrigatore; **~r** ‹*irrigué*› *vt med/agric* irrigare
irris|ible *adj* risibile; **~ión** *f* irrisione, scherno *m*; **~orio, -a** *adj* irrisorio, -a, ridicolo, -a
irrita|bilidad *f* irritabilità *inv*; **~ble** *adj* irritabile; *jur raro* invalidabile; **~ción** *f* irritazione; *jur raro* invalidazione; **~nte** *adj* irritante; *jur raro* invalidante; **~r 1.** *vt* irritare; *jur raro* invalidare; **2. ~se** irritarsi, arrabbiarsi
irrog|ación *f elev* irrogazione; **~ar** ‹*irrogué*› *vt elev* irrogare
irrompible *adj* infrangibile
irrumpir *vt* irrompere
irrupción *f* irruzione, invasione
IRTP (*Impuesto sobre el Rendimiento del Trabajo personal*) *abr/m ant* IRPEF (Imposta sul Reddito delle Persone Fisiche) *f ant*, IRE
isabel *adj* (*color*) isabella
Isabel *f* (*nombre*) Isabella
ISBN (*Número estándar internacional del libro*) *abr/m* ISBN (Codifica standard internazionale per libri)
Isidro *m* 1. Isidoro; 2. contadinotto
isla *f* 1. *geogr* isola; 2. isola, zona; 3. isolato *m*
islam *m relig* islam
islámico, -a *adj* islamico, -a
islamismo *m relig* islamismo, maomettismo
islandés, -esa *adj/s* islandese
Islandia *f geogr* Islanda
Islas Azores *fpl geogr* Azzorre
isle|ño, -a *adj/s* isolano, -a, insulare; **~ta: ~ peatonal** *f* salvagente *m inv*
islote *m* isolotto
isob|ara *f meteo* isobara; **~árico, -a** *adj* isobarico, -a
isogamia *f biol* isogamia
isoglosa *f ling* isoglossa
Isolda *f mitol* Isotta
isomorf|ismo *m* isomorfismo; **~o, -a** *adj* isomorfo, -a
isósceles: triángulo ~ *m geom* triangolo isoscele
isótera *f meteo* isotera
isotérmico, -a *adj* isotermico, -a
isotopía *f* isotopia
isótopo *m* isotopo
isótropo, -a *adj* isotropo, -a
isquemia *f med* ischemia
Israel *m geogr* Israele
israelí, -a 1. *adj/s geogr* israeliano, -a; **2.** *adj* israelitico, -a
israelita 1. *adj/s geogr/relig* israelita, ebreo, -a; **2.** *adj* israelitico, -a
istmo *m* istmo
Italia *f geogr* Italia
italian|idad *f* italianità *inv*; **~ini** *adj/s irón* italiano; **~ismo** *m* italianismo; **~ista** *adj/s* italianista; **~izante** *adj* italianizzante; **~izar** ‹*italianicé*› *vt* italianizzare; **~o, -a** *adj/s* italiano, -a
itálico, -a *adj* italico, -a
itera|ción *f* iterazione; **~tivo, -a** *adj elev* iterativo, -a
itiner|ante *adj* itinerante; **~ario, -a** *adj/m* itinerario, -a
ITV (*Inspección Técnica de Vehículos*) *abr/f Esp auto* CIT (Certificato di) Idoneità Tecnica
IU (*Izquierda Unida*) *abr Esp* (*conjunto de partidos de izquierda*) ="Sinistra Unita"
IVA (*Impuesto sobre el Valor Añadido*) *abr/m* IVA (Imposta sul valore aggiunto) *f*
izada: ~ de la bandera (*var.* **izado** *m*) *f* alzabandiera *m inv*
izar ‹*icé*› *vt nav* issare
izq.º (*f* **izq.ª**) *abr* (izquierdo, -a), sinistro, -a

izquierda *f* (*mano, política*) sinistra ◊ ***a la ~*** a sinistra; **~zo** *m* colpo mancino, colpo sinistro
izquierdista *adj/s pol* (persona) di sinistra
izquierdo, -a *adj* sinistro, -a; mancino, -a; *fig* sinistro, -a, torto, -a, bieco, -a; **~so, -a** *adj/s pol desp* sinistroide

J

jabalí *m zool* cinghiale
jabalina *f* 1. *sport/caza* giavellotto *m*; 2. *zool* cinghiale femmina *m*
jabardillo *m zool fig* sciame
jabato, -a 1. *m zool* cinghialino da latte; **2.** *adj/s coloq* audace, coraggioso, -a
jabón *m* sapone ◊ ***~ de barba*** sapone da barba; ***~ de tocador*** saponetta; ***~ de vidrieros*** sapone dei vetrai; ***dar ~ a alg*** *euf/coloq* lisciare q, dare del sapone a q; ***dar un ~*** *euf/coloq* dare una lavata di capo; ***pompa de ~*** bolla di sapone
jabona|da *f* 1. saponata; 2. *Am euf/coloq* lavata di capo; **~do, -a 1.** *adj* insaponato, -a; **2.** *m* insaponatura *f*; **~dura** *f* insaponatura; **~r** *vt* 1. *tamb. fig* insaponare; 2. *euf/coloq* lisciare
jaboner|a *f* 1. saponiera, portasapone *m inv*; 2. *bot* saponaria; **~ía** *f* saponeria; **~o 1.** *m* saponiere; **2.** *adj taur* di toro bianco sporco
jabugo *m* (*Huelva*) ="prosciutto crudo di Jabugo (di massima qualità)"
jaca *f* 1. ="cavallo di piccola statura" *m*; 2. cavalla; 3. *coloq/fig* (*mujer*) cavallona ◊ ***pare usted la ~*** *coloq* basta!; **~l** *m Méx* capanna *f*
jacarand|á *f bot* jacaranda; **~oso, -a** *adj coloq* spavaldo, -a
jacinto *m bot* giacinto ◊ ***~ de Compostela*** *min* giacinto di Compostella
jack [yak] *m* jack* inv
jaco *m* 1. *desp* cavallo piccolo; 2. *jerga drog* eroina *f*; **~binismo** *m pol/hist tamb. fig* giacobinismo; **~bino, -a** *adj/s hist* giacobino, -a
jacquard ['yakwar] *adj/m* jacquard* *inv*
jacta|ncia *f* iattanza, spavalderia, arroganza; **~ncioso, -a** *adj* spavaldo, -a, borioso, -a; **~rse** vantarsi (**de** di), presumere *vi* (**de** di)
jaculatoria *f relig* giaculatoria
jacuzzi® [ya'kuθi] *m* jacuzzi®, vasca da bagno con idromassaggio *f*
jade *adj/m min* giada *adj/f*; **~ante** *adj* ansante, ansimante; **~ar** *vi* ansare, ansimare; **~o** *m* ansia *f*, affanno
jaez *m* (*caballos*) finimento, bardatura *f*; *fig* qualità *f inv*
jaguar *m* 1. *zool* giaguaro; 2. *auto* jaguar® *inv*
jai-alai *m* sferisterio della palla basca/pelota
jaimito *m infant* pierino
jainismo *m relig* giainismo, jainismo
jala *f Am* sbornia; **~do, -a** *adj Am* ubriaco, -a; **~r 1.** *vt* 1. *Am* tirare; 2. *coloq* pappare, mangiare; 3. *jerga* correre; **2. ~se** *Am* ubriacarsi
jalea *f* gelatina di frutta ◊ ***~ real*** pappa reale; **~r** *vt* animare (con battiti di mano), incitare (con battiti di mano)
jaleo *m* 1. *mús* jaleo;* 2. *coloq* chiasso, cagnara *f*, baldoria *f*, caciara *f*; 3. imbroglio, pasticcio; disordine; 4. incitamento ◊ ***armar ~*** far chiasso/cagnara; far casino *coloq*; ***estar de ~*** fare baldoria; ***meterse en ~s*** cacciarsi nei pasticci, mettersi nei guai
jalón *m* 1. *agric* biffa *f*, palina *f*; 2. *fig* momento importante; 3. *Am* scippo; 4. *Méx* sorso di liquore
jalonar *vt agric* biffare; *fig* marcare
Jamaica *f geogr* Giamaica
jamaicano, -a *adj/s* giamaicano, -a
jamar *vt coloq/hum* mangiare
jamás *adv* mai, mai più, giammai (*elev/hum*) ◊ ***~ le he visto*** non l'ho mai visto; ***~ te lo diré*** non te lo dirò mai; **(en) *~ de los jamases*** *irón/coloq* mai e poi mai; ***nunca ~*** mai più; ***para siempre ~*** mai più
jamba *f arq* stipite *m*; **~je** *m arq* stipiti e architravi *mpl*
jamelgo *m zool desp* ronzino
jamón *m* prosciutto ◊ ***~ de Jabugo*** *Esp* prosciutto crudo di Jabugo (di massima qualità); ***~ de york*** prosciutto cotto; ***~ serrano*** prosciutto crudo; ***~ de mono*** *coloq* noccioline americane; ***¡Sí...un ~ (con chorreras)!*** Sì...un cavolo! irón/coloq
jamona *f coloq* donna formosa
jangada *f nav* (*Brasil*) zattera
jansen|ismo *m* giansenismo; **~ista 1.** *adj/s* giansenista; **2.** *adj* giansenistico, -a
Japón *m geogr* Giappone
japonés, -esa *adj/s* giapponese
japuta (*brama raii*) *f* pesce castagna *m*
jaque *m* scacco ◊ ***~ mate*** scacco matto; ***dar ~*** dare scacco; ***tener en ~*** tenere in scacco; **~ca** *f med* emicrania ◊ ***dar ~*** far venire mal di testa; *fig* annoiare
jara *f* 1. *bot* cisto *m*; 2. (*arma*) dardo *m*
jarabe *m* sciroppo ◊ ***~ de pico*** *coloq/hum* paroline; ***~ de palo*** *coloq/hum* rinfrescata
jaran|a *f* chiasso *m*, cagnara; baldoria ◊ ***ir de ~*** andare a divertirsi; **~ear** *vi coloq* far baldoria, divertirsi; **~ero, -a** *adj/s* chiassone, -a, casinista
jarcia *f nav* sartie *fpl*
jardín *m* giardino ◊ ***~ botánico*** giardino/orto botanico; ***~ de infancia*** giardino d'infanzia, asilo
jardiner|a *f* 1. giardiniera, cassetta da fiori; 2. *transp* giardinieria; **~ía** *f* giardineria, giardinaggio *m*; **~o, -a** *m/f* giardiniere, -a
jarra *f* brocca, caraffa ◊ ***en ~s*** con le mani sulle anche
jarre|ar *vi coloq* piovere a dirotto; **~te** *m* garretto; **~tera** *f* giarrettiera ◊ ***Orden de la ~*** Ordine della Giarrettiera

jarro *m* brocca *f*; boccale ◊ ***llover a ~s*** piovere a catinelle; ***un ~ de agua fría*** *fig* una doccia fredda

jarrón *m* vaso da fiori, portafiori *inv*

jaspe *m* diaspro, marmo venato; **~ado** *m* venatura *f*, screziatura *f*; **~ar** *vt* venare, screziare

jato, -a *m/f zool* vitellino, vitellino femmina

Jauja *f fig* paese della cuccagna *m*

jaula *f tamb. fig* gabbia

jauría *f* muta di cani

Java 1. *geogr* Giava; **2.** *f* (*baile*) giava

jayán, -ana *adj/s* gigante, -essa

jazmín *m bot* gelsomino

jazz [yas] *m* jazz;* **~ístico, -a** [ya'sistiko] *adj* jazzistico, -a; **~man** ['yasman] *m* jazzista; **~woman** ['yas 'gwoman] *f* jazzista

jeep [yip] *m* jeep* *inv*

jefa *f* direttrice; **~tura** *f* direzione; ufficio di direzione *m* ◊ ***~ de policía*** questura, commissariato di polizia; **~zo** *m coloq* capo massimo

jefe, -a *m/f* capo, direttore, superiore ◊ ****~ del Estado*** Capo dello Stato; ***~ de estación*** capostazione; ***~ de estudios*** ="Direttore degli studi di Scuola Media Superiore"; ***~ de familia*** capofamiglia; ***~ de negociado*** capoufficio, amministratore; ***~ de sección*** caporeparto; ***~ de ventas*** capoufficio vendite, direttore delle vendite; ***~ del Gobierno*** Presidente del Consiglio, Primo ministro

Jehová *m* Geova

jehovista *adj/s relig* geovista, di Geova

jeme *m* 1. distanza tra il dito pollice e l'indice *f*; 2. *Hond* quasi 12 cm ◊ ***tener un buen ~*** *coloq* avere un bel corpo, essere bella; **~r** *adj/s* khmer, cambogiano, -a

jenabe V. **mostaza**

jengibre *m bot/gastr* zenzero

jenízaro, -a 1. *m hist* giannizzero; **2.** *adj/s ant/desp* giannizzero, -a

Jenofonte *m* Senofonte

jeque *m* sceicco

jerar|ca *m* gerarca; **~quía** *f* gerarchia, grado *m*

jerárquico, -a *adj* gerarchico, -a

jerarquizar ‹*jerarquicé*› *vt* gerarchizzare

jeremiada *f* geremiade

jerez *m* sherry* *inv*

jerg|a *f* 1. *ling* gergo *m*; 2. tela di sacco; **~al** *adj* gergale; **~ón** *m* saccone, pagliericcio

jerifalte *m* 1. falconetto; 2. *fig* potente **~e** *m* (*musulmán*) sceriffo

jerigonza *f* gergo *m*

jering|a *f* 1. *med/gastr* siringa; 2. *Am* scocciatore, -trice *m/f*; **~ar** ‹*jeringué*› *vt* 1. seccare, scocciare; 2. *med* siringare; **~uilla** *f* (*med, droga*) siringa ◊ ***~ desechable*** siringa monouso

jeroglífico, -a *adj/m* geroglifico, -a; rebus *inv*

jersey *m* maglione, pullover *inv*, maglioncino ◊ ***~ de cuello alto, de cuello redondo*** golfino dolcevita, girocollo

Jerusalén *geogr* Gerusalemme

Jesucristo *m* Gesù Cristo

jesuita *adj/m relig* gesuita; *desp/fig* gesuita, ipocrita

jesuítico, -a *adj tamb. fig* gesuitico, -a

jesuitismo *m* gesuitismo

Jesús *m* Gesù ◊ ***excl ¡~ !*** (*estornudo*) Salute!

jeta 1. *f* muso *m*, grugno *m*; **2.** *adj/s coloq* faccia tosta/di bronzo ◊ ***¡qué ~!*** che faccia tosta!; ***poner ~*** fare il muso

jet set ['yetset] (*var.* **jet** *coloq*) *f* jet-set* *m*, jet-society* *inv*

jibia *f zool* seppia

jícara *f* 1. chicchera, tazzina; 2. *Am* cestino *m*

jiferlía *f* mestiere di macellaio *m*; **~o, -a 1.** *m* 1. coltello da macellaio; 2. (*persona*) macellaio; **2.** *adj* 1. da macello; 2. *fig* sporco, -a, sudicio, -a

jilguero, -a *m/f zool* cardellino *m*, cardellino femmina *m*

jimagua *adj Cuba/Méx* gemello, -a

jincar ‹*jinqué*› *vt Méx* appioppare

jinet|a (*var.* **gineta**) *f zool* genetta ◊ ***montar a la ~*** montare con le staffe corte; **~ada** *f* fanfaronata; **~e** *m* cavaliere; cavallerizzo

jipi|ldo *m* singhiozzo; **~japa** *m* (*sombrero*) panama

jipío *m* (*Andalucía*) ="particolare effetto di voce del canto flamenco"

jira *f* 1. striscia di stoffa; 2. gita campestre; **~fa** *f zool/cine/TV* giraffa; **~fista** *m/f cine/TV* giraffista

jirón *m* 1. brandello; pezzetto; (*bandera*) gagliardetto; 2. *Perú* strada (urbana) *f* ◊ ***hecho ~ones*** tutto strappato

jitomate *m Méx* pomodoro

¡jo! *excl* 1. *euf* Caspita!, Cavolo!; 2. (*animales*) aah!

Job *m* Giobbe ◊ ***la paciencia de ~*** la pazienza di Giobbe

JOC (*Juventud Obrera Católica*) *abr* (*Gioventù Operaia Cristiana*) ="JOC"

jockey ['yokej] *m* fantino, jockey* *inv*

jocos|idad *f* giocosità *inv*; **~o, -a** *adj* giocoso, -a, allegro, -a; scherzoso, -a, burlesco, -a

jocund|idad *f* giocondità *inv*, allegria; **~o, -a** *adj* giocondo, -a, allegro, -a

jod|a *f* 1. *Am vulg* guaio *m* (*estánd*), noia (*estánd*); 2. *Arg vulg* baldoria (*estánd*), gozzoviglia (*estánd*); **~er** *vt/i* 1. *coloq/vulg* (*sexual*) chiavare, trombare, fottere, scopare; 2. *fig* rompere le palle; rompere i coglioni 3. *estud* fregare ◊ ***¡~!*** *excl* Cazzo!; ***esto me jode*** *fig* questo mi secca/rompe le palle; ***hay que ~se*** *coloq* Porca puttana!, Mannaggia!, Maledizione!; ***~la*** *coloq* mandare a rotoli/all'aria qc; ***¡No jodas!*** *coloq/fig* Non rompere!, Non sfottere!; ***¡Qué se joda!*** *coloq/fig* Che vada a farsi fottere!; **~ido, -a** *adj coloq/vulg* fottuto, -a, maledetto, -a (*estánd*), disgraziato, -a ◊ ***estar ~*** essere fottuto; ***pasarlas ~s*** passarne delle belle; **~ienda** *f coloq/vulg* fregatura

jofaina *f* catinella, bacinella

jogging ['yogin] *m sport* jogging* *inv*

joint venture ['yoin ben'tiur] *f econ* joint venture* *inv*

jojoba *f bot* jojoba* *m* (!)
jolgorio *m* baldoria *f*, festa *f*
¡jolín! (*var.* **¡jolines!**) *excl euf* cavolo!, caspita!
jomeinista *adj/s pol/relig* khomeinista
Jonás *m* Giona
jondo: cante ~ *m And mús* canto flamenco
jónico, -a *adj arq/hist* ionico, -a
Jonio el mar ~ il mare Jonio
JONS (*Juntas de Ofensiva Nacional Sindicalista*) *abr/fpl list Esp* ="partito fascista"
¡jopá! (*var.* **jopa**, **jopé**) *excl euf* caspita
jopo *m zool* coda folta *f* ◊ ***~ de zorra*** *bot* barabasso, verbasco
Jordania *f geogr* Giordania
jordano, -a *adj/s* giordano, -a
jorna|da *f* 1. giornata; 2. *teat ant* atto *m* ◊ ***~ de lunes a viernes*** settimana corta; ***~ intensiva*** orario continuato; ***~ laboral*** orario di lavoro; **~l** *m* giornata *f*, salario; *agric* giornata *f*; **~lero, -a** *m/f agric* bracciante
joroba *f* 1. gobba; 2. *fig* seccatura ◊ ***¡~!*** *excl euf* Caspita!, Cavolo!; **~do, -a** *adj/s* 1. gobbo, -a, gibboso, -a; 2. *coloq/fig* fottuto, -a; **~r 1.** *vt coloq/fig* seccare, scocciare, rompere le palle; **2. ~se** 1. *coloq* infastidirsi; 2. *coloq/vulg* andare a farsi fottere *vi*
jorongo *m* 1. *Méx* poncho; 2. trapunta *f*
jot|a *f* 1. (*letra*) iota *m/f*; 2. *Esp mús* jota ◊ ***no saber ni ~*** *coloq* non sapere un'acca/uno iota; **~o** *m* 1. *Méx* finocchio, effeminato; 2. *Col* fardello
joven (*pl* **jóvenes**) **1.** *adj/s* giovane; **2.** *m* giovanotto; **3.** *f* ragazza; **~cito, -a** *m* **1.** giovanetto, maschietto; **2.** *f* ragazza, ragazzina **~zuelo, -a** *adj/s* giovanotto, -a
jovial *adj* gioviale, affabile, allegro, -a; **~idad** *f* giovialità *inv*
joy|a 1. *f* gioia, gioiello *m*; **2.** *fpl* corredo da sposa *m*; **~el** *m* gioiello; **~ería** *f* gioielleria; **~ero, -a 1.** *m/f* gioielliere, -a, orefice; **2.** *m* portagioielli *inv*
Juan *m* Giovanni ◊ **~ *Lanas*** grullo, babbeo; **~ *Palomo*** Il podestà di Sinigaglia; ***Don ~*** Don Giovanni
juane|ro *m jerga* ="ladro di cassette delle elemosine"; **~te** *m med* nocchio dell'alluce, cipolla *f* (*coloq*); *nav* velaccio
juanita *f Méx jerga drog* marijuana
jubila|ble *adj* pensionabile; **~ción** *f* pensione di anzianità; **~do, -a** *adj/s* pensionato, -a; **~r 1.** *vt* 1. *adm* mettere in pensione, pensionare; 2. giubilare, esonerare; **2.** *vi elev* giubilare, esultare; **3. ~se** andare in pensione
jubileo *m relig* giubileo
júbilo *m* giubilo, gioia *f*, allegrezza *f*
jubiloso, -a *adj* giulivo, -a
jubón *m hist* corpetto, farsetto
juda|ico, -a *adj* giudaico, -a; **~ísmo** *m relig* giudaismo; **~ísta** *adj/s* ebraista
Judas *m relig tamb. fig* Giuda; *fig* traditore
judeoespañol, -a *adj/m* giudeo-spagnolo, -a, sefardita
judería *f* ghetto *m*
judía *f bot* fagiolo *m* ◊ ***~s verdes*** fagiolini, cornetti; ***~s verdes*** (*ferraura*) fagiolini larghi, piattoni, taccole
judiada *f coloq/desp* carognata
judic|atura *f* magistratura; **~ial** *adj* giudiziale, giudiziario, -a
judío 1. *adj/s* 1. ebreo, -a, giudeo, -a, israelita; 2. *desp/fig* usuraio, -a, giudeo, -a; **2.** *m reg bot* fagiolone
judión *m bot* fagiolone
judo ['yudo] *m sport* judo;* **~gui** [yu'dogi] *m* (*traje*) judogi;* **~ka** [yu'doka] *m/f sport* judoka*
juego *m* 1. gioco; ***~s olímpicos, malabares, de luces, de agua*** *giochi olimpici, di equilibrio/di prestigio, di luci, d'acqua*; ***~ de niños*** *gioco da ragazzi*; sollazzo, trastullo; 2. servizio, coordinato; 3. *med* articolazione *f* ◊ ***~ de azar*** gioco d'azzardo; ***~ de café*** servizio da caffè; ***~ de cama*** completo di lenzuola; ***~ de maquillaje*** completo di trucco, beauty-case;* ***~ de palabras*** gioco di parole; ***~ de velas*** *nav* gioco di vele; ***entrar en ~*** *tamb. fig* entrare in/nel gioco; ***fuera de ~*** *sport tamb. fig* fuori gioco; ***hacer ~*** intonarsi; ***hacerle el ~ a alg*** fare il gioco di q; ***poner en ~*** mettere in gioco; ***tener ~*** aver gioco
juerga *f* baldoria, divertimento *m*, casino *m* ◊ ***correrse una ~*** darsi ai bagordi; ***irse de ~*** andare a divertirsi, andare a far casino/baldoria/bisboccia
juergue|ar *vt* bisbocciare; **~ro** *Am* V. **juerguista**
juerguista *adj/s* buontempone, festaiolo, -a; casinista
jueves *m inv* giovedì ◊ ***no es cosa/nada del otro ~*** non è niente/nulla di speciale
juez, -a *m/f* giudice ◊ ***~ de campo*** *mil* giudice di campo; ***~ de instrucción, municipal/de paz*** giudice istruttore, conciliatore; ***~ de línea*** *sport* guardalinee; ***~ de primera instancia*** pretore
juga|da *f* giocata; *fig* tiro *m* ◊ ***una mala ~*** un brutto tiro; **~dor, -a** *m/f* giocatore, -trice; **~r** ‹*juego; jugué*› V. 8b **1.** *vi* giocare; divertirsi, trastullarsi; funzionare; **2. ~se** giocarsi, rischiare *vi* ◊ ***~ al ajedrez, al fútbol*** giocare agli scacchi, al calcio; ***~ sucio, con las cartas boca arriba*** giocare sporco, a carte scoperte; ***~ un papel*** rappresentare un ruolo/una parte; ***jugársela*** *coloq* rischiare molto; ***¿Qué te juegas?*** Che scommetti?; **~rreta** *f coloq* brutto tiro *m*, carognata
juglar, -esa 1. *m/f* giullare, -essa; **2.** *adj* giullaresco, -a, burlesco, -a, buffonesco, -a; **~esco, -a** *adj* giullaresco, -a; **~ía** *f* 1. giulleria, arte del giullare; 2. *lit* poemi in verso dei giullari *mpl*
jugo *m* sugo, succo; *fig* frutto ◊ ***~ gástrico*** succo gastrico; ***sacar el ~ a*** trarre beneficio/profitto a; **~sidad** *f* sugosità *inv*; **~so, -a** *adj* succoso, -a, sugoso, -a; sostanzioso, -a; *arte* morbido, -a
juguete *m* giocattolo; balocco; ***un coche de ~*** *una macchinina*; *fig* zimbello, giocattolo ◊ ***ser ~ de las olas*** essere in balia delle onde; ***ser ~ de las pasiones*** essere preda delle passioni; **~ar** *vi* giocherellare; **~ría** *f* negozio di giocattoli *m*; **~ro, -**

a 1. *adj* (industria) del giocattolo, (fabbrica) di giocattoli; **2.** *m/f* giocattolaio, -a ◊ ***mueble ~*** mobile per i giocattoli
juguetón, -ona *adj/s* giocherellone, -a
juicio *m* 1. *jur* giudizio, processo; 2. giudizio, opinione *f*, parere; 3. senno ◊ ***~ final*** giudizio finale; ***a mi ~*** a mio parere; ***de poco ~*** di poco senno; ***estar en su sano ~*** avere il cervello a posto; ***perder el ~*** perdere il giudizio/il senno; ***poner en tela de ~*** mettere in dubbio; **~so, -a** *adj* giudizioso, -a, assennato, -a
JUJEM (*Junta de Jefes de Estado Mayor*) *abr/f* ="Consiglio dei Capi di Stato Maggiore"
julepe *m* 1. giulebbe, sciroppo; 2. *coloq/fig* bastonata *f*; *Am* paura *f*, spavento; 3. ="gioco di carte"
julia *f Méx* (*detenidos*) autoblindato, -a *m/f*; **~na** *f* julienne* *inv*; **~no, -a** *adj* giuliano, -a ◊ ***sopa ~a*** *gastr* julienne*
julio *m* 1. luglio; 2. *fís* joule*
jumbo ['yumbo] *m aero/transp* jumbo* *inv*
jumelnto *m* giumento, asino; **~ra** *f coloq* sbornia
junclal 1. *m bot* giuncheto, giuncaia *f*; **2.** *adj* brioso, -a, leggiadro, -a; **~o** *m* 1. *bot* giunco, vimine; 2. *nav* giunca *f*
jungla *f* giungla
junio *m* giugno
júnior ['yunjor] *m* junior
Juno *f* Giunone
junta *f* 1. giunta, assemblea, consiglio *m*, comitato *m*; commissione; 2. *tecn* giunto *m*, connessione ◊ ****~ de Castilla-León, de Andalucía...*** Governo Regionale della Castiglia-León, dell'Andalusia...; ****~ de Facultad*** Consiglio di Facoltà; ****~ de Gobierno*** (*universidad*) Riunione del Senato Accademico; ***~ directiva*** comitato direttivo; ***~ militar, administrativa*** giunta militare, regionale; **~mente** *adv* insieme; allo stesso tempo; **~miento** *m* congiungimento, aggiuntatura *f*; **~r 1.** *vt* unire, congiungere; riunire, mettere insieme; (*ventana, puerta*) socchiudere; **2. ~se** riunirsi ◊ ***Dios los cría y ellos se juntan*** *coloq/hum* Dio li fa e poi li accoppia
junto, -a 1. *adj* unito, -a, congiunto, -a; vicino, -a; **2.** *adv raro* vicino ◊ ***~ a*** vicino a; ***~ con*** insieme a; ***en ~*** in tutto; ***todo ~*** allo tesso tempo **~s, -as** *adj* insieme *adv*; vicino *adv* ◊ ***vivir ~s*** abitare insieme; abitare vicino
juntura *f* giuntura, commessura
Júpiter *m astron/mitol* Giove
jura *f mil* giuramento *m* ◊ ***~ de la bandera*** giuramento di fedeltà alla bandiera; **~do, -a 1.** *m* giuria *f*; **2.** *adj jur* giurato, -a ◊ ***traductor ~*** traduttore giurato; **~mentar 1.** *vt* far giurare; **2. ~se** compromettersi, giurare *vt*; **~mento** *m* giuramento ◊ ***bajo ~*** sotto giuramento; ***prestar ~*** prestare giuramento; **~r 1.** *vt* giurare; **2.** *vi* bestemmiare ◊ ***~ en falso*** giurare il falso; ***~ la bandera*** giurare fedeltà alla bandiera; ***jurársela a alg*** giurare vendetta (a q)
jurásico, -a *adj/m geol* giurassico, -a
jurel *m zool* sugarello
juridicidad *f* giuridicità *inv*
jurídico, -a *adj* giuridico, -a
jurislconsulto, -a *m/f* giureconsulto, giurista; **~dicción** *f* giurisdizione; **~diccional** *adj* giurisdizionale; **~prudencia** *f* giurisprudenza; **~prudencial** *adj* giurisprudenziale; **~ta** *m/f* giurista
justa *f* 1. *hist* giostra; 2. *lit* certame *m*, gara; **~mente** *adv* esattamente; giustamente
justeldad *f* giustezza; **~za** *f* giustezza
justicila *f* 1. giustizia; 2. giustizia, imparzialità *inv*, equità *inv* ◊ ***hacer ~*** fare giustizia; ***~s y ladrones*** *infant* gioco dell'acchiappino, guardia e ladri; ***tomarse la ~ por su mano*** far giustizia da sé; **~alismo** *m pol* giustizialismo; **~ero, -a** *adj/s* giustiziere, -a
justificlación *f* giustificazione; **~ante 1.** *m* documento giustificativo, ricevuta giustificativa *f*; **2.** *adj* giustificante, giustificativo, -a; **~ar** ‹*justifiqué*› *vt jur/impr* giustificare, legittimare; **~ativo, -a** *adj* giustificativo, -a
justillo *m ant* busto, corsetto
justo, -a 1. *adj* 1. giusto, -a, equo, -a; 2. *relig* giusto, -a, pio, -a, santo, -a; 3. esatto, -a; **2.** *adv* esattamente, giusto, parcamente ◊ ***¡~!*** esatto!; ***lo ~*** il necessario; ***vivir con lo ~*** vivere parcamente
juvenlil *adj* giovanile; **~tud** *f* gioventù *inv*
juzgaldo *m* tribunale ◊ ***tribunal de primera instancia*** pretura (*f*); **~dor, -a** *adj/s* giudicatore, -trice; **~r** ‹*juzgué*› **1.** *vt/i* giudicare; sentenziare; **2.** *vt* credere, opinare ◊ ***a ~ por*** a giudicare da

K

k (*litro*) *abr* (*litro*) k
ka *f* (*letra*) cappa *m/f*, kappa *m/f*
kabila, kábila V. **cabila**
kafkiano, -a *adj tamb. fig* kafkiano, -a
kalashnikov® [kalasni'kof] *m* (*arma*) kalashnikov *inv*
kamikaze [kami'kaθe] *m* kamikaze* *inv*
kan *m* khan
kantiano, -a *adj filos* kantiano, -a
karaoke *m* karaoke *inv*
karate (*var.* **kárate**) *m sport* karatè *inv*; **~ca** *m/f* karateka *inv*
kart *m auto* go-kart *inv*; **~ing** ['kartin] *m* karting *inv*
KAS (*Koordinadora Abertzale Sozialista*) *abr* ="associazione coordinatrice del baschismo militante, vincolata all'ETA"
katiuska *f Esp* stivale alto per la pioggia *m*
kayak (*var.* **kayac**) *m* kayak
kazaco, -a *adj/s* kazaco, -a
Kazajstán *m* Kazakistan
kéfir *m gastr* chefir *inv*, kefir *inv*
Kenia *m* Kenya
keniano, -a (*var.* **keniata**, **keniota**) *adj/s* keniano, -a, keniota, del Kenia

kermes *m* chermes *inv*; **~se** [ker'mes] (*var.* **kermés**) *f* kermesse *inv*
keroseno V. **queroseno**
ketch *m* ketch; **~up** *m inv gastr* ketchup*
keynesiano, -a *adj econ* keynesiano, -a
kg (*kilogramo*) *abr* (*chilogrammo*) kg
kibbutz [ki'buts] *m* kibbutz
kif V. **quif**
kikirikí V. **quiquiriquí**
kilo V. **kilogramo**; **~byte** [kilo'bajt] *m informát* kilobyte* *inv*; **~caloría** *f* chilocaloria; **~ciclo** *m* chilociclo; **~gramo** (*var.* **kilo**) *m* 1. (*Kg*) chilogrammo, chilo; 2. *obsol* milione di pesete; **~metraje** *m* chilometraggio; **~métrico, -a** *adj* chilometrico, -a ◊ ***billete ~*** *ferroc* biglietto chilometrico
kilómetro (*var.* **quilómetro**) *m* chilometro, Km *abr*
kilotón *m fís* chiloton *inv*
kilovatio *m* (*Kw*) chilowatt *inv*; **~-hora** *m* chilowattora
kimono *m* chimono
kinésica *f psicol* cinesica
kinesilología *f med* c(h)inesiologia; **~terapia** (*var.* **kinesioterapia**, **quinesi(o)terapia**) *f med* chinesiterapia
kiosko *m* edicola *f*, chiosco
kirsch [kitʃ] *m* kirsch*
kit *m* kit *inv*
kiwi ['kiwi, 'kibi] *m bot/zool* kiwi *inv*, kivi *inv*
kleenex® ['klineks, 'klines] *m inv* fazzolettino di carta
km (*kilómetro*) *abr* (*chilometro*) km
knockl-down [nok'dawn] *adv/m sport* (*boxeo*) knockdown* *inv*; **~-out** [nok'awt] *adv/m* knock-out *inv*
know how ['now 'χaw] *m* know how
KO (*knock out*) *abr* ko fuori combattimento ◊ ***estar ~*** essere fuori combattimento
koala *m* koala
koiné *f ling* koinè* *inv*
koljós *m* (*URSS*) kolchoz *inv*, colcos *inv*
krausismo *m filos* krausismo
Kremlin: El ~ *m* Il Cremlino
kris *m* kriss* *inv*
Kurdistán: El ~ *m geogr* Il Kurdistan
kurdo, -a (*var.* **curdo**) *adj/s* curdo, -a
kuskús (*var.* **cuscús**) *m gastr* cuscús *inv*, couscous, kuskús
kuwaití [kubai'ti] *adj/s* kuwaitiano, -a , del Kuwait
kw (*kilovatio*) *abr* (*chilowatt, kilowatt*) kW
kw/h (*var.* **kwh**) (*kilovatio-hora*) *abr* (*kilowattora*) kWh
Kwh (*quilovatio-hora*) *abr* (*chilowattora*) kWh

L

l. (*litro*) *abr* (*litro*) l.
la 1. *ar* la, l'; ***~ casa*** *la casa*; ***~ naranja*** *l'arancia*; **2.** *pron* la; ***~ encontré*** *la trovai*; **3.** *m mús* la

lábaro *m hist* labaro, crisma *f*
labelo *m bot* labello
laberlíntico, -a *adj* labirintico, -a; **~into** *m hist/med* labirinto; *fig* labirinto, groviglio, imbroglio
labia *f* loquela ◊ ***tener mucha ~*** *coloq* avere facilità di parola; **~l** *adj/f ling* labiale
lábil *adj* labile
labilidad *f* labilità *inv*
labio *m med tamb. fig* labbro (pl: i, -a fpl) ◊ ***los ~s*** *med* le labbra; ***los ~s de una herida*** *fig* i labbri di una ferita; **~dental** *adj/f ling* labiodentale; **~velar** *adj/f ling* labiovelare
labor *f* 1. lavoro *m*; 2. *agric* aratura; 3. ricamo *m*, cucito *m* ◊ ***estar por la ~*** essere d'accordo nel fare qc; ***sus ~es*** *adm* casalinga; **~able** *adj* lavorabile; **~al** *adj* lavorativo, -a ◊ ***accidente ~*** infortunio sul lavoro; ***conflictividad ~*** conflittualità del lavoro; **~alista** *adj* del lavoro ◊ ***abogado ~*** avvocato specialista in diritto del lavoro; **~ante 1.** *adj/s* lavorante; **2.** *m pol raro* cospiratore; **~ar** *vi* 1. lavorare, collaborare; 2. *pol* complottare; **~atorio** *m* laboratorio ◊ ***~ de idiomas*** laboratorio linguistico
laborelo *m* 1. *agric* aratura *f*; 2. *min* sfruttamento; **~ro** *m Am* caposquadra di una miniera
laborioslidad *f* laboriosità *inv*, attività *inv*; **~o, -a** *adj* laborioso, -a
laborislmo *m pol* laburismo; **~ta** *adj/s pol* laburista
labra *f* (*piedra, madera,...*) lavorazione; **~do** *m* 1. lavorazione *f*; 2. *agric* campo arato; *agric* aratura *f*; **~dor, -a** *adj/s* 1. contadino, -a, agricoltore, -trice; 2. *Méx* spaccalegna *inv*; **~dorita** *f min* labradorite; **~ntío, -a** *adj* seminativo, -a; **~nza** *f* coltivazione, coltura, lavoro agricolo *m*; **~r 1.** *vt* 1. *agric* coltivare; 2. lavorare, elaborare; *fig* edificare, costruire; **2. ~se** coltivarsi ◊ ***~se un buen porvenir*** prepararsi per un buon futuro
labriego, -a *m/f* contadino, -a
labro *m* (*insectos*) labbro
laca *f* 1. lacca; ***~ para uñas*** *smalto*; 2. (pelo) lacca, fissatore *m*; **~do** *m* laccatura *f*; **~r** ‹*laqué*› *vt* laccare; **~ria** *f bot* (*hongo*) agarico color ametista *m*; *bot* (*hongo*) agarico laccato *m*; **~ya** *f Bol* capanna scoperta; **~yo** *m fig* lacchè *inv*
laceada *f Arg* presa al laccio o col *lazo**
lacerlado, -a *adj* lacero, -a; **~ante** *adj* lacerante; **~ar** *vt* lacerare, ferire, distruggere; **~o** *m* accalappiacani *inv*; cacciatore col *lazo**
lachla 1. *f* 1. *Chile/Perú* amante; 2. *coloq* vergogna; **2.** *m* svergognato ◊ ***poca ~*** sfacciataggine; **~ear** *vt Chile* corteggiare
lacio, -a *adj* 1. (*pelo*) liscio, -a; 2. appassito, -a, molle, debole
Lacio *m* Lazio
lacón *m gastr* zampa di maiale *f* ◊ ***~ con grelos*** ="(minestrone a base di) zampa di maiale con foglie tenere di rapa e patate"; **~ico, -a** *adj* laconico, -a, conciso, -a
laconismo *m* laconicità *f inv*

lacr|a *f desp* stigma *m*, vizio *m*, difetto *m*; **~ado** *m* impiombatura *f*; **~ar** *vt* 1. (*sobre*) sigillare; 2. danneggiare; **~e** *m* ceralacca *f*

lacri|mal 1. *adj med* lacrimale; **2.** *m* condotto lacrimale; **~mógeno, -a** *adj* lacrimogeno, -a; **~moso, -a** *adj* 1. (*ojos*) lacrimoso, -a; 2. *desp* lacrimevole, lacrimoso, -a

lacta|ción *f biol* lattazione; **~ncia** *f* allattamento *m*; **~nte** *adj/s* lattante; **~r** *vt* allattare

lácteo, -a *adj* latteo, -a ◊ ***vía *~a*** *astron* via Lattea

lactescen|cia *f* lattescenza; **~te** *adj* lattescente

lactici|nio *m* latticinio; **~noso, -a** *adj* lattiginoso, -a

láctico, -a *adj* lattico, -a

lactosa *f quím* lattosio *m* (!)

lacunar *adj med* lacunoso, -a

lacustre *adj* lacustre

lade|ar 1. *vt* inclinare, piegare; **2.** *vi* deviare, propendere; **~o** *m* scarto; **~ra** *f* falda, pendio *m*, versante *m*

ladill|a *f* 1. *zool* piattola, piattone *m*, pidocchio del pube *m*; 2. *fig* piattola, rompiscatole *m/f*; **~no, -a 1.** *adj* astuto, -a, sagace; **2.** *adj/s geogr* ladino, -a; **3.** *m* 1. *ling* (*Retia*) ladino, retoromanzo; 2. *ling* lingua dei sefarditi *f*; 2. *Am Cent* ispanoparlante; *Am Cent* meticcio, -a

lado *m* lato; parte *f*; fianco ◊ ***a ambos ~s*** da ambedue i lati; ***a/por todos ~s*** dappertutto; ***al ~ de*** accanto a; ***al otro ~ de*** dall'altra parte di; ***cada uno por su ~*** ognuno per conto suo; ***dar, dejar de ~*** allontanare, abbandonare; ***de ~ a ~*** da un lato all'altro; ***de ~*** *di lato, di fianco*; ***del ~ de*** dal lato di; ***echarse a un ~*** scostarsi un po'; ***por otro ~*** d'altra parte

ladra *f* (*perro*) latrato *m*, abbaiamento *m*; **~dor, -a** *adj* abbaiatore, -trice ◊ ***perro ~ poco mordedor*** *coloq/fig* can che abbaia non morde; **~r** *vi tamb. fig* abbaiare, latrare (*elev*)

ladri|do *m* abbaio; **~llado, -a** *adj/m* ammattonato, -a; **~llero, -a** *m/f* mattonaio, -a; **~llo** *m constr tamb. fig* mattone; mattonella *f* ◊ ***~ hueco*** mattone forato

ladrón, -ona *adj/m* 1. ladro, -a; 2. *fig* mascalzone, -a, delinquente; 3. *electr* doppia spina *f* ◊ ***la ocasión hace al ~*** l'occasione fa l'uomo ladro

ladron|ada *f* latrocinio *m*, ruberia; **~ería** *f* latrocinio *m*; **~esco, -a** *adj* ladronesco, -a, ladresco, -a; **~zuelo, -a** *m/f* ladruncolo, -a

lagar *m* 1. (*con los pies*) tino; 2. (*lugar*) tinaia *f*; 3. *tecn* (*uva*) pigiadiraspatrice *f*, torchio; 4. *tecn* (*aceituna; tamb. lugar*) frantoio; (*aceituna, uva, etc.*) torchio

lagart|a *f desp* volpona; *desp* prostituta; **~era 1.** *adj* caccia lucertole; **2.** *f* tana di lucertole; **~erano, -a** *adj/s* di Lagartera (Toledo) ◊ ***bordado ~*** ricamo a tombolo; **~ija** *f zool* lucertola; **~ijo** *m Méx* damerino; **~o** *m* 1. *zool* lucertola *f*, lucertolone; 2. *Am Cent zool* caimano ◊ ***¡~, ~!*** *excl* guarda, guarda!, guarda un po'!; **~ona** V. **lagarta**

lago *m* lago

lágrima *f* 1. lacrima; *fig* goccia, lacrima; 2. *bot* lagrimo *m* ◊ ***~s de cocodrilo*** lacrime di coccodrillo; ***llorar ~s de sangre*** piangere lacrime amare/di sangue; ***llorar a ~ viva/deshacerse en ~s*** piangere a dirotto, sciogliersi in lacrime; ***lo que no va en ~s va en suspiros*** *coloq* fa lo stesso, è la stessa cosa, non cambia nulla; ***saltársele las ~s*** avere le lacrime agli occhi

lagrima|l *m* lacrimale, condotto lacrimale; **~r** *vt* lacrimare

lagrime|ar *vi* lacrimare; piangere; **~o** *m* lacrimazione *f*

lagrimilla *f* 1. lacrimetta; 2. *Chile* mosto *m*

lagrimo|nes *mpl coloq* lacrimoni; **~so, -a** *adj* lacrimoso, -a; *desp* lacrimevole

laguna *f* 1. lacuna (!), vuoto *m*; 2. *geogr* laguna; **~r 1.** *adj* 1. lacunare; 2. *geogr* lagunare; *3. m arq* lacunare

lagunos|idad *f* lacunosità *inv*; **~o, -a** *adj* lacunoso, -a

laic|ado *m* laicato; **~al** *adj relig* laicale; **~ismo** *m* laicismo; **~ización** *f* laicizzazione; **~izar** ‹laicicé› *vt* laicizzare; **~o, -a** *adj/s relig* laico, -a

laísmo *m Esp* ="uso, al dativo, del pronome la invece di le femmeninile" ◊ ***~ dije*** le dissi

laja *f* 1. lastra di pietra; 2. *nav* bassofondo pietroso *m*; 3. *Col* funicella di agave

lama 1. *f* limo *m*; **2.** *m relig* lama; **~ísmo** *m relig* lamaismo

lambada *f* (*baile*) lambada

lambare|ar *vi Cuba* gironzolare; **~ro, -a** *adj/s Cuba* girondolone, -a

lambeón *m Col coloq* leccapiedi *inv*, lecchino

lambeplatos *m inv Am* parassita *m*

lamber V. **lamer**

lambiche *adj/s Méx* lecchino, -a, leccapiedi *inv*

lameculos *m/f inv vulg* leccaculo

lamedura *f* leccatura

lamelibranquio, -a *adj/s* lamellibranchio, -a

lament|able *adj* lamentevole, deplorevole; **~ación** *f relig* lamento *m*; lamentazione ◊ ***~es de Jeremías*** lamentazioni di Geremia; **~ar 1.** *vt* lamentare, deplorare; **2. ~se** lamentarsi, rammaricarsi; **~o** *m* lamento, rammarico; **~oso, -a** *adj* lamentoso, -a, lamentevole

lameplatos *m inv* leccapiatti

lamer *vt* leccare; *elev/fig* lambire ◊ ***~ el culo a alg*** *coloq/vulg* leccare il culo a q

lametazo (*var.* **lametón**) *m coloq* leccata *f*

lámina *f* 1. lamina, sfoglia; lastra, piastra sottile; 2. *impr* stampa, incisione; foglio *m*

lamina|ción *f* laminatura; **~do, -a 1.** *adj* laminato, -a; **2.** *m* 1. laminato; 2. (*trabajo*) laminatura *f*, laminazione *f*; **~dora** *f* laminatoio *m*; **~r 1.** *adj* lamellare, lamellato, -a; **2.** *vt* laminare

lampa *f Am Mer* zappa

lámpara *f* lampada; (*de techo*) lampadario *m*; lume *m*; *fig* frittella, macchia d'unto ◊ ***~ de aceite*** lume a olio; ***~ de gas, de cuarzo, de mineros*** lampada a gas, a quarzo, da miniera/di sicurezza; ***~ de mesa, de pie*** lampada da ta-

volo, a stelo/da pavimento; ***camisa llena de ~s*** vestido pieno di frittelle
lamparero *m ant* lampionaio; venditore di lampadari
lamparil|la *f* 1. lumino *m*; 2. *bot* pioppo tremulo *m*; **~ta: ~ de noche** *f* abat-jour* *m inv*
lámparo, -a *adj Col* in bolletta, senza un soldo
lamparón *m fig* macchia d'unto *f*, frittella *f*
lampazo *m* 1. *bot* lappa *f*, bardana *f*; 2. *nav* redazza *f*, radazza *f*
lampiño, -a *adj* 1. (*muchacho*) imberbe; 2. *bot* senza peli, liscio, -a
lampist|a *m* fabbricante di lampadari; *ant* lampista, lampionaio; **~ería** *f* negozio di lampade *m*; *ant* lampisteria
lamprea *f zool* (*pez*) lampreda
lana 1. *f* 1. lana; 2. *Méx* quattrini *mpl*; **2.** *m Am* zoticone ◊ ***~ de vidrio*** lana di vetro; ***ir por ~ y salir trasquilado*** fare come i pifferi di montagna/andar per lana e tornarsene tosi
lance *m* 1. giocata *f*; 2. caso, successo; 3. retata di pesce *f*; 4. lancio ◊ ***~ de fortuna*** colpo di fortuna; ***de ~*** *com* d'occasione; ***~ de honor*** sfida; ***tener pocos ~s*** essere poco simpatico, non avere attrattiva
Lancelot *m* Lancillotto
lanceolado, -a *adj* lanceolato, -a
lancero 1. *m* 1. *mil* lanciere; 2. mandriano, torero; **2.** *mpl* (*baile*) lancieri
lanceta 1. *f med* lancetta; **2.** *fpl taur* corna
lancha *f* 1. *nav* lancia, scialuppa; 2. lastra di pietra; 3. *Ecu* brina ◊ ***~ de motor*** *nav* lancia a motore, motoscafo *m*
lancinante *adj* lacerante
landa *f geogr* landa
land rover® [lan'rover] *m auto* land-rover *f inv*
laner|ía *f* laneria; **~o** *m* laniere
langost|a *f* 1. *zool* (*crustáceo*) aragosta; 2. *zool* (*insecto*) locusta, cavalletta; 3. *fig* rovina; **~ino** *m* (*penaeus kerathurus*) mazzancolla *f*, gamberone mediterraneo; gambero rosso
languid|ecer ‹*languidezco*› V. 13a *vi* languire; **~ez** *f* languidezza, fiacca
lánguido, -a *adj* languido, -a, debole, fiacco, -a
lanificación (*var.* **lanificio** *m*) *f* lanificio *m*; lavorazione della lana *f*
lanilla *f* lanetta
lano|lina *f* lanolina; **~so, -a** *adj* lanoso, -a
lansquenete *m hist* lanzichenecco
lantan|a *f bot* lantana; **~o** *m quím* lantanio
lanudo, -a *adj* 1. lanoso, -a; 2. *Ven* rozzo, -a
lanza *f* 1. (*arma*) lancia; 2. timone di vettura *m* ◊ ***con la ~ en ristre*** *tamb. fig* con la lancia in resta; ***correr ~s*** *hist* correre giostre, giostrare; ***romper ~s/una lanza por alg*** *fig* spezzare una lancia a favore di q; ***una buena ~*** *Am fig* una buona lancia; **~ble** *adj* lanciabile; **~bombas** V. **lanzagranadas**; **~cohetes** *m inv* lanciarazzi
lanzad|a *f* lanciata; **~era** *f aero* spola ◊ ***~ espacial*** navetta spaziale, space shuttle* *inv*; **~or, -a** *m/f* lanciatore, -trice

lanzagranadas *m inv mil* lanciagranate, lanciabombe
lanzallamas *m inv* lanciafiamme
lanzami|ento *m* 1. lancio; 2. *jur* sfratto; **~nas** *m inv mil* lanciamine; **~siles** *m inv mil* lanciamissili
lanzaplatos *m inv sport* lanciapiattello
lanzar ‹*lancé*› **1.** *vt* 1. lanciare, slanciare, gettare, scagliare; (*producto*) lanciare, promuovere, pubblicizzare; 2. *jur* sfrattare; **2. ~se** gettarsi, scagliarsi, buttarsi
lanzatorpedos *m inv aero/nav* lanciasiluri, lanciatorpedini
lanzazo *m* lanciata *f*
lapa *f* 1. *zool* patella; 2. *bot* lappa, lappola; 3. *fig* persona appiccicosa ◊ ***pegado como una ~*** *fig* attaccato come una sanguisuga/un'ostrica allo scoglio; **~roscopia** *f* laparoscopia
lapicero (*var.* **lapicera** *f*) *m* 1. portapenne *inv*, portamatite *inv*; 2. matita *f*
lápida *f* lapide
lapida|ción *f* lapidazione; **~r** *vt* lapidare; **~rio, -a 1.** *adj/s* lapidario; **2.** *f* lapidaria
lapislázuli *m min* lapislazzuli *inv*
lápiz *m* matita *f*, lapis *inv* ◊ ***~ de memoria*** *informát* pen memory* *inv*, pen drive* *inv*, chiave di memoria *f inv*
lapón, -ona *adj/s geogr* lappone
Laponia *f geogr* Lapponia
lapso *m* 1. lasso (di tempo); 2. *ant* lapsus
lapsus *m inv* lapsus ◊ ***~ linguae*** lapsus linguae
laquea|do *m* laccatura *f*; **~r** *vt* laccare
lares *mpl relig* lari
larga 1. *adj* lunga; **2.** *fpl auto* abbaglianti *mpl* ◊ ***a la ~*** alla fine; a poco a poco; ***dar ~s*** tirarla in lungo, prenderla per le lunghe; **~r** ‹*largué*› **1.** *vt* 1. liberare; 2. *nav* sciogliere, spiegare; 3. (*cable*) allentare; 4. (*bofetón, tiro*...) mollare, appioppare; **2.** *vi coloq* parlare; **3. ~se** 1. squagliarsela, andarsene; 2. *nav* salpare *vi*
larghetto [lar'geto] *m mús* larghetto
largo, -a 1. *adj* 1. lungo, -a (!); 2. *fig* alto, -a; 3. *fig* generoso, -a; 4. *coloq* furbo, -a; **2.** *m* lunghezza *f* ◊ ***~ y tendido*** profusamente; ***¡~!*** fuori!; ***a lo ~ de la orilla*** lungo la riva; ***a lo ~*** per il lungo; di lungo; ***a lo ~ de*** nel corso di; ***a lo ~ y a lo ancho*** in lungo e in largo; ***de ~*** da tempo; (*traje*) di lungo; ***para ~*** per molto tempo; ***pasar de ~*** passare alla larga; ***vestir de ~*** vestire di lungo; **~metraje** *m cine* lungometraggio
largue|ro *m* staggio, stanga *f*; *sport* traversa *f*; **~za** *f* generosità, larghezza
larguirucho, -a *adj* spilungone, -a, allampanato, -a
largura *f* lunghezza (!)
laringe *f med* laringe; **~ctomizar** ‹*laringectomicé*› *vt med* laringectomizzare
laríngeo, -a *adj* laringeo, -a
laringitis *f inv med* laringite *f*
laringólogo, -a *adj/s* laringologo, -a, laringoiatra
laringoscopia *f med* laringoscopia

laringotomía *f* laringotomia
larva *f zool* larva, bruco *m*; **~do, -a** *adj* larvato, -a, latente; **~l** *adj* larvale; **~rio, -a** *adj* larvale
las 1. *fpl/ar* le; **2.** *fpl/pron* le ◊ **~ *muchachas, ~ naranjas, etc.*** *ar* le ragazze, le arance, ecc.; **~ *miré*** *pron* le guardai
lasaña *f gastr* lasagne *fpl* (!) ◊ **~ *al horno*** lasagne al forno
lasca *f* scheggia di pietra
lascivlia *f* lascivia; **~o, -a** *adj* 1. lascivo, -a; 2. *raro* allegro, -a
láser *adj/m* laser *inv*
lasitud *f* fiacchezza, stanchezza, debolezza
lástima *f* 1. compassione, pietà *inv*; 2. pena, peccato *m* ◊ ***¡qué ~!*** che peccato!; ***¡~ que...!*** Peccato che...!; ***dar ~*** fare pena; ***tener ~*** avere compassione
lastimar 1. *vt* ferire, far male; *fig* oltraggiare; **2. ~se** farsi male
lastimero, -a *adj* 1. commovente; 2. oltraggioso, -a
lastimoso, -a *adj* pietoso, -a
lastra *f* lastrone *m*, lastra; **~r** *vt* 1. lastrare; 2. *nav* zavorrare
lastre *m* 1. *nav tamb. fig* zavorra *f*; 2. giudizio ◊ ***en ~*** *nav* senza carico
lata *f* 1. latta, scatoletta; lattina; 2. *fig* seccatura, noia; 3. latta stagnata ◊ ***¡Qué ~!*** Che noia!, Che pizza!; ***dar la ~*** seccare, scocciare; ***es una ~*** è una pizza,, è una scocciatura; **~zo** *m coloq* rottura di scatole *f*, scocciatura *f* ◊ ***dar el ~*** *coloq* scocciare
latenlcia *f psicol* latenza; **~te** *adj* latente, occulto, -a
lateral *adj/m* laterale
látex *m* lattice
latido *m* battito, palpito, pulsazione *f*
latifundilo *m* latifondo; **~sta** *m/f* latifondista
latigazo *m* 1. frustata *f*, sferzata *f*, staffilata *f*; 2. *fig* sferzata *f*, fulmine a ciel sereno
látigo *m* 1. frusta *f*, sferza *f*, staffile; 2. (*jinete*) frustino; 3. ="tipo di giostra a zig-zag"
latiguillo *m* 1. frustino; 2. *fig* insolenza *f*, sferzata *f*
latín *m* 1. latino; 2. citazione latina *f* ◊ ***~ vulgar, macarrónico*** latino volgare, maccheronico; ***saber ~*** *coloq* saperla lunga
latinlajo *m desp* latinorum; **~idad** *f* latinità *inv*; **~ismo** *m* latinismo; **~ista** *m/f* latinista; **~o, -a** *adj/s* latino, -a
Latinoamérica *f geogr* America latina
latinoamericano, -a *adj/s* latinoamericano, -a, ispanoamericano, -a
latir *vi* battere il cuore, palpitare
latitud *f geogr* latitudine; estensione; **~inal** *adj* latitudinale; **~inario, -a** *adj relig* latitudinario, -a
lato, -a *adj elev* lato, -a, ampio, -a, esteso, -a ◊ ***en sentido ~*** in senso lato
latón *m* ottone
latonlado, -a 1. *adj* ottonato, -a; **2.** *m* ottonatura *f*; **~ero** *m* lattoniere
latoso, -a *adj/s* pesante, noioso, -a, scocciante
latrocinio *m* ladrocinio
laucha *f Arg/Chile* topolino *m*
laúd *m* 1. *mús* liuto; 2. *nav* leuto
laudable *adj* lodevole
láudano *m* laudano
laudar *vt jur* emettere il lodo arbitrale *vi*
laudatoria *f* panegirico *m*
laudo *m jur* lodo arbitrale
laurelado, -a *adj* (*poesía*) laureato, -a; **~ar** *vt* coronare di lauro; **~l** *m* 1. *bot* alloro; 2. *fig* gloria *f* ◊ ***dormirse sobre/en los ~es*** dormire sugli allori
Lausana *geogr* Losanna
lava *f* lava
lavable *adj* lavabile
lavabo *m* 1. lavabo; 2. *euf* toilette* *f inv*
lavacoches *m/f inv* lavamacchine
lavacro *m* lavacro
lavadla *f* lavata; **~ero** *m* 1. (*cocina*) lavandino; 2. lavatoio; **~o** *m* lavaggio; lavata *f* ◊ ***~ de cerebro*** lavaggio del cervello; ***~ de dinero*** riciclaggio del denaro sporco; ***~ de estómago*** lavanda gastrica; **~or** *adj/m* 1. lavatore; 2. *Arg/Par* bacinella *f*; *Guat* lavabo; **~ora** *f* (*máquina*) lavatrice; **~ura** *f* lavatura
lavafrutas *m inv* lavafrutta
lavagallos *m inv Col/Ven* acquavite scadente *f*
lavamanos *m inv* lavamani
lavandla *f bot* lavanda, spigo *m*; **~era** *f* lavandaia; **~ería** *f* lavanderia
lavándula *f* lavanda
lavaplatos 1. *m/f inv* (*persona*) lavapiatti, *desp*; **2.** *f inv* (*máquina*) lavastoviglie, lavapiatti
lavar *vt* lavare; *fig* lavare, purificare ◊ ***~ en seco*** lavare a secco; ***~se las manos*** *coloq/fig* lavarsene le mani
lavarropas *m/f inv Am* lavatrice *f*
lavatliva *f* 1. clistere *m*; 2. *coloq/fig* lavativo *m*; **~orio** *m* 1. lavacro; 2. *relig* lavanda dei piedi *f*
lavavajillas *m inv* lavastoviglie *f*, lavapiatti *f inv*
lávico, -a *adj* lavico, -a
laxalnte *adj/m* ***1.*** *m* lassativo, -a, purga *f*; **2.** *adj* lassativo, -a **~r** *vt* 1. rilassare, allentare; 2. (*defecación*) purgare; **~tivo, -a** *adj* lassativo, -a;
laxismo *m* lassismo
laxo, -a *adj* lasso, -a, allentato, -a; rilassato, -a
laya *f* 1. qualità *inv*, specie; 2. *agric* vanga, badile *m*
lazalda *f* nodo a cappio *m*; laccio *m*; **~reto** *m med* lazzaretto, lebbrosario; **~rillo** *m* ragazzo-guida di un cieco ◊ ***perro ~*** cane guida
lazo 1. *m* 1. laccio; cappio, nodo scorsoio; 2. cordone; 3. (*pelo-vestido*) fiocco; **2.** *mpl* 1. *fig* vincoli, legami; 2. (*danza*) intreccio *m* ◊ ***~ de amor*** laccio d'amore; ***caer en el ~*** cadere in trappola; ***tender el ~*** tendere i lacci
lazullita *f min* lazulite; **~rita** *f min* lazurite
Ldo. (*f* **Lda.**, **Lcda.**) (*var.* **Lic.**, **Licdo.**) (*licenciado, -a*) *abr* laureato, -a

le *pron* (*dativo*) gli *m*, le *f*; (*acusativo*) lo *m* ◊ **~ *dijo, ~ dio*** gli/le disse, gli/le dette; ***~ saludé, ~ seguí*** lo salutai, lo seguii; ***síguele*** seguilo
leacril® *m* leacril *inv*
leal *adj* leale, sincero, -a, onesto, -a; **~ismo** *m* lealismo; **~ista** *adj/s* lealista; **~tad** *f* lealtà *inv*, sincerità *inv*, onestà *inv*
leandra *f coloq/hum* (*obsol*) peseta
leasing ['lisin] *m* leasing* *inv*
lebeche *m meteo* libeccio
lebrato *m* leprotto
lebrel *m zool tamb. fig* levriere
lebrillo *m* catino, tinozza *f*
lección *f* 1. lezione; 2. *fig* lezione, rimprovero *m*, punizione ◊ ***dar ~es de baile, italiano...*** (*activo*) fare lezione di ballo, d'italiano...; (*pasivo*) prendere lezione di ballo, d'italiano...; ***darle una ~ a alg*** dare una lezione a q
lecha *f* latte di pesce *m*; **~da** *f* 1. *constr* malta; 2. *constr* latte di calce *m*, gesso *m*; **~l 1.** *adj* 1. lattone, lattonzolo, da latte; 2. *bot* laticifero; **2.** *m* 1. *zool* lattone; 2. *bot* latice; **~r** *vt Am* mungere
leche *f* 1. latte *m* (!); 2. *vulg* sperma *m*; 3. colpo *m*, pugno *m*; 4. cattiveria ◊ **~ *de gallina*** *bot* latte di gallina; **~ *en polvo*** latte in polvere; **~ *limpiadora*** latte detergente; **~ *uperizada, condensada, desnatada, semidesnatada*** latte a lunga conservazione, condensato, scremato/magro, parzialmente scremato; **~ *virginal*** latte verginale; ***¡~s!*** *coloq/vulg* Cazzo!; ***¡es la ~!*** *coloq/vulg* È il colmo!; ***a toda*** ~ *coloq* a tutta birra; ***de*** ~ da latte; ***dientes de*** ~ denti da latte; ***estar de mala*** ~ *coloq/vulg* avere il quarto storto, avere la luna storta; ***hermano de*** ~ fratello di latte; ***mala*** ~ *coloq/vulg* malumore; caratteraccio; ***ni ~s*** *coloq/vulg* né niente, né nessuno; ***tener la ~ en los labios*** avere il latte alla bocca; ***tener mala ~*** *vulg* avere un caratteraccio, essere acido; **~cillas** *fpl gastr* animelle di agnello e vitello; **~ra 1.** *f* 1. (*recipiente*) lattiera; 2. lattivendola; **2.** *adj* da latte ◊ ***industria ~*** industria casearia; **~ría** *f* latteria; **~ro, -a 1.** *m* lattivendolo, -a; **2.** *adj* da latte
lecho *m* 1. letto; 2. *geogr* letto, alveo; 3. *Am* accelerato, treno locale
lechón *m zool* porcellino, maialino; *fig* maiale
lechos|a *f Ven bot* papaia; **~o, -a** *adj* lattiginoso, -a
lechudo, -a *adj Am* fortunato, -a
lechuga *f bot* lattuga ◊ ***fresco como una ~*** fresco e fiorente; ***ser más fresco que una ~*** essere sfacciato, avere la faccia di bronzo
lechugui|lla *f bot* crespigno *m*; **~no** *m* 1. damerino; 2. *bot* lattughetta *f*
lechuza *f* 1. *zool* barbagianni *m*; 2. *fig* gufo *m*; 3. *jerga* gazza ladra, ladro notturno *m*; 4. *Méx* prostituta
lecitina *f* lecitina
leco *m Ven* grido di chiamata
lectivo, -a *adj estud* di lezione
lector, -a *adj/s* lettore, -trice; **~ado** *m* (*universidad*) lettorato
lectura *f* lettura ◊ ***dar ~*** dare lettura; ***sala de ~*** sala di lettura
leer ‹*leo; leí, leyó; leyendo*› V. 21 *vt* leggere ◊ **~ *el pensamiento*** leggere nel pensiero; **~ *la cartilla*** fare la predica
lega|ción *f* legazione; **~do** *m* legato; **~jo** *m* incarto, fascicolo
legal *adj* 1. legale; 2. *jerga* degno di fiducia, leale; **~idad** *f* legalità *inv*; **~ismo** *m* legalismo; **~ista** *adj/s* legalista; **~ización** *f* legalizzazione, autenticazione, vidimazione; **~izar** ‹*legalicé*› *vt* legalizzare, autenticare, vidimare
légamo *m* fango vischioso
legamoso, -a *adj* fangoso, -a
legañ|a *f* cispa; **~oso, -a** *adj* cisposo, -a
legar ‹*legué*› *vt jur* legare
legatario, -a *m/f jur* legatario, -a
legendario, -a *adj* leggendario, -a
legi|bilidad *f* leggibilità *inv*; **~ble** *adj* leggibile
legión *f* 1. *mil* legione; 2. *fig* legione, esercito *m*
legionario, -a *adj/s mil* legionario, -a
legisla|ción *f* legislazione; **~dor, -a** *adj/s* legislatore, -trice; **~r** *vt* legiferare, emanare leggi; **~tivo, -a** *adj* legislativo, -a; **~tura** *f* legislatura
legítima *f jur* legittima
legitima|ción *f* legittimazione; **~r** *vt* legittimare; **~rio, -a** *adj jur* legittimario
legitimi|dad *f* legittimità *inv*; **~smo** *m* legittimismo; **~sta** *adj/s pol* legittimista
legítimo, -a *adj* legittimo, -a; legittimo, -a, genuino, -a, autentico, -a
lego, -a 1. *adj* 1. *relig* laico, -a, secolare; 2. profano, -a; **2.** *m relig* frate laico; **3.** *m/f jur* giurato, -a ◊ **~ *en medicina*** profano in medicina
legón *m* zappa *f*
legrado *m med* raschiamento (uterino)
legua *f* lega ◊ ***a la ~*** da lontano
leguleyo, -a *m/f desp* leguleio, -a, azzeccagarbugli *inv*
legum|bre *f bot* legume *m*; **~inosa** *adj/f bot* leguminosa
lehendakari *m* presidente del Governo autonomico basco
leíd|a *f coloq* letta; **~o, -a 1.** *adj* dotto, -a, istruito, -a; **2.** *pp/adj* letto, -a
leishmaniosis *f inv med* leishmaniosi
leitmotiv *m* 1. *mús* leitmotiv* *inv*; 2. *fig* leitmotiv*, motivo conduttore
lejan|amente *adv* lontanamente; **~ía** *f* lontananza; **~o, -a** *adj* lontano, -a, remoto, -a; distante ◊ ***pariente ~*** parente lontano
lejía *f* candeggina, conegrina, varec(c)hina
lejos 1. *adv* lontano; *elev* lungi; **2.** *m* 1. (*pintura*) sfondo; 2. *fig* somiglianza *f* ◊ **~ *de*** lontano da; lungi da *elev*; ***a lo ~*** in lontananza; ***de ~*** da lontano
lelo, -a *adj* scemo, -a, sciocco, -a, fatuo, -a
lema *m* 1. *filos/mat tamb. fig* lemma; 2. motto, massima *f*; **~rio** *m* lemmario

lematiz|ación *f* lemmatizzazione; **~ar** ‹*lematicé*› *vt* lemmatizzare
lemosín, -ina 1. *m* (*lengua*) limosino; **2.** *adj/s* limosino, -a, di Limoges, del Limousin
lémur (*var.* ***lemur***) *m* lemure
lencería *f* 1. biancheria da donna o per la casa; 2. negozio di biancheria *m*
lendakari V. **lehendakari**
lengua *f* 1. *med tamb. fig* lingua; 2. *ling* lingua, idioma *m* ◊ **~ *afilada, de víbora*** lingua tagliente, velenosa; **~ *azul*** *med* (*ovinos*) lingua blu; **~ *de gato*** *gastr* lingua di gatto; **~ *de tierra, de fuego*** lingua di terra, di fuoco; **~ *de trapo/estropajosa*** lingua blesa; **~ *madre*** madrelingua; **~ *meta*** lingua d'arrivo; **~ *muerta, viva*** lingua morta, viva; ***andar en ~s*** finire sulla bocca di tutti; ***írsele la ~ /irse de la ~*** farsi scappare qc di bocca; ***largo/ligero de ~*** linguacciuto; ***malas ~s*** cattive lingue; ***media ~*** balbuziente; ***no tener pelos en la ~*** non avere peli sulla lingua; ***tirarle a alg de la ~*** strappare un segreto di bocca a q; provocare q; ***trabársele la ~*** balbettare; **~do** *m zool* sogliola *f*; **~je** *m* linguaggio; stile; **~larga** *m/f coloq* lingua lunga, linguacciuto, -a; **~raz** *m* linguaccia *f*, linguacciuto
lengüeta *f* 1. (*mús, zapato, fig*) linguetta; 2. *med* epiglottide; **~zo** *m* leccata *f*
lenguón, -ona *m/f Méx* pettegolo, -a
lenidad *f* mitezza, clemenza
leninis|mo *m* leninismo; **~ta** *adj/s pol/hist* leninista
lenitivo, -a *adj* lenitivo, -a, calmante
lenocinio *m* lenocinio
lente 1. *f* lente; **2.** *fpl* occhiali *mpl* ◊ **~ *de aproximación*** lente d'ingrandimento; ***~s de contacto*** lenti a contatto; **~ja** *f bot* lenticchia ◊ **~ *de agua/acuática*** lenticchia d'acqua o di palude, lemna; **~juela** *f* paillette* *inv*, lustrino *m*
lenti|cular *adj* lenticolare; **~lla** *f* lente a contatto ◊ ***~s blandas, duras, semiduras*** lenti a contatto morbide, rigide, semirigide; **~sco** *m bot* lentisco; **~tud** *f* lentezza
lento, -a *adj* lento, -a, tardo, -a
leña *f* 1. legna; 2. *fig* bastonata ◊ ***dar ~*** dare una bastonata; ***echar ~ al fuego*** *coloq/fig* aggiungere legna al fuoco; ***hacer ~*** far legna; ***hacer ~ del árbol caído*** sopra l'albero caduto ognuno corre a far legna; ***llevar ~ al monte*** *fig/irón* portar legna al bosco; **~dor, -a** (*var.* **leñatero**) *m/f* boscaiolo, -a, taglialegna *inv*, spaccalegna *inv*; **~zo** *m* bastonata *f*
¡leñe! *excl euf/coloq* accidenti!, maledizione!
leñera *f* legnaia
leño *m bot fig* legno ◊ **~ *gentil*** *bot* dafne mezereo; **~ *hediondo*** *bot* legno puzzo; ***dormir como un ~*** dormire come un sasso; **~sidad** *f* legnosità *inv*; **~so, -a** *adj* legnoso, -a
Leo *m astrol* leone
león *m zool/astrol tamb. fig* leone ◊ **~ *americano*** puma
leona *f zool tamb. fig* leonessa; **~do, -a** *adj* lionato, -a
leonera *f* 1. covo o gabbia di leoni *m/f*; 2. *fig* bordello *m*; 3. *fig* bisca ◊ ***esta habitación está hecha una ~*** questa stanza è un bordello/un casino
leonés, -esa *adj/s* leonese, di León
leonino, -a *adj* leonino, -a
leopardo *m zool* leopardo
leotardos *mpl* calzamaglia *f*
Lepe *vi geogr/hist* Lepe ◊ ***saber más que ~ (Lepijo y su hijo)*** saperne più del diavolo
leperada *f Méx* canagliata
lépero, -a *adj Méx* svergognato, -a, insolente
leperuza *f Méx desp* gentaglia
lepidóptero, -a *adj/m zool* lepidottero, -a
lepiota *f bot* (*hongo*) lepiota
lepisma *m zool* lepisma *f*
leporino, -a *adj elev* leporino, -a ◊ ***labio ~*** *med* labbro leporino
lepra *f med* lebbra
lepros|ería *f* lebbrosario *m*; **~o, -a** *adj* lebbroso, -a
leptón *m fís* leptone
leptospirosis *f inv med* leptospirosi
lerdo, -a *adj* lento, -a, tardo, -a; pigro, -a
les *pron* loro ◊ **~ *dije que*** dissi loro che; ***dales*** da' loro
lesbian|a *adj/f* lesbica; **~ismo** *m* lesbismo
lésbico, -a *adj* lesbico, -a
lesión *f jur/med* lesione; *jur* danno *m*, pregiudizio *m* (*raro*)
lesionar *vt jur/med* ledere; lesionare, danneggiare
lesivo, -a *adj* lesivo, -a (**para** di)
leso, -a *adj* 1. leso, -a; 2. *Am* scemo, -a ◊ ***crimen de ~a majestad*** delitto di lesa maestà
letal *adj* letale, mortale, mortifero, -a
letanía *f* 1. *relig tamb. fig* litania; 2. *fig* filastrocca
letárgico, -a *adj* letargico, -a
letargo *m med tamb. fig* letargo; sopore, sonnolenza *f*
letón, -ona *adj/s* lettone
Letonia *f geogr* Lettonia
letra *f* 1. lettera; 2. scrittura, grafia; 3. (*canción*) parola; 4. *com* cambiale, tratta, effetto *m* ◊ **~ *a pagar, a vista, al cobro*** cambiale da pagare, a vista, all'incasso; **~ *cursiva, negrita*** carattere corsivo, neretto/grassetto; **~ *de cambio*** cambiale; **~ *de resaca*** tratta di rivalsa; **~ *en blanco*** cambiale in bianco; **~ *endosable*** effetto girabile; ***a la ~/al pie de la ~*** alla lettera; ***avalar una ~*** avallare una cambiale; ***buena/mala ~*** bella/brutta calligrafia; ***doctor en ~s*** dottore in Lettere; ***en ~s de molde*** stampato; a stampatello; ***las ~s*** le lettere, la letteratura; **~do, -a 1.** *adj* istruito, -a, dotto, -a; **2.** *m/f* avvocato *m*, avvocatessa *f*
letrero *m* scritta *f*; cartello, insegna di negozio *f*
letrina *f* latrina
letrista *m/f* paroliere, -a

leuc|emia *f med* leucemia; **~émico, -a** *adj/s med* leucemico, -a
leuco|cito *m biol* leucocita/o; **~ma** *m med* leucoma; **~penia** *f med* leucopenia; **~plasto** *m bot* leucoplasto; **~rrea** *f* leucorrea
leva *f* 1. *mil* leva; 2. partenza di nave ◊ ***árbol de ~s*** *mec* albero a camme/di distribuzione; **~dizo, -a** *adj* levatoio, -a ◊ ***puente ~*** ponte levatoio; **~dura** *f* lievito *m*
levanta|dor, -a *m/f* sollevatore, -trice ◊ ***~ de pesos*** sollevatore di pesi, pesista; **~miento** *m* 1. innalzamento; 2. *mil* sollevazione *f*, sedizione *f*, ammutinamento; 3. *jur* revoca *f*, sospensione *f*; **~r 1.** *vt* 1. alzare, innalzare, sollevare, elevare; levare; 2. edificare, costruire; 3. *jur* revocare; 4. irritare, provocare; **2. ~se** alzarsi ◊ ***~ acta*** redigere il verbale; ***~ las cartas*** alzare le carte; ***~ la sesión*** chiudersi la seduta
levant|e *m* levante, oriente, est ◊ ***estar de ~*** essere in partenza; **~ino, -a** *adj* levantino, -a, del Levante; **~isco, -a** *adj* turbolento, -a, ribelle
levar *vt* ◊ ***~ anclas*** *nav* levare l'ancora; ***~se*** *nav* salpare (*vt*)
leve *adj* lieve, leggero, -a, tenue
levita 1. *f* (*traje*) levita; **2.** *m* (*persona*) levita ◊ ***tirar de la ~*** *coloq/fig* leccare; **~ción** *f* levitazione; **~r** *vi* levitare
levógiro, -a *adj* sinistrorso, -a
lexema *m ling* lessema
lexicaliz|ación *f ling* lessicalizzazione; **~ar** ‹*lexicalicé*› *vt ling* lessicalizzare
léxico, -a 1. *m* lessico; **2.** *adj* lessicale
lexico|grafía *f* lessicografia; **~gráfico, -a** *adj* lessicografico, -a
lexicógrafo, -a *m/f* lessicografo, -a
lexicología *f* lessicologia
lexicólogo, -a *m/f* lessicologo, -a
ley *f* legge; norma, regola ◊ ***~ del embudo*** legge arbitraria; ***~ del silencio*** legge del silenzio, omertà; ***~ del talión*** legge del taglione; ***~ seca*** proibizionismo, regime secco; ***con todas las de la ~*** in perfetta regola; ***decreto ~*** decreto legge; ***hecha la ~, hecha la trampa*** fatta la legge, trovato l'inganno; ***oro de ~*** oro puro , oro zecchino, oro a 24 carati; ***proyecto de ~*** disegno di legge; ***todos somos iguales ante la ~*** la legge è uguale per tutti
leyenda *f* 1. leggenda, tradizione, storia; leggenda, mito; 2. leggenda *m*, scritta; 3. vita di santi
leyera, leyó V. **leer**
lezna *f tecn* lesina
liado, -a *adj* 1. avvolto, -a, arrotolato, -a; 2. *coloq* occupato, -a ◊ ***estar ~ con alg*** *coloq* stare insieme con q, avere un flirt con q
liana *f bot* liana
liante, -a *m/f coloq* casinista
liar ‹*lío*› V. 2 **1.** *vt* 1. legare, avvolgere, arrotolare; *fig* coinvolgere, ingannare; **2. ~se** 1. confondersi; 2. accoppiarsi con alg, mettersi con q ◊ ***~ a palos*** prendersi a bastonate; ***~ la manta a la cabeza*** *coloq/fig* non pensare a nulla
libación *f* libagione
libanés, -esa *adj/s geogr* libanese
Líbano *m geogr* Libano
libar *vt* libare
libelo *m* libello
libélula *f zool* libellula
libera|ción *f* liberazione ◊ ***de ~ prolongada*** a rilascio prolungato; **~do, -a 1.** *adj/s* liberato, -a; **2.** *m/f* distaccato, -a sindacale, lavoratore, -trice con distacco sindacale; **~dor** V. **libertador**
liberal *adj/s* 1. *pol* liberale; 2. liberale, generoso; **~idad** *f* liberalità *inv*, generosità *inv*; **~ismo** *m pol* liberalismo; **~ización** *f* liberalizzazione; **~izar** ‹*liberalicé*› *vt* liberalizzare
liberar *vt* liberare
liberatorio, -a *adj* liberatorio, -a
Liberia *f geogr* Liberia
liberiano, -a *adj/s* liberiano, -a
líbero, -a *adj/m sport* libero
liberta|d *f* 1. libertà *inv*; 2. disinvoltura, confidenza ◊ ***~ bajo fianza*** libertà su cauzione; ***~ de prensa, provisional, de acción,...*** libertà di stampa, provvisoria, d'azione,...; ***con toda ~*** in completa/in piena libertà; ***tomarse demasiadas ~es*** prendersi troppa confidenza; ***tomarse la ~ de*** permettersi di; **~dor, -a** *adj/s* liberatore, -trice; **~r** *vt* liberare; **~rio, -a** *adj pol* libertario, -a
liberti|cida *m/f* liberticida; **~naje** *m* libertinaggio; **~no, -a** *adj/s* libertino, -a
liberto, -a *adj/s hist* liberto, -a
liberty ['liberti] *adj inv* liberty *inv*, stile floreale
Libia *f geogr* Libia
libídine *f elev* libidine
libidinoso, -a *adj* libidinoso, -a, lascivo, -a
libido (*var.* **líbido**) *m psicol* libido
libio, -a *adj/s* libico, -a
libra *f econ* libbra ◊ ***~ esterlina*** lira sterlina
Libra *f astrol* Bilancia
libra|co *m desp* libraccio; **~do** *m com* trattario; **~dor, -a** *m/f com* traente; **~nza** *f* tratta, cambiale *m*, effetto *m*; **~r 1.** *vt com* emettere, spiccare; **2.** *vi* riposare; **3. ~se** liberarsi, salvarsi ◊ ***¡Dios me/nos libre!*** Dio ci scampi e liberi!; ***salir bien (o mal) librado*** scamparla bella (o finire male)
libre *adj* libero, -a; franco, -a; esente; indipendente ◊ ***~ del servicio militar*** militassolto; ***estudiar por ~*** studiare da privatista; ***ser muy ~ de*** essere padrone di
librea *f* livrea
librecambi|o *m econ* libero scambio; **~smo** *m* liberscambismo, liberismo; **~sta** *adj/s* liberoscambista, liberista
libremente *adv* liberamente
librepensador, -a *m/f* libero pensatore, -trice
librer|ía *f* (*mueble y tienda*) libreria ◊ ***~ de ocasión*** libreria antiquaria; **~o, -a** *m/f* libraio, -a ◊ ***~ de viejo*** libraio, -a di libri usati
libresco, -a *adj* libresco, -a

libret|a *f* 1. *banc* libretto *m*; 2. taccuino *m*, quaderno *m* ◊ ~ ***de ahorros*** libretto di risparmio; ~ ***militar*** *Arg* libretto o tessera militare; **~ista** *m/f* librettista; **~o** *m mús/lit* libretto d'opera

librillo *m* 1. libruccio, libretto; 2. pacchetto di cartine da sigarette, ecc ◊ ***cada maestrillo tiene su*** ~ ognuno ha i propri trucchi, ognuno ha le proprie regole

libro *m* libro ◊ ~ ***auxiliar, borrador, de vencimientos*** libro ausiliario, brogliazzo, scadenziario; ~ ***de cuentas, de texto*** libro contabile, di testo; ~ ***electrónico*** libro elettronico; **~*s de caballería*** *lit* libri di cavalleria; ***hablar como un*** ~ ***(abierto)*** parlare come un libro stampato; ***llevar los ~s*** tenere i libri

Lic. V. **Ldo.**

licantropía *f* licantropia

licántropo *m* licantropo

Licdo. V. **Ldo.**

licencia *f* licenza, permesso *m*; libertà, abuso *m*; *mil* licenza ◊ ~ ***absoluta*** congedo; ~ ***de armas, de pesca...*** licenza di porto d'armi, di pesca...; *Am auto* patente (di guida); **~do, -a** *adj/s* 1. *estud* laureato, -a; 2. *mil* congedato, -a; **~r** ‹*licencio*› V. 1 **1.** *vt* 1. concedere una licenza; 2. *mil* congedare; 3. *estud* laureare; **2. ~se** 1. *estud* laurearsi; 2. *mil* congedarsi; **~tura** *f* laurea

licencioso, -a *adj* licenzioso, -a, dissoluto, -a, libertino, -a

liceo *m* 1. *Am* liceo; *Méx* scuola elementare *f*; 2. circolo letterario ◊ ***el *~ de Barcelona*** il teatro lirico di Barcellona

licita|ción *f* 1. *jur* licitazione; 2. asta, appalto *m*; **~dor, -a** (*var.* **licitante**) *m/f* offerente in una licitazione; **~r** *vt* partecipare a un'asta *vi*

lícito, -a *adj* lecito, -a, permesso, -a

licitud *f* liceità *inv*

licor *m* liquore; **~era** *f* 1. servizio da liquori *m*; 2. *Am* fabbrica di liquori; **~ería** *f* fabbrica o negozio (m) di liquori; **~oso, -a** *adj* liquoroso, -a

lictor *m* littore; **~io, -a** *adj* littorio, -a

licua|ción *f* liquefazione; *metal* liquazione; **~do, -a** *adj* liquefatto, -a; **~dora** *f* centrifuga (*fruta*); **~r** ‹*licúo*› *vt* liquefare; *metal* fondere

licue|facción *f* liquefazione; **~facer** *vt raro* liquefare

lid *f elev* pugna, lotta; litigio *m*, alterco *m*, contesa ◊ ***en buena*** ~ *adv* in modo leale

líder *m/f* leader *inv*

lidera|r *vt* essere a capo di *vi*, capeggiare; **~to** (*var.* **liderazgo**) *m* primato, leader-ship* *inv*, comando, egemonia *f*

lidia *f* 1. combattimento *m*, pugna; 2. *taur* corrida ◊ ***toro de*** ~ toro da corrida, toro da combattimento; **~dor, -a** *m/f* torero, -a; **~r** ‹*lidio*› V. 1 **1.** *vi* combattere, lottare; *fig* disputare; **2.** *vt taur* combattere con un toro *vi*

lidita *f min* lidite, lidyte

liebre *f zool/sport* lepre ◊ ***coger una*** ~ *coloq* scivolare per terra; ***comer*** ~ essere pauroso *coloq*; ***levantar la*** ~ *coloq* mettere sul chi va là

lied [lid] *m mús* lied *inv*

liendre *f* lendine *m/f*

lienzo *m* 1. (*tamb. pintura*) tela *f*; 2. *arq* parete *f*, facciata *f*

lifting ['liftin] *m med* lifting *inv*

liga *f* 1. *pol/quím* lega, alleanza; 2. (*medias*) giarrettiera; 3. *sport* campionato di calcio *m* ◊ ~ ***de 1ª división*** *sport* campionato di serie A; ***ganar la*** ~ *sport* vincere lo scudetto; ***título de*** ~ *sport* scudetto; **~do** *m* legatura *f*, legato; **~dura** *f* 1. *med* legamento *m*; 2. *mús* legatura ◊ ~ ***de trompas*** *med* chiusura delle tube; **~mento** *m med* legamento; *txtl* legatura *f*; **~r** ‹*ligué*› **1.** *vt* 1. legare, annodare, allacciare; unire, vincolare; 2. *metal* alligare; **2.** *vi* avere un flirt, conquistare *vt* ◊ ~ ***con alg*** *coloq* conquistare q *elev*, avere un flirt con q; **~zón** *f* connessione, unione (*ling*), vincolo *m*

liger|a: tomar a la ~ *f* prendere sottogamba; **~eza** *f* leggerezza; agilità *inv*, sveltezza, rapidità *inv*; **~o, -a** *adj* 1. leggero, -a, lieve; 2. agile, svelto, -a, rapido, -a ◊ **~*a de cascos*** testa sventata; (donna) leggera/poco seria; ~ ***de ropa*** con poca roba addosso, semivestita; ***a la ~a*** alla leggera

light ['lajt] *adj* leggero, -a; (*pornografía*) soft ◊ ***cigarrillos ~s*** sigarette light

lignito *m min* lignite *f*

ligón, -ona *adj/s* conquistatore, -trice amoroso, -a

ligroína *f quím* ligroina

ligue *m* flirt *inv*, conquista *f*; **~ro** *m* reggicalze *inv*

ligulato, -a *adj bot* ligulato, -a, a barbula

ligur (*var.* **ligurino**) *adj/m* ligure

Liguria *f geogr* Liguria

ligustre *m* ligustro

lija *f* 1. carta vetrata, carta smerigliata; 2. *zool* gattuccio *m*; **~dora** *f tecn* levigatrice; **~r** *vt* levigare con carta vetrata

lijoso, -a *adj Cuba* vanitoso, -a

lila 1. *adj* lilla; **2.** *m* 1. (*color*) lilla; 2. *jerga* finocchio *m*, omosessuale *m* (*estánd*); **3.** *f bot* lilla *m inv*, lillà *m inv*

liliputiense *adj/s* lillipuziano, -a

lima *f* 1. *tecn fig* lima; 2. *tecn* (*acción*) limatura; 3. *bot* limetta; 4. (*uñas*) limetta ◊ ~ ***de las uñas*** limetta (per le unghie); ***comer como una*** ~ mangiare molto; **~dura** *f* limatura; **~r** *vt* 1. *tecn* limare; 2. *fig* limare, smussare

limbo *m* 1. *relig/bot* limbo; 2. *cient* corona graduata del rapportatore *f*; 3. (*danza*) limbo ◊ ***estar en el*** ~ essere fra le nuvole

lime|ño, -a *adj/s* limegno, -a, di Lima; **~ro** *m bot* albero della limetta

liminar *adj/m* liminare

limit|ación *f nav* limitazione; limite *m*; **~ado, -a** *adj* ristretto, -a, scarso, -a; circoscritto, -a ◊ ***sociedad ~a*** *com* società a responsabilità limitata; **~ar** *vt* limitare, delimitare; **~ativo, -a** *adj* limitativo, -a

límite *m* limite, confine; fine *f*, termine

limítrofe *adj* limitrofo, -a, confinante, adiacente

limnología *f geol* limnologia
limo *m geol* limo
limón *m bot* limone
limon|ada *f* limonata ◊ ***no ser ni chicha ni limoná (limonada)*** *coloq* non essere né carne né pesce; **~cillo** *m bot* citronnier* *inv*; **~ero** *m bot* (*árbol*) limone
limosna *f* elemosina
limoso, -a *adj* limoso, -a
limpia *f* pulizia; **~barros** *m inv* zerbino, stuoino, nettapiedi *inv*; **~botas** *m inv* lustrascarpe; **~botellas** *m inv* scovolino per bottiglie *m*; **~cristales** *m inv* 1. lavavetri; 2. (*persona*) pulivetri *m/f inv*, puliscivetri *m/f inv*; **~da** *f* pulizia superficiale; **~dientes** *m inv* stuzzicadenti; **~dita** *f* pulitina; **~dor, -a** *adj/m* pulitore, -trice; **~dora 1.** *f* (*edificios públicos*) donna della pulizia; **2.** *adj* pulitrice; **~dura 1.** *f* pulitura; **2.** *fpl* immondizia *f*; **~mente** *adv* pulitamente; onestamente; **~metales** *m inv* brillantante per metalli *m*, lucidametalli; **~parabrisas** *m inv* tergicristallo; **~piés** *m inv Méx* zerbino, nettapiedi *m*; **~pipas** *m inv* scovolino *m*; **~plumas** *m inv* nettapenne; **~r** ‹*limpio*› V. 1 *vt* pulire, nettare, detergere; pulire, purificare; *jerga* pulire, ripulire, spennare, rubare; *agric* sbroccare; **~uñas** *m inv* spazzolino per le unghie *m*; **~vajillas** *m inv* detersivo per stoviglie *m*
limpidez *f* limpidezza
límpido, -a *adj* limpido, -a, terso, -a, puro, -a
limpieza *f* 1. pulizia; 2. *fig* purezza; *fig* onestà *inv*, sincerità *inv*
limpio, -a *adj* 1. pulito, -a, netto, -a; chiaro, -a; 2. *fig* puro, -a, mondo, -a; 3. esente ◊ ***en ~*** *com/econ* netto; ***poner en ~*** passare in bella copia; ***quedarse ~*** *fig* restare al verde; ***sacar en ~*** dedurre
limusina *f auto* limousine* *inv*
linaj|e *m* lignaggio, stirpe *f*, famiglia *f*; **~udo, -a** *adj* nobile, di alto lignaggio
linar *m agric* lineto
linaza *f bot* semi di lino *mpl*
lince *m zool tamb. fig* lince *f* ◊ ***ojos de ~*** *tamb. fig* occhi di lince
lincha|miento *m* linciaggio; **~r** *vt* linciare
lincrusta *f* (*papel*) lincrusta
lindano *m quím* lindano
lindar *vi* confinare
linde *f/(m)* confine *m*, limite tra poteri *m*; **~ro, -a 1.** *adj* confinante, limitrofo, -a; **2.** *mpl* confini, limiti; **~za 1.** *f* bellezza; **2.** *fpl fig* insulti *mpl* ◊ ***soltar cuatro ~s*** *coloq* dirne quattro
lindo, -a *adj* bello, -a, grazioso, -a, leggiadro, -a ◊ ***~ don Diego*** *fig/hum* damerino; ***de lo ~*** *adv* molto
línea *f* 1. linea; riga; 2. (*cara*) lineamento *m*; 3. *geogr/geol/informát* linea ◊ ***~ caliente*** *telec* linea calda, hot line; ***en ~s generales//en o a grandes ~s*** in linea di massima, a grandi linee; ***en ~ recta*** in linea retta; ***en primera ~*** in prima linea; ***en toda la ~*** su tutta la linea; ***entre ~s*** tra le righe; ***guardar la ~*** conservare/mantenere la linea; ***juez de ~*** *sport* guardalinee
lineal *adj* lineare; **~idad** *f* linearità *inv*
lineamento (*var.* **lineamiento**) *m raro* lineamento
linear 1. *adj bot* lineare; **2.** *vt* abbozzare, fare uno schizzo
linf|a *f* linfa; **~ático, -a** *adj* linfatico, -a; **~atismo** *m* linfatismo; **~ocito** *m biol* linfocito, linfocita; **~oma** *m med* linfoma; **~openia** *f med* linfopenia, linfocitopenia
lingote *m* lingotto, barra *f*
lingual *adj* linguale
lingüista *m/f* linguista, glottologo, -a
lingüístic|a *f* linguistica, glottologia; **~o, -a** *adj* linguistico, -a, glottologico, -a
linier *m* (*fútbol*) guardalinee *inv*
linimento *m* linimento
link *m informát* link *inv*
lino *m* lino
linóleo *m* linoleo, linoleum *inv*
linotip|ia *f impr* linotipia; (*máquina*) linotype* *inv*; **~ista** *m/f* linotipista; **~o** *m* linotype*
linterna *f* lanterna; fanale *m*; pila *f* ◊ ***~ de proyección*** proiettore; ***~ mágica, sorda, ...*** lanterna magica, sorda; ***~ de bolsillo*** pila *f*
lío *m* 1. fagotto, fardello; 2. *fig* pasticcio, imbroglio, garbuglio, casino; 3. flirt *inv* ◊ ***~ de faldas*** storia di donne; ***¡Menudo ~!*** Bel pasticcio!; ***hacerse un ~*** confondersi; ***meter(se) en un ~*** mettere (-rsi) nei pasticci
liofiliz|ación *f* liofilizzazione; **~ar** ‹*liofilicé*› *vt* liofilizzare
lioso, -a *adj* 1. (*persona*) imbroglione, -a, casinista; 2. complicato, -a
lipa *f Ven* pancia
lípido *m biol/quím* lipide
lipoescultura *f* body rimodellante *m*, liposcultura
lipoma *m* lipoma
liposol|uble *adj* liposolubile; **~ma** *m* liposoma
liposucción *m med* liposuzione
lipotimia *f* lipotimia
liquen (*pl* **líquenes**) *m bot* lichene
liquid|ación *f* liquidazione; svendita ◊ ***~ de fin de temporada*** svendita di fine stagione; **~ador, -a** *adj/s* liquidatore, -trice; **~ar** *vt econ fig* liquidare; fondere; **~ez** *f econ* liquidità *inv*
líquido, -a *adj/m econ/fís/ling tamb. fig* liquido, -a ◊ ***sueldo ~*** stipendio netto
lira *f* 1. lira; 2. *mús* cetra; *lit/mús* lira
lírica *f* lirica
liricidad *f* liricità *inv*
lírico, -a *adj* lirico, -a
lirio *m* 1. *bot* giglio bianco; 2. *bot* giaggiolo; 3. *bot* lirio, giglio ◊ ***~ de agua*** giglio d'acqua; ***~ de los valles*** giglio delle convalli, mughetto
lirismo *m* lirismo
lirón *m* 1. *zool tamb. fig* ghiro; 2. *bot* alisma *f* ◊ ***dormir como un ~*** dormire come un ghiro
lirondo: mondo y ~ *adj* puro e semplice
lis *f bot* iris *inv* ◊ ***flor de ~*** fiordaliso

lisa *f zool* muggine *m*, cefalo *m*
Lisboa *geogr* Lisbona
lisboeta *adj/s* lisbonese
lisia|do, -a *adj/s* storpiato, -a, invalido, -a; **~dura** *f* storpiatura; **~r** ‹*lisio*› V. 1 *vt* storpiare, lesionare
liso, -a *adj* liscio, -a; levigato, -a; semplice, facile ◊ ~ ***y llano/llanamente*** chiaro e tondo
lisonj|a *f* lusinga, adulazione; **~eador, -a** *adj/s* allettatore, -trice; **~ear** *vt* lusingare, adulare; dilettare; **~ero, -a** *adj* lusinghiero, -a; gradevole
lista *f* 1. lista, striscia; 2. lista, elenco *m*, distinta ◊ ~ ***de bodas*** lista di nozze; ~ ***de correo*** mailing list, indirizzario, rubrica; ~ ***de correos*** fermo posta; ~ ***de embalaje*** distinta del contenuto dei colli; ~ ***de espera*** lista d'attesa; ~ ***de platos*** lista delle vivande, menù; ~ ***de precios*** listino prezzi; ~ ***electoral*** lista elettorale; ~ ***negra*** lista nera; ***a ~s*** a strisce; ***pasar*** ~ fare l'appello; **~do, -a 1.** *adj* listato, -a; **2.** *m* lista *f*; **~r** *vt* elencare
listel|l *m arq* listello; **~za** *f* sveltezza, astuzia, furberia
listín *m* listino ◊ ~ ***de teléfonos*** elenco telefonico
listo, -a *adj* 1. (*ser*) sveglio, -a, furbo, -a, astuto, -a; rapido, -a, svelto, -a; 2. (*estar*) pronto, -a, preparato, -a ◊ ***¡estás ~!*** sei proprio messo bene; ***la mesa está ~a*** la tavola è pronta; ***pasarse de*** ~ fare il furbo; ***ser más ~ que el hambre*** essere un furbo di tre cotte, saperne più del diavolo
listón *m sport* asticella *f*; travicello ◊ ***poner el ~ muy alto*** aspirare a molto
lisura *f* 1. morbidezza; 2. sincerità *inv*; 3. *Am* sfacciataggine
litera *f* 1. letto a castello *m*; 2. *transp* cuccetta; 3. *hist* portantina; **~l** *adj* letterale; **~rio, -a** *adj* letterario, -a; **~to, -a** *adj/s* letterato, -a; **~tura** *f* letteratura ◊ ***hacer*** ~ fare della letteratura
litig|ante *adj/s* litigante; **~ar** ‹*litigué*› *vi* litigare, far lite; **~io** *m* litigio, alterco; **~ioso, -a** *adj* litigioso, -a; controverso, -a
litines: agua de ~ *f raro* acqua (di) viscì (con idrolitina, frizzina, cristallina)®
litio *m quím* litio
litogénesis *f inv* litogenesi
litogr|afía *f* litografia; **~afiar** ‹*litografío*› V. 2 *vt* litografare; **~áfico, -a** *adj* litografico, -a
litógrafo, -a *m/f* litografo, -a
litología *f geol* litologia
litoral 1. *adj* litorale; **2.** *m* litorale, zona costiera *f*
litosfera *f* litosfera
litotricia *f med* litotrissia, litotripsia
litro *m* litro; **~na** *f jerga juv* ="bottiglia da litro di birra"
Lituania *f geogr* Lituania
lituano, -a *adj/s* lituano, -a
liturgia *f* liturgia
litúrgico, -a *adj* liturgico, -a
livian|dad *f elev* leggerezza, superficialità *inv*; **~o, -a** *adj* 1. leggero, -a, superficiale; 2. lascivo, -a
lividez *f elev* lividezza
lívido, -a *adj elev* livido, -a
living ['libin] *m* living* *inv*, soggiorno
lixiviación *f quím* lisciviazione
liz|a *f* lizza ◊ ***entrar en*** ~ entrare/scendere in lizza; **~o** *m* liccio
llaga *f med tamb. fig* piaga; ferita; dolore *m* ◊ ***poner el dedo en la*** ~ *coloq/fig* mettere il dito sulla piaga; **~r** ‹*llagué*› *vt* piagare
llalla *f Chile* piccola ferita
llama *f* 1. fiamma; 2. *fig* fiamma, ardore *m*; 3. *zool* lama *m inv*; 4. (*terreno*) lama; **~da** *f* chiamata; richiamo *m* ◊ ~ ***de cobro revertido*** telefonata a carico del destinatario; ~ ***interurbana*** (chiamata) interurbana; ~ ***internacional*** chiamata internazionale; **~do 1.** *m* 1. richiamo, appello; 2. *Am* chiamata, appello *m*; *Arg* telefonata; **2.** *pp/adj* chiamato, -a ◊ ***así*** ~ cosiddetto; **~dor** *m* battente; campanello; **~miento** *m* chiamata *f*, richiamo, appello; **~r 1.** *vt* chiamare; richiamare; attrarre; **2.** *vi* bussare, suonare; **3.** chiamarsi ◊ ~ ***a filas*** chiamare sotto le armi; ~ ***a gritos/a voces*** chiamare a squarciagola; ~ ***a la puerta*** bussare, suonare; ~ ***al orden*** richiamare all'ordine; ~ ***la atención*** richiamare/attirare l'attenzione; ***~se a engaño*** lamentarsi; ***~se andana*** fare l'indiano; ***llamado a*** + *infin* chiamato a; ***llámale hache*** chiamalo come vuoi; ***llámame de tú*** dammi del tu; **~rada** *f* fiammata; *fig* rossore *m*; **~tivo, -a** *adj* vistoso, -a, chiassoso, -a, sgargiante
llame|ante *adj* fiammeggiante; **~ar** *vt/i* fiammeggiare; **~ro** *m Perú* pastore di lama
llampuga *f zool* (*pez*) lampuga
llana *f* cazzuola
llane|ar *vi* pianeggiare; **~ro, -a 1.** *m Col/Ven* cowboy* *inv*; **2.** *adj* pianigiano, -a; **~za** *f* semplicità *inv*, franchezza, familiarità *inv*
llano, -a 1. *adj* 1. piano, -a; 2. semplice, modesto, -a; sincero, -a; **2.** *m geogr* piano, pianura *f*; piano; **3.** *f constr* frattazzo *m*, pialletto *m* ◊ ***a la pata (la) ~a*** alla buona, alla carlona; ***de*** ~ chiaramente; ***palabra ~a*** parola piana
llanta *f* 1. *auto* cerchio *m*; 2. *Am auto* ruota, pneumatico *m*; 3. *bot* cavolo verza *m* ◊ ~ ***de aleación*** cerchio in lega
llantén *m bot* piantaggine *f*, lanciola *f*
llantina *f* piagnucolio *m*, piagnisteo *m*
llanto *m* pianto ◊ ***anegarse en*** ~ sciogliersi in pianto
llanura *f* pianura, piano *m*
llapango, -a *adj Ecu* scalzo, -a
llar (*pl* **llares**) **1.** *m reg* focolare; **2.** *fpl* catene del focolare
llave *f tecn/mús tamb. fig* chiave ◊ ~ ***falsa, inglesa, maestra*** chiave falsa, inglese, comunella/passe-partout * *m inv*; ~ ***de paso*** chiavetta (del gas, dell'acqua); ~ ***en mano*** (prezzo) chiavi in mano; ***bajo*** ~ sotto chiave; ***bajo siete ~s*** a sette chiavi; ***echar la*** ~ chiudere a chiave; ***torcer la*** ~ girare la chiave, dare un giro di chiave; **~ro** *m* 1. portachiavi *inv*; 2. custode delle chiavi

llavín *m* chiavetta *f*

llega|da *f* arrivo *m*; **~r** ‹*llegué*› **1.** *vi* 1. arrivare, giungere; raggiungere *vt*; 2. essere sufficiente; **2. ~se** avvicinarsi, passare *vi* (**a** da) ◊ **~ *a fin de mes*** arrivare alla fine del mese; **~ *a las manos*** venire alle mani; **~ *a oídos*** giungere all'orecchio; **~ *a puerto*** giungere in porto; **~ *a saber*** venire a sapere; **~ *a ser*** diventare, divenire; **~ *a un acuerdo*** giungere a un accordo; **~ *a ver, hacer...*** riuscire a vedere, a fare...; **~ *a viejo*** raggiungere la vecchiaia; **~ *al alma*** toccare il cuore; ***¡Hasta ahí podíamos ~!*** Ci mancherebbe altro!; ***estar al*** **~** stare per arrivare

llen|ar *vt* riempire, colmare; coprire; soddisfare, convincere; ***no me llena*** *non mi soddisfa*; **~azo** *m cine/teat* pienone; **~o, -a 1.** *adj* pieno, -a; colmo, -a, zeppo, -a, carico, -a; (*comida*) sazio, -a; **2.** *m* piena *f*, pienone ◊ ***a manos ~as*** a piene mani; ***de*** **~** in pieno

lleva|dero, -a *adj* sopportabile; **~r 1.** *vt* 1. portare, recare; ***llevo muchos años en Valencia*** *sono/vivo/abito/sono da molti anni a Valenza*; 2. portar via; 3. sopportare; 4. portare, condurre, guidare; avere; ***me lleva dos años*** *ha due anni più di me*; 5. *com* tenere; 6. *mat* riportare; **2. ~se** 1. portarsi; 2. portarsi via; 3. essere di moda *vi* ◊ **~ *a cabo*** portare a compimento/a termine; **~ *a la práctica*** mettere in pratica; **~ *a mal u-c*** portare male qc; **~ *adelante*** portare avanti; **~ *de la mano*** portare per mano; **~ *el agua a su molino*** portare l'acqua al proprio mulino; **~ *la contraria*** contraddire; **~ *la corriente*** dare ragione; **~ *la delantera*** avere vantaggio; **~ *la lección bien sabida*** *fig* andare/essere ben preparato; **~ *las de perder*** avere da perdere; **~ *por delante*** guadagnare; ***~se bien, mal con alg*** andare d'accordo, non andare d'accordo con q; ***~se el premio*** vincere il premio; ***~se por delante*** investire (*auto*), trascinare; ***~se una desilusión*** avere una delusione; ***dejarse ~ por alg*** farsi trascinare da q; ***me lleva la cabeza*** gli arrivo alle spalle; ***no las lleva todas consigo*** non ne è molto sicuro di qc; ***una cosa lleva consigo a otra*** una cosa tira l'altra

llora|do, -a *adj* compianto, -a; **~duelos** *m/f coloq* piangitore, -trice, piagnone, -a, prefica *f* (*hist*); **~r** *vt/i* piangere; *fig* stillare, gocciolare ◊ **~ *a lágrima viva/a moco tendido*** piangere a calde lacrime

llorera *f* pianto disperato/irrefrenabile *m*

llorique|ar *vi desp* piagnucolare; **~o** *m desp* piagnucolio

lloro *m* pianto

llorón, -ona *adj/s* piagnucolone, -a, frignone, -a ◊ ***sauce*** **~** salice piangente

llorona *f hist* prefica

lloroso, -a *adj* lacrimoso, -a

llove|dera *f Arg/Col* pioggia continuata; **~dizo, -a** *adj* pluviale, di poggia; gocciolante; **~r** ‹*llueve*› V. 9a **1.** *vi/imp meteo* piovere; **2.** *vi fig* piovere ◊ **~ *a cántaros*** piovere a catinelle; **~ *sobre mojado*** piovere sul bagnato; ***como quien oye*** **~** come parlare al muro

llovizna *f* pioggerellina; **~r** *vi/imp* piovicciare

llueca *f reg* chioccia ◊ ***echar ~s*** mettere le uova a una gallina

llueve V. **llover**

lluvia *f* pioggia ◊ **~ *ácida*** pioggia acida; **~r** ‹*lluvio*› V. 1 *vi Perú* piovere

lluvioso, -a *adj* piovoso, -a

lo 1. *ar* (*neutro con adjetivo*) lo, il; **2.** *pron* lo; ciò che; quello che, la cosa che ◊ **~ *gracioso es que...*** il bello è che; **~ *más importante es la justicia*** la cosa più importante è la giustizia; ***¡Hacerme esto con ~ que yo le quiero!*** Farmi questo, con il bene abe gliroglio!; ***a ~ que*** quando; ***en ~*** *Arg/Chile* da, a casa di; ***no sabes ~ mucho que ~ siento*** non sai quanto mi dispiace; ***se cree guapa pero no ~ es*** crede d'essere bella ma non lo è

loa *f lit* lode, elogio *m*; *teat ant* prologo laudativo *m*

loable *adj* lodevole

LOAPA (*Ley Orgánica de Armonización del Proceso Autonómico*) *f* ="Legge Costituzionale sull'Autonomia"

loar *vt elev* lodare, elogiare

lob *m* (*tennis*) pallonetto

loba *f zool* lupa; **~to** (*var.* **lobezno**) *m zool* lupacchiotto, lupetto

lobby ['lobi] *m* lobby* *f inv*

lobezno V. **lobato**

lobito *m Am zool* nutria *f*, castorino

lobo *m* 1. *zool* lupo; 2. *bot* lobo; 3. (*oreja*) lobo; 4. *fig* sbornia *f* ◊ **~ *de mar, solitario, ...*** lupo di mare, solitario, ...; ***desollar el*** **~** smaltire la sbornia; ***meterse en la boca del*** **~** mettersi/finire nella tana del lupo; ***ver las orejas al*** **~** spaventarsi, rendersi conto del pericolo

lóbrego, -a *adj* oscuro, -a, tenebroso, -a; triste

lobreguez *f* cupezza

lobulado, -a *adj* lobato, -a

lóbulo *m* lobulo, lobo

loca|ción *f jur* locazione, affitto *m*; **~dor, -a** *m/f* locatore, -trice

local *adj/m* locale; **~idad** *f* 1. località *inv*, luogo *m*; 2. *teat* posto *m*, biglietto *m*; **~ista** *adj pol desp* localista; **~ito** *m* posticino; **~izable** *adj* localizzabile; **~ización** *f* localizzazione; **~izar** ‹*localicé*› *vt* 1. localizzare, trovare; 2. localizzare, individuare, determinare; 3. localizzare, isolare

locamente *adv* perdutamente ◊ **~ *enamorado*** innamorato cotto, stracotto

locatario, -a *m/f jur* locatario, -a

locatis *m/f inv coloq/hum* pazzo, -a *m/f*, matto, -a *m/f*

locativo, -a *adj/m* locativo, -a

loc. cit. (*loco citato*) *abr* loc. cit. (*luogo citato*)

loción *f* lozione ◊ **~ *capilar*** lozione per capelli; **~ *para después de afeitar*** lozione dopobarba

lock-out [lo'kawt] *m inv* serrata *f*

loco, -a 1. *adj/s* pazzo, -a, matto, -a, folle; **2.** *adj* pazzesco, -a, straordinario, -a ◊ ~ ***de atar*** pazzo/matto da legare; ***a lo ~/a ~as*** pazzamente, come un pazzo; ***a tontas y a ~as*** facendo lo scemo; ***estar ~ como una cabra*** essere matto/pazzo da legare; ***estar con la ~a*** stare con la luna; ***hacerse el ~*** fare l'indiano; ***volver ~*** far diventar pazzo/matto; ***volverse ~*** diventare pazzo/matto; andare matto (per)
locomo|ción *f* locomozione; **~tor** (*f* **locomotriz**) *adj* locomotore, -triz; **~tora** *f* locomotrice, locomotiva
locomóvil (*var.* **locomovible**) *adj/f* locomobile
locro *m Am Mer gastr* ="stufato di carne e verdura"
locua|cidad *f* loquacità *inv*; **~z** *adj* loquace; ciarliero, -a
locución *f ling* locuzione; *ling* frase
locuelo, -a *adj/s coloq* pazzerello, -a, pazzerellone, -a
locura *f* pazzia, follia ◊ ***gustar con ~*** piacere da pazzi/da morire
locutor, -a *m/f* 1. *ling* locutore, -trice; 2. *TV/radio* presentatore, -trice; *TV/radio* conduttore, -trice; **~io** *m* 1. parlatorio, call center* *inv*; cabina telefonica *f*; 2. *TV/radio* studio
lodazal *m* fangaia *f*
LODE (*Ley orgánica del derecho a la educación*) *abr/f* ="legge costituzionale sull'Istruzione"
loden *m txtl* loden *inv*
lodo *m* fango, melma *f*, limo; **~so, -a** *adj* fangoso, -a, melmoso, -a
LOE (*Ley Orgánica de la Educación*) *abr/f* ="legge costituzionale sull'Istruzione"
logarítmico, -a *adj* logaritmico, -a
logaritmo *m mat* logaritmo
logia *f* loggia ◊ ~ ***masónica*** loggia massonica
lógic|a *f* logica ◊ ***en buena ~*** per logica; **~o, -a** *adj* logico, -a
logístic|a *f mil* logistica; **~o, -a** *adj* logistico, -a
logogrifo *m* logogrifo
logomaquia *f* logomachia
logoped|a (*var.* **logopedista**) *m/f med* logopedista; **~ia** *f med* logopedia
logorrea *f med* logorrea
logotipo *m* logotipo, logo *inv*
logr|ar *vt* riuscire a *vi*; ***ha logrado ganar*** *è riuscito a vincere*; ottenere, conseguire; **~o** *m* conseguimento, raggiungimento, ottenimento; vittoria *f*, trionfo
LOGSE (*Ley de ordenación general del sistema educativo*) *abr/f* ="Legge Ordinaria sul Sistema Scolastico"
lolita *f desp* lolita
loma *f* collina
Lombardía *f* Lombardia
lombardo, -a *adj/s* lombardo, -a
lombriz *f* lombrico *m* (!); verme *m* ◊ ~ ***de tierra*** lombrico
lomera *f* comignolo *m*
lomo *m* 1. (*animales*) lombo; *coloq* (*hombre*) schiena *f*; *fig* dorso; 2. *agric* porca *f* ◊ ~ ***de cerdo*** lombo di maiale; ***a ~(s)*** a cavallo
lona *f* olona
lonch|a *f* 1. *gastr* fetta; 2. lastra di pietra; **~ería** *f Méx* snack-bar *m inv*
londinense *adj/s* londinese
Londres *geogr* Londra
loneta *f txtl* olona leggera
longanimidad *f* longanimità *inv*, indulgenza
longánimo, -a *adj* longanime
longaniza *f* salsiccia ◊ ***hay más días que ~s*** ="*c'è tempo d'avanzo*"
longev|idad *f* longevità *inv*; **~o, -a** *adj* longevo, -a
longitud *f* 1. lunghezza; 2. *geogr* longitudine ◊ ~ ***de onda*** *fís* lunghezza d'onda; **~inal** *adj* longitudinale
long play [lom'plej] *m* long play
longuis: hacerse el ~ (*var.* **longui**) *vi* fare il fesso
lonja *f* 1. *arq* loggia; 2. (*carne, jamón*...) fetta
lontananza *f* (*pintura*) sfondo *m* ◊ ***en ~*** in lontananza, da lontano
loor *m ant/elev* lode *f*
lord [lor] (*pl* **lores**) *m* lord *inv*
Lorena *f geogr* Lorena
lorenés, -esa *adj/s* lorenese
loriga *f* lorica
loro *m* 1. *zool tamb. fig* pappagallo; 2. *fig/hum* (*mujer*) racchia *f*, cozza *f*; 3. *bot* lauroceraso; 4. *Chile* spia *f*; 5. *Chile* (*enfermos*) pappagallo; 6. *jerga* autoradio *f* ◊ ***estar al ~*** *coloq* essere sempre al corrente
los 1. *mpl/ar* i, gli; **2.** *mpl/pron* li ◊ ~ ***árboles, estudiantes*** gli alberi, gli studenti; ~ ***libros*** i libri; ~ ***le visto*** li lo visti
losa *f* 1. lastra di pietra; pietra sepolcrale; 2. *coloq/fig* mattone *m*; **~nge** *m geom* losanga *f*
loseta *f* piastrella, mattonella
lote *m* 1. (*terreno*) lotto; 2. *com* lotto, partita di merci *f* ◊ ~ ***de Navidad*** regalo natalizio da parte della Ditta; ***pegarse/darse el ~*** *coloq/vulg* pomiciare; praticare il petting*; **~ar** *vt* lottizzare, dividere in lotti; **~o** *m* lottizzazione
loter|ía *f Esp* lotteria (nazionale); ="gioco del lotto" *m* ◊ ~ ***primitiva*** *Esp* ="lotto"; ***caerle la ~*** vincere al lotto, vincere alla lotteria (nazionale); **~o, -a** *m/f* rivenditore, -trice di biglietti della lotteria, lottista
lotizar ‹*loticé*› *Am* V. **lotear**
loto 1. *m bot* loto; **2.** *f* gioco del lotto *m*
LOU (*Ley Orgánica de Universidades*) *abr/f* ="legge costituzionale sull'istruzione universitaria"
loza *f* 1. maiolica, ceramica, porcellana; 2. stoviglieria
lozan|ía *f* freschezza, gagliardia, esuberanza; **~o, -a** *adj elev* fresco, -a, gagliardo, -a, esuberante
LRU (*Ley de Reforma Universitaria*) *abr/f* ="legge sulla Riforma Universitaria"
LSD *m* (*droga*) LSD
Ltda. (*Limitada*) *abr* (*Limitata*) Ltd.

lubina *f zool* branzino *m*, spigola
lubricación, lubricar V. **lubrificación, lubrificar**
lúbrico, -a *adj* lubrico, -a, scurrile
lubrific|ación *f* lubrificazione; **~ante** *adj/m* lubrificante; **~ar** ‹*lubrifiqué*› *vt* lubrificare
lucano, -a *adj/s* lucano, -a
lucer|na *constr* V. **lucernario**; **~nario** *m* lucernario; *arq* lanterna *f* **~o 1.** *m* 1. stella *f*, astro brillante; 2. *fig* splendore; 3. *zool* macchia bianca sulla fronte *f*; **2.** *mpl fig* occhi ◊ **~ *del alba*** pianeta Venere
lucha *f* lotta, battaglia, combattimento *m*; conflitto *m* ◊ **~ *libre, grecorromana*** lotta libera, grecoromana; **~ *por la existencia*** lotta per l'esistenza; **~dor, -a** *adj/s* lottatore, -trice; **~r** *vi* 1. lottare, combattere; 2. disputare
luchón, -ona 1. *m Méx* bellimbusto; **2.** *adj fig* lottatore, -trice
lucidez *f* lucidità *inv*, lucidezza
lúcido, -a *adj* 1. lucido, -a, lucente, brillante; 2. *med* lucido, -a
lucido, -a *adj* splendido, -a, brillante, ben riuscito, -a ◊ ***quedar* ~** fare bella figura; ***quedarse* ~** fare brutta figura
luciente *adj* lucente, brillante
luciérnaga *f zool* lucciola
Lucifer *m* Lucifero
lucimiento *m* splendore, pregio; bella figura *f*
lucio *m* 1. *zool* luccio; 2. pozza *f*, pozzanghera *f*
lución *m zool* (*reptil*) orfettino
lucir ‹*luzco*› V. 13b **1.** *vi* brillare, splendere; rendere; **2.** *vt* 1. far mostra di *vi*, vantarsi di *vi*; 2. *constr* imbiancare; **3. ~se** 1. vantarsi; esibirsi; farsi onore, uscirne con gloria *vi*, fare bella figura *vi*; 2. *irón/coloq* fare brutta figura *vi*
lucr|arse lucrare *vt*, guadagnare *vt*; **~ativo, -a** *adj* lucrativo, -a; **~o** *m* lucro, guadagno ◊ ***sin ánimo de* ~** senza fine di lucro, no profit
luctuoso, -a *adj* luttuoso, -a
lucubr|ación *f* elucubrazione; **~ar** *f elev* elucubrare
ludibrio *m elev* ludibrio
lúdico, -a *adj* ludico, -a
luego 1. *adv* 1. dopo, poi; 2. subito; **2.** *conj* quindi ◊ **~ *que*** cosicché; ***desde* ~** senz'altro; ***hasta* ~** arrivederci
lugano *m* lucherino
lugar *m* luogo, posto ◊ **~ *común*** luogo comune; ***dar* ~ *a*** essere motivo di; ***dejar en buen/mal* ~** lasciare un' impressione positiva/negativa di q; ***el saber no ocupa* ~** impara l'arte e mettila da parte; ***en* ~ *de*** al posto di, al luogo di, invece di; ***en primer* ~** per prima cosa; in primo luogo; ***en último* ~** per ultimo; ***estar en su* ~** essere al posto suo; ***estar fuera de* ~** essere fuori luogo; ***estar muy en su* ~ *u-c*** essere molto opportuno qc; ***hacer(se)* ~** far (farsi) luogo; ***no dejar* ~ *a duda*** non dare adito a dubbi, lasciare ben chiaro; ***no haber* ~** *jur* non esserci motivo; non essere necessario; ***poner las cosas en su* ~** mettere le cose in chiaro; ***quedar en buen/mal* ~** fare bella/brutta figura; ***tener* ~** aver luogo; **~eño, -a** *adj/s* paesano, -a; **~teniente** *m* luogotenente
luge [lyz]*f sport* luge *inv*
lúgubre *adj* lugubre, tetro, -a, fosco, -a
Luis *m* Luigi
luis *m* (*moneda*) luigi *inv*
Luisa *f* Luigia, Luisa
luisa *f bot* erba luisa ◊ ***herba* ~** erba luisa
lujo *m* lusso, pompa *f*, sfarzo; abbondanza *f* ◊ ***de* ~** di lusso; ***impuesto de* ~** imposta sui benidi lusso; **~so, -a** *adj* lussuoso, -a, sfarzoso, -a, suntuoso, -a
lujuri|a *f* 1. lussuria; 2. *bot* lussureggiamento *m*, esuberanza; **~ante** *adj* lussureggiante; **~oso, -a** *adj* lussurioso, -a
lulipa *f Perú* sottana
lulismo (*Ramon Llull o Raimundo Lulio*) *m filos* lullismo, sistema filosofico di Raimondo Lullo *f*
lumba|go *m med* lombaggine *f*; **~lgia** *f med* lombaggine; **~r** *adj* lombare
lumbre *f* fuoco *m*; fiamma; luce; splendore *m* ◊ ***a* ~ *de pajas*** di poca durata; ***a la* ~** al fuoco; ***al amor de la* ~** al calore del fuoco; accanto al fuoco; ***echar* ~** *coloq/fig* essere furioso; **~ra** *f* 1. *fig* cima, eminenza; 2. lucernario *m*; 3. *nav* occhio di bue *m*
lumen (*pl* **lúmenes**) *m fís* lumen *inv*
luminaria 1. *f* 1. *elev* luminaria, illuminazione; 2. *relig* lampada del S.Sacramento; **2.** *fpl* occhi *mpl*
luminiscen|cia *f fís* luminescenza; fosforescenza; **~te** *adj* luminescente
luminos|idad *f* luminosità *inv*; **~o, -a** *adj* luminoso, -a, splendente
luminotecnia *f* illuminotecnica
lump|en (*var.* **lumpenproletariado**) *m inv pol* sottoproletariato; **~o** *m zool* (*pez*) lompo
luna *f* 1. *astron* luna; 2. (*armario*) specchio *m*; 3. vetrina; 4. *auto* lunotto *m* ◊ **~ *creciente, menguante, llena, nueva*** luna crescente, calante, piena, nuova; **~ *de miel*** luna di miele; ***estar en la* ~** vivere nelle nuvole, avere la testa fra le nuvole; ***ladrar a la* ~** abbaiare alla luna; ***pedir la* ~** chiedere la luna; ***quedarse a la* ~ *de Valencia*** restar male/deluso; vivere nel mondo della luna; **~ción** *f* lunazione; **~r 1.** *adj* lunare; **2.** *m* 1. neo; 2. pois* *inv* ◊ ***tela a* ~*es*** stoffa a pois*; **~rio** *m* lunario
lunático, -a *adj/s* lunatico, -a
lunecilla *f* mezzaluna
lunes *m inv* lunedì ◊ ***hacer* ~** scioperare
luneta *f* 1. lunetta; 2. *auto* lunotto *m*
lunfa *f Arg* malvivente *m*, ladro *m*; **~rdo** *m Arg* gergo della malavita; linguaggio popolare
lúnula *f* lunula
lupa *f* lente d'ingrandimento; **~nar** *m elev* bordello
lupino *m* lupino
lúpulo *m bot* luppolo
lúrex® *m inv txtl* lurex
Lusitania *f geogr/hist* Lusitania

lusitano, -a *adj/s* lusitano, -a
lustra|botas (*var.* **lustrador** *m*) *m inv Am* lustrascarpe; **~l** *adj* lustrale; **~r** *vt* lustrare, lucidare, brunire
lustre *m* lustro, brillo; *fig* decoro, lustro
lustro *m* lustro, quinquennio; **~so, -a** *adj* lucido, -a, brillante
luteran|ismo *m* luteranismo, luteranesimo; **~o, -a** *adj/s* luterano, -a
luto *m* lutto ◊ ***~ riguroso*** lutto stretto; ***estar de ~*** essere in lutto; ***medio ~*** mezzo lutto; ***vestir de ~*** vestire a lutto
lux *m inv fís* lux
luxa|ción *f med* lussazione; **~r 1.** *vt* lussare, produrre una lussazione; **2. ~se** lussarsi
Luxemburgo *m* Lussemburgo
luxemburgués, -esa *adj/s* lussemburghese
luz (*pl* **luces**) *f* 1. *electr tamb. fig* luce; *electr/auto* lampada; 2. *arq* finestra, luce ◊ ***~ corta*** *auto* fari anabbaglianti; ***~ de carretera*** *auto* fari abbaglianti; ***~ de cruce, de parada, de posición*** *auto* luci d'incrocio, d'arresto, di posizione; ***~ larga*** *auto* fari abbaglianti; ***~ solar, intermitente*** luce solare, intermittente; ***a la ~ de*** visto, secondo, in vista di; ***a media ~*** in penombra; ***a todas ~es*** chiaramente, senza dubbio; ***arrojar ~ sobre*** gettare su, far luce su; ***dar ~ verde*** dare via libera; ***dar a ~*** *med/tipogr* dare alla luce; ***de pocas ~es*** di poco giudizio/senno; ***entre dos ~es*** al tramonto; ***pasar con la ~ roja*** passare col semaforo rosso; ***sacar a (la) ~*** mettere fuori; ***ver la ~*** venire alla luce; vedere la luce
Luzbel *m* Lucibello, Lucifero
luzco V. **lucir**
lycra® *f txtl* lycra
Lyón [li'on] *geogr* Lione

M

m. *abr* 1. (*metro*) m; 2. (*minuto*) m., min.
m² (*metro cuadrado*) *abr* (*metro quadro*) m^2
m³ (*metro cubo*) *abr* (*metro cúbico*) m^3
Mª (*María*) *abr* Maria
macabeo, -a *adj* **1.** enorme; **2.** *hist* maccabeo, -a
macabro, -a *adj* macabro, -a
macaco *m zool tamb. fig* macaco
macan|a *f* 1. *Am* mazza, clava; zappa; 2. *Arg coloq* frottola, balla; **~udo, -a** *adj* 1. *Arg coloq* stupendo, -a, straordinario, -a; 2. difficile
macarr|a (*var.* **macarrón**) *m jerga* pappone, magnaccia; **~ón** (*pl* **macarrones**) **1.** *m* 1. *gastr* maccherone, penna *f*; 2. *tecn* (*cables*) tubo di protezione; 3. V. **macarra**; **2.** *mpl* maccheroni, pasta grossa o corta *f*; **~ónico, -a** *adj* maccheronico, -a
maccartismo *m* maccartismo
macear 1. *vt* martellare; **2.** *vi fig* martellare, insistere
Macedonia *f geogr* Macedonia
macedoni|a *f gastr* macedonia; **~o, -a** *adj/s* macedone
macer|ación *f* macerazione; **~ar** *vt* macerare; **~o** *m* (*ceremonia*) mazziere
macet|a *f* 1. vaso da fiori *m*; 2. *tecn* mazzetta; **~ero** *m* portavasi *inv*
macha *f* maschiotta, donna virile; **~ca 1.** *m/f* seccatore, -trice; **2.** *m jerga mil* schiavetto, portaborse *inv*; **3.** *f* pestello *m*; **~cadera** *f* pestello *m*; **~cante** *m* 1. *mil jerga mil* attendente; 2. *obsol* cinque pesete *fpl*; **~car** ‹*machaqué*› *vt* 1. pestare, ammaccare, schiacciare, frantumare; pestare; 2. *jerga estud* sgobbare, darci dentro ◊ ***~cársela*** (*hombre*) farsi una sega; **~cón, -ona** *adj/s* 1. seccatore, -trice, scocciante; 2. *jerga estud* sgobbone, -a; **~coneo** *m* insistenza *f*, petulanza *f*; **~conería** *f* insistenza; **~da** *f* braveria; **~martillo: a ~** *adv* 1. in modo saldo, fortemente; 2. in modo sbrigativo; **~queo** *m* pestatura *f*
machet|a *f gastr* trinciante (medio) *m*, coltello spaccaossa; **~e** *m* 1. *agric/mil* machete*; 2. *gastr* falcetta spaccaossa *f*; 3. *mil* baionetta *f*
machi|hembrar *vt tecn tamb. fig* incastrare, conficcare; **~smo** *m* maschilismo, maschismo; **~sta** *adj/m* maschilista, sessista
macho 1. *adj/m* 1. *biol/tecn tamb. fig* maschio; 2. *arq* pilastro, pilone; **2.** *adj* forte, robusto ◊ ***~ cabrío*** capro; ***apearse del ~*** riconoscere i propri errori; ***es muy ~*** *coloq/hum* è un bel maschione
machón *m arq* pilastro, pilone
machorra (*var.* **marota**) *f Méx* donna virile, maschiaccio *m*
machote 1. *adj irón/coloq* maschione; **2.** maglio; **3.** *f desp* maschiaccio *m* ◊ ***caer a ~*** *adv* cadere di peso
macilento, -a *adj* macilento, -a
macizo, -a 1. *adj* massiccio, -a; solido, -a, compatto, -a; **2.** *m* 1. *geogr* massiccio; 2. (*jardín*) aiuola *f*
maco *m jerga delinc* gattabuia *f*
macramé *m txtl* macramè *inv*
macró *m jerga* macrò *inv*, magnaccia
macro|área *f* macroarea; **~biótica** *f* macrobiotica; **~biótico, -a** *adj/f* macrobiotico, -a; **~cefalia** *f med* macrocefalia; **~concierto** *m mús* megaconcerto; **~cosmo** (*var.* **macrocosmos** *inv*) *m* macrocosmo; **~economía** *f* macroeconomia; **~estructura** *f* macrostruttura
macrófago *m biol* macrofago
macroglosia *f med* macroglossia
macroscópico, -a *adj* macroscopico, -a
mácula *f* macula, macchia
macular 1. *adj med* maculare; **2.** *vt elev* maculare
macuto *m* zaino; *Am* bisaccia da mendico *f*
madalen|a *f* maddalena; **~o** *m jerga* agente segreto
madama (*var.* **madam**) *f jerga* (*prostíbulo*) madama

madeira *m* (*vino*) madera (!); **~ja** *f* matassa ◊ ***~ sin cuenda*** matassa senza bandolo; ***enredar la ~*** *coloq/fig* arruffare la matassa, complicare le cose
madera *f* 1. legno *m*, legname *m*; 2. *mús* legno *m* ◊ ***tener ~*** essere capace; ***tener ~ de*** avere la stoffa di, avere un'inclinazione a/per; ***tocar ~*** *fig/hum* toccare ferro; **~ble** *adj* (legno) da costruzione; **~je** *m* legname da lavoro; **~men** *m* legname
madereiría *f* magazzino di legname *m*; **~ro, -a** *adj* del legname
madero *m* 1. tronco, trave *f*; 2. *coloq/fig* babbeo, -a; 3. *jerga delinc* sbirro
madison ['madison] *m* (*baile*) madison
madona *f arte* Madonna
madraistra *f* matrigna; **~za** *f* mamma troppo buona, mamma dedita ai figli
madre 1. *adj/f* madre; **2.** *f* mamma; *fig* origine, culla; matrice ◊ ***~ de alquiler*** utero in affitto; ***~ de leche*** balia; ***~ política*** suocera; ***~ soltera*** ragazza madre; ***agua ~*** acqua madre; ***aquí está la ~ del cordero*** questa è la vera causa, questo è il nocciolo della questione; ***(estar) de puta ~*** *vulg* (essere) stupendo; (stare) benissimo; ***hijo de su ~*** *coloq* figlio di puttana/di buona madre (*irón o desp*); ***la ~ que te parió*** *coloq* Mannaggia/Accidenti a te e tua madre!, Mannaggia/Accidenti a tua madre (che t'ha fatto)!; *vulg* vaffanculo!; ***lengua ~*** madrelingua; ***salirse de ~*** straripare; *fig* uscire dai gangheri; ***ser ciento y la ~*** *coloq* esserci/essere un sacco di gente; **~ñas** *fpl* (*Galicia*) galosce, zoccoli di legno *mpl*; **~perla** *f* madreperla
madrépora *f zool* madrepora
madreselva *f* caprifoglio *m*, madreselva
Madrid *geogr* Madrid
madrigal *m lit/mús* madrigale
madriguera *f* tana, covo *m*, covile *m*
madrileño, -a *adj/s* madrileno, -a, di Madrid; **~es** *adj/s coloq* madrileno, -a
madrina *f* 1. madrina; 2. testimone di nozze per lo sposo
madroño *m* 1. *bot* (*árbol*) corbezzolo; 2. (*fruto*) corbezzola *f*
madrugiada *f* alba ◊ ***de ~*** di buon mattino; all'alba; **~ador, -a** *adj/s* mattiniero, -a; **~ar** ‹*madrugué*› *vi* 1. alzarsi di buon mattino, alzarsi presto; 2. *fig* guadagnar tempo ◊ ***al que madruga Dios le ayuda*** le ore del mattino hanno l'oro in bocca, il mattino ha l'oro in bocca; ***no por mucho ~ amanece más temprano*** dai tempo al tempo; **~ón** *m* levataccia molto mattiniera *f*
madurIación *f* maturazione; **~ar** *vt/i* maturare; **~ez** *f* maturità *inv*; **~o, -a** *adj* maturo, -a ◊ ***edad ~a*** età matura; ***estar a las duras y a las ~s*** sostenere (q) nel bene e nel male; stare insieme nel bene e nel male
maese *m ant* (*delante de un nombre*) mastro
maestoso, -a *adj* maestoso, -a
maestrIa 1. *adj/f* maestra; **2.** *f* insegnante ◊ ***llave ~*** comunella; **~al** *adj/m* maestrale; **~anza** *f* maestranze; **~e** *m* (*orden*) maestro ◊ ***~ de campo*** *ant* maestro di campo; **~ía** *f* maestria, abilità *inv*, perizia; *Am* postgrado *m*; **~illo** *m desp* maestrino, maestrucolo ◊ ***cada ~ tiene su librillo*** ognuno ha i propri trucchi, ognuno ha le proprie regole; **~o 1.** *m* 1. *estud* maestro; 2. *mús* maestro; **2.** *adj* 1. abile, destro, maestro; 2. maestro ◊ ***~ armero*** *mil* armaiolo, maestro d'armi (*ant*); ***~ de capilla*** *ant* maestro di cappella; ***~ de ceremonias*** maestro di cerimonie; ***~ de escuela*** maestro elementare; ***~ de obras*** capomastro, capocantiere
mafiIa *f* (*general*) mafia; (*Sicilia*) mafia; (*Campania*) camorra; (*Calabria*) 'ndrangheta; (*Puglia*) sacra corona unita; **~oso, -a** *adj* mafioso, -a
maga *f* maga; **~zine** [maga'sin, maga'θin] (*var.* **magacín**) *m TV/impr* magazine* *inv*
Magdalena *f* (*nombre*) Maddalena ◊ ***llorar como una ~*** piangere sconsolatamente; ***no estar la ~ para tafetanes*** essere di cattivo umore
magdalena *f gastr* maddalena
magia *f* magia; *fig* incanto *m*; **~r** *adj/s* magiaro, -a
mágico, -a *adj* magico, -a
magín *m coloq* immaginazione *f*, intelligenza *f*
magisterio *m estud/quím tamb. fig* magistero ◊ ***escuela de ~*** *ant* istituto magistrale *ant* liceo socio-psico pedagogico; ***escuela universitaria de ~*** Facoltà di Scienze della Formazione
magistraIdo, -a) *m/f* magistrato; **~l 1.** *adj* magistrale; **2.** *m* 1. *metal* fondente; 2. *farma* farmaco magistrale; **~tura** *f* magistratura ◊ ***~ de trabajo*** tribunale del lavoro, collegio dei probiviri
magma *m geol* magma
Magn. (*Magnífico*) *abr* (*Magnifico*) Magn.
magnanimidad *f* magnanimità *inv*, generosità *inv*
magnánimo, -a *adj* magnanimo, -a, generoso, -a
magnate *m* magnate
magnesiIa *f* magnesia; **~o** *m quím* magnesio; **~ta** *f min* magnesite
magnético, -a *adj* magnetico, -a
magnetiIsmo *m* magnetismo; **~ta** *f* magnetite; **~zación** *f* magnetizzazione; **~zar** ‹*magneticé*› *vt fís tamb. fig* magnetizzare
magnetIo *f electr* magnete *m*; **~ofón** (*var.* **magnetófono**) *m* registratore, magnetofono; **~ofónico, -a** *adj* magnetofonico, -a; **~ófono** *m* magnetofono; **~ón** *m fís* magnetone; **~oscopio** *m* registratore videomagnetico, videoregistratore, magnetoscopio; registratore di videocassette; **~osfera** *f astron* magnetosfera
magnifiIcar ‹*magnifiqué*› *vt* magnificare; **~cencia** *f* magnificenza; grandiosità *inv*, splendore *m*
magnífico, -a 1. *adj* magnifico, -a, splendido, -a, meraviglioso, -a, stupendo, -a; grandioso, -a, pomposo, -a; glorioso, -a; **2.** *adv* stupendo, benissimo ◊ ****~ Rector de la Universidad*** Magnifico Rettore dell'Università; ***me parece ~*** mi sembra stupendo, mi sembra un'ottima idea

magnitud *f* grandezza; eccellenza, importanza
magno, -a *adj* grande, magno, -a ◊ ***aula ~a*** (*universidad*) Aula Magna; **~lia** *f bot* magnolia
magnum *m* (*champán, licor*) bottiglia con doppia capacità *f*
mago, -a *adj/s* mago, -a; stregone *m* ◊ ***~s del color*** maghi del colore; ***Los Reyes *~s*** *relig* I Re Magi
magre|lar 1. *vt vulg* palpare; **2. ~se** *vulg* pomiciare *vi*; **~bí** *adj/s* magrebino, -a; **~o** *m vulg* pomiciata *f*, petting* *inv*
magro, -a 1. *m* carne magra di maiale *f*, magro di maiale (*reg*); **2.** *adj elev* magro, -a, asciutto, -a
maguey *m Am bot* agave messicana o tessile *f*
magulla|dura *f* ammaccatura; **~r** *vt* ammaccare, schiacciare
maharal|já [maara'χa, mara'χa] *m* maharajah *inv*; **~ní** [maara'ni] *f* maharani *inv*
Mahoma *m relig* Maometto
mahomet|ano, -a *adj/s* maomettano, -a; **~ismo** *m relig* maomettismo
mahón *m* tela di Mahón (*Menorca*) *f*
mahonesa *f gastr* maionese
maicena® (*var.* **maizena**) *f* maizena
mailing ['mejlin] *m* mailing* *m inv* ◊ **~ *list*** *informát* ~ list *inv*, indirizzario; directory* *inv*
maillot [mai'ʏot, ma'ʏot] *m* 1. body *inv*; 2. *sport* maglia *f*
maitines *mpl relig* mattutino *m*
maître ['metre, metr] *m* maître *inv*
maíz *m bot* mais, granoturco
maiz|al *m* campo di mais
maizena V. **maicena**
maja *f* 1. *arte ant/desp* (*majas de Goya*) elegantona pacchiana e spavalda, elegantona del popolino; 2. miss *inv*; **~da** *f* stalla, ovile *m*; *Arg* gregge *m*; **~dería** *f* stupidaggine, imbecillità *inv*; **~dero, -a 1.** *adj/s* stupido, -a, scemo, -a; seccatore, -trice; **2.** *m* pestello, pestatoio; **~r** V. **machacar**; **~reta** (*var.* **majara**) *adj/s coloq* rimbecillito, -a, pazzo, -a
maje *m* scemo, ingenuo ◊ ***hacer ~ al marido*** *Méx* fare fesso il marito, fare le corna al marito
majest|ad *f* maestà *inv* ◊ ***delito de lesa ~*** delitto di lesa maestà; **~uosidad** *f* maestosità *inv*, imponenza, regalità *inv*; **~uoso, -a** *adj* maestoso, -a, grandioso, -a
majeza *f* spavalderia; eleganza pacchiana
majo, -a *adj/s* 1. *coloq* bello, -a, leggiadro, -a, grazioso, -a; stupendo, -a; 2. *desp* guappo, elegantone del popolino, elegantone pacchiano ◊ ***es un tío muy ~*** *coloq* è una persona stupenda
majuelo *m* 1. *bot* (*árbol y fruto*) spino bianco; 2. *bot* vigna *f*, magliolo di vite
mal 1. *m* male; **2.** *adj* cattivo, -a, brutto, -a; ***~ negocio*** *cattivo affare*; ***~ tiempo, día*** *brutto tempo, brutta giornata*; male; **3.** *adv* male ◊ ***~ de muchos consuelo de tontos*** mal comune, mezzo gaudio; ***~ de ojo*** malocchio; ***~ genio*** caratteraccio; ***~ humor, gusto, olor*** cattivo umore, gusto, odore...; ***~ que bien*** bene o male; ***~ que*** *conj* sebbene; ***¡Menos ~!*** Meno male!; ***andar ~ de dinero*** stare male a soldi; ***de ~ en peor*** di male in peggio; ***del ~ el menos*** il minore dei mali; ***echar a ~*** disprezzare; mandare a male, sciupare; ***el ~ está en que*** il guaio è che; ***no hay ~ que por bien no venga*** non tutto il male vien per nuocere
malabar: juegos ~es *mpl* giochi di prestigio; giochi di equilibrio; **~ismo** *m tamb fig* (*juegos*) equilibrio; prestigio; **~ista** *m/f* giocoliere; equilibrista; prestigiatore, -trice
malacología *f* malacologia
malage (*var.* **malaje**, **malange** *And*) *adj/s* 1. imbranato, -a; 2. farabutto, -a, mascalzone, -a
malagueñ|a *f Esp mús* malagueña; **~o, -a** *adj/s* (q o qc) di Malaga
malaisio, -a *adj/s geogr* malese, della Malesia
malaje V. **malage**
malaleche *m/f vulg* farabutto, -a, mascalzone, -a
malandanza *f* sfortuna, disdetta, scalogna
malandrín, -ina *adj/s* malandrino, -a
malange V. **malage**
malapata *m/f coloq* imbranato, -a
malaquita *f min* malachite
malaria *f* malaria
malárico, -a *adj* malarico, -a
malasangre *m/f* farabutto, -a, mascalzone, -a
Malasia *f geogr* Malesia
malasio, -a *adj/s* malaysiano, -a
malasombra *m/f coloq* scocciatore, -trice, rompipalle *inv*
malaúva 1. *m/f coloq* farabutto, -a, mascalzone, -a; **2.** *f* malanimo *m*, malevolenza
malayo, -a *adj/s* malese
malbaratar *vt* svendere; sprecare, sciupare, dissipare
malcarado, -a *adj* di brutto aspetto, bieco, -a, torvo, -a
malcasado, -a *adj/s* mal maritato, -a
malcomido, -a *adj* mal nutrito, -a
malcria|do, -a *adj/s* maleducato, -a, screanzato, -a; **~r** ‹*malcrío*› V. 2 *vt* allevare/educare male, viziare
maldad *f* malvagità *inv*, cattiveria
maldecir ‹*digo, dices; diré; dije; dicho*› V. 24 *vt/i* maledire
maldi|ciente *adj/s* maldicente, malalingua; **~ción** *f* maledizione; **~go** V. **maldecir**; **~spuesto, -a** *adj* maldisposto, -a; **~ta** *f coloq/fig* lingua; **~to, -a 1.** *adj/s* maledetto, -a; dannato, -a; **2.** *m* diavolo ◊ ***~ la gracia que me hace...*** maledizione, che piacere mi fa...; ***¡~a sea!*** Maledizione!; ***no tengo ~as las ganas de ir allí*** non ho assolutamente voglia di andare lì
malea|bilidad *f* malleabilità *inv*, cedevolezza; **~ble** *adj metal* malleabile; *fig* malleabile, arrendevole; **~nte** *adj/s* malvivente, delinquente, vagabondo, -a; **~r** *vt* corrompere, pervertire
malecón *m* argine; molo, diga *f*
maledicencia *f* maldicenza

maleducado, -a *adj/s* maleducato, -a
maleficio *m* malefizio, stregoneria *f*
maléfico, -a 1. *adj* malefico, -a; **2.** *m/f* fattucchiere, -a
malentendido *m* malinteso, equivoco
maléolo *m med* malleolo
malestar *m* malessere, indisposizione *f*
malet|a 1. *f* valigia; **2.** *m fig* inetto ◊ ***hacer la(s) ~(s)*** fare le valigie, partire; **~ería** *f* valigeria; **~ero** *m auto* bagagliaio; (*persona*) portabagagli *inv*, facchino; **~illa** *m taur* ="giovane che aspira a essere torero"; **~ín** *m* valigetta *f* ◊ ***~ de belleza*** beauty-case* *m inv*; ***~ de ejecutivo*** valigetto ventiquattrore
malevolencia *f* malevolenza, malanimo *m*
malévolo, -a *adj* malevolo, -a, cattivo, -a
maleza *f agric* erbacce *fpl*; pruneto *m*, roveto *m*
malformación *f med* malformazione
malgache *adj/s* malgascio, -a
malgasta|dor, -a *adj/s* spendaccione, -a, sprecone, -a, uno, -a che ha le mani bucate; **~r** *vt* sprecare, sciupare, dissipare *elev*
malha|blado, -a *adj/s* sboccato, -a; **~dado, -a** *adj/s* sfortunato, -a, scalognato, -a
malhe|cho, -a *adj* malfatto, -a; **~chor, -a** *adj/s* malfattore, -trice, delinquente, canaglia; **~rir** ‹*hiero; hirió; hiriendo*› V. 10 *vt* ferire gravemente
malhumor *m* malumore; **~ado, -a** *adj* di malumore, di cattivo umore, scontento, -a; **~ar** *vt* far venire il malumore a q *vi*
malici|a 1. *f* malizia, malignità *inv*; **2.** *fpl* sospetto *m*; **~ar** ‹*malicio*› V. 1 *vt/~se* sospettare; **~oso, -a** *adj/s* malizioso, -a, maligno, -a, astuto, -a
malign|idad *f* malignità *inv*, cattiveria; **~o, -a** *adj* maligno, -a; pernicioso, -a
malintencionado, -a *adj* malintenzionato, -a
malinterpretar *vt* fraintendere
mall|a *f* 1. maglia; 2. tessuto a maglia *m*; 3. rete; **~o** *m tecn/sport* maglio
Mallorca *geogr* Maiorca
mallorquín, -ina *adj/s* maiorchino, -a
malnutrición *f* sottoalimentazione
malo, -a 1. *adj* cattivo, -a; brutto, -a; difficile; ***una tela ~a de planchar*** *una stoffa difficile da stirare*; **2.** *excl* male ◊ ***~a suerte*** sfortuna; ***~as artes*** procedure disoneste; ***~os tratos*** *jur* maltrattamenti, sevizie *fpl*; ***¡~!*** *excl Male!*; ***a ~as*** con le cattive; ***a una ~a*** nel peggiore dei casi; ***de ~ calidad*** scadente; ***estar ~, -a*** stare male; ***estoy de ~as*** mi va male, sono scalognato; ***lo ~ es que*** il guaio è che, il brutto è che; ***más vale ~ conocido que bueno por conocer*** chi lascia la via vecchia per la nuova sa quel che lascia e non quel che trova; ***nada ~*** niente di male; niente di cattivo; *Am* ***pasar la ~a*** passarne di tutti i colori, passarsela male, passare molti guai; ***por las ~as*** con le cattive
malogra|do, -a *adj* morto, -a anzi tempo; **~r 1.** *vt* sciupare, perdere, lasciar sfuggire; **2. ~se** frustarsi; sciuparsi, rovinarsi
maloliente *adj* puzzolente, fetido, -a
malpara|do, -a *adj* malconcio, -a, in cattivo stato; screditato, -a; **~r** *vt* maltrattare, storpiare
malparido, -a *m/f coloq* disgraziato, -a, figlio, -a di mignotta
malpensa|do, -a *adj/s* malpensante; **~r** *vi* malignare
malquer|encia *f* malevolenza, animosità *inv*; **~rer** *vt* malvolere
malquisto, -a *adj elev* malvisto, -a
malsano, -a *adj* malsano, -a; malaticcio, -a
malsonante *adj* malsonante, sgradevole
malta *f* malto *m* ◊ ***cruz de *~*** croce di Malta; **~sa** *f quím* maltasi
malteado *m tecn* maltaggio
maltés, -esa *adj/s* maltese
maltosa *f* maltosio *m*
maltra|er ‹*traigo; traje; trayendo*› V. 39 *vt raro* maltrattare; *Arg* insultare, rimproverare; **~tar** *vt* maltrattare, strapazzare; **~to** *m* maltrattamento
maltrecho, -a *adj* malconcio, -a; maltrattato, -a
maltusian|ismo *m econ* malt(h)usianismo; **~o, -a** *adj econ* maltusiano, -a
malva *f bot* malva ◊ ***~ loca*** *bot* malvone; ***estar criando ~s*** *fig* essere morto; ***mandar a criar ~s*** *fig* far fuori, uccidere; ***ser una ~*** essere finocchio, essere gay; **~do, -a** *adj/s* malvagio, -a, cattivo, -a; **~sía** *f* malvasia; **~visco** *m* malvaccione, altea *f*
malvender *vt* vendere a basso prezzo, svendere
malversa|ción *f* malversazione; **~dor, -a** *adj/s* malversatore, -trice; **~r** *vt* malversare
malvivir *vi* vivere male, tirare avanti
mamá *f* mamma; madre ◊ ***mi ~*** la mia mamma; mia madre
mama *f med* mammella ◊ ***cáncer de ~*** tumore al seno; **~da** *f* 1. poppata; 2. *Am* buona occasione; 3. *vulg* pompino *m*; **~dera** *f Am* biberon *m inv*; **~íta** *f* mammina; **~r 1.** *vt infant* (*tamb. fig*) poppare; succhiare; *coloq* mangiare; *coloq/fig* imparare sin dall'infanzia; **2. ~se** *coloq/fig* fregarsi; ubriacarsi ◊ ***~la*** *coloq/fig* farsi ingannare; ***~se a alg*** *fig* fregare q; ***dar de ~*** dare il latte, allattare; **~rio, -a** *adj med* mammario, -a
mamarrach|ada *f* 1. *coloq* ridicolaggine; 2. sgorbio *m*; **~ista** *m/f* pagliaccio, -a; **~o** *m* 1. sgorbio; 2. (*persona*) pagliaccio
mamb|a *f zool* (*serpiente*) mamba verde; **~o 1.** *m* (*baile*) mambo; **2.** *f* sacerdotessa del culto voodoo*
mameluco 1. *adj/s hist* mammalucco, mamelucco (*coloq*); **2.** *m Am desp/fig* mammalucco, baccalà
mamífero, -a *adj/m* mammifero, -a
mamografía *f med* mammografia
mamón, -ona 1. *adj/s* poppante, lattante; *coloq/fig* poppone; **2.** *m vulg* stronzo, figlio di puttana; **3.** *m/f* spia *f*
mamona *f* 1. *desp/fig* puttana, prostituta; 2. *Arg/Ur/Par bot* papaia; 3. *Col* vitello *m*
mamotreto *m* 1. scartafaccio; 2. *coloq/fig* mattone

mampa|ra *f* paravento *m*, separé *m inv*; tramezzo *m*; **~ro** *m nav* paratia *f*; **~rra** *f nav* pesca con attrazione luminosa

mampo|rrero, -a *m* 1. ="allevatore o stalliere che facilita l'atto di accoppiamento dei cavalli"; 2. *coloq* capoccia; **~stería** *f constr* muratura

mamuchi *f coloq/hum* mamma, mammina

mamut *m zool ant* mammut *inv*

maná *m relig tamb. fig* manna *f*

manada *f* (*ovejas, cabras*) gregge *m*; branco *m*, frotta; (*bueyes, caballos*) mandria ◊ ***a ~s*** a frotte

manager ['manayer] *m* manager* *inv*

manantial *m* sorgente *f*, fonte *f* ◊ ***agua de ~*** acqua sorgiva

manar *vi* zampillare, scaturire, sgorgare; *fig* nascere, emanare

manazas 1. *fpl* manacce; **2.** *m/f* imbranato, -a

mancar ‹*manqué*› *vt* storpiare

mancarrón *m Am* ronzino

manceb|ía *f* bordello *m*, casino *m*; **~o, -a 1.** *m* 1. *elev/hum* giovanotto, scapolo; 2. garzone di bottega; **2.** *f elev* concubina; **3.** *m/f* commesso, -a di un farmacia

mancera *f agric* stegola, stiva dell'aratro

mancha *f* macchia; chiazza; *fig* macchia, taccia; *med* macula; (*pintura*) macchia

Mancha *f Esp geogr* (*región*) Mancia ◊ ***Canal de la ~*** *geogr* Canale della Manica

mancha|do *m arte* (*pintura*) chiazzatura *f*; **~r** *vt* 1. macchiare, sporcare, imbrattare; 2. tacciare, infamare; 3. *arte* macchiare ◊ ***~se las manos*** *fig* macchiarsi le mani

manche|go, -a 1. *adj/s* mancego, -a, della Mancia; **2.** *m* formaggio mancego; **~ta** *f impr* manchette *inv*

manchón *m* macchione

manchurrón *m* chiazza *f*

mancilla *f fig* taccia, macchia; **~r** *vt fig* macchiare, contaminare

manco, -a *adj* storpio, -a, monco, -a; *fig* incompleto, -a ◊ ***no quedarse ~*** *coloq/fig* non restare indietro; ***no ser ~*** *coloq* (*persona*) essere destro, lesto; non essere cosa da poco; **~mún: de ~** *adv* di comune accordo; **~munar** *vt* associare, accomunare; **~munidad** *f* unione; *jur* associazione, lega; **~rnas** *fpl Am* gemelli (da polso) *mpl*

mancuernas *fpl* dischi *mpl*

manda *f jur* lascito *m*; **~dero, -a** *m/f* messaggero, -a, messo, -a; **~do, -a 1.** *adj/s* comandato, -a; **2.** *m* commissione *f*, mandato; **~más** *m irón* capoccia, -o; **~miento 1.** *m* 1. *relig* comandamento; 2. comando, ordine; *jur* mandato, decreto; **2.** *mpl coloq/hum* dita *fpl* ◊ ***~ judicial*** mandato giudiziale; **~nga** *f* 1. *coloq* flemma, indolenza; 2. *coloq* balla, frottola; 3. *coloq* impiccio; 4. droga; **~nte** *adj/s jur* mandante; comandante; **~r 1.** *vt* 1. comandare, ordinare; 2. mandare, spedire; 3. incaricare; **2.** *vi* 1. governare, dirigere; 2. *jur* fare un lascito ◊ ***como Dios manda*** come Dio comanda; ***¡Mande!*** Comandi!

mandarín *m* 1. *hist* mandarino; 2. *estud/pol desp* barone

mandari|na *f bot* mandarino *m* ◊ ***chúpate esa ~*** to'! prendi e porta a casa!; **~no** *m bot* mandarino

mandat|ario, -a *m/f jur* mandatario, -a, procuratore, -trice; *pol* governante; *pol* deputato, -a; **~o** *m* mandato, ordine; *jur* mandato; *relig* lavanda *f*

mandíbula *f* mandibola, mascella; *tecn* ganascia ◊ ***reír a ~ batiente*** ridere a crepapelle

mandil *m* grembiule

mandinga 1. *adj/s geogr* mandingo, -a; **2.** *m* 1. *Am* diavolo; 2. *Am fig* birichino; 3. *CR* uomo mellifuo; 4. incantamento

mandioca (*var.* **manioca**) *f bot* manioca; *bot/gastr* tapioca

mando *m* comando ◊ ***~ a distancia/automático*** telecomando; ***~s intermedios*** quadri intermedi; ***estar al ~ de*** essere agli ordini di; ***tener el ~ de*** avere al proprio comando; **~ble** *m mil* spadone; **~lina** *f mús* mandola; *mús* mandolino *m*

mandón, -ona *adj/s coloq/desp* prepotente, autoritario, -a

mandorla *f arte* mandorla

mandril *m* 1. *zool* mandrillo; 2. *tecn* mandrino

manduca *f coloq* mangiare *m*, pasto *m*, pappa; **~r** ‹*manduqué*› *vt coloq* mangiare; **~toria** *f coloq* pasto *m*, mangiare *m*

mandurria V. **bandurria**

manecilla *f* 1. lancetta dell'orologio; 2. *tecn* freccia; 3. *mec* manetta; 4. *impr* manina

maneja|bilidad *f* 1. *auto* manovrabilità *inv*; 2. *tecn tamb. fig* maneggevolezza; 3. *tamb. fig* docilità *inv*; **~ble** *adj* maneggevole; *auto* manovrabile; *fig* docile; **~dor 1.** *m Méx* conduttore, autista; **2.** *m/f teat* marionettista, burattinaio, -a; **~r** *vt* 1. maneggiare; *desp* governare, dirigere; amministrare; 2. *Am* guidare (la macchina)

manejo 1. *m* maneggio; *Am* guida *f*; *adm* direzione *f*, governo; **2.** *mpl fig* maneggi, intrighi

manera *f* maniera, modo *m* ◊ ***¡Vaya una ~ de...!*** Che maniera/modo di...!; ***a ~ de*** a modo di; ***a la ~ de*** alla maniera di; ***acabar de mala ~*** finire male; ***de ~ que*** in modo che; ***de cualquier ~*** in qualsiasi modo; ***de esa ~*** in questo modo; ***de la misma ~*** allo stesso modo; ***de ninguna ~*** in nessun modo; ***de tal ~ que*** in modo tale che; ***en gran ~*** in alto grado, molto; ***hacer de ~ que*** fare in modo da; ***hacer u-c a su ~*** fare qualcosa a modo suo; ***no haber ~*** non esserci modo

manga *f* 1. manica; 2. *meteo* tromba d'acqua; 3. (*pesca*) rete da pesca conica; 4. filtro di tela *m*; 5. *nav* larghezza della nave; 6. banda, manata; 7. *sport* manche* ◊ ***~ raglán manica raglan, chimono***; ***bajo ~*** di nascosto, sotto mano; ***corte de ~s*** gesto dell'ombrello; ***de ~ ancha*** di manica larga; ***en ~s de camisa*** in maniche di camicia; ***hacer ~s y capirotes*** fare le cose alla ventura; ***ir u-c ~ por hombro*** essere qc sottosopra; ***sacarse (u-c) de la ~*** inventarsi qc; ***tirar de la ~*** fare pressione su q; **~neso** *m min* manganese; **~nte** *m/f coloq* vagabondo, -a; **~r** ‹*mangué*› *vt coloq* rubare, fregare

mangl|ar *m* mangrovia *f*, piantagione di mangles; **~e** *m Am bot* mangle

mango *m* 1. manico; 2. *bot* mango; **~near** *vt coloq/desp* manovrare, maneggiare; **~neo** *m desp/fig* maneggio, manovra *f*, intrallazzo; **~sta** *f zool* mangosta, mangusta; **~te** *m* soprammanica *f inv*

mangue|ra *f* manica, tubo d'irrigazione *m*; *Arg* recinto per bestiame *m*; **~ta** *f mec* fusello *m*

mangui *m jerga* ladro; **~to** *m* 1. *tecn* manicotto; 2. soprammanica *f*; 3. manicotto di pelliccia

manhattan [man'χatan] *m* cocktail a base di vermouth*, whisky*, bitter

maní *m Am bot* arachide *f*, nocciolina americana *f*

manía *f* mania ◊ ***~ persecutoria*** mania di persecuzione; ***tenerle ~ a alg*** sentire antipatia/avversione verso q

maniaco, -a (*var.* **maníaco**) *adj/s med* maniaco, -a

maniatar *vt* legare le mani *vi*

maniático, -a *adj/s psicol* maniaco, -a

manicomio *m* manicomio

manicuerno *m sport* (*bici*) manubrio a corna di bue

manicur|a *f* manicure; **~o, -a** *m/f* manicure

manido, -a *adj fig* passato, -a, superato, -a, vecchio, -a

manier|ismo *m arte/lit* manierismo; **~ista** *adj/s arte/lit* manierista

manifest|ación *f* manifestazione; dimostrazione ◊ ***~ de protesta*** manifestazione di protesta; **~ante** *adj/s* manifestante; **~ar** ‹*manifiesto*› V. 5a **1.** *vt* manifestare, esprimere, dichiarare; **2. ~se** 1. manifestarsi, rivelarsi; 2. *pol* partecipare a una manifestazione *vi*

manifiesto, -a 1. *m* manifesto; **2.** *adj* chiaro, -a, palese, manifesto, -a ◊ ***poner de ~*** mettere in chiaro, rivelare, render noto

manija *f* maniglia, impugnatura

manila 1. *adj* manila; ***papel ~*** *carta manila*; **2.** *f txtl* canapa di manila, abaca

manilla *f* 1. *mil* manetta; 2. *tecn* maniglia; **~r** *m* manubrio

maniluvio *m tamb. fig* maniluvio

maniobr|a *f nav/mil tamb. fig* manovra; **~ar** *vt/i* manovrare; **~ero, -a** *adj* manovratore, -trice

manioca V. **mandioca**

maniota *f* (*animales*) pastoia

manipul|ación *f* 1. manipolazione; 2. *fig* manovra, maneggio *m*; **~ador, -a** *adj/s* 1. manipolatore, -trice; 2. *fig* manovriero, -a; **~ar** *vt* 1. manipolare; 2. *fig* manovrare; **~eo** *m coloq/desp* manovra *f*

manípulo *m* manipolo

maniqueí|smo *m filos/relig* manicheismo; **~o, -a** *adj/s filos/relig* manicheo, -a

maniquí (*pl* **maniquíes**) **1.** *m* 1. modello, indossatore; 2. manichino; 3. *fig* fantoccio; **2.** *f* indossatrice, modella

manir *vt* frollare

manirroto, -a *adj/s* (persona) dalle mani bucate

manirse frollare

manisero, -a 1. *m/f* venditore, -trice di noccioline americane; **2.** *adj* (*Valencia*) di Manises

manita *f* manina ◊ ***hacer ~s*** *coloq* pomiciare; **~s: ser un/una ~** *vi* avere le mani d'oro

manito 1. *m quím* mannite *f*; **2.** *m/f* 1. *hum* messicano, -a; 2. *Méx coloq* compagno, -a, fratello, -a

manivela *f* manovella

manjar *m* cibo, vivanda *f*, piatto

mano *f* 1. mano; 2. *zool* zampa; *fig* mano; (*mortero*) pestello *m* ◊ ***~ a ~*** a faccia a faccia; ***~ blanda, dura*** mano fiacca, ferma; ***~ de obra*** manodopera; ***~ de pintura*** mano di vernice; ***~ de santo*** mano benedetta; ***~ larga*** mano lunga; ***~ sobre ~*** con le mani in mano; ***~s blancas*** mani femminili; ***~s de mantequilla*** mani di burro, mani di pasta frolla; ***¡~s arriba!*** Mani in alto!; ***a ~*** a mano; ***a ~ armada*** a mano armata; ***a ~ derecha*** a destra; ***a ~ llenas*** a piene mani; ***a ~s de*** nelle mani di; ***apretar, besar, pedir la ~*** stringere, baciare, chiedere la mano; ***bajo ~*** di nascosto, sotto mano; ***cargar la ~*** esagerare la mano, caricare la mano; ***cogidos de la ~*** presi per mano; ***con las ~s en la masa*** con le mani nel sacco; ***con las ~s vacías*** a mani vuote; ***con una ~ detrás y otra delante*** senza nulla; ***daría una ~ por*** darei l'anima al diavolo per; ***darse la ~*** darsi la mano; ***de segunda ~*** di seconda mano; ***echar ~ de*** dar di mano a; ***echar ~ de u-c*** usare qc; ***echar una ~*** dare una mano; ***en buenas ~s*** in buone mani; ***entre ~s*** per/fra le mani; ***lavarse las ~s*** lavarsi le mani; ***poner la ~ encima*** mettere le mani addosso; ***por su propia ~*** per conto suo; ***venir a las ~s*** venire alle mani; ***vivir de/por sus ~s*** mantenersi da solo; **~jo** *m* manipolo, mazzo; **~letina** *f* 1. (*zapatos*) ballerina, cenerentola; 2. *taur* ="movimento specifico di muleta nella corrida"

manómetro *m fís/med* manometro

manopla *f* manopola

manose|ar *vt* 1. palpare, palpeggiare, brancicare; 2. *fig* manipolare; **~o** *m* 1. palpeggiamento; 2. *fig* manipolazione *f*

manot|azo *m* schiaffo, scappellotto; **~ear** *vi* 1. gesticolare con le mani; dare colpetti di mano; 2. *Am* sottrarre, rubare

mansal|va: a ~ *adv* a mansalva, a man salva; **~rda** *f arq* mansarda

mansedumbre *f* mansuetudine, mitezza

mansión *f arq* magione, casa ◊ ***hacer ~*** permanere

manso, -a 1. *adj* mansueto, -a, mite; **2.** *m taur* ="bue che guida la mandra"

mant|a 1. *f* 1. *txtl* coperta, coltre; 2. *zool* manta; 3. *fig* un sacco *m*; **2.** *m desp/fig* scansafatiche *inv* ◊ ~ ***de viaje*** plaid; ~ ***eléctrica*** copertina elettrica; ***a*** ~ in abbondanza; ***liarse la*** ~ ***a la cabeza*** non pensare a nulla; ***regar a*** ~ *agric* irrigare per scorrimento; ***tirar de la*** ~ *fig* scoprire le tombe; **~ear** *vt* 1. sballottare su una coperta; 2. *taur* ="muovere la muleta senza arte"

mantec|a *f gastr* strutto *m*; *tamb. fig* grasso *m*; *Arg/Ur/Par quím* burro; *coloq/fig* quattrini *mpl* ◊ ~ ***de cacao*** *farma* burro cacao; ~ ***de vaca*** *gastr* burro; ***manos de*** ~ *desp/fig* mani di pasta frolla; **~ado** *m gastr* pasticcino mantecato; (*helado*) mantecato; **~oso, -a** *adj* burroso, -a; cremoso, -a

mantel *m* tovaglia *f* ◊ ~ ***de altar*** *relig* tovaglia dell'altare; ***levantar los ~es*** sparecchiare; **~ería** *f* servizio di biancheria da tavola *m*; **~eta** *f ant* mantellina

manten|er ‹*tengo; tendré; tuve*› **1.** *vt* mantenere; conservare; sostenere; **2. ~se** mantenersi; **~ida, -o** *f/m desp* mantenuta, -o, amante; **~imiento 1.** *m* 1. mantenimento; 2. *tecn* manutenzione *f*; **2.** *mpl mil* viveri ◊ ***servicio de*** ~ servizio di manutenzione

manteo *m* 1. sballottamento su una coperta; 2. *relig ant* mantello

mantequera *f* 1. portaburro *inv*; 2. *tecn* zangola

mantequill|a *f gastr* burro *m* (!)◊ ***de*** ~ *fig* di burro; **~era** *f Am* portaburro *m inv*

mantill|a *f* mantiglia ◊ ***de ~s*** in fasce; ***estar en ~s*** essere in fasce; **~o** *m agric* humus *inv*

mantis *f inv zool* mantide *f* ◊ ~ ***religiosa*** mantide religiosa; **~a** *f mat* mantissa

manto *m* manto; mantello ◊ ~ ***acuífero*** *geogr* manto acquifero; ~ ***de la Virgen*** manto o mantello della Vergine/Madonna

mantón *m* scialle ◊ ~ ***de Manila*** scialle cinese frangiato

Mantua *f geogr* Mantova

mantu|ano, -a *adj/s* mantovano, -a, di Mantova; **~ve** V. **mantener**

manual 1. *adj* manuale; **2.** *m* manuale, libro ◊ ~ ***de instrucciones*** libretto d' istruzioni; **~idad** *f* manualità *inv*; **~izar** ‹*manualicé*› *vt* manualizzare

manubrio *m* 1. manovella *f*; 2. *Chile auto* volante

manuela *f* 1. *transp ant* calesse *m*; 2. *euf/coloq* (*sexo*) sega

manufactur|a *f* manifattura; fabbrica; **~ado, -a** *adj/m* manufatto, -a; **~ar** *vt* fabbricare, elaborare; **~ero, -a 1.** *adj* manifatturiero, -a; **2.** *m/f* fabbricante

manumi|sión *f* manomissione; **~tir** *vt* manomettere, affrancare, emancipare

manuscrito, -a *adj/m* manoscritto, -a

manutención *f* manutenzione, mantenimento *m*

manyar *vt* 1. *Arg* mangiare; 2. *Arg* guardare; 3. *Arg* indovinare

manzana *f* 1. *bot* mela; 2. isolato *m* ◊ ~ ***de la discordia*** *lit* pomo della discordia; ~ ***reineta*** mela renetta; ***sano como una*** ~ sano come un pesce; **~r** (*var.* **manzanal**) *m* meleto

manzanill|a 1. *f* 1. (*planta-infusión*) camomilla; 2. specie di oliva verde piccola; **2.** *adj/m* (*vino*) manzanilla* *f*; **~o** *m* 1. *bot* tipo di olivo; 2. *bot* (*Antillas*) ippomane; 3. *pol fig* politico senza scrupoli

manzano *m bot* melo

maña 1. *f* abilità, destrezza; astuzia, sagacia; **2.** *fpl* capricci *mpl* ◊ ***darse*** ~ industriarsi, ingegnarsi; ***más vale*** ~ ***que fuerza*** ="conta più l'abilità che la forza fisica"

mañan|a 1. *f* mattina, mattino *m*; **2.** *m* domani, futuro; **3.** *adv* domani ◊ ~ ***por la*** ~ domani mattina; ~ ***será otro día*** domani si penserà, domani si vedrà; ***de*** ~ di buon mattino, di buon'ora; ***de la noche a la*** ~ dall'oggi al domani; ***hasta*** ~ a domani; ***pasado*** ~ dopodomani; ***por la*** ~ al mattino, alla mattina; **~ero, -a** *adj* mattiniero, -a; **~ita** *f* (*cama*) liseuse* *inv*

maño, -a *m/f* 1. aragonese; 2. *Arag* fratello *m*, sorella *f*; **~so, -a** *adj* abile, destro, -a

maoí|smo *m pol* maoismo; **~sta** *adj/s pol/hist* maoista

maorí *adj/s* maorì *inv*

mapa *m geogr fig* mappa *f* (!); carta geografica *f* ◊ ~ ***genético*** mappa genetica; ***borrar/eliminar del*** ~ far fuori; ***llevarse la*** ~ riportare la palma; ***no estar en el*** ~ essere completamente sconosciuto

mapache *m zool* (*Amér. Norte*) procione, orsetto lavatore

mapamundi (*var.* **mapa-mundi**) *m geogr* mappamondo

mapu|che, -a *adj/s Am* indiano, -a araucano, -a; **~rite** *m* moffetta *f*

maqueta *f* 1. modello in scala *m*, modellino *m*; 2. *impr* maquette* *inv*, layout* *m inv*

maquiav|élico, -a *adj desp* machiavellico, -a; **~elismo** *m pol tamb. desp* machiavellismo

Maquiavelo *m* Machiavelli

maquilla|dor, -a *m/f* estetista; truccatore, -trice; **~je** *m* 1. trucco; *tecn* maquillage*; 2. (*crema*) fondo tinta; **~r** *vt* truccare

máquina *f tecn tamb. fig* macchina ◊ ~ ***de coser, de escribir...*** macchina da cucire, da scrivere...; ~ ***de vapor*** macchina a vapore; ~ ***infernal*** macchina infernale; ~ ***tragaperras*** macchina mangiasoldi, slot-machine*; ***a*** ~ a macchina; ***a toda*** ~ a tutto gas

maquina|ción *f* macchinazione, trama; **~dor, -a** *adj/s* macchinatore, -trice

máquina-herramienta *f* macchina utensile

maquina|l *adj* macchinale; **~r** *vt* macchinare, ordire, tramare; **~ria** *f mec fig* macchinario *m*; *adm* macchina, apparato *m*

maquinill|a *f* 1. rasoio *m*; 2. *nav* (*carga*) verricello da carico *m* ◊ ~ ***de afeitar*** rasoio; ~ ***eléctrica*** rasoio elettrico; **~smo** *m* macchinismo; **~sta** *m/f* macchinista

maquis 1. *m/f Esp pol* partigiano, -a; *pol* (*Francia*) maquis *inv*; **2.** *m bot* macchia *f*

mar 1. *m/f* mare *m*; **2.** *coloq/fig* mare *m*, sacco *m*; **3.** *excl mil* marsc', marc', march, marsch ◊ **~ *adentro*** (al) largo; **~ *de fondo*** mare di fondo; ***alta* ~** alto mare; ***el* ~ *Cantábrico, Adriático*** il mare Cantabrico, Adriatico; ***hacerse a la* ~** *nav* salpare; ***la* ~ *de*** *coloq* un sacco di; ***llover a ~es*** piovere a dirotto

marab|ú *m* 1. *zool* marabù; 2. *relig* marabutto, marabuto, marabut *inv*; **~unta** *f* 1. *fig* caos *m*, piaga, distruzione; 2. *Am* ="invasione massiva di formiche carnivore"

maraca *f* 1. *mús* maraca; 2. *Chile* prostituta

maracuyá *m bot* maracuja *f*

marajá V. **maharajá**

maraña *f* 1. *fig* ginepraio *m*; intrico *m*, imbroglio *m*; 2. *bot* foglia secca

marasmo *m* 1. *med tamb. fig* marasma *f*; 2. caos

maratón *m sport* maratona *f*

maratoniano, -a *adj fig* da maratona

maravedí *m Esp ant* (*moneda*) maravedì, maravedino

maravill|a *f* meraviglia, sorpresa; portento *m*; *bot* erba meraviglia ◊ ***a las mil ~s*** a meraviglia; ***contar ~s de alg*** dire meraviglie di q; ***hacer ~s*** operare portenti; **~ar** *vt* meravigliare, stupire; **~oso, -a** *adj* meraviglioso, -a, stupendo, -a

marca *f* marca, marchio *m*; *ling* marca; marcatura; (*utensilio*) marchio *m*; *sport* record *m*; (*senderismo*) segnavia *m inv* ◊ **~ *azul, verde*** *adm* (*calidad*) bollino blu, verde; **~ *de fábrica*** marchio di fabbrica; **~ *registrada*** marchio brevettato; ***de* ~** di marca; ***de* ~ *mayor*** *fig* straordinario; **~ción** *f* rilevamento *m*, rilievo *m* ◊ **~ *radiogoniométrica*** radiorilevamento (*m*); **~do, -a 1.** *adj* spiccato, -a, notevole; *ling* marcato, -a; **2.** *m* 1. (*pelo*) messa in piega *f*; 2. *ling* marcatezza *f*; **~dor, -a 1.** *m sport* tabellone elettronico; *med* marcatore, marker *inv*; **2.** *adj/s* marcatore, -trice; **~je** *m* marcamento, segnatura *f*, tracciamento, marcatura *f* ◊ **~ *por zonas*** marcamento a zona; **~pasos** *m inv med* pace-maker*, segnapassi (*raro*); **~r** ‹*marqué*› *vt* marcare, contrassegnare, segnare, indicare; bollare; *tamb. fig* marchiare; *sport* marcare, segnare; *quím* marcare ◊ **~ *el paso*** segnare il passo; **~ *el pelo*** fare la messa in piega; **~ *un gol*** *sport* segnare un gol; **~ *un número (telefónico)*** comporre/fare un numero; ***el reloj marca las cinco*** l'orologio segna le cinque

marcha *f* 1. marcia; andatura; velocità *inv*; 2. *auto/mús* marcia; 3. *fig* andamento ◊ **~ *atrás*** *coloq* coitus interruptus *inv*; ***a ~s forzadas*** a marcia forzata; ***a toda* ~** in fretta; ***coger la* ~** prendere l'abitudine; ***dar* ~ *atrás*** fare marcia indietro; ***le va la* ~** *coloq* ci sta, le/gli piace; ***poner en* ~** *auto* mettere in marcia; ***puesta en* ~** messa in marcia; ***sobre la* ~** cammin facendo; ***tener* ~** *coloq* essere un allegrone (con voglia di divertirsi), essere pieno di vita; **~dor, -a** *adj/s sport* marciatore, -trice; **~mo** *m* bollo, piombino doganale ◊ **~ *de calidad*** bollino (blu, verde); **~nte** *m/f* mercante d'arte; **~r 1.** *vi* marciare, camminare; marciare, funzionare; preparare in fretta; **2. ~se** partire *vi* (**para/de** per/da); andarsene (**para** a/in) ◊ **~ *bien o mal*** marciare/andare bene o male; ***ir marchando*** andar tirando

marchit|amiento *m* appassimento, avvizzimento; **~ar 1.** *vt* appassire *vt/i*; avvizzire, sciupare; **2. ~se** appassire *vi*, avvizzire *vi*; **~o, -a** *adj* appassito, -a; avvizzito, -a, sciupato, -a

marchos|idad (*var.* **marchosería**) *f coloq* spensieratezza, voglia di vivere; **~o, -a** *adj/s coloq* spensierato, -a, pieno, -a di vita, allegrone, -a

marcia|l *adj* marziale; **~no, -a** *adj/s* marziano, -a

marco *m* 1. *tecn/arte/lit* cornice *f*; 2. (*moneda*) marco ◊ ***acuerdo* ~** accordo quadro, convenzione; **~mano, -a** *adj/s hist* marcomanno, -a

marea *f geogr tamb. fig* marea, flusso *m* ◊ **~ *alta, baja*** alta, bassa marea; **~ *roja, negra*** marea rossa, nera; ***aguantar* ~** *coloq* resistere, sopportare; **~r 1.** *vt* 1. *tamb. fig* far girare la testa *vi*; 2. infastidire, molestare; **2. ~se** soffrire di vertigini *vi*, avere le vertigini *vi*; soffrire il mal di mare *vi*; **3.** *vi nav* navigare

marejad|a *f* mareggiata; **~illa** *f nav* maretta; *coloq/fig* un po' di mare mosso *m*

maremágnum *m inv* mare magnum

maremoto *m* maremoto

marengo *adj* color grigio oscuro, grigio fumo

mareo *m* 1. vertigine *f*; 2. mal di mare

mareta *f nav* maretta

márfega *f* pagliericcio *m*

marfil *adj/m* avorio ◊ ***torre de* ~** torre d'avorio; **~eño, -a** *adj* eburneo, -a

marga *f* 1. *min* marna; 2. tela di sacco

margárico *adj* eptadecanoico

marga|rina *f gastr* margarina; **~rita** *f bot/tecn* margherita; *fig* perla ◊ ***deshojar la* ~** sfogliare la margherita; ***echar ~s a los puercos*** dare le perle ai porci

margen (*pl* **márgenes**) **1.** *m* 1. margine; 2. beneficio; 3. *fig* occasione *f*; **2.** *f/m* riva ◊ ***al* ~** al margine/ai margini; ***andarse por las ~es*** divagare; ***mantenerse al* ~** starne fuori

margina|ción *f* emarginazione; **~do, -a** *adj/s* emarginato, -a; **~l** *adj* marginale; **~r** *vt* 1. (*personas*) emarginare; 2. *adm* marginare; 3. postillare

margrave *m hist ant* margravio

María *f* 1. Maria; 2. *desp* casalinga; 3. *jerga drog* marijuana ◊ ***baño de* ~** *gastr* bagnomaria; ***galletas ~s*** *gastr* gallette; ***ser una* ~** *estud* essere una materia secondaria

mariachi (*pl* **mariachis**) *m* complesso musicale messicano; membro del complesso musicale

mariano, -a *adj relig* mariano, -a

marica 1. *m* finocchio, frocio, culattone *coloq/desp*; **2.** *f zool* gazza

Maricastaña: (en) los tiempos de ~ *adv* (al)/il tempo che Berta filava

maricón *m* finocchio, frocio, culattone *coloq/vulg/desp* ◊ ***¡~!*** Cornuto!, Stronzo!

mariconlada *f coloq/vulg* puttanata, stronzata; **~ear** *vi coloq/vulg* comportarsi come un finocchio; **~eo** *m coloq/desp* omosessualità *f inv*; ambiente omosessuale; **~era** *f coloq* borsello *m*, borsetto *m*

maridlaje *m* matrimonio; *fig* contubernio; **~o** *m* marito, consorte

marihuana (*var.* **mariguana**, **marijuana**) *f jerga drog* marijuana

marimacho *m coloq/desp* donna virile *f*, virago *f*; lesbica *f*

marimba *f mús* marimba

marimorena *f coloq* pandemonio *m* ◊ ***armar la ~*** *coloq* scatenare un pandemonio

marina *f* marina ◊ ***~ mercante, de guerra*** marina mercantile, militare; **~r** *vt gastr* marinare

marine [ma'rin] *m/m mil* marine *inv*; **~ra** *f* blusa o giacca alla marinaia ◊ ***a la ~*** alla marinara; ***tela ~*** *coloq/fig* materia delicata; **~ría** *f* marineria; **~ro, -a 1.** *m* marinaio; **2.** *adj* marino, -a, marinaro, -a

marinismo *m lit* marinismo

marino, -a 1. *adj* marino, -a; **2.** *m* marinaio

mariollogía *f relig* mariologia; **~neta** *f tamb. fig* marionetta, burattino *m*

mariposla *f* 1. *zool* farfalla; 2. lumino *m*; 3. *euf/coloq* finocchio *m* ◊ ***a otra cosa ~*** *coloq* basta con queste cose!; ***estilo ~*** *sport* (nuoto) a farfalla; **~ear** *vi* 1. sfarfallare, svolazzare; 2. *fig* fare la ronda a q; **~eo** *m* sfarfallamento; **~ón** *m* 1. *fig* moscone; 2. *coloq/hum* finocchio

mariquita 1. *f* 1. *zool* maggiolino *m*, coccinella; 2. *zool* (*pájaro*) pappagallino *m*; **2.** *m coloq* finocchio, omosessuale

marisabidilla *f* saputella

marisclal *m mil ant* mariscalco; generale; **~o** *m gastr/zool* frutto di mare

marisma *f* maremma

marisquería *f* 1. negozio di frutti di mare *m*; 2. ristorante dove si mangiano frutti di mare *m*

marista *adj/s relig* (*M. Champagnat*) marista

marital *adj* maritale

marítimo, -a *adj* marittimo, -a

maritornes *f lit* servaccia

marjal *m* 1. *geogr* pianura alluvionale *f*, palude *f*, pantano; 2. *agric* 525 mq

marketilng ['marketin] *m* marketing *inv*; **~zar** ‹*marketicé*› *vt com* marketizzare

marmífero, -a *adj* marmifero, -a

marmita *f* (*olla*) marmitta ◊ ***~ de gigante*** *geol* marmitta d'erosione; **~ko** (*var.* **marmitaco**) *m gastr* stufato di tonno con patate

marmitón *m* sguattero

mármol *m* marmo

marmollería *f* 1. officina e negozio del marmista *f/m*; 2. marmi di un edificio *mpl*; **~ista** *adj/s* marmista

marmóreo, -a *adj* marmoreo, -a

marmota *f zool fig* marmotta

marojo *m bot* cerro

maromla *f* 1. gomena, corda, canapo *m*; 2. *Am* funambulismo *m* ◊ ***más ata pelo de coño que ~ de barco*** *coloq/vulg* tira più un pelo di fica che quattro paia di buoi; **~o** *m* 1. *coloq* tizio, tipo; 2. *coloq/hum* uomo, bello, fidanzato; 3. guardia *f*; 4. *desp* idiota, inutile

marota V. **machorra**

marqués *m* marchese; marito della marchesa

marquelsa *f* marchesa; moglie del marchese; **~sina** *f arq* pensilina; **~tería** *f* intarsio *m*; ebanisteria

marquista *m/f* corniciaio, -a

marralјo, -a 1. *adj* scaltro, -a, insidioso, -a; **2.** *m zool* ossirino, squalo mako ◊ ***toro ~*** toro pericoloso; **~na** *f* 1. *zool* scrofa; 2. *fig* maiala ◊ ***joder la ~*** *vulg* rompere le palle; *vulg* mandare all'aria (*estánd*); ***joderse la ~*** *vulg* andare all'aria (*estánd*); **~nada** (*var.* **marranería**) *f* porcheria; **~no** *m zool tamb. fig* porco, maiale; **~r** *vt sport* bucare; **~s: de ~** *adv* 1. *ant* di tempo fa, di prima; 2. *desp* quello solito; **~squino** *m* maraschino

marrón, -ona 1. *adj* marrone; **2.** *m* 1. marrone; 2. caffé macchiato; 3. *jerga* colpa *f* ◊ ***comerse un ~*** *jerga* assumere la colpa, confessarsi colpevole; ***~ glacé*** *gastr* marron glacé

marrolquí *adj/s geogr* marocchino, -a; **~quinería** *f* pelletteria

marrubio *m bot* marrubio

Marruecos *m geogr* Marocco

marrullerlía *f* storia, bugia, frottola, imbroglio *m*; **~o, -a** *adj/s* imbroglione, -a

Marsella *geogr* Marsiglia

marsellés, -esa *adj/s* marsigliese ◊ ***la *~*** *mús* la Marsigliese

marsopa *f zool* marsovino *m*, focena, porco marino *m*, marsuino *m*

marsupilal 1. *adj* marsupiale; **2.** *mpl zool* marsupiali ◊ ***bolsa ~*** *zool* sacca del marsupio; **~o** *m* marsupio

marta *f zool* martora ◊ ***~ cebellina/cibelina*** zibellino

Marte *m astron/mitol* Marte

martes *m inv* martedì ◊ ***en ~, ni te cases ni te embarques*** né di venere, né di marte, ci si sposa oppur si parte

martilllada *f* martellata; **~ado** *m* martellatura *f*; **~ar** (*var.* **martillear**) *vt* martellare; *fig* tormentare; **~azo** *m* martellata *f*; **~ear** V. **martillar**; **~eo** *m* martellamento; martellio; **~ero** *m Arg/Chile* venditore all'asta pubblica; **~o** *m* martello ◊ ***~ neumático*** martello pneumatico; ***a macha ~*** con fermezza; ***en ~*** *med* a martello

martinete *m* 1. *tecn* maglio, martelletto; 2. *zool* (*ave*) nitticora *f*; pennacchio di nitticora; 3. *mús* ="canto gitano andaluso senza accompagnamento di chitarra"

martingala *f* 1. (*caballos*) martingala; 2. *coloq* trucco *m*; *coloq* sciocchezza; 3. *Arg/Ur* (*abrigo*) martingala

martín pescador *m zool* (*pájaro*) martin pescatore

mártir *m/f* martire ◊ ***traer ~a alg*** *fig* martirizzare q

martir|io *m tamb. fig* martirio, tormento; **~izar** ‹*martiricé*› *vt tamb. fig* martirizzare, tormentare; **~ologio** *m relig* martirologio

maruja (*var.* **marujona**) *f coloq/desp* casalinga

marxis|mo *m pol/hist* marxismo ◊ ***~-leninismo*** marxismo-leninismo; **~ta** *adj/s pol/hist* marxista

marzo *m* marzo

mas 1. *conj* ma, però; **2.** *m agric* masseria *f*, casa colonica (*Cataluña*) *f*; **3.** *f nav* (*lancha*) mas

más *adv/m* più ◊ ***~ allá de*** oltre, al di là di; ***~ bien*** piuttosto; ***~ y ~*** ogni volta di più, sempre di più; ***a ~ (de)*** per di più, inoltre; oltre a; ***a ~ no poder*** a più non posso; ***a lo ~*** al massimo, tutt'al più; ***aún ~*** ancora (di) più; ***como el que ~*** come tutti; ***de ~*** in/di più; ***de lo ~*** molto; ***el que ~ y el que menos*** chi più chi meno; ***es ~ /~ aún*** ancora di più; ***es un amigo y nada ~*** è un amico e niente più; ***estar de ~*** essere superfluo, essere in più; ***lo ~ posible*** il più possibile; ***lo ~ pronto posible*** il più presto possibile; ***mucho ~*** molto di più; ***ni ~ ni menos*** né più né meno; ***no ~ que*** non più di; ***no ~*** *Am* soltanto; ***no quiero nada ~*** non voglio nient'altro/più niente; ***poco ~ o menos*** più o meno; poco più, poco meno; ***por ~ que*** per quanto, sebbene, quantunque; ***siéntese no ~*** *Am* prego, si accomodi; ***sin ~ ni ~*** senza ragione alcuna; ***sus ~y sus menos*** i suoi/loro problemi; ***tanto ~ cuanto que*** tanto più perché; ***todo lo ~*** tutt'al più

masa *f* 1. *tecn tamb. fig* massa; 2. (*harina...*) pasta ◊ ***con las manos en la ~*** *coloq/fig* con le mani nel sacco; ***~ coral*** *mús* massa corale; ***~ de hojaldre, quebrada*** *gastr* pasta sfoglia, frolla; ***~ salarial*** *econ* monte dei salari; ***de buena ~*** *fig* di buona pasta; ***en ~*** in massa

masacr|ar *vt* massacrare; **~e** *f* massacro *m*

masaj|e *m* massaggio ◊ ***dar un ~ a alg*** fare un massaggio a q; **~ear** *vt* massaggiare; **~ista** *m/f* 1. massaggiatore, -trice; 2. *euf* prostituto, -a

mascar ‹*masqué*› *vt* 1. masticare; 2. *fig* masticare, borbottare

máscara *f* maschera ◊ ***~ antigás*** maschera antigas; ***arrancar/quitar la ~*** smascherare, togliere la maschera

mascarada *f* mascherata

mascarilla *f* (*belleza*) maschera; mascherina

mascarón *m arq/nav* mascherone

mascon *m astron* mascon *inv*

mascota *f* mascotte* *inv*

mascuja|da *f* biascicamento *m*, biascichio *m*; **~r** V. **mascullar**

masculini|dad *f* mascolinità *inv*; **~zar** ‹*masculinicé*› *vt* mascolinizzare

masculino, -a 1. *adj* 1. maschile; 2. (*mujer*) mascolino, -a; **2.** *m ling* maschile

mascullar (*var.* **mascujar**) *vt* borbottare, biascicare

máser *m fís* maser *inv*

masera *f* 1. *zool* granchio di mare *m*, granciporro *m*; 2. madia (per impastare); 3. panno per coprire l'impasto *m*

masía *f agric* (*Cataluña*) masseria

masifica|ción *f* massificazione; **~r** ‹*masifiqué*› *vt* massificare

masilla *f* stucco *m*, mastice *m*; **~r** *vt* mettere il mastice *vi*

masita *f* 1. *Arg/Ur gastr* pasta dolce; 2. *mil* plus *m inv*

masivo, -a *adj* massivo, -a

masoca *m/f coloq* masochista

masón, -ona *adj/m* massone, frammassone

masonería *f* massoneria

masónico, -a *adj* massonico, -a

masoqui|smo *m med* masochismo; **~sta 1.** *m/f* masochista; **2.** *adj* masochistico, -a

masora *f relig* masora, massora

masoterapia *f med* massoterapia

mass media ['mas 'medja] *mpl telec* mass media*

mastectomía *f med* mastectomia

mastelero *m nav* albero minore

máster *m estud/sport/telec* master *inv*

mastica|ción *f* masticazione; **~ar** ‹*mastiqué*› *vt* masticare; *fig* ruminare ◊ ***~ a dos carrillos*** mangiare a quattro palmenti; **~atorio, -a** *adj* masticatorio, -a

mástil *m* 1. *nav* albero; 2. *tecn* palo, antenna *f*; 3. *mús* manico; 4. *zool* (*pluma*) calamo

mastín *adj/m zool* (*perro*) mastino

mástique *m* mastice

mastitis *f inv med* mastite *f*

mastod|onte *m zool tamb. fig* mastodonte; **~óntico, -a** *adj* mastodontico, -a

mastoides *adj/m inv* 1. *med* mastoide *f*; 2. mastoideo, -a *adj*

mastoplastia *f med* mastoplastica

mastranzo *m bot* menta a foglie rotonde *f*

mastuerzo *m* 1. *bot* lepidio; 2. *bot* (*mastuerzo de agua/nasturtium officinale*) nasturzio, crescione, agretto; 3. *fig* balordo

masturb|ación *f* masturbazione; **~ar** *vt tamb. fig* masturbare ◊ ***~se el cerebro*** *desp/fig* spremersi le meningi, farsi delle seghe mentali *coloq*

mata *f* 1. *bot* cespuglio *m*; 2. *bot* (*árboles*) cesto (*lechuga...*) *m*, macchia, campo *m*; 3. *Am bot* pianta; 4. (*pelo*) chioma ◊ ***a salto de ~*** (*vivir*) in fretta e furia; alla giornata; ***se escondió entre las ~s*** si nascose tra i cespugli; **~candelas** *m inv* spegnitoio *m*; **~candil** *m bot* erba cornacchia irida *f*; **~chín** *m* 1. macellaio; 2. *fig* attaccabrighe *inv*; 3. *ant* mattaccino; **~dero** *m* mattatoio, macello ◊ ***llevar al ~*** condurre al macello; **~dor** *m Esp taur* matador, espada; **~dura** *f* guidalesco *m* ◊ ***dar en la ~*** toccare nel guidalesco; **~gallinas** *f inv* 1. *bot* (*Solanum dulcamara*) dulcamara *f*; 2. (*Daphne gnidium*) torvisco *m*; **~gigantes** *m inv* botolo *m*; **~hombres** *m inv bot* ligustro *m*;

~**moros** *m inv* spaccone *m*; ~**moscas** *m inv* pigliamosche
matanza *f* 1. uccisione; strage, sterminio *m*, carneficina; 2. (*animales*) mattanza
matapiojos *m inv* 1. *bot* (*crataegus...*) biancospino; 2. (*delphinium...*) speronella stafisagra *f*
matar 1. *vt* 1. uccidere, ammazzare; *coloq* accoppare; 2. *coloq/fig* rovinare; 3. *fig* attenuare; *fig* limare, smussare; **2.** ~**se** ammazzarsi ◊ ~ ***el hambre*** ingannare la fame; ~ ***el tiempo*** ammazzare il tempo; ~***las callando*** farne di nascosto; ***estar/llevarse a ~ con alg*** essere come cane e gatto; ***que me maten si...*** che mi venga un colpo se...
matarife *m* macellaio
matarratas *m inv* 1. *quím* topicida *m*; 2. *coloq/fig* acquavite di pessima qualità *f*
matasanos *m inv coloq/hum* medicastro *m*
matasell|ado *m* obliterazione *f*, annullamento; ~**adora** *f* obliteratrice; ~**ar** *vt* obliterare, annullare; ~**os** *m inv* timbro postale
matasiete *m inv coloq/hum* ammazzasette
matasuegras *m inv* fischietto lingua
matatías *m/f inv* prestatore, -trice, usuraio, -a
mate 1. *m* 1. *Am Mer* (*árbol-infusión*) mate; 2. zuccotto in cui si beve il mate; 3. *Am coloq* testa *f*; 4. *sport* (*baloncesto*) schiacciata *f*; 5. (*ajedrez*) scacco matto; **2.** *adj* opaco, -a, velato, -a, smorzato, -a ◊ ***dar ~*** dare scacco matto
matemátic|as *fpl* matematica *f*; ~**o, -a** *adj/s* matematico, -a
materia *f cient tamb. fig* materia ◊ ~ ***gris*** materia grigia; ~ ***prima*** materia prima; ~***s plásticas*** materie plastiche; ***en ~ de*** in materia di; ***entrar en ~*** venire al sodo, andare al nocciolo; ~**l 1.** *adj/m* materiale; **2.** *adj* grossolano, -a, volgare ◊ ~ ***de construcción, bélico,...*** materiale da costruzione, bellico,...; ~**lidad** *f* materialità *inv*; ~**lismo** *m* materialismo; ~**lista** *adj/s* materialista; ~**lización** *f* materializzazione; ~**lizar** ‹*materialicé*› *vt* materializzare
matern|al *adj* materno, -a; ~**idad** *f* maternità *inv*; ~**izado, -a** *adj* maternizzato, -a; ~**o, -a** *adj* materno, -a
matero, -a *adj/s Am Mer* amante del mate
mates *f(pl) jerga estud* matematica *f*
matin|al *adj* mattutino, -a; ~**ée** [mati'ne] (*var.* **matiné**) *f cine/teat raro* mattinata
matiz *m* sfumatura *f*; intonazione *f*, tono; ~**ación** *f arte tamb. fig* sfumatura; ~**ar** ‹*maticé*› *vt arte tamb. fig* sfumare, graduare; *fig* conferire un tono
matojo *m* cespuglio; ciuffo d'erba
matón *m* smargiasso, spaccone, gradasso ◊ ~ ***de feria*** gradasso da strapazzo
matorral *m* fratta *f*; *bot* cespuglio
matoso, -a *adj* cespuglioso, -a
matr|aca 1. *f mús* raganella, crepitacolo *m*, battola; **2.** *m/f* scocciante, barboso, -a ◊ ***darle la ~*** rompere le scatole; ***dar a la ~*** girare e rigirare su qc; ~**az** *m cient* matraccio
matriarc|ado *m* matriarcato; ~**al** *adj* matriarcale
matric|aria *f bot* matricaria; ~**ial** *adj mat/informát* matriciale; ~**ida** *m/f jur* matricida; ~**idio** *m jur* matricidio
matrícula *f* 1. *estud* iscrizione; matricola; registro d'iscrizione *m*; 2. *auto* targa ◊ ~ ***de honor*** *fig* 10 e lode; (*universidad*) 30 e lode, 30 cum laude
matricula|ción *f auto* immatricolazione; ~**r 1.** *vt* immatricolare, iscrivere, registrare; **2.** ~**se** iscriversi
matrimoni|al *adj* matrimoniale; ~**alista** *adj/s* matrimonialista; ~**o** *m* 1. (*fiesta*) matrimonio, nozze *fpl*, sposalizio; 2. coppia (di sposati) *f* ◊ ~ ***civil, eclesiástico/religioso*** matrimonio civile, religioso; ***contraer ~*** contrarre matrimonio; ***de ~*** (*cama, manta,...*) matrimoniale; ***un ~ muy feliz*** una coppia molto felice
matritense *adj/s elev* madrileno, -a, di Madrid
matriz 1. *f med* matrice, utero *m*; **2.** *adj/f tecn/mat/informát tamb. fig* matrice
matron|a *f med* levatrice; matrona (*fig/ant*); ~**eo** *m* matroneo
Matusalén *m* Matusalemme
matut|e *m* contrabbando ◊ ***de ~*** di contrabbando; clandestinamente; ~**ino, -a** *adj* mattutino, -a
maula 1. *m/f coloq/desp* fannullone, -a, scansafatiche *inv*; imbroglione, -a; **2.** *f* 1. truffa, inganno *m*; 2. sciocchezza, fesseria; **3.** *m hist ant* cristiano convertito all'islamismo
maull|ar ‹*maúllo*› *vi* miagolare; ~**ido** *m* (*gato*) miagolio
maulón *adj/s taur* animale pauroso/codardo
mauritano, -a *adj/s* mauritano, -a, della Mauritania
máuser *m* (*fusil*) mauser *inv*
mausoleo *m* mausoleo
maxi *adj inv* maxi; ~**abrigo** *m* maxicappotto; ~**falda** *f* maxigonna
maxil|la *f zool* mascella; ~**ar** *adj/m med/zool* mascellare; ~**ofacial** (*var.* **maxilofacial**) *adj med* maxillofacciale
máxima *f* 1. massima, regola, norma; 2. *ling* massima, sentenza, detto *m*
maximali|smo *m* massimalismo; ~**sta** *adj/s* massimalista
máxime *adv* soprattutto
máximo, -a *adj/m* massimo, -a; *fig* non plus ultra ◊ ***como ~*** al massimo
máximum *m* massimo
maxiproceso *m coloq* maxiprocesso
maxireunión *f pol* maxiraduno *m*
maya 1. *adj/s hist* Maya; **2.** *bot f* 1. pratolina, margheritina dei prati *f*; 2. miss eletta nelle feste popolari di maggio *f*; ~**l** *m* stanga del mulino *f*; ~**r** *vi* miagolare
mayestático, -a *adj* maiestatico, -a
mayista *adj pol/hist* sessantottino, -a
mayo *m* maggio ◊ ~ ***francés*** *hist* maggio francese, il maggio del sessantotto
mayólica *f* maiolica

mayonesa *f* maionese
mayor 1. *adj* maggiore, più grande; **2.** *mpl* 1. antenati; 2. grandi, adulti; ***cuando hablan los ~es...*** *quando parlano i grandi* ◊ **~ *de edad*** maggiorenne; ***al por ~*** all'ingrosso; ***llegar o pasar a ~es*** passare a cose maggiori/più serie/più gravi; **~al** *m agric* caposquadra, capopastore; **~azgo** *m jur* maggiorasco, maggiorascato; **~domo** *m* maggiordomo; **~ía** *f* maggioranza ◊ **~ *de edad*** maggiore età; **~ *de votos*** maggioranza di voti; **~ *silenciosa*** *pol* maggioranza silenziosa; ***elegir por ~*** eleggere a maggioranza; **~ista** *m/f com* grossista, venditore, -trice all'ingrosso; (*turismo*) tour operator* *inv*; **~itario, -a** *adj* maggioritario, -a; **~mente** *adv* specialmente, soprattutto
mayúscul|a *f* maiuscola; **~o, -a** *adj* 1. maiuscolo, -a; 2. *fig* madornale ◊ ***sorpresa ~ a*** *fig* grande/viva sorpresa
maza *f* 1. mazza, clava; 2. *fig* pittima; **~cote 1.** *m tecn* marzacotto; **2.** *adj fig* compresso, -a, indurito, -a; pesante; **~da** *f* mazzata; **~morra** *f Am gastr* specie di polenta; **~pán** *m gastr* marzapane; **~s** *adj/m jerga juv* palestrato, -a, un tipo da palestra; **~zo** *m* mazzata *f*
mazmorra *f* prigione sotterranea; *fig* cella, bugigattolo *m*
mazo *m* 1. maglio; pestello; 2. *euf* pittima *f*; 3. (*naipes, plumas*) mazzo; **~rca** *f bot* pannocchia
mazurca *f mús* mazurca, mazurka
Mb (*var.* **MB**) *abr* MB (*Megabyte*)
MC (*Mercado Común*) *abr*
MCCA (*Mercado Común Centroamericano*) *abr*
m.c.d. (*máximo comun divisor*) *abr* m.c.d. (*massimo comune divisore*)
MCE (*Mercado Común Europeo*) *abr* MEC (*Mercato Europeo Comune*)
m.c.m. (*mínimo común múltiplo*) *abr* m.c.m. (*minimo comune multiplo*)
me *pron* me, mi ◊ **~ *dijo*** mi disse; **~ *llamó*** mi chiamò; **~ *los regaló*** me li regalò
mea culpa *m inv* mea culpa ◊ ***entonar el ~*** recitare il mea culpa
mead|a *f vulg* orinata, pisciata ◊ ***echar una ~*** *coloq/vulg* fare una pisciata; *coloq* fare pipì; **~ero** *m coloq/vulg* orinatoio; **~os** *mpl coloq/vulg* pisciate *fpl*
meandro *m geogr tamb. fig* meandro, ansa
meapilas *adj/s inv vulg* baciapile
mear 1. *vi coloq/vulg* orinare, pisciare; *coloq* fare pipì; **2. ~se** *coloq* pisciarsi addosso ◊ ***~se de risa*** *coloq* (soom) pisciarsi addosso dalle risate
MEC (*Ministerio de Educación y Ciencia*) *m* Ministero dell'Istruzione, dell'Università e della Ricerca (MIUR)
Meca: La ~ *f* La Mecca ◊ ***de la Ceca a la ~*** di qua e di là
¡mecachis! (*var.* **mecá**) *excl euf/coloq* Accidenti!, Maledizione!, Mannaggia!
mecánica *f* meccanica; meccanismo *m*
mecanic|idad *f* meccanicità *inv*; **~ismo** *m filos* meccanicismo
mecánico, -a *adj/m* 1. meccanico, -a; 2. *fig* automatico, -a
mecanismo *m* meccanismo, congegno ◊ **~ *de defensa*** *psicol* meccanismo di difesa
mecaniz|ación *f* meccanizzazione; **~ar** ‹*mecanicé*› *vt tecn* meccanizzare
mecano® (*var.* **meccano**) *m* meccano; **~grafía** *f adm* dattilografia; *tecn* meccanografia; **~grafiar** ‹*grafío*› V. 2 *vt* dattilografare, scrivere a macchina; **~gráfico, -a** *adj* dattilografico, -a, meccanografico, -a
mecanógrafo, -a *m/f* dattilografo, -a
mecate *m Méx* corda *f*, spago
meccano V. **mecano**
mecedora *f* sedia a dondolo
mecen|as *m/f inv* mecenate *m/f*; **~azgo** *m* mecenatismo
mecer ‹*mezo*› *vt* 1. (*niño*) dondolare, cullare; 2. mescolare, rimestare
mech|a *f* 1. *mil* miccia; 2. lucignolo *m*, stoppino *m*; 3. *gastr* lardello *m*; 4. (*pelo*) ricciolo *m*, ciocca; 5. (*tinte pelo*) mèche* *inv*; 6. *jerga delinc* ="furto e occultamento addosso in negozi o market" ◊ ***a toda ~*** *adv* a tutto gas; **~ar** *vt gastr* lardellare; **~ero 1.** *m* accenditoio; accendino, accendigas *inv*; luminello; **2.** *m/f jerga* ladruncolo, -a di oggetti nei negozi ◊ **~ *de gas*** accendigas; **~ón** *m* (*pelo*) ciuffo, ciocca *f*; mazzetto
medall|a *f* medaglia; medaglione *m* ◊ ***ponerse o colgarse ~s*** *irón/coloq* autopremiarsi; **~ero** *m* medagliere; **~ista** *m/f* medagliato, -a; **~ón** *m* medaglione
media 1. *f* 1. calza lunga; 2. *Am* calzino *m*; **2.** *fpl mat/telec* media *mpl* ◊ ***empezar a la ~ en punto*** incominciare alla mezza in punto/esattamente dopo mezz'ora; ***hacer punto de ~*** lavorare a maglia; ***nuevos ~*** new media*; **~ción** *f* mediazione; intervento *m*; **~do, -a** *adj* a metà ◊ ***a ~s de agosto*** verso la metà di agosto; **~dor, -a** *m/f* mediatore, -trice; intermediario, -a ◊ **~ *cultural*** mediatore, -trice culturale; **~luna** *f* mezzaluna
median|a *f* 1. mezzeria; 2. banchina spartitraffico, isola spartitraffico; **~amente** *adv* mezzanamente; **~ero, -a 1.** *adj* mediano, -a; ***pared ~a*** *parete divisoria, tramezzo*; **2.** *m/f* proprietario, -a di casa contigua o con muro comune; **~ía** *f* mediocrità *inv*; **~o, -a** *adj* medio, -a, mediano, -a, mezzano, -a; *fig* mediocre, passabile; **~oche** *f* 1. mezzanotte; ore centrali della notte *fpl*; 2. *gastr* specie di rustico di carne *m*; **~te** *prep* mediante, per mezzo di
mediar ‹*medio*› V. 1 *vi* 1. intercedere, intervenire, mediare; 2. (*tiempo*) trascorrere
mediateca *f* mediateca
mediático, -a *adj* dei mass media, massmediologico, -a
mediatinta *f* mezzatinta
mediatiz|ación *f* sottomissione; **~ar** ‹*mediaticé*› *vt* influire, assoggettare, sottomettere

mediato, -a *adj filos* mediato, -a

medica|ble *adj* medicabile; **~ción** *f* medicazione; **~mento** *m* medicamento, farmaco, medicinale; **~mentoso, -a** *adj* medicamentoso, -a; **~r** ‹*mediqué*› *vt* medicare; **~stro** *m desp* medicastro

medicina *f* medicina ◊ **~ *alternativa*** medicina alternativa; **~l** *adj* medicinale

medición *f* misura, misurazione

médico, -a 1. *m/f* dottore, -essa, medico; **2.** *adj* medico ◊ **~ *de cabecera*** medico di famiglia, medico generico o di base; **~ *forense, municipal*** medico legale, condotto

medid|a *f* misura; *fig* precauzione, misura ◊ ***a ~*** su misura; ***a ~ que*** man mano che; ***a la ~ de*** a misura di; ***colmar la ~*** colmare la misura, superare i limiti; ***en cierta ~*** in un certo senso; ***en la ~ en que*** nella misura in cui; ***tomar(le) las ~s*** prendere le misure (a q); ***traje hecho a la ~*** vestito fatto su misura; **~or, -a 1.** *adj* misuratore, -trice; **2.** *m* 1. misurino; 2. *Am* contatore

mediero, -a *m/f agric/jur* mezzadro, -a

mediev|al *adj* medioevale, medievale; **~alista** *adj/s* medievalista; **~o** *m* medioevo

medio, -a 1. *adj* medio, -a; ***clase ~a*** *classe media*; mezzo, -a; **~ *kilo*** *mezzo chilo*; **2.** *m* 1. mezzo; 2. ambiente; 3. *sport* centro mediano; ***~o ambiente*** mezzo ambientale, ambiente naturale; ***a ~ asar, vestir,...*** mezzo arrostito, vestito,...; ***a ~a tarde*** nel/al pomeriggio; ***a ~as*** a metà; ***de ~ a ~*** del tutto; ***en ~ de*** in mezzo a; ***en ~ de todo*** dopo tutto; ***ir a ~as*** dividere a parti uguali; ***los ~s de comunicación, de transporte, de vida*** i mezzi di comunicazione, di trasporto, di vita; ***Oriente *~*** Medio Oriente; ***ponerse por (en) ~*** mettersi in mezzo; ***por ~ de*** per mezzo di; ***por todos los ~os*** con tutti i mezzi; ***quitar de en ~*** togliere di mezzo; **~campista** *adj/s sport* centrocampista

mediocr|e *adj* mediocre; **~idad** *f* mediocrità *inv*

mediodía *m* 1. mezzogiorno, mezzodì *inv*; ore centrali del giorno *fpl*; 2. sud ◊ ***hacer ~*** fermarsi a mangiare durante il viaggio

mediofondista *m/f sport* mezzofondista

mediopalatal *adj/f ling* mediopalatale

medir ‹*mido; midió; midiendo*› V. 12 *vt* misurare ◊ **~ *las palabras*** misurare le parole

medita|bundo, -a *adj* meditabondo, -a; **~ción** *f* meditazione; **~r** *vi* meditare; **~tivo, -a** *adj* meditativo, -a

mediterráneo, -a 1. *adj* mediterraneo, -a; **2.** *m geogr* Mediterraneo ◊ ***el mar *~*** il (mare) Mediterraneo

médium *m/f* (*espiritismo*) medium *inv*

medr|ar *vi* crescere, svilupparsi; progredire, migliorare ◊ ***estar medrado*** *coloq* essere bell'e fritto; **~oso, -a** *adj* pauroso, -a, pusillanime

médula (*var.* **medula**) *f med* midollo *m* ◊ **~ *espinal*** midollo spinale; ***ser italiano/español hasta la ~*** essere italiano/spagnolo fino al midollo/alle midolla

medul|ar *adj* midollare; **~sa** *f zool/mitol* medusa

mefítico, -a *adj* mefitico, -a

megab|it [mega'bit] *m informát* megabit *inv*; **~yte** [mega'bajt] *m informát* megabyte *inv*

megaciclo *m fís* megaciclo

megafonía *f* megafonia

megáfono *m* megafono

megahercio (*var.* **megahertz**) *m fís* megahertz *inv*

megalito *m hist* megalite, megalito

megal|omanía *f* megalomania; **~ómano, -a** *adj/s* megalomane

megapantalla *f* megaschermo *m*, maxischermo *m*

megat|erio *m zool* (*fósil*) megaterio; **~ón** *m fís* megaton *inv*

meigo, -a 1. *m/f* (*Galicia*) stregone *m*, strega *f*; **2.** *m zool* pesce San Pietro

mejicano V. **mexicano**

Méjico V. **México**

mejill|a *f* guancia, gota; **~ón** *m zool* cozza *f*, muscolo, mitilo

mejor 1. *adj* migliore (!), più buono, -a; **2.** *adv* meglio (!) ◊ **~ *así*** meglio così; **~ *que* ~** molto meglio; ***¡~!*** Meglio (così)!; ***a lo ~*** forse, chissà; ***el ~*** il migliore; ***lo ~*** la cosa migliore, il meglio; ***lo ~ posible*** il meglio possibile, il meglio che si può; ***pasar a ~ vida*** passare a miglior vita; **~a** *f* 1. miglioramento *m*; 2. *com* miglioria; 3. *jur* lascito oltre la legittima *m*; **~able** *adj* migliorabile; **~ador, -a** *adj* migliorativo, -a; **~amiento** *m* miglioramento; **~ana** *f bot* maggiorana; **~ar 1.** *vt* 1. migliorare; aumentare il prezzo; 2. *jur* lasciare più della legittima; **2.** *vi* (*salud, tiempo*) migliorare; (*salud*) ristabilirsi ◊ ***mejorando lo presente*** a parte i presenti; **~ía** *f* miglioramento *m*, miglioria; superiorità *inv*

mejunje *m desp* intruglio; pasticcio

melamina *f quím* melammina

melanc|olía *f* malinconia, tristezza; **~ólico, -a** *adj* malinconico, -a, triste, mesto, -a

melanesio, -a (*var.* **melanésico**) *adj/s* melanesio, -a, della Melanesia

melanina *f* melanina

melanoma *m med* melanoma

melar 1. *adj* mellifero, -a; **2.** *vt* 1. addolcire con miele; 2. (*abejas*) fare il miele

melaza *f* melassa

melé (*var.* **melée**) *f* melina; (*rugby*) mischia

melen|a *f* 1. chioma, capelli *mpl*; 2. (*león*) criniera; **~udo, -a** *adj* capellone, -a

melero, -a 1. *adj* del miele; **2.** *m/f* venditore, -trice di miele

melifluo, -a *adj* mellifluo, -a, m(i)elato, -a

melindr|e *m* 1. *gastr* frittella di miele *f*; 2. marzapane giulebbato; 3. *fig* smanceria *f*, affettazione *f*, moina *f*, svenevolezza *f*; **~oso, -a** *adj* 1. affettato, -a, svenevole, sdolcinato, -a; cerimonioso, -a; 2. schizzinoso, -a

melinita *f* melinite

melis|a *f bot* melissa, melifillo *m*; **~ma** *m mús* melisma

mella *f* tacca, intaccatura ◊ ***hacer ~*** *fig* fare breccia; **~do, -a** *adj* intaccato, -a; sdentato, -a; **~r** *vt* 1. intaccare; slabbrare; 2. screditare, macchiare

mellizo, -a *adj/s* gemello, -a

melocot|ón *m bot* pesca *f*; **~onar** *m* pescheto; **~onero** *m bot* pesco

melodía *f* melodia

melódico, -a *adj* melodico, -a

melodi|oso, -a *adj* melodioso, -a; **~sta** *m/f mús* melodista

melodram|a *m* melodramma; **~ático, -a** *adj* melodrammatico, -a

melomanía *f* melomania

melómano, -a *adj/s* melomane

melón *m bot* melone, mellone, popone; *fig* citrullo ◊ ***~ cantalupo*** melone cantalupo; ***~ de agua*** anguria, cocomero

melon|ar *m* melonaio, poponaia *f*; **~cillo** *m zool* mangosta africana *f*

melopea (*var.* **melopeya**) *f mús* melopea; *fig* sbornia

melos|idad *f* mellifluità *inv*; dolcezza, soavità *inv*; **~o, -a** *adj* mellifluo, -a; dolce, affettuoso, -a

melotrón *m mús* melotron *inv*

melva *f* tambarello *m*

membr|ana *f* membrana; **~anoso, -a** *adj* membranoso, -a; **~ete** *m* bollo, intestazione di carta da lettere o buste *f*; **~illo** *m* (*árbol*) cotogno; (*fruto*) cotogna *f*, mela cotogna *f* ◊ ***dulce de ~*** cotognata; **~udo, -a** *adj* membruto, -a, vigoroso, -a, robusto, -a

memez *f* stupidaggine, insulsaggine

memo, -a *adj/s* sciocco, -a, stupido, -a, sempliciotto, -a

memor|able *adj* memorabile; **~ándum** *m* memorandum *inv*

memori|a 1. *f* 1. memoria; 2. ricordo *m*; 3. relazione; **2.** *fpl* memorie, autobiografia *f* ◊ ***~ de licenciatura*** tesina di laurea; ***de ~*** a memoria; ***de feliz, ingrata ~*** di gloriosa, infausta memoria; ***hacer ~ de*** rievocare; ***refrescar la ~ de alg*** rinfrescare la memoria a q; ***tener buena/mala ~*** avere buona/cattiva memoria; ***traer a la ~*** richiamare alla memoria; **~al** *m* memoriale; **~ón** *m* memoriona *f*; **~smo** *m* lo studiare a pappagallo/a memoria; **~sta** *m/f* nozionista

memorístico, -a *adj* memoristico, -a

memoriz|ación *f* memorizzazione; **~ar** ‹*memoricé*› *vt/i* memorizzare

memory ['memori] V. **lápiz** ◊ **~ stick** *informát*, memoria stick

ménage à trois [me'nas a 'trwa] *m* ménage à trois *inv*, triangolo

menaje *m* corredo di una casa, utensili domestici *mpl*

menarquia (var menarquía) *f med* (*mujer*) menarca *m*

menci|ón *f* menzione, ricordo *m* ◊ ***~ honorífica*** menzione onorifica; ***hacer ~*** far menzione, far cenno; **~onar** *vt* citare, nominare, menzionare

menda *pron coloq* io stesso, uno qualunque; **~z** *adj elev* mendace, falso, -a

mendelismo *m biol* mendelismo

mendic|ante *adj/s* mendicante ◊ ***las Órdenes ~s*** *relig* gli Ordini mendicanti; **~idad** *f* mendicità *inv*

mendig|ar ‹*mendigué*› *vt/i* mendicare, chiedere l'elemosina *vi*; **~o, -a** *m/f* mendico, -a

mendrugo *m* 1. tozzo di pane, pezzo di pane; boccone; 2. *coloq/fig* (*persona*) zuccone

mene|ar 1. *vt* dimenare, rimestare, agitare; smuovere; dirigere; **2. ~se** sbrigarsi, spicciarsi; muoversi; agitarsi, dimenarsi ◊ ***~ la cabeza*** muovere la testa; ***~ la cola*** dimenare la coda; ***~ ársela*** *euf/vulg* farsi una sega; ***de no te menees/de los-las de no te menees*** *coloq* molto grande, di quelli/e che non ti puoi neanche immaginare; ***mejor no meneallo, peor es meneallo*** *coloq* è meglio tacere; **~o** *m* 1. scossa *f*, colpo; 2. *fig* sacco di botte; 3. agitazione *f*, dimenamento; 4. *jerga* (*sexo*) scopata *f*, trombata *f*

menester 1. *m* bisogno; necessario; faccenda *f*, affare; **2.** *mpl* 1. bisogni corporali; 2. attrezzi/ferri del mestiere ◊ ***es ~*** è necessario, c'è bisogno di/che, occorre; ***todo es ~*** tutto è necessario; **~oso, -a** *adj/s* bisognoso, -a, povero, -a

menestra *f gastr* stufato di verdure *m*

mengano, -a *m/f* un/una tale ◊ ***fulano, ~ y zutano*** Tizio, Caio e Sempronio

mengua *f* diminuzione, menomazione, calo *m*; scapito *m*, detrimento *m*; discredito *m*, disonore *m* ◊ ***en ~ de*** a detrimento di, a scapito di; **~do, -a 1.** *m* (*punto*) calo; **2.** *adj/s* disgraziato, -a; **~nte 1.** *adj* calante; **2.** *f* 1. calo dei fiumi *m*; 2. bassa marea e tempo della stessa; **~r** ‹*mengüe; mengüé*› *vt/i* calare, diminuire

mengue *m coloq* demonio, diavolo

menhir *m hist* menhir *inv*

menina, -o *f/m hist* damigella, -o di compagnia

mening|e *f med* meninge ◊ ***estrujarse las ~s*** *coloq/hum* spremersi le meningi; **~itis** *f inv med* meningite *f*

menisco *m med/fís* menisco

menop|ausia *f med* menopausa; **~áusico, -a** *adj med* menopausico, -a

menor *adj/s* minore, più piccolo, -a ◊ ***~ de edad*** minorenne; ***al por ~*** *com* al dettaglio, al minuto; ***órdenes ~es*** *relig* ordini minori

Menorca *geogr* Minorca

menorquín, -ina *adj/s* (q o qc) di Minorca

menos 1. *adv/conj* meno; ***Luis es ~ inteligente que José*** *Luigi è meno intelligente di Giuseppe*; ***hace ~ calor en junio que en agosto*** *fa meno caldo a giugno che ad agosto*; **2.** *m* meno ◊ ***a ~ que*** a meno che; ***al (a lo) ~*** almeno; ***aún ~*** tanto/molto/ancora meno; ***de, en ~*** di meno; ***echar de ~ a alg*** sentire la mancanza di q; ***ir a ~*** andar giù, peggiorare; ***lo de ~ es*** il meno è, la cosa meno importante è; ***nada ~*** niente di meno; ***ni mucho ~*** niente affatto, per niente; ***no es para ~*** non è da meno; ***por lo ~*** per

lo meno, perlomeno; ***ser ~ que*** essere da meno di; ***todo ~ eso*** tutto, tranne questo, tutto, eccetto questo
menoscab|ar *vt* diminuire; deteriorare; svalutare; **~o** *m* diminuzione *f*; danno, pregiudizio, perdita *f*
menospreci|ar ‹*menosprecio*› V. 1 *vt* sprezzare, disprezzare, disdegnare; **~o** *m* disprezzo, disdegno
mensaje *m* messaggio; ambasciata *f* ◊ ***~ publicitario*** messaggio pubblicitario; ***~ de móvil*** messaggino; ***~ radio*** radiomessaggio; **~ría** *f* messaggeria; **~ro, -a** *adj/m* messaggero, -a, portatore, -trice, messo *m*, fattorino, -a; (*en moto*) pony express* *inv* ◊ ***paloma ~a*** piccione viaggiatore
menstru|ación *f* mestruazione ◊ ***tener la ~*** *med* avere le mestruazioni; **~al** *adj med* mestruale; **~o** *m* mestruo
mensual *adj* mensile; **~idad** *f* mensilità *inv*
ménsula *f arq* mensola
mensur|able *adj* misurabile; **~ar** *vt* misurare, quantificare
menta *f bot* menta
mental *adj* mentale; **~idad** *f* mentalità *inv*; **~ismo** *m psicol/ling* mentalismo; **~ización** *f* abitudine mentale; **~izarse** ‹*mentalicé*› abituarsi all'idea, prepararsi mentalmente; **~mente** *adv* mentalmente
mentar ‹*miento*› V. 5a *vt* menzionare, nominare ◊ ***~ la madre a alg*** (*insulto*) toccare la madre di q; ***no hay que ~ la soga en casa del ahorcado*** non bisogna parlar di corda in casa dell'impiccato
mente *f* mente; senno *m* ◊ ***irse de la ~*** uscire o passare di mente; **~cato, -a** *adj/s* mentecatto, -a, imbecille
menti|dero *m* luogo di riunione per chiacchierare; **~r** ‹*miento; mintió; mintiendo*› V. 10 *vi* mentire; ingannare *vt*; **~ra** *f* 1. bugia, menzogna; frottola, balla; 2. *coloq* (*uñas*) bugia ◊ ***coger en ~*** cogliere in fallo; ***de ~*** per scherzo, non sul serio; ***parece ~*** sembra impossibile, non par vero; **~rijillas: de ~** *adv* per scherzo, per burla; falso, -a *adj*, finto, -a *adj*; **~roso, -a** *adj/s* bugiardo, -a, menzognero, -a
mentís *m* smentita *f* ◊ ***dar un ~*** dare una smentita
mentol *m* mentol
mentón *m* mento
mentor, -a *m/f* consigliere *m*
menú *m* menu *inv*, carta *f* ◊ ***~ desplegable*** *informát* menu a tendina
menud|ear 1. *vt* particolareggiare, dettagliare; **2.** *vi* essere frequente, ripetersi; **~encia 1.** *f* minuzia, piccolezza, bagattella; **2.** *fpl* frattaglie; **~eo** *m* 1. frequenza *f*; 2. *Am* commercio al dettaglio ◊ ***vender al ~*** vendere al minuto; **~illos** *mpl* (*pollo, gallina...*) rigaglie *fpl*; **~o, -a** *adj* 1. piccolo, -a, minuto, -a; insignificante; 2. (*dinero*) spicciolo ◊ ***¡~a la han hecho!*** L'han fatta grossa!; ***¡~o es él!*** E' terribile quello!; ***¡~os padres tienes!*** Hai dei genitori tremendi!; Hai dei genitori bravissimi!; ***a ~*** spesso, sovente; ***por la ~a*** al minuto
meñique *m* (*dedo*) mignolo
meollo *m* 1. *fig* sostanza *f*, nocciolo; 2. *med* midollo
meón, -ona *adj/s coloq* piscione, -a
mequetrefe *m/f* faccendone, -a; intrigante
mercachifle *m desp* mercantuccio
mercad|ear *vi* commerciare; **~eo** *m* 1. studio di mercato; 2. commercio; **~er, -a** *m/f ant* mercante, commerciante; **~ería** *f Am* merce; **~illo** *m* mercatino; **~ito** *m Arg* macelleria *f*; **~o** *m* mercato ◊ ****~ Común*** *pol* Mercato Comune; ***~ de acciones*** *econ* mercato azionario; ***~ laboral*** *econ* mercato del lavoro; ***estudio de ~*** *econ* ricerca di mercato; ***introducir en el ~*** immettere nel mercato; **~otecnia** *f* mercatistica, merceologia
mercan|cía *f* merce; **~cías** *m inv ferroc* treno merci; **~te 1.** *adj* mercantile; **2.** *m/f* mercante, -essa; **3.** *m nav* nave mercantile *f*; **~til** *adj* mercantile; **~tilismo** *m* mercantilismo; **~tilista** *adj/s* mercantilista; **~tilización** *f* mercificazione; **~tilizar** ‹*mercantilicé*› *vt* mercificare
merced *f* mercede; mercé, grazie ◊ ***~ a*** grazie a; ***a ~ de*** alla mercé di; ***a ~ de las olas*** in balia del vento; ***vuestra/vuesa ~*** *ant* vossignoria, vostra signoria
mercenario, -a *adj/s mil* mercenario, -a
merce|ría *f* merceria; **~izar** ‹*mercericé*› *vt* mercerizzare
merchandising [mertʃan'dajsin] *m com* merchandising *inv*
mercromina® *f farma* mercurocromo *m*
mercuri|al *adj* mercuriale; **~o** *m quím* mercurio
Mercurio *m* Mercurio
merdoso, -a *adj* merdoso, -a, sozzo, -a
merec|edor, -a *adj* meritevole, degno, -a ◊ ***hacerse ~ de*** rendersi meritevole di; **~er** ‹*merezco*› V. 13a **1.** *vt* meritare; **2.** *vi* valere ◊ ***~ de la patria*** rendersi benemerito della patria; ***no merece la pena*** non vale la pena; **~ido** *m* castigo meritato ◊ ***llevarse su ~*** avere il fatto suo; **~imiento** *m* merito
merend|ar ‹*meriendo*› V. 5a **1.** *vi* fare merenda, merendare; **2.** *vt* 1. mangiare a merenda; 2. *raro* spiare; **3. ~se** *coloq* papparsi; mangiarsi; ottenere *vt*; **~ero** *m* 1. bar-ristorante sul mare, chalet (*reg*); chiosco all'aria aperta per bere o mangiare qualcosa; 2. spiazzo/spianata in mezzo agli alberi (per far merenda); **~illa** *f* merendina; **~ola** (*var.* **merendona**) *f* merendona
merengar ‹*merengué*› *vt* 1. *gastr* mettere la meringa; 2. *fig* rompere le scatole, molestare
merengue *m* 1. *gastr* meringa *f*; 2. *fig* persona sdolcinata *f*; 3. *mús* merengue
meretriz *f elev* meretrice
merezco V. **merecer**

meridian|a *f* 1. (*mueble*) dormosa, chaise longue* *inv*; 2. siesta; **~o, -a 1.** *m* meridiano; **2.** *adj* meridiano, -a, chiaro, -a
meridional *adj/s* meridionale; **~ismo** *m* meridionalismo
meriend|a *f* merenda; picnic *m inv* ◊ ~ ***campestre*** picnic sull'erba; ~ ***de negros*** *coloq* confusione/disordine; ***ir de*** ~ andare (in campagna) a fare un picnic; **~o** V. **merendar**
merino, -a *adj/s* (*lana*) merino, -a
mérito *m* merito; valore, qualità *f inv*; *adm* titolo, merito ◊ ***concurso de ~s*** concorso per titoli; ***de*** ~ di merito; ***hacer ~s*** farsi merito
meritorio, -a 1. *adj* meritorio, -a; **2.** *m/f* volontario, -a
merl|án *m* merlano; **~ón** *m arq* merlone
merluz|a *f* 1. *zool* nasello *m* (!), merluzzo *m* (!); 2. *coloq/fig* sbornia; **~o** *m fig* baccalà *inv* (!)
merma *f* diminuzione, riduzione, calo *m*; **~r** *vt* diminuire, ridurre, consumare
mermelada *f* marmellata
mero, -a 1. *m zool* (*pez*) cernia *f*; **2.** *adj* mero, -a, puro, -a, semplice, schietto, -a; **~blástico, -a** *adj biol* meroblastico, -a; **~deador, -a** *adj/s* vagabondo, -a, chi gironzola; **~dear** *vi* gironzolare, vagare
mes (*pl* **meses**) *m* 1. mese; 2. *med euf/coloq* mestruazioni *fpl*; 3. *fig* mensilità *f inv* ◊ ***estar con el*** ~ essere indisposta; **~a** *f* 1. tavolo *m*, tavola; 2. *geogr* tavolato *m*, altipiano *m* ◊ ~ ***de billar*** tavolo da biliardo; ~ ***(de) camilla*** ="tavolo rotondo atto a mettervi sotto un braciere"; ~ ***de despacho*** scrivania; ~ ***de negociaciones*** tavola dei negoziati; ~ ***redonda*** tavola rotonda; ***a ~ puesta*** sulle spalle di q, ben servito; ***de ~*** da tavola; ***levantarse de la ~*** alzarsi da tavola; ***poner, quitar la ~*** apparecchiare, sparecchiare (la tavola); ***sentar a alg a su ~*** mettere a tavola q; ***sentarse a la ~*** sedersi a tavola; **~ana** *f nav* mezzana
mesc|alina *f* mescalina; **~olanza** *f coloq* miscuglio *m*
mese|nterio *m* omento; **~ro, -a** *m/f Col/Méx* cameriere, -a; **~ta** *f* 1, *geogr* altopiano *m*, altipiano *m*, tavolato *m*; 2. pianerottolo *m*
mesías *m inv* messia
mesita (*var.* **mesilla**) *f* tavolino *m* ◊ ***~ta de noche*** comodino; ***~ta de ruedas*** tavolino a rotelle
mesnada *f* masnada
meso|carpio (*var.* **mesocarpo**) *m bot* mesocarpo; **~céfalo, -a** *adj med* mesocefalo, -a; **~cracia** *f* governo della borghesia *m*; **~dermo** *m cient* mesoderma
mesón *m* 1. osteria *f*, locanda *f*; 2. *fís* mesone
mesonero, -a *m/f* 1. *Esp* oste, -essa, locandiere, -a; 2. *Ven* cameriere, -a
mesopotámico, -a *adj hist* mesopotamico, -a, della Mesopotamia
mesozoico, -a *adj geol* mesozoico, -a
mester: ~ **de clerecía** *m* ="lirica dotta delle origini" *f* ◊ ~ ***de juglaría*** *f* ="poesia giullaresca delle origini"
mestiz|aje *m* meticciamento; **~o, -a** *adj/s* meticcio, -a
mesura *f* misura; serietà *inv*, gravità *inv*; **~do, -a** *adj* misurato, -a, prudente, ponderato, -a; **~rse** moderarsi
meta 1. *f* meta; *sport* traguardo *m*, striscione d'arrivo *m*; *sport* porta *f*; **2.** *m* (*jugador*) portiere
metab|ólico, -a *adj* metabolico, -a; **~olismo** *m med* metabolismo; **~olizar** ‹*metabolicé*› *vt med* metabolizzare
metacarpio *m* metacarpo
metacrilato *m* metacrilato
metadona *f quím* metadone *m*
metafísic|a *f* metafisica; **~o, -a** *adj* metafisico, -a
metafonía *f ling* metafonia, metafonesi *inv*
metáfora *f ling* metafora
metafórico, -a *adj* metaforico, -a
metal 1. *m* metallo; **2.** *mpl mús* ottoni ◊ ~ ***blanco*** alpacca, argentana; ~ ***noble, precioso*** metallo nobile, prezioso; ***ciencia de los ~es*** metallografia; ***trabajador del ~*** metalmeccanico; ***vil ~*** *hum* denaro
metalenguaje *m ling* metalinguaggio
metálico, -a 1. *adj* metallico, -a; **2.** *m* monete *fpl*; soldi *mpl* ◊ ***en ~*** in contanti
metalífero, -a *adj* metallifero, -a
metaliz|ado, -a *adj* metallizzato, -a; **~ar** ‹*metalicé*› *vt* metallizzare
metalmecánica *f mec* metalmeccanica
metalo|grafía *f* metallografia; **~ide** *m* metalloide
metalurgia *f* metallurgia
metalúrgico, -a *adj/s* metallurgico, -a
metámero *m zool* metamero
metamorf|ismo *m geol* metamorfismo; **~osis** *f inv* metamorfosi
metan|al *m quím* metanale; **~o** *m quím* metano; **~ol** *m quím* metanolo
metaplasmo *m ling* metaplasmo
metástasis *f inv ling/med* metastasi
metatarso *m med* metatarso
metátesis *f inv ling* metatesi
metatextual *adj* metatestuale
metedura *f* messa ◊ ~ ***de pata*** gaffe* (*inv*); *TV/radio* papera
metempsicosis (*var.* **metempsícosis**) *f inv filos/relig* metempsicosi
meteórico, -a *adj* meteorico, -a
meteori|smo *m med* meteorismo; **~to** *m astron* meteorite *m/f*
meteoro *m astron* meteora *f*; **~logía** *f* meteorologia; **~lógico, -a** *adj* meteorologico, -a
meteorólogo, -a *m/f* meteorologo, -a
meteosat *m* meteosat *inv*
metepatas *m/f inv* gaffeur* *m inv*, gaffeuse* *f inv*, inopportuno, -a
meter 1. *vt* 1. mettere, porre; collocare, dare; 2. (*tela*) stringere; 3. ingannare; **2. ~se** mettersi, ficcarsi; intromettersi; farsi ◊ ~ ***de contraban-***

do introdurre di contrabbando; ~ ***la pata*** prendere un granchio, fare una gaffe*; ~ ***mano a alg*** allungare le mani su q; ~ ***mano a u-c*** cominciare qc; ~ ***miedo*** far paura; ~***se con alg*** litigare con q; ~***se en todo*** essere un ficcanaso; ~***se fraile*** farsi frate; ~***se por medio*** mettersi in mezzo; ~***se uno donde no le llaman*** ficcarsi nei fatti altrui; ***metérsela doblada a alg*** ingannare q; ***¡métetelo donde te quepa!*** *coloq/vulg* mettitelo in quel posto!; ***a todo*** ~ a più non posso; ***metido en sí mismo*** rinchiuso in se stesso

meticón, -ona *m/f coloq* ficcanaso, -a

meticulos|idad *f* meticolosità *inv*; **~o, -a** *adj* meticoloso, -a, scrupoloso, -a

metida *f* messa

metil *m* metile

metílico, -a *adj* metilico, -a

metisaca *m* 1. *euf/coloq* coito, su e giù; 2. *taur* stoccata e fuoriuscita dello stocco *f/m*

metódico, -a *adj* metodico, -a

metodis|mo *m* metodismo; **~ta 1.** *m/f* metodista; **2.** *adj* metodistico, -a

método *m* metodo; regola *f* ◊ ~ ***de solfeo, de italiano,...*** metodo di solfeggio, di italiano...; ~ ***granvás/granvas*** (*vino*) metodo Charmat

metodo|logía *f* metodologia, metodica; **~ógico, -a** *adj* metodologico, -a

metomentodo *m/f coloq* ficcanaso

metonimia *f lit* metonimia

metraje *m* metraggio

metrall|a *f* mitraglia; **~eta** *f mil* fucile mitragliatore *m*, pistola mitragliatrice, mitra *m inv*

métric|a *f* metrica; **~o, -a** *adj* metrico, -a

metro *m* 1. metro; 2. *transp* metropolitana *f*, metrò *inv* ◊ ***ir en*** ~ andare in metropolitana

metró|nomo *m mús* metronomo; **~poli** *f* metropoli *inv*

metropolitano, -a 1. *adj* metropolitano, -a; **2.** *m relig* metropolita

meublé [me'ble] *m* bordello, casino, casa squillo *f*

mexicano, -a [meχi'kano] (*var.* **mejicano, -a**) *adj/s* messicano, -a

México ['meχiko] (*var.* **Méjico**) *m geogr* Messico

mezcal *m* 1. *bot* mescal; 2. *Méx* acquavite di mescal *f*; **~ina** *f quím* mescalina

mezcla *f* 1. miscela, miscuglio *m*; 2. *fig* accozzaglia; 3. *mús* mixage* *m inv*; 4. *TV/mús* missaggio *m*; 5. *constr* malta, calcina; **~dillo** *m* zuppa *f*, zibaldone, mescolanza *f*; raccogliticcio; **~do** *m* miscelazione *f*; **~dor, -a** *adj/s tecn* mescolatore, -trice, miscelatore, -trice; **~r 1.** *vt* mischiare, mescolare; **2. ~se** *fig* immischiarsi

mezcolanza *f* mescolanza, miscuglio *m*

mezo V. **mecer**

mezquin|dad *f* meschinità *inv*, grettezza, povertà *inv*; **~o, -a** *adj* meschino, -a, gretto, -a, povero, -a

mezquita *f* moschea ◊ ~ ***de Benamear*** *euf/coloq* urinario

mezzo|contralto [metsokon'tralto] *m/f* mezzocontralto *m* (!); **~soprano** [metsoso'prano] *m/f* mezzosoprano *m* (!)

mg (*miligramo*) *abr* mg (*milligrammo*)

mi 1. *adj* mio, -a; **2.** *m mús* mi

mí *pron* me ◊ ***¡a ~ qué!*** chi se ne frega!; ***a ~ me dijo*** mi disse, disse a me

miaja *f* briciola, mica (*elev*)

mialgia *f med* mialgia

miasma *m* miasma

miastenia *f med* miastenia

miau *onom* (*gatos*) miao, gnao

mibor *m Esp econ* tasso interbancario nazionale

mica *f* 1. *min* mica; 2. *Col coloq* vaso da notte *m*

micción *f* minzione

micel|a *f quím* micella; **~io** *m bot* micelio

micénico, -a *adj/s hist* miceneo, -a (!), di Micene

michelín *m coloq* rullino/rotolino (di ciccia attorno alla vita)

michirones *mpl gastr* (*Murcia*) ="fave secche cotte con salsa piccante" *fpl*

micho, -a *m/f zool coloq* micio, -a

Micky Mouse ['miki 'maws] *m* Topolino

mico *m* 1. *zool tamb. fig* micco; 2. (*niños*) moccioso ◊ ***dar/hacer*** ~ fare un bidone; ***quedarse hecho un*** ~ essere svergognato; ***volverse*** ~ diventare scemo; **~logía** *f* micologia

micólogo, -a *m/f* micologo, -a

micorriza *f bot* micorriza

micra *f fís* micron *m inv*, micromillimetro *m*

micro *m* 1. *coloq* microfono; 2. minibus *inv*; **~biano, -a** *adj* microbico, -a; **~bio** *m* microbo, microbio; **~biología** *f* microbiologia; **~biólogo, -a** *m/f* microbiologo, -a; **~bús** *m* minibus *inv*, pulmino; **~cámara** *f* microcamera; **~casete** *m/f* microcassetta *f*; **~cefalia** *f med* microcefalia; **~chip** *m* microchip*; **~cirugía** *f med* microchirurgia; **~clima** *m* microclima; **~coco** *m biol* micrococco; **~computadora** (*var.* **microcomputer** *m*) *f informát* minicomputer *inv*, minielaboratore *m*; **~cosmo** (*var.* **microcosmos** *inv*) *m filos* microcosmo; **~crédito** *m* microcredito; **~criminalidad** *f* microcriminalità *inv*; **~espacio** *m TV/radio* minispazio *inv*; **~estructura** *f* microstruttura; **~faradio** *m fís* microfarad *inv*; **~ficha** *f* microscheda, microfiche* *inv*; **~film** (*var.* **microfilme**) *m* microfilm *inv*; **~filmar** *vt* microfilmare; **~filtro** *m* microfiltro

micrófono *m* microfono ◊ ~ ***inalámbrico*** microfono senza fili

microfotografía *f* microfotografia

micrómetro *m* micrometro

micromotor *m* micromotore

microonda *f* microonda ◊ ***horno (de) ~s*** forno a microonde; **~s** *m inv* microonde

microordenador *m informát* minielaboratore, minicomputer *inv*, minicalcolatore

microprocesador *m informát* microprocessore

micros|copía *f* microscopia; **~ópico, -a** *adj* microscopico, -a; **~opio** *m* microscopio

microsismógrafo *m* microsismografo

microsoma *m biol* microsoma *inv*
microsurco *m* microsolco
microteléfono *m* microtelefono
midió, mido V. **medir**
miedlica *m/f coloq* fifone, -a; **~itis** *f inv coloq* fifa *f*; **~o** *m* paura *f*, timore, panico ◊ **~ *cerval*** paura da morire; ***cagarse/mearse de ~*** farsela addosso dalla paura, avere la cacarella; ***dar ~*** far paura; ***de ~*** da (far) paura; stupendo, incredibile; ***meter el ~ en el cuerpo*** fare una tremenda paura; ***tener ~ a/de*** aver paura di; **~oso, -a** *adj* pauroso, -a, fifone, -a
miel *f* miele *m* (!) ◊ **~ *sobre hojuelas*** meglio ancora; **~ *virgen*** miele vergine; ***dejar con la ~ en los labios*** far restare con la voglia; ***luna de ~*** luna di miele; ***no se hizo la ~ para la boca del asno*** l'orzo non è fatto per gli asini
mielga *f* 1. *bot* erba medica; 2. *agric* rastrello *m*
miellitis *f inv med* mielite *f*; **~oma** *m med* mieloma
miembro *m med tamb. fig* membro (-i *mpl*; -a *fpl*); *med* arto ◊ ***los ~s del cuerpo humano*** le membra del corpo umano; ***los ~s del tribunal*** i membri della commissione
mientles *fpl* mente *f* ◊ ***caer en/venir a las ~*** venire in mente; ***ni por ~*** neanche per idea; ***parar ~/poner ~*** fare mente locale; ***traer a las ~*** far venire in mente; **~o** V. **mentir**
mientras *adv/conj* mentre; nel frattempo, frattanto ◊ **~ *más*** quanto più; **~ *que*** (*adversativa*) invece; **~ *tanto/y ~*** frattanto, nel frattempo; **~ *viva*** finché vivrò
miércoles 1. *m inv* mercoledì; **2.** *excl* cavolo! ◊ **~ *de ceniza*** *relig* mercoledì delle Ceneri
mierdla *f* 1. *vulg* merda; 2. (*animales*) *vulg* sterco *m*; 3. *fig* sudiciume *m*, porcheria ◊ ***¡~!*** *excl vulg* cazzo!, merda!; ***¡A la ~!*** *vulg* Vaffanculo!, Al diavolo! (*coloq*); ***cubrirse de ~*** *vulg* essere nella merda fino al collo; ***estar hecho una ~*** *vulg* essere a pezzi (*coloq*), essere uno straccio (*coloq*); ***irse a la ~*** *vulg* andare in vacca; ***¡(y) una ~!*** *vulg* un corno!; ***!Vete a la ~!*** *vulg* Vaffanculo!, Va' a cacare; **~ica** (*var.* **mierdecilla**) *adj/s vulg* cagasotto *inv*
mies *f agric* messe
miga 1. *f* 1. mollica; 2. briciola; 3. *fig* sostanza; **2.** *fpl gastr* ="pane sbriciolato fritto" *m* ◊ ***hacer buenas/malas ~s con alg*** (non) andare d'accordo con q; ***hacer ~s a alg*** ridurre in pezzi/male q, distruggere q; ***hacerse ~s u-c*** ridursi in pezzi qc, frantumarsi qc; ***hecho ~s*** malridotto, malconcio; **~ja 1.** *f* briciola; **2.** *fpl fig* residui *mpl*, avanzi *mpl*; **~r** ‹*migué*› *vt* sbriciolare; spezzettare
migralción *f* migrazione; **~dor, -a** *adj/s zool* migratore, -trice; **~ña** *f med* emicrania; **~torio, -a** *adj* migratorio, -a
Miguel *m* Michele
mihrab *m* (*mezquita*) mihrab *inv*
mijo *m bot* miglio
mikado *m* sciangai
mil 1. *adj* mille; mila *fpl*; **2.** *mpl* migliaia *fpl* ◊ **~ *euros*** mille euro; ***dos, tres ~*** duemila, tremila
milagrlero, -a 1. *adj* miracoloso, -a; **2.** *m/f coloq/desp* miracolaio, -a; **~o** *m relig tamb. fig* miracolo; portento ◊ ***de ~*** *coloq* per miracolo; ***hacer ~s*** *tamb. fig* fare miracoli; **~oso, -a** *adj* miracoloso, -a; portentoso, -a
Milán *geogr* Milano
milanlés, -esa 1. *adj/s* milanese; **2.** *m ling* milanese; **3.** *f gastr* carne impanata; **~o** *m zool* (*milvus milvus*) nibbio reale; *zool* (*milvus migrans*) nibbio bruno
mildíu (*var.* **mildeu**) *m agric* peronospora *f*
milefolio *m bot* millefoglio
milenlario, -a *adj/m* millenario, -a; **~io** *m* millennio; **~rama** *f bot* achillea, millefoglie *m inv*, millefoglio *m*
milésimo, -a *adj/s* millesimo, -a
milhojas *m inv gastr* millefoglie
mili *f* naia, servizio militare *m*; **~ar** (*var.* **miliario, -a**) *adj* miliare; **~bar** *m* millibar *inv*
milicia *f* milizia ◊ *hist* **~s *universitarias*** *m* ="servizio militare speciale per studenti"; **~no, -a** *adj/m hist* miliziano, -a, soldato repubblicano
miligramo *m* milligrammo
mililitro *m* millilitro
milimetrado, -a *adj* millimetrato, -a
milímetro *m* millimetro ◊ ***al ~*** al millimetro
militalncia *f* militanza; **~nte** *adj/s* militante
militar 1. *adj/s* militare; **2.** *vi* militare; **~ada** *f* colpo di stato militare *m*; **~ismo** *m* militarismo
militarilsta 1. *adj/s* militarista; **2.** *adj* militaristico, -a; **~zación** *f* militarizzazione; **~zar** ‹*militaricé*› *vt* militarizzare
mílite *m elev* milite
milivoltio *m electr* millivolt *inv*
millla *f* miglio *m* ◊ ***dos ~s marinas*** due miglia marine; ***tirar ~s*** correre (in un veicolo); **~ar** *m* migliaio ◊ ***a ~es*** a migliaia; **~o** *m bot* miglio; **~ón** *m* milione
millonlario, -a *adj/s* milionario, -a; miliardario, -a; **~ésimo, -a** *adj/f* milionesimo, -a
milonga *f* 1. *Am mús* milonga; 2. *coloq/fig* frottola
milpiés *m inv zool* millepiedi
milrayas *adj inv* millerighe
mimar *vt* viziare, coccolare
mimbrle *m bot* vimine, vinco ◊ ***muebles de ~*** mobili di vimini; **~era** *f bot* giuncheto *m*, vincaia, vincheto *m*
mimeografiar ‹*grafío*› V. 2 *vt* ciclostilare
mimesis (*var.* **mímesis**) *f inv* mimesi
mimético, -a *adj* mimetico, -a
mimetilsmo *m* mimetismo; **~zación** *f* mimetizzazione; **~zarse** mimetizzare
mímicla *f* mimica; **~o, -a** *adj* mimico, -a
mimo *m* 1. *teat* mimo; 2. *fig* moina *f*, coccola *f* ◊ ***hacerle ~s a alg*** coccolare q; **~sa** *f bot* mimosa; **~so, -a** *adj* affettuoso, -a; coccolone, -a; *coloq/desp* pieno, -a di moine, viziato, -a

mina *f* 1. *mil* mina; miniera; 2. *hist* (*moneda*) mina ◊ **~ *antipersona*** mina antiuomo; **~ *submarina*** mina subacquea; ***una ~ de información*** una miniera di notizie; **~dor, -a** *adj/s* minatore, -trice; **~r** *vt* 1. minare; 2. *fig* minare, scavare, distruggere; **~rete** *m arq* minareto
mineral *adj/m* minerale; **~ización** *f* mineralizzazione; **~izar** ‹*mineralicé*› *vt* mineralizzare; **~ogía** *f* mineralogia; **~ógico, -a** *adj* mineralogico, -a
minería *f* arte mineraria; sfruttamento minerario *m*
minero, -a 1. *adj* minerario, -a; **2.** *m/f* minatore *m*
minerva *f* minerva
minga *f vulg* minchia (*reg*), cazzo *m*
mini 1. *f* mini *inv*, minigonna; **2.** *m auto* (*Austin*) mini *f inv*; **~ar** ‹*minio*› V. 1 *vt arte* miniare; **~atura** *f* miniatura; **~aturista** *m/f* miniaturista; **~bar** *m* minibar *inv*; **~billar** *m* biliardino; **~car** V. **minicoche**; **~cines** *mpl* cinema multisale *m inv*; **~coche** *m* minicar *inv*; **~computadora** *f informát* minicomputer *m inv*, minielaboratore *m*; **~falda** *f* minigonna; **~fundio** *m* minifondo, podere; **~fundismo** *m* spezzettamento; **~golf** *m* minigolf *inv*
mínima *f meteo* minima
minimalismo *m arte* minimalismo; **~sta** *m/f arte* minimalista
minimizar ‹*minimicé*› *vt* minimizzare
mínimo, -a 1. *m* minimo; **2.** *adj* minimo, -a, piccolissimo, -a, il più piccolo/la più piccola ◊ ***como ~*** come minimo; ***ni en lo más ~*** niente affatto
mínimum *m* minimum, minimo
minino, -a 1. *m/f* gatto, -a; **2.** *m euf/coloq* (*sexo*) uccello, pisello
minio *m* minio
miniordenador *m* minicalcolatore, minicomputer*, minielaboratore
minipantalla *f* minischermo *m*
minipimer® *m* frullatore elettrico
minipull [mini'pul] *m* (*ropa*) minipull *inv*
ministerial *adj* ministeriale; **~o** *m pol/relig* ministero ◊ ****~ de Agricultura*** Min. dell'Agricoltura e delle Foreste; ****~ de Asuntos Exteriores*** Ministero degli (Affari) Esteri; ****~ de Defensa*** Min. della Difesa; ****~ de Educación, Cultura y Deporte*** Min. dell'Istruzione, dell'Università e della Ricerca, Min. della Pubblica Istruzione (*ant*); ****~ de Hacienda*** Min. delle Finanze; ****~ de Justicia*** Min. di Grazia e Giustizia; ****~ de Obras Públicas*** Min. dei Lavori Pubblici; ****~ del Interior*** Min. dell' Ynterno; ****~ del Trabajo y Seguridad Social*** Min. del Lavoro e della Previdenza Sociale; ****~ Fiscal/Público*** Pubblico Ministero
ministril *m* menestrello; **~o, -a** *m/f pol/relig* ministro, -a ◊ **~ *plenipotenciario*** ministro plenipotenziario; **~ *sin cartera*** ministro senza portafoglio; ***Primer *~*** Presidente del Consiglio, Primo ministro
minivacación *f* minivacanza
minivestido *m* miniabito
minoración *f* minorazione, diminuzione; **~ía** *f* minoranza ◊ **~ *de edad*** età da minorenne, minorità; **~ista** *m/f com* dettagliante; **~ita** *m relig* minorita; **~itario, -a** *adj* minoritario, -a
mintió V. **mentir**
minucia *f* minuzia, inezia; **~osidad** *f* minuziosità *inv*; **~oso, -a** *adj* minuzioso, -a, meticoloso, -a
minué *m mús* minuetto
minuendo *m mat* minuendo; **~to** *m* minuetto
minúscula *f* minuscola; **~o, -a** *adj/m* minuscolo, -a
minusvalía (*var.* **minusvalidez**) *f* 1. *med* handicap* *m inv*, menomazione, invalidità *inv*; 2. *econ* minusvalenza; **~álido, -a** *adj/s* disabile, minorato, -a, handicappato, -a*; **~aloración** *f* sottovalutazione
minuta *f* 1. *com* nota; bozza; 2. (*pago*) notula degli onorari; 3. *gastr* menù *m inv* ◊ **~ *de compra*** *com* nota d'acquisto; **~ *de contrato*** *jur* bozza di contratto; **~ero** *m* lancetta dei minuti *f*, minutiera *f*; **~o, -a 1.** *m* minuto; **2.** *adj elev* minuto, -a ◊ ***al ~*** *adv* immediatamente
mío (*f* **mía**, *mpl* **míos**, *fpl* **mías**) *adj/pron* mio, mia, miei, mie; ***mi libro preferido es...*** *il mio libro preferito è*; ***mi madre*** *mia madre*; ***mi hermanito*** *il mio fratellinè*; ***mis abuelitos*** *i miei nonnini*; ***lo ~*** *ciò che è mio*; ***salirme con la ~a*** *vincere*
miocardio *m med* miocardio
miocastor *m zool* nutria *f*, castorino
miocénico, -a *adj* miocenico, -a
mioceno, -a 1. *adj* miocenico, -a; **2.** *m geol* miocene
mioma *m med* mioma
miope *adj/s* miope; **~ía** *f med* miopia
miosotis *f inv* miosotide *f*
MIR (*Médico Interno Residente*) *abr/m/f* = "medico non di ruolo in pratica"
mira *f* mira; *fig* mira, scopo *m* ◊ **~ *telescópica*** mira telescopica; ***a la ~*** in attesa di; ***con la ~ puesta en*** la mira diretta su; ***con ~s a*** con la meta di; ***poner la ~ en*** porre la mira su; **~da** *f* sguardo *m*, occhiata ◊ ***echar una ~*** dare uno sguardo; ***lanzar una ~*** lanciare un'occhiata; **~dero** *m* 1. punto d'attrazione; 2. belvedere; **~do, -a** *adj* 1. cauto, -a, prudente 2. educato, -a ◊ ***mal, bien ~*** malvisto, benvisto; **~dor** *m* belvedere; balcone chiuso; **~guano** *m bot* (*y relleno*) bambagia *f*; **~miento** *m* 1. riguardo, rispetto; 2. il guardare; **~r 1.** *vt* 1. guardare (!), osservare (!); 2. badare *vi*, guardare, fare attenzione *vi*; **2.** *vi* mirare, tendere; ***la ventana mira a la calle*** *la finestra dà/guarda sulla strada*; **3. ~se** guardarsi ◊ **~ *por*** curare; preoccuparsi di; ***¡Mira con/Mira que!*** Guarda un po'!; ***¡Mira quién habla!*** Senti chi parla!; ***¡Mira!*** Guarda!; ***de mírame y no me toques*** fatto di vetro; ***haz el bien sin mirar a quien*** fa il bene e scordati, fa il male e pensaci; ***mira a ver si*** guarda un po' se; ***no ~ a la cara*** non guardare in faccia

miríada *f elev* miriade
miriálmetro *m* miriametro; **~podo** *adj/m zool* miriapodo
mirilla *f* spioncino *m*, spia della porta
miriñaque *m ant* guardinfante
mirlo *m zool* merlo ◊ **~ *blanco*** *fig* mosca bianca
mirón, -ona *m desp* guardone, -a; curioso, -a
mirrla *f* mirra; **~or** ['mirror] *informát* mirror *inv*
mirto *m bot* mirto, mortella *f*
misa *f* messa ◊ ***~ de campaña*** *mil* messa al campo; ***~ de difuntos*** messa da requiem; ***~ del Gallo*** Messa di Natale , messa di mezzanotte; ***~ negra*** messa nera; ***cantar ~*** dire la prima messa; ***puedes decir o cantar ~*** *coloq/hum* canta che ti passa, di' ciò che ti pare; ***ir a ~*** andare a messa; ***no saber de la ~ la mitad*** *coloq* non sapere assolutamente nulla (di qc); **~cantano** *m relig* sacerdote novello; **~l** *m* messale; **~ntropía** *f* misantropia
misántropo, -a *adj/s* misantropo, -a
miscelánela *f* miscellanea; **~o, -a** *adj* miscellaneo, -a
miserlable 1. *adj* misero, -a, infimo, -a; **2.** *adj/s* miserabile, meschino, -a, disgraziato, -a; **~ere** *m relig/mús* miserere *inv*; **~ia** *f* miseria, povertà *inv*; miseria, meschinità *inv*
misericordlia *f* misericordia, compassione; **~ioso, -a** *adj* misericordioso, -a
mísero, -a *adj* misero, -a
misil *m mil* missile
misión *f mil* missione ◊ ***~ de paz*** missione di pace
misionero, -a *adj/s* missionario, -a
misiva *f elev* missiva
mismo, -a *adj/pron* stesso, -a, medesimo, -a ◊ ***es lo ~*** fa lo stesso; ***ha llegado ahora ~*** è arrivato proprio ora/adesso; ***lo ~*** lo stesso; la stessa cosa; ***lo ~ que*** come; ***o lo que es lo ~*** cioè; ***por mí ~*** da me stesso; ***voy ahora ~*** vado subito; vengo subito; ***yo ~*** io stesso; proprio io
misoginia *f psicol* misoginia
misógino, -a *adj/s* misogino, -a
miss *f* miss *inv*
mistela *f* ="tipo di vino conciato" *m*, tipo di vino da dessert* *m*
míster *m* mister *inv*
misterio *m relig/teat tamb. fig* mistero; **~so, -a** *adj* misterioso, -a, arcano, -a
mística *f* mistica
misticismo *m* misticismo
místico, -a *adj* mistico, -a
mistificlación *f* mistificazione, falsificazione; **~ador, -a** *adj/s* mistificatore, -trice; **~ar** ‹*mistifiqué*› *vt* mistificare, falsificare
mistral *m meteo* maestrale
mitad *f* metà *inv*; mezzo *m* ◊ ***cara ~*** cara metà; ***dividir por la ~*** dividere per il mezzo, a metà; ***en ~ de*** a metà di; in mezzo a; ***en ~ del arroyo*** in mezzo alla strada; ***por la ~/por ~es*** *adj* a metà
mítico, -a *adj* mitico, -a
mitificlación *f* mitizzazione; **~ar** ‹*mitifiqué*› *vt* mitizzare
mitiglación *f* mitigazione; **~ar** ‹*mitigué*› *vt* mitigare, attenuare, lenire
mitin (*pl* **mítines**) (*var.* **mitín**) *m pol* comizio
mito *m* mito
mitollogía *f* mitologia; **~ógico, -a** *adj* mitologico, -a
mitómano *adj/s* mitomane
mitón *m* mezzo guanto
mitote *m Méx* scandalo ◊ ***armar ~*** montare uno scandalo
mitra *f* mitra; **~l** *adj* mitrale
miura *m* 1. ="toro dell'allevamento Miura"; 2. *fig* persona pericolosa; persona tozza
mixtlo, -a 1. *adj* misto, -a; **2.** *m coloq* raro fiammifero; **~ura** *f* mistura; miscela
mízcalo *bot/gastr* agarico delizioso V. **nízcalo**
MKSA (*var.* **MKS**) *m* MKS (metro-kilogrammo- secondo)
ml (*mililitro*) *abr* ml (*millilitro*)
mm (*milímetro*) *abr* millimetro (*mm*)
mnemónico, -a [ne'moniko] *adj* mnemónico, -a
mnemotécnicla [nemo'teknica] (*var.* **mnemotecnia**) *f* mnemotecnica; **~o, -a** [nemo'teknico] *adj* mnemotecnico, -a
mobbing ['mobin] *m* mobbing* *inv*
mobiliario, -a 1. *m* mobilia *f*; **2.** *adj* mobiliare, mobile ◊ ***~ urbano*** arredo urbano
moca V. **moka**; **~dor** *m reg* (*Valencia*) fazzoletto da naso; fazzoletto; **~sín** *m* mocassino
moceldad 1. *f* giovinezza; **2.** *fpl* gesta giovanili; **~tón, -ona** *m/f* ragazzone, -a
mochales *adj inv coloq* pazzo, -a, matto, -a ◊ ***estar ~*** essere matto
mochilla *f* 1. zaino *m*, sacco; zainetto *m*; 2. marsupio (portabimbi) *m*; 3. *Ven vulg* borsa, sacco *m*, scroto *m* (*estánd*); **~ero, -a** *m/f* backpaker* *m inv*; **~udo** *m Ven vulg* coglione
mocho, -a 1. *adj* mozzo, -a, tronco, -a; **2.** *m* 1. calcio di fucile; 2. *Esp* (*para el suelo*) mocio
mochuelo *m zool* civetta *f*; *fig* incarico sgradito, briga *f* ◊ ***cada ~ a su olivo*** ognuno al proprio posto; ***cargar con el ~*** prendersi una bella briga
moción *f pol* mozione; proposta ◊ ***~ de censura/de confianza*** mozione di sfiducia/di fiducia; ***presentar una ~*** presentare una mozione
moco *m* 1. candela *f*, moccio; 2. (*vela*) moccolo; 3. *med* muco ◊ ***~ de pavo*** *zool* caruncola del tacchino; ***llorar a ~ tendido*** *coloq* piangere a dirotto; ***no es ~ de pavo*** *coloq* non è una cosa da nulla; ***sonarse los ~s*** soffiarsi il naso; togliersi le candele; **~so, -a** *adj/s* moccioso, -a ◊ ***es un ~*** *coloq* è un moccioso; ***estar ~*** avere le candele al naso; essere raffreddato
moda *f* moda ◊ ***a la ~*** alla moda; ***ser, estar de ~*** essere di moda; **~l 1.** *adj* modale; **2.** *mpl* modi, maniere *fpl* ◊ ***buenos ~es*** buone maniere, galateo; **~lidad** *f* modalità *inv*; *sport* specialità *inv*
modellado *m arte* modellato; **~ador, -a** *adj/s* modellatore, -trice; **~ar** *vt* modellare; foggiare
modélico, -a *adj* modello *inv*

modelis|mo *m* modellismo; **~ta** *m/f* modellista
modelo *m/f* modello, -a, indossatore, -trice; *arte* modello, -a
módem (*var.* **modem**) *m informát* modem *inv*
modera|ción *f* moderazione; **~do, -a** *adj* moderato, -a; **~dor, -a** *adj/s* moderatore, -trice; **~r** *vt* moderare, regolare, attenuare; **~to** *adj mús* moderato
modern|amente *adv* modernamente; **~ez** *f coloq/desp* modernità *inv*; **~idad** *f* modernità *inv*; **~ismo** *m Esp arte* modernismo; *arte* (*Italia*) liberty*; (*Francia*) art nouveau*; (*Inglaterra*) modern style*; (*Alemania*) jugendstil*; **~ista** *adj Esp arte* modernista; *arte* (*Italia*) liberty*; **~ización** *f* modernizzazione; **~izar** ‹*modernicé*› *vt* modernizzare; **~o, -a** *adj/s* moderno, -a ◊ ***a la ~a*** *adv* alla moderna
modest|ia *f* modestia, umiltà *inv*; pudore *m* ◊ ***~ aparte*** modestia a parte; **~o, -a** *adj* modesto, -a, umile; pudico, -a
módico, -a *adj* modico, -a, moderato, -a
modific|ación *f* modificazione; **~ar** ‹*modifiqué*› *vt* modificare
modismo *m ling* modo di dire, locuzione *f*
modist|a *f* sarta; **~illa** *f* sartina; **~o** *m* sarto da donna
modo *m* 1. modo, maniera *f*; 2. *ling/mús* modo ◊ ***~ de ser*** carattere; ***a ~ de*** a modo di; ***a mi ~ de ver*** secondo me, a mio parere; ***de ~ que*** in modo/maniera che; ***de cualquier, ningún ~*** in ogni, nessun modo; ***de otro ~*** altrimenti; ***de tal ~ que*** in modo tale che; ***del mismo ~ que*** allo stesso modo che/di; ***en cierto ~*** in un certo senso; ***no haber ~ de*** non esserci verso di; ***sobre ~*** oltremodo, enormemente; **~rra** *f* sonnolenza, sopore *m*; letargo *m*; **~so, -a** *adj* gentile, garbato, -a
modula|ción *f* modulazione; **~r 1.** *vt/i* modulare; **2.** *adj* modulare
módulo *m* modulo
modus operandi *m inv* modus operandi
modus vivendi *m inv* modus vivendi
mofa *f* burla, beffa, canzonatura; **~dor, -a** *adj/s* burlone, -a, beffatore, -trice; **~rse** burlarsi, prendere in giro *vt*, canzonare *vt*
mofeta *f zool* moffetta
moflet|e *m* gota paffuta *f*; **~udo, -a** *adj* paffuto, -a
mogol, -a *adj/s* mongolo, -a ◊ ***Gran *~*** *geogr/hist* Gran Mogol
mogollón *m* 1. *jerga* sacco, mucchio; 2. *coloq* casino (*coloq/vulg*), caos ◊ ***de ~*** a/di scrocco
mohicano, -a *adj/s* moicano, -a, mohicano, -a
mohín *m* smorfia *f*, gesto
mohín|a *f* broncio *m*; **~o, -a** *adj* mogio, -a, triste, avvilito, -a
moho *m* muffa *f*, ruggine *f*, verderame (metales) *inv* ◊ ***criar ~*** far fare la muffa; ***gusto a ~*** sapore, odore di muffa; **~so, -a** *adj* ammuffito, -a
moiré [mwa're](*var.* **muaré**) *adj/m txtl* moiré *inv*
moisés *m* port-enfant* (navetta) *inv*, portenfant* *inv*
Moisés *m* Mosè
mojad|a *f* bagnata, inzuppata; **~o, -a** *adj* bagnato, -a, inzuppato, -a; *ling* molle ◊ ***papel ~*** *coloq/fig* carta straccia; **~or** *m* spugnetta *f*; **~ura** *f* bagnata, inzuppata
mojama *f gastr* tonnina, salume di tonno *m*
mojar 1. *vt* 1. bagnare, inzuppare, inumidire, ammollare; (*pan, galletas...*) inzuppare; 2. *fig* festeggiare; 3. *coloq/fig* pugnalare; **2. ~se** *coloq/fig* 1. compromettersi; 2. farsi pipì addosso ◊ ***está para ~ pan (o de toma pan y moja)*** *coloq/hum* è da mangiarsela/lo di baci
mojarra *f* 1. *zool* (*pez*) sarago comune *m*; 2. *Am Mer* coltello largo e corto *m*
mojasellos *m inv* spugnetta *f*
moje *m* salsa *f*, sugo, intingolo
mojil|cón *m* 1. biscotto da inzuppare; 2. *coloq* cazzotto in faccia; **~ganga** *f* ="festa carnevalesca"; *teat* farsa; **~gatería** *f* bigotteria, bacchettoneria; **~gato, -a** *adj/s* bigotto, -a, baciapile; ipocrita
mojo *m reg gastr* (*Canarias*) ="salsa piccante" *f*
mojón *m* 1. cippo, pietra di confine *f*; 2. paracarro
moka (*var.* **moca**) *adj/m* (*café*) moka *m inv*; color caffè *adj inv*
molar 1. *adj/m* molare; **2.** *vi jerga juv* fare colpo, piacere; **~idad** *f quím* molalità *inv*, molarità *inv*
molasa *f min* molassa
moldavo, -a *adj/s* moldavo, -a, della Moldavia
molde *m* stampo, forma *f*; *fig* modello; *impr* forma *f* ◊ ***de ~*** perfetto; opportuno; ***este traje te está de ~*** questo vestito ti va a pennello; ***letra de ~*** lettera di stampa; ***romper ~s*** rinnovare i vecchi schemi; **~ado** *m* modellatura *f*; (*pelo*) messa in piega *f*; **~ador, -a** *adj* modellante; **~ar** *vt tecn* modellare, formare, foggiare; **~o** *m tecn* stampaggio
moldura *f arq/tecn* modanatura; *tecn* stampaggio *m*
mole *f* mole; *Méx gastr* ="intingolo a base di peperone e aglio" *m*
molécula *f quím* molecola
molecular *adj quím* molecolare
moled|or, -a 1. *adj/m* macinatore, -trice; **2.** *adj fig* pesante; **~ura** *f* 1. macinatura; 2. *fig* stanchezza
moler ‹*muelo*› V. 9a *vt* 1. macinare; 2. *fig* stancare, ammazzare ◊ ***~ a palos*** dare una bella bastonata; ***estar molido*** essere stanco morto
molest|ar 1. *vt* disturbare, molestare, infastidire; **2. ~se** disturbarsi; irritarsi; **~ia** *f* disturbo *m*, molestia, fastidio *m*; *med* disturbo *m* ◊ ***tomarse la ~*** prendersi il fastidio; **~o, -a** *adj* 1. (*ser*) molesto, -a, fastidioso, -a; 2. (*estar*) infastidito, -a, seccato, -a
moleta *f mec* testa portamola
molibdeno *m quím* molibdeno
molicie *f inv* mollezza *f*

molido, -a *adj* 1. macinato, -a; 2. stracco, -a, distrutto, -a, cotto, -a, fatto, -a; ***estoy ~a*** *sono distrutta*

mólidos *mpl zool* mullidi

molien|da *f* 1. macinatura; 2. *coloq/fig* stanchezza; **~te: ~ y corriente** *adj* piano e liscio

molimiento *m* stanchezza *f*

molin|ero, -a 1. *m/f* mugnaio, -a; **2.** *adj* molitorio, -a ◊ ***industria ~*** industria molitoria; **~ete** *m* mulinello; **~illo** *m* 1. (*café*) macinino; 2. (*juguete*) girandola *f*; 3. *tecn* autorotazione *f*; **~o** *m* mulino ◊ ***~ de viento*** mulino a vento; ***llevar el agua a su ~*** tirare l'acqua al proprio mulino

molla *f* 1. (*carne, fruta*) polpa; 2. *coloq* bicipite *m*, muscoli *mpl*; 3. (*pan*) mollica; **~r** *adj* 1. tenero, -a, molle; 2. *fig* lucroso, -a; *fig* semplice

molle|ja *f* ventriglio *m*, stomaco *m* (*coloq*); **~ra** *f* cocuzzolo *m*; *fig* intelligenza, comprendonio *m* ◊ ***cerrado/duro de ~*** duro di comprendonio; ottuso; ***secarse la ~*** diventare scemo; **~t: huevo ~** *m* uovo a la coque* *inv*; **~te** *m* 1. *gastr* panino soffice; 2. ciccia *f*; 3. gota paffuta *f*

molón, -ona *adj coloq* chic*, elegante; fantastico, -a

molotov [molo'tof] V. **cóctel**

moltura *f* molitura; **~dor, -a** *adj* molitorio, -a

molusco *m zool* mollusco

moment|áneo, -a *adj* momentaneo, -a; **~o** *m* 1. *fís/mús* momento; 2. (*tiempo*) momento, istante, attimo ◊ ***al ~*** subito; ***buen, mal ~*** buon, cattivo momento; ***de un ~ a otro*** da un momento all'altro; ***de/por el ~*** per il momento; ***en el ~ menos pensado*** quando meno te l'aspetti; ***en un ~*** in un attimo; ***por ~s*** rapidamente, da un momento all'altro

momería *f* buffoneria

momi|a *f* mummia; **~ficación** *f* mummificazione; **~ficar** ‹*momifiqué*› *vt* mummificare; **~o, -a 1.** *adj* stecchito, -a, magro, -a; **2.** *m* soprappiù

momo *m* gesto buffonesco

mona 1. *f* 1. *zool* scimmia; 2. *coloq/fig* sbornia; 3. *gastr* ciambella pasquale; 4. (*naipes*) asino *m*; **2.** *adj* bella ◊ ***¡Qué ~a!*** Che bella!, Come è bella!; ***aunque la ~ se vista de seda, ~ se queda*** l'abito non fa il monaco; ***coger una ~*** prendere una sbornia; ***dormir la ~*** smaltire la sbornia; ***hecho una ~*** svergognato; **~cal** *adj* monacale, monastico, -a; **~cato** *m* monacato

Mónaco *m* (Principato di) Monaco

monada *f* 1. *coloq* bellezza, cosa stupenda; 2. ragazzata; 3. sciocchezza; 4. gesto da scimmia *m* ◊ ***es una ~*** è un amore

mónada *f filos* monade

monaguillo *m relig* chierichetto

monaquismo *m* monachesimo

monar|ca *m* monarca, sovrano; **~quía** *f* monarchia

monárquico, -a *adj/s* monarchico, -a

monasterio *m* monastero

monástico, -a *adj* monastico, -a

Moncloa *f* residenza del Presidente del Governo

monda *f agric* monda, mondatura; buccia ◊ ***ser la ~*** *coloq* essere incredibile, straordinario; essere il colmo; **~dientes** *m inv* stuzzicadenti; **~dura 1.** *f* monda, mondatura; **2.** *fpl* buccia *f*; **~r** *vt* 1. (*fruta, verdura*) mondare, pelare; 2. (*ríos...*) dragare; 3. ripulire; 4. *fig* (*pelo*) rapare, pelare ◊ ***~se de risa*** *coloq* crepare dalle risate

mondo, -a *adj* mondo, -a, pulito, -a ◊ ***~ y lirondo*** *coloq/fig* puro e semplice; **~ngo** *m tamb. fig* trippa *f*; **~nguería** *f* tripperia

mone|da *f* moneta ◊ ***~ corriente, de curso legal, fuera de circulación*** moneta corrente, di corso legale, fuori corso; ***~ de vellón*** *hist* ="moneta d'argento e rame o solo rame"; ***~ única*** moneta unica; ***acuñar/batir ~*** battere moneta; ***casa de la ~*** zecca; ***pagar con la misma ~*** pagare con la sua stessa moneta; **~ero** *m* 1. portamonete *inv*; 2. monetiere, coniatore di monete; 3. (*persona*) falsario/falsificatore di monete

monegasco, -a *adj/s* monegasco, -a

monema *m ling* monema

monería V. **monada**

moneta|rio, -a 1. *adj* monetario, -a; ***Fondo *~ Internacional*** *Fondo Monetario Internazionale*; **2.** *m* medagliere; (*mueble*) monetiere; **~rismo** *m econ* monetarismo; **~rista 1.** *adj/s* monetarista; **2.** *adj* monetaristico, -a; **~rización** *f* monetarizzazione

mongol, -a *adj/s geogr* mongolo, -a, della Mongolia

mongólico, -a *adj/s geogr/med* mongolico, -a

mongolismo *m* mongolismo

mongoloide *adj* mongoloide

moniato V. **boniato**

monición *m* ammonizione

monigote *m* 1. pupazzo, fantoccio; 2. (*dibujo*) scarabocchio; 3. *Am* seminarista

monises *mpl coloq* quattrini

monismo *m filos* monismo

monitor, -a 1. *m/f sport* istruttore, -trice, operatore umano; **2.** *m* 1. *tecn* monitor *inv*, schermo, monitore d'immagine, ricevitore televisivo; 2. *nav* lancia d'incendio *f*; **~io, -a** *adj/m* monitorio, -a; **~ización** *f* monitoraggio *m*

mon|ja *f* monaca, suora; **~e** *m* monaco, frate ◊ ***el hábito no hace al ~*** *coloq* l'abito non fa il monaco; **~il** *adj* monacale, monastico, -a

mono, -a 1. *m* 1. *zool* scimmia *f*; 2. (*traje*) tuta *f*; 3. *taur* aiutante del picador; 4. *jerga* poliziotto, guardia *f*; 5. (*droga*) sindrome di astinenza *f*; **2.** *adj* 1. bello, -a, carino, -a, grazioso, -a; 2. *Col* biondo, -a; 3. *Ven* affettato, -a ◊ ***~ sabio*** scimmia ammaestrata; ***de ~s*** *fig* col muso; ***irse a freír ~as*** andare a farsi friggere; ***pintar la ~a*** presumere; ***ser el último ~*** essere l'ultima ruota del carro; ***tengo ~s en la cara?*** *irón/coloq* Che, sono bella/bello?!, Che hai da guardare?; **~bikini** *m* monobikini *inv*; **~bloque** *m* monoblocco; **~carpelar** *adj bot* monocarpico, -a; **~carril** *adj/m transp* monorotaia *f*; **~cilíndrico, -a** *adj* monocilindrico, -a; **~color** *adj* (*tamb. pol*) monocolore; **~corde** *adj* monocorde; **~cromático, -a** *adj* monocromatico, -a; **~cromía** *f* monocromia

monóculo 1. *adj* monocolo; **2.** *m* caramella *f*, monocolo

monocultivo *m* monocoltura *f*

monodia *f* monodia

monofase *adj* monofase

monogamia *f* monogamia

monógamo, -a *adj/s* monogamo, -a

monogr|afía *f* monografia; **~áfico, -a** *adj* monografico, -a; **~ama** *m* monogramma

monolingüe *adj* monolingue

monolítico, -a *adj* monolitico, -a

monolito *m* monolito

monólogo *m* monologo

monoman|ía *f* monomania; **~íaco, -a** (*var.* **monomaniaco**) *adj psicol* monomaniaco, -a

monomotor *adj/m* monomotore

mononucleosis *f inv med* mononucleosi

monopatín *m* monopattino, skateboard* *inv*

monopla|no *m* monoplano; **~za** *adj* monoposto

monopol|io *m* monopolio; **~ista** *m/f* monopolista; **~ístico, -a** *adj* monopolistico, -a; **~ización** *f* monopolizzazione; **~izador, -a** *adj/s* monopolizzatore, -trice; **~izar** ‹*monopolicé*› *vt* monopolizzare; **~o** *adj/m fís* monopolo; **~y®** *m* (*juego*) monopoli

monorr|aíl *m* ferrovia a monorotaia *f*; **~imo, -a** *adj lit* monorimo, -a

monos|émico, -a *adj ling* monosemico, -a; **~ílabo, -a** *adj/m* monosillabo, -a

monospermo, -a *adj bot* monospermo, -a

monote|ísmo *m* monoteismo; **~ta** *adj/s* monoteista

monotip|ia *f* monotipo *m*, monotype *m inv*; **~o 1.** *adj* monotipo; **2.** *m* monotipo, monotype *f*

monotonía *f* monotonia

monótono, -a *adj* monotono, -a

monousuario *adj inv* monoutente

monovalente *adj quím* monovalente

monóxido *m quím* monossido

monse|ñor *m relig* (*Italia, España, Francia*) monsignore; **~rga 1.** *f coloq* predica; **2.** *fpl* storie

monstru|ito *m* mostriciattolo; **~o** *m mitol* mostro; *coloq/fig* mostro, portento; **~osidad** *f* mostruosità *inv*; **~oso, -a** *adj tamb. fig* mostruoso, -a

monta *f zool* monta; montatura ◊ ***de poca ~*** di poco valore; **~camillas** *m inv* ascensore per letti *m*, montalettighe; **~cargas** *m inv* montacarichi; **~dor, -a** *adj/s* montatore, -trice; **~je** *m* 1. *tecn tamb. fig* montaggio; 2. *teat* messa in scena *f*; *fig* farsa *f*; **~nte** *m* 1. *com* ammontare, importo; 2. (*puerta*) sopraporta *f*; (*puerta, ventana*) montante

monta|ña *f* montagna, monte *m* ◊ ***~ rusa*** montagne russe, otto volante; ***hacer una ~ de u-c*** *fig* fare una tragedia di qc; **~ero, -a** *adj/s* alpinista; **~és, -esa** *adj/s* montanaro, -a, montagnolo, -a, montanino, -a; **~ismo** *m* alpinismo; **~oso, -a** *adj* montagnoso, -a, montuoso, -a

montaplatos *m inv* montavivande

montar 1. *vt tecn* montare; *agric* montare, coprire; **2.** *vi* 1. montare, cavalcare (*caballo*); 2. importare, valere; 3. *com* ammontare (a) ◊ ***~ en cólera*** montare in collera; ***~ la guardia*** *mil* fare la guardia; ***~ un negocio*** impiantare/metter su un'attività; ***~ un show/un número*** *coloq/fig* fare una scenata/tante storie; ***montárselo*** *coloq* organizzarsi bene la propria vita; **~az** *adj* selvaggio, -a, silvestre, selvatico, -a

Montblanc [mon'blan] *m geogr* Monte Bianco

monte *m* monte, montagna *f*; bosco, selva *f* ◊ ***~ de piedad*** monte di pietà/dei pegni; ***~ de Venus*** monte di Venere; ***batir el ~*** andare a caccia; ***creer que todo el ~ es orégano*** far d'ogni erba un fascio; ***echarse/tirarse al ~*** darsi alla macchia; **~pío** *m* monte pio o dei pegni

monter|a *f* berretto da torero *m*; **~ía** *f* caccia grossa; arte della caccia; **~o, -a 1.** *m/f* (*caza*) battitore, -trice, cacciatore, -trice; **2.** *m* mortaio

montés *adj* selvatico, -a

Montescos *mpl* Montecchi ◊ ***Capuletos y ~s*** Montecchi e Capuleti

montgol|fier [mongol'fjer] *m* mongolfiera *f*, aerostato; **~mery** [mon'gomeri] *m* montgomery *inv*

montículo *m* monticello

montilla *m* vino di Montilla*

monto *m* importo, ammontare

montón *m* mucchio, sacco, monte ◊ ***a ~ones*** a bizzeffe; ***del ~*** di/da dozzina, da poco; ***un ~*** un sacco, molto

montonero, -a *adj/s hist/pol* montonero, -a; ***los ~s*** *i montoneros*

montuos|idad *f* montuosità *inv*; **~o, -a** *adj* montuoso, -a

montura *f* 1. (*gafas*) montatura; 2. cavalcatura; (*animal*) finimenti *mpl*, sella

monument|al *adj* monumentale; **~o** *m* monumento; *relig* sepolcro

monzón *m meteo* monsone

moñ|a *f* 1. *taur* (*cintas*) fiocco *m*; 2. *coloq* sbornia; **~iga, moñigo** V. **boñiga**; **~o** *m* (*pelo*) chignon* *inv*; ciuffo ◊ ***agarrarse del ~*** prendersi per i capelli; ***estar hasta el ~*** averne fin sopra i capelli; ***ponerse ~s*** darsi delle arie

moog® [mug] *m mús* moog *inv*

MOP (*Ministerio de Obras Públicas*) *m* (LL.PP) Ministero dei Lavori Pubblici

mopa *f m inv* mop, scopa a frange

MOPU (*Ministerio de Obras Públicas y Urbanismo*) *m* Esp Ministero dei Lavori Pubblici e dell'Urbanistica

moque|ar *vi* moccicare; **~ro** *m coloq* moccichino; **~ta** *f* moquette* *inv*

moquillo *m* 1. *zool* (*perro*) cimurro; 2. *zool* (*gallina*) pepita *f*

mora *f bot/jur* mora; **~da** *f* dimora, casa; soggiorno *m*, permanenza ◊ ***allanamiento de ~*** *jur* violazione di domicilio; ***última ~*** *euf* ultima dimora; **~do, -a 1.** *adj* viola, violaceo, -a; **2.** *m* viola *inv* ◊ ***pasarlas ~s*** passarne di tutti di colori; ***poner un ojo ~*** dare un cazzotto in un occhio; **~dor, -a** *m/f elev* abitante, residente; **~dura** *f* livido *m*

moral 1. *f* 1. (*ética*) morale;2. morale *m*; **2.** *m bot* moro, gelso; **3.** *adj* morale, etico, -a ◊ ***~ blanco, papelero (o de China)*** gelso bianco, gelso da carta; ***la ~ del pueblo es alta*** il morale del popolo è alto; ***faltar a la ~*** mancare alla morale; ***tener la ~ por los suelos*** essere giù di morale; **~eja** *f* morale della favola; **~idad** *f* moralità *inv*; **~ismo** *m* moralismo; **~ista** *adj/s* moralista; **~ización** *f* moralizzazione; **~izador, -a** *adj* moralizzatore, -trice; **~izar** ‹*moralicé*› **1.** *vt* moralizzare; **2.** *vi* moraleggiare

morapio *m coloq* vino rosso

morar *vi elev* abitare, risiedere, dimorare

mora|tón *m* livido (grande); **~oria** *f jur* moratoria; **~orio, -a** *adj jur* moratorio, -a

morbidez *f elev* morbidezza, soavità *inv*

mórbido, -a *adj* morbido, -a, soave, soffice, molle

morbo *m med tamb. fig* morbo ◊ **~ *gálico*** *med* morbo gallico, sifilide; ***dar ~*** eccitare, attrarre; **~sidad** *f* morbosità *inv*; **~so, -a** *adj* morboso, -a

morcill|a *f* 1. *Esp gastr* (*salchicha*) sanguinaccio *m*; 2. *fig* salame *m*; 3. *teat* aggiunta; 4. *Cuba* bugia ◊ ***dar ~ a alg*** *coloq* mandare q a farsi friggere; **~o** *m zool/gastr* garretto

morda|cidad *f* mordacità *inv*; **~z** *adj* mordace; **~za** *f* 1. bavaglio *m*; 2. *tecn* morsa; 3. (*caballo*) morso *m*

morde|dura *f* morso *m*, morsicatura; **~r** ‹*muerdo*› V. 9a *vt* mordere, morsicare, addentare; *tecn tamb. fig* far presa, mordere ◊ ***~ el anzuelo*** cadere in trappola; ***~se las manos, los labios,...*** mordersi le mani, le labbra,...; ***está que muerde*** sta scoppiando dalla rabbia

mordi|da *f* 1. *Méx coloq* bustarella, tangente; 2. morso *m*; **~do** *m foto* morsura *f*; **~ente 1.** *m tecn* mordente; **~scar** (*var.* **mordisquear**) ‹*mordisqué*› *vt* mordicchiare, morsicchiare; **~sco** *m* morso; boccone

moren|a *f zool* murena; *geol* morena; **~o, -a** *adj* 1. bruno, -a, moro, -a, scuro, -a; 2. *coloq* (*raza*) negro, -a ◊ ***estar ~*** essere abbronzato

morer|a *f bot* gelso (bianco o nero) *m*; **~al** *m* gelseto; **~ía** *f hist* borgo dei mori *m*

moretón *m* livido

morfema *m ling* morfema

morfin|a *f* morfina; **~ismo** *m* morfinismo; **~ómano, -a** *adj/s* morfinomane

morfo *m ling* morfo; **~génesis** *f inv biol* morfogenesi; **~logía** *f biol/ling* morfologia; **~lógico, -a** *adj biol/ling* morfologico, -a; **~sintáctico, -a** *adj* morfosintattico, -a; **~sintaxis** *f inv ling* morfosintassi

morga *f* 1. morchia; 2. *reg bot* barabasso *m*, verbasco *m*; **~nático, -a** *adj* morganatico, -a

morgue *f* obitorio *m*, morgue* *inv*

moribundo, -a *adj/s* moribondo, -a, morente

morigera|ción *f* morigeratezza; **~do, -a** *adj* morigerato, -a

morillo *m* alare

morir ‹*muero; murió; muerto*› V. 29 **1.** ***vi/~se*** 1. morire, decedere, perire; spegnersi; 2. *fig* terminare, sparire; **2.** *vt* uccidere, ammazzare ◊ ***~ a tiros*** sparare a; ***~rse de hambre*** morire di fame; ***~rse por u-c*** morire dalla voglia di qc; ***!Muérete!*** Crepa!

morisco, -a 1. *adj* moresco, -a; **2.** *m/f* moro, -a spagnolo, -a, battezzato,-a

morisma: la ~ *f hist* insieme di mori *m*

mormón, -ona *adj/s relig* mormone

moro, -a *adj/s* moro, -a; arabo, -a; musulmano, -a ◊ ***~s y cristianos*** *gastr* riso e fagioli rossi; ="feste tradizionali in costume di vari paesi"; ***no hay ~s en la costa*** *coloq/hum* via libera; **~cho, -a** *adj* 1. robusto, -a, sano, -a; 2. *Am* bruno, -a; 3. *Ven* gemello, -a; **~ndo, -a** *adj* pelato, -a

moros|idad *f* morosità *inv*; **~o, -a** *adj/s* moroso, -a

morra: jugar a la ~ *vi* giocare alla morra; **~da** *f* cozzata; schiaffo o cazzotto in faccia *m*; **~l** *m* sacco; bisaccia *f*; (*caza*) carniere; **~lla** *f* 1. *coloq* (*pescado*) minutaglia; 2. *desp* (*personas*) marmaglia

morre|arse *coloq* sbaciucchiarsi (sulla bocca); **~o** *m coloq* sbaciucchio (sulla bocca)

morrill|o *m zool/gastr* coppa *f*; *zool* collottola grassa *f*; **~ña** *f* tristezza, malinconia; nostalgia; **~ón** *m mil ant* morione

morro *m* 1. *zool/fig* muso; 2. *coloq/fig* facciatosta *f*, faccia di bronzo *f*; 3. estremità rotonda *f inv*; culmine ◊ ***beber a ~*** bere a collo; ***dar en los ~s a alg*** *desp/fig* sputare su q; ***estar de ~s*** avere il muso; ***por el ~*** gratis; ***tener ~*** avere la faccia di bronzo; ***torcer o arrugar el ~*** *coloq* storcere il naso; **~cotudo, -a** *adj* grande, straordinario, -a, importante

morrón *m* peperone dolce, tipo trottola ◊ **pegarse un ~** *coloq* cadere bocconi; darsi un colpo in faccia

morsa *f zool* tricheco *m*

morta|dela *f* mortadella; **~ja** *f* 1. lenzuolo mortuorio *m*; 2. incastro *m*

mortal 1. *m* mortale; **2.** *adj tamb. fig* micidiale, mortale; **~idad** *f* mortalità *inv*; **~mente** *adv* mortalmente

mortandad *f* mortalità *inv*

morte|cino, -a *adj* fievole, debole ◊ ***hacer la ~a*** fare il morto; **~rete** *f* mortaretto *m*; **~ro** *m* 1. *gastr/mil* mortaio; 2. *constr* malta *f*

mortífero, -a *adj* mortifero, -a

mortific|ación *f* mortificazione; umiliazione; **~ante** *adj* mortificante, umiliante; **~ar** ‹*mortifiqué*› *vt* mortificare; martirizzare; umiliare

mortuorio, -a 1. *adj* mortuario, -a; **2.** *m* mortorio

morueco *m* montone, ariete

moruno, -a *adj* moresco, -a; moro, -a ◊ ***pinchos ~s*** *gastr* spiedini

mosailco, -a 1. *m* mosaico; **2.** *adj* mosaico, -a, di Mosè; **~quista** *m/f* mosaicista

mosca *f* 1. *zool tamb. fig* mosca; 2. (*barba*) mosca; 3. *coloq* denaro *m* ◊ ***(no) oírse el vuelo de una ~*** non sentire volare una mosca; ***~ en leche*** mosca nel latte; ***~ muerta*** *fig* gatta morta, santerellina; ***¿Qué mosca te ha picado?*** *coloq* Che ti prende? o Che ti è successo?, Perché sei arrabbiato/incavolato?, Ti è morto il gatto?; ***aflojar la ~*** scucire la grana, mollare i quattrini; ***cazar ~s*** perdere tempo; ***con la ~ en la/detrás de la oreja*** con la pulce nell'orecchio; ***estar ~*** sospettare; ***papar ~s*** incantarsi; ***picarle (a alg) la ~*** far saltare la mosca al naso (a q); ***por si las ~s*** non si sa mai/casomai; **~da: nuez ~** *f* noce moscata; **~rda** *m zool* moscone; **~rdón** *m* 1. *zool tamb. fig* moscone; 2. *zool* calabrone; **~reta** *f zool* pigliamosche *m inv*; **~tel** *adj/m* moscatello

mosco *m* (*pesca*) mosca artificiale *f*

moscón *m* 1. V. **moscardón**; 2. *bot* acero

moscovita *adj/s* moscovita

Moscú *geogr* Mosca

mosquelado, -a *adj* 1. moschinato, -a, -a; 2. *fig* arrabbiato, -a; **~ar 1.** *vt coloq* far saltare la mosca al naso; **2. ~se** saltare la mosca al naso (a q) *vi*, arrabbiarsi; **~o** *m coloq* arrabbiatura *f*; **~río** *m* moscaio; **~te** *m mil/hist* moschetto; **~tero** *m hist* moschettiere; **~tón** *m mil* moschetto, carabina *f*; *mil* moschettone

mosquitla *f zool* moscerino *m* ◊ ***~ muerta*** gatta morta, santerellina; micione *m*; **~era** (*var.* **mosquitero** *m*) *f* zanzariera *f*; **~o** *m zool* zanzara *f*

mosso d'esquadra ['moso des'kwadra] *m* =" membro della polizia autonoma catalana"

mostacera (*var.* **mostacero** *m*) *f* mostardiera

mostacho *m* mustacchio

mostacilla *f* 1. *bot* erba storna; 2. migliarini *mpl*

mostaza *f* senape; mostarda

mosto *m* mosto

mostrlador *m* 1. (*venta, y otros*) banco; 2. (*cocina*) piano di lavoro; **~ar** ‹*muestro*› V. 8a *vt* mostrare; dimostrare; **~enco, -a** *adj* senza padrone; vagabondo, -a; *fig* tozzo, -a, tombolotto, -a

mota *f* 1. (*polvo*) puntino *m*, granello *m*; nodino; (*barro*) zacchera; 2. (*tela*) pois* *m inv*; mota *reg*; *geogr* rialzo *m*, rialto *m*; **~rd** [mo'tar] V. **motero**

mote *m* soprannome, nomignolo; motto, lemma, detto; **~ado, -a** *adj* macchiettato, -a, a puntini; **~ar** *vt* macchiettare; **~jar** *vt* tacciare, accusare; soprannominare; **~l** *m* motel *inv*; **~ro, -a** *m/f* motard *inv*; **~te** *m mús* mottetto

motilidad *f med* motilità *inv*

motín *m* rivolta *f*, ammutinamento, insurrezione *f*

motivlación *f* motivazione; **~ar** *vt* motivare; cagionare, causare; **~o, -a 1.** *m* 1. motivo, causa *f*, ragione *f*; 2. *arte* motivo, tema; **2.** *mpl Chile* storie *fpl*, smorfie *fpl*; **3.** *adj* motorio, -a ◊ ***con ~ de*** in occasione di; ***de ~ propio*** motuproprio

moto 1. *f* moto *inv*, motocicletta; **2.** *adj Am Cent* orfano ◊ ***estar como una ~*** *coloq* essere folle, essere spiritato; ***vender la ~ a alg*** *coloq* ingannare q; **~azada** *f agric* motozappa, motozappatrice; **~bomba** *f* motopompa; **~carro** *m* motocarro; **~cicleta** *f* motocicletta; **~ciclismo** *m* motociclismo; **~ciclista** *m/f* motociclista; **~ciclo** *m* motociclo; **~cross** [moto'kros] *m* motocross *inv*; **~cultor** *m agric* motocoltivatore; **~náutica** *f sport* motonautica; **~nave** *f* motonave, motorboat* *m inv*; **~propulsor, -a** *adj* motopropulsore

motor, -a 1. *m* 1. *mec* motore; 2. *cine* ciak, motore; **2.** *adj* motore, -trice ◊ ***~ de búsqueda*** motore di ricerca; ***~ de dos tiempos, de explosión, Diesel, de inyección*** motore a due tempi, a scoppio, Diesel*, a iniezione; **~a** *f nav* barca a motore, motobarca

motorislmo *m* motorismo; **~ta** *m/f* motorista

motorístico, -a *adj* motoristico, -a

motorizlación *f* motorizzazione; **~ar** ‹*motoricé*› *vt* motorizzare

motosierra *f* motosega

motrilcidad *f med* motricità *inv*; **~z** *f* motrice

motu proprio (*var.* **motuproprio**) *adv* motuproprio

mountain bike ['muntajn 'bajk] *f* mountain bike *inv*

mousse [mus] *f gastr* mousse *inv*

mouton [mu'ton] *m* (*piel*) montone

moveldizo, -a *adj* mobile; instabile, volubile; **~r** ‹*muevo*› V. 9a *vt* muovere; spostare; causare, muovere ◊ ***~ a lástima*** muovere a compassione; ***~ cielo y tierra*** impegnarsi a fondo; ***no ~ un dedo*** non muovere un dito

movilble *adj* movibile ◊ ***fiestas ~s*** feste mobili; **~da** *f* 1. *jerga juv* vita notturna (*estánd*); 2. manovra; 3. *fig* confusione; **~do, -a** *adj* mosso, -a, movimentato, -a, ondoso, -a

móvil 1. *adj* mobile; **2.** *m* 1. movente, causa; 2. cellulare, telefonino

movililidad *f* mobilità *inv*; **~zación** *f mil tamb. fig* mobilitazione; **~zar** ‹*movilicé*› *vt mil tamb. fig* mobilitare

movimiento *m* 1. *pol/com/arte* movimento; 2. *ling/med/fís* moto; 3. *fís* impulso, moto ◊ ***~ rotatorio, acelerado, continuo*** moto rotatorio, accelerato, perpetuo

moviola® *f tecn* moviola

moxa *f med* (*acupuntura*) moxa *m*

moyuelo *m* crusca *f*

moza *f* 1. ragazza; 2. nubile; 3. domestica ◊ ***buena ~*** bella ragazza; **~lbete** *m* ragazzino; *irón* giovincello

Mozambique *m* Mozambico

mozambiqueño, -a *adj/s* mozambicano, -a

mozárabe 1. *adj* mozarabico, -a; **2.** *m* mozarabo

mozo *m* 1. ragazzo, giovane; scapolo, celibe; 2. *Chile* garzone, fattorino; 3. servitore ◊ ***buen ~*** bel ragazzo; ***~ de establo*** mozzo di stalla; ***~ de cordel*** facchino; ***~ de escuadra*** poliziotto catalano; ***~ de estación*** facchino; *tec/nav* mozzo

mozzarella [motsa'rela] *f* mozzarella
ms. (*manuscrito*) *abr* ms. (*manoscritto*)
mu: no decir ni ~ *vi* non dire assolutamente nulla
muaré V. **moiré**
mucam|a *f Arg/Ur* domestica, donna di servizio; **~o** *m Arg/Ur* domestico, cameriere
muceta *f* mozzetta
muchach|a *f* ragazza; domestica; **~ada** (*var.* **muchachería**) *f* ragazzata; frotta di ragazzi; **~o** *m* ragazzo; (*trabajo*) garzone
muchedumbre *f* folla, moltitudine
mucho, -a 1. *adj/pron* molto, -a, tanto, -a; **2.** *adv* molto, assai, tanto ◊ ~ ***es que*** è già molto che; ***como*** ~ al massimo; ***muy*** ~ moltissimo; ***ni*** ~ ***menos*** neanche per sogno; ***por*** ~ ***que*** per quanto; ***tener en*** ~ stimare molto
mucilaginoso, -a *adj* mucillagginoso, -a
mucílago *m bot* mucillaggine *f*
mucina *f quím* mucina
mucopolisacárido (*var.* **muco-polisacárido**) *m quím* mucopolisaccaride
mucos|a *f med* mucosa; **~idad** *f* mucosità *inv*; **~o, -a** *adj* mucoso, -a
mucronado, -a *adj bot* mucronato, -a
mucus *m biol* muco
muda *f* 1. *zool* muta, muda; 2. biancheria pulita; roba di ricambio, muta ◊ ***poner una*** ~ ***en la maleta*** mettere la biancheria di ricambio in valigia; **~ble** *adj* mutevole, volubile; **~nza** *f* 1. trasloco *m*; 2. cambio *m*, mutamento *m* ◊ ***estar de*** ~ fare trasloco; **~r 1.** *vt* mutare, cambiare; **2. ~se** traslocare *vi*, trasferirsi, cambiar di casa *vi*
mudéjar *adj/s* 1. *hist* ="moro sotto il dominio cristiano spagnolo"; 2. *arq/hist* ="arte di ispirazione islamica sviluppatasi nella Spagna cristiana dall'XI al XVI secolo" *f*
mudez *f* mutezza
mudo, -a *adj/s* muto, -a
muebl|aje *m* mobilia *f*; **~e** *adj/m* mobile ◊ ~ ***bar*** mobile bar
muec|a *f* smorfia, ghigno *m*; **~ín** *m relig* muezzin *inv*
muela *f* 1. (*diente*) molare *m*; dente *m*; 2. *tecn* mola; 3. *bot* cicerchia ◊ ~ ***del juicio*** dente del giudizio; ***dolor de ~s*** mal di denti
muell|aje *m nav* diritto di molo o banchina; **~e 1.** *m* 1. *nav* molo, banchina *f*; scalo ferroviario; 2. *tecn* molla *f*; **2.** *adj* molle, soffice, morbido, -a ◊ ***colchón de ~s*** materasso a molle; ***vida*** ~ vita molle
muelo V. **moler**
muérdago *m bot* vischio
muerdo V. **morder**
muermo *m* morva *f* ◊ ***¡qué ~!*** *jerga* Che palle!; (*persona*) Che palloso!, Che pizza!
muero V. **morir**
muert|e *f* morte; decesso *m*, trapasso *m*; *coloq/fig* fine, morte, rovina; morto *m* ◊ ***a*** ~ a morte; ~ ***civil*** morte civile; ~ ***súbita*** (*tennis*) tie-break*; ***dar*** ~ uccidere; ***de*** ~ *coloq* da morire; ***de mala*** ~ da niente; **~o, -a 1.** *adj/s* morto, -a, defunto, -a, estinto, -a; **2.** *pp/adj* 1. deceduto, -a; 2. *raro* ucciso, -a; ***le han*** ~ *l'hanno ucciso* ◊ ~ ***de hambre, de frío*** morto di fame, di freddo; ***a*** ~ a morto; ***callarse como un*** ~ rimanere muto come un pesce; ***cargar con el*** ~ prendersi la colpa di qc; ***echarle el*** ~ ***a alg*** fare lo scaricabarili; ***el*** ~ ***al hoyo y el vivo al bollo*** chi muore giace, chi vive si dà pace; ***hacer el*** ~ fare il morto; ***más*** ~ ***que vivo*** più morto che vivo, mezzo morto; ***medio*** ~ mezzo morto; ***no encontrar ni*** ~ ***ni vivo*** non trovare anima viva; ***no tener donde caerse*** ~ essere così povero che non ha dove posare il capo; ***por tus (mis, sus, ...) ~s*** (te lo giuro) sui tuoi (miei, suoi, ...) morti, (z) su mia madre; ***tus ~s*** li mortacci tua!, (*reg romano*) maledizione a te!
muesca *f* incavo *m*, incastro *m*, scannellatura; taglio *m*; **~r** ‹*muesqué*› *vt* intaccare
muestra *f* 1. *com* campione; modello *m*; 2. segno; dimostrazione ◊ ~ ***sin valor*** campione senza valore; ***Feria de *~s*** Fiera Campionaria; ***hacer la*** ~ ***de*** fare la mossa di; ***ni para*** ~ neanche per far vedere; **~rio** *m com* campionario
muestre|ar *vt* campionare; **~o** *m* (*estudio*) campionamento; campione
muestro V. **mostrar**
muevo V. **mover**
MUFACE (*Mutualidad de Funcionarios de la Administración Civil del Estado*) *abr* (*Ente Nazionale di Previdenza e Assistenza Sociale per i dipendenti statali*) ="ENPAS"
muflón *m zool* muflone
mugi|do *m* (*vacas*) muggito, mugghio; **~r** ‹*mujo*› *vi* (*vacas, mar*) muggire, mugghiare
mugr|e *f* loia, untume *m*, unto *m*; **~iento, -a** *adj* sudicio, -a, untuoso, -a; **~ón** *m agric* tralcio propagginato
mugueto *m* mughetto
mujer *f* 1. donna; 2. moglie, consorte; 3. donna di servizio ◊ ~ ***de mala vida*** donna di malaffare, prostituta; ~ ***de su casa*** buona massaia; ~ ***liberada*** donna emancipata; ***~-objeto*** donna oggetto; ***tomar*** ~ prender moglie; **~cita** *f* donnicciola, donnina; **~iego** *adj/m* donnaiolo; **~il** *adj* femminile, donnesco, -a; **~ona** *f* donnone *m*; donnona; **~zuela** *f desp/fig* sgualdrinella, donnicciola
mújol *m reg zool* cefalo, muggine
mula *f zool* mula ◊ ~ ***mecánica*** mulo meccanico; ***más terco que una*** ~ caparbio/ostinato come un mulo; ***mozo de ~as*** mulattiere; **~dar** *m* letamaio; mondezzaio; **~r** *adj* del mulo; **~to, -a** *adj/s* mulatto, -a
muler|a *f Col* poncho *m*; **~o** *m* mozzo di stalla
mulet|a *f* 1. *med* stampella, gruccia; 2. *taur* muleta; **~illa** *f ling tamb. fig* intercalare *m*, ritornello *m*; **~ón** *m* mollettone
mulli|do, -a 1. *adj* morbido, -a, soffice, molle; **2.** *m* imbottitura *f*; **~r** ‹*mulló, mulleron*› *vt* 1. ren-

dere soffice, ammorbidire; 2. *agric* sarchiare, lavorare la terra
mulo *m zool* mulo ◊ ~ ***de carga*** bestia da soma
multa *f* multa; **~r** *vt* multare
multi|acceso *m* multiaccesso; **~cines** (*var.* **multicine**) *m(pl)* cinema multisala/multisale *m*; **~color** *adj* multicolore; **~copista** *f tecn* ciclostile *m*; **~cultural** *adj* multiculturale; **~culturalidad** *f* multiculturalità *inv*; **~dimensional** *adj* pluridimensionale; **~direccional** *adj* pluridirezionale; **~disciplinar** *adj* multidisciplinare, interdisciplinare, pluridisciplinare; **~facético, -a** *adj* versatile, poliedrico, -a; **~fase** *adj inv* pluristadio, -a; **~forme** *adj* multiforme; **~grado** *adj inv* multigrade*; **~lateral** *adj* multilaterale; **~media** *adj* multimediale; **~millonario, -a** *adj/s* plurimilionario, -a; **~motor** *adj* plurimotore; **~nacional** *adj/f* multinazionale; **~órgano** *adj inv med* multiorgano
múltiple *adj/s* molteplice; multiplo, -a
multiplic|ación *f* moltiplicazione; **~ador, -a** *adj/m* moltiplicatore, -trice; **~ando** *m* moltiplicando; **~ar** ‹*multipliqué*› *vt* moltiplicare; **~idad** *f* molteplicità *inv*
múltiplo, -a *adj/m mat* multiplo, -a
multipolar *vt* multipolare
multiprocesador *adj/m informát* multiprocessing* *inv*
multipropiedad: vivienda en ~ *f* V. **time sharing**
multirr|acial *adj* multirazziale; **~eligioso, -a** *adj* multireligioso, -a; **~iesgo** *adj inv* (*seguro*) multirischio, assicurazione casco
multisecular *adj* multisecolare
multitud *f* moltitudine, folla
multiuso *adj* multiuso
mundan|al *adj elev* mondano, -a; **~alidad** *f* mondanità *inv*; **~idad** *f* mondanità *inv*; **~o, -a** *adj* mondano, -a
mundi|al *adj/m* mondiale; **~alismo** *m pol* mondialismo; **~llo** *m* mondo, circolo
mundo *m geogr tamb. fig* mondo ◊ ***¡~ cruel!*** mondo cane!, mondo ladro!; ***como vino al ~/como su madre lo trajo al ~*** (nudo) come Dio l'ha fatto; ***de ~*** di mondo; ***desde que el ~ es ~*** da che mondo è mondo; ***echarse al ~*** fare la vita; ***el ~ es un pañuelo*** quanto è piccolo il mondo!; ***ha visto mucho ~*** è una persona molto esperta; ***hacer un ~*** fare una tragedia (come se fosse la fine del mondo); ***hundirse/caerse el ~*** crollare il mondo; ***mandar/enviar al otro ~*** mandare all'altro mondo; ***medio ~*** mezzo mondo; ***por esos ~ de Dios*** in capo al mondo; ***por nada del ~*** per nessuna cosa al mondo, neanche per tutto l'oro del mondo; ***tener ~*** essere di mondo; ***tercer ~*** terzo mondo; ***todo el ~*** tutti, tutte le persone; ***traer al ~*** mettere al mondo; ***un ~*** un mondo, un sacco; ***venir al ~*** venire al mondo; ***ver ~*** girare/vedere il mondo; **~logía** *f* arte di vivere, esperienza; **~visión** *f* mondovisione
Munich ['munik] *m* Monaco (di Baviera)
munic|ión *f* munizione; **~ionar** *vt* munire, provvedere, rifornire
municipal 1. *adj* municipale, comunale; **2.** *m* vigile urbano; **~idad** *f* municipalità *inv*, municipio *m*; **~ismo** *m pol* municipalismo, campanilismo; **~ización** *f* municipalizzazione; **~izar** ‹*municipalicé*› *vt* municipalizzare
municipio *m* municipio, comune
munificen|cia *f elev* munificenza, liberalità *inv*; **~te** *adj* munifico, -a
munífico, -a *adj* munifico, -a
muñec|a *f* 1. *med* polso *m*; 2. bambola; 3. manichino *m*; **~o** *m* 1. bambolotto, pupazzo; *desp/fig* pupazzo, marionetta *f*; 2. *irón/coloq* damerino
muñeira *f* = "ballo regionale della Galizia" *m*
muñequera *f med* fissatore esterno per il polso *m*
muñir ‹*muñó*› *vt pol coloq/desp* brogliare
muñón *m* 1. *med* moncherino; 2. *tecn* codolo
muón *m fís* muone
mural *adj/m* murale; **~ista** *m/f arte* muralista
mural|la *f arq* muraglia, mura *fpl*; **~ón** *m* muraglione
murar *vt* murare
murciélago *m zool* pipistrello
mure|na *f zool* murena; **~te** *m* muricciolo
murga *f* banda o fanfara popolare ◊ ***dar la ~*** rompere l'anima
muriático, -a *adj* muriatico, -a
muriato *m quím* acido muriatico
múrice *m zool* murice
muriendo, muriera, murió V. **morir**
murmullo *m* mormorio, sussurro; bisbiglio
murmur|ación *f* mormorazione; **~ador, -a** *adj/s* mormoratore, -trice, maldicente; **~ar** *vi* 1. mormorare, sussurrare; bisbigliare; 2. borbottare, brontolare; criticare, sparlare
muro *m* muro, parete *f*
murria *f coloq* malinconia, tristezza; malumore *m*
murta *bot* V. **mirto**
mus *m* = "tipo di gioco di carte"
musa *f bot/mitol* musa ◊ ***soplar (a alg) la ~*** essere visitato dalla musa; **~raña** *f zool* musaragno *m* ◊ ***pensar en las ~s*** *coloq* pensare alle vacche
muscula|r *adj* muscolare; **~tura** *f* muscolatura
músculo *m med* muscolo; *coloq* muscolatura *f*
musculoso *adj* muscoloso, -a
museístico, -a (*var.* **museal**) *adj* museale
muselina *f txtl* mussolina
museo *m* museo ◊ ***de ~*** da museo; **~logía** *f* museologia
muserola *f* museruola
musgo *m bot* musco; **~so, -a** *adj* muscoso, -a
música *f mús tamb. fig* musica ◊ ***~ celestial, ligera, clásica*** musica celestiale, leggera, classica; ***dar ~ a un sordo*** parlare al vento; ***echar con la ~ a otra parte*** mandare a spasso; ***irse con la ~ a otra parte*** andarsene a passeggio
musicable *adj* musicabile
musical 1. *adj* musicale; **2.** *m teat* musical* *inv*, commedia musicale *f*; **~idad** *f* musicalità *inv*

musicar ‹*musiqué*› *vt* musicare, mettere in musica

musicassette [musica'set] (*var.* **musicasete**) *m* musicassetta *f*

music-hall ['mjusik 'χol] *m* music-hall *inv*

músico, -a *m/f* musicista

musicología *f* musicologia

musicólogo, -a *m/f* musicologo, -a

musicoterapia *f* musicoterapia

musitar *vi* borbottare

muslamen (*var.* **muslada** *f*) *m coloq/hum* (*mujer*) cosciame

muslo *m* coscia *f*

mustela *f zool* palombo *m*

mustiar ‹*mustio*› V. 1 *vt* afflosciare; **~o, -a** *adj* appassito, -a, vizzo, -a; *fig* triste, malinconico, -a, mogio, -a

musulmán, -ana *adj/s* musulmano, -a

muta|bilidad *f* mutabilità *inv*, mutevolezza, volubilità *inv*; **~ble** *adj* mutevole, mutabile, variabile; **~ción** *f* mutazione; mutamento *m*; *teat* cambio di scena *m*; **~cional** *adj biol* mutazionale

mutágene *adj biol* mutageno, -a, mutagenico, -a

mutante *adj/s biol* mutante

mutar *vt* tramutare; **~se** rivoltare

mutil|ación *f* mutilazione; **~ado, -a** *adj/s* mutilato, -a; **~ar** *vt* mutilare; mozzare, amputare

mútilo, -a *adj* mutilo, -a

mutis 1. *m teat* uscita dalla scena *f*; **2.** *excl coloq* silenzio! ◊ ***hacer*** **~** fare scena muta; **~mo** *m* mutismo

mutua *f* mutua; **~lidad** *f* mutualità *inv*, mutua; **~lista** *adj/s* mutuato, -a; **~nte** *adj* mutuante

mutuo, -a *adj* mutuo, -a, reciproco, -a

muy *adv* molto, assai, tanto ◊ **~ *bien, bueno, alto, tarde...*** molto bene, buono, alto, tardi

myocastor (*var.* miocastor) *m* nutria *f*, castorino

N

N *abr* 1. *auto* (*Nacional*) S.S. (Strada Statale); 2. (*norte*) N (nord)

n/ (*nuestro*) *abr*, nostro

nab|la (*var.* **nabicol** *m*) *f* rapa; **~iza** *f* cima di rapa; **~o** *m* 1. *bot* ravizzone, navone, napo (Brassica napus oleifera); 2. *euf/coloq* (*miembro viril*) uccello, banana *f* ◊ **~ *gallego*** rapa

nácar *m* madreperla *f*

nacarado, -a *adj* madreperlaceo, -a, madreperlato, -a

nacer ‹*nazco*› V. 13a *vi* 1. nascere; 2. *astron* sorgere, spuntare; 3. *bot* spuntare, germogliare

Nacho, -a *m/f* (diminuitivo di) Ignazio, -a

naci|do, -a *adj/s* nato, -a ◊ ***bien*** **~** nato bene; ***mal*** **~** maledetto; ***recién*** **~** bambino appena nato; **~ente 1.** *adj* nascente; nuovo, -a, recente; **2.** *m Arg/Par* nascita di un fiume *f*; **~miento** *m* 1. nascita *f*; **~ *de un río*** *nascita di un fiume*; ***de*** **~** *di/dalla nascita*; fonte *f*, origine *f*; 2. *relig* presepio

nación *f* nazione; nazionalità *inv*

nacional 1. *adj* nazionale; **2.** *m* 1. *hist* guardia nazionale *f*; 2. connazionale; **~idad** *f* nazionalità *inv*, cittadinanza; **~ismo** *m* nazionalismo; **~ista** *adj/s* nazionalista; **~ización** *f* nazionalizzazione; **~izar** ‹*nacionalicé*› *vt* nazionalizzare; **~socialismo** *m pol* nazionalsocialismo; **~socialista 1.** *adj/s* nazionalsocialista; **2.** *adj* nazionalsocialistico, -a

naco *m* 1. *Am Cent* rammollito; 2. *Col* puré di patate; 3. *Arg* pizzico di tabacco

nada 1. *f* nulla *m*; **2.** *adv/pron* nulla, niente ◊ **!~ *de excusas!*** niente scuse!; ***!de ~!*** prego, di nulla!; ***!pues ~!*** Va bene!, Come vuoi!; **~ *más llegar*** appena arrivato; **~ *más y ~ menos*** nientedimeno; ***¡~ de eso!*** un bel nulla!; ***antes de*** **~** prima di tutto; ***casi*** **~** pochissimo; ***como si*** **~** come se niente fosse; ***estar en*** **~** mancare poco; arrivare subito; ***más que*** **~** più che altro; ***no ser*** **~** non essere grave; ***por ~ del mundo*** per nessuna cosa al mondo; ***tener ~ más que*** avere nient'altro che; ***una cosa de*** **~** una cosa da nulla; **~dor, -a** *m/f* nuotatore, -trice; **~r** *vi* nuotare ◊ **~ *en la abundancia*** nuotare nell'oro; **~ *y guardar la ropa*** *coloq/fig* agire con cautela

nadería *f* nonnulla *m*

nadie *pron/inv* nessuno ◊ ***un don*** **~** *coloq/desp* una schiappa, una sbercia

nadir *m astron* nadir

nado: a ~ *adv* a nuoto

nafta *f* 1. nafta; 2. *Arg/Ur* benzina; **~lina** *f* naftalina

naftol *m quím* naftolo

naïf *adj arte* naïf *inv*

nailon *m* nailon *inv*, nylon* *inv*

naipe *m* carta da gioco *f*

naja *f* naia; **~rse** *jerga* squagliarsela

nalga *f* natica

nana *f* 1. nanna, ninna nanna; 2. bambina; 3. *Am* balia ◊ ***hacer*** **~** fare la nanna

¡nanay! *excl coloq* no; niente, nulla ◊ **~ *de la China*** niente di niente, niente affatto

nano *m coloq* bambino

nanómetro *m* nanometro

nanotecnología *f* nanotecnologia

nao *f nav/hist elev* nave

napa *f* nappa

napalm *m* napalm *inv*

napias *fpl* nasone *m*

napoleónico, -a *adj hist* napoleonico, -a, di Napoleone Bonaparte

Nápoles *geogr* Napoli

napolitano, -a *adj/s* napoletano, -a

naranj|a 1. *f* (*fruto*) arancia; **2.** *adj* arancione *inv* ◊ ***¡~s de la China!*** nemmeno per sogno!; ***mi media*** **~** la mia metà; **~ada** *f* aranciata; **~ado, -a** *adj* arancione *inv*; **~al** *m bot* aranceto; **~ero, -a 1.** *m/f* commerciante di arance; **2.** *adj* di arance; **~o** *m bot* (*árbol*) arancio

narcis|ismo *m* narcisismo; **~ista** *adj/s* narcisista; **~o** *m* 1. *bot* narciso; 2. *mitol* *Narciso

narco *m/f* narcotrafficante; **~dólar** *m* narcodollaro; **~euro** *m* narcoeuro; **~sis** *f inv* narcosi
narcótico, -a *adj/m* narcotico, -a
narcotizar ‹*narcoticé*› *vt* narcotizzare
narcotr|aficante *m/f* narcotrafficante, trafficante di stupefacenti; **~áfico** *m* narcotraffico, traffico di droga/di stupefacenti
nardo *m* 1. *bot* (*Polianthes tuberosa*) tuberosa *f*; valeriana tuberosa *f*; 2. *bot* nardo; 3. giglio marino
narigudo, -a *adj/s* nasone, -a, nasuto, -a
narina *f* narice *m* (!)
nariz (*pl* **narices**) *f* 1. naso *m*; 2. narice ◊ ***~ aguileña, respingona, chata*** naso aquilino, all'insù, schiacciato; ***¡(Qué) ~es!*** Che) diamine!; ***¡por ~es!*** Per forza!; ***con un palmo de ~s*** con tanto di naso; ***dar(se) de ~es*** (andare a) sbattere; ***en mis propias ~es*** proprio sul muso; ***hasta las ~es*** fin sopra i capelli; ***hinchar las ~es*** (far) incavolare; ***me da en la ~*** mi sa che; ***meter las ~es*** ficcare il naso; ***no haber más ~es*** *coloq* non resta altro da fare; ***no ver más allá de sus ~es*** non vedere più in là del proprio naso; ***refregar (u-c a alg) por las ~es*** sbattere (qc) in faccia a (q); ***romper las ~es*** rompere il muso; ***tener a alg montado en las ~es*** avere q sullo stomaco; ***tiene ~s la cosa*** è il colmo questo; **~azo** *m* nasata *f*; **~otas** *m/f inv* nasone, -a *m/f*
narra|ble *adj* narrabile; **~ción** *f* narrazione, racconto *m*; **~dor, -a** *m/f lit* narratore, -trice; **~r** *vt* narrare, raccontare; **~tario** *m lit* narratario; **~tiva** *f* narrativa; **~tivo, -a** *adj* narrativo, -a
nasa *f* (*pesca*) nassa
nasal *adj* nasale; **~ización** *f ling* nasalizzazione
nasardo *m mús* nasardo
nasciturus *m jur* nascituro
nata *f* 1. panna; 2. *fig* crema, il fior fiore *m*, crème* *inv* ◊ ***~ batida/montada*** panna montata; **~ción** *f* nuoto *m*
natal *adj* nativo, -a, natale, natio, -a; **~icio, -a** *adj/m* natalizio, -a; **~idad** *f* natalità *inv* ◊ ***tasa de ~*** tasso di natalità
natatorio, -a *adj* natatorio, -a
natillas *fpl gastr* crema d'uovo *f*
Natividad *f* Natale *m* ◊ ****~*** natività*
nativo, -a *adj* nativo, -a, natio, -a
nato, -a *adj* nato, -a
NATO (*Organización del Tratado del Atlántico Norte*) *abr/f* NATO (*Organizzazione del Trattato Nord Atlantico*)
natura: contra ~ *adj* contronaturale; **~l 1.** *adj* naturale; innato, -a; nativo, -a; **2.** *m* temperamento, carattere; *arte* vero ◊ ***al ~*** al naturale; ***es ~*** è naturale; ***copiar del ~*** copiare dal vero/al naturale; ***de ~*** per natura; **~leza** *f* natura; **~lidad** *f* naturalezza, semplicità *inv*; naturalità *inv*, origine; **~lismo** *m filos/lit* naturalismo; **~lista 1.** *adj/s* naturalista; **2.** *adj* naturalistico, -a; **~lización** *f* naturalizzazione; **~lizar** ‹*naturalicé*› *f* naturalizzare
¡naturalmente! *excl* certo, beninteso
naturi|smo *m* naturismo; **~sta** *adj/s* naturista
naturópata *m/f med* naturopata, medico naturista
naufrag|ar ‹*naufragué*› *vt nav tamb. fig* naufragare; **~io** *m* naufragio
náufrago, -a *adj/s* naufrago, -a
naumaquia *f hist* naumaquia
náusea *f* 1. nausea; 2. *fig* ribrezzo *m*, schifo *m*
nauseabundo, -a *adj* nauseabondo, -a
náutic|a 1. *f* nautica; **2.** *fpl* scarpe classic boat; **~o, -a** *adj* nautico, -a
navaj|a *f* 1. coltello a serramanico *m*; 2. *zool/gastr* cannello *m*, cannolicchio *m* ◊ ***~ de afeitar*** rasoio; ***~ de muelles*** coltello a scrocco; **~azo** *m* coltellata *f*; rasoiata *f*; **~ero, -a** *m/f* rapinatore, -trice (armato, -a di coltello)
naval *adj* navale
nave *f* 1. *transp* nave; 2. *arq* nave; capannone *m* ◊ ***~ de apoyo*** nave appoggio; ***~ espacial*** astronave, navicella spaziale; ***quemar las ~s*** *fig* bruciarsi i vascelli alle spalle; **~gabilidad** *f* navigabilità *inv*; **~gable** *adj* navigabile; **~gación** *f* navigazione ◊ ***~ aérea*** aeronautica; ***~ espacial, submarina, fluvial, de altura*** navigazione spaziale, sottomarina, fluviale, d'altomare; **~gador** *m informát* browser* *inv*; **~gante** *adj/s* navigante; **~gar** ‹*navegué*› *vi* navigare
nável *adj/f bot* (*arancia*) navel
Navidad (*pl* **Navidades**) **1.** *f relig* Natale *m*; **2.** *fpl* feste natalizie ◊ ***¡Feliz ~!*** Buon Natale!
navideño, -a *adj* natalizio, -a, di Natale
naviero, -a 1. *adj* di navigazione; **2.** *m* armatore
navío *m* nave *f*, naviglio, bastimento ◊ ***teniente/capitán de ~*** tenente/capitano di vascello
nazareno *m* 1. na(z)zareno; 2. *desp* truffatore; 3. *fig* povero cristo; 4. *Esp* penitente della Settimana Santa
nazco V. **nacer**
nazi *adj/s pol/hist* nazista; **~smo** *m pol/hist* nazismo
N.B. (*nota bene*) *abr* (*nota bene*) N.B.
N. del A. (*nota del autor*) *abr* (*nota dell'autore*) N.d.A.
N. de la R. (*nota de la redacción*) *abr* (*nota della redazione*) N.d.R.
N. del E. (*nota del editor*) *abr* (*nota dell'editore*) N.d.E.
N. del T. (*nota del traductor*) *abr* (*nota del traduttore*) N.d.T.
NE (*noreste*) *abr* (*nordest*) NE
nébeda *f bot* nepetella
neblin|a *f* nebbia leggera; nebbiosità *inv*; **~oso, -a** *adj* nebbioso, -a
nebuliz|ación *f* nebulizzazione, polverizzazione; **~ador** *m med* aerosol
nebulos|a *f astron tamb. fig* nebulosa; **~idad** *f* nebulosità *inv*; **~o, -a** *adj meteo tamb. fig* nebuloso, -a, nebbioso, -a; tetro, -a
necedad *f* stupidità *inv*, sciocchezza
neces|ario, -a *adj* necessario, -a, indispensabile; **~er** *m* nécessaire* *inv*; **~idad** *f* necessità *inv*, bi-

sogno *m*; fabbisogno *m* ◊ ***~es corporales*** necessità corporali; ***hacer de ~ virtud*** fare di necessità virtù; **~itado, -a** *adj/s* bisognoso, -a, povero, -a ◊ ***estar ~ de*** aver bisogno di; **~itar** *vt* aver bisogno di *vi*, abbisognare di *vi* (*raro*), necessitare (*elev*) ◊ ***se necesita chófer*** cercasi autista

necio, -a *adj/s* stupido, -a, sciocco, -a, idiota

nécora *f zool* necora

necrofilia *f* necrofilia

necrófilo, -a *m/f* necrofilo, -a

necróforo *m* necroforo

necro|logía *f* necrologia, necrologio *m*; **~ógico, -a** *adj* necrologico, -a

necrópolis *f inv* necropoli

necros|copia *f* necroscopia; **~ópico, -a** *adj* necroscopico, -a

necrosis *f inv med/biol* necrosi

necrótico, -a *adj biol/med* necrotico, -a

néctar *m* nettare

nectáreo, -a *adj* nettareo, -a

nectarin|a *f* nettarina, pesca nettarina; **~o, -a** *adj* nettareo, -a

necton *m biol* necton *inv*

neerlandés, -esa *adj/s* neerlandese, olandese

nefando, -a *adj elev* nefando, -a

nefasto, -a *adj* nefasto, -a, funesto, -a

nefr|ítico, -a *adj* nefritico, -a; **~itis** *f inv med* nefrite *f*

nefro|logía *f* nefrologia; **~ógico, -a** *adj* nefrologico, -a

nefrólogo, -a *m/f* nefrologo, -a

nefropatía *f med* nefropatia

nefrosis *f inv* nefrosi

nega|ción *f* negazione; rifiuto *m*; **~do, -a** *adj/s* negato, -a, inetto, -a; **~dor, -a** *m/f* negatore, -trice; **~r** ‹*niego; negué*› V. 5a **1.** *vt* negare; denegare, rifiutare; **2. ~se** rifiutarsi (**a** di); **~tiva** *f* negativa, rifiuto *m*; **~tividad** *f* negatività *inv*; **~tivo, -a 1.** *adj* negativo, -a; **2.** *m foto* negativo

negligé [negli'ʒe, negli'se] *m inv* négligé

negligen|cia *f* negligenza, trascuratezza, noncuranza; **~te** *adj* negligente, trascurato, -a, noncurante

negocia|ble *adj* negoziabile ◊ ***giro ~*** effetto negoziabile; **~ción** *f* 1. negoziazione, trattativa; 2. negoziato *m* ◊ ***~ bilateral*** negoziato bilaterale; ***~ bursátil*** negoziazione di borsa; ***reanudar/romper las ~es*** riprendere/rompere i negoziati; **~do** *m* negoziato; ufficio ◊ ***jefe de ~*** capoufficio; **~dor, -a** *adj/s* negoziatore, -trice; contrattatore, -trice; **~nte** *adj/s* negoziante; **~r** ‹*negocio*› V. 1 **1.** *vi com/pol* negoziare; commerciare; **2.** *vt pol* negoziare ◊ ***~ al por mayor*** commerciare all'ingrosso

negocio *m* 1. *com* affare, negozio, operazione *f*; 2. *Am* negozio, bottega *f* ◊ ***~ de bolsa*** operazioni di borsa; ***~ sucio*** affare sporco; ***bonito/buen ~*** bell'affare; buon affare; ***hacer ~s*** fare affari; ***hombre, viaje de ~s*** uomo, viaggio di affari; ***volumen de ~s*** giro di affari

negra *f* 1. *mús* semiminima; 2. *fig* scalogna ◊ ***llevar la ~*** portare la scalogna addosso

negre|ar *vi* nereggiare, negreggiare; **~ro, -a** *adj/s* negriero, -a

negrita *f impr* neretto *m*, grassetto *m*

negro, -a 1. *adj/m* nero, -a; **2.** *m* (*raza*) negro, -a; *Esp coloq* (*inmigrante*) nero, -a; **3.** *adj* fosco, -a, scuro, -a, cupo, -a ◊ ***estar ~*** essere arrabbiato/nero; ***lista ~a*** lista nera; ***mercado ~*** mercato nero; ***ponerse ~ a u-c*** mettersi male qc; ***trabajo ~*** lavoro nero; ***verse ~ para u-c*** vedersela brutta; trovarsi in difficoltà; **~africano, -a** *adj/s* negroafricano, -a

negru|ra *f* nerezza; **~zco, -a** *adj* nericcio, -a, nerognolo, -a, nerastro, -a

neguilla *f bot* nigella

negus *m inv* (*Etiopía*) negus

neis *mpl geol* gneis *m inv*

nematodo *adj/s zool* nematodo, nematode

némesis *f inv elev* nemesi

nemotécnica *f* mnemotecnica

nena *f coloq* bambina; **~za** *f* femminuccia

nene *m coloq* bambino

nenia *f* nenia

nenúfar *m bot* nenufaro, ninfea gialla *f*

neocapitalis|mo *m econ* neocapitalismo; **~ta 1.** *adj/s* neocapitalista; **2.** *adj* neocapitalistico, -a

neocatolicismo *m hist* neocattolicesimo

neocelandés V. **neozelandés**

neoclasicismo *m* neoclassicismo

neoclásico, -a *adj* neoclassico, -a

neoescolasticismo *m filos* neoscolastica *f*

neofascis|mo *m pol* neofascismo; **~ta** *adj/s* neofascista

neófito, -a *adj/s* neofito, neofita

neogótico, -a *adj arte* neogotico, -a

neolatino, -a *adj ling* neolatino, -a

neolítico *m hist* neolitico

neolog|ía *f ling* neologia; **~ismo** *m ling* neologismo

neón *m* neon *inv* ◊ ***lámpara de ~*** lampada fluorescente/a fluorescenza, lampada al neon

neonato, -a *adj/s* neonato, -a

neonazi *adj/s pol* neonazista; **~smo** *m* neonazismo

neoplasia *f med* neoplasia

neoplat|ónico, -a *adj* neoplatonico, -a; **~onismo** *m filos* neoplatonismo

neopositivismo *m* neopositivismo

neorrealismo *m* neorealismo

neotestamentario, -a *adj* neotestamentario, -a

neoyorquino, -a *adj/s* newyorchese, di New York

neozelandés, -esa (*var.* **neocelandés, -esa**) *adj/s* neozelandese

neozoico, -a *adj geol* neozoico, -a

Nepal *m geogr* Nepal

nepalés, -esa *adj/s* nepalese

nepotis|mo *m* nepotismo; **~ta** *adj/s* nepotista

Neptuno *m mitol/astron* Nettuno

nervadura *f arq/bot* nervatura
nervi|no, -a *adj* nervino, -a; **~o** *m* 1. *bot/med* nervo; 2. *fig* nerbo, vigore; 3. *impr* nervatura *f* ◊ **~ *ciático*** nervo sciatico; ***alterar/atacar/crispar los ~s, poner los ~s de punta*** dare ai/sui nervi, far venire i nervi, urtare i nervi; ***perder los ~s*** perdere i nervi; ***ser (un) puro ~*** essere tutto nervi, essere un fascio di nervi; **~osidad** *f* nervosità *inv*; **~osismo** *m* nervosismo; **~oso, -a** *adj med tamb. fig* nervoso, -a
nervudo, -a *adj* nerboruto, -a
nescafé® *m* nescafé®, caffe solubile
net *m* (*tennis*) net *inv*
neto, -a *adj* netto, -a, puro, -a, genuino, -a ◊ ***precio, sueldo ~*** prezzo, stipendio netto
neuma *m mús* neuma
neumático, -a *adj/m* 1. *tecn/auto* pneumatico, -a; 2. *mús* neumatico, -a
neumococo *m med* pneumococco
neumonía *f med* pneumonia, polmonite
neur|a 1. *f med coloq/hum* nevrastenia, mania, paranoia; **2.** *adj* nevrastenico, -a; **~algia** *f med* nevralgia; **~álgico, -a** *adj med tamb. fig* nevralgico, -a; **~astenia** *f med* nevrastenia; **~asténico, -a** *adj/s med* nevrastenico, -a; **~itis** *f inv med* nevrite *f*
neuro|cirugía *f* neurochirurgia; **~cirujano, -a** *adj/s* neurochirurgo, -a; **~léptico, -a** *adj/m med* neurolettico, -a; **~logía** *f* neurologia; **~lógico, -a** *adj* neurologico, -a
neurólogo, -a *m/f med* neurologo, -a, neurologo
neurona *f* neurone *m* (!)
neuropat|ología *f* neuropatologia; **~ólogo, -a** *m/f* neuropatologo, -a
neuropsiquiatr|a *m/f med* neuropsiquiatra; **~ía** *f med* neuropsichiatria
neurosis *f inv med* nevrosi
neurótico, -a *adj* nevrotico, -a
neurotomía *f* neurotomia
neurotónico, -a *adj* neurotonico, -a
neurovegetativo, -a *adj* neurovegetativo, -a
neutral *adj* neutrale; **~idad** *f* neutralità *inv*; **~ismo** *m* neutralismo; **~ista** *adj/s* neutralista; **~ización** *f* neutralizzazione; **~izar** ‹*neutralicé*› *vt* neutralizzare; annullare
neutro, -a *adj/m* 1. neutro, -a; 2. neutrale
neutrón *m fís* neutrone
neva|da *f* nevicata; **~r** ‹*nieva*› V. 5a *vi/imp* nevicare; **~zo** *m* forte nevicata *f*
neve|ra *f* frigorifero *m*; *ant* ghiacciaia; **~ría** *f Méx* gelateria; **~ro** *m* nevaio, nevato
nevi|sca *f meteo* nevischio *m*; **~scar** ‹*nevisque*› *vi/imp* nevischiare; cadere nevischio
nevoso, -a *adj meteo* nevoso, -a
nevus *m med* nevo
new age ['nju 'eitʃ] *f filos/mús* new age *inv*
new deal ['nju 'dil] *m econ/pol* new deal *inv*
new look ['nju 'luk] *m* (*pol y moda*) new look *inv*
nexo *m* nesso, unione *f*, legame, connessione *f*
ni *conj* né; neanche, nemmeno, neppure ◊ **~ *él lo sabe*** non lo sa nemmeno lui; ***¡~ eso!*** neanche questo!; ***¡~ hablar!*** neanche a parlarne!; ***~ ha venido, ~ ha llamado*** né è venuto, né ha chiamato; ***¡~ que fuese...!*** neanche fosse...!
Nicaragua *m geogr* Nicaragua
nicaragüense *adj/s* nicaraguese, nicaraguense
nicho *m* 1. nicchia *f*; 2. (*cementerio*) loculo
nícol *m* (*óptica*) nicol *inv*, nicól *inv*
nicoti|na *f* nicotina; **~nismo** *m* nicotinismo; **~smo** *m* nicotinismo
nicromo *m* nicromo
nictálope *adj/s* nictalope, nictalopo, nittalope, nittalopo
nictalopía *f* nictalopia
nictitante *adj* nittitante
nida|da *f* nidiata, covata; **~l** *m* nido
nidificar ‹*nidifiqué*› *vi* nidificare
nido *m* 1. *zool tamb. fig* nido; *zool* tana *f*, covo; 2. *fig* nido, fonte *f*, origine *f*; 3. (*niños*) asilo nido ◊ **~ *de abeja*** (*bordado*) nido d'ape; ***~ de golondrina*** nido di rondine; ***~ de pájaro*** *bot* nido d'uccello; ***parece que se ha caído de un ~*** sembra nato ieri
niebla *f meteo tamb. fig* nebbia
niego V. **negar**
niel *m* niello; **~ar** *vt* niellare
nieto, -a *m/f* nipote
nietzschiano, -a [ni'ʃano] *adj* nietzschiano, -a
nieve *f* 1. neve; 2. *jerga drog* neve, cocaina; 3. *Méx* gelato *m* ◊ ***~s perpetuas*** neve perenne; ***a punto de ~*** *gastr* a neve
NIF (*Número de Identificación Fiscal*) *abr/m* CF (codice fiscale)
nife *m geol* nife
nigeriano, -a *adj/s* nigeriano, -a, della Nigeria
night-club ['najt klub] *m* night-club* *inv*
nigrom|ancia *f* negromanzia; **~ante** *m/f* negromante; **~ántico, -a** *adj* negromantico, -a
nihilis|mo *m filos* nichilismo; **~ta** *adj/s filos* nichilista
nihil obstat *m* nulla osta, nihil obstat
niki V. **niqui**
nilón *m* nailon *inv*, nylon *inv*
nimbo *m* 1. aureola *f*, nimbo; 2. *meteo* nembo; **~estrato** *m* nembostrato
nimi|edad *f* 1. *elev* inezia, sciocchezza; 2. meticolosità *inv*; **~o, -a** *adj elev* insignificante, sciocco, -a; meticoloso, -a, scrupoloso, -a
ninf|a *f* 1. *mitol/zool* ninfa; 2. *fig* ninfa, bella ragazza/donna; 3. *jerga* prostituta; **~ea** *f* ninfea; **~ómana** *f med* ninfomane; **~omanía** *f med* ninfomania
ningún (*f* **ninguna**, *mpl* **ningunos**, *fpl* **ningunas**) (*var.* **ninguno**) **1.** *adj* nessun/nessuno, nessuna; ***~gún libro*** *nessun libro*; ***~guna culpa*** *nessuna colpa*; ***de ~guna manera*** *in nessun modo*; ***no tengo ninguna(s) gana(s) de ir con él*** *non ho nessuna voglia di andare con lui;* **2.** *pron* nessuno, nessuna; ***~guno de los que te gustan*** *nessuno di quelli che ti piacciono*
ninja *m inv* (*guerrero*) ninja
ninjutsu [nin'yutsu] *m sport* ninjatsu *inv*

niñ|a *f* 1. bambina; ragazza; 2. (*ojos*) pupilla; 3. *Am* signora o signorina ◊ **~ *del ojo*** pupilla; ***querer (a alg) como a las ~s de sus ojos*** volere un bene dell'anima (a q); **~ada** *f* bambinata, ragazzata; **~ato, -a** *adj/s* moccioso, -a; **~era** *f* balia, bambinaia; **~ería** *f* 1. bambinata; 2. bazzecola; **~ez** *f* infanzia, fanciullezza; **~o** *m* 1. bambino; ragazzo; 2. *Am* signorino ◊ ***!No seas ~!*** Non fare il bambino!; **~ *bonito*** figlio/cocco di papà; **~ *de pecho*** lattante; **~ *Jesús*** *relig* Gesù Bambino; **~ *probeta*** bambino di provetta; ***¡~!*** Ehi, tu!; ***de*** **~** da bambino
nipón, -ona *adj/s* nipponico, -a, giapponese
níquel *m* nichelio, nichel *inv*
niquela|do, -a 1. *adj* nichelato, -a; **2.** *m* nichelatura *f*; **~r** *vt* nichelare
niqui (*var.* **niki**) *m* polo *inv*; maglietta *f*
nirvana *m relig* nirvana
níscalo (*var.* **nízcalo**) *m bot/gastr* agarico delizioso
níspero *m* 1. *bot* (*árbol*) nespolo; 2. *bot* (*fruto*) nespola ◊ **~ *del Japón*** nespolo del Giappone
nistagmo (*var.* **nistagmus**) *m med* nistagmo
nitidez *f* nitidezza, chiarezza
nítido, -a *adj* nitido, -a, chiaro, -a, terso, -a
nitra|ción *f* nitrazione; **~to** *m quím* nitrato
nítrico, -a *adj quím* nitrico, -a
nitrilo *m quím* nitrile
nitrito *m* nitrito
nitro *m min* nitro; **~celulosa** *f* nitrocellulosa; **~genado, -a** *adj* azotato, -a
nitrógeno *m* nitrogeno, azoto
nitrogenoso, -a *adj* nitroso, -a
nitroglicerina *f* nitroglicerina
nitroso, -a *adj/f quím* nitroso, -a
nitrur|ación *f* nitrurazione; **~o** *m* nitruro
nivel *m* 1. livello; 2. *ling tamb. fig* livello; 3. *tecn* (*de agua, de burbuja...*) livella *f* ◊ **~ *de vida*** livello/tenore di vita; **~ *umbral*** *ling* livello soglia; ***a ~ de ministros*** tra i ministri; ***al mismo ~*** allo stesso livello; ***paso a ~*** passaggio a livello; **~ación** *f* livellazione, livellamento *m*; **~ador, -a** *adj* livellatore, -trice; **~adora** *f tecn* livellatrice; **~ar** *vt* livellare; uguagliare
níveo, -a *adj elev* niveo, -a
nivoso, -a *adj* nivale
nízcalo V. **níscalo**
no 1. *adv/m* no; **2.** *adv* non ◊ **~ *así/así ~*** non così; **~ *bien*** non appena; **~ *he dicho nada*** non ho detto niente; **~ *ya*** non solo; ***¡~ que ~!...(y que ~!)*** No, no e poi no!; ***¡A que ~!*** Scommetti che non è così?; Scommetti che non può?; Scommetti che non ...?; ***¡Cómo ~!*** Perché no!, Come no!; ***¡Que ~!*** Ma no!; ***ahí ~ más*** *Am* soltanto lì; ***así ~ más*** *Am* solo così; ***deje ~ más*** *Am* lasci pure; ***digo ~ más*** *Am* dico per dire; ***entre ~ más*** *Am* entri pure; ***es mejor que ~*** è meglio di no; ***he dicho que ~*** ho detto di no; ***O, si ~*** O, se no; ***que ~ que*** piuttosto che
NO (*noroeste*) *abr* (*nordovest*) NO
nº (*número*) *abr* (*numero*) n.

nobel [no'bel] *m* (*premio*) nobel *inv*; **~io** *m quím* nobelio
nobiliario, -a 1. *adj* nobiliare; **2.** *m* nobiliario
noble 1. *adj/s* nobile; **2.** *adj tamb. fig* generoso, -a ◊ ***gas, metal ~*** gas, metallo nobile; **~za** *f* nobiltà *inv*; *fig* nobiltà *inv*, generosità *inv*
nobuk *m* nobuk *inv*, pelle scamosciata *f*
noche *f* 1. notte; 2. sera; 3. *fig* oscurità *inv*, notte ◊ ****~ buena*** Vigilia di Natale, notte di Natale (*var.* Nochebuena); **~ *de gala*** serata di gala; **~ *toledana/blanca*** notte in bianco; ****~ vieja*** (*var.* Nochevieja) l'ultimo dell'anno, notte di San Silvestro; **~ *y día*** giorno e notte; ***¡Buenas ~s!*** Buona notte!; Buona sera!; ***¡hasta la ~!*** A stasera!; ***ayer ~*** ieri notte; ieri sera; ***como del día a la ~*** (ci corre) come dal giorno alla notte; ***dar la buenas ~s*** dare la buona notte; ***de ~*** di notte; di sera; ***de ~ todos los gatos son pardos*** di notte tutti i gatti son bigi; ***de la ~ a la mañana*** da un giorno all'altro, improvvisamente; ***hacer ~ en algún lugar*** pernottare in qualche posto; ***hacerse de ~*** farsi notte; ***las dos de la ~*** le due di notte; ***media ~*** mezzanotte; ***muy de ~/muy entrada la ~*** a notte fonda o inoltrata, nel cuore della notte; ***pasar la ~ en claro*** passare la notte in bianco; ***por la ~*** di notte, la notte; ***traje de ~*** abito da sera; **~bueno** *m* ceppo di Natale; **~cita** *f Am* tramonto *m* ◊ ***¡Vaya ~!*** Che notte!; (*fiesta*) veglione di Capodanno *m*
noción *f* nozione, conoscenza
nociv|idad *f* nocività *inv*; **~o, -a** *adj* nocivo, -a, dannoso, -a, pernicioso, -a
no comment [now'koment] *excl* no comment
noctambulismo *m* nottambulismo
noctámbulo, -a *adj/s* nottambulo, -a
noctiluca *f zool* nottiluca, noctiluca
nocturno, -a *adj/m* notturno, -a
nod|al *m* nodale; **~o** *m* 1. *astron* nodo; 2. *cine/hist* =" notiziario cinematografico spagnolo, documentario cinematografico spagnolo durante il franchismo (simile al film Luce italiano)"
nodriza *f* 1. balia, nutrice; 2. *auto* alimentatore *m* ◊ ***buque, avión ~*** nave, aereo cisterna
nodular *vt* nodulare
nódulo *m* nodulo, nodosità *f inv*
noema *m filos* noema
noesis *f inv filos* noesi
nogal (*var.* **noguera** *f*) *m* (*árbol*) noce
nogueral *m* noceto
nómada *adj/s* nomade
nomadismo *m* nomadismo
nombra|ble *adj* nominabile; **~día** *f* rinomanza, fama; **~do, -a** *adj* suddetto, -a; famoso, -a; **~miento** *m* nomina *f*; **~r** *vt* nominare
nombre *m* nome; titolo ◊ **~ *común, abstracto...*** nome comune, astratto...; **~ *de guerra*** nome di battaglia; **~ *de pila*** nome di battesimo; ***a ~ de*** a nome di; ***¡En el ~ de Dios!*** In nome di Dio!; ***dar el ~ de alg*** fare il nome di q; ***en ~ de la ley*** in nome della legge; ***por mal ~*** soprannominato; ***que no tiene ~*** senza nome

nomencl|átor (*var.* **nomenclador**) *m* nomenclatore; **~atura** *f* nomenclatura
nomeolvides *f inv bot* nontiscordardimé *m*, miosotide *m/f*
nómina *f* 1. lista, elenco *m*; 2. *adm* organico; 3. *adm* foglio paga *m*, busta paga ◊ **~ *de sueldos*** foglio paga; ***estar en*** **~** essere in organico
nominal *adj* nominale; **~ismo** *m* nominalismo; **~ista 1.** *adj/s* nominalista; **2.** *adj* nominalistico, -a
nominalmente *adv* nominatamente
nominativo, -a 1. *adj/m ling* nominativo, -a; **2.** *m adm* nome
non 1. *adj* dispari; ***de*** **~** *senza coppia*; **2.** *mpl* no ◊ ***decir ~es*** dire di no
nona *f* ora nona; **~da** *f* nonnulla *m*
nona|genario, -a *adj/s* nonagenario, -a; **~ésimo, -a** *adj* novantesimo, -a
nonato, -a *adj* non nato, -a; inesistente
nonchalance [nonʃa'lans] *f elev* sprezzatura, nonchalance *inv*
noneto *m mús* nonetto
nonio (*var.* **nonius**) *m fís* nonio
nono, -a *adj* nono, -a
non plus ultra *m* non plus ultra ◊ ***ser el*** **~** essere il non plus ultra
nopal *m bot* fico d'India
noquear *vt sport* (*boxe*) mettere Knock out, mettere K.O., mettere fuori combattimento
nordeste (*var.* **noreste**) *m* nordest *inv*
nórdico, -a *adj/s* nordico, -a
noria *f* 1. noria, bindolo *m*; 2. (*atracciones*) ruota panoramica
norma *f* norma, regola; *tecn* squadra; **~l 1.** *adj* normale, regolare; **2.** *adv coloq* normale ◊ ***Escuela*** **~** Scuola normale; **~lidad** *f* normalità *inv*; **~lista** *adj/s estud* normalista; **~lización** *f* normalizzazione; regolarizzazione; **~lizar** ‹*normalicé*› *vt* normalizzare, regolarizzare; **~lmente** *adv* di solito, di regola
Normandía *f geogr* Normandia
normando, -a *adj/s* normanno, -a
normativo, -a *adj* normativo, -a
normógrafo *m* normografo
noroeste *m* 1. nordovest; 2. (*viento*) maestrale
norte *adj/m* 1. *geogr* nord, settentrione; 2. *fig* guida *f*, norma *f* ◊ ***al*** **~** ***de*** al nord di; ***perder el*** **~** perdere la bussola; **~africano, -a 1.** *adj/s* nordafricano, -a; **2.** *m/f euf* (*negro*) extracomunitario, -a
Norteamérica *f geogr* America del Nord
norteamericano, -a *adj/s* nordamericano, -a, statunitense
norteño, -a *adj/s* (persona) del nord
Noruega *f geogr* Norvegia
noruego, -a *adj/s* norvegese
nos *pron* 1. ci; **~ *miró,*** **~ *dijo*** *ci guardò, ci disse*; **~ *lo dijo ce lo disse*** *ce lo disse*; 2. *ant* noi; 3. *ant* io
nosología *f med* nosologia
nosotros, -as *pron* noi *inv*; *enf* noialtri, -e ◊ ***entre*** **~** fra di noi; ***por*** **~** ***mismos*** per noi stessi

nost|algia *f* nostalgia; **~álgico, -a** *adj* nostalgico, -a
nostramo *m nav* nostromo
nota *f* 1. nota, annotazione, appunto *m*, postilla; 2. *estud* voto *m*; 3. *mús* nota; 4. *com* nota, distinta, listino *m* ◊ **~ *de compras, de pedidos*** nota d'acquisto, di commissioni; ***dar la*** **~** *coloq* farsi notare; ***ir para*** **~** volere un voto eccellente/un 30 (e lode); ***tomar*** **~** prendere nota; **~bilidad** *f* notabilità *inv*; **~ble 1.** *adj/m* notabile; **2.** *adj* notevole, considerevole; *estud* (*nota*) distinto; **~ción** *f ling/mús/mat* notazione; **~r** *vt* 1. notare, prendere nota (di) *vi*; 2. notare, osservare ◊ **~ *frío*** sentir freddo; ***no se nota nada*** non si vede nulla
notar|ía *f* notariato *m*; ufficio notarile *m*; **~iado** *m* notariato; **~ial** *adj* notarile; **~io, -a** *m/f* notaio
noticia *f* notizia ◊ **~ *bomba*** scoop (*inv*); ***estar atrasado de ~s*** essere indietro (di ultime notizie); **~r** ‹*noticio*› V. 1 *vt Am* dare notizie *vi*, comunicare; **~rio** *m* notiziario; *TV* documentario ◊ **~ *hablado*** *radio* giornale radio; *TV* telegiornale
noticiero *m* giornale
notición *m* gran notizia *f*, scoop *inv*
notific|ación *f jur* notificazione; **~ar** ‹*notifiqué*› *vt* notificare
noto|cordio *m* corda dorsale *f*; **~necta** *f zool* notonetta; **~riedad** *f* notorietà *inv*, fama, celebrità *inv*; **~rio, -a** *adj* notorio, -a, noto, -a, pubblico, -a, manifesto, -a
nóumeno *m filos* noumeno
nouvelle cuisine [nu'bel kwi'sin] *f* nouvelle cuisine *inv*
novación *f jur* novazione
novantenio *m* novantennio
novar *vt jur* novare
novat|ada *f estud/mil* ="scherzo fatto alle matricole" *m*; **~o, -a** *adj/s* 1. principiante, novellino, -a; 2. *estud* (*universidad*) matricola *f*
novec|entista *adj/s* novecentista; **~ientos, -as** *adj/m* 1. (*card*) novecento *inv*; 2. (*ord*) novecentesimo, -a
noved|ad *f* novità *inv*; **~oso, -a** *adj* nuovo, -a, originale
novel *adj* novello, -a, principiante
novela *f lit tamb. fig* romanzo *m* ◊ **~ *corta*** novella, racconto; **~ *negra, rosa*** romanzo giallo, rosa; **~r** *vi* novellare, raccontare novelle
novelesco, -a *adj* romanzesco, -a; avventuroso, -a
novelista *m/f* 1. romanziere, -a; 2. (*novela corta*) novelliere, -a
novelón *m desp* romanzone, romanzo d'appendice
novena *f relig* novena; **~rio** *adj/s relig* novendiale
noveno, -a *adj* nono, -a
noventa *adj/m inv* (*card*) novanta; (*ord*) novantesimo, -a; **~yochista** *adj/s lit Esp* della generazione del 1898
novia *f* 1. (*casada*) sposa; 2. fidanzata; **~zgo** *m* fidanzamento

novicliado *m relig tamb. fig* noviziato; **~io, -a** *adj/s* novizio, -a
noviembre *m* novembre
novilllada *f* 1. *taur* corrida di torelli; 2. *zool* mandra di torelli; **~ero** *m taur* ="torero di novilladas"; **~o 1.** *m* 1. *zool* vitello; 2. *taur/zool* torello; 3. *fig* cornuto; **2.** *mpl Am* corrida di torelli *f* ◊ ***hacer ~s*** marinare la scuola, bigiare (*reg*), far sega (*reg*)
novilunio *m* novilunio, luna nuova *f*
novio *m* 1. (*casado*) sposo; 2. fidanzato ◊ ***los ~s de la muerte*** *Esp* legionari; ***quedarse compuesta y sin ~*** restare col danno e con le beffe
novísimo, -a *adj/s* nuovissimo, -a, novissimo, -a
NRP (*Número de Registro Personal*) *abr* ="numero personale come funzionario"
NT (*Nuevo Testamento*) *abr* N.T. (*Nuovo Testamento*)
nublarrón *m* nuvolone; **~e** *f geogr* nuvola, nube; *med* nube ◊ ***~ de verano*** tormenta estiva; ***andar por las ~s*** salire alle stelle (i prezzi); ***como caído de las ~s*** come piovuto dalle nuvole; ***estar, vivir en las ~s*** vivere nelle nuvole, avere la testa frale nuvole; ***estar en una ~*** essere in estasi; ***levantar, subir hasta las ~s*** elevare al settimo cielo, esaltare
Nubia *f hist* Nubia
nubiense, -a *adj/s* nubiano, -a
núbil *adj/f elev* nubile
nublaldo 1. *adj* nuvoloso, -a, annuvolato, -a; **2.** *m* nuvolaglia *f*, nuvolo ◊ ***levantarse, pasar el ~*** tornare il sereno; **~rse** 1. rannuvolarsi, annuvolarsi; 2. *fig* offuscarsi
nuboslidad *f meteo* nuvolosità *inv*; **~o, -a** *adj* nuvoloso, -a
nuca *f* nuca
nuclear *adj* nucleare; **~izar** ‹*nuclearicé*› *vt* nuclearizzare
nucléico, -a *adj* nucleico, -a
nucleido *m* nuclide
nucleína *f* nucleina
núcleo *m* nucleo
nudillllo *m* 1. (*dedos*) nocca *f*; 2. *tecn* tassello; **~smo** *m* nudismo; **~sta** *m/f* nudista
nudo *m* 1. nodo; *fig* nodo, vincolo, legame; 2. *lit* intreccio; 3. *med* nodosità *f* ◊ ***~ gordiano, corredizo*** nodo gordiano, scorsoio; ***hacerse, atraversarse un ~ en la garganta*** venire un nodo alla gola; **~sidad** *f* nodosità *inv*, nodulo *m*; **~so, -a** *adj* nodoso, -a
nuera *f* nuora
nuestro, -a (*-os mpl, -as fpl*) *adj/pron* nostro *m*, nostra *f*, nostri *mpl*, nostre *fpl* ◊ ***hacer una de las ~as*** combinarne una delle nostre; ***lo ~ es*** ciò che va bene per noi è, ciò che è nostro è, il nostro è
nueva *f* nuova, notizia; **~mente** *adv* di nuovo, nuovamente
Nueva York *geogr* New York
Nueva Zelanda *f* Nuova Zelanda
nueve *adj/m* (*card*) nove; (*ord*) nono, -a
nuevo, -a *adj* nuovo, -a ◊ ***~a ola*** nouvelle vague*, new wave* ultima moda; ***¿Qué hay de ~?*** C'è qualcosa di nuovo?, Che c'è di nuovo?; ***año ~, vida ~a/año ~, borrón y cuenta ~a*** anno nuovo, vita nuova
nuez (*pl* **nueces**) *f bot* (*fruto*) noce ◊ ***~ de Adán*** il pomo d'Adamo; ***~ moscada*** noce moscata; ***apretar la ~ a alg*** *coloq* strangolare q; ***ser más el ruido que las nueces*** son più le voci che noci
nulidad *f* nullità *inv*
nulo, -a *adj jur* nullo, -a; inetto, -a, nullo, -a
núm. (*número*) *abr* (*numero*) n.
numen (*pl* **númenes**) *m lit/relig elev* nume
numeralble *adj* numerabile; **~ción** *f* numerazione; **~dor** *adj/m* numeratore; **~dora** *f impr* numeratrice; **~l** *adj/m* numerale; **~r** *vt* numerare; **~rio, -a 1.** *adj* numerario, -a; **2.** *adj/s adm* impiegato o professore di ruolo, personale non docente o personale docente di ruolo; **3.** *m* denaro contante
numerero *m* showman* *inv*
numérico, -a *adj* numerico, -a
número *m* numero ◊ ***~ primo, quebrado*** *mat* numero primo, frazionario/fratto; ***~ uno*** *fig* numero uno; ***barajar ~s*** fare, congetturare calcoli; ***montar un ~*** *coloq/fig* fare una scenata; ***sin ~*** senza numero
numeroslidad *f raro* numerosità *inv*; **~o, -a** *adj* numeroso, -a
numerus clausus ['numerus 'klawsus] *m estud* numero chiuso
numismáticla *f* numismatica; **~o, -a** *adj* numismatico, -a
nunca *adv* mai ◊ ***~ jamás*** giammai, mai più; ***~ se lo diré*** non glielo dirò mai; ***más vale tarde que ~*** meglio tardi che mai; ***no lo haré ~*** non lo farò mai
nuncilatura *f relig* nunziatura; **~o** *m* 1. *relig* nunzio; 2. annunzio, segno
nupciall *adj* nuziale; **~lidad** *f* nuzialità *inv*; **~s** *fpl elev* nozze ◊ ***casarse en segundas ~s*** sposare/sposarsi per la seconda volta
núraga *f arq ant* nuraghe *m*
nurse V. **niñera**
nutación *f astron* nutazione
nutria *f* 1. *zool* (*lutra lutra*) lontra; 2. *zool* nutria, castorino *m*
nutriclio, -a *adj* nutritivo, -a; **~ión** *f* nutrizione, alimentazione; **~ionista** *m/f med* nutrizionista
nutriente *adj/m* nutriente
nutrir *vt* nutrire, alimentare
nutritivo, -a *adj* nutritivo, -a
nylon ['najlon] *m* nylon, nailon

Ñ

ñame *m bot* igname
ñandú *m zool* nandù, struzzo americano

ñaño *m Am* fratello
ñapa *f* piccolo omaggio *m*, regalino *m*
ñaque *m* 1. ciarpame; 2. *teat ant* coppia di attori uomini
ñato, -a *adj* schiacciato, -a
ñiquiñaque *m* cosa o persona spregevole *f*
ñisñil *m* stiancia *f*
ñoñería (*var.* **ñoñez**) *f* sciocchezza, stupidaggine
ñoño, -a *adj* stupido, -a, sciocco, -a
ñoquis *mpl gastr* gnocchi
ñora *f bot* ="varietà di peperone secco" *inv*; peperoncino piccante *m*
ñu *m zool* gnu

O

o *conj* o, ovvero, oppure ◊ ~ ***sea*** ossia
O (*oeste*) *abr* (*ovest*) O
o/ (*orden*) *abr* orden
OACI (*Organización de la Aviación Civil Internacional*) *abr/f* OACI (*Organizzazione dell'Aviazione Civile Internazionale*)
oasis *m inv geogr tamb. fig* oasi *f* (!)
obcecl̩ación *f* offuscamento *m*, accecamento *m*, cecità *inv*; **~ado, -a** *pp/adj fig* offuscato, -a, cieco, -a; **~arse** ‹*obcequé*› offuscarsi
obedlecer ‹*obedezco*› V. 13a *vt* ubbidire, obbedire; **~iencia** (*var.* **obedecimiento** *m*) *f* ubbidienza *f*, obbedienza; **~iencial** *adj* relativo all'ubbidienza; **~iente** *adj* ubbidiente, obbediente
obelisco *m* obelisco
obertura *f mús* ouverture* *inv*
obeslidad *f* obesità *inv*, pinguedine; **~o, -a** *adj med* obeso, -a; pingue
óbice *m* ostacolo, impedimento ◊ ***no ser*** ~ non ostare a, non essere d'ostacolo a
obisplado *m* (*sede*) vescovato, vescovado; episcopato; **~o** *m relig* vescovo ◊ ~ ***auxiliar, in partibus*** vescovo ausiliare, in partibus
óbito *m elev* decesso, obito, trapasso
objeción *f* obiezione, contestazione ◊ ~ ***de conciencia*** obiezione di coscienza
objetlable *adj* eccepibile, discutibile; **~ar** *vt* obiettare
objetivlación *f* oggettivazione; **~ar** *vt* oggettivare; **~idad** *f* obiettività *inv*, oggettività *inv*; **~ismo** *m* oggettivismo; **~o, -a 1.** *adj* obiettivo, -a, oggettivo, -a; **2.** *m foto* obiettivo ◊ ~ ***indiscreto*** *TV* (*programa*) specchio segreto
objeto *m* 1. oggetto; argomento, tema; 2. scopo ◊ ***al/con*** ~ ***de*** allo scopo di; ***mujer, hombre*** ~ donna, uomo oggetto; ~ ***directo*** complemento oggetto, oggetto diretto; *ling* oggetto diretto; ~ ***indirecto*** complemento indiretto o di termine; ***ser*** ~ ***de*** essere oggetto di; ***sin*** ~ senza causa; ***tener como*** ~ avere come scopo; **~r** *m* obiettore ◊ ~ ***de conciencia*** obiettore di coscienza
oblalción *f relig* oblazione; **~da** *f zool* (*pez*) occhiata; **~to, -a** *adj/s relig* oblato, -a
oblea *f* ostia, pan di ostia *m*
oblicuidad *f* obliquità *inv*; **~o, -a** *adj* obliquo, -a
obligalción *f* obbligo *m*; *econ/jur* obbligazione; **~cionista** *m/f com* obbligazionista; **~do, -a 1.** *adj* obbligato, -a; **2.** *m jur/mús* obbligato *adj/m*; **~r** ‹*obligué*› **1.** *vt* obbligare, costringere; **2. ~se** compromettersi; **~torio, -a** (*var.* **obligativo**) *adj* obbligatorio, -a
obliterlación *f med* obliterazione; **~ar** *vt med* obliterare; *adm* obliterare, vidimare
oblongo, -a *adj* oblungo, -a
obnubilación *f med* obnubilamento *m*
oboe *m mús* oboe
óbolo *m* obolo
obra *f* 1. opera; lavoro *m*; 2. *arq* cantiere *m*; 3. *relig* Opus Dei *m* ◊ ~ ***de arte*** opera d'arte; ~ ***de caridad, de misericordia*** opera di carità, di misericordia; ~ ***de referencia*** opera di consultazione; ~ ***dramática, literaria, de teatro*** opera drammatica, letteraria, teatrale; ~ ***maestra*** capolavoro; ~ ***muerta, viva*** *nav* opera morta, viva; **~s *de acabado*** lavori di rifinitura; **~s *pías*** opere pie; **~s *públicas*** lavori pubblici; ***¡manos a la ~!*** mettiamoci all'opera!; ***a pie de*** ~ a piè d'opera; ***de*** ~ di fatto; ***edificio en ~s*** edificio in restauro o in costruzione; ***en ~s*** lavori in corso; ***estamos de ~s*** lavori in corso; stiamo facendo lavori di riparazione; ***mano de*** ~ manodopera; ***por*** ~ ***de*** per opera di; **~dor** *m* 1. (*persona*) operatore; 2. opificio; **~r 1.** *vt* fare, operare; ***la fe obra milagros*** *la fede fa/opera miracoli*; **2.** *vi* 1. agire, fare effetto; ***ya ha obrado la medicina*** *la medicina ha già fatto effetto*; 2. esistere, essere; ***la carta obra en mis manos*** *la lettera è nelle mie mani*
obreplción *f jur* obrezione, orrezione; **~ticio, -a** *adj jur* obrettizio, -a, orrettizio, -a
obrerislmo *m pol/hist* operaismo; **~ta** *adj/s pol* operaista
obrero, -a *adj/s* operaio, -a ◊ ~ ***cualificado*** operaio specializzato, operaio qualificato; ***Comisiones *~as*** V. CC.OO.
obscenlidad *f* oscenità *inv*; **~o, -a** *adj* osceno, -a, impudico, -a
obscuro V. **oscuro**
obsequilar ‹*obsequio*› V. 1 *vt* ossequiare; **~o** *m* omaggio, regalo, dono; deferenza, ossequio ◊ ***en*** ~ ***de/a*** in omaggio a; **~osidad** *f* ossequiosità *inv*, deferenza; **~oso, -a** *adj* ossequioso, rispettoso, -a, deferente
observalción *f* osservazione; obiezione; **~dor, -a** *adj/s* osservatore, -trice; rispettoso, -a; **~ncia** *f* osservanza; **~nte** *adj/s relig* osservante; **~r** *vt* osservare, notare; **~torio** *m* osservatorio ◊ ~ ***astronómico*** osservatorio astronomico
obseslión *f psicol* ossessione; *fig* ossessione, idea fissa, mania; **~ionante** *adj* ossessionante; **~ionar** *vt* ossessionare, assillare, perseguitare; **~ivo, -a** *adj* ossessivo, -a; **~o, -a** *adj/s* ossesso, -a, spiritato, -a
obsidiana *f geol* ossidiana

obsole|scencia *f* obsolescenza, desuetudine; **~to, -a** *adj* obsoleto, -a

obstaculi|sta *m/f sport* corridore, -trice di tremila siepi; **~zar** ‹*obstaculicé*› *vt* ostacolare

obstáculo *m* ostacolo, impedimento, intoppo ◊ ***tres mil ~s*** *sport* tremila siepi

obstante: no ~ *conj* nonostante tutto, tuttavia, ciononostante

obstar *vi* ostare, impedire ◊ ***no obsta para que*** nulla osta a

obstetr|a *m/f* ostetrico, -a; **~icia** *f med* ostetricia

obstétrico, -a *adj* ostetrico, -a

obstin|ación *f* ostinazione, caparbietà *inv*; **~ado, -a** *adj* ostinato, -a, caparbio, -a, pervicace; **~arse** ostinarsi, impuntarsi; **~ *en hacer u-c*** *ostinarsi a fare qc*

obstrucci|ón *f mil/med* ostruzione; **~onismo** *m sport/pol/mil* ostruzionismo; **~onista 1.** *adj/s* ostruzionista; **2.** *adj* ostruzionistico, -a

obstruir ‹*obstruyo; obstruyó; obstruyendo*› V. 14 *vt* ostruire, occludere

obtemperar *vt* ottemperare

obten|ción *f* ottenimento *m*, conseguimento *m*; **~er** ‹*tengo, tienes; tendré; tuve*› *vt* ottenere, conseguire, raggiungere; **~ible** *adj* ottenibile

obtura|ción *f tecn/med* otturazione; **~dor** *m foto/tecn* otturatore; **~r** *vt* otturare, ostruire; *tecn* otturare

obtuso, -a *adj geom tamb. fig* ottuso, -a

obtuve V. **obtener**

obús *m mil* obice

obvencional 1. *adj jur* relativo, -a agli incerti; **2.** *mpl* incerti

obvi|ar ‹*obvio/obvío*› V. 2 *vt* ovviare, evitare; **~edad** *f* ovvietà *inv*; **~o, -a** *adj* ovvio, -a, evidente

OC (*onda corta*) *abr* OC (*onde corte*)

oca *f zool* oca; gioco dell'oca *m* ◊ ***paso de la ~*** *mil* passo dell'oca; **~rina** *f mús* ocarina

ocasi|ón *f* occasione, opportunità *inv*; motivo *m* ◊ ***a la ~ la pintan calva*** bisogna cogliere l'occasione, la fortuna passa una volta sola; ***aprovechar la ~*** approfittare dell'occasione; ***asir/coger la ~ por los pelos*** cogliere l'occasione al volo; ***buena ~*** occasione buona, momento buono; buona occasione, buon affare; ***con ~ de*** in occasione di; ***dar ~*** dare occasione o motivo; ***de ~*** d'occasione; ***dejar escapar la ~*** farsi/lasciarsi sfuggire l'occasione; ***en ~nes*** a volte; ***en la primera ~*** alla prima occasione; ***la ~ hace al ladrón*** l'occasione fa l'uomo ladro; **~ional** *adj* occasionale, casuale, accidentale; **~ionalidad** *f* sporadicità *inv*; **~ionar** *vt* causare, cagionare, produrre, provocare; **~o** *m* 1. *meteo* tramonto; 2. tramonto, decadenza *f*, caduta *f*

occident|al *adj/s* occidentale; **~e** *m* occidente; ovest, ponente

occip|ital *adj* occipitale; **~ucio** *m* occipite, nuca *f*

occiso, -a *adj/s jur* ucciso, -a

Occitania *f* Occitania

occitano, -a 1. *adj* occitanico, -a; **2.** *m* (*lengua*) occitano

OCDE (*Organización para la Cooperación y el Desarrollo Económico*) *f* OCSE (Organizzazione per la Cooperazione e lo Sviluppo Economico)

oceánico, -a *adj* oceanico, -a

océano *m* oceano

oceanogr|afía *f* oceanografia; **~áfico, -a** *adj* oceanografico, -a

ocelote *m zool* ocelot* *inv*, ozelot* *inv*

ochenta *adj/m inv* 1. (*card*) ottanta *inv*; 2. (*ord*) ottantesimo, -a

ocho *adj/m* 1. (*card*) otto *inv*; 2. (*ord*) octavo, -a; **~cientos, -as** *adj/m* 1. (*card*) ottocento *inv*; 2. (*ord*) ottocentesimo, -a

ocio *m* ozio; riposo; **~sidad** *f* oziosità *inv*; **~so, -a 1.** *adj/s* ozioso, -a; **2.** *adj* inutile, triviale

ocluir ‹*ocluyo; ocluyó; ocluyendo*› V. 14 *vt med* occludere

oclusi|ón *f med* occlusione, ostruzione; **~iva** *f ling* occlusiva; **~ivo, -a** *adj* occlusivo, -a

ocre *m min* ocra *f*

octa|edro *m* ottaedro; **~gonal** *adj* ottagonale

octágono *m* ottagono

octal *adj informát* ottale

octan|aje *m quím* numero di ottani; **~o** *m quím* ottano ◊ ***índice de ~s*** numero di ottani

octav|a *f mús/relig/lit* ottava; **~illa** *f pol/com* manifestino *m*, volantino *m*; **~ín** *m* ottavino; **~o, -a** *adj/m* ottavo, -a ◊ ***~s de final*** *sport* ottavi di finale; ***siete ~s*** (*abrigo*) sette ottavi

octeto *m mús* ottetto

octogenario, -a *adj/s* ottuagenario, -a, ottantenne

octogonal *adj* ottagonale

octógono 1. *m* ottagono; **2.** *adj* ottagonale

octonario, -a *adj/m lit* ottonario, -a

octópodo, -a *adj/m* ottopode

octubre *m* ottobre

óctuplo, -a (*var.* **óctuple**) *adj/m* ottuplo, -a

ocul|ar 1. *adj* oculare; **2.** *m* oculare; **~ista** *adj/s med* oculista

ocult|ación *f astron* occultazione; occultamento *m*; **~ar** *vt* occultare, nascondere, celare; **~ismo** *m* occultismo; **~ista** *adj/s* occultista; **~o, -a** *adj* occulto, -a, nascosto, -a

ocupa|ble *adj* occupabile; **~ción** *f* 1. *mil/jur* occupazione; 2. occupazione, lavoro *m*, impiego *m*; **~cional** *adj* occupazionale; **~do, -a** *adj* impegnato, -a, affaccendato, -a, indaffarato, -a; ***hoy estoy ~*** *oggi sono impegnato*; addetto, -a (**en** a); **~nte** *adj/s* occupante; **~r 1.** *vt* occupare; impiegare, dare occupazione *vi*; **2. ~se** occuparsi (**de** di); lavorare *vi*

ocurren|cia *f* 1. caso *m*; 2. arguzia, battuta; 3. idea ◊ ***una ~ disparatada*** un'idea stramba; ***una feliz ~*** una brillante idea, una idea luminosa; ***¡Qué ~!*** Che idea!; **~te** *adj* opportuno, -a; spiritosso, -a

ocurrir 1. *vi* succedere, accadere, avvenire; ***ocurre que*** *succede/accade/avviene che*; **2. ~sele** venire in mente; ***se me ocurrió escribirle*** *mi venne in mente di scrivergli/le*

oda *f lit* ode; **~lisca** *f* odalisca
odeón *m mús ant* odeon *inv*
odi|ar ‹*odio*› V. 1 *vt* odiare, detestare; **~o** *m* odio, avversione *f*, ripugnanza *f*; **~osidad** *f* odiosità *inv*; **~oso, -a** *adj* odioso, -a, detestabile; **~sea** *f* odissea
odógrafa *f fís* curva odografa
odont|algia *f* odontalgia; **~álgico, -a** *adj* odontalgico, -a; **~ología** *f med* odontologia, odontoiatria; **~ológico, -a** *adj* odontologico, -a; **~ólogo, -a** *adj/s* odontologo, -a, odontoiatra
odor|ífero, -a *adj* odorifero, -a, fragrante; **~izante** *adj* odorizzante
odre *m* otre
OEA (*Organización de Estados Americanos*) *abr/f* (*Organizzazione degli Stati Americani*) OSA, OAS
oeste *m* ovest; occidente; west ◊ ***al ~*** a ovest; ***el lejano ~*** il far west
ofender 1. *vt* offendere; ingiuriare, oltraggiare; **2. ~se** offendersi
ofens|a *f* offesa, ingiuria, oltraggio *m*; **~iva** *f* offensiva ◊ ***lanzar a/pasar a/tomar la ~*** sferrare l'offensiva; **~ivo, -a** *adj* offensivo, -a, oltraggioso, -a, ingiurioso, -a; **~or, -a** *adj/s* offensore *m*, offenditrice *f*
oferente *m/f* offerente
ofert|a *f* offerta; dono *m*, regalo *m* ◊ ***~ y demanda*** domanda e offerta; ***estar de ~*** essere in offerta; ***exceso de ~*** eccesso di offerta; **~ar** *vt* offrire; **~orio** *m relig* offertorio
off *adv/adj inv* spento, -a ◊ ***estar en ~*** essere in off/fuori campo; **~set** ['ofset] *m impr* offset *inv*
oficial 1. *adj* ufficiale; **2.** *m* 1. *mil/jur* ufficiale; 2. operaio; 3. impiegato ◊ ***~ de aduana*** ufficiale/impiegato di dogana; ***~ de albañil*** muratore; ***~ de primera*** *adm ant* impiegato (di concetto); ***~ de segunda*** *adm ant* impiegato (ausiliario); **~a** *f* operaia; **~ía** *f* grado di artigiano *m* ◊ ***examen de ~*** esame di artigiano; **~idad** *f* ufficialità *inv*; **~ista** *m/f pol* ufficialista; **~izar** ‹*oficialicé*› *vt* ufficializzare
oficiante *m/f* officiante
oficiar ‹*oficio*› V. 1 *vt* ufficiare, celebrare, officiare; fare da; comunicare
oficin|a *f* ufficio *m*, studio *m*; laboratorio *m* ◊ ***~ de información*** ufficio informazioni; ***~ de objetos perdidos*** ufficio oggetti smarriti; **~al** *adj* officinale; **~esco, -a** *adj desp* burocratico, -a, da ufficio; **~ista** *m/f* impiegato, -a
oficio 1. *m* 1. mestiere, professione *f*; ***escuela de artes y ~s*** *scuola d'arti e mestieri*; impiego, incarico; 2. scritto ufficiale, lettera di ufficio *f*; 3. *relig* ufficio; ***Santo ~*** *Inquisizione*; **2.** *mpl* funzioni *fpl*; ***buenos ~s*** *buoni uffici* ◊ ***de ~*** d'ufficio; ***sin ~ ni beneficio*** senza arte, né parte; **~sidad** *f* ufficiosità *inv*, officiosità *inv*; **~so, -a** *adj* 1. ufficioso, -a, officioso, -a; 2. sollecito, -a, compiacente
ofidio *adj/m zool* ofidio
ofimática *f informát* automazione dell'ufficio/d'ufficio, burotica, office automation* *inv*
ofita *f min* ofite
ofiura *f zool* ofiura
ofrec|er ‹*ofrezco*› V. 13a **1.** *vt* offrire; dare, porgere; presentare; **2. ~se** 1. offrirsi *vi*; 2. saltare in mente; 3. desiderare *vt* ◊ ***¿Qué se le ofrece?*** Che desidera?; ***se me ofrece que*** mi salta in mente che; **~imiento** *m* offerta *f*, dono; proposta *f*
ofrenda *f relig* offerta, presente *m*; **~r** *vt relig* offrire
ofrezco V. **ofrecer**
oftalm|ología *f med* oftalmologia; **~ológico, -a** *adj* oculistico, -a; **~ólogo, -a** *m/f med* oftalmologo, -a
ofusca|ción *f* offuscamento *m*; **~miento** *m* 1. offuscamento; 2. *foto* velatura *f*; **~r** ‹*ofusqué*› *vt* offuscare, oscurare; abbagliare; *fig* offuscare, turbare
OGM (*Organismo Genéticamente Modificado*) *abr/m* (*organismo geneticamente modificato*) ogm
ogro *m mitol* orco; *fig* orco, mostro
¡oh! *excl* oh!
ohmio *m fís* ohm
ohmiómetro *m fís* ohmmetro, ohmetro
oíble *adj* udibile
oída *f* udita ◊ ***de ~s*** per sentito dire
oídio *m bot* oidio
oído *m* 1. (*sentido*) udito; 2. (*órgano*) orecchio ◊ ***aguzar/alargar, aplicar el ~*** aprire bene le orecchie; ***al ~*** all'orecchio; ***buen ~*** buon orecchio; ***cerrar los ~s*** turarsi gli orecchi/le orecchie; ***dar ~s*** dare ascolto; ***de ~*** a orecchio; ***duro de ~*** duro d'orecchio/di udito; ***entrarle por un ~ y salirle por el otro*** entrare da un orecchio e uscire dall'altro; ***hacer ~s de mercader*** fare orecchie da mercante; ***hacer ~s sordos*** fare il sordo; ***llegar a ~s de*** giungere all'orecchio di; ***ser todo ~s*** essere tutto orecchi; ***silbarle los ~s (a alg)*** fischiare gli orecchi a q
OIEA (*Organismo Internacional de Energía Atómica*) *abr/f* AIEA, IAEA (*Agenzia Internazionale per l'Energia Atomica*)
oír ‹*oigo, oyes; oí, oyó; oyendo*› V. 30 *vt* udire, sentire; ascoltare ◊ ***como oyes*** proprio così; ***como quien oye llover*** senza far caso; ***¡Oye!, ¡Oiga!*** Senti!, Senta!; (*teléfono*) Pronto; ***he oído decir que*** ho sentito dire che
OIT (*Organización Internacional del Trabajo*) *abr/f* OIL, ILO (*Organizzazione Internazionale del Lavoro*)
ojal *m* occhiello, asola *f*
¡ojalá! 1. *excl* Magari!, Voglia Iddio!; **2.** *conj Am* sebbene
ojaranzo *m bot* rododendro
ojea|da *f* occhiata, sguardo *m* ◊ ***echar una ~*** dare uno sguardo; **~dor** *m* (*caza*) battitore; **~r** *vt* 1. dare un'occhiata *vi*; guardare; 2. (*caza*) fare la battuta *vi*; **~o** *m* battuta di caccia *f*
ojer|a *f* occhiaia; ***tener ~as*** avere le occhiaie; **~iza** *f* antipatia, rancore *m*; **~oso, -a** *adj* con occhiaie

ojete *m* 1. occhiello; 2. *coloq/fig* buco del sedere

oji|junto, -a *adj* con gli occhi vicini; **~llo** *m* occhietto; **~to** *m* occhietto; **~va** *f arq/mil* ogiva; **~val** *adj arq* ogivale

ojo *m* 1. *med tamb. fig* occhio; vista *f*; 2. (*aguja*) cruna *f*; 3. toppa (della serratura) *f*; *fig* buco; *fig* attenzione *f*; 4. *impr* occhio ◊ ***~ a la funerala*** occhio pesto; ***~ avizor*** all'erta; ***~ clínico*** occhio clinico; ***~s que no ven, corazón que no siente*** lontano dagli occhi, lontano dal cuore; ***~s saltones*** occhi sporgenti; ***¡(Mucho) ~!*** Attenzione!; ***¡dichosos los ~s (que te ven)!*** beato chi ti vede!; ***a ~ (de buen cubero)*** a occhio (e croce); ***a ~s cerrados*** a occhi chiusi; ***abrir los ~s*** aprire gli occhi; ***alzar, bajar los ~s*** alzare, abbassare gli occhi; ***bailarle los ~s*** avere gli occhi che brillano; ***cerrar el ~*** chiudere un occhio; ***cerrar los ~s*** chiudere un po' gli occhi, riposare; ***clavar los ~s en*** piantare gli occhi addosso a; ***comer con los ~s*** mangiare con gli occhi; ***con los ~s abiertos*** a occhi aperti; ***costar un ~ de la cara*** costare un occhio della testa; ***echar, poner el ~ en*** mettere gli occhi addosso a; ***el ~ del amo engorda el caballo*** l'occhio del padrone ingrassa il cavallo; ***en un abrir y cerrar de ~s*** in un batter d'occhio; ***estar/andar con cien ~s*** stare molto attenti; ***hablar con los ~s*** parlare con gli occhi; ***hasta los ~s*** fino ai capelli; ***irsele los ~s por/tras u-c*** perdere il lume degli occhi per qc; ***los ~s clavados*** con gli occhi fissi; ***los ~s en blanco*** con gli occhi stralunati; ***los ~s fuera de las órbitas*** gli occhi fuori dalle orbite; ***meter una cosa por los ~s*** (*para que guste*) mettere qc davanti agli occhi; ***mirar con buenos/malos ~s*** vedere di buon/mal occhio; ***no pegar ~*** non chiuder occhio; ***ofender los ~s*** offendere la vista; ***sacarse los ~s*** cavarsi gli occhi; ***saltar a los ~s*** saltare agli occhi; ***ser el ~ derecho*** essere l'occhio destro; ***ser todo ~s*** essere tutt'occhi; ***tener entre ~s*** avere sullo stomaco; ***torcer los ~s*** guardare storto

okupa *m/f jerga* okupa (*Esp*), squatter *inv*

OL (*onda larga*) *abr* (*onde lunghe*) OL

ola *f nav* onda; *fig* ondata ◊ ***romperse las ~s*** infrangersi le onde

¡olé! *excl* bravo!, bene!

oleada *f* 1. ondata; 2. *agric* buona raccolta di olio

oleaginos|idad *f* oleosità *inv*; **~o, -a** *adj* oleoso, -a

oleaje *m* mareggiata *f*, mareggio, ondeggiamento

olécranon *m med* olecrano

olefina *f quím* olefina

oleico, -a *adj quím* oleico, -a

oleicult|or, -a *m/f* oleicoltore, -trice, olivicoltore, -trice; **~ura** *f agric* olivicoltura

oleína *f quím* oleina

óleo *m relig* olio santo, crisma; *relig* estrema unzione *f* ◊ ***al ~*** *arte* (*pintura*) ad olio

oleoducto *m* oleodotto

oleogr|afía *f* oleografia; **~áfico, -a** *adj* oleografico, -a

oleoso, -a *adj* oleoso, -a

oler ‹*huelo*› V. 9b *vt/i* odorare; annusare *vt*, fiutare *vt* ◊ ***~ bien*** essere profumato, avere un buon odore; ***~ (mal)*** puzzare; ***~ mal*** *fig* essere sospettoso; ***~ que apesta*** *tamb. fig* puzzare, appestare; ***~ u-c a*** *fig* sapere qc di

óleum *m quím* oleum

olfat|ear *vt* 1. fiutare; 2. *fig inv* annusare, indagare; *fig* sospettare; **~ivo, -a** *adj* olfattivo, -a; **~o** *m* 1. olfatto, odorato; 2. *fig* fiuto

oliente *adj* odorante ◊ ***mal ~*** puzzolente

olifante *m mús/lit ant* olifante

oligar|ca *m/f pol* oligarca; **~quía** *f pol* oligarchia

oligárquico, -a *adj* oligarchico, -a

oligo|ceno *m geol* oligocene; **~elemento** *m biol* oligoelemento; **~frénico, -a** *adj/s med* oligofrenico, -a; **~polio** *m econ* oligopolio; **~zoospermia** *f med* oligospermia

olimpiada (*var.* **olimpíada**) *f sport* olimpiade

olímpico, -a *adj* 1. olimpico, -a; 2. *fig* altero, -a, sdegnoso, -a

Olimpo *m lit* Olimpo

olisbo (*var.* **olisbos**) *m elev* (*mujer*) consolatore

oliscar (*var.* **olisquear**) ‹*olisqué*› *vt* annusare, fiutare

oliv|a 1. *f bot/arq* oliva; *ant* pace; **2.** *adj* color oliva; **~ar** *m bot* oliveto; **~o** *m bot* olivo ◊ ***tomar el ~*** *taur* ripararsi dietro la barriera

olla *f* pentola; pignatta ◊ ***~ de fuego*** pentola di fuoco; ***~ de grillos*** *fig* casino; ***~ exprés*** *tamb. fig* pentola a pressione; ***~ podrida*** *Esp gastr* ="minestrone di carne e legumi"; **~o** *m* occhiello; **~r** *m* frogia *f*

olmo *m bot* olmo ◊ ***pedir peras al ~*** voler cavar il sangue da una rapa

ológrafo, -a *adj jur* olografo, -a

olor *m* 1. odore; effluvio; 2. *fig* sentore, indizio ◊ ***~ a chamusquina*** *tamb. fig* puzza di bruciato; ***buen ~*** profumo, buon odore; ***mal ~*** puzza, cattivo odore; ***morir en ~ de santidad*** morire in odore di santità; **~oso, -a** *adj* odoroso, -a, fragrante

OLP (*Organización para la Liberación de Palestina*) *abr/f* OLP (*Organizzazione per la Liberazione della Palestina*)

olvid|adizo, -a *adj* smemorato, -a; **~ar 1.** *vt* dimenticare, scordare; *elev* obliare; **2. ~se** dimenticarsi (**de** di) ◊ ***olvídame/ ¡que me olvides!*** dimenticati di me!; **~o** *m* 1. dimenticanza *f*, oblio (*elev*); 2. distrazione *f* ◊ ***echar en el ~*** dimenticare; ***sepultar en el ~*** seppellire nell'oblio

OM *abr* 1. (*onda media*) O.M. (onde medie); 2. (*orden ministerial*) D.M. (decreto ministeriale)

O.M. (*Orden Ministerial*) *abr* D.M. (*Decreto Ministeriale*)

ombligo *m med* ombelico; *fig* ombelico, centro ◊ ***~ de Venus*** ombelico di Venere, scodellina; ***encogérsele (a alg) el ~*** entrargli/le la fifa addosso

OMC (*Organización Mundial del Comerdio*) *abr* (*Organizzazione Mondiale del Commercio*) OMC
omega *f* omega *f/m*
ominoso, -a *adj* ignominioso, -a, infame
omis|ible *adj* omissibile; **~ión** *f* omissione; negligenza ◊ ***salvo error u ~*** *com/jur* salvo errori ed omissioni, salvo errore od omissione
omitir *vt* omettere, trascurare
ómnibus *m electr* sbarra collettrice *f*; *transp* treno locale, omnibus *inv*; *Ur* autobus *inv*
omnipoten|cia *f* onnipotenza; **~te** *adj* onnipotente
omnipresen|cia *f* onnipresenza; **~te** *adj* onnipresente
omnisapiente *adj* onnisciente
omniscien|cia *f* onniscienza; **~te** *adj* onnisciente
omnívoro, -a *adj/s* onnivoro, -a
omóplato (*var.* **omoplato**) *m med* scapola *f*, omoplata *f*
OMS (*Organización Mundial de la Salud*) *abr/f* OMS (*Organizzazione Mondiale della Sanità*)
onaballo *m bot* vincetossico oscuro
onagro *m* onagro
onanis|mo *m med elev* onanismo; **~ta** *adj/s med tamb. fig* onanista
once 1. *adj inv* 1. (*card*) undici *inv*; 2. (*ord*) undicesimo, -a; **2.** *m sport* squadra di calcio *f*
ONCE (*Organización Nacional de Ciegos de España*) *abr/f Esp* ="Organizzazione Nazionale Ciechi"
once|añero, -a *m/f* undicenne; **~avo, -a** (*var.* **onceno**) *adj/s* undecimo, -a, undicesimo, -a
onco|gén *m biol* oncogene; **~génesis** *f inv med* oncogenesi; **~logía** *f* oncologia
oncólogo, -a *m/f med* oncologo, -a
onda *f fís tamb. fig* onda ◊ ***~ de choque*** onda d'urto; ***coger la ~*** *coloq/fig* seguire l'onda; ***estar en la ~*** essere alla moda; ***~ Martinot*** *mús* onde Martinot
onde|ar *vi* ondeggiare; **~o** *m* (*banderas*) sbandieramento, sventolio
ondina *f mitol* ondina
ondoso, -a *adj* ondoso, -a
ondu|lación *f* ondulazione; **~ado, -a 1.** *adj* ondulato, -a; **2.** *m* onda *f*; **~ante** *adj* ondulante, ondoso, -a; **~ar** *vt* ondulare; **~atorio, -a** *adj* ondulatorio, -a; **~oso, -a** *adj* ondulato, -a
oneroso, -a *adj* oneroso, -a, gravoso, -a ◊ ***contrato ~*** contratto oneroso
ONG (*Organización No Gubernamental*) *abr/f* ONG (*Organizzazione Non Governativa*)
ónice (*var.* **ónix**) *m min* onice
onírico, -a *adj* onirico, -a
oniromancia (*var.* **oniromancía**) *f* oniromanzia
ónix V. **ónice**
onomástic|a *f* onomastica; **~o, -a** *adj/m* onomastico, -a; ***hoy es mi ~a*** *oggi è il mio onomastico*
onomatope|ya *f lit* onomatope(i)a; **~éyico, -a** *adj lit* onomatopeico, -a

ontol|ogía *f filos* ontologia; **~ógico, -a** *adj* ontologico, -a
ONU (*Organización de las Naciones Unidas*) *abr/f* ONU (*Organizzazione delle Nazioni Unite*)
onza *f* 1. oncia; 2. porzione di una tavoletta di cioccolata; 3. *zool* lonza; 4. *Am zool* giaguaro *m*
oosfera *f* oosfera
OP (*Obras Públicas*) *abr* (*Lavori Pubblici*) L.P.
opa *adj/s Am* sciocco, -a
OPA (*var.* **opa**) (*Oferta Pública de Adquisición*) *abr/f* (*Offerta Pubblica d'Acquisto*) OPA
OPAC *m* OPAC
opac|ar ‹*opaqué*› *vt* opacizzare; **~idad** *f* opacità *inv*; **~o, -a** *adj* opaco, -a; fosco, -a, triste
opalescen|cia *f* opalescenza; **~te** *adj* opalescente
opalin|a *f* opalina; **~o, -a** *adj* opalino, -a
ópalo *m min* opale ◊ ***~ noble*** opale nobile
opción *f jur tamb. fig* opzione; scelta
opcional *adj* opzionale, facoltativo, -a
op. cit. (*opus citata*) *abr* op. cit. (*opera citata*)
OPEP (*Organización de Países Exportadores de Petróleo*) *abr/f* OPEC (*Organizzazione dei Paesi Esportatori di Petrolio*)
ópera *f mús/teat* opera
opera|ble *adj* 1. fattibile; 2. *med* operabile; **~ción** *f econ* operazione ◊ ***~ a la baja, al alza, al contado, en firme*** operazione al ribasso, al rialzo, in contanti, a termine fermo; ***~ de cesárea*** *med* taglio cesareo; ***~es bursátiles, de cambio*** operazioni di borsa, di cambio; ***~es militares, matemáticas...*** operazioni militari, matematiche...; ***mesa de ~es*** *med* letto operatorio; **~dor, -a** *adj/s cine/tecn/mat tamb. fig* operatore, -trice; **~nte** *adj* operante; **~r** *vt/i med tamb. fig* operare; **~rio, -a** *m/f* operaio, -a; **~tividad** *f* operatività *inv*; **~tivo, -a 1.** *adj* operativo, -a; **2.** *m Am mil* azione *f*, operazione *f*; **~torio, -a** *adj* operatorio, -a
opérculo *m bot/zool* opercolo
opereta *f mús* operetta ◊ ***de ~*** *desp* da operetta
operístico, -a *adj* operistico, -a
operos|idad *f* operosità *inv*; **~o, -a** *adj* operoso, -a
opiáceo, -a *adj/s* oppiaceo, -a
opiado, -a *adj* oppiato, -a
opina|ble *adj* opinabile, discutibile; **~r** *vi* opinare, pensare; discutere
opinión *f* opinione, parere *m*, giudizio *m* ◊ ***en ~ de*** secondo l'opinione di; ***en mi ~*** a mio parere; ***tener buena, mala ~ de*** avere una buona, cattiva opinione di
opio *m tamb. fig* (*droga*) oppio
opiómano, -a *m/f* oppiomane
opíparo, -a *adj* splendido, -a, lauto, -a
opone|nte *adj/s* opponente; **~r** ‹*pongo; pondré; puse; puesto*› V. 32 **1.** *vt* opporre; **2. ~se** opporsi (**a** a), contrastare (**a** con)
oponible *adj* opponibile
oporto *m* vino di Oporto
oportun|idad (*pl* **oportunidades**) **1.** *f* opportunità, convenienza, occasione; **2.** *fpl* (*venta*) sal-

di *mpl*; **~ismo** *m* opportunismo; **~ista** *adj/s* opportunista; **~o, -a** *adj* opportuno, -a, conveniente
oposi|ción *f* 1. opposizione; antagonismo *m*, contesa; 2. concorso (statale) *m*; 3. *astron/pol* opposizione ◊ **~ *a cátedra*** concorso a cattedra; ***sacar/ganar una*** ~ vincere un concorso; **~tar** *vi adm* concorrere; **~tor, -a** *adj/s* 1. *adm* concorrente; 2. oppositore, -trice
opresi|ón *f med* oppressione; *fig* giogo *m*; **~vo, -a** *adj* oppressivo, -a
opresor, -a 1. *adj* oppressore, opprimente; **2.** *m/f* tiranno, -a, oppressore, -a *raro*
oprimir *vt* opprimere; schiacciare
oprobio *m* obbrobrio, infamia *f*, ignominia *f*; **~so, -a** *adj* obbrobrioso, -a, vergognoso, -a, infame
optar *vi* optare (**por** per), scegliere *vt*
optativo, -a *adj* 1. *ling* ottativo, -a; 2. *estud* facoltativo, -a, opzionale
ópti|ca *f* ottica; **~o, -a** *adj/m* ottico, -a
ópticon *m tecn* (*ciegos*) opticon *inv*
optim|ar V. **optimizar**; **~ismo** *m* ottimismo
óptimist *m nav/sport* optimist *inv*
optimi|sta *adj/s* ottimista; **~zar** (*var.* **optimar**) ‹*optimicé*› *vt* ottimizzare
óptimo, -a *adj elev* ottimo, -a (*estánd*)
óptimum *m* optimum *inv*
optometría *f med* optometria
optómetro *m* ottotipo
optótipo *m tecn/med* ottotipo, optotipo
opuesto, -a *adj* opposto, -a, contrario, -a
opugna|ción *f* oppugnazione; **~r** *vt* oppugnare
opulen|cia *f* opulenza, ricchezza; **~to, -a** *adj* opulento, -a, ricco, -a
opus *m mús* opus
opúsculo *m* opuscolo, fascicolo, dépliant* *inv*
opuse V. **oponer**
oquedad *f* vuoto *m*, cavità *inv*; *fig* inconsistenza
ora *adv elev* (*distrib.*) ora
oración *f* 1. *ling* orazione, proposizione; 2. *relig* orazione, preghiera
oráculo *m* oracolo
orador, -a *m/f* 1. oratore, -trice; 2. conferenziere, -a; parlatore, -trice
oral *adj* orale; verbale
¡Órale! *excl Méx* Forza!, Coraggio!, Animo!
oralidad *f* oralità *inv*
orangután *m zool* orangutan *inv*, orangutano
orar *vi elev* pregare, orare
orat|e *m/f elev* demente; **~oria** *f* oratoria, eloquenza; **~orio, -a** *adj/m relig/mús* oratorio, -a
orbe *m elev* orbe, circolo; mondo
órbita *f cient fig* orbita; *fig* ambito *m*, sfera ◊ ***en ~*** *jerga drog* (*droga*) in orbita; ***en ~/fuera de ~*** in orbita/fuori orbita
orbita|l *adj* orbitale; **~r** *vi* orbitare
orca (*var.* **orco** *m*) *f zool* orca; **~neta** *f* 1. *bot* alkanna, alcanna vera, orcanetto; **~ amarilla** viperina comune
orco V. **orca**
órdago: de ~ *adv* magnifico, eccellente, coi fiocchi ◊ **echar un ~** sfidare

orden (*pl* **órdenes**) **1.** *m* ordine; *cient/arq* ordine; **2.** *f* ordine *m* ◊ ***~ de arresto*** mandato di cattura; ***~ público*** ordine pubblico; ***¡A la ~!*** *mil* Agli ordini!; (*contestación*) Signorsì!; ***a la ~*** *com* all'ordine; ***de ~ de*** per ordine di; ***el ~ del día*** (*acta*) l'ordine del giorno; ***el ~ sacerdotal*** l'ordine sacerdotale; ***en ~ (a)*** in ordine (a); ***estar a la ~ del día*** essere all' ordine del giorno, essere usuale; ***estar a las ~es de alg*** essere agli ordini di q; ***llamar al ~*** richiamare all'ordine; ***poner en ~*** mettere in ordine; ***por ~ alfabético*** in ordine alfabetico; ***una ~ de entrega, de pago*** *com* un ordine di consegna, di pagamento; ***una ~ religiosa, militar*** un ordine religioso, militare; **~ación** *f com/relig* ordinazione; ordine *m* ◊ ***~ de pagos*** ufficio di contabilità; **~ada** *f mat* ordinata; **~ador** *adj/m* ordinatore; *informát* computer *inv* ◊ ***~ personal*** personal computer *inv*; **~amiento** *m* ordinamento; *jur* statuto, legge *f*; **~ando** *m relig* ordinando; **~anza 1.** *m* 1. usciere; 2. *mil* attendente; **2.** *f jur/mil* ordinanza; **~ar** *vt* ordinare, mettere in ordine; comandare, ordinare; *relig* ordinare
ordeñ|ador, -a *adj/s* mungitore, -trice; **~adora** *f tecn* mungitrice; **~ar** *vt* mungere; **~o** *m* mungitura *f*
ordinal *adj* ordinale
ordinar|iez *f* volgarità *inv*; **~io, -a** *adj* ordinario, -a; volgare, ordinario, -a, grossolano, -a ◊ ***de ~*** di solito; ***juez ~*** giudice ordinario; ***vía ~a*** via ordinaria
orear 1. *vt* arieggiare, ventilare; **2. ~se** ventilarsi; uscire a prendere aria *vi*
orégano *m bot* origano ◊ ***no todo el monte es ~*** non sono tutte rose e fiori
orej|a *f med fig* orecchio *m* ◊ ***~s de soplillo*** orecchie a sventola; ***aguzar las ~s*** aprire bene gli orecchi/le orecchie, drizzare gli orecchi; ***apearse por las ~s*** dire qualche fesseria; ***calentarle (a alg) las ~s*** fare una lavata di testa a q, tirare gli orecchi a q; ***con las ~s gachas*** a capo chino; ***descubrir la ~*** scoprire il lato debole; ***mojarle la ~ a alg*** vincere q; soffiare negli orecchi a q; ***poner (a alg) las ~s coloradas*** far diventare rosso q; ***ver las ~s al lobo*** correre un brutto rischio; **~ón** *m gastr* pesca secca *f*; **~udo, -a** *adj* orecchiuto, -a
oremus: perder el ~ *vi* perdere il senno
oreo *m* aerazione *f*
orfan|ato *m* orfanotrofio; **~dad** *f* orfanezza; abbandono *m*
orfebre *m* orefice, gioielliere; **~ría** *f* oreficeria
orfelinato V. **orfanato**
orfeón *m* coro, società corale *f inv*
orfeonista *m/f* corista
órfico, -a *adj relig* orfico, -a , dell'orfismo
organdí *m txtl* organza *f*, organdi(s) *inv*
organicidad *f* organicità *inv*
orgánico, -a *adj* organico, -a
organigrama *m* organigramma

organil|lero, -a *m/f mús* suonatore, -trice di organetto; **~o** *m* organetto

organis|mo *m med* organismo; *adm* organismo, ente; **~ta** *m/f mús* organista

organístico, -a *adj* organistico, -a

organiz|ación *f* organizzazione ◊ **~ *Mundial del Comercio (OMC)*** Organizzazione Mondiale del Commercio (OMC); **~ador, -a** *adj/s* organizzatore, -trice; **~ar** ‹*organicé*› *vt* organizzare, disporre, preparare; **~ativo, -a** *adj* organizzativo, -a

órgano *m cient/mús/tecn tamb. fig* organo

organo|grafía *f biol/mús* organografia; **~léptico, -a** *adj elev* organolettico, -a

órganum *m mús ant* organum

organza *f* organza

orgasmo *m* orgasmo

orgía *f tamb. fig* orgia

orgiástico, -a *adj* orgiastico, -a

orgullo *m* orgoglio; superbia *f*, alterigia *f*, arroganza *f*; **~so, -a** *adj* orgoglioso, -a; superbo, -a, altero, -a, arrogante, -a

orienta|ble *adj* orientabile; **~ción** *f* orientamento ◊ ***curso de ~ universitaria (COU)*** *ant Esp* corso di orientamento universitario; ***sentido de ~*** senso di orientamento; **~do, -a** *adj* esposto, -a, diretto, -a; **~ *al norte*** *esposto a nord*; **~l** *adj/s* orientale; **~lismo** *m* orientalistica *f*; **~lista 1.** *m/f* orientalista; **2.** *adj* orientalistico, -a; **~r 1.** *vt* orientare; **2. ~se** *fig* indirizzarsi, orientarsi; **~tivo, -a** *adj* orientativo, -a

oriente *m* oriente, est, levante ◊ ***Gran ~*** (*masonería*) Grande Oriente; ***Medio, Extremo, Cercano ~*** *geogr/hist* Medio, Estremo, Vicino Oriente

orificio *m* orifizio, apertura *f*, foro

origen (*pl* **orígenes**) *m* origine *f*; origine *f*, fonte *f*, genesi *f inv*; origine *f*, nascita *f*, cuna *f*, provenienza ◊ ***dar ~*** dare origine; ***de ~*** di origine, originario; ***defecto, denominación de ~*** difetto, denominazione d'origine

origina|l *adj/m* originale; **~lidad** *f* originalità *inv*; **~r 1.** *vt* originare, causare, generare; **2. ~se** derivare *vi*, nascere *vi*; **~rio, -a** *adj* originario, -a; oriundo, -a

orill|a *f geogr* riva, sponda; orlo *m*, bordo *m*, margine *m* ◊ ***a ~s de*** vicino a; ***a la ~ de*** in riva a, sulla riva di; **~ado** *m* bordatura *f*, bordino, orlatura *f*, profilatura *f*; **~ar** *vt* 1. (*tela*) orlare; 2. (*asuntos*) aggiustare; 3. *fig* schivare; **~o** *m* cimosa *f*

orín (*pl* **orines**) **1.** *m* ruggine *f*; **2.** *mpl* orina *f*

orina *f* orina; **~l** *m* vaso da notte, orinale; **~r** *vt/i* orinare

oriundo, -a *adj* oriundo, -a, originario, -a

orla *f* 1. festone *m*, gallone *m*; 2. cornice; 3. ="quadro con le fotografie dei compagni di corso e professori fatto a fine laurea/diploma (universitario)"; **~do** *m* orlatura *f*; **~r** *vt* 1. orlare; 2. *tecn* filettare, listare; 3. incorniciare

orlo *mús* V. **cromorno**

orlón® *m txtl* orlon *inv*

ornament|ación *f* ornamentazione; **~al** *adj* ornamentale; **~ar** *vt* ornare, adornare, addobbare; **~o 1.** *m* ornamento, adorno, addobbo; *arq* fregio; **2.** *mpl relig* paramenti

ornar *vt elev* ornare, adornare, abbellire

ornato *m* ornato, fregio

ornitina *f quím* ornitina

ornitol|ogía *f zool* ornitologia; **~ógico, -a** *adj* ornitologico, -a

ornitólogo, -a *m/f* ornitologo, -a

ornitomancia (*var.* **ornitomancía**) *f* ornitomanzia

ornitorrinco *m* ornitorinco

ornitosis *f inv zool* ornitosi

oro 1. *m* oro; **2.** *mpl* (*naipes*) denari ◊ ***~ de ley, de 18 quilates*** oro fino, a 18 carati; ***como ~ en paño*** come fosse oro; ***como los chorros del ~*** brillante, lucente; ***corazón de ~*** cuore d'oro; ***hacerse de ~*** diventare ricchissimo; ***montado en ~*** montato in oro; ***no es ~ todo lo que reluce*** non è tutt'oro ciò che luce; ***prometer el ~ y el moro*** promettere tutto l'oro del mondo, promettere mari e monti

orog|enia (*var.* **orogénesis** *inv*) *f geol* orogenesi *inv*; **~énico, -a** *adj geol* orogenico, -a

orogr|afía *f geogr* orografia; **~áfico, -a** *adj* orografico, -a

orondo, -a *adj* 1. panciuto, -a; 2. *fig* soddisfatto, -a, appagato, -a; *fig* tranquillo, -a

oronja *f bot* agarico *m* ◊ ***falsa ~*** agarico moscario (*m*)

oropel *m* 1. orpello; 2. *fig* fronzolo

oropéndola *f zool* oriolo *m*, rigogolo *m*

oropesa *f bot* asfodelo *m*

orquesta *f* orchestra; **~ción** *f* orchestrazione; **~l** *adj* orchestrale; **~r** *vt* orchestrare

orquestina *f* orchestrina

orquídea *f bot* orchidea

orquitis *f inv med* orchite *f*

ortega *f zool* ganga

ortiga *f bot* ortica

ortodoncia *f med* ortodontia, ortodonzia

ortodox|ia *f* ortodossia; **~o, -a** *adj/s* ortodosso, -a

ortoepía *f ling* ortoepia

ortofonía *f med/ling* ortofonia

ortofónico, -a *adj* ortofonico, -a

ortogonal *adj geom* ortogonale

ortogr|afía *f ling* ortografia; **~áfico, -a** *adj* ortografico, -a

ortop|edia *f med* ortopedia; **~édico, -a** *adj* ortopedico, -a; **~edista** *m/f* ortopedico

ortópteros *mpl zool* ortotteri

oruga *f* 1. *bot* ruca, ruchetta; 2. *zool* bruco *m*, larva, baco *m*

orujo *m* 1. (*uva*) acquavite *f*; 2. (*aceituna*) sansa *f*

orza *f* 1. (*vasija*) orcio *m*, orciolo *m*; 2. *nav* orza ◊ ***a ~*** *nav* all'orza; **~da** *f* orzata; **~r** ‹*orcé*› *vi nav* orzare, andare contro vento

orzuelo *m med* orzaiolo

os *pron* vi; ve; ~ ***dije*** *vi dissi*; ~ ***llamé*** *vi chiamai*; ~ ***lo diré*** *ve lo dirò*; ***amaos, idos*** *amatevi, andatevene*

osa *f astron* orsa ◊ ***¡anda la ~!*** *Esp* Caspita!, Capperi!

Osa *f astron* Carro *m* ◊ ***la ~ mayor, la ~ menor*** il Gran Carro, il Piccolo Carro

osad|ía *f* audacia, ardimento *m*, valore *m*; **~o, -a** *adj/s* audace, coraggioso, -a, ardito, -a, intrepido, -a; insolente, sfacciato, -a

osamenta *f* ossame *m*, scheletro *m*

osario (*var.* **osar**) *m* ossario

óscar *m cine* oscar *inv*

oscarizado, -a *adj/s* oscarizzato, -a

oscila|ción *f* oscillazione; **~ante** *adj* oscillante; **~ar** *vi* oscillare; *fig* vacillare, dubitare, esitare; **~atorio, -a** *adj* oscillatorio, -a; **~ógrafo** *m tecn* oscillografo

osco, -a *adj/s hist* osco, -a

ósculo *m elev* osculo

oscurantis|mo *m* oscurantismo; **~ta** *m/f* oscurantista

oscurec|er ‹*oscurezco*› V. 13a **1.** *vi/imp* annottare; diventare buio; **2.** *vt* oscurare; *fig* offuscare; **~imiento** *m* oscuramento; *fig* offuscamento

oscuridad *f* oscurità *inv*, buio *m*; tenebre *fpl*

oscuro, -a 1. *adj/m* oscuro, -a, buio, -a, scuro, -a; **2.** *adj* cupo, -a, fosco, -a ◊ ***a ~as*** all'oscuro

óseo, -a *adj* osseo, -a

osezno *m* orsacchiotto

osificación *f* ossificazione

osmi|ato *m quím* osmiato; **~o** *m quím* osmio

osmosis (*var.* **ósmosis**) *f inv fís* osmosi

oso, -a *m/f zool* orso, -a ◊ ~ ***hormiguero*** formichiere; ~ ***polar, pardo*** orso polare, bruno; ***hacer el ~*** fare il pagliaccio; corteggiare

¡oste! *excl* via!, fuori!

osteítis *f inv med* osteite *f*

ostens|ible *adj* ostensibile, plateale, ostentato, -a; **~ivo, -a** *adj* ostensivo, -a; **~orio** *m relig* ostensorio

ostent|ación *f* mostra, pompa, ostentazione, vanto *m* ◊ ***hacer ~ de u-c*** fare pompa/ostentazione di qc; **~ar** *vt* mostrare, ostentare, far pompa di *vi*; **~oso, -a** *adj* ostentato, -a, pomposo, -a, sfarzoso, -a

osteo|logía *f med* osteologia; **~mielitis** *f inv med* osteomielite *f*; **~porosis** *f inv med* osteoporosi

ostinato *m mús* ostinato

ostión (*var.* **ostrón**) *m* ostrica (grande) *f*

ostra *f zool/gastr* ostrica ◊ ***¡~(s)!*** *excl euf/coloq* Caspita!, Cavolo!; ***aburrirse como una ~*** annoiarsi a morte; **~cismo** *m* ostracismo

óstracon *m* (*arqueología*) ostracon *inv*

ostricult|or, -a *m/f* ostricoltore, -trice; **~ura** *f* ostricoltura

ostrón V. **ostión**

otalgia *f med* otalgia

OTAN (*Organización del Tratado del Atlántico Norte*) *abr/f* NATO (*Organizzazione del Trattato Nord Atlantico*)

otario, -a *adj Arg* sciocco, -a, stupido, -a

otear *vt* esplorare, scrutare, osservare dall'alto; **~ro** *m* monticello, collina isolata *f*

OTI (*Organización de las Televisiones Iberoamericanas*) *abr/f* OTI

otitis *f inv med* otite *f*

otología *f* otoiatria

otólogo, -a *m/f med* otoiatra *inv*

otoman|a *f* ottomana, divano alla turca *m*; **~o, -a** *adj/s hist* ottomano, -a

otoñ|al *adj* 1. autunnale; 2. *fig* maturo, -a; **~o** *m meteo tamb. fig* autunno ◊ ~ ***caliente*** *pol* autunno caldo

otorg|amiento *m* 1. permesso, concessione *f*; rilascio; 2. *jur* scrittura *f*, atto notariale; **~ante** *adj/s* mandante; **~ar** ‹*otorgué*› *vt* 1. autorizzare, concedere, conferire; rilasciare; 2. *jur* stipulare

otorrinolaringólogo, -a *m/f med* otorinolaringoiatra

otro, -a *adj/pron* altro, -a ◊ ***~a vez será*** sarà per un'altra volta; ***~a vez, cosa*** un'altra volta, un'altra cosa; ***¡~!*** Bis!; ~ ***o/a que tal!*** Chi ci mancava!; ***¡Esa es ~a!*** Questo, per giunta!; ***el ~ día*** l'altro giorno; ***el ~*** l'altro; ***hasta ~ día*** arrivederci; ***la ~a*** l'altra; ***los unos a los ~os*** l'un l'altro; ***no era ~ que*** non era altri che; ***por ~a parte*** d'altra parte; ***que lo haga ~*** che lo faccia un altro; ***ser ~ o/a essere*** un altro/un'altra; **~ra** *adv* in altro tempo; **~sí** *adv jur* altresì

OUA (*Organización para la Unidad Africana*) *abr/f* OUA (*Organizzazione dell'Unità Africana*)

out [awt] *m* out *inv*; **~ing** ['awtin] *m* ◊ outing; **~rigger** [awt'riger] *m nav* outrigger *inv*

ovaci|ón *f* ovazione, acclamazione ◊ ~ ***cerrada*** standing ovation*; **~onar** *vt* applaudire

oval (*var.* **ovalado, -a**) *adj* ovale; **~ar** *vt* ovalizzare

óvalo *m* ovale *f* (!)

ovárico, -a *adj med bot* ovarico, -a

ovario *m* 1. *med* ovaio, ovaia *f*; 2. *bot* ovario ◊ ***estar hasta los ~s*** *euf/vulg* avere le palle piene

ovej|a *f zool* pecora ◊ ~ ***descarriada, negra*** pecorella smarrita, nera; ***cada ~ con su pareja*** tratta con i pari tuoi; **~ero, -a** *adj/s* pecoraio, -a; **~uno, -a** *adj* ovino, -a

over *m sport ant* (*natación*) over *inv*; **~booking** [over'bukin] *m* overbooking *inv*

ovill|ar 1. *vt* aggomitolare, raggomitolare; **2. ~se** rannicchiarsi, aggomitolarsi; **~o** *m* gomitolo ◊ ***hacerse un ~*** raggomitolarsi, rannicchiarsi; *fig* impappinarsi, confondersi

ovino, -a *adj/m* ovino, -a

ovíparo, -a *adj* oviparo, -a

ovni *m* ufo *inv*

ovoidal (*var.* **ovoide**) *adj* ovoideo, -a, ovoide

óvolo *m* ovolo

ovula|ción *f biol* ovulazione; **~r 1.** *vt* ovulare; **2.** *adj* ovulare; **~torio, -a** *adj/m* ovulatorio, -a

óvulo *m* ovulo

oxalato *m quím* ossalato

oxhídrico, -a *adj* ossidrico, -a

oxida|ble *adj* ossidabile; **~ción** *f* ossidazione; **~do, -a** *adj* rugginoso, -a; **~nte** *adj/m* ossidante; **~r 1.** *vt* ossidare; arrugginire; **2. ~se** arrugginirsi
óxido *m quím* ossido
oxigen|ación *f* ossigenazione; **~ar** *vt* ossigenare ◊ ***~se*** *coloq* respirare aria fresca
oxígeno *m* ossigeno
oxímoron *m lit* ossimoro
oxitocina *f biol* oxitocina
oxítono, -a *adj ling* ossitono, -a, acuto, -a
¡oxte!: sin decir ~ ni moxte *adv* senza dire né ai né bai
oye, oyendo V. **oír**
oyente *adj/s* uditore, -trice ◊ ***alumno ~*** privatista, alunno uditore
oyó V. **oír**
ozon|izar ‹*ozonicé*› *vt* ozonizzare; **~o** *m quím* ozono ◊ ***agujero de ~*** buco dell'ozono; ***capa de ~*** fascia d'ozono; **~osfera** *f* ozonosfera; **~oterapia** *f med* ozonoterapia

P

P. (*padre*) *abr* Rev. (reverendo)
p% (*por ciento*) *abr* (*per cento*) p. %
pa *prep coloq* per ◊ ***de pe a ~*** *coloq* dalla A alla Zeta
PA (*Partido Andalucista*) *abr*
p.a. *abr* 1. (*por autorización*) per autorizzazione; 2. (*por ausencia*) in assenza
pabellón *m* 1. *med/mil* padiglione; 2. tenda da campo *f*; 3. (*cama*) baldacchino; 4. *mús* campana *f*, padiglione; 5. *nav* bandiera *f* ◊ ***~ auricular*** padiglione auricolare; ***dejar el ~ muy alto*** *tamb. fig* portare alta la bandiera
pabilo (*var.* **pábilo**) *m* lucignolo, stoppino, miccia *f*
pábulo *m* cibo, pasto, pascolo; *fig* alimento ◊ ***dar ~ a*** (*rumores*) fomentare
paca *f* 1. balla, collo *m*; 2. *zool* paca *m inv* (!); **~tería** *f* puritanesimo *m*; **~to, -a** *adj* 1. calmo, -a, mite; 2. timorato, -a
pace|dero, -a *adj* pascolativo, -a; **~maker** [pejs'mejker] *med* V. **marcapasos**; **~r** ‹*pazco*› V. 13a *vt/i zool* pascolare; *zool tamb. fig* pascere
pachá *m hist* pascià* *inv*
pachan|ga *f* (*baile*) pachanga; **~guero, -a** *adj/s coloq/desp* (musica) leggera di scarsa qualità (solo orecchiabile)
pacharán *m* liquore di prugnola
pachas: a ~ *adv* a metà, in collaborazione
pachorra *f* fiacca, flemma
pachucho, -a *adj coloq* (*fruta, flores*) passato, -a, troppo maturo, -a, molle; (*salud*) poco bene, indisposto, -a; (*personas*) giù di morale
pacien|cia *f* pazienza ◊ ***¡~!*** ¡Pazienza!; ***~ infinita*** pazienza infinita; ***abusar de la ~ de alg*** abusare della pazienza di q; ***acabar con la ~ de alg/hacerle perder a alg la ~/agotar la ~ de alg*** far perdere/far scappare la pazienza a q; ***armarse/cargarse de ~*** fornirsi/munirsi di pazienza; **~te 1.** *adj* paziente; **2.** *m/f med* paziente
pacifica|ción *f* pacificazione; **~dor, -a** *adj/s* pacificatore, -trice, conciliatore, -trice; **~r** ‹*pacifiqué*› *vt* pacificare, riconciliare; calmare
pacífico, -a *adj* pacifico, -a; quieto, -a, tranquillo, -a, calmo, -a ◊ ***el océano *~*** l'Oceano Pacifico
pacifismo *m*
pacifista *adj/s* pacifista
pack *m* pack *inv*; **~aging** ['pakayin] *m com* packaging *inv*
pacotil|la *f* paccottiglia ◊ ***de ~*** da strapazzo; ***hacer su ~*** farsi il gruzzolo; **~ero** *m* chincagliere; *Am* venditore ambulante
pact|ado, -a *adj/m* pattuito, -a, convenuto, -a; ***pagar lo ~*** *pagare il pattuito*; **~ar** *vt/i* pattuire *vt*, patteggiare, negoziare *vt*; **~ismo** *m* pattismo; **~o** *m* patto, accordo, convenzione *f* ◊ ***~ Atlántico*** Patto Atlantico; ***~ de estabilidad*** patto di stabilità; ***~ de retro*** *jur* patto di riscatto; ***~ de Varsovia*** *hist* Patto di Varsavia; ***hacer un ~*** fare un patto
padda *m zool* (*pájaro*) padda *m/f inv*
paddle ['padel] *m sport* paddle
padec|er ‹*padezco*› V. 13a **1.** *vi* soffrire, patire (*elev*); ***~ del corazón*** *soffrire di cuore*; **2.** *vt fig* sopportare; **~imiento** *m* sofferenza *f*, patimento, dolore
padra|stro *m* 1. patrigno; 2. (*uña*) pipita *f*; **~zo** *m* ="padre molto affettuoso"; *enf* mammo
padre *m* padre ◊ ***~ adoptivo, espiritual...*** padre adottivo, spirituale...; ***~ de familia*** capo famiglia; ****~ Eterno*** Padre Eterno; ****~ Nuestro*** Padrenostro; ***cada uno de su ~ y de su madre*** uno differente dall'altro; ***de ~ y muy señor mio*** tremendo, incredibile; ***no casarse (alg) ni con su ~*** non far patti con nessuno, non far caso a nessuno, essere inflessibile con tutti; ***Santo *~*** Santo Padre; ***sin ~ ni madre, ni perro que le ladre*** orfano e solo; ***¡Tu, su ~!*** Maledizione a tuo/suo padre!, Mannaggia a tuo/suo padre!; ***tener el ~ alcalde*** avere protettori; **~nuestro** *m* padrenostro
padri|nazgo *m* comparatico; protezione *f*; **~no 1.** *m* padrino; **2.** *mpl* 1. padrino e madrina; 2. *fig* protettori ◊ ***enviaré a mis padrinos*** *ant* (*duelo*) invierò i miei padrini
padrón *m* 1. *adm* censo; 2. *fig* modello; 3. *arq* colonna *f*; 4. *Am zool* stallone ◊ ***~ de ignominia*** vergogna
Padua Padova
paduano, -a *adj/s* padovano, -a
paell|a *f* 1. *Esp gastr* (="*riso tipico valenzano a base di verdure e carne (pollo, coniglio), o di frutti di mare, o mista*") paella; 2. (*recipiente*) padella; **~ero, -a 1.** *m/f* persona che vende o fa padelle; **2.** *m* fornello speciale per fare la paella; **3.** *f* padella speciale
pág. (*página*) *abr* p. (*pagina*)

paga *f* stipendio *m*, paga, salario *m*; *fig* ricompensa, paga ◊ ~ ***extra*** 13ª, 14ª, ... mensilità, la tredicesima, la quattordicesima, ...; **~dero, -a** *adj* pagabile ◊ ~ ***en efectivo, por adelantado*** *com/jur* pagabile in contanti, anticipatamente; **~do, -a** *adj* appagato, -a, soddisfatto, -a ◊ ***muy ~ de sí mismo*** presuntuoso, arrogante; **~dor, -a** *m/f* pagatore, -trice; **~duría** *f* pagatoria

págalo *m* (*ave*) stercorario (maggiore, mezzano, ecc.)

paganlismo *m* paganesimo; **~o, -a** *adj/s* 1. pagano, -a, infedele; 2. *coloq/hum* pagatore, -trice

pagar ‹*pagué*› **1.** *vt* pagare; **2. ~se** appagarsi, sentirsi pago ◊ ~ ***el pato/los platos rotos*** pagare la pena; ***~la(s)*** pagarla, pagarle; ***a ~*** da pagare; **~é** *m* pagherò *inv*, titolo di credito

pagaya *f* (*remo*) pagaia

pagaza *f zool* (*ave*) sterna (zampenere)

página *f* pagina ◊ ***~s amarillas*** pagine gialle

paginalción *f* impaginazione; **~r** *vt* numerare le pagine

pago *m* 1. *com* pagamento; *fig* ricompensa *f*, premio; 2. villaggio; terra *f* ◊ ~ ***a plazos*** pagamento a rate; ~ ***adelantado*** pagamento anticipato; ~ ***en efectivo*** pagamento in contanti; ***en ~ de*** in ricompensa di; ***suspensión de ~s*** suspensione dei pagamenti; **~da** *f* pagoda

pagro *m zool* (*pez*) pagro

págs. (*páginas*) *abr* pp. (*pagine*)

paguro *m zool* paguro

paidofilia *f med/psicol* paidofilia

paila *f* bacino di metallo *m*

paipay (*var.* **paipái, paypay**) *m* flabello

pairo *m nav* panna *f* ◊ ***al ~*** in panne

país *m* paese ◊ ****~es Bajos*** *geogr* Paesi Bassi; ***vivir sobre el ~*** *mil* vivere a sbafo

paisajle *m* paesaggio; **~ista** *adj* paesista, paesaggista; **~ístico, -a** *adj* paesaggistico, -a, paesistico, -a

paisano, -a 1. *adj/s* paesano, -a; **2.** *m/f* compaesano, -a ◊ ***ir de ~*** andare in borghese

paja *f* 1. *bot* paglia; pagliuzza; 2. scarto *m*, roba scarta; 3. *Am* rubinetto *m*; 4. *vulg* (*hombre*) sega; (*mujer*) ditalino *m* ◊ ***buscar la ~ en el oído*** cercare brighe; ***hacerse una ~*** *vulg* (*hombre*) farsi una sega; (*mujer*) farsi un ditalino; ***no dormirse en las ~s*** non dormire sugli allori; ***por un quítame allá esas ~s*** per una cosa da nulla; ***ver la ~ en el ojo ajeno y no ver la viga en el propio*** guardare la pagliuzza nell'occhio altrui e non vedere la trave nel proprio; **~r** *m* pagliaio; fienile ◊ ***buscar una aguja en un ~*** cercare un ago in un pagliaio

pájara *f* 1. uccello *m*; 2. (*juego*) cometa; 3. volpona, furbacchiona; 4. *sport* svenimento *m*

pajarear *vi* vagabondare

pajarerla *f* uccelliera; **~ía** *f* negozio di uccelli *m*; **~o, -a 1.** *m/f* uccellatore, -trice; **2.** *adj* (*traje, color*) chiassoso, -a; (*persona*) burlone, -a

pajarillla *f bot* aquilegia ◊ ***alegrársele (a alg) las ~s*** brillare gli occhi a q; **~ta** *f* 1. papillon *m inv*; 2. figurina di carta

pájaro *m* 1. uccello; 2. persona astuta *f* ◊ ~ ***de cuenta*** *desp* imbroglione; ~ ***de mal agüero*** uccello del malaugurio; ~ ***gordo*** *fig* pesce grosso; ~ ***loco*** *zool* passero solitario; ~ ***mosca*** *zool* uccello mosca; ~ ***polilla*** uccello di S. Maria, Martin pescatore; ***más vale ~ en mano que ciento volando*** meglio un uovo oggi che una gallina domani; ***matar dos ~s de un tiro*** prendere due piccioni con una fava; ***tener la cabeza a ~s/llena de ~s*** avere grilli per la testa

pajarraco, -a 1. *m coloq/desp* uccellaccio; **2.** *m/f fig* furbacchione, -a, volpone, -a

paje *m* paggio; **~l** *m zool* pagello; **~ro** *m Esp coloq* (*sexo*) ="chi (si) fa delle seghe"

pajilllera, -o *f/m jerga/desp* (*sexo*) ="chi (si) fa delle seghe"; **~ta** *f* cannuccia; **~zo, -a** *adj* di paglia; (*color*) paglierino, -a

pajolero, -a 1. *adj/s* scocciatore, -trice, noioso, -a; **2.** *adj coloq* maledetto, -a

Pakistán *m geogr* Pakistan

pakistaní *adj/s* pachistano, -a

pala *f* 1. pala; vanga, badile *m*; 2. *fig* abilità *inv*, destrezza ◊ ~ ***mecánica*** escavatore (*m*)

palabra *f* parola ◊ ~ ***de Dios/divina*** parola di Dio; ~ ***de honor*** parola d'onore; ~ ***de matrimonio*** promessa di matrimonio; ~ ***fea/malsonante*** parolaccia; ~ ***por*** ~ parola per parola; ***¡~s!*** Parole, parole!; ***~s cruzadas*** *Arg* parole incrociate; ***~s mayores*** parole serie/gravi; ***¡Ni (una) ~!*** Non una parola, mi raccomando!; ***¡Santa ~!*** Parole Sante!; ***a buen entendedor, con pocas ~s basta*** a buon intenditor poche parole; ***a medias ~s*** tra i denti; ***agarrar/coger la ~*** prendere la parola; ***dar ~*** dare la parola; ***de ~*** a voce; a parole; (*persona*) di parola; ***de pocas ~s*** di poche parole; ***dejar con la ~ en la boca*** piantare in asso; ***dirigir la ~*** rivolgere la parola; ***en pocas ~s*** in poche parole; ***en una ~*** in/con una parola; ***faltar a la ~*** mancare alla parola; ***faltar/no tener ~s*** non avere parole; ***gastar ~s*** sprecare parole; ***juego de ~s*** gioco di parole; ***la última ~*** l'ultima parola; ***medir las ~s*** misurare le parole; ***no entender ~*** non capire neanche una parola; ***pedir la ~*** chiedere la parola; ***quitar la ~ de la boca*** togliere la parola di bocca; ***sobre la ~*** sulla parola

palabrelja *f* paroletta; **~ría** *f* ciarle *fpl*, parole prive di senso *fpl*; **~ro, -a** *adj/s desp* ciarlone, -a

palabrota *f* parolaccia

palacete *m* palazzetto

palaciego, -a (*var.* **palaciano**) *adj/s* cortigiano, -a

palacio *m* palazzo ◊ ~ ***real, de Justicia...*** palazzo reale, di Giustizia...

palada *f* palata; **~r** *m med* palato; *fig* palato, sapore, gusto

paladear *vt* assaporare, gustare

paladín *m hist tamb. fig* paladino

paladino, -a *adj* chiaro, -a, palese

paladio *m quím* palladio
palafito *m hist* palafitta *f*
palafr|lén *m* palafreno; **~enero** *m* palafreniere
palanca *f mec* leva; *Cuba/Sal fig* persona influente ◊ **~ *de mando*** *informát* joistick*
palangan|a *f* catinella, bacinella; **~ero** *m* portacatinella, portacatino
palangre *m nav* (*pesca*) palamito, palangaro
palanqueta *f* levetta, sbarra
palanquín *m hist ant* palanchino
Palas *f mitol* Pallade
palastro *m metal* bandone
palatal *adj ling* palatale; **~ización** *f ling* palatalizzazione
palatino, -a *adj med/hist* palatino, -a
palaya *f reg zool* (*pez*) linguattola
palazo *m* vangata *f*
palco *m* palco ◊ **~ *escénico*** palcoscenico
palenque *m* 1. steccato; recinto; 2. *Am* rifugio di schiavi fuggitivi
paleo|ceno *m geol* paleocene; **~cristiano, -a** *adj* paleocristiano, -a; **~grafía** *f* paleografia; **~lítico, -a** *adj* paleolitico, -a; **~ntología** *f* paleontologia; **~ntológico, -a** *adj* paleontologico, -a; **~ntólogo, -a** *adj/s* paleontologo, -a; **~zoico, -a** *adj geol* paleozoico, -a
palermitano, -a *adj/s* palermitano, -a
Palermo *geogr* Palermo
palestino, -a (*var.* **palestinés, -esa**) *adj/s* palestino, -a
palestra *f* palestra ◊ ***salir a la* ~** venire alla ribalta
palet *m tecn* paletta *f*, pallet* *inv*, bancale
paleta *f* paletta; *arte* tavolozza; *tecn* pala; **~da** *f* 1. palettata; 2. cafonaggine ◊ ***a ~s*** a palate
paletilla *f med* scapola; *zool* spalla
paleto, -a 1. *m desp* contadinotto, -a, cafone, -a, buzzurro, -a; **2.** *adj zool* dalle corna aperte
palia|r ‹*palío*› V. 2 *vt* palliare, mascherare; attenuare, mitigare; **~tivo, -a** *adj/m* palliativo, -a
palid|ecer ‹*palidezco*› V. 13a *vi* impallidire; **~ez** *f* pallore *m*, pallidezza
pálido, -a *adj* pallido, -a; smorto, -a, scolorito, -a ◊ ***la ~a*** *elev* la morte
palier *m mec* semiasse
palill|ero *m* portastuzzicadenti *inv*, portastecchini *inv*; **~o** *m* 1. (*dientes*) stuzzicadenti *inv*, stecchino; 2. *mús* bacchetta *f*; 3. *And mús* nacchera *f*; 4. *fig* (*persona*) spaghetto *f* ◊ ***tocar todos los ~s*** provare tutti i mezzi
palimpsesto *m* palinsesto
palingenesia *f* palingenesi *inv*
palinodia *f* palinodia
palio *m* pallio; *relig* baldacchino ◊ ***recibir bajo* ~** accogliere solennemente
palique *m* chiacchierata *f* ◊ ***estar de* ~** chiacchierare
palisandro *m bot* palissandro
paliza *f* bastonata; *fig* batosta ◊ ***dar la* ~** rompere (le scatole); mollare un discorso lungo e scocciante; ***pegar una* ~** dare una bastonata; ***ser un ~s*** essere pesante/palloso; **~da** *f* palizzata, steccato *m*
pallet [pa'let] *m* pallet* *inv*; **~e** *m nav* parabordo
palma 1. *f bot/med tamb. fig* palma; **2.** *fpl* mani ◊ ***batir ~s*** battere le mani; ***conocer a alg como la ~ de su mano*** conoscere q come se stesso; ***llevar en ~s*** portare in palma di mano; ***llevarse/ganar la ~*** conseguire la palma; **~da** *f* manata; applauso *m*; battuta di mani ◊ ***dar ~s en la espalda*** dare manate sulla spalla; ***darse una ~ en la frente*** battersi la fronte; **~dita** *f* colpetto *m*; **~do, -a** *adj* palmato, -a; **~r** *m bot* palmeto; **~rio, -a** *adj* palmare, palese; **~rla** *vt coloq* crepare *vi*; **~ticompuesto, -a** *adj bot* palmaticomposto, -a; **~tinerviado, -a** *adj bot* palmato-lobato, -a; **~toria** *f* palmatoria, bugia
palme|ado, -a *adj* palmato, -a; **~ar** *vt* dare un colpo di mano sulla spalla; **~ra** *f bot* palma (da datteri); **~ta** *f* bacchetta; **~tazo** *m* bacchettata *f*
palmípedo, -a *adj/s* palmipede
palmitina *f quím* palmitina
palmito *m* 1. *Esp bot* palmito, cuore di palma; 2. *coloq* (*mujer*) bel visino, bel corpo
palmo *m* palmo; spanna *f* ◊ ***con un ~ de lengua fuera*** con un palmo di lingua fuori; ***quedarse con un ~ de narices*** restare con un palmo di naso; ***conocer ~ a ~*** conoscere a palmo a palmo; **~tear** *vi* battere le mani; **~teo** *m* battimano
palo *m* 1. palo, bastone; legno; 2. *nav* albero, palo; 3. *sport* (*puerta*) palo; *sport* bastone, mazza *f*; 4. (*naipes*) seme; 5. *fig* colpo; *fig* fregatura *f* ◊ ***a ~ seco*** *nav* a vele ammainate; *fig* nudo e spoglio, senza complimenti; ***andar a ~s*** stare sempre a litigare; ***dar ~s de ciego*** dare botte da orbi; ***de tal ~ tal astilla*** tale padre, tale figlio; ***moler a ~s*** uccidere a bastonate; ***que cada ~ aguante su vela*** ad ognuno la sua croce
paloma *f zool* colombo, -a *m/f*, piccione *m*; *pol fig* colomba (della pace) ◊ **~ *de la paz*** colomba della pace; **~ *mensajera*** colombo viaggiatore; **~r 1.** *m zool* colombaia *f*, piccionaia *f*; **2.** *adj* (*hilo*) filo ritorto
palometa *f zool* leccia stella
palomill|a *f* 1. *tecn* galletto *m*; 2. *zool* falena; **~na** *f zool* colombina; **~no** *m* 1. *zool* piccioncino; 2. *euf/coloq* ="macchia di escremento sulla roba intima" *f*; **~ta 1.** *f sport* (*fútbol*) parata in tuffo; **2.** *fpl* popcorn *m inv*
palomo *m zool* colombo
palosanto *m* legno santo
palot|ada: no dar ~ *vi* non combinare nulla; non azzeccarne una; **~e** *m* (*grafía*) asta *f*; bacchetta *f* ◊ ***no entender ni ~*** non capire un'acca
palpa|ble *adj* palpabile; chiaro, -a, evidente; **~ción** *f med* palpazione; **~r** *vt* palpare, palpeggiare; *fig* notare, sentire
palpit|ación *f* palpito *m*; *med tamb. fig* palpitazione; **~ante** *adj* palpitante; **~ar** *vi* palpitare, pulsare
palta *f Am Mer bot* avocado *m*

paltó *m Ven* giacca *f*
palúdico, -a *adj* palustre; paludoso, -a ◊ ***fiebre ~a*** febbre palustre
paludismo *m* paludismo, malaria *f*
palurdo, -a 1. *adj desp* rozzo, -a, campagnolo, -a, agreste; **2.** *adj/s desp* contadinotto, -a
palustre *adj* palustre
pamela *f* pamela
pamema *f* 1. *coloq* moina; 2. *coloq* bagattella
pampa *f geogr* pampa
pámpano *m* pampino; tralcio
pampero, -a 1. *adj/s Arg* (q o qc) della pampa; **2.** *m Arg* vento freddo della pampa
pamplinla *f coloq* bazzecola, sciocchezza; *coloq* moina; **~ero, -a** (*var.* **pamplinoso, -a**) *adj coloq* sciocco, -a; stucchevole
pamplonés, -esa *adj/s* (q o qc) di Pamplona
pan (*pl* **panes**) *m* pane ◊ ***~ ácimo/ázimo, candeal, integral, moreno*** pane azzimo, buffetto, integrale, nero; ***~ de cera, de jabón, de mantequilla*** pane di cera, di sapone, di burro; ***~ de molde*** pancarré, pane in cassetta; ***~ quemado*** (*Valencia*) ="specie di brioche grande come un pandoro"; ***~ rallado*** pan grattato; ***~ sin sal*** *fig* persona insipida; ***a ~ y agua*** a pane e acqua; ***con su ~ se lo coma*** fatti suoi, cavoli suoi; ***dame ~ y llámame tonto*** ="per il momento molla e poi dimmi quello che vuoi"; ***el ~ nuestro de cada día*** il nostro pane quotidiano; ***es ~ comido*** è cosa fatta; ***ganarse el ~*** guadagnarsi il pane; ***hacer un ~ como unas hostias*** *fig* fare una frittata; ***llamar al ~, ~, y al vino, vino*** dire pane al pane e vino al vino; ***más bueno que el ~*** buono come il pane; ***por un pedazo de ~*** per un tozzo di pane
pana *f* velluto (a coste) *m*; **~cea** *f* panacea; **~ché** *m gastr* verdura mista *f*; **~dería** *f* fornaio *m*, panettiere *m*; ***voy a la ~*** *vado dal fornaio, dal panettiere*; panificio *m*, panetteria; ***voy a la ~*** *vado al panificio, in panetteria*; **~dero, -a** *m/f* panettiere, -a, fornaio, -a; **~dizo** *m* patereccio; **~l** *m* favo
Panamá *m geogr* Panama
panamá *m* panama
panameIño, -a *adj/s* panamense; **~ricanismo** *m* panamericanismo; **~ricano, -a** *adj* panamericano, -a
pancarta *f* manifesto *m*, cartellone *m*; striscione *m*
panceta *f gastr* pancetta
pancho, -a *adj* tranquillo, -a, soddisfatto, -a ◊ ***quedarse tan ~*** restare ben tranquillo
páncreas *m inv med* pancreas
panda *m* 1. *zool* panda *inv*; 2. banda *f*, combriccola *f*; 3. *arq* galleria *f*; 4. *auto* (*Fiat, Seat*) panda *f*
pandelmonio (*var.* **pandemonium**) *m* pandemonio; **~reta** *f* tamburello *m* ◊ ***la España de ~*** la Spagna pseudofolclorica; ***zumbarle la ~ a alg*** dare una bastonata a q; **~ro** *m* 1. tamburello; 2. *coloq* sedere; 3. *fig* sciocco ◊ ***poner a alg el culo como un ~*** fargli/le un culo così
pandillla *f* combriccola, banda; comitiva; **~aje** *m* teppismo
pando, -a *adj* lento, -a; *Am* piano, -a
Pandora *f mitol* Pandora ◊ ***la caja de ~*** il vaso di Pandora
panelcillo *m* panino, pagnottella *f*; **~gírico, -a 1.** *adj* elogiativo, -a; **2.** *m* panegirico; **~girista** *m/f* panegirista
panel *m* pannello, riquadro; *tecn* pannello, quadro; **~able** *adj* pannellabile; **~ista** *m/f tecn* pannelista
panerla *f* cestino per il pane *m*; madia; **~o, -a 1.** *m* cestone per il pane; **2.** *adj* amante del pane
paneslavismo *m pol/hist* panslavismo
paneuropeo, -a *adj pol* paneuropeo, -a
pánfilo, -a *adj coloq/desp* sciocco, -a, sempliciotto, -a; *coloq/desp* lento, -a, tardo, -a
panfletlista *m/f* panflettista, pamphlettista; **~o** *m* pamphlet *inv*, libello
pangermanismo *m pol/hist* pangermanesimo
pangolín *m zool* pangolino
paniaguado *m* 1. favorito; 2. *ant* servitore
pánico, -a 1. *m* panico, paura *f*, terrore; **2.** *adj* panico, -a
panificlable *adj* panificabile; **~ación** *f* panificazione; **~adora** *f* (*fábrica*) panificio *m*; **~ar** ‹*panifiqué*› *vt* panificare
panizo *m bot* panico
panochla (*var.* **panoja**) *f* 1. *bot* pannocchia; 2. *euf/coloq* banana (*euf*), pene *m*; 3. *Am euf/coloq* passera, fica *vulg*; **~o 1.** *m* dialetto murciano; **2.** *adj* della campagna murciana
panoja V. **panocha**
panoli *adj/s* sciocco, -a, ingenuo, -a
panoplia *f* panoplia
panorlama *m* panorama, vista *f*; ***el ~ de la situación política internacional*** *il panorama della situazione politica internazionale*; **~ámica** *f* panoramica; **~ámico, -a** *adj* panoramico, -a
pantalgruélico, -a *adj* pantagruelico, -a; **~leta** *f Am* pantaloncino corto *m*
pantalla *f* 1. *cine/TV/informát tamb. fig* schermo *m*; 2. (*lámpara*) paralume *m*; 3. parafuoco *m* ◊ ***~ extraplana*** *coloq* schermo ultrapiatto; ***pequeña, gran ~*** piccolo, grande schermo
pantallón *m* pantalone ◊ ***~ bombacho/zuavo*** pantaloni alla zuava; ***~ de montar*** *coloq/desp* culotte de cheval*; ***~ de pana*** pantalone di velluto (a coste); ***~ vaquero*** blue-jeans*; ***bajarse los ~es*** cedere, arrendersi; ***llevar los ~es*** *fig* portare i pantaloni; ***llevar los ~es bien puestos*** *coloq/fig* essere duro/autoritario; **~onera** *f* pantalonaia
pantanlal *m* terreno pantanoso; **~o** *m tecn* chiusa *f*; *geogr* pantano, palude *f*, stagno; **~oso, -a** *adj* pantanoso, -a
panteíslmo *m filos* panteismo; **~ta** *m/f filos* panteista
panteón *m* monumento funebre, sepolcro di famiglia; *hist* pantheon *inv*, panteon *inv*
pantera *f zool tamb. fig* pantera

pantógrafo *m* pantografo

pantom|ima *f teat tamb. fig* pantomima; **~ímico, -a** *adj* pantomimico, -a; **~imo** *m* pantomimo

pantorril|la *f* polpaccio *m*; **~udo, -a** *adj* polpacciuto, -a

pantufla *f* pantofola

panty ['panti] *m* collant* *inv*

panz|a *f* pancia, ventre *m* ◊ ~ ***de burra/de oveja*** *jerga estud* pergamena di laurea; **~ada** *f* 1. (*golpe*) panciata; 2. *coloq* scorpacciata ◊ ***darse una*** ~ farsi una scorpacciata; **~udo, -a** *adj* panciuto, -a

pañal *m* **1.** pannolino; **2.** origini *fpl* ◊ ***de ~es*** lattante, in fasce; ***en ~es*** *fig* in fasce

pañe|ría *f* drapperia; **~ro, -a** *m* pannaiolo, -a

paño 1. *m* panno; drappo; tessuto, stoffa *f*; appannatura *f*; **2.** *mpl* panni, vesti *fpl* ◊ ~ ***de cocina*** strofinaccio; ~ ***de la Verónica*** panno della Veronica; ~ ***de lágrimas*** (*persona*) consolazione; ***~s calientes*** palliativi; ***al*** ~ *teat* dietro le quinte; ***conocer el*** ~ essere al corrente dell'affare; ***en ~s menores*** in biancheria, mezzo nudo; ***ser del mismo*** ~ essere della stessa stoffa

pañol *m nav* pagliolo; **~ero** *m nav* cambusiere

pañuelo *m* fazzoletto ◊ ~ ***de bolsillo*** fazzoletto da naso; ~ ***de papel*** fazzolettino di carta; ~ ***para la cabeza*** foulard*; ***el mundo es un*** ~ quant'è piccolo il mondo!

papa 1. *m relig* papa, pontefice; **2.** *f coloq* pappa; **3.** *fpl* 1. *Am/Can gastr* patate; 2. patatine fritte confezionate ◊ ***no entender ni*** ~ non capirci nulla; ***ser más papista que el*** ~ essere più realista del re

papá 1. *m* papà *inv*, babbo; **2.** *mpl* genitori ◊ ****~ Noel*** Babbo Natale

papa|ble *adj coloq* papabile; **~da** (*var.* **papadilla**) *f* pappagorgia, doppio mento *m*; **~do** *m* papato; **~figo** V. **papahígo**; **~gayo** *m zool tamb. fig* pappagallo ◊ ***como un*** ~ come un pappagallo; **~hígo** *m* 1. *zool* beccafico; 2. *nav* pappafico; **~ína** *f* papaina

papal *adj* papale; **~ina** *f* papalina; **~ino, -a** *adj* papalino, -a

papamoscas *m inv zool* pigliamosche

papamóvil *m* papamobile

papanat|as *m/f inv* sempliciotto, -a *m/f*, idiota *m/f*; **~ería** (*var.* **papanatismo** *m*) *f* balordaggine, idiozia

papanicolau *m med* pap-test *inv*

papar *vt coloq* pappare ◊ ***!Pápate esa!*** To', prenditi questa!; **~azzo** [papa'ratso] *m* paparazzo; **~da** *f zool* (*pez*) costardello, costardella

paparrucha *f* fandonia, ciancia

papay|a *f* 1. *bot* (*fruto*) papaia; 2. *Cuba euf/vulg* passera, fica; **~o** *m bot* (*árbol*) papaia *f*

papear *vt/i coloq* pappare

papel *m* 1. carta *f*; 2. documento; 3. *teat tamb. fig* ruolo, parte *f* ◊ ~ ***carbón/de calcar*** carta carbone; ~ ***cebolla*** carta filigranata o da lettere finissima; carta velina; ~ ***de cartas*** carta da lettere; ~ ***de embalar*** carta da imballaggio; ~ ***de estraza*** carta straccia; ~ ***de fumar*** cartina da sigarette; ~ ***de lija*** carta vetrata; ~ ***de plata/de aluminio*** stagnola, carta stagnola; ~ ***higiénico*** carta igienica; ~ ***mojado*** *fig* carta straccia; ~ ***moneda*** moneta cartacea, carta moneta; ~ ***pintado*** carta da parati; ~ ***reciclado*** carta riciclata; ~ ***sellado*** carta da bollo; ***blanco como el*** ~ bianco come il muro; ***hacer buen, mal*** ~ fare bella, brutta figura; ***hacer el*** ~ ***(de)*** fare la parte (di); ***invertirse los ~es*** scambiare/~rsi i ruoli; ***salir en los ~es*** *coloq* uscire sui giornali; ***sobre/en el*** ~ teoricamente; **~eo** (*var.* **papelamen** (*irón*) *m* insieme di documenti; procedure burocratiche *fpl*; **~era** *f* 1. cestino delle carte *m*; 2. industria cartaria; **~ería** *f* cartoleria; **~ero, -a** *m/f* 1. (*venta*) cartolaio, -a; 2. cartaio, -a; **~eta** *f* 1. ricevuta, cedola, biglietto *m*; 2. *pol* scheda; 3. (*especias*) bustina ◊ ~ ***de empeños*** ricevuta del Monte di pietà; ~ ***de examen*** *estud* statino; ***¡Vaya/Menuda ~!*** *irón/coloq* Bell'incarico!, Bello scherzo!; **~ina** *f* (*dose droga*) busta, pallina, mezzo *m*; **~ón** *m* 1. *fig* figuraccia *f*; 2. *teat* parte importante *f*; **~orio** *m desp* farraggine di carte *f*

papeo *m coloq/hum* il pappare, pappata *f*

paperas *fpl med* orecchioni *mpl*, parotite *f*

papi *m coloq* papà, babbo

papila *f med* papilla; **~r** *adj med* papillare

papil|la *f* pappetta, pappina ◊ ***hacer ~ a alg*** lasciare tutto pesto q; ***hecho*** ~ tutto pesto, a pezzi; **~ot: a la ~/en ~** (*var.* **papillote**) *f gastr* papillote* *inv*

papiloma *m med* papilloma

papiro *m* papiro; **~flexia** *f* origami *m*

papis|a *f* papessa; **~ta** *adj/s desp* papista ◊ ***ser más papista que el*** ~ essere più papista del papa; essere più realista del re

papo *m* 1. *coloq* pappagorgia *f*; 2. *med* gozzo; 3. *zool* ingluvie *f*

paprika *f* paprica

papú V. **papúa**

papúa *adj/s* papua, della Papuasia

papudo, -a *adj* gozzuto, -a

paquebote (*var.* **paquebot**) *m nav* traghetto, battello

paquete 1. *m* 1. pacchetto; *transp* pacco, collo; *pol/econ/informát* pacchetto; 2. *coloq/vulg* pacco; 3. plotone; **2.** *m/f fig* elegantone, -a ◊ ~ ***bomba*** pacco bomba; ~ ***postal*** pacco postale, pacchetto postale; ***caerle un ~ a alg*** ricevere una ramanzina/una lavata di capo a q; ***hecho un*** ~ *Arg coloq/fig* tutto agghindato/acconciato; ***ir de*** ~ andare dietro in moto; ***meterle/echarle un ~ a alg*** fare una lavata di capo a q; **~ría** *f* merceria

paquidermo *m* paquiderma

Paquistán *m* Pakistan

paquistaní *adj/s* pachistano, -a, del Pakistan

par (*pl* **pares**) **1.** *adj* pari *inv*; **2.** *m* paio (~a *fpl*); coppia; *fís* coppia; **3.** *mpl* pari ◊ ***a ~es*** di due in due, a coppie, a due a due; ***a la ~ que*** al pari

di, come; ***a la ~/a ~ de*** alla pari; allo stesso tempo; ***de ~ en ~*** spalancato; ***jugar/echar a ~es y nones*** giocare a pari e dispari; ***sin ~*** senza pari, incomparabile
PAR (*Partido Aragonés Regionalista*) *abr/m*
para *prep* per; ***es para ti*** *è per te*; ***viene para bailar*** *viene per ballare* ◊ ***~ con*** verso; ***~ que*** affinché; ***que ~ qué*** che non ti dico; **~béllum** *m mil* parabellum *inv*; **~bién** *m* congratulazione *f*, rallegramento, complimento ◊ ***dar el ~*** fare i complimenti/le congratulazioni
parábola *f mat/lit* parabola
parabólico, -a *adj tecn* parabolico, -a
parabrisas *m inv auto* parabrezza
paraca *m/f jerga mil* parà *inv*; **~ídas** *m inv mil/sport* paracadute; **~idismo** *m mil/sport* paracadutismo; **~idista** *m/f* paracadutista
paracelntesis *f inv med* paracentesi; **~tamol** *m farma* paracetamol *inv*
parachoques *m inv auto* paraurti
paradla *f transp* fermata; ***~ de taxis, de autobús*** *fermata di taxi, dell'autobus*; fermata, arresto *m*; *mús* fermata, pausa; (*para caballos*) posta; *mil* parata; (*esgrima*) parata ◊ ***~ discrecional*** fermata facoltativa; **~ero** *m* 1. recapito; *fig* fine *f*; 2. *Am* fermata del pullman *f* ◊ ***salir con ~ desconocido*** partire per un destino ignoto
paradigma *m* paradigma
paradigmático, -a *adj* paradigmatico, -a
paradisíaco, -a (*var.* **paradisiaco, -a**) *adj* paradisiaco, -a
parado, -a 1. *m* disoccupato, -a; **2.** *adj* 1. fermo, -a; 2. timido, -a, bloccato, -a ◊ ***bien ~*** uscito bene, beneficiato, favorito; ***mal ~*** mal ridotto; **~ja** *f* paradosso *m* (!), assurdo *m*
paradójico, -a *adj* paradossale
parador *m* locanda *f*; rifugio alpino ◊ ***~ de turismo*** *Esp* albergo statale di alta categoria
paraestatal *adj* parastatale
parafernalles *adj jur* parafernali; **~ia** *f fig/irón* paramenti *mpl*
parafilia *m psicol* parafilia
parafina *f* paraffina; **~do, -a** *adj* oleato, -a
parafiscal *adj adm* parafiscale
parafrasear *vt* parafrasare
paráfrasis *f inv ling* parafrasi
paragoge *f ling* epitesi, paragoge
parágrafo V. **párrafo**
paraguas *m inv* ombrello *m*
Paraguay *m* Paraguay
paraguayo, -a *adj/s* paraguaiano, -a
paragüero, -a 1. *m* (*mueble*) portaombrelli *inv*; **2.** *m/f* (*persona*) ombrellaio, -a
paraíso *m* 1. *relig tamb. fig* paradiso; *relig tamb. fig* cielo; 2. *teat irón/coloq* piccionaia *f* ◊ ***~ fiscal*** paradiso fiscale
paraje *m* paraggio, luogo
paralaje *f astron/fis* parallasse
paralelIa *f geom/sport* parallela; **~lepípedo** *m* parallelepipedo; **~lismo** *m* parallelismo; **~lo, -a** *adj/m* parallelo, -a ◊ ***en ~*** in parallelo; **~logramo** *m* parallelogrammo
paralimpiada *f sport* paraolimpiadi *fpl*, giochi paraolimpici *mpl*
paralímpico, -a *adj/s sport* paraolimpico, -a ◊ ***juegos ~s*** giochi paraolimpici
parálisis *f inv med tamb. fig* paralisi
paralítico, -a *adj/s* paralitico, -a
paralizlación *f* arresto *m*, blocco *m*; *fig* paralisi *inv*; **~ar** ‹*paralicé*› *vt* paralizzare; bloccare, arrestare
paralogismo *m filos* paralogismo
paramento *m* paramento
paramera *f* regione desertica
paramétrico, -a *adj* parametrico, -a
parámetro *m mat* parametro
paramilitar *adj/m* paramilitare
páramo *m* 1. luogo desertico; 2. *Am* pioggerellina *f*
paranglón *m* paragone; **~onable** *adj* paragonabile; **~onar** *vt* paragonare, comparare, confrontare
paraninfo *m estud* sala antica per atti solenni *f*; *hist* paraninfo
paranolia *f med* paranoia; **~ico, -a** *adj/s med* paranoico, -a; **~masia** V. **paronomasia**
paranormal *adj psicol* paranormale
parapelnte *m sport* parapendio; **~tarse** proteggersi, difendersi; **~to** *m arq* parapetto, balaustra *f*; *nav/mil* parapetto
paraplIejia (*var.* **paraplejía**) *f med* paraplegia; **~éjico, -a** *adj/s med* paraplegico, -a
parapsicología *f* parapsicologia
parar 1. *vt* fermare; parare; **2.** *vi* fermarsi; finire, terminare; smettere (**de** di); **3. ~se** *Am* alzarsi ◊ ***~ en*** trasformarsi in; ***~ mal*** finire male; ***~se en menudencias*** badare a piccolezze; ***¡Dónde va a ~!*** Non c'è paragone!; ***ir/venir a ~*** andare a finire; ***no ~*** non star fermo (nenche un minuto); ***no ~ hasta*** non smetterla fino a; ***sin ~*** continuamente, senza posa; ***y pare usted de contar*** *coloq* basta, basta, con questo basta
pararrayos *m inv* parafulmine *m*
parasimpático, -a *adj/m med* parasimpatico, -a
parasitlario, -a *adj* parassitario, -a; **~ismo** *m cient tamb. fig* parassitismo
parásito, -a *adj/s cient tamb. fig* parassita
parasitología *f* parassitologia
parasitosis *f inv med* parassitosi
parasol *m* ombrellino
parataxis *f inv* paratassi
paratifoide (*var.* **paratífico**) *adj med* paratifico, -a; **~a** *f med* paratifo *m*
Parca *f mitol elev* Parca
parcela *f* lotto *m*; *agric* parcella; **~ción** *f* lottizzazione; *agric* parcellazione; **~r** *vt* lottizzare; *agric* parcellare; **~rio, -a** *adj* particellare
parche *m med* cerotto, impiastro; (*ropa*) toppa *f*; *informát* patel* *inv fig* rattoppo ◊ ***pegar un ~*** truffare; **~ar** *vt* 1. rattoppare; 2. *coloq/fig* palpare; **~o** *m* rattoppo; *fig* provvedimento tampone, ripiego

parchís *m* (*juego de mesa*) non ti arrabbiare (*coloq*), ludo *inv*
parcial *adj* parziale; **~idad** *f* parzialità *inv*
parco, -a *adj* parco, -a, moderato, -a, sobrio, -a
pardal *m reg zool* (*pájaro*) passero; *fig* volpone
pardela (*var.* **fardela**) *f zool* (*ave*) berta piedirosa
¡pardiez! *excl ant* perbacco!
pardillo, -a *adj/s* 1. *desp* campagnolo, -a, sempliciotto, -a; 2. *zool* (*pájaro*) fanello
pardo, -a *adj* bruno, -a, oscuro, -a, bigio, -a ◊ ***oso ~*** orso bruno; ***de noche todos los gatos son ~s*** di notte tutti i gatti son bigi
pardusco, -a (*var.* **parduzco, -a**) *adj* grigio, -a, grigiastro, -a, bruno, -a
parea|do, -a 1. *adj* appaiato, -a, accoppiato, -a; **2.** *m Esp lit* pareado ◊ ***versos ~s*** versi a rime baciate; **~r** *vt* 1. appaiare, accoppiare; 2. *taur* ="mettere le banderillas* al toro"
parec|er ‹*parezco*› V. 13a **1.** *m* parere, avviso, opinione *f*, giudizio; **2.** *vi* 1. sembrare, parere; ***me parece muy bien*** *mi sembra/pare molto bene*; ***aunque no lo parezca*** *sebbene non sembri*; 2. apparire, comparire; **3. ~se** assomigliarsi ◊ ***a mi ~*** a mio avviso; ***al ~/a lo que parece*** a quanto pare; ***no ~ ni muerto ni vivo*** non apparire né morto, né vivo; ***parece mentira*** sembra incredibile; ***por el bien ~*** per ciò che dirà la gente; ***según parece*** a quanto pare; **~ido, -a 1.** *m* somiglianza *f*; **2.** *adj* simile, somigliante ◊ ***ser bien, mal ~*** avere un bell'aspetto, un brutto aspetto
pared *f* parete, muro *m* ◊ ***~ maestra*** muro maestro; ***~ medianera*** muro comune, muro divisorio; ***agarrarse a/subirse por las ~es*** fremere d'ira, sembrare un'ira scatenata, non vederci dalla rabbia; ***darse con la cabeza contra la ~*** sbattere la testa contro il muro; ***de cara a la ~*** in faccia al muro; ***entre cuatro ~es*** tra quattro pareti; ***entre la espada y la ~*** tra l'incudine e il martello, tra l'uscio e il muro; ***las ~es oyen*** i muri hanno orecchi; ***vivir ~ por medio*** essere a parete con q, abitare in case contigue; **~año, -a** *adj* contiguo, -a; **~ón** *m* muraglia *f* ◊ ***llevar al ~*** fucilare
parej|a *f* 1. coppia; coppia di sposi; 2. compagno, -a *m/f*, partner *m/f inv*; 3. pariglia di cavalli ◊ ***~ de hecho*** *jur* coppia di fatto; ***en ~s*** a coppie; ***hacer buena ~*** formare una bella coppia; ***sin ~*** single; **~o, -a** *adj* uguale, pari *inv* ◊ ***correr ~as*** essere simili; arrivare insieme
paremi|a *f lit* paremia; **~ología** *f lit* paremiologia
parénquima *m bot/med/zool* parenchima
parent|al *adj jur/biol* parentale; **~ela** *f* parentela, parentado *m*; **~esco** *m* parentado, parentela *f*; *fig* affinità *f inv*
paréntesis *m inv* parentesi *f inv* (!)◊ ***~ cuadrado*** parentesi quadra; ***entre ~*** tra parentesi
parentético, -a *adj* parentetico, -a
pareo *m* 1. (*prenda*) pareo; 2. accoppiamento
paresia *f med* paresi *inv*
parezco V. **parecer**
pargo *m zool* (*pez*) pagro
parhelio *m astron/meteo* parelio
paria *m/f desp* paria *m*
parida *adj/f* puerpera ◊ ***ser una ~*** essere una fesseria/una balla; ***soltar una ~*** *coloq* dire una fesseria, dire una cazzata (*vulg*); **~d** *f* parità *inv*
parient|a *f coloq* moglie (*estánd*); **~e** *m/f* parente
parietal *adj/m med* parietale
parietaria *f bot* parietaria
parihuela *f* 1. *med* lettiga; 2. portantina
paripé: hacer el ~ *vi* 1. *coloq* darsi arie; 2. fare mosse
parir *vt/i* partorire; *med tamb. fig* dare alla luce; *zool* figliare ◊ ***poner a ~ a alg*** sparlare di q
París *geogr* Parigi ◊ ***~ bien vale una misa*** Parigi val ben una messa
Paris *m* Paride
parisiense (*var.* **parisino, -a**) *adj/s* parigino, -a
parisílabo, -a *adj* parisillabo, -a
parisino V. **parisiense**
paritario, -a *adj* paritario, -a; *com/pol* paritetico, -a
parka *f* (*abrigo*) parka
parking ['parkin] *m* parking *inv*, parcheggio
Parkinson: enfermedad de ~ *f med* morbo di Parkinson *m*
parlament|ar *vi* parlamentare; **~ario, -a** *adj/s* parlamentare; **~arismo** *m pol* parlamentarismo; **~o** *m* 1. *pol* parlamento; 2. *teat ant* monologo lungo; recitazione lunga *f*
parlanchín, -ina *adj/s* chiacchierone, -a, loquace
parlante 1. *adj* parlante; **2.** *m Am* altoparlante
parlar *vi coloq* ciarlare, chiacchierare
parlote|ar *vi* parlottare, cicalare; **~o** *m desp* parlottio, cicaleccio
parmesano, -a 1. *adj/s* parmigiano, -a, di Parma; **2.** *m* (*queso*) parmigiano
parnaso *m mitol/lit* parnaso
parné *m jerga* quattrini *mpl*
paro *m* 1. *econ* disoccupazione *f*; 2. interruzione *f*; *med/tecn* arresto ◊ ***~ forzoso, voluntario, estacional, tecnológico*** disoccupazione forzosa, volontaria, stagionale, tecnologica; ***(persona) con subsidio de ~*** cassaintegrato, -a; ***en (el) ~*** *coloq* disoccupato, -a
parodia *f* parodia; **~r** ‹*parodio*› V. 1 *vt* parodiare
paródico, -a *adj* parodistico, -a
parodista *m/f* parodista
parón *m* stasi *inv*, stallo
parónimo *m ling* paronimo
paronomasia (*var.* **paranomasia**) *f lit* paronomasia
parotiditis *f inv med* parotite *f*
parox|ismo *m cient tamb. fig* parossismo; esacerbazione *f*; **~ístico, -a** *adj med tamb. fig* parossistico, -a; **~ítono, -a** *adj ling* parossitono, -a
parpade|ante *adj auto* lampeggiante; **~ar** *vi* 1. battere le palpebre; 2. *auto* lampeggiare; **~o** *m* 1. battito delle palpebre; 2. *auto* lampeggio; *TV* sfarfallamento
párpado *m* palpebra *f*

parque *m* parco; parco (giochi) ◊ ~ ***acuático*** parco acquatico; ~ ***automovilístico*** parco automobilistico; ~ ***de atracciones*** luna park; ~ ***infantil*** box; ~ ***móvil*** parco mobile; ~ ***nacional*** parco nazionale; ~ ***tecnológico, industrial*** parco tecnologico, industriale; ~ ***zoológico*** zoo
parqué (*var.* **parquet**) *m* parquet* *inv*
parquea|dero *m Am* parcheggio; **~r** *vt/i Am* parcheggiare
parquedad *f* parsimonia, moderazione
parqueo *m Am* parcheggio
parquet V. **parqué**
parquímetro *m auto* parchimetro
parra *f bot* vite, pergola di vite ◊ ***subirse a la*** ~ montare in collera; prendersi delle libertà con q; **~fada** *f coloq/desp* discorso lungo e noioso *m* (*estánd*) ◊ ***echar una ~ con alg*** fare una lunga chiacchierata con q
párrafo *m* paragrafo
parral *m bot* pergolato di viti
parranda *f* gazzarra, festa ◊ ***irse de*** ~ *coloq* andare a far baldoria; andare a divertirsi
parricid|a *m/f* parricida; **~io** *m* parricidio
parrilla *f* 1. griglia, graticola; grill *inv*; 2. *auto* (*en la parte superior*) portabagagli *m inv* ◊ ***a la*** ~ *gastr* alla griglia; **~da** *f* grigliata
párroco *m* parroco
parroquia *f relig* parrocchia, chiesa parrocchiale; *fig* parrocchia; **~l** *adj* parrocchiale; **~no, -a** *m/f* 1. *relig* parrocchiano, -a; 2. cliente abituale
parsimoni|a *f* parsimonia; **~oso, -a** *adj* parsimonioso, -a; calmo, -a
parte 1. *f* parte; **2.** *m* bollettino, comunicato ◊ ~ ***contratante, integrante*** parte contrattante, integrante; ***~s pudendas*** *coloq* parti vergognose; ***a ~s iguales*** a parti uguali; ***dar*** ~ comunicare; ***de ~ a ~*** da un lato all'altro; ***de ~ de*** da parte di; ***de mi*** ~ da parte mia; ***¿de qué ~ es usted?*** di dove/di che parte è Lei?; ***de tres años a esta*** ~ da tre anni in qua; ***el que ~ y reparte, se lleva la mejor*** ~ beati gli ultimi se i primi sono onesti; ***en*** ~ in parte; ***en todas ~s*** dappertutto; ***en todas ~s cuecen habas*** tutto il mondo è paese; ***formar ~ de*** far/essere parte di; ***hacer las ~s*** fare le parti; ***llevarse la mejor, peor*** ~ avere la meglio, la peggio; ***no ir a ninguna*** ~ non portare a nulla; ***por ~s*** parte per parte; ***por mi*** ~ da parte mia; ***por una*** ~ da una parte; ***¡Vayamos por ~s!*** Andiamo pian pianino!
partenogénesis *f inv biol* partenogenesi
partenopeo, -a *adj* partenopeo, -a
partera *f* levatrice, ostetrica
parterre *m* parterre *inv*
partible *adj* divisibile
particella [parti'tʃela] *f mús* particella
partición *f* divisione; *jur* partizione
particip|ación *f* partecipazione, intervento *m*; annunzio *m*, partecipazione; *econ* partecipazione; (*juego*) parte ◊ ~ ***en los beneficios*** *econ* partecipazione agli utili; **~ante** *adj/s* partecipante; **~ar 1.** *vi econ* partecipare; ~ ***en un negocio*** *partecipare a un affare*; **2.** *vt* comunicare, notificare
partícipe *adj* partecipe
participio *m ling* participio ◊ ~ ***activo o (de) presente, pasivo o (de) pasado*** participio presente, passato
partícula *f ling/fís/jur* particella; *relig tamb. fig* particola
particular 1. *adj* particolare; speciale; privato, -a; ***clases ~es*** *lezioni private*; **2.** *m* 1. (*cosa*) particolare; 2. (*persona*) privato ◊ ***en*** ~ in particolare; ***nada de*** ~ niente di speciale; **~idad** *f* particolarità *inv*, singolarità *inv*; **~ismo** *m* particolarismo; **~ista** *adj* particolarista, particolaristico, -a; **~izar** ‹*particularicé*› **1.** *vt* particolareggiare, dettagliare, specificare; **2. ~se** distinguersi
partida *f* 1. partenza; 2. *adm* certificato *m*, atto *m*; 3. *com* partita; 4. banda ◊ ~ ***de campo*** scampagnata; ~ ***de caza*** partita/battuta di caccia; ~ ***de nacimiento, de defunción*** atto/certificato di nascita, di morte; ***una mala*** ~ un brutto tiro; ***punto de*** ~ punto di partenza; **~rio, -a** *adj/s* parteggiante, difensore *adj/m*, difenditrice *adj/f*, fautore, -trice
partidis|mo *m* partitismo; **~ta** *m/f* partigiano, -a
partido *m* 1. *pol* partito; 2. *sport* partita *f* (!); 3. partito, parte *f*; profitto; 4. condizione *f*, patto ◊ ***cabeza de*** ~ capoluogo; ***darse a*** ~ cedere; ***sacar*** ~ trarre profitto; ***ser un buen*** ~ essere un buon partito; ***tomar*** ~ prendere un partito; **~r, -a 1.** *m mat* divisore; **2.** *adj/s* partitore, -trice
partir 1. *vi* (*viaje*) partire; **2.** *vt* dividere; rompere, spezzare, spaccare ◊ ~ ***por la mitad*** dividere a metà; ***a ~ de hoy*** da oggi in poi; ***¡que te parta un rayo!/¡mal rayo te parta!*** che ti venga un accidenti!; ***~se de risa*** *coloq* morire /dalle risate/dal ridere, sbellicarsi dalle risa
partisano, -a *m/f hist* partigiano, -a
partitivo, -a *adj/m* partitivo, -a
partitocracia *f pol* partitocrazia
partitura *f mús* spartito *m*, partitura
partner ['parner] *m* partner *inv*
parto, -a 1. *m med tamb. fig* parto; **2.** *adj hist* parto, -a ◊ ~ ***sin dolor, prematuro, provocado*** parto indolore, prematuro, indotto
parturienta *adj/f* partoriente
party ['parti] *m* party *inv*, ricevimento, festa *f*
parv|a *f agric* messe stesa sull'aia; *fig* sacco *m*; **~edad** *f elev* piccolezza; **~enu** [parbe'nu] *adj/s desp* parvenu* *inv*; **~o, -a** *adj elev* parvo, -a, piccolo, -a (*estánd*)
parvovirus *m biol inv* parvovirus
parvulario *m* asilo, scuola materna *f*, giardino d'infanzia
párvulo, -a *adj/s* scolaro, -a di asilo infantile; *tamb. fig* bambino, -a
pasa *f bot* uva passa ◊ ***estar como una*** ~ essere come una rosa sfiorita; **~ble** *adj* passabile; **~ca-**

lle *m* 1. *mús* passacaglia *f*; 2. striscione (della pubblicità aerea); **~cintas** *m inv* passanastro

pasad|a *f* passata ◊ ***de ~*** di passata; ***mala ~*** brutto tiro, brutto scherzo; ***¡Qué ~a!*** Che fregatura!; Che bellezza!; **~era** (*var.* **pasadero** *m*) *f* passatoio *m*; **~izo** *m* passaggio; **~o, -a 1.** *adj/m* passato, -a; **2.** *pp/adj* scorso, -a, passato, -a, precedente *adj*; ***el año ~*** *l'anno scorso/passato* ◊ ***lo ~, ~*** ciò che è stato, è stato; **~or** *m* 1. (*puerta*) chiavistello; 2. (*cocina*) colatoio; (*cocina*) filtro; 3. bottone da polsini; 4. anello da cravatta; 5. (*alfiler*) spilla *f*

pasaje *m* 1. passaggio; 2. *transp* biglietto di nave o aereo; 3. (*barco, avión*) viaggiatori *mpl*; **~ro, -a** *adj/s* passeggero, -a ◊ ***¡~os al tren!*** Signori in carrozza!

pasaman|ería *f* passamaneria; **~ero, -a** *m/f* ="chi fa o vende passamanerie"; **~o** *m* passamano

pasamontañas *m inv* passamontagna

pasante *m jur* praticante; *ant* aiutante; assistente

pasapalos *m inv Ven* aperitivo *m*

pasaporte *m* passaporto ◊ ***~ oficial, diplómatico*** passaporto ufficiale, diplomatico; ***dar (el) ~ a alg*** licenziare q; ***extender un ~*** rilasciare un passaporto

pasapurés *m inv* passaverdura, passatutto

pasar 1. *vt* 1. passare; attraversare; superare; *auto* sorpassare; 2. *med* attaccare, contagiare; 3. *com* portare; **2.** *vi* succedere, accadere; passare; ***~ por tu casa*** *passerò da casa tua/da te*; *fig* passar sopra, chiudere un occhio; soffrire; ***~ frío, hambre*** *soffrire il freddo, la fame*; **3. ~se** 1. esagerare *vi*; passare *vi*; 2.; finire *vi*; 3. dimenticare *vt*; 4. (*fruta...*) andare a male *vi*; ◊ ***~ a limpio*** scrivere in bella copia; ***~ a ser*** diventare; ***~ adelante*** andare avanti; ***~ al debe*** portare al passivo; ***~ de alg*** *coloq* non badare/non far caso a q, fregarsene di q (*coloq*); ***~ de largo*** passare al largo; ***~ de moda*** passare di moda; ***~ el rato*** passare il tempo; ***~ por la cabeza*** passare per la testa/per la mente; ***~ un examen*** superare un esame; ***~ un pedido*** passare un'ordinazione; ***~lo bien/en grande*** spassarsela; ***~lo bomba/pipa*** divertirsi, spassarsela; ***~se de bueno*** esagerare in bontà, essere troppo buono; ***~se de cocción*** essere stracotto; ***~se de la raya/de rosca*** esagerare; ***~se de listo*** fare troppo il furbo; ***~sela*** fargliela; ***como si no hubiese pasado nada*** come se niente fosse; lasciar stare; ***dejar ~*** *fig* lasciar passare; ***esto pasa de castaño oscuro*** adesso si sta esagerando; ***hacer ~*** far entrare; ***lo que pasa es que*** il fatto è che; ***no pasa nada*** non succede nulla; ***¡pase!*** antri!, s'accomodi!; ***poder ~ sin u-c*** poter stare senza qc; ***¿Qué pasa?*** Che succede?; ***vamos pasando*** tiriamo avanti; **~ela** *f* passerella

pasatiempo *m* passatempo, divertimento

Pascua *f relig* Pasqua ◊ ***~ de resurrección/florida*** Pasqua; ***las ~s*** le feste di Natale; ***dar las ~s*** fare gli auguri di Natale; ***estar como unas ~s*** essere contento come una pasqua; ***hacer la ~ a alg*** fargliela a q; ***...y santas ~s*** buona notte, addio

pascual *adj* pasquale

Pascual *m* Pasquale

pascuilla *f* =" 1ª domenica dopo Pasqua"

pase *m* 1. *mil* lasciapassare *inv*; (*provisional*) passi *inv*; tesserino; 2. *sport* (*esgrima*) finta *f*; (*fútbol*) diagonale *f*; 3. *cine* proiezione *f*; 4. *taur* scarto del torero; 5. *Am* patente (di guida) *f* ◊ ***tener ~*** *fig* poter passare; **~ante** *adj/s* passante ◊ ***~ en corte*** fannullone, -a; **~ar 1.** *vi* passeggiare; **2. ~se** passeggiare *vi*; **~íllo** *m taur* ="entrata nell'arena dei toreri" *f*; **~o** *m* 1. passeggiata *f*; 2. (*calle*) viale, corso ◊ ***dar el ~*** *Esp hist* ="assassinare un prigioniero politico"; ***dar un ~*** fare una passeggiata; ***ir de ~*** andare a passeggio, andare a spasso; ***mandar a ~*** mandare a spasso; mandare al diavolo

pasi|flora *f* passiflora; **~llo** *m* corridoio

pasión *f* passione ◊ ***tener ~ por*** essere appassionato di

pasional| *adj* passionale, appassionato, -a ◊ ***crimen ~*** delitto passionale; **~idad** *f* passionalità *inv*; **~ria** *f bot* passiflora ◊ ***la *~*** *hist* ="Dolores Ibarruri"

pasiv|idad *f* passività *inv*; **~o, -a** *adj/m* passivo, -a ◊ ***clases ~as*** pensionati; ***haberes ~s*** pensione

pasma *f jerga delinc* madama, polizia (*estánd*); **~do, -a** *adj* 1. stupito, -a, stupefatto, -a, intontito, -a; 2. gelato, -a; **~r 1.** *vt* 1. gelare; 2. stupefare, stupire, intontire; **2. ~se** 1. raffreddarsi; 2. restare stupefatto *vi*; 3. *arte* appannarsi i colori; **~rote** (*var.* **pasmón**) *m coloq/desp* rimbambito, imbecille

pasmo *m* 1. *med* spasmo; 2. raffreddore; 3. stupore, sbalordimento

pasmón V. **pasmarote**

pasmoso, -a *adj* sorprendente

paso, -a 1. *m* 1. passo; 2. (*acción*) passaggio; 3. *geogr* stretto, passo; 4. *lit* passo, brano; *mús* passo, passaggio; *teat* scena *f*; 5. (*tiempo*) trascorso, il passar; 6. (*teléfono*) scatto; 7. *relig* quadro, statua *f*; **2.** *adj* appassito, -a, secco, -a, passo, -a ◊ ***~ a nivel*** passaggio a livello; ***~ atrás*** passo indietro; ***~ corto, lento*** passo corto, lento; ***~ de cebra*** strisce pedonali; ***~ de la oca*** *mil* passo dell'oca; ***~ del ecuador*** *estud* ="festa studentesca dopo il biennio /a metà carriera universitaria"; ***~ difícil*** momento difficile; ***~ doble*** *mús* paso doble; ***~ elevado*** passerella, cavalcavia; ***~ para peatones*** passaggio pedonale; ***¡Un ~ al frente!*** *mil* Un passo avanti!; ***a ~s agigantados*** a passi da gigante; ***a buen ~/~ ligero*** con passo spedito/veloce; ***a cada ~*** a ogni passo; ***a cuatro ~s*** a due passi; ***a ese ~*** di questo passo; ***abrirse ~*** farsi strada; ***acelerar el ~*** allungare il passo; ***al ~ que*** al tempo che; ***ceder el ~*** cedere il passo; dare la precedenza; ***cerrar el ~*** tagliare il passo/la strada; ***dar los primeros ~s*** fare i primi passi; ***dar un ~ en falso*** fare un passo falso; ***de ~*** di passata; ***estar***

de ~ essere di passaggio; ***llevar el ~*** tenere il passo; ***marcar el ~*** segnare il passo; ***no dar un ~ (sin)*** non fare un passo (senza); ***salir al ~*** andare incontro; ***salir del ~*** uscire in salvo, mettersi al sicuro; ***seguir los ~s a/de alg*** seguire i passi di q; **~ta** *m/f* qualunquista, freak *inv*, fricchettone, -a, menefreghista; **~tismo** *m* qualunquismo; menefreghismo

paspartú (*var.* **passe-partout**) *m* (*marco*) passe-partout *inv*

pasquín *m* pasquinata *f*

passing-shot ['pasin 'sot] (*var.* **passing**) *m* (*tennis*) passing-shot *inv*

pasta 1. *f* 1. *gastr* pasta; 2. *tecn* pasta; *tecn* (*pintura*) impasto *m*; 3. *coloq/fig* grana, quattrini *mpl*; 4. *impr* rilegatura; **2.** *fpl* 1. *gastr* pasta (alimentare) *f*; 2. *gastr* (*dulces*) le paste; *gastr* (*de té*) i pasticcini (da tè) *mpl* ◊ ***~ de hojaldre*** pasta sfoglia; ***~ de pitisú*** pasta da bignè; ***~ quebrada*** pasta frolla; ***~s de té*** pasticcini da tè; ***de buena ~*** *fig* di buona pasta; ***estar sin ~*** *coloq* essere al verde; ***tener mucha ~*** *coloq* essere molto ricco; **~flora** (*var.* **pasta flora**) *f gastr* pasta frolla ◊ ***ser de ~*** *coloq/fig* essere fatto/di pasta frolla; **~r 1.** *vi* pascolare; **2.** *vt* condurre al pascolo

pastel 1. *m* 1. *gastr* (*individuales*) pasta *f*; *gastr* torta *f*; *gastr* (*salado*) rustico; 2. matita a colori *f*; *arte* pastello; 3. *fig* pasticcio; **2.** *adj* color pastello ◊ ***descubrir el ~*** scoprire gli altarini/le tombe; ***pintura al ~*** pittura a tempera; **~ear** *vi period/pol coloq/desp* inciuciare; **~eo** *m period/pol coloq/desp* inciucio; **~ería** *f* pasticceria; **~ero, -a** *m/f* pasticciere, -ra; **~illo** *m* pasticcino; **~ista** *m/f arte* pastellista

pasteuriz|ación (*var.* **pasterización**) *f* pastorizzazione, sterilizzazione; **~ar** (*var.* **pasterizar**) ‹*pasteuricé*› *vt* pastorizzare

pastiche *m inv* pastiche*

pastill|a *f* 1. *med/tecn* pastiglia; 2. *gastr* pasticca, caramella; (*chocolate*) tavoletta ◊ ***~ de jabón*** pezzo di sapone; saponetta (*para la cara*); ***a toda ~*** a tutta birra; **~ero** *m* portapastiglie *inv*

pastinaca *f zool* (*pez*) trigono *m*, pastinaca

pastís *m* anisetta (con acqua) *f*, liquore all'anice (con acqua)

pastizal *m* terreno da pascolo

pasto *m* 1. pasto, cibo, alimento; 2. *zool* pascolo; 3. *fig* pasto, preda *f* ◊ ***~ espiritual*** cibo spirituale; ***a todo ~*** a tutto pasto/spiano; ***ser ~ de las llamas*** essere preda delle fiamme

pastón *m coloq* mucchio di soldi

pastor, -a *m/f* pastore, -a; *relig* pastore *m*; **~al** *adj/f* pastorale; **~ear** *vt* pascolare; **~ela** *f lit* pastorella; **~eo** *m* pastorizia *f*; **~il** *adj lit* pastorale

pastoso, -a *adj* pastoso, -a

pata *f zool* zampa; *fig* gamba; *fig* piede *m* ◊ ***~ de elefante*** (*pantalón*) a zampa di elefante; ***~ de gallo*** (*ropa*) pied-de-poule; ***~ de palo*** gamba di legno; ***~s arriba*** gambe all'aria; ***~s de gallo*** *fig* (*ojos*) zampe di galline; ***a cuatro ~s*** a quattro zampe, carponi; ***a la ~ coja*** a piè zoppo; ***a la ~ la llana*** alla carlona, alla buona; ***buena ~*** buona sorte; ***con las ~s de atrás*** *fig* con i piedi; ***de ~ negra*** *enf* di categoria superiore; ***estirar la ~*** *fig* tirare le cuoia; ***mala ~*** scalogna, sfiga; poca grazia; ***meter la ~*** *fig* prendere un granchio, fare una gaffe; ***poner de ~s/patitas en la calle*** cacciar via; ***tener mala ~*** essere scalognato, essere sfigato; **~ca** *f bot* girasole tuberoso *m*; **~cón** *m* patacca *f*; **~da** *f* calcio *m*, pedata ◊ ***a ~s*** a calci; a mucchi; ***dar ~s*** fare molti passi; ***dar cien ~s*** *coloq* dar molto fastidio; ***dar cien ~s a alg*** essere cento volte meglio di qc; ***echar a ~s*** mandar via a calci; **~lear** *vi* pestare i piedi; scalpitare; **~leo** *m* il battere i piedi; scalpitio ◊ ***derecho al ~*** diritto a sfogarsi/a protestare; **~leta** *f* attacco di nervi *m*; arrabbiatura

patán *m desp* contadino, villano, uomo zotico

patata *f bot* patata ◊ ***~ caliente*** *tamb. fig* patata bollente; ***~as fritas, hervidas*** patate fritte, lesse; **~r** *m* campo di patate

patatero *m* patataio

patatín: que si ~ que si patatán che se questo, che se quest'altro

patatús *m* svenimento, attacco di nervi ◊ ***le dió un ~*** gli venne un colpo

paté *m gastr* paté *inv*

patelar 1. *vt* calpestare; *fig* maltrattare, pestare; **2.** *vi* battere i piedi; camminare molto; **~la** *f reg zool* patella; **~na** *f relig* patena ◊ ***limpio como una ~*** lucido come uno specchio

patent|ar *vt* brevettare; **~e 1.** *f* patente; *adm* licenza d'esercizio, patente; (*de invención*) brevetto *m*; **2.** *adj* patente, chiaro, -a, manifesto, -a ◊ ***~ de corso*** *nav* patente di corsa; *fig* carta bianca; **~izar** ‹*patenticé*› *vt* rendere patente

pátera *f hist* patera

patera *f nav* piatta

patern|al *adj* paterno, -a; **~alismo** *m* paternalismo; **~alístico, -a** *adj* paternalistico, -a; **~idad** *f* paternità *inv*; **~o, -a** *adj* paterno, -a

paternóster *m* paternostro

patético, -a *adj* patetico, -a

patetismo *m inv* pateticità *f*

pathos *m elev* pathos *inv*

patiabierto, -a *adj coloq* a gambe aperte

patibulario, -a *adj* patibolare

patíbulo *m* patibolo

paticojo, -a *adj* zoppo, -a

patidifuso, -a *adj coloq* stupefatto, -a, immobile, secco, -a

patill|a 1. *f* 1. (*gafas*) stanghetta; 2. (*arma*) sicurezza; 3. *Col bot* anguria; **2.** *fpl* basette; **~udo, -a** *adj* da/con folte basette

patín *m* 1. (*juguete*) pattino; 2. *nav* moscone; *aero/tecn* pattino

pátina *f* patina

patina|do *m* patinatura *f*; **~dor, -a** *adj/s* pattinatore, -trice; **~je** *m* pattinaggio ◊ ***~ sobre hielo, sobre ruedas*** pattinaggio su ghiaccio, a rotelle; **~r** *vi* 1. *sport tamb. fig* pattinare; 2. *auto* pat-

tinare, slittare; **~zo** *m* slittata *f*, scivolone ◊ ***dar/pegar un ~*** *fig* prendere un granchio
patinete *m* monopattino
patio *m* 1. cortile; 2. *teat* platea *f*
patita *f* zampetta; *coloq* manina ◊ ***poner de ~s en la calle*** cacciar via, licenziare
patitieso, -a *adj coloq* immobile, rigido, -a, paralizzato, -a
patituerto, -a *adj coloq* con le gambe storte
patizambo, -a *adj coloq* dalle gambe a X
pato *m* 1. *zool* anatra *f*, anitra *f*; 2. *fig* oca *f*; 3. *PR* finocchio, invertito ◊ ****~ Donald*** Paperino; ***~ soso*** *fig* oca; ***pagar el ~*** pagare la pena, pagarla; **~chada** *f* sproposito *m*
patógeno, -a *adj/m* patogeno, -a
patojo, -a *adj* ="che cammina come un'oca"
patollogía *f* patologia; **~ógico, -a** *adj* patologico, -a
patólogo, -a *m/f* patologo, -a
patoso, -a *adj* imbranato, -a, lento, -a, noioso, -a
patraña *f* frottola, balla, panzana
patria *f* patria; luogo d'origine *m* ◊ ***~ chica*** il paese nativo
patriarca *m* patriarca; **~do** *m* patriarcato; **~l** *adj* patriarcale
patricio, -a *adj/s hist* patrizio, -a, nobile
patrimonilal *adj* patrimoniale; **~o** *m* patrimonio, capitale ◊ ***~ público, artístico...*** patrimonio pubblico, artistico...
patrio, -a *adj* patrio, -a; **~ta** *m/f* patriota; **~tería** (*var.* **patrioterismo** *m*) *f desp* sciovinismo *m*; *desp* campanilismo *m*; **~tero, -a** *adj/s* patriottardo, -a
patriótico, -a *adj* patriottico, -a
patriotismo *m* patriottismo
patrística *f* patristica
patrocinlado, -a *adj/s* accasato, -a; **~ador, -a** *adj/s jur* patrocinatore, -trice; *sport/arte* sponsor *inv*; **~ar** *vt* patrocinare, proteggere; *sport/arte* sponsorizzare; **~io** *m* patrocinio, protezione *f*; *sport/arte* sponsorizzazione *f*
patrón *m* 1. padrone; *relig* patrono; *nav* padrone; 2. modello, stampo; *com* parametro ◊ ***~ oro*** base aurea, tallone aureo, gold standard; ***estar cortadas (personas o cosas) con el mismo ~*** essere fatti dalla stessa pasta
patrona *f* padrona; *relig* patrona; **~l 1.** *adj* padronale; **2.** *f* federazione dei datori di lavoro ◊ ***gran ~*** confindustria; **~to** *m* patronato
patronímico, -a *adj/m* patronimico, -a
patrono, -a *m/f* datore, -trice di lavoro; *relig* patrono, -a
patrullla *f* pattuglia; **~ar** *vi* fare la ronda; **~ero** *m nav* nave-pattuglia *f*, pattugliatore
patuco *m* (*bebé*) scarpina (di lana) *f*
paulatino, -a *adj* lento, -a, graduale
pauperilsmo *m* pauperismo; **~zación** *f* pauperizzazione
paupérrimo, -a *adj* pauperrimo, -a, poverissimo, -a
pausa *f* pausa, intervallo *m*; calma ◊ ***hacer una ~*** fare una pausa; **~do, -a** *adj* calmo, -a
pauta *f* 1. guida, modello *m*, norma; 2. riga; **~r** *vt* 1. rigare la carta; 2. guidare
pavla *f* 1. *zool* tacchina; 2. *fig* oca ◊ ***pelar la ~*** parlarsi d'amore; **~és** *m* pavese; **~esa** *f* favilla ◊ ***estar hecho una ~*** essere ridotto pelle e ossa
pavía *f bot* pesca duracina
Pavía *geogr* Pavia
pávido, -a *adj* pavido, -a
pavimentlación *f* pavimentazione; **~ar** *vt* pavimentare; **~o** *m* pavimento; manto stradale
pavipollo *m* pulcino di tacchino
pavitonto, -a *adj/s* oca *f*, stupido, -a
pavo *m* 1. *zool* tacchino; 2. *jerga drog* sindrome di astinenza *f* ◊ ***~ real*** *zool* pavone; ***comer ~*** *coloq* fare da tappezzeria; ***edad del ~*** adolescenza; ***subírsele a alg el ~*** diventare (q) rosso come un peperone
pavón *m zool* pavone
pavonlar *vt* verniciare con antiossido il ferro; **~earse** pavoneggiarsi; **~eo** *m* il pavoneggiarsi
pavor *m* paura *f*, terrore; **~oso, -a** *adj* pauroso, -a, spaventoso, -a
payaslada *f* pagliacciata; **~o, -a** *m/f teat tamb. fig* pagliaccio, -a, buffone, -a
payés, -esa *m/f* ="contadino, -a catalano, -a o baleare"
payo, -a 1. *adj/s* ="non gitano, -a"; **2.** *m* contadinotto
paypay V. **paipay**
paz (*pl* **paces**) *f* pace; quiete, calma, tranquillità *inv* ◊ ***a la ~ de Dios*** in pace; ***dar ~ a u-c*** lasciare in pace qc; ***dejar en ~*** lasciare in pace; ***descanse en ~*** riposi in pace; ***estar/quedar en ~*** essere pari; ***hacer las ~ces*** fare la pace; ***ir en ~*** andare in pace; ***poner ~*** mettere pace; ***yacer en ~*** giacere in pace; **~co** V. **pacer**; **~guato, -a** *adj/s* sempliciotto, -a
pazo *m* ="palazzo/villa signorile di campagna galiziana"
PC (*Personal Computer*) *abr/m* PC
PCE (*Partido Comunista de España*) *abr/m*
PCE (m-l) (*Partido Comunista de España, Marxista-Leninista*) *abr/m*
P.D. (*posdata*) *abr* (*postscriptum*) P.S.
pe: de ~ a pa *adv* dall'a alla zeta, da cima a fondo
peaje *m* pedaggio ◊ ***de ~*** a pagamento
peana *f* piedistallo *m*
peatlón, -ona *m/f* 1. pedone; 2. postino, -a; **~onal** *adj* pedonale ◊ ***isleta ~*** salvagente; **~onalizar** ‹*peatonalicé*› *vt* pedonalizzare
peca *f* neo *m*; lentiggine
pecado *m relig* peccato; *fig* errore; *fig* demonio ◊ ***~ mortal, venial, original*** *relig* peccato mortale, veniale, originale; ***...de mis ~s*** *irón* benedetto; ***vivir en ~*** vivere nel peccato; **~r, -a** *adj/s* peccatore, -trice ◊ ***¡~ de mí!*** povero me!
pecaminoso, -a *adj* peccaminoso, -a
pecar ‹*pequé*› *vi* peccare; *fig* sbagliare, errare

pécari (*var.* **pecarí**, **pékari**) *m zool* pecari *inv*
pecé (*PC*) *m* personal computer* *inv*
pecera *f* vaschetta per i pesci
pecher|a *f* 1. petto di camicia *m*, sparato *m*; 2. *irón* petto di donna *m*; **~o, -a 1.** *adj/s hist* plebeo, -a; **2.** *m* (*niños*) bavaglino, bavaiolo
pechiazul *m zool* pettazzurro
pecho *m* 1. *med* petto, seno; *med* mammella *f*; 2. *fig* valore ◊ ***a ~ descubierto*** allo scoperto; a viso scoperto; ***a lo hecho, ~*** il fatto è fatto; ***abrir su ~*** aprire l'animo; ***dar el ~*** (*niño*) allattare; ***niño de ~*** lattante; ***sacar ~*** allargare il petto; ***tomar a ~*** prendere a cuore
pechug|a *f* 1. petto di pollo/tacchino... *m*; 2. *coloq* petto di donna *m*; **~ona** *f coloq* tettona
pecina *f* melma
peci|o *m* relitto di naufragio; **~lado, -a** *adj bot* picciolato, -a; **~lo** (*var.* **pecíolo**) *m bot* picciolo
pécora *f raro* animale ovino *m* ◊ ***mala ~*** persona maligna; prostituta
pecoso, -a *adj* lentigginoso, -a
pect|ina *f quím* pectina, pettina; **~oral** *adj/m tamb. fig* pettorale
pecuario, -a *adj* del bestiame ◊ ***industria agro~a*** industria agricolo-pastorizia
peculado *m jur* peculato
peculi|ar *adj* peculiare, speciale; **~aridad** *f* peculiarità *inv*; **~o** *m jur tamb. irón* peculio
pecuni|a (*var.* **pecunio**) *f elev* pecunia; **~ario, -a** *adj* pecuniario, -a; **~o** V. **pecunia**
PED (*Proceso Electrónico de Datos*) *abr* (*Elaborazione Elettronica dei Dati*) EDP, EED
pedagogía *f* pedagogia
pedagógico, -a *adj* pedagogico, -a
pedagogo, -a *m/f* pedagogo, -a
pedal *m auto* pedale; ***~ del embrague, del acelerador, del freno*** *pedale della frizione, dell'acceleratore, del freno*; **~ada** *f* pedalata; **~ear** *vi* pedalare; **~eo** *m* pedalata *f*; **~ier** *m* pedaliera *f*
pedáneo, -a *adj* della frazione ◊ ***alcalde ~*** sindaco di frazione
pedanía *f* frazione
pedante *adj/s* pedante, pignolo, -a; **~ría** *f* pedanteria, pignoleria; **~sco, -a** *adj* pedantesco, -a
pedazo *m* pezzo ◊ ***~ de alcornoque*** *coloq/desp* pezzo d'asino/d'imbecille; ***~ de carne (con ojos)*** *coloq/desp* pezzo di legno; ***~ de mi alma*** tesoro mio; ***~ de pan*** pezzo/tozzo di pane; ***a ~s*** a pezzi; ***caerse a ~s*** cadere a pezzi; ***hacer ~s*** fare a pezzi; ***muerto por los ~s de alg*** cotto e stracotto per q; ***saltar en ~s*** saltare a pezzi; ***ser un ~ de pan*** *fig* essere buono come il pane
pederast|a *m* pederasta; **~ia** *f* pederastia
pedernal *m* pietra focaia *f*; *fig* pietra *f*
pedestal *m* piedistallo
pedestr|e *adj* pedestre; **~ismo** *m sport* podismo
pediatr|a *m/f med* pediatra; **~ía** *f med* pediatria
pediátrico, -a *adj* pediatrico, -a
pedicul|ado, -a *adj/m* pediculato, -a; **~osis** *f inv med* pediculosi
pedicur|a *f* pedicure; **~o, -a** (*var.* **pedicurista**) *m/f* (*persona*) pedicure, callista
pedid|a *f* richiesta di mano ◊ ***pulsera de ~*** braccialetto di fidanzamento; **~o** *m* richiesta *f*; *com* ordine, ordinazione *f*
pedigrí *m* pedigree *inv*
pedigüeño, -a *adj/s* scroccone, -a; seccatore, -trice
pediluvio *m* pediluvio
pedir ‹*pido; pidió; pidiendo*› V. 12 *vt* 1. chiedere; mendicare; richiedere; 2. chiedere la mano *vi* (**a alg** a q), chiedere in moglie ◊ ***~ a Dios*** pregare Iddio; ***~ la mano*** chiedere la mano; ***~ peras al olmo*** *coloq* voler cavar sangue da una rapa; ***~ perdón*** chiedere perdono/scusa; ***~ prestado*** chiedere a prestito; ***a ~ de boca*** a volontà
pedo *m* 1. *coloq* scorreggia *f*, scoreggia *f*, peto; 2. *coloq* sbronza *f* ◊ ***~ de lobo*** *bot* vescia; ***tirarse/soltar un pedo*** *coloq* scoreggiare; **~filia** *f* pedofilia
pedófilo *m* pedofilo
pedorr|a *f* forte scoreggia; **~ear** *vi* scoreggiare; **~era** *f vulg* scoreggiata; **~eta** *f* pernacchia
pedrada *f* sassata, pietrata ◊ ***venir como ~ en ojo de boticario*** *coloq* cadere come il cacio sui maccheroni
pedre|a *f* 1. sassaiola; 2. ="premi minori della lotteria" *mpl*; **~gal** *m* ghiareto; **~goso, -a** *adj* sassoso, -a, ghiaioso, -a; **~ra** *f* pietraia, cava; **~ría** *f* pietre preziose *fpl*
pedrisco *m* 1. *meteo* grandine grossa *f*; 2. sassaiola *f*
Pedro *m* Pietro ◊ ***como ~ por su casa*** *coloq* completamente a suo agio
pedrusco *m* pietra greggia *f*, sasso
pedúnculo *m bot* peduncolo
peeling ['pilin] *m* peeling *inv*
peer *vi vulg* scoreggiare
pega *f* 1. *coloq* problema; 2. *coloq* domanda capziosa; 3. *tecn* incollatura ◊ ***de ~*** falso; ***poner ~s*** creare problemi
pegad|a *f* 1. affissione; 2. *coloq/fig* attrazione; **~izo, -a 1.** *adj mús* orecchiabile; **2.** *adj/s* scroccone, -a; **~o** *m med* cerotto, cataplasma; **~ura** *f* affissione
pegajoso, -a *adj* appiccicoso, -a, appiccicaticcio, -a; contagioso, -a ◊ ***persona ~a*** pittima, persona appiccicosa
pegam|ento *m* colla *f*; **~iento** *m* incollatura *f*; **~oide** *m quím* pegamoide *m/f*
pegapega *f Am* colla
pegar ‹*pegué*› *vt* 1. appiccicare, incollare, attaccare, unire; 2. *med* contagiare; 3. bastonare, battere ◊ ***~ fuego*** dar fuoco; ***~ fuerte*** *fig* essere di moda; ***~ la mesa a la pared*** avvicinare il tavolo alla parete; ***~ un alto*** spiccare un salto; ***~ un bofetón, una patada*** mollare uno schiaffo, un calcio; ***~ un botón*** attaccare un bottone; ***~ un palo*** *tamb. fig* dare una stangata; ***~ un susto*** far paura; ***~ un tiro*** sparare un colpo; ***~ voces*** gridare; ***~la/pegársela a alg*** fargliela; ***~pegársele u-c*** at-

taccarsi qc a q; ***dale que te pego*** dai e dai; ***el sol pega por la mañana*** il sole picchia al mattino; ***la corbata no le pega al traje*** la cravatta non è intonata con il vestito; ***no ~ ni con cola*** non andare affatto bene; ***no ~ ojo*** non chiuder occhio

pegatina *f* figurina adesiva, autoadesivo *m*

pego *m* ="truffa al gioco attaccando due carte" *f* ◊ ***dar el ~*** (*juego*) barare; ingannare; **~te** *m* impiastro; (*tela*) toppa *f*; *fig* rammendo, appiccicatura *f* ◊ ***echarse un ~*** bleffare, bluffare; **~tear 1.** *vt* impiastricciare; **2.** *vi* scroccare

peina V. **peineta**; **~da** *f* pettinata ◊ ***darse una ~*** darsi una pettinata; **~do, -a 1.** *m* 1. pettinatura *f*, acconciatura *f*; 2. *fig* retata *f*; **2.** *pp/adj* 1. pettinato, -a; 2. *fig* ripulito, -a, ricercato, -a; **~dor, -a 1.** *adj/s* pettinatore, -trice; **2.** *m* (*prenda para el pelo*) accappatoio, mantellina *f*; **~dora** *f* pettinatrice; **~dura** *f* pettinatura; **~r** *vt* 1. pettinare; 2. setacciare ◊ ***~ canas*** essere vecchio

peine *m* pettine ◊ ***~ ralo*** pettine rado; ***ser un buen ~*** *coloq/fig* essere un volpone; ***¡te vas a enterar de lo que vale un ~!*** *coloq* ="adesso vedrai, povero, -a te!"; ***ya apareció el ~*** ecco il colpevole; **~ta** (*var.* **peina**) *f* pettinino da testa *m*

p. ej. (*por ejemplo*) *abr* p. es. (*per esempio*)

pejiguer|a *f* 1. guaio *m*, impiccio *m*; 2. *bot* persicaria; **~o, -a** *adj/s* meticoloso, -a, pedante

pékari V. **pécari**

Pekín V. **Pequín**

pela *f* 1. *obsol* peseta; 2. *coloq* grana, quattrini *mpl*; 3. pelatura

pelad|illa *f gastr* confetto *m*; *coloq* sassolino *m*; **~o, -a 1.** *adj* pelato, -a; spiumato, -a, spennato, -a; nudo, -a, spoglio, -a, brullo, -a; **2.** *m* 1. poveraccio; 2. *Am* pelatura *f*; 3. *Am* bambino ◊ ***dejar ~*** *coloq/fig* lasciare senza un soldo; ***número ~*** numero tondo; **~ura 1.** *f* pelatura, sbucciatura, sgusciatura; **2.** *fpl* mondatura *f*, scarto *m*

pelagatos *m inv* povero diavolo *m*; *fig* pelapolli

pelagra *f med* pellagra

pelaje *m* pelo, pelame; *fig* categoria *f*

pelambre *m* pelame; chioma folta *f*, insieme di peli; **~ra** *f* 1. chioma folta; 2. calvizie

pelanas *m/f inv coloq* pelapolli, persona dappoco *f*

pelandusca *f* donna leggera, sgualdrina

pelapatatas *m inv* pelapatate

pelar *vt* 1. pelare, radere, tosare; spennare, spiumare; 2. (*fruta*) pelare, sbucciare; 3. *fig* spogliare, pelare ◊ ***~sela*** *vulg* farsi una sega; ***hace un frío que pela*** fa un freddo cane/boia, fa un freddo che pela; ***que se las pelan*** *coloq* fortemente; rapidamente; ***ser duro de ~*** essere un osso duro; **~gonio** *m bot* pelargonio

peldaño *m* scalino, gradino

pelea *f* lotta; rissa, baruffa, zuffa ◊ ***~ de gallos*** lotta di galli; **~r 1.** *vi* lottare, combattere; litigare; affannarsi; **2. ~se** azzuffarsi, lottare *vi*, baruffare *vi*, litigare *vi*

pelechar *vi* 1. mettere pelo o piuma; 2. ricuperarsi, migliorare

pelel|a *f Arg infant* vasino da notte *m*; **~e** *m* 1. fantoccio; 2. pigiamino a tuta per bimbi

peleón, -ona *adj/s* attaccabrighe ◊ ***vino ~*** vino ordinario

peleter|ía *f* pellicceria; **~o, -a** *m/f* pellicciaio, -a

peli *f coloq* film *m inv*; **~agudo, -a** *adj coloq/fig* ingarbugliato, -a, difficile

pelí|cano 1. *m zool* pellicano; **2.** *mpl bot* aquilegia *f*; **~cula** *f* 1. *cine* film *m inv*; 2. *tecn/foto* pellicola ◊ ***~ de dibujos animados*** film di cartoni animati; ***~ de miedo/de terror*** film di terrore, film dell'orrore; ***~ del oeste/de indios y vaqueros*** western; ***~ negativa*** pellicola negativa; ***~ nominada para el óscar*** film candidato all'oscar; ***~ policíaca*** film giallo, film poliziesco; ***~ X*** film porno(grafico), film hard-core; ***¿qué película dan?*** che film fanno?; ***es de ~*** è meraviglioso/fantastico; ***hacer una ~*** fare un film

peliculero, -a *adj/s* appassionato, -a di cinema; **~ón** *m* 1. *enf* bel film, gran film, filmone; 2. *desp* filmone

peligr|ar *vi* pericolare, correre pericolo; **~o** *m* pericolo; rischio ◊ ***en ~ de muerte*** in pericolo di morte; ***fuera de ~*** fuori pericolo; **~osidad** *f* pericolosità *inv*, rischiosità *inv*; **~oso, -a** *adj* pericoloso, -a; rischioso, -a

pelillo *m* 1. peletto; 2. *fig* puntiglio ◊ ***echar ~s a la mar*** far la pace; ***no parar en ~s*** non badare a piccolezze; ***no tener ~s en la lengua*** non aver peli sulla lingua

pelín *m* un pochino ◊ ***por un ~*** per un punto

pelirr|ojo, -a *adj/s* (persona) dai capelli rossi pel di carota; **~ubio, -a** *adj* (persona) dai capelli biondi

pella *f* palla; massa

pellej|a *f* 1. *zool* pelle; 2. prostituta ◊ ***salvar la ~*** salvare la pelle; **~ería** *f* conceria; **~ero** *m* pelliciaio; **~o** *m* 1. pelle *f*; 2. otre; 3. prostituta *f* ◊ ***estar en el ~ de otro*** essere nei panni/nella pelle di un altro; ***jugarse el ~*** rischiarce la pelle; ***no caber en el ~*** non stare più nella pelle; ***perder/dejarse el ~*** rimetterci la pelle; ***quitar el ~*** *fig* levar la pelle; **~t** ['pelet, pe'let] *m metal* pellet* *inv*

pelliza *f* giaccone foderato di pelliccia *m*

pellizc|ar ‹*pellizqué*› *vt* pizzicare; *gastr* spizzicare, piluccare; **~o** *m* pizzicotto; (*cantidad*) pizzico, presa *f* ◊ ***~ de monja*** pizzico; ***los ~s molestan*** i pizzicotti danno fastidio

pelma (*var.* **pelmazo, -a**) *adj/s coloq* pesante, scocciante, palloso, -a, pizza *f*

pelo *m* 1. (*cabeza, uno*) capello; (*cabeza, conjunto*) capelli *mpl*; ***tener el ~ rubio, moreno...*** *avere i capelli biondi, bruni...*; (*animales*) pelame; 2. *med* ragade *f* ◊ ***~ a ~*** pari a pari; ***a contra ~*** a contropelo; ***al ~*** ad hoc; ***buscar el ~ al huevo*** cercare il pelo nell'uovo; ***con ~s y se-***

ñales per filo e per segno; ***cortar un ~ en el aire*** essere molto furbo; ***dar para el ~*** darglie-le, finire male; ***de medio ~*** mediocre; ***erizar los ~s*** drizzare i capelli; ***estar en un ~/faltar un ~*** mancarci poco; ***estar hasta los ~s*** averne fin sopra i capelli; ***mata de ~*** chioma; ***montar a ~*** cavalcare a pelo; ***ni un ~ de aire*** neanche un filo d'aria; ***no tener ~s en la lengua*** non aver peli sulla lingua; ***no tiene un ~ de tonto*** non è affatto scemo; ***poner los ~s de punta*** far drizzare i capelli; ***por un ~*** per un pelo; ***relucirle el ~*** essere ben pasciuto; ***se le cae el ~*** gli cadono i capelli; ***se te va a caer el ~*** ti verrà un accidenti; ***ser de ~ en pecho*** essere audace; ***soltarse el ~*** darsi alla bella vita; ***tener ~s en el corazón*** avere il pelo al cuore/sullo stomaco; ***tirar del ~ a alg*** prendere per i capelli q; ***tomadura de ~*** presa in giro; ***(dejarse) tomar el ~*** (farsi) prendere in giro; ***traído por los ~s*** applicato a casaccio

pelón, -ona *adj/s* spelato, -a, pelato, -a, spelacchiato, -a; *fig* poveraccio, -a

pelona *f* calvizie ◊ ***la ~*** *coloq* la morte

peloso, -a *adj* peloso, -a

pelota 1. *f* 1. palla; pallone *m*; 2. *sport* pelota, palla basca; 3. *coloq/fig* mucchio di debiti *m*; 4. *euf/vulg* palla; **2.** *m coloq/fig* lecchino ◊ ***~s de goma*** proiettili di gomma; ***devolver la ~*** rispondere per le rime; ***en ~s*** *vulg* nudo (*estánd*); ***estar hasta las ~s*** *vulg* averne le palle piene; ***pasarse la ~*** fare a scaricabarile; ***por ~s*** *vulg* per forza (*estánd*); ***tener ~s*** *fig/vulg* avere le palle; ***tocar las ~s*** *fig/vulg* rompere le palle; **~ri** *m* pelotaro; **~zo** *m* colpo di palla, pallata *f*

pelotelar *vi* palleggiare; **~o** *m* 1. palleggio; 2. *coloq/fig* adulazione *f*; **~ra** *f* discussione, alterco *m*, disputa; rissa; **~ro** *m* 1. pallonaio; 2. *Am sport* calciatore; *Am* giocatore di baseball ◊ ***escarabajo ~*** *zool* scarabeo sacro, scarabeo stercorario

pelotilla *f* 1. pallina; 2. *coloq/fig* leccatura ◊ ***hacer la ~*** fare il leccapiedi; ***hacer ~s*** togliersi le caccole dal naso

pelotillelo *m* leccatura *f*; **~ro, -a** *adj/s* lecchino, -a, leccapiedi *inv*, leccaculo (*vulg*)

pelotón *m* 1. *mil/sport* plotone; 2. pallone

peltre *m* peltro

peluca *f* parrucca

peluche *m* pupazzo di peluche*; (*tela*) peluche* *f inv*

pelucón *m* parruccone

peludo, -a 1. *adj* peloso, -a, velloso, -a; **2.** *m* zerbino

peluquerlía *f* negozio di parrucchiere, -a *m*; ***voy a la ~*** *vado dal parrucchiere, -a*; **~o, -a** *m/f* parrucchiere, -a; barbiere *m*

peluquín *m* parrucchino

pelusa *f* 1. lanugine, peluria; laniccio *m*; 2. *fig* (*niños*) gelosia; invidia

pelviano, -a *adj* pelvico, -a

pelvis *f inv med* pelvi

PEN (*Plan energético Nacional*) *abr* PEN (*Piano Energetico Nazionale*)

pena *f* 1. *jur* pena, condanna; 2. compassione, pena; 3. pena, fatica, stento *m*, dolore *m* ◊ ***~ accesoria, capital...*** *jur* pena accessoria, capitale...; ***~ de cadena perpetua*** *jur* ergastolo, pena detentiva a vita; ***a duras ~s*** a stento, a mala pena; ***ahogar las ~s*** dimenticare le pene; ***bajo ~ de*** sotto pena di; ***dar ~*** far pena; ***estar en ~*** essere in pena; ***me da mucha pena*** *Am* mi dispiace molto; ***merecer la ~*** valere la pena; ***pasar las ~s del purgatorio*** soffrire le pene del purgatorio; ***¡Qué ~!*** Che peccato!; ***sin ~ ni gloria*** senza lode e senza infamia, né bene, né male; **~ble** *adj* perseguibile; **~cho** *m* 1. pennacchio; 2. *fig* orgoglio; **~do, -a** *m/f* carcerato, -a, recluso, -a

penal 1. *adj* penale; **2.** *m* 1. penitenziario, carcere; 2. *Arg/Ur* calcio di rigore; **~idad** *f* 1. sofferenza, pena; 2. *jur* punibilità *inv*; penalità *inv*, ammenda; **~ista** *adj/s* penalista; **~ización** *f* penalizzazione, penale, penalità *inv*; **~izar** ‹*penalicé*› *vt* penalizzare; **~ti** *m sport* penalty *inv*; (*fútbol*) calcio di rigore ◊ ***casarse de ~*** *coloq/hum* sposarsi incinta (*estánd*)

penar 1. *vi* soffrire, patire; **2.** *vt jur* condannare ◊ ***~ por u-c*** diventar pazzo per qc

pencla *f* 1. *bot* costola; 2. staffile *m*; 3. *coloq/fig* (*persona*) zampa; **~o** *m* 1. *zool* ronzino; 2. *fig* scansafatiche *inv*

pendejo, -a *adj* 1. *Am coloq* stupido, -a; 2. *coloq* svergognato, -a, spudorato, -a

pendencila *f* lite, questione, alterco *m*; **~ero, -a** *adj/s* attaccabrighe *inv*, provocatore, -trice

pender *vi* pendere; *jur* essere pendente

pendiente 1. *adj* pendente; **2.** *m* orecchino, ciondolo; **3.** *f* pendenza; *geogr* pendio *m*, china

péndola *f* pendola

pendón *m* 1. stendardo, insegna *f*, bandiera *f*; 2. *desp* donna leggera o di facili costumi *f*, sgualdrinella *f*; *enf* sgualdrina

pendonear *vi* bighellonare

pendular *adj* pendolare

péndulo, -a 1. *m* pendolo; **2.** *adj* pendulo, -a

pene *m med* pene; **~ne** *m/f Esp/ant* (*universidad*) professore incaricato o a contratto

penetrlabilidad *f* penetrabilità *inv*; **~able** *adj* penetrabile; **~ación** *f* penetrazione; *fig* perspicacia; **~ador, -a** *adj* acuto, -a, perspicace; **~ante** *adj* penetrante; **~ar** *vt* penetrare *vt/i*, attraversare

pénfigo *m med* penfigo

penicilina *f farma* penicillina

península *f* penisola

peninsular *adj* peninsulare

penique *m* penny *inv*

penitencia *f* penitenza ◊ ***hacer ~*** fare penitenza; **~l** *adj* penitenziale; **~ría** *f* 1. penitenziario *m*, carcere *m*; 2. *relig* penitenzieria; **~rio, -a 1.** *adj* penitenziario, -a; **2.** *m relig* penitenziere

penitente *adj/s* penitente

penoso, -a *adj* penoso, -a
pensa|do, -a *adj* pensato, -a ◊ ***bien*** ~ pensandoci bene; ***el día menos*** ~ quando meno te l'aspetti; ***persona mal ~a*** malpensante; **~dor, -a** *m/f* pensatore, -trice; **~miento** *m* 1. pensiero; mente *f*; 2. *bot* pensée* *f*, viola del pensiero *f* ◊ ***acudir al*** ~ venire in mente; ***tener ~ de*** avere intenzione di; ***tener en el*** ~ avere in mente; **~r** ‹*pienso*› V. 5a *vt/i* pensare (**en** a); immaginare, credere ◊ ~ ***entre sí*** pensare fra sé; ***~árselo (mucho)*** pensarci (molto); ***cuando menos se piensa*** quando uno meno se l'aspetta; ***dar en*** ~ cominciare a pensare; ***dar que*** ~ preoccupare; ***ni ~lo*** neanche per sogno; ***piensa mal y acertarás*** fidarsi è bene, non fidarsi è meglio; ***ser u-c para ~árselo*** essere qc da pensarci su; ***sin*** ~ senza pensarci; **~tivo, -a** *adj* pensieroso, -a, meditabondo, -a, cogitabondo, -a (*raro*)
pensil *adj* pensile
pensión *f* 1. (*bur, hotel*) pensione; 2. *estud* borsa di studio ◊ ~ ***alimenticia*** assegno di mantenimento, alimenti; ~ ***asistencial, de invalidez, de jubilación, de viudedad*** pensione sociale, d'invalidità, d'anzianità, di reversibilità; ~ ***completa*** pensione completa; ***media*** ~ mezza pensione
pensiona|do, -a 1. *adj/s* pensionato, -a; **2.** *m estud* convitto; **~ar** *vt* concedere una pensione *vi*; **~ista** *m/f* pensionato, -a
pentáfono, -a *adj mús* pentafonico, -a
pentagonal *adj* pentagonale
pentágono *m* pentagono
Pentágono *m* Pentagono
pentagrama *m mús* pentagramma
pentalfa *f mús* pentalfa
pentámero, -a *adj/m bot/quím* pentamero, -a
pentapartido *m pol* pentapartito
pentatlón (*var.* **pentathlón**) *m sport* pentathlon
pentatónico, -a *adj mús* pentatonico, -a
pentavalente *adj* pentavalente
Pentecostés *m relig* Pentecoste *f*
pentosa *f quím* pentos(i)o *m*
pentotal® *m farma* pentotal®, pentothal®
penúltimo, -a *adj/s* penultimo, -a
penumbra *f* penombra
penuria *f* penuria, scarsità *inv*
peña *f* 1. *geol* roccia, macigno *m*; 2. circolo *m*, gruppo *m*, associazione
peñasca|l *m* luogo roccioso; **~o** *m* 1. *geol* masso, macigno; 2. *med* rocca petrosa *f*; **~oso, -a** *adj* dirupato, -a
peñazo *m coloq/fig* mattone, pizza *f*
peñón *m* macigno, rupe *f* ◊ ***el *~ de Gibraltar*** ="la rocca di Gibilterra"
peón *m* 1. manovale; *agric* bracciante; *Esp/Am* peón; 2. (*dama, ajedrez*) pedina *f*; 3. (*juego infantil*) trottola *f* ◊ ~ ***caminero*** cantoniere
peona|da *f* giornata di manovale; **~aje** *m* manovalanza *f*; *Esp/Am* peonaggio; **~ía** (*var.* **peonia**) *f bot* peonia; **~za** *f* trottola

peor 1. *adj* peggiore; **2.** *adv* peggio ◊ ~ ***que*** ~ peggio che mai, peggio che andar di notte; ***ir a*** ~ peggiorare; ***ir de mal en*** ~ andare di male in peggio; ***lo*** ~ il peggio, ciò che è peggio; ***llevarse la ~ parte*** avere la peggio
Pepa *f* Peppa ◊ ***¡Viva la ~!*** *irón* Evviva la vita!
pepa *f Col* (*fruta*) nocciolo *m*; *med coloq* pillola, compressa
Pepe *m* Beppe, Peppino
pepin|ar *m agric* campo di cetrioli; **~illo** *m bot* cetriolino ◊ ~ ***del diablo, amargo/loco*** cocomero asinino, elaterio, sputaveleno; **~o** *m* 1. *bot* cetriolo; 2. *mil coloq* obice (*estánd*) ◊ ***no importarle un*** ~ non importargli/le un cavolo
pepit|a *f* 1. *agric* seme; 2. (*oro*) pepita; 3. *zool* pipita; **~o** *m* ="panino imbottito di carne"
Pepito Grillo *m* grillo parlante
pepitoria *f gastr* fricassea ◊ ***gallina en*** ~ fricassea di gallina
pepona *f irón* bambolona
péptico, -a *adj med* peptico, -a
peptídico, -a *adj quím* peptidico, -a
peque *m/f coloq* bimbo, -a, bambino, -a; **~ñez** *f* piccolezza; *fig* grettezza
pequeño, -a *adj/s* piccolo, -a, piccino, -a; *fig* meschino, -a ◊ ***en*** ~ in piccolo; **~burgués, -esa** (*var.* **pequeño-burgués**) *adj/s* piccoloborghese
Pequín (*var.* **Pekín**) *geogr* Pechino
pequinés, -esa *adj/s* pechinese ◊ ***perro*** ~ cane pechinese
PER *abr* 1. *econ* (*Price Earnings Ratio*) PER; 2. *pol/econ* (*Plan de Empleo Rural*) PSR/PRSR (Piano (Regionale) di Sviluppo Rurale)
pera *f* 1. *bot* pera; 2. (*barba*) pizzo *m*; 3. *electr* lampadina; *med* pompetta ◊ ***es la*** ~ *coloq* è il colmo; ***no partir ~s con alg*** far lite con q; ***pedir ~s al olmo*** voler cavar sangue da una rapa; ***ponerle a alg las ~s al cuarto*** fare i conti con q; ***tocarse la*** ~ *coloq/vulg* (*no trabajar*) grattarsi i coglioni
peral *m bot* pero; **~tar** *vt* rialzare la curva; **~te** *m* 1. *arq* prolungamento dell'arco; 2. *transp* dislivello in curva
perborato *m quím* perborato
perca *f zool* perca; **~l** *m* percalle ◊ ***conocer el*** ~ essere al corrente dell'affare
percance *m* contrattempo, incidente
per cápita *adv* pro capite
percatarse rendersi conto (**de** di), osservare *vt*
percebe *m* 1. *zool* lepade; 2. *coloq/fig* scemo
percep|ción *f* percezione; **~tible** *adj* percettibile, percepibile; **~tivo, -a** *adj* percettivo, -a; **~tor, -a** *adj/s* percettore, -trice
percha *f* 1. attaccapanni *m inv*, gruccia; 2. (*animales*) posatoio *m*; 3. *transp* pertica ◊ ***tener buena*** ~ avere una bella figura; **~do** *m tecn* garzatura *f*; **~r** *vt tecn* garzare
perche|ro *m* attaccapanni *inv*; **~rón, -ona 1.** *adj/s* cavallo normanno; **2.** *m/f coloq/fig* cavallone, -a
perchista *m/f* (*circo*) specialista in pertica

percib|ir *vt* percepire; *com* riscuotere, percepire; **~o** *m jur* riscossione *f*, esazione *f*, percezione *f*
percus|ión *f* percussione ◊ ***de ~*** *mús/mil* a percussione; **~or, -a** (*var.* **percutor, -a**) **1.** *m tecn* percussore; **2.** *adj/s* percotitore, -trice
percut|ir *vt* percuotere, colpire; **~or** V. **percusor**
perde|dor, -a *adj/s* perdente, perditore, -trice ◊ ***buen, mal ~*** buon, cattivo perdente; **~r** ‹*pierdo*› V. 6 **1.** *vt/i* perdere; **2. ~se** perdersi, smarrirsi ◊ ***echar a ~*** sciupare, guastare; ***no se perderá*** se la caverà; ***no tener nada que ~*** non avere nulla da perdere; ***tú te lo pierdes/él se lo pierde*** *coloq* peggio per te/peggio per lui
perdición *f* perdizione, rovina
pérdida *f* perdita; (*agua,...*) fuga ◊ ***~ brusca*** *aero* scivolata di coda, campana; ***~s cuantiosas, de beneficios, de explotación*** perdite ingenti, di utili, di esercizio; ***arrojar una ~*** presentare una perdita; ***ganancias y ~s*** profitti e perdite; ***no tener ~ (u-c)*** essere facile da trovare (qc); ***tener ~s*** essere in deficit/in passivo; ***vuelo en ~*** *aero* volo in stallo
perdid|amente *adv* perdutamente; **~o, -a 1.** *adj* 1. perduto, -a, perso, -a; 2. (*manga*) aperto, -a; 3. sporco, -a; **2.** *m/f* uomo perduto *m*, donna perduta *f* ◊ ***a fondo ~*** a fondo perduto; ***sentirse ~*** sentirsi perduto; ***tiempo ~*** tempo perso
perdig|ón *m* 1. pallino da caccia, migliarino; 2. *zool* perniciotto; **~onada** *f* impallinata; **~uero, -a** *adj* da caccia ◊ ***perro ~*** bracco
perdiz *f zool* pernice ◊ ***marear la ~*** *coloq/fig* tirarla/portarla per le lunghe; ***ojo de perdiz*** (*tela*) occhio di pernice
perdón *m* perdono ◊ ***¡~!*** Scusi!; Pardon! (*reg*); ***con ~*** con permesso; ***no tener ~ (de Dios)*** non ammettere scuse, essere imperdonabile; ***pedir ~ a alg*** chiedere perdono a q; chiedere scusa a q, scusarsi con q
perdona|ble *adj* perdonabile; **~r** *vt* perdonare ◊ ***perdone la molestia*** mi scusi per il disturbo; ***¡Perdone Ud!*** Scusi!; **~vidas** *m inv* ammazzasette, spaccone, -a *m/f*
perdulario, -a *adj/s* vizioso, -a
perdura|ble *adj* perdurevole, perenne, perpetuo, -a; **~r** *vi* perdurare
perece|dero, -a *adj* caduco, -a, perituro, -a; (*alimento*) deperibile; **~r** ‹*perezco*› V. 13a *vi* perire, morire
peregrin|ación *f* peregrinazione; *relig* pellegrinaggio *m*; **~aje** *m* pellegrinaggio; **~ar** *vi* peregrinare; **~o, -a 1.** *m/f* pellegrino; **2.** *adj* 1. peregrino, -a, raro, -a; 2. errante
perejil *m bot* prezzemolo ◊ ***estar en todas partes como el ~*** essere come il prezzemolo; **~a** *f* ="gioco di carte" *m*
perendengue *m coloq* fronzolo
Perengano *m* un tale, Tizio, un tizio
perenn|e *adj* perenne; **~idad** *f* perennità *inv*; **~ifolio, -a** *adj* sempreverde
perentori|edad *f* perentorietà *inv*; **~o, -a** *adj* perentorio, -a
perestroika *f pol hist* perestroica
perez|a *f* pigrizia, accidia, fiacca ◊ ***me da ~ hacer...*** non ho voglia di fare...; ***sacudir la ~*** muoversi; **~co** V. **perecer**; **~oso, -a 1.** *adj* pigro, -a, indolente, poltrone, -a, svogliato, -a; **2.** *m zool* bradipo
perfecc|ión *f* perfezione ◊ ***a la ~*** a perfezione, in modo perfetto; **~ionamiento** *m* perfezionamento; **~ionar** *vt* perfezionare; **~ionismo** *m* perfezionismo; **~ionista** *adj/s* perfezionista
¡perfectamente! *excl* benissimo!, d'accordo!
perfect|ibilidad *f* perfettibilità *inv*; **~ible** *adj* perfettibile; **~ivo, -a** *adj/m ling* perfettivo, -a; **~o, -a** *adj* perfetto, -a ◊ ***futuro ~*** *ling* futuro anteriore; ***pretérito ~ indefinido*** passato remoto; ***preterito ~ simple*** passato prossimo
perfidia *f* perfidia, malvagità *inv*
pérfido, -a *adj* perfido, -a, malvagio, -a
perfil *m arte/tecn tamb. fig* profilo; contorno ◊ ***~ de investigación*** specialità di ricerca; ***~ laminado*** *tecn* profilato; ***de ~*** di profilo; ***de medio ~*** di scorcio; **~ado, -a** *adj* profilato, -a; affilato, -a ◊ ***nariz ~a*** naso affilato; **~ador** *m* matita (per gli occhi) *f*; **~adura** *f* profilatura, filettatura; profilo *m*; **~ar 1.** *vt arte/tecn tamb. fig* profilare; rifinire; **2. ~se** profilarsi
perfor|ación *f tecn/med* perforazione; perforamento *m*; **~ador, -a** *adj/m* perforatore, -trice; **~adora** *f* perforatrice; **~ante** *adj* perforante; **~ar** *vt* perforare, forare
performance ['performans] *f* performance *inv*
perfum|ar 1. *vt* profumare; **2.** *vi* odorare, profumare; **~e** *m* profumo, fragranza *f*, (buon) odore; **~ería** *f* profumeria; **~ero, -a** (*var.* **perfumista**) *m/f* profumiere, -a, profumiero, -a
perfusión *f med* perfusione
pergamino *m* pergamena *f*, cartapecora *f*
pergeñar *vt coloq* tracciare, sbozzare
pérgola *f* pergola
peri|anto (*var.* **periantio**) *m bot* perianzio; **~cardio** *m med* pericardio; **~carpio** *m bot* pericarpo
pericia *f* perizia, destrezza, abilità *inv*; **~l** *adj* peritale, periziale (*raro*)
periclitar *vi elev* pericolare
perico *m* 1. *zool* pappagallo; 2. orinale; 3. ventaglio grande; 4. *jerga drog* (*cocaína*) bamba ◊ ****~ el de los palotes*** *coloq* Pinco Pallino; ****~ entre ellas*** *coloq* galletto (in mezzo alle galline)
peridot|ita *f min* peridotite; **~o** *m min* peridoto
perif|eria *f* periferia; **~érico, -a** *adj* periferico, -a
perifollo 1. *m bot* cerfoglio; **2.** *mpl* fronzoli
perífr|asis *f inv* perifrasi, circonlocuzione *f*
perifrástico, -a *adj ling* perifrastico, -a
perigeo *m astron* perigeo
perihelio *m astron* perielio
perilinfa *f med* perilinfa

perilla *f* pizzo *m*, barbetta ◊ ***de ~s*** a proposito, a pennello; **~án, -ana** *m/f ant* furbacchione, -a, lazzarone, -a
perimétrico, -a *adj* perimetrale
perímetro *m* perimetro
perinatal *adj med* perinatale; **~eo** (*var.* **periné**) *m med* perineo; **~ola** *f* trottola
periodicidad *f* periodicità *inv*
periódico, -a 1. *adj* periodico, -a; **2.** *m* giornale, quotidiano
periodismo *m* giornalismo; **~ta** *m/f* giornalista
periodístico, -a *adj* giornalistico, -a
período *m* 1. periodo; 2. *med coloq* mestruazioni *fpl*, ciclo
periodoncia *f med* ortodonzia, ortodontia; **~ntitis** *f inv med* periodontite *f*; **~nto** *m med* periodonto, parodonto, paradenzio
periostio *m med* periostio
peripatético, -a *adj/s* peripatetico, -a
peripecia *f* peripezia
periplo *m* periplo
peripuesto, -a *adj* agghindato, -a
periquete: en un ~ *adv* in un batter d'occhi, in un attimo, in un istante
periquito *m zool* pappagallino
periscopio *m* periscopio
perista *m/f jerga* ricettatore, -trice
peristáltico, -a *adj med* peristaltico, -a
peristilo *m arq* peristilio
perístole *f med* peristalsi *inv*
perita: ~ en dulce *f* zuccherino *m*; **~je** *m* 1. *estud* titolo di perito; ufficio di perito; 2. perizia *f*; **~r** *vt* periziare
perito, -a *adj/m* perito ◊ ***~ industrial*** perito industriale; ***~, -a mercantil*** ragioniere, -a; **~neo** *m med* peritoneo; **~nitis** *f inv med* peritonite *f*
perjudicar ‹*perjudiqué*› *vt* danneggiare, nuocere; **~ial** *adj* dannoso, -a, nocivo, -a
perjuicio *m* danno, pregiudizio ◊ ***daños y ~s*** danni e pregiudizi; ***en ~ de*** in danno di; ***sin ~ de que*** ciò non toglie che
perjurar *vi* spergiurare, giurare il falso; **~io** *m* spergiuro; **~o, -a** *m/f* spergiuro, -a
pérkins: jersey ~ *m* maglione lupetto
perla *f* perla ◊ ***~ cultivada*** perla coltivata; ***de ~s*** a proposito; **~do, -a** *adj* perlaceo, -a, perlato, -a
perlífero, -a *adj* perlifero, -a
perlino, -a *adj elev* perlaceo, -a, perlato, -a
perlita *f* 1. *metal* perlite; 2. perla piccola
perlocución *f ling* perlocuzione; **~tivo, -a** *adj ling* perlocutorio, -a, perlocutivo, -a
permanecer ‹*permanezco*› V. 13a *vi* rimanere, restare; permanere, durare; **~encia** *f* permanenza; **~ente 1.** *adj* permanente; **2.** *f* (*rizado*) permanente; **~ganato** *m quím* permanganato
permeabilidad *f* permeabilità *inv*; **~ble** *adj* permeabile; **~r** *vt* permeare
permiano, -a (*var.* **pérmico**) *adj geol* permiano, -a
permisible *adj* tollerabile, permissibile; **~ión** *f* permesso *m*; licenza; **~ionario, -a** *adj/s* permissionario, -a; **~ividad** *f* permissività *inv*; permissivismo *m*; **~ivo, -a** *adj* permissivo, -a; **~o** *m* permesso, autorizzazione *f*; congedo, licenza *f* ◊ ***~ de circulación*** libretto di circolazione; ***~ de conducir*** patente (di guida); ***~ de importación*** permesso d'importazione; ***estar de ~*** essere in congedo
permitir 1. *vt* permettere, concedere, autorizzare; **2. ~se** permettersi (**u-c** di), prendersi la libertà (**u-c** di)
permuta *f com* permuta, baratto *m*; **~ble** *adj* permutabile; **~ción** *f* permuta, scambio *m*; **~r** *vt* permutare, scambiare, barattare
pernada: derecho de ~ *m hist ant* diritto alla prima notte
pernera *f* gamba dei pantaloni; **~ta: en ~** *adv* a gambe nude; nudo, -a
pernicioso, -a *adj* pernicioso, -a, nocivo, -a; **~l** *m* coscia di maiale *f*; prosciutto; **~o** *m* cardine, perno, arpione
perno *m* perno, bullone; cardine
pernoctación (*var.* **pernocta**) *f* pernottamento *m*, pernotto *m*; **~ar** *vi* pernottare
pernod® *m* (*licor*) pernod *inv*
pero 1. *conj* ma, però; ***¡~ que muy guapa!*** *bella, ma molto bella!*; **2.** *m* ma, se; *fig* difetto ◊ ***no tener ~s*** non avere difetti; ***poner ~s*** esserci dei ma; **~grullada** *f* scemenza, stupidaggine
perol *m* 1. pentola; 2. *coloq/hum* testa; **~a** (*var.* **perolo** *m*) *f* pentolone *m*
peroné *m med* perone, fibula *f*
peronismo *m Arg pol/hist* peronismo; **~ta** *adj/s Arg pol/hist* peronista
peroración *f* perorazione; **~r** *vt/i* perorare; **~ta** *f coloq/desp* predica
perpendicular *adj/f* perpendicolare; **~ículo** *m* perpendicolo; *mat* perpendicolare *f*
perpetración *f* perpetrazione; **~ar** *vt jur* perpetrare
perpetuación *f* perpetuazione; **~ar** *vt* perpetuare; **~idad** *f* perpetuità *inv* ◊ ***a ~*** in perpetuo; **~o, -a 1.** *adj* perpetuo, -a; perenne; **2.** *f* ergastolo *m*
perplejidad *f* perplessità *inv*, titubanza, incertezza; **~o, -a** *adj* perplesso, -a, esitante, titubante
perra 1. *f* 1. *zool* cagna; 2. *fig* capriccio, ghiribizzo; **2.** *fpl* soldi *mpl*, grana *f*; **3.** *adj* V. perro ◊ ***~ chica*** *ant* cinque centesimi; ***~ grande*** *ant* dieci centesimi; ***~ vida*** vita da cani; ***estar sin una ~a*** essere senza un centesimo; ***hijo de ~*** figlio d'un cane; ***¡Para tí la ~ gorda!*** *irón* Va bene, hai ragione tu!; **~da** *f* 1. brutto tiro *m*; 2. muta di cani
perrería *f* canile *m*; **~ía** *f* 1. *fig* canagliata; 2. canea; **~o** *m* accalappiacani *inv*, acchiappacani *inv*
perrito *m* cagnolino ◊ ***~ caliente*** panino imbottito di salsiccia, hot-dog*
perro, -a 1. *m* cane; **2.** *adj* brutto, -a, cattivo, -a ◊ ***~ de caza, faldero, policía, guardián, pastor, de presa*** cane da caccia, da compagnia, poliziotto, da guardia, da gregge, da presa; ***~ mor-***

dedor, poco ladrador can che abbaia non morde; ***a ~ flaco todo son pulgas*** il cane morde lo straccione, a muro basso tutti ci si appoggia; ***a otro ~ con ese hueso*** vai a raccontarla altrove; ***atar los ~s con longanizas*** legare le viti con le salsicce, essere il paese della Cuccagna; ***como el ~ y el gato*** come cani e gatti; ***como el ~ del hortelano*** come il cane dell'ortolano; ***de ~s*** da cani; ***morir como un ~*** morire solo come un cane; ***muerto el ~, se acabó la rabia*** tolta la causa, cessa l'effetto; ***no tener ni perrito que le ladre*** essere solo come un cane; ***vida de ~s*** vita da cani

perruno, -a *adj* canino, -a; cagnesco, -a

persa *adj/s* persiano, -a

persecu|ción *f psicol/pol* persecuzione; inseguimento *m*; **~torio, -a** *adj* persecutorio, -a

persegui|ble *adj* perseguibile; **~do, -a** *adj/s* perseguitato, -a; **~dor, -a** *adj/s* persecutore, -trice; inseguitore, -trice; **~r** ‹*sigo; siguió; siga; siguiendo*› V. 12 *vt* inseguire; *fig* perseguire

persever|ancia *f* perseveranza, pertinacia, tenacia; **~ante** *adj* perseverante, pertinace, tenace; **~ar** *vi* perseverare, insistere

Persia *f geogr* Persia

persiana *f* persiana, gelosia

pérsico, -a *adj* persico, -a

persignarse *relig* farsi il segno della croce

persigo, persiguió V. **perseguir**

persist|encia *f* persistenza, perseveranza; **~ente** *adj* persistente; **~ir** *vi* persistere, perseverare, insistere

persona *f* persona ◊ **~ *jurídica, física*** persona giuridica, fisica; ***de ~ a ~*** a tu per tu; ***en ~*** in/di persona; **~je** *m* personaggio

personal 1. *adj* personale, individuale; **2.** *m* personale, impiegati *mpl*; *coloq/hum* gente *f* ◊ ***~ de plantilla*** organico; ***~ eventual*** personale avventizio; **~idad** *f* personalità *inv* ◊ ***culto a la ~*** culto della personalità; **~ismo** *m* personalismo; **~izable** *adj* personalizzabile; **~ización** *f* personalizzazione; **~izar** ‹*personalicé*› *vt* 1. scendere a livelli personali; 2. *ling tamb. fig* personificare; personalizzare; **~mente** *adv* personalmente, di presenza

personarse *adm* presentarsi, andare di persona *vi*

personific|ación *f* personificazione; **~ar** ‹*personifiqué*› *vt* personificare, rappresentare

perspectiva *f tecn tamb. fig* prospettiva

perspic|acia *f* perspicacia, sagacia; **~az** *adj* perspicace, sagace

persua|dir *vt* persuadere, convincere; **~sible** *adj* persuadibile; **~sión** *f* persuasione, convincimento *m*; **~sivo, -a** *adj* persuasivo, -a, convincente; **~sor, -a** *abr/m* persuasore *adj/m*, persuaditrice *adj/f*

perten|ecer ‹*pertenezco*› V. 13a *vi* 1. appartenere; 2. spettare, concernere, toccare; **~ciente** *adj* appartenente; **~ncia** *f* 1. appartenenza; 2. proprietà *inv*, possesso *m*; accessorio *m*

pértiga *f* pertica, stanga ◊ ***salto con ~*** salto con l'asta

pertiguista *m/f sport* saltatore, -trice con l'asta

pertin|acia *f* pertinacia; persistenza ◊ ***la ~ de la fiebre*** la persistenza della febbre; **~az** *adj* pertinace; persistente

pertinen|cia *f* opportunità *inv*; *ling* pertinenza; **~te** *adj* opportuno, -a; pertinente, concernente; *ling* pertinente; **~temente** *adv* opportunamente

pertrech|ar *vt* fornire, munire; preparare; **~os** *mpl* attrezzi, strumenti da lavoro; *mil* munizioni *fpl*

perturb|ación *f cient tamb. fig* perturbazione; **~ado, -a** *adj/s* squilibrato, -a; **~ador, -a** *adj* perturbatore, -trice; **~ar** *vt* perturbare, alterare

Perú *m geogr* Perù ◊ ***valer un ~*** valere un Perù

peruano, -a *adj/s* peruviano, -a

Perusa Perugia

perusino, -a *adj/s* perugino, -a, di Perugia

pervers|idad *f* perversità *inv*, malvagità *inv*; **~ión** *f* perversione; **~o, -a** *adj/s* perverso, -a, malvagio, -a; **~or, -a** *adj/s* pervertitore, -trice

pervert|ido, -a *adj/s* pervertito, -a; **~miento** *m* perversione *f*, depravazione *f*; **~r** ‹*pervierto; pervirtió; pervirtiendo*› V. 10 *vt* pervertire, depravare, corrompere

pervinca *f bot* pervinca, vinca

pesa *f* peso *m* ◊ ***las ~s*** *sport* i pesi; **~cartas** *m inv* pesalettere

pesad|a *f* pesata; **~ez** *f* pesantezza; *fig* noia; **~illa** *f* incubo *m*; **~o, -a** *adj* 1. pesante; 2. tardo, -a, lento, -a; 3. noioso, -a ◊ ***broma ~a*** scherzo di cattivo gusto, scherzo da prete; battuta pesante; ***peso ~*** *sport* peso massimo; ***ser un ~*** essere scocciante; **~umbre** *f* 1. tristezza; 2. pesantezza

pesaje *m sport* pesa *f*, pesatura *f*

pésame *m* condoglianza *f* ◊ ***dar el ~*** fare le condoglianze

pesar 1. *m* dolore, tristezza *f*; **2.** *vt/i* 1. pesare; *fig* ponderare; 2. dispiacere *vi*, rattristare *vi* ◊ ***a ~ (de que)*** nonostante, malgrado; ***a ~ de todo*** malgrado tutto; ***a ~ suyo, tuyo*** suo, tuo malgrado; ***mal que me (te...) pese*** nonostante (che) mi (ti...) dispiaccia, mio malgrado/tuo malgrado; ***pese a*** nonostante, malgrado; ***pese a quien pese*** a tutti i costi; **~io** *m med* (*útero*) pessario; **~oso, -a** *adj* preoccupato, -a; triste, afflitto, -a; pentito, -a

pesca *f* pesca ◊ ***~ de altura, submarina...*** pesca d'alto mare, subacquea...; ***y toda la ~*** *coloq* ecc., ecc.

pescad|ería *f* pescheria, negozio di pescivendolo *m* ◊ ***voy a la ~*** vado dal pescivendolo; **~ero, -a** *m/f* pescivendolo, -a; **~illa** *f zool* naselletto *m*, merluzzino *m* ◊ ***~ que se muerde la cola*** *coloq* circolo vizioso; **~o** *m gastr* pesce ◊ ***~ azul, blanco*** pesce azzurro, bianco; ***~ congelado*** pesce surgelato; ***ni carne ni ~*** né carne, né pesce; **~or, -a 1.** *m/f* pescatore, -trice; **2.** *f* ="tipo di camiciola estiva"

pescante *m transp* cassetta *f*; *tecn* gru *f inv*

pescar ‹*pesqué*› *vt* pescare; *fig* pescare, accalappiare
pescozón *m* scapaccione, scappellotto
pescuezo *m* collo ◊ ***retorcer el ~*** (*animales*) tirare il collo; *coloq* (*personas*) strozzare
pesebre *m* mangiatoia *f*; *relig/lit* presepio
peset|a *f* peseta ◊ ***cambiar la ~*** *coloq* vomitare; ***mirar la ~*** *coloq* spendere con senno; **~ero, -a** *adj/s* interessato, -a; tirchio, -a
pesillo *m* bilancino
pesimis|mo *m* pessimismo; **~ta** *adj/s* pessimista
pésimo, -a *adj* pessimo, -a
peso *m* 1. peso; 2. (*moneda*) peso ◊ ***~ atómico, específico, bruto, neto...*** peso atomico, specifico, lordo, netto...; ***~ pesado*** *sport* peso massimo; ***a ~*** a peso; ***a ~ de oro*** a peso d'oro; ***caerse por su propio ~*** essere evidente; ***de ~*** di peso; ***en ~*** di peso
pespunt|ar (*var.* **pespuntear**) *vt* fare l'impuntura; **~e** *m* impuntura *f*; **~eado, -a** *adj* trapunto, -a; **~ear** V. **pespuntar**
pesquer|a *f* luogo pescoso *m*; **~ía** *f* 1. pesca; 2. (*lugar*) pescheria; **~o, -a** *adj/m* peschereccio, -a ◊ ***industria ~a*** industria della pesca
pesquis (*var.* **pesqui**) *m inv coloq* perspicacia *f*, cervello *m*; **~a** *f* indagine, ricerca
pestañ|a *f* 1. (*ojo*) ciglio *m* (!); 2. lembo *m* ◊ ***las ~s*** le ciglia; ***jugarse (hasta) las ~*** giocarsi la camicia; ***quemarse las ~*** *coloq* rovinarsi la vista (leggendo o studiando di notte); **~ear** *vi* battere le ciglia ◊ ***no/sin ~*** non/senza batter ciglio; **~eo** *m* il battere delle ciglia
peste *f med tamb. fig* peste ◊ ***~ bubónica*** peste bubbonica; ***echar ~s de alg*** dire peste e corna di q
pesticida *adj/m* pesticida
pestífero, -a *adj tamb. fig* pestifero, -a
pestilen|cia *f* pestilenza, peste; **~te** *adj* pestilente
pestillo *m* chiavistello, paletto
pestorejo *m* collottola *f*
peta *f jerga drog* canna, spinello *m*; **~ca** *f* ="astuccio per tabacco o sigarette" *m* ◊ ***hacer la ~*** *mil* fare il sacco
pétalo *m bot* petalo
petanca *f* bocce *fpl* ◊ ***juego de ~*** gioco delle bocce
petarde|ar *vt* 1. *mil* attaccare petardi *vi*; sparare petardi *vi*; 2. *fig* truffare; **~ro** *m mil* artificiere
petardista *m/f* 1. *coloq* truffatore, -trice; 2. artificiere *m*
petardo *m* 1. petardo, castagnola *f*; 2. *coloq* piccola truffa *f*; 3. *jerga drog* canna *f*, spinello; 4. *coloq/fig* inutile, disastro
petate *m* 1. (*militares, presos*) sacco a pelo e fagotto personale; 2. *Am* stuoia di palma *f*; 3. uomo dappoco ◊ ***liar el ~*** far fagotto
petenera *f mús* ="aria popolare andalusa" ◊ ***salirse por ~s*** *coloq* fare o dire qc a sproposito
petequia *f med* petecchia; **~l** *adj* petecchiale
petic|ión *f* richiesta, istanza, domanda; *jur/filos* petizione ◊ ***a ~ de*** a richiesta di; **~ionario, -a** *adj/s* richiedente
petimetre *m/f hist* figurino *m*; presuntuoso, -a
petirrojo *m zool* pettirosso
petitorio, -a 1. *adj jur* petitorio, -a; **2.** *m* richiesta insistente *f* ◊ ***mesa ~a*** punto di colletta
peto *m* pettorina *f*; *mil* petto
petrarqu|esco, -a *adj* petrarchesco, -a; **~ismo** *m* petrarchismo; **~ista** *adj/s* petrarchista
petrel *m zool* procellaria *f*, uccello delle tempeste
pétreo, -a *adj* pietroso, -a, sassoso, -a
petrific|ación *f* pietrificazione; **~ar** ‹*petrifiqué*› *vt* pietrificare
petrodólar *m* petrodollaro
petrografía *f* petrografia
petróleo *m* petrolio
petrol|ero, -a 1. *adj* petroliero, -a; **2.** *m* 1. (*persona*) petroliere; 2. *nav* petroliera *f*; **~ífero, -a** *adj* petrolifero, -a; **~químico** V. **petroquímico**
petroquímic|a *f* petrolchimica; **~o, -a** (*var.* **petrolquímico**) *adj* petrolchimico, -a
petroso, -a *adj* pietroso, -a, sassoso, -a
petulan|cia *f* petulanza, indiscrezione; **~te** *adj/s* petulante, noioso, -a
petunia *f bot* petunia
peucédano *m bot* peucedano
peúco *m* (*bebé*) babbuccia *f*, scarpetta di lana *f*
peyorativo, -a *adj* peggiorativo, -a
pez (*pl* **peces**) **1.** *m zool* pesce; **2.** *f* pece ◊ ***~ gordo*** *fig* pesce grosso; ***~ sierra*** pesce sega; ***estar ~ en u-c*** non saper nulla di qc; ***estar como ~ en el agua*** sentirsi a proprio agio; ***picar el ~*** *coloq* cadere nella rete; **~ón** *m* 1. *med* capezzolo; 2. *bot* picciolo; **~uña** *f zool* piede *m*, zampa con unghie
photo finish ['foto 'finis] *m* photo finish* *inv*
piadoso, -a *adj* pietoso, -a, compassionevole, misericordioso, -a; pio, -a, devoto, -a
piafar *vi* scalpitare
Piamonte *m geogr* Piemonte
piamontés, -esa *adj/s* piemontese
pianísimo *adv mús* pianissimo
pianis|mo *m mús* pianismo; **~simo** *adv mús* pianissimo; **~ta** *m/f* pianista
pianístico, -a *adj* pianistico, -a
piano 1. *m* pianoforte, piano; **2.** *adv mús* piano ◊ ***~ de cola*** pianoforte a coda; ***como un ~*** enorme; ***pian ~*** *adv* pian, piano; ***tocar el ~*** *jerga/fig* lavare i piatti; *coloq/fig* imprimere le impronte digitali in questura; *mus* suonare il pianoforte; **~forte** V. **piano**; **~la** *f* pianola
piar ‹*pío*› V. 2 *vi* pigolare, pipiare ◊ ***~las*** *jerga* cantare, parlare troppo; lamentarsi; **~a** *f* branco di porci *m*
piastra *f ant* (*moneda*) piastra
PIB (*Producto Interior Bruto*) *abr/m econ* PIL (Prodotto Interno Lordo)
pibe, -a *m/f Arg* ragazzino, -a
pica *f* 1. (*mil, taur, naipes*) picca; 2. *med* pica ◊ ***poner una ~ en Flandes*** *coloq* vincere un terno

al lotto; **~bueyes** (*var.* **picabuey** *m*) *m inv zool* tiranno guardiabuoi *m*; **~cho** *m* picco di montagna

picad|a *f* 1. beccata; puntura; 2. *Am* sentiero *m*; **~ero** *m* 1. maneggio; 2. *fig* garçonnière* *f inv*; **~illo** *m* tritato ◊ ***hacer ~ a alg*** fare a polpette q; **~o, -a 1.** *m* 1. *aero* picchiata *f*; 2. *mús* staccato; 3. *cine* inquadratura dall'alto *f*; 4. *impr* punzonatura *f*; **2.** *adj* 1. *gastr* tritato, -a; 2. *fig* offeso, -a; 3. traforato, -a; *med* butterato, -a ◊ ***caer en ~*** *aero* scendere in picchiata; *fig* cadere di colpo; **~or** *m* 1. *taur* picador; 2. (*cocina*) tagliere; **~ora** *f* (*cocina*) tritatutto *m inv*; trituratore *m*; **~ura** *f* 1. (*insecto*) puntura; 2. tabacco trinciato *m*; 3. buchetto *m* ◊ ***~ de viruela*** butteratura

picaflor *m* 1. *zool* colibrì *inv*, uccello mosca; 2. *Am* don Giovanni

picagallina *f bot* centocchio (comune) *m*

picajoso, -a *adj/s* permaloso, -a

picamaderos *m inv* picchio *m*

pican|a *f* (*tortura eléctrica*) picana; **~te** *adj/m gastr tamb. fig* piccante

picapedrero *m* tagliapietre *inv*

picapica 1. *m* prodotto irritante; **2.** *f Am* erba irritante

picapleitos *m/f inv* azzeccagarbugli *m inv*, leguleio *m*

picaporte *m* chiavistello; (*puerta*) battaglio ◊ ***~ de resbalón*** serratura a scatto

picar ‹*piqué*› **1.** *vt* 1. (*insectos, taur...*) pungere; 2. (*pájaro*) beccare; (*comida*) spizzicare; 3. *gastr* tritare; triturare, sminuzzare; 4. *tecn* punzonare, traforare, punteggiare; (*pared*) picchiettare; 5. provocare, irritare; **2.** *vi* 1. *med* prudere; 2. (*pez*) abboccare; *fig* cadere nel tranello, cascare; 3. (*sol, garganta, picante...*) bruciare, pizzicare; 4. *aero* scendere in picchiata; 5. *mús* granire; **3. ~se** 1. offendersi; 2. (*vino*) guastarsi; 3. (*diente, droga*) bucarsi; 4. (*tela*) tarlarsi ◊ ***~ alto*** aspirare a molto, puntare in alto; ***~ de*** vantarsi di; ***~ en*** toccare i limiti di; ***el que se pica ajos come*** chi ha la coda di paglia, se la bruci

picardía 1. *f* 1. astuzia, scaltrezza, malizia; (*niño*) monelleria, birichinata; canagliata; **2.** *fpl* insulti *mpl* ◊ ***sin ~*** senza malizia; **~s** *m inv* (*pijama*) baby-doll*

picaresc|a *f* 1. mondo picaresco *m*; 2. *lit* letteratura picaresca; **~o, -a** *adj* picaresco, -a

pícaro, -a 1. *adj* picaro, -a, birbone, -a, furfante; furbo, -a, astuto, -a, scaltro, -a; *fig* maledetto; **2.** *m* (*niño*) monello, birichino; picaro, birbone, furfante ◊ ***~ de cocina*** *hist* sguattero

picatoste *m* ="fetta di pane fritto o tostato" *f*

picaz|a *f zool* gazza; **~ón** *f* prurito *m*; dolore *m*, disgusto *m*

picha *f vulg* cazzo *m*; **~fría** *m vulg* uomo impotente (*estánd*)

pichel *m* boccale con coperchio

pichi *m* scamiciato ◊ ***hacer ~*** *Arg/Ur infant* far pipì; **~chi** *m* (*premio fútbol*) capocannoniere; **~ncha** *f Am* buon affare *m*, occasione

pichón, -ona *m/f zool tamb. fig* piccione, -a

pichon|a *f irón/coloq* colombella, colomba; **~cita** *f* colombella; **~cito, -a** *m/f tamb. fig* piccioncino, -a

Picio: más feo que ~ *adj* più brutto del diavolo

pick-up [piˈkap] *m* pick-up *inv*

pícnic *m* picnic *inv*

pícnico, -a *adj psicol* picnico, -a

picnómetro *m fís/quím* picnometro

pico 1. *m* 1. *zool* becco; *fig* bocca *f*; (*recipiente*) beccuccio; 2. *geogr* picco; punta *f*, angolo; 3. *jerga drog* buco; 4. *Chile coloq* asta *f*, banana *f*, picchio (*reg*); **2.** *m(pl) coloq Esp* guardia civile (carabiniere) *m/f* ◊ ***~ de oro*** boccadoro; ***a ~*** a picco; ***andar de ~s pardos*** andare a divertirsi (sessualmente); ***cerrar/callar el ~*** star zitto; ***darse el ~ con alg*** sbaciucchiarsi con q; ***hincar el ~*** morire; ***hora ~*** *Am* ora di punta; ***jersey de ~*** maglioncino con lo scollo a V; ***salir por un ~*** costare un occhio; ***llegar a las dos y ~*** (*hora*) arrivare alle due passate; ***cuesta cinco euros y ~*** (*cantidades*) costa cinque euro e rotti; **~gordo** *m zool* frosone; **~leto** *m* coloq *Esp* ="guardia civile (carabiniere)" *m/f*; **~r** *m* bruciore; prurito

picota *f* 1. gogna, berlina; 2. *bot* graffione *m* ◊ ***poner en la ~ (a alg)*** mettere alla/in berlina (q); **~da** (*var.* **picotazo** *m*) *f* beccata; (*insecto*) puntura

picote|ar 1. *vt/i* 1. *zool* beccare; 2. mangiucchiare; **2. ~se** bisticciare *vi*; **~o** *m* 1. *zool* il beccarsi; 2. il mangiucchiare; **~ro, -a** *adj/s* chiacchierone, -a

pícrico: ácido ~ *m quím* acido picrico

pictogr|afía *f* pittografia; **~áfico, -a** *adj* pittografico, -a; **~ama** *m* pittogramma

pictórico, -a *adj* pittorico, -a

picudo, -a *adj* a becco, appuntito, -a

pidió, pido V. **pedir**

pídola *f* (*juego infantil*) cavalluccio *m*

pie *m* piede; *fig* piede, base *f* ◊ ***~ de imprenta*** *impr* nota tipografica a piè di pagina; ***~ plano*** piede piatto; ***a ~*** a piedi; ***a ~ de fábrica, de obra, etc.*** a piè di fabbrica, d'opera, ecc.; ***a ~ firme*** a piè fermo; ***al ~ de la página/a pie de página*** *impr* in calce, a piè di pagina; ***al ~ de la letra*** alla lettera; ***atar de ~s y manos a alg*** legare le mani e i piedi a q; ***besar los ~s*** baciare le mani; ***buscarle tres ~s al gato*** cercare il pelo nell'uovo; ***caer de ~*** *fig* cadere in piedi; ***con ~s de plomo*** con i piedi di piombo; ***con buen, mal ~*** bene, male; ***con los ~s por delante (para (a)delante)*** *coloq* morto; ***creer a ~ juntillas*** credere ciecamente; ***dar ~*** dar motivo; ***de ~*** in piedi; ***de ~s a cabeza*** dalla testa ai piedi; ***de a ~*** (*soldado*) (che va) a piedi; (*ciudadano*) normale; ***en ~ de guerra*** sul piede di guerra; ***en ~*** in piedi; ***estar al ~ del cañon*** essere preparato a far qc; ***estar con un ~ en el aire*** trovarsi in una situazione instabile; ***faltarle a alg los ~s*** mancare la terra sotto i piedi a q; ***haber nacido de ~*** *coloq/fig* essere nato con la camicia; ***hacer ~*** toccare fondo; ***hecho con los ~s*** fatto con i piedi; ***no dar ~ con bola*** non azzeccarne una; ***no tener ~s ni cabeza (u-c)*** non avere né capo, né coda (qc); ***no tenerse de ~*** non reggersi in piedi; ***pararle los ~s a alg*** far prendere uno spavento a q; ***saber de qué ~ cojea alg*** *fig* conoscere il punto debole di q; ***salir por ~s*** fuggire a gambe levate; ***saltar/caer a ~ juntillas*** saltare a piedi/piè pari; **~dad** *f* pietà *inv*, compassione, misericordia

piedra *f* 1. pietra, sasso *m*; 2. *med* calcolo *m*; 3. *meteo coloq* grandine; 4. *Ven vulg* cacata ◊ ***~ de afilar*** cote; ***~ de escándalo*** pietra dello scandalo; ***~ de toque*** pietra di confine; ***~ filosofal*** pietra filosofale; ***~ pómez*** pietra pomice; ***ablandar las ~s*** far piangere le pietre; ***dejar a alg de ~*** far rimanere q di stucco; ***menos da una ~*** meglio questo che niente; ***no dejar ~ sobre ~*** non lasciar pietra su pietra; ***pasar por la ~*** *coloq* sottomettere q (anche sessualmente); ***quedarse de ~*** restare di sasso; ***tirar la ~ y esconder la mano*** gettare il sasso e nascondere la mano

piel *f* 1. pelle; (*persona*) cute, epidermide, pelle; 2. (*con pelo*) pelliccia; (*sin pelo*) pelle, cuoio *m*; 3. *bot* buccia, pelle ◊ ***~ de naranja*** *med* buccia d'arancia; (*vidrio*) pelle di rospo; ***~ roja*** (*indio*) pellerossa; ***~ vuelta*** pelle scamosciata; ***abrigo de ~es*** pelliccia; ***dejarse la ~*** rimetterci/lasciarci la pelle; ***media ~*** *impr* legatura in mezza pelle/mezza tela; ***quitar/arrancar la ~ a alg*** *coloq/fig* levare la pelle a q

piélago *m elev* pelago

pienso *m* mangime; (*equinos*) biada *f* ◊ ***ni por ~*** neanche per sogno

piercing ['pirsin] *m* piercing *inv*

pierdo V. **perder**

pierna *f* (*persona*) gamba; (*animal*) coscia ◊ ***a ~ suelta*** dormire saporitamente; ***con el rabo entre las ~s*** con la coda tra le gambe; ***con las ~s cruzadas*** con le gambe accavallate, con le gambe a cavalcioni; ***estirar las ~s*** sgranchire le gambe; **~men** *m coloq/hum* (*mujer*) gambe *fpl*; **~s** *m inv coloq/desp* uomo dappoco *m*

pierni|corto, -a *adj* dalle gambe corte; **~largo, -a** *adj* dalle gambe lunghe

piesplanos *m inv* piedipiatti

pietis|mo *m relig* pietismo; **~ta** *adj/s relig* pietista, pietistico, -a

pieza *f* 1. pezzo *m*; 2. (*casa*) vano *m*; 3. (*caza, pesca*) preda; 4. (*tela*) pezza; 5. *jur* incarto *m*; 6. *heráld* pezza ◊ ***~ de recambio*** pezzo di ricambio; ***~ única*** pezzo unico; ***¡linda ~!*** *irón* bel tipo!; ***dos ~s*** coordinato in due pezzi; ***quedarse de una ~*** restare di stucco

pífano *m mús* piffero

pifia *f* 1. (*billar*) stecca, steccaccia; 2. (*error*) granchio *m*; 3. *Am* burla, beffa; **~r** ‹*pifio*› V. 1 *vi* fare una stecca

pigment|ación *f* pigmentazione; **~o** *m* pigmento

pigmeo, -a *adj/s* pigmeo, -a

pignor|ación *f jur* pignoramento *m*; **~ar** *vt jur* pignorare

pija *f vulg* cazzo *m*; **~da** *f coloq/desp* cazzata (*vulg*), stupidaggine; **~ma** (*var.* **pijama** *f Am*) *m* pigiama *m*

pijo, -a 1. *m vulg* cazzo; **2.** *adj/s coloq* snobbetto, -a, fighetto *m*, fichetto *m*; paninaro *m* (*obsol*); **~ta** *f zool* nasello *m*, merluzzo *m*; **~tería** (*var.* **pijotada**) *f coloq/desp* cazzata (*vulg*); **~tero, -a** *adj/s coloq/desp* scocciatore, -trice, maledetto, -a; *Am* meschino, -a

piky® ['piki] (*var.* **pinki**) *mpl* (copripiede) salvacalza *inv*

pila *f* 1. *relig/electr* pila; 2. (*de la cocina*) lavandino *m*, acquaio *m*; (*fuente*) vasca; 3. pila, mucchio *m* ◊ ***nombre de ~*** nome di battesimo; **~f** *adj gastr* (*arroz*) pilaf *inv*; **~r 1.** *m arq tamb. fig* pilastro, pilone; *arq* colonna; (*caminos*) cippo; (*puente*) pila *f*; **2.** *vt agric* pilare; **~rete** *m arq* pilone; **~stra** *f arq* colonna

Pilatos *m relig* (Ponzio) Pilato

pilchas *fpl Am Mer* (*ropa*) panni *mpl*, stracci *mpl*

píldora *f farma tamb. fig* pillola ◊ ***~ anticonceptiva*** pillola anticoncenzionale; ***~ del amor*** (*droga*) ecstasy; ***~ del día siguiente*** pillola del giorno dopo; ***dorar la ~*** indorare la pillola; ***tragarse la ~*** inghiottire la pillola; bersela

pileta *f* 1. *relig* acquasantiera; 2. *Arg/Par/Ur* piscina; 3. *Arg/Ur* lavabo *m*

pilila (*var.* **pililla**) *f euf/infant* (*sexo*) pisello *m*, uccellino *m*

pilla|da *f* bricconata, malefatta; **~je** *m* furto; *mil* saccheggio; **~r** *vt* 1. pigliare, acchiappare, beccare; 2. *fig* cogliere, sorprendere; 3. *coloq/fig* prendere; *jerga* pigliare; 4. *elev* rubare, fregare ◊ ***aquí te pillo, aquí te mato*** *coloq* qui e subito, immediatamente; ***me pilla de camino*** ci passo vicino; ***me pilla muy lejos*** è lontano per me; **~stre** V. **pillo**

pille|ría *f* 1. (*personas*) gentaglia; 2. furfanteria; **~te** (*var.* **pillín, -ina**) *m coloq* monello, -a *m/f*, bricconcello, -a *m/f*

pillo, -a (*var.* **pillastre** *m*) *adj/s* furbacchione, -a; furfante, briccone

pilluelo, -a *adj/s coloq* monello, -a, bricconcello, -a

pilón *m* 1. *tecn/arq* pilone; 2. conca *f*, vaschetta *f*

pilongo, -a *adj* magro, -a, asciutto, -a ◊ ***castañas ~as*** castagne secche

píloro *m med* piloro

piloso, -a *adj* peloso, -a, villoso, -a

pilot|aje *m* pilotaggio; contratto di pilotaggio; **~ar** *vt* pilotare; **~e** *m agric* piolo, palo; **~o 1.** *adj/s* (*persona*) pilota (!); **2.** *m auto* fanalino; *electr* spia *f*; fiammella-spia del gas *f*; **3.** *adj inv* modello, piloto; ***granja, piso, ~*** *fattoria, apparta-*

mento modello; ***instalación ~*** *impianto pilota* ◊ ~ ***automático*** *aero* pilota automatico; ***~ de pruebas*** *aero/auto* pilota collaudatore; ***instituto ~*** istituto sperimentale
pil-pil: bacalao al ~ (*plato vasco*) *m gastr* ="baccalà in salsa spessa d'olio"
piltrafa 1. *f* 1. *coloq* pelletica; 2. *Am* buon affare *m*; **2.** *fpl* scarti *mpl* ◊ ***estar hecho una ~*** essere mal conciato
pimentlero *m bot* albero del pepe; pepaiola *f*; **~ón** *m* paprica dolce *f* ◊ ~ ***picante*** paprica, pimento
pimientla *f* pepe *m*; **~o** *m* peperone ◊ ~ ***morrón*** ="varietà di peperone corto e carnoso"; ***me importa un ~*** non me ne importa un ficosecco; ***no valer un ~*** non valere un ficosecco
pimpante *adj* pimpante
pimpollo *m bot* pino novello; *bot* alberello; *bot* tallo, rampollo; *bot tamb. fig* bocciuolo di rosa ◊ ~ ***de oro*** *fig* tesoro di bimbo
pin *m* pin *inv*
pinabete *m bot* abete
pinacoteca *f* pinacoteca
pináculo *m arq* pinnacolo, guglia *f*
pinar (*var.* **pinatar**) *m* pineto, pineta *f*
pinaza *f nav* pinaccia
pincarrasca (*var.* **pincarrasco** *m*) *f bot* pino di Aleppo *m*
pincel *m* 1. pennello; 2. *fig* pittore; 3. *fig* pittura *f*, stile di pittura ◊ ***hecho un ~*** vestito a pennello; **~ada** *f* pennellata ◊ ***dar la última ~*** dare gli ultimi ritocchi; **~ar** *vt* dipingere, fare il ritratto (**u-c/a alg** di qc/q)
pinchaldiscos *m inv* disc-jockey; **~r 1.** *vt* 1. pungere; *med* fare l'iniezione *vi*; 2. *fig* spronare, stimolare; *fig* punzecchiare; **2.** *vt/i* bucare *vi*, forare *vi*; **3. ~se** (*droga*) bucarsi ◊ ~ ***el teléfono*** intercettare una comunicazione telefonica; ***~ en hueso*** *coloq/fig* incontrare/trovare un osso duro; ***ni pincha ni corta*** è l'ultima ruota del carro; **~zo** *m* 1. puntura *f*, trafittura *f*; *auto* foratura *f*, bucatura *f*; 2. intercettazione telefonica *f*; 3. *fig* punzecchiatura *f*
pinche, -a *m/f* sguattero, -a
píncher (*var.* **pinscher**) *m zool* (*perro*) pincher *inv*
pinchito *m gastr* (*cocido*) spiedino; *gastr* stuzzichino
pincho *m* 1. spina *f*, aculeo, pungiglione; 2. *mil/gastr* spiedo
pindonlgo, -a *f coloq* bighellone *m*; *coloq/desp* bighellona; **~guear** *vi coloq* bighellonare; far baldoria
pineda *f bot* pineta
pingaljo (*var.* **pingo**) *m desp* brandello, straccio; **~joso, -a** *adj/s desp* straccione, -a, cencioso, -a; **~r** ‹*pingué*› *vi* 1. pendere; 2. (*líquido*) gocciolare; 3. saltellare; 4. inclinare *vt*; 5. *Arg* alzare *vt*
pingo *m coloq/desp* straccio ◊ ***ir de ~*** bighellonare, andare a zonzo; andare a far baldoria; ***poner como un ~*** sparlare di; **~near** *vi* andare a zonzo; andare a far baldoria, spassarsela; **~neo** *m coloq* far baldoria; andare a zonzo
ping-pong [pim'pon] *m* tennistavolo, tennis da tavolo, ping-pong *inv*
pingüe *adj* pingue, grasso, -a; *fig* fertile
pingüino *m zool* pinguino
pinguosidad *f* pinguedine
pinillo *m bot* iva artritica *f*
pinitos *mpl tamb. fig* (*niño*) primi passi
pinki V. **piky**
pinnípedo, -a *adj/m* pinnipede
pino *m bot* pino ◊ ~ ***piñonero*** pino da pinoli; ***hacer el ~*** fare la verticale; ***vivir en el quinto ~*** abitare in capo al mondo; **~cha** *f* foglie di pino *fpl*
pinrel *m jerga* (*persona*) piede (*estánd*)
pinsapo *m bot* pinsapo
pinscher V. **píncher**
pinta 1. *f* 1. *coloq* aspetto *m*; 2. (*medida*) pinta; **2.** *m/f desp* tipo, -a ◊ ***a ~s*** a macchie; ***ser un ~*** essere un brutto tipo; **~da** *f* 1. *zool* faraona; 2. scritta (sul muro); **~do, -a** *adj* 1. colorato, -a, macchiettato, -a; 2. dipinto, -a ◊ ***el más ~*** il più esperto; ***estar, venir ~*** essere perfetto/opportuno; ***ni ~*** neanche fatto apposta, a pennello; ***no poder ver a alg ni ~*** *coloq* non poter soffrire q neanche dipinto; **~labios** *m inv* rossetto *m*; matita per le labbra *f*, matita per contorno labbra *f*; **~monas** *m inv desp* imbianchino *m*, artista da strapazzo *m*; **~r** *vt/i* dipingere; colorare, pitturare; scrivere ◊ ***~arse solo para u-c*** essere speciale per qc; ***no ~ nada*** non contare nulla
pintarraljear (*var.* **pintarrajar**) *vt* imbrattare; **~jo** *m* scarabocchio, sgorbio
pintiparado, -a *adj* opportuno, -a, a proposito
pinto, -a *adj* 1. brillo, -a; 2. macchiettato, -a, chiazzato, -a
Pinto: estar entre ~ y Valdemoro *adv* 1. essere indeciso, -a; 2. essere mezzo brillo, -a
pintor, -a *m/f* pittore, -trice ◊ ~ ***de brocha gorda*** imbianchino; **~esco, -a** *adj* pittoresco, -a
pinturla *f* 1. pittura; dipinto *m*; 2. *tecn* vernice ◊ ~ ***al fresco*** affresco, pittura a fresco; ~ ***al óleo*** pittura ad olio; ~ ***al pastel*** pastello, pittura a pastello; ~ ***al temple*** pittura a tempera; ~ ***de aguazo*** pittura a guazzo; ~ ***metalizada*** vernice metallizzata; ***ni en ~*** neanche dipinto; **~ero, -a** *adj* vanitoso, -a
pinza 1. *f* (*ropa*) molletta; **2.** *fpl* 1. *tecn/zool* pinze, pinzette; 2. (*traje*) pince* *inv* ◊ ***coger con ~s*** prendere coi guanti gialli
pinzón *m zool* fringuello
piña *f* 1. *bot* ananas *m*, ananasso *m*; 2. *bot tamb. fig* (*pino*) pigna; (*platanos, uva*) pigna; 3. *mil* granata ◊ ~ ***colada*** ="bibita a base di succo di ananas, rum e cocco"; **~ta** *f* pignatta ◊ ***domingo de ~*** *relig* prima domenica della Quaresima
piñón *m* 1. pinolo; 2. *tecn/arq* pignone ◊ ***a ~ fijo*** di idee fisse; ***estar (dos personas) a partir un ~*** essere molto intime; andare molto d'accordo

pío, -a 1. *adj* 1. *relig* pio, -a, devoto, -a; pietoso, -a; 2. *zool* macchiettato, -a; **2.** *m* 1. pio pio; 2. desiderio ◊ ***no decir ni ~*** non dire neanche una sillaba
piogenia *f med* piemia
piógeno, -a *adj med* piogeno, -a
pioj|lería *f* miseria, pidocchieria; **~illo** *m zool* pidocchio pollino; **~o** *m zool* pidocchio ◊ ***~ resucitado*** *coloq/desp* pidocchio rifatto; **~oso, -a 1.** *adj zool tamb. fig* pidocchioso, -a; **2.** *m coloq* miserabile, pidocchioso, -a, straccione, -a
piol|la (*var.* **piolín** *m*) *f Am* spago *m*, cordoncino *m*; **~et** [pio'le] *m tecn* (*alpinista*) piccozza *f*
pioner|lismo *m* pionierismo; **~o, -a** *m/f* pioniere, -a
pío pío *onom* pio pio; pigolio
piorrea *f med* piorrea
pipa 1. *f* 1. (*fumar*) pipa; 2. *bot* seme *m*; 3. botte; 4. *jerga delinc* pistola; 5. *jerga* clitoride *m/f estánd*; **2.** *mpl* semi di girasole tostati e salati; **3.** *m jerga* finocchio, frocio; **4.** *m/f* chi fuma droga; **5.** *adv* molto bene ◊ ***~ de la paz*** *jerga* calumet* (della pace); ***pasarlo ~*** *coloq* divertirsi molto; **~r** *vi* pipare
pipe-line ['pajp 'lajn] (*var.* **pipeline**) *f* pipeline *inv*, oleodotto *m*
piper|acina *f quím* piperazina; **~ita: menta ~** *f* menta piperita
pipeta *f* pipetta
pipi V. **pipiolo**
pipí *m* 1. pipì *f inv* (!); 2. *euf/infant* (*sexo*) pisello; 3. *zool* (*pájaro*) calandro ◊ ***hacer ~*** fare la pipì
pipiolo, -a *m/f coloq/desp* principiante; moccioso, -a
pipiri|gallo *m bot* erba medica *f*; **~jaina** *f* compagnia comica ambulante
pipirrana *f reg gastr* (*vegetales*) insalata mista
pipudo, -a *adj coloq* eccellente
pique *m* 1. *nav* picco; 2. picca *f*, puntiglio; 3. *Am* sentiero ◊ ***a ~*** a picco; ***andar/irse a ~*** *nav tamb. fig* andare a picco; ***estar de ~*** essere arrabbiato
piqué *m txtl* picchè, piqué*
piquenique *m Am* picnic *inv*
piquera *f* 1. (*barril*) spina; 2. (*abejas*) porticina dell'arnia, apertura
piquet|a *f* piccone *m*; **~e** *m* (*mil, huelga*) picchetto
piquil|lo V. **pimiento**; **~to** *m* beccuccio
pira *f* 1. pira, rogo *m*; 2. fuga ◊ ***ir de ~*** andare a divertirsi; *estud* marinare la scuola, bigiare (*reg*), far sega (*reg*); **~do, -a** *adj coloq/fig* mezzo pazzo, -a; **~gua** *f nav* piroga, canoa; **~güero** *m* guidatore di canoa; **~güismo** *m sport* canoismo; **~güista** *m/f* canoista
piral *m zool* piralide *f*
piramidal *adj* piramidale
pirámide *f* piramide
piraña *f zool* piragna *m*, piranha* *m*
pirargirita *f min* pirargirite
pirarse (*var.* **pirárselas**) 1. *coloq* squagliarsela; 2. *jerga* (*droga*) essere sballati/fusi/fatti, essere in pista
pirat|a *adj/m* pirata ◊ ***edición ~*** edizione contraffatta/falsificata/pirata; **~ear** *vt* pirateggiare; **~ería** *f* pirateria
pire *m jerga* il farsi ◊ ***darse el ~*** (*droga*) farsi; **~naico, -a** *adj* pirenaico, -a
pirético, -a *adj* piretico, -a
piretrina *f quím* piretrina
pírico, -a *adj* pirico, -a
piridina *f quím* piridina
Pirineos (*var.* **Pirineo** *m*) *mpl geogr* Pirenei
piripi *adj coloq* bevuto, -a, mezzo brillo, -a
pirit|a *f min* pirite; **~oso, -a** *adj* piritico, -a
piro *m jerga* scippo ◊ ***darse el ~*** squagliarsela
pirófil|a *f* pirofila; **~o, -a** *adj* pirofilo, -a
pirogalol *m quím* pirogallolo
pirólisis *f inv* piroscissione *f*
piromanía *f* piromania
pirómano, -a *adj/s* piromane
piropl|ear *vt* fare il galante, fare dei complimenti; **~o** *m* 1. complimento, galanteria *f*; 2. *min* piropo
pirot|ecnia *f* pirotecnica; **~écnico, -a** *adj/s* pirotecnico, -a
pirrarse *coloq* andar pazzo *vi* (**por** per)
pírrico, -a *adj* pirrico, -a
piruet|a *f* piroetta, capriola; **~ear** *vi* piroettare
pirulí *m* lecca lecca *inv*
pis *m* pipì *f inv* (!) ◊ ***hacer ~*** fare la pipì
pisa *f* ammostatura; **~da** *f* (*pie*) orma; pigiata, pigiatura ◊ ***seguir las ~s de alg*** *fig* seguire/calcare le orme di q; **~do** *m agric* ammostatura *f*, ammostamento, pigiatura *f*; **~dura** *f* pigiatura; **~papeles** *m inv* fermacarte; **~r** *vt* 1. pigiare, pestare, schiacciare, calpestare; 2. (*idea...*) rubare; 3. *Am Cent coloq* chiavare ◊ ***~ el césped*** calpestare le aiuole; ***~ fuerte (o firme)*** essere forte, essere sicuro di sè; ***~ la uva*** pigiare l'uva; ***~ las tablas*** calcare le scene; ***no dejarse ~*** *fig* non lasciarsi schiacciare; ***no ~ un sitio*** non andare mai in un posto; ***tiene un morro que se lo pisa*** avere la faccia di bronzo; **~verde** *m desp* damerino
piscicul|tor, -a *m/f* piscicoltore, -trice; **~tura** *f* piscicoltura
piscifactoría *f* industria di piscicoltura
piscina *f* piscina
Piscis *m astron* Pesci *mpl* ◊ ***es ~*** *astrol* è dei pesci
piscolabis *m inv* spuntino *m*
piso *m* 1. piano; ***primer, segundo ~*** *primo, secondo piano*; 2. casa *f*, appartamento; ***buscar ~*** *cercar casa*; 3. pavimento, suolo; (*calle*) selciato; 4. (*zapatos*) suola *f*; **~teado, -a** *adj* pesto, -a; **~tear** *vt* calpestare, pestare; *fig* maltrattare, umiliare; **~teo** *m* calpestio; **~tón** *m* pestata *f*
pispar *vt* 1. *Am* spiare; 2. *jerga* fregare, rubare
pista *f tecn tamb. fig* pista ◊ ***~ de aterrizaje*** pista d'atterraggio; ***~ de baile, de patinaje, de***

esquí pista da ballo, di pattinaggio, di sci; ***~ de despegue*** pista di volo; ***en ~ cubierta*** indoor, al coperto; ***seguir la ~ a alg*** seguire le piste di q; **~cho** *m bot* pistacchio

pistilo *m bot* pistillo

pisto *m gastr* ="peperonata con aggiunta di zucchini e melanzane" *f* ◊ ***darse ~*** darsi delle arie

pistol|a *f* pistola, rivoltella ◊ ***~ ametralladora*** pistola mitragliatrice; ***~ de cinto*** pistola da cintura; ***~ de pintar*** pistola a spruzzo; ***~ de señales*** pistola da segnalazione; **~era** *f* 1. fondina; 2. cuscinetto di grasso sulle cosce *m*; **~ero** *m* pistolero; killer *inv*; **~etazo** *m* pistolettata *f*; sparo di pistola ◊ ***~ de salida*** *sport* sparo di partenza

pistón *m* 1. *tecn* pistone, stantuffo; 2. *mús* pistone

pistonudo, -a *adj coloq* magnifico, -a (*estánd*)

pita *f* 1. *bot* agave; 2. (*niños*) pallina di vetro ◊ **~ ~** *onom* (*a los animales*) pio pio; **~da** *f* fischio *m*; fischiata ◊ ***~ final*** *sport* fischio finale; **~górico, -a** *adj* pitagorico, -a, di Pitagora; **~nza** *f* 1. ="razione di cibo per i poveri"; 2. cibo quotidiano *m*; **~r** *vt/i* 1. fischiare; 2. suonare il clacson ◊ ***salir pitando*** uscire in fretta e furia

pitcher ['pitʃer] *m sport* (*béisbol*) pitcher *inv*, lanciatore

pitido *m* fischio; *zool* pigolio

pitill|era *f* portasigarette *m inv*; **~o** *m* 1. sigaretta *f*; 2. *Col/Ven* cannuccia *f*

pítima *f* 1. pittima; 2. sbornia

pitiriasis *f inv med* psoriasi

pito *m* 1. fischietto; voce acuta; 2. *euf* (*sexo*) uccello; 3. *Am* pipa *f* ◊ ***me importa un ~*** non me ne importa un fico secco; ***no valer un ~*** non valere un cavolo; ***por ~s o (por) flautas/entre ~s y flautas*** per una cosa o per un'altra; ***tomar (a uno) por el ~ del sereno*** prendere (q) per fesso

pitón 1. *m* corno (che spunta); (*botijos...*) beccuccio; **2.** *f zool* pitone *m*

pitonisa *f* pitonessa

pitopáusico *adj coloq/hum* andropausico

pitorr|earse burlarsi (**de** di); **~eo** *m* burla *f*, presa in giro *f*; **~o** *m* (*botijos...*) becco

pitufo *m* puffo

pituit|a *f* pituita; **~ario, -a** *adj med* pituitario, -a

pituso, -a *adj coloq* piccoletto, -a

pívot *m/f sport* (*baloncesto*) pivot* *inv*

pivote *m* perno, cavicchio

píxel *m fís* pixel *inv*

píxide *f relig* pisside

piyama *m/f Am* pigiama *m*

pizarr|a *f* 1. *min* lavagna, ardesia; 2. *estud* lavagna; **~al** *m* cava di ardesia *f*; **~ero** *m* operaio o venditore di lavagne; **~ón** *m estud* lavagna grande *f*; **~oso, -a** *adj* lavagnoso, -a

pizca *f coloq* briciola; pizzico *m* ◊ ***ni (una) ~*** neanche una briciola, neanche un pizzico; **~r** ‹*pizqué*› *vt* pizzicare

pizpireta *adj* vispa, arzilla

pizzer|ía [pidse'ria] *f* pizzeria; **~o, -a** [pid'sero] *m/f* pizzaiolo, -a

pizzicato [pidsi'kato] *m mús* pizzicato

placa *f* 1. piastra, placca; 2. *med/geol* placca; 3. *foto* lastra; 4. *auto* targa; 5. *hist* stemma *m*; 6. (*droga*) panetto *m* ◊ ***~ giratoria*** *transp* piattaforma girevole; **~do** *m tecn* placcatura *f*; **~je** *m sport* (*rugby*) placcaggio; **~r** ‹*plaqué*› *vt tecn/sport* placcare

placebo *m med* placebo

pláceme *m elev* congratulazione *f* ◊ ***dar el ~*** fare le congratulazioni

placent|a *f med/bot* placenta; **~ero, -a** *adj* piacevole, gradevole

placer ‹*plazco*› V. 13a **1.** *vi* piacere; **2.** *m* 1. piacere, gioia *f*; piacere, divertimento, passatempo; piacere, volontà *f inv*; 2. *cient* banco di sabbia; giacimento ◊ ***a ~*** a piacere, a volontà

plácet *m jur* placet, beneplacito (*estánd*)

placi|ble *adj* gradevole; **~dez** *f* placidità *inv*, placidezza

plácido, -a *adj* placido, -a, tranquillo, -a, calmo, -a

plaf *onom* (*sonido*) pluf

plafón *m* 1. plafonnier *inv*, plafoniera *f*; 2. *econ* plafond *inv*

plaga *f* 1. *med tamb. fig* piaga; calamità *inv*, disastro *m*; 2. *geogr* plaga; **~do, -a** *adj* irto, -a (**de** di), trapunto, -a (**de** da), fitto, -a (**de** di); **~l** *adj mús* plagale; **~r** ‹*plagué*› *vt* infestare; *med ant* piagare

plagi|ar ‹*plagio*› V. 1 *vt* plagiare; **~ario, -a** *adj/s* 1. plagiario, -a; 2. *Am Cent/Méx* rapitore, -trice; **~o** *m* plagio

plaguicida *adj/m* pesticida

plan (*pl* **planes**) *m* 1. *fig* piano, intenzione *f*; 2. *fig* flirt *inv*; 3. *tecn/cient* piano, progetto; 4. *nav* suolo ◊ ***~ de estudios, economico, de urbanización...*** piano di studi, economico, regolatore...; ***a todo ~*** con tutti i lussi; ***en ~ de*** disposto a; ***no ser ~*** *coloq* non essere conveniente/opportuno; **~a** *f* 1. pagina, facciata; 2. *geogr* pianura, piano *m*; 3. *mil tamb. fig* stato maggiore *m*; 4. *impr* pagina di composizione ◊ ***~ mayor*** autorità (*fpl*), persone importanti (*fpl*); ***cerrar la ~*** *impr tamb. fig* chiudere la pagina; ***enmendar/corregir la ~*** *coloq/fig* fare un'osservazione a q; ***en primera ~*** *impr* in prima pagina

plancha *f* 1. *tecn* piastra, lamina, lastra; 2. (*aparato*) ferro da stiro *m*; roba stirata; 3. *fig* gaffe *inv*; 4. *sport* (*natación*) morto *m*; 5. *sport* asse *m*; 6. *gastr* griglia ◊ ***~ de vapor*** ferro da stiro a vapore; ***carne a la ~*** carne ai ferri; ***tirarse una ~*** prendere un granchio, fare una gaffe; **~do** *m* (*ropa*) stiratura *f*; roba stirata *f* ◊ ***dejar ~ a alg*** allibire q, lasciare di stucco q; **~dora** *f* stiratrice; **~r** *vt* stirare; **~zo** *m fig* cantonata *f*

plancheta *f* tavoletta

planchista *m auto/tecn* carrozziere

plancton *m biol* plancton

plane|ador *m aero* aliante; **~ar 1.** *vt* progettare, fare programmi/piani *vi*; ideare; **2.** *vi aero* planare; **~o** *m aero* planata *f*; **~ta 1.** *m astron* pianeta; **2.** *f relig* pianeta; **~tario, -a** *adj/m* 1. planetario, -a; 2. *agric/mec* pignone planetario

planicie *f* pianura

planific|ación *f* pianificazione; **~ador, -a** *adj/s* pianificatore, -trice; **~ar** ‹*planifiqué*› *vt* pianificare

planim|etría *f* planimetria; **~étrico, -a** *adj* planimetrico, -a

planímetro *m* planimetro

planisferio *m* planisfero

planning ['planin] *m* planning *inv*

plano, -a 1. *adj* piano, -a; *tamb. fig* piatto, -a; **2.** *m* piano ◊ **~ *americano*** *cine* piano americano; **~ *de la ciudad*** piantina della città; **~ *medio*** *cine* piano medio; ***de*** **~** chiaro e tondo, chiaramente; ***primer*** **~** *cine* primo piano; ***zapato*** **~** scarpa bassa

planta *f* 1. *bot/med/arq* pianta; 2. impianto *m*, installazione industriale ◊ **~ *baja*** (locale a) pian terreno; sottano *reg*; **~ *de interior, de exterior*** pianta da casa, da giardino; **~ *siderúrgica*** acciaieria; ***de (nueva)*** **~** di (sana) pianta; ***de buena*** **~** *fig* bien piantato

plantá *f reg* (*Valencia*) collocazione delle fallas

planta|ción *f* piantagione; **~do, -a** *adj* 1. piantato, -a; 2. *jerga juv* bidonato, -a ◊ ***bien*** **~** ben piantato; ***dejar*** **~ *(a alg)*** (*cita*) fare un bidone (a q); piantare in asso; **~dor, -a 1.** *adj/s* piantatore, -trice; **2.** *m tecn* cavicchio; **~r 1.** *vt* 1. *tecn tamb. fig* piantare; 2. *fig* appioppare; 3. (*un establecimiento*) fondare, impiantare; **1. ~se** piantarsi, collocarsi; **2.** dire di no, dire basta; **3.** *adj med* plantare ◊ **~ *cara a alg*** affrontare q; ***~se en Alicante en dos horas*** arrivare a Alicante in due ore; ***dejar plantado*** fare un bidone; piantare in asso; **~rio** *m bot* vivaio

plante *m* protesta *f*, complotto; **~amiento** (*var.* **planteo** *Am*) *m* impostazione *f*; **~ar** *vt* (*una cuestión*) impostare; proporre; **~l** *m* vivaio; **~o** V. **planteamiento**

plantígrado, -a *adj* plantigrado, -a

plantilla *f* 1. (*zapatos*) soletta, suola interna; 2. modello *m*; 3. *adm* organico *m*, personale fisso *m* ◊ **~ *ortopédica*** plantare; ***de*** **~** di ruolo

plantío *m* seminato

plantón *m bot/mil* piantone ◊ ***dar un*** **~** fare/dare un bidone, bidonare (*jerga juv*); ***estar de*** **~** *mil tamb. fig* stare di piantone

plañi|dera *f* prefica; **~dero, -a** *adj* piagnucoloso, -a, piagnone, -a; **~r** ‹*plañó*› *vi* gemere, piangere

plaquetas *fpl med* piastrine

plasma *m biol* plasma; **~r 1.** *vt* plasmare; **2. ~se** *fig* tradursi (**en** in), manifestarsi (**en** in)

plasmodesmo *m biol* plasmodesma

plasmodio (*var.* **plasmodium**) *m biol* plasmodio

plast|a 1. *f tecn* pasta; *tecn tamb. fig* impiastro *m*; **2.** *m coloq/fig* pizza *f*; **~e** *m* stucco

plástica *f* plastica

plasticidad *f* plasticità *inv*

plástico, -a 1. *m* plastica *f* (!); **2.** *adj* plastico, -a

plastific|ación (*var.* **plastificado** *m*) *f* plastificazione; **~ante** *adj* plastificante; **~ar** ‹*plastifiqué*› *vt* plastificare

plastilina *f* plastilina

plastisol *m fís/quím* plastisol

plata *f* 1. argento *m*; moneta d'argento; 2. *Am* soldi *mpl*, denaro *m* ◊ **~ *de ley*** argento 800; ***bodas de*** **~** nozze d'argento; ***hablar en*** **~** parlar chiaro; ***medalla de*** **~** *sport* medaglia d'argento; **~forma** *f* piattaforma ◊ **~ *continental, giratoria, reinvidicativa...*** piattaforma continentale, girevole, rivendicativa...; **~nar** *m bot* bananeto; **~nero, -a 1.** *adj* bananiero, -a; **2.** *m bot* banano

plátano *m* 1. *bot* (*fruto*) banana *f*; *bot* (*árbol*) banano; 2. *bot* (*árbol*) platano

platea *f* platea; **~do, -a 1.** *m* argentatura *f*; **2.** *adj* argentato, -a, argenteo, -a; **~r** *vt* argentare, inargentare

platense *adj/s Arg* di La Plata

plater|esco, -a *adj arte* plateresco, -a; **~ía** *f* argenteria; **~o** *m* 1. argentiere, orefice; 2. portapiatti *inv*

plática *f* conversazione, chiacchiera; predica

platicar ‹*platiqué*› *vi* chiacchierare, conversare

platillo 1. *m* piattino; piattello; *aero* disco; *tecn* piatto, disco; **2.** *mpl mús* piatti ◊ **~ *volante*** disco volante

platina *f* 1. *quím* platino *m* (!); 2. *mec* piastra; 3. *impr* platina; 4. (*microscopio*) tavolino *m*; **~do, -a 1.** *adj* platinato, -a; **2.** *m* platinatura *f*; **~r** *vt* platinare

platino *adj/m* platino

plato *m* piatto ◊ **~ *de postre*** piattino da frutta o dolce; **~ *llano*** piatto piano; **~ *sopero*** piatto fondo; ***comer en un mismo*** **~** mangiare insieme; ***hacer el*** **~** fare il piatto; ***pagar los ~s rotos*** pagare la pena; ***parece que no ha roto nunca un*** **~** sembra un angioletto

plató *m cine* set *inv*

Platón *m* Platone

platónico, -a *adj* platonico, -a

plausi|bilidad *f* plausibilità *inv*; **~ble** *adj* plausibile; ammissibile

plauso *m* plauso

playa *f* 1. spiaggia; ***ir a la playa*** *andare al mare in spiaggia*; 2. *Arg/Ur* spiazzo *m*

play-back ['plejbak] *m* playback *inv*

playboy ['plejboj] *m* playboy *inv*

player|a 1. *f mús* ="aria popolare andalusa"; **2.** *fpl* sandali da spiaggia *mpl*; **~o, -a** *adj* 1. da spiaggia; 2. amante della spiaggia

plaza *f* 1. piazza; 2. *adm* posto *m* ◊ **~ *comercial*** piazza commerciale; **~ *de abastos*** mercato all'ingrosso; **~ *de garaje*** posto auto; **~ *de toros*** arena; ***abrir*** **~** fare piazza; ***ganar una*** **~** *adm* vincere un posto; ***sacar a la*** **~** mettere in piazza; ***sacar a concurso una*** **~** *adm* bandire un concorso

plazca V. **placer**

plazo *m* 1. *com* rata *f*; 2. scadenza *f*, termine; periodo ◊ **~ *de suspensión, de validez*** periodo di sospensione, di validità; ***a corto, largo*** **~** a breve, lungo termine; ***dentro del menor ~ posible*** al più presto (possibile); ***vender a ~s*** vendere a rate; **~leta** (*var.* **plazuela**) *f* piazzola, largo *m*

plazuela V. **plazoleta**

pleamar *f nav* alta marea

plebe *f hist tamb. fig* plebe; **~yismo** *m* plebeismo; **~yización** *f* plebeizzazione; **~yo, -a** *adj/s* plebeo, -a

plebiscit|ario, -a *adj* plebiscitario, -a; **~o** *m* plebiscito

plectro *m mús tamb. fig* plettro

plega|ble *adj* pieghevole, flessibile; **~dera** *f* piegacarte *m inv*; **~do** *m* piegatura *f*; **~dor, -a** *adj/s* piegatore, -trice; **~dora** *f* piegatrice; **~dura** *f* piegatura; **~miento** *m geogr* piega *f*, piegamento; **~r** ‹*pliego; plegué*› V. 5a *vt* piegare; **~ria** *f* preghiera, supplica

plegue V. **plegar, placer**

pleistoceno, -a 1. *m geol* pleistocene; **2.** *adj* pleistocenico, -a

pleite|ante *adj/s* litigante; **~ar** *vi jur* litigare; **~sía** *f* omaggio *m* ◊ ***rendir ~ a alg*** ossequiare q

pleitista *adj/s* attaccabrighe *inv*

pleito *m jur* lite *f*, querela *f*, processo; litigio ◊ ***dar el ~ por concluso*** chiudere un processo; ***ganar/perder el*** **~** vincere/perdere la causa/lite; ***poner*** **~** fare causa

plenario, -a 1. *adj* plenario, -a; **2.** *m Am* V. **pleno**

plenificar ‹*plenifiqué*› *vt filos* pienificare

plenilunio *m astron* plenilunio

plenipotencia *f* pieni poteri *mpl*; **~rio, -a** *adj/s* plenipotenziario, -a

plenitud *f* pienezza, plenitudine

pleno, -a 1. *adj* pieno, -a, completo, -a; **2.** *m* 1. *adm/jur* plenum *inv*, seduta/assemblea/riunione plenaria *f*; 2. *sport* schedina (vincente del totocalcio) *f* ◊ ***de*** **~** in pieno; ***en*** **~** al completo

pleon|asmo *m lit/ling* pleonasmo; **~ástico, -a** *adj lit/ling* pleonastico, -a

pletina *f electr* piattina, piastrina ◊ ***magnetofón de doble*** **~** registratore a doppia cassetta

plétora *f med tamb. fig* pletora

pletórico, -a *adj* pletorico, -a

pleur|a *f med* pleura; **~al** *adj* pleurico, -a; **~esía** (*var.* **pleuritis** *f inv*) *f med* pleurite; **~ítico, -a** *adj* pleurico, -a; **~itis** V. **pleuresía**

plexi|glás® *m* plexiglas; **~o** *m med* plesso

pléyade *f lit/quím* pleiade

pliego 1. *m* plico; *impr* foglio; *impr* quartino; **2.** V. **plegar** ◊ **~ *de condiciones*** capitolato d'appalto; ***~s de cordel*** *ant* (*literatura popular*) fascicoli legati con spago

pliegue *m* piega *f*; (*tela, cara*) grinza *f*, ruga *f*

plin: a mi ~ (*var.* **plim**) *adv* ma chi se ne frega

plioceno, -a 1. *adj geol* pliocenico, -a; **2.** *m geol* pliocene

plis|ado, -a *adj* plissé *inv*, plissettato, -a; **~ar** *vt* plissettare

plis-plas: en un ~ *adv coloq* in un batter d'occhi

plof *onom* tonfete, tunfete

plom|ada *f tecn* piombino *m*; *nav* scandaglio *m*; **~ar** *vt impr* impiombare; **~ería** *f Am* negozio dell'idraulico *m*; officina dell'idraulico; **~ero** *m* 1. *Am* idraulico; 2. operaio del piombo; **~izo, -a** *adj tamb. fig* plumbeo, -a; **~o** *m quím tamb. fig* piombo ◊ ***a*** **~** a piombo; ***caer a*** **~** cadere di piombo; ***andar con pies de*** **~** procedere coi piedi di piombo; ***fundírsele o saltársele a alg los*** **~** fumare la testa a q

pluma *f zool* piuma; *zool* penna; (*escribir*) penna (d'oca) ◊ **~ *estilográfica*** penna stilografica; ***hacer a pelo y a*** **~** servir da bosco e da riviera; ***peso*** **~** *sport* peso piuma; ***ser la ~ de alg*** essere il ghostwriter di q; ***tener ~(s)*** essere effeminato; **~da** *f* 1. tratto di penna *m*; 2. piume *fpl*; **~je** *m* piumaggio, piume *fpl*; **~zo** *m* tratto di penna ◊ ***de un*** **~** tutto d'un colpo, in un colpo

plúmbeo, -a *adj* plumbeo, -a

plumbífero, -a *adj* piombifero, -a

plumero *m* 1. (*polvo*) pennacchio, piumino; 2. piumaggio ◊ ***se le ve el*** **~** *coloq* mostra la corda

plumífero *m* piumino

plumilla *f* 1. pennino *m*; 2. *bot* piumetta; 3. *irón/coloq* penna, persona di penna

plumón *m* piumino, piumone

plumoso, -a *adj* piumoso, -a

plural *adj/m* plurale; **~idad** *f* pluralità *inv*, molteplicità *inv*; **~ismo** *m* pluralismo; **~ista 1.** *adj* pluralistico, -a; **2.** *m/f* pluralista; **~izar** ‹*pluralicé*› *vt ling* pluralizzare

pluri|anual *adj* pluriennale, poliennale; **~celular** *adj biol* pluricellulare; **~dimensional** *adj* pluridimensionale; **~empleado, -a** *adj/s* doppiolavorista; **~empleo** *m* doppio lavoro; **~lingüe** *adj* plurilingue; **~lingüismo** *m* plurilinguismo; **~nacional** *adj* plurinazionale; **~secular** *adj* multisecolare; **~sílabo, -a** *adj* plurisillabo, -a

plus (*pl* **pluses**) *m* indennità *f inv*; gratificazione *f* ◊ **~ *salarial*** indennità salariale

pluscuamperfecto *adj/m ling* trapassato

plusmar|ca *f sport* record *m inv*, primato *m*; **~quista** *m/f sport* primatista

plusvalía *f econ* plusvalore *m*, plusvalenza

plutocracia *f* plutocrazia

plutócrata *m/f* plutocrate

pluton|io *m quím* plutonio; **~ismo** *m geol* plutonismo

pluvi|al *adj* pluviale, piovano, -a; **~ómetro** *m* pluviometro; **~osidad** *f* piovosità *inv*

PMM (*Parque Móvil de Ministerios Civiles*) *abr/m* Parco Mobile Ministeriale

PNB (*Producto Nacional Bruto*) *abr* PNL (*Prodotto Nazionale Lordo*)

PNN (*Profesor No Numerario*) *abr/m* ="professore non di ruolo"

PNV (*Partido Nacionalista Vasco*) *abr/m* ="partito nazionalista di centrodestra"

p.o. (*por orden*) p.o. *abr* (*per ordine*)
pobla|cho *m desp* paesaccio; **~ción** *f* 1. popolazione, abitanti *mpl*; 2. (*acción*) il popolare *m*; 3. paese *m*, città *inv*; **~do** *m* paese, villaggio; **~dor, -a** *m/f* colonizzatore, -trice; **~miento** *m* popolamento; **~no, -a** *adj/s Am* contadino, -a; **~r** ‹*pueblo*› V. 8a **1.** *vt* popolare; colonizzare; **2. ~se** popolarsi, riempirsi, addensarsi
pobre 1. *m/f* povero, -a; mendico, -a; **2.** *adj* povero, -a, scarso, -a; modesto, -a ◊ ***¡~ de mí, de tí...!*** Povero me, te,...!; ***~ de solemnidad*** povero in canna; ***un ~ diablo*** un povero diavolo; **~tón, -ona** *adj/s* poveraccio, -a
pobreza *f* povertà *inv*; penuria, strettezza; scarsezza, scarsità *inv* ◊ ***~ de espíritu*** povertà di spirito
pocha *f bot* fagiolo bianco (primaticcio) *m*; **~r** *vt gastr* rosolare, cuocere a fuoco lento
pocho, -a *adj* 1. *coloq* scolorito, -a; 2. *coloq* (*salud*) maluccio, -a, giù di morale; 3. (*fruta*) vecchio, -a, marcio, -a; **~lo, -a** *adj coloq* cocco, -a, tesoro
pocil|ga *f tamb. fig* porcile *m*; **~llo** *m* chicchera *f*
pócima *f* decotto *m*
poción *f* pozione
poco, -a 1. *adj/pron* poco, -a; **2.** *adv* poco, po'; ***espera un ~*** *aspetta un po'*; ***un ~ de pan*** *un po' di pane*; ***es ~ cortés*** *è poco gentile*; **3.** *m* poco ◊ ***~ a ~*** a poco a poco; ***~ antes*** poco prima; ***~ después*** poco dopo; ***~ más o menos*** circa; ***a ~ de*** poco dopo; ***a ~ que*** per poco che; ***como hay ~s*** come ce ne sono pochi; ***dentro de ~*** fra poco; ***por ~*** per poco; ***tener en ~*** avere in poca stima; ***unos ~*** alcuni
poda *f agric* potatura; **~dera** *f agric* potatoio *m*; **~gra** *f med* podagra; **~r** *vt agric* potare
podenco *adj/m* segugio
poder ‹*puedo; podré; pude; pudiendo*› V. 31 **1.** *vt* 1. potere; 2. vincere; 3. esasperare; **2.** *m* 1. potere, capacità *f inv*, autorità *f inv*; 2. possesso; 3. *jur* potere; *jur* procura *f* ◊ ***~ absoluto*** potere assoluto; ***~ adquisitivo*** potere d'acquisto; ***~ judicial*** potere giudiziale, potere giudiziario; ***~ legislativo*** potere legislativo; ***puede conmigo*** mi vince, mi esaspera; ***¡Puede (ser)!*** È possibile!; ***¿Se puede?*** Permesso?; ***a más no ~*** a più non posso; ***bajo el ~ de alg*** sotto il potere di q; ***de ~ + inf*** se può/se posso, se è possibile, se avesse potuto/se avessi potuto; ***en ~ de*** in potere di, nelle mani di; ***no ~ (por) menos que*** non poter far a meno di; ***no ~ con alg/con uc*** non farcela con q/con qc; ***no ~ más*** non farcela più; ***por ~(es)*** (*casarse*) per procura; **~dante** *m/f jur* mandante; **~habiente** *m/f jur* mandatario, -a, procuratario, -a; **~ío** *m* potere, forza *f*; **~oso, -a** *adj/s* potente; grande
podio *m* podio
podó|logo, -a *adj/s* podologo, -a; **~metro** *m* podometro
podré V. **poder**
podredumbre *f* putridume *m*, putredine
podría V. **poder**
podrido, -a *adj* (*fruta*) putrido, -a, marcio, -a; (*carne*) putrefatto, -a; *fig* corrotto, -a ◊ ***~ de dinero*** pieno zeppo di soldi, ricco sfondato
podrir V. **pudrir**
poema *m* poema, poesia *f* ◊ ***¡es (todo) un ~!/ estar hecho un ~*** *coloq/hum* è (tutto) un poema!
poesía *f* poesia
poet|a (*f tamb.* **poetisa**) *m/f* poeta *m*, poetessa *f*; **~astro** *m* poetastro
poétic|a *f* poetica; **~o, -a** *adj* poetico, -a
poetisa *f* poetessa
poetizar ‹*poeticé*› **1.** *vi* poetare; **2.** *vt fig* poetizzare
pogromo *m* pogrom *inv*
póinter *m* (*perro*) pointer *inv*
póker V. **póquer**
polaco, -a *adj/s* polacco, -a
polacra *f hist* polacca
polaina *f* polacchino *m*
polar 1. *adj* polare; **2.** *adj/s* (giacca) polare; **~idad** *f fís* polarità *inv*; **~ización** *f* polarizzazione; **~izar** ‹*polaricé*› *vt cient tamb. fig* polarizzare; **~oid® 1.** *adj/f foto/fís* polaroid®; **2.** *m* polaroid
polca *f mús* (*danza*) polca
pólder *m geogr* polder *inv*
polea *f* 1. puleggia, carrucola; 2. *nav* bozzello *m*
polémi|ca *f* polemica, querelle* *inv*; **~co, -a** *adj* polemico, -a
polemi|sta *adj/s* polemista; **~zar** ‹*polemicé*› *vi* polemizzare
polen (*pl* **pólenes**) *m bot* polline
poleo *m* 1. *bot* puleggio; 2. *coloq* infusione di menta *f*, tisana alla mente *f*
pole position ['pol po'siʃon] (*var.* **pole**) *f inv sport* pole position*
poli 1. *f coloq* polizia (*estánd*); **2.** *m coloq* poliziotto (*estánd*); **~amida** *f* poliammide; **~andria** *f bot/zool* poliandria; (*mujer*) poliandria; **~chinela** *m teat* pulcinella
policía 1. *f* 1. (*cuerpo*) polizia; pubblica sicurezza; 2. *raro* urbanità *inv*; 3. *elev* pulizia; **2.** *m* poliziotto, -a *m/f*, agente di polizia *m/f* ◊ ***~ de barrio*** poliziotto di quartiere; ***~ militar, de tráfico, secreta...*** polizia militare, stradale, segreta...; **~co, -a** (*var.* **policiaco, -a**) *adj* 1. della polizia; *desp* poliziesco, -a; 2. *cine/lit* giallo *m*, poliziesco *m*
policial *adj* della polizia; *desp* poliziesco, -a
policlínic|a *f* policlinica; **~o, -a** *adj/m* policlinico, -a
policromía *f* policromia
polícromo, -a *adj* policromo, -a, policromatico, -a
polidactilia *f med* polidattilia, polidattilismo *m*
polideportivo *m* 1. centro polisportivo; 2. palasport
polidipsia *f med* polidipsia
poliédrico, -a *adj* poliedrico, -a
poliedro *m* poliedro
poliéster *adj/m* poliestere
poliestireno *m quím* polistirolo

polietileno *m quím* polietilene
polifacético, -a *adj* poliedrico, -a, versatile
polifagia *f med* polifagia
polifásico, -a *adj electr* polifase
polifonía *f mús* polifonia
polifónic|a *f* orchestra polifonica; **~o, -a** *adj* polifonico, -a
polifonismo *m mús* polifonismo
polígala *f bot* poligala
poligamia *f* poligamia
poligámico, -a *adj* poligamico, -a
polígamo, -a *adj/s* poligamo, -a
políglota (*var.* **polígloto**) *adj/s* poliglotta
poliglotismo *m* poliglottismo
poligon|al *adj* poligonale; **~ato** *m bot* poligonato
polígono *m geom/bot* poligono ◊ **~ *industrial*** zona industriale
poligr|afía *f* poligrafia; **~áfico, -a** *adj* poligrafico, -a
polígrafo *m* poligrafo
polilla *f zool* (*ropa*) tarma; (*madera*) tarlo *m*; (*cereales, ropa*) tignola
polim|ería *f quím* polimeria; **~érico, -a** *adj quím* polimerico, -a
polimeriz|ación *f quím* polimerizzazione; **~ar** ‹*polimericé*› *vt quím* polimerizzare
polímero *adj/m quím/bot* polimero
polimétrico, -a *adj lit* polimetrico, -a, polimetro, -a
polímetro *adj/m electrón* polimetro
polimorf|ismo *m cient* polimorfismo; **~o, -a** *adj* polimorfo, -a
Polinesia *f geogr* Polinesia
polinesio, -a *adj/s* polinesiano, -a
poliniz|ación *f bot* fecondazione con polline; **~ar** ‹*polinicé*› *vt bot* impollinare
polino|mio *m mat* polinomio; **~sis** *f inv med* pollinosi
polio *f med coloq* polio; **~mielitis** *f inv med* poliomielite *f*
polipiel *m* similpelle, dermoide
pólipo *m zool/med* polipo
políptico *m* polittico
polis|emia *f ling* polisemia; **~émico, -a** *adj ling* polisemico, -a; **~épalo, -a** *adj bot* polisepalo, -a; **~ílabo, -a** *adj/m* polisillabo, -a; **~índeton** *m ling/lit* polisindeto; **~pasto** *m tecn* polispasto; **~ta** *m/f sport* polista
Politburó *m pol* Presidium *inv*
politécnico, -a *adj/f* politecnico, -a
politeís|mo *m* politeismo; **~ta 1.** *adj/s* politeista; **2.** *adj* politeistico, -a
política *f* politica ◊ **~ *exterior, interior*** politica estera, interna
politicastro *m desp* politicastro
político, -a 1. *adj* politico, -a; **2.** *m/f* politico *m m/f*; persona politica *f* ◊ ***hermana ~a*** cognata; ***hermano ~*** cognato; ***madre ~a*** suocera; ***padre ~*** suocero
politiquear *vi desp* far politica da caffè; *Am* far politica da intrallazzo
politiz|ación *f* politicizzazione; **~ar** ‹*politicé*› *vt* politicizzare
politología *f* politologia
politólogo, -a *m/f* politologo, -a
politraumatismo *m med* politraumatismo
poliuretano *m quím* poliuretano
poliuria *f med* poliuria
polivalen|cia *f* polivalenza; **~te** *adj* polivalente
polivinilo *m* polivinile
póliza *f* 1. (*seguros*) polizza; 2. marca da bollo
polizón *m* 1. vagabondo; 2. passeggero clandestino
polizonte *m coloq/desp* piedipiatti, sbirro, poliziotto (*estánd*)
polla *f* 1. *zool tamb. fig* pollastra; 2. *Am* scommessa; primo premio (della lotteria) *m*; 3. *vulg* cazzo *m*, uccello (*euf*) ◊ **~ *de agua*** (*gallinula chloropus*) gallinella d'acqua; **~ *de agua*** (*rey de codornices*) re delle quaglie; ***tener la ~ lisa*** *coloq/vulg* (*suerte*) avere culo; ***sacarse la ~*** *Chile* vincere la lotteria; **~da** *f* covata; **~stre** *m zool tamb. fig* pollastro
polle|ra *f* 1. *zool* pollaio *m*; 2. girello per bimbi *m*; 3. *ant* (*ropa*) sottana; 4. *Arg* gonna; **~ría** *f* polleria; **~ro, -a** *m/f* pollaiolo, -a
pollino, -a 1. *m/f zool tamb. fig* asinello *m*, asinello femmina *f*, somaro, -a; **2.** *adj fig* asinello *adj/m*, somaro, -a
pollo *m* 1. *zool* pollo; 2. *fig* galletto; 3. *vulg* sputacchio, scaracchio; 4. *coloq/fig* casino
polluel|a *f zool* (*Porzana pusilla*) schiribilla grigiata; (*Porzana porzana*) voltolino *m*; **~o** *m* pulcino
polo *m* 1. (*sport, cient, jersey*) polo; 2. *gastr* ghiacciolo; 3. ="canto popolare andaluso"; **~la** *f Chile/Ecu* (*muchacha*) civetta; **~lo** *m* 1. *Chile fig* calabrone, corteggiatore insistente; 2. pantaloncino corto con pettino; pantaloni da donna a mezza gamba *mpl*; **~nesa** *f mús* polonese, polonaise* *inv*
Polonia *f geogr* Polonia
polonio *m quím* polonio
poltr|ón, -ona *adj/s* poltrone, -a, scansafatiche *inv*; **~ona** *f tamb. desp* poltrona; **~onería** *f desp* poltroneria
poluci|ón *f biol* inquinamento *m*; *biol/med* polluzione; **~onar** *vt* inquinare
polv|areda *f* 1. polverio *m*, polverone *m*; 2. *fig* scandalo *m*; **~era** *f* portacipria *m inv*; **~o** *m* 1. polvere *f*; 2. *med* polverina *f*; 3. *fig* presa *f*, pizzico; 4. (*cara*) cipria *f*; 5. *vulg* chiavata *f*, scopata *f* ◊ ***~s de la madre Celestina*** unguento della Maddalena; ***echar un ~*** *vulg* chiavare, scopare; ***estar (alg) hecho ~*** essere distrutto/sfatto; ***estar para un ~/tener un ~*** essere un figo (*hombre*), essere bona (*mujer*); ***hacer ~ u-c, a alg*** ridurre in polvere qc, q; ***morder el ~*** mordere la polvere; ***sacudirle el ~ (a alg)*** scuotere la polvere di dosso (a q)

pólvora *f* polvere da sparo, polvere pirica; fuochi di artificio *mpl* ◊ ***gastar la ~ en salvas*** sciupare energie inutilmente
polvor|ear *vt* spolverizzare; **~iento, -a** *adj* polveroso, -a; **~ín** *m* polveriera *f*; **~ón** *m gastr* ="pasticcino molto friabile"; **~oso, -a** *adj* polveroso, -a ◊ ***poner pies en ~a*** squagliarsela
poma|da *f* pomata ◊ ***estar en la ~*** *coloq/fig* appartenere alla crème*/al fior fiore della società; essere al corrente di qualcosa; **~r** *m agric* frutteto, pomaio; **~rada** *f agric* meleto *m*
pomelo *m bot* pompelmo
pómez: piedra ~ *f* pietra pomice
pomo *m tecn/bot* pomo
pompa *f* 1. pompa, fasto *m*; 2. *nav* pompa ◊ ***~ de jabón*** bolla di sapone; ***~s fúnebres*** pompe funebri
Pompeya *f* Pompei
pompeyano, -a *adj/s* pompeiano, -a, di Pompei
pompis *m inv euf/coloq* sedere *m*
pompón *m* pompon *inv*
pompos|idad *f* pomposità *inv*, sfarzosità *inv*; **~o, -a** *adj* pomposo, -a; fastoso, -a, sfarzoso, -a
pómulo *m* zigomo
pon V. **poner**; **~che** *m* punch* *inv*, ponce; **~cho** *m* poncho *inv*, poncio *inv*, puncio
ponder|able *adj* ponderabile; **~ación** *f* ponderazione, ponderatezza; **~ado, -a** *adj* ponderato, -a, misurato, -a, posato, -a; **~ar** *vt* ponderare, soppesare; *mat* ponderare; **~ativo, -a** *adj* ponderatore, -trice; **~oso, -a** *adj* ponderoso, -a
pondré, pondría V. **poner**
poned|ero, -a 1. *m zool* covo di galline; **2.** *adj* 1. che si può mettere; 2. *zool* (*aves*) che mette; **~or, -a** *adj* che mette ◊ ***gallina ~a*** gallina feconda, ovaiola
ponen|cia *f* 1. *cient* relazione; 2. *cient* carica di relatore; **~te** *adj/s cient* relatore *adj/m*, relatrice *adj/f*
poner ‹*pongo; pondré; puse; puesto*› V. 32 **1.** *vt* mettere, porre; **2. ~se** mettersi, porsi ◊ ***~ a cero*** azzerare; ***~ a parir a alg*** parlare molto male di q; ***~ de alcalde, de director...*** mettere come sindaco, come direttore...; ***~ en claro*** mettere in chiaro; ***~ en marcha*** mettere in moto (*auto*), mettere in marcia; ***~ la mesa*** apparecchiare, preparare la tavola; ***~ la radio*** accendere la radio; ***~ la Traviata, un film...*** *cine/TV* fare la Traviata, un film...; ***~ mal, bien*** mettere male, bene; ***~ mala, buena cara*** fare cattivo, buon viso; ***~ miedo*** far paura; ***~ negro/nervioso*** far venire il nervoso; ***~ por escrito*** mettere per iscritto; ***~ un negocio*** aprire un negozio; ***~ un telegrama*** mandare un telegramma; ***~le de nombre José*** mettergli il nome di Giuseppe; ***~se al día*** mettersi al corrente, aggiornarsi; ***~se colorado*** arrossire, diventare rosso; ***~se de barro, de chocolate...*** riempirsi/macchiarsi di fango, di cioccolato...; ***~se de largo*** vestirsi di lungo (per entrare in società); ***~se enfermo*** ammalarsi; ***dile que se ponga*** (*teléfono*) passamelo/la; ***no tengo qué ~me*** non ho niente da mettermi; ***póngame con...*** (*teléfono*) mi passi...; **pongamos por caso que...,** mettiamo che; ***pongo 10 euros a que no viene*** scommetto 10 euri che non viene; ***¿Qué pone este papel?*** Che dice questo foglio?
póney V. **poni**
ponga, pongo V. **poner**
poni (*var.* **póney**) *m zool* pony *inv*; **~ente** *m* 1. ponente, occidente, ovest; 2. vento di ponente
pontific|ado *m relig* pontificato; **~al** *adj/m relig* pontificale; **~ar** ‹*pontifiqué*› *vi fig* pontificare
pontífice *m* pontefice
pontificio, -a *adj* pontificio, -a
pontón *m nav* pontone; ponte
pontonero *m* pontoniere
ponzoñ|a *f* veleno *m*, tossico *m*; **~oso, -a** *adj* velenoso, -a, tossico, -a
pool [pul] *m* (*econ, biol, billar, tamb. fig*) pool *inv*
pop *m mús* pop *inv*; **~a** *f nav* poppa ◊ ***viento en ~*** vento in poppa
pop-art *m arte* pop-art *inv*
pope *m relig tamb. fig* pope *inv*; **~lín** (*var.* **popelina** *f*) *m* popelin *m inv*, popeline* *f inv*
popó 1. *f Am infant* popò; **2.** *m euf/coloq* popò ◊ ***hacer ~*** *infant* fare la popò/pupù
popochín *m Am euf/coloq* sedere
popper *m inv* (*droga*) popper
populach|ería *f desp* popolaneria; **~ero, -a** *adj desp* popolano, -a, popolaresco, -a; **~o** *m desp* popolaccio, plebe *f*
popular *adj* popolare; **~idad** *f* popolarità *inv*, notorietà *inv*; **~ismo** *m pol* popolarismo; **~izar** ‹*popularicé*› *vt* popolarizzare, rendere popolare, divulgare
popul|ismo (*desp en pol*) *m* populismo; **~ista** (*desp en pol*) *adj/s* populista; **~oso, -a** *adj* popoloso, -a, popolato, -a
popurrí *m* pot-pourri* *inv*, pupurrì *inv*
poquedad *f* pochezza
póquer (*var.* **póker**) *m* poker *inv*, pocher *inv* ◊ ***cara de ~*** volto inespressivo
poquito, -a *adj/m* pochino, -a ◊ ***~ a poco/a ~s*** a poco a poco; ***un ~ más*** ancora un po', ancora un pochino
por *prep* per; ***lo hago ~ ti*** *lo faccio per te*; ***dos ~ dos son cuatro*** *due per due fa quattro*; ***dar la vida ~ la patria*** *dare la vita per la patria*; ***hablar ~ teléfono, ~ radio, ~ señas*** *parlare per telefono, per radio, a gesti*; ***pasar ~ Madrid*** *passare per/da Madrid*; da; ***deseado ~ todos*** *desiderato da tutti*; ***pasar ~ tu casa*** *passare da casa tua*; verso; ***sentir amor ~ los hijos*** *sentire amore verso i figli*; di; ***~ la noche/el día*** *di notte/di giorno* ◊ ***¿*~ qué?*** Perché?; ***~ mucho que trabaje*** anche se lavora molto; ***~ si*** nel caso che; ***~ si las moscas*** *non si sa mai*; ***brindar ~*** brindare per; ***de ~ sí*** in sé e per sé; ***dime ~ qué no escribes*** dimmi perché non scrivi; ***eso está ~ ver*** questo è ancora da vedere; ***estoy ~***

marcharme sin esperarle quasi quasi me ne vado senza aspettarlo; ***hablar ~ hablar*** parlare tanto per parlare, parlare a vanvera, parlare perché si ha la lingua; ***hablar ~ señas*** parlare a gesti; ***ir ~ mar, ~ avión*** andare via mare, in aereo; ***ir ~ agua*** *Esp* andare per acqua; ***tener ~ santo*** considerare santo

porca *f agric* porca

porcelana *f* porcellana

porcent|aje *m* percentuale *f*; **~ual** *adj* percentuale

porche *m* 1. portico; 2. tettoia *f*

porcino, -a *adj/m* porcino, -a, suino, -a

porción *f* porzione, parte

pordiose|ar *vi* mendicare; **~ro, -a** *adj/s* mendico, -a, accattone, -a

porfía *f* ostinazione, caparbietà *inv* ◊ ***a ~*** a gara

porfia|do, -a *adj* ostinato, -a, caparbio, -a; **~r** ‹*porfío*› V. 2 *vi* ostinarsi a, incaparbirsi a; impegnarsi per riuscire a

pórfido *m min* porfido

porfiri|a *f med* porfiria; **~na** *f quím* porfirina

porfolio (*var.* **portfolio**) *m* portfolio *inv*

porlan (*var.* **pórtland**) *m constr* portland *inv*

pormenor *m* particolare, dettaglio; **~izar** ‹*pormenoricé*› *vt* riferire minuziosamente, dettagliare

porno 1. *adj coloq* porno *inv*; **2.** *m* pornografia *f* ◊ ***~ duro*** hard-core; ***~ blando*** soft-core; **~grafía** *f* pornografia; **~gráfico, -a** *adj* pornografico, -a, osceno, -a

poro *m* 1. poro; 2. *Arg* zucchetta per il mate *f*; **~sidad** *f* porosità *inv*; **~so, -a** *adj* poroso, -a

poroto *m Arg/Chile* fagiolo

porque *conj* perché

porqué *m* perché ◊ ***el cómo y el ~*** il come e il percome

porquer|ía *f* porcheria ◊ ***hacer las ~s*** *euf/coloq* fare all'amore; **~iza** *f* porcile *m*, stabbiolo *m*; **~izo, -a** *adj/s* porcaro, -a, porcaio, -a; **~o** *m/f* porcaio, -a

porra 1. *f* 1. (*policía*) manganello *m*; bastone *m*; *tecn* mazza; 2. *jerga* faccia tosta; 3. scommessa; *gastr* bastoncino dolce simile alle zeppole *m*; **2.** *m* ultimo (di un gioco) ◊ ***¡~s!*** Accidenti!, Cavolo!; ***mandar a la ~*** mandare a farsi friggere; ***¡Qué juventud, ni qué porras!*** Ma che gioventù d'Egitto!/ del cavolo; ***¡Vete a la ~!*** Va' a farti friggere!; ***(y) una ~*** *coloq* un corno!; **~da** *f* 1. sacco *m*; ***una ~ de dinero*** *un sacco di soldi*; 2. bastonata; **~zo** *m* bastonata *f*, mazzata *f* ◊ ***darse un ~*** darsi un colpo; avere un incidente; ***de golpe y ~*** improvvisamente

porre|ro, -a *adj/s jerga drog* spinellatore, -trice; **~ta** *f bot* (*porro, ajo*) foglia verde ◊ ***en ~*** *coloq* nudo, -a

porrillo: a ~ *adv* a bizzeffe

porro *m* (*droga*) spinello, canna *f*, tromba *f*

porrón *m* ="caraffino con becco lungo"

porru|do, -a 1. *m* bastone del pastore; **2.** *adj And* testardo, -a; **~salda** *f* (*vasca*) ="zuppa di porri e baccalà"

porta *f nav/med* portello *m*; **~aviones** *m inv nav* portaerei *f inv*; **~bandera** *f* bandoliera per bandiere; **~bebés** *m inv* port-enfant* (navetta), navetta *f*; **~cartas** *m inv* cartella *f*, portafogli; **~comidas** *adj/m inv* portavivande; **~contenedores** *adj/m inv* portacontainers *inv*, portacontenitori *m/f*; **~cubiertos** *adj/m inv* portaposate; **~da** *f arq* facciata; *impr* copertina; *impr* frontespizio *m*; **~dor, -a** *adj/s banc/cient* portatore, -trice; (*carta*) latore, -trice; **~equipajes** *adj/m inv* portabagagli; **~esquís** *m inv* portascì; **~estandarte** *m* portabandiera *inv*; **~folios** *m inv* borsa portadocumenti *f*; **~helicópteros** *adj/m inv* portaelicotteri *adj/f*; **~l** *m* 1. portone; 2. (*iglesia, palacios, informát*) portale; *reg* (*atrio*) portico; **~lámparas** *m inv* portalampada; **~lón** *m* 1. portone; 2. *nav* barcarizzo; **~macetas** *m inv* portavasi; **~maletas** *m inv* portabagagli; **~minas** *m inv* portamina; **~misiles** *m inv* portamissili; **~móvil** *m* portacellulare; **~nte** *m* (*caballos*) ambio ◊ ***tomar/coger/agarrar el ~*** *coloq/fig* andarsene; **~objetos** *m inv* portaoggetti; **~paquetes** *m inv* portapacchi; **~plumas** *m inv* portapenne

portar 1. *vt elev* portare (addosso), portare (da una parte all'altra); **2. ~se** comportarsi ◊ ***~se bien/mal*** comportarsi bene/male

portarretratos (*var.* **portarretrato**) *m inv* portaritratti

portátil *adj* portatile

portavasos (*var.* **portavaso**) *m inv* portabicchieri

portaviones V. **portaaviones**

portavoz *m/f* portavoce *inv*; *mil* portavoce *m inv*

portazo *m tamb. fig* sbattuta di porta *f*

porte *m* 1. *com* porto; 2. *com* trasporto; 3. (*carga*) capacità *f inv*; 4. aspetto, presenza *f* ◊ ***~s debidos*** porto assegnato; ***~s pagados*** porto affrancato, franco di porto; **~ador, -a** *adj/s* facchino, -a; *com* vettore; **~ar 1.** *vt* trasportare; **2.** *vi* sbattere le porte o le finestre

portent|o *m* portento; **~oso, -a** *adj* portentoso, -a, prodigioso, -a

porteño, -a *adj/s* 1. *Arg* di Buenos Aires; 2. *Chile* di Valparaíso

porter|ía *f* 1. portineria; 2. *sport* porta; **~o, -a** *m/f* 1. portinaio, -a; portiere, -a; 2. *sport* portiere, -a ◊ ***~ automático*** citofono

portezuela *f* 1. porticina; 2. *transp* sportello *m*

portfolio *m estud* portfolio *inv*

porticado, -a *adj* porticato, -a

pórtico *m* portico

portill|a *f nav* oblò *m inv*, occhio *m*; **~o** *m* passaggio; (*montaña*) passo; porticciola *f*; (*castillos*) postierla *f*; sportello; *fig* spiraglio

Portland ['porlan] V. **porlan**

portón *m* 1. (*casa*) portone; 2. *auto* porta posteriore *f*

portorriqueño, -a *adj/s* portoricano, -a, di Portorico

portuario, -a 1. *adj/s* portuale; **2.** *m* portuario, -a

Portugal *m geogr* Portogallo

portugués, -esa *adj/s* portoghese
porvenir *m* avvenire, futuro
pos: en ~ de *prep* dietro
posa|brazos *m inv* bracciolo; **~cubiertos** *m inv* portaposate
posad|a *f* 1. locanda; 2. alloggio *m*; **~eras** *fpl* natiche; **~ero, -a 1.** *m/f* locandiere, -a; **2.** *m* sgabello di sparto
posapiés (*var.* **posapié** *m*) *m inv* appoggiapiedi, poggiapiedi
posar 1. *vt* posare; **2.** *vi arte* posare; **3. ~se** (*líquido, pájaros, mariposas*) posarsi; (*polvos*) depositarsi; *aero* atterrare *vi*
posavasos *m inv* sottobicchiere *m*, tondino *m*
posbélico, -a *adj* postbellico, -a
poscomunismo *m pol* postcomunismo
posdata *f* poscritto *m*
posdoctor|ado (*var.* **postdoctorado**) *adj/m* postdottorato; **~al** (*var.* **postdoctoral**) *adj* postdottorale
pose *f* posa; **~edor, -a** *adj/s* possessore *adj/m*, posseditrice *adj/f*; **~er** ‹*poseyó*› *vt* possedere, avere in possesso; **~ído, -a** *adj/s* posseduto, -a
poses|ión *f jur* possesso *m*; dominio *m*; proprietà *inv* ◊ ***las ~es de alg*** le proprietà di q; ***estar en ~ (de u-c)*** essere in possesso (di qc); ***tomar ~ de*** prendere possesso di; **~ionarse** impossessarsi (**de u-c** di qc), appropriarsi (**de u-c** di qc); **~ivo, -a 1.** *adj ling tamb. fig* possessivo, -a; **2.** *m ling* possessivo; **~o, -a** *adj/s* ossesso, -a, indemoniato, -a; **~or, -a** *adj/s elev* possessore *adj/m*, posseditrice *adj/f*; **~orio, -a** *adj jur* possessorio, -a
posgrado (*var.* **postgrado**) *m* corso universitario postlaurea *inv*; laurea di secondo livello
posguerra *f* dopoguerra *m inv*
posib|ilidad *f* possibilità *inv*; **~ilismo** *m pol* possibilismo; opportunismo; **~ilitar** *vt* facilitare, rendere possibile; **~le** *adj* possibile ◊ ***hacer ~ u-c*** rendere possibile qc; ***hacer (todo) lo ~*** fare (tutto) il possibile; ***¡No es ~!*** Non è possibile!; ***¿Será ~?*** È possibile?; ***ser una persona de ~s*** avere una posizione agiata
posic|ión *f* 1. posizione; ubicazione; 2. *mat* supposizione ◊ ***buena ~*** buona posizione; ***en ~*** in posizione; ***tomar ~*** prendere posizione; **~ionarse** prendere posizione
positiv|ismo *m filos* positivismo; **~ista** *adj/s filos* positivista; **~o, -a 1.** *adj* positivo, -a, certo, -a; affermativo, -a; *fig* realista, positivo, -a; *cient* positivo, -a; **2.** *adj/m foto* positivo, -a
positr|ón *m fís* positrone; **~onio** *m fís* positronio
posmeridiano, -a (*var.* **postmeridiano**) *adj* pomeridiano, -a
posmodern|idad *f* movimento moderno *m*; *arte* postmodernismo *m*; **~ismo** *m lit* postmodernismo; **~o, -a** (*var.* **postmoderno**) *adj* postmoderno, -a
poso *m* sedimento, posatura *f*; **~logía** *f med* posologia; **~peratorio, -a** (*var.* **postoperatorio**) *adj/m* postoperatorio, -a
pospo|ner ‹*pongo; pondré; puse; puesto*› V. 32 *vt* posporre, differire, rinviare, rimandare; **~sición** *f* posposizione, rimando *m*
posromanticismo (*var.* **postromanticismo**) *m arte/lit* postromanticismo
posta *f* (*caza, transp, caballos*) posta ◊ **a ~** *adv* apposta; ***correr la ~*** andare in gran carriera; **~l 1.** *adj* postale; **2.** *f* cartolina postale
postdoctoral, postdoctorado V. **posdoctoral, posdoctorado**
poste *m* 1. *electr sport* palo; 2. paracarro, cippo ◊ ***oler el ~*** aver sentore di qc
póster *m* poster *inv*
poster|gación *f* posposizione; **~ar** ‹*postergué*› *vt* postergare, trascurare; *Am* rinviare
posteridad *f* posterità *inv*
posterior *adj* posteriore; **~idad** *f* posteriorità *inv* ◊ ***con ~*** posteriormente, dopo
postgrado V. **posgrado**
postigo *m* sportello; (*puerta, ventana*) battente; postierla *f*
postilla *f med* pustola
postín *m* lusso ◊ ***darse ~*** darsi delle arie; ***de ~*** di lusso
post-it® ['postit] *m* post-it® *inv*
postizo, -a 1. *adj* posticcio, -a; **2.** *m* (*pelo*) toupet* *inv*; **3.** *fpl* nacchere
postliminio *m jur* postliminio
postmeridiano V. **posmeridiano**
postmodernidad, postmodernismo, postmoderno V. **posmodernidad, posmoderno**
postoperatorio V. **posoperatorio**
postor, -a *m/f* offerente
postr|ación *f* prostrazione, abbattimento *m*; **~ar 1.** *vt* prostrare; **2. ~se** prostrarsi, inginocchiarsi
postre *m gastr* frutta *f*, dolce; dessert* *inv* ◊ ***a la ~*** alla fin fine; ***a los ~s*** all'ora del dessert, alla frutta; ***para ~*** per colmo, per giunta; **~r, -a** (*var.* **postrero, -a**) *adj elev* (*delante de nombre m*) ultimo, -a
postrimerías *fpl* 1. ultimo periodo *m*; 2. *relig* novissimi *mpl*
post scriptum *m inv* postscriptum, P. S.
postul|ado *m* postulato; **~ante** *adj/s* postulante; **~ar** *vt filos/relig* postulare; chiedere
póstumo, -a *adj* postumo, -a
postura *f* atteggiamento *m*; posizione; *med* postura; *com* offerta; **~l** *adj med* posturale
pota|bilidad *f* potabilità *inv*; **~bilización** *f* potabilizzazione; **~bilizar** ‹*potabilicé*› *vt* potabilizzare; **~ble** *adj* 1. potabile; 2. *coloq/fig* accettabile
potaje *m* ="tipo di minestrone" ◊ ***~ de garbanzos y espinacas*** minestra di ceci e spinaci; minestra di legumi secchi
potas|a *f quím* potassa; **~io** *m quím* potassio
pote *m* 1. vaso di creta; 2. *gastr* brodo con verdure ◊ ***darse ~*** darsi delle arie, vantarsi
potencia *f cient/filos/pol tamb. fig* potenza; forza, energia; autorità *inv* ◊ ***elevar a ~*** elevare a potenza; ***en ~*** in potenza; **~ción** *f* potenziamento *m*; **~dor, -a** *adj/m* coadiuvante; **~l 1.** *adj* po-

tenziale; **2.** *m* 1. *fís/pol* potenziale; 2. *ling* condizionale; **~lidad** *f* potenzialità *inv*; **~r** ‹*potencio*› V. 1 *vt* potenziare

potenciómetro *m electr* potenziometro

potent|ado *m* potentato; (*persona*) potente, pezzo grosso; **~e** *adj/s* potente, poderoso, -a

potenza *f heráld* palo potenziato *m*

potesta|d *f* potestà *inv*, dominio *m*, potere *m* ◊ ***patria** ~ jur* patria potestà; **~tivo, -a** *adj* potestativo, -a, facoltativo, -a

potingue *m irón* intruglio/miscuglio farmaceutico; crema *f*, unguento

potito *m* omogeneizzato

Potosí *m geogr* Potosì ◊ ***valer un ~*** valere un Perù

potra *f* 1. *zool* puledra; 2. *coloq* ernia; 3. *coloq* (*suerte*) culo *m vulg* ◊ ***¡Qué ~!*** *vulg* Che culo!; **~da** *f* branco di puledri *m*; **~nca** *f* puledra

potrillo *m* puledrino

potro *m* 1. *zool* puledro; 2. cavalletto da tortura

poyo *m* sedile, banco di pietra

poz|a *f* pozza, pazzanghera; **~al** *m* secchio; **~o** *m* pozzo; buca *f*; *nav tamb. fig* pozzo ◊ ***~ artesiano*** pozzo artesiano; ***~ negro*** pozzo nero; **~ole** *m* 1. *Am* ="bibita a base di mais" *f*; 2. *Méx gastr* ="brodo con carne, mais e peperoncino"

p.p. (*por poder*) *abr* p.p. (*per procura*)

PP (*Partido Popular*) *abr/m* ="partito spagnolo di centrodestra"

práctica *f* pratica; *jur/estud* pratica; *jur* prassi *inv*, procedura; (*trabajo*) tirocinio *m* ◊ ***en la ~*** in pratica; ***llevar a la ~/poner en ~*** mettere in pratica

practica|bilidad *f* praticabilità *inv*, agibilità *inv*; **~ble** *adj* praticabile

prácticamente *adv* praticamente

practicante 1. *adj* praticante; **2.** *m/f* infermiere, -a

practicar ‹*practiqué*› **1.** *vt* praticare, esercitare; fare; **2.** *vi* fare pratica

práctico, -a 1. *adj* pratico, -a; esperto, -a, abile; comodo, -a, pratico, -a; **2.** *m nav* pilota

prad|era *f* prateria; **~o** *m agric* prato, pascolo; prato, parco

pragmátic|a *f filos/ling* pragmatica; *jur* prammatica; **~o, -a** *adj/s jur* prammatico, -a; *filos* pragmatico, -a

pragmatis|mo *m* pragmatismo; **~ta** *adj/s* pragmatista

praguense (*var.* **pragués, -esa**) *adj/s* praghese, di Praga

praliné *m* pralina *f*

praseodimio *m quím* praseodimio

prasiolita *f min* prasinite

pratense *adj* pratense

praticultura *f* praticoltura

prav|edad *f elev* pravità *inv*; **~o, -a** *adj elev* pravo, -a

praxis *f inv* prassi

prealpino, -a *adj* prealpino, -a, subalpino, -a

preámbulo *m* preambolo, preliminare ◊ ***sin ~s*** senza preamboli

preaviso *m* preavviso, preannuncio

prebélico, -a *adj* prebellico, -a

prebenda *f* prebenda; **~do** *m* prebendato

preboste *m hist* preposto, prevosto

precalentar ‹*precaliento*› *vt* preriscaldare

precámbrico, -a *adj geol* precambriano, -a, precambrico, -a

precanceroso, -a *adj med* precanceroso, -a

precari|edad *f* precarietà *inv*, precariato *m*; **~o, -a** *adj/s* precario, -a, instabile

precau|ción *f* precauzione, cautela; **~torio, -a** *adj* precauzionale

precav|er 1. *vt* prevenire, premunire; cautelare; **2.** **~se** premunirsi (**de u-c** di qc); **~ido, -a** *adj* cauto, -a, prudente

preced|encia *f* precedenza, priorità *inv* ◊ ***tener la ~*** avere la precedenza; **~ente 1.** *adj* anteriore, precedente; **2.** *m* precedente ◊ ***sentar ~s*** creare un precedente; ***servir de ~*** essere di esempio; **~er** *vt* precedere

precept|ista 1. *adj/s* precettista; **2.** *adj* precettistico, -a; **~iva** *f* precettistica; **~ivo, -a** *adj* precettivo, -a; **~o** *m* precetto ◊ ***de ~*** *relig tamb. fig* di precetto; **~or, -a** *m/f* precettore *m*, istitutore, -trice; **~uar** ‹*preceptúo*› V. 4 *vt* disporre, stabilire, dettare precetti

preces *fpl relig* preci, suppliche, istanze; **~ión** *f astron* precessione

precia|do, -a *adj* prezioso, -a, stimato, -a; **~rse** vantarsi (**de u-c** di qc)

precint|ado *m* sigillatura *f*, piombatura *f*; **~adora** *f tecn* sigillatrice; **~ar** *vt* sigillare; **~o** *m* legatura *f*, fasciatura *f*, piombatura *f*

precio *m* prezzo ◊ ***~ a convenir*** prezzo da pattuire; ***~ de coste*** prezzo-costo; ***~ de venta*** prezzo di vendita; ***~ neto*** prezzo netto; ***a ~ de oro*** a peso d'oro; ***a buen ~*** a poco prezzo; ***a cualquier ~*** a qualsiasi costo, a tutti i costi; ***al ~ de*** a costo di; ***no tener ~*** non avere prezzo; ***poner ~ a la cabeza de alg*** mettere una taglia su q

precios|idad *f* preziosità *inv*, rarità *inv*; meraviglia, bellissimo, -a *adj*; **~ismo** *m* preziosismo; **~ista** *adj/s* preziosista; **~o, -a** *adj* prezioso, -a; caro, -a; *coloq* bellissimo, -a

precipi|cio *m* precipizio, burrone; *fig* baratro, precipizio; **~tación** *f* 1. *meteo tamb. fig* precipitazione; 2. *fig* fretta; **~tado 1.** *pp/adj* precipitato, -a; **2.** *m quím/mús* precipitato; **~tar 1.** *vt/i* precipitare; **2.** *vi* piombare in miseria; **3.** **~se** precipitarsi, gettarsi a capo fitto

precis|amente *adv* 1. precisamente; 2. necessariamente; **~ar 1.** *vt* 1. aver bisogno *vi* (**u-c, alg** di qc, di q), occorrere *vi*; 2. precisare; **2.** **~se** essere necessario, occorrere *vi*; **~ión** *f* 1. precisione, esattezza; 2. necessità *inv*, bisogno *m* ◊ ***de ~*** di precisione; **~o, -a** *adj* 1. preciso, -a, esatto, -a; 2. necessario, -a, indispensabile

preclaro, -a *adj elev* preclaro, -a, illustre

precoci|dad *f* precocità *inv*; **~nado, -a** *adj/m* precotto, -a

precognición *f psicol* precognizione
precolombino, -a *adj* precolombiano, -a
preconcebido, -a *adj* preconcetto, -a; **~ir** ‹*preconcibo; preconcibió; preconcibiendo*› V. 12 *vt* avere idee preconcette *vi*
preconciliar *adj* preconciliare
preconización *f elev* preconizzazione; **~ar** ‹*preconicé*› *vt* preconizzare
preconstituir ‹*constituyo; constituyó; constituyendo*› V. 12 *vt* precostituire
precoz *adj* precoce; *agric* primaticcio, -a, precoce
precursor, -a *adj/s* precursore *adj/m*, precorritrice *adj/f*
predador, -a *adj/s* predatore, -trice
predecesor, -a *adj/s* predecessore, -a, antenato, -a; **~ir** ‹*digo, dices; diré; dije; dicho*› V. 24 *vt* predire
predestinación *f* predestinazione; **~ar** *vt* predestinare
predeterminación *f* predeterminazione; **~ar** *vt* predeterminare
prédica *f relig tamb. fig* predica
predicación *f* predicazione; **~do** *m filos/ling* predicato ◊ **~ *nominal, verbal*** *ling* predicato nominale, verbale; **~dor, -a** *m/f* predicatore, -trice; **~mento** *m filos* predicamento; ◊ ***tener ~*** essere autorevole, godere di prestigio; **~r** ‹*prediqué*› *vt relig tamb. fig* predicare ◊ ***~ en el desierto*** predicare al deserto; ***una cosa es ~ y otra dar trigo*** *irón/coloq* altro è promettere, altro è mantenere, altro è dire, altro è fare; **~tivo, -a** *adj* predicativo, -a
predicción *f* predizione, pronostico *m*
predilección *f* predilezione, preferenza; **~to, -a** *adj* prediletto, -a, favorito, -a
predio *m jur elev* predio
predisponer ‹*pongo; pondré; puse; puesto*› V. 32 *vt* predisporre, preparare; **~sición** *f* predisposizione
predispuesto, -a *adj* predisposto, -a (a/per), propenso, -a (a)
predominación *f* predominio *m*, preponderanza; **~ancia** *f* predominio *m*, prevalenza; **~ante** *adj* predominante; **~ar** *vt/i* predominare, prevalere *vi*; **~io** *m* predominio
predorsal *adj/f* predorsale
preeminencia *f* preminenza, superiorità *inv*; **~te** *adj* preminente
preescolar 1. *adj* prescolare, prescolastico, -a; **2.** *m* scuola materna *f*, asilo
preestreno *m* anteprima *f*
preexistencia *f* preesistenza; **~te** *adj* preesistente
preexistir *vi* preesistere
prefabricación *f* prefabbricazione; **~ado, -a** *adj* prefabbricato, -a; **~ar** ‹*prefabriqué*› *vt* prefabbricare
prefacio *m lit* prefazione *f*; *relig* prefazio
prefecto *m* (*relig/hist; Italia, Francia*) prefetto; **~ura** *f* (*hist; Italia, Francia*) prefettura
preferencia *f* preferenza; *auto* precedenza ◊ **~ *de paso*** *auto* precedenza; **~cial** *adj* preferenziale; **~te** *adj* preferenziale; **~temente** *adv* in preferenza, di prevalenza, preferibilmente
preferible *adj* preferibile; **~do, -a** *adj* preferito, -a, favorito, -a, cocco, -a; **~r** ‹*prefiero; prefirió; prefiriendo*› V. 10 *vt* preferire
prefiguración *f* prefigurazione
prefijar *vt* fissare, prestabilire; **~o** *adj/m ling* prefisso ◊ **~ *telefónico*** prefisso telefonico
prefinanciación *f* prefinanziamento *m*
prefirió V. **preferir**
pregón *m* bando, editto
pregonar *vt* 1. bandire; *fig* annunziare; *fig* rendere pubblico; 2. *fig* elogiare ◊ **~ *u-c a los cuatro vientos*** dire/gridare qc ai quattro venti; **~ero, -a** *m/f* banditore, -trice
pregrabado, -a *adj* preregistrato, -a; **~r** *vt* preregistrare
preguerra *f* anteguerra
pregunta 1. *f* domanda; *enf* interrogazione; **2.** *fpl* interrogatorio *m* ◊ **~ *capciosa*** domanda capziosa; ***~s al Gobierno*** interrogazione al Governo; ***estar a la cuarta ~*** essere a corto di quattrini; **~ar** *vt* domandare; *enf* interrogare; **~ón, -ona** *adj/s* ficcanaso *inv*, curioso, -a
prehelénico, -a *adj* preellenico, -a
prehistoria *f* preistoria; **~órico, -a** *adj* preistorico, -a
preinscribir ‹*preinscrito*› V. 25 *vt* preiscrivere; **~to, -a** *adj* preiscritto, -a
preinstalación *f* preinstallazione, preimpianto *m*
prejubilación *f* prepensionamento *m*
prejudicial *f jur* pregiudiziale; **~icio** *m* pregiudizio; **~zgar** ‹*prejuzgué*› *vt* pregiudicare
prelacía *f relig* prelatura; **~ción** *f* 1. *jur* prelazione; 2. priorità *inv*; 3. *Am auto* precedenza; **~do** *m* prelato; **~ticio, -a** *adj relig* prelatizio, -a; **~tura** *f relig* prelatura; **~vado** *m* prelavaggio
preliminar *adj/m* preliminare
preludiar ‹*preludio*› V. 1 *vi mús* preludiare; preludere; **~o** *m mús tamb. fig* preludio; proemio
premamá (*var.* **pre-mamá**) *adj inv* prémaman*
prematrimonial *adj* prematrimoniale
prematuro, -a *adj* prematuro, -a
premeditación *f* premeditazione; **~ado, -a** *adj* premeditato, -a; *jur* preintenzionale; **~ar** *vt jur tamb. fig* premeditare; tramare
premenstrual *adj* premestruale
premiar ‹*premio*› V. 1 *vt* premiare; ricompensare
premier *m* premier *inv*
première [preˈmjer] *f* inaugurazione; *cine/teat* première *inv*, prima
premio *m* premio; ricompensa *f*; **~sidad** *f* molestia; **~so, -a** *adj* impacciato, -a, pesante
premisa *f* premessa
premolar *adj/m* premolare
premonición *f* premonizione; **~torio, -a** *adj* premonitorio, -a
premunir *vt Am* premunire

premur|a *f* premura, fretta, urgenza; **~oso, -a** *adj* premuroso, -a
prenatal *adj* prenatale
prenda *f* 1. pegno *m*, garanzia; 2. (*vestuario...*) capo *m*, indumento *m*; 3. *jur* guarentigia; dote, pregio *m*; *Am* gioiello *m* ◊ ***~s íntimas*** indumenti intimi; ***en ~*** in pegno; ***en ~ de*** come segno di; ***juego de las ~s*** gioco di pegni; ***no dolerle ~s a alg*** fare i propri doveri, avere il senso del dovere; fare ogni sforzo per ottenere qc, metterci tutto per ottenere qc; ***no soltar ~*** non lasciarsi sfuggire una parola di bocca; **~do, -a** *adj* cotto, -a, innamorato, -a ◊ ***quedarse ~ de alg*** prendere una cotta per q, innamorarsi (perdutamente) di q, rimanere ammaliato da q; **~r 1.** *vt* attrarre, affascinare; **2. ~se** innamorarsi (**de** di), invaghirsi (**de** di)
prende|dero *m* fermaglio, spilla *f*; nastro; **~dor** *m* fermaglio; **~r 1.** *vt* 1. afferrare, acchiappare; (*pelo...*) agganciare; 2. (*fuego*) accendere; 3. attaccarsi, diffondersi; **2.** *vi bot* attecchire; (*leña*) accendersi; **~ría** *f* 1. rigatteria; 2. *Col* Monte dei Pegni/di pietà *m*; **~ro, -a** *m/f* rigattiere, -a
prendimiento *m* cattura *f*
prensa *f* 1. *impr* stampa; 2. *tecn* (*máquina*) pressa; *tecn* morsa ◊ ***~ del corazón*** stampa rosa; ***~ diaria*** stampa quotidiana; ***~ sensacionalista/amarilla*** stampa scandalistica; ***agente de ~*** press-agent*; ***dar a la ~*** dare alle stampe; ***en ~*** in corso di stampa; ***gabinete de ~*** ufficio stampa; ***meter en ~*** andare in stampa; ***nota de ~*** piedino; ***rueda de ~*** conferenza stampa; ***tener buena/mala ~*** *fig* avere buona/cattiva stampa; **~do** *m tecn* pressatura *f*; *tecn* (*tejidos*) cilindratura *f*; **~-filtro** *f tecn* filtropressa; **~r** *vt* pressare
prensil *adj* prensile
preñ|ado, -a 1. *adj* saturo, -a, impregnato, -a, gravido, -a; **2.** *adj/f* (*mujer*) incinta; **~ar** *vt coloq* mettere incinta; **~ez** *f* gravidanza; *fig* oscurità *inv*
preocup|ación *f* preoccupazione; **~ado, -a** *adj* preoccupato, -a ◊ ***estar ~ por alg/por u-c*** stare in ansia per q/qc, stare in pena per q; **~ante** *adj* preoccupante; **~ar 1.** *vt* preoccupare; **2. ~se** preoccuparsi (**por** per); occuparsi (**por** di)
preoperatorio, -a *adj med* preoperatorio, -a
prepalatal *adj/f* prepalatale
prepar|ación *f* 1. preparazione; 2. *med* preparato *m*; **~ado, -a 1.** *adj* preparato, -a, apparecchiato, -a, disposto, -a; **2.** *m* preparato, prodotto; **~ador, -a** *adj/s* preparatore, -trice, allenatore, -trice; **~ar** *vt* preparare; **~ativo** *m* preparativo; **~atorio, -a** *adj* preparatorio, -a; *estud* propedeutico, -a
preponder|ancia *f* preponderanza, predominio *m*; **~ante** *adj* preponderante, prevalente; **~ar** *vi* preponderare (**sobre** su), prevalere (**sobre** su)
preposi|ción *f ling* preposizione; **~itivo, -a** *adj* prepositivo, -a
prepoten|cia *f* prepotenza; **~te** *adj/s* prepotente
prepucio *m med* prepuzio
prerrenacentista *adj arte/lit* prerinascimentale
prerrogativa *f* prerogativa, privilegio *m*
prerromanticismo *m* preromanticismo
prerromántico, -a *adj* preromantico, -a
presa *f* 1. presa; *tecn* (*río*) diga; 2. (*sal...*) presa, pizzico *m*; 3. preda, bottino *m*; *zool* zanna; (*caza*) preda ◊ ***de ~*** da presa; ***hacer ~*** far presa
presagi|ar ‹*presagio*› V. 1 *vt* presagire, predire; **~io** *m* presagio
présago, -a (*var.* **presago, -a**) *adj* presago, -a
presbicia *f med* presbiopia, presbitismo *m*
présbite (*var.* **présbita**) *adj med* presbite
presbiter|ianismo *m relig* presbiterianesimo; **~iano, -a** *adj/s relig* presbiteriano, -a; **~io** *m* presbiterio
presbítero *m relig* sacerdote, prete
presciencia *f* prescienza
prescind|ible *adj* omissibile; **~ir** *vi* prescindere (**de** da)
prescri|bir ‹*prescrito*› V. 25 **1.** *vt* prescrivere, ordinare; **2.** *vi jur* cadere in prescrizione, prescriversi; **~pción** *f* 1. prescrizione, ordine *m*; 2. *jur* prescrizione; **~ptible** *adj* prescrittibile; **~to, -a** (*var.* **prescripto, -a**) *adj* prescritto, -a
presea *f elev* gioiello *m*; *ant* mobile *m*
preselecc|ión *f* preselezione; **~ionar** *vt* preselezionare
presencia *f* presenza ◊ ***~ de ánimo*** presenza di spirito; ***buena ~*** bella presenza; ***en ~ de*** in presenza di; **~l** *adj* presenziale; **~r** ‹*presencio*› V. 1 *vt/i* presenziare, essere presente *vi* (**u-c** a qc), assistere *vi* (**u-c** a qc)
present|able *adj* presentabile; **~ación** *f* presentazione; esibizione; **~ador, -a** *adj/s* presentatore, -trice; *TV* conduttore, -trice; **~ar 1.** *vt* presentare; esibire; **2. ~se** presentarsi ◊ ***~ las armas*** presentare le armi; **~e 1.** *adj* presente; attuale; **2.** *m* dono, regalo, presente ◊ ***hacer, tener ~*** fare, tenere presente; **~imiento** *m* presentimento; **~ir** ‹*siento; sintió; sintiendo*› V. 10 *vt* presentire
presera *f bot* caglio zolfino *m*
preserv|ación *f* preservazione; **~ar** *vt* preservare; **~ativo, -a** *adj/m* preservativo, -a
presiden|cia *f* presidenza; **~cial** *adj* presidenziale; **~cialismo** *m pol* presidenzialismo; **~ta** *f* 1. presidentessa; 2. moglie del presidente; **~te, -a** *adj/m* presidente ◊ ****~ del Gobierno*** Presidente del Consiglio, Primo Ministro
presidi|ar ‹*presidio*› V. 1 *vt* presidiare; **~ario, -a** *m/f* ergastolano, -a; **~o** *m mil* presidio, guarnigione *f*; carcere ◊ ***echar a ~*** mandare in carcere; **~r** *vt* presiedere *vt/i* (**u-c** a qc)
presiento V. **presentir**
presilla *f* alamaro *m*
presintió V. **presentir**
presión *f* pressione ◊ ***a ~*** a pressione; ***olla a ~*** pentola a pressione
presionar *vt* fare pressione *vi* (**u-c, a alg** su qc/q); (*botón*) premere

preso, -a *adj/s* carcerato, -a, detenuto, -a

prest|ación *f* prestazione ◊ **~ *personal*** prestazione d'opera; **~ *social sustitutoria*** servizio sociale; **~ado, -a** *adj* prestato, -a ◊ ***pedir* ~** chiedere in prestito; ***vivir de* ~** vivere di prestiti; **~amista** *m/f desp* (*dinero*) usuraio, -a; prestatore, -trice

préstamo *m com/ling* prestito ◊ **~ *a la vista*** prestito a vista; **~ *a plazo fijo*** prestito a scadenza fissa; **~ *garantizado*** prestito garantito; **~ *hipotecario*** mutuo ipotecario; mutuo fondiario; **~ *pignoraticio*** prestito pignoratizio; ***conceder un* ~** concedere/accordare un prestito

prestancia *f* prestanza

prestar 1. *vt* prestare; offrire, dare; **2. ~se** prestarsi ◊ **~ *atención*** prestare/fare attenzione; **~ *auxilio*** dare/prestare aiuto; **~ *oídos*** prestare orecchio; **~ *sobre valores*** prestare su titoli; ***~se a u-c*** prestarsi a qc

prestatario, -a *adj/s* mutuatario, -a

presteza *f* prestezza, prontezza

prestidigit|ación *f* illusionismo *m*, prestidigitazione; **~ador, -a** *m/f* prestigiatore, -trice, illusionista; giocoliere, -a

prestigi|ar ‹*prestigio*› V. 1 *vt* dare prestigio *vi*; **~o** *m* prestigio; **~oso, -a** *adj* prestigioso, -a

presto, -a 1. *adj* pronto, -a, rapido, -a, sollecito, -a; **2.** *adv* rapidamente; **3.** *m mús* presto

presumi|ble *adj* presumibile; **~do, -a** *adj/s* presuntuoso, -a; **~r 1.** *vi* presumere (**de** di), vantarsi (**de** di); **2.** *vt* supporre, figurarsi

presunción *f* presunzione; vanagloria

presunt|o, -a *adj* presunto, -a, supposto, -a; **~uoso, -a** *adj* pretenzioso, -a, presuntuoso, -a

presupo|ner ‹*pongo; pondré; puse; puesto*› V. 32 *vt* presupporre; **~sición** *f* presupposizione

presupuest|ar *vt* preventivare; **~ario, -a** *adj* budgetario*, -a, di bilancio; **~o** *m* 1. *econ* budget* *inv*, preventivo; bilancio preventivo; 2. *filos* presupposto ◊ **~ *corriente*** entrate e uscite correnti; ***~s Generales del Estado*** (Legge) Finanziaria

presur|a *f elev* angoscia, ansia; fretta; **~ización** *f* pressurizzazione; **~izar** ‹*presuricé*› *vt* pressurizzare; **~oso, -a** *adj* frettoloso, -a; svelto, -a

prêt-à-porter ['pret a por'te] *m* prêt-à-porter *inv*

pretemporada *f sport* precampionato *m*

preten|cioso, -a *adj* pretenzioso, -a; **~der** *vt* pretendere; aspirare *vi* (**u-c** a qc), chiedere, richiedere; cercare (**u-c** di); (*a una mujer*) voler fidanzarsi con q *vi*, chiedere la mano di q; **~dido, -a** *adj* sedicente, -a; **~diente** *adj/s pol* pretendente; aspirante; corteggiatore; **~sión** *f* pretesa, pretensione, esigenza; *fig* pretesa, presunzione ◊ ***tener la* ~ *de*** avere la pretesa di; ***tener muchas/pocas ~ones*** avere molte/poche pretensioni/pretese

preteri|ción *f ling/filos* preterizione; **~ntencional** *adj jur* preterintenzionale

pretérito, -a 1. *adj* preterito, -a, passato, -a; **2.** *m ling* preterito ◊ **~ *anterior*** trapassato remoto; **~ *imperfecto*** imperfetto; **~ *indefinido/perfecto simple*** passato remoto; **~ *perfecto compuesto*** passato prossimo; **~ *pluscuamperfecto*** trapassato prossimo

pretext|ar *vt* pretestare; **~o** *m* pretesto, scusa *f*, appiglio ◊ ***con el* ~ *de*** col pretesto di, con la scusa di

pretil *m* parapetto

pretina *f* cinturino *m*; cintura ◊ ***meter a alg en* ~** assoggettare/dominare q

pretor *m hist* pretore; **~iano, -a** *adj/m hist* pretoriano, -a; **~io, -a** *adj hist* pretorio, -a

pretura *f hist* pretura

preva|lecer ‹*prevalezco*› V. 13a *vi* prevalere, predominare; crescere; **~erse** prevalersi (**de** di), approfittare *vi* (**de** di)

prevaric|ación (*var.* **prevaricado** *m*) *f* prevaricazione; **~ador, -a** *adj/s* prevaricatore, -trice; **~ar** ‹*prevariqué*› *vi* prevaricare, trasgredire

preven|ción *f* 1. prevenzione; *med* profilassi *inv*; 2. *mil* corpo di guardia *m* ◊ ***de* ~** di riserva; **~ido, -a** *adj* preparato, -a, pronto, -a, predisposto, -a; previdente, cauto, -a, prudente; prevenuto, -a ◊ ***hombre* ~ *vale por dos*** uomo avvisato mezzo salvato; ***persona ~a*** persona previdente; **~ir** ‹*vengo, vienes; vendré; vine; viniendo*› V. 41 **1.** *vt* 1. prevenire; 2. prevedere; avvertire; (*víveres*) provvedere; **2. ~se** prepararsi, premunirsi; anticiparsi; **~tivo, -a** *adj* preventivo, -a

prever ‹*veo; veré; ví, vió; visto; viendo*› V. 42 *vt* prevedere, intuire, presagire

previo, -a *adj* previo, -a ◊ **~ *pago*** previo pagamento

previs|ible *adj* prevedibile; **~ión** *f* previsione ◊ **~ *del tiempo*** previsioni meteorologiche/del tempo, previsione meteorologica/del tempo; **~or, -a** *adj/s* previdente; **~to** V. **prever**

prez (*pl* **preces**) *f/m elev* pregio *m*, onore *m*

prieto, -a 1. *adj* stretto, -a, duro, -a, compatto, -a; **2.** *adj/s* scuro, -a; *Cuba* negro, -a

prima *f* 1. premio *m*; gratifica; 2. (*parentesco*) cugina; 3. *hist/mús* (*hora*) prima ◊ **~ *de seguro*** premio di assicurazione; ***ser u-c* ~ *hermana de otra*** essere qc molto simile all'altra; **~cía** *f* primazia; primato *m*; **~cial** *adj* primaziale; **~da** *f* 1. *coloq* minchioneria; 2. *coloq* beffa; **~do 1.** *m relig* primate!; **2.** *adj* primaziale; **~r** *vi* primeggiare, predominare; **~rio, -a** *adj* primario, -a ◊ ***enseñanza ~a*** scuola primaria/elementare; **~te** *m zool* primate

primavera 1. *f* 1. *meteo tamb. fig* primavera; 2. *bot* primavera, primula; **2.** *adj/s euf/coloq* ingenuo, -a, sciocco, -a; **~l** *adj* primaverile

primer, -a *adj* primo, -a

primera *f* prima ◊ ***a las ~s (de cambio)*** alla prima; ***de* ~** di prim'ordine; ***de buenas a ~s*** improvvisamente, così di colpo, tutto d'un colpo

prime rate ['prajm'rejt] *m banc* prime rate* *inv*, tasso minimo d'interesse

primeriz|a *f* primipara; **~o, -a** *adj/s* principiante, novizio, -a

primero, -a 1. *adj/m* primo, -a; ***capítulo ~*** *capitolo primo*; **2.** *adv* 1. prima; 2. piuttosto; ***~ pediría limosna que pedir prestado*** *piuttosto chiederei l'elemosina che un prestito* ◊ ***a ~s de mes*** ai primi del mese; ***de ~*** al principio; ***lo ~ es lo ~*** ciò che è necessario è necessario

prime time ['prajm'tajm] *m TV* prime time* *inv*, prima serata, orario di maggior ascolto

primicia *f* primizia

primitiv|ismo *m* primitivismo; **~o, -a 1.** *adj/s* primitivo, -a; **2.** *f* (una) lotteria nazionale

primo, -a 1. *m* 1. (*parentesco*) cugino, -a; 2. *coloq/desp* babbeo, -a, stupido, -a; **2.** *adj mat* primo ◊ ***~ hermano*** cugino di primo grado; ***~ segundo*** cugino di secondo grado; ***hacer el ~*** fare la parte dello scemo; ***número ~*** numero primo; **~génito, -a** *adj/s* primogenito, -a; **~genitura** *f* primogenitura

primor *m* 1, bellezza *f*, meraviglia *f*; 2. maestria *f*, accuratezza *f* ◊ ***...que es un ~*** ...che è una meraviglia; **~dial** *adj* primordiale; indispensabile, necessario, -a; **~oso, -a** *adj* accurato, -a; bello, -a, delicato, -a

princeps: ***edición ~*** *f* edizione principe

princesa *f* principessa

princip|ado *m* principato ◊ ***El *~*** *Esp* La Catalogna; **~al 1.** *adj* principale; **2.** *m* superiore ◊ ***(piso) ~*** (*fincas antiguas*) primo piano

príncipe *adj/m* principe ◊ ***~ azul*** principe azzurro; ***~ heredero*** principe ereditario; ***portarse como un ~*** comportarsi da principe

principi|ante *adj/s* principiante; **~ar** ‹*principio*› V. 1 *vt/i* principiare, iniziare; **~o** *m* 1. principio, inizio; origine *f*; 2. *cient/filos* principio ◊ ***a ~s de*** al principio di; ***al ~*** al principio; ***dar ~*** dare principio; ***de ~s*** (*moral*) di principi; ***desde el ~ hasta el fin*** dal principio alla fine; ***en ~*** in principio; ***sin ~s*** (*moral*) senza principi

pring|ado *m jerga* disgraziato, sfigato; **~ar** ‹*pringué*› **1.** *vt* 1. ungere, macchiare d'unto; 2. *fig* mettere in un pasticcio; **2. ~se** 1. compromettersi, cacciarsi in un pasticcio, mettersi nei guai; 2. approfittare *vi* (**de** di); 3. *Am* piovigginare *vi*; **~ón, -ona** *adj/s fig* maiale, -a, sporcaccione, -a; **~oso, -a** *adj* appiccicoso, -a, unto, -a

pringue *m/f* grasso *m*, unto *m*

prior, -a *m/f relig* priore, -a, padre superiore *m*, madre superiora *f*; *hist* priore; **~ato** *m* 1. *relig/hist* priorato; 2. vino del Priorato; **~idad** *f* priorità *inv*, precedenza; *auto* precedenza; **~itario, -a** *adj* prioritario, -a

prisa *f* fretta, rapidità *inv*, premura; urgenza ◊ ***a/de ~*** in fretta; ***correr ~*** essere urgente; ***dar/meter ~ a alg*** dire a q che si sbrighi; ***darse ~*** sbrigarsi, fare in fretta; darsi fretta; ***de ~ y corriendo*** in fretta e furia; ***tener ~*** aver fretta

prisi|ón (*pl* **prisiones**) **1.** *f* prigione, carcere *m*; **2.** *fpl fig* legami *mpl* ◊ ***~ preventiva*** carcere preventivo; ***reducir a ~*** incarcerare; **~onero, -a** *m/f* prigioniero, -a

prism|a *m* prisma; **~ático, -a 1.** *adj* prismatico, -a; **2.** *mpl* (*gemelos*) binocolo *m* ◊ ***anteojos (~s)*** cannocchiale (*m*)

prístino, -a *adj elev* pristino, -a, primitivo, -a

priva|cidad *f* privacy* *inv*; **~ción** *f* privazione ◊ ***pasar ~ones*** vivere in ristrettezze; **~do, -a** *adj/m* privato, -a; **~nza** *f elev* favore *m*, grazia; **~r 1.** *vt* privare, togliere; proibire; **2.** *vi* 1. piacere; 2. *coloq* essere di moda; 3. *jerga* bere (bibite alcoliche) (*estánd*); **3. ~se** privarsi; svenire *vi*; **~tivo, -a** *adj* 1. privativo, -a; 2. proprio, -a, peculiare

privatiz|ación *f* privatizzazione; **~ar** ‹*privaticé*› *vt* privatizzare

privileg|iado, -a *adj/s* privilegiato, -a; **~iar** ‹*privilegio*› V. 1 *vt* privilegiare, favorire; **~io** *m* 1. privilegio; diritto; 2. dote *f*, dono naturale ◊ ***~ de invención*** brevetto d'invenzione; ***~ fiscal*** agevolazione fiscale

pro *m/f* pro *m* ◊ ***el ~ y el contra*** il pro e il contro; ***en ~ de*** a favore di; ***gente/hombre de ~*** gente/uomo per bene; ***persona de ~*** persona utile; **~a** *f nav* prora, prua

proba|bilidad *f* probabilità *inv*; **~bilismo** *m filos* probabilismo; **~ble** *adj* probabile; **~blemente** *adv* probabilmente; **~do, -a** *adj/m* provato, -a, sperimentato, -a; *fig* provato, -a; **~dor** *m* camerino di prova; **~nte** *adj* probante; **~r 1.** *vt* provare; (*comida*) assaggiare; **2.** *vi* provare (**a** a), cercare (**a** di); (*salud*) andare (bene/male); ***¿Cómo te prueba?*** *Come ti va?* ◊ ***no ~ bocado*** non prendere/mangiare niente

probatori|a *f jur* tempo probatorio *m*; **~o, -a** *adj jur* probatorio, -a

probeta *adj/f* provetta ◊ ***niño ~*** bambino in provetta

probidad *f* probità *inv*

problem|a *m mat tamb. fig* problema; *fig* questione *f* ◊ ***plantear un ~*** impostare un problema; ***resolver un ~*** risolvere un problema; **~ática** *f* problematica; **~aticidad** *f* problematicità *inv*; **~ático, -a** *adj* problematico, -a; **~atismo** *m filos* problematicismo, problematismo (*raro*)

probo, -a *adj elev* probo, -a, retto, -a

probóscide *f zool* proboscide

proboscidios *mpl zool* proboscidati

proca|cidad *f* procacità *inv*; **~ína®** *f farma* procaina; **~z** *adj* procace, sfrontato, -a, sfacciato, -a

proced|encia *f* 1. procedenza, provenienza, origine; 2. *jur* opportunità *inv*; **~ente** *adj* 1. procedente, proveniente; 2. *jur* opportuno, -a; **~er 1.** *vi* 1. procedere (**de** da), provenire (**de** da), derivare (**de** da); 2. procedere, andare avanti, comportarsi; *jur* procedere; **2.** *m* il procedere, procedimento ◊ ***no procede*** *jur* non è opportuno; **~imental** *adj* procedurale; **~imiento** *m* procedimento, svolgimento, corso; metodo; *jur* procedura *f*, procedimento, processo

prócer 1. *adj* eminente, elevato, -a; **2.** *m* magnate, nobile

proces|ado, -a 1. *adj/s* processato, -a, imputato, -a, reo, -a; **2.** *m* 1. *foto* sviluppo; 2. *informát* word processing* *inv*; **~ador** *m* processore ◊ **~ *de textos*** word processor*, programma di trattamento testi/dati; **~al** *adj* processuale; **~amiento** *m jur/tecn* processo; *jur* condanna *f*; **~ar** *vt* processare, sottoporre a processo; *informát* elaborare; **~ión** *f relig tamb. fig* processione ◊ **~ *cívica*** corteo; ***la ~ va por dentro*** ha una spina nel cuore; ***no se puede repicar y estar en la ~*** non si può voler cantare e portar la croce; **~ionaria** *f zool* processionaria; **~o** *m jur* processo, causa *f*; *med* processo, evoluzione *f*; *tecn* processo; (*tiempo*) trascorso ◊ **~ *de datos*** *informát* data processing*; **~ *de fabricación*** processo di fabbricazione; ***Centro de ~ de Datos*** Centro Elaborazione Dati; ***vestir un ~*** *jur* istruire un processo

proclama 1. *f* proclama *m* (!), editto *m*, bando *m*; **2.** *fpl* pubblicazioni matrimoniali; **~ción** *f* proclamazione; **~r** *vt* proclamare

procl|isis *f inv ling* proclisi; **~ítico, -a** *adj ling* proclitico, -a; **~ive** *adj* proclive, propenso, -a

procre|ación *f* procreazione; **~ar** *vt* procreare, generare

procura (*var.* **procuración**) *f jur* procura, mandato *m*; **~dor** *m jur* procuratore ◊ **~ *en Cortes*** *Esp hist* deputato alle Cortes; **~duría** *f* (*cargo y despacho*) procura ◊ ***~ General del Estado*** *Am* Procura Generale dello Stato; **~r** *vt* procurare, tentare *vt/i*; procurare, procacciare; **~torio, -a 1.** *adj/s jur* procuratore, -trice; **2.** *adj* procuratorio, -a

prodig|alidad *f* prodigalità *inv*, liberalità *inv*; **~ar** ‹*prodigué*› *vt* prodigare; **~io** *m* prodigio, portento; **~ioso, -a** *adj* prodigioso, -a, portentoso, -a

pródigo, -a *adj/s* prodigo, -a; dissipatore, -trice, scialacquatore, -trice ◊ ***hijo ~*** *relig tamb. fig* figliuol prodigo

proditorio, -a *adj* proditorio, -a

pródromo *m med* prodromo

produc|ción *f* produzione ◊ **~ *en serie, en pequeña escala*** produzione in serie, su piccola scala; **~ir** ‹*produzco; produje; produciendo*› V. 20 *vt* produrre, dare; *econ* produrre, rendere; creare; *jur* presentare; **~tividad** *f* produttività *inv*; **~tivismo** *m econ/pol* produttivismo; **~tivo, -a** *adj* produttivo, -a; **~to, -a 1.** *m* prodotto; *econ* provento *m*, entrata *f*; **2.** *pp/adj* prodotto, -a ◊ **~ *acabado*** prodotto finito; **~ *nacional*** prodotto/reddito nazionale; **~tor, -a** *adj/s* produttore, -trice

produje, produzco V. **producir**

proemio *m* proemio, prefazione *f*

proeza *f* prodezza

Prof. (*Profesor*) *abr* Prof. (*Professore*)

Profa. (*Profesora*) *abr* Prof.ssa (*Professoressa*)

profan|ación *f* profanazione, violazione; **~ador, -a** *adj/s* violatore, -trice; **~ar** *vt* profanare, violare; **~o, -a** *adj/s* profano, -a

profe *m/f* prof *inv*; **~cía** *f* profezia, predizione; **~ticio, -a** *adj* profettizio, -a; **~rir** ‹*profiero; profirió; profiriendo*› V. 10 *vt* proferire, pronunziare

profes|ar 1. *vt* professare, dimostrare, esercitare; **2.** *vi relig* pronunziare i voti; **~ión** *f* professione; **~ional 1.** *adj* professionale; **2.** *m/f* professionista; **~ionalidad** *f* professionalità *inv*; **~ionalismo** *m* professionismo; **~o, -a** *adj/s relig* professo, -a; **~or, -a** *m/f* (*secundaria y univ*) professore *m*, professoressa *f*; (*primaria y secundaria*) insegnante ◊ **~ *visitante*** visiting professor*; **~orado** *m* 1. *adm* corpo insegnanti; 2. (*cargo*) professorato; **~oral** *adj* professorale

profeta *m* profeta ◊ ***ser (alg) ~ en su tierra*** essere (q) profeta in patria

profético, -a *adj* profetico, -a

profet|isa *f* profetessa; **~zar** ‹*profeticé*› *vt* profetizzare, predire, vaticinare

proficuo, -a *adj* proficuo, -a

profiero V. **proferir**

profil|áctico, -a *adj/m* profilattico, -a; **~axis** *f inv med* profilassi

profirió V. **proferir**

profiterole *m* profiterole* *inv*

pro forma *adj inv* proforma

prófugo, -a *adj/s* profugo, -a

profund|idad *f* profondità *inv* ◊ ***en ~*** in profondità; **~ización** *f* approfondimento *m*; **~izar** ‹*profundicé*› *vt fig* approfondire; scavare; **~o, -a** *adj* profondo, -a ◊ ***en lo ~*** in profondità, nelle profondità

profus|ión *f* profusione, copia, abbondanza; **~o, -a** *adj* profuso, -a

progeni|e *f elev* progenie *inv*, prole, stirpe; **~tor, -a** (*pl* **progenitores**) **1.** *m/f* progenitore, -trice; **2.** *mpl* 1. genitori; 2. antenati

progesterona *f biol* progesterone *m*

prognatismo *m* prognatismo

program|a *m* programma; **~ación** *f* programmazione; *cine* programma *m* ◊ **~ *de televisión*** palinsesto; **~ador, -a 1.** *adj/s* programmatore, -trice; **2.** *m tecn* programmatore; **~ar** *vt* programmare; **~ático, -a** *adj* programmatico, -a

progre 1. *adj coloq* progressista, di sinistra, aperto, -a; **2.** *m/f* persona progressista/di sinistra *f*

progres|ar *vi* progredire, migliorare, avanzare; **~ión** *f mat* progressione; **~ismo** *m pol* progressismo; **~ista** *adj/s pol* progressista; **~ividad** *f* progressività *inv*; **~ivo, -a** *adj/m* progressivo, -a; **~o** *m* progresso

prohibi|ción *f* proibizione, divieto *m*; **~cionismo** *m* proibizionismo; **~cionista** *adj/s* proibizionista, proibizionistico, -a; **~do, -a** *pp/adj* proibito, -a, vietato, -a, interdetto, -a ◊ **~ *el paso*** divieto di transito; **~ *estacionar*** divieto di sosta; **~ *fumar*** vietato fumare; **~r** ‹*prohíbo*› *vt* proibire, vietare, impedire; **~tivo, -a** *adj* proibitivo, -a

prójim|a *f* 1. *coloq* donnicciola; 2. *jerga/desp* moglie (*estánd*); **~o** *m* prossimo

prolapso *m med* prolasso

prole *f* prole; **~gómenos** *mpl* prolegomeni; **~psis** *f inv lit/ling/filos* prolessi

proletarliado *m* proletariato; **~io, -a** *adj/s* proletario, -a

proliferlación *f* proliferazione; **~ar** *vi* proliferare

prolífero, -a *adj* prolifero, -a

prolífico, -a *adj* prolifico, -a

prolijlidad *f* prolissità *inv*; **~o, -a** *adj* prolisso, -a

prologar ‹*prologué*› *vt* scrivere il prologo

prólogo *m* prologo

prologuista *m/f* prefatore, -trice

prolonglación *f* prolungamento *m*, allungamento *m*; *mús* prolungazione; **~ado, -a** *adj* allungato, -a, prolungato, -a; oblungo, -a; **~ador, -a 1.** *adj/s* prolungatore, -trice; **2.** *m tecn* prolunga *f*; **~amiento** *m* allungamento; **~ar** ‹*prolongué*› **1.** *vt* prolungare, allungare; **2. ~se** dilungarsi; **~o** *m* media *f*; termine medio

promedilar ‹*promedio*› V. 1 *vt* fare la media *vi*; **~o** *m* media *f*

promesa *f* promessa; *relig* voto *m*

prometledor, -a *adj* promettente; **~er 1.** *vt* promettere; **2. ~se** promettersi in matrimonio, fidanzarsi; **~ida** *f* fidanzata; **~ido** *m* 1. fidanzato; 2. promessa *f*

prominenlcia *f* prominenza, sporgenza, elevazione; **~te** *adj* prominente, sporgente; *fig* illustre

promiscluidad *f* promiscuità *inv*; mescolanza; **~uo, -a** *adj* promiscuo, -a

promisión *f* promessa ◊ ***tierra de ~*** terra promessa

promocilón *f econ/sport/adm* promozione; *com* promotion*; *fig* miglioramento *m* ◊ ***compañero de mi ~*** compagno di studi/di corso; **~onal** *adj* promozionale; **~onar** *vt* promuovere, incrementare; incentivare, promozionare; sponsorizzare

promontorio *m* promontorio

promotor, -a (*var.* **promovedor, -a**) *adj/s* promotore, -trice ◊ ***~ de la fe*** promotore della fede

promover ‹*muevo*› V. 9a *vt* promuovere, favorire; promuovere, elevare di grado

promulglación *f* promulgazione; **~ar** ‹*promulgué*› *vt* promulgare; diffondere, divulgare

pronomlbre *m ling* pronome; **~inal** *adj ling* pronominale; **~inalizar** ‹*pronominalicé*› *vt ling* pronominalizzare

pronosticar ‹*pronostiqué*› *vt* pronosticare, predire

pronóstico *m* pronostico, predizione *f*; *med* prognosi *f inv* ◊ ***~ reservado*** prognosi riservata

prontitud *f* prontezza, rapidità *inv*, prestezza

pronto, -a 1. *adj* 1. rapido, -a, lesto, -a, veloce; 2. pronto, -a, preparato, -a; ***la comida está ~a*** *il pranzo è pronto*; ***estar ~ para salir*** *essere pronto a uscire*; **2.** *m* scatto, impulso; *coloq* attacco; **3.** *adv* presto, subito ◊ ***al ~*** a prima vista; ***de ~*** all'improvviso; ***más ~, más tarde*** prima o poi; ***por de ~/por lo ~*** per ora; ***tan ~ como*** appena

prontuario *m* prontuario ◊ ***~ de tarifas*** tariffario

pronuncialción *f* pronuncia, pronunzia; **~do, -a** *adj* marcato, -a; **~miento** *m* pronunciamento; *jur* pubblicazione di sentenza *f* ◊ ***de previo y especial ~*** *jur* sentenza interlocutoria; **~r** ‹*pronuncio*› V. 1 **1.** *vt* pronunciare, pronunziare; *jur* emettere; **2. ~se** dichiararsi, pronunziarsi

propagalción *f* propagazione, diffusione;; **~dor, -a** *adj/s* propagatore, -trice; **~nda** *f pol* propaganda; *com* pubblicità *inv*, réclame *inv*; **~ndista** *adj/s* propagandista; **~ndístico, -a** *adj* propagandistico, -a; **~r** ‹*propagué*› *vt* propagare, diffondere

propalar *vt* propalare, divulgare

propano *m quím* propano; **~na** *f quím* propanone *m*

proparoxítono, -a *adj ling* proparossitono, -a

propasar 1. *vt* oltrepassare; **2. ~se** passare i limiti *vi*; mancare di rispetto (**con alg** verso q)

propedéuticla *f* propedeutica; **~o, -a** *adj* propedeutico, -a

propenlder *vi* propendere, tendere, inclinarsi; **~sión** *f* propensione, inclinazione, simpatia; **~so, -a** *adj* propenso, -a, incline

propergol *m quím* propergolo

propicilación *f* propiziazione; **~ador, -a** *adj/s* propiziatore, -trice; **~ar** ‹*propicio*› V. 1 *vt* propiziare, cattivare; **~atorio, -a** *adj* propiziatorio, -a; **~o, -a** *adj* propizio, -a, favorevole, fausto, -a

propieldad *f* proprietà *inv* ◊ ***~ horizontal*** condominio; ***~ intelectual*** proprietà intellettuale, diritti d'autore; ***~ pública*** proprietà pubblica; ***la ~*** il proprietario; ***nuda ~*** *jur* proprietà senza usufrutto; ***vestir con ~*** vestire con proprietà; **~tario, -a** *m/f* proprietario, -a; (*empleo*) titolare

propileno *m quím* propilene

propina *f* mancia ◊ ***dar (la) ~*** dare la mancia; ***de ~*** di giunta; **~r** *vt* amministrare ◊ ***~ una paliza*** *irón* dare una bastonata

propincuo, -a *adj elev* propinquo, -a

propio, -a *adj* stesso, -a, proprio *adv/adj*; ***me lo ha dicho el ~ ministro*** *me l'ha detto proprio il ministro, me l'ha detto il ministro stesso/il ministro in persona*; caratteristico, -a; ***el calor es ~ del verano*** *il calore è caratteristico/proprio dell'estate*; adatto, -a; ***ese traje no es ~ para el trabajo*** *questo vestito non è appropriato/adatto per il lavoro*; naturale; ***está muy ~ en la fotografía*** *è venuto naturale nella fotografia*; *mat* (*número*) proprio, -a ◊ ***de ~*** apposta

proponlente *adj/s* proponente; **~er** ‹*pongo; pondré; puse; puesto*› V. 32 **1.** *vt* proporre; **2. ~se** aspirare *vi* (**u-c** a qc); decidere *vi* (**u-c** di fare qc), avere l' intenzione *vi* (**u-c** di fare qc)

proporcilón *f* proporzione ◊ ***en ~*** in proporzione; **~onado, -a** *adj* proporzionato, -a ◊ ***bien/mal ~*** ben/mal proporzionato; **~onal** *adj* proporzionale; **~onalidad** *f* proporzionalità *inv*; **~onar** *vt* 1. proporzionare, adeguare; 2. dare, fornire, somministrare

proposición *f* 1. *ling* proposizione; 2. *mat* teorema *m*, proposizione; 3. *fig* proposizione, proposta
propósito *m* proposito, intenzione *f*; scopo, fine ◊ ***¡A ~!*** A proposito!; ***a ~*** *adv* adatto; apposta; ***a ~ de*** a proposito di; ***de ~*** apposta, di proposito; ***fuera de ~*** fuori di proposito, inopportuno
propuest|a *f* proposta, proposizione; **~o** V. **proponer**
propugnar *vt* propugnare, sostenere, difendere
propuls|ar *vt tecn tamb. fig* propulsare, propellere; *fig* spingere; **~ión** *f* propulsione; *fig* spinta, propulsione ◊ ***~ a chorro, a reacción*** propulsione a getto, a razzo; **~or, -a** *adj/s* propulsore, -a
prorrat|a *f* parte proporzionale ◊ ***a ~*** a parti proporzionali; **~ear** *vt* dividere in parti proporzionali; **~eo** *m* divisione in parti proporzionali *f*
prórroga *f* proroga, dilazione; *sport* tempi supplementari *mpl*
prorrog|able *adj* prorogabile; **~ar** ‹*prorrogué*› *vt* prorogare, rinviare, dilazionare
prorrumpir *vi* prorompere, scoppiare ◊ ***~ en llantos*** scoppiare a piangere
prosa *f* prosa; **~ico, -a** *adj* prosaico, -a
prosapia *f* prosapia, lignaggio *m*
proscenio *m teat tamb. fig* proscenio
proscri|bir ‹*proscrito*› V. 25 *vt* proscrivere, esiliare, bandire; **~pción** *f* proscrizione, bando *m*; **~to, -a** (*var.* **proscripto**) *adj/s* proscritto, -a
prosecución *f* prosecuzione, continuazione, proseguimento *m*
proseguir ‹*sigo; siguió; siga; siguiendo*› V. 12 *vt* proseguire, continuare
proselitis|mo *m* proselitismo; **~ta** *adj/s* proselitista
prosélito, -a *m/f* proselito, -a, seguace
prosigo, prosiguió V. **proseguir**
prosista *m/f* prosatore, -trice
prosodia *f ling* prosodia
prosódico, -a *adj* prosodico, -a
prosopopeya *f lit tamb. fig* prosopopea
prospec|ción *f* prospezione; **~to** *m* prospetto, programma; *med* prospetto
prosper|ar *vi tamb. fig* prosperare; **~idad 1.** *f* prosperità *inv*; benessere *m*; **2.** *fpl* auguri (di prosperità) *mpl*
próspero, -a *adj* prospero, -a, fiorente, favorevole
próstata *f med* prostata
prostati|smo *m med* prostatismo; **~tis** *f inv med* prostatite *f*
prostern|ación *f* prosternazione; **~arse** inchinarsi, prosternarsi
prostibulario, -a *adj* da prostibolo
prostíbulo *m* bordello, casa di prostituzione *f*
prostitu|ción *f* prostituzione; **~ir** ‹*prostituyo; prostituyó; prostituyendo*› V. 14 *vt* prostituire; **~ta** *f* prostituta; **~to** *m* prostituto
protagon|ismo *m* protagonismo; **~ista** *m/f* protagonista; **~izar** ‹*protagonicé*› *vt* interpretare, recitare; essere il protagonista
protalo (*var.* **prótalo**) *m bot* protallo
prótasis *f inv ling* protasi
protec|ción *f* protezione; difesa, aiuto *m* ◊ ***~ civil*** protezione civile; ***~ de menores*** protezione dell'infanzia abbandonata; **~cionismo** *m econ* protezionismo; **~cionista** *adj/s econ tamb. fig* protezionista; **~tor, -a** *adj/s* protettore, -trice; **~torado** *m hist* protettorato
proteg|er ‹*protejo*› *vt* 1. proteggere (**de/contra** da/contro), difendere (**de/contra** da/contro), aiutare (**de/contra** da/contro); 2. *econ* favorire, fomentare; **~ido, -a** *adj/s* protetto, -a, favorito, -a
proteico, -a *adj* proteico, -a
proteín|a *f* proteina; **~ico, -a** *adj quím* proteinico, -a
protervi|a *f elev* protervia; **~o, -a** *adj elev* protervo, -a
protésico, -a 1. *adj* protesico, -a; **2.** *m/f* odontotecnico
prótesis *f inv* protesi
protest|a *f* protesta; **~ación** *f* protestazione, protesta; **~ante** *adj/s* (*tamb. relig*) protestante; **~antismo** *m relig* protestantesimo; **~ar** *vi* protestare, reclamare; *com* protestare; dichiarare; **~o** *m com* (*letra*) protesto
protoactinio *m quím* protoattinio
protocol|ario, -a *adj* protocollare; **~izar** ‹*protocolicé*› *vt jur* protocollare; **~o** *m* protocollo
protoestrella *f astron* protostella
protoindustrial *adj* protoindustriale
protomártir *m/f* protomartire
protombrina *f biol/quím* protombrina
prótomo (*var.* **protomo**) *m arte* protome
protón *m fís* protone
protónico, -a *adj ling* protonico, -a
protonotario *m hist* protonotario, protonotaro
protoplasma *m biol* protoplasma
prototipo *m* prototipo, modello
protozoo *m zool* protozoo
protráctil *adj zool* protrattile
protuberan|cia *f* protuberanza; **~te** *adj* protuberante, sporgente
proustiano, -a [prus'tjano] *adj/s* proustiano, -a
proustita *f min* proustite*
Prov. (*provincia*) *abr* Prov. (provincia)
provecho *m* profitto, vantaggio, beneficio; progresso ◊ ***¡Buen ~!*** Buon appetito!; ***de ~*** utile; ***en ~ de*** in beneficio di; ***en ~ propio*** a vantaggio proprio; ***sacar ~*** trarre profitto; **~so, -a** *adj* utile, proficuo, -a, vantaggioso, -a
provecto, -a *adj* (*edad*) provetto, -a
prove|edor, -a *m* fornitore, -trice; **~eduría** *f* 1. magazzino *m*; 2. provveditorato *m*; **~er** ‹*veo; vi, viste, vio; viendo; visto*› V. 42 *vt* provvedere *vi*; fornire, rifornire, procurare
proveni|encia *f* provenienza; **~ente** *adj* proveniente (**de** da); **~r** ‹*vengo, vienes; vendré; vine; viniendo*› V. 41 *vi* provenire (**de** da), procedere (**de** da)
Provenza *f geogr* Provenza
provenzal *adj/m* provenzale

proverbi|al *adj* proverbiale; **~o** *m* proverbio, adagio, detto
providencia *f* provvidenza; *jur* provvedimento *m*; **~l** *adj* provvidenziale; **~lismo** *m* provvidenzialismo; **~r** ‹*providencio*› V. 1 *vt elev* provvedere *vi* (**u-c** a qc)
providente *adj elev* provvidente
próvido, -a *adj elev* provvido, -a
provincia *f* provincia; **~l** *adj/m* provinciale; **~lismo** *m* provincialismo; **~nismo** *m* provincialismo; **~no, -a** *adj/s tamb. desp* provinciale
provisión *f* provvisione, provvista, vettovaglia; *jur* ordinanza; provvedimento *m*
provisional (*var.* **provisorio, -a**) *adj* provvisorio, -a; **~idad** *f* provvisorietà *inv*
provisorio V. **provisional**
provisto, -a *adj* provvisto, -a
provoca|ción *f* provocazione; **~dor, -a** *adj/s* provocatore, -trice; **~r** ‹*provoqué*› **1.** *vt* provocare, istigare, incitare; promuovere, facilitare, invitare *vi*; **2.** *vi Am Merid* gradire *vt*, aver voglia di; **~tivo, -a** *adj* provocativo, -a
proxémica *f* prossemica
proxeneta *m/f* prosseneta
proxenetismo *m* prossenetismo
proximidad *f* prossimità *inv*, vicinanza
próximo, -a *adj* prossimo, -a, vicino, -a; (*tiempo*) prossimo, -a
proyec|ción *f* proiezione; *mat* previsione; **~tar** *vt cient/cine* proiettare; ideare, progettare; **~til** *m* proiettile; **~tista** *m/f* progettista; **~to 1.** *m* progetto, piano, disegno; **2.** *pp/adj* proiettato, -a ◊ ***~ de ley*** proposta di legge; **~tor** *m* proiettore
pruden|cia *f* prudenza, saggezza, senno *m*; **~cial** *adj* prudenziale; **~te** *adj* prudente, cauto, -a; moderato, -a
prueb|a *f* 1. prova; 2. *impr* bozza; 3. *cine* provino *m* ◊ ***~ de alcoholemia*** controllo di alcolemia; ***~ de imprenta*** bozza; ***a ~ de bombas*** a prova di bomba; ***a ~*** in prova; ***en ~ de*** come prova di; ***poner a ~*** mettere alla prova; ***recibir a ~*** *jur* ammettere le prove; **~o** V. **probar**
prurig|inoso, -a *adj med* pruriginoso, -a; **~o** *m med* prurigine *f*
prurito *m med tamb. fig* prurito
Prusia *f geogr* Prussia
prusiano, -a *adj/s* prussiano, -a
P.S. (*post scriptum*) *abr* P.S. (*postscriptum*)
PSAN (*Partit Socialista d'Alliberament Nacional*) *abr/m* ="partito nazionalista catalano radicale di sinistra"
pseudo... V. **seudo...**
pseudocultura *f* pseudocultura
pseudónimo *m* pseudonimo
psicastenia *f med* psicastenia
psico|análisis *m/f inv* psicoanalisi *f inv*, psicanalisi *f inv*; **~analista** *adj/s* psicoanalista; **~analítico, -a** *adj* psicanalitico, -a; **~analizar** ‹*psicoanalicé*› *vt* psicoanalizzare; **~délico, -a** *adj* psichedelico, -a; **~diagnóstico** *m* psicodiagnostica *f*; **~fármaco** *m* psicofarmaco; **~física** *f* psicofisica
psicógeno, -a *adj med* psicogeno, -a
psicolingüístic|a *f* psicolinguistica; **~o, -a** *adj ling* psicolinguistico, -a
psicología *f* psicologia
psicológico, -a *adj* psicologico, -a
psicólogo, -a *m/f* psicologo, -a
psicometría *f* psicometria
psicomo|tor, -a *adj* psicomotorio, -a; **~torio, -a** *adj* psicomotorio, -a; **~tricidad** *f* psicomotricità *inv*
psicópata *m/f* psicopatico, -a *adj/s*
psicopático, -a *adj* psicopatico, -a
psicopatología *f med* psicopatologia
psicosis *f inv* psicosi
psicosomático, -a *adj* psicosomatico, -a
psicotécnico, -a: test ~ *m* test attitudinale
psicotera|peuta *m/f* psicoterapista; **~éutico, -a** *adj* psicoterapico, -a; **~ia** *f* psicoterapia
psicoterápico, -a *adj* psicoterapico, -a
psicótico, -a *adj* psicotico, -a
psique (*var.* **psiquis** *f inv*) *f* psiche
Psique *f mitol* Psiche
psiquiatr|a *m/f* psichiatra; **~ía** *f* psichiatria
psiquiátrico, -a 1. *adj* psichiatrico, -a; **2.** *m* ospedale psichiatrico
psíquico, -a *adj* psichico, -a
psiquis V. **Psique**
PSOE [pe'soe, 'soe] (*Partido Socialista Obrero Español*) *abr/m*
psoriaris *f inv* psoriasi
PSP (*Partido Socialista Popular*) *abr/m*
PSS (*Prestación Social Sustitutoria*) *abr* S.C. (*Servizio civile*)
PSUC (*Partit Socialista Unificat de Catalunya*) *abr/m* ="partito comunista catalano"
pta. (*peseta*) *abr* peseta
PTE (*Partido del Trabajo de España*) *abr/m* ="partito di estrema sinistra"
pterodáctilo [tero'daktilo] *m* pterodattilo
ptolemaico V. **tolemaico**
Ptolomeo [tolo'meo] *m* Tolomeo
pts. (*var.* **ptas.**) (*pesetas*) *abr* pesete
púa *f* 1. punta, spina, aculeo *m*; 2. dente di pettine *m*; 3. *mús* plettro *m* ◊ ***alambre de ~s*** filo spinato; ***saber cuántas ~s tiene un peine*** saperla lunga; ***ser una buena ~*** *coloq* essere un volpone
¡puaf! *excl desp* puàf!, puah!
pub [pab] *m* pub *inv*, bar *inv*
púber *adj/s* pubere
puber|al *adj med* puberale; **~tad** *f* pubertà *inv*
pubescente *adj bot/med elev* pubescente
púbico, -a *adj* pubico, -a
pubis *m inv med* pube *m*
public|ación *f* pubblicazione; **~ar** ‹*publiqué*› *vt* pubblicare
publici|dad *f* pubblicità *inv*, réclame* *inv* ◊ ***~ engañosa*** pubblicità ingannevole; ***dar ~ a u-c*** fare pubblicità a qc; **~smo** *m* pubblicistica *f*; **~sta** *m/f* pubblicista; **~tar** *vt* pubblicizzare, reclamizzare; **~tario, -a** *adj/m* pubblicitario, -a

público, -a 1. *adj* pubblico, -a, notorio, -a, manifesto, -a; **2.** *m* pubblico ◊ ***en ~*** in pubblico; ***la opinión ~a*** l'opinione pubblica; ***salud ~a*** salute pubblica

public relations ['public re'lejʃons] **1.** *fpl* public relations *inv*, pubbliche relazioni; **2.** *m/f* public relations *inv*

pucher|azo *m pol* broglio elettorale; **~o** *m* 1. pentola *f*; 2. *gastr* ="brodo spagnolo"; 3. il mangiare ◊ ***~ de enfermo*** *coloq/fig* zuppa spirituale; ***hacer ~s*** *coloq* accennare a piangere

pucho *m Am* cicca *f*, mozzicone ◊ ***a ~s*** a spizzico; ***no valer un ~*** non valere una cicca; ***sobre el ~*** subito

puchuela *f Ecu* bazzecola

pudding ['pudin] *m* budino, pudding* *inv*

pude V. **poder**; **~lación** *f metal* puddellaggio *m*, puddellazione; **~lar** *vt metal* puddellare; **~ndo, -a** *adj* pudendo, -a, indecente

pudibund|ez *f* pudicizia, pudore affettato *m*; **~o, -a** *adj* pudibondo, -a

pudicia *f* pudore *m*

púdico, -a *adj* pudico, -a, casto, -a

pudien|do V. **poder**; **~te** *adj/s* potente, ricco, -a, agiato, -a

pudiera V. **poder**

pudín V. **pudding**

pudo V. **poder**; **~r** *m* pudore; **~roso, -a** *adj* pudibondo, -a, pudico, -a

pudri|ción *f* putrefazione; **~dero** *m* 1. mondezzaio; 2. (*cementerio, catedral*) camera mortuaria *f*; **~miento** *m* putrefazione *f*; **~r** ‹*podrido*› *vt* imputridire, marcire, corrompere ◊ ***¡que te pudras!*** Crepa!; ***no decir (a alg) (por) ahí te pudras*** *coloq* non dire (a q) neanche crepa

pudú (*var.* **pudu**) *m zool* pudu *inv*

puebl|erino, -a *m/f tamb. desp* contadinotto, -a; **~o** *m* 1. (*lugar*) paese; 2. (*gente*) popolo ◊ ***~ de mala muerte*** paesaccio; ***gente del ~*** popolino; ***ser de ~*** *coloq/desp* essere contadinotto

pueda, puede, puedo V. **poder**

puente *m* 1. ponte; 2. *fig* ponte, collegamento ◊ ***~ aéreo*** ponte aereo; ***~ colgante*** ponte pensile, ponte sospeso; ***~ giratorio*** ponte girevole; ***~ levadizo*** ponte levatoio; ***cabeza de ~*** testa di ponte; ***hacer ~*** *fig* fare il ponte; ***tender un ~*** gettare un ponte; ***tender ~s*** tendere ponti

puerco, -a 1. *adj desp/fig* porco, -a, maiale, -a, scrofa *f* (*vulg*), troia *f* (*vulg*); **2.** *m zool* porco, maiale; **3.** *f zool* scrofa, troia ◊ ***~ montés/salvaje*** cinghiale, porco selvatico; **~espín** *m* porcospino

pueri|cultor, -a *m/f* puericultore, -a; **~cultura** *f* puericultura; **~l** *adj* puerile, infantile; **~lidad** *f* puerilità *inv*; ingenuità *inv*; sciocchezza

puérpera *f med elev* puerpera

puerperal *adj med* puerperale

puerperio *m med* puerperio

puerro *m* 1. *bot* porro; 2. *jerga drog* spinello, canna *f*

puerta *f* porta; uscio *m* ◊ ***~ corrediza*** porta scorrevole; ***~ trasera/de servicio*** porta di servizio; ***a ~ cerrada*** *jur* a porte chiuse; ***a las ~s*** *fig* alle porte; ***abrir la ~ a u-c*** *fig* aprire le porte a qc; ***cerrarse (alg) las ~s*** *fig* chiudersi (q) da solo le porte; ***coger la ~*** *coloq/fig* prendere la porta; ***darle con la ~ en las narices a alg*** sbattere/chiudere la porta in faccia a q; ***echar las ~s abajo*** sfondare la porta; ***en ~s*** alle porte, sul punto di; ***enseñar la ~ a alg*** indicare la porta a q; ***ir de ~ en ~*** andare di porta in porta; ***llamar a la ~ de alg*** battere alla porta di q; ***poner a alg en la ~*** mettere q alla porta; **~ventana** *f* portafinestra, porta finestra

puerto *m* 1. *nav tamb. fig* porto; 2. passo, varco, gola *f*, valico; 3. *informát* porta *f* ◊ ***~ de escala*** *nav* porto di scalo; ***~ de matrícula*** *nav* porto d'immatricolazione; ***~ franco*** *nav* porto franco; ***~ seco*** interporto, porto secco; ***llegar a ~*** *tamb. fig* giungere in porto; ***naufragar en el ~*** *fig* fare naufragio in porto; ***tomar ~*** approdare

Puerto Rico *m geogr* Portorico

puertorriqueño, -a *adj/s* portoricano, -a

pues *conj/adv* 1. giacché, poiché; ***sufre la pena, ~ cometiste la culpa*** *sopporta il castigo giacché commettesti la colpa*; 2. dunque, quindi, allora; ***¡~ se salió con la suya!*** *Dunque, ha ottenuto ciò che voleva!*; ebbene, allora, bene; ***¿No quieres oír mis consejos? ~ llorarás algún día*** *Non vuoi ascoltare i miei consigli? Ebbene/allora un giorno piangerai*; 3. e così; ***~, como iba diciendo*** *e così, come stavo dicendo* ◊ ***~ bien*** allora bene; ***¿~ cómo?*** Come mai?; ***~ sí*** ebbene sì

pues|ta *f* 1. (*juego*) posta; 2. *zool* covata ◊ ***~ de largo*** entrata in società; ***~ de(l) sol*** tramonto; ***~ en escena*** messa in scena, messainscena; ***~ en marcha*** messa in moto, messa in marcia; **~o, -a 1.** *m* posto; luogo; **2.** *pp/adj* posto, -a; aggiustato, -a ◊ ***~ de mando, de control, de honor...*** posto di comando, di controllo, d'onore...; ***~ de verduras*** (*mercado*) banco di verdura; ***~ que*** *conj* posto che, giacché, poiché; ***estar en su ~*** stare al proprio posto; ***lo ~*** ciò che si indossa

puf 1. *m* pouf* *inv*, puf *inv*; **2.** *excl* puf!

púgil *m* pugile

pugil|ato *m* pugilato, boxe* *inv*; **~ismo** *m* pugilato; **~ista** *m* pugile

pugna *f* pugna, lotta ◊ ***estar en ~*** essere in pugna, essere in opposizione; **~r** *vi* lottare, combattere, pugnare ◊ ***~ por u-c*** sforzarsi per qc, dibattersi per qc

puja *f* 1. spinta, sforzo *m*; 2. *com* (*subasta, contrata*) offerta ◊ ***sacar de la ~ a alg*** superare q; **~nte** *adj* possente, esuberante, rigoglioso, -a, vigoroso, -a; **~nza** *f* forza, potenza, vigore *m*, possanza (*elev/ant*); **~r 1.** *vt* spingere, sforzare; offrire/aumentare il prezzo *vi*; **2.** *vi* sforzarsi

pularda *f zool* pollastra ben pasciuta

pulchinela *m* pulcinella

pulcr|itud *f elev* bellezza; *elev* cura, diligenza, correttezza, eleganza; **~o, -a** *adj* pulcro, -a (*elev*), bello, -a, pulito, -a

pulga *f* 1. *zool* pulce; 2. ="panino minuscolo"; 3. (*juego*) trottolina ◊ ~ ***de agua*** *zool* pulce d'acqua; ***buscarle las ~s a alg*** cercare le pulci a q; ***estar de malas ~s*** essere di cattivo umore; ***poner/echar a alg la ~ detrás de la oreja*** mettere una pulce nell'orecchio a q; ***sacudirse las ~s*** togliersi d'addosso le responsabilità; ***tener ~s*** avere il diavolo addosso; ***tener malas ~s*** avere un cattivo carattere; essere permaloso; **~da** *f* pollice *m*; **~r** *adj/m* 1. (*medida*) pollice; 2. (*pie*) alluce ◊ ***por sus ~es*** con le proprie mani

Pulgarcito *m lit* Pollicino

pulgón *m zool* gorgoglione, pidocchio delle piante, afide

pulgoso, -a *adj* pulcioso, -a

pulguera *f* pulciaio *m*

pulido, -a 1. *adj* bello, -a, grazioso, -a; **2.** *m* lucidatura *f*, pulimentazione *f*; **~r, -a** *m/f* lucidatore, -trice

pulimentl|ar *vt* pulimentare, levigare; brunire; **~o** *m* pulimento, levigatura *f*

pulir *vt* 1. *tecn* (*suelo*) lucidare, levigare, pulimentare; 2. rifinire, perfezionare; 3. *fig* dirozzare, educare

pulla *f* parolaccia, insulto *m*; battuta mordace

Pulla *f geogr* Puglia

pullés, -esa *adj/s* pugliese, della Puglia

pullman ['pullman] *m* pullman (di lusso turistico) *inv*

pulmón *m* polmone ◊ ~ ***de acero*** *med* polmone d'acciaio

pulmon|ar *adj* polmonare; **~ía** *f med* polmonite

pulpa *f* polpa ◊ ~ ***dentaria*** polpa dentaria

púlpito *m* pulpito

pulpo *m zool/gastr* polpo, polipo; **~so, -a** *adj* polposo, -a, polputo, -a

pulque *m Am* ="liquore di agave"

pulsa|ble *adj* cliccabile; **~ción** *f* pulsazione, battito *m*; **~dor 1.** *adj/m* pulsante; **2.** *m electr* bottone; **~r 1.** *vt* 1. *mús* pulsare; 2. *fig* saggiare, scandagliare, sondare; **2.** *vi* palpitare, battere

púlsar *m astron* pulsar *m/f inv*

pulsátil *adj* pulsatile

pulsera *f* 1. braccialetto *m*; 2. *med* benda da polso ◊ ~ ***electrónica*** braccialetto elettronico

pulsión *f psicol* pulsione

pulso *m* 1. *med* polso, pulsazione *f*; 2. *fig* prudenza *f*, cautela *f*; 3. (*tamb. pol*) braccio di ferro ◊ ***a ~*** a forza di mano; con molti sforzi; ***de ~*** di polso; ***echar un ~*** fare a braccio di ferro; ***levantar a ~*** alzare di peso; ***tomar el ~*** tastare il polso

pulsó|metro *m* pulsometro

pulsor *m* ventola *f*

pulular *vi* pullulare, abbondare

pulveriz|ación *f* polverizzazione; **~ador 1.** *m/f tecn* (*persona*) polverizzatore, -trice; **2.** *m tecn* polverizzatore, atomizzatore; spruzzatore, vaporizzatore; inalatore; **~ar** ‹*pulvericé*› *vt tecn* polverizzare; spruzzare, nebulizzare

pulverulento, -a *adj* polverulento, -a

puma *m zool* puma *inv*

puna *f* 1. *Am geogr* altipiano andino *m*; 2. *Am* mal di montagna *m*

punción *f med* puntura, incisione

pundonor *m* punto d'onore, amor proprio

puni|ble *adj* punibile; **~ción** *f* punizione, castigo *m*; **~tivo, -a** *adj* punitivo, -a

punk [pank, punk] *adj/s* punk* *inv*

punta *f* 1. punta; estremità *inv*, capo *m*; 2. punta, pizzico *m*; 3. (*caza*) punta ◊ ~ ***seca*** *tecn* punta secca; ***a ~ de pistola*** con la pistola puntata; ***a ~ pala*** *coloq/fig* a palate, a mucchi; ***a ~ de gas*** *auto* accelerando soavemente; ***acabar en ~*** finire male; ***de ~*** di punta; arrabbiato; ***de ~ a ~*** da un estremo all'altro; ***de ~ en blanco*** di tutto punto; ***estar hasta la ~ de los pelos*** averne fin sopra i capelli; ***horas ~*** ore di punta; ***perro de ~*** cane da punta; ***sacar ~ a u-c*** trarre profitto da una cosa; ***tecnología de ~*** tecnologia d'avanguardia; ***tener u-c en la ~ de la lengua*** avere qc sulla punta della lingua; ***velocidad ~*** velocità massima; **~da** *f* punto di cucito *m* ◊ ***dar unas ~s*** mettere quattro punti; **~l** *m* 1. *arq* puntello; *fig* sostegno, appoggio; 2. *Am* spuntino; 3. *nav* puntale; **~pié** *m* calcio, pedata *f*

punte|ado, -a *adj* 1. punteggiato, -a; 2. *mús* pizzicato, -a; **~ar** *vt* 1. punteggiare; 2. *mús* pizzicare; 3. *nav* orzare; **~o** *m mús* pizzicato; **~ra** *f* 1. punta delle calze; 2. rammendo (delle punte delle calze) *m*; 3. (*zapato*) mascherina; **~ría** *f* mira, punteria ◊ ***tener buena ~*** avere buona mira; **~ro** *m* 1. bacchetta *f*; 2. lancetta dell'orologio *f*; 3. *tecn* punzone, scalpello; 4. *informát* puntatore

punti|agudo, -a *adj* appuntito, -a, aguzzo, -a, acuminato, -a; **~forme** *adj* puntiforme

puntill|a *f* 1. merletto *m*, pizzo *m*, trina; 2. pugnale *m* ◊ ***dar la ~*** dare il colpo di grazia; ***de ~s*** in punta di piedi; **~ismo** *m arte* puntillismo; **~o** *m* 1. puntiglio, picca *f*; senso; 2. *mús* punto; **~osidad** *f* pignoleria; **~oso, -a** *adj* puntiglioso, -a

punto *m* 1. punto; 2. maglia *f* ◊ ~ ***culminante, crítico, débil*** punto culminante, crítico, debole; ~ ***de apoyo*** punto d'appoggio; ~ ***de cadeneta*** punto a catenella; ~ ***de congelación, de ebullición, de fusión*** punto di gelo, di ebollizione, di fusione; ~ ***de cruz*** punto a croce; ~ ***de exclamación*** *ling* punto esclamativo; ~ ***de interrogación*** *ling* punto interrogativo; ~ ***de ojal*** punto a occhiello; ~ ***de referencia*** punto di riferimento; ~ ***de vista*** punto di vista; ~ ***muerto*** *auto* punto morto; ~ ***nero*** punto nero; ~ ***por ~*** punto per punto; ~ ***y aparte*** punto e a capo; ~ ***y coma*** *ling* punto e virgola; ~ ***y seguido*** Punto. Di seguito; ***~s suspensivos*** punti(ni) sospensivi/di sospensione; ***¡~ en boca!*** Acqua in bocca!; ***a ~ de*** sul punto di; ***a ~*** pronto, -a; ***arco de medio ~*** *arq* arco a tutto sesto; ***dar en el ~*** indovinare; ***de todo ~*** assolutamente; ***dos ~s*** *ling* due punti; ***en ~*** in punto; ***en ~ muerto*** *auto* in folle; ***estar en su ~*** essere al dente; essere nella giusta cottura; ***géneros de ~*** articoli a maglia; ***hacer ~*** lavorare a maglia; ***hasta cierto ~*** fino a un certo punto; ***ir por ~s*** andare con ordine; ***llegar a ~*** arrivare nel momento giusto; ***poner los ~s sobre las íes*** mettere i puntini sulle i

puntua|ble *adj* valevole; **~ción** *f* 1. *ling* punteggiatura, interpunzione; 2. punteggio *m*; **~l** *adj* puntuale; **~lidad** *f* puntualità *inv*; **~lización** *f* puntualizzazione; **~lizar** ‹*puntualicé*› *vt* puntualizzare, specificare; **~r** *vt* fare il punteggio *vi* (**u-c, alg** di qc/di q)

puntura 1. *f* puntura; **2.** *fpl impr* punte

punza|da *f* fitta, trafitta, puntura; **~nte** *adj* acuto, -a, pungente; **~r** ‹*puncé*› *vt* ferire di punta, pungere

punzón *m* punzone, punteruolo

punzona|dora *f* punzonatrice; **~dura** *f* punzonatura; **~r** *vt tecn* punzonare

puñad|a *f* pugno *m*, cazzotto *m*; **~o** *m* pugno, manata *f* ◊ ***a ~s*** a bizzeffe

puñal *m* pugnale, stiletto; **~ada** *f* pugnalata ◊ ***~ trapera*** pugnalata a tradimento; ***coser a ~s*** uccidere a pugnalate

puñet|a *f* 1. fastidio *m*; 2. *vulg* sega; 3. (*toga*) polso di manica *m* ◊ ***¡~(s)!*** *coloq* Cavolo!; ***hacerle la ~ a alg*** *coloq* sfottere q; ***mandar a alg a hacer ~s*** *coloq* mandare q a farsi friggere; ***¡qué (amigo), ni qué ~!*** Che amico d'Egitto!, Che cavolo di (amico)!; **~azo** *m* cazzotto, pugno; **~ería** *f coloq* sfottimento *m*; cattiveria (*estánd*); **~ero, -a 1.** *adj coloq* maledetto, -a, cattivo, -a, schifoso, -a; fastidioso, -a; **2.** *m/f coloq* stronzo, -a *vulg* ◊ ***no hacer ni ~ caso*** fregarsene altamente

puño *m* 1. pugno; 2. (*camisas...*) polsino; 3. manico, impugnatura *f*; 4. *fig* forza *f*, valore; 5. *fig* (*sal, arroz...*) pugno, manata *f* ◊ ***a ~ cerrado*** a pugni; ***comerse los ~s*** mangiarsi le mani; ***de su ~ y letra*** di proprio pugno, di propria mano; ***meter/tener en un ~ a alg*** tenere q in pugno; ***una verdad como un ~*** una verità grande come un pugno

pupa *f* 1. *med* pustola; 2. *infant* (*daño*) bua; 3. *zool* pupa ◊ ***hacer ~*** *infant* fare la bua, fare male

Pupas: más desgraciado que el ~ *adj* il più disgraziato dell'universo

pupila *f* pupilla; **~je** *m* condizione di pupillo *f*; minorità *f inv*; **~r** *adj med/jur* pupillare

pupilo, -a 1. *m/f* 1. pupillo, -a; protetto, -a; **2.** *f coloq/fig* (*prostituta*) protetta, pupilla; **~metría** *f med* pupillometria

pupilómetro *m med* pupillometro

pupitre *m* banco di scuola; scrittoio

puramente *adv* semplicemente; *jur* incondizionatamente

purasangre *adj/m* purosangue *inv*

puré *m* purè *inv*, passato ◊ ***estar hecho ~*** *coloq/fig* essere distrutto

pureza *f* purezza; integrità *inv*, castità *inv*

purga *f* purga, purgante *m*; *pol* purga ◊ ***la ~ de Benito*** il balsamo della Maddalena; **~ción** *f* purgazione; *med* scolo *m*, blenorragia; **~nte** *adj/m* purgante; **~r** ‹*purgué*› *vt med tamb. fig* purgare; purificare; *fig* espiare; **~tivo, -a** *adj* purgativo, -a; **~torio** *adj/m* purgatorio ◊ ***las penas del *~*** le pene del Purgatorio

puridad *f* purità *inv*, purezza ◊ ***en ~*** chiaro e tondo

purific|ación *f* purificazione; **~ador, -a 1.** *adj* purificatore, -trice; **2.** *m* 1. *relig* purificatoio; 2. *tecn* depuratore; **~ar** ‹*purifiqué*› *vt* purificare; *jur* liberare

purín *m* liquame

Purísima *f relig* Purissima Immacolata Concezione

puris|mo *m* purismo; **~ta** *adj/s* purista

puritan|ismo *m* puritanesimo, puritanismo; **~o, -a** *adj/s* puritano, -a

puro, -a 1. *adj* 1. puro, -a; 2. casto, -a; 3. corretto, -a, limpido, -a; 4. *fig* semplice, solo, -a; **2.** *m* 1. sigaro; 2. *coloq* pasticcio, imbroglio ◊ ***a ~*** a forza di; ***de ~ gusto*** solo per capriccio; ***meter un ~*** *coloq* fare una lavata di testa

púrpura 1. *f* porpora; **2.** *adj* color porpora *inv*

purpura|do, -a *adj/m* porporato, -a, cardinale; **~r** *vt* imporporare

purpúreo, -a (*var.* **purpurino, -a**) *adj* purpureo, -a, porporino, -a

purpurin|a *f* porporina; **~o** V. **purpúreo**

purrela *f coloq* vino scadente *m*

purulen|cia *f med* purulenza; **~to, -a** *adj* purulento, -a

pus *m med* pus *inv*

puse V. **poner**

pusher ['putʃer] *m/f jerga drog* pusher* *inv*, spacciatore, -trice

pusiera V. **poner**

pusilánime *adj/s* pusillanime, vigliacco, -a, vile; **~animidad** *f* pusillanimità *inv*, vigliaccheria, viltà *inv*

puso V. **poner**

pústula *f med* pustola

pustuloso, -a *adj* pustoloso, -a

puta *f* puttana, mignotta ◊ ***hijo de ~*** *vulg* figlio di puttana/mignotta; **~da** *f vulg* carognata (*coloq*), brutto tiro *m* (*estánd*); **~ñero** (*var.* **putero**) *adj/m vulg* puttaniere; **~tivo, -a** *adj* putativo, -a

putear 1. *vi* andare con puttane; **2.** *vt coloq* parlare male *vi* (**a alg** di q), trattare male *vi* (**a alg** q), danneggiare; *Am* insultare; **~río** *m* 1. *vulg* casino, bordello; 2. prostituzione *f*; 3. insieme di prostitute; **~ro, -a 1.** *m* puttaniere; **2.** *adj* delle prostitute; **~sco, -a** *adj* puttanesco, -a

puti|club *m vulg/irón* locale pubblico equivoco; **~ferio** *m* putiferio; *coloq/hum* casino, bordello

puto, -a 1. *adj vulg* misero, -a (*estánd*), maledetto, -a (*estánd*); **2.** *m* sodomita; prostituto ◊ ***co-***

mo ~as en cuaresma senza un quattrino, al verde; ***estar de ~a madre*** stare benissimo; ***me quedé en la ~a calle*** restai per la (maledetta) strada; ***no tener ni ~a idea*** non avere neanche la minima idea; ***pasarlas ~as*** passarla molto male

putón *m vulg* troia *f*, scrofa *f*, vacca *f* ◊ **~ *verbenero/desorejado*** *vulg* troia vacca

putre|facción *f* putrefazione; **~facto, -a** *adj* putrefatto, -a, corrotto, -a; **~scente** *adj* putrescente

pútrido, -a *adj* putrido, -a, corrotto, -a, guasto, -a

putsch [putʃ] *m pol* putsch *inv*

puya *f* 1. punta di ferro, pungolo; 2. frecciata mordace; **~zo** *m* colpo di pungolo

puzolana *f* pozzolana

puzzle ['puθle] (*var.* **puzle**) *m* puzzle* *inv*

PVC (*policloruro de vinilo*) *abr/m* PVC (polivinilcloruro)

PVP (*Precio de venta al Público*) *abr* ="prezzo di vendita al pubblico"

PYME (*Pequeña y Mediana Empresa*) *f* PIM (Piccola e Media Impresa)

pyrex® ['pireks] *m inv* pyrex

Pza. (*plaza*) *abr* P.za (*piazza*)

Q

Q. *abr* q

q.e.p.d. (*que en paz descanse*) *abr* RIP (*riposi in pace*)

QI (cociente intelectual) quoziente d'intelligenza *abr* QI

Qm (*quintal métrico*) *abr* q (*quintale*)

quadrivium *m hist* quadrivio

quántico V. **cuántico**

quántum *m fís* quanto

quark *m* quark *inv*

quasar (*var.* **cuásar**, **cuasar**) *m astron* quasar *inv*

que 1. *pron* che; ***lo ~ me gusta*** *ciò/quello che mi piace*; ***lo ~*** *il che*; il quale *m*, la quale *f*, le quali *fpl*, i quali *mpl*; cui *inv*; ***el día ~ llegaste*** *il giorno in cui arrivasti*; ***el escritor al ~ me refiero*** *lo scrittore a cui mi riferisco*; ***el tema del ~ hablo*** *il tema di cui parlo*; ***la razón por la ~...*** *la ragione per cui...*; chi *inv*; ***el ~ más, el ~ menos*** *chi più, chi meno*; quanto; colui che, colei che, coloro che; ***el ~*** *colui che*; ***la ~*** *colei che*; ***los/las ~*** *coloro che*; **2.** *conj* che; ***~ venga pronto*** *che venga presto*; ***a menos ~*** *a meno che*; ***corre ~ vuela*** *corre che sembra che voli*; ***decir ~ sí/no*** *dire di sì/no*; ***es mejor reír ~ llorar*** *è meglio ridere che piangere*; ***Pedro es mejor ~ tú*** *Pietro è migliore di te*; ***por guapo ~ sea*** *per quanto sia bello, per bello che sia*; ***quiero ~ vengas*** *voglio che (tu) venga*

qué *m/pron* che, che cosa, cosa (*coloq*); ***no hay de ~*** *non c'è di che*; ***¿~ buscas?*** *che (cosa) cerchi?*; come; ***¡~ mal lo hiciste!*** *Come l'hai fatto male!*; ***¿~ tal estás?*** *Come stai?*; quanto; ***¡~ de libros!*** *Quanti libri!*; perché; ***¿~, no tengo razón?*** *Perché, non ho ragione?*; ***¿para ~?*** *perché?, a quale scopo?* ◊ ***¿Y ~?*** E con ciò/questo?

quebrad|a *f* gola, passo *m*; *Am* ruscello; **~ero: ~ de cabeza** *m* rompicapo, fastidio; **~izo, -a** *adj* fragile; **~o, -a 1.** *adj* 1. (*terreno*) frastagliato, -a, irregolare; 2. *gastr* (*pasta*) frollo, -a; 3. *com* fallito, -a; 4. *ling* tronco, -a; **2.** *m mat* frazione *f*; **~ura** *f* rottura, frattura; spaccatura

quebraja *f* crepa, fessura

quebrantahuesos *m inv* 1. *zool* avvoltoio degli agnelli *m*, gipeto *m*; 2. *coloq/fig* rompiscatole, rompipalle

quebrant|amiento *m* 1. rottura *f*, frattura *f*; 2. *jur* infrazione *f*, violazione *f*; **~ar** *vt* 1. spezzare, rompere, spaccare; 2. *jur* violare, trasgredire, infrangere; 3. *jur* annullare; (*prisión*) forzare; **~o** *m* 1. rottura *f*; 2. *fig* abbattimento, debolezza; strazio, tormento; 3. *econ* rovina *f*, perdita *f*

quebrar ‹*quiebro*› V. 5a **1.** *vt* rompere, spezzare, spaccare; interrompere; **2.** *vi* 1. rompere le relazioni; 2. *com* fallire; 3. *Méx* uccidere, assassinare; **3. ~se** *coloq* prodursi un'ernia

quechu|a *adj/s* quechua; **~ismo** *m* voce della lingua quechua *f*

queda *f* coprifuoco *m inv* ◊ ***toque de ~*** *mil* (segnale) di coprifuoco; **~da** *f* 1. *Méx desp* zitellona; 2. *jerga juv* adunata, ziunione; **~r 1.** *vi* restare, rimanere; restare d'accordo, convenire; andar bene; fissare un appuntamento; **2. ~se** rimanere *vi*, restare *vi* ◊ **~ *limpio*** restare in bolletta/pulito; **~ *mal con alg*** restare male con q; **~ *mal/bien*** fare brutta/bella figura; ***~se a oscuras*** restare al buio; ***~se con alg*** prenderlo in giro; ***~se con la boca abierta*** restare a bocca aperta; ***~se en blanco*** rimanere senza parole; ***~se frío*** rimanere allibito; ***~se tieso*** restare gelato; ***¿en qué quedamos?*** come restiamo d'accordo?; (Che) cosa decidiamo?; ***me quedo con estos zapatos*** prendo queste scarpe; ***no ~ a deber*** non dovere nulla; ***no ~ otro remedio*** non esserci altro da fare

quedo, -a 1. *adv* sottovoce; adagio; **2.** *adj raro* quieto, -a, tranquillo, -a, calmo, -a

quedón, -ona *adj/s* 1. *coloq* burlone, -a; 2. (donna) facile

quehaceres *mpl* faccende *fpl*, occupazioni *fpl*, lavori ◊ **~ *domésticos*** faccende domestiche

queja *f* 1. lamento *m*, lagnanza; 2. *jur* querela ◊ ***tener ~ de alg*** lagnarsi di q; **~rse** 1. lamentarsi, lagnarsi (**de** di); 2. *jur* querelare *vt*

queji|ca (*var.* **quejicoso**) **1.** *adj/s* piagnone, -a, piagnucolone, -a; **2.** *m/f* lagna *f*; **~do** *m* gemito, lamento, lagno; **~gal** *m bot* querceto; *bot* (roble) rovereto; (*quercus canariensis*) querceto (dell'Algeria); **~go** *m bot* quercia; *bot* quercia dell'Algeria; *bot* rovere

quejoso, -a *adj* scontento, -a

quejumbroso, -a *adj* piagnucoloso, -a

quelato *m quím* chelato

quelo|ide *m med* cheloide; **~nio** *m zool* chelone, chelonio

quema *f* incendio *m*; bruciamento *m*; rogo *m* ◊ ***huir de la ~*** sfuggire il pericolo; **~do** *m* 1. bruciaticcio; 2. *jerga* negro; 3. bruciatura *f* ◊ ***oler a ~*** sapere di bruciaticcio; **~dor** *m* (*cocina*) bruciatore; **~dura** *f* scottatura, bruciatura; **~r 1.** *vt* bruciare, ardere; **2.** *vi* scottare; *fig* distruggere; **3. ~se** bruciare *vi*, ardere *vi*; scottarsi, bruciarsi ◊ ***¡Qué te quemas!*** Fuoco!; **~rropa: a ~** *adv* a bruciapelo; **~zón** *f* 1. bruciatura; arsura, calura; 2. (*cuerpo*) bruciore *m*; 3. *min* metallo affiorato *m*; 4. *Am* svendita

quep|a V. **caber**; **~is** *m mil* chepì *inv*, cheppì *inv*; **~o** V. **caber**

queratina *f* cheratina

querella *f jur* querela; questione

querella|nte *adj/s* querelante; **~rse** *jur* querelare *vt*, sporgere/proporre querela *vi*

querencia *f* 1. affetto *m*, inclinazione; 2. nido *m*, tana

querendón, -ona *m/f raro* facile a innamorarsi

querer ‹*quiero; quise; querré; queriendo*› V. 33 **1.** *vt* 1. volere, desiderare; 2. voler bene (a) (!), amare; **2.** *m* amore, affetto ◊ ***~ es poder*** volere è potere; ***¡por lo que más quiera!*** per l'amor di Dio!; ***¡Qué quieres que le haga!*** Che vuoi che ci faccia !; ***¿Qué más quieres?*** Che vuoi di più?, Che altro vuoi?; ***como quiera que*** comunque sia; ***cuando quiera que (venga)*** in qualunque momento (venga); ***do/donde quiera que va*** dovunque vada; ***ni queriendo*** neanche facendolo apposta; ***quien quiera que sea*** chiunque sia; ***quiera que sí, quieras que no*** volente o nolente; ***sin ~*** senza volere; ***te quiero mucho*** ti voglio molto bene, ti amo

queri|da, -o (*var.* **querindonga, -o**) *f/m* amante; **~do, -a** *adj* caro, -a (!); ***~ Pedro:...*** *Caro Piero,...*; benvoluto, -a *m/f*; amichetto, ganzo

quermes *m* chermes *inv*

queroseno (*var.* **querosén**, **keroseno**) *m quím* cherosene

querré, querría V. **querer**

querubín *m* cherubino

quesadilla *f Méx* frittella ripiena

queser|a *f* 1. formaggiera; 2. portaformaggi *m inv*; 3. (*lugar*) caciaia; **~ía** *f* 1. negozio del formaggiaio *m*; 2. caseificio *m*

quesito *m* formaggino

queso *m* 1. formaggio, cacio; 2. *euf/coloq* piede ◊ ***~ rallado*** formaggio grattugiato; ***dársela a alg con ~*** darla a bere a q, ingannare q, farla a q

quetzal *m zool/moneda* (*ave*) quetzal *inv*

quevedos *mpl ant* occhiali a lente rotonda

¡quia! *excl* bah!

quiasm|a *m med* chiasma; **~o** *m lit* chiasmo

quiche [kiʃ] *f gastr* quiche* *inv*, crostata

quicio *m* (*puerta, ventana*) cerniera *f* ◊ ***fuera de ~*** fuori senno; squilibrato; ***sacar de ~*** fare uscire dai gangheri

Quico: ponerse como el ~ mangiare come un maiale

quid *m* nocciolo, essenza *f*

quiebr|a *f* 1. *com* fallimento *m*; 2. *geogr* rottura, fenditura, spaccatura; 3. pericolo *m*, incerto *m*; **~o** *m* scarto; *mús* mordente

quien (*pl* **quienes**) *pron* chi *inv*; ***~ más, ~ menos*** *chi più, chi meno*; ***~es quieran salir*** *chi vuole uscire...*; ***~es vivimos*** *noi che viviamo; chi vive*; ***como ~*** *come chi*; che *inv*, quale, cui *inv*; ***...tu hermano, a ~ no había visto...*** *tuo fratello che non avevo visto...*; ***las personas a ~es has saludado*** *le persone che hai salutato*; ***la chica de ~ te hablé*** *la ragazza di cui ti ho parlato*; ***vi a tu hermano, ~ me dijo que vendría*** *ho visto tuo fratello che mi ha detto* de rarebbe venuto

quién (*pl* **quiénes**) *pron* chi *inv* ◊ ***¿~én ha venido?*** Chi è venuto?; ***¿Quiénes son aquellos hombres?*** Chi sono quegli uomini?; ***no sé ~ es*** non so chi è/sia

quienquiera *pron* chiunque, chicchessia

quiero V. **querer**

quiescente *adj elev* quiescente

quietismo *m relig* quietismo

quieto, -a *adj* quieto, -a, tranquillo, -a, calmo, -a, pacifico, -a ◊ ***estate ~*** sta' fermo

quietud *f* quiete, tranquillità *inv*, calma; immobilità *inv*

quif (*var.* **kif**, **quifi**) *m jerga drog* hashish* *inv*

quijada *f* 1. *zool* mascella; 2. *tecn* ganascia

quijotada *f desp* chiosciottata

Quijote *m lit* Chisciotte

quijotesco, -a *adj* chisciottesco, -a

quijotismo *m* chisciottismo

quilar *vt jerga* chiavare, scopare

quilate *m* carato

quilificación *f med* chilificazione, chilosi *inv*

quilla *f nav* chiglia

quilo *m med* chilo; chilo, chilogrammo ◊ ***sudar el ~*** sudare sette camicie; **~gramo** *m* chilogrammo

quilombo *m* 1. *Am* bordello, casino; 2. *Bol/Ven* capanna *f* ◊ ***se armó un ~ de padre y señor mío*** *Arg/Ur coloq/fig* successe un casino della madonna; ***¡Quietos! ¡No hagan tanto ~!*** *Arg/Ur coloq/fig* Fermi! Non fate casino!; ***¡Esto es un ~, che!*** *Arg/Ur coloq/fig* Questo è un casino!

quilometraje *m* chilometraggio

quilométrico, -a *adj* chilometrico, -a

quilómetro *m* chilometro

quilovatio *m* chilowatt *inv*

quim|era *f* 1. *tamb. fig* chimera; 2. *coloq/fig* rissa

quimérico, -a *adj* chimerico, -a, illusorio, -a

químic|a *f* chimica ◊ ***tener buena ~ con alg/u-c*** aver un buon rapporto con q, compenetrarsi con q; piacere qc; **~o, -a** *adj/s* chimico, -a

quimioter|apia *f med* chemioterapia; **~ápico, -a** *adj* chemioterapico, -a

quimo *m med* chimo; **~no** *m* (*ropa*) chimono *inv*

quina *f* 1. *med* china; 2. *ant* (*lotería*) cinquina ◊ ***tragar ~*** inghiottire amaro; **~do, -a** *m* chinato; **~rio, -a** *adj/m* quinario, -a
quincal|la (*var.* **quincallería**) *f* chincaglieria, chincaglie *fpl*; **~ero** *m* chincagliere
quince *adj/m inv* 1. (*card*) quindici *inv*; 2. (*ord*) quindicesimo, -a; **~añero, -a** *adj/s* quindicenne, teen-ager; **~avo, -a** *adj/m* quindicesimo, -a; **~na** *f* quindicina; *mús* quintadecima; **~nal** *adj* quindicinale
quincua|genario, -a *adj/s* quinquagenario, -a; cinquantenne; **~gésimo, -a** *adj* quinquagesimo, -a
quindenio *m raro* quindicennio
quinésica *f* cinesica
quinesiterapia V. **kinesiterapia**
quinie|la *f* schedina del totocalcio; totocalcio *m*; **~ista** *m/f* giocatore, -trice di totocalcio
quinientos, -as *adj/m* 1. (*card*) cinquecento *inv*; 2. (*ord*) cinquecentesimo, -a
quinina *f* chinina, chinino *m*
quino *m* china *f*
quinqué *m* lume a petrolio
quinquen|al *adj* quinquennale; **~io** *m* quinquennio
quinqui *m/f coloq* delinquente
quinta *f* 1. villa di campagna; 2. *mil* sorteggio *m*, leva; 3. *mús* quinta ◊ ***entrar en ~s*** *mil* fare il servizio militare; ***ser de la misma ~*** *mil* essere della stessa età; **~columnista** *m/f* affiliato, -a alla quinta colonna; **~esencia** *f* quintessenza; **~l** *m* quintale
quinter|no *m* quinterno; **~o** *m* colono, mezzadro
quinteto *m mús tamb. fig* quintetto
quintil|la *f lit* strofa di cinque versi ottonari; **~izo, -a** *adj* gemello, -a di parto quintuplice
quinto, -a 1. *adj/m* quinto, -a; **2.** *m* 1. *mil* recluta *f*; 2. *Am mús* piccola chitarra *f; 3. Esp* un quinto di birra
quíntuple (*var.* **quíntuplo**) *adj/m* quintuplo, -a
quintuplicar ‹*quintupliqué*› *vt* quintuplicare
quinzavo, -a *adj* quindicesimo, -a
quiosco *m* chiosco, edicola *f*
quiosquero, -a *m/f* giornalaio, -a
quiquiriquí (*var.* **kikirikí**) *onom* (*gallo*) chicchirichì
quiragra *f med* chiragra, gotta delle mani
quirófano *m med* sala operatoria *f*
quirom|ancia *f* chiromanzia; **~ántico, -a** *m/f* chiromante
quiróptero, -a *adj zool* chirottero, -a
quirúrgico, -a *adj* chirurgico, -a
quise, quisiera, quiso V. **querer**
quisque: cada ~ (*var.* **quisqui**) *pron coloq* ciascuno ◊ ***todo ~*** chiunque
quisquil|la *f* 1. quisquilia, minuzia; 2. *zool/gastr* gamberetto *m*, schilla (*reg*); **~oso, -a** *adj* permaloso, -a; meticoloso, -a
quiste *m med* cisti *f*
quístico, -a *adj* cistico, -a
quita *f jur* abbuono *m*; **~esmalte** (*var.* **quitaesmaltes** *inv*) *m* acetone; **~ipón** V. **quitapón**; **~manchas** *m inv* smacchiatore; **~miedos** *m inv coloq* guardavia, guardrail; **~nieves** *m inv* spartineve, spazzaneve; **~pón** (*var.* **quitaipón**) *m* pennacchio ◊ ***de ~*** da levare e mettere; **~r 1.** *vt* togliere, levare, cavare; rubare; impedire, escludere, togliere; *jur* (*ley*) derogare; **2. ~se** togliersi ◊ ***~ de enmedio*** togliere di mezzo; ***~ el polvo*** spolverare; ***¡Quita (de ahí)!*** Togliti da qui!; ***de quita y pon*** da mettere e levare; ***no ~ ojo*** non perdere di vista; ***lo cortés no quita lo valiente*** una cosa non toglie/non esclude l'altra; ***quitando*** salvo; ***quitarse un peso de encima*** togliersi un peso d'addosso; **~sol** *m* parasole, ombrellino
quite *m* 1. liberazione *f*; 2. (*esgrima*) parata *f*; 3. *taur* scarto, mossa *f* ◊ ***estar al ~*** stare all'erta; **~ño, -a** *adj/s* (q o qc) di Quito
quitina *f* chitina
¡Quiubo! (*var.* **¡Quiúbole!**, **¡Quiubas!**) *excl* ciao!
quizá (*var.* **quizás**) *adv* forse, chissà ◊ ***~ llueva*** forse piove/pioverà
quórum *m inv* quorum

R

RA (*República Argentina*) *abr* Repubblica Argentina
raba *f* ="esca di uova di merluzzo"; **~dán** *m tamb. fig* capo di pastori; pastore; **~dilla** *f med* coccige *m*; **~nillo** (*var.* **rabanito**) *m bot* ravanello
rábano *m bot* ravanello ◊ ***no importar un ~*** non importare un fico secco; ***¡Un ~!*** *coloq* Un cavolo!
rabdoman|cia *f* rabdomanzia; **~te** *m/f* rabdomante
rabia *f* 1. *med* rabbia, idrofobia; 2. *fig* rabbia, ira, collera ◊ ***dar ~*** far arrabbiare; ***tenerle ~ a alg*** odiare q; **~r** ‹*rabio*› V. 1 *vi* 1. ardere di voglia; 2. morire di dolore; 3. adirarsi, arrabbiarsi ◊ ***a ~*** da morire; ***hacer ~*** fare arrabbiare; ***para que rabies*** *coloq/fig* per farti crepare
rábico, -a *adj med* rabbico, -a
rabieta *f* capriccio *m*, dispetto *m*, broncio *m*
rabil *m zool* tonno albacora, tonno della perca gialla; **~llo** *m* 1. codino; 2. *bot* (*hojas*) picciolo; *bot* (*flores*) peduncolo ◊ ***mirar con el ~ del ojo*** guardare con la coda dell'occhio; **~no** *m relig* rabbino; **~oso, -a** *adj med* rabbioso, -a, idrofobo, -a; *fig* rabbioso, -a, collerico, -a, violento, -a; **~salsera** *adj coloq* (*mujer*) disinvolta, spiritosa
rabo *m* 1. *med tamb. fig* coda *f*; 2. *bot* picciolo, peduncolo; 3. *vulg* cazzo, minchia *f* (*reg*), cacchio ◊ ***ir con el ~ entre piernas*** andarsene con la coda tra le gambe
rabón, -ona *adj jerga estud* scodato, -a ◊ ***hacer ~ona*** marinare la scuola
racanear *vi coloq* fare il tirchio; **~o** *m coloq* (*acción*) tirchieria *f*; **~ría** *f coloq* (*cualidad*) tirchieria

rácano, -a *adj/s coloq* 1. tirchio, -a, avaro, -a; 2. scansafatiche *inv*
raccord V. **racor**
racémico, -a *adj quím* racemico, -a
racemoso, -a *adj bot* racemoso, -a
racha *f meteo tamb. fig* raffica ◊ ***buena*** ~ bel periodo, felice periodo; ***mala*** ~ brutto periodo, periodaccio
rachelado, -a *adj* a raffiche; **~ar** *vi meteo* soffiare il vento a raffiche
racial *adj* razziale
racim|ar *vt agric* racimolare; **~o** *m bot* (*uva*) grappolo, raspo; *bot* (*ciruelas, guindas...*) racimolo
raciocin|ante *adj* raziocinante; **~ar** *vi* raziocinare; **~io** *m* raziocinio; ragionamento
ración *f* razione, porzione
racional *adj/m* razionale; **~idad** *f* razionalità *inv*; **~ismo** *m filos* razionalismo; **~ista** *adj* razionalista; **~ización** *f* razionalizzazione; **~izar** ‹*racionalicé*› *vt* razionalizzare
racionamiento *m* razionamento
racionar *vt* razionare
racis|mo *m* razzismo; **~ta** *adj/s* razzista
racor (*var.* **rácor**, **raccord**) *m tecn/cine/TV* accordo, giunto
rad *m fís* rad *inv*; **~a** *f nav* rada
radar (*var.* **rádar**) *m* radar *inv*; **~ista** *m/f* radarista
radia|ción *f* radiazione; **~ctividad** *f* radioattività *inv*; **~ctivo, -a** *adj* radioattivo, -a; **~do, -a** *adj* radiato, -a; **~dor** *m tecn/electr* radiatore; (*calefacción de gas y gasóleo*) termosifone; **~l** *adj* radiale
radián *m geom* radiante
radiante *adj* radiante; *fig* raggiante, splendente
radiar ‹*radio*› V. 1 **1.** *vt/i cient* irradiare, radiare; **2.** *vt* 1. *radio* radiotrasmettere; 2. *Am* radiare, cancellare
radicación *f* radicamento *m*; *bot* radicazione
radical *adj/m* radicale; **~ismo** *m pol* radicalismo; **~ización** *f* radicalizzazione; **~izar** ‹*radicalicé*› *vt* radicalizzare; **~mente** *adv* radicalmente
radicando *m mat* radicando
radicar ‹*radiqué*› *vi* 1. *bot* radicare, attecchire; 2. essere domiciliato; radicare, trovarsi
radícula *f bot* radicetta, radicula
radicular *adj* radicolare
radiculitis *f inv med* radicolite *f*
radiestesia *f* radiestesia
radio 1. *f med/electr/quím* radio; **2.** *m mat tamb. fig* raggio ◊ ~ ***de acción*** raggio d'azione; ~ ***macuto*** (*radio*) ="programma cult satirico spagnolo"; **~aficionado, -a** *m/f* radioamatore, -trice; **~astronomía** *f* radioastronomia; **~baliza** *f aero/nav* faro *m*, segnale di navigazione, radiofaro *m*; **~biología** *f* radiobiologia; **~casete** (*var.* **radiocassette**) *m* radioregistratore; **~cirugía** *f med* radiochirurgia; **~comunicación** *f* radiocomunicazione; **~control** *m* radioassistenza *f*; **~despertador** *m* radiosveglia *f*; **~diagnóstico 1.** *m med* radiodiagnosi *f inv*, diagnosi radiologica *f inv*; **2.** *adj* radiodiagnostico, -a; **~difusión** *f* radiodiffusione; **~difusor, -a** *adj* radiodiffusore, -diffonditrice; **~eléctrico, -a** *adj radio* radioelettrico, -a; **~emisor, -a** *adj/m* radiotrasmittente; **~emisora** *f* stazione radioemittente; **~enlace** *m radio* radio ponte; **~escucha** *m/f* radioascoltatore, -trice; **~estesia** *f* radioestesia, rabdomanzia; **~estesista** *m/f* radioestesista, rabdomante; **~faro** *m aero/nav* radiofaro; **~fonía** *f* radiofonia; **~fónico, -a 1.** *adj* radiofonico, -a; **2.** *m/f* presentatore, -trice radiofonico, -a; **~goniometría** *f* radiogoniometria; **~goniómetro** *m aero/nav* radiogoniometro; **~grafía** *f* radiografia; **~grafiar** ‹*grafío*› V. 2 *vt* radiografare; **~gráfico, -a** *adj* radiografico, -a; **~grama** *m* radiogramma; **~gramófono** (*var.* **radiogramola** *f*) *m hist* radiogrammofono; **~isótopo** *m quím* radioisotopo; **~lario, -a** *adj zool* radiolario, -a; **~logía** *f med* radiología; **~lógico, -a** *adj med* radiologico, -a
radiólogo, -a *m/f* radiologo, -a
radioluminiscente *adj fís* radioluminescente
radiomensaje *m* radiomessaggio
radiómetro *m* radiometro
radion|avegación *f* radionavigazione; **~ovela** *f* radionovella; **~úclido** *m fís* radionuclide
radiorre|cepción *f* radioricezione; **~ceptor** *adj/m* radioricevitore; **~portero, -a** *m/f* radiocronista
radios|copia *f med* radioscopia; **~cópico, -a** *adj* radioscopico, -a; **~o, -a** *adj* radioso, -a; **~onda** *m/f meteo* radiosonda *f inv*
radiot|axi *m* radiotaxi *inv*; **~ecnia** *f* radiotecnica; **~écnico, -a** *adj* radiotecnico, -a
radiotel|efonía *f* radiotelefonia; **~éfono** *m* radiotelefono; **~egrafía** *f* radiotelegrafia; **~egráfico, -a** *adj* radiotelegrafico, -a; **~egrafista** *m/f* radiotelegrafista; **~egrama** *m* radiotelegramma; **~escopio** *m* radiotelescopio; **~evisión** *f* radiotelevisione; **~evisivo, -a** *adj* radiotelevisivo, -a
radioterapia *f med* radioterapia
radiotransmis|ión *f* radiotrasmissione; **~or, -a** *adj/m* radiotrasmittente
radioyente *m/f* radioutente, radioascoltatore, -trice
rádium *m med* radium
radón *m quím* radon
RAE (*Real Academia Española*) *abr/f* ="Reale Accademia Spagnola (della lingua)"
raedera *f tecn* rasiera; raschietto *m*
raer ‹*raigo; raí, rayó; raiga; rayendo*› V. 19 *vt* radere; raschiare
ráfaga *f meteo* raffica, folata; *mil* raffica
rafagosidad *f meteo* intensità di raffica *inv*
rafia *f* raffia
raft *m sport* raft *inv*; **~ing** [raftin] *m sport* rafting* *inv*
raglán (*var.* **ranglán**, **ranglan**) *adj/m* raglan *inv* ◊ ***manga*** ~ manica alla raglan
ragout V. **ragú**
ragtime [ragtajm] *m mús* ragtime* *inv*

ragú (*var.* **ragout**) *m* stufato di carne con verdure (!)
raid [r̄ajd] *m mil* raid *inv*, incursione *f*; *sport* raid *inv*
raído, -a *pp/adj* logoro, -a *adj*, frusto, -a *adj*
raiga V. **raer**; **~mbre** *f bot tamb. fig* radici *fpl*
raigo V. **raer**
raíl (*var.* **rail**) *m transp* rotaia *f*
railite® *m* laminato plastico
raíz (*pl* **raíces**) *f bot/mat/ling tamb. fig* radice ◊ **~ *cuadrada, cúbica*** *mat* radice quadrata, cubica; ***a ~ de*** a partire da, in seguito a; ***arrancar de ~*** strappare dalla radice; ***de ~*** radicalmente; ***echar ~s*** mettere radici
raja *f* 1. fessura, fenditura; 2. (*fruta, queso*) fetta; 3. (*falda*) spacco *m*; 4. *ant* panno *m*; 5. *euf/vulg* fessa (*reg*), fica ◊ ***sacar ~*** trarre profitto
rajá (*var.* **rajah**) *m hist* ragià *inv*
rajad|o, -a *adj/s coloq* fifone, -a, vigliacco, -a; *coloq* fesso, -a; **~ura** *f* crepa, scheggiatura, fessura
rajah V. **rajá**
rajar 1. *vt* 1. spaccare, fendere; 2. *jerga delinc* ferire con arma bianca; **2.** vi chiacchierare, parlare senza fine; 3.**~se** fare marcia indietro *vi*; *coloq* squagliarsela
rajatabla: a ~ *adv* rigorosamente
ralea *f* specie, razza; (*caza*) predilezione ◊ ***gente de baja ~*** gente di basso rango
ralent|í *m* rallentatore; rallentamento ◊ ***al ~*** *tamb. fig* al rallentatore; **~ización** *f* ritardo *m*; **~izar** ‹*ralenticé*› *vt* rallentare
raleza *f* radezza
ralla|dor *m* grattugia *f*; **~dura** *f* grattatura, grattato *m*; **~r** *vt* grattuggiare
rally [r̄ali] (*var.* **rallye**) *m* rally* *inv*
ralo, -a *adj* rado, -a; tenue
RAM (*memoria de acceso directo*) *abr/f informát* RAM (memoria ad accesso casuale)
rama *f* 1. *bot* ramo *m*; *bot* ramoscello *m*, fronda; 2. *estud* branca, indirizzo *m*, specialità *inv*; 3. *transp* diramazione, ramo *m*; 4. *fig* diramazione; 5. *com* ramo *m*; 6. *impr* telaio *m* ◊ ***andarse/irse por las ~s*** menar il can per l'aia, divagare; ***en ~*** in greggio, al naturale; **~dán** *m relig* ramadan; **~je** *m* frascame, fronde *fpl*, frasche *fpl* ◊ ***de ~*** *agric* per talea; **~l** *m* 1. ramo, diramazione *f*; derivazione *f*; (*escalera*) rampa *f*; 2. *zool* (*caballos*) corda di cavezza *f*; **~lazo** *m* 1. *fig* attacco; ***~ de locura*** *momento/attacco di pazzia*; 2. colpo di fune; 3. *meteo* raffica *f*; 4. *fig* ramo
rambl|a *f* 1. alveo di acqua piovana *m*; 2. *reg* (*Cataluña*) corso *m*, viale *m*; **~ero, -a** *adj/s* (*Barcelona*) frequentatore, -trice assiduo, -a delle "Ramblas"
ramera *f* prostituta
ramific|ación *f* ramificazione, diramazione; **~arse** ‹*ramifiqué*› *vt* ramificarsi, biforcarsi; diffondersi
ramillete *m bot* mazzolino; *fig* insieme, complesso
ramiro *m* (*naipes*) ramino
ramo *m* 1. *bot* ramo; 2. mazzo di fiori; 3. *adm* settore, branca *f*, ramo; 4. *fig* attacco, principio ◊ ***Domingo de ~s*** *relig* Domenica delle Palme; **~so, -a** *adj* ramoso, -a
rampa *f* 1. *med* crampo *m*; 2. rampa ◊ ***~ de lanzamiento*** rampa di lancio; **~nte** *adj/m arq* rampante; *desp/fig* (*persona*) rampante
ramplón, -ona *adj* grossolano, -a, rozzo, -a
ramplonería *f* grossolanità *inv*, rozzezza
rana *f* 1. *zool* rana; 2. ="gioco infantile" *m* ◊ ***~ saltona/saltarina*** rana saltatrice; ***ancas de ~*** *gastr* cosce di rana; ***hombre ~*** uomo rana, sommozzatore; ***salir ~*** *coloq* riuscire male, essere ingannevole; **~cuajo** V. **renacuajo**
rancher|a *f Méx mús* ="canzone tipica popolare"; **~ía** *f* insieme di capanne *m*; accampamento *m*; *Am* insieme di "ranchos" *m*; **~o, -a** *m/f* padrone, -a di un "rancho"; responsabile di un "rancho" ◊ ***coche ~a*** *auto* (automobile) station wagon
rancho *m* 1. *Am* (*lugar*) rancho*; 2. *Am gastr/nav* rancio; 3. crocchio/gruppo di persone ◊ ***hacer/formar ~ aparte*** far compagnia a parte
ranci|edad (*var.* **rancidez**) *f* rancidità *inv*; **~o, -a 1.** *adj* 1. (*grasas*) rancido, -a; 2. (*vino*) vecchio, -a; 3. *coloq/fig* antico, -a; **2.** *m* lardo rancido, grasso
ranglán V. **raglán**
rango *m* classe *f*; *Am* pompa *f*; *Am* alta società *f inv*
ranking [r̄ankin] *m* ranking *inv*, classifica *f*, categoria *f*
ranúnculo *m bot* ranuncolo
ranura *f* 1. scanalatura; 2. *informát* slot *m/inv*; **~r** *vt* scanalare
rapabarbas *m inv coloq* barbitonsore *m*, barbieruccio *m*
rapacidad (*var.* **rapacería**) *f* rapacità *inv*
rapad|o, -a 1. *adj* pelato, -a; **2.** *m* pelata *f*, rapata *f*; **~ura** *f* 1. rapata, pelata; 2. ="dolce tipico canario" *m*
rapapolvo *m coloq* sgridata *f*, ramanzina *f*, predica *f*
rapar *vt* 1. (*barba*) radere; (*pelo*) rapare; 2. *coloq* pelare, rubare, fregare
rapaz ‹*rapaces*› **1.** *adj* rapace, avido, -a; **2.** *m* (*reg, lit*) ragazzo; monello; **3.** *f(pl) zool* rapace, -i *m(pl)*; **~a** *f* (*reg, lit*) ragazza
rapé *m* tabacco da fiuto, rapè
rape *m* 1. *zool* (*Lophius piscatorius*) coda di rospo *f*, rana pescatrice *f*, pesce rospo; 2. (*Lophius Bodegassa*) martino, lofio martino; 3. rapata *f* ◊ ***al ~*** (*pelo*) a zero
rápel (*var.* **rappel**) *m* (*alpinismo*) discesa a corda *f*
rapidez *f* rapidità *inv*, celerità *inv*
rápido, -a 1. *adj* rapido, -a, veloce, celere; **2.** *m* 1. (*río*) rapida *f*; 2. (*tren*) direttissimo
rapiña *f* rapina ◊ ***ave de ~*** uccello da preda, rapace
rapónchigo *m bot* raperonzolo
raposa *f zool* volpe; *fig* volpone, -a *m/f*

rappel V. **rapel**
rapsod|a *m hist/lit* rapsodo; **~ia** *f mús* rapsodia
rapsódico, -a *adj mús* rapsodico, -a
rapt|ar *vt* rapire; **~o** *m* 1. (*raptar*) rapimento; *hist* ratto; 2. *fig* impulso, impeto; 3. *med* raptus *inv*; **~or, -a** *m/f* rapitore, -trice
raqueta *f sport* racchetta; (*croupier*) rastrello *m*
raquídeo, -a *adj med* rachideo, -a
raquis *m inv bot/med* rachide *f*
raquítico, -a *adj* rachitico, -a
raquitismo *m* rachitismo
raramente *adv* raramente, di rado
rarefacción *f fís/med* rarefazione
rareza *f* rarezza, singolarità *inv*; stravaganza, capriccio *m*
raro, -a *adj* 1. raro, -a, singolare; 2. raro, -a, strano, -a, strambo, -a; ***hombre, carácter ~*** *uomo, carattere strambo/speciale*
ras *m* livello, piano ◊ **~ *con* ~** allo stesso livello; ***a/al ~ del suelo*** a raso terra, raso terra
ras|ante 1. *adj* radente; **2.** *f* piano d'inclinazione *m* ◊ ***cambio de ~*** dosso; ***vuelo ~*** volo radente; **~r** *vt* 1. rasare, livellare; 2. *fig* sfiorare, rasentare, passare rasente
rasca|cielos *m inv* grattacielo *m*; **~cio** *m zool* (*pez*) scorfano nero; **~da** *f* grattata; **~dera** *f* striglia; **~do, -a 1.** *adj* grattato, -a; **2.** *m* raschiamento, raschiatura *f*; **~dor, -a 1.** *m tecn* raschiatoio; raschietto; **2.** *m/f* raschiatore, trice; **~dura** *f* raschiatura; **~miento** *m* grattata *f*; **~r** ‹*rasqué*› **1.** *vt* (*piel*) grattare; (*marchas, cerilla*) raschiare, strofinare; (*telas*) graffiare; **2. ~se** grattarsi ◊ ***~se el bolsillo*** spendere i propri soldi; ***tener (alg) qué ~*** avere grattacapi; **~ rasca** *m inv* (*etiquetas*) gratta e vinci, raschia e vinci
rascón *m zool* porciglione (comune)
ras|ear *vt* 1. (*fútbol*) passare la palla raso terra; 2. *aero* volare raso terra *vi*; **~ro** *m* rasiera *f* ◊ ***doble ~*** *pol* politica del doppio binario; ***medir con el mismo ~*** fare d'ogni erba un fascio
rasg|ado, -a *adj* lacerato, -a, strappato, -a; largo, -a ◊ ***ojos ~s*** occhi a mandorla; **~ar** ‹*rasgué*› *vt* strappare, lacerare; *mús* arpeggiare *vi* ◊ ***~se (alg) las vestiduras*** *coloq/fig* mettersi le mani nei capelli; **~o 1.** *m* 1. tratto (di penna), linea *f*; 2. caratteristica *f*; gesto; **2.** *mpl* (*rostro*) lineamenti ◊ ***a grandes ~s*** a grandi tratti/linee; **~ón** *m* strappo
rasgue|ar *vt mús* arpeggiare *vi*; **~o** *m* tratteggio; *mús* arpeggio
rasguñ|ar *vt* 1. graffiare; 2. *arte* abbozzare; **~o** *m* graffio, graffiatura *f*; *arq* (*pintura*) schizzo
raso, -a 1. *m* raso; **2.** *adj* raso, -a, appianato, -a ◊ ***al ~*** all'aperto; ***campo ~*** campagna rasa; ***soldado ~*** soldato semplice; ***tabla ~a*** tabula rasa
raspa 1. *f* 1. (*pez*) spina, lisca; 2. *bot* (*panocha*) torsolo; *bot* (*gramíneas*) arista; *bot* (*uva*) raspo *m*; 3. *fig* (*persona*) selvaggio, -a *m/f*; **2.** *m/f coloq* furbacchione, -a; **~do** *m med* raschiamento; raschiatura *f*; **~dor** *m* grattino; *tecn* raspa *f*; **~dura** *f* raschiatura; **~r 1.** *vt* 1. (*animales*) raspare, grattare; raschiare, graffiare, raspare; 2. *fig* rasentare, sfiorare; 3. *fig* raspare, rubare; 4. *Ven estud* bocciare, respingere; **2.** *vi* 1. raspare; raschiare, graffiare; 2. (*vino*) essere acre ◊ ***~se a una mujer*** *Ven vulg* fregarsi una donna, scoparsi una donna; ***salir raspando*** *Ven* uscire/partire in fretta e furia
raspilla *f bot* miosotide, miosota *m/f*
rasposo, -a *adj* rasposo, -a, ruvido, -a; (*vino*) acre
rasqueta *f* raschietto *m*, raschiatoio *m*; (*vidrio*) spatola
rastra *f* 1. *tecn* rastrello *m*; *nav* rampino *m*, rastrello *m*; 2. *reg agric* traino *m*; 3. *agric* (*ajos...*) resta, treccia; 4. *fig* conseguenze *fpl* ◊ ***a ~s*** a strasciconi; contro voglia
rastre|ador, -a 1. *adj* segugio *m*, che segue le tracce; **2.** *m* segugio; **~ar** *vt* seguire le tracce, ricercare, indagare; rastrellare; **~o** *m* 1. *tecn* rastrellamento, screening* *inv*; 2. *med* screening*; 3. strascinio ◊ **~ *óseo*** scintigrafia (ossea); **~ro, -a** *adj* strisciante; *fig* meschino, -a, spregevole
rastrill|ado *m* rastrellamento, rastrellata *f*; **~ar** *vt* rastrellare; **~o** *m* rastrello
rastro *m* 1. traccia *f*, orma *f*, segno; 2. mercato delle pulci ◊ ***ni ~(s)*** neanche l'ombra; **~jera** *f* campo di stoppie *m*; **~jo** *m* stoppia *f* ◊ ***quemar los ~s*** *agric* ardere le stoppie; ***sacar a alg de los ~s*** togliere q dalla strada
rasur|ado, -a 1. *adj* raso, -a; **2.** *m* rasatura *f*; **~ar** *vt* radere la barba
rata 1. *f zool* topo *m*; **2.** *m fig* borsaiolo ◊ **~ *de alcantarilla*** ratto delle chiaviche; **~fia** *f* ratafià *inv*
ratán V. **rattan**
rate|ar *vt* rubacchiare; **~ría** *f* furterello *m*; **~ro, -a** *m/f* borsaiolo, -a
raticida *adj/m* topicida
ratific|ación *f* ratificazione; *jur* ratifica; **~ar** ‹*ratifiqué*› *vt* ratificare, convalidare
rating [ratin] *m* audience* *f inv*
ratio *f* rapporto *m*, proporzione; *econ* indice, coefficiente
rato *m* 1. momento; 2. *jur* rato ◊ ***a ~s perdidos*** nei ritagli di tempo, a tempo perso; ***a ~s*** di tanto in tanto; ***a cada ~*** ogni momento; ***al cabo de un ~*** poco dopo; ***dar (un) mal ~*** far passare un brutto momento; ***de ~ en ~*** di tanto in tanto; ***gustar un ~ largo*** piacere molto; ***hace un ~*** poco fa; ***hasta otro ~*** a presto; ***hay para ~*** ce n'è per un pezzo; ***largo ~*** lungo tempo; ***matrimonio ~ y no consumado*** *jur* matrimonio rato e non consumato; ***pasar el ~*** ammazzare il tempo; ***pasar (un) mal ~*** passare un brutto momento
ratón *m* 1. topolino, topo, sorcio; 2. *informát* mouse* *inv* ◊ **~ *de biblioteca*** *fig* topo di biblioteca
raton|era *f* 1. trappola per topi; 2. topaia ◊ ***caer en la ~*** cadere in trappola; **~o, -a** (*var.* **ratonil**) *adj* topesco, -a
rattan (*var.* **ratán**) *m* (*muebles*) rattan *inv*
rauco, -a *adj* chioccio, -a

raud|al *m geogr tamb. fig* torrente, fiumana *f* ◊ ***a ~es*** in abbondanza; **~o, -a** *adj* rapido, -a, impetuoso, -a
Rávena Ravenna
ravioles (*var.* **raviolis**) *mpl* ravioli
raya *f* 1. riga, linea; *ling* lineetta; 2. limite *m*, confine *m*; 3. (*pelo*) riga, scriminatura; 4. *zool* (*pez*) razza ◊ ***a/de ~s*** (*tela*) a righe; ***jugar a tres en ~*** giocare al filetto; ***pasarse de la ~*** *fig* oltrepassare i limiti; ***tener a ~ a alg*** tenere a distanza q; **~do, -a 1.** *adj* 1. rigato, -a; 2. *jerga juv* impazzito, -a; **2.** *m* rigatura *f* ◊ ***estar ~*** *jerga juv* essere/diventare pazzo; **~no, -a** *adj* limitrofo, -a, confinante; **~r 1.** *vt* 1. rigare; 2. sottolineare; **2.** *vi* confinare; **3. ~se** *jerga juv* diventare pazzo, impazzire ◊ **~ *en*** sfiorare, toccare
rayo *m* 1. raggio; 2. *meteo tamb. fig* fulmine ◊ ***~ incidente, reflejo, refracto...*** raggio d'incidenza, di riflessione, di rifrazione...; ***¡~s!*** *excl* Caspita!; ***caer como un ~*** cadere come un fulmine; ***echar ~s*** essere furioso, fulminare con lo sguardo; ***¡Mal ~ te parta!*** Che ti venga un accidenti!
rayón *m* 1. *txtl* rayon; 2. rigaccia *f*, linea malfatta *f*, lineaccia *f*; 3. *zool* cucciolo di cinghiale
rayuela *f infant* (*juego*) campana
raza *f* 1. razza; 2. schiatta; 3. *mat* ragione, proporzione, rapporto *m* ◊ ***de ~*** di razza
razia (*var.* **razzia**) *f* razzia
razón *f* ragione ◊ ***~ aritmética, geométrica*** *mat* ragione d'una progressione aritmetica, geometrica; ***a ~ de*** a ragione di; ***asistirle a alg la ~*** avere ragione, essere dalla parte della ragione; ***cargarse de ~*** essere convinto di; ***¡Con ~!*** A ragione!; ***dar ~ de*** dare informazioni su; ***dar la ~ a alg*** dare ragione a q; ***entrar en ~*** diventar ragionevole, convincersi; ***hacer perder la ~*** fare perdere l'uso della ragione; ***no atender a ~es*** non far caso, non ascoltare ragione; ***no tener ~*** avere torto; ***puesto en ~*** giustificato; ***tener ~*** avere ragione
razona|ble *adj* ragionevole, giusto, -a; discreto, -a; **~blemente** *adv* discretamente; **~do, -a** *adj* giustificato, -a, fondato, -a; **~dor, -a** *adj/s* ragionatore, -trice; **~miento** *m* ragionamento; **~r 1.** *vi* ragionare; **2.** *vt* giustificare
razzia [ˈraθja] V. **razia**
RD (*República Dominicana*) *abr* RD (Repubblica Dominicana)
RDA (*República Democrática Alemana*) *abr/f hist* R.D.T. (Repubblica Democratica Tedesca)
re *m mús* re *inv*
reabertura *f* riapertura
reabrir ‹*reabierto*› V. 15 *vt* riaprire
reabsor|ber *vt* riassorbire; **~ción** *f* riassorbimento *m*
reacción *f cient/pol tamb. fig* reazione ◊ ***~ en cadena*** reazione a catena; ***de ~*** a reazione
reaccion|ar *vi* reagire; **~ario, -a** *adj/s* reazionario, -a; retrogrado, -a
reacio, -a *adj* restio, -a, contrario, -a
reacondicion|amiento *m* riattamento; (*obras*) restauro; (*traje*) trasformazione *f*, modifica *f*; **~ar** *vt* ristrutturare, riattare; modificare
reactiv|ación *f* ripresa; **~ar** *vt* riattivare, rimettere in funzione; **~o, -a** *adj/m* reattivo, -a, reagente
reactor *m tecn/aero* reattore
readmi|sión *f* riammissione, riassunzione; **~tir** *vt* riassumere
reafirma|nte 1. *adj* riaffermante; **2.** *adj/m* (*crema*) rassodante; **~r** *vt* 1. riaffermare; 2. (*cuerpo*) rassodare
reagrup|ación *f* raggruppamento *m* ◊ ***~ familiar*** ricongiungimiento famigliare; **~ar** *vt* raggruppare
reajust|ar *vt econ* riallineare; *adm* riassettare; *pol* rimpastare; ritoccare, aggiustare; **~e** *m econ* (*monetario*) riallineamento; (*salarios*) riassetto; (*ministerial*) rimpasto; ritocco, aggiustamento
real 1. *adj* 1. reale, vero, -a; ***un hecho ~*** *un fatto reale/vero*; 2. reale, regale, regio, -a; ***un palacio ~*** *un palazzo reale*; ***un decreto ~*** *un decreto reale/regio*; splendido, -a, magnifico, -a; **2.** *m* 1. (*moneda*) reale; 2. *mil* accampamento, tende *fpl* ◊ ***(a)sentar sus ~es*** piazzare le tende; *fig* sistemarsi; ***no valer un ~*** non valere neanche un centesimo; **~ce** *m* rilievo; (*pintura*) risalto; splendore, lustro ◊ ***bordado de ~*** ricamo in rilievo; **~eza** *f* regalità *inv*; *fig* reali *mpl*; **~idad** *f* realtà *inv* ◊ ***en ~*** in realtà
realine|amiento *m* riallineamento, allineamento; **~ar** *vt* riallineare
realis|mo *m* realismo; **~ta** *adj/s* realista
reality show [r̄eˈaliti ˈsow] *m* reality show* *inv*
realiz|able *adj* realizzabile, effettuabile; **~ación** *f* esecuzione; realizzazione; **~ador, -a** *adj/s* realizzatore, -trice; *cine/TV/teat* regista; **~ar** ‹*realicé*› *vt* 1. realizzare; fare; *cine/teat/TV* realizzare, effettuare; 2. *cine* essere il regista di
realpolitik [r̄ealpoliˈtik] *f pol* realpolitik *inv*
realquilar *vt* riaffittare, subaffittare
realzar ‹*realcé*› *vt* mettere in risalto, mettere in evidenza; *arte* (*pintura*) dar luce
reanim|ación *f med* rianimazione; **~ar** *vt* rianimare
reanud|ación *f* ripresa; **~ar** *vt* riallacciare, riprendere, riannodare
reapar|ecer ‹*reaparezco*› V. 13a *vi* riapparire, ricomparire; **~ición** *f* riapparizione
reapertura *f* riapertura
rearm|ar *vt* riarmare; **~e** *m* riarmo
reasegur|ar *vt* riassicurare; **~o** *m* riassicurazione *f*
reasumir *vt* riassumere, assumere di nuovo
reata *f* fila di equini; **~r** *vt* accodare
reaviv|amiento *m* rinfocolamento; **~ar** *vt* ravvivare
rebaba *f* sbavatura; **~r** *vt* sbavare
rebaja 1. *f* ribasso *m*, sconto *m*; **2.** *fpl com* saldi *mpl*, liquidazione *f*; **~r 1.** *vt com/arq* ribassare; (*pintura*) attenuare; *fig* abbassare di categoria; *fig* umiliare; **2. ~se** *fig* ribassarsi

rebals|amiento *m* ristagno; **~ar 1.** *vt* formare una gora *vi*; **2.** *vi* traboccare, straripare

reban|ada *f* fetta; **~ar** *vt* affettare

rebañ|ar *vt* (*plato*) fare la scarpetta *vi*; **~o** *m* gregge

rebasar *vt* sorpassare, oltrepassare, superare

rebat|ible *adj* confutabile; **~ir** *vt* ribattere, controbattere, confutare; **~o** *m* segnale d'allarme ◊ ***tocar a ~*** suonare a martello

rebautizar ‹*rebauticé*› *vt* ribattezzare

rebec|a *f* golfino aperto *m*, giacca di maglia; **~o** *m zool* camoscio

rebel|arse ribellarsi; **~de 1.** *m* ribelle; **2.** *adj jur* contumace; ribelle, indocile, disobbediente; **~día** *f* ribellione; disobbedienza; *jur* contumacia; **~ión** *f* ribellione, rivolta

reblandec|er ‹*reblandezco*› V. 13a **1.** *vt tamb. fig* rammollire, rendere qc molle; intenerire; **2. ~se** diventare molle *vi*; **~imiento** *m* rammollimento

rebobin|ado *m* riavvolgimento; **~ar** *vt* riavvolgere, ravvolgere

rebocillo (*var.* **rebociño**) *m* piccola mantiglia *f*

rebolada *f* serenata popolare segoviana

reboll|o *m* quercia dei Pirenei *f*; **~udo, -a** *adj* grasso, -a

reborde *m* bordo, orlo

rebos|ante *adj* gonfio, -a, colmo, -a; **~ar** *vi* traboccare, straripare ◊ **~ *(de) salud*** scoppiare di salute

rebot|ado, -a *adj/m* ="ribelle a un antico ideale", contestatario, -a; ="chi ha spogliato l'abito monacale o un'attività professionale"; **~ar 1.** *vi tamb. fig* (*pelota*) rimbalzare; **2.** *vt* 1. ribadire; 2. *coloq* far uscire dai gangheri; espellere; **~e** *m* rimbalzo; ribadimento ◊ ***de ~*** di rimbalzo, di riflesso; **~ica** *f* (*farmacia*) retrobottega *m/f*

reboz|ar ‹*rebocé*› *vt* 1. *gastr* (*huevo y pan*) impanare; (*harina*) infarinare; 2. imbacuccare; coprire il volto *vi*; **~o** *m* 1. simulazione *f*; 2. (*sábanas*) rimboccatura *f*; 3. ="modo di portare la mantellina che copre il volto" ◊ ***de ~*** di nascosto; ***sin ~s*** chiaramente; **~uelo** (*var.* **rebozuela** *f*) *m bot* (*hongo*) galletto

rebrot|ar *vi* rigermogliare, riprodursi; **~e** *m bot* germoglio; *fig* riproduzione *f*

rebudio *m* (*jabalí*) grugnito

rebullir 1. *vt Am* rimuovere; **2. ~se** agitarsi

rebusca *f agric tamb. fig* spigolatura; **~do, -a** *adj* ricercato, -a, manierato, -a; **~miento** *m* affettazione *f*; **~r** ‹*rebusqué*› *vt agric* spigolare; ricercare

rebuzn|ar *vi zool* ragliare; **~o** *m* (*asno*) raglio

recabar *vt* ottenere; *Am* richiedere

recad|ero, -a *m/f* messo, messaggero, -a; **~o** *m* 1. incarico, commissione *f*; messaggio, avviso; 2. *Am* il necessario, gioco

recaer ‹*caigo; caí, cayó; caiga; cayendo*› V. 19 *vi* 1. ricadere, cadere di nuovo; 2. ricadere (**en** su), toccare (**en** a)

recaída *f* ricaduta

recalar 1. *vt* impregnare; **2.** *vi nav* avvistare terra; *nav* arrivare il vento o il mare alla nave, arrivare

recalcar ‹*recalqué*› *vt* ricalcare

recalcitr|ante *adj* 1. recalcitrante (**en** a), ricalcitrante (**en** a); 2. ostinato, -a; **~ar** *vt* recalcitrare (**en** di fronte a), ricalcitrare (**en** di fronte a)

recalent|amiento *m tecn* surriscaldamento; riscaldamento; **~ar** *vt* riscaldare; *tecn* surriscaldare; **~ón** *coloq* V. **recalentamiento**

recalific|ación *f* riqualificazione; **~ar** ‹*recalifiqué*› *vt* riqualificare

recam|ado *m* ricamo in rilievo; **~ar** *vt* ricamare in rilievo

recámara *f* 1. *hist* retrocamera, retrostanza; 2. *Méx* camera da letto; 3. *mil* culatta; 4. *fig* riserva

recambi|able *adj* ricambiabile; **~ar** ‹*recambio*› V. 1 *vt com* ricambiare; **~o** *m* 1. *com/mec* ricambio; 2. *com* rivalsa *f* ◊ ***pieza de ~*** pezzo di ricambio

recapacitar *vi* riflettere (**sobre/en** su), meditare (**sobre/en** su)

recapitul|ación *f* ricapitolazione; **~ar** *vt* ricapitolare; **~atorio, -a** *adj* riassuntivo, -a

recarg|a *f* ricarica; **~able** *adj* ricaricabile; **~ado, -a** *adj* sovraccarico, -a; **~amiento** *m* sovraccarico; **~ar** ‹*recargué*› *vt* sovraccaricare; ricaricare; *com* gravare; **~o** *m* carico supplementare, aumento; addizionale *f*; *jur* aggravio

recat|ado, -a *adj* modesto, -a, pudico, -a, onesto, -a; cauto, -a, circospetto, -a; **~ar 1.** *vt* nascondere, occultare; **2. ~se** 1. agire con prudenza *vi*; 2. occultarsi ◊ ***sin ~se*** apertamente; **~o** *m* modestia *f*, riserbatezza *f*, onestà *f inv*; riserbo

recauchut|ado *m auto* ="riparazione e rigenerazione di pneumatici" *f*; **~ar** *vt auto* ="riparare un copertone/pneumatici (con caucciù)"

recaud|ación *f* 1. riscossione, esazione; 2. esattoria ◊ ***la ~ del mes*** la somma riscossa del mese; **~ador, -a** *adj/s* esattore, -trice, ricevitore, -trice ◊ **~ *de impuestos*** esattore erariale; **~ar** *vt* riscuotere, percepire; **~o** *m* 1. riscossione *f*; 2. precauzione *f*, cautela *f*; 3. *jur* cauzione *f*, garanzia *f* ◊ ***poner a buen ~*** mettere al sicuro

recavar *vt* rivangare

rección *f ling* reggenza

recebado *m* 1. (*suelo*) riempimento; 2. *electrón* reinnesco

recel|ar 1. *vt* temere; **2.** *vi* diffidare (**de** di), sospettare *vt/i* (**de** di); **~o** *m* sospetto, diffidenza *f*, timore; **~oso, -a** *adj* diffidente, sospettoso, -a

recenar *vt* mangiare qualcosa all'alba

recens|ión *f* recensione; **~or, -a** *m/f* recensore, -a

recental *adj/m* lattante

recepc|ión *f* 1. ricevimento *m*; 2. (*hotel*) reception *inv*; 3. (*hospital*) accettazione; 4. *lit/cient/tecn* ricezione; 5. *jur* escussione ◊ ***dar una ~*** offrire un ricevimento; ***preguntar en ~*** (*hotel*) chiedere al receptionist; **~ionista** *m/f* receptionist* *inv*

recept|ación *f jur* ricettazione; **~áculo** *m* ricettacolo; **~ador, -a** *m/f jur* ricettatore, -trice; **~ar** *vt jur* ricettare; **~ividad** *f* ricettività *inv*; **~ivo, -a** *adj* ricettivo, -a; **~or, -a 1.** *adj/s* ricevitore, -trice, ricevente; *ling* ricevente; **2.** *m tecn* recettore ◊ ***aparato ~*** apparecchio ricevente

reces|ión *f econ tamb. fig* recessione; **~ivo, -a** *adj biol/econ* recessivo, -a; **~o** *m* 1. ritiro, separazione *f*; *fig* recesso; 2. *astron* regressione *f*; *Am* vacanza *f*; 3. pausa *f*, intervallo

receta *f med/gastr* ricetta; **~r** *vt* prescrivere, ricettare; **~rio** *m* ricettario

rechaz|ar ‹*rechacé*› *vt* rifiutare, respingere; **~o** (*var.* **rechace**, **rechazamiento**) *m* rifiuto; *med* rigetto ◊ ***de ~*** *fig* di rigetto

rechifla *f* 1. *coloq* fischio *m*; 2. burla

rechin|amiento *m* cigolio, stridio; **~ante** *adj* acre; **~ar** *vi* stridere, cigolare; *fig* digrignare

rechistar *vi coloq* aprire bocca

rechoncho, -a *adj* tozzo, -a, tomboletto, -a

rechupete: de ~ *adv coloq* da leccarsi i baffi, squisito, -a *adj*; stupendo, -a *adj*

recibi|dor *m* entrata *f*, ingresso; **~miento** *m* ricevimento, accoglienza *f*; **~r 1.** *vt* (*envío*) ricevere; ricevere, accogliere; *taur* ="aspettare (il torero) il toro"; **2. ~se** *Am estud* laurearsi

recibo *m* (*un pago*) ricevuta *f*, bolletta *f*; ricevimento ◊ ***acusar ~*** accusare ricevuta; ***al ~ de la presente*** ricevuta la presente lettera; ***ser/no ser de ~ u-c*** essere/non essere accettabile qc

recicla|je *m tecn/econ* riciclaggio; *fig* aggiornamento; **~r** *vt* riciclare; *fig* aggiornare

recidiva *f/med* recidiva

reciedumbre *f* robustezza, vigore *m*

recién *adv* recentemente; *Am* recentemente, poco tempo fa, da poco ◊ ***~ casados*** novelli sposi; ***~ llegado*** appena arrivato; ***~ nacido*** neonato, appena nato

reciente *adj* recente, fresco, -a; nuovo, -a

recinto *m* recinto ◊ ***~ de la feria*** area della fiera

recio, -a *adj* robusto, -a, forte; grosso, -a; duro, -a, ruvido, -a ◊ ***en lo más ~ de*** nel cuore di, nel centro di

recipiente *m* recipiente

reciprocidad *f* reciprocità *inv*

recíproco, -a *adj* reciproco, -a

recit|ación *f* recitazione; **~ado** *m mús* recitativo; **~al** *m* recital* *inv*; **~ar** *vt* recitare, dire a memoria; **~ativo, -a** *adj* recitativo, -a

reclam|ación *f* reclamo *m*, protesta ◊ ***libro de ~es*** *adm* libro dei reclami; **~ar 1.** *vi* reclamare, protestare; **2.** *vt* 1. esigere, pretendere; 2. *jur* avocare; 3. *nav* issare; **~o** *m* 1. *tamb. fig* (*pájaros*) richiamo; 2. *impr* invito; 3. chiamata *f*; 4. *jur* petizione *f*; 5. *Am* reclamo, protesta *f* ◊ ***acudir al ~*** andare dove l'interesse chiama

reclin|able *adj* inclinabile; **~ar** *vt* reclinare, inclinare, chinare, piegare; **~atorio** *m* inginocchiatoio

reclu|ir ‹*recluyo; recluyó; recluyendo*› V. 14 *vt* rinchiudere; **~sión** *f* reclusione; carcere *m*, prigione; **~so, -a** *adj/s* recluso, -a, prigioniero, -a

reclut|a 1. *f mil* reclutamento *m*, leva; **2.** *m mil* recluta *f* (!); **~amiento** *m* reclutamento, leva *f*, arruolamento ◊ ***caja de ~*** lista di leva; **~ar** *vt* 1. *mil* reclutare, arruolare; 2. (*trabajador*) ingaggiare, assumere

recobrar 1. *vt* (*fuerzas*) riacquistare, ricuperare; (*sentido*) riprendere; **2. ~se** riprendersi; ricuperarsi; rifarsi

recocer ‹*cuezo*› V. 9a *vt* stracuocere; *metal* ricuocere

recochineo *m coloq* burla *f*, presa in giro *f*

recocido *m tecn* rinvenimento

recodo *m* (*recorrido*) svolta *f*, gomito

recoge|dor, -a *adj/m* raccoglitore, -trice ◊ ***~ de basura*** paletta dell'immondizia; **~gotas** *m inv* paragocce; **~migas** *m inv* raccoglibriciole; **~pelotas** *m inv* raccattapalle; **~r** ‹*recojo*› **1.** *vt* raccogliere; prendere; *agric* raccogliere; riunire; (*cable*) ravvolgere; conservare; togliere; **2. ~se** ritirarsi, tornare a casa *vi*

recogi|da *f* raccolta; ritirata ◊ ***~ de basura*** raccolta delle immondizie; **~do, -a** *adj* raccolto, -a; ritirato, -a; corto, -a, piccolo, -a; **~miento** *m* raccoglimento

recojo V. **recoger**

recolec|ción *f* 1. *agric* raccolta; 2. *relig* raccoglimento *m*; **~tar** *vt agric* raccogliere; **~tor, -a** *m/f* mietitore, -trice

recoleto, -a *adj* raccolto, -a; solitario, -a

recoloc|ación *f* reimpiego *m*; **~ar** ‹*recoloqué*› *vt* reimpiegare

recomend|able *adj* raccomandabile; **~ación** *f* raccomandazione ◊ ***tener ~es*** avere delle raccomandazioni; **~ado, -a** *adj/s* raccomandato, -a; *Col* (*correo*) raccomandato; **~ar** ‹*recomiendo*› V. 5a *vt* raccomandare; incaricare

recomerse rodere *vi*; *coloq/fig* mangiarsi, rodersi il fegato

recompensa *f* ricompensa, compenso *m*; **~r** *vt* ricompensare, remunerare

recomponer ‹*pongo; pondré; puse; puesto*› V. 32 *vt* ricomporre; aggiustare

reconcentr|ado, -a *adj* assorto, -a; **~ar 1.** *vt* riconcentrare; **2. ~se** astrarsi, riconcentrarsi

reconcili|ación *f* riconciliazione; **~ar** ‹*reconcilio*› V. 1 **1.** *vt* riconciliare, rappacificare; *relig* ricondurre alla fede; **2. ~se** riconciliarsi

reconcomerse *coloq/fig* mangiarsi il fegato

recóndito, -a *adj* recondito, -a

reconduc|ible *adj* riconducibile; **~ir** ‹*conduzco; conduje; conduciendo*› V. 20 *vt* ricondurre

reconfort|ado, -a *adj* sollevato, -a; **~ar** *vt* riconfortare

recono|cer ‹*reconozco*› V. 13a *vt* 1. riconoscere; 2. *fig* (*errores*) riconoscere, ammettere; 3. *med* visitare; 4. esaminare, esplorare; 5. *pol* (*gobierno*) riconoscere; **~ible** *adj* riconoscibile; **~ido, -a** *adj* riconoscente, grato, -a; **~imiento** *m* 1. riconoscimento; 2. *med* esame medico, visita *f*; 3. *jur/mil* ricognizione *f*; 4. *lit elev* agnizione *f*; 5. riconoscenza *f*, gratitudine *f*

reconquista *f* riconquista; **~r** *vt* riconquistare

reconsider|ación *f* ripensamento *m*; **~ar** *vt* riconsiderare, riesaminare

reconstitu|ción *f* ricostituzione; **~ir** ‹*constituyo; constituyó; constituyendo*› V. 14 *vt* ricostituire; **~yente** *adj/m* ricostituente
reconstru|cción *f* ricostruzione; **~ir** ‹*construyo; construyó; construyendo*› V. 14 *vt* ricostruire
reconven|ción *f jur* riconvenzione; rimprovero *m*, reprensione; **~ir** ‹*vengo, vienes; vendré; vine; viniendo*› V. 41 *vt jur* riconvenire; rimproverare
reconver|sión *f* riconversione; **~tir** ‹*convierto; convirtió; convirtiendo*› V. 10 *vt* riconvertire
recopa *f sport* coppa delle coppe
recopi|lación *f* riepilogo *m*, compendio *m*; (*leyes*) collezione; *mús* compilation* *inv*; **~ador, -a** *m/f* raccoglitore, -trice; **~ar** *vt* riepilogare, riassumere; collezionare; **~atorio** *m* compilation* *inv*
¡recórcholis! *excl irón/coloq* Caspita!, Caspitina!
récord *m* record *inv*, primato
record|ación *f* ricordo *m*, ricordanza; **~ar** ‹*recuerdo*› V. 8a *vt/i* ricordare, rammentare ◊ ***si mal no recuerdo*** se ben ricordo; **~atorio** *m* avviso, avvertenza *f*, promemoria; **~man** [r̄e'korman, 'r̄ekorman] *m* recordman* *inv*, primatista; **~woman** [r̄ekor'woman] *f* recordwoman* *inv*, primatista
recorr|er *vt* 1. percorrere; attraversare; 2. ripassare; 3. *impr* trasportare linee di composizione; **~ido** *m* percorso, tragitto; viaggio; *fig* ripassata *f*
recort|able *m* figurina ritagliabile *f*; **~ar 1.** *vt* 1. ritagliare; 2. (*pintura*) delineare; **2. ~se** stagliarsi, risaltare *vi*; **~e** *m* 1. (*diario*) ritaglio; 2. *fig* riduzione *f*, ritaglio; 3. *taur* scarto
recostar ‹*recuesto*› V. 8a **1.** *vt* 1. appoggiare, reclinare; 2. coricare; **2. ~se** buttarsi sul (letto, sofá...), sdraiarsi
recoveco *m* giravolta *f*, sinuosità *f inv*; angolo, nascondiglio ◊ ***sin ~s*** senza tanti giri
recre|ación *f* ricreazione, svago *m*; **~ar 1.** *vt* ricreare, divertire, distrarre; **2. ~se** ricrearsi, distrarsi, divertirsi ◊ ***~ la vista*** *fig* ricreare l'animo, dilettare; **~ativo, -a** *adj* 1. ameno, -a, divertente; ricreativo, -a; 2. *mpl* sala giochi *f*; **~o** *m* passatempo, ricreazione *f*; *estud* ricreazione *f*, intervallo
recría *f* riallevamento *m*, allevamento *m*
recriar ‹*recrío*› V. 2 *vt* riallevare, allevare
recrimin|ación *f* recriminazione; **~ar** *vt* recriminare; **~atorio, -a** *adj* recriminatorio, -a
recrudec|er ‹*recrudezco*› V. 13a *vt/i* rincrudire, inasprire; **~imiento** *m* rincrudimento, inasprimento
recta *f geom* retta; **~l** *adj med* rettale
rectangular *adj* rettangolare
rectángulo *adj/m* rettangolo
rectific|ación *f* rettifica; *quím* rettificazione; **~ador, -a** *adj/m quím* rettificatore, -trice; **~adora** *f tecn* rettificatrice; **~ar** ‹*rectifiqué*› *vt* rettificare; emendare, correggere
rectilíneo, -a *adj* rettilineo, -a
rectitud *f* rettitudine, onestà *inv*; dirittura
recto, -a 1. *adj* diritto, -a, retto, -a; **2.** *m* 1. diritto, retto; 2. *med* retto ◊ ***todo ~*** sempre diritto/dritto
rector 1. *adj/s* rettore; **2.** *m relig* parroco ◊ ***Magnífico *~*** Magnifico Rettore; **~ado** *m* (*universidad*) rettorato; **~al** *adj* (*universidad*) del rettore; **~ía** *f relig* canonica
rectoscopia *f med* rettoscopia
recua *f* branco di animali da soma *m*; *coloq/fig* gregge, branco; **~dro** *m* riquadro; *impr* (*diario*) riquadrato
recubri|miento *m* rivestimento; **~r** ‹*recubierto*› V. 15 *vt* rivestire, ricoprire
recue|llo *m* ricolatura *f*; (*colada*) ranno; **~nto** *m* conto di verifica, riscontro ◊ ***~ de votos*** scrutinio di voti; **~rdo** *m* ricordo; *fig* souvenir* *inv*, presente ◊ ***~s a Juan*** (tanti) saluti a Giovanni; ***dosis de ~*** dose di richiamo; **~sto** V. **recostar**; **~zo** V. **recocer**
recul|ada *f* rinculata; (*arma*) rinculo *m*; **~ar** *vi* rinculare, retrocedere
recuper|ación *f* ricupero *m*, recupero *m*; *econ* ripresa; *med* guarigione; **~ar 1.** *vt* ricuperare, recuperare; **2. ~se** ricuperarsi, recuperarsi; *med* guarire *vi*
recurr|ente *adj/s* ricorrente; **~ir 1.** *vi* ricorrere; **2.** *vt jur* ricorrere ◊ ***~ una sentencia*** ricorrere contro una sentenza; ***no tener a quien ~*** non sapere a che santo votarsi
recurso 1. *m jur* ricorso; *adm* istanza *f*, reclamo; **2.** *mpl* risorse *fpl*, beni ◊ ***~ contencioso-administrativo*** ricorso amministrativo; ***~ de alzada*** ricorso gerarchico; ***~ de apelación*** ricorso in appello; ***~ de casación*** ricorso per/in cassazione; ***~ de revisión*** ricorso di revisione; ***~s del Estado*** risorse/beni dello Stato; ***~s humanos*** risorse umane, human resources*; ***desestimar el ~*** non accogliere l'istanza di ricorso/del ricorrente; ***hombre de ~s*** uomo pieno di risorse, uomo ingegnoso; uomo ricco; ***interponer un ~*** presentare un ricorso; ***sin ~s*** senza mezzi; ***último ~*** ultima istanza
recus|ación *f jur* ricusazione; ricusa; **~ar** *vt/i jur* ricusare; rifiutare
red *f* rete ◊ ***~ barredera*** (*pesca*) rete a strascico; ***~ de carreteras, ferroviaria, telefónica*** rete stradale, ferroviaria, telefonica; ***caer en la ~*** *tamb. fig* cadere nella rete; ***tender la ~*** *tamb. fig* tendere la rete
redac|ción *f* (*periódico*) redazione; composizione, tema *m*; **~tar** *vt* scrivere, comporre, redigere; **~tor, -a 1.** *adj/s* (*periódico*) redattore, -trice; **2.** *m/f* scrittore *m*, scrittrice *f* ◊ ***~ jefe*** caporedattore
redada *f* retata
redaño 1. *m med* omento; **2.** *mpl* fegato *m*, coraggio *m* ◊ ***tener ~s*** aver fegato
redecilla *f* reticella; *zool* retino *m*
rededor *m* dintorno ◊ ***en ~*** *elev* intorno
reden|ción *f relig tamb. fig* redenzione; **~tor** *m relig* redentore ◊ ***meterse a ~*** mettersi in mezzo

redescont|able *adj com* riscontabile; **~ar** ‹*cuento*› V. 8a *vt com* riscontare
redescubrimiento *m* riscoperta *f*
redescuento *m com* risconto
redhib|ición *f jur* redibizione; **~ir** *vt jur* promuovere azione redibitoria *vi*; **~itorio, -a** *adj jur* redibitorio, -a
redicho, -a *adj* affettato, -a nel parlare
¡rediez! *excl euf* perbacco!, perdinci!
redil *m* (*ganado*) addiaccio; *fig* gregge ◊ ***voler al ~*** *coloq/fig* tornare all'ordine
redimensionar *vt* ridimensionare
redimi|bilidad *f* redimibilità *inv*; **~ble** *adj* redimibile; **~r** *vt* redimere, riscattare, estinguere, cancellare ◊ ***~ una hipoteca*** cancellare un'ipoteca
redistribu|ción *f* ridistribuzione; **~ir** ‹*distribuyo; distribuyó; distribuyendo*› V. 14 *vt* ridistribuire
rédito *m* reddito
redivivo, -a *adj* redivivo, -a
redobl|ante *m mús* cassa rullante *f*; **~ar 1.** *vt* 1. raddoppiare; 2. ripiegare; **2.** *vi mús* rullare; **~e** *m* raddoppiamento; *mús* rullio
redoma *f* matraccio *m*; **~do, -a** *adj iron* matricolato, -a
redonda *f* 1. regione; 2. *mús* semibreve ◊ ***a la ~*** all'intorno
redonde|ado, -a *adj* tondeggiante; **~ar** *vt* arrotondare; **~l** *m* cerchio, circolo; *taur* arena *f*; **~o** *m* arrotondamento; **~z** *f* rotondità *inv*
redondilla *f lit* ="quartina di ottonari rimati abba"
redondo, -a 1. *adj* 1. rotondo, -a, tondo, -a, circolare; 2. *fig* perfetto, -a; **2.** *m* 1. *gastr* girello, lacerto ◊ ***caerse ~*** cadere completamente; ***en ~*** all'intorno; assolutamente; 2. *impr* in carattere tondo; ***número ~*** numero tondo, cifra tonda
redox *adj inv quím* redox
reducción *f* riduzione, diminuzione ◊ ***~ del dividendo*** riduzione del dividendo; ***~ eidética*** riduzione eidetica
reduci|ble *adj* riducibile; **~do, -a** *adj* ridotto, -a, limitato, -a; **~r** ‹*reduzco; reduje; reduciendo*› V. 20 **1.** *vt* 1. ridurre, diminuire, ribassare, limitare; 2. *pol* sottomettere; 3. *cient tamb. fig* ridurre; **2. ~se** 1. ridursi; 2. adattarsi
reducto *m mil* ridotta *f*, ridotto; **~r, -a 1.** *adj* riducente, riduttore, -trice; **2.** *m tecn* riduttore; *quím* agente riducente; **~ra** *f* demoltiplicatore *m*, ridotta
reduje V. **reducir**
redund|ancia *f* ridondanza; **~ante** *adj* ridondante; **~ar** *vi* ridondare ◊ ***~ en daño de alg*** ridondare a danno di q
redeplic|ación *f* 1. raddoppiamento *m*; 2. *ling* ripetizione; **~ar** ‹*redupliqué*› *vt* raddoppiare; reiterare
reduzco V. **reducir**
reedición *f* riedizione
reedific|ación *f* riedificazione, ricostruzione; **~ar** ‹*riedifiqué*› *vt* riedificare, ricostruire
reeditar *vt* ripubblicare
reeduc|ación *f* rieducazione; **~ar** ‹*reeduqué*› *vt* rieducare
reelabor|ación *f* rielaborazione; **~ar** *vt* rielaborare
reelección *f* rielezione
reeleg|ible *adj* rieleggibile; **~ir** ‹*elijo; eligió; eligiendo*› V. 12 *vt* rieleggere
reembarque *m nav* reimbarco
reembols|able *adj* rimborsabile; **~ar** (*var.* **rembolsar**) *vt* rimborsare; **~o** *m* rimborso ◊ ***contra/a ~*** contrassegno
reemplaz|ar (*var.* **remplazar**) ‹*reemplacé*› *vt* sostituire, rimpiazzare; **~o** *m* sostituzione *f*, rimpiazzo; *mil* leva *f*
reemprender *vt* riprendere
reencarn|ación *f* reincarnazione; **~ar** *vt* reincarnare
reencontrar *vt* rincontrare
reencuentro *m* rincontro
reenganch|ar 1. *vt* riagganciare; **2. ~se** 1. *mil* fare la rafferma *vi*; 2. riprendere a drogarsi *vi*; **~e** *m* riaggancio; rafferma *f*
reenviar ‹*reenvío*› V. 2 *vt* rinviare, rispedire
reenvío *m* rimando
reescribir ‹*rescrito*› V. 25 *vt* riscrivere
reestreno *m cine* la seconda presentazione *f* ◊ ***cine de ~*** cinema di seconda visione
reestructur|ación *f* ristrutturazione; **~ar** *vt* ristrutturare, riorganizzare
reexped|ición *f* rispedizione; **~ir** ‹*pido; pidió; pidiendo*› V. 12 *vt* rispedire
reexport|ación *f* riesportazione; **~ar** *vt* riesportare
refacción (*var.* **refección**) *f* 1. *elev* refezione, spuntino *m*; 2. *arq* restauro *m*
refajo *m ant* sottana *f*, gonna *f*
refec|ción V. **refacción**; **~torio** *m* refettorio
referencia 1. *f* 1. riferimento *m*; 2. *ling* referenza; **2.** *fpl* referenze, informazioni ◊ ***con ~ a*** in riferimento a, per quanto riguarda; ***no tener ~*** non avere referenze, non essere referenziato; ***(persona) con ~s*** (persona) referenziata; ***por ~(s)*** in modo indiretto; **~l** *adj ling* referenziale
referéndum *m* referendum *inv*
referente 1. *adj/m ling* referente; **2.** *adj* riferente, relativo, -a
referí *m Am* arbitro
referir ‹*refiero; refirió; refiriendo*› V. 10 **1.** *vt* riferire, narrare, raccontare; **2. ~se** riferirsi, alludere *vi*
refilón: de ~ *adv* 1. di sbieco; 2. *fig* di striscio
refin|ación *f tecn* raffinazione; **~ado, -a** *adj/s* raffinato, -a; **~amiento** *m* raffinatezza *f*, squisitezza *f*; *tecn tamb. fig* raffinamento
refina|nciación *f* rifinanziamento *m*; **~r** *vt tecn tamb. fig* raffinare
refinería *f* raffineria
refino *m* raffinazione *f*
refirió V. **referir**
reflación *f econ* reflazione

reflect|ante *adj* riflettente; **~ar** *vi* riflettere; **~or, -a 1.** *m* riflettore; **2.** *adj* riflettente
reflej|ar *vt cient tamb. fig* riflettere; **~o, -a** *adj/m* riflesso, -a
réflex *adj/s inv foto* reflex
reflexi|ología *f med* reflessiologia; **~ón** *f* riflessione; **~onar** *vi* riflettere, meditare; **~vo, -a** *adj* riflessivo, -a
reflorec|er ‹*reflorezco*› V. 13a *vi* rifiorire; **~imiento** *m* rifioritura *f*, rifiorimento
reflorescente *adj* rifiorente
reflot|amiento *m econ* risanamento; **~ar** *vt nav/econ* ricuperare, rimettere a galla
reflu|ir ‹*fluyo; fluyó; fluyendo*› V. 14 *vi* rifluire; **~jo** *m* riflusso; **~yente** *adj cient* refluo, -a
refocilar 1. *vt* rifocillare; **2. ~se** *fig* trastullarsi
reforest|ación *f* riforestazione, rimboschimento *m*; **~ar** *vt* rimboschire
reforma *f* 1. riforma; 2. *arq* ristrutturazione; *arq* restauro *m*; **~dor, -a** *adj/s* riformatore, -trice; **~r 1.** *vt* 1. riformare; migliorare, correggere; 2. *arq* ristrutturare; **2. ~se** correggersi; **~torio** *m* riformatorio, casa di correzione *f*
reformis|mo *m* riformismo; **~ta** *adj/s* riformista
reforz|amiento *m* rafforzamento; **~ar** ‹*refuerzo; reforcé*› V. 8a *vt* rinforzare, rafforzare
refrac|ción *f cient* rifrazione; **~tabilidad** *f* refrattarietà *inv*; **~tar** *vt* rifrangere; **~tario, -a** *adj* refrattario, -a; *fig* ribelle; **~tor, -a** *adj/m* rifrattore, -trice
refrán *m* proverbio
refranero *m* raccolta di proverbi *f*
refreg|ar ‹*refriego; refregué*› V. 5a *vt* 1. strofinare; 2. *coloq/fig* sbattere in faccia; **~ón** *m* strofinata *f*
refren|amiento *m* frenata *f*, raffrenamento; **~ar** *vt* frenare, contenere
refrend|ar *vt* (*ley*) controfirmare; legalizzare, vidimare; **~ario** *m* controfirmatario; **~o** *m* controfirma *f*; visto, legalizzazione *f*
refresc|amiento *m* rinfrescata *f*; **~ante** *adj* rinfrescante, refrigerante; **~ar** ‹*refresqué*› *vt/i* rinfrescare; **~o** *m* bibita *f*; rinfresco ◊ ***gente de ~*** *coloq/fig* gente fresca/riposata
refrieg|a *f* rissa, baruffa, zuffa; **~o** V. **refregar**
refriger|ación *m* refrigerazione; **~ador, -a** *adj/m* refrigeratore, -trice; **~ante** *adj/m* refrigerante; **~ar** *vt tecn* refrigerare; rinfrescare; **~io** *m* refrigerio, ristoro
refringencia *f fís* rifrangenza
refrito *m coloq/fig* rifrittume, scopiazzatura *f*, lavoro non originale
refuerzo *m* rinforzo
refugi|ado, -a *adj/s* rifugiato, -a; **~arse** rifugiarsi; **~o** *m* rifugio; *mil* baracchino, rifugio
refulg|encia *f* splendore *m*, fulgore *m*; **~ente** *adj* splendente, rifulgente; **~ir** ‹*refuljo*› *vi* rifulgere, splendere, brillare
refund|ición *f metal tamb. fig* rifusione; rifacimento *m*; **~ir** *vt* rifondere ◊ ***se me refundió mi monedero*** *Am* ho perso il portafoglio
refunfuñ|ar *vi* brontolare, borbottare; **~o** *m* brontolio; **~ón, -ona** *adj/s* brontolone, -a
refut|ación *f* confutazione; **~ar** *vt* confutare, impugnare, ribattere
regad|era *f* innaffiatoio *m*; *Am* doccia ◊ ***estar como una ~*** *coloq* essere mezzo pazzo; **~ío 1.** *adj* irrigabile, irriguo, -a; **2.** *m* terreno irrigabile; **~or, -a** *adj/s agric* irrigatore, -trice
regal|ado, -a *adj* 1. piacevole, comodo, -a, agiato, -a; 2. quasi gratis; **~ar** *vt* regalare, donare; ossequiare, offrire; **~ía** *f* regalia; **~iz** *m* liquirizia *f*; **~o** *m* regalo, dono; lusso
regañ|adientes: a ~ *adv* a malincuore, di malavoglia; **~r 1.** *vi* ringhiare; **2.** *vt* rimproverare, sgridare
regañina *f* predica, sgridata
regaño *m* gesto di sdegno; rimprovero, sgridata *f*
regañón, -ona *adj* brontolone, -a, borbottone, -a
regar ‹*riego; regué*› V. 5a *vt* 1. *agric* irrigare; (*flores*) innaffiare; 2. *fig* spargere
regata *f* 1. *nav* regata; 2. solco d'irrigazione *m*
regate *m* 1. scarto; 2. *sport* dribbling* *inv*, dribblaggio; 3. *fig* scappatoia *f*; **~ar 1.** *vi* 1. *com* tirare sul prezzo; 2. *sport* scartare, dribblare; 3. *nav* regatare; **2.** *vt* risparmiare; **~o** *m* discussione sul prezzo *f*, tira e molla sul prezzo *inv*
regatista *m/f* yachtsman* *inv*, velista
regato *m* ruscello
regazo *m* grembo
regencia *f pol* reggenza
regener|ación *f* rigenerazione; **~ador, -a** *adj/s* rigeneratore, -trice; **~ar** *vt* rigenerare, rinnovare; **~ativo, -a** *adj* rigenerativo, -a
regenta *f* moglie del reggente; **~r** *vt pol* reggere; *com* dirigere; (*cargo*) occupare
regente 1. *adj/s* 1. *pol* reggente; **2.** *m ling* reggenza *f* ◊ **~ *de estudios*** (*conventos*) direttore degli studi
reggae [ˈrigi] *m mús* reggae* *inv*
regicid|a *adj/s* regicida; **~io** *m* regicidio
regidor, -a *adj/s* 1. reggitore, -trice; 2. *adm* consigliere, -a; 3. direttore tecnico e realizzatore di scena *m*, direttrice tecnica e realizzatrice di scena *f*
régimen (*pl* **regímenes**) *m* 1. *pol/fís/mec* regime; 2. *med/gastr* dieta *f*; 3. *ling* reggenza *f* ◊ ***ponerse a ~*** mettersi a dieta
regimiento *m mil* reggimento
regio, -a *adj* regio, -a
región *f* regione ◊ **~ *ecológica*** bioregione
regional *adj* regionale; **~ismo** *m* regionalismo; **~ista** *adj/s* regionalista
regir ‹*rijo; rigió; rigiendo*› V. 12 **1.** *vt* reggere, dirigere, comandare; funzionare; *ling/nav* reggere; **2.** *vi* essere vigente; **3. ~se** reggersi
registr|ado, -a *adj* registrato, -a; depositato, -a ◊ ***marca ~a*** marchio depositato; **~ador, -a** *adj/m* registratore, -trice ◊ ***caja ~a*** registratore di cassa; **~ar 1.** *vt* registrare; perquisire, esaminare; *mús* registrare; **2. ~se** registrarsi; **~o** *m* 1. registro; ricerca *f*, perquisizione *f*; 2. *mús/ling* re-

gistro; 3. *nav* stazza *f* ◊ **~ *civil, de la propiedad, de patentes y marcas...*** *adm* anagrafe registro dello stato civile, del catasto, dei brevetti...

regla *f* 1. regola, norma; ***las ~s del juego*** *le regole del gioco*; 2. *tecn* riga; 3. *mat* regola; 4. *med* (*mujer*) mestruazioni *fpl* ◊ **~ *de tres*** regola del tre; ***en ~*** in regola; ***por ~ general*** in genere, di regola; ***tener la ~*** avere le mestruazioni

reglaje *m tecn* regolazione *f*

reglamentlación *f* regolamentazione, regolamento *m*; **~ar** *vt* regolamentare, ordinare; **~ario, -a** *adj* regolamentare; **~o** *m adm* regolamento, ordinamento

reglar *adj/vt* regolare

regleta *f impr* interlinea

regocijlar 1. *vt* rallegrare, allietare; **2. ~se** gioire *vi*, rallegrarsi; **~o** *m* gioia *f*, allegria *f*, gaudio

regodelarse compiacersi, godersela, godere *vi*; **~o** *m* compiacimento, godimento; *coloq* divertimento

regoldar ‹*regüeldo*› V. 8a *vi vulg* ruttare

regordete *adj* grassoccio, -a, rotondetto, -a

regrablable *adj informát* riscrivibile; **~ar** *vt informát* riversare

regreslar *vi* ritornare, tornare; *psicol* regredire; **~ión** *f* regressione, regresso *m*; **~ivo, -a** *adj* regressivo, -a, decrescente; **~o** *m* ritorno

regüeldo *m* 1. *vulg* rutto; 2. *bot tamb. fig* getto

reguerla *f* canale d'irrigazione *m*; **~o** rigagnolo; *fig* riga *f*, striscia *f*; V. **reguera**

regullable *adj* regolabile; **~ación** *f* regolazione ◊ **~ *de empleo*** riduzione del personale; **~ador, -a** *adj/m* regolatore, -trice; **~ar 1.** *vt* regolare; **2.** *adj* regolare, normale; discreto, -a, mediocre; **~aridad** *f* regolarità *inv*

regularizlación *f* regolarizzazione; **~ar** ‹*regularicé*› *vt* regolarizzare, regolare, normalizzare

regularmente *adv* 1. regolarmente; 2. mediocremente, discretamente

regurgitlación *f* rigurgito *m*; **~ar** *vi* rigurgitare; traboccare

regusto *m* retrogusto, sapore

rehabilitlación *f med* riabilitazione, ricupero *m*, rieducazione; *arq* ricupero *m*, restauro *m*; **~ar** *vt med* riabilitare; *arq* ristrutturare

rehacer ‹*hago; haré; hice, hizo; hecho*› V. 26 **1.** *vt* rifare; **2. ~se** rifarsi, ristabilirsi, rimettersi

rehala *f* (*caza*) muta di cani

rehén *m* ostaggio; garanzia *f*

rehilar *vt* rifilare

rehogar ‹*rehogué*› *vt gastr* soffriggere; stufare

rehuir ‹*huyo; huí, huyó; huya; huyendo*› V. 14 **1.** *vt* sfuggire, evitare, schivare; **2.** *vi* sfuggire

rehusar ‹*rehúso*› *vt* rifiutare, negare

reimplantlación *f* reinnesto *m*; **~ar** *vt* reinnestare; **~e** *m* reinnesto

reimpresión *f* ristampa

reimprimir ‹*reimpreso*› V. 27 *vt* ristampare

reina *f* regina; *coloq* tesoro *m*, gioia; **~do** *m* (*tiempo*) regno; *fig* dominio; **~nte** *adj* regnante; **~r** *vi* regnare; *fig* dominare, prevalere

reincidlencia *f jur* recidiva; recidività *inv*; **~ente** *adj/s* recidivo, -a; **~ir** *vi* recidivare, essere recidivo

reincorporlación *f* rincorporamento *m*; **~ar** *vt* rincorporare

reineta *f bot* (*manzana*) renetta

reingreslar *vt* rientrare; **~o** *m* rientro

reiniciar ‹*reinicio*› V. 1 *vt informát* riavviare; iniziare di nuovo

reinjertlar *vt* reinnestare; **~o** *m* reinnesto

reino *m* regno ◊ **~ *de Dios, de los cielos*** *relig* regno di Dio, dei cieli

reinserlción *f* reinserimento *m*; **~tar** *vt* reinserire

reintegrlación *f* reintegrazione; **~ar 1.** *vt* reintegrare; restituire; **2. ~se** reintegrarsi; **~o** *m* (*lotería*) rimborso; (*banco*) prelievo; reintegrazione *f*

reinverlsión *f econ* reinvestimento *m*, reimpiego *m*; **~tir** ‹*invierto; invirtió; invirtiendo*› V. 10 *vt econ* reinvestire

reír ‹*río; rió; reído; riendo*› V. 34 **1.** *vt/i* ridere; **2.** *vt* lodare, festeggiare; **3. ~se** ridere *vi*; burlarsi, prendere in giro *vt* ◊ ***echarse a ~*** mettersi a ridere; ***hacer ~*** far ridere

reiterlación *f* reiterazione, ripetizione; **~ar** *vt* reiterare; **~ativo, -a** *adj* ripetitivo, -a

reivindiclación *f* rivendicazione; **~ar** ‹*reivindiqué*› *vt* rivendicare; **~ativo, -a** *adj* rivendicativo, -a; **~atorio, -a** *adj* rivendicativo, -a

reja *f* grata, inferriata; cancellata; *agric* vomero *m* ◊ ***meter entre ~s*** mettere in galera

rejilla *f* 1. rete; 2. tela metallica; 3. *tecn* reticolo *m*, reticolato *m*; 4. *relig* grata; *agric* graticcio *m*; (*puerta*) mirino *m* ◊ ***sillas de ~*** sedie viennesi

rejón *m taur* picca; giavellotto; tipo di pugnale

rejonelador *m taur* torero a cavallo; **~ar** *vi taur* toreare a cavallo

rejuvenecler ‹*rejuvenezco*› V. 13a *vt/i* ringiovanire; **~imiento** *m* ringiovanimento; *fig* svecchiamento, ammodernamento

relación *f* 1. rapporto *m*; 2. rapporto *m*, relazione; ***~ones ítalo-españolas*** *relazioni italo-spagnole*; *jur/mat* relazione ◊ ***~ precio-beneficio*** rapporto prezzo-utile; ***~ones públicas*** public relations*, relazioni pubbliche; ***con ~ a*** in rapporto a, in relazione a; ***escribir, hacer una ~*** scrivere, fare una relazione; ***estar en ~ones con (alg)*** essere in relazione (con q); ***estar en buenas ~ones (con alg)*** essere in buoni rapporti (con q); ***tener ~ones amorosas (con alg)*** essere fidanzato (con q), stare (con q); ***tener ~ones sexuales (con alg)*** avere rapporti sessuali (con q)

relacionlado, -a *adj* (*persona*) che ha relazioni ◊ **~ *con*** attinente a, spettante, relativo a; **~ar 1.** *vt* 1. mettere in relazione; 2. fare la lista; **2. ~se** avere rapporti, stabilire contatti *vi*

relais V. **relé**

relajlación *f* (*físico*) rilassamento *m*, relax *inv*; (*moral*) rilassatezza, rilassamento *m*; *tecn* allentamento *m*; **~amiento** *m* rilassamento, distensione *f*, allentamento; **~ante** *adj/m* rilassante, rilassatore, -trice; **~ar 1.** *vt* rilassare; *tecn* allentare; *jur* assolvere, liberare; **2. ~se** rilassarsi; *fig* infiacchire; **~o** *m* 1. (*moral*) rilassatezza *f*, rilassamento, degradazione *f*; 2. *Am* beffa *f*, scherno

relam|erse leccarsi i baffi; *fig* rileccarsi, ritoccarsi; *fig* presumere *vi*; **~ido, -a** *adj* affettato, -a, ricercato, -a

relámpago *m* 1. *meteo* lampo; 2. *fig* baleno, lampo; *fig* lampo di genio ◊ ***guerra*** **~** guerra lampo

relampague|ar *vi* 1. *meteo* lampeggiare; 2. *fig* scintillare; **~o** *m meteo tamb. fig* lampeggiamento; scintillio

relanz|amiento *m* rilancio; **~ar** ‹*relancé*› *vt* rilanciare

relatar *vt* riferire, narrare

relativ|amente *adv* relativamente; **~idad** *f* relatività *inv*; **~ismo** *m* relativismo; **~ista 1.** *adj/s* relativista; **2.** *adj* relativistico, -a; **~izar** ‹*relativicé*› *vt* relativizzare; **~o, -a** *adj ling/mat* relativo, -a; attinente, relativo, -a; certo, -a ◊ ***de ~a importancia*** di una certa importanza; ***en lo ~ a*** per quanto concerne, in relazione a; ***pronombre ~*** pronome relativo

relato *m* narrazione *f*, racconto, storia *f*; **~r, -a** *adj/s* relatore *adj/m*, relatrice *adj/f*

relax *m* relax *inv*

relé (*var.* **relais**) *m electr* relè *inv*, relais* *inv*

releer ‹*leo; leí, leyó; leyendo*› V. 21 *vt* rileggere

releg|ación *f* relegazione; **~ar** ‹*relegué*› *vt* relegare, confinare; *fig* mettere in disparte

relente *m meteo* guazza *f*; *coloq* indolenza *f*

relev|ación *f* rilevamento *m*; *jur* esenzione; **~ador** *m electr* relè *inv*; **~ancia** *f* rilevanza, importanza; **~ante** *adj* rilevante, importante, considerevole; **~ar** *vt* 1. rilevare; osservare, notare; 2. *arte tamb. fig* (*pintura*) mettere in risalto/in rilievo; 3. *jur* esimere, assolvere; 4. *sport* sostituire; **~ista** *m/f sport* staffettista; **~o** *m* 1. *mil* cambio della guardia/di turno; 2. *mil* sentinella *f*; 3. *sport* staffettista *m/f* ◊ ***carrera de ~s*** *sport* staffetta

relicario *m* reliquiario

relicto, -a *adj jur* dimesso, -a, lasciato, -a; *cient* relitto, -a

relieve *m* rilievo, risalto ◊ ***alto, bajo, medio ~*** *arte* alto, basso, mezzo rilievo; ***poner de ~*** mettere in rilievo, mettere in evidenza

religión *f* religione; fede ◊ ***entrar en ~*** prendere l'abito

religiosamente *adv* 1. *tamb. fig* scrupolosamente; 2. religiosamente

religiosidad *f* 1. religiosità *inv*; 2. scrupolo *m*, zelo *m*

religioso, -a *adj/s* religioso, -a

relinch|ar *vi* nitrire; **~o** *m* nitrito

reliquia *f* reliquia

rellamada *f telec* richiamata ◊ ***tecla de ~*** tasto di richiamata

rellano *m* (*escalera*) pianerottolo; ripiano

rellen|ado *m* riempimento; **~ar** *vt* riempire; *adr* compilare; **~ *un impreso*** *compilare un modu* lo; **~o, -a** *adj/m* ripieno, -a ◊ ***estar de ~*** star da riempitivo

reloj *m* orologio ◊ **~ *de agua*** orologio ad acqua **~ *de arena*** orologio a sabbia, clessidra *f*; **~ *de bolsillo*** orologio da taschino; **~ *de control*** orologio da controllo; **~ *de cuco/cucú*** orologio cucù; **~ *de precisión*** orologio da precisione; **~ *de pulsera*** orologio da polso; **~ *de sol*** orologio solare; **~ *despertador*** orologio a sveglia sveglia; **~ *digital*** orologio digitale; ***pararse e ~*** fermarsi l'orologio; **~era** *f* portaorologio *m*, **~ería** *f* orologeria; **~ero, -a** *m/f* orologiaio, -a

relucilente *adj* rilucente, splendente, brillante; **~** ‹*luzco*› V. 13b *vi* rilucere, brillare, splendere, risplendere ◊ ***sacar a ~*** mettere fuori, tirare in ballo

reluctan|cia *f fís tamb. fig* riluttanza; **~te** *adj ele* riluttante (**a** a)

relumbr|ar *vi* risplendere, brillare; **~ón** *m* bagliore, lampo; *fig* orpello ◊ ***de ~*** sfarzoso, pomposo

remach|ar *vt tecn* ribattere; *fig* confermare, ribattere; **~e** *m tecn* ribaditura *f*; (*clavo*) ribattino; *sport* ribattuta

remake [re'mejk] *m* remake* *inv*, rifacimento

remallar *vt* rimagliare

remanente 1. *adj* rimanente; **2.** *m* rimanente, rimanenza *f*

remang|ado, -a *adj* sbracciato, -a; **~ar** ‹*remangué*› *vt* rimboccare; **~o** *m* rimboccatura *f*

remans|arse ristagnare *vi*; **~o** *m geogr tamb. fig* ristagno; *fig* flemma *f*

remar *vi* remare, vogare; *fig* affannarsi; **~car** ‹*remarqué*› *vt* rimarcare

remat|ado, -a *adj* irrimediabile ◊ ***loco ~*** pazzo da legare; **~ador** *m* 1. *sport* sparatore; 2. venditore delle aste; **~ante** *m* compratore delle aste; **~ar** *vt/i* 1. terminare, finire; 2. *tamb. fig* (*animales*) dare il colpo di grazia; 3. *sport* sparare in porta/a rete *vi*; 4. (*cosido*) assicurare il punto *vi*; 5. vendere all'asta *vt*; 6. *com* svendere *vt*; **~e** *m* 1. fine *f*, colpo di grazia; 2. *arq* coronamento, sommità *f inv*; 3. prezzo finale dell'asta; *com* svendita *f*; 4. *sport* tiro finale, colpo conclusivo; *sport* ribattuta *f* ◊ ***dar ~ (a u-c)*** terminare (qc); ***loco de ~*** pazzo da legare; ***para ~*** per di più, come colmo; ***por ~*** come finale

rembolsar V. **reembolsar**

remedar *vt* contraffare; imitare, scimmiottare

remedi|ar ‹*remedio*› V. 1 *vt* rimediare (a) *vt/i*, porre rimedio a *vi*; provvedere a *vi* ◊ ***no/sin poder ~*** non/senza poter far a meno di; **~o** *m* rimedio ◊ **~ *casero, heroico...*** rimedio casalingo, eroico...; ***no haber más ~ que*** non esserci altro da fare che; ***no hay ~*** non c'è rimedio; non c'è niente da fare; ***no tener ~ (alg)*** essere incorreggibile (q); ***no tener ~*** (*enfermedad*) essere incurabile; ***¡Qué ~ me queda!*** Non mi resta altro da fare!, Che posso fare?; ***ser peor el ~ que la enfer-***

medad è più la spesa che l'impresa, essere peggio il rimedio del male; ***si no queda más ~*** se non c'è/rimane altro da fare
remedo *m* contraffazione *f*; imitazione *f*
remembranza *f elev* rimembranza
rememorar *vt* rimembrare (*elev*)
remend|ar ‹*remiendo*› V. 5a *vt* rammendare; **~ón, -ona** *adj/s* rammendatore, -trice ◊ ***zapatero ~*** ciabattino
remer|a 1. *adj/f zool* (*pluma*) remigante; **2.** *f Arg* canottiera; **~o, -a** *m/f* rematore, -trice
remesa *f com* rimessa
remeter *vt tecn* rimettere
remezón *m Am* scossa di terremoto *f*
remiendo *m* rammendo, rattoppo; *impr* lavoro corto
remigio *m* (*naipes*) variante del rummy*
remilg|ado, -a *adj* affettato, -a, smorfioso, -a, schizzinoso, -a; **~o** *m* moina *f*, smanceria *f*, leziosaggine *f*; **~oso, -a** *adj Am* smorfioso, -a
reminiscencia *f* reminiscenza
remirar *vt coloq* riguardare
remis|ible *adj* remissibile; **~ión** *f* (*deuda, culpas...*) remissione; **~o, -a** *adj* debole, fiacco, -a
remit|e *m correo* dati del mittente *mpl*; **~ente 1.** *adj/s* mittente; **2.** *adj med* remittente; **~ir 1.** *vt* spedire, inviare, mandare; rimandare; **2.** *vi* rimettere; **3. ~se** attenersi, rimettersi
remo *m nav* remo ◊ ***a ~ y vela*** *fig* a remo e vela; ***meter el ~*** *coloq/fig* fare una gaffe, prendere un granchio; **~ción** *f* rimozione
remodel|ación *f pol* rimpasto *m*; cambio *m*, riforma, ristrutturazione; **~ar** *vt* rimpastare
remoj|ar *vt* mettere in molle, mettere a bagno, in ammollo; inzuppare; *fig* bagnare; **~o** *m* molle, bagno ◊ ***poner a/en ~*** mettere in molle, mettere a bagno; **~ón** *m* bagnata per (tuffo nell'acqua o pioggia) *f*
remolacha *f bot* barbabietola ◊ ***~ azucarera*** barbabietola da zucchero; ***~ forrajera*** barbabietola da foraggio
remolc|ador *m* rimorchiatore; **~ar** ‹*remolqué*› *vt* rimorchiare
remolino *m* mulinello, vortice; (*pelo*) remolino; *fig* subbuglio, tumulto
remolón, -ona 1. *adj/s* pigro, -a, fannullone, -a; **2.** *m zool* zanna del cinghiale *f*
remolonear *vi coloq* fare il bighellone, fare il fannullone
remolque *m* rimorchio ◊ ***llevar a ~*** prendere a rimorchio; *fig* trascinare
remont|a *f mil* scuderia; **~ada** *f sport* rimonta; **~ar 1.** *vt* 1. *mil* rimontare; 2. *nav* rimontare, risalire; **2. ~se** 1. *fig* risalire *vi*; 2. innalzarsi; **~e** *m* risalita *f* ◊ ***~s (mecánicos)*** impianti sciistici
rémora *f zool* remora; *fig* remora, freno *m*
remord|er ‹*remuerdo*› V. 9a *vt* rimordere; **~imiento** *m* rimorso
remoto, -a *adj* remoto, -a, lontano, -a; *fig* improbabile
remov|er ‹*muevo*› V. 9a *vt* rimuovere, spostare; *psicol* rimuovere; **~ible** *adj* rimovibile
remozar ‹*remocé*› *vt* ringiovanire; rinnovare, rammodernare
remplazar V. **reemplazar**
remuner|ación *f* rimunerazione, ricompensa; *teat* cachet* *m inv*; **~ador, -a** *adj* rimuneratore, -trice; **~ar** *vt* rimunerare, ricompensare; **~atorio, -a** *adj* rimunerativo, -a, rimuneratorio, -a
renacentista *adj* rinascimentale
renacer ‹*nazco*› V. 13a *vi* rinascere
Renacimiento *m arte/lit* Rinascimento
renacimiento *m* rinascita *f* (!)
renacuajo *m zool* girino
renal *adj* renale
Renania *f geogr* Renania
renano, -a *adj/s* renano, -a
rencill|a *f* litigio *m*, bisticcio *m*; **~oso, -a** *adj* litigioso, -a, attaccabrighe *inv*
rencor *m* rancore, astio ◊ ***guardarle ~ (a alg)*** serbare rancore (verso q); **~oso, -a** *adj* che serba rancore, astioso, -a
rendez-vous [r̄endeˈvu] *m* rendez-vous *inv*
rendi|ción *f mil fig* resa, capitolazione; *com* resa; **~do, -a** *adj* 1. (*estar*) stracco, -a, stanco, -a; 2. umile, devoto, -a; **~ja** *f* fessura, crepa; **~miento** *m* rendimento ◊ ***tipo de ~*** tasso di rendimento; **~r** ‹*rindo; rindió; rindiendo*› V. 12 **1.** *vt* 1. (*personas*) fare arrendere, far prigioniero; *fig* fare arrendere; 2. *fig* stancare, spossare; 3. ringraziare; 4. *mil* rendere, salutare; **2.** *vi* 1. *econ tamb. fig* rendere; 2. *nav* terminare; **3. ~se** arrendersi, sottomettersi
reneg|ado, -a 1. *adj/s relig tamb. fig* rinnegato, -a; *coloq* disgraziato, -a; **2.** *m* (*juego*) terziglio; **~ar** ‹*niego; negué*› V. 5a *vt/i* 1. rinnegare *vt*; 2. *coloq* brontolare *vi*;; **~ón, -ona** *adj/s* brontolone, -a
renegrido, -a *adj* annerito, -a
RENFE (*Red Española Nacional de Ferrocarriles Españoles*) *f* (Ferrovie dello Stato spagnole)
renglón *m* 1. riga *f*, linea *f*; 2. *Am com* articolo ◊ ***a ~ seguido*** immediatamente; ***leer entre ~ones*** leggere tra le righe
reniego 1. *m* rinnegamento; **2.** V. **renegar**
renio *m quím* renio
reno *m zool* renna *f*
renombr|ado, -a *adj* rinomato, -a, famoso, -a, celebre; **~e** *m* 1. fama, celebrità *f inv*; 2. cognome; *raro* soprannome
renov|ación *f* rinnovamento *m*, rinnovazione; **~ador, -a** *adj/s* rinnovatore, -trice ◊ ***~ de aire*** aspiratore; **~ar** ‹*renuevo*› V. 8a *vt* 1. rinnovare, cambiare; ***~ el aire*** *rinnovare/cambiare l'aria*; 2. cambiare, riformare; riannodare, riallacciare; ripetere
renque|ante *adj* zoppicante, zoppo, -a; **~ar** *vi* zoppicare; **~ra** *f Am* zoppicatura
renta *f* 1. rendita; 2. reddito *m* ◊ ***~ económica*** rendita economica; ***~ nacional*** reddito nazionale; ***~ nominal*** reddito nominale; ***~ per cápita*** red-

dito pro capite; ~ ***pública*** reddito pubblico; ~ ***vitalicia*** rendita vitalizia; ***declaración de la ~*** dichiarazione dei redditi; ***impuesto sobre la ~*** imposta sul reddito; ***la ~ de la casa*** affitto di casa; ***vivir de ~*** vivere di rendita; **~bilidad** *f* redditività *inv*, rendimento *m*; **~ble** *adj* redditizio, -a; **~r** *vt/i* 1. rendere; 2. *Méx* affittare *vt*; noleggiare *vt*

rentista *m/f com* rentier* *inv*, benestante

rentrée [r̄an'tre] *f* rentrée* *inv*

renuen|cia *f elev* renitenza, ritrosia; **~te** *adj elev* riottoso, -a, ritroso, -a, nolente, restio, -a

renuevo 1. *m* 1. *bot* getto, germoglio, pollone; 2. rinnovazione *f*; **2.** V. **renovar**

renuncia *f* rinunzia, rinuncia; dimissione; **~r** ‹*renuncio*› V. 1 **1.** *vt* rinunciare *vi*, rinunziare; **2.** *vi adm* dimettersi; **~tario, -a** *adj/s* rinunziatario, -a, rinunciatario, -a

reñi|dero *m* (*gallos...*) campo di lotta; **~do, -a** *adj* inimicato, -a; accanito, -a, disputato, -a ◊ ***competición ~a*** gara disputata; ***estar ~ (con alg)*** aver bisticciato/litigato (con q), essere inimicato (con q); ***lucha ~a*** lotta accanita; **~dor, -a** *adj/s* attaccabrighe *inv*; **~r** ‹*riño; riñó; riñiendo*› V. 12 **1.** *vi* litigare, bisticciare; lottare, combattere; **2.** *vt* rimproverare

reo, -a 1. *adj/s jur* reo, -a; **2.** *m zool* trota salmonata *f* ◊ ***~ convicto/confeso*** reo convinto/confesso; **~ca: esto es la ~** *vi coloq* questo è il colmo

reófi|lo, -a *adj bot/zool* reofilo, -a; **~oro** *m electr* reoforo

reojo: de ~ *adv* di sbieco, con la coda dell'occhio

reorden|ación *f* riordinamento *m*, riordino *m*; **~ar** *vt* riordinare

reorganiz|ación *f* riorganizzazione; **~ar** ‹*reorganicé*› *vt* riorganizzare

reóstato (*var.* **reostato**) *m fís* reostato

repajolero, -a *adj* 1. *coloq* maledetto, -a; 2. *coloq* picaro, -a, imbroglione, -a

repanchigarse (*var.* **repantigarse**) sdraiarsi, coricarsi

repanocha: es la ~ *vi coloq* è il colmo

repantigarse V. **repanchigarse**

repar|able *adj* riparabile; **~ación** *f* riparazione; **~ador, -a** *adj/s* riparatore, -trice; **~ar 1.** *vt* 1. aggiustare, riparare; 2. *fig* riparare; **2.** *vi* badare (**en** a); notare *vt* (**en qc/q**) ◊ ***no ~ en gastos...*** non badare a spese...; **~o** *m* 1. *arq* restauro; 2. osservazione *f*, avvertenza *f*, critica *f*; inconveniente, difficoltà *f inv*; 3. rimedio; (*esgrima*) parata *f* ◊ ***no tener ~(s) en decir u-c*** non avere paura di dire qc; ***poner ~s (a u-c)*** trovare inconvenienti/difficoltà (in qc), non essere d'accordo (con qc), porre obiezioni (a qc)

repart|ición *f* ripartizione, distribuzione; **~idor, -a** *adj/s* distributore, -trice; **~imiento** *m* ripartizione *f*; *adm* contribuzione *f*; **~ir** *vt* ripartire, distribuire; *teat* assegnare ◊ ***~ justicia*** amministrare giustizia; **~o** *m* 1. reparto, distribuzione *f*; 2. *cine* cast d'attori *inv* ◊ ***~ a domicilio*** consegna a domicilio

repas|ar 1. *vt* 1. ripassare, rivedere, ritoccare; 2. *min* amalgamare; **2.** *vi* ripassare; **~ata** *f coloq raro* ripassata; **~o** *m* 1. ripasso; 2. *coloq/hum* ripassata *f*

repatri|ación *f* rimpatrio *m* (!); **~ado, -a** *adj/s* reduce (**de** da); **~ar** ‹*repatrío/repatrio*› V. 2 *vt* rimpatriare

repe *adj coloq* ripetuto, -a; **~cho** *m* erta *f*, salita *f*, pendio

repel|ar *vt* 1. pelare completamente; 2. ritagliare; 3. strappare i capelli; **~ente 1.** *adj/m* repellente; **2.** *adj fig* antipatico, -a, insopportabile; **~er 1.** *vt* repellere, respingere; **2.** *vi* repellere, disgustare; **~o** *m* contrappelo; *fig* repulsione *f*; **~ón** *m* 1. strappo ai capelli; 2. *fig* pizzico, pezzettino; 3. fuga del cavallo *f*; 4. *coloq/fig* predica *f*, lavata di capo *f* ◊ ***a ~ones*** a tratti, a poco a poco; ***de ~*** *fig* in fretta; ***más viejo que el ~*** più vecchio di Matusalemme; **~ús** (*var.* **repeluzno**) *m* brivido; senso, schifo ◊ ***dar ~*** far venire i brividi; far senso, fare schifo

repent|e *m* scatto ◊ ***de ~*** all'improvviso, di colpo, di repente (*elev*); **~ino, -a** *adj* repentino, -a, improvviso, -a, subitaneo, -a; **~ización** *f mús* sonata a prima vista

repercu|sión *f* ripercussione; **~tir 1.** *vi* ripercuotersi (**en/sobre** su/in); **2.** *vt econ tamb. fig* ripercuotere, riflettere; *med* repellere

repertorio *m* repertorio

repesca *f estud coloq* (*durante el curso*) esame di riparazione *m*, seconda opportunità *inv*; *sport* ripescaggio *m*, repêchage* *m inv*; **~r** ‹*repesqué*› *vt* ripescare

repeti|ción *f* 1. ripetizione; 2. *TV* replay* *m inv*; 3. *jur* ripetizione ◊ ***de ~*** a ripetizione; **~dor, -a** *adj/s* ripetitore, -trice; *estud* ripetente; **~r** ‹*repito; repitió; repitiendo*› V. 12 **1.** *vt* ripetere; *jur* ripetere; **2.** *vi* (*ajo...*) venir su; **~tivo, -a** *adj* ripetitivo, -a, monotono, -a

repicar ‹*repiqué*› **1.** *vt* triturare; **2.** *vi* suonare a festa, rintoccare

repintar 1. *vt* ridipingere; **2. ~se** *impr* macchiarsi i fogli

repipi *adj/s* fichetto *m*, figlio, -a di papà, snob, paninaro, -a (*obsol*)

repique *m* 1. (*campanas*) rintocco, scampanio; 2. ripicco, dispetto, ripicca *f*; **~te** (*var.* **repiqueteo**) *m* 1. scampanio rapido; 2. *nav* bordata breve *f*; **~tear** *vt* rintoccare rapidamente *vi*; (*tambores*) rullare *vi*; **~teo** V. **repiquete**

repisa *f arq* mensola, ripiano *m*

repitió, repito V. **repetir**

replana *f Perú* gergo della malavita *m*

replantar *vt* ripiantare

replante|amiento *m* ridimensionamento; **~ar** *vt arq* ritracciare un piano; *fig* impostare di nuovo, meditare *vi* (**u-c** su qc)

replay [r̄i'plej] *m TV* replay* *inv*

replegar ‹*repliego; replegué*› V. 5a **1.** *vt* ripiegare; **2. ~se** ritirarsi
repleto, -a *adj* pieno, -a zeppo, -a, ripieno, -a ◊ ~ ***de gente*** affollato
réplica *f* 1. replica, ripetizione, copia; 2. *jur* replica; 3. *teat* (*diálogo*) battuta ◊ ***dar la ~*** *teat* dare la battuta
replicar ‹*repliqué*› *vi* 1. replicare, rispondere; 2. *jur* impugnare; 3. *ant* ripetere
replicón, -ona *adj/s coloq* rispondone, -a
replie|go V. **replegar**; **~gue** *m* 1. ripiegatura *f*; 2. *mil* ritirata *f*, ripiegamento
repobl|ación *f* 1. ripopolamento *m*; 2. *agric* rimboschimento *m*, riforestazione; **~ar** *vt* 1. ripopolare; 2. *agric* rimboschire
repoll|ez *f coloq/desp* snobismo *m*; **~o** *m bot* cavolo cappuccio; *bot* (*lechuga*...) cuore
reponer ‹*pongo; pondré; puse; puesto*› V. 32 **1.** *vt* 1. riporre, rimettere, ricollocare; 2. restituire; 3. *teat* rimettere in scena; 4. *jur* retrocedere; **2. ~se** 1. riprendersi; 2. rimettersi in salute
report|aje *m* reportage* *inv*, cronaca *f*, servizio giornalistico; **~ar 1.** *vt* portare, dare; *econ* informare; **2. ~se** moderarsi, reprimersi; **~e** *m* 1. *impr* riporto; 2. relazione *f*, informazione *f*; pettegolezzo; **~ear** *vt Am* fare un reportage *vi*
repórter *m/f* reporter *inv*, cronista
reporter|il *adj* da reportage, cronistico, -a; **~o, -a** *m/f* reporter *inv*, cronista
reposa|cabezas *m inv* poggiatesta; **~dera** *f Am* sedia a sdraio; **~do, -a** *adj* tranquillo, -a, calmo, -a, flemmatico, -a; **~piés** *m inv* poggiapiedi; **~r** (*var.* **reposarse**) *vt/i* riposare; (*líquidos*) depositarsi ◊ ***~ la comida*** fare il chilo
reposera *f Arg/Par* sedia a sdraio
reposición *f* 1. riposizione; 2. *teat/cine* replica; 3. *cine* seconda visione ◊ ***recurso de ~*** *jur* ricorso di riforma
reposo *m* riposo, quiete *f*
repost|ar *vi* fare benzina; **~ería** *f gastr* pasticceria; **~ero, -a 1.** *m/f* pasticciere, -a; **2.** *m hist* siniscalco
repren|der *vt* rimproverare, ammonire, riprendere; **~sible** *adj* riprensibile, censurabile, riprovevole; **~sión** *f* riprensione, censura
represa *f* 1. diga; 2. *mil* ricupero *m*; **~lia** *f* 1. rappresaglia; 2. *econ* ritorsione; **~liar** ‹*represalio*› V. 1 *vt* compiere una rappresaglia (**a alg** contro q); **~r** *vt* 1. (*agua*) stagnare; 2. *fig* reprimere
represent|able *adj* rappresentabile; **~ación** *f com* rappresentanza; *teat* rappresentazione; **~ante** *adj/s* rappresentante; *com* agente di commercio *m/f*; **~ar** *vt* rappresentare; **~ativo, -a** *adj* rappresentativo, -a
represión *f* repressione
represivo, -a *adj* repressivo, -a
represor, -a *adj/s* repressore *adj/m*, reprimitrice *adj/f* (*raro*)
reprim|enda *f* sgridata, reprimenda (*elev*); **~ido, -a** *adj/s* represso, -a; **~ir** *vt* reprimere, trattenere
reprise [r̄e'pris] (*var.* **reprís** *m/f*) *m/f* 1. *auto* ripresa *f*; 2. *cine* replica *f*, seconda visione *f*
reprivatización *f* riprivatizzazzione
reprob|able *adj* riprovevole, censurabile; **~ación** *f* disapprovazione, biasimo *m*; **~ar** ‹*pruebo*› V. 8a *vt* disapprovare, biasimare
réprobo, -a *adj/s* reprobo, -a
reprocesado *m quím* reprocessing* *inv*
reproch|able *adj* biasimevole, censurabile; **~ar** *vt* rimproverare; **~e** *m* rimprovero
reproduc|ción *f* riproduzione; **~ible** *adj* riproducibile; **~ir** ‹*produzco; produje; produciendo*› V. 20 *vt* riprodurre; **~tivo, -a** *adj* riproduttivo, -a; **~tor, -a 1.** *adj/s* riproduttore, -trice; **2.** *m tecn* lettore
reprografía *f* riprografia
repruebo V. **reprobar**
rept|ación *f* reptazione; **~ante** *adj* reptante; **~ar** *vi zool tamb. fig* strisciare; **~il** *m zool* rettile; *desp/fig* rettile, serpe
república *f* repubblica ◊ ~ ***bananera*** repubblica delle banane
republican|ismo *m* repubblicanesimo; **~o, -a** *adj/s* repubblicano, -a
repudi|ar ‹*repudio*› V. 1 *vt* 1. (*mujer*) ripudiare; 2. respingere, rifiutare; **~o** *m* 1. (*mujer*) ripudio; 2. rifiuto
repuesto, -a 1. *adj* rimesso, -a, riposto, -a; (*persona*) agghindato, -a; **2.** *m auto* ricambio; scorta *f* ◊ ***de ~*** di scorta
repugna|ncia *f* ripugnanza, avversione, repulsione; **~nte** *adj* ripugnante, nauseante; **~r 1.** *vi* ripugnare, nauseare, causare avversione; **2.** *vt* non tollerare, non sopportare
repuj|ado *m* 1. *tecn* sbalzo; 2. oggetto lavorato a sbalzo; **~ador, -a** *adj/s* sbalzatore, -trice; **~ar** *vt tecn* sbalzare, modellare a sbalzo
repuls|a *f* rifiuto *m*, ripulsa (*elev*); **~ar** *vt raro* respingere, rigettare; **~ión** *f* 1. ripulsione, ripugnanza; 2. *fís* repulsione; **~ivo, -a** *adj* 1. ripulsivo, -a, ripugnante; 2. *fís* ripulsivo, -a
repuntar 1. *vi* 1. *nav* cominciare la marea; 2. *econ* risalire; **2. ~se** (*vino*) guastarsi
repuse V. **reponer**
reput|ación *f* reputazione, fama; **~ado, -a** *adj* famoso, -a, noto, -a; **~ar** *vt* reputare, stimare, considerare, ritenere
requebrar ‹*quiebro*› V. 5a *vt* 1. (*mujer*) corteggiare; 2. *fig* lusingare
requem|ado, -a *adj* bruciacchiato, -a, annerito, -a; **~ar 1.** *vt* bruciacchiare; (*paladar*) bruciare, ardere; *fig* tormentare; **2. ~se** corrucciarsi, tormentarsi
requer|imiento *m jur* intimazione *f*, citazione *f*, diffida *f*; richiesta *f*; **~ir** ‹*requiero; requirió; requiriendo*› V. 12 *vt* 1. *jur* citare, esigere, intimare, diffidare; 2. aver bisogno di *vi*, necessitare; *elev* desiderare, richiedere; 3. esaminare ◊ ***~ de amores*** *elev* corteggiare
requesón *m gastr* ricotta *f*
requeté *m hist* (soldato) carlista
requetebién *adv coloq* molto bene (*estánd*)

requiebro *m* complimento amoroso; galanteria *f*
réquiem *m mús* requiem *inv*; messa di requiem *f*
requiero V. **requerir**
requilorio *m desp* requisito
requirente *adj/s jur* requirente
requirió V. **requerir**
requisa *f* requisizione; perquisizione, ispezione; **~r** *vt* requisire
requisi|ción *f* requisizione; **~to** *m jur tamb. fig* requisito; **~toria** *f jur* requisitoria
res *f* capo di bestiame *m*
resabi|arse 1. prendere una brutta abitudine/un vizio *vi*; 2. disgustarsi; **~o** *m* 1. brutta abitudine *f*, vizio; 2. retrogusto cattivo; residuo
resaca *f* 1. *com* rivalsa; 2. *nav* risacca; 3. *pol* riflusso; 4. *fig* malessere (dopo la sbornia) *m* ◊ ***combatir la ~*** smaltire la sbornia; ***tener (una) ~*** soffrire gli effetti della sbornia
resalado, -a *adj coloq* spiritoso, -a, arguto, -a
resalir ‹*salgo; salió; saliendo*› V. 38 *vi arq* risaltare
resalt|able *adj* rimarchevole; **~ar** *vi* risaltare, spiccare, emergere ◊ ***hacer ~*** mettere in risalto; **~e** (*var.* **resalto**) *m* risalto
resarc|imiento *m* risarcimento, indennizzo; **~ir** ‹*resarzo*› **1.** *vt* risarcire, indennizzare; **2. ~se** risarcirsi (**de** di)
resbal|adero, -a 1. *adj* sdrucciolevole, sdrucciooso, -a, scivoloso, -a; **2.** *m* luogo sdrucciolevole; **~adizo, -a** *adj* sdrucciolevole, scivoloso, -a; **~amiento** *m* sdrucciolamento; **~ar** *vi* scivolare, sdrucciolare; *auto* pattinare; *fig* fare uno scivolone; **~ón** *m* 1. scivolone; 2. *tecn* paletto/chiavistello scorrevole; **~oso** V. **resbaladizo**
rescat|ar *vt jur* riscattare, cancellare, estinguere; *fig* redimere; **~e** *m* riscatto
rescind|ible *adj jur* rescindibile; **~ir** *vt jur* rescindere, annullare
rescis|ión *f jur* rescissione, annullamento *m*; **~orio, -a** *adj jur* rescissorio, -a
rescoldo *m* brace coperta dalla cenere *f*, cinigia *f* ◊ ***avivar el ~*** *fig* soffiare sulle braci
resec|ación *f* 1. disseccazione; 2. *med* dissecazione; **~amiento** *m* inaridimento; **~ar** ‹*resequé*› *vt* 1. disseccare (!), seccare; risecchire; 2. *med* dissecare (!); **~o, -a** *adj* risecco, -a, risecchito, -a, inaridito, -a; *fig* asciutto, -a
resent|ido, -a *adj* (*estar*) risentito, -a; (*ser*) astioso, -a; **~imiento** *m* risentimento; **~irse** ‹*siento; sintió; sintiendo*› V. 10 risentirsi (**de/por** di); risentirsi (**de/por/con** di/per), sdegnarsi (**de/por/con** di/per)
reseña *f* rassegna; (*de un libro*) recensione; **~r** *vt* fare una rassegna *vi*; (*libro*) recensire
resero *m* mandriano
reserv|a *f* 1. riserva; **~ *de indios, natural, marina...*** *riserva indiana, naturale, marina...*; 2. (*cine, hotel...*) prenotazione; 3. (*carácter*) riservatezza, riserbo *m*, cautela; 4. *mil/sport/com/jur* riserva ◊ **~ *mental*** riserva mentale; ***sin ~s*** senza riserve; ***vino de ~*** vino di riserva; **~ado, -a 1.** *adj* (*documento*) riservato, -a, confidenziale; (*persona*) riservato, -a, riserbato, -a, discreto, -a; **2.** *m* séparé *inv*; **~ar 1.** *vt* 1. (*cine, hotel, mesa...*) prenotare; 2. riservare; tenere in serbo, riserbare; 3. riservare, occultare; **2. ~se** riservarsi; **~ativo, -a** *adj* di riserva; **~ista** *m/f mil/sport* riservista; **~ón, -ona** *adj coloq* guardingo, -a
resete|ar *vt informát* resettare; **~o** *m informát* resettaggio
resfri|ado, -a 1. *m* raffreddore; **2.** *pp/adj* (*estar*) raffreddato, -a ◊ ***cocer el ~*** curarsi del raffreddore; ***pescar/coger un ~*** prendere un raffreddore; **~arse** raffreddarsi, prendere il raffreddore *vi*
resguard|ar 1. *vt* riparare, proteggere; **2. ~se** riguardarsi, proteggersi; **~o** *m* 1. riparo; 2. *com* scontrino, ricevuta *f*
residencia *f* residenza, domicilio *m* ◊ **~ *de estudiantes*** casa dello studente; **~ *de la 3ª edad*** pensionato per anziani; **~ *universitaria*** foresteria (universitaria), residence*, casa dello studente; ***segunda ~*** seconda casa; **~l 1.** *adj* residenziale; **2.** *m* (*house*) residence* ◊ ***barrio ~*** quartiere residenziale
residente *adj/s* residente
residir *vi* risiedere, abitare; stare, trovarsi
residu|al *adj* residuale, residuo, -a; **~o** *m* residuo, rifiuto, scoria *f* ◊ ***~s nucleares*** scorie nucleari
resiento V. **resentir**
resign|ación *f* 1. rassegnazione; 2. *Am Cent* dimissione; **~ar 1.** *vt* rassegnare; **2. ~se** rassegnarsi, sottomettersi
resin|a *f* resina; **~oso, -a** *adj* resinoso, -a, resinaceo, -a
resistencia *f* resistenza; *electr/fís* resistenza
Resistencia *f hist* Resistenza
resistente *adj/s* resistente
resistir 1. *vi* resistere; **2.** *vt* sopportare, resistere *vi*; **3. ~se** opporsi; rifiutarsi, negarsi
resma *f* (*papel*) risma
resobado, -a *adj* 1. risaputo, -a; 2. sgualcito, -a
resoli (*var.* **resolí**) *m* rosolio
resoll|ante *adj* trafelato, -a, sbuffante; **~ar** ‹*resuello*› V. 8a *vi* ansare, ansimare; ***escuchó hasta el final sin ~*** *ascoltò fino alla fine senza fiatare*
resolu|ción *f* risoluzione, decisione, determinazione; *mat/jur/mús* risoluzione ◊ ***con ~*** con risolutezza; ***en ~*** insomma, in conclusione; **~tivo, -a** (*var.* **resolutorio, -a**) *adj* risolutivo, -a; **~to, -a** *adj* risoluto, -a, deciso, -a; **~torio** V. **resolutivo**
resolver ‹*resuelvo; resuelto*› V. 43 **1.** *vt* 1. *cient/mús/jur* risolvere; 2. decidere; **2. ~se** risolversi; *fig* ridursi, andare a finire *vi*
reson|ador, -a 1. *adj* risonante; **2.** *m tecn* risonatore; **~ancia** *f* risonanza; risonanza, eco *m/f* ◊ **~ *magnética*** risonanza magnetica (nucleare); **~ante** *adj* risonante; **~ar** ‹*resueno*› V. 8a *vi* risonare, risuonare
resopl|ar *vi* sbuffare; **~ido** (*var.* **resoplo**) *m* sbuffo
resorber *vt* riassorbire
resorción *f med* riassorbimento *m*
resorte *m tecn* molla *f*; *fig* mezzo ◊ ***tocar todos los ~s*** fare di tutto

respald|ar 1. *vt* 1. proteggere, difendere; ***te respaldamos en todo lo que hagas*** *ti appoggiamo in tutto ciò che farai*; appoggiare; 2. annotare a tergo uno scritto; **2. ~se** appoggiarsi con la schiena; **~o** *m* 1. schienale; *fig* appoggio morale; 2. tergo di uno scritto

respect|ar *vi raro* riguardare *vt*, spettare ◊ ***por lo que respecta a*** riguardo a, rispetto a; **~ivo, -a** *adj* rispettivo, -a, corrispondente; **~o** *m* relazione *f* ◊ ***con ~ a/~ a/~ de*** rispetto a, riguardo a; ***al ~*** rispetto a; a proposito

respeta|bilidad *f* rispettabilità *inv*; **~ble** *adj* rispettabile; *irón* spettabile ◊ ***el ~*** *coloq* il pubblico; **~r** *vt* rispettare

respeto *m* rispetto, deferenza *f*, riguardo; *irón* rispetto, paura *f* ◊ ***campar por sus ~s*** *coloq* fare tutto di testa propria; ***de ~*** di riguardo; ***faltar al ~ a*** mancare di rispetto a; ***presentar sus ~s (a alg)*** presentare i propri rispetti; ***un ~...*** *enf* un po' di rispetto...

respetuoso, -a *adj* rispettoso, -a, ossequioso, -a; rispettabile

respigar ‹*respigué*› *vt agric* spigolare

respingl|ado, -a *adj* all'insù *adv*; **~ar** ‹*respingué*› *vi coloq* (*manga, falda*) tirare; *coloq* impuntarsi; **~o** *m* 1. impuntatura *f*; 2. (*dar*) sobbalzo; 3. *Am* grinza *f*; **~ón, -ona** *adj* (*nariz*) all'insù *inv*; (*trasero*) all'infuori *adv*, sporgente

respir|able *adj* respirabile; **~ación** *f* respirazione; **~adero** *m* spiraglio; *arq* feritoia *f*; *tecn* sfiato; **~ador, -a** *adj/m med* respiratore, -trice; **~ar 1.** *vt/i med tamb. fig* respirare; **2. ~se** *fig* spirare *vi*, emanare *vi*; **~atorio, -a** *adj* respiratorio, -a; **~o** *m med tamb. fig* respiro ◊ ***dar ~*** *coloq/fig* (*acreedores, trabajo,...*) dare un po' di respiro

resplandec|er ‹*resplandezco*› V. 13a *vi* risplendere, brillare; **~iente** *adj* risplendente, brillante

resplandor *m* splendore, bagliore

respond|er 1. *vt/i* rispondere; **2.** *vi* corrispondere; rispondere, rendere; *jur* rispondere, essere responsabile (**de** di) ◊ ***~ al nombre de*** *adm* chiamarsi; **~ón, -ona** *adj/s* linguacciuto, -a, impertinente

responsa|bilidad *f* responsabilità *inv* ◊ ***~ limitada, ilimitada*** responsabilità limitata, illimitata; **~bilizar** ‹*responsabilicé*› **1.** *vt* responsabilizzare, rendere responsabile; **2. ~se** rendersi responsabile (**de** di); **~ble** *adj* responsabile

responso *m elev* responso; **~rio** *m relig* responsorio

respuesta *f* risposta ◊ ***en ~*** in risposta

resquebra|dura (*var.* **resquebrajadura**) *f* crepa, screpolatura; **~jamiento** *m* incrinatura *f*, sgretolamento, screpolatura *f*, spaccatura *f*; **~jar** *vt* screpolare, sgretolare

resquem|ar 1. *vi fig* bruciare, dar fastidio, infastidire; **2.** *vt gastr tamb. fig* bruciare, pizzicare; **~or** *m* 1. *fig* bruciore; 2. *gastr* bruciore, pizzicore

resquicio *m* 1. fessura *f*; 2. *fig* occasione *f*

resta *f mat* sottrazione; *fig* resto *m*

restablec|er ‹*restablezco*› V. 13a *vt* ristabilire, rimettere; **~ido, -a** *adj* rimesso, -a; **~imiento** *m* ristabilimento; *mec* ripristino

restall|ar *vt/i* schioccare; **~ido** *m* schioccata *f*, schiocco

restante *adj/m* restante, rimanente ◊ ***lo ~*** il resto

restañ|ar *vt/i* ristagnare; *fig* cicatrizzare; **~o** *m* ristagno

restar 1. *vt* 1. *mat* sottrarre; 2. togliere, levare; (*méritos*) sminuire; 3. *sport* respingere, rimbalzare; **2.** *vi* restare, rimanere

restaur|ación *f pol* restaurazione; *arq* restauro *m*; **~ador, -a** *m/f* restauratore, -trice; **~ante** *m* ristorante ◊ ***coche ~*** vettura ristorante; **~ar** *vt* 1. *tecn* restaurare, riparare; 2. *fig* restaurare, rimettere, ristabilire

restitu|ción *f* restituzione; **~ir** ‹*restituyo; restituyó; restituyendo*› V. 14 *vt* restituire, rendere, ridare

resto 1. *m* 1. *com/mat/tecn tamb. fig* resto; 2. posta *f*; 3. *sport* rimbalzo; **2.** *mpl* resti, residui, avanzi ◊ ***~ abierto*** (*juego*) posta illimitata; ***~s mortales*** resti mortali; ***echar el ~*** (*juego*) giocarsi tutto; fare tutto il possibile; **~rán** *Am* V. **restaurante**

restreg|ar ‹*restriego; restregué*› V. 5a *vt* strofinare; **~ón** *m* strofinata *f*

restric|ción *f* restrizione; **~tivo, -a** *adj* restrittivo, -a

restriego V. **restregar**

restring|ido, -a *adj* ristretto, -a; **~ir** ‹*restrinjo*› **1.** *vt* restringere, limitare, ridurre; **2. ~se** restringersi

resucitar *vt/i* risuscitare

resuel|lo 1. *m* soffio, affanno; **2.** V. **resollar** ◊ ***cortar el ~ (a alg)*** *coloq/fig* togliere il respiro; ***meter el ~ en el cuerpo (a alg)*** mettere la paura addosso (a q); **~to, -a** *adj* risoluto, -a, deciso, -a; **~vo** V. **resolver**; **~no** V. **resonar**

resulta 1. *f* risultato *m*, risultanza; **2.** *fpl* 1. conseguenze; 2. *adm* vacanze *f*, posti vacanti *m* ◊ ***de ~s de*** in/per conseguenza di; **~do** *m* risultato; **~nte 1.** *adj/m* risultante; **2.** *f cient tamb. fig* risultante; **~r** *vi* 1. risultare, derivare; ***el viaje resultó estupendo*** *il viaggio è andato benissimo*; 2. riuscire; 3. divenire, diventare; ***la casa ha resultado pequeña*** *la casa è diventata piccola*; 4. venirsi a sapere; ***ahora resulta que el culpable soy yo*** *ora si viene a sapere che il colpevole sono io*; 5. essere; ***resultó ser un tío de mi mujer*** *era uno zio di mia moglie*; ***el negocio ha resultado un bluff*** *l'affare è stato/si è rivelato un bluff*; 6. convenire; ***no resulta comer a la carta*** *non conviene mangiare alla carta*; 7. costare; ***resultan a 12 euros*** *costano/vengono 12 euro*; 8. uscire, venir fuori; ***me resultan 7 euros menos que a ti*** *mi escono 7 euro meno che a te*

resultón, -ona *adj coloq* attraente, che fa effetto

resumen (*pl* **resúmenes**) *m* riassunto, riepilogo, compendio ◊ ***en ~*** in breve, ricapitolando

resumir *vt* riassumere, fare il riassunto (**u-c** di qc), ricapitolare

resurg|imiento *m* risorgimento; **~ir** ‹*resurjo*› *vi* risorgere; risuscitare

resurrección *f* 1. *relig* risurrezione; 2. *fig* risorgimento *m* ◊ ***Pascua de ~*** Pasqua

retablo *m arte* retablo (*Esp*), ancona *f* ◊ ***~ de dolores*** *fig* Madonna Addolorata, Madonna dei sette dolori

retaco *m irón* (*persona*) tappo

retador, -a *adj/s* sfidatore, -trice, sfidante

retaguardia *f* retroguardia; *mil* retrovia ◊ ***en/a ~*** alla retroguardia

retahíla *f* filza, fila, sfilza

retal *m* scampolo

retam|a (*var.* **retamo** *m*) *f bot coloq/fig* ginestra ◊ ***mascar ~*** masticare veleno; **~ar** *m bot* (*lugar*) ginestreto; **~o** V. **retama**

retar *vt* sfidare; *coloq* rimproverare; *Chile* insultare; **~dado, -a** *adj* ritardato, -a ◊ ***de acción ~a*** *tamb. fig* ad azione ritardata; **~dar** *vt* ritardare, rimandare; **~do** *m mús* ritardo

retazo *m* 1. pezzo, frammento; 2. (*tela*) scampolo

retejar *vt* racconciare il tetto *vi*

retén *m* 1. *mil* (*personas*) picchetto; *mil* posto di guardia; 2. riserva *f*; 3. *Col/Ven* posto di controllo stradale

reten|ción *f* 1. *med/jur* ritenzione; 2. *adm* (*sueldo*) ritenuta; 3. (*tráfico*) ingorgo *m*, rallentamento *m*, coda di veicoli ◊ ***~ del balón*** *sport* melina, ostruzionismo; **~er** ‹*tengo; tuve; tendré*› *vt* 1. ritenere, trattenere; (*memoria*) ritenere, ricordare; 2. (*ladrón*) detenere, arrestare; **~tiva** *f* ritentiva; **~tividad** *f psicol* ritentività *inv*; **~tivo, -a** *adj* ritentivo, -a

reteñir ‹*retiño; retiñó; retiñendo*› V. 12 *vt* ritingere

retestinado, -a *adj reg* sudicio, -a, lurido, -a ◊ ***olor a ~*** odore di sudiciume

reticen|cia *f* reticenza; **~te** *adj* reticente

rético, -a 1. *adj/s* retico, -a; **2.** *m ling* retoromanzo, ladino, retico *ant*

retícula *f* reticolo *m* (!)

reticula|ción *f foto* reticolatura; **~r** *adj* reticolare

retículo *m* reticolo, reticolato; *zool/foto* reticolo

retina *f med* retina

retino|patía *f med* retinopatia; **~sis** *f inv med* retinosi

retintín *m* 1. tintinnio; 2. *coloq* aria *f*, melodia *f*; 3. *coloq* ironia *f*

retiño, retiñó V. **reteñir**

retir|ada *f mil* ritirata ◊ ***cortar la ~*** *mil tamb. fig* bloccare la ritirata; **~ado, -a 1.** *adj* (*lugar*) ritirato, -a, fuori mano *inv*, appartato, -a; (*vivir*) isolato, -a, appartato, -a; **2.** *adj/s* pensionato, -a; **~ar 1.** *vt* 1. ritirare; (*dinero*) prelevare; ritirare, spostare, allontanare; togliere; 2. *adm* mandare in pensione; **2. ~se** 1. ritirarsi; 2. andarsene; 3. *adm* andare in pensione; **~o** *m* 1. ritiro; 2. (*sueldo*) pensione *f* ◊ ***prima de ~*** premio per cessazione dell'attività

reto *m* 1. sfida *f*; sgridata *f*; 2. *Chile* insulto ◊ ***echar ~s*** minacciare; **~bado, -a** *adj Am* insolente, ribelle; testardo, -a; **~car** ‹*retoqué*› *vt* ritoccare; **~mar** *vt* riprendere

retoñ|ar *vi bot* rigermogliare; **~o** *m* 1. *bot* germoglio, rampollo; 2. *coloq/fig* rampollo

retoque *m* 1. ritocco; 2. *med* pulsazione accelerata *f*

rétor *m hist* retore

retor *m txtl* cotone ritorto

retorc|er ‹*retuerzo*› V. 9a **1.** *vt* 1. torcere, storcere; 2. (*ropa*) strizzare; **2. ~se** storcersi; **~ido, -a** *adj* ritorto, -a, contorto, -a; **~imiento** *m* ritorcimento; *tecn* torsione *f*

retóric|a *f* retorica; *desp* retorica, gonfiezza; **~o, -a** *adj* retorico, -a

retorn|able *adj* a rendere *inv* ◊ ***envase no ~*** vuoto a perdere; ***envase ~*** vuoto a rendere; **~ar 1.** *vi* ritornare, tornare indietro; **2.** *vt* restituire, rendere, respingere; **~o** *m* ritorno

retorromano *m ling* retoromanzo, ladino

retorsión *f* ritorcimento *m*; *jur* ritorsione

retort|a *f quím* storta; **~ero** *m* giro ◊ ***andar al ~*** essere sempre in giro; ***llevar/traer al ~ (a alg)*** non lasciare respirare (q); **~ijón** *m* attorcigliamento ◊ ***~(ones) de tripas*** *coloq* (forti) dolori di pancia; intestino attorcigliato

retoz|ar ‹*retocé*› *vi* giocherellare, trastullarsi; *fig* ribollire; **~o** *m* il ruzzare, chiasso; **~ón, -ona** *adj* zuzzurellone, -a, vispo, -a

retrac|ción *f* ritrazione, restringimento *m*; **~tación** *f* ritrattazione; **~tar 1.** *vt* ritrattare, rimangiare; **2. ~se** *jur* recedere *vi*; ritrattarsi, tirarsi indietro

retráctil *adj* retrattile

retracto *m jur* retratto

retraer ‹*traigo; traje; trayendo*› V. 39 **1.** *vt* 1. ritrarre, tirare indietro; 2. *jur* esercitare il diritto di retratto; **2. ~se** ritrarsi; retrocedere *vi*

retraído, -a *adj* chiuso, -a, selvatico, -a, ritirato, -a

retraimiento *m* ritiratezza *f*, isolamento; *fig* riservatezza *f*, selvatichezza *f*

retransmi|sión *f radio/TV* trasmissione; **~tir** *vt radio/TV* trasmettere

retras|ado, -a 1. *adj* ritardato, -a, indietro, -a; **2.** *adj/s* minorato, -a ◊ ***el reloj va ~*** l'orologio va indietro; **~ar 1.** *vt* ritardare, rimandare; **2.** *vi* andare/essere indietro; **3. ~se** (*reloj*) andare/essere indietro *vi*; restare indietro *vi* (**en u-c** in qc); **~o** *m* ritardo ◊ ***llegar con ~*** arrivare in ritardo

retrat|ar *vt* ritrattare (**u-c/a alg**), fare il ritratto (**a alg** di qc/q) *vi*; essere il ritratto di *vi*, rassomigliare a *vi*; **~ista** *m/f* ritrattista; **~o** *m* ritratto ◊ ***~ de cuerpo entero*** ritratto a figura intera; ***~ de medio cuerpo*** ritratto a mezzo busto; ***~ de tamaño natural*** ritratto al naturale; ***~ robot*** identikit

retrechero, -a *adj* 1. *desp* scaltro, -a; 2. seduttore, -trice, attraente

retret|a *f* 1. *mil* ritirata; 2. *Am* ="concerto di banda militare all'aperto" *m*; 3. *Am* filza; **~e** *m* gabinetto, cesso

retribu|ción *f* retribuzione, remunerazione, compenso *m*; **~ir** ‹*retribuyo; retribuyó; retribuyen-*

do› V. 14 *vt* 1. retribuire, rimunerare, ricompensare; 2. *Am* (*favor*) contraccambiare; **~tivo, -a** *adj* retributivo, -a

retro *adj/s coloq* rétro* *inv*; **~acción** *f* 1. *jur* retroattività *inv*; 2. *electr/mec* retroazione; **~actividad** *f* retroattività *inv*; **~activo, -a** *adj* retroattivo, -a

retroce|der *vi* retrocedere, indietreggiare, tornare indietro; **~so** *m* 1. *transp tamb. fig* retrocessione *f*, regresso; 2. *cient* regressione *f*; 3. *jur* regresso ◊ ***en ~*** in calo, declinante; ***estado de ~*** stato di ritorno; ***tecla de ~*** (*ordenador*) tasto del ritorno, tasto backspace*

retrocohete *m aero* retrorazzo

retroflexo, -a *adj ling* retroflesso, -a

retrogradación *f astron* retrogradazione

retrógrado, -a *adj/s* retrogrado, -a

retronar ‹*trueno*› V. 8a *vi* rintronare

retropropulsión *f aero* propulsione a getto, propulsione a razzo

retroproyector *m* lavagna luminosa *f*

retrospec|ción *f* restrospezione; **~tiva** *f* retrospettiva; **~tivo, -a** *adj* retrospettivo, -a

retrotraer ‹*traigo; traje; trayendo*› V. 39 *vt jur* retrodatare, retrotrarre; riportare indietro

retroventa *f com/jur* retrovendita

retroviral *adj/m med* retrovirale

retrovisor *adj/m auto* retrovisore

retrucar ‹*retruqué*› *vi coloq* rimbalzare; *Am coloq* ribattere

retruécano *m ling/lit* allitterazione *f*

retruque *m* rimbalzo ◊ ***de ~*** *adv coloq* di rimbalzo

retuerzo V. **retorcer**

retumb|ante *adj* rimbombante, fastoso, -a, pomposo, -a; **~ar** *vi* rimbombare; **~o** *m* rimbombo, rombo, boato

retuve V. **retener**

reúma (*var.* **reuma**) *m med* reuma, reumatismo

reumático, -a *adj med* reumatico, -a

reumat|ismo *m med* reumatismo; **~oide** *adj med* reumatoide; **~ología** *f med* reumatologia; **~ólogo, -a** *adj/s med* reumatologo, -a

reunific|ación *f* riunificazione; **~ar** ‹*reunifiqué*› *vt* riunificare

reuni|ón *f* riunione; assemblea ◊ ***~ plenaria*** assemblea plenaria; **~r** ‹*reúno*› *vt* riunire; congiungere, unire, adunare

reutilizar ‹*reutilicé*› *vt* riutilizzare

reválida *f* convalidazione ◊ ***~ de bachillerato*** *ant* esame di maturità

revalid|ación *f* convalidazione, ratifica; **~ar** *vt* convalidare, ratificare

revaloriz|ación *f* rivalutazione, rivalorizzazione; **~ar** ‹*revaloricé*› *vt* rivalutare, rivalorizzare

revalu|ación *f* rivalutazione; **~ar** ‹*revalúo*› *vt econ* rivalutare

revanch|a *f* rivincita, rivalsa ◊ ***dar la ~*** (*juego*) dare la rivincita; **~ismo** *m* revanscismo

reveill|ón *m* veglione di fine d'anno/di San Silvestro

revel|ación *f* rivelazione; **~ado, -a 1.** *adj* rivelato, -a; **2.** *m foto* sviluppo; **~ador, -a 1.** *adj/s* rivelatore, -trice; **2.** *m foto* rivelatore; **~ar** *vt* 1. rivelare, scoprire, svelare; 2. *relig* rivelare; 3. *foto* sviluppare

revende|dor, -a *m/f* rivenditore, trice; **~r** *vt* rivendere

reveni|do, -a 1. *adj* vecchio, -a; *gastr* vecchio, -a, guastato, -a; **2.** *m metal* rinvenimento; **~miento** *m* rinvenimento; **~rse** ‹*vengo, vienes; vendré; vine; viniendo*› V. 41 1. consumarsi; 2. (*comida*) guastarsi *vi*; 3. (*pared*) trasudare

reventa *f* 1. (*persona*) bagarino *m*; 2. rivendita; **~do, -a** *adj* sfinito, -a, stanco, -a morto, -a; **~r** ‹*reviento*› V. 5a **1.** *vi* 1. scoppiare, esplodere, saltare in aria; 2. *fig* (*persona, animal*) scoppiare, non poterne più; ***si no lo digo, reviento*** *se non lo dico, scoppio*; 3. *fig* dar fastidio, seccare; ***eso me revienta*** *questo mi dà fastidio/secca*; 4. *fig* (*risa, ganas…*) scoppiare; 5. *fig* (*comer, trabajar*) crepare, morire; **2.** *vt* mandare all'aria, rovinare; *teat fig* fischiare; **3. ~se** scoppiare *vi*; crepare *vi*

reventón *m* scoppio, esplosione *f*; *fig* colpo; *fig* sforzo

reverber|ación *f* 1. *tecn* riverbero *m*; 2. riverberazione; **~ar** *vi* riverberare, riflettersi; **~o** *m* riverbero, riflesso; *tecn* riverbero ◊ ***horno de ~*** forno a riverbero; *Am* fornello a spirito

reverdecer ‹*reverdezco*› V. 13a *vt/i* rinverdire

reverencia *f* riverenza, rispetto *m*; riverenza, inchino *m* ◊ ***Vuestra ~*** Vostra Riverenza; **~l** *adj* reverenziale; **~r** ‹*reverencio*› V. 1 *vt* riverire

reverend|ísimo, -a *adj relig* reverendissimo, -a; **~o, -a** *adj/m relig* reverendo, -a

reverente *adj* riverente, ossequioso, -a

revers|ibilidad *f* reversibilità *inv*; **~ible** *adj* reversibile ◊ ***abrigo ~*** cappotto double-face; **~ión** *f cient* reversione; ritorno *m*; **~o 1.** *adj/m* rovescio; **2.** *m/f Col* marcia indietro *f* ◊ ***el ~ de la medalla*** *tamb. fig* il rovescio della medaglia

revertir ‹*revierto; revirtió; revirtiendo*› V. 6 *vi* tornare allo stato primitivo

revés *m* 1. rovescio, retro, dietro; 2. *sport tamb. fig* rovescio; 3. manrovescio, schiaffo; 4. *fig* disgrazia *f* ◊ ***al/del ~*** al rovescio; ***al ~ de*** al contrario di

revest|imiento *m* rivestimento; **~ir** ‹*visto; vistió; vistiendo*› V. 12 **1.** *vt* rivestire, ricoprire; **2. ~se** coprirsi; *fig* (*paciencia*) armarsi; (*poder*) investirsi; *relig* (*tamb. vt*) vestire i paramenti *vi*

reviento V. **reventar**

revis|able *adj* rivedibile; **~ación** *Arg* V. **revisión**; **~ar** *vt* rivedere, ripassare; **~ión** *f* revisione ◊ ***~ médica*** controllo medico, check-up*; **~ionismo** *m pol* revisionismo; **~or, -a** *m/f impr* revisore,(-a) *m*; *transp* (*hombre y mujer*) controllore *m*; ispettore, -trice

revist|a *f* 1. *teat/mil/period* rivista; 2. ispezione, controllo *m* ◊ ***~s del corazón*** stampa rosa; ***pasar ~ mil tamb. fig*** passare in rivista, passare in rassegna; **~ar** *vt mil tamb. fig* passare in rivista;

~ero, -a 1. *m/f impr* cronista; 2. *m* (*mueble*) portariviste *inv*
revistió, revisto V. **revestir**
revitalizar ‹*revitalicé*› *vt* rivitalizzare
revival [r̄i'bajbal, r̄e'bajbal] *m* revival* *inv*
revivific|ación *f* rivivificazione; **~ar** ‹*revivifiqué*› *vt* rivivificare
revivir *vi* rivivere; *fig* rinascere, riapparire
reviviscen|cia *f cient* reviviscenza; **~te** *adj* reviviscente
revoc|abilidad *f* revocabilità *inv*; **~able** *adj* revocabile; **~ación** *f* revocazione, revoca; **~ar** ‹*revoqué*› *vt jur* revocare, derogare; dissipare; (*paredes*) intonacare; **~atorio, -a 1.** *adj* revocatorio, -a; **2.** *f Am* revoca; **~o** (*var.* **revoque**) *m* intonacatura *f*
revolc|ar ‹*revuelco; revolqué*› V. 8a **1.** *vt* abbattere, rovesciare, rivoltare; **2. ~se** rivoltarsi, rivoltolarsi; **~ón** *m* rivoltolone
revolote|ar *vi* svolazzare, volare intorno, librarsi; **~o** *m* svolazzio
revolt|illo (*var.* **revoltijo**) *m* 1. miscuglio, guazzabuglio, garbuglio, confusione *f*; 2. *gastr* misto; **~oso, -a** *adj/s pol tamb. fig* rivoltoso, -a, ribelle; *fig* turbolento, -a, indocile
revoluc|ión *f pol/astron* rivoluzione; sommossa, ribellione; **~ionar** *vt* sovvertire, rivoluzionare, mettere in rivoluzione; **~ionario, -a** *adj* rivoluzionario, -a; ribelle ◊ ***impuesto ~*** *Esp* (*terrorismo*) tangente (*f*)
revolver ‹*vuelvo; vuelto*› V. 43 **1.** *vt* 1. (*papeles, asunto*) mettere sottosopra, rimuovere; (*ánimo*) sconvolgere; 2. avvolgere; 3. *gastr tamb. fig* rimescolare; **2. ~se** rivoltarsi (**contra alg** contro q); girarsi, muoversi; (*líquido, tiempo*) agitarsi ◊ ***~ el estómago*** *tamb. fig* dar nausea; ***~ la sangre*** *coloq/fig* far ribollire il sangue
revólver *m* rivoltella *f*, revolver *inv*
revoque V. **revoco**
revuel|co 1. *m* sobbalzo, rivoltolone; **2.** V. **revolcar**; **~o** *m* 1. subbuglio, scompiglio, trambusto; 2. svolazzo, svolazzio; volo di ritorno ◊ ***de ~*** rapidamente, in un volo; ***causar ~*** fare scandalo; **~ta** *f* 1. *pol* sommossa, rivolta; rissa; 2. (*espacio*) svolta; 3. (*estado, opinión*) mutamento *m*; **~to, -a** *adj* sconvolto, -a, agitato, -a; disordinato, -a; *desp* mischiato, -a ◊ ***huevos ~s*** uova strapazzate; **~vo** V. **revolver**
revulsivo, -a *adj/m* revulsivo, -a
rey 1. *m* re *inv*, monarca; (*juegos*) re *inv*; **2.** *excl coloq* tesoro, cocco ◊ ***a ~ muerto, ~ puesto*** morto un papa se ne fa un altro; ***día de *~es*** il giorno della Befana; ***hablando del ~ de Roma*** **por la puerta asoma** parlando del bue/diavolo, spuntan le corna; ***los *~es Magos*** i Re Magi; ***ni quito ni pongo ~*** non dire né ai né bai; ***vivir a cuerpo de ~*** vivere/stare come un re; **~erta** *f* lite, rissa, alterco *m*; **~ezuelo** *m* 1. reuccio; 2. *zool* regolo
reza|dor, -a 1. *m/f* devoto, -a, bigotto, -a; **2.** *f Am* pregante; **~gado, -a** *adj* arretrato, -a; **~gar** ‹*rezagué*› **1.** *vt* lasciare indietro; rimandare; **2. ~se** restare indietro, attardarsi; **~go** *m* ritardo; **~r** ‹*recé*› **1.** *vi* pregare; **2.** *vt* (*el rosario*) recitare; annunciare; *fig* riferirsi ◊ ***~ misa*** *relig* dire la messa
rezo *m* preghiera *f*, orazione *f*; **~ngar** ‹*rezongué*› **1.** *vi* brontolare, borbottare; **2.** *vt Am* sgridare; **~ngón, -ona** *adj/s* brontolone, -a
rezumar 1. *vi* trasudare; **2. ~se** *fig* trapelare *vi*, trasudare *vi*
RFA (*República Federal Alemana*) *abr/f* RFT (Repubblica Federale Tedesca)
Rh (*Factor Rhesus*) *abr/m* Rh (Fattore Rh) *inv*
Rhin V. **Rin**
ría *f Esp* ria (*pl*: rias)
riachuelo *m* ruscello, fiumiciattolo
riada *f* alluvione *m*, inondazione, allagamento *m*
ribald|ería *f* ribalderia; **~o, -a** *adj/s* ribaldo, -a, furfante
ribazo *m* ripa *f*
ribe|iro *m* ="vino galiziano"
ribe|ra *f* riva, sponda; (*terreno*) lido *m*, costa; **~eño, -a** *adj* rivierasco, -a, costiero, -a
ribete 1. *m* 1. cordoncino, galloncino, orlo; 2. *fig* adorno, abbellimento; **2.** *mpl fig* traccia *f*, spunto *m*; **~ado** *m* bordatura *f*, filettatura *f*; **~ar** *vt* filettare, ornare con filetti
ribonucleico, -a *adj biol* ribonucleico, -a
ricacho, -a (*var.* **ricachón, -ona**) *adj/s* riccone, -a, ricco, -a sfondato, -a
ricamente *adv* 1. riccamente; 2. *coloq* piacevolmente, stupendamente
ricino *m bot* ricino
rico, -a 1. *adj/s* ricco, -a; **2.** *adj* 1. suntuoso, -a, sfarzoso, -a, magnifico, -a; 2. abbondante; 3. (*persona*) bello, -a, grazioso, -a; ***ven, rico, no llores*** *vieni, tesoro/bello, non piangere*; 4. *gastr* buono, -a, saporito, -a, gustoso, -a ◊ ***nuevo ~*** *coloq/desp* arricchito
rictus *m inv med* rictus
ricura *f coloq* bellezza; bontà *inv*
ridi *adj/s coloq* ridicolo, -a
ridicul|ez *f* ridicolezza, ridicolaggine; **~izar** ‹*ridiculicé*› *vt* ridicolizzare, mettere in ridicolo
ridículo, -a *adj/m* ridicolo, -a ◊ ***en ~*** in ridicolo; ***hacer el ~*** fare una figura ridicola; ***poner/quedar en ~*** coprirsi di ridicolo
ríe V. **reír**
riego *m agric* irrigazione *f*, innaffiamento ◊ ***~ por aspersión*** *agric* irrigazione a pioggia; ***~ por goteo*** *agric* irrigazione a goccia; ***~ sanguíneo*** *med* circolazione sanguigna
riel *m* (*cortinas*) guida *f*, riloga *f*, *transp* rotaia *f*
ríen V. **reír**
riend|a *f* redine, briglia; *fig* redine ◊ ***a ~ suelta*** a briglia sciolta; ***aflojar las ~s*** *fig* allentare le redini; ***dar ~ suelta*** *fig* lasciar libero; ***empuñar las ~s*** prendere le redini; ***llevar/tener las ~s*** avere le redini in mano; ***tirar de la ~*** tirare la briglia; **~o** V. **reír**
riera V. **reír**

riesgo *m* rischio, pericolo; *econ* rischio ◊ ***a ~ de*** a rischio di; ***de/a ~*** a rischio; ***correr el ~*** correre il rischio; **~so, -a** *adj Am* arrischiato, -a, pericoloso, -a

rifa *f* (*juego*) riffa; **~r 1.** *vt* sorteggiare, fare la riffa *vi*; **2. ~se** contendersi

rifirrafe *m* zuffa *f*

rifle *m* fucile, carabina ad anima rigata *f*

rigidez *f cient tamb. fig* rigidità *inv*, rigidezza

rígido, -a *adj* 1. rigido, -a, teso, -a; (*frío*) irrigidito, -a; 2. *fig* (*persona*) inflessibile, severo, -a

rigió V. **regir**

rigor *m* rigore, severità *f inv*; *cient* rigore ◊ ***de ~*** di rigore; ***en ~*** per la verità, a rigor di termini; ***ser de ~*** essere d'obbligo; **~ismo** *m* rigorismo; **~ista** *m/f* rigorista

rigor mortis [r̄igor 'mortis] *m med tamb. fig* rigor mortis

riguros|amente *adv* rigorosamente, a stretto rigore; **~idad** *f* rigorosità *inv*; **~o, -a** *adj* 1. rigoroso, -a; severo, -a, austero, -a; meticoloso, -a; 2. *meteo* rigido, -a ◊ ***por ~ turno*** in ordine rigoroso

rij|a *f med* fistola; rissa; **~e** V. **regir**

rijo *m* fregola *f*; **~so, -a** *adj* lussurioso, -a

rima *f lit* rima ◊ ***~s alternas, pareadas, cruzadas*** rime alternate, baciate, incatenate; ***octava ~*** ottava; **~dor, -a** *adj/s* rimatore, -trice; **~r** *vt/i lit* rimare

rimbombl|ancia *f desp* rimbombo *m*; **~ante** *adj desp* rimbombante, vistoso, -a ◊ ***palabras ~s*** parole rimbombanti; **~ar** *vt* rimbombare; **~o** *m* rimbombo

rímel (*var.* **rimmel®**) *m* rimmel *inv*, mascara *f*

Rin (*var.* **Rhin**) *m geogr* Reno

rincón *m* angolo, canto; *tamb. fig* angoletto, nascondiglio; (*lugar*) ripostiglio; (*de tierra*) pezzetto, porzione *f*

rincon|ada *f* cantonata; **~cito** *m* posticino; **~era** *f* (*mueble*) cantoniera; *arq* angolo *m*

rindió, rindo V. **rendir**

ring [r̄in] *m sport* ring *inv*

ringlera *f* fila

ringorrango *m* ghirigoro; *fig* fronzolo

rinitis *f inv med* rinite *f*

rinoceronte *m zool* rinoceronte

rinofaringitis *f inv med* rinofaringite *f*

rinoplastia *f med* rinoplastica

riña *f* lite, zuffa, rissa

riño, riñó V. **reñir**

riñón *m* 1. *med* rene (!); 2. *gastr* rognone (!) ◊ ***costar un ~*** costare un occhio della testa; ***quebrantarse/romperse los ~ones*** spezzarsi le reni; ***tener ~ones*** *coloq/fig* aver fegato

riñonada *f gastr* rognonata

riñonera *f* (*bolsito*) marsupio *m*

río *m* fiume; *fig* fiume, abbondanza *f* ◊ ***~ revuelto*** confusione; ***llevarse al ~ a alg*** *coloq/hum* fare l'amore con q

río, rió V. **reír**

riojano, -a *adj/s* (q o qc) della Rioja

riolita *f geol* riolite, liparite

rioplatense *adj/s* della riviera della Plata o di Río della Plata

RIP (*Requiescat in Pace*) *abr/m* R.I.P.

ripieno *m mús* ripieno

ripio *m* 1. residuo, avanzo; 2. *lit tamb. fig* riempitivo, pleonasmo ◊ ***no perder ~*** non perdere una sillaba

riqueza *f* 1. *econ* ricchezza; 2. (*joyas, obras, cuadros...*) bellezza, ricchezza, lusso *m*

risa *f* 1. riso *m* (!); 2. cosa comica o ridicola ◊ ***~ falsa/de conejo*** riso sforzato; ***~ sardónica*** riso sardonico; ***caerse/desconyuntarse/desternillarse/troncharse de ~*** crepare/sganasciarsi/scoppiare/sbellicarsi dalle risa; ***dar ~*** far ridere; ***es una ~*** è da ridere; ***estar muerto/mondarse de ~*** morire dalle risate; ***tomar a ~*** prendere sul ridere

risco *m* roccia *f*, rupe *f*; **~so, -a** *adj* roccioso, -a, dirupato, -a

risible *adj* risibile, ridicolo, -a

risotada *f* forte risata

ristr|a *f* (*ajos*) resta; fila; **~e** *m* resta *f* ◊ ***en ~*** in resta

risueño, -a *adj* allegro, -a, ridente; promettente

ritidectomía *f med* ritidectomia, lifting *m inv*

ritidoma *m bot* ritidoma

rítmico, -a *adj* ritmico, -a

ritmo *m* ritmo

rito *m* rito

ritornello [r̄itor'nelo] *m* 1. *mús* ritornello; 2. *lit* intercalare

ritual *adj/m* rituale ◊ ***de ~*** di rito; **~ista 1.** *m/f* ritualista; **2.** *adj* ritualistico, -a

rival *adj/s* rivale, avversario, -a; **~idad** *f* rivalità *inv*, antagonismo *m*; **~izar** ‹*rivalicé*› *vi* rivaleggiare, gareggiare, competere

rizado, -a 1. *adj* arricciato, -a; **2.** *m* arricciatura *f*; **~r** *m* arricciacapelli *inv*; ferro per arricciare

rizar ‹*ricé*› *vt* arricciare ◊ ***~ el rizo*** esagerare, complicare le cose; *aero* fare il giro della morte

rizo *m* 1. (*pelo*) riccio, ricciolo; 2. (*tela*) spugna *f*; 3. *aero* gran volta *f*; **~bio** *m bot* rizobio; **~ma** *m bot* rizoma

rizópodo *adj/m zool* rizopodo

rizoso, -a *adj* (*pelo*) ondulato, -a

RM *abr/m* 1. Registro Mercantil; 2. Reverenda Madre

RNA *m inv biol* RNA

RNE (*Radio Nacional de España*) *abr/f* Radio Nazionale della Spagna

RO (*Real Orden*) *abr/m* R.D. (Regio Decreto)

róbalo *m zool* branzino, spigola *f*

robar *vt* rubare; derubare; rapinare, svaligiare; (*naipes*) pescare

robellón *m bot/gastr* agarico delizioso

robinia *f bot* robinia

roble *m bot* rovere *m/f*, quercia comune *f*; *fig* quercia *f*; **~dal** *m bot* rovereto, querceto

roblón *m* chiodo ribattino

robo *m* 1. (*acción*) furto *f*, rapina *f*; 2. refurtiva *f*; 3. (*naipes*) pesca *f* ◊ **~ *a mano armada*** rapina a mano armata; **~t** *adj/m* robot *inv* ◊ ***retrato* ~** identikit

robóticla *f* robotica; **~o, -a** *adj* robotico, -a

robotizar ‹*roboticé*› *vt* robotizzare

robustlecer ‹*robustezco*› V. 13a *vt* irrobustire; **~ez** *f* robustezza, forza, resistenza; **~o, -a** *adj* robusto, -a, forte, resistente

roca *f* roccia, rocca, rupe; macigno *m*, masso *m*; *fig* macigno *m* ◊ **~ *eruptiva/ígnea, sedimentaria*** roccia eruttiva, sedimentaria; **~lla** *f arte* rocaille* *inv*

rocambolesco, -a *adj* rocambolesco, -a

rocanlola *f Am* juke-box* *inv*; **~rol** (*var.* **rock and roll**) *m mús* rock and roll* *inv*; **~rolero, -a** *adj/s mús* rocchettaro, -a

roce *m* attrito, sfregamento, strofinio; *fig* relazione *f*, pratica *f*

rocialda *f* 1. spruzzatura; 2. *meteo* rugiada; 3. *fig* (*balas*) scarica; **~do** *m* spruzzo; **~dor** *m* spruzzatore; **~r** ‹*rocío*› V. 2 **1.** *vt* spruzzare, schizzare; **2.** *vi meteo* cadere la rugiada; *meteo* piovigginare

rocín *m* ronzino

rocinante *m* ronzinante

rocío *m* 1. *meteo* rugiada *f*; 2. *meteo* pioggerella *f*; 3. spruzzo

rock and roll V. **rocanrol**

rocker *m/f* rocker* *inv*; **~o, -a** *adj/s* rocchettaro, -a

rococó *adj/m arte* rococò

rocoso, -a *adj* roccioso, -a

rodaballo *m zool* rombo maggiore

rodadla *f* solco della ruota *m*; **~o, -a 1.** *adj* rotolato, -a; *fig* arrotondato, -a; **2.** *m Am* veicolo a ruote ◊ ***canto* ~** ciottolo; ***venir (u-c) ~a*** venire (qc) a pennello; **~ura** *f* rotolamento *m*

rodajla *f* 1. *gastr* fetta; 2. *tecn* rotella; **~e** *m* 1. *auto tamb. fig* rodaggio; 2. *cine* ripresa *f*; 3. insieme di ruote

rodal *m agric* campicello; macchia *f*

rodamiento *m tecn* cuscinetto ◊ **~ *de bolas*** cuscinetto a sfere

rodante *adj* rotante; rotolante

rodapié *m* (*paredes*) zoccolo; riparo

rodar ‹*ruedo*› V. 8a *vi* 1. rotare, girare; (*una piedra*) rotolare; 2. *cine* girare; 3. *tecn* rodare ◊ ***echarlo todo a* ~** mandare tutto all'aria; ***ir rodando*** girolonzare

rodelar 1. *vt* circondare, attorniare, circuire; **2.** *vi* girare intorno, fare un giro; (*la cabeza*) girare; **3. ~se** circondarsi; **~la** *f hist* (*escudo*) rotella; **~o** *m* 1. rodeo; 2. *fig* pretesto; 3. *ling* circonlocuzione ◊ ***andar con ~s/dar ~s*** menar il can per l'aia; ***sin ~s*** direttamente, senza tergiversare; **~ra** *f* solco di ruota *m*; **~te** *m* 1. cercine; 2. *mec* ruota a palette *f*

rodillla *f* ginocchio *m* ◊ ***de ~s*** in ginocchio; ***doblar la ~/hincarse de ~s*** inginocchiarsi, mettersi in ginocchio; **~era** *f* ginocchiera; **~o** *m* rullo; *gastr* matterello

rodio *m quím* rodio

rododendro *m bot* rododendro

rodríguez *m inv coloq* ="marito solo in città e con la moglie in vacanza" ◊ ***estar de* ~** essere temporalmente libero, restare solo in città

roeldor, -a *adj/m* roditore, -trice; **~dura** *f* rodimento *m*; rosicchiamento *m*; **~r** ‹*roo; royó*› V. 35 *vt* (*ratón*) rodere; rosicchiare; *fig* rodere, consumare

rogalr ‹*rogué*› *vt/i* pregare, supplicare, implorare; ***le ruego que me escuche*** *la prego di ascoltarmi* ◊ ***a Dios rogando y con el mazo dando*** aiutati che il ciel t'aiuta; ***hacerse de* ~** farsi pregare; **~tiva 1.** *f* supplica; **2.** *fpl relig* rogazioni; **~torio, -a** *adj jur* rogatorio, -a; supplichevole

rojal *adj* rossastro, -a

rojelar *vi* rosseggiare; **~z** *f* rossore *m*, rossezza (*raro*); macchia rossiccia sulla pelle

rojizo, -a *adj* rossiccio, -a

rojo, -a *adj/m* rosso, -a ◊ **~ *de labios*** rossetto; ***al* ~ *vivo*** incandescente; eccitato; ***ponerse* ~** diventar rosso, arrossire

rolllazo *m coloq* pizza *f*, scocciatura *f*, noia *f*; **~ero, -a** *adj/s coloq* pesante, noioso, -a, palloso, -a; pallista; **~ista** *adj/s coloq* scocciante, palloso, -a, pesante; **~ito** *m* involtino ◊ **~ *de primavera*** *gastr* involtino di primavera; **~izo, -a** *adj* grassoccio, -a; rotondo, -a; **~o** *m* 1. (*papel, tela...*) rotolo; 2. *foto* rullino; 3. *tecn* rullo; 4. (*pan*) ciambella *f*; 5. *jerga* ="il mondo della droga e del qualunquismo"; 6. *fig* tipo di vita; 7. *coloq/desp* menata *f*, tiritera *f*, discorso lungo e noioso; 8. (*gordura*) rotolino (di ciccia), ciccia *f* ◊ ***buen* ~** feeling*; ***es un* ~** è una scocciatura, è una pizza; ***estar hecho un* ~ *de manteca*** (*niño*) essere tutto cicciottello, essere tutto paffutello; ***largar el* ~** fare un discorso lungo e noioso; ***¡Qué ~!*** Che barba!

ROM *abr/m informát* ROM

Roma: remover ~ con Santiago *vi* muovere cielo e terra (per ottenere qc)

romadizo *m* coriza *f*, corizza *f*

romana *f* stadera

romance 1. *adj ling* romanzo, -a; **2.** *m* 1. *lit* romanza *f*; 2. *ling* spagnolo antico/volgare; 3. storia amorosa *f*, relazione sentimentale *f*; **3.** *mpl* chiacchiere *fpl*, storie *fpl* ◊ ***hablar en* ~** parlar chiaro; **~ar** *vt* volgarizzare; **~ro, -a 1.** *m* collezione di romanze *f*; **2.** *m/f fig* raccontafavole *inv*

romanche *adj/m* romancio, -a

romanesco, -a *adj/m* romanesco, -a

Romania *f ling* Romania

románico, -a 1. *adj/m arte* romanico, -a; **2.** *adj ling* romanzo, -a ◊ ***lenguas ~s*** lingue romanze

romanista *adj/s* romanista

romanística *f* romanistica

romanizlación *f* romanizzazione; **~ar** ‹*romanicé*› *vt* romanizzare

romano, -a *adj/s* romano, -a ◊ ***a la ~a*** alla romana
romanticismo *m arte/lit* romanticismo
romántico, -a *adj/s* romantico, -a
romanza *f mús* romanza
Romaña *f geogr* Romagna
rombo *m geom/zool* rombo; **~edro** *m geom* romboedro; **~idal** *adj geom* romboidale
romer|al *m bot* campo di rosmarino; **~ía** *f* pellegrinaggio *m*; **~o 1.** *m bot* rosmarino; **2.** *m/f* pellegrino, -a
romo, -a *adj* smussato, -a; *fig* ottuso, -a
rompe|cabezas *m inv* puzzle; *fig* rompicapo; **~corazones** *m/f inv* rubacuori; **~dero, -a** *adj* fragile; **~dor, -a** *adj* dirompente; **~dura** *f* rottura; **~hielos** *m inv nav* rompighiaccio; **~huelgas** *m/f inv* crumiro, -a *m*; **~olas** *m inv nav* frangiflutti, frangionde; **~r** ‹*roto*› V. 36 **1.** *vt* rompere; stracciare, lacerare; infrangere; (*amistad*) interrompere; **2.** *vi* 1. scoppiare; 2. uscire; 3. *bot* sbocciare, aprirsi; **3. ~se** rompersi ◊ ***~ a llorar*** scoppiare a piangere; ***~ con (alg)*** rompere con (q); ***de rompe y rasga*** risoluto; ***el que rompe, paga*** chi rompe paga, e i cocci sono suoi; ***¡rompan filas!*** *mil* rompete le righe!; ***~ aguas*** (*parto*) rompersi le acque
rompi|ente *m* frangente; **~miento** *m* rompimento; rottura *f*; *teat* fondale con aperture
ron (*pl* **rones**) *m* rum *inv*; **~car** ‹*ronqué*› *vi* russare; (*el ciervo*) bramire; **~cha** *f* 1. (*piel*) vescica; livido *m*; 2. (*embutido*) fetta ◊ ***levantar ~s*** *fig* produrre bruciori; **~co, -a** *adj* rauco, -a, roco, -a
ronda *f* 1. ronda; 2. *mús* serenata; 3. (*naipes*) mano; 4. (*carretera*) circonvallazione ◊ ***camino de ~*** cammino di ronda; ***hacerle la ~ a una mujer*** fare la ronda a una donna; **~dor** *adj/m* 1. corteggiatore; 2. *Ecu mús* siringa *f*; **~lla** *f* 1. *mús* ="complesso musicale di strumenti a corda" *m*; 2. fandonia, fola; 3. *Arg* ronda di ragazzi; **~r** *vi* fare la ronda, andare in ronda; andare in giro
rondín *m Chile* vigile
rondó *m mús* rondò, rondeau* *inv*
rondón: de ~ *adv* di soppiatto, improvvisamente
ronquera *f* raucedine, laringite
ronquido *m* 1. (*roncar, gato*) il ronfare; 2. il russare; ***¡Qué ~s!*** *Che modo di russare!*
ronrone|ar *vi* (*gato*) fare le fusa; **~o** *m* (*gato*) ronron *inv*, fusa *fpl*
ronza|l *m* cavezza *f*; **~r** ‹*roncé*› *vi* (*masticando*) scricchiolare
roñ|a *f* 1. *med* rogna, scabbia; *fig* rogna, sporcizia, sudiciume *m*; 2. *fig* tirchieria; **~ería** *f fig* taccagneria, tirchieria; **~ica** *m/f coloq* taccagno, -a; **~osería** *f coloq* taccagneria, tirchieria; **~oso, -a** *adj* 1. rognoso, -a; 2. *coloq/fig* tirchio, -a, misero, -a, meschino, -a; *coloq/fig* sudicio, -a, lurido, -a; 3. ossidato, -a, vecchio, -a
roo V. **roer**
ropa *f* 1. roba; 2. biancheria; vestiti *mpl* ◊ ***~ blanca*** biancheria della casa; ***~ de cama*** biancheria da letto; ***~ de color*** roba colorata; ***~ de mesa*** biancheria da tavola; ***~ hecha*** roba confezionata; ***~ interior*** biancheria intima; ***~ sucia*** biancheria sporca, panni sporchi (*tamb. fig*); ***a quema ~*** **a quemarropa**, a bruciapelo; ***guardar la ~*** agire con cautela; ***hay ~ tendida*** *fig* silenzio, arriva gente; ***la ~ sucia se lava en casa*** i panni sporchi si lavano in famiglia; ***tentarse la ~*** pensarci su
ropaje *m* vestiario
ropavejero *m* rigattiere, robivecchi *inv*
ropero *m* 1. guardaroba, armadio; 2. associazione di carità *f*
roque 1. *adj coloq* addormentato, -a (*estánd*); **2.** *m* torre degli scacchi *f*
Roque: la casa de tócame ~ *f* un casino
roque|dal *m* luogo roccioso
roque|ño, -a *adj* roccioso, -a; **~ro, -a 1.** *adj/s mús* V. rockero; **2.** *m zool* (*pájaro*) codirossone; **3.** *adj* edificato, -a sulle rocce; **~te** *m relig* rocchetto
rorro *m coloq* lattante
ros *m mil* cheppì *inv*, kepì spagnolo *inv*
rosa 1. *f* rosa; **2.** *adj/inv* (*color*) rosa ◊ ***~ de los vientos*** rosa dei venti; ***~ de té*** rosa tea; ***fresco como una ~*** fresco come una rosa; ***no hay ~s sin espinas*** non c'è rosa senza spine
rosáce|as *fpl bot* rosacee; **~o, -a 1.** *adj* rosaceo, -a; **2.** *f med* couperose* *inv*
rosado, -a 1. *adj* roseo, -a; **2.** *adj/m* (*vino*) rosé *inv*, rosato
rosal *m* rosaio; **~eda** *f* roseto *m*
rosario 1. *m relig fig* rosario; ◊ ***acabar como el ~ de la aurora*** andare a finire male; **2.** *m/f* Rosario *f*, Rosario *m*, Rosaria *f*
rosbif *m* rosbif*
rosca *f* 1. ciambella; 2. *tecn* (*tornillo*) filettatura, filetto *m* ◊ ***hacer la ~ (a alg)*** corteggiar (q), fare il filo (a q); ***hacer la ~ (del galgo)*** buttarsi a dormire in un luogo qualsiasi; ***hacerse ~*** arrotolarsi; ***no comerse una ~*** *coloq* non avere neanche un flirt; restare a stomaco vuoto; ***pasarse de ~*** *fig* esagerare; **~do, -a 1.** *adj* filettato, -a; **2.** *m tecn* filettatura *f*; **~r** ‹*rosqué*› *vt tecn* filettare
rosco (*var.* **roscón**) *m* 1. *gastr* ciambella *f*; 2. *jerga estud* zero ◊ ***~ón de Reyes*** *gastr* ="ciambella speciale per il giorno della Befana"
róseo, -a *adj* roseo, -a
roséola *f med* rosolia
roset|a 1. *f* rosetta; **2.** *fpl* pop-corn *mpl*; **~ón** *m arq* rosone
rosicler *m* 1. color porpora; 2. *min* pirargirite *f*
rosoli *m* rosolio
rosquill|a *f* 1. ciambella; *gastr* tarallo *m*; 2. *zool* bruco *m*; **~eta** *f gastr* grissino *m*
rostr|ado, -a *adj* rostrato, -a; **~o** *m* 1. *med elev* viso, volto; 2. *nav* rostro ◊ ***a ~ firme*** a fronte alta; ***dar en el ~ (a alg con u-c)*** rinfacciare (qc a q)
Rota: tribunal de la ~ *m jur* tribunale della Sacra Rota

rotaci|ón *f* rotazione; **~onal** *adj* rotazionale; **~smo** *m ling* rotacismo

rotat|iva *f tecn* rotativa; **~ivo, -a 1.** *adj* rotativo, -a; **2.** *m* rotocalco; **~orio, -a** *adj* rotatorio, -a ◊ ***bomba ~a*** pompa rotativa

roto, -a 1. *adj* 1. rotto, -a; 2. vizioso, -a; 3. *Chile desp* cafone, -a; 4. *Arg/Perú desp* cileno, -a; **2.** *m* strappo ◊ ***nunca falta un ~ para un descosido*** *coloq/hum* Dio li fa e poi li accoppia; ***servir igual para un ~ que para un descosido*** essere tuttofare; **~nda** *f* rotonda; **~plana** *f impr* rotoplana; **~r** *m tecn* rotore; **~so, -a** *adj Am* cencioso, -a

rótula *f med* rotula, rotella

rotul|ación *f* 1. *com* etichettatura; 2. (*calle...*) intitolazione; **~ador** *m* (*escribir*) pennarello; **~adora** *f tecn* etichettatrice; **~ar** *vt* 1. *com* etichettare; 2. (*calles*) intitolare; **~ista** *m/f* ="chi fa le intestazioni, targhe, insegne"

rótulo *m com* etichetta *f*; (*tienda*) cartello, insegna *f*; (*papel*) titolo, intestazione *f*

rotund|amente *adv* decisamente, categoricamente, assolutamente; **~idad** *f* 1. rotondità *inv*; 2. (*persona*) rotondezza; **~o, -a** *adj* pieno, -a, sonoro, -a, categorico, -a; *ling* rotondo, -a ◊ ***un ~ no*** un bel no

rotura *f* rottura; **~ción** *f agric* dissodamento *m*; **~r** *vt agric* dissodare

roulotte [r̄u'lot] *f* roulotte *inv*

round [r̄awn] *m sport tamb. fig* round *inv*

roussoniano V. **rusoniano**

router ['r̄uter] *m informát* router *inv*

roy|a *f agric* ruggine; **~o** V. **roer**

roza *f* 1. *agric* sarchiatura; 2. *agric* terreno sarchiato *m*; **~dera** *f agric/tecn* sarchiatrice, zappatrice; **~dora** *f agric/tecn* sarchiatrice; **~dura** *f* raschio *m*; **~miento** *m* 1. sfregamento; 2. *fig* screzio, dissenso; **~r** ‹*rocé*› **1.** *vt agric/tecn* sarchiare; raschiare; **2.** *vi* sfiorare; **3. ~se** raschiarsi, graffiarsi; (*personas*) frequentarsi

rozn|ar 1. *vi* ragliare; **2.** *vt* rosicchiare; **~ido** *m* raglio; scricchiolio

r.p.m. (*revoluciones por minuto*) *abr* g/m (giri al/per minuto) *mpl*

RTVE (*Radio Televisión Española*) *abr/f* Radio Televisione Spagnola

rubéola *f med* rosolia, rubeola

rubeta *f zool* raganella

rubí (*pl* **rubíes**) *m* rubino

rubi|a *f* 1. *bot* robbia; 2. *auto coloq* giardiniera; 3. *coloq* peseta dorata; **~cundo, -a** *adj* rubicondo, -a; **~dio** *m quím* rubidio; **~o, -a 1.** *adj* biondo, -a; **2.** *f* 1. *bot* robbia; 2. *zool* (*pez*) triglia oscura, capone barilotto *m*

rublo *m* rublo

rubor *m* rossore; *fig* imbarazzo, vergogna *f*; **~izarse** ‹*ruboricé*› arrossire *vi*; vergognarsi

rúbrica *f* (*firma*) parafa; svolazzo *m* ◊ ***ser de ~*** essere di rubrica

rubricar ‹*rubriqué*› *vt* (*firma*) firmare, parafare; rubricare

ruca *f bot* ruca, ruchetta, rucola

rucio, -a 1. *adj* grigio, -a; (*persona*) brizzolato, -a; **2.** *adj/m zool* asino (baio o grigiastro)

ruda *f bot* ruta ◊ ***ser más conocido que la ~*** essere conosciuto più della bettonica

rudeza *f* rudezza

rudiment|al (*var.* **rudimentario, -a**) *adj* rudimentale, elementare; *cient* rudimentale; **~o** *m* rudimento; ***los ~s de la gramática*** *i rudimenti della grammatica*

rudo, -a *adj* rude, grossolano, -a; duro, -a; (*objeto*) grezzo, -a

rueca *f* rocca

rued|a *f* ruota; (*personas*) cerchio *m*; (*comida*) fetta ◊ ***~ de intervenciones*** ordine di interventi; ***~ de la fortuna*** ruota della fortuna; ***~ de molino*** ruota del mulino; ***~ de prensa*** conferenza stampa; ***~ dentada*** ruota dentata; ***~ de reconocimiento*** giro di ricognizione, atto di ricognizione; ***comulgar (alg) con ~s de molino*** berle grosse (q); ***hacer la ~*** *coloq/fig* fare la ruota; ***ir sobre ~s*** andare a gonfie vele; **~o** *m* 1. *taur* arena *f*; 2. giro; 3. (*alfombra*) stuoia *f*

ruego *m* richiesta *f*, preghiera *f* ◊ ***~s y preguntas*** *adm* varie ed eventuali

rufián *m* (*prostitución*) ruffiano, mezzano, lenone (*ant*); mariolo

rufiane|ar *vt* ruffianeggiare; **~ría** (*var.* **rufianismo** *m*) *f* ruffianeria *f*, ruffianesimo *m*

rugby ['r̄ugbi] *m sport* rugby* *inv*

rugi|do *m* ruggito; **~r** ‹*rujo*› *vi zool tamb. fig* ruggire; *fig* bramire

rugos|idad *f* rugosità *inv*, grinzosità *inv*; **~o, -a** *adj* rugoso, -a, grinzoso, -a

ruibarbo *m bot* rabarbaro

ruido *m* rumore; chiasso, fracasso ◊ ***~ de fondo*** rumore ambientale, rumore di fondo; ***hacer/meter ~ (u-c)*** destare rumore (qc); ***lejos del mundanal ~*** *coloq* lontano dal mondo; ***mucho ~ y pocas nueces/ser más el ~ que las nueces*** essere più fumo che arrosto, molto fumo e niente arrosto, son più voci che noci; **~so, -a** *adj* rumoroso, -a, chiassoso, -a; clamoroso, -a

ruin (*pl* **ruines**) *adj* cattivo, vile, spregevole, meschino ◊ ***en nombrando al ~ de Roma, por la puerta asoma*** parlando del bue, spuntan le corna

ruin|a 1. *f tamb. fig* rovina, distruzione; *fig* (*imperio*) decadenza, rovina; **2.** *fpl arq* rovine, ruderi *mpl*; **~dad** *f* viltà *inv*, meschinità *inv*, bassezza; **~oso, -a** *adj* rovinoso, -a; disastroso, -a

ruiseñor *m zool* usignolo ◊ ***~ bastardo*** usignolo di fiume

rulet|a *f* roulette* *inv*; **~ero, -a** *m/f* 1. *Am/And* padrone, -a di una roulette*; 2. *Am Cent/Méx* tassista; camionista

rulo *m tecn* rullo; (*pelo*) bigodino

Rumanía *f geogr* Romania

rumano, -a *adj/s* romeno, -a

rumb|a *f mús* rumba; **~eador** *m Arg* guida *f*; **~ear** *vi* 1. *Arg* orientarsi; 2. andare verso un posto;

Ant/Col andare a divertirsi; 3. ballare la rumba; **~o** *m* 1. *geogr* rombo; 2. rotta *f*; cammino, direzione *f*; 3. (*fiesta*) fasto, sfoggio ◊ **~ *a*** verso, in direzione di; ***abatir el ~*** *nav* deviare sottovento; ***corregir el ~*** correggere la rotta; ***hacer ~ a*** fare rotta su; **~oso, -a** *adj* 1. fastoso, -a, pomposo, -a; 2. generoso, -a
rumia *f* ruminazione; **~nte** *adj/s* ruminante; **~r** ‹*rumio*› V. 1 *vi* 1. *zool tamb. fig* ruminare; 2. *fig* rimuginare
rummy [ˈr̄umi] *m* (*naipes*) rummy* *inv*
rumor *m* (*mar, río*) mormorio; (*viento*) brusio, fruscio; (*personas*) vocio; *fig* rumore, diceria *f*
rumor|earse *v/impers* dirsi, correre la voce *vi*, mormorare *vt/i*; **~eo** *m* (*gente*) mormorio; **~oso, -a** *adj* rumoroso, -a
runa *f ling* runa
rúnico, -a *adj ling* runico, -a
runrún *m coloq* (*gente*) mormorio; brusio
rupestre *adj* rupestre
rupi|a *f med/econ* rupia; **~capra** *f zool* camoscio *m*
rupt|or *m electr* ruttore; **~ura** *f* 1. rottura; 2. *med* rottura, frattura; **~urismo** *m pol*; **~urista** *adj/s pol* rotturista
rural *adj* rurale; *fig* rustico, -a, campagnolo, -a
rusco *m bot* pungitopo
rush [r̄as] *m sport* rush* *inv*
Rusia *f geogr* Russia
ruso, -a *adj/s* russo, -a ◊ **~ *blanco*** bielorusso; ***ensaladilla ~a*** insalata russa; ***montaña ~a*** montagne russe; ***pequeño ~*** *hist* ruteno, ucraino; **~niano, -a** (*var.* **roussoniano**) *adj/s* rousseauiano, -a, russoiano, -a, russoviano, -a
rústica *f impr* brossura; ***encuadernado en ~*** *rilegato in brossura*
rusticidad *f* rusticità *inv*; *fig* rustichezza, rozzezza
rústico, -a 1. *adj* rustico, -a; *fig* rozzo, -a, selvatico, -a; **2.** *f impr* brossura ◊ ***a la ~a/en ~a*** alla rustica
rustidera *f* griglia (del forno)
ruta *f* rotta, direzione, itinerario *m*, percorso *m*; *fig* strada
rutáceas *fpl bot* rutacee
rutenio *m quím* rutenio
rutilante *adj elev* rutilante, splendente
rutin|a *f* 1. routine* *inv*, tran tran *m inv*; 2. *quím* rutina; **~ario, -a** *adj* routinario*, -a, abitudinario, -a; **~ero, -a** *adj/s* routiniero*, -a
Rvdo., -a (*Reverendo, -a*) *abr* Rev. (Reverendo, -a)

S

S. (*Sur*) *abr* S. (Sud)
s.a. (*sin año*) *abr* s.a. (senza anno)
S.A. (*Sociedad Anónima*) *abr* S.A. (Società Anonima)
sába|do *m* sabato ◊ **~ *Santo/de Gloria*** Sabato Santo; ***hacer ~*** fare le pulizie; **~lo** *m zool* alosa *f*, cheppia *f*; **~na 1.** *f* lenzuolo *m*; **2.** *fpl* lenzuola; lenzuoli *mpl*; ***las sábanas de arriba son estrechas*** *i lenzuoli di sopra sono stretti* ◊ ***la *~ Santa*** la Santa Sindone; ***cambiar las ~s*** cambiare le lenzuola; ***pegársele las ~s (a alg)*** alzarsi più tardi del solito
saban|a *f geogr* savana ◊ ***estar (alg) en la ~*** ben forniti a denari, stare bene economicamente; **~dija** *f* 1. animaletto schifoso *m*; 2. *coloq/desp* (*persona*) verme *m*; **~illa** *f* tovaglia d'altare
sabañón *m* gelone ◊ ***comer como un ~*** mangiare come un maiale
sabático, -a *adj* sabbatico, -a
sabe|dor, -a *adj/s* conoscitore, -trice (**de** di), consapevole (**de** di); **~lotodo** *m/f* saputello, -a, saccente; **~r** ‹*sé; supe; sepa*› V. 37 **1.** *vi* sapere; ***no sabe a nada (u-c)*** *non sa di niente (qc)*; **2.** *vt* sapere, conoscere; **3.** *m* sapere ◊ ***~le mal (u-c a alg)*** dispiacere (qc a q); ***~ más que Lepe*** saperne una più del diavolo; ***a ~/cualquiera sabe*** chissà; ***al menos, que yo sepa*** almeno, per quanto ne sappia; ***¡(De) haberlo sabido!*** (A) saperlo; (A) averlo saputo!, Se l'avessi saputo!; ***es a ~*** cioè; ***no ~ de la misa la mitad/no ~ (alg) lo que se pesca*** non essere (q) al corrente (di qc); ***no sé qué te diga*** non saprei che dirti; ***¡Qué sé yo!/¡Yo qué sé!*** Che ne so!; ***sabérselas todas*** saperla lunga; ***un no sé cuántos*** un non so chi; ***un no sé qué*** un non so che; ***¡Vete a saber!*** vattelappesca!
sabid|illo, -a *adj/s* saputello, -a, saccente; *coloq/hum* cacasenno *inv* (*reg*); **~o, -a** *adj* noto, -a, risaputo, -a; *irón* sapiente; **~uría** *f* sapienza; saggezza; sapere (popolare) *m*
sabiendas: a ~ *adv* a bella posta, con piena cognizione (di causa), deliberatamente
sabihond|ez *f* saccenteria; **~o, -a** *adj/s* saccente
sabio, -a *adj/s* savio, -a, sapiente, saggio, -a; dotto, -a, erudito, -a ◊ **~ *consejo*** saggio consiglio; ***los siete ~s de Grecia*** i sette savi di Grecia
sabl|azo *m* 1. sciabolata *f*; 2. *fig* scrocco, salasso ◊ ***dar ~s (a alg)*** scroccare (q); (*pasivo*) subire una salasso; **~e** *m* (*arma*) sciabola *f*; **~ear** *vt* scroccare, salassare; **~ista** *adj/s* scroccone, -a
saboneta *f* saponetta, pataccone *m*, cipolla
sabor *m* sapore ◊ ***dejarle (u-c) mal ~ de boca (a alg)*** *fig* lasciare (qc) la bocca amara (a q); **~ear** *vt* assaporare, gustare
sabot|aje *m* sabotaggio; **~eador, -a** *adj/s* sabotatore, -trice; **~ear** *vt* sabotare
Saboya *f geogr* Savoia
sabros|o, -a *adj* 1. saporito, -a, gustoso, -a; 2. (*persona*) simpatico, -a; *Col/Ven* stupendo, -a; **~ón, -ona** *adj/s Am coloq* simpaticone, -a, allegro, -a
sabueso *m* 1. *zool* segugio, bracco; 2. segugio, detective*, investigatore
saburra *f* patina linguale
saca *f com* prelievo *m*, levata; **~botas** *m inv* cavastivali; **~corchos** *m inv* cavatappi; **~cuartos** V. **sacaperras**; **~cubos** *m inv auto* estrattore

per mozzi *m*; **~dineros** V. **sacaperras**; **~muelas** *m inv* cavadenti ◊ ***hablar más que un ~*** essere un ciarlatano; **~perras** (*var.* **sacadineros, sacacuartos**) *adj/s coloq* mangiasoldi; **~puntas** *m inv* temperamatite; **~r** ‹*saqué*› *vt* 1. cavare, estrarre, togliere; metter fuori, tirar fuori; (*apuros*) liberare; 2. *sport* lanciare ◊ ***~ a bailar*** invitare a ballare; ***~ a flote*** rimettere a galla; ***~ a relucir (u-c)*** tirar fuori (qc); ***~ adelante*** mandare avanti; ***~ brillo*** lucidare; ***~ conclusiones*** trarre conclusioni; ***~ de paseo*** portare a passeggio; ***~ de sí (a alg)*** far uscire (q) dai gangheri; ***~ dinero*** prelevare soldi; *fig* scroccare; ***~ en el periódico*** mettere sul giornale; ***~ en limpio/en claro*** mettere in chiaro, chiarire; ***~ fotografías*** fare delle fotografie; ***~ la costura*** allargare; ***~ la cuenta, una copia*** fare il conto, una copia; ***~ las entradas*** comprare i biglietti; ***~ motes (a alg)*** dare soprannome (a q); ***~ partido de*** trarre profitto da; ***~ un premio*** vincere un premio; ***~ una moda*** lanciare una moda; ***~ una muela*** estrarre un dente; ***~ ventaja*** trarre vantaggio; ***le sacan lo que quieren*** ottengono da lui/lei ciò che vogliono; ***¿Qué sacas de ello?*** Che ci guadagni?; **~rasa** *f quím* saccarasi

sacárido *m* saccaride

sacarina *f* saccarina

sacarosa *f quím* saccarosio *m*

sacerdo|cio *m* sacerdozio; **~tal** *adj* sacerdotale; **~te** *m relig* sacerdote, prete; **~tisa** *f relig* sacerdotessa

saci|ado, -a *adj* sazio, -a; **~ar** ‹*sacio*› V. 1 *vt* 1. saziare; 2. *fig* saziare, soddisfare, appagare; **~edad** *f* sazietà *inv* ◊ ***hasta la ~*** fino alla sazietà

saco *m* 1. sacco; 2. *Am* giacca *f*; 3. *euf/vulg* sedere; 4. *mil* saccheggio ◊ ***~ de dormir*** sacco a pelo; ***~ de viaje*** sacca da viaggio; ***entrar/meter a ~*** saccheggiare; ***irse a tomar por ~*** *vulg* andare a fare in culo; ***no echar en ~ roto*** tener a mente; ***~ sin fondo*** *fig* pozzo senza fondo

sacra|lizar ‹*sacralicé*› *vt* sacralizzare; **~mental** *adj* sacramentale; **~mentar** *vt* sacramentare, amministrare i sacramenti; **~mento** *m relig* sacramento; Ostia consacrata *f* ◊ ***recibir los ~s*** ricevere i sacramenti; ***Santísimo ~*** Eucarestia, Santissimo Sacramento

sacrific|ar ‹*sacrifiqué*› *vt* 1. *relig/mitol/hist tamb. fig* sacrificare; 2. *zool* macellare; **~io** *m* sacrificio

sacrilegio *m* sacrilegio

sacrílego, -a *adj/s* sacrilego, -a

sacrist|án, -ana 1. *m/f* 1. *relig* sagrestano, -a; 2. picaro, -a, volpone, -a; 3. la moglie del sagrestano; **2.** *m zool* monachella nera *f*; **~ía** *f relig* sagrestia, sacrestia

sacro, -a *adj* sacro, -a ◊ ***(hueso) ~*** *med* (osso) sacro; **~santo, -a** *adj* sacrosanto, -a

sacudid|a *f* scossa, scrollata, sbattitura ◊ ***~ eléctrica*** scossa elettrica; **~o, -a** *adj* scosso, -a, sbattuto, -a; **~or** *m tecn* vibratore a scosse; **~ura** (*var.* **sacudimiento** *m*) *f* scotimento *m*, sbattitura

sacudir 1. *vt* 1. sbattere; ***~ las alfombras*** *sbattere i tappeti*; scuotere, agitare; 2. (*pegar*) battere, picchiare; **2. ~se** scuotersi di dosso q/qc, scacciare *vt*, liberarsi da *vi*; ***~ el polvo*** *scuotersi la polvere di dosso* ◊ ***~ el pellejo (a alg)*** dare una bastonata (a q), picchiare (q)

sádico, -a *adj/s* sadico, -a

sadismo *m* sadismo

sadomasoquis|mo *m* sadomasochismo; **~ta** *adj/s* sadomasochista

saeta *f* 1. *elev* saetta, strale *m*; 2. (*reloj*) lancetta; 3. *relig* strofa cantata nelle processioni ◊ ***echar ~s*** *fig* fare lampi e fulmini; ***no salió esa ~ de esa aljaba*** non è farina del suo sacco; **~da** (*var.* **saetazo** *m*) *f* tiro di saetta *m*; **~r** (*var.* **saetear**) *vt* saettare; **~zo** V. **saetada**

saeter|a *f* saettiera, feritoia, balestriera; **~o** *m hist* arciere, balestriere, saettatore

saetía *f nav ant* saettia

safari *m* 1. safari *inv*; 2. giacca da safari *f* ◊ ***~ fotográfico*** fotosafari, safari fotografico; **~sta** *m/f* safarista

safena *f med* safena

sáfico, -a *adj* 1. *lit* saffico, -a; 2. *elev* saffico, -a *elev*, lesbico, -a

saga *f* 1. *lit* saga; 2. strega, incantatrice; **~cidad** *f* sagacità *inv*, sagacia; **~z** *adj* sagace, accorto, -a, avveduto, -a

sagitaria *f bot* sagittaria

Sagitario *m astron* Sagittario

ságoma *f arq* sagoma, modano *m*

sagra|do, -a 1. *adj* sacro, -a; **2.** *m* sagrato ◊ ***acogerse a ~*** rifugiarsi in luogo sacro; **~rio** *m relig* sacrario

sagú *m bot* sagù *inv*

saguntino, -a *adj/s hist* di Sagunto

sahar|aui *adj/s* sahariano, -a, del ex-Sahara spagnolo; **~iana** *f* (*chaqueta*) sahariana; **~iano, -a** *adj/s* sahariano, -a, del Sahara

sahum|ar *vt* suffumicare, profumare; **~erio** *m* suffumigio

sainet|e *m* 1. *Esp teat* farsa *f*, operetta comica; 2. *gastr fig* bocconcino prelibato; 3. *fig* grazia *f*; **~ero, -a** *adj* autore/autrice di farse; **~esco, -a** *adj* farsesco, -a; **~ista** *m/f* autore, -trice di farse o atti teatrali

sajar *vt med* scarificare

sajón, -ona *adj/m hist* sassone

Sajonia *f geogr* Sassonia

sake (*var.* **saki**) *m* sakè *inv*

sal *f* 1. sale *m* (!); 2. arguzia, prontezza, spirito *m* ◊ ***~ común*** sale comune, sale da cucina; ***~ fina*** sale fino; ***~ gorda*** sale grosso; ***~ marina*** sale marino; ***~es de baño*** sali da bagno; ***estas cosas son la ~ de la vida*** queste cose sono il bello della vita

SAL (*Sociedad Anónima Limitada*) *abr Esp* Srl (Società a Responsabilità Limitata

sala *f* sala; (*casa*) salone *m*, salotto *m*; *med* reparto *m*; *jur* sala ◊ ~ ***de cine*** sala di proiezione; ~ ***de espera*** sala d'aspetto; ~ ***de fiestas*** night club*; sala da ballo; ~ ***de lectura*** sala di lettura; ~ ***de máquinas*** sala macchine; ~ ***de visita*** sala da ricevimento

salabre *m nav* (*pesca*) guadino

salacidad *f elev* salacità *inv*

salad|ar *m* terreno salso; **~ero** *m* salatoio; **~ito** *m* salatino; **~o, -a 1.** *adj* 1. salato, -a; 2. *fig* (*persona*) spiritoso, -a, arguto, -a, pepato, -a; 3. *Am* (*persona*) disgraziato, -a; 4. *Am fig* (*precio*) salato, -a, caro, -a; **2.** *m* salatura *f*; **~ura** *f* salatura

salafista *adj pol/relig* salafista

salamandra *f zool* salamandra ◊ ~ ***acuática*** salamandra acquaiola

salamanquesa *f zool* stellione *m*

salar *vt* salare; **~ial** *adj* salariale ◊ ***igualdad*** ~ parità di retribuzione; **~io** *m* salario, stipendio, paga *f* ◊ ~ ***básico*** paga base; ~ ***en especie*** pagamento in natura; ~ ***mínimo*** stipendio minimo

salaz *adj elev* salace; **~ón** (*pl* **~ones**) **1.** *f* 1. salatura; 2. *Am* sfortuna; **2.** *fpl* carni e pesci salati *mpl*; salumi *mpl*

salchich|a *f* salsiccia ◊ ~ ***de Frankfurt*** würstel* *inv*; **~ería** *f* salumeria; **~ero, -a** *m/f* salumiere, -a; **~ón** *m* salame, salsicciotto

sald|ar *vt com* saldare; **~o** *m com* saldo ◊ ~ ***acreedor, deudor*** saldo creditore, debitore

saldré, saldría V. **salir**

sale|dizo, -a 1. *adj* sporgente; **2.** *m arq* sporgenza *f*; **~ro** *m* 1. saliera *f*; 2. *fig* grazia *f*, spirito, arguzia *f* ◊ ***tener mucho*** ~ essere spiritoso; essere simpatico; **~roso, -a** *adj* spiritoso, -a, arguto, -a, faceto, -a; **~siano, -a** *adj/s relig* salesiano, -a

salfumán *m quím* acido cloridrico

salga, salgo V. **salir**

sálica: legge ~ *f pol/hist* legge salica

salicaria *f bot* salicaria

salicilato *m quím* salicilato

salicílico, -a *adj* salicilico, -a

salicina *f quím* salicina

sálico, -a *adj* salico, -a

salid|a *f* 1. uscita (!); 2. (*tren...*) partenza; 3. *com* smercio *m*; 4. *tamb. fig* scappatoia, via d'uscita; 5. *informát tamb. fig* output* *m inv* ◊ ~ ***de teatro*** cappa da sera; ~ ***de tono*** uscita stonata; ~ ***de trabajo*** sbocco professionale; ***dar la*** ~ *sport* dare il via; ***línea de*** ~ linea di partenza; ***no haber*** ~ non esserci soluzione/via d'uscita; ***tener ~ a*** dare su; ***tener buena*** ~ vendersi bene; ***tener unas ~s*** avere delle uscite/arguzie; **~o, -a** *adj* 1. sporgente; 2. *irón/coloq* arrapato, -a, ◊ ***estar*** ~ *irón/coloq* essere in calore

saliente 1. *adj* sporgente; **2.** *m* oriente

salífero, -a *adj* salifero, -a

salificar ‹*salifiqué*› *vt quím* salificare

salin|a *f* salina; **~idad** *f* salinità *inv*; **~o, -a** *adj* salino, -a

salir ‹*salgo; salió; saliendo*› V. 38 **1.** *vi* 1. uscire (!); 2. partire; 3. spuntare; 4. sboccare, dare su; 5. riuscire, aver buon/cattivo esito; tornare, venire; 6. prendere; **2. ~se** uscirsene ◊ ~ ***a alg*** prendere da q, assomigliarsi a q; ~ ***a la calle*** uscire per strada; ~ ***a la plaza*** sboccare nella/dare sulla piazza; ~ ***a mil pesetas*** venire/costare mille pesete; ~ ***a relucir*** venir fuori; ~ ***adelante*** *fig* andare avanti; ~ ***bien (u-c)*** venir/riuscire bene (qc); ~ ***caro (u-c)*** costar caro (qc); ~ ***con alg*** uscire con q; ~ ***con vida*** scamparla (bella); ~ ***de Guatemala y meterse en Guatepeor*** cadere dalla padella nella brace, andare di male in peggio; ~ ***de la duda/salir de dudas*** uscir di dubbio; ~ ***del armario*** coming out; ~ ***el tiro por la culata*** fare come i pifferi di montagna (che andarono per sonare e furono sonati); ~ ***en los periódicos*** uscire sui giornali; ~ ***fiador*** *com* rendersi garante; ~ ***las cuentas*** tornare i conti; ~ ***para Italia*** partire per l'Italia; ~ ***pitando*** andarsene a gambe levate; ***~se con la suya*** spuntarla, averla vinta; ***~se la leche*** uscir fuori il latte; ***~se por la tangente*** partire per la tangente; ***a lo que salga*** *coloq* come Dio vorrà; ***ir por lana y*** ~ ***trasquilado*** andare per lana e tornarsene tosi; ***salir disparado*** *fig* partire in quarta

salita *f* saletta ◊ ~ ***de estar*** soggiorno

salitr|e *m* salnitro; **~oso, -a** *adj* salnitroso, -a

saliva *f* saliva ◊ ***gastar*** ~ *coloq/fig* sprecar fiato; ***tragar*** ~ *coloq/fig* inghiottire amaro; **~ción** *f* salivazione; **~jo** (*var.* **salivazo**) *m* sputo; **~l** *adj* salivare; **~r** *vt* salivare; **~zo** V. **salivajo**

salmantino, -a *adj/s* (q o qc) di Salamanca

salmer *m arq* basamento d'inizio di un arco

salmista *m* salmista

salmo *m* salmo; **~dia** *f relig* salmodia; **~diar** ‹*salmodio*› V. 1 *vi* salmodiare

salmón 1. *m zool* salmone; **2.** *adj* color salmone

salmon|ado, -a *adj* salmonato, -a; ◊ ***trucha ~a*** trota salmonata; **~ar** *vt tecn* salmonare **~ela** *f med* salmonella; **~elosis** *f inv med* salmonellosi; **~ete** *m zool* triglia *f*

salmorejo *m* 1. *gastr* ="salsa a base di olio, aceto, sale e pepe" *f*; 2. ="purè di pane, pomodori, olio, sale e aceto, adornato con prosciutto crudo e uova sode"

salmuera *f* salamoia

salobr|e *adj* salmastro, -a; **~idad** *f* salsedine

salomónico, -a *adj* salomonico, -a

salón *m* salone, sala *f*; (*casa*) salone, salotto ◊ ~ ***de actos*** *estud* aula magna; *adm* sala di rappresentanza; ~ ***de baile*** salone/sala da ballo; ~ ***de belleza*** istituto di bellezza; ~ ***de sesiones*** sala delle riunioni; ~ ***de té*** sala da tè; ~ ***del automóvil*** salone dell'automobile; ~ ***literario*** salotto letterario; ***zapatos de*** ~ scarpe eleganti chiuse di tipo classico

salpic|adero *m auto* cruscotto; **~adura** *f* schizzo *m*; **~ar** ‹*salpiqué*› *vt* (*grasa, barro...*) schizzare; (*barro*) inzaccherare, macchiare; (*agua*) spruzzare; *fig* cospargere, disseminare; **~ón** *m* 1.

spruzzo; 2. *gastr* insalata di carne, pesce o frutti di mare *f*; 3. *Ecu* succo di frutta; 4. *Col* macedonia di frutta *f*

salpimentar ‹*salpimiento*› V. 5a *vt* condire con pepe e sale; *fig* rallegrare

salpingitis *f inv med* salpingite *f*

salpullido V. **sarpullido**

salsa *f gastr/mús* salsa; *coloq* spirito *m* ◊ ***estar en su propia*** **~** essere come un pesce nell'acqua, stare/sentirsi a suo agio; **~mentaría** *f Col* salumeria; **~mentera** *f* salsiera

salser|a *f* salsiera; **~o, -a** *adj/s* 1. *gastr* amante delle salse; 2. (*baile. música*) amante della salsa

salsifí *m bot* scorzonera (spagnola) *f*

salta|banco (*var.* **saltabancos**) *m inv* saltimbanco; **~cabrillas** *m inv* (*juego infantil*) salto alla cavallina *m*; **~dero** *m* salto d'acqua (di un ruscello), piccola cascata (di un ruscello) *f*; **~dor, -a** *adj/s* saltatore, -trice; **~montes** *m inv zool* cavalletta *f*; **~r 1.** *vt/i* saltare; risaltare *vi*, notarsi; **2. ~se** saltare *vi*; ***~se la comida*** *saltare il pranzo* ◊ **~ *a la vista*** dare nell'occhio; ***~se la tapa de los sesos*** farsi saltar le cervella; **~rín, -ina** *adj/s* irrequieto, -a, saltamartino, -a (*fig*); *fig* ballerino, -a

salte|ador, -a *m/f* brigante, -tessa, assalitore, -trice; **~ar** *vt* 1. *gastr* trifolare; 2. *raro* assalire, assaltare; 3. alternare; **~rio** *m mús/relig* salterio

saltim|banqui *m* saltimbanco; **~boca** *m/f gastr* saltimbocca *m*

salto *m* 1. salto; 2. *geogr* precipizio ◊ **~ *atrás*** salto indietro; **~ *con pértiga*** *sport* salto con l'asta; **~ *de agua*** salto d'acqua, cascata; **~ *de altura*** *sport* salto in alto; **~ *de cama*** vestaglia; **~ *de campana*** capriola; **~ *de longitud*** *sport* salto in lungo; **~ *de mata*** scappatoia; **~ *del trampolín*** *sport* tuffo dal trampolino; ***a ~s*** a salti; ***a ~ de mata*** *fig* irregolarmente; ***dar ~s de alegría*** fare salti dalla gioia; ***en/de un*** **~** in un salto; ***triple*** **~** salto triplo

saltón, -ona *adj* sporgente ◊ ***ojos ~ones*** occhi in fuori, occhi sporgenti

salubr|e *adj* salubre; **~idad** *f* salubrità *inv*, sanità *inv*

salud 1. *f* salute; **2.** *fpl Col* saluti *mpl*; **3.** *excl* cin, cin!, alla salute! ◊ ***beber a la ~ de alg*** bere/brindare alla salute di q; ***curarse en*** **~** agire con previdente cura; ***gastar*** **~** esser pieno di salute; ***vender*** **~** avere salute da vendere; **~a** *m adm* biglietto di invito; *adm* comunicazione ufficiale *f*; **~able** *adj* salutare, sano, -a; **~ar** *vt* 1. salutare; 2. (*rey*) proclamare ◊ ***atentamente le saluda*** Le invio distinti saluti; **~o** *m* saluto ◊ ***retirar el ~ a alg*** togliere il saluto a q

salva *f mil tamb. fig* salva; saluto *m*, benvenuto *m* ◊ **~ *de aplausos*** salva di applausi; ***hacer la*** **~** assaggiare; **~ble** *adj* salvabile; **~ción** *f* salvezza; *relig* salvazione; **~do** *m* crusca *f*; **~dor, -a** *adj/s* salvatore, -trice

Salvador: El ~ *m geogr* La Repubblica del Salvador, El Salvador

salvadoreño, -a *adj/s* salvadoregno, -a

salvaguardia (*var.* **salvaguarda**) *f* salvaguardia

salvaj|ada *f* atto selvaggio *m*; **~e 1.** *adj/s* (*hombre, animal*) selvaggio, -a; **2.** *adj* (*hombre, animal*) selvatico, -a; (*planta*) selvatico, -a, silvestre; **~ina** *f* selvaggina; **~ismo** *m* inciviltà *f inv*

salvamanteles *m inv* (*vaso*) sottobicchiere *m*, sottocoppa *m inv*; (*botella*) sottobottiglia; (*genérico*) centrino *m*, tondino *m*

salvamento *m* salvamento

salvapantallas *m inv* salvaschermo

salvapuntas *m inv* salvapunte

salvar *vt* 1. salvare; 2. (*obstáculo*) superare; (*montes, umbral*) passare, attraversare; (*distancia*) percorrere; *sport* evitare ◊ ***¡sálvese quien pueda!*** Si salvi chi può!

salvavida 1. *adj/m Am* salvagente; **2.** *m/f/inv Am* (*persona*) assistente bagnanti *m*, bagnino, -a ◊ ***chaleco*** **~** *Am* (*Esp* **~*s***) giubbotto salvagente

salve 1. *f relig* salveregina; **2.** *excl* salve; **~dad** *f* premessa, condizione, riserva

salvia *f bot* salvia

salvo, -a 1. *adj* salvo, -a; **2.** *prep* salvo, eccetto, tranne, fuorché; **~ *él, ella*** *salvo/eccetto,... lui, lei* ◊ ***a/en*** **~** in salvo; ***poner (a alg/u-c) a ~ de*** mettere (q/qc) a salvo da; ***sano y*** **~** *coloq* sano e salvo; **~conducto** *m* salvacondotto

samaritano, -a *adj/s* samaritano, -a

samba *f mús* samba *m/f*

sambenito *m* marchio ◊ ***colgarle el ~ a alg de*** appiccicare a q la fama di

sambo *m sport* sambo

sambuca *f* sambuca

samnita *adj/s hist* sannita

samovar *m* samovar *inv*

samoyedo, -a *adj/s* samoiedo, -a

sampán (*var.* **shampán**) *m* sampan *inv*, sampang *inv*

sámpler *m electrón* sampler *inv*

samurái *m* samurai *inv*

San V. **Santo**

sana|ble *adj* sanabile; **~dor, -a** *adj/s* risanatore, -trice; **~r** *vt/i* sanare; *med* guarire; **~torio** *m* sanatorio, ospedale specializzato, clinica *f*

San Bernardo *m* San Bernardo

sanchopanza (*var.* **Sancho Panza**) *m* ="persona priva di ideali" *f*

sanción *f jur tamb. fig* sanzione; approvazione

sanciona|dor, -a *adj/s* sanzionatore, -trice; **~r** *vt jur tamb. fig* sanzionare, sancire

sandalia *f* sandalo *m*

sándalo *m bot* sandalo

sandez *f* stupidità *inv*, balordaggine, sciocchezza

sandía *f bot* anguria, cocomero *m*

sandinista *adj/s* sandinista

sandio, -a *adj/s elev* sciocco, -a, stupido, -a

sandun|ga *f coloq* grazia, garbo *m*; **~guero, -a** *adj/s coloq* spiritoso, -a, simpaticone, -a

sandwich ['sanwitʃ] *m* toast* *inv*, tramezzino; **~era** [sanwi'tʃera] *f* bistecchiera toast

sanelado, -a *adj* risanato, -a, libero, -a; **~ador, -a** *adj/s* risanatore, -trice; **~amiento** *m com* risanamento; bonifica *f*; **~ar** *vt com* risanare; bonificare

sanedrín *m hist/relig* sinedrio

sanfermines *mpl* ="feste popolari di Pamplona (7 luglio)" *fpl*

sánfor® *m* tessuto sanforizzato

sangrlado *m* 1. *impr/informát* rientranza *f*, rientro, stacco; 2. *med* sanguinamento; *med tamb. fig* dissanguamento, salasso; **~ante** *adj* sanguinoso, -a; **~ar 1.** *vt med* salassare; **2.** *vi* 1. (*líquidos*) spillare; *med* sanguinare; 2. *impr* fare la rientranza; **~e** *f* sangue *m* (!) ◊ **~ *fría*** sangue freddo; ***a ~ fría, caliente*** a sangue freddo, caldo; ***a ~ y fuego*** all'ultimo sangue; ***chuparle la ~ (a alg)*** *tamb. fig* succhiare il sangue (a q); ***hacer mala ~*** fare cattivo sangue; ***helarle la ~ (a alg)*** gelarsi il sangue nelle vene (a q); ***llevar (alg u-c) en la ~*** avercelo nel sangue; ***no llegar la ~ al río*** non essere il finimondo; ***pura ~*** puro sangue; ***subírsele (a alg) la ~ a la cabeza*** sentirsi il sangue montare/salire alla testa; ***sudar ~*** sudare sangue; ***tener la ~ de horchata*** non aver sangue nelle vene; ***tener mala ~*** avere una cattiveria; **~ía** *f* 1. *med tamb. fig* salasso *m*; 2. *impr* rientro *m*, rientranza, stacco *m*; 3. *Esp* (*bebida*) sangria; 4. *geogr* incile *m*; 5. *metal* getto di metallo fuso *m*; **~iento, -a** *adj* (*lucha*) sanguinoso, -a; (*sucio de sangre*) insanguinato, -a; crudele, sanguinario, -a

sanguiljuela *f zool tamb. fig* sanguisuga, mignatta; **~naria** *f bot* sanguinaria; **~nario, -a** *adj/s* sanguinario, -a, crudele

sanguíneo, -a *adj* sanguigno, -a, sanguineo, -a

sanguino, -a *adj* sanguigno, -a ◊ ***naranja ~a*** sanguinella; **~lento, -a** *adj* sanguinolento, -a

sanidad *f* sanità *inv*, salute; *adm* sanità *inv*

sanies *f med* liquame *m*

sanitario, -a 1. *adj/m med* sanitario, -a; **2.** *m Col* gabinetto; **3.** *mpl* impianti sanitari

san jacobo *m* ="fettine di maiale ripiene di una fettina di formaggio e impanate"

sano, -a *adj med tamb. fig* sano, -a ◊ ***~ y salvo*** sano e salvo; ***cortar por lo ~*** tagliare la testa al toro; ***estar en su ~ juicio*** essere sano di mente, avere la testa a posto; **~te, -a** *adj* sano, -a e robusto, -a

San Quintín: armarse la de ~ succedere un pandemonio

sans-coulotte [sanscu'lot] *m/f hist* sanculotto

sánscrito, -a *adj/s* sanscrito, -a

¡sanseacabó! *excl coloq* e basta!

sansevieria (*var.* **sansiviera**) *f bot* sansevieria

sansón, -ona *m/f coloq/fig* sansone *m*

santalbárbara *f nav tamb. fig* santabarbara; **~nderino, -a** *adj/s* (q o qc) di Santander

santería *f relig desp* santeria

santilaguista *adj/s* membro dell' Ordine di Santiago; **~amén: en un ~** *adv* in un batter d'occhio; **~dad** *f* santità *inv* ◊ ***Su *~*** Sua Santità; **~ficación** *f* santificazione; **~ficar** ‹*santifiqué*› *vt* santificare; **~guar** ‹*santigüe; santigüé*› **1.** *vt* fare il segno della croce *vi*; **2. ~se** farsi il segno della croce, segnarsi

santísimo, -a *adj/m* santissimo, -a

santo, -a (*var.* **san**) **1.** *adj/s* santo *adj/m*, san *adj/m*, sant' *adj/m*, santa *adj/f*; ***San Antonio, Estéban, Juan*** *Sant'Antonio, Santo Stefano, San Giovanni*; ***Santo Domingo, Tomás*** *San Domenico, San Tommaso*; ***Santa Ana, Elena, Rosa, María*** *Sant'Anna, Sant'Elena, Santa Rosa, Santa Maria*; **2.** *m* onomastico; ***el día de tu ~*** *il giorno del tuo onomastico* ◊ ***~ de pajares*** *coloq/irón* angelo con le corna; ***~ y bueno*** benedetto sia il Signore!; ***~ y seña*** *m* parola d'ordine (*f*); ***¿a qué ~?/¿a de qué?*** per quale motivo?, perché caspita?, perché mai?; ***¡con mil ~s!*** Santo Cielo!, Dio Santo!, Per l'amor di Dio!; ***desnudar a un ~ para vestir a otro*** scoprire un altare per ricoprirne un altro; ***írsele (a alg) el ~ al cielo*** perdere (q) il filo del discorso; ***llegar y besar el ~*** arrivare e, subito fatto!; ***no ser (alg) ~ de devoción (de otro)***, essere antipatico (a q); ***quedarse para vestir ~s*** rimanere zitella; ***te esperé todo el ~ día*** ti aspettai tutto il santo giorno; ***tener (alg) el ~ de cara/de espaldas*** (non) avere (q) qualche santo protettore; ***Todos los *~s*** Ognissanti; ***un ~ hombre*** un sant'uomo

santón *m* 1. santone; 2. *desp* ipocrita

santoral *adj/m relig* santorale

santuario *m relig tamb. fig* santuario

santurrón, -ona *adj/s* bigotto, -a, baciapile *inv*

sanza *f mús* sanza, sansa

saña *f* odio *m*, rabbia, furore *m*

sapienlcia V. **sabiduría**; **~te** V. **sabio**

sapo *m* 1. *zool* rospo; 2. *Am fig* spia *f*, delatore ◊ ***~ marino*** pesce rospo; ***echar ~s y culebras*** dire parolacce, bestemmiare

saponlaria *f bot* saponaria; **~ificación** *f* saponificazione; **~ificar** ‹*saponifiqué*› *vt quím* saponificare; **~ina** *f quím* saponina; **~ita** *f min* saponite

saprólfago, -a *adj/s* saprofago, -a; **~filo, -a** *adj/s* saprofilo, -a; **~fito, -a** *adj/s bot* saprofita, -o

sapropel *m geol* sapropel

saque *m sport* battuta *f*, tiro; *sport* (*tennis*) servizio ◊ ***~ de banda*** rimessa laterale; ***~ de esquina*** corner, calcio d'angolo; ***~ libre*** tiro libero; ***tener buen ~*** *coloq/fig* essere una buona forchetta; **~ador, -a** *adj/s* saccheggiatore, -trice; **~ar** *vt* 1. saccheggiare, mettere a sacco; 2. *sport* servire; **~o** *m* saccheggio

SAR (*Su Alteza Real*) *abr* S.A.R. (Sua Altezza Reale)

sarampión *m med* morbillo

sarao *m* 1. *hist* ="festa da ballo" *f*; 2. festa movimentata *f*

sarasa *m coloq* finocchio

sarcasmo *m* sarcasmo

sarcástico, -a *adj* sarcastico, -a

sarcófago *m* sarcofago
sarcoma *m med* sarcoma; **~toso, -a** *adj med* sarcomatoso, -a
sard|ana *f mús* (*danza catalana*) sardana; **~ina** *f zool* sardina, sarda, sardella ◊ ***arrimar el ascua a su ~*** tirare l'acqua al proprio mulino; ***como ~s en banasta/en cuba/en lata*** come sardine in scatola; ***entierro de la ~*** ="festa di carnevale del mercoledì delle Ceneri"; **~ineta** *f* 1. *coloq* scudisciata con le dita; 2. *mil* gallone da sottufficiale *m*; **~o, -a** *adj/s* sardo, -a; **~onia** *f bot* sardonia; **~ónice** *f min* sardonica; **~ónico, -a** *adj* sardonico, -a
sarga *f* 1. *txtl* sargia; 2. *bot* vinco *m*; **~zo** *m* (*alga*) sargasso
sargento, -a *m/f mil tamb. fig* sergente; **~na** *f desp* sergente *m*
sargo *m zool* sargo, sarago
sari *m* sari *inv*
sarmiento *m* sarmento
sarn|a *f med* rogna, scabbia ◊ ***~ con gusto no pica*** chi si contenta gode; ***más viejo que la ~*** più vecchio di Matusalemme; **~oso, -a** *adj/s* rognoso, -a
sarpullido *m med* eritema, eruzione cutanea *f*
sarraceno, -a *adj/s* saraceno, -a
sarracina *f coloq* strage, macello *m*, disastro *m*
sarro *m* 1. (*dientes*) tartaro; 2. (*lengua*) patina linguale *f*; 3. sedimento; 4. *agric* ruggine *f*
sart|a *f* 1. *fig* (*desdichas*) sfilza, sequela; 2. (*corales*) filo *m*; 3. *fig* (*gente*) fila ◊ ***una ~ de mentiras*** una sfilza di bugie, un sacco di bugie; **~én** *f* padella ◊ ***fruta de ~*** *gastr* dolcetti fritti; ***saltar de la ~ y dar en las brasas*** cadere dalla padella nella brace; ***tener la ~ por el mango*** avere il coltello dalla parte del manico; **~orio, -a** *adj med* sartorio, -a
sasánida *adj/s hist* sas(s)anide
sastr|a *f teat* sarta; **~e** *m* sarto ◊ ***~ de señora*** sarto da donna; ***el ~ (del) Campillo, que cosía de balde y ponía el hilo*** gratis et amore Dei; ***muslo del ~*** *med* muscolo sartorio; ***traje ~*** tailleur* di taglio maschile/classico, tailleur* con giacca di taglio dritto; **~ería** *f* sartoria
Satán (*var.* **Satanás**) *m relig* Satana, Satanasso (*coloq*) ◊ ****~*** *bot* porcino malefico; ***darse (alg) a ~*** darsi (q) a Satana
satánico, -a *adj* satanico, -a, diabolico, -a
satanismo *m relig/lit* satanismo
satanizar ‹*satanicé*› *vt* demonizzare
satelitario, -a *adj* satellitare
satélite *adj/m cient/tecn tamb. fig* satellite ◊ ***~ de comunicaciones*** satellite attivo, ***por ~*** satellitare; **~n** (*var.* **satín**) *m txtl* satin* *inv*
satin|ado, -a *adj* satinato, -a; **~ar** *vt* satinare
sátira *f* satira
satiriasis *f inv med* satiriasi
satírico, -a *adj* satirico, -a
satirión *m bot* satirione
satirismo V. **satiriasis**
satirizar ‹*satiricé*› *vt* satireggiare
sátiro *m mitol tamb. fig* satiro
satisfac|ción *f* soddisfazione ◊ ***a (mi) ~*** a piacere; ***dar/tomar ~ de una ofensa*** dare/prendere/ricevere soddisfazione di un'offesa; **~er** ‹*fago; faré; fice, fizo; fecho*› V. 26 *vt* soddisfare; **~torio, -a** *adj* soddisfacente, esauriente
satisfecho, -a *pp/adj* soddisfatto, -a; pago, -a *adj*, contento, -a *adj*
sátrapa *m hist tamb. fig* satrapo
satur|ación *f quím/com* saturazione; **~ado, -a** *adj* saturo, -a; **~ar** *vt* saturare
saturn|al **1.** *adj* saturnale; **2.** *fpl hist* saturnali *mpl*; **~ino, -a** *adj* saturnino, -a; **~ismo** *m med* saturnismo
Saturno *m mitol/astron* Saturno
sauce *m bot* salice ◊ ***~ llorón*** salice piangente
saúco *m bot* sambuco
saudí (*pl* ***saudíes***) *adj/s* saudita
saudita *adj/s* saudita
sauna (*Am m*) *f* sauna
saurio *adj/m zool* saurio
savia *f bot* linfa
savoir-faire [sa'bwa 'fer] *m inv* savoir-faire*
saxífraga *f bot* sassifraga
saxof|ón (*var.* **saxo** *coloq*, **saxófono**) **1.** *m mús* sax (*coloq*), sassofono, saxofono; **2.** *m/f* (*persona*) sassofonista, sax; **~onista** *m/f mús* sassofonista
saya *f* sottoveste; **~gués, -esa** **1.** *adj/s* contadino, -a, rustico, -a; **2.** *m teat* lingua rustica di León *f*; **~l** *m* panno di lana
sayo *m* saio, tunica *f* ◊ ***cortarle (a alg) un ~*** *fig* tagliare i panni addosso (a q); ***decir para su ~*** dire fra sé; ***hacer de su capa un ~*** fare la propria volontà
sayón *m hist* boia *inv*
sazón *f* 1. maturità *inv*; 2. *agric* terreno maturo *m*; 3. *fig* tempo *m* ◊ ***a la ~*** *elev* a quel tempo; ***en ~*** in/a tempo; ***fuera de ~*** fuori tempo
sazon|ado, -a *adj* 1. *gastr* condito, -a; 2. *fig* espressivo, -a; **~ar** *vt* 1. *gastr* condire; 2. *fig* maturare
scalextric® [eska'lekstrik] *m* 1. scalextric *inv*; 2. insieme di cavalcavia
scanner [es'kaner] V. **escáner**
scay [es'kaj] (*var.* **skay**) *m* vinilpelle® *f*, skai® *inv*
scheelita [ʃe'lita, se'lita] (*var.* **sheelita**) *m min* tungstato di calcio
scherzo [es'kerso] *m mús* scherzo
scoop [es'kup] *m period* scoop* *inv*
scooter [es'kuter] *m* scooter* *inv*, motorino
score [es'kor] *m sport* score* *inv*
scout [es'kaut] **1.** *adj/s* scout* *inv*; **2.** *adj* scoutistico*, -a
se *pron* si (!), se (!), glie- (!); ***~ vive bien*** *si vive bene*; ***~ eligen caballos*** *si scelgono cavalli*; ***~ lo/la/los/las dió*** *glielo/gliela/glieli/gliele dette*; ***~ lo/la/los/las comió*** *se lo/se la/se li/ se le mangiò*; ***~ fué*** *se ne andò*
SE (*sureste*) *abr* SE (sud-est)
sé V. **saber**

sea V. **ser**

SEAT (*Sociedad Española de Automóviles de Turismo*) *abr/f* (*ex-Fiat*) azienda automobilistica spagnola

sebáceo, -a *adj* sebaceo, -a

sebo *m* sevo, sego; (*piel*) sebo; *fig* grasso; **~rrea** *f med* seborrea; **~so, -a** *adj* segoso, -a, untuoso, -a

seca *f* 1. *nav* secca; 2. *agric* siccità *inv*; **~dero, -a 1.** *m* essiccatoio; **2.** *adj* da essiccare; **~do** *m* asciugatura *f*; **~dor** *m* 1. (*pelo*) asciugacapelli, föhn *inv*, fon *inv*; 2. *tecn* essiccatoio; **~dora** *f tecn* asciugatrice; **~no** *m* terreno secco/arido ◊ ***cultivo de ~*** coltura seccagna; **~nte 1.** *f geom* secante; **2.** *m sport* marcatore; **3.** *adj* seccante, a-sciugante ◊ ***aceite ~*** *m* (*pintura*) olio essiccativo; ***papel ~*** *m* cartasuga *f*; **~r** ‹*sequé*› **1.** *vt* 1. asciugare, seccare; 2. (*fruta*) disseccare; **2. ~se** 1. inaridirsi, seccarsi; 2. (*animal*) dimagrirsi

sección *f* 1. *cient/tecn tamb. fig* sezione; 2. reparto *m*; ***jefe de ~*** *caporeparto*; 3. *mil* sezione, plotone *m* ◊ ***~ áurea*** sezione aurea; ***~ de caballeros*** reparto abbigliamento maschile

seccionalmiento *m* sezionamento; **~r** *vt cient/electr* sezionare; dividere, frazionare

secesión *f* secessione

secesionislmo *m* secessionismo; **~ta** *adj/s* secessionista

seco, -a *adj* 1. secco, -a, asciutto, -a, arido, -a; 2. magro, -a; 3. *fig* (*tono*) brusco, -a, secco, -a ◊ ***a ~as*** solo, soltanto; ***dejar ~ (a alg)*** fare secco (q); ***en ~*** di colpo; ***estar ~*** (*persona*) esser molto magro, essere secco come un chiodo; ***golpe ~*** colpo secco; ***higos ~s*** fichi secchi; ***tono ~*** tono secco/brusco; ***vino ~*** vino secco

secreción *f biol* secrezione

secreta *f* 1. polizia segreta; 2. servizi segreti *mpl*

secrétaire V. **secreter**

secretar *vt biol* secernere; **~ia** *f* segretaria; **~ía** *f* segreteria; **~iado** *m* segretariato; **~io** *m* segretario ◊ ****~ de Estado*** (*EE.UU.*) Segretario di Stato

secretler (*var.* **secrétaire**) *m* secrétaire* *inv*; **~ina** *f biol* secretina; **~o, -a 1.** *adj* segreto, -a; riservato, -a; **2.** *m* segreto ◊ ***~ a voces*** *irón* segreto di Pulcinella; ***~ de confesión*** segreto confessionale; ***~ profesional*** segreto professionale; ***en ~*** in segreto; ***guardar un ~*** mantenere un segreto; **~or, -a** (*var.* **secretorio, -a**) *adj* secretore, -trice

secta *f* setta; **~rio, -a** *adj/s* settario, -a; **~rismo** *m* settarismo

sector *m* settore; ***~ privado, público*** *settore privato, pubblico*; **~ial** *adj* settoriale; **~ización** *f* divisione in settori

sectriz *adj/f geom* settrice

secuaz *adj/s* seguace

secuela *f med tamb. fig* sequela, conseguenza *m*

secuencia *f cient/arte* sequenza; **~ción** *f cient* sequenziamento *m*; **~l** *adj* sequenziale; **~r** ‹*secuencio*› V. 1 *vt cient* sequenziare

secuestrlador, -a *adj/s* sequestratore, -trice; *aero* dirottatore, -trice; **~ar** *vt* sequestrare; *aero* dirottare; **~o** *m* sequestro; *aero* dirottamento

secular *adj* (*árbol, bienes, clero, brazo...*) secolare; **~ización** *f* secolarizzazione; **~izar** ‹*secularicé*› *vt* secolarizzare

secundar *vt* secondare, assecondare, favorire; **~iamente** *adv* secondariamente; **~io, -a** *adj* secondario, -a ◊ ***Instituto de enseñanza ~a*** scuola secondaria superiore

secundinas *fpl med* placenta *f*

sed *f* sete ◊ ***~ de gloria, de dinero...*** sete di gloria, di denaro...; ***apagar la ~*** appagare la sete

seda *f* seta ◊ ***~ artificial*** seta artificiale, rayon; ***gusano de ~*** baco da seta; ***ir como una ~*** andare liscio (come l'olio); ***papel de ~*** carta velina; **~ción** *f* azione sedativa; **~l** *m* 1. (*pesca*) setale, (finale della) lenza a canna *f*; 2. *med* ="ferita da proiettile di striscio"; **~nte 1.** *adj* sedante, calmante, sedativo, -a; **2.** *m* sedativo; **~r** *vt* sedare, calmare; **~tivo, -a** *adj* sedativo, -a, calmante

sede *f* sede ◊ ***~ apostólica, vacante*** sede apostolica, vacante; ***Santa *~*** Santa Sede

sedentarlio, -a *adj/s* sedentario, -a; **~ismo** *m* sedentarietà *f inv*

sederlía *f* seteria; **~o, -a 1.** *adj* serico, -a; **2.** *m* setaiolo ◊ ***industria ~a*** industria serica

sediclente *adj elev* sedicente; **~ión** *f* sedizione, insurrezione, rivolta; **~ioso, -a** *adj* sedizioso, -a, ribelle

sediento, -a *adj* assetato, -a; *agric* assetato, -a, arido, -a; *fig* bramoso, -a

sedimentlación *f* sedimentazione; **~ar** *vt* sedimentare *vi*, depositarsi; **~ario, -a** *adj* sedimentario, -a; **~o** *m* sedimento, deposito

sedoso, -a *adj* setoso, -a

seduclción *f* seduzione; **~ir** ‹*seduzco; seduje; seduciendo*› V. 20 *vt* sedurre; *fig* sedurre, attrarre, affascinare, allettare; **~tor, -a 1.** *adj/s* seduttore, -trice; **2.** *adj* seducente

sefardí (*var.* **sefardita**) *adj/s* sefardita

seg. (*segundo*) *abr* s (secondo), sec. (secondo)

segalble (*var.* **segadero, -a**) *adj* segabile; **~dor** *m* mietitore; falciatore; **~dora** *f agric* (*mujer, máquina*) mietitrice; falciatrice ◊ ***~-atadora*** mietilega, mietilegatrice; ***~-trilladora*** mietitrebbia, mietitrebbiatrice; **~r** ‹*siego; segué*› V. 5a *vt* 1. *agric* (*cereales*) mietere; 2. (*yerba*) falciare; 3. *fig* falciare, infrangere, tagliare

seglar 1. *adj* secolare; **2.** *m/f* laico, -a

segmentlación *f* segmentazione; **~ar** *vt* segmentare; **~o** *m* segmento

segreglación *f* segregamento *m*, segregazione ◊ ***~ racial*** segregazione razziale; **~acionismo** *m* segregazionismo; **~ar** ‹*segregué*› *vt biol* segregare *adv*

seguilda *adv* ◊ ***de ~*** di seguito; ***en ~*** subito; **~dilla** *f Esp lit/mús* seghidiglia, seguidiglia; **~do, -a** *adj* continuo, -a, ininterrotto, -a ◊ ***acto ~*** subito; ***dos días ~s*** due giorni di seguito; ***punto***

(y) ~ punto e a continuazione; ***todo*** ~ tutto di seguito; **~dor, -a** *adj/s* inseguitore, -trice; seguace; **~miento** *m* 1. inseguimento; 2. (*trabajo*) follow -up* *inv* ◊ ***hacer el ~ de u-c*** seguire il corso di qc; **~r** ‹*sigo; siguió; siga; siguiendo*› V. 12 **1.** *vt/i* 1. continuare, seguitare, proseguire; ***sigue enfermo*** *continua ad essere ammalato, è ancora ammalato*; ***sigue llorando*** *continua a piangere*; ~ ***adelante*** *continuare ad andare avanti*; 2. seguire, andar dietro *vi*; 3. (*un ladrón*) inseguire *vt*; 4. *fig* seguire; **2.** *vi* seguire, derivare, accadere, avvenire; **3. ~se** succedersi, susseguirsi; derivare *vi* ◊ ~ ***de cerca*** seguire da vicino; ~ ***en sus trece*** persistere nel proprio impegno, insistere; ***el que la sigue la consigue/mata*** chi la dura, la vince; ~ ***la corriente*** *nav tamb. fig* seguire la corrente

según 1. *prep* 1. secondo, a norma di; 2. in base a, in dipendenza da; **2.** *adv* secondo (come), (così) come; ***¿Vienes o no? ¡~!*** *Vieni o no? Secondo!*; ***está ~ lo dejaste*** *si trova/sta/è così come lo lasciasti*; man mano che; ***nos comíamos las patatas ~ las iban sacando de la sartén*** *ci mangiavamo le patate man mano che le toglievano dalla padella*; **3.** *conj* secondo ◊ ~ ***contrato*** in base al contratto; ~ ***ley*** a termine di legge; ~ ***mi parecer*** a mio parere, a mio avviso, secondo me; ~ ***parece*** a quanto pare; ~ ***pedido*** a/su richiesta; ~ ***que sea/ ~ y cómo*** a seconda delle circostanze

segund|a *f* 1. *auto* seconda; 2. sottinteso *m*, seconda intenzione ◊ ***hablar con ~s*** parlare con/per sottintesi; **~ero** *m* lancetta dei secondi *f*; **~o, -a 1.** *adj* secondo, -a; **2.** *m* secondo ◊ ***~a enseñanza*** insegnamento secondario; ***primo*** ~ cugino di secondo grado; ***secretario*** ~ sottosegretario; ***teniente*** ~ sottotenente; ***tío*** ~ prozio

segundogénito, -a *adj/s* secondogenito, -a

segur *f* 1. *elev* scure, ascia; 2. *agric* falce; 3. *hist* fascio *m*; **~amente** *adv* 1. forse (!), probabilmente (!); ***¿Vendrás mañana?*** ~ *Verrai domani? Probabilmente sì*; 2. sicuramente, con sicurezza; **~idad** *f* sicurezza, certezza ◊ ****~ Social*** Previdenza Sociale; ***agente de*** ~ agente di pubblica sicurezza; ***con toda ~/con total*** ~ con certezza assoluta; ***Dirección General de *~*** *hist* Pubblica Sicurezza; ***válvula de*** ~ valvola di sicurezza; **~o, -a 1.** *adj* 1. sicuro, -a, certo, -a; 2. sicuro, -a, solido, -a; **2.** *m* 1. *adm/auto* assicurazione *f*; 2. sicura *f*, chiusura di sicurezza *f* ◊ ~ ***a todo riesgo*** assicurazione contro tutti i rischi; ~ ***obligatorio*** assicurazione obbligatoria; ***a buen*** ~ sicuramente, certamente; ***compañía de ~s*** compagnia di assicurazioni; ***en*** ~ al sicuro; ***sobre*** ~ sul sicuro; ***tener (u-c) por ~a*** dare per certo (qc)

seis *adj/m* 1. (*card*) sei *inv*; 2. (*ord*) sesto, -a; **~cientos, -as** *adj/m* (*card*) seicento *inv*; (*ord*) seicentesimo, -a; **~illo** *m mús* sestina *f*

seísmo *m* sismo, sisma

SELA (*Sistema Económico Latinoamericano*) *abr/m* SELA (Sistema Economico Latino Americano)

selección *f* 1. selezione; 2. *sport* (squadra) nazionale

seleccion|ador, -a *adj/s sport* selezionatore, -trice; **~adora** *f tecn* selezionatrice; **~ar** *vt* selezionare, scegliere

selectiv|idad *f* selettività *inv* ◊ ***exámenes/pruebas de ~*** *Esp* esami di ammissione all'Università; **~o, -a 1.** *adj* selettivo, -a; **2.** *estud* =" Esami di Stato"

selecto, -a *adj* scelto, -a ◊ ***lo más*** ~ il fior fiore; **~r, -a** *adj/m electr* selettore, -trice

seleni|o *m quím* selenio; **~ta 1.** *f min* selenite; **2.** *adj/s* (*persona*) selenita; **~toso, -a** *adj quím* selenioso, -a

selfactina *f tecn* filatrice

self-service ['self 'serbis] (*var.* **selfservice**) *m inv* self-service*, tavola calda *f*

sell|ado, -a 1. *adj* bollato, -a; **2.** *m* 1. bollatura *f*; 2. affrancatura *f*; **~adura** *f* 1. (*sello*) bollatura; 2. (*precinto*) sigillatura; **~ar** *vt* (*papeles, fig*) bollare; sigillare, chiudere con sigillo ◊ ***~le los labios a alg*** chiudere la bocca a q; **~o** *m* 1. *correo* francobollo; 2. (*despacho*) timbro, bollo; 3. *jur* sigillo; 4. *med* cachet*; 5. anello con iniziali; 6. *fig* impronta *f* ◊ ~ ***de calidad*** *adm* bollino di qualità

seltz *m* seltz *inv*, selz *inv*

selva *f geogr tamb. fig* selva ◊ ~ ***virgen*** foresta vergine

selvático, -a *adj/s* selvatico, -a, silvestre

selvatiquez *f* selvatichezza

selvícola *adj agric* silvicolo, -a

selvicultor, selvicultura V. **silvicultor, silvicultura**

selvoso, -a *adj* selvoso, -a

sema *m ling* sema

semáforo *m* semaforo

semana *f* 1. settimana; 2. paga settimanale, settimana; 3. (*juego*) campana ◊ ~ ***inglesa*** settimana corta; ~ ***santa*** settimana santa; ***entre*** ~ in giorni di lavoro; **~l** *adj* settimanale; **~rio, -a** *adj/m* settimanale

semántic|a *f ling* semantica; **~o, -a** *adj* semantico, -a

semantizar ‹*semanticé*› *vt* semantizzare

semasiol|ogía *f ling* semasiologia; **~ógico, -a** *adj ling* semasiologico, -a

semblan|te *m* aspetto, apparenza *f*, sembiante (*elev*); (*humano*) *elev* viso, volto ◊ ***mudar de ~*** cambiare colore/espressione; **~za** *f elev* ritratto *m*; somiglianza

sembra|dera V. **sembradora**; **~do, -a** *adj/m agric* seminato, -a; **~dor, -a** *adj/s agric* seminatore, -trice; **~dora** (*var.* **sembradera**) *f tecn* seminatrice; **~dura** *f agric* semina, seminagione; **~r** ‹*siembro*› V. 5a *vt agric tamb. fig* seminare

semej|ante 1. *adj* 1. somigliante, rassomigliante; tale, simile; ***no es lícito valerse de ~s medios*** *non vale servirsi di tali/simili mezzi*; ***no he vis-***

to a ~ hombre *non ho visto quel tale*; 2. *mat* simile; **2.** *m* 1. prossimo; 2. somiglianza *f* (*raro*) ◊ ***ama a tus ~s*** ama i tuoi simili, ama il prossimo tuo; **~anza** *f* 1. somiglianza, rassomiglianza; 2. *ling* similitudine ◊ ***a ~ de*** a somiglianza di; **~ar** *vi* somigliare *vt/i*, assomigliare *vt/i*, essere simile

semema *m ling* semema

semen *m* seme; **~tal 1.** *m* riproduttore, stallone, animale da monta; **2.** *adj* seminale; **~tera** *f* 1. *agric* semina, seminagione; 2. (*terreno, tiempo*) seminato *m*; 3. *fig* semenzaio *m*

semestr|al *adj* semestrale; **~e** *m* semestre

semi|abierto, -a *adj* semiaperto, -a; **~acabado, -a** *adj/m* semilavorato, -a; **~analfabeto, -a** *adj/s* semianalfabeta; **~breve** *f mús* semibreve; **~cadencia** *f mús* semicadenza; **~circular** *adj* semicircolare; **~círculo** *m* semicerchio, semicircolo; **~circunferencia** *f* semicirconferenza; **~conductor, -a** *adj/m electr* semiconduttore, -trice; **~consonante** *adj/f ling* semiconsonante; **~corchea** *f mús* semicroma; **~cubierto, -a** *adj* semicoperto, -a; **~descremado** V. **semidesnatado**; **~desnatado, -a** *adj* semiscremato, -a, parzialmente scremato, -a; **~desnudo, -a** *adj* seminudo, -a; **~difunto, -a** *adj* mezzo, -a morto, -a, semivivo, -a; **~diós, -osa** *m/f mitol* semidio *m*, semidea *f*; **~dormido, -a** *adj* semiaddormentato, -a; **~eje** *m* semiasse; **~elaborado, -a** *adj/m* semilavorato, -a; **~esfera** *f* semisfera; **~esférico, -a** *adj* semisferico, -a; **~final** *adj/f sport* semifinale; **~finalista** *m/f* semifinalista; **~frío, -a** *adj/m* semifreddo, -a; **~fusa** *f mús* semibiscroma; **~graso, -a** *adj* semigrasso, -a

semill|a *f bot tamb. fig* seme *m*; **~eno, -a** *adj* semipieno, -a; **~ero** *m* vivaio, semenzaio; *fig* semenzaio

semilunio *m* semilunio

seminal *adj* seminale

seminar|io *m relig/estud* seminario; **~ista** *m relig* seminarista

seminómada *adj/s* seminomade

seminternado *m* semiconvitto

semioficial *adj* semiufficiale

semiología *f* semiologia

semiólogo, -a *m/f* semiologo, -a

semioscur|idad *f* semioscurità *inv*; **~o, -a** *adj* semioscuro, -a

semiótico, -a 1. *f* semiotica; **2.** *adj/s* semiotico, -a

semipesado *adj/m sport* (*boxeo*) peso medio

semiplano *m geom* semipiano

semiprecioso, -a *adj* (*piedra*) semiprezioso, -a

semiremolque *m auto* semirimorchio

semirrecta *f geom* semiretta

semiseco *adj* (*vino*) semisecco

semiselvaje, -a *adj* semiselvaggio, -a

semisólido, -a *adj* semisolido, -a

semisótano *m* seminterrato, scantinato

semita *adj/s* semita

semítico, -a *adj* semitico, -a

semitista *m/f* semitista

semitono *m mús* semitono

semitransparente *adj* semitrasparente

semivacío, -a *adj* semivuoto, -a

semivivo, -a *adj* semivivo, -a

semivocal *adj/f ling* semivocale

sémola *f* semola, semolino *m*

semoviente 1. *adj* semovente; **2.** *m jur* animale

sempiterno, -a *adj* sempiterno, -a, eterno, -a, perpetuo, -a

sen (*pl* **senes**) *m bot* sena *f*

Sena *m geogr* Senna *f* (!)

senado *m pol/hist* senato; **~r, -a** *m/f pol/hist* senatore, -trice

senario *adj/m lit* senario

senatorial *adj* senatoriale

S. en C. (*Sociedad en Comandita*) *abr* S.Acc. (Società in Accomandita)

sencill|ez *f* semplicità *inv*; ingenuità *inv*; **~o, -a 1.** *adj* semplice, facile; **2.** *adj/s* ingenuo, -a, sempliciotto, -a; **3.** *m mús* 45 giri *inv*, single *inv*

senda *f* sentiero *m*

sender|ismo *m sport* trekking* *inv*, escursionismo; **~ista** *m/f* trekker* *inv*, escursionista (di trekking); **~o** *m* sentiero, viottolo

sendos, -as *adj/pl elev* uno per ciascuno; ***con ~os regalos*** *con un regalo per ciascuno*

sene|cio *m bot* senecio; **~cto, -a** *adj/s elev* vecchio, -a (*estánd*), anziano; **~ctud** *f* senilità *inv*, vecchiaia

Senegal *m geogr* Senegal

senegalés, -esa *adj/s* senegalese

senequis|mo *m filos* senechismo; **~ta** *adj/s* senechista

senés, -esa *adj/s* senese, di Siena

senescal *m* siniscalco

senescencia *f* senescenza

senil *adj* senile; **~idad** *f* senilità *inv*

senior *adj* senior *inv*

seno *m* 1. *med* seno, petto; 2. *fig* grembo, seno; 3. *mat* seno; 4. *geogr* seno, insenatura *f*; cavità *f inv*, seno; **~logía** *f med* senologia

sensación *f* sensazione, impressione

sensacional *adj* sensazionale, impressionante; **~ismo** *m* sensazionalismo; **~ista** *adj* sensazionalistico, -a

sensat|ez *f* sensatezza, buonsenso *m*; **~o, -a** *adj* sensato, -a, giudizioso, -a, assennato, -a

sensi|bilidad *f* sensibilità *inv*; **~bilizar** ‹*sensibilicé*› *vt* sensibilizzare, rendere sensibile; **~ble** *adj* sensibile; **~blería** *f desp* sentimentalismo *m*; **~blero, -a** *adj desp* sentimentalista; **~tiva** *f bot* sensitiva; **~tivo, -a** *adj* sensitivo, -a, sensibile

sensor *m tecn* sensore; **~ial** *adj* sensoriale; **~io, -a** *adj* sensorio, -a

sensual *adj* sensuale; **~idad** *f* sensualità *inv*; **~ismo** *m filos* sensualismo

senta|da *f* seduta; *pol* sit-in *inv* ◊ ***de una ~*** in una tirata; **~do, -a** *adj* 1. tranquillo, -a, sensato, -a, serio, -a; 2. *cient* sessile ◊ ***dar por ~a (u-c)*** essere (qc) fuori discussione (qc), dare per scontato (qc); **~r** ‹*siento*› V. 5a **1.** *vt* 1. (*persona*) mettere a sedere; 2. fissare, assestare; (*normas*) stabilire; **2.** *vi* (*comida, ducha...*) giovare, far bene/far male; (*traje...*) stare bene/male; **3. ~se** 1. sedersi; ***~se en el suelo, a la mesa, en la silla*** *sedersi per terra, a tavola, sulla sedia*; 2. *fig* depositarsi ◊ ~ ***(u-c) como a un santo Cristo un par de pistolas*** non andare affatto (qc a q); ~ ***la cabeza/los cascos*** mettere la testa a posto; ~ ***mal un consejo*** dispiacere/non gradire un consiglio; ~ ***un precedente*** creare un precedente; ***siéntese*** si accomodi

sentenc|ia *f* 1. *ling* sentenza, detto *m*, massima; 2. *jur* sentenza ◊ ~ ***firme/definitiva*** sentenza passata in giudicato; ***concluso/visto para*** ~ sentenza passata in giudicato; ***pronunciar/dictar*** ~ deliberare una sentenza; **~iar** ‹*sentencio*› V. 1 *vt jur* condannare; *fig* sentenziare; **~ioso, -a** *adj* sentenzioso, -a

sentido, -a 1. *m* 1. *med tamb. fig* senso; 2. (*palabra*) senso, significato; 3. (*lugar*) senso, direzione; **2.** *adj* 1. sentito, -a, sincero, -a; 2. (*persona*) suscettibile, -a, permaloso, -a ◊ ~ ***del humor*** senso dell'umorismo; ~ ***figurado*** senso figurato; ***aguzar el*** ~ aguzzare le orecchie/l'ingegno; ***buen ~/~ común*** buon senso; ***de doble*** ~ a doppio senso; ***en buen*** ~ nel buon senso; ***no tener*** ~ non aver senso, essere senza senso; ***perder el*** ~ perdere i sensi; ***tener un sexto*** ~ avere un sesto senso

sentimental *adj/s* sentimentale; **~ismo** *m* sentimentalismo

sentimiento *m* 1. sentimento; 2. dolore, dispiacere, rammarico; 3. senso ◊ ~ ***de rabia*** senso di rabbia; ***acompañar (a alg) en el*** ~ fare le condoglianze (a q), partecipare al dolore (di q); ***buenos ~s*** buoni sentimenti

sentina *f nav tamb. fig* sentina

sentir ‹*siento; sintió; sintiendo*› V. 10 **1.** *vt* 1. (*ruidos*) sentire, udire; ~ ***frío, calor*** *sentir freddo, caldo*, ***en mi*** ~ a mio parere; ***ojos que no ven, corazón que no siente*** lontan dagli occhi, lontan dal cuore; 2. dispiacersi *vi*, soffrire, addolorarsi; ***siento decirte que...*** *mi dispiace dirti che...*; 3. presentire; ***¡Lo siento!*** (*tú*) Scusa!; (*usted*) Scusi! ; ***sin*** ~ senza accorgersene **2.** *vi* sentire; **3. ~se** sentirsi; ***~se agobiado*** *sentirsi affaticato/spossato*; ***~se molesto*** *sentirsi a disagio* ◊ ~ ***ganas (de u-c)*** aver voglia (di qc); ***~se de la cabeza*** avere mal di testa; ***~se*** incrinarsi (un vaso)

seña 1. *f* segno *m*, gesto *m*, cenno *m*; **2.** *fpl* 1. indirizzo *m*; 2. dati *mpl*; 3. *Am* caparra *f*, anticipo *m* ◊ ***dar las ~s*** (*domicilio*) dare l'indirizzo; ***hablar por ~s*** parlare a/per gesti; ***hacer ~s*** fare cenni; ***por las ~s*** dai dettagli; ***por más ~s*** per di più

señal *f* 1. segnale *m* (!); 2. *med* sintomo *m*; 3. segno *m* ◊ ~ ***de comunicando*** segnale di occupato; ~ ***de la cruz*** segno della croce; ~ ***de llamada*** (segnale di) chiamata; ~ ***de tráfico*** segnale stradale; ***con pelos y ~es*** per filo e per segno; ***dar ~es de cansancio*** dar/avere segni di stanchezza; ***en*** ~ ***de (u-c)*** in/come segno di (qc); ***mala/buena*** ~ cattivo/buon segno; ***no dar ~es de vida*** *tamb. fig* non dare segni di vita; **~ado, -a** *adj* segnalato, -a, illustre, grande; **~ador, -a** *m/f* segnalatore, -trice; **~amiento** *m* 1. segnalazione *f*; 2. *jur* fissazione della data di un giudizio *f*; **~ar 1.** *vt* 1. segnalare, indicare; 2. (*animal, naipes*) segnare, marcare; 3. (*una persona*) additare; 4. (*fecha, precio*) fissare; **2. ~se** segnalarsi, distinguersi ◊ ~ ***con el dedo*** *tamb. fig* far segno con il dito, indicare con il dito; **~ización** *f tecn* (*tráfico*) segnalazione, segnaletica; **~izar** ‹*señalicé*› *vt* segnalare

seño *f infant* (signora) maestra (*estánd*); **~r** *m* 1. signore, signor; ***el*** ~ ***está llamando*** *il signore sta chiamando*; ***el*** ~ ***Juan, Pérez, doctor...*** *il signor Giovanni, Pérez, dottore...*; 2. padrone ◊ ***a lo*** ~ da signore; ***de padre y muy*** ~ ***mío*** madornale; ***muy*** ~ ***mío*** (*en cartas*) egregio signore; ***no*** ~ nossignore; *mil* signornò; ***sí*** ~ sissignore; *mil* signorsì

Señor *m relig* Signore ◊ ***pues, ~...*** Santo Cielo..., Benedetto Iddio...

señor|a *f* signora; padrona; moglie ◊ ~ ***de compañía*** dama di compagnia; ***¡~as y señores!*** Signore e Signori!; ***distinguida*** ~ gentile signora; ***Nuestra *~*** *relig* Nostra Signora, la Madonna; **~ear** *vt* signoreggiare *vt/i*, dominare; **~ía** *f* signoria ◊ ***Su *~*** Sua Signoria; **~ial** *adj* 1. (*aspecto*) signorile; 2. (*nobleza*) gentilizio, -a; **~ío** *m* signoria *f*, feudo; (*porte*) signorilità *f inv*; signori *mpl*; **~ita** 1. *f* signorina; 2. padroncina; **~itingo, -a** *adj desp* signorinello, -a; **~ito** *m* signorino, padroncino; **~ón, -ona** *m/f* gran signore, -a

señuelo *m* 1. *zool* uccello da richiamo; 2. richiamo; 3. *fig* lusinga *f*

seo *f Arag/Cataluña* cattedrale

sepa V. **saber**

sépalo *m bot* sepalo

separ|able *adj* separabile, staccabile; **~ación** *f* separazione; distacco *m* ◊ ~ ***de bienes, por mutuo acuerdo...*** separazione dei beni, consensuale...; **~ado, -a** *adj/s* separato, -a ◊ ***por*** ~ a parte; **~ador, -a** *adj/m* separatore, -trice; **~ar 1.** *vt* separare, dividere, staccare, allontanare; (*de un trabajo*) destituire; **2. ~se** separarsi; ***la pareja se separó*** *la coppia si separò*; staccarsi; **~ata** *f impr* estratto *m*; **~atismo** *m pol* separatismo; **~atista** *adj/s pol* separatista

sepelio *m elev* funerale, sepoltura *f*

SEPI (*Sociedad Estatal de Participaciones Industriales*) *abr/f* ="Società Statale spagnola di Partecipazioni Industriali"

sepia *f* 1. *zool* seppia; 2. nero di seppia *m*

septen|ario, -a *adj/m* settenario, -a; **~io** *m* settennio

septentr|ión *m* 1. *geogr* settentrione, nord *inv*; 2. *astron* orsa maggiore *f*; **~ional** *adj elev* settentrionale; **~ionalismo** *m* settentrionalismo

septeto V. **septimino**
septicemia *f med* setticemia
séptico, -a *adj med* settico, -a
septiembre (*var.* **setiembre**) *m* settembre
séptima *f mús* settima
septimino *m mús* settimino
séptimo, -a *adj/s* settimo, -a
septo *m med* setto; **~ria** *f bot* septoria
septuag|enario, -a *adj/s* settuagenario, -a, settantenne; **~ésimo, -a** *adj/m* settuagesimo, -a, settantesimo, -a
sepulcr|al *adj* sepolcrale; **~o** *m* sepolcro, tomba *f* ◊ ***ser (alg) un ~*** *fig* essere (q) una tomba
sepult|ar *vt* seppellire, sotterrare; **~ura** *f* sepoltura, tomba, fossa ◊ ***dar ~*** dare sepoltura; ***estar (alg) cavando su propia ~*** scavarsi (q) la fossa con le proprie mani; **~urero** *m* becchino
sequedad *f* 1. secchezza; 2. (*persona*) magrezza; 3. *fig* asprezza, rudezza, secchezza
sequía *f* siccità *inv*
séquito *m* seguito, corteo
ser ‹*soy, eres...; fui; sea; siendo; sido*› **1.** *vi* essere; esistere; stare, trovarsi; **2.** *m* essere; esistenza *f*; essenza *f* ◊ ***~ amado, odiado (por)*** essere amato, odiato (da); ***~ (alg) de lo que no hay*** (*tamb. irón*) essere (q) incredibile, essere (q) unico al mondo; ***~ humano*** essere umano; ***~ muy suyo*** essere molto orgoglioso; ***~ todo uno*** essere un'unica cosa; ***a no ~ que*** sempre che non; ***a poder ~*** se è possibile; ***así sea*** così sia; ***aunque sea/aunque nada más sea/aunque solo sea*** almeno; ***¿Cómo es eso?*** Come mai?; ***como sea*** in qualsiasi modo; ***con ~ su madre...*** sebbene sia sua madre...; ***cualquiera que sea*** qualunque sia; ***dar el ~*** dar la vita; ***de no ~ por*** se non fosse per; ***el *~ Supremo*** l'Essere Supremo; ***érase que se era/érase una vez*** c'era una volta; ***es más*** anzi; ***¡Eso es!*** Esatto!; ***llegar a ~*** diventare, divenire; ***lo que sea*** qualunque/qualsiasi cosa; ***más eres tú*** tu più di me; ***no ~ para tanto*** non essere da tanto; ***no ~ quién para (u-c)*** non essere nessuno per (qc); ***no sea que*** che non succeda che; ***o somos o no somos*** siamo o non siamo?; ***puede ~ que*** può darsi che; ***que sea lo que Dios quiera*** sarà quel che sarà; ***sea quien sea*** chiunque sia; ***todo puede ~*** tutto è possibile
sera *f* cestone con o senza manici *m*
seráfico, -a *adj* serafico, -a
serafín *m relig tamb. fig* serafino
serba *f bot* sorba, sorbola; **~l** *m bot* sorbo
Serbia *f geogr* Serbia
serbio, -a *adj/s* serbo, -a
serbocroata *adj/s* serbocroato, -a
serena *f reg* sereno *m*; **~r 1.** *vt* rasserenare, calmare; **2. ~se** *meteo* schiarirsi; (*persona*) calmarsi; **~ta** *f mús tamb. fig* serenata
serenidad *f* serenità *inv*, calma
serenísimo, -a *adj* serenissimo, -a
sereno, -a 1. *adj* sereno, -a, calmo, -a; *meteo* chiaro, -a, sereno, -a; **2.** *m ant* guardia notturna *f* ◊ ***al ~*** a ciel sereno, all'aperto
seria|ción *f econ* seriazione; **~do, -a** *adj* in serie; **~l 1.** *m TV* serial *inv*; **2.** *adj* seriale
sericicult|or, -a *m/f* bachicoltore, -trice; **~ura** (*var.* **sericultura**) *f* sericultura
sérico, -a *adj biol/txtl* serico, -a
serie *f* 1. serie *inv*; filza, successione; 2. *TV* serial *m inv* ◊ ***en ~*** in serie; ***fuera de ~*** fuori serie; **~dad** *f* serietà *inv*
serigrafía *f* serigrafia
serio, -a *adj* serio, -a; serio, -a, grave ◊ ***en ~*** sul serio; ***la cosa va en ~*** la cosa va avanti sul serio; la cosa è così sul serio
sermón *m* predica *f*, sermone ◊ ***echar un ~*** *tamb. fig* fare la predica
sermone|ador, -a *adj/s* predicatorio, -a; **~ar** *vt/i* fare la predica *vi*, rimproverare *vt*; **~o** *m* lavata di capo *f*, predica *f*
serón *m* corba *f*
seropositivo, -a *adj/s med* sieropositivo, -a
seroprofilaxis *f inv* sieroprofilassi
seros|idad *f* sierosità *inv*; **~o, -a** *adj* sieroso, -a
seroterapia *f med* sieroterapia
serotonina *f biol/quím* serotonina
serpear *vt elev* serpeggiare
serpent|aria *f bot* serpentaria; **~eante** *adj* serpeggiante; **~ear** *vi* serpeggiare; **~eo** *m* serpeggiamento; **~ín** *m* 1. *tecn* serpentina *f*, serpentino; 2. *mil* acciarino; 3. *min* serpentino; **~ina** *f* stella filante; *min* serpentina; **~ino, -a** *adj* serpentino, -a ◊ ***lengua ~a*** lingua viperina
serpiente *f zool/period tamb. fig* serpente *m* ◊ ***~ de cascabel*** serpente a sonagli; ***~ de verano*** *fig* serpente di mare; ***~ monetaria*** *econ* serpente monetario
serpigo *m med* serpigine *f*
serrad|ella *f bot* serradella; **~ora** *f* segatrice; **~uras** *fpl* segatura *f*
serrallo *m* serraglio, harem *inv*
serran|a *f lit* villanella; **~ía** *f* zona montuosa; **~o, -a 1.** *adj/s* montanaro, -a, montagnolo, -a; **2.** *adj* montano, -a; **3.** *m zool* sciarrano comune
serrar ‹*sierro*› V. 5a *vt* segare
serrería *f* segheria
serrín *m* segatura *f*
serrucho *m tecn* seghetto, saracco
serventesio *m lit* sirventese, serventese
servi|ble *adj* servibile; **~cial** *adj* servizievole; *Bol* domestico; **~cio 1.** *m* servizio; *relig* culto; *sport* servizio; **2.** *mpl* toilette *f inv* ◊ ***~ civil (sustitutorio)*** servizio civile (sostitutivo); ***~ de mesa*** servizio da tavola; ***~ de urgencias*** pronto soccorso; ***~ militar*** servizio militare; ***antigüedad (de/al ~)*** anzianità di servizio; ***estar al ~ de*** essere al servizio di; ***estar de ~*** essere di servizio; ***fuera de ~*** fuori servizio; ***hacer un flaco ~ (a alg)*** rendere un magro servigio (a q); **~dor, -a 1.** *m/f* 1. domestico, -a, cameriere, -a; 2. *adm ant* devotissimo, -a, fedele; **2.** *m* 1. cavalier servente, cor-

teggiatore; 2. *mil* servente; **3.** *excl* 1. io!; 2. *estud ant* presente!; **~dumbre** *f* servitù *inv*; **~l** *adj* servile; vile; **~lismo** *m* servilismo, servilità *f inv*
servillet|a *f* tovagliolo *m*; **~ero** *m* portatovagliolo
servio V. **serbio**
servir ‹*sirvo; sirvió; sirviendo*› V. 12 **1.** *vt/i* servire; **2. ~se** usare *vt* (**de u-c/de alg** qc/q); servirsi ◊ ***~ de*** servire da; ***no ~ de nada*** non servire a nulla; ***para ~le a Usted*** Sissignore, -a, a sua disposizione; ***sírvase cerrar la puerta*** per piacere chiuda la porta
servitud *f* (*raro*) servitù *inv*
servo|asistido, -a *adj mec* servoassistito, -a; **~comando** *m mec* servocomando; **~dirección** *f auto* servosterzo *m*; **~freno** *m auto* servofreno; **~mecanismo** *m tecn* servomeccanismo; **~motor** *m tecn* servomotore
sésamo *m bot* sesamo ◊ ***¡Ábrete *~!*** Apriti sesamo!
sesear *vi ling* (*América, Andalucía*) ="pronunciare s al posto di z"
sesent|a 1. *adj/m inv* (*card*) sessanta *inv*; **2.** *adj inv* (*ord*) sessantesimo, -a; **~avo, -a** *adj/s* sessantesimo, -a; **~ón, -ona** (*irón*) *adj/s coloq* sessantenne
seseo *m ling* (*América, Andalucía*) ="pronuncia di s per z" *f*
sesera *f coloq* cranio *m*; *coloq* intelligenza ◊ ***quitar de la ~*** *coloq* torgliere dalla testa; ***sorber la ~*** far perdere la testa, cambiare il cervello
sesga|do, -a *adj* sbieco, -a, sghembo, -a, obliquo, -a; **~dura** *f* sbiecata; **~r** ‹*sesgué*› *vt* tagliare di sbieco
sesgo, -a 1. *adj elev* sbieco, -a, obliquo, -a, storto, -a; (*semblante*) torvo, -a; **2.** *m* piega *f* ◊ ***al ~*** di sbieco
sésil *adj bot* sessile
sesión *f* 1. seduta, riunione; 2. (*pintura*) seduta; 3. *cine* spettacolo *m* ◊ ***abrir, levantar la ~*** *adm* aprire, chiudere/levare la seduta
sesionar *vi Am* celebrare una seduta
seso 1. *m med/gastr tamb. fig* cervello; **2.** *mpl* 1. *gastr* cervella *fpl*; 2. *fig* cervelli ◊ ***calentarse/devanarse los ~s*** lambiccarsi/stillarsi il cervello, spremersi le meningi; ***perder el ~*** perdere la testa; ***tener mucho, poco ~*** avere molto, poco cervello; ***tener sorbido el ~ por alg*** aver perso la testa per q
sespiriano V. **shakespeariano**
seste|ar *vi* fare la siesta/un pisolino; **~rcio** *m hist* sesterzio
sesudo, -a *adj* assennato, -a, giudizioso, -a; dotto, -a
set *m inv cine/sport* set
seta *f* 1. *bot* fungo *m*; 2. setola; **~l** *m* fungaia *f*
set-ball ['set'bol] *m sport* set-ball *inv*
setecientos, -as *adj/m* 1. (*card*) settecento *inv*; 2. (*ord*) settecentesimo, -a
setent|a *adj/m* 1. (*card*) settanta *inv*; 2. (*ord*) settantesimo, -a; **~ón, -ona** (*a veces irón*) *adj/s* settantenne
setiembre V. **septiembre**
seto *m bot* (*plantas*) siepe *f*; *bot/auto* steccato
seudónimo, -a *adj/m* pseudonimo, -a
S.E.u O. (*var.* **s.e.uo.**) (*Salvo error u omisión*) *abr* S.E. e O. (salvo errori e omissioni)
sever|idad *f* severità *inv*, rigidezza, austerità *inv*; **~o, -a** *adj* severo, -a, rigoroso, -a, rigido, -a, austero, -a
Sevilla *f geogr* Siviglia ◊ ***quien fue a ~ perdió su silla*** chi tardi arriva, male alloggia
sevillan|as *fpl mús* ="danza e arie di Siviglia"; **~o, -a** *adj/s* sivigliano, -a
sexag|enario, -a *adj/s* sessagenario, -a; **~ésimo, -a** *adj* sessantesimo, -a
sexapiloso, -a *adj Am* sexy *inv*
sex-appeal [seksa'pil] *m* sex appeal *inv*
sexenio *m* sessennio
sexis|mo *m* sessismo; **~ta** *adj/s* sessista
sexo *m* sesso ◊ ***~ débil/bello ~*** sesso debole/gentil sesso; ***hablar del ~ de los ángeles*** discutere sul sesso degli angeli; **~logía** *f* sessuologia
sexólogo, -a *adj/s* sessuologo, -a
sex-shop ['sekʃop, 'seksop] *m* sex-shop* *inv*, porno-shop *inv*
sex symbol ['seks 'simbol] *m/f* sex symbol* *inv*
sextante *m* sestante
sexteto *m mús* sestetto
sextill|a *f lit* sestina; **~o** *m mús* sestina *f*
sextina *f lit* sestina
sexto, -a *adj/m mat/mús* sesto, -a
sexua|do, -a *adj* sessuato, -a; **~l** *adj* sessuale; **~lidad** *f* sessualità *inv*
sexy ['seksi] *adj* sexy *inv*
Seychelles [sej'tʃeles] *fpl* Seicelle
s/f. (*Su favor*) *abr* a suo favore
s.f. *abr* 1. (*según factura*) come da fattura; 2. (*sin fecha*) s.d. (senza data)
SGAE (*Sociedad General de Autores de España*) *abr/f* Società Spagnola Autori ed Editori = S.I.A.E. (Società Italiana Autori ed Editori)
sha [sa] *m* scià *inv*
shakespeariano, -a [sespi'rjano] (*var.* **sespiriano**) *adj* scespiriano, -a
shampán V. **sampán**
shantung [san'tun] *m txtl* shantung* *inv*, sciantung *inv*
sheelita V. **scheelita**
shériff ['serif] *m* sceriffo
shií [ʃi'i] (*var.* **shiita**, **chiita**) *m/f* sciita
shock [sok] *m med* shock* *inv*
shopping center *m* shopping center* *inv*
shorts [sorts] *mpl* shorts* *inv*
show [tʃow, ʃow] *m* show* *inv* ◊ ***montar un ~*** fare una scenata
showgirl ['sowgerl, 'tʃowgerl, 'ʃowgerl] *f* showgirl* *inv*
showman ['sowman, 'tʃowman, 'ʃowman] *m* showman* *inv*
sí 1. *adv/m* sì; **2.** *pron* sé ◊ ***~ mismo*** se stesso; ***¡~ que tiene gracia la cosa!*** Questa sì che è bella!; ***¿A que ~?*** Quanto ci scommetti?; ***dar el ~***

(*matrimonio*) dire di sì; ***de ~*** di suo; ***de por ~*** da sé, da solo; ***entre ~*** fra sé; ***fuera de ~*** fuori di sé; ***una chica guapa porque ~*** *coloq* una ragazza bella sul serio
si 1. *conj* se; ***~ lo sabe, nos lo dirá*** *se lo sa, ce lo dirà*; ***~ lo sabes habla, ~ no cállate*** *se lo sai parla, se no/sennò taci*; **2.** *m mús* si
siamés, -esa *adj/s* siamese
sibar|ita *m/f* sibarita; **~ítico, -a** *adj* sibaritico, -a
Siberia *f geogr* Siberia
siberiano, -a *adj/s* siberiano, -a
sibil|a *f hist* sibilla; **~ante** *adj/f ling* sibilante; **~ino, -a** *adj* sibillino, -a
sic *adv* sic
sicario *m* sicario
Sicilia *f geogr* Sicilia
siciliano, -a *adj/s* siciliano, -a
sicler V. **chicler**
sico|análisis *m inv* psicanalisi *f inv*, psicoanalisi *f inv*; **~analista** *adj/s* psicanalista; **~délico, -a** *adj* psichedelico, -a; **~logía** *f* psicologia; **~lógico, -a** *adj* psicologico, -a
sicólogo, -a *adj/s* psicologo, -a
sicomoro (*var.* **sicómoro**) *m bot* sicomoro
sicopatía *f med* psicopatia
sicosis *f inv med* psicosi
sicoterapia *f* psicoterapia
sículo, -a *adj/s hist* siculo, -a
SIDA (*var.* **sida**) (*Síndrome de Inmuno Deficiencia Adquirida*) *m med* AIDS/Aids (Sindrome da Immuno Deficienza Acquisita) *m/f*
side|car *m* motocarrozzetta *f*, sidecar* *inv*; **~ral** *adj* siderale, sidereo, -a
sidéreo, -a *adj astron* siderale
siderit|a *f min* siderite; **~o** *m geol* siderite *f*
sider|urgia *f* siderurgia; **~úrgico, -a** *adj* siderurgico, -a
sido V. **ser**; **~l®** *m* sidol *inv*; **~so, -a** *adj/s coloq/desp* malato, -a di Aids
sidra *f* sidro *m*
sieg|a *f* 1. *agric* mietitura; 2. *agric* messi segate *fpl*; **~o** V. **segar**
siembr|a *f agric* semina, seminagione; **~o** V. **sembrar**
siemens ['siemens, 'sjemens] *m electr* siemens* *inv*
siempre *adv* sempre ◊ ***~ que/~ y cuando*** sempre che, purché; ***~ que*** ogni volta che; ***desde ~*** da sempre; ***para ~*** per sempre
siempreviva *f bot* semprevivo *m*
sien (*pl* **sienes**) *f* tempia
Siena 1. *f geogr* Siena; **2.** *adj/m* color ocre
sienés, -esa (*var.* **senés**) *adj/s* senese, di Siena
sienita *f min* sienite
siento V. **sentir, sentar**
sierpe *f zool tamb. fig* serpe, serpente *m*, biscia
sierra *f* 1. *Esp/Am Mer geogr* sierra; 2. *tecn* sega ◊ ***~ circular*** sega circolare; ***~ de arco*** sega ad arco; ***~ de carpintero*** sega da carpentiere, sega da falegname; ***~ eléctrica*** sega elettrica; ***pez ~*** pesce sega
sierro V. **serrar**
siervo, -a *m/f* servo, -a; schiavo, -a
siesta *f* siesta, pisolino *m*, pennichella (*reg*) ◊ ***~ del carnero*** ="pisolino prima di pranzo"; ***dormir/echar la ~*** fare la siesta, fare un pisolino
siete 1. *adj/m* 1. (*card*) sette *inv*; 2. (*ord*) settimo, -a; **2.** *m* 1. *fig* strappo; 2. *Am* sedere ◊ ***~ y medio*** (*juego*) sette e mezzo
sietemesino, -a *adj/s* 1. settimino, -a; 2. *coloq/fig* moccioso, -a; *desp/fig* rachitico, -a
sífilis *f inv med* sifilide *f*, lue, mal francese *m* (*cuf*)
sifilítico, -a *adj/s med* sifilitico, -a
sifón *m* 1. *tecn/geol tamb. fig* sifone; 2. seltz, acqua gassata (di sifone) *f*
sifosis *f inv med* gibbosità
sig. (*pl* **sigs.**) (*siguiente(s)*) *abr* (*seguente, -i*) sg., segg. *pl*
sigilo *m* 1. segreto, cautela *f*; 2. esigillo ◊ ***~ sacramental*** sigillo sacramentale; **~so, -a** *adj* segreto, -a, cauto, -a, prudente
sigla *f* sigla
siglo *m* secolo ◊ ***el *~ de las Luces*** il secolo dei lumi, il Settecento; ***por los ~s de los ~s*** per tutti i secoli dei secoli, eternamente; ***un ~ ha/hace un ~ que no te veo*** è da un secolo che non ti vedo
sigma *f* sigma *m/f*
sign|ar 1. *vt* 1. segnare; 2. firmare; **2. ~se** farsi il segno della croce; **~tario, -a** *adj/s jur* firmatario, -a; **~tura** *f impr/relig* segnatura; (*biblioteca*) collocazione, segnatura
signific|ación *f* significato *m*, senso *m*; idea; importanza; **~ado** *m* significato, senso; **~ante** *adj/m ling* significante; **~ar** ‹*signifiqué*› **1.** *vt* significare, voler dire; **2.** *vi* avere valore, significare; **~ativo, -a** *adj* significativo, -a; rappresentativo, -a
signo *m* segno
sigo V. **seguir**
siguiente *adj/s* seguente, successivo, -a; posteriore, seguente, dopo ◊ ***al día ~*** il giorno dopo
siguió V. **seguir**
sílaba *f* sillaba
silab|ación *f ling* sillabazione; **~rio** *m* sillabario, abbecedario
silabe|ar (*var.* **silabar**) *vi* sillabare; **~o** *m* scansione sillabica *f*
silábico, -a *adj* sillabico, -a
silba *f* fischiata; **~r** *vt/i* fischiare; **~to** *m* fischietto
silbido *m* fischio
silbo *m* (*viento...*) fischio, sibilo
silenci|ador *m* (*auto, arma*) silenziatore; **~ar** ‹*silencio*› V. 1 *vt* far tacere, ridurre al silenzio; **~o** *excl/m* silenzio ◊ ***~ administrativo*** silenzio amministrativo; ***en ~*** in silenzio; ***guardar ~*** stare in silenzio, tacere; ***reducir al ~*** ridurre al silenzio; **~oso, -a** *adj* silenzioso, -a; (*persona*) silenzioso, -a, taciturno, -a
sílex *m geol* selce *f*, silice *f*, pietra focaia *f*; *min* silice *f*, selce *f*
sílfide *f mitol tamb. fig* silfide
silicato *m quím* silicato

sílice *f min* silice, selce
silícico, -a *adj quím* silicico, -a
silicio *m quím* silicio
silicolna *f quím* silicone *m*; **~nado, -a** *adj* siliconato, -a; **~sis** *f inv med* silicosi
silla *f* sedia, seggiola ◊ **~ *de mano*** portantina; **~ *de montar*** sella; **~ *de niños*** passeggino; **~ *de rejilla*** sedia viennese; **~ *de tijera*** sedia pieghevole; **~ *eléctrica*** sedia elettrica; **~ *gestatoria*** sedia gestatoria; ***pegársele (a alg) la ~*** *fig* appiccicarsi (q) alla sedia; **~r** *m arq* pietra squadrata/concia *f*
sillelría *f* 1. insieme di sedie *m*; 2. (*iglesia*) sedili del coro *mpl*; 3. (*caballería*) selleria; 4. *arq* muratura di pietra squadrata; **~ro, -a** *m/f* seggiolaio, -a
sillín *m* (*bicicleta, tractor*) sella *f*
sillita *f* (*niños*) seggiolino *m*
sillón *m* poltrona *f*; *fig* poltrona *f*, seggio
silo *m agric/mil* silo
siloglismo *m filos* sillogismo; **~ístico, -a 1.** *adj* sillogistico, -a; **2.** *f* sillogistica
silueta *f* silhouette *inv*, siluetta; sagoma
siluro *m* 1. *zool* (*pez*) siluro d'Europa; 2. *mil* siluro
silvla *f lit* selva; **~estre** *adj* silvestre, agreste, selvatico, -a; (*frutos*) di bosco; **~ícola** *adj* silvicolo, -a
silvicultlor, -a *m/f agric* selvicoltore, -trice; **~ura** *f agric* selvicoltura
SIM *m* (*Servicio de Información Militar*) ="Servizio d' informazione Militare (sia di una parte che dell'altra, durante la Guerra Civile spagnola)"
sima *f geol* precipizio *m*, burrone *m*; *arq* sima
simbiosis *f inv biol tamb. fig* simbiosi
simbiótico, -a *adj biol tamb. fig* simbiotico, -a
simbólico, -a *adj* simbolico, -a
simbolislmo *m arte/lit* simbolismo; **~ta** *adj/s arte/lit* simbolista
simbolizar ‹*simbolicé*› *vt* simboleggiare, simbolizzare
símbolo *m* simbolo
simbología *f* simbologia, simbolica
simetría *f* simmetria
simétrico, -a *adj* simmetrico, -a
simielnte *f* seme *m*, semente; **~sco, -a** *adj* scimmiesco, -a
símil 1. *m* similitudine *f*, comparazione; **2.** *adj* simile
simillar *adj* simile, similare; **~itud** *f* somiglianza; **~or** *m* similoro
simio, -a *m/f zool* scimmia *f*
simonía *f relig* simonia; **~co, -a** (*var.* **simoniaco**) *adj/s* simoniaco, -a
simplatía *f* simpatia; **~ático, -a 1.** *adj* simpatico, -a; **2.** *m med* simpatico; **~aticón, -ona** *adj/s* simpaticone, -a; **~atina** *f med* noradrenalina; **~atizante** *adj/s* simpatizzante; **~atizar** ‹*simpaticé*› *vi* simpatizzare
simple 1. *adj* semplice; *fig* sempliciotto, -a, ingenuo, -a; **2.** *m farma* semplice; **~za** *f* semplicità *inv*, ingenuità *inv*, dabbenaggine
simplicidad *f* semplicità *inv*, candore *m*
simplificlación *f* semplificazione, agevolazione; **~ar** ‹*semplifiqué*› *vt* semplificare
simplislmo *m* semplicismo; **~ta** *adj* semplicistico, -a
simplón, -ona *adj/s* semplicione, -a
simposio *m* simposio, convegno
simulalción *f* simulazione; **~cro** *m* simulacro; **~dor** *m* simulatore ◊ **~ *de vuelo*** *aero* simulatore di volo; **~r** *vt* simulare, fingere
simultáneamente *adv* contemporaneamente, simultaneamente
simultanelar *vt* fare (più di una cosa) allo stesso tempo; **~idad** *f* simultaneità *inv*
simultáneo, -a *adj* simultaneo, -a
simún *m geogr* simun *inv*
sin *prep* senza; ***nos quedamos ~ luz*** *restammo senza luce*; **~ *tí, él...*** *senza di te, di lui...* ◊ **~ *que*** *conj* senza che; ***se fue ~ más*** se ne andò all'improvviso, se ne andò senza dir nulla
sinalgoga *f* sinagoga; **~lefa** *f ling* sinalefe; **~psis** *f inv* sinapsi
sincerlamente *adv* veramente; **~arse** essere sincero *vi*, giustificarsi; **~idad** *f* sincerità *inv*; **~o, -a** *adj* sincero, -a, leale, schietto, -a
sincitio *m biol* sincizio
síncopa *f ling/mús* sincope
sincopado, -a *adj mús* sincopato, -a
sincopar *vt* sincopare
síncope *m ling/med* sincope *f* (!)
sincrético, -a *adj* sincretico, -a
sincretismo *m* sincretismo
sincronía *f* sincronia
sincrónico, -a *adj* sincronico, -a
sincronismo *m* sincronia *f*, sincronismo
sincronizlación *f* sincronizzazione; **~ado, -a** *adj* sincrono, -a; **~ador, -a** *adj/m tecn* sincronizzatore, -trice; **~ar** ‹*sincronicé*› *vt* sincronizzare
sincrotrón *m fís* sincrotrone
sindical *adj* sindacale; **~ismo** *m* sindacalismo; **~ista** *m/f* sindacalista
sindicarse iscriversi a un sindacato
sindicato *m* sindacato ◊ **~ *amarillo*** sindacato giallo, sindacato di comodo; **~ *vertical*** sindacato verticale
síndico, -a *m/f* 1. sindaco; 2. *jur* curatore
síndrome *m med* sindrome *f* (!), morbo ◊ **~ *de abstinencia*** (*droga*) sindrome da astinenza; **~ *de Down*** morbo di Down; **~ *de inmunodeficiencia adquirida (SIDA)*** sindrome da immunodeficienza acquisita (Aids); **~ *de Parkinson*** morbo di Parkinson
sinecura *f relig* sinecura
sinedrio *m hist* sinedrio
sinéresis *f inv ling/lit* sineresi
sinergia *f* sinergia, sinergismo *m*
sinfín *m* infinità *f inv*
sinfonía *f mús* sinfonia
sinfónicla *f mús* orchestra sinfonica; **~o, -a** *adj mús* sinfonico, -a
sinfonismo *m mús*

sing|ladura *f nav* navigazione giornaliera; **~r** *vi nav* far rotta, navigare
single ['singel] *m* 1. *mús* 45 giri; 2. *sport* (*tenis*) single
singular 1. *adj ling* singolare, unico, -a, particolare; singolare, strano, -a, bizzarro, -a; **2.** *m* singolare; **~idad** *f* singolarità *inv*; **~izar** ‹*singularicé*› **1.** *vt* 1. distinguere; 2. *ling* ridurre al singolare; **2. ~se** distinguersi
sinhueso: la ~ *f coloq* la lingua
siniestr|ado, -a *adj/s* sinistrato, -a; **~alidad** *f* sinistrosità *inv*; **~o, -a** *adj/m* sinistro, -a
sinistrorso, -a *adj* sinistrorso, -a
sinnúmero *m* infinità *f inv*
sino 1. *m* destino, fato, fatalità *f inv*; **2.** *conj* ma, *bensì* ***no vino Juan ~ Pablo*** non è venuto Giovani ni, bensì Paolo; se non, tranne, fuorché, altro; ***nadie ~ él puede hacerlo*** *nessuno tranne lui può farlo*; ***no te pido sino que me oigas*** *non ti chiedo altro che mi ascolti/di ascoltarmi, ti chiedo solo che mi ascolti/che ascoltarmi* ◊ ***~ que*** solo che; **~dal** *adj* sinodale, sinodiale
sinódico, -a *adj astron* sinodico, -a
sínodo *m relig* sinodo
sinología *f* sinologia
sinólogo, -a *adj* sinologo, -a
sinonimia *f ling* sinonimia
sinónimo, -a *adj/m ling* sinonimo, -a
sinopsis *f inv* sinossi
sinóptico, -a *adj* sinottico, -a
sinovi|a *f med* sinovia; **~al** *adj med* sinoviale; **~tis** *f inv med* sinovite *f*
sinrazón *f* torto *m*
sinsabor *m* 1. dispiacere, disgusto; 2. (*sabor*) insipidità *f inv*
sintáctico, -a *adj* sintattico, -a
sintagm|a *m ling* sintagma; **~ático, -a** *adj ling* sintagmatico, -a
sintaxis *f inv ling* sintassi
sinteriz|ación *f metal* sinterizzazione; **~ar** ‹*sintericé*› *vt metal* sinterizzare
síntesis *f inv* sintesi
sintético, -a *adj* sintetico, -a
sintetismo *m* sintetismo
sintetiz|ador, -a *adj/m mús* sintetizzatore, -trice; **~ar** ‹*sinteticé*› *vt* sintetizzare
sintió V. **sentir**
sinto|ísmo *m relig* scintoismo, shintoismo*; **~ísta** *adj/s* scintoista
síntoma *m* sintomo (!)
sintomático, -a *adj* sintomatico, -a
sintomatología *f med* sintomatologia
sintonía *f* 1. *fís tamb. fig* sintonia; 2. *TV* sigla
sintoniz|ación *f* sintonizzazione; **~ador, -a** *adj/m tecn* sintonizzatore, -trice; **~ar** ‹*sintonicé*› *vt fís tamb. fig* sintonizzare; ***sintoniza Radio Valencia*** *sintonizza Radio Valenza*
sinuos|idad *f* sinuosità *inv*, tortuosità *inv*; **~o, -a** *adj* sinuoso, -a, tortuoso, -a
sinusitis *f inv med* sinusite *f*
sinusoid|al *adj mat/fís* sinusoidale; **~e** *f mat* sinusoide
sinvergonzón V. **sinvergüenza**
sinvergüen|cería *f* sfacciataggine; **~za** (*var.* **sinvergonzón, -ona**) *adj/s* sfacciato, -a, faccia tosta *f*, svergognato, -a
sionis|mo *m pol* sionismo; **~ta** *m/f pol* sionista
siquiatr|a *adj/s* psichiatra; **~ía** *f* psichiatria
síquico, -a *adj* psichico, -a
siquiera (*var.* **siquier** *ant*) **1.** *conj elev* anche se; ***hazme este favor, ~ sea el último*** *fammi questo favore anche se è l'ultimo*; o; **~ *venga, ~ no venga*** *venga o non venga*; **2.** *adv* almeno, per lo meno; ***dame u-c ~*** *dammi almeno qualcosa*; neppure, nemmeno; ***no tengo un euro ~*** *non ho nemmeno un euro* ◊ ***ni (tan) ~*** nemmeno
siren|a *f mitol/tecn* sirena; **~ios** *mpl zool* sirenidi, sireni
sirga *f nav* rimorchio *m*, cavo *m* ◊ ***a la ~*** a rimorchio
Siria *f geogr* Siria
siriaco, -a *adj/s* siriaco, -a
sirimiri *m reg* pioggerella *f*
siringa *f* 1. *mús/mitol* siringa; 2. *bot* hevea; caucciù *m inv*
sirio, -a *adj/s* siriano, -a
sirla *f jerga delinc* scippo (con coltello) *m*
siroco *m* 1. *geogr* scirocco; 2. *jerga* (*droga*) viaggio
sirope *m* sciroppo
sirte *f nav* sirte
sirvient|a *f* domestica, cameriera; **~e** *m* domestico, cameriere
sirvió, sirvo V. **servir**
sisa *f* 1. *coloq/fig* cresta; 2. (*manga*) giromanica *m*; **~l** *m txtl* sisal; **~r** *vt* 1. fare la cresta (sulla spesa) *vi*; 2. ritagliare il giromanica *vi*
sisel|ar *vi* sibilare; **~o** *m* sibilo
sísmico, -a *adj* sismico, -a
sismografía *f* sismografia
sismogr|áfico, -a *adj* sismografico, -a
sismógrafo *m tecn* sismografo
sismograma *f* sismogramma
sismología *f* sismologia
sismólogo, -a *m/f* sismologo, -a
sisón *m zool* gallina prataiola *f*
sistem|a *m* sistema ◊ ***por ~*** sistematicamente, in modo sistematico; **~aticidad** *f* sistematicità *inv*, metodicità *inv*; **~ático, -a** *adj* sistematico, -a
sistematiz|ación *f* sistematizzazione; **~ar** ‹*sistematicé*› *vt* sistematizzare
sistémico, -a *adj* sistemico, -a
sistemista *m/f informát* sistemista
sístole *f ling/med* sistole
sistro *m mús* sistro
sitar *m mús* sitar *inv*
sitiar ‹*sitio*› V. 1 *vt mil* assediare
sitio *m* 1. luogo, posto; *ant* posto di villeggiatura; 2. *Cuba* podere; 3. *mil* assedio ◊ ***dejar (a alg) en el ~*** *coloq* lasciar morto (q) sul posto; ***esta-***

do de ~ stato di assedio, legge marziale; ***hacer*** ~ far posto; ***ir de un ~ a otro*** andare da un posto all'altro; ***poner (a alg) en su*** ~ mettere (q) a posto; ***quedarse en el*** ~ *coloq* morire sul colpo

sito, -a *adj adm* sito, -a, situato, -a

situa|ción *f* situazione, posizione, stato *m*; *com* situazione ◊ ~ ***anímica*** stato d'animo; ~ ***económica*** posizione economica; **~do, -a** *adj* situato, -a, collocato, -a ◊ ***bien*** ~ ben collocato; **~r** ‹*sitúo*› V. 4 **1.** *vt* 1. situare, collocare, porre; 2. *com* versare; **2. ~se** sistemarsi, collocarsi bene

skai V. **skay**

skateboard ['skejt bord] *m* skateboard* *inv*

skating [es'kejtin] *m* skating* *inv*

skay [es'kaj] (*var.* **skai®**) *m* skay*

skeet [es'kit] *m sport* skeet* *inv*

sketch [es'ketʃ] *m* sketch* *inv*

skinhead [es'kinχed] *m/f* skinhead* *inv*

s.l. (*sin lugar*) *abr* s.l. (senza luogo)

S.L. (*Sociedad Limitada*) *abr* S.r.l. (Società a responsabilità limitata)

slálom [es'lalom] *m sport* slalom *inv*

slang [es'lang] *m* slang *inv*

slip [es'lip] *m* (*hombres*) slip *inv*

s.l.n.a. (*sin lugar ni año*) *abr* s.l.n.d. (senza luogo, né data)

S.M. (*Su Majestad*) *abr* S.M. (Sua Maestà)

smash [es'maʃ, es'matʃ] *m sport* smash* *inv*, schiacciata *f*

SME (*Sistema Monetario Europeo*) *abr/m* S.M.E. (Sistema Monetario Europeo)

SMI (*Salario Mínimo Interprofesional*) *abr/m* salario base

smog [es'mog] *m* smog* *inv*

smoking [es'mokin] *m* smoking* *inv*

SMS (*Short Message Service*) *abr/m telec* Sms

s.n. (*var.* **s/n.**) (*sin número*) *abr* s.n. (senza numero)

snack-bar [es'nak 'bar] *m* snack-bar* *inv*

SNM (*sobre el nivel del mar*) *abr* s.l.m. (sul livello del mare)

so *prep elev* sotto ◊ ***¡~ bruto!/¡~ animal!*** *excl desp* pezzo d'animale!; ~ ***pena de*** a/sotto pena di

SO (*Suroeste*) *abr* SO (Sud-Ovest)

soba *f* manipolazione; *coloq* bastonata ◊ ***darse una*** ~ farsi una sfacchinata; **~co** *m* ascella *f*; **~do, -a 1.** *adj* 1. (*frase, vestido*) molto usato, -a; 2. soffice; 3. *Col* difficile; **2.** *m gastr* ="dolce soffice a base di molto olio o burro"; **~quera** *f* sottoascella; **~quina** *f* sudore delle ascelle *m*; **~r** *vt* 1. (*masa*) impastare; 2. palpare, toccare; 3. *fig* dare una bastonata, picchiare; 4. *fig* seccare, infastidire; 5. *Am fig* adulare

soberan|ía *f pol* sovranità *inv*; dominio *m*, supremazia; **~o, -a 1.** *adj/s* sovrano, -a; **2.** *adj* superiore

soberbi|a *f* superbia; **~o, -a** *adj* superbo, -a

sobón, -ona *adj/s coloq/desp* appiccicoso, -a, pomicione, -a; scansafatiche *inv*

soborn|ar *vt* subornare, corrompere; **~o** *m* subornazione *f*; regalo, bustarella *f*; *pol* tangente *f*

sobra 1. *f* eccesso *m*, avanzo *m*; **2.** *fpl* avanzi *mpl*, resti *mpl* ◊ ***estar de*** ~ essere di troppo; ***tengo motivos de ~ para...*** ho motivi più che sufficienti per...; **~do, -a** *adj* sufficiente, abbondante ◊ ***está ~ de amistades*** gli avanzano amicizie; ***parece que no anda muy*** ~ sembra che non abbia troppi mezzi; **~nte** *adj* superfluo, -a, di troppo ◊ ***lo*** ~ il di più; **~r** *vi* avanzare, essere superfluo; **~sada** *f* ="salume tipico (Mallorca)" *m*

sobre 1. *prep* 1. su, sopra; ***el libro está ~ la mesa*** *il libro è sul tavolo*; ***vino ~ nosotros una lluvia de piedras*** *cadde su/sopra di noi una pioggia di pietre*; ***hablar ~ la poesía*** *parlare di poesia*; 2. circa, verso; ***vendré ~ las once*** *verrò verso le undici, alle undici circa*; 3. oltre (a); ***~ las preocupaciones que yo tenía...*** *oltre alle preoccupazioni che avevo...*; **2.** *m* busta (da lettere) *f* ◊ ~ ***todo*** soprattutto; **~abundancia** *f* sovrabbondanza; **~alimentación** *f* superalimentazione; *tecn* sovralimentazione; **~alzado** *m* soprelevazione *f*; **~alzar** ‹*sobrealcé*› *vt* soprelevare; **~carga** *f* sovraccarico *m*, sopraccarico *m*; **~cargar** ‹*sobrecargué*› *vt* sovraccaricare, sopraccaricare; **~cargo** *m nav* incaricato del carico merci; **~cogedor, -a** *adj* sconvolgente; **~coger** ‹*cojo*› *vt* spaventare, intimorire; **~cubierta** *f* sopraccoperta; **~dosis** *f inv* (*droga*) overdose*

sobreentender, sobreentendido V. **sobrentender, sobrentendido**

sobreesdrújulo, -a *adj* bisdrucciolo, -a

sobreexcitación *f* sovreccitazione

sobrefusión *f fís* sovraffusione

sobregirado: estar ~ *vi Am* essere in rosso

sobrehilar *vt* sopraffilare

sobrehumano, -a *adj* sovrumano, -a

sobreimpresión *f cine/TV* sovrastampa

sobrejuanete *m nav* controvelaccio

sobrellevar *vt* sopportare

sobremanera *adv* oltremodo

sobremesa *f* ="tempo di riunione del dopopranzo" *m* ◊ ***de*** ~ da tavola; ***estar de*** ~ chiacchierare dopo pranzo

sobremodo *adv* oltremodo

sobrenatural *adj* soprannaturale

sobrenombre *m* soprannome

sobrentend|er (*var.* **sobreentender**) ‹*entiendo*› V. 6 *vt* sottintendere; **~ido, -a** (*var.* **sobreentendido, -a**) *adj* 1. inespresso, -a *adj/m*; 2. sottinteso, -a

sobreparto *m* puerperio

sobrepasar *vt* oltrepassare, sorpassare

sobrepelliz *f relig* cotta

sobrepeso *m* sovrappeso

sobreponer ‹*pongo; pondré; puse; puesto*› V. 32 **1.** *vt* sovrapporre; **2. ~se** contenersi, dominarsi, reagire *vi*

sobreposición *f* sovrapposizione

sobreprecio *m* soprapprezzo, sovrapprezzo

sobreproducción *f* sovrapproduzione
sobreprotegido V. **hiperprotegido**
sobrepuesto, -a *adj* sovrapposto, -a
sobrepuja|nza *f* vigore *m*; **~r** *vt* superare, sorpassare
sobrero, -a 1. *adj* superfluo, -a; **2.** *m taur* toro di riserva
sobresali|ente 1. *adj* eminente, eccellente, superiore; **2.** *m estud* ottimo, eccellente; **~r** ‹*salgo; salió; saliendo*› V. 38 *vi* emergere, distinguersi
sobresalt|ar 1. *vt* spaventare; **2.** *vi* risaltare; **~o** *m* sobbalzo, spavento
sobresaturación *f* sovrassaturazione
sobresele|r *vt* 1. *jur* (*temporal*) soprassedere, sospendere; 2. *jur* archiviare; **~imiento** *m jur* archiviazione *f*, sospensione *f*; *jur* (*provisional*) rinvio
sobrestadía *f com* controstallia
sobrestante *adj* soprastante
sobresueldo *m* soprappaga *f*, compenso extra
sobretasa *f* soprattassa
sobretodo *m* (*hoy raro*) soprabito
sobrevalor|ación *f* sopravvalutazione; **~ar** *vt* sopravvalutare
sobreveni|da *f* venuta improvvisa; **~r** ‹*vengo, vienes; vendré; vine; viniendo*› V. 41 *vi* sopravvenire, succedere, avvenire
sobreventa *f aero/com* overbooking* *inv*
sobreviv|iente V. **superviviente**; **~r** *vi* sopravvivere
sobrevolar *vt aero* sorvolare, trasvolare
sobriedad *f* sobrietà *inv*, moderazione
sobrin|a *f* nipote; **~o** *m* nipote ◊ **~ *segundo*** cugino di secondo grado; **~ *nieto*** nipote del fratello o della sorella
sobrio, -a *adj* sobrio, -a, parco, -a
Soc. (*Sociedad*) *abr* Soc. (Società)
socaire *m nav* banda di sottovento *f* ◊ ***al ~*** *fig* al riparo di; ***estar al ~*** fare il poltrone
socarr|ar *vt* bruciacchiare; **~ina** *f* bruciacchiatura; **~ón, -ona** *adj/s* furbacchione, -a, volpone, -a; **~onería** *f* astuzia, furberia, scaltrezza
socav|ar *vt* scavare; *fig* buttar giù; **~ón** *m* scavo, galleria *f*; fosso
socia|bilidad *f* sociabilità *inv*, socievolezza; **~ble** *adj* socievole, sociabile
social 1. *adj* sociale; **2.** *f hist* (*policía franquista*) Brigata Politico-sociale
socialdem|ocracia *f pol* socialdemocrazia; **~ócrata** *adj/s pol* socialdemocratico, -a
socialis|mo *m pol/econ* socialismo; **~ta** *adj/s* socialista
socializ|ación *f* socializzazione; **~ar** ‹*socialicé*› *vt* socializzare
sociedad *f* società *inv* ◊ **~ *de responsabilidad limitada*** società a responsabilità limitata; **~ *del bienestar*** società del benessere; **~ *en comandita*** società in accomandita; **~ *fantasma*** società fantasma; **~ *inmobiliaria*** società immobiliare; **~ *mercantil*** società commerciale; ***alta* ~** alta società
socio, -a *m/f* 1. socio, -a; 2. *fig* compagno, -a; 3. *coloq/desp* tizio, -a; **~cultural** *adj* socioculturale; **~económico, -a** *adj* socioeconomico, -a; **~lingüista** *m/f* sociolinguista; **~lingüística** *f* sociolinguistica; **~logía** *f* sociologia; **~lógico, -a** *adj* sociologico, -a
sociólogo, -a *adj/s* sociologo, -a
socorr|er *vt* soccorrere, aiutare; **~ismo** *m* pronto soccorso; **~ista** *m/f* soccorritore, -trice; volontario, -a della Croce Rossa; **~o 1.** *m* soccorso, aiuto; *elev* ausilio; **2.** *excl* aiuto!
socrático, -a *adj* socratico, -a, di Socrate
soda *f* soda; acqua di Seltz; **~licio** *m elev* sodalizio
sódico, -a *adj* sodico, -a
sodio *m quím* sodio
sodom|ía *f* sodomia; **~ita** *adj/m* sodomita; **~ización** *f* sodomizzazione; **~izar** ‹*sodomicé*› *vt* sodomizzare
soez *adj* grossolano, -a, villano, -a
sofá *m* divano, sofà *inv* ◊ ***~-cama*** divano letto
soffione *m geol* soffione
sofis|ma *m* sofisma; **~ta** *adj/s* sofista
sofistic|ación *f* sofisticazione; **~ado, -a** *adj* sofisticato, -a; **~ar** ‹*sofistiqué*› *vt/i* sofisticare
sofístico, -a *adj* sofistico, -a
soflama *f* invettiva; **~r** *vt* abbruciacchiare
sofoca|ción *f* soffocamento *m*, soffocazione; **~miento** *m* soffocamento, soffocazione *f*; **~nte** *adj* soffocante; **~r** ‹*sofoqué*› *vt* soffocare
sofoc|o *m* soffocamento; *fig* sgomento, dispiacere; *med* caldana *f*, calore; **~ón** *m coloq/fig* colpo
sofreír ‹*frío; frito*› V. 34 *vt gastr* soffriggere
sofrito, -a *adj/m gastr* soffritto, -a
sofro|logía *f med* sofrologia; **~nización** *f med* sofronizzazione
software ['sofwer] *m informát* software *inv*
soga *f* corda, fune ◊ ***con la ~ al cuello*** con la corda al collo; ***hablar de la ~ en casa del ahorcado*** parlare di corda in casa dell'impiccato
sois V. **ser**
soja *f bot* soia
sojuzgar ‹*sojuzgué*› *vt* soggiogare, sottomettere
sol *m* 1. *astron* sole; 2. *fig* sole, tesoro; ***este niño es un ~*** *questo bambino è bello come il sole/è un tesoro*; 3. (*moneda*) sol; 4. *mús* sol; 5. *quím* sol ◊ **~ *de las Indias*** girasole; **~ *de medianoche*** sole di mezzanotte; **~ *naciente, poniente*** sole levante, calante; ***al caer el ~*** al tramonto; ***arrimarse al ~ que más calienta*** ="stare sempre al lato del potere"; ***de ~ a ~*** dall'alba al tramonto; ***no dejar (a alg) ni a ~ ni a sombra*** stare sempre alle costole (di q); ***la puesta del ~*** il tramonto; ***reloj de ~*** meridiana *f*, orologio solare; ***tomar el ~*** prendere il sole; ***zona/área de ~*** *sport/taur* zona al sole
solamente *adv* solamente, soltanto, solo
solan|a *f* solatio *m*; terrazzo a solatio *m*, solarium *m inv*; **~ácea** *adj/f bot* solanacea; **~ina** *f quím* solanina; **~o** *m* 1. *meteo* vento di levante; 2. *bot* erba mora *f*

solapa *f* risvolto *m*; **~do, -a** *adj* mascherato, -a, coperto, -a, nascosto, -a; **~r** *vt* 1. coprire, nascondere, mascherare; 2. mettere i risvolti a un vestito

solar 1. *adj* solare; **2.** *m* 1. terreno (edificable); 2. suolo (nativo); 3. casato, lignaggio

solar ‹*suelo*› V. 9a *vt* 1. pavimentare; 2. (*zapatos*) risuolare; **~iego, -a** *adj* antico, -a, nobile

solárium *m* solarium *inv*

solarizlación *f foto* solarizzazione; **~ar** ‹*solaricé*› *vt tecn/foto* solarizzare

solaz *m elev* sollazzo, divertimento, svago, spasso; **~ar** ‹*solacé*› *vt* sollazzare, divertire, trastullare

soldadla *f mil* soldo *m*, paga; **~esca** *f desp* soldatesca; **~esco, -a** *adj desp* soldatesco, -a; **~o** *m/f mil tamb. fig* soldato ◊ **~ *raso*** soldato semplice; ***mujer*** **~** soldatessa, soldato; **~or, -a** *adj/s* saldatore, -trice; **~ora** *f tecn* saldatrice; **~ura** *f tecn tamb. fig* saldatura ◊ **~ *autógena*** saldatura autogena

soldar *vt tecn* saldare; *fig* aggiustare

solelado, -a *adj* soleggiato, -a; **~ar** *vt* soleggiare; **~cismo** *m ling* solecismo; **~dad** *f* 1. solitudine; 2. *elev* luogo isolato *m*

solemnle *adj* solenne; **~idad** *f* solennità *inv*; **~izar** ‹*solemnicé*› *vt* solennizzare, celebrare con solennità

solenoide *m electr* solenoide

soler ‹*suelo*› V. 9a *vi* solere, essere solito, avere l'abitudine di; ***suelen venir*** *sono soliti venire*; ***suele decirse*** *si suol dire*; **~a** *f* 1. *tecn* (*madera*) trave; 2. *tecn* base di pilastro; 3. piano base del forno *m* ◊ ***de*** **~** *fig* antico, nobile; ***vino de*** **~** vino vecchio

soletilla *f gastr* ="biscotto sottile tipo lingua di gatto" *m*

solfa *f mús tamb. fig* solfa ◊ ***poner (u-c) en*** **~** *coloq/fig* mettere in ridicolo; **~tara** *f geol* solfatara

solfelar *vt/i mús* solfeggiare; *fig* dare una bastonata *vi*; **~o** *m mús* solfeggio

solicitlación *f* richiesta; *adm* sollecito *m*; *fís* sollecitazione; **~ante** *adj/s* richiedente; **~ar** *vt* 1. *adm* richiedere, chiedere; 2. chiedere la mano *vi* (**a alg** di q); 3. *fís* sollecitare; 4. sollecitare, chiamare con insistenza

solícito, -a *adj* sollecito, -a, premuroso, -a

solicitud *f* 1. *adm* domanda, istanza, richiesta, sollecito *m*; 2. sollecitudine, premura ◊ ***presentar una*** **~** fare/inoltrare una domanda, presentare una istanza

solidarildad *f* solidarietà *inv*; **~o, -a** *adj* solidale; **~zarse** ‹*solidaricé*› solidarizzare *vi* (**con** con)

Solidarnosc *m pol/hist* Solidarnosc

solidelo *m relig* zucchetto; **~z** *f* 1. solidità *inv*; 2. *mat* volume *m*

solidificlación *f* solidificazione; **~ar** ‹*solidifiqué*› *vt* solidificare

sólido, -a 1. *adj* solido, -a, resistente; **2.** *m mat* solido

soliloquio *m* soliloquio, monologo

solimán *m quím/hist* sublimato corrosivo

solio *m* soglio, trono

solipsismo *m filos* solipsismo

solista *m/f mús* solista

solitarila *f zool* tenia, verme solitario *m*; **~o, -a 1.** *adj* (*lugar*) solitario, -a, deserto, -a; (*persona*) solitario, -a; **2.** *m* 1. (*naipes, diamante*) solitario; 2. *zool* Bernardo l'eremita, paguro ◊ ***en*** **~** da solo, senza compagnia, in modo solitario

sólito, -a *adj elev* solito, -a (*estánd*), consueto, -a (*estánd*), abituale (*estánd*) ◊ ***de*** **~** abitualmente

solito, -a *adj* solo, -a soletto, -a

soliviantlado, -a *adj* agitato, -a, ribelle; **~ar** *vt* sollevare, ribellare, agitare

sollamar *vt* abbruciacchiare

solleta *f zool* (*pez*) linguattola

sollo *m reg zool* storione; **~zar** ‹*sollocé*› *vi* singhiozzare, piangere; **~zo** *m* singhiozzo

solo, -a 1. *adj* solo, -a, unico, -a; **2.** *m* 1. *mús* solo; 2. (*naipes*) solitario; (*café*) espresso ◊ **~ *que*** solo che, ma, però; ***a ~as*** da soli; ***aunque ~ sea*** anche se è solo; ***con ~ que*** solamente con; ***de ~ a ~*** a tu per tu; ***por sí*** **~** da solo; ***uno*** **~** un caffé espresso

sólo (*var.* **solo**) *adv* solo, soltanto, solamente ◊ ***tan*** **~** solamente

solomillo *m gastr* filetto

solsticilal *adj* solstiziale; **~o** *m astron* solstizio

soltar ‹*suelto*› V. 8a **1.** *vt* 1. (*nudos*) slegare, sciogliere; 2. (*preso*) liberare, lasciar libero; 3. (*cuerda*) lasciar andare, mollare, allentare; **2. ~se** 1. slegarsi; 2. *fig* (*persona*) svegliarsi, acquistare disinvoltura *vi*; 3. cominciare a *vi* ◊ **~ *el rollo*** fare un discorso lungo e noioso; **~ *la pasta*** mollare i quattrini; **~ *sandeces*** dire sciocchezze; **~ *un bofetón*** mollare una sberla; **~ *un estornudo, eructo*** fare/scappare uno starnuto, rutto; **~ *un exabrupto*** *coloq* dirne una grossa; **~ *un pedo*** scoreggiare, fare una scoreggia; **~ *un taco*** dire una parolaccia; **~ *una maldición*** lanciare una maledizione; ***~se el vientre*** avere la diarrea/sciolta; ***~se los puntos de una media*** smagliarsi la calza; ***~se los puntos*** scappare i punti

solterla *adj/f* nubile, single* *inv*; *desp* zitella; **~ía** *f* celibato *m*; **~o** *adj/m* celibe, scapolo, single* *inv* (*raro*); **~ón** *adj/m* scapolone *m*; **~ona** *adj/f desp* zitellona *f*

soltura *f* 1. scioglimento *m*; 2. (*movimientos, palabra*) scioltezza; 3. *Col* diarrea

solulbilidad *f* solubilità *inv*; **~ble** *adj* solubile

solucilón *f* 1. *cient tamb. fig* soluzione; 2. *teat* scioglimento *m* ◊ **~ *de continuidad*** soluzione di continuità; **~ *de un problema, de una incógnita*** (ri)soluzione di un problema, di un'equazione a un'incognita; ***no hay otra*** **~** non c'è altra soluzione; **~onar** *vt* risolvere

solvenlcia *f com* solvibilità *inv*, solvenza ◊ ***certificado de*** **~** *Ven* certificato di pagamento tasse; **~tar** *vt com* liquidare, pagare; risolvere; **~te 1.**

adj solvente, solvibile; **2.** *m quím* solvente ◊ ***cliente ~*** cliente solvibile
Somalia *f* Somalia
somalo, -a *adj/s* somalo, -a
somanta *f coloq* bastonata
somatén *m* 1. *hist* ="milizia della Catalogna"; 2. allarme ◊ ***a ~*** a stormo
somático, -a *adj* somatico, -a
sombra *f* 1. ombra; 2. (*noche*) oscurità *inv*, tenebre *fpl*; 3. *fig* galera, prigione ◊ ***~ de ojos*** ombretto; ***~s chinescas*** ombre cinesi; ***a la ~*** all'ombra; *coloq/fig* in gattabuia, in prigione; ***a la ~ de*** sotto l'ombra di; ***dar/hacer ~*** fare ombra; ***hacerle ~ (a alg)*** fare ombra (a q); ***no fiarse ni de su ~*** non fidarsi neanche di sua madre; ***sin ~ de duda*** senz'ombra di dubbio; ***tener buena ~*** essere grazioso; ***tener mala ~*** *coloq/desp* essere un disgraziato; non aver grazia; ***tener miedo de su ~*** aver paura della propria ombra
sombrelado *m arte* (*pintura*) ombreggiatura *f*, sfumatura *f*; **~ar** *vt* 1. *arte* (*pintura*) ombreggiare, sfumare; 2. *fig* fare ombra a *vi*; **~rera** *f* 1. (*caja*) cappelliera; 2. (*persona*) cappellaia; **~rería** *f* cappelleria; **~rero** *m* cappellaio; **~ro** *m* cappello ◊ ***~ canotier*** paglietta; ***~ chambergo*** cappello alla moschettiera; ***~ de copa/de chistera*** cappello a cilindro; ***~ de tres picos*** tricorno; ***~ hongo*** bombetta; ***quitarse el ~*** *tamb. fig* cavarsi il cappello, fare tanto di cappello
sombrilla *f* (*playa*) ombrellone *m*; (*mujer*) ombrellino *m*
sombrío, -a *adj* 1. *tamb. fig* (*lugar*) ombroso, -a; 2. (*cielo*) oscuro, -a, fosco, -a; 3. (*voz*) cupo, -a; 4. (*cara*) tetro, -a, malinconico, -a
someramente *adv* per sommi capi
somero, -a *adj* sommario, -a, superficiale
sometler *vt* sottomettere, sottoporre; **~imiento** *m* sottomissione *f*
somier *m* (*cama*) sommier* *inv*, rete *f*
somnambulismo V. **sonambulismo**
somnífero *m farma* sonnifero
somnollencia *f* sonnolenza, torpore *m*; **~iento, -a** *adj* sonnolento, -a
somos V. **ser**
son (*pl* **sones**) *m* suono; *coloq* rumore ◊ ***¿a ~ de qué?*** per quale motivo?, e perché?; ***bailar (alg) al ~ que le tocan*** come mi suoni, commare ti ballo; ***en ~ de guerra, de paz*** con l'intenzione di guerra, della pace; ***sin ton ni ~*** senza senso
sonado, -a *adj* 1. famoso, -a, rinomato, -a; 2. *sport tamb. fig* suonato, -a ◊ ***hacer una que sea ~a*** farne una grossa
sonajla 1. *f* sonaglio *m*; **2.** *fpl mús* sonagliere *m*; **~ero** *m* sonaglino
sonambulismo *m* sonnambulismo
sonámbulo, -a *adj/s* sonnambulo, -a
sonante *adj/f* sonante ◊ ***contante y ~*** in contanti, con denaro sonante
sonar ‹*sueno*› V. 8a **1.** *vi* 1. suonare, sonare; 2. udirsi; **2. ~se** soffiarsi il naso ◊ ***~ a*** *fig* sembrare, aver l'aspetto di; ***¡así como suena!*** Sì, proprio così!; ***no me suena este nombre*** non ricordo questo nome; ***tu última hora ha sonado*** la tua ultima ora è scoccata
sonatla *f mús* sonata; **~ina** *f mús* sonatina
sonda *f* 1. *cient* sonda; 2. *nav* scandaglio *m* ◊ ***globo ~*** pallone sonda; **~r** V. **sondear**
sondelador, -a *m/f* sondaggista; **~ar** (*var.* **sondar**) *vt* 1. *cient tamb. fig* sondare; 2. *nav* scandagliare; **~o** *m tecn/period* sondaggio ◊ ***~ de opinión*** sondaggio di opinione
sondista *adj/s tecn* sondatore, -trice
soneto *m lit* sonetto
sonido *m* 1. *tecn/ling tamb. fig* suono; 2. *fig* rumore ◊ ***barrera del ~*** muro del suono; ***ingeniero de ~*** ingegnere del suono
sonoboya *f nav* boa acustica
sonómetro *m tecn* sonometro
sonorildad *f* sonorità *inv*; **~zación** *f* sonorizzazione; **~zar** ‹*sonoricé*› *vt cine/ling* sonorizzare
sonoro, -a *adj* sonoro, -a ◊ ***banda ~a*** colonna sonora, banda sonora
sonreír ‹*río; rió; reído; riendo*› V. 34 *vi* sorridere
sonriente *adj* sorridente
sonrisa *f* sorriso *m*; ***~ amarga, triste*** *sorriso amaro, mesto* ◊ ***con la mejor de sus ~s*** *irón* con un sorriso meraviglioso
sonrojlar 1. *vt* far arrossire; **2. ~se** arrossire *vi*, diventar rosso *vi*; **~o** *m* rossore, vergogna *f*; cosa da far vergognare *f*
sonrosado, -a *adj* roseo, -a
sonsacar ‹*sonsaqué*› *vt* cavare, togliere
sonsonete *m* musichetta (ripetitiva) *f*
soñaldor, -a *adj/s* sognatore, -trice; *irón* illuso, -a; **~r** ‹*sueño*› V. 8a *vt/i* sognare ◊ ***~ con alg/con uc*** sognare q/qc; ***~ despierto*** sognare ad occhi aperti; ***ni ~lo/ni lo sueñes*** neanche per sogno; **~rrera** *f coloq* sonno pesante *m*
soñoliento, -a *adj* sonnolento, -a
sopa *f* 1. *gastr* zuppa; ***~ de pescado, de verduras*** *zuppa di pesce, di verdura*; 2. *gastr* pastina in brodo, minestra in brodo; 3. *gastr* pezzo di pane inzuppato *m* ◊ ***~ boba*** *hist* ="minestra di un istituto di beneficenza o di un convento"; ***comer la ~ boba*** mangiare alle spalle di q; ***~ de fideos*** pastina in brodo, capelli d'angelo rotti in brodo; ***hasta en la ~*** dappertutto come il prezzemolo; ***hecho una ~*** tutto inzuppato; ***ser un ~s*** essere una pappa molle; **~po** *m coloq* schiaffo; manrovescio
sopelra *f* zuppiera; **~ro, -a** *adj* fondo, -a ◊ ***plato ~*** piatto fondo; **~sar** *vt* soppesare; **~tón** *m* crostino; *fig* schiaffone ◊ ***de ~*** all'improvviso, d'improvviso, di punto in bianco
soplaldo, -a 1. *m* soffiatura *f*; **2.** 1. *coloq* impettito, -a *adj*; 2. *coloq* ubriaco, -a; **~dor, -a 1.** *adj/s tecn* soffiatore, -trice; **2.** *m* 1. soffietto; 2. *Ecu/Guat teat* suggeritore; **~dura** *f* soffiatura; **~mocos** *m inv coloq* schiaffone *m*; **~r 1.** *vi* 1.

(*viento, aire*) soffiare; 2. *coloq* (*alcohol*) bere molto; **2.** *vt* 1. soffiare; 2. *fig* rubare, 3. soffiare; soffiare, fare una soffiata *vi*, fare la spia *vi*; **3. ~se** papparsi, tracannare
soplete *m tecn* soffietto
soplildo *m* soffiata *f*; **~llo** *m* sventola *f*, ventola *f*
soplo *m* 1. soffio; 2. *jerga delinc* soffiata *f*, dritta *f* ◊ ~ ***en el corazón*** *med* soffio al cuore; ***en un*** ~ in un soffio, in un lampo; ***ir con el*** ~ andare con pettegolezzi *coloq/desp*
soplón, -ona *m/f* spione, -a
soponcio *m coloq* colpo, dispiacere
sopor *m* sopore, sonnolenza *f*; **~ífero, -a** *adj* soporifero, -a
soportalble *adj* sopportabile, tollerabile; **~l 1.** *m* atrio; **2.** *mpl* portici, porticato *m*; **~libros** *m* reggilibro; **~r** *vt* (*pena*) sopportare, tollerare; sostenere
soporte *m tecn informát* supporto; piastra di montaggio *f*, piastra di supporto *f*; sostegno, appoggio; sussidio
soprano 1. *m mús* voce di soprano *f*; **2.** *f* (*cantante*) soprano *f/m* (!)
sor *f relig* suora; ~ ***Teresa*** *suor Teresa*
sorber *vt* 1. sorbire, assorbire, succhiare; 2. *fig* assorbire, bere
sorbetle *m gastr* sorbetto ◊ ***quedarse como un*** ~ ghiacciarsi; **~ón** *m* gran sorso
sorbo *m* sorso ◊ ***a ~s*** a piccoli/grandi sorsi; a sorso a sorso
sordera *f* sordità *inv*, sordaggine
sordidez *f* squallore *m*, sordidezza
sórdido, -a *adj* sordido, -a
sordina *f mús* sordina ◊ ***con*** ~ in/alla sordina
sordo, -a *adj/s* sordo, -a ◊ ***a la ~a/a lo ~/a ~as*** in sordina, alla chetichella; ***hacerse el*** ~ fare il sordo; ***no hay peor ~ que el que no quiere oír*** non c'è peggior sordo di chi non vuol sentire; ***ruido*** ~ rumore sordo; **~mudez** *f* sordomutismo *m*; **~mudo, -a** *adj/s* sordomuto, -a
sorgo *m bot* sorgo, saggina *f*
sorna *f* 1. beffa, canzonatura; 2. flemma, lentezza ◊ ***hablar con*** ~ parlare con tono canzonatorio
sorochlarse *Am Mer* soffrire il mal di montagna *vi*; **~e** *m Am Mer* mal di montagna
sorprendlente *adj* sorprendente; **~er** *vt* sorprendere, stupire, meravigliare; sorprendere, cogliere all'improvviso; ***nos sorprendió fumando*** *ci ha sorpresi a fumare*
sorpresa *f* sorpresa, stupore *m*, meraviglia ◊ ***dar una*** ~ fare una sorpresa; ***de/por*** ~ di sorpresa
sorpresivo, -a *adj Am* sorprendente
sortelar *vt* sorteggiare; *fig* (*golpe*) schivare; **~o** *m* sorteggio
sortija *f* 1. anello *m*; 2. (*pelo*) ricciolo *m*; 3. gioco dell'anello *m*
sortilegio *m* sortilegio, maleficio
SOS *abr/m* (*llamada de socorro*) SOS (segnale di soccorso)
sosa *f quím* soda ◊ ~ ***cáustica*** soda caustica
soselgado, -a *adj* tranquillo, -a, calmo, -a; **~gar** ‹*sosiego; sosegué*› V. 5a **1.** *vt* calmare, rasserenare; **2. ~se** riposarsi, star fermo *vi*
soserlas *adj/s inv coloq* insipido, -a *adj/s*; **~ía** *f* insulsaggine, balordaggine; scipitezza
sosias (*var.* **sosia**) *m/f inv* sosia
sosiego *m* calma *f*, serenità *f inv*, tranquillità *f inv*
soslaylar *vt* 1. mettere di sbieco; 2. *fig* schivare; **~o, -a** *adj* obliquo, -a, inclinato, -a ◊ ***al ~/de ~*** *adv* di sbieco; *adv tamb. fig* di striscio
soso, -a *adj gastr fig* insipido, -a
sospechla *f* sospetto *m* (!); **~ar 1.** *vt* sospettare, dubitare; **2.** *vi* sospettare (**de** di), dubitare (**de** di); **~oso, -a 1.** *adj/s* sospettoso, -a; **2.** *adj* sospetto, -a; ***lugar*** ~ *luogo sospetto*; ***persona, conducta ~a*** *persona, condotta sospetta*
sostén *m* 1. sostegno, appoggio, base *f*; 2. (*lencería de mujer*) reggiseno, reggipetto
sosteneldor, -a *adj/s* propugnatore, -trice; **~r** ‹*tengo; tendré; tuve*› *vt* (*un peso, fig*) sostenere, reggere; (*opinión*) sostenere, difendere; (*conversación*) mantenere
sostenilble *adj* sostenibile; **~do, -a 1.** *adj* sostenuto, -a; **2.** *m mús* diesis ◊ ***doble*** ~ doppio diesis; **~miento** *m* sostenimento, sostegno; *fig* sostento
sota *f* 1. (*naipes*) fante *m*; 2. (*mujer*) sfacciata; prostituta; **~barba** *f* barba alla Cavour; *fig* doppio mento *m*; **~mano** *m sport* lancio della palla dal basso
sotana *f relig* sottana, veste talare
sótano *m* scantinato, cantina *f*
sotavento *m nav* sottovento
sotechado *m* tettoia *f*
soterralmiento *m* sotterramento; **~r** ‹*sotierro*› V. 5a *vt* sotterrare, seppellire
soto *m* (*río*) boschetto; (*monte*) boscaglia *f*; **~bosque** *m* sottobosco
souflé [su'fle] (*var.* **soufflé**) *adj/m* soufflé* *inv*
souvenir [sube'nir] *m* souvenir* *inv*, ricordino
soviet ['sobjet] *m* soviet *inv*
soviético, -a *adj/s hist* sovietico, -a
sovietólogo, -a *m/f pol* sovietologo, -a
soy V. **ser**
soya *f Am bot* soia
SP (*Servicio Público*) *abr* SP (Servizio Pubblico)
spaghetti-western [espa'geti 'western] *m* western* all'italiana *inv*
spam [es'pam] *m informát* spam *inv*
sparring partner [es'parin 'parner] (*var.* **sparring**) *m sport* (*boxeo*) sparring partner* *inv*
speaker [es'piker] *m* speaker *inv*
speed [es'pid] *m jerga drog* speed* *inv*
spider [es'pider] *m auto* spider* *inv*
spinto, -a *adj mús* spinto, -a
sponsor [es'ponsor] *m* sponsor *inv*
sport [es'port] *m* sport *inv* ◊ ***ir de*** ~ vestire sportivo; ***ropa de*** ~ abbigliamento sportivo
spot [es'pot] *m TV* spot *inv*
spray [es'praj] *m* spray *inv*
sprint [es'prin] *m sport* sprint *inv*

spútnik [es'putnik] *m aero* sputnik *inv*
squash [es'kwas, es'kwaʃ] *m sport* squash* *inv*
squatter V. **okupa**
Sr. (*pl* **Sres.**, **Srs.**) (*Señor, Señores*) *abr* Sig. (Signore), Sig.ri (Signori) *mpl*
Sra. (*pl* **Sras.**) (*Señora, Señoras*) *abr* Sig.ra (Signora) *f*, Sig.re (Signore) *fpl*
Srta. (*pl* **Srtas.**) (*Señorita*) *abr* Sig.na (Signorina)
S.S. (*Su Santidad*) *abr* S.S. (Sua Santità)
SS. (*Seguridad Social*) *abr* 1. PS (Previdenza sociale; 2. (*Su Señoría*) V.S. (Vostra Signoria)
ss. (*siglos*) *abr* 1. secc (secoli); 2. (*siguientes*) ss (seguenti)
SSª. (*Su Señoría*) *abr* V.S. (Vostra Signoria)
staff [es'taf] *m* staff *inv*
stage [es'taʒ] *m estud/econ* stage* *inv*
stagflación [estagfla'θjon] *f econ* stagflazione
stajanovismo *m econ/pol* stajanovismo
stalinista *adj/s pol/hist* stalinista
stand [es'tan] *m* stand *inv*; **~ard** [es'tandar] V. **estándar**; **~ing** [es'tandin] *m* standing *inv*, categoria *f* ◊ ***de alto ~*** di lusso
starter [es'tarter] *m auto* starter *inv*
status [es'tatus] *m* status *inv*
STEs (*Intersindical Valenciana*) *m* sindacato nazionalista valenciano ◊ ***STEPV (Treballadores de l'Ensenyament)*** ="sindacato nazionalista valenciano (personale docente)"
stick [es'tik] *m* stick *inv*
Sto. (*f* **Sta.**) (*Santo, Santa*) *abr* Santo, Santa
stock [es'tok] *m com* stock *inv*
stop [es'top] *m* stop *inv*
stopper [es'toper] *m sport* stopper *inv*
strip-tease [es'triptis] (*var.* **striptis**) *m* spogliarello, strip-tease* *inv*
su *adj* suo *adj/m*, sua *adj/f*
Suabia *f geogr* Svevia
suabo, -a *adj/s* svevo, -a
suasorio, -a *adj* suadente
suav|e *adj* soave, dolce; (*tela*) soffice, morbido, -a; **~idad** *f* soavità, morbidezza *inv*; **~ización** *f* ammorbidimento *m*; **~izante** *adj/m* ammorbidente; **~izar** ‹*suavicé*› *vt* soavizzare, rendere soave/morbido; (*tela*) ammorbidire
sub *adj inv sport* under; ***los sub-21*** *gli under-21*
suba *f Am* aumento *m*
subaliment|ación *f* sottoalimentazione; **~ado, -a** *adj* sottoalimentato, -a
subalterno, -a *adj/s* subalterno, -a
subarrenda|r ‹*arriendo*› V. 5a *vt* subaffittare, sublocare; **~tario, -a** *m/f* subaffittuario, -a, sublocatario, -a
subarriendo *m* subaffitto, sublocazione *f*
subasta *f* 1. asta, incanto *m*; *jur* subasta; 2. *adm* appalto *m* ◊ ***a ~*** all'asta; ***sacar a pública ~*** dare in appalto; **~dor, -a** *m/f* 1. appaltante; 2. venditore, -trice all'asta; **~r** *vt* vendere all'asta, subastare
subatómico, -a *adj fís* subatomico, -a
subcampeón, -ona *adj/s sport* secondo, -a classificato, -a, vicecampione, -a
subclase *f biol* sottoclasse
subcomisión *f* sottocommissione
subconscien|cia *f* subconscio *m*; **~te** *adj/m* subconscio, subcosciente
subcontrat|a *f* subappalto *m*; contratto con un appaltatore; **~ista** *adj/s* subappaltatore, trice
subcultura *f* sottocultura, subcultura
subcutáneo, -a *adj med* sottocutaneo, -a
subdelegar ‹*subdelegué*› *vt* subdelegare
subdesarroll|ado, -a *adj* sottosviluppato, -a; **~o** *m* sottosviluppo
subdirector, -a *m/f* vicedirettore, -trice
subdirigido, -a *adj* sottosterzante, sovrasterzante
súbdito, -a *adj/s* suddito, -a
subdivi|dir *vt* suddividere; **~sión** *f* suddivisione
subemple|ado, -a *adj/s* sottoccupato, -a; **~o** *m* sottoccupazione *f*
suberificación *f bot* suberificazione
suberina *f biol/quím* suberina
subespecie *f* sottospecie *inv*
subestima|ción *f com tamb. fig* sottovalutazione; **~r** *vt com tamb. fig* sottovalutare
subexponer ‹*pongo; pondré; puse; puesto*› V. 32 *vt* sottoesporre
subgénero *m* sottogenere
subgrupo *m* sottogruppo
subid|a *f* 1. (*precios*) ascesa, rialzo *m*, aumento *m*; 2. salita, erta, pendio *m* ◊ ***~ de tono*** alzata di tono, tono più alto; **~o, -a** *adj* 1. (*color*) acceso, -a, forte; 2. (*precio*) caro, -a ◊ ***~ de tono, de color*** *coloq* verde, un po' indecente
subíndice *m* deponente
subinquilino, -a *m/f* subinquilino, -a
subinspector, -a *m/f* viceispettore, -trice
subir 1. *vt/i* salire; ***~ la escalera de prisa*** *salire per le scale in fretta (!)*; ***~ la escalera de prisa*** *salire le scale in fretta (!)*; ***~ al cuarto piso*** *salire al quarto piano*; **2.** *vi* 1. aumentare, salire; 2. (*cuenta*) ammontare a; 3. (*río*) crescere; **3.** *vt* 1. (*cabeza*) alzare; 2. portare su; ***súbeme el pan*** *portami su il pane*; **4. ~se** salire *vi* ◊ ***~se a la cabeza*** (*vino, gloria*) dare alla testa
súbito, -a 1. *adj* improvviso, -a, repentino, -a, subitaneo, -a; **2.** *m* scatto; **3.** *adv* improvvisamente ◊ ***de ~*** all'improvviso
subjefe, -a *m/f* vicecapo
subjetiv|idad *f* soggettività *inv*; **~ismo** *m filos* soggettivismo; **~o, -a** *adj* soggettivo, -a
subjuntivo *m ling* congiuntivo
sublev|ación (*var.* **sublevamiento** *m*) *f* rivolta, ribellione, sommossa; **~ado, -a** *adj/s* insorto, -a, ammutinato, -a; **~amiento** V. **sublevación**; **~ar 1.** *vt* 1. sollevare, far insorgere; 2. *fig* irritare, far agitare; **2. ~se** ribellarsi, insorgere *vi*
sublim|ación *f quím/psicol tamb. fig* sublimazione; **~ado, -a** *adj/m quím* sublimato, -a; **~ar** *vt quím/psicol tamb. fig* sublimare; **~e** *adj* sublime, eccelso, -a, divino, -a; **~idad** *f* sublimità *inv*; **~inal** (*var.* **subliminar**) *adj psicol* subliminale
sublingual *adj med* sottolinguale

submarinis|mo *m* sport subacqueo; **~ta** *adj/s* sommozzatore, -trice, palombaro, sub
submarino, -a *adj/m nav* sottomarino, -a
submúltiplo *adj/m mat* sottomultiplo
subnormal 1. *adj* subnormale; **2.** *m/f* minorato, -a psichico, -a, handicappato, -a (*desp*)
suboficial *adj/s* sottufficiale
suborden (*pl* **subórdenes**) *m* sottordine
subordin|ación *f* subordinazione; **~ado, -a** *adj/s* subordinato, -a, dipendente; **~ar** *vt* subordinare
subproducto *m* sottoprodotto
subproletariado *m* sottoproletariato
subray|ado, -a 1. *adj* sottolineato, -a; **2.** *f* sottolineatura; **~ar** *vt impr tamb. fig* sottolineare; *fig* mettere in risalto
subreino *m cient* sottoregno
subrep|ción *f jur* surrezione; **~ticio, -a** *adj jur* surrettizio, -a
subrogar ‹*subrogué*› *vt jur* surrogare
subrutina *f informát* subroutine* *inv*
subsahariano, -a *adj/s* (*negro*) extracomunitario, -a
subsana|ble *adj* rimediabile, riparabile; **~r** *vt* riparare, rimediare *vi*, risolvere
subscr... V. **suscr...**
subsecretar|ía *f* sottosegretariato *m*; **~io, -a** *m/f* sottosegretario, -a
subseguir ‹*sigo; siguió; siga; siguiendo*› V. 12 *vi* susseguire
subsidi|ario, -a *adj* sussidiario, -a, ausiliario, -a; **~o** *m* sussidio ◊ ~ ***de paro*** sussidio di disoccupazione
subsiguiente *adj* susseguente
subsisten|cia 1. *f* sussistenza; **2.** *fpl mil* vettovaglie, viveri *mpl*; **~te** *adj* sussistente
subsistir *vi* 1. sussistere, esistere; 2. *jur* (*ley*) essere in vigore, sussistere
substa..., substi..., substra... V. **susta..., susti..., sustra...**
subsuelo *m* sottosuolo
subte *m Arg/Ur* métro* *inv*, metropolitana *f*
subteniente *m/f* sottotenente
subterfugio *m* sotterfugio
subterráneo, -a 1. *adj/m* sotteraneo, -a; **2.** *m Arg/Ur* métro* *inv*
subtipo *m cient* sottotipo
subtitula|do, -a *adj* sottotitolato, -a; **~r** *vt* sottotitolare
subtítulo *m impr/cine* sottotitolo
subtropical *adj geogr* subtropicale
suburb|ano, -a *adj* suburbano, -a, extraurbano, -a; **~ial** *adj* suburbano, -a; **~io** *m* suburbio
subvalorar *vt* sottovalutare
subvenci|ón *f* sovvenzione; **~onar** *vt* sovvenzionare
subvenir ‹*vengo, vienes; vendré; vine; viniendo*› V. 41 *vi* sovvenire, venire in soccorso
subversi|ón *f* sovversione; **~vo, -a** *adj/s* sovversivo, -a
subvertir *vt* sovvertire
subyace|nte *adj* soggiacente; **~r** ‹*yazco/yago*› V. 44 *vi* soggiacere
subyug|ación *f* soggiogamento *m*, sottomissione; **~ar** ‹*subyugué*› *vt* soggiogare, assoggettare, dominare
succinita (*var.* **succino** *m*) *f min* succinite, ambra
succi|ón *f* succhiamento *m*; *cient* suzione; **~onar** *vt* succhiare
suced|áneo, -a *adj/m* succedaneo, -a, surrogato *adj/m*; **~er** *v/impers* 1. succedere, accadere, avvenire; ***sucedió que...*** *accadde/avvenne/successe che*; 2. succedere, seguire; **~ido, -a** *adj* successo, -a, accaduto, -a, avvenuto, -a ◊ ***lo ~*** l'avvenuto, l'accaduto
suces|ión *f* successione; **~ivo, -a** *adj* successivo, -a ◊ ***en lo ~*** d'ora in poi, in seguito; **~o** *m* avvenimento, fatto, evento; incidente ◊ ***página de ~s*** pagina di cronaca nera; **~or, -a** *adj/s* successore *adj/m*, succeditrice *adj/f*; erede *m/f*; **~orio, -a** *adj jur* successorio, -a
suci|edad *f* sporcizia, sudiciume *m*; **~nto, -a** *adj* succinto, -a, breve, conciso, -a; **~o, -a** *adj* 1. sporco, -a, sozzo, -a; ***consciencia, lengua... ~a*** *coscienza, lingua... sporca*; sudicio, -a (*enf*), lurido, -a (*enf*); 2. facilmente macchiabile; ***el vestido blanco es bello, pero muy ~o*** *il vestito bianco è bello, ma si sporca facilmente*; 3. (*palabra, acción*) sporco, -a, volgare, osceno, -a; 4. (*dibujo*) malfatto, -a ◊ ***en ~*** in brutta copia; ***juego ~*** gioco sporco
súcubo, -a *adj* succubo, -a, succube
suculen|cia *f* succulenza; **~to, -a** *adj* succulento, -a, gustoso, -a
sucumbir *vi* 1. soccombere, cedere, arrendersi; 2. morire, perire, soccombere (*elev*)
sucursal *adj/f com* filiale *f*, succursale
sudaca *m/f Esp desp* sudamericano, -a (*estánd*); latino-americano, -a (*estánd*), ispanoamericano, -a (*estánd*)
sudad|a *f* sudata ◊ ***darse/pegarse una ~*** fare una sudata; **~era** *f* parte superiore/giacca della tuta sportiva
Sudáfrica *f* Sudafrica
sudafricano, -a *adj/s* sudafricano, -a
Sudamérica *f* America del Sud, America Meridionale
sudamericano, -a *adj/s* sudamericano, -a
sudanés, -esa *adj/s* sudanese
sudar *vt/i* 1. sudare; 2. (*plantas*) trasudare ◊ ***~ la gota gorda/~ sangre*** sudare sette camicie, sudare sangue; ***~sela*** *coloq/vulg* sbattersene, strafotterse; ***hacer ~*** far sudare; **~io** *m* sudario
sudeste *m* 1. sudest; 2. (*viento*) scirocco
sudista *adj/s* sudista
sudoeste *m* 1. *geogr* sudovest; 2. (*viento*) libeccio
sudor *m* 1. sudore; 2. (*bot*) trasudazione *f*; **~iento, -a** (*var.* **sudoroso, -a**) *adj* sudato, -a, sudaticcio, -a; **~íparo, -a** *adj med* sudoriparo, -a; **~oso** V. **sudoriento**
Suecia *f* Svezia

sueco, -a *adj/s* svedese ◊ ***hacerse el ~*** fare l'indiano, fare lo gnorri
suegro, -a *m/f* suocero, -a ◊ ***lo que ve la ~a*** *coloq* dove vede la suocera
suela *f* 1. suola; 2. *arq* zoccolo *m* ◊ ***medias ~s*** mezze suole; ***no llegarle a la ~ del zapato (a alg)*** non esser degno di lustrare le scarpe (a q); ***pícaro de siete ~s*** furfante di sette cotte
sueldo *m* stipendio ◊ ***~ anual*** stipendio annuo; ***~ base*** stipendio base; ***~ neto*** stipendio netto; ***a ~*** con stipendio fisso
suelo *m* 1. suolo, terra *f*, terreno; 2. suolo, pavimento ◊ ***~ natal*** suolo natio; ***arrastrar por los ~s*** *coloq/fig* buttare a terra; ***besar el ~*** cadere bocconi; ***caerse al ~*** cadere per/a terra; ***echarse al ~*** buttarsi a terra; ***estar por los ~s (u-c)*** costare pochissimo (qc); *coloq/fig* (*persona*) essere giù di corda; ***mirar al ~*** tenere lo sguardo a terra, guardare a terra
suelt|a *f* pastoia ◊ ***dar ~*** dar libertà; dar corso, dar sfogo; **~o, -a 1.** *adj* 1. sciolto, -a, libero, -a; 2. (*persona*) disinvolto, -a; 3. (*nudo*) slegato, -a, sciolto, -a; 4. (*medias, zapatos*) scompagnato, -a, spaiato, -a; 5. (*producto*) sfuso, -a; ***bombones ~s*** *cioccolatini sfusi*; 6. (*vestido*) largo, -a, ampio, -a, non attillato, -a; 7. (*lana*) soffice; **2.** *m* 1. (*dinero*) spiccioli *mpl*, soldi spiccioli *mpl*; 2. *impr* trafiletto ◊ ***~ de vientre*** con un po' di diarrea; ***lengua ~a*** lingua sciolta
sueño 1. *m* 1. (*soñar*) sogno (!); 2. (*dormir*) sonno (!); **2.** V. **soñar** ◊ ***~ dorado*** sogni d'oro *mpl*; ***~ pesado*** sonno pesante; ***caerse de ~*** cadere/cascare dal sonno; ***coger ~*** prender sonno; ***descabezar/echarse un ~*** schiacciare un pisolino; ***ni por/en ~s*** neanche per sogno; ***perder el ~*** perdere il sonno; ***quitar el ~*** togliere il sonno
suero *m* (*med, leche*) siero
suerte 1. *f* 1. sorte, fortuna, ventura; 2. destino *m*, caso *m*; 3. stato *m*, condizione; 4. sorta, genere *m*; 5. *taur* fase; **2.** *excl* in bocca al lupo! ◊ ***¡Buena ~!*** Buona fortuna!; ***buena ~*** buona fortuna/sorte; ***caerle en ~*** toccare (per sorteggio); ***caerle la ~*** *fig* toccare a q una fortuna insperata; *coloq* vincere un terno al lotto, vincere al totocalcio; ***dar ~*** portar fortuna; ***de ~ que*** in modo che; ***echar a ~s*** tirare a sorte; ***mala ~*** sfortuna; ***por ~*** per fortuna; ***probar ~*** giocare alla lotteria; ***¿Qué ~ de...?*** Che sorta di...?
suertudo, -a *adj* fortunato, -a
suéter *m* golf *inv*, maglia *f*, pullover *inv*
Suevia, suevo V. **Suabia, suabo**
suficien|cia *f* sufficienza; capacità *inv* ◊ ***~ investigadora*** (*necesaria para la Tesis de Doctorado*) *Esp* ="certificato di capacità come ricercatore"; ***aire de ~*** aria di sufficienza; **~te 1.** *adj* 1. sufficiente; 2. idoneo, -a, capace; **2.** *adv* abbastanza
sufijo *m ling* suffisso
suflé V. **souflé**
sufrag|ar ‹*sufragué*› *vt* suffragare; (*gastos*) pagare; **~io** *m* suffragio ◊ ***~ restringido*** suffragio limitato; ***~ universal*** suffragio universale; **~ismo** *m hist* suffragismo; **~ista** *m/f* suffragista
sufri|do, -a *adj* 1. paziente, tollerante; 2. (*color*) non facilmente macchiabile; **~dor, -a** *adj/s* sofferente; **~miento** *m* 1. sofferenza *f*, pena *f*, dolore; 2. (*pasivamente*) pazienza *f*, rassegnazione *f*; **~r 1.** *vi* soffrire, patire; **2.** *vt* (*injusticia, accidente*) subire; soffrire, sopportare; (*penas*) soffrire, patire ◊ ***~ de corazón*** soffrire di cuore; ***hacer ~*** far soffrire; ***no poder ~ (u-c, a alg)*** non poter soffrire/sopportare (qc, q)
suger|encia *f* suggerimento *m*; **~ir** ‹*sugiero; sugirió; sugiriendo*› V. 10 *vt* suggerire; ispirare
sugest|ión *f psicol* suggestione; **~ionable** *adj* suggestionabile; **~ionar** *vt* suggestionare; **~ivo, -a** *adj* suggestivo, -a, affascinante; *jur* suggestivo, -a
sugiero, sugirió V. **sugerir**
suicid|a *adj/s* suicida; **~arse** suicidarsi, uccidersi; **~io** *m* suicidio
suite ['swit] *f* (*mús, hotel*) suite *inv*
Suiza *f geogr* Svizzera
suizo, -a 1. *adj/s* svizzero, -a; **2.** *m gastr* brioche* *f*
sujeción *f* 1. *tecn* fissaggio *m*; stretta, blocco *m*; 2. *fig* soggezione; 3. *ling* prolessi *inv*
sujeta|dor *m* (*lencería de mujer*) reggiseno, reggipetto; **~papeles** *m inv* fermacarte; **~r 1.** *vt* trattenere, tener fermo, immobilizzare; stringere, legare; mantenere; *fig* dominare, assoggettare; *tecn* fissare; **2. ~se** (*condiciones*) accettare *vt*, sottomettersi a
sujeto, -a 1. *adj* soggetto, -a , sottomesso, -a; fisso, -a, legato, -a, stretto, -a; **2.** *m ling/filos* soggetto; *desp* tipo, individuo, soggetto
sulfam|ida *f quím* sulfamidico *m*; **~ídico, -a** *adj* sulfamidico, -a
sulfat|ador, -a 1. *adj* solforatore, -trice; **2.** *m/f tecn* solforatrice *f*; **~adora** *f* solforatrice, irroratrice; **~ar** *vt agric* polverizzare con solfato; *agric* (*azufre*) solforare; **~o** *m quím* solfato
sulfhídrico, -a *adj quím* solfidrico, -a
sulfito *m quím* solfito
sulfurar 1. *vt* 1. *tecn* solforare; 2. *coloq/fig* irritare, far adirare; **2. ~se** irritarsi, adirarsi
sulfúreo, -a *adj* sulfureo, -a
sulfúrico, -a *adj* solforico, -a
sulfuro *m* solfuro; **~so, -a** *adj quím* solforoso, -a
sultán *m* sultano
sultan|a *f* sultanina; **~ía** (*var.* **sultanato** *m*) *f* sultanato *m*
suma *f* 1. somma, quantità *inv*; 2. *mat* somma, addizione ◊ ***~ y sigue*** somma e a capo; ***en ~*** insomma; **~ndo** *m mat* addendo; **~r** *vt* sommare, fare l'addizione (di) *vi*; **~rio 1.** *m* 1. sommario, compendio; 2. *jur* processo istruttorio, istruttoria *f*; **2.** *adj* sommario, -a, breve; *jur* sommario, -a ◊ ***bajo secreto de ~*** *jur* istruttoria coperta da segreto
sumarísimo, -a *adj jur* direttissimo, -a, per direttissima *adv/adj*

sumerg|ible *adj/m nav* sommergibile; **~ido, -a** *adj* sommerso, -a ◊ ***economía ~a*** economia sommersa; **~ir** ‹*sumerjo*› **1.** *vt* sommergere, immergere; *fig* sprofondare, immergere; **2. ~se** *fig* concentrarsi, immergersi

sumersión *f* sommersione, immersione

sumid|ad *f raro* cima, sommità *inv*; **~ero** *m* 1. fogna *f*, fognatura *f*; 2. *geol* pozzo *f*

suministr|ación *f* somministrazione; **~ador, -a** *adj/s* somministratore, -trice; *com* fornitore, -trice; **~ar** *vt com* fornire; somministrare; **~o** *m com* fornitura *f*; somministrazione *f*; (*agua, electr*) erogazione *f*

sumir 1. *vt* immergere, affondare; *fig* sprofondare; **2. ~se** *fig* sprofondarsi

sumis|ión *f* sottomissione, dipendenza; sommissione (*raro*); **~o, -a** *adj* sottomesso, -a, umile, sommesso, -a (*raro*)

súmmum ['sumun] *m* colmo dei colmi

sumo, -a *adj* sommo, -a, supremo, -a; sommo, -a, enorme ◊ ***el *~ Pontífice*** il Sommo Pontefice; ***a lo ~*** al massimo, tutt'al più; ***con ~ cuidado*** con la massima cura; ***en ~ grado/en grado ~*** in sommo grado, al massimo; **~scapo** *m arq* sommoscapo

suntuario, -a *adj* suntuario, -a ◊ ***impuestos ~s*** imposte sui beni di lusso

suntuos|idad *f* suntuosità *inv*, lusso *m*; **~o, -a** *adj* suntuoso, -a, lussuoso, -a

supe V. **saber**

supedit|ación *f* sottomissione, subordinazione; condizionamento *m*; **~ar** *vt* sottomettere, subordinare; condizionare

súper 1. *adj inv coloq* stupendo, -a, magnifico, -a, forte, da sballo; **2.** *m* supermercato; **3.** *f* benzina super

super|able *adj* superabile; *adm* sormontabile; **~abundancia** *f* sovrabbondanza, superabbondanza; **~abundante** *adj* sovrabbondante; **~ación** *f* superamento *m*; ***~ de una crisis*** *superamento di una crisi*; superazione; ***~ de un obstáculo*** *superazione di un ostacolo*; **~ado, -a** *adj* sorpassato, -a, superato, -a, passato, -a; **~ar 1.** *vt* superare; **2. ~se** fare il massimo *vi*

superávit *m econ* eccedenza *f*, saldo attivo

superbeneficio *m com* sovrapprofitto, soprapprofitto

supercampeón, -ona *m/f* campionissimo, -a

supercapitalizar ‹*supercapitalicé*› *vt* sopravvalutare il capitale

superchería *f* soverchieria, soperchieria

superclase *m/f* fuoriclasse *inv*

superconduc|ción *f fís* superconduzione; **~tividad** *f fís* superconduttività *inv*; **~tor, -a** *adj/s electr* superconduttore, -trice

superdescuento *m* maxisconto

superdotado, -a *adj/s* superdotato, -a

superenemigo, -a *adj/s* arcinemico, -a

superestr|ato *m ling* superstrato; **~uctura** *f* sovrastruttura

superexplotado, -a *adj* ipersfruttato, -a, supersfruttato, -a

superfamilia *f cient* superfamiglia

superficial *adj* superficiale; **~idad** *f* superficialità *inv*

superficie *f* 1. superficie; 2. *fig* faccia

superfino, -a *adj* sopraffino, -a

superflu|idad *f fís* superfluidità *inv*; **~o, -a** *adj* superfluo, -a

superhombre *m* superuomo

superintenden|cia *f* soprintendenza; **~te** *m* soprintendente

superior *adj* superiore; **~a** *f relig* superiora; **~idad** *f* 1. superiorità *inv*; 2. superiori *mpl*

superlativo, -a *adj/m* superlativo, -a

supermán *m* superman, *inv* superuomo

supermercado *m* supermercato

supernumerario, -a *adj adm* soprannumerario, -a, avventizio, -a

superovulación *f* iperovulazione

superpobla|ción *f* sovrappopolazione; **~do, -a** *adj* sovrappopolato, -a

superponer ‹*pongo; pondré; puse; puesto*› V. 32 *vt* sovrapporre

superposición *f* sovrapposizione, accavallamento *m*

superpotencia *f* superpotenza

superproducción *f* superproduzione

superprotegido V. **hiperprotegido**

supersónico, -a *adj* supersonico, -a

supersticl|ión *f* superstizione; **~ioso, -a** *adj* superstizioso, -a

supervalorar *vt* sopravvalutare

superventas *m inv* hit*

supervis|ar *vt* soprintendere (**u-c** a qc); **~ión** *f* supervisione

supervivl|encia *f* sopravvivenza; **~iente** *adj/s* superstite

superwoman [super'woman] *f* superdonna

superyó (*var.* **super-yo**) *m psicol* super-io

supino, -a *adj* supino, -a ◊ ***ignorancia ~a*** ignoranza supina

suplanta|ción *f* soppiantamento *m*; **~r** *vt* soppiantare

suplement|ario, -a *adj* supplementare; **~o** *m* 1. supplemento; 2. *period* supplemento, inserto

suplen|cia *f* supplenza; **~te** *adj/s* supplente

supleti|vo, -a *adj* suppletivo, -a; **~orio, -a 1.** *adj* suppletorio, -a; **2.** *m* apparecchio telefonico addizionale, telefono aggiuntivo ◊ ***cama ~a*** letto aggiunto

súplica *f* 1. supplica; 2. *adm/jur* istanza ◊ ***a ~s de*** su istanza di

suplica|ción *f* 1. supplica; 2. *jur* ricorso in appello *m*; **~nte** *adj/s* supplicante; **~r** ‹*supliqué*› *vt* 1. supplicare, pregare, implorare; 2. *jur* ricorrere in appello; **~toria** (*var.* **suplicatorio** *m*) *f jur* istanza

suplicio *m* supplizio

suplir *vt* supplire *vi*, sostituire

supo V. **saber**

suponer ‹*pongo; pondré; puse; puesto*› V. 32 **1.** *vt* 1. supporre, immaginare, figurarsi; 2. (*gastos*) comportare; **2.** *vi* contare (**u-c/alg** qc/q), importare (**u-c, alg** qc/q) ◊ ***es de ~ que*** mi figuro che, immagino che; ***es un ~*** è una semplice supposizione; ***que es de ~*** che si può immaginare

suposǀición *f* supposizione; **~itorio** *m med* supposta *f*

supraǀnacional *adj* soprannazionale; **~rrenal** *adj med* surrenale

supremǀacía *f* supremazia; **~o, -a 1.** *adj* supremo, -a, altissimo, -a; supremo, -a, estremo, -a; **2.** *m jur* corte di cassazione *f*

supresǀión *f* soppressione; **~or** *m tecn* soppressore

suprimir *vt* sopprimere, eliminare, abolire; omettere

supuesto, -a 1. *adj* presunto, -a, ipotetico, -a, pseudo; **2.** *m* supposto, presupposto, premessa *f* ◊ ***~ que*** posto che; ***dar por ~a (u-c)*** ritenere per certo (qc), partire dalla base che...; ***¡por ~!*** naturalmente!, certamente!; ***por ~ que*** certo che

supurǀación *f med* suppurazione; **~ar** *vi med* suppurare

sur *adj/m* sud; **~americano, -a** *adj/s* sudamericano, -a

surcǀar ‹*surqué*› *vt agric* solcare, arare; *fig* solcare, fendere; **~o** *m agric tamb. fig* solco ◊ ***echarse al ~*** piantare in asso il lavoro

sureño, -a *adj/s* (persona) del sud, meridionale

surf *m sport/mús* surf *inv*; **~ing** ['surfin] *m sport* surfing *inv*; **~ista** *m/f sport* surfista, surfer *inv*

surgir ‹*surjo*› *vi* 1. *tamb. fig* (*fuente*) sorgere, scaturire; 2. emergere, alzarsi

surménage [surme'naʒ] *m med* surmenage *inv*

surplus [sur'plus] *m pol/econ* surplus* *inv*

surrealisǀmo *m arte/lit* surrealismo; **~ta, -a** *adj arte/lit* surrealistico, -a

surtiǀdo, -a 1. *m* assortimento; **2.** *adj* provvisto, -a, fornito, -a; **~dor, -a 1.** *adj/s* fornitore, -trice; **2.** *m* 1. *auto* distributore di benzina; 2. zampillo; **~r 1.** *vt* fornire, rifornire; produrre, ottenere; ***~ efecto*** *fare effetto*; **2. ~se** rifornirsi

surto, -a *adj nav* ancorato, -a, ormeggiato, -a

sus *adj/pl* 1. (*de él, de ella*) suoi *adj/mpl*, sue *adj/fpl*; 2. (*de ellos, de ellas*) loro

susceptiǀbilidad *f* suscettibilità *inv*; **~ble** *adj* suscettibile; (*persona*) permaloso, -a, suscettibile

suscitar *vt* suscitare, destare, provocare

suscriǀbir (*var.* **subscribir**) ‹*suscrito*› V. 25 **1.** *vt* sottoscrivere; **2. ~se** (*revista*) abbonarsi; **~pción** (*var.* **subscripción**) *f* sottoscrizione; **~ptor, -a** (*var.* **subscriptor**) *m/f* abbonato, -a; *adm* firmatario, -a, sottoscrivente

susodicho, -a *adj adm tamb. fig* suddetto, -a, sopraddetto, -a

suspenǀder 1. *vt* 1. sospendere, interrompere; 2. appendere; 3. *estud* bocciare; ***me han suspendido*** *mi hanno bocciato*; *estud* essere bocciato; ***he suspendido dos materias*** *sono stato bocciato in due materie*; **2. ~se** interrompersi; **~se** *m* suspense* *inv*; **~sión** *f mec/econ* sospensione ◊ ***~ de pago*** sospensione dei pagamenti; ***en ~*** *quím* in sospensione; **~sivo, -a** *adj* sospensivo, -a ◊ ***puntos ~s*** *ling* punti(ni) di sospensione; **~so, -a 1.** *adj* 1. sospeso, -a; 2. (*expresión*) sorpreso, -a, stupito, -a; 3. *estud* bocciato, -a; **2.** *m* insufficienza *f*, bocciatura *f*; ***no tiene ningún ~*** *non ha nessuna insufficienza, non è (mai) stato bocciato* ◊ ***en ~*** in sospeso; ***sacar ~*** essere bocciato; **~sorio, -a** *adj/m med/sport* sospensorio, -a

suspicǀacia *f* diffidenza, sospettosità *inv* ◊ ***legítima ~*** *jur* legittima suspicione; **~az** *adj* diffidente, sospettoso, -a

suspirǀar *vi* 1. *fig* sospirare; 2. bramare *vt*; **~o** *m* sospiro

sustancǀia (*var.* **substancia**) *f* sostanza ◊ ***en ~*** in sostanza; **~ial** (*var.* **substancia**) *adj* sostanziale; **~ioso, -a** (*var.* **substancioso**) *adj* sostanzioso, -a

sustantivǀar (*var.* **substantivar**) *vt ling* sostantivare; **~o, -a** (*var.* **substantivo**) *adj/m ling* sostantivo, -a

sustentǀación *f tamb. fig* sostentamento *m*, sostenimento *m*; *fís* sostentamento *m*, sostentazione; *tecn* portanza, sostentazione; **~amiento** *m* sostentamento; **~ar** *vt* 1. (*alimento*) sostentare, mantenere; 2. *tecn* sostenere, sostentare; **~o** *m* (*alimento*) sostentamento; sostegno

sustitǀución (*var.* **substitución**) *f* sostituzione ◊ ***~ fideicomisaria*** sostituzione fedecommissaria; **~uible** *adj* sostituibile; **~uir** (*var.* **substituir**) ‹*sustituyo; sustituyó; sustituyendo*› V. 14 *vt* sostituire, supplire; **~utivo, -a** (*var.* **substitutivo**) *adj* sostitutivo, -a; **~uto, -a** *adj/s* sostituto, -a; (*profesor*) supplente

susto *m* spavento, paura *f* ◊ ***caerse (alg) del ~*** morire di/dallo spavento; ***dar un ~*** spaventare, far paura; ***dar un ~ al miedo*** essere brutto da far paura/spavento; ***pasar un ~*** provar un grande spavento

sustraǀcción (*var.* **substracción**) *f* sottrazione; **~endo** (*var.* **substraendo**) *m mat* sottraendo; **~er** (*var.* **substraer**) ‹*traigo; traje; trayendo*› V. 39 **1.** *vt* 1. *mat* sottrarre; 2. sottrarre, rubare; **2. ~se** sottrarsi; **~to** (*var.* **substrato**) *m* substrato, sostrato; *ling* sostrato

susurrǀar 1. *vt/i* sussurrare; *irón* bisbigliare, mormorare; **2. ~se** mormorarsi; **~o** *m* (*vento, voz*) sussurro; (*aguas*) mormorio

sutil *adj* 1. sottile, fine, fino, -a; 2. *fig* (*persona*) acuto, -a, perspicace, fino, -a; **~eza** *f* sottigliezza; *fig* acume *m*, acutezza, finezza; **~izar** ‹*sutilicé*› **1.** *vt* assottigliare; **2.** *vi* sottilizzare

sutura *f med tamb. fig* sutura; giuntura; **~r** *vt med* suturare

suyo (*f* **suya**, *mpl* **suyos**, *fpl* **suyas**) *pron* 1. suo *m*, sua *f*, suoi *mpl*, sue *fpl*; 2. (*de ellos, ellas*) loro *inv* ◊ ***de ~o*** di suo; ***hacer una de las ~as*** farne una delle sue; ***ir (alg) a lo ~o*** pensare (q) solo ai propri affari; ***lo ~o*** il suo; ***los ~os*** (*parientes*)

i suoi; ***salirse (alg) con la ~a*** spuntarla (q); ***ser (alg) muy ~o*** essere (q) molto orgoglioso
swing [swin] *m sport/mús* swing* *inv*

T

t. (*tomo*) *abr* t. (tomo)
t (*tonelada*) *abr* t (tonnellata)
taba *f* (*med, juego*) astragalo *m* ◊ ***mover/menear las ~s*** muoversi in fretta
tabac|al *m* piantagione di tabacco *f*; **~alero, -a 1.** *m/f* tabaccaio, -a, tabacchino, -a; **2.** *f* manifattura dei tabacchi; **3.** *adj* di/del tabacco; **~o** *m* 1. tabacco; 2. *coloq* sigarette *fpl*; ***me he quedado sin ~*** *sono rimasto senza sigarette/ho finito le sigarette* ◊ ***~ de pipa*** tabacco da pipa; ***~ negro*** tabacco scuro; ***~ rubio*** tabacco biondo; **~osis** *f inv med* (*enfermedad profesional*) tabacosi
tabalear 1. *vi* tamburellare; **2.** *vt* dondolare
tábano *m zool* tafano
tabaquer|a *f* (*caja*) tabacchiera; **~o, -a** *m/f* (*persona*) tabaccaio, -a
tabaquismo *m med* tabagismo, nicotinismo
tabardo *m* tabarro
tabarra *f coloq* seccatura, noia ◊ ***dar la ~*** dar noia, scocciare, seccare
tabasco® *m* (*salsa*) tabasco
tabern|a *f* taverna, osteria; **~áculo** *m* tabernacolo; **~ario, -a** *adj desp* da bettola; **~ero, -a** *m/f* oste, -essa; taverniere, -a
tabes *f inv med* tabe *f* ◊ ***~ dorsal*** tabe dorsale
tabic|ación *f* muratura; **~ar** ‹*tabiqué*› *vt arq* murare
tabique *m* 1. *arq* tramezzo, muro; 2. *med* (*nasal*) setto
tabla *f* 1. asse *m*, tavola; 2. *com/mat* tavola, tabella; 3. (*falda*) piega; 4. (*mármol*) lastra, tavola; 5. (*libro, pintura*) tavola; 6. (*chocolate*) tavoletta; 7. *geogr* tavola; 8. *teat* scena ◊ ***~ de cortar*** tagliere; ***~ de lavar*** asse da lavare; ***~ de multiplicar*** tavola pitagorica; ***~ de planchar*** asse da stiro; ***~ de salvación*** tavola della salvezza; ***~ de surf*** tavola a vela, wind-surf; ***~ redonda*** tavola rotonda; ***~ dorsal/ de estabilización dorsal*** *med* asse spinale; ***a raja ~*** rigorosamente; a tutti i costi; ***hacer ~ rasa*** fare tabula rasa; ***hacer/quedar ~s*** *sport tamb. fig* fare patta, pareggiare; ***las ~s de la ley*** le tavole della legge; ***pisar las ~s*** calcare le scene; ***por ~*** di rimbalzo; ***por ~s*** per un pelo; ***salvarse/escaparse en una ~*** scamparla bella; ***tener ~s*** avere scena; **~do** *m* palco, tavolato; **~zón** *f* 1. tavolame *m*; 2. *nav* coperta
table|ro *m* 1. asse, tavola *f*; 2. (*anuncios, com*) tabellone, bacheca *f*; 3. (*damas, ajedrez*) scacchiera *f*; **~staca** *f constr* paratia; **~ta** *f med* pastiglia; (*madera, chocolate...*) tavoletta; **~tear** *vi* 1. sbattere, battere; 2. *mil* tambureggiare; **~teo** *m* 1. battito; 2. *mil* tambureggiamento
tablilla *f* tavoletta
tabloide *m Am impr* tabloid *inv*
tablón *m* 1. tavolone; 2. (*anuncios*) tabellone, albo, bacheca *f*; 3. *coloq* sbornia *f*; 4. *Am* tavoliere
tabú (*pl* **tabúes**) *m* tabù *inv*
tabuco *m coloq/desp* buco
tabula|dor *m tecn* tabulatore; **~dora** *f informát* tabulatrice; **~r 1.** *vt mat* tabulare; **2.** *adj* tabulare; **~tura** *f mús/hist* tabulatura
taburete *m* sgabello, banchetto
tac *onom/m* tac *inv*
TAC (*var.* **tac**) (*Tomografía Axial Computerizada*) *m/f med* TAC (Tomografia Assiale Computerizzata) *f*
tacada *f* steccata ◊ ***de una ~*** in una sola volta
tacañ|ería *f* tirchieria, avarizia, spilorceria; **~o, -a** *adj/s* tirchio, -a, spilorcio, -a, avaro, -a
tacatá *m* (*niños*) girello
tacha *f* 1. macchia, taccia, colpa; 2. *tecn* chiodo grosso a borchia *m* ◊ ***sin ~*** senza macchia; **~dura** *f* cancellatura; **~r** *vt* 1. tacciare (**a alg de u-c** q di qc), accusare (**a alg de u-c** q di qc), incolpare (**a alg de u-c** q di qc); 2. cancellare (**u-c** qc)
tachín tachín *m mús coloq* parapapapa
tachón *m* cancellatura *f*, scarabocchio, frego
tachonado, -a *adj* cosparso, -a (**de** di), tempestato, -a (**de** di)
tachuela *f tecn* chiodo a borchia *m*
tachyon ['takjon]*m fís* tachione
tácito, -a *adj* tacito, -a
taciturn|idad *f* taciturnità *inv*; **~o, -a** *adj* taciturno, -a, silenzioso, -a
taco *m* 1. *tecn* (*pared*) tassello; 2. *ling* parolaccia *f*, bestemmia *f*; 3. *gastr* (*jamón, pan,...*) dado; 4. (*billar*) stecca *f*; 5. *mil* tacco; 6. (*papel*) blocchetto; 7. (*zapatos*) tacchetto; *Arg/Ur* (*zapato*) tacco; 8. pasticcio, casotto; 9. ="specie di cerbottana" *f* ◊ ***~ de salida*** *sport* blocco di partenza; ***armar el ~*** fare casotto; ***soltar ~s*** dire parolacce; bestemmiare; ***tiene 20 ~s*** ha vent'anni
tacómetro *m mec* tachimetro, contachilometri *inv*
tacón *m* (*zapato, impr*) tacco
tacon|azo *m* colpo di tacco; **~ear** *vi* tacchettare; **~eo** *m* (*ruido*) tacchettio; il tacchettare
tactación *f med* tasto *m*, il tastare *m*
táctic|a *f* tattica; **~o, -a** *adj/m* tattico, -a
táctil *adj* tattile
tacto *m* 1. *tamb. fig* (*sentido*) tatto; 2. *med* esplorazione *f* ◊ ***~ de codos*** *mil* allineamento serrato
TAE (*Tasa Anual Equivalente*) *abr/f* 1. TAE (Tasso annuale equivalente); 2. Tecnico di economia/gestione aziendale (*Técnico en Administración de Empresas*)
taekwondo *m sport* tae-kwon-do *inv*
tafetán *m txtl* taffettà *inv*

tafilete *m* marocchino; **~ar** *vt* fare lavori di marocchino *vi*
tahitiano, -a *adj/s* tahitiano, -a, taitiano, -a
tahon|a *f* 1. forno *m*, panetteria; 2. mulino a trazione animale *m*; **~ero, -a** *m/f* fornaio, -a, mugnaio, -a
tahúr, -a *m/f* 1. giocatore, -trice; 2. baro, -a
taifa *f* fazione; *fig* combriccola
taiga *f geogr* taiga
tailandés, -esa *adj/s* tailandese
taimado, -a *adj* astuto, -a, scaltro, -a, furbo, -a
taita *m Am* papà *inv*, babbo
taja *f* telaio da basto *m*; **~da** *f* 1. fetta; 2. *coloq* sbornia ◊ ***sacar*** **~** ottenere la sua parte; trarne profitto; **~dera** *f* mezzaluna, lunetta; **~do, -a** *adj* a strapiombo; **~mar** *m nav* tagliamare; **~nte** *adj fig* (*persona*) brusco, -a; (*tono*) chiaro, -a ◊ ***un no*** **~** un no chiaro e tondo; **~r** *vt raro* tagliare
tajo *m* 1. taglio; 2. *geogr* strapiombo, burrone; 3. (*esgrima*) fendente; 4. (*trabajadores*) punto d'arrivo del lavoro; 5. (*carne*) tagliere, ceppo ◊ ***estar en el*** **~** stare al lavoro
tal 1. *adj* tale, simile; tanto, -a; **2.** *pron* un, -a tale, un, -a certo, -a; ***un*** **~** ***Cárdenas*** *un certo Cárdenas*; qualcuno, -a; tale cosa; **3.** *adv* tanto, in modo tale ◊ **~** ***como*** così come, tale come; **~** ***cual*** lo stesso, come sempre; **~** ***el hijo cual el padre*** tale il padre, tale il figlio; **~** ***vez*** forse; ***con*** **~** ***de/que*** *conj* purché, a condizione che; ***fulano de*** **~** il tal dei tali; ***no hay*** **~** non è così, non c'è tale cosa; ***¿Qué ~?*** Come va?; ***que si*** **~** ***que si cual*** che se questo, che se quest'altro; ***ser*** **~** ***para cual*** esser fatti l'uno per l'altro; ***un/una*** **~** un/una tale
tala *f* 1. *agric* potatura, diboscamento *m*; 2. (*juego*) lippa; **~dor, -a** *m/f* abbattitore, -trice; **~drado** *m* 1. *tecn* trapanatura *f*; 2. *informát* perforazione *f*; **~dradora** *f* perforatrice, trapano *m*; **~drar** *vt* traforare, perforare, trapanare; *fig* trapassare, perforare; **~dro** *m* trapano
tálamo *m* 1. *elev* talamo; 2. *cient* talamo
talanquera *f* 1. steccato *m*, parapetto *m*; 2. riparo *m*, luogo sicuro *m*
talán talán *onom* dindon dindon
talante *m* aspetto, sembiante; modo di fare ◊ ***de buen*** **~** con piacere, (ben) volentieri; ***de mal*** **~** malvolentieri
talar 1. *adj/m relig/mitol* talare; **2.** *vt* 1. (*ciudades*) radere al suolo; 2. (*árboles*) tagliare(si)
talas|emia *f med* talassemia; **~oterapia** *f* talassoterapia
talco *m* talco ◊ ***polvos de*** **~** borotalco
talega (*var.* **talego** *m*) **1.** *f* 1. sacco *m*, sacca; 2. (*persona*) tombolotto *m*; **2.** *m jerga* galera *f* (*estánd*), gattabuia *f* ◊ ***tener ~o*** avere quattrini da parte
taleguilla *f taur* calzoni *mpl*
talento *m* ingegno, intelligenza *f*; **~so, -a** *adj* ingegnoso, -a, geniale
Tales *m filos* Talete
TALGO (*var.* **talgo**) (*Tren Articulado Ligero Goicoechea Oriol*) *abr/m* rapido speciale spagnolo
talibán *adj/s* taliban *inv*
talio *m quím* tallio
talión *m* taglione ◊ ***ley del*** **~** legge del taglione
talismán *m* talismano, amuleto
talla *f* 1. taglia, misura; 2. *arte* intaglio *m*; 3. *tecn* taglia; 4. *Am* frottola, bugia ◊ ***no dar la*** **~** ***en u-c*** non essere all'altezza (di qc); ***poner*** **~** ***(a alg)*** mettere una taglia (su q); **~do, -a 1.** *adj* formato, -a, fatto, -a; **2.** *m tecn* intaglio; **~dor, -a** *adj/s* incisore, -a, intagliatore, -trice; **~r** *vt* 1. *arte* intagliare, scolpire; (*piedras preciosas*) tagliare, sfaccettare; 2. misurare la statura (**de alg** di q); 3. (*juegos*) tenere il banco; **~rines** *mpl* 1. *gastr* tagliatelle *fpl*; 2. *gastr* tagliolini; 3. *gastr* linguine *fpl*
talle *m* 1. (*cuerpo, traje*) vita *f*, cintura *f*; 2. ="misura di un vestito dal collo alla vita" *f*; 3. figura *f*, aspetto; **~cer** ‹*tallezco*› V. 13a V. **entallecer**; **~r** *m* 1. *mec* officina *f*; 2. *arte* studio; 3. laboratorio; 4. *estud* scuola *f*, seminario
tallista *adj/s* intagliatore, -trice, scultore, -trice
tallo *m* 1. *bot* fusto, gambo, stelo; *bot* tallo; 2. *gastr* pezzo di frutta candita; 3. *Col* cavolo
talludo, -a *adj* 1. *bot* tallito, -a; 2. (*persona*) cresciuto, -a, maturo, -a
talón *m* 1. *med* tallone, calcagno; 2. (*cheque*) assegno; talloncino, tagliando, cedola *f*; 3. *tecn/nav* tallone ◊ **~** ***de Aquiles*** tallone di Achille; ***apretar/levantar los ~es*** battere le calcagna; ***pisarle (a alg) los ~es*** stare alle calcagna (di q)
talonario *m* 1. *com* bollettario; 2. *banc* libretto degli assegni
talud *m* ciglione, scarpata *f*; ghiaione
tamaño, -a 1. *m* grandezza *f*, dimensione *f*, formato; **2.** *adj* così grande/piccolo
tamari|ndo *m bot* tamarindo; **~sco** (*var.* **tamariz, taray**) *m bot* tamarisco, tamerice *f*; **~z** V. **tamarisco**
tambale|ante *adj* pericolante; **~arse** barcollare *vi*, traballare *vi*, vacillare *vi* (*tamb. fig*); **~o** *m* barcollamento, vacillazione *f*; *fig* vacillazione *f*
también *conj/adv* anche, pure; ***yo*** **~** *anch'io*; ***a mí*** **~** *anche a me*
tambo *m* 1. *Am* osteria *f*; 2. *Arg* latteria *f*; *Arg* vaccheria *f*; **~r** *m* 1. *mús* tamburo; *arq/tecn/nav* tamburo; 2. (*detergente*) fustino; 3. (*bordar*) telaio; 4. (*lavadora*) cestello ◊ ***a*** **~** ***batiente*** a tamburo battente; **~reo** *m* tambureggiamento; **~ril** *m mús* tamburetto; **~rilear** *vi* tamburellare
Támesis *m geogr* Tamigi
tamiz *m* setaccio ◊ ***pasar (u-c) por el*** **~** passare (qc) al setaccio; **~ación** *f* stacciatura; **~ado** *m* vagliatura *f*, setacciatura *f*; **~ar** ‹*tamicé*› *vt tamb. fig* setacciare; *tecn* stacciare
tampoco *adv/conj* nemmeno, neanche, neppure
tampón *m* 1. tampone, cuscinetto; 2. *med* (*mujer*) tampax® *inv*, assorbente interno
tamtan (*var.* **tam-tam**) *m mús* tamtam

tan *adv* tanto, così; **~ *bonito, alto, pronto...*** *tanto/così bello, alto, presto...*; ***¡Qué cosa ~ graciosa!*** *Che bella cosa!*; ***de ~ amable que es...*** *è così gentile che...* ◊ **~ *... como*** così ... come, tanto ... quanto; **~ *alto como tú*** così alto come te, tanto alto quanto te; **~ *pronto como*** non appena; **~ *siquiera*** soltanto, appena

tanatorio *m* ="edificio di onoranze funebri (pubblico o privato)"; (*hospital, cementerio*) camera ardente *f*, camera mortuaria *f*

tanda *f* 1. turno *m*; lavoro *m*; 2. (*juego*) partita; 3. (*capa*) strato *m*; 4. (*azotes*) scarica, porzione; 5. *Am teat* parte

tándem *m transp tamb. fig* tandem *inv*

tanga *m* tanga *inv*

tangen|cia *f* tangenza; **~cial** *adj* tangenziale; **~te** *adj/f geom* tangente ◊ ***salir por la ~*** partire per la tangente

tangible *adj* tangibile, palpabile

tango *m mús* tango

tanguista 1. *m/f* cantante di tanghi; **2.** *f raro* entraîneuse* *inv*

tánico, -a *adj quím* tannico, -a

tanino *m quím* tannino

tano, -a *adj Arg coloq* napoletano, -a; *coloq* italiano, -a

tanque *m* 1. *transp* autocisterna *f*; *nav* nave cisterna *f*; 2. (*líquidos*) serbatoio; 3. *mil* carro armato; **~ar** *vt/i Am* fare benzina *vi*; **~ta** *f mil* autoblindo *m*

tanquista *m* carrista

tantalio (*var.* **tántalo**) *m quím* tantalio

tantelador *m sport* segnapunti; **~ar** *vt* 1. sondare, esaminare, esplorare; 2. (*juego*) segnare i punti; 3. calcolare a occhio e croce; **~o** *m* 1. prova *f*, esame, esplorazione *f*; 2. *com* prelazione *f*; 3. (*juego*) punteggio; 4. calcolo approssimato ◊ ***derecho de ~*** *jur* diritto di prelazione

tanto, -a 1. *adj/pron* tanto, -a; **2.** *adv* tanto; **3.** *m* 1. tanto; 2. (*juego*) punto ◊ **~ *como*** tanto quanto, così come; **~ *más/menos*** tanto più/meno; ***a ~s de mayo*** ai tanti di maggio; ***apuntarse un ~*** *coloq* avere già un punto; ***entre ~/en ~ que*** frattanto, mentre; ***estar al ~ de*** essere al corrente di; ***las ~as*** le ore tarde; ***mil y ~s*** mille e rotti; ***ni ~ ni tan calvo*** né molto, né troppo poco; ***no hay para ~*** non bisogna esagerare; ***no llega a ~*** non ci arriva; ***otro ~*** altrettanto; ***por ~*** pertanto, quindi; ***volver a las ~as*** fare le ore piccole; ***¡y ~!*** Sicuro!

tantr|a *m relig* Tantra *m inv*; **~ismo** *m relig* tantrismo

tañ|er ‹*taño; tañó; tañendo*› **1.** *vt mús* suonare; **2.** *vi* tamburellare (con le dita); **~ido** *m* suono

taoís|mo *m relig* taoismo; **~ta 1.** *m/f relig* taoista; **2.** *adj* taoistico, -a

tapa *f* 1. coperchio *m*; 2. (*zapatos*) soprattacco *m*; 3. (*libro*) copertina; 4. (*presa*) cateratta; 5. (*carne*) soccoscio *m*; 6. *gastr* (*de comida*) piattino *m*, porzione; *gastr* stuzzichino *m*; 7. (*traje*) copririsvolto *m*; 8. *Am* tappo *m* ◊ ***ir de ~s*** ="andare da un bar all'altro a prendere qualcosa per stuzzicare l'appetito"; ="andare al bar a prendere qualche stuzzichino"; ***levantar/saltar (a alg) la ~ de los sesos*** far saltare le cervella, sparare alla testa; ***meter en ~s*** (*libros*) rilegare; **~agujeros** *m inv tecn tamb. fig* tappabuchi; **~boca** *m* 1. manata sulla bocca *f*; 2. *coloq* sciarpa *f*; **~cubos** *m inv auto* coprimozzo *m*; **~da** *f hist* donna velata; **~dera** *f* coperchio *m*; *fig* copertura; **~do, -a 1.** *adj* coperto, -a, velato, -a; **2.** *m* 1. *Am* mantello (da donna); 2. *Am* tesoro occulto; **~juntas** *m inv tecn* coprigiunto *m*; **~r** *vt* 1. coprire, ricoprire; 2. *fig* occultare; 3. (*botella*) chiudere, turare; 4. coprire, imbacuccare ◊ ***~le la boca (a alg)*** chiudere la bocca (a q)

tápara *f bot* cappero *m*

taparrabo (*var.* **taparrabos**) *m coloq* copripudende *inv*, perizoma

tapete *m* 1. centrino; 2. tappetino; (*juego*) tappeto verde ◊ ***estar sobre el ~*** essere in fase di discussione; ***poner (u-c) sobre el ~*** mettere (qc) sul tappeto

tapia *f constr* muro *m*; muro di cinta *m* ◊ ***más sordo que una ~*** sordo come una campana; **~do** *m* accecamento; **~l** *m constr* stampo per muri; muro; **~r** ‹*tapio*› V. 1 *vt constr* murare; cingere di muro

tapicería *f* tappezzeria; **~o, -a** *m/f* tappezziere,-a

tapioca *f gastr* tapioca

tapir *m zool* tapiro

tapis roulant [ta'pĩru'lan] *m inv* tapis roulant*, nastro trasportatore

tapiz *m* arazzo; **~ar** ‹*tapicé*› *vt tecn* tappezzare; addobbare, parare

tapón *m* 1. tappo, turacciolo; 2. *med* tampone; 3. *tecn tamb. fig* tappo; 4. *auto* (*tráfico*) imbottigliamento, ingorgo

tapona|dora *f tecn* tappatrice; **~miento** *m* tamponamento; **~r** *vt* 1. tappare, turare; 2. *med* tamponare; **~zo** *m* colpo di tappo

tapsia *f bot* tapsia

tapuj|arse coprirsi il viso con il mantello; **~o** *m* 1. lembo del mantello o scialle; 2. *fig* mascheramento, reticenza; 3. *fig* imbroglio

taqué *m* 1. *mec* (*válvula*) punteria *f*; 2. *mec* nottolino d'inversione

taquera *f* stecchiera

taqui|cardia *f med* tachicardia; **~grafía** *f* stenografia; **~grafiar** ‹*grafío*› V. 2 *vt* stenografare; **~gráfico, -a** *adj* stenografico, -a

taquígrafo, -a *m/f* stenografo, -a

taquill|a *f* 1. biglietteria; *teat* botteghino *m*; 2. (*mueble*) casellario *m*; armadietto personale *m*; 3. sportello d'ufficio *m*; **~ero, -a 1.** *m/f* bigliettaio, -a; **2.** *adj* di successo, di cassetta; **~ón** *m* mobile d'ingresso, mobile dell'entrata

taquimeca *m/f coloq* stenodattilo, -a; **~nografía** *f* stenodattilografia; **~nógrafo, -a** *m/f* stenodattilografo, -a

taquímetro *m mec/auto* tachimetro, contagiri *inv*

taquistoscopio *m psicol/tecn* tachistoscopio

tara *f com/med* tara; **~billa** *f* 1. *tecn* nottola; 2. *zool* (*ave*) saltimpalo *m*; 3. *coloq/fig* lingua; 4. *coloq* parole a vanvera *fpl* ◊ ***soltar la ~/darle a la ~*** parlare troppo, essere chiacchierone
taracea *f* intarsio *m*; **~r** *vt* intarsiare
tarado, -a *adj com/med* tarato, -a
tarambana (*var.* **tarambanas**) *adj/s inv coloq* testa vuota *f*, caposcarico *m*, pazzerellone, -a *adj/s*
tarantela *f mús* tarantella
tarántula *f zool* tarantola ◊ ***picado de la ~*** *coloq* con il ballo di San Vito addosso
tarar *vt com* tarare; **~á** (*var.* **tararí**) *m/onom* tarà, tarattà ◊ ***estar ~í*** essere brillo; **~ear** *vt* canterellare, canticchiare; **~eo** *m* canterellio; **~í** V. **tarará**
tarasca *f* 1. (*Corpus*) drago *m*; 2. *desp/fig* (*mujer*) megera, mostro *m*; **~da** *f* morso *m*; *fig* frecciata
taray V. **tamarisco**
tardalnza *f* ritardo *m*, il tardare *m*; **~r** *vi* tardare, ritardare; **~ *en llegar*** *tardare ad arrivare*; **~ *una hora en llegar*** *impiegare/metterci un'ora ad arrivare* ◊ ***a más ~*** al piú tardi
tarde 1. *f* 1. (*primeras horas de la tarde*) pomeriggio *m*; 2. (*últimas horas de la tarde*) sera; **2.** *adv* tardi ◊ ***buenas ~s*** (*primeras horas de la tarde*) buon giorno; (*últimas horas de la tarde*) buona sera; ***de ~ en ~*** ogni tanto, raramente; ***más ~ o más temprano*** prima o poi; ***más vale ~ que nunca*** meglio tardi che mai; ***por la ~*** al pomeriggio
tardílgrado, -a *adj* tardigrado, -a; **~o, -a 1.** *adj* tardivo, -a; *bot* serotino, -a, tardivo, -a; **2.** *m bot* piantagione di frutto tardivo *f*
tardo, -a *adj* 1. tardo, -a, lento, -a, flemmatico, -a; 2. *fig* tardo, -a, ottuso, -a
tardón, -ona *adj/s coloq* tardone, -a
tarea *f* 1. lavoro *m*; 2. *estud* compito *m*
Tarento *geogr* Taranto
tarifa *f* tariffa; **~r** *vt* tariffare
tarima *f* predella; (*mesa*) pedana
tarín *m* lucherino
tarjetla *f* 1. (*trabajo*) cartellino *m*; biglietto *m*, cartoncino *m*; 2. (*de identidad, perforada*) tessera; 3. scheda magnetica ◊ **~ *amarilla*** *sport* cartellino giallo; **~ *de boda*** invito; **~ *de crédito*** carta di credito; **~ *de visita*** biglietto da visita; **~ *postal*** cartolina illustrata; **~ *roja*** *sport* cartellino rosso; **~ón** *m* biglietto d'invito
tarot *m* (*juego*) tarocchi *mpl*
tarquín *m* limo, melma *f*
tarraconense *adj/s* tarragonese, di Tarragona
tarro *m* 1. barattolo, vasetto; 2. *Am coloq* (*sombrero*) cilindro; 3. *Am* lattina *f*; *jerga* capo *estánd* ◊ ***cabeza de ~*** testa di rapa
tarso *m med* tarso
tarta *f* 1. *gastr* torta; 2. *pol coloq/fig* torta; 3. *cine/teat* opera stucchevole
tártago *m bot* euforbia catapuzia *f*
tartaja, tartajoso *coloq/desp* V. **tartamudo**
tartaleta *f* tortino *m*
tartamudlear *vi* balbettare, tartagliare; **~eo** *m* balbettio; **~ez** *f* balbuzie *inv*; **~o, -a** (*var.* **tartaja** *inv coloq*, **tartajoso, -a** *coloq*) *adj/s* balbuziente
tartana *f* 1. *transp* barroccio *m*, baroccio *m*; 2. *nav* tartana
tartárico, -a *adj* 1. *quím* tartarico, -a; 2. *lit* tartareo, -a
tártaro, -a *adj/m* 1. *cient/geogr* tartaro, -a; 2. *~ Tartaro
tartera *f* tortiera
tarugo *m* 1. *tecn* cavicchio; pezzo irregolare; 2. tozzo di pane; 3. *fig* tanghero
tarumba *adj coloq* matto, -a, pazzo, -a ◊ ***volverle ~ (a alg)*** far diventar pazzo (q)
tas *m tecn* tasso
tasa *f* 1. tassa; (*acción*) tassazione; 2. tasso *m* ◊ **~ *de crecimiento, de depreciación, de expansión,...*** tasso di incremento, di deprezzamento, di sviluppo,...; **~ *de natalidad*** tasso di natalità; **~ble** *adj* stimabile; **~ción** *f econ* valutazione, stima; *pol/econ* (*precio*) calmieramento *m*; **~dor, -a** *adj/s* tassatore, -trice; **~r** *vt econ* tassare; valutare; *pol/econ* (*precio*) calmierare; **~rte** *m zool* palamita bianca *f*
tasca *f coloq* taverna; (*juego*) bisca; **~r** ‹*tasqué*› *vt* 1. (*cañamo*) scotolare; 2. (*animales*) sgranocchiare ◊ **~ *el freno*** mordere il freno
tata 1. *f coloq* bambinaia; **2.** *m Am* papà, babbo; **~mi** *m sport* tatami *inv*
tataralbuelo, -a *m/f* trisavolo, -a; **~nieto, -a** *m/f* pronipote (di trisavolo)
tate *m jerga drog* hashisc*
tatualje *m* tatuaggio; **~r** *vt* tatuare
taumaturglia *f* taumaturgia; **~o** *m* taumaturgo
taurino, -a *adj* taurino, -a
Tauro *m astrol* Toro
tauromaquia *f* tauromachia
tautología *f filos* tautologia
TAV (*Tren de Alta Velocidad*) *abr/m* TAV (Treno ad velocità)
taxáceas *fpl bot* taxacee
taxativo, -a *adj* tassativo, -a
taxi *m* tassì *inv*, taxi *inv*; **~dermia** *f* tassidermia; **~dermista** *m/f* tassidermista
taxímetro *m* tassametro
taxista *m/f* tassista
taxodiáceas *fpl bot* tassodiacee
taxonlomía *f* tassonomia; **~ómico, -a** *adj* tassonomico, -a
Tayikistán *m* Tagichistan, Tagichstan, Tagikistan
tayiko, -a *adj/s* tagico, -a, tagiko, -a
taza *f* 1. tazza; **~ *de café, de té*** *tazza da caffè, da tè*; ***beber una ~ de café, de té*** *bere una tazza di caffè, di tè*; 2. tazza del water-closet*, vaso del water-closet* *m*; 3. (*fuente*) vasca
tazón *m* scodella *f*, tazza da caffelatte *f*
tb. (*también*) *abr* anche
TC (*Tribunal de Cuentas*) *abr* 1. CC (Corte dei Conti) *abr/f*; 2. (*Tribunal Constitucional*) CC (Corte Costituzionale) *abr/f*

TD (*telediario*) *abr* TG (telegiornale)
té *m* tè *inv* ◊ ***darle (a alg) el ~*** *coloq* dar fastidio (a q), rompere l'anima (a q); ***rosa de ~*** rosa tea; ***tomar el ~*** prendere il tè
te *pron* ti; te; ***~ saludo, ~ dije*** *ti saluto, ti dissi*; ***~ lo dije*** *te lo dissi*
tea *f* 1. teda; 2. *fig* sbornia ◊ ***~s maritales*** tede nuziali
team [tim] *m* team *inv*, squadra *f*
teatr|al *adj* teatrale; *fig* teatrale, esagerato, -a; **~alidad** *f* teatralità *inv*; **~o** *m teat tamb. fig* teatro ◊ ***~ ambulante*** teatro ambulante; ***echar/hacer/tener ~*** fare teatro
tebaína *f quím* tebaina
tebeo *m* giornalino a fumetti, fumetto
teca *f* 1. *cient/relig* teca; 2. (*madera*) tek *m inv*
tech|ado *m* tetto, tettoia *f* ◊ ***bajo ~*** al coperto; **~ar** *vt* coprire con tetto, fare il tetto; **~o** *m* 1. tetto (!); 2. (*interior*) soffitto (!); 3. *econ tamb. fig* tetto, limite massimo; 4. *aero* quota di tangenza *f*; **~umbre** *f* tetto *m*
tecla *f mús tamb. fig* tasto *m* ◊ ***dar en la ~*** cogliere nel segno; ***tocar muchas ~s para...*** battere a tutte le porte per..., fare i passi necessari per...; **~do** *m tecn/mús* tastiera *f*
tecle|ar 1. *vi* 1. *mús* tasteggiare; 2. battere a macchina; 3. scrivere al computer; 4. *electrón* digitalizzare; **2.** *vt fig* tastare il terreno; **~o** *m* 1. *mús* tasteggio; 2. digitare; (*máquina, ordenador*) battitura *f*; **~teo** *m* 1. *mús* tasteggio continuo; 2. battitura continua *f*
técnica *f* tecnica
tecnici|dad *f* tecnicità *inv*; **~smo** *m* tecnicismo
técnico, -a *adj/s* tecnico, -a ◊ ***~ de efectos sonoros*** rumorista
tecnicolor *m cine* tec(h)nicolor *inv*
tecnificar ‹*tecnifiqué*› *vt* tecnicizzare, rendere tecnico; *ling* tecnificare
tecnocracia *f* tecnocrazia
tecnócrata *adj/s* tecnocrate
tecno|logía *f* tecnologia ◊ ***~ punta/alta*** tecnologia di punta/avanzata; **~ógico, -a** *adj* tecnologico, -a
tectóni|ca *f* tettonica; **~o, -a** *adj geol* tettonico, -a
tediar ‹*tedio*› V. 1 *vt* tediare, annoiare
tedio *m* tedio, noia *f*, uggia *f*; **~so, -a** *adj* noioso, -a, uggioso, -a
teenager ['tinayer] *adj/s* teen-ager* *inv*
teflón® *m* teflon *inv*
tegument|ario, -a *adj cient* tegumentale, tegumentario, -a; **~o** *m bot/zool* tegumento
teína *f* teina
teísmo *m relig* teismo
teja *f* tegola ◊ ***~ árabe*** coppo, tegola curva; ***~ plana*** embrice; ***a ~ vana*** di tegole senza assito; ***a toca ~*** in contanti; ***de ~s abajo*** nel mondo; ***de ~s arriba*** nel/del cielo, nell'/dell'aldilà; **~dillo** *m* tettuccio, pensilina *f*; **~do** *m* tetto ◊ ***tener el ~ de vidrio*** *fig* essere censurabile; **~no, -a** *adj/s* texano, -a ◊ ***pantalones ~s*** blue jeans; **~r 1.** *m* fornace da laterizi *f*; **2.** *vt* coprire di tegole
teje|dor, -a 1. *adj/s* 1. tessitore, -trice; 2. *Am fig* intrigante; **2.** *m zool* idrometra *f*; **~ora** *f tecn* tessitrice; **~uría** *f* 1. tessitura, arte tessile; 2. (*taller*) tessitoria
tejemaneje *m* 1. *coloq* destrezza *f*, abilità *f inv*; 2. *coloq* sotterfugio, imbroglio
tejer *vt* tessere; intrecciare, intessere; *fig* tessere, ordire, tramare, macchinare ◊ ***~ y destejer*** fare e disfare; **~ía** V. **tejar**; **~o, -a** *adj/s* fabbricante di tegole
tejido, -a 1. *adj* tessuto, -a; **2.** *m* 1. tessuto; stoffa *f*; 2. tessitura *f* ◊ ***~ de punto*** tessuto a maglia
tejo *m* 1. piastrella *f*; 2. gioco delle piastrelle; 3. *bot* tasso ◊ ***tirarle los ~ (a alg)*** *coloq* mostrare interesse (per q); corteggiare
tejón *m zool* tasso
tejuel|a *f* coccio *m*; **~o** *m* 1. *impr* targhetta sul dorso *f*; 2. piastrina *f*; *mec* ralla *f*, rallino
tel. (*teléfono*) *abr* tel. (telefono)
tela *f* 1. (*de lino, de punto...*) tessuto *m*, stoffa; tela; (*pintura, fig*) tela; 2. membrana, pellicola; 3. *coloq/fig* quattrini *mpl*, grana, denaro *m* ◊ ***~ de araña*** ragnatela; ***~ de espuma*** spugna; ***~ metálica*** rete metallica; ***haber ~ que cortar/haber ~ para rato*** *coloq* esserci molto da dire; ***poner en ~ de juicio*** mettere in dubbio, mettere in discussione; **~r** *m* telaio; *teat* telaio, armatura *f*; **~raña** *f* ragnatela
tele *f coloq* tv *inv*, tivù *inv*, tele *inv*; **~adicto, -a** *adj/s* teledipendente; **~alarma** *f* teleallarme *m*; **~basura** *f* televisione spazzatura; **~cabina** *f* telecabina, funivia; **~cámara** *f TV* telecamera; **~cine** *m cine/TV* telecinecamera *f*; **~cinesis** (*var.* **telequinesis**) *f inv* telecinesi; **~co** *coloq* V. **telecomunicación**; **~compra** *f* teleacquisto *m*; **~comprar** *vt* teleacquistare; **~comunicación 1.** *f* telecomunicazione; **2.** *m/f* ingegnere delle comunicazioni ◊ ***ingeniero de ~s*** ingegnere delle telecomunicazioni; **~control** *m* telecontrollo; **~diario** *m* telegiornale; **~difusión** *f* telediffusione; **~dirección** *f* teleguida; **~dirigido, -a** *adj* telecomandato, -a, teleguidato, -a; **~dirigir** ‹*teledirijo*› *vt* teleguidare, telecomandare
telefax *m* telefax *inv*
teleférico *m transp* teleferica *f*, funivia *f*
telefilm (*var.* **telefilme**) *m* telefilm *inv*
telefon|azo *m* chiamata telefonica *f*, colpo di telefono; **~ear** *vt/i* telefonare *vi* (!); **~ema** *m* fonogramma; **~ía** *f* telefonia
telefóni|ca *f* 1. telefonica (spagnola); 2. palazzo della centrale telefonica *m*; **~co, -a** *adj* telefonico, -a
telefoni|llo *m coloq* citofono; **~sta** *m/f* telefoni-sta
teléfono *m* telefono ◊ ***~ de teclado*** telefono a tastiera; ***~ del menor*** telefono azzurro; ***~ inalámbrico*** telefono senza fili; ***~ móvil*** cellulare, telefonino; ***~ rojo, verde*** telefono rosso, verde
telefoto *m* telefoto, telefotografia *f*
telefotografía *f* telefotografia
telegénico, -a *adj* telegenico, -a

telegr|afía *f* telegrafia; **~afiar** ‹*grafío*› V. 2 *vt/i* telegrafare; **~áfico, -a** *adj* telegrafico, -a; **~afista** *m/f* telegrafista
telégrafo *m* telegrafo
telegrama *m* telegramma
teleimpresor *m* telescrivente *f*, telestampante *f*
telele *m coloq* colpo, svenimento, attacco
telemando *m* telecomando
telémetro *m* telemetro
telenovela *f* (*latinoamericana*) telenovela; teleromanzo *m*, sceneggiato televisivo *m*
teleobjetivo *m* teleobiettivo
teleología *f* teleologia
teleósteo *adj/m zool* teleosteo
teleoyente *m/f* teleascoltatore, -trice
telep|atía *f* telepatia; **~ático, -a** *adj* telepatico, -a
teleproceso *m* teleprocessing* *inv*
telequinesis V. **telecinesis**
telera *f* 1. (*pastoreo*) stalla/recinto a graticcio, palizzata; 2. palo per la recinzione *m*
telerrealidad *f* reality show* *m inv*
telesc|ópico, -a *adj* telescopico, -a; **~opio** *m* telescopio
telescucha *m/f* teleascoltatore, -trice
telesilla *f* seggiovia
telespectador, -a *m/f* telespettatore, -trice
telesquí *m* ski-lift* *inv*, sciovia *f*
teletex *m* teletex *inv*; **~to** *m* teletext *inv*, televideo
teletip|ista *m/f* telescriventista; **~o®** *m* **1.** *tecn* telescrivente *f*, telestampante *f*; **2.** messaggio telescritto
teletrabajador, -a *m/f* telelavoratore, -trice
televidente *m/f* telespettatore, -trice
televis|ar *vt* teletrasmettere, trasmettere per televisione; **~ión** *f* 1. televisione; 2. (*aparato*) televisione, televisore *m* ◊ **~ *de alta definición*** televisione ad alta definizione; **~ *digital*** televisione digitale; **~ *digital terrestre*** televisione digitale terrestre; **~ *en blanco y negro*** televisione in bianco e nero; **~ *en color*** televisione a colori; **~ *por cable*** televisione via cavo; **~ivo, -a** *adj* televisivo, -a; **~or** *m* televisore; **~ual** *adj* televisivo, -a
télex *adj/m* telex *inv*
telón *m teat* sipario, telone ◊ **~ *de acero*** *hist* cortina di ferro; **~ *de boca*** *teat* sipario; **~ *de foro*** *teat* fondale
telonero *m* 1. *teat tamb. fig* attore secondario; 2. *mús tamb. fig* complesso musicale del preconcerto
telúrico, -a *adj geol* tellurico, -a
telurio *m quím* tellurio
tema **1.** *m* 1. tema, argomento, soggetto; 2. *ling/mús* tema; **2.** *f* 1. puntiglio *m*, idea fissa; 2. avversione; **~rio** *m* programma
temátic|a *f* tematica; **~o, -a** *adj* tematico, -a
tembl|ar ‹*tiemblo*› V. 5a *vi* (*frío, miedo*) tremare; *fig* tremare, trepidare, tremolare; **~eque** *m* tremolio; **~ón, -ona** *adj* tremulo, -a; **~or** *m* tremito; tremolio ◊ **~ *de tierra*** scossa di terremoto; **~oroso, -a** *adj* tremante, tremolante

temer **1.** *vt* temere, aver paura/timore di; **2.** *vi* aver paura/timore (**por** di); **~ario, -a** *adj* temerario, -a; **~idad** *f* temerità *inv*, temerarietà *inv*; **~oso, -a** *adj* pauroso, -a, timoroso, -a, pusillanime; pauroso, -a
temible *adj* temibile
temor *m* timore, paura *f* ◊ **~ *de Dios*** timore di Dio
témpano *m mús/arq* timpano ◊ **~ *de hielo*** lastra di ghiaccio; ***quedarse como un*** **~** restare come un pezzo di ghiaccio
témpera *f arte* tempera
temperament|al *adj* di carattere forte; **~o** *m* 1. temperamento, carattere forte; 2. *meteo* temperie *f inv*; 3. *mús tamb. fig* accordo
temperan|cia *f* temperanza, moderazione; **~te** *adj/s* 1. temperante; 2. *Am* astemio, -a
temperar **1.** *vt* temperare, moderare; temperare, calmare; **2.** *vi Am* cambiar aria
temperatura *f* temperatura ◊ ***tomar la*** **~** misurare la temperatura
temperie *f meteo* temperie *inv*
tempestad *f nav tamb. fig* (*mar*) tempesta; (*monte*) tormenta
tempestiv|idad *f* tempestività *inv*; **~o, -a** *adj* tempestivo, -a, opportuno, -a
tempestuoso, -a *adj* tempestoso, -a
templ|ado, -a *adj* 1. temperato, -a, moderato, -a; tiepido, -a; 2. (*acero*) temprato, -a; 3. *meteo* (*clima*) mite, temperato, -a; 4. *coloq* (*persona*) temperato, -a, moderato, -a; **~nza** *f* 1. temperanza, moderatezza; 2. *meteo* mitezza; 3. *arte* armonia; **~r** **1.** *vt* 1. temperare, moderare; mitigare; intiepidire; 2. *tecn* temprare; 3. *mús* accordare; 4. *nav* temperare; 5. *arte* armonizzare i colori; **2.** **~se** 1. *Am Mer* innamorarsi; 2. *Am* morire *vi*
temple *m* 1. indole *f*, carattere; 2. *tecn tamb. fig* tempra *f*; 3. (*buen, mal*) umore; 4. *mús* accordo; 5. *arte* tempera *f* ◊ ***pintar al*** **~** dipingere a tempera; **~te** *m* chiosco; altarino
templo *m* tempio, *elev* temple ◊ ***una verdad como un*** **~** una verità sacrosanta
tempor|ada *f teat* stagione; periodo *m* ◊ **~ *alta, baja*** stagione alta, bassa; **~ *de conciertos*** stagione lirica; ***de*** **~** stagionale, di stagione; **~al** **1.** *m* temporale, tempesta *f*; **2.** *adj* temporaneo, -a, provvisorio, -a, passeggero, -a; (*poder*) temporale ◊ ***capear el*** **~** far fronte alle difficoltà, cavarsela; ***contrato*** **~** contratto a termine; ***trabajo*** **~** lavoro a termine; **~alidad** *f* 1. (*humana*) temporalità *inv*; 2. (*trabajo*) temporaneità *inv*, provvisorietà *inv*
témporas *fpl relig* tempora
temporero, -a *adj/s* stagionale
temporiz|ador *m tecn* timer* *inv*; **~ar** ‹*temporicé*› *vt tecn* temporizzare
tempran|ero, -a *adj* mattiniero, -a; **~o, -a** **1.** *adv* (*levantarse*) presto, di buon'ora; (*llegar*) in anticipo, presto; **2.** *adj* precoce, primaticcio, -a
ten V. **tener**

tenaci|dad *f* 1. tenacia, costanza; 2. *tecn* tenacità *inv*; **~llas** *fpl* 1. (*azúcar*) mollette; 2. pinzette; 3. (*pelo*) arricciacapelli *m inv*
tenaz *adj* tenace, fermo, -a; **~as** *fpl* 1. *tecn* tenaglie; 2. molle, pinze
tenca *f* 1. *zool* (*pez*) tinca; 2. *Chile* frottola
tendedero *m* stenditoio
tendenci|a *f* tendenza, propensione; **~al** *adj* tendenziale; **~osidad** *f* tendenziosità *inv*; **~oso, -a** *adj* tendenzioso, -a
tendente *adj* inteso, -a, teso, -a; ***obras ~ al bien*** *opere intese al bene*; ***medida ~ a la mejora de la situación*** *misura tesa al miglioramento della situazione*; tendente a
tender ‹*tiendo*› V. 6 **1.** *vt* (*ropa*) stendere, tendere, distendere; **2.** *vi* tendere; **3. ~se** sdraiarsi (**en** sul), coricarsi (**en** sul), stendersi (**en** sul)
ténder *m transp* tender *inv*
tender|ete *m* bancarella *f*; **~o, -a** *m/f* negoziante, bottegaio, -a
tendido, -a 1. *m* 1. rete *f*; 2. *taur* gradinata scoperta *f*; 3. il bucato steso; **2.** *adj* (*ropa*) steso, -a; steso, -a, sdraiato, -a ◊ ***a galope ~*** a gran galoppo; ***dormir a pierna ~a*** dormire saporitamente; ***llorar a moco ~*** piangere a dirotto
tendin|itis *f inv med* tendinite *f*; **~oso, -a** *adj med* tendineo, -a, del tendine; *med* tendinoso, -a
tendón *m med* tendine ◊ ***~ de Aquiles*** tendine di Achille
tendré, tendría V. **tener**
tenducho *m desp* botteguccia *f*
tenebr|ismo *m* (*pintura*) tenebrismo; **~ista** *adj/s* (*pintura*) tenebrista; **~osidad** *f* tenebrosità *inv*; **~oso, -a** *adj* tenebroso, -a, buio, -a
tenedor, -a 1. *m* forchetta *f*; **2.** *m/f econ* detentore, -trice *m*, portatore. -trice, possessore, posseditrice *f* ◊ ***~ de libros*** contabile; ***restaurante de cuatro ~ores*** ristorante di lusso; **~uría** *f* contabilità *inv* ◊ ***~ de libros*** tenuta dei libri
tenencia *f* detenzione, possesso *m* ◊ ***~ ilícita de armas*** porto abusivo d'armi, detenzione illecita di armi
tener ‹*tengo; tendré; tuve*› **1.** *v/aux* avere; **2.** *vt* avere, possedere; tenere, mantenere; tenere, sostenere; (*cariño*) sentire; stimare, considerare, giudicare ◊ ***~ a bien*** avere il piacere, volere; ***~ a orgullo/a gala*** sentirsi orgoglioso di; ***~ atravesado (a alg)*** sentire antipatia (per q); ***~ consulta*** passare visita; ***~ dicho, preparado...*** avere detto, preparato...; ***~ en el bolsillo (a alg)*** dominare/avere conquistato (q); ***~ lo suyo*** avere un qualcosa; ***~ mucho/poco que (dar, decir)*** aver molto/poco da (dare, dire); ***~ presente*** avere/tenere a mente; ***~ que*** dovere; ***~la tomada con alg*** avercela con q; ***~los bien puestos*** *vulg* avere coglioni ; ***~se a lo convenido*** tenersi ai patti; ***~se de pie/no ~ de pie*** reggersi in piedi/non reggersi in piedi; ***~se por*** considerarsi; ***¡Ahí tienes!*** Ecco (qui)!; ***conque ¿esas tenemos?*** Ah, così stanno le cose?; ***le rogamos tenga a bien conceder...*** *adm* la preghiamo di (voler) concedere; ***me tiene frito*** *coloq* mi sta ammazzando; ***no ~ nada que perder*** non aver nulla da perdere; ***no ~ que ver*** non aver niente a che vedere, non c'entrare; ***no ~las todas consigo*** non essere molto sicuro di qc; **~ía** *f* conceria
tenga, tengo V. **tener**
tenia *f zool* tenia, verme solitario *m*
teniente *adj/s mil* tenente ◊ ***~ coronel, general*** tenente colonnello, generale; ***~ de alcalde*** vicesindaco; ***~ de navío*** *mil* tenente di vascello
tenis *m inv sport* tennis ◊ ***~ de mesa*** tennis da tavolo, ping-pong; **~ta** *m/f sport* tennista
tenístico, -a *adj* tennistico, -a
tenor *m* 1. tenore; 2. *mús* tenore ◊ ***~ de vida*** tenore di vita; ***a/al ~ de*** a tenore di; **~io** *m lit tamb. fig* (*don Juan*) don Giovanni
tens|ar *vt* tendere, tirare; **~ión** *f* tensione; *med* (*arterial*) pressione ◊ ***alta ~*** alta tensione; ***tener la ~ alta/baja*** avere la pressione alta/bassa; **~o, -a** *adj tamb. fig* teso, -a, tirato, -a; **~oactivo, -a** *adj cient* tensioattivo, -a
tensón *f lit* tenzone
tensor, -a *adj/m cient* tensore, -a
tent|ación *f* 1. tentazione; 2. (*lencería*) baby-doll* *m inv*; **~áculo** *m* tentacolo; **~ador, -a** *adj/s* tentatore, -trice; **~ar** ‹*tiento*› V. 5a *vt* 1. tentare; ***~ hacer u-c*** *cercare/tentare di fare qc*; ***~a la suerte*** *tentare la fortuna*; ***el diablo le tentó*** *il diavolo lo tentó*; 2. tastare, palpare; **~ativa** *f* tentativo *m* ◊ ***~ de homicidio*** tentato omicidio
tente|mozo *m* puntello; **~mpié** *m coloq* spuntino, merendina *f*
tenu|e *adj* tenue, leggero, -a, sottile; debole; **~idad** *f* tenuità *inv*
teñi|do (*var.* **teñidura** *f*) *m* tintura *f*; **~r** ‹*tiño; tiñó; tiñendo*› V. 12 *vt* 1. tingere; 2. (*pintura*) smorzare una tinta ◊ ***~se el pelo*** tingersi i capelli
teocr|acia *f pol* teocrazia; **~ático, -a** *adj pol* teocratico, -a
teodolito *m tecn* teodolite
teolog|al *adj relig* teologale; **~ía** *f relig* teologia
teológico, -a *adj relig* teologico, -a
teólogo, -a *m/f* teologo, -a
teorema *m* teorema
teorético, -a *adj filos* teoretico, -a
teoría *f* 1. teoria; 2. *elev* corteo *m* ◊ ***en ~*** in teoria
teórico, -a *adj/s* teorico, -a
teorizar ‹*teoricé*› *vi* teorizzare
teos|ofía (*var.* **teosofismo** *m*) *f relig* teosofia; **~ófico, -a** *adj relig* teosofico, -a; **~ofismo** V. **teosofía**
tépalo *m bot* tepalo
tequila *m/f* tequila* *f inv*
TER (*var.* **ter**) (*Tren Español Rápido*) *abr/m hist* ="Rapido speciale spagnolo"
terap|euta *m/f* terapeuta; **~éutica** *f* terapeutica; **~éutico, -a** *adj/f* terapeutico, -a
terapia *f* terapia
tercer V. **tercero**; **~a** *f* 1. (*mujer*) mezzana; 2. *mús/auto* terza; **~mundismo** *m* terzomondi-

smo; **~mundista** *adj* terzomondista; **~o, -a** *adj/m* 1. terzo, -a; 2. *relig* terziario, -a ◊ ***a la ~a va la vencida*** la terza è la volta buona; ***el tercer mundo*** *pol* il terzo mondo; **~ol** *m nav* terzarolo; **~ola** *f* (*arma*) terzaruolo *m*

terceto *m* 1. *lit* terzina *f*; 2. *mús* terzetto, trio

tercian|a *f med* terzana; **~ela** *f txtl* terzanella *inv*

terciar ‹*tercio*› V. 1 **1.** *vi* intervenire; **2.** *vt* mettere di sbieco o di traverso; **3. ~se** fare al caso *vi*, essere opportuno *vi*; **~io, -a** *adj/m geol/relig* terziario, -a

tercio, -a 1. *adj* terzo, -a; **2.** *m taur* (*corrida*) fase *f*, parte *f*; **3.** *m* 1. *mil/hist* =″reggimento di infanteria spagnola (sec.XVI e XVII)″; 2. *mil* reggimento di infanteria della legione ◊ ***cambiar el/de ~*** *coloq* cambiare discorso; cambiare tema; ***vela al ~*** vela al terzo; **~pelo** *m txtl* velluto

terco, -a *adj* testardo, -a, caparbio, -a, ostinato, -a

teresiano, -a *adj/s relig* teresiano, -a

tergal® *m* tergal *inv*

tergivers|ación *f* travisamento *m* (!), falsamento *m* (!); **~ar** *vt* travisare (!), falsare (!)

terliz *m txtl* traliccio

termal *adj* termale; **~ismo** *m* termalismo

termas *fpl* terme

termes *zool* V. **termita**

termia *f fís* termia

térmico, -a *adj* termico, -a

termin|ación *f* terminazione, fine; *ling* desinenza, terminazione; **~al 1.** *adj* terminale; **2.** *f transp* capolinea *m inv*; *aero* terminal *m inv*; **3.** *m electr/informát* terminale; **~ante** *adj* terminante, decisivo, -a, concludente; **~ar** *vt/i* terminare, finire; ***termina de comer*** *finisci di mangiare*; ***se ha terminado el curso*** *è finito/terminato il corso*; smettere (**de** di), cessare (**de** di); ***termina ya de...*** *smettila di...*; riuscire a; ***no termina de creérselo*** *non riesce a crederci*; **~ismo** *m filos* terminismo

término *m* 1. termine, fine *f*; 2. *ling* termine, parola *f*; 3. *geogr* termine, territorio; 4. *com/jur* termine; *arte/mat* termine ◊ ***dar ~ (a u-c)*** dare termine (a qc); ***en el ~ de diez días*** nel termine di dieci giorni; ***en propios ~s*** a rigor di termini; ***en último ~*** come ultimo rimedio; ***por ~ medio*** in media; **estar en buenos ~s (con alg)** *essere in buoni termini (con q)*

terminología *f* terminologia

termit|a *f zool/quím* termite; **~ero** *m* termitaio

termo *m* t(h)ermos *inv*; **~aislante** *adj* termoisolante; **~dinámico, -a** *adj/f* termodinamico, -a; **~eléctrico, -a** *adj* termoelettrico, -a; **~génesis** *f inv* termogenesi; **~lábil** *adj quím* termolabile

termómetro *m* termometro ◊ ***~ de máxima, de mínima*** termometro a massima, a minima

termonuclear *adj* termonucleare

termorreactor *m* termoreattore

termosifón *m* termosifone

termost|ático, -a *adj* termostatico, -a; **~ato** (*var.* **termóstato**) *m* termostato

termotecnia *f* termotecnica

termoterapia *f* termoterapia

termoventilación *f* termoventilazione

terna *f* terna; **~rio, -a 1.** *adj* ternario, -a; **2.** *m relig* triduo; **~sco** *m* 1. *gastr* (*Aragón*) abbacchio; 2. *gastr* (*Navarra*) capretto

terne|ra *f* 1. carne di vitello; 2. *zool* vitella; **~ro** *m zool* vitello; **~za 1.** *f* tenerezza; **2.** *fpl* lusinghe

ternill|a *f med* cartilagine; **~oso, -a** *adj* cartilaginoso, -a

terno *m* 1. (*números, hojas*) terno; 2. (*traje*) completo a tre pezzi; Cube/P. Rico parure* di tre pezzi; 3. bestemmia *f* ◊ ***soltar ~s*** bestemmiare

ternura *f* tenerezza

terquedad *f* caparbietà *inv*, ostinazione, cocciutaggine

terra|cota *f* terracotta; **~do** *m* terrazza *f*; **~ja** *f tecn* madrevite; **~l** *adj/m* vento di terra; **~micina®** *f farma* terramicina; **~pene** *m* tartaruga dorso di diamante *f*

terrapl|én *m* terrapieno; **~enar** *vt* alzare terrapieni *vi*

terráqueo, -a *adj* terracqueo, -a

terrateniente *m/f* possidente terriero, -a

terraz|a *f* terrazza, terrazzo *m*; *agric* terrazzo; **~o** *m* terrazzo

terremoto *m* terremoto

terren|al *adj* terreno, -a; ***paraíso ~*** paradiso terrestre; **~o, -a 1.** *adj* terreno, -a; **2.** *m* terreno, campo ◊ ***~ abonado*** terreno preparato; ***~ acotado*** campo/terreno riservato; ***~ de juego*** terreno di gioco; ***allanar/preparar el ~ (a alg)*** preparare il terreno (a q); ***ganar ~*** acquistare/guadagnare terreno; ***medir el ~*** *fig* tastare il terreno

térreo, -a *adj* terreo, -a

terrero 1. *adj* terrestre, umile; **2.** *m fig* mucchio di terra o scarti

terrestre *adj* terrestre

terrible *adj* terribile

terrícola *adj/s* terricolo, -a

territorial *adj* territoriale; **~idad** *f* territorialità *inv*

territorio *m* territorio

terrón (*pl* **terrones**) **1.** *m* 1. (*azúcar*) zolletta *f*; 2. *agric* zolla *f*; **2.** *mpl fig* campi, terre *fpl*

terror *m* terrore, orrore, spavento; **~ífico, -a** *adj* terrificante, spaventoso, -a; **~ismo** *m pol* terrorismo; **~ista** *adj/s* terrorista

terroso, -a *adj* terroso, -a, terrigno, -a

terruño *m* 1. zolla *f*; 2. *fig* terra nativa *f*

terso, -a *adj* terso, -a, lucente; *fig* terso, -a, chiaro, -a

tersura *f* tersezza

tertulia *f* 1. riunione; 2. circolo *m*; 3. *Arg/Cuba teat* poltrona; **~no, -a** *adj/s* partecipante di una tertulia; **~r** ‹*tertulio*› V. 1 *vi Am* conversare

terzuelo *m* terzo

tesar *vt nav* tesare

tesaurización *f econ* tesaurizzazione, tesoreggiamento *m*

tesela *f* (*mosaico*) tesserina, tessera

tesina *f estud* (*licenciatura*) tesina; tesi di laurea

tesis *f inv* tesi ◊ ~ ***de doctorado*** tesi di dottorato (di ricerca); tesi di laurea (*obsol*)
tesitura *f* 1. *mús* tessitura; 2. *fig* disposizione, umore *m*
tesla *f fís* tesla
tesón *m* costanza *f*, pertinacia *f*, impegno
tesorer|ía *f* tesoreria; **~o, -a** *m/f* tesoriere, -a
tesoro *m* tesoro; *econ tamb. fig* tesoro ◊ ***bono del*** ~ buono del Tesoro
test *m* test *inv* ◊ ~ ***ciego*** test cieco, blind test, prova dei paraocchi
testa *f* 1. *raro* testa (*esténd*); 2. *fig* senno *m*; **~dor, -a** *m/f jur* testatore, -trice, testante; **~ferro** *m* prestanome
testament|ario, -a 1. *adj* testamentario, -a; **2.** *m/f* esecutore, -trice, testamentario, -a; **~o** *m* testamento ◊ ***Nuevo, Antiguo*** *~ Nuovo, Antico testamento
testar *vi* testare, fare testamento; **~ada** *f* testata; **~udez** *f* testardaggine, cocciutaggine, caponaggine; **~udo, -a** *adj/s* testardo, -a, cocciuto, -a
teste V. **testículo**; **~r** ['tester] *m electr* tester *inv*; **~ra** *f* testiera
testicular *adj* testicolare
testículo *m med* testicolo ◊ ***~s de perro*** *bot* orchide minore
testifica|ción *f* 1. *jur* attestazione, testimonianza; 2. *geol* testazione; **~l** *adj* testimoniale; **~r** ‹*testifiqué*› *vt* testificare, attestare, certificare
testigo *m/f* 1. *jur/sport* testimone; 2. *tecn* spia *f*, indicatore ◊ ~ ***de cargo, de descargo, presencial*** testimone a carico, a discarico, all'atto; ~ ***de Jehová*** testimone di Geova; ~ ***de oídas, de vista/ocular*** testimone auricolare, oculare
testimonia|l *adj/m jur* testimoniale; **~ar** ‹*testimonio*› V. 1 *vi* testimoniare, attestare; **~o** *m* attestato, testimonianza *f* ◊ ~ ***fehaciente*** testimonianza attendibile; ***falso*** ~ testimonianza falsa
testuz *f* fronte o nuca di animali
teta *f coloq* tetta, mammella, poppa ◊ ~ ***de vaca*** *bot* scorzonera; ***dar la*** ~ allattare; ***de*** ~ lattante; ***quitar la*** ~ svezzare
tétano (*var.* **tétanos**) *m* med tetano
tetera *f* 1. teiera; 2. *Am* poppatoio *m*
tetill|a *f* 1. (*animales machos, hombres*) mammella; 2. (*biberón*) tettarella; **~na** *f* (*biberón*) tettarella
tetrabrik® *m* tetrapak® *inv*
tetra-brik V. **brik**
tetracordio *m mús* tetracordo
tetraedro *m geom* tetraedro
tetrágono *m geom* tetragono
tetralogía *f lit/mús* tetralogia
tetramotor *m aero* quadrimotore
tetrapléjico, -a *adj/s* tetraplegico, -a, della tetraplegia
tétrico, -a *adj* tetro, -a, cupo, -a, fosco, -a
tetuda *adj/f coloq* tettona
teucrio *m bot* teucrio
teúrg|ia *f lit* teurgia; **~o** *m lit* teurgo
teutón, -ona *adj/s* 1. *hist* teutone, -a, teutonico, -a; 2. *elev/irón* tedesco, -a; **~ico, -a** *adj hist* teutonico, -a
textil *adj/m* tessile
texto *m* testo
textual *adj* testuale; **~idad** *f* testualità *inv*
textura *f* 1. *tecn* tessitura; 2. *fig* testura; 3. (*vidrio*) textura, texture* *f inv*
texturiz|ado *m tecn/txtl* testurizzazione *f*; **~ar** ‹*texturicé*› *vt tecn/txtl* testurizzare; (*vidrio*) texturizzare
tez *f elev* carnagione, pelle, cute
ti *pron* te; ***por*** ~ ***mismo*** *da te stesso*; ***a*** ~ *a te*
tía *f* 1. zia; 2. *desp* tizia, tipa; *jerga* compagna ◊ ~ ***abuela*** prozia; ~ ***buena*** *coloq* bona; ***cuéntaselo a tu*** ~ *coloq* vai a raccontarla altrove!; Sì, mio nonno!; ***no hay tu*** ~ *coloq* non c'è niente da fare, non c'è verso
tialina *f biol* ptialina
tiara *f relig* tiara
Tíber *m geogr* Tevere
tibi|a *f* 1. *med* tibia, stinco *m*; 2. *mús* tibia; **~eza** *f* tiepidezza; **~o, -a** *adj* 1. tiepido, -a; 2. *fig* fiacco, -a ◊ ***poner*** ~ ***(a alg)*** dirgliene di tutti i colori; ***ponerse*** ~ saziarsi
tiburón *m* 1. *zool* squalo, pescecane; 2. *econ fig* pescecane ◊ ***los ~ones de la industria*** i pescicani dell'industria
tic 1. *m* tic *inv*; **2.** *excl* tic, tic-tic
ticket ['tiket] *m* ticket *inv*, biglietto, buono, scontrino
tic-tac *m* tic-tac
tiemblo V. **temblar**
tiempo *m* 1. tempo; 2. tempo, età *f*; ***¿Qué ~ tiene el niño?*** *Quanto tempo ha il bambino?* ◊ ~ ***de perros*** tempo da cani, tempo da lupi; ~ ***perdido*** tempo perso; ***a*** ~ in tempo; ***a ~ completo*** a tempo pieno, full-time (trabajo); ***a ~ parcial*** part time* (*trabajo*), a tempo parziale; ***a mal ~ buena cara*** bisogna far buon viso a cattivo gioco; ***a su*** ~ a tempo debito, a suo tempo; ***a un*** ~ allo stesso tempo; ***¡al ~!*** al tempo!; ***al correr del ~/con el ~/andando el*** ~ col tempo, con il passare del tempo; ***al poco*** ~ poco dopo; ***antes de*** ~ (inn)anzi tempo, prima del tempo; ***buen, mal*** ~ bel, brutto tempo; ***café del*** ~ caffè freddo; ***cargarse el*** ~ rovinarsi il tempo; ***del ~ de Maricastaña*** dei tempi che Berta filava; ***en ~ de los romanos*** al tempo dei romani; ***en los ~s que corren*** coi tempi che corrono; ***en mis buenos ~s*** ai miei tempi; ***fruta del*** ~ frutta di stagione; ***ganar, malgastar*** ~ guadagnar, perder/sprecare tempo; ***más vale llegar a ~ que rondar un año*** chi ha tempo non aspetti tempo; ***matar el*** ~ ammazzare il tempo
tiend|a *f* negozio *m*; tenda (da campeggio) ◊ ***alzar*** ~ levare le tende; ***cerrar la*** ~ *fig* chiudere bottega; **~o** V. **tender**
tiene V. **tener**

tient|a *f* 1. *taur* esame *m*, saggio; 2. *med* sonda *m* ◊ ***a ~s*** a tastoni; **~o** *m* 1. *fig* tatto, cautela *f*; 2. tatto; 3. polso fermo; 4. bastone da cieco; 5. botta *f*; 6. *mús* arpeggio; 7. (*pintura*) bacchetta *f*; 8. (*comida, bebida*) assaggio; 9. (*bebida*) sorso ◊ ***a ~*** a tentoni; ***ir con ~*** andare con cautela; ***tomar el ~ (a u-c)*** esaminare/saggiare (qc)
tierno, -a *adj* (*comida*) tenero, -a, molle; (*persona*) tenero, -a, dolce, affettuoso, -a ◊ ***~a edad*** età tenera, teneri anni; ***poner los ojos ~s/mirar con ojos ~s a alg*** fare gli occhi languidi a q
tierra *f* terra ◊ ***~ adentro*** entroterra; ***~ batida*** (*tenis*) terra battuta; ***~ de batán*** terra da follone; ***~ de brezo*** *agric* terra di bosco; ***~ de pan llevar*** *agric* terra da semina; ***~ firme*** terraferma; ***~ natal*** terra natale; ***a ras de ~*** raso terra; ***besar la ~*** *coloq/fig* cadere bocconi; ***echar ~ (a u-c)*** *tamb. fig* mettere sotto terra (qc); ***echar por ~*** gettare a terra; ***faltar la ~ debajo de los pies*** mancare la terra sotto i piedi; ***poner ~ por medio*** scappare; ***sacar (u-c) de debajo de ~*** cercare (qc) per terra e per mare; ***tomar ~*** *aero* prendere terra, atterrare
tieso, -a *adj* 1. rigido, -a, eretto, -a; *fig* (*andar*) impettito, -a; 2. *fig* borioso, -a; 3. *fig* freddo, -a ◊ ***dejar ~ (a alg)*** *coloq/fig* far fuori (qc); ***quedarse ~*** rimanere gelato
tiesto *m* coccio; vaso per piante ◊ ***mear fuera del ~*** *coloq/fig* pisciare fuori dal vaso
tífico, -a *adj med* tifico, -a
tiflología *f med* tiflologia
tifoideo, -a *adj med* tifoide, tifoideo, -a
tifón *m* tifone
tifus *m* 1. *med* tifo; 2. *teat coloq/fig* biglietto gratuito
tigre *m* 1. *zool* tigre *f* (!); 2. *Am* giaguaro; 3. *Col* caffè macchiato ◊ ***oler a ~*** *coloq* puzzare da matti; **~sa** *f* tigre
tijera (*var.* **tijeras** *fpl*) *f* 1. forbice *f*, forbici *fpl*; *fig* forbici; 2. *agric* cesoie *fpl* ◊ ***de ~*** a libro, pieghevole; **~da** *f* forbiciata
tijere|ta *f zool* forbicina, forfecchia; **~tada** (*var.* **tijeretazo** *m*) *f* forbiciata; **~tear** *vt* sforbiciare
tila *f* 1. *bot* tiglio *m*; 2. infusione/infuso di tiglio *f/m*
tild|ar *vt* 1. segnare con tilde; 2. tacciare (**de** di); **~e** *f* 1. *ling* tilde; 2. *fig* taccia
tilín *m* tin tin, tintin ◊ ***hacer ~*** *coloq* piacere; ***tener ~*** avere charme*/grazia
tilo *m bot* (*árbol*) tiglio
tilt *onom/m* tilt *inv*
timad|or, -a *m/f* truffatore, -trice; **~r 1.** *vt* truffare; **2. ~se** *coloq* strizzarsi l'occhiolino
timba *f* 1. (*lugar*) bisca; 2. partita di gioco d'azzardo; **~l** *m* 1. *mús* timballo, timpano; 2. *gastr* timballo; **~lero, -a** *m/f mús* timpanista
timbr|ado, -a *adj* 1. bollato, -a, timbrato, -a; 2. *mús* con un buon timbro ◊ ***papel ~*** carta bollata; **~ar** *vt* bollare, timbrare; **~azo** *m* squillo; **~e** *m* 1. *mús* timbro; 2. *electr* campanello; 3. *impr* bollo, timbro; 4. *Méx* francobollo ◊ ***~ en seco*** timbro a secco; ***~ móvil*** marca da bollo
time out ['taim'aut] *m sport* time out *inv*
time sharing ['taim'sarin] *m* 1. multiproprietà *f inv*, time sharing *inv*; 2. *informát* time sharing *inv*
timidez *f* timidezza
tímido, -a *adj/s* timido, -a; pusillanime
timo *m* 1. truffa *f*; 2. *med* timo; 3. *zool* temolo ◊ ***~ de la estampita*** ="truffa nello scambio di soldi con pezzi di giornale"; ***dar un ~*** fare una truffa, ingannare
timón *m* 1. *tecn tamb. fig* timone; 2. *Am auto* volante ◊ ***coger el ~*** mettersi al timone; ***dar un golpe de ~*** *fig* virare, dare/fare una virata
timonel *m nav* timoniere
timorato, -a *adj* timorato, -a
tímpano *m* 1. *mús* timpano, timballo; 2. *med/arq* timpano
tina *f* tino *m*; catino *m*, bacino *m*; *Col/Méx* vasca da bagno; **~ja** *f* giara, orcio *m*; **~jero** *m* orciaio, vasaio
tinerfeño, -a *adj/s* (q o qc) di Tenerife
tinglado *m* 1. *arq* tettoia *f*, palco; 2. *fig* imbroglio, pasticcio
tinieblas *fpl* tenebre, buio *m*, oscurità *f inv*
tino *m* 1. destrezza *f*, abilità *f inv*; 2. senno, giudizio; 3. (*recipiente*) tino ◊ ***a ~*** a tentoni; ***a buen ~*** ad occhio; ***hablar sin ~*** parlare a vanvera; ***perder el ~*** perdere il lume della ragione; ***sacar de ~ (a alg)*** far uscire dai gangheri (q); ***sin ~*** senza misura; ***tener buen ~*** avere buon fiuto
tint|a *f* 1. tinta, colore *m*; 2. (*pluma, calamar*) inchiostro *m* ◊ ***~ china*** inchiostro di china; ***~ comunicativa*** inchiostro copiativo; ***~ de imprenta*** inchiostro da stampa; ***~ simpática*** inchiostro simpatico; ***cargar las ~s*** esagerare/caricare la dose; ***de buena ~*** da fonte sicura; ***media ~*** mezza tinta; ***medias ~s*** *fig* parole vaghe; ***sudar ~*** sudare sangue; **~ar** *vt* tingere; **~e** *m* 1. tintura *f*, tinta *f*; *fig* tinta *f*; 2. (*establecimiento*) tintoria *f*; **~ero** *m* calamaio ◊ ***dejarse (u-c) en el ~*** lasciare (qc) nella penna
tin tin *onom* dindin
tintín *m* tintin
tintine|ar (*var.* **tintinar**) *vi* tintinnare, squillare, scampanellare; **~o** *m* tintinnio
tinto, -a 1. *adj* tinto, -a; (*vino*) rosso, -a; (*uva*) nero, -a; **2.** *m Col* caffè *inv*
tintorer|a *f zool* verdesca, verdone *m*, canesca, squalo azzurro *m*; **~ía** *f* tintoria; **~o, -a** *m/f* tintore, -a
tintura *f* tintura; *fig* infarinatura
tiña *f* 1. *med tamb. fig* tigna; 2. *zool/med* tignola degli alveari
tiño, tiñó V. **teñir**
tiñoso, -a *adj* 1. *med* tignoso, -a; 2. *coloq/fig* tignoso, -a, tirchio, -a, spilorcio, -a
tío *m* 1. zio; 2. *desp* tizio, tipo, individuo; *jerga* compagno ◊ ***~ abuelo*** prozio; ***~ bueno*** *coloq* figo (*vulg*), fusto; ***es un ~ sinvergüenza*** è uno svergognato; ***¡Oye, ~!*** Ehi, tu!; ***tener un ~ en las Indias*** avere uno zio in America

tiorba *f mús* tiorba

tiovivo *m* giostra *f*, carosello da fiera

tipa|rraco, -a (*var.* **tiparracho, -a**) *m/f coloq/desp* brutto tipo *m*, brutta tipa *f*, tipaccio, -a; **~zo** *m coloq/fig* (*mujer*) carrozzeria *f*

tipejo, -a *m/f* tipaccio, -a

tipicidad *f* (*tamb. jur*) tipicità *inv*

típico, -a *adj* tipico, -a

tipificar ‹*tipifiqué*› *vt* tipizzare, standardizzare

tipismo *m* tipicità *f inv*

tiple 1. *m* 1. (*voz*) soprano; 2. *Am/Can mús* ="piccola chitarra" *f*; **2.** *f* (*cantante*) soprano *m/f*

tipo 1. *m* 1. (*clase, modelo, ...*) tipo; 2. *med/psicol* tipo, fisico; 3. *impr/jur* tipo; 4. *com* tasso; **2.** *m/f* tipo, -a ◊ **~ *de cambio*** tasso di cambio; **~ *de descuento*** tasso di sconto; **~ *de interés*** tasso d'interesse; **~ *fijo*** tasso fisso; **~ *impositivo*** aliquota; **~ *preferencial*** tasso minimo d'interesse, prime rate* (*m inv*); ***jugarse el ~*** giocare sulla/con la pelle; ***mantener el ~*** mantenere la debita forma; ***muestra ~*** campione tipo; ***ser un gran ~*** essere una gran persona/un bel tipo; ***tener buen ~*** avere un bel fisico; **~grafía** *f* tipografia; **~gráfico, -a** *adj* tipografico, -a

tipógrafo, -a *m/f* tipografo, -a

tipo|logía *f* tipologia; **~ógico, -a** *adj* tipologico, -a

tippex® ['tipeks] *m Esp* bianchetto

típula *f zool* tipula, zanzarone *m*

tíquet (*var.* **tique**) *m* ticket* *inv*, scontrino ◊ **~ *de compra*** scontrino, ricevuta fiscale

tiquismiquis 1. *mpl* meticolosità *fpl*; smancerie *fpl*; **2.** *adj/s inv desp* cavilloso, -a, meticoloso, -a

TIR (*Transporte Internacional por carretera*) *abr/m transp* TIR (Trasporti Internazionali su Strada) *inv*

tira 1. *f* striscia; *fig* grande quantità *f inv*; **2.** *fpl* brandelli *mpl* ◊ ***~s cómicas*** fumetto; ***hacer ~s*** *coloq* fare a pezzi; ***la ~ (de)*** *coloq* un sacco (di); **~botas** *m inv* tirastivali; **~buzón** *m* 1. (*pelo*) buccolotto; 2. cavatappi *inv*; **~chinas** *m inv* fionda *f*

tirad|a *f* 1. tiro *m*; 2. (*tiempo*) tirata; 3. *impr/com/foto* tiratura; 4. *fig* fila, sfilza; *Am desp* tirata ◊ **~ *aparte*** estratto; ***de una ~*** in una sola tirata; **~ero** *m* (*caza*) luogo d'appostamento; **~o, -a 1.** *adj* 1. tirato, -a, teso, -a; 2. (*barato*) a buon mercato; 3. facile; 4. persona di malavita; **2.** *m* 1. *impr* tiratura *f*; 2. *metal* trafilatura *f* ◊ ***dejar ~ (a alg)*** piantare in asso (q); ***estar ~*** (*precio*) essere a buon mercato, essere regalato; *estud* essere facile; **~or, -a 1.** *m/f* 1. (*arma...*) tiratore, -trice; 2. *metal* trafilatore, -trice; **2.** *m* 1. (*puerta*) maniglia *f*; 2. (*juego*) fionda *f*; 3. (*timbre*) cordone; 4. *impr* impressore ◊ **~ *de oro*** *tecn* tiraloro

tirafondo (*var.* **tirafondos**) *m tecn* tirafondo

tiraje *m impr/foto* tiratura *f*

tiralevitas *m/f inv coloq/desp* lecchino, -a *m/f*, tirapiedi

tiralíneas *m inv* tiralinee

tiran|ía *f* tirannide, tirannia; **~icida** *m/f* tirannicida; **~icidio** *m* tirannicidio

tiránico, -a *adj* tirannico, -a, dispotico, -a

tiranizar ‹*tiranicé*› *vt* tiranneggiare

tirano, -a 1. *adj/s* tiranno, -a; **2.** *m* despota

tirante 1. *adj* teso, -a, tirante, tirato, -a; **2.** *m* tirante; (*pantalones*) bretella *f*; **~z** *f* tensione; *arq* corda

tirar 1. *vi* attrarre *vt*; (*color*) tendere, tirare; aspirare; (*chimenea, manga, juego*) tirare; **2.** *vt* 1. (*cañonazo*) sparare, tirare; 2. (*papel, colilla*) tirare, buttar via, gettare; (*casa*) abbattere, demolire; (*piedras*) tirare, lanciare, scagliare; 3. *impr* stampare; **3. ~se** tirarsi; (*al río, suelo...*) gettarsi, buttarsi; **~ *al río*** *buttarsi nel fiume*; **~ *al suelo*** *buttarsi per terra*; *fig* beccarsi ◊ **~ *al blanco*** tirare a segno; **~ *al plato*** tirare al piattello; **~ *la toalla*** gettare la spugna; ***~se (a una mujer/a un hombre)*** *vulg* farsela/lo, scopare (con una donna o con un uomo); ***~se todo el día durmiendo*** passare tutto il giorno a dormire; ***~sela de guapo, -a*** *coloq* presumere di bellezza; ***a todo ~*** al massimo; ***no me tira*** non mi va/attrae; ***tira y afloja*** tira e molla, tiremmolla; ***vamos tirando*** tiriamo avanti

tiri|lla *f* fettuccia, nastrino *m*; striscetta; **~ta®** *f farma* cerotto adesivo *m*; **~tar** *vi* tremare di freddo, battere i denti; **~tón, -a 1.** *m* brivido; **2.** *f* tremolio *m*

tiro *m* 1. tiro; 2. (*arma*) sparo; 3. (*chimenea*) tiraggio; 4. (*pantalón*) cavallo; 5. (*tela*) lunghezza *f*; 6. cavalli da tiro *mpl* ◊ **~ *al blanco*** tiro a segno, tiro al bersaglio; **~ *de gracia*** colpo di grazia; **~ *de pichón*** tiro al piccione; ***a ~ hecho*** a colpo sicuro; ***de ~s largos*** di lungo; *fig* in ghingheri; ***errar el ~*** sbagliare bersaglio; ***estar a ~*** essere a tiro; ***matar de un ~*** uccidere con un colpo; ***matar dos pájaros de un ~*** prendere due piccioni con una fava; ***ni a ~s*** in nessun modo; ***no van por ahí los ~s*** non è così l'affare; ***pegar cuatro ~s (a alg)*** sparare addosso (a q); ***pegarse un ~*** spararsi, uccidersi; ***salir (a alg) el ~ por la culata*** andar male (qc a q); ***sentar como un ~*** fare male; stare male; **~ideo, -a** *adj* tiroideo, -a; **~ides 1.** *adj inv* tiroideo, -a *adj*; **2.** *f med* tiroide

Tirol: el ~ *m geogr* il Tirolo

tiro|lés, -esa *adj/s* tirolese; **~ina** *f* (*sport aventura*) tirolina

tirón *m* 1. strappo, strattone; 2. (*robo*) scippo; 3. *coloq* (*orejas*) tirata *f* ◊ ***de un ~*** in una sola tirata

tirone|ar *vt* tirare, stirare; **~ro, -a** *m/f jerga* scippatore, -trice

tirosina *f quím/biol* tirosina

tirote|ar *vt* sparare addosso *vi*; **~o** *m* sparatoria *f*

tiroxina *f biol* tiroxina, tirossina

tirria *f coloq* antipatia

tisana *f* tisana

tísico, -a *adj/s* tisico, -a, tubercolotico, -a

tisis *f inv med* tisi, tubercolosi

tisú *m txtl* broccato

titán *m* 1. *mitol tamb. fig* titano, colosso, gigante; 2. *mec* gru gigantesca *f*; **~ico, -a** *adj* titanico, -a

titanio, -a 1. *m quím* titanio; **2.** *adj* titanico, -a

titelarse *vi Am* burlarsi (**de** di); **~o** *m Am* beffa *f*, burla *f*

títere *m teat tamb. fig* burattino, marionetta *f*, fantoccio ◊ ***echar los ~s a rodar*** mandar tutto al diavolo; ***no dejar ~ con cabeza*** non lasciar nulla di sano

titillación *f med elev* titillazione, titillamento *m*, vibrazione; **~ar** *vi* titillare; (*estrellas*) scintillare

titiritero, -a *m/f* burattinaio, -a, saltimbanco

titubelante *adj* titubante, esitante; **~ar** *vi* titubare, esitare, tentennare; **~o** *m* titubanza *f*, perplessità *f inv*

titullación *f* titolo *m*; titolo di studio *m*, titolo accademico *m*; **~ado, -a** *adj/s* titolato, -a ◊ ***~ superior*** laureato; **~ar 1.** *adj/s* titolare; **2.** *m* (*libro, periódico...*) titolo; **3.** *vt* intitolare; **4. ~se** ottenere un titolo *vt* ◊ ***profesor ~*** (*universidad*) professore associato; **~aridad** *f* 1. titolarità *inv*, intestazione; 2. (*universidad*) posto di professore associato

título *m* titolo; *com* titolo, azione *f* ◊ ***~ de crédito*** *cine/TV* titolo di credito; ***~ del Estado*** titolo dello Stato; ***~ ejecutivo*** titolo esecutivo; ***a ~ de*** a titolo di

tiza *f* gesso *m*

tizna *f* nerofumo *m*, fuliggine; **~dura** *f* (*fumo*) macchia di nero; **~r** *vt* ="macchiare di fuliggine, di nero o altro colore"; *fig* macchiare

tizne *m* 1. fuliggine *f*; 2. *bot* (*olivo*) fumaggine *f*

tiznón *m* macchia di nero *f*

tizón *m* 1. tizzone; 2. *agric* (*hongo*) carbonchio ◊ ***a ~*** *arq* per traverso

TLC (*Tratado de Libre Comercio de América del Norte*) *abr* ="NAFTA Accordo di Libero Scambio con l'America del Nord"

tmesis *f inv ling* tmesi

toallla *f* 1. asciugamano *m*, asciugamani *m inv*; 2. (*tela*) spugna ◊ ***~ sanitaria*** *Am* assorbente igienico; ***tirar la ~*** *sport tamb. fig* gettare la spugna; **~ero** *m* portasciugamano, portasciugamani *inv*

toast ['toas] *m gastr* sandwich* *inv*

toba *f* 1. *min* tufo *m*; 2. *fig* crosta; 3. *bot* cardo (selvaggio) *m*; 4. cicca

tobera *f tecn* ugello *m*, iniettore *m*

tobilllera *f med* cavigliera; **~o** *m med* caviglia *f*

tobogán *m* (*juego, tecn*) scivolo; (*de nieve*) toboga *inv*

toca *f* (*prenda*) cuffia; **~discos** *m inv* giradischi; **~do, -a 1.** *m* (*pelo*) pettinatura *f*, acconciatura *f*; cappellino; **2.** *adj* (*fruta, persona*) tocco, -a; **~dor** *m* 1. (*mueble, aseo*) toilette* *f inv*; 2. spogliatoio *m*; **~miento** *m* palpamento; **~r** ‹*toqué*› **1.** *vt* 1. toccare; 2. (*piano, timbre*) suonare, sonare; 3. (*pintura*) ritoccare; **2.** *vi* toccare, spettare ◊ ***~ a muerto*** suonare a morto; ***~ de cerca***toccare/riguardare intimamente/personalmente; ***~ en suerte*** toccare/capitare a sorte; ***~le (a alg) bailar con la más fea*** toccare il peggio (a q); ***a toca teja*** in contanti; ***en/por lo que toca a*** per quel che spetta a; ***estar tocado de*** essere affetto da; **~ta** *f mús* toccata; **~yo, -a** *m/f* omonimo, -a

tocho, -a 1. *adj* rozzo, -a; **2.** *m tecn* massello; *coloq/fig* macigno, mattone

tocinlero, -a *m/f* salumiere, -a; **~o** *m* lardo ◊ ***~ de cielo*** *gastr* ="dolce di crema d'uovo"; ***~ entreverado*** *gastr* pancetta

tocología *f med* tocologia

tocólogo, -a *adj/s* ginecologo, -a

toco-mocho (*var.* **tocomocho**) *m* ="truffa al dare un falso premio della lotteria a cambio di denaro inferiore al premio" *f*

tocón *m* 1. *bot* ceppo; 2. *Col* scodato; 3. (*persona*) tocca tocca *inv*

todasana (*var.* **todabuena**) *f bot* iperico *m*, cacciadiavoli *m inv*

todavía *adv* 1. ancora; 2. (*adversativo*) nonostante tutto, malgrado ciò; 3. (*concesivo*) se almeno

todo, -a 1. *adj/pron/m* tutto, -a; ***~s los amigos, los años...*** *tutti gli amici, gli anni...*; **2.** *adj* ogni *inv*; ***~o hombre, ~a mujer...*** *ogni uomo, ogni donna...* ◊ ***~ el mundo*** tutta la gente, tutti; ***~ el que*** tutti coloro che; ***~ lo más*** tutt'al più; ***a ~ esto*** nel frattempo; ***a ~a costa*** a tutti i costi; ***ante ~*** anzitutto; ***así y ~*** nonostante tutto; ***con ~as las de la ley*** con tutti i requisiti necessari; ***de ~as ~as*** con sicurezza; ***después de ~*** dopotutto; ***en ~ y por ~*** in tutto e per tutto; ***no tenerlas ~as consigo*** non essere del tutto sicuro di; ***sobre ~*** soprattutto; ***y ~*** perfino; **~poderoso, -a 1.** *adj/m* onnipotente; **2.** *m relig* Onnipotente, Dio; **~terreno** *adj/m auto* fuoristrada *inv*, jeep* *f inv*

tofo *m med* tofo

toga *f* (*vestidura*) toga; **~do, -a** *adj* togato, -a

Toisón de oro *m hist* toson d'oro

tojo *m bot* ginestra spinosa

tokamak *m fís* tokamak

toldlilla *f nav* tolda; **~o** *m* tenda *f*

tolemaico, -a (*var.* **ptolemaico**) *adj astron* tolemaico, -a

toleralbilidad *f* tollerabilità *inv*; **~ble** *adj* tollerabile; **~ncia** *f* tolleranza ◊ ***~ cero*** tolleranza zero; ***casa de ~*** bordello, casino; **~nte** *adj* tollerante; **~r** *vt* tollerare, sopportare; ***no tolera la leche*** *non sopporta il latte*; tollerare, consentire

tolete *m* 1. *nav* scalmo; 2. *Am* randello

tolla *f* 1. terreno pantanoso *m*; 2. torbiera; **~dero** V. **turbera**

tollo *m* 1. *zool* (*pez*) canesca *f*, pescecane; 2. *zool* (*pez*) palombo; 3. (*carne*) filetto di cervo; 4. fosso nascondiglio di cacciatori

Tolú: bálsamo de ~ *m* balsamo di Tolù

tolueno *m quím* toluene

tolva *f* tramoggia; **~nera** *f meteo* mulinello di polvere *m*

tomaǀ *f* presa; *cine/foto* ripresa, inquadratura; *cine* presa ◊ ~ ***de aguas, de tierra, de corriente*** presa d'acqua, di terra, elettrica; ~ ***de posesión*** presa di possesso; ~ ***de rehenes*** presa di ostaggi; ~ ***de sangre*** prelievo di sangue; **~corriente** *m Am* presa di luce *f*, presa di corrente elettrica *f*; **~do, -a** *adj* (*voz*) rauco, -a, velato, -a; arrugginito, -a; **~dor, -a** *m/f* 1. ladro, -a, tagliaborse *inv*; 2. *com* beneficiario, -a; 3. *Am* ubriacone, -a; **~dura** *f* presa ◊ ~ ***de pelo*** presa in giro; **~r 1.** *vt* prendere; ~ ***café, té...*** *prendere il/un caffè, tè...*; **2.** *vi Am* bere alc(o)ol ◊ ~ ***a bien*** prendere per buono, prendere in senso buono; ~ ***a mal*** prendere in senso cattivo; ~ ***el desayuno*** fare colazione; ~ ***el pulso*** misurare il polso; ~ ***en serio*** prendere sul serio; ~ ***hora*** prendere l'appuntamento; ~ ***la palabra*** prendere la parola; ~ ***(a alg) por*** prendere (q) per; ~ ***puerto*** approdare; ~ ***sobre sí*** prender su di sé; ~ ***una muestra*** prelevare un campione; ***~la (con alg/u-c)*** avercela (con q/qc); ***más vale un toma que dos te daré*** meglio un uovo oggi che una gallina domani; ***¡Toma!*** To'!; Ma guarda (un po')!; *irón* Ben ti sta!; ***toma y daca*** dare e avere; **~tazo** *m* pomodorata *f*, colpo di pomodoro ◊ ***lo recibieron a ~s*** lo ricevettero a pomodori in faccia

tomate *m* 1. pomodoro; 2. *coloq/fig* (*calcetín*) patata *f* ◊ ***aquí hay mucho*** ~ qui c'è troppo casino, qui c'è puzza d'imbroglio; ***ponerse como un*** ~ diventar rosso come un pomodoro; **~ra** *f bot* pianta del pomodoro; **~ro, -a** *adj* 1. da friggere con pomodoro; 2. *fig* giovane

tomavistas 1. *m inv* cinepresa *f*; **2.** *m/f inv* (*persona*) cineoperatore, -trice *m/f*

tómbolǀa *f* (*beneficiencia*) lotteria; **~o** *m geogr* tombolo

tomillo *m bot* timo

tomisǀmo *m filos* tomismo; **~ta** *adj/s filos* tomista

tomo *m* tomo, volume ◊ ***de ~ y lomo*** *coloq* molto grande, di gran valore; **~grafía** *f med* tomografia

ton: sin ~ ni son *adv* senza senso, a vanvera

tonadǀa *f* 1. canzonetta; 2. *Am* accento *m*; **~illa** *f* 1. *mús* canzonetta; 2. *Esp mús/teat/lit ant* breve operetta musicale; **~illera** *f* canzonettista

tonal *adj ling/mús* tonale; **~idad** *f* tonalità *inv*

tonante *adj elev* tonante

tonario *m relig* tonarium *inv*

tonel *m* botte *f*, barile; *coloq/fig* bombolo; **~ada** *f* tonnellata; **~aje** *m* tonnellaggio, stazza *f*

tonema *m ling* tonema

tóner *m tecn* toner *inv*

tongǀa (*var.* **tongada**) *f* strato *m*; **~o** *m sport* incontro truccato; ***ha habido*** ~ *è stato un incontro truccato*

tónicǀa *f* 1. (*bebida*) acqua brillante; 2. tendenza generale, clima *m*; 3. *mús/ling* tonica; **~o, -a** *adj/m* tonico, -a

tonificar ‹*tonifiqué*› *vt* tonificare

tono *m* 1. tono; *fig* tono, accento; 2. (*mús, pintura*) tono ◊ ~ ***mayor, menor*** tono maggiore, minore; ***bajar, subir el*** ~ abbassare, alzare il tono; ***cambiar el/de*** ~ cambiare di tono; ***dar el*** ~ dare il tono; ***darse*** ~ darsi un tono; ***de buen, mal*** ~ di buon, cattivo gusto; ***en*** ~ con un tono; ***estar a*** ~ essere a tono; ***fuera de*** ~ fuori tono; ***salida de*** ~ uscita di tono; ***sin venir a*** ~ senza essere opportuno; ***subido de*** ~ *fig* spinto, osé

tonsilǀla *f med* tonsilla; **~ectomía** *f med* tonsillectomia

tonsura *f relig* tonsura, chierica; **~ndo** *m relig* tonsurando; **~r** *vt* tonsurare

tontaǀda *f* sciocchezza; **~ina** *m/f coloq* sciocco, -a, stupido, -a

tontelar *vi* 1. fare o dire sciocchezze; 2. *coloq* (*novios*) civettare, bamboleggiare; **~ría** *f* sciocchezza, stupidità *inv*

tontillo *m ant* crinolina *f*, guardinfante

tonto, -a *adj/s* sciocco, -a, stupido, -a, tonto, -a, cretino, -a ◊ ~ ***de capirote*** allocco; ~ ***de remate*** stupido cretino; ***a ~as y a locas*** all'impazzata; ***hacer el*** ~ fare lo scemo; ***hacerse el*** ~ fare lo gnorri, fare l'indiano

tontódromo *m coloq* strada o zona frequentata da giovani snobbetti

tontorrón, -ona *adj/s coloq* scemone, -a

top 1. *m* (*prenda*) top *inv*; **2.** *adj* top *inv* ◊ **~-*model*** top model; **~acio** *m* topazio

topaǀdora *f Am tecn* bulldozer* *m inv*; **~r 1.** *vt* scontrarsi; imbattersi *vi*, trovare/incontrare per caso; **2.** *vi* 1. inciampare (**con** con); 2. *fig* consistere (**en** in) ◊ ***por si topa*** se per caso va bene

tope *m* 1. *com* limite; estremità *f inv*, cima *f*, punta *f*; 2. *tecn* leva d'arresto *f*, dispositivo di sicurezza; (*trenes*) respingente ◊ ***a/al*** ~ al massimo; ***estar hasta los ~s*** essere al completo; *fig* averne fin sopra i capelli; ***fecha*** ~ data limite; ***precio*** ~ prezzo massimo; **~ra** *f* tana di talpa; **~tada** *f coloq* cozzata; **~tazo** *m* urto, cozzo, scontro

tópico, -a 1. *adj* topico, -a; **2.** *m* 1. *med* medicina di uso locale *f*; 2. *lit* luogo comune, topos *inv*; 3. *ling* topic *inv*; 4. *Am* argomento, tema

topista *m/f* (*jerga*) scassinatore, -trice

topless ['toples] *m* topless *inv*

topo 1. *m* 1. *zool/tecn* talpa *f*; 2. *fig* talpa *f*, spia *f*; 3. ="persona nascosta per ragioni politiche"; **2.** *adj inv* (*color*) grigio-talpa; **~grafía** *f* topografia; **~gráfico, -a** *adj* topografico, -a

topógrafo, -a *adj/s* topografo, -a

topolǀogía *f* topologia; **~ógico, -a** *adj* topologico, -a

toponǀimia *f* toponimia; **~ímico, -a** *adj* toponimico, -a

topónimo *m* toponimo

topos *lit* V. **tópico**

top secret *adj/m* top-secret

toque *m* 1. (*sonido*) tocco; 2. (*pintura*) tocco, pennellata *f* ◊ ~ ***de atención*** chiamata all'ordine; ~ ***de diana*** sveglia; ~ ***de oraciones*** Angelus;

~ *de queda* segnale di coprifuoco; ***dar el último ~*** dare l'ultimo ritocco; ***dar los primeros ~s (a u-c)*** abbozzare (qc), fare lo schizzo (di qc); **~tear** *vt fig* (*reiteradamente*) tastare, palpare, toccare con le mani
toquilla *f* scialletto *m*
torácico, -a *adj* toracico, -a
toracotomía *f med* toracotomia
torada *f* branco di tori *m*
tórax *m inv med* torace
torbellino *m meteo tamb. fig* turbine; (*agua, polvo*) mulinello
torca *f geol* dolina
torce|dura *f* torcitura; *med* distorsione, storta (*coloq*); **~r** ‹*tuerzo*› V. 9a **1.** *vt* 1. torcere, storcere; 2. *fig* deviare; **2.** *vi* (*camino*) torcere, girare; **3.** **~se** torcersi; *coloq/fig* (*vino, persona*) guastarsi ◊ **~ *los ojos*** storcere gli occhi; ***no dar el brazo a ~*** non arrendersi, non ammettere errori
torcid|a *f* stoppino *m*; **~o, -a 1.** *adj* storto, -a; (*intención*) mancino, -a; **2.** *m* filo ritorto; **3.** *f* stoppino *m*
tordo 1. *m zool* tordo; *Am zool* stornello; **2.** *adj* (*caballo*) leardo
tore|ar *vt/i* 1. *taur* toreare; 2. *vt* prendere in giro; **~o** *m* 1. *taur* toreo, tauromachia *f*; 2. *fig* presa in giro *f*; **~ra** *f* (*chaqueta*) bolero *m*; *taur* torera; **~ro, -a 1.** *m/f taur* torero, -a; **2.** *adj* taurino, -a ◊ ***saltarse (u-c) a la ~a*** saltare (qc) con spensieratezza
toril|l *m* stalla per tori da corrida *f*; **~o** *m quím* torio
torment|a *f* 1. *meteo* tempesta, burrasca, temporale *m*; 2. *fig* tempesta, temporale *m* ◊ **~ *de verano*** temporale estivo, tormenta estiva; **~ *en un vaso de agua*** tempesta in un bicchier d'acqua; **~ *magnética*** tempesta magnetica; **~o** *m* tormento, dolore; *fig* tormento, pena *f* ◊ ***dar ~*** tormentare; **~oso, -a** *adj* tempestoso, -a, burrascoso, -a
torna *f* 1. ritorno *m*; 2. contraccambio *m* ◊ ***volverse las ~s*** contraccambiare, capovolgersi; **~boda** *m* (*rural*) giorno dopo le nozze; **~dizo, -a** *adj/s* volubile, banderuola *f*; **~do** *m meteo* tornado; **~r 1.** *vt* 1. restituire; 2. trasformare; 3. girare; **2.** *vi* tornare; ***tornó a caer*** *cadde di nuovo*; **3.** **~se** diventare *vi*, divenire *vi*
tornasol *m bot* girasole; tornasole; **~ado, -a** *adj* cangiante; **~ar** *vt* far cangianti *vi*
tornavoz *m* riflettore del suono
torne|ado *m* 1. *tecn* tornitura *f*; 2. prodotto tornito; **~ar 1.** *vt tecn tamb. fig* tornire; **2.** *vi* torneare; **~o** *m sport* torneo; *hist* torneo, giostra *f*; **~ra** *f* suora addetta alla ruota; **~ría** *f* 1. tornitura; 2. negozio del tornitore *m*; **~ro** *m/f* tornitore, -trice
tornillo *m* vite *f* ◊ **~ *sin fin*** vite perpetua, vite senza fine; ***apretarle los ~s (a alg)*** mettere alle strette q; ***beso de ~*** bacio alla francese, bacio a ventosa; ***dar vueltas al ~*** girare la vite; ***de ~*** a vite; ***faltarle un ~ (a alg)*** mancare un venerdì (a q), essere svitato
torniquete *m* 1. *med* laccio emostatico, tourniquet* *inv*; 2. (*puerta*) tornello; 3. leva del campanello *f*
torno *m* 1. *tecn* tornio; 2. (*conventos*) ruota *f* ◊ **~ *paralelo*** *tecn* tornio parallelo; ***en ~*** intorno, attorno
toro *m* 1. *zool tamb. fig* toro; *arq/astrol* Toro; 2. *Méx* bisonte ◊ ***coger el ~ por los cuernos*** *fig* prendere il toro per le corna; tagliare la testa al toro; ***estar hecho un ~*** essere molto forte; ***ir a los ~s*** andare alla corrida; ***mirar los ~s desde la barrera*** *fig* osservare da lontano; ***piel de ~*** la (forma della) Spagna; ***soltarle (a alg) el ~*** dire la verità in faccia (a q); **~idal** *adj mat* toroidale
toronja *f bot* pompelmo *m*
torpe *adj* 1. tardo, -a, lento, -a, pesante; 2. (*habilidad*) maldestro, -a; 3. (*inteligencia*) ottuso, -a, duro, -a; 4. *desp* turpe, ignobile; **~dear** *vt mil tamb. fig* silurare; **~deo** *m mil tamb. fig* siluramento; **~dero, -a 1.** *adj* torpediniere, -a; **2.** *m nav* torpediniera *f*; **3.** *m/f* torpediniere, -a; **~do** *m mil* torpedine *f*, siluro ◊ **~ *automóvil*** siluro; **~ *flotante*** mina galleggiante; **~za** *f* 1. scempiaggine, stupidaggine; 2. (*movimientos*) torpidezza *inv*, lentezza
tórpido, -a *adj med* torpido, -a
torpor *m med* torpore
torrar *vt* tostare; *tecn* torrefare
torre *f* (*arq, ajedrez*) torre ◊ **~ *de Babel*** torre di Babele; **~ *de control*** torre di controllo; **~ *de marfil*** torre d'avorio; **~ *de perforación*** torre di trivellazione, derrick; **~ *de viento*** *fig* castelli in aria; **~ado, -a** *adj* turrito, -a
torrefac|ción *f* torrefazione; **~tar** *vt* torrefare; **~to, -a** *adj/m* torrefatto, -a
torren|cial *adj* torrenziale; **~te** *m geogr tamb. fig* torrente; **~tera** *f* alveo di torrente *m*
torreón *m* torrione
torrero *m* torriere
torreta *f tecn/mil* torretta
torrezno *m gastr* cicciolo
tórrido, -a *adj* torrido, -a
torrija *f* 1. *gastr* ="fetta di pane inzuppata in vino o latte, zucchero e poi fritta con le uova"; 2. *coloq* sbronza
tors|ión *f* torsione; **~o** *m med/arte* torso
torta *f* 1. (*de manzanas, de almendras...*) torta; 2. schiaffo *m* ◊ ***a falta de pan buenas son ~s*** in mancanza di cavalli gli asini trottano; ***costar la ~ un pan*** costare salato (qc); ***no entender/ver ni ~*** non capire/vedere niente di niente; ***pegar una ~*** mollare uno schiaffo; ***ser (u-c) ~s y pan pintado*** essere (qc) cosa fatta; **~da** *f* (*dulce o salada*) torta ripiena; **~zo** *m* schiaffone ◊ ***darse un ~*** andare a sbattere
tortel|llini [torte'lini] (*var.* **tortellinis**) *fpl* tortellini; **~ra** *f* tortiera, teglia
tortícolis *f inv med* torcicollo *m*

tortil|la *f* 1. frittata; 2. *Am* pizza di mais o farina ◊ **~ *española*** frittata di patate; **~ *francesa*** omelette* *inv*; ***darle la vuelta a la ~*** *coloq/fig* rovesciare la situazione; ***hacer ~ (u-c o alg)*** farne una schiacciata; ***volverse la ~*** capovolgersi la situazione; **~era** *f* 1. *vulg* lesbica (*estánd*); 2. chi fa e vende frittate
tórtol|a *f zool* tortora; **~o 1.** *m* tortora maschio *f*; **2.** *mpl fig* piccioncini
tortuga *f zool* tartaruga, testuggine
tortuos|idad *f* tortuosità *inv*; **~o, -a** *adj* tortuoso, -a, sinuoso, -a
tortura *f* tortura, tormento *m*; **~dor, -a** *adj/s* tormentatore, -trice; **~r** *vt* torturare, tormentare
torvo, -a *adj* torvo, -a, accigliato, -a, bieco, -a
torzal *m* filo di seta ritorto
tos *f* tosse ◊ **~ *ferina*** tosse canina, pertosse
Toscana *f geogr* Toscana
toscano, -a *adj/s* toscano, -a
tosco, -a *adj* rozzo, -a, greggio, -a
toser *vi* tossire ◊ ***no haber nadie que le tosa*** non esserci nessuno che gli sputi in faccia
tosferina *f med* pertosse, tosse canina
tosiguera *f coloq* tosse forte
tosquedad *f* rozzezza
tostad|a *f* fetta di pane tostato; **~ero** *m* 1. (*lugar*) torrefazione *f*; 2. apparecchio per tostare; **~or** *m* 1. tostapane *inv*; 2. (*café*) tostino; **~ora** *f* tostapane *m inv*; **~ura** *f* tostatura
tostar ‹*tuesto*› V. 8a *vt* tostare, abbrustolire ◊ ***~se al sol*** abbronzarsi
tostón *m* 1. *fig* (*film, libro*) pizza *f*; 2. (*pan*) crostino; 3. cece abbrustolito; 4. porchetta arrostita *f* ◊ ***dar el ~*** scocciare, dar noia
total 1. *adj* totale, completo, -a; **2.** *m* totale, somma *f*; **3.** *adv* insomma, tutto sommato; **~idad** *f* totalità *inv*; **~itario, -a** *adj* totalitario, -a, assoluto, -a; **~itarismo** *m pol* totalitarismo; **~izador** *m sport* totalizzatore; **~izar** ‹*totalicé*› *vt* totalizzare
tótem *m* totem *inv*
totovía *f zool* (*ave*) tottavilla
tournée [tur'ne] *f* tournée *inv*
touroperador [turopera'dor] (*var.* **tour-operador**, **tour operator**, **turoperador**) *m/f* tour operator* *inv*, operatore, -trice turistico
tour operator ['tur ope'rejtor] V. **touroperador**
toxicidad *f* tossicità *inv*
tóxico, -a *adj/m* tossico, -a
toxicología *f* tossicologia
toxicólogo, -a *m/f* tossicologo, -a
toxicomanía *f* tossicomania
toxicómano, -a *adj/s* tossicomane
toxina *f biol* tossina
tozud|ería (*var.* **tozudez**) *f* testardaggine, ostinazione; **~o, -a** *adj* testardo, -a, caparbio, -a, cocciuto, -a
traba *f* 1. connessione, legamento *m*; 2. *fig* ostacolo *m*, impedimento *m* ◊ ***poner ~s*** ostacolare; **~do, -a** *adj* 1. *ling/gastr* legato, -a; 2. (*persona*) nerboruto, -a, robusto, -a; **~dura** *f* legatura
trabaj|able *adj* lavorabile; **~ado, -a** *adj* 1. lavorato, -a; 2. (*persona*) travagliato, -a; **~ador, -a** *adj/s* lavoratore, -trice ◊ **~ *infantil*** bambino lavoratore; **~ar** *vt/i* 1. lavorare; 2. (*actor*) recitare; 3. *jerga* rubare ◊ ***trabaja de camarero*** fa il cameriere, lavora come cameriere; **~o** *m* lavoro; *fís* lavoro ◊ **~ *a destajo*** lavoro a cottimo; **~ *a domicilio*** lavoro a domicilio; **~ *en equipo*** lavoro d'équipe*; **~ *negro*** lavoro nero; **~ *por horas*** lavoro a ore; ***~s forzados*** lavori forzati; ***accidente de ~*** infortunio, incidente sul lavoro; ***costar ~*** costare fatica; **~oso, -a** *adj* faticoso, -a, difficile, pesante
trabalenguas *m inv* scioglilingua
trabamiento V. **trabadura**
trabar 1. *vt* 1. unire, congiungere, legare; 2. *gastr* legare; 3. *fig* ostacolare, impedire; 4. *fig* (*conversación*) ingaggiare, cominciare; **2. ~se** vincolarsi ◊ **~ *amistad*** fare amicizia; ***~se la lengua*** balbettare, farfugliare
trabazón *f* 1. incastro *m*, unione; 2. *fig* coesione; 3. *gastr* densità *inv*
trabilla *f* 1. (*abrigo*) martingala; 2. (*cinturón*) passante *m*; 3. (*pantalón*) staffa
trabuca *f* razzo a scoppio *m*; **~ire** *m* 1. *hist* ="fazioso catalano armato di trabuco"; 2. *fig* spaccone; **~r** ‹*trabuqué*› **1.** *vt* confondere, scompigliare; **2. ~se** confondersi
trabuco *m mil/hist* (*escopeta*) trabuco
traca *f* batteria (di petardi)
tracción *f* trazione ◊ **~ *animal, de vapor, eléctrica, diesel*** trazione animale, a vapore, elettrica, diesel*; **~ *delantera, trasera*** *mec* trazione anteriore, posteriore
tracoma *m med* tracoma
tractor *m agric* trattore ◊ **~*-oruga*** trattore cigolato; **~ista** *m/f* trattorista
tradici|ón *f* tradizione; *jur* tradizione; **~onal** *adj* tradizionale; **~onalismo** *m* tradizionalismo; **~onalista** *adj/s* tradizionalista; **~onista** *adj/s* scrittore, -trice folclorista
traduc|ción *f* traduzione, versione; **~ *del catalán, del español al italiano*** *traduzione/versione dal catalano, dallo spagnolo in italiano* ◊ **~ *consecutiva*** traduzione consecutiva; **~ *simultánea*** traduzione simultanea; **~ible** *adj* traducibile; **~ir** ‹*traduzco; traduje; traduciendo*› V. 20 *vt* tradurre; **~tor, -a** *adj/s* 1. traduttore, -trice; 2. interprete
traer ‹*traigo; traje; trayendo*› V. 39 *vt* 1. portare; **~ *una carta, una noticia*** *portare una lettera, una notizia*; 2. causare, recare, apportare ◊ **~ *(a alg) a mal ~*** far diventar pazzo (q); **~ *a colación/a cuento*** tirare in ballo; **~ *inquieto*** tenere inquieto; **~ *mucha hambre*** aver molta fame; **~ *vicios*** recare vizi; ***~érselas*** essere tremendo; ***~se entre manos (u-c)*** avere fra le mani (qc), combinare (qc); ***¿qué se traerá Pepe con tantas visitas?*** Che starà combinando Pepe?
tráfago *m* movimento

trafagón, -ona *adj* traffichino, -a, trafficone, -a

trafic|ante *adj/s* 1. trafficante; 2. (*droga*) spacciatore, -trice; **~ar** ‹*trafiqué*› *vi* trafficare

tráfico *m* 1. *com* traffico, commercio; 2. *auto* traffico ◊ **~ *de divisas*** traffico di valuta; **~ *de influencias*** *pol* clientelismo, intrallazzo, inciucio; **~ *pesado*** traffico di trasporto pesante; **~ *rodado*** traffico su gomma

traga|canto *m bot* astragalo adragante; **~deras** *fpl* strozza *f* ◊ ***tiene buenas ~*** è di bocca buona; *fig* che ingoia/inghiotte; **~dero** *m* 1. smaltitoio; 2. *coloq* strazza *f*; faringe *f* (*estánd*); **~dor** V. **tragón**; **~fuegos** *m inv* mangiatore di fuoco *m*; **~hombres** *m inv* bravaccio *m*

trágala: a la ~ *adv* con la forza

tragaldabas *m/f inv* mangione, -a *m/f*

tragaleguas *m/f inv* camminatore, -trice *m/f*

tragaluz *m* abbaino

tragante *m metal* bocca del forno *f*; portello

tragaperras *f inv* macchina mangiasoldi *f*, slot-machine*

tragar ‹*tragué*› *vt* 1. inghiottire; *enf* ingoiare, ingozzare, trangugiare; 2. *fig* ingoiare, bere; *fig* consumare ◊ ***hacer ~*** *coloq/fig* darla a bere; ***no ~ (a alg)*** non sopportare (q); ***se lo ha tragado la tierra*** è scomparso; ***¡trágame tierra!*** che vergogna!

tragasantos *m/f inv* baciapile

tragedia *f* 1. *teat/lit* tragedia; 2. *fig* tragedia, disastro *m*, catastrofe

trágico, -a *adj* tragico, -a

tragicomedia *f lit* dramma a lieto fine *m*

tragicómico, -a *adj* tragicomico, -a

trago *m* 1. sorso, sorsata *f*; 2. *fig* avversità *f inv*; 3. *Am* alco(o)lismo; 4. *med* trago ◊ ***a ~s*** a sorsi, a poco a poco; ***de un ~*** in un sorso; ***echarse un ~*** bere/bersi un sorso/una sorsata; ***pasar ~s amargos*** inghiottire bocconi amari

tragón, -ona *m/f* mangione, -a

traición *f* tradimento *m* ◊ ***a ~*** a tradimento; ***alta ~*** alto tradimento

traicion|ar *vt* tradire; **~ero, -a** *adj* traditore, -trice

traíd|a *f* (*agua, luz*) portata; **~o, -a** *adj* logoro, -a ◊ **~ *y llevado*** consunto

traidor, -a *adj/s* traditore, -trice

traiga, traigo V. **traer**

tráiler (*var.* **trailer**) *m* 1. *transp* trailer *inv*; 2. *cine* prossimamente

traílla *f* 1. (*perros*) guinzaglio *m*; 2. *agric* erpice *m*

trainer *m sport raro* trainer *inv*, allenatore; **~a** *f nav* barca da pesca alla traina

Trajano *adj/m hist* Traiano

traje *m* vestito, abito ◊ **~ *de caballero, de señora, de noche*** abito da uomo, da donna, da sera; **~ *de luces*** vestito del torero; **~ *pantalón*** due pezzi composto da giacca e pantalone; **~ *sastre*** tailleur* di taglio classico; ***cortarle ~s (a alg)*** *fig* tagliare i panni addosso (a q); **~ado, -a** *adj* (*mal, bien*) vestito, -a; **~ar** *vt* provvedere di vestiti (**a alg** q)

trajín *m* movimento, affaccendamento, tramenio, viavai *inv* ◊ **~ *diario*** affaccendamento/tramenio quotidiano; ***entre las dos se traen unos ~ines*** fra tutt'e due nascondono qc, fra tutt'e due ne stanno combinando delle loro

trajin|ante 1. *m* carrettiere; **2.** *m/f fig* arruffone, -a; **~ar 1.** *vt* 1. trasportare; 2. *fig* lavorare (q); **2.** *vi* affaccendarsi; **~ero, -a** *m/f* faccendone, -a

trajo V. **traer**

tralla *f* guinzaglio frusta *m*; **~zo** *m* 1. frustata *f*; 2. *sport* sparata *f*

trama *f* (*tela, fig*) trama; *lit* trama, intreccio *m*; **~r** *vt tecn tamb. fig* tramare, ordire

tramilla *f* 1. (*insecto, plaga*) cotonella; 2. spago *m*

tramit|ación *f adm/jur* procedura; *adm* trafila; **~ar** *vt* dar corso (a una pratica/istanza) *vi*, inoltrare, sbrigare (una pratica, una istanza)

trámite *m adm* formalità *f inv*, pratica *f*; ***los ~s para la expedición del pasaporte*** *la pratica/le formalità per il rilascio del passaporto*

tramo *m* 1. sezione *f*, particella *f*; 2. (*escalera*) rampa *f*; 3. *lit* brano; 4. *adm* scaglione; **~ntana** *f* tramontana; *fig* vanità *inv* ◊ ***perder (alg) la ~*** perdere la tramontana; **~ntar** *vi* tramontare; **~ya** *f* 1. *teat* macchineria o macchina teatrale; 2. *fig* trappola, tranello *m*; *fig* macchinazione; **~yista** *adj/s* 1. *teat* macchinista; 2. *fig* imbroglione, -a

tramp|a *f* 1. (*animales*) trappola; 2. *fig* trappola, tranello *m*; 3. (*suelo, techo*) botola; 4. (*banco*) ribalta ◊ **~ *de iones*** *electr* trappola ionica; ***caer en la ~*** cadere in trappola; ***hacer ~(s)*** fare imbrogli; ***llevarse la ~*** andare all'aria; **~antojo** *m coloq* inganno, illusione *f*; **~ear 1.** *vi* tirare avanti; trascinare la vita; **2.** *vt* imbrogliare

trampill|a *f* (*suelo*) botola; (*banco*) ribalta; (*carbonera*) sportello *m*; **~sta** *adj/s* imbroglione, -a

trampol|ín *m sport tamb. fig* trampolino; **~so, -a** *adj/s* imbroglione, -a

tranca *f* 1. barra, sbarra, spranga; 2. *coloq* sbornia ◊ ***a ~s y barrancas*** a stento; **~da** *f* passo lungo *m*, salto *m*; **~r** ‹*tranqué*› *vt* sprangare; **~zo** *m* 1. stangata *f*; 2. *coloq* influenza *f*

trance *m* 1. momento critico, frangente, passo; 2. (*medium, relig*) trance ◊ ***a todo ~*** a tutti i costi; ***el último ~*** il passo estremo; ***en ~ de muerte*** in punto di morte

tranco *m* salto, passo lungo

tranqui *adj jerga juv* tranquillo, -a (*estánd*)

tranquil|idad *f* tranquillità *inv*; **~zador, -a** *adj* tranquillizzante; **~zante** *adj/m* tranquillizzante; **~zar** ‹*tranquilicé*› *vt* tranquillizzare, calmare

tranquilla *f* 1. *tecn* paletto *m*, chiavistello *m*; 2. voce falsa

tranquilo, -a *adj* tranquillo, -a, calmo, -a, quieto, -a, sereno, -a

transac|ción *f* transazione, operazione; *jur* transazione, accordo *m*; *informát* transazione ◊ **~ *a plazo*** transazione a termine; **~ *bancaria, bursátil*** operazione bancaria, di borsa; **~ *en divisas, en efectivo*** transazione in divise, in contanti; **~cional** *adj* transazionale

transalpino, -a *adj/s* transalpino, -a
transaminasa *f biol* transaminasi *inv*
transatlántico, -a *adj/m nav* transatlantico, -a
transbord|ador, -a 1. *m nav* traghetto, ferry-boat* *inv*; **2.** *adj* trasbordatore, -trice ◊ ~ ***espacial*** navetta spaziale, space-shuttle* (*inv*); **~ar** *vt* traghettare, trasbordare; **~o** (*var.* **trasbordo**) *m* trasbordo, coincidenza; ***hacer*** ~ prendere la coincidenza
transcend... V. **trascend...**
transcodificación *f informát* transcodifica, transcodificazione
transcontinental *adj* transcontinentale
transcri|bir ‹*transcrito*› V. 25 *vt* trascrivere, copiare; **~pción** *f* trascrizione
transcurrir *vi* trascorrere, passare
transcurso *m* passo, trascorso, spazio
transeúnte *adj/s* passante
transexual *adj/s* transessuale; **~idad** (*var.* **transexualismo** *m*) *f* transessualità *inv*
transferencia *f* 1. *com* trasferimento *m*, bonifico *m*, versamento *m*; 2. *jur* passaggio *m*; 3. *tecn* trasferimento *m*, passaggio *m*; 4. *med/tecn* transfert *m inv*; **~l** *adj* di transfert
transferi|ble *adj* trasferibile; **~r** ‹*transfiero; transfirió; transfiriendo*› V. 10 *vt* trasferire
transferrina *f biol* transferrina
transfigur|ación *f* trasfigurazione, mutamento *m*; *relig* trasfigurazione; **~arse** trasfigurarsi
transform|able *adj* trasformabile; **~ación** *f* trasformazione; **~ador, -a** *adj/m electr* trasformatore, -trice; **~ar** *vt* trasformare, cambiare, mutare; **~ismo** *m pol/teat* trasformismo; **~ista** *adj/s pol/teat* trasformista
tránsfuga (*var.* **tránsfugo**) *m/f pol* transfuga
transfusión *f med* trasfusione
transgénico, -a *adj biol* transgenico, -a
transgre|dir ‹*se usa sólo en las formas en que la desinencia comienza con la vocal i*› *vt/def* trasgredire; **~sión** *f* trasgressione; **~sor, -a** *adj/s* trasgressore *adj/m*, trasgreditrice *adj/f*
transiberiano, -a *adj* transiberiano, -a
transición *f* transizione
transido, -a *adj* afflitto, -a, affranto, -a
transigen|cia *f* indulgenza, tolleranza; **~te** *adj* indulgente, tollerante
transigir ‹*transijo*› *vi* transigere (**con** con/in), cedere (**con** a), venire a patti (**con** con)
transistor *m* transistor* *inv*
transit|able *adj* transitabile; **~ar** *vi* transitare (**por** per), passare (**por** per/da), circolare (**por** per); **~ivo, -a** *adj* transitivo, -a
tránsito *m* 1. transito, passaggio; 2. *com/jur* transito ◊ ~ ***rodado*** traffico automobilistico; ***de*** ~ di transito, di passaggio; in transito
transitorio, -a *adj* transitorio, -a, passeggero, -a
transliteración *f* traslitterazione
translúcido, -a *adj* traslucido, -a
translucirse V. **traslucirse**
transmediterráneo, -a *adj* transmediterraneo, -a
transmigr|ación *f* trasmigrazione; **~ar** *vi* trasmigrare
transmisi|ble *adj* trasmissibile; **~ión** *f mec/radio/jur* trasmissione ◊ ~ ***de propriedad*** *jur* trasmissione di proprietà; **~or, -a 1.** *adj/s electr* trasmettitore, -trice; **2.** *adj/m* trasmittente; **~ora** *f* radio trasmittente
transmitir *vt radio/jur* trasmettere
transmut|able *adj* trasmutabile; **~ación** *f cient/lit* trasmutazione; **~ar** *vt* trasmutare, trasformare
transoceánico, -a *adj* transoceanico, -a
transpadano, -a *adj* transpadano, -a
transparen|cia *f* 1. trasparenza; 2. (*proyectar*) diapositiva; 3. (*papel*) lucido *m*; **~tarse** trasparire *vi*; **~te** *adj/m* trasparente
transpir|ación *f* traspirazione, sudore *m*; **~ar** *vi* traspirare
transponer ‹*pongo; pondré; puse; puesto*› V. 32 **1.** *vt* 1. trasporre; 2. (*umbral*) oltrepassare, sorpassare; **2. ~se** 1. (*sol*) tramontare *vi*; 2. (*persona*) assopirsi
transport|able *adj* trasportabile; **~ador, -a 1.** *adj/m* trasportatore, -trice; **2.** *m mat* rapportatore; **~ar 1.** *vt* trasportare; **2. ~se** cadere in estasi *vi*; **~e** *m* trasporto ◊ ~ ***de mercancías*** trasporto di merci; ***~s públicos*** trasporti pubblici; ***buque de*** ~ nave da trasporto; **~ín** *m* (*animales*) trasportino; **~ista** *adj/s* trasportatore, -trice
transposición (*var.* **trasposición**) *f* 1. trasposizione; 2. *med* inversione
transpuesto, -a (*var.* **traspuesto**) *adj* appisolato, -a ◊ ***quedarse*** ~ schiacciare un sonnellino
transubstanciación *f* transustanziazione
transvas|ar *vt* travasare; **~e** (*var.* **trasvase**) *m tecn tamb. fig* travaso
transvers|al *adj* trasversale, traversale; **~o, -a** (*var.* **trasverso**) *adj* traverso, -a
tranvía *m* tram *inv*, tranvai *inv*
tranviario, -a 1. *adj* tranviario, -a; **2.** *m* tranviere
trapace|ar *vi* ingannare, truffare; **~ro, -a** *adj/s* imbroglione, -a
trapajoso, -a *adj/s* cencioso, -a
trápala 1. *f* 1. baccano *m*; 2. (*herradura*) scalpitamento *m*; 3. bugia; **2.** *m/f* imbroglione, -a
trapalear *vi* 1. scalpicciare; 2. *coloq* parlare a vanvera
trapeci|o *m geom* trapezio; **~sta** *m/f* trapezista
trape|nse *adj/m relig* trappista; **~ría** *f* rigatteria; mucchio di cenci *m* ◊ ***calle de la*** ~ *ant* strada di negozi di tessuti; **~ro, -a 1.** *m* straccivendolo, -a, rigattiere, -a; **2.** *adj* pezzente, straccioso, -a
trapezoid|al *adj geom* trapezoidale; **~e** *m geom* trapezoide
trapichea|dor, -a *m/f* traffichino, -a; **~r** *vi* trafficare, armeggiare; *pol* intrallazzare; **~o** *m* armeggio, traffico; *pol* intrallazzo, manovra *f*
trapío *m* (*taur, mujer*) *coloq* gagliardia *f*, forza *f*
trapisonda *f* 1. (*armar*) gazzarra, subbuglio *m*; 2. imbroglio *m*, raggiro *m*

trapo *m* 1. straccio, cencio; 2. *taur* drappo rosso; 3. (*vestir*) roba *f*, stracci *mpl* ◊ **~ *de limpieza*** straccio per pulire; **~ *sucios*** *coloq/fig* panni sporchi; ***a todo*** **~** a gonfie vele; ***estar/quedar como un*** **~** sentirsi uno straccio; ***poner (a alg) como un*** **~** *fig* ridurre (q) uno straccio; ***ser un*** **~ *sucio*** *fig* essere un misero straccio

tráquea *f med* trachea

traque|al *adj* tracheale; **~ítis** *f inv med* tracheite *f*; **~otomía** *f med* tracheotomia

traquete|ar 1. *vt* sbattere, agitare; **2.** *vi* scoppiettare; far rumore; **~o** *m* 1. *ferroc* sballottamento; 2. (*fuego, cohete*) scoppiettio, crepitio

tras *prep* dietro; **~ *la puerta*** *dietro la porta*; ***(elev y Am)*** **~ *mío*** *dietro di me*; dopo; **~ *la lluvia viene el sol*** *dopo la pioggia esce il sole*; oltre; **~ *de venir tarde, regaña*** *oltre a venir tardi, rimprovera*; **~bordo** V. **transbordo**

trascend|encia (*var.* **transcendencia**) *f* trascendenza; rilevanza, importanza; **~ental** (*var.* **transcendental**) *adj* trascendentale; **~ente** *adj* trascendente; **~er** (*var.* **transcender**) ‹*trasciendo*› V. 6 **1.** *vt* trascendere, superare, eccedere; trapelare *vi*; **2.** *vi* (*olor*) diffondersi, emanare *vt*

trascoro *m relig* retrocoro

trasdós *m arq* estradosso

trasegar ‹*trasiego; trasegué*› V. 5a **1.** *vi* smuoversi; **2.** *vt* (*vino*) travasare

trasero, -a 1. *adj* posteriore, di dietro; **2.** *m* (*persona*) sedere; **3.** *f* parte posteriore

trasfondo *m* sfondo, background* *inv*

trasgo *m* folletto

trashum|ancia *f* transumanza; **~ante** *adj/s* transumante; **~ar** *vi* transumare

trasiego *m* 1. movimento, agitazione *f*; 2. (*vino*) travaso

trasla|ción *f* 1. *ling/jur/relig* traslazione; 2. *lit* traslato *m*, metafora; 3. trasferimento *m*; **~dar 1.** *vt* trasferire, trasportare; (*fecha*) spostare, rimandare; **2. ~se** trasferirsi; (*casa*) traslocare *vi*; **~do** *m* 1. (*de ciudad*) trasferimento; (*de casa*) trasloco; 2. (*escrito*) trascrizione *f*

traslu|cirse (*var.* **translucirse**) ‹*luzco*› V. 13b tralucere *vi*; **~z** *m* controluce *f*, controlume ◊ ***mirar al*** **~** guardare controluce

trasmano: a ~ *adv* fuori mano

trasnoch|ado *adj* 1. (*persona*) trasognato, -a, stordito, -a; 2. (*noticia*) stantio, -a; **~ador, -a** *adj/s* nottambulo, -a; **~ar 1.** *vi* coricarsi tardi; fare le ore piccole; **2.** *vt* dormirci su *vi*; **~e** *m* veglia *f*

trasojado, -a *adj* macilento, -a, con occhiaie

traspapelar *vt* (*papel, documento*) smarrire, perdere

traspas|ar *vt* 1. *com* cedere; 2. trapassare, trafiggere; 3. (*umbral*) varcare; 4. (*río*) attraversare; 5. (*límites*) oltrepassare; **~o** *m* 1. *com* cessione *f*, trasferimento, voltura *f*; 2. *fig* trapasso

traspié (*var.* **traspiés**) *m* scivolone; inciampo; errore ◊ ***dar (alg) un ~s*** fare (q) una gaffe

trasplant|ar *vt bot/med tamb. fig* trapiantare; **~e** *m med* trapianto

trasposición V. **transposición**

traspunt|e *m teat* buttafuori *inv*; **~ín** *m* (*asiento*) strapuntino

trasquil|a *f* tosatura; **~ado** *m* tosatura *f*; **~ador, -a** *m/f* tosatore, -trice; **~ar** *vt* tosare; *irón* tosare, rapare; **~ón** *m* forbiciata *f*; *fig* forbiciata *f*, salasso ◊ ***a ~ones*** a forbiciate, a tagli irregolari

trastabillar (*var.* **trastrabillar**) *vi* 1. inciampare, urtare; 2. balbettare; 3. vacillare

trasta|da *f* (*niños*) monelleria; brutto tiro *m*; **~zo** *m coloq* colpo

traste *m* 1. *mús* (*de cuerda*) tasto; 2. *Am* ciarpa *f* ◊ ***dar al*** **~ *con u-c*** mandare all'aria qc; ***irse al*** **~** andare all'aria; ***sin ~s*** senz'ordine; **~ar 1.** *vt* 1. *mús* mettere i tasti *vi*; 2. *mús* (*cuerda*) tasteggiare; **2.** *vi* 1. rimuovere/spostare i mobili; 2. *fig* maneggiare la lingua; 3. *taur* maneggiare il toro; **~o** *m Col* trasloco; **~ría** *f* 1. ciarpame *m*; 2. V. **trastada**; **~ro, -a** *adj/s* sgabuzzino *m*, ripostiglio *m*

trastienda *f* retrobottega *m*; *fig* parte occulta; ◊ ***tener mucha*** **~** essere molto cauto

trasto 1. *m* 1. (*casa*) mobile; arnese, attrezzo; 2. *teat* quinta *f*, telaio; 3. *desp* persona inutile *f*; 4. *desp* ciarpa *f*, cianfrusaglia *f*; **2.** *mpl* (*espada, daga*) armi *fpl* ◊ ***tirarse los ~s a la cabeza*** tirarsi i piatti sulla testa; **~car** ‹*trastueco; trastoqué; trastueque*› V. 8a *vt* sconvolgere, turbare, perturbare

trastorn|ar 1. *vt* scompigliare, scombussolare, frastornare; far diventar pazzo; **2. ~se** diventar pazzo *vi*; alterarsi; **~o** *m* disturbo, frastorno; *fig* turbamento

trastrocar ‹*trastrueco; trastroqué; trastueque*› V. 8a *vt* mutare, cambiare

trasud|ación *f* trasudazione; **~ar** *vi* trasudare

trasunto *m elev* copia *f*, ritratto

trasvas|ar *vt* travasare; **~e** V. **transvase**

trasverso V. **transverso**

trata *f* tratta ◊ **~ *de blancas, de negros*** tratta delle bianche, dei negri; **~ble** *adj* trattabile; *fig* affabile; **~dista** *m/f* trattatista; **~do** *m cient/pol* trattato ◊ **~ *de no agresión*** patto di non aggressione; **~ *de paz*** trattato di pace; **~miento** *m* 1. trattamento; 2. *informát* word processing* *inv*; **~nte 1.** *m/f* mercante; **2.** *adj* (*cosmético*) trattante; **~r 1.** *vt tecn/com tamb. fig* trattare; **2.** *vi* 1. cercare (**de** di), tentare (**de** di); 2. trattare (**de** di); **~ *de usted, de tú*** *dare del lei, del tu*; **~ *de loco (a alg)*** *trattare (q) da/come pazzo*; **3. ~se** trattarsi; ***se trata a cuerpo de rey*** *si tratta da re*; ***se trata de un viaje largo*** *si tratta di un viaggio lungo*; **~tivas** *fpl Arg* trattative

trato *m* 1. accordo, patto; 2. rapporto, relazione *f*; 3. *raro* trattamento ◊ **~ *hecho*** accordo concluso, affare fatto; ***cerrar el*** **~** concludere l'affare; ***hacer un*** **~** fare un patto; ***recibir buen*** **~** avere/ricevere un buon trattamento; ***romper el*** **~** rompere i rapporti

traum|a *m* trauma; **~ático, -a** *adj* traumatico, -a; **~atismo** *m med* traumatismo; **~atizar** ‹*trau-*

maticé› *vt med tamb. fig* traumatizzare; **~atólogo, -a** *m/f med* traumatologo, -a
travelín (*var.* **travelling**) *m cine* carrellata *f*
travertino *m min* travertino
través *m* inclinazione *f* ◊ ***a ~ de*** attraverso; ***a/de ~*** per/di traverso; ***ir a campo ~*** andare attraverso i campi; ***mirar de ~*** guardare di sbieco, guardare di traverso
traves|año *m* 1. traversa *f*; 2. (*escalera*) piuolo; **~ero, -a** *adj* trasversale, traverso, -a ◊ ***flauta ~a*** flauto traverso; **~ía** *f* 1. (*calle*) traversa; 2. (*del Atlántico, del Sahara...*) traversata; **~tí** (*var.* **travesti**, **travestido**) *m teat* travesti; **~tido 1.** *pp/adj* travestito, -a; **2.** *m* travesti; **~ura** *f* monelleria, birichinata
travies|a *f* (*vías del tren*) traversina; **~o, -a** *adj* 1. (*niño*) irrequieto, -a, discolo, -a; 2. traverso, -a ◊ ***de ~*** di traverso; ***niño ~*** monello
trayecto *m* tragitto, percorso; **~ria** *f* 1. *cient* traiettoria, parabola; 2. *fig* linea, norma di comportamento, condotta ◊ ***~ profesional*** curricolo professionale
trayendo V. **traer**
traza *f* 1. aspetto *m*; 2. idea; 3. *elev* orma; 4. abilità *inv*; 5. *arq* pianta; 6. *tecn* tracciato *m* ◊ ***por las ~s*** dall'aspetto; ***tener buena ~ para*** essere portato per; ***tener/llevar ~s de*** avere l'aria di; **~bilidad** *f agric/adm* (*de un producto*) tracciabilità *inv*; **~do, -a 1.** *m* tracciato; **2.** *adj* tracciato, -a; (*bien, mal*) formato, -a; **~dor** *m fís/quím* tracciante; **~r** ‹*tracé*› *vt* tracciare; *fig* tracciare, abbozzare
trazo *m* tratto; (*persona*) tratto, lineamento; *arte* (*pliegue*) drappeggio
TRB (*Tonelada de Registro Bruto*) *abr/f* T.P.L. (Tonnellata Portata Lorda)
tréb|edes *fpl* treppiede *m*; **~ol** *m bot* trifoglio ◊ ***~ de cuatro hojas*** quadrifoglio
trece *adj/m inv* 1. (*card*) tredici *inv*; 2. (*ord*) tredicesimo, -a; ***León XIII*** *Leone tredicesimo* ◊ ***estar/mantenerse/seguir en sus ~*** impuntarsi in qc, insistere su qc; **~avo, -a** *adj* tredicesimo, -a
trecho *m* (*tiempo, lugar*) tratto ◊ ***a ~s*** a tratti; ***de ~ en/a ~*** di tanto in tanto, ogni tanto; ***del dicho al hecho hay mucho ~*** tra il dire e il fare c'è di mezzo il mare
trefil|ar *vt* trafilare; **~ería** *f metal* trafileria
tregua *f* tregua ◊ ***no dar ~*** non dar tregua; ***sin ~*** senza tregua
treint|a *adj/m inv* 1. (*card*) trenta *inv*; 2. (*ord*) trentesimo, -a; **~añero, -a** *adj/s* trentenne; **~avo, -a** *adj* trentesimo, -a; **~ena** *f* trentina
trekking ['trekin] *m sport* trekking* *inv*
trematodos *mpl zool* trematodi
tremebundo, -a *adj* tremendo, -a, spaventoso, -a, tremebondo, -a (*elev*)
tremend|ismo *m lit tamb. fig* tremendismo; **~ista** *adj/s* tremendista; **~o, -a** *adj* 1. tremendo, -a, terribile, spaventoso, -a; 2. *coloq* tremendo, -a, incredibile, straordinario, -a ◊ ***tomar/echar por la ~a*** prendere le cose male, prendersela troppo
trementina *f* trementina
tremielga *f zool* torpedine
tremol|ar 1. *vi* ondeggiare; **2.** *vt* agitare; **~ina** *f* 1. baccano *m*, chiasso *m*; 2. *meteo* turbine *m* ◊ ***armar la ~*** far chiasso
trémolo, -a *adj mús* tremulo, -a, tremolante
trémulo, -a *adj elev* tremulo, -a
tren (*pl* **trenes**) *m* 1. *transp* treno; 2. *tecn* treno, equipaggio; 3. *aero* carrello; 4. *fig* treno, tenore ◊ ***~ correo*** (treno) postale; ***~ de alta velocidad*** treno ad alta velocità; ***~ de aterrizaje*** *aero* carrello di atterraggio; ***~ de cercanías*** treno locale; ***~ de laminación*** treno di laminazione; ***~ de mercancías*** treno merci; ***~ de viajeros*** treno viaggiatori; ***~ de vida*** tenore/treno di vita; ***~ directo*** (treno) accelerato; ***~ expreso*** (treno) direttissimo; ***~ rápido*** (treno) espresso; ***a todo ~*** con tutti i lussi; ***choque de ~es*** scontro ferroviario; ***estar como un ~ /para parar un ~*** essere bona (*mujer*), essere un figo/un fusto (*hombre*); ***llegar en el ~ de las doce*** *coloq/fig* arrivare col treno accelerato/con l'ultimo treno; ***perder el último ~*** *fig* perdere l'ultimo treno; **~ca** (*var.* **trenka**) *f* giaccone impermeabile con cappuccio *m*, eschimo *m*; **~cilla 1.** *f* passamano *m*, galloncino *m*; **2.** *m sport coloq* arbitro
trend ['tren] *m* trend* *inv*
trenka V. **trenca**
trenza *f* treccia; **~do** *m* 1. treccia *f*, intreccio; 2. (*danza*) scambietto; 3. (*caballos*) scalpitio; **~r** ‹*trencé*› **1.** *vt* intrecciare; **2.** *vi* 1. (*danza*) fare scambietti; 2. (*caballos*) scalpitare; **3. ~se** *Am* accalorarsi
trepa 1. *m/f desp* arrampicatore, -trice sociale, rampante; **2.** *f* 1. arrampicata; 2. *tecn* foratura; **~do** *m tecn* foratura *f*; **~dor, -a 1.** *adj/s* 1. arrampicatore, -trice, rocciatore, -trice, scalatore, -trice; 2. *bot/zool* rampicante; **2.** *m tecn* (*alpinismo*) rampone
trepan|ación *f med* trapanazione; **~ar** *vt med* trapanare
trépano *m* (*med y suelo*) trapano
trepar 1. *vi* arrampicarsi; **2.** *vt* 1. forare; 2. *sport tamb. fig* scalare; 3. (*muros...*) arrampicarsi (per/su), scalare
trepid|ación *f* trepidazione, tremore *m*; **~ante** *adj* trepidante; **~ar** *vi* trepidare, tremare
tres *adj/m inv* 1. (*card*) tre; 2. (*ord*) terzo, -a ◊ ***~ cuartos*** (*abrigo*) trequarti; ***¡a las ~!*** *excl* E tre!; ***cada dos por ~*** spesso; ***como ~ y dos son cinco*** come due e due quattro; ***de ~ al cuarto*** da quattro soldi; ***jugar a ~ en raya*** giocare al filetto; ***ni a la de ~*** neanche per sogno; **~cientos, -as** *adj/m* 1. (*card*) trecento *inv*; 2. (*ord*) trecentesimo, -a
tresillo *m* 1. (*muebles*) salotto; 2. (*naipes*) terziglio, calabresella *f*; 3. *mús* terzina *f*
treta *f* 1. stratagemma *m*; 2. (*esgrima*) finta
tríada *f elev* triade

trial *m sport* trial* *inv*
triangullación *f* triangolazione; **~ar** *adj/vt* triangolare
triángulo 1. *m geom/mús tamb. fig* triangolo; **2.** *adj* triangolare ◊ **~ *isósceles, equilátero, rectángulo, escaleno*** triangolo isoscele, equilatero, rettangolo, scaleno
triar ‹*trío*› V. 2 **1.** *vt* scegliere; **2. ~se** *Arg* (*leche*) quagliare
triásico, -a *adj geol* triasico, -a
triatleta *m/f sport* triatleta
triatlón *m sport* triatlon
tribal *adj* tribale; **~ismo** *m* tribalismo
tribolelectricidad *f* triboelettricità *inv*; **~logía** *f fís* tribologia
tribu *f* tribù *inv* ◊ ***~s urbanas*** bande metropolitane, tribù urbane; **~lación** *f* tribolazione, patimento *m*, tormento *m*
tribuna *f arq/sport* tribuna; **~l** *m* tribunale; corte *f*; commissione *f* ◊ ****~ Constitucional*** Corte Costituzionale; ****~ de Apelación*** Corte d'Appello; ****~ de cuentas*** Corte dei conti; ***~ de honor*** giurì d'onore; ****~ de las aguas*** *Esp* (*Valencia*) Tribunale delle acque; ****~ de lo civil*** Tribunale civile; ****~ de lo penal*** Tribunale penale; ****~ de menores*** Tribunale per i minorenni; ****~ militar*** Tribunale militare; ***~ de oposiciones*** commissione di concorso, commissione giudicatrice; ****~ Penal Internacional*** Tribunale Penale Internazionale; ****~ Supremo*** Corte Suprema, Corte (suprema) di Cassazione
tribuno *m hist* tribuno
tributlación *f* imposizione fiscale, tassazione; **~ar** *vt* tributare; **~ario, -a 1.** *adj* tributario, -a; **2.** *m/f* contribuente; **~o** *m* tributo, imposta *f*; *fig* tributo, omaggio
tricéfalo, -a *adj elev* tricéfalo, -a
tríceps *adj/m inv* tricipite *adj/m*
triciclo *m* triciclo ◊ ***~ de playa*** *Am* triciclo da spiaggia
tricípite *adj* tricipite
triclinio *m hist* triclinio
triclorloetileno *m* trielina *f*; **~uro** *m quím* tricloruro
tricología *f med* tricologia
tricolor *adj* tricolore
tricornio 1. *m* tricorno; **2.** *adj* tricorne
tricotladora V. **tricotosa**; **~ar** *vi* lavorare a maglia/ai ferri; **~osa** (*var.* **tricotadora**) *f tecn* telaio/macchina per maglieria *m/f*
tricromía *f* tricromia
tridentle *adj/m* tridente; **~ino, -a** *adj* 1. *hist* tridentino, -a; 2. trentino, -a, di Trento ◊ ***Concilio ~o*** *hist* Concilio di Trento
tridimensional *adj* tridimensionale
triduo *m relig* triduo
triedro *adj geom* triedro
trienlal *adj* triennale; **~io** *m* triennio
triestino, -a *adj/s* triestino, -a, de Trieste
trifásico, -a *adj electr* trifase *inv*, trifasico, -a; *med* trifasico, -a
trífora *adj/f arq* trifora
trifulca *f coloq* contesa, rissa ◊ ***armar una ~*** provocare un pandemonio
trifurcarse triforcarsi
trigal 1. *m agric* campo di frumento; **2.** *adj* di frumento, frumentario, -a
trigésimo, -a *adj elev* trentesimo, -a
triglicérido *m quím* trigliceride
trigo *m bot* grano, frumento ◊ ***~ sarraceno o negro*** grano saraceno o nero; ***no ser ~ limpio*** non essere uno stinco di santo
trigonomletría *f mat* trigonometria; **~étrico, -a** *adj mat* trigonometrico, -a
triguelño, -a *adj* castano chiaro, -a; **~ro, -a 1.** *adj* frumentario, -a; **2.** *m* crivello, vaglio ◊ ***espárrago ~*** asparago selvatico
trilateral *adj pol* trilaterale
trile *m* gioco dei bussolotti; **~ro** *m* ="baro delle tre carte; truffatore al gioco dei bussolotti"
trilingüe *adj* trilingue
trilla *f agric* trebbia, trebbiatura; **~do, -a** *adj* 1. (*camino*) frequentato, -a, battuto, -a; 2. (*cuestión*) noto, -a, trito, -a; **~dor, -a** *adj/s agric* trebbiatore, -trice; **~dora** *f tecn/agric* trebbiatrice; **~dura** *f agric* trebbiatura; **~r** *vt* 1. *agric* trebbiare; 2. frequentare, battere
trillizo, -a *adj* trigemino, -a
trillo *m* 1. *agric* trebbia *f*; 2. *Am* sentiero
trillón *m* 1. *mat* trilione; 2. (*Italia, Francia, USA*) mille miliardi; 3. (*Alemania, Inglaterra, España*) un miliardo di miliardi
trilobulado, -a *adj* trilobato, -a
trilogía *f lit/mús* trilogia
trimarán *m nav/sport* trimarano
trimensual *adj* trimensile
trimestrlal *adj* trimestrale; **~e 1.** *m* trimestre; **2.** *adj* trimestrale
trimotor, -a *adj/m* trimotore, -trice
trinar *vi* 1. *mús* trillare; 2. (*pájaro*) gorgheggiare; 3. *coloq* impazientirsi ◊ ***está que trina*** sta per scoppiare
trinca *f* terna; *nav* trinca; **~r** ‹*trinqué*› *vt* 1. *nav* trincare; 2. (*vino...*) trincare; 3. *jerga* arrestare; 4. *jerga delinc* rubare
trincha *f* (*hebilla*) cinturino *m*; **~nte** *adj/m* trinciante; **~r** *vt* (*pollo, fig*) trinciare
trinchelra *f* 1. *mil* trincea; 2. impermeabile (classico) *m*; **~ro** *m* 1. credenza *f*; 2. tagliere; **~te** *m tecn* trincetto
trineo *m* slitta *f*
trinidad *f relig tamb. fig* trinità *inv*
trinitario, -a *adj/m relig* trinitario, -a
trino, -a 1. *m mús* trillo; (*ruiseñor*) trino, gorgheggio; **2.** *adj* trino, -a; **~mio** *m mat tamb. fig* trinomio
trinquete *m* 1. *nav* trinchetto; 2. *sport* sferisterio coperto; 3. *tecn* arresto
trío *m mús tamb. fig* trio, terzetto
triodo (*var.* **tríodo**) *m fís/electr* triodo
trip *m* (*droga*) trip *inv*

tripa 1. *f gastr* trippa; pancia, trippa, ventre *m*; **2.** *fpl fig* interiora, parte interna *f* ◊ ***echar ~*** mettere su pancia/trippa; ***echar las ~s*** vomitare l'anima; ***gruñir las ~s*** brontolare gli intestini; ***hacer de ~s corazón*** fare di necessità virtù, far buon viso a cattivo gioco; ***hacerle una ~ a una mujer*** *vulg* mettere incinta una donna; ***¿Qué ~ se le habrá roto?*** Che diavolo vorrà?, Gli/Le sarà morto il gatto?; ***revolverle (a alg) las ~s (u-c)*** fare schifo, dar nausea; **~nosomiasis** *f inv med* tripanosomiasi

tripartilción *f* tripartizione; **~r** *vt* tripartire; **~to, -a** *adj* tripartito, -a

triple 1. *adj* triplice; **2.** *adj/m* triplo, -a; **~ta** *f sport tamb. fig* tripletta

triplicIado, -a *adj* triplicato, -a; **~ar** ‹*tripliqué*› *vt* triplicare

triplo, -a *adj/m* triplo, -a

trípode *m* tripode

tripón, -ona *adj* trippone, -a, pancione, -a

trips *m inv* tisanottero *m*; **~ina** *f biol* tripsina

tríptico *m arte/lit* trittico

triptongo *m ling* trittongo

tripudilar ‹*tripudio*› V. 1 *vi* tripudiare; **~o** *m elev/raro* tripudio

tripudo, -a *adj* trippone, -a, pancione, -a

tripullación *f aero/nav* equipaggio *m*; **~ante** *m/f nav* membro di equipaggio *m*; **~ar** *vt* 1. *nav/aero* equipaggiare; 2. guidare una nave o un aereo

triquinla *f zool* trichina; **~osis** *f inv med* trichinosi

triquiñuela *f coloq* sotterfugio *m*

triquitraque *m* trictrac ◊ ***a cada ~*** ogni momento

tris *m* 1. tric; 2. *transp* tran tran ◊ ***en un ~*** in pericolo imminente; ***estar en un ~ de*** stare sul punto di, essere lì lì per

trisca *f* 1. scricchiolio *m*; 2. *fig* gazzarra; **~dor, -a 1.** *adj* chiassone, -a; **2.** *m tecn* licciaiola *f*; **~r** ‹*trisqué*› **1.** *vi* (*pies*) scricchiolare; salterellare; **2.** *vt tecn* allicciare; scompigliare, arruffare

trisílabo, -a *adj ling/lit* trisillabo, -a

triste *adj* 1. triste; ***estar ~*** *essere triste*; mesto, -a, malinconico, -a; ***ser ~*** *essere malinconico*; *fig* misero, -a; ***queda un ~ cigarrillo*** *resta una misera sigaretta*; 2. *fig* appassito, -a, vizzo, -a; ***estas flores están ~s*** *questi fiori sono appassiti/vizzi*; **~za** *f* tristezza, malinconia, infelicità *inv*

tristón, -ona *adj* malinconico, -a

tritlio *m quím* tritio; **~ón** *m mitol/zool* tritone

triturlación (*var.* **triturado** *m*) *f* stritolamento *m*; **~ado, -a** *adj* trito, -a; **~ador** *m* frantoio; **~adora** *f tecn* trituratore *m*; (*cocina*) tritatutto *m inv*; **~ar** *vt* tritare, triturare; *fig* pestare

triunflador, -a *adj/s* trionfatore, -trice; **~al** *adj* trionfale; **~alismo** *m* trionfalismo; **~alista** *adj/s* trionfalista; **~ante** *adj* trionfante; **~ar** *vi* trionfare, vincere; **~o** *m* trionfo, vittoria *f*; (*teatro, naipes*) trionfo; *fig* successo ◊ ***llevar en ~*** portare in trionfo

triunvirlato *m hist* triunvirato; **~o** *m hist* triunviro

trivalente *adj* trivalente

trivial *adj* banale; **~idad** *f* banalità *inv*; **~izar** ‹*trivialicé*› *vt* banalizzare

trivio *m hist* trivio

triza *f* briciola ◊ ***hacer ~s*** fare a pezzi, distruggere

trocánter *m med* trocantere

trocar ‹*trueco; troqué; trueque*› V. 8a *vt* 1. scambiare, permutare; 2. *fig* confondere, scambiare

trocelado *m* spezzettamento; **~ar** *vt* fare a pezzi, spezzettare

trocha *f* 1. sentiero *m*, viottolo *m*; 2. *Am* scartamento *m*

trochemoche: a ~ (*var.* **a troche y moche**) *adv* alla carlona, alla buona

trocito *m* pezzetto, pezzettino

trofeo *m* trofeo

troglodlita *adj/s* 1. troglodita; 2. *zool* scricciolo, troglodita; **~ítico, -a** *adj* trogloditico, -a

troica (*var.* **troika**) *f* troica

troj (*var.* **troje**) *m* granaio; deposito di olive

trola *f coloq* bugia, frottola

trole *m* trolley bus* *inv*, filobus *inv*; **~bús** *m* filobus *inv*, trolley bus* *inv*; **~ro, -a** *adj/s coloq* bugiardo, -a, ballista

trombla *f meteo* tromba marina ◊ ***~ de aire*** tromba terrestre; **~ón** *m mús* trombone ◊ ***~ de pistones, de varas*** trombone a pistoni, a tiro; **~osis** *f inv med* trombosi

trompa 1. *f* 1. *mús* corno *m*; 2. *zool* tromba, proboscide; 3. (*juguete*) trottola; 4. *coloq* sbornia; 5. *fís* tromba; **2.** *m* (*persona*) trombettista, tromba *f* ◊ ***~ de Eustaquio*** *med* tromba d'Eustachio; ***~ de Falopio*** *med* tuba/tromba uterina; ***~ gallega/de París*** scacciapensieri; ***estar ~*** *coloq* essere sbronzo; **~da** *f* 1. colpo *m*, pugno *m*; 2. (*de personas*) scontro *m*; **~zo** *m* colpo; urto (**contra u-c/alg** contro qc/q), scontro (**con** con)

trompetla 1. *f* 1. *mús* tromba, trombetta; 2. *mús/mil* cornetta; **2.** *m* tromba *f*, suonatore di tromba; *mil* (*persona*) trombettiere ◊ ***~ de amor*** *bot* girasole; ***~ de la muerte*** *bot* corno dell'abbondanza; **~azo** *m* strombettata *f*; **~illa** *f* corno acustico *m* ◊ ***(mosquito) de ~*** (zanzara) a fischietto; **~ista** *m/f mús* trombettista

trompiclar ‹*trompiqué*› **1.** *vi* inciampare, inciampicare, incespicare; **2.** *vt* far inciampare; *fig* fare lo sgambetto a *vi*; **~ón** *m* inciampone ◊ ***a ~ones*** a colpi, a urtoni

trompo *m* 1. trottola *f*; 2. *fig* tardo; 3. *auto* giro su se stesso ◊ ***ponerse como un ~*** diventare come una botte

trompón: de ~ *adv* disordinatamente

trona *f niños* seggiolone *m*; **~da** *f* fragore di tuoni *m*, tronata (*reg*); **~do, -a** *adj* 1. sciupato, -a; 2. *fig* suonato, -a; **~r** ‹*truena*› *v/impers meteo* tuonare; *fig* tuonare, rimbombare

troncal *adj* 1. *estud* (*materia*) fondamentale; 2. di tronco; **~idad** *f estud* insieme di materie fondamentali *m*

troncha *f Am* fetta; **~r** *vt* troncare, mozzare, tagliare; *fig* troncare; *coloq/fig* sfinire ◊ ***~se de ri-***

***sa** coloq* sbellicarsi dalle risate, crepare dal ridere
troncho, -a 1. *m bot* torsolo, torso; *coloq* inutile; **2.** *adj Arg* tronco, -a
tronco *m* tronco ◊ ***estar/dormir como un ~*** dormire come un ghiro/sasso
troncón *m bot* troncone, toppo
tronera *f* feritoia; (*mesa de billar*) buco *m*
tronido *m* scoppio/rombo del tuono
trono *m* trono
tropa *f mil* truppa, schiera, milizia; *fig* truppa, folla, frotta
tropel *m* frotta *f* ◊ ***en ~*** in frotta; **~ía** *f elev* violenza (*estánd*), vessazione
tropezlar ‹*tropecé*› *vi* inciampare, inciampicare, incespicare; (*en un obstáculo*) intoppare, fermarsi; incontrarsi (**con alg** con q), trovarsi (**con alg** con q); **~ón** *m* 1. inciampicone; 2. *gastr* dado/cubetto di carne o prosciutto
tropical *adj* tropicale
trópico, -a *adj/m geogr/astron* tropico, -a
tropiezo *m* 1. inciampo, intoppo, difficoltà *f inv*, ostacolo; *fig* errore, sbaglio; 2. alterco (**con alg** con q)
tropillla *f Am* mandria, branco *m*; **~smo** *m biol* tropismo
tropo *m lit/mús/relig* tropo
tropófito, -a *m/f bot* tropofito, -a
tropopausa *f meteo* tropopausa
troposfera *f meteo* troposfera
troquel *m* conio, punzone; **~ar** *vt* coniare, fustellare, stampare
trotalcalles *m/f inv* girellone, -a *m/f*, sfaccendato, -a *m/f*; **~conventos** *f inv* mezzana *f*; **~mundos** *m/f inv* giramondo; **~r** *vi* trottare; *fig* trottare, andare in fretta
trote *m* trotto; *fig* sfacchinata *f*; *fig* pasticcio ◊ ***~ cochinero*** trotto serrato; ***al ~*** al trotto; ***hacer entrar/meter (a alg) en ~s*** mettere in riga (q); ***no estar (alg) para esos/estos ~s*** aver passato ormai l'età di giocare, non essere più un bambino/un giovincello
trotón, -ona 1. *adj* trottatore, -trice; **2.** *f* battona
trotskislmo [tros'kismo] *m pol/hist* trotskismo, trotzkismo; **~ta** [tros'kista] *m/f pol/hist* trotzkista, trotskista
trovador, -a *adj/s lit* trovatore, -trice; **~esco, -a** *adj lit* trovadorico, -a (!)
trovero *m* troviero
troyano, -a *adj/s hist* troiano, -a
trozo *m* 1. pezzo, porzione *f*, parte *f*; (*pan*) tozzo, pezzo; 2. *lit* brano; *mús* (*ópera*) pezzo; (*carretera*) tratto, pezzo ◊ ***a ~s*** a pezzi
truclaje *m tecn* trucco; **~ar** ‹*truqué*› *vt* truccare ◊ ***coche trucado*** *auto* macchina truccata
truchla *f zool* trota ◊ ***~ asalmonada*** trota salmonata; ***no se cogen/pescan ~s a bragas enjutas*** non c'è rosa senza spine; **~ero, -a** *adj* (*río*) ricco, -a in trote; **~imán, -ana** (*var.* **trujamán**) *m/f* 1. volpone, -a; 2. *elev* dragomanno, turcimanno; 3. (*ventas*) intermediario, -a
truco *m* trucco ◊ ***coger el ~*** scoprire il trucco; ***como si dijera ~*** come parlare al muro
truculenlcia *f* truculenza, crudeltà *inv*, atrocità *inv*; **~to, -a** *adj* truculento, -a, atroce, crudele
truelco V. **trocar**; **~no** *m meteo* tuono; fragore, strepito ◊ ***~ gordo*** scoppio finale; **~que** *m* baratto, cambio, permuta *f*
trufa *f* 1. *bot/gastr* tartufo *m*; 2. *fig* frottola; **~do, -a** *adj* tartufato, -a, ripieno, -a al tartufo; **~r** *vt gastr* tartufare
truhán, -ana *adj/s* 1. truffatore, -trice, furfante; 2. *coloq/hum* buffone, -a, burlone, -a
trujal *m tecn* (*uva, aceituna*) torchio
trujamán *m* V. **truchimán**
trunclado, -a *adj* troncato, -a, tronco, -a ◊ ***cono ~*** cono tronco; **~amiento** *m* troncamento; **~ar** ‹*trunqué*› *vt* troncare, tagliare
trust (*var.* **truste**) *m econ* trust* *inv*, monopolio
TS (*Tribunal Constitucional*) *abr/m* C.C. (Corte Costituzionale) *f*
tse-tse *f zool* mosca tse-tse
TSJ (*Tribunal Superior de Justicia*) *abr/m Esp* C.C. (Corte di Cassazione) *f*
tu *adj* tuo, tua; ***~ padre, madre, cuñado*** *tuo padre, tua madre, tuo cognato*; ***~ hermanito, ~ papá*** *il tuo fratellino, il tuo babbo*; ***~ libro, revista*** *il tuo libro, la tua rivista*
tú *pron* 1. tu; 2. te ◊ ***a ~ por ~*** a tu per tu; ***como ~*** come te; ***entre ~ y yo*** fra te e me; ***más eres ~*** tu più di me; ***tratar de ~ (a alg)*** dare del tu (a q)
tuareg *adj/s* tuareg *inv*
tuba 1. *f mús* tuba; **2.** *m/f* suonatore, -trice di tuba, tuba
tubárico, -a *adj med* tubarico, -a
tubérculo *m med/bot* tubercolo
tuberculoslis *f inv* tubercolosi, tisi; **~o, -a** *adj/s* tubercoloso, -a, tubercolotico, -a, tisico, -a
tubería *f* tubatura, tubazione
tuberosa *f bot* tuberosa
tubo *m* tubo, condotto ◊ ***~ de descarga*** tubo di scarico; ***~ de ensayos*** provetta, tubo di saggio; ***~ de escape*** tubo di scappamento; ***~ digestivo*** tubo digerente; ***~ fluorescente*** tubo fluorescente; ***~ lanzatorpedos*** tubo lanciasiluri; ***~ respiratorio*** tubo respiratorio; ***por un ~*** *coloq* a sacchi
tubular *adj/m* tubolare
tuco 1. *m* 1. *Arg zool* lucciola *f*; 2. *Ecu zool* (*pájaro*) ghiandaia turchese *f*; 3. *Perú* (*pájaro*) barbagianni; 4. *Arg/Ur gastr* salsa di pomodoro per pasta *f*; **2.** *adj Am* monco
tuerlca *f tecn* bullone *m*, dado *m*; **~to, -a** *adj/s* guercio, -a; **~zo** V. **torcer**
tuestle *m* tostatura *f*; **~o** V. **tostar**
tuétano *m* midollo ◊ ***hasta los ~s*** fino alle midolla
tufo *m* 1. puzza *f*, puzzo, tanfo; *coloq/fig* puzza *f*; 2. *min* tufo
tugurio *m* 1. tugurio; 2. capanna da pastori *f*
tul *m* tulle; **~e** *m Am Cent/Méx bot* sala *f*, giunco
tulipa *f* paralume/globo di vetro *m*

tulipán *m bot* tulipano
tulli|do, -a *adj/s* paralitico, -a; **~miento** *m* storpiatura *f*; **~rse** restare paralitico *vi*
tumba *f* tomba ◊ ***bajar/lanzarse a ~ abierta*** buttarsi a capofitto, buttarsi allo sbaraglio; a tutta velocità; **~r 1.** *vt* far cadere, rovesciare, abbattere, togliere i sensi a; inclinare, piegare; *estud* bocciare; **2.** *vi* cadere; **3. ~se** coricarsi, sdraiarsi, buttarsi a dormire
tumbilla *f ant* trabiccolo *m*
tumbo *m* scossa *f*; capitombolo ◊ ***dar ~s*** *coloq* sbattere da una parte e dall'altra
tumbón, -ona *adj/s* poltrone, -a
tumbona *f* sedia a sdraio
tumefac|ción *f med* tumefazione; **~to, -a** *adj* tumefatto, -a
túmido, -a *adj arq* tumido, -a
tumor *m med/bot* tumore; **~al** *adj* tumorale
túmulo *m* tumulo
tumult|o *m* tumulto, subbuglio; **~uoso, -a** (*var.* **tumultuario, -a**) *adj* tumultuoso, -a, tumultuario, -a
tuna *f* 1. *Esp estud* (*universidad*) Compagnia musicale di studenti; 2. studentessa dell'*Estudiantina*; 3. *desp/fig* vita scioperata; 4. *bot* fico d'India *m*; **~nte, -a** *adj/s* scioperato, -a, vagabondo, -a; **~r** *vi* oziare, vagabondare
tunda *f* 1. *coloq* bastonata; 2. *tecn* cimatura ◊ ***dar una ~*** dare una bastonata
tundi|dor, -a *adj/s* cimatore, -trice; **~dora** *f tecn* cimatrice; **~dura** *f* cimatura; **~r** *vt* 1. *tecn* cimare; 2. dare una bastonata *vi*
tundra *f geogr* tundra
tunecino, -a *adj/s* tunisino, -a
túnel *m* galleria *f*, tunnel *inv* ◊ ***hacer el ~*** (*fútbol*) fare il tunnel
Túnez 1. *geogr* (*ciudad*) Tunisi; 2. (*país*) Tunisia *f*
tungsteno *m metal* tungsteno
túnica *f* tunica; (*frailes*) tonaca
tunicado, -a *adj zool* tunicato, -a
tuno *m* 1. studente dell'Estudiantina; 2. *desp/fig* birbante
tuntún: al ~ *adv* alla cieca
tupamaro, -a *adj/s Am Mer* guerrigliero, -a di sinistra
tupé *m* toupet *inv*; *fig* toupet *inv*, sfrontatezza *f*
tupi|do, -a *adj* fitto, -a, spesso, -a; *fig* ottuso, -a; **~r 1.** *vt* infittire, spessire; **2. ~se** *fig* saziarsi
turba *f* 1. turba, moltitudine; 2. *geol* torba; **~ción** *f* turbamento *m*, agitazione; **~do, -a** *adj* sgomento, -a, interdetto, -a, sottosopra *inv*; **~dor, -a** *adj/s* turbatore, -trice; **~l** *m* torbiera *f*; **~multa** *f* turba, moltitudine, folla; **~nte** *m* turbante; **~r** *vt* turbare, scombussolare, sconvolgere
turbera *f* torbiera
turbiedad *f* torbidezza
turbi|na *f mec* turbina; **~o, -a** *adj* (*agua*) torbido, -a, turbolento, -a; *tamb. fig* fosco, -a, oscuro, -a, confuso, -a; *fig* (*período*) turbolento, -a; **~ón** *m meteo tamb. fig* acquazzone, rovescio
turbo *adj/m mec* turbo ◊ ***poner el ~*** *fig* mettere il turbo; **~alternador** *m electr* turboalternatore; **~compresor** *m mec* turbocompressore; **~diésel** *adj mec* turbodiesel; **~hélice** *m aero* turboelica *inv*; **~propulsor** *m mec* turbopropulsore; *aero* turboelica *inv*; **~rreactor** *m mec* turbogetto
turbulen|cia *f* turbolenza, irrequietezza; **~to, -a** *adj* 1. *cient tamb. fig* turbolento, -a; 2. (*persona*) irrequieto, -a, indocile
turc|a *f coloq* sbornia; **~o, -a** *adj/s* turco, -a ◊ ***cabeza de ~*** testa di turco
turcomano, -a *adj/s* turcomanno, -a
turgen|cia *f* turgore *m*, turgidezza; *med/bot* turgescenza, turgore *m*; **~te** *adj* turgido, -a, turgescente
túrgido, -a *adj* turgido, -a
turíbulo *m* turibolo, incensiere
Turín *geogr* Torino
turinés, -esa *adj/s* torinese
turis|mo *m* turismo; *auto* berlina *f*, automobile *f*; **~ta** *m/f* turista
turístico, -a *adj* turistico, -a
turma *f* 1. *bot* tartufo *m*; 2. *Am* patata; 3. *zool/gastr* testicoli *mpl*; **~lina** *f* tormalina
túrmix® *m* frullatore elettrico
turn|ar *vi/~se* alternarsi; **~o** *m* turno ◊ ***~ de día, de noche*** turno di giorno, di notte; ***a ~*** a turno; ***de ~*** di turno
turón *m zool* puzzola *f*
turoperador V. **touroperador**
turquesa *adj/f* 1. *min* turchese *m*; 2. *tecn* stampo a tenaglia *m*
turquí *adj elev* turchino, -a
Turquía *f geogr* Turchia
turquino, -a *adj* turchino, -a
turr|ón *m gastr* torrone, mandorlato; **~onero, -a** *m/f* fabbricante di torrone
turtó *m* panello (da pressatura)
turulato, -a *adj coloq* intontito, -a, stordito, -a, stupefatto, -a; scemo, -a
tururú 1. *adj coloq* pazzo, -a, matto, -a; **2.** *excl* maramao!, marameo!
tus *adj* tuoi *mpl*, tue *fpl*
tusilago (*var.* **tusílago**) *m bot* tussilagine *f*, farfara *f*, tossilaggine *f*, farfaro
tute *m* 1. ="tipo di gioco di carte"; 2. bastonata *f* ◊ ***darse un ~*** ammazzarsi di lavoro; **~ar** *vt* dare del tu *vi*; **~la** *f jur* tutela; **~lar** *adj/vt* tutelare; **~o** *m* ="darsi del tu"
tutiplén: a ~ *adv* abbondantemente
tutor, -a 1. *m/f* tutore, -trice; *estud* tutor *inv*; **2.** *m agric* tutore; **~ía** *f* 1. tutela; 2. *estud* tutorato *m*, tutoraggio *m*, tutoring *m inv*; **~ización** *f* tutoring *m inv*
tutsi *adj/s* tutsi *inv*, watusso, -a
tutti ['tuti] *m mús* (*grupo*) tutti
tutú *m* (*traje*) tutù
tuve, tuviera, tuvo V. **tener**
tuy|a *f bot* tuia; **~o** (*var.* **tuya** *f*, **tuyos** *mpl*, **tuyas** *fpl*) *adj/pron* tua *f*, tuo *m*, tue *fpl*, tuoi *mpl* ◊

ahora es la ~a adesso è la tua occasione; ***de las ~as*** delle tue; ***lo ~o*** il tuo; ***los ~os*** i tuoi
TV (*televisión*) *abr/f* TV (televisione)
TVE (*Televisión Española*) *abr* Televisione statale spagnola
twist [twis] *m* twist *inv*

U

u 1. *f* (*vocal*) u; **2.** *conj* (*delante de o y ho*) o; ***siete ~ ocho*** *sette o otto*; ***mujer ~ hombre*** *donna o uomo*
ubérrimo, -a *adj elev* uberrimo, -a, molto ubertoso, -a
ubic|ación *f* ubicazione, situazione; **~ar** ‹*ubiqué*› **1.** *vt Am* ubicare, situare, collocare; **2.** *vi/~se* trovarsi; **~uidad** *f elev* ubiquità *inv*; **~uo, -a** *adj* onnipresente
ubre *f* mammella, poppa
UCD (*Unión de Centro Democrático*) *abr/f hist* ="partito di centro, di base democristiana, della Transición spagnola"
UCI (*Unidad de Cuidados Intensivos*) *abr/f* UTI (Unità di Terapia Intensiva)
Ucrania *f geogr* Ucraina
ucraniano, -a (*var.* **ucranio, -a**) *adj/s* ucraino, -a
Ud (*pl* **Uds**) (*Usted, Ustedes*) *abr* Lei (pl Loro, voi)
UE (*Unión Europea*) *abr/f* UE (Unione Europea)
UEFA (*Unión Europea de Fútbol Asociación*) *abr/f* U.E.F.A. (unione europea delle federazioni di calcio)
UEO (*Unión Europea Occidental*) *abr/f* UEO (Unione dell'Europa Occidentale)
UEP (*Unión Europea de Pagos*) *abr/f* UEP (Unione Europea dei Pagamenti)
¡uf! *excl* uffa!, uhm!
ufan|arse gloriarsi (**de** di), vantarsi (**de** di); **~ía** *f* boria, vanità *inv*, presunzione, arroganza; **~o** *adj* 1. vanitoso, -a, borioso, -a, presuntuoso, -a, arrogante; 2. *fig* soddisfatto, -a; 3. *bot* rigoglioso, -a
ufología *f* ufologia
ufólogo, -a *m/f* ufologo, -a
ugetista *m/f* ="membro della UGT (sindacato socialista spagnolo: Unión general de trabajadores)"
UGT (*Unión General de Trabajadores*) *abr/f* Unione Generale dei Lavoratori (Sindacato socialista)
UHF, -a (*Ultra High Frequencies*) *abr/m* UHF (Ultra High Frequencies)
¡uhm! [um] *excl* mm
UIT (*Unión Internacional de Telecomunicaciones*) *abr/f* U.I.T. (Unione Internazionale per le Telecomunicazioni)
ujier *m adm* usciere, ufficiale giudiziario
úlcera *f med* ulcera
ulceración *f* ulcerazione
ulcer|ar *vt* ulcerare; **~ativo, -a** *adj* ulcerativo, -a; **~oso, -a** *adj* ulceroso, -a
Ulises *m lit* Ulisse
ulterior *adj* ulteriore
ultim|ación *f* completamento *m*, ultimazione; **~ar** *vt* 1. ultimare, finire, completare; 2. *Am* uccidere; **~átum** *m* ultimatum *inv*
último, -a *adj/s* ultimo, -a ◊ ***a la ~a*** all'ultima moda; ***a lo ~*** all'ultimo; ***estar en las ~as*** essere agli ultimi; ***por ~*** per ultimo, infine; ***ser (u-c) lo ~*** essere (qc) il massimo/il colmo
ultra *adj/s* ultrà *inv*; **~barato, -a** *adj* supereconomico, -a, bassissimo, -a di prezzo; **~corto, -a** *adj* ultracorto, -a
ultraderech|a *f pol* estrema destra; **~ista** *adj/s pol* (persona) dell'estrema destra
ultraísmo *m arte* ultraismo
ultraizquierd|a *f* estrema sinistra; **~ista** *adj/s pol* (persona) dell'estrema sinistra
ultraj|ador, -a *adj* oltraggiatore, -trice; **~ante** *adj* oltraggioso, -a, ingiurioso, -a, offensivo, -a; **~ar** *vt* oltraggiare, ingiuriare, insultare, offendere; **~e** *m* oltraggio, insulto, ingiuria *f*
ultraligero, -a 1. *m aero* ultraleggero; **2.** *adj* ultraleggero, -a
ultramar *m* oltremare; **~ino, -a** *adj* oltremarino, -a; **~inos** *m* 1. *ant* negozio di commestibili; 2. *ant* drogheria *f*
ultramoderno, -a *adj* ultramoderno, -a
ultramontano, -a *adj* oltramontano, -a
ultramundano, -a *adj* oltremondano, -a, ultramundano, -a
ultranza: a ~ *adv* ad oltranza
ultrarrápido, -a *adj* ultrarapido, -a
ultrarrojo, -a *adj/m* infrarosso, -a, ultrarosso, -a
ultrasónico, -a *adj* ultrasonico, -a
ultrasonido *m* ultrasuono
ultraterreno, -a *adj* ultraterreno, -a, oltremondano, -a
ultratumba *f* oltretomba *m* ◊ ***de ~*** d'oltretomba
ultravioleta *adj* ultravioletto, -a
úlula *f zool* (*ave*) assiolo *m*
ulula|r *vi* ululare; **~to** *m* ululato
umbela *f bot* ombrella
umbilical *adj* ombelicale
umbr|al *m* 1. soglia *f*, uscio; 2. *cient/com* soglia *f*, limite; 3. *fig* soglia *f*, inizio; ***en los ~es de la vejez*** *alla soglia della vecchiaia*; **~ela** *f zool* (*medusas*) ombrella; **~ía** *f* zona/parte ombrosa
Umbría *f geogr* Umbria
umbrío, -a *adj* ombroso, -a, ombreggiato, -a
umbro, -a *adj/s* umbro, -a; **~so, -a** *adj* ombroso, -a
un (*f* **una**, *mpl* **unos**, *fpl* **unas**) *ar* un/uno *m*, una/un' *f*, dei/degli *mpl*, delle *fpl*; **~ *árbol*** *un albero*; **~ *estudiante*** *uno studente*; **~ *libro*** *un libro*; ***~a naranja*** *un'arancia*; **~ *alma*** *un'anima*; ***una estudiante*** *una studentessa*; ***~os libros*** *dei libri*; ***~os estudiantes*** *degli studenti*; ***~as chicas/estudiantes*** *delle ragazze/studentesse*
unánime *adj* unanime
unanimidad *f* unanimità *inv* ◊ ***por ~*** all'unanimità
unci|al *adj impr/hist* onciale; **~ón** *f relig* unzione; *fig* devozione ◊ ***extrema ~*** *relig* estrema unzione; **~r** ‹*unzo*› *vt* aggiogare

undécimo, -a *adj* (*ordinal*) undicesimo, -a, undecimo, -a
undoso, -a *adj* ondoso, -a
UNED (*Universidad Española a Distancia*) *abr/f* università statale a distanza
UNESCO (*Organización de las Naciones Unidas para la educación, la ciencia y la cultura*) *abr/f* UNESCO (Organizzazione delle Nazioni Unite per l'Educazione, la Scienza, la Cultura)
ungir ‹*unjo*› *vt* ungere
ungüento *m* unguento
ungul|ado, -a *adj/m zool* ungulato, -a; **~ar** *adj* ungueale
únicamente *adv* soltanto, solo
unicameral *adj pol* unicamerale
UNICEF (*Fondo Internacional de las Naciones Unidas para ayuda a la infancia*) *abr/m* UNICEF (Fondo Internazionale di Emergenza per l'Infanzia delle Nazioni Unite)
unicelular *adj biol* unicellulare
unicidad *f* unicità *inv*
único, -a *adj* unico, -a; *fig* unico, -a, singolare
unicolor *adj* monocolore, unicolore, monocromo, -a
unicornio *adj/m* unicorno
unidad *f* unità *inv*; *tecn* unità *inv*, gruppo; *med* unità *inv*, reparto *m* ◊ **~ *de cuidados intensivos*** unità di terapia intensiva; **~ *monetaria*** unità monetaria
unidimensional *adj* unidimensionale
unidireccional *adj* unidirezionale
unifamiliar *adj* unifamiliare
unific|ación *f* unificazione; **~ador, -a** *adj* unificatore, -trice; **~ar** ‹*unifiqué*› *vt* unificare
uniform|ar *vt* 1. uniformare, rendere uniforme; 2. vestire di uniforme; **~e 1.** *adj* uniforme; **2.** *m* divisa *f*, uniforme *f* (!) ◊ **~ *de gala*** grande uniforme; uniforme di gala; ***de*** **~** in divisa; **~idad** *f* uniformità *inv*
unigénito, -a *adj* unigenito, -a
unilateral *adj* unilaterale
uninominal *adj* uninominale
unión *f* unione, raggruppamento *m*; *tecn* unione, collegamento *m* ◊ **~ *aduanera*** unione doganale; **~ *monetaria*** unione monetaria
unionismo *m pol/econ* unionismo
unipersonal *adj* unipersonale ◊ ***verbo*** **~** *ling* verbo impersonale
unipolar *adj* unipolare
unir 1. *vt* unire, congiungere; unire, sposare; **2. ~se** unirsi, allearsi
unisex (*var.* **unisexo**) *adj* unisex; **~ual** *adj biol* unisessuale
unísono, -a *adj/m* unisono, -a ◊ ***al*** **~** all'unisono
unitari|o, -a *adj* unitario, -a; **~smo** *m* unitarismo
univalente *adj* univalente
univalvo, -a *adj* biolunivalve
universal *adj* universale; **~idad** *f* universalità *inv*; **~ismo** *m* universalismo
universi|dad *f* università *inv*; **~tario, -a** *adj/m* universitario, -a
universo *m* universo, mondo
univitelino, -a *adj* monozigote, monovulare
univocidad *f* univocità *inv*
unívoco, -a *adj* univoco, -a
uno (*f* **una**, *mpl* **unos**, *fpl* **unas**) **1.** *adj* uno *m*, una *f*, unico *m*, unica *f*; **2.** *pron* uno *m*, una *f*, alcuni, -e *mpl/fpl*, certi, -e *mpl/fpl*; **3.** *m* uno, unità *f inv* ◊ ***(ir/marchar) a ~a*** andare tutti insieme; **~ *más*** uno dei tanti; **~ *tras otro*** uno dietro l'altro; ***~a de dos*** una delle due; ***~a que otra vez*** a volte; ***~a y no más (Santo Tomás)*** la prima e ultima volta; ***a cada*** **~** a ognuno, a ciascuno; ***cada*** **~ *a lo suyo*** ognuno pensi ai fatti propri; ***de*** **~ *en*** **~** ad uno ad uno; ***lo*** **~ *por lo otro*** una cosa per l'altra; ***más de*** **~** *fig* molti; ***no dar ni ~/no acertar*** **~** non combinarne una buona
unt|ar *vt* ungere ◊ **~ *la mano*** *fig* ungere le ruote; **~o** *m* unto, grasso ◊ **~ *de México*** *fig* bustarella; **~uosidad** *f* untuosità *inv*; **~uoso, -a** *adj* 1. untuoso, -a, oleoso, -a; 2. *desp/fig* stucchevole; **~ura** *f* spalmatura, untatura
uña *f* 1. (*personas, animales, herramienta*) unghia; 2. (*cuadrúpedos*) zoccolo *m*; 3. (*escorpión*) forbice ◊ **~ *de caballo*** *bot* unghia cavallina; **~ *de vaca*** *gastr* zampa di bue; ***comerse las ~s*** *fig* mangiarsi le mani; ***dejarse las ~s (en u-c)*** lasciar la pelle in (qc); ***enseñar (alg) las ~s*** *fig* tirar fuori le unghie; ***estar de ~s*** essere come cane e gatto; ***ser*** **~ *y carne*** essere unghia e carne; ***tener (a alg) entre las ~s*** tenere tra/sotto le unghie (q); ***tener las ~s afiladas/largas*** *fig* avere le unghie lunghe; **~da** *f* unghiata
uñe|ro *m med* giradito, patereccio; unghia incarnata *f*; **~tazo** *m* unghiata *f*
¡upa! *excl* op là! ◊ ***a*** **~** *infant* in braccio
uperiz|ación *f* uperizzazione; **~ar** ‹*upericé*› *vt tecn* uperizzare
UPU (*Unión Postal Universal*) *abr/f* UPU (Unione Postale Universale)
uran|ífero, -a *adj* uranifero, -a; **~io** *adj/m* uranio
urban|idad *f* urbanità *inv*, cortesia; galateo *m*; **~ismo** *m arq* urbanistica *f*; *ling raro* urbanesimo, parlata tipica della città *f*; **~ista 1.** *adj/s* urbanista; **2.** *adj* urbanistico, -a; **~ística** *f* urbanistica; **~ístico, -a** *adj* urbanistico, -a; **~ización** *f* 1. *pol* urbanizzazione; 2. complesso residenziale *m*; **~izar** ‹*urbanicé*› *vt* urbanizzare
urbano, -a 1. *adj* urbano, -a; **2.** *m/f* vigile urbano
urbe *f elev* urbe
urdid|era *f tecn* orditoio *m*; **~or, -a 1.** *adj/s* orditore, -trice; **2.** *m tecn* orditoio; **~ora** *f* orditoio *m*
urdimbre *f* 1. *tecn* ordito *m*; 2. *fig* macchinazione, trama, ordito *m*
urdir *vt* 1. *tecn* ordire; 2. *fig* tramare, ordire
urea *f quím* urea
uremia *f med* uremia
uretano *m quím* uretano
uréter *m med* uretere
uretra *f med* uretra; **~l** *adj* uretrale
urgencia *f* urgenza ◊ ***de*** **~** d'urgenza

Urgencias *fpl med* Pronto soccorso *m*
urgente *adj* urgente ◊ ***carta ~*** (lettera) espresso
urgir ‹*urjo*› *vi* urgere
úrico, -a *adj* urico, -a
urinario, -a 1. *adj* urinario, -a; **2.** *m* orinatoio
URL (*Uniform Resource Locator*) *abr/f* URL
urna *f* urna ◊ ***ir/acudir a las ~s*** *pol* andare/ricorrere alle urne
uro *m zool* uro; **~cordado** V. **tunicado**; **~gallo** *m zool* urogallo, gallo cedrone; **~genital** *adj med* urogenitale; **~logía** *f med* urologia
urólogo, -a *m/f med* urologo, -a
urraca *f zool tamb. fig* gazza ◊ ***hablar más que una ~*** essere un ciarlone, -a
ursolina *adj/f relig* orsolina
URSS (*Unión de Repúblicas Socialistas Soviéticas*) *abr/f pol/hist* U.R.S.S. (Unione delle Repubbliche Socialiste Sovietiche)
urtica|nte *adj* orticante; **~ria** *f med* orticaria
Uruguay *m geogr* Uruguay
uruguayo, -a *adj/s* uruguaiano, -a
u.s. (*ut supra*) *abr* c.s. (come sopra)
USA (*Estados Unidos de América*) **1.** *mpl* USA (Stati Uniti d'America); **2.** *adj inv* statunitense
usa|do, -a *adj* usato, -a; **~gre** *m med* crosta lattea *f*; **~nza** *f* usanza, uso *m*, consuetudine ◊ ***a ~*** all'usanza
usar 1. *vt* 1. usare, adoperare; 2. usare, solere, esser solito, aver l'abitudine di; **2.** *vi* usufruire (**de** di)
usbeko, -a (*var.* **uzbeko**, **uzbeco**, **usbekistano**) *adj/s* usbeco, -a, (usbeko, usbecco, uzbeco) (*raro*), dell'Uzbekistan
usina *f Am* (*eléctrica, del gas, etc.*) centrale
uso *m* 1. uso; 2. uso, abitudine *f*, costume ◊ ***~ de razón*** uso della ragione; ***al ~*** alla moda; ***de ~ exterior*** per uso esterno; ***de un solo ~*** a perdere, usa e getta; ***en ~*** in uso; ***estar en buen ~*** essere in buono stato; ***fuera de ~*** fuori uso; ***hacer ~ de la palabra*** far uso della parola; ***hacer ~ del matrimonio*** *relig/jur* far uso del matrimonio
USO (*Unión Sindical Obrera*) *abr/f* sindacato di centrosinistra
usted *pron* Lei, lei, Ella (*ant*); **~es** *pron pl* 1. (*forma de cortesía*) Voi, voi, Loro/loro (*elev*); 2. *Am* (*vosotros*) voi
ustorio, -a *adj raro* ustorio, -a
usual *adj* usuale
usuario, -a 1. *adj* usuario, -a; **2.** *m/f* (*TV, teléfono, etc.*) utente ◊ ***nombre de ~*** *informát* nome utente, username
usucap|ión *f jur* usucapione; **~ir** *vi/def jur* usucapire
usufruct|o *m jur* usufrutto; **~uar 1.** *vt* usufruire di *vi*, fruire di *vi*; **2.** *vi* fruttificare; **~uario, -a** *adj/s jur* usufruttuario, -a
usur|a *f* usura ◊ ***pagar con ~*** pagare a usura; **~ario, -a** *adj* usurario, -a; **~ero, -a** *m/f* usuraio, -a, strozzino, -a (*coloq*)
usurp|ación *f* usurpazione; **~ador, -a** *m/f* usurpatore, -trice; **~ar** *vt* usurpare
utensilio *m* (*cocina, mesa...*) utensile, attrezzo, arnese
uterino, -a *adj* uterino, -a
útero *m med* utero
útil 1. *adj* utile; **2.** *m* utensile, attrezzo, arnese ◊ ***los ~es del oficio*** gli attrezzi del mestiere, i ferri del mestiere
utili|dad 1. *f* utilità *inv*; utile *m*, profitto *m*; **2.** *fpl informát* utilities *inv* ◊ ***~ de capital*** utile di capitale; **~tario, -a 1.** *adj/s* 1. utilitario, -a; 2. sfruttatore, -trice; **2.** *m auto* utilitaria *f* (!); **~tarismo** *m filos* utilitarismo; **~tarista** *adj/s* utilitarista
utiliz|able *adj* utilizzabile; **~ación** *f* utilizzazione, utilizzo *m*; **~ar** ‹*utilicé*› *vt* utilizzare, usare
utill|aje *m tecn* attrezzatura *f*, attrezzi *mpl*; **~ero, -a** *m/f teat* attrezzista
utopía *f* utopia
utópico, -a *adj* utopico, -a
utopista *adj/s* utopista
uva *f* uva ◊ ***de ~s a peras*** ogni morte di papa; ***estar de mala ~*** *coloq* essere di cattivo umore; ***estar hecho una ~*** essere ubriaco; ***tener mala ~*** *coloq* avere un pessimo carattere; avere cattive intenzioni; ***~s de la suerte*** 12 chicchi d'uva tradizionali della mezzanotte del 31 dicembre
UVA (*ultravioletas A*) *abr/mpl* UVA (ultravioletto prossimo) ◊ ***rayos ~*** raggi UVA
uval *adj* uvaceo, -a
uve *f* vu *f/m*, vi *f/m* ◊ ***~ doble*** doppia vu, vu doppia, dàbliu
úvea *f med* uvea
UVI (*Unidad de Vigilancia Intensiva*) *abr/f* UTI (Unità di Terapia Intensiva)
úvula *f med* ugola
uvular *adj* uvulare
uxoricid|a *adj/s* uxoricida; **~io** *m elev* uxoricidio
¡uy! *excl* uh!; (*dolor*) uhi!, hui!
uzbeko, uzbeco V. **usbeko**

V

v. (*1. véase; 2. verso*) *abr* 1. vedi, vid. (latín); 2. (*verso*) v.
va V. **ir**
vaca *f* mucca, vacca ◊ ***tiempos de ~s gordas, flacas*** tempo di vacche grasse, magre; **~ción** *f* vacanza ◊ ***el inicio de las ~ones*** l'inizio delle vacanze; ***estar/ir de ~ones*** essere in vacanza/andare in vacanza; ***las ~ones de Pascuas, de Navidad*** le vacanze pasquali, natalizie; **~da** *f* mandria di bovini; **~nte 1.** *adj* vacante, libero, -a, disoccupato, -a; **2.** *f adm* vacanza, posto vacante *m*; **~r** ‹*vaqué*› *vi* 1. *adm elev* essere in vacanza; 2. essere vacante; essere privo, mancare; 3. *raro* attendere, dedicarsi ◊ ***~ al estudio*** attendere allo studio

vacia|dero *m* condotto, smaltitoio; **~do** *m arq/metal* getto; scavo; **~dor** *m* 1. *tecn* (*persona*) gettatore; 2. sassola *f*; 3. arrotino; **~r** ‹*vacío*› V. 2 **1.** *vt* vuotare, svuotare; *tecn* gettare; (*navaja*) affilare; **2.** *vi* sfociare
vaciedad *f* vacuità *inv*; (*decir*) sciocchezza
vacila|ción *f* vacillazione, titubanza, perplessità *inv*; **~ante** *adj* vacillante, oscillante; vacillante, titubante, perplesso, -a; **~ar 1.** *vt* 1. *tecn* vacillare, oscillare; 2. *coloq/fig* sfottere, prendere in giro; **2.** *vi fig* esitare, titubare, vacillare (**en hacer u-c** nel fare qc); **~ón, -ona 1.** *m jerga juv* burlone, -a; **2.** *adj* fuso, -a, sballato, -a
vacío, -a 1. *m* vuoto; **2.** *adj* vuoto, -a; *fig* vuoto, -a, vacuo, -a ◊ ***al ~*** *tecn* sotto vuoto; ***caer en el ~*** cadere nel vuoto; ***con las manos ~as*** a mani vuote; ***de ~*** vuoto, senza carico; a mani vuote; ***en ~*** nel vuoto; ***hacer el ~ (a alg)*** fare il vuoto intorno a
vacuidad *f elev* vacuità *inv*
vacuna *f med* vaccino *m*; **~ción** *f med* vaccinazione; **~r** *vt* vaccinare
vacuno, -a *adj* bovino, -a, vaccino, -a
vacuo, -a *adj* vacuo, -a, vuoto, -a
vacuómetro *m* vacuometro
vade *m* cartella *f*; **~ar** *vt* 1. guadare; 2. *fig* superare; **~mécum** *m* vademecum *inv*, prontuario
vado *m* 1. guado; 2. *fig* rimedio ◊ ***~ permanente*** passo carrabile
vagabund|ear *vi* vagabondare; **~eo** *m* vagabondaggio; **~o, -a** *adj/s* vagabondo, -a
vagancia *f* pigrizia; vagabondaggine, scioperatezza
vagar ‹*vagué*› **1.** *vi* vagare, andare a zonzo; vagabondare, oziare; **2.** *m* tempo libero
vagido *m* vagito
vagin|a *f* vagina; **~al** *adj* vaginale; **~ismo** *m med* vaginismo
vago, -a 1. *adj* vago, -a, incerto, -a; (*pintura*) vago, -a; **2.** *adj/s* fannullone, -a, pigro, -a, scansafatiche, sfaticato, -a; **3.** *adj/m med* vago
vagón *m transp* vagone, carrozza *f*, vettura *f*; carro ◊ ***~ cisterna*** carro botte; ***~ de cola*** vettura di coda; ***~ de mercancías*** vagone merci; ***~ frigorífico*** carro frigorifero
vagoneta *f* carrello *m*, vagoncino *m*
vaguada *f* 1. *geogr* linea di fondovalle; 2. *meteo* linea di minima pressione
vague|ar *vi coloq* vagabondare, oziare, bighellonare; **~dad** *f* vaghezza, indeterminatezza, imprecisione
vaharada *f* zaffata
vahído *m* capogiro, svenimento
vaho *m* vapore, esalazione *f*, emanazione *f*, effluvio
vaina *f* 1. *bot* baccello *m*; 2. (*espada...*) guaina, fodero *m*; 3. *desp/fig* tipo *m*; 4. *Am coloq* contrarietà *inv*
vaini|ca *f* 1. (*bordado*) sfilato a giorno *m*; 2. *Am bot* fagiolino *m*; **~lla** *f* vainiglia, vaniglia
vais V. **ir**
vaivén *m* viavai *inv*, andirivieni *inv*; oscillazione *f*
vajilla *f* vasellame *m*, stoviglie *fpl*
valdense *adj/s* valdese
valdré, valdría V. **valer**
vale 1. *m com* buono, nota *f*; biglietto omaggio; **2.** *excl* d'accordo!; **~dero, -a** *adj* valido, -a; **~dor, -a** *adj/s* garante
valencia *f quím/ling* valenza
Valencia *f geogr* Valenza, Valencia
valencian|ismo *m Esp* valenzanismo; **~ista** *adj/s pol* valenzanista; **~o, -a** *adj/s* valenzano, -a, valenciano, -a
valent|ía *f* valentia, valore *m*, bravura ◊ ***pisar de ~*** essere arrogante; **~ón, -ona** *adj desp* spaccone *m*, gradasso, -a; bravo, -a, bravaccio *m*, arrogante; **~onada** *f* spacconata, gradassata
valer ‹*valgo; valdré*› V. 40 **1.** *vi* 1. valere, contare; (*ley...*) valere, essere valido; 2. (*precio*) costare; ***¿Cuánto vale este libro?*** *Quanto costa questo libro?*; 3. servire; 4. equivalere, valere; ***una nota blanca vale dos negras*** *una nota bianca equivale a due nere*; ***esta persona vale mucho*** *questa persona vale molto*; **2.** *vt* 1. (*un disgusto...*) procurare; 2. proteggere, aiutare; **3. ~se** servirsi (**de** di), avvalersi (**de** di); **4.** *m* valore, potere ◊ ***~ la pena*** valere la pena; ***~se por sí mismo*** bastare a se stesso; ***agradecer en lo que vale (u-c)*** ringraziare molto di/per; ***hacer ~ (u-c)*** far valere (qc); ***más vale que*** è meglio che; ***más vale tarde que nunca*** meglio tardi che mai; ***más vale un toma que un dos te daré*** meglio un uovo oggi che una gallina domani; ***no ~ nada*** non valer nulla; ***¡válgame Dios!*** Santo Cielo!; Che Dio m'aiuti!; **~iana** *f bot* valeriana; **~oso, -a** *adj* valoroso, -a, prode; valente, efficace, eccellente
valg|a V. **valer**; **~o, -a** (*var.* **valgus**) *adj med* (*rodilla, pie,...*) valgo, -a
valía *f* valore *m*, pregio *m*, merito *m* ◊ ***plus ~*** *com* plusvalenza
valid|ación *f* validazione; **~ar** *vt* validare; **~ez** *f* validità *inv*
válido, -a *adj* valido, -a, valevole
valido *m* favorito
valiente *adj* (*soldado*) valoroso, -a, prode, coraggioso, ardito, -a; eccellente; *irón* fanfarone, -a; (*puñetazo*) forte, vigoroso, -a ◊ ***¡~ amigo tienes!*** *irón* che bell'amico che hai!
valija *f* valigia ◊ ***~ diplomática*** valigia diplomatica; ***~ postal*** valigia postale
valimiento *m* influenza *f*, favore
valioso, -a *adj* prezioso, -a, costoso, -a; *fig* importante, forte; eccellente
valla *f* 1. steccato *m*, recinto *m*, palizzata, staccionata; 2. cartellone pubblicitario stradale *m*; 3. *sport tamb. fig* ostacolo *m* ◊ ***carrera de ~s*** *sport* corsa a ostacoli; ***romper/saltar la(s) ~(s)*** *fig* saltare un ostacolo; **~do** *m mil* vallo, recinto; **~r** *vt* cingere di steccato
valle *m geogr tamb. fig* valle *f*, vallata *f* ◊ ***~ de lágrimas*** valle di lacrime

valli|soletano, -a *adj/s* (q o qc) di Valladolid; **~sta** *m/f sport* ostacolista
valón, -ona *adj/s* vallone
valor *m* 1. valore, prezzo; 2. valore, coraggio; 3. *econ tamb. fig* valore; *econ* valuta *f*; *econ* titolo ◊ **~ *agregado*** *Am* valore aggiunto; **~ *al portador*** titolo al portatore; **~ *añadido*** valore aggiunto; **~ *de uso*** valuta d'uso; **~ *del día*** valore corrente; **~ *nominal, total*** valore nominale, totale; ***~es cotizados en bolsa*** titoli quotati in borsa; ***armarse de ~*** diventare coraggioso; ***tener el ~ de*** avere il coraggio di; **~ación** *f* valutazione; **~ar** *vt* valutare, stimare; **~ativo, -a** *adj* valutativo, -a; **~ización** *f* valorizzazione; **~izar** ‹*valoricé*› *vt* valorizzare
valquiria *f* valchiria
vals *m* valzer *inv*
valua|ción *f* valutazione; **~r** ‹*valúo*› *vt* valutare, stimare
valuta *f econ* valuta
valva *f zool/bot* valva
válvula *f cient/tecn tamb. fig* valvola ◊ **~ *de descarga*** valvola di scarico; **~ *de seguridad*** valvola di sicurezza; **~ *electrónica*** valvola elettronica; **~ *mitral*** valvola mitrale; **~ *tricúspide*** valvola tricuspide
vamos V. **ir**
vampir|esa *f irón* vamp *inv*; **~izar** ‹*vampiricé*› *vt tamb. fig* vampirizzare; **~o** *m zool tamb. fig* vampiro
van V. **ir**
vanadio *m* vanadio
vanaglor|ia *f* vanagloria, vanità *inv*; **~iarse** vantarsi (**de** di), vanagloriarsi (**de** di); **~ioso, -a** *adj* vanaglorioso, -a
vandálico, -a *adj* vandalico, -a, selvaggio, -a
vandalismo *m* vandalismo
vándalo, -a *adj/s tamb. fig* vandalo, -a
vanguardia *f mil/arte* avanguardia ◊ ***a la ~*** all'avanguardia; ***de ~*** d'avanguardia
vanguardis|mo *m arte/lit* avanguardismo; **~ta** *adj/s arte/lit* avanguardista
vanid|ad *f* vanità *inv*, fatuità *inv*; **~oso, -a** *adj* vanitoso, -a
vanillina (*var.* **vainillina**) *f quím* vanillina, vainiglina, vaniglina; **~oquio** *m* vaniloquio, sproloquio
vano, -a 1. *adj* vano, -a, futile, caduco, -a; **2.** *m arq* vano ◊ ***en ~*** invano
vapor *m* 1. vapore; 2. *nav* vapore, piroscafo ◊ **~ *de agua*** vapor acqueo; ***baño de ~*** bagno a vapore; ***buque/máquina de ~*** nave/macchina a vapore; ***cocer al ~*** cucinare al vapore; **~eta** *f* (*aparato de limpieza*) vaporella; **~ización** *f* vaporizzazione; **~izador** *m* vaporizzatore, evaporatore; vaporizzatore, polverizzatore; **~izar** ‹*vaporicé*› **1.** *vt* vaporizzare, far evaporare; polverizzare, nebulizzare; **2. ~se** evaporare *vi*; **~osidad** *f* vaporosità *inv*; **~oso, -a** *adj* vaporoso, -a
vapule|ar *vt* battere, percuotere, sbattere; **~o** *m* bastonata *f*
vaquer|ía *f* vaccheria; **~iza** *f* stalla, bovile *m*; **~o** *m* vaccaio, bovaro; *Am* cowboy *inv* ◊ **(*pantalón*) ~** blue jeans (*inv*); ***película de ~s*** (film) western
vaqueta *f* (*piel*) vacchetta
vaquilla *f* torello da corrida *m* ◊ **~ *de San Antón*** *zool* maggiolino
vara *f* 1. verga, bacchetta; (*de alcalde*) bastone *m*; barra; 2. *bot* gambo *m*; 3. *taur* stoccata; 4. (*medida = 0.8359 m*) braccio *m* ◊ ***de ~s*** da tiro; ***doblar la ~ de la justicia*** propendere a favore di q; ***tener ~ alta*** aver potere; **~da** *f* 1. *nav* incaglio *m*; 2. *Col auto* panne *inv*; **~dero** *m nav* scalo di carenaggio, squero; **~l** *m* palo; *agric* staggio; **~palo** *m* bacchettata *f*, stangata *f*, bacchio; **~r 1.** *vi nav* incagliare, arenarsi; **2.** *vt nav* tirare in secco; **3. ~se** *fig* incagliarsi; *Col auto* essere in panne, avere la macchina in panne; **~zo** *m* bacchettata *f*
varel|ar 1. *vt agric* bacchiare; sbattere; *taur* piccare; **2. ~se** dimagrire *vi*; **~o** *m agric* bacchiatura *f*; battitura
varetel|ado *m* vergatura *f*; **~ar** *vt* vergare
varia|bilidad *f* variabilità *inv*; **~ble 1.** *adj* variabile, mutevole, incostante; **2.** *adj/f cient/com* variabile
variación *f* 1. variazione, cambiamento *m*; 2. *cient/mús* variazione
variado, -a *adj* variato, -a, vario, -a; **~r** *m tecn* variatore
variante *adj/f* variante
variar ‹*varío*› V. 2 *vt/i* variare, cambiare; variare, diversificare
varice (*var.* **várice**) *f med* varice; **~la** *f med* varicella
varicoso, -a *adj med* varicoso, -a
variedad 1. *f* varietà *inv*; **2.** *fpl teat* spettacolo di varietà *m*, rivista *f*
varilla *f* 1. bacchetta; 2. (*abanico, paraguas*) stecca; 3. (*gafas*) stanghetta; **~je** *m* 1. insieme di stecche; 2. *mec* tiranteria *f*
vario, -a *adj* vario, -a, diverso, -a; **~loso, -a** *adj med* vaioloso, -a
variómetro *m aero* variometro
variopinto, -a *adj* variopinto, -a
varita *f* verga ◊ **~ *de zahorí*** bacchetta divinatoria/da rabdomante; **~ *mágica*** bacchetta magica
varo *adj med* (*pie*) varo
varón *m* uomo; maschio ◊ ***santo ~*** sant'uomo; ***tener un hijo ~*** avere un figlio maschio
varonil *adj* virile
Varsovia *geogr* Varsavia
varve *f geol* varva
vas V. **ir**
vasal|laje *m* vassallaggio; **~o, -a** *m/f* vassallo, -a
vasar *m* scansia da cucina *f*
vasco, -a *adj/s* basco, -a
Vascongadas *fpl geogr* Paesi baschi *mpl*
vascuence *adj/m* basco, -a
vascular *adj cient* vascolare; **~ización** *f* vascolarizzazione
vasectomía *f med* vasectomia

vaselina *f* 1. *farma* vaselina; 2. *sport* pallonetto *m*
vasija *f* vaso *m*
vaso *m* 1. (*vino, agua...*) bicchiere; 2. (*flores*) vaso; 3. *cient* vaso ◊ **~ *de elección*** *relig* vaso d'elezione; ***~s comunicantes*** *fís* vasi comunicanti; ***ahogarse en un ~ de agua*** affogare in un bicchier d'acqua; **~constrictor, -a** *adj* vasocostrittore, -trice; **~dilatador, -a** *adj* vasodilatatore, -trice
vástago *m* 1. *bot* rampollo, pollone; *fig* rampollo; 2. *mec* gambo, stelo, biella *f*
vastedad *f* vastità *inv*
vasto, -a *adj* vasto, -a, ampio, -a, spazioso, -a
vate *m lit* vate
váter *m* water-closet *inv*, bagno, cesso
vaticano, -a *adj relig* vaticano, -a
Vaticano: el ~ *m relig* il Vaticano
vaticin|ador, -a *adj/s* vaticinatore, -trice, indovino, -a; **~ar** *vt* vaticinare, predire, pronosticare; **~io** *m* vaticinio, profezia *f*, divinazione *f*
vatio *m electr* watt* *inv*; **~-hora** *m* wattora *inv*
vaudeville *m teat* vaudeville* *inv*
vaya 1. *f* baia, burla; **2.** *excl* caspita!, accidenti!; ***¡~ con el niño!*** *Accidenti/caspita col bambino!*; ***¡~ un regalo!*** *Che razza/caspita di regalo!*, *irón Bel regalo!*; ***¡~ calor!*** *Accidenti/caspita che caldo!*; ***Pablo ha aprobado - ¡~!*** *Paolo è stato promosso - Caspita!*; **3.** V. **ir**
Vd. (*pl* **Vdes.**) (*Usted*) *abr* (*singular*) Lei; (*plural*) Voi, Loro (*elev*)
Vda. (*m* **Vdo.**) (*viuda, -o*) *abr* ved. (vedova, -o)
V.E. (*Vuestra Excelencia*) *abr* VE (Vostra Eccellenza)
ve, vea V. **ver**
vecin|al *adj* vicinale; **~dad** *f* 1. vicinanza, adiacenza, prossimità *inv*; 2. (*personas*) i vicini (di casa) *mpl*; 3. (*lugar*) dintorni *mpl*, vicinanze *fpl* ◊ ***carta de ~*** documento di residenza; **~dario** *m* vicinato; **~o, -a 1.** *adj/s* vicino, -a; **2.** *adj fig* vicino, -a, prossimo, -a
vector *adj/m cient* vettore; **~ial** *adj* vettoriale
veda *f* 1. proibizione, divieto *m*; periodo di divieto di caccia o pesca *m*; 2. apertura di caccia ◊ ***levantar la ~*** togliere il divieto temporale di caccia o pesca; **~do** *m* riserva (di caccia o pesca) *f*; **~r** *vt* proibire, vietare
vedette (*var.* **vedete**) *f teat* vedette* *inv*
vedija *f* batuffolo di lana *m*
vega *f geogr* campagna (irrigata da un fiume)
vegeta|ción *f agric/med* vegetazione; **~l** *adj/m* vegetale; **~r** *vi bot tamb. fig* vegetare; **~rianismo** *m* vegetarianismo; **~riano, -a** *adj/s* vegetariano, -a; **~tivo, -a** *adj* vegetativo, -a
vegetomineral *adj* vegetominerale
veguero *m* 1. sigaro (di una sola foglia arrotolata); 2. contadino
vehemen|cia *f* veemenza, impetuosità *inv*; **~te** *adj* veemente, impetuoso, -a
vehicular *adj/vt* veicolare
vehículo *m* veicolo
veía V. **ver**
veinte *adj/m inv* 1. (*card*) venti *inv*; 2. (*ord*) ventesimo, -a ◊ ***20 N*** *hist* 20 novembre giorno della morte di Franco; **~avo, -a** *adj* ventesimo, -a; **~na** *f* ventina; **~nio** *m* ventennio
veintésimo, -a *adj* ventesimo, -a
veintitrés *adj/m inv* 1. (*card*) ventitré *inv*; 2. (*card*) ventriteesimo; ***23-F*** *hist* 23 febbraio giorno del Colpo di Stato del 1981
veja|ción (*var.* **vejamen** *m*) *f* vessazione; **~dor, -a** *m/f* vessatore, -trice; **~men** V. **vejación**; **~r** *vt* vessare, angariare, tiraneggiare; **~torio, -a** *adj* vessatorio, -a
veje|storio, -a *adj/s desp* vecchio, -a decrepito, -a; **~te** *m* vecchietto; *teat* vecchio ridicolo; **~z** *f* (*edad*) vecchiaia; vecchiume *m* ◊ ***a la ~, viruelas*** alla vecchiaia dà/danno/do... i numeri
vejiga *f* 1. *med* vescica; 2. (*piel*) bolla, bollicina ◊ ***~ urinaria, biliar, natatoria*** *med* vescica urinaria, biliare, natatoria
vela *f* 1. veglia; 2. *nav* vela; 3. (*de cera, de niño*) candela; 4. *taur* corno *m* ◊ ***a dos ~s*** senza quattrini; ***a toda ~*** a gonfie vele; ***alzar ~s*** sciogliere le vele; ***amainar las ~s*** ammainare le vele; ***barco de ~*** barca a vela; ***no dar (a alg) ~ en este entierro*** non permettere (a q) di intervenire in qc; ***pasar la noche en ~*** passare la notte in bianco; ***quedarse a dos ~s*** restare al verde; non capire nulla; **~da** *f* serata; riunione notturna; **~do** *m* velatura *f*; **~dor** *m* 1. (*vela*) bugia *f*; 2. tavolino rotondo a un piede; *Am* comodino; **~men** *m nav* velame; **~r 1.** *adj/f ling* velare; **2.** *vi* 1. vegliare; 2. *relig* fare la veglia; 3. *mil* fare la guardia di notte; **3.** *vt* 1. *fig* vegliare, curare; 2. (*foto, pintura*) velare; velare, coprire, offuscare; **~torio** *m* veglia funebre *f*
veleid|ad *f* velleità *inv*; **~osidad** *f* velleitarismo *m*; **~oso, -a** *adj* incostante, mutevole
velero *m nav* veliero
vele|ta *f* banderuola, ventarola; *fig* banderuola; **~e** *m* (*sombrero, cara*) veletta *f*
vello *m* peluria *f* ◊ ***~ pubiano*** peli del pube; **~cino** *m* vello ◊ ***el ~ de oro*** *mitol* il vello d'oro
vellón *m* vello di pecora ◊ ***real de ~*** *ant* ="moneta di rame"
vellos|idad *f* villosità *inv*; **~o, -a** *adj* peloso, -a, villoso, -a
velludi|llo *m ant* velluto di cotone, vellutino; **~o, -a 1.** *adj* villoso, -a; **2.** *m* velluto
velo *m* 1. velo; (*tela*) tulle; 2. *fig* scusa *f*, pretesto ◊ ***~ del paladar*** velo del palato, velo palatino; ***correr/echar un (tupido) ~ (sobre u-c)*** stendere un velo pietoso (su qc); ***tomar el ~*** prendere il velo; **~cidad** *f* velocità *inv*, rapidità *inv*, celerità *inv* ◊ ***carrera de ~*** gara di velocità; ***en gran, pequeña ~*** *transp* a gran, piccola velocità; ***tren de alta ~*** treno ad alta velocità; **~címetro** *m* tachimetro; **~cípedo** *m hist* velocipede; **~cista** *m/f sport* velocista
velódromo *m* velodromo
velomotor *m* ciclomotore
velón *m* candelotto
velorio *m* 1. veglia funebre *f*; 2. riunione festiva notturna

veloz *adj* veloce, rapido, -a, celere
ven V. **venir**
vena *f* 1. *med tamb. fig* vena; 2. *min* vena, filone *m*; (*madera, mármol*) venatura, vena ◊ ***darle (a alg) la ~*** saltare (a q) il ticchio; ***estar en ~*** essere in vena; **~blo** *m* dardo ◊ ***echar ~*** *fig* lanciare dardi; **~da** *f* attacco di pazzia *m*; **~do** *m zool* cervo; **~l** *adj* 1. venale; 2. *med* venoso, -a; **~lidad** *f* venalità *inv*; **~torio, -a** *adj* venatorio, -a
vence|dero, -a *adj* in scadenza *adv*, che scade; **~dor, -a** *adj/s* vincitore, -trice; **~jo** *m* 1. *bot* vinco, vimine, vermena *f*; 2. *zool* (*pájaro*) rondone; **~r** ‹*venzo*› **1.** *vi* 1. vincere; 2. *com* (*plazo*) scadere; **2.** *vt* vincere; *fig* (*obstáculo*) vincere, superare; *fig* (*a alg/algo*) dominare, soggiogare, piegare; **3. ~se** vincersi, dominarsi
venci|ble *adj* vincibile; **~da** *f* vinta ◊ ***a la tercera/a la de tres va la ~*** la terza è la volta buona; ***ir de ~ (alg/u-c)*** darla per vinta; **~do, -a** *adj* vinto, -a ◊ ***darse por ~*** darsi per vinto; **~miento** *m* 1. *com* (*plazo*) scadenza *f*; 2. sconfitta *f*
venda *f med tamb. fig* benda, fascia ◊ ***caerse la ~ de los ojos*** *fig* cadere la benda dagli occhi; ***llevar/poner una ~ en los ojos*** *fig* avere la benda agli occhi; **~je** *m med* bendaggio, fasciatura *f*; **~r** *vt* bendare, fasciare; **~val** *m* uragano
vende|dor, -a *adj/s* venditore, -trice; **~humos** *adj/s* vendifumo *inv*; **~patrias** *adj/s* senzapatria *inv*; **~r** *vt* vendere; *fig* vendere, tradire
vendí *m com* fissato-bollato, certificato di vendita
vendi|ble *adj* vendibile; **~do, -a** *adj/s com tamb. fig* venduto, -a
vendimia *m* vendemmia; **~dor, -a** *m/f* vendemmiatore, -trice; **~r** ‹*vendimio*› V. 1 *vt/i* vendemmiare
Venecia *f geogr* Venezia
veneciana *f* veneziana, tenda alla veneziana; **~o, -a** *adj/s* veneziano, -a
venéfico, -a *adj* venefico, -a
veneníferο, -a *adj* velenifero, -a
veneno *m* veleno; **~sidad** *f* velenosità *inv*; **~so, -a** *adj* velenoso, -a
venera|bilidad *f* venerabilità *inv*; **~ble** *adj* venerabile; **~ción** *f* venerazione; **~ndo, -a** *adj* venerando, -a; **~r** *vt* venerare, render culto a *vi*
venéreo, -a *adj* venereo, -a
véneto, -a *adj/s* veneto, -a
Véneto *m* Veneto
venezolano, -a *adj/s* venezuelano, -a
Venezuela *m* Venezuela
venga V. **venir**; **~dor, -a** *adj/s* vendicatore, -trice; **~nza** *f* vendetta; **~r** ‹*vengué*› *vt* vendicare; **~tivo, -a** *adj* vendicativo, -a
vengo V. **venir**
venia *f* venia ◊ ***con la ~ de*** con il permesso di; **~l** *adj* veniale
veni|da *f* venuta; *fig* scatto *m*; **~ero, -a 1.** *adj* venturo, -a; **2.** *mpl* posteri, successori
venir ‹*vengo, vienes; vendré; vine; viniendo*› V. 41 *vi* venire ◊ ***~ a cuento*** venire a proposito; ***~ a la cabeza*** venir in mente; ***~ a llenar un vacío*** riempire un vuoto; ***~ a menos*** decadere; ***~ a parar*** andare a finire, giungere; ***~ a tener la misma edad que yo*** avere la stessa età mia; ***~ ancho/grande (u-c)*** essere troppo grande/superiore (qc); ***~ bien, mejor, mal*** venir bene, meglio, male; ***~ como anillo al dedo*** andare a pennello; ***~ de primera*** andare a pennello, essere stupendo; ***~ en conocimiento*** venire a conoscenza; ***~ en decretar*** *adm* decidere di decretare; ***~ en deseo*** venir voglia; ***~ rodado (u-c)*** succedere senza volere (qc); ***~se a buenas*** prenderla con le buone; ***~se con*** venir fuori con; ***~se encima*** cadere addosso; giungere, arrivare; ***¿A qué viene...?*** Perché...?; ***el año que viene*** l'anno prossimo, l'anno che viene; ***en lo por ~*** nel futuro; ***sin ~ a nada*** senza ragione; ***¡Venga!*** Dai!; ***venga lo que viniere*** succeda quel che succeda
venoso, -a *adj* venoso, -a; *med* venato, -a
venta *f* 1. vendita; 2. locanda ◊ ***~ a domicilio*** vendita porta a porta; ***~ por correo*** vendita per corrispondenza; ***~ sobre muestra*** vendita su campione; ***a la ~*** in vendita; **~ja** *f* vantaggio *m*, superiorità *inv*; vantaggio *m*, profitto *m*, utile *m*; *sport* vantaggio *m* ◊ ***sacar ~*** trarre vantaggio; **~jero, -a** (*var.* **ventajista**) *adj/s desp* traffichino, -a; **~joso, -a** *adj* vantaggioso, -a
ventan|a *f* finestra ◊ ***~ de fuelle*** finestra a bilico orizzontale; ***~ de guillotina*** finestra a ghigliottina; ***~ giratoria*** finestra a bilico verticale; ***~s de la nariz*** narici; ***salir (alg) por la ~*** *fig* uscire dalla porta; essere scacciato; ***tirar la casa por la ~*** buttare il danaro dalla finestra; **~al** *m* finestrone; **~illa** *f* (*banco, correo...*) sportello *m*; *auto* finestrino *m* ◊ ***~ única*** sportello unico; **~illo** *m* finestrino
ventar ‹*vienta*› V. 5a *v/impers* tirare vento
ventarrón *m* ventaccio
ventea|r 1. *vt* (*caza*) fiutare; ventilare; **2.** *v/impers* tirare vento; **~ro, -a** *m/f* oste *m*, ostessa *f*
ventila|ción *f* ventilazione ◊ ***~ asistida*** *med* ventilazione assistita; **~ador** *m tecn* ventilatore; **~ar** *vt* 1. ventilare, arieggiare; 2. *fig* ventilare; 3. *euf/coloq* far fuori (qc)
ventis|ca (*var.* **ventisco** *m*) *f meteo* sinibbio *m*, tormenta; **~quero** *m meteo* sinibbio; ghiacciaio
vento *m Am jerga* denaro; **~lera** *f* folata, refolo *m* ◊ ***darle (a alg) la ~*** *coloq/fig* saltare (a q) il ticchio; **~sa** *f med/zool/tecn* ventosa; (*aire*) sfiatatoio *m*; **~sear** *vi* scoreggiare; **~sidad** *f med* ventosità *inv*; **~so, -a** *adj* ventoso, -a
ventral *adj* ventrale
ventre|cha V. **ventresca**; **~ra** *f* panciera, ventriera; **~sca** (*var.* **ventrecha**) *f* ventresca
ventricular *adj* ventricolare
ventrí|culo *m med* ventricolo; **~locuo, -a** *adj/s* ventriloquo, -a
ventriloquia (*var.* **ventriloquía**) *f* ventriloquio *m*
ventur|a *f* ventura, fortuna; sorte ◊ ***a la ~*** alla ventura; ***por ~*** per caso; **~oso, -a** *adj* venturoso, -a, beato, -a, fortunato, -a

Venus *f mitol/astron* Venere
venusiano, -a *adj* venusiano, -a
venust|ez (*var.* **venustidad**) *f* venustà *inv*; **~o, -a** *adj* venusto, -a
venzo V. **vencer**
ver ‹*veo; vi, viste-vio; viendo; visto*› V. 42 **1.** *vt* 1. vedere; 2. vedere, visitare; 3. *jur* discutere; **2.** *~selas* fare i conti (**con alg** con q); **3.** *m* 1. parere, giudizio; 2. aspetto ◊ **~ *de + inf*** cercare di + inf; ***~las venir*** immaginarsi/capire qc; ***~lo negro*** non vederci chiaro; ***~se y desearse/~se negro*** sudare per; ***a ~*** *coloq* vediamo (un po'); ***¡a ~!*** per forza!; ***¡a ~ si no llegan a tiempo!*** speriamo che arrivino in tempo!; ***a mi ~*** a mio modo di vedere; ***de buen ~*** di bell'aspetto; ***dejarse ~/darse a ~*** farsi vedere; ***echar de ~*** accorgersi; ***está visto que*** si vede che; ***estar por ~ (u-c)*** essere ancora da vedere (qc); ***¡habráse visto!*** è mai possibile?; ***hay que ~*** bisogna vedere; ***ir a ~ (a alg)*** andare a trovare (q); ***lo nunca visto*** qualcosa d'incredibile; ***no ~ de sueño, hambre...*** non vederci dal sonno, dalla fame...; ***no haberlas visto (alg) tan gordas*** non averle viste (q) mai così grosse; ***no poder ~ (a alg)*** non sopportare (q); ***no veas...*** non ti dico...; ***si te vi/he visto, no me acuerdo*** chi s'è visto, s'è visto; ***te veo venir*** ti conosco, ti leggo dentro; ***vamos a ~*** vediamo un po'; ***ya se ve...*** si vede bene...
vera *f* orlo *m*, margine *m* ◊ ***a la ~*** accanto, al fianco; alle costole (di q); ***a la ~ del río*** sulla riva del fiume, lungo il fiume; **~cidad** *f* veracità *inv*
veran|eante *m/f* villeggiante; **~ar** *vi* villeggiare, andare in villeggiatura; **~o** *m* villeggiatura *f*
veraniego, -a *adj* estivo, -a ◊ ***ir ~*** portare/indossare vestiti estivi; **~llo** *m* estate di San Martino *f* ◊ ***~ de San Miguel/San Martín*** estate di San Martino
verano *m* estate *f* (!)
veras: de ~ *adv* davvero, sul serio
veraz *adj* verace, sincero, -a
verbal *adj ling* verbale; verbale, orale; **~ismo** *m* verbalismo; **~ización** *f* verbalizzazione; **~izar** ‹*verbalicé*› *vt* verbalizzare
verben|a *f* 1. festa popolare, sagra; 2. *bot* verbena; **~ero, -a** *adj/s* festaiolo, -a
verbo *m relig/ling* verbo; **~rrea** (*var.* **verbosidad**) *f* verbosità *inv*, loquacità *inv*; **~so, -a** *adj* verboso, -a
verdad *f* verità *inv* ◊ ***¿~?*** Vero?; ***¿~ tú...?*** Tu, è vero...?; ***a decir ~*** a dire il vero; ***bien es ~ que*** è ben vero che; ***de ~*** davvero; ***decirle cuatro ~es a alg*** dirgliene quattro a q; ***es ~ que*** è vero che; ***faltar a la ~*** mancare alla verità; ***la ~ es que*** la verità è che, la pura e santa verità è che, il vero è che; ***no es ~*** non è vero; ***una ~ como un puño/~es como puños*** una sacrosanta verità, verità che salta(no) agli occhi; **~ero, -a** *adj* vero, -a, reale
verde 1. *adj* 1. (*color*) verde; 2. (*fruta*) verde, acerbo, -a; (*edad*) verde, giovane; 3. (*chiste*) spinto, -a, piccante; **2.** *m* 1. (*color*) verde; 2. *jerga* (*billete*) verdone ◊ ***darse un ~*** farsi un'abbuffata; ***están ~s*** è cosa dura; ***poner ~ (a alg)*** fare una lavata di testa (a q); parlar male di q; ***viejo ~*** vecchio sporcaccione; **~ar** *vi* verdeggiare; tendere al color verde; **~mar** *m* verdemare; **~rol** (*var.* **verderón (común)**) *m zool* verdone
verdín *m* 1. *bot* (*verde*) muffa *f*; 2. *quím* verderame
verdo|r *m* 1. *bot* verde, verdezza *f*; 2. *fig* giovinezza *f*, verde; **~so, -a** *adj* verdognolo, -a
verdugo *m* 1. boia *inv*; 2. *fig* aguzzino; 3. (*gorro*) passamontagna (stile boia)
verdul|ería *f* negozio di ortaggi e frutta *m*; **~ero, -a 1.** *m/f* erbivendolo, -a, fruttivendolo, -a; **2.** *f desp/fig* pescivendola
verdura *f gastr/bot* verdura
verdusco, -a *adj* verdigno, -a, verdognolo, -a
verecund|ia *f* verecondia; **~o, -a** *adj* verecondo, -a, pudico, -a
vered|a *f* 1. sentiero *m*, viottolo *m*; 2. *Am Mer* marciapiede *m* ◊ ***entrar en ~*** rigar dritto; **~icto** *m jur* verdetto; *fig* giudizio
verga *f* 1. *nav* antenna, pennone *m*; 2. *euf* (*macho*) verga; **~jo** *m* nervo di bue
vergé 1. *m* vergatina *f*; **2.** *adj* vergato, -a
vergel *m* verziere (*elev*), giardino
vergonz|ante, -a *adj* vergognoso, -a; **~oso, -a** *adj* vergognoso, -a
vergüenza 1. *f* vergogna; dignità *inv*, decoro *m*; **2.** *fpl fig* vergogne ◊ ***darle ~ a alg*** avere vergogna q; ***es una ~*** è una vergogna; ***hombre de ~*** uomo dignitoso; ***perder la ~*** diventare spudorato; ***sacar a la ~*** svergognare; ***sin ~*** spudorato, -a, svergognato, -a
verguet|a *f* verghetta; **~eado, -a 1.** *m* vergatura *f*, vergatina *f*; **2.** *adj* vergato, -a
vericueto *m* luogo impervio
veridicción *f jur* veridizione
verídico, -a *adj* veridico, -a
veridictorio, -a *adj* veridittorio, -a
verifica|bilidad *f* verificabilità *inv*; **~ble** *adj* verificabile; **~ción** *f* verificazione, verifica; **~dor, -a** *adj/s* verificatore, -trice; **~r** ‹*verifiqué*› **1.** *vt* verificare, provare, confermare; **2. ~se** accadere *vi*, avverarsi
verismo *m arte* verismo
verja *f* inferriata; (*puerta*) cancello *m*
verme *m med* verme
vermi|cida *adj/m med* vermifugo, -a; **~cular** *adj* vermicolare; **~culita** *f min* vermiculite; **~forme** *adj* vermiforme
vermífugo, -a *adj farma* vermifugo, -a
vermú (*var.* **vermut**) *m* vermut *inv*, vermouth *inv*
vernáculo, -a *adj* vernacolo, -a
vernal *adj astron elev* primaverile (*estánd*)
vernier *m tecn/cient* verniero
verónica *f bot/relig/taur* veronica
verosímil *adj* verosimile
verosimilitud *f* verosimiglianza

verraco, -a 1. *m* 1. *zool* verro; 2. *Cuba zool* porco selvatico; 3. *Col fig* montone; **2.** *adj Col coloq/fig* maiale, -a, sporcaccione, -a
verraquear *vi zool* grugnire; *coloq* strillare
verriondo, -a *adj zool tamb. fig* in calore
verrug|a *f med/bot* verruca, porro *m*; **~oso, -a** *adj* verrucoso, -a
versado, -a *adj* versato, -a, competente, esperto, -a
versal *adj/f impr* maiuscolo, -a *adj/m*, lettera maiuscola *f*; **~itas** *fpl impr* maiuscoletto *m*
versar 1. *vi* (*tema...*) girare intorno (**sobre** a), vertere (**sobre** a); **2. ~se** istruirsi, impratichirsi
versátil *adj* versatile, girevole; *fig* versatile
versatilidad *f* versatilità *inv*
versear *vt coloq* verseggiare
versículo *m* versetto; *relig* versicolo
versific|ación *f* versificazione; **~ador, -a** *m/f* verseggiatore, -trice, versificatore, -trice; **~ar** ‹*versifiqué*› **1.** *vt* versificare; **2.** *vi* verseggiare
versión *f* versione; *cine/mús* versione, remake *m inv*; *med* inversione
versista *m/f desp* verseggiatore, -trice
verso *m* 1. *lit* verso; 2. (*folio*) verso, retro, rovescio
vértebra *f* vertebra
vertebra|do, -a *adj/m* vertebrato, -a; **~l** *adj* vertebrale
verteder|a *f agric* versoio *m*, orecchio dell'aratro *m*; **~o** *m* mondezzaio; *tecn* discarica *f*
vertedor *m* canale di scolo, fogna *f*; *nav* sassola *f*
verter ‹*vierto*› **1.** *vt* versare; *ling* tradurre; **2.** *vi* sfociare
vertical 1. *adj* verticale; **2.** *f* verticale; **3.** *m astron* circolo verticale; **~idad** *f* verticalità *inv*
vértice *m* 1. vertice; 2. (*cabeza*) cocuzzolo
verti|do *m* scarico; **~ente** *f geogr tamb. fig* versante *m*; **~ginoso, -a** *adj* vertiginoso, -a
vértigo *m med* vertigine *f*, capogiro; *fig* vertigine *f* ◊ ***de ~*** da far venire le vertigini
vesícula *f med* vescicola ◊ ***~ biliar*** cistifellea
vesicular *adj* vescicolare
Vespa *f* Vespa
vespertino, -a *adj* vespertino, -a, pomeridiano, -a
vespino *m* vespino
vestal 1. *f hist* vestale; **2.** *adj* di Vesta
veste *f elev* veste
vestíbulo *m* (*lugar*) vestibolo, atrio, entrata *f*; *med* vestibolo
vestid|o *m* vestito, abito ◊ ***~ camisero*** chemisier*; **~or, -a 1.** *m* spogliatoio; **2.** *f* (mobile con) specchio per vestirsi *m*; **3.** *m/f* chi veste i cadaveri; **~ura 1.** *f* vestitura, vestito *m*, abito *m*; **2.** *fpl relig* paramenti *mpl* ◊ ***rasgarse (alg) las ~s*** mettersi le mani nei capelli
vestigio *m* vestigio, traccia *f*
vestimenta *f* vestito *m*, abito *m*, vestimento *m* (*elev*)
vestir ‹*visto; vistió; vistiendo*› V. 12 **1.** *vt/i* vestire; **2.** *vt fig* rivestire, coprire ◊ ***de (mucho) ~*** da festa
vestuario *m* 1. vestiario, abbigliamento, i vestiti *mpl*; 2. (*lugar*) camerino, spogliatoio, vestiario

Vesubio *m geogr* Vesuvio
veta *f* vena, venatura; *min* filone *m*; **~r** *vt jur* porre il veto a *vi*
vetear *vt* venare
veteran|ía *f* 1. anzianità *inv*; 2. l'essere veterano *m*; **~o, -a** *adj/s mil* veterano, -a; *fig* veterano, -a, sperimentato, -a, provetto, -a
veterinari|a *f* veterinaria; **~o, -a** *adj/s* veterinario, -a
vetiver *m bot* vetiver *inv*
veto *m jur* veto; proibizione *f*, divieto ◊ ***poner el ~ (a u-c/alg)*** porre il proprio veto (a qc/q)
vetust|ez *f* vetustà *inv*; **~o, -a** *adj elev* vetusto, -a, vecchio, -a, antico, -a
vexilología *f* vessillologia
vez (*pl* **veces**) **1.** *f* volta; (*cola*) turno *m*, volta; **2.** *fpl* veci ◊ ***a ~es*** a volte; ***a la ~*** insieme, allo stesso tempo, in una volta; ***a su ~*** a sua volta; ***acaba de una ~*** finiscila una buona volta; ***alguna ~/algunas ~es*** qualche volta; ***alguna que otra ~*** qualche volta, ogni tanto; ***cada ~ (que)*** ogni volta (che); sempre più; ***de ~ en cuando*** ogni tanto, di tanto in tanto; ***de una ~*** d'un colpo, in una volta; definitivamente; ***de una ~ para siempre*** una volta per tutte; ***en ~ de*** invece di; ***hacer la ~es de padre*** fare le veci del padre; ***las más de las ~es*** il più delle volte; ***otra ~*** un'altra volta; ***tal ~*** forse, può darsi; ***tomar la ~*** prendere il turno; ***una ~ más*** un'altra volta; ***una ~ que*** quando; ***una y mil ~es*** mille volte
vi V. **ver**
vía *f* 1. via, strada; (*terrestre, aérea, férrea...*) via; ***Valencia-Lisboa, ~ Madrid*** *Valenza-Lisbona, via Madrid*; 2. (*tren*) binario *m*; 3. (*autopista*) corsia; 4. *cient tamb. fig* via; *jur* procedimento *m* ◊ ***~ ancha, estrecha, normal*** *ferroc* scartamento largo, ridotto, normale; ***~ ejecutiva*** *jur* procedimento esecutivo; ***~ láctea*** via lattea; ***~ morta*** *ferroc tamb. fig* binario morto; ***cuaderna ~*** *lit* quartina di alessandrini monorimi; ***en ~s de*** in via di; ***gran ~*** ="corso"; ***por ~ de*** per via di; ***un ~ crucis*** una via crucis
viab|ilidad *f cient* vitalità *inv*; (*negocio*) possibilità *inv*; **~le** *adj cient* vitale; (*negocio*) possibile; (*carretera*) transitabile
vía crucis *m inv* via crucis *f*
viaducto *m* viadotto
viaj|ado, -a *adj* navigato, -a; **~ante** *m com* commesso viaggiatore; **~ar** *vi transp tamb. fig* viaggiare; **~e** *m transp tamb. fig* viaggio ◊ ***~ de ida y vuelta*** viaggio di andata e ritorno; ***~ de negocios*** viaggio d'affari; ***¡Buen ~!*** Buon viaggio!; ***estar de ~*** essere in viaggio; ***manta de ~*** plaid; **~ero, -a** *m/f* 1. viaggiatore, -trice; 2. *jerga drog* tossicodipendente
vial 1. *adj* stradale; **2.** *m* fiala *f*
vianda *f* 1. vivanda, cibo *m*; 2. *Cuba/PR* ="frutta e tuberi cotti" *f/mpl*; **~nte** *m/f* viandante, passante; vagabondo, -a
viario, -a *adj* stradale
viático *m hist/relig* viatico

víbora *f zool tamb. fig* vipera ◊ ***lengua de ~*** lingua viperina
vibr|ación *f* vibrazione; **~ador, -a 1.** *m tecn/med* vibratore; **2.** *adj* vibratorio, -a; **~áfono** *m mús* vibrafono; **~ante** *adj/f ling* vibrante; **~ar 1.** *vi* vibrare, tremare; **2.** *vt* far vibrare
vibrátil *adj* vibratile
vibrato *m mús* vibrato; **~rio, -a** *adj* vibratorio, -a
vibrión *m biol* vibrione
vibromasaje *m* vibromassaggio
vicaría *f* vicaria, vicariato *m* ◊ ***pasar por la ~*** sposarsi
vicaria|l *adj* vicariale; **~to** *m* vicariato
vicario, -a *adj/m* vicario, -a
vice|almirante *m* viceammiraglio; **~canciller** *m* vicecancelliere; **~cónsul** *m* viceconsole; **~director, -a** *m/f* vicedirettore, (-trice); **~jefe** *m* vicecapo; **~presidencia** *f* vicepresidenza; **~presidente, -a** *m/f* vicepresidente, (-essa); **~rrector, -a** *m/f* prorettore, -trice; vicerettore, -trice; **~rrectorado** *m Esp* prorettorato; vicerettorato; **~secretario, -a** *m/f* vicesegretario, -a
viceversa *adv* viceversa
vici|ar ‹*vicio*› V. 1 *vt* viziare; **~o** *m* vizio ◊ ***de ~*** per vizio; **~oso, -a** *adj* vizioso, -a; (*niño*) viziato, -a
vicisitud *f* vicissitudine, caso *m*; **~inario, -a** *adj* alterno, -a
víctima *f* vittima
victimar *vt Am* sacrificare, uccidere; **~io, -a 1.** *adj* assassino, -a; **2.** *m hist* vittimario
victimismo *m* vittimismo
victori|a *f* vittoria, trionfo *m*; *transp* victoria; *bot* victoria regia ◊ ***~ pírrica*** vittoria di Pirro; ***cantar ~*** cantare vittoria; **~oso, -a** *adj* vittorioso, -a, trionfante
vicuña *f zool* vigogna; (*tela*) vigogna
vid *f bot* vite
vida *f* vita ◊ ***~ airada, arrastrada*** vita disordinata, travagliata; ***~ de canónigo*** vita da prete; ***~ perra/de perros*** vita da cani; ***amargar la ~ (a alg)*** render la vita difficile (a q); ***amargarse la ~*** tormentarsi, torturarsi; ***buena/gran ~*** bella vita; ***buscarse la ~*** guadagnarsi la vita; ***con ~*** in vita; ***con la ~ pendiente de un hilo*** con la vita attaccata a un filo; ***cortar la ~*** segare la vita; ***de ~ alegre*** di vita; ***...de mi vida*** ...tesoro mio, anima mia, vita mia; ***de por ~*** a vita; ***de toda la ~*** da sempre; ***hacer la ~ imposible (a alg)*** rendere la vita difficile (a q); ***mala ~*** brutta vita; ***meterse en ~s ajenas*** mettersi nei fatti altrui; ***nunca en la ~*** non ... mai in vita mia; ***pasar a mejor ~*** passare a miglior vita; ***pasarse la ~*** passare la vita; ***¿Qué es de tu ~?*** Che fai di bello?; ***salir con ~*** scamparla bella; ***tener siete ~s como los gatos*** avere sette spiriti/vite come i gatti; ***vender cara su ~ (a alg)*** vender cara la pelle (a q); ***la ~ y milagros de alg*** vita, *m* morte e miracoli di q
vidente *adj/s* veggente, indovino, -a
vídeo (*var.* **video** *Am*) *m* 1. video, videoregistrazione *f*; 2. (*aparato*) videoregistratore ◊ ***~ a la carta/~ on demand*** (*VoD*) video on demand*
videocassette [videoka'set] *m* videocassetta *f*
vídeo-clip *m* clip *inv*
videocontrol (*var.* **videoclip**) *m* videocontrollo
videodisco *m* videodisco
videograbadora *f* videoregistratore *m*
videojuego *m* videogioco, videogame* *inv*
videomóvil *m* videocellulare
videopantalla *m* videoschermo
videoportero *m* videocitofono
videoteca *f* videoteca
videoteléfono *m* videotelefono
vidorr|a *f coloq* bella vita; **~ia** *f Am* vitaccia
vidria|do, -a *adj* vetrato, -a; **~r** ‹*vidrío/vidrio*› V. 2 **1.** *vt tecn* invetriare; **2. ~se** diventare vitreo *vi*
vidrier|a *f* vetrata, invetriata; *Am* (*comercio*) vetrina; **~ía** *f* vetreria; **~o, -a 1.** *m* vetraio, -a; **2.** *adj* vetrario, -a
vidrio *m* vetro ◊ ***~ bufado*** vetro soffiato; ***~ esmerilado*** vetro smerigliato; ***pagar (alg) los ~s rotos*** pagare le conseguenze; **~so, -a** *adj* 1. vetroso, -a, vitreo, -a; 2. *fig* delicato, -a, fragile
vieira *f zool/gastr* capasanta
viej|ales *m inv desp* vecchiardo; **~o, -a** *adj/s* 1. vecchio, -a, anziano, -a; 2. (*historias*) antico, -a, vecchio, -a ◊ ***~ verde*** vecchio sporcaccione; ***perro ~*** vecchia volpe
viella *f mús ant* viella
Viena *geogr* Vienna
viene V. **venir**
vienés, -esa *adj/s* viennese
viento *m* 1. *meteo tamb. fig* vento; 2. (*caza*) odore, fiuto ◊ ***~ de proa*** vento di prora; ***~ en popa*** vento in poppa; ***~s alisios*** (venti) alisei; ***contra ~ y marea*** contro tutto, ad ogni costo; ***corren malos ~s*** spira cattivo vento; ***instrumentos de ~*** strumenti a fiato; ***irse con ~ fresco*** andarsene a passeggio; ***lleno de ~*** gonfio, pieno di vento; ***publicar a los cuatro ~s*** gridare ai quattro venti; ***quien siembra ~s recoge tempestades*** chi semina vento raccoglie tempesta
vientre *m* 1. *med* ventre, pancia *f*, addome; 2. (*mujer*) ventre, grembo materno; 3. *fis tamb. fig* ventre ◊ ***hacer de ~*** andare di corpo; ***sacar el ~ de mal año*** mangiare meglio del solito
viernes *m inv* venerdì ◊ ***~ santo*** venerdì santo; ***cara de ~*** faccia triste/desolata; ***comer de ~*** mangiare di magro, fare vigilia
vierteaguas *m inv* asse di sgrondo *m*; canaletto *m*
vietnamita *adj/s* vietnamita
viga *f* trave
vigen|cia *f* vigenza, vigore *m*; **~te** *adj* vigente
vigésimo, -a *adj* (*ordinal*) ventesimo, -a
vigía 1. *f* 1. (*torre*) vedetta; 2. *nav* scoglio emergente *m*; **2.** *m/f* vedetta *f*, sentinella *f*
vigil|ancia *f* vigilanza, controllo *m*; **~ante 1.** *adj/s* vigilante, vigile, sorvegliante; **2.** *m/f* 1. bagnino, -a; 2. *estud* vigilatore, -trice; **~ar** *vt* vigilare, sor-

vegliare; **~ia** *f* (*sueño*) veglia; vigilia ◊ ***guardar ~/comer de ~*** fare vigilia

vigor *m* vigore, forza *f*, energia *f*; *jur* vigore ◊ ***entrar, estar en ~*** andare, entrare/essere in vigore; ***poner en ~*** mettere in vigore; **~izar** ‹*vigoricé*› *vt* invigorire, irrobustire; **~osidad** *f* vigorosità *inv*; **~oso, -a** *adj* vigoroso, -a, energico, -a, gagliardo, -a

vigue|ría *f* travatura; **~ta** *f arq* travicello *m*

vihuela *f* 1. *mús* (*Luis de Milán*) viola da mano; 2. *mús* viola da arco; **~ista** *m/f* violista

vikingo, -a *adj/s* vichingo, -a

vil *adj* vile, basso, -a, umile; vigliacco, -a; **~eza** *f* viltà *inv*; vigliaccheria

vilipendi|ar ‹*vilipendio*› V. 1 *vt* vilipendere; **~o** *m* vilipendio

villa *f* 1. villa, villino *m*; 2. comune ◊ ***la ~ de Madrid*** la città di Madrid; **~ncico** *m mús* villanella *f*, pastorella natalizia *f*, canzone natalizia *f*; **~nía** *f* (*decir*) villania, insolenza, ingiuria; rusticità *inv*; **~no, -a 1.** *m/f* villano, -a, contadino, -a, campagnolo, -a; **2.** *adj desp* villano, -a, rozzo, -a, zotico, -a, grossolano, -a, maleducato, -a

villorrio *m desp* casale, paesucolo

vilo: en ~ *adv* 1. in bilico, sospeso; 2. nell'incertezza

vinagre *m* aceto ◊ ***poner cara de ~*** fare la faccia brusca; **~ra 1.** *f* 1. *bot* acetosa; 2. bottiglia dell'aceto; 3. *Am* bruciore di stomaco *m*; **2.** *fpl* oliera *f*; **~ro** *m* acetificatore; **~ta** *f* ="salsa a base d'aceto"

vinajera (*var.* **vinajeras** *fpl*) *f relig* ampolline *fpl*

vinario, -a *adj* vinario, -a, vinicolo, -a

vinater|ía *f* commercio di vini *m*; **~o, -a** *m/f* vinaio, -a

vinazo *m desp* vinaccio

vinca (*var.* **vincapervinca**) *f bot* vinca, pervinca

vincha *f Am Mer* (*gaucho, mujeres*) fascia per la fronte

vincul|ación *f* vincolo *m*; **~ante** *adj* vincolante, impegnativo, -a; **~ar 1.** *vt jur* vincolare; vincolare, legare, unire; **2.** *adj* vincolare

vínculo *m* vincolo

vindic|ación *f* 1. *jur* rivendicazione; 2. vendetta; **~ar** ‹*vindiqué*› *vt* 1. *jur* rivendicare; 2. vendicare; **~ativo, -a** *adj* 1. (*discurso*) rivendicativo, -a; 2. vendicativo, -a; **~atorio, -a** *adj* rivendicativo, -a; **~ta** *f elev* vendetta ◊ ***~ pública*** pubblica vendetta

vínico, -a *adj* vinico, -a

vinícola *adj* vinicolo, -a

vinicult|or, -a *m/f* enologo, -a; **~ura** *f* enologia

vinific|ación *f* vinificazione; **~ar** ‹*vinifiqué*› *vt* vinificare

vinílico, -a *adj* vinilico, -a

vinillo *m* vinello

vinilo *m quím* vinile

vino *m* vino ◊ ***~ abocado*** vino abboccato; ***~ adulterado*** vino adulterato; ***~ aguado*** vino annacquato; ***~ blanco*** vino bianco; ***~ de agujas*** vino frizzante; ***~ de mesa*** vino da tavola; ***~ de postre*** vino da dessert; ***~ de quina*** vino chinato; ***~ de solera*** vino vecchio; ***~ espumoso*** vino gassato; ***~ moscatel*** vino moscato; ***~ pardillo*** vino corrente; ***~ peleón*** vino ordinario; ***~ rosado*** vino rosé; ***~ seco*** vino secco; ***~ tinto*** vino rosso; ***al pan, pan, y al ~, ~*** pane al pane e vino al vino; ***dormir el ~*** smaltire il vino; ***tener buen, mal ~*** avere il vino allegro, triste; **~so, -a** *adj* vinoso, -a

viña *f* vigna, vigneto *m* ◊ ***la ~ del Señor*** *fig* la vigna del Signore; **~dor, -a** *m/f* vignaiolo, -a

viñe|do *m* vigneto, vigna *f*; **~ta** *f impr* vignetta

viola 1. *f* 1. *mús* (*instrumento*) viola; 2. *bot* violetta, viola mammola; **2.** *m/f mús* violista, viola

violáce|as *fpl bot* violacee; **~o, -a** *adj* violaceo, -a

viola|ción *f* 1. *jur* violazione; 2. violenza sessuale o psicologica; **~do, -a** *adj/m* viola, violetto, -a; **~dor, -a** *adj/s* 1. *jur* violatore, -trice; 2. violentatore sessuale o psicologico; **~r** *vt* 1. *jur* violare; 2. (*sexual, psicol*) violentare

violen|cia *f* violenza ◊ ***hacer ~ a/sobre alg*** violentare q, fare violenza a q; **~tamente** *adv* violentemente; **~tar** *vt* violentare, forzare; *fig* infastidire; **~to, -a** *adj* 1. violento, -a, iracondo, -a, impulsivo, -a; 2. (*cosa*) imbarazzante; 3. (*persona*) imbarazzato, -a ◊ ***sentirse/estar ~*** essere imbarazzato, non stare a proprio agio

violet|a 1. *f bot* violetta, viola mammola; **2.** *m* (*color*) viola ◊ ***erudito a la ~*** erudito all'acqua di rose; **~era** *f* fioraia ambulante

viol|ín *m mús* (*instrumento, músico*) violino ◊ ***primer ~*** primo violino; **~inista** *m/f* violinista

violle *m fís* violle *inv*

violón *m mús* contrabbasso, violone (*ant*) ◊ ***tocar el ~*** parlare a sproposito

violoncellista (*var.* **violonchelista**) *m/f mús* violoncellista; **~o** (*var.* **violonchelo**) *m mús* violoncello

VIP (*Personaje muy importante*) *adj/s* VIP (persona molto importante)

víbora *f* vipera, vibora

viperino, -a *adj* viperino, -a ◊ ***lengua ~*** lingua viperina

virada *f* 1. *tecn tamb. fig* virata; 2. *auto* sterzata

virago *f lit* virago

viraje *m tecn/foto tamb. fig* viraggio

viral *adj* virale

virar 1. *vt/i tecn/foto tamb. fig* virare; **2.** *vi auto* sterzare

virgen (*pl* **vírgenes**) **1.** *adj* vergine, puro, -a, intatto, -a, immacolato, -a; vergine; ***tierra, aceite, cera... ~*** *terra, olio, cera... vergine*; **2.** *f* vergine ◊ ***la *~*** la Vergine, la Madonna; ***¡*~ Santísima!/¡Santísima *~!*** Madonna Santa!, Santa Madonna!; ***ser un viva la ~*** vivere da spensierato, essere poco serio

virginal 1. *adj* verginale, virginale; **2.** *m mús/hist* virginale

virgíneo, -a *adj* virgineo, -a

virginidad *f* verginità *inv*, purezza, candore *m*

Virgo *f astron* Vergine

virgo *m* verginità *f*, imene
virguería *f coloq* cosa bella, bellezza
vírgula *f* lineetta; *med* virgola
virgulilla *f* lineetta
vírico, -a *adj* virale
viril 1. *adj* virile; **2.** *m relig* ciborio; **~idad** *f* virilità *inv*; **~ismo** *m* virilismo; **~izarse** virilizzarsi
virión *m biol* virione
virolla *f tecn* ghiera, anello *m*; **~ento, -a** *adj* vaioloso, -a; **~ogía** *f* virologia
virólogo, -a *m/f* virologo, -a
virosis *f inv med* virosi
virote *m hist* dardo
virotillo *m* 1. *arq* chiavarda *f*, tirante a tubo/a sbarra; 2. *mec* chiavarda passante *f*
virreina *f* viceregina; **~to** *m* vicereame
virrey *m* viceré *inv*
virtual *adj* virtuale, potenziale
virtud *f* virtù *inv*; qualità *inv*, proprietà *inv*, valore *m* ◊ ***en ~ de*** in esercizio di, in virtù di
virtuoslismo *m* virtuosismo; **~o, -a** *adj/s* virtuoso, -a
viruela *f med* vaiolo *m*
virulenlcia *f* virulenza; **~to, -a** *adj* virulento, -a
virus *m cient* virus *inv*
viruta *f* truciolo *m*
vis *f inv* forza *f* ◊ **~ *cómica*** vis comica
visa *f Am adm* visto *m*; **~do** *m Esp adm* visto; **~je** *m* boccaccia *f*, smorfia *f*; **~r** *vt* mettere il visto a/sul *vi*, vidimare, vistare
vis-à-vis *m* vis-à-vis* *inv*
víscera 1. *f med* viscere *m* (!); **2.** *fpl fig* viscere
visceral *adj* viscerale
visco *m bot* vischio; **~sa** *f txtl* viscosa; **~sidad** *f* viscosità *inv*, vischiosità *inv*; **~so, -a** *adj* viscoso, -a, viscido, -a; *fig* appiccicoso, -a
visera *f* 1. visiera; 2. (*caballos*) paraocchi *mpl*
visilbilidad *f* visibilità *inv*; **~ble** *adj* visibile; evidente, patente
visiglodo, -a *adj/s hist* visigoto, -a; **~ótico, -a** *adj hist* visigotico, -a
visillo *m* tendina *f*
visión *f* 1. visione, vista; 2. visione, sogno *m*; *desp* mostro *m* ◊ ***quedarse como quien ve ~ones*** restare attonito
visionlado *m telec/tecn* visione *f*; **~ar** *vt* visionare; **~ario, -a** *adj/s* visionario, -a
visir *m hist* visir
visita *f* visita ◊ **~ *de cumplido*** visita di dovere; ***de ~ oficial*** in visita ufficiale; ***devolver/pagar la ~*** restituire la visita; ***horario de ~*** *estud* orario di ricevimento; ***pasar (la) ~*** (*médico*) visitare; ***tarjeta de ~*** biglietto da visita
visitlación *f relig* visitazione; **~ador, -a** *m/f* visitatore, -trice; *jur* ispettore, -trice ◊ **~ *médico*** informatore medico scientifico; **~ante** *m/f* 1. visitatore, -trice; 2. V. **visitor**; **~ar** *vt* visitare, fare visita; *jur* ispezionare
visiteo *m desp* ="scambio frequente di visite"
visitor (*var.* **visitante**, **visiting**) *adj/s estud* visiting* *inv*
vislumbrlar *vt* scorgere, discernere, intravvedere; *fig* sospettare, capire; **~e** *m* barlume, parvenza *f*, segno
viso *m* 1. riflesso; *fig* apparenza *f*; 2. (*tela*) sottana (colorata) *f* ◊ ***de ~*** di classe; ***hacer ~s*** essere cangianti; ***tener ~s de*** avere l'aspetto di
visón *m* (*zool, piel*) visone
visor *m foto/tecn* visore; **~io, -a** *adj* visivo, -a
víspera 1. *f* (*de una fiesta*) vigilia; *fig* prossimità *inv*; **2.** *fpl relig/hist* vespri *mpl* ◊ ***en ~s de*** alla vigilia di
vista *f* 1. *med/com tamb. fig* vista; 2. occhio *m*; 3. sguardo *m*; 4. vista, panorama *m*; 5. aspetto *m*; 6. *jur* dibattimento *m* ◊ **~ *cansada*** vista stanca/affaticata; **~ *de águila*** vista d'aquila; **~ *de lince*** occhio di lince; **~ *oral*** *jur* dibattimento; **~ *de aduanas*** doganiere; ***a ~ de pájaro*** a volo d'uccello; ***a la ~*** a prima vista; (*estar*) in vista; *fig* in vista; *com* a vista; ***a la ~ de*** in vista di, in attesa di; ***a la ~ de todo el mundo*** davanti a tutti; ***alzar/bajar la ~*** alzare/abbassare gli occhi/lo sguardo; ***apartar la ~*** allontanare lo sguardo; ***clavar la ~*** fissare gli occhi/lo sguardo; ***comerse (u-c/a alg) con la ~*** mangiarsi (qc, q) con gli occhi; ***con ~s a*** con il proposito di; ***conocer de ~*** conoscere di vista; ***echar una ~*** dare uno sguardo; ***empañarse la ~*** appannarsi la vista; ***hacer la ~ gorda*** far finta di non vedere, chiudere un occhio; ***hasta la ~*** arrivederci; ***no perder de ~*** non perdere di vista; ***saltar a la ~ (u-c)*** saltare agli occhi (q), essere evidente; ***ser corto de ~*** avere la vista corta; ***tener (u-c) a la ~*** tenere (qc) presente; ***tener ~s a*** dare su; ***torcer la ~*** storcere lo sguardo; ***volver la ~ atrás*** guardare indietro; **~zo** *m* sguardo, occhiata *f* ◊ ***echar un ~*** dare uno sguardo
visto, -a 1. *pp/adj* visto, -a; **2.** *m* visto ◊ **~ *bueno*** visto, benestare; *mil* nullaosta; **~ *que*** visto che; ***bien, mal ~*** ben, mal visto; ***está ~ que*** è chiaro che; ***ha sido ~ y no ~*** è successo in un batter d'occhio; ***nunca ~*** mai visto; ***por lo ~*** a quanto pare; **~sidad** *f* vistosità *inv*; **~so, -a** *adj* vistoso, -a, appariscente, chiassoso, -a
visual 1. *adj/f* (*ángulo, línea*) visuale; **2.** *adj* (*campo, poesía, medios*) visivo, -a; **~ización** *f* visualizzazione; **~izar** ‹*visualicé*› *vt* visualizzare
vital *adj* vitale; **~icio, -a** *adj/m* vitalizio, -a ◊ ***renta ~a*** rendita vitalizia; ***senador ~*** senatore a vita; **~idad** *f* vitalità *inv*
vitamina *f* vitamina; **~do, -a** *adj* vitaminizzato, -a; **~r** *vt* vitaminizzare
vitamínico, -a *adj* vitaminico, -a
vitando, -a *adj jur* vitando, -a
vitella *f* (*cuero*) vitello *m*; **~o** *m biol* vitello
vitícola *adj* viticolo, -a
viticultlor, -a *m/f* viticultore, -trice, viticoltore, -trice; **~ura** *f* viticoltura, viticultura
vitíligo *f med* vitiligine
vitola *f* 1. (*cigarros, fig*) marca; 2. *tecn* calibratoio *m*
vítor 1. *m* applauso; **2.** *excl* evviva!

vitorear *vt* applaudire, acclamare
vítreo, -a *adj* vitreo, -a
vitrific|ación *f* vetrificazione; **~ar** ‹*vitrifiqué*› *vt* vetrificare; (*suelo*) lucidare a piombo
vitrin|a *f* credenza a vetri; vetrina; **~ista** *m/f* vetrinista
vitriolo *m quím* vetriolo
vitrocerámica *f* vetroceramica
vituallas *fpl* vettovaglie, viveri *mpl*
vituper|able *adj* vituperabile, vituperevole (*elev*); **~ar** *vt* vituperare, ingiuriare; **~io** *m* vituperio, ingiuria *f*
viud|a 1. *adj/f* vedova; **2.** *f bot* vedovella ◊ ***~ negra*** *zool* vedova nera; **~edad** *f* vedovanza ◊ ***pensión de ~*** vedovile, pensione di reversibilità; **~ez** *f* (*estado*) vedovanza; **~o, -a** *adj/m* vedovo, -a
vivac V. **vivaque**
vivace [bi'batʃe] *m mús* vivace
vivacidad *f* vivacità *inv*, brio *m*
vivalavirgen *m* testa vuota *f*, testa sventata *f*
vivales *m/f inv desp* menefreghista *m/f*, strafottente *m/f*; vitaiolo, -a, viveur* *inv*
vivaque (*var.* **vivac**) *m mil* bivacco; **~ar** *vi mil* bivaccare
vivar *m* 1. conigliera *f*; 2. (*peces*) vivaio; **~acho, -a** *adj* allegro, -a, vivace, vivo, -a
vivaz *adj* vivace, vitale; *bot* vivace, perenne
vivencia *f* 1. *jur* vivenza; 2. *psicol* vissuto *m*, esperienza di vita; **~l** *adj* relativo, -a al vissuto
víveres *mpl* viveri, vettovaglie *fpl*
viver|ista *m/f* vivaista; **~o** *m zool/bot tamb. fig* vivaio
viveza *f* (*niño*) vivacità *inv*, vitalità *inv*; (*colores*) vivacità *inv*; (*sentimientos*) impeto *m*; (*mirada*) vita, vivacità *inv*
vívido, -a *adj elev* vivido, -a
vividor, -a *adj/s* viveur *m*, gaudente, libertino, -a; festaiolo, -a
vivien|da *f* casa, alloggio *m*; **~te** *adj/s* vivente
vivific|ación *f* vivificazione; **~ador, -a** (*var.* **vivificante**) *adj* vivificatore, -trice, vivificante; **~ar** ‹*vivifiqué*› *vt* vivificare, ravvivare, animare
vivíparo, -a *adj/s* viviparo, -a
vivir 1. *m* vivere, vita *f*; **2.** *vt/i* vivere; **3.** *vi fig* vivere, durare ◊ ***~ en grande*** vivere da gran signore; ***~ para ver*** vedere per credere; ***de mal ~*** della malavita, malavitoso, -a; ***no dejar ~ (a alg)*** non lasciar vivere (q); ***¿Quién vive?*** Chi va là?; ***un viva la Virgen*** uno sventato; ***¡Viva!/¡Vivan!*** Viva!, Evviva!; ***¡Vive Dios!*** Vivaddio!
vivisección *f* vivisezione
vivo, -a *adj/s* vivo, -a ◊ ***a lo ~*** in modo molto reale, con molto realismo; ***al ~*** al vivo; ***dar en lo ~*** toccare sul vivo, pungere nel vivo; ***en ~*** dal vivo; *med* (*cortar*) a vivo; ***en carne ~a*** in carne viva; ***ni ~ ni muerto*** né vivo, né morto; ***vivito y coleando*** vivo e vegeto
vizcaíno, -a *adj/s* biscaglino, -a
Vizcaya *f geogr* Biscaglia
vizconde *m* visconte; **~sa** *f* viscontessa

v.o. (*versión original*) *abr* versione originale
VºBº (*Visto Bueno*) *adj/m* Visto
vocablo *m* vocabolo
vocabulario *m* 1. (*libro*) vocabolario, dizionario; 2. lessico
vocación *f relig* vocazione; *fig* vocazione, inclinazione
vocal 1. *f ling/mús* vocale; **2.** *m* (*consejo, tribunal*) membro; **3.** *adj* vocale
vocálico, -a *adj* vocalico, -a
vocalis|mo *m* vocalismo; **~ta** *m/f mús* vocalist* *inv*
vocaliz|ación *f ling/mús* vocalizzazione, vocalizzo *m*; **~ar** ‹*vocalicé*› *vi mús/ling* vocalizzare
vocativo *m* vocativo
voceal|dor, -a *adj/s* vociatore, -trice, strillone, -a; **~r 1.** *vi* vociare, strillare, gridare; **2.** *vt* bandire, divulgare, far palese
vocer|ío *m* gridio, schiamazzo; **~o** *m Am* portavoce
vociferar *vt/i* vociferare
vocingler|ía *f* gridio *m*, schiamazzo *m*; **~o, -a** *adj/s* strillone, -a, chiassone, -a; (*pájaros*) chiaccherino, -a
vodca V. **vodka**
vodevil *m teat* vaudeville* *inv*
vodka (*var.* **vodca**) *m* vodka *f*
vol. (*volumen*) *abr* vol. (*volume*)
volad|izo, -a 1. *adj arq* sporgente; **2.** *m arq* sporgenza *f*; **~o, -a** *adj impr* esponente ◊ ***estar ~*** stare sulle spine; (*droga*) essere sballato, star volando; **~or, -a 1.** *adj/s* volatore, -trice; **2.** *m* 1. *zool* (*pez*) totano; 2. *zool* cavalletta *f*; 3. *tecn* (*hombre*) brillatore; **~ora** *f Am* barca a motore, motoscafo *m*; **~ura** *f* volata; (*mina, puente*) esplosione, scoppio *m*, brillamento *m*
voland|as: en ~ *adv* al volo, volando ◊ ***llevar en ~*** portare in alto; **~era** *f tecn* boccola; (*molino*) volanda; **~ero, -a** *adj* 1. sospeso, -a in aria; 2. passeggero, -a; 3. *nav* volandiero, -a
volante 1. *adj/m auto* volante; **2.** *m* 1. *mec/sport* volante, volano; 2. (*tela*) volant* *inv*; 3. foglio, certificato ◊ ***platillo ~*** disco volante
volapié *m taur* volapiè
volar ‹*vuelo*› V. 8a **1.** *vi* volare; **2.** *vt* 1. far saltare; 2. *impr* elevare una lettera a esponente ◊ ***¡Volando!*** A spasso!; Subito!
volatería *f* caccia coi falchi
volátil 1. *m zool* volatile; **2.** *adj quím tamb. fig* volatile
volatili|dad *f* volatilità *inv*; **~zación** *f* volatilizzazione; **~zar** ‹*volatilicé*› *vt/i cient tamb. fig* volatizzare, evaporare
volatín *m* capriola *f*
volatinero, -a *m/f* acrobata
vol-au-vent *m gastr* vol-au-vent* *inv*
volcán *m geogr tamb. fig* vulcano ◊ ***estar sobre un ~*** star seduti su un vulcano
volcánico, -a *adj* vulcanico, -a; *fig* vulcanico, -a, ardente, focoso, -a

volcar ‹*vuelco; volqué*› V. 8a **1.** *vt/i* rovesciare *vt*, ribaltare; **2. ~se** dedicarsi anima e corpo (**en/con** a), farsi in quattro (**en/con** per)
volea *f* pallonetto *m*; **~r 1.** *vt sport* colpire a volo; **2.** *vi agric* seminare a spaglio
voleibol *m sport* pallavolo *f*; **~ista** *m/f* pallavolista
voleo *m* colpo dato al volo ◊ ***al ~*** *agric* a spaglio; *fig* a caso; ***de (un) ~*** d'un colpo
volición *f filos* volizione
volitivo, -a *adj filos* volitivo, -a
volován V. **vol-au-vent**
volquete *m transp* autocarro a cassone ribaltabile; carrello ribaltabile
voltalico, -a *adj* voltaico, -a; **~ísmo** *m* voltaismo; **~je** *m* voltaggio
voltámetro *m* voltametro
voltelador, -a *adj/s* volteggiatore, -trice; **~ar 1.** *vt* voltare, girare; rovesciare, capovolgere; (*campanas*) far suonare; **2.** *vi* 1. fare salti mortali, volteggiare; 2. (*campanas*) suonare; 3. *Am auto* svoltare, girare; **~o** *m* volteggio; **~reta** *f* capriola
voltímetro *m electr* voltimetro
voltio *m electr* volt *inv*, volta *f* (*raro*)
volulbilidad *f* volubilità *inv*; **~ble** *adj* volubile; girevole
volumlen (*pl* **volúmenes**) *m* volume ◊ ***~ de negocios*** giro di affari; **~étrico, -a** *adj* volumetrico, -a; **~inosidad** *f* voluminosità *inv*; **~inoso, -a** *adj* voluminoso, -a
voluntald *f* volontà *inv*; *fig* intenzione, voglia; *fig* elemosina ◊ ***a ~*** a volontà; ***buena ~*** buona volontà; ***¿Qué le debo? La ~*** Quanto costa? - Quanto vuole lei; **~riado** *m* volontariato; **~riedad** *f* volontarietà *inv*; **~rio, -a** *adj/s* volontario, -a; **~rioso, -a** *adj* 1. volenteroso, -a; 2. caparbio, -a; **~rismo** *m* volontarismo
voluptuoslidad *f* voluttuosità *inv*; **~o, -a** *adj* voluttuoso, -a
voluta *f arq* voluta
volver ‹*vuelvo; vuelto*› V. 43 **1.** *vi* tornare, ritornare; girare; **2.** *vt* 1. girare, volgere, voltare; 2. far diventare; 3. convincere; **3. ~se** diventare *vi*, divenire *vi* ◊ ***~ a casa*** tornare/ritornare a casa; ***~ a estudiar, a caminar...*** studiare, camminare ... di nuovo; ***~ a hacer*** rifare; ***~ a la derecha, a la izquierda*** girare a destra, a sinistra; ***~ atrás*** tornare indietro; ***~ de vacío*** tornare a vuoto; ***~ en sí*** tornare in sé; ***~ la cabeza*** girare la testa; ***~ las hojas de un libro*** girare/passare i fogli di un libro; ***~ loco (a alg)*** far diventar pazzo (q); ***~ los ojos*** volgere gli occhi; ***~ un vestido*** rivoltare; ***~se (alg) por donde ha venido*** tornare (q) da dove è venuto; ***~se atrás*** far marcia indietro; ***~se contra (alg, u-c)*** mettersi contro (q, qc); ***~se la tortilla*** cambiare la situazione; ***~se todo (u-c)*** diventar tutto (qc); ***no tener a dónde volverse*** non saper dove andare
vómer *m med* vomere
vómica *f med* vomica
vomitlar *vt/i* vomitare, rigettare; *fig* vomitare; **~era** *f coloq* vomiti *mpl*; **~ivo, -a** *adj/m* vomitivo, -a
vómito *m* vomito
vomitorio, -a 1. *adj* vomitivo, -a; **2.** *m* (*teatro, estadio, etc.*) porta d'accesso alle gradinate *f*
voracidad *f* voracità *inv*
vorágine *f geogr tamb. fig* vortice *m*
voraz *adj* vorace; (*persona*) vorace, ingordo, -a
vórtice *m* vortice, mulinello
vortiginoso, -a *adj* vorticoso, -a
vos *pron* 1. *ant* voi; 2. *Am* tu
voselar *vi Am* dare del "vos"; **~o** *m Am* trattamento di "vos"
vosotros, -as *pron* voi *inv*
votalción *f* votazione ◊ ***poner a ~*** sottoporre a votazione; **~nte** *adj/s* votante; **~r** *vt/i* 1. votare; 2. *relig* fare un voto *vi*; 3. bestemmiare, imprecare ◊ ***¡~ a brios!/¡~ a tal!*** giurabbacco!, giuraddinci!; ***¡voto a Dios!*** giuraddio!
votivo, -a *adj* votivo, -a
voto *m* 1. voto; 2. *relig* voto, promessa *f* ◊ ***~ consultivo*** voto consultivo; ***~ de calidad*** voto di preferenza; ***~ de castidad*** voto di castità; ***~ de confianza*** voto di fiducia; ***~ de pobreza*** voto di povertà; ***~ decisivo*** voto determinante; ***~ particular*** voto personale; ***hacer ~s por*** fare voto di/che; ***pronunciar los ~s*** pronunciare i voti; ***tener ~*** avere il diritto di voto
voyeur [bwa'yer] *m* voyeur* *inv*, guardone; **~ismo** *m* voyeurismo
voz (*pl* **voces**) *f* 1. voce; ***~ aguda, argentina, empañada/opaca, ronca/tomada*** *voce acuta, argentina, smorzata, roca*; 2. *fig* voce, parola; 3. *fig* voce, rumore *m* ◊ ***~ de mando*** voce di comando, voce imperiosa; ***~ y voto*** diritto di parola e di voto; ***a media ~*** a mezza voce; ***aclarar la ~*** schiarire la voce; ***ahuecar la ~*** fare la voce cupa; ***anudársele (a alg) la ~*** venire il nodo alla gola (a q); ***cambiar de ~*** mutar voce; ***circular/correr la ~*** circolare la voce; ***dar ~ces al viento*** gridare al vento; ***dar una ~ (a alg)*** dare una voce (a q)/chiamare (q); ***de viva ~*** a viva voce; ***en ~ alta, baja*** a alta, bassa voce; ***llevar la ~ cantante*** *mús* portar la voce; *fig* avere voce in capitolo; ***temblar la ~*** tremare la voce; **~arrón** *m* vocione, voce potente *f*
VPO (*Vivienda de Protección Oficial*) *adj/f* ="casa di 90 mq massimo e con agevolazioni di pagamento da parte dello Stato"
v.s. (*versión con subtítulos*) *abr* versione sottotitolata
V.S. *abr* 1. (*Vuestra Santidad*) V.S. (Vostra Santità); 2. (*Vuestra Señoría*) V.S. (Vostra Signoria)
vudú *m* vudù *inv*
vuduismo *m relig* vuduismo
vuecencia *f ant* Vostra Eccellenza
vuelco *m* ribaltamento, rovesciamento; *fig* balzo, sobbalzo, salto ◊ ***dar un ~ el corazón a alg*** dare un salto al cuore a q
vuelo *m* 1. volo; 2. (*falda*) ampiezza *f*, campana *f*; 3. *arq* sporgenza *f* ◊ ***~ a rasante*** volo radente; ***~ a vela*** volo a vela; ***~ chárter*** volo charter; ***~ planeado*** volo planato; ***alzar el ~*** alzarsi in vo-

lo; *fig* prendere il volo; ***cazar al ~*** prendere/acchiappare al volo; *fig* cogliere al volo; ***cortar los ~s (a alg)*** tarpare le ali (a q); ***dar ~s (a alg)*** *fig* dar volo (a q); ***de altos ~s*** di grande importanza; ***echar las campanas al ~*** *fig* suonare a distesa; ***no oírse el ~ de una mosca*** non sentire volare neanche una mosca

vuelt|a 1. *f* 1. giro *m*; 2. (*dinero*) resto *m*; 3. (*camino*) giro *m*, svolta, curva; 4. (*tela, hoja*) rovescio *m*; (*chaqueta*) risvolto *m*; (*punto*) giro di maglia *m*; 5. *mús* ritornello *m*; **2.** *excl* di nuovo!, dagli! ◊ ***~ al ruedo*** giro d'onore (alla piazza); ***~ atrás*** marcia indietro; ***~ de campana*** *sport* salto mortale; giro della morte; ***~ del derecho, del revés*** (*punto*) maglia al diritto, al rovescio; ***a ~ de*** a forza di; ***a ~ de correo*** a stretto giro di posta; ***a la ~*** al ritorno; ***a la ~ de la esquina*** dietro l'angolo; ***a la ~ de tres meses*** fra tre mesi; dopo tre mesi; ***andar a ~s*** girare e rigirare; ***buscarle las ~s (a alg)*** attendere (q) al varco; ***cogerle las ~s (a alg)*** capire (q); ***dar ~s*** (*vida*) cambiare; gironzolare, passeggiare; ***dar ~s a la manivela*** girare la manovella; ***dar ~s la cabeza*** girare la testa; ***dar cien ~s (a alg/u-c)*** essere molto superiore (a q/qc); ***dar demasiadas ~s (a u-c)/a la cabeza*** preoccuparsi troppo (di qc); ***dar la ~*** girare; dare il resto; ***dar la ~ al mundo*** fare il giro del mondo; ***dar media ~*** girarsi indietro; ***dar una ~*** fare un giro; ***el coche dio una ~ de campana*** la macchina si è ribaltata/ribaltò, ha cappottato/cappottò; ***de ~*** di ritorno; ***de ida y ~*** di andata e ritorno; ***estar de ~ (de u-c)*** essere al corrente/esperto di (qc); ***estar de ~*** essere di ritorno; ***hasta la ~*** arrivederci; ***¡media ~!*** dietro front!; ***¡media ~ a la derecha!*** girare a destra!; ***no hay que darle más ~s*** non bisogna preoccuparsi; ***no tener (u-c) ~ de hoja*** non esserci niente da dire o da fare; ***poner de ~ y media (a alg)*** fare una lavata di testa (a q); sparlare di q; ***segunda ~*** *pol* ballottaggio; ***tiene ~*** *irón* Pietro torna indietro!; **~o** *m Am* resto

vuestro, -a (*mpl* **vuestros**, *fpl* **vuestras**) *adj/pron* vostro, -a (*sing*), vostri, e (*pl*)

vulcani|smo *m geol* vulcanismo; **~ta** *f* vulcanite; **~zación** *f* vulcanizzazione; **~zar** ‹*vulcanicé*› *vt* vulcanizzare

vulcanología *f* vulcanologia

vulgar 1. *adj* volgare; **2.** *adj/m ling* volgare; **~idad** *f* volgarità *inv*; **~ismo** *m* volgarismo; **~izador, -a** *adj/s* volgarizzatore, -trice; **~izar** ‹*vulgaricé*› *vt* volgarizzare; **~mente** *adv* volgarmente, comunemente

Vulgata *f* Vulgata

vulgo *m* volgo, popolo

vulnera|bilidad *f* vulnerabilità *inv*; **~ble** *adj* vulnerabile; **~r** *vt* vulnerare, offendere, ledere; **~rio, -a** *adj med* vulnerario, -a

vulpino, -a *adj* volpino, -a

vulv|a *f med* vulva; **~ar** *adj med* vulvare; **~itis** *f inv med* vulvite *f*

waffe *m Am* wafer* *inv*

wagneriano, -a [bagne'rjano] *adj* wagneriano, -a

walkie-talkie ['wolki'tolki] *m inv* walkie-talkie

walkman ['wolman, 'walman] *m* walkman *inv*

wáter ['bater] (*var.* **wáter-closet**) *m* water* (closet) *inv*

waterpol|ista [baterpo'lista, waterpo'lista] *m/f sport* pallanuotista, waterpolista*; **~o** [bater'polo, water'polo] *m sport* pallanuoto, waterpolo*

watt [bat] *m electr* watt *inv*

wc ['ube 'θe] (*wáter-closet*) *adj/m* wc

wéber ['weber] *m fís* weber *inv*

week-end [wi'ken] *m* week-end *inv*

western ['western] *m* western *inv*

whiskería V. **güisquería**

whisky ['wiski] *m* whisky *inv*

wind surfing [win'surfin] (*var.* **windsurf**) *m inv sport* windsurf*

windsurfista [winsur'fista] *m/f sport* surfista

wireless ['wajre'les] V. **inalámbrico**

wolframio [bol'framjo] (*var.* **wólfram**) *m* wolframio

word [word] *m informát* word *inv*

WWW [ube'doble ube'doble ube'doble] (*web*) *abr* (vu-vu-vu)

X

X [iks] *f* x; (*letra*) ics ◊ ***los rayos ~*** i raggi X

xenofobia *f* xenofobia

xenófobo, -a *adj/s* xenofobo, -a

xenón *m quím* xeno

xenotransplante *m* xenotrapianto

xerocopia *f* xerocopia

xerófilo, -a *adj* xerofilo, -a

xerofítico, -a *adj* xerofito, -a

xerófito, -a *adj* xerofito, -a

xeroftalmía (*var.* **xeroftalmia**) *f med* xeroftalmia

xerogr|afía *f* xerografia; **~áfico, -a** *adj* xerografico, -a

xifoide *adj/f med* xifoide; **~o, -a** *adj med* xifoideo, -a

xilófago, -a *adj/m* xilofago, -a

xilofonista *m/f mús* xilofonista

xilófono (*var.* **xilofón**) *m mús* xilofono

xilografía *f* xilografia

xilógrafo *m* xilografo

Y

y 1. *f* (*letra*) y, ipsilon; **2.** *conj* e

ya 1. *adv* 1. già; ***~ hemos hablado de esto*** *ne abbiamo già parlato*; ***~ nos veremos*** *ci vedremo dopo*; 2. (*frases negativas*) più; ***es aún muy popular, pero ~ no le conoce nadie*** *è ancora abbastanza famoso, ma non lo conosce più nessuno*; ***~ no vendrà*** *ormai non viene più*; ***hoy ~***

no ceno *oggi non ceno più*; 3. ora, ormai; ***es preciso tomar ~ una resolución*** *è ormai ora di prendere una decisione*; ***~ voy, ~ va*** *vengo, viene subito*; **2.** *excl* già! ◊ **~ ... ~** ben... ben; ora...ora; ***~ entiendo*** adesso capisco; ***~ está*** è pronto; ***~ lo creo*** ci credo bene; ***~ que*** *conj* giacché; ***~ se ve*** si vede bene
yac V. **yak**
yacaré *m Am zool* caimano
yacente *adj* giacente
yacer ‹*yazco/yago*› V. 44 *vi* giacere ◊ ***aquí yace...*** qui giace...
yacija *f elev* giaciglio *m*
yacimiento *m* giacimento
yacuzi *m* vasca con idromassaggio *f*
yak (*var.* **yac**) *m zool* yak* *inv*
Yakarta *f geogr* Giacarta
yambo *m ling* giambo
yanqui *adj/s coloq* yankee* *inv*
yantar 1. *m* 1. *ant* cibo, pasto; 2. *hist* tributo rurale; **2.** *vt ant* mangiare
yapa *f Am* omaggio *m*, regalino *m* ◊ ***de ~*** per giunta
yarda *f* yard* *inv*
yatagán *m* yatagan* *f inv*
yate *m nav* yacht* *inv*, panfilo
yaya, -o *f/m reg* nonnina *f*, nonna *f*, nonno *m*, nonnino *m*
yazgo V. **yacer**
yedra *f bot* edera
yegua *f* 1. *zool* cavalla; 2. *Am* mozzicone *m*; **~da** *f* branco di cavalli *m*
yeísmo *m* ="pronuncia caratteristica di y' per ll"
yelmo *m hist* elmo
yema *f* 1. *bot* gemma, bottone *m*, occhio *m*; 2. (*huevo*) tuorlo *m*; 3. (*dedo*) polpastrello *m*; 4. (*vino...*) mezzo *m*, centro *m*
yen (*pl* **yenes**) *m* yen *inv*
yerba *f* 1. *bot* erba; 2. (*droga*) marijuana, erba ◊ ***~ mate*** foglie di mate, té del Paraguay; **~l** *m Am* piantagione di mate *f*
yermo, -a 1. *adj* spopolato, -a, deserto, -a, ermo, -a (*elev*); incolto, -a; **2.** *m* deserto
yerno *m* genero
yerro *m* errore, sbaglio, colpa *f*
yerto, -a *adj* rigido, -a, duro, -a
yesal *m* gessaia *f*, cava di gesso *f*
yesca *f* (*fuego, fig*) esca
yeserlía *f* fabbrica di gesso; **~o, -a 1.** *m* gessaio; **2.** *adj* del gesso
yeso *m* gesso
yesón *m* calcinaccio
yesoso, -a *adj* gessoso, -a
yeti *m zool* yeti
yeyuno *m* digiuno
yiu-yitsu *m sport* jujitsu*
yo *pron* io ◊ ***tú y yo...*** io e te...; ***mi familia y yo...*** io e la mia famiglia...
yodado, -a *adj* iodato, -a
yódico, -a *adj* iodico, -a
yodio *m* iodio
yodo *m quím* iodio
yodoformo *m quím* iodoformio
yoduro *m quím* ioduro
yoga *m* yoga
yogui *m* yoghin *inv*, yogin *inv*, yogi *inv*
yogur *m* yogurt *inv*, iogurt *inv*
yogurtera *f* yogurtiera
yola *f nav* iole
Yolanda *f* Iolanda
yonqui *m/f* drogato, -a, eroinomane
yóquey (*var.* **yoqui**) *m sport* jockey* *inv*
yoyó *m* yo-yo *inv*
ypsilón V. **ípsilon**
yuca *f bot* yucca; **~teco, -a** *adj/s* dello Yucatan
yudo *m sport* judo
yudoka *m/f* judoka *inv*, judoista
yugada *f agric* iugero *m*
yugo *m agric tamb. fig* giogo
Yugoslavia *f geogr* Jugoslavia
yugoslavo, -a *adj/s* jugoslavo, -a, iugoslavo, -a
yugular *adj/f med* iugulare, giugulare
yunque *m med* incudine *f*; *tecn* tasso, incudine *f*
yunta *f* pariglia di buoi
yupi (*var.* **yuppie**) *m/f* yuppie* *inv*; **~smo** *m* yuppismo
yuppie V. **yupi**
yute *m* iuta *f*, juta *f*
yuxtapo|ner ‹*pongo; pondré; puse; puesto*› V. 32 *vt* giustapporre; **~sición** *f* giustapposizione
yuyo *m Am* erbaccia *f*; *Am* spezia *f*
yuyuba *f bot* giuggiola

Z

zacate *m Am Cent/Méx* foraggio
zafa|do, -a *adj/s* sfacciato, -a, svergognato, -a; **~r 1.** *vt nav* sbrogliare, liberare; **2. ~se** liberarsi (**de** di); *coloq* squagliarsela; *tecn* sfuggire *vi*; **~rrancho** *m* 1. *mil* (*de limpieza, de combate*) segnale; 2. *coloq/fig* casino; 3. *fig* disastro
zafi|edad *f* volgarità *inv*, grossolanità *inv*; **~o, -a** *adj/s* rozzo, -a, grossolano, -a; **~ro** *adj/m* zaffiro
zafra *f* 1. cilindro per l'olio *m*; 2. *Cuba* zafra, raccolta della canna da zucchero
zaga *f* 1. parte posteriore; 2. *sport* difesa ◊ ***a la ~*** in coda; ***no ir en ~*** non restar indietro/in scia; **~l, -a** *m/f* ragazzotto, -a, ragazzone, -a
zaguán *m* vestibolo, atrio
zaguero *m* 1. *sport* (*fútbol*) terzino; 2. (*juego de pelota*) lanciatore di fondo
zaherir ‹*hiero; hirió; hiriendo*› V. 10 *vt* ferire, offendere, vilipendere
zahína *f* saggina, sorgo *m*
zahón *m* copripantalone aperto da caccia
zahorí *m* 1. indovino; 2. rabdomante
zahurda *f* 1. porcile *m*; 2. *fig* tugurio *m*
zaino, -a (*var.* **zaíno**) *adj* 1. falso, -a; 2. (*caballo*) color castano oscuro

zalamer|ía *f* adulazione, smanceria, moina; **~o, -a** *adj* svenevole, sdolcinato, -a, pieno, -a di moine

zalea *f* tosone *m*, vello di pecora *m*; **~r** *vt* scuotere, sballottare

zamarra *f* zimarra

zambo, -a 1. *adj* con le gambe storte o a X; **2.** *m* zambo

zambomba *f mús* caccavella, putipù *m inv*; **~zo** *m coloq* colpo, esplosione *f*

zambra *f* 1. *fig* gazzarra; 2. festa gitana

zambull|ida *f* tuffo *m*, tuffata; **~ir** ‹*zmbulló, zambulleron*› **1.** *vt* tuffare, immergere; **2. ~se** tuffarsi

zampa *f* 1. *arq* palo *m*; 2. *coloq* il mangiare *m*; **~r 1.** *vt* 1. ficcare, cacciare; 2. (*bofetón*) mollare; **2. ~se** *coloq* ingozzare *vt*, ingollare *vt*, divorare *vt*

zampeado *m arq* palafitta *f*

zampón, -ona *adj/s coloq* ghiottone, -a, mangione, -a

zampoña *f* 1. *mús* zampogna; 2. *fig* sciocchezza

zampuzar ‹*zampucé*› *vt coloq* ficcare, cacciare

zamuro *m zool* urubù

zanahoria *f bot* carota

zanate *m zool* gracchio maggiore americano

zanca *f* 1. (*ave*) zampa; 2. *coloq/hum* (*persona*) zampa lunga ◊ ***pisarle las ~s*** stare alle calcagna di q; **~da** *f* passo lungo *m*; **~dilla** *f* sgambetto *m* ◊ ***echar/poner la ~*** *tamb. fig* fare lo sgambetto; **~dillear** *vt tamb. fig* fare lo sgambetto a, sgambettare; **~jo** *m* tallone ◊ ***no llegarle (a alg) a los ~s*** non essere degno di lustrare le scarpe (a q); **~rrón** *m* 1. osso lungo scarnato; 2. *fig* allampanato

zanco *m* trampolo

zancud|as *fpl zool* trampolieri *mpl*; **~o, -a 1.** *adj* di/dalle gambe lunghe; **2.** *m Am* (specie di) zanzara *f*

zanfoña (*var.* **zanfona**) *f mús ant* viella

zanganear *vi* oziare, bighellonare, vagabondare

zángano *m* 1. *zool* fuco, pecchione; 2. *coloq/fig* parassita, scroccone

zangolote|ar *vi/~se* dimenarsi, agitarsi, muoversi; **~o** *m* dimenio, dondolio

zanguango, -a (*var.* **zangón**, **zangonero**) *adj/s* pigro, -a, indolente; fannullone, -a

zanj|a *f* fossa, fosso *m*; solco *m*; **~ar** *vt* 1. scavare; 2. *fig* risolvere, chiudere; **~ón** *m* fosso grande; *Am* burrone

zanquear *vi fig* sgambettare, trottare; torcere le gambe

zanquilargo, -a *adj coloq/hum* gambuto, -a; **~lla** (*var.* **zanquillas**) *m/f* con/dalle gambe corte

zapa *f* 1. *mil* zappa; 2. *zool* zigrino ◊ ***piel de ~*** pelle di zigrino; ***trabajo de ~*** lavoro di zappa; **~dor** *m mil* zappatore; **~llo** *m* 1. zucca *f*; 2. *fig* fortuna *f*; **~pico** *m* zappone; **~r** *vt* zappare; **~ta** *f mec/auto* ceppo *m*, ganascia (freno); *arq* puntazza; *tecn* scarpa, suola; **~tazo** *m* 1. colpo di scarpa, scarpata *f*; 2. *nav* sbatacchiamento ◊ ***tratar a ~s*** trattare a calci nel sedere

zapate|ado *m Esp* (*baile*) zapateado; **~ar 1.** *vt* dare una scarpata *vi*; *fig* pestare; **2.** *vi* 1. ballare il zapateado; 2. (*caballo*) scalpitare; 3. *nav* sbattere le vele; **~o** *m* scalpitio; **~ría** *f* calzoleria; (*fábrica*) calzaturificio *m*; **~ro, -a 1.** *m* calzolaio *m/f*; **2.** *adj* indurito, -a ◊ **~ *a tus zapatos*** ="ognuno al proprio mestiere", cambia mestiere!; ***~ de viejo/remendón*** ciabattino; **~ta** *f* saltello di gioia *m*

zapatill|a *f* 1. (*casa*) pantofola; 2. scarpetta; 3. *sport* scarpa da ginnastica; **~ero** *m* pantofolaio

zapato *m* scarpa *f*; calzatura *f* ◊ ***feliz como niño con ~s nuevos*** felice come un bambino con un giocattolo nuovo; ***saber (alg) dónde le aprieta el ~*** ognuno sa il fatto suo

¡zape! *excl* (*gatos*) fuori!

zape (*var.* **zapirón**) *m coloq/desp* finocchio, frocio; **~ar** *vt* **1.** scacciare; **2.** *TV* fare zapping

zapirón V. **zape**

zapping ['θapin] (*var.* **zapeo**) *m TV* zapping* *inv*

zar *m* zar *inv*

zarabanda *f mús* sarabanda; *fig* gazzarra, sarabanda

zaragat|a *f* chiasso *m*, tumulto *m*, gazzarra; **~ero, -a** *adj/s* attaccabrighe *inv*

Zaragoza *geogr* Saragozza

zaragüelles *mpl* (*Valencia, Murcia*) calzoni lunghi di contadino

zarand|a *f tecn* crivello *m*; **~ajas** *fpl desp* bagattelle, inezie; **~ar** *vt* 1. *tecn* passare; 2. *fig* setacciare, scegliere; **~ear** *vt* scuotere, sbattere; **~illo** *m coloq/fig* folletto, demonio

zarapito *m zool* (*ave*) pittima marmoreggiata *f*

zarc|ero *m zool* canapino languido; **~illo** *m* viticcio, cirro; *bot* orecchino a cerchietto; **~o, -a** *adj* celeste

zarigüeya *f* opossum *m inv*

zarina *f* zarina

zaris|mo *m pol* zarismo; **~ta** *adj/s* zarista

zarpa *f zool* artiglio *m*, grinfia; *nav* il salpare *m* ◊ ***echar la ~*** *fig* mettere le grinfie; **~da** *f* unghiata, graffiata; **~r** *vi nav* salpare; **~zo** *m* colpo d'artiglio, unghiata *f*, graffiata *f*

zarrapastroso, -a *adj/s coloq* sciatto, -a, straccione, -a, pezzente

zarza *f bot* rovo *m*, pruno *m*; **~gán** *m* tramontana molto fredda *f*; **~l** *m bot* roveto, pruneto; **~mora** *f bot* mora di rovo; **~parrilla** *f* 1. *bot* salsapariglia; 2. bibita di more; **~rrosa** *f bot* rosa canina

zarzo *m* graticcio

zarzuel|a *f* 1. *mús/teat* operetta spagnola; 2. *gastr* pesce misto e frutti di mare in salsa *m*; **~ista** *m/f* autore, -trice di zarzuelas

¡zas! *excl coloq* zaff!

zascandil, -a *m/f* impiccione, -a, intrigante, ficcanaso *inv*; **~ear** *vi* ficcare il naso, intromettersi

zéjel *m lit* zejel

zen *m relig* zen

zeolita *f min* zeolite

zépelin (*var.* **zeppelín**) *m aero* zeppelin *inv*

zeta 1. *f ling* zeta; **2.** *adj* (macchina) della polizia nazionale
zeugma V. **ceugma**
zigote (*var.* **cigoto**) *m biol* zigote, zigoto
ziguelina *f min* cuprite
zigzag *m* zigzag *inv*; **~uear** *vi* zigzagare; **~ueo** *m* zigzagamento *inv*
zinc *m* zinco
zíngaro, -a *adj/s* zigano, -a, zingaro, -a
zipizape *m* tafferuglio, baruffa *f*
zircón V. **circón**
zirconilo V. **circonio**; **~ta** V. **circonita**
zócalo *m arq* zoccolo, battiscopa *inv*; (*monumento*) zoccolo, piedistallo
zoco *m* 1. *arq* zoccolo; 2. mercato, piazza *f*
zodiacal *adj* zodiacale
zodíaco (*var.* **zodiaco**) *m astron* zodiaco
zombi (*var.* **zombie**) *m* zombie* *inv* ◊ ***estar* ~** *coloq/fig* sembrare uno zombie
zona *f* 1. zona; area; 2. herpes zoster *m inv* ◊ **~ *azul, verde*** zona blu, verde; **~ *de ensanche*** zona di estensione; **~ *de influencia*** zona di influenza; **~ *de libre cambio*** zona di libero scambio; **~ *desatomizada, desmilitarizada*** zona denuclearizzata, smilitarizzata; **~ *prohibida*** transito vietato; sosta vietata; **~ *euro*** zona euro
zoncería *f* sciocchezza, stupidaggine
zonzo, -a *adj Am* sciocco, -a, stupido, -a, scemo, -a
zoo *m* zoo, giardino zoologico; **~filia** *f psicol* zoofilia
zoólfilo, -a *adj/s* zoofilo, -a; **~fito** *adj/m zool* zoofito; **~latra** *adj/m* zoolatra
zoollogía *f* zoologia; **~ógico, -a** *adj* zoologico, -a
zoólogo, -a *m/f* zoologo, -a
zoom [θum] *m foto* zoom* *inv*
zoonosis *f inv med* zoonosi
zooplancton *m biol* zooplancton
zoospora *f bot* zoospora
zootlecnia *f* zootecnia; *agric* zootecnica; **~écnico, -a** *adj* zootecnico, -a
zootoxina *f zool* zootossina
zopenco, -a *adj/s* stupido, -a, imbecille, baggiano, -a
zoquete 1. *adj/m fig* allocco, testa di legno *f*; **2.** *m* pezzo di legno; tozzo di pane
zorcico (*var.* **zortzico**) *m mús* ="canzone da ballo basca" *f*
zorita V. **zurita**
zoroastrismo *m relig* zoroastrismo
zorrla *f* 1. *zool* volpe (femmina); 2. *desp/fig* (*mujer*) puttana; 3. *fig* (*persona*) volpone *m*, volpona; 4. *fig* sbornia ◊ ***dormir la* ~** smaltire la sbornia; ***no tener ni* ~ *(idea)*** *coloq/vulg* non avere la minima idea; ***pillar una* ~** prendere la sbornia; **~ería** *f* astuzia, scaltrezza, ipocrisia; **~ero, -a 1.** *adj* astuto, -a, scaltro, -a; **2.** *m* cacciatore di volpi; **3.** *f* tana della volpe; **~o** *m* 1. volpe *f*; 2. *coloq/fig* volpone, volpaccia *f* ◊ **~ *azul*** volpe argentata; ***hecho un* ~** morto di sonno; stanco morto; ***hecho unos ~s*** stanco morto; **~uno, -a** *adj* volpino, -a
zortzico V. **zorcico**
zorzal *m* 1. *zool* tordo sassello; tordela *f*; 2. *Bol/Chile* sciocco, -a ◊ **~ *de*** mar merlo d'alga
zóster V. **herpes**
zote *adj* ignorante, zuccone
zozobra *f nav tamb. fig* agitazione; *fig* angoscia; **~r 1.** *vi nav* pericolare, naufragare; **2.** *vt* agitare
zuavo, -a 1. *m hist* zuavo; **2.** *adj* zuavo, -a ◊ ***pantalón* ~** pantaloni alla zuava
zueco *m* (*zapato*) zoccolo
zulaque *m* bitume
zullón *m* peto silenzioso
zulo *m* covo segreto
zulú *adj/s* zulù *inv*
zumaya *f zool* allocco *m*
zumba *f* burla, baia; sonaglio *m*; *Am* bastonata; **~do, -a** *adj* mezzo suonato, -a; **~r 1.** *vi* ronzare; (*edad*) toccare; **2.** *vt* (*paliza*) dare, mollare; **3.** **~se** *coloq/vulg* chiavare q; ◊ **~ *los oídos*** fischiare gli orecchi; ***~sela*** (*hombre*) farsi una sega; ***ir zumbando*** andare in fretta e furia
zumbido *m* ronzio
zumbón, -ona *adj* ronzatore, -trice; *coloq/fig* burlone, -a
zumo *m* (*fruta*) succo, sugo; (*cítricos*) spremuta *f*
zurcildo *m* rammendo; **~dora** *f* rammendatrice; **~dura** *f* rammendo *m*; **~r** ‹*zurzo*› *vt* rammendare; *fig* tessere, ordire ◊ ***¡Que te zurzan!*** Va' a farti friggere!; Arrangiati!
zurdla *f* mano sinistra; **~azo** *m Am* sinistro; **~o, -a** *adj/s* mancino, -a ◊ ***a ~as*** al rovescio; ***no ser* ~** non essere scemo
zurear *vi zool tamb. fig* tubare
Zúrich *geogr* Zurigo
zurita *f zool* tortora
zurra *f* 1. *fig* bastonata; 2. (*pieles*) conciatura, concia; 3. ="bibita a base di vino, zucchero e limone"; **~dor** *m tecn* conciatore; **~r 1.** *vt tecn* conciare; *fig* dare una bastonata *vi*; **2.** **~se** cacarsi addosso
zurriagla (*var.* **zurriago** *m*) *f* frusta; **~azo** *m* frustata *f*, sferzata *f*; **~o** V. **zurriaga**
zurrir *vi* ronfare
zurrón *m* bisaccia *f*
zurullo *m* 1. rocchio; 2. *vulg* stronzo
zutano *m* Sempronio ◊ ***Fulano, Mengano y* ~** Tizio, Caio e Sempronio